左思《三都賦》彙校彙注【下】

王立群　錢振宇　編著

中原出版傳媒集團
中原傳媒股份公司
大象出版社
·鄭州·

魏都賦

左太沖　劉淵林注

【彙校】

「魏都賦一首」　「魏」，四庫本同。奎章閣本、明州本、贛州本、叢刊本、正德本、陳八郎本、尤刻本、胡刻本、監本、九條本作「魏」。當作「魏」。「賦」，贛州本、四庫本、叢刊本、正德本、陳八郎本同。奎章閣本、明州本、尤刻本、胡刻本、監本、九條本作「賦一首」。今從「賦」。

「左太沖」　「沖」，奎章閣本、贛州本、四庫本、叢刊本、陳八郎本同。明州本、正德本、尤刻本、胡刻本、監本、九條本作「冲」。當作「冲」。

「劉淵林注」　「劉淵林注」，叢刊本作「劉淵林註」。奎章閣本、明州本、贛州本、四庫本、正德本、陳八郎本、尤刻本、胡刻本、監本、九條本無此四字。今從「劉淵林注」。

【彙注】

【李善注】魏曹操都鄴，相州是也。太沖賦三都，以吴、蜀遞相頓折，以魏都依制度。

【王象乾文選删注】魏曹操都鄴，相州是也。

【何焯義門讀書記】淵林注。前注云「孟陽爲注魏都」，而今并題淵林，何也？

【陳景雲文選舉正】劉淵林注按，四字宋本無。按，賦末云「吴、蜀二客，愯馬相顧」。善曰：「張以愯，先隴反。今本并爲「矆，呼待反」。則知卷首本題作張孟陽注，與前孟陽爲注魏都之語合，後來誤刊作劉淵林耳。又後潘正叔贈王元貺詩注亦引張孟陽魏都賦注，尤明證也。

【余蕭客文選音義】劉淵林。何曰：前注云孟陽爲注魏都，今何以并題淵林？

【張雲璈選學膠言】王西沚先生十七史商榷云：「左思於西晉初，吴、蜀初平之後作三都賦，抑吴、蜀而申魏，以晉承魏統故耳。」

【胡克家文選考异】魏都賦注「魏曹操都鄴」下至「以魏都依制度」。袁本、茶陵本無此一節注，是也。案：此二本亦尚未竄入，其并非五臣注更明。

左太沖。茶陵本此下有「劉淵林注」四字，袁本無。案：各本皆非也，當有「張載注」三字。何云前注「張載爲注魏都」，陳云賦末「善曰張以愯先隴反云云」，則知卷首本題張孟陽注，與前合，後來誤作劉淵林耳。所説是也。袁、茶陵賦中每節注首「劉曰」，皆非，蓋合并六家時已誤其題矣。

【許巽行文選筆記】「魏都賦」，「賦」下注□□，宋本無，削。

「劉淵林注」，宋本無此四字，當題「張孟陽注」。臧榮緒既云張載爲注魏都，此篇安得復題劉注？後文

「矆焉相顧」注云：張以㥄，先壠反。今本并爲「矆」，則此篇爲張注明矣。潘尼贈王元貺詩亦引張孟陽魏都賦注。又案，霍光傳師古引此賦指爲劉注，又西京賦「設在蘭錡」引劉逵魏都賦注云：受他兵曰蘭，受弩曰錡。今賦中無此注，豈張、劉各自有注邪？所未詳矣。曹子建贈徐幹詩注：劉淵林魏都賦注曰：文昌，正殿名也。亦誤劉。

【梁章鉅文選旁證】劉淵林注。三都賦序注云：張載爲注魏都，劉逵爲注吴、蜀。今此賦後「矆焉相顧」句李注云：張以㥄，先隴反。今本并爲「矆」。又潘正叔詩注引張孟陽魏都賦注曰：聽政殿左崇禮門。與今注合，皆足證此爲張注，誤題劉淵林耳。

【徐攀鳳選注規李】魏都賦。注云：劉淵林注。案：當是「張孟陽」。首篇序下明言「張載爲魏都賦注」矣。篇末「㥄焉相顧」句，李云「張以㥄，先壠反」。此一證也。潘正叔贈王元貺詩，李亦引張孟陽魏都賦注。本書中兩得確證。至西京賦「設在蘭錡」下有云：「劉逵魏都賦注：受他兵曰蘭，受弩曰錡」，而賦中附以「蘭錡」，却無此注，似淵林别有注本，俟考。

【高步瀛文選李注義疏】胡克家曰：袁本、茶陵本無此一節注，是也。案：此二本亦尚未竄入，其并非五臣注更明。步瀛案：胡氏説是。元和郡縣志曰：河北道相州，漢高帝置。後漢建安十七年，册命操爲魏公，居鄴。後魏孝文帝於鄴立相州。周大象二年，自故鄴城移相州於安陽城，即今州理是也。隋大業三年，改相州爲魏郡。武德元年，復爲相州。案：建安「十七年」當作「十八年」。元和志又謂故鄴城在鄴縣東五十步。案：唐相州治安陽縣，即今河南安陽縣治。唐相州鄴縣，宋熙寧中省入臨漳縣。故鄴城在今河南臨漳縣西。○三國魏志武帝紀曰：建安十八年五月，天子策命公爲魏公。曰：今以冀州之河東、河内、魏郡、趙國、中山、常山、鉅鹿、安平、甘陵、平原凡十郡，封爲魏公。秋七月，始建魏社稷宗廟。文帝紀曰：黄初元年，初營洛陽宮。戊午，幸洛陽。二年，以魏郡東部爲陽平郡，西部爲廣平郡。裴注引魏略曰：改長安、譙、許昌、鄴、洛陽爲五都。水經濁漳水注曰：魏因漢祚，復都洛陽。以譙爲先人本國，許昌爲漢之所居，長安爲西京之遺迹，鄴爲王業之本基，故號五都也。案：考魏之疆域者，洪亮吉補三國疆域志、謝鍾英補注尚多疏舛，吴增僅三國郡縣表考證詳確，楊守敬補正及三國疆域圖尤爲精密。今依以爲説。司隸治洛陽，統河南尹、原武、弘農、河東、平陽、河内、野王，凡七郡。豫州治許昌，統潁川、襄城、汝南、弋陽、梁國、陳郡、沛國、譙郡、魯郡、安豐，凡十郡。冀州治信都，統魏郡、廣平、陽平、鉅鹿、趙國、常山、中山國、安平、平原、樂陵國、勃海、河間、清河，凡十三郡。兗州治廩丘，統陳留國、東郡、濟陰、山陽、任城、東平、濟北國、泰山，凡八郡。徐州治下邳，統下邳、彭城國、東海國、瑯邪國、東莞、廣陵，凡六郡。青州治臨淄，統齊國、濟南國、樂安、北海國、城陽、東萊，凡六郡。荆州治宛，統南陽、南鄉、江夏、襄陽、魏興、上庸、新城，凡七郡。揚州治壽春，統淮南、廬江，凡二郡。雍州治長安，統京兆、馮翊、扶風、北地、新平、安定、廣魏、天水、隴西、南安，凡十郡。凉州治武威，統金城、武威、張掖、酒泉、敦煌、西海、西平、西郡，凡八郡。并州治晉陽，統太原、上黨、樂平、西河、雁門、新興，凡六郡。幽州治薊，統范陽、燕國、漁陽、北平、上谷、代郡、遼東、昌黎、遼西、玄菟、帶方、樂浪，凡十二郡。此其大略也。王鳴盛十七史商榷卷五十一曰：左思於西晉初，吴、蜀始平之後，作三都賦，抑吴都、蜀都而申魏都，以晉承魏統耳。

依蜀都、吴都二賦，此三字亦應删。以各本皆有，姑仍之。○胡克家曰：茶陵本此下有「劉淵林注」四字，袁本無。案：各本皆非也，當有「張載注」三字。何云：前注「張載爲注魏都」，陳云：賦末善曰「張以愯先隴反」云云，則知卷首本題「張孟陽注」，與前合。後來誤作劉淵林耳。所説是也。袁、茶陵賦中每節注首劉曰，皆非。蓋合并六家時已誤其題矣。梁章鉅曰：三都賦序注云：張載爲注魏都，劉逵爲注吴、蜀。今此賦後「矆焉相顧」句，李注云：「張以矆先矓反。」今本并爲「矆」。又潘正叔詩注引張孟陽魏都賦注曰「聽政殿左崇禮門」，與今注合，皆足證此爲張注誤題劉淵林耳。許巽行説同。許又曰：案霍光傳師古引此賦指爲劉注，又西京賦「設在蘭錡」引劉逵魏都賦注云：受他兵曰蘭，受弩曰錡。今賦中無此注，豈張、劉各自有注邪？所未詳矣。曹子建贈徐幹詩注：劉淵林魏都賦注曰：文昌，正殿名也。亦誤劉。步瀛案：從諸家説，則此篇注當爲張孟陽撰無疑。隋書經籍志總集稱梁有張載及晉侍中劉逵、晉懷令衛權注左思三都賦三卷，而未析言之。然觀漢書霍光傳顔注及本書西京賦李注，則張、劉皆有魏都賦注也。曹子建贈徐幹詩注引劉淵林注，與此賦注合。疑張、劉注語偶爾相同。贈徐幹詩與西京賦注皆引劉注，非必誤也。

魏國先生有睟其容，乃盱衡而誥曰：异乎交、益之士。

【彙校】

「魏國先生」「魏」，四庫本同。奎章閣本、明州本、贛州本、叢刊本、正德本、陳八郎本、尤刻本、胡刻本、監本、九條本作「魏」。當作「魏」。

「乃盱衡」「衡」，奎章閣本、明州本、贛州本、四庫本、叢刊本、正德本、尤刻本、胡刻本、監本同。陳八郎本、九條本作「衡」。當作「衡」。

【彙注】

【李善注】劉曰：孟子曰：君子所性，仁義禮智根於心，其生色睟然見於面，不言而喻。趙岐曰：睟，潤澤貌也。眉上曰衡。盱，舉眉大視也。异，異也。尚書堯典，四岳曰：异哉！善曰：漢書曰：武帝置交州；又改梁曰益，有益州。又曰：公盱衡厲色，振揚武怒。音義曰：眉上曰衡，謂舉眉揚目也。字林曰：盱，張目也。爾雅曰：誥，告也。

【五臣注】睟音邃。盱，香于反。异音異。良曰：睟容，温潤之貌。眉上曰衡。盱，舉目大視也。先生見吴、蜀相誇侈過甚，乃張目舉眉，怪而告曰。交趾，吴地也。益州，蜀都也。异乎，怪詞也。士，人之通稱也。

【張鳳翼文選纂注】盱，香于切。异音異。眉上曰衡。謂舉眉揚目也。詁，告也。先生見吳、蜀相誇侈過甚，乃張目舉眉而告之。交趾，吳地也。益州，蜀都也。异乎，怪詞。

【王象乾文選删注】睟音邃。盱，香于切。异音異。眉上曰衡。告曰，異也。漢書曰：武帝置交州；又改梁曰益。

【杭世駿文選課虚】眉上曰衡。盱，舉眉大視也。

【余蕭客文選音義】睟舊音邃。异舊音異。孔安國尚書音怡。

【梁章鉅文選旁證】異乎交、益之士。注异，異也。朱氏珔曰：説文廾部：异，舉也。此蓋以同音借「异」爲「異」。姜氏皋曰：説文「异」引虞書：岳曰：异哉。堯典釋文：异，徐云，鄭音異，而注自訓已也。惟列子楊朱篇：何以异哉！張注「异」與「異」同。

注其生色睟然見於面，不言而喻。此是節引今孟子。「色」字下有「也」字。然本書頭陀寺碑注引作「根於心睟然見於面」。玉篇作「其色睟然」。疑古本「睟然」二字連上爲句也。

【胡紹煐文選箋證】異乎交、益之士。注張載曰：异，異也。姜氏皋曰：説文「异」引虞書：岳曰：异哉。堯典釋文「异」，徐云「鄭音異」，而注自訓已也。惟列子楊朱篇「何以异哉」，張注「异與異同」。紹煐按：鄭音異，是讀「异」爲「異」，嘆辭。廣韻七志「异」云「异哉，嘆也」，蓋本鄭義。太冲以「异」爲「異」，從鄭讀也。「异」與「異」同音之假。列子釋文「异，古異字」，恐非。

【高步瀛文選李注義疏】注引孟子，見盡心上。梁曰：此是節引。今孟子「色」字下有「也」字。然本書頭陀寺碑注引作「根於心，睟然見於面」，玉篇作「其色睟然」。疑古本「睟然」二字連上爲句也。

步瀛案：「岐」，各本誤「歧」，今正，下同。袁本、茶陵本無「趙岐曰」以下十八字。○御覽皇王部六引雒書靈準聽曰：有人方面，日衡重華。注曰：眉上曰衡。○説文曰：盱，張目也。○梁曰：朱氏珔曰：説文廾部：异，舉也。此蓋以同音借「异」爲「異」。姜氏皋曰：説文「异」引虞書「岳曰：异哉」。堯典釋文「异」，徐云：鄭音異，而注自訓已也。惟列子楊朱篇「何以异哉」，張注「异」與「異」同。胡紹煐曰：按鄭音異，是讀异爲異，嘆辭。廣韵七志「异」云：异哉，嘆也。蓋本鄭義。太冲以「异」爲「異」，從鄭讀也。「异」與「異」，同音之假。列子釋文：「异」，古「異」字。恐非。○善引漢書見地理志。案：交州，孫權於後漢建安八年置。此當依原文作「交阯」。顔注曰：胡廣記云：漢既定南方之地，置交阯刺史，别於諸州，令持節治蒼梧。○「改梁曰益」，亦地理志之文。又，益州郡下原注曰：屬益州。○後引漢書，見王莽傳上，音義顔注引作孟康。○字林，已見西京賦注引。○爾雅，見釋詁。

蓋音有楚、夏者，土風之乖也；情有險易者，習俗之殊也。雖則生常，固非自得之謂也。

【彙校】

「蓋音有楚」「蓋」，明州本、贛州本、四庫本、叢刊本、陳八郎本、尤刻本、胡刻本、監本、九條本同。奎章閣本、正德本作「盖」。當作「蓋」。「楚」，明州本、贛州本、四庫本、叢刊本、正德本、陳八郎本、尤刻本、胡刻本、監本、九條本同。奎章閣本作「楚」。當作「楚」。

「土風之乖」「土」，明州本、贛州本、四庫本、叢刊本、陳八郎本、尤刻本、胡刻本、監本、九條本同。奎章閣本、正德本作「圡」。當作「土」。「乖」，贛州本、正德本同。奎章閣本、明州本、四庫本、叢刊本、陳八郎本、尤刻本、胡刻本、監本、九條本作「乖」。當作「乖」。

「情有險易」「情」，奎章閣本、明州本、贛州本、四庫本、正德本、陳八郎本、尤刻本、胡刻本、監本、九條本同。叢刊本作「情」。當作「情」。「險」，奎章閣本、明州本、贛州本、叢刊本、陳八郎本、尤刻本、胡刻本、監本、九條本同。四庫本、正德本作「險」。當作「險」。

「習俗之殊」「習」，奎章閣本、明州本、贛州本、四庫本、叢刊本、正德本、陳八郎本、尤刻本、胡刻本、監本、九條本作「習」。當作「習」。

「雖則生常」「雖」，奎章閣本、明州本、贛州本、四庫本、叢刊本、尤刻本、胡刻本、監本、九條本同。正德本、陳八郎本作「錐」。當作「雖」。

「固非自得」「非自」，奎章閣本、明州本、贛州本、四庫本、叢刊本、正德本、陳八郎本、尤刻本、胡刻本、九條本同。監本模糊不清。當作「非自」。

【彙注】

【李善注】善曰：孫卿子曰：人居楚而楚，居夏而夏，非天性也，積靡使然也。史記曰：淮北沛、陳、汝南、南郡，此西楚也。潁川、南陽，夏人之居，故至今謂之夏人。

劉曰：論語曰：性相近，習相遠也。善曰：周易曰：辭有險易。春秋説題辭曰：中國之性，習俗常操。

劉曰：傳曰：習實生常。善曰：孟子曰：使自得之。趙岐曰：使自得其本善性也。

【五臣注】向曰：音，人語音也。夏，中國也。土，土壤。風，風俗。乖，別也。言在楚楚音，居夏夏音，居土壤風俗之別也。情有奸險者，有通易者，皆積習常俗所殊致也。言吴、蜀二客之言太過，土壤風俗所乖，積習其俗殊异也。濟曰：言人雖則積習爲之常性，固非天生自得，蓋染而成也。

【張鳳翼文選纂注】言吴、蜀二客之言太過，由于土風習俗也。積習以爲常，非出於自然也。

【王象乾文選删注】孫卿曰：人居楚而楚，居夏而夏，非天性也，積靡使然也。傳曰：習實生常。

【高步瀛文選李注義疏】左傳成八年：范文子曰：樂操土風，不忘本也。○荀子，見儒效篇。史記，見貨殖傳。

論語，見陽貨篇。○周易，見繫辭上。

左傳昭十六年，已見三都賦序疏。○孟子見滕文公上。

昔市南宜僚弄丸，而兩家之難解。聊爲吾子復玩德音，以釋二客競於辯囿也。

【彙校】

「市南宜僚」 「宜」，奎章閣本、四庫本、正德本同。明州本、贛州本、叢刊本、陳八郎本、尤刻本、胡刻本、監本、九條本作「宜」。當作「宜」。

「而兩家」 「兩」，奎章閣本、明州本、贛州本、四庫本、叢刊本、正德本、陳八郎本、尤刻本、胡刻本、監本、九條本作「兩」。當作「兩」。

「難解」 「解」，明州本、贛州本、四庫本、叢刊本、陳八郎本、尤刻本、胡刻本、監本、九條本同。奎章閣本、正德本作「鮮」。當作「解」。

「聊爲吾子」 「爲」，明州本、贛州本、叢刊本、陳八郎本、尤刻本、胡刻本、監本、九條本同。奎章閣本、四庫本、正德本作「為」。當作「爲」。

「復玩德音」「玩」，奎章閣本、明州本、贛州本、四庫本、叢刊本、正德本、陳八郎本、尤刻本、胡刻本、監本、九條本作「翫」。當作「玩」。「德」，明州本、贛州本、叢刊本、陳八郎本、尤刻本、胡刻本、監本、九條本同。奎章閣本、四庫本、正德本作「德」。當作「德」。

「競於」「競」，明州本、贛州本、四庫本、叢刊本、正德本、陳八郎本、尤刻本、胡刻本、監本同。奎章閣本、九條本作「競」。當作「競」。「於」，贛州本、四庫本、叢刊本、尤刻本、胡刻本、監本、九條本作「于」。奎章閣本、正德本作「為」。明州本、陳八郎本作「爲」。今從「於」。

■ **立群案**：「爲」「於」皆不影響賦意。然似不當複「爲」字也。且「聊爲吾子復玩德音，以釋二客競於辯囿也」自較「聊爲吾子復玩德音，以釋二客競爲辯囿也」流暢自然。

「辯囿也」「也」，奎章閣本、明州本、贛州本、四庫本、叢刊本、正德本、陳八郎本、胡刻本、九條本同。尤刻本、監本作「者也」。今從「也」。

■ **立群案**：有無「者」字，皆不影響賦意。諸本多無「者」，從之。

【彙注】

【李善注】劉曰：莊子曰：市南宜僚弄丸，而兩家之難解。又曰：公孫龍，辯者之徒，飾人之心，易人之意，能勝人之口，不能服人之心，辯者之囿也。善曰：毛詩曰：德音孔昭。

【五臣注】翰曰：白公將與楚子西戰，白公使召宜僚，將用之也。宜僚不從，弄丸自若。白公感之，遂止兵，是難解也。言吴、蜀兩都互相是非而結難，先生欲爲解之。銑曰：先生言宜僚弄丸，而兩家難解，今先生復將爲吴、蜀二客以德音釋競于辯囿。言辯者多詞，如苑囿之有草木也。

【張鳳翼文選纂注】白公將與楚子西戰，白公使召宜僚，將用之。宜僚不從，弄丸自若。白公感之，遂去兵。故云難解。言吴、蜀兩都互相是非而結難，先生欲爲吴、蜀二客以德音釋競於辯囿也。公孫龍爲辯者之囿。言多詞爲辯論之苑囿也。

【王象乾文選删注】莊子曰：市南宜僚弄丸，而兩家難解。又曰公孫龍，辯者之徒，飾人之心，易人之意，能勝人之口，不能服人之心，辯者之囿也。

【余蕭客文選音義】競于。五臣「于」作「爲」。

【梁章鉅文選旁證】以釋二客競于辯囿者也。六臣本「于」作「爲」。無「也」字。

【高步瀛文選李注義疏】五臣「于」作「爲」。○莊子，見徐無鬼篇。釋文引司馬彪注曰：宜僚，楚之勇士也。善弄丸。楚白公勝將作亂，殺令尹子西、子期（「子期」上當有「司馬」二字）。石乞曰：市南有熊宜僚者，若得之，可以當五百人。乃往告之，不許也。承之以劍，不動，弄丸如故。曰：吾亦不泄子。白公遂殺子西、子期，嘆息兩家而已。宜僚不預其患。又山木篇曰：市南宜僚見魯侯。釋文引司馬曰：熊宜僚也。居市南，因爲號也。又引李曰：姓熊，名宜僚。淮南子主術篇曰：市南宜遼弄丸，而兩家之難無所關其辭。高誘注曰：宜遼，名也，姓熊（姓名二字原互誤，今依劉家立本），勇士，居楚市南。楚平王太子建爲費無忌所逐，奔鄭。鄭人殺之。其子勝在吴，令尹子西召之，以爲白公。請伐鄭以報讎。子西許之，而未出師。晋人伐鄭，子西救之。勝怒曰：鄭人在此，讎不遠矣。欲殺子西。其臣石乞曰：市南熊宜遼，得之可以當五百人。乃往視之，告其故。不從，舉之以劍而不動，而弄丸不輟，心志不懼。曰：不能從子爲亂，亦不泄子之事。白公遂殺子西。故兩家雖有難，不怨宜遼。故曰無所關其辭也。案：白公殺子西、子期，事見左傳哀十六年。然傳不言宜僚弄丸，以解其難。疑莊子、淮南所言别有其事。高誘、司馬彪皆誤以白公殺子西事當之。難解，當指兩家搆難者言。故此賦以喻二客，非謂兩家不怨宜僚也。○又引莊子，見天下篇。○毛詩，見鹿鳴。

夫太極剖判，造化權輿。體兼晝夜，理包清濁。流而爲江海，結而爲山岳。

【彙校】

「太極剖判」「太極」，奎章閣本、陳八郎本同。明州本、贛州本、四庫本、叢刊本、正德本、尤刻本、胡刻本、監本、九條本作「泰極」。當作「太極」。

■立群案：善注引周易曰：易有太極，是生兩儀。五臣濟曰：太極，天地始也。據注，是李善本、五臣本皆作「太極」。且善注所引周易語，或爲賦語所本。作「太極」是也。

「造化權輿」「輿」，奎章閣本、明州本、贛州本、四庫本、叢刊本、陳八郎本、尤刻本、胡刻本、監本、九條本同。正德本作「輿」。當作「輿」。

「體兼晝夜」 「兼」，明州本、贛州本、叢刊本、尤刻本、胡刻本、監本、九條本同。奎章閣本、四庫本、正德本、陳八郎本作「兼」。當作「兼」。

「理包清濁」 「包」，奎章閣本、明州本、贛州本、四庫本、叢刊本、正德本、陳八郎本、尤刻本、胡刻本、九條本同。監本作「苞」。今從「包」。「清」，奎章閣本、明州本、贛州本、四庫本、叢刊本、正德本、陳八郎本、尤刻本、九條本同。胡刻本、監本作「淸」。當作「清」。「濁」，奎章閣本、明州本、贛州本、四庫本、叢刊本、正德本、陳八郎本、尤刻本、胡刻本、九條本同。監本無「濁」字。當有「濁」字。

■**立群案**：說文：包，象人褢妊，巳在中，象子未成形也。元气起於子。又曰：苞，草也。南陽以爲麤履。是「包」「苞」義异。然莊子天運：充滿天地，苞裹六極。陸德明經典釋文：本或作包。桓寬鹽鐵論貧富：小不能苞大，少不能贍多。是「苞」亦通「包」。據賦本意，自當作「包」也。又賦云：體兼晝夜，理包清濁。相對爲文，不當缺「濁」字。

「流而爲」 「爲」，奎章閣本、明州本、贛州本、叢刊本、陳八郎本、尤刻本、胡刻本、監本、九條本同。四庫本、正德本作「為」。當作「爲」。

「結而爲」 「結」，奎章閣本、明州本、贛州本、尤刻本、胡刻本同。四庫本、叢刊本、正德本、陳八郎本、監本、九條本作「結」。當作「結」。「爲」，明州本、贛州本、叢刊本、陳八郎本、尤刻本、胡刻本、監本、九條本同。奎章閣本、四庫本、正德本作「為」。當作「爲」。

「山岳」 「岳」，奎章閣本、明州本、贛州本、四庫本、叢刊本、正德本、陳八郎本、尤刻本、胡刻本、監本、九條本作「嶽」。當作「岳」。

【彙注】

【李善注】善曰：周易曰：易有太極，是生兩儀。史記曰：鄒衍稱引天地剖判以來。淮南子曰：大丈夫無爲，與造化逍遥。爾雅曰：權輿，始也。劇秦美新序曰：權輿天地未祛也。班固漢書述曰：彰其剖判。

善曰：列子曰：昏明之分察，故一晝一夜。又曰：夫有形者生於無形，清輕者上爲天，濁重者下爲地。班固終南山賦曰：流澤遂而成水，停積結而爲山。

【五臣注】濟曰：太極，天地始也。剖判，分也。太極未分混沌之時而造化之始。一晝一夜已作昏明，一清一濁是天地，元氣融流者爲江海，結聚者爲山嶽。

【張鳳翼文選纂注】剖判，分也。造化權輿，猶言造化胥此出也。兼、包，言俱有也。

【王象乾文選刪注】權輿，始也。班固終南山賦曰：流澤遂而成水，停積結而爲山。

【余蕭客文選音義】輿與隅叶。

【胡克家文選考异】注「爾雅曰權輿」。袁本、茶陵本無「爾雅曰」三字。

注「劇秦美新序曰」。案：「序」字不當有。各本皆衍。

注「班固漢書述曰彰其剖判」。袁本、茶陵本無此十字。

【梁章鉅文選旁證】注權輿，始也。錢氏大昕曰：或言造衡自權始，造車自輿始。此後儒臆說，不足信。權輿者，草木之始。大戴禮誥志篇：孟春，百草權輿。揚雄賦：萬物權輿於内，徂落於外。

注「劇秦美新序曰」。「序」字不當有。各本皆衍。

【高步瀛文選李注義疏】周易見繫辭上。韓康伯注曰：太極者，無稱之稱，不可得而名。取有之所極，况之太極者也。案：「泰」「太」同，釋文作「大」，音泰。○史記，見孟子荀卿列傳。「鄒」本作「騶」，字通假。○淮南子原道篇曰：大丈夫恬然無思，澹然無慮。又曰：與造化者俱。此引小誤。○胡克家曰：袁本、茶陵本無「爾雅曰」三字。○爾雅，見釋詁。錢大昕潛研堂集卷十曰：問：權輿訓始，或云造衡自權始，造車自輿始，其説然否？曰：此後儒臆説，不足信。予友孫星衍嘗説之，以爲權輿者，草木之始。大戴禮誥志篇：孟春百草權輿。楊雄賦：萬物權輿於内，徂落於外。釋草云：其萌蘿蕍。郭景純以「蕍」屬下句。按説文：夢，灌渝。夢讀若萌，即釋草之蘿蕍。權輿與蘿蕍聲相近也。王引之廣雅釋草疏證曰：蘿蕍之言權輿也。爾雅云：權輿，始也。始生，故以爲名。大戴禮誥志篇云：孟春百草權輿。是草之始生，名權輿也。郝懿行爾雅釋草義疏曰：牟廷相方雅云：説文之灌渝，釋草作蘿蕍，釋詁作權輿，并同聲假借字也。○劇秦美新見本書卷四十八。無「也」字。此引書所加。又各本「美新」下有「序」字，今依胡氏、梁氏校删。○「班固漢書述曰：彰其剖判」，胡克家曰：袁本、茶陵本無此十字。○漢書述，乃叙傳述地理志語。案：漢書叙傳，後人或稱漢書述。顔注曰：自「皇矣漢祖」以下諸叙，皆班固自論撰漢書意。此亦依放史記之叙目耳。史遷則云：爲某事作某本紀、某列傳。班固謙不言，然而改言「述」，蓋避作者之謂聖，而取述者之謂明也。但後之學者，不曉此爲漢書叙目，見有「述」字，因謂此文追述漢書之事，乃呼爲漢書述，失之遠矣。摯虞尚有此惑，其餘曷足怪乎？

列子，見周穆王篇及天瑞篇。案：「夫有形者」三句，又見易緯乾鑿度卷上。

班固終南山賦，此二句又見游天台山賦注引。

列宿分其野，荒裔帶其隅。巖岡潭淵，限蠻隔夷，峻危之竅也。

【彙校】

「列宿」「宿」，奎章閣本、明州本、贛州本、四庫本、正德本、九條本同。叢刊本、尤刻本、胡刻本、監本作「宿」。陳八郎本作「秀」。當作「宿」。

■立群案：劉向九嘆遠逝：指列宿以白情兮，訴五帝以置詞。淮南子天文訓：熒惑常以十月入太微，受制而出行列宿。賦語或本此。「列秀」不辭，作「列宿」是也。

「荒裔」「荒」，明州本、贛州本、四庫本、叢刊本、正德本、陳八郎本、尤刻本、胡刻本、九條本同。奎章閣本、監本作「荒」。當作「荒」。「裔」，奎章閣本、明州本、贛州本、四庫本、叢刊本、正德本、陳八郎本、尤刻本、胡刻本、九條本同。監本作「裏」。當作「裔」。

「限蠻隔夷」「隔」，四庫本同。奎章閣本、明州本、陳八郎本、監本作「隔」。贛州本、叢刊本、正德本、尤刻本、胡刻本、九條本作「隔」。當作「隔」。「夷」，奎章閣本、明州本、贛州本、四庫本、叢刊本、陳八郎本、尤刻本、胡刻本、監本、九條本同。正德本作「夷」。當作「夷」。

【彙注】

【李善注】劉曰：潭，淵也。屈平卜居曰：橫江潭而漁。善曰：漢書曰：秦地於天官東井、輿鬼之分野。揚雄交州箴曰：交州荒裔，水與天際。方言曰：窾，空也。

【五臣注】向曰：九州分野，各有星紀。荒裔，謂邊遐之服帶在中國之隅。隅，角也。窾，穴也。潭淵，江湖也。言中國以巖岡江河而限隔蠻夷高危之穴也。言蠻夷居峻危之處，以爲空穴也。

【張鳳翼文選纂注】九州分野，各有星紀。荒裔，謂邊遐之服帶在中國之隅。隅，角也。潭淵，江湖也。窾，穴也。言中國以巖岡江河而限隔蠻夷。是蠻居峻危之處乃空穴也。

【王象乾文選刪注】窾，空也。

【孫志祖文選李注補正】巖岡潭淵。注：屈平卜居曰：橫江潭而漁。○正曰：按，楚辭卜居無此文。漁父云：屈原既放，游於江潭。又揚雄解嘲云：或橫江潭而漁。當是淵林誤記耳。

【梁章鉅文選旁證】注屈平卜居曰：橫江潭而漁。今卜居無此語，見揚雄解嘲篇。當由漁父篇「游於江潭」而誤記耳。然「潭」字何必如此注。

【胡紹煐文選箋證】巖岡潭淵。注張載曰：潭，淵也。屈原卜居曰：橫江潭而漁。今卜居無此語，揚雄解嘲有之。按：楚辭抽思「泝江潭兮」，王注：潭，淵也。楚人名淵曰潭。

峻危之窾也。注善曰：方言：窾，空也。按：今方言無此語，而云「峻危之空」亦與上義不相屬。卷十三「窾，阸也」，當善所據。此出後人妄改。

【高步瀛文選李注義疏】此二句宜準上例自爲節。舊與「巖岡潭淵」合爲一節，非也。二句乃言中夏夷狄之大勢，故以列宿分野定中夏，而以荒裔帶隅別夷狄。李善注但舉雍州爲例，義亦未顯。今案：

周禮春官保章氏曰：以星土辨九州之地所封，封域皆有分星。史記天官書曰：天則有列宿，地則有州域。皆分野之説也。保章氏先鄭注但舉左傳昭元年參爲晋星，襄九年商主大火，周語伶州鳩所言，昔武王伐殷，歲在鶉火，歲之所在，則我有周之分野爲證，而所舉不備。故後鄭謂大界則曰九州，州中諸國中之封域，於星亦有分焉。其書亡矣，堪輿雖有郡國所入度。非古數也。今其存可言者，十二次之分也。星紀，吴越也。玄枵，齊也。娵訾，衛也。降婁，魯也。大梁，趙也。實沈，晋也。鶉首，秦也。鶉火，周也。鶉尾，楚也。壽星，鄭也。大火，宋也。析木，燕也。孫詒讓正義曰：十二次所主之國，有趙、秦、鄭，亦非周初所有，則仍非保章氏之故法，是也。史記天官書曰：角、亢、氐，兖州。房、心，豫州。尾、箕，幽州。斗，江湖。牽牛、婺女，揚州。虚、危，青州。營室、東壁，并州。奎、婁、胃，徐州。昴、畢，冀州。觜觿、參，益州。東井、輿鬼，雍州。柳、七星、張，三河。翼、軫，荆州。漢書天文志同。而地理志載：秦地，東井、輿鬼。魏地，觜觿、參。周地，柳、七星、張。韓地，角，亢、氐。趙地，昴、畢。齊地，虚、危。魯地，奎、婁。宋地，房、心。衛地，營室、東壁。楚地，翼、軫。吴地，斗。粤地，牽牛、婺女等分野。又以國分配二十八宿而十二次之名，但載自井十度至柳三度，謂之鶉首之次，秦之分。自柳三度至張十二度，謂之鶉火之次，周之分。自東井六度至亢六度，謂之壽星之次，鄭之分野，與韓同。自危四度至斗六度，謂之析木之次，燕之分。其他未載。律曆志下載：星紀，初斗十二度，終婺女七度。玄枵，初婺女八度，終危十五度。諏訾，初危十六度，終奎四度。降婁，初奎五度，終胃六度。大梁，初胃七度，終畢十一度。實沈，初畢十二度，終井十五度。鶉首，初井十六度，終柳八度。鶉火，初柳九度，終張十七度。鶉尾，初張十八度，終軫十一度。壽星，初軫十二度，終氐四度。大火，初氐五度，終尾九度。析木，初尾十度，終斗十一度。所載度數，又與地理志不同。晋書天文志所載十二次度数與此同，而尤詳。謂壽星於辰在辰，鄭之分野，屬兖州。大火於辰在卯，宋之分野，屬豫州。析木於辰在寅，燕之分野，屬幽州。星紀於辰在丑，吴越之分野，屬揚州。玄枵於辰在子，齊之分野，屬青州。諏訾於辰在亥，衛之分野，屬并州。降婁於辰在戌，魯之分野，屬徐州。大梁於辰在酉，趙之分野，屬冀州。實沈於辰在申，魏之分野，屬益州。鶉首於辰在未，秦之分野，屬雍州。鶉火於辰在午，周之分野，屬三河。鶉尾於辰在巳，楚之分野，屬荆州。又分注費直周易分野、蔡邕月令章句度數之异。又載郡國躔次，較前志爲詳。蔡邕月令章句分野又見續漢書律曆志下劉昭補注，而郡國志一注引皇甫謐帝王世紀所載度數，與費、蔡又不同，與漢、晋志亦有同异。開元占經卷六十四分野略例與晋志同。又越絶書卷十二所載：韓鄭，皆角、亢。燕，尾、箕。越，南斗。吴，牛、須女。齊，虚、危。衛，營室、壁。魯，奎、婁。梁，畢。晋，觜。秦，東井。周，柳、七星、張。楚，翼、軫。趙，參。又互有出入。古代言分野者，异同略具於此。又周禮保章氏賈公彦疏及開元占經、石氏中官占以北斗七星主九州，似亦古説。以與本賦無關，故不述。○漢書，見地理志。案：鶉首之次，爲秦分野，其度數已見上。費直周易分野謂自東井十二度至柳四度，蔡邕月令章句謂自井十度至柳三度，皇甫謐帝王世紀謂自井十六度至柳八度，見晋書天文志一、續漢書律曆志下補注及開元占經卷六十四。又晋志載州郡躔次。東井、輿鬼，秦，雍州。雲中入東井一度，定襄入東井八度，雁門入東井十六度，代郡入東井二十八度，太原入東井二十九度，上黨入輿鬼二度。○楊雄交州箴見藝文類聚州部、古文苑卷十四。胡克家曰：袁本、茶陵本無「交」字。案：漢書曰「作州箴」，餘所引有某州箴者，疑皆後人所添。○輿，古音魚部。濁、嶽、隅，侯部。通轉爲韻。

姚寬西溪叢語卷上曰：劉淵林注魏都賦引九章之辭曰：蔀也必獨立。引卜居之辭曰：横江潭而漁。今閲二篇，又無是一句，信有闕文。淵林出漢後，何爲獨見全書也。步瀛案：九章條見下。楚辭漁父曰：屈原既放，游於江潭。注當引此。而此篇次卜居後，或誤記爲卜居。橫江潭而漁，乃楊子雲解嘲之文，漢書楊雄傳顔注及本書解嘲注皆引服虔曰：漁父也。此又誤記解嘲文，以爲楚辭，要不得疑爲卜居佚文也。孫志祖、梁章鉅、胡紹煐皆辨此注之誤。又案：「劉淵林」亦當作「張孟陽」，蓋宋本已有題爲「劉淵林注」者矣。○方言十三作「窌，阸也」。案：説文曰：窌。空也。廣雅釋言曰：窌，孔也。錢繹方言箋疏曰：道德經「孔德之容」，王弼注：孔，空也。空乏亦阸之意也。

蠻陬夷落，譯導而通者，鳥獸之氓也。

【彙校】

「而通者」「者」，奎章閣本、明州本、贛州本、四庫本、叢刊本、正德本、陳八郎本、九條本同。尤刻本、胡刻本、監本無「者」字。當有「者」字。

立群案：有無「者」字，俱不影響賦意。諸本多有「者」字，今從有「者」字。

【彙注】

【李善注】陬，子侯切。劉曰：陬、落，蠻夷之居處名也。一名聚居爲陬。善曰：廣雅曰：落，居也。杜篤通邊論曰：親録譯導，緩步四來。論衡曰：四夷入諸夏，因譯而通。説文曰：譯，傳四夷之語者。漢書，賈捐之上書曰：駱越之人，與禽獸無异。毛萇詩傳曰：氓，民也。

【五臣注】陬，子侯反。氓，麥耕反。翰曰：陬，聚也。落，居也。譯，易也。導，引也。言蠻夷聚居部落，言詞殊别，不爲中夏所識，有來朝者則使人傳易其語，引而通之。鳥獸之氓，則蠻夷也，言其穴居木宿，不异鳥獸。

【張鳳翼文選纂注】陬，子侯切。陬，聚也。落，居也。導，引也。言蠻夷聚居部落，語言殊别，不爲中夏所識，有來朝者則使人傳易其語，引而通之。鳥獸之氓，言其穴居野處，不异鳥獸也。

【胡克家文選考异】注「楊雄交州箴曰」。袁本、茶陵本無「交」字。案：漢書曰「作州箴」，餘所引有「某州箴者」，疑皆後人所添而此爲是也。

注「杜篤通邊論曰親録譯導緩步四來」。袁本、茶陵本無「通録四來」四字。案：尤校添之也。

【梁章鉅文選旁證】譯導而通。六臣本「通」下有「者」字。

【高步瀛文選李注義疏】六臣本「通」下有「者」字。○説文曰：陬，阪隅也。此蓋「聚」之通假字。説文曰：聚，會也。一曰，邑落曰聚。漢書平帝紀注張晏曰：聚，邑落名也。顔師古曰：聚小於鄉。○廣雅，見釋詁二。王念孫疏證曰：史記五帝紀云：一年而所居成聚，二年成邑，三年成都。落，亦聚也。鹽鐵論散不足篇云：田野不辟而飾亭落。漢書溝洫志云：稍築室宅，遂成聚落。今人亦云聚落、村落、院落。落之言聯絡也。籬謂之落，義亦相近也。○「杜篤通邊論」至「四來」，袁本、茶陵本脱

「通」「録」「四來」四字。論衡，見變虚篇。説文，見言部。今本作「譯，傳譯四夷之言者」。沈濤曰：文選司馬長卿喻蜀檄注引：譯，傳也。傳四夷之語也。蓋古本如是。後漢書和帝紀注引：譯，傳四夷之語也。文選東京賦注引：譯，傳四夷之語者。是古本「傳」下總無「譯」字。許君以傳釋譯，不得更言譯也。「者」下當有「也」字。章懷、崇賢兩引，皆有所節。〇漢書，見賈捐之傳，然對問非上書。〇詩毛傳，見衛風氓之篇。

正位居體者，以中夏爲喉，不以邊陲爲襟帶也。

【彙校】

「中夏爲喉」 「爲」，明州本、贛州本、叢刊本、陳八郎本、尤刻本、胡刻本、監本、九條本同。奎章閣本、四庫本、正德本作「為」。當作「爲」。「喉」，尤刻本、胡刻本、監本同。奎章閣本作「喉」。明州本、贛州本、四庫本、叢刊本、正德本、陳八郎本、九條本作「喉舌」。當作「喉」。

■立群案：賦云：正位居體者，以中夏爲喉，不以邊陲爲襟也。長世字㞐者，以道德爲藩，不以襲險爲屏也。對偶者也。胡克家文選考异：袁本、茶陵本「喉」下有「舌」字，「襟」下有「帶」字。案：詳注皆不當有，二本非。梁章鉅文選旁證：六臣本「喉」下有「舌」字。「襟」下有「帶」字。按依李注，則二字不當有。兩家説皆是也。若「帶」字，顯據注而增。後既爲「襟帶」或「衿帶」，前自然應以雙字爲對，故亦增爲「喉舌」也。南齊書劉繪傳：南康是三州喉舌，應須治幹。是「喉舌」亦有咽喉要地之意，自可通也。然前若爲「喉舌」二字，善注、五臣注不當無注。自應爲「喉」字，善注、五臣注方不必出注，而注中徑稱「咽喉」可也。

「不以邊陲」「邊」，明州本、贛州本、四庫本、叢刊本、正德本、陳八郎本、尤刻本、胡刻本、監本、九條本同。奎章閣本作「邉」。當作「邊」。「陲」，明州本、贛州本、叢刊本、陳八郎本、尤刻本、九條本同。奎章閣本、四庫本、正德本作「陲」。胡刻本、監本作「垂」。今從「陲」。

■立群案：古或作「邊垂」，或作「邊陲」，俱釋作「邊境」。如左傳成公十三年：芟夷我農功，虔劉我邊垂。劉向新序雜事四：寡人無良，邊陲之臣以干天之禍。然今多作「邊陲」也。

「爲襟」「爲」，明州本、贛州本、叢刊本、陳八郎本、尤刻本、胡刻本、監本、九條本同。奎章閣本、四庫本、正德本作「為」。當作「爲」。「襟」，胡刻本同。贛州本、正德本、陳八郎本作「襟帶」。奎章閣本、明州本、四庫本、叢刊本、九條本作「襟帶」。尤刻本作「襟」。監本作「衿」。今從「襟」。

■立群案：賦云：正位居體者，以中夏爲喉，不以邊陲爲襟也。長世字㞐者，以道德爲藩，不以襲險爲屏也。相對爲文。胡克家文選考异：袁本、茶陵本「喉」下有「舌」字，「襟」下有「帶」字。案：詳注皆不當有，二本非。又「襟」依注字善作「衿」，蓋五臣「襟」而各本亂之。梁章鉅文選旁證：六臣本「喉」下有「舌」字。「襟」下有「帶」字。如據李注，則二字不當有。又李注「襟」作「衿」，則正文之「襟」亦當作「衿」。梁氏因胡氏爲説。兩家説皆有據。若「帶」字，顯據注而增。「衿」「襟」通，諸本多作「襟」，從之。

【彙注】

【李善注】劉曰：易曰：正位居體，美在其中，而暢於四支。善曰：喉、衿，以身及衣爲喻也。戰國策，頓子曰：韓，天下之喉咽也。魏，天下之胸腹也。李尤函谷關銘曰：衿帶咽喉。聲類曰：衿，衣交領也。

【五臣注】翰曰：正位，謂正於寶位。居體，謂居君之體。言正寶位、居君體者，以中夏爲咽喉之要，不以邊陲爲襟帶之險也。

【王象乾文選删注】李尤函谷關銘曰：衿帶咽喉。李剋書曰：言語辯聰之説，而不度於義者，謂之繆言。

【余蕭客文選音義】中字典叶征。

【胡克家文選考异】以中夏爲喉不以邊垂爲襟也。袁本、茶陵本「喉」下有「舌」字，「襟」下有「帶」字。案：詳注皆不當有，二本非。又「襟」依注字善作「衿」，蓋五臣「襟」而各本亂之。

【梁章鉅文選旁證】以中夏爲喉，不以邊陲爲襟也。六臣本「喉」下有「舌」字。「襟」下有「帶」字。按：依李注，則二字不當有。又李注「襟」作「衿」，則正文之「襟」亦當作「衿」。

【胡紹煐文選箋證】不以邊陲爲襟也。注善曰：聲類曰：衿，衣交領也。旁證云：善注「襟」作「衿」，則正文當作「衿」。紹煐按：本書魏都賦、陸士衡贈從兄車騎詩、王僧達答顔延年詩并作「衿」。

此由五臣本作「襟」，後人因以亂善耳。

【高步瀛文選李注義疏】胡克家曰：袁本、茶陵本「喉」下有「舌」字，「襟」下有「帶」字。案：詳注皆不當有，二本非。「衿」字，各本作「襟」。胡曰：依注字，善作「衿」，蓋五臣作「襟」，而各本亂之。案：胡氏説是，今據改。○易，見坤文言傳。○戰國策，見秦策四秦王欲見頓弱章。今本無兩「也」字。○李尤函谷關銘「喉咽」二字當乙轉。已見西京賦疏。○聲類，本書王僧達答顔延年詩注引同。慧琳一切經音義卷七十引作「襟」。案：爾雅釋器曰：衣眥謂之襟。郭注曰：交領。詩子衿孔疏引孫炎曰：襟，交領也。顔氏家訓書證篇曰：按古者斜領，下連於衿，故謂領爲衿。孫炎、郭璞注爾雅、曹大家注列女傳并云：裣，交領也。説文曰：裣，交衽也。段注曰：「裣」之字，一變爲「衿」，再變爲「襟」，字一耳。而爾雅之「襟」，毛傳、方言之「衿」，皆非許所謂「裣」也。爾雅、詩傳、方言皆自領言之。深衣曲袷如矩以應方，注：袷，交領也。古者方領，如今小兒衣領。玉藻「袷二寸」，注：曲領也。曲禮「天子視不上於袷」，玉藻「侍於君視帶」以及「袷」，注皆云：交領也。袷者，交領之正字。其字從合。左傳作「襘」，從會與從合，一也。交領宜作「袷」。而毛詩、爾雅、方言作「衿」，殆以「衿」「袷」爲古今字與？若許云「裣，交衽也」，此則謂掩裳際之衽當前幅後幅相交之處，故曰交衽。裣本衽之稱，因以爲正幅之稱。正幅統於領，因以爲領之稱。此其推移之漸，許必原其本義爲言。凡金聲、今聲之字，皆有禁制之義。禁制於領，與禁制前後之不相屬，不妨同用一字。

長世字岷者，以道德爲藩，不以襲險爲屏也。

【彙校】

「長世字岷」「世」，奎章閣本、四庫本、監本、九條本同。明州本、贛州本、叢刊本、正德本、陳八郎本、尤刻本、胡刻本作「丗」。當作「世」。「岷」，奎章閣本、尤刻本、胡刻本同。明州本、贛州本、四庫本、叢刊本、正德本、陳八郎本、监本、九條本作「甿」。當作「岷」。

「道德爲藩」「德」，明州本、贛州本、叢刊本、陳八郎本、尤刻本、胡刻本、監本、九條本同。奎章閣本、四庫本、正德本作「德」。當作「德」。「爲」，明州本、贛州本、叢刊本、陳八郎本、尤刻本、胡刻本、監本、九條本同。奎章閣本、四庫本、正德本作「為」。當作「爲」。「藩」，明州本、贛州本、叢刊本、九條本同。奎章閣本、四庫本、正德本、尤刻本、胡刻本作「藩」。陳八郎本作「蕃」。監本模糊不清。當作「藩」。

■立群案：據下「襲險爲屏」語，知此處當作「藩」，亦作「屏障」之意。善曰：東方朔集曰：文帝以道德爲籬，以仁義爲藩。毛萇詩傳曰：藩，屏也。楊雄城門校尉箴曰：盤石唐芒，襲險重固。毛萇詩傳曰：屏，蔽也。五臣注：向曰：藩、屏，皆援也。俱是其證。

「襲險爲屏」「襲」，明州本、贛州本、叢刊本、正德本、陳八郎本、尤刻本、胡刻本、監本、九條本同。奎章閣本、四庫本作「襲」。當作「襲」。「險」，奎章閣本、明州本、贛州本、叢刊本、陳八郎本、尤刻本、胡刻本、監本、九條本同。四庫本、正德本作「險」。當作「險」。「爲」，明州本、贛州本、叢刊本、陳八郎本、尤刻本、胡刻本、監本、九條本同。奎章閣本、四庫本、正德本作「為」。當作「爲」。

【彙注】

【李善注】善曰：左氏傳，北宮文子曰：有其國家，令問長世。周書，成王曰：朕不知字民之道，敬問伯父。説文曰：氓，田民也。東方朔集曰：文帝以道德爲籬，以仁義爲藩。毛萇詩傳曰：藩，屏也。楊雄城門校尉箴曰：盤石唐芒，襲險重固。毛萇詩傳曰：屏，蔽也。

【五臣注】向曰：字，養。氓，民也。藩、屏，皆援也。言養人以德不以險。

【張鳳翼文選纂注】長世，猶易言長人言爲君也。字氓，養民也。藩、屏云云，言衛國以德不以險也。

【高步瀛文選李注義疏】呂向曰：字，養也。○左傳，見襄三十一年。○周書見本典篇。○説文，見田部。○漢書東方朔傳「化民有道」對曰：孝文皇帝之時，以道德爲麗，以仁義爲準。注引東方朔集，疑即此二句之异文。○詩毛傳，見大雅板之篇。○楊雄城門校尉箴，見古文苑卷十五。○後引詩傳，見桑扈。

而子大夫之賢，尚不曾庶翼等威，附麗皇極。思稟正朔，樂率貢職。

【彙校】

「之賢」　「之」，奎章閣本、明州本、贛州本、四庫本、叢刊本、正德本、陳八郎本、尤刻本、胡刻本、九條本同。監本無「之」字。當有「之」字。「賢」，奎章閣本、明州本、贛州本、四庫本、叢刊本、正德本、陳八郎本、九條本同。尤刻本、胡刻本、監本作「賢者」。當作「賢」。

■ **立群案**：斟酌賦意，當有「之」字，「者」字似衍。

「尚不曾」　「不」，奎章閣本、明州本、正德本、陳八郎本同。贛州本、四庫本、叢刊本、尤刻本、胡刻本、監本、九條本作「弗」。今從「不」。「曾」，奎章閣本、叢刊本、九條本同。明州本、贛州本、四庫本、陳八郎本、尤刻本、胡刻本、監本作「曾」。正德本作「會」。當作「曾」。

■ **立群案**：説文：不，鳥飛上翔不下來也。從一，一猶天也。象形。凡不之屬皆從不。凡云不然者，皆於此義引申假借。與「弗」字音義皆殊。音之殊，則「弗」在十五部也。義之殊，則「不」輕「弗」重。公羊傳曰：弗者，不之深也。今從「不」。

「庶翼等威」　「庶」，奎章閣本、明州本、贛州本、四庫本、叢刊本、正德本、尤刻本、胡刻本、監本同。

陳八郎本、九條本作「庻」。當作「庶」。「翼」，奎章閣本、四庫本、正德本作「翼」。明州本、贛州本、叢刊本、陳八郎本、尤刻本、胡刻本、監本、九條本作「翼」。當作「翼」。

「附麗皇極」「麗」，明州本、贛州本、四庫本、叢刊本、正德本、陳八郎本、尤刻本、胡刻本、監本、九條本同。奎章閣本作「麗」。當作「麗」。「極」，奎章閣本、明州本、贛州本、四庫本、叢刊本、正德本、尤刻本、胡刻本、九條本同。陳八郎本、監本作「極」。當作「極」。

「思稟正朔」「稟」，四庫本、叢刊本、陳八郎本、尤刻本、九條本同。奎章閣本、正德本作「禀」。明州本、贛州本作「稟」。胡刻本、監本作「稟」。當作「稟」。

「樂率貢職」「率」，明州本、贛州本、四庫本、叢刊本、正德本、陳八郎本、尤刻本、胡刻本、監本、九條本同。奎章閣本作「率」。當作「率」。「貢職」，奎章閣本、明州本、贛州本、四庫本、叢刊本、正德本、陳八郎本、尤刻本、胡刻本、九條本同。監本無法辨識。當作「貢職」。

【彙注】

【李善注】善曰：言不曾與衆庶翼戴上者，等其威儀，而附著於大中之道也。國語，越王勾踐曰：苟聞子大夫之言。賈逵曰：親而近之，故曰子大夫。尚書曰：庶明厲翼。孔安国曰：衆庶皆明其教而自勉厲，翼戴上命。左氏傳，申士會曰：貴有常尊，賤有等威。莊子曰：附麗不以膠漆。王弼周易注曰：麗，著也。尚書曰：皇極，皇建其有極。孔安國曰：皇，大；極，中也。謂大中之道也。又曰：稟，受也。論語比考讖曰：正朔所加，莫不歸義。又撰考讖曰：穿胸儋耳，莫不貢職。漢書曰：單于非正朔所加。東觀漢記曰：百蠻貢職。

【五臣注】良曰：先生謂客爲子大夫之賢者，主客之義也。翼，佐也。等，等差。威，威儀也。麗，著。皇，大。極，中也。責其不曾庶幾翼佐，以等差威儀，附著大中之道於魏主也。銑曰：先生使吴、蜀二客歸義於魏，從其正朔，納其貢賦也。

【張鳳翼文選纂注】皇極，大中也。禀，受也。子大夫，稱客也。庶翼，即尚書「庶明勵异」之義。等，等差。威，威儀也。責其不曾歸義於魏，從其正朔，納其貢賦也。

【胡克家文選考异】注「而附著於大中之道也」。袁本、茶陵本「而」作「又不」，無「於」字。注「莫不貢職」。袁本、茶陵本「貢職」作「來貢」。案：尤校改之也。注「漢書曰單于」下至「百蠻貢職」。袁本、茶陵本無此十九字。

【梁章鉅文選旁證】而子大夫之賢者，尚弗曾庶翼等威。六臣本無「者」字。「弗」作「不」。

【高步瀛文選李注義疏】五臣無「者」字。「弗」作「不」。○注「而附著於大中之道也」，胡克家曰：袁本、茶陵本「而」作「又不」，無「於」字。○國語，見越語上。劉良曰：先生謂客爲子大夫之賢者，主客之義也。○尚書及僞孔傳，見皋陶謨。袁本、茶陵本無「庶明厲翼。孔安國曰」八字，而袁本「尚書曰」作「尚書注」。○左傳，見宣十二年。○莊子，見駢拇篇。○王弼周易注，見離卦。○次引尚書及僞孔傳，見洪範及僞説命上。○論語比考讖，又見本書晉紀總論注引。○撰考讖云云，胡曰：袁本、茶陵本「貢職」作「來貢」。案：尤校改之也。步瀛案：本書喻巴蜀檄注引正作貢職，尤本是也。○注「漢書曰單于」至「貢職」，胡曰：袁本、茶陵本無此十九字。○漢書，見宣帝紀甘露二年。○「百蠻」句，本書未再引。今本東觀漢記卷五郊祀志曰：東平王蒼議，以爲光武皇帝受命中興，撥亂反正，武暢方外，震服百蠻，戎狄奉貢，宇内治平。續漢書祭祀志下劉注引東觀書同。未知本注即節引此文否。若屬此文，則「貢職」當作「奉貢」。

而徒務於詭隨匪人，宴安於絶域。榮其文身，驕其險棘。

【彙校】

「徒務於」 「於」，奎章閣本、明州本、贛州本、四庫本、叢刊本、陳八郎本、尤刻本、胡刻本、監本、九條本同。正德本作「扵」。當作「於」。

「詭隨匪人」 「隨」，明州本、贛州本、四庫本、叢刊本、陳八郎本、尤刻本、胡刻本、監本、九條本同。奎章閣本、正德本作「随」。當作「隨」。「匪人」，奎章閣本、明州本、正德本、陳八郎本、尤刻本、胡刻本同。贛州本、四庫本、叢刊本、監本、九條本作「匪民」。當作「匪人」。

■**立群案**：胡克家文選考异：茶陵本「人」作「民」，云五臣作「人」。袁本作「人」，無校語。案：「民」字是也。尤以五臣亂善，又并注「同於匪民」亦改「人」，皆非。胡氏説似有誤。易否：否之匪人。李鼎祚集解引虞翻曰：以臣弑其君，子弑其父，故曰匪人。「匪人」，指行爲不端之人。詩小雅何草不黃：哀我征夫，獨爲匪民。鍾會檄蜀文：悼彼巴蜀，獨爲匪民，潛此百姓，勞役未已。「匪民」，謂不被當人看待。賦云「詭隨匪人」，據「詭隨」，此處顯指行爲不端之人。當作「匪人」爲是。監本作「民」，尤刻本改「民」爲「人」，是。

「宴安於」「於」，奎章閣本、明州本、贛州本、四庫本、叢刊本、陳八郎本、尤刻本、胡刻本、監本、九條本同。正德本作「扵」。當作「於」。

「絶域」「絶」，明州本、贛州本、四庫本、叢刊本、正德本、陳八郎本、胡刻本、九條本同。奎章閣本、尤刻本、監本作「絕」。當作「絶」。

「驕其險棘」「險」，奎章閣本、明州本、贛州本、叢刊本、陳八郎本、尤刻本、胡刻本、監本、九條本同。四庫本、正德本作「嶮」。當作「險」。「棘」，奎章閣本、明州本、贛州本、四庫本、叢刊本、正德本、陳八郎本、尤刻本、胡刻本、監本、九條本作「棘」。當作「棘」。

【彙注】

【李善注】善曰：詭隨匪人，言詭善隨惡，同於匪人。又自宴安於其絶域也。毛詩曰：無縱詭隨，以謹無良。毛萇曰：詭隨，詭人之善，隨民之惡。毛詩曰：獨爲匪民。左氏傳，管仲曰：宴安鴆毒，不可懷也。李陵書曰：出征絶域。漢書曰：少康之庶子，封於會稽，文身斷髮。蔡雍樊陵碑曰：進路孔夷，人情險棘。毛萇詩傳曰：棘，急也。

【五臣注】向曰：詭，曲也。匪，非也。匪人，謂夷狄人也。絶，遠也。責其不稟魏之正朔，而曲從夷狄之人也。宴，安也。言宴然而安，懷其鴆毒於絶遠之域。銑曰：險，阻也。東吴誇壯鏤身之卒以爲榮，西蜀亦不以德而務驕其險阻也。

【張鳳翼文選纂注】詭，曲也。匪，非也。絶，遠也。責其曲從夷狄之人也。險，阻也。怪東吴誇鏤身以爲榮，西蜀務驕其險阻也。

【胡克家文選考异】而徒務於詭隨匪人。茶陵本「人」作「民」，云五臣作「人」。袁本作「人」，無校語。案：「民」字是也。尤以五臣亂善，又并注「同於匪民」亦改「人」，皆非。

注「詭隨匪人言詭善隨惡」。袁本、茶陵本「詭隨匪人言」五字作「徒務於」三字。

注「詭隨詭人之善隨民之惡」。袁本、茶陵本無上「詭隨」二字，「惡」下有「者也」二字。

【許巽行文選筆記】險棘。注：蔡雍樊林碑。案：吴志顧雍傳，裴松之注引江表傳曰：雍從伯喈學，伯喈謂之曰：今以吾名與卿。故雍與伯喈同名。

【徐攀鳳選注規李】驕其險棘。注：蔡雍樊陵碑。案：吴志顧雍傳，裴松之注：雍從伯喈學，伯喈謂之曰：今以我名與卿。故伯喈與雍同名也。伯喈本名雍，今但知邕字矣。

【高步瀛文選李注義疏】上「於」字疑當在「詭隨」下，故善注以詭善隨惡，同於匪民釋之。又尤本「匪人」正文及注前二「匪民」字作「匪人」。胡曰：茶陵本「人」作「民」，云：五臣作「人」。袁本作「人」，無校語。案：「民」字是也。尤以五臣亂善。又并注「同於匪民」亦改「人」，皆非。案：胡氏説是，今據改。○注「詭隨匪民，言」五字，袁、茶陵二本作「徒務於」三字。○毛詩，見民勞。「隨人」各本作「隨民」，誤。今依毛傳校改。又，尤本「惡」下無「者也」二字。袁、茶二本「詭人」上無「詭隨」二字。案：「詭隨者」三字，毛傳皆有，而無「也」字。然注家引書，句末增「也」字，亦通例。今依二本增入。○次引毛詩，見何草不黄篇。○左傳，見閔元年。○李陵書，見本書卷四十一。○漢書，見地理志。○蔡雍京兆樊陵頌碑，藝文類聚郡部引。「人情」作「民情」，此亦避諱改。○毛傳，見素冠。○極、職、域、棘，古音之部。

繆默語之常倫，牽膠言而逾侈。飾華離以矜然，假倔强而攘臂。

【彙校】

「繆默語」　「繆」，奎章閣本、明州本、贛州本、四庫本、叢刊本、陳八郎本、尤刻本、胡刻本、監本、九條本作「繆」。正德本作「缪」。當作「繆」。「默」，奎章閣本、明州本、贛州本、四庫本、叢刊本、正德本、陳八郎本、尤刻本、胡刻本、監本、九條本作「黙」。當作「默」。

「牽膠言」　「膠」，奎章閣本、明州本、贛州本、四庫本、叢刊本、正德本、陳八郎本、尤刻本、胡刻本、監本、九條本作「膠」。當作「膠」。

「逾侈」　「逾」，奎章閣本、明州本、贛州本、四庫本、叢刊本、正德本、陳八郎本、尤刻本、胡刻本、監本、九條本作「踰」。當作「逾」。

「假倔强」　「强」，監本同。明州本、贛州本、四庫本、叢刊本、陳八郎本、尤刻本、胡刻本、九條本作「彊」。奎章閣本、正德本作「彊」。當作「强」。

「而攘臂」　「攘」，明州本、贛州本、叢刊本、正德本、陳八郎本、尤刻本、胡刻本、監本、九條本同。奎章閣本、四庫本作「攘」。當作「攘」。「臂」，奎章閣本、明州本、贛州本、四庫本、叢刊本、正德本、陳八郎本、尤刻本、胡刻本、九條本同。監本作「辟」。當作「臂」。

【彙注】

【李善注】倔，渠屈切。强，巨兩切。劉曰：李剋書曰：言語辯聽之説，而不度於義者，謂之繆言。周官曰：形方氏掌制邦國之地域，而正其封疆，無華離之地。

【五臣注】華，苦懷反。倔，渠屈反。强，巨兩反。向曰：繆，猶昧也。倫，次也。不度義而言曰膠言。君子或默或語，責二客昧默語之次，牽不義之言，而越其奢侈也。翰曰：華離，地形也。言蜀都之地小狹。華離，斜角不正，徒誇飾以爲沃壤也。倔彊，夷狄惡性梗戾，謂王孫誇士卒勇悍也。云雖有石林之岝峉，謂攘臂而靡之是也。

【張鳳翼文選纂注】繆，猶昧也。倫，次也。責二客昧默語之次，牽不義之言，而僭越奢侈也。華離，地形也。言蜀都之地，斜角不正，徒誇飾以爲沃壤也。倔强，謂王孫誇士卒勇悍。前篇雖有石林之岝峉，謂攘臂而靡之是也。

【王象乾文選刪注】李剋書曰：言語辯聽之説，而不度於義者，謂之膠言。

【杭世駿文選課虚】周官：形方氏掌制邦國之地域，而正其封疆，無華離之地。李克書曰：言語辨聽之説，而不度於義者，謂之膠言。

【余蕭客文選音義】侈字典叶郺。華周禮音義苦蛙反。何曰：周禮注讀若「佤哨」之「佤」。

【余蕭客文選紀聞】華讀「佤哨」之「佤」，正之使不佤邪離絶鄭元周禮注八。地有佤邪離絶，遞相侵入，不正，故今正之。佤者，兩頭寬、中狹。邪者，一頭寬一頭狹賈公彦周禮疏三十三。華離，地形斜角不正六臣。

【張雲璈選學膠言】牽膠言而踰侈。張注引李克書曰：言語辨聰之説，而不度於義者，謂之膠言。李注「膠」：廣雅云：膠，欺也。雲璈按，揚子方言：膠，譎詐也。涼州西南之間曰膠，自關而東西曰譎。此張稚讓所本也。李注不引方言而引廣雅，似疏。李克，漢書藝文志云：子夏弟子。而釋文又云：子夏傳詩曾申，申傳魏人李克。則李克是子夏之門人。魏世家又作「里克」。「里」「李」古通。吕覽舉難又作李充，蓋形近而訛。

【梁章鉅文選旁證】牽膠言而踰侈。方言：膠，譎詐也。涼州西南之間曰膠，自關而東西，或曰譎，或曰膠。

飾華離以矜然。翰注：華離，地形也。言蜀都之地小狹華離，斜角不正，徒誇飾以爲沃壤也。孫氏義鈞曰：周禮形方氏鄭注：華讀爲「㼌哨」之「㼌」，正之使不㼌邪離絶。賈疏：王者地有㼌邪離絶，遞相侵入不正，故今正之。㼌者，兩頭寬，中狹。邪者，謂一頭寬，一頭狹。翰注本此。

非醇粹之方壯，謀踳駮於王義。孰愈尋靡蓱於中逵，造沐猴於棘刺。

【彙校】

「非醇粹」　「醇」，四庫本同。奎章閣本、明州本、贛州本、叢刊本、正德本、陳八郎本、尤刻本、胡刻本、監本、九條本作「醕」。當作「醇」。

「方壯」　「壯」，明州本、贛州本、四庫本、叢刊本、陳八郎本、尤刻本、胡刻本、九條本同。奎章閣本、正德本作「壮」。監本作「牡」。當作「壯」。

■立群案：善注引楚辭曰：王色頩以開顔，精純粹而始壯。五臣銑曰：方，比。壯，大。「方壯」「始壯」同義。據注，是李善本、五臣本皆作「壯」。諸本皆作「壯」是也。監本獨作「牡」者，乃「壯」字之形近而誤也。

「踳駮於」　「於」，奎章閣本、明州本、贛州本、四庫本、叢刊本、陳八郎本、尤刻本、胡刻本、監本、九條本同。正德本作「扵」。當作「於」。

「王義」　「義」，明州本、贛州本、四庫本、叢刊本、陳八郎本、尤刻本、胡刻本、監本同。奎章閣本、正德本、九條本作「義」。當作「義」。

「孰愈」「孰」，四庫本同。奎章閣本、明州本、贛州本、叢刊本、正德本、陳八郎本、尤刻本、胡刻本、監本、九條本作「孰」。當作「孰」。

「尋靡萍」「尋」，明州本、正德本、監本同。奎章閣本、贛州本、四庫本、叢刊本、陳八郎本、尤刻本、胡刻本、九條本作「尋」。當作「尋」。「萍」，九條本同。奎章閣本、明州本、贛州本、四庫本、叢刊本、正德本、陳八郎本、尤刻本、胡刻本、監本作「蓱」。當作「萍」。

「於中逵」「於」，奎章閣本、明州本、贛州本、四庫本、叢刊本、陳八郎本、尤刻本、胡刻本、監本、九條本同。正德本作「扵」。當作「於」。

「造沐猴」「沐」，奎章閣本、明州本、贛州本、四庫本、叢刊本、正德本、尤刻本、胡刻本、九條本同。陳八郎本、監本作「木」。當作「沐」。「猴」，明州本、贛州本、四庫本、叢刊本、陳八郎本、尤刻本、胡刻本、監本、九條本同。奎章閣本、正德本作「猴」。當作「猴」。

■ **立群案**：高步瀛文選李注義疏：朱珔曰：陸氏詩疏云：猱，獮猴也。楚人謂之沐猴。初學記引孫炎曰：猱，母猴也。説文「夒」下曰：一名母猴。「爲」下曰：母猴也。「玃」下曰：大母猴也。「禺」下曰：母猴屬也。段氏謂：母猴乃此獸之名，非謂牝者。沐猴、獮猴，皆聲之轉耳。郝氏謂：玃，今呼馬猴。馬、沐聲亦相轉。據高氏説，當作「沐」也。

「於棘刺」「於」，奎章閣本、明州本、贛州本、四庫本、叢刊本、陳八郎本、尤刻本、胡刻本、監本、九條本同。正德本作「扵」。當作「於」。「棘」，奎章閣本、明州本、贛州本、四庫本、叢刊本、正德本、陳八郎本、尤刻本、胡刻本、監本、九條本作「棘」。當作「棘」。「刺」，奎章閣本、明州本、贛州本、四庫本、叢刊本、正德本、陳八郎本、尤刻本、胡刻本、監本、九條本作「刺」。當作「刺」。

【彙注】

【李善注】踳音舛。班固云：不變曰醇，不雜曰粹。莊子曰：惠施多方，其書五車，其道踳駮。言惡也。楚辭天問曰：靡萍九逵，枲華安居。韓子曰：燕王好微巧，衛人曰：臣能以棘刺之端爲母猴。王悦之，養以五乘之奉。王曰：吾請觀客爲棘刺之母猴。衛人曰：臣爲棘刺之母猴也，人主欲觀之，必半歲不入宫，不飲酒食肉，雨霽日出，視之晏陰之間，而棘刺之母猴乃可見。燕王因養衛人，而不能觀母猴。鄭人有臺下之治者，謂王曰：臣爲削者，諸微巧必以削之，所削必大於削。今棘刺之端不容削，王試觀客之削，則能與不能可知也。王曰：客爲棘刺之母猴，何以理之？曰：以削。王曰：吾欲觀客之削也。客曰：臣請取之。因逃。治人謂王曰：上之無度量，言談之士，多棘刺之説也。善曰：周易曰：君子或默或語。廣雅曰：膠，欺也。鄭玄禮記注曰：矜，謂自尊大也。毛萇詩傳曰：然，是也。漢書，伍被曰：倔强江、淮間。孟子曰：馮婦善搏虎，攘臂下車，衆皆悦之。楚辭曰：王色頩以開顔，精純粹而始壯。華，口哇反。司馬彪莊子注曰：踳，讀曰舛。舛，乖也。駮，色雜不同也。頩，普丁反。王逸楚辭注曰：寧有萍草蔓衍於九逵之道。靡，蔓也。

【五臣注】踳音舛。銑曰：粹，美。方，比。壯，大。踳，乖。駮，亂也。言吴、蜀二客非能醇美以比於大道，是謀乖亂王者之義愈比也。逵，路也。靡，流貌。言萍水物者若求於中路，不可得也。燕王好巧，有衛人詐言能刻沐猴於棘刺之端，後作詐發而逃之。言二客之言差謬，如中路尋萍棘之刺端造沐猴也。

【張鳳翼文選纂注】踳音舛。言吴、蜀二客非能醇美以比于大道，而謀垂亂王者之義也。孰愈，孰若也。蓱與萍同。逵，路也。王逸曰：寧有萍草蔓延九逵之道。此言尋，猶緣木求魚之謂。沐猴棘刺，見韓子燕王好微巧事。言二客之言荒繆甚也。

【王象乾文選刪注】萍，普丁反。不變曰醇，不雜曰粹。駮，色雜不同也。靡，蔓也。楚辭天問曰：靡萍九逵，枲華安居。王逸注曰：寧有萍草蔓衍於九逵之道。韓子曰：燕王好微巧，衛人曰：臣能以棘刺之端爲母猴。王悦之，養以五乘之俸。王曰：吾請觀客爲棘刺之母猴。衛人曰：臣爲棘刺之母猴也，人主欲觀之，必半歲不入宮，不飲酒食肉，雨霽日出，視之晏陰之間，而棘刺之母猴乃可見。燕王養衛人，而不能觀母猴。鄭人有臺下之治者，謂王曰：臣爲削者，諸微巧必以削之，所必大於削。今棘刺之端不容削，則能與不能可知也。王曰：客爲棘刺之母猴，何以理之？曰：以削。王曰：吾欲觀客之削也。客曰：臣請取之。因逃。治人謂王曰：上之無度量，言談之士，多棘刺之説也。

【杭世駿文選課虛】莊子：惠施多方，其書五車，其道踳駮。言惡也。踳，讀曰舛。舛，乖也。駁，色雜不同也。

【余蕭客文選音義】踳舊音舛。

【余蕭客文選紀聞】踳楊雄説舛以足春。説文五下。

【胡克家文選考异】注「言惡也」。袁本、茶陵本無此三字。

【朱珔文選集釋】謀踳駁於王義。善注引司馬彪莊子注曰：踳，讀曰舛。舛，乖也。案：説文舛爲部首，云：對卧也。從夕牛相背。重文爲「踳」。云：楊雄作「舛」，從足、春。是司馬以爲「舛」「踳」各字，而楊、許則爲一字矣。又舛之本義爲對卧，字亦作「僢」。王制注釋交趾云：浴則同川，卧則僢足是也。段氏謂：引伸之，凡足相抵皆曰僢。典瑞「兩圭有邸」，注云：僢而同本是也。淮南書及周禮多用「僢」字。余謂舛爲足相抵，故「踳」之或體即從足，春則其聲也。此踳駮蓋謂其訛舛耳。

造沐猴於棘刺。張注引韓子：燕王好微巧，衛人曰：臣能以棘刺之端爲母猴。案，陸氏詩疏云：猱，獮猴也。楚人謂之沐猴。初學記引孫炎曰：猱，母猴也。説文「夒」下夒，音人周反。字亦或作猱曰：一名母猴。「爲」下曰：母猴也。「玃」下曰：大母猴也。「禺」下曰：母猴屬也。段氏謂：母猴乃此獸之名，非謂牝者。沐猴、獮猴，皆聲之轉耳。郝氏謂：玃，今呼馬猴。馬、沐聲亦相轉。

【梁章鉅文選旁證】注踳，讀曰舛。段校云：依説文：「踳」即「舛」字。

【胡紹煐文選箋證】謀踳駮於王義。注張載曰：莊子曰：惠施多方，其書五車，其道踳駮。言惡也。善曰：司馬彪莊子注曰：踳，讀曰舛。舛，乖也。按：據司馬注，則「踳」「舛」各字。説文出「踳」，云揚雄作「舛」，從足、春。是揚又以「踳」爲「舛」之或體，蓋出訓纂篇。諸書多言「踳駮」，孝經序「踳駮尤甚」是也。

孰愈尋靡萍於中逵。注善曰：王逸楚辭注曰：寧有萍草蔓衍於九逵之道？洪氏興祖補注曰：山海經曰：宣山有桑焉，其枝四衢。注云：枝交互四出。又，少室之山有木焉，名帝休，其枝五衢。注云：言樹枝交錯，相重五出，有似路衢。天對云：有萍九歧。注云：衢，歧也。逸以爲生九衢中，恐謬。紹煐按：釋名：四達曰衢。齊、魯謂四齒杷爲欋。欋杷地則有四處，此道似之也。然則凡言衢者，皆歧出之義。淮南子「木大則根欋」，謂根之四出也。「欋」與「衢」通，故路歧出謂之衢，萍歧出亦謂之衢，猶杷歧出謂之欋，根歧出亦謂之欋。太冲以九衢爲中逵，蓋沿逸注之誤。

【高步瀛文選李注義疏】「剋」，俗字，當作「勊」。而李剋諸書但作「克」。張雲璈曰：李克，漢書藝文志云：子夏弟子。而釋文又云：子夏傳詩曾申，申傳魏人李克。則李克是子夏之門人。魏世家又作「里克」。「里」「李」古通。呂覽舉難又作「李充」，蓋形近而訛。馬國翰玉函山房輯佚書李克書序曰：

其書隋、唐志不著録，佚已久，惟魏都賦注引明標「李克書」。考吕氏春秋、淮南子、韓詩外傳、史記、新序、説苑皆引李克對文侯語，雖互有同异，從本書取之云。案吕氏春秋適威篇、舉難篇、淮南子道應篇、韓詩外傳卷三、卷八、卷十、史記魏世家、吴起傳、新序雜事五、説苑臣術篇、政理篇、反質篇，皆馬輯所本。而魏都賦注此條，他書皆不載。○形方氏見夏官。鄭注曰：華，讀爲「㼌哨」之「㼌」，正之使不㼌邪離絶。賈疏曰：王者地有㼌邪離絶，遞相侵入不正，故今正之。㼌者，兩頭寬，中狹。邪者，謂一頭寬，一頭狹。段玉裁周禮漢讀考曰：華、㼌，古音同部。鄭易「華」爲「㼌」，釋經之㼌離爲㼌邪離絶。㼌邪，謂地偏長，則去國遠。離絶，謂若間以他國之地，逾竟而治之，皆爲邦國之不便。華，苦哇反，音誇。廣韵、集韵作「⿱艹爽」，非是。孫詒讓周禮正義曰：玉篇、廣韵并以「華」爲「苝」者，以其形近，誤合爲一字，似亦本唐以前舊詁。然鄭讀、陸音，則皆無此義。○「不變曰醇」二句，當即班固離騷章句之文，釋「昔三后之純粹」句者也。「純」、「醇」之通借字。又洪興祖遠游補注亦引此二句。○莊子，見天下篇。今本「踳」作「舛」。段玉裁曰：依説文，「踳」即「舛」字。○「言惡也」，胡曰：袁本、茶陵本無此三字。○楚辭天問王注本「逵」作「衢」。○韓子，見外儲説左上。此有二説，所引乃第二説。「燕王」上有「一曰」二字。「治人謂王曰」云云，乃在第一説之末，其他字句與各本及藝文類聚獸部下、白帖二十四、二十九、太平御覽禮儀部九、獸部二十二引，亦各有异同。古人引書，往往有此。宋乾道本韓子「一曰」下脱「燕王」二字，其「作好微巧」不誤。白帖二十九正合，二十四「微」誤作「徵」，尚未脱「好」字。而藝文及御覽獸部皆脱「好」字，「衛」字又誤作「術」。御覽禮儀部「微巧」又誤作「欲攻」，益謬。盧召弓、顧千里校均善，而王先慎集解竟依藝文、御覽誤本改爲「徵巧術人」，則謬甚矣。○周易，見繫辭傳上。○廣雅，見釋詁二。案：方言三曰：膠，譎詐也。凉州西南之間曰膠，自關而東西或曰譎，或曰膠。張雲璈曰：此張稚讓所本也。李注不引方言而引廣雅，似疏。步瀛案：方言十曰：婟，獪也。江、湘之間或謂之𤞞。錢繹曰：「謬」與「𤞞」通。○禮記鄭注，見表記。○詩皇矣兩「無然」字，毛傳皆以「無是」爲訓。陳奂以爲全書「然」字通訓「是」也。○漢書，見伍被傳。「倔」作「屈」。顔注曰：屈，音具勿反。案：「倔」與「崛」同，作「屈」者，通假字。○孟子，見盡心下。○楚辭，見遠游。「開」當作「晩」。洪補注曰：晩，澤也。音萬。「純」作「醇」。○華，口哇反。見上。○莊子天下篇司馬注，釋文未引。朱珔曰：説文舛爲部首，云：對卧也。從夂牛相背。重文爲「踳」，云：楊雄作「舛」，從足、舂。是司馬以爲「舛」「踳」各字，而楊、許則爲一字矣。又舛之本義爲對卧，字亦作「僢」。王制注釋交阯云：浴則同川，卧則僢足是也。段氏謂：引伸之，凡足相抵皆曰僢。典瑞「兩圭有邸」，注云：僢而同本是也。淮南書及周禮多用「僢」字。余謂舛爲足相抵，故「踳」之或體即從足，舂則其聲也。此踳駁蓋謂其訛舛耳。胡紹煐曰：據司馬注，則「踳」「舛」各字。説文出「踳」，云楊雄作「舛」，從足、舂。是楊又以「踳」爲「舛」之或體。蓋出訓纂篇。諸書多言「踳駁」，孝經序「踳駁尤甚」是也。杜宗玉曰：「舛」字亦作「僢」。「僢」「踳」亦音轉。○頩，普丁反。此爲注引遠游玉色頩作音。○王逸楚辭天問注曰：九交道曰衢。言寧有萍草，生於水上，無根，乃蔓衍於九交之道。案：爾雅釋宮、説文皆云：四達謂之衢。釋宮及毛詩兔罝傳皆云：九達謂之逵。説文曰：馗，九達道也。重文作「逵」。是逵爲九達，衢爲四達。衢、逵雙聲，王逸以九交道釋衢，是亦以衢爲逵矣。然逵爲九達道，不得曰九逵道，則注中「九逵」當是「九達」之誤也。又洪補注曰：山海經曰：宣山上有桑焉，其枝曰衢。注云：枝交互四出。又，少室之山有木，名帝休，其枝五衢。注云：言樹枝交錯，相重五出，有象路衢。天對云：有萍九岐，厥圖以詭。注云：衢，歧也。逸以爲生九衢中。恐謬。魏都賦云：尋靡萍於中逵。蓋用逸説也。案：洪引山海經并見中山經。毛奇齡天問補注曰：其葉九出爲九衢。沈約郊居賦：舒葉而九衢，開丹花而四照。八咏詩：雕芳卉之九衢，實靈茅之三脊。梁元帝爲妾弘夜珠謝東宫賚合心金鈿啟曰：曾游澧浦，慣識九衢。則以九衢爲水中之草，故曰澧浦。夫水中之草，非萍乎？若魏都賦則誤以九衢爲九達之衢，故云中逵。此屬訛解，非實據也。丁晏天問箋説同。胡紹煐曰：按釋名：四達曰衢。齊、魯謂四齒杷爲欋。欋杷地則有四處，此道似之也。然則凡言衢者，皆歧出之義。淮南子：木大則根欋。謂根之四出也。「欋」與「衢」通，故路歧出謂之衢，萍歧出亦謂之衢，猶杷歧出謂之欋，根歧出亦謂之欋。太冲以九衢爲中逵，蓋沿逸注之誤。步瀛案：釋名見釋道，淮南子見説林篇。○「靡，蔓也」。案：此三字乃李氏釋「靡萍」之「靡」。洪氏天問補注引爲李善注，甚是。丁晏天問箋認爲王逸注，誤也。張銑曰：靡，流貌。言萍水物者，若求於中路，不可得也。言二客之言，差謬如中路尋萍，棘之刺端造沐猴也。○朱珔曰：陸氏詩疏云：猱，獮猴也。楚人謂之沐猴。初學記引孫炎曰：猱，母猴也。説文「夒」下曰：一名母猴。「爲」下曰：母猴也。「玃」下曰：大母猴也。「禺」下曰：母猴屬也。段氏謂：母猴乃此獸之名，非謂牝者。沐猴、獮猴，皆聲之轉耳。郝氏謂：玃，今呼馬猴。馬、沐聲亦相轉。案：又互見吴都賦猿父疏。○侈、義，古音歌部。臂、刺，支部。通轉爲韵。

劍閣雖嶛，憑之者蹶，非所以深根固蒂也。洞庭雖濬，負之者北，非所以愛人治國也。

【彙校】

「劍閣雖嶛」 「劍」，奎章閣本、四庫本、正德本作「劒」。明州本、贛州本、叢刊本、陳八郎本、尤刻本、胡刻本、監本、九條本作「劒」。當作「劍」。「雖」，奎章閣本、明州本、贛州本、四庫本、叢刊本、陳八郎本、尤刻本、胡刻本、監本、九條本同。正德本作「雖」。當作「雖」。「嶛」，明州本、贛州本、四庫本、叢刊本、正德本、陳八郎本、尤刻本、胡刻本、監本、九條本同。奎章閣本作「嶚」。當作「嶛」。

「憑之者蹶」 「憑」，奎章閣本、明州本、贛州本、四庫本、叢刊本、陳八郎本、尤刻本、九條本同。正德本、胡刻本作「凴」。監本模糊不清。當作「憑」。

「非所以深」 「所」，四庫本同。奎章閣本、正德本作「所」。明州本、陳八郎本、尤刻本、胡刻本、九條本作「所」。贛州本、叢刊本、監本作「所」。當作「所」。「深」，明州本、贛州本、四庫本、叢刊本、正德本、陳八郎本、尤刻本、胡刻本、監本、九條本同。奎章閣本作「㴱」。當作「深」。

「固蒂也」 「蒂」，奎章閣本、明州本、贛州本、四庫本、叢刊本、正德本、陳八郎本、尤刻本、胡刻本、監本、九條本作「蔕」。當作「蒂」。「也」，奎章閣本、明州本、贛州本、四庫本、叢刊本、正德本、陳八郎本、尤刻本、胡刻本、九條本同。監本無「也」字。當有「也」字。

■立群案：賦云：劍閣雖嶛，憑之者蹶，非所以深根固蔕也。洞庭雖浚，負之者北，非所以愛人治國也。對偶者也。諸本多有「也」字，是。

「洞庭雖浚」「洞」，奎章閣本、明州本、贛州本、四庫本、叢刊本、正德本、陳八郎本、尤刻本、胡刻本、九條本同。監本模糊不清。當作「洞」。「庭」，明州本、贛州本、叢刊本、陳八郎本、尤刻本、胡刻本、監本、九條本同。奎章閣本、四庫本、正德本作「庭」。當作「庭」。「雖」，奎章閣本、明州本、贛州本、四庫本、叢刊本、陳八郎本、尤刻本、胡刻本、監本、九條本同。正德本作「雖」。當作「雖」。「浚」，明州本、贛州本、四庫本、叢刊本、陳八郎本、尤刻本、胡刻本、監本、九條本同。奎章閣本、正德本作「濬」。當作「浚」。

「負之者北」「負」，明州本、贛州本、叢刊本、陳八郎本、監本同。奎章閣本、四庫本、正德本、尤刻本、胡刻本、九條本作「負」。當作「負」。

「非所以愛」「所」，四庫本同。奎章閣本、正德本作「所」。明州本、叢刊本、陳八郎本、尤刻本、胡刻本、監本作「所」。贛州本、九條本作「所」。當作「所」。

【彙注】

【李善注】善曰：劍閣，蜀境也。酈元水經注曰：小劍戍去大劍，飛閣通衢，故謂之劍閣。廣雅曰：嶛嶛，高也。力彫反。又曰：蹶，敗也。善曰：老子曰：有國之母，可以長久。是謂深根固蔕，長生久視之道。聲類曰：蔕，果鼻也。善曰：洞庭，吳境也。史記，吳起曰：三苗氏，左洞庭而右彭蠡，恃此險也，禹滅之。毛萇詩傳曰：浚，深也。鄭玄禮記注曰：負，性恃也。漢書音義，服虔曰：師敗曰北，南北之北。老子曰：愛人治國，能無知乎？

【五臣注】濟曰：嶛，險。憑，據也。言雖險，無德而據之者，必見顛蹶，是以非深根固蒂之道也。濟曰：浚，深。負，恃也。言雖爲深阻，無德而恃之者，必見奔北。軍敗曰北。是以非愛人治國之理也。

【張鳳翼文選纂注】劍閣，蜀之險要也。嶛，高也。力彫反。蹶，敗也。憑，據也。言雖險而據之者，每見顛蹶，是以非深根固蒂之道也。洞庭，在吴地。浚，深也。負，恃也。言雖爲深阻，而負固者每見奔北，故非愛人治國之處。

【王象乾文選删注】嶛，力彫反。嶚，高也。浚，深。負，恃也。師敗曰北。酈元水經注曰：小劍去大劍，飛閣通衢，故謂之劍閣。老子曰：有國之母，可以長久。是謂深根固蒂，長生久視之道。史記，吴起曰：三苗氏，左洞庭而右彭蠡，恃此險也，禹伐之。老子曰：愛民治國，能無知乎？

【陳景雲文選舉正】劍閣雖嶛。注「善曰：老子曰」。舊本無「善曰」二字。

【余蕭客文選音義】注善曰：劍閣。「善曰」删。

【胡克家文選考异】注「小劍戍去大劍」。袁本、茶陵本無「戍」字。案：此尤校添「戍」字而訛耳。注「蹶敗也善曰」。袁本、茶陵本無「善曰」二字。案：有者非也。

【梁章鉅文選旁證】注小劍戍去大劍。六臣本、毛本并無「戍」字，是也。注善曰：老子曰。六臣本無「善曰」二字，是也。

【吕錦文文選古字通補訓】負之者北。錦文案，「北」即「背」字。詩：言樹之背。傳云：背，北堂也。玉篇：堂北曰背。説文云：北，乖也。從二人相背。前漢天文志如淳注：向外爲背。集韵：北，遠也。正韵：北，分异也。書：分北三苗。注：分其頑梗，使背離也。吴都賦：地勢坱北。注：北，音鳥八切。説文：八，分别相背也。「坱北」亦即「坱背」之借。

【高步瀛文選李注義疏】水經漾水注曰：清水又東南徑小劍戍北，西去大劍三十里。連山絶險，飛閣通衢，故謂之劍閣也。此注節引。酈道元，字善長。魏書入酷吏傳，北史附其父範傳後。人引省稱酈元。○尤本「戍」字誤作「戊」，胡曰：袁本、茶陵本無「戍」字。案：此尤校添「戍」字而訛耳。步瀛案：凡二本不同者，考异皆以爲尤延之校改增益，實顧千里之僻見，未足信。○廣雅，見釋詁四。王念孫曰：淮南子俶真訓：譬若周雲之蘢蓯。遼巢，義與嶚巢同。○「蹶，敗也」，見釋詁三。案：此三字下尤本誤衍「善曰」二字。袁、茶二本無。今據删。○老子王弼注本「蒂」作「柢」，河上公注本作「蒂」。○聲類，已見西京賦注引。○蹶、蒂，古音祭部。

史記見吴起傳。案：「洞庭」下無「而」字，「恃此險也」作「德義不修」。魏策一載吴起之言，作「昔者三苗之居，左彭蠡之波，右洞庭之水」。史記五帝本紀正義引策文而説之曰：按洞庭，湖名，在岳州巴陵西南一里。南與青草湖連。彭蠡，湖名，在江州潯陽縣東南五十二里。以天子在北，故洞庭在西，爲左。彭蠡在東，爲右。今江州、鄂州、岳州，三苗之地也。案：張守節此説，言三苗所在之地，是也。而欲調停國策、史記左右不同，故創爲天子在北，人北面向之，故東爲右，西爲左。然國策此文，左、右字各三見，不應先後异其方向。正義迂説，不足據也。初學記地部下引吴起傳裴駰注曰：今太湖中苞山，有石穴，其深洞無知其極者，名洞庭。洞庭對彭蠡，則知此穴之名通呼洞庭。彭蠡，即宫亭，湖名也。不知今本史記集解何以佚此文。竊疑漢以前言洞庭，皆指今湖南之洞庭。楚辭九歌湘君曰：邅吾道兮洞庭。中山經曰：洞庭之山，帝之二女居之。是常游於江淵，澧沅之風，交瀟湘之淵。皆謂湖南洞庭也。自漢以後，言洞庭者，往往以江浙之太湖當之。王逸九歌注曰：洞庭，太湖也。劉淵林注吴都賦從之。

故裴駰集解亦本此説。蓋如此，史記左、右字始不相戾也。然又疑史文左、右字本與魏策同，自太湖之説盛行，後人乃改史文，遂與策互异耳。○詩毛傳，見長發。○周禮鄭注，見夏官大司馬。各本「猶」誤作「性」，今依周禮注校改。○漢書服虔注，高帝紀上顔引同。又引韋昭曰：古「背」字也。背去而走也。顔曰：北，幽陰之處，故謂退敗奔走者爲北。老子曰：萬物向陽而負陰。許慎説文解字云：北，乖也。史記樂書曰：紂爲朝歌北鄙之音。朝歌者，不時。北者，敗也。鄙者，陋也。是知北則訓乖，訓敗，無勞借音。韋昭之徒，并爲妄矣。王念孫曰：説文：北，乖也。從二人相背。則「北」爲古「背」字明矣。管子君臣篇曰：亂至則虐，騰至則北。北，謂背其君也。齊策曰：食人炊骨，士無反北之心。反北，即反背也。北取乖背之義，故敗走亦謂之北。桓九年左傳：以戰而北。釋文：北，嵇康音胸背。吴語：吴師大北。韋昭曰：軍敗奔走曰北。「北」，古之「背」字。是敗北之北，古讀爲背，取背而去之之義。説文訓北爲乖，正與此義相合。而師古乃云：北，幽陰之處，故謂退敗奔走者爲北。其失也鑿矣。師古不讀北爲背者，特以北爲入聲，背爲去聲，不可合而一之耳。不知背、北古同聲，故「北」爲古「背」字，而「背」「邶」二字，并從北聲，敗北之北，亦取乖背之義。故嵇康、韋昭相承讀爲背。樂書訓北爲敗，安知其不讀爲背乎？大雅行葦之黄耇、台背，與翼、福爲韵，桑柔之職凉善背，與極、克、力爲韵，瞻卬之譖始竟背，與忒、極、慝、識、織爲韵。背字皆讀入聲，此背、北同聲之明證也。步瀛案：李善注南北之北，蓋亦狃師古之説，不讀爲背字耳。故録王氏讀書雜志（卷四之一）之説以正之。○老子河上公本「知」下無「乎」字。此依王弼注本。○北、國，古音之部。

彼桑榆之末光，逾長庚之初輝。況河冀之爽塏，與江介之湫湄。

【彙校】

「彼桑榆」「桑」，明州本、贛州本、四庫本、叢刊本、正德本、陳八郎本、尤刻本、胡刻本、監本、九條本同。奎章閣本作「桒」。當作「桑」。

「逾長庚」「逾」，奎章閣本、明州本、贛州本、四庫本、叢刊本、正德本、陳八郎本、尤刻本、胡刻本、監本、九條本作「踰」。當作「逾」。「庚」，明州本、贛州本、叢刊本、陳八郎本、尤刻本、胡刻本、監本、九條本同。奎章閣本、四庫本、正德本作「庚」。當作「庚」。

「初輝」「初」，明州本、贛州本、四庫本、叢刊本、正德本、陳八郎本、尤刻本、胡刻本、監本、九條本同。奎章閣本作「初」。當作「初」。「輝」，尤刻本、胡刻本、監本同。奎章閣本、明州本、贛州本、四庫本、叢刊本、正德本、陳八郎本、九條本作「暉」。當作「輝」。

■**立群案**：說文：暉，光也。據此，是「暉」「輝」通。然段玉裁說文解字注：按「光也」二字，當作「日光氣也」四字。篆體「暉」當作「暈」。賦云「長庚」，非「日」，若據此，似不得爲「暉」。作「輝」是也。

「況河冀」「況」，奎章閣本、陳八郎本同。明州本、贛州本、四庫本、叢刊本、正德本、尤刻本、胡刻本、監本、九條本作「況」。當作「況」。「冀」，四庫本同。奎章閣本、正德本作「異」。明州本、贛州本、叢刊本、陳八郎本、尤刻本、胡刻本、監本、九條本作「巽」。當作「冀」。

「爽塏」「爽」，四庫本同。奎章閣本、胡刻本、監本作「爽」。明州本、贛州本、叢刊本、正德本、陳八郎本、尤刻本、九條本作「爽」。當作「爽」。

「與江介」「與」，明州本、贛州本、四庫本、叢刊本、正德本、陳八郎本、尤刻本、胡刻本、監本、九條本同。奎章閣本作「與」。當作「與」。

【彙注】

【李善注】塏，苦改切。湫，于小切。善曰：東觀漢記，光武曰：失之東隅，收之桑榆。毛詩曰：東有啓明，西有長庚。

善曰：左氏傳，齊景公欲更晏子之宅，曰：子之宅，湫隘囂塵，請更諸爽塏。楚辭曰：長江介之遺風。薛君韓詩章句曰：介，界也。毛萇詩傳曰：水草交曰湄。

【五臣注】塏，苦改反。湫，子小反。向曰：桑榆，末光。謂日將西謝也。長庚，星名，昏見於西方。爽，明也。塏，高也。介，左也。湫湄，小水也。言桑榆末光，上逾越長庚之初暉，而況魏都居於河、冀高明之地，而與江左之小水爲齊也。

【張鳳翼文選纂注】桑榆，末光。謂日將西謝也。長庚星，昏見於西方。爽，明也。塏，高也。介，左也。湫湄，小水也。言桑榆末光，尚逾越長庚之初暉，而況魏與江左之小水爲儕乎。

【王象乾文選删注】湫，子小切。介，界也。水草交曰湄。光武曰：失之東隅，收之桑榆。左傳曰：齊景公欲更晏子之宅，曰：子之宅，湫隘囂塵，請更諸爽塏。

【胡紹煐文選箋證】與江介之湫湄。注善曰：韓詩章句曰：介，界也。按：陳氏壽祺謂即思文篇句，今「無此疆爾界」，作「界」。唐石經初刻作「界」，後改作「介」，從韓詩也。

【吕錦文文選古字通補訓】與江介之湫湄。善注引薛君韓詩章句曰：介，界也。錦文案，毛詩：無此疆爾界。釋文「界」作「介」，訓大。非也。爾雅云：疆、界，垂也。「介」，古「界」字。

【高步瀛文選李注義疏】東觀漢記，見馮异傳。本書善注屢引之。案：後漢書馮异傳李賢注曰：淮南子曰：至於衡陽，是謂中隅。又前書谷子雲曰：太白出西方六十日，法當參天。今已過期，尚在桑榆間。桑榆，謂晚也。案：淮南子，見天文篇；漢書，見谷永傳。○毛詩，見大東，傳曰：日旦出，謂明星爲啓明。日既入，謂明星爲長庚。庚，續也。孔疏曰：釋天云：明星謂之啓明。孫炎曰：明星，太白也。出東方，高三舍，命曰啓明。昏出西方，高三舍，命曰太白。案：爾雅「啟」作「启」，字同。左傳昭三年，已見西京賦。○楚辭，見九章哀郢。「長」作「悲」。陸士龍答張士然詩注，又引作「哀江介之悲風」。疑皆誤。○韓詩遺説考輯此於思文，無此疆爾界句，下謂唐石經初刻作「界」，後改作「介」，從韓詩。吕錦文曰：釋文「界」作「介」，訓大，非也。爾雅釋詁云：疆，界垂也。「介」，古「界」字。杜宗玉曰：界，從介聲。説文：界，竟也。介，畫也。從八，從人。人各有介也。孟子滕文公上：經界不正。游天台山賦：瀑布飛流以界道。注：界道，謂爲道疆界也。易兑：介疾有喜。注：介，隔也。「界」「介」蓋古今字。○詩巧言毛傳曰：水草交謂之麋。釋文曰：麋，本又作「湄」。任彦昇奏彈曹景宗注引毛詩亦作「湄」，爾雅釋水郭注引同。「湄」，本字。「麋」，假借字。陳喬樅、王先謙謂魯作「湄」，毛作「麋」，未確。○輝，古音諄部。湄，脂部。通轉爲韻。

故將語子以神州之略，赤縣之畿，魏都之卓犖，六合之樞機。

【彙校】

「故將」「將」，奎章閣本作「将」。明州本、贛州本、四庫本、叢刊本、陳八郎本、尤刻本、胡刻本、監本、九條本作「将」。正德本作「将」。當作「將」。

「赤縣之畿」「畿」，明州本、贛州本、四庫本、叢刊本、正德本、陳八郎本、尤刻本、胡刻本、監本、九條本同。奎章閣本作「畿」。當作「畿」。

「魏都」「魏」，奎章閣本、明州本、贛州本、四庫本、叢刊本、正德本、陳八郎本、尤刻本、胡刻本、監本、九條本作「魏」。當作「魏」。

「樞機」「機」，明州本、贛州本、四庫本、叢刊本、陳八郎本、尤刻本、胡刻本、監本、九條本同。奎章閣本、正德本作「檨」。當作「機」。

【彙注】

【李善注】犖，吕角切。劉曰：鄒衍以爲儒者所謂中國者，於天下八十一分居一耳。中國名赤縣神州，赤縣神州内自有九州，禹之所叙九州也，是以不得爲州數。中國外，若赤縣神州者九，所謂九州者也。范雎説秦王曰：魏、韓，中國處而天下之樞也。善曰：河圖括地象曰：昆侖，東南地方五千里，名曰神州，帝王居之。小雅曰：略，界也。周禮曰：方千里曰王畿。西都賦曰：卓躒諸夏。卓犖與卓躒音義同。吕氏春秋曰：神通乎六合也。

【五臣注】犖，吕角反。濟曰：語子者，先生語二客也。神州、赤縣，則中國也。近國之地曰畿。樞，户所以轉而開閉也。機，弩牙也，所以發箭。皆言其要也。言魏都高絶六合之要若此也。

【張鳳翼文選纂注】樞，户所以轉而開閉也。機，弩牙也，所以發箭。言魏都高絶，爲六合之要地也。

【王象乾文選删注】小雅曰：略，界也。

【胡克家文選考异】注「名赤縣神州赤縣神州内自有九州」。袁本、茶陵本無下「赤縣神州」四字。注「崑崙謂東南」。袁本無「謂」字，是也。茶陵本亦衍。

【薛傳均文選古字通疏證】魏都之卓犖。注善曰：西都賦曰：卓躒諸夏。「卓犖」與「卓躒」音義同。傳均案，左太冲詠史：卓犖觀群書。注孔融薦禰衡表曰：英才卓躒。「躒」與「犖」同。左氏莊三十二年傳：圉人犖。公羊作：鄧扈樂。「躒」正從「樂」聲也。所引西都賦，「卓」本作「逴」。注云：逴音卓。史記衛將軍驃騎傳：逴行殊遠。索隱：「逴」與「卓」同。

【高步瀛文選李注義疏】鄒衍説見史記孟子荀卿列傳。案：袁、茶二本不複見「赤縣神州」四字。○范雎説秦王，見秦策三。「中國」下「之」字各本脱，據策增。○河圖括地象，尤本「昆山」下有「謂」字，茶陵本、毛本同。袁本無，是也。本書答盧諶詩注、辨命論注引皆無「謂」字，今據删。詩注脱「南」字，亦誤。○小雅，見廣詁。○周禮，見夏官職方氏。○卓犖，已見西都賦疏。薛傳均曰：左太冲詠史：卓犖觀群書。注：孔融薦禰衡表曰：英才卓礫。「躒」與「犖」同。左氏莊三十二年傳「圉人犖」，公羊作「鄧扈樂」，鑠正從樂聲也。所引西都賦，「卓」本作「逴」。注云：逴，音卓。史記衛將軍驃騎傳：逴行殊遠。索隱：「逴」與「卓」同。○呂氏春秋審分篇，已見西都賦注。○畿、機，古音脂部。○以上折二子。

于時運距陽九，漢綱絶維。奸回內蕢，兵纏紫微。翼翼京室，眈眈帝宇，巢焚原燎，變爲煨燼，故荊棘旅庭也。殷殷寰內，繩繩八區，鋒鏑縱橫，化爲戰場，故麋鹿寓城也。

【彙校】

「運距陽九」　「陽」，奎章閣本、正德本、尤刻本、胡刻本、監本作「陽」。明州本、贛州本、四庫本、叢刊本、陳八郎本、九條本作「陽」。當作「陽」。

「漢綱絶維」　「絶」，奎章閣本、明州本、贛州本、四庫本、叢刊本、正德本、陳八郎本、尤刻本、胡刻本、九條本同。監本作「絕」。當作「絶」。

「奸回内贔」「奸」，奎章閣本、四庫本同。明州本、贛州本、叢刊本、正德本、陳八郎本、九條本作「姧」。尤刻本、胡刻本、監本作「姦」。當作「奸」。「回」，明州本、贛州本、四庫本、叢刊本、正德本、陳八郎本、尤刻本、胡刻本、監本、九條本同。奎章閣本作「囬」。當作「回」。

「兵纆紫微」「微」，明州本、贛州本、叢刊本、陳八郎本、尤刻本、胡刻本、監本、九條本同。奎章閣本、四庫本、正德本作「微」。當作「微」。

「翼翼京室」「翼翼」，奎章閣本、四庫本、正德本作「翼翼」。明州本、贛州本、叢刊本、陳八郎本、尤刻本、胡刻本、監本、九條本作「翼翼」。當作「翼翼」。「京」，奎章閣本、明州本、贛州本、四庫本、叢刊本、陳八郎本、尤刻本、胡刻本、監本、九條本同。正德本作「京」。當作「京」。

「眈眈帝宇」「眈眈」，明州本、贛州本、叢刊本、正德本、陳八郎本、尤刻本、胡刻本、監本、九條本同。奎章閣本作「耽耽」。四庫本作「耽耽」。當作「眈眈」。

「巢焚原燎」「原」，奎章閣本、明州本、贛州本、四庫本、叢刊本、陳八郎本、尤刻本、胡刻本、監本、九條本同。正德本作「原」。當作「原」。

「變爲煨燼」「爲」，明州本、贛州本、叢刊本、陳八郎本、尤刻本、胡刻本、監本、九條本同。奎章閣本、四庫本、正德本作「為」。當作「爲」。

「荆棘」「棘」，奎章閣本、明州本、贛州本、四庫本、叢刊本、正德本、陳八郎本、尤刻本、胡刻本、監本、九條本作「棘」。當作「棘」。

「旅庭也」「庭」，明州本、贛州本、叢刊本、陳八郎本、尤刻本、胡刻本、監本、九條本同。奎章閣本、四庫本、正德本作「庭」。當作「庭」。「也」，尤刻本、胡刻本、監本、九條本同。奎章閣本、明州本、贛州本、四庫本、叢刊本、正德本、陳八郎本無「也」字。當有「也」字。

■立群案：「故荆棘旅庭也」與「故麋鹿寓城也」偶對，當有「也」字。

「殷殷寰内」　「殷殷」，奎章閣本、明州本、贛州本、四庫本、叢刊本、正德本、陳八郎本、尤刻本、胡刻本、監本同。九條本作「殷」。當作「殷殷」。「寰」，奎章閣本同。明州本、贛州本、四庫本、叢刊本、陳八郎本、九條本作「寰」。正德本、尤刻本、胡刻本、監本作「寰」。當作「寰」。

■立群案：「殷殷寰内，繩繩八區」與前「翼翼京室，眈眈帝宇」偶對，當作「殷殷」。諸本多作「殷殷」，是也。善注引毛萇詩傳曰：殷，衆也。單釋「殷」字，或九條本因此改「殷殷」作「殷」也。

「鋒鏑縱横」　「鏑」，奎章閣本、明州本、贛州本、四庫本、叢刊本、正德本、尤刻本、胡刻本、監本、九條本同。陳八郎本作「鏑」。當作「鏑」。「横」，奎章閣本、明州本、贛州本、四庫本、叢刊本、正德本、陳八郎本、尤刻本、胡刻本、九條本同。監本作「撗」。今從「横」。

■立群案：中華字海：「鏑」，「鏑」的訛字。字見魏元融墓誌。作「鏑」是也。正字通：「擴」，本作「撗」，通作「横」。是「撗」「横」通。隸释漢桂陽太守周憬功勋銘：岸參天兮無路徯，石縱横兮流洄，波隆隆兮聲若雷。「石縱横」「鉤餌縱横」「鋒鏑縱横」之「縱横」同義，皆作「多貌」解。今從「横」。

「化爲戰場」　「爲」，明州本、贛州本、叢刊本、陳八郎本、尤刻本、胡刻本、監本、九條本同。奎章閣本、四庫本、正德本作「為」。當作「爲」。「場」，奎章閣本作「場」。明州本、四庫本、叢刊本、陳八郎本、監本、九條本作「場」。贛州本、正德本、尤刻本、胡刻本作「場」。當作「場」。

「麋鹿寓城」　「麋」，奎章閣本、明州本、贛州本、四庫本、叢刊本、正德本、陳八郎本、尤刻本、胡刻本、監本同。九條本無「麋」字。當有「麋」字。

■立群案：賦云：翼翼京室，眈眈帝宇，巢焚原燎，變爲煨燼，故荆棘旅庭也。殷殷寰内，繩繩八區，鋒鏑縱横，化爲戰場，故麋鹿寓城也。「荆棘」「麋鹿」偶對，不當缺一「麋」字。

【彙注】

【李善注】贔音備。眈音耽。劉曰：不飲酒而怒曰贔。詩曰：内贔于中國。漢室之亂，起於閹官。故曰内贔也。紫微宫在南城下，于時兵所圍繞。光熹元年四月，靈帝崩。八月，大將軍何進入省見太后，黄門張讓、郭進等斬進。進部曲將兵突入尚書閣，閣閉。虎賁中郎將袁術等攻閣。日暮，術等起火燒閣。初平元年十二月，董卓遷都長安，乃夜燒洛陽南北宫。易曰：鳥焚其巢。尚書曰：若火之燎于原。春秋穀梁傳曰：寰内諸侯，非天子之命，不得出會。尹更始曰：天子以千里爲寰。伍被謂淮南王曰：昔伍子胥諫吴王，吴王不用，乃曰：臣今見麋鹿游姑蘇臺也。臣今見宫中荆棘露沾衣也。善曰：春秋保乾圖曰：五運七變，各以類驚。宋衷曰：五運，五行用事之運也。孔安國尚書傳曰：距，至也。漢書，陽九厄曰：初入，百六，陽九。音義曰：易傳所謂陽九之厄。漢書曰：漢興，禁網疏闊。管子曰：國有四維，四維不張則滅。王逸楚辭注曰：維，紘也。尚書曰：崇信奸回。毛詩曰：商邑翼翼。漢書，客謂陳涉曰：夥，涉之爲王沈沈者。應劭曰：沈沈，室深邃之貌。沉，長含切，與眈音義同。謝承後漢書曰：陽球爲司隸校尉，虎視帝宇。廣雅曰：煨，燼也。烏瓌反。廣雅曰：煨，煙也。杜預左氏傳注曰：燼，火之餘木也。似進反。毛萇詩傳曰：殷，衆也。毛詩曰：子孫繩繩兮。長楊賦曰：洋溢八區。言廣大也。説文曰：鋒，兵端也。又曰：矢，鋒也。戰國策曰：綴甲厲兵，效勝於戰場。

【五臣注】贔音備。眈音耽。殷，於謹反。翰曰：距，至也。陽九，灾厄也。綱，法網也。維，網綱也。言當此之時，運至灾厄，漢之法網絶其綱維也。向曰：回，邪。贔，奮也。紫微，帝宫也。言漢網既絶綱維，奸邪内奮，兵革纏繞於宫室也。銑曰：翼翼，美也。眈眈，深邃貌。向曰：董卓焚洛陽宫殿并盡，如焚鳥巢、燎原草，皆化爲灰燼也。旅，猶次也。宫室既盡，故荆棘次生於庭。銑曰：殷殷、繩繩，皆衆也。寰内，天下也。八區，八方也。鋒鏑，兵器也。寓，寄也。言天下八方，兵革縱横，人不安宅，城邑爲之丘墟，野多戰場，故麋鹿寄於城邑之間。

【張鳳翼文選纂注】贔音備。殷，於謹切。不飲酒而怒曰贔。詩曰：内贔於中國。漢室之亂，起於閹官。故曰内贔也。紫微宫在南城下，于時大將軍何進入見太后，黄門張讓、郭進等斬進。進部曲將兵突入尚書閣，閣閉。袁術等攻閣。日暮，起火燒閣。已而，董卓遷都長安，夜燒洛陽南北宫。易：鳥焚其巢。尚書：若火之燎于原。故曰巢焚原燎。距，至也。陽九，灾厄也。綱，法綱也。言當此之時，運至灾厄。漢之法綱，絶其綱維。故兵火相仍，以荆棘則旅於庭，以麋鹿則寓於城也。

【王象乾文選删注】眈音沈。煨，烏懷反。燼，似進反。不飲酒而怒曰贔。漢室亂於閹官。眈眈，宫室深邃貌。漢書，客謂陳涉曰：夥，涉之爲王沈沈者。

【陳景雲文選舉正】于時運距陽九。注兩引廣雅，舊本下「廣雅曰」作「又曰」。又「矢鋒也」。「矢」上脱「鏑」字。

【余蕭客文選紀聞】靈寶天地運度經云：靈寶自然運度，有大陽九大百六，小陽九小百六。三千三百年爲小，九千九百年爲大。夫天厄謂之陽九，地虧謂之百六王懸河三洞珠囊九。張君房云笈七籤。百六從上元甲寅，至乾德四年丙寅，積年一萬三千五百七十三，以通周法除之，得三通周，餘六百十三年。又除第一第二「百六」，其五百七十三年，餘年入第三「百六」。從貞觀十六年壬寅，入第二「百六」，至吴乾貞三年己丑。第二「百六」數窮。從吴太和二年庚寅第三「百六」，至乾德四年丙寅，已得三十七年，更二百五十一年，方入第四「百六」。陽九。從上元甲寅，至乾德四年丙寅，積年一萬三千五百七十三，以通周法除之，得二通周，餘四千四百五十三年，又以陽九數除之，得九，餘年入第十陽九。從武德元年戊寅，入第十陽九，至乾德四年丙寅，已得三百四十九年，更一百七年，第十陽九數窮，重起第一陽九西谿叢語下。案，吳楊溥：乾貞三年即後唐潞王清泰元年。楊溥：太和二年即清泰三年。凡二百八十八年爲一百六，十五百六爲一通周。凡四百五十六年爲一陽九，十陽九爲一通周。武德元年之陽九，十年前已屬災歲。貞觀十六年之百六，十四年後方是災年。則知不足爲定數。神仙傳謂：運所種，聖王不能攘益。非篤論。王湜跋肘後備檢，立論甚通。其説云：后羿、寒浞之亂，得陽九之數七；赧王衰微，得陽九之數八；桓、靈卑弱，得陽九之數九；煬帝滅亡，得陽九之數十；周宣王父厲而子幽，得百六之數十二；敬王時，吳、越相殘，海内多事，得百六之數十三；秦滅六國，得百六之數十四；東晋播遷，十六國分裂，得百六之數極，而反于一；五代亂離，得百六之數三；此皆所應者也。舜、禹至治，萬世所師，得百六之數七；成、康刑措，四十餘年，得百六之數十一；小甲、雍己之際，得陽九之數五，而百六之數九；庚丁、武乙之際，得陽九之數六；武丁享國五十餘年，得百六之數八；盤庚、小辛之際，得百六之數十；明帝、章帝繼光武而臻泰定，得百六之數十五；貞觀二十三年，得百六之數二；此皆所不應者也游宦紀聞七。百六陽九，其名有八。初曰人元百六陽九，次曰陰九，又有陰七、陽七、陰五、陽五、陰三、陽三，皆謂之災歲。大率經歲四千五百六十，而災歲五十七。以數計之，每八十歲，則及其一。今人但知陽九之厄，云經歲者常歲也洪邁容齋續筆六、永亨搜采异聞録三。宇縣，州縣，字本作寰，後借縣字爲之。魏都賦云：殷殷寰内。此即言宇縣耳。讀者不曉，因爲别説，讀之爲環，則引環繞之義。斯不當矣匡謬正俗八。

【胡克家文選考异】注「于時兵所圍繞」。袁本、茶陵本「繞」作「也」，是也。

注「臣今見宮中荆棘」。袁本、茶陵本「荆」上有「生」字。

注「宮室深邃之貌」。袁本、茶陵本無「宮」字。

注「沈長含切」。袁本、茶陵本「切」作「反」。案：「反」字是也。凡善本云「反」，合并以後改爲「切」，其僅存者皆不當改也。

注「廣雅曰煨燼也烏壞反廣雅曰煨煙也」。案：此有誤也。考廣雅并無「煨，燼也」。又其下不當又云「廣雅曰」。各本皆同，無以訂之。唯釋詁云「煨，煴也」，下「煙」必「煴」之誤。

注「又曰矢鋒也」。陳云「矢」上脱「鏑」字，是也。各本皆脱。

【許巽行文選筆記】煨燼。兩引廣雅，疑誤。嘉德案，廣雅無「煨燼」「煨煙」二語。胡云或引釋詁「煨煴」而誤「煙」。

【朱珔文選集釋】耽耽帝宇。善注引漢書：客謂陳涉曰：夥，涉之爲王沈沈者。應劭曰：沈沈，宮室深邃之貌。案：此語及應注亦見史記。蓋涉之客見其殿屋帷帳甚盛，故驚而偉之。前西京賦：大厦耽耽。薛注與應劭義同。引伸爲凡深邃之稱。吴都賦：元蔭耽耽。注云：耽耽，樹陰重貌是也。亦作沈者。本書上林賦：沈沈隱隱。注云：沈沈，深貌也。詩賓之初筵序：沈湎淫液。釋文：沈字，或作耽。故此善注云：沈與耽，音義同也。字多從耳。而此從目。則「耽」與「眈」以同聲通用矣。〇又案：梁氏玉繩云：劉伯莊謂：沈沈猶談談。「談」疑「淡」之誤。淡淡，水平滿貌，見高唐賦。與「潭」亦近。「淡」轉爲「潭」，猶「談」之作「譚」。此説音韵固通。而以見其殿屋，言之似應義長。

變爲煨燼。善注引廣雅曰：煨，燼也，烏瑰反。廣雅曰：煨，煙也。案：胡氏考异謂：廣雅并無「煨，燼也」之訓，惟釋詁云「煨，煴也」，「煙」必「煴」之誤。此以「煙」爲「煴」，是也。但釋言又有「煨，火也」。「火」蓋「㶳」之壞字阮宫保經籍籑詁引此正作「㶳」。「㶳」即「燼」字。說文作「㶳」。古多煨燼連文，煨既訓熅，集韵云：熅，火微。正合燼義。則此「煨，燼也」，乃據釋言文，可正今本廣雅之誤。王氏疏證謂：煨，火也。「煨」當爲「⿰火果」。方言：⿰火果，火也。然觀善注，似唐時本不如是矣。

【梁章鉅文選旁證】故荆棘旅庭也。六臣本無「也」字。

注不飲酒也怒曰奰。詩曰：内奰于中國。上七字即詩傳文。今詩作「奰」。案：一切經音義七云：奰，古文「奰」「⿱臾大」「悲」三形。今作「勳」，同，皮冀反。說文作「不醉而怒謂之奰」。

注于時兵所圍繞。又宫中荆棘露沾衣也。六臣本「繞」作「也」。「荆」上有「生」字，是也。

注春秋穀梁傳曰：寰内諸侯。又尹更始曰：天子以千里爲寰。按范注：天子畿内，大夫有采地，謂之寰内諸侯。楊士勛疏：寰内者，王都在中，諸侯四面遶之，故曰寰内也。釋文：寰音縣，古縣字，一音環，一音患。匡謬正俗八云：州縣，縣字本作「寰」，後借「縣」字爲之也。尹更始有穀梁傳章句。隋經籍志云：已亡。

注廣雅曰：煨，燼也，烏環反。廣雅曰：煨，煙也。胡公考异曰：此有誤。考廣雅無「煨，燼也」。又其下不當又云「廣雅曰」。惟釋詁云「煨，熅也」，下「煙」必「熅」之誤。朱氏珔曰：以「煙」爲「熅」，是也。但此爲釋詁文，而釋言又有「煨，火也」。近阮氏經籍籑詁引作「煨，㶳也」。「㶳」即「燼」。說文作「㶳」，疑今本「火」爲「㶳」之壞字。

注說文曰：鋒，兵端也。又曰：矢，鋒也。陳校：「矢」上添「鏑」字，是也。各本皆脱。今說文「鋒」作「鏠」，「端」作「耑」。

【薛傳均文選古字通疏證】耽耽帝宇。注善曰：漢書，客謂陳涉曰：夥，涉之爲王沈沈者。應劭曰：沈沈，室深邃之貌。沈，長含切，與「耽」音義同。傅均案，班孟堅答賓戲：浮英華，湛道德。注：「湛」，古「沈」字。字或爲「耽」。於義雖同，非古文也。按，詩序：沈湎淫液。釋文：沈如字。直林反。字或作「耽」，都南反。「沈」「耽」皆從「冘」字得聲，故可通用。

【胡紹煐文選箋證】殷殷寰内。注張載曰：春秋穀梁傳曰：寰内諸侯。尹更始曰：天子以千里爲寰。旁證云：范注：天子畿内大夫有采地，謂之寰内諸侯。釋文：寰音縣，古縣字。一音環，一音患。匡謬正俗云州縣「縣」字本作「寰」，後借縣字爲之也。紹煐按，本書江文通雜體詩「鶩望分寰隧」，善注「寰，猶畿也」。王制「天子之縣内」，「縣」亦「畿」也，鄭注「縣内，夏時天子所居州界名也。殷曰畿，周亦曰畿」是也。舊唐書音樂志「赤寰歸德」，即赤縣也。寰、縣，古今字。説文有「縣」無「寰」。

繩繩八區。注善曰：毛詩曰：子孫繩繩兮。按：毛傳「繩繩，戒慎也」，疑與此義不合。尚書大傳「禾黍繩繩。繩繩，猶羊羊也」。方言「繩，東齊謂之羊」，郭注「此亦轉語也。今江東人呼羊聲如蠅」。然則「繩繩」即「洋洋」，「洋」之轉爲「繩」，猶「羊」之轉爲「蠅」。爾雅「洋，多也」。重言之亦曰「洋洋」，魯頌閟宫傳「洋洋，衆多」是也。

【高步瀛文選李注義疏】袁、茶二本「庭」下無「也」字。○後漢書光武帝紀上曰：野穀旅生。李賢注曰：旅，寄也。不因播種而生，故曰旅。今字書作「穭」，音吕。古字通。案：此賦旅生即此義。吕向謂：旅，猶次也。非是。○詩蕩「奰」作「㚅」。毛傳曰：不飲酒而怒曰㚅。注即據毛傳爲訓。梁曰：一切經音義七云：「奰」，古文「㚅」「奰」「悲」三形，今作「㔸」，同。皮冀反。説文作不醉而怒謂之㚅。步瀛案：説文本作「奰」，已見西都賦疏。胡曰：注「于時兵所圍繞」，袁本、茶陵本「繞」作「也」，是也。○後漢書靈帝紀曰：中平六年，夏四月丙辰，帝崩于南宫嘉德殿。戊午，皇子辯即皇帝位，年十七。太后臨朝，大赦天下。八月戊辰，中常侍張讓、段珪等殺大將軍何進。於是虎賁中郎將袁術燒東西宮，攻宦者。辛未，司隸校尉袁紹收諸閹人，無少長皆斬之。讓、珪等復劫少帝及陳留王走小平津。尚書盧植追讓、珪等，斬數人，其餘投河而死。帝與陳留王協夜步行數里，得民家露車，共乘之。辛未，還宮，大赦天下，改光熹爲昭寧。并州牧董卓自爲司空。九月甲戌，董卓廢帝爲弘農王。孝獻帝紀曰：中平六年，九月甲戌，即皇帝位，大赦天下，改昭寧爲永漢。十二月，還復中平六年。初平元年二月丁亥，遷都長安。董卓驅徙京師百姓。悉西入關。己酉，董卓焚洛陽宫廟及人家。○易，見旅上九爻詞。○尚書見盤庚上。○穀梁傳，見隱元年。「出會」下當有「諸侯」二字。范甯注曰：天子畿内大夫有采地，謂之寰内諸侯。釋文曰：寰音縣，古「縣」字。一音寰，又音患。寰内，圻内也。楊士勛疏曰：寰内者，王都在中，諸侯四面繞之，故曰寰内也。梁曰：匡謬正俗八云：州縣「縣」字本作「寰」，後借縣字爲之也。尹更始有穀梁傳章句，隋經籍志云：已亡。胡紹煐曰：按：本書江文通雜體詩：鶩望分寰隧。善注：寰，猶畿也。王制：天子之縣内。縣亦畿也。鄭注：縣内，夏時天子所居，州界名也。殷曰畿，周亦曰畿。是也。舊唐書音樂志：赤寰歸德。即赤縣也。「寰」「縣」，古今字。説文有「縣」無「寰」。○伍被謂淮南王，見史記淮南王安傳及漢書伍被傳。尤本「荆棘」上奪「生」字，今依袁本、茶陵本增。○春秋保乾圖，盧子諒贈劉越石詩注并引宋衷注，而但云春秋緯。○尚書僞孔傳見益稷。○漢書律曆志陽九厄，已見吴都賦注及疏。○次引漢書見刑法志。○管子見牧民篇。○楚辭天問注曰：維，綱也。「紘」疑「綱」字之誤。○尚書，見僞泰誓下。○毛詩見殷武。○漢書見陳涉傳。顔注引應劭同。「長含反」，尤本、毛本「反」作「切」，今依袁、茶二本。案：史記陳涉世家「夥」下有「頤」字，黄生義府卷下曰：沈讀爲潭。潭潭，尊嚴之義。夥頤，甚辭也。意謂涉與我故等夷爾，今其爲王，何太尊嚴之甚。

案：黄説是。然李注引此，則從應義。○謝書今佚。范書陽球入酷吏傳。袁本脱「後」字，誤。○「廣雅曰：熼，爈」至「煙也」，胡曰：此有誤。考廣雅并無「熼，爈也」，又其下不當又云「廣雅曰」，各本皆同，無以訂之。唯釋詁云：熼，煴也。下「煙」必「煴」之誤。朱珔曰：廣雅釋詁云：熼，煴也。「煙」必「煴」之誤，此以「煙」爲「煴」，是也。但釋言又有「熼，火也」。「火」蓋「㶳」之壞字。經籍籑詁引此正作「㶳」。「㶳」即「爈」字。説文作「㶳」。古多熼爈連文，熼既訓煴，集韵云：煴，火微。正合爈義。則此「熼，爈也」，乃據釋言文，可正今本廣雅之誤。王氏疏證謂：熼，火也。「熼」當爲「煤」。方言：煤，火也。然觀善注，似唐時本不如是矣。○左傳杜注，見成二年。○毛傳，見溱洧。尤本、袁本脱「傳」字，今依毛本、茶陵本增。○毛詩，見螽斯。胡紹煐曰：按毛傳：繩繩，戒慎也。疑與此義不合。尚書大傳：禾黍繩繩。繩繩，猶羊羊也。方言：繩，東齊謂之羊。郭注：此亦轉語也。今江東人呼羊聲如蠅。然則「繩繩」即「洋洋」，「洋」之轉爲「繩」，猶「羊」之轉爲「蠅」。爾雅：洋，多也。重言之亦曰洋洋。魯頌閟宫傳：洋洋，衆多。是也。○説文，見金部。「鋒」作「鏠」，「端」作「耑」。○「鏑，矢鋒也」，各本脱「鏑」字。今依陳景雲校增。○戰國策，見秦策一蘇秦説秦惠王。○維、微，古音脂部。庭、城，耕部。

伊、洛榛曠，崤、函荒蕪。臨淄牢落，鄢、郢丘墟。

【彙校】

「伊洛榛曠」　「榛」，明州本、贛州本、四庫本、叢刊本、正德本、陳八郎本、尤刻本、胡刻本、監本、九條本同。奎章閣本作「溱」。當作「榛」。

「崤函荒蕪」　「崤」，奎章閣本、明州本、贛州本、四庫本、叢刊本、陳八郎本、尤刻本、胡刻本同。正德本、監本、九條本作「崤」。當作「崤」。「荒」，明州本、贛州本、四庫本、叢刊本、正德本、陳八郎本、尤刻本、胡刻本、九條本同。奎章閣本、監本作「荒」。當作「荒」。

「臨淄牢落」　「臨淄」，奎章閣本、明州本、贛州本、四庫本、叢刊本、正德本、陳八郎本、尤刻本、胡刻本、監本作「臨菑」。九條本作「臨淄」。今從「臨淄」。

■ **立群案**：諸本多作「臨菑」，獨九條本作「臨淄」。「臨菑」「臨淄」通。然今多作「臨淄」，從之。

「鄢郢丘墟」　「郢」，奎章閣本、明州本、贛州本、四庫本、叢刊本、正德本、陳八郎本、尤刻本、胡刻本、監本同。九條本無「郢」字。當有「郢」字。「墟」，明州本、贛州本、四庫本、叢刊本、陳八郎本、尤刻本、胡刻本、監本、九條本同。奎章閣本、正德本作「墟」。當作「墟」。

■**立群案**：善曰：漢書，南郡有故鄢縣。五臣濟曰：鄢、郢，楚地。善注不釋「郢」，九條本因而刪「郢」字。九條本每多此類。然善注不釋「郢」，或因「郢」乃战国时期楚國之故都，廣爲人知，故無需注也。不當據此而刪「郢」字耳。且賦云：伊、洛榛曠，崤、函荒蕪。臨淄牢落，鄢、郢丘墟。皆四字爲句，亦不當無「郢」字也。

【彙注】

【李善注】善曰：服虔漢書注曰：榛木叢生也。賈逵國語注曰：蕪，穢也。

善曰：漢書曰：齊郡有臨菑縣。牢落，猶遼落也。洞簫賦曰：翩連綿以牢落。東觀漢記曰：第五倫自度仕宦牢落。漢書，南郡有故鄢縣。呂氏春秋，燭過曰：子胥諫而不聽，故吴爲丘墟。

【五臣注】榛，士臻反。菑，側持反。濟曰：伊、洛，東京也。崤、函，西京也。臨菑，齊地。鄢、郢，楚地。木叢生曰榛。牢落，闃寂也。言此四都亂也。榛曠、荒蕪、闃寂、丘墟，皆謂居人少也。

【張鳳翼文選纂注】伊、洛，東京也。崤、函，西京也。臨菑，齊地。鄢、郢，楚地。榛曠、荒蕪，如云但見草木也。言此四都經亂，居人鮮少。

【王象乾文選刪注】牢落，猶遼落。東觀漢記曰：第五倫自度仕官牢落。

【杭世駿文選課虛】牢落，猶遼落也。洞簫賦：翩綿延以牢落。琴賦：牢落凌厲。

【胡克家文選考异】注「牢落」下至「翩連綿以牢落」。袁本、茶陵本無此十六字。

【薛傳均文選古字通疏證】臨甾牢落。注善曰：牢落，猶遼落也。洞簫賦曰：翩連綿以牢落。東觀漢記曰：第五倫自度仕宦牢落。傳均案，上林賦：牢落陸離。注善曰：牢落，猶遼落也。文賦：心牢落而無偶。琴賦：牢落凌厲。注并同。又任彦昇爲范尚書讓吏部封侯第一表：一何遼落。注：世說：袁彦伯曰：江山遼落，居然有萬里勢。皆與「牢落」同義。漢書揚雄傳注引李奇注云：牢，聊也。亦以音近爲訓。

【高步瀛文選李注義疏】伊洛，已見東京賦。崤函，已見西都賦。○淮南原道篇高注曰：蓁木曰榛。廣雅釋木曰：木叢生曰榛。詩鳲鳩釋文引字林曰：榛，木叢生。并與服虔漢書注同。○國語賈注，謝玄暉始出尚書省詩注、沈休文宋書謝靈運傳論注引并同，當是周語下田疇荒蕪句注。

漢書，見地理志，臨菑下原注曰：師尚父所封。顔注引臣瓚曰：臨淄，即營丘也。清統志曰：山東青州府，臨淄故城在今臨淄縣北八里。○「牢落」至「以牢落」，胡曰：袁本、茶陵本無此十六字。○洞簫賦見本書卷十七。○東觀漢記，見第五倫傳。○漢書地理志南郡江陵下，原注曰：故楚郢都。楚文王自丹陽徙此，後九世，平王城之。又宜城下原注曰：故鄢。惠帝三年更名。說文曰：郢，故楚都。在南郡江陵北十里。水經沔水注曰：江陵西北有紀南城，楚文王自丹陽徙此。平王城之。班固言楚之郢都也。清統志曰：湖北荆州府，江陵故城今江陵縣治。史記楚世家集解引服虔曰：鄢，楚别都也。又引杜預曰：襄陽宜城縣。正義引括地志曰：故鄢城在襄州安養縣北。清統志曰：湖北襄陽府，宜城故城在今宜城縣南。○注引吕氏春秋誤合知化篇與貴直篇爲一，已見吴都賦疏。

而是有魏開國之日，締構之初。萬邑譬焉，亦猶犨麋之與子都。培塿之與方、壺也。

【彙校】

「而是有魏」「是」，奎章閣本、明州本、贛州本、四庫本、叢刊本、正德本、尤刻本、胡刻本、監本、九條本同。陳八郎本无「是」字。當有「是」字。「魏」，奎章閣本、明州本、贛州本、四庫本、叢刊本、正德本、陳八郎本、尤刻本、胡刻本、監本、九條本作「魏」。當作「魏」。

■立群案：諸本多有「是」字，陳八郎本獨无。然五臣向曰：是，此也。是五臣本本有「是」字，陳八郎本亦應有「是」字。當有「是」字也。

「締構之初」「構」，四庫本、叢刊本、尤刻本、胡刻本、監本、九條本同。奎章閣本、明州本、贛州本、正德本、陳八郎本作「搆」。當作「構」。「初」，明州本、贛州本、四庫本、叢刊本、正德本、陳八郎本、胡刻本同。奎章閣本、尤刻本、監本、九條本作「初」。當作「初」。

「萬邑譬焉」「譬」，奎章閣本、明州本、贛州本、叢刊本、正德本、陳八郎本、尤刻本、胡刻本、監本、九條本同。四庫本作「比」。當作「譬」。「焉」，奎章閣本、明州本、贛州本、四庫本、叢刊本、陳八郎本、胡刻本、監本、九條本同。正德本作「焉」。尤刻本作「焉」。當作「焉」。

▌**立群案**：諸本多作「譬」，是也。五臣向曰：言當此時，大魏開國結搆之初，而萬國相比，則吴、蜀猶醜人、小阜，魏猶子都、方、壺。四庫本或據此而改「譬」作「比」也。

「之與子都」「與」，明州本、贛州本、四庫本、叢刊本、陳八郎本、尤刻本、胡刻本、監本、九條本同。奎章閣本、正德本作「㒷」。當作「與」。

「培塿」「塿」，奎章閣本、明州本、贛州本、四庫本、叢刊本、正德本、陳八郎本、尤刻本、胡刻本、監本、九條本作「塿」。當作「塿」。

「之與方、壺」「與」，明州本、贛州本、四庫本、叢刊本、陳八郎本、尤刻本、胡刻本、監本、九條本同。奎章閣本、正德本作「㒷」。當作「與」。「壺」，四庫本同。奎章閣本、明州本、贛州本、叢刊本、正德本、陳八郎本、尤刻本、胡刻本、監本、九條本作「壷」。當作「壺」。

【彙注】

【李善注】鞸，昌由切。善曰：周易曰：開國承家。廣雅曰：締，結也。鞸麋，古之醜人也。吕氏春秋曰：陳有惡人焉，曰敦冷鞸麋，椎顙廣顏，色如漆赭，陳侯悦之。毛詩曰：不見子都。子都，美丈夫也。左氏傳曰：太叔曰：培塿無松柏。培，步苟反。塿，路苟反。方、壺，二山名也。見上文。

【五臣注】鞸，昌由反。培，部苟反。塿，路苟反。向曰：而，語助也。是，此也。締，結也。鞸麋，古之醜人。子都，美人。培塿，小堆阜也。方、壺，海中神山。言當此時，大魏開國結搆之初，而萬國相比，則吴、蜀猶醜人、小阜，魏猶子都、方、壺。

【張鳳翼文選纂注】鞸，昌由切。培，都苟切。塿，路苟切。締，結也。陳有醜人曰鞸麋。子都，美人。培塿，小堆阜也。方、壺，海中神山。言當此時，大魏開國結搆之初，萬國相比輔，非吴、蜀之比。

【王象乾文選删注】犨，昌由切。培，都茍切。塿，路茍切。犨麋，古之醜人。子都，美丈夫。方、壺，二山名。呂氏春秋曰：陳有惡人焉，曰敦冷犨麋，椎顙廣額，色如漆，陳侯悦之。左傳曰：太叔曰：培塿無松柏。

【余蕭客文選音義】培塿博雅音釋步茍、來茍二反。

【余蕭客文選紀聞】犨尺由。玉篇二十三。培部。方言注十三。塿樓。博雅音九。

【胡克家文選考异】亦獨犨麋之與子都。袁本、茶陵本「獨」作「猶」。案：「猶」字是也。尤誤。

注「色如漆赭」。袁本、茶陵本無「赭」字。

注「子都美丈夫也」。袁本、茶陵本無此六字。

注「二山名已見上文」。袁本、茶陵本無「已見上文」四字。案：「二」當作「三」。各本皆誤。

【許巽行文選筆記】培塿。注引左傳。案：今左傳作「部婁」。説文作「附婁」，引春秋傳曰：附婁無松柏。左釋文：部，蒲口反。婁本或作樓，路口反。小阜也。嘉德案，「部婁」或作「培塿」，故注引作「培塿」。許所見左傳作「附婁」。

【梁章鉅文選旁證】亦猶犨麋之與子都。尤本「猶」誤作「獨」。

注呂氏春秋曰：陳有惡人焉，曰敦洽犨麋，椎顙廣額，色如漆赭。今呂氏春秋遇合篇「犨麋」作「讎麋」，「椎」作「雄」，「顙」作「顔」，「漆赭」作「浹赬」。校云：一作「沐赭」。案：六臣本無「赭」字。初學記及廣韵引亦無「赭」字。惟本書辯命論引與此同。而「顙」亦作「顔」。

注方、壺，二山名。胡公考异曰：「二」當作「三」。各本皆誤。

【高步瀛文選李注義疏】「猶」，尤本誤作「獨」，毛本同。今依袁、茶二本。○周易，見師上六爻詞。

○廣雅，見釋詁四。○吕氏春秋，見遇合篇。今本「韡」作「雔」，「額」作「顔」。劉孝標辨命論注引與今本同。胡曰：袁本、茶陵本無「赭」字。初學記及廣韵亦無「赭」字。毛詩，見山有扶蘇。袁、茶二本無「子都，美丈夫也」六字。案：毛傳曰：子都，世之美好者也。孟子告子上曰：至於子都，天下莫不知其姣也。趙注曰：子都，古之姣好者也。荀子賦篇曰：閭娵、子奢，莫之媒。都、奢，古音同。子奢即子都。○左傳，見襄二十四年。許巽行曰：今左傳作「部婁」。説文作「附婁」。引春秋傳曰：附婁無松柏。左釋文：部，蒲口反。「婁」，本或作「樓」，路口反，小阜也。步瀛案：許説是也，而猶未盡。淮南子原道篇高注引作「㟝嶁無松柏」，風俗通義山澤篇引作「培塿」，又曰：部者，阜之類也。今齊、魯之間田中少高印者，名之爲部。是「部」義與「培」同。孟子告子下：可使高於岑樓。趙注曰：岑樓，山之鋭領者。是「樓」義與「塿」同。方言十三曰：冢，自關而東謂之丘。小者謂之塿。郭注曰：培塿，亦堆高之貌。廣雅釋丘曰：培塿，冢也。是「棓樓」「培塿」「部婁」「附婁」「㟝嶁」皆同。史記滑稽傳：甌窶滿車。索隱曰：甌窶，猶杯樓也。正義曰：窶音樓。甌窶，謂高地狹小之區。爾雅釋器曰：甌瓿謂之瓵。郭注曰：瓿甊，小甖。然則小阜謂之培塿，猶小甖謂之瓿甊矣。是甌窶亦兼高小之義，與培塿同。

○「方、壺二山名」，胡曰：「二」當作「三」，各本皆誤。袁本、茶陵本無「已見上文」四字。步瀛案：史記封禪書以蓬萊、瀛洲、方丈爲三神山。方丈即方壺，故胡氏以爲三山名，然止是三山之一耳。徑作「三」亦未合，疑是衍字。抑以西都賦注方丈與壺梁并舉以爲二山耶？○蕪、墟、初、都、壺，古音魚部。

○以上魏之開基。

且魏土者，畢昴之所應，虞、夏之餘民。先王之桑梓，列聖之遺塵。考之四限，則八埏之中。測之寒暑，則霜露所均。卜偃前識而賞其隆，吴札聽歌而美其風。雖則衰世，而盛德形於管弦。雖逾千祀，而懷舊蘊於遐年。

【彙校】

「且魏土者」　「魏」，奎章閣本、明州本、贛州本、四庫本、叢刊本、正德本、陳八郎本、尤刻本、胡刻本、監本、九條本作「魏」。當作「魏」。「土」，明州本、贛州本、叢刊本、陳八郎本、監本、九條本同。奎章閣本、正德本作「圡」。四庫本、尤刻本、胡刻本作「地」。當作「土」。

■ **立群案：**「魏土」「魏地」皆通。然監本、奎章閣本、明州本、贛州本皆作「魏土」，疑尤刻本因劉逵注引詩譜「魏地，畢昴之分野」之語而改「土」爲「地」，胡刻本等襲之耳。當作「魏土」。

「畢昴」　「畢」，奎章閣本、明州本、贛州本、四庫本、叢刊本、正德本、陳八郎本、尤刻本、胡刻本、監本、九條本作「畢」。當作「畢」。

「之所應」　「所」，四庫本同。奎章閣本、正德本作「所」。明州本、叢刊本作「所」。贛州本、陳八郎本、尤刻本、胡刻本、監本、九條本作「所」。當作「所」。

「之餘民」　「民」，九條本同。奎章閣本、明州本、贛州本、四庫本、叢刊本、正德本、陳八郎本、尤刻本、胡刻本、監本作「人」。當作「民」。

■立群案：孫志祖文選考异：何云：「人」字，唐人避太宗諱改。何焯、孫氏説似誤。書康誥：成王既伐管叔、蔡叔，以殷餘民封康叔。史記周本紀：以微子開代殷後，國於宋。頗收殷餘民，以封武王少弟封爲衛康叔。漢書地理志下：趙、中山地薄人衆，猶有沙丘紂淫亂餘民。「餘民」意義很明確，指遺民，或意譯爲亡國之民。同時，「殷餘民」「紂淫亂餘民」與賦「虞、夏之餘民」句型正同。論語雍也：回也其心三月不違仁，其餘則日月至焉而已矣。何晏集解：餘人暫有至仁時，唯回移時而不變。北齊書封隆之傳：公是衣冠宰相，异於餘人。「餘人」意義也很明確，指其餘的人，他人。斟酌賦意，自當作「餘民」爲是。

「桑梓」 「梓」，明州本、贛州本、四庫本、叢刊本、陳八郎本、尤刻本、胡刻本、監本、九條本同。奎章閣本、正德本作「梓」。當作「梓」。

「八埏之中」 「埏」，明州本、贛州本、四庫本、叢刊本、陳八郎本、尤刻本、胡刻本、監本、九條本同。奎章閣本、正德本作「埏」。當作「埏」。

「霜露所均」 「所」，四庫本、九條本同。奎章閣本、贛州本、尤刻本、胡刻本、監本、九條本作「所」。明州本、叢刊本、陳八郎本作「所」。正德本作所」。當作「所」。「均」，陳八郎本、胡刻本同。奎章閣本作「均」。明州本、正德本、尤刻本作「均」。贛州本、四庫本、叢刊本、監本、九條本作「鈞」。當作「均」。

■立群案：胡克家文選考异：茶陵本「均」作「鈞」，云五臣作「均」。袁本作「均」，無校語。案：袁用五臣也。尤蓋以五臣亂善。胡氏説是也。李善本作「鈞」，五臣本作「均」。阮元經籍籑詁：詩節南山：秉國之均。漢書律曆志作「秉國之鈞」。史記周本紀引書呂刑「其罪惟均」作「惟鈞其過」。是

「均」「鈞」可通。然據賦意，自應作「均」爲是。

「賞其隆」 「隆」，奎章閣本、明州本、贛州本、四庫本、叢刊本、尤刻本、胡刻本、監本、九條本同。正德本、陳八郎本作「隆」。當作「隆」。

「吴札聽歌」 「吴」，明州本、贛州本、正德本、陳八郎本、尤刻本、胡刻本、監本、九條本同。奎章閣本、四庫本、叢刊本作「呉」。當作「吴」。「聽」，明州本、贛州本、四庫本、叢刊本、陳八郎本、尤刻本、胡刻本、監本、九條本同。奎章閣本作「聽」。正德本作「聽」。當作「聽」。

「而美其風」 「美」，明州本、贛州本、四庫本、叢刊本、陳八郎本、胡刻本、九條本同。奎章閣本、正德本作「美」。尤刻本、監本作「美」。當作「美」。

「雖則衰世」 「雖」，明州本、贛州本、四庫本、叢刊本、陳八郎本、尤刻本、胡刻本、監本、九條本同。奎章閣本、正德本作「雖」。當作「雖」。「衰」，奎章閣本、明州本、贛州本、四庫本、叢刊本、正德本、尤刻本、胡刻本、監本、九條本同。陳八郎本作「衺」。當作「衰」。「世」，奎章閣本、明州本、贛州本、四庫本、叢刊本、正德本、陳八郎本、九條本作「代」。尤刻本、胡刻本、監本作「世」。今從「世」。

■**立群案**：李善本作「世」，五臣本作「代」。疑五臣本因避諱而改「世」作「代」。易繫辭：於稽其類，其衰世之意邪。或爲賦語所本。今從「世」。

「而盛德」 「德」，明州本、贛州本、叢刊本、陳八郎本、尤刻本、胡刻本、監本、九條本同。奎章閣本、四庫本、正德本作「德」。當作「德」。

「形於管弦」 「於」，奎章閣本、明州本、贛州本、四庫本、叢刊本、陳八郎本、尤刻本、胡刻本、監本、九條本同。正德本作「扵」。當作「於」。「弦」，監本同。奎章閣本、明州本、贛州本、四庫本、叢刊本、正德本、陳八郎本、尤刻本、胡刻本、九條本作「絃」。當作「弦」。

▌立群案：宋本廣韵：絃，俗「弦」字。集韵：絃，八音之絲也。通作「弦」。正字通：瑚連切，音賢。八音之絲，通作「弦」。康熙字典：五經文字：琴瑟弦。亦用「弦」字，作「絃」者，非。○按，經典「弦」通作「絃」。據上，當作「弦」。

「雖逾千祀」「雖」，明州本、贛州本、四庫本、叢刊本、陳八郎本、尤刻本、胡刻本、監本、九條本同。奎章閣本、正德本作「錐」。當作「雖」。「逾」，奎章閣本、明州本、贛州本、四庫本、叢刊本、正德本、陳八郎本、尤刻本、胡刻本、監本、九條本作「踰」。當作「逾」。

「而懷舊藴」「懷」，明州本、贛州本、叢刊本、陳八郎本、尤刻本、胡刻本、監本、九條本同。奎章閣本、四庫本、正德本作「懐」。當作「懷」。「舊」，明州本、贛州本、叢刊本、正德本、陳八郎本、尤刻本、胡刻本、監本、九條本同。奎章閣本、四庫本作「𦾔」。當作「舊」。

「於遐年」「於」，奎章閣本、明州本、贛州本、四庫本、叢刊本、陳八郎本、尤刻本、胡刻本、監本、九條本同。正德本作「扵」。當作「於」。「年」，奎章閣本、明州本、贛州本、四庫本、尤刻本、胡刻本、監本、九條本同。叢刊本、正德本、陳八郎本作「年」。當作「年」。

【彙注】

【李善注】埏音延。劉曰：詩譜云：魏地，畢昴之分野，虞舜及禹所都之地，在禹貢冀州，雷首之北，析城之西，周以封同姓。其後晉獻公滅魏，以封大夫畢萬。在晉之南河曲，故其詩云：彼汾一曲，寘之河之干。隈，猶隅也。鄒衍曰：四隈不静。司馬相如封禪文曰：下泝八埏。國語曰：卜偃云：魏，大名也。以是始賞，天啓之矣。左傳曰：吴公子季札來聘，使工爲之歌魏，曰：美哉，大而婉，儉而易，行以德輔，此則爲明主也。善曰：毛詩曰：惟桑與梓，必恭敬止。王逸楚辭注曰：考，校也。周禮曰：以土圭測日影，以求地中，日南多暑，日北多寒。禮記曰：日月所照，霜露所墜。左氏傳，史趙曰：盛德必百世祀。吴越春秋，樂師曰：君主之德，可記之於管弦。毛詩序曰：懷其舊俗。方言曰：蘊，積也。

【五臣注】埏音延。濟曰：畢昴星，冀州分野，則魏都也。舜都平陽、禹都安邑，皆冀州界，故曰虞、夏餘人。先王列聖，則舜、禹也。翰曰：隅，猶隅也。八埏，八方也。言考之四隅，則爲八方之中央也。測之寒暑，則霜露之所均被。言處天地之中也。翰曰：卜偃，晉掌卜之官。晉獻公封畢萬於魏，卜偃曰：畢萬之後必大。萬，盈數也。魏，大名也，故曰賞其隆，隆則大也。先知其事，故曰前識。春秋，襄公十九年，吴公子季札來聘，使工歌魏風。札曰：美哉！大而婉，險而易行，以德居此，則爲明主。故曰美其風德也。向曰：形，見也。衰代，謂春秋風德時也。言雖遇衰微之時，而盛德形於管弦，則吴季札所美也。銑曰：蘊，積也。言魏風雖已没於千祀，而我今復都之，是懷古而積於遠年。

【張鳳翼文選纂注】舜都平陽，禹都安邑，皆冀州界，故曰虞夏餘人。先王列聖，指舜、禹也。八埏，八方也。言考之四隅，則爲八方之中央。測之寒暑，則霜露之所均被。謂處天地之中也。卜偃，晉掌卜之官。晉獻公封畢萬於魏，卜偃曰：畢萬之後必大。故曰賞其隆。隆，大也。先知其事，故曰前識。春秋，襄公十九年，吴公子季札來聘，使工歌魏風。札曰：美哉！大而婉，險而易行，以德居此，則爲明主。故曰美其風。衰代，謂春秋時也。言雖遇衰微之時，而盛德形於管弦也。魏雖没千祀，而今復都之。是今日遐想之懷，若先蘊畜也。

【王象乾文選删注】埏音延。限，隅也。蘊，積也。詩譜云：魏地，畢昴之分野，虞舜及禹所都之地，在禹貢冀州，雷首之北，析城之西，周以封同姓。其後晉獻公滅魏，以封大夫畢萬。在晉之南河曲，故其詩云：彼汾一曲，寘之河之干。國語曰：卜偃云：魏，大名也，以是始賞，天啓之矣。左傳曰：吳札來聘，爲之歌魏，曰：美哉，大而婉，險而易，行以德輔，此則爲明主也。周禮曰：以土圭測日影，以求地中，日南多暑，日北多寒。左傳，史趙曰：盛德必百世祀。吳越春秋，樂師曰：君主之德，可記之於管弦。

【孫志祖文選考异】虞、夏之餘人。何云：「人」字，唐人避太宗諱改。

【張雲璈選學膠言】吳札聽歌而美其風。張注引左傳云：吳公子季札來聘，使工爲之歌魏，曰：美哉，大而婉，險而易行。雲璈按，史記吳太伯世家亦作「儉而易行」。而左傳作「險」，杜注：「險」當爲「儉」字之誤也。陸粲左傳附注據世家賈逵注以爲當從險難之意，非字之誤，疑後人以杜説追改史記。不知二字古實通用。易否卦：儉德。李鼎祚易解：虞翻曰：「儉」，或作「險」。荀子富國篇：下疑俗儉。楊倞注：「儉」當爲「險」。隸釋劉修碑：動乎儉中。今易作「險」。故宋賈昌朝群經音辨云：險，約也。音儉。

【胡克家文選考异】則霜露所均。茶陵本「均」作「鈞」，云五臣作「均」。袁本作「均」，無校語。案：袁用五臣也。尤蓋以五臣亂善。

注「則爲明主也」。袁本無「爲」字，是也。茶陵本無上「左傳」至此，脱。

【許巽行文選筆記】管絃。説文：弦，弓弦也。從弓，象絲軫之形。臣鉉曰：今别作絃，非是。五經文字云：弦，説文「弦，隸變」。其琴瑟弦，亦用此字。作「絃」者，非。嘉德案，今經傳多有作「絃」者，相承用之。

【梁章鉅文選旁證】注寘之河之干。漢地理志：魏國亦姬姓也。在晉之南河曲，故其詩曰：彼汾一曲，寘諸河之側。與此异。此注云：詩譜，而亦與鄭詩譜不盡同也。

【高步瀛文選李注義疏】「餘人」，何曰：「人」字，唐人避太宗諱改。○「所均」，胡曰：茶陵本「均」作「鈞」，云：五臣作「均」。袁本作「均」，無校語。案：袁用五臣也。尤蓋以五臣亂善。○「詩譜」至「以封同姓」，今本毛詩注疏所載「魏地」作「魏者」，無「畢、昴之分野」五字，「及禹」作「夏禹」，「其後晉滅魏，以封大夫畢萬」二句作「至春秋閔公元年，晉獻公竟滅之，以其地賜大夫畢萬，在晉之南河曲至河之干」。孔疏曰：地理志云：魏國，姬姓也。在晉之南河曲。故其詩曰：彼汾一曲。寘諸河之干兮。案：引詩見汾沮洳及伐檀。然毛詩「諸」作「之」，地理志作「寘諸河之側」，亦伐檀之文也。漢書地理志曰：魏地，觜觿、參之分野也。史記天官書曰：昴，畢，冀州。觜觿，參，益州。天文志同。錢坫新斠注地理志曰：此與武帝所置之益州异也。步瀛案：開元占經卷六十四曰：參爲魏之分野，屬益州。漢武帝改梁州爲益州，非魏地益州也。此錢説所本。蓋漢初本以胃、昴、畢屬冀州，爲趙星。觜觿、參屬益州，爲魏星。自武帝別置益州，於是天文家談分野者，遂以觜觿、參、實沈之次移於益州，而仍存魏字。而實沈所配益州之州郡，乃合於冀州，而與胃、昴、畢、大梁之次相配。於是星土不相應矣。至於漢書律曆志以自胃七度至畢十一度爲大梁，自畢十二度至井十五度爲實沈，晉書天文志同。而費直以自胃六度至畢八度爲大梁，自畢九度至井十一度爲實沈。蔡邕以自胃一度至畢六度爲大梁，自畢六度至井十度爲實沈。僅度數不同，尚其變易之小焉者也。蓋星宿躔度，有定者也。而封域一彼一此，無定者也。漢地理志所舉魏分，如陳留、潁川、河南等郡縣，於春秋當屬陳、鄭二國，實角、亢、氐、壽星之次，不當并入魏分。至戰國魏徙大梁，遂不能不舉以相屬。況武帝置益州，本古來十二次所未有，故晉志以舊所謂觜觿、參、實沈之次者，別取廣漢、越嶲、蜀犍爲、牂牁、巴、漢中、益州等郡，并爲益州以配之。而舊曰益州之配實沈者，如魏郡入昴，一度乃列入趙冀州。由此推之，河東、河内、河南入周，太原、上黨入秦者，舊時必有全部或一部屬魏，而在實沈之次者矣。占經六十四引未央分野曰：魏星得胃、昴、畢。與鄭詩譜及太冲賦正合。○隈，已見西都賦注。此云「猶隅也」者，謂四隈即四隅也。列子黄帝篇釋文曰：「隈」一作「隅」，可與此相證。○鄒衍云云，玉函山房輯入鄒子。○封禪文，見本書卷四十八。○國語，見晋語一。○左傳，見襄二十九年。尤本「明」上有「爲」字。袁本無，與左傳合，今從之。茶陵本無左傳以下三十三字。毛詩，見小弁。○王逸注，見招魂。○周禮，見地官大司徒。○禮記，見中庸篇。○左傳，見昭八年。○吴越春秋卷十句踐伐吴外傳：樂師曰：「君王德可刻於金石，聲可託於絃管。」注中「記」字當是「託」字之誤。○毛詩序，見關雎。○方言見卷十二。○人、塵、均、絃、年，古音真部。自爲韵。隆，冬部。風，侵部。通轉爲韵。

爾其疆域，則旁極齊、秦，結湊冀、道。開胸殷、衛，跨躡燕、趙。山林幽峡，川澤迴繚。恒、碣碪碍於青霄，河、汾浩涆而皓溔。南瞻淇澳，則緑竹純茂。北臨漳、滏，則冬夏异沼。神鉦迢遞於高巒，靈響時驚於四表。温泉毖涌而自浪，華清蕩邪而難老。

【彙校】

「爾其疆域」 「爾其」，奎章閣本、明州本、贛州本、四庫本、叢刊本、尤刻本、胡刻本、監本、九條本同。正德本、陳八郎本作「邇其」。當作「爾其」。「疆」，奎章閣本、明州本、贛州本、叢刊本、正德本、陳八郎本、尤刻本、胡刻本、監本、九條本同。四庫本作「疆」。當作「疆」。

■**立群案**：「爾其」於賦中常用作更端之詞。如南都賦：爾其地勢則武闕關其西，桐柏揭其東。諸本多作「爾其」，是也。正德本、陳八郎本作「邇」字，當因「爾」字爲誤。

「旁極齊秦」 「極」，明州本、贛州本、四庫本、叢刊本、正德本、陳八郎本、尤刻本、胡刻本、九條本同。奎章閣本、監本作「極」。當作「極」。「齊」，奎章閣本、贛州本、四庫本同。明州本、叢刊本、正德本、陳八郎本、尤刻本、胡刻本、監本、九條本作「齊」。當作「齊」。「秦」，明州本、贛州本、四庫本、叢刊本、正德本、陳八郎本、尤刻本、胡刻本、九條本同。奎章閣本、監本作「秦」。當作「秦」。

「結湊冀道」 「結」，奎章閣本、四庫本、正德本同。明州本、贛州本、叢刊本、陳八郎本、尤刻本、胡刻本、監本、九條本作「結」。當作「結」。「湊」，奎章閣本、明州本、贛州本、四庫本、叢刊本、正德本、陳八郎本、尤刻本、胡刻本、監本、九條本作「湊」。當作「湊」。「冀」，奎章閣本、四庫本同。明州本、贛州本、叢刊本、陳八郎本、尤刻本、胡刻本、監本、九條本作「巽」。正德本作「兾」。當作「冀」。

「開胸殷衛」「開」，奎章閣本、明州本、贛州本、四庫本、叢刊本、正德本、陳八郎本、尤刻本、胡刻本、九條本同。監本作「開」。當作「開」。「胸」，四庫本同。奎章閣本、明州本、贛州本、叢刊本、正德本、陳八郎本、尤刻本、胡刻本、監本、九條本作「胷」。當作「胸」。「衛」，奎章閣本、叢刊本、正德本、陳八郎本、尤刻本、胡刻本、監本、九條本同。明州本、贛州本、四庫本作「衞」。當作「衛」。

■ **立群案**：「開」同「閈」，指關門聲。如揚雄法言問道：開之，廓然見四海，閉之，閈然不睹墻之裏。據賦意，此處顯應作「開」，恐監本作「閈」乃「開」之形似而誤。

「川澤迴繚」「迴」，明州本、贛州本、叢刊本、正德本、陳八郎本、胡刻本、九條本同。奎章閣本作「廻」。四庫本、尤刻本、監本作「廻」。當作「迴」。

「恒碣」「恒」，奎章閣本、四庫本、正德本、九條本同。明州本、贛州本、叢刊本、陳八郎本、尤刻本、胡刻本、監本作「恒」。當作「恒」。

「於青霄」「於」，奎章閣本、明州本、贛州本、四庫本、叢刊本、陳八郎本、尤刻本、胡刻本、監本、九條本同。正德本作「扵」。當作「於」。

「南瞻淇澳」「瞻」，奎章閣本、明州本、贛州本、四庫本、叢刊本、陳八郎本、尤刻本、胡刻本、監本、九條本同。正德本作「瞻」。當作「瞻」。

「緑竹純茂」「緑」，奎章閣本、明州本、贛州本、叢刊本、正德本、尤刻本、胡刻本、九條本同。四庫本作「綠」。陳八郎本、監本作「渌」。當作「緑」。

■立群案：「渌竹」無義，自當作「緑竹」。詩經衛風淇奥：瞻彼淇奥，緑竹猗猗。或爲賦語所本。當作「緑竹」。

「冬夏异沼」「异」，明州本、贛州本、叢刊本、陳八郎本、尤刻本、胡刻本、九條本作「異」。奎章閣本、四庫本、正德本作「異」。監本無法辨識。當作「异」。

「神鉦迢遞」「迢」，奎章閣本、明州本、贛州本、叢刊本、陳八郎本、尤刻本、胡刻本、監本、九條本同。四庫本、正德本作「迨」。當作「迢」。「遞」，明州本、贛州本、四庫本、叢刊本、陳八郎本、尤刻本、胡刻本、九條本同。奎章閣本、正德本作「逓」。監本作「遰」。當作「遞」。

「於高巒」「於」，奎章閣本、明州本、贛州本、四庫本、叢刊本、陳八郎本、尤刻本、胡刻本、監本、九條本同。正德本作「扵」。當作「於」。「高」，奎章閣本、明州本、贛州本、四庫本、叢刊本、正德本、陳八郎本、尤刻本、胡刻本、監本、九條本作「高」。當作「高」。

「靈響時驚」「靈」，明州本、贛州本、四庫本、叢刊本、正德本、陳八郎本、尤刻本、胡刻本、監本、九條本同。奎章閣本作「靈」。當作「靈」。「響」，奎章閣本、明州本、贛州本、四庫本、叢刊本、正德本、陳八郎本、尤刻本、胡刻本、監本、九條本作「響」。當作「響」。

「於四表」「於」，奎章閣本、明州本、贛州本、四庫本、叢刊本、陳八郎本、尤刻本、胡刻本、監本、九條本同。正德本作「扵」。當作「於」。

「華清蕩邪」「清」，奎章閣本、明州本、贛州本、四庫本、正德本、陳八郎本、尤刻本、胡刻本、監本、九條本同。叢刊本作「淸」。當作「清」。「蕩」，明州本、四庫本、叢刊本、陳八郎本、九條本作「蕩」。奎章閣本、贛州本、正德本、尤刻本、胡刻本、監本作「蕩」。當作「蕩」。

【彙注】

【李善注】峡，烏朗切。澳，於六切。滏音父。毖音秘。善曰：史記，蘇秦説魏襄王曰：南有鴻溝，東有淮、潁，西有長城，北有河外。地理志曰：魏，觜觿、參之分野也，自高陵以東河東、河内，南有陳及汝南之邵陵、隱强、新汲、西華、長平，潁川舞陽、郾、許、鄢、樊陵，河南之開封、中牟、陽武、酸棗、卷，皆魏分也。魏武皇帝初封魏公，南得河内、魏郡，北得趙國、中山、常山、鉅鹿、安平、甘陵，東得平原，西得東平，凡十郡，以此爲魏之本國，蓋冀州之地。恒山，北嶽也。碣石，山名也。詩云：瞻彼淇澳，緑竹猗猗。漢書溝洫志曰：下淇園之竹。漳、滏，二水名，經鄴西北。滏水熱，故曰滏口。水有寒有温，故曰冬夏异沼也。冀州圖，鄴西北鼓山，山上有石鼓之形，俗言時自鳴。劉邵趙都賦曰：神鉦發聲。俗云：石鼓鳴，則天下有兵革之事。詩云：毖彼泉水。温水，在廣平都易縣，俗以治疾洗百疾。華清，非華水也。善曰：王逸楚辭注曰：凑，聚也。冀、道，亦二國名也。爾雅曰：兩河間曰冀州。左氏傳曰：江、黄、道、柏，方睦於齊。杜預曰：道國在汝南。胸，猶前也。南都賦曰：淯水蕩其胸。漢書地理志曰：河内本殷舊都，周分爲邶、鄘、衛。碪砨，高貌。碪，五感反。鄭玄周禮注曰：汾水出汾陽縣。浩，古老切。汧，古旦反。上林賦曰：澋溔潢漾。廣雅曰：浩溔，大也。皓，故老反。溔，餘眇反。山海經曰：少山，清漳水出焉。郭璞曰：至武安南入濁漳。山海經曰：神囷山，滏水出焉。郭璞曰：經鄴西北入漳。説文曰：泌，水駃流也。泌與毖同。音秘。魚豢典略曰：浪井者，弗鑿而成。毛詩曰：永錫難老。

【五臣注】峡，烏朗反。繚，音了。碪，五感反。碍，五各反。汧，音翰。溔，與眇反。澳，於六反。滏，音父。毖，音秘。向曰：齊、秦，國名。冀、道，皆州名。良曰：殷都朝歌在鄴南，衛亦在南，故云開胸，如人之胸在前也。跨躡，猶控帶。燕、趙，國名。良曰：幽峡，深邃也。迴繚，繚繞貌。恒、碣，二山。

磧碍，高貌。河、汾，二水名。浩汧、皓溔，并水大流貌。銑曰：純，美也。淇、澳，二水名，旁亦出美竹。漳、滏，二水名。漳水冷，滏水熱，若出於釜，因名焉。故云冬夏异沼。沼，水之通稱也。翰曰：鄴西北有鼓山，上有石鼓之形，俗云時時自鳴，故稱靈響。驚，警也。表，外也。鉦，金聲。所以節鼓者，則此石鼓也。云鉦者，文之失也。濟曰：毖，泌也。水急流貌。言温泉流而涌自爲波浪，言其華美而潔清，可以蕩滌疾病而延壽。

【張鳳翼文選纂注】峽，烏朗切。繚音了。磧，五感切。碍，五各切。汧音翰。溔，與眇切。毖音秘。殷、衛在南，故云開胸，如人之胸在前也。跨躡，猶控帶也。幽峽，深邃也。迴繚，繚繞貌。恒、碣，二山名。河、汾，二水名。浩汧、皓溔，并水大流貌。純，美也。淇、澳，二水名，旁出美竹。漳、滏，二水名。漳水冷，滏水熱，若出於釜，因名焉。故云冬夏异沼。沼，水之通稱也。鄴西北有鼓山，上有石鼓，俗云時時自鳴，故稱靈響。驚，警也。表，外也。鉦，金聲。所以節鼓者，此石鼓。云鉦，文之誤也。毖，泌也。水急流貌。言温泉流涌涌自爲波浪，華美潔清，可以蕩滌疾病而延壽也。

【王象乾文選删注】峽，烏朗切。繚音了。磧，五感切。碍，五各切。汧音翰。溔，與眇切。滏音父。冀、道，二國名，國在汝南。胸，猶在前也。恒，北嶽，山名。磧碍，高貌。汾，汾水，出汾陽縣。皓，大也。漳、滏，二水名。异沼，言水有寒有温，故云冬夏异也。魏武皇帝初封魏公，南得河内、魏郡，北得趙國、中山、常山、鉅鹿、安平、甘陵，東得平原，西得東平，凡十郡，以此爲魏之本國，蓋冀州之地。爾雅曰：兩河間曰冀州。漢書地理志曰：河内本殷舊都，周分爲邶、鄘、衛。山海經曰：少山，清漳水出焉。郭璞曰：至武安南入濁漳。山海經曰：神困山，滏水出焉。郭璞曰：經鄴西北入漳。劉邵趙都賦曰：神鉦發聲。俗云：石鼓鳴，則天下有兵革。冀州圖，鄴西北鼓山，上有石鼓，時自鳴。温水，在廣平都易縣，俗以治疾洗百疾。華清，非華水也。

【陳景雲文選舉正】爾其疆域。注第二「善曰」二字，舊本無。又「廣平都易縣」。「都」，舊本作「郡」。又「井非水也」。「非」，舊作「華」。又「神困山」。舊作「神困」。

【杭世駿文選課虛】凑，聚也。碪礐，高貌。碪，五感切。皓溔天也。皓，胡老切。溔，餘眇切。皓，亦作灝。上林賦：灝溔潢漾。説文：泌，水駃流也。與毖同。音秘。

【汪師韓文選理學權輿·前賢評論】顧炎武日知録曰：地名割用一字，漢已有之。史記貨殖傳：夫燕亦勃、碣之間一都會也。注云：勃海、碣石。常璩華陽國志：分巴割蜀，以成犍、廣。是犍爲、廣漢二郡。左思蜀都賦：跨躡犍牂。是犍爲、牂牁二郡。魏都賦：恒、碣碪礐於青霄。是恒山、碣石二山。

【余蕭客文選音義】道上聲。趙上聲。沼上聲。碪領。礐鄂。溔何音杳。注善曰：史記，蘇。「善曰」删。茂音學五書：古茂、卯同音。滏舊音父。銑曰：滏水熱，若出於釜，因名焉。劉劭趙都賦：清漳發源，濁滏汩越。通典：相州滏陽縣有漳河、滏水。冬夏。水經注：滏水出石鼓山南巖下，冬温夏冷。靈響。翰曰：鄴西北有鼓山，上有石鼓之形，俗云時時自鳴。注南有陳。下增「留」字。注廣平都易。「都」改「郡」，「易」下增「陽」字。

【余蕭客文選紀聞】岟鞅。廣韵三。碪砧。廣韵二。礐迎谷。類篇九下。溔以紹。類篇十一中。滏釜。廣韵三。冀縣有天鼓山，山有石如鼓，河鼓星動摇，則石鼓鳴酉陽雜俎十一。滏陽縣鼓山。永初山川記：山有石鼓形二所，南北相當，俗云南鼓、北鼓，相去十五里。魏都賦「神鉦迢遞于高巒」是也寰宇記五十六。自白孔六帖七作「白」。

【孫志祖文選考异】恒碣碪礐於青霄。案，玉篇山部「嵁」字注云：嵁，嵦。見魏都賦。

【張雲璈選學膠言】神鉦迢遞於高巒。張注：冀州圖經：鄴西北鼓山，山上有石鼓之形，俗言時時自鳴。石鼓鳴，則天下有兵革之事。雲璈按，太平御覽四十五卷云：齊末此鼓鳴。未幾，鄴城有兵而齊滅。隋文季年又鳴，聲聞數百里。

【胡克家文選考异】注「善曰史記」。袁本、茶陵本作「劉曰當魏襄王時」。案：二本最是。「當魏襄王時」者，上數所賦以前也，尤改誤。又二本每節首有「劉曰」，於此例當去，改爲「善曰」，更誤。

注「蘇秦説魏襄王曰」。袁本、茶陵本無「襄」字。

注「南有陳」。何校「陳」下添「留」字，是也。各本皆脱。

注「潁川舞陽郾許鄢樊陵」。袁本、茶陵本無「樊」字。案：無者是也。「川」下當依漢志補「之」字，各本皆脱。潁川，郡也。舞陽以下，皆縣也。潁川郡屬縣有鄢陵，尤添「樊」字於其間，甚誤。

注「温水在廣平都易縣」。何校「都」改「郡」，「易」下添「陽」字，是也。各本皆誤。晉書地理志之廣平郡易陽縣也。陳云別本「都」作「郡」，今未見。

注「涓水蕩其胸」。案：「涓」當作「湇」。各本皆訛。

【朱珔文選集釋】北臨漳、滏，則冬夏异沼。張注云：漳、滏，二水名，經鄴西北。滏水熱，故曰滏口。水有寒有温，故曰冬夏异沼也。案：續漢志魏郡鄴下有滏水，注引此注云：水經鄴西北滏水熱，故曰滏口。蓋謂水之經過於鄴耳。趙氏一清乃以爲引水經之文，非也。今水經濁漳水篇注云：漳水於武安縣東，清漳水自涉縣東南來流注之。世謂决入之所爲交漳口。經云：又東出山，過鄴縣西。而不言北，注則云：漳水又北，濫水入焉。又東徑梁期城南。地理風俗記曰：鄴北五十里有梁期城故縣也。是漳水經鄴西北矣。注并言漳、滏者，滏亦合漳也。今水經注無滏水。趙氏補之云：山海經北山經曰：又北三百里曰神菌之山，滏水出焉，而東流注於歐水。御覽引水經注：滏水，發源出石鼓山南巖下，泉源奮涌，若滏之揚湯矣。其水冬温夏冷。崖上有魏世所立銘。水上有祠，能興雲雨。又東流注於漳，謂之合河。余謂，御覽所引當是今本酈注之脱文。其言冬温夏冷，正此賦所云也。漳水别見後劉公幹贈五官中郎將詩。

神鉦迢遞於高巒。張注引冀州圖經曰：鄴西北鼓山，上有石鼓之形。俗云：石鼓鳴，則天下有兵革之事。案，北山經郭注云：滏水今出臨水縣西釜口山。郝氏謂据水經注，石鼓山當即滏口山之异名。方輿紀要云：滏山在今磁州武安縣武安今改屬彰德府，東南二十里即滏口，太行第四陘也。亦曰：鼓山有二石如鼓南北相當。俗云：南鼓北鼓，相去十五。余謂淮南墬形訓釜出景，高誘注：景山在邯鄲西南，釜水所出，其源浪沸涌如釜中湯，故曰釜。邯鄲與磁州今俱屬廣平府，是景山亦石鼓山之异名也。説文：鉦，鐃也。與鼓异而稱神鉦者，詩小雅鉦人伐鼓，蓋本相連之物。水經沔水下篇注云：洞庭南口有羅浮山。浮山東石樓下有兩石鼓，扣之清越，所謂神鉦者也。則石鼓之即爲神鉦，固有他證矣。

温泉毖涌而自浪。張注云：温水在廣平都易縣，俗以治疾洗百疾。案：胡氏考异謂當作「廣平郡易陽縣」，是也。據方輿紀要，今廣平府附郭之永年縣西四十里，有臨洺城，本漢之易陽縣，屬趙國。後漢因之。晋屬廣平郡。故續漢志趙國易陽下，劉昭注引此賦語，并注：但今縣境，惟滏水、洺水，無温水。賦語似即指滏水，未詳。〇善注云：説文：泌，水駃流也。泌與毖同。案：今説文：泌，俠流也。段氏云：俠者，甹也。三輔謂輕財者爲甹。俠流者，輕快之流，如俠士然，解似稍迂。或云：此注「駃」字當是「駛」。駛有疾義。但説文無「駛」字，不應别據以釋。余謂，廣韵：駃，苦夬切。與「快」同。俗以「駃」爲「快」。酉陽雜俎：河水色渾駃流。尸子曰：黄河龍門駃流如竹箭。「駃」皆「快」字。則此注「駃流」即「快流」。而説文之「俠流」亦「快流」也。又疑「駃」當爲「決」。易雜卦傳：夬，決也。集韵：駃音玦。是「駃」「決」音同。説文：決，行流也。廣雅釋訓：決，決流也。廣韵：決，疾貌。莊子逍遥游齊物論二篇釋文引李注同。決既爲疾，亦與輕快之流義合。

【梁章鉅文選旁證】則緑竹純茂。注緑竹猗猗。　毛傳：緑，王芻也。竹，萹竹也。禮記大學引作「菉」。爾雅、説文并同。竹，韓詩作「薄」，云：萹筑也。惟陸璣以爲一草，言其莖葉似竹，青緑色，高數尺。孔穎達引小雅采緑駁之。宋人毛詩集辭尚從二草，自朱子集傳解爲緑色之竹，後儒不復有异議。然小雅之采緑，朱子仍不廢毛傳也。

北臨漳、滏，則冬夏异沼。水經濁漳水注：漳水又北，滏水入焉。出鄴西北石鼓山南巖下，泉源奮涌，若釜之揚湯矣。其水冬温夏冷，崖上有魏世所立銘。

注善曰：史記，蘇秦説魏襄王曰。　此劉注也。六臣本無「善曰」二字。其「史記」二字作「當魏襄王時，蘇秦説魏王曰」。

注北有河外。又魏，觜觿、參之分野也，自高陵以東，河東、河内，南有陳。　六臣本「外」作「水」，「參」作「秦」，并誤。「以」下有「東」字。何校：「陳」下添「留」字，是也。各本皆脱。

注颍川舞陽、郾、許、鄢、樊陵。　六臣本無「樊」字。胡公考异曰：「川」下當依漢志補「之」字，各本皆脱。颍川，郡也。舞陽以下，皆縣也。颍川郡屬縣有鄢陵，添「樊」字，甚誤。姜氏皋曰：鄢陵，漢地理志作「傿陵」。師古曰：傿，音偃。按尹宙碑亦作「傿陵」。

注温水，在廣平都易縣，俗以治疾洗百病。　何校：「都」改「郡」，「易」下添「陽」字，是也。續漢書郡國志：趙國易陽。注引魏都賦：温泉毖涌而自浪。注曰：温泉在易陽，世以治疾洗百病。可證。

注涓水蕩其胸。「涓」當作「洧」。各本皆誤。

注上林賦曰：澋溔潢漾。廣雅曰：浩溔，大也。今上林賦作「灝溔」。史記、漢書同。案：今廣雅釋詁：大也。上無「浩溔」二字。淮南子覽冥訓：水浩洋而不息。蓋即「浩溔」之誤。姜氏皋曰：玉篇「洋」亦「瀰」字。盧氏文弨曰：漢地理志引詩「河水洋洋」，字從芊姓爲聲，俗訛爲「洋洋」，然則浩洋者，浩洋也。因「洋」訛「洋」，因「洋且」訛爲「溔耳」。水經注：巨洋水。説文亦作「洋」。

注説文曰：泌，水駃流也。「駃」當作「駛」。今説文：泌，俠流也。朱氏珔曰：段氏解俠流爲輕快之流，如俠士然，似迂。「駃」作「駛」。駛有疾義，固通。但説文無「駛」字，竊疑此是「決」字。「駃」之爲「駛」，以形近，「駃」之爲「決」，則以音同。説文：決，行流也。廣雅釋訓：決，決流也。又廣韵：決，疾貌。莊子逍遥游、齊物論二篇釋文并同。決爲疾，既與輕快之流義合，而今本説文「俠」字亦「決」之形近而訛也。

【胡紹煐文選箋證】河、汾浩溔而皓溔。注善曰：上林賦曰：澋溔潢漾。廣雅曰：浩溔，大也。溔，餘眇反。按：今上林賦作「灝溔」。玉篇引作「浩溔」，皆水無涯隙之貌。淮南覽冥訓「水浩洋而不息」，即「浩溔」之誤。盧氏文弨校改「浩溔」爲「浩洋」，謂「洋」訛「洋」，因「洋」訛「溔」，蓋未見諸賦云云也。「皓溔」叠韵。

南瞻淇澳，則綠竹純茂。按：毛傳：綠，王芻也。竹，萹竹也。此與下「冬夏异沼」爲偶句，則亦以爲二草從毛義也。而張注引毛「綠竹猗猗」，又引漢書溝洫志下「淇園之竹」，以爲一草，恐非太冲之旨。

温泉毖涌而自浪。注善曰：説文曰：泌，水駃流也。「泌」與「毖」同。今説文作「泌，水俠流也」。玉篇作「狹流」。廣韵作「浹流」。旁證云：駃，當作駛。朱氏珔曰：説文無「駛」，疑是「決」字，説文

「決，行流也」。紹煐按：此皆非也，當本作「陜流」，玉篇作「狹」，俗字。凡水陜流則急而生浪，故賦云「毖涌而自浪」。鄘風「毖彼泉水」，傳「泉水始出毖然流也」。韓詩作「祕」，祕之言閟也。毖、祕、閟、泌字异而音義并同。正字宜爲「泌」。本書七發，善注云「瀄，泌瀄，波相楔也」。波相楔謂之泌，水相楔亦謂之泌。相楔有陜義。上林賦「偪側泌瀄」，「泌瀄」猶「偪側」，「偪側」即「陜」，今人猶謂陜爲偪側矣。司馬彪注亦云「泌瀄，相楔也」。然則泌爲泉流相楔之貌，許云「陜流」，猶彪云「相楔」耳。此因「陜」訛爲「俠」，或訛爲「浹」，後人又改此注之「陜」爲「駃」，而校正者遂有作「駛」作「決」之紛紛异説矣。

【高步瀛文選李注義疏】「碪⿰石咢」，玉篇山部引作「嵁崿」。○「當魏襄王時」，尤本、毛本皆作「善曰：史記」四字。胡曰：袁本、茶陵本作「劉曰：當魏襄王時」。案：二本最是。當魏襄王時者，上數所賦以前也。尤改誤。又二本每節首有「劉曰」，於此例當去，改爲「善曰」，更誤。○蘇秦説魏王，見魏策一及史記蘇秦傳。尤本、毛本「魏」下有「襄」字。袁、茶二本「河外」作「河水」，誤。○地理志文至「皆魏分也」止，各本「以東」下脱「盡」字，「陳」下脱「留」字，「潁川」下脱「之」字，兮皆依漢志補。尤本「鄢」字下誤衍「樊」字，今依袁、茶二本及毛本删。旁證引姜皋曰「鄢陵」，漢地理志作「傿陵」。師古曰：傿音偃。按：尹宙碑亦作「傿陵」。步瀛案：左傳成十六年作「鄢陵」。顧炎武日知録卷二十六曰：左傳（昭元年）子産曰：遷實沈於大夏，主參，故參爲晋星。然其疆界，亦當至河而止。若志所列陳留已下郡縣，并在河南，於春秋自屬陳、鄭二國，角、亢、氐之分也，不當并入。魏本都安邑，至惠王始徙大梁，乃據後來之疆土，割以相附，豈不謬哉！錢大昕廿二史考异卷七曰：以志考之，新汲屬潁川，非汝南。酸棗屬陳留，非河南。蓋漢時郡國屬縣，更易靡常，史家不能考而悉之。案：「新汲」疑「新息」之誤。以今地證之，漢左馮翊高陵縣，在今陝西高陵縣西南。漢河東郡二十四縣，治安邑縣，在今山西夏縣北。河内郡十八縣，治懷縣，在今河南武陟縣西南。河南郡十七縣，治陳留縣，今陳留縣治。汝南郡召陵縣，在今郾城縣東。隱强縣，漢志「隱」作「濦」，在今臨潁縣東。新息縣，在今息縣東。若潁川之新汲縣，則在今扶溝縣西南矣。汝南郡西華縣，在今西華縣南。長平縣，在今西華縣東北。潁川郡舞陽縣，在今舞陽縣西。郾縣，在今郾城縣西南。傿陵縣，在今鄢陵縣西北。河南郡開封縣，在今開封縣南。中牟縣，在今中牟縣東。陽武縣，在今陽武縣東南。卷縣，在今原武縣西北。陳留郡之酸棗縣，在今延津縣東北。自武陟縣以下，皆屬今河南省者也。○魏志武帝紀，魏國十郡爲河東、河内、魏郡、趙國、中山、常山、鉅鹿、安平、甘陵、平原。注「河東」，各本作「東平」。案：東平屬兖州，亦不得言西，故依魏志校正。又案：續書郡國志，冀州九郡爲魏、鉅鹿、常山、中山、安平、河間、清河國、趙國、勃海。而清河國有甘陵縣，河内、河東屬司隸，蓋河間、勃海二郡不以封魏。續漢郡國志清河國，劉注：桓帝建和二年，改爲甘陵。後漢獻帝紀：建安十一年，除爲郡。又建安十八年，省司隸校尉，而以河東、河内屬冀州，以封魏也。案：三國郡縣表，魏郡三十縣，治鄴，在今河南臨漳縣西南。鉅鹿郡十五縣，治廮陶，在今河北寧晋縣西南。常山郡十四縣，治真定，在今正定縣南。中山國十二縣，治盧奴，今定縣治。安平國十三縣，治信都，今冀縣治。平原十縣，治平原，在今山東平原縣南。甘陵郡七縣，治甘陵，在今清平縣南。河内郡十九縣，治懷。河東郡二十縣，治安邑。并見上也。楊守敬三國郡縣表補正，鉅鹿郡有宋子，凡十六縣。中山國有靈丘，凡十三縣。安平國有武强，凡十四縣。○爾雅釋山曰：河北，恒。又曰，恒山爲北嶽。白虎通義巡狩篇曰：北方爲恒山者何？恒者，常也。萬物伏藏於北方有常也。漢書地理志常山郡上曲陽，原注曰：恒山，北谷，在西北，有祠。段玉裁謂「谷」當作「岳」，是也。風俗通山澤篇同。案：自漢以來，祠北嶽皆在今河北曲陽縣西北。至後魏太延元年，立北嶽廟於山西渾源縣南二十里恒山上。清順治十七年，乃改祠於此，著爲祀典云。○詩，見衛風淇澳。毛詩作「淇奥」，傳曰：奥，限也。緑，王芻也。竹，萹竹也。猗猗，美盛貌。漢書地理志引亦作「奥」。左傳昭二年、禮記大學引皆作「澳」。禮記釋文曰：「澳」，又作「隩」。爾雅釋丘曰：隩，隈。又曰：崖内爲隩。説文曰：隩，水隈，崖也。又曰：澳，隈崖也。其内曰澳，其外曰隈。大學鄭注曰：澳，隈崖。「隩」「澳」字同。「奥」，借字。陳奂疏謂淇水深曲處，是也。漢書地理志河内郡共縣，原注曰：北山，淇水所出，至黎陽入河。説文曰：淇水出河内共北山，東入河。或曰：出隆慮西山。北山經曰：沮洳之山，濝水出焉，南流注于河。郭注曰：今淇水出汲郡隆慮縣大號山。淮南子墬形篇曰：淇出大號。高注曰：大號山，在河内共縣北。或曰：在臨慮西。水經淇水篇曰：淇水，出河南隆慮縣西大號山。陳奂曰：「隆」「臨」聲通。隆慮亦在河内。蓋淇有二源矣。又曰：地理志、北山經及説文皆云入河，唯水經以爲東北入海。今淇水從河南浚縣入衛以入海，非故淇道也。步瀛案：清統志河南彰德府，隆慮山在林縣西二十里。衛輝府，共山在輝縣北九里。二山相去頗遠，故陳氏奂、錢氏坫皆以爲二源。王先謙漢書補注謂大號之源爲正，皆是也。詩淇奥釋文引草木疏：奥亦水名。孔疏亦引曰：淇、奥，二水名。續漢書郡國志一河内郡共縣下曰：淇水出。劉注引博物志曰：有奥水，流入淇水。酈道元淇水注曰：肥泉，博物志謂之奥水。與陸説合。馬瑞辰毛詩傳箋通釋曰：奥，本隈曲之名。水之内爲奥，與水相入爲汭同義。古人或名泉水入淇處爲淇奥，因有奥水之稱，猶夏汭、涇汭，亦名汭水也。但詩言淇奥，與汝墳淮浦濆濆語句相類，不得分爲二。仍從爾雅澳隈之訓爲是。釋文又曰：「緑」，爾雅作「菉」。韓詩「竹」作「薄」，音徒沃反，云：薄，篇筑也。石經同。案：釋草曰：菉，王芻。郭璞注曰：菉，蓐也。今呼鴟脚莎。案：郝懿行以爲淡竹葉，已見西京賦疏。釋草又曰：竹，萹蓄。郭曰：似小藜，赤莖節，好生道傍，可食，又殺蟲。釋文曰：「竹」，本又作「筑」。説文曰：薄，水萹茿也。西京賦李注引韓詩作「薵」。玉篇曰：「薵」，同「薄」。蓋「菉」「薄」本字，「緑」「竹」借字，是緑、竹爲二物也。釋文又引草木疏曰：有草似竹，高五六尺，淇水側人謂之菉竹也。孔疏引陸璣曰：緑竹，一草名。其莖葉似竹，青緑色，高數尺。今淇隩生此，人謂此爲緑竹。續漢郡國志引博物記曰：有奥水流入淇水，有緑竹草。與陸合。孔疏駁之曰：詩有終朝采緑，則緑與竹別草，故傳依爾雅以爲王芻與萹竹异也。是陸以緑竹爲一物，而云似竹，則尚非徑以爲竹。然亦有徑以爲竹者。藝文類聚人部十二引班彪游居賦曰：瞻淇澳之園林，美緑竹之猗猗。古文苑卷五載班固竹扇賦曰：青青之竹形兆直。陳喬樅齊詩遺説考曰：即用詩「緑竹青青」語。班習齊詩，此蓋齊義。案述异記卷下曰：衛有淇園，出竹，在淇水之上。詩云：瞻彼淇澳，緑竹猗猗。戴凱之竹譜曰：篃亦箘徒，概節而短，江、漢之間謂之䉱竹。根深耐寒，茂彼淇苑。又曰：淇園，衛地，殷紂竹箭園也。又案：淇衛竹箭，著稱已古。淮南子原道篇：射者扜烏號之弓，彎棋衛之箭。高誘注曰：棋，美箭所出地名也。案：「棋」即「淇」之借字。竹譜引作「淇」，是也。又兵略篇曰：淇衛箘簵。高注曰：淇衛箘簵，箭之所出也。淇在衛地，故曰淇衛。史記河渠書曰：下淇園之竹以爲楗。集解引晋灼曰：衛之苑也，多竹篠。漢書溝洫志同。本注所引是也。然淇水注曰：詩云：瞻彼淇澳，菉竹猗猗。毛云：菉，王芻也。竹，编竹也。漢武帝塞决河，斬淇園之竹木以爲用。寇恂爲河内，伐竹淇川，治矢百餘萬，以輸軍資。今通望淇川，無復此物。惟王芻編草，不异毛興。胡承珙毛詩後箋曰：此得諸目驗，豈淇園之竹惟盛於漢時，至後魏而無復遺種邪？况揚貢篠簜，荆貢箘簵，而豫州未聞貢竹材。易言蒼筤，禮言竹箭，不兼緑爲稱，則緑竹之名，自非經典所有矣。段玉裁詩經小學曰：毛詩作「緑」，字之假借也。魏都賦：南瞻淇澳，則緑竹純茂。言緑與竹同茂也。故以冬夏异沼麗句。上林賦：揜以緑蕙。

張揖曰：緑，王芻也。胡承珙又曰：上林賦所謂緑蕙，與江蘺、留夷、蘼蕪對言，并是一物，殆即所謂樹蕙百畝者，以緑狀其色，非緑王芻之緑也。步瀛案：胡氏説是。段氏、胡氏皆以淇澳之緑竹不當解爲竹箭，然自漢以來，此説已盛。班氏父子之賦，皆從此説。故陳喬樅、王先謙等直以爲齊詩説也。孟陽注引漢書溝洫志，似亦以緑竹爲竹箭，段氏以緑、竹二物，與下冬夏异沼相麗，殆非是。冬夏异沼，自承上漳、滏言，非以冬夏二時與緑竹二草相麗。若從其説，則上文淇澳亦必爲二水，與漳、滏二水相麗。太冲作賦之意，必不然矣。○「經鄴西北」，「經」字當在下「冀州圖」下，誤入於此。○水經濁漳水注曰：漳水又東徑武城南，世謂之梁期城。梁期在鄴北。司馬彪郡國志曰：鄴縣有武城，武城即期城矣。漳水又東北徑西門豹祠前。昔魏文侯以西門豹爲鄴令也，引漳以溉鄴，民賴其用。又曰：魏武引漳流自城西東入，徑銅雀臺下，伏流入城，東注，謂之長明溝也。又曰：漳水自西門豹祠北徑趙閲馬臺西。漳水又北徑祭陌西。又對趙氏臨漳宫。漳水又北，滏水入焉。御覽地部二十九引水經注曰：滏水，發源出石鼓山南岩下，泉奮涌，若滏水之湯矣。其水冬温夏冷。崖上有魏世所立銘。水上有祠，能興雲雨。滏水又東流注于漳，又謂之合河。案：今本水經注佚此文。據元和郡縣志引，「泉」下當有「源」字，見下。朱珔曰：續漢志魏郡鄴下有滏水，注引此注云：水經鄴西北滏水熱，故曰滏口。蓋謂水之經過於鄴耳。趙氏一清乃以爲引水經之文，非也。○「故曰冬夏异沼也」至「俗言時自鳴」，茶陵本脱此二十八字。○「冀州圖」，御覽地部十引冀州圖經曰：鄴城西有石鼓，鼓自鳴，即有兵。引此賦文證之。此注蓋即引圖經而「經」字誤入上注。太平寰宇記卷五十六引與御覽同，亦脱「經」字。圖經又曰：高齊末，此鼓鳴，未幾云鄴城有兵，而齊滅。隋文季年，又鳴聞數百里也。魏書地形志上曰：司州臨漳有鼓山。元和郡縣志曰：河東道磁州滏陽縣，鼓山，一名滏山，在縣西北四十五里，滏水出焉。泉源奮涌若滏水之湯，故以滏口名之。八陘第四曰滏口陘，山嶺高深，實爲險阨。太平寰宇記曰：河北道磁州滏陽縣，鼓山，亦名滏山。宋永初古今山水記云：鼓山有石鼓形二所，南北相當。俗語云：南鼓北鼓，相去十五。清統志曰：河南歸德府，鼓山在武安縣南三十里。一名滏山。朱琦曰：北山經郭注云：滏水今出臨水縣西釜口山。郝氏謂据水經注，石鼓山當即滏口山之异名。余謂淮南墬形訓釜出景。高誘注：景山在邯鄲西南，釜水所出，是景山亦石鼓山之异名也。説文：鉦，鐃也。與鼓异而稱神鉦者，詩小雅鉦人伐鼓，蓋本相連之物。水經沔水下篇注云：洞庭南口有羅浮山。浮山東石樓下有兩石鼓，扣之清越，所謂神鉦者也。則石鼓之即爲神鉦，固有他證矣。戚學標鶴泉文鈔卷二石鼓懸鐘辨曰：鼓，石物。鉦，金物。詩：鉦人伐鼓。毛傳謂：鉦以静之，鼓以動之。鉦、鼓各有人，而言鉦人伐鼓，互文也。明二物。周官考工記：梟氏爲鐘，鼓上謂之鉦。注：鼓所擊處，鐘腰之上，居鐘體之正處，曰鉦。則鉦固鐘體。而所謂鼓者，初非鐘鼓之鼓，安得比鼓與鉦而一之？武安令陳灝游鼓山，嘗求所謂石形如鼓者，不可得。則滏山之石鼓，已在疑信間，於神鉦乎何有？涉距武安百里餘，俱在鄴西，離縣二十里許，亦有石鼓山。其村曰懸鐘村。訊之邑人，云：山上有石，圓象肖鼓，拂之有聲。又有鐘形下垂而上紐，若天成者。村之所由名。余乃恍然悟魏都賦所謂神鉦即此而在矣。蓋鉦固鐘體，又爲鐃鐲之類。孔穎達所稱形似小鐘者，土人以其形與鐘似，因即以鐘呼之，更不悟其爲鉦。而世之言神鉦者，又惟其聲之求，而不惟其形之肖。此所以在耳目之前而失之也。石鼓之在武安與涉，余不敢争。而神鉦則斷以爲即懸鐘是。案：戚説似有理，故附録之以備考。〇劉劭趙都賦，本書海賦、赭白馬賦、七啟、演連珠注皆引之，而未見神鉦句。藝文類聚居處部一節引較多，亦未具此句。〇詩，見泉水。〇「廣平郡易陽縣」，各本「郡」誤「都」，「易」下敚「陽」字。今依何校。胡曰：晉書地理志之廣平郡易陽縣也。梁曰：續漢書郡國志趙國易陽，注引魏都賦温泉毖涌而自浪，注「温泉在易陽，世以治疾，洗百病」，可證。案：清統志曰：直隸廣平府，易陽故城在永平縣西十五里。朱琦曰：據方輿紀要，今廣平府附郭之永年縣西四十里，有臨洺城，本漢之易陽縣，屬趙國。後漢因之。晋屬廣平郡。故續漢志趙國易陽下，劉昭注引此賦語，并注：但今縣境，惟滏水、洺水，無温水。賦語似即指滏水，未詳。陳僅曰：唐玄宗温泉宫，命名華清宫，雖取此而非本義。○王逸楚辭注，見九歎逢紛。○爾雅，見釋地。郭注曰：自東河至西河。釋文引李巡曰：兩河間其氣清，厥性相近，故曰冀。冀，近也。釋名釋州國曰：冀州，亦取地以爲名也。其地有險有易，帝王所都。亂則冀治，弱則冀彊，荒則冀豐也。案：注既以冀爲國名，此文舉州名，殊覺矛盾。且與下道國廣狹亦不牟。左僖二年：晋荀息假道於虞，曰：冀爲不道，入自顛軨，伐鄍三門。杜注曰：冀，國名。平陽，皮氏縣東北有冀亭。水經汾水注曰：汾水徑冀亭南。京相璠曰：今河東皮氏縣有冀亭，古之冀國所都也。沈欽韓左傳地名補注三引吕思誠蒲州圖經曰：冀亭遺址，在蒲州河津縣北十五里。春秋傳説彙纂本此。○左傳，見僖五年，杜注「汝南」下有「安陽縣南」四字。安陽當依續漢書郡國志二汝南陽安劉注引改。漢書地理志汝南郡陽安縣。注：應劭曰：道國也。今道亭是。元和郡縣志曰：河南道蔡州朗山縣，道城，古道國也。在縣東北二十里。清統志曰：河南汝寧府，道城在確山縣東北。○南都賦，已見前。「湞」，各本誤「涓」，依胡氏、梁氏校改。○漢書地理志「鄁」作「邶」。顔注曰：自紂城而北謂之邶，南謂之庸，東謂之衛。「邶」，音步内反，字或作「鄁」。「庸」，字或作「鄘」。錢坫曰：「邶」字本或作「鄁」，别字。説文：邶，自河内朝歌以北。今衛輝府滑縣東南有邶水。府城西有故庸城，有庸水出宜蘇山，當是其地。步瀛案：詩譜曰：邶、鄘、衛者，商紂畿内方千里之地。其封域在禹貢冀州，大行之東，北逾衡、漳，東及兖州，桑土之野。周武王伐紂，以其京師封紂子武庚，爲殷後，乃三分其地，置三監，使管叔、蔡叔、霍叔尹而教之。自紂城而北謂之邶，南謂之鄘，東謂之衛。武王既喪，三監導武庚叛。成王既黜殷命，殺武庚，復伐三監，更於此三國建諸侯，以殷餘民，封康叔於衛，使爲之長。衛在汲郡朝歌縣。時康叔止封於衛，後世子孫稍彊，兼并彼二國，混其地而名之。案：「彊兼」二字，「其地」二字，皆據左襄二十九年疏引增。水經淇水注曰：淇水又東，右合泉源水。水有二源，一水出朝歌城西北，東南流，逕朝歌城南。晉書地道記曰：本沬邑也。紂都。武王以殷之遺民封紂子武庚于兹邑，分其地爲三，曰邶、鄘、衛。使管叔、蔡叔、霍叔輔之，爲三監。叛，周討平以封康叔爲衛。清統志曰：河南衛輝府，朝歌故城在淇縣東北，古沬邑，武乙所都，紂因之。周武王滅殷，封康叔爲衛國。鄘城，在汲縣東北。○碪𥓓，高貌。案：説文無「碪」「𥓓」二字。玉篇山部：嵁，音五男、苦南二反。引魏都賦句而無解説。（此据古逸叢書零本玉篇。而澤存堂本作五男、苦男、五感三切。但云嵁崿見魏都賦，不引元句。）集韵十九鐸：碪𥓓，石危貌。○周禮鄭注，見夏官職方氏。元無「水」字、「縣」字，李引以意增。案：漢書地理志：太原郡汾陽縣，原注曰：北山，汾水所出。西南至汾陰，入河，冀州浸。説文曰：汾水出太原晉陽山西南入河。或曰，出汾陽北山，冀州浸。段注曰：前志曰：汾陽，汾水所出。水經曰：汾水出太原汾陽縣北管涔山，至汾陰縣北，西注於河。按許云出晉陽山，與志、水經不合者，志、水經舉其遠源，許舉其近源也。汾出管涔山東南，過晉陽縣東，晉水從縣南東流，注之。許意謂晉水即汾水之源。所謂晉陽山者，蓋即縣甕山。在今太原縣西南十里，晉水所出也。杜注左傳曰：汾水出太原。與許合。今汾水出静樂縣管涔山，經陽曲縣至太原縣城東，晉水入焉。又經清源縣東南，徐溝縣北。又經交城縣、文水縣、平遥縣、汾陽縣、孝義縣、介休縣、靈石縣、霍州、趙城縣、洪洞縣、臨汾縣、襄陵縣、太平縣、曲沃縣至絳州城南，澮水入焉。又經稷山縣、河津縣，至榮河縣北境入河。在龍門之南五十里曰汾口。於古水道無大异。孫詒讓周禮正義曰：趙策云：三國之兵，乘晉陽城，決晉水而灌之。史記趙世家作「汾水」，是古汾、晉二水爲一之證。鄭從漢志，與許所引或説同。漢汾陽故城，在今山西太原府陽曲縣北九十里。又忻州静樂縣，亦漢汾陽縣地。汾水出縣北百四十里管涔山，至榮河縣北境入黄河。○上林賦見本書卷八。各本「灝」作「滉」，蓋脱誤。「滉」與「灝」音義迥别，不能通借也。今依本書及史記、漢書司馬相如傳。郭璞注曰：皆水無涯際貌。○廣雅釋詁一大也節無「浩溔」字。王念孫疏證據本注補曰：淮南子覽冥訓云：水浩溔而不息。「浩」字亦作「激」，作「皓」。案：今本淮南作「浩洋」。王氏引本賦及御覽地部二十四、皇王部三引訂之。梁章鉅亦從其説，而又引姜皋説，以「浩洋」爲「浩洋」之誤。因「洋」訛「洋」，因「洋」且訛爲「溔」，恐未確。王氏謂「浩溔」叠韵，「浩洋」則非叠韵。而「浩洋」既非叠韵，且載籍亦罕見。姜氏臆説，不足信也。○山海經見北山經。又曰：東流于濁漳之水。郭注曰：少山，今在樂平郡沾縣。沾縣，故屬上黨。清漳出少山大繩谷，至武安縣南暴宫邑，入於濁漳。或曰東北至邑城，入於大河也。郝懿行箋疏曰：山在今山西樂平縣。郭注：「繩」蓋「黽」字之訛。「黽」又「叟」字之訛也。地理志北地郡大叟，顔師古注云：「叟」，即古「要」字也。顔本作「臾」，而今本於上黨郡沾縣「大叟谷」訛爲「大黽谷」，郭氏此注又訛爲「大繩谷」矣。説文云：清漳出沾山大要谷，北入河。以此可證。又郭注「暴宫」當爲「黍窖」之訛。水經云：東至武安縣南黍窖邑，入於濁漳，是也。「邑城」當爲「阜城」之訛。今本地理志上黨郡沾下亦訛爲「邑城」也。案：漢書地理志上黨郡長子縣，原注曰：鹿谷山，濁漳水所出。東至鄴，入清漳。沾縣，原注曰：大黽谷，清漳水所出。東北至邑城，入大河。王念孫讀書雜志四之七曰：「黽」當爲「臾」字之誤。王鳴盛十七史商榷卷十八曰：「邑城」當作「昌成」。後漢改「阜成」，故鄭注禹貢作「阜成」。詩邶鄘衛譜疏引此志作「阜成」者非。案：二王説皆是也。説文曰：漳水，名濁漳，出上黨長子鹿谷山，東入清漳。清漳，出沾山大要谷，北入河。水經曰：濁漳水，出上黨長子縣西發鳩山。酈注曰：漳水，出鹿谷山，與發鳩山連麓而在南。淮南子謂之發苞山。故异名互見也。經又曰：東北過阜城縣，又東北至昌亭，與滹沱河會。又曰：東北過章武縣西，又東北過平舒縣南，東入海。又曰：清漳水，出上黨沾縣西北少山大要谷。酈注曰：淮南子曰：清漳出謁戾山。高誘云：山在沾縣。今清漳出沾縣故城東北，俗謂之沾山。其山亦曰鹿谷山。水出大要谷，南流徑沾縣故城東。經又曰：東至武安縣南黍窖邑，入于濁漳。段氏説文注曰：今濁漳水出山西長子縣西五十里之發鳩山，經潞安府潞城縣、襄垣縣、黎城縣入河南林縣界，合於清漳。禹貢所謂衡漳也。又曰：志言濁漳入清漳，清漳入河。經言清漳入濁漳，濁漳會虖沱入海。乖异者，當緣作水經時與作志時异也。許云入河，與志合。今清漳出樂平縣西南二十里之少山，經和順縣、遼州、河南涉縣，至林縣交漳口，合濁漳。既合之後，入直隸界。移徙分合，自昔不常。今則一派至山東臨清州，入運河，一派在直隸新河縣、入北泊，會滹沱，至天津入海。錢坫新斠地理志曰：所謂入河者，入虖沱也。○次引山海經，亦見北山經。「囷」，各本誤「困」，今依北山經改。郭注曰：音如倉囷之囷。郝氏箋疏曰：据水經注，山當在河南林縣，漢之林慮縣也。案：御覽地部二十九引作「菌」，廣韵九麌引作「箘」。淮南墬形篇「滏」作「釜」，高注曰：其原浪沸涌，正勢如釜中湯，故曰釜。今謂之釜口。○説文，見水部。今本作「泌，俠流也」。段注曰：俠者，甹也。三輔謂輕財者爲甹。俠流者，輕快之流如俠士。然朱珔曰：段氏解似稍迂。或云此注「駚」字當是「駛」，駛有疾義。但説文無駛字，不應別據以釋。余謂廣韵駚，苦央切，與「快」同。俗以「駚」爲「快」。酉陽雜俎：河水色渾駚流。尸子曰：黄河龍門，駚流如竹箭。「駚」皆「快」字。則此注駚流即快流，而説文之俠流亦快流也。又疑「駚」當爲

「决」。易雜卦傳：夬，决也。集韵：駃，音玦。是駃、决音同。説文：决，行流也。廣雅釋訓：决，决流也。廣韵：决，疾貌。莊子逍遥游、齊物論二篇釋文引李注同。决既爲疾，亦與輕快之流義合。沈濤曰：魏都賦注引泌水駃流也，蓋古本如是。今本「俠」字義不可通。玉篇引作「狹流」亦誤。胡紹煐曰：此皆非也。當本作「陝流」。玉篇作「狹」，俗字。凡水陝流則急而生浪，故賦云毖涌而自浪。鄘風：毖彼泉水。傳：泉水始出，毖然流也。韓詩作「秘」，秘之言閟也。毖、秘、閟、泌，字异而音義并同。正字宜爲「泌」。本書七發善注云：瀄，泌瀄，波相揳也。波相揳謂之泌，水相揳亦謂之泌。相揳有陝義。上林賦逼側泌瀄，泌瀄猶逼側，逼側即陝，今人猶謂陝爲逼側矣。司馬彪注亦云，泌㶉，相揳也。然則泌爲泉流相揳之貌。許云陝流，猶彪云相揳耳。此因「陝」訛爲「俠」，或訛爲「浹」，後人又改此注之「陝」爲「駃」，而校正者遂有作「駛」作「决」之紛紛异説矣。○隋書經籍志雜史有典略八十九卷，魏郎中魚豢撰。舊唐書經籍志正史類魚豢魏略三十八卷，雜史類典略五十卷，魚豢撰。新唐書藝文志同。惟五十卷者亦作「魏略」，殆誤。杭世駿諸史然疑以爲一書，故太平御覽書目直稱魏典略。章宗源隋書經籍志考謂一爲正史，一爲雜史，本爲二書，杭氏誤合爲一。侯康補三國藝文志則以爲一書。近人張一鵬有輯本，亦以爲一書，題爲魏略。○毛詩，見泮水。○道、茂、老，古音幽部。趙、繚、漾、沼、表，宵部。通轉爲韵。

墨井鹽池，玄滋素液。厥田惟中，厥壤惟白。原隰畇畇，墳衍斥斥。或嵬罍而複陸，或黋朗而拓落。乾坤交泰而絪縕，嘉祥徽顯而豫作。是以兆朕振古，萌柢疇昔。藏氣讖緯，閟象竹帛。迥时世而淵默，應期運而光赫。曁聖武之龍飛，肇受命而光宅。

【彙校】

「墨井鹽池」　「墨」，奎章閣本、明州本、贛州本、四庫本、叢刊本、正德本、尤刻本、胡刻本、監本、九條本作「墨」。陳八郎本作「墨」。當作「墨」。「鹽」，明州本、贛州本、四庫本、叢刊本、陳八郎本、尤刻本、胡刻本、監本、九條本同。奎章閣本、正德本作「塩」。當作「鹽」。

「厥壤惟白」　「厥」，奎章閣本、明州本、贛州本、四庫本、叢刊本、正德本、陳八郎本、尤刻本、胡刻本、監本同。九條本作「其」。今從「厥」。「壤」，奎章閣本、明州本、贛州本、四庫本、叢刊本、陳八郎本、尤刻本、胡刻本、監本、九條本同。正德本作「壤」。當作「壤」。

▌**立群案**：劉逵曰：尚書禹貢，冀州厥土惟白壤，厥田惟中上。五臣翰曰：冀州田第五，厥土白壤也。是劉逵本、五臣本作「厥」。李善本當同劉逵本作「厥」。且劉逵注所引禹貢語，或爲賦語所本，作「厥」是也。

「原隰畇畇」　「原」，奎章閣本、明州本、贛州本、叢刊本、陳八郎本、尤刻本、胡刻本、監本、九條本同。四庫本、正德本作「原」。當作「原」。「畇畇」，贛州本、四庫本、叢刊本、陳八郎本、尤刻本、胡刻本、監本同。奎章閣本、明州本、正德本、九條本作「昀昀」。當作「昀昀」。

「墳衍斥斥」「衍」，奎章閣本、明州本、贛州本、四庫本、正德本、陳八郎本、尤刻本、胡刻本、監本同。叢刊本、九條本作「衍」。當作「衍」。「斥斥」，贛州本、四庫本、叢刊本同。奎章閣本、明州本、正德本、陳八郎本、尤刻本、胡刻本、監本作「厈厈」。九條本作「厈」。今從「斥斥」。

■立群案：高步瀛文選李注義疏：五臣「世」作「代」，尤本「斥」作「厈」。余蕭客音義謂「厈」爲玉篇籀文「厂」字。六臣作「斥」。孫志祖曰：厈字無義，且不叶韵，當即「斥」字之訛。步瀛案：說文「㡿」從广，或作「厈」。作「厈」、作「斥」皆俗字耳。今姑依袁、茶二本。今從高氏作「斥」。

「或嵬壘」「嵬」，奎章閣本、明州本、贛州本、四庫本、叢刊本、正德本、尤刻本、胡刻本、九條本作「嵬」。陳八郎本、監本作「峗」。當作「嵬」。「壘」，陳八郎本、尤刻本、胡刻本、監本同。奎章閣本、明州本、贛州本、四庫本、叢刊本、正德本作「壘」。九條本作「畾」。當作「壘」。

■立群案：善曰：嵬壘，不平之貌。五臣翰曰：嵬壘，高下貌。據注，是李善本、五臣本皆作「壘」字。然說文：嵬，高不平也。爾雅釋木：諸慮，山壘。郭璞注：今江東呼壘爲藤，似葛而粗大。似與賦不合。當作「壘」。

「而複陸」「複」，明州本、贛州本、四庫本、叢刊本、正德本、尤刻本、胡刻本、監本、九條本同。奎章閣本、陳八郎本作「複」。當作「複」。

「或爣朗」「爣」，奎章閣本、明州本、贛州本、四庫本、叢刊本、正德本、陳八郎本、尤刻本、胡刻本、九條本同。監本作「爣」。當作「爣」。「朗」，奎章閣本、四庫本、正德本、陳八郎本、尤刻本、監本、九條本同。明州本、贛州本、叢刊本、胡刻本作「朗」。當作「朗」。

「而絪緼」「絪緼」，尤刻本、胡刻本同。奎章閣本作「煙熅」。明州本、贛州本、四庫本、叢刊本、陳八郎本、監本、九條本作「烟熅」。正德本作「炯熅」。今從「絪緼」。

立群案：易繫辭下：天地絪緼，萬物化醇；男女構精，萬物化生。孔穎達疏：絪緼，相附著之義，言天地無心，自然得一，唯二氣絪緼，共相和會，萬物感之，變化而精醇也。漢書揚雄傳上：絪緼玄黄，將紹厥後。顔師古注：絪緼，天地合氣也。或爲賦語所本。今從「絪緼」。

「嘉祥徽顯」「徽」，明州本、贛州本、四庫本、叢刊本、九條本同。奎章閣本、正德本、陳八郎本、尤刻本、胡刻本、監本作「徽」。當作「徽」。

「豫作」「豫」，奎章閣本、明州本、四庫本、叢刊本、正德本、陳八郎本、胡刻本、監本、九條本同。贛州本、尤刻本作「豫」。當作「豫」。

「兆朕振古」「朕」，奎章閣本、四庫本、叢刊本、正德本、陳八郎本、尤刻本、胡刻本、監本、九條本同。明州本、贛州本作「眹」。今從「朕」。「振」，四庫本同。奎章閣本、叢刊本、正德本、陳八郎本、尤刻本、胡刻本、監本作「振」。明州本、贛州本、九條本作「振」。當作「振」。

立群案：善曰：淮南子曰：欲與物接而未成朕兆者也。許慎曰：朕，兆也。善注所引許慎語當出自許慎淮南鴻烈閒詁一書。葉德輝所輯許慎淮南鴻烈閒詁：唐卷子本玉篇舟部載：詮言訓：行無迹，游無朕。注：朕，兆也。五臣向曰：朕，迹也。或亦因淮南子詮言訓「行無迹，游無朕」之句爲注。據注，是李善本、五臣本皆作「朕」。此爲第一説。魏書禮制四：魏雖建國君民，兆朕振古。魏收晚左思二百年，魏書中「兆朕振古」之語顯是因襲魏都賦。是魏收所見爲「朕」字。類篇：朕，兆也。劉獻廷廣陽雜記：朕音引，目眶也。兆，灼龜也。二者著見幾微，皆先事知之。韵注云：吉凶形兆謂之兆眹。今人誤以眹爲朕，又倒爲朕兆，於古無據。嚴可均全上古三代秦漢三國六朝文引此賦亦作「兆眹振古」。似又當作「朕」。此爲第二説。説文本無「朕」字。説文舟部：𦨣，我也。闕。段玉裁説文解字注：此説解即闕。而妄人補「我也」二字。未知許説字之例也。按，「朕」在舟部，其解當曰舟縫也。從舟灷聲。何以知爲舟縫也？考工記函人曰：視其朕，欲其直也。戴先生曰：舟之縫理曰朕。故札續之縫亦謂之朕，所以補許書之佚文也。本訓舟縫。引伸爲凡縫之偁。凡言朕兆者，謂其幾甚微。如舟之縫，如龜之坼也。既在舟部，顯爲「𦨣」字。然段氏書中又屢引爲「朕」，不知何故？然據「凡言朕兆者，謂其幾甚微。如舟之縫，如龜之坼也」之語，知段氏以爲當爲「𦨣兆」，無誤也。此爲第三説。許巽行文選筆記：説文：𦨣，我也。直禁切。眹，目睛也。從目，灷聲。直引切。「兆朕」字或作「眹」。嘉德案，朕，從舟隸省月。作眹，從目，誤字。今從「朕」。

「萌柢疇昔」　「疇」，明州本、贛州本、叢刊本、陳八郎本、尤刻本、胡刻本、監本、九條本同。奎章閣本、四庫本、正德本作「疇」。當作「疇」。

「藏氣讖緯」　「藏」，明州本、贛州本、四庫本、叢刊本、陳八郎本、尤刻本、胡刻本、監本、九條本同。奎章閣本、正德本作「蔵」。當作「藏」。「讖」，奎章閣本、明州本、贛州本、四庫本、叢刊本、正德本、陳八郎本、尤刻本、胡刻本、監本、九條本作「讖」。當作「讖」。「緯」，奎章閣本、明州本、贛州本、四庫本、叢刊本、正德本、陳八郎本、尤刻本、胡刻本、九條本同。監本無法辨識。當作「緯」。

「閟象竹帛」　「象」，奎章閣本、明州本、四庫本、叢刊本、正德本、陳八郎本、尤刻本、胡刻本、九條本同。贛州本作「象」。監本作「像」。今從「象」。

■ **立群案**：善注無注。五臣向曰：言王者氣象，皆藏密於讖緯竹帛之上。甚契賦意，作「象」

是也。

「迥时世」　「迥」，明州本、正德本、尤刻本、胡刻本、監本同。奎章閣本、贛州本、四庫本、叢刊本、九條本作「逈」。陳八郎本作「迴」。當作「迥」。「时世」，四庫本同。贛州本、叢刊本、尤刻本、胡刻本、監本作「時丗」。奎章閣本、正德本作「世代」。明州本、陳八郎本作「世代」。九條本作「世」。今從「時世」。

立群案：據賦意，自應作「迥」。諸本多作「迥」，是也。獨陳八郎本誤「迥」作「迴」。吴都賦「迥眺冥蒙」句，亦是諸本多作「迥」，獨陳八郎本誤「迥」作「迴」。當俱形近而誤。李善本作「時世」，五臣本作「世代」。荀子堯問：時世不同，譽何由生。漢書外戚恩澤侯表序：世代雖殊，其揆一也。是「時世」「世代」俱有據。今從「時世」。

「而淵默」　「默」，奎章閣本、明州本、贛州本、四庫本、叢刊本、正德本、陳八郎本、尤刻本、胡刻本、監本、九條本作「黙」。當作「默」。

「暨聖武」　「暨」，奎章閣本、四庫本、正德本同。明州本、贛州本、叢刊本、陳八郎本、尤刻本、胡刻本、監本、九條本作「曁」。當作「暨」。

「龍飛」　「龍」，奎章閣本、明州本、贛州本、四庫本、叢刊本、陳八郎本、尤刻本、胡刻本、監本、九條本同。正德本作「龍」。當作「龍」。「飛」，贛州本、四庫本、叢刊本、陳八郎本、尤刻本、胡刻本、監本、九條本同。奎章閣本、明州本、正德本作「飛」。當作「飛」。

「肇受命」　「肇」，奎章閣本、贛州本、四庫本、正德本、陳八郎本、尤刻本、胡刻本同。明州本、叢刊本、監本、九條本作「肈」。當作「肇」。

【彙注】

【李善注】壘，力罪切。爣，苦光切。劉曰：鄴西高陵西伯陽城西有墨井，井深八丈。河東猗氏南有鹽池，東西六十四里，南北七十里。尚書禹貢，冀州厥土惟白壤，厥田惟中中。閟，閉也。詩云：閟宮有洫。善曰：周禮曰：辯其墳衍原隰之名。鄭玄曰：水崖曰墳，下平曰衍。毛詩曰：畇畇原隰。以純反。厈厈，廣大之貌也。倉頡篇曰：斥，大也。嵬壘，不平之貌。嵬，烏罪切。爣朗，光明之貌。拓落，廣大之貌。周易曰：天地交泰。又曰：天地絪緼。西京賦曰：備致嘉祥。魏文帝答曹植詔曰：所獻詩二篇，徽顯成章。兆，猶機事之先見者也。淮南子曰：欲與物接而未成朕兆者也。許慎曰：朕，兆也。直軫反。毛詩曰：振古如茲。毛萇曰：振，自也。廣雅曰：萌，始也。爾雅曰：柢，本也。丁計反。禮記曰：余疇昔之夜夢。鄭玄曰：疇，發語聲也。説文曰：讖，驗也。河、洛所出書曰讖。毛萇詩傳曰：閟，閉也。墨子曰：以其所書於竹帛，傳於後代子孫。春秋説題辭曰：尚書者，所以推期運、明命授之際。魏志曰：太祖武皇帝，姓曹諱操，爲丞相，封魏王。文帝受禪，追尊曰武皇帝。東京賦曰：世祖乃飛龍白水。毛詩序曰：文王受命作周也。鄭玄曰：受天命而王天下也。東京賦曰：漢初弗之宅。

【五臣注】畇音匀。嵬，烏罪反。壘，力罪反。爣，苦廣反。拓音托。朕，遲胤反。柢音帝。讖，楚禁反。翰曰：墨井，井中有石如墨。鹽池，在河東，古冀州之界，故此言之。玄、素，則墨井鹽池之色。滋、液，并水名。冀州田第五，厥土白壤也。向曰：畇畇，平坦貌。墳，堤也。下平曰衍。厈厈，廣大貌。翰曰：嵬壘，高下貌。複陸，重疊也。爣朗，光明也。拓落，寬廣貌。言山川或高下重疊也。或光明寬廣。徽，美也。言天地交泰，元氣烟熅，而豫作嘉祥之美。明示我魏祚也。謂漢桓之時，有黃龍星現於楚、宋之間，識者云後五十年當有真人起於梁、沛，其鋒不可當。至時果太祖應焉。故云嘉祥豫作也。向曰：朕，迹也。振古、疇昔，皆往古也。萌，始。柢，本也。言魏都兆迹之本，自於往古。謂卜偃、吴札之賞美者。讖，讖書，預言王者之興亡也。緯，星也。即上黄星之應矣。閟，密也。竹，簡也。帛，素也。古人所以書。言王者氣象，皆藏密於讖緯竹帛之上。迥，曠也。淵默，謂沈静也。光，大。赫，盛也。言有曠大沈静之量，乃可應期運，建大盛之業於此都也。良曰：暨，至也。今至聖武始受命而宅之。言當天心有曠代之才。

【張鳳翼文選纂注】畇音匀。嵬，烏罪切。櫐，力罪切。䊩，苦廣切。拓音托。柢音帝。墨井，井中有石如墨。鹽池，在河東，古冀州之界。玄、素，則墨井鹽池之色。冀州田第五，厥土白壤。畇，平也。墳，堤也。下平曰衍。斥斥，廣貌。嵬櫐，高下貌。複陸，重疊也。䊩朗，光明也。拓落，寬廣貌。嘉祥，謂漢桓時，有黄龍星現於楚、宋之間，識者云後五十年當有真人起於梁、沛，其鋒不可當。時果太祖應焉。故云豫作。朕，象也。振古、疇昔，皆往古也。萌，始也。柢，本也。言魏都朕兆，本自往古。如卜偃、吴札之賞美者是也。讖，讖書。緯，星書。閟，密也。竹，簡也。帛，素也。王者氣象，皆藏于讖緯、竹帛之中也。淵默，閟也。

【王象乾文選删注】毖音秘。畇音匀。櫐，力罪切。䊩，苦廣切。拓音托。毖涌，水駃流也。浪，井者弗鑿而成。伯陽城西有墨井，井深八丈。河東猗氏南有鹽池。水崖曰墳，下平曰衍。斥斥，廣大也。嵬櫐，不平貌。䊩朗，光明貌。拓落，廣大貌。周禮曰：辨其墳衍原隰之名。

【陳景雲文選舉正】是以兆朕振古。「朕」，舊作「眹」。注同。又「閟宫有洫」。舊作「侐」。

【杭世駿文選課虚】斥斥，廣大之貌。嵬壘、複陸，不平之貌。嵬，烏罪切。䊩朗，光明之貌。拓落，廣大之貌。䊪，苦光切。萌，始也。柢，本也。丁計切。

【余蕭客文選音義】墨井。翰曰：井中有石如墨。厈玉篇籀文厂字。六臣作「斥」。畾廣韻𡾰音磊。䊪苦晃切。時世。五臣「時世」作「世代」。

【余蕭客文選紀聞】冰井臺上有冰室，室有數井，井深十五丈，藏冰及石墨。石墨可書，又然之難盡，亦謂之石炭水經注十。畇匀。廣韻一。

【孫志祖文選考异】墳衍厈厈。音義云：厈，玉篇籀文厂字。六臣作斥。志祖按，「厈」字無義，且不叶韵。當即「斥」字之訛。

【孫志祖文選李注補正】迥時世而淵默。○補曰：莊子曰：淵默而雷聲。

【張雲璈選學膠言】墨井鹽池。按，唐博士崔敖云：鹽池乃黄河陰潛之功，浸淫中條，融爲巨浸。又夢溪筆談云：解州鹽澤，方百二十里。久雨，四山之水悉注其中，未嘗溢。大旱，未嘗涸。滷色正赤，在版泉之下，俚俗謂之「蚩尤血」。惟中間有一泉，乃是甘泉，得此水然後可以聚。又其北有堯梢音消水，一謂之「巫咸河」。大滷之中，不得甘泉和之，不能成鹽。惟巫咸水入，則鹽不能結，故人謂之「無鹽河」，爲鹽澤之患，築大堤以防之，甚於備寇盜。原其理，蓋巫咸乃濁水，入滷中，則淤澱滷脉，鹽遂不成，非有他异也。

【胡克家文選考异】注「閟宫有洫」。袁本「洫」作「侐」。茶陵本亦作「洫」。案：「侐」是也。注「倉頡篇斥」下至「廣大之貌」。袁本、茶陵本無此二十九字。

【許巽行文選筆記】兆朕。説文：朕，我也。直禁切。眹，目睛也。從目，灷聲。直引切。「兆朕」字或作「眹」。嘉德案，朕，從舟隸省月。作眹，從目，誤字。

【朱珔文選集釋】墨井。張注云：鄴西高陵西伯陽城西有墨井，井深八丈。案：水經濁漳水注云：冰井臺下有冰室，室有數井，井深十五丈，藏冰及石墨焉。石墨可書，又然之難盡，亦謂之石炭。又有粟窖及鹽窖，以備不虞。今窖上猶有石銘。是墨井爲冰室内藏石炭之所，即在鄴城中。而方輿紀要臨漳縣，本漢、魏鄴地，有伯陽城在縣西北。豈此注與酈氏所稱各一處歟？

鹽池。張注云：河東猗氏南有鹽池，東西六十四里，南北七十里。案：左氏成六年傳：晋人謀去故絳。諸大夫曰：必居郇、瑕氏之地，沃饒而近鹽。服虔曰：鹽，鹽池也。杜預春秋釋地云：今解縣西北有郇城。京相璠曰：河東解縣西南五里，有故瑕城。山海經北山經云：景山南望鹽販之澤。郭注：即鹽池也，今在河東猗氏縣。郝氏謂水經涑水注及太平御覽引此注，「鹽池」上并有「解縣」二字，今本脱也。穆天子傳：戊子，至於盬。郭注：盬，鹽池。在河東解縣。呂氏春秋本味篇云：和之美者，大夏之鹽。高誘注：大夏，澤名。考大夏，古晋地。此澤亦即鹽澤矣。地理志：河東郡安邑，鹽池在西南。晋書地理志：河東郡解有鹽池。余謂酈注云：涑水西南徑監鹽縣故城，城南有鹽池，上承鹽水。水出東南薄山，又徑安邑故城南，西流注於鹽池。許慎謂之鹽盬。長五十一里，廣六里，周一百一十四里。呂忱曰：宿沙煮海謂之鹽，河東鹽池謂之解鹽。今池水東西七十里，南北七十里，紫色澄渟，渾而不流。水出石鹽，自然印成。朝取夕復，終無減損。惟水暴雨澍，甘潦奔泆，則鹽池用耗。故公私共堨水徑，防其淫濫，謂之堨水。池西又有一池，謂之女鹽澤。東西二十五里，南北二十里，在猗氏故城南。據此，與張注里數稍异而地則同。今之解州，本猗氏及解縣地，安邑亦州所屬也。○又案：今說文：鹽，河東鹽池也。袤五十一里，廣七里，周百十六里。左傳正義、後漢書注所引并同，而水經注獨异。郡國志注引楊佺期洛陽記又云：長七十里，廣七里。合之水經注所引呂忱說及此賦注，皆有參差。段氏以爲蓋隨代有變，是已。

嘉祥徽顯而豫作。善注引文帝答曹植詔：徽顯成章。毛本「徽」作「微」，注同。案：尚書立政：予旦已受人之徽言，蔡邕石經作「微言」。孔傳以徽言爲美言。孫氏星衍謂「微」與「媺」聲義并近，媺言亦美言也。是「徽」與「微」通。易繫辭：微顯而闡幽。賦語當本此。則毛本亦非誤字。

【梁章鉅文選旁證】墨井。注井深八丈。翰注：墨井，井中有石如墨。案：水經濁漳水注云：冰井臺上有冰室，室有數井，深十五丈，藏冰及石墨焉。石墨可書，火然之難盡，亦謂之石炭。

或嵬壘而複陸。六臣本「壘」作「壨」。

嘉祥徽顯而豫作。毛本「徽」作「微」。注同。案：尚書立政：予旦已受人之徽言。石經作「微言」。孫氏星衍曰：漢書藝文志：孔子没而微言絶。「微」與「媺」聲義相近，微言亦美言也。易繫辭：微顯而闡幽。賦語當本此。

迴時世而淵默。六臣本「時世」作「世代」。

注禮記曰：余疇昔之夜夢。鄭元曰：疇，發語聲也。今禮記「余」作「予」，「夜」字斷句。「夢」字屬下句。鄭注亦云：夢坐兩楹之間，而見饋食。是「夢」字亦連下句也。此所引或有別本。

注春秋説題辭曰：尚書者，所以推期運、明命授之際。太平御覽學部三引作「推明其運，明命授受之際」，恐誤。本書羽獵賦注讌曲水作詩注引，并與此注合。

【胡紹煐文選箋證】墳衍斥斥。注善曰：斥斥，廣大之貌也。倉頡篇曰：斥，大也。按：史記司馬相如傳「關益斥」，索隱引張揖曰：斥，廣也。本書海賦「襄陵廣舃」，「廣舃」連文，是「舃」爲「廣」也。「舃」與「斥」通。書禹貢「海濱廣斥」，義爲廣大也。鄭注：斥，謂地鹹鹵。

嘉祥徽顯而豫作。注善曰：文帝答曹植詔曰：所獻詩徽顯成章。按：易繫辭「微顯而闡幽」，作「微」。左氏傳序「其微顯闡幽」，同。善本當作「微」，注引文帝詔亦作「微」。左成十四年傳「微而顯，婉而成章」，作「微」可證。翰注：徽，美也。則作「徽」爲五臣本。徽、微古通。尚書立政「予旦已受人之徽言」，石經作「微」。

【吕錦文文選古字通補訓】墳衍斥斥。錦文案，廣雅：「斥」作「祏」字。又與「拓」通。漢白石神君碑：開祏舊兆。楊雄傳：拓迹開統。皆與斥同。莊子：揮斥八极。李軌注：音斥，與托同。亦以「斥」爲「拓」也。

或爌朗而拓落。錦文案，「爌」即「爌」字。玉篇云：爌，光明也。廣韵：爌朗，寬明也。楊雄甘泉賦：北爌幽都。六臣本作「北熿」。「爌」與「爌」「熿」聲義相同。

【高步瀛文選李注義疏】五臣「世」作「代」，尤本「斥」作「厈」。余蕭客音義謂「厈」，玉篇籀文「厂」字。六臣作「斥」。孫志祖曰：厈字無義，且不叶韵，當即「斥」字之訛。步瀛案：説文「㡿」從广，或作「厈」。作「厈」、作「斥」皆俗字耳。今姑依袁、茶二本。又案：二本「畾」作「櫐」。○李周翰曰：複陸，垂疊也。案：此疊韵連語。○莊子天運篇曰：雷聲而淵默。成玄英疏曰：其語如雷霆之振響，其默也類玄理之無聲。○水經洹水注曰：洹水又東，枝津出焉，東北流經鄴城南，謂之新河。又東，分爲二水。一水北徑東明觀下，又北徑建春門，其水西徑魏武玄武故苑，西流注于漳。南水東北徑女亭城北，又東北徑高陵城南，東合坰溝。又濁漳水注曰：冰井臺上有冰室。室有數井，井深十五丈，藏冰及石墨焉。石墨可書，又然之難盡，亦謂之石炭。清統志曰：河南彰德府，高陵城在臨漳縣東。縣志：高陵城在臨漳縣東南三里，俗呼訛爲岡陵城。朱珔曰：案濁漳水注：墨井，爲冰室內藏石炭之所，即在鄴城中。而方輿紀要臨漳縣，本漢魏鄴地，有伯陽城在縣西北。豈此注與酈氏所稱各一處歟？○朱珔曰：左氏成六年傳：晉人謀去故絳。諸大夫曰：必居郇、瑕氏之地，沃饒而近盬。服虔曰：盬，鹽池也。杜預春秋釋地云：今解縣西北有郇城。京相璠曰：河東解縣西南五里，有故瑕城。山海經北山經云：景山南望鹽販之澤。郭注：即鹽池也，今在河東猗氏縣。郝氏謂水經涑水注及太平御覽引此注，「鹽池」上并有「解縣」二字，今本脱也。穆天子傳：戊子，至於盬。郭注：盬，鹽池。在河東解縣。呂氏春秋本味篇云：和之美者，大夏之鹽。高誘注：大夏，澤名。考大夏，古晉地。此澤亦即鹽澤矣。地理志：河東郡安邑，鹽池在西南。晉書地理志：河東郡解有鹽池。余謂酈注云：涑水西南徑監鹽縣故城，城南有鹽池，上承鹽水。水出東南薄山，又徑安邑故城南，西流注于鹽池。許慎謂之鹽盬。長五十一里，廣六里，周一百一十四里。呂忱曰：宿沙煮海謂之鹽，河東鹽池謂之解鹽。今池水東西七十里，南北十七里，紫色澄渟，渾而不流。水出石鹽，自然印成。朝取夕復，終無減損。惟水暴雨澍，甘潦奔泆，則鹽池用耗。故公私共堨水徑，防其淫濫，謂之堨水。池西又有一池，謂之女鹽澤。東西二十五里，南北二十里，在猗氏故城南。據此，與張注里數稍异而地則同。今之解州，本猗氏及解縣地，安邑亦州所屬也。又曰：今説文：盬，河東鹽池也。袤五十一里，廣七里，周百十六里。左傳正義、後漢書注所引并同，而水經注獨异。郡國志注引楊佺期洛陽記又云：長七十里，廣七里。合之水經注所引呂忱説及此賦注，皆有參差。段氏以爲蓋隨代有變，是已。步瀛案：左成六年杜注曰：盬，鹽也。猗氏縣鹽池是。清統志曰：山西蒲州府，猗氏故城在今猗氏縣南。解州鹽池在州東二里，安邑縣東十里。案：解州今改縣。董祐誠水經注圖解曰：今鹽水出夏縣南中條山，一名白沙河，又名姚暹渠，又名巫咸河，自夏縣南徑安邑、解州之北，至虞鄉北入五姓湖。水若入鹽池，則鹽不成。故障之不復入池。注云：注于鹽池，蓋今昔懸殊矣。

○尚書禹貢釋文引馬融曰：壤土性和美也。僞孔傳曰：田之高下肥瘠，九州之中爲第五。○「閟，閉也」，詩魯頌閟宫毛傳文。毛作「有侐」。玉篇人部曰：閟宫有侐。侐，清净也。或作「閪」。説者以爲韓詩。此作「洫」疑亦三家异文。○周禮，見地官大司徒。○毛詩，見信南山。傳曰：畇畇，墾辟貌。○尤本「斥」作「厈」，今依袁、茶二本。○蒼頡篇，後漢書馬融傳注引同。説文曰：㡿，却屋也。段注曰：却屋者，謂開拓其迹使廣也。却屋之義引伸爲㡿逐，爲充㡿，又引伸爲指㡿。胡紹煐曰：史記司馬相如傳「關益斥」，索隱引張揖曰：斥，廣也。本書海賦「襄陵廣舄」，「廣舄」連文，是「舄」爲「廣」也。「舄」與「斥」通。書禹貢「海濱廣斥」，義爲廣大也。鄭注：斥，謂地鹹鹵。○「蒼頡篇」至「廣大之貌」，胡曰：袁本、茶陵本無此二十九字。○嵬壘、複陸，皆疊韵連語，或作「嵬嵓」「磈礧」，并見廣韵十四賄。或作「磈壘」，見北山經注。或作「磈磥」，見本書江賦。或作「磈磊」，見爾雅釋木注。字并同。○吕錦文曰：「⿰火⿺辶黄」即「爌」字。玉篇云：爌，光明也。廣韵：爌朗，寬明也。楊雄甘泉賦「北爌幽都」，六臣本作「北熿」，「⿰火⿺辶黄」與「爌」「熿」聲義相同。○拓落，即廓落。莊子逍遥游釋文引簡文曰：瓠落，猶廓落也。皆疊韵連語。○周易，見泰象傳及繫辭下。○西京賦見前。○文帝答曹植詔，案：魏文此詔，張溥、嚴可均皆未輯入。朱珔曰：徽顯成章，毛本「徽」作「微」，注同。案：尚書立政：予旦已受人之徽言，蔡邕石經作「微言」。孔傳以徽言爲美言。孫氏星衍謂「微」與「孅」聲義并近，孅言亦美言也。是「徽」與「微」通。易繫辭：微顯而闡幽。賦語當本此。則毛本亦非誤字。胡紹煐曰：左氏傳序：其微顯闡幽。同善本，當作「微」。注引文帝詔亦作「微」。左成十四年傳「微而顯，婉而成章」，作「微」，可證。翰注：徽，美也。則作「徽」爲五臣本。○淮南子，見俶真篇。又覽冥篇曰：進退屈伸，不見朕垠。高注曰：朕，兆朕也。與此可互證。○毛詩，見載芟。○廣雅見釋詁一。○爾雅，見釋言。○禮記，見檀弓上。梁曰：今禮記「余」作「予」，「夜」字斷句，「夢」字屬下句。鄭注亦云夢坐兩楹之間而見饋食，是「夢」字亦連下句也。此所引或有別本。○説文，見言部。今本無「河、洛所出書曰讖」七字。本書鵩鳥賦注引「河、洛」上并有「有徵驗之言」五字，段注本據增。沈濤曰：史記賈誼傳索隱引讖，驗言也。文選思玄賦舊注引蒼頡篇曰：讖書，河、洛書也。一切經音義卷九引三蒼曰：讖，秘密書也，出河、洛。是古字書無不以讖爲河、洛所出者。「驗」即「譣」字之通假。古傳注皆釋讖爲驗，不應更著「言」字。崇賢、玄應書所引皆無此字，恐是小司馬書傳寫誤衍。○毛詩傳，已見上。○墨子，見兼愛下。「於」作「遺」，「代」作「世」，此避唐諱。○春秋説題辭云云，梁曰：春秋説題辭曰：尚書者，所以推期運，明命授之際。太平御覽學部三引作「推明其運，明命授受之際」，恐誤。本書羽獵賦注、讌曲水作詩注引并與此注合。○魏志，見武帝紀及文帝紀。○東京賦見前。○詩序即大雅文王篇序，鄭説即其箋也。○液、白、斥、落、作、昔、帛、赫、宅，古音魚部。○以上魏國之形勢。

爰初自臻，言占其良。謀龜謀筮，亦既允臧。修其郛郭，繕其城隍。經始之制，牢籠百王。畫雍、豫之居，寫八都之宇。鑒茅茨於陶唐，察卑宫於夏禹。

【彙校】

「爰初自臻」「初」，明州本、贛州本、四庫本、叢刊本、正德本、陳八郎本、胡刻本、監本、九條本同。奎章閣本、尤刻本作「初」。當作「初」。「臻」，明州本、贛州本、四庫本、叢刊本、正德本、陳八郎本、尤刻本、胡刻本同。奎章閣本、監本、九條本作「臻」。當作「臻」。

「亦既允臧」「既」，奎章閣本、四庫本、正德本同。明州本、贛州本、叢刊本、陳八郎本、尤刻本、胡刻本、監本、九條本作「既」。當作「既」。「允」，奎章閣本、明州本、贛州本、四庫本、陳八郎本、尤刻本、胡刻本、監本同。叢刊本、正德本、九條本作「允」。當作「允」。

「修其郛郭」「修」，奎章閣本、四庫本、尤刻本、胡刻本、監本同。明州本、贛州本、叢刊本、陳八郎本、九條本作「脩」。正德本作「脩」。今從「修」。「郭」，四庫本、監本同。奎章閣本、明州本、贛州本、叢刊本、正德本、陳八郎本、尤刻本、胡刻本、九條本作「郭」。當作「郭」。

立群案：說文：修，飾也。從彡攸。脩，脯也。從肉攸。是「修」「脩」字義本別。然後世「修」「脩」二字多通用。如字彙補肉部：「修」通「脩」。阮元經籍籑詁：修，通作脩。今從「修」。

「牢籠百王」「籠」，明州本、贛州本、四庫本、叢刊本、陳八郎本、尤刻本、胡刻本、監本、九條本同。奎章閣本作「籠」。正德本作「䆷」。當作「籠」。

「畫雍、豫」「畫」，四庫本、尤刻本、胡刻本、監本同。奎章閣本、明州本、贛州本、叢刊本、正德本、陳八郎本、九條本作「畫」。當作「畫」。「豫」，明州本、四庫本、正德本、陳八郎本、尤刻本、胡刻本、監本同。奎章閣本作「豫」。贛州本、九條本作「豫」。叢刊本作「豫」。當作「豫」。

「鑒茅茨於」「鑒」，明州本、贛州本、四庫本、叢刊本、正德本、陳八郎本、尤刻本、胡刻本、監本、九條本同。奎章閣本作「鑑」。當作「鑒」。「於」，奎章閣本、明州本、贛州本、四庫本、叢刊本、陳八郎本、尤刻本、胡刻本、監本、九條本同。正德本作「扵」。當作「於」。

「察卑宮於」「卑」，奎章閣本、明州本、贛州本、四庫本、叢刊本、正德本、陳八郎本、尤刻本、胡刻本、監本、九條本作「卑」。當作「卑」。「於」，奎章閣本、明州本、贛州本、四庫本、叢刊本、陳八郎本、尤刻本、胡刻本、監本、九條本同。正德本作「扵」。當作「於」。

【彙注】

【李善注】劉曰：謀龜謀筮，猶周公之卜都洛邑也。毛詩云：爰契我龜。又曰：卜云其吉，終然允臧。善曰：尚書曰：謀及卜筮。淮南子曰：太一者，牢籠天地。雍，西京也。豫，東京也。西京賦曰：取殊裁於八都。墨子曰：堯、舜茅茨不剪。論語，子曰：禹卑宮室。

【五臣注】良曰：允，信。臧，善也。繕，理也。城隍，池也。向曰：經始，謂經營之始也。牢籠百王之制法也。銑曰：雍，西京。豫，東京。都，八方之都。皆模寫也。濟曰：堯之所居，茅茨不翦。禹卑宮室。今將視省察以爲軌則也。

【張鳳翼文選纂注】謀及卜筮，猶周公之卜都洛邑也。經始，謂經營之始也。牢籠，兼總也。雍，西京。豫，東京。八都，八方之都。言皆模寫也。堯茅茨不翦。禹卑宮室。

【王象乾文選删注】淮南子曰：太一者，牢籠天地。

【孫志祖文選李注補正】寫八都之宇。○補曰：史記云：秦每破諸侯，寫放其宮室，作之咸陽北坂上。

【胡克家文選考异】注「謀龜謀筮」。袁本、茶陵本作「尚書曰謀及卜筮」。案：蓋各本皆非也。載注但當有「謀及卜筮」四字。下文善注首「尚書曰謀及卜筮」七字，茶陵本無，非也；袁有，是也。如下節載注「陂，傾也」，善注鄭玄禮記注曰「陂，傾也」，可以例此。

【梁章鉅文選旁證】寫八都之宇。史記秦本紀：秦每破諸侯，寫放其宮室，作之咸陽北阪上。

注終焉允臧。段校：「焉」當作「然」。

古公草創，而高門有閌；宣王中興，而築室百堵。兼聖哲之軌，并文質之狀。商豐約而折中，准當年而爲量。

【彙校】

「高門有閌」 「高」，奎章閣本、明州本、贛州本、四庫本、叢刊本、正德本、陳八郎本、尤刻本、胡刻本、監本、九條本作「髙」。當作「高」。

「宣王中興」 「興」，贛州本同。奎章閣本、四庫本、監本、九條本作「興」。明州本、叢刊本、正德本、陳八郎本、尤刻本、胡刻本作「興」。當作「興」。

「兼聖哲」 「兼」，明州本、贛州本、叢刊本、尤刻本、胡刻本、監本、九條本同。奎章閣本、四庫本、正德本、陳八郎本作「兼」。當作「兼」。

「之軌」 「軌」，奎章閣本、明州本、贛州本、四庫本、正德本、胡刻本、監本同。叢刊本、陳八郎本、尤刻本、九條本作「軌」。當作「軌」。

「商豐約」 「商」，奎章閣本、明州本、贛州本、四庫本、叢刊本、正德本、陳八郎本、胡刻本、監本、九條本同。尤刻本作「商」。當作「商」。「豐約」，奎章閣本、明州本、贛州本、四庫本、叢刊本、正德本、尤刻本、胡刻本、九條本同。陳八郎本作「豊」。監本作「約豐」。今從「豐約」。

▌立群案：廣韻：商，本也。與賦意不合。賦當作「商」。然「商」在古籍中常作「商」的俗體，是尤刻本亦不爲誤。

「豐約」「約豐」皆不影響賦意。諸本多作「豐約」，從之。

「准當年」「年」，奎章閣本、明州本、贛州本、四庫本、陳八郎本、尤刻本、胡刻本、監本、九條本同。叢刊本、正德本作「秊」。當作「年」。

「而爲量」「爲」，明州本、贛州本、叢刊本、陳八郎本、尤刻本、胡刻本、監本、九條本同。奎章閣本、四庫本、正德本作「為」。當作「爲」。

【彙注】

【李善注】閌，苦浪切。善曰：毛詩美古公亶父曰：高門有閌。又美宣王曰：築室百堵。

【五臣注】閌，苦浪反。中，去聲。銑曰：古公，文王祖也。爲戎狄侵國，遷于岐下。草創都邑，其人亦隨而至，言有德也。閌，門限也。言足以限内外也。言險者，宣王中興，復修宫室，儉約而築室百堵也。翰曰：聖哲文軌，則順舜、禹、古公、宣王也。并文質者，去太去甚也。商度豐約，取其折中，准當年豐儉而量其人力以使之。

【張鳳翼文選纂注】閌，苦浪切。古公爲狄侵，遷於岐下，草創都邑。高門有閌，詩美古公之辭也。築室百堵，亦詩辭。聖哲之軌，謂舜、禹、古公、宣王也。并文質者，去太去甚也。

【許巽行文選筆記】有閌。注引毛詩：高門有閌。案：毛詩曰：皋門有伉。釋文：皋門音羔。伉，本又作亢。苦浪反。高也。韓詩作「閌」，云：盛貌。嘉德案，毛作「伉」，韓作「閌」。正文作「閌」，似李引韓詩，傳寫誤爲毛也。

【朱珔文選集釋】古公草創，而高門有閌。善注引毛詩語，「皋」亦作「高」。案：禮記明堂位：天子皋門。注云：皋之言高也。釋名釋親屬亦云：高，皋也。是「皋」「高」聲義并同。「閌」，毛詩作「伉」。此從韓詩。見釋文。前西京賦亦云：高門有閌。注：「伉」與「閌」同。

【梁章鉅文選旁證】注毛詩美古公亶父曰：高門有閌。朱氏珔曰：「高」作「皋」。據禮記明堂位：天子皋門。注：皋之言高也。釋名釋親屬云：皋，高也。是「皋」「高」聲義并同。姜氏皋曰：詩作「有伉」，釋文云：「伉」本作「亢」。韓詩作「閌」。周禮閽人疏引詩作「亢」。桂氏馥以爲窮高曰亢。見魏書明元六王傳。段氏玉裁以爲説文無「閌」字，「伉」亦「阬」字之訛。𠂤部：阬，閬也。門部：閬，門高也。本書甘泉賦：閌閬閬其寥廓兮。引作閬，門高大之貌。是伉、閌、閬，可相合爲一義。

思重爻，摹大壯。覽荀卿，采蕭相。僝拱木於林衡，授全模於梓匠。

【彙校】

「思重爻」「爻」，奎章閣本、明州本、贛州本、四庫本、叢刊本、正德本、陳八郎本、尤刻本、胡刻本、九條本同。監本作「㸚」。當作「爻」。

■立群案：劉曰：重爻，易爻也。五臣翰曰：重爻，易也。據注，當作「爻」。唐六典：其變有四：一曰單爻，二曰折爻，三曰交爻，四曰重爻。作「爻」是也。

「摹大壯」「壯」，奎章閣本、明州本、贛州本、四庫本、叢刊本、陳八郎本、尤刻本、胡刻本、監本、九條本同。正德本作「壮」。當作「壯」。

「覽荀卿」「覽」，明州本、贛州本、四庫本、叢刊本、正德本、陳八郎本、尤刻本、胡刻本、監本、九條本同。奎章閣本作「覧」。當作「覽」。「卿」，奎章閣本、明州本、贛州本、叢刊本、陳八郎本、尤刻本、胡刻本、監本、九條本作「卿」。四庫本、正德本作「卿」。當作「卿」。

「於林衡」「於」，奎章閣本、明州本、贛州本、四庫本、叢刊本、陳八郎本、尤刻本、胡刻本、監本、九條本同。正德本作「扵」。當作「於」。「衡」，明州本、贛州本、四庫本、叢刊本、正德本、尤刻本、胡刻本、監本、九條本同。奎章閣本、陳八郎本作「衡」。當作「衡」。

「授全模於」「全」，奎章閣本、明州本、贛州本、四庫本、叢刊本、正德本、陳八郎本、尤刻本、胡刻本、九條本同。監本作「令」。今從「全」。「模」，贛州本、四庫本、叢刊本、尤刻本、胡刻本、九條本同。奎章閣本、明州本、正德本、陳八郎本作「謨」。監本作「摸」。「於」，奎章閣本、明州本、贛州本、四庫本、叢刊本、陳八郎本、尤刻本、胡刻本、監本、九條本同。正德本作「扵」。當作「於」。

■**立群案**：諸本多作「全」，監本作「令」。今亦無可考，暫從「全」。

諸本或作「模」，或作「謨」，或作「摸」。今亦無可考，暫從「模」。

「梓匠」「梓」，奎章閣本、明州本、贛州本、四庫本、叢刊本、陳八郎本、尤刻本、胡刻本、監本、九條本同。正德本作「梓」。當作「梓」。

【彙注】

【李善注】劉曰：重爻，易爻也。大壯，易卦名也。易曰：上古穴居而野處，後世聖人易之以宮室，上棟下宇，禦風雨。蓋取諸大壯，謂壯觀也。荀卿曰：宮室臺榭，以避燥濕。養德，別輕重也。非爲誇泰，將以明人之大通仁順也。春秋左傳曰：山林之木，衡鹿守之。治木器曰梓。尚書有梓材之篇也。善曰：說文曰：僝，具也。僎勉反。又曰：僝，取也。子軟切。孟子曰：梓匠輪輿能與人規矩，不能使人巧。趙岐曰：梓匠，木工也。

【五臣注】僝，子巒反。翰曰：重爻，易也。易云：上古穴居野處，而聖人易之以宮室，上棟下宇，以待風雨。蓋取其大壯。大壯，卦名。荀卿子云：宮室臺榭，以避燥濕，非爲奢侈也。故覽而采之。蕭何，漢相，作未央宮。向曰：僝，理木之器。兩手合抱曰拱。林衡，主山林之官。梓匠，工木之人。

【張鳳翼文選纂注】重爻，易也。易：上古穴居野處，聖人易之以宮室，取諸大壯。大壯，卦名。荀卿子云：宮室臺榭，以避燥濕，非爲奢侈也。故覽之。蕭何，漢相，作未央宮。故云采。僝，理木之器。兩手合抱曰拱。林衡，主山林之官。全模，規範也。梓匠，攻木之人。

【王象乾文選删注】僝，子巒反。僝，具也，取也。治木器曰梓。荀卿曰：宮室臺榭，以避燥濕。養德，別輕重也。非爲誇泰，將以明人之大通仁順也。左傳曰：山林之木，衡鹿守之。

【杭世駿文選課虚】説文：僝，具也。譔勉切。又曰：僝，取也。字軟切。

【余蕭客文選音義】模。五臣「模」作「謨」。僝徐邈尚書音音撰。

【孫志祖文選考异】授全模於梓匠。「全」，一本作「令」。

【孫志祖文選李注補正】僝拱木於林衡。○補曰：周禮：林衡掌巡林衡之禁令。

【張雲璈選學膠言】僝拱木於林衡，授全模於梓匠。李注引説文曰：僝，具也。雲璈按，「僝」即「僝」字。堯典：共工方鳩僝功。孔傳：僝，見也。全模，袁校作「令模」。

【胡克家文選考异】授全模於梓匠。袁本校語云善作「令模」。茶陵本作「全模」，校語但云五臣作「謨」。案：尤所見與茶陵同，注無明文，未審善果何作。

注「以避燥濕」。袁本、茶陵本「燥濕」作「温凉」。案：此尤以今荀子校改之，孟陽引不必同，改者未是。

注「又曰僝取也子軟切」。袁本、茶陵本無此八字。

注「詩定之方中」。袁本、茶陵本「詩」下有「云」字，是也。

【梁章鉅文選旁證】僝拱木于林衡。六臣本、毛本「僝」并作「僝」。孫氏義鈞曰：「僝」是「僝」非。

說文：僢，具也。虞書曰：旁救僢功。無「僝」字。廣韻：僢。書傳云：見也。說文云：具也。而昨閑切。下有「僝」字，訓惡罵，是「僢」「僝」截然二字。玉篇人部有兩「僝」字，上士簡切，引訓與說文、廣韻之「僢」字同；下仕山切，訓僝僽、惡罵。知「僝」之混「僢」，自玉篇始也。

注又曰：僝，取也，子軟切。按此恐有誤。六臣本無此八字，是也。

授全模於梓匠。六臣本「模」作「謨」。校云：善作「令模」。

注以避燥濕。六臣本「燥濕」作「温涼」。胡公考异曰：此以今荀子校改之，孟陽引不必同也。

案：翰注引亦作「燥濕」。

【高步瀛文選李注義疏】袁、茶二本、毛本「僢」作「僝」。旁證引孫義鈞曰：說文：僢，具也。無「僝」字。廣韻：僢，書傳云見也。說文云具也。而昨閑切下有「僝」字，訓惡罵。是「僢」「僝」截然二字。玉篇人部有兩「僝」字，上士簡切，引訓與說文、廣韻之「僢」字同。下仕山切，訓僝僽、惡罵。知「僝」之混「僢」自玉篇始也。步瀛案：書堯典及僞孔傳皆作「僝」。釋文音仕簡反，引徐音撰，又引馬融曰具也。廣雅釋詁三曰：僢，具也。是「僝」即「僢」之或體字。廣韻二十六産：僢，音士限切。二十八山：僝，音昨閑切。妄爲分別耳。孫氏說非。○「全模」，胡曰：袁本校語云：善作「令模」，茶陵本作「全模」。校語但云五臣作「謨」。案尤所見與茶陵同，注無明文，未審善果何作。○寫八都之宇，孫曰：史記云：秦每破諸侯，寫放其宮室，作之咸陽北坂上。案：見秦始皇本紀。○林衡，孫曰：周禮林衡掌巡林禁之禁令。案：見地官。「禁」同「麓」。○注「謀龜謀筮」，胡曰：袁本、茶陵本作「尚書曰：謀及卜筮」，案：蓋各本皆非也。載注但當有「謀及卜筮」四字，下文善注首「尚書曰：謀及卜筮」七字，茶陵本無，非也。袁有，是也。如下節載注「陂，倾也」，善注鄭玄禮記注曰：陂，傾也，可以例此。案：

此説未確。謀龜謀筮，乃舉本文，若不引書，但云謀及卜筮，殊無謂也。此亦顧氏之僻見，恐未可從。○尚書洛誥：周公曰：予惟乙卯，朝至於洛師。我卜河朔黎水，我乃卜澗水東，瀍水西，惟洛食。我又卜瀍水東，亦惟洛食。史記周本紀曰：成王在豐，使召公復營洛邑。周公復卜申視，卒營築，居九鼎焉。○毛詩，見綿之篇。傳曰：契，開也。○又引詩，見定之方中。案：今毛詩「然」作「焉」，唐石經及本書東京賦、謝玄暉和伏武昌詩注、御覽方術部六引并作「然」，蔡邕崔夫人誄、宋書樂志二、食舉樂東西廂歌亦作「然」。○易大壯象傳曰：大壯，大者，壯也。象傳曰：雷在天上，大壯。○易，見繫辭下。「禦」作「待」，「謂壯觀也」四字乃孟陽釋壯字之義。○荀子富國篇曰：古者先王分割而等异之也，故使或美或惡，或厚或薄，或佚或樂，或劬或勞，非特以爲淫泰誇麗之聲，將以明仁之文，通仁之順也。又曰：爲之宫室臺榭，使足以避燥溼、養德、辨輕重而已，不求其外。案：此注錯舉而節引之。注「濕」字當作「溼」，袁、茶二本「燥濕」作「温涼」。○左傳，見昭二十年。杜注曰：衡鹿，官名也。孔疏曰：周禮司徒之屬，有林衡之官，掌巡守林麓之禁。鄭玄云：衡，平也。平林，麓之大小及所生者。竹木生平地曰衡，山足曰麓。○書梓材釋文引馬融注曰：治木器曰梓。○尚書，見洪範。○淮南子，見本經篇。書禹貢曰：黑水、西河，惟雍州。釋文曰：雍，於用反。又荆河，惟豫州。爾雅釋地曰：河西曰雍州。釋文曰：雍者，擁也。東崤，西漢，南商於，北居庸，四山之内，擁翳也。李巡云：河西，其氣蔽壅，厥性急凶，故曰雍。雍，壅也。太康地記云：雍州兼得梁州之地，西北之位，陽所不及，陰氣壅閼，故取名焉。釋名釋州國曰：雍州在四山之内。雍，翳也。釋地又曰：河南曰豫州。釋文曰：李巡云：河南，其氣著密，厥性安舒，故曰豫。豫，舒也。春秋元命包云：豫之言序也。言陽氣分布，各得其處，故其氣平静多序也。釋名釋州國曰：豫州，地在九州之中。京師東都所在，常安豫也。案：西京、東京，已見上注。

○西京賦已見前。○墨子，已見東都賦注。○論語，見泰伯篇。○毛詩，見綿之篇。序曰：文王之興，由大王也。案：毛詩作「皋門有伉」。朱琦曰：禮記明堂位：天子皋門。注云：皋之言高也。釋名釋親屬亦云：高，皋也。是皋、高聲義并同。許巽行曰：釋文曰：皋門音羔，「伉」本又作「亢」，苦浪反，高也。韓詩作「閌」，云，盛貌。許嘉德案：毛作「伉」，韓作「閌」。正文作「閌」。似李引韓詩，傳寫誤爲毛也。案：胡紹煐謂：「閌」當作「伉」，并有「伉與閌同」四字，與許説异，見西京賦疏。○又引詩，見斯干。序曰：斯干，宣王考室也。案：詩鴻雁毛傳曰：一丈爲版，五版爲堵。左氏説堵方一丈，三丈爲雉。似勝毛説。已見西都賦疏。○説文，見人部，引虞書曰：旁救僝功。辵部引作「方逑孱功」。王先謙尚書孔傳參正曰：釋文僝，馬云具也，與説文合。説文逑下引作「孱」，假借字。後漢楊賜傳引亦作「孱」。○尤本「饌勉反」下有「又曰：僝，取也。子軟切」八字。袁、茶二本無。梁曰：此恐有誤。六臣本無，是也。今據删。○孟子，見盡心下。○良、臧、隍、王，古音陽部。宇、禹、堵，魚部。閌、狀、量、壯、相、匠，陽部。

遐邇悅豫而子來，工徒擬議而騁巧。闡鉤繩之筌緒，承二分之正要。揆日晷，考星曜。建社稷，作清廟。築曾宮以迴匝，比岡隒而無陂。造文昌之廣殿，極棟宇之弘規。崱若崇山崛起而崔嵬，髧若玄雲舒蜺以高垂。

【彙校】

「遐邇悅豫」「悅」，四庫本同。奎章閣本、明州本、贛州本、叢刊本、正德本、陳八郎本、尤刻本、胡刻本、監本、九條本作「悦」。當作「悦」。「豫」，明州本、四庫本、叢刊本、正德本、陳八郎本、尤刻本、胡刻本、監本、九條本同。奎章閣本作「豫」。贛州本作「豫」。當作「豫」。

「而子來」「來」，明州本、贛州本、四庫本、叢刊本、陳八郎本、尤刻本、胡刻本、監本、九條本同。奎章閣本、正德本作「来」。當作「來」。

「闡鉤繩」「鉤」，奎章閣本、明州本、贛州本、四庫本、叢刊本、尤刻本、胡刻本、監本、九條本同。正德本、陳八郎本作「鉤」。當作「鉤」。

「考星曜」「曜」，奎章閣本、明州本、正德本、陳八郎本作「曜」。贛州本、四庫本、叢刊本、尤刻本、胡刻本、監本、九條本作「耀」。當作「曜」。

■立群案：賦云：揆日晷，考星曜。「日晷」「星曜」相對。作「星曜」是。

「建社稷」「建」，明州本、贛州本、四庫本、叢刊本、正德本、陳八郎本、尤刻本、胡刻本、監本、九條本同。奎章閣本作「建」。當作「建」。

「築曾宮」「築」，明州本、贛州本、四庫本、叢刊本、正德本、陳八郎本、尤刻本、胡刻本、監本、九條本同。奎章閣本作「築」。當作「築」。「曾」，奎章閣本、明州本、四庫本、贛州本、陳八郎本、尤刻本、胡刻本、監本作「曽」。叢刊本、九條本作「曾」。正德本作「曽」。當作「曾」。

「以迴匝」「迴」，明州本、贛州本、正德本、胡刻本同。奎章閣本作「廻」。四庫本、尤刻本、陳八郎本、監本、九條本作「廻」。叢刊本作「廻」。當作「迴」。「匝」，奎章閣本、明州本、贛州本、四庫本、叢刊本、正德本、陳八郎本、尤刻本、胡刻本、監本同。九條本作「迊」。當作「匝」。

「比岡隒」「隒」，奎章閣本、明州本、贛州本、四庫本、叢刊本、正德本、尤刻本、胡刻本、監本、九條本同。陳八郎本作「隲」。當作「隒」。

「極棟宇」「極」，奎章閣本、明州本、贛州本、四庫本、叢刊本、正德本、陳八郎本、尤刻本、胡刻本、九條本同。監本作「極」。當作「極」。

「弘規」「規」，明州本、贛州本、四庫本、叢刊本、陳八郎本、尤刻本、胡刻本、監本、九條本同。奎章閣本、正德本作「規」。當作「規」。

「崛起」「崛」，奎章閣本、正德本同。明州本、贛州本、四庫本、叢刊本、陳八郎本、尤刻本、胡刻本、監本、九條本作「崫」。當作「崛」。「起」，奎章閣本、明州本、贛州本、四庫本、叢刊本、正德本、陳八郎本、尤刻本、胡刻本、監本、九條本作「起」。當作「起」。

「而崔嵬」「而」，奎章閣本、明州本、正德本、陳八郎本同。贛州本、四庫本、叢刊本、尤刻本、胡刻本、監本、九條本作「以」。今從「而」。「嵬」，奎章閣本、明州本、贛州本、四庫本、叢刊本、正德本、陳八郎本、尤刻本、胡刻本、監本、九條本作「嵬」。當作「嵬」。

■立群案：「而」「以」於賦皆通。今從「而」。

「玄雲舒蜺」「舒」，四庫本、九條本同。奎章閣本、明州本、贛州本、叢刊本、正德本、陳八郎本、尤刻本、胡刻本、監本作「舒」。當作「舒」。

「以高垂」「高」，奎章閣本、明州本、贛州本、四庫本、叢刊本、正德本、陳八郎本、尤刻本、胡刻本、監本、九條本作「高」。當作「高」。「垂」，明州本、贛州本、叢刊本、陳八郎本、尤刻本、胡刻本、監本、九條本同。奎章閣本、四庫本、正德本作「埀」。當作「垂」。

【彙注】

【李善注】隒，魚檢切。髧，徒感切。劉曰：二分，春秋之中者也。詩云：定之方中，作爲楚宮。揆之以日，作爲楚室。定，營室星。營室中可以興土功也。陂，傾也。易曰：無平不陂。文昌，正殿名也。蜺，龍形而五色。善曰：難蜀父老曰：遐邇一體。豫或爲務。西都賦序曰：衆庶悅豫。毛詩曰：庶人子來。周易曰：擬之而後言，議之而後動，擬議以成其變化。甘泉賦曰：王爾投其鉤繩。杜預左傳注曰：銓，次也。與筌同。周禮曰：匠人建國，晝參諸日中之景，夜考之極星，以正朝夕。鄭玄曰：極星，北辰也。周禮曰：左宗廟，右社稷。說文曰：隒，崖也。鄭玄禮記注曰：陂，傾也。周易曰：上棟下宇，以避風雨。對，高貌也。景福殿賦曰：若仰崇山而戴垂雲。髧，垂貌也。淮南子曰：玄雲素朝。

【五臣注】隒，魚檢反。髧，徒感反。銑曰：言遠近百姓，皆悅豫如子之來成父事者，而工匠之徒，忖度而騁巧妙。濟曰：闡，述也。鉤，曲尺也。繩，所以直木者。筌，次也。言述此鉤繩將次古之良工遺緒。承二分之正要者，言取春分秋分之日，日景正時以正東西之位也。銑曰：言考度星日，以定南北也。良曰：清廟，祖廟也。翰曰：隒，小山而無草木者。陂，險也。言築宮迴匝，比之岡隒而無險也。良曰：文昌，殿名。銑曰：⿱山對，山貌。髡，雲貌。言殿之丹青色麗如玄雲之中，舒其虹蜺，自高而垂下也。

【張鳳翼文選纂注】隒，魚檢切。髡，徒感切。言遠近百姓，皆悦豫如子之來成父事，而工匠之徒，忖度以騁巧。闡，明也。鈎，曲尺也。繩，所以直木者。筌，次也。言述此鈎繩將次古之遺緒也。二分，取春分秋分之日景，以正東西之位。考度星日，以定南北。隒，小山而無草木者。陂，險也。言築宮迴匝，比之岡隒而無險。文昌，殿名。⿱山對，山貌。髡，雲貌。言殿之丹青色麗如玄雲中，舒出虹蜺，自高而垂下也。

【王象乾文選删注】隒，魚檢切。髡，徒感切。二分，春秋之中。隒，崖也。陂，傾也。⿱山對，高貌。髡，垂貌。周禮曰：匠人建國，晝參諸日中之景，夜考之極星，以正朝夕。

【杭世駿文選課虚】⿱山對，高貌。髡，垂貌。徒感切。甘泉賦：王爾投其鈎繩。銓，次也，與筌同。

【余蕭客文選音義】以。五臣「以」作「而」。巧去。鈎。濟曰：曲尺也。隒 述异記注：嵰，丘嶰反。爾雅釋文：隒、嵰字同。文昌。水經注：魏武封於鄴爲北宮，宫有文昌殿。⿱山對墜。髡萏。

【余蕭客文選紀聞】鈎，曲尺 六臣。劉逵注左思魏都賦：文昌殿前有鐘虡，其銘曰：惟魏四年，歲在丙申，龍次大火，五月丙寅，作蕤賓鐘，又作無射鐘。建安二十三年，始設鐘虡於文昌殿前。歲月并銘，各鑄千鐘之甬 古文苑注十三。案，文選本劉逵此注在「鐘虡夾陳」下，「二十三年」作「二十一年」，無「歲月」至末十字。魏志惟書：建安十九年十二月，天子命公宫殿設鐘虡。終太祖記，不書作文昌殿。據此注，殿作於建安十八年後二十三年前。書此以補陳史裴注之缺，亦見劉淵林注南宋末尚有傳本。⿱山對徒對。玉篇二十二。髡徒感。五經文字中。

【張雲璈選學膠言】闡鉤繩之筌緒。按，莊子：匠人曰：我善治木，曲者中鉤，直者應繩。李注不引此，反引甘泉賦「王爾投其鉤繩」，疏矣。

揆日晷，考星曜。張注引詩：定之方中，作爲楚宫。揆之以日，作爲楚室。李氏注謝朓和伏武昌詩、王融曲水詩序引詩與孟陽同。今詩「爲」皆作「於」。張、李所見本皆作「爲」。正義亦云：定星昏正四方，視之以正，楚丘之宫。度之以日影，以作爲楚丘之室。不作「于」字。

【梁章鉅文選旁證】闡鉤繩之筌緒。張氏雲璈曰：案：莊子：匠人曰：我善治木，曲者中鉤，直者應繩。

造文昌之廣殿。余曰：水經注：魏武封於鄴，爲北宫，宫有文昌殿。林先生曰：南齊書禮志：魏武都鄴，正會文昌，用漢儀。汪氏師韓曰：魏之宫闕，魏都賦所言，始自正殿，遞及南北東西，復自左而前，而後，而右。苟無張孟陽舊注，後人將何所考耶？今取其注，薈萃觀之。其正殿曰文昌殿，前值端門。端門之前，南當南止車門。又有東、西止車門。端門之外，東有長春門，西有延秋門。文昌殿前有鐘簴。文昌殿東有聽政殿，内朝所在也。殿前聽政門，門前升賢門，左崇禮門，右順德門，并南向。升賢門前宣明門，宣明門前顯陽門，顯陽門前有司馬門。升賢門内，聽政闥外，東入有納言闥、尚書臺。宣明門内，升賢門外，東入有内醫署。顯陽門内，宣明門外，東入最南有謁者臺閣，次中央符節臺閣，最北御史臺閣，三臺并列西向。符節臺東有丞相諸曹。聽政殿後有鳴鶴堂、椒梓坊、木蘭坊、文石室，後宫所止也。鳴鶴堂之前，次聽政殿之後，東西二坊之中央，有温室，中有畫像讚。文昌殿西有銅爵園，園中有魚池堂皇。銅爵園西有三臺，中央有銅爵臺，南則金虎臺，北則冰井臺。銅爵臺有屋一百一間，金虎臺有屋一百九間，冰井臺有屋一百四十五間，下有冰室。三臺與法殿皆閣道相通。當司馬門南出，道西最北東向相國府，第二南行御史大夫府，第三少府卿寺。道東最北奉常寺，次南大農寺。出東掖門正東，道南西頭大僕卿寺，次中尉寺。出東掖門，宮東北行北城下，東入大理寺、宮内大社西郎中令府。城南有五營。鄴城内諸街，有赤闕、黑闕，正當東西南北城門，最是其通街也。石竇橋在宮東，其水流入南北里。魏武帝時，堰漳水，在鄴西十里，名曰漳渠堰。東入鄴城，經宮中，東出，南北二溝夾道，東行出城，所經石竇者也。長壽、吉陽二里，在宮東，中當石竇。吉陽南入，長壽北入。皆貴里。元武苑在鄴城西，苑中有漁梁、釣臺、竹園、蒲萄諸果。鄴城西下有乘黄厩，白藏庫在西城下，有屋一百七十四間。鄴城南有都亭，城東亦有都道，北有大邸起樓門臨道，建安中所立也。按王沈魏書、魚豢魏略以及魏氏春秋、鄴都故事、鄴中記等書，今不可得見。孟陽之注，信爲詳備矣。今案：汪氏薈萃，唯遺一條「西止車門，北有漏刻室也」，十字當從六臣本補入，餘亦與顧氏炎武宅京記所載，大略相同。

對若崇山崫起以崔嵬。六臣本「以」作「而」。

【薛傳均文選古字通疏證】遐邇悦豫而子來。注善曰：「豫」，或爲「務」。傳均案，「豫」「務」亦聲近通用。史記酈生陸賈傳集解引徐廣「務，一作豫」是也。左傳襄十一年：公叔務人。檀弓作「禺人」。疏云：「禺」「務」聲相近。「豫」與「務」通，亦猶「禺」與「務」通，皆一聲之轉耳。

【高步瀛文選李注義疏】五臣「耀」作「曜」，字同。○左傳僖五年杜注曰：分，春秋分也。孔疏曰：一年分爲四時，時皆九十餘日。春之半，秋之半，晝夜長短等。晝夜中分百刻，故春秋之半，稱春秋分也。○尤本「詩」下無「云」字，今依袁、茶二本增。詩鄘風：定之方中，作於楚宮。毛傳曰：定，營室也。方中，昏正四方。鄭箋曰：定，星。昏中而正，於是可以營制宮室，故謂之營室。定，昏中而正。謂小雪時，其體與壁連，正四方。爾雅釋天曰：營室謂之定。郭注曰：定，正也。作宮室皆以營室之中爲正。案：注引詩「作于」作「作爲」。本書王文考魯靈光殿賦、謝玄暉和伏武昌登孫權故城詩、江文通雜體詩、顔光禄侍宴、王文長三月三日曲水詩序注引皆作「爲」，與孟陽同。白帖卷十一宫殿引四句「作于」皆作「作爲」。文選王簡栖頭陀寺碑文注引下二句，亦作「作爲」。蔡邕月令答問作「作於楚宫」。説者謂魯、毛作「于」，齊、韓作「爲」，未知確否。張雲璈曰：正義亦云：定，星。昏正四方。視之以正楚丘之宫，度之以日影，以作爲楚丘之室。不作「于」字。○難蜀父老，見本書卷四十四。○薛傳均曰：豫、務亦聲近通用。史記酈生陸賈傳集解引徐廣：「務」一作「豫」是也。左傳襄十一年「公叔務人」，檀弓作「禺人」，疏云：禺、務聲相近。「豫」與「務」通，亦猶「禺」與「務」通，皆一聲之轉耳。○毛詩，見靈臺。鄭箋曰：衆民各以子成父事，而來攻之。左昭九年引此詩，杜注曰：衆民自以子義勸樂爲之。案：注「衆民」作「衆人」，唐避太宗諱。○周易，見繫辭上。○甘泉賦，見本書卷七。張雲璈曰：按莊子匠人曰：我善治木，曲者中鉤，直者應繩。李注不引此，反引甘泉賦「王爾投其鉤繩」，疏矣。步瀛案：莊子，見馬蹄篇。○左哀三年：外内以悛。杜注曰：悛，次也。是以「悛」爲「銓」之借字。疑李善所見本作「銓」。莊子外物篇：荃者所以在魚，得魚而忘荃。釋文曰：荃，香草也，可以餌魚。一云：魚笱也。案後説，「荃」當作「筌」。成玄英疏云：笱，魚笱也。正作「筌」。此以爲「銓」之借字。○周禮，見考工記。○次引周禮，見小宗伯。依原文，二句當乙轉。○巧、廟，古音幽部。要、耀，宵部。通轉爲韵。○以上建國。

「以崔嵬」，五臣「以」作「而」。○周易，見泰九三爻詞。○水經濁漳水注曰：魏武封于鄴，爲北宫。宫有文昌殿。南齊書禮志上曰：魏武都鄴，正會文昌殿，用漢儀。汪師韓文選理學權輿卷八曰：魏之宫闕，魏都賦所言始自正殿，遞及南北東西，復自左而前、而後、而右，以及城池、園囿、邑屋、市廛，再言府寺、閭閻，苟無張孟陽舊注，後人將何所考耶？今取其注薈萃觀之。其正殿曰文昌殿，前值端門。端門之前，南當南止車門。又有東、西止車門。端門之外，東有長春門，西有延秋門。文昌殿前有鐘虡。文昌殿東有聽政殿，内朝所在也。聽政殿前聽政門，聽政門前升賢門，升賢門左崇禮門，右順德門，三門并南向。升賢門前宣明門，宣明門前顯陽門，顯陽門前有司馬門。升賢門内聽政闥，向外。東入有納言闥、尚書臺。宣明門内、升賢門外，東入有内醫署。顯陽門内、宣明門外，東入最南有謁者臺閣，次中央符節臺閣，最北御史臺閣，三臺并列西向。符節臺東有丞相諸曹。聽政殿後有鳴鶴堂、椒梓坊、木蘭坊、文石室，後宫所止也。鳴鶴堂之前，次聽政殿之後，東西二坊之中央，有温室，中有畫像讚。文昌殿西有銅爵園，園中有魚池堂皇。銅爵園西有三臺，中央有銅爵臺，南則金虎臺，北則冰井臺。銅爵臺有屋一百一間，金虎臺有屋一百九間，冰井臺有屋一百四十五間，下有冰室。三臺與法殿皆閣道相通。當司馬門南出，道西最北東向相國府，第二南行御史大夫府，第三少府卿寺。道東最北奉常寺，次南大農寺。出東掖門正東，道南西頭太僕卿寺，次中尉寺。出東掖門，宫東北行北城下，東入大理寺、宫内大社西郎中令府。城南有五營。鄴城内諸街，有赤闕、黑闕，正當東西南北城門，最是其通街也。石竇橋在宫東，其水流入南北里。魏武帝時，堰漳水，在鄴西十里，名曰漳渠堰。東入鄴城，經宫中，東出，南北二溝，夾道。東行出城，所經石竇者也。長壽、吉陽二里，在宫東，中當石竇。吉陽南入，長壽北入，皆貴里。玄武苑在鄴城西，苑中有漁梁、釣臺、竹園、蒲萄諸果。鄴城西下有乘黄廄，白藏庫在西城下，有屋一百七十四間。鄴城南有都亭，城東亦有都道，北有大邸起樓門臨道，建安中所立也。按王沈魏書、魚豢魏略以及魏氏春秋、鄴都故事、鄴中記等書，今皆不可得見。孟陽之注，洵爲詳備矣。梁曰：汪氏薈萃，唯遺一條「西止車門，北有漏刻室也」十字，當從六臣本補入。餘亦與顧氏炎武宅京記所載大略相同。

○「蜺」,「霓」之借字。楚辭天問：白蜺嬰茀。王逸注曰：雲之有色似龍者也。可以互證。○說文見皀部。互見西京賦疏。○禮記鄭注,見樂記。○周易,見繫辭下。○玉篇：嵟,徒對切。集韵十八隊曰：嵟,山貌。或書作「對」。○景福殿賦,見本書卷十一。○詩鄘柏舟：髧彼兩髦。毛傳曰：髧,兩髦之貌。髦者,髮至眉。玉篇曰：髧,髮垂貌。案：髧本髮垂,引伸爲凡垂之狀。○淮南子,見覽冥篇。

瑰材巨世,㙐𡏖參差。粉橑複結,欒櫨疊施。丹梁虹申以并亙,朱桷森布而支離。綺井列疏以懸蒂,華蓮重葩而倒披。齊龍首而涌霤,時梗概於滮池。

【彙校】

「瑰材巨世」 「瑰」,奎章閣本作「瓌」。明州本、贛州本、四庫本、叢刊本、正德本、陳八郎本、尤刻本、胡刻本、監本、九條本作「瓌」。當作「瑰」。「世」,奎章閣本、四庫本、正德本、尤刻本、監本同。明州本、贛州本、叢刊本、陳八郎本、胡刻本、九條本作「丗」。當作「世」。

「㙐𡏖參差」 「㙐𡏖」,奎章閣本、正德本、陳八郎本、尤刻本、胡刻本、監本同。明州本、贛州本、四庫本作「插塌」。叢刊本、九條本作「揷塌」。當作「插塌」。

■立群案：善注無注。五臣濟曰：插塌，相接貌。疑善注之所以無注者，乃因吳都賦「插塌鱗接」之句已注：插塌，枝柯相重疊貌。正與此處五臣注合。作「插塌」是也。

「枌橑複結」「複」，明州本、贛州本、四庫本、叢刊本、正德本、陳八郎本、胡刻本、監本、九條本同。奎章閣本、尤刻本作「複」。當作「複」。「結」，奎章閣本、四庫本、叢刊本、陳八郎本同。明州本、贛州本、正德本、尤刻本、胡刻本、監本、九條本作「結」。當作「結」。

「欒櫨疊施」「櫨」，奎章閣本、明州本、贛州本、四庫本、叢刊本、陳八郎本、尤刻本、胡刻本、監本、九條本同。正德本作「櫨」。當作「櫨」。「疊」，奎章閣本、明州本、贛州本、叢刊本、正德本、陳八郎本、尤刻本、胡刻本、監本、九條本作「疊」。四庫本作「疊」。當作「疊」。

「丹梁虹申」「梁」，奎章閣本、明州本、贛州本、四庫本、叢刊本、正德本、陳八郎本、尤刻本、胡刻本、監本、九條本作「梁」。當作「梁」。

「以并亘」「并」，奎章閣本、明州本、贛州本、四庫本、叢刊本、正德本、陳八郎本、尤刻本、胡刻本、監本、九條本作「並」。當作「并」。

「朱桷森布」「森」，奎章閣本、明州本、贛州本、四庫本、叢刊本、正德本、陳八郎本、尤刻本、胡刻本、監本同。九條本作「林」。今從「森」。

■立群案：善注无注，五臣翰曰：森，多也。然「林」亦有「多」意。如莊子天運：故若混逐叢生，林樂而無形。郭慶藩集釋引郭嵩燾曰：「林樂者，相與群樂之，五音繁會，不辨聲之所從出，故曰無形。」陳鼓應今注：林樂，喻衆樂齊奏。俱释「林」爲「多」。故「森布」「林布」於賦似俱可通。諸本多作

「森布」，今從「森布」。

「而支離」　「支離」，奎章閣本、明州本、贛州本、四庫本、叢刊本、正德本、陳八郎本、胡刻本、九條本同。尤刻本作「支離」。監本作「枝離」。當作「支離」。

立群案：賦云：丹梁虹申以并亘，朱桷森布而支離。相對爲文。「支離」與「并亘」偶對，顯然亦應爲「多」之意。揚雄法言五百：或問：天地簡易而法之，何五經之支離？曰：支離蓋其所以爲簡易也。汪榮寶義疏：支離，支繚，皆繁多歧出之意。賦正是此義。葛洪抱樸子塞難：或且黑且醜，或聾盲頑嚚，或枝離劬蹇，所得非所欲也。「枝離」，作「殘缺」解。與賦意不合。諸本多作「支離」，是也。監本獨作「枝離」者，恐誤也。

「綺井列疏」　「綺」，四庫本同。奎章閣本、明州本、贛州本、叢刊本、正德本、陳八郎本、尤刻本、胡刻本、監本、九條本作「綺」。當作「綺」。「疏」，奎章閣本、尤刻本、監本作「疏」。明州本、贛州本、四庫本、叢刊本、正德本、陳八郎本、胡刻本、九條本作「疏」。當作「疏」。

「以懸蔕」　「蔕」，奎章閣本、明州本、贛州本、四庫本、叢刊本、正德本、陳八郎本、尤刻本、胡刻本、監本、九條本作「蔕」。當作「蔕」。

「齊龍首」　「齊」，奎章閣本、四庫本同。明州本、贛州本、叢刊本、正德本、陳八郎本、尤刻本、胡刻本、監本、九條本作「齊」。當作「齊」。「龍」，奎章閣本、明州本、贛州本、四庫本、叢刊本、陳八郎本、尤刻本、胡刻本、監本、九條本同。正德本作「龍」。當作「龍」。

「時梗概於」　「概」，奎章閣本、四庫本、正德本同。明州本、贛州本、叢刊本、尤刻本、胡刻本、監本、九條本作「概」。陳八郎本作「槩」。當作「概」。「於」，奎章閣本、明州本、贛州本、四庫本、叢刊本、陳八郎本、尤刻本、胡刻本、監本、九條本同。正德本作「扵」。當作「於」。

【彙注】

【李善注】揷，楚洽切。濕，除立切。枌音汾。橑音老。櫨音盧。滮，被尤切。劉曰：爾雅曰：桷謂之榱。善曰：西都賦曰：因瓌材而究奇，杭應龍之虹梁。廣雅曰：曲枅謂之欒。説文曰：欂櫨，柱枅也。然欒、櫨一也，有曲直之殊耳。西京賦曰：蒂倒茄於藻井，披紅葩之狎獵。又曰：疏龍首以抗殿齊，齊龍首而涌霤。謂畫爲龍首於椽承檐四隅，而以寫霤也。説文曰：霤，屋水流也。東京賦曰：其梗概如此。毛詩曰：滮池北流也。

【五臣注】揷，楚立反。濕，除立反。枌，扶文反。橑音老。櫨音盧。滮，被尤反。濟曰：瓌，美。巨，大也。言美材大於當代之者。揷濕，相接貌。參差，不齊貌。枌，棟。橑，椽也。言重複而結聚之。欒，曲枅。櫨，斗也。累叠而施之。翰曰：亘，橫也。丹梁，如虹蜺之并橫。朱桷，謂榱也。森，多也。支離，歷歷然分布貌。屋上綺井，以板爲井形，飾以丹青，如綺也。列，行。疏，布也。綺井，向下行布，如花蒂之懸井中，皆畫蓮花，自下見上，故曰倒披。濟曰：殿屋上四角皆作龍形於椽頭，雨水注入於龍口中，寫之於地。梗概，猶髣髴也。滮池，謂停水以灌稻也。言涌霤之水髣髴似也。

【張鳳翼文選纂注】揷，楚立切。濕，除立切。枌，扶文切。橑音老。櫨音盧。滮，被尤切。瓌，美。巨，大也。揷濕，相接貌。參差，不齊貌。枌，棟也。橑，椽也。欒，曲枅也。櫨，斗也。亘，橫也。申，重也。丹梁，如虹蜺重叠而并橫也。朱桷，榱也。森，多也。支離，分布貌。屋上綺井，以板爲井形，飾以丹青，如綺也。列，行也。疏，布也。綺井，向下行布，如花蒂之懸井中，皆畫蓮花，自下見上，故曰倒披。殿屋上四角皆作龍形於椽頭，雨水注入龍口中，寫之於地。梗概，大概也。滮池，停水處也。言大概落於淲池也。

【王象乾文選删注】𡍶，楚立切。𡓉，除立切。淲，被尤切。曲枅謂欒。櫨，櫨柱枒也。然欒、櫨一也，有曲直之殊。謂爲龍首於椽承檐四隅，以寫霤也。

【杭世駿文選課虚】𡍶，楚立切。𡓉，除立切。

【余蕭客文選紀聞】𡍶初戢。𡓉直輒。并玉篇二。

【胡克家文選考异】注「西都賦曰因瓌材而究奇抗應龍之虹梁」。袁本、茶陵本無此十六字。注「西京賦」。袁本、茶陵本「西」上有「西都賓曰抗應龍之虹梁」十字。注「又曰疏龍首以抗殿」。袁本、茶陵本無此八字。案：彼賦「龍首」與此夐然不涉，尤增多，誤甚。注「謂畫爲龍首於椽」。袁本、茶陵本無「畫於椽」三字。

【朱珔文選集釋】欒櫨疊施。善注云：廣雅曰：曲枅謂之欒。説文曰：欂櫨，柱枅也。然欒、櫨一也，有曲直之殊耳。案：説文「欒」爲欒木，似欄。段氏謂：欄者，今之楝字。「欒」借爲圜曲之偁，如鐘角曰欒、屋曲枅曰欒是已。余謂前西京賦：結重欒以相承。薛注云：欒，柱上曲木，兩頭受櫨者。義與廣雅同。後魯靈光殿賦：曲枅要紹而環句。正指「欒」言。景福殿賦：欒栱夭蟜而交結。即言其曲狀。故釋名亦云：欒，攣也。其體上曲攣拳然也。○注引説文語，蓋統舉之。案：今説文：欂，壁柱也。櫨，柱上柎也。枅，屋櫨也。爾雅釋宫：開謂之槉。郭注：柱上欂也。亦名枅。又廣雅：欂謂之枅，是欂與枅一也。爾雅釋文：櫨，即欂也。又引字林云：欂，櫨也。是「欂」與「櫨」亦一也。欂、櫨、枅异名，實一物。惟説文：欂爲壁柱，不嫌异訓。而玉篇、廣韵分「欂」「欂」爲二字，段氏從之，遂於「欂」篆外别作「欂」篆，是臆增説文之所無矣。其實「欂」爲「欂」之省，固一字耳。至櫨之爲枅，一切經音義引三蒼云：櫨薄，柱上方木也。山東、江南皆曰枅。漢書顔注：薄櫨，柱上枅也。與此注及甘泉賦、魯靈光殿賦、長門賦諸注引説文皆合。然今説文「柎」字亦有證。爾雅釋文引字林云：櫨，柱上柎也。漢書揚雄傳、蕭該音義引同。淮南本經訓「欂櫨」，注：櫨，柱上柎，即梁上短柱也（近邵氏釋爾雅引此二文及引説文皆改爲「枅」）。據此，則「柎」字亦非誤。枅既有屋櫨之訓，而櫨爲柱上柎，義正兩相足，似不必援此注以改今本「柎」字。或曰，今説文乃後人據字林改之，未知其審。

【梁章鉅文選旁證】注説文曰：欂櫨，柱枅也。今説文：欂，壁柱也。櫨，柱上柎也。枅，屋櫨也。朱氏珔曰：爾雅：闗謂之椣。郭注：柱上欂也。亦名枅。廣雅：欂謂之枅，是欂與枅一也。爾雅釋文：櫨，即欂也。又引字林云：欂，櫨也。是「欂」與「櫨」亦一也。惟説文：欂爲壁柱，不嫌异訓。而玉篇、廣韵分「欂」「欂」爲二，段氏從之，於「欂」篆外別作「欂」篆，究係説文所無而强增。其實「欂」爲「欂」之省，實一字耳。至櫨之爲枅，一切經音義引三蒼云：櫨薄，柱上方木也。山東、江南皆曰枅。顔師古漢書注：薄櫨，柱上枅也。與此注引説文正合。然今説文「柎」字亦有證。爾雅釋文引字林云：櫨，柱上柎也。淮南本經訓：標㭨欂櫨。注：櫨，柱上柎。據此，則「柎」字非誤。枅既有屋櫨之訓，而櫨爲柱上柎，義正兩足，不必援此注以改説文。

注又曰：疏龍首以抗殿。六臣本無此八字。案西京賦之「龍首」與此無涉，無者是也。

【高步瀛文選李注義疏】袁本「并」作「竝」，字同。○⿰土臿，五臣楚洽切。㙮，除立切。呂延濟曰：⿰土臿㙮，相接貌。案：已見吳都賦。○爾雅，見釋宫。○「西都賦」至「虹梁」，胡曰：袁本、茶陵本無此十六字。○廣雅，見釋宫。案：互見西京賦注。○説文「柱」字下當依本書甘泉賦、魯靈光殿賦、長門賦注引增「上」字。景福殿賦注引無「欂」字。今本説文木部作「欂，壁柱也。櫨，柱上柎也」。蓋後人誤改。

段玉裁依選注改爲「欂，欂櫨，柱上枅也」。「櫨，欂櫨也」。王筠句讀從之。本書甘泉賦作「欂櫨」，漢書楊雄傳上、王莽傳下并同，皆借字。李善彼賦注引作「薄」，依賦正文耳。朱珔據爾雅釋宮釋文引字林云：櫨，柱上柎也。淮南子本經篇高注：櫨，柱上柎，即梁上短柱也。謂説文柎字亦非誤，似不必援此注以改今本「柎」字，則殊不然。玄應一切經音義卷十四、即慧琳卷五十九，玄應卷十五，即慧琳卷五十八、五十九，其他玄應音義卷七，慧琳音義卷十四、卷八十一所引皆作「枅」，無作「柎」者。唯玄應卷一大方等大集經音義引作「欂、櫨，柱上柎也」，亦後人據今本説文改。慧琳音義卷十七載玄應此經音義正作「欂櫨，柱上枅也」，可以爲證。更以説文之例言之。「欂」「櫨」二字上爲「㮰」字，曰：欂櫨也。下爲「枅」字，曰：屋欂櫨也。其字正以類相聚，以義相承。至「柎闌足也」，遠隔在一百四十餘字之後。他書雖有柱上柎之訓，必不得以亂説文也。但説文無「欂」字，段氏移「欂」字於前，而別增「欂」字。朱珔曰：玉篇、廣韵分「欂」「欂」爲二，段氏從之，於「欂」篆外別作「欂」篆，究係説文所無强增。其實「欂」爲「欂」之省，實一字耳。沈濤曰：「欂」，「欂」之別體。文選作「欂」，乃別體之不省耳。究當以「欂」爲正字，不應徑改作「欂」。案：此二説是也。○朱珔説文假借義證卷十一引此注而申之曰：「欒」爲「櫨」之通借。欒、櫨雙聲。步瀛案：櫨之轉音爲欒，而義亦稍變，蓋非通借字也。釋名釋宮室曰：欒，攣也。其體上曲，攣拳然也。本書魯靈光殿賦曰：層櫨磥垝以岌峩，曲枅要紹而環句。李善注引説文。下又曰：蒼頡篇曰：枅，柱上方木。然枅、櫨爲一。此重言之，蓋有曲直之殊爾。又景福殿賦曰：欂櫨各落以相承，欒栱夭蟜而交結。皆與此可互證。○「西京賦」上，袁、茶二本有「西都賓曰：抗應龍之虹梁」十字。○「披紅葩之狎獵」下，尤本有「又曰疏龍首以抗殿」八字。胡曰：袁本、茶陵本無此八字。案：彼賦龍首與此夐然不涉。梁曰：無者是也。案：今據二本删。○胡曰：「謂畫爲龍首於椽」，袁本、茶陵本無「晝於椽」三字。○說文，見雨部。○東京賦，見前。○毛詩，見白華。唐人引書，往往於句末加也字。毛傳曰：滮，流貌。鄭箋曰：豐、鎬之間，水北流。孔疏曰：文王有聲箋云：豐在豐水西，鎬在豐水東。然則豐、鎬之間，唯豐水耳。而謂之池者，家語云：今池水之大，誰知非泉焉？召旻曰：池之竭矣，不云自頻。則池者，下田畜水之處。且言浸者，不得在豐水之中，則此池在豐水之左右，其池汙下，引豐以溉灌，故言浸彼稻田也。池水當得停而亦言北流者，以池上引豐水亦北流，浸灌既訖，又決而入豐，亦爲北流。鄭直云水北流，不指言豐，明池水亦北流也。說文引作滮沱北流。水經渭水注下曰：鄗水又北流，西北注與滮池合。水出鄗池西，而北流入于鄗。毛詩云：滮，流浪也。而世傳以爲名矣。王先謙曰：「浪」蓋「貌」字傳寫之誤。○陂、垂、參、施、離、披、池，古音歌部。規，支部。嵬，脂部。通轉爲韵。

旅楹閑列，暉鑒柍振。榱題䵴䵳，階楯嶙峋。長庭砥平，鐘虡夾陳。風無纖埃，雨無微津。

【彙校】

「旅楹閑列」　「楹」，明州本、胡刻本同。奎章閣本、正德本、陳八郎本作「楹」。贛州本、叢刊本、尤刻本、九條本作「楹」。四庫本作「楹」。監本模糊不清。當作「楹」。「閑」，奎章閣本、明州本、贛州本、叢刊本、正德本、陳八郎本、尤刻本、胡刻本、監本、九條本同。四庫本作「間」。當作「閑」。■**立群案**：劉逵曰：詩云：旅楹有閑。善注引薛君韓詩章句曰：閑，大也。五臣翰曰：閑，間。據注，是劉逵本、李善本、五臣本皆作「閑」。且劉逵注所引或爲賦語所本，當作「閑」也。

「暉鑒柍振」　「鑒」，明州本、贛州本、四庫本、叢刊本、正德本、陳八郎本、尤刻本、胡刻本、監本、九條本同。奎章閣本作「鑑」。當作「鑒」。「柍振」，奎章閣本、正德本、陳八郎本、尤刻本、胡刻本作「抰振」。明州本、贛州本、叢刊本作「抰振」。四庫本、九條本作「抰振」。監本作「柍振」。當作「柍振」。■**立群案**：劉逵曰：抰，中央也。善曰：抰，振也。五臣翰曰：抰振，屋內也。據注，是劉逵本、李善本、五臣本皆作「抰振」。然胡克家文選考異：案：「抰振」當作「柍振」，注同。各本皆訛。柍振見甘泉賦，太冲用其語，彼不誤，可證也。許巽行文選筆記：二字并從木，不從手。嘉德案，胡校亦云從木，各本皆訛。「柍桭」見甘泉賦。朱珔文選集釋：暉鑒柍桭今本二字俱誤從手。張注云：柍，中央也。桭，屋宇檼也。案，後甘泉賦：日月絻經於柍桭。注引服虔曰：柍，中央也。桭，屋梠也。「梠」即「檼」，與此注正合。說文無「桭」字，惟「宸」字云：屋宇也。段氏謂：屋者，以宮室上覆言之。宸謂屋邊。故古書言柍桭者，即棟宇也。西京賦：消氛埃於中宸。中宸即柍桭。韋昭注國語云：宸，屋霤也。宇，邊也。若玉篇引賈逵云：宸，室之奧者。當亦是國語注，而其說异矣。余謂，廣韵有兩「桭」字，一云屋梠，一云兩楹間。而「宸」字則云：天子所居。集韵：桭或作柜。訓與廣韵同。其說又异。諸家說是也，實當作「柍桭」。

「榱題黮𪒠」「榱」，明州本、贛州本、四庫本、叢刊本、尤刻本、胡刻本、九條本同。奎章閣本、正德本、陳八郎本、監本作「欀」。當作「榱」。「黮」，奎章閣本、明州本、贛州本、四庫本、叢刊本、正德本、陳八郎本、尤刻本、胡刻本、監本、九條本作「黮」。當作「黮」。「𪒠」，奎章閣本、明州本、贛州本、四庫本、叢刊本、正德本、陳八郎本、尤刻本、胡刻本、監本、九條本作「𪒠」。當作「𪒠」。

「階楯嶙峋」「楯」，監本同。奎章閣本、明州本、贛州本、四庫本、叢刊本、正德本、陳八郎本、尤刻本、胡刻本、九條本作「陏」。當作「楯」。

■**立群案**：胡克家文選考异：案：「陏」當作「楯」，善引應劭上林賦「宛虹杝於楯軒」句注可證。袁、茶陵二本所載五臣翰注云「階陏，階道上處」。蓋五臣改爲「陏」，而各本亂之。茶陵本并善注中字亦改爲「陏」，大誤。胡氏考异之説不够嚴謹。據注，僅可推知李善本作「楯」，五臣本作「陏」而已。如果論斷五臣本改「楯」爲「陏」，尚需其他證據。許巽行文選筆記：階陏。依注作「楯」。嘉德案，五臣翰注作「陏」，此沿五臣耳。茶陵本并改善注「陏」，大誤。梁章鉅文選旁證：「陏」當作「楯」。李注引上林賦「宛虹杝於楯軒」注可證。蓋五臣作「陏」，翰注亦可證。許氏、梁氏之説較穩，然并無多少新意。胡紹煐文選箋證：注善曰：應劭上林賦注曰：楯，闌檻也。按：當作「楯」，與上林賦注合。翰注：階陏，階道上處。考説文、玉篇、廣韵無「陏」字，惟集韵收「陏」，云「階也」，蓋沿翰注之誤。集韵外，類篇亦載：陏，階也。諸説中，胡氏箋證之觀點最值得重視，當作「楯」也。

「長庭砥平」「庭」，明州本、贛州本、叢刊本、尤刻本、胡刻本、監本、九條本同。奎章閣本、四庫本、正德本、陳八郎本作「庭」。當作「庭」。

「鐘虡夾陳」「鐘」，奎章閣本、明州本、四庫本、叢刊本、正德本、九條本同。贛州本、陳八郎本、尤刻本、胡刻本、監本作「鍾」。當作「鐘」。「虡」，奎章閣本、明州本、贛州本、四庫本、叢刊本、正德本、陳八郎本、九條本同。尤刻本、胡刻本、監本作「簴」。當作「虡」。

「風無纖埃」「纖」，奎章閣本、明州本、贛州本、四庫本、叢刊本、正德本、陳八郎本、尤刻本、胡刻本、監本、九條本作「纎」。當作「纖」。

「雨無微津」「微」，明州本、贛州本、四庫本、叢刊本、陳八郎本、尤刻本、胡刻本、監本、九條本同。奎章閣本、正德本作「微」。當作「微」。

【彙注】

【李善注】抰，烏浪切。劉曰：詩云：旅楹有閑。抰，中央也。振，屋宇穩也。文昌殿前有鐘虡，其銘曰：惟魏四年，歲在丙申，龍次大火，五月丙寅，作蕤賓鐘，又作無射鐘。建安二十一年七月，始設鐘虡於文昌殿前，所以朝會四方也。善曰：鄭玄毛詩箋曰：旅楹，衆也。薛君韓詩章句曰：閑，大也。謂閑然大也。暉鑒，言楹柱光輝遠照。抰，振也。廣雅曰：鑒，照也。聲類曰：黮，黑色也。直感反。黮，亦黑也。徒對反。應劭上林賦注曰：隋，闌横也。西京賦曰：柢鍔嶙峋。埤蒼曰：嶙峋，山崖之貌也。毛詩曰：風雨攸除。墨子曰：聖王作爲宫室，邊足以御風寒，上足以待露。

【五臣注】抰，烏浪反。振，章人反。黮，徒感反。䨴，徒對反。隋，述尹反。嶙音隣。峋音詢。砥，至履反。翰曰：旅，陳。楹，柱。閑，間。列，行也。言棟柱每間而行，上有朱色窗，復見日光，故暉色鑒明於抰振。抰振，屋内也。榱，椽也。題，頭也。言椽頭黮䨴而深黑色，謂染之然也。階隋，階道上處。嶙峋，次級也。向曰：虡，鐘格架也。夾，對。陳，布也。言相對布於長庭。翰曰：津，潤也。填以沙土，其平如砥，言長庭雖風而無埃，雖雨而不潤。

【張鳳翼文選纂注】抰，烏浪切。振，章人切。黮，徒感切。䨴，徒對切。隋，述尹切。旅楹間列，言棟柱相間而列也。上有朱色，故見日光，暉映於抰振。抰，中央。振，屋也。榱，椽也。題，頭也。言椽頭黮䨴而深黑色也。階隋，階道也。嶙峋，次級也。填以沙土，故其平如砥。虡，鐘格架也。夾陳，對布也。言相對布於長庭，雖風而無埃，雖雨而不潤也。

【王象乾文選删注】抰，烏浪切。振，章人切。黮，徒感切。䨴，徒對切。隋，述尹切。旅，衆也。閑，大也。暉，光輝。鑒，遠照。抰，中央。振，屋宇穩也。黮，深黑色。䨴亦黑也。隋，闌横也。嶙峋，山崖貌。墨子曰：聖王作爲宫室，邊足以御風寒，上足以待露。

【何焯義門讀書記】鐘簴夾陳。注「文昌殿前有鐘簴，其銘曰：維魏四年，歲在丙申，龍次大火，五月丙寅，作蕤賓鐘，又作無射鐘。建安二十一年七月，始設鐘簴于文昌殿前，所以朝會四方也」。按，魏四年者，操爲魏公之四年，於漢則獻帝之建安二十一年。是年五月，進操爵爲王，故設之以備朝會。

【杭世駿文選課虚】嶙峋，山崖之貌。黮，深黑色。直感切。䨴，亦黑也。徒感切。

【汪師韓文選理學權輿・前賢評論】顧炎武日知録曰：魏都賦劉良注：文昌殿前有鐘簴，其銘曰：惟魏四年，歲次丙申，龍次大火，五月丙寅，作蕤賓鐘。魏四年者，曹操爲魏公之四年，漢獻帝之建安二十一年也。

【汪師韓文選理學權輿・質疑】魏之宮闕。魏都賦所言，始自正殿，遞及南北東西，復自左而前而後而右，以及城池園囿邑屋市廛，再言府寺閭閻。苟無張孟陽舊注，後人將何所考耶？今取其注薈萃觀之，其正殿曰文昌殿，前值端門。端門之前，南當南止車門，又有東、西止車門。端門之外，東有長春門，西有延秋門。文昌殿前有鐘虡，其銘曰：惟魏四年，歲在丙申，龍次大火，五月丙寅，作蕤賓鐘，又作無射鐘，七月設鐘虡于文昌殿前。按，曹操以建安十八年自立爲魏公，二十一年自進魏王。魏四年丙申之五月，正自進爲王之月。先於十九年十二月，天子命于宮殿設鐘虡，至是年五月已爵爲王，乃鑄而設之也。文昌殿東有聽政殿，内朝所在也。聽政殿前聽政門，聽政門前升賢門，升賢門左崇禮門，右順德門，三門并南向。升賢門前宣明門，宣明門前顯陽門，顯陽門前有司馬門。升賢門内聽政闥，向外東入有納言闥、尚書臺。宣明門内升賢門外，東入有内醫署。顯陽門内宣明門外，東入最南有謁者臺閣，次中央符節臺閣，最北御史臺閣。三臺并别西向。符節臺東有丞相諸曹。聽政殿後有鳴鶴堂、楸梓坊、木蘭坊、文石室，後宮所止也。鳴鶴堂之前，次聽政殿之後，東西二坊之中央有温室，中有畫像讚。文昌殿西有銅爵園，園中有魚池堂皇。銅爵園西有三臺，中央有銅爵臺，南則金虎臺，北則冰井臺。銅爵臺有屋一百一間，金虎臺有屋一百九間，冰井臺有屋百四十五間，下有冰室。三臺與法殿，皆閣道相通。當司馬門南出，道西最北東向相國府，第二南行御史大夫府，第三少府卿寺。道東最北奉常寺，次南大農寺。出東掖門正東，道南西頭太僕卿寺，次中尉寺。出東掖門，宮東北行北城下，東入大理寺。宮内大社西郎中令府。城南有五營。鄴城内諸街有赤闕、黑闕，正當東西南北城門，最是其通街也。石竇橋在宮東，其水流入南北里。魏武帝時，堰漳水，在鄴西十里，名曰漳渠堰。東入鄴城，經宮中東出，南北二溝夾道，東行出城，所經石竇者也。長壽、吉陽二里在宮東，中當石竇，吉陽南入，長壽北入，皆貴里。元武苑在鄴城西，苑中有魚梁釣臺竹園，蒲萄諸果。鄴城西下有乘黄厩。白藏庫在西城下，有屋一百七十四間。鄴城南有都亭，城東亦有都道，北有大邸，起樓門臨道，建安中所立也。按，王沈魏書、魚豢魏略以及魏氏春秋、鄴都故事、鄴中記等書今皆不可得見。孟陽之注，洵爲詳備矣。至銅雀作於建安十五年，金虎作於十七年，冰井作於十八年。石虎重脩，其名未改。自北齊文宣帝受禪，乃改銅雀曰金鳳，改金虎曰聖應，改冰井曰崇光。是金即銅也，鳳即雀也。而此注乃云南有金鳳臺。張孟陽，晋人，不應詑北齊之名，且訛南北之位，此必李氏傳鈔之誤耳。

【余蕭客文選音義】陏何音順。抰鞅。振真。翰曰：抰振，屋内也。黕禫。黗隊。

【余蕭客文選紀聞】抰鞅。集韵六。振真。釋文八。黕敕咸、都甚二切。玉篇十一。黗徒對。類篇十中。屋霤也趙岐孟子章句十四。榱，椽也。題，頭也六臣。陏堅尹。類篇十四中。

【胡克家文選考异】暉鑒抰振。案：「抰振」當作「柍桭」，注同。各本皆訛。柍桭見甘泉賦，太冲用其語，彼不誤，可證也。

陼陏嶙峋。案：「陏」當作「楯」，善引應劭上林賦「宛虹杝於楯軒」句注可證。袁、茶陵二本所載五臣翰注云「陼陏，陼道上處」。蓋五臣改爲「陏」，而各本亂之。茶陵本并善注中字亦改爲「陏」，大誤。

注「深黑色也」。袁本、茶陵本無「深」字、「黑」字。

注「抵鍔嶙峋」。茶陵本「抵」作「柢」，袁本與此同。案：各本皆非也，當作「坻」。

【許巽行文選筆記】抰振。二字并從木，不從手。嘉德案，胡校亦云從木，各本皆訛。「柍桭」見甘泉賦。

階陏。依注作「楯」。嘉德案，五臣翰注作「陏」，此沿五臣耳。茶陵本并改善注「陏」，大誤。

鐘虡。説文：虡，鐘鼓之柎也。從虍，异象其下足。或作「鐻」，從金，豦聲。篆文作「虡」，從「虡」省。當爲「虡」。

【朱珔文選集釋】暉鑒柍桭今本二字俱誤從手。張注云：柍，中央也。桭，屋宇檼也。案，後甘泉賦：日月纔經於柍桭。注引服虔曰：柍，中央也。桭，屋梠也。「梠」即「檼」，與此注正合。説文無「桭」字，惟「宸」字云：屋宇也。段氏謂：屋者，以宫室上覆言之。宸謂屋邊。故古書言柍桭者，即棟宇也。西京賦：消氛埃於中宸。中宸即柍桭。韋昭注國語云：宸，屋霤也。宇，邊也。若玉篇引賈逵云：宸，室之奥者。當亦是國語注，而其説异矣。余謂，廣韵有兩「桭」字，一云屋梠，一云兩楹間。而「宸」字則云：天子所居。集韵：桭或作㮳。訓與廣韵同。其説又异。

【梁章鉅文選旁證】暉鑒抰振。「抰振」當作「柍桭」，各本皆誤。甘泉賦：日月纔經於柍桭。案兩「柍」皆當作「央」。詳甘泉賦下。

階陏嶙峋。「陏」當作「楯」。李注引上林賦「宛虹杝於楯軒」注可證。蓋五臣作「陏」，翰注亦可證。

注惟魏四年。何曰：魏之四年，於漢爲建安二十一年，是年進操爵爲王，故設鐘虡，以備朝會。

注柢鍔嶙峋。「柢」當作「坻」，各本皆誤。或作「抵」，益誤。

注墨子曰：聖王作爲宫室，邊足以御風寒，上足以待露。今墨子辭過篇「御」作「圉」。末句作「上足以待雪霜雨露」。此有誤脱。

【胡紹煐文選箋證】階陏嶙峋。注善曰：應劭上林賦注曰：楯，闌檻也。按：當作「楯」，與上林賦注合。翰注：階陏，階道上處。考説文、玉篇、廣韵無「陏」字，惟集韵收「陏」，云「階也」，蓋沿翰注之誤。

【高步瀛文選李注義疏】「柍振」，各本作「抰振」。胡曰：當作「柍振」，注同。各本皆訛。柍振，見甘泉賦，太冲用其語。彼不誤，可證也。案：梁、許説同，今據改。又案：王念孫謂甘泉賦「柍」當作「央」，本賦亦必作「央」。今作「柍」者，亦是傳寫之誤。特以各本作「柍」已久，故亦姑作「柍」字。○「楯」，各本作「陏」。非是。故曰：「陏」當作「楯」，善引應劭上林賦「宛虹拖於楯軒」句注可證。袁、茶陵二本所載五臣翰注云：階陏，階道上處。蓋五臣改爲「陏」。而各本亂之。茶陵本并善注中字亦改爲「陏」。大誤。胡紹煐曰：説文、玉篇、廣韵無「陏」字，惟集韵收「陏」，云階也。蓋沿翰注之誤。案：二胡氏説是，今據改。又案：袁本翰注但作「階陏上處」，脱「階道」二字。○説文曰：厎，柔石也。重文作砥。魯語下韋注曰：砥，平也。○「鍾」，袁、茶二本作「鐘」。古書多以「鍾」字爲之。「簴」，説文作「虡」，或體作「鐻」，又作「𧇖」。後人又加竹作「簴」。○周禮地官大司徒鄭注曰：津，潤也。李周翰曰：言長庭雖風而無埃，雖雨而不潤。○注引詩，見殷武。○本書甘泉賦曰：列宿迺施於上榮兮，日月纔經於柍振。注引服虔曰：柍，中央也。振，屋梠也。王念孫曰：「柍」當作「央」，今作「柍」者，因「振」字而誤加木旁耳。「振」，與「宸」同。説文：宸，屋宇也。即今人所謂屋檐。央振，謂半檐也。日月纔經於半檐，極言臺之高也。央振與上榮相對爲文，則「央」字不當作「柍」。服虔訓爲中央，則所見本亦必作「央」也。蕭該漢書音義曰：柍，於兩反。則所見本已訛作「柍」矣。西京賦曰：消雰埃於中宸。彼言中宸，猶此言央振，則「央」之不當作「柍」益明矣。説文：柍，梅也。於京切。玉篇於兩切。此即爾雅所謂時英梅者也，與央振之義無涉。集韵：柍，屋中央也。則爲誤本漢書所惑矣。案：王説甚析，則此賦央振亦謂半檐耳。○説文無「振」字。宀部曰：宸，屋宇也。宇，屋邊也。木部曰：楣，秦名屋櫋聯也。齊謂之产，楚謂之梠。故孟陽訓爲屋宇。説文木部又曰：檼，棼也。林部曰：棼，複屋棟也。爾雅釋宮曰：棟謂之桴。郭注曰：屋檼也。廣雅釋宮曰：檼，棟也。釋名釋宮室曰：檼，隱也。所以隱桷也。或謂之棟。棟，中也。居室之中也。是析言之，則複屋之棟謂之檼，渾言之，則凡棟亦謂之檼。然棟不可施於檐，則此注「屋宇」下不得綴以「檼」字。疑「屋宇」下有「一曰」二字。檼、振音近，故或以「振」爲「檼」耳。廣韵十七真有兩振字，真下振字曰：屋梠。辰下振字曰：兩楹間。疑即本張注爲説也。○「惟魏四年」，何焯曰：魏之四年，於漢爲建安二十一年。是年，進操爵爲王，故設鐘簴以備朝會。步瀛案：章樵古文苑卷十三王粲無射鐘銘注引劉逵魏都賦注，與此注同。而「二十一年」作「二十三年」，無「所以朝會四方也」七字。有「歲月并銘，各鑄於鐘之甬」十字。余蕭客文選紀聞謂：劉淵林注，南宋末尚有專本。雖未必然，然章引此必有所本。其或即張、劉二注异同之徵耶？余又曰：魏志唯書建安十九年十二月，天子命公宮殿設鐘簴。終太祖紀不書作文昌殿。據此注，殿作於建安十八年後，二十三年前。書此以補陳史、裴注之缺。步瀛案：二十三年「三」字實誤。章注曰：魏以建安十八年開國，二十一年正魏之四年，足證章不據二十三年也。○殷武毛傳曰：旅，陳也。鄭箋曰：以爲桷與衆楹。王先謙曰：釋詁：旅，陳。又，衆也。言陳列則必衆矣。傳訓爲陳，箋説爲衆，正以申傳，非异義。逸周書作雒篇旅楹，孔鼂注：旅，列也。列即陳也。○殷武孔疏引王肅曰：陳列其楹，有閑大貌。王先謙曰：今以魏都賦證之，肅義實本韓詩。○廣雅，見釋詁三。○玄應一切經音義引聲類無

「色」字。袁、茶二本無「深」字、「黑」字，非也。又慧琳音義九十八引文字集略曰：黷，黑貌。玉篇：黷，徒載切，不明貌。與黷字音義相近。○上林賦注引應劭曰：楯，欄檻也。此注各本作「横」字，誤。今依彼注校改。○「坻鍔」，尤本作「抵鍔」。胡曰：茶陵本「抵」作「柢」，袁本與此同。各本皆非也。當作「坻」。案：胡氏説是，今據西京賦校改。○嶙峋，互見西京賦鱗眴疏。○毛詩，見斯干。○墨子，見辭過篇。「御」作「圉」，字通假。又各本「露」上脱「雪霜雨」三字，今據墨子校補。

巖巖北闕，南端攸遵。竦峭雙碣，方駕比輪。西闢延秋，東啓長春。用覲群後，觀享頤賓。

【彙校】

「巖巖北闕」「闕」，明州本、贛州本、四庫本、叢刊本、正德本、陳八郎本、尤刻本、胡刻本、監本、九條本同。奎章閣本作「闕」。當作「闕」。

「南端攸遵」「攸」，奎章閣本、明州本、贛州本、四庫本、叢刊本、正德本、陳八郎本、九條本同。尤刻本作「逌」。胡刻本、監本作「逌」。今從「攸」。

■立群案：前漢五行志：彝倫逌叙。又地理志：酆水逌同。康熙字典：「逌」與「攸」同。余蕭客文選音義：「逌」與「攸」同。今從「攸」。

「竦峭雙碣」「雙」，四庫本同。奎章閣本、明州本、贛州本、叢刊本、正德本、陳八郎本、尤刻本、胡刻本、監本、九條本作「雙」。當作「雙」。

「用覲群後」「群」，奎章閣本、明州本、贛州本、四庫本、叢刊本、正德本、陳八郎本、尤刻本、胡刻本、監本、九條本作「羣」。當作「群」。

「觀亨頤賓」「觀」，奎章閣本、明州本、贛州本、四庫本、叢刊本、正德本、尤刻本、胡刻本、監本、九條本同。陳八郎本作「觀」。當作「觀」。「亨」，奎章閣本、四庫本、正德本同。明州本、贛州本、叢刊本、陳八郎本、尤刻本、胡刻本、監本、九條本作「享」。當作「享」。「頤」，奎章閣本、明州本、贛州本、四庫本、叢刊本、正德本、陳八郎本、尤刻本、胡刻本、監本、九條本作「頤」。當作「頤」。「賓」，奎章閣本、明州本、贛州本、四庫本、叢刊本、正德本、陳八郎本、尤刻本、胡刻本、監本、九條本作「賔」。當作「賓」。

【彙注】

【李善注】劉曰：文昌殿前值端門，端門之前，南當南止車門，又有東西止車門，端門之外，東有長春門，西有延秋門。文昌殿，所以朝會賓客，享四方。善曰：德陽殿賦曰：朱闕巖巖。凡南方正門，皆謂之端。春秋説題辭曰：血書魯端門。西京賦曰：圓闕竦以造天，若雙闕之相望。毛萇詩傳曰：覲，見也。尚書曰：肆覲群後。周易曰：觀頤，觀其所養也。頤養，亦享也。故曰觀享頤賓。許兩切。

【五臣注】翰曰：巖巖，高也。南端，正南門也。攸，所。遵，法也。言南端法於北闕也。竦峭，猶峻高也。碣，立也。方駕比輪，言并車也。門廣大可并車而行。銑曰：闢，啓，皆開也。延秋、長春，二門名。向曰：於此門用朝百辟諸侯也。頤，養也。賓，客也。又於此觀亨，養賓客也。

【張鳳翼文選纂注】巖巖，高也。南端，正南門也。凡南方正門皆謂之端。攸遵，所法也。言南端法北闕也。竦峭，猶峻高也。碣，門旁石柱也。方駕比輪，言并車也。門高大可并車而行也。闢、啓，皆開也。延秋、長春，二門名。於此門朝諸侯，享賓客。頤，養也。

【王象乾文選删注】南端，正南門也。攸遵，南端法北闕。碣，立也。比輪，并車也。門廣大可并車。延秋、長春，二門名。

【陳景雲文選舉正】巖巖北闕。注「若雙闕之相望」。「闕」，舊本作「碣」。

【余蕭客文選音義】逌與「攸」同。注止車。何曰：諸本皆作「上車」。

【余蕭客文選紀聞】逌攸。廣韵二。

【胡克家文選考异】注「德陽殿賦曰」。何校「德」上添「李尤」二字，是也。各本皆脱。

注「西京賦曰」下至「若雙闕之相望」。袁本、茶陵本無此十六字。

【梁章鉅文選旁證】南端逌遵。注南當南止車門，又有東、西止車門。六臣本「逌」作「攸」。兩「止車」并作「上東」，誤。

注德陽殿賦曰。何校：「德」上添「李尤」二字。各本皆脱。

【高步瀛文選李注義疏】五臣「逌」作「攸」。此作「逌」者。即「攸」之借字。書禹貢灃水攸同，漢書地理志作「逌」。書洪範彝倫攸叙，漢書五行志上作「逌」。漢書叙傳幽通賦曰：枲取吊于逌吉兮。顔注曰：「逌」，古「攸」字也。攸亦所也。本書幽通賦李善注曰：逌，所也。○梁曰：六臣本兩「止車」

并作「上東」，誤。胡曰：德陽殿賦曰：何校「德」上添「李尤」兩字，是也。各本皆脱。步瀛案：又見藝文類聚居處部二引。又案：廣雅釋訓曰：巖巖，高也。○正門爲端門，已見西京賦薛注。又景福殿賦注曰：凡正門皆謂之端門，亦可證也。春秋説題辭亦互見。景福殿賦司馬紹統贈山濤詩注、太平廣記卷一百四十一、藝文類聚祥瑞部上引「端門」上無「魯」字，玉海卷一百六十九宫室引説題辭：端門列於魯城南四門。案：左傳莊三十一年杜注曰：稷門，魯南城門。又經僖二十年：新作南門。杜注曰：魯城南門也，本名稷門。僖公更高大之，令猶不與諸門同，改名高門也。孔疏曰：魯城南門三門，隱公元年開一門，故今南有四門。玉海引荀子哀公篇：君出魯之四門，以望四郊。證魯南有四門。然荀子明言四郊，則所謂四門，當指四方之門，而不專屬南方矣。水經泗水注謂稷門亦曰雩門，亦誤。春秋大事表七之一曰：魯正南門曰稷門，亦謂之高門。南之右曰雩門，南城西門也，面臨雩水，因名。莊十年，公子偃自雩門竊出犯宋師，即此。梁履繩左通補釋三亦曰：稷門乃魯正南門，故僖二十年稱爲南門。杜氏謂即高門，又名南高門。見家語子路初見篇。蓋南城三門，正南曰稷門，南城西曰雩門，其東曰鹿門。公羊閔二年傳注曰：鹿門，魯南城東門也，不得以稷門爲雩門矣。步瀛案：端門既爲正門，則不當即稷門。不得稷門外更有端門。疑玉海亦誤也。且此所謂端門者，當屬朝門，非城門。禮記明堂位鄭注曰：天子五門：皋、庫、雉、應、路。魯有庫、雉、路。周禮天官閽人賈疏曰：魯有三門。雉門有兩觀，爲中門。則所謂魯端門者，其或即雉門歟？○詩毛傳，見韓奕。○尚書，見舜典。○周易，見頤象傳。○享、養音訓，廣雅釋詁一曰：享，養也。與李注義合。説文字作「亯」，曰：獻也。段注曰：按周禮用字之例，凡祭亯用「亯」字，凡饗燕用「饗」字。禮經十七篇，「亯君」字作「亯」，「尚饗」字作「饗」。小戴記凡祭宫、饗燕字皆作「饗」無作「亯」者。左傳則皆作「亯」，無作「饗」者。毛詩之例，則獻於神曰

「亯」，神食其所亯曰「饗」，蓋本書固尔，非由後人改竄。朱駿聲說文通訓定聲卷十八曰：亯與饗別。亯，神道也。饗，人道也。「亯」假借爲「饗」。左莊四年傳：止而亯。注：食也。○振、遵、輪、春，古音諄部。峋、陳、津、賓，真部。通轉爲韵。

左則中朝有赩，聽政作寢。匪樸匪斫，去泰去甚。木無雕鎪，土無綈錦。玄化所甄，國風所稟。

【彙校】

「聽政作寢」 「聽」，奎章閣本、明州本、贛州本、四庫本、叢刊本、陳八郎本、尤刻本、胡刻本、監本、九條本同。正德本作「聽」。當作「聽」。

「去泰去甚」 「泰」，明州本、贛州本、四庫本、正德本、陳八郎本、尤刻本、胡刻本、監本同。奎章閣本作「桊」。叢刊本、九條本作「泰」。當作「泰」。

「木無雕鎪」 「雕」，奎章閣本、明州本、贛州本、四庫本、叢刊本、正德本、陳八郎本、尤刻本、胡刻本、監本、九條本作「彫」。當作「雕」。

「土無締錦」 「土」，明州本、贛州本、四庫本、叢刊本、陳八郎本、胡刻本、監本、九條本同。奎章閣本、正德本、尤刻本作「圡」。當作「土」。「締」，奎章閣本、明州本、贛州本、四庫本、叢刊本、正德本、陳八郎本、九條本同。尤刻本、胡刻本、監本作「綈」。當作「締」。

▌**立群案**：善曰：西京賦曰：木衣綈錦。説文曰：綈，厚繒也。五臣銑曰：土無締錦，言土工不文飾也。據注，是李善本作「綈」，五臣本作「締」。西京賦曰：木衣綈錦，土被朱紫。與此賦語境不同。斟酌賦意，此處當以五臣本爲準地。作「締」是也。

「玄化所甄」 「所」，四庫本同。奎章閣本、贛州本、陳八郎本作「所」。明州本、叢刊本、尤刻本、胡刻本、監本、九條本作「所」。正德本作「所」。當作「所」。

「國風所稟」 「所」，四庫本同。奎章閣本、贛州本、陳八郎本作「所」。明州本、叢刊本、尤刻本、胡刻本、監本、九條本作「所」。正德本作「所」。當作「所」。「稟」，明州本、四庫本、尤刻本同。奎章閣本、正德本、陳八郎本作「稟」。贛州本、叢刊本、胡刻本、九條本作「稟」。監本作「稟」。當作「稟」。

【彙注】

【李善注】綈音題。劉曰：中朝，内朝也。漢氏大司馬、侍中、散騎諸吏爲中朝，丞相六百石以下爲外朝也。文昌殿東有聽政殿，内朝所在也。墨子曰：堯之爲君，采椽不斫。晏子春秋曰：明堂之制，下之濕潤不能及也，上之寒暑不能入也。土事不文，木事不鏤，示民知節也。老子曰：去甚去泰。爾雅曰：鏤，鍥也。善曰：毛萇詩傳曰：赩，赤貌。尚書曰：既勤樸斫。孔安國曰：樸，治；斫，削也。西京賦曰：木衣綈錦。説文曰：綈，厚繒也。蔡雍陳留太守頌曰：玄化洽矣，黔首用寧。漢書音義，如淳曰：陶人作瓦器，謂之甄。吉然反。毛詩序曰：一國之事，係一人之本，謂之風。

【五臣注】鏤，所留反。綈音題。甄，經延反。翰曰：赩，光也。言中朝衣冠盛赩而有光也。寢，正殿也。匪，非也。言此殿非樸非斫，去泰去甚。言取中法，不以奢侈爲務。銑曰：鏤，鏤也。爲木不雕鏤也。土無綈錦，言土工不文飾也。玄，聖。甄，成也。言皆聖化所成。國風所稟，謂儉約稟於國風也。國風詩以美儉也。

【張鳳翼文選纂注】鏤，所留切。綈音題。中朝，内朝也。漢氏大司馬、侍中、散騎諸吏爲中朝。赩，光也。言中朝衣冠有光也。文昌殿東有聽政殿。去泰去甚，言得中不務奢侈也。鏤，雕鏤也。綈錦，文飾也。甄，成也。言皆聖化所成也。國風詩以美儉也。

【王象乾文選删注】鏤，所留切。赩，赤貌。文昌殿東有聽政殿，内朝所在。漢氏大司馬、侍中、散騎諸吏爲中朝，丞相六百石以下爲外朝也。晏子春秋曰：明堂之制，下之溼潤不能及也，上之寒暑不能入也。土事不文，木事不鏤，示民知節也。

【陳景雲文選舉正】土無綈題錦。舊本「題」字側注。

【杭世駿文選課虚】蔡邕陳留太守頌：玄化洽矣，黔首用寧。曹植責躬詩：玄化滂流。七啟：玄化參神。又作玄澤。應貞晋武帝華林園集詩：玄澤滂流。

【余蕭客文選音義】甚上聲。甄春秋命歷叙注音稽、博雅釋文音真、文選釋文音堅。

【余蕭客文選紀聞】赩喜力。玉篇二十一。

【胡克家文選考异】注「内朝所在也」。袁本、茶陵本「所在」作「存」。案：此尤改也。注「蔡雍陳留太守頌曰」。袁本、茶陵本「蔡」上有「玄化自此陶甄而成國風於是有稟承也」十六字。案：有者是也。尤誤脱去。

注「漢書音義如淳曰」。袁本、茶陵本作「如淳漢書注曰」。案：此亦尤改也。

【許巽行文選筆記】綈題。土無綈題錦。案，「題」字衍，削。

【朱珔文選集釋】中朝有艴。善注引毛萇詩傳曰：艴，赤貌也。案：此與後琴賦「瑶瑾翕艴」，注引詩傳「艴，赤色貌」同。今詩無「艴」字，惟采芑篇「路車有奭」。毛傳：奭，赤貌。又瞻彼洛矣「韎韐有奭」，釋文亦云「奭，赤貌」。而白虎通引詩「奭」作「艴」，故此注遂以「艴」爲「奭」，而云「赤貌」也。「艴」字，説文在新附中。

【梁章鉅文選旁證】國風所稟。銑注：謂儉約稟於國風也。國風，詩所以美儉也。案左氏傳，爲之歌魏曰：美哉，大而婉，險而易行。史記「險」作「儉」，古字通用。此銑注所本。與上文「匪樸匪斫」四語，意亦連屬，宜與善注并存。六臣本載李注「蔡雍陳留」上有「元化自此陶甄而成，國風於是有稟承也」十六字，此本誤説。

注毛萇詩傳曰：艴，赤貌也。朱氏珔曰：詩無「艴」字。惟「路車有奭」，毛傳：「奭，赤貌」，又「韎韐有奭」，釋文亦云：「奭，赤貌」。而白虎通引「奭」作「艴」，故此注遂以「艴」爲「奭」也。「艴」字説文在新附中。

【胡紹煐文選箋證】左則中朝有艴。注善曰：毛萇詩傳曰：艴，赤貌也。朱氏珔曰：詩無「艴」字，惟「路車有奭」，毛傳「奭，赤貌」，又「韎韐有奭」，釋文亦云「奭，赤貌」。而白虎通引「奭」作「艴」，故此注遂以「艴」爲「奭」也。紹煐按：毛詩俱不作「艴」，此注當有「艴與奭同」四字，今脱去。

【高步瀛文選李注義疏】注「六百石以下」當作「以下至六百石」。漢書劉輔傳注引孟康曰：中朝，內朝也。大司馬、左右前後將軍、侍中、常侍、散騎諸吏爲中朝。丞相以下至六百石爲外朝也。此注「丞相以下」云云，蓋誤。當與孟康同。○「內朝所在也」，胡曰：袁本、茶陵本「所在」作「存」。○墨子，已見東京賦。○晏子春秋，見內篇諫下。今本「濕潤」作「潤濕」。大戴禮盛德篇孔鼂注引同。白帖十一及路史後紀三引并作「燥濕」。○老子河上公注曰：甚謂貪淫聲色，泰謂宮室臺榭。○爾雅，見釋器。○詩毛傳，本書琴賦注引同。今詩毛傳無之。朱珔曰：此與琴賦瑤瑾翕赩注引詩傳「赩，赤色貌」同。今詩無「赩」字，惟采芑篇路車有奭，毛傳：奭，赤貌。又瞻彼洛矣韎韐有奭，釋文亦云：奭，赤貌。而白虎通引詩「奭」作「赩」，故此注遂以「赩」爲「奭」，而云赤貌也。「赩」字，說文在新附中。胡紹煐曰：按毛詩俱不作「赩」，此注當有「赩與奭同」四字，今脱去。步瀛案：如胡枕泉說，則注中「赩」字宜作「奭」。又案：白虎通，見爵篇。○尚書及僞孔傳，見梓材。○說文見糸部。○「玄化」以下十六字，尤本無，今依袁、茶二本增。張銑曰：謂儉約稟於國風也。國風，詩所以美儉也。梁曰：左氏傳，爲之歌魏曰：美哉，大而婉，險而易行。史記「險」作「儉」，古字通用。此銑注所本，與上文「匪樸匪斫」四語意亦連屬，宜與善注并存。案：左傳見襄二十九年。○陳留太守頌，藝文類聚職官六引作陳留太守行小黃縣頌。○「漢書音義如淳曰」，胡曰：袁本、茶陵本作「如淳漢書注曰」。步瀛案：董仲舒傳顏注曰：甄，作瓦之人也。蓋印本如淳注。○毛詩序，見關雎。○寢、甚、錦、稟，古音侵部。

於前則宣明、顯陽，順德、崇禮。重闈洞出，鏘鏘濟濟。珍樹猗猗，奇卉萋萋。蕙風如薰，甘露如醴。

【彙校】

「於前則」　「於」，奎章閣本、明州本、贛州本、四庫本、叢刊本、陳八郎本、尤刻本、胡刻本、監本、九條本同。正德本作「扵」。當作「於」。

「宣明顯陽」　「明」，奎章閣本、明州本、贛州本、四庫本、叢刊本、陳八郎本、尤刻本、胡刻本、監本、九條本同。正德本作「明」。當作「明」。「陽」，奎章閣本、贛州本、正德本、尤刻本、胡刻本、監本、九條本作「陽」。明州本、四庫本、叢刊本、陳八郎本作「陽」。當作「陽」。

「順德崇禮」　「順」，奎章閣本、明州本、贛州本、四庫本、叢刊本、正德本、陳八郎本、尤刻本、胡刻本、本、九條本同。監本作「慎」。當作「順」。「德」，明州本、贛州本、叢刊本、陳八郎本、胡刻本、監本、九條本同。奎章閣本、四庫本、正德本、尤刻本作「德」。當作「德」。

立群案：易升：象曰：地中生木，升。君子以順德，積小以高大。孔穎達疏：地中生木始於毫末，終至合抱。君子象之以順行其德，積其小善以成大名。國語晋語九：順德以學子，擇言以教子，擇師保以相子。周禮地官大司徒：以賢制爵，則民慎德。淮南子繆稱訓：慎德大矣，一人小矣，能善小斯能善大矣。是「順德」「慎德」俱有據。今從「順德」。

「重闈洞出」 「闈」，奎章閣本、明州本、贛州本、四庫本、叢刊本、陳八郎本、尤刻本、胡刻本、監本、九條本同。正德本作「闈」。當作「闈」。「出」，奎章閣本、明州本、贛州本、四庫本、叢刊本、正德本、陳八郎本、尤刻本、胡刻本、監本同。九條本作「出」。當作「出」。

「鏘鏘濟濟」 「鏘鏘」，奎章閣本、正德本作「鋝鋝」。明州本、贛州本、四庫本、叢刊本、陳八郎本、尤刻本、胡刻本、監本、九條本作「鋝鋝」。當作「鏘鏘」。「濟濟」，奎章閣本、四庫本同。明州本、贛州本、叢刊本、正德本、陳八郎本、尤刻本、胡刻本、監本、九條本作「濟濟」。當作「濟濟」。

「珍樹猗猗」 「珍」，明州本、贛州本、四庫本、叢刊本、正德本、陳八郎本、尤刻本、胡刻本、監本、九條本同。奎章閣本作「珎」。當作「珍」。「樹」，明州本、贛州本、四庫本、叢刊本、陳八郎本、胡刻本、監本、九條本同。奎章閣本、正德本、尤刻本作「樹」。當作「樹」。「猗猗」，四庫本同。奎章閣本、明州本、贛州本、叢刊本、正德本、陳八郎本、尤刻本、胡刻本、監本、九條本作「猗猗」。當作「猗猗」。

「奇卉萋萋」 「奇」，四庫本同。奎章閣本、明州本、贛州本、叢刊本、正德本、陳八郎本、尤刻本、胡刻本、監本、九條本作「竒」。當作「奇」。

「蕙風如薰」 「蕙」，明州本、贛州本、四庫本、叢刊本、正德本、陳八郎本、尤刻本、胡刻本、監本、九條本同。奎章閣本作「蕙」。當作「蕙」。「薰」，奎章閣本、明州本、贛州本、四庫本、叢刊本、正德本、陳八郎本、尤刻本、胡刻本、監本、九條本作「薫」。當作「薰」。

【彙注】

【李善注】劉曰：聽政殿前聽政門，聽政門前升賢門。升賢門左崇禮門，崇禮門右順德門，三門并南向。升賢門前宣明門，宣明門前顯陽門，顯陽門前有司馬門。闈，守門也。周官，闈人守王門。爾雅曰：宫中之門謂之闈。洞，達也。南北外内、東西左右掖門，皆洞達相通。善曰：禮記曰：大夫濟濟，庶士鏘鏘。毛萇詩傳曰：猗猗、萋萋，茂盛貌也。音此禮切，叶韵。東京賦曰：惠風横被。邊讓帝臺賦曰：惠風如春施。家語，舜曰：南風之薰兮。王肅曰：薰，風至之貌也。論衡曰：甘泉味如飴蜜，王者太平則降。鄭玄周禮注曰：醴，今甜酒。

【五臣注】萋，此禮反，叶韵。良曰：四者皆門名。闈，宫門也。洞，通也。言宫重重，與諸門相通而出。鏘鏘濟濟，衣冠盛貌。銑曰：猗猗萋萋，草樹盛貌。蕙，香草也。焚香曰薰，言草樹之香，風傳之如火焚香也。甘露，函草樹之上，漬其香芬，如酒醴之香氣。

【張鳳翼文選纂注】萋，叶。宣明四者皆門名。闈，宫門也。洞，達也。言宫重重，與諸門相通而出。鏘鏘濟濟，盛貌。猗猗萋萋，草樹盛貌。蕙，香草也。焚香曰薰。言草樹之香，風傳之如火焚香也。甘露，露凝草樹之上，如酒醴之穠也。

【王象乾文選删注】以上四门名。論衡曰：甘泉味如飴蜜，王者太平則降。

【陳景雲文選舉正】蕙風如薰。「蕙」，舊本作「惠」。又注「帝臺賦」，「帝」當作「章華」。見第十一卷游天台賦注。

【余蕭客文選音義】萋善叶，此禮切。注宣明門内有升賢門。何曰：宋本「升賢門」下有「内」字，然此四字疑衍。

【余蕭客文選紀聞】萋此禮。集韵五。

【孫志祖文選考異】蕙風如薰。潘校「蕙」改「惠」。志祖按，據善注引張衡及邊讓賦語，當作「惠」

字。張銑注：蕙，香草也。蓋五臣本作「蕙」耳。

【胡克家文選考异】蕙風如薰。何引潘校「蕙」改「惠」。案：所校是也，善注可證。袁、茶陵二本所載五臣銑注云「蕙，香草」，是五臣改爲「蕙」而各本亂之。

注「聽政殿聽政殿門」。袁本、茶陵本此七字作「聽政殿前」四字。案：各本皆非也。當作「聽政殿前聽政闥」七字爲一句。

注「聽政門前升賢門」。案：上「門」字當作「闥」，下節注云「升賢門内聽政闥外」，與此相承接，各本皆訛。

注「崇禮門右順德門」。案：「崇禮門」三字不當有，乃誤複上文。各本皆衍。

注「顯陽門前有司馬門」。袁本、茶陵本無「顯陽」二字。

注「闥守門也」下至「守王門」。袁本、茶陵本無此十一字。

注「音此禮切」下至「惠風横被」。袁本、茶陵本無此十四字。

注「邊讓帝臺賦曰」。何校「帝」改「章華」二字，陳同，是也。各本皆誤。

【許巽行文選筆記】蕙風。依注作「惠風」。

【朱珔文選集釋】鏘鏘濟濟。善注引禮記曰：大夫濟濟，庶士鏘鏘。案，「庶」爲衍字，今禮記無之。「鏘鏘」作「蹌蹌」。釋文：「蹌」本又作「鶬」，或作「鏘」，同前。吴都賦劉注：鏘鏘，行步貌。蓋亦以「鏘鏘」爲「蹌蹌」矣。依説文「蹡爲行貌」，當作「蹡」。「鶬」「鏘」皆同音借字。蹌從足，訓動，義得與蹡通也。

【梁章鉅文選旁證】蕙風如薰。何校：「蕙」改「惠」。依李注引邊讓賦作「惠」爲是。銑注：蕙，香草也。是五臣作「蕙」耳。

注聽政殿聽政殿門，聽政門前升賢門。　胡公考异曰「聽政殿聽政殿門」，當作「聽政殿前聽政闥，聽政闥前升賢門」，下節注「升賢門内聽政闥外」云云可證。孫氏義鈞曰：按下注專叙官寺，皆東入以避南鄉殿門。下注云：升賢門内聽政闥外，東入，有納言闥，以釋賦文「連闥」，與下臺署皆東入，疑聽政闥本是「門」字，緣賦文及注「納言闥」致誤。而此注「聽政殿前聽政門」句自不誤也。以下注宣明門内升賢門外，東入内醫署。顯陽門内宣明門外，東入，最南有謁者臺閣句例之，皆以内外門指稱，益可推證連者臺闥相連，不得因與南鄉之闥并舉，而亂於東入之署屋也。

注升賢門左崇禮門，崇禮門右順德門，三門并南向。　胡公考异曰：「崇禮門」三字，不當重。各本皆衍。

注庶士鏘鏘。　「庶」字不當有。朱氏珔曰：鏘鏘，今禮記作「蹌蹌」。釋文：蹌，本又作「鶬」，或作「鏘」，同。本書吴都賦注：鏘鏘，行步貌。亦以「鏘鏘」爲「蹌蹌」。依説文「⿺走將爲行貌」，當作「⿺走將」。蹌，訓動，亦借字也。

注邊讓帝臺賦曰。　何校：「帝」改「章華」。陳同。各本皆誤。

【胡紹煐文選箋證】蕙風如薰。注善曰：邊讓章臺賦曰：惠風如春施。旁證云：何校「蕙」改「惠」，依善注引邊讓賦作「惠」爲是。銑注：蕙，香草也。是五臣作「蕙」耳。紹煐按：本書琴賦「惠風流其間」，善引邊賦與此注同。此「惠風」與下「甘露」對，猶琴賦「惠風」與上「清露」對耳。

【高步瀛文選李注義疏】「惠」，各本作「蕙」。胡曰：何引潘校「蕙」改「惠」，案：所校是也，善注可證。袁、茶陵二本所載五臣銑注云：蕙，香草。是五臣改爲「蕙」，而各本亂之。胡紹煐曰：本書琴賦惠風流其間，善引邊賦與此注同。此惠風與下甘露對，猶琴賦惠風與上清露對耳。朱銘曰：按尸子仁意篇，祥風、瑞風，一名景風，一名惠風。「蕙」當作「惠」，「薰」字對下「如醴」，亦承上珍樹奇卉言之，則薰當爲香草。謂樹卉之間，風至如香草之薰，露降如甘酒之醴也。案：尸子見御覽天部十九引，不言篇名。下文春爲發生云云，與爾雅釋天邢疏引仁意篇同。故知亦仁意篇之文也。○梁曰：段校云：史記淮陰侯列傳裴駰注引劉逵注：醳，酒也。今注無。步瀛案：此亦可爲本賦乃張注之證。○「聽政殿前聽政門」，尤本「殿」字下奪「前」字，「門」上衍「殿」字，今依毛本。胡克家謂：依下注，「聽政門」當作「聽政闥」，下同。旁證引孫義鈞曰：按下注專敘官寺，皆東入以避南鄉殿門。下注云升賢門内聽政闥外，東入，有納言闥，以釋賦文「連闥」，與下臺署皆東入，疑聽政闥本是「門」字，緣賦文及注納言闥致誤。而此注「聽政殿前聽政門」，句自不誤也。以下注宣明門内升賢門外，東入，内醫署。顯陽門内宣明門外，東入，最南有謁者臺閣句例之，皆以内外門指稱，益可推證連者臺闥相連，不得因與南鄉之闥并舉，而亂於東入之署屋也。○「聽政門前升賢門，升賢門左崇禮門」，袁、茶二本不複「聽政門」「升賢門」六字，袁本「右」作「左」，皆非。○「升賢門左崇禮門」下，尤本、毛本複「崇禮門」三字，蓋誤衍。今依袁、茶二本。○「顯陽門前有司馬門」，袁、茶二本無「顯陽」二字，非是。○周禮，見天官，又序官。鄭注曰：閽人，司晨昏以啓閉者。○爾雅，見釋宫。○淮南原道篇高注曰：洞，達也。與此注同。○禮記，見曲禮下。朱珔曰：「庶」爲衍字，今禮記無之。「鏘鏘」作「蹌蹌」。釋文：「蹌」本又作「鶬」，或作「鏘」，同前。吴都賦劉注：鏘鏘，行步貌。蓋亦以「鏘鏘」爲「蹌蹌」矣。依説文，蹩爲行貌，當作「蹩」。「鶬」「鏘」皆同音借字。蹌從足，訓動，義得與蹩通也。○詩淇奥毛傳曰：猗猗，美盛貌。不宜與葛覃傳萋萋，茂盛貌合爲一。「猗猗」下疑本有「美盛貌」三字，傳寫誤脱耳。○「音此禮切」至「惠風横被」，胡曰：袁本、茶陵本無此十四字。○叶韵説已見東都賦疏。○東京賦見前。○「章華臺」各本誤作「帝臺」，今依何氏、陳氏校改。○後漢書文苑邊讓傳載此賦作「惠風春施」。各本「惠風」下誤衍「如」字，并校删。○家語，見辨樂篇，「舜」下當有「詩」字。○論衡，見是應篇。○周禮，見天官酒正，曰：辨五齊之名，二曰醴齊。鄭注曰：醴，猶體也。成而汁滓相將，如今恬酒矣。賈疏曰：於五齊中爲恬，故以恬酒況之。案鄭注所謂恬酒者，猶今言酒性平和，非謂甜美也。各本作「甜」字亦非，今校改。○禮、濟、萋、醴。古音脂部。

禁臺省中，連闥對廊。直事所由，典刑所藏。藹藹列侍，金蜩齊光。詰朝陪幄，納言有章。亞以柱後，執法内侍。符節謁者，典璽儲吏。膳夫有官，藥劑有司。肴醳順時，腠理則治。

【彙校】

「禁臺省中」「臺」，明州本、贛州本、四庫本、叢刊本、陳八郎本、尤刻本、胡刻本、監本、九條本同。奎章閣本作「臺」。正德本作「臺」。當作「臺」。

「連闉對廊」　「闉」，明州本、四庫本、九條本同。奎章閣本、贛州本、叢刊本、正德本、陳八郎本、尤刻本、胡刻本、監本作「闉」。當作「闉」。

「直事所由」　「所」，四庫本同。奎章閣本、正德本作「所」。明州本、叢刊本、監本、九條本作「所」。贛州本、陳八郎本、尤刻本、胡刻本作「所」。當作「所」。「由」，奎章閣本、明州本、正德本、陳八郎本同。贛州本、四庫本、叢刊本、尤刻本、胡刻本、監本、九條本作「繇」。今從「由」。

■立群案：作「從，自」義時，「由」「繇」通。爾雅釋水：繇膝以下爲揭，繇膝以上爲涉。郭璞注：繇，自也。陸德明釋文：「繇」，古「由」字。漢書陳勝項籍傳贊：政繇羽出。顔師古注：「繇」與「由」同。史記孝文本紀：禍自怨起，而福繇德興。「繇」亦與「由」通。今從「由」。

「典刑所藏」　「所」，四庫本同。奎章閣本、正德本作「所」。明州本、叢刊本、監本、九條本作「所」。贛州本、陳八郎本、尤刻本、胡刻本作「所」。當作「所」。「藏」，明州本、贛州本、四庫本、叢刊本、陳八郎本、尤刻本、胡刻本、監本、九條本同。奎章閣本、正德本作「藏」。當作「藏」。

「藹藹列侍」　「藹藹」，奎章閣本、明州本、贛州本、四庫本、叢刊本、正德本、陳八郎本、尤刻本、胡刻本、監本同。九條本作「藹」。當作「藹藹」。

■立群案：詩大雅卷阿：藹藹王多吉士。劉向九歎逢紛：讒夫藹藹而漫著兮，曷其不舒予情。或爲賦語所本，與賦「藹藹」皆作「盛多貌」。諸本多作「藹藹」，是也。

「金蜩齊光」　「齊」，四庫本同。奎章閣本、明州本、贛州本、叢刊本、正德本、陳八郎本、尤刻本、胡刻本、監本、九條本作「齊」。當作「齊」。

「藥劑有司」　「劑」，奎章閣本、明州本、四庫本、叢刊本、正德本同。贛州本、陳八郎本、尤刻本、胡刻本、監本、九條本作「劑」。當作「劑」。

「肴醳順時」「肴」，明州本、贛州本、四庫本、叢刊本、正德本、陳八郎本、尤刻本、胡刻本、監本同。奎章閣本、九條本作「肴」。當作「肴」。

「腠理則治」「腠」，明州本、贛州本、四庫本、叢刊本、正德本、陳八郎本、尤刻本、胡刻本、監本、九條本同。奎章閣本作「腠」。當作「腠」。

【彙注】

【李善注】醳音亦。劉曰：升賢門内聽政闥，向外東入有納言闥、尚書臺。宣明門内升賢門，升賢門外東入有内醫署。顯陽門内宣明門外東入最南有謁者臺閣，次中央符節臺閣，最北御史臺閣，三臺并别西向。符節臺東有丞相諸曹。善曰：魏武集，荀欣等曰：漢制，王所居曰禁中。諸公所居曰省中。淮南子曰：連闥通房，人所安也。直事，若今之當直也。蔡邕獨斷曰：直事尚書一人，典刑。周禮六典八刑也。建安十八年，始置侍中、中尚書御史、符節、謁者。金蜩，金蟬。蔡邕獨斷曰：侍中、常侍皆冠惠文，加貂附蟬。左氏傳曰：詰朝將見。杜預曰：詰朝，平旦也。周禮曰：幕人掌幄帟。鄭玄曰：王所居之帳也。尚書舜典曰：龍，命汝作納言。應劭漢書注曰：納言，如今尚書官，王之喉舌也。毛詩曰：出言有章。漢書音義曰：柱後，以鐵爲柱，今法冠是。如淳曰：御史冠也。符節掌璽，故云典璽。漢有尚符璽。謁者受事，故曰儲吏。漢書，謁者掌讚受事。周禮：膳夫，上士。又曰：醫師掌毒藥，共醫事。鄭玄周禮注曰：劑，和也。又禮記注曰：舊醳之酒，謂昔酒也。呂氏春秋，伊尹曰：用新去陳，腠理遂通。高誘曰：腠理，肌脉也。

【五臣注】醳音亦。銑曰：禁臺省中，丞相諸曹司也。闥，門也。直事，謂寓直之類。言禁臺省中寓直之所由出入。典籍刑法之所藏蓄也。翰曰：藹藹，多盛貌。蜩，蟬也。漢官儀，侍中、常侍，冠皆飾金蟬。故曰齊光詰朝。納言，喉舌之官。早朝陪侍天子帷幄，出納喉舌，皆成其文章，爲天下儀軌楷式。翰曰：亞，次也。柱後，御史官，執法内侍，天子以察人過。符節，掌符契旌節。謁者，通事者。典璽儲吏，掌天子印璽。向曰：膳夫，掌食之官。藥劑，主藥品之職。醳，醇酒。言食與酒各随時而進之。藥劑治腠理之疾。腠理者，皮膚間也。

【張鳳翼文選纂注】醳音亦。禁臺省中，丞相諸曹司也。闥，門也。直事，謂寓直之類。言禁臺省中寓直之所由出入。典刑之所藏畜也。藹藹，多盛貌。蜩，蟬也。漢官儀，侍中、常侍，冠皆飾金蟬。詰朝，平旦也。納言，喉舌之官。有章，成其文章也。亞，次也。柱後，御史官也。執法内侍，天子以察人過者。符節，掌符契旌節。謁者，通事也。典璽儲吏，掌天子印璽。膳夫，掌食之官。藥劑，主藥品之職。醳，醇酒。言食與酒各順時而進之。藥劑治腠理之疾。腠理者，皮膚間。淺言之也。扁鵲傳：有病在腠理。

【王象乾文選删注】典刑，六典八刑。升賢門内聽政闥，向外東入有納言闥、尚書臺。宣明門内升賢門，内升賢門外東入有内醫署。顯陽門内宣明門，外東入最南有謁者臺閣，次中央符節臺閣，最北御史臺閣，三臺并别西向。符節臺東有丞相諸曹。荀欣等曰：漢制，王所居曰禁中。諸公所居曰省中。蔡邕獨斷曰：直事尚書一人。漢有尚符璽。禮記注曰：舊醳之酒，謂昔酒也。

【陳景雲文選舉正】禁臺省中。注重出「升賢門内」，四字疑衍。

【余蕭客文選音義】醳舊音亦。徐邈周禮音：醳音昔。司去。腠凑。注曰禁中。諸公所居。六臣本善注無。

【余蕭客文選紀聞】醳尸石。玉篇三十。滕湊。廣韻四。

【胡克家文選考异】注「聽政闥向外」。袁本、茶陵本無「向」字。案：無者最是，四字爲一句。

注「宣明門内升賢門升賢門外」。案：「升賢門」三字不當重。「宣明門内」四字爲一句，與上之「升賢門内」、下之「顯陽門内」句例同也。「升賢門外」四字爲一句，與上之「聽政闥外」、下之「宣明門外」句例同也。又袁本上「升賢門」下有「而」字，茶陵本有「内」字。何校云然此四字疑衍，陳同，是矣。

注「禁中諸公所居曰」。袁本、茶陵本無此七字。

注「始置侍中中尚書」。袁本、茶陵本無下「中」字。

注「幕人掌幄帟」。袁本、茶陵本作「帟人掌幄」。案：當作「幂人掌幄」，此無取「帟」也。尤改未是。

【梁章鉅文選旁證】藥劑有司。舊注：宣明門内，升賢門外，東入有内醫署。此即逸周書王會解所云：爲諸侯有疾病者，之醫藥所居。又按漢書叙傳：困于二司。顔注：司，先字反。王仲宣酒賦「司」與「饎」協。此賦與侍、吏、治協。集韵、韵會、正韵皆作「相吏切」，可以互證。

肴醳順時。段校云：史記淮陰侯列傳裴駰注引劉逵注：醳，酒也。今注無。

注聽政闥向外。六臣本無「向」字。是也。

注宣明門内升賢門，升賢門外。胡公考异曰：「升賢門」三字不當重。何、陳并以爲衍。是也。

注幕人掌幄帟。六臣本作「帟人掌幄」。胡公考异曰：當作「幂人掌幄」，此無取「帟」也。

【高步瀛文選李注義疏】五臣「繇」作「由」。○「聽政闥」下尤本有「向」字，袁、茶二本無，今從之。胡曰：無者最是，四字爲一句。○「升賢門外」，尤本「外」字上有「升賢門」三字。胡曰：三字不當重。

「宣明門内」四字爲一句，與上之「升賢門内」下之「顯陽門内」句例同也。「升賢門外」四字爲一句，與上之「聽政闥外」下之「宣明門外」句例同也。又，袁本上「升賢門」下有「而」字，茶陵本有「内」字。何校云：此四字疑衍。陳同。是矣。○魏武集張溥輯本及嚴輯全三國文皆遺此條。袁、茶二本無「禁中諸公所居曰」七字。案獨斷上曰：禁中者，門户有禁，非侍御者不得入，故曰禁中。孝元皇后父大司馬陽平侯名禁，當時避之，故曰省中。今宜改，後遂無言之者。是禁中、省中爲一，不因王公所居而异。似無此七字是。○淮南子，見齊俗篇。○蔡邕獨斷下曰：春秋上陵尤省於小駕，直事尚書一人從。是直事者，謂直車駕之事。注引此，殆證二字之義，非取其職也。○周禮天官大宰之職，掌建邦之六典：一曰治典，二曰教典，三曰禮典，四曰政典，五曰刑典，六曰事典。地官大司徒之職，以鄉八刑，糾萬民，一曰不孝之刑，二曰不睦之刑，三曰不婣之刑，四曰不弟之刑，五曰不任之刑，六曰不恤之刑，七曰造言之刑，八曰亂民之刑。注云周禮六典八刑，當指此。然此云典刑所藏，似不宜泥定八刑。魯語下曰：夕省其典刑。韋注曰：典，常也。刑，法也。此蓋言典章法制所藏也。○魏志武帝紀曰：建安十八年秋七月，魏始建社稷宗廟。十一月，初置尚書、侍中六卿。裴注引魏氏春秋曰：以荀攸爲尚書令，涼茂爲僕射，毛玠、崔琰、常林、徐奕、何夔爲尚書，王粲、杜襲、衛覬、和洽爲侍中。案：尤本「尚書」上有「中」字，誤衍。今依袁、茶二本。○獨斷下「加貂」下無「附」字，本書四愁詩注引亦無「附」字。盧召弓抱經堂校本據本注增「附」字。○左傳，見成二年。「將」作「請」。○周禮，見天官。尤本「幄」下有「帟」字，袁、茶二本「幕」作「帟」，皆非。今據胡氏校訂。○書舜典僞孔傳曰：納言，喉舌之官。北堂書鈔設官部十一引尚書注曰：納言，如今尚書，主喉也。王鳴盛尚書後案、孫星衍尚書今古文注疏、古文尚書馬、鄭注、袁鈞鄭氏佚書尚書注皆輯爲鄭注，證以詩烝民箋。蓋可信也。漢書百官公卿表應劭注與鄭合。

〇毛詩，見都人士。〇漢書張敞傳顏注引應劭，與此注引漢書音義同。又引晉灼曰：漢注法冠也。一號柱後惠文，以纚裹鐵柱卷。秦制執法服，今御史服之，謂之解廌。解廌一角，今冠兩角，以解廌爲名耳。較如淳説爲詳。顏師古曰：纚，即今方目紗也。〇續漢書百官志三曰：符節令一人。本注曰：爲符節臺率，主符節事。尚符璽郎中四人，本注曰：舊二人。在中主璽及虎符竹符之半者。漢書百官公卿表曰：其僕射、御史、尚符璽者，有印綬，比二百石以上，皆銅印黄綬。〇漢書百官公卿表曰：郎中令，屬官有大夫、郎、謁者，皆秦官。謁者掌讚受事，員七十人，秩比六百石。〇周禮天官序官：膳夫上士二人，中士四人，下士八人。鄭注曰：膳之言善也，今時美物曰珍膳。膳夫，食官之長也。膳夫職曰掌王之食飲膳羞，以養王及后、世子。〇周禮天官序官：醫師上士二人，下士四人。鄭注曰：醫師，衆醫之長。醫師之職曰掌醫之政令，聚毒藥以共醫事。〇周禮鄭注無「劑，和也」之文。周禮約劑、質劑字作「劑」，和劑字作「齊」。天官鹽人：凡齊事。鄭注曰：齊事，和五味之事。則訓齊爲和。李善注就本文改爲「劑」耳。摘二字爲訓，李注固有此例也。又食醫鄭注曰：食猶和齊藥之類。〇禮記郊特牲曰：汁獻涚于醆酒，猶明清與醆酒于舊澤之酒也。鄭注曰：澤讀爲醳，舊醳之酒，謂昔酒也。周禮天官酒正辨三酒之物，二曰昔酒。鄭注曰：昔酒，今之酋久白酒，所謂舊醳者也。杜宗玉曰：説文酋，繹酒也。段注曰：繹之言昔也。昔，久也。「多」下曰從重夕。夕者相繹，故重夕爲多。然則醳酒謂日夕之酒。「繹」俗作「醳」，又從昔訓矣。祭之之明日又祭，謂之繹。祭亦從昔訓也。〇呂氏春秋，見先己篇。「棄」，各本誤作「去」。蓋「棄」亦作「弃」，與「去」字相近而誤，今正。〇廊、藏、光、章，古音陽部。侍、吏、司、治，古音之部。

於後則椒、鶴文、石，永巷閫術。楸梓、木蘭，次舍甲乙。西南其户，成之匪日。丹青焕炳，特有温室。儀形宇宙，歷像賢聖。圖以百瑞，綷以藻咏。茫茫終古，此焉則鏡。有虞作繪，兹亦等競。

【彙校】

「於後則」 「於」，奎章閣本、明州本、贛州本、四庫本、叢刊本、陳八郎本、尤刻本、胡刻本、監本、九條本同。正德本作「扵」。當作「於」。

「永巷閫術」 「永」，奎章閣本、明州本、贛州本、四庫本、叢刊本、正德本、尤刻本、胡刻本同。陳八郎本、監本、九條本作「汞」。當作「永」。「閫」，奎章閣本、明州本、正德本、陳八郎本同。四庫本、贛州本、叢刊本、尤刻本、胡刻本、監本、九條本作「壼」。當作「閫」。「術」，明州本、贛州本、四庫本、叢刊本、陳八郎本、尤刻本、胡刻本、監本、九條本同。奎章閣本、正德本作「術」。當作「術」。

■**立群案**：李善本作「壼」，五臣本作「閫」。説文：壼，昆吾圜器也。漢書匡衡傳：福之興莫不本乎室家，道之衰莫不始乎梱内。師古曰：梱與閫同。謂門橛也。史記張釋之馮唐傳：閫以内者。正義：閫，門限也。説文：術，邑中道也。據諸字之意，似當爲「閫術」。

「楸梓木蘭」 「梓」，奎章閣本、明州本、贛州本、四庫本、叢刊本、陳八郎本、尤刻本、胡刻本、監本、九條本同。正德本作「梓」。當作「梓」。「蘭」，奎章閣本、明州本、胡刻本同。贛州本、四庫本、叢刊本、正德本、陳八郎本、尤刻本、監本、九條本作「蘭」。當作「蘭」。

「次舍甲乙」「舍」，四庫本、正德本同。奎章閣本、明州本、贛州本、叢刊本、陳八郎本、尤刻本、胡刻本、監本、九條本作「舍」。當作「舍」。

「西南其户」「户」，奎章閣本、贛州本、四庫本、正德本、尤刻本、胡刻本、九條本同。明州本、叢刊本、陳八郎本、監本作「戸」。當作「户」。

「丹青焕炳」「青」，奎章閣本、明州本、贛州本、四庫本、正德本、陳八郎本、尤刻本、監本、九條本同。叢刊本作「靑」。當作「青」。「焕炳」，尤刻本、胡刻本、監本同。奎章閣本、明州本、贛州本、四庫本、叢刊本、正德本、陳八郎本、九條本作「炳焕」。今從「焕炳」。

■立群案：胡克家文選考异：袁本、茶陵本「焕炳」作「炳焕」。案：此疑善、五臣之异，今無以考之也。胡氏説是也。然王充論衡超奇：天晏，列宿焕炳。後漢書應劭傳：文章焕炳，德義可觀。或爲賦語所本，今從「焕炳」。

「儀形宇宙」「儀」，奎章閣本、明州本、贛州本、四庫本、叢刊本、陳八郎本、尤刻本、胡刻本、監本、九條本同。正德本作「儀」。當作「儀」。

「歷像賢聖」「歷」，尤刻本、胡刻本、監本同。奎章閣本、明州本、贛州本、叢刊本、正德本、陳八郎本、九條本作「曆」。四庫本作「歴」。當作「歷」。「像」，尤刻本、胡刻本、監本同。奎章閣本、明州本、贛州本、四庫本、叢刊本、正德本、陳八郎本、九條本作「象」。今從「像」。

■立群案：楚辭招魂：天地四方，多賊奸些，像設君室，静閑安些。朱熹集注：像，蓋楚俗，人死則設其形貌於室而祠之也。書説命上：夢帝賚予良弼，其代予言，乃審厥象，俾以形旁求於天下。孔傳：審所夢之人，刻其形象，以四方旁求之於民間。據此知，「象」「像」俱有「狀貌」義，於賦俱可通。今從「像」。

「綷以藻咏」 「咏」，奎章閣本、明州本、贛州本、四庫本、叢刊本、正德本、尤刻本、九條本同。陳八郎本、胡刻本、監本作「詠」。當作「咏」。

「茫茫終古」 「茫茫」，明州本、贛州本、四庫本、叢刊本、正德本、陳八郎本、九條本同。奎章閣本、尤刻本、胡刻本、監本作「芒芒」。今從「茫茫」。

■ **立群案**：左傳襄公四年：芒芒禹迹，畫爲九州。杜預注：芒芒，遠貌。荀悦漢紀論：茫茫上古，結繩而治。是「芒芒」「茫茫」俱有「悠遠」意，於賦皆通。然今多作「茫茫」，從之。

「此焉則鏡」 「焉」，奎章閣本、明州本、贛州本、四庫本、叢刊本、陳八郎本、尤刻本、胡刻本、監本、九條本同。正德本作「舄」。當作「焉」。

「有虞作繪」 「繪」，奎章閣本、明州本、贛州本、四庫本、叢刊本、正德本、陳八郎本、九條本作「繢」。尤刻本、胡刻本、監本作「繪」。今從「繪」。

■ **立群案**：阮元經籍纂詁：禮記玉藻：緇布冠繢緌。注：繢，或爲繪。是「繢」「繪」可通。今從「繪」。

「兹亦等競」 「兹」，奎章閣本、贛州本、四庫本、叢刊本、正德本、陳八郎本、尤刻本、胡刻本、監本、九條本同。明州本作「玆」。當作「兹」。「競」，明州本、贛州本、四庫本、叢刊本、正德本、陳八郎本、尤刻本、胡刻本、監本同。奎章閣本、九條本作「竸」。當作「競」。

【彙注】

【李善注】劉曰：近世王者後宫，以椒房爲通稱。聽政殿後有鳴鶴堂、楸梓坊、木蘭坊、文石室，後宫所止也。壼，宫中巷也。術，道也。鳴鶴堂之前，次聽政殿之後，東西二坊之中央有温室，中有畫像讚。尚書，咎繇薦舜曰：予欲觀古人之象，日月星辰，山龍華蟲，作繪粉米。永巷，掖庭之別名。善曰：列女傳曰：姜后待罪永巷。周禮曰：正宫掌宫中次舍。甲乙謂次舍之名，以甲乙紀之也。毛詩曰：築室百堵，西南其户。又曰：不日成之。藻咏，文藻而頌咏也。綷，子對切。芒芒，遠貌也。楚辭曰：長無絶兮終古。廣雅曰：鑒謂之鏡，照也。鄭玄論語注曰：繪，畫也。

【五臣注】綷，祖對反。濟曰：椒房、明鶴，皆堂名。文石，室也。后妃所止。永巷，庭也。闔術，謂宫門道詰曲也。楸梓、木蘭，皆坊名。宫舍次序有甲乙之次，言其有大小也。良曰：西南其户者，言宫内之門，或西向，或南向。言不日而成之，蓋速而易就。温室，殿名。丹青炳焕，畫文也。翰曰：言於温室殿畫天地之形，賢聖之象，百瑞之物，藻以贊頌，使人主見之，以知安危之理，可以爲古之鏡視於身也。言舜作繢畫彝器以爲鑒戒，今之温室亦與齊競也。

【張鳳翼文選纂注】壼音閫。綷，祖對切。王者後宫，以椒房爲通稱。聽政殿後有鳴鶴堂、文石室。永巷，掖庭之別名。壼，宫門也。術，道也。楸梓、木蘭，二坊名。甲乙，謂宫舍有甲乙之次序也。温室中畫天地之形，賢聖之象，百瑞之物，藻以贊頌，使人主見之，以知安危之理，何以爲鑒也。有虞舜也。舜欲觀古人之象，作爲繢畫。見尚書。言今之温室，亦與比競。

【王象乾文選删注】綷，子對切。椒，後宫。壼，宫中巷。術，道也。藻咏，文藻頌咏。聽政殿後有鳴鶴堂、楸梓坊、木蘭坊、文石室，後宫所止也。聽政殿後有温室，中有畫象讚。尚書，咎繇薦舜曰：予欲觀古人之象，日月星辰，山龍華蟲，作繪粉米。

【陳景雲文選舉正】於後則椒鶴文石。注「咎繇薦舜曰」。「薦」當作「謨」。

【杭世駿文選課虛】藻咏，文藻頌咏也。

【余蕭客文選音義】楸秋。藻咏咏，去聲。

【余蕭客文選紀聞】綷七醉。類篇十三上。

【胡克家文選考异】丹青焕炳。袁本、茶陵本「焕炳」作「炳焕」。案：此疑善、五臣之异，今無以考之也。

注「咎繇薦舜曰」。何云「薦」疑作「謩」。陳云當作「謩」，是也。各本皆誤。

注「周禮曰正宫掌宫中次舍」。袁本、茶陵本無此十字。

注「謂次舍之名以甲乙紀之也」。袁本、茶陵本「名」作「處」，「紀」作「緣」。案：此亦尤改也。

注「文藻頌咏也」。袁本、茶陵本「頌」上有「而」字。

【許巽行文選筆記】作繪。注：皋陶薦舜曰。「薦」，何改「謨」。

【梁章鉅文選旁證】次舍甲乙。林先生曰：漢制，宫中舍宇以甲乙分上下等。漢書成紀元帝在太子宫生甲觀畫堂。元后傳：見于丙殿。後漢書清河孝王慶傳遂出貴人，至丙舍。可證。

丹青焕炳。六臣本、毛本「焕炳」并作「炳焕」。

歷像聖賢，圖以百瑞。按古宫殿每有圖繪，如漢書楊惲傳：上觀西閣上畫人。蔡質漢宫典職曰：明光殿省中皆以胡粉塗殿，紫青界之，畫古烈士，重行書贊。論衡云：宣帝之世，圖畫漢烈。文苑英華：盧碩畫諫曰：漢文帝於未央宫承明殿，畫屈軼草、進善旌、誹謗木、敢諫鼓、獬豸。因知温室之畫，當亦此制。

注咎繇薦，舜曰。何校：「薦」疑作「謨」。陳同。是也。各本皆誤。姜氏皋曰：注引「舜曰：予欲觀古人之象，日、月、星、辰、山、龍、華、蟲，作繪粉米」。此二十一字，今在梅氏所分益稷篇中。張注自當作咎繇謨，與尚書大傳亦合。「繪」今作「會」。然説文引作「繪」。釋文云：馬、鄭作「繪」也。「會」字下，「粉」字上，今有「宗彝藻火」四字，未引。朱氏珔曰：案此引書衹證作「繪」，故不必全引，但不應偏贅「粉米」二字。

【高步瀛文選李注義疏】五臣「壼」作「閫」。案：爾雅釋宫曰：宫中衖謂之壼。説文曰：壼，宫中道也。梱，門橛也。曲禮上鄭注曰：梱，門限也。釋文曰：「梱」，本又作「閫」。是「閫」即「梱」之或體字，與「壼」形義俱別，而以音近得通。故詩既醉鄭箋曰：壼之言梱也。五臣作「閫」者，亦「壼」之借字耳。○胡曰：袁本、茶陵本「焕炳」作「炳焕」。案：此疑善、五臣之异，今無以考之也。○椒房，已見西都賦注。○梁曰：古宫殿每有圖繪，如漢書楊惲傳：上觀西閣上畫人。蔡質漢官典職曰：明光殿省中皆以胡粉塗殿，紫青界之，畫古烈士，重行書贊。論衡云：宣帝之世，圖畫漢烈。文苑英華盧碩畫諫曰：漢文帝於未央宫承明殿，畫屈軼草、進善旌、誹謗木、敢諫鼓、獬豸。因知温室之畫，當亦此制。案：漢宫典職見初學記職官部引，論衡見須頌篇，文苑英華見卷三百六十二。○咎繇謨，各本「謨」誤「薦」。今依何氏、陳氏校改。旁證引姜皋曰：注引「舜曰：予欲觀古人之象，日、月、星、辰、山、龍、華、蟲，作繪粉米」，此二十一字今在梅氏所分益稷篇中。張注自當作咎繇謩，與尚書大傳亦合。「繪」，今作「會」，然説文引作「繪」。釋文云：馬、鄭作「繪」也。「會」字下「粉」字上今有「宗彝藻火」四字，未引。又引朱珔曰：此引書衹證作「繪」，故不必全引。但不應偏贅「粉米」二字。○爾雅釋宫邢疏引王肅曰：今後宫稱永巷，是宫中道名也。○列女傳，見賢明傳。○周禮見天官。「宫正」二字誤倒，今正。案：袁、茶二本無「周禮」以下十二字。○「次舍之名」至「紀之也」，胡曰：袁本、茶陵本「名」作「處」，「紀」作「緣」。旁證引林茂春曰：漢制，宫中舍宇以甲乙分上下等。漢書成紀：元帝在太子宫生甲觀畫堂。元后傳：見于丙殿。後漢書清河孝王慶傳：遂出貴人至丙舍。可證。○毛詩，見斯干及靈臺。○頌，咏也。胡曰：袁本、茶陵本「頌」上有「而」字。○左襄四年杜注曰：芒芒，遠貌。詩玄鳥毛傳曰：芒芒，大貌。○楚辭，見九歌禮魂。○廣雅，見釋器。○論語鄭注，集解八佾篇引，「畫」下有「文」字。○術，古音脂部。乙、日、室，至部。通轉爲韵。咏、鏡、競，陽部。

右則疏圃曲池，下畹高堂。蘭渚莓莓，石瀨湯湯。弱葼係實，輕葉振芳。奔龜躍魚，有睩呂梁。馳道周屈於果下，延閣胤宇以經營。飛陛方輦而徑西，三臺列峙而峥嶸。亢陽臺於陰基，擬華山之削成。上累棟而重霤，下冰室而沍冥。

【彙校】

「疏圃曲池」 「疏」，奎章閣本、明州本、正德本、陳八郎本作「蔬」。四庫本作「疎」。贛州本、叢刊本、尤刻本、胡刻本、監本作「踈」。九條本作「疏」。當作「疏」。

立群案：「疏」通「蔬」。如荀子富國：然後葷菜百疏以澤量。然賦此處無一字涉及蔬菜，是作「蔬」顯誤，顯應作「疏」。「疏圃」「曲池」相對。「疏」，或作「疏闊」解，或作「大」解。揚雄太玄：方州部家，三位疏成。范望注：疏，大也。

「下畹高堂」「畹」，奎章閣本、明州本、叢刊本、陳八郎本、尤刻本、胡刻本、九條本同。贛州本、四庫本、正德本、監本作「晼」。當作「畹」。「高」，奎章閣本、明州本、贛州本、四庫本、叢刊本、正德本、陳八郎本、尤刻本、胡刻本、監本、九條本作「高」。當作「高」。

「蘭渚莓莓」「蘭」，奎章閣本、明州本、胡刻本同。贛州本、四庫本、叢刊本、正德本、陳八郎本、尤刻本、監本、九條本作「蘭」。當作「蘭」。

「石瀨湯湯」「瀨」，明州本、贛州本、四庫本、陳八郎本同。奎章閣本、叢刊本、正德本、尤刻本、胡刻本、監本、九條本作「瀨」。當作「瀨」。「湯湯」，奎章閣本、贛州本、正德本、胡刻本、監本作「湯湯」。明州本、四庫本、叢刊本、陳八郎本、尤刻本、九條本作「湯湯」。當作「湯湯」。

「輕葉振芳」「輕」，奎章閣本、明州本、贛州本、四庫本、叢刊本、陳八郎本、尤刻本、胡刻本、監本、九條本同。正德本作「輕」。當作「輕」。「葉」，奎章閣本同。明州本、贛州本、四庫本、叢刊本、正德本、陳八郎本、尤刻本、胡刻本、監本、九條本作「葉」。當作「葉」。「振」，四庫本同。奎章閣本、正德本、陳八郎本作「振」。明州本、贛州本、叢刊本、尤刻本、胡刻本、監本、九條本作「振」。當作「振」。

「奔龜躍魚」「躍」，奎章閣本、明州本、贛州本、四庫本、叢刊本、正德本、陳八郎本、尤刻本、胡刻本、監本、九條本作「躍」。當作「躍」。

「有睽呂梁」「呂」，明州本、贛州本、四庫本、叢刊本、正德本、陳八郎本、尤刻本、胡刻本、監本、九條本同。奎章閣本作「呂」。當作「呂」。「梁」，奎章閣本、明州本、贛州本、四庫本、叢刊本、正德本、陳八郎本、尤刻本、胡刻本、監本、九條本作「梁」。當作「梁」。

「於果下」「於」，奎章閣本、明州本、贛州本、四庫本、叢刊本、陳八郎本、尤刻本、胡刻本、監本、九條本同。正德本作「扵」。當作「於」。「果」，奎章閣本、明州本、贛州本、四庫本、叢刊本、正德本、陳八郎本、尤刻本、胡刻本、監本同。九條本作「菓」。當作「果」。

「飛陛方輦」「飛」，明州本、贛州本、叢刊本、陳八郎本、尤刻本、胡刻本、監本、九條本同。奎章閣本、四庫本、正德本作「飛」。當作「飛」。

「而徑西」「而徑」，奎章閣本、明州本、贛州本、四庫本、叢刊本、正德本、陳八郎本、尤刻本、胡刻本、九條本同。監本作「而徑而徑」。當作「而徑」。

■**立群案**：賦云：飛陛方輦而徑西，三臺列峙而崢嶸。相對爲文。此處監本顯衍「而徑」二字。

「三臺列峙」「臺」，明州本、贛州本、四庫本、叢刊本、陳八郎本、尤刻本、胡刻本、監本、九條本同。奎章閣本、正德本作「臺」。當作「臺」。

「而崢嶸」「而」，奎章閣本、明州本、贛州本、四庫本、叢刊本、正德本、陳八郎本、九條本同。尤刻本、胡刻本、監本作「以」。今從「而」。「崢」，奎章閣本同。明州本、贛州本、四庫本、叢刊本、正德本、陳八郎本、尤刻本、胡刻本、監本、九條本作「崢」。當作「崢」。

■**立群案**：「而」「以」於賦皆通。今從「而」。

「亢陽臺」「陽」，奎章閣本、贛州本、正德本、陳八郎本、監本作「陽」。明州本、四庫本、叢刊本、尤刻本、胡刻本、九條本作「陽」。當作「陽」。「臺」，明州本、贛州本、四庫本、叢刊本、陳八郎本、尤刻本、胡刻本同。奎章閣本作「臺」。正德本作「臺」。監本、九條本作「高」。當作「臺」。

立群案：善曰：魯靈光殿賦注曰：榭而高大謂之陽。基在下，故曰陰基。五臣銑曰：亢陽，屋也。謂在於臺上，故曰亢陽。基下曰陰。勢如華山削成也。據注，是李善注理解「亢陽臺於陰基」爲「一二一二」結構，爲「臺」爲「高」不詳。而五臣注理解「亢陽臺於陰基」爲「二一一二」結構，且實爲「臺」字。胡克家文選考异：袁本、茶陵本「臺」下校語云善作「高」。案：此以五臣亂善，非。是胡氏考异認爲李善本當作「高」。梁章鉅文選旁證：五臣「臺」作「高」。銑注可證。是梁氏認爲五臣本當作「高」。銑注實有「臺」字，不知梁氏何據而認爲五臣「臺」作「高」？胡紹煐文選箋證：六臣本校云：善本「臺」作「高」。按：作「高」是也。此以「亢陽」連言，「高」下屬，謂三臺亢陽而高於陰基也。今善本「高」作「臺」，蓋後人以五臣本亂之。是胡氏箋證認同五臣注「亢陽臺於陰基」爲「二一一二」結構，且認爲李善本作「高」。胡氏箋證之説似亦有誤。賦云：馳道周屈於果下，延閣胤宇以經營。飛陛方輦而徑西，三臺列峙而崢嶸。亢陽臺於陰基，擬華山之削成。上累棟而重霤，下冰室而冱冥。實則「馳道周屈於果下，延閣胤宇以經營。飛陛方輦而徑西，三臺列峙而崢嶸」四句皆爲「二一一二」結構。「亢陽臺於陰基，擬華山之削成。上累棟而重霤，下冰室而冱冥」四句皆爲「一二一二」結構。五臣注將「亢陽」連讀，釋爲「屋也」，不知何據。胡氏箋證將「亢陽」連讀，却忽視詞義。皆不確也。實則「亢」，舉、興起之意。如穀梁傳僖公十六年：五石六鷁之辭不設，則王道不亢矣。范寧注：不遺微細，故王道可舉。「陽臺」「陰基」相對。「陽」者，顯露在外也。如莊子達生：仲尼曰：無入而藏，無出而陽，柴立其中央。成玄英疏：陽，顯也。「陰」者，隱藏在内也。如白居易錢塘湖石記：其郭中六井，李泌相公典郡日所作，甚利於人，與湖相通，中有陰竇，往往湮塞。亦宜數察而通理之。「陽臺」顯露在外者也。「陰基」隱藏地下者也。故「亢陽臺於陰基，擬華山之削成。上累棟而重霤，下冰室而冱冥」之句，實應解讀爲興起或舉「臺」於臺基，「臺」高而陡峭如削成的華山。臺上「累棟而重霤」，是華美的建築。臺下「冰室而冱冥」，是寒冷的冰室。當作「臺」字也。

「於陰基」　「於」，奎章閣本、明州本、贛州本、四庫本、叢刊本、陳八郎本、尤刻本、胡刻本、監本、九條本同。正德本作「扵」。當作「於」。「陰」，四庫本同。奎章閣本、明州本、贛州本、叢刊本、正德本、陳八郎本、尤刻本、胡刻本、監本、九條本作「隂」。當作「陰」。

「下冰室」　「冰」，明州本、贛州本、叢刊本、正德本、陳八郎本、尤刻本、胡刻本、監本、九條本同。奎章閣本、四庫本作「氷」。當作「冰」。「室」，奎章閣本、明州本、贛州本、四庫本、叢刊本、正德本、陳八郎本、尤刻本、胡刻本、九條本同。監本模糊不清。當作「室」。

「冱冥」　「冱」，明州本、贛州本、叢刊本、監本、九條本同。奎章閣本、四庫本、正德本、陳八郎本作「沍」。尤刻本、胡刻本作「汔」。當作「冱」。

【彙注】

【李善注】劉曰：文昌殿西銅爵園，園中有魚池堂皇。班固曰：畹，三十畝也。離騷曰：既滋蘭之九畹。石瀨，湍也。水激石間，則怒成湍。葼，木之細枝者也。揚雄方言曰：青、齊、兖、豫之間謂之葼，故傳曰：慈母怒子，折葼而笞之，其惠存焉。葼子紅切。係，古計切。莊子曰：吕梁懸水三十仞，流沫三十里，黿鼉魚鱉之所不能游也。漢厩舊有樂浪所獻果下馬，高三尺，以駕輦車。銅爵園西有三臺，中央有銅爵臺，南有金虎臺，北則冰井臺。銅爵臺有屋一百一間。金虎臺有屋一百九間。冰井臺有屋百四十五間。上有冰室。三臺與法殿皆閣道相通，直行爲徑，周行爲營。建安十五年作銅爵臺。山海經曰：太華之山，削成四方。沍，堅也。春秋左氏傳曰：固陰沍寒。善曰：楚辭曰：坐堂伏檻曲池。曹植責躬詩曰：夕宿蘭渚。左氏傳曰：原田莓莓。杜預曰：若原田之草莓莓然。莓，莫來反。楚辭曰：石瀨兮淺淺。說文曰：䁥，察也。千例反。漢書曰：太子不敢絶馳道。應劭曰：天子道也，若今之中道。延，相連延也。淮南子曰：延樓棧道。魯靈光殿賦注：飛陛揭孽。方輦言廣也。甘泉賦曰：似紫宮之峥嶸。魯靈光殿賦注曰：榭而高大謂之陽。基在下，故曰陰基。

【五臣注】畹，於遠反。湯音傷。葼，子公反。䁥，千麗反。霤，力救反。良曰：蔬圃，菜園也。畹，田也。高堂，園中亭也。曲池植蘭曰蘭渚。莓莓，盛貌。石瀨，有石而淺流。湯湯，急流貌。向曰：葼木之細枝，枝頭垂實而輕葉摇動其芳香。䁥，下視也。吕梁，水名，其水急流。言池中龜魚奔躍，如視吕梁之上。向曰：延閣胤宇，言閣道棟宇相連引也。飛陛，相接如鳥飛也。言廣可以并輦徑疾而西。三臺，銅爵臺、冰井臺、金鳳臺也。銑曰：亢陽，屋也。謂在於臺上，故曰亢陽。基下曰陰，勢如華山削成也。重霤，重屋檐也。冰室沍冥，言清陰而寒也。

【張鳳翼文選纂注】畹，於遠切。湯音傷。葼，子公切。䁥，于麗切。文昌殿西銅爵園，中有魚池堂室。畹，三十畝也。石瀨，有石而淺流。湯湯，急流貌。䁥，下視也。吕梁，水名，其水急流。言池中龜魚奔躍，如視吕梁之上也。延閣胤宇，言閣道棟宇相連引也。飛陛，相接如鳥飛也。方輦，言廣可以并輦捷徑而西馳也。三臺，銅雀臺、冰井臺、金鳳臺。亢，高也。謂在於臺上，故曰亢。基在下故曰陰。擬，如也。重霤，重屋檐也。冰室沍溟，言清寒也。

【王象乾文選删注】葼，子紅切。莓，莫來反。䁥，千例反。葼，木之細枝者也。䁥，察也。文昌殿西有銅爵園，園中有魚池堂皇。楚辭曰：坐堂伏檻臨曲池。離騷曰：既滋蘭之九畹。楚辭曰：石瀨淺淺。楊雄方言曰：青、齊、兖、豫之間謂之菱，故慈母怒子，折菱而笞之，其惠存焉。莊子曰：呂梁懸水三十仞，流沫三十里，黿鼉魚鼈之所不能游也。漢厩舊有樂浪所獻果下馬，高三尺，以駕輦車。銅爵園西有三臺，中銅爵，南金鳳，北冰井。三臺與法殿閣道相通。建安十五年作銅雀臺。

【陳景雲文選舉正】右則疏圃曲池。注「魯靈光殿賦曰」賦下舊本有「注」字。

【杭世駿文選課虚】瞭，察也。千例切。琴賦：明嫿瞭惠。又作睞。石闕銘：旁睞重疊。

【余蕭客文選音義】菱何音宗。瞭砌、察二音。三臺。鄴都故事：漢獻帝建安五年，曹操破袁紹于鄴。十五年築銅雀臺，十八年作金虎臺，十九年造冰井臺。所謂鄴中三臺。臺。善作「高」。注金鳳。何曰：袁作「鳳」，他本作「虎」。

【余蕭客文選紀聞】菱駿。廣韻一。瞭七祭。博雅音三。鄴城西北有三臺，皆因城爲基，巍然崇舉，建安十五年所起，平坦略盡。春秋古地云：葵邱，地名。今鄴西臺是也。其中銅雀臺高十丈，南金虎臺高八丈，北冰井臺高八丈水經注十。文宣帝天保九年八月，先是營三臺於鄴下，因舊基高博之。至是成，改銅爵曰金鳳，金武曰聖應，冰井曰崇光北齊書四。鄴都故事：漢獻帝建安十五年築銅雀臺。十八年築金虎臺。十九年作冰井臺郭樂府七十五。

【孫志祖文選李注補正】三臺列峙以崢嶸。注：銅爵園西有三臺，中央有銅爵臺，南則金鳳臺，北則冰井臺。○正曰：汪云：銅雀作於建安十五年，金虎作於十七年，冰井作於十八年。石虎重修，其名未改。自北齊文宣帝受禪，乃改銅雀曰金鳳，改金虎曰聖應，改冰井曰崇光。是金即銅也，鳳即雀也。而此注乃云：南有金鳳臺。張孟陽晉人，不應訛北齊之名，且訛南北之位，此必李氏傳鈔之誤耳何校改金虎。

【胡克家文選考异】亢陽臺於陰基。袁本、茶陵本「臺」下校語云善作「高」。案：此以五臣亂善，非。

注「文昌殿西有銅爵園園中有魚池堂皇」。袁本、茶陵本無上「有」字，不重「園」字。

注「既滋蘭之九畹」。袁本、茶陵本無「既」字、「之」字。

注「莊子曰」。袁本、茶陵本「子」作「周」。案：二本最是，此稱莊周，舊注例也；若稱莊子，善注例也。餘舊注誤者準此，不更出。

注「流沫三十里黿鼉魚鱉之所不能游也」。袁本、茶陵本「三」作「四」，無「魚鱉」二字。

注「有屋一百一間」。袁本、茶陵本「有」上有「銅雀臺」三字，是也。

注「一百九間冰井臺有屋」。此九字袁本、茶陵本無。案：尤校添者，是也，蓋依水經濁漳水注。凡二本之誤，多不具論。唯此等經尤延之而改正，讀者所當知，故詳出之。

注「百四十五間」。袁本、茶陵本「四」作「三」。案：水經注作「四」，尤依校改。

注「上有冰室三臺與法殿」。袁本、茶陵本「上」上有「冰室臺」三字，「室三臺」作「三室」。案：尤校改者，是也。水經注云：「上有冰室」。詳賦云「下冰室而沍冥」，「上」字必皆「下」字之訛。

注「爲徑周行」。此四字袁本、茶陵本無。案：二本脱也。

注「魯靈光殿賦曰」下至「似紫宫之峥嶸」。袁本、茶陵本無此二十五字。

注「魯靈光殿賦曰」。袁本、茶陵本「賦」下有「注」字。

【朱珔文選集釋】藺渚莓莓。善注引左氏傳曰：原田莓莓。案：「莓」，今左傳作「每」。説文：

每，艸盛上出也。故杜注云：晉君美盛，若原田之艸，每每然。每，本從中，中即艸也。俗又加「艸」作「莓」，非是。賈昌朝群經音辨引左傳作「莓莓」。

三臺列峙以崢嶸。張注云：銅爵園西有三臺，中央銅爵臺，有屋一百一間。南金虎臺，有屋一百九間。北冰井臺，有屋百四十五間袁本、茶陵本「四」作「三」。水經注作百四十間。案，水經濁漳水注云：城之西北有三臺，皆因城爲基，巍然崇舉，其高若山。建安十五年，魏武所起。春秋古地云：葵邱，地名。今鄴西三臺是也。銅雀臺，高十丈。其後石虎更增二丈，立一屋，連棟接榱，彌覆其上，盤迴隔之，名曰命子窟。又於屋上起五層樓，高十五丈，去地二十七丈。金虎、冰井二臺，俱高八丈。下即引此賦語。方輿紀要云：晉永嘉二年，劉淵遣石勒等寇鄴，殺魏郡太守王粹於三臺。六年，石勒自棘津濟河至鄴。時劉縯爲魏郡太守，保三臺以自固。咸康初，石虎徙鄴。名銅雀曰鸛雀臺。是年，臺崩。虎修之，倍於其舊。又築九華宮其上。永和五年，石閔執其主遵，於南臺殺之，即金虎臺也。繼石鑒立，居於中臺，復爲閔所殺。升平元年，慕容儁徙都鄴，復作銅雀臺，以兵亂圮毁。齊高洋天保七年，修廣三臺宮殿，發丁匠至三十餘萬，歷三年乃成。九年，更名銅雀曰金鳳，金虎曰聖應，冰井曰崇光。後周主入鄴，詔毁三臺宮殿。大象二年，楊堅焚燒鄴都，樓臺盡毁，惟土阜存焉。此雖後事，存之足廣异聞。〇又案，汪氏師韓云：銅爵作於建安十五年，金虎作於十七年，冰井作於十八年。考魏志，十八年作金虎臺，而冰井未及，此不知何據。水經注以三臺俱係之十五年者，渾舉之也。汪又云：石虎重修，其名未改。北齊文宣帝乃改之。注云：南有金鳳臺，必李氏傳鈔之誤。然今尤氏本正作「金虎」，非鳳也。汪所見刻本誤耳，不得以咎李氏。

【梁章鉅文選旁證】右則疏圃曲池。　六臣本「疏」作「蔬」。

三臺列峙以峥嶸。 水經濁漳水注云：城之西北有三臺，皆因城爲之基，巍然崇舉，其高若山。建安十五年，魏武所起。今鄴西三臺是也。中曰銅爵臺，高十丈，有屋百一間。南則金虎臺，高八丈，有屋百九間。北曰冰井臺，亦高八丈，有屋百四十五間。麟臺故事云：建安五年，曹操破袁紹於鄴。十五年，築銅雀臺。十八年，作金虎臺。十九年，作冰井臺。所謂「鄴中三臺」也。

亢陽臺於陰基。 五臣「臺」作「高」。銑注可證。

注莊子曰。 六臣本「子」作「周」。胡公考异曰：作「周」者是。稱莊周，舊注例也；稱莊子，善注例也。餘舊注誤者準此。

注南則金虎臺。 六臣本、毛本「虎」并作「鳳」，誤也。北齊文皇帝乃改「銅雀」曰「金鳳」，改「金虎」曰「聖應」，改「冰井」曰「崇光」。

注原田莓莓。 朱氏珔曰：莓，今左傳作「每」。説文：每，艸盛上出也。故杜注云：晉君美盛，若原田之艸，每每然。每，本從屮，屮即草也。俗又加「艸」作「莓」。賈昌朝群經音辨引左傳作「每每」。爲是。

注魯靈光殿賦注。又魯靈光殿賦曰。 「注」當作「曰」。「曰」上當有「注」字。六臣本尚不誤。

【胡紹煐文選箋證】亢陽臺於陰基。六臣本校云：善本「臺」作「高」。按：作「高」是也。此以「亢陽」連言，「高」下屬，謂三臺亢陽而高於陰基也。今善本「高」作「臺」，蓋後人以五臣本亂之。

【高步瀛文選李注義疏】五臣本「疏」作「蔬」。○尤本「高臺」作「陽臺」。胡曰：袁本、茶陵本「臺」下校語云：善作「高」。案：此以五臣亂善，非。胡紹煐曰：作「高」是也。此以「亢陽」連言，「高」下屬，謂三臺亢陽而高於陰基也。今善本「高」作「陽」，蓋後人以五臣本亂之。○尤、茶二本「粲」

作「累」，「沍」作「沍」，今依袁本。○禮記檀弓上曰：池視重霤。鄭注曰：承霤，以木爲之，用行水，亦宮之飾也。今宮中有承霤，云以銅爲之。孔疏曰：重霤者，屋承霤也。以木爲之，承於屋，霤入此木中，又從木中而霤於地，故謂此木爲重霤也。○「殿西」至「堂皇」，胡曰：袁本、茶陵本無上「有」字，不重「園」字。步瀛案：漢書胡建傳：坐堂皇上。顔注曰：室無四壁曰皇。○班固説當即離騷章句。案：説文曰：田三十畝曰畹。與孟堅合。今本楚辭王逸注曰：十二畝爲畹。御覽香部三引「十二」作「二十」，疑即「三十」之誤，而後人又傳寫誤倒爲「十二」耳。○楚辭九歌湘君王逸注曰：瀨，湍也。説文曰：瀨，水流石上也。説文曰：湍，疾瀨也。○方言二「豫」作「冀」，此疑傳寫之誤。説文曰：青、齊、沇、冀謂木細枝曰蔑。又，方言「母」下有「之」字，「子」下有「也雖」二字，「蔑」下無「而」字。○莊子，見達生篇。案：尤本作「莊子」，「四十里」作「三十里」，今并依袁、茶二本。又二本無「魚鼈」二字，依莊子當有。胡曰：此稱莊周，舊注例也。若稱「莊子」，善注例也。餘舊注誤者準此。○莊子達生篇釋文曰：呂梁，司馬云：河水有石絶處也。今西河離石西有此縣絶。世謂之呂梁。淮南子曰：古者龍門未鑿，河出孟門之上也。成玄英疏曰：呂梁，水名。解者不同。或言是西河離石，有黄河縣絶之處，名呂梁也。或言蒲州二百里有龍門，河水所經，瀑布而下，亦名呂梁。或言宋州彭城縣之呂梁。案：水經河水注三曰：河水左合一水，出善無縣故城西南八十里。其水西流，歷于呂梁之山，而爲呂梁洪。昔呂梁未闢，河出孟門之上，蓋大禹所道以通河也。司馬彪曰：呂梁，在離石縣西，今於縣西歷山尋河，并無過阻，至是乃爲河之巨險，即呂梁矣。在離石北以東，可二百有餘里也。董祐誠曰：今河曲縣西南天橋峽，河經其中，激浪如雷，聲聞數十里，即注所云呂梁也。案：離石故城，即山西永寧縣治。善無故城在山西右玉縣南，山西河曲縣又在其西南。諸説雖小有不同，然皆不外西河，此屬於第一説也。水經河水注四曰：昔者大禹道河，積石疏決梁山，即經所謂龍門矣。魏土地記曰：梁山北有龍門山，大禹所鑿，通孟津河口。胡渭曰：吕梁，即禹貢之梁山，龍門之南山也。尸子、吕氏春秋、淮南子先言龍門，次言吕梁，其爲夏陽之梁山無疑。案：尸子見北山經郭璞注引，吕氏春秋見愛類篇，淮南子見本經篇。梁山在今陝西韓城縣西，此屬於第二説也。淮南本經篇高注曰：吕梁，在彭城吕縣。石生水中，禹決而通之，民所由得度也，故曰吕梁也。列子黄帝篇張注曰：吕梁，在今彭城郡。爾雅曰：石絶水曰梁。水經曰：泗水又東南過彭城縣東北，又東南過吕縣南。注曰：縣對泗水。泗水之上，有石梁焉，故曰吕梁也。懸濤崩渀，實爲泗險。孔子所謂魚鼈不能游。又云：懸水三十仞，流沫九十里，今則不能也。清統志曰：江蘇徐州府，吕梁洪在銅山縣東南五十里。有上下二洪，相去凡七里。巨石齒列，波流洶涌。列子稱孔子觀於吕梁，即此。由此觀之，殆以第三説爲長。○魏志東夷傳曰：濊，今朝鮮之東，皆其地也。出果下馬。漢桓帝時獻之。裴注曰：果下馬，高三尺，乘之可於果下行，故謂之果下。見博物志、魏都賦。○尤本「北則冰井臺」下無「銅爵臺」三字，今依袁、茶二本。又二本「金虎」作「金鳳」。汪師韓曰：銅雀、金虎、冰井，石虎重修，其名未改。自北齊文宣帝受禪，乃改銅雀曰金鳳，改金虎曰聖應，改冰井曰崇光。張孟陽晋人，不應訛北齊之名，且訛南北之位，此必傳鈔之誤耳。梁氏亦辨其誤。姚範援鶉堂筆記卷三十七曰：唐人復諱虎，故從石氏之名，非本注爾也。案：姚説似得之。尤本作「金虎」或後人復就原名改正也。又，二本無「一百九間，冰井臺有屋」九字。「百四十五間」，「四」作「三」。「上有冰」下脱「室」字。「三臺」作「三室」。「直行爲徑，周行爲營」，「直」作「置」，又脱「爲徑，周行」四字，皆誤。梁曰：水經濁漳水注云：城之西北有三臺，皆因城爲之基。巍然崇舉，其高若山。建安十五年，魏武所起。今鄴西三臺是也。中曰銅爵臺，高十丈，有屋百一間。南則金虎臺，高八丈，有屋百九間。北曰冰井臺，亦高八丈，有屋百四十五間。麟臺故事云：建安五年，曹操破袁紹於鄴。十五年，築銅雀臺。十八年，作金虎臺。十九年，作冰井臺。所謂鄴中三臺也。○建安十五年作銅爵臺，見魏志武帝紀。○山海經，見西山經。○左傳，見昭四年。杜注曰：冱，閉也。案：袁本「固」作「涸」。○楚辭，見招魂。○夕宿蘭渚，乃曹植應詔詩，注作責躬詩，誤。二詩均在本書二十卷，故誤記耳。○左傳，見僖二十八年。朱珔曰：「苺」，今左氏傳作「毐」。説文：毐，艸盛上出也。故杜注云晉君美盛，若原田之艸毐毐然。毐本從屮，屮即艸也。俗又加艸作「苺」，非是。賈昌朝群經音辨引左傳作「毐毐」。○楚辭，見九歌湘君。「淺淺」，各本作「戔戔」，誤。今依楚辭及本書卷三十二改。○説文，見目部。廣雅釋詁一曰：䁴，視也。○漢書，見成帝紀。顔引應劭注，「天子」下有「所行」二字。各本皆脱，非是。今據漢書注增。○淮南子，見本經篇。○「魯靈光殿賦曰」，「曰」字尤本、毛本誤作「注」字，乃涉下文而誤。今校改。袁、茶二本無「魯靈光」以下二十五字。○方輦，言廣也。吕向曰：言廣可以并輦徑疾而西。○甘泉賦見下卷。○尤本、毛本「魯靈光殿賦」下脱「注」字，今依袁、茶二本。○堂、湯、芳、梁，古音陽部。營、嶸、成、冥，耕部。

周軒中天，丹墀臨猋。增構峨峨，清塵影影。雲雀踶甍而矯首，壯翼摛鏤於青霄。雷雨窈冥而未半，皦日籠光於綺寮。習步頓以升降，御春服而逍遥。八極可圍於寸眸，萬物可齊於一朝。

【彙校】

「丹墀臨猋」「猋」，奎章閣本、明州本、贛州本、四庫本、叢刊本、正德本、陳八郎本、尤刻本、胡刻本、九條本同。監本作「焱」。今從「猋」。

立群案：劉逵曰：丹墀，以丹與蔣離合用塗地也。爾雅曰：扶摇謂之猋。猋，上也。風從下升也。五臣翰曰：猋，風也。據注，劉逵本、五臣本作「猋」。善注無注，不詳。藝文類聚引劉孝綽侍宴詩凡幾見，或曰「臨猋出蔥樓」，或曰「臨焱出蔥樓」。然「臨猋」自比「臨焱」爲可解。諸本多作「猋」，從之。

「增構峨峨」「增」，叢刊本、九條本同。奎章閣本、明州本、贛州本、四庫本、正德本、陳八郎本、尤刻本、胡刻本、監本作「增」。當作「增」。「構」，四庫本、贛州本、叢刊本、九條本同。奎章閣本、明州本、正德本、陳八郎本、尤刻本、胡刻本、監本作「搆」。當作「構」。「峨峨」，正德本同。奎章閣本、明州本、贛州本、四庫本、叢刊本、陳八郎本、尤刻本、胡刻本、監本、九條本作「峩峩」。當作「峨峨」。

「清塵影影」「影影」，贛州本、四庫本、叢刊本、尤刻本、胡刻本、監本、九條本同。奎章閣本、明州本、正德本、陳八郎本作「剽剽」。當作「彯彯」。

■立群案：據校勘情況，是李善本作「彯彯」，五臣本作「剽剽」。善注無注。五臣翰曰：剽剽，輕舉也。王褒移金馬碧雞：持節使者敬移南崖金精神馬、彯彯碧雞。傅玄白楊行：白雲彯彯，舍我高翔，青雲徘徊，戢我愁啼。彯彯，輕舉也。「剽剽」無「輕舉」意。故實應作「彯彯」也。

「壯翼摛鏤」「壯」，明州本、贛州本、四庫本、叢刊本、陳八郎本、尤刻本、胡刻本、監本、九條本同。奎章閣本、正德本作「壮」。當作「壯」。「翼」，奎章閣本、四庫本、正德本作「翼」。明州本、贛州本、叢刊本、陳八郎本、尤刻本、胡刻本、監本、九條本作「翼」。當作「翼」。「摛」，奎章閣本、明州本、贛州本、四庫本、叢刊本、陳八郎本、尤刻本、胡刻本、監本、九條本同。正德本作「攡」。當作「摛」。「鏤」，奎章閣本、明州本、贛州本、四庫本、叢刊本、正德本、陳八郎本、尤刻本、胡刻本、監本、九條本作「鏤」。當作「鏤」。

「於青霄」「於」，奎章閣本、明州本、贛州本、四庫本、叢刊本、陳八郎本、尤刻本、胡刻本、監本、九條本同。正德本作「扵」。當作「於」。

「雷雨窈冥」「雷雨」，奎章閣本、明州本、贛州本、四庫本、叢刊本、正德本、陳八郎本、尤刻本、胡刻本、九條本同。監本作「雷」。當作「雷雨」。「窈」，胡刻本同。奎章閣本、明州本、贛州本、四庫本、叢刊本、正德本、陳八郎本、尤刻本、監本、九條本作「窈」。當作「窈」。

■立群案：賦云：雷雨窈冥而未半，皦日籠光於綺寮。七字爲句，且句型對稱。諸本多有「雨」字，是也。監本獨無「雨」者，恐誤也。

「皦日籠光」「籠」，明州本、贛州本、四庫本、叢刊本、陳八郎本、尤刻本、胡刻本、監本、九條本同。

奎章閣本作「籠」。正德本作「籠」。當作「籠」。

「於綺寮」　「於」，奎章閣本、明州本、贛州本、四庫本、叢刊本、陳八郎本、尤刻本、胡刻本、監本、九條本同。正德本作「扵」。當作「於」。「綺」，四庫本同。奎章閣本、明州本、贛州本、叢刊本、正德本、陳八郎本、尤刻本、胡刻本、監本、九條本作「綺」。當作「綺」。

「習步頓」　「習」，奎章閣本、明州本、贛州本、四庫本、叢刊本、正德本、陳八郎本、尤刻本、胡刻本、監本、九條本作「𦐇」。當作「習」。「步」，四庫本同。奎章閣本、明州本、贛州本、叢刊本、正德本、陳八郎本、尤刻本、胡刻本、監本、九條本作「步」。當作「步」。

「御春服」　「御」，明州本、贛州本、叢刊本、正德本、尤刻本、胡刻本、監本、九條本同。奎章閣本、四庫本、陳八郎本作「御」。當作「御」。「服」，明州本、四庫本、叢刊本同。奎章閣本、贛州本、陳八郎本、尤刻本、監本作「服」。正德本、胡刻本、九條本作「服」。當作「服」。

「於寸眸」　「於」，奎章閣本、明州本、贛州本、四庫本、叢刊本、陳八郎本、尤刻本、胡刻本、監本、九條本同。正德本作「扵」。當作「於」。「眸」，奎章閣本、明州本、贛州本、四庫本、叢刊本、陳八郎本、尤刻本、胡刻本、九條本同。正德本、監本作「眸」。當作「眸」。

「萬物可齊」　「齊」，四庫本、尤刻本同。奎章閣本、明州本、贛州本、叢刊本、正德本、陳八郎本、胡刻本、監本、九條本作「齊」。當作「齊」。

「於一朝」　「於」，奎章閣本、明州本、贛州本、四庫本、叢刊本、陳八郎本、尤刻本、胡刻本、監本、九條本同。正德本作「扵」。當作「於」。「一」，奎章閣本、明州本、贛州本、四庫本、叢刊本、正德本、陳八郎本、尤刻本、胡刻本、九條本同。監本作「壹」。當作「一」。

【彙注】

【李善注】劉曰：丹墀，以丹與蔣離合用塗地也。爾雅曰：扶摇謂之猋。猋，上也。風從下升也。班固西都賦説鳳闕曰：上觚稜而栖金雀。凡鳥之栖也，羽翼戢弭，以今揆古，言栖非所睹之形也。張衡西京賦曰：鳳翥鶱於甍標，感愬風而欲翔。此鳳之有定有住，尚向風而無一方，則不宜言愬風也。但鳥跱則形定翼住，飛則斂足絶據，踶則舉羽翮用勢，若將飛而尚住，故言雲雀踶甍而矯首也。踶音提。王吉傳曰：進退步趨以實下。言人不行則膝脛以下虚弱不實也。眸，眸子也。王褒甘泉賦曰：十分未升其一，增惶懼而目眩；若播岸而臨坑，登木末以窺泉。揚雄甘泉賦説臺曰：鬼魅不能自逮，半長途而下顛。班固西都賦説臺曰：攀井幹而未半，目眩轉而意迷。舍靈檻而却倚，若顛墮而復稽。張衡西京賦説臺曰：將乍往而未半，怵悼慄而竦矜，非都盧之輕蹻，孰能超而究升？凡此四賢所以説臺榭之體，皆危峴悚懼，雖輕捷與鬼神，由莫得而目逮也。非夫王公大人，聊以雍容升高，彌望得意之謂也。异乎老子曰若春升臺之爲樂焉，故引習步頓以實下，稱八方之究遠，適可以圍於徑寸之眸子，言其理曠而當情也。莊子有齊物之論。善曰：軒，長廊之有窗也。列子曰：周穆王築臺，號中天臺。漢典職儀曰：以丹漆地，故稱丹墀。西都賦曰：正殿崔嵬層構。七發曰：蒙清塵。毛萇詩傳曰：壯，健也。摛鏤，摛布其雕鏤也。説文曰：窈窕，深遠也。冥，幽昧也。毛詩曰：有如皦日。西京賦曰：交綺豁以疏寮。論語：曾點曰：春服既成。毛詩曰：於焉逍遥。淮南子曰：八紘之外，乃有八極。趙岐孟子章句曰：眸，目童子也。

【五臣注】剽，匹遥反。踶音低。翰曰：長廊有窗而周迴曰周軒。中天，高也。天子庭曰丹墀。猋，風也。增，高也。搆，亦屋也。峨峨，高貌。屋宇深净而無濁塵，故曰清塵。剽剽，輕舉也。向曰：

雲雀，鳳也。踶，踏。甍，檐。蹻，舉也。言作鳳於檐，踏立而舉首也。壯，大。摛，發也。言鳳之大翼，光發雕鏤於青霄。窈冥，陰暗也。寮，窗也。言臺高而雷雨陰暗，至臺之半，日光在上，故曰籠光於綺窗。翰曰：謂臺高，行步上下頓足。天子服習曰御。言服春服而行。逍遥，閑樂。高臺遠視，八極之地可入於寸目。知天地之理虚曠，故萬物齊一在此時也。

【張鳳翼文選纂注】彯，匹遥切。踶音低。長廊有窗而周迴曰周軒。天子庭以丹塗地，故曰丹墀。風從下升曰猋。增，高也。構，亦屋也。彯彯，輕舉也。雲雀，鳳也。踶，踏也。甍，檐也。蹻，舉也。言作鳳于檐也。摛，發也。言鳳之大翼，雕鏤在於青霄也。窈冥，陰暗也。寮，窗也。言雖值夫雷雨陰暗，至臺半則日光在上，故曰籠光於綺窗也。臺高不能直上，故頓足。天子服習曰御。言服春服而行。逍遥，閑樂也。高臺遠視，八極可入於寸目。萬物一時可盡見，故曰齊于一朝。

【王象乾文選删注】彯，匹遥切。踶音低。扶摇謂之猋。猋，上也。風從下升也。雲雀踶甍而蹻首，鳥踶則舉羽翮用勢，若將飛而尚往，故云。摛鏤，摛布其雕鏤。王吉傳曰：進退步趨以實下。言人不行則膝脛以下虚弱不實也。

【杭世駿文選課虚】窈窕，深遠也。冥，幽昧也。

【汪師韓文選理學權輿質疑】魏都賦云：萬物可齊于一朝。舊注曰：莊子有齊物之論。按，齊物論乃謂物論之不齊者，可以齊之也。「物論」二字，當相連見義。注誤。

【余蕭客文選音義】踶舊音低。劉注：踶音提。猋標。彯彯票，平聲。五臣作剽剽。雲雀。向曰：鳳也。皦日籠光於綺寮。鄴中記：西臺高六十七丈，上作銅鳳。窗皆銅籠，疏雲母幌，日之初出，乃流光照曜。注春升臺。改「升春」。

【余蕭客文選紀聞】猋標。九經字樣。彯漂。廣韵二。踶經典釋文十四音馳。集韵二音提。

【張雲璈選學膠言】萬物可齊于一朝。張注云：莊子有齊物之論。汪韓門太史曰：齊物論乃謂物類之不齊者，可以齊之也。「物論」二字，相連見義。注誤。雲璈按，如汪說，則「論」字當作「倫類」之「倫」。然劉越石答盧諶書：遠慕老莊之齊物。夏侯湛莊周贊：齊物絶尤。文心雕龍云：莊周齊物，以論爲名。皆不以「物論」連用。

【胡克家文選考异】注「此鳳之有定有住尚向風而無一方」。案：此當作「此鳳之住有定向」七字爲一句，「而風無一方」五字爲一句。各本皆誤，絶不可通，今訂正之。

注「眸眸子也」。袁本、茶陵本無此四字。

注「班固西都賦說臺曰」。袁本、茶陵本無「說臺曰」三字。

注「彌望得意之謂也」。袁本、茶陵本「得意之謂」作「意之得」。

注「若春升臺之爲樂焉」。袁本、茶陵本無「春」字。

【梁章鉅文選旁證】清塵彯彯。六臣本「彯彯」作「剽剽」。

雲雀踶甍而矯首，壯翼摛鏤於青霄。向注：雲雀，鳳也。踶，踏。甍，檐。矯，舉也。言作鳳於檐，踏立而舉首也。壯，大。摛，發也。言鳳之大翼光發，雕鏤於青霄。按此即銅雀。水經注所謂作銅雀於樓巔，舒翼若飛者也。向注詞費而義反晦。朱氏綬曰：太平寰宇記引鄴中記云：魏太祖都城之內，諸街有赤闕，南面西頭曰鳳陽門，上有鳳二枚。此蓋向注所本。

暾日籠光於綺寮。餘曰：鄴中記載西臺高六十七丈，上作銅鳳，窗皆銅籠雲母幌，日之初出，乃流光照耀。

習步頓以升降。　段校云：依注則「升降」二字當作「實下」。

注丹墀，以丹與蔣離合用塗地也。　姜氏皋曰：「蔣」字未詳。考漢梅福傳注：應劭曰：赤尾以丹淹泥塗殿上。本書西京賦注引漢官典職曰：丹漆地故稱丹墀，未有言用蔣者。淮南子原道訓：浸潭苽蔣。注：蔣，讀水漿之漿。豈此「蔣」字亦假「漿」字，抑以蔣和丹塗地，不可知矣。各本皆無校語。

注此鳳之有定有住，尚向風而無一方。　胡公考異曰：「當作此鳳之住有定向」九字爲一句，「而風無一方」五字爲一句。

注說文曰：窈窕，深遠也。　今說文：窈，深遠也。窕，深肆極也。案此注「窕」字本不當有，正文但有「窈」字，此誤衍耳。

【胡紹煐文選箋證】習步頓以升降。注張載曰：王吉傳曰：進退步趨以實下。言人不行則膝脛下虛弱不實也。段氏玉裁校云：依注則「升降」二字當作「實下」。紹煐按：段校恐非。注「虛弱不實」，釋正文「頓」字。翰注謂「臺高行步，上下頓足」。「上下」正「升降」二字之訓，足證正文本作「升降」，不作「實下」。

【高步瀛文選李注義疏】茶陵本「搆」作「構」，是。○五臣「影影」作「剽剽」。○「未半」，袁本「半」作「平」，誤。○旁證曰：段校云：依注，則「升降」二字當作「實下」。胡紹煐曰：段校恐非。注虛弱不實，釋正文頓字。翰注謂臺高行步，上下頓足。上下正升降二字之訓，足證正文本作「升降」，不作「實下」。○注以丹與蔣離合用塗地也，旁證引姜皋曰：蔣字未詳。考漢梅福傳注應劭曰：赤墀以丹淹泥，塗殿上。本書西京賦注引漢官典職曰：丹漆地，故稱丹墀。未有言用蔣者。淮南子原道訓：浸潭苽蔣。注：蔣，讀水漿之漿。豈此「蔣」字亦假「漿」字，抑以蔣和丹塗地，不可知矣。各本皆無校語。

步瀛案：即如姜説，蔣作漿，下文離字仍不可解。疑蔣離二字相連。芍藥一名將離，豈蔣離即將離邪？然和丹亦未聞。○爾雅，見釋天。○西京賦「咸」字，此注各本誤「感」，今校改。「此鳳之住有定向而風無一方」，各本作「此鳳之有定有住尚向風而無一方」，句不可通。今依胡氏校改。○吕向曰：雲雀，鳳也。踶，踏甍簷。矯，舉也。言作鳳於簷踏立而舉首也。壯，大。摛，發也。言鳳之大翼光發，雕鏤於青霄。梁曰：此即銅雀。水經注所謂作銅雀於樓巔，舒翼若飛者也。向注詞費而義反晦。朱氏綬曰：太平寰宇記引鄴中記云：魏太祖都城之内，諸街有赤闕南面，西頭曰鳳陽門，上有鳳二枚。此蓋向注所本。○「言人不行」至「不實也」，漢書王吉傳顔注引如淳同。○「眸，眸子也」，胡曰：袁本、茶陵本無此四字。○漢書王褒傳曰：褒所爲甘泉及洞簫頌。藝文類聚居處部二引王褒甘泉頌，本注及景福殿賦注引皆作甘泉賦，蓋賦、頌亦通。如漢書所稱洞簫頌，即本書洞簫賦也。○「西都賦説臺曰」，胡曰：袁本、茶陵本無「説臺曰」三字。步瀛案：此引四賦，袁、茶二本其三皆有「説臺曰」三字，此蓋偶脱耳。又，「靈」與「櫺」字通。左傳定九年「葱靈」即「棇櫺」可證。○「得意之謂也」，胡曰：袁本、茶陵本「得意之謂」作「意之得」。○「若登春臺」，胡曰：袁本、茶陵本無「春」字。步瀛案：依老子，「春」字當在「升」字下。困學紀聞卷十曰：齊物論非欲齊物也，蓋謂物論之難齊也。是非毁譽，一付於物，而我無與焉，則物論齊矣。邵子詩謂齊物到頭争恐誤。張文潛曰：莊周患夫彼是之無窮，而物論之不齊也，而托之於天籟。錢大昕養新録卷十九曰：劉琨答盧諶書云：遠慕老、莊之齊物，近嘉阮生之放曠。文心雕龍論説篇云：莊周齊物，以論爲名。是六朝人已誤以齊物兩字連讀。汪師韓曰：齊物論乃謂物論之不齊者可以齊之也。物、論二字當相連見義，注誤。張雲璈曰：劉越石答盧諶書：遠慕老、莊之齊物。夏侯湛莊周贊：齊物絶尤。文心雕龍云：莊周齊物，以論爲名。皆不以物、論連用。步瀛案：左太冲言萬物可齊於一朝，固不以物論連讀矣。孟子滕文公上曰：夫物之不齊，物之情也。可以反證莊義。舊注是。○軒，長廊之有窗也。本書琴賦注同。○列子，見周穆王篇。○漢典職儀，已見西京賦注引。○七發，見本書卷三十四。詩采芑毛傳曰：壯，大也。無「徤也」之注，疑記誤。○説文，見穴部。「窈」下各本誤衍「窕」字，依梁氏校删。○説文：冥，幽也。此句不承上説文，故加「昧」字。○毛詩見大車。○西京賦，已見前。余蕭客音義曰：鄴中記載，西臺高六十七丈，上作鋼鳳，窗皆銅籠雲母幌，日之初出，乃流光照曜。步瀛案：見藝文類聚居處部二引。○論語，見先進篇。○毛詩，見白駒。○淮南子，見墬形篇。趙岐孟子章句，見離婁上。○猋、彯、霄、寮，古音霄部。遥、朝，幽部。通轉爲韵。

長塗牟首，豪徼互經。晷漏肅唱，明宵有程。附以蘭錡，宿以禁兵。司衛閑邪，鉤陳罔驚。

【彙校】

「長塗牟首」 「塗」，明州本、贛州本、四庫本、叢刊本、正德本、陳八郎本、尤刻本、胡刻本、監本、九條本同。奎章閣本作「塗」。當作「塗」。

「豪徼互經」「豪」，四庫本同。奎章閣本、明州本、贛州本、叢刊本、正德本、陳八郎本、尤刻本、胡刻本、監本、九條本作「豪」。當作「豪」。「互」，明州本、贛州本、四庫本、叢刊本、正德本、陳八郎本、尤刻本、胡刻本、監本、九條本同。奎章閣本作「𠄨」。當作「互」。

「晷漏肅唱」「唱」，奎章閣本、明州本、贛州本、四庫本、叢刊本、正德本、陳八郎本、尤刻本、胡刻本、監本同。九條本作「倡」。當作「唱」。

■**立群案**：善曰：漢書，房中歌曰：肅倡和聲。字書：倡，亦唱字也。五臣向曰：言刻漏嚴肅而唱，晝夜明候時而有節法。據注，是李善本作「倡」，五臣本作「唱」也。阮元經籍纂詁：唱，亦作倡。是「倡」「唱」可通，九條本亦不爲誤。今從「唱」。

「明宵有程」「程」，奎章閣本、明州本、贛州本、四庫本、叢刊本、正德本、陳八郎本、尤刻本、胡刻本、九條本同。監本作「呈」。今從「程」。

■**立群案**：善曰：程，猶限也。程，與呈通。五臣向曰：程，節也。是知李善本作「呈」，五臣本作「程」。史記秦始皇本紀：上至以衡石量書，日夜有呈，不中呈不得休息。張守節正義：言表章奏請，秤取一石，日夜有程期，不滿不休息。是「呈」「程」確可通。然今多作「程」，從之。

「附以蘭錡」「蘭錡」，奎章閣本、贛州本、叢刊本、正德本、陳八郎本、尤刻本、監本、九條本作「蘭錡」。明州本、胡刻本作「蘭錡」。四庫本作「蘭綺」。當作「蘭錡」。

■**立群案**：善注引西京賦曰：武庫禁兵，設在蘭錡。五臣注無注。「蘭錡」已見西京賦。五臣注無注者是也；李善注亦當無注，或曰：蘭錡，已見西京賦。「蘭綺」不詞，賦此處自當作「蘭錡」也。

「宿以禁兵」 「宿」,奎章閣本、明州本、贛州本、四庫本、叢刊本、正德本、九條本同。陳八郎本、尤刻本、胡刻本、監本作「宿」。當作「宿」。

「司衛閑邪」 「衛」,奎章閣本、正德本、陳八郎本、尤刻本、胡刻本、監本同。明州本、贛州本、四庫本、叢刊本、九條本作「衞」。當作「衛」。

「鉤陳罔驚」 「鉤」,奎章閣本同。明州本、贛州本、四庫本、叢刊本、正德本、陳八郎本、尤刻本、胡刻本、監本、九條本作「鉤」。當作「鈎」。

【彙注】

【李善注】徼,古吊切。錡,魚几切。劉曰:牟者,閣道有室者也。霍光傳,説昌邑王輦道牟首,鼓吹歌舞。豪徼,道也。晷漏,漏刻也。善曰:説文曰:晷,景,故曰晷漏。漢書,房中歌曰:肅倡和聲。字書,倡,亦唱字也。充向反。程,猶限也。程,與呈通。西京賦曰:武庫禁兵,設在蘭錡。建安二十二年,初置衛尉。漢書曰:衛尉掌宫門衛屯兵。周易曰:閑邪存其誠。欒汁圖曰:鉤陳,後宫也。服虔甘泉注曰:紫宫外營鉤陳星。

【五臣注】徼,古吊反。錡,魚几反。向曰:牟首,閣道有室者。豪徼,道也。言互有經過也。肅,嚴。程,節也。言刻漏嚴肅而唱,晝夜明候時而有節法。衛,侍衛也。閑邪,防惡也。罔,無也。鉤陳,星名,以衛侍帝宫。言侍衛之人防其邪惡,故無驚擾也。

【張鳳翼文選纂注】錡,魚几切。牟首,閣道之有室者。豪徼,道也。言互有經過也。肅,嚴也。程,節也。言刻漏者嚴肅而唱,明夜者候時有節。司衛,侍衛也。閑邪,防惡也。鉤陳,星名,以衛侍帝宫。因侍衛之人防其邪惡,故無驚擾也。

【王象乾文選删注】牟首，閣道有室者。豪徼，道也。霍光傳，昌邑王輦道牟首，鼓吹歌舞。建安二十二年，初置衛尉。漢書曰：衛尉掌宫門衛屯兵。

【陳景雲文選舉正】長途牟首。注「服虔甘泉注曰」。「泉」下舊本有「賦」字。

【余蕭客文選音義】漏。六臣本劉注，西上東門，北有漏刻屋。

【余蕭客文選紀聞】如淳曰：牟首，屏面也。臣瓚曰：牟首，池名。在上林苑中。師古曰：左思魏都賦「長塗牟首」。劉逵以爲：牟首，閣道有室屋也。此説更無所出。或思及逵據此「輦道牟首」誤用之。漢書注六十八。

【孫志祖文選李注補正】長塗牟首。注：牟首，閣道有室者也。霍光傳，説昌邑王輦道牟首，鼓吹歌舞。○補曰：漢書霍光傳，臣瓚注：牟首，池名也。小顔則以爲太冲誤用漢書耳。

【張雲璈選學膠言】長塗牟首。張注：牟首，閣道有室者也。霍光傳，昌邑王輦道牟首，歌舞。雲璈按，漢書本傳注：孟康曰：牟首，地名。上有觀。如淳曰：輦道，閣道也。牟首，屏面也。以屏面自隔，無哀戚也。臣瓚曰：牟首，池名也。在上林苑中。師古曰：瓚説是。屏面之言，失之遠矣。左思魏都賦：長塗牟首。劉逵當云張載以爲牟首閣道，有室者。此説更無所出，或者思及逵據此輦道牟首，便誤用之乎？諸注各執一説，未知孰是。然如漢書注所言地名、池名，則自有專屬，不當用之魏都。劉攽云：牟者，岑牟也。鼓角士胄，謂是輦人之牟首。按，下文有「禁兵」「司衛」之語，劉説近是。

【胡克家文選考异】注「晷漏漏刻也」。袁本、茶陵本下「漏」作「之」。又「也」下有「西上東門北漏有刻屋也」十字。案：有者是也。尤誤脱去。「上東」當作「止車」，前注「南當南止車門」，又有「東西止車門」。袁、茶陵「止車」皆作「上東」。考水經注説「長明溝南徑止車門下」，然則「上東」非也，此亦當同彼矣。「屋」當作「室」。

注「晷景」。案：「景」下當有「也」字。各本皆脱。

注「欒汁圖曰」。案：「圖」下當有「徵」字。各本皆脱。

注「服虔甘泉注曰」。何校「泉」下添「賦」字，陳同，是也。各本皆脱。

【許巽行文選筆記】有程。注：程，猶限也。「程」與「呈」通。知李原本作「呈」。

【朱珔文選集釋】長途牟首。張注云：牟首，閣道有室者也。霍光傳説昌邑王輦道牟首，鼓吹歌舞。案：今漢書注引孟康曰：牟首，地名。上有觀。如淳曰：輦道，閣道也。牟首，屏面也。以屏面自隔也。臣瓚曰：牟首，池名也，在上林苑中。師古以瓚説爲是，而疑此賦誤用。余謂，諸家説各异。但以鼓吹歌舞觀之，當在閣道之室中，且與上長途連言，蓋即上林賦所稱「步櫩周流，長途中宿」者也。彼注引郭璞曰：中途樓閣間陛道。又西京賦云：長廊廣廡，途閣雲蔓。薛注：謂閣道如雲氣相延蔓也。上言廊廡皆屋也，并與此合。即孟康云上有觀，亦似謂閣道之屋，但非地名耳。孟陽此注，固可從。張氏膠言引劉攽云：牟者，岑牟也。鼓角士冑，謂是輦人之牟首。故下有禁兵司衛之語，然下文隔數語云附以蘭錡，然後及禁兵，不應先言禁兵之冑，又與上長塗絶不相屬，殊爲不辭。亦非也。

豪徼互經。張注云：豪，徼道也。案：説文：徼，循也。廣韵義同。又云：小道也。前西都賦「徼道綺錯」，注引漢書「中尉掌徼循京師」。如淳曰：所謂游徼循禁，備盗賊也。後漢書班固傳注云：徼道，徼循之道。義正同。則此亦當以道爲徼循之所經，豪者其長也。

【梁章鉅文選旁證】長塗牟首。注牟首，閣道有室者也。漢書霍光傳：輦道牟首。孟康曰：牟首，地名也，上有觀。如淳曰：屏面。臣瓚曰：池名，在上林苑中。師古曰：瓚説是也。又左思吴都賦

云：長塗牟首。劉逵以爲牟首，閣道有室屋也。此説更無所出。或者思及逵據此輦道牟首，便誤用之
乎？按漢官舊儀云：上林苑中昆明池、鎬池、牟首諸池，取魚鼈給祠祀用。據此，則牟首實池名也。又
案思語在魏都賦。注者張載、師古引作吴都，劉逵蓋誤記也。

附以蘭錡。段曰：西京賦引劉逵魏都賦注曰：受他兵爲蘭，受弩曰錡。今注無之。

注晷漏，刻漏也。六臣本下「漏」作「之」。此下有「西上東門北有漏刻屋也」十字。此誤脱。惟
「上東」當作「止車」。「屋」當作「室」。説詳前。

注説文曰：晷，景。今説文：晷，日景也。

注欒汁圖曰：又服虔甘泉注曰。「圖」下當有「徵」字。各本皆脱。「泉」下，何校添「賦」字，陳
同，是也。亦各本皆脱。

【胡紹煐文選箋證】長塗牟首。注張載曰：牟首，閣道有室者也。霍光傳，説昌邑王輦道牟首。今
見漢書霍光傳：孟康曰「牟首，地名也。上有觀」，如淳曰「屏面」，臣瓚曰「池名，在上林苑中」。師古
曰：瓚説是也。又左思吴都賦云「長塗牟首」，劉逵以爲牟首「閣道，有室也」，此説更無所出，或者思及
逵據此「輦道牟首」，便誤用之。旁證云：漢舊官儀：上林苑中昆明池、鎬池、牟首諸池，取魚鱉給祠祀
用。據此，則「牟首」實池名也。又思語在魏都，注者張載，顔引作吴都，劉逵蓋誤記也。紹煐按：牟，
冒也。閣道穹隆如冒，故云牟首。孟康注謂「上有觀」，亦取此義。是牟首正閣道之有室者，當時必有
所據，不應太冲誤之於前，孟陽複誤之於後。且牟首既爲池名，在上林苑中。而霍光傳云「輦道牟首」，
「牟首」與「輦道」相屬，則不在上林苑可知。檢三輔黄圖，池名無「牟首」，有「牛首」，云「池在上林苑中
西頭」，乃恍於臣瓚之誤以「牛首」爲「牟首」，小顔因而不察耳。梁氏所引漢官舊儀「牟」亦「牛」字之

訛。本書上林賦「濯鷁牛首」，張揖曰「牛首，池名，在上林苑西頭」，此足以證之矣。

【高步瀛文選李注義疏】許曰：注「程」與「呈」通，知李原本作「呈」。○閣道，有室者也。尤本「室」誤作「説」，今從毛及袁、茶二本。漢書霍光傳注：孟康曰：牟首，地名也。上有觀。如淳曰：牟首，屏面也。以屏面自隔，無哀戚也。臣瓚曰：牟首，池名也。在上林苑中。顏曰：瓚説是也。屏面之言，失之遠矣。又左思吴都賦云：長塗牟首。劉逵以爲牟首閣道，有室屋也。此説更無所出，或者思及逵據此輦道牟首，便誤用之乎？案：「吴」當作「魏」，顏氏偶記誤耳。劉敞曰：牟首，岑牟也。岑牟，蓋鼓角士冑，即禰衡爲鼓吏所著者。張雲璈謂：漢書注所言地名、池名，則自有專屬，不當用之魏都。下文有禁兵司衛之語，劉説近是。朱銘曰：霍光傳云云，謂樂人首服耳。後漢書禰衡傳云：更著岑牟單絞之服。章懷注云：岑牟，鼓角士冑也。集韵十九侯云：鞮鞪，首鎧。通作「牟鍪」。然則牟首者，言樂人皆著岑牟於首，盈輦道而鼓吹也。賦云長塗牟首云云，言巡狩之兵，首皆著冑也。此皆從劉原父之説也。梁曰：按漢官舊儀云：上林苑中昆明池、鎬池、牟首諸池，取魚鼈給祠祀用。據此，則牟首實池名也。則從傳瓚、師古之説。王先謙漢書補注又以爲孟康説是。按之本賦，皆有未合。朱珔曰：下文隔數語云附以蘭錡，然後及禁兵，不應先言禁兵之冑，又與上長途絶不相屬，殊爲不辭。則劉説非也。胡紹煐曰：牟首既爲池名，在上林苑中，而霍光傳云輦道牟首，牟首與輦道相屬，則不在上林苑可知。檢三輔黄圖，池名無牟首，有牛首，云：池在上林苑中西頭。乃恍於臣瓚之誤以「牛首」爲「牟首」，小顏因而不察耳。梁氏所引漢官舊儀「牟」亦「牛」字之訛。本書上林賦：濯鷁牛首。張揖曰：牛首，池名，在上林西頭。此足以證之矣。則瓚、師古説亦非也。至地名之説，在霍傳上文輦及此賦上文長塗，尤不相附，更不待論。朱珔曰：以鼓吹歌舞觀之，當在閣道之室中，且與上長塗連言，蓋即上林賦所稱步櫩周流，長途中宿者也。彼注引郭璞曰：中途樓閣間陛道。又西京賦云：長廊廣廡，途閣雲蔓。薛注謂閣道如雲氣相延蔓也。上言廊廡皆屋也，并與此合。即孟康云上有觀，亦似謂閣道之屋，但非地名耳。孟陽此注，固可從。胡紹煐曰：牟，冒也。閣道穹隆如冒，故云牟首。孟康注謂上有觀，亦取此義。是牟首正閣道之有室者，當時必有所據，不應太沖誤之於前，孟陽復誤之於後。案：二説是也。○朱珔曰：説文：徼，循也。廣韻義同。又云：小道也。前西都賦徼道綺錯，注引漢書中尉掌徼循京師。如淳曰：所謂游徼循禁，備盜賊也。後漢書班固傳注云：徼道，徼循之道。義正同。則此亦當以道爲徼循之所經，豪者其長也。○「晷漏，漏刻也」，胡曰：袁本、茶陵本下「漏」作「之」。○「西止車門，北有漏刻室也」，尤本、毛本脱此十字。今依袁、茶二本。特二本「止車」作「上東」，「室」作「屋」。胡曰：前注南當南止車門，又有東西止車門，袁、茶陵「止車」皆作「上東」。考水經注説，長明溝南徑止車門下。然則「上東」非也。此亦當同彼矣。「屋」當作「室」。步瀛案：胡校是，今從之。水經注，見濁漳水。○説文日部曰：晷，日景也。此注各本脱「日也」二字，今據補。○漢書，見禮樂志。○吕錦文曰：「唱」，今經典多作「倡」。詩蘀兮：倡予和女。周禮樂師：凡軍大獻，教愷歌，遂倡之。禮記檀弓：婦人倡踊。樂記：壹倡而三嘆。左昭十二年傳：外内倡和爲忠。國語吴語：大夫種乃倡謀。正字當作「唱」。説文人部：倡，樂也。口部：唱，導也。其義迥異，然皆從昌字得聲，亦可通用。杜宗玉曰：倡、唱，昌聲。陸士衡吊魏武帝文：發哀音於舊倡。注引説文曰：倡，樂也。廣雅釋詁：倡，昌始也。禮記樂記：壹倡而三嘆。注：倡，發歌句也。禮記檀弓上：婦人倡踊。注：倡，先也。左氏昭十六年傳取其唱予和汝。釋文：「唱」本作「倡」，蓋唱之而後和之，即首發歌句之倡也。説文唱亦訓導。○程，猶限也。説文曰：程，程品也。段注曰：品者，衆庶也。因衆庶而立之法，則斯謂之程品。荀卿曰：程者，物之準也。月令：陳祭器，按度程。注：程謂器所容也。漢書：張蒼定章程。如淳曰：章，曆數之章術也。程者，權衡丈尺斗斛之平法也。案：荀子見致士篇，漢書見高帝紀。説文又曰：呈，平也。段曰：今義云示也，見也。杜宗玉曰：程有平意。蓋平定章程而示于衆庶之謂。呈、程，均直貞切。音同形近之字也。○魏志武帝紀建安二十二年，裴注引魏書曰：初置衛尉官。○漢書，見百官公卿表。○周易，見乾文言傳。○「樂汁圖」，胡曰：「圖」下當有「徵」字，各本皆脱。步瀛案：不言徵者，省稱耳。已見西都賦疏。○服虔甘泉賦注，各本脱「賦」字，今增。案：本書卷七注引「紫」下有「微」字，「營」下熱「鈎」字。漢書楊雄傳顏注引亦無「鈎」字。又互見西都賦疏。○經、程、驚，古音耕部。兵，陽部。通轉爲韵。○以上宮殿。

於是崇墉浚洫，嬰堞帶涘。四門輱輱，隆厦重起。憑太清以混成，越埃壒而資始。邈邈標危，亭亭峻跱。臨焦原而弗怳，誰勁捷而無猲。與岡岑而永固，非有期乎世祀。陽靈停曜於其表，陰祇濛霧於其裏。

【彙校】

「於是」 「於」，奎章閣本、明州本、贛州本、四庫本、叢刊本、陳八郎本、尤刻本、胡刻本、監本、九條本同。正德本作「扵」。當作「於」。

「崇墉浚洫」 「浚」，明州本、贛州本、四庫本、叢刊本、陳八郎本、尤刻本、胡刻本、監本、九條本同。奎章閣本、正德本作「濬」。當作「浚」。

「嬰堞帶涘」 「堞」，四庫本同。奎章閣本、明州本、贛州本、叢刊本、正德本、陳八郎本、尤刻本、胡刻本、監本、九條本作「堞」。當作「堞」。

「隆厦重起」 「隆」，奎章閣本、明州本、贛州本、四庫本、叢刊本、尤刻本、胡刻本、監本、九條本同。正德本、陳八郎本作「隆」。當作「隆」。「厦」，明州本、贛州本、四庫本、叢刊本、尤刻本、胡刻本、九條本同。奎章閣本、正德本作「廈」。陳八郎本、監本作「夏」。當作「厦」。「起」，奎章閣本同。明州本、贛州本、四庫本、叢刊本、正德本、陳八郎本、尤刻本、胡刻本、監本、九條本作「起」。當作「起」。

「憑太清」 「憑」，奎章閣本、明州本、贛州本、四庫本、叢刊本、陳八郎本、尤刻本、胡刻本、監本、九條本同。正德本作「憑」。當作「憑」。

「越埃壒」　「越」，叢刊本、監本同。奎章閣本作「走戉」。明州本、贛州本、四庫本、正德本、陳八郎本、尤刻本、胡刻本、九條本作「走戉」。當作「越」。「壒」，奎章閣本、明州本、贛州本、叢刊本、正德本、陳八郎本、尤刻本、胡刻本、監本、九條本同。四庫本作「塧」。當作「壒」。

「邈邈標危」　「邈邈」，明州本、贛州本、四庫本、叢刊本、陳八郎本、監本同。奎章閣本作「邈邈」。正德本、九條本作「邈邈」。尤刻本、胡刻本作「藐藐」。今從「邈邈」。「標」，四庫本、尤刻本、胡刻本、監本同。奎章閣本、明州本、贛州本、叢刊本、正德本、陳八郎本、九條本作「摽」。當作「標」。

立群案：作「高遠貌」時，「邈邈」「藐藐」通。如楚辭離騷：抑志而弭節兮，神高馳之邈邈。王逸注：邈邈，远貌。詩大雅瞻卬：藐藐昊天，無不克鞏。「藐藐」，亦作「高遠貌」。然今多作「邈邈」，從之。

善注引說文曰：標，末也。五臣翰曰：標，立也。據注，是李善本、五臣本皆作「標」也。管子霸言：大本而小標。尹知章注：標，末也。袁宏三國名臣序贊：喪亂備矣，勝塗未隆，先生標之，振起清風。張銑注：標，立也。可證李善注、五臣注俱有據。作「標」是也。

「亭亭峻跱」　「亭亭」，奎章閣本、明州本、贛州本、四庫本、叢刊本、正德本、尤刻本、胡刻本、監本、九條本作「亭亭」。陳八郎本作「亭」。當作「亭亭」。「峻峙」，贛州本、四庫本、叢刊本同。奎章閣本、明州本、正德本、陳八郎本、九條本作「峻跱」。尤刻本、胡刻本、監本作「峻趾」。當作「峻峙」。

立群案：許巽行文選筆記：「跱」，何改「阯」。案，說文：阯，基也。或作「址」，從土。李注正作「阯」。今訛作「跱」，非李原本也。梁章鉅文選旁證：六臣本「跱」作「峙」。朱氏珔曰：「峻跱」，尤本作「峻趾」。注引説文曰：阯，基也。則正文非「跱」矣。胡紹煐文選箋證：亭亭峻跱。注善曰：説文曰：阯，基也。按：依注則正文當作「峻阯」。峻，峭也。「峻阯」猶「峭阯」。太玄大「豐墻峭」是也。蓋善本作「阯」，五臣作「跱」。無論作「阯」、作「跱」，釋賦意皆澀。沈約齊故安陸昭王碑文：喬嶽峻峙，命世興賢。玄奘大唐西域記故宮北石柱：周垣峻峙，隅樓特起。「峻峙」，高聳、聳立貌。與賦正合。作「峻峙」是也。

「臨焦原」　「原」，奎章閣本、明州本、贛州本、四庫本、叢刊本、陳八郎本、尤刻本、胡刻本、監本、九條本同。正德本作「原」。當作「原」。

「而弗悦」　「弗」，奎章閣本、明州本、贛州本、四庫本、叢刊本、正德本、陳八郎本、九條本同。尤刻本、胡刻本、監本作「不」。今從「弗」。「悦」，贛州本、四庫本、叢刊本、尤刻本、胡刻本、監本同。奎章閣本、陳八郎本、九條本作「况」。明州本、正德本作「況」。當作「況」。

■立群案：説文：不，鳥飛上翔不下來也。從一，一猶天也。象形。凡不之屬皆從不。凡云不然者，皆於此義引申假借。與「弗」字音義皆殊。音之殊，則「弗」在十五部也。義之殊，則「不」輕「弗」重。公羊傳曰：弗者，不之深也。今從「弗」。

「誰勁捷」　「捷」，奎章閣本、明州本、贛州本、四庫本、叢刊本、正德本、陳八郎本、尤刻本、胡刻本、九條本同。監本作「揵」。當作「捷」。

「而無偲」　「無」，奎章閣本、明州本、贛州本、四庫本、叢刊本、正德本、陳八郎本、胡刻本、監本、九條本同。尤刻本作「无」。當作「無」。

「與岡岑」　「與」，明州本、贛州本、四庫本、叢刊本、正德本、尤刻本、胡刻本、監本、九條本同。奎章閣本作「與」。陳八郎本作「与」。當作「與」。

「而永固」「永」，奎章閣本、明州本、贛州本、四庫本、叢刊本、正德本、尤刻本、胡刻本、監本同。陳八郎本、九條本作「永」。當作「永」。

「期乎世祀」「世」，四庫本同。贛州本、叢刊本、尤刻本、胡刻本、監本、九條本作「丗」。奎章閣本、明州本、正德本、陳八郎本作「代」。今從「世」。

■**立群案：**李善本作「世祀」，五臣本作「代祀」。左傳僖公十二年：管氏之世祀也宜哉！或爲賦語所本。疑本作「世祀」，五臣本因避諱而改「世祀」爲「代祀」。今從「世」。

「陽靈停曜」「陽」，監本同。奎章閣本、贛州本、正德本、尤刻本、胡刻本作「陽」。明州本、四庫本、叢刊本、陳八郎本、九條本作「陽」。當作「陽」。「靈」，明州本、贛州本、四庫本、叢刊本、正德本、尤刻本、胡刻本、監本、九條本同。奎章閣本、陳八郎本作「靈」。當作「靈」。「停」，四庫本同。奎章閣本、明州本、贛州本、叢刊本、正德本、陳八郎本、尤刻本、胡刻本、監本、九條本作「停」。當作「停」。「曜」，奎章閣本、明州本、贛州本、四庫本、叢刊本、正德本、陳八郎本、尤刻本、胡刻本、監本、九條本作「曜」。當作「曜」。

「於其表」「於」，奎章閣本、明州本、贛州本、四庫本、叢刊本、陳八郎本、尤刻本、胡刻本、監本、九條本同。正德本作「扵」。當作「於」。

「陰祇濛霧」「陰」，四庫本同。奎章閣本、明州本、贛州本、叢刊本、正德本、陳八郎本、尤刻本、胡刻本、監本、九條本作「陰」。當作「陰」。「祇」，奎章閣本、四庫本、尤刻本同。明州本、贛州本、叢刊本、正德本、陳八郎本、胡刻本、監本、九條本作「祇」。當作「祇」。「濛」，奎章閣本、明州本、贛州本、叢刊本、正德本、陳八郎本、尤刻本、胡刻本、監本、九條本同。四庫本作「濛」。當作「濛」。

「於其裏」 「於」，奎章閣本、明州本、贛州本、四庫本、叢刊本、陳八郎本、尤刻本、胡刻本、監本、九條本同。正德本作「扵」。當作「於」。「裏」，奎章閣本、四庫本、正德本、陳八郎本、胡刻本、監本同。明州本、贛州本、叢刊本、尤刻本、九條本作「裹」。當作「裏」。

【彙注】

【李善注】巘，魚竭切。壒，烏害切。劉曰：墉，城也。浚，深也。洫，城溝也。張衡西京賦曰：經城洫。堞，城上女墻也。賈誼曰：翟伐衛，寇俠城。涘，崖也。詩云：夏屋渠渠。又曰：既成藐藐。尸子曰：莒國有石焦原者，廣尋五十步，臨百仞之谿，莒國莫敢近也。有勇以見莒子者，獨却行齊踵焉，所以服莒國也。善曰：薛綜西京賦注曰：巘巘，高貌也。鶡冠子曰：上及太清，下及太寧。老子曰：有物混成，先天地生。西都賦曰：軼埃壒之混濁。周易曰：萬物資始。王逸楚辭注曰：藐藐，遠也。說文曰：標，末也。鄭玄禮記注曰：危，棟上也。西京賦曰：狀亭亭以苕苕。說文曰：阯，基也。論語：慎而無禮則葸。愢，與葸同。思子反。陽靈，天神也。甘泉賦曰：齊乎陽靈之宮。周禮曰：掌地祇之禮也。

【五臣注】巘，魚竭反。壒，烏害反。愢，胥理反。銑曰：墉，城墻也。浚，深。洫，溝。嬰，繞也。堞，城上女墻。涘，水涯也。言宮闕繞崇城之堞，帶深溝之涯也。巘巘，高也。隆厦，大屋也。言宮闕四門巘巘而高也。大厦重疊而起也。翰曰：太清，天也。埃壒，塵昏之氣。謂樓觀高峻而憑天，若混然而自成也。超越塵昏之所，資混然之氣，以爲造作之始也。邈邈、亭亭，高遠也。摽，立也。翰曰：焦原，山名，代知其險，言樓高之險，雖臨焦原亦不比況。愢，懼也。言誰有勁捷之人，登此而不懼者。言長堅固如山，豈可論年代之近遠乎？良曰：陽靈，日也。陰祇，雷雨神。言樓臺高峻入天，而日至於此。自下望之，若停光在其上，雲雨之神濛雲霧於内也。

【張鳳翼文選纂注】轗，魚竭切。壒，烏害切。缌，胥理切。墉，城也。浚，深也。洫，城溝也。嬰，繞也。堞，城上女墻。涘，水涯也。言宫闕繞崇城之堞，帶深溝之涯也。轗轗，高也。隆厦，大屋也。言宫闕四門高，而大厦叠起。太清，天也。謂樓觀高峻上憑於天，若混然而自成也。埃壒，塵也。越埃壒，謂超越塵外，以爲造作之始也。邈邈、亭亭，高遠也。標，立也。焦原，山名。缌，懼也。尸子：莒國有石焦原者，廣尋五十步，臨百仞之谿，莒國莫敢近也。有勇以見莒子者，獨却行齊踵焉，所以服莒國。援此以見高峻也。陽靈，日也。外高峻，故若停光於其外。陰祇，雲雨神。内深沉，故若濛霧於其内。

【王象乾文選删注】轗，魚竭切。缌，胥理切。轗轗，高貌。邈邈，遠貌。陽靈，天神也。尸子曰：莒國有石焦原者，廣尋五十步，臨百仞之谿，莒國莫敢近也。有勇以見莒子者，獨却行齊踵焉，所以服莒國也。

【陳景雲文選舉正】亭亭峻跱。「跱」，舊本作「趾」按，今本「跱」字，是五臣本混入者。又注「乃涘」。舊本無「乃」字。

【杭世駿文選課虚】缌，與葸同。思子切。懼貌。魯靈光殿賦：心缌缌而發悸。

【余蕭客文選音義】堞牒。涘上聲。杞上聲。厦沙，去聲。淮南注音夏。跱。六臣作「峙」。缌。善注與「葸」同。

【余蕭客文選紀聞】轗午葛。玉篇十八。鄴城七門，南曰鳳陽門，中曰中陽門，次曰廣陽門。東曰建春門。北曰廣德門，次曰厩門。西曰金明門，一曰白門水經注十。案，鄴城七門，賦言「四」，謂四面之門。或七門石氏所廣，非魏都之舊矣。壒藹。廣韻四。猥蒠。集韻五。

【胡克家文選考异】隆廈重起。案：「廈」當作「夏」。載注引詩「夏屋」，善必與之同。蓋五臣「廈」而各本亂之。下文「廈屋一揆」，亦如此。

注「寇俠城堞」。袁本、茶陵本無「堞」字。案：此尤校添也。

注「毛詩云夏屋渠渠」。袁本、茶陵本無「毛」字。案：無者最是。此稱詩，舊注例也；若稱毛詩，善注例也。其有不合者，非。餘各本皆誤者準此，不更出。凡劉淵林、張孟陽諸人之注，皆未必是毛詩，觀下「牒牒坰野」句注，即可知矣。

注「廣尋長五十步」。袁本、茶陵本無「長」字。案：此尤校添也。

【許巽行文選筆記】峻跱。「跱」，何改「阯」。案，説文：阯，基也。或作「址」，從土。李注正作「阯」。今訛作「跱」，非李原本也。

【朱珔文選集釋】藐藐標危。善注引禮記鄭注：危，棟上也。案：此爲喪大記「中屋履危」注。又史記魏世家「痤因上屋騎危」，集解亦同。説文「危」爲部首，云：在高而懼也。本書七命注又引論語鄭注：危，高也。棟上乃屋之極高處，故稱危。桂氏札樸則云：「危」當爲「产」。説文厂部：产，屋梠也。秦謂之桷，齊謂之产。據此，是「危」亦借字，「危」本從产也。

【梁章鉅文選旁證】藐藐標危，亭亭峻跱。六臣本作「邈邈標危」。「跱」作「峙」。朱氏珔曰：「峻跱」，尤本作「峻趾」。注引説文曰：阯，基也。則正文非「跱」矣。

注寇俠城乃。「乃」字誤。尤本作「寇俠城堞」，是也。

注毛詩云：夏屋渠渠。六臣本無「毛」字。胡公考异曰：稱詩，舊注例也；稱毛詩，善注例也。

凡劉淵林、張孟陽諸人之注，皆未必是毛詩，觀下「牒牒坰野」注，即可知矣。

注說文曰：標，末也。　今說文：標，木抄末也。

【薛傳均文選古字通疏證】誰勁捷而無偲。注善曰：論語曰：慎而無禮則葸。「偲」，與「葸」同。傳均案，王文考魯靈光殿賦：心偲偲而發悸。注善曰：蘇林漢書注：葸葸，懼貌。「偲」與「葸」同。蓋「偲」「葸」皆從思字得聲，故通用也。

【胡紹煐文選箋證】亭亭峻跱。注善曰：說文曰：阯，基也。按：依注則正文當作「峻阯」。峻，峭也。「峻阯」猶「峭阯」。太玄大「豐墻峭阯」是也。蓋善本作「阯」、五臣作「跱」。

【高步瀛文選李注義疏】「阯」，尤本作「趾」，毛本作「跱」，茶陵本作「峙」，校曰：五臣本作「跱」，袁本作「跱」。是作「跱」者爲五臣本，毛作「跱」，茶陵作「峙」，尤作「趾」，皆非。今依李注改正。五臣本「悅」作「況」，李周翰釋爲比況，亦非是。悅字義已見西都賦，與「偲」字相對。又五臣「世」作「代」。○墉，城。詩皇矣、良耜毛傳同。○浚，深。爾雅釋言文。○西京賦薛注曰：洫，城池也。與城溝同。○釋名釋宮室曰：城上垣曰睥睨，言於其孔中睥睨非常也。亦曰埤。埤，裨也，言裨助城之高也。亦曰女墻，言其卑小，比之於城，若女子之於丈夫也。○賈誼語見新書春秋篇。今本「俠」作「挾」。盧文弨曰：挾，猶薄也。步瀛案：「俠」、「挾」之通借字。袁、茶二本無「堞」字，非。○爾雅釋丘曰：涘爲崖。廣雅釋丘曰：涘，崖也。說文曰：涘，水涯也。○詩，見權輿。尤本「詩」上有「毛」字。胡曰：袁本、茶陵本無「毛」字，案：無者最是。此稱詩，舊注例也。若稱毛詩，善注例也。凡劉淵林、張孟陽諸人之注，皆未必是毛詩，觀下牒牒坰野句注，即可知矣。案：胡氏說是，今據二本刪「毛」字。○又引詩見崧高。○尸子，本書思玄賦舊注亦引之。「以勇」，本注各本作「勇以」，今依思玄賦注乙轉。後漢書張衡傳、御覽人事部六十二引并同。又袁、茶二本「廣尋」下無「長」字，思玄注并無「尋」字。張衡傳注「尋」「長」字皆有，御覽「尋」上有「數」字。又，「所以服莒國也」，御覽同。張衡傳注「所」上有「此」字，思玄注作「所以稱一世」，蓋誤。又張衡傳注「石」作「名」，「齊」作「躋」，御覽作「劑」，各不同。又本書長笛賦注引「焦原者臨萬仞之谿」，「萬」字蓋緣彼正文而誤。西京賦薛注已見前。○鶡冠子，見度萬篇。兩「太」字作「泰」，字同。○老子河上公注曰：謂道無形，混沌而成。○周易，見乾象傳。○楚辭注，見離騷。「也」作「貌」。○説文，見木部。今本「末」上有「木杪」二字，下「杪」字曰：木標末也。本書上林賦注引「末」上亦無「木杪」二字。沈濤曰：疑古本作「木末也」，與下「杪」字解同，無「杪標」二字。崇賢所引，又節去「木」字耳。今本語不可通。步瀛案：沈説殆是，但此賦標危與下峻阯對文，則標字當作高舉之義解。標危猶言極頂耳。○禮記鄭注，見喪大記。史記魏世家范痤上屋騎危，集解與鄭注同。朱珔曰：説文危爲部首，云：在高而懼也。本書七命注又引論語鄭注：危，高也。棟上乃屋之極高處，故稱危。桂氏札樸則云：「危」當爲「产」。説文厂部：产，屋梠也。秦謂之桷，齊謂之产。據此，是「危」亦借字，「危」本從产也。○説文，見自部。○論語，見泰伯篇。集解曰：葸，畏懼之貌也。薛傳均曰：王文考魯靈光殿賦：心猥猥而發悸。善曰：蘇林漢書注：葸葸，懼貌。「猥」與「葸」同，蓋「猥」「葸」皆從思字得聲，故通用也。○甘泉賦，見卷七。○周禮，見春官大宗伯之職。○涘、起、始、阯、猥、祀、裏，古音之部。○以上城池。

苑以玄武，陪以幽林。繚垣開囿，觀宇相臨。碩果灌叢，圍木竦尋。篁篠懷風，蒲桃結陰。回淵灌，積水深。蒹葭贙，雚蒻森。丹藕凌波而的皪，緑芰泛濤而浸潭。羽翮頡頏，鱗介浮沉。棲者擇木，雊者擇音。若咆渤澥與姑餘，常鳴鶴而在陰。表清籞，勒虞箴。思國恤，忘從禽。樵蘇往而無忌，即鹿縱而匪禁。

【彙校】

「苑以玄武」　「苑」，奎章閣本、明州本、陳八郎本同。贛州本、叢刊本、尤刻本、胡刻本、監本、九條本作「菀」。四庫本作「菀」。正德本作「苑」。當作「苑」。

「觀宇相臨」　「觀」，奎章閣本、明州本、贛州本、四庫本、叢刊本、正德本、尤刻本、胡刻本、監本、九條本同。陳八郎本作「覌」。當作「觀」。

「圍木竦尋」　「圍」，奎章閣本、贛州本、叢刊本、正德本、陳八郎本、尤刻本、胡刻本、監本、九條本同。明州本作「園」。四庫本作「園」。當作「圍」。「尋」，正德本同。奎章閣本、明州本、贛州本、四庫本、叢刊本、陳八郎本、尤刻本、胡刻本、監本、九條本作「尋」。當作「尋」。

■ **立群案**：善曰：莊子曰：見巨木其絜百圍。五臣注：圍木竦尋者，大木也。據注，是李善本、五臣本俱作「圍」也。且「碩果」「圍木」相對爲文。「園木」無義，「圍木」勝，今從之。

「篁篠懷風」　「懷」，明州本、贛州本、叢刊本、陳八郎本、尤刻本、胡刻本、監本、九條本同。奎章閣本、四庫本、正德本作「懐」。當作「懷」。

「蒲桃結陰」「蒲桃」，奎章閣本、明州本、贛州本、四庫本、叢刊本、正德本、陳八郎本、九條本同。尤刻本、胡刻本作「蒲陶」。監本作「蒱陶」。今從「蒲桃」。「結」，奎章閣本、四庫本同。明州本、贛州本、叢刊本、正德本、陳八郎本、尤刻本、胡刻本、監本、九條本作「結」。當作「結」。「陰」，四庫本同。奎章閣本、明州本、贛州本、叢刊本、正德本、陳八郎本、尤刻本、胡刻本、監本、九條本作「陰」。當作「陰」。

■**立群案**：高步瀛文選李注義疏：步瀛案：蒲陶自大宛來，但譯其音，本無定字，故史記漢書作「蒲陶」，唐人詩多作「蒲桃」，俗作「葡萄」，但作「蒲陶」者實罕見耳。高氏説是也。今多作「葡萄」，然此處從諸本作「蒲桃」可也。

「積水深」「深」，明州本、贛州本、四庫本、叢刊本、正德本、陳八郎本、尤刻本、胡刻本、監本、九條本同。奎章閣本作「深」。當作「深」。

「蒹葭贙」「蒹」，明州本、贛州本、四庫本、叢刊本、正德本、陳八郎本、尤刻本、胡刻本、監本、九條本同。奎章閣本作「蒹」。當作「蒹」。

「而的礫」「的礫」，奎章閣本、明州本、贛州本、四庫本、叢刊本、正德本、陳八郎本、九條本同。尤刻本、胡刻本、監本作「的皪」。今從「的礫」。

■**立群案**：善曰：的礫，光明也。五臣銑曰：的礫，暎水貌。據注，是李善本、五臣本皆作「的礫」。阮元經籍籑詁：詩淇奥箋：皪皪而處。釋文：皪，本作礫。李邕崧臺石室記：有巨石皆似蹲獸之類，疊花仰空，的礫瓊脂，色如截肪。作「光亮、鮮明」解，與賦正合。今從「的礫」。

「緑芰泛濤」「芰」，奎章閣本、四庫本、胡刻本同。明州本、贛州本、叢刊本、正德本、陳八郎本、尤刻本、監本、九條本作「芰」。當作「芰」。「濤」，奎章閣本、明州本、贛州本、叢刊本、陳八郎本、尤刻本、胡刻本、監本、九條本同。四庫本、正德本作「濤」。當作「濤」。

「羽翮頡頏」「翮」，奎章閣本、贛州本、四庫本同。明州本、叢刊本、尤刻本、胡刻本、監本、九條本作「翮」。正德本、陳八郎本作「翮」。當作「翮」。

「鱗介浮沉」「沉」，奎章閣本、尤刻本同。明州本、贛州本、四庫本、叢刊本、正德本、陳八郎本、胡刻本、監本、九條本作「沈」。當作「沉」。

■立群案：西都賦「窈窕繁華」之句，許巽行文選筆記：今書肆所售經書，如以「⿱穴幻」作「窈」，以「厄」作「戹」，以「卆」作「本」，以「沉」作「沈」之類，不可悉舉。「厄」「卆」猶皆有其字，特誤認耳。「⿱穴幻」「沉」等，成何字邪？是本字作「沈」。然今「沉浮」多用「沉」字，作「沉」可也。

「栖者擇木」「栖」，奎章閣本、明州本、贛州本、叢刊本、正德本、陳八郎本、尤刻本、胡刻本、監本、九條本同。四庫本作「棲」。當作「栖」。

「若咆渤澥」「澥」，明州本、贛州本、四庫本、叢刊本、正德本、陳八郎本、尤刻本、胡刻本、監本、九條本同。奎章閣本作「澥」。當作「澥」。

「與姑餘」「與」，明州本、贛州本、四庫本、叢刊本、正德本、尤刻本、胡刻本、監本、九條本同。奎章閣本作「與」。陳八郎本作「与」。當作「與」。

「而在陰」「陰」，四庫本同。奎章閣本、明州本、贛州本、叢刊本、正德本、陳八郎本、尤刻本、胡刻本、監本、九條本作「隂」。當作「陰」。

「表清籞」「籞」，奎章閣本、明州本、贛州本、正德本、陳八郎本作「禦」。四庫本、叢刊本、尤刻本、胡刻本、監本、九條本作「籞」。當作「籞」。

■**立群案**：善注無注。五臣向曰：禦，謂池沼草木有屋庇禽獸之處，表而不禁，任人取之。善注之所以無注者，乃因東京賦「洪池清蘌」之句已注：漢書音義，應劭曰：蘌，在池水上作室，可用栖鳥，鳥入則捕之。可反證李善本當作「清篽」，時五臣本亦作「清篽」。今五臣向曰：禦，謂池沼草木有屋庇禽獸之處，表而不禁，任人取之。五臣注「禦」字，顯據善注「蘌」字爲注。說文：篽，禁苑也。當作「清篽」爲是。

「思國恤」「恤」，奎章閣本、明州本、贛州本、四庫本、叢刊本、正德本、陳八郎本、尤刻本、胡刻本、監本、九條本作「卹」。當作「恤」。

「樵蘇往」「往」，明州本、贛州本、四庫本、叢刊本、陳八郎本、尤刻本、胡刻本、監本、九條本同。奎章閣本、正德本作「徃」。當作「往」。

「無忌」「忌」，四庫本、九條本同。奎章閣本、明州本、贛州本、叢刊本、正德本、陳八郎本、尤刻本、胡刻本、監本作「忌」。當作「忌」。

【彙注】

【李善注】繚音了。藋，胡官切。蒻音弱。浸，七心切。潭，以心切。咆，步交切。劉曰：玄武苑在鄴城西，苑中有魚梁釣臺竹園，蒲桃諸果。詩曰：集于灌木。春秋左氏傳曰：鳥則擇木。又曰：鹿死不擇音。皆自得之謂也。雊者，舉雉兔之類，不傷其時，況其巨者乎！揚雄曰：勃澥之鳥。淮南子曰：軼鶤鷄於姑餘。易曰：鳴鶴在陰，其子和之。張衡東京賦曰：江池清蘌。虞箴，虞人之箴也，事見春秋。其辭曰：芒芒禹迹，畫爲九州，經啓九道。人有寢廟，獸有茂草，各有攸處，德用不擾。在帝夷羿，冒于原獸，忘其國恤，思其麀牡。武不可重，是用不恢于夏家。獸臣司原，敢告僕夫。周易曰：即鹿無虞，往從禽也。孟子，齊宣王問曰：文王之囿方七十里，有諸？孟子對曰：於傳有之。曰：若是其大乎？答曰：民猶以爲小也。曰：寡人之囿方四十里，民猶以爲大，何也？答曰：文王之囿方七十里，芻蕘者往焉，雉兔者往焉，與民同之。民以爲小，不亦宜乎？臣始至於境，問國之大禁，然後敢入。臣聞郊關之内有囿方四十里，殺其麋鹿者如殺人之罪。則是四十里爲阱於國中。民以爲大，不亦宜乎？言樵蘇往而無忌，即鹿縱而匪禁者，蓋同乎周文之德，异乎齊宣之意。善曰：西都賦曰：幽林穹谷。西京賦曰：繚垣綿連。周易曰：碩果不食。莊子曰：見巨木其絜百圍。孫子曰：水深則回。説文曰：淵，回水也。毛詩曰：有灌者泉。文子曰：積水成海。説文曰：蕡，分別也。胡犬反。本草曰：藕，一名水芝。爾雅曰：荷，芙蕖，其根藕。此文云凌波而的皪，即藕爲遍名，非唯根矣。的皪，光明也。上林賦曰：的皪江靡。鄭玄周禮注曰：陵，芰也。説文曰：白濤，大波也。浸潭，漸漬也，隨波之貌。洞簫賦曰：玉液浸潭而承其根。毛萇詩傳曰：飛而上曰頡，飛而下曰頏。周禮曰：川澤宜鱗物，墳衍宜介物。鄭玄曰：鱗，魚龍之屬。介，龜鼈之屬，水居陸生者也。漢書音義，晋灼曰：樵，取薪也。蘇，取草也。

【五臣注】繚音了。蕡，胡犬反。藋，胡官反。蒻音弱。浸，七心反。潭，以心反。咆，步交反。渤，蒲没反。禦音語。禁音金。濟曰：玄武，苑名，中有幽林。繚，繞也。爲墻環繞以爲苑囿，囿中觀宇相臨。言多也。良曰：碩，大也。草木雜生曰灌。圍木竦尋者，大木也。竹叢生曰篁。篠，竹也。言叢竹懷風清肅之氣。蒲桃體蔓延而葉密，故多陰也。向曰：回，曲。灌，澄也。積水衆流，相合爲池。蕡，分別也。言衆草森然，分別於内。銑曰：丹藕，蓮也。的皪，暎水貌。芰，菱也。浸潭，浮貌。銑曰：羽翮，鳥也。頡頏，水浮貌。鱗，魚。介，龜也。言或浮或沉也。翰曰：雊，鳥鳴也，言不迫逐，不傷其性，皆得安理如此。濟曰：咆，鳴也。渤澥、姑餘，皆海也。言魚鳥之類雖近在此，若在江海以自得，不失其天性。鳴鶴在陰，皆自得其類也。向曰：禦，謂池沼草木有屋庇禽獸之處，表而不禁，任人取之。虞箴所以戒勒，無爲田獵。恤，憂也，思國之所憂。言忘從禽者，言不從禽獸之樂也。樵，木。蘇，草也。言苑囿之中草木盛，人往取之，無忌吝也。即鹿苑中所養，任人縱之，亦非所禁。咸與人共之也。

【張鳳翼文選纂注】贙，胡犬切。籗，胡官切。蒻音弱。潭，以心切。咆，步交切。渤，蒲没切。禦音語。禁音金。玄武苑在鄴城西。有墻環繞，以爲苑囿。囿中觀宇相臨。言多也。碩，大也。圍木竦尋者，大木也。竹叢生曰篁。篠，竹也。懷風有清肅之氣也。蒲桃體蔓延而葉密，故多陰。迴，曲也。濯，澄也。贙，分别也。言衆草森然，分别于内。丹藕，蓮也。的皪，映水貌。芰，菱也。浸潭，浮貌。羽翮，鳥也。頡頏，水浮貌。言或浮或沉也。渤澥、姑餘，皆海也。言魚鳥之類，若在江海之自得也。鳴鶴在陰，自得其類也。雊，鳥鳴也。言不迫逐，不傷其性，皆得安其天也。禦，謂池沼草木有屋庇禽獸之處。虞箴，以戒禽荒。勒，勒於心也。恤，憂也。思國之所憂也。忘從禽，言不從禽獸之樂也。樵取木，蘇取草也。往，即「芻蕘者往焉」是也。即鹿，易有「即鹿無虞」，即「雉兔者往焉」是也。

【王象乾文選删注】贙，胡犬反。籗，胡官切。蒻音弱。咆，步交切。禁音金。玄武苑在鄴城西，苑中有魚梁釣臺竹園，蒲桃諸果。贙，分别也。的皪，光明也。浸潭，漸漬也，隨波貌。本草曰：藕，一名水芝。爾雅曰：荷，芙蕖，其根藕。春秋，其辭曰：芒芒禹迹，畫爲九州，經啓九道。人有寢廟，獸有茂草，各有攸處，德用不擾。在帝夷羿，冒于原獸，忘其國恤，思其麀牡。武不可重，是用不恢于夏家。獸臣司原，敢告僕夫。

【杭世駿文選課虚】贙，分别也。胡犬切。的皪，光明也。浸潭，漸漬也，隨波之貌。潭，以心切。洞簫賦：玉液侵潭而承其根。

【余蕭客文選音義】菀。五臣作「苑」。陸德明毛詩音義：菀音鬱。蘴縣。藋沈璇爾雅注音九。皪歷。浸侵。潭淫。渤澥應劭漢書音義：澥音蟹。齊都賦：海旁曰勃，斷水曰澥。于欽齊乘：海岱惟青州。謂東北跨海。跨小海也。本名渤海，亦謂之渤澥，海别枝名也。姑餘。濟曰：海也。禁平。

【余蕭客文選紀聞】菀於阮。五經文字中。漼璀。廣韵三。蘴迫。説文五下。分别也六臣。芡，雞頭也。一名芰古今注下。菱芰，諸草木書不分别。惟王安貧武陵記言：四角、三角曰菱，兩角曰芰。今蘇州折腰多兩脚酉陽雜俎十九。字林：楚人名蔆曰芰吴仁傑離騷草木疏一。芰即菱也，花白，生水下。杜牧之晚晴賦：復引舟子深灣，忽八九之紅芰。姹然如婦，斂然如女。是以芰爲蓮花猗覺寮雜記三。案，菱芰種小异，鄭康成、王安貧言皆是也。謂芰爲蓮花、雞頭，用備一説。咆庖。廣韵二。渤勃。澥蟹。并翻譯名義集二十。籞語。博雅音媒。

【孫志祖文選李注補正】蒹葭蘴。注：説文曰：蘴，分别也。○補曰：王觀國學林云：爾雅：蘴，有力。蒹葭蒼然若强有力者，可備一説。

【胡克家文選考异】蒲陶結陰。茶陵本「蒲」下校語云善作「蒱」。袁本無校語。案：此尤改未必是也。袁本載注，字亦作「蒱」。然則所見與茶陵同，失著校語耳。尤并注改作「蒲」，非。

蒹葭蘴。袁本、茶陵本「蘴」作「贙」，注同，是也。「蘴」俗字耳，廣韵所謂倒一虎者，非是矣。

若咆渤澥與姑餘。案：「渤」當作「勃」，載注引楊雄曰「勃澥之島」，善必與之同。蓋五臣「渤」而各本亂之。

注「江池清籞」。袁本、茶陵本「江」作「淵」。案：尤依東京賦改「淵」作「洪」，而又誤其字耳。

注「方四十里」。袁本、茶陵本「里」下有「耳」字。案：此尤依今孟子改也，下同。

注「殺其麇鹿者」。袁本無「鹿」字，茶陵本有。

注「爲阱於國中」。袁本、茶陵本無「於」字。

注「鄭玄周禮注」下至「大波也」。袁本、茶陵本無此十七字。

注「隨波之貌」。袁本、茶陵本無此四字。

注「飛而下曰頏」。袁本、茶陵本無此五字。案：此二本脱，而尤添之，是也。

【許巽行文選筆記】菀以。菀以玄武。王嘉傳注師古曰：「菀」，古「苑」字。

雚蒻。説文：萑，薍也。從艸，萑聲。「蒹」下注云：雚之未秀者。「菿」下注云：雚之初生，一曰薍，一曰騅。是「萑」字隸變作「雚」也。左傳「取人於萑苻之澤」，韓非子引作「雚」。詩「萑葦淠淠」，韓詩外傳作「雚」。今經典相承作「萑」。

【朱珔文選集釋】菀以元武。張注云：元武苑在鄴城西，苑中有魚梁釣臺竹園，蒲陶諸果。案：水經洹水篇：又東北出山，過鄴縣南。注云：淇水際其西，徑魏武元武故苑。苑舊有元武池以肆舟楫，有魚梁釣臺，竹木灌叢。今池林絶滅，略無遺迹矣。此處「苑」作「菀」。詩菀柳毛傳：菀，茂木也。國語晉語：人皆集於苑。注亦云：苑，茂木貌。是「菀」「苑」字通用，後人因以爲園囿之稱。

蒹葭贙。注引説文曰：贙，分别也。案：此所引爲虤部文。下云：從虤對争貌。讀若回。今音則爲胡畎切。此字廣韵兩收之。一，三十二霰云：獸名。即爾雅所謂贙有力者也。又，二十七銑：一曰對争貌。倒一虎者，非「倒」字今誤作「從」。此賦語蓋形容之詞，或從爾雅之義。孫氏補正引王觀國學林云：蒹葭蒼然若强有力者。或從説文之義。段氏謂：蒹葭茂密若争地而生。似皆可通也。

緑芰泛濤而浸潭。善注引説文曰：白濤，大波也。案：「白」爲衍字，當因涉上「曰」字而誤。今説文「濤」字在新附。鈕氏樹玉疑「濤」即「淖」之别體。濤者，潮也。説文「淖」從朝省朝從舟聲。「舟」「壽」古通。如書無逸「譸張」字。詩及爾雅并作「侜」是也。余謂前西京賦注引蒼頡篇云：濤，大波。一切經音義引同。此注所引，殆非説文語。近沈氏濤乃以「濤」爲經典正字，引此注爲證。下又云春秋有袁濤塗，謂許君偁春秋，左氏古文也。然善注并未載引春秋語。且胡氏考异云：此注袁本、茶陵本無之。則是後人據新附説文竄入者耳。

若咆渤澥與姑餘。張注引淮南子曰：軼鵾雞於姑餘。案，此所引見覽冥訓。「鵾雞」作「鶤雞」，二者一物也。已見前西京賦。淮南上句云：過歸雁於碣石。高誘注：言其御之疾，自碣石過歸雁，便復東南軼過鶤雞於姑餘山也。此賦則借言之，但謂禽之或南或北，而總集於苑中。故下句云「常鳴鶴而在陰」耳。「渤澥」與「碣石」同，皆舉北地。高注又云：姑餘山在吴。據方輿紀要：今蘇州府西三十里有姑蘇山，一名姑胥，一名姑餘，皆音相近也。志云：在横山西北。今人稱爲胥臺山者，蓋闔閭所造之姑蘇臺在其上。

【梁章鉅文選旁證】蒹葭贙。王氏學林云：爾雅：贙，有力。詩蒹葭箋云：蒹葭在衆卉之中，蒼然强也。此賦「蒹葭贙」，當作强有力解。胡公考异曰：尤本「贙」作「贙」，乃俗字也。廣韵所謂倒一虎者，非是矣。

表清籞。注淵池清籞。六臣本「籞」作「禦」。注中「淵」當作「洪」。尤本作「江」，亦誤。

注則是四十里爲阱於國中。今孟子「四」上有「方」字。

注説文曰：白濤，大波也。今説文無「濤」字。惟徐氏新附有之。無「白」字。西都賦注引「濤大波也」四字，作倉頡篇。

【胡紹煐文選箋證】菀以玄武。注張載曰：玄武菀在鄴城西。菀中有魚梁釣臺竹園，蒲陶諸果。

按：正文及注「菀」并當作「苑」，五臣作「苑」。

蒹葭贙。注善曰：贙，分別也。王氏觀國學林曰：爾雅釋獸「贙，有力」，郭注曰「贙似狗，多力獷惡」，釋文「贙，音鉉」。無分別義。蒹葭詩箋云：蒹葭在衆草之中，蒼蒼强盛。此言蒹葭若强有力者。紹煐按：學林以贙爲强盛，正與賦文合，而謂「無分別義」，則讀説文未熟也。許以從虤對争貌爲會意，段氏注引此賦謂蒹葭茂密若争地而生，則於贙字本義既得，而與賦文亦不相乖戾矣。

緑芰泛濤而浸潭。注善曰：浸潭，漸漬也。洞簫賦曰：玉液浸潭而承其根。今洞簫賦作「浸潤」。按：本書風賦「浸淫谿谷」，注「浸淫，漸進貌」。「浸潭」即「浸淫」也，音義同。亦作「侵尋」，史記孝武紀：侵尋於泰山矣。索隱曰：侵尋，即浸淫也。

【高步瀛文選李注義疏】五臣「菀」作「苑」。朱珔曰：詩菀柳毛傳：菀，茂木也。晉語一：人皆集于苑。注亦云：苑，茂木貌。是「菀」「苑」字通用，後人所以爲園囿之稱。許巽行曰：王嘉傳注，師古曰：「菀」，古「苑」字。步瀛案：「菀」，「苑」之通借字。管子地水篇曰：地者，諸生之根菀也。亦「苑」之借字。○胡曰：茶陵本「蒲」下校語云：善作「蒱」。袁本無校語。袁本載注字亦作「蒱」。然則所見與茶陵同。步瀛案：蒲陶自大宛來，但譯其音，本無定字，故史記、漢書作「蒲陶」，唐人詩多作「蒲桃」，俗作「葡萄」，但作「蒱陶」者實罕見耳。○「贙」字依袁、茶二本。尤本、毛本作「贙」，胡曰：俗字耳。廣韵所謂倒一虎者，非是。○五臣「篽」作「禦」。案：説文曰：篽，禁苑也。「籞」，或體字，「禦」則通借字。○許巽行曰：説文：萑，薍也。從草，萑聲。蒹下注云：萑之未秀者。薍下注云：雚之初生，一曰薍，一曰雛。是「萑」字隸變作「雚」也。左傳取人於萑苻之澤，韓非子引作「雚」。詩萑葦淠淠，韓詩外傳作「藿」。今經典相承作「萑」。案：左傳見昭二十年，韓詩見外儲説上，詩見小弁，韓詩外傳見卷七。○説文曰：蒻，蒲子，可以爲平席。段曰：蒲子者，蒲之少者也。○水經洹水注曰：洹水又東，枝津出焉。東北流逕鄴城南，謂之新河。又東分爲二水。一水北逕東明觀下，又東逕建春門，其水西逕魏武玄武故苑。苑舊有玄武池，以肄舟楫，有魚梁釣臺，竹木灌叢。今池林絶滅，略無遺迹矣。太平寰宇記曰：河北道相州鄴縣，玄武苑又有新河水所經，亦魏武帝所築，有釣臺、曲池在焉。清統志曰：河南彰德府，玄武苑在臨漳縣西。○詩，見葛覃。毛傳曰：灌木，藂木也。○左傳，見哀十一年及文十七年，已并見吴都賦。然此注「不擇音」下疑當複「擇木擇音」四字。○説文曰：雊，雄雉鳴也。此注「雊者」下疑脱「雄雉鳴也」四字。雊字詳見射雉賦，蓋摘「擇音」字，故不泥定獸屬耳。然雉鳴曰雊，兔鳴不得曰雊，此注舉雉兔，實未確。○楊雄語見解嘲。○淮南子，見覽冥篇。高注曰：姑餘，山名，在吴也。案：姑餘山即姑蘇山。清統志曰：江蘇蘇州府，姑蘇山在吴縣西南。太平寰宇記一名姑胥山，在縣西三十五里。續圖經或曰姑胥，或曰姑餘，其實一也。朱珔曰：覽冥訓「鵾雞」作「鶤雞」，二者一物也。已見前西京賦。淮南上句云：過歸雁於碣石。高誘注：言其御之疾，自碣石過歸雁，便復東南軼過鶤雞於姑餘山也。此賦則借言之。但謂禽之或南或北，而總集於苑中。故下句云常鳴鶴而在陰耳。○易，見中孚九二爻詞。○東京賦「洪池清籞」，袁、茶二本「洪」作「淵」，尤本作「江」，皆誤，今校改。○辛甲虞人之箴，見左襄四年。杜注曰：辛甲，周武王太史。案：左傳「人」作「民」，此避諱改。又「思」上有「而」字，「用」上無「是」字。○周易，見屯六二象傳，「往」作「以」。○孟子梁惠王下無兩「答」字，「蒭」作「芻」，「則是」下有「方」字。袁、茶二本「有」「囿」下無「方」字，「里」下有「耳」字，「阱」下無「於」字。又袁本「於傳」無「於」字，「麋」下無「鹿」字。凡此與孟子合與二本异者，胡皆以爲尤改，恐亦未然。如果出尤改，何必又有「答」字、「方」字之异乎？○周易，見剥上六爻詞。○莊子人間世曰：匠石之齊，至乎曲轅，見櫟社樹，其大蔽牛，絜之百圍。此約舉其文。○「孫子」當作「孫卿子」，即荀子。見致士篇。楊倞注曰：回，流旋也。○説文，見水部。○毛詩，見小弁。「泉」作「淵」，此避諱改。毛傳曰：漼，深貌。○文子，見道德篇。○説文，見虤部，曰：贙，分別也。從虤對争貝。讀若回。段注曰：今音胡畎反。王觀國學林卷九曰：爾雅釋獸曰：贙有力。郭璞曰：贙出海西。大秦國有養者，似狗，多力獷惡。然則贙自是一獸，非虎也，亦無分別之義。文選注誤。蒹葭，詩鄭箋曰：蒹葭在衆草之中，蒼然强也。左太冲豈非以爾雅謂贙有力而蒹葭蒼然若强有力者邪？然爾雅言有力者多矣，故不可謂之贙。若以蒹葭强有力而因謂之蒹葭贙則非也。胡紹煐曰：學林以贙爲强盛，正與賦文合。而謂無分別義，則讀説文未熟也。許以從虤對争貝爲會意，段氏注引此賦，謂蒹葭茂密，若争地而出，則於贙字本義既得，而與賦文亦不相乖戾矣。步瀛案：段釋虤對争貝之義曰：争則分別矣。尤爲明晳，可釋王氏之惑。○本草，政和經史證類備用本草卷二十三引「水芝」下有「丹」字。○爾雅，見釋草，説文作「蕅」，曰：扶渠根。案：釋草以荷芙渠爲總名，説文以荷爲扶渠葉。段曰：蓋大葉駭人，故謂之荷。案：或以葉表其通體者，則曰荷。荷亦爲遍名矣。或以華表其通體，則曰蓮。蓮亦爲遍名矣。此以根表其通體，故善謂藕爲遍名也。○上林賦，見本書卷八。○「鄭玄周禮注」至「大波也」，胡曰：袁本、茶陵本無此十七字。○周禮鄭注。見天官籩人。尤本「蔆」作「陵」，毛本作「芰蔆也」，皆非。今據周禮注校改。爾雅釋草曰：蔆，蕨攈。郭注曰：蔆，今水中芰也。説文曰：蔆，芰也。楚人謂之芰，秦謂之薢茩。廣雅釋草曰：陵，芰，薢茩也。是「陵」「蔆」字同，或省作「菱」，「蔆」又其誤字耳。據説文、楚辭注、廣雅，蔆有薢茩之名，而爾雅釋草曰薢茩，英光。郭注曰：英明也。葉鋭，黄赤華，實如山茱萸。或曰蓤也，關西謂之薢茩。郝懿行曰：本草有決明，而不云名薢茩。爾雅有蔆，蕨攈，而不言即英光。郭氏疑未能定，故兩釋之。案：郝說是也。徐鍇說文繫傳乃曰：國語楚屈到嗜芰，則許慎云：楚謂之芰也。屈到死，將以芰祭。芰，祭不用，故去之。其子去之，以爲芰非祭用也。今按：蔆，籩豆之實也。屈到嗜芰，則決明之菜非水中蔆，審矣。以屈建之言分之，則慎所注全是菜也。但菜一名決光，薢茩又名水中蔆，凡三名，菜有其二，所异者蕨攈耳，所以致惑也。段玉裁曰：按蕨攈、英光皆雙聲。爾雅：薢攈，英光，或可以決明子釋之，不嫌异物同名也。而說文之芰、薢茩，即今蔆角，本無疑義，不知徐鍇何以淆惑。王引之曰：蓤名薢茩，相承自古。爾雅釋草如蘾、烏蘞，澤、烏薞，唐蒙、女蘿，蒙、王女之類，多同實异名，而前後分見。薢茩、英光、蕨、蕨攈或亦是也。蕨攈之「攈」，孫炎作「攗」，音居郡反，又居群反。蕨攈、英光、薢茩，正一聲之轉矣。楚語：屈到嗜芰。韋注云：芰，蓤也。徐鍇說文繫傳因周官加籩有蔆，而楚語屈建有羊饋而無芰薦，二者不合，遂謂屈到所嗜芰非水中之蔆。又因爾雅薢茩、英光注兼存決明及蔆之說，遂謂屈到嗜芰爲決明之菜。案：決明名芰，於古無徵。周官、楚語不必悉合，徐說疏矣。步瀛案：段、王二說，皆甚確。證類本草卷二十二引圖經曰：芰，菱實也。葉浮水上，花黄白色，花落而實生，漸向水中，乃熟。實有二種：一種四角，一種兩角。兩角中又有嫩皮而紫色者，謂之浮菱，食之尤美。是蔆之形狀雖殊，而統謂之蔆，或統謂之芰，不因形狀而别。酉陽雜俎卷十九引王安貧武陵記謂：四角三角曰芰，兩角曰蔆。考之他書，殊無佐證。故王引之斥其妄爲分别。馬永卿懶真子卷四謂：蔆自有正名，不謂之薢茩。與說文、廣雅相戾，殊不足取。史繩祖學齋佔畢卷二謂：薢茩之蓤，從阝。蕨攈之蔆，從冫。王逸誤引陵生之蓤曰薢茩爲水中之蔆，强分「蓤」「蔆」爲二字，分屬二物，尤爲穿鑿。至楊慎丹鉛總録卷四謂菱爲今之菱角，芰爲今之雞頭，則誤以芡實爲芰實。李時珍本草綱目卷三十三已駁之。乃李又惑埤雅卷十七，以芰荷爲藕上出水生花之莖，益失之遠矣。○鈕玉樹說文新附考曰：李善注文選西都賦引蒼頡篇云：濤，大波。一切經音義卷二十三引同。卷二十五引三蒼大波爲濤。華嚴經音義上引同。按文選七發將以八月之望，觀濤乎廣陵之曲江云云，則濤者實潮也。說文淖從朝省，朝從舟聲。舟、壽古通。如書無逸譸張字，詩及爾雅并作「侜」。故疑「濤」爲「淖」之別體。朱琦曰：此注所引，殆非說文語。沈氏濤以「濤」爲經典正字，引此注爲證。又云春秋有袁濤塗，謂許君偁春秋，左氏古文也。然善注并未載引春秋語。胡氏考异云：此注袁本、茶陵本無之。則是後人據新附說文竄入者耳。梁曰：今說文無「濤」字，惟徐氏新附有之。無「白」字。西都賦注引「濤，大波也」四字作倉頡篇。○洞簫賦，見本書卷十七。胡紹煐曰：今洞簫賦作「浸潤」。案：本書風賦：浸淫谿谷。注：浸淫，漸進貌。浸潭即浸淫也。音義同，亦作「侵尋」。史記孝武紀：侵尋於泰山矣。索隱曰：浸尋，即浸淫也。○詩毛傳，見燕燕。○周禮，見地官大司徒之職。○漢書音義，史記淮陰侯傳集解引同。○林、臨、尋、陰、深、森、潭、沈、音、箴、禽、禁，古音侵部。

腜腜坰野，奕奕菑畝。甘荼伊蠢，芒種斯阜。西門溉其前，史起灌其後。墱流十二，同源异口。蓄爲屯雲，泄爲行雨。水澍稉稌，陸蒔稷黍。黝黝桑柘，油油麻紵。均田畫疇，蓄廬錯列。薑芋充茂，桃李蔭翳。家安其所，而服美自悅。邑屋相望，而隔逾奕世。

【彙校】

「腜腜坰野」　「腜腜」，奎章閣本、明州本、贛州本、四庫本、叢刊本、尤刻本、胡刻本、監本、九條本同。正德本、陳八郎本作「⿰目某⿰目某」。當作「腜腜」。

「奕奕菑畝」　「奕奕」，奎章閣本、明州本、贛州本、四庫本、叢刊本、正德本、陳八郎本、尤刻本、胡刻本同。監本作「弈弈」。九條本作「奕」。當作「奕奕」。「畝」，四庫本同。奎章閣本、正德本、陳八郎本作「畒」。明州本、贛州本、叢刊本、尤刻本、胡刻本、監本、九條本作「畞」。當作「畝」。

■ **立群案**：賦云：腜腜坰野，奕奕菑畝。相對爲文。諸本多作「奕奕」，是也。九條本獨作「奕」者，誤也。「奕奕菑畝」之「奕奕」，當如五臣注釋爲「盛也」。

「溉其前」　「溉」，奎章閣本、正德本同。明州本、贛州本、四庫本、叢刊本、陳八郎本、尤刻本、胡刻本、監本、九條本作「漑」。當作「溉」。

「史起」　「起」，奎章閣本、明州本、贛州本、四庫本、叢刊本、正德本、陳八郎本、尤刻本、胡刻本、監本、九條本作「起」。當作「起」。

「墱流十二」「流」，明州本、贛州本、四庫本、叢刊本、陳八郎本、尤刻本、胡刻本、監本、九條本同。奎章閣本、正德本作「流」。當作「流」。

「同源异口」「源」，奎章閣本、明州本、贛州本、四庫本、叢刊本、尤刻本、胡刻本、監本、九條本同。正德本作「源」。陳八郎本作「原」。當作「源」。「异」，明州本、贛州本、叢刊本、陳八郎本、尤刻本、胡刻本、監本、九條本作「異」。奎章閣本、四庫本、正德本作「異」。當作「异」。

■立群案：左傳昭公九年：猶衣服之有冠冕，木水之有本原。荀子君道：官人守數，君子養原。原清則流清，原濁則流濁。是「原」爲「源」之本字。阮元經籍籑詁亦曰：禮記學記：或原也。釋文：原，本作源。是「原」「源」通用。今從「源」。

「蓄爲屯雲」「蓄」，奎章閣本、四庫本、叢刊本、正德本、陳八郎本、尤刻本、胡刻本、監本、九條本同。明州本、贛州本作「菑」。當作「蓄」。「爲」，奎章閣本、明州本、贛州本、叢刊本、陳八郎本、尤刻本、胡刻本、監本、九條本同。四庫本、正德本作「為」。當作「爲」。

■立群案：賦云：蓄爲屯雲，泄爲行雨。「蓄」「泄」相對。諸本多作「蓄」，是也。明州本、贛州本作「菑」者，或「蓄」之形近而誤也。

「泄爲行雨」「泄」，奎章閣本、四庫本、正德本、尤刻本、胡刻本同。明州本、贛州本、叢刊本、陳八郎本、監本、九條本作「泄」。當作「泄」。「爲」，明州本、贛州本、叢刊本、陳八郎本、尤刻本、胡刻本、監本、九條本同。奎章閣本、四庫本、正德本作「為」。當作「爲」。

「水澍粳稌」「澍」，明州本、贛州本、四庫本、叢刊本、正德本、陳八郎本、尤刻本、胡刻本、監本、九條本同。奎章閣本作「澍」。當作「澍」。

「陸蒔稷黍」「黍」，明州本、贛州本、四庫本、正德本、胡刻本、監本同。奎章閣本、叢刊本、陳八郎本、尤刻本、九條本作「黍」。當作「黍」。

「黝黝桑柘」「黝黝」，奎章閣本作「黝黝」。明州本、贛州本、叢刊本、尤刻本、胡刻本、監本、九條本作「黝黝」。四庫本、正德本、陳八郎本作「黝黝」。當作「黝黝」。

「均田畫疇」「均」，贛州本、四庫本、監本同。奎章閣本、正德本作「均」。明州本、叢刊本、陳八郎本、尤刻本、胡刻本、九條本作「均」。當作「均」。「畫」，奎章閣本、明州本、贛州本、四庫本、叢刊本、正德本、陳八郎本、尤刻本、胡刻本、九條本同。監本作「畫」。當作「畫」。「疇」，明州本、贛州本、叢刊本、陳八郎本、尤刻本、胡刻本、監本、九條本同。奎章閣本、四庫本、正德本作「疇」。當作「疇」。

「蕃廬錯列」「蕃」，明州本、贛州本、叢刊本、九條本同。奎章閣本、四庫本、正德本、陳八郎本、尤刻本、胡刻本、監本作「蕃」。當作「蕃」。「廬」，明州本、贛州本、叢刊本、陳八郎本、監本、九條本同。奎章閣本、四庫本、正德本、尤刻本、胡刻本作「廬」。當作「廬」。

「桃李蔭翳」「蔭」，四庫本同。奎章閣本、明州本、贛州本、叢刊本、正德本、陳八郎本、尤刻本、胡刻本、監本、九條本作「蔭」。當作「蔭」。

「家安其所」「所」，四庫本同。奎章閣本、明州本、贛州本、叢刊本、胡刻本、監本、九條本作「所」。正德本作「所」。陳八郎本、尤刻本作「所」。當作「所」。

「服美自悦」「服」，叢刊本同。奎章閣本、明州本、贛州本、四庫本、陳八郎本、尤刻本、胡刻本、監本、九條本作「服」。正德本作「服」。當作「服」。「美」，明州本、贛州本、四庫本、叢刊本、尤刻本、胡刻本同。奎章閣本、正德本作「美」。四庫本、陳八郎本、九條本作「美」。當作「美」。「悦」，四庫本同。

奎章閣本、明州本、贛州本、叢刊本、正德本、陳八郎本、尤刻本、胡刻本、監本、九條本作「悦」。當作「悦」。

「隔逾奕世」「隔」，四庫本同。奎章閣本作「隔」。明州本、贛州本、叢刊本、正德本、陳八郎本、尤刻本、胡刻本、監本、九條本作「隔」。當作「隔」。「逾」，奎章閣本、明州本、贛州本、四庫本、叢刊本、正德本、陳八郎本、尤刻本、胡刻本、監本、九條本作「踰」。當作「逾」。「奕」，奎章閣本、明州本、贛州本、四庫本、叢刊本、正德本、陳八郎本、尤刻本、胡刻本、九條本同。監本作「弈」。當作「奕」。「世」，奎章閣本、四庫本、正德本、尤刻本、胡刻本同。明州本、贛州本、叢刊本、陳八郎本、監本、九條本作「卋」。當作「世」。

■**立群案**：國語周語：奕世載德，不忝前人。後漢書楊震傳：臣奕世受恩，得備納言。「奕世」，累世之意。正合賦意。然「弈」亦通「奕」，故「弈世」亦通「奕世」。如宋書柳元景傳：諸賢弈世忠義，身爲國良，皆受遇先朝，荷榮日久。今從「奕世」。

【彙注】

【李善注】稉，古衡切。稌，徒五切。翳音咽，叶韵。望，武方切。劉曰：腜腜，美也。詩曰：周原腜腜，堇荼如飴。爾雅曰：田一歲曰菑。詩曰：薄言采芑，于此菑畝。周官曰：澤草所生，種之芒種。鄭司農曰：芒種，稻麥也。今鄴下有十二墱天井堰，在城西南，分爲十二墱。丁鄧切。微子麥秀之歌曰：黍苗油油。漢制，列侯、公主田無過三十頃者，其餘各以官次。哀帝時，董賢賜田猥多，王嘉上疏：均田之制，從此墮壞。疇者，界也。埒，畔際也。詩云：中田有廬。孟子曰：五畝之宅，樹之以桑。故曰蕃廬錯列。老子曰：甘其食，美其服，樂其俗，安其居。鄰里相望，鷄犬之聲相聞，人至老死不相與往來。善曰：韓詩曰：周原膴膴。莫來反。毛詩曰：奕奕梁山，維禹甸之。賈逵國語注曰：皁，長也。河渠書曰：西門豹引漳水溉鄴，以富魏之河内。漢書曰：史起爲鄴令，遂引漳水溉鄴，人歌之曰：鄴有賢令兮爲史公，决漳水兮灌鄴旁。終古寫鹵兮生稻粱。水陸，謂高下之田也。二渠之利，下則澍生稉稌，高則置立稷黍也。説文曰：澍，時雨，所以澍生萬物者也。之樹反。方言曰：蒔，更也。郭璞曰：謂更種也。時吏切。爾雅曰：黑謂之黝。郭璞曰：黝，黑貌也。聲類曰：油油，麻肥也。莊子曰：治邑屋，曷嘗不法聖人哉！謝承後漢書曰：王翁位二千石，奕世相襲。

【五臣注】膴，莫回反。荼音途。墱，丁鄧反。澍，之竪反。稉，古衡反。稌，徒五反。黝，一柳反。翳音咽，叶韵。望，武方反。翰曰：膴膴，美也。奕奕，盛也。田一歲曰菑。甘，薺也。荼，苦菜也。伊，維。蠢，生也。芒種，稻麥也。皁，多也。言此地生荼薺，多稻麥也。翰曰：西門豹、史起并爲鄴令，俱開漳水灌田，鄴人皆富。墱，級次，泄水之處，言有十二也。同原，同漳水。异口，分渠口各別也。銑曰：蓄，積也。言積而不用，則如雲之聚。若泄之乃潤田，是乃行雨也。良曰：稌，稻。蒔，種也。翰曰：黝黝，黑也。桑柘之美色也。油油，潤色。紵，似麻可以爲布。良曰：均田畫疇，定其分畔。蕃，屏。廬，室。錯，雜也。言都人蕃屏廬舍錯雜而布。蔭翳，繁盛貌。濟曰：言人甘其食，美其服也。隔，阻。逾，絶也。言太平安無事，雖邑屋相望而阻絶，終世不相往來。

【張鳳翼文選纂注】膴，莫回切。荼音途。澍，之竪切。稉，古衡切。稌，徒五切。黝，一柳切。翳音咽，叶韵。望，武方切。奕奕，盛也。荼，苦菜也。蠢，生也。芒种，稻麥也。皁，多也。言地饒沃也。西門豹引漳水溉鄴，以富魏之河内。史起爲鄴令，遂引漳水溉鄴，人歌之曰：鄴有賢令兮爲史公，决漳水兮灌鄴旁。終古寫鹵兮生稻粱。墱，級次也，泄水之處。同原，同漳水也。异口，分渠口也。蓄，積也。言積而不用，則如雲之聚。若泄之乃潤田，是乃行雨也。黝黝，黑也。桑柘之美色也。油油，潤色。紵，似麻可爲布。均田畫疇，定其分畔也。蕃，盛也。蔭翳，繁貌。隔，阻也。逾，絶也。即老子所謂「甘其食，美其服，鄰里相望，鷄犬之聲相聞，人至老死不相往來」也。

【王象乾文選删注】腜，莫回切。墱，丁鄧切。澍，之豎切。粳，古衡切。稌，徒五切。蒔，時吏切。翳音咽。腜腜，美也。田一歲曰菑。蒔，更也，謂更種也。蕃落，宅樹桑，故曰蕃盧。漢書曰：西門豹引漳水溉鄴。漢書曰：史起爲鄴令，遂引漳水溉鄴，人歌之曰：鄴有賢令兮爲史公，决漳水兮灌鄴旁。終古寫鹵兮生稻粱。鄴下有十二墱天井偃，在城西南，分爲十二墱。漢制，列侯、公主田無過三十頃者，董賢賜田猥多，均田之制，從此墮壞。

【陳景雲文選舉正】腜腜坰野。注「周官曰」。舊本無「曰」字。又「賈逵國語曰」，「語」下舊本有「注」字。又「更也」。舊本作「植，立也」，并無「郭璞」以下七字。

【杭世駿文選課虚】腜腜，美也。詩：周原腜腜。莫來切。黝黝，黑貌。

汪師韓文選理學權輿前賢評論：閻若璩困學紀聞勘本曰：河渠書以引漳水溉鄴爲西門豹。余謂西門豹當魏文侯時，史起當襄王時，皆爲鄴令，皆鑿十二渠利民。故左思魏都賦：西門溉其前，史起灌其後。括地志亦云爾。

【余蕭客文選音義】腜博雅音釋音梅。後上聲。澍注。列例。注蒔，更也。何曰：舊刻作「蒔，植立也」，無「郭璞曰」以下七字。

【余蕭客文選紀聞】墱都凌。玉篇二。魏武王遏漳水回流東注。墱相去三百步，令互相灌注。一源分爲十二流，皆懸水門。陸氏鄴中記：水所溉之處名曰晏陂澤。故左思賦謂「墱流十二」，同流异口者也水經注十。墱，級次雙字中。澍樹、注二音。廣韻四。稉粳。集韻六。稌駝古。五經文字中。列例。集韻七。

【孫志祖文選考异】隔逾奕世。圓沙閱本云：世，不叶。張本作「葉」。

【張雲璈選學膠言】西門溉其前，史起灌其後。雲璈按，史記河渠書作西門豹引漳水灌鄴，漢書溝洫志據吕氏春秋樂成篇以爲史起，有史起譏豹不知漳水灌田語。考後漢書安帝紀：初元二年正月，修理西門豹所分漳水爲支渠，以溉民田。水經注十亦云：魏文侯以西門豹爲鄴令，引漳水以溉鄴，民賴其用。其後至魏襄王，以史起爲鄴令，又堰漳以溉鄴田。與此賦合。是二人皆爲鄴令，皆引漳水也。李氏注似未明晰。

墱流十二。張注：今鄴下有十二墱天井堰，在城西南，分爲十二墱。雲璈按，水經注濁漳下云：魏武王堨漳水，回流東注，號天井堰。二十里中作十二墱，墱相去三百步，令互相灌注。一源分爲十二流，皆懸水門。陸氏鄴中記云：水所溉之處，名曰堰陵澤，故左思之賦魏都謂「墱流十二，同源异口」者也。

【胡克家文選考异】注「今鄴下有十二墱天井優」。案：「優」當作「堰」，水經濁漳水注有「天井堰」，可證也。各本皆誤。

注「分爲十二墱」。袁本、茶陵本「墱」下有「者也」二字。

注「界也埒畔際也」。案：上「也」字不當有。各本皆衍。「界埒畔際也」五字爲一句。

注「賈逵國語曰」。案：「語」下當有「注」字。各本皆脱。陳云別本有。

注「河渠書」。袁本、茶陵本作「史記曰」。案：此尤改也。

注「漢書曰」。袁本、茶陵本作「又曰」。案：此尤改也。

注「終古潟鹵兮」。袁本、茶陵本「潟」作「寫」。案：「寫」乃「舄」字之訛，尤改未爲是也。

注「蒔更也」。袁本、茶陵本「更」作「植立」二字，是也。

注「郭璞曰謂更種也」。袁本、茶陵本無此七字。

【朱珔文選集釋】西門溉其前，史起灌其後。善注引河渠書曰：西門豹引漳水溉鄴，以富魏之河内。漢書曰：史起爲鄴令，遂引漳水溉鄴。案：吕氏春秋樂成篇云：魏襄王爲群臣祝：皆如西門豹之爲人臣也。史起對曰：魏氏之行田也以百畝，鄴獨二百畝，是田惡也。漳水在其旁，而西門豹弗知用，是其愚也。梁氏玉繩謂：後漢書安帝紀：初元二年，修西門豹所分漳水爲支渠以溉田。水經濁漳水注亦云：豹引漳以溉鄴。皆與史記合。吕覽之言殆不足據，漢書溝洫志乃誤仍之耳。惟此賦所稱，斯得其實。

墱流十二，同源异口。張注云：鄴下有天井堰，在城西南，分爲十二墱。案：水經濁漳水篇注云：魏武王又堨漳水，回流東注，號天井堰。二十里中作十二墱，墱相去三百步，令互相灌注，一源分爲十二流，皆懸水門。陸氏鄴中記云：水所溉之處，名晏陂澤。下引此賦語爲證。方輿紀要謂：史記言西門豹鑿十二渠，故後名西門渠。宋天聖四年，王沿上言：魏之十二渠，歷漢、魏、齊、隋不絶。唐至德後，遂廢。今相、魏、磁、洺之田并漳水者，斥鹵不可耕。請復十二渠。扼中流以作堰，下流大渠，分置斗門，餘水東入於御河。或水盛溢，則下板閉渠，以防奔注。復三百年之廢迹，溉數萬頃之良田。議卒不行。紀要又云：天井堰在紫陌橋下。紫陌在故鄴城西北五里與注云西南不合，疑有誤。本名祭陌，蓋即西門豹沈巫處矣。

【梁章鉅文選旁證】西門溉其前，史起灌其後。漢書溝洫志：魏文侯時，西門豹爲鄴令，有令名。至文侯曾孫襄王時，與群臣飲酒。王爲群臣祝曰：令吾臣皆如西門豹之爲人臣也。史起進曰：魏氏之行田也以百畝，鄴獨二百畝，是田惡也。漳水在其旁，西門豹不知用，是不智也。知而不興，是不仁也。仁智豹未之盡，何足法也。于是以史起爲鄴令，遂引漳水溉鄴。按此以引漳溉鄴，始于史起，與西門豹無與，説本吕覽樂成篇。然史記河渠書云：西門豹引漳水溉鄴，以富魏之河内。後漢書安帝紀云：初元二年正月，修理西門豹所分漳水爲支渠，以溉民田。水經濁漳水注云：魏文侯以西門豹爲鄴令，引漳以灌鄴，民賴其用。其後至魏襄王，以史起爲鄴令，又堰漳水以灌鄴田，皆與此賦相合。吕覽恐誤，漢書又誤仍之。至高誘注，謂魏文侯用西門豹爲鄴令，史起亞之。以言襄王時爲謬，更不知所據矣。

墱流十二，同源异口。水經濁漳水注云：魏武王又堨漳水，回流東注，號天井堰，三十里中，作十二墱，墱相去三百步，令互相灌注，一源分爲十二流，皆懸水門。鄴中記云：水所溉之處名曰堰陵澤。左思之賦魏都，謂墱流十二，同源异口者也。

注天井優。「優」當作「堰」。説詳上。

注疇者，界也。埒，畔際也。上「也」字不當有。各本皆衍。

注韓詩曰：周原腜腜。莫來反。舊注已引詩。今毛詩作「膴膴」，故李注重提韓詩。按「膴」與「腜」，古字通。毛傳：膴膴，美也。鄭箋：周之原地，膴膴然肥美。「膴」與「飴」、「謀」、「龜」、「時」、「茲」爲韵，當讀如梅。舊注：腜腜，美也。其義同。李注：莫來反，其音同。釋文音武，恐非腜。又通作「每」。左氏僖二十八年傳：原田每每。亦言原田之肥美也。

注賈逵國語曰。「語」下當有「注」字。

注鄴人歌之曰：鄴有賢令兮爲史公，决漳水兮灌鄴旁。終古舄鹵兮生稻粱。此溝洫志文也。吕氏春秋樂成篇作「鄴有聖令，時爲史公，决漳水灌旁，有終古斥鹵生之稻粱」。與此小异。姜氏皋曰：

陳第古音考謂東陽爲韵，始于東方朔七諫。顧氏炎武以爲九歌東君已先之。江氏永以爲長篇中一二句可謂之叶，不可謂之正音。如離騷、雲中君、天問、風賦，皆是也。邵氏長蘅以公叶姑黄切，引七諫之公堂爲證，然此尤古矣。

注説文曰：澍，時雨，所以澍生萬物者也。今説文無「所以者也」四字。

注方言曰：蒔，更也。六臣本引作「蒔，植立也」。然方言本有兩訓，并引爲是。

【胡紹煐文選箋證】腜腜坰野。注張載曰：腜腜，美也。詩曰：周原腜腜。善曰：韓詩曰：周原腜腜。按：張注不云韓，故善特明之。今毛作「膴膴」，傳「膴膴，美也」，義同。廣雅「腜腜，肥也」，疑本韓詩説。「肥」與「美」義亦相成，故鄭箋云「膴膴然肥美」。

西門溉其前，史起灌其後。按：漢書溝洫志本吕覽引漳水溉鄴屬之史起。史記河渠書「西門豹引漳水溉鄴」，後漢明帝紀「初元元年，修西門豹所分漳水爲支渠以溉田」，説苑政理篇「魏侯使西門豹往治鄴」，論衡率性篇「西門豹灌以漳水成爲膏腴」，又以引漳溉鄴屬之西門豹。惟此賦所言爲得其實。水經濁漳水注：昔魏文侯以西門豹爲鄴令，引漳以溉，鄴民賴其用。其後至魏襄王以史起爲鄴令，又堰漳以灌鄴田，咸成沃壤，百姓歌之。御覽七十三引鄴中記曰：當魏文侯時，西門豹爲鄴令，堰引漳水灌鄴，以富魏之河南。後史起爲鄴令引漳水十二渠，灌溉於魏田數百頃。并與此賦合。

陸蒔稷黍。注善曰：方言曰：蒔，更也。郭璞曰：謂更種也。六臣本善注引作「蒔，植立也」。按：方言「蒔」有兩訓，然善云「下則澍生稉稻，高則植立黍稷」，「植立」正釋「蒔」字。善引方言當爲「植立」之訓，不當爲更。植立，亦謂種也。故廣雅曰「蒔，種也」，亦省作「時」。堯典「播時百穀」，鄭讀「時」爲「蒔」。晏子春秋諫覽篇「民盡得種時」，「時」與「蒔」同。種謂之蒔，故樹亦謂之時。晉書姚萇載紀云「萇命其將於一栅孔中蒔樹一根，以旌戰功」是也。

【吕錦文文選古字通補訓】腜腜坰野。劉注云：腜腜，美也。善注引韓詩曰：周原腜腜。錦文案，毛詩作「膴膴」，傳云：膴膴，美也。廣雅：腜腜，肥也。「美」與「肥」義相近。鄭箋亦云「膴膴」。然「肥」「美」「腜」與「膴」，字异義同。

【高步瀛文選李注義疏】李周翰曰：奕奕，盛也。伊，維。蠢，生也。阜，多也。言此地生茶薺，多稻麥也。○廣雅釋宫曰：藩，籬也。「蕃」，「藩」之通借字。言蕃籬廬舍，錯雜列於田中也。○詩，見緜之篇。梁曰：今毛詩作「膴膴」，故李注重提韓詩。按：「膴」與「腜」古字通。毛傳：膴膴，美也。鄭箋：周之原地，膴膴然肥美。膴與飴、謀、龜、時、兹爲韵，當讀如梅。舊注，腜腜，美也。其義同李注。莫來反，其音同。釋文音武，恐非。「腜」又通作「每」，左氏僖二十八年傳原田每每，亦言原田之肥美也。步瀛案：陸德明釋文曰：膴音武。韓詩同。盧文弨考證曰：文選魏都賦注引韓詩周原腜腜，此云韓詩同者，謂韓詩義與毛同，亦爲美也。陳喬樅韓詩遺説考十一，王先謙三家義集疏皆云：謂韓詩説同，非謂字同也。沈濤銅熨斗齋隨筆卷一曰：張注魏都所引詩字皆與毛同，其不同者，則明注爲韓詩。下文愔愔醧醼注引韓詩云：賓爾籩豆，飲酒之醧是也。此云腜腜，美也，與毛義正合。則所引當即毛詩。竊意毛詩本作「腜腜」，韓詩則作「膴膴」。「膴」「腜」聲相近，唐時毛詩本或有誤同韓詩作「膴膴」者。元朗據之，遂以爲毛、韓相同耳。説文肉部膴讀若謨，釋文音武，亦非。至崇賢所見韓詩本又作「周原腜腜」，與元朗所據本不同。盧學士云謂韓詩義與毛同，曲説，與釋文之例不合。步瀛案：沈駁盧氏謂義同字异，與釋文之例不合。阮元校勘記引段玉裁説，亦疑釋文有誤。竊疑唐代韓詩有兩本，陸元朗與李崇賢所見本不同耳。此沈説得之。惟謂毛作「腜腜」，韓作「膴膴」，亦臆説也。○爾雅見釋地。○詩見采芑。周禮見地官稻人。「天井堰」，各本「堰」誤作「偃」，依胡氏校改。「分爲十二墱」下，袁、茶二本有「者也」二字，無「丁鄧切」三字。○水經濁漳水注曰：昔魏文侯以西門豹爲鄴令也，引漳以溉鄴，民賴其用。其後至魏襄王，以史起爲鄴令，又堰漳水以灌鄴田，咸成沃壤。百姓歌之。魏武王又堨漳水，回流東注，號天井堰。二十里中作十二墱，墱相去三百步，令互相灌注。一源分爲十二流，皆懸水門。陸氏鄴中記云：水所溉之處，名曰堰陵澤，故左思之賦魏都，謂墱流十二，同源异口者也。太平寰宇記曰：河北道相州鄴縣紫陌橋之下有天井堰，二十里内作十二墱。墱相去一二百步，令相灌注，即魏都賦云墱流十二，同源异口。方輿紀要卷四十九曰：鄴西有十二墱，亦名西門渠。曹公建安十八年鑿渠，引漳水入白溝以通漕。東魏天平中，决漳水爲萬金渠，亦曰天平渠。唐咸亨三年，又引爲金鳳、菊花諸渠以溉鄴。宋天聖四年，王沿上言：魏史起爲鄴令，鑿十二渠，引漳水溉田，歷漢、魏、齊、隋不絶。唐至德後，其渠遂廢。今相、魏、磁、洺之田并漳水者，斥鹵不可耕。又取爲牧地，民益困。請募民復十二渠，渠復，則水分無奔决之患，可以富數郡之民。詔河北漕司規度。而議者謂：漳水岸高，難開導，渾濁不可溉田。沿又奏：渠田起於戰國魏襄王時。前載但言灌溉之饒，不言疏導之法。唯相州圖經載天井堰，魏武所作，凡十二里，分十二墱，相距三百步，互相灌注，故魏都賦云墱流十二，同源异口。然則爲渠之法，必就高阜鑿岸爲渠，截流爲堰，然後行水數里，方至平田。若渠開二十四丈，則作堰之功，可損其半。日役萬人，五十日而罷。若采岯山之石，取磻陽之木，給利成之鐵，用鄭白渠之法，扼中流以作堰，下流大渠，分置斗門，餘水東入於御河。或水盛溢，則下板閉渠，以防奔注。復三百年之廢迹，溉數萬頃之良田，雖勞，不可已也。議卒不行。清統志曰：河南彰德府，天井堰在臨漳縣西。○微子麥秀之歌，見尚書大傳。本注下文及本書辨亡論下注皆引微子朝周事，而未引其歌詞。思舊賦注引其歌曰：麥秀漸兮，黍禾䵷䵷。彼狡童兮，不我好。「䵷」與「好」不韵，疑誤。史繩祖學齋呫嗶卷二引大傳曰：微子朝周，過殷故墟，見麥秀之蔪蔪兮，禾黍之蠅蠅也，曰：此故父母之國，乃爲麥秀之歌。歌曰：麥秀漸漸兮，禾黍油油。彼狡童兮，不我好仇。雖亦節引，而「油油」字是。史記宋微子世家則以爲箕子歌，歌詞與學齋引大傳同，而末句作「不與我好兮」。油、好爲韵，學齋引作「好仇」，疑不通古韵者妄改耳。○漢書食貨志上曰：哀帝即位，師丹輔政，建言：古之聖王，莫不設井田。今累世承平，豪富吏民，訾數鉅萬，宜略爲限。天子下其議。丞相孔光、大司空何武奏請：諸侯王、列侯，皆得名田國中。列侯在長安，公主名田縣道，及關内侯、吏民名田皆毋過三十頃。時丁、傅用事，董賢隆貴，皆不便也。詔書且須後，遂寢不行。王嘉傳曰：下詔封賢爲高安侯。嘉復奏封事曰：詔書罷菀，而以賜賢二千餘頃，均田之制，從此墮壞。注引孟康曰：自公卿以下至於吏民，名曰均田，皆有頃數，於品制中令均等。今賜賢二千餘頃，則壞其等制也。案：此注「王嘉上疏」下當有「曰」字或「謂」字。○「疇者，界埒畔際也」，各本「界」下誤衍「也」字。今依胡氏、梁氏校改。蜀都賦注「界埒」下有「小」字。○詩，見信南山。孟子，見梁惠王上。陳奂毛詩傳疏曰：公劉傳：廬，寄也。説文：廬，寄也。秋冬去，春夏居，此即在田曰廬之謂也。宣十五年穀梁傳：古者三百步爲里，名曰井田。井田者，九百畝，公田居一。古者公田爲居，井竈葱韭盡取焉。范注云：八家共居，是廬在公田中矣。漢書食貨志：理民之道，地箸爲本。故必建步立畝，正其經界。六尺爲步，步百爲畝，畝百爲夫，夫三爲屋，屋三爲井。井方一里，是爲九夫。八家共之，各受私田百畝，公田十畝。是爲八百八畝。餘二十畝，以爲廬舍。是班本孟子八家同井，同養公田，定爲八家各助耕公田十畝，餘二十畝爲廬舍矣。何休注公羊傳云：聖人制井田之法，而口分之。一夫一婦，受田百畝，以養父母妻子。五口爲一家。公田十畝，即所謂什一而稅也。廬舍二畝半。凡爲田一頃十二畝半。八家而九頃，共爲一井。故曰井田。廬舍在内，貴人也。公田次之，重公也。私田在外，賤私也。案：五口一家，即子産治鄭，田疇廬井有伍之制，亦即小司徒下地家五人之法。八家分受公田，中畫二十畝爲廬舍，則八家各得廬舍二畝半。此何注因班志以立説。韓詩外傳云：古者八家而井田。方里爲一井。廣三百步，長三百步，爲一里，其田九百畝。廣一步，長百步，爲一畝。廣百步，長百步，爲百畝。八家爲鄰，家得百畝。餘夫各得二十五畝。家爲公田十畝。餘二十畝共爲廬舍，各得二畝半。八家相保，出入更守，疾病相憂，患難相救，有無相貸，飲食相召，嫁娶相謀，漁獵分得，仁恩施行。是以其民和親而相好。詩曰：中田有廬，疆場有瓜。此韓傳亦主廬舍二畝半，尚在班、何之前，其説當爲近古。趙岐孟子「耕者九一」注云：八家耕八百畝，其百畝者以爲公田及廬井，故曰九一也。方里而井注云：公田八十畝，其餘二十畝以爲廬井宅園圃，家二畝半也。注與古説同。唯梁惠王篇：五畝之宅，樹之以桑。注云：廬井邑居各二畝半，以爲宅，冬入保城二畝半，故曰五畝也。趙邠卿本古有在田二畝半之説，以創此在邑亦二畝半，合五畝宅之數。不知五畝宅在城郭都鄙，與田廬本不相涉。又七月疏曰：食貨志言田制用司馬法，建步立畝。六尺爲步，步百爲畝。古之百畝爲今四十一畝。一百六十步則古之五畝，當今二畝零二十步。古之二畝半，當今一畝零十步。一夫一婦，以養父母妻子五口爲率。内有門堂，外有場圃，又有桑麻鷄彘，豈一畝零十步中之所能容者？太原閻若璩四書釋地三續駁趙説是也。步瀛案：四書釋地三續引炳燭齋隨筆曰：五畝之宅，説者皆云古者受宅，二畝半在田，二畝半在邑，此説之極不通者。匠人營國，不過方九里。九九八十一，爲方一里者八十一。方一里之地爲九百畝。以八十一倍筭，不過七萬二千九百畝耳。其中有王宫，有左祖右社，面朝後市，又道涂九經九緯，每經涂闊九軌，又六卿以至於三百六十官，各有公署。自公卿而下，至於上中下士，各有館舍，如詩所云退食自公，適子之館兮者。又有賓館、神祠、作坊、倉庫、獄囚，以上諸項，處於王國之中，必三分去二，所存不過二三萬畝耳。而六鄉之民，已七萬五千家，工商各不下萬家。即人受半畝，勢必不給。况二畝半乎？孟子云：願受一廛而爲氓。禮記云：儒有一畝之宫。參觀之，足知二畝半之説爲妄矣。以今世數目驗之，民有地二十步，便可造屋一二四間，足以成家矣。則古者一畝，百步之地，當必容四五家。二畝半之地，當必容十餘家也。閻曰：此説煞是可疑，存之以俟博君子。是閻駁趙説，以在邑二畝半爲過多。陳氏駁趙説，以在邑二畝半爲太少。二説意正相反。金鶚求古齋禮説卷十四井田考曰：孟子言井九百畝，其中爲公田，八家皆私百畝。是百畝皆屬公，何得以二十畝爲民之廬舍也？八家同養公田，何得各取十畝治之也？九一爲助，法以九百畝而得一百畝也。若公田僅八十畝，是輕於九一矣。亦與孟子不合。詩甫田鄭箋云：九夫爲井，井税一夫。是鄭謂公田百畝，非八十畝也。五畝之宅，皆在邑中，猶今之村落然。詩所謂中田有廬者，乃於田畔爲之，以避雨與暑，大不容一畝，必無二畝半之廣在公田之中也。是并在田二畝半之説亦駁之矣。大抵古人經制，不過舉其大體，至實行時必多變通。後人泥定其數，往往不可通矣。信南山鄭箋曰：中田，田中也。農人作廬焉，以便其田事。不言廬之畝數。説文曰：廛，二畝半也。一家之居。蓋即趙邠卿孟子注所本。段注曰：許於廬不曰二畝半，於廛曰二畝半，以錯見互足，亦從趙氏之説。○老子卷下「安其居」在「樂其俗」句上。莊子胠篋篇與此同。老子「里」作「國」，「犬」作「狗」，「人」作「民」，「相」下無「與」字。莊子「聲」作「音」。史記貨殖傳引亦與老子文异。蓋古人引書，不拘定元文字句也。○毛詩，見韓奕。毛傳曰：奕奕，大也。○「賈逵國語」下，各本脱「注」字。陳曰：别本有，今從之。案：此魯語上助生阜也句注。○「河渠書」，袁、茶二本作「史記」，「漢書」作「又曰」，「瀉」作「寫」。步瀛案：漢書溝洫志作「舄」，史記貨殖傳地瀉鹵亦作「瀉」。胡氏謂尤改未是，亦故爲求疵。又案：呂氏春秋樂成篇曰：魏襄王與群臣飲，酒酣，王爲群臣祝曰：皆如西門豹之爲人臣也。史起對曰：魏氏之行田也，以百畝，鄴獨二百畝，是田惡也。漳水在其旁而西門豹弗知用，是其愚也。知而弗言，是不忠也。愚與不忠，不可效也。魏王無從應之。明日，召史起而間焉，曰：漳水猶可以灌鄴田乎？史起對曰：可。王曰：子誠能爲寡人爲之，寡人盡聽子矣。史起敬諾，言之於王曰：臣爲之，民必大怨。臣大者死，其次乃藉臣。臣雖死、藉，願王之使他人遂之也。王曰：諾。使之爲鄴令。史起因往爲之，鄴民大怨，欲藉史起。史起不敢出而避之，王乃使他人遂爲之。水已行，民大得其利，相與歌之曰：鄴有聖令，時爲史公。決漳水，灌鄴旁。終古斥鹵，生之稻粱。高注曰：按魏世家，文侯生武侯，武侯生惠王，惠王生襄王。西門豹，文侯用爲鄴令，史起亞之，不得爲四世之君臣也。案：左襄二十五年孔疏引呂氏春秋曰：魏文侯時，史起爲鄴令，引漳水以灌田。與今本异。漢書溝洫志從呂氏春秋説，與史記异。梁玉繩史記志疑卷十八曰：後漢書安帝紀初元二年正月，修理西門豹所分漳水，爲支渠以溉民田。水經注十云：魏文侯以西門豹爲鄴令，引漳以溉鄴，民賴其用。其後至魏襄王，以史起爲鄴令，又堰漳以溉鄴田。與河渠書相合。呂子恐不足據。蓋二人皆爲鄴令，皆引漳水。左太沖魏都賦所謂西門溉其前，史起灌其後也。胡紹煐曰：水經濁漳水注云云，御覽七十三引鄴中記曰：當魏文侯時，西門豹爲鄴令，堰引漳水灌鄴，以富魏之河南。後史起爲鄴令，引漳水十二渠，灌溉於魏田數百頃。并與此賦合。〇説文曰：澍，時雨。所以澍生萬物者也。梁曰：今説文無「所以」「者也」四字。步瀛案：段注依此注及後漢書明帝紀注改爲「澍，時雨也。所以樹生萬物者也」。謂樹、澍以叠韵爲訓。沈濤説文古本考曰：後漢書明帝紀注引：澍，時雨。所以澍生萬物。鍾離意傳引。澍，雨。所以澍生萬物，故曰澍。文選魏都賦注引：澍，時雨。所以澍生萬物者也。一切經音義卷一、卷六引：澍，上古時雨。所以澍生萬物者。諸引雖小有异同，而皆有「所以」二字。今本奪此二字，蓋二徐妄删。御覽卷十天部引：澍，時雨也。乃節取，非完文。○「蒔，更也」，胡曰：袁本、茶陵本「更」作「植立」二字，是也。步瀛案：方言十二兩訓皆有。胡紹煐曰：善云：下則澍生稉稻，高則植立黍稷。植立正釋蒔字。善引方言當爲植立之訓，不當爲更。植立，亦謂種也。故廣雅曰：蒔，種也。亦省作「時」。堯典：播時百穀。鄭讀時爲蒔。晏子春秋諫覽篇：民盡得種時。「時」與「蒔」同。種謂之蒔，故樹亦謂之時。晉書姚萇載紀云：萇命其將於一柵孔中蒔樹一根，以旌戰功是也。步瀛案：袁、茶二本無「郭璞曰：謂更種也」七字，則引植立之訓爲宜。尤本有郭注，則宜從更也之訓。何者爲李氏原本，今無以定之矣。○爾雅，見釋器。○史記宋微子世家索隱曰：油油，禾黍之苗光悦貌。與聲類麻肥之訓，可以互證。莊子，見胠篋篇。○謝承後漢書，吴都賦注引「王翁」作「王公」。○畝，古音之部。阜，幽部。後、口，侯部。雨、黍、柘、紵，魚部。皆通轉爲韵。列、悦、世，祭部。翳，脂部。通轉爲韵。五臣翳下云：音咽，叶韵。非是。○以上郊野。

内則街衢輻湊，朱闕結隅。石杠飛梁，出控漳渠。疏通溝以濱路，羅青槐以蔭塗。比滄浪而可濯，方步櫚而有踰。習習冠蓋，莘莘蒸徒。斑白不提，行旅讓衢。設官分職，營處署居。夾之以府寺，班之以里閭。

【彙校】

「街衢輻湊」「衢」，奎章閣本、明州本、贛州本、四庫本、叢刊本、正德本、陳八郎本、九條本同。尤刻本、胡刻本、監本作「衝」。當作「衢」。「輻湊」，奎章閣本、明州本、贛州本、四庫本、叢刊本、正德本、陳八郎本、監本、九條本作「輻湊」。尤刻本、胡刻本作「輻輳」。當作「輻湊」。

■立群案：據校勘，是李善本作「衝」，五臣本作「衢」。衢，四達道。如左傳昭公二年：屍諸周氏之衢，加木焉。説文：四達謂之衢。從行瞿聲。玉篇：衢，近虞切。四達道也。衝，交通要道。如左傳昭公元年：子南知之，執戈逐之。及衝，擊之以戈。杜預注：衝，交道。荀悦漢紀高帝紀一：天下之郡，陳留當衝，四通五達之郊也。亦交通要道之意。玉篇：衝，同衝。又：衝，齒龍切。交道也。據此，知「衢」「衝」於賦俱通。胡紹煐文選箋證：内則街衝輻湊。注善曰：杜預左氏傳注曰：衝，交道也。今見左昭元年傳「及衝」注。五臣本作「街衢」。按：賦文易「街衢」爲「街衝」者，避下「行旅讓衢」，衢字複耳。五臣不達此旨，妄改作「衢」，非也。胡氏説是。然今「衝」字已無「交道」之意，故從「衢」。

「輻湊」「輻輳」同。然善注引文子曰：群臣輻湊。五臣向曰：言街衢輻湊，朱樓結角，而石橋引在漳水之上也。據注，是李善本、五臣本皆作「輻湊」也。當作「輻湊」。另，東都賦「萬方輻湊」之句，善注已引文子「群臣輻湊」。據善注的體例，此處應作「輻湊，已見東都賦」，不當再引文子語。

「朱闕結隅」 「闕」，明州本、贛州本、四庫本、叢刊本、正德本、陳八郎本、尤刻本、胡刻本、監本、九條本同。奎章閣本作「闕」。當作「闕」。「結」，奎章閣本、明州本、四庫本、叢刊本、監本同。贛州本、正德本、陳八郎本、尤刻本、胡刻本、九條本作「結」。當作「結」。

「石杠飛梁」 「杠」，奎章閣本、明州本、贛州本、四庫本、叢刊本、正德本、陳八郎本、尤刻本、胡刻本、九條本同。監本作「杜」。當作「杠」。「飛」，明州本、贛州本、叢刊本、陳八郎本、尤刻本、胡刻本、監本、九條本同。奎章閣本、四庫本、正德本作「飛」。當作「飛」。「梁」，奎章閣本、明州本、贛州本、四庫本、叢刊本、正德本、陳八郎本、尤刻本、胡刻本、監本、九條本作「梁」。當作「梁」。

「出控漳渠」 「出」，明州本、贛州本、四庫本、叢刊本、正德本、陳八郎本、尤刻本、胡刻本、監本同。奎章閣本、九條本作「出」。當作「出」。

「疏通溝」 「疏」，四庫本同。明州本、贛州本、叢刊本、正德本、陳八郎本、胡刻本、監本、九條本作「疏」。奎章閣本、尤刻本作「疏」。當作「疏」。

「以濱路」 「濱」，奎章閣本、明州本、贛州本、四庫本、叢刊本、正德本、陳八郎本、尤刻本、胡刻本、監本、九條本作「濵」。當作「濱」。

「羅青槐」 「槐」，奎章閣本、明州本、贛州本、四庫本、叢刊本、正德本、陳八郎本、尤刻本、胡刻本、監本、九條本作「槐」。當作「槐」。

「以蔭塗」 「蔭」，四庫本同。奎章閣本、明州本、贛州本、叢刊本、正德本、陳八郎本、尤刻本、胡刻本、監本、九條本作「蔭」。當作「蔭」。

「而可濯」　「濯」，奎章閣本、明州本、贛州本、四庫本、叢刊本、正德本、陳八郎本、尤刻本、胡刻本、監本、九條本作「濯」。當作「濯」。

「方步櫩」　「步」，四庫本同。奎章閣本、明州本、贛州本、叢刊本、正德本、陳八郎本、尤刻本、胡刻本、監本、九條本作「步」。當作「步」。「櫩」，贛州本、四庫本、叢刊本、胡刻本同。奎章閣本作「櫚」。明州本、陳八郎本、尤刻本、監本、九條本作「櫩」。正德本作「櫚」。當作「櫩」。

「而有逾」　「逾」，奎章閣本、明州本、贛州本、四庫本、叢刊本、正德本、陳八郎本、尤刻本、胡刻本、監本、九條本作「踰」。當作「逾」。

「習習冠蓋」　「習習」，奎章閣本、明州本、贛州本、四庫本、叢刊本、正德本、陳八郎本、尤刻本、胡刻本、監本、九條本作「習習」。當作「習習」。「蓋」，明州本、贛州本、四庫本、叢刊本、陳八郎本、尤刻本、胡刻本、監本、九條本同。奎章閣本、正德本作「盖」。當作「蓋」。

「莘莘蒸徒」　「莘莘」，明州本、贛州本、四庫本、叢刊本、正德本、陳八郎本、尤刻本、胡刻本、監本、九條本同。奎章閣本作「莘莘」。當作「莘莘」。

「斑白不提」　「斑」，明州本、贛州本、四庫本、叢刊本、正德本、陳八郎本、尤刻本、胡刻本、九條本同。奎章閣本、監本作「班」。當作「斑」。

■**立群案**：作「老者」義，「斑白」「班白」可通。如禮記祭義：斑白者不以其任行乎道路。史記循吏列傳：斑白不提挈，僮子不犁畔。曹操對酒：倉谷滿盈，班白不負戴。然善注引禮記曰：斑白者不提挈。五臣銑曰：斑白，老者。據注，是李善本、五臣本皆作「斑白」。當作「斑白」也。

「營處署居」「處」，奎章閣本、明州本、贛州本、四庫本、叢刊本、陳八郎本、監本、九條本同。正德本作「虜」。尤刻本、胡刻本作「處」。當作「處」。

【彙注】

【李善注】浪，平聲。櫩，以占切。莘，所巾切。劉曰：鄴城内諸街，有赤闕黑闕正當東西南北城門，最是其通街也。石竇橋在宫東，其水流入南北里。爾雅曰：石杠謂之倚。郭璞曰：石橋音江。疏，通也。魏武帝時堰漳水，在鄴西十里，名曰漳渠堰。東入鄴城，經宫中東出，南北二溝夾道，東行出城，所經石竇者也。楚辭曰：滄浪之水清，可以濯吾纓。善曰：杜預左氏傳注曰：衢，交道也。齒容反。文子曰：群臣輻凑。李尤德陽殿賦曰：朱闕巖巖。晉灼漢書注曰：飛梁，浮道之橋。小雅曰：控，引也。步櫩，長廊也。楚辭曰：曲屋步櫩宜擾畜。上林賦曰：步櫩周流，長途中宿。蔡雍胡億碑曰：祁祁我君，習習冠蓋。毛萇詩傳曰：莘莘，衆多也。禮記曰：斑白者不提挈。鄭玄曰：雜色曰斑。家語曰：虞、芮二國争田，入文王境，行者讓路。周禮曰：設官分職，以爲民極。小雅曰：班，次也。

【五臣注】杠音江。浪，平聲。櫩，以占反。莘，所巾反。向曰：闕，樓。隅，角。控，引。杠，橋也。言街衢輻凑，朱樓結角，而石橋引在漳水之上也。濱，水畔也。言流通溝渠於路畔，列以槐木，渠清可以比滄浪之濯纓，槐樹之陰可以逾長櫩廊廡之下。銑曰：習習，盛也。莘莘，衆也。蒸徒，人也。斑白，老者。不提挈器物也。旅，客也。言行客讓路。設官司，分職務，營置居處。夾於府寺，分布閭里之間，各使得其所也。

【張鳳翼文選纂注】櫩，以占切。隅，角也。杠，橋也。言街衢輻凑，朱樓結角，而石橋引在漳水之上也。濱，猶近也。流通溝渠近于路，列以槐木，使成陰也。渠清可以比滄浪之濯纓，而槐陰可以逾長廊。習習，盛也。莘莘，衆也。蒸徒，人民也。不提，即不負戴也。讓衢，即行者讓路也。設官司，分職務，營置居處。夾於府寺，分布里閭之間。言井井有條也。

【王象乾文選删注】櫩，以占切。步櫩，長廊也。莘莘，衆多也。鄴城内諸街，有赤闕黑闕正當東西南北城門，最是其通街也。石竇橋在宮東。魏武帝時堰漳水，入鄴城，經宮中夾道，東行出城，所經石竇者也。楚辭曰：曲屋步櫩宜擾蓄。

【陳景雲文選舉正】内則街衝輻輳。「衝」，五臣作「衢」。又注「鄴城内諸街」，舊本「鄴」上有「言」字。又「石杠謂之倚」，「倚」當作「徛」。

【余蕭客文選紀聞】櫩檐。同。廣韻二。

【胡克家文選考异】注「鄴城内諸街」。袁本、茶陵本「鄴」上有「言」字，「街」作「衢」。案：此亦尤改也。

注「有赤闕黑」。案：「黑」當作「里」。各本皆誤。「有赤闕里」四字爲一句。

注「謂之倚郭璞曰石橋音江」。袁本、茶陵本作「謂石橋也」四字。案：以四字爲一句，二本最是。載注不得引郭景純爾雅，尤增多，甚誤。

【朱珔文選集釋】石杠飛梁，出控漳渠。疏通溝以濱路，羅青槐以蔭塗。張注云：石竇橋在宮東，其水流入南北里。魏武時堰漳水，在鄴西十里，名曰漳渠堰。東入鄴城，經宮中東出，南北二溝夾道，東行出城，所經石竇者也。案：水經濁漳水注云：魏武又以郡國之舊，引漳流自城西東入，逕銅雀臺下，伏流入城東注，謂之長明溝。渠水又南逕止車門下，溝水南北夾道，枝流引灌，所在通溉，東出石竇堰下，注之洹水，故魏武登臺賦曰：引長明，灌街里。謂此渠也。方輿紀要云：石竇堰在鄴城東，魏武之石竇堰也。晉永和六年，冉閔之亂後，趙將張賀度據石瀆。即石竇矣。余謂，説文「竇」字本從瀆，省聲。荀子修身篇注云：瀆，水竇也。周禮大司樂注：四竇。釋文：竇本作瀆。是二字通也。紀要又引典略云：建安十八年，曹公作金虎臺。於其下鑿渠引漳水入白溝，以通漕。亦即指此。

【梁章鉅文選旁證】内則街衝輻輳。六臣本「衝」作「衢」。案李注引杜預左氏傳注曰：衝，交道也。齒容反。淮南子覽冥訓注亦曰：衝，交道也。

石杠飛梁，出控漳渠。疏通溝以濱路。水經濁漳水注云：魏武又以郡國之舊，引漳流自城西東入，徑銅雀臺下，伏流入城東注，謂之長明溝也。渠水又南徑止車門下，魏武封於鄴爲北宮，宮有文昌殿。溝水南北夾道，枝流引灌，所在通溉，東出石竇堰下，注之隍水。故魏武登臺賦曰：引長明灌街里。

注有赤闕黑。「黑」當作「里」。各本皆誤。

注石杠謂之倚。郭璞曰：石橋，音江。六臣本作「石杠，謂石橋也」。無郭璞以下七字，是也。此舊注，不得引郭注。

注毛萇詩傳曰：莘莘，衆多也。姜氏皋曰：此與本書東都賦注同。國語晉語引周詩曰：莘莘征夫，每懷靡及。韓詩外傳、説苑奉使篇、説文焱部，「燊」字音皆引詩作「莘莘」。知詩舊本不作「駪駪」，故毛傳云然。而説文「駪」字亦不引詩也。

【胡紹煐文選箋證】内則街衝輻湊。注善曰：杜預左氏傳注曰：衝，交道也。今見左昭元年傳「及衝」注。五臣本作「街衢」。按：賦文易「街衢」爲「街衝」者，避下「行旅讓衢」，衢字複耳。五臣不達此旨，妄改作「衢」，非也。

【高步瀛文選李注義疏】五臣「衝」作「衢」。胡紹煐曰：按：賦文易「街衢」爲「街衝」者。避下

「行旅讓衢」，「衢」字複耳。五臣不達此旨，妄改作「衢」，非也。○「鄴城内諸街」，袁、茶二本「鄴」上有「言」字，「街」作「衛」。○「有赤闕里」，各本「里」作「黑」。胡曰：「黑」當作「里」。各本皆誤。「有赤闕里」四字爲一句。今從之。○爾雅，見釋水。尤本「謂石橋也」作「謂之倚」。郭璞曰：石橋音江」十字。胡曰：袁本、茶陵本作「謂石橋也」四字。案：以四字爲一句，二本最是。載注不得引郭景純爾雅。尤增多甚誤。梁亦曰：此舊注，不得引郭注。案：胡、梁説是。然此當是後人所增，尤氏恐不至此。○説文云部曰：疏，通也。段曰：疋部曰：疋，通也。「疏」與「疋」音義皆同。○注述魏武堰漳水，較水經濁漳水注爲詳。方輿紀要卷四十九曰：河南衛輝府臨漳縣，漳渠在鄴西紫陌橋下，謂之天井堰，亦曰西門渠。漢元初二年復修故渠以溉田。魏武又於鄴西二十八里堰爲渠，東入鄴城，經宫中，又東注爲南北二溝，夾道東出石竇下。注：隍水名曰長明溝。步瀛案：注云在鄴西十里，此云二十八里，疑誤。○楚辭，見漁父。孟子離婁上孺子之歌同。水經沔水篇曰：又東北流，又屈東南，過武當縣東北。酈注曰：縣西北四十里，漢水中有洲，名滄浪洲。地説曰：水出荆山，東南流，爲滄浪之水，是近楚都。故漁父歌曰：滄浪之水清兮，可以濯我纓。滄浪之水濁兮，可以濯我足。余按：尚書禹貢言導漾水東流爲漢，又東爲滄浪之水。不言「過」而言「爲」者，明非他水决入也。蓋漢、沔水，自下有滄浪通稱耳。纏絡鄢、郢，地連紀、都，咸楚都矣。漁父歌之，不違水地。考按經傳，宜以尚書爲正耳。史記夏本紀正義引括地志曰：均州武當縣有滄浪水。元和郡縣志曰：山南道均州武當縣，漢水去縣西北四十里，水中有洲，名滄浪洲。即禹貢云又東爲滄浪之水。清統志曰：湖北襄陽府，滄浪洲在均州北。案：今改均縣。以上皆從酈注也。葉夢得避暑録話卷下謂滄浪，地名，非水名。滄浪猶言嶓冢、桐柏，今不言水而直曰嶓冢、桐柏可乎？大抵禹貢水之正名而不可單舉者，則以水足之。黑水、弱水、澧水之類是也。非水之正名，而因地以爲名，則以水別之，滄浪之水是也。閻若璩四書釋地稱之。胡渭禹貢錐指卷十四上駁之曰：水名，或單舉，或配「水」字，各有所宜。山海經凡山水以二字爲名者，其上必加「之」字，猶此滄浪之水也。信如葉言，則山海經曰嶓冢之山，亦是地名，非水名、山名矣。朱琦小萬卷齋文藁卷四滄浪非地名辨亦駁之曰：如其說，則漢水何以不稱爲嶓冢之水，淮水何以不稱爲桐柏之水耶？是葉少蘊滄浪爲地名之説，無容復辨。然離婁篇朱子集注謂滄浪之水即漢水之下流。胡渭謂滄浪者，漢水之色也，非因洲得名。李白襄陽歌云漢水鴨頭緑，正所謂滄浪。説卦：震爲蒼筤竹。漢童謠：木門倉琅根（見漢書外戚傳）。字雖不同，而音義則一，皆言其色青也。盧文弨鍾山札記卷四曰：倉浪，青色。在竹曰蒼筤，在水曰滄浪。古詞東門行：上用倉浪天。天之色正青也。艷歌何嘗行：上慚倉浪之天。俱在晉、宋書樂志。文選塘上行，劉熙注：滄浪之水清兮，滄浪，水色也。案：胡、盧説是，用釋此賦爲尤合。○左傳注，見昭元年。案：字當作「衝」。説文曰：衝，通道也。文子，見上仁篇。○李尤德陽殿賦，藝文類聚居處部二亦引之。○漢書楊雄傳顔注引晉灼同。○小雅，見廣詁。○楚辭，見大招。「櫩」作「壛」，同。○蔡中郎集卷五有陳留太守胡公碑二首。第二首銘詞有祁祁我君二句。然序云君諱碩，與第一首同。嚴可均全後漢文卷七十五曰：文選魏都賦注引胡億碑云云，是六朝、唐初本有此篇，題作「胡億」，蓋誤。胡廣子五：長整，次失名，皆夭。次億，郡舉孝廉，不就。次寧，爲議郎。少子碩，陳留太守。詳見母夫人章氏靈表、都尉夫人黄氏神誥。○詩毛傳，已見東都賦疏。○禮記，見王制。家語，見好生篇。○周禮，見序官。○末引小雅，亦見廣詁。隅、逾，古音侯部。渠、塗、徒、衢、居、閭，魚部。通轉爲韻。

其府寺則位副三事，官逾六卿。太常之號，大理之名。厦屋一揆，華屏齊榮。肅肅階闥，重門再扃。師尹爰止，毗世作禎。

【彙校】

「官逾六卿」「逾」，奎章閣本、明州本、贛州本、四庫本、叢刊本、正德本、陳八郎本、尤刻本、胡刻本、監本、九條本作「踰」。當作「逾」。「卿」，奎章閣本、四庫本、監本作「卿」。明州本、贛州本、叢刊本、正德本、陳八郎本、尤刻本、胡刻本、九條本作「卿」。當作「卿」。

「太常之號」「太常」，奎章閣本、明州本、贛州本、四庫本、叢刊本、正德本、陳八郎本同。尤刻本、胡刻本、監本、九條本作「奉常」。當作「太常」。

■立群案：漢書百官公卿表：奉常，秦官，掌宗廟禮儀，有丞。景帝中六年更名太常。顔師古注：太常，王者旌旗也。畫日月焉，王有大事則建以行，禮官主持之，故曰奉常也。後改曰太常，尊大之義也。高步瀛文選李注義疏：通典職官典七曰：太常卿，秦曰奉常，漢初曰太常，欲令國家盛大常存，故稱太常。惠帝更名奉常。景帝六年，更名太常。後漢秩與漢同。每祭祀前，奏其禮儀及行事贊天子。每選試博士，奏其能否。大射、養老、大喪，皆奏其儀。每月前晦，察行陵廟。助祭則平冕七旒。建安中爲奉常。魏黄初元年，改爲太常。賦説三國魏晋事，作「太常」是也。

「厦屋一揆」「厦」，奎章閣本、明州本、贛州本、四庫本、叢刊本、尤刻本、胡刻本、九條本同。正德本作「厦」。陳八郎本、監本作「夏」。今從「厦」。

■立群案：鄭珍説文新附考：蓋「夏」有大義，故大屋謂之夏屋。俗加「广」，以别「華夏」字。據鄭氏説，是本作「夏屋」，後作「厦屋」。是「夏屋」「厦屋」俱通。然諸本多作「厦屋」，陳八郎本雖作「夏屋」，然五臣翰曰：厦，大厦之屋。據注，是五臣本亦應作「厦」。陳八郎本自應作「厦」也。作「厦」是。

「華屏齊榮」「齊」，奎章閣本、四庫本、尤刻本同。明州本、贛州本、叢刊本、正德本、陳八郎本、胡刻本、監本、九條本作「齊」。當作「齊」。

「肅肅階闢」「闢」，明州本、四庫本同。奎章閣本、贛州本、叢刊本、正德本、陳八郎本、尤刻本、胡刻本、監本、九條本作「闢」。當作「闢」。

「師尹爰止」「師」，奎章閣本、明州本、贛州本、叢刊本、正德本、陳八郎本、尤刻本、胡刻本、監本、九條本同。四庫本作「師」。當作「師」。

「毗世作禎」「毗世」，奎章閣本、四庫本、正德本同。明州本、贛州本、叢刊本、陳八郎本、九條本作「毗丗」。尤刻本、胡刻本、監本作「毗代」。今從「毗世」。

■立群案：「毗世」「毗代」於賦俱通。善注、五臣注皆無注，已難判斷何者爲是。諸本多作「毗世」，從之。

【彙注】

【李善注】劉曰：當司馬門南出，道西最北東向相國府，第二南行御史大夫府，第三少府卿寺。道東最北奉常寺，次南大農寺。出東掖門正東，道南西頭太僕卿寺，次中尉寺。出東掖門，宮東北行北城下，東入大理寺。宮内大社西郎中令府。城南有五營。魏武帝爲魏王時，太常號奉常，廷尉號大理。建安十八年，始置侍中、尚書、御史、符節、謁者、郎中令、太僕、大理、大農、少府、中尉。二十一年，大理鍾繇爲相國，始置太常宗正。二十二年，以軍師華歆爲御史大夫，初置衛尉，時武帝爲魏王，置相國、御史大夫，故云位副三事。置卿近九，故曰官逾六卿。善曰：毛詩曰：三事大夫，莫肯夙夜。夏屋，已見上注。鄭玄禮記注曰：畫，華也。爾雅曰：屏謂之樹，鄭玄禮記注曰：榮，屋翼也。爾雅曰：兩階間曰闕。許亮反。周易曰：重門擊柝。説文曰：扃，門之關也。毛詩曰：赫赫師尹。毛萇曰：太師，周之三公也。尹氏爲太師。毛詩曰：天子是毗。又曰：王國克生，維周之禎。毛萇曰：禎，幹也。

【五臣注】闕，許亮反。翰曰：三事，正德、利用、厚生也。正德以率下，利用以阜財，厚生以養人。六卿，周禮六官也。太常主宗廟，大理斷刑獄。厦，大厦之屋。屏，門墻也。言府寺制其同一揆，而墻屏之設亦齊有之。肅肅，嚴整貌。闕，兩階之間。言兩階之間作爲禎祥，肅然嚴整。扃，關也。言有重門，故其關亦當再矣。師尹，主國之政事者。爰，於。毗，佐。禎，祥也。言此居止可以佐主而爲政也。

【張鳳翼文選纂注】太，或作奉。闕，許亮切。時武帝爲魏王，置相國、御史大夫，故云位副三事。置卿近九，故曰官逾六卿。太常主宗廟，大理斷刑獄。屏，門墻也。言府寺之制相同，而墻屏之設亦齊。肅肅，嚴整貌。闕，兩階之間也。扃，關也。師尹，主國之政事者。禎，疑楨如云「維周之楨」也。舊注以禎祥，强解未安。

【王象乾文選删注】闕，許亮切。武帝爲魏王，置相國、御史大夫，故云位副三事。置卿近九，故曰官逾六卿。榮，屋翼。兩階間曰鄉。扃，門關。

【陳景雲文選舉正】厦屋一揆。「厦」，舊本作「夏」。

【余蕭客文選音義】屏。翰曰：門墻也。闀向。

【余蕭客文選紀聞】闀向。集韵八。

【胡克家文選考异】注「侍中尚書御史符節謁者郎中令太僕」。袁本、茶陵本無此十五字。案：此亦尤添也。「侍中」至「謁者」在前「符節謁者」劉注中，此無取其事，蓋皆未是也。

【許巽行文選筆記】階闀。爾雅作「鄉」。嘉德案，注引爾雅。「闀」，今爾雅作「鄉」。集韵引釋宫亦作「闀」。是二字通。

【朱珔文選集釋】肅肅階闀。善注引爾雅曰：兩階間曰闀。案：今爾雅釋宫：兩階間謂之鄉。集韵四十一漾引作「謂之闀」。説文：闀，門響也。「響」疑當作「鄉」。易繫辭：其受命也如響。是以「嚮」爲「響」，此又以「響」爲「嚮」。但古祗作「鄉」，即今之「向」，字與「闀」通。廣雅云：窗、牖，闀也。詩七月篇：塞向墐户。毛傳以向爲北出牖，是也。

【梁章鉅文選旁證】奉常之號。六臣本「奉」作「太」。

注「建安十八年始置侍中」至「御史大夫」。按三國志魏志：建安十八年十一月，初置尚書侍中六卿。裴注引魏氏春秋曰：以荀攸爲尚書令，凉茂爲僕射，毛玠、崔琰、常林、徐奕、何夔爲尚書，王粲、杜襲、衛覬、和洽爲侍中。建安二十一年八月，以大理鍾繇爲相國。注引魏書，始置奉常宗正官。二十二年六月，以軍師華歆爲御史大夫。袁涣傳：魏國初建，爲郎中令，行御史大夫事。涣從弟霸，魏初爲大司農。凉茂傳：魏國初建，遷尚書僕射。後爲中尉、奉常。國淵傳：遷太僕，居列卿。王修傳：魏國既建，爲大司農、郎中令。毛玠傳：魏國初建，爲尚書僕射，復典選舉。徐奕傳：魏國既建，爲尚書，遷尚書令。何夔傳：魏國既建，拜尚書僕射。鍾繇傳：魏國初建，爲大理，遷相國。華歆傳：魏國既建，爲御史大夫。王朗傳：魏國既建，以軍祭酒領魏郡太守，遷少府、奉常、大理。程昱傳：魏國既建，爲衛尉。杜畿傳：魏國既建，爲尚書。王粲傳：魏國既建，拜侍中。參考之，約略相同。

注爾雅曰：雨階間曰闀。今爾雅釋宫：兩階間謂之鄉。集韵引作「謂之鄉」。説文：闀，門響也。「響」疑當作「鄉」。易繫辭：其受命也如嚮。以「嚮」爲「響」，此又以「響」爲「嚮」，但古祇作「鄉」，即今之「向」字也。

【高步瀛文選李注義疏】五臣「奉」作「太」。胡曰：注「侍中、尚書、御史、符節、謁者、郎中令、太僕」，袁本、茶陵本無此十五字。梁曰：案三國志魏志，建安十八年十一月，初置尚書、侍中六卿。裴注引魏氏春秋曰：以荀攸爲尚書令，凉茂爲僕射，毛玠、崔琰、常林、徐奕、何夔爲尚書，王粲、杜襲、衛覬、和洽爲侍中。建安二十一年八月，以大理鍾繇爲相國。注引魏書始置奉常宗正官。二十二年六月，以軍師華歆爲御史大夫。袁渙傳：魏國初建，爲郎中令，行御史大夫事。渙從弟霸，魏初爲大司農。凉茂傳：魏國初建，遷尚書僕射，後爲中尉、奉常。國淵傳：遷太僕，居列卿。王修傳：魏國既建，爲大司農、郎中令。毛玠傳：魏國初建，拜尚書僕射，復典選舉。徐奕傳：魏國既建，爲尚書，遷尚書令。何夔傳：魏國既建，拜尚書僕射。鍾繇傳：魏國初建，爲大理，遷相國。華歆傳：魏國既建，爲御史大夫。王朗傳：魏國既建，以軍祭酒領魏郡太守，遷少府、奉常、大理。程昱傳：魏國既建，爲衛尉。杜畿傳：魏國既建，爲尚書。王粲傳：魏國既建，拜侍中。參考之，約略相同。○通典職官典七曰：太常卿，秦曰奉常，漢初曰太常，欲令國家盛大常存，故稱太常。惠帝更名奉常。景帝六年，更名太常。後漢秩與漢同。每祭祀前，奏其禮儀及行事贊天子。每選試博士，奏其能否。大射、養老、大喪，皆奏其儀。每月前晦，察行陵廟。助祭則平冕七旒。建安中爲奉常。魏黄初元年，改爲太常。又曰：大理卿，秦爲廷尉。漢因之，掌刑辟。凡獄必質之朝廷，與衆共之之義也。兵獄同制。故曰廷尉。景帝中元六年，更名大理。武帝建元四年，復爲廷尉。哀帝元壽二年，復爲大理。後漢廷尉卿，凡郡國讞疑，皆處當以報。建安中，復爲大理。魏黄初元年，改爲廷尉。又職官典三曰：漢高帝即位，一丞相，以蕭何爲之。及誅韓信，乃拜何爲相國。孝惠、高后置左右丞相。文帝二年，復置一丞相。成帝拜王根爲大司馬。何武自御史大夫改爲大司空，比丞相。則三公俱爲宰相。至哀帝，復罷大司空。元壽二年，更名丞相爲大司徒。後漢廢丞相及御史大夫，而以三公綜理衆務，則三公復爲宰相矣。建安十三年，復置丞相，而以曹公居之。又有相國，魏黄初元年，改爲司徒。其後定制，置大丞相第一品，後又有相國。職官六曰：御史大夫，秦官，漢因之。成帝綏和元年，更名大司空。哀帝建平二年，復爲御史大夫。皆宰相之任。元壽二年，復爲大司空。後漢初廢御史大夫，至建安十三年罷三公官，始復置之。魏黄初二年，又改御史大夫爲司空。末年，復有大夫。據此，則漢、魏相國、御史大夫，即比於三公。故云位副三事也。職官七曰：漢以太常、光禄勳、衛尉、太僕、廷尉、大鴻臚、宗正、大司農、少府謂之九寺大卿。後漢九卿而分屬三司，太常、光禄勳、衛尉三卿，并太尉所部。太僕、廷尉、大鴻臚三卿，并司徒所部。宗正、大司農、少府三卿，并司空所部。魏九卿與漢同。案：魏初置太僕、大理、大農、少府、太常、宗正、衛尉，九卿置七，故云官逾六卿也。○毛詩，見雨無正。鄭箋以三事大夫爲三公。孔疏曰：卿則當有六人，孤則無主事，故知三事大夫唯三公耳。公雖無職，而地官云二卿則公一人。鄭亦云，外與六卿之事，職所不説三皆有事，故云三事也。謂之大夫者，大夫，丈夫之成名，可以上通公卿。○「厦」，「庌」之或體字。説文曰：庌，廡也。經傳以「夏」爲之，故注引夏屋以證。○「華，畫也」，見檀弓上鄭注。各本「華畫」字誤倒，今正。○爾雅，見釋宫。郭注曰：小墻，當門中。郝懿行曰：一切經音義二十引蒼頡篇云：屏，墻也。是屏以土爲墻，即今之照壁。故論語皇侃疏云：今黄閣用板爲鄣。古者未必用板，或用土。御覽一百八十五引舍人曰：以垣當門蔽爲樹。○禮記鄭注，見喪大記。案：屋翼已見西都賦疏。○後引爾雅亦見釋宫。朱珔曰：今爾雅釋宫：兩階間謂之鄉。集韵四十一漾引作「謂之𨷻」。説文：𨷻，門響也。「響」疑當作「鄉」。易繫辭：其受命也如嚮。是以「嚮」爲「響」，此又以「響」爲「嚮」。但古祇作「鄉」，即今之「向」，字與「𨷻」通。廣雅云：窻，牖，𨷻也。詩七月篇：塞向墐户。毛傳以向爲北出牖，是也。梁説同。○周易，見繫辭上。○説文，見户部。○毛詩兩引，見節南山，後引見文王。○卿，古音陽部。名、榮、扃、楨，耕部。通轉爲韵。

其閭閻則長壽吉陽，永平思忠。亦有戚里，寘宫之東。閈出長者，巷包諸公。都護之堂，殿居綺窗。輿騎朝猥，蹀斂其中。

【彙校】

「閭閻」　「閻」，胡刻本同。奎章閣本作「閻」。明州本、贛州本、四庫本、叢刊本、正德本、陳八郎本、尤刻本、監本、九條本作「閭」。當作「閭」。

「長壽吉陽」 「壽」，奎章閣本、明州本、贛州本、叢刊本、陳八郎本、尤刻本、胡刻本、監本、九條本同。四庫本、正德本作「壽」。當作「壽」。「陽」，監本同。奎章閣本、贛州本、正德本、尤刻本、胡刻本作「陽」。明州本、四庫本、叢刊本、陳八郎本、九條本作「陽」。當作「陽」。

「永平思忠」 「永」，奎章閣本、明州本、贛州本、四庫本、叢刊本、正德本、監本同。陳八郎本、尤刻本、胡刻本、九條本作「永」。當作「永」。

「寘宮之東」 「寘」，奎章閣本、四庫本、正德本、陳八郎本同。明州本、贛州本、叢刊本、尤刻本、胡刻本、監本、九條本作「寘」。當作「寘」。

「開出長者」 「出」，明州本、贛州本、四庫本、叢刊本、正德本、陳八郎本、尤刻本、胡刻本、監本同。奎章閣本、九條本作「出」。當作「出」。

「巷包諸公」 「包」，奎章閣本、明州本、正德本、陳八郎本同。贛州本、四庫本、叢刊本、尤刻本、胡刻本、監本、九條本作「苞」。今從「包」。

■ **立群案**：作「包含」意，「包」「苞」通。如荀子非十二子：無不愛也，無不敬也，無與人爭也，恢然如天地之苞萬物。孔叢子儒服：平原君曰：儒之爲名何取爾？子高曰：取包衆美，兼六義，動靜不失中道。然今多作「包」也。

「殿居綺窗」 「綺」，四庫本同。奎章閣本、明州本、贛州本、叢刊本、正德本、陳八郎本、尤刻本、胡刻本、監本、九條本作「綺」。當作「綺」。「窗」，四庫本同。奎章閣本、明州本、贛州本、叢刊本、正德本、陳八郎本、九條本作「窻」。尤刻本、胡刻本、監本作「牕」。當作「窗」。

「輿騎朝猥」「輿」，奎章閣本、明州本、贛州本、四庫本、叢刊本、陳八郎本、尤刻本、胡刻本、監本、九條本同。正德本作「轝」。當作「輿」。「騎」，四庫本同。奎章閣本、明州本、贛州本、叢刊本、正德本、陳八郎本、尤刻本、胡刻本、監本、九條本作「騎」。當作「騎」。

「蹀𩚁其中」「蹀」，四庫本同。奎章閣本、明州本、贛州本、叢刊本、正德本、陳八郎本、尤刻本、胡刻本、監本、九條本作「蹀」。當作「蹀」。「𩚁」，奎章閣本、明州本、贛州本、四庫本、叢刊本、正德本同。陳八郎本、九條本作「𩚁」。尤刻本、胡刻本、監本作「𩛁」。當作「𩚁」。

【彙注】

【李善注】劉曰：長壽、吉陽、永平、思忠，四里名也。長壽、吉陽二里，在宮東中當石竇，吉陽南入，長壽北入。皆貴里。都護者，將軍曹淵也。漢書萬石君傳曰：徙其家長安戚里，以姊爲美人故。善曰：古詩云：交疏結綺窗。廣雅曰：猥，衆也。烏罪反。聲類曰：蹀，躡也。徒協反。説文曰：𩚁，區也。丘知反。

【五臣注】𩚁，古毀反。良曰：四者皆坊名。濟曰：戚里，外戚所居之里，而置之帝宮之東。寘，置也。閈，門也。言門出長者，而巷亦包括公侯之宅。向曰：都護，宮名。居殿之中，飾爲綺窗。銑曰：輿，車。騎，馬。猥，多也。蹀𩚁，言累積也。天下朝貢車馬繁多，累積而在於都護府内。

【張鳳翼文選纂注】𩚁，古毀切。長壽、吉陽、永平、思忠，四里名。戚里，外戚所居之里，在帝宮之東。寘，置也。閈，門也。言門出長者，而巷亦包括公侯之宅。都護，將軍曹淵也。其居飾爲綺窗。猥，多也。蹀𩚁，累積也。言車馬多集于此。

【王象乾文選删注】蹀，徒協反。攱，丘知反。猥，衆也。蹀，躡也。徒協反。説文曰：攱，匾也。

【杭世駿文選課虚】猥，衆也。蹀，躡也。徒協切。攱，陋也，其知切。

【汪師韓文選理學權輿·前賢評論】顧炎武日知録曰：左思魏都賦：都護之堂，殿居綺窗。是人臣亦得稱殿也。漢人有以郡守之尊稱爲本朝者郭究碑、尹宙碑。亦謂之郡朝後漢書劉寵傳、府朝晋書劉琨傳。亦有以縣令而稱朝。潘岳爲長安令，其西征賦曰「勵疲鈍以臨朝」是也。

【余蕭客文選音義】牕類篇：窗音忽。攱詭。銑曰：蹀攱，言積累也。

【余蕭客文選紀聞】牕粗叢。韵補一。攲崎。廣韵一。

【孫志祖文選李注補正】都護之堂。注：都護者，將軍曹淵也。○正曰：金云：按，夏侯淵曾作都護。曹氏本姓夏侯，然惇、淵之輩不蒙曹姓，此外無所謂都護曹淵者。惟曹洪曾作都護，見陳琳爲洪與魏文書題下。注「淵」殆「洪」字之誤也。

【張雲璈選學膠言】都護之堂，殿居綺窗。此都護，張注謂將軍曹淵。雲璈按，是人臣之堂而亦稱殿矣。考漢書霍光傳：鴞數鳴殿前樹上。師古曰：古者室屋高大，則通呼爲殿耳。非止天子宫中。黄霸傳：丞相與中二千石博士雜門上計長吏、守丞爲民興利除害者爲一輩，先上殿。師古曰：殿，丞相所坐屋也。三國志張遼傳：爲起第舍，又特爲遼母作殿。宫殿之名，蓋當時上下通得稱之。金宗伯曰：夏侯淵曾作都護。曹氏本姓夏侯，然惇、淵之輩不蒙曹姓，此外無所謂都護曹淵者。惟曹洪曾作都護，見陳琳爲洪與魏文書題下。注「淵」殆「洪」字之誤也。

【胡克家文選考异】注「長壽吉陽二里在宫東中當石竇吉陽南入」。此十七字袁本、茶陵本無。

案：此蓋二本脱。

【許巽行文選筆記】蹀攱。説文：嶇也。從危，支聲。

【朱珔文選集釋】都護之堂，殿居綺牕。注於「殿」無釋。案：困學紀聞云：周禮槁人注：今司徒府中有百官朝會之殿。後漢蔡邕集所載「百官會府公殿下」者也。古天子之堂未名曰殿。説苑：魏文侯御廩灾，素服辟正殿。莊子説劒云：入殿門不趨。蓋戰國始有是名。燕禮注：當東霤者，人君爲殿屋也。疏謂舉漢以況周。然漢黄霸傳「先上殿」注謂丞相所坐屋。古者屋之高嚴通呼爲殿，不必宮中也。翁氏元圻注引宋葉大慶考古質疑曰：初學記言史記始皇紀始曰作前殿。是稱殿起于秦。據通鑑外紀：晉平公布蒺藜於殿下。齊景公怒，有罪者縛至殿下。已見於春秋時。又曰漢書：梁王立謂：傅、相尚苛刻。宮殿之裏，過失亡不陳。而魯恭王靈光巋然，議者不以爲僭，則人臣亦謂之殿矣。藝文類聚：宮闕名，蕭何、曹參、韓信皆有殿。至魏張遼傳：文帝爲起殿舍，又特與遼母作殿。齊高帝爲齊公，以石頭城爲其世子宮，以聽事爲崇光殿，外齋爲宣德殿。即是而觀，唐以前上下猶稱殿也。余謂葉氏説甚覈。古天子諸侯有朝，卿大夫亦有朝。後世惟天子之室稱宮，而古上下通稱。内則「由命士以上，父子皆异宮」是也。殿當相類。若顏師古注黄霸傳以通呼殿屬古，則唐已不然可知。而董賢傳：起大第，重殿洞開。顏注又云：殿有前後，僭天子制者。此殆以重殿爲僭，而非謂殿之名爲僭耳。

【梁章鉅文選旁證】都護之堂。注都護者，將軍曹淵也。金氏甡曰：夏侯淵曾作都護。曹氏本姓夏侯，然惇、淵之輩不蒙曹姓，此外無所謂都護曹淵者。惟曹洪作都護。見陳琳爲洪與魏文書題下。注「淵」字，殆「洪」之誤也。

注説文曰：攱，嶇也。今説文厂部：攱，攱嶇也。𠂤部：嶇，攱也。近人席世昌讀説文記謂説文無「攱」字，可笑。

【徐攀鳳選注規李】都護之堂，殿居綺窻。注闕「殿」字之義。案，霍光傳：鴞數鳴殿前樹上。師古曰：古者室高屋上，通呼爲殿。黄霸傳：丞相與中二千石、博士雜門上計長史、守丞爲民除害興利者爲一輩，先上殿。師古曰：殿，丞相所坐屋。固知「都護之堂」亦可稱殿也。

【高步瀛文選李注義疏】五臣「苞」作「包」。○古人殿之名，上下皆可通稱。葉大慶考古質疑卷六曰：唐徐堅初學記引蒼頡篇曰：殿，大堂也。商、周以前，其名不載。史記始皇紀始曰作前殿。石林燕語謂：初未有，稱殿皆起於秦者，其本於堅之所記而云乎？續見高承事物紀原云：禮記與白虎通俱曰天子之堂。史記秦始皇作朝宫渭南，先作前殿阿房。商君書有言天子之殿。則是秦自孝公已然矣，蓋秦始曰殿也。通鑑外紀：晉平公布蒺藜於殿下。師曠刺足，曰：五鼎之具，不當烹藜藿。人主堂殿，不當生蒺藜。齊景公怒，有罪者縛至置殿下。説苑：齊大旱。晏子曰：君誠避宫殿，暴露，與靈山河伯共憂，其幸而雨乎？又云：晉平公爲馳逐之車，立之於殿下。又，魏文侯御廩灾。文侯素服，避正殿。戰國策：要離之刺慶忌也，蒼鷹擊于殿上。家語：楚王將游荆臺，司期諫。王怒之，令尹子西賀於殿下。又，齊有一足鳥，下止於殿前。景公使問孔子。孔子曰：此鳥名商羊，水祥也。又，史記優孟傳：楚莊王欲以棺槨葬馬。優孟入殿門，仰天大哭。諸書「殿」之名，已見于春秋、戰國，不始于秦也。況六韜五將篇太公曰：凡國有難，君避正殿。此其來也遠矣。然則徐堅、石林燕語、高承皆謂起于秦者，豈其然乎？許慎説文：殿，堂之高大者也。漢書黄霸傳：張敞奏，霸集計吏能言孝弟風化者上殿。是丞相府中有殿也。顏師古注：丞相所坐屋也。又霍光傳：鴞數鳴殿前木上。師古注云：古者室屋高大，則通呼爲殿。非止宫中。及董賢傳起大第，重殿洞門，師古乃曰：殿有前後，僭天子制也。不以殿爲高屋之通呼。意者重殿乃爲天子制耶？又梁王立謂：傳、相不以仁義輔翼，大臣皆尚苛刻。宫殿之裏，毫氂過失，亡不暴陳。而魯恭王靈光巋然，議者不以爲僭制，則人臣之堂亦謂之殿矣。藝文類聚：漢宫闕名曰：長安有臨華、飛雲、昭陽等殿，蕭何、曹參、韓信并有殿。太平寰宇記：河南道鄆州須城縣，有東平憲王蒼所起之殿。又廣濟軍定陶縣，有定陶恭王殿基。是知兩漢時不以殿爲僭也。至魏張遼傳文帝引遼親問破吴狀，帝曰：此亦古之召虎也。爲起殿舍。又特爲遼母作殿。齊高帝爲齊公，以石頭城爲其世子宫。王儉引靈光殿例，以廳事爲崇光殿，外齋爲宣德殿。即是而觀，唐以前上下猶稱爲殿也。步瀛案：商君書見定分篇，説苑見辨物、反質二篇，國策見魏策四，家語見賢君篇，史記見滑稽傳。困學紀聞卷四曰：槁人注，今司徒府中有百官朝會之殿，後漢蔡邕集所載百官會府公殿下者也。古天子之堂，未名曰殿。説苑魏文侯御廩灾，素服避正殿五日。莊子説劍云：入殿門不趨。蓋戰國始有是名。燕禮注：當東霤者，人君爲殿屋也。疏謂漢時殿屋四向流水，舉漢以况周。然漢黄霸傳先上殿注謂丞相所坐屋。古者屋之高嚴通呼爲殿，不必宫中也。朱琦曰：古天子諸侯有朝，卿大夫亦有朝。後世惟天子之室稱宫，而古上下通稱。内則：由命士以上，父子皆异宫是也。殿當相類。若顔師古注黄霸傳以通呼殿屬古，則唐已不然可知。而董賢傳：起大第，重殿洞開。顔注又云：殿有前後，僭天子制者。此殆以重殿爲僭，而非謂殿之名爲僭耳。○注「長壽、吉陽」至「吉陽南入」，胡曰：此十七字袁本、茶陵本無。案：此蓋二本脱。○孫志祖李注補正引金甡曰：按夏侯淵曾作都護，曹氏本姓夏侯，然惇、淵之輩不蒙曹姓，此外無所謂都護曹淵者。惟曹洪曾作都護，見陳琳爲洪與魏文書題下注。「淵」字殆「洪」字之誤也。○漢書萬石君傳顔注曰：於上有姻戚者，則皆居之，故名其里曰戚里。○古詩，見卷二十九。○今廣雅釋詁三衆也條無「猥」字。王念孫疏證依本注增。本書長笛賦注曰：猥，多也。○聲類，謝惠連七月七日夜咏牛女詩注引同。玄應一切經音義十二、慧琳音義三十四引并同。○説文，見危部。忠、中，古音冬部。東、公、牕，東部。通轉爲韵。

營客館以周坊，飾賓侶之所集。瑋豐樓之閈閎，起建安而首立。葺墻冪室，房廡雜襲。剞劂罔掇，匠斫積習。廣成之傳無以儔，槁街之邸不能及。

【彙校】

「飾賓侶」　「飾」，奎章閣本、明州本、贛州本、四庫本、叢刊本、正德本、陳八郎本同。尤刻本、胡刻本、監本、九條本作「餝」。今從「飾」。「賓」，奎章閣本、明州本、贛州本、四庫本、叢刊本、正德本、陳八郎本、尤刻本、胡刻本、監本、九條本作「賔」。當作「賓」。

■立群案：楚辭招魂：翡帷翠帳，飾高堂些。王逸注：飾，一作餝。洪興祖補注：餝與飾同。玉篇：餝，同飾。是「飾」與「餝」同。今從「飾」。

「之所集」　「所」，四庫本同。奎章閣本、明州本、叢刊本、監本、九條本作「所」。贛州本、陳八郎本、尤刻本、胡刻本作「所」。正德本作「所」。當作「所」。

「瑋豐樓」 「樓」，奎章閣本、明州本、贛州本、四庫本、叢刊本、正德本、陳八郎本、尤刻本、胡刻本、監本、九條本作「樓」。當作「樓」。

「起建安」 「起」，奎章閣本、明州本、贛州本、四庫本、叢刊本、正德本、陳八郎本、尤刻本、胡刻本、監本、九條本作「起」。當作「起」。「建」，奎章閣本、明州本、贛州本、四庫本、叢刊本、陳八郎本、尤刻本、胡刻本、九條本同。正德本、監本作「逮」。當作「建」。

「葺墻冪室」 「墻」，尤刻本、胡刻本、監本同。奎章閣本、明州本、贛州本、四庫本、叢刊本、正德本、陳八郎本、九條本作「牆」。當作「墻」。「冪」，陳八郎本同。奎章閣本、明州本、贛州本、四庫本、叢刊本、正德本、九條本作「幕」。尤刻本、胡刻本、監本作「羃」。今從「冪」。

■ **立群案**：「葺墻」「幕室」相對。「墻」「室」義相近，「葺」「羃」義亦當相近。劉逵曰：葺，覆也。五臣翰亦曰：葺，覆。儀禮既夕禮：甕三，醯醢屑，羃用疏布。鄭玄注：羃，覆也。易井：上六，井收，勿幕。王弼注：幕，猶覆也。是「葺」「羃」「幕」皆可釋作「覆」，義正相同。「羃」「幕」皆通。「羃」爲「冪」之异體，今從「冪」。

「房廡雜襲」 「雜」，明州本、贛州本、四庫本、叢刊本、陳八郎本、胡刻本、監本、九條本同。奎章閣本、正德本、尤刻本作「雜」。當作「雜」。「襲」，明州本、贛州本、四庫本、叢刊本、正德本、陳八郎本、尤刻本、胡刻本、監本、九條本同。奎章閣本作「襲」。當作「襲」。

「剞劂罔輟」 「剞」，奎章閣本、明州本、贛州本、四庫本、叢刊本、正德本、陳八郎本、尤刻本、胡刻本、監本、九條本作「剞」。當作「剞」。「輟」，奎章閣本、明州本、正德本、陳八郎本同。贛州本、四庫本、叢刊本、尤刻本、胡刻本、監本、九條本作「掇」。當作「輟」。

■立群案：善曰：鄭玄論語注曰：輟，止也。掇，古字通。五臣翰曰：言斤斧工人無輟積習以漸理也。據注，是李善本作「掇」，五臣本作「輟」。然本字當作「輟」。

「匠斫積習」　「習」，奎章閣本、明州本、贛州本、四庫本、叢刊本、正德本、陳八郎本、尤刻本、胡刻本、監本、九條本作「習」。當作「習」。

「廣成之傳」　「廣成」，奎章閣本、明州本、贛州本、四庫本、叢刊本、正德本、陳八郎本、尤刻本、胡刻本、監本同。九條本作「廣城」。當作「廣成」。「傳」，贛州本、四庫本、叢刊本、正德本、陳八郎本、尤刻本、胡刻本、監本、九條本同。奎章閣本、明州本作「傅」。當作「傳」。

■立群案：「廣成」者，史記廉頗藺相如列傳：遂許齋五日，舍相如廣成傳。司馬貞索隱：廣成是傳舍之名。傳音張戀反。「廣城」者，後漢書靈帝紀：置八關都尉官。唐李賢注：八關謂函谷、廣城、伊闕、大谷、轘轅、旋門、小平津、孟津也。是「廣城」乃關名。諸本多作「廣成」，是也。九條本獨作「廣城」者，誤也。

「無以儔」　「儔」，明州本、贛州本、叢刊本、陳八郎本、九條本同。奎章閣本、四庫本、正德本作「儔」。尤刻本、胡刻本、監本作「疇」。當作「儔」。

■立群案：段玉裁説文解字注：然自唐以前用「儔侶」皆作「疇」，絶無作「儔」者。又云：「疇」亦類也，今或作「儔」矣。然則用「儔」者起唐初，以至於今。是「疇」「儔」本通。「疇」爲古字，「儔」爲後起字。今多從「儔」。

「槁街之邸」　「槁」，奎章閣本、正德本作「稾」。明州本、贛州本、四庫本、叢刊本、陳八郎本、尤刻本、胡刻本、監本、九條本作「稾」。當作「槁」。

「不能及」　「能」，明州本、贛州本、四庫本、叢刊本、陳八郎本、尤刻本、胡刻本、監本、九條本同。奎章閣本、正德本作「胀」。當作「能」。

【彙注】

【李善注】剞，居綺切。劉曰：鄴城南有都亭，城東亦有都道，北有大邸，起樓門臨道，建安中所立也。古者重客館，故舉年號也。春秋左傳曰：高其閈閎，繕完葺墻，以侍賓客。圬人以時幂館宮室。子產曰：僑聞文公之爲盟主也，宮室卑埤，以崇大諸侯之館，館如公寢。爾雅曰：閎，巷門也。一曰：閎，門中所從出入也。葺，覆也。圬人，塗人也。幂，墁也。館宮室，諸侯傳也。史記，藺相如奉璧西入秦，秦舍相如廣成傳。善曰：説文曰：廡，堂下周屋也。許慎淮南子注曰：剞劂，曲刀也。劂，九月反。鄭玄論語注曰：輟，止也。掇，古字通。張晏漢書注曰：疇，等也。漢書曰：郅支首懸槁街蠻夷邸間。晉灼曰：黃圖，在長安城内也。

【五臣注】葺，七立反。剞，居綺反。劂，居衛反。傳，知戀反。銑曰：營，搆。館，舍也。飾，賓徒所集之處，以備待士。瑋，美也。豐，大也。閈，巷門也；閎，門中道也。首，初也。起建安之中初立也。翰曰：葺，覆。幕，漫。廡，簷也。言房簷雜錯，以相掩習。剞劂，斤斧也。罔，無也。匠斫，工人也。言斤斧工人無輟積習以漸理也。廣成傳，秦之客館。槁街邸，蠻夷之館。漢時所立。言此二者不能及我所制也。

【張鳳翼文選纂注】剞，居綺切。劂，居衛切。鄴城中有都亭，亦有都道，北有大邸，起樓門臨道，建安中所立也。古者重客館，故舉年號。葺，覆也。羃，幔也。廡，簷也。言房簷雜錯，以相掩襲。剞劂，斤斧也。罔，無也。匠斫，工人也。言工人之斤斧不輟以葺理也。廣成傳，秦之客館。槁街邸，漢之客館。言此館非秦、漢所能及。

【王象乾文選删注】劂，九月反。閎，巷門也。一曰：閎，門中所從出入也。葺，覆也。冪，墁也。剞劂，曲刀也。子産曰：僑聞文公之爲盟主也，宫室卑埤，以崇大諸侯之館，館如公寢。左傳曰：高其閈閎，繕完葺墻，以待賓客。圬人以時冪館宫室。史記，藺相如奉璧西入秦，秦舍相如廣城傳。

【何焯義門讀書記】「營客館以周坊」至「起建安而首立」。注：鄴城北有大邸，起樓門臨道，建安中所立也。古者重客館，故舉年號也。按「重客館，故舉年號」，此注可爲故實。

【陳景雲文選舉正】營客館以周坊。注「輟，止」，舊本「止」下有「也」字。

【余蕭客文選音義】剞羈。淮南注：音技，巧工鉤刀。劂厥。應劭漢書注：曲鑿也。掇輟。槁考。

【余蕭客文選紀聞】剞高注淮南十一音几。穆天子傳注二音倚。劂厥。高注淮南十一。

【胡克家文選考異】注「鄴城南有都亭城東亦有都道北有大邸」。袁本、茶陵本「南」作「東」。案：各本皆有誤。此節賦「邸」，注必説「邸」可知。然則當作「鄴城東有都亭邸」爲一句。「東城下有都道」爲一句，「道北有大邸」爲一句。尤改「東」爲「南」，欲以通之，而彌不可讀，今訂正。此賦前注有「北城下」，後注有「西城下」，可證此之「東城下」也。

注「秦舍相如廣城傳」。茶陵本「城」作「成」，是也。袁本亦誤「城」。

注「輟止掇古字通」。案：「止」下當有「也輟與」三字。各本皆脱。

【朱珔文選集釋】瑋豐樓之閈閎。張注引左傳：高其閈閎。案：所引見襄三十一年。彼釋文云：爾雅：所以止扉謂之閎。讀者因改左傳作「各」音。傳下文云「門不容車」，此云「高其閈閎」，俱謂門耳。於義自通，無爲穿鑿。而爾雅郭注引傳作閈閣。匡謬正俗云：門既不大，止扉又高，不容車入，故子産壞垣。尋文究理，郭得之。近段氏因謂杜注「閎，門也」，此必有誤。郭、顔所據不誤。陸之音義、孔之正義皆據誤本。郝氏爾雅義疏説同。惟王氏經義述聞設七不可通以辨之。末云：徐仙民所作左傳音但音「宏」不音「各」。陸元朗亦但謂讀者改作「各」音，而不言舊本作「閣」。然則賈、服諸家之本皆作閈閎，無作「閣」者可知。余謂王説是也。爾雅：衖門謂之閎。上云「小閨謂之閤」。「閣」本「閤」之誤。或遂疑門可名閣，又以下止扉之物混合之，不知爾雅固别爲一條，不相涉也。止扉者，正當爲閣。釋文及廣韵并作「閎」，「閣」是而「閎」非矣。左傳「閈閎」連文，與下墻垣一例。若作「閈閣」則不辭，「閎」是而「閣」非矣。此賦「營客館」以下，暗用傳語，而正文及注俱作「閎」，則誤在東晋之後。惟景純與仙民同時，徐不誤而郭誤，何耶？○又案：此注引爾雅：閎，巷門也。「巷」即「衖」字。一曰閎門，中所從出入也。當是本爾雅舊注。

【梁章鉅文選旁證】剞劂罔掇。六臣本「掇」作「輟」。

注鄴城南有都亭，城東亦有都道，北有大邸。六臣本「南」作「東」。胡公考异曰：各本皆有誤。此節賦「邸」，注必説「邸」。當作「鄴城東有都亭邸」爲一句。「東城下有都道」爲一句，「道北有太邸」爲句。此賦前注有「北城下」，後注有「西城下」，可證此之「東城下」也。

注繕完葺墻。姜氏皋曰：李涪刊誤以「完」字當作「宇」字。因「繕完葺」三字一義也。段氏玉裁於説文宀部「院」字注，以爲「繕完葺」三字成文，猶下文「觀臺榭」亦三字成文，安得以今人儷辭之法繩之，必欲謂爲誤字，則「完」當是「院」字。按説文：寏，周垣也。唐韵、集韵并作胡官切，既欲改字，曷不取音義皆同者，豈以左傳本「院」字偶脱自旁耶？

注左傳曰：圬人以時冪館宮室。今襄公十一年傳「冪」作「塓」。杜注：塓，塗也。廣雅釋室：

搷，涂也。「搷」與「塡」同。

注說文曰：廡，堂下周屋也。　今繫傳作「堂下周廡屋」。

注輟，止。掇，古字通。　「止」下當有「也輟與」三字。各本皆脱。

【胡紹煐文選箋證】瑋豐樓之閈閎。注張載曰：爾雅曰：閎，巷門也。一曰：閎門，所從出入也。今爾雅無。說文門部「閎，巷門也」。按：此當用左襄三十一年傳「高其閈閎」文。釋文「閎或作閣字」。爾雅釋宮「所以止扉謂之閎」，釋文「閎，本亦作閣」，注「閣，門辟旁橛也」。說文「閣，所以止扉也」。然則傳之「閈閎」，當從或本作「閈閣」，賦文蓋沿誤本左傳，而注莫能訂正。

【高步瀛文選李注義疏】尤本「餙」作「餝」，俗字。袁、茶二本校曰：善本作「餝」，所據亦傳寫者沿用俗體耳。善本必不如此也。今正。○五臣「掇」作「輟」。○注「鄴城南」至「大邸」，胡曰：袁本、茶陵本「南」作「東」。案：各本皆有誤。此節賦邸注必說邸可知，然則當作「鄴城東有都亭邸」爲一句，「東城下有都道」爲一句，「道北有大邸」爲一句。前注有「北城下」，後注有「西城下」可證，此之「東城下」也。○左傳，見襄三十一年，杜注曰：閎，門也。釋文曰：閈，户旦反。說文云：閭也。汝南平輿縣里門曰閈。沈云：閉也。閎，獲耕反。杜云：門也。爾雅云：衡門謂之閎。是也。爾雅又云：所以止扉謂之閎。然爾雅本止扉之名，或作「閣」字，讀者因改左傳，皆作各音。案：下文云門不容車，此云高其閈閎，俱謂門耳，於義自通，無爲穿鑿。顔師古匡謬正俗卷四曰：徐仙（當有「民」字，避諱删）閎音宏。爾雅云：所以止扉，謂之閎（當作「閣」）。郭景純注曰：門辟旁長橛也。左傳曰：高其閈閎（當作「閣」）。按：若館門實高而直，庭内迫迮者，即當云庭不容車，不應云門也。又高爲門户，非關止盗之方，文伯不應云以無憂客使。若門得車入，則子産止須引車入門，致室屋之下，何勞壞垣？云不可逾越，蓋是門既不大，而止扉又高以牢固，扞禦寇賊。子産爲其不容車入，故壞垣耳。尋文究理，郭説得之。但「閎」與「門」(當作「閣」)二字相似，流俗轉寫，致有混謬。杜君不加詳核，就而通之，未爲允當。惠棟左傳補注、段玉裁説文門部閣字注、阮元左傳校勘記、郝懿行爾雅釋宫正義及胡紹煐箋證皆從「閈閣」字。王引之經義述聞卷十八謂作「閈」者，左傳原文，作「閣」者，傳寫之誤。元凱從作「閎」之本而訓爲門，最允當。郭注爾雅引作「閈閣」，則爲東晋時誤本所惑。又爲七不可通之説，以駁顔氏。其最確者，謂閣爲門旁止扉之橛，而閈則爲門之大名。二者并稱，名物固已不倫。又館門高大，則可容車。館門既容車矣，而止扉太高，有礙於車，則子産但毁其止扉，即可以納車馬，何必舍閣而毁垣，致干晋人責讓乎？若館門卑小，實不能容，則雖止扉不高，車馬亦不能入。又牢固門户以禦盗賊，自有關楗之屬，與止扉之閣無涉。尋文究理，實不當如師古所説。朱珔曰：王説是也。爾雅：衖門謂之閎。上云小閨謂之閣。「閣」本「閣」之誤。或遂疑門可名閣，又以下止扉之物混合之，不知爾雅固别爲一條，不相涉也。止扉者，正當爲閣。釋文及廣韵并作「閎」，「閣」是而「閎」非矣。左傳「閈閎」連文，與下墻垣一例。若作「閈閣」則不辭，「閎」是而「閣」非矣。此賦營客館以下，暗用傳語，而正文及注俱作「閎」，則誤在東晋之後。惟景純與仙民同時，徐不誤而郭誤何耶？〇李涪刊誤卷下謂左傳繕完葺墻，是繕宇葺墻，以待賓客。本書「宇」誤爲「完」。書曰峻宇雕墻，足以爲比。説文宀部段注曰：繕完葺三字成文，猶下文云觀臺榭，亦三字成文。安得以令人儷辭之法繩之？王引之經義述聞卷十八曰：段説是也。若皆毁之四字，專指墻而言，則不得兼言宇矣。杜注云：葺，覆也。釋文云：謂以草覆墻也。然則繕完葺墻者，既繕完之，又以草覆之耳。成元年傳：臧宣叔令修賦繕完，亦是既言修，而又言繕完也。〇「圬人以時冪館宫室」，左傳「冪」作「塓」。杜注曰：塓，塗也。釋文曰：塓，莫歷反。又案：此八字當在

「館如公寢」之下。○爾雅釋宫曰：衖門謂之閎。説文曰：閎，巷門也。「衖」「巷」字同。郝懿行曰：魏都賦注蓋本爾雅舊注。○史記，見藺相如傳。尤本、茶陵本「成」作「城」，今依袁本。○説文，見广部。今本「周」下誤衍「廡」字。慧琳一切經音義卷三十二、卷四十二、卷六十三、卷八十七引并云：堂下周屋也。洪興祖楚辭九歌湘夫人補注引同。惟慧琳音義六十三引「周」下誤衍「室」字，與今本誤同。段氏據玄應音義卷十七引説文堂下周屋曰廡，幽、冀之人謂之庌，改爲「堂，周屋也」。案：玄應及慧琳音義卷四十三、卷七十四引「堂下」皆有「下」字，段删「下」字，非也。沈濤謂古本「周屋下尚有幽、冀」云云七字，亦非。玄應、慧琳所引「堂下周屋曰廡」一句，當補今本説文庌字下，不當補「幽、冀之人曰庌」於「廉」字下也。釋名釋宫室曰：大屋曰廡。慧琳音義九十一引文字典説曰：大屋曰廡，小屋檐短曰廊。○淮南子俶真篇曰：鏤之以剞劂。高本作「剞剮」，注曰：剞，巧工鈎刀也。剮者，規度刺畫墨邊箋也。與許注异。説文曰：剞剮，曲刀也。與淮南注同。陶方琦曰：淮南「劂」應作「剮」。韓集送文暢師北游詩注引淮南鏤之剞剮注：剞剮，曲刀也。此即許注，字作「剮」。王逸注哀時命：剞劂，刻鏤刀也，亦以剞劂爲一物。○論語鄭注，何晏集解微子篇引之。「掇」「輟」皆從叕聲，故通假。○漢書張晏注，霍光傳顏注引應劭同。○漢書及晋灼注，見陳湯傳。顔曰：槁街，街名。蠻夷邸在此街也。○集、立、襲、習、及，古音緝部。○以上街衢，而府署、里閈、客邸皆屬之。

廓三市而開廛，籍平逵之九達。班列肆以兼羅，設闤闠以襟帶。濟有無之常偏，距日中而畢會。抗旗亭之嶢嶭，侈所眺之博大。

【彙校】

「廓三市」「廓」，四庫本同。奎章閣本、明州本、贛州本、叢刊本、正德本、陳八郎本、尤刻本、胡刻本、監本、九條本作「廊」。當作「廓」。

「之九達」「之」，奎章閣本、明州本、正德本、陳八郎本、九條本同。贛州本、四庫本、叢刊本、尤刻本、胡刻本、監本作「而」。今從「之」。「達」，明州本、四庫本、正德本、陳八郎本、監本同。奎章閣本、贛州本、叢刊本、尤刻本、胡刻本、九條本作「逹」。當作「達」。

▌立群案：「之」「而」於賦皆通。今從「之」。

「兼羅」「兼」，明州本、叢刊本、監本、九條本同。奎章閣本、贛州本、四庫本、正德本、陳八郎本、尤刻本、胡刻本作「㷀」。當作「兼」。

「設闤闠」「闤」，奎章閣本、四庫本、叢刊本、尤刻本、胡刻本、監本作「闤」。明州本、贛州本、正德本、陳八郎本、九條本作「闤」。當作「闤」。

「襟帶」「襟」，贛州本、叢刊本、陳八郎本、胡刻本、九條本同。奎章閣本、明州本、四庫本、正德本、尤刻本作「襟」。監本作「衿」。今從「襟」。

「濟有無」　「濟」，奎章閣本、明州本、四庫本、陳八郎本、尤刻本同。贛州本、叢刊本、正德本、胡刻本、監本、九條本作「濟」。當作「濟」。

「畢會」　「畢」，奎章閣本、明州本、贛州本、四庫本、叢刊本、正德本、陳八郎本、尤刻本、胡刻本、監本、九條本作「畢」。當作「畢」。「會」，奎章閣本、明州本、贛州本、四庫本、叢刊本、正德本、陳八郎本、尤刻本、胡刻本、監本、九條本作「會」。當作「會」。

「抗旗亭」　「亭」，奎章閣本、明州本、贛州本、四庫本、叢刊本、正德本、陳八郎本、尤刻本、胡刻本、監本、九條本作「亭」。當作「亭」。

「嶢嶭」　「嶢」，奎章閣本、明州本、贛州本、四庫本、叢刊本、正德本、陳八郎本、九條本同。尤刻本、胡刻本、監本作「嶤」。當作「嶢」。「嶭」，奎章閣本、明州本、贛州本、四庫本、叢刊本、正德本、陳八郎本、尤刻本、監本、九條本同。胡刻本作「嶭」。當作「嶭」。

「侈所眺」　「所」，四庫本同。奎章閣本、正德本作「所」。明州本、叢刊本、陳八郎本、監本、九條本作「所」。贛州本、尤刻本、胡刻本作「所」。當作「所」。「眺」，奎章閣本、明州本、贛州本、四庫本、叢刊本、正德本、陳八郎本、九條本同。尤刻本、胡刻本、監本作「覜」。當作「眺」。

■**立群案：**胡克家文選考異：侈所覜之博大。袁本、茶陵本「覜」作「眺」，注同。案：此疑太冲自用「眺」字，故善以爾雅「眺」解之，「眺」即「覜」耳。善引書之例有如此者，尤延之因爾雅作「覜」改，未必是也。據胡氏説，當作「眺」。

「博大」　「博」，四庫本、胡刻本同。奎章閣本、正德本、陳八郎本作「愽」。明州本、贛州本、叢刊本、尤刻本、監本、九條本作「博」。當作「博」。

【彙注】

【李善注】嶭，五結切。劉曰：周禮，大市，日昃而市；朝市，朝時而市；夕市，日夕而市。此三市之謂也。達，已見上章。傳曰：達市在達之上。易曰：日中爲市，致天下之人，聚天下之貨，交易而退，各得其所。善曰：有無，謂貨物之多少也。二者常偏，此能濟之也。孟子曰：古之爲市也，以其所有，易其所無。西京賦注曰：旗亭，市樓也。嶤嶭，高峻之貌。爾雅曰：覜，視也。他吊反。

【五臣注】嶢音堯。嶭，五結反。翰曰：廓，開也。廛，市中道也。逵，道也。開三市，市中開道，言開市要籍之所，則平道九達之處，所以便利於人。向曰：班，布也。言布貨物於市，以羅列之。闤闠，市中巷，繞市如衣之襟帶然。有無常偏謂多少，二者或至巨萬，或至貧，無此爲常偏也。距，至也。畢，盡也。言至日中盡會於市也。抗，立也。旗亭，市樓。嶢嶭，高貌。言此樓至高也。侈，美。眺，視也。言美所視之貨賄，可謂富博廣大也。

【張鳳翼文選纂注】嶭，五結切。周禮，大市，日昃；朝市，朝時；夕市，日夕。此三市之謂也。易曰：日中爲市，致天下之人，聚天下之貨，交易而退，各得其所。有無，謂貨物之多少也。二者常偏，以其所有易其所無，能濟之也。旗亭，市樓也。嶢嶭，高峻貌。

【王象乾文選刪注】眺，他吊反。嶤嶭，高峻之貌也。周禮，大市，日昃而市；朝市，朝時而市；夕市，日夕而市。此三市之謂也。

【杭世駿文選課虚】嶤嶭，高峻之貌。嶭，五結切。

【余蕭客文選音義】籍平逵而九達。五臣「而」作「之」。何曰：宋本注中不分「逵」「達」，袁亦如此謬。達，叶代。嶭嶻。

【胡克家文選考异】侈所覞之博大。袁本、茶陵本「覞」作「眺」，注同。案：此疑太冲自用「眺」字，故善以爾雅「眺」解之，「眺」即「覞」耳。善引書之例有如此者，尤延之因爾雅作「覞」改，未必是也。注「達已見上章」。案：「達」當作「逵」，下同。各本皆訛。

【梁章鉅文選旁證】籍平逵而九達。六臣本「而」作「之」。注鄭元曰：質劑，謂兩書一札而別之也。周禮太宰注：「札」下有「同」字，此脱。

【高步瀛文選李注義疏】「而九達」，五臣「而」作「之」。○胡曰：袁本、茶陵本「覞」作「眺」，注同。案：此疑太冲自用「眺」字，故善以爾雅眺解之。「眺」即「覞」耳。善引書之例有如此者。○周禮，見地官司市。○注「三逵」，字各本誤「達」。今依胡氏校改。○左莊二十八年：楚令尹子元伐鄭，及逵市。杜注曰：逵市，郭内道上市。○易，見繫辭傳下。○孟子，見公孫丑下。阮元校勘記曰：古之爲市也。石經，閩、監、毛三本、韓本同。孔本「也」作「者」。案：集注亦作「者」。○爾雅，見釋詁。○尤本「弔」作「吊」，俗字。今依毛本。○達、帶、會、大，古音祭部。

百隧轂擊，連軫萬貫，憑軾捶馬，袖幕紛半。一八方而混同，極風采之异觀。質劑平而交易，刀布貿而無算。

【彙校】

「百隧轂擊」「擊」，明州本、贛州本、四庫本、叢刊本、正德本、陳八郎本、尤刻本、胡刻本、監本、九條本同。奎章閣本作「擊」。當作「擊」。

「憑軾捶馬」「憑」，奎章閣本、明州本、贛州本、四庫本、正德本、陳八郎本、監本、九條本同。叢刊本、尤刻本、胡刻本作「憑」。當作「憑」。「捶」，明州本、贛州本、四庫本、叢刊本、監本、九條本同。奎章閣本、尤刻本、胡刻本作「捶」。正德本、陳八郎本作「棰」。今從「捶」。

■**立群案**：説文：捶，以杖擊也。莊子天下：一尺之棰，日取其半，萬世不竭。荀子儒效：笞棰暴國，齊一天下。是「棰」爲名詞時，作「杖、棍棒」解。是「棰」爲動詞時，作「杖擊」解，與「捶」義同。是「捶」「棰」通。今從「捶」。

「袖幕紛半」「袖」，明州本、贛州本、四庫本、叢刊本、陳八郎本、尤刻本、胡刻本、監本、九條本同。奎章閣本、正德本作「袖」。當作「袖」。

「一八方」「一」，奎章閣本、明州本、贛州本、四庫本、叢刊本、正德本、陳八郎本同。尤刻本、胡刻本、監本、九條本作「壹」。當作「一」。

「异觀」「异」，明州本、贛州本、叢刊本、陳八郎本、尤刻本、監本、九條本作「異」。奎章閣本、四庫本、正德本、胡刻本作「異」。當作「异」。

「質劑平」「劑」，四庫本、尤刻本、胡刻本同。奎章閣本、明州本、贛州本、叢刊本、正德本、陳八郎本、監本、九條本作「劑」。當作「劑」。

「交易」「易」，明州本、贛州本、四庫本、叢刊本、正德本、陳八郎本、尤刻本、胡刻本、監本、九條本同。奎章閣本作「易」。當作「易」。

「無算」「算」，奎章閣本、明州本、贛州本、四庫本、叢刊本、正德本、陳八郎本、尤刻本、胡刻本、監本、九條本作「筭」。當作「算」。

【彙注】

【李善注】劑，子遺切。劉曰：軾，車横覆膝，人所憑也。周官曰：聽買賣以質劑。又曰：以質劑結信而止訟。鄭玄曰：質劑，謂兩書一札而別之也，若今下手書，保物要還矣。質，大賈也。劑，小賈也。刀布，錢刀之謂。荀卿書曰：省刀布之斂。善曰：西京賦曰：俯察百隧。史記，蘇秦曰：臨菑之塗，車轂擊人肩摩，連衽成帷，舉袂成幕。左傳曰：楚子玉謂晉侯曰：君憑軾而觀之。説文曰：捶，擊也。河圖龍文曰：八方歸德。淮南子曰：采俗者，所以一群生之短脩，明九夷之風采。高誘曰：風，俗也。采，事也。

【五臣注】劑，子遺反。良曰：隧，路也。言百隧路多也。轂擊者，車多相摩擊也。軫，車後。言相連貫至於萬數，皆憑軾棰馬。幕，覆車軫者。言擊馬衣袖與幕紛然相半。濟曰：使八方混同，歸於一所。風，俗也。采，事也。言極俗事之异見。質劑，市吏主平物價，物價平而復交易也。刀，錢也。言錢布相與交易，不可勝算。

【張鳳翼文選纂注】隧，路也。轂擊者，車多轂相擊也。軫，車後也。連貫至于萬數，皆憑軾棰馬也。幕，覆車者。言擊馬衣袖與幕紛然相半也。風，俗也。采，事也。質，証也。劑，量也。平物價而交易也。刀、布，皆錢類。貿，易也。

【王象乾文選删注】史記，蘇秦曰：臨菑之塗，車轂擊，人肩摩，連衽成帷，舉袂成幕。淮南子曰：采俗者，所以一群生之短脩，明九夷之風采。周官曰：聽賣買以質劑。又曰：以質劑結信而止訟。鄭玄曰：質劑，謂兩書一札而別之也。若今下手書，保物要還也。荀卿曰：省刀布之斂。

【杭世駿文選課虚】淮南子：采俗者，所以一群生之短修，明九夷之風采。高誘曰：風，俗也。采，事也。

【余蕭客文選音義】棰徐邈禮記音之燊反。

【余蕭客文選紀聞】捶朶。高注淮南十二。

【胡克家文選考异】注「聽賣買以質劑又曰」。袁本、茶陵本無此八字。

【高步瀛文選李注義疏】説文曰：軾，車前也。釋名釋車曰：軾，式也。所伏以式敬者也。考工記以式爲之。輿人曰：參分其隧，一在前，二在後，以揉其式。以其廣之半，爲之式崇。參分軫圍，去一以爲式圍。鄭注曰：兵車之式，深尺四寸三分寸之二，高二尺三寸，圍七寸三分寸之一。戴震考工記圖曰：輿前卑於較者謂之式。式與較皆卑，皆車闌上之木，周於輿外，非横在輿中。較有兩，在兩旁軾有三面，故説文概言之曰車前。軾卑於較者，以便車前射御執兵，亦因之伏以式敬。周官，見天官小宰之職及地官司市。鄭注「質劑」至「要還矣」，皆司市注。小宰注曰：質劑，謂兩書一札，同而別之。地官質人：鄭司農曰：質，大賈。劑，小賈。胡曰：「聽賣買以質劑，又曰」，袁本、茶陵本無此八字。案：尤本「鄭君」作「鄭玄」，今依袁、茶二本。○漢書食貨志下曰：故貨寶於金，利於刀，流於泉，布於布，束於帛。○荀卿書，見王霸篇。○史記，見蘇秦傳。○左傳，見僖二十八年。○說文，見手部。「擊」上有「以杖」二字。本書司馬子長報任安書注亦有之。此注蓋節引。○河圖龍文，已見三都賦序注。○淮南子，見要略篇。「齊俗」各本作「采俗」，誤。今校改。今本「明」作「同」，「采」作「氣」。王念孫曰：後人既改「風采」爲「風氣」，復删去高注以滅其迹，甚矣其妄也。且「采」與下文理、始爲韵，若作「氣」，則失其韵矣。○說文曰：筭，長六寸，計曆数者，從竹，弄。算，數也，從竹、具。段曰：筭，籌。與算數字各用。古書多不別。案：此賦用計算字當作「算」，「筭」乃通假。○貫、半、觀、筭，古音元部。

材以工化，賄以商通。難得之貨，此則不容。器周用而長務，物背窳而就攻。不鬻邪而豫賈，著馴致之醇醲。

【彙校】

「材以工化」「材」，奎章閣本、明州本、正德本、陳八郎本同。贛州本、四庫本、叢刊本、尤刻本、胡刻本、監本、九條本作「財」。當作「材」。

■立群案：據校勘情況，是李善本作「財」，五臣本作「材」。然善曰：廣雅曰：財，貨也。「財」與「材」古字通。據注，是李善本本作「材」也。五臣翰曰：言物之財用，皆工人之所化用也。注中「財用」，顯應爲「材用」。恐因善注而致誤也。當作「材」也。另，李善本釋爲「貨」，誤。劉逵曰：周官曰：百工飭化八材，商賈阜通貨賄。恐爲賦語「材以工化，賄以商通」所本。「百工」，自然指各種手工業者。「八材」，鄭玄注引鄭司農云：珠曰切，象曰磋，玉曰琢，石曰磨，木曰刻，金曰鏤，革曰剥，羽曰析。賦中「材以工化」，顯然化用「百工飭化八材」，皆指各種手工業者利用原材料製造器物。李善注釋爲「貨」，不當。

「賄以商通」「商」，奎章閣本、明州本、贛州本、四庫本、叢刊本、正德本、尤刻本、胡刻本、監本、九條本同。陳八郎本作「啇」。當作「商」。

■**立群案**：廣韻：商，本也。與賦意不合。賦當作「商」。然「商」在古籍中常作「商」的俗體，是陳八郎本亦不爲誤。

「此則不容」「不」，奎章閣本、明州本、贛州本、四庫本、叢刊本、正德本、陳八郎本、九條本同。尤刻本、胡刻本、監本作「弗」。今從「不」。

■**立群案**：説文：不，鳥飛上翔不下來也。從一，一猶天也。象形。凡不之屬皆從不。凡云不然者，皆於此義引申假借。與「弗」字音義皆殊。音之殊，則「弗」在十五部也。義之殊，則「不」輕「弗」重。公羊傳曰：弗者，不之深也。今從「不」。

「器周用」「器」，奎章閣本、明州本、贛州本、四庫本、叢刊本、陳八郎本、尤刻本、胡刻本、監本、九條本同。正德本作「器」。當作「器」。

「物背窳」「背」，奎章閣本、明州本、贛州本、四庫本、叢刊本、尤刻本、胡刻本、監本、九條本同。正德本、陳八郎本作「皆」。當作「背」。

■**立群案**：李善本作「背」，五臣本作「皆」，恐因五臣注之内容而致誤也。五臣翰曰：器之備用爲常用，不在珍麗，物皆去濫而就堅。賦中「背」字本應對應注中之「去」。如荀子解蔽：明月而宵行，俯見其影，以爲伏鬼也，仰視其發，以爲立魅也。背而走。楊倞注：背，弃去也。成語「背信弃義」之「背」，亦作此義。而正德本、陳八郎本却將「背」字對應注中之「皆」字，遂誤以爲賦中本應作「皆」字。

「不鬻邪」「鬻」，四庫本同。奎章閣本、明州本、贛州本、叢刊本、正德本、陳八郎本、尤刻本、胡刻本、監本、九條本作「鬻」。當作「鬻」。

「而豫賈」「豫」，四庫本、叢刊本、尤刻本、胡刻本、監本、九條本同。贛州本作「豫」。奎章閣本、明州本、正德本、陳八郎本作「預」。當作「豫」。

■**立群案**：據校勘情況，是李善本作「豫賈」，五臣本作「預賈」。荀子儒效：魯之粥牛馬者不豫賈。楊倞注：豫賈，定爲高價也。王念孫讀書雜志荀子二：引之曰：楊説非也。「豫」猶「誑」也。周官司市注曰「使定物價防誑豫」是也。淮南覽冥篇曰「黄帝治天下，市不豫賈」；史記循吏傳曰「子産爲相，市不豫賈」，索隱云「謂臨時評其貴賤，不豫定也」，失之；説苑反質篇曰「徒師沼治魏而市無豫賈」，義并與此同。王氏説是，作「豫賈」是也。

「著馴致」　「致」，奎章閣本、明州本、贛州本、叢刊本、正德本、陳八郎本、九條本同。四庫本作「至支」。尤刻本、胡刻本、監本作「風」。當作「致」。

■**立群案**：李善本作「馴風」，五臣本作「馴致」。然善注引周易曰：馴致其道。是李善本本應作「馴致」也。易坤：履霜堅冰，陰始凝也；馴致其道，至堅冰也。白居易策項：則大平之風，大同之俗，可從容而馴致矣。「馴致」，逐漸達到之意。作「馴致」是也。

「醇醲」　「醇」，四庫本同。奎章閣本、明州本、贛州本、叢刊本、正德本、陳八郎本、尤刻本、胡刻本、監本、九條本作「醇」。當作「醇」。「醲」，四庫本同。奎章閣本、贛州本、正德本、陳八郎本、胡刻本作「醲」。明州本、叢刊本、尤刻本、監本、九條本作「醲」。當作「醲」。

【彙注】

【李善注】賈音古。劉曰：周官曰：百工飭貨八材，商賈阜通貨賄。漢書貨殖傳曰：桓、文之後，禮義大壞，上下相冒，於是商通難得之貨，工作無用之器。攻者，堅也。詩云：我車既攻。通物曰商，居賣曰賈。禮記王制曰：器用不中度，不鬻於市；布帛精粗不中數，幅廣狹不中量，不鬻於市；奸色亂正色，不鬻於市；禽獸魚鼈不中殺，不鬻於市。此皆不鬻邪之義。史記曰：子産治鄭，不鬻賈。周官曰：平肆展成。鄭玄曰：展，整也。成，平也。市者使定物價，防誑豫也。善曰：廣雅曰：財，貨也。「財」與「材」古字通。爾雅曰：賄，財也。廣雅曰：長，常也。言常習之。史記曰：舜居河濱，器不苦窳。晋灼曰：窳，病也。餘乳反。淮南子曰：黄帝治天下，市不豫賈。周易曰：馴致其道。仲長子昌言曰：淑清穆和之風既宣，醇醲之化既浹。孔安國尚書傳曰：醇，粹也。説文曰：醲，厚酒也。女龍切。優渥然，以酒之醲喻政厚也。

【五臣注】窳音庾。賈音古。翰曰：言物之財用，皆工人之所化用也。賄，布帛也。則商者通易之。難得之貨，謂遠方异物寶玉。無益之物，於市則不容也。翰曰：周，備。窳，濫。攻，堅。著，明。馴，順也。醇醲，樸也。器之備用爲常用，不在珍麗，物皆去濫而就堅，去濫禁邪，人不使乘時射利，爲賈賣明順，置法以勸醇樸之理也。

【張鳳翼文選纂注】窳音庾。周官：百工飭貨八材，商賈阜通貨賄。貨殖傳：桓、文之後，上下相冒，於是商通雖得之貨，工作無用之器。通物曰商，居賣曰賈。窳，病也。攻，堅也。鬻邪，即禮記「奸色亂正色，不鬻于市」。醇醲，即淳厚之類。豫，悦也。言市中交易貴用物，而存古風也。

【王象乾文選删注】窳，餘乳反。長，常也。窳，病也。攻，堅也。漢書貨殖傳曰：桓、文之後，禮義大壞，上下相冒，於是商通難得之貨，工作無用之器。王制曰：器用不中度，不鬻於市；布帛精粗不中數，幅廣狹不中量，不鬻於市；奸色亂正色，不鬻於市；禽獸魚鼈不中殺，不鬻於市。此皆不鬻邪之義。淮南子曰：黄帝治天下，市不豫賈。仲長子昌言曰：淑清穆和之風既宣，醇醲之化既浹。

【陳景雲文選舉正】財以工化。注「優渥然」，舊本無此三字。

【杭世駿文選課虚】仲長統昌言：淑清穆和之風既宣，醇醲之化既浹。醇，粹也。醲，厚酒也。史記：舜居河濱，器不苦窳。晋灼曰：窳，病也。徐乳切。攻，堅也。詩：我車既攻。

【余蕭客文選音義】財五臣作「材」。

【胡克家文選考异】財以工化。案：「財」當作「材」。茶陵本校語云五臣作「材」，袁本作「材」，詳載注。善注并作「材」，但傳寫誤作「財」也。

注「史記曰子産治鄭不鬻賈」。袁本、茶陵本無此十字。

注「成平也市者」。袁本、茶陵本無「也」字。

注「舜居河濱器不苦窳」。袁本、茶陵本無「舜居」二字。

注「淑清穆和之風既宣」。袁本、茶陵本無此八字。

注「優渥」。袁本、茶陵本無此二字。案：無者是也。又茶陵删此上「女龍切」、此下「然」，皆非。

【許巽行文選筆記】豫賈。「賈」下音古，亦妄人加之也。注中引史记及周官、淮南子皆当音價。说文人部「低」「債」「價」「停」「僦」皆後人所加。嘉德案，自來新附字皆云徐鉉所增，觀「低」「價」五字，曰皆後人所加，知鼎臣前已有新附。

【梁章鉅文選旁證】財以工化。又著馴風之醇醲。六臣本「財」作「材」。「風」作「致」。按：依注則李本亦當作「材」。

不鬻邪而豫賈。注子産治鄭，不鬻賈。段校云：「賈」，司馬貞音價。鬻賈之「鬻」當作「豫」。

注周官曰：百工飭貨八材。今周禮太宰文「貨」作「化」。此恐誤。

注成，平也。市者。六臣本無「也」字，是也。

注優渥，然以酒之醲。段校：「以」改「似」。

【胡紹煐文選箋證】財以工化。注張載曰：周官曰：百工飭化八材。善曰：廣雅曰：財，貨也。「財」與「材」，古字通。按：依注則善本當作「材」。

著馴風之醇醲。注善曰：周易曰：馴致其道。六臣本作「馴致」，校云「善本作風」。按：此正善本作「致」，故引易云云。「馴致」即道也，此謂著道之醇醲也。魏、晉人隸事皆如是，後人不達此旨，見注中有「風」字，遂改「致」爲「風」矣。

【高步瀛文選李注義疏】胡曰：「財」當作「材」。茶陵本校語云：五臣作「材」。袁本作「材」，詳載注。善注并作「材」，但傳寫誤作「財」也。胡紹煐亦曰：依注，則善本「財」當作「材」。○五臣「豫」作「預」。○尤本「致」作「風」，今依袁、茶二本。案：二本校曰：「致」，善本作「風」。胡紹煐曰：善注周易馴致其道，此正善本作「致馴」，致即道也。此謂著道之醇醲也。魏、晉人隸事皆如是。後人不達此旨，見注中有「風」字，遂改「致」爲「風」矣。○尤本「賈」下音古，字蓋五臣本未削去者。許巽行曰：注中引史記及周官、淮南子皆當音價。説文人部「低」「債」「價」「停」「僦」，皆後人所加。許嘉德曰：自來新附字皆云徐鉉所增，觀「低」「價」五字，曰皆後人所加，知鼎臣前已有新附。○周官，見天官太宰之職。「貨」作「化」。注「貨」字疑涉正文而誤。漢書貨殖傳「義」作「誼」。誼，仁誼之本字，義，借字也。○攻，堅。車攻毛傳文。○周禮地官司市鄭注曰：通物曰商，居賣物曰賈。此注所本。○王制「鬻」皆作「粥」。鄭注曰：粥，賣也。案：「粥」，「鬻」之俗，省訓爲賣者，又「賣」之借字。○史記，見循吏傳。「豫賈」，本注各本作「鬻賈」，涉上文注而誤。今依段氏校改。○周官司市曰：平肆展成。奠賈，鄭注曰：展之言整也。成，平也。會平成市物者也。奠讀爲定。整敕會者使定物賈，防誑豫也。注節引。袁、茶二本「成，平」下無「也」字，合下「市者」屬讀。〇廣雅，見釋詁四。〇爾雅，見釋言。〇次引廣雅，見釋詁一。〇史記，見五帝本紀。裴駰集解與晋灼同。胡曰：袁本、茶陵本無「舜居」二字。〇淮南子見覽冥篇。〇周易，見坤初六象傳。〇仲長子昌言，此條他書未引。馬國翰輯亦失之。案：袁、茶二本無「淑清」下八字。〇僞古文説命中曰：政事惟醇。僞孔傳曰：則王之政事醇粹。李注取此。〇説文，見酉部。尤本「然」以上有「優渥」二字。胡曰：袁本、茶陵本無此二字。案：無者是也。又茶陵删此上「女龍切」，此下「然」，皆非。〇通，醲，古音冬部。容、工，東部。通轉爲韵。以上市廛。

白藏之藏，富有無堤。同賑大内，控引世資。賨幏積墆，琛幣充牣。關石之所和鈞，財賦之所底慎。燕弧盈庫而委勁，冀馬填廐而駔駿。

【彙校】

「白藏之藏」　「藏」，明州本、贛州本、四庫本、叢刊本、陳八郎本、尤刻本、胡刻本、監本、九條本皆同。奎章閣本、正德本皆作「蔵」。當作「藏」。

「富有無堤」「富」，奎章閣本、四庫本、正德本、尤刻本、胡刻本、監本同。明州本、贛州本、叢刊本、陳八郎本、九條本作「冨」。當作「富」。

「同賑大内」「賑」，四庫本同。奎章閣本、贛州本、正德本、陳八郎本作「賑」。明州本、叢刊本、尤刻本、胡刻本、監本、九條本作「賑」。當作「賑」。「大内」，明州本、贛州本、四庫本、叢刊本、正德本、陳八郎本、尤刻本、胡刻本、監本、九條本同。奎章閣本作「太内」。當作「大内」。

■立群案：史記孝景本紀：以大内爲二千石，置左右内官，屬大内。裴駰集解引韋昭曰：大内，京師府藏。漢書嚴助傳：越人名爲蕃臣，貢酎之奉，不輸大内，一卒之用不給上事。顏師古注引應劭曰：大内，都内也，國家寶藏也。當作「大内」也。

「控引世資」「世」，奎章閣本、四庫本、正德本、監本同。明州本、贛州本、叢刊本、陳八郎本、尤刻本、胡刻本、九條本作「丗」。當作「世」。

「賨幏積墆」「幏」，奎章閣本、明州本、贛州本、四庫本、叢刊本、正德本、陳八郎本、尤刻本、胡刻本、九條本同。監本作「⿰忄家」。當作「幏」。

■立群案：賨幏，即賨布。後漢書南蠻西南夷傳論：又其賨幏火毳馴禽封獸之賦，軨積於内府。監本作「賨⿰忄家」，不辭。「⿰忄家」字或「幏」形似而誤。

「關石」「關」，叢刊本同。奎章閣本、明州本、贛州本、正德本、尤刻本、胡刻本、監本作「闗」。四庫本作「関」。陳八郎本作「開」。九條本作「闗」。當作「關」。

「之所和鈞」「所」，四庫本同。奎章閣本、正德本作「所」。明州本、叢刊本、尤刻本、監本、九條本作「所」。贛州本、陳八郎本、胡刻本作「所」。當作「所」。「鈞」，贛州本、四庫本、正德本、陳八郎本、監本同。奎章閣本、明州本、叢刊本、尤刻本、胡刻本、九條本作「鈞」。當作「鈞」。

「之所底慎」 「所」，四庫本同。奎章閣本、正德本作「所」。明州本、叢刊本、尤刻本、監本、九條本作「所」。贛州本、陳八郎本、胡刻本作「所」。當作「所」。「底」，奎章閣本、四庫本、正德本同。明州本、贛州本、叢刊本、陳八郎本、尤刻本、胡刻本、監本、九條本作「厎」。今從「底」。「慎」，奎章閣本、贛州本、四庫本、正德本、陳八郎本、尤刻本、胡刻本同。明州本、叢刊本、監本、九條本作「愼」。當作「慎」。

■立群案：四部叢刊影宋本尚书禹贡：庶土交正，底慎财赋。然清嘉慶二十年南昌府學重刊宋本尚书禹贡：庶土交正，厎慎财赋。後諸書所引，或爲「底慎」，或爲「厎慎」，似「底慎」「厎慎」通也。今從「底慎」。

「燕弧盈庫」 「盈」，奎章閣本、贛州本、正德本、胡刻本同。明州本、叢刊本、尤刻本、監本、九條本作「盈」。四庫本作「盈」。陳八郎本作「盈」。當作「盈」。

「冀馬填廄」 「冀」，四庫本、叢刊本、九條本同。奎章閣本、正德本作「兾」。明州本、贛州本、陳八郎本、尤刻本、胡刻本、監本作「異」。當作「冀」。「填」，奎章閣本、贛州本、四庫本、正德本、陳八郎本、尤刻本、胡刻本同。明州本、叢刊本、監本、九條本作「塡」。當作「填」。「廄」，奎章閣本、明州本、四庫本、叢刊本、尤刻本、胡刻本、九條本作「廏」。贛州本作「廏」。正德本、陳八郎本、監本作「廐」。當作「廄」。

【彙注】

【李善注】藏，平聲。藏，去聲。牣音仞。廄音救。劉曰：白藏庫在西城下，有屋一百七十四間。

爾雅曰：秋爲白藏，因以爲名也。大内，京邑都内寶藏也。漢書，淮南王安上疏曰：越人貢財之奉，不輸大内。食貨志曰：或墆財。夏書曰：關石和鈞，王府則有。此夏之逸書。禹貢曰：庶土交正，底慎財賦，咸則三壤。鄴城西下有乘厩。燕，幽州也。弧，弓也。爾雅曰：北方之美者，有幽都之筋角焉。春秋左傳曰：冀之北土，馬之所生。善曰：周易曰：富有之謂大業。漢書，東方朔曰：不足以危無堤之輿。蘇林曰：堤，限也。爾雅曰：賑，富也。風俗通曰：槃瓠之後，輸布一匹二丈，是謂賨布。廪君之巴氏，出幏布八丈。賨，在宗反。幏音稼。墆音滯。賈逵國語注曰：關，通也。鄭玄儀禮注曰：和，調也。孔安國尚書傳曰：金鐵曰石，供民器用，通之使和平。子虛賦曰：充仞其中。説文曰：駔，壯馬也。子朗反。

【五臣注】藏，平聲。藏，去聲。賨音琮。幏音嫁。墆，徒結反。牣音仞。厩音救。駔，祖朗反。銑曰：白藏，庫名。藏即庫也。謂富有財物，如大水之無堤岸，言極多也。賑，豐也。大内，内寶庫，與白藏同豐，控引天下之資財。向曰：賨，南夷税名。幏，布也。墆，貯也。言南蠻之税積貯多也。珠玉曰琮，布帛曰幣。牣，滿也。珠玉布帛充滿於庫。關石，秤也。言亦平也。財物貢賦之所致者無失常者，亦慎也。翰曰：燕弧，角弓，出幽、燕地。言滿庫委積其勁硬者。厩，養馬屋也。駔，壯也。冀馬，謂冀北所生馬，填溢厩中而呈壯駿也。

【張鳳翼文選纂注】藏平聲。藏去聲。賨音琮。幏音嫁。墆，徒結切。白藏庫在西城下，有屋一百七十四間。秋爲白藏，取秋收之義，因以爲名。堤，限也。無堤，言極多也。賑，豐也。其豐與大内之寶同也。世資，謂天下之資財也。賨，南夷税名。幏，布也。墆，貯也。言南蠻之税，積貯多也。珠玉曰琮，布帛曰幣。牣，滿也。關石，秤也。和均，平也。底慎，無爽誤也。燕弧，角弓，出幽、燕地。滿庫中委積其勁者。厩，養馬屋也。駔，壯也。冀馬，謂冀北所生馬，填溢厩中而壯盛也。

【王象乾文選删注】白藏，庫名，在西城下。秋爲白藏，以名也。賑，富也。大内，寶藏也。風俗通曰：槃瓠之後，輸布一匹二丈，是謂賨布。廩君之巴氏，出幏布八丈。尚書傳曰：金鐵曰石，供民器用，通之使和平。

【陳景雲文選舉正】白藏之藏。注「開，通也」，「開」當作「關」。

【汪師韓文選理學權輿・前賢評論】王應麟困學紀聞曰：周語，單穆公引夏書曰：關石龢均，王府則有。韋昭注云：逸書也。關，門關之征也。石，今之斛也。言征賦調均，則王之府藏常有也。一曰：關，衡也。時未見古文，故云逸書。左思魏都賦「關石之所和均，財賦之所厎慎」，蓋亦用韋説。李善引賈逵國語注曰：關，通也。孔安國謂金鐵曰石，未詳。

【汪師韓文選理學權輿質疑】張載魏都賦注引夏書曰：關石和鈞，王府則有。此夏之逸書。注是張載舊注，蓋未見古文也。引楚詞招魂，稱小招魂，蓋以别於大招也。

【余蕭客文選音義】藏之藏。上藏平聲，下去聲。幏善音嫁。牣去。駔祖。徐廣史記音義祖朗反。注開通。「開」改「關」。

【余蕭客文選紀聞】幏嫁。廣韵四。周語，單慕公引夏書曰：關石龢均，王府則有。韋昭注云：逸書也。關，門關之征也。石，今之斛也。言征賦調均，則王之府藏常有。一曰：關，衡也。時未見古文，故云逸書。左思魏都賦：關石之所和均，財賦之所厎慎。蓋亦用韋説。李善引賈逵國語注：關，通也。孔安國謂金鐵曰石。未詳困學紀聞二。駔祖。釋文八。

【孫志祖文選李注補正】關石之所和鈞。○補曰：困學紀聞云：周語韋昭注：關，門關之征也。

石，今之斛也。言征賦調均，則王之府藏常有也。一曰關衡也。賦蓋亦用韋說。

【張雲璈選學膠言】關石之所和鈞。瀹注云：言石與鈞，欲關通而和平也。石爲斛，鈞爲稱。此賦誤用。雲璈按，困學紀聞云：周語：單穆公引夏書曰：關石和鈞，王府則有。韋昭注云：逸書也。關，門關之征也。石，今之斛也。言征調均，則王之府藏常有也。一曰：關，衡也。時未見古文，故云逸書。左思魏都賦「關石之所和鈞，財賦之所底慎」，蓋亦用韋說。據此則太冲不爲誤，瀹注但知書、蔡傳而不知國語，疏矣。若孔傳：金鐵曰石，供民器用。通之使和平，則官民足用。則其說又异。此注亦引夏書云云，謂之逸書。孟陽，晋初人，亦未見古文故也。

【胡克家文選考异】注「是謂賨布廪君之巴氏出幏布」。袁本、茶陵本「賨布廪君之」作「廪君之賨」。案：此尤校改也，蓋據後漢書南蠻傳。

【梁章鉅文選旁證】關石之所和鈞。注此夏之逸書。周語，單襄公引夏書曰：關石和鈞，王府則有。韋昭注：逸書也。關，門關之征也。石，今之斛也。言征賦調鈞，則王之府藏常有也。此賦義實本此。孫鑛據常解而譏其誤用，過矣。張氏雲璈曰：孟陽，晋初人，未見古文尚書，故謂之逸書。

【胡紹煐文選箋證】關石之所和鈞。注善曰：賈逵國語注曰：關，通也。鄭玄儀禮注曰：和，調也。孔安國尚書傳曰：金鐵曰石，供民器用，通之使和平。按：賈注以關爲通，而某氏傳襲之，遂有通使和平之說。韋昭周語注云：關，門關之征也。石，今之斛也，言征賦調均，則王府常有也。賦文本此，善不引韋注而引賈逵及某氏傳，所未解也。

【徐攀鳳選注規李】關石之所和鈞。注夏書曰：關石和鈞，王府則有。此夏之逸書。案，孟陽，晋人，未見古文，故曰逸書。然尚書古文，齊、梁間已顯於時，何李氏尚未有考證耶？

【高步瀛文選李注義疏】張銑曰：白藏，庫名。藏即庫也。案：上「藏」讀平聲，下「藏」讀去聲。○爾雅，見釋天。○史記景帝紀集解韋昭曰：大内，京師府藏。與此注可互證。○漢書淮南王疏，見嚴助傳。各本「貢酎」作「貢財」。案：顔注引應劭曰：越國僻遠，珍奇之貢，宗廟之祭，皆不與也。大内，都内也。國家寶藏也。案：宗廟之祭釋「酎」字。漢書景帝紀曰：高廟酎。顔注曰：正月旦作酒，八月成，謂之酎是也。此注作「財」，蓋涉下文且形近而誤。今校改。○漢書食貨志下注引孟康曰：墆，停也。又引晉灼曰：墆音滯。史記平準書作「蹛」。上文留蹛無所食，索隱本作「墆」，則「蹛」「墆」字同。索隱曰：韋昭音滯，謂積也。又案：古今字詁：「墆」，今「滯」字。則「墆」與「滯」同。案：「墆」，「滯」之或體字。作「蹛」者，通假字也。○國語周語下單穆公曰：夏書有之。曰：關石和鈞，王府則有。韋注曰：夏書，逸書也。關，門關之征也。石，今之斛也。言征賦調鈞，則王之府藏常有也。梁曰：此賦義實本此。張雲璈曰：孟陽晉初人，未見古文。步瀛案：東晉梅賾所上之僞古文，此二句在五子之歌篇中。○禹貢「厎」，「底」之通借字。史記夏本紀集解引鄭注曰：衆土美惡及高下，得其正矣。亦致其貢篚，慎奉其財物之税，皆法定制而入之也。三壤，上、中、下各三等也。○水經濁漳水注：鄴城七門：北曰廣德門，次曰厩門，西曰金明門。不知厩門即因乘黄厩而名之否？○爾雅釋地曰：燕曰幽州。釋文引李巡曰：燕，其氣深要，厥性剽疾，故曰幽。幽，要也。太康地記以爲因於幽都爲名。或云：北方太陰，故以幽冥爲號，二者相依也。釋名釋州國曰：幽州在北，幽昧之地也。燕，宛也。北方沙漠平廣，此地在涿鹿山南宛，宛然以爲國都也。晉書地理志四引春秋元命包曰：箕星散爲幽州，分爲燕國。○説文曰：弧，木弓也。蓋析言則别，散言則通。故注但云弓也。○爾雅，見釋地。○左傳，見昭四年。○周易，見繫辭上。○漢書東方朔傳朔諫爲上林苑云云，注引蘇林曰：堤，限也。輿，乘輿也。無限，若言不訾也。不敢斥天子，故言輿也。又引張晏曰：無限之輿，謂天子富貴無堤限也。顏曰：張説是也。○爾雅，見釋言。○風俗通云云，今本佚。「是謂賨布。廩君之巴氏出幏布」，胡曰：袁本、茶陵本「廩布，廩君之」作「廩君之賨」。案：此尤校改也。蓋據後漢書南蠻傳。步瀛案：南蠻傳載槃瓠事，注云見風俗通，然并無此注之語。考异遇二本與尤不同者，輒以爲尤改，皆僻見也。○賈逵國語注，當即周語下關市和鈞注。○鄭玄儀禮注當作周禮，見天官食醫注。又考工記弓人注曰：和，猶調也。注引尚書僞五子之歌僞孔傳云云，孔穎達疏曰：關者，通也。名石而可通者，惟衡量之器耳。○王鳴盛後案附辨曰：國語韋昭注與傳疏迥別，惟賈逵國語注闕，通也，似是僞孔傳之所本。胡紹煐曰：賈注以關爲通，而某氏傳襲之，遂有通使和平之説。○子虛賦本書卷七「仭」作「牣」。史記漢書司馬相如傳作「仭」，本書上林賦虛宮館而勿仭，亦作「仭」。郭璞注曰：仭，滿也。案：詩靈臺毛傳曰：牣，滿也。説文同。仭，通假字。○説文，本書廣絕交論注引同。今本馬部「壯」誤作「牡」。段氏依選注訂曰：戴仲達引唐本説文作「奘馬也」，皆可證。沈濤曰：六書故引唐本説文曰「奘馬也」，則今本「牡」字乃「奘」字之誤。蓋「奘」省「壯」，「壯」又誤爲「牡」耳。○堤，古音支部。資，脂部。通轉爲韵。牣、駿，諄部。慎，真部。通轉爲韵。○以上庫藏。姚範曰：言帑藏器畜之充實，以起下行師、燕饗、蒐狩之不詘於用也。

至乎勍敵糾紛，庶土罔寧。聖武興言，將曜威靈。介胄重襲，旌旗躍莖。弓珧解檠，矛鋋飄英。

【彙校】

「勍敵糾紛」 「勍」，明州本、贛州本、四庫本、叢刊本、正德本、陳八郎本、尤刻本、胡刻本、監本、九條本同。奎章閣本作「勍」。當作「勍」。「糾紛」，尤刻本、胡刻本同。奎章閣本、明州本、贛州本、四庫本、叢刊本、正德本、陳八郎本作「糺紛」。監本作「紛糾」。九條本作「紛糺」。當作「糾紛」。

■**立群案**：司馬相如子虛賦：岑崟參差，日月蔽虧，交錯糾紛，上干青雲。蜀都賦：山阜相屬，含谿懷谷，崗巒糾紛，觸石吐雲。蜀都賦及魏都賦之「糾紛」，或皆本子虛賦。當作「糾紛」也。

「庶土罔寧」 「庶」，奎章閣本、明州本、四庫本、叢刊本、正德本、尤刻本、胡刻本、監本、九條本同。贛州本、陳八郎本作「庻」。當作「庶」。「土」，奎章閣本、明州本、贛州本、四庫本、叢刊本、陳八郎本、尤刻本、胡刻本、九條本同。正德本作「圡」。監本作「士」。當作「土」。

■**立群案**：陳景雲文選舉正：至乎勍敵糾紛。注「尚書曰：庶土交正。毛詩曰：庶土有揭」，按李注兼引書、詩，又「土」「士」互异，必有誤。許巽行文選筆記：庶土。注引尚書，又引毛詩：庶士有揭。六臣本無此毛詩文，此亦妄人加之。徐攀鳳選注規李：庶土罔寧。注尚書曰：庶土交正。毛詩曰：庶土有揭。案，庶土，衆土之土，非士大夫之士。引尚書是，引毛詩非六臣注無毛詩一條。據許氏、徐氏説，作「土」是也。

「聖武興言」「興」，四庫本、監本同。奎章閣本、贛州本作「興」。正德本作「興」。明州本、叢刊本、陳八郎本、尤刻本、胡刻本、九條本作「興」。當作「興」。

「將曜威靈」「將」，奎章閣本、贛州本、正德本作「将」。明州本、四庫本、叢刊本、陳八郎本、尤刻本、胡刻本、監本、九條本作「將」。當作「將」。「曜」，奎章閣本、明州本、贛州本、四庫本、叢刊本、正德本、陳八郎本、尤刻本、胡刻本、監本、九條本作「曜」。當作「曜」。「靈」，明州本、贛州本、四庫本、叢刊本、正德本、陳八郎本、尤刻本、胡刻本、監本、九條本同。奎章閣本作「靈」。當作「靈」。

「介胄重襲」「襲」，明州本、贛州本、四庫本、叢刊本、正德本、陳八郎本、尤刻本、胡刻本、監本、九條本同。奎章閣本作「襲」。當作「襲」。

「旌旗躍莖」「旌」，奎章閣本、明州本、贛州本、四庫本、叢刊本、正德本、陳八郎本、九條本同。尤刻本、胡刻本、監本作「旍」。今從「旌」。「躍」，奎章閣本、明州本、贛州本、四庫本、叢刊本、正德本、陳八郎本、尤刻本、胡刻本、監本、九條本作「躍」。當作「躍」。

立群案：許巽行文選筆記：旍旗。「旌」，五經文字云：作「旍」者，訛。嘉德案，漢書、字書亦作「旍」，皆俗字。阮元經籍籑詁：旍，旌同。今從「旌」。

「弓珧解檠」「解」，奎章閣本、明州本、贛州本、四庫本、叢刊本、陳八郎本、尤刻本、胡刻本、監本、九條本同。正德本作「鮮」。當作「解」。

【彙注】

【李善注】珧，以焦切。檠，巨景切。劉曰：建安十九年五月，立魏公，位諸侯王上，赤紱，遠游冠。二十一年，進爵爲王。二十二年，得設天子旌旗，出警入蹕，賜朱冠，冕十二旒，金根車，駕六馬，建太常，設五時副車。爾雅曰：弓以蜃者謂之珧。蜃，骨也。檠，弓栟也。詩云：二矛重英。善曰：左氏傳曰：子魚曰：勍敵之人，隘而不成列。杜預曰：勍，强也。尚書曰：庶土交正。毛詩曰：庶士有揭。又曰：興言出宿。長楊賦曰：以露威靈。金匱曰：良弓非勍檠不張。説文曰：鋋，小矛。

【五臣注】勍，巨京反。珧，以焦反。檠，巨景反。向曰：勍，大也。糺，紛亂也。庶土，天下也。罔，無。寧，安也。聖武，武帝也。言大敵亂起，天下無安，武帝興，言兵大振曜其威靈也。良曰：介，甲也。胄，兜鍪也。重襲，重而衣之。躍，舉也。莖，旗竿也。言旌旗舉竿也。以蛤骨飾弓曰珧。檠，弓匣也。解檠，開弓匣。矛鋋，皆兵器。爲風飄其英。英，旗飾也。

【張鳳翼文選纂注】勍，巨京切。珧，以焦切。檠，巨景切。更，平聲。勍，强也。糺，紛亂也。庶土，天下也。聖武，武帝也。介，甲也。胄，兜鍪也。躍，舉也。莖，旗竿也。以蜃骨飾弓曰珧。檠，弓栟也。解檠，開弓匣也。矛鋋，皆兵器。英，旗飾。

【王象乾文選删注】檠，巨景反。建安十九年五月，立魏公，位諸侯王上，赤紱，遠游冠。二十一年，進爵爲王。二十二年，得設天子旌旗，出警入蹕，賜朱冠，冕十二旒，金根車，駕六馬，建太常，設五時副車。

【陳景雲文選舉正】至乎勍敵糾紛。注「尚書曰：庶土交正。毛詩曰：庶士有揭」，按李注兼引書、詩，又「土」「士」互异，必有誤。

【余蕭客文選音義】旍。五經文字「旌」從生。作旍，訛。珧遙。檠擎。陸游筆記音警。

【余蕭客文選紀聞】旍旌。集韵四。珧遙。山海經注四。檠景。廣韵三。

【胡克家文選考异】注「立魏公位諸侯王上」。袁本、茶陵本無「立」字。

注「庶士有揭又曰」。袁本、茶陵本無此六字。案：無者最是。陳云注必有誤，未悟爲增多耳。

【許巽行文選筆記】庶土。注引尚書，又引毛詩：庶士有揭。六臣本無此毛詩文，此亦妄人加之。

旍旗。「旌」，五經文字云：作「旍」者，訛。嘉德案，漢書、字書亦作「旍」，皆俗字。

【朱珔文選集釋】弓珧解檠。張注云：爾雅曰：弓以蜃者謂之珧。蜃，骨也。案：爾雅郭注云：珧，小蚌。用蚌飾弓兩頭，因以爲名。説文：珧，蜃甲也。所以飾物。楚辭天問篇云：馮珧利決。王逸注：珧，弓名也。釋文珧以蚌飾弓弭，蓋爾雅弓無緣者謂之弭。弭者，弓末之名也。

【胡紹煐文選箋證】庶土罔寧。注善曰：尚書曰：庶土交征。毛詩曰：庶士有揭。按：善以「土」「士」二字義并可通，故連引詩、書。本書吴都賦「剖判庶土」，何氏焯校「士」改「土」，孫氏志祖又謂當作「士」兩校不同。

【徐攀鳳選注規李】庶土罔寧。注尚書曰：庶土交正。毛詩曰：庶土有竭。案，庶土，衆土之土，非士大夫之士。引尚書是，引毛詩非六臣注無毛詩一條。

三屬之甲，縵胡之纓。控弦簡發，妙擬更嬴。

【彙校】

「三屬之甲」　「屬」，奎章閣本、四庫本、叢刊本、正德本、九條本同。明州本、贛州本、陳八郎本、尤刻本、胡刻本、監本作「屬」。當作「屬」。

「控弦簡發」　「弦」，奎章閣本、明州本、贛州本、四庫本、叢刊本、正德本、九條本同。陳八郎本、尤刻本、胡刻本、監本作「絃」。當作「弦」。「簡」，奎章閣本、明州本、贛州本、四庫本、正德本、陳八郎本、尤刻本、胡刻本、九條本同。叢刊本、監本作「簡」。當作「簡」。

立群案：宋本廣韻：絃，俗「弦」字。集韻：絃，八音之絲也。通作「弦」。正字通：瑚連切，音賢。八音之絲，通作「弦」。康熙字典：五經文字：琴瑟弦。亦用「弦」字，作「絃」者，非。○按，經典「弦」通作「絃」。據上，當作「弦」。

「妙擬更嬴」　「嬴」，明州本、四庫本、叢刊本、正德本、陳八郎本、尤刻本、胡刻本、九條本同。奎章閣本、贛州本、監本作「嬴」。當作「嬴」。

【彙注】

【李善注】縵，莫韓切。更，平聲。劉曰：漢書刑法志曰：魏氏武卒，衣三屬之甲。趙惠文王好劍，劍士夾門而客者三千人。趙太子悝謂莊周曰：吾王所見劍士，皆蓬頭突鬢，垂冠縵胡之纓，短後之衣，瞋目而語難者，王乃悦之。戰國策，更嬴謂魏王曰：臣能虚發而下雁。魏王曰：然則射可至於此乎？更嬴曰：可。有雁從南方來，更嬴虚發而雁下。善曰：史記曰：冒頓自立爲單于，控弦之士三十萬。班固漢書，李廣述曰：控弦貫石，威動北鄰。爾雅曰：簡，擇也。謂擇處而發也。

【五臣注】縵，莫韓反。更，平聲。嬴，亦精反。銑曰：屬，連也。言甲三扎相重而連之。縵胡，武士纓名。控，引。簡，擇也。言引滿弓弦，擇處而發，物無不中，故妙擬更嬴。更嬴，古之善射者也。

【張鳳翼文選纂注】屬，連也。言甲三扎相重而連之。縵胡，武士之纓。控，引也。簡，擇也。更嬴，古之善射人，虚發而下雁者。

【王象乾文選删注】縵，莫韓切。更，平聲。簡，擇也。漢書刑法志曰：魏氏武卒，衣三屬之甲。趙惠文王好劍，劍士夾門而客者三千人。趙太子悝謂莊周曰：吾王所見劍士，皆蓬頭突鬢，垂冠縵胡之纓，短後之衣，瞋目而語難者，王乃悦之。戰國策，更嬴謂魏王曰：臣能虚發而下雁。魏王曰：然則射可至於此乎？更嬴曰：可。有雁從南方來，更嬴虚發而雁下。漢書，李廣述曰：控弦貫石，威動北鄰。

【余蕭客文選音義】縵瞞。

【張雲璈選學膠言】張注引漢書刑法志曰：魏氏武卒，衣三屬之甲。雲璈按，服虔云：作大甲三屬，竟人身也。如淳曰：上身一，髀褌一，脛繳一，凡三屬也。屬，聯也。沈約應詔樂游苑餞吕僧珍詩：超乘盡三屬。李注亦引此。

【胡克家文選考异】縵胡之纓。案：「縵」當作「漫」。袁本、茶陵本載注中字作「漫」，此并改作「縵」，非。其五臣銑注中字作「縵」，然則乃各本亂之而失著校語。今莊子作「曼」，釋文引司馬彪云「曼胡之纓謂粗纓無文理也，漫曼同字」，可借爲證。

注「臣能虚發而下雁魏王曰」。袁本、茶陵本無此十字。案：二本有脱。考楚策，尤所添亦未是。

【梁章鉅文選旁證】三屬之甲。　案漢刑法志注服虔曰：作大甲三屬，竟人身也。蘇林曰：兜鍪也，盤領也，髀褌也。如淳曰：上身一，髀褌一，脛繳一，凡三屬也。師古曰：如説是也。屬，聯也，音之欲反。然考工記：函人爲甲，犀甲七屬，兕甲六屬，合甲五屬。注云：屬讀爲灌注之注，之樹反。上旅，下旅，札續之數也。江氏永曰：甲，續札爲之，節節相續也。此經史音義之各异者。

縵胡之纓。　胡公考异曰：「縵」當作「漫」。六臣本注中作「漫」也。今莊子作「曼」，釋文引司馬彪云「曼胡之纓，謂粗纓無文理也，漫曼字同」。

注戰國策曰：更嬴謂魏王曰：臣能虚發而下雁。魏王曰：然則射可至於此乎？更嬴曰：可。有雁從南方來，更嬴虚發而雁下。　六臣本脱「臣能虚發而下雁魏王曰」十字。今戰國策「臣能」作「臣爲王引弓」。「下雁」作「下鳥」。「有」下有「間」字。「南方」作「東方」。「虚發而雁下」作「以虚發而下之」。

【胡紹煐文選箋證】三屬之甲。　旁證云：漢書刑法志注：服虔曰：作大甲三屬，竟人身也。蘇林曰：兜鍪也，盤領也，髀褌也。如淳曰：上身一，髀褌一，脛繳一，凡三屬也。師古曰：如説是也。屬，聯也。音之欲反。然考工記：函人爲甲，犀甲七屬，兕甲六屬，合甲五屬。注云：屬讀爲灌注之「注」，之樹反。上旅、下旅，札續之數也。江氏永曰：甲續札爲之節，節，相屬也。此經史音義之各异者。

縵胡之纓。注張載曰：趙太子悝謂莊周曰：吾王所見壯士，皆蓬頭突鬢，垂冠縵胡之纓。考异云：今莊子作「曼」。釋文引司馬彪曰：曼胡之纓，謂粗纓無文理也。紹煐按，「縵」「曼」字同。曼，無也。言無文飾也。方言：凡戟而無刃，東齊、秦、晉之間其大者曰「鏝胡」。「縵胡」猶「鏝胡」。纓無文謂之「縵胡」，猶戟無刃謂之「鏝胡」。「縵胡」之轉爲「模糊」，今俗語謂無文理曰「模糊」是也。

【徐攀鳳選注規李】三屬之甲。注漢刑法志：魏氏武卒，衣三屬之甲。案，三屬者，如淳曰：上身一，髀褌一，脛繳一，凡三屬。屬，聯也。

【高步瀛文選李注義疏】胡曰：「縵」當作「漫」。袁本、茶陵本載注中字作「漫」，此并改作「縵」，非。其五臣銑注中字作「縵」，然則乃各本亂之而失著校語。今莊子作「曼」。釋文引司馬彪云：曼胡之纓，謂粗纓無文理也。「漫」「曼」同，字可借，爲證。胡紹煐曰：「縵」「曼」字同。曼，無也。言無文飾也。方言：凡戟而無刃，東齊、秦、晉之間，其大者曰鏝胡。縵胡猶鏝胡。纓無文謂之縵胡，猶戟無刃謂之鏝胡。縵胡之轉爲模蝴，今俗語謂無文理曰模糊是也。○呂向曰：糾，紛亂也。庶土，天下也。罔，無。寧，安也。聖武，武帝也。劉良曰：介，甲也。胄，兜鍪也。重襲，重而衣之。躍，舉也。莖，旗竿也。○魏志太祖紀曰：建安十九年三月，天子使魏公位在諸侯王上。改授金璽、遠游冠。袁宏後漢紀卷三十曰：十九年三月，癸未，改授魏公金璽、赤紱、遠游冠。皆云三月，此注五月，字蓋誤。魏志又曰：二十一年夏五月，天子進公爵爲魏王。二十二年夏四月，天子命王設天子旌旗，出入警蹕。冬十月，天子命王冕十有二旒，乘金根車，駕六馬，設五時副車。○「立魏公」，胡曰：袁本、茶陵本無「立」字。○爾雅，見釋器。朱珔曰：郭注云：珧，小蚌。用蚌飾弓兩頭，因以爲名。説文：珧，蜃甲也。所以飾物。楚辭天問篇云：馮珧利決。王逸注：珧，弓名也。釋文珧以蚌飾弓弭，蓋爾雅弓無緣者謂之弭。弭者，弓末之名也。○説文曰：檠，榜也。段注曰：秦風：竹閉緄縢。毛曰：閉，紲。緄，繩。縢，約也。小雅角弓傳曰：不善紲檠，巧用則翩然而反。既夕記説明器之弓有柲。注云：柲，弓檠也。弛則縛之於弓裏，備損傷也。以竹爲之。引詩竹柲緄縢。考工記弓人注云：紲，弓䩑。弓有䩑者，爲發弦時備頓傷。引詩竹䩑緄縢。合此言之，禮謂之柲，詩謂之閉，周禮注謂之䩑，禮古文作「柴」，四字一也，皆所謂檠也。步瀛案：淮南説山篇曰：撒不正而可以正弓。高注曰：撒，弓之掩床。讀曰檠。脩務篇曰：弓待檠而後能調。高注曰：檠，矯弓之材。讀曰敬。案：二注歧异，疑説山篇字誤。○詩，見清人。毛傳曰：重英，矛有英飾也。○漢書刑法志注：服虔曰：作大甲三屬，竟人身也。蘇林曰：兜鍪也，盤領也，髀褌也。如淳曰：上身一，髀褌一，脛繳一，凡三屬也。顏曰：如説是也。屬，聯也。音之欲反。本書沈休文應詔樂游苑餞呂僧珍詩曰：超乘盡三屬。李善注亦引如淳説。梁曰：考工記函人爲甲，犀甲七屬，兕甲六屬，合甲五屬。注云：屬讀爲灌注之注，之樹反。上旅、下旅，札續之數也。江氏永曰：甲續札爲之節。節，相續也。此經史音義之各异者。案：江説見周禮疑義舉要。又曰：旅，即背膂之膂，脊骨也。故注謂上旅爲要以上，下旅爲要以下。○莊子，見説劍篇。「縵」作「曼」，其他字句亦多不同，此蓋以意引。古人往往如此。○戰國策，見楚策四。今本「嬴」作「羸」，誤，當據此注改。庚子山和王内史從駕狩詩曰：更嬴承落雁。與本賦及注合。御覽人事部一百三引春秋後語正作「嬴」，兵部七十八引作「盈」。雖文有點竄，而「盈」與「嬴」同音通用，當不誤。工藝部一引作「更羸」，博物志五同，蓋皆後人據誤本國策改。又御覽羽族部一引春秋後語作「魏有吏嬴脉者」，尤爲舛誤。錢大昕聲類三曰：更嬴，甘蠅也。列子湯問篇：甘蠅，古之善射者。彀弓而獸伏鳥下。戰國策：更嬴虚發而鳥下。○「臣能虚發而下雁。魏王曰」，胡曰：袁本、茶陵本無此十字。○左傳，見僖二十二年，今本無「成」字。本書陸士衡辨亡論下、顔延年陽給事誄、陸士衡吊魏武帝文注引皆有「成」字，○尚書，見禹貢。尤本「毛詩曰」下有「庶士有揭又曰」六字。胡曰：袁本、茶陵本無此六字。案：無者最是。陳云：注必有誤，未悟爲增多耳。許巽行亦謂此亦妄人加之，是也。今削去。胡紹煐謂善以土、士二字義并可通，故連引詩、書，非也。庶士既不得專指爲士卒，又不得泛該夫士民。按之上下文，亦多未洽。且善如以爲兩通，必明言之，斷無二條判然不同而漫無區别者。枕泉之説，非是。○毛詩，見泉水。○長楊賦，見本書卷九。金匱，嚴輯全上古文、太公金匱失此條。○説文，已見西都賦。○史記，見匈奴傳。○漢書，見叙傳。○爾雅釋詁「簡」作「柬」，豈崇賢所據作「簡」耶？否則當作「柬，擇也」，謂擇處而發也。「簡」與「柬」同。○寧、靈、莖、纓、嬴，古音耕部。英，陽部。通轉爲韵。

齊被練而銛戈，襲偏裻以讀列。畢出征而中律，執奇正以四伐。

【彙校】

「齊被練」 「齊」，四庫本、監本同。奎章閣本、明州本、贛州本、叢刊本、正德本、陳八郎本、尤刻本、胡刻本、九條本作「齊」。當作「齊」。「被」，贛州本、叢刊本、陳八郎本、胡刻本、監本、九條本同。奎章閣本、明州本、四庫本、正德本、尤刻本作「被」。當作「被」。「練」，明州本、胡刻本、監本同。奎章閣本、贛州本、四庫本、叢刊本、正德本、陳八郎本、尤刻本、九條本作「練」。當作「練」。

「襲偏裻」 「襲」，明州本、贛州本、四庫本、叢刊本、正德本、陳八郎本、尤刻本、胡刻本、監本、九條本同。奎章閣本作「襲」。當作「襲」。

「畢出征」 「畢」，奎章閣本、明州本、贛州本、四庫本、叢刊本、正德本、陳八郎本、尤刻本、胡刻本、監本、九條本作「畢」。當作「畢」。「出」，奎章閣本、明州本、贛州本、四庫本、叢刊本、正德本、陳八郎本、尤刻本、胡刻本、監本、九條本作「出」。當作「出」。

「執奇正」 「執」，奎章閣本、明州本、贛州本、四庫本、叢刊本、正德本、尤刻本、胡刻本、監本、九條本同。陳八郎本作「熱」。當作「執」。「奇正」，四庫本同。奎章閣本、明州本、贛州本、叢刊本、正德本、尤刻本、胡刻本、監本、九條本作「奇正」。陳八郎本作「可正」。當作「奇正」。

■立群案：劉逵注引孫武曰：奇正還相生，若環之無端。五臣向曰：軍帥師出行，盡中克勝之法，執奇正之計也。據注，自當作「奇正」也。陳八郎本「可」字因「奇」致誤也。

【彙注】

【李善注】銛，息廉切。讀音會。劉曰：春秋左傳曰：被練三千。馬融曰：練爲甲裘。史記，蘇代曰：强弩在前，銛戈在後。司馬法曰：師多則讀。孫武曰：奇正還相生，若環之無端。善曰：國語曰：公使申生伐東山。韋昭注曰：東山，皋落氏也。衣之偏裻之衣。韋昭注曰：裻在中，左右异，故曰偏裻。音督。説文曰：讀列，中止也。然言讀列，或止或列。周易曰：師出以律。

【五臣注】銛，息廉反。裻，都禄反。讀音會。向曰：言士卒齊整服練而執銛利之戈。襲，著也。偏裻，戎衣名，以出征四遠，行其誅伐。師多言讀。言使士卒被練執戈，衣偏裻之裳以爲行列也。軍帥師出行，盡中克勝之法，執奇正之計也。

【張鳳翼文選纂注】銛，息廉切。裻音督。讀音會。言士卒皆服練而執銛利之戈。襲，著也。偏裻，戎衣名。裻在中，左右异色，故曰偏裻。讀裂，或止或列也。律，謂軍法也。

【王象乾文選删注】裻音督。讀音會。裻在中，左右异色，曰偏裻。師多則讀。讀列，中止也。然讀裂，或止或列。國語曰：公使申生伐東山。衣之偏裻之衣。

【杭世駿文選課虚】説文：讀列，中止也。然列，或止或列。司馬法：師多則讀。讀音會。

【余蕭客文選音義】裻善音督。讀舊音會。伐字典叶歇。

【余蕭客文選紀聞】裻督。釋文九。讀續。廣韵四。

【胡克家文選考异】注「韋昭注曰東山皋落氏也」。袁本、茶陵本無此十字。

【許巽行文選筆記】偏裻。「裻」與「督」同。莊子：緣督以爲經。司馬彪曰：督，中也。左傳：司馬裻。石經作「督」。釋文云：本亦作裻。説文：裻，新衣聲。一曰背縫。方言：繞緍謂之襪裺。郭璞曰：衣督脊也。

【胡紹煐文選箋證】襲偏裻以讀列。注善曰：國語曰：衣之偏裻之衣。韋昭曰：裻在中。説文曰：讀，列中止也。然讀列，或止或列。按：「裻」與「督」通。莊子養生篇「緣督以爲經」，司馬彪曰「督，中也」。今説文「讀，中止也」，無「列」字，此涉正文誤衍。説文又引司馬法曰：師多則民讀。讀，止也。

碩畫精通，目無匪制。推鋒積紀，鋩氣彌鋭。

【彙校】

「碩畫精通」「精」，奎章閣本、明州本、贛州本、四庫本、正德本、陳八郎本、尤刻本、胡刻本、監本、九條本同。叢刊本作「精」。當作「精」。

「鋩氣彌鋭」「鋩」，奎章閣本、明州本、贛州本、四庫本、叢刊本、正德本、尤刻本、胡刻本同。陳八郎本、監本、九條本作「芒」。當作「鋩」。「鋭」，四庫本、正德本同。奎章閣本、明州本、贛州本、叢刊本、陳八郎本、尤刻本、胡刻本、監本、九條本作「銳」。當作「鋭」。

■**立群案**：諸本多作「鋩」，陳八郎本、監本、九條本作「芒」。然五臣銑曰：言雖積紀，鋒鋩之氣彌加猛鋭。是五臣本作「鋩」，陳八郎本亦自應作「鋩」也。玉篇：鋩，刃端。類篇：鋩，刃端。龍龕手鑒：刃端也。作「鋩」是也。

【彙注】

【李善注】劉曰：莊子曰：庖丁爲文惠君屠牛，手之所觸，莫不中音，合於桑林之舞。文君曰：善哉技！庖丁對曰：臣好者道，進乎技矣。臣始解牛時，所見無非牛者。三年之後，未嘗見全牛也。今臣以神遇而不以目視也。良庖歲更刀，割也；族庖月更刀，折也。今臣刀十九年矣，所解數千牛也。而刀刃若新發於硎。若彼節者有間，而刀刃者無厚；以無厚入有間，恢乎其於游刃必有餘地矣。文君曰：善。吾聞庖丁之言，得養生焉。一紀，十二年。推鋒積紀，謂魏武帝從初平元年起兵，至建安二十五年，軍無不克，抑亦庖丁用刀十九年之義也。孫武曰：避其鋭氣。謂鋭氣之利甚於鋒刃也。

【五臣注】畫，胡麥反。銑曰：碩，大也。言大畫奇策，精妙理，舉無遺者，目見所爲，皆合其制。鋒，鋒刃。推，舉也。十二年曰紀。謂武帝自初平年起兵，至建安二十五年，故曰積紀。言雖積紀，鋒鋩之氣彌加猛鋭。

【張鳳翼文選纂注】碩，大也。言大計精通也。目無匪制，言所見無非法，猶云目無全牛也。鋒，鋒刃也。推，舉也。十二年曰紀。謂武帝自初平年起兵，至建安二十五年，故曰積紀。言雖積紀，鋒鋩彌加猛鋭。以庖丁解牛事，喻其用兵之神也。

【王象乾文選删注】推鋒，謂魏武。莊子曰：庖丁爲文惠屠牛，手之所觸，莫不中音，合于桑林之舞。文君曰：善哉技！庖丁對曰：臣好者道，進乎技矣。臣始解牛時，所見無非牛者。三年之後，未常見全牛也。今臣以神遇而不以目視也。良庖歲更刀，割也；族庖月更刀，折也。今臣刀十九年矣，所解數千牛也。而刀刃若新發於硎。若被節者有間，而刀刃者無厚；以無厚入有間，恢乎其於游刃必有餘地矣。文君曰：善。吾聞庖丁之言，得養生焉。帝從初平元年起兵，軍無不克，亦庖丁用刀十九年之義也。孫武曰：避其鋭氣。謂鋭氣之利甚於鋒刃也。

【余蕭客文選音義】制字典叶哲。鋭悦。

【胡克家文選考异】注「庖丁爲文惠君屠牛」。袁本、茶陵本無「君」字。案：下文兩云「文君」，疑此本亦云「文君」耳。

注「建安二十五年」。袁本、茶陵本無「五」字。案：此尤添也。

【梁章鉅文選旁證】注庖丁爲文惠君屠牛。六臣本無「君」字。胡公考异曰：下文兩云「文君」，疑此本亦云「文君」耳。

三接三捷，既晝亦月。剋翦方命，吞滅咆烋。雲撤叛換，席卷虔劉。祲威八紘，荒阻率由。

【彙校】

「三接三捷」「捷」，奎章閣本、明州本、贛州本、叢刊本、正德本、陳八郎本、尤刻本、胡刻本、監本、九條本同。四庫本作「㨗」。當作「捷」。

「既晝亦月」「既」，奎章閣本、四庫本、正德本同。明州本、贛州本、叢刊本、陳八郎本、尤刻本、胡刻本、監本、九條本作「旣」。當作「既」。

「剋翦方命」 「剋」，奎章閣本、明州本、贛州本、四庫本、叢刊本、正德本、尤刻本、胡刻本、監本、九條本同。陳八郎本作「尅」。當作「剋」。「翦」，四庫本、尤刻本、胡刻本、監本同。奎章閣本、明州本、贛州本、叢刊本、正德本、陳八郎本、九條本作「剪」。今從「翦」。

■**立群案**：正字通：歬，古「前」字。隸作「翦」，俗作「剪」。是「翦」「剪」舊同。今從「翦」。

「吞滅咆烋」 「咆烋」，尤刻本、胡刻本、監本、九條本同。奎章閣本、明州本、贛州本、四庫本、叢刊本、正德本、陳八郎本作「咆咻」。今從「咆烋」。

■**立群案**：呂錦文文選古字通補訓：吞滅咆咻。劉注云：咆烋，猶咆哮也。自矜健之貌也。詩云：咆烋于中國。錦文案，毛詩作「炰烋」，傳云：猶彭亨也。「炰烋」「彭亨」皆疊韵。說文擊傳作「咆哮」。山海經：鉤吾之山，有獸焉，名曰狍鴞。「咆烋」「咆哮」「狍鴞」音義并通。今從「咆烋」。

「席卷虔劉」 「虔」，監本同。奎章閣本、明州本、贛州本、四庫本、叢刊本、正德本、陳八郎本、尤刻本、胡刻本、九條本作「虔」。當作「虔」。

「荒阻率由」 「率」，明州本、贛州本、四庫本、叢刊本、正德本、陳八郎本、尤刻本、胡刻本、九條本同。奎章閣本作「率」。監本模糊不清。當作「率」。

【彙注】

【李善注】咆，白交切。咻音休。祲，子鴆反。劉曰：易曰：晉，康侯用錫馬蕃庶，晝日三接。詩云：一月三捷。既晝亦月者，蓋取其頻繁之數，或日或月也。方命，放弃王命也。尚書曰：咈哉！方命剋翦。方命者，謂始起兵誅董卓之首亂漢室也。咆烋，猶咆哮也。自矜健之貌也。詩云：咆烋于中國。吞滅咆烋者，剋默韓暹、楊奉之專用王命也。叛換，猶恣睢也。漢書曰：項氏叛換。雲撤叛換者，謂討破袁紹，猶勝項羽也。虔劉，殺也。春秋左傳，吕相絶秦曰：虔劉我邊陲。席卷虔劉者，謂擒吕布於徐州，剋袁術於揚州，平韓約、馬超於雍州，降劉表於荆州之屬也。祲威八紘、荒阻率由者，謂北羈單于于白屋，東懷孫權於吴會，西攝劉備於巴蜀也。善曰：漢書，楊雄上疏曰：石畫之臣甚衆。史記曰：秦穆公與晋惠公戰於韓地，秦人見穆公窘，亦皆推鋒争死。尚書曰：方命圮族。春秋感精符：申楚圖宋，更相吞滅。春秋推誠圖曰：諸侯冰散席卷，各争恣妄。西都賦曰：祲威盛容。淮南子曰：八澤之外，乃有八紘。尚書曰：率由典常，以藩王室。

【五臣注】咆，白交切。咻音休。祲，子鴆反。翰曰：言一日三接戰於敵人，一月三捷克之。方，放也。咆咻，猶咆哮也。言放弃生命，咆哮不賓者，皆除剪吞滅之。撤，去也。叛，反。换，易也。虔劉，殺也。祲，漸也。言反易常道之人，皆如雲去席卷，盡殺之，漸以威德布於八方，則荒阻之俗，皆有相率來賓，莫不由大魏之德。

【張鳳翼文選纂注】既晝亦月，如云或日或月。言捷之頻也。放弃王命，咆哮不賓者，皆除剪吞滅之。撤，去也。换，易也。虔劉，殺也。侵，漸也。言反易常道之人，皆如雲去席卷，盡殺之，漸以威德布於八方，由是荒阻之俗相率來賓，莫不由大魏之德也。

【王象乾文選删注】咆，白交切。咻音休。咆咻，猶咆哮，健貌。叛换，猶恣睢。

【陳景雲文選舉正】齊被練而銛戈。注「降劉表於荆州」，「表」當作「琮」。

【杭世駿文選課虚】漢書述高帝紀：項氏叛换。猶恣睢也。

【余蕭客文選音義】烋虓。六臣作「咻」。舊音休。

【余蕭客文選紀聞】烋虚交、香幽二切。類篇十中。

【胡克家文選考异】注「克默韓暹楊奉之專用王命也」。袁本「默」作「黜」，是也。茶陵本亦誤「默」。

注「降劉表於荆州之屬也」。袁本、茶陵本無「之屬」二字，是也。何校「表」改「琮」，陳同。各本皆作「表」，或此本云「表」耳。

注「北羈單于于白屋」。案：「于」字不當重有。各本皆衍。説見後九錫文下。

注「楊雄上疏曰」下至「西都賦」。袁本、茶陵本無此七十六字。案：二本以上「漢書」，下接「曰祲威盛容」，當有脱，尤所添，但亦未是。

【梁章鉅文選旁證】吞滅咆烋。六臣本「烋」作「咻」。

雲撤叛换，席卷虔劉。淮南子兵略訓：雲撤席卷。

注克默韓暹、楊奉之。六臣本「默」作「黜」。按：「剋默」當作「謂滅」。

注降劉表於荆州之屬也。六臣本無「之屬」二字。何校：「表」改「琮」。陳同。

注北羈單于于白屋。「于」字不當重。各本皆衍。

【吕錦文文選古字通補訓】吞滅咆咻。劉注云：咆烋，猶咆哮也。自矜健之貌也。詩云：咆烋于中國。錦文案，毛詩作「炰烋」，傳云：猶彭亨也。「炰烋」「彭亨」皆叠韵。説文擊傳作「咆哮」。山海經：鉤吾之山，有獸焉，名曰狍鴞。「咆烋」「咆哮」「狍鴞」音義并通。

洗兵海島，刷馬江洲。振旅輷輷，反旆悠悠。凱歸同飲，疏爵普疇。朝無刓印，國無費留。

【彙校】

「振旅輷輷」「振」，四庫本同。奎章閣本、叢刊本、正德本、陳八郎本、尤刻本、胡刻本、九條本作「振」。明州本、贛州本、監本作「振」。當作「振」。

「反旆悠悠」「旆」，明州本、贛州本、正德本同。奎章閣本、四庫本、叢刊本、陳八郎本、尤刻本、胡刻本、監本、九條本作「旆」。當作「旆」。

「疏爵普疇」「疏」，四庫本同。奎章閣本作「踈」。明州本、贛州本、叢刊本、正德本、陳八郎本、尤刻本、胡刻本、監本、九條本作「疏」。當作「疏」。「疇」，明州本、贛州本、叢刊本、陳八郎本、尤刻本、胡刻本、監本、九條本同。奎章閣本、四庫本、正德本作「疇」。當作「疇」。

【彙注】

【李善注】刓，五官切。劉曰：刷，小嘗也。司馬相如梨賦曰：唰嗽其漿。史記，蘇秦曰：輷輷殷殷，若三軍之衆。春秋穀梁傳曰：入曰振旅，兵事以嚴終也。春秋左傳曰：凡公行，告於宗廟，反行飲至。漢書曰：疏爵而貴之。疏爵普疇，疇其爵邑者。刓印，印角刓也。韓信傳曰：項王有功當封爵，印刓忍不能與。孫子兵法曰：戰勝而不修其賞者凶，命曰費留。善曰：魏武兵接要曰：大將將行，雨濡衣冠，是謂洗兵。刷，猶飲也，所劣切。劉劭七華曰：漱馬河源，游目昆侖。蒼頡篇曰：輷輷，衆車聲也。呼萌切。今为輷字，音田。毛詩曰：悠悠旆旌。魏武孫子注曰：賞不以時，但留費也。

【五臣注】輷音田。刓，五官反。向曰：謂戰勝將休兵，欲還師，乃洗刷兵馬於海島江洲也。兵還曰振旅。輷輷，衆聲。悠悠，旆旌飛貌。戰勝則凱樂而歸，行飲至之禮。饗會將士有功者，分其爵邑疇度，使當其功。刓印，印角漸銷。項羽欲封有功，手執其印，惜不與，令得刓。言今有功即封，不吝惜之，故朝無刓印。功不賞曰費留。謂今賞之，故無此也。

【張鳳翼文選纂注】輷音田。戰勝將休兵，乃洗刷兵馬于海島江洲也。兵還曰振旅。輷輷，衆聲。態悠，旆旌飛貌。戰勝則凱樂而歸，行飲至之禮。將士有功者，分其爵邑。疇，類也。普疇，以類而遍及之也。刓印，印角銷也。項羽欲封有功者，刓印刻，惜不與。今有功即封，無所吝惜，故朝無刓印。功不賞曰費留。今有功即賞之，故無費留也。

【王象乾文選刪注】輷音田。刷馬，猶飲也。輷輷，衆車聲。費留，賞不以時，但留費也。魏武兵接要曰：大將將行，雨濡衣冠，是謂洗兵。劉劭七華曰：漱馬河源，游目崑崙。漢書曰：疏爵而貴之。疏爵普疇，疇其爵邑者。孫子兵法曰：戰勝而不脩其賞者凶，命曰費留。

【陳景雲文選舉正】振旅輷輷。「輷輷」當作「轟轟」按，當作「輷輷」，見玉篇。

【余蕭客文選音義】輷舊音田。刓蘇林漢書注與「摶」同。注兵事以嚴終。六臣「兵」作「無」，「終」作「衆」。

【余蕭客文選紀聞】輷田。集韵三。善注引蒼頡篇曰：輷輷，衆車聲也。呼萌切。則集韵四卷「轟」或作「輷」，「輷」當爲「輷」字之誤。刓五丸。廣韵一。

【孫志祖文選李注補正】雲撤叛换，席卷虔劉。○補曰：淮南子兵略訓：雲撤席卷。

刷馬江洲。注：刷，猶飲也。劉劭七華曰：漱馬河源，游目昆侖。○正曰：金云：按，刷即洗刷之謂。休兵振旅，故刷治其馬也。赭白馬賦：旦刷幽燕。注云：説文曰：刷，刮也。解最得理。此作飲漱解，迂曲。志祖按，説文又部「㕞」字注：拭也。徐鍇繫傳引賦語「㕞馬江洲」。徐氏鯤云：張孟陽注「刷」：小嘗也。司馬相如梨賦曰：唰嗽其漿。按，集韵：唰，小嘗也。意張所見本是「唰」字，故引相如梨賦爲證。善本雖改作「刷」，而仍作「唰」字解，以古字通用也。若當爲「刮」字義，則上吴都賦「刷盪漪瀾」注，善已引説文矣，何於此有异詞耶？

【張雲璈選學膠言】洗兵海島，刷馬江洲。李注引魏武兵接要曰：大將將行，雨濡衣冠，是謂洗兵。雲璈按，説苑：武王伐紂，風霾而乘以大雨。散宜生曰：此妖也。武王曰：非也，天洗兵也。是又在接要之前（接要即節要，曹氏諱節，故曰接。見三國志注。）刷，張注：小嘗也。司馬相如梨賦曰：唰嗽其漿。李注：刷，猶飲也。按，爾雅釋詁：刷，清也。注：埽刷所以爲潔清。周禮天官：凌人夏頒冰，掌事，秋刷。注正引爾雅謂秋涼冰不用，可以清除其室。賦蓋言埽刷馬之塵垢，與洗兵一例。注皆未明允。金宗伯云：刷即洗刷之謂。休兵振旅，故刷治其馬也。赭白馬賦：旦刷幽、燕。注引説文：刷，刮也。解最得理。作「飲漱」解迂曲。孫侍御曰：志祖按，説文又部「㕞」字注：拭也。徐鍇繫傳引此賦「㕞馬江洲」。徐氏鯤云：張孟陽注：刷，小嘗也。司馬相如梨賦：刷嗽其漿。考集韵：唰，小嘗也。意張所見本是唰字，故引相如梨賦爲證。善本雖改作「刷」，而乃作「唰」字解，以古字通用也。若當爲刮字義，則上吴都賦「刷盪漪瀾」注，善已引説文矣，奈何於此有异辭耶？雲璈按，如孫説「小嘗」之解於馬何關？李釋爲飲馬是必得作「唰」字，似不若洗刷之義爲直捷。且李氏於赭白馬賦引説文仍以此賦爲證，則其説已兩岐，不獨注吴都爲异辭也。

【胡克家文選考异】刷馬江州。案：「刷」當作「㕞」，注同。載注引「㕞嗽」爲注，是其本作「㕞」，善必與之同。五臣向注作「刷」，云乃「洗刷兵馬」云云，各本亂之而失著校語。又案：善赭白馬賦「旦刷幽燕」注引作「刷」，必太冲集别本，與張孟陽注者不同。此之謂各隨所用而引之。善固已自舉其例矣。

振旅輷輷。案：「輷輷」當作「輷輷」。善注有明文，其云「今爲輷字音田」者，猶西京賦注之「今并以亘爲垣」耳。五臣因此改，故正文下有「田」字音，各本亂之而失著校語。集韵「轟」字重文有「輷」，即本此，亦可證。載注、善注兩見「輷輷」，皆同。

注「兵事以嚴終也」。袁本、茶陵本「兵」作「無」，「終」作「衆」。案：此亦尤改也。

注「刷猶飲也所劣切」。袁本、茶陵本無此七字。

【朱珔文選集釋】振旅輷輷。善注引蒼頡篇曰：軥軥，衆車聲也。呼萌切。今爲輷字，音田。案：説文：轟，群車聲也。一切經音義：轟，今作「輷」。字書作「軥」，同。呼萌切。段氏謂：古字作「軥」，今字作「輷」，玉篇作「輷」，皆當在真、臻部。余謂「田」本讀爲「陳」，此賦語蓋即詩采芑篇之「振旅闐闐」也。説文口部引又作「嗔嗔」。闐、嗔、輷。輷皆字异而義同。注亦當引詩而云「輷」與「闐」通。

【梁章鉅文選旁證】洗兵海島。林先生曰：六韜：武王問太公：雨輜重至軫何也？云：洗甲兵也。張氏雲璈曰：洗兵事亦見説苑。

刷馬江州。胡公考异曰：「刷」當作「㕞」，注同。謹案：舊注：刷，小嘗也。司馬相如梨賦曰：㕞嗽其漿。李注，刷，猶飲也。義與舊注同，皆當作「㕞」。向注：洗刷兵馬云云，則五臣作「刷」也。胡公考异又曰：案赭白馬賦「旦刷幽燕」。善注引此作「刷」，必太冲集别本與張孟陽注者不同。此所謂各隨其用而引之，善固已自舉其例矣。説文又部「㕞」字訓拭也。從又，持巾，在尸下。繫傳引此作「㕞馬江州」。刀部刷字，訓刮也。從刀，㕞省聲。似非此賦所用。

振旅輷輷。注蘇秦曰：輷輷殷殷。又蒼頡篇曰：輷輷，衆車聲也。呼萌切。今爲輷字，音田。胡公考异曰：「輷輷」當作「輷輷」。李善有明文。謹案此李爲正文及上劉注説其讀也。集韵十三耕，呼宏切，有轟、鞫、軥、輷四字，其「輷」字，即本所引蒼頡也。一切經音義十二云：「轟」，今作「軥」。字書作「輷」，亦本此。其明證矣。而玉篇：鞫、軥，同「轟」。廣韵：「鞫」同「轟」，皆别有出也。注下文云：今爲「輷」字，音田者，集韵一先又有「輷」字，即本此。李謂「振振輷輷」音田，則與詩采芑、爾雅釋天之「振旅闐闐」，説文口部之「振旅嗔嗔」，字异義同。故并存兩讀。五臣本正文下有「田」字之音，取李後一讀耳。

【薛傳均文選古字通疏證】振旅輷輷。注史記，蘇秦曰：輷輷殷殷，若三軍之衆。善曰：蒼頡篇曰：輷輷，衆車聲也。今为「輷」字。傳均案，穀梁傳桓十四年：夫嘗必有兼甸之事焉。釋文作「兼旬」，云：十日爲旬。一本作「甸」。由偏旁例推，則「輷」與「輷」可通也。

【胡紹煐文選箋證】刷馬江洲。注張載曰：唰，小嘗也。司馬相如梨賦曰：唰嗽其漿。善曰：唰，猶飲也。劉劭七華曰：唰馬河源。按：説文刀部「刷，刮也」，又部「㕞，拭也」。繫辭引此賦「㕞馬江洲」，「唰」與「㕞」同。書亦作「刷」。晏子春秋諫覽篇「景公刷涕而見晏子」，「刷涕」即「拭涕」。本書養生論，善注引通俗文曰「所以理髮謂之刷」，「理髮」即刮也。人理髮謂之刷，故鳥理毛謂之唰。玉篇「唰，鳥治毛衣」，廣韵「刷，鳥理毛」。鳥理毛以口，故字從口旁。此唰馬蓋亦刮拭其馬。赭白馬賦「旦刷幽燕」，善注引説文曰「刷，刮也」。「刷馬」與下「洗兵」對文見義。「刷」猶「洗」也，今俗猶云「刷洗」

矣，集韻「涮，洗也」。涮、刷、㕞、唰，并字异而義同。

振旅䡘䡘。注張載曰：史記：蘇秦曰：䡘䡘殷殷，若三軍之衆。善曰：倉頡篇曰：䡘䡘，衆車聲也。呼萌切。今爲「䡘」字，音田。按：依善注則正文「䡘䡘」及張注引史記、善引倉頡篇皆當作「䡘」。衆經音義十二「轟」。字書作「䡘」，同呼宏反。玉篇、廣韻：䡘同轟。説文：轟，群車聲也。今史記作「輷」。廣雅：輷輷，聲也。「䡘」與「輷」「轟」音同，而與「䡘」音异。易林「轟轟䡘䡘」，「䡘」即「轟」，「䡘」讀同「闐」。爾雅「振旅闐闐」是也。今諸本并作「䡘」，蓋因善注而改。春秋後語：夜行不絶，䡘䡘殷殷。注：䡘，火宏切。正作「䡘」。

【吕錦文文選古字通補訓】振旅䡘䡘。錦文案，「䡘」即「嗔」字。又通作「闐」。説文：闐，盛貌。嗔，盛氣也。詩曰：振旅嗔嗔。毛詩作「闐闐」。藉田賦：震震填填。注引爾雅注：闐闐，群行聲也。廣雅云：闐闐，盛也。又聲也。申之，如問喪云：殷殷田田。楚辭九歌：雷填填兮雨冥冥。漢書：郊祀歌：泛泛滇滇從高斿。皆盛之義也。集韻：[illegible][illegible]，車衆聲。并與「䡘䡘」通。

【徐攀鳳選注規李】洗兵海島，刷馬江洲。注魏武兵接要曰：大將將行，雨濡衣冠，是謂洗兵。刷，猶飲也。劉劭七華曰：漱馬河源。案，説苑：武王伐紂，風霾大雨。散宜生曰：此妖也。武王曰：天洗兵也。語在接要前。爾雅釋詁：刷，清。注：埽刷以爲潔清。刷馬，言埽刷馬之塵垢。與洗兵一例看，爲得。又考魏武帝兵書接要十五卷，見隋經籍志。元注「兵」下脱一「書」字。

【高步瀛文選李注義疏】袁、茶陵二本「㳉」作「咻」。○胡曰：「刷」當作「唰」。注同。載注引唰嗽爲注，是其本作「唰」。善必與之同。五臣向注作「刷」云：乃洗刷兵馬云云。各本亂之，而失著校語。又案：善赭白馬賦且刷幽、燕注引作「刷」，必太冲集別本與張孟陽注者不同，此之謂各隨所用而引之，善固已自舉其例矣。梁曰：説文又部「㕞」字，訓拭也。從又，持巾，在尸下。繫傳引此作「㕞馬江洲」。刀部刷字，訓刮也，從刀，㕞省聲，似非此賦所用。胡紹煐曰：按説文刀部：刷，刮也。又部：㕞，拭也。繫傳引此賦「㕞馬江洲」，「唰」與「㕞」同。書亦作「刷」。晏子春秋諫覽篇：景公刷涕而見晏子。刷涕，即拭涕。本書養生論善注引通俗文曰：所以理髮謂之刷。理髮，即刮也。人理髮謂之刷，故鳥理毛謂之唰。玉篇：唰，鳥治毛衣。廣韵：唰，鳥理毛。鳥理毛以口，故字從口旁。此唰馬蓋亦刮拭其馬。赭白馬賦：旦刷幽燕。善注引説文曰：刷，刮也。「刷馬」與下「洗兵」對文見義。「刷」，猶「洗」也。今俗猶云「刷洗」矣。集韵：「涮，洗也」。「涮」「刷」「㕞」「唰」并字异而義同。步瀛案：説文無「唰」字。㕞、刷義别，訓拭者當作「㕞」，作「刷」者，其通借字耳。「涮」俗字，恐不足取。説文口部曰：啐，小歙也。讀若㕞。然則訓飲者當是「啐」之同音借字耳。又互見下。○胡曰：「輷輷」當作「輷輷」。善注有明文。其云今爲「輷」字，音田者，猶西京賦注之今并以「亘」爲「垣」耳。五臣因此改，故正文下有田字音。各本亂之，而失著校語。集韵轟字，重文有「輷」，即本此。亦可證載注、善注兩見輷輷皆同。案：説見下。○吕向曰：言士卒齊整服練，而執銛利之戈。襲，著也。偏裻，戎衣名。以出征四遠，行其誅伐，言使士卒被練執戈，衣偏裻之裳，以爲行列也。○張銑曰：碩，大也。言大畫奇策，精通妙理，舉無遺者。○孫志祖曰：淮南子兵略訓：雲撤席卷。○陳僅曰：洗兵二句，隨手鈎帶二都。海島，指吴江洲，見蜀都賦。○李周翰曰：荒阻之俗，皆相率來賓，莫不由大魏之德也。步瀛案：率由即率從。詩閟宫曰：莫不率從。○注引左傳見襄三年。以練爲甲裹，各本脱「以」字，「裹」誤作「裘」，今依左傳孔疏引改正。詳見吴都賦。○史記，見蘇秦傳。○師多則讀，今本司馬法無此語。○孫子，見兵勢篇。○莊子，見養生主。「屠」作「解」，兩「文君」皆作「文惠君」，「視」下無「也」字，「今臣下」有「之」字，

「數千牛也」之「也」作「矣」，「恢」字複見，「聞丁之言」，「丁」上有「庖」字。袁、茶二本「文惠君」無「君」字。胡曰：按下文兩云「文君」，疑此本亦云「文君」耳。步瀛案：袁本末一「文君」作「文惠」。○晉語四韋注曰：十二年，歲星一周，爲一紀。○「建安二十五年」，袁、茶二本無「五」字，與十九年之數相近。疑「無」者是。○孫子，見兵争篇。易，見晉卦。詩，見采薇。○尚書，見堯典。釋文引馬融曰：方，放也。又引徐邈曰：鄭、王音放。○詩見蕩之篇。「咆」作「炰」。釋文曰：炰，白交反。烋，火交反。説文口部繫傳引作「咆哮」以其音義相同也。毛傳曰：炰烋，彭亨也。鄭箋曰：炰烋，自矜氣健之貌。案：注蓋本鄭箋。杜宗玉曰：埤蒼：哮嚇，大怒聲。通俗文：虎聲謂之虓。「虓」與「哮」同。説文：唬，虎聲也。讀若暠。玉篇：呼交切，與哮音合。此云猶咆哮者，言其自矜氣健如虎耳，故同。蓋毛傳訓咆哮爲彭亨，鄭之述毛，則易咆哮爲咆烋也。辨亡論上：哮闞之群風驅。注引毛詩曰：闞如虓虎。又「哮」「虓」同用之徵。○「剋黜」，尤本誤作「剋默」，茶陵本同。今依袁本。案：後漢書獻帝紀曰：興平二年十一月，楊奉、董承引白波帥胡才、李樂、韓暹及匈奴左賢王去卑，與李傕等戰，破之。建安元年，七月，車駕至洛陽。八月，韓暹爲大將軍，楊奉爲車騎將軍，鎮東將軍曹操自領司隸校尉，録尚書事。魏志武帝紀曰：建安元年，秋七月，楊奉、韓暹以天子還洛陽，奉別屯梁。太祖遂至洛陽，衛京都，暹遁走。○漢書，見叙傳。「叛」作「畔」，通借字。顔注曰：畔換，强恣之貌，猶言跋扈也。詩大雅皇矣篇曰：無然畔換。案：毛詩作「畔援」。鄭箋曰：畔援，猶跋扈也。玉篇人部作「伴換」。王先謙補注曰：班用齊詩。疑齊作「畔換」。後漢書獻帝紀曰：建安五年，九月，曹操與袁紹戰於官渡。紹敗走。魏志武帝紀曰：建安四年，袁紹既并公孫瓚，兼四州之地，衆十餘萬，將進軍攻許。秋八月，公進軍黎陽。五年二月，紹遣郭圖、淳于瓊、顔良攻東郡太守劉延於白馬。紹引兵至黎陽，將渡河。夏四月，公北救延，引軍兼行，趣白馬。未至十餘里，良大驚，來逆戰，使張遼、關羽前登，擊破斬良，遂解白馬圍。徙其民，循河而西。紹於是渡河，追公軍至延津南，公大破之。公還軍官渡，與紹相距連月。冬十月，紹遣車運穀，使淳于瓊等五人將兵萬餘送之。公大破瓊等，紹衆大潰。紹弃軍走，渡河。六年夏四月，揚兵河上，擊紹倉亭軍，破之。七年，進軍官渡。紹發病，歐血。夏五月，死。○左傳，見成十三年。杜注曰：虔、劉，皆殺也。○魏志武帝紀曰：建安三年，九月，公東征吕布。冬十月，屠彭城，進至下邳，決泗、沂水以灌城。月餘，生禽布，殺之。○武帝紀曰：建安二年，袁術欲稱帝於淮南。秋九月，公東征之。術聞公自來，弃軍走。○「韓約」當作「韓遂」。獻帝紀曰：建安十六年，秋九月，曹操與韓遂、馬超戰於渭南。遂等大敗，關西平。○武帝紀曰：建安十三年，秋七月，公南征劉表。八月，表卒。其子琮代，屯襄陽。九月，公到新野。琮遂降。○「北羈單于白屋」，各本「于」下有「于」字。胡曰：「于」字不當重有，各本皆衍，説見後九錫文下。步瀛案：本書卷三十五潘元茂册魏公九錫文曰：單于白屋，請吏帥職。李善注引此賦注亦無「于」字。餘詳彼篇。○集韵十七薛曰：嗻，説文：小歠也。一曰嘗也。與張、李兩訓皆合。司馬長卿梨賦，他書未見引。○史記，見蘇秦傳。胡紹煐曰：今史記作「軥」。廣雅：軥軥，聲也。「輷」與「軥」、「轟」音同而與「輷」言异。易林：轟轟輷輷。「輷」即「轟」，輷讀同闐。爾雅振旅闐闐是也。今諸本并作「輷」，蓋因善注而改。春秋後語：夜行不絶，輷輷殷殷。注：輷，火宏切。正作「輷」。○穀梁傳見莊八年。袁、茶二本作「無事以嚴衆也」，與傳不合。○左傳，見桓二年。○漢書，見英布傳。○漢書韓信傳「與」作「予」。注引蘇林曰：刓音刓。角之刓，刓與摶同，手弄角訛，不忍授也。○孫子，見火攻篇。今本「賞」作「功」。○國語，見晋語一，又見左閔二年。杜注曰：偏衣，左右异色。其半似公服。又史記趙世家：孝成王四年，王夢衣偏裻之衣。正義曰：裻衣，背缝也。

案：袁、茶二本無「韋昭注」以下十字。○説文，見言部。案：各本「中止」上有「列」字，今校删。沈濤曰：乃涉賦語「襲偏娶以讀列」而衍，非古本如是也。○周易，見師初六爻詞。○漢書，見匈奴傳下。注引鄧展曰：石，大也。是以「石」爲「碩」之通借字。○「漢書楊雄上疏」至「西都」凡七十六字，袁、茶二本誤脱。○史記秦本紀曰：秦繆公與晋惠公夷吾合戰於韓地，爲晋軍所圍。於是岐下食善馬者三百人馳冒晋軍，晋軍解圍，遂脱繆公，而反生得晋君。初，繆公亡善馬，岐下野人共得而食之者三百餘人。吏逐得，欲法之。繆公曰：君子不以畜産害人。吾聞食善馬肉，不飲酒，傷人。乃皆賜酒而赦之。三百人者，聞秦擊晋，皆求從。從而見繆公窘，亦皆推鋒争死，以報食馬之德。此注節引。○尚書，見堯典。○春秋感精符，趙在翰七緯、黄奭漢學堂輯感精符皆載此條。馬國翰玉函山房、喬松年緯攟輯感精符皆失之。○春秋握誠圖，本書陳孔璋爲袁紹檄豫州、班孟堅述高紀、賈誼過秦論注引皆作「握誠圖」。此注「推」字，蓋形近而誤。述高紀注「恣妄」作「姿志」，亦誤。○「東都賦」，各本「東」誤「西」，今正。○淮南子墬形篇，已見吴都賦疏。○尚書，見僞古文微子之命。○魏武兵接要，孫志祖曰：舊唐志：兵法捷要七卷，魏武帝撰。「捷要」即「節要」也。魏諱「節」改耳。隋志：兵書接要十卷，魏武帝撰。○「刷，猶飲也。所劣切」，胡曰：袁本、茶陵本無此七字。孫氏補正引金甡曰：按刷即洗刷之謂。休兵振旅，故刷治其馬也。赭白馬賦：旦刷幽、燕。注云：説文曰：刷，刮也。解最得理。此作飲漱解，迂曲。孫曰：按説文又部㕞字注：拭也。徐鍇繫傳引賦語刷馬江洲。徐氏鯤云：意張所見本是「唰」字，故引相如梨賦爲證。善本雖改作「刷」，而仍作「唰」字解，以古字通用也。若當爲刮字義，則上吴都賦刷蕩漪瀾注，善已引説文矣，何於此有异詞耶？○七華，藝文類聚雜文部三引未具此二句。○梁曰：集韵十三耕呼宏切，有「轟」「輷」「軥」「輣」四字。其「輣」字即本所引蒼頡也。一切經音義十二云：

轟，今作「軥」，字書作「輷」，亦本此，其明證矣。而玉篇「輷」「軥」同「轟」，廣韵「輷」同「轟」，皆别有出也。注下文云今爲「輷」字，音田者，集韵一先又有「輷」字，即本此。李謂振振輷輷音田，則與詩采芑、爾雅釋天之振旅闐闐，説文口部之振旅嗔嗔字异義同，故并存兩讀。五臣本正文下有「田」字之音，取李後一讀耳。朱珔曰：説文：轟，群車聲也。一切經音義：轟，今作「輷」。字書作「軥」，同。呼萌切。段氏謂：古字作「軥」，今字作「輷」。玉篇作「輷」，皆當在真、臻部。余謂田本讀爲陳，此賦語蓋即詩采芑篇之振旅闐闐也。説文口部引又作「嗔嗔」。闐、嗔、輷皆字异而義同。注亦當引詩而云「輷」與「闐」通。○毛詩，見車攻。「旍」作「旌」。周禮春官司常曰：析羽爲旌。爾雅釋天曰：注旄首曰旌。釋文曰：「旌」，本又作「旍」。○魏武孫子注，見火攻篇。○列、伐、制、鋭、月，古音祭部。烋、劉、由、洲、悠、疇、留，幽部。○以上武功。

喪亂既弭而能宴，武人歸獸而去戰。蕭斧戢柯以柙刃，虹旌攝麾以就卷。

【彙校】

「喪亂既弭」「喪」，奎章閣本、明州本、贛州本、四庫本、叢刊本、正德本、尤刻本、胡刻本、九條本同。陳八郎本作「丧」。監本作「哭」。當作「喪」。「既」，奎章閣本、四庫本、正德本同。明州本、贛州本、叢刊本、陳八郎本、尤刻本、胡刻本、監本、九條本作「旣」。當作「既」。

「能宴」「能」，奎章閣本、明州本、贛州本、四庫本、叢刊本、陳八郎本、尤刻本、胡刻本、監本、九條本同。正德本作「䏻」。當作「能」。

「蕭斧戢柯」「戢」，奎章閣本、明州本、贛州本、四庫本、叢刊本、正德本、陳八郎本、尤刻本、胡刻本、九條本同。監本作「戠」。當作「戢」。

「虹旌攝麾」「旌」，奎章閣本、明州本、贛州本、四庫本、叢刊本、正德本、陳八郎本、九條本同。尤刻本、胡刻本、監本作「旍」。今從「旌」。

■ **立群案**：前「旌旗躍莖」句，許巽行文選筆記：旍旗。「旌」，五經文字云：作「旍」者，訛。嘉德案，漢書、字書亦作「旍」，皆俗字。阮元經籍籑詁：旍，旌同。今從「旌」。

【彙注】

【李善注】劉曰：尚書曰：往伐歸獸。桓譚新論，雍門周説孟嘗君曰：以强秦之勢伐弱燕，譬猶摩蕭斧以伐朝菌也。馬融廣成頌曰：建雄虹之長旃。善曰：毛詩曰：喪亂既平。周公攝政，弘化弭亂。司馬法曰：以戰去戰，雖戰可也。柙，胡甲反。

【五臣注】柙，胡甲反。翰曰：弭，平也。言天下既平，而能爲宴樂。武王歸馬放牛，去其戰士。蕭斧，越斧也。戢斂其柯，藏柙其刃。虹旃，畫爲虹者。攝收其麾旃以卷藏之，皆示不服用也。

【張鳳翼文選纂注】弭，平也。言天下既平，而能爲宴樂也。歸獸、去戰，止獵罷兵也。蕭斧，越斧也。戢，斂也。柙，藏也。虹旃，畫爲虹者。攝，收也。卷，藏也。皆示不用也。

【陳景雲文選舉正】喪亂既弭。注「尚書曰」，「書」下舊本有「序」字。又「周公攝政」上脱引書名。

【余蕭客文選音義】卷去聲。

【余蕭客文選紀聞】卷卷。集韵八。

【孫志祖文選考异】武人歸獸而去戰。「獸」當作「嘼」。「嘼」，古「畜」字。牛馬，畜類，故云歸畜也。説見匡謬正俗。

【胡克家文選考异】注「伐弱燕」。袁本、茶陵本「燕」作「韓」，是也。

注「毛詩曰喪亂既平」。袁本、茶陵本無此七字。案：下「周公攝政」，陳云「上脱引書名」，是也。各本皆同，無以補之。

【朱珔文選集釋】武人歸獸而去戰。張注引尚書曰：往伐歸獸。案：所引乃武成序文，非書語也。彼處釋文：獸本或作嘼。「嘼」爲「畜」之正字。爾雅「釋獸」與「釋嘼」各分，書序語蓋即樂記所云「歸馬華山，放牛桃林」者。馬、牛皆畜類，故曰歸嘼。孫氏考异依匡謬正俗謂「獸」當作「嘼」，是也。但獸既從嘼，又從犬。犬亦畜也。史記周本紀：乃罷兵西歸，行狩，記政事。孫氏星衍謂「狩」與「獸」通已見前東京賦。「行狩，記政事」，正書序「歸獸，識其政事」之義。然則作「獸」亦可。猶之兩足曰禽，四足曰獸，而渾言之，獸或統稱禽矣。又案：孔氏廣森云：歸獸之事，蓋孟子所謂驅虎、豹、犀、象而遠之者，出於武成之篇。梅氏古文但摭拾樂記放牛、歸馬二語，恐未足以當之。觀漢書律曆志引武成數處，今逸周書世俘解具有其語。而世俘載虎、貓、麋、犀等各若干，頗與歸獸事相類。意武成、世俘多大同。據此，則歸獸正不必作歸嘼，亦一義也。

【梁章鉅文選旁證】注尚書曰：往伐歸獸。「書」下當有「序」字。

注伐弱韓。尤本：「韓」作「燕」。按，當作「薛」。説詳西京賦。

注周公攝政，宏化弭亂。陳曰：此上脱引書名。

【胡紹煐文選箋證】武人歸獸而去戰。注張載曰：尚書曰：往伐歸獸。按：此引武成書序「武王伐殷，往伐歸獸，識其政事，作武成」，史記周本紀云「罷兵西歸，行狩，記政事，作武成」。據司馬子長是「歸獸」爲「歸行狩」，古獸、狩通用，賦文當作此解。

蕭斧戢柯以柙刃。注張載曰：桓譚新論：雍門周説孟嘗君曰：以强秦之勢伐弱韓，譬猶䃺蕭斧以伐朝菌也。按：蕭之言肅也。釋名：蕭，肅也。長斧謂之蕭斧，猶長墻謂之蕭墻。論語季氏「而在蕭墻之内」，集解引鄭注「蕭之言肅也」。海録碎事謂「蕭斧」爲「越斧」，未知所出。

斟洪範，酌典憲。觀所恒，通其變。上垂拱而司契，下緣督而自勸。道來斯貴，利往則賤。囹圄寂寥，京庾流衍。

【彙校】

「斟洪範」　「斟」，奎章閣本、明州本、贛州本、四庫本、叢刊本、正德本、陳八郎本、尤刻本、胡刻本、九條本同。監本模糊不清。當作「斟」。

「觀所恒」　「所」，四庫本同。奎章閣本、正德本作「所」。明州本、叢刊本、尤刻本、胡刻本、監本、九條本作「所」。贛州本、陳八郎本作「所」。當作「所」。「恒」，奎章閣本、四庫本、正德本、九條本同。明州本、贛州本、叢刊本、陳八郎本、尤刻本、胡刻本、監本作「恒」。當作「恒」。

「上垂拱」　「垂」，明州本、贛州本、四庫本、叢刊本、陳八郎本、尤刻本、胡刻本、監本、九條本同。奎章閣本、正德本作「垂」。當作「垂」。

「下緣督」　「緣」，奎章閣本、明州本、贛州本、四庫本、叢刊本、正德本、陳八郎本、尤刻本、胡刻本、監本、九條本作「縁」。當作「緣」。

「道來斯貴」　「來」，明州本、贛州本、四庫本、叢刊本、陳八郎本、尤刻本、胡刻本、監本、九條本同。奎章閣本、正德本作「来」。當作「來」。

「利往則賤」　「往」，明州本、贛州本、四庫本、叢刊本、陳八郎本、尤刻本、胡刻本、九條本同。奎章閣本、正德本、監本作「徃」。當作「往」。

「囹圄寂寥」　「寥」，奎章閣本同。明州本、贛州本、四庫本、叢刊本、正德本、陳八郎本、尤刻本、胡刻本、九條本作「寥」。監本作「漻」。當作「寥」。

「京庾流衍」　「京」，明州本、贛州本、四庫本、叢刊本、正德本、陳八郎本、尤刻本、胡刻本、監本、九條本同。奎章閣本作「亰」。當作「京」。「庾」，奎章閣本、明州本、贛州本、四庫本、叢刊本、正德本、陳八郎本、尤刻本、胡刻本、九條本作「庚」。監本模糊不清。當作「庾」。「流」，奎章閣本、明州本、贛州本、四庫本、叢刊本、陳八郎本、尤刻本、胡刻本、監本、九條本同。正德本作「流」。當作「流」。「衍」，奎章閣本、明州本、贛州本、四庫本、正德本、尤刻本、胡刻本、監本同。叢刊本、陳八郎本、九條本作「衍」。當作「衍」。

【彙注】

【李善注】劉曰：洪範，箕子陳政術之篇也。易曰：觀其所恒，而天地萬物之情可見矣。又曰：通其變，使人不倦。老子曰：聖人執左契而不責於人，有德司契，無德司徹。善曰：尚書曰：垂拱而天下治。莊子曰：緣督以爲經，可以保身，可以全生。司馬彪曰：緣，順也。督，中也。順守道中，以爲常也。禮記曰：仲春省囹圄。文子曰：法寬刑緩，囹圄空虛。毛詩曰：曾孫之庾，如坻如京。鄭玄曰：庾，露積穀也。

【五臣注】翰曰：洪，大。範，法。言理天下之大法。典，常也。言息兵革，當安人，故斟酌大法與常憲不可失也。觀人之恒理，謂使知其情，通而變之，使其不倦。上則垂衣拱手，執法契以御天下，緣順督中。下則順乎中道，自然勸勉，而復貴道賤利。囹圄，獄也。寂寥，空也。京，大。庚，倉也。流衍，積多也。

【張鳳翼文選纂注】洪範，箕子所陳。典，常也。息兵安人，故斟酌大法常憲也。恒，常道也。易曰：觀其所恒。又曰：通其變，使人不倦。是也。老子：有德司契。莊子：緣督以爲經，可以全生。緣，順也。督，中也。順守中道，以爲常也。往來如云，小往大來。言貴道賤利也。囹圄，獄也。寂寥，空虛也。京，大也。庚，倉也。流衍，積多也。皆治定功成盛世事也。

【王象乾文選删注】緣，順。督，中也。順乎道中，以爲常也。庚，露積穀也。雍門周説孟嘗君曰：以强秦之勢伐弱韓，譬猶摩蕭斧以伐朝菌也。老子曰：聖人執左契而不責於人，有德司契，無德司徹。莊子曰：緣督以爲經，可以保身，可以全生也。禮記曰：仲春省囹圄。

【余蕭客文選音義】衍去聲。

【高步瀛文選李注義疏】尚書，見武成序。匡謬正俗卷二曰：武成序云：武王伐殷，往伐歸嘼。徐仙音嘼爲始售反。許氏説文解字云：嘼，犍也。字林嘼，音火又反。獸字從嘼、從犬，斯則六畜之字本自作嘼，於後始借養字爲耳。且嘼、獸類屬不同。嘼者，人之所養。獸者，是山澤所育。故爾雅論牛、馬、羊、豕，則在釋畜。論麞、鹿、虎、豹，即在釋獸。較然可知。若武王歸鹿華山之陽，放虎桃林之野，可言歸獸。所歸放者既是馬牛，當依嘼字本音讀之，不得以作獸字一邊，便謂古文省簡，即呼爲獸。朱珔曰：匡謬正俗謂「獸」當作「嘼」，是也。但獸既從嘼，又從犬。犬亦畜也。史記周本紀：乃罷兵西歸，行狩記政事。孫氏星衍謂「狩」與「獸」通。行狩記政事，正書序歸獸識其政事之義。然則作「獸」亦可。猶之兩足曰禽，四足曰獸，而渾言之，獸或統稱禽矣。又案：孔氏廣森云：歸獸之事，蓋孟子所謂驅虎、豹、犀、象而遠之者，出於武成之篇。梅氏古文但摭拾樂記放牛、歸馬二語，恐未足以當之。觀漢書律曆志引武成數處，今逸周書世俘解具有其語。而世俘載虎、貓、麋、犀等各若干，頗與歸獸事相類。意武成、世俘多大同。據此，則歸獸正不必作歸嘼，亦一義也。步瀛案：孫説見尚書今古文注疏卷三十下。孔説見經學卮言。竊謂孔氏説是。諸家皆囿於樂記及僞武成耳。○桓譚新論，蜀志郤正傳裴注亦引之。案：「弱薛」、「薛」字尤本作「燕」，袁、茶二本作「韓」，皆非。今依蜀志注改正。又注引雍門周以琴見孟嘗君云云，又曰：夫以秦、楚之强而報弱薛，猶磨蕭斧而伐朝菌也。與本注亦异。蓋此以意引。嚴鐵橋輯此文爲新論琴道篇。朱銘曰：説文蕭字注云：蒿也。徐氏繫傳云：古人言蕭斧，謂芟艾之斧也。胡紹煐曰：蕭之言肅也。釋名：蕭，肅也。長斧謂之蕭斧，猶長墻謂之蕭墻。論語季氏：而在蕭墻之内。集解引鄭注：蕭之言肅也。海録碎事謂蕭斧爲越斧，未知所出。○後漢書馬融傳載廣成頌。「長旌」作「旌夏」。○書序曰：武王勝殷，以箕子歸，作洪範。僞孔傳曰：洪，大。範，法也。○周易，見恒象傳及繫辭下。「人」作「民」，此避諱改。○老子王注曰：有德之人，念思其契。不念怨生而後責於人也。徹，司人之過也。河上公注曰：古者聖人執左契，合符信也。無文書法律。刻契合符以爲信也。○善引毛詩見常棣。李周翰曰：弭，平也。案：袁、茶二本無「毛詩曰」以下七字。○「周公攝政」二句，胡曰：陳云：上脱引書名，是也。各本皆同，無以補之。○司馬注，見上仁篇。○尚書，見僞武成。○莊子，見養生主。釋文引李頤與司馬注同。王懋竑讀書記疑曰：人有督脉，在身之中，故以督爲中。案：王説本素問骨空論及靈樞本輸篇。○禮記，見月令。鄭注曰：囹圄所以禁守，若今別獄矣。孔疏引蔡邕月令章句曰：囹，牢也。圄，止也。所以止出入，皆罪人所舍也。又引鄭志崇精問曰：獄，周曰圜土，殷曰羑里，夏曰均臺，囹圄何代之獄？焦氏答曰：月令秦書則秦獄名也。而北堂書鈔刑法部下引白虎通曰：周禮三王始有獄。夏曰夏臺，殷曰羑里，周曰囹圄。太平御覽刑法部九引風俗通同。蔡邕獨斷曰：夏曰均臺，周曰囹圄。并與鄭志异。又風俗通曰：囹圄，舉也。言人幽閉思愆，改惡爲善，因原之也。釋名釋宮室曰：囹，領也。圄，御也。領録囚徒禁御之也。○文子，見精誠篇。然實襲淮南主術篇。○毛詩，見甫田。○宴、戰、卷、憲、變、勸、賤、衍，古音元部。○以上文治。

於是東鯷即序，西傾順軌。荆南懷憓，朔北思韙。綿綿迥塗，驟山驟水。襁負贐贄，重譯貢篚。髽首之豪，鐻耳之傑。服其荒服，斂衽魏闕。

【彙校】

「於是」 「於」，奎章閣本、明州本、贛州本、四庫本、叢刊本、陳八郎本、尤刻本、胡刻本、監本、九條本同。正德本作「扵」。當作「於」。「是」，奎章閣本、明州本、贛州本、四庫本、叢刊本、正德本、陳八郎本、尤刻本、胡刻本、監本作「時」。當作「是」。

■ **立群案**：「於是」有「當時、其時」之意，如左傳隱公四年：於是，陳蔡方睦於衛。故宋公、陳侯、蔡侯、衛人伐鄭。有「因此」之意，如史記鄭世家：鄭入滑，滑聽命。已而，反與衛。於是鄭伐滑。「於是」作「當時、其時」之意時，與「於時」通。然斟酌賦意，此處「於是」當作「因此」解，故應作「於是」，不當作「於時」。

「西傾順軌」 「軌」，明州本、贛州本、四庫本、叢刊本、正德本、陳八郎本、胡刻本、監本、九條本同。奎章閣本、尤刻本作「軌」。當作「軌」。

「荆南懷憓」 「懷」，明州本、贛州本、叢刊本、陳八郎本、尤刻本、胡刻本、監本、九條本同。奎章閣本、四庫本、正德本作「懐」。當作「懷」。

「綿綿迴塗」 「綿綿」，正德本同。奎章閣本、明州本、贛州本、四庫本、叢刊本、陳八郎本、尤刻本、胡刻本、監本、九條本作「緜緜」。當作「綿綿」。「迴」，胡刻本、監本同。奎章閣本、明州本、贛州本、四庫本、叢刊本、尤刻本、九條本作「迵」。正德本、陳八郎本作「迴」。當作「迴」。「塗」，明州本、贛州本、四庫本、叢刊本、陳八郎本、尤刻本、胡刻本、監本、九條本同。奎章閣本、正德本作「塗」。當作「塗」。

■**立群案**：諸本多作「迴」，正德本、陳八郎本作「迴」。然五臣向曰：迴，長也。是五臣本本作「迴」，正德本、陳八郎本形近而誤作「迴」。當作「迴」。

「襁負賾贊」 「襁」，明州本、四庫本同。正德本作「襁」。奎章閣本、贛州本、叢刊本、陳八郎本、尤刻本、胡刻本、監本、九條本作「䋮」。當作「襁」。「負」，明州本、贛州本、四庫本、叢刊本、陳八郎本、監本、九條本同。奎章閣本、正德本、尤刻本、胡刻本作「貟」。當作「負」。

「鬣首之豪」 「豪」，四庫本同。奎章閣本、明州本、贛州本、叢刊本、正德本、陳八郎本、尤刻本、胡刻本、監本、九條本作「豪」。當作「豪」。

「鏤耳之傑」 「鏤」，明州本、贛州本、四庫本、叢刊本、正德本、陳八郎本、尤刻本、胡刻本、監本、九條本同。奎章閣本作「鏤」。當作「鏤」。

「服其荒服」 「服」，明州本、叢刊本、監本同。奎章閣本、贛州本、四庫本、陳八郎本、尤刻本、胡刻本、九條本皆作「服」。正德本皆作「服」。當作「服」。「荒」，明州本、贛州本、四庫本、叢刊本、正德本、陳八郎本、尤刻本、胡刻本、監本、九條本同。奎章閣本作「荒」。當作「荒」。

「斂衽魏闕」 「斂」，正德本、陳八郎本、監本同。奎章閣本、明州本、贛州本、叢刊本、尤刻本、胡刻本、九條本作「歛」。四庫本作「斂」。當作「斂」。「衽」，胡刻本、監本同。贛州本、四庫本、叢刊本、尤刻本、九條本作「袵」。奎章閣本、明州本、正德本、陳八郎本作「袵」。當作「衽」。「魏」，奎章閣本、明州本、贛州本、四庫本、叢刊本、正德本、陳八郎本、尤刻本、胡刻本、監本、九條本作「魏」。當作「魏」。「闕」，明州本、贛州本、四庫本、叢刊本、正德本、陳八郎本、尤刻本、胡刻本、監本、九條本同。奎章閣本作「闕」。當作「闕」。

【彙注】

【李善注】憓音惠。韙音偉。衽，而審切。劉曰：地理志曰：會稽海外，有東鯷人，分爲二十餘國，以歲時獻見。尚書禹貢曰：織皮西傾，因桓是來。織皮，西戎國也。憓，順也。司馬相如封禪書曰：義征不憓。淮南子曰：三苗髽首。贐，禮贄也。周官曰：九州之外，謂之藩國，世一見，各以其所貴寶爲贄。孟子曰：將有遠行，行者必以贐。倉頡篇曰：贐，財貨也。建安二十一年，匈奴南單于呼韓厨泉將其名王大人來朝，待以客禮。善曰：尚書曰：西戎即序。尸子曰：荆者非無東西也，而謂之南，其南者多也。杜預左氏傳注曰：韙，是也。論語曰：襁負其子。博物志曰：織縷爲之，以約小兒於背上。尚書曰：厥貢漆絲，厥篚織文。山海經曰：青要之山，䰠武羅司之，穿耳以鐻。郭璞曰：鐻，金銀之器名。䰠音神。鐻音渠。

【五臣注】鯷音啼。憓音惠。韙音偉。襁，居兩反。贐，慈胤反。贄，職二反。髽，側瓜反。鐻音渠。衽，而審反。向曰：東鯷、西傾，國名。即，就。序，次也。軌，車迹也。言二國之人，就成次序，順同軌迹。韙，美也。綿綿，遠貌。迥，長也。襁，以繩繫篚。贐，贄其土物也。言荆南、朔北之夷，皆懷惠思美，綿綿行於長道，驟彼山水，負其筐篚，贐其土物。重譯言而來貢也。銑曰：髽首、鐻耳，皆夷人也。豪傑，謂酋長。言其各衣本服而來。斂衽，袖也。魏闕，帝闕也。言斂袖而拜於帝闕之下。

【張鳳翼文選纂注】鯷音啼。憓音惠。韙音偉。贐，慈胤切。髽，側瓜切。鐻音渠。東鯷、西傾，國名。即，就也。次，序也。軌，車迹也。言二國之人，皆就次序，咸順軌迹韙是也。綿綿，遠貌。迥，長也。襁負，以繩擊篚而負之也。贐贄，貨物也。言荆南、朔北之夷，皆懷惠思美，綿綿行於長道，驟彼山水，負其筐篚，贐其土物，重譯來貢。髽首、鐻耳，皆狀夷人也。豪傑，謂酋長。言其各衣本服而來也。魏闕，帝闕也。言斂衽而拜於帝闕之下也。

【王象乾文選删注】鯷音啼。憓音惠。韙音偉。贐，慈胤切。髽，側瓜切。鐻音渠。東鯷，會稽海外，有東鯷人。西傾，織皮西傾。憓，順也。贐，財貨也。髽首，三苗髽首。鐻，金銀器名。尚書禹貢曰：織皮西傾，因桓是來。尸子曰：荆者非無東西也，而謂之南，其南者多也。山海經曰：青要之山，䰠武羅司之，穿耳以鐻。

【杭世駿文選課虚】憓，順也。又作譓。封禪文：義征不譓。韙音偉，是也。

【余蕭客文選音義】鯷舊音啼。憓舊音惠。鐻善音渠。贐進。

【余蕭客文選紀聞】鯷大計。薛璩孔氏集語上。憓惠。廣韵四。贐盡。五經文字上。髽壯瓜。五經文字中。

鐻山海經注五、類林九音渠。釋文八音距。

【胡克家文選考异】注「有東鯷人」。袁本、茶陵本無「東」字。案：此亦尤添也。

注「蒼頡篇曰贐財貨也」。袁本、茶陵本無此八字。善注「以約小兒於背上」句下有「蒼頡篇曰贐財貨」七字，是也。

注「其南者多也」。袁本、茶陵本「多」作「分」，是也。

【朱珔文選集釋】鐻耳之傑。善注引山海經：青要之山，䰠武羅司之，穿耳以鐻。郭璞曰：鐻，金銀之器名。䰠音神。案，所引見中山經，郝氏謂「鐻」假借字也。説文以爲「虡」之或字。其新附字引此經則作「璩」，云：璩，環屬也。後漢書張奐傳云：遺金鐻八枚。據此，知鐻者以金銀爲耳飾也。但言山神，殊不相屬。考海内南經有離耳國。郭注云：鋟離其耳，分令下垂以爲飾，即儋耳也。離與鐻音相近。儋耳，亦見大荒北經。説文作「瞻耳」。淮南墬形訓作「耽耳」。博物志作「檐耳」。字并通。海外北經又有「聶耳」，逸周書伊尹獻四方令有「闟耳」亦皆其類。説文云：南方有瞻耳國，即海内南經之「離耳」也。吕氏春秋任數篇北懷儋耳，即大荒北經之「儋耳」也。逸周書闟耳在正西，則西方亦有之。前吴都賦注引异物志曰：儋耳人鏤其耳匡。漢書張晏注云：儋耳，鏤其頰皮，上連耳，分爲數支，狀似鷄腸，累耳下垂。後漢書南蠻傳云：珠崖儋耳，其渠帥貴長耳，皆穿而縋之。又西南夷傳云：哀牢人皆穿鼻，儋耳，其渠帥自謂王者，耳下肩三寸，庶人則至肩而已。水經溫水篇注引林邑記云：儋耳民好徒跣，耳廣垂以爲飾。諸書所載，大略相似。今苗人男婦皆穿耳，戴大銀鐶，或四或二，其遺俗猶然。當即此賦所謂鐻耳也。

【梁章鉅文選旁證】注封禪書曰：義征不憓。本書封禪文作「義征不譓」。

注行者必以賮。今孟子作「贐」。案本書赭白馬賦：或逾遠而納賮。及讌曲水詩均作「賮」。論衡刺孟篇引亦作「賮」。説文、玉篇、廣韵等書皆有「賮」無「贐」。知今本孟子「贐」乃俗字也。

注山海經曰：青要之山，䰠武羅司之，穿耳以鐻。郭璞曰：鐻，金銀之器名。䰠音神。今中山經注云：武羅，神名。「䰠」即「神」字。又云：鐻，金銀器之名，未詳也。按説文玉部新附字引山海經作「璩」，云環屬也。後漢書張奐傳云：遺金鐻八枚，蓋西羌穿耳之飾。

【胡紹煐文選箋證】荆南懷憓。注張載曰：司馬相如封禪書曰：義征不憓。按：本書封禪文及漢書并作「譓」，此從史記。

置酒文昌，高張宿設。其夜未遽，庭燎晢晢。有客祁祁，載華載裔。岌岌冠縰，纍纍辮髮。

【彙校】

「高張宿設」「高」，奎章閣本、明州本、贛州本、四庫本、叢刊本、正德本、陳八郎本、尤刻本、胡刻本、監本、九條本作「高」。當作「高」。「宿」，奎章閣本、明州本、贛州本、四庫本、叢刊本、正德本、胡刻本、九條本同。陳八郎本、尤刻本、監本作「宿」。當作「宿」。

「其夜未遽」「遽」，明州本、贛州本、四庫本、叢刊本、正德本、陳八郎本、尤刻本、胡刻本、監本、九條本同。奎章閣本作「遽」。當作「遽」。

「庭燎晢晢」「庭」，贛州本、叢刊本、陳八郎本、尤刻本、胡刻本、監本、九條本同。奎章閣本、明州本、四庫本、正德本作「庭」。當作「庭」。「晢晢」，監本同。奎章閣本、明州本、贛州本、四庫本、叢刊本、正德本、陳八郎本、尤刻本、胡刻本、九條本作「晣晣」。當作「晢晢」。

「纍纍辮髮」「髮」，贛州本、四庫本、叢刊本、正德本、陳八郎本、尤刻本、胡刻本、監本、九條本同。奎章閣本作「髮」。明州本作「髪」。當作「髮」。

【彙注】

【李善注】裔，入聲，協韻。縱，所綺切。纍，吕追切。善曰：漢書曰：高張四縣。晉灼曰：樂四縣也。周禮曰：凡樂事宿縣。毛詩曰：夜未央。鄭玄曰：未渠央也。毛詩曰：庭燎晣晣。又曰：采繁祁祁。楚辭曰：高余冠之岌岌。鄭玄禮記注曰：纚，今之幘也。纚與縱同。漢書曰：諸侯纍纍從楚。又，終軍曰：解辮髮，削左衽。

【五臣注】晣，支列反。裔，入聲，叶韻。縱，所綺反。纍，吕追反。翰曰：置酒於文昌殿，以宴蕃夷也。高張其樂，先夜而設。其夜未遽，謂未急明也。凡天子會諸侯，必設庭燎以待之。晣晣，光明也。祁祁，衆多也。載華載裔，言此亦有華夏之臣、四裔之人，相雜而來朝中國，諸侯有冠縱則岌岌然。縱，冠也。岌岌，高貌。蕃夷之人則辮髮，行列纍纍然。

【張鳳翼文選纂注】晣，支列切。裔，入聲，叶。縱，所綺切。置酒於文昌殿，以宴蕃夷也。高張其樂，先夜而設。其夜未遽，謂未急明也。凡天子會諸侯，必設庭燎以待之。晢晢，光明也。祁祁，衆多也。載華載裔，言此亦有華夏之臣、四裔之人，相雜而來朝中國。諸侯有冠，岌岌然。縱，冠高貌。蕃夷之人則辮髮，行列纍纍然矣。

【王象乾文選删注】晣，支列切。裔，入聲。縱，所綺切。楚辭曰：高余冠之岌岌。漢書曰：諸侯纍纍從楚。又，終軍曰：解辮髮，削左衽。

【余蕭客文選音義】晣折。裔拽。髮叶非，入聲。

【余蕭客文選紀聞】晣之列。類篇七上。

【張雲璈選學膠言】其夜未遽，庭燎晣晣。李注引毛詩曰：夜未央。鄭玄曰：未渠央也。據注，

「遽」當作「渠」。雲璈按，史記陸賈傳：尉佗太笑曰：吾不起中國，故王此。使我居中國，何渠不若漢？注：渠音詎。索隱曰：漢書作「遽」字。是「遽」與「渠」古字通。

【胡克家文選考异】注「高張四縣」下至「毛詩曰」。袁本、茶陵本無此二十二字。案：二本以上「漢書曰」下接「夜未央」，當有脱。尤所添，但亦未是。

注「又曰采蘩祁祁」。袁本、茶陵本無此六字。

【梁章鉅文選旁證】注鄭元曰：未渠央也。張氏雲璈曰：史記陸賈傳：何渠不若漢。注：渠音詎。索隱曰：漢書作「遽」，是「遽」與「渠」古字通。

【胡紹煐文選箋證】其夜未遽。注善曰：毛詩曰：夜未央。鄭玄曰：言夜未渠央也。按：「遽」與「渠」通，古辭相逢行「調絲未遽央」，即「未渠央」也。急氣言之曰「未遽」，緩氣言之曰「未渠央」耳。説文：䖑，且往也。從且，虘聲。毛傳「央，且也」。「且」與「䖑」義同。廣雅「腒，央也」。王氏疏證云：集韵：巨，央也。通作「腒」。釋詁：腒，久也。説文：央，久也。故又以「腒」爲「央」，然則「遽」與「渠」「巨」「腒」「䖑」音義并通。

【吕錦文文選古字通補訓】其夜未遽。注引毛詩曰：夜未央。鄭元曰：未渠央也。錦文案，「遽」與「䖑」同。説文且部：䖑，且往也。毛萇詩傳云：央，旦也。「旦」，本又作「且」。「且」即「䖑」之省。

清酤如濟，濁醪如河。凍醴流澌，温酎躍波。豐肴衍衍，行庖皤皤。愔愔醧讌，酣湑無譁。

【彙校】

「清酤如濟」「濟」，奎章閣本、四庫本同。明州本、贛州本、叢刊本、正德本、陳八郎本、尤刻本、胡刻本、監本、九條本作「濟」。當作「濟」。

「濁醪如河」「醪」，奎章閣本、贛州本同。明州本、四庫本、叢刊本、正德本、陳八郎本、尤刻本、胡刻本、監本、九條本作「醪」。當作「醪」。

「凍醴流澌」「流」，明州本、贛州本、四庫本、叢刊本、陳八郎本、尤刻本、胡刻本、監本、九條本同。奎章閣本、正德本作「流」。當作「流」。

「温酎躍波」「躍」，奎章閣本、明州本、贛州本、四庫本、叢刊本、正德本、陳八郎本、尤刻本、胡刻本、監本、九條本作「躍」。當作「躍」。

「豐肴衍衍」「豐」，明州本、贛州本、四庫本、叢刊本、正德本、陳八郎本、尤刻本、胡刻本、監本、九條本同。奎章閣本作「豊」。當作「豐」。「肴」，奎章閣本、明州本、贛州本、四庫本、叢刊本、正德本、陳八郎本、尤刻本、胡刻本、監本同。九條本作「肴」。當作「肴」。「衍衍」，奎章閣本、明州本、贛州本、正德本、尤刻本、監本同。四庫本、叢刊本、胡刻本、九條本作「衍衍」。陳八郎本作「衍衍」。當作「衎衎」。

「行庖皤皤」「皤皤」，奎章閣本、贛州本、四庫本、叢刊本、正德本、尤刻本、監本、九條本同。明州本、陳八郎本、胡刻本作「瞨瞨」。當作「皤皤」。

【彙注】

【李善注】酤音户。澌，息兹切。醧，一據切。譁，呼瓜切。劉曰：張衡南都賦曰：九醖甘醴，十旬兼清。蘇秦曰：齊有清濟濁河。楚辭小招魂曰：挫糟凍飲酎清涼。王逸曰：凍，冷也。酎，三重釀醇酒也。韓詩云：賓爾籩豆，飲酒之醧。能者飲，不能者已，謂之醧。許氏曰：醧酒，美也。善曰：毛詩曰：既載清酤。説文曰：澌，流冰也。周易曰：鴻漸于磐，飲食衎衎。王肅曰：衎衎，寬饒之貌也。皤皤，豐多貌。韓詩曰：愔愔夜飲。薛君曰：愔愔，和悦之貌也。孔安國尚書傳曰：樂酒曰酣。毛詩曰：迨我暇矣，飲此湑矣。毛萇曰：湑，莤也。鄭玄曰：泲，莤之也。一曰湑，樂也。醧，乙據反。

【五臣注】酤音户。澌，息兹反。酎，遲有反。醧，一據反。譁，呼瓜反。良曰：清酤濁醪，并酒也。濟水清，河水濁，故比之，言多亦如之也。向曰：醴酒之味，遇寒乃凍。澌，冰也。酎，美酒也。言多如河、濟，故當躍波也。此皆總言之，其實不然也。行庖，主行食者。衎衎皤皤，并多貌。愔愔，和悦之貌。能者飲，不能者止。醧讌，湑樂也。謂酣樂而不諠譁。

【張鳳翼文選纂注】酎，遲有切。醧，一據切。清酤、濁醪，并酒也。濟水清，河水濁，故比之，言多亦如之也。醴酒之味，遇寒乃凍。澌，冰也。酎，美酒也。躍波，亦多也。此皆甚言之也。行庖，主行食者。衎，寬貌。皤，髮白也。愔愔，和悦之貌。能者飲，不能者止。醧讌，湑樂也。謂酣樂而不諠譁。

【王象乾文選删注】酤音户。酎，遲有切。醧，乙據反。酎，三重釀醇酒也。又，□酒曰酎。皤皤，豐多貌。愔愔，和悦貌。能者飲，不能者止，謂之醧。許氏曰：醧，美酒也。湑，樂也。延，陳也。楚辭曰：挫糟凍飲酎清涼。

【陳景雲文選舉正】豐肴衍衍。據李善注，「衍衍」當作「衎衎」，五臣本亦作「衎衎」。又「毛詩曰」，「詩」舊本作「萇」。又「沛，茜之也」，「沛」舊本作「泲」。

【杭世駿文選課虚】衍衍，寬饒之貌。皤皤，豐多貌。韓詩：愔愔夜飲。薛君曰：和悦之貌。又：儐爾籩豆，飲酒之醧。能者飲，不能者已，謂之醧。説文：醧，酒美也。毛詩：飲此湑矣。湑，茜也。鄭玄曰：湑，茜之也。

【余蕭客文選音義】澌斯、嘶二音。酎胄。衍衍。何曰：据善注，當作「衎衎」。皤皤。向曰：衍衍、皤皤，并多貌。醧謳。諱字典叶和。

【余蕭客文選紀聞】次韵時叔進詩自注：水自河出爲雝，自濟出爲濋。見爾雅釋水。如左太冲魏都賦：清酤如濟，濁醪如河。以灉、濟之水，而辨酒味也山谷外集一。澌博雅音一音斯。釋文七音西。酎紬去。禮部韵略四。醧飫。集韵七。諱靴。集韵上。

【孫志祖文選考异】豐肴衍衍。何云：據善注，當作「衎衎」。志祖按，吕向注：衍衍，多貌。蓋五臣本作「衍」耳。

【胡克家文選考异】豐肴衍衍。何云「衍衍」據善注當作「衎衎」。陳同。案：所説是也。袁、茶陵二本所載五臣向注字作「衍」，或各本亂之。

注「楚辭小招魂曰」。茶陵本無「魂」字。袁本無「曰」字。案：茶陵是也。「小招」者，對「大招」之言也。

注「毛詩曰湑」。案：「詩」當作「萇」。各本皆誤。

注「沛茜之也」。案：「沛」當作「泲」。各本皆訛。

【許巽行文選筆記】流澌。注引説文曰：澌，流冰也。案，説文：澌，水索也。從水斯。凘，流仌也。從仌斯。当作「凘」。

衍衍。何校改「衎衎」。玉海引作「衎衎」，知宋時已訛。

【梁章鉅文選旁證】凍醴流澌。注説文曰：澌，流冰也。「澌」并當作「凘」。説文水部自有「澌」字，訓水索也。此入仌部。

豐肴衍衍。何曰：依善注「衍衍」當作「衎衎」。陳同。是也。案向注，則是五臣作「衍」耳。

注許氏曰：醧，酒美也。此當是説文。然今説文作「醧，私宴飲也」。

注毛詩曰：湑，茜也。鄭元曰：沛，茜之也。「詩」當作「萇」。「沛」當作「泲」。各本皆誤。姜氏皋曰：周禮甸師：祭祀共蕭茅。鄭大夫云：「蕭」或作「茜」。茜讀爲縮。束茅立之祭前，沃酒其上，酒滲下去，若神飲之，故謂之縮。説文：茜，禮祭，束茅加於裸圭而灌鬯酒，是爲茜。

【胡紹煐文選箋證】豐肴衍衍。注善曰：周易曰：飲食衎衎。王肅：衎衎，寬饒之貌。何氏焯曰：依善注「衍衍」當作「衎衎」。旁證云「陳同」是也。紹煐按：向注：衍衍，多貌。則是五臣作「衍」耳。

愔愔醧讌。注張載曰：韓詩云：飲酒之醧。能者飲，不能者已，謂之醧。許氏曰：醧，酒美也。按：今説文：醧，私宴飲也。無此語，注引未知所據，亦與賦義不合。

酣湑無譁。注善曰：毛詩曰：飲此湑矣。毛萇曰：湑，酋也。鄭玄曰：沛，茜之也。按：一曰義與賦意合，本書吴都賦「酣湑半」，劉注：湑，樂也。

【吕錦文文選古字通補訓】愔愔醧讌。注善引韓詩曰：愔愔夜飲。薛君曰：愔愔，和悦之貌也。錦文案，毛詩作「厭厭」，傳云：安也。釋文作「愔愔」。説文作「懕」，云：安也。從心，厭聲。詩曰：懕懕夜飲。爾雅：懕懕，安也。「愔」「厭」「懕」，并通用字。醧注引韓詩云：飲酒之醧。許氏曰：醧，美酒也。案，毛詩作「飫」。説文云：飫，燕食也。本作「䬴」。「飫」與「醧」音義同。

【高步瀛文選李注義疏】「流澌」及注引説文，各本作「凘」，誤。今依梁氏、許氏校改。○「衎衎」，各本誤作「衍衍」。何曰：据善注，當作「衎衎」。陳説同。胡曰：所説是也。袁、茶陵二本所載五臣向注字作「衎」，或各本亂之。梁説同。今從之。胡紹煐曰：向注：衎衎，多貌。則是五臣作「衎」耳。○吕向曰：軌，車迹也。言順同軌迹。綿綿，遠貌。迥，長也。魏陳留王策命晋公九錫文曰：諸夏順軌。○廣雅釋宫曰：驟，奔也。○重譯，見東京賦注。○周語上曰：戎狄荒服。韋注曰：荒裔之地，與戎狄同俗，故謂之荒。荒忽無常之言也。○史記留侯世家：酈食其曰：楚必斂衽而朝。禮記玉藻曰：衽當旁。鄭注曰：衽，謂裳幅所交裂也。凡衽者或殺而下，或殺而上，是以小要取名焉。衽屬衣則垂而放之，屬裳則縫之，以合前後，上下相變。孔疏曰：衽屬衣則垂而放之，謂喪服及朝祭之衽。屬裳則縱之以合前後者，謂深衣之衽。江永深衣考誤曰：衽有二，朝服、祭服、喪服皆用帷裳前三幅，後四幅，裳際不連，有衽掩之。用布交解，寬頭在上合縫之，狹頭在下，如燕尾之形，即喪服篇衽二尺有五寸是也。此衽之殺而下者也。案：此云斂衽魏闕，當指朝服矣。○周禮天官太宰之職，乃縣治象之法于象魏。注引鄭司農曰：象魏，闕也。吕氏春秋審爲篇高注曰：魏闕，象魏也。縣教象之法，浹日而收之。魏魏，高大。故曰魏闕。淮南子俶真篇注曰：魏闕，王者門外闕，所以縣教象之書於象魏也。巍巍，高大。

故曰魏闕。○李周翰曰：置酒於文昌殿，以宴蕃夷也。載華載裔，言此亦有華夏之臣，四裔之人，相雜而來朝中國。諸侯有冠縱，則岌岌然。蕃夷之人則辮髮，行列纍纍然。○注引漢書地理志，顏注引孟康曰：鯷音題。案：袁、茶二本「鯷人」上無「東」字。○書禹貢僞孔傳曰：西傾，山名。漢書地理志隴西郡臨洮，原注曰：禹貢西傾山在縣西。王先謙補注曰：水經禹貢山水澤地篇：西傾山在臨洮縣西南，與志合。山在洮州衛西南三百三十餘里，番名羅插普喇山，綿亘千餘里。黄河以南諸山，無大於此者。步瀛案：甘肅洮州衛，後爲廳，今改臨潭縣。○封禪文，見本書卷四十八。「憓」作「譓」。注引文穎曰：譓，順也。漢書司馬相如傳同。史記作「憓」，集解引漢書音義曰：憓音惠，順也。案：「憓」「譓」字同。胡紹煐曰：此從史記。○淮南子，見齊俗篇。高注曰：三苗之國，在彭蠡、洞庭之野。髽以枲束髮也。左襄四年杜注曰：髽，麻髮合結也。釋文曰：髽，側瓜反。○周官，見秋官大行人。○孟子，見公孫丑下。梁曰：「賷」，今孟子作「贐」。案：本書赭白馬賦或逾遠而納賷，及讌曲水詩均作「賷」。○論衡刺孟篇引亦作「賷」，説文、玉篇、廣韵等書皆有「賷」無「贐」，知今本孟子「贐」乃俗字也。○蒼頡篇，慧琳一切經音義八十二引同，八十三引作「財貨曰賷」。案：注，袁、茶二本以此爲善注，在「下以約小兒於背上」句下，未知孰是。○魏志武帝紀曰：建安二十一年，秋七月，匈奴南單于呼廚泉將其名王來朝，待以客禮，遂留魏。使右賢王去卑監其國。後漢書南匈奴傳曰：單于拔羅死，弟呼廚泉立。建安元年，帝自長安東歸。右賢王去卑與白波賊帥韓暹等侍衛天子，拒擊李傕、郭汜。及車駕還洛陽，又徙遷許，然後歸國。二十一年，單于來朝，曹操因留於鄴而遣去卑歸監其國焉。○南都賦見前。○蘇秦曰：齊有清濟濁河。案：此燕王噲語。蘇代之言見燕策一及史記蘇秦傳。注引作「蘇秦曰」誤。○「招魂曰」，尤本「招」上有「小」字。胡曰：茶陵本無「魂」字。袁本無「曰」字。案：茶陵是也。小招者，對大招之言也。步瀛案：招魂，後人依史記屈原傳定爲屈原作，是也。大招不知何人作。王逸以爲屈原作，又以爲景差，疑不能明。要在屈原之後。大招者，猶言本招魂之義而廣大之耳。後人誤認爲大、小字，乃以招魂爲小招，殊可笑也。張孟陽未必沿此誤，殆後人妄改。小招魂固非，小招亦未必是也。○韓詩，已見東都賦注。毛詩常棣「賓」作「儐」，「醧」作「飫」。○許氏曰：醧，酒美也。梁曰：此當是説文。然今説文作「醧，私宴飲也」。胡紹煐曰：注引未知所據，亦與賦義不合。○善注引尚書，見禹貢。○「其南者多也」，胡曰：袁本、茶陵本「多」作「分」，是也。步瀛案：章宗源、汪繼培輯尸子皆作「多」，二本作「分」，未是。考异多僻見耳。○左傳杜注，見隱十一年。○論語，見子路篇。集解引包注曰：負者以器曰襁也。史記仲尼弟子列傳集解引作「負子之器曰襁」。説文糸部曰：繈，觕類也。段注曰：觕訓角長，引申爲凡粗長之稱。絲節粗長謂之繈。孟康曰：繈，錢貫也，其引申之義也。又引申爲繈緥。吕覽明理篇：道多繈緥。高注：緥，小兒被也。繈，褸格上繩也。又直諫篇繈緥注：繈，褸格繩。緥，小兒褅也。褸即縷格，即絡，織縷爲絡以負之於背，其繩謂之繈。高説取分明。博物志云：織縷爲之，廣八寸，長二尺，乃謂其絡，未及其繩也。凡繩韌者謂之繈。又衣部曰：襁，負兒衣。段曰：古繈緥字從糸不從衣，淺人不得其解而增「襁」篆，當删。劉寶楠論語正義曰：顔師古漢書宣紀注：襁，即今之小兒繃也。李奇曰：以繒布爲之。李賢後漢書清河孝王慶傳注：以繒帛爲之。皇疏云：以竹爲之。或云，以布爲之。今蠻夷猶以布帊裹兒，負之背也。皆各據所見言之。小兒繃兼有絡繩，蓋統名繈，後起之義也。○博物志今本無此文。○尚書，見禹貢。○山海經，見中山經。梁曰：今中山經注云：武羅神名魖，即神字。又云：鐻，金銀器之名，未詳也。按：説文玉部新附字引山海經作「璩」，云：環屬也。後漢書張奂傳云：遺金鐻八枚，蓋西羌穿耳之飾。朱曰：郝氏謂「鐻」假借字也。説文以爲「虡」之或字。其新附字引此經則作「璩」，云：璩，環屬也。後漢書張奂傳云：遺金鐻八枚。據此，知鐻者以金銀爲耳飾也。但言山神，殊不相屬。考海内南經有離耳國。郭注云：鎪離其耳，分令下垂以爲飾，即儋耳也。離與鐻音相近。「儋耳」，亦見大荒北經。説文作「瞻耳」。淮南墬形訓作「耽耳」。博物志作「檐耳」。字并通。海外北經又有「聶耳」，逸周書伊尹獻四方令有「闟耳」亦皆其類。説文云：南方有瞻耳國，即海内南經之「離耳」也。吕氏春秋任數篇北懷儋耳，即大荒北經之「儋耳」也。逸周書闟耳在正西，則西方亦有之。前吴都賦注引异物志曰：儋耳人鏤其耳匡。漢書張晏注云：儋耳鏤其頰皮，上連耳，分爲數支，狀似雞腸，累耳下垂。後漢書南蠻傳云：珠崖、儋耳，其渠帥貴長耳，皆穿而縋之。又西南夷傳云：哀牢人皆穿鼻。儋耳，其渠帥自謂王者，耳下肩三寸，庶人則至肩而已。水經温水篇注引林邑記云：儋耳民好徒跣，耳廣垂以爲飾。諸書所載，大略相似。今苗人男婦皆穿耳，戴大銀鐶，或四或二，其遺俗猶然。當即此賦所謂鐻耳也。〇漢書，見禮樂志、安世房中歌。〇周禮，見春官大司樂。〇毛詩，見小雅庭燎。鄭箋曰：未渠，央也。釋文曰：渠，其據反。王楙野客叢書卷二曰：渠當呼遽，只此一音，謂夜未遽央也。古樂府王融三婦艶詩曰：調絃未遽央。淵明詩曰：壽考豈渠央。魯直詩曰：木穿石槃未渠透。并合呼遽。史記尉佗曰：使我居中國，何渠不若漢？漢書作「何遽不若漢」，益可驗也。張雲璈曰：史記陸賈傳：尉佗大笑曰：吾不起中國，故王此。使我居中國，何渠不若漢？注：渠音詎。索隱曰：漢書作「遽」字。是「遽」與「渠」古字通。胡紹煐曰：「遽」與「渠」通。古詞相逢行調絲未遽央，即未渠央也。急氣言之曰未遽，緩氣言之曰未渠央耳。説文：𧇊，且往也。從且，虘聲。毛傳：央，且也。且與𧇊義同。廣雅釋言：腒，央也。王氏疏證云：集韵：巨，央也。通作「腒」。釋詁：腒，久也。説文：央，久也。故又以「腒」爲央。然則「遽」與「渠」「巨」「腒」「𧇊」音義并通。○次引毛詩亦見小雅庭燎。毛傳曰：晣晣，明也。後引見七月。毛傳曰：祁祁，衆多也。○楚辭，見離騷。王逸注曰：岌岌，高貌。○禮記内則鄭注曰：縰，韜髪者也。儀禮士冠禮注曰：纚，今之幘梁也。此注疑有誤。孫詒讓周禮夏官弁師正義曰：「縰」與「纚」同。士冠、士昏禮之「纚」，内則之「縰」，注并以韜髪釋之。内則孔疏引盧植云：所以裹髻承冠，以全幅疊而用之。此禮經之縰也。若漢人所云冠縰，乃古之冠梁。幘之有梁者，亦謂之縰。故説文糸部云：纚，冠織也。漢書元帝紀注引李斐云：齊國舊有三服之官，春獻冠幘纚爲首服。冠幘纚即謂織成冠幘梁之材也。然古冠梁廣止二寸，而漢之幘梁則冒髪。其度甚廣。古冠縰全幅韜髪，而漢之冠幘纚則不全幅，可冒髪而不可韜髪。是漢之纚，非禮經之纚也。惟周時凡冠必先著纚，而後以冠加其上。漢時冠則先著幘，而後加冠。故急就篇顔注謂幘常在冠下，或單著之。是漢之幘雖與周之纚异制，而其在下冒髤承冠則一。故士冠禮注以漢之幘梁况纚也。○漢書，見五行志下之下。「纍」作「累」。顔注曰：累讀曰纍。纍，不絶之貌。○又引漢書見終軍傳。「辮」作「編」。顔注曰：編讀曰辮。○毛詩，見烈祖。○説文，見仌部。各本「凘」誤作「澌」。梁曰：説文水部自有「澌」字，訓水索也。此入仌部。○周易，見漸六二爻詞。○皤皤，豊多貌。案：皤本義無此，朱駿聲謂借爲「蕃」字，是也。琴賦注引韓詩曰：愔愔，和悦貌。蓋即薛君章句之語，與此注可互證。○毛詩湛露「愔愔」作「厭厭」。傳曰：厭厭，安也。爾雅釋訓曰：懕懕，安也。○毛説文心部曰：懕，安也。詩曰：懕懕夜飲。説者謂作「懕」者魯詩。○僞孔傳，見僞古文伊訓。○毛詩，見伐木。「莀」誤作「詩」。「沛」誤作「沛」，今依梁氏校改。梁引姜臯曰：周禮甸師：祭祀共蕭茅。鄭大夫云：「蕭」或作「莤」，莤讀爲縮。束茅立之祭前，沃酒其上，酒滲下去若神飲之，故謂之縮。説文：莤，禮祭束茅加於裸圭而灌鬯酒，是爲莤。一曰，樂也。胡紹煐曰：一曰義與賦意合。吴都賦：酣湑半。劉注：湑，樂也。○軌，古音幽部。韙、水、篚，脂部。通轉爲韵。傑、闕、設、晰、裔、髮，祭部。河、波，歌部。皤，元部。譁，魚部。皆與歌部通轉爲韵。○以上外蕃來朝，予以宴饗。

延廣樂，奏九成。冠韶、夏，冒英、莖。嘈響起，疑震霆。天宇駭，地廬驚。億若大帝之所興作，二嬴之所曾聆。

【彙校】

「冒英莖」　「英莖」，奎章閣本、明州本、贛州本、四庫本、叢刊本、正德本、陳八郎本作「六英五莖」。尤刻本、胡刻本、監本、九條本作「六莖」。當作「英莖」。

■**立群案**：孫志祖文選考异：冒五莖。一本作「冒六莖」。何云：以「韶夏」例之，當作「英莖」。又云：注引「六英」「五莖」者，詳舉之也。引「六莖」者，專注本文「六莖」也。如本文無「六莖」字，不必重注矣。○六臣作「冒六英五莖」，諸本同。然三字句讀之，文義更順。袁本注云：善本無「六英」字。當是無「英五」二字也。胡克家文選考异：袁本、茶陵本「六莖」作「六英五莖」，云善無「六英」二字。

何云以「韶夏」例之，當作「英莖」，陳同。案：其説是也。各本皆非。許巽行文選筆記：五莖。何改「英莖」。梁章鉅文選旁證：冒六莖。注樂動聲儀曰：帝嚳樂曰六英。帝顓頊曰五莖。又漢書曰：顓項作六莖。六臣本作「冒六英五莖」。何曰：注引動聲儀：六英、五莖者，詳舉之也。又引漢書六莖者注本文六莖也。如本文非六莖，字不必重注矣。按初學記樂部引動聲儀作「五英六莖」。考漢書禮樂志：顓項作六莖，帝嚳作五英。廣雅釋樂據之作「六韺五韺」。太平御覽樂部四引帝系譜曰：顓項曰六莖，帝嚳曰五英。注：道有根莖故曰六莖。道有英華故曰五英。則此六莖非無據也。但此賦「六」字，恐系「英」字之誤。胡紹煐文選箋證：冒六莖。注善曰：樂動聲儀曰：帝嚳樂曰六英，帝顓頊曰五莖。漢書：顓項作六莖。何氏焯曰：注引動聲儀「六英」「五莖」者，詳舉之也。又引漢書「六莖」者，注本文「六莖」也，如本文非「六莖」字，不必重注矣。紹煐按：旁證云：「六」字系「英」字之誤。王氏念孫校同。何焯首提「英莖」之説，頗見慧識。王氏念孫首提「六」爲「英」之誤，回答了致誤之由。皆有功選學。高步瀛文選李注義疏：「英莖」，尤本作「六莖」，袁本、茶陵本作「六英五莖」。茶陵本校曰：善本無「六英」字。何曰：以「韶夏」例之，當作「英莖」。陳同。孫志祖曰：袁本注云：善本無「六英」字。當是無「英」「五」二字。步瀛案：袁本無校語。茶陵本乃有。孫説誤去「英五」作「六莖」，與尤本同，亦誤。王念孫讀書志餘下曰：冒六英五莖，句法甚累，且英莖與韶夏相對爲文。若加「六」「五」二字，則與上句不協。後人以李善注引樂動聲儀帝嚳樂曰六英，帝顓頊樂曰五莖，因加「六」「五」二字。不知李注自解英、莖二字，非并解六、五二字也。高氏亦認同王氏説。

「嘈響起」　「嘈」，奎章閣本、明州本、正德本、陳八郎本、九條本同。贛州本、四庫本、叢刊本、尤刻本、胡刻本、監本作「傮」。今從「嘈」。「響」，奎章閣本、明州本、贛州本、四庫本、叢刊本、正德本、陳八郎本、尤刻本、胡刻本、監本、九條本作「響」。當作「響」。「起」，奎章閣本、明州本、贛州本、四庫本、叢刊本、正德本、陳八郎本、尤刻本、胡刻本、監本、九條本作「起」。當作「起」。

「疑震霆」 「震」，四庫本同。奎章閣本、陳八郎本、尤刻本、胡刻本作「震」。明州本、贛州本、叢刊本、正德本、監本、九條本作「震」。當作「震」。「霆」，明州本、贛州本、叢刊本、陳八郎本、尤刻本、胡刻本、監本、九條本同。奎章閣本、四庫本、正德本作「霆」。當作「霆」。

「天宇駭」 「駭」，明州本、贛州本、四庫本、叢刊本、陳八郎本、尤刻本、胡刻本、監本、九條本同。奎章閣本、正德本作「駥」。當作「駭」。

「地廬驚」 「廬」，明州本、贛州本、四庫本、叢刊本、陳八郎本、九條本同。奎章閣本、正德本、尤刻本、胡刻本、監本作「廬」。當作「廬」。

「之所興作」 「所」，四庫本同。奎章閣本、正德本作「所」。明州本、叢刊本、監本、九條本作「所」。贛州本、陳八郎本、尤刻本、胡刻本作「所」。當作「所」。「興」，奎章閣本、四庫本作「興」。明州本、贛州本、叢刊本、正德本、陳八郎本、尤刻本、胡刻本、監本、九條本作「興」。當作「興」。

「二嬴」 「嬴」，明州本、贛州本、四庫本、叢刊本、陳八郎本、尤刻本、胡刻本、監本、九條本同。奎章閣本、正德本作「嬴」。當作「嬴」。

「之所曾聆」 「所」，四庫本同。奎章閣本、正德本作「所」。贛州本、陳八郎本、尤刻本、胡刻本作「所」。明州本、叢刊本、監本、九條本作「所」。當作「所」。「曾」，奎章閣本、明州本、贛州本、四庫本、叢刊本、陳八郎本、尤刻本、胡刻本、監本、九條本作「曾」。正德本作「曾」。當作「曾」。

【彙注】

【李善注】善曰：賈逵國語注曰：延，陳也。尚書曰：簫韶九成，鳳凰來儀。樂動聲儀曰：帝嚳樂曰六英，帝顓頊曰五莖，舜曰大韶，禹曰大夏。宋衷曰：六英，能爲天地四時六合也。五莖，能爲五行之道，立根本也。漢書曰：顓頊作六莖。夏，大承二帝也。韶，繼堯也。嘈與傮，古字通。西京賦曰：大帝説秦穆公而覲之，饗以鈞天廣樂。史記曰：趙簡子病，扁鵲視之曰：昔穆公嘗如此，七日而寤，寤之日，告公孫支曰：我之帝所甚樂，帝告我晉國且大亂。今主君之疾與之同。二日，簡子寤，曰：我之帝所甚樂，與百游於鈞天，廣樂九奏，萬舞不類三代之樂。又曰：趙氏之先，與秦同祖。然則秦、趙同姓，故曰二嬴也。博雅曰：聆，聽也。

【五臣注】嘈音曹。翰曰：廣樂，天帝樂。九成，九奏也。韶，舜樂。大夏，禹樂。六英，帝嚳樂。五莖，顓頊樂。冠，首也。冒，猶籠也。言數奏樂皆首出韶夏，籠羅六英，嘈聲起如振動雷霆，駭驚天地。億，遠也。大帝，天帝。言遠若天帝之所興，作鈞天廣樂之聲。二嬴，謂秦穆公、趙簡子。趙與秦同祖，穆公、簡子皆曾夢天帝爲其奏鈞天廣樂。故云二嬴之所曾聆。聆，聽也。

【張鳳翼文選纂注】廣樂，天帝樂也。九成，九奏，所謂「蕭韶九成」。韶，舜樂也。夏，禹樂也。五莖，謂與五行立根本。顓頊樂也。冠，首也。冒，猶籠也。言樂皆出古樂之上也。嘈，聲也，起如振動雷霆，駭驚天地也。億，遠也。大帝，天帝也。天帝之所興作，謂鈞天廣樂也。二嬴，謂秦穆公、趙簡子也。趙與秦同祖，穆公、簡子皆曾夢奏鈞天廣樂。故云二嬴之所曾聆。

【王象乾文選删注】六英，帝嚳樂。五莖，顓頊樂。趙與秦同祖，故云二嬴。宋衷曰：六英，能爲天地四時六合也。五莖，能爲五行之道，立根本也。

【陳景雲文選舉正】冒六莖。「六」當作「英」。

【杭世駿文選課虛】傮與曹，古字通。

【汪師韓文選理學權輿・前賢評論】顧炎武日知録曰：史記秦本紀：太史公曰：秦以其先造父封趙城，爲趙氏。陸賈傳：秦任刑法不變，卒滅趙氏。索隱曰：案韋昭云：秦，伯翳後，與趙同出蜚廉，造父有功，周穆王封之趙，由此一姓趙氏。漢書武五子傳：趙氏無炊火焉。韋昭曰：趙，秦之別氏。南越傳：蒼梧秦王。晋灼曰：秦王，即趙先也。趙本與秦同姓，故曰秦王。淮南子亦稱秦始皇爲趙政。三國志：陳思王上疏：絶纓盗馬之臣赦，楚趙以濟其難。文選王融策秀才文：訪游禽於絶澗，作霸秦基。左思魏都賦：二嬴之所曾聆。皆以同祖互稱也。

【余蕭客文選音義】傮舊音曹。五臣「傮」作「曹」。冒五莖。六臣作「冒六英五莖」。何曰：諸本皆有「英五」二字。袁本注云：善本無「六莖」二字。當是無「英五」二字也。

【余蕭客文選紀聞】傮曹同。

【孫志祖文選考异】冒五莖。一本作「冒六莖」。何云：以「韶夏」例之，當作「英莖」。又云：注引「六英」「五莖」者，詳舉之也。引「六莖」者，專注本文「六莖」也。如本文無「六莖」字，不必重注矣。○六臣作「冒六英五莖」，諸本同。然三字句讀之，文義更順。袁本注云：善本無「六英」字。當是無「英五」二字也。

【胡克家文選考异】冒六莖。袁本、茶陵本「六莖」作「六英五莖」，云善無「六英」二字。何云以韶夏例之，當作「英莖」，陳同。案：其説是也。各本皆非。

注「昔秦穆公」。袁本作「昔繆公言」。茶陵本作「昔繆公嘗言」。案：蓋袁本是也。

注「嘗如此」下至「甚樂」。袁本、茶陵本無此二十一字。

注「簡子寤曰」。袁本、茶陵本「寤」下有「之」字。案：依趙世家訂之，疑「語」字之誤。

【許巽行文選筆記】五莖。何改「英莖」。

【朱珔文選集釋】二嬴之所曾聆。善注：史記曰：趙氏之先，與秦同祖。然則秦、趙同姓，故曰二嬴也。案，前西京賦用秦穆公聽鈞天廣樂事，此注引史記趙簡子與之同。故賦語云然。顧氏日知録云：秦本紀：太史公曰：秦以其先造父封趙城，爲趙氏。陸賈傳：秦任刑法，卒滅趙氏。索隱引韋昭曰：秦與趙同出蜚廉、造父，有功周穆王，封之趙，由此一姓趙氏。漢書武五子傳：趙氏無炊火焉。韋昭曰：趙，秦之別氏。南越傳「蒼梧秦王」，晉灼曰：秦王即趙先也。趙本與秦同姓，故曰秦王。淮南子亦稱秦始皇爲趙政。三國志：陳思王上疏：絶纓盗馬之臣赦，楚、趙以濟其難。文選王融策秀才文：訪游禽於絶澗，作霸秦基。及此賦，皆以同祖互稱也。余謂，秦、趙同出伯翳。於舜時，賜姓嬴氏。則趙之先，原屬嬴姓矣。逮商、周間，惡來之後爲秦，惡來弟季勝之後爲趙。造父，季勝後也。是穆王之賜姓，與秦無預。而史記言惡來之後非子，以造父之寵，皆蒙趙城，姓趙氏。如顧氏所引諸條，大抵秦之爲趙，至趙之爲嬴。惟見此處轉較秦不爲冒稱耳。

【梁章鉅文選旁證】冒六莖。注樂動聲儀曰：帝嚳樂曰六英。帝顓頊曰五莖。又漢書曰：顓頊作六莖。六臣本作「冒六英五莖」。何曰：注引動聲儀：六英、五莖者，詳舉之也。又引漢書六莖者注本文六莖也。如本文非六莖，字不必重注矣。按初學記樂部引動聲儀作「五英六莖」。考漢書禮樂志：顓頊作六莖，帝嚳作五英。廣雅釋樂據之作「六誙五韺」。太平御覽樂部四引帝系譜曰：顓頊曰六莖，帝嚳曰五英。注：道有根莖故曰六莖。道有英華故曰五英。則此六莖非無據也。但此賦「六」

字，恐系「英」字之誤。

傮響起。六臣本「傮」作「嘈」。

二嬴之所曾聆。注趙氏之先，與秦同祖。然則秦、趙同姓，故曰二嬴。史記秦本紀云：大駱生非子，以造父之寵，皆蒙趙城，姓趙氏。始皇紀云：姓趙氏。陸賈傳云：秦任刑法不變，卒滅趙氏。又楚世家及淮南子人間、泰族二訓，并稱始皇爲趙政。

【胡紹煐文選箋證】冒六莖。注善曰：樂動聲儀曰：帝嚳樂曰六英，帝顓頊曰五莖。漢書：顓頊作六莖。何氏焯曰：注引動聲儀「六英」「五莖」者，詳舉之也。又引漢書「六莖」者，注本文「六莖」也，如本文非「六莖」字，不必重注矣。紹煐按：旁證云：「六」字系「英」字之誤。王氏念孫校同。

二嬴之所曾聆。注善曰：史記曰：趙氏之先，與秦同祖。然則秦、趙同姓，故曰二嬴也。按：本書王融策秀才文「訪游禽於絕澗，作霸秦基」，善彼注引韓非子所載趙董閼于事，而又引史記云云，與此同。顧氏炎武曰：史記秦本紀，太史公曰：秦以其先造父封趙城，爲趙氏。陸賈傳：秦任刑法不變，卒滅趙。索隱曰：按韋昭云「秦伯翳後，與趙同出蜚廉、造父，有功周穆王，封之趙，由此一姓趙氏」。漢書武五子傳：趙氏無炊火焉。韋昭曰：趙，秦之別氏。南越傳：蒼梧秦王。晉灼曰：秦王即趙光也。趙本與秦同姓，故曰秦王。淮南子亦稱秦始皇爲趙政。三國志，陳思王上疏：絕纓盜馬之臣赦，趙、楚以濟其難。注：秦穆公有赦盜馬事，趙則無聞。蓋以秦亦趙姓（見日知録）。

【吕錦文文選古字通補訓】億若大帝之所興作。錦文案，「億」當作「噫」，與「懿」同，又通作「抑」。詩「抑戒」，韓詩作「懿戒」。魯論：抑與之與。本作「噫與」之「與」。

【高步瀛文選李注義疏】「英莖」，尤本作「六莖」，袁本、茶陵本作「六英五莖」。茶陵本校曰：善本無「六英」字。何曰：以「韶夏」例之，當作「英莖」。陳同。孫志祖曰：袁本注云：善本無「六英」字。當是無「英」「五」二字。步瀛案：袁本無校語。茶陵本乃有。孫説誤去「英五」作「六莖」，與尤本同，亦誤。王念孫讀書志餘下曰：冒六英五莖，句法甚累，且英莖與韶夏相對爲文。若加「六」「五」二字，則與上句不協。後人以李善注引樂動聲儀帝嚳樂曰六英，帝顓頊樂曰五莖，因加「六」「五」二字。不知李注自解英、莖二字，非并解六、五二字也。○「僧」，五臣作「嘈」。○億讀爲抑，語詞也。王念孫曰：「抑」，字或作「意」。論語學而篇「抑與之與」，漢石經「抑」作「意」。墨子非攻篇曰：意將以爲利天乎？莊子駢拇篇曰：意仁義其非人情乎？「意」并與「抑」同。或言「意亦」，大戴禮武王踐阼篇曰：黄帝、顓頊之道存乎，意亦忽不可得見與？秦策曰：誠病乎，意亦思乎？「意亦」與「抑亦」同。或言「意者」，晏子春秋雜篇曰：意者非臣之罪乎？墨子節葬篇曰：意者可邪？漢書序傳曰：其抑者從横之事復起於今乎？「抑者」與「意者」同。又作「億」，史記吴王濞傳：億亦可乎。「億亦」與「抑亦」同。魏都賦：億若大帝之所興作。「億若」與「抑若」同。又作「噫」。小雅十月篇：抑此皇父。鄭箋曰：抑之言噫。震六二：億喪貝。王弼曰：億辭也。釋文曰：「億」，本又作「噫」。文王世子注：億可以爲之也。正義曰：億是發語之聲。釋文曰：「億」，本又作「噫」。繫辭傳曰：噫亦要存亡吉凶，則居可知矣。「噫亦」與「抑亦」同。釋文、正義斷「噫」字爲句，訓爲歎聲，非是。莊子外物篇曰：噫其非至知厚德之任與？新序雜事篇曰：噫將使我追車而赴馬乎？投石而超拒乎？逐麋鹿而搏豹虎乎？噫將使我出正辭而當諸侯乎？决嫌疑而定猶豫乎？韓詩外傳「噫」作「意」。法言五百篇曰：噫者吾於觀庸邪？「意」「億」「噫」并與「抑」同。○善注引國語賈注，當爲晋語七使張老延君譽於四方句注。○尚書，見益稷。○樂緯動聲儀，本書舞賦注引同。周禮春官大司樂賈疏引樂緯曰：顓頊之樂曰五莖，帝嚳之樂曰六英。注云：能爲五行之道立根莖。六英者，六合之英。禮記樂記孔疏引樂緯曰：帝嚳曰六英，顓頊曰五莖，堯作大章。舜曰簫韶，禹曰大夏，商曰大濩。宋均注曰：爲六合之英華。五龍爲五莖者，能爲五行之道立根莖也。初學記樂部上、御覽樂部四引樂緯并同。然堯樂曰大章四句，本書笙賦注引動聲儀帝顓頊曰五莖云云，初學記樂部上引爲樂緯叶圖徵，蓋二緯此文大致相同，是皆謂顓頊樂曰五莖，帝嚳樂曰六英也。善注又引漢書見禮樂志。白虎通禮樂篇引禮記曰：顓頊樂曰六莖，帝嚳樂曰五英。六莖者，言和律吕以調陰陽。莖者，萬物也。五英者，言能調和五聲以養萬物，調其英華。風俗通聲音篇亦曰：顓頊六莖，嚳五英。廣雅釋樂作「六䪫」「五韺」，皆與前説相反。吕氏春秋古樂篇亦有六英之文。似五莖、六英之説較古矣。善注引動聲儀，又引漢志，殆兩存其説歟？又漢書禮樂志「韶」作「招」，字通假。顔注曰：夏，大也。二帝，謂堯、舜也。韶之言紹，故曰繼堯也。○杜宗玉曰：曹之引申爲輩也，群也。群輩即有儕義。以儕從曹聲也。説文：儕，終也。與此無涉。步瀛案：此以「儕」爲「曹」耳。詩公劉毛傳曰：曹，群也。史記平準書索隱引如淳曰：曹，輩也。○西京賦，見前。史記，見趙世家及扁鵲傳。「二日」下當有「半」字。袁本「昔秦穆公」作「昔繆公嘗言」，茶陵本作「昔繆公嘗曰」，皆無「嘗如此」至「甚樂」二十一字。「簡子寤」下有「之」字。胡謂依趙世家，疑「語」字之誤，非也。「語」下無「諸大夫」或「大夫」字，殊不成文理。又引史記見趙世家。「同」作「共」。顧炎武日知録卷二十三曰：史記秦本紀：太史公曰：秦以其先造父封趙城，爲趙氏。陸賈傳：秦任刑法不變，卒滅趙氏。索隱曰：案韋昭云：秦伯翳後，與趙同出蜚廉、造父，有功周穆王，封之趙，由此一姓趙氏。漢書武五子傳：趙氏無炊火焉。韋昭曰：趙，秦之別氏。南越傳蒼梧秦王，晋灼曰：秦王即趙光也。趙本與秦同姓，故曰秦王。淮南子亦稱秦始皇爲趙政。三國志：陳思王上疏：絶纓盗馬之臣赦，楚、趙以濟其難。

注：秦穆公有赦盗馬事，趙則未聞。蓋以秦亦趙姓。文選王融策秀才文：訪游禽於絶淵，作霸秦基。李善注引韓非子所載趙董閼于事，而云史記曰趙氏之先與秦共祖，以其共祖，故雖趙亦號曰秦。梁曰：淮南子人間、泰族二篇并稱始皇爲政。○廣雅，隋避煬帝諱，稱博雅。所引見釋詁四。然本書善注皆稱廣雅，此疑後人所增。○成、莖、霆、驚。古音耕部。聆，真部，轉入耕部。

金石絲竹之恒韵，匏土革木之常調。干戚羽旄之飾好，清謳微吟之要妙。世業之所日用，耳目之所聞覺。雜糅紛錯，兼該泛博。鞮鞻所掌之音，韎昧任禁之曲。以娯四夷之君，以睦八荒之俗。

【彙校】

「金石絲竹」　「絲」，尤刻本、胡刻本、監本同。奎章閣本、四庫本、正德本、陳八郎本作「絲」。明州本、贛州本、叢刊本、九條本作「絲」。當作「絲」。

「恒韵」　「恒」，奎章閣本、四庫本、正德本、九條本同。明州本、贛州本、叢刊本、陳八郎本、尤刻本、胡刻本、監本作「恆」。當作「恒」。「韵」，奎章閣本、明州本、贛州本、四庫本、叢刊本、正德本、陳八郎本、尤刻本、胡刻本、監本、九條本作「韻」。當作「韵」。

「匏土革木」「匏」，明州本、贛州本、叢刊本、正德本、陳八郎本、胡刻本、九條本同。奎章閣本、四庫本、尤刻本、監本作「匏」。當作「匏」。「土」，明州本、贛州本、四庫本、叢刊本、陳八郎本、尤刻本、胡刻本、監本、九條本同。奎章閣本、正德本作「玉」。當作「土」。

「干戚」「干」，奎章閣本、明州本、贛州本、四庫本、叢刊本、正德本、陳八郎本、尤刻本、胡刻本、九條本同。監本作「于」。當作「干」。

■**立群案**：詩大雅公劉：弓矢斯張，干戈戚揚，爰方啟行。毛傳：戚，斧也。鄭玄箋：干，盾也。禮記樂記：比音而樂之，及干戚羽旄，謂之樂。孔穎達疏：干，盾也。戚，斧也。武舞所執之具。作「干戚」是。監本作「于」，當是「干」之手寫而誤。

「清謳微吟」「微」，明州本、贛州本、叢刊本、陳八郎本、尤刻本、胡刻本、監本、九條本同。奎章閣本、四庫本、正德本作「微」。當作「微」。

「世業之所」「世」，奎章閣本、四庫本、正德本、監本同。明州本、贛州本、叢刊本、陳八郎本、尤刻本、胡刻本、九條本作「丗」。當作「世」。「所」，四庫本同。奎章閣本、正德本作「𠩄」。明州本、贛州本、叢刊本、監本、九條本作「所」。陳八郎本、尤刻本、胡刻本作「所」。當作「所」。

「之所聞覺」「所」，四庫本同。奎章閣本、正德本作「𠩄」。明州本、叢刊本、監本、九條本作「所」。贛州本、陳八郎本、尤刻本、胡刻本作「所」。當作「所」。「聞」，贛州本、四庫本、叢刊本、尤刻本、胡刻本、監本同。奎章閣本、明州本、正德本、陳八郎本、九條本作「開」。當作「聞」。「覺」，明州本、贛州本、四庫本、叢刊本、陳八郎本、尤刻本、胡刻本、監本、九條本同。奎章閣本作「覺」。正德本作

「覺」。當作「覺」。

■**立群案：**五臣翰曰：謂樂以防淫和元氣，故王者爲代業，不可一日而廢，固當常用，可以開發耳目之聰明也。若賦作「開」，只能作如五臣注之解。然終嫌牽强過甚。不如從「聞」。舞蹈、音樂作爲世代相傳的事業，可以滿足人們的耳目享受。

「雜糅紛錯」「雜」，明州本、贛州本、四庫本、叢刊本、陳八郎本、尤刻本、胡刻本、監本、九條本同。奎章閣本、正德本作「雜」。當作「雜」。

「兼該泛博」「兼」，奎章閣本、明州本、贛州本、叢刊本、尤刻本、胡刻本、監本、九條本同。四庫本、正德本、陳八郎本作「兼」。當作「兼」。「泛」，尤刻本、胡刻本、監本、九條本同。奎章閣本、明州本、贛州本、四庫本、叢刊本、正德本、陳八郎本作「氾」。當作「泛」。「博」，贛州本、四庫本、胡刻本同。奎章閣本、正德本、陳八郎本、九條本作「愽」。明州本、叢刊本、尤刻本、監本作「博」。當作「博」。

■**立群案：**當作「泛」。「泛」异體字作「氾」，形近而誤作「氾」。

「鞮鞻」「鞻」，奎章閣本、明州本、贛州本、四庫本、叢刊本、正德本、陳八郎本、尤刻本、胡刻本、監本、九條本作「鞻」。當作「鞻」。

「所掌之音」「所」，四庫本同。奎章閣本、正德本作「所」。明州本、叢刊本、尤刻本、胡刻本、監本、九條本作「所」。贛州本、陳八郎本作「所」。當作「所」。

「以娱」「娱」，奎章閣本、明州本、贛州本、叢刊本、正德本、陳八郎本、尤刻本、胡刻本、監本、九條本同。四庫本作「娯」。當作「娱」。

【彙注】

【李善注】好，去聲。韎音邁。任，而金切。禁音金。劉曰：鞮鞻，周掌樂官名也。周官，鞮鞻氏掌四夷之樂與其聲歌。韓詩内傳曰：王者舞六代之樂，舞四夷之樂，大德廣之所及。善曰：周禮曰：播之以八音：金、石、土、革、絲、木、匏、竹。禮記曰：干戚羽旄謂之樂。鄭玄曰：干，盾也。戚，斧也。武舞所執。羽，翟羽也。旄，旄牛尾。文舞所執。魏文帝樂府曰：短歌微吟不能長。孔叢子曰：世業不替。周易曰：百姓日用而不知。鄭玄周禮注曰：鞮鞻，四夷舞者扉也。鞮，都泥反。鞻，俱具反。毛萇詩傳曰：東夷之樂曰韎。孝經鉤命決曰：東夷曰昧，南夷曰任，西夷之樂曰株離，北夷之樂曰禁。然韎、昧，皆東夷之樂而重用之。疑誤也。甘泉賦曰：八荒協兮萬國諧。

【五臣注】好，去聲。糅，汝又反。該，古孩反。汜，敷梵反。鞮，都泥反。鞻，居遇反。韎音邁。任，而金反。禁音金。翰曰：干，盾。戚，斧也。羽，翟羽。旄，旄牛尾。皆舞人執之。謳，歌也。謂樂以防淫和元氣，故王者爲代業，不可一日而廢，固當常用，可以開發耳目之聰明也。糅，文綵也。紛錯，亂雜也。該，同也。泛博，猶廣大也。言禮樂之音，文綵亂雜，兼同普泛而觀之，可謂博大也。向曰：鞮鞻，樂官，掌四夷樂。韎昧、任、禁，皆四夷樂名。所以各爲其方樂以娛之，此蓋和睦八荒之風俗也。

【張鳳翼文選纂注】好，去聲。汜音泛。鞮，都泥反。鞻，俱具反。韎音邁。任，而金切。禁音金。干，盾也。戚，斧也。武舞所執。羽，翟羽也。旄，旄牛尾。文舞所執。周官：鞮鞻氏掌四夷之樂與其聲歌。東夷之樂曰韎昧，南夷之樂曰任，北夷樂曰禁。

【王象乾文選删注】好，去聲。汜音泛。鞮，都泥反。鞻，俱具反。韎音賣。任，而金切。禁音金。鞮鞻，周掌樂官名。韎、昧，皆東夷之樂而重用之。疑誤也。韓詩内傳曰：王者舞六代之樂，舞四夷之樂，大德廣之所及。東夷樂曰韎。鉤命決曰：東夷曰昧，南夷曰任，西夷曰株離，北夷曰禁。

【陳景雲文選舉正】金石絲竹之恒韵。注「四夷舞者扉也」，「扉也」二字有誤按，此是「扉」字，鄭宗伯序官注也。

【汪師韓文選理學權輿選注訂誤】左思魏都賦云：韎昧任禁之曲。注曰：毛萇詩傳曰：東夷之樂曰韎。孝經鉤命決曰：東夷曰昧，南夷曰任，西夷之樂曰株離，北夷之樂曰禁。然韎、昧，皆東夷之樂而重用之。疑誤也。

【余蕭客文選音義】鞮低。鞻婁。鄭玄周禮注讀如屨。

【胡克家文選考異】注「禮記□曰」。袁本、茶陵本空格作「注」。案：此初與二本同衍而脩去之也。

【梁章鉅文選旁證】耳目之所聞覺。五臣「聞」作「開」。翰注可證。

韎昧任禁之曲。注然韎、昧皆東夷之樂，而重用之，疑誤也。此所誤在善注之前。今無他本可證，説已見前。

注禮記注曰。「注」字不當有。

【高步瀛文選李注義疏】「聞」，五臣作「開」。李周翰曰：可以開發耳目之聰明也。○「泛」，五臣作「氾」。「泛」「氾」之借字。説文曰：泛，浮也。汎，浮貌，氾濫也。是「泛」「汎」音義相近，與「氾」字有別。案：經傳往往通用。禮記王制鄭注曰：氾，廣也。○注鞮樓見周禮春官。○詩鼓鐘毛傳曰：舞四夷之樂，大德廣所及也。與韓詩説同。○善注引周禮，見春官大師。○禮記及鄭注，見樂記。袁、茶二本「禮記」下有「注」字，尤本空此字。胡曰：此初與二本同衍而脩去之也。○魏文帝樂府燕歌行，見本書卷二十七。○孔叢子，見執節篇。○周易，見繫辭上。○周禮春官序官鞮鞻氏，鄭注曰：鞻讀爲屨。鞮鞻，四夷舞者所扉也。今時倡蹋鼓沓行者自有扉。釋文曰：鞮，丁兮反。許慎云：履也。鞻，九具反，又力具反。呂忱云：鞮，革履也。鞻者，靳鞻。扉，房味反。段玉裁周禮漢讀考曰：今本「扉」上有「所」字。文選魏都賦注引無。説文曰：扉，履也。儀禮曰：繩菲者，繩屨也。不當有「所」字。阮元周禮校勘記曰：釋文出「所扉」二字，則無「所」者非。所扉，猶云所履也。案：説文走部曰：趧婁，四夷之舞，各自有曲。段注曰：今説文革部無鞻字。釋文引字林：鞮，革屨也。是則字林乃有鞻字。革部之鞮，是常用之屨。走部之趧婁，乃四夷舞者之屨，「曲」當作「屨」，聲之誤也。四夷之舞，各自有屨，正與鄭説同。○詩鼓鐘毛傳、孝經鉤命決已見東都賦引。○甘泉賦見下卷。○調、覺，古音幽部。妙，宵部。通轉爲韵。博，魚部。曲、俗，侯部。通轉爲韵。○以上音樂。

既苗既狩，爰游爰豫。籍田以禮動，大閲以義舉。備法駕，理秋御。顯文武之壯觀，邁梁騶之所著。

【彙校】

「既苗既狩」　前「既」，奎章閣本、四庫本、正德本同。明州本、贛州本、叢刊本、陳八郎本、尤刻本、胡刻本、監本、九條本作「旣」。當作「既」。「苗」，明州本、贛州本、四庫本、陳八郎本、尤刻本、胡刻本、監本、九條本同。奎章閣本、叢刊本、正德本作「苖」。當作「苗」。後「既」，四庫本、正德本同。奎章閣本、明州本、贛州本、叢刊本、陳八郎本、尤刻本、胡刻本、監本、九條本作「旣」。當作「既」。

「爰游爰豫」　「游」，明州本、贛州本、四庫本、叢刊本、陳八郎本、尤刻本、胡刻本、監本、九條本作「遊」。奎章閣本、正德本作「遊」。當作「游」。「豫」，明州本、四庫本、叢刊本、正德本、陳八郎本、尤刻本、胡刻本、監本、九條本同。奎章閣本作「豫」。贛州本作「豫」。當作「豫」。

「籍田」　四庫本、叢刊本、尤刻本同。奎章閣本、明州本、贛州本、正德本、陳八郎本、胡刻本、監本、九條本作「藉田」。今從「籍田」。

▌**立群案**：「籍田」「藉田」通。如詩周頌載芟序：載芟，春籍田而祈社稷也。鄭玄箋：籍田，甸師氏所掌，王載耒耜所耕之田。天子千畝，諸侯百畝。籍之言借也，借民力治之，故謂之籍田。漢書文帝紀：夫農，天下之本也，其開藉田，朕親率耕，以給宗廟粢盛。今從「籍田」。

「大閱」「閱」，四庫本同。奎章閣本、明州本、贛州本、叢刊本、正德本、陳八郎本、尤刻本、胡刻本、監本、九條本作「閲」。當作「閲」。

「以義舉」「舉」，明州本、贛州本、四庫本、叢刊本、正德本、陳八郎本、尤刻本、胡刻本、監本、九條本同。奎章閣本作「擧」。當作「擧」。

「理秋御」「御」，奎章閣本、明州本、贛州本、四庫本、叢刊本、正德本、尤刻本、胡刻本、監本、九條本同。陳八郎本作「御」。當作「御」。

「壯觀」「壯」，明州本、贛州本、四庫本、叢刊本、陳八郎本、尤刻本、胡刻本、監本、九條本同。奎章閣本、正德本作「壯」。當作「壯」。

「邁梁騶」「梁」，奎章閣本、明州本、贛州本、四庫本、叢刊本、正德本、陳八郎本、尤刻本、胡刻本、監本、九條本作「梁」。當作「梁」。

「之所著」「所」，四庫本同。奎章閣本、正德本作「所」。明州本、贛州本、尤刻本、胡刻本作「所」。叢刊本、陳八郎本、監本、九條本作「所」。當作「所」。

【彙注】

【李善注】劉曰：夏獵曰苗，冬獵曰狩。建安二十一年三月，魏武帝親耕籍田于鄴城東。建安二十二年十月甲午，治兵，上親執金鼓，以詔進退。大閱，講武也。魯詩傳曰：古有梁騶。梁騶，天子獵之田曲也。善曰：孟子，夏諺曰：吾王不游，吾何以休？吾王不豫，吾何以助？一游一豫，爲諸侯度。禮記曰：天子爲籍田千畒。公羊傳曰：大閱者何？簡車馬也。蔡邕獨斷曰：天子有法駕。莊子曰：尹需學御三年而無所得，夜夢受秋駕於其師。明日往朝其師，其師望而謂之曰：吾非獨愛道也，恐子之未可與也。今將教子以秋駕。司馬彪曰：秋駕，法駕也。史記曰：此天下之壯觀也。

【五臣注】舉，去聲。銑曰：既，已也。夏獵曰苗，爲苗除害。冬獵曰狩。狩，收也。言盡收取之。爰，於也。春出曰游，秋出曰豫。天子躬耕曰籍田，以爲農者先，所勸民也。言動以禮也。大閱，講武也。言以舉義也。法駕，大輅車，六馬駕也。言天子出行必以此也。秋御，御名。使人調理習之。文，謂習禮樂也。武，謂田獵講武也。百官禮樂鏘鏘可法，壯觀也。邁，過也。梁騶，古者天子田獵地名。今則過古書之所著也。

【張鳳翼文選纂注】舉，去聲。既，已也。夏獵曰苗，爲苗除害也。冬獵曰狩。狩，收也。爰，於也。春出曰游，秋出曰豫。天子躬耕曰籍田。言動以禮也。大閱，講武也。言舉以義也。法駕，大輅車，六馬駕也。言天子出行必以此也。秋御，即莊子所謂秋駕也。理，調習也。文，謂禮樂也。武，謂田獵講武也。邁，過也。梁騶，古者天子田獵名。今則過古書之所著也。

【王象乾文選刪注】夏獵曰苗，冬獵曰狩。法駕，秋駕也。古有梁騶，天子獵之田曲也。建安二十一年三月，魏武帝親耕籍田於鄴城東。建安二十二年十月甲午，訓兵，上親執金鼓，以詔進退。莊子曰：尹需學御三年而無所得，夜夢受秋駕於其師。而謂之曰：吾非獨愛道也，恐子之未可與也。今將教子以秋駕。

【陳景雲文選舉正】既苗既狩。注「天子獵之田曲也」，似當作「天子田獵之曲」。

【余蕭客文選音義】舉舊去聲。

【胡克家文選考异】注「天子獵之田曲也」。袁本、茶陵本無「獵之曲」三字。案：無者是也。東京賦善注引作「天子之田也」可證，尤誤添。

注「孟子夏諺曰」。袁本、茶陵本「子」下有「曰」字。

【梁章鉅文選旁證】注梁騶，天子獵之田曲也。六臣本無「獵之曲」三字。胡公考异曰：無者是。東京賦善注引作「天子之田也」可證。姜氏皋曰：「梁騶」二字，説詩者皆列之騶虞之下。考大戴禮，凡雅二十六篇，其八篇可歌。歌鹿鳴、貍首、雀巢、采蘩、采蘋、伐檀、白駒、騶虞。禮：散軍而郊射，左射貍首，右射騶虞。注：貍首、騶虞，所以歌爲節也。凡射，以騶虞爲節，獵亦射也。故梁騶爲天子獵之曲，或他處作天子之田者，反是傳寫之訛耳。

注莊子曰：伊需學御三年而無所得，夜夢受秋駕於其師。明日往朝其師，其師望而謂之曰：吾非獨愛道也，恐子之未可與也，今將教子以秋駕。此莊子逸篇。淮南子道應訓亦載其語。吕氏春秋博志篇「需」作「儒」。

【徐攀鳳選注規李】籍田以禮動，大閲以義舉。注建安二十一年三月，魏武帝親耕籍田於鄴城東。建安二十二年十月甲午，治兵，上親執金鼓，以詔進退。大閲，講武。案魏志，治兵即在二十一年之十月，非二十二年也。注誤。

【高步瀛文選李注義疏】注「夏獵」二句，爾雅釋天文，詳見東都賦疏。○魏志武帝紀曰：二十一年，三月壬寅，公親耕籍田。注引魏書曰：有司奏，四時講武於農隙。漢承秦制，三時不講，唯十月都試車馬，幸長水南門，會五營士，爲八陣進退，名曰乘之。今金革未偃，士民素習，自今已後，可無四時講武，但以立秋擇吉日，大朝車騎，號曰治兵，上合禮名，下承漢制。奏可。又冬十月治兵，注引魏書曰：王親執金鼓，以令進退。案「耤田」字本作「耤」，「藉」「籍」皆通借。○魯詩傳，已見東都賦注引。「騶」

彼作「鄒」，字通假。案：又彼注引無「獵曲」二字。胡曰：袁本、茶陵本無「獵之曲」三字。案：無者是也。旁證引姜皋曰：「梁騶」二字，説詩者皆列之騶虞之下。考大戴禮，凡雅二十六篇，其八篇可歌。歌鹿鳴、貍首、鵲巢、采蘩、采蘋、伐檀、白駒、騶虞。禮：散軍而郊射，左射貍首右射騶虞。注：貍首、騶虞所以歌爲節也。凡射，以騶虞爲節。獵亦射也，故梁騶爲天子獵之曲，或他處作天子之田者，反是傳寫之訛耳。步瀛案：此説與以「梁騶」作地名解者迥异。然亦言之成理，故存之。○善注引孟子見梁惠王下。胡曰：袁本、茶陵本「子」下有「曰」字。○禮記，見祭義。「藉」下無「田」字。○公羊，見桓六年。○獨斷下曰：天子有大駕，有小駕，有法駕。此節引。○莊子云云，梁曰：此莊子逸篇。淮南子道應訓亦載其語。吕氏春秋博志篇「需」作「儒」。步瀛案：本書王元長曲水詩序注引莊子亦作「尹儒」，七命注引司馬彪注同。吕氏春秋博志篇高注曰：秋駕，御法也。淮南道應篇許注曰：秋駕善御之術。漢書禮樂志安世房中歌曰：飛龍秋。顔注曰：莊子有秋駕之法者，亦言駕馬騰驤，秋秋然也。楊雄賦曰：秋秋蹌蹌入西園。其義亦同。○史記，見司馬相如傳封禪文。○豫、舉、御、著，古音魚部。○以上典禮。

林不槎枿，澤不伐夭。斧斨以時，罾網以道。德連木理，仁挺芝草。皓獸爲之育藪，丹魚爲之生沼。矞雲翔龍，澤馬亍阜。山圖其石，川形其寶。莫黑匪烏，三趾而來儀。莫赤匪狐，九尾而自擾。

【彙校】

「斧斨以時」「斨」，奎章閣本、明州本、贛州本、四庫本、叢刊本、正德本、尤刻本、胡刻本、監本、九條本同。陳八郎本作「牂」。當作「斨」。

立群案：劉逵注引詩曰：「取彼斧斨，以伐遠揚。」善曰：「斨，七羊切。」五臣良曰：「斨，斧也。」據注，是劉逵本、李善本、五臣本皆作「斨」。諸本多作「斨」，是也。陳八郎本獨作「牂」者，形近而誤也。

「罾網以道」「罾」，叢刊本、九條本同。奎章閣本、明州本、贛州本、四庫本、正德本、陳八郎本、尤刻本、胡刻本、監本作「罾」。當作「罾」。「網」，奎章閣本、明州本、贛州本、四庫本、叢刊本、正德本、陳八郎本、九條本同。尤刻本、胡刻本、監本作「罔」。今從「網」。

立群案：中華字海：「罔」同「網」。見直音篇。今從「網」。

「德連木理」「德」，明州本、贛州本、叢刊本、陳八郎本、尤刻本、胡刻本、監本、九條本同。奎章閣本、四庫本、正德本作「徳」。當作「德」。

「仁挺芝草」「挺」，明州本、贛州本、叢刊本、陳八郎本、尤刻本、胡刻本、監本、九條本同。奎章閣本、四庫本、正德本作「挺」。當作「挺」。

「皓獸」「獸」，明州本、贛州本、四庫本、叢刊本、正德本、陳八郎本、尤刻本、胡刻本、監本、九條本同。奎章閣本作「獸」。當作「獸」。

「爲之育藪」「爲」，明州本、贛州本、叢刊本、陳八郎本、尤刻本、胡刻本、監本、九條本同。奎章閣本、四庫本、正德本作「為」。當作「爲」。「藪」，四庫本同。奎章閣本、明州本、贛州本、叢刊本、正德本、陳八郎本、尤刻本、胡刻本、監本、九條本作「藪」。當作「藪」。

「爲之生沼」「爲」，明州本、贛州本、叢刊本、陳八郎本、尤刻本、胡刻本、監本、九條本同。奎章閣本、四庫本、正德本作「為」。當作「爲」。

「矞雲翔龍」「龍」，奎章閣本、明州本、贛州本、四庫本、叢刊本、陳八郎本、尤刻本、胡刻本、監本、九條本同。正德本作「龍」。當作「龍」。

「澤馬亍阜」「亍」，奎章閣本、明州本、贛州本、四庫本、叢刊本、正德本、尤刻本、胡刻本同。陳八郎本、監本、九條本作「于」。當作「亍」。

立群案：善注引説文曰「亍，步也」，有誤，實應作「亍，步止也」。五臣翰曰：亍，小步。據注，是李善本、五臣本皆作「亍」字也。諸本多作「亍」，是也。陳八郎本、監本、九條本作「于」者，恐「亍」之形近而誤也。

「川形其寶」「寶」，明州本、贛州本、叢刊本同。奎章閣本、四庫本、正德本、陳八郎本、尤刻本、胡刻本、監本、九條本作「寶」。當作「寶」。

「莫黑匪烏」「黑」，奎章閣本同。明州本、贛州本、四庫本、叢刊本、正德本、陳八郎本、尤刻本、胡刻本、監本、九條本作「黒」。當作「黑」。

「而來儀」 「來」，明州本、贛州本、四庫本、叢刊本、陳八郎本、尤刻本、胡刻本、監本、九條本同。奎章閣本、正德本作「来」。當作「來」。「儀」，奎章閣本、明州本、贛州本、四庫本、叢刊本、陳八郎本、尤刻本、胡刻本、監本、九條本同。正德本作「儀」。當作「儀」。

【彙注】

【李善注】劉曰：草木未成曰夭。斨，方銎斧也。詩曰：取彼斧斨，以伐遠揚。延康元年，木連理，芝草生於樂平郡，白鹿白麐見於郡國，赤魚見於太原郡。黄初元年十一月，黄龍高四五丈，出雲中。張口正赤。喬雲者，外赤内青也。揚雄太玄經曰：紫霓喬雲。澤馬見於上黨郡。瑞石靈圖出於張掖之柳谷，始見於建安，形成於黄初，文備於大和，周圍七尋，中高一仞，旁厚一里，蒼質素章，龍馬鳳凰仙人之象，粲然盛著，是以有魏詩雲鳥之書。黄初二年，醴泉出，河内郡玉璧一枚。延康元年，三足烏，九尾狐見於郡國，嘉禾生，醴泉出。善曰：國語，里革曰：山不槎蘖，澤不伐夭。槎，士雅切。枿，五割切。夭，烏老切。斨，七羊切。罾，子能切。文子曰：鷹隼未擊，羅網不得張谷：，草木未落，斤斧不得入山林。孝經援神契曰：德至草木，則木連理。古瑞命記曰：王者慈仁，則芝草生。説文曰：亍，步也。丑赤反。毛詩曰：莫赤匪狐，莫黑匪烏。尚書曰：鳳凰來儀。應劭漢書曰：擾音擾，馴也。

【五臣注】槎，仕雅反。枿，五割反。夭，烏老反。斨，七羊反。喬音聿。亍，耻録反。良曰：槎，斬也。枿，斬去木梢也。今復出者，夭獸之子。斨，斧也。言非時不入山林，斬枿林木，傷伐夭獸。禮云：斷一樹，殺一獸，不以其時，非孝也。草木落，斧斤入山林，鷹隼擊，然後施罾弋。故云斧斨以時，罾網以道。濟曰：有德則木連理，懷仁則挺生芝草。皓獸、丹魚，并祥瑞。藪，澤。池，沼也。翰曰：喬雲，赤色雲。飛龍出焉。澤馬亍於山阜。亍，小步。山川皆爲之生圖見寶也。向曰：其時，三足烏、九尾狐見。詩云：莫黑匪烏，莫赤匪狐。擾，馴擾也。

【張鳳翼文選纂注】枿，五害切。斨，七羊切。矞音聿。亍，耻禄切。槎，斬也。枿，斬去木梢復出者。斨，斧也。言非時不入山林也。連理木、芝草，仁德之應也。皓獸、丹魚，并祥瑞。藪，澤也。矞雲，赤色雲。飛龍出焉。亍，小步也。圖、形，山川之效靈也。三足烏、九尾狐，异物也。莫黑匪烏，莫赤匪狐。詩辭。擾，馴擾也。

【王象乾文選删注】槎，仕雅切。枿，五割切。亍，耻録切。矞雲，外赤内青。

【陳景雲文選舉正】林不槎枿。注「又備於衆和」，「又」當作「文」。又「亍，步也」，「步」上舊本有「小」字。又「應劭漢書曰擾音擾」，按「漢書」下當有「注」字，下「擾」字當作「柔」。

【余蕭客文選音義】夭襖。罜六臣作「網」。道上聲。沼上聲。矞翰曰：雲赤色。西京雜記：雲三色爲矞。亍駐。阜叶，文襖切。注亍。「亍」下增「小」字。注擾音擾。下「擾」字改「柔」。

【余蕭客文選紀聞】育畜。説文二下。

【胡克家文選考异】注「方銎斧也」。袁本、茶陵本無「銎」字。案：此尤添也。

注「楊雄太玄經曰」。袁本、茶陵本無「經」字。

注「文備於大和」下至「是以有魏詩雲烏之書黄初」。袁本、茶陵本無此四十四字。案：疑此乃記三國志注文於旁。尤取以增多而又有訛誤也。

注「亍步也」。袁本、茶陵本「步」上有「小」字，是也。

注「應劭漢書曰擾音擾」。何校下「擾」字改「柔」，陳同。又云「書」下當有「注」字，是也。各本皆脱誤。

【梁章鉅文選旁證】澤馬亍皁。注說文曰：亍，步也。丑赤反。　六臣本「步」上有「小」字。按說文：彳，小步也。徐鍇曰：丑赤反。亍，步止也。從反。彳讀若畜。徐鍇曰：丑録反。然則依李注正文當作「彳皁」。徐鍇於「亍」下引魏都賦曰：「澤馬亍皁」，亦誤也。

注文備于大和。　毛本「文」誤作「又」。「大」誤作「永」。自此句至「是以有魏詩雲鳥之書黄初」四十四字，六臣本所無。胡公考异曰：疑此乃記三國志注文於旁。尤本取以增多而又有誤也。

注應劭漢書曰：櫌音擾。　何校：「書」下添「注」字。下「擾」字改「柔」。陳同。是也。各本皆有脱誤。

【胡紹煐文選箋證】澤馬亍皁。注善曰：說文曰：亍，步也。丑赤反。旁證云：說文：彳，小步。徐鍇曰：丑赤反。亍，步止也。從反彳，讀若畜。徐鍇曰：丑録反。依善注「丑赤」之音，則正文當作「彳皁」。徐於「亍」下引魏都賦云云，亦誤也。紹煐按：本書赭白馬賦「秀騏齊亍」，善「亍」字不引說文，已見前，故不重釋也。是善本作「亍」甚明。繫辭所引不誤。六臣本注無「丑赤反」三字，而正文旁注云「丑録」。「丑録」正是「亍」字。今善本注文「丑赤反」，疑爲後人所加，旁證未見及此。

嘉穎離合以蕁蕁，醴泉涌流而浩浩。顯禎祥以曲成，固觸物而兼造。
蓋亦明靈之所酬酢，休徵之所偉兆。

【彙校】

「嘉穎離合」「穎」，奎章閣本、明州本、贛州本、四庫本、叢刊本、陳八郎本、正德本、胡刻本、監本同。尤刻本、九條本作「頴」。當作「穎」。

「醴泉涌流」「流」，奎章閣本、明州本、贛州本、四庫本、叢刊本、陳八郎本、尤刻本、胡刻本、監本、九條本同。正德本作「流」。當作「流」。

「兼造」「兼」，明州本、贛州本、四庫本、叢刊本、尤刻本、胡刻本、監本、九條本同。奎章閣本、正德本、陳八郎本作「兼」。當作「兼」。

「蓋亦明靈」「蓋」，明州本、贛州本、四庫本、叢刊本、尤刻本、胡刻本、監本、九條本同。奎章閣本、正德本、陳八郎本作「盖」。當作「蓋」。「靈」，明州本、贛州本、四庫本、叢刊本、正德本、陳八郎本、尤刻本、胡刻本、監本、九條本同。奎章閣本作「靈」。當作「靈」。

「之所酬酢」「所」，四庫本同。奎章閣本、正德本作「所」。明州本、叢刊本、胡刻本、監本、九條本作「所」。贛州本、陳八郎本、尤刻本作「所」。當作「所」。

「休徵」「徵」，奎章閣本、明州本、贛州本、四庫本、叢刊本、正德本、陳八郎本、尤刻本、胡刻本、監本、九條本作「徵」。當作「徵」。

「之所偉兆」「所」，四庫本、叢刊本同。奎章閣本、明州本、監本、九條本作「所」。贛州本、陳八郎本、尤刻本、胡刻本作「所」。正德本作「所」。當作「所」。

【彙注】

【李善注】劉曰：易曰：顯道而神德行。是故可與酬酢，可與佑神矣。賓主俱飲，主人先舉，名曰酬。客酌主人酒，名曰酢。酢者，報也。行道德，宇神明，而祥瑞皆至。此蓋明靈感應人理，其與人事交報之義也。故曰蓋亦明靈酬酢也。善曰：説文曰：穎，穗也。蓴，茂盛貌。予本切。蒼頡篇曰：禎，善也。周易曰：曲成萬物而不遺。尚書，有休徵。孔安國曰：序美行之驗也。説文曰：偉，大也。

【五臣注】蓴，子本反。銑曰：嘉穎，爲嘉禾合穗。蓴蓴，花秀貌。浩浩，泉流貌。此皆明禎祥曲成我魏祚，故乃觸類兼造化而出。偉，大。兆，示也。則明神酬酢仁德，休徵大示於天下。

【張鳳翼文選纂注】蓴，子本切。嘉穎，即嘉禾。蓴蓴，秀貌。此言禎祥成我魏祚，故觸類而出也。明靈，神明也。酬酢，報應也。偉兆，大兆也。

【王象乾文選刪注】蓴，子本切。蓴蓴，茂盛貌。

【杭世駿文選課虛】偉，大也。

【余蕭客文選音義】浩上聲。造上聲。兆上聲。

【胡克家文選考異】注「顯道而神德行」。茶陵本無「而」字，是也。袁本亦衍。

【梁章鉅文選旁證】注顯道而神德行。「而」字不當有。

注說文曰：穎，穗也。又偉，大也。今說文：穎，禾末也。偉，奇也。

【高步瀛文選李注義疏】「罔」，五臣作「網」，字同。○魯語上韋注曰：草木未成曰夭。○詩，見七月。毛傳曰：斨，方銎也。說文曰：銎，斧空也。案：空即孔，斧孔曰銎，方孔者則曰斨也。又案：袁、茶二本無「銎」字，非是。○魏志文帝紀曰：文皇帝諱丕，字子桓，武帝太子也。太祖崩，嗣位爲丞相、魏王，改建安二十五年爲延康元年。三月，黃龍見譙。夏四月丁巳，饒安縣言白雉見。八月，石邑縣言鳳皇集。冬十一月，漢帝以衆望在魏，乃召公卿士告祠高廟，使兼御史大夫張音持節，奉璽綬禪位。裴注：太史丞許芝條魏代漢，見讖緯於魏王曰：殿下即位，初踐阼，德配天地，行合神明。恩澤盈溢，廣被四表，格于上下。是以黃龍數見，鳳皇仍翔，麒麟皆臻，白虎效仁。前後獻見於郊甸，甘露、醴泉、奇獸、神物，衆瑞并出。斯皆帝王受命易姓之符也。又相國歆、太尉詡、御史大夫朗及九卿奏曰：陛下即位，光昭文德。是以布政未朞，人神并和。皇天則降甘露而臻四靈，后土則挺芝草而吐醴泉。虎豹鹿兔，皆素其色。雉鳩燕雀，亦白其羽。連理之木，同心之瓜，五采之魚，珍祥瑞物，雜沓于其間者，無不畢備。宋書符瑞志下曰：木連理，王者德澤純洽，八方合爲一，則生。魏文帝黃初初，郡國二言木連理。芝草，王者慈仁則生。食之令人度世。符瑞志中曰：白鹿，王者明惠及下則至。魏文帝黃初元年，郡國十九言白鹿及白麞見。白麞，王者刑罰理則至。黃龍者，四龍之長也。不漉池而漁，德至淵泉，則黃龍游於池。漢獻帝延康元年三月，黃龍見譙。又郡國十三言黃龍見。又符瑞志下曰：魏文帝初，鑊中生赤魚。皆與注可互證。○太玄，見割之次七，「霓」作「蜺」，字同。然司馬光注引王涯注曰：紫蜺，妖氣。畜雲，日旁刺日之氣。則非祥瑞，與本注義异。案：尤本、毛本「太玄」下有「經」字，今依袁、茶二本。○

○藝文類聚祥瑞部下引瑞應圖一本曰：王者不儲馬，則龍馬、乘黃、澤馬、朱髦并集。○「文備於大和」

至「有魏詩雲鳥之書黄初」，胡曰：袁本、茶陵本無此四十四字。案：疑此乃記三國志注文於旁，尤取以增多，而又有訛誤也。步瀛案：魏志明帝紀注引搜神集多與此同，故考异疑後人記三國志注文於旁，而誤入注中者。又「是以有魏詩雲鳥之書」句，未詳，又非注，故謂又有訛誤。然袁、茶二本無此四十四字，上下文亦不連屬，且「旁厚一里」句亦非注中所有，則胡氏以爲三國注非也。此亦偏信二本之失。○禮運疏引孝經援神契曰：德及深泉，則黄龍見，醴泉涌。○宋書符瑞志下曰：三足烏，王者慈孝天地則至。嘉禾，五穀之長，王者德盛，則二苗共秀。於周德，三苗共穗。於商德，同本异穟。於夏德，异本同秀。藝文類聚祥瑞部下引瑞應圖曰：九尾狐者，六合一同則現。○易，見繫辭上。尤本、毛本「道」下衍「而」字，今依袁、茶二本。○詩行葦鄭箋曰：進酒於客曰獻，客答之曰酢。主人又洗爵醻客，客受而奠之，不舉也。又彤弓箋曰：飲酒之禮，主人獻賓。賓酢主人。主人又飲而酌賓，謂之醻。醻，猶厚也，勸也。釋文曰：「醻」，本又作「酬」。孔疏曰：案燕禮，賓既受獻西階上北面，坐卒爵。賓以虚爵降，賓坐取觚，奠於篚下，盥洗，卒盥，揖升酌以酢主人於西階上，主人北面拜受。又曰：遂卒爵。是主人獻賓，賓酢主人也。又曰：主人盥洗，升，媵觚於賓，酌散，西階上坐奠爵，拜賓。賓降筵，北面答拜。主人坐祭，遂飲。又曰：主人酌膳。賓西階上拜，受爵於筵前，反位。主人拜送爵。賓升席，坐祭酒，遂奠於薦東。是主人又飲而酌賓曰醻也。其鄉飲酒亦然。○善注引國語見魯語上，已詳東京賦。○文子，見上仁篇。「張」下「入」下皆有「於」字。道藏默希子注本「谷」作「皋」，淮南子主術篇作「谿谷」。○孝經援神契，禮記禮運疏引同。○御覽休徵部二引孫氏瑞應圖曰：王者慈仁則芝草生。與古瑞命記同。又引瑞令記曰：食芝延年不終，與真人同。案：「令」蓋「命」字之誤。○説文，見彳部。「步」下當有「止」字。袁本、茶陵本作「小步也」，亦誤。又，「丑赤反」當作「丑録反」。梁曰：按説文：彳，小步也。徐鍇曰：丑赤反。亍，步止也，從反彳。讀若畜。徐鍇曰：丑録反。然則依李注，正文當作「彳亍」，徐鍇於「亍」下引魏都賦曰澤馬亍皐，亦誤也。胡紹煐曰：本書赭白馬賦「秀騏齊亍」，善「亍」字不引説文，已見前，故不重釋也。是善本作「亍」甚明。繫傳所引不誤。六臣本注無「丑赤反」三字，而正文旁注云「丑録」。「丑録」正是「亍」字，今善本注文「丑赤反」，疑爲後人所加。旁證未見及此。○毛詩，見北風。尚書，見益稷。○漢書下各本脱「注」字，「柔」作「擾」。今依何氏、陳氏、胡氏、梁氏校改。漢書高帝紀贊注引應劭曰：擾，馴也。周禮天官大宰之職以擾萬民，鄭注曰：擾，猶馴也。史記夏本紀：擾而毅。集解引徐廣曰：「擾」，一作「柔」。廣雅釋詁四曰：犪，柔也。王念孫疏證曰：應劭云：犪音柔。「犪」「柔」聲義并同，故古亦通用，是也。案：「擾」，字本從夒作「擾」，訓馴者本字當作「犪」。説文牛部曰：犪，牛柔謹。段注曰：玉篇曰：尚書犪而毅，字如此。按凡馴擾字當作此。隸作犪。又手部曰：「擾」，煩也。段曰：引申爲煩亂之稱。訓馴之字，依許作「犪」，而古書多作「擾」，蓋「擾」得訓馴，猶亂得訓治，徂得訓存，苦得訓快，皆窮則變，變則通之理也。周禮注曰：（擾），猶馴也。言猶者，字本不訓馴。説文禾部，今本作「穎，禾末也」。沈濤曰：案文選魏都賦注引「穎，穗也」，蓋古本如是。詩生民：寔穎寔栗。傳曰：穎，垂穎也。書序：异畝同穎。僞孔傳云：穎，穗也。文選思玄賦：既垂穎而顧本兮。崇賢引舊注曰：穎，穗也。小爾雅廣物：禾穗謂之穎。則穎實訓穗。今本乃二徐妄改。後漢書張衡傳注云：穎，穟也。「穟」亦「穗」字之誤。詩生民正義、御覽八百三十九百穀部引同今本。疑後人據今本改。步瀛案：説文若作「穗」，二徐必不改爲「禾末」二字。説文以「穗」爲「采」之俗字，疑注穎下本作「采也」，後誤析爲「禾末」二字耳。○「蕁」，已見西京賦疏。○蒼頡篇，慧苑華嚴經音義上、慧琳一切經音義卷五十、卷八十六、卷九十八引并同。○周易，見繫辭上。○尚書，見洪範。

○説文，見人部。今本作「偉奇也」，沈濤曰：案：文選魏都賦注引云：偉，大也，亦古本之一訓。文選漢武帝賢良詔注引：偉，大也。華嚴經卷上音義引珠叢曰：偉，大也。傀、偉義同，故偉亦有大訓。又文賦注引：偉猶奇也。「猶」字乃崇賢所足。○夭、沼、兆，古音宵部。道、草、阜、竇、擾、浩、造，幽部。通轉爲韵。○以上祥瑞。

旼旼率土，遷善罔匱。沐浴福應，宅心醰粹。餘糧栖畝而弗收，頌聲載路而洋溢。

【彙校】

「旼旼率土」　「土」，明州本、贛州本、四庫本、叢刊本、陳八郎本、尤刻本、胡刻本、監本、九條本同。奎章閣本、正德本作「玉」。當作「土」。

「餘糧栖畝」　「栖」，奎章閣本、明州本、贛州本、四庫本、叢刊本、正德本、陳八郎本、胡刻本、九條本同。尤刻本、監本作「掘」。當作「栖」。「畝」，四庫本同。奎章閣本、明州本、正德本、陳八郎本作

「畒」。贛州本、叢刊本、尤刻本、胡刻本、監本、九條本作「畞」。當作「畝」。

■立群案：善注曰：淮南子曰：昔容成之時，置餘糧於畝首。蔡雍胡廣碑曰：餘糧栖于畎畝。五臣良曰：年穀豐多，盈於田畝。如鳥之栖宿，人不收紀。知李善本、五臣本俱作「栖」。尤刻本、監本作「拪」，或「栖」之形似而誤。吴都賦「窮飛走之栖宿」，監本亦誤作「拪」。

「弗收」 「弗」，贛州本、四庫本、叢刊本、尤刻本、胡刻本、監本、九條本同。奎章閣本、明州本、正德本、陳八郎本作「不」。今從「弗」。「收」，奎章閣本、明州本、贛州本、叢刊本、正德本、監本、九條本同。四庫本作「收」。陳八郎本、尤刻本、胡刻本作「収」。當作「收」。

■立群案：説文：不，鳥飛上翔不下來也。從一，一猶天也。象形。凡不之屬皆從不。凡云不然者，皆於此義引申假借。與「弗」字音義皆殊。音之殊，則「弗」在十五部也。義之殊，則「不」輕「弗」重。公羊傳曰：弗者，不之深也。今從「弗」。

【彙注】

【李善注】醰，徒南切。善曰：封禪書曰：旼旼穆穆。周易曰：君子見善則遷，有過必改。史記，太史公曰：成王作頌，沐浴膏澤。尚書曰：宅山阜猥積。醰，美也。廣雅曰：粹，純也。淮南子曰：昔容成之時，置餘糧於畝首。蔡雍胡廣碑曰：餘糧栖於畎畝。公羊傳曰：古者什一而籍，而頌聲作矣。毛詩曰：厥聲載路。毛萇曰：路，大也。

【五臣注】旼，美貧反。醰，徒南反。粹音邃。良曰：旼旼，和樂貌。言率土和暢，去惡遷善而無匱乏。沐浴，休徵之應。宅，居也。醰粹，猶醇厚也。言醇厚之化，居於人心。年穀豐多，盈於田畝。如鳥之栖宿，人不收紀。頌聲，言歌謡滿路，洋洋乎盈耳。

【張鳳翼文選纂注】旼，美貧切。醰，徒南切。旼旼，和樂貌。言率土和暢，遷善而無隤，沐浴於休徵之應也。醰粹，猶醇厚也。載路，滿路也。

【王象乾文選删注】旼，美貧切。醰，徒南切。醰，美也。

【陳景雲文選舉正】旼旼率土。注「尚書曰宅山阜猥積」。按，引尚書以釋「宅心」二字，當引「宅心知訓」句。「山阜」四字，疑别有誤。

【杭世駿文選課虚】旼音旻。封禪文：旼旼穆穆。

【余蕭客文選音義】旼張揖封禪文注音旻。醰禫。

【余蕭客文選紀聞】旼岷。廣韵一。左思賦：餘糧栖畝而弗收。後晉干寶、宋劉裕，皆有是語。近時場屋中用南史劉裕所言，出「餘糧栖畝」省題詩，而不及左思野客叢書二十。初學記引孟子：東户季子之時，道上雁行而不拾遺，耕耜餘糧宿諸畝首王應麟漢藝志文考證五。

【孫志祖文選李注補正】宅心醰粹。注尚書曰：宅山阜猥積。○正曰：何云：引尚書之文以解「宅心」二字，當引「宅心知訓」句。「山阜猥積」四字疑别有誤。徐氏鯤云：按此賦下文有「山阜猥積而踦嶇」句，此四字當由刻誤。

餘糧栖畝而弗收。注淮南子曰：昔容成之時，置餘糧於畝首。○正曰：周嬰巵林云：初學記帝王部引子思子曰：東户季子之時，道上雁行而不拾，餘糧宿諸畝首。又在鴻烈之先。

【張雲璈選學膠言】餘糧栖畝而弗收。注引淮南子曰：昔容成之時，置餘糧於畝首。孫侍御曰：周嬰巵林云：初學記帝王部引子思子曰：東户季子之時，道上雁行而不拾，餘糧宿諸畝首。又在鴻烈之先。

【朱珔文選集釋】餘糧栖畝而弗收。善注引淮南子曰：昔容成之時，置餘糧於畝首。案：困學紀聞云：子思子曰：東户季子之時，道上雁行而不拾遺，餘糧宿諸畝首見初學記九帝王部。「餘糧栖畝」本於此。翁氏元圻注以爲厚齋此條蓋正王楙野客叢書以「餘糧栖畝」始於左思之誤。余謂，善注引淮南見本經訓，而繆稱訓又云：東户季子之世，道路不拾遺，耒耜餘糧宿諸畝首。文與子思子略同。高誘注：東户季子，古之人君。是同屬淮南，而所稱之人亦各异。蓋傳述古語不能一致也。

【梁章鉅文選旁證】餘糧栖畝而弗收。注淮南子曰：昔容成之時，置餘糧於畝首。周氏嬰巵林云：初學記帝王部引子思子曰：東户季子之時，道上雁行而不拾遺，餘糧宿諸畝。此更在淮南子之前。

注宅山阜猥積。何校改作「宅心知訓」。案李注引尚書以釋「宅心醰粹」句也。此當因下文「山阜猥積而崎嶇」句致誤耳。

注醰，美也。廣雅釋詁：膻，美也。玉篇：膻，食味美。「醰」，蓋與「膻」同。

【胡紹煐文選箋證】餘糧栖畝而弗收。注善曰：淮南子曰：昔容成世之時，置餘糧於畝首。蔡邕胡廣碑：餘糧栖於畎畝。按：子思子曰：東户季子之時，道上雁行而不拾遺，餘糧宿諸畝首。引見初學記。此賦及蔡碑并當本此。又淮南繆稱訓云：昔東户季子之世，道路不拾遺，耒耜餘糧宿諸畝首。

河、洛開奥，符命用出。翩翩黄鳥，銜書來訊。人謀所尊，鬼謀所秩。
劉宗委馭，巽其神器。

【彙校】

「符命用出」　「出」，奎章閣本、明州本、四庫本、叢刊本、正德本、陳八郎本、尤刻本、胡刻本、監本同。贛州本、九條本作「㞮」。當作「出」。

「翩翩黄鳥」　「黄」，奎章閣本、四庫本、正德本、陳八郎本同。明州本、贛州本、叢刊本、尤刻本、胡刻本、監本、九條本作「黃」。當作「黄」。

「銜書來訊」　「銜」，明州本、贛州本、四庫本、叢刊本、陳八郎本、尤刻本、胡刻本、監本、九條本同。奎章閣本、正德本作「銜」。當作「銜」。「來」，明州本、贛州本、四庫本、叢刊本、陳八郎本、尤刻本、胡刻本、監本、九條本同。奎章閣本、正德本作「来」。當作「來」。

「人謀所尊」　「所」，四庫本同。奎章閣本、正德本作「所」。明州本、叢刊本、胡刻本、監本、九條本作「所」。贛州本、陳八郎本、尤刻本作「所」。當作「所」。

「鬼謀所秩」　「鬼」，奎章閣本、明州本、贛州本、四庫本、叢刊本、正德本、陳八郎本、尤刻本、胡刻本、監本、九條本作「鬼」。當作「鬼」。「所」，四庫本同。奎章閣本、贛州本、陳八郎本、尤刻本作「所」。

明州本、叢刊本、胡刻本、九條本作「所」。正德本作「所」。監本無此字。當作「所」。

「巽其神器」　「巽」，明州本、贛州本、四庫本、叢刊本、正德本、陳八郎本、尤刻本、胡刻本、監本、九條本同。奎章閣本作「巽」。當作「巽」。「器」，明州本、贛州本、四庫本、叢刊本、正德本、陳八郎本、胡刻本、監本、九條本同。奎章閣本作「嚚」。尤刻本作「器」。當作「器」。

【彙注】

【李善注】訊，叶韵，音悉。劉曰：河、洛開奥，河出圖，洛出書也。黄初元年，黄鳥銜丹書，見河尚臺。易曰：人謀鬼謀，百姓與能。

【五臣注】訊音信。翰曰：河、洛出圖書，開秘奥，而大魏符命用出也。翩翩，飛貌。訊，告也。魏將受禪，有黄鳥銜其書，書有文，告以祥應。秩，序也。人謀所尊，謂歌謡也。鬼謀所序，謂祥瑞也。濟曰：委，棄也。神器，帝位。漢主委弃天下之尊，讓於魏也。

【張鳳翼文選纂注】河、洛出圖書，開秘奥，而魏之符命用以出也。訊，告也。魏將受禪，黄鳥銜書來告也。秩，序也。人謀所尊，謂歌謡也。鬼謀所序，謂祥瑞也。委，棄也。漢主委弃天下，讓于魏也。

【王象乾文選删注】河、洛開奥，出圖書。

【余蕭客文選音義】訊舊叶悉。器字典叶乞。

【孫志祖文選考异】銜書來訊。許云：「訊」當作「誶」，訛爲「訊」爾。非叶韵。

【許巽行文選筆記】銜書。注：黄鳥銜書，書見河尚臺。「書見河尚」四字，改「集於尚書」，從魏志及宋書符瑞志校。

【梁章鉅文選旁證】銜書來訊。「訊」當作「誶」。詩：歌以訊之，莫肯用訊。皆「誶」之訛。姜氏皋曰：釋文墓門云：「訊」本又作「誶」，音信。徐息悴反，告也。韓詩：訊，諫也。其正月、皇矣釋文皆同。禮記王制：以訊馘告。學記：多其訊。釋文皆同，似可兩音也。

窺玉策於金縢，案圖籙於石室。考曆數之所在，察五德之所莅。

【彙校】

「窺玉策」　「窺」，明州本、贛州本、陳八郎本、九條本同。奎章閣本、正德本作「窺」。四庫本、叢刊本、尤刻本、胡刻本、監本作「闚」。當作「窺」。「策」，四庫本、叢刊本同。奎章閣本、明州本、贛州本、正德本、陳八郎本、尤刻本、胡刻本、九條本作「策」。監本作「策」。當作「策」。

「於金縢」　「於」，奎章閣本、明州本、贛州本、四庫本、叢刊本、陳八郎本、尤刻本、胡刻本、監本、九條本同。正德本作「扵」。當作「於」。

「案圖籙」　「案」，明州本、贛州本、四庫本、叢刊本、尤刻本、胡刻本、監本、九條本同。奎章閣本、正德本作「接」。陳八郎本作「按」。今從「按」。「籙」，尤刻本、胡刻本、監本同。奎章閣本、明州本、贛州本、四庫本、叢刊本、正德本、陳八郎本、九條本作「録」。當作「籙」。

立群案： 圖籙，圖讖符命之書。張衡東京賦：高祖膺籙受圖，順天行誅，杖朱旗而建大號。後漢書方術傳序：故王梁、孫咸，名應圖籙，越登槐鼎之任。作「圖籙」是。

韓非子外儲説左上：故籍之虚辭，則能勝一國；考實按形，不能謾於一人。漢書郊祀志上：少君曰：「此器齊桓公十年陳于柏寢。」已而按其刻，果齊桓公器。「按」，考察、查驗之義。戰國策趙策：臣竊以天下地圖案之，諸侯之地，五倍于秦。王充論衡問孔：案聖賢之言，上下多相違。「案」，亦考察、查驗之義。是「案」「按」通。今從「按」。正德本作「接」，應爲「按」之形似而誤。

「於石室」「於」，奎章閣本、明州本、贛州本、四庫本、叢刊本、陳八郎本、尤刻本、胡刻本、監本、九條本同。正德本作「扵」。當作「於」。

「考曆數」「曆」，尤刻本同。奎章閣本、明州本、贛州本、叢刊本、正德本、陳八郎本、監本、九條本作「歷」。四庫本作「歴」。胡刻本作「厤」。當作「曆」。「數」，奎章閣本、明州本、贛州本、四庫本、叢刊本、正德本、陳八郎本、尤刻本、胡刻本、監本、九條本作「數」。當作「數」。

「之所在」「所」，四庫本同。奎章閣本、明州本、叢刊本、胡刻本、監本、九條本作「所」。贛州本、陳八郎本、尤刻本作「所」。正德本作「所」。當作「所」。

「察五德」「德」，明州本、贛州本、叢刊本、陳八郎本、尤刻本、胡刻本、監本、九條本同。奎章閣本、四庫本、正德本作「徳」。當作「德」。

「之所莅」「所」，監本同。奎章閣本、正德本作「所」。明州本、叢刊本、胡刻本、九條本作「所」。

贛州本、四庫本、陳八郎本、尤刻本作「所」。當作「所」。

【彙注】

【李善注】劉曰：玉策，玉牒也。尚書曰：納策於金縢。縢，緘也。揚雄遺劉歆書曰：得觀書於石室。莅，臨也。詩曰：方叔莅止。善曰：七略曰：鄒子有始終五德，從所不勝，木德繼之，金德次之，火德次之，水德次之。

【五臣注】向曰：玉策，所以記帝王之迹。金縢，金匱也。所謂玉版金匱。石室，藏秘書之所。帝王圖籍於此藏也。良曰：五德，五行也。莅，臨也。言察五行之行所臨相生也。

【張鳳翼文選纂注】玉策，所以記帝王之迹。金縢，金匱也。石室，藏帝王圖籍。五德，五行也。涖，臨也。言察五行之所臨也。

【王象乾文選刪注】縢，緘也。

【余蕭客文選音義】莅徐廣史記音義音栗。

【張雲璈選學膠言】闕玉策于金縢，案圖籙于石室。張注引揚雄遺劉歆書曰：得觀書於石室。雲璈按，今本方言皆作「石渠」。盧學士據此注以改方言。

【胡克家文選考异】注「詩曰方叔莅止」下至「儼然元墨」。此三百七字袁本、茶陵本無。案：此初無，與二本同，脩改添之。蓋無者脱，而尤得之，計當時存本尚衆，或有不失善舊者，惜尤延之未能精擇，每誤取增多，若準此條，固無嫌耳。何校改「宅山阜猥積」爲「宅心知訓」，陳同。又「讎校所爲讎校者也」句亦有譌，無以正之。

量寸旬，涓吉日。陟中壇，即帝位。改正朔，易服色。繼絶世，脩廢職。徽幟以變，器械以革。

【彙校】

「涓吉日」　「涓」，四庫本同。奎章閣本、明州本、贛州本、叢刊本、正德本、陳八郎本、尤刻本、胡刻本、監本、九條本作「消」。當作「涓」。

「陟中壇」　「陟」，奎章閣本、四庫本同。明州本、贛州本、叢刊本、正德本、陳八郎本、尤刻本、胡刻本、監本、九條本作「陟」。當作「陟」。

「改正朔」　「改」，奎章閣本、四庫本、正德本、九條本同。明州本、贛州本、叢刊本、陳八郎本、尤刻本、胡刻本、監本作「改」。當作「改」。

「易服色」　「服」，叢刊本同。奎章閣本、明州本、贛州本、四庫本、陳八郎本、尤刻本、胡刻本、監本、九條本作「服」。正德本作「服」。當作「服」。

「繼絶世」　「繼」，明州本、贛州本、四庫本、叢刊本、陳八郎本、尤刻本、胡刻本、監本、九條本同。奎章閣本作「継」。正德本作「繼」。當作「繼」。「絶」，奎章閣本、明州本、贛州本、四庫本、叢刊本、正德本、陳八郎本、尤刻本、胡刻本、九條本同。監本作「絕」。當作「絶」。「世」，奎章閣本、四庫本、正德本、尤刻本、胡刻本同。明州本、贛州本、叢刊本、陳八郎本、監本、九條本作「丗」。當作「世」。

「脩廢職」　「脩」，明州本、贛州本、四庫本、叢刊本、陳八郎本、尤刻本、胡刻本、監本、九條本同。奎章閣本、正德本作「侑」。當作「脩」。

「徽幟以變」　「徽幟」，明州本、贛州本、四庫本同。奎章閣本、九條本作「徽熾」。叢刊本、正德本、陳八郎本、尤刻本、胡刻本、監本作「徽幟」。當作「徽幟」。「變」，奎章閣本、明州本、贛州本、叢刊本、正德本、陳八郎本、尤刻本、胡刻本、監本、九條本同。四庫本作「變」。當作「變」。

■立群案：漢書王莽傳上：其改正朔，易服色，變犧牲，殊徽幟，異器制。顔師古注：徽幟，通謂旌旗之屬也。作「徽幟」是也。

【彙注】

【李善注】劉曰：司馬法曰：明不寶咫尺之玉，而愛寸陰之旬。旬，時也。禮記曰：聖人南面而治天下，改正朔，易服色，殊徽號，异器械。善曰：魏志曰：文帝諱丕，字子桓，武帝太子，爲魏王，漢帝以衆望在魏，遂禪位，乃爲壇於繁陽。王升壇即阼，改元爲黃初。尚書曰：將遜于位。遜與巽同。涓，澤也，古玄切。

【五臣注】銑曰：涓，擇也。言擇吉日就帝位，乃改漢之正朔服色也。王侯有絶嗣者命而繼之，士有失職者復之，皆王者初受位之體也。

【張鳳翼文選纂注】涓，擇也。徽幟，旌旗也。革，改也。

【王象乾文選删注】旬，時也。涓，擇也。文帝諱丕，受禪，改元黃初。

【杭世駿文選課虚】司馬法：明不寶咫尺之玉，而愛寸陰之旬。旬，時也。

【余蕭客文選音義】位叶畫。

【余蕭客文選紀聞】巽其神器，案圖籙於石室，察五德之所莅，涓吉日，即帝位，易服色器、莅、位一韵。室、日、色一韵。

【張雲璈選學膠言】陟中壇，即帝位。何氏讀書記云：「帝位」當作「帝立」。古文「即位」皆曰「即立」。春秋：元年，公即立。商頌：帝立子生商。雲璈按，困學紀聞：金石録：鼎銘有云：王格大室即立。按古器物銘，凡言「即立」，或言「中立庭」，皆當讀爲「位」。蓋古字假借，其説見鄭氏注儀禮。秦泰山刻石猶如此。愚考周禮小宗伯：掌建國之神位。故書「位」爲「立」。鄭司農云：「立」讀爲「位」。古者「立」「位」同字。古文春秋經：「公即位」爲「公即立」。蓋古字通用。何氏之説即本深寧。

【梁章鉅文選旁證】即帝位。何曰：「帝位」當作「帝立」。古文「即位」皆曰「即立」。春秋：元年，即立。商頌：帝立子生商。案：何説非也。賦「陟中壇即帝位」，本屬文從字順，若依何改「即帝立」，反近於不詞矣。此句「位」字與上文「莅」字爲脂韵之去，中間「室」字「日」字爲真韵之入。脂、真二韵，古音相轉，去入合用，爲韵篇中不勝枚舉。若依何改作立，係談韵之入，反與「室」「莅」「日」不相通矣。古者「立」「位」同字，故古器物銘凡言即立，或言立中庭，皆當讀爲位。古文周禮小宗伯：掌建國之神立。鄭司農云：立讀爲位，古文春秋經公即位爲公即立。左氏昭二十二年傳子朝有欲位之言。釋文：位本作立。史記周本紀：武王既入，立于社南。今周書克殷解作王入，即位于社，皆是。然在此賦則不必改字也。

【徐攀鳳選學糾何】量寸旬。何曰：寸旬，未詳。案，注司馬法云云，亦既詳哉言之。不解何氏猶曰未詳也。

即帝位。何曰：「帝位」當作「帝立」。古人「即位」皆曰「即立」。春秋：元年，公即立。商頌：帝立子生商。案，古「立」「位」同字，「即立」猶「即位」也。若所引商頌「立」字，不得作「位」解。

顯仁翌明，藏用玄默。菲言厚行，陶化染學。讎校篆籀，篇章畢覿。優賢著於揚歷，匪蘖形於親戚。

【彙校】

「顯仁翌明」　「翌」，奎章閣本、明州本、贛州本、四庫本、叢刊本、正德本、陳八郎本、尤刻本、胡刻本、監本、九條本作「翌」。當作「翌」。

「藏用玄默」　「藏」，明州本、贛州本、四庫本、叢刊本、陳八郎本、尤刻本、胡刻本、監本、九條本同。奎章閣本、正德本作「藏」。當作「藏」。「默」，奎章閣本、明州本、贛州本、四庫本、叢刊本、正德本、陳八郎本、尤刻本、胡刻本、監本、九條本作「黙」。當作「默」。

「菲言厚行」　「厚」，明州本、四庫本、正德本、陳八郎本、尤刻本、胡刻本、監本同。奎章閣本、贛州本、叢刊本、九條本作「厚」。當作「厚」。

「陶化染學」 「染」，明州本、贛州本、正德本、陳八郎本、九條本同。奎章閣本、四庫本、叢刊本、尤刻本、胡刻本作「染」。監本模糊不清。當作「染」。「學」，明州本、贛州本、四庫本、叢刊本、正德本、陳八郎本、尤刻本、胡刻本、監本、九條本同。奎章閣本作「學」。當作「學」。

「讎校篆籀」 「篆」，四庫本同。奎章閣本、明州本、贛州本、叢刊本、正德本、陳八郎本、尤刻本、胡刻本、監本、九條本作「篆」。當作「篆」。「籀」，四庫本、胡刻本同。奎章閣本、明州本、贛州本、叢刊本、正德本、陳八郎本、尤刻本、監本、九條本作「籀」。當作「籀」。

■**立群案**：玉篇：籀，直救切。説文云：讀書也。又史籀，周大史，造大篆。康熙字典：山海經：神英招，其音如榴。郭璞注：或作籀。所未詳也。字彙補：與籀字不同，籀從手。當作「籀」也。

「篇章畢覿」 「畢」，九條本同。奎章閣本、明州本、贛州本、四庫本、叢刊本、正德本、陳八郎本、尤刻本、胡刻本、監本作「畢」。當作「畢」。

「優賢」 「優」，奎章閣本、明州本、贛州本、四庫本、叢刊本、正德本、尤刻本、胡刻本、九條本同。陳八郎本作「憂」。當作「優」。

■**立群案**：劉逵注引尚書盤庚曰：優賢揚歷。五臣向曰：優其賢才，明其搜揚，而歷試之。據注，當作「優」也。且劉逵注引尚書盤庚語當爲賦語所本。賈誼新書道術：優賢不逮謂之寬，反寬爲阸。亦作「優賢」。

「著於揚歷」 「於」，奎章閣本、明州本、贛州本、四庫本、叢刊本、陳八郎本、尤刻本、胡刻本同。正德本作「扵」。九條本無「於」字。當作「於」。「揚」，奎章閣本、正德本、尤刻本、胡刻本、九條本作

「揚」。明州本、贛州本、四庫本、叢刊本、陳八郎本作「揚」。當作「揚」。「歷」，奎章閣本、明州本、贛州本、叢刊本、正德本、陳八郎本、尤刻本、胡刻本、九條本同。四庫本作「歴」。當作「歷」。

■ **立群案**：賦云：優賢著於揚歷，匪蘖形於親戚。對稱爲文，故當有「於」字也。九條本獨無「於」字者，誤也。

「形於親戚」 「於」，奎章閣本、明州本、贛州本、四庫本、叢刊本、陳八郎本、尤刻本、胡刻本、九條本同。正德本作「扵」。當作「於」。

自「優賢著於揚歷」至篇末，監本佚。

【彙注】

【李善注】劉曰：易曰：顯諸仁，藏諸用。讎校，所爲讎校者也。魏文帝好書，作皇覽。諸文章辭藻多奏御，故曰讎校。尚書盤庚曰：優賢揚歷。歷，試也。善曰：淮南子曰：君人之道，儼然玄墨。馬融論語注曰：菲，薄也。論語曰：君子薄於言而厚於行。風俗通曰：案劉向別録，讎校，一人讀書，校其上下，得謬誤爲校。一人持本，一人讀書，若寃家相對。漢書音義曰：周宣王太史作大篆也。籀音胄。漢書，晁錯曰：今陛下不孽諸侯。應劭曰：接之以禮，不以庶孽畜之也。

【五臣注】篆，遲轉反。籀，逐又反。翰曰：徽幟，旌旗。器械，兵器。革，改也。濟曰：翌，明也。言文帝有仁明之德，藏用於内，守玄默而不言，而德化以著。良曰：文帝寡言厚行，陶染而成其學，讎答校考經史篆籀之書，篇什文章，莫不盡覽。向曰：著，明也。優其賢才，明其搜揚，而歷試之。匪，非。蘖，私。形，見也。言文帝非以私情而見於親戚。

【張鳳翼文選纂注】籀音胄。顯仁翌明，體之顯也。藏用玄默，用之藏也。菲言厚行，行掩言也。

陶染易乎俗也。篆籀，古六書也。優其賢才，搜揚而歷試之。蘖，私也。言非私于親戚也。

【王象乾文選删注】魏文帝好書，作皇覽。諸文章辭藻多奏御，故曰讎校。讎校，一人讀書，校其上下謬誤爲校。一人持本，一人讀書，若冤家相對爲讎。匪孽，接之以禮，不以庶孽畜之。

淮南子曰：君人之道，儼然玄墨。

【何焯義門讀書記】讎校篆籀。一人刊誤爲校，二人對校爲讎。後人嫌讎字，易其名爲校對。對即讎也。

優賢著於揚歷。注「尚書盤庚曰優賢揚歷歷試也」。按，三國志注云：謂揚其歷試也。然今盤庚篇中無「優賢揚歷」之文。

【杭世駿文選課虚】淮南子：君人之道，儼然玄墨。長楊賦：人君以玄默爲神，澹泊爲德。

【余蕭客文選音義】學叶弋。籀善音胄。揚歷。向曰：明其搜揚，而歷試之。何曰：三國注曰：謂揚其歷試也。然今盤庚篇中無「優賢揚歷」之文。

【孫志祖文選李注補正】非言厚行。注：論語曰：君子薄於言，而厚於行。正曰：論語無此文。

【胡克家文選考异】注「論語曰君子薄於言而厚於行」。此十二字袁本、茶陵本無。案：蓋二本脱。

注「讎校」下至「漢書音」。此三十一字袁本、茶陵本無。案：蓋二本脱。又案：「若怨家相對」下當有「爲讎」二字。

注「大篆也」。袁本、茶陵本「大」上有「作」字。

【許巽行文選筆記】優賢。注：尚書盤庚曰：優賢揚歷。歷，試也。尚書語見魏志注，是今文大誓。志、管寧傳注：今文尚書曰：優賢揚歷。

【朱珔文選集釋】優賢著於揚歷。張注引尚書盤庚曰：優賢揚歷。案：今書爲東晋古文，云：其敷心腹腎腸，歷告爾百姓於朕志。而夏侯等書「心腹」二字作一「優」字，「腎腸」作「賢揚」，「歷」字屬上讀。孟陽，晋初人，尚及見今文尚書，故引之如此。何氏焯乃謂盤庚無此文，何其疏與？詳見余尚書廣异。

【梁章鉅文選旁證】匪孽形於親戚。六臣本「孽」作「蘖」。

注讎校，所爲讎校者也。姜氏皋曰：此句乃下注「風俗通曰」一則内錯出於此。「讎校」二字，即劉向别録下文「所爲讎校者也」六字，當在「若怨家相對」句下。

注盤庚曰：優賢揚歷。書堯典疏云：鄭注尚書篇與夏侯等同而經字多异。夏侯等書心腹腎腸曰憂賢陽。蓋「憂」本作「優」，誤分爲「心腹」二字。「腎腸」本作「賢揚」，皆以字形相似致誤耳。而「歷」字當屬下句讀也。王氏鳴盛曰：洪适隸釋載唐扶頌已云「優賢颺歷」。又載國三老袁良碑有云「優臤之寵」。説文：臤，古文以爲「賢」字。然則優臤，即優賢也。又三國志管寧傳：正始二年，陶邱一等薦寧有云：優賢揚歷，垂聲千載。裴松之注今文尚書曰：優賢揚歷，謂揚其所歷試。裴係宋人，其時梅頤書已盛行，以梅書爲古文，自以鄭書爲今文耳。按王氏引隸釋，裴注以證是也。其今文、古文之説，則非釋書疏語。謂作「優賢揚歷」者，正夏侯等書，今文尚書也。作「心腹腎腸」者，正鄭注本，鄭習古文尚書者也。孔傳多依鄭本，故今書亦作「心腹腎腸」也。從來無以鄭本爲今文者，且書疏是謂夏侯等書，與鄭不同，非謂梅頤書與鄭不同，何得顛倒而强爲之説耶？此疏語在虞書標目下。疏云：夏侯等書「宅嵎夷」爲「宅嵎鐵」，「昧谷」曰「柳谷」，「心腹腎腸」曰「憂腎陽」，「劓刵劅剠」云「臏宫劓割頭庶剠」，是鄭注不同也。段氏玉裁以爲此四條，皆上句古文，下句今文，本自明白，不意善讀古書如閻百詩，尚誤會而互易之，近注尚書者皆襲其誤，甚矣句度之難也。今考堯典，作「嵎夷」者古文，作「嵎鐵」者今文。史記索隱云：今文尚書：及帝命驗作禺鐵。此確證也。作「昧谷」者古文，作「柳谷」者今文。周禮縫人注引「柳谷」，賈疏以爲濟南伏生書，伏生正傳今文者，亦確證也。盤庚語蓋與之同，可以無疑矣。孟陽，晉初人，故所見本如此。何氏焯乃謂盤庚篇中無此文，何其疏歟？

注論語曰：君子薄於言而厚於行。　此或是逸論語。翟氏灝曰：疑是「君子欲訥於言而敏於行」之异文。

注風俗通曰：按劉向別録：讎校，一人讀書，校其上下，得繆誤爲校。一人持本，一人讀書，若怨家相對。　「相對」下當有「爲讎」二字。按今本風俗通無此語。

【胡紹煐文選箋證】優賢著於揚歷。注張載曰：尚書盤庚曰：優賢揚歷。歷，試也。按：堯典正義云鄭注尚書與夏侯等同，而經字多异，夏侯等「心腹腎腸」曰「優賢揚」，是「優賢揚曆」爲夏侯等書。魏志管寧傳：太僕陶邱一等薦寧曰：優賢揚歷，垂聲千載。裴松之注：今文尚書曰「優賢揚歷」，謂揚其所歷試也。古碑如漢咸陽令唐扶頌：優賢揚歷。三老袁良碑：優賢之寵。皆用今文。

【徐攀鳳選注規李】優賢著於揚歷。注尚書盤庚曰：優賢揚歷。案，此是今文大誓，見三國志注。

【高步瀛文選李注義疏】五臣「弗」作「不」，「闕」作「窺」，「孽」作「櫱」。案：漢書鼂錯傳作「孽」。○何焯讀書記曰：「帝位」當作「帝立」。古文「即位」皆作「即立」。春秋元年，公即立。商頌：帝立子生商。張雲璈曰：按困學紀聞、金石録鼎銘有云：王格大室即立。按古器物銘凡言即立，或言中立庭，皆當讀爲位。蓋古字假借。其説見鄭氏注儀禮。秦泰山刻石猶如此。愚考周禮小宗伯：掌建國之神位，故書「位」爲「立」，鄭司農云：立讀爲位。古者「立」「位」同字。古文春秋經「公即位」爲「公即立」，蓋古字通用。何氏之説即本深寧。步瀛案：困學紀聞見卷六，金石録見卷十二。古鼎銘跋所引儀禮當作周禮。梁曰：何説非也。賦陟中壇，即帝位，本屬文從字順，若依何改即帝立，反近於不詞矣。古者「立」「位」同字。左氏昭二十二年傳：子朝有欲位之言。釋文：「位」本作「立」。史記周本紀：武王既入，立于社南。今周書克殷解作王入，即位于社，皆是。然在此賦則不必改字也。○李周翰曰：河、洛出圖書，開秘奥，而大魏符命用出也。翩翩，飛貌。訊，告也。魏將受禪，有黄鳥銜其書。書有文告以祥應。梁曰：「訊」當作「誶」。詩：歌以訊之，莫肯用訊。皆「誶」之訛。姜氏皋曰：釋文墓門云：「訊」本又作「誶」，音信。徐：息悴反，告也。韓詩：訊，諫也，其正月、皇矣，释文皆同。禮記王制：以訊馘告。學記：多其訊。釋文皆同。似可兩音也。案：梁説是。○吕延濟曰：委，棄也。神器，帝位。漢主委棄天下之尊，讓於魏也。案：説文：御，使馬也。「馭」，「御」之古文。周禮天官大宰之職，以八柄詔王馭群臣。大戴禮記德篇曰：德，法者御民之銜勒也。吏者，轡也。刑者，策也。天子，御者。内史、太史，左右手也。管子形勢解曰：故術者，造父之所以取遠道也，主之所以立功名也。馭者，操轡也。晏子春秋諫下曰：禮者，所以御民也。轡者，所以御馬也。此言漢帝委棄馭世之轡也。○吕延濟曰：翌，明也。言文帝有仁明之德，藏用於内，守玄默而不言，而德化以著。○注「尚書臺」，各本作「河尚臺」，誤。今校改。宋書符瑞志上曰：魏王受漢禪，柴於繁陽，有黄鳥銜丹書，集於尚書臺。於是改元爲黄初。是其證。○易，見繫辭下。李周翰曰：人謀所尊，謂歌謡也。鬼謀所序，謂祥瑞也。○玉牒，已見吴都賦。○尚書，見金縢篇。吕向曰：玉策，所以記帝王之迹。金縢，金匱也。所謂玉版金匱。石室，藏秘書之所，帝王圖籍於此藏也。○楊雄遺劉歆書，今方言所載，「石室」作「石渠」。戴震注本據本注改。又引文心雕龍事類篇曰：夫以子雲之才，而自奏不學。及觀書石室，乃成鴻裁。

表裏相資，古今一也。故據以訂正。○詩采芑毛傳曰：莅，臨也。○「詩曰：方叔莅止」，至「儼然玄墨」，袁、茶二本無此三百十字。胡曰：此初無，與二本同，脩改添之。蓋無者脱而尤得之。計當時存本尚衆，或有不失善舊者，惜尤延之未能精擇，每誤取增多。若準此條，固無嫌耳。○司馬法今本無此文。「明」下疑有脱字。淮南原道篇曰：故聖人不貴尺之璧，而重寸之陰。○禮記，見大傳。鄭注曰：徽號，旌旗之名也。器械，禮樂之器及兵甲也。○易，見繫辭上。○「讎校所爲讎校者也」，胡曰：句亦有訛，無以證之。步瀛案：此即指魏文帝好書言耳。特語未甚顯，或有脱誤字耳。旁證引姜皋謂「所爲讎校者也」六字，當在下文善注引風俗通「若怨家相對」下。又案：魏志文帝紀曰：初帝好文學，以著述爲務，自所勒成垂百篇。又使諸儒撰集經傳，隨類相從，凡千餘篇，號曰皇覽。注引胡冲吴歷曰：帝以素書所著典論及詩賦餉孫權。又以紙寫一通與張昭。○尚書盤庚，朱珔曰：今書爲東晋古文，云：其敷心腹腎腸，歷告爾百姓于朕志。而夏侯等書「心腹」二字作一「優」字，「腎腸」作「賢揚」，「歷」字屬上讀。孟陽，晋初人，尚及見今文尚書，故引之如此。步瀛案：孫星衍尚書今古文注疏卷六曰：書卷二疏云：夏侯等書「心腹腎腸」曰「憂腎陽」，疏文舛誤，當爲「優賢揚」三字。魏志管寧傳陶丘一等薦寧曰：優賢揚歷。裴氏注曰：今文尚書曰優賢揚歷，謂揚其所歷試。案：「心腹」二字似「優」，「賢」字似「腎」，「腸」字似「揚」，「歷」字上屬，則下告百姓于朕志爲句。陳喬樅今文尚書經説考曰：漢咸陽令唐扶頌優賢颺歷。見隸釋所載。「揚」字作「颺」，或亦三家今文之异字。又隸釋載國三老袁良碑又云：優臤之寵。此亦用今文尚書之語。説文云：臤，古文以爲「賢」字。或三字尚書有從古文作「臤」字者。○善注引封禪書即封禪文，見本書卷四十八。注引漢書音義曰：旼旼，和也。史記司馬相如傳集解引徐廣曰：旼音旻，和貌也。○周易，見益象傳「必改」作「則改」。○太史公，見樂書。○尚書，見康誥。案：原誤作「宅山阜猥積」，今依何氏校改。梁曰：此當因下文「山阜猥積而崎嶇」句致誤耳。○説文小徐本曰：醰，甜長味也。段氏依汲古閣初刻大徐本作「醰，酒味長也」。本書洞簫賦注引字林曰：醰，甜同長味也。段以「同」爲賸字。○廣雅，見釋言。○淮南子，見本經篇。王楙野客叢書卷二十曰：觀蔡邕集中胡公碑云：餘糧栖於畎畝。知左思此語祖邕也。王應麟困學紀聞卷十曰：子思子曰：東户季子之時，道上雁行而不拾遺，餘糧宿諸畝首。餘糧栖畝本此。周嬰卮林卷三曰：淮南本經訓云云，此在蔡氏前矣。而謬稱訓又曰：東户季子之世，道路不拾遺，耒耜餘糧宿諸畝首，使君子小人各得其宜也。許慎曰：東户季子，古之人君。然初學記帝王部引子思子，則又在鴻烈之先。步瀛案：繆稱篇乃許慎注，朱琦引作高誘注，誤。又曰：同屬淮南，而所稱之人亦各异，蓋傳述古語不一致也。○蔡中郎集胡廣碑凡三首，又有太傅祠堂碑銘一首，各本次第不同。本注所引聊城楊氏本在第四卷第二首，題爲胡公碑。○公羊傳，見宣十五年。○毛詩及傳見生民篇。然此賦「載路」與「栖畝」對文，則路宜作道路解，疑賦從三家詩，不與毛傳同也。○「七略」，各本「五德」下脱「言土德」三字，今依本書應吉甫晉武帝華林園集詩注校補。○魏志，見文帝紀。「尚書」下當有「序」字。此堯典序文。案：「愻讓」，字本作「愻」，「遜」「巽」皆通借字。○説文通訓定聲十四曰：涓，段借爲「捐」，捐棄也。凡有所弃，乃有所取，故亦訓擇。或曰，此誼借爲柬，亦通。○淮南子，見主術篇。「墨」作「默」。字通。○馬融論語注，泰伯篇集解引同。○「論語」以下十二字，袁、茶二本無。胡曰：蓋二本脱。步瀛案：今論語亦無此文。翟灝四書考异總考十七曰：按，似君子訥於言而敏於行之記憶訛。案：見雍也篇。又衛靈公篇躬自厚而薄責於人，義亦相近，疑是諸家論語注文。梁謂或是逸論語，則未必然。○風俗通，今本佚此文。御覽學部十二引「讀書」作「讀析」，「對」下有「故曰讎也」四字。○「讎校」至「漢書音」，袁、茶二本誤脱。○周宣王太史作大篆，乃漢書藝文志班固原注，此引作音義，蓋誤。又，尤本脱「作」字，今依袁、茶二本。○漢書，見鼂錯傳錯對策之言。案：「鼂」「晁」字同。○匱、粹、出、誶、器、莅、位，古韵脂部。益，支部。秩、室、日，至部。三部通轉爲韵。色、職、革、默，之部。學、戚，幽部。覯，侯部。幽、侯通轉爲韵。○以上代漢。

本枝別幹，蕃屏皇家。勇若任城，才若東阿。抗旌則威噞秋霜，摛翰則華縱春葩。英喆雄豪，佐命帝室。相兼二八，將猛四七。赫赫震震，開務有謐。故令斯民睹泰階之平，可比屋而爲一。

【彙校】

「本枝別幹」　「本」，奎章閣本、贛州本、四庫本、叢刊本、正德本、胡刻本、九條本同。明州本、陳八郎本、尤刻本作「夲」。當作「本」。「枝」，奎章閣本、明州本、贛州本、四庫本、正德本、胡刻本同。叢刊本、陳八郎本、尤刻本、九條本作「枝」。當作「枝」。「幹」，尤刻本、胡刻本同。奎章閣本、明州本、贛州本、四庫本、叢刊本、正德本、陳八郎本、九條本作「榦」。當作「幹」。

「蕃屏皇家」　「蕃」，贛州本、四庫本、叢刊本同。奎章閣本、明州本、正德本、陳八郎本、尤刻本、胡刻本、九條本作「蕃」。當作「蕃」。

「勇若任城」　「勇」，奎章閣本、明州本、贛州本、四庫本、叢刊本、正德本、陳八郎本、尤刻本、胡刻本、九條本作「勇」。當作「勇」。

「抗旍則」　「旍」，奎章閣本、正德本、陳八郎本同。明州本、贛州本、四庫本、叢刊本、尤刻本、胡刻本、九條本作「旍」。今從「旍」。

■ **立群案**：前「旍旗躍莖」句，許巽行文選筆記：旍旗。「旍」，五經文字云：作「旍」者，訛。嘉德案，漢書、字書亦作「旍」，皆俗字。阮元經籍籑詁：旍，旌同。今從「旍」。

「摛翰」　「翰」，奎章閣本、明州本、贛州本、四庫本、叢刊本、正德本、尤刻本、胡刻本、九條本同。陳八郎本作「輸」。當作「翰」。

「英喆雄豪」　「喆」，奎章閣本、明州本、贛州本、四庫本、叢刊本、正德本、尤刻本同。陳八郎本、胡刻本、九條本作「喆」。當作「喆」。「豪」，四庫本同。奎章閣本、明州本、贛州本、叢刊本、正德本、陳八郎本、尤刻本、胡刻本、九條本作「豪」。當作「豪」。

「相兼二八」　「兼」，明州本、贛州本、叢刊本、尤刻本、胡刻本、九條本同。奎章閣本、四庫本、正德本、陳八郎本作「兼」。當作「兼」。

「將猛四七」　「將」，奎章閣本、正德本作「将」。明州本、贛州本、四庫本、叢刊本、陳八郎本、尤刻本、胡刻本、九條本作「将」。當作「將」。

「赫赫震震」　「赫赫」，奎章閣本、明州本、贛州本、四庫本、叢刊本、正德本、陳八郎本、尤刻本、胡刻本同。九條本作「赫」。當作「赫赫」。「震震」，奎章閣本、贛州本、四庫本、陳八郎本、尤刻本、胡刻本作「震震」。明州本、叢刊本、正德本、九條本作「震震」。當作「震震」。

■立群案：「赫赫」「震震」并列。諸本多作「赫赫」，是也。九條本獨作「赫」者，誤也。

「斯民睹」　「睹」，奎章閣本、明州本、贛州本、四庫本、叢刊本、正德本、陳八郎本、尤刻本、胡刻本、九條本作「覩」。當作「睹」。

「而爲一」　「爲」，明州本、贛州本、叢刊本、陳八郎本、尤刻本、胡刻本、九條本同。奎章閣本、四庫本、正德本作「為」。當作「爲」。

【彙注】

【李善注】喆，知列切。劉曰：建安二十三年，代郡烏丸反，魏武帝以鄢陵侯彰爲北中郎將，行驍騎將軍。入涿郡界，叛胡數千騎卒至，彰唯有步卒千人，騎數百匹，身自搏戰，追胡，大破之。斬首五千餘級。二八者，八元八凱也。四七者，漢光武二十八將也。黄帝泰階六符經曰：泰階者，天之三階也。上階，上星爲天子，下星爲女主。中階，上星爲諸侯三公，下星爲卿大夫。下階，上星爲元士，下星爲庶人。三階平，則陰陽和，風雨時，歲大登，民人息，天下平，是謂太平。善曰：毛詩曰：本支百世。説文曰：幹，本也。左氏傳，富辰曰：封建懿親，以藩屏周。蔡邕述行賦曰：皇家赫而天居。彰後爲任城王，植爲東阿王。漢書，終軍曰：驃騎抗旌，昆耶左衽。噞，猶猛也。鱼贍反。荀悦申鑒曰：人主怒如秋霜。答賓戲曰：摛藻如春華。易乾鑿度曰：代者赤兑黄佐命。應劭漢官儀曰：帝室，猶古言王室。毛詩曰：赫赫師尹。周易曰：夫易，開物成務。爾雅曰：謐，静也。音密。尚書大傳曰：周人可比屋而封。

【五臣注】噞音驗。喆，知列反。翰曰：本，根也。言諸兄弟侯王者皆帝之同體，如木之同根而別枝幹，皆作社稷之藩援。濟曰：任城王章，東阿王植。銑曰：抗，立。嗛，猛。摛，發也。立旌節，則威猛如秋霜，謂任城王章。發文翰，則華縱如春之葩花，謂東阿王植。良曰：二八，謂舜之八元八凱。言今之相兼而過也。四七，謂光武二十八將。言今之將猛於彼者。向曰：言王侯將相，赫赫而盛，震震而壯，皆開物成務，使天下清謐者也。泰階，三星也。三階平，則天下太平。故欲使此億兆之人睹之，則比屋可封，而天下一家也。

【**張鳳翼文選纂注**】嗛音驗。喆，知列切。本，根也。言諸兄弟侯王皆帝之同體，如木之同根而別幹，皆作社稷之藩援也。抗，立也。嗛，猛也。摛，發也。立旌節，則威斂夫秋霜。謂任城王章也。發文翰，則華縱如春葩。謂東阿王植也。二八，謂舜之八元八凱也。四七，謂光武二十八將也。震震，壯也。皆開物成務，使天下清謐者也。泰階，三星也。三階平，則天下太平。故欲使此億兆之人睹之，則比屋可封，而天下一家也。

【**王象乾文選删注**】嗛音驗。喆，知列切。謐音密。任城，曹彰。東阿，曹植。嗛，猶猛也。二八，元凱也。四七，雲臺諸將也。謐，静也。烏丸反，鄢陵侯彰以步卒千人，騎數百匹，身自搏戰，追胡數千騎，大破之。彰後爲任城王。荀悦申鑒曰：人主怒如秋霜。答賓戲曰：摛藻如春華。黄帝六符經曰：泰階，天之三階。上階，上星爲天子，下星爲女主。中階，上星爲諸侯三公，下階爲卿大夫。下階，上星爲元士，下星爲庶人。三階平，則陰陽和，風雨時，歲大登，民人息，天下平，是爲太平。

【**余蕭客文選音義**】謐善音密。阿叶哇。喆同哲。

【**余蕭客文選紀聞**】喆哲。元包經注一。

【**胡克家文選考异**】注「毛詩曰赫赫師尹」。袁本、茶陵本無此七字。

【梁章鉅文選旁證】將猛四七。東京賦云：授鉞四七。注説文曰：幹，本也。本書贈劉琨詩注引同。按「幹」當作「榦」。今説文：榦，築牆耑木也。徐鉉曰：今別作「幹」，非是。

【高步瀛文選李注義疏】魏志武帝紀曰：建安二十三年，夏四月，代郡、上谷、烏丸、無臣氏等畔，遣鄢陵侯彰討破之。任城王傳曰：任城威王彰，字子文。少善射御，膂力過人。建安二十一年，封鄢陵侯。二十三年，代郡、烏丸反，以彰爲北中郎將，行驍騎將軍。臨發，太祖戒彰曰：居家爲父子，受事爲君臣，動以王法從事，爾其戒之。彰北征，入涿郡界，叛胡數千騎卒至。時兵馬未集，唯有步卒千人，騎數百匹，用田豫計，固守要隙。虜乃散退。彰追之，身自搏戰，射胡，騎應弦而倒者前後相屬。戰過半日，彰鎧中數箭，意氣益厲。乘勝逐北，至于桑乾，令軍中後出者斬。二日一夜，與虜相及，擊，大破之，斬首獲生以千數。○「二八八元八凱也」以下十八字，茶陵本無。○左文十八年：季文子使太史克對曰：昔向陽氏有才子八人：蒼舒、隤敳、檮戭、大臨、尨降、庭堅、仲容、叔達，齊聖廣淵，明允篤誠，天下之民，謂之八愷。高辛氏有才子八人：伯奮、仲堪、叔獻、季仲、伯虎、仲熊、叔豹、季貍，忠肅共懿，宣慈惠和，天下之民謂之八元。○四七，已見東京賦。○漢書東方朔傳注：應劭引黄帝泰階六符經曰：泰階者，天之三階也。上階爲天子，中階爲諸侯、公卿、大夫，下階爲士、庶人。上階上星爲男主，下星爲女主。中階上星爲諸侯、三公。下星爲卿、大夫。下階上星爲元士。下星爲庶人。三階平，則陰陽和，風雨時，社稷神祇咸獲其宜，天下大安，是爲太平。三階不平，則五神乏祀，日有食之，水潤不浸，稼穡不成，冬雷夏霜，百姓不寧。故治道傾，天子行暴令，好興甲兵，修宫榭，廣苑囿，則上階爲之奄奄疏闊也。與本注引可以互證。○善注引毛詩見文王。「支」、「枝」之通借字。○説文曰：幹，本也。梁曰：本書贈劉琨詩注引同。按：「幹」當作「榦」，今説文榦，築墻耑木也。徐鉉曰：今別作「幹」，非是。沈濤曰：文選兩引曰：幹，本也。左傳昭二十五年正義引，幹，脅也。二書所據皆唐本。蓋榦有數義，古本當有一曰榦本也，一曰脅也。今本爲二徐妄删。説文無「幹」字，而唐本有之，乃爲乾溼之「乾」正字，則選注、傳疏所引「幹」字，皆「榦」字之假借也。步瀛案：沈説恐未確。慧琳一切經音義榦字、幹字，皆屢引説文而往往不同。卷八引説文曰：榦，樹枝也。卷十三引説文曰：幹，樹枝也。卷十四引説文曰：幹，本也。以此考之，唐本説文榦字异義安得如此之多耶？左傳，見僖二十四年，作封建親戚，以蕃屏周，下云不廢懿親，此蓋以意引，未必有异本也。○蔡邕述行賦，本書陸士衡前緩聲歌注引作述征賦，水經濟水注同。而雪賦、舞鶴賦注、古文苑卷二十一、藝文類聚人部十一引及集皆作述行賦，與本注同。案：袁本「邕」作「雍」。○魏志任城陳蕭王傳曰：任城威王彰，封鄢陵侯。黄初二年，進爵爲公。三年，立爲任城王。陳思王植，字子建。善屬文。建安十六年，封平原侯。十九年，徙封臨淄侯。黄初二年，貶爵安鄉侯。其年，改封鄄城侯。三年，立爲鄄城王。四年，徙封雍丘王。太和元年，徙封浚儀。二年，復還雍丘。三年，徙封東阿。六年二月，封爲陳王。案：任城，今山東濟寧縣治。東阿，在今山東陽谷縣東北。○漢書，見終軍傳。「旌」「旍」字同。本注各本「右衽」誤作「左衽」，今依漢書正。○説文無噞字。朱駿聲以此爲「險」之借字。○申鑒，見雜言上。○答賓戲，見本書卷四十五。○乾鑿度，已見西都賦注。○漢官儀，本書西征賦注引同。○毛詩，見節南山。胡曰：袁本、茶陵本無此七字。○周易，見繫辭上。○尚書大傳，本書七命、四子講德論、勸進箋、奏彈王源注引并同。○家、葩，古音魚部。阿，歌部。通轉爲韻。室、七、謐、一，古音至部。○以上才俊。

算祀有紀，天祿有終。傳業禪祚，高謝萬邦。皇恩綽矣，帝德冲矣。讓其天下，臣至公矣。榮操行之獨得，超百王之庸庸。追亘卷領與結繩，睠留重華而比蹤。尊盧、赫胥，羲、農、有熊。雖自以爲道，洪化以爲隆。世篤玄同，奚遽不能與之踵武而齊其風？

【彙校】

「算祀有紀」「算」，奎章閣本、明州本、贛州本、叢刊本、正德本、陳八郎本、尤刻本、胡刻本、九條本作「筭」。四庫本作「筭」。當作「算」。

「傳業禪祚」「傳」，明州本、贛州本、叢刊本、正德本、陳八郎本、尤刻本、胡刻本、九條本同。奎章閣本、四庫本作「傳」。當作「傳」。「禪」，明州本、贛州本、四庫本、叢刊本、正德本、陳八郎本、尤刻本、胡刻本、九條本同。奎章閣本作「襌」。當作「禪」。

「高謝萬邦」「高」，奎章閣本、明州本、贛州本、四庫本、叢刊本、正德本、陳八郎本、尤刻本、胡刻本、九條本作「髙」。當作「高」。「萬」，奎章閣本、明州本、贛州本、四庫本、叢刊本、正德本、尤刻本、胡刻本、九條本同。陳八郎本作「万」。當作「萬」。「邦」，明州本同。奎章閣本、贛州本、四庫本、叢刊本、正德本、陳八郎本、尤刻本、胡刻本、九條本作「邦」。當作「邦」。

「皇恩綽矣」「皇恩」，贛州本、四庫本、叢刊本、尤刻本、胡刻本、九條本同。奎章閣本、正德本、陳八郎本作「皇情」。明州本作「皇情」。今從「皇恩」。

■立群案：西京賦：皇恩溥，洪德施。當爲賦語所本。謝朓敬亭山亦云：皇恩竟已矣，兹理庶無睽。然顔延之應詔宴曲水作：化際無間，皇情爰眷。沈約齊安陸昭王碑：皇情眷眷，慮深求瘼。似在左思同時或稍晚，「皇情」一詞亦大量出現。今從「皇恩」也。

「帝德冲矣」　「德」，明州本、贛州本、叢刊本、陳八郎本、尤刻本、胡刻本、九條本同。奎章閣本、四庫本、正德本作「德」。當作「德」。「冲」，奎章閣本、尤刻本同。明州本、贛州本、四庫本、叢刊本、正德本、陳八郎本、胡刻本、九條本作「沖」。當作「沖」。

「超百王」　「超」，奎章閣本、明州本、贛州本、叢刊本、陳八郎本、尤刻本、胡刻本、九條本同。四庫本、正德本作「超」。當作「超」。

「之庸庸」　「庸庸」，明州本、贛州本、四庫本、叢刊本、陳八郎本、尤刻本、胡刻本、九條本同。奎章閣本、正德本作「庸庸」。當作「庸庸」。

「與結繩」　「與」，明州本、贛州本、四庫本、叢刊本、陳八郎本、尤刻本、胡刻本、九條本同。奎章閣本、正德本作「與」。當作「與」。「結」，奎章閣本、明州本、四庫本同。贛州本、叢刊本、正德本、陳八郎本、尤刻本、胡刻本、九條本作「結」。當作「結」。

「尊盧赫胥」　「盧」，明州本、贛州本、四庫本、叢刊本、陳八郎本、尤刻本、胡刻本、九條本同。奎章閣本、正德本作「盧」。當作「盧」。

「羲農有熊」　「羲」，贛州本、叢刊本同。奎章閣本、明州本、四庫本、正德本、陳八郎本、尤刻本、胡刻本、九條本作「羲」。當作「羲」。「農」，四庫本同。奎章閣本、明州本、贛州本、叢刊本、正德本、陳八郎本、尤刻本、胡刻本、九條本作「農」。當作「農」。「熊」，奎章閣本、明州本、贛州本、四庫本、叢刊本、陳八郎本、尤刻本、胡刻本、九條本同。正德本作「熊」。當作「熊」。

「雖自以爲」「雖」，奎章閣本、明州本、贛州本、四庫本、叢刊本、九條本同。正德本、陳八郎本、尤刻本、胡刻本作「雖」。當作「雖」。「爲」，明州本、贛州本、叢刊本、陳八郎本、尤刻本、胡刻本、九條本同。奎章閣本、四庫本、正德本作「為」。當作「爲」。

「以爲隆」「爲」，明州本、贛州本、叢刊本、陳八郎本、尤刻本、胡刻本、九條本同。奎章閣本、四庫本、正德本作「為」。當作「爲」。「隆」，奎章閣本、明州本、贛州本、四庫本、叢刊本、正德本、尤刻本、胡刻本、九條本同。陳八郎本作「隆」。當作「隆」。

「世篤玄同」「世」，四庫本同。奎章閣本、明州本、正德本、陳八郎本、九條本作「代」。贛州本、叢刊本、尤刻本、胡刻本作「丗」。今從「世」。

■**立群案**：據校勘情況，是李善本作「世」，五臣本作「代」。亦無可考，今從「世」。

「奚遽不能」「遽」，明州本、贛州本、四庫本、叢刊本、正德本、陳八郎本、尤刻本、胡刻本、九條本同。奎章閣本作「遽」。當作「遽」。「能」，明州本、贛州本、四庫本、叢刊本、陳八郎本、尤刻本、胡刻本、九條本同。奎章閣本、正德本作「能」。當作「能」。

「與之踵武」「與」，明州本、贛州本、四庫本、叢刊本、陳八郎本、尤刻本、胡刻本、九條本同。奎章閣本作「與」。正德本作「與」。當作「與」。

「而齊其風」「齊」，四庫本、胡刻本同。奎章閣本、明州本、贛州本、叢刊本、正德本、陳八郎本、尤刻本、九條本作「齊」。當作「齊」。

【彙注】

【李善注】劉曰：淮南子曰：古者有督而卷領以王天下，其爲德，生而不殺。莊周曰：昔者軒轅氏、赫胥氏、尊盧氏、虙戲、神農氏，當是時，人結繩而用之。若此之時，則至治也。黄帝一號有熊氏。踵，繼也。武，迹也。楚辭曰：及前王之踵之武。善曰：幽通賦曰：且算祀于契龜。音義曰：算，數也。尚書曰：天禄永終。王逸楚辭注曰：謝，去也。西京賦曰：皇恩溥。尚書曰：帝德廣運。老子曰：大滿若冲。字書曰：冲，虚也。魏志曰：陳留王奐即皇帝位，後禪位于晋嗣王。魏世譜曰：魏封帝爲陳留王。臣至公，謂帝爲臣於晋，至公之道也。仲長子昌言曰：人主臨之至公。司馬相如吊二世文曰：操行之不得。班固曰：漢承百王之弊。馮衍顯志賦曰：非庸庸之所識。庸，謂凡常無奇异也。史記曰：舜字重華。高誘淮南子注曰：隆，盛也。老子曰：知者不言，言者不知，是謂玄同。韓子曰：雖厚愛之，奚遽不亂。

【五臣注】卷，居免反。翰曰：謂魏氏德衰，爲晋所代。算年有數，天禄已去，遂傳業於晋，退位以謝萬國，則我皇情寬綽，帝德冲深，自退爲臣，實至公矣。濟曰：榮，猶美也。庸庸，瑣瑣也。亘，過也。睠，睠顧也。留，留心也。卷領結繩，上古有道君。重華，舜也。言魏主有讓德，可謂美操高行，獨得於此。超百王瑣瑣之道，追過卷領結繩之主，睠顧留心於舜，與之比蹤，爲讓禹也。濟曰：尊盧、赫胥、伏羲、神農、有熊，皆古之有道君也。洪，大。崇，高。篤，厚也。玄同，猶大同也。奚，猶何也。遽，急。踵，繼。武，迹也。言其雖自曰道，大化高，代有醇厚，宇内大同，亦何急與之比競哉？言我亦不能與之繼迹而齊其風，言猶小也。

【張鳳翼文選纂注】卷，居免切。謂魏氏德衰，算年有數，天禄已去，遂傳業于晋，退位以謝萬國，則我皇情寬綽，帝德冲深，實至公也。故自樂其獨得，而超出于尋常也。淮南子：古者有督而卷領以王天下，其爲德，生而不殺。重華，舜也。尊盧氏、赫胥氏、宓戲、神農氏、有熊氏，皆古帝號。言古人雖以道洪化而極其隆，魏主亦將與之比也。玄同，猶大同也。奚，猶何也。踵武，接迹也。

【王象乾文選删注】卷，居免切。陳留王禪位爲臣於晉，至公之道也。重華，舜也。黄帝，一號有熊氏。淮南子曰：古者有督而卷領以王天下，其爲德，生而不殺。莊周曰：昔者軒轅氏、赫胥氏、尊盧氏、虙戲、神農氏，當是時，人結繩而用之。

【何焯義門讀書記】傳業禪祚，高謝萬邦。上文方叙開基，此即接叙魏、晋禪受。蓋著其德淺祚促，自謂可以比隆舜、禹，而其實萬萬相遼也。

「雖自以爲道洪化以爲隆」至「奚遽不能與之踵武而齊其風」。暗寓不然，言諧語滑。細詳文義，參考五臣所注，下「以爲」二字，傳寫誤加。

【陳景雲文選舉正】雖自以爲道，洪化以爲隆。按，「道洪化隆」中間不當有「以爲」二字。

【杭世駿文選課虚】算，數也。幽通賦：旦算祀於契龜。老子：言者不知，知者不言，是謂玄同。

【余蕭客文選音義】皇恩。五臣「恩」作「情」。化以爲隆。何曰：參考五臣所注，「以爲」二字傳寫誤加。

【余蕭客文選紀聞】邦北功。韵補一。言有赫然之德，使民胥附。蓋炎帝也南華經疏十一。

【孫志祖文選考异】雖自以爲道，洪化以爲隆。潘云：下「以爲」字疑衍。何云：細詳文義，參考五臣所注，下「以爲」二字，傳寫誤加。

【胡克家文選考异】雖自以爲道，洪化以爲隆。何云下「以爲」二字，傳寫誤加。陳云「道洪化隆」中間不當有「以爲」二字。案：所説是也。各本皆非。

注「及前王踵之武」。案：「踵之」當作「之踵」。各本皆倒。

【許巽行文選筆記】化隆。「雖自以爲道，洪化以爲隆」句，「化」下誤，多「以爲」二字，何校削去。

【朱珔文選集釋】雖自以爲道，洪化以爲隆。案：胡氏考异謂：何云下「以爲」二字，傳寫誤加。陳云「道洪化隆」中間不當有「以爲」二字。所説是也。各本皆非。余謂，「化」字當在「以爲」下。「道洪」「化隆」爲對。雖自以爲道洪，以爲化隆。此與下「世篤元同」三句皆韵。若上裁爲一句，轉嫌累叠，兩著以爲字，於文義有何不可通。禹貢：荆州浮于江、沱、潛、漢。史記夏本紀「漢」上有「于」字。當讀「浮于江沱潛」爲句，「于漢」又爲句。段氏謂：書無逸篇云：無淫于觀、于逸、于游、于田。以「淫」領四「于」字。此以「浮」領二「于」字，句法正同。釋文不善會史記，而讀作涔于漢，誤也。賦語亦其例矣。

【梁章鉅文選旁證】雖自以爲道，洪化以爲隆。何校：去下「以爲」二字。各本皆誤。

注老子曰：大滿若冲。河上公及王弼本作「大盈若冲」。

【胡紹煐文選箋證】雖自以爲道，洪化以爲隆。何氏焯曰：細釋文義，參考五臣所注，下「以爲」二字誤加。紹煐按：「道洪化隆」四字相對成文，此涉誤衍，校書者失於删去耳。

【高步瀛文選李注義疏】「恩」，五臣作「情」。○「洪化」下各本有「以爲」二字。今依何氏、陳氏、孫氏、胡氏諸家校删。朱氏珔謂「化」字當在「以爲」下作「以爲道洪，以爲化隆」，語句甚滯，決不可從。○「世」，五臣作「代」。○離騷曰：就重華而陳詞。王逸注曰：重華，舜名也。史記五帝本紀曰：虞舜者，名曰重華。張守節正義曰：舜目重瞳子，故曰重華。尚書堯典：有鰥在下，曰虞舜。釋文引馬融曰：舜，謚也。舜死後，賢臣録之，臣子爲諱，故變名言謚。又堯典序孔疏引鄭玄注「虞舜」曰：虞氏，舜名。又申之曰：鄭注中候云：重華，舜名，則舜不得有二名。鄭注禮記云：舜之言允（中庸）。是以舜爲號謚之名。洪興祖楚辭離騷補注曰：先儒以重華爲舜名。按書云：有鰥在下，曰虞舜。與帝之咨禹一也。則舜非謚也，名也。又曰：若稽古帝舜曰重華（此晚出之二十八字，不足據），與堯爲放勳一也。則重華非名也，號也。江聲尚書集注音疏曰：戰國策（魏策三）：周訢謂魏王曰：宋人有學者，三年反而名其母。其母曰：子學三年，反而名我者，何也？其子曰：吾所賢者，無過堯、舜。堯、舜名。吾所大者，無大天地。天地名。今母賢不過堯、舜，大不過天地，是以名母也。此雖俚諧，非必有實事，然即此可見古者以堯、舜爲二帝名也。逸周書謚法解云：維周公旦、太公望開嗣王業，攻于坶野之中，終葬，乃制謚法。禮記檀弓云：死謚，周道也。白虎通謚篇引禮記：謚法，翼善傳聖謚曰堯，仁聖盛明謚曰舜。謚法解則無之，此語非周公所制之謚也。孔穎達正義所云，因上世之生號陳之爲死謚（見堯典序下），是也。唐虞之時，何嘗有是法制乎？又放勳，堯氏，大戴帝系篇云：少典産軒轅，是爲黄帝。昌意産高陽，是爲帝顓頊。蟜極産高辛，是爲帝嚳。帝嚳産放勳，是爲帝堯。是放勳與軒轅、高陽等同稱也。漢書古今人表云：黄帝軒轅氏，帝顓頊高陽氏。左傳亦稱高陽氏、高辛氏。則軒轅、高陽等。既皆是氏，則放勳當同。步瀛案：推江氏之意，則大戴帝繫篇云瞽叟産重華，是爲帝舜，則重華亦舜氏也。又王逸注：高陽爲顓頊，有天下之號，則氏即號矣。皮錫瑞今文尚書考證曰：白虎通號篇曰：書曰帝堯、帝舜。謂之堯者何？堯猶蕘蕘也，至高之貌。清妙高遠，優游博衍，衆聖之主，百王之長也。謂之舜者何？舜猶僢僢也。言能推信堯道而行之。又謚篇曰：帝者，天號也。以爲堯猶謚。顧上世質直，死後以其名爲號耳。謹案：此今文家以堯爲名，死後即以名爲謚也。檀弓曰：死謚，周道也。自殷以上，未有謚法。但以生前之號，即爲死後之稱。如黄帝、顓頊、帝嚳、堯、舜，皆是也。大傳説五帝之稱，皆一

例，是伏生以堯爲號。故史記三代世表云：號唐堯。正義引譙周説，亦以堯爲號。白虎通引謚法有堯、
舜，蓋後人加之耳。又曰：今文尚書以舜爲名。風俗通皇霸篇曰：舜、禹本以白衣，砥行顯名，升爲天
子。雖復更制，不如名著，故因名焉。經曰有鰥在下，曰虞舜。僉曰伯禹，禹平水土，是也。則今文家以
舜爲名，不爲謚。蔡邕瑯玡王傳蔡公碑曰：四岳稱名，帝曰予聞。尤以「舜」爲名之切證。白虎通以
「舜」爲謚者，亦生號死謚之説耳。鄭注中候曰：禹，號也，因爲德謚，是其證。步瀛案：孔沖遠之説，
以堯、舜爲生時之名，名即號也，後人即以爲謚，其説最通。與白虎通、馬、鄭等注，皆無不合。皮氏之
説，亦可爲證也。江艮庭説以堯、舜爲名，放勳、重華爲號，亦能言之成理，與洪慶善説合。今并著之，以
備參考焉。○淮南子，見氾論篇。今本「督」作「鍪」，「卷」作「綣」，「天下」下有「者矣」二字，「殺」作
「辱」。高注曰：鍪，頭著兜鍪帽，言未知制冠也。綣領，皮衣屈而紩之，如今胡家韋襲，反褶以爲領也。
一説，鍪，放髮也，綣繞頸而已，皆無飾。案：北堂書鈔衣冠部下引作「鍪而卷領」，本注「督」字蓋形近
而誤。荀子哀公篇：孔子對曰：古之王者有務而拘領者矣。楊倞注曰：務讀爲冒。「拘」與「句」同，
曲領也。又引尚書大傳曰：古之人，衣有冒而句領者。鄭康成注云：冒，覆項也。句領，繞頸也。郝懿
行補注曰：古讀務、冒同音。拘請若句（音鈎）。故其字通。句者，曲也。韓詩外傳三云：舜麑衣而盩
領。盩之訓爲曲，即此句領矣。步瀛案：務即鍪。鍪、務，即冒耳。不必曲附兜鍪也。卷領亦即曲領。
淮南所言，正與荀子相合。又注引生而不殺，王念孫曰：本作「不殺」，故高注云：刑措不用。今作
「辱」者，後人妄改之也。太平御覽皇王部二引已誤作「辱」，魏都賦注及舊本北堂書鈔衣冠部三引此并
作「殺」。○莊子胠篋篇曰：昔者容成氏、大庭氏、伯皇氏、中央氏、栗陸氏、驪畜氏、軒轅氏、赫胥氏、尊
盧氏、祝融氏、伏犧氏、神農氏，當是時也，民結繩而用之。本注「民」改「人」，避唐諱。釋文引司馬彪

曰：此十二氏皆古帝王。又馬蹄篇曰：赫胥氏之時，民居不知所爲，行不知所之云云。釋文引司馬云：赫胥氏，上古帝王。一云，有赫然之德，使民胥附，故曰赫胥。蓋炎帝也。案：肱篋篇復言神農氏，則此以赫胥爲炎帝，非也。曲禮上孔疏引帝王世紀，赫胥氏、尊盧氏在驪畜氏之下，不數軒轅氏。御覽帝王部三引遁甲開山圖、金樓子興王篇，次序與世紀同。而金樓子「赫胥」作「赫蘇」，「尊盧」作「宗盧」。路史前紀八引世本，尊盧氏在伏羲後，又引六韜曰：赫胥氏、尊盧氏、祝融氏，此古之王者也。未使民，民化之。未賞民，民勸之。皆古之善爲政者也。太平寰宇記：河南道齊州臨濟縣，赫胥氏墓在縣東故朝陽城内一里。路史前紀八引後魏風土記：尊盧氏冢在藍田山。則皆出後人傅會，不足據也。

○肱篋篇「處戲」作「伏犧」，釋文作「伏戲」。人間世篇亦作「伏戲」。案：宓戲氏，諸書所載，其字往往不同。易繫辭下作「包犧」，釋文引孟、京易、淮南原道篇、天文篇高誘注、左昭十七年杜預注、班孟堅東都賦、王文考魯靈光殿賦皆作「伏犧」。繫辭下釋文又引孟、京易、僞孔安國尚書序皆作「伏戲」。乾鑿度上、公羊序疏引春秋説題辭、東都賦注引春秋元命苞、風俗通皇霸篇引春秋運斗樞、禮號謚記、尚書大傳、白虎通號篇、蔡邕獨斷下、王逸離騷注、潛夫論五德記皆作「伏羲」，漢書古今人表、百官公卿表、風俗通聲音篇、禮記明堂位鄭注皆作「宓羲」。管子封禪篇、史記封禪書、漢書郊祀志上、古今人表、月令鄭注皆作「虙羲」，尚書序釋文作「虙犧」，管子輕重戊篇、戰國趙策二、漢書藝文志、風俗通皇霸篇引含文嘉、周禮春官太卜鄭注、禮記明堂位釋文皆作「虙戲」，易繫辭下釋文、列子黄帝篇、陸賈新語道基篇、月令疏引帝王世紀、御覽皇王部三引遁甲開山圖皆作「庖犧」，尚書序釋文引張揖字詁作「包羲」，御覽皇王部三引淮南原道篇許慎注、曹子建集庖羲贊皆作「庖羲」，漢書律曆志下作「炮犧」，月令釋文、太卜釋文引一作「宓虧」，帝王世紀言一作「密犧」，皆誤字。而路史後紀一謂，又曰，有句氏「句」即「庖」。

國名紀」又謂亦作「郇」「泡」，則妄説不足辨矣。月令疏引帝王世紀辨「密」字之誤，謂「宀」下著「必」，是古之「伏」字，而顏氏家訓書證篇謂「虙」與「伏」通，作「宓」者爲誤字。顏師古漢書百官公卿表注亦主其説。梁玉繩人表考謂「宓」乃「虙」之省，與「伏」同，因舉古書作「宓」者以爲證。則「宓」字亦不得斥爲誤字矣。至其名義，白虎號篇曰：伏羲仰觀象于天，俯察法于地。因夫婦，正五行，始定人道。畫八卦以治下，下伏而化之，故謂之伏羲也。風俗通引含文嘉曰：伏者，别也，變也。戲者，獻也，法也。伏羲始别八卦，以變化天下。天下法則，咸伏貢獻，故曰伏戲也。御覽皇王部三引帝王世紀曰：取犧牲以充厨庖，故號曰庖犧。漢書律曆志下曰：作罔罟以田漁，取犧牲，故天下號曰炮犧氏。説各不同，然含文嘉之説則太迂曲矣。○白虎通義號篇曰：黄帝有天下，號曰有熊。易繫辭下疏引帝王世紀曰：黄帝，有熊氏，少典之子，姬姓也。史記五帝本紀曰：黄帝者，少典之子。集解引譙周曰：有熊國君少典之子也。又引皇甫謐曰：有熊，今河南新鄭是也。又引徐廣曰：號有熊。索隱曰：以其本是有熊國君之子也。正義曰：黄帝，有熊國君，乃少典國君之次子，號曰有熊氏。路史後紀五黄帝有熊氏，注曰：或作「雄」。○楚辭，見離騷。王逸注曰：武，迹也。案：各本「之踵」二字誤倒，今校正。○幽通賦，見本書卷十四及漢書叙傳，漢書音義、幽通賦注引同。案：漢書作「算」，「筭」乃「算」之通借字，已見上「無筭」疏。○尚書，見僞大禹謨。案：實本論語堯曰篇集解引包咸曰：永，長也。言能窮極四海，天禄所以長終。集注曰：四海之人困窮，則君禄亦永絶矣。戒之也。閻若璩尚書古文疏證七曰：四海困窮，自不得如漢注作好。天禄永終，亦不得如朱注作不好。蓋四海困窮，欲其俯而恤人之窮。天禄永終，則欲仰而承天之福。毛奇齡論語稽求篇曰：閻潛邱云：四海困窮，是儆辭。天禄永終，是勉辭。四海當念其窮困，天禄當期其永終。金縢：惟永終是圖。周易歸妹象：君子以永終知敝。則永終二字，原非惡辭。班彪王命論云：福祚流子孫，天禄其永終矣。雋不疑謂暴勝之曰：樹功揚名，永終天禄（漢書雋不疑傳）。韋賢傳：匡衡曰：其道應天，故天禄永終。靈帝立皇后詔曰：無替朕命，永終天禄（續漢書禮儀中補注引蔡質典儀）。凡用此語者，無不以永長爲辭。及三國魏志山陽公深識天禄永終之運，禪位文皇帝。又曰：山陽公昔知天命永終于己（并見明帝紀裴注引獻帝傳）。嗣後以天禄永終爲却位絶天之辭。○楚辭注，見招魂及大招。○尚書，見僞大禹謨。○「大滿若沖」，梁曰：河上公及王弼本作「大盈若沖」。○魏志三少帝紀曰：陳留王奂，字景明，武帝孫，燕王宇子也。甘露二年，封安次縣常道鄉公。高貴鄉公卒，公卿議迎立公。六月甲寅，即皇帝位於太極前殿。咸熙二年，秋八月，相國晋王薨。壬辰，晋太子炎紹封襲位，總攝百揆。十二月壬戌，天禄永終，曆數在晋。詔群公卿士具儀，設壇于南郊，使使者奉皇帝璽綬册，禪位于晋嗣王，如漢魏故事。○魏世譜三少帝紀裴注引同。○仲長子昌言，本書庾元規讓中書令表注亦引之。又見群書治要卷四十五。○吊二世文，見史記、漢書司馬相如傳。○班固説在漢書武帝紀贊。○顯志賦，見後漢書馮衍傳。○史記五帝本紀作「虞舜者，名曰重華」，不云字重華，此蓋以意引，説已見上。○淮南子高注，見氾論篇。○老子河上公注曰：玄，天也。人能行此上才，是謂與天同道也。○韓子，見五蠹篇。「之」作「矣」。○終、沖、庸、熊、隆，古音冬部。邦、公、蹤，東部。風，侵部。皆通轉爲韵。○以上禪晋。姚範曰：上方叙開基，此即接叙晋、魏禪受，蓋著其德淺促，自謂可比隆舜、禹，其實萬萬相遼也。

是故料其建國，析其法度。諮其考室，議其舉措。復之而無斁，申之而有裕。非疏糲之士所能精，非鄙俚之言所能具。

【彙校】

「料其建國」 「建」，奎章閣本、明州本、四庫本、叢刊本、正德本、陳八郎本、尤刻本、胡刻本、九條本同。贛州本作「建」。當作「建」。

「議其舉措」 「舉」，明州本、四庫本、叢刊本、正德本、陳八郎本、尤刻本、胡刻本、九條本同。奎章閣本、贛州本作「舉」。當作「舉」。「措」，奎章閣本、明州本、正德本、陳八郎本、九條本同。贛州本、四庫本、叢刊本、尤刻本、胡刻本作「厝」。今從「措」。

■ **立群案**：「舉措」「舉厝」「舉錯」皆通。如漢書匡衡傳：舉錯動作，物遵其儀。東觀漢記梁商傳：舉措動作，直推雅性。後漢書霍諝傳：言行動天地，舉厝移陰陽。然今多作「舉措」，從之。

「有裕」 「裕」，四庫本、胡刻本同。奎章閣本、明州本、贛州本、叢刊本、正德本、陳八郎本、尤刻本、九條本作「裕」。當作「裕」。

「非疏糲」 「疏」，四庫本同。奎章閣本、尤刻本作「踈」。明州本、贛州本、叢刊本、正德本、陳八郎本、胡刻本、九條本作「踈」。當作「疏」。

「所能精」　「所」，四庫本、叢刊本同。奎章閣本、正德本作「所」。明州本、九條本作「所」。贛州本、陳八郎本、尤刻本、胡刻本作「所」。當作「所」。「能」，奎章閣本、明州本、贛州本、四庫本、叢刊本、陳八郎本、尤刻本、胡刻本、九條本同。正德本作「能」。當作「能」。「精」，奎章閣本、贛州本、四庫本、叢刊本、正德本、陳八郎本、尤刻本、胡刻本、九條本同。明州本作「精」。當作「精」。

「非鄙俚」　「鄙」，奎章閣本、明州本、贛州本、四庫本、叢刊本、正德本、陳八郎本、九條本同。尤刻本、胡刻本作「鄙」。當作「鄙」。

「所能具」　「所」，四庫本同。奎章閣本、正德本作「所」。明州本、叢刊本、九條本作「所」。贛州本、陳八郎本、尤刻本、胡刻本作「所」。當作「所」。「能」，奎章閣本、明州本、贛州本、四庫本、叢刊本、陳八郎本、尤刻本、胡刻本、九條本同。正德本作「能」。當作「能」。「具」，奎章閣本、明州本、四庫本、叢刊本、正德本、陳八郎本、尤刻本、胡刻本、九條本同。贛州本作「具」。當作「具」。

【彙注】

【李善注】料音聊。糲，魯葛切。劉曰：詩云：斯干，宣王考室也。疏糲，麤也。韓非曰：糲糧之飯，藜藿之羹。斁，厭也。漢書司馬遷傳曰：質而不俚。俚，鄙也。善曰：説文曰：析，量也。爾雅曰：諮，謀也。陳琳檄吴將校曰：豈輕舉厝也哉！毛詩曰：無斁於人斯。又曰：綽綽有裕。

【五臣注】料音聊。析，先歷反。斁音亦。糲，魯葛反。銑曰：料，計也。析，分也。諮，猶詢謀也。言謀度其宮室之制，皆合法則也。立都邑，分析法度，令得其所詢謀宮室之儉奢，議舉直措枉之事。復，猶覆也。斁，厭也。申，猶用也。裕，寬也。言都邑制度，宮室儉奢，舉措枉直之事，反覆申用於代，可謂無厭倦而有寬裕。言王化天下無厭，用之寬簡，此故非疏賤之士所能精曉，鄙俚之言所能委具而知之。

【張鳳翼文選纂注】諮，猶詢謀也。言謀度其宮室之制，皆合法則也。斁，厭也。申，猶用也。裕，寬也。言晉踵魏室之製者，無厭倦而有寬裕，非疏賤之士所能精曉，鄙俚之言所能具述也。

【陳景雲文選舉正】是故料其建國。注「詩云：斯干」。「詩」下脱「序」字。

【余蕭客文選音義】厝同措。戰國策補注音昔。五臣作「措」。糲張晏漢書注：一斛粟七斗米爲糲。臣瓚漢書注：五斗粟三斗米爲糲。音剌。

【梁章鉅文選旁證】議其舉厝。六臣本「厝」作「措」。

注說文曰：析，量也。今說文「析」字無此訓。

【胡紹煐文選箋證】料其建國。注善曰：說文曰，析，量也。旁證云：今說文析字無此訓。紹煐按：注「析」字乃「料」之誤，善自引說文「料，量也」。梁氏失檢。

復之而無斁。注善曰：毛詩曰：無斁於人斯。按：此用周南葛覃文也。「復」「服」古通。禮記喪大記「則復殯」，服注「復或爲服」，是其證。

【高步瀛文選李注義疏】五臣「厝」作「措」。○復之而無斁，胡紹煐曰：此用周南葛覃文也。「復」「服」古通。禮記喪大記：則復殯。服注：「復」或爲「服」。是其證。○注引詩乃小序之文。鄭箋曰：考，成也。德行國富，人民殷衆而皆佼好，骨肉和親，宣王於是築宮廟群寢，既成而釁之，歌斯干之詩以落之。此之謂成室。○韓非，見五蠹篇。注「粢」作「糧」，「食」作「飲」，「藜」作「黎」，皆誤。今校改。「斁，厭」，爾雅釋詁文，詩葛覃毛傳同。說文曰：斁，厭也。「厭」、「猒」之通借字。○「質而不俚」，司馬遷傳贊之文。顔注引劉德曰：俚，鄙也。又引如淳曰：言雖質，猶不如閭里之鄙言也。顔曰：劉說是也。俚音里。○善引說文見斗部。注「料」作「析」。梁曰：今說文析字無此訓。胡紹煐曰：「析」字乃「料」字之誤，善自引說文，「料，量也」，梁氏失檢。步瀛案：胡氏說是，今據改。○爾雅，見釋詁。「諮」作「咨」。左襄四年曰：必諮於周。又曰：訪問于善曰咨。是「諮」「咨」字同。說文曰：謀事曰咨。○陳琳檄吳將校部曲文見本書卷四十四。「措置」，字本作「措」，此作「厝」者，通借字。○毛詩，見清廟。「斁」作「射」。毛傳以不見厭於人釋之，則以「射」爲「斁」之通借字。葛覃：服之無斁。禮記緇衣引作「射」。振鷺：在此無斁。禮記中庸引作「射」。「斁」「射」聲通，故假借用之。或曰：作「射」者齊、魯詩。○又引詩見角弓。○度、厝，古音魚部。裕，具，侯部。通轉爲韵。

至於山川之倬詭，物產之魁殊。或名奇而見稱，或實異而可書。生生之所常厚，洵美之所不渝。其中則有鴛鴦、交谷，虎澗、龍山。掘鯉之淀，蓋節之淵。𦐊𦐊精衛，銜木償怨。

【彙校】

「至於」　「於」，奎章閣本、明州本、贛州本、四庫本、叢刊本、陳八郎本、尤刻本、胡刻本、九條本同。正德本作「扵」。當作「於」。

「魁殊」「魁」，奎章閣本、明州本、贛州本、叢刊本、正德本、陳八郎本、尤刻本、胡刻本、九條本作「魁」。四庫本作「魁」。當作「魁」。

「或名奇」「奇」，四庫本同。奎章閣本、明州本、贛州本、叢刊本、正德本、陳八郎本、尤刻本、胡刻本、九條本作「竒」。當作「奇」。

「而見稱」「稱」，明州本、贛州本、四庫本、正德本、尤刻本、九條本同。奎章閣本、叢刊本、陳八郎本、胡刻本作「稱」。當作「稱」。

「或實异」「异」，明州本、贛州本、叢刊本、陳八郎本、尤刻本、胡刻本、九條本作「異」。奎章閣本、四庫本、正德本作「異」。當作「异」。

「之所常厚」「所」，四庫本、叢刊本同。奎章閣本、正德本作「所」。明州本、胡刻本、九條本作「所」。贛州本、陳八郎本、尤刻本作「所」。當作「所」。「厚」，明州本、贛州本、四庫本、正德本、陳八郎本、胡刻本同。奎章閣本、叢刊本、尤刻本、九條本作「厚」。當作「厚」。

「洵美」「洵」，明州本、贛州本、四庫本、叢刊本、尤刻本、胡刻本、九條本同。奎章閣本、正德本、陳八郎本作「詢」。當作「洵」。「美」，明州本、贛州本、四庫本、叢刊本、陳八郎本、尤刻本、胡刻本、九條本同。奎章閣本、正德本作「美」。當作「美」。

■**立群案**：善曰：毛詩曰：洵美且仁。鄭玄曰：洵，信也。另，詩鄭風有女同車：彼美孟薑，洵美且都。鄭玄箋：洵，信也。五臣向曰：詢，信也。「詢」無「信」意，當爲「洵」之誤。是知五臣本本應作「洵」。

「之所不渝」「所」，四庫本同。奎章閣本、正德本作「所」。明州本、九條本作「所」。贛州本、叢刊本、陳八郎本、尤刻本、胡刻本作「所」。當作「所」。

「其中則有」「其中」，贛州本、四庫本、叢刊本、陳八郎本、尤刻本、胡刻本、九條本同。奎章閣本、明州本、正德本無「其中」二字。當有「其中」二字。

■**立群案**：無「其中」二字，前後語意突兀。據賦意，當有「其中」二字。

「鴛鴦交谷」「鴛」，奎章閣本、明州本、贛州本、叢刊本、正德本、陳八郎本、尤刻本、胡刻本、九條本同。四庫本作「鴛」。當作「鴛」。

「虎澗龍山」「龍」，奎章閣本、明州本、贛州本、四庫本、叢刊本、陳八郎本、尤刻本、胡刻本、九條本同。正德本作「龍」。當作「龍」。

「蓋節之淵」「蓋」，明州本、贛州本、四庫本、叢刊本、陳八郎本、尤刻本、胡刻本、九條本同。奎章閣本、正德本作「盖」。當作「蓋」。「淵」，贛州本、四庫本、叢刊本、尤刻本、胡刻本、九條本同。奎章閣本、明州本、正德本、陳八郎本作「泉」。當作「淵」。

■**立群案**：劉逵曰：蓋節淵在平原鬲縣北。五臣濟曰：蓋節，泉名。是劉逵注以爲「蓋節」爲淵，五臣注以爲「蓋節」爲泉。疑本作「淵」，五臣本因避諱改「淵」爲「泉」。

「⿰犭氐⿰犭氐精衛」「⿰犭氐⿰犭氐」，奎章閣本、明州本、贛州本、四庫本同。叢刊本、正德本、陳八郎本、尤刻本、胡刻本、九條本作「⿰犭氐⿰犭氐」。當作「⿰犭氐⿰犭氐」。「精」，奎章閣本、贛州本、四庫本、叢刊本、正德本、陳八郎本、尤刻本、胡刻本、九條本同。明州本作「精」。當作「精」。「衛」，奎章閣本、明州本、贛州本、四庫本、正德本、陳八郎本、尤刻本、胡刻本、九條本同。叢刊本作「衛」。當作「衛」。

「銜木償怨」「銜」，贛州本、四庫本、叢刊本、正德本、陳八郎本、九條本同。奎章閣本、明州本、尤刻本、胡刻本作「銜」。當作「銜」。

【彙注】

【李善注】劉曰：老子曰：人之輕死，以其生生之厚也。謂通生生之情以自厚也。鴛鴦水在南和縣西。交谷水在鄴南。虎澗在鄴西南。龍山在廣平涉縣。掘鯉淀在河澗莫縣之西。淀者，如淵而淺也。蓋節淵在平原鬲縣北。山海經曰：發鳩之山有鳥，狀如烏，而文首，白喙，赤足，名曰精衛。赤帝之女，名曰女娃。女娃游於海，溺而不反。精衛常取西山之木石，以堙東海焉。善曰：廣雅曰：倬，絶也。薛綜西京賦注曰：詭，异也。王逸楚辭注曰：魁，大也。鄭玄周禮注曰：生，猶養也。劉瓛周易義曰：自無出有曰生。毛詩曰：洵美且仁。鄭玄曰：洵，信也。毛詩曰：舍命不渝。毛萇曰：渝，變也。淀音殿。説文曰：翐，亦翅字。翼，翅也。叔豉反，今音袛。翐翐，飛貌也。

【五臣注】倬，陟角反。詢音恂。淀，覿見反。翐音祈。償音常。怨音冤。向曰：詢，信也。渝，變也。言山川倬絶，物産大殊，名奇實异，下文所謂稱而書之者，乃生人資厚皆信美而談之，非變改而妄説也。濟曰：鴛鴦、交谷、虎澗，并水名。龍山，山名。淀，泉而淺者。掘鯉，淀名。蓋節，泉名。良曰：翐翐，鳥飛貌。精衛，鳥名，赤帝之女，溺死於東海，而化爲此鳥，乃常銜西山木石，以填東海，欲報其怨。

【張鳳翼文選纂注】倬，陟角切。淀，覿見切。翐音析。怨音冤。言山川倬絶，物産奇异。下文所稱者，乃生人之所信美，非妄説也。鴛鴦水在南和縣西。交谷水在鄴南。虎澗在鄴西南。龍山在廣平涉縣。掘鯉淀在河澗莫縣之西。淀者，如淵而淺也。蓋節淵在平原鬲縣北。發鳩之山有鳥，狀如烏，而文首，白喙，赤足，名曰精衛。云是赤帝之女，游於海，溺而不反，化爲精衛。常取西山之木石，以堙東海焉。翐，飛貌。

【王象乾文選刪注】倬，陟角切。詢音恂。㹮音祈。鴛鴦水在南和縣西。交谷水在鄴南。虎澗在鄴西南。龍山在廣平涉縣。掘鯉淀在河澗莫縣之西。淀者，如淵而淺也。蓋節淵在平原鬲縣北。精衛，赤帝之女，名曰女娃。老子曰：人之輕死，以其生生之厚也。謂通生生之情以自厚也。

【陳景雲文選舉正】至於山川之倬詭。注「溺而不反」。「不反」，下當有「化爲」二字。

【杭世駿文選課虚】倬，絶。詭，异也。説文：𤢪，亦翅字。翼，翅也。叔豉切。今音祇。𤢪𤢪，飛貌也。

【余蕭客文選音義】淀善音殿。㹮善音祇。㹮，亦翅字。其中五臣無。怨舊音冤。

【余蕭客文選紀聞】倬竹角。類篇八上。湡水一名澧水，一名鴛鴦水。俗謂之「百泉」，源出龍岡縣東南平地。以其導源總納泉流，合成一川故也寰宇記五十九。案即衛河之源。淀畋。集韵八。（㴲）祈。類林十七。怨鴛。集韵二。

【胡克家文選考异】注「謂適生生之情」。袁本、茶陵本「適」作「通」，「情」作「精」。案：此亦尤改也。

注「在廣平沙縣」。袁本、茶陵本「沙」作「涉」。案：二本是也。晋書地理志廣平郡有涉縣，可證。

注「溺而不反精衛」。陳云「反」下當有「化爲」二字，是也。各本皆脱。

注「㹮飛貌」。案：「㹮」字當重有。各本皆脱。

【朱珔文選集釋】鴛鴦、交谷。張注云：鴛鴦水在南和縣西。交谷水在鄴南。案：太平寰宇記「邢州龍岡縣」下云：湡水，一名澧水，俗謂之百泉水。出縣東平地，以其導源總納衆泉合成一川故也。亦謂之鴛鴦水。魏都賦所云「鴛鴦交合」，當作「交谷」。據此知，樂史所見作「交合」蓋誤本也。今本皆作「交谷」。又引劉良曰：鴛鴦水在南和縣西。交谷水在鄴南。正與此注同。又「南和縣」下引水經注云：鴛鴦水在縣北五里。又云：南和西官治東有便水，一名鴛鴦水。此兩引水經注，今本皆無其文。惟濁漳水篇云：水與湡醴通爲衡津。湡醴即鴛鴦水也。

虎澗。張注云：在鄴西南。案：水經洧水篇注云：黄水東南流，與上水合。水出兩塘中，一源兩分，泉流派别，東爲七虎澗水，西流即是水也。渠水篇注云：渠水又東，清池水注之。清池水又北流，至清口澤，七虎澗水注之。水出華城南岡，一源兩派，津川趣别，西入黄雀溝，東爲七虎谿，亦謂之華水也。又云：華水東北徑鹿臺南岡，北出爲七虎澗，東流，期水注之。水出期城西北平地，世號龍淵水。東北流，又北徑期城西，又北與七虎澗合，謂之虎谿水，亂流東注徑期城北，東會清口水。司馬彪郡國志曰：中牟有清口水，即是水也。全氏祖望曰：有河南之中牟，有河北之中牟。張守節以鄴西牟山爲趙中牟者近之。管子所謂築五鹿、中牟、鄴者，三城相接也。余謂方輿紀要言中牟在今湯陰縣西五十里，此即河北之中牟也。湯陰屬彰德府，府故鄴都也。然則虎澗在中牟，正與張注足相證明矣。

龍山。張注云：在廣平沙縣。案，續漢志「魏郡沙侯國」下，劉昭即引此注云：有龍山沙縣，本漢置，後漢因之。方輿紀要云：後因漳水溢，人民徒涉，改曰涉縣。建安九年，曹操圍鄴，涉長梁岐以縣降此見魏書。晋屬廣平郡。余謂，水經：清漳水，東過涉縣西。注云：漳水於此有涉河之稱。孟陽晋人，宜稱涉，此殆以本爲「沙縣」，字形相似，遂仍作「沙」耳。涉縣今屬彰德府。

掘鯉之淀。張注云：掘鯉淀在河間莫縣之西。案，今之任邱縣爲漢鄚縣地。鄚，或省作莫。本屬涿郡。後漢屬河間國，晋因之。太平寰宇記「鄚縣」下云：掘鯉淀在縣西二十里，俗名掘柳淀。即引此賦語，正與張注合也。又「任邱縣」下云：狐狸淀在縣西北二十里。引水經注：鄚縣東南隅水有狐狸淀，俗亦謂之掘鯉淀，非也。此乃今本水經注之逸文。方輿紀要於「任邱縣」云：掘鯉淀在縣東南，鐵鐙竿口之水自河間縣引流東北出，入縣境，匯而爲淀，遇霖潦則洪波東注，溢入于五官淀而入海。唐志：莫州有九十九淀，今縣境以淀名者不一，掘鯉淀其一也。據此云在東南，似以狐狸淀爲掘鯉淀矣。今鄭州故城已圮，任邱城亦非其舊，則方位自不免移置。然洪氏圖志言任邱有掘鯉淀在縣北，狐狸淀在縣西北，與顧氏年歲不遠，何以參錯？疑紀要有誤。

蓋節之淵。張注云：蓋節淵在平原鬲縣北。案：漢志「平原郡鬲」下云：平當以爲鬲津。續志注即引此注語。禹貢九河，徒駭最北，鬲津最南。蓋有割音，與鬲同聲。節津又雙聲字，則蓋節即鬲津也。今濟南府平原縣，本鬲縣地，余嘗經之，尚有黄河涯之名，殆其遺迹與？

【梁章鉅文選旁證】其中則有鴛鴦、交谷。六臣本無「其中」二字。

注龍山在廣平沙縣。六臣本「沙」作「涉」。胡公考异曰：作「涉」者是。晉書地理志廣平郡有涉縣，可證。按漢地理志：魏郡有沙縣。後漢郡國志：魏郡有沙侯國。洪氏亮吉曰：漢皆作「沙」，魏武紀始作「涉」。據水經注，是因涉漳水改名也。

注北山海經曰。「海」字不當有。各本皆誤。

注女娃游於海，溺而不反。精衛常取西山之木石，以堙東海焉。陳校：「精衛」上添「化爲」二字，是也。各本皆脱。

注説文曰：𦑡，亦翅字。翼，翅也。今説文：𦑡，翼也。重文𦑡翄，或從氏。「翼翅」二字疑倒。

【胡紹煐文選箋證】鴛鴦、交谷。注張載曰：交谷水在鄴南。按：御覽六十四引水經曰：漏水一名澧水，一名鴛鴦水。出龍岡縣東南平地，以其道源納衆泉，合成一川故也。亦謂之鴛鴦水。魏都賦所云「鴛鴦交谷」是也。掘鯉之淀。注張載曰：淀者，如淵而淺也。方氏以智引轉注略云：史記「決河渟水，放之海前」、西域傳「其水亭居」、考工記「奠水」，皆一字，即「淀」矣。渟、淀之音「奠」，猶「廷」轉音「定」，又轉爲「殿」也。紹煐按：周官故書「奠」爲「定」，奠、渟、淀皆一聲之轉。

常山、平干，鉅鹿、河間。列真非一，往往出焉。

【彙校】

「常山平干」　「平干」，奎章閣本、正德本、陳八郎本、尤刻本、胡刻本同。明州本、贛州本、四庫本、叢刊本、九條本作「平于」。當作「平干」。

■**立群案**：孫志祖文選考異：按，平于王國見漢書地理志及景十三王傳。魏書地形志注作「干」。胡克家文選考异：袁本、茶陵本「干」作「于」，注同。案：二本是也。是孫氏、胡氏皆以爲當作

「平于」。然今本漢書地理志云：廣平國，武帝征和二年置爲平干國，宣帝五鳳二年復故。今本漢書景十三王傳：初，武帝復以親親故，立敬肅王小子偃爲平干王，是爲頃王。又，今本漢書武帝紀：九月，立趙敬肅王子偃爲平干王。是知當爲「平干」也。

「鉅鹿河間」「間」，奎章閣本、明州本、贛州本、正德本、四庫本、尤刻本、九條本同。叢刊本、陳八郎本、胡刻本作「閒」。當作「間」。

「列真非一」「真」，奎章閣本、四庫本、正德本、尤刻本、胡刻本同。明州本、贛州本、叢刊本、陳八郎本、九條本作「眞」。當作「真」。

「往往出焉」「往往」，明州本、贛州本、四庫本、叢刊本、陳八郎本、尤刻本、胡刻本、九條本同。奎章閣本、正德本作「徃徃」。當作「往往」。「焉」，明州本、贛州本、四庫本、叢刊本、陳八郎本、尤刻本、胡刻本、九條本同。奎章閣本、正德本作「焉」。當作「焉」。

【彙注】

【李善注】劉曰：列真，謂列仙也。善曰：馮衍爵銘曰：壽配列真。劉歆移曰：天下衆書，往往頗出。

【五臣注】向曰：四郡名。良曰：真，仙也。

【王象乾文選删注】漢武帝時，常爲平幹國，故曰常山平干。

【孫志祖文選考异】常山平于。按，平于王國見漢書地理志及景十三王傳。魏書地形志注作「干」。

【胡克家文選考异】常山平干。袁本、茶陵本「干」作「于」，注同。案：二本是也。

【梁章鉅文選旁證】常山平干。六臣本「干」作「于」。孫氏志祖曰：平于王國。見漢書地理志及景十三王傳。魏書地形志注作「干」。

【胡紹煐文選箋證】常山、平干。注張載曰：漢武帝征和二年，嘗爲平干王國，故曰常山平干也。六臣本「干」作「于」，孫氏志祖云：平干王國見漢書地理志及景十三王傳。魏書地形志注作「干」。

昌容練色，櫝配眉連。玄俗無影，木羽偶仙。

【彙校】

「昌容練色」「練」，明州本、四庫本、陳八郎本、胡刻本同。奎章閣本、贛州本、叢刊本、正德本、尤刻本、九條本作「練」。當作「練」。

「玄俗無影」「影」，贛州本、四庫本、叢刊本、尤刻本、胡刻本同。奎章閣本、明州本、正德本、陳八郎本、九條本作「景」。今從「影」。

■**立群案**：作「影子」「陰影」意，「景」「影」古通。如詩鄘風二子乘舟：二子乘舟，泛泛其景。孔潁達疏：泛泛然見其影之去往而不礙。阮元經籍籑詁：大戴記曾子天圓：是乾外景。注：景，古通以爲影字。然今多作「影」。

【彙注】

【李善注】劉曰：列仙傳，昌容者，常山道人也，自稱殷王女。食逢累根二百餘年，而顏色如年二十人。故曰練色。犢子者，鄴人也。時壯時老，時好時醜，乃知其仙人也。陽都女者，生而連眉，耳細而長，衆以爲异，俗皆言此天人也。會犢子來過都女，都女悦之，遂留相奉待，出門共牽犢耳而走，莫能追之。玄俗者，自言河間人也。餌巴豆雲英，賣藥於市，七丸一錢，治百病。王病癡，服藥，用下蛇十餘頭。王家老舍人自言，父甘見俗，俗形無影。王呼俗著日中，實無形。河間，故趙也，文帝三年以爲國。木羽者，鉅鹿南和人也。母貧賤，常助産婦，兒生，自下唼母，母大怖。暮，夢見大冠赤幘守兒，言此兒司命君也，當報汝恩，使子與木羽俱仙。母陰信識之，後兒生，字之爲木羽。兒至年十五，夜有車馬來迎之，呼：木羽木羽，爲我御來。遂俱去。

【五臣注】向曰：皆仙人也。練色，言顏色美也。犢配，仙人名。眉連，仙女。言犢與之匹偶。玄俗，俗形無形影，故曰無景。木羽，仙人之御，故曰偶仙也。

【張鳳翼文選纂注】常山有道人曰昌容，自稱殷王女。食蓬累根二百餘年，而顏色如年二十人。故曰練色。犢子者，鄴人也。時壯時老，時好時醜。陽都女者，生而連眉，耳細而長，衆以爲异。會犢子來過都女，都女悦之，遂留相奉待，出共牽犢耳而走，莫能追之。河間有玄俗者，賣藥于市，治百病，其身無影。鉅鹿有木羽者，母貧賤，兒生，夢見大冠赤幘守兒，言此兒司命君也，當報汝恩，使子與木羽俱仙。母陰信識之，後兒生，字之爲木羽。至年十五，夜有車馬來迎之，呼：木羽爲我御來。遂俱去。

【王象乾文選删注】列仙傳曰：昌容者，常山道人也，自稱殷王女。食逢累根二百餘年，而顔色如年二十人。故曰練色。犢子者，鄴人也。時壯時老，時好時醜。陽都女者，生而連眉，耳細而長，衆以爲天人也。會犢子共牽犢耳而走，莫能追之。玄俗者，河間人也。餌巴豆雲英，賣藥於市，七丸一錢，治百病。王病瘕，服藥，用下蛇十餘頭。王舍人言，俗形無影。王呼俗著日中，實無形。木羽者，鉅鹿南和人也。母貧賤，常助産婦，兒生，自下咳母，母大怖。暮，夢見大冠赤幘守兒，言此兒司命君也，當報汝恩，使子與木羽俱仙。母陰信識之，後兒生，字之爲木羽。兒至年十五，夜有車馬來迎之，呼：木羽木羽，爲我御來。遂俱去。

【胡克家文選考异】注「自言父甘見俗」。袁本、茶陵本「甘」作「世」，是也。

琴高沉水而不濡，時乘赤鯉而周旋。師門使火以驗術，故將去而林燔。

【彙校】

「琴高沉水」「高」，奎章閣本、明州本、贛州本、四庫本、叢刊本、正德本、陳八郎本、尤刻本、胡刻本、九條本作「高」。當作「高」。「沉」，尤刻本同。奎章閣本作「沈」。明州本、贛州本、四庫本、叢刊本、正德本、陳八郎本、胡刻本、九條本作「沈」。當作「沉」。

■立群案：班固西都賦「窈窕繁華」之句，許巽行文選筆記：今書肆所售經書，如以「窈」作「窈」，以「厄」作「戹」，以「卒」作「本」，以「沉」作「沈」之類，不可悉舉。「厄」「卒」猶皆有其字，特誤認耳。「窈」「沉」等，成何字邪？是本字作「沈」。然今「沉浮」義多用「沉」字，作「沉」可也。

「時乘赤鯉」「乘」，奎章閣本、明州本、贛州本、四庫本、叢刊本、正德本、陳八郎本、尤刻本、胡刻本、九條本作「乘」。當作「乘」。

「師門使火」「師」，明州本、贛州本、叢刊本、陳八郎本、尤刻本、胡刻本、九條本同。奎章閣本、四庫本、正德本作「師」。當作「師」。

「以驗術」「驗」，奎章閣本、明州本、贛州本、叢刊本、陳八郎本、尤刻本、胡刻本、九條本同。四庫本、正德本作「驗」。當作「驗」。「術」，奎章閣本、明州本、贛州本、四庫本、叢刊本、陳八郎本、尤刻本、胡刻本、九條本同。正德本作「術」。當作「術」。

「故將去」「將」，奎章閣本作「将」。明州本、贛州本、四庫本、叢刊本、陳八郎本、尤刻本、胡刻本、九條本作「将」。正德本作「将」。當作「將」。

「林燔」「燔」，奎章閣本、贛州本、四庫本、叢刊本、正德本、九條本同。明州本、陳八郎本、尤刻本、胡刻本作「燔」。當作「燔」。

【彙注】

【李善注】劉曰：琴高者，趙人也。浮游冀州二百餘年，後辭入碭水中，取龍子，與諸弟子期。期日皆絜齊待於傍，設屋祠。果乘赤鯉來，出坐祠中。留一月，復入水去。師門者，嘯父弟子，亦能使火，爲孔甲龍師。孔甲不能修其心意，殺而埋之外野。一旦，風雨迎之，訖，則山木皆燔。孔甲祠而禱之，未還而道死。嘯父，冀州人也，在曲州市上。曲州屬廣平郡，漢武帝征和二年，嘗爲平干國，故曰常山平干也。師門者，本嘯父弟子，故附冀州。善曰：左傳，太史剋曰：奉以周旋。

【五臣注】燔，扶原反。濟曰：琴高，仙人也。水中乘赤鯉魚而游。周旋，爲周游也。翰曰：師門爲火仙，行火不燒爲孔甲龍師。孔甲殺而埋於野外，山林皆燔也。

【張鳳翼文選纂注】琴高者，趙人也。浮游冀州二百餘年，後辭入碭水中，取龍子，與諸弟子期。期曰皆潔齊待于傍，設屋祠。果乘赤鯉來，出坐祠中。留一月，復入水去。師門者，嘯父弟子，亦能使火，爲孔甲龍師。孔甲不能修其心意，殺而埋之外野。一旦，風雨迎之，山木皆燔。孔甲祠而禱之。

【王象乾文選删注】琴高者，趙人也。浮游冀州二百餘年，後辭入碭水中，取龍子，與諸弟子期待於傍。果乘赤鯉來，復入水去。師門者，嘯父弟子，亦能使火，爲孔甲龍師。孔甲殺而埋之外野。一旦，風雨迎之，山木皆燔。嘯父，冀州人，在曲州市上。

【余蕭客文選音義】燔字典：燔，叶，汾沿切。

【余蕭客文選紀聞】吴下有乘魚橋，云琴高生登仙處鄭景望蒙齋筆談上。劉累恐即是師門真仙通鑑三。

【胡克家文選考异】注「後辭入碣水中」。袁本、茶陵本「碣」作「碭」。案：此亦尤改也。

注「在曲周市上」。袁本、茶陵本「周」作「州」，下同。案：此亦尤改也。

【梁章鉅文選旁證】注後辭入碭水中，又與諸弟子期。期曰，又設屋祠。尤本「碭」作「碣」。今列仙傳「碭」作「涿」。「期期」二字不重。無「屋」字。

注在曲周市上。曲周屬廣平郡。六臣本「曲周」作「曲州」，誤。今列仙傳「曲」作「西」，亦誤。水經濁漳水注云：衡漳故瀆又徑曲周縣故城東，嘯父在縣市補履。可證。

【高步瀛文選李注義疏】「不渝」下，五臣本無「其中」二字。又，「淵」作「泉」，「影」作「景」。○「平干」，胡曰：袁本、茶陵本「干」作「于」，注同。案：二本是也。步瀛案：漢書地理志、王子侯年表下、景十三王傳皆作「干」，考异曲徇二本，殊不可解。○漢常山國治元氏縣，在今河北元氏縣東北。漢平干國當在今河北鷄澤縣境。漢鉅鹿郡治鉅鹿縣，今河北平鄉縣治。漢河間國治樂成縣，在今河北獻縣東南。○注引老子王注本在下篇第七十五章，河上公注本在德經貪損章，皆作「民之輕死，以其上求生之厚，是以輕死」，注「生生之厚」疑涉下文而誤。謂適生生之情以自厚也，乃孟陽釋求生之厚意。袁、茶二本「通」作「適」，「情」作「精」，皆誤。○御覽地部二十九引水經曰：湡水，一名澧水，一名鴛鴦水，俗謂之百泉。源出龍岡縣東南平地，以其道源納總衆泉，合成一川故也。亦謂之鴛鴦水。魏都賦所云鴛鴦交谷是也。案：今水經逸此文。又，御覽「湡水」誤作「漏水」，今依太平寰宇記卷五十九河北道邢州龍岡縣下所載訂正。寰宇記又曰：南和縣，鴛鴦水在縣北五里。郡國志云：縣西有鴛鴦水，冬日常温和。又水經注云：南和西官冶東有便水，一名鴛鴦水。又趙記云：俗謂之百泉水是也。清統志曰：直隸順德府，百泉河在邢臺縣東南八里。沙河，源出山西遼州，東流入沙河縣南，又東徑南和縣治南，爲澧河。舊志以澧河舊爲百泉之下流，故於澧河下引左思魏都賦之鴛鴦水。隋書地理志龍岡縣之漉水，謂即澧河之别名。今二水既不合流，則鴛鴦水及漉水自屬百泉。隋龍岡，今邢臺縣。今澧河固不入邢臺境也。案：交谷所在未詳。○水經洧水注曰：洧水又東與黄水合。黄水出太山南黄泉，東南流徑華城西。黄水又東南流，又與一水合。水出華城南岡，一源兩分，泉流派别，東爲七虎澗水，西流即是水也。又渠水注曰：渠水又東，清池水注之。清池水又屈而北流，至清口澤，七虎澗水注之。水出華城南岡，一源兩派，津川趣别，西入黄雀溝，東爲七虎溪，亦謂之爲華水也。華水又東北徑鹿臺南岡，北出爲七虎澗，東流，期水注之。水出期城西北平地，世號龍淵。水東北流，又北徑期城西，又北與七虎澗合，謂之虎溪。水亂流東注，徑期城北，東會清口水。司馬彪郡國志曰：中牟有清口水，即是水也。清統志曰：河南彰德府，虎澗在安陽縣北三十里野馬岡下。魏都賦「虎澗龍山」是也。全祖望校水經注曰：有河南之中牟，有河北之中牟。張守節以鄴西牟山爲趙中牟者近之。管子所謂築五鹿、中牟、鄴者，三城相接也。然則非獨滎陽有之矣。步瀛案：張守節説見史記趙世家正義，管子見小匡篇。朱珔曰：方輿紀要言中牟在今湯陰縣西五十里，此即河北之中牟也。湯陰屬彰德府，府故鄴都也。然則虎澗在中牟，正與張注足相證明矣。步瀛案：方輿紀要見卷四十九。清統志曰：彰德府，牟山在湯陰縣西四十里。○「在廣平沙縣」，胡曰：袁本、茶陵本「沙」作「涉」。案：二本是也。晉書地理志廣平郡有涉縣可證。

朱珔曰：續漢志魏郡沙侯國下，劉昭即引此注云：有龍山沙縣，本漢置，後漢因之。方輿紀要云：後因漳水溢，人民徒涉，改曰涉縣。建安九年，曹操圍鄴，涉長梁岐以縣降。晉屬廣平郡。余謂水經清漳水東過沙縣西注云：漳水於此有涉河之稱。孟陽晋人，宜稱涉，此殆以本爲沙縣，字形相似，遂仍作「沙」耳。涉縣今屬彰德府。案：方輿紀要見卷四十九。曹操圍鄴云云，見魏志武帝紀。清統志曰：彰德府，龍山在安陽縣西四十里。魏都賦：虎澗龍山，相爲倚伏。隋書地理志：靈泉有龍山。舊志一名善應山。又，涉縣北一二十里亦有龍山。步瀛案：據注，則後説是也。隋魏郡靈泉縣，在今安陽縣西南。清統志謂龍山在安陽縣西四十里，與隋志合。然不宜引魏都賦龍山也。○太平寰宇記曰：河北道莫州鄚縣，掘鯉淀在縣西二十里，俗名掘柳淀。左太冲魏都賦：掘鯉之淀，蓋節之淵。又，任邱縣，狐狸淀在縣西北二十里。水經注云：鄚縣東南隅水有狐狸淀，俗謂之掘鯉淀，非也。按：淀中有蒲柳，多葭葦。案：今水經注佚此文。清統志曰：直隸河間府，掘鯉淀在任邱縣北。朱珔曰：方輿紀要於任邱縣云：掘鯉淀在縣東南，鐵鐙竿口之水自河間縣引流東北出，入縣境，匯而爲淀。遇霖潦則洪波東注，溢入于五官淀而入海。唐志：莫州有九十九淀，今縣境以淀名者不一，掘鯉淀其一也。據此云在東南，似以狐狸淀爲掘鯉淀矣。今鄚州故城已圮，任邱城亦非其舊，則方位不自免移置。然洪氏圖志言任邱有掘鯉淀在縣西北，與顧氏年歲不遠，何以參錯？疑紀要有誤。步瀛案：紀要見卷十三。清統志已訂其誤。洪亮吉乾隆府廳州縣圖志見卷二。但此書鈔撮清統志爲之，朱氏蓋未見統志，故往往引洪氏圖志耳。○水經汶水注曰：淀，陂水之异名也。方以智通雅卷十七曰：淀，浸之湑涘淺水也。音殿。今北方傍水草之地，皆謂之淀。史記決河渟水，放之海前，西域傳其水亭居，考工記奠水，皆一字，則即「淀」字矣。渟、淀之音奠，猶廷轉音定，又轉爲殿也。又曰：湖淀之波漾者曰澱。水經注：易水又東，渥水注之，謂之大渥溷、小渥溷。又滱水會博水，徑陽城縣，散爲渚澤，曰陽城溷。步瀛案，史記見秦始皇本紀二世語。「渟」字作「亭」。李斯傳作「渟」。「渟」，「亭」之俗字也。考工記匠人行奠水，注引鄭司農曰：奠讀爲停，謂行停水。阮元校勘記謂「停」當作「亭」，以説文有「亭」無「渟」「停」也。周禮地官司市、考工記弓人注皆曰奠讀爲定。故亭、奠、淀皆一聲之轉。方説是也。方又引水經注見易水篇。「渥」當作「埿」。戴震、趙一清皆校正，下見滱水注。然「溷」字各本皆作「淀」，説文有「溷」無「淀」，朱駿聲通訓定聲卷十五以「淀」爲「溷」之別體，謂水多泥滓則淺濁是也。方氏分爲二字，失之。○續漢書郡國志四平原郡鬲侯國，劉昭補注曰：魏都賦注曰：縣有蓋節淵。朱珔曰：漢志平原郡鬲下云：平當以爲鬲津。續志注即引此注語。禹貢九河，徒駭最北，鬲津最南。蓋有割音，與鬲同聲。節津又雙聲字，則蓋節即鬲津也。今濟南府平原縣，本鬲縣地。余嘗經之，尚有黄河涯之名，殆其遺迹歟？○山海經，見北山經。郭注曰：發鳩山，今在上黨長子縣西，即今山西長子縣。○「溺而不反」，胡曰：陳云「反」下當有「化爲」二字，是也。各本皆脱。步瀛案：陳、胡説是，今從之。○御覽道部一引太真科曰：三善道者，聖、真、仙也。上品曰聖，中品曰真，下品曰仙。○昌容，見列仙傳卷下。今本「女」作「于」，「累」作「藟」，「如年二十人」作「如二十許人」。初學記地部五引、御覽百卉部三引亦作「女」，初學「累」作「藟」，亦無「年」字，有「許」字。御覽作「如少」。○犢子，亦見列仙傳卷下。今本「眉」字在「生」字上，「异」下無「俗」字，「過」下不復「都女」二字，「待」作「侍」，「莫能追之」作「人不能追也」。○玄俗，亦見列仙傳卷下。今本無「雲英」二字，「於市」作「都市」。注「瘕」作「癡」，誤，今依傳校改。今本「服藥用」作「買藥服之」。又尤本「父世」作「父甘」，誤。袁、茶二本作「世」，與傳合，從之。又今本「著日中」作「日中看」。○漢書地理志：河間國，故趙。文帝二年，別爲國。高五王趙幽王友傳曰：

文帝即位，立幽王子遂爲趙王。二年，有司請立皇子爲王。上曰：趙幽王幽死，朕甚憐之。已立其長子遂爲趙王，遂弟辟彊及齊悼惠王子朱虚侯章、東牟侯興居有功，皆可王。於是取趙之河間，立辟彊。是爲河間文王。文王立十三年，薨，子哀王福嗣。一年，薨。無子，國除。景十三王河間獻王德傳曰：孝景帝前二年立。○木羽，亦見列仙傳卷下。今本「南和」下有「平鄉」二字，「常助産婦」作「主助産，常探産婦」，「自下唼母」作「便開目視母，大笑，母大怖」，「母」上有「其」字。雲笈七籤卷一百八所載列仙傳亦無「其」字，疑無者是。又今本「暮」作「夜」，「幘」下有「者」字，「此」下無「兒」字，「使」下有「汝」字，「子」下無「與」字，「俱」作「得」，「後兒生」作「後生兒」，「至年」作「生年」，「來迎之」作「來迎去遂過母家」。○琴高，見列仙傳卷上。今本「冀州」下有「涿郡之間」四字。「涿」一作「碭」，「碣水」作「涿水」。袁本作「碭水」，茶陵本作「碭水」。又，今本「期」字不重，「曰」作「日」。七籤與注同。太平廣記卷四引作「期之曰」，似「曰」字不誤。注「於」下脱「水」字，今補。又，今本無「屋」字，廣記引作「祠屋」。○師門，亦見列仙傳卷上。今本「孔甲」上有「夏」字，「修其心意」作「順其意」。七籤作「順其心意」。又，今本「燔」作「焚」。○嘯父，亦見列仙傳卷上。今本「曲周」作「西周」。據注釋曲周，則今本列仙傳誤也。七籤亦作「西周」。袁、茶二本作「曲州」，「州」字亦誤。案：晉廣平郡曲周縣，在今河北曲周縣東北。○漢書地理志廣平國，原注曰：武帝征和二年置爲平干國。景十三王趙敬肅王彭祖傳曰：武帝立敬肅王小子偃爲平干王，是爲頃王，十一年薨。子繆王元嗣，二十五年薨。大鴻臚禹奏，元暴虐不道，不宜立嗣。奏可。國除。○善注引廣雅，今本釋詁四「倬」作「逴」。王念孫疏證曰：漢書孔光傳云：非有踔絶之能。班固典引云：冠德卓絶，字并與「逴」通。案：據此，則「倬」亦「逴」之通假字。○楚辭注，見九歎憂苦。○周禮鄭注，見天官太宰之職。○劉瓛周易義，本書陶淵明雜詩注引作周易注。案：隋書經籍志卷一有周易繫辭易疏二卷，劉瓛撰。此注當是釋繫辭上生生之謂易，即義疏中語也。○毛詩，見叔于田及羔裘。○説文，見羽部。○「翐飛貌」，胡曰：「翐」字當重有，各本皆脱。○馮衍爵銘已見吴都賦注引。○劉歆移讓太常博士書，見本書卷四十三。○左傳，見文十八年。袁、茶二本「尅」作「剋」，「尅」「剋」皆俗字。左傳「止」作「克」。○殊、書，古音魚部。渝，侯部。通轉爲韻。山、怨、間、焉、連、旋、燔，元部。淵，真部。僊，諄部。三部亦通轉爲韻。

易陽壯容，衛之稚質。邯鄲躧步，趙之鳴瑟。真定之梨，固安之栗。醇酎中山，流湎千日。

【彙校】

「易陽壯容」 「易」，明州本、贛州本、四庫本、叢刊本、正德本、陳八郎本、尤刻本、胡刻本、九條本同。奎章閣本作「易」。當作「易」。「陽」，奎章閣本、正德本、尤刻本、胡刻本、九條本作「陽」。明州本、贛州本、四庫本、叢刊本、陳八郎本作「陽」。當作「陽」。「壯」，奎章閣本、明州本、贛州本、四庫本、叢刊本、陳八郎本、尤刻本、胡刻本、九條本同。正德本作「壯」。當作「壯」。

「衛之稚質」 「衛」，奎章閣本、明州本、贛州本、叢刊本、正德本、陳八郎本、尤刻本、胡刻本、九條本同。四庫本作「衛」。當作「衛」。

「邯鄲躧步」 「步」，四庫本同。奎章閣本、明州本、贛州本、叢刊本、正德本、陳八郎本、尤刻本、胡刻本、九條本作「步」。當作「步」。

「真定之梨」 「真」，奎章閣本、四庫本、正德本、尤刻本、胡刻本同。明州本、贛州本、叢刊本、陳八郎本、九條本作「眞」。當作「真」。「定」，奎章閣本、明州本、贛州本、四庫本、叢刊本、陳八郎本、尤刻本、胡刻本、九條本同。正德本作「㝎」。當作「定」。「梨」，奎章閣本、四庫本、九條本同。明州本、贛州本、叢刊本、正德本、陳八郎本、尤刻本、胡刻本作「梨」。當作「梨」。

「固安之栗」 「固安」，奎章閣本、明州本、正德本、陳八郎本、九條本同。贛州本、四庫本、叢刊本、尤刻本、胡刻本作「故安」。當作「固安」。

■ **立群案**：魏書地形志二上：固安，二漢屬涿，晉屬。有固安城、永陽城、金台、三公台、易台。當作「固安」也。

「醇酎中山」 「醇」，四庫本同。奎章閣本、明州本、贛州本、叢刊本、正德本、陳八郎本、尤刻本、胡刻本、九條本作「醇」。當作「醇」。

「流湎千日」 「流」，明州本、贛州本、四庫本、叢刊本、陳八郎本、尤刻本、胡刻本、九條本同。奎章閣本、正德本作「流」。當作「流」。「湎」，奎章閣本、明州本、贛州本、叢刊本、正德本、尤刻本、胡刻本、九條本同。四庫本作「湎」。陳八郎本作「沔」。當作「湎」。

■**立群案**：「流湎」「流沔」通。如淮南子泰族訓：儀狄爲酒，禹飲而甘之，遂疏儀狄而絶旨酒，所以遏流湎之行也。史記樂書：陵遲以至六國，流沔沈佚，遂往不返，卒於喪身滅宗，并國於秦。皆「沉迷、沉醉」義。然善注引薛君韓詩章句曰：均衆謂之流，閉門不出容謂之湎。五臣銑曰：同飲曰流，同醉曰湎。據注，是李善本、五臣本皆作「湎」。作「湎」是也。

【彙注】

【李善注】劉曰：枚乘兔園賦曰：易陽之容。淮南子曰：蔡之幼女，衛之稚質。史遷記曰：趙中山鼓鳴瑟，跕躍躧。真定屬中山郡，出御梨。故安屬范陽，出御栗。揚雄幽州箴曰：蕩蕩幽州，惟冀之別。禹貢無幽州，故安今見屬中山郡。中山出好酎酒，其俗傳云：昔有人曰玄石者，從中山酒家酤酒，酒家與之千日之酒，語其節度。比歸數百里可至於醉。如其言飲之，至家而醉。其家不知其醉，以爲死也，棺斂而葬之。中山酒家計向千日，憶曰：玄石前來酤酒，其醉向解也。遂往問其鄰人，曰：玄石死來三年，服以闋矣。於是與其家至玄石冢上，掘而開其棺，玄石於是醉始解，起於棺中。其俗語曰：玄石飲酒，一醉千日。善曰：漢書音義，臣瓚曰：跕爲躧。跕，都牒反。躧，所解反。薛君韓詩章句曰：均衆謂之流，閉門不出容謂之湎。

【五臣注】銑曰：壯容，少年美麗之容。易陽，易水之陽，中多美女。稚質，童顔也。邯鄲，趙地，亦多美女。善行步，皆妙鼓瑟。真定、固安，皆郡名，梨、栗所出焉。中山郡出美酒。同飲曰流，同醉曰湎。千日，言一醉千日。

【張鳳翼文選纂注】壯容，少年之容。易陽，易水之陽，中多美女。稚質，童顔也。邯鄲，趙地，亦多美女。善行步，皆妙鼓瑟。同飲曰流，同醉曰湎。昔人有玄石者，從中山酒家沽酒。酒家與之千日之酒，語其節度。比歸百里可至于醉。如其言飲之，至家而醉。其家不知其醉，以爲死也，棺斂而葬之。中山酒家計向千日，憶曰：玄石前來沽酒，其醉向解也。遂往問其鄰人，曰玄石死來三年，服以闋矣。於是與其家至玄石家上，掘而開其棺，玄石於是醉始解。

【王象乾文選删注】躧，所解反。真定中山出御梨。故安屬范陽，出御栗。中山出好酎酒。閉門不出容謂之湎。俗云：昔玄石從中山酤酒，酒家與之千日之酒，飲之而醉。其家以爲死也，斂而葬之。酒家計千日，往問其鄰。曰：玄石死已三年。於是與其家開其棺，玄石醉始解，起於棺中。

【陳景雲文選舉正】易陽壯容。注玄石沽酒事出張華博物志，見七命注中。此注不引張書者，蓋書出此注之後也。又「閉門不出容謂之湎」。「容」，舊本作「客」。又「洹音垣」。「垣」，舊刻作「桓」。

【余蕭客文選音義】躧步如淳漢書注：躧音屣。銑曰：邯鄲，趙地，多美女，行步皆妙。故。五臣作「固」。

【余蕭客文選紀聞】躧屣。廣韵三。劉杳在任昉坐。昉曰：酒有千日醉，當是虚言。杳云：桂陽程鄉有千里酒，飲之至家而醉。亦其例也。出楊元鳳所撰置郡事。元鳳是魏代人，時即檢楊記，言皆不差梁書五十。

【胡克家文選考异】注「跐躍躧」。袁本、茶陵本無「躧」字。案：此尤改「躍」爲「躧」，而兩存也。所引貨殖列傳文，今本云「跕屣」，漢書地理志作「跕躧」，顔注「躧」字與「屣」同，是「跐躍」二字仍「跕躧」二字之誤。

注「比歸數百里」。袁本、茶陵本無「數」字。

注「臣瓚曰跕爲躧」。案：此當作「躡跟爲跕，挂指爲躧」。各本皆脱，絶不可通。依漢書顔注引如此也。

注「閉門不出容」。案：「容」當作「客」。各本皆訛。陳云别本「客」，今未見。

【朱珔文選集釋】邯鄲躧步，趙之鳴瑟。張注引史記曰：趙中山鼓鳴瑟，跕躧躧。案：所引見貨殖傳。云：中山地薄人衆，爲倡優。女子則鼓鳴瑟，跕屣。漢書地理志後論正本史記作「彈弦跕躧」，此注「跕躧」二字誤也。漢書注引如淳曰：跕音蹀。足之蹀。師古曰：「躧」與「屣」同。屣，謂小履之無跟者也。跕，謂輕躡之也。錢氏斠注云：「跕」即「疌」字。跕躧，服虔所謂「蹀屣履」是也。古無「蹀屣」二字，「蹀」亦即「疌」，「屣」即「躧」耳。余謂説文止部「疌」字云：機下足所履者。段氏云：疌者，躡也。亦小顔以跕爲輕躡之義。又見後長門賦。

醇酎中山，流湎千日。張注云：中山郡出好酎酒。案：説文：酎，三重醇酒也。俗語一醉千日，極言其厚耳。注載有人醉死三年，開冢而起事，殊怪誕。據周禮酒正鄭注「三酒」云：事酒，今醳酒也。昔酒，今酋久白酒，所謂舊醳者也。清酒，今中山冬釀，接夏而成。賈疏：漢之醳酒，冬釀春成。昔爲久，酋亦遠久之義。晋語：味厚寔腊毒。酒久則毒也。郊特牲舊醳之酒，彼注是昔酒也。對事酒爲新醳，昔酒爲舊醳。清酒不得醳名，以昔酒爲久，明清酒久於昔酒，自然接夏也。余謂説文無「醳」字，禮記作「澤」。釋名曰：醳酒，久釀酉澤。則「澤」即「醳」矣。賦前文稱肴醳，南都賦「十旬兼清」，善亦引鄭注「中山之釀」。〇善注引韓詩章句曰：均衆謂之流，閉門不出客謂之湎。賈疏引此賦作「洗湎」。挍勘記云：「洗」，當是「沈」。文選作「流」，誤。沈湎者，貌其大醉。作「流」則無義。初學記引韓詩曰：齊顔色，均衆寡曰沈，閉門不出客曰湎。善注訛舛，當以初學記正之。今初學記奪「客」字，當以毛詩音義補之。然賦語蓋本樂記流湎以忘本，與孟子流而忘反通。善注失引，不得謂「流」無義也。〇又案：後張景陽七命：傾罍一朝，可以流湎千日。注引韓詩章句亦作「流」，并引漢書谷永曰：流湎媟嫚。則「流」非誤，特所傳本异耳。

【梁章鉅文選旁證】故安之粟。六臣本「故」作「固」。

注跕躍躧。六臣本無「躧」字。胡公考异曰：此因改「躍」爲「躧」，而兩存也。所引貨殖列傳文，今本云「跕屣」，漢書地理志作「跕躧」，顔注「躧」字與「屣」字同，是「跕躍」二字乃「跕躧」二字之誤。

注臣瓚曰：跕爲躧。胡公考异曰：此當作「攝跟爲跕，挂指爲躧」。依漢書顔注引如此也。

注薛君韓詩章句曰：均衆謂之流，閉門不出客謂之湎。案：初學記酒第十一引韓詩曰：齊顔色、均衆寡謂之沉。閉門不出者謂之湎。又饗讌第五引韓詩外傳曰：閉門不出客謂之湎。引書前後不同，而此處之脱誤可證。

淇、洹之筍，信都之棗。雍丘之粱，清流之稻。錦繡襄邑，羅綺朝歌。綿纊房子，縑總清河。若此之屬，繁富夥夠，非可單究，是以抑而未罄也。

【彙校】

「信都之棗」「棗」，奎章閣本、叢刊本、正德本、九條本同。明州本、贛州本、四庫本、陳八郎本、尤刻本、胡刻本作「棗」。當作「棗」。

「雍丘之粱」「丘」，奎章閣本、明州本、贛州本、四庫本、叢刊本、正德本、陳八郎本、尤刻本、九條本同。胡刻本作「𠀉」。當作「丘」。「粱」，奎章閣本、明州本、贛州本、四庫本、叢刊本、正德本、陳八郎本、尤刻本、胡刻本、九條本作「粱」。當作「粱」。

「清流之稻」「清」，奎章閣本、明州本、贛州本、四庫本、正德本、陳八郎本、尤刻本、胡刻本、九條本同。叢刊本作「清」。當作「清」。「流」，明州本、贛州本、叢刊本、陳八郎本、尤刻本、胡刻本、九條本同。奎章閣本、四庫本、正德本作「流」。當作「流」。「稻」，明州本、贛州本、四庫本、叢刊本、正德本、陳八郎本、尤刻本、胡刻本、九條本同。奎章閣本作「稲」。當作「稻」。

「羅綺朝歌」「綺」，奎章閣本、明州本、贛州本、四庫本、叢刊本、正德本、陳八郎本、尤刻本、胡刻本、九條本作「綺」。當作「綺」。

「綿纊房子」「綿」，奎章閣本、正德本同。明州本、贛州本、四庫本、叢刊本、陳八郎本、尤刻本、胡刻本、九條本作「緜」。當作「綿」。

「縑總清河」「縑」，明州本、贛州本、四庫本、叢刊本、尤刻本、胡刻本、九條本同。奎章閣本、正德本、陳八郎本作「縑」。當作「縑」。「總」，奎章閣本、明州本、贛州本、四庫本、叢刊本、陳八郎本、尤刻本、胡刻本、九條本作「緫」。正德本作「総」。當作「總」。「清」，奎章閣本、明州本、贛州本、四庫本、正德本、陳八郎本、胡刻本、九條本同。叢刊本、尤刻本作「淸」。當作「清」。

「若此之屬」「屬」，奎章閣本、四庫本、叢刊本、正德本、九條本同。明州本、贛州本、陳八郎本、尤刻本、胡刻本作「屬」。當作「屬」。

「繁富夥夠」「夠」，尤刻本、胡刻本同。奎章閣本、明州本、贛州本、四庫本、叢刊本、正德本、陳八郎本、九條本作「够」。當作「夠」。

【彙注】

【李善注】夥音禍。劉曰：信都屬安平，出御棗。雍丘屬陳留也。地理志曰：魏，參之分野，南有陳留。桓斌曰：雍丘之糧。清流鄴西，出御稻。襄邑屬陳留，舊有服官。中都賦曰：朝歌羅綺。又，房子出御綿。清河出縑總。清河，一名甘陵也。善曰：淇園，已見上文。杜預左氏傳注曰：水出洹汲郡。汲，即衛地也。洹或爲園。洹音垣。孔安國尚書傳曰：纊，細綿。廣雅曰：總，絹也。廣雅曰：夠，多也。

【五臣注】淇音其。洹音桓。總，子弄反。夥音禍。够，苦侯反。向曰：淇、洹，二水名。旁出美竹。信都，郡名。棗出焉。雍丘、清流，二縣名，粱米、稉稻出處。銑曰：襄邑，縣名。朝歌、清河，皆郡名。纊，細綿。縑總，絹帛也。向曰：夥、够，皆多也。單，猶一也。罄，盡也。言如是之屬繁富多多，豈可一一尋究，蓋抑情而未盡述也。

【張鳳翼文選纂注】洹音柏。總，子弄切。夠，一作夠，疑即多字。真定至清河，皆地名。梨栗至綿縑，所産也。夥、夠，皆多也。單，猶一也。罄，盡也。言如是之屬繁多，豈可一一尋究？蓋抑而未盡述也。

【王象乾文選删注】洹音柏。够，苦侯反。信都屬安平，出御棗。雍丘屬陳留。清流鄴西，出御稻。房子出御縣。總，絹也。清河，出縑總。夠，多也。

【杭世駿文選課虚】夠，多也。古侯切。

【汪師韓文選理學權輿・前賢評論】王應麟困學紀聞曰：曹操夫人與楊彪夫人書：送房子官綿百斤。古文苑誤爲「官錦」，而注者妄解。案魏都賦：綿纊房子。晉陽秋：有司奏調房子、睢陽綿，武帝不許。水經注：房子城西出白土，可用濯綿。

【余蕭客文選音義】洹善音垣。舊注洹音桓。稻上聲。縑兼。夠摳、溝二音。旨韻補叶脂利切。

【余蕭客文選紀聞】洹桓。廣韻一。泜水在臨城縣南二里，出白土，細滑如膏，以之濯綿，色若霜雪，如蜀錦之得江津也，故俗稱「房子之纊」。元和志十七。縑兼。廣韻二。夠摳。集韻四。

【孫志祖文選理學權輿補・前賢評論】廣雅曰：夠，多也。音溝。今人謂多曰夠，少曰不夠是也。文選魏都賦：繁富夥夠，不可單究。五臣注誤音作平聲，不知「夠」「究」，本文自協韻也。

【張雲璈選學膠言】困學紀聞云：曹操夫人與楊彪夫人書：送房子官綿百斤。古文苑誤爲「官錦」，而注者妄解。按魏都賦「綿纊房子」，晉陽秋：有司奏調房子、睢陽綿，武帝不許。水經注：房子城西出白土，可用濯綿。

【胡克家文選考异】注「水出洹汲郡」。案：「水出洹」當作「洹水出」。各本皆倒。

注「夠多也」。袁本此下有「古侯切」三字，是也。茶陵本脱此注，非。

【朱珔文選集釋】淇、洹之笴。善注云：杜預左傳注：洹水出汲郡。汲，即衛地也。案：水經洹水篇：洹水出上黨泫氏縣。注云：水出洹山，山在長子縣也。經又云：東過隆慮縣北。漢志：隆慮屬河内郡。應劭曰：隆慮山在北，避殤帝諱，改曰林慮。續志「林慮」下注引徐廣曰：洹水所出。林慮，今爲彰德府之林縣地。晋時屬汲郡，故杜注云然，與徐廣同。若水經所言，則其源尚非在此矣。賦與「淇」并舉者，水經云：淇水出河内隆慮縣西大號山，至内黄縣東北與洹水合也。但古言竹之盛，在淇不在洹。注又云「洹」或爲「園」，蓋音相近也。疑當作「園」。方輿紀要云：淇園在今衛輝府淇縣之西北。地名禮河社。酈注淇水云：詩：瞻彼淇澳，菉竹猗猗。毛傳：菉，王芻也。竹，萹竹也。漢武帝塞决河，斬淇園之竹木以爲用。寇恂爲河内，伐竹淇川，治矢百餘萬，以益軍資。今通望淇川，無復此物。唯王芻、萹草，不异毛興。據此，知北魏時淇園已無竹。而太冲晋人，此賦尚言之，豈中更永嘉之亂，兵燹焚燬，遂没其迹與？

綿纊房子。張注云：房子出御綿。案：困學紀聞云：曹操夫人與楊彪夫人書：送房子官綿百斤。古文苑誤爲「官錦」，而注者妄解。晋陽秋：有司奏調房子、睢陽綿，武帝不許。水經注：房子城西出白土，可用濯綿。據漢志，房子縣屬常山郡。光武即位，更名高邑。寰宇記引隋圖經云：高邑縣房子城出白土，細滑膏潤，可以塗飾，兼用之濯錦，可致鮮潔。一名赤石岡。以酈注核之，則「錦」字亦當爲「綿」之誤。高邑縣，今屬趙州。房子城在縣西南十五里。

缣緫清河。善注引廣雅曰：緫，絹也。案：今廣雅作「繐」，與「緫」同。廣韵：繐，細絹也。一切經音義引通俗文「輕絲絹」曰：緫云缣緫者。説文：缣，并絲繒也。釋名云：缣，兼也。其絲細緻，數兼於絹也。然則缣亦絹類矣。清河，據張注一名甘陵。蓋本周之甘泉市地。漢爲信成縣，屬清河郡。後漢改甘陵。晋曰清河縣。今縣仍舊隸廣平府。寰宇記引隋圖經云：清河絹爲天下第一。又太平御覽引何晏九州論曰：清河缣緫，房子好綿。與此賦二語正相同。○又案：説文：繐，帛青色。省之爲「蒠」。即爾雅：青謂之蒠也。後籍田賦之「繐犗」是已。「繐」與「緫」异字，疑廣雅之「繐」當作「緫」。

【梁章鉅文選旁證】綿纊房子，缣緫清河。古文苑載曹操夫人與楊彪夫人書：送房子官綿百斤。太平御覽布帛部六引晋陽秋云：有司奏依舊調房子、睢陽綿，武帝不許。又引水經注云：房子城中出白土細綿如膏，可用濯綿，霜鮮雪曜，异於常綿，世俗言房子之綿也。又引盧毓冀州論云：房子好綿地産不爲無珍也。藝文類聚絹部載庾肩吾荅武陵王賚絹啓云：清河之珍，邱園慚其束帛。

注水出洹汲郡。當作「洹水出汲郡」。各本皆倒。

注廣雅曰：够，多也。今廣雅釋詁「多也」節脱「够」字。

【胡紹煐文選箋證】綿纊房子，缣緫清河。注張載曰：房子出御綿。清河出缣緫。清河一名甘陵。善曰：廣雅曰：緫，絹也。按：太平御覽引何晏九州論云：清河缣緫，房子好綿。與此同。又八百十九引酈善長水經注：房子城西出白土，細滑如膏，可用濯綿，霜鮮雪曜，异於常綿也。俗言房子之纊亦類蜀郡之錦得江津矣，故歲貢其綿以充御用。説文：缣，并絲繒也。釋名：缣，兼也。其絲細致，數倍如絹也。衆經音義十二引通俗文：輕絲絹曰緫，緫之言聚也。缣緫皆細密之名，通言之則缣緫皆得謂之絹。廣雅：緫，絹也。廣韵：絹，缣也。對文則「缣」「緫」與「絹」稍别，釋名「其絲細緻數倍如絹」。

通俗文云「輕絲絹」是也。

【高步瀛文選李注義疏】五臣「故」作「固」，「夠」作「够」。○周禮天官酒正賈公彦疏引「流」作「洸」，閩監、毛本改「沈湎」，惠校本亦作「沈」。阮元校勘記曰：作「沈」是。今文選作「流」，誤字也。沈湎者，貌其大醉。作「流」，則無義矣。朱珔曰：賦語蓋本樂記流湎以忘本，與孟子流而忘反通。善注失引，不得謂「流」無義也。又張景陽七命：傾罍一朝，可以流湎千日。注引韓詩章句亦作「流」，并引漢書谷永曰：流湎媟嫚。則「流」非誤，特所傳本异耳。步瀛案：南史謝瀹傳引亦作「流湎」，知非誤字。朱説是。○枚乘梁王兔園賦，見藝文類聚産業部上及古文苑卷三。「兔」并作「菟」，字同。張銑曰：易陽，易水之陽，中多美女。章樵古文苑注同。案：易陽縣，兩漢屬趙國。魏志武帝紀，建安十七年移屬魏郡，已見上疏。又地理志趙國易陽縣，注引應劭曰：易水出涿郡故安。全祖望漢書地理志稽疑卷三曰：此是洺水，亦謂之南易水，故曰易陽，應説非。案：全説是也。太平寰宇記河北道磁州武安縣下，引水經曰：洺水出易陽縣西山。又洺州永年縣下曰：漳水，風土記云南易水本名漳水，源出三門山西，自肥鄉縣界流入趙地。記云：六國時，此水名易水。埤蒼及水經云洺水之目，不知誰改，俗謂山之下地名洺，因經之，故曰洺水。案：今水經佚洺水篇。寰宇記所引，即其佚文也。○淮南子，見脩務篇。案：已見蜀都賦。○史記見貨殖傳。「跕躧」，尤本作「跕躍躧」，袁、茶二本作「跕躍」，皆誤。胡曰：貨殖傳今本云「跕屣」，漢書地理志作「跕躧」，顔注：「躧」字與「屣」同。是「跕躍」二字乃「跕躧」二字之誤。朱珔曰：漢書地理志後論正本史記作「彈弦跕躧」，此注「跕躍」二字誤也。漢書注引如淳曰：跕音蹀。足之蹀。師古曰：「躧」與「屣」同。屣，謂小履之無跟者也。跕，謂輕躡之也。錢氏斠注云：「跕」即「疌」字。跕躧，服虔所謂蹀屣履是也。古無「蹀屣」二字，「蹀」亦即「疌」。「屣」即「躧」

耳。余謂説文止部疌字云：機下足所履者。段氏云：疌者，躡也。亦小顔以跕爲輕躡之義。步瀛案：邯鄲縣，兩漢皆爲趙國治。魏志武帝紀，建安十七年移屬魏郡，在今河北邯鄲縣西南。中山郡，魏明帝太和六年改爲中山國，治盧奴縣，今河北定縣治。○御覽果部六引魏文帝詔曰：真定御梨，大若拳，甘若蜜，脆若菱，可以解煩釋渴。藝文類聚果部上引有脱誤。類聚又引何晏九州論曰：真定好梨。案：晉書地理志，真定縣爲常山國治，在今河北正定縣南。三國郡縣表真定屬常山郡，不言屬中山郡也。○范陽縣，兩漢屬涿郡。太平寰宇記卷七十曰：河北道涿州，漢爲涿郡。魏初因之，至黄初七年，文帝改爲范陽郡。陸璣毛詩疏曰：范陽栗，甜美長味，他方者悉不及也。○楊子雲幽州箴，見藝文類聚州部及古文苑卷十四。○故安，晉書地理志屬范陽國，三國郡縣表同，不言屬中山郡。豈晉初嘗有改革而史書不載耶？○朱珔曰：説文：酎，三重醇酒也。俗語一醉千日，極言其厚耳。注載有人醉死三年，開冢而起，事殊怪誕。據周禮酒正鄭注三酒云：事酒，今醳酒也。昔酒，今酋久白酒，所謂舊醳者也。清酒，今中山冬釀，接夏而成。賈疏：漢之醳酒，冬釀春成。昔爲久，酋亦遠久之義。晉語：味厚寔腊毒。酒久則毒也。郊特牲舊醳之酒，彼注是昔酒也。對事酒爲新醳，昔酒爲舊醳。清酒不得醳名，以昔酒爲久，明清酒久於昔酒，自然接夏也。余謂説文無「醳」字，禮記作「澤」。釋名曰：醳酒，久釀酉澤。則「澤」即「醳」矣。賦前文稱肴醳，南都賦十旬兼清，善亦引鄭注中山之釀。○千日酒事，博物志卷五、搜神記卷十九皆載之，皆以玄石姓劉。搜神記又以造酒者爲狄希。案：「比歸數百里」，袁、茶二本無「數」字。○後漢安平國，魏爲安平郡，治信都，今河北冀縣治。御覽果部二引盧毓冀州論曰：安平好棗，地産不爲無珍。○魏陳留郡雍丘縣，嘗爲王國。黄初四年，鄄城王植徙封此。太和元年，徙封浚儀。二年還封雍丘。三年徙封東阿。案：雍丘，今河南杞縣治。○漢陳留郡，魏爲國。黄初三年，襄邑公峻封此。五年，復改封襄邑。太和六年，復封陳留。案：治陳留縣，今河南陳留縣治。○桓斌云云，乃七設之文。見北堂書鈔酒食部。○清流，蓋指清漳水。已見上。御覽百穀部三引盧毓冀州論曰：河内好稻。○陳留郡襄邑縣，嘗爲國。建安二十三年，鄗侯曹峻徙封此。魏黄初二年，進爵爲公。餘見上。案：今河南睢縣治，本書陳孔璋爲曹洪與魏文帝書注引陳留記曰：襄邑，渙水出其南，睢水經其北。傳云，睢、渙之間出文章，故其黼黻絺繡日月華蟲，以奉宗廟御服焉。○中都賦，汪師韓曰：未詳撰人。○困學紀聞卷二十曰：曹操夫人與楊彪夫人書：送房子官綿百斤。古文苑誤爲「官錦」，而注者妄解。按：魏都賦：綿纊房子。晉陽秋：有司奏調房子、睢陽綿，武帝不許。水經注：房子城西出白土，可用濯綿。萬希槐集證曰：太平御覽八百十九引水經注房子城西出白土，細滑如膏，可用濯綿，霜鮮雪曜，异於常綿也，俗言房子之綿也。亦類蜀江之錦得江津矣。故歲貢其綿，以充御府。又引盧毓冀州論曰：房子好綿，地産不爲不珍也。翁元圻注曰：晉陽秋見太平御覽八百十九，水經注今無此條。朱珔曰：寰宇記（河北道趙州高邑縣）引隋圖經云：高邑縣房子城出白土，細滑膏潤，可以塗飾，兼用之濯錦，可致鮮潔。一名赤石岡。以酈注核之，則「錦」字亦當爲「緜」之誤。高邑縣，今屬趙州（今改縣）。房子城在縣西南十五里。○太平寰宇記河北道貝州清河縣，引隋圖經曰：清河絹爲天下第一。藝文類聚布帛部引庾肩吾答武陵王賚絹啓曰：清河之珍，丘園慚其束帛。御覽布帛部五引何晏九州論曰：清河縑總，房子好綿。輿地廣記曰：河北東路恩州，漢書清河郡，後漢爲清河國，桓帝改曰甘陵，魏復故。魏志武文世王公傳曰：清河悼王貢，黄初三年封，四年國除。案：清河郡治清河縣，在今河北清河縣東。○善注引傳瓚，各本「跕」字上脱「躡跟」爲三字，「跕」字下脱「挂指」二字，今依胡氏校增。○韓詩章句，初學記器物部引作「齊顔色、均衆寡謂之沈，閉門不出者謂之湎」，禮部下引下句作「韓詩外傳曰閉門不出客謂之洫」，詩蕩釋文引韓詩同。則本注各本作「不出容」，「容」乃「客」字之訛。今依陳氏、胡氏校改。初學記作「者」亦誤，外傳又内傳之誤也。盧文弨釋文考證謂當從宋本作「容」，非是。校勘記曰：閉門不出客，如陳遵投轄井是也。案：見漢書游俠傳。至李善引作「流」，徐堅引作「沈」，則所據本异。朱珔説是也。○左傳杜注，見成十七年。「洹水出汲郡」，各本「洹」字誤在「出」字下，今依胡氏、梁氏校改。朱珔曰：水經洹水篇：洹水出上黨泫氏縣。注云：水出洹山，山在長子縣也。經又云：東過隆慮縣北。漢志隆慮屬河内郡。應劭曰：隆慮山在北，避殤帝諱，改曰林慮。續志林慮下注引徐廣曰：洹水所出。林慮，今爲彰德府之林縣地。晉時屬汲郡，故杜注云然，與徐廣同。若水經所言，則其源尚非在此矣。賦與淇并舉者，水經云淇水出河内隆慮縣西大號山，至内黄縣東北與洹水合也。但古言竹之盛，在淇不在洹。注又云「洹」或爲「園」，蓋音相近也。疑當作「園」。酈注淇水云：詩：瞻彼淇澳，菉竹猗猗。今通望淇川，無復此物。唯王芻编草，不异毛興。據此，知北魏時淇園已無竹。而太冲晋人，此賦尚言之，豈中更永嘉之亂，兵燹焚燬，遂没其迹與？○尚書僞孔傳，見禹貢。○廣雅，見釋器。朱珔曰：今廣雅作「繐」，與「總」同。廣韵：繐，细絹也。一切經音義十二引通俗文輕絲絹曰：總云縑總者，説文縑，并絲繒也。釋名云：縑，兼也。其絲細緻，數兼於絹也。然則縑亦絹類矣。又案：説文：繐，帛青色。省之爲「蒽」，即爾雅青謂之蒽也。籍田賦之繐幍是已。「繐」與「總」异字，疑廣雅之「繐」當作「總」。胡紹煐曰：總之言聚也。縑、總皆細密之名，通言之，則縑總皆得謂之絹。廣雅：總，絹也。廣韵：絹，縑也。對文則縑、總與絹稍别。釋名：其絲細緻，數倍如絹。通俗文云：輕絲絹是也。○後引廣雅釋詁三「夠，多也」條無此字。王念孫據本賦注補曰：玉篇：夠，苦侯切，多也。廣韵同。方言：凡物晠而多謂之寇。寇與夠聲近義同。案：見方言卷一。又案：尤本、茶陵本皆無「古侯切」三字，今依袁本增。○質、瑟、栗、日，古音至部。棗、稻，幽部。歌、河，歌部。夠，侯部。究，幽部。侯、幽二部通轉爲韻。

蓋比物以錯辭，述清都之閑麗。雖選言以簡章，徒九復而遺旨。覽大易與春秋，判殊隱而一致。末上林之隤墻，本前修以作系。

【彙校】

「蓋比物」　「蓋」，明州本、贛州本、四庫本、叢刊本、陳八郎本、尤刻本、胡刻本、九條本同。奎章閣本、正德本作「盖」。當作「蓋」。

「以錯辭」　「錯」，奎章閣本、明州本、贛州本、四庫本、叢刊本、正德本、尤刻本、胡刻本、九條本同。陳八郎本作「措」。當作「錯」。

■**立群案**：諸本多作「錯辭」，獨陳八郎本作「措辭」。然五臣翰曰：先生言以其土地物雜錯文辭，述魏都之閑麗。據注，是五臣本本作「錯辭」，陳八郎本自應亦作「錯辭」。逸周書官人：自順而不讓，措辭而不遂，此隱於智理者也。王充論衡刺孟：見彼之問，則知其措辭之所欲之矣。似陳八郎本作「措辭」亦有據，其實不然。賦云：蓋比物以錯辭。「比物」「錯辭」并列。「比物」，如禮記樂記：樂者，審一以定和，比物以飾節。韓非子難言：多言繁稱，連類比物，則見以爲虛而無用。指協調衆物，或連綴同類之物。「錯辭」，亦當作相應解。協調衆辭，或連綴同類之辭。賦中確多連綴同類的現象。然「措辭」者，指説話或行文選擇詞句。與賦意微有异。當作「錯辭」。

「述清都」「清」，奎章閣本、明州本、贛州本、四庫本、正德本、陳八郎本、尤刻本、胡刻本、九條本同。叢刊本作「淸」。當作「清」。

「閑麗」「閑」，奎章閣本、明州本、贛州本、叢刊本、正德本、陳八郎本、尤刻本、胡刻本、九條本同。四庫本作「閒」。當作「閑」。「麗」，明州本、贛州本、四庫本、叢刊本、正德本、陳八郎本、尤刻本、胡刻本、九條本同。奎章閣本作「麗」。當作「麗」。

「雖選言」「雖」，明州本、贛州本、四庫本、叢刊本、陳八郎本、尤刻本、胡刻本、九條本同。奎章閣本、正德本作「錐」。當作「雖」。

「遺旨」「旨」，奎章閣本、四庫本、正德本作「㫖」。明州本、贛州本、叢刊本、陳八郎本、尤刻本、胡刻本、九條本作「㫖」。當作「旨」。

「覽大易」「覽」，明州本、贛州本、四庫本、叢刊本、正德本、陳八郎本、尤刻本、胡刻本、九條本同。奎章閣本作「覧」。當作「覽」。

「與春秋」「與」，明州本、贛州本、四庫本、叢刊本、正德本、尤刻本、胡刻本、九條本同。奎章閣本作「與」。陳八郎本作「於」。當作「與」。

■立群案：大易、春秋并列，故當作「與」，不當作「於」。

「判殊隱」「隱」，明州本、贛州本、叢刊本、陳八郎本、尤刻本、胡刻本、九條本同。奎章閣本作「隐」。四庫本作「隱」。正德本作「隱」。當作「隱」。

「而一致」「一」，奎章閣本、明州本、贛州本、四庫本、叢刊本、正德本、尤刻本、胡刻本、九條本同。陳八郎本作「壹」。當作「一」。

「隤墻」「墻」，尤刻本、胡刻本同。奎章閣本、明州本、贛州本、四庫本、叢刊本、正德本、陳八郎本、九條本作「牆」。當作「墻」。

「本前修」「本」，奎章閣本、四庫本、叢刊本、正德本、陳八郎本、胡刻本、九條本同。明州本、贛州本、尤刻本作「夲」。當作「本」。「修」，奎章閣本同。明州本、贛州本、四庫本、叢刊本、陳八郎本、尤刻本、胡刻本、九條本作「脩」。正德本作「脩」。今從「修」。

【彙注】

【李善注】系，胡計切。劉曰：逸詩：九變復貫，知言之選。擇來比物，謂屬變而還復舊貫，則知言之選擇，來比物錯辭，物土之叙也。屈原遠游曰：造句始，觀清都。言雖選言簡章，徒至九復，而猶遺其精旨也。春秋推見以隱，易本隱以之顯，所言雖殊，其合德一也。故曰末上林之隤墻，本前脩以作系也。前脩，謂前賢也。離騷，攓吾法夫前脩。司馬相如上林賦曰：頹墻填塹，使山澤之人得至。揚雄羽獵賦後曰：放雉兔，收罝罘，與百姓共之。亂者，理也。傳曰：有亂臣十人。此皆二賦以其後居正之義，理其前過甚之事也。張衡東京賦曰：相如壯上林之觀，揚雄騁羽獵之辭，雖系以隤墻填塹，亂以收其罝罘，卒無補於風規。蓋易有系辭之義，而以本於前脩以爲系亂之意也。系者，亂也。且易之系，述而辨，至於相如初壯上林之觀，後説隤墻之事，首尾相劘，非本系辭之流也。而張衡云系以隤墻，謂爲系辭同音，於義有未安焉。諸文賦之後亂者，與本絶。於隤墻、收罝罘，雖不與本文絶義。張氏同諸系辭之别，可知也。善曰：韓子曰：連類比物。列子曰：周穆王暨化人之宫，王以爲清都紫微。班固漢書司馬相如贊文曰：推見至隱。言大易、春秋隱顯殊而合德若一，故觀覽而法則之。上林則頽墻填塹，雖本前脩而作系，所謂觀百而諷一，故輕末而鄙賦。

【五臣注】系，胡計反。翰曰：旨，美也。先生言以其土地物雜錯文辭，述魏都之閑麗，然雖擇選章句，徒至九變迴復，而終遺其美。逸詩云：九變復貫，知言之選。言思慮之深也。易云：本隱以至明。春秋云：推見以至隱。言雖有遺美，至於隱見反殊，其致一也。上林賦云：頽墻填塹者，爲漢氏苑囿之大，方欲頽之使山澤之人得志。而我無苑囿之大，山川萬物，皆符自然，故以頽墻爲末事也。守古人賢聖之道而系襲之以爲本也。

【張鳳翼文選纂注】系，胡計反。言雖選言簡章，徒至九復，而猶不盡其旨也。春秋：推見至隱。易：本隱以至顯。所言雖殊，其合德一也。相如壯上林之觀，雖系以隤墻填塹，卒無補於風規。前修，指張衡東京賦而言。作系，即易繫之繫。

【王象乾文選删注】言雖選言簡章，徒至九復，而猶遺其精旨也。春秋推見以隱，易本隱以之顯，所言雖殊，其合德一也。列子曰：周穆王暨化人之宫，王以爲清都紫微。司馬相如上林賦曰：頽墻填塹，使山澤之人得至。以其後居正之義，理其前過甚之事也。

【何焯義門讀書記】「蓋比物以錯辭」至「本前修以作系」。言徒數物産，則彌下矣。不得已，其請言前修乎？「本前修以作系」者，蓋緣三國莫能相尚，魏亦偶屬中土耳。庶幾前修，可以折服二客也。

太冲之於魏氏，文與而實不與，可謂得主文譎諫之遺矣。先引司馬遷「春秋推見至隱，易本隱以至顯」二句，欲千載而下讀者默識其隱義。注家以「系」與「繫」紛紜致辨，又何异於占夢哉。

【余蕭客文選音義】判殊何曰：判殊二字，衍一字，落一「顯」字。前修何曰：即魏絳諸人。

【孫志祖文選考异】判殊隱而一致。何云：判殊二字，衍一字，落一「顯」字。潘校同。

【孫志祖文選李注補正】末上林之隤墻，本前修以做系。○正曰：潘云：二句領起下文。上林賦系以隤墻填塹，勸百諷一。今不取法，但取先賢以結此賦。末者，鄙薄之意。前修，即段干木諸人也。注中全不分明。

【張雲璈選學膠言】覽大易與春秋，判殊隱而一致。李注：大易、春秋隱顯殊而合德若一。據注，則「隱」下疑脱「顯」字，而「判」字爲衍。今作「判殊隱」，文義未明。

【胡克家文選考异】判殊隱而一致。何校「判殊」改「殊顯」。案：以「判殊」意複言之，蓋是也。各本皆誤耳。

注「知言之選擇來比物謂屬變而還復舊貫則知言之選擇來」。案：此皆誤也。當作「知言之選」爲一句，「選擇采也」爲一句，「謂屢變而還復舊貫」爲一句，「則知言之擇采」爲一句。各本訛舛，絶不可通，今訂正。

注「謂爲系辭同音」。案：「音」當作「旨」。各本皆誤。

注「周穆王暨及化人之宫」。袁本、茶陵本無「及」字。

【許巽行文選筆記】判殊。「判殊隱而一致」句，何校削「判」字，「隱」下加「顯」字。

【梁章鉅文選旁證】判殊隱而一致。何校：「判殊」改「殊顯」。按舊注，則「判殊隱」爲是。

末上林之隤墻，本前修以作系。潘氏耒曰：前修即下文魏絳諸人，二句領起下文。謂上林賦系以隤墻填塹，勸百諷一，今不取法，但取先賢以結此賦。末者，鄙薄之意。舊注未明。

注知言之選。擇來比物，謂屢變而還復舊貫，則知言之選，擇采。胡公考异曰：此皆誤也。當作「知言之選」爲一句，「選擇采也」爲一句，「謂屢變而還復舊貫」爲一句，「則知言之擇采」爲一句。各本訛舛，絶不可通。

注謂爲系辭同音。「音」當作「旨」。各本皆誤。

【胡紹煐文選箋證】判殊隱而一致。注善曰：言大易、春秋隱顯殊而合德若一。何氏焯曰：「判殊」二字衍一字，脱一「顯」字。紹煐按：王氏念孫校同。注出「隱顯」，明正文有「顯」字，「殊」訓正文，「判殊」二字不當重。旁證謂「判殊隱」爲是，竊所未解。

【高步瀛文選李注義疏】各本「判」下有「殊」字，「隱」下脱「顯」字。孫志祖考异曰：何云，「判殊」二字，衍一字，落一「顯」字。潘校同。胡克家亦以何校爲是。王念孫讀書志餘下曰：此本作「判隱顯而一致」，言易與春秋雖有隱顯之分，而其致一也。後人以張、李二注内皆有「殊」字，遂加入「殊」字而删去「顯」字。不知注内「殊」字是解正文「判」字，而正文内本有「顯」字，故二注皆言隱顯也。若云判殊隱而一致，則文不成義矣。張雲璈説同。梁章鉅謂：按舊注，則判殊隱爲是，甚謬，胡紹煐已譏之矣。○注「知言之選」至「選择來」，胡克家曰：案：此皆誤也。當作「知言之選」爲一句，「選擇采也」爲一句，「謂屢變而還復舊貫」爲一句，「則知言之擇采」爲一句。各本訛舛，絶不可通，今訂正。朱銘曰：漢書武帝紀：元朔元年詔曰：詩云九變復貫，知言之選。臣瓚曰：九，數之多。師古曰：貫，事也。選，擇也。循環復舊，擇善而從之。銘案：此詩謂凡言屢變還復舊貫，則知其言選擇于盡善耳。賦特反其意用之。步瀛案：朱説是也。此賦張注傳寫多誤，胡訂疑亦未盡是。○遠游「旬始」下有「而」字。王逸注曰：遂至天皇之所居也。○「春秋推見以至隱」二句，史記司馬相如傳贊之文。索隱引虞喜志林曰：春秋以人事通天道，是推見以至隱也。易以天道接人事，是本隱以之明顯也。○離騷，今本楚辭「蹇」作「謇」。本書卷三十二作「蹇」，乃借字。此注各本作「攓」，誤加手旁耳。今校改。王逸釋前修爲前世遠賢。○上林賦及羽獵賦，并見本書卷八。○論語泰伯篇：武王曰：予有亂臣十人。集解引馬融曰：亂，理也。○「系辭同旨」，各本「旨」誤「音」，今依胡氏校改。案：辭賦總結之詞，或用亂，或用系，故離騷王逸注曰：亂，理也。所以發理詞指，總撮其要也。洪補注曰：凡作篇章既成，撮其大要，以爲亂辭也。本書思玄賦舊注曰：系，繫也。言繫一賦之前意也。東京賦言系言亂，本無不合，而此注謂與易之繫亂同旨，已覺周内。又謂諸文賦之後亂者與本絶，古人亦無此義，乃以亦蔽辜平子，亦謬矣。○善注引韓子見難言篇。○列子，見周穆王篇。袁、茶二本無「及」字。案：列子有「及」字。○漢書司馬相如傳贊即本史記，已見上。○上林則頹墻填塹，雖本前修云云，似失賦旨。蓋以上林頹墻爲末事，故本前修作系耳。李周翰曰：上林賦云頹墻填塹者，爲漢氏苑囿之大，方欲頹之，使山澤之人得至。而我無苑囿之大，山川萬物皆符自然，故以頹墻爲末事也。守古人賢聖之道而系襲之，以爲本也。其説得之。○何焯曰：言徒數物産，則彌下矣。不得已，其請言前修乎。又曰：本前修以作系，蓋因三國莫能相尚，魏亦偶據中土耳，庶幾前修足以折服二客也。太冲之於魏氏，文與而實不與，可謂得主文譎諫之遺意焉。先引司馬遷春秋推見至隱，易本隱以至顯二句，欲千載而下讀者默識其隱義。注家以系與繫紛紜致辨，又何异於占夢哉！姚範曰：劉旨迂晦，似失賦義。蓋比物錯辭四句，言以上之所鋪張有不能盡者。然或本隱以之顯，推見以至隱，此易與春秋之義，覽者可以得之。而上林之末，繼以隤墻，故於賦末述魏絳、干木前修之事，同於賦終之系也。或以上林隤墻，不足爲勸，而自本前修爲系。余往讀爲此解。頃閲何本云云，按太冲本尊曹魏而抑孫、劉，安有貶退之意，其亦鑿矣。○麗，古音歌部。旨、系，脂部。致，至部。皆通轉爲韵。○以上總束前文，并補叙山川、物産。

其軍容弗犯，信其果毅。糾華綏戎，以戴公室。元勛配管敬之績，歌鐘析邦君之肆。則魏絳之賢有令聞也。

【彙校】

「糾華綏戎」「糾」，明州本、贛州本、叢刊本、陳八郎本、尤刻本、胡刻本、九條本同。奎章閣本、四庫本、正德本作「糺」。當作「糾」。

■**立群案**：南都賦「糾宗綏族」之句，善注引左氏傳曰：召公思周德之不類，故糾合宗族于成周。五臣注：向曰：糾，合。此賦「糾華綏戎」，顯即化用南都賦語。類篇：糺，絲黄色。於賦不合。當作「糾」。

「元勛」　「勛」，奎章閣本、明州本、贛州本、四庫本、叢刊本、正德本、陳八郎本、尤刻本、胡刻本、九條本作「勳」。當作「勛」。

「歌鐘」　「鐘」，奎章閣本、明州本、贛州本、四庫本、叢刊本、正德本、九條本同。陳八郎本、尤刻本、胡刻本作「鍾」。當作「鐘」。

「邦君之肆」　「邦」，明州本同。奎章閣本、贛州本、四庫本、叢刊本、正德本、陳八郎本、尤刻本、胡刻本、九條本作「邦」。當作「邦」。

「魏絳之賢」　「魏」，奎章閣本、明州本、贛州本、四庫本、叢刊本、正德本、陳八郎本、尤刻本、胡刻本、九條本作「魏」。當作「魏」。

【彙注】

【李善注】劉曰：國語曰：鄭伯納女樂二八，歌鐘二肆。公錫魏絳女樂一八，歌鐘一肆，曰：「子教寡人和戎狄而政諸華，於今八年，七合諸侯，寡人無不得志，與子共之。」管敬仲相桓公九合諸侯，魏絳輔晉悼公七合諸侯，故謂之元勛配管敬之績也。悼公得二肆而賜魏絳一肆，故諸侯歌鐘，析邦君之肆也。善曰：司馬法曰：古者國容不入軍，軍容不入國。禮記曰：介胄有不可犯。鄭玄禮記注曰：信，讀如屈伸之伸，假借字也。左氏傳，君子曰：殺敵爲果，致果爲毅。班固漢書述曰：太祖元勛，啓立輔臣。毛詩曰：令問令望。

【五臣注】信音身。析，先歷反。濟曰：軍容凜然不可犯，乃可申其果毅。殺敵爲果，致果爲毅也。糾察華夏，使不爲非。撫安戎狄，使不爲亂。元，大。勛，功也。管仲相齊桓公，九合諸侯。魏絳輔晉悼公，七合諸侯。故勛功配之。析，分也。邦君，晉悼公也。鄭伯納歌鐘二肆於晉。肆，懸鐘磬之物，而分壹肆賜魏絳，言此則魏絳之賢，有美聞也。魏絳，本魏人。今論魏德之盛，故述絳於此。

【張鳳翼文選纂注】司馬法：軍容不入國。信，讀如伸。左傳：殺敵爲果，致果爲毅。糾察華夏，使不爲非。撫安戎狄，使不爲亂。所以翊載公室也。管敬，即管仲也。邦君，晉悼公也。鄭伯納女樂二八，歌鐘二肆。公錫魏絳女樂一八，歌鐘一肆，曰：子教寡人和戎狄而政諸華，于今八年，九合諸侯，無不得志，與子共之。析，分也。絳，魏人。故述於此。

【王象乾文選删注】悼公得二肆而賜魏絳一肆，故諸侯歌鐘，析邦君之肆也。國語曰：鄭伯納女樂二八，歌鐘二肆。公錫魏絳女樂一八，歌鐘一肆，曰：「子教寡人和戎狄而政諸華，於今八年，七合諸侯，寡人無不得志，與子共之。」

【陳景雲文選舉正】其軍容弗犯。注「故諸侯歌鐘」。「諸侯」當作「謂之」。

【汪師韓文選理學權輿·質疑】魏都賦「其軍容弗犯」六句，以毅、室、肆三字爲韵，而下云則「魏絳之賢有令聞也」。次段六句以遐、羅、戈三字爲韵，而下云「則干木之德自解紛也」。次段六句以山、軒、蕃三字爲韵，而下云「則信陵之名若蘭芬也」。次段六句以厄、策、敵三字爲韵，而下云「張儀張禄亦足云也」。此四段中，既各爲一韵，而四段之收句聞、紛、芬、云，又其成一韵。古賦用韵有此法。

【余蕭客文選音義】室試。

【余蕭客文選紀聞】室式吏。韵補四。

【孫志祖文選李注補正】其軍容弗犯。○補曰：金云：「其軍容弗犯」數語，俱指魏絳。當增引戮揚干事，其上晉侯書有「軍事有死，無犯爲敬」之句也。

【胡克家文選考异】注「故諸侯歌鐘析邦君之肆也」。陳云「諸侯」當作「謂之」。袁本亦誤。茶陵本脱此注，非。

【梁章鉅文選旁證】注故諸侯歌鐘析邦君之肆也。陳曰：「諸侯」當作「謂之」。

【高步瀛文選李注義疏】晉語七曰：公以魏絳爲不犯，使佐新軍。韋注曰：不犯，不可犯以罪。又曰：四年，會諸侯於鷄丘。魏絳爲中軍司馬。公子揚干亂行於曲梁，魏絳斬其僕。韋注曰：揚干，悼公之弟。行，行列，僕，御也。又見左襄三年。晉語七又曰：五年，無終子嘉父，使孟樂因魏莊子納虎豹之皮，以和諸戎。公曰：戎狄無親而好得，不若伐之。魏絳曰：勞師於戎而失諸華，雖有功，猶得獸而失人也。安用之？且夫戎狄荐處，貴貨而易土，予之賞而獲其土，其利一也。邊鄙耕農不儆，其利二也。戎狄事晉，四鄰莫不震動，其利三也。君其圖之。公說，使魏絳撫諸戎，於是乎遂伯。韋注曰：莊子，魏絳。案：左襄四年載此事，魏莊子言和戎有五利。以德綏戎，師徒不動，甲兵不頓，四也。鑒于后羿而用德度，遠至邇安，五也。其前三利與外傳同，特文亦有异。○注引國語亦見晉語七。「政」作「正」，「共」下有「樂」字。左襄十一年亦有「樂」字，當據增。韋注曰：女樂，今伎女也。八人爲佾，備八音也。歌鐘，歌時通奏肆列也。凡懸鐘磬，全爲肆，半爲堵。左襄十一年杜注曰：懸鐘十六爲一肆。二肆三十二枚。孔疏曰：周禮小胥云：凡懸鐘磬，半爲堵，全爲肆。鄭玄云：鐘磬者，編縣之。二八十六枚而在一虡，謂之堵。鐘一堵，磬一堵，謂之肆。半之者，謂諸侯之卿大夫士也。諸侯之卿大夫，半天子之卿大夫，西縣鐘，東縣磬。士亦半天子之士，縣磬而已。如鄭彼言，鐘與磬全，乃成爲肆。此傳於鐘即言肆者，十六枚而在一虡，古今皆同，其虡不可分也。虡不可分，而云有全有半，明如鄭言，鐘磬相對，肆爲全，單爲半。此傳言歌鐘二肆，則兼有磬矣。若其無磬，不得成肆。杜以傳唯云歌鐘，故但解鐘數云三十二枚，其磬數亦同矣。此二肆皆爲編縣也。言歌鐘者，歌必先金奏，故鐘以歌名之。晉語孔晁注云：

歌鐘，鐘以節歌也。案：古書「鍾」「鐘」字通用。又晉語七韋注曰：八年和戎，後八年也。七合諸侯：一謂魯襄五年，會于戚。二謂七年，會于鄬。三謂八年，會于邢丘。四謂九年，同盟于戲。五謂十年，會于柤。六謂十一年，會于亳城。七謂今，會于蕭魚。左襄十一年作九合諸侯。杜注加五年，又會于城棣。十年，又戍鄭虎牢，爲九也。○桓公九合諸侯，諸説不同。齊語曰：兵車之屬六，乘車之會三。韋注曰：屬亦會也。管子小匡篇曰：乘車之會三，兵車之會六。與齊語合。而史記齊世家、封禪書皆曰：兵車之會三，乘車之會六。漢書郊祀志上同，與齊語异。論語憲問篇曰：桓公九合諸侯，不以兵車，管仲之力也。則又除兵車之會言之。皇侃疏曰：穀梁傳云：衣裳之會十一，范寧注曰：十三年會北杏，十四年會鄄，十五年又會鄄，十六年會幽，二十七年又會幽（以上皆莊公，此莊二十七年注，故不復言莊），僖元年會檉，二年會貫，三年會陽穀，五年會首戴（左作「首止」），七年會寧母，九年會葵丘，凡十一會。鄭不取北杏及陽穀，爲九會。案：數九合者，當以鄭君此注爲定。楊士勛穀梁莊二十七年疏引釋廢疾曰：自柯之明年，葵丘以前，去貫與陽穀，固已九合矣。與此説正可互證。乃又引或云，與猶數也，言數陽穀，故得爲九。實曲説，不可從也。論語憲問篇釋文引穀梁范寧注，有莊十三年會柯，無僖九年會葵丘，與穀梁注不合，蓋誤。此外有以莊十三年會北杏，十四年、十五年皆會鄄，僖九年會檉，十三年會鹹，十五年會淮，爲兵車之會六。僖三年會陽穀，五年會首止，九年會葵丘，爲乘車之會三。合之爲九者，韋昭齊語注也。以莊十三年會北杏，僖四年侵蔡伐楚，六年伐鄭，爲兵車之會三。莊十四年、十五年皆會鄄，十六年盟幽，僖五年會首止，八年盟洮，九年會葵丘，爲乘車之會六。合之爲九者，顔師古漢書郊祀志注，司馬貞史記封禪書注也。由鄭説九會，去莊十五年鄄，取僖八年洮者，劉炫也（穀梁疏引）。以兩鄄、兩幽、檉、首止、寧母、洮、葵丘爲九會者，李賢也（後漢書延篤傳注）。自漢迄唐，衆説紛紜如此。又，左閔元年：管敬仲言於齊侯。杜注曰：敬仲，管夷吾。孔疏曰：謚法，夙夜勤事曰敬。仲，字。管氏夷吾，名。茶陵本脱「管敬仲」至「肆也」五十三字。○「故謂之歌鐘」，尤本、袁本「謂之」作「諸侯」，誤也。今依陳氏、胡氏校改。○善注引司馬法，見天子之義篇。禮記，見曲禮上。「犯」下各本脱「之色」二字，今補。○禮記鄭注，見儒行。○左氏傳見宣二年。○漢書述，見叙傳下諸侯王表述。○毛傳，見卷阿。「問」作「聞」。釋文曰：本亦作「問」。然此當依正文作「聞」。○毅、肆，古音脂部。室，至部。通轉爲韵。聞與下紛、芬、云，古音皆諄部，相爲韵。

閑居隘巷，室邇心遐。富仁寵義，職競弗羅。千乘爲之軾廬，諸侯爲之止戈。則千木之德自解紛也。

【彙校】

「閑居隘巷」「閑」，奎章閣本、明州本、贛州本、叢刊本、正德本、陳八郎本、尤刻本、胡刻本、九條本同。四庫本作「閒」。當作「閑」。

「富仁寵義」 「富」，奎章閣本、四庫本、正德本、陳八郎本、胡刻本同。明州本、贛州本、叢刊本、尤刻本、九條本作「冨」。當作「富」。「義」，明州本、贛州本、四庫本、叢刊本、陳八郎本、尤刻本、胡刻本、九條本同。奎章閣本、正德本作「義」。當作「義」。

「職競弗羅」 「競」，奎章閣本、明州本、贛州本、四庫本、叢刊本、正德本、陳八郎本、尤刻本、胡刻本同。九條本作「競」。當作「競」。

「千乘爲之」 「乘」，奎章閣本、明州本、贛州本、四庫本、叢刊本、正德本、陳八郎本、尤刻本、胡刻本、九條本作「乗」。當作「乘」。「爲」，明州本、贛州本、叢刊本、陳八郎本、尤刻本、胡刻本、九條本同。奎章閣本、四庫本、正德本作「為」。當作「爲」。

「軾廬」 「廬」，明州本、贛州本、四庫本、叢刊本、陳八郎本、九條本同。奎章閣本、正德本、尤刻本、胡刻本作「廬」。當作「廬」。

「諸侯爲之」 「諸」，奎章閣本、明州本、四庫本、叢刊本、正德本、陳八郎本、尤刻本、胡刻本、九條本同。贛州本模糊不清。當作「諸」。「侯」，明州本、四庫本、叢刊本、陳八郎本、尤刻本、胡刻本、九條本同。奎章閣本、正德本作「侯」。贛州本模糊不清。當作「侯」。「爲」，明州本、贛州本、叢刊本、陳八郎本、尤刻本、胡刻本、九條本同。奎章閣本、四庫本、正德本作「為」。當作「爲」。

「干木之德」 「德」，明州本、贛州本、叢刊本、陳八郎本、尤刻本、胡刻本、九條本同。奎章閣本、四庫本、正德本作「德」。當作「德」。

「自解紛也」 「解」，明州本、贛州本、四庫本、叢刊本、陳八郎本、尤刻本、胡刻本、九條本同。奎章閣本、正德本作「觧」。當作「解」。

【彙注】

【李善注】劉曰：呂氏春秋曰：段干木者，魏文侯敬之，過其廬而軾之。其僕曰：干木，布衣耳，而君軾其廬，不亦過乎？文侯曰：干木不趣俗役，懷君子之道，隱處窮巷，聲馳千里之外，未肯以己易寡人也。寡人光乎勢，干木富於義。勢不如德尊，財不如義高，吾安敢不軾乎？秦欲攻魏，而司馬康諫曰：段干木，賢者，而魏禮之，天下皆聞，毋乃不可加乎兵。秦君以爲然，乃止。干木寂然不競於俗，故曰職競弗羅也。逸詩云：兆云詢多，職競弗羅。善曰：漢書曰：司馬相如稱疾閑居。毛詩曰：誕置之隘巷。又曰：其室則邇。老子曰：解其紛也。

【五臣注】銑曰：段干木處於窮隘之巷，居室雖近而心遠大，富有仁義，職務之人所競者，而其心不羅。魏文侯過其廬而軾焉。秦欲攻魏，聞文侯禮干木，乃止。故云諸侯爲之止戈，此則所謂解紛也。

【張鳳翼文選纂注】段干木處于窮巷，心超物表，德足於已，而世網弗羅。魏文侯過其盧而軾焉。秦欲攻魏，聞文侯禮干木，乃止。故云諸侯爲之止戈，此所謂解紛也。

【王象乾文選刪注】干木寂然不競於俗，故曰職競弗羅。文侯曰：干木隱處窮巷，聲馳千里之外，未肯以己易寡人也。安敢不軾乎？秦欲攻魏，而司馬康諫曰：段干木，賢者，而魏禮之，天下皆聞，毋乃不可加乎兵，乃止。

【陳景雲文選舉正】閑居隘巷。注「無乃不可加乎兵」。舊本「乎兵」二字乙。

【余蕭客文選音義】遐字典叶何。干木呂氏春秋：段干木，晋國之駔。皇甫謐高士傳：晋人也。

【余蕭客文選紀聞】唐書宗室世系表敘：李聃後有李宗者，魏封于段，爲干木大夫。按史記，聃子宗，爲魏將，封于段干。抱樸子亦云：伯陽有子名宗，仕魏，封于段干。審此，段干乃邑名。孟子有段干木，列子有段干生，魏世家有段干子，田敬仲世家有段干朋，戰國策有段干綸、段干崇、段干越人。意者，因邑爲姓。風俗通以爲姓段名干木，恐或失之。戰國時，自有段規。段與段干自別。如唐史説，段干木姓李名宗，如史遷、葛洪之言，則段干木之賢，魏侯師而敬之者，恐別一人周密齊東野語一。

【孫志祖文選考異】職競弗羅。圓沙閲本云：「弗」，左傳作「作」。注云：職，主也。競作羅網之難，恐太冲引文有誤。

【孫志祖文選李注補正】室邇心遐。○補曰：詩曰：無金玉爾音，而有遐心。

職競弗羅。注：逸詩云：兆云詢多，職競弗羅。○正曰：按，左傳引逸詩本云：職競作羅。注：職，主也。競作羅網之難，疑太冲引文偶誤，注因改詩「作羅」爲「弗羅」以順之耳。

【張雲璈選學膠言】則干木之德自解紛也。雲璈按，史記老子傳：老子之子宗爲魏將，封於段干。注：段干，魏邑。魏世家段干木之外尚有段干子。田完世家亦有段干朋。抱樸子亦言：伯陽有子名宗，封於段干。後蓋以邑爲氏者。則單稱干木者非。水經注乃云：干木，晋之賢者。而風俗通、氏姓注、抱樸子嘉遁、逸民、欽士、譏惑、博喻等卷，劉晝新論、薦賢、文武遇不遇諸篇，又三國志衛臻傳、高士傳皆稱干木。南史，徐羡之以「干木」爲小字。皆誤也。古人稱人姓名，往往去其一字。如左傳「晋重」「莒展」、晋語「先君叔振」之類。賦稱「干木」，或是此意。唐書世系表竟云李宗封于段，爲干木大夫，甚謬。周密齊東野語亦辨之。幽通賦「木偃息以蕃魏」，是舉其名也。張注引吕氏春秋云云，皆止云「干木」。日知録以爲翦截名字之始，其實不然。今本吕子皆有「段」字。鄭夾漈通志引三輔决録云：段干木之子隱如入關，去干，亦爲段。故廣韵云：段，姓。又引風俗通云：段干木之後。而謝靈運述祖德詩亦云段生。蓋姓可稱段，而名斷不可稱干木也。又張注引吕氏春秋：秦欲攻魏，而司馬康諫。按今呂覽作司馬唐。

【胡克家文選考异】注「無乃不可加乎兵」。案：「乎兵」當作「兵乎」。各本皆倒。陳云别本「兵乎」，今未見。

【許巽行文選筆記】弗羅。注：弗羅。何改「作羅」。逸詩見左傳襄公八年。

【朱珔文選集釋】職競弗羅。張注引逸詩曰：兆云詢多，職競弗羅。案：逸詩見左氏襄八年傳。彼文爲「職競作羅」。杜注：言既卜且謀多，則競作羅網之，難無成功。孫氏考异引圓沙閱本，云：恐太冲引文有誤。余謂賦言段干木之事，注云，干木寂然不競於俗，故曰職競弗羅也。此當是反其語而用之。注乃因正文而誤耳。

【梁章鉅文選旁證】職競弗羅。注逸詩云：兆云詢多，職競弗羅。孫氏志祖曰：左傳引逸詩本云：職競作羅。注：職，主。競作羅網之難。疑太冲引文偶誤，注因改詩以順之耳。則干木之德自解紛也。梁氏玉繩曰：段氏、段干氏，判然不同。段氏出鄭共叔段之後。國策：韓有段規。是也。老子之後名宗者，爲魏將，封于段干，因以爲氏。如秦策：段干越人。齊策：段干綸。魏策：段干崇。列子楊朱篇：段干生是也。而段干木之子隱如入關，去干字亦爲段氏。故廣韵注段姓又引風俗通云：段干木之後也。然則段干木，複姓，段干本自老子。班固幽通賦：木偃息以蕃魏。是舉其名。乃路史國名紀二引風俗通氏姓篇注：謂姓段名干木。蓋誤。而風俗通十反篇、三國志衛臻傳、晋書隱逸傳、水經河水四注、高士傳、抱樸子嘉遁、逸民、欽士、譏惑、博喻等卷，劉勰新論薦賢、文武、遇不遇等篇，俱稱干木。而文選魏都賦及謝靈運述祖德詩亦皆稱干木。稱段生恐皆割截言之也。按淮南子修務訓曰：干木雖以己易寡人不爲高。高誘注亦作「干木」，與此賦同。

注呂氏春秋曰：「段干木者魏文侯敬之過其廬而軾之」至「吾安敢不軾乎」。今呂氏春秋期賢篇云：魏文侯過段干木之廬而軾之。其僕曰：君胡爲軾？曰：此非段干木之閭歟？段干木蓋賢者也，吾安敢不軾？且吾聞段干木未嘗肯以己易寡人也。吾安敢驕之？段干木光乎德，寡人光乎地。段干木富乎義，寡人富乎財。按古人引書，往往刪節其文，而此注獨於字句大有增多，當是取據別本，故備録而校之。

注秦欲攻魏，而司馬康諫曰：段干木，賢者，而魏禮之，天下皆聞，乃不可加乎兵？秦君以爲然，乃止。　今呂氏春秋期賢篇：「司馬康」作「司馬唐」。「皆聞」作「莫不聞」。「加乎兵」作「加兵乎」。「乃止」作「乃按兵輟不敢攻之」。按「司馬康」，當依淮南子修務訓作「司馬庾」。高注：或作「唐」。此注引又作「康」，恐皆誤也。考戰國策韓策：秦有司馬康。史記韓世家作「司馬庚」。徐廣云：一作「唐」。形聲俱相近。然康在秦昭、韓襄之世，上距庾諫秦攻魏幾百年，當是兩人。

【胡紹煐文選箋證】職競弗羅。注張載曰：逸詩：兆云詢多，職競弗羅。孫氏志祖云：左傳引逸詩本云「職競作羅」，注云「職王競作羅網之難」。疑太冲偶誤，注因改詩以順之耳。紹煐按，此亦斷文取義耳，非太冲誤也，注引逸詩自作「職競作羅」，後人順正文而改耳。

則干木之德自解紛也。梁氏玉繩曰：段干木複姓，本自老子之後名宗者，爲魏將，封于段干，因以爲氏。與段氏出共叔段後者，判然不同。而文選魏都賦及謝靈運述祖德詩皆稱「干木」，稱「段生」，恐皆割裂言之也。詳見旁證。

【徐攀鳳選注規李】職競弗羅。注逸詩曰：兆云詢多，職競弗羅。案：左襄八年：子駟曰：周詩有之曰：兆云詢多，職競作羅。詩意自爲作羅，賦意實爲弗羅，不可因賦改詩。

【高步瀛文選李注義疏】孟子滕文公下曰：段干木逾垣而辟之。史記魏世家曰：文侯客段干木，過其廬，未嘗不軾也。梁玉繩人表考卷三曰：段氏、段干氏，判然不同。段氏出鄭共叔段之後（原注曰：廣韵注、通志氏族略四），國策韓有段規是也。老子之後名宗者，爲魏將，封於段干（原注曰：史老子傳），因以爲氏（原注曰：路史國名紀二）。如秦策段干越人，齊策段干綸（原注曰：史田完世家作「朋」），魏策段干崇，列子楊朱篇段干生是也。而段干木之子隱如入關，去「干」字，亦爲段氏（原注曰：通志略、路史後紀七注并引趙岐三輔決録）。故廣韵注：段，姓，又引風俗通云：段干木之後也。然則段干木複姓段干，本自老子。班固幽通賦：木偃息以蕃魏，是舉其名。乃路史國名紀二引風俗通氏姓注謂姓段，名干木，蓋誤。而風俗通十反篇、三國志衛臻傳、水經河水四注、高士傳、文選魏都賦、抱朴子嘉遁、逸民、欽士、譏惑、博喻等卷，劉書新論薦賢、文武、遇不遇諸篇俱稱干木，文選謝靈運述祖德詩稱段生，恐皆割截言之，未可爲據。焦循孟子正義卷十三曰：段干木，蓋因邑爲姓。風俗通氏姓注云：姓段，名干木，恐或失之矣。張雲璈曰：古人稱人，往往去其一字。賦稱干木，或是此意。唐書世系表竟云李宗封于段，爲干木大夫，甚謬。周密齊東野語（卷一）亦辨之。幽通賦「木偃息以蕃魏」，是舉其名也。張注引吕氏春秋云云，皆止云干木。日知録（卷二十三）以爲翦截名字之始，其實不然。今本吕子皆有段字。鄭夾漈通志氏族略四）引三輔決録云：段干木之子隱如入關，去干，亦爲段。故廣韵云：段，姓，又引風俗通云：段干木之後。而謝靈運述祖德詩亦云段生。蓋姓可稱段，而名斷不可稱干木也。○注引吕氏春秋見期賢篇。梁章鉅曰：今吕氏春秋期賢篇云：魏文侯過段干木之閭而軾之。其僕曰：君胡爲軾？曰：此非段干木之閭歟？段干木，蓋賢者也。吾安敢不軾？且吾聞段干木未嘗肯以己易寡人也，吾安敢驕之？段干木光乎德，寡人光乎地。段干木富乎義，寡人富乎財。案：古人引書，往往刪節其文，而此注獨於字句大有增多，當是取據別本。又曰：今呂氏春秋期賢篇「司馬康」作「司馬唐」。「皆聞」作「莫不聞」，「加乎兵」作「加兵乎」，「乃止」作「乃按兵輟不敢攻之」。案：「司馬康」當依淮南子修務訓作「司馬庾」，高注：或作「唐」。此注引又作「康」，恐皆誤也。考戰國策韓策秦有司馬康，史記韓世家作「司馬庚」。徐廣云：一作「唐」，形聲俱相近。然康在秦昭、韓襄之世，上距庾諫秦攻魏幾百年，當是兩人。○「不可加乎兵」，胡曰：「乎兵」當作「兵乎」，各本皆倒。陳云：別本「兵乎」今未見。○逸詩，左襄八年鄭子駟亦引之。杜注曰：言既卜且謀多，則競作羅網之，難無成功。此注各本「作羅」作「弗羅」，何義門依左傳改，今從之。孫志祖考异引圓沙閲本謂恐太冲引文有誤。朱珔曰：賦言段干木之事，注云，干木寂然不競於俗，故曰職競弗羅也。此當是反其語而用之。注乃因正文而誤耳。胡紹煐亦謂注引逸詩「自」作「職」，「競」作「羅」，後人順正文而改耳。○善注引漢書，見司馬相如傳。○毛詩，見生民，又引見東門之墠。○老子，見王注本下篇五十六章，河上注本德經玄德章。王注集唐字本「紛」作「分」。史記魯仲連傳：魯連曰：所謂貴於天下之士者，爲人排患釋難，解紛亂而無取也。○遐、廬，古音魚部。羅、戈，歌部。通轉爲韵。

貴非吾尊，重士逾山，親御監門，謙謙同軒。搦秦起趙，威振八蕃。則信陵之名若蘭芬也。

【彙校】

「重士逾山」「逾」，奎章閣本、明州本、贛州本、四庫本、叢刊本、正德本、陳八郎本、尤刻本、胡刻本、監本、九條本作「踰」。當作「逾」。

「親御監門」「御」，奎章閣本、明州本、贛州本、叢刊本、正德本、陳八郎本、尤刻本、胡刻本、九條本同。四庫本作「御」。當作「御」。

「謙謙同軒」「謙謙」，明州本、贛州本、四庫本、叢刊本、九條本同。奎章閣本、正德本、陳八郎本作「謙謙」。尤刻本、胡刻本作「嗛嗛」。今從「謙謙」。

■**立群案**：善曰：周易曰：謙謙君子，卑以自牧。嗛，古謙字。漢書藝文志：清虛以自守，卑弱以自持，此君人南面之术也。合于尧之克攘，易之嗛嗛。顏师古注：嗛字与謙同。是知「謙謙」「嗛嗛」通，皆作「謙遜」解。今從「謙謙」。

「搦秦起趙」「秦」，明州本、贛州本、四庫本、叢刊本、正德本、陳八郎本、尤刻本、胡刻本同。奎章閣本、九條本作「秦」。當作「秦」。「起」，奎章閣本、明州本、贛州本、四庫本、叢刊本、正德本、陳八郎本、尤刻本、胡刻本、九條本作「起」。當作「起」。

「威振八蕃」「振」，四庫本同。奎章閣本、叢刊本、正德本、陳八郎本、尤刻本、胡刻本作「振」。明州本、贛州本、九條本作「振」。當作「振」。「蕃」，四庫本、叢刊本、九條本同。奎章閣本、明州本、贛州本、正德本、陳八郎本、尤刻本、胡刻本作「蕃」。當作「蕃」。

「若蘭芬也」「若」，奎章閣本、明州本、贛州本、四庫本、叢刊本、正德本、陳八郎本、尤刻本、胡刻本同。九條本無「若」字。當有「若」字。「蘭」，明州本、胡刻本同。奎章閣本、贛州本、四庫本、叢刊本、正德本、陳八郎本、尤刻本、九條本作「蘭」。當作「蘭」。

■ **立群案**：有無「若」字，皆不影響賦意。「則信陵之名若蘭芬也」，句子結構更爲完整。「則信陵之名蘭芬也」，知必省「若」字也。然諸本多有「若」，從之。九條本每多善注不注，則省文之例。

【彙注】

【李善注】搦，女格切。劉曰：史記曰：魏有隱士曰侯嬴，年七十，家貧，爲大梁夷門監者。公子方置酒大會賓客。坐定，從車騎，虛左，自迎侯生。秦兵圍邯鄲。公子姊爲平原君夫人，平原使使讓公子。公子數請王，及賓客辯士説王萬端。王畏秦，終不聽公子。公子用侯生策，使朱亥椎殺將軍晉鄙，而奪其軍。進擊秦軍。秦軍解去，邯鄲遂存。秦兵伐魏，公子駕歸，救魏王，魏王以上將授公子。公子使徧告諸侯，諸侯各進兵救魏。公子率五國之兵破秦，至函谷關，秦兵不敢出。當是之時，公子威振天下。善曰：史記曰：侯生直上載，欲以觀公子。公子執轡愈恭。然親御，謂身自爲御也。監門，即侯嬴也。周易曰：謙謙君子，卑以自牧。嗛，古謙字。説文曰：搦，按也。

【五臣注】搦，女格反。向曰：魏公子無忌封信陵君，不以貴自尊，重天下賢士，逾於丘山。有隱士侯嬴，至貧賤，爲大梁夷門監者。信陵君以車騎迎侯生，信陵親爲御車，過屠人朱亥，信陵謙卑爲御不怠。同軒，即爲御也。秦圍趙，信陵遣兵救趙，擊破秦軍，邯鄲遂存。故云搦秦起趙。當時，魏王之威振動列國，故云威震八蕃。此信陵之名，如蘭之芳香不絶也。

【張鳳翼文選纂注】搦，女格切。親御，謂身自爲御也。監門，侯嬴也。

【王象乾文選删注】搦，女格反。搦，按也。魏隱士侯嬴，年七十，爲大梁夷門監者。公子方置酒大會賓客。從車騎，虚左，自迎侯生。秦兵圍邯鄲。公子用侯生策，使朱亥椎殺將軍晋鄙，而奪其軍，遂存邯鄲。秦伐魏，公子駕歸，救魏。公子率五國之兵破秦，至函谷關，秦兵不敢出。當是時，公子威振天下。史記曰：侯生直上載，欲以觀公子。公子執轡愈恭。

【杭世駿文選課虚】搦，按也。

【余蕭客文選音義】嗛善注古「謙」字。搦匿。

【余蕭客文選紀聞】嗛謙。釋文廿一。搦昵（格）、昵角二切。類篇十二上。

【胡克家文選考异】注「説文曰搦按也」。袁本、茶陵本無此六字。

【朱珔文選集釋】嗛嗛同軒。善注引易：謙謙君子。云：嗛，古謙字。案：此與後東征賦「思嗛約兮」注略同。易謙卦釋文「謙」，子夏作「嗛」。漢書藝文志「易之嗛嗛」，注亦云：「嗛」字與「謙」同。禮記少儀注：嗛，遠之也。釋文：「嗛」，本又作「謙」。蓋從言從口之字，往往互用。○又案：藝文志下句「一謙而四益，謙又從言」。劉氏攽刊誤曰：「嗛」若與「謙」同，何爲作兩字？吴氏仁傑因疑卦名與鳴謙、勞謙、撝謙皆當從言，而初六嗛嗛當從口。字書：謙，敬也。「歉」通作「嗛」，不足貌。則嗛嗛蓋自視欿然之意。子夏傳作「嗛嗛」，本止初六一爻。今卦中盡作「嗛」，則傳者失之。意孟堅所見易本爲得其真。余謂説文：嗛，口有所銜也。與「鼸」通，爾雅：鼸，鼠。古本亦作「嗛」。又與「嫌」通，易文言：爲其嫌於无陽也。「嫌」，荀爽作「嗛」。或借爲「歉」字。國語引商銘：嗛嗛之德。韋注：嗛嗛，猶小小是也。亦借作「謙」字。此所引是也，漢志特轉寫偶异。李氏鼎祚集解引鄭康成注嗛，亨，君子有終；六四，撝嗛；序卦傳有大而能嗛，字皆從口。知古本易非「嗛」「謙」兩出。劉、吴説未確。

【梁章鉅文選旁證】嗛嗛同軒。六臣本「嗛嗛」作「謙謙」。姜氏皋曰：易謙卦子夏傳作「嗛」。漢書藝文志：易之嗛嗛。司馬相如傳：嗛讓而弗發。尹翁歸傳：温良嗛退。師古曰：「嗛」，古「謙」字。汗簡謂「嗛」字出古文尚書。班馬字類謂史記樂書「君子以嗛退爲禮」，與今本史記异。

【高步瀛文選李注義疏】吕向曰：魏公子無忌，封信陵君。不以貴自尊，重天下賢士逾於丘山。同軒，即爲御也。信陵救趙，擊破秦軍，邯鄲遂存。故云搦秦起趙。當時魏王之威，振動列國，故云威振八蕃。此信陵君之名，如蘭之芳香不絶也。梁玉繩史記志疑卷三十曰：魏公子無忌，封於陳留郡之寧陵縣，而號之爲信陵君。寧陵爲古葛地，水經注二十三：汳水又東逕葛城北，故葛伯之國，於六國屬魏。魏以封公子無忌，號信陵。此乃確證。步瀛案：清統志曰：河南歸德府，寧陵故城在寧陵縣南。戰國魏安釐王以弟無忌爲信陵君，而食邑於寧陵。又案：本書别賦李注曰：軒，車通稱也。○注引史記見魏公子傳。又太史公曰：吾過大梁之墟，求問其所謂夷門。夷門者，大梁之東門也。清統志曰：河南開封府，夷門山在府城内東北隅。一曰，夷山以山勢平夷而名。大梁舊有夷門，蓋以山名。案：今開封縣。○周易謙卦釋文引子夏易傳作「嗛」，漢書藝文志曰：易之嗛嗛，一謙而四益。皆以「嗛」爲「謙」。朱珔曰：禮記少儀注：嗛，遠之也。釋文：「嗛」，本又作「謙」。蓋從言從口之字，往往互用。又曰：藝文志一謙而四益，謙又從言。劉氏攽刊誤曰：「嗛」若與「謙」同，何爲作兩字？吴氏仁傑因疑卦名與鳴謙、勞謙、撝謙皆當從言，而初六嗛嗛當從口。字書：謙，敬也。「歉」通作「嗛」，不足貌。則嗛嗛本自視欿然之意。子夏傳作「嗛嗛」，本止初六一爻。今卦中盡作「嗛」，則傳者失之。意孟堅所見易本爲得其真（兩漢刊誤補遺卷六）。余謂説文：嗛，口有所銜也。與「鼸」通。爾雅：鼸，鼠。古本亦作「嗛」，又與「嫌」通。易文言：爲其嫌於无陽也。「嫌」，荀爽作「嗛」，或借爲「歉」字。國語（晉語一）引商銘：嗛嗛之德。韋注：嗛嗛，猶小小是也。亦借作「謙」字。此所引是也，漢志特轉寫偶异。李氏鼎祚集解引鄭康成注嗛，亨，君子有終；六四，撝嗛；序卦傳有大而能嗛，字皆從口。知古本易非「嗛」「謙」兩出。劉、吴説未確。○説文，見手部。案：袁、茶二本無「説文」以下六字。○山、軒、蕃，古音元部。

英辯榮枯，能濟其厄。位加將相，窒隙之策。四海齊鋒，一口所敵。則張儀、張禄亦足云也。

【彙校】

「能濟其厄」「能」，奎章閣本、明州本、贛州本、四庫本、叢刊本、陳八郎本、尤刻本、胡刻本、九條本同。正德本作「能」。當作「能」。「濟」，奎章閣本、四庫本、九條本同。明州本、贛州本、叢刊本、正德本、陳八郎本、尤刻本、胡刻本作「濟」。當作「濟」。

「位加將相」「將」，奎章閣本作「将」。明州本、贛州本、四庫本、叢刊本、陳八郎本、尤刻本、胡刻本、九條本作「将」。正德本作「将」。當作「將」。

「窒隙之策」「隙」，奎章閣本、明州本、贛州本、四庫本、叢刊本、正德本、陳八郎本、尤刻本、胡刻本、九條本作「隙」。當作「隙」。「策」，四庫本、叢刊本同。奎章閣本、明州本、贛州本、正德本、陳八郎本、尤刻本、胡刻本、九條本作「策」。當作「策」。

「四海齊鋒」「齊」，四庫本同。奎章閣本、明州本、贛州本、叢刊本、正德本、陳八郎本、尤刻本、胡刻本、九條本作「齊」。當作「齊」。

「一口所敵」「所」，四庫本、叢刊本同。奎章閣本、正德本作「所」。明州本、九條本作「所」。贛州本、陳八郎本、尤刻本、胡刻本作「所」。當作「所」。

「則張儀」「則」，奎章閣本、明州本、贛州本、四庫本、叢刊本、正德本、陳八郎本、九條本同。尤刻本、胡刻本無「則」字。當有「則」字。「儀」，奎章閣本、明州本、贛州本、四庫本、叢刊本、陳八郎本、尤刻本、胡刻本、九條本同。正德本作「儀」。當作「儀」。

■ **立群案**：胡克家文選考异：張儀、張禄。袁本、茶陵本句上有「則」字，是也。案：此尤本脱。據胡氏説，當有「則」字。

【彙注】

【李善注】窒，知逸切。劉曰：史記，張儀者，魏人也。始嘗與蘇秦俱事鬼谷先生學術，蘇秦自以不及張儀。儀以學而游説諸侯。嘗從楚相飲，楚相亡璧。楚相門下意張儀，曰：儀貧無行，此必盗相君璧。共執儀，掠笞數百，不服，釋之。張儀相秦，使於諸侯，皆説之，散其合從之謀。秦封儀爲武信君。爲秦將取陝，築上郡塞。范睢者，魏人也。游説欲事魏王，家貧無以自資，乃事魏中大夫須賈。賈怨范睢，以告魏將魏齊，笞擊折脅摺齒。睢佯死，即盛以簀中。范睢謂守者曰：公能出我，我必厚謝公。守者乃請弃簀中死人。遂伏匿，更名張禄先生，隨秦謁者王稽入秦，謂昭王曰：臣居山東時，聞齊有田單，而不聞其有王也。聞秦有太后、穰侯，不聞其有王也。今太后擅行不顧，穰侯出使不報，華陽、涇陽專斷不請。四貴備而國不危者，未之有也。昭王懼，乃疑穰侯，收其印，而相張禄，爲應侯。應侯之相秦，蔡澤説曰：今君相秦，計不下席，謀不出廟，坐制諸侯，六國不得合從，使天下皆畏秦也。善曰：曹植輔臣論曰：英辯博通。張升及論曰：嘘枯則冬榮。解嘲曰：窒隙蹈瑕，而無所屈也。

【五臣注】窒，知逸反。翰曰：言張儀、張禄，英雄辯説，榮枯在於一朝，能濟時厄。秦用張禄爲相。窒，塞也。隙，竅也。言張儀、張禄籌策如以一物塞小竅，應時而合。四海諸侯雖齊鋒攻秦，一言以説，乃能敵之。故此亦足云，二人皆魏人也。

【張鳳翼文選纂注】嘘枯則冬榮，故曰榮枯。窒，塞也。隙，竅也。言儀、禄籌策如以一物塞小竅，應時而合。四海諸侯雖齊鋒攻秦，而一言能敵之也。二張，魏人。張禄，即范睢。

【王象乾文選删注】張升及論曰：嘘枯則冬榮。

【何焯義門讀書記】張儀、張禄亦足云也。前修而及於二張，其鄙夷當時之人物也甚矣。

【陳景雲文選舉正】英辯榮枯。注「楚相忘璧」。「忘」，舊本作「亡」。

【胡克家文選考异】張儀、張禄。袁本、茶陵本句上有「則」字，是也。案：此尤本脱。

注「張升及論曰」。袁本「及」作「反」，是也。茶陵本亦誤「及」。

【許巽行文選筆記】榮枯。注：張升反論。惠棟左傳補注云：張姓叔名，作反論，引見御覽。案：張升，字彦真。見後書文苑傳。寫書者「升」「叔」字多相亂。史記石奮同傳之張叔，不言其能文也。

【梁章鉅文選旁證】張儀、張禄。六臣本句首有「則」字。

【高步瀛文選李注義疏】「張儀」上，尤本無「則」字。今依袁、茶二本。○李周翰曰：言諸侯雖齊鋒攻秦，一言以説，乃能敵之，故此亦足云。二人皆魏人也。○注引史記張儀以下，見張儀傳。范睢以下，見范睢蔡澤傳。「魏將」當作「魏相」。案：資治通鑑卷五曰：魏人范睢。胡三省注曰：睢音雖。錢大昕通鑑注辯卷一曰：按史記正義於睢字無音，依注讀，則字當從目旁。考武梁祠畫象作「范且」，「且」與「睢」同，字宜從且，不從目矣。古人名且者甚多，如穰且、豫且、龍且、夏無且之類，皆讀子余切。范睢、唐睢，亦宜同此音。刊本作「睢」，蓋轉寫訛溷。注讀爲雖，失之甚矣。梁玉繩人表考五曰：范睢，韓子外儲説左上、隸續武梁碑作「且」。○善注引曹植輔臣論，御覽職官部六引作「辨博通幽」，曹子建集明郭雲鵬本同。嚴可均輯全三國文卷十八從本注引改。朱緒曾曹集考异同。○「張升反論」，尤本「反」作「及」，茶陵本同。今依毛本、袁本。錢大昕潛研堂集卷七曰：問左傳昭七年正義引張叔皮論云：賓爵下革，田鼠上騰，牛哀虎變，鮌化爲熊，久血爲燐，積灰生蠅，未審張叔皮何代人。據下文兩稱張叔，則張叔似人姓名。又不知皮論是何書也。曰：予初讀注疏，亦蓄疑久之。後讀李善注文選卷六引張升反論，卷五十五引張升反論語，卷四十三引張升反論，卷四十引張叔及論，卷三十一引張叔及論，其詞意與春秋疏所引本是一篇之文，而篇名或云反論，或云反論語，或云皮論，或云及論，其人名或云叔，或云升。考後漢書文苑傳有張升，字彦真，陳留尉氏人。著賦、誄、頌、碑、書凡六十篇。梁七録有外黄令張升集二卷。反論殆升所撰之一篇，如解嘲、釋譏之類。曰「皮」，曰「及」，皆字形相涉而訛。「叔」與「升」亦字形相涉也。步瀛案：錢所引文選注蓋毛本，故與尤本不同。尤本本注作「及論」，五十五劉孝標廣絶交論注引無「論」字，其餘四十三嵇叔夜與山巨源絶交書、四十陳孔璋答東阿王牋、三十一鮑明遠代君子有所思各注，則與毛本同也。「叔」「升」字本易相亂，御覽人事部四十七及范書作「叔升」，又誤衍「叔」字耳。嚴可均輯全後漢文八十二但録二條，一本賦注及廣絶交論注爲一條，一絶交書注一條，題爲友論，謂反論及反論語皆誤。然左傳疏所引之文，則非友論所當有。嚴氏弃之不論，亦殊失之武斷也。○解嘲，見本書卷四十五。○厄，古音至部。策，支部。通轉爲韵。○以上前代名人。

搉惟庸蜀與鴝鵒同窠，句吴與蛙黽同穴。一自以爲禽鳥，一自以爲魚鼈。

【彙校】

「搉惟庸蜀」 「搉」，贛州本、四庫本、叢刊本、尤刻本、胡刻本同。奎章閣本、明州本、正德本、陳八郎本、九條本作「榷」。當作「搉」。「庸」，奎章閣本、明州本、贛州本、四庫本、叢刊本、陳八郎本、尤刻本、胡刻本、九條本同。正德本作「庯」。當作「庸」。

■ **立群案**：五臣良曰：榷，猶實也。然「榷」不作「實」解。善曰：許慎淮南子注曰：搉，揚搉，略也。較可信。王念孫廣雅疏證：搉惟者，發凡之詞，猶言大氐耳。作「搉」是也。

「與鴝鵒」 「與」，明州本、贛州本、四庫本、叢刊本、正德本、陳八郎本、尤刻本、胡刻本、九條本同。奎章閣本作「與」。當作「與」。

「句吴與」 「吴」，明州本、贛州本、正德本、陳八郎本、尤刻本、胡刻本、九條本同。奎章閣本、四庫本、叢刊本作「呉」。當作「吴」。「與」，明州本、贛州本、四庫本、叢刊本、陳八郎本、尤刻本、胡刻本、九條本同。奎章閣本、正德本作「與」。當作「與」。

「蛙黽同穴」 「蛙」，奎章閣本、明州本、贛州本、四庫本、叢刊本、陳八郎本、尤刻本、胡刻本、九條本作「鼃」。正德本作「䵷」。當作「蛙」。

「以爲禽鳥」「爲」，明州本、贛州本、叢刊本、陳八郎本、尤刻本、胡刻本、九條本同。奎章閣本、四庫本、正德本作「為」。當作「爲」。

「以爲魚鼈」「爲」，明州本、贛州本、叢刊本、陳八郎本、尤刻本、胡刻本、九條本同。奎章閣本、四庫本、正德本作「為」。當作「爲」。

【彙注】

【李善注】善曰：許慎淮南子注曰：搉，揚搉，略也。尚書曰：及庸、蜀人。孔安國曰：庸在江、漢之南。左氏傳曰：鸜鴝株株。鸜，具瑜反。株音朱。世本曰：吴孰姑徙句吴。注：孰姑，壽夢也。句吴，太伯始所居地名。句吴，句音溝。説文曰：鼃，蝦蟆也。胡蝸反。鄭玄周禮注曰：黽，蝦蟇屬也。黽，莫耿切。善曰：漢賈捐之上書曰：駱越之人，譬猶魚鼈，何足貪也！鍾會芻蕘論曰：吴之玩水若魚鼈，蜀之便山若禽獸。

【五臣注】鴝音鴝。窠，苦和反。句，古侯反。䵷，烏華反。黽音猛。良曰：榷，猶實也。庸、蜀，蜀地名。句吴，吴地名。蜀多山林，且地狹，如與鴝鵲之同巢，褊小也。吴有江湖卑濕，如與鼃黽同穴也。

【張鳳翼文選纂注】鴝音劬。搉，猶實也。尚書：及庸、蜀人。庸在江、漢之南。句吴，太伯始居，地名。句音溝。鼃，蝦蟆也。胡蝸反。黽，蝦蟇屬也。莫耿反。

【王象乾文選删注】鴝音鴝。句音溝。䵷，烏華切。黽音猛。搉，揚搉，略也。

【陳景雲文選舉正】榷惟庸、蜀。注「吴孰姑徒句吴」。「徒」，疑當作「徙」。

【余蕭客文選音義】鴝舊音劬。鼃張鎰孟子音義：鼃，烏媧反。六臣作「鼃」。黽舊音猛。譚苑醍醐音蔑。

【孫志祖文選李注補正】句吴與鼃黽同穴。○補曰：國語：范蠡曰：昔吾先君固周室之不成子也，故濱於東海之陂，黿鼉魚鼈之與處，而鼃黽之與同陼。

一自以爲禽鳥，一自以爲魚鼈。○補曰：淮南子覽冥訓：一自以爲馬，一自以爲牛。

【胡克家文選考异】搉惟庸蜀與鴝鵲同窠。案：「鴝」當作「鸜」。善注中字作「鸜」，可證。袁、茶陵二本所載五臣良注字作「鴝」。各本皆以五臣亂善而失著校語。

注「鍾會蒭蕘論曰」。袁本、茶陵本無「蒭蕘」二字。案：此尤添之也。

【梁章鉅文選旁證】搉惟庸、蜀與鴝鵲同窠。六臣本「搉」作「榷」。胡公考异曰：「鴝」當作「鸜」。蓋良注作「鴝」耳。

勾吴與鼃黽同穴。越語：范蠡曰：昔吾先君，因周室之不成子也，故濱于東海之陂，黿、鼉、魚、鼈之與處，而鼃、黽之與同陼。

注許慎淮南子注曰：搉，揚搉，略也。前蜀都賦注引作「揚搉，粗略也」。後吴趨行注又引作「商搉，麁略也」。莊子徐無鬼篇釋文引作「揚搉，粗略法度也」。此注恐有誤，説詳前蜀都賦。

一自以爲禽鳥，一自以爲魚鼈。淮南子覽冥訓：一自以爲馬，一自以爲牛。此賦實用其句法。

【胡紹煐文選箋證】搉惟庸、蜀與鴝鵲同窠。注善曰：左氏傳曰：鸜鵒株株。鸜，且瑜反。考异曰：「鴝」當作「鸜」，蓋良注作「鴝」。紹煐按：左昭二十五年有「鸜鵒來巢」，釋文「鸜本作鴝」，鴝、鸜古通。漢書五行志「鸜鵒，夷狄穴藏之禽」，然則鸜鵒多生夷狄，故以况「庸蜀」，下以鼃黽况「句吴」，亦此意。

【徐攀鳳選注規李】句吴與鼃黽同穴。注引説文及周禮注。案，國語：范蠡曰：昔我先君固周室之不成子也，故濱於東海之陂，黿鼉魚鼈之與處，而鼃黽之與同陼。是賦句所本。

【高步瀛文選李注義疏】胡克家曰：「鴝」當作「鸜」，善注中字作「鸜」可證。袁、茶陵二本所載五臣良注，字作「鴝」，各本皆以五臣亂善，而失著校語。胡紹煐曰：左昭二十五年有鸜鵒來巢，釋文：「鸜」本作「鴝」，「鴝」「鸜」古通。漢書五行志：鸜鵒，夷狄穴藏之禽。然則鸜鵒多生夷狄，故以況庸蜀。下以鼃黽況句吴，亦此意。梁章鉅曰：越語：范蠡曰：昔吾先君，固周室之不成子也，故濱于東海之陂。黿、鼉、魚、鼈之與處，而鼃、黽之與同陼。○善注引淮南子許注當在俶真篇。各本「粗略」作「摧略」，涉正文而誤，已詳蜀都賦疏。今改正。○尚書，見牧誓。案：左文十六年：庸人帥群蠻以叛楚。杜注曰：今上庸縣，屬楚之小國。江永春秋地理考實曰：庸國，今鄖陽府竹山縣及竹谿縣也。秦置上庸縣。案：二縣并屬湖北省。○左氏傳，見昭二十五年。今本「株」作「誅」。○世本宋衷注：史記吴太伯世家集解、索隱亦引之作宋忠，然索隱實辨以句吴爲地名之非。世家曰：太伯之犇荆蠻，自號句吴。集解引宋忠曰：句吴，太伯始所居地名。索隱曰：顔師古注漢書，以吴言句者，夷語發聲，猶言於越爾。此言號句吴，當如顔解，而注引宋忠以爲地名者，系本居篇曰：孰哉居藩離，孰始徙句吴。宋氏見史記有太伯自號句吴之文，遂彌縫解彼，云是太伯始所居地名。裴氏引之，恐非其義。藩離既有其地，句吴何總不知，貞實吴人，不聞別有城邑曾名句吴，則系本之文，或難徵信。案：漢書顔注見地理志下。索隱稱世本爲系本，避唐諱。○說文黽部曰：黽，鼃黽也。鼃，蝦蟆也。段依韵會九佳所據小徐本改「也」作「屬」，曰：蝦蟆與詹諸小別，鼃則與蝦蟆大別。而其形相似，故言「屬」而別見。漢書武帝紀元鼎五年，鼃、蝦蟆鬭，是可知其別矣。鼃者，周禮所謂蟈，今南人所謂水鷄，亦曰田鷄。鼃、蛤，皆其鳴聲也。故宋人詩多云吠蛤，亦云蛙聲閤閤。步瀛案：詳見下。本注各本「蟆」作「蟇」，俗字，說文所無，今校改。○周禮秋官序官蟈氏，鄭注曰：鄭司農云：蟈讀爲蜮。蜮，蝦蟇也。月令曰：螻蟈鳴。故曰掌去鼃、黽。鼃、黽，蝦蟇屬。書或爲「掌去蝦蟇」，玄謂蟈，今御所食蛙也。蟈氏職曰：掌去鼃、黽。注曰：齊、魯之間謂鼃爲蟈。黽，耿黽也。蟈與耿黽尤怒鳴爲聒人耳，故去之。孫詒讓正義卷六十五曰：夏小正云：四月鳴蜮。蜮也者，長股也。或曰，屈造之屬也。小正此文與月令孟夏螻蟈鳴正相應。「蜮」即「蟈」字，先鄭讀與彼正同。説文虫部「蜮」重文「蟈」，云「蜮」又從國，亦以「蜮」「蟈」爲一字。然訓蜮爲短狐，則與先鄭説异。淮南子説林訓：鼓造辟兵。高注云：鼓造，一曰蝦蟇，鼓造即屈造也。説文虫部云：蝦，蝦蟇也。爾雅釋蟲云：蟼蟇。郭注云：蛙類。又釋魚：鼁䵹，蟾諸。注云：蟾諸似蝦蟇，居陸地。先鄭引月令以爲説，則亦不以蝦蟇爲詹諸矣。杜氏玉燭寶典引月令章句云：螻蜮鳴。螻，螻蛄。蜮蟲，鼃之屬也。字正作「蜮」，蔡説亦以「蜮」爲鼃屬。鄭本仍作「蟈」，注云：螻蟈，蛙也。説與先鄭、蔡氏异。吕氏春秋孟夏紀亦云：螻蟈鳴。高注云：螻蟈，蝦蟆也。高説與先鄭同。先鄭意本職云掌去鼃、黽，鼃、黽非雖蝦蟇，而實其屬類，故名其官爲蜮氏也。説文黽部云：鼃，蝦蟇也。廣雅釋魚同。則以鼃與蝦蟇爲一。古今韵會舉要引説文作「鼃，蝦蟇屬」，則又與先鄭説同。漢書武帝紀載元鼎五年，鼃、蝦蟇鬬，明二物相類而别。依後鄭本職注，以黽爲耿黽，則蝦蟇也，鼃也，黽也，三者各异物。先鄭以鼃黽爲一物，後鄭不從也。後鄭訓蟈爲蛙，與夏小正傳訓蜮爲長股同。此上文及本職注鼃字并不作「蛙」，惟此獨异，疑傳寫之訛。步瀛案：爾雅釋魚曰：鼁䵹，蟾諸。在水者黽。郭注曰：蟾諸似蝦蟆，居陸地。黽，耿黽也。似青蛙，大腹，一名土鴨。郝氏義疏曰：本草：蝦蟇。别録一名䵹陶，注云：此是腹大皮上多痱磊者。今按陶説正是詹諸，俗作蟾蜍，非蝦蟇也。蝦蟇小而土黄色，詹諸大而黑黄色，其行遲緩，故名鼁䵹。鼁䵹，猶局蹙也。秋官蟈氏，鄭注以鼃爲蟈，黽爲耿黽，今驗人家庭院止水中，有小鼃，慘黄色，腹下赤，大如指頭，其鳴如曰孤格孤格，即蟈之合聲。群聒入耳，形尤可憎。秋官所去，疑指此物。鄭似失之。蓋鼃即青鼃，與耿黽别種，非一物也。陶注别録鼃云：大而青脊者，俗名土鴨，其鳴甚壯，又一種，黑色，南人名爲蛤子，食之至美。又一種，小形善鳴唤者，名鼃子。此則是也。今案陶注以土鴨與蛤子爲二物，亦非也。鼃似蝦蟆，背青緑色，喙尖腹細，其鳴哇哇者是也。黽似青鼃，大腹，背有黑文一道，其鳴蛤蛤者是也。鳴聲似鴨，故名土鴨。黽與耿黽，似非一物。郭本鄭注，以耿黽爲黽，亦非矣。

【孫志祖文選李注補正】曰：淮南子覽冥訓：一自以爲馬，一自以爲牛。○善注引賈捐之上書，見漢書賈捐之傳。元帝初元元年，珠崖又反，發兵擊之。諸縣更叛，連年不定。上與有司議，大發軍。捐之建議以爲不當擊。上使侍中駙馬都尉樂昌侯王商詰問，捐之對曰云云，是對王商詰問，非上書也。李注小誤。○鍾會蒭蕘論，初學記居處部、御覽居處部十九、人事部四十三、又四十七、珍寶部十二、火部四皆引之。白帖卷二十九引鍾會論皆未及本注所引此條。又，袁、茶二本無蒭蕘二字。○穴、鼈，古音脂部。

山阜猥積而崎嶇，泉流迸集而映咽。隰壤瀸漏而沮洳，林藪石留而蕪穢。

【彙校】

「而崎嶇」「崎」，四庫本同。奎章閣本、明州本、贛州本、叢刊本、正德本、陳八郎本、九條本作「崎」。尤刻本、胡刻本作「踦」。當作「崎」。「嶇」，奎章閣本、明州本、贛州本、四庫本、叢刊本、正德本、陳八郎本、九條本同。尤刻本、胡刻本作「⿰足區」。當作「嶇」。

■立群案：呂錦文文選古字通補訓：山阜猥積而踦⿰足區。錦文案，洞簫賦：徒觀其旁善側兮，則嶇嵚巋崎。史記陸賈傳：崎嶇山海間。司馬相如傳：陭嶇而不安。説文云：嶇，攲也。攲，嶇也。宋書廬江王禕傳：儌倖攲嶇。正用本字。「踦⿰足區」「崎嶇」「陭嶇」皆「攲嶇」之别體字。今從「崎嶇」。

「泉流迸集」「流」，明州本、贛州本、四庫本、叢刊本、陳八郎本、尤刻本、胡刻本、九條本同。奎章閣本、正德本作「㳅」。當作「流」。

「而映咽」「咽」，奎章閣本、明州本、贛州本、四庫本、叢刊本、陳八郎本、尤刻本、胡刻本、九條本同。正德本作「⿰口回」。當作「咽」。

「隰壤瀸漏」「壤」，奎章閣本、明州本、贛州本、叢刊本、尤刻本、胡刻本、九條本同。四庫本、正德本作「壤」。陳八郎本作「壞」。當作「壤」。「瀸」，奎章閣本、明州本、贛州本、四庫本、叢刊本、正德本、陳八郎本、尤刻本、胡刻本、九條本作「瀸」。當作「瀸」。

「林藪石留」「藪」，奎章閣本、明州本、贛州本、四庫本、叢刊本、正德本、陳八郎本、尤刻本、胡刻本、九條本作「藪」。當作「藪」。

「蕪穢」「穢」，奎章閣本同。贛州本、四庫本、正德本、胡刻本作「穢」。明州本、叢刊本、陳八郎本、尤刻本、九條本作「穢」。當作「穢」。

【彙注】

【李善注】留，力又切。劉曰：山阜猥積，蜀也。泉流迸集，吴也。戰國策：段規謂韓王曰：分地必取成皋，韓王曰：成皋石留之地，無所用之也。石留之地，喻土地多石。猶人物之有留結也。一曰：壤漱而石也。或作溜字。善曰：廣雅曰：踦嶇，傾倒也。字書曰：迸，散走也。映咽，流不通也。映，烏朗反。公羊傳曰：瀸者何？漬也。作廉反。周易曰：甕敝漏。然漏猶滲也。滲，所禁反。毛詩曰：彼汾沮洳。毛萇曰：沮洳，其漸洳也。漢書，楊惲曰：蕪穢不治。

【五臣注】映，烏朗反。瀸，所譖反。沮，子豫反。洳，如豫反。留，力又反。濟曰：言蜀多山阜，猥曲積深，崎嶇而險也。良曰：言吴地多江海，泉流迸集，言百川水迸集於此。映咽，流也。銑曰：下濕曰隰，隰之土流瀸水多復漏而出。沮洳，泉泥相和貌。林藪，礫石，地名。石間有水曰石留，地多草而荒穢。

【張鳳翼文選纂注】映，烏朗切。沮，子豫切。洳，如豫切。留，力又切。山阜猥積，蜀也。泉流迸集，吴也。崎嶇，傾側也。映咽，流不通也。瀸，漬也。作廉反。漏，猶添也。石留，土地多石也。

【王象乾文選删注】映，烏朗切。瀸，所譖切。洳，如豫切。留，力又切。山阜猥積，蜀也。泉流迸集，吴也。迸，散走也。瀸，漬也。石留，壤漱而石也。

【杭世駿文選課虚】公羊傳：瀸者何？漬也。作廉切。戰國策：成皋石留之地。喻土地多石，猶人物之有留結也。一曰：壤漱而石也。或作溜字。踦𨅂，傾側也。映咽，流不通也。映，烏朗切。

【余蕭客文選音義】𥠖字典：𥠖，于列切。映央。咽入。瀸春秋公羊音義子廉反。石留溜。銑曰：石間有水曰石留。

【余蕭客文選紀聞】映倚朗。類篇二上。瀸箋。高注淮南廿一。

【胡克家文選考异】注「迸散走也」。袁本、茶陵本無此四字。

【許巽行文選筆記】踦𨅂。説文作「敳嘔」。復古編云：作「崎嶇」，非。

【胡紹煐文選箋證】林藪石留而蕪𥠖。注張載曰：戰國策：成皋石留之地，無所用之也。石留之地，喻土地多石，猶人物有留結也。一曰：壤漱而石也。或作溜字。按：説文「瘤，腫也」，衆經音義十八引通俗文「肉凸曰瘤」，地多石似癭瘤，故曰石留。「留」與「瘤」通。丹若，一曰「若榴」，亦曰「石榴」，亦謂懸結如瘤。方氏以智謂「石榴以留結得名」是也。今戰國策作「溜」，鮑注「古作石留」，爲張所據。

【吕錦文文選古字通補訓】山阜猥積而踦𨅂。錦文案，洞簫賦：徒觀其旁善側兮，則嶇嵚巋崎。史記陸賈傳：崎嶇山海間。司馬相如傳：踦嘔而不安。説文云：嘔，敳也。敳，嘔也。宋書盧江王禕傳：儌倖敳嘔。正用本字。「踦𨅂」「崎嶇」「踦嘔」皆「敳嘔」之别體字。

【高步瀛文選李注義疏】注引國策見韓一。胡紹煐曰：説文：瘤，腫也。衆經音義十八引通俗文：肉凸曰瘤。地多石有似癭瘤，故曰石留。留與瘤通。丹若，一曰若榴，亦曰石榴，亦謂縣結如瘤。方氏以智謂石榴以留結得名（通雅卷四十三），是也。今戰國策作「溜」。鮑注：古作「石留」，爲張所據。○善注引廣雅見釋訓。今本作「崎嶇」。許巽行曰：説文作「攲嶇」。復古編云作「崎嶇」非。吕錦文曰：洞簫賦：徒觀其旁山側兮，則嶇嶔巋崎。史記陸賈傳：崎嶇山海間。司馬相如傳：踦嶇而不安。説文云：嶇，攲也。攲，嶇也。宋書廬江王褘傳：徼倖攲嶇。正用本字。「踦嶇」「崎嶇」「踦嶇」，皆「踦嶇」之别體字。○迸，散走也。玄應一切經音義卷四引字書同。本書海賦注引字書曰：迸，散也。案：袁、茶二本無「迸散走也」四字。○廣韻三十七蕩曰：映映，咽悲也。御覽地部二十一引三秦記俗歌曰：隴頭流水，鳴聲幽咽。「咽」皆「噎」之通借字。詩黍離曰：中心如噎。毛傳曰：噎，憂不能息也。孔疏曰：噎者，咽喉蔽塞之名。○公羊傳，見莊十七年。「瀆」作「積」。釋文曰：「積」，本又作「瀆」。李注所據本同。○周易，見井九二爻詞。○毛詩，見汾沮洳。毛傳曰：沮洳，其漸洳者。本注各本「者」作「也」，非，今校改。○漢書，見楊惲傳，又見本書楊子幼報孫會宗書。

窮岫泄雲，日月恒翳。宅土熇暑，封疆瘴厲。

【彙校】

「窮岫泄雲」「泄」，奎章閣本、四庫本、正德本同。明州本、贛州本、叢刊本、陳八郎本、尤刻本、胡刻本、九條本作「泄」。當作「泄」。

「日月恒翳」「恒」，奎章閣本、四庫本、正德本、陳八郎本同。明州本、贛州本、叢刊本、尤刻本、胡刻本、九條本作「恒」。當作「恒」。

「宅土熇暑」「土」，明州本、贛州本、四庫本、叢刊本、陳八郎本、尤刻本、胡刻本、九條本同。奎章閣本、正德本作「圡」。當作「土」。「熇」，四庫本同。奎章閣本、明州本、贛州本、叢刊本、正德本、陳八郎本、尤刻本、胡刻本、九條本作「熇」。當作「熇」。

「封疆瘴厲」「疆」，明州本、贛州本、叢刊本、正德本、陳八郎本、尤刻本、胡刻本、九條本同。奎章閣本、四庫本作「疆」。當作「疆」。「瘴」，奎章閣本、正德本同。明州本、贛州本、四庫本、叢刊本、陳八郎本、尤刻本、胡刻本、九條本作「障」。今從「瘴」。

■**立群案**：許巽行文選筆記：説文：障，隔也。癘，惡疾也。注中「瘴」字乃俗作之，亦當改

「障」。嘉德案，説文無「瘴」，古但作「障」。玉篇作：瘴，癘。他書皆承用。此正文作「障」，注不當改「瘴」。顯然，許巽行、許嘉德的意見并不一致。許巽行認爲當作「障」，取「隔」之義。許嘉德認爲説文不收「瘴」字，古多以「障」代「瘴」。梁章鉅文選旁證：依注，「障」當作「瘴」。梁氏説亦有據。胡紹煐文選箋證：紹煐按：經籍無「瘴」字，自玉篇始云「瘴，癘也」。古祇作「障」，謂山障氣也。太冲用之賦文不誤。今張注作「瘴」，恐後人以俗字改之。本書廣絶交論「寄命障癘之地」，作「障」。何氏焯引周靖云「本是山嵐之氣，後人乃轉爲瘴字」。胡氏説與許氏嘉德之説同。今從「瘴」。

【彙注】

【李善注】劉曰：吴、蜀皆暑濕，其南皆有瘴氣。善曰：泄，猶出也。埤蒼曰：熇，熱貌。許妖切。

【五臣注】熇，許驕反。銑曰：孤窮山岫，恒出陰雲，不見日月，常掩翳多雨。向曰：宅，居也。熇，氣也。言吴屬皆有熱氣暑蒸，邊近瘴厲惡疫之氣。

【張鳳翼文選纂注】熇，許驕切。孤窮山岫，恒出陰雲，不見日月，常掩翳多雨。且有瘴氣。

【王象乾文選删注】熇，許驕反。熇，熱貌。

【余蕭客文選音義】熇囂。

【余蕭客文選紀聞】熇郝。五經文字中。

【許巽行文選筆記】障癘。説文：障，隔也。癘，惡疾也。注中「瘴」字乃俗作之，亦當改「障」。嘉德案，説文無「瘴」，古但作「障」。玉篇作：瘴，癘。他書皆承用。此正文作「障」，注不當改「瘴」。

【梁章鉅文選旁證】封疆障癘。六臣本「癘」作「厲」。依注「障」當作「瘴」。

【胡紹煐文選箋證】封疆障癘。注張載曰：吴、蜀皆暑濕，其南皆有瘴氣。旁證云：依注「障」當作

「瘴」。紹煐按：經籍無「瘴」字，自玉篇始云「瘴，癘也」。古祇作「障」，謂山障氣也。太冲用之賦文不誤。今張注作「瘴」，恐後人以俗字改之。本書廣絶交論「寄命障癘之地」，作「障」。何氏焯引周靖云「本是山嵐之氣，後人乃轉爲瘴字」。

【高步瀛文選李注義疏】梁章鉅曰：依注，「障」當作「瘴」。胡紹煐曰：經籍無「瘴」字。自玉篇始云：瘴：癘也。古祇作「障」，謂山障氣也。太冲用之，賦文不誤。今張注作「瘴」，恐後人以俗字改之。本書廣絶交論寄命障癘之地，作「障」。何氏焯引周靖云：本是山嵐之氣，後人乃轉爲「障」字。○玄應一切經音義卷二十引埤蒼曰：熇，熱貌也。

蔡莽螫刺，昆蟲毒噬。漢罪流禦，秦餘徙帑。

【彙校】

「蔡莽螫刺」「莽」，奎章閣本、明州本、贛州本、四庫本、叢刊本、陳八郎本、尤刻本、胡刻本、九條本同。正德本作「莽」。當作「莾」。

■**立群案**：康熙字典：干禄字書：「莽」，俗「莾」字。今從「莾」。

「漢罪流禦」「流」，奎章閣本、明州本、贛州本、四庫本、叢刊本、陳八郎本、尤刻本、胡刻本、九條本同。正德本作「流」。當作「流」。「禦」，奎章閣本、明州本、贛州本、叢刊本、正德本、陳八郎本、尤刻本、胡刻本、九條本同。四庫本作「禦」。當作「禦」。

「秦餘徙帑」「秦」，明州本、贛州本、四庫本、叢刊本、正德本、陳八郎本、尤刻本、胡刻本、九條本同。奎章閣本作「秦」。當作「秦」。「徙」，尤刻本、胡刻本、九條本同。奎章閣本、明州本、贛州本、四庫本、叢刊本、正德本、陳八郎本作「徒」。當作「徙」。

■**立群案**：劉逵注：揚雄蜀都賦曰：秦、漢之徙，充以山東。五臣良曰：秦、漢遷流罪人於南方，以禦魑魅。據注，自當作「徙」。作「徒」者，「徙」之形似而誤。

【彙注】

【李善注】蟄音適。刺，力割切。劉曰：蔡莽螫刺，多毒草也。昆蟲毒噬，蝮蛇鴆鳥之屬也。善曰：王逸楚辭注曰：蔡，草莽也。方言曰：莽，草也。南楚曰莽。鄭玄禮記注曰：昆，明也。明蟲者，陽而生，陰而藏。詩序曰：文王德及鳥獸昆蟲。

劉曰：揚雄蜀都賦曰：秦、漢之徙，充以山東。貨殖傳曰：秦破趙，遷卓氏於蜀。漢時，日南、比景、合浦、九真亦皆有徙者，息夫躬、孫寵之屬焉。善曰：左氏傳，舜流四凶族，以禦螭魅。廣雅曰：帑，餘也。力制反。

【五臣注】蟄音適。刺，力割反。帑，力制反。翰曰：刺，割。噬，咬也。蔡莽，毒草也。所以適割人。昆蟲毒蟲，皆咬人也。良曰：秦、漢遷流罪人於南方，以禦魑魅。⿱列巾，亦罪人也。

【張鳳翼文選纂注】螫音適。剌，力割切。⿱列巾，力制切。蔡莽螫剌，多毒草也。昆蟲毒噬，蝮蛇鳩鳥之屬也。蔡，草也。昆，明也。明蟲者，陽而生，陰而藏。秦、漢遷流罪人於南方，以禦魑魅。故曰流禦。⿱列巾，亦罪人也。

【王象乾文選删注】螫音適。剌，力割切。⿱列巾，力制切。蔡莽螫剌，多毒草也。

【余蕭客文選音義】⿱列巾例。良曰：罪人。

【余蕭客文選紀聞】⿱列巾例。集韵七。

【胡克家文選考异】注「詩序曰文王德及鳥獸昆蟲」。袁本、茶陵本無此十一字。

【許巽行文選筆記】螫剌。剌，七賜切。從刀朿。朿，木芒也。今「剌」下注「力割」二字，妄人所加。

【朱珔文選集釋】秦餘徙⿱列巾。善注引廣雅曰：⿱列巾，餘也。案，王氏疏證云：玉篇：⿱列巾，力制切。帛餘也。齊語：戎車待游車之裂。韋注：裂，殘也。舊音音例引説文：裂，餘也今説文「餘」上有「繒」字。「裂」與「⿱列巾」同，即左傳紀裂繻之「裂」也。小雅：垂帶而厲。毛傳：厲，帶之垂者。厲與⿱列巾之同義，謂垂帶之餘以爲飾，故下文云匪伊垂之帶，則有餘也。爾雅：烈，餘也。詩序云：宣王承厲王之烈。烈與⿱列巾古亦同聲。余謂「列」，字從歺。説文「歺」爲部首，云：列骨之殘也。吕覽權勲篇注：殘餘也。故從列之字，皆得餘訓。「⿱列巾」即爲「裂」者，從巾，字亦或從衣，如「常」「帬」「幝」之與「裳」「裠」「褌」一也。

【梁章鉅文選旁證】秦餘徙⿱列巾。注徙，或誤作徒。玉篇：⿱列巾，力制反，帛餘也。齊語：戎車待游車之裂。韋昭注曰：裂，殘也。引説文：裂，餘也。與「⿱列巾」同。

【高步瀛文選李注義疏】許巽行曰：刺，七賜切。從刀、朿。朿，木芒也。今「刺」下注「力割」二字，妄人所加。○楚辭九懷尊嘉曰：繼以兮微蔡。王逸注曰：續以草芥入己船也。蓋摘此注。「芥」又誤作「莽」。○莽，草也。方言三「莽」作「芥」，此涉下「莽」字而誤。○禮記鄭注，見王制。案：説文曰：蚰，蟲之總名也。從二虫。段注曰：蟲下曰：有足謂之蟲，無足謂之豸。析言之耳。渾言之，則無足亦蟲也。虫下曰：或行或飛，或毛或蠃，或介或鱗，皆以虫爲象。故蟲皆從虫，而虫可讀爲蟲。蟲之總名稱蚰，凡經傳言昆蟲，即蚰蟲也。日部曰：昆，同也。夏小正：昆小蟲。傳曰：昆者，衆也，猶䖵䖵也。䖵䖵者，動也，小蟲動也。月令：昆蟲未蟄。鄭曰：昆，明也。許意與小正傳同。二虫爲蚰，三虫爲蟲。蚰之言昆也，蟲之言聚也。○詩序乃靈臺序。案：袁、茶二本無此十一字。○咽，本真部。此爲「噎」之借字。噎，古音脂部。穢、癘、噬，祭部。通轉爲韵。○以上斥吴、蜀土地之荒僻。

楊子雲蜀都賦，古文苑卷四「充」作「元」。章樵注曰：成都由秦、漢而徙，謂惠王及武帝時，其始基在山之東，謂蠶叢、望帝皆治郫城，在岷山之陽也。步瀛案：章注似順文爲説。此言秦、漢之時，徙山東之人以充巴蜀耳。下引貨殖傳即其證也。疑「充」字是。○史記、漢書貨殖傳并載卓氏徙蜀事。又程鄭亦山東遷虜，見貨殖傳。息夫躬弃市，妻充漢與家屬徙合浦，孫寵徙合浦，并見漢書息夫躬傳。○善注引左氏見文十八年。○廣雅，見釋詁三。王念孫疏證曰：玉篇：㓐，力制切。帛餘也。齊語：戎車待游車之裂。韋昭注云：裂，殘也。舊音音例引説文裂，餘也。「裂」與「㓐」同，即紀裂繻之「裂」也。小雅都人士篇：垂帶而厲。毛傳云：厲，帶之垂者。厲與㓐亦同義，謂垂帶之餘以爲飾，故下文云匪伊垂之帶，則有餘也。爾雅：烈，餘也。詩序云：宣王承厲王之烈。烈與㓐古亦同聲。步瀛案：説文曰：㓐，繒餘也。朱珔曰：「列」，字從歺。説文歺爲部首，云：𠛱骨之殘也。吕覽權勳篇注：殘餘也。

故從（㓷）之字，皆得餘訓。「帮」即爲「裂」者，從巾，字亦或從衣，如「常」「裳」「帬」之與「裳」「裠」「褌」一也。

宵貌蕞陋，稟質遳脆。巷無杼首，里罕耆耋。

【彙校】

「宵貌蕞陋」「貌」，明州本、贛州本、四庫本、叢刊本、陳八郎本、尤刻本、胡刻本同。奎章閣本、正德本、九條本作「貇」。當作「貌」。「陋」，奎章閣本、四庫本、正德本、陳八郎本、尤刻本、胡刻本、九條本同。明州本、贛州本、叢刊本作「陃」。當作「陋」。

「稟質遳脆」「稟」，四庫本、尤刻本同。奎章閣本、正德本作「禀」。明州本、贛州本、叢刊本、陳八郎本、胡刻本、九條本作「稾」。當作「稟」。

「里罕耆耋」「耆」，奎章閣本、明州本、贛州本、四庫本、正德本同。叢刊本、陳八郎本、尤刻本、胡刻本作「耆」。九條本無「耆」字。當有「耆」字。

■ **立群案**：賦此處皆四字爲句。諸本多有「耆」字，是也。九條本獨無「耆」者，誤也。禮記射義：幼壯孝母，耆耋好禮。鄭玄注：耆、耋皆老也。或爲賦語所本。

【彙注】

【李善注】蕞音罪。脆，蔣衛切。杼，直吕切。劉曰：地理志曰：江南卑濕，丈夫多夭。巴蜀輕易淫泆，柔弱褊阨。漢書曰：人宵天地之貌。方言燕記曰：豐人杼首。杼首，長首也。燕謂之杼。交、益之人，率皆弱陋。故曰無杼首也。善曰：左氏傳曰：蕞爾小國。杜预曰：蕞爾，小貌也。廣雅曰：質，軀也。遳，亦脆也。七戈反。説文曰：脆，少耎易斷也。左氏傳曰：王使宰孔謂齊侯曰：伯舅耋老。杜预曰：七十曰耋。

【五臣注】蕞音罪。遳，七和反。脆，蔣衛反。杼，直吕反。良曰：宵，小也。言其小貌。蕞陋，醜惡。遳脆，急躁輕蹶之貌。濟曰：杼首，長首者。罕，希也。言吴、蜀人蕞陋，又多不壽，故巷無杼首，里希耆老。

【張鳳翼文選纂注】遳，七和切。脆，蔣衛切。杼，直吕切。宵，小貌。遳脆，急躁輕蹶之貌。杼首，長首也。貌陋故無長首。七十曰耋。

【王象乾文選删注】遳，七和切。脆，蔣衛切。杼，直吕反。遳，亦脆也。杼首，長首也。燕記曰：豐人杼首。

【陳景雲文選舉正】宵貌蕞爾。注「蕞爾小國」。舊本無「小」字。

【杭世駿文選課虚】遳，亦脆也。七戈切。

【汪師韓文選理學權輿·前賢評論】方以智通雅曰：形容短矮曰遳。文選有「遳脆之語」。唐書王伾傳：形容遳陋。音七禾切。

【余蕭客文選音義】遳字彙補七禾切。耋叶地。注少叜「叜」改「叟」。

【余蕭客文選紀聞】遳脞。集韻三。

【許巽行文選筆記】遳脃。説文：脃，小耎易斷也。從肉絶省。今俗肉旁作危，非是。嘉德案，字書有從危之「脆」，諸書亦多承用。實則俗字。説文作「脃」，與「膬」同。注引「脆」，傳寫誤。

【梁章鉅文選旁證】巷無杼首。廣雅釋詁：抒，長也。「抒」與「杼」同。

【胡紹煐文選箋證】宵貌蕞陋。注張載曰：漢書：人宵天地之貌。善曰：左氏傳曰：蕞爾小國。杜預曰：蕞爾，小貌也。按：張注引漢書見刑法志。應劭曰「宵，類也」。顔曰「宵義與肖同，應説是也」。今按：古多以「宵」爲「肖」。淮南要略「浸想宵類」，高注「物佀也」。此「宵貌」與下「稟質」對，是「宵」爲「肖」也。良注訓「宵」爲「小」，與「蕞陋」義複。左昭七年傳「抑諺曰蕞爾國」，無「小」字。此引有之，當是古本。本書太子宴玄圃詩「蕞爾小臣」，善注引與此同。論衡，抑諺曰「蕞爾小國」，亦有「小」字，足證今本之誤。

稟質遳脆。注善曰：遳，亦脆也。七戈反。按：書益稷「元首叢脞哉」，馬注：脞，小也。「遳」與「脞」同，集韻：脞，醋伽切，音娷，脆也。

【高步瀛文選李注義疏】袁、茶二本此節及下節并上爲一節。二節張注亦并入善注内，疑非是。○漢書地理志顔注曰：柔弱褊阸，言其材質不强而心忿陋。○漢書，見刑法志，注引應劭曰：宵，類也。頭圜象天，足方象地。顔曰：宵，義與肖同。步瀛案：宵者，肖之通借字。胡紹煐曰：古多以「宵」爲

「肖」。淮南要略：浸想宵類。高注：物侣也。此宵貌與下稟質對，是「宵」爲「肖」也。良注訓宵爲小，與蕞陋義複。○方言見卷二。「交益之人」以下，乃孟陽解無杼首之義。小爾雅廣言曰：杼，長也。亦作「抒」。廣雅釋詁二曰：抒，長也。義同。考工記：杼上終葵首。鄭注曰：杼，閷也。輪人：行澤者欲杼。注曰：杼，謂削薄其踐地者。皆與此義异。錢繹方言箋疏引玉篇抒，大圭，抒上終葵首證之，非是。○善注引左傳見昭七年諺曰：「蕞爾國」無「小」字。胡紹煐曰：此引有之，當是古本。本書太子宴玄圃詩：蕞爾小臣。善注引與此同。論衡：抑諺曰：蕞爾小國。亦有「小」字，足證今本之誤。步瀛案：論衡見死僞篇。○胡紹煐曰：書益稷：元首叢脞哉。馬注：脞，小也。「遳」與「脞」同。集韵：脞，醋伽切，音⿰女坐，脃也。○説文肉部曰：脃，小耎易斷也。從肉，從絶省。俗作「脆」。此注各本「小」誤作「少」，今校改。○左傳及杜注，見僖九年。案：耋爲年老之稱，而諸家所説之歲數亦互异。有以爲七十者，詩車鄰孔疏、禮記射義孔疏并引服虔僖九年左傳注曰七十曰耋，蓋即杜注所本。易離卦釋文引馬融注、車鄰疏、爾雅釋言邢疏并引易離卦鄭玄注、又射義陸德明釋文、後漢書明帝紀李賢注并同。有以爲八十者，詩車鄰毛傳曰：八十曰耋。鹽鐵論孝養篇、説文老部、釋名釋老幼、易離卦釋文引王肅、爾雅釋言郭璞注、又方言一注、禮記射義釋文并同。有以爲六十者，左僖九年疏引爾雅釋言舍人注曰：耋六十稱也。公羊宣十二年何休注曰：六十稱耋。以上凡有三數，蓋爾雅、方言皆曰老也，故六十、七十、八十皆得通稱耳。

或魋結而左言，或鏤膚而鐕髮。或明發而擢歌，或浮泳而卒歲。

【彙校】

「或魋結」 「魋」，奎章閣本、明州本、贛州本、四庫本、叢刊本、正德本、陳八郎本、尤刻本、胡刻本、九條本作「魋」。當作「魋」。「結」，奎章閣本、明州本、贛州本、四庫本、九條本同。叢刊本、尤刻本、胡刻本作「髻」。正德本、陳八郎本作「結」。當作「結」。

■**立群案**：史記酈生陸賈列傳：陸生至，尉他魋結箕倨見陸生。司馬貞索隱：謂爲髻一撮似椎而結之，故字從結。作「魋結」是也。

「或鏤膚」 「鏤」，奎章閣本、明州本、贛州本、四庫本、叢刊本、正德本、陳八郎本、尤刻本、胡刻本、九條本作「鏤」。當作「鏤」。「膚」，明州本、贛州本、四庫本、叢刊本、尤刻本、胡刻本、九條本同。奎章閣本、正德本、陳八郎本作「膚」。當作「膚」。

「而鐕髮」 「鐕」，奎章閣本同。明州本、贛州本、四庫本、叢刊本、正德本、陳八郎本、尤刻本、胡刻本、九條本作「鐟」。當作「鐕」。「髮」，明州本、贛州本、四庫本、叢刊本、陳八郎本、尤刻本、胡刻本、九條本同。奎章閣本、正德本作「髮」。當作「髮」。

「嬥歌」　「嬥」，奎章閣本、明州本、贛州本、四庫本、叢刊本、正德本、陳八郎本、尤刻本、胡刻本、九條本作「嬥」。當作「嬥」。

「或浮泳」　「泳」，明州本、贛州本、四庫本、叢刊本、尤刻本、胡刻本、九條本同。奎章閣本、正德本、陳八郎本作「泳」。當作「泳」。

「而卒歲」　「卒」，奎章閣本、明州本、贛州本、四庫本、叢刊本、陳八郎本、尤刻本、胡刻本、九條本同。正德本作「卒」。當作「卒」。「歲」，奎章閣本、正德本作「嵗」。明州本、贛州本、四庫本、叢刊本、陳八郎本、尤刻本、胡刻本、九條本作「歲」。當作「歲」。

【彙注】

【李善注】魋，直追切。劉曰：揚雄蜀記曰：蜀之先代，人椎結左語，不曉文字。謳歌，巴土人歌也。何晏曰：巴子謳歌，相引牽連手而跳歌也。潛行爲泳。詩曰：漢之廣矣，不可泳思。善曰：漢書，淮南王曰：越鬋髮文身之人。張揖以爲古翦字也。子踐反。文身，即鏤膚也。毛詩曰：明發不寐。爾雅曰：嬥嬥契契，愈遐急也。郭璞曰：賦役不均，賢人憂嘆，遠急切也。佻或作嬥，音葦。苕，一音徒了反。毛詩曰：何以卒歲？

【五臣注】魋，直追反。結音計。鬋，在官反。嬥，徒了反。濟曰：魋結，以髮結於兩耳垂者。左言，謂不曉文字。鏤膚，即文身者。鬋髮，爲一撮於項後。銑曰：發，曉也。嬥歌者，人憂嘆切急之歌。言二國政急也。居于江湖，若魚鼈浮泳，以爲終歲之事。

【張鳳翼文選纂注】魋，直追切。嬥，徒召切。魋髻，以髮結于兩耳垂者。左言，謂鴂舌鳥語。鏤膚，即文身也。鬋髮，爲鬋撮於項後。明發，曉起也。卒歲，終歲事也。

【王象乾文選删注】魋，直追切。嬥，徒召切。巴子謳歌，相引牽連手而跳歌也。

【陳景雲文選舉正】或魋髻而左言。注「爾雅曰嬥嬥契契」。「嬥嬥」，舊本作「佻佻」。又「音葦苕」。「葦」字疑衍。

【杭世駿文選課虚】嬥歌，巴土人歌也。何晏曰：巴子謳歌，相引牽連手而跳歌也。爾雅：嬥嬥契契，愈遐急也。佻，或爲嬥。音苕。一音徒了切。

【余蕭客文選音義】髮字典叶沸。鑽善注古「翦」字。嬥郭璞爾雅音音苕。

【余蕭客文選紀聞】嬥他彫。類篇十二中。

【胡克家文選考异】注「嬥謳歌巴土人歌也」。袁本無「謳」字，是也。茶陵本無「嬥」字，非也。

注「嬥嬥契契」。案：「嬥嬥」當作「佻佻」。各本皆誤。陳云別本「佻」，今未見。

注「一音徒了反」。袁本、茶陵本無此五字。案：袁本正文下有「徒了」音，茶陵有「徒召」音，疑此或尤取五臣音添，非如其餘真善音被删者也。

【許巽行文選筆記】魋髻。依注作「椎結」。漢書陸賈傳作「魋結」。儀禮：將冠者采衣紒。注：紒，結髮。古文「紒」爲「結」。説文：髤，簪結也。新附：髻，總髮也。古通用「結」。然「紒」「結」「髤」「髻」一字耳。又説文：魋，獸，似熊。從鬼隹。杜回切。椎，擊也。齊謂之終葵。從木隹。直追切。師古曰：一撮之結，其形如椎，故謂之椎結。斯得之矣。嘉德案，注明引「椎結」，則正文自不作「魋髻」。各本皆訛，依注正。

鑽髮。注：張揖以爲古「翦」字。案，漢書嚴助傳作「劗髮」。韋元成傳：勿鬋勿伐。史記魯世家：自揃其蚤，沈之河。又説文引詩曰：實始戩商。今詩作：實始翦商。俗用「剪」字，非。嘉德案，集韵：吴人謂髡髮爲劗。其字或作「鬋」「揃」，假借也。「戩」亦通「翦」。張又以「鑽」爲「翦」。

嬥歌。此與注中引爾雅：嬥嬥契契。皆當作「佻」。注又云：佻或作嬥，是據别本兩存之。後人改「佻歌」爲「嬥歌」，遂并改爾雅之文，大謬。詩大東云：佻佻公子。釋文：佻佻，獨行貌。徒彫反，又徒了反。韓詩作：嬥嬥，往來貌。音挑。是「佻」與「嬥」，古字亦通。嘉德案，玩注，則正文自作「佻」字。

【**朱珔文選集釋**】或明發而嬥歌。善注引爾雅曰：嬥嬥契契，愈遐急也。又云：佻或作嬥。案，今釋訓作「佻佻」。如注語，是所引本作「佻」也。爾雅釋文「詩云：佻佻獨行。嘆息也」。此引詩即大東篇之「佻佻公子」。彼處釋文言韓詩作「嬥嬥」。郝氏謂從兆、從翟之字，古多通用。守祧注云：故書「祧」作「濯」，亦其證矣。又上張注云：嬥歌，巴土人歌也。何晏曰：巴子謳歌，相引牽連手而跳歌也。孟陽蓋以「嬥」爲「跳」，跳與佻同音。大東釋文「佻」，本或作「窕」。爾雅釋言：窕，閑也。舍人注：跳者，躍之閑。「佻」「跳」既并通「窕」，則「跳」亦通「佻」。説文：跳，躍也。躍，迅也。方言：佻，疾也。迅、疾義一也。賦以此句説蜀，下句「或浮泳而卒歲」説吴，故張引何平叔語。

【**梁章鉅文選旁證**】或魋髻而左言。五臣「髻」作「結」。濟注可證。

注爾雅曰：嬥嬥契契。「嬥嬥」當作「佻佻」。朱氏珔曰：按注云：「佻」或作「嬥」，音葦苕，一音徒了切，是所引本作「佻」也。爾雅釋文：詩云：佻佻獨行。嘆息也。此引詩即大東「佻佻公子」語，彼處釋文引韓詩作「嬥嬥」。故「佻」亦可作「嬥」。

【**薛傳均文選古字通疏證**】或鏤膚而鑽發。注善曰：漢書，淮南王曰：越鑽髮文身之人。張揖以爲古「翦」字也。傳均案，淮南子：是猶以斧劗毛。高誘注：劗，剪也。「劗」讀「驚攢」之「攢」。由偏旁例推，亦通用之證。

【胡紹煐文選箋證】或魋髻而左言。五臣「髻」作「結」。按：「結」古文「紒」，儀禮士冠禮注「紒，結發」，古文「紒」爲「結」。書皆作「結」，漢書陸賈傳「尉佗魋結」，程鄭傳「賈魋結民」，李陵傳「胡服椎結」，許書無「髻」字。衆經音義引字林云「髻，絜髮也」，然則「髻」字蓋起於吕忱，而説文新附收之，云「髻，總髮也。古通用結」。此五臣作「結」，猶存古字。

或明發而嬥歌。注善曰：爾雅曰：嬥嬥契契，愈遐急也。佻或作嬥，音葦苕之苕。旁證云：嬥嬥，當作佻佻。朱氏珔曰：注云「佻或作嬥」，是所引本作「佻」也。爾雅釋文「詩云：佻佻獨行。嘆息也」。蓋即大東篇。彼釋文引韓詩作「嬥」，故「佻」亦可作「嬥」。紹煐按：廣韵「嬥歌，巴人歌也」。方言九郭注「今云櫂歌，依此名也」。「嬥」與「櫂」通，謂以櫂濯水行舟而歌，以節其勞。今吴中皆然。漢書元後傳「輯櫂越歌」，皆其義。賦文假「嬥」爲之，善引爾雅不合，諸家因文生訓，亦失之。

【高步瀛文選李注義疏】袁本「髻」作「結」。又，茶陵本校曰：五臣本作「結」，音計。步瀛案：據注則善本亦當作「結」，作「髻」者，後人所改也。許巽行曰：依注作「椎結」。漢書陸賈傳作「魋結」。儀禮士冠禮：將冠者采衣紒。注：紒，結髮。古文「紒」爲「結」，説文：髺，簪結也。新附：髻，總髮也。古通用「結」。然「紒」「結」「髺」「髻」一字耳。又説文：魋，獸，似熊。從鬼、隹。杜回切。椎，擊也。齊謂之終葵。從木、隹。直追切。師古曰：一撮之結，其形如椎，故謂之椎結。斯得之矣。胡紹煐曰：漢書陸賈傳：尉佗魋結。程鄭傳：賈魋結民。李陵傳：胡服椎結。許書無「髻」字，衆經音義十三引字林云：髻，絜髮也。然則「髻」字蓋起於吕忱，而説文新附收之，云：髻，總髮也。古通用「結」。○嬥歌，何晏曰：相引牽連手而跳歌。則嬥歌即跳歌。説見下。胡紹煐謂嬥歌即櫂歌，非是。○注蜀記當作「紀」，蓋蜀王本紀之省稱，子雲無蜀記也。各本皆誤。所引之文，已見蜀都賦劉淵林注，特首句小异，此蓋節引耳。又「左語」當作「左言」。○「嬥歌」，尤本作「嬥謳歌」，茶陵本作「謳歌」，皆誤。今依袁本。何晏云云，疑亦九州論之文，特他書未見引耳。朱曰：賦以此句説蜀，下句説吴，故張引何平叔語。○詩，見漢廣。毛傳曰：潛行爲泳。○善注引漢書見嚴助傳。「鑚」作「劖」。張揖説，漢書晉灼注亦引之。顔曰：「劖」與「翦」同。案：群書治要卷十八引漢書作「翦」。又，淮南子主術篇曰：是猶以斧劖髮。高注：劖，翦也。劖讀驚攢之攢。薛傳均曰：攢由偏旁例推，亦通用之證。○毛詩，見小宛。○爾雅及郭注，見釋訓。本注「佻佻」，各本作「嬥嬥」。胡曰：當作「佻佻」。陳云：別本「佻」未見。步瀛案：據下云「佻」或作「嬥」，則此處作「佻佻」無疑，今校改。陸德明釋文曰：徒彫反。詩云：佻佻獨行。嘆息也。朱珔曰：此引詩即大東篇之佻佻公子。彼處釋文言韓詩作「嬥嬥」。郝氏謂從兆、從翟之字，古多通用。周禮守祧注云：故書「祧」作「濯」，亦其證矣。又上張注云：嬥歌，巴土人歌也。何晏曰：巴子謳歌，相引牽連手而跳歌也。孟陽蓋以「嬥」爲「跳」，跳與佻同音。大東釋文「佻」，本或作「窕」。爾雅釋言：窕，間也。舍人注：跳者，躍之間。「佻」「跳」既并通「窕」，則「跳」亦通「佻」。説文：跳，躍也。躍，迅也。方言：佻，疾也。迅、疾義一也。○「一音徒了反」，胡曰：袁本、茶陵本無此五字。案：袁本正文下有「徒了」音，茶陵有「徒召」音，疑此或尤取五臣音添。步瀛案：此亦臆測，不足信也。○毛詩，見七月。

風俗以韰倮爲𡢃，人物以殘害爲藝。

【彙校】

「韰倮爲𡢃」　「韰」，奎章閣本、明州本、贛州本、四庫本、叢刊本、正德本、陳八郎本、尤刻本、胡刻本、九條本作「䪥」。當作「韰」。「倮」，奎章閣本、明州本、贛州本、四庫本、叢刊本、九條本同。正德本、陳八郎本作「倮」。尤刻本、胡刻本作「果」。今從「倮」。「爲」，明州本、贛州本、叢刊本、陳八郎本、尤刻本、胡刻本、九條本同。奎章閣本、四庫本、正德本作「為」。當作「爲」。「𡢃」，奎章閣本、明州本、正德本、陳八郎本、尤刻本、胡刻本同。贛州本、四庫本、叢刊本、九條本作「𡢃」。當作「𡢃」。

■ 立群案：杭世駿文選課虚：方言：倮，勇也。果與倮，古字通。朱珔文選集釋：風俗以韰倮爲𡢃。注又引方言曰：倮，勇也。今本無此文，豈逸脱與？廣雅多本方言，有「倮，勇也」之訓。廣韵「倮」字云：蒼頡篇果敢作此倮，是通用矣。薛傳均文選古字通疏證：風俗以韰果爲𡢃。注善曰：方言曰：倮，勇也。「果」與「倮」古字通。傳均案，爾雅：果，勝也。陸德明釋文作「倮」，云：音果。本今作「果」。荀子：解果其冠。楊倞注：解果，未詳。或曰解果，陿隘也。左思魏都賦曰：風俗以韰倮爲𡢃。韰音下界反。倮音果。蓋「韰」與「解」聲相近，「倮」與「果」字相通也。呂錦文文選古字通補訓：風俗以韰倮爲嫿。錦文案，「韰果」當作「䪢倮」。漢書揚雄傳：何文肆而質䪢。應劭云：䪢，狹也。亦作「韰倮」。廣韵云：韰倮，猶果敢也。又作「解果」。荀子儒效篇：解果其冠。注云：解果，陿隘也。引説苑，淳于髡謂齊王曰：蟹螺者宜禾，汙邪者百車。而説苑復恩篇、尊賢篇皆作「蟹堁」，蓋言高地也。即「韰果」之借。高步瀛文選李注義疏：方言曰：惈，勇也。朱珔曰：今本無此文，豈逸脱與？廣雅多本方言，有「惈，勇也」之訓。廣韵惈字云：蒼頡篇果敢作此惈，是通用矣。步瀛案：廣雅見釋詁二，廣韵見三十四果。爾雅釋詁曰：果，勝也。釋文作「惈」，曰：音果。玄應一切經音義九引蒼頡篇曰：惈，憨也。殺敵爲惈。左宣二年作「果」，皆「惈」「果」通用之證。據諸家説，「果」「惈」通用。今從「惈」。

■立群案：胡紹煐文選箋證：風俗以韰惈爲嫿。注善曰：説文曰：嫿，静好也。六臣本作「㶤」，校云「五臣作嫿，胡麥反」。按：善引説文云云，則善本亦作「嫿」。嫿，猶快也。本書琴賦「明嫿嘹慧」，明嫿，若今言「明快」。方氏以智曰：嫿，古音壞，與快近。言風俗以狹隘果勇爲快也。劉子玄史通云「蒼梧人風惈嫿」，即本此文而割裂之。據胡氏箋證，當作「嫿」。

「殘害爲藝」 「殘」，奎章閣本、明州本、贛州本、叢刊本、正德本、陳八郎本同。四庫本、尤刻本、胡刻本、九條本作「戕」。今從「殘」。「爲」，明州本、贛州本、叢刊本、陳八郎本、尤刻本、胡刻本、九條本同。奎章閣本、四庫本、正德本作「為」。當作「爲」。「藝」，明州本、贛州本、四庫本、叢刊本、正德本、陳八郎本、九條本同。奎章閣本、尤刻本、胡刻本作「蓺」。當作「藝」。

■立群案：書盤庚中：汝共作我畜我，汝有戕則在乃心。孔傳：戕，殘也。是「戕」「殘」於賦皆通。書泰誓上：惟宫室臺榭，陂池侈服，以殘害于爾萬姓。或爲賦語所本，今從「殘」。

【彙注】

【李善注】善曰：揚雄反騷曰：何文肆而質韰。應劭曰：韰，狹也。下介切。方言曰：倮，勇也。果與倮，古字通。說文曰：嬧，靜好也。音盡。左氏傳曰：自内害其君曰殺，自外曰戕。七良反。

【五臣注】韰，下界反。倮音果。嫿，胡麥反。良曰：韰，狹。嬧，好。藝，能也。言風俗以狹劣果勇爲好，人物以殘忍殺害爲能也。

【張鳳翼文選纂注】韰，而界切。倮音果。嬧，靜好也。音盡。言風俗以劣勇爲好，人物以忍殺爲能。

【王象乾文選删注】韰，而界切。倮音果。嬧音盡。韰，狹也。倮，勇也。嬧，靜好也。揚雄反騷曰：何文肆而質韰。

【杭世駿文選課虚】揚雄反騷：何文肆而質韰。韰，狹也。下介切。方言：倮，勇也。果與倮，古字通。嫿，靜好也。音畫。

【余蕭客文選音義】韰械。嫿善音畫。六臣作「嬧」。舊音盡。

【余蕭客文選紀聞】韰械。集韵七。

【許巽行文選筆記】韰果。漢書作「𩐁」。荀子儒效篇：解果其冠。注云：解果，狹隘也。左思魏都賦曰：風俗以韰倮爲嫿。韰，下界反。倮音果。嫿音畫。靜好也。爲嫿。說文：嫿，從女畫聲。六臣本注云：嬧，善本作嫿，是依流俗訛本妄注耳。

【朱珔文選集釋】風俗以韰倮爲嫿。善注引揚雄反騷：何文肆而質韰。應劭曰：韰，狹也。案，漢書揚雄傳「韰」作「𩐁」。彼乃假借字。集韵：「韰」或作「𠐤」。廣雅釋詁：𠐤，陿也。「狹」與「陿」通。

廣韻：𠐊，俠也。「俠」亦當爲「狹」。注又引方言曰：倮，勇也。今本無此文，豈逸脱與？廣雅多本方言，有「倮，勇也」之訓。廣韻「倮」字云：蒼頡篇果敢作此倮，是通用矣。注又引説文曰：嫿，静好也。廣雅亦云：嫿，好也。然則賦語蓋言風俗以狹隘果敢爲好耳。而楊氏慎釋「韰倮」與「解果」「蟹螺」爲一，引荀子「解果其冠」，説苑淳于髡言祠田蟹螺者宜禾。方氏通雅謂其音義全不同。是也。惟方氏所見本，「嫿」或作「嬧」，殆字之形似而誤。

【梁章鉅文選旁證】風俗以韰果爲嫿。六臣本「嫿」作「嬧」，音盡。

【薛傳均文選古字通疏證】風俗以韰果爲嫿。注善曰：方言曰：倮，勇也。「果」與「倮」古字通。傳均案，爾雅：果，勝也。陸德明釋文作「倮」，云：音果。本今作「果」。荀子：解果其冠。楊倞注：解果，未詳。或曰解果，陿隘也。左思魏都賦曰：風俗以韰倮爲嫿。韰音下界反。倮音果。蓋「韰」與「解」聲相近，「倮」與「果」字相通也。

【胡紹煐文選箋證】風俗以韰倮爲嫿。注善曰：説文曰：嫿，静好也。六臣本作「燼」，校云「五臣作嫿，胡麥反」。按：善引説文云云，則善本亦作「嫿」。嫿，猶快也。本書琴賦「明嫿睽惠」，明嫿，若今言「明快」。方氏以智曰：嫿，古音壞，與快近。言風俗以狹隘果勇爲快也。劉子玄史通云「蒼梧人風倮嫿」，即本此文而割裂之。

【吕錦文文選古字通補訓】風俗以韰倮爲嫿。錦文案，「韰果」當作「𩑶倮」。漢書揚雄傳：何文肆而質𩑶。應劭云：𩑶，狹也。亦作「韰倮」。廣韻云：韰倮，猶果敢也。又作「解果」。荀子儒效篇：解果其冠。注云：解果，陿隘也。引説苑，淳于髡謂齊王曰：蟹螺者宜禾，汙邪者百車。而説苑復恩篇、尊賢篇皆作「蟹堁」，蓋言高地也。即「韰果」之借。

【高步瀛文選李注義疏】袁本校曰：「嫿」，善本作「嫿」，茶陵本作「嫿」，校曰：五臣本作「嫿」。方以智通雅卷十曰：韵書無「嫿」字，「嫿」是「嫿」訛。胡紹煐曰：按善引説文云云，則善本亦作「嫿」。許巽行曰：六臣本是依流俗訛本妄改耳。○茶陵本「戕」作「殘」。○善注引反騷，漢書揚雄傳載之。「韰」作「⿺頁韰」。朱珔曰：彼乃假借字。集韻：「韰」或作「⿰亻韰」。廣雅釋詁：⿰亻韰，陿也。「狹」與「陿」通。廣韵：⿰亻韰，俠也。「俠」亦當爲「狹」。步瀛案：廣韵十六怪曰：⿰亻韰，胡介切。俠也。又曰：韰惈，猶果敢也。則「韰」「⿰亻韰」「⿺頁韰」字并通。○方言曰：惈，勇也。朱珔曰：今本無此文，豈逸脱與？廣雅多本方言，有「惈，勇也」之訓。廣韵惈字云：蒼頡篇果敢作此惈，是通用矣。步瀛案：廣雅見釋詁二，廣韵見三十四果。爾雅釋詁曰：果，勝也。釋文作「惈」，曰：音果。玄應一切經音義九引蒼頡篇曰：惈，憨也。殺敵爲惈。左宣二年作「果」，皆「惈」「果」通用之證。○説文，見女部。廣雅釋詁一曰：嫿，好也。朱珔曰：賦語蓋言風俗以狹隘果敢爲好耳。步瀛案：通雅卷十七曰：左思之用韰果，蓋言風俗以隘狹果敢爲快也。嫿，古音壞，與快近也。劉子玄史通曰：蒼梧人風婐劃，地氣歊瘴。正用韰婐爲嫿，而作「婐劃」。唐人好造如此。胡紹煐曰：嫿，猶快也。本書琴賦：明嫿瞭惠。明嫿，若今言明快。亦引方氏爲説。亦通。又案：方引史通見疑古篇。浦起龍注謂婐劃爲文身，誤矣。○左氏傳，見宣十八年。「自内害」作「自虐」。

威儀所不攝，憲章所不綴。

【彙校】

「威儀所」「儀」，奎章閣本、明州本、贛州本、四庫本、叢刊本、陳八郎本、尤刻本、胡刻本、九條本同。正德本作「儀」。當作「儀」。「所」，四庫本、叢刊本同。奎章閣本、正德本作「所」。明州本、尤刻本、九條本作「所」。贛州本、陳八郎本、胡刻本作「所」。當作「所」。

「憲章所」「所」，四庫本同。奎章閣本、正德本作「所」。明州本、叢刊本、尤刻本、胡刻本、九條本作「所」。贛州本、陳八郎本作「所」。當作「所」。

【彙注】

【李善注】劉曰：禮記曰：孔子憲章文、武。善曰：毛詩曰：朋友攸攝，攝以威儀。賈逵國語注曰：綴，連也。

【五臣注】濟曰：言其遐荒，風俗殊也。綴，猶繫之也。

【張鳳翼文選纂注】綴，猶繫也。

【王象乾文選删注】綴，連也。

【梁章鉅文選旁證】注禮記曰：孔子憲章文、武。此劉注以意引之。

【胡紹煐文選箋證】憲章所不綴。注善曰：賈逵國語注曰：綴，連也。按：「綴」與「贅」古字通。釋名「贅，屬也」，詩桑柔傳、廣雅、小爾雅并同。公羊襄十六年傳「君若贅旒」，釋文「贅本作綴」。尚書「綴衣」，本書作「贅衣」。后漢書班彪傳「贅衣」，注「贅，綴也」。是「贅」爲「屬」也。善引賈注「綴，連也」，「連」亦「屬」也。此言遐荒風俗人物，憲章之所不屬也。

【高步瀛文選李注義疏】注引禮記見中庸篇。○善注引詩見既醉。○國語賈注已見西京賦注引。胡紹煐曰：「綴」與「贅」古字通。釋名釋疾病：贅，屬也。詩桑柔傳、廣雅釋言、小爾雅廣言并同。公羊襄十六年傳：君若贅旒。釋文：「贅」，本作「綴」。尚書綴衣，本書作「贅衣」。後漢書班彪傳「贅衣」，注：贅，綴也。是贅爲屬也。善引賈注「綴，連也」，連亦屬也。此言遐荒風俗人物，憲章之所不屬也。○罽、脆、髮、歲、藝、綴，古音祭部。鍪，至部。通轉爲韵。○以上斥吳、蜀人民之鄙陋。

由重山之束阸，因長川而裾勢。距遠關以闚闞，時高樂而陛制。

【彙校】

「因長川而」「而」，奎章閣本、明州本、贛州本、正德本、陳八郎本同。四庫本、叢刊本、尤刻本、胡刻本、九條本作「之」。今從「而」。

▌立群案：「而」「之」於賦皆通。諸本多從「而」，今亦從「而」。

「裾勢」「裾」，奎章閣本、明州本、贛州本、四庫本、叢刊本、陳八郎本、胡刻本、九條本同。正德本、尤刻本作「裾」。當作「裾」。「勢」，明州本、贛州本、四庫本、叢刊本、正德本、尤刻本、胡刻本、九條本同。奎章閣本、陳八郎本作「勢」。當作「勢」。

「距遠關」「遠」，奎章閣本、四庫本、叢刊本、正德本、陳八郎本、尤刻本、胡刻本、九條本作「遠」。明州本、贛州本作「逺」。當作「遠」。「關」，贛州本、叢刊本、陳八郎本、尤刻本同。四庫本、九條本作「闗」。奎章閣本、明州本、正德本、胡刻本作「關」。當作「關」。

「以闚闞」「闚」，奎章閣本、明州本、贛州本、四庫本、叢刊本、陳八郎本、尤刻本、胡刻本、九條本同。正德本作「闚」。當作「闚」。

「時高櫟」　「高」，奎章閣本、明州本、贛州本、四庫本、叢刊本、正德本、陳八郎本、尤刻本、胡刻本、九條本作「高」。當作「高」。

【彙注】

【李善注】阨，烏介切。闟音俞。劉曰：重山束阨，謂蜀也。長川裾勢，謂吴也。漢書曰：形束壤制。善曰：束阨，拘束其民，由於湫厄也。据勢，依据川之形勢也。闚闟，望尊位也。陛制，亦以高櫟之陛，而能約制其民也。漢書音義，言其地形勢足以束制其人也。据，古據字，九御切。

【五臣注】阨，烏介反。闚，苦規反。闟音俞。櫟音巢。向曰：重山，蜀也。阨，險也。束，狹也。長川，吴地，裾如衣以爲要勢。翰曰：言距守遠關，闚闟中國，是居鳥巢而設階陛之制，固非其宜矣。

【張鳳翼文選纂注】阨，烏界切。櫟音巢。重山束阨，謂蜀也。長川裾勢，謂吴也。束阨，束其民於湫厄也。裾，衣裾。勢，形勢也。距守遠關，闚闟中國，是居鳥巢而設階陛之製也。

【王象乾文選刪注】櫟音巢。重山束阨，蜀也。長川裾勢，吴也。闚，望貌。闟，位也。陛制，亦以高櫟之陛，而能約制其民也。漢書曰：形束壤制。

【陳景雲文選舉正】因長川之裾勢。「裾」，舊本作「据」，注同。

【杭世駿文選課虛】以高櫟之陛，而能約制其民也。

【余蕭客文選音義】陛制何曰：猶言帝制。闟舊音俞。櫟舊音巢。

【余蕭客文選紀聞】櫟巢。廣韵二。

【孫志祖文選考异】因長川之裾勢。何校「裾」改「据」。志祖按，吕向注：裾如衣以爲要勢。蓋五臣本作「裾」耳。

【孫志祖文選李注補正】時高櫟而陛制。注：陛制，亦以高櫟之陛，而能約制其民也。○正曰：李周翰注：距守遠關，闕闒中國，是居鳥巢而設階陛之制，固非其宜。何云：陛制，猶言帝制。

【胡克家文選考异】因長川之裾勢。何校「裾」改「据」，注同。案：所校是也。善「据」，五臣「裾」，此及袁、茶陵二本所載五臣向注皆有明文，各本亂之，而失著校語。

注「拘束其民」。袁本、茶陵本無「拘」字。

注「闕闒望尊位也」。袁本、茶陵本無此六字。

注「而能約制其民也漢書音義言其土地形勢」。袁本、茶陵本無「也漢書音義言其土」八字。案：此節注各本皆有誤，今無以正之。尤所添非。

【許巽行文選筆記】裾勢。注：「裾」，古「據」字。史記司馬相如傳：据以驕騖。漢書司馬傳：裾以驕騖。酷吏傳：禹爲人廉裾。皆讀與「据」同。嘉德案：晋灼曰：据，今據字。何校改「裾」爲「据」，然史、漢「裾」「据」同用，不改亦是。

【梁章鉅文選旁證】因長川之裾勢。六臣本「之」作「而」。何校：「裾」改「据」，是也。按李注當作「据」，向注作「裾」，皆有明文。

距遠關以闕闒，時高櫟而陛制。翰注：距守遠關，闕闒中國，是居鳥巢，而設階陛之制，固非其宜。較李注爲顯。何曰：陛制，猶言帝制。

【胡紹煐文選箋證】因長川之裾勢。注善曰：据勢，依据川之形勢也。据，古據字，九御切。按：依注則善本作「據」。向注「裾，如衣以爲要勢」。是作「裾」爲五臣本。又按：漢書揚雄傳注引晋灼「據，今據字也」，與善注异。

【高步瀛文選李注義疏】尤本「据」作「裾」，胡克家曰：何校「裾」改「据」，注同。案：所校是也。善「据」，五臣「裾」，此及袁、茶陵二本所載五臣向注，皆有明文。各本亂之而失著校語。胡紹煐曰：按，依注，則善本作「据」。向注：裾，如衣以爲要勢。是作「裾」爲五臣本。許巽行曰：「裾」，古「據」字。史記司馬相如傳：据以驕驁。漢書司馬傳裾以驕驁。酷吏傳：禹爲人廉裾。皆讀與「据」同。許嘉德案：何校改「裾」爲「据」，然史、漢「裾」「据」同用，不改亦是。案：「裾」「据」雖通，然善本自當作「据」。又，「之据勢」，五臣「之」作「而」。○注引漢書見嚴安傳。○善注：拘束其民。胡曰：袁本、茶陵本無「拘」字。○「闚闟望尊位也」，袁、茶二本無此六字。案：字亦作「窺窬」。本書劉越石勸進表曰：狡寇窺窬。王仲寶褚淵碑文曰：窺窬神器。李注皆引左桓二年：師服曰：下無覬覦。杜注曰：下不冀望上位也。又并謂「窬」與「覦」同。○梁曰：翰注：距守遠關，闚闟中國，是居鳥巢而設階陛之制，固非其宜矣。較李注爲顯。何曰：陛制，猶言帝制。步瀛案：「時」疑當作「跱」。後漢書張衡傳注引字林曰：跱，踞也。「陛制」與「闚闟」對文。「陛」蓋「陛」之借字。説文曰：陛，牢也。所以拘罪人。從非陛省聲。陛制，猶言拘制也。謂吴、蜀恃山川之險要，据遠關以窺伺上國，踞高樔而拘制其民也。又案：袁、茶二本無「也」字。○漢書音義，見嚴安傳，顔注作孟康。案：袁、茶二本無「漢書音義言其土地形勢」十字。胡氏考异以爲尤所添，亦僻見也。○胡紹煐：按漢書楊雄傳注引晉灼：「据」今「據」字也。與善注异。步瀛案：依據字本作「據」，「据」其通借字耳。顔、李均以意説。

薄戍綿幂，無异蛛蝥之網；弱卒瑣甲，無异螳螂之衛。

【彙校】

「薄戍綿幂」「薄」，四庫本、尤刻本、胡刻本、九條本同。奎章閣本、正德本作「薄」。明州本、贛州本、叢刊本、陳八郎本作「薄」。當作「薄」。「綿」，奎章閣本同。明州本、贛州本、四庫本、叢刊本、正德本、陳八郎本、尤刻本、胡刻本、九條本作「緜」。當作「綿」。「幂」，明州本、贛州本、四庫本、叢刊本、正德本、陳八郎本、九條本同。奎章閣本作「羃」。尤刻本、胡刻本作「冪」。當作「幂」。

「無异蛛蝥」「异」，明州本、贛州本、叢刊本、陳八郎本、尤刻本、胡刻本、九條本作「異」。奎章閣本、四庫本、正德本作「異」。當作「异」。「蝥」，奎章閣本、明州本、四庫本、正德本、陳八郎本、尤刻本、胡刻本、九條本同。贛州本、叢刊本作「蝥」。當作「蝥」。

■**立群案**：吕氏春秋异用：昔蛛蝥作網罟，今之人學紓。高誘注：賈誼書諭誠篇：蛛蝥作網，今之人循緒。或爲賦語所本。玉篇：蝥，莫交切。盤蝥也。又莫侯切。食禾根蟲。又蛑蛛也。與賦意亦合。作「蝥」是。

「弱卒瑣甲」「卒」，奎章閣本、明州本、贛州本、四庫本、叢刊本、陳八郎本、尤刻本、胡刻本、九條本同。正德本作「卒」。當作「卒」。「瑣」，明州本、贛州本、四庫本、正德本同。奎章閣本、叢刊本、陳八郎本、尤刻本、胡刻本、九條本作「瑣」。當作「瑣」。

「無异螳螂」　「异」，明州本、贛州本、叢刊本、陳八郎本、尤刻本、胡刻本、九條本作「異」。奎章閣本、四庫本、正德本作「異」。當作「异」。「螂」，四庫本同。奎章閣本、明州本、贛州本、叢刊本、正德本、陳八郎本、尤刻本、胡刻本、九條本作「蜋」。當作「螂」。

「之衛」　「衛」，奎章閣本、明州本、贛州本、正德本、陳八郎本、尤刻本、胡刻本同。四庫本、叢刊本、九條本作「衞」。當作「衞」。

【彙注】

【李善注】善曰：綿冪，微貌。吕氏春秋，湯祝曰：蛛蝥作罔罟，今之人學之。蛛音株。蝥，莫侯反。莊子，蘧伯玉謂顔闔曰：汝不知夫螳螂乎？怒其臂以當車轍，不知其不勝任也。

【五臣注】蝥，莫侯反。銑曰：緜冪，微細也。言二國守戍之兵，如蛛蝥之網，觸而乃破。瑣，猶碎也。弱兵碎甲，何异螳螂之臂以當車轍，何足以爲衛。

【張鳳翼文選纂注】蝥，莫侯切。吕氏春秋，湯祝曰：蛛蝥作網罟，今之人學之。莊子，蘧伯玉謂顔闔曰：汝不知夫螳螂乎？怒其臂以當車轍，不知其不勝任也。綿冪，微細也。言二國守戍之兵，如蛛蝥之網，觸而易破。瑣，猶碎也。弱兵碎甲，何异螳螂之臂以當轍乎？

【王象乾文選删注】蝥，莫侯切。綿幂，微貌。

【杭世駿文選課虚】綿冪，微貌。

【余蕭客文選音義】衛叶，音見吴都賦。

【高步瀛文選李注義疏】張銑曰：瑣，猶碎也。○善注以綿冪爲雙聲連語，張銑注同。○呂氏春秋，見异用篇。今本「學之」作「學紓」。賈子新書諭誠篇曰：蛛蝥作網，今之人循緒。案：爾雅釋蟲曰：鼅鼄、鼄蝥。郭注曰：今江東呼蝃蝥。方言十一曰：自關而西，秦、晉之間謂之鼄蝥。自關而東，趙、魏之間，謂之鼅鼄。或謂之蠾蝓。蠾蝓者，侏儒語之轉也。郭注曰：齊人又呼社公，亦言罔工。○莊子，見人間世篇。

與先世而常然，雖信險而剿絶。揆既往之前迹，即將來之後轍。成都迄已傾覆，建業則亦顛沛。

【彙校】

「與先世」　「與」，明州本、贛州本、四庫本、叢刊本、陳八郎本、尤刻本、胡刻本、九條本同。奎章閣本、正德本作「𢌿」。當作「與」。「世」，奎章閣本、明州本、贛州本、四庫本、叢刊本、正德本、陳八郎本作「代」。尤刻本、胡刻本、九條本作「丗」。今從「世」。

■立群案：左傳昭公四年：君子謂合左師善守先代，子産善相小國。王充論衡感類：陰陽不和，灾變發起，或時先世遺咎，或時氣自然。是「先代」「先世」義通，且皆有文獻依據。今從「先世」。

「雖信險」　「雖」，奎章閣本、明州本、贛州本、四庫本、叢刊本、尤刻本、胡刻本、九條本同。正德本、陳八郎本作「雖」。當作「雖」。「險」，奎章閣本、明州本、贛州本、叢刊本、陳八郎本、尤刻本、胡刻本、九條本同。四庫本、正德本作「險」。當作「險」。

「揆既往」　「既」，奎章閣本、四庫本、正德本、陳八郎本同。明州本、贛州本、叢刊本、尤刻本、胡刻本、九條本作「旣」。當作「既」。「往」，贛州本、四庫本、叢刊本、陳八郎本、尤刻本、胡刻本、九條本同。奎章閣本、正德本作「徃」。九條本模糊不清。當作「往」。

「前迹」　「迹」，尤刻本、胡刻本同。奎章閣本、明州本、贛州本、四庫本、叢刊本、正德本、陳八郎本、九條本作「跡」。當作「迹」。

「即將來」　「將」，奎章閣本作「将」。明州本、贛州本、四庫本、叢刊本、陳八郎本、尤刻本、胡刻本、九條本作「將」。正德本作「将」。當作「將」。「來」，明州本、贛州本、四庫本、叢刊本、陳八郎本、尤刻本、胡刻本、九條本同。奎章閣本、正德本作「来」。當作「來」。

「成都迄已」　「已」，奎章閣本、正德本同。明州本、贛州本、四庫本、叢刊本、陳八郎本、尤刻本、胡刻本、九條本作「巳」。當作「已」。

「建業」　「建業」，奎章閣本、明州本、贛州本、四庫本、叢刊本、正德本、陳八郎本、九條本同。尤刻本、胡刻本作「建鄴」。今從「建業」。

■立群案：「建業」，三國時期孫吴都城。晉滅吴後，改名「建鄴」。今從「建業」。

「則亦顛沛」「顛」，奎章閣本、四庫本、正德本同。明州本、贛州本、叢刊本、陳八郎本、尤刻本、胡刻本、九條本作「顚」。當作「顛」。

【彙注】

【李善注】善曰：尚書曰：天用剿絶其命。剿，子小反。左傳，吕相絶秦曰：傾覆我社稷。論語曰：顛沛必於是。馬融曰：顛沛，僵仆也。

【五臣注】剿，子了反。向曰：先代，吴王夫差國滅，公孫述稱蜀帝而亡。雖各以恃險，皆剿絶。揆，度也。我度二國，則爲後轍，喪敗無日矣。翰曰：迄，竟也。成都，蜀都。建業，吴郡。言竟將顛覆。

【張鳳翼文選纂注】剿，子了切。迄，竟也。成都，蜀都。建業，吴都。

【孫志祖文選考异】建業則亦顛沛。「業」誤「鄴」。

【胡克家文選考异】建鄴則亦顛沛。袁本、茶陵本「鄴」作「業」，是也。案：此尤本誤也。前吴都賦注中亦有「業」作「鄴」者，故此不更出。

【許巽行文選筆記】剿絶。「剿絶」之「剿」從刀。説文作「劋」，子小切。書曰：天用劋絶其命。勦，勞也。春秋傳曰：安用勦民。從力，巢聲。子小切，又楚交切。嘉德案，説文無「剿」字。「剿」即「劋」也。凡「剿説」「剿絶」字，從刀，与「勦」義迥別。

【高步瀛文選李注義疏】五臣「代」作「世」。○尤本「業」作「鄴」，今依袁、茶二本。○禮記曲禮上鄭注曰：與，猶數也。言數計先世之事，常如是也。或謂與爲語助詞，亦通。王引之經傳釋詞卷一曰：與，語助也。僖二十三年左傳曰：夫有大功而無貴仕，其人能靖者與有幾？言能靖者有幾也。襄二十九年曰：是盟也，其與幾何？言其幾何也。孟子滕文公篇曰：不由其道而往者，與鑽穴隙之類也。

「與」字皆是語助，無意義也。○善注引尚書見甘誓。許巽行曰：「勦絶」之「勦」從刀。説文作「剿」，子小切。書曰：天用剿絶其命。勦，勞也。春秋傳曰：安用勦民。從力，巢聲。子小切，又楚交切。步瀛案：許説是也。今作「勦」者，蓋通借字。春秋傳，見左昭元年。○左傳，見成十三年。○論語，見里仁。集解引馬融注同。

顧非累卵於疊棋，焉至觀形而懷怛。

【彙校】

「顧非累卵」　「卵」，奎章閣本、四庫本同。明州本、贛州本、叢刊本、正德本、陳八郎本、尤刻本、胡刻本、九條本作「夘」。當作「卵」。

「於疊棋」　「於」，奎章閣本、明州本、贛州本、四庫本、叢刊本、陳八郎本、尤刻本、胡刻本、九條本同。正德本作「扵」。當作「於」。「疊」，奎章閣本、明州本、贛州本、四庫本、叢刊本、正德本、陳八郎本、尤刻本、胡刻本、九條本作「疊」。當作「叠」。「棋」，奎章閣本、明州本、贛州本、四庫本、叢刊本、正德本、陳八郎本、尤刻本、胡刻本、九條本作「棊」。當作「棋」。

「焉至觀形」「焉」，奎章閣本、明州本、贛州本、四庫本、叢刊本、陳八郎本、尤刻本、胡刻本、九條本同。正德本作「写」。當作「焉」。

「而懷怛」「懷」，明州本、贛州本、叢刊本、陳八郎本、尤刻本、胡刻本、九條本同。奎章閣本作「懐」。四庫本、正德本作「懐」。當作「懷」。「怛」，奎章閣本、贛州本、四庫本、叢刊本、正德本、陳八郎本、尤刻本、胡刻本、九條本同。明州本作「怚」。當作「怛」。

■**立群案**：善注引賈逵國語注曰：怛，懼也。五臣良曰：荀息累十二棊子，加九卵於上。晉平公曰：危哉。顧二國之危，若不同於此，何能觀其形而預懷惻怛。據注，是李善本、五臣本皆作「怛」。列子周穆王：知其所由然，則無所怛。張湛注：誠識所由，雖譎怪萬端，而心無所駭也。與善注同。史記白起王翦列傳：夫秦王怚而不信人。裴駰集解：怚，音粗。粗心、粗暴之義。與賦不合。當作「怛」。諸本多作「怛」，是也。明州本獨作「怚」者，疑形近而誤也。

【彙注】

【李善注】善曰：言其危懼易見，不俟觀形也。説苑曰：晉靈公造九層臺，孫息聞之，求見曰：臣能累十二博棋，加九鷄子其上。公曰：子作之。孫息以棋子置下，加九鷄子于其上。靈公曰：危哉！孫息曰：是不危，復有危於此者。九層之臺，三年不成，鄰國將欲興兵，社稷亡滅，君欲何望？公即壞臺。賈逵國語注曰：怛，懼也。

【五臣注】良曰：荀息累十二棋子，加九卵於上。晉平公曰：危哉。顧二國之危，若不同於此，何能觀其形而預懷惻怛。

【張鳳翼文選纂注】言其危懼易見，不俟觀形而知懼也。

【王象乾文選删注】言其危懼易見，不俟觀形也。怛，懼也。説苑曰：晉靈公造九層臺，孫息求見曰：臣能累十二博棊，加九鷄子其上。公曰：危哉！孫息曰：是不危，復有危於此者。九層之臺，三年不成，鄰國將欲興兵，社稷亡滅，君欲何望？公即壞臺。

【余蕭客文選音義】怛叶泰。

【高步瀛文選李注義疏】善注引説苑，今本佚此文。史記范雎傳正義引曰：晉靈公造九層之臺，費用千金。謂左右曰：敢有諫者斬。荀息聞之，上書求見。靈公張弩持矢見之。曰：臣不敢諫也。臣能累十二博棋，加九鷄子其上。公曰：子爲寡人作之。荀息正顔色，定志意，以棋子置下，加九鷄子其上。左右懼慴息，靈公氣息不續。公曰：危哉，危哉！荀息曰：此殆不危也。復有危於此者。公曰：願見之。荀息曰：九層之臺，三年不成。男不耕，女不織，國用空虛，鄰國謀議將興，社稷亡滅，君欲何望？靈公曰：寡人之過也，乃至於此。即壞九層臺也。後漢書呂布傳注作「孫息」，文字亦小异。又白帖三、藝文類聚人部八及巧藝部、御覽人事部九十七、工藝部十一引，互有异同，御覽居處部五引徑作史記，誤。○國語無「怛」字。周語下：是以爲之日惕。韋昭注：惕，懼也。汪遠孫國語三君注輯存曰：疑韋本作「惕」，賈本作「怛」。

權假日以餘榮，比朝華而菴藹。覽麥秀與黍離，可作謡於吴會。

【彙校】

「而菴藹」　「菴」，明州本、贛州本、胡刻本同。奎章閣本、四庫本、叢刊本、正德本、陳八郎本、尤刻本、九條本作「菴」。當作「菴」。

「覽麥秀」　「覽」，明州本、贛州本、四庫本、叢刊本、正德本、尤刻本、胡刻本、九條本同。奎章閣本、陳八郎本作「覧」。當作「覽」。

「與黍離」　「與」，明州本、贛州本、四庫本、叢刊本、陳八郎本、尤刻本、胡刻本、九條本同。奎章閣本、正德本作「與」。當作「與」。「黍」，明州本、贛州本、四庫本、正德本、陳八郎本、胡刻本同。奎章閣本、叢刊本、尤刻本、九條本作「黍」。當作「黍」。

「於吴會」　「於」，奎章閣本、明州本、贛州本、四庫本、叢刊本、陳八郎本、尤刻本、胡刻本、九條本同。正德本作「扵」。當作「於」。「吴」，明州本、贛州本、正德本、陳八郎本、尤刻本、胡刻本、九條本同。奎章閣本、四庫本、叢刊本作「呉」。當作「吴」。「會」，奎章閣本、明州本、贛州本、四庫本、叢刊本、正德本、陳八郎本、尤刻本、胡刻本、九條本作「會」。當作「會」。

【彙注】

【李善注】菴音奄。善曰：權，猶苟且也。楚辭曰：聊假日以須時。説文曰：木堇，朝華暮落。善曰：尚書大傳曰：微子將相朝周，過殷之墟，見麥秀之蔪蔪，曰：此父母之國，宗廟社稷所立也。志動心悲，欲哭則爲朝周，俯泣則婦人推而廣之，作雅聲。毛詩序曰：黍離，閔宗周。大夫行役，過故宗廟宮室，盡爲禾黍，而作是詩。

【五臣注】菴音奄。濟曰：權，猶苟且也。言二國之君，若日在桑榆，猶苟且假其餘光。如木槿之朝出菴藹，然至暮而落。銑曰：微子朝周，過殷墟，悲而歌曰：麥秀蔪蔪兮，黍稷離離兮。言吴之將亡，後必有如此歌謡也。二國獨言吴會者，舉一足以明蜀矣。

【張鳳翼文選纂注】菴音奄。權，猶苟且也。言二國之君，若日在桑榆，猶苟且假其餘光。又如木槿之朝出菴藹，不知至暮而落也。微子朝周，過殷墟，悲而歌：麥秀蔪蔪，黍稷離離。言吴之將亡，後必有如此歌謡也。二國而獨言吴會者，舉一以明蜀也。

【王象乾文選删注】菴音奄。權，猶苟且也。木堇，朝華暮落。尚書大傳曰：微子過殷墟，見麥秀之蔪蔪。志動心悲，欲哭則爲朝周，俯泣則婦人推而廣之，作雅聲。詩序曰：黍離，閔宗廟也。

【何焯義門讀書記】「權假日以餘榮」至「可作謡於吴會」。四句以吴後亡，言吴雖假日餘榮，終於黍離麥秀也。

【余蕭客文選音義】菴舊音奄。

【杭世駿文選課虚】菴藹，又作闇萬。高唐賦：徙靡澹淡，隨波闇藹。

【孫志祖文選李注補正】權假日以餘榮。注：權猶苟且也。○正曰：權謂孫權。何云：四句以吴後亡言。雖假日餘榮，終于黍離麥秀也。

【張雲璈選學膠言】權假日以餘榮，比朝華而菴藹。李注：權，苟且也。孫侍御云：權，孫權也。何義門云：四句以吴後亡言。雖假日餘榮，終于黍離麥秀也。雲璈按，主客辨難之時，無緣直斥其主名之理。雖假托之辭，於文體非是。似當依注作苟且解。

可作謡於吴會。日知録云：宋施宿會稽志云：三國志吴郡、會稽爲吴、會二郡。張紘謂：收兵吴、會，則荆、揚可一。孫賁傳云：策已平吴、會二郡。朱桓傳云：使部伍吴、會二郡。全琮傳云：分丹楊、吴、會三郡險地爲東安郡。是也。前輩讀爲「都會」之「會」，殆未是。錢康功曰：今平江府署之南名吴會坊。漢書吴王濞傳：上患吴、會輕悍。今史記、漢書并作「患吴、會稽」，不知順帝時始分二郡，漢初安得言吴、會稽？當是錢所見本未誤，後人妄增之。魏文帝詩：吹我東南行，行行至吴會。陳思王求自試表云：撫劍東顧，而心已馳於吴會矣。晋文王與孫皓書云：惠矜吴會，施及中土。魏晋文王九錫文曰：埽平區宇，信威吴會。阮籍爲鄭冲勸晋王牋曰：朝服濟、江，埽除吴會。陳壽上諸葛亮集云：身使孫權，求援吴會。羊祜上疏云：西平巴蜀，南和吴會。荀勖食舉樂，東西廂歌曰：既禽庸蜀，吴會是賓。左思魏都賦：可作謡與吴會。武帝問劉毅曰：吾平吴會，一同天下。石崇奏惠帝曰：吴會僭逆幾於百年。石勒表王浚曰：晋祚淪夷，遠播吴會。慕容廆謂高瞻曰：翦鯨豕于二京，迎天子於吴會。丁琪諫張祚曰：先公累執忠節，遠宗吴會。此不得以爲「會稽」之「會」也。蓋漢初原有此名，如吴都云爾。若孫賁、朱桓傳，則後人之文偶合此二字，不可以證吴王濞傳也。雲璈按，西漢時，會稽郡治本在吴縣。時以郡縣連稱，故云吴會耳。如朱買臣本吴人，出爲會稽太守，即其鄉郡。是西漢時已讀會爲「會稽」之「會」，不當盡作都會也。

【胡克家文選考异】注「微子將□朝周」。袁本、茶陵本空格作「相」。案：此與二本同衍而脩去之也。

【朱珔文選集釋】可作謠於吴會。案，日知録云：宋施宿會稽志言：三國志孫賁朱桓傳皆稱吴、會二郡。前輩讀爲「都會」之「會」，未是。錢康功曰：漢書吴王濞傳：上患吴會輕悍。今史記、漢書并作「患吴、會稽」，不知順帝時始分二郡，漢初安得言吴、會稽？當是錢氏所見本未誤，後人妄增之。蓋吴會，漢初原有此名，如吴都云爾。至孫賁、朱桓傳則後人之文偶合此二字，不可以證吴王濞傳也。中間博引諸書并及此賦，謂義皆如此。余謂，史記貨殖傳云：都國諸侯所聚會。故下文屢言都會，則吴都之稱吴會，固無不可。但顧氏説亦未然。考秦時三十六郡，雖無吴郡之名，而漢書高帝紀以故東陽郡、鄣郡、吴郡五十三縣立荆王。又灌嬰傳云：攻吴郡長吴下，得吴守。明漢初已稱吴郡。錢氏考异以爲楚、漢之間所分置，是也。前漢志吴仍屬會稽，蓋景帝三年，濞反，國亡，復秦制爲會稽郡，在高帝以後，而東漢順帝始又分置耳。然則吴王濞傳之云吴、會稽，非誤。顧氏所引錢康功一人之論，宜不足憑。觀魏文帝雜詩，上云「適與飄風會」，下即云「行行至吴會」，不應相連重韵，可見吴會自以吴、會稽并言。至王氏鳴盛十七史商搉引孟浩然適越留别譙縣張主簿申屠少府詩「得與故人會」，下云「浮雲在吴會」，兩字分叶。是不知魏文帝詩已在前也。王又云：晋、唐人言吴會，皆謂吴與會稽。則非。東漢以前即如此。是又不知吴王濞傳已言吴，會稽也。〇又案，納蘭氏成德渌水亭雜識云：諸葛孔明論荆州形勢云：東連吴會。東漢蔡邕傳云：寄命江海，遠迹吴會。謝承後漢書施延傳云：吴會未分。吴張纮謂：收兵吴、會，則荆、揚可一。王羲之爲會稽内史時，朝廷賦役繁重，吴會尤甚。石崇論伐吴之功曰：吴會僭逆。則斥言孫氏。莊子釋文：浙江今在餘杭郡，後漢以爲吴會分界，今在會稽錢塘。又宋褚伯玉，吴郡錢塘人，隱居剡山。齊太祖即位，詔吴、會二郡，以禮迎遣。六朝亦有下吴、會二郡造船若干者。此類甚多，皆以吴會爲吴越。或疑會稽二字可獨稱會乎？考宋元嘉時，以揚州、浙西屬司隸校尉，而分浙江五郡爲會州。晋、宋間亦以會稽爲會土，故謝靈運有會吟行。此單稱會之徵也。余謂，諸所引皆東漢以後事。中如石崇以吴會斥孫氏，則即爲吴之都會之稱，正亦可通。至郡縣兩字者，單舉一字，後世省文習有之，又不獨會稽也。因其證據甚博，故附著之。

【梁章鉅文選旁證】比朝華而菴靄。「菴」當作「闇」。高唐賦：隨波闇藹。然蜀都賦：茂八區而菴靄焉。亦作「菴」。楊氏慎曰：説文無「菴」字，「庵」彌俗也。

【吕錦文文選古字通補訓】比朝華而菴靄。錦文案，「庵」與「晻」通。説文云：晻，不明也。廣雅：晻晻，暗也。廣韵「晻」下云：晻藹，暗也，冥也。甘泉賦：儐暗藹兮降清壇。思元賦：臨舊鄉之暗藹。羽獵賦：登降闇藹。皆通用之證。王子淵四子講德論：鄙人黯淺。注：黯，不明也。説文：果實黯黯黑也。荀子强國篇注：黯然，黑色，猶闇然也。「黯」與「菴」義同。藉田賦「雲罕晻藹」，即菴藹也。

【高步瀛文選李注義疏】吕錦文曰：「菴」與「晻」通。説文云：晻，不明也。廣雅釋訓曰：晻晻，暗也。廣韵四十八感晻下云：晻藹，暗也，冥也。甘泉賦：儐暗藹兮降清壇。思玄賦：臨舊鄉之暗藹。羽獵賦：登降闇靄。皆通用之證。王子淵四子講德論：鄙人黯淺。注：黯，不明也。説文：果實黯黯黑也。荀子强國篇注：黯然，黑色，猶闇然也。「黯」與「菴」義同。藉田賦「雲罕晻藹」，即菴藹也。○善注釋權爲苟且，吕延濟同。孫志祖曰：「權」謂孫權。張雲璈曰：按主客辨難之時，無緣直斥其主名之理。雖假托之辭，於文體非是。似當依注作苟且解。○楚辭，見九章思美人。○説文，見草部蘙字下。

范成大吴郡志卷四十八曰：世多稱吴門爲吴會，意謂吴爲東南一都會也。自唐以來已然。此殊未穩。今客館有吴會亭，尤誤。天下都會之處多矣，未有以其地名冠于會之一字而稱之者。吴，本秦會稽郡，後漢分爲吴、會稽二郡。後世指二淛之地通稱吴會，謂吴與會稽也。諸葛亮曰：荆州北據漢、沔，西通巴、蜀，南連吴、會。謂北則漢與沔，西則巴與蜀，南則吴與會，皆指兩地爲説。南連吴、會，通言二淛江南之形勢，豈謂荆州獨連吴門一郡乎？莊子釋文淛江，注云：浙江，今在餘杭郡。後漢以爲吴、會分界，今在會稽錢塘。其云分界，則言兩地尤明。褚伯玉，吴郡錢塘人，隱居剡山。齊太祖即位，手詔吴、會二郡以禮迎遣。此證尤切。施宿嘉泰會稽志卷一曰：三國志謂吴郡、會稽爲吴、會二郡。張紘謂收兵吴、會，則荆、揚可一。孫賁傳云：策已平吴、會二郡。朱桓傳云：使部伍吴、會二郡。全琮傳云：分丹陽、吴、會三郡險地爲東安郡。是也。前輩讀爲都會之會，殆未是。王應麟困學紀聞卷十八曰：吴、會，謂吴、會稽二郡也。魏文帝雜詩：適與飄風會。又曰：行行至吴會。錢康功植杖閑談曰：平江府州署之南，名吴會坊。按蔡邕傳：亡命江海，遠迹吴、會。注引會稽高遷亭椽爲笛事。又諸葛孔明説荆州形勢曰：東連吴、會。王羲之爲會稽内史，時賦役繁重，吴、會尤甚。石崇論伐吴之功曰：吴、會僭逆，指言孫氏。則吴、會當是吴郡與會稽，不獨爲姑蘇。今坊名吴會，未知何據而然？前漢吴王濞傳：上患吴、會輕悍，即吴、會也。此皆以吴、會爲吴、會稽二郡之總稱也。通鑑卷十七漢紀：建安二十年，觀兵於吴、會。胡三省注曰：吴會，謂吴地爲一都會。會讀如字。一説，吴、會，謂吴、會稽二郡之地。會音工外翻。顧炎武日知録卷十八引錢康功説，而辨之曰：今本史記、漢書并作上患吴、會稽，不知順帝時始分二郡。漢初安得言吴、會稽？當是錢所見本未誤，後人妄增之。魏文帝詩：吹我東南行，行行至吳會。陳思王求自試表曰：撫劍東顧，而心已馳於吳會矣。晉文王與孫皓書曰：惠矜吳會，施及中土。魏元帝加晉文王九錫文曰：埽平區宇，信威吳會。阮籍爲鄭沖勸晉王箋曰：朝服濟、江，埽除吳會。陳壽上諸葛亮集曰：身使孫權，求援吳會。羊祜上疏曰：西平巴、蜀，南和吳會。荀勖食舉樂東西廂歌曰：既禽庸蜀，吳會是賓。左思魏都賦曰：覽麥秀與黍離，可作謡於吳會。武帝問劉毅曰：吾平吳、會，一同天下。石崇奏惠帝曰：吳會僭逆，幾於百年。石勒表王浚曰：晉祚淪夷，遠播吳會。慕容廆謂高瞻曰：翦鯨豕於二京，迎天子於吳會。丁琪諫張祚曰：先公累執忠節，遠宗吳會。此不得以爲會稽之會也。蓋漢初元有此名，如曰「吳都」云爾。若孫賁朱桓傳，則後人之文偶合此二字，不可以證吳王濞傳也。錢大昕通鑑注辯正卷一曰：據吳郡、會稽二志，則吳、會爲兩郡名，信而有徵。近儒又引漢書吳王濞傳上患吳、會輕悍，以爲漢初元有此名，如曰吳都云爾。然今本史記、漢書「吳會」下本有「稽」字，且漢初本有吳郡。灌嬰傳渡江破吳郡，長吳下，得吳守，遂定吳、豫章、會稽郡。吳、豫章，皆不在秦三十六郡之數，當是項氏所置。即使濞傳云吳、會，亦是兩郡名之證，豈取都會之義乎？王鳴盛十七史商榷卷四十二曰：三國志朱桓傳：桓爲盪寇校尉，授兵二千人，使部伍吳、會二郡。此謂吳與會稽也。孫韶傳注：孫河從策，平定吳、會。亦謂二郡。今人竟以爲吳中之稱，「會」字如字讀，不讀若「膾」，援唐王勃滕王閣序指吳會於雲間爲證，皆非也。趙翼陔餘叢考卷二十一曰：西漢前，會稽郡治本在吳縣。項梁殺會稽守，舉吳中兵渡江而西。守所治在吳，故殺守即起吳兵。朱買臣本吳人，出爲會稽守，即其鄉郡也。時俗以郡縣連稱，故云吳會。東漢分吳與會稽爲兩郡，故三國志所謂吳、會，皆指兩郡言。如孫策傳：策自領會稽太守，以朱治爲吳郡太守。孫賁傳：策已平吳、會二郡。朱桓傳：權授桓兵，使部伍吳、會二郡，是也。梁玉繩史記志疑卷三十三曰：漢書高紀，六年，以故東陽郡、鄣郡、吳郡五十三縣立劉賈爲荆王。又功臣表：傅陽侯周聚，以定吴郡封。灌嬰傳：破吴郡，長吴下，遂定吴、豫章、會稽郡。是會稽之外，有吴郡矣。張雲璈曰：西漢時，會稽郡治本在吴縣。時以郡縣連稱，故云吴會耳。如朱買臣本吴人，出爲會稽太守，即其鄉郡。是西漢時已讀會爲會稽之會，不當盡作都會也。朱珔曰：史記貨殖傳云：都國諸侯所聚會。故下文屢言都會，則吴都之稱吴會，固無不可。但顧氏説亦未然。考秦時三十六郡，雖無吴郡之名，而漢書高帝紀以故東陽郡、鄣郡、吴郡五十三縣立荆王。又灌嬰傳云：攻吴郡，長吴下，得吴守。明漢初已稱吴郡。錢氏考异以爲楚、漢之間所分置，是也。前漢志吴仍屬會稽，蓋景帝三年，濞反，國亡，復秦制爲會稽郡，在高帝以後，而東漢順帝始又分置耳。然則吴王濞傳之云吴、會稽，非誤。魏文帝雜詩不應相連重韵，可見吴、會自以吴、會稽并言。又納蘭氏成德渌水亭雜識云：或疑會稽二字可獨稱會乎？考宋元嘉時，以揚州浙西屬司隸校尉，而分浙東五郡爲會州。晋、宋間亦以會稽爲會土，故謝靈運有會吟行，此單稱會之徵。余謂郡、縣兩字者，單舉一字，後世省文習有之，又不獨會稽也。步瀛案：吴、會稽總稱吴會，猶巴蜀二郡之稱巴蜀耳。○尚書大傳，本書思舊賦注、辨亡論下注、宣德皇后令注皆引之。又見學齋呫嗶卷二引，見上注。史記宋微子世家以爲箕子之歌。史記淮南王安傳：伍被曰：微子過故國而悲。漢書伍被傳同。與大傳合。○袁、茶二本「朝周」上有「相」字，尤本删作空格。○毛詩序，節引黍離序。○何義門曰：四句以吴後亡，言吴雖假日餘榮，終于黍離麥秀也。○勢、衛、絶、轍、沛、藹、會，古音祭部。怛，元部轉祭部。○以上斥吴、蜀之恃險終亡。

先生之言未卒，吳蜀二客，矍然相顧，瞻焉失所。有靦瞢容，神惢形茹。弛氣離坐，怏墨而謝。

【彙校】

「未卒」「卒」，奎章閣本、明州本、贛州本、四庫本、叢刊本、陳八郎本、尤刻本、胡刻本、九條本同。正德本作「卆」。當作「卒」。

「吳蜀二客」「吳」，明州本、贛州本、正德本、陳八郎本、尤刻本、胡刻本、九條本同。四庫本作「吴」。奎章閣本、叢刊本作「呉」。當作「吳」。

「瞻焉失所」「焉」，明州本、贛州本、四庫本、叢刊本、陳八郎本、尤刻本、胡刻本、九條本同。奎章閣本、正德本作「焉」。當作「焉」。「所」，四庫本同。奎章閣本、正德本作「所」。明州本、贛州本、叢刊本、陳八郎本、尤刻本、胡刻本、九條本作「所」。當作「所」。

「有靦瞢容」「靦」，奎章閣本、叢刊本、正德本、胡刻本、九條本同。明州本、贛州本、四庫本、陳八郎本、尤刻本作「䩄」。當作「靦」。「瞢」，贛州本、四庫本、叢刊本、尤刻本、胡刻本、九條本同。奎章閣本、明州本、正德本、陳八郎本作「懵」。當作「瞢」。

■立群案：劉逵曰：瞢，愧也。左傳曰：亦無瞢焉。五臣向曰：懵，愧也。是劉逵本作「瞢」、五臣本作「懵」，皆釋爲「愧」。國語晉語三：臣得其志，而使君瞢，是犯也。韋昭注：瞢，慚也。段玉裁説文解字注：瞢，左傳：亦無瞢焉。小爾雅：瞢，慚也。此引伸之義。而「懵」者，説文所無，玉篇曰：懵，牟孔切。心亂心迷也。「懵」無「愧」義。故當作「瞢」。

「神惢形茹」「神」，奎章閣本、明州本、贛州本、四庫本、叢刊本、陳八郎本、尤刻本、胡刻本、九條本同。正德本作「神」。當作「神」。「惢」，尤刻本、胡刻本同。奎章閣本、明州本、贛州本、四庫本、叢刊本、正德本、陳八郎本、九條本作「蘂」。今從「惢」。

■**立群案**：胡紹煐文選箋證：神蘂形茹。注善曰：字書：蘂，垂也。惢，與蘂同。説文曰：惢，心疑也。吕氏春秋曰：以茹魚驅蠅，蠅愈至而不可禁。然茹，臭敗之義。按：惢，當爲「歰」字之誤也。説文「歰，不滑也」，此謂神歰而滑也。「歰」亦作「歮」，因訛而爲「惢」。如香菜之「蘂」，一訛而爲「蕊」，再訛而爲「蘂」矣。注未見此。説文：菸，鬱也。一曰殘也。九辯：葉菸邑而無色。「茹」與「菸」同，「鬱」與「殘」義亦相足。凡心有鬱邑則顔色憔悴，故曰形茹矣。高步瀛文選李注義疏：案：枕泉此説，亦無他證，故録存之，以備一説。今暫從「惢」。

「弛氣離坐」「弛」，四庫本、正德本同。奎章閣本、明州本、贛州本、叢刊本、陳八郎本、尤刻本、胡刻本、九條本作「㢮」。今從「弛」。

■**立群案**：康熙字典：「㢮」，集韵與「弛」同。今從「弛」。

「怏墨而謝」「墨」，奎章閣本、明州本、贛州本、四庫本、叢刊本、正德本、尤刻本、胡刻本、九條本作「墨」。陳八郎本作「墨」。當作「墨」。

【彙注】

【李善注】劉曰：矆，懼也。左傳曰：駟氏矆懼。毛詩曰：有靦面目。瞢，愧也。左傳曰：亦無瞢焉。揚雄方言曰：慚也，荆揚之間曰㥏。善曰：張以愯，先壠反。今并爲矆。矆，大視，呼縛反。說文曰：䁤，失意視。他狄反。字書曰：蘂，垂也，謂垂下也。惢與蘂同，而髓切。說文曰：惢，心疑也。亦而髓反。吕氏春秋曰：以茹魚驅蠅，蠅愈至而不可禁。然茹，臭敗之義也。如舉反。廣雅曰：弛，釋也。施紙反。㥏，敕典反。杜預左氏傳注曰：墨，色下也。說文曰：謝，辭也。

【五臣注】矆音钁。䁤，天力反。靦，土典反。慒，莫贈反。蘂，如棰反。茹音如。㥏，土典反。向曰：矆然，驚也。䁤焉，失意貌。靦，面慚貌。慒，愧也。形屈曰蘂，物之自死曰茹。言心死也。翰曰：弛，解也。言向者形容拘束，敬聽先生之言，愧懼踧踖，乃解舒其氣，離於坐所。㥏墨，面色變墨而慚也。

【張鳳翼文選纂注】䁤，天力切。靦，他典切。慒，莫贈反。蕊，如棰切。茹音汝。㥏，上典切。矆，大視也。呼縛反。䁤焉，失意貌。靦，面慚貌。慒，愧也。形屈曰蕊。物之自死曰茹。言心死也。弛，解也。狀其聞言而屈伏也。

【王象乾文選删注】矆音钁。䁤，天力反。靦，他典切。慒，莫贈反。㥏，上典切。䁤，失意視。蘂，垂也，心疑也。茹，臭敗之義。弛，釋也。墨，色下也。

【陳景雲文選舉正】吳、蜀二客，矆馬相顧。「矆」當作「愯」，注同。韓文公順宗實録中有「朝中愯懼」語，祝充注引左傳「駟氏懼懼」以釋之。此賦注與今本左傳作「聳」不同，并釋文所未采也。按，春秋傳曰：駟氏愯。見說文。又注「而禮切」，舊本作「而髓反」，無下「亦而髓反」四字爲是。

【杭世駿文選課虚】矆，大視。呼縛反。䁤，失意視。他狄反。瞢，媿也。惢，垂也。謂垂下也。與蘂同，而體切。説文：惢，心疑也。茹，臭敗之義。如舉反。呂氏春秋：以茹魚驅蠅。方言曰：慚，荆、揚之間曰㥏。弛，釋也。施豸反。㥏，敕典反。杜注左傳：墨，色下也。

【余蕭客文選音義】矆舊音鑊。善本矆作㦜，注：先壠反。謝字典：謝，徐去聲。䁯唐韻：䀐音剔。正字通：䁯，䀐字之訛。瞢默，平聲。惢善注與「蘂」同。㥏方言注：㥏音典。翰曰：面色變墨而慚也。

【余蕭客文選紀聞】矆鑊。類林十六。䁯廣韻五、集韻十卷䀐并音剔。注曰：失意視也。無䁯字。善注引説文曰：䁯，失意視。音義皆同，文選傳刻失真，恐當以廣韻、集韻爲正。惢説文十下讀瑣。元包經傳注四音。㥏腆。方言注六。

【張雲璈選學膠言】吴、蜀二客，矆焉相顧，䁯焉失所。胡中丞校云：張注：㦜，懼也。左傳曰：駟氏㦜。今各本作「駟氏㦜懼」，誤甚。李注：張以㦜先隴反，今本并爲矆。矆，大視。呼縛反。雲璈按，今左傳昭十九年作「駟氏聳」，惟説文引左作「駟氏㦜」。張蓋據説文爲説。或當日所見本如是耳。集韻二腫載「㥥」「㦜」「悚」三形，「㦜」字即本此。䁯，注云：説文曰：䁯，失意視。胡中丞云：「䁯」當作「䀐」。所引説文目部文依此。五臣向注字作「䁯」。茶陵、延之因正文之誤，并改此注，甚非。

【胡克家文選考异】矆焉相顧。陳云「矆」當作「㦜」，注同。案：所説是也。袁本、茶陵本云善作「㦜」。載注「春秋傳曰駟氏㦜」，各本作「駟氏矆懼」，甚誤。説文心部「㥥」下引左氏「駟氏㥥」，集韻二腫載「㥥」「㦜」「悚」三形，「㦜」字即本此，可爲證也。尤以五臣亂善，非。又二本載注云云，亦誤與此同，於其校語不相應，甚非，不更出。

䁯焉失所。案：「䁯」當作「䀐」。善「䀐」、五臣「䁯」，各本皆以五臣亂善也。説見下。

注「説文䁯失意視」。袁本「䁯」作「䀐」，茶陵本亦作「䁯」。案：「䀐」字最是也。所引目部文依此，是善自作「䁘」。袁、茶陵二本所載五臣向注字乃作「⿰目條」。茶陵、尤因正文之誤，并改此注，甚非。

注「而髓切」。袁本、茶陵本「而」上有「并」字，是也。

注「説文曰惢心疑也亦而髓反」。袁本、茶陵本無此十一字。

【許巽行文選筆記】⿰目條焉。注：説文：⿰目條，失意視也。代狄反。案，今説文：䁘，失意視也。從目，脩聲。又注：矆，懼也。左傳曰：駟氏矆懼。此亦妄人所改也。善曰：張以⿰忄雙，先壠反。今本并爲「矆」。然張本爲「⿰忄雙」，今本爲「矆」，音義各殊。今牽合爲一，遂并改左傳之文，其謬甚矣。玩李氏云「矆，大視」也者，蓋以證非「⿰忄雙懼」之意，而明今本作「矆」，訛耳。張引左傳作「⿰忄雙」。説文引左傳作「愯」，從心雙省聲。今本左傳作「聳」。西京賦又作「慫」。此又古今字之别也。嘉德案，袁本作「䁘」，与今本説文合。而段説文據此注，改「䁘」爲「⿰目條」。又茶陵本云：善作「⿰忄雙」。是張、李并爲「⿰忄雙」，五臣乃作「矆」。

【朱珔文選集釋】矆焉相顧。張注云：矆，懼也。左傳曰：駟氏矆懼。善曰：張以⿰忄雙，先壠反。今本并爲矆。矆，大視。呼縛反。案，如李氏説，則張注作「⿰忄雙」，蓋本之説文。説文：愯，懼也。從心，雙省聲。引此傳亦作「愯」。傳文見昭公十九年。今本作「聳」。段氏謂後人所易也。又昭六年傳：聳之以行。漢書刑法志引作「愯」。晋灼曰：古「悚」字。「愯」本從「雙」省，漢書「雙」不省耳。余謂「愯」與「竦」音義皆近，故「愯」亦作「竦」。説文：竦，敬也。敬則懼。詩長發：不戁不竦。毛傳：竦，懼也。家語弟子行用詩語不戁不悚，注亦云：悚懼則通作「悚」。本書長楊賦：整輿竦戎。注云：「竦」與「聳」古字通。是又通作「聳」。方言：聳，悚也。集韵：「悚」與「⿰忄雙」「⿰忄雙」同。一切經音義：「聳」，古文「竦」「⿰忄雙」「慫」三形。然則「悚」者，「愯」之或體。「聳」者，「悚」之借字也。此處作「矆」，當因涉次句「䀫」字從目而誤。注中下「懼」字衍。

䀫焉失所。善注引説文曰：䀫，失意視。他狄反。案，「䀫」字，今説文作「⿰目脩」。段氏謂：䀫，音他狄反，猶「滌」之切亭歷，皆於「條」取聲。「脩」聲不得切他狄也。訛爲「⿰目脩」，乃溷同「⿱攸目」字。而篇、韵皆曰「敕周切」矣。當依此作「䀫」。余謂條、脩并從攸聲，音形俱相近，故「䀫」或爲「⿰目脩」。胡氏考异依今本説文謂「䀫」當作「⿰目脩」，與段説正相反。集韵二十三錫出「⿰目脩」字，而仍從「他歷切」之音，下文有蓧，草名，蓨也。則以「條」「脩」二字互通耳。

神惢形茹。善注云：字書曰：蕊，垂也。謂垂下也。「惢」與「蕊」同。説文曰：惢，心疑也。案，説文「惢」爲部首，從三心，讀若易「旅瑣瑣」。段氏謂今人以疑爲多心，是也。下出「繠」字云：垂也。則垂下之義，當作繠，亦見後藉田賦。説文别無從草之蕊，而從三止者尤爲俗譌。注兼引，非。○注又云：吕氏春秋曰：以茹魚驅蠅，蠅愈至而不可禁。茹，臭敗之義也。案，臭敗之訓在此殊過，當宜從王逸注離騷以茹爲柔愞方合。注亦失之。「茹」可訓「柔」者，蓋以爲「濡」之同音借字也。

【梁章鉅文選旁證】矆焉相顧。陳曰：「矆」當作「⿰忄蒦」，是也。按李注明言「張以⿰忄蒦，先隴反」。今本并爲「矆」也。五臣作「矆」，向注可證。

䀫焉失所。注説文曰：䀫，失意視。六臣本「䀫」作「⿰目修」，是也。今説文目部正作「⿰目修」，從目，修聲。繫傳引此語亦作「⿰目修」，而向注作「䀫焉，失意貌」。則五臣作「䀫」耳。惠氏棟曰：修、條二字，皆從收得聲。漢書恩澤侯表序：修侯犯色。師古曰：修讀曰條，是二字古多通用。今説文與李引未可是非，宜兩存之。

注春秋傳曰：駟氏⿰忄蒦懼。胡公考异曰：當作「駟氏⿰忄蒦」。説文心部「⿰忄蒦」下引左氏「駟氏⿰忄蒦」，集韵二腫載「愯」「⿰忄雙」「悚」三形，「⿰忄雙」字即本此。顧氏千里曰：案此字張雙聲不省，與漢書刑法志「⿰忄雙之以刑」，用字正同。亦雙聲不省。六臣本校語皆云善本作「⿰忄雙」，是張相傳作「⿰忄雙」無疑也。其許氏作「愯」而雙省聲者，非張所用，注中不引説文，即其明證矣。集韵分載愯、⿰忄雙，未并而一之，最是。姜氏皋曰：説文：愯，懼也。從心，雙省聲。春秋傳曰：駟氏愯。從雙，省聲。是與「竦」字音義相近。且左氏昭十九年傳本作「駟氏聳」。釋文：聳，息勇反，懼也。是聳、愯二字本同。又左氏昭六年傳「聳之以刑」。漢刑法志引作「⿰忄雙之以刑」。晉灼曰：⿰忄雙，古「竦」字，是愯、⿰忄雙之皆同於聳。注多一「懼」字，當因左氏傳「駟氏懼」句而衍耳。

注廣雅曰：弛，釋也。今廣雅無此三字。周禮大司樂：令弛縣。鄭注云：弛，釋下之。

注説文曰：謝，辭也。今説文：謝，辭去也。

【胡紹煐文選箋證】矆焉相顧。注張載曰：矆，懼也。春秋傳：駟氏矆懼。善曰：張以⿰忄雙，先瓏反。今本并爲矆。矆，大也。呼縛反。按：如善注則張本作「⿰忄雙」，引春秋傳同，今昭十九年傳作「聳」。又昭六年傳「聳之刑」，漢書刑法志作「⿰忄雙」。「⿰忄雙」「聳」古今字。説文：⿰忄雙，懼也。從心雙，省聲。春秋傳曰「駟氏愯」。從雙省聲。則讀若「聳」矣。左昭十九年傳釋文「聳，息勇反」，是「愯」同「聳」。今本作「矆」，讀呼反。則音義俱非矣。

⿰目條焉失所。注善曰：説文曰：⿰目條，失意視也。今説文作「⿰目修」，繫傳引此賦亦作「⿰目修」。玉篇、廣韵并作「⿰目修」。段氏説文注改「⿰目修」爲「⿰目條」，云「⿰目條，音他狄反，猶滌之切亭曆，皆於條取聲。修聲不得切他狄也」。紹煐按：玉篇「⿰目修，敕周、他狄二切」，廣韵十八尤、二十三錫皆有「⿰目修」字。

有靦懵容。注張載曰：詩曰：有靦面目。瞢，愧也。左傳曰：亦無瞢焉。方言曰：惏，慚也，荆陽之曰怏。按：靦，面目貌。小雅何人斯傳：靦，姑也。李巡、孫炎注爾雅并云：靦，人面姡也。説文：靦，面見也。詩曰：有靦面目，或從䩄。玉篇「䩄」引埤倉「姡也」。越語「餘雖靦人面哉」。韋注：靦然，面目之貌。後漢書樂成靖王黨傳「安帝詔曰：萇有靦面目，而放逸其心」，義同。懵容，惝恍之狀。衆經音義引三倉「懵，不明」是也。此言惝恍之見於面者，下「怏墨」乃云耳。

神蘂形茹。注善曰：字書：蘂，垂也。惢，與蘂同。説文曰：惢，心疑也。吕氏春秋曰：以茹魚驅蠅，蠅愈至而不可禁。然茹，臭敗之義。按：惢，當爲「翜」字之誤也。説文「翜，不滑也」，此謂神翜而滑也。「翜」亦作「歮」，因訛而爲「惢」。如香菜之「蕋」，一訛而爲「蕊」，再訛而爲「蕋」矣。注未見此。説文：菸，鬱也。一曰婑也。九辯：葉菸邑而無色。「茹」與「菸」同，「鬱」與「婑」義亦相足。凡心有鬱邑則顔色憔悴，故曰形茹矣。

【徐攀鳳選注規李】𢥞焉相顧「𢥞」，刻本訛戄。注：左傳曰：駟氏𢥞。案，今左氏作「聳」，説文引左作「𢥞」。

【高步瀛文選李注義疏】「𢥞」，諸本皆作「矍」。胡克家曰：陳云：「矍」當作「𢥞」，注同。案：所説是也。袁本、茶陵本云善作「𢥞」，載注春秋傳曰：駟氏𢥞。各本作「駟氏懼懼」，甚誤。説文心部愯下引左氏駟氏愯。集韵二腫載「愯」「𢥞」「悚」三形。「𢥞」字即本此，可爲證也。朱珔曰：説文：愯，懼也。從心，雙省聲，引此傳亦作「愯」。傳文見昭公十九年。今本作「聳」。段氏謂後人所易也。又昭六年傳：聳之以行。漢書刑法志引作「愯」。晉灼曰：古「悚」字。「愯」本從「雙」省，漢書「雙」不省耳。余謂「愯」與「竦」音義皆近，故「愯」亦作「竦」。説文：竦，敬也。敬則懼。詩長發：不戁不竦。毛傳：竦，懼也。家語弟子行用詩語不戁不悚，注亦云：悚懼則通作「悚」。本書長楊賦：整輿竦戎。

注云「竦」與「聳」古字通。是又通作「聳」。方言：聳，悚也。集韵：「悚」與「愯」「雙」同。一切經音義（玄應卷十五）：「聳」，古文「竦」「雙」「慫」三形。然則「悚」者，「愯」之或體。「聳」者，「悚」之借字也。此處作「矆」，當因涉次句「瞭」字從目而誤。○「瞭焉失所」，胡曰：「瞭」當作「瞲」。善「瞲」，五臣「慫」當爲「翜」字之誤也。說文：翜，不滑也。此謂神翜而不滑也。「翜」亦作「歮」，因訛而爲「慫」，如「瞲」，各本皆以五臣亂善。案：此說亦臆測，無他證。詳見下。○五臣「瞢」作「懵」。○胡紹煐曰：香菜之「蘦」，一訛而爲「蕊」再訛而爲「蒞」矣。注未見及此。說文：菸，鬱也。一曰，痿也。九辨：葉菸邑而無色。「茹」與「菸」同，「鬱」與「痿」義亦相足。凡心有鬱邑，則顏色憔悴，故曰形茹矣。案：枕泉此說，亦無他證，故録存之，以備一說。○毛詩，見何人斯：胡紹煐曰：靦，面目貌。小雅何人斯傳：靦，姡也。李巡、孫炎注爾雅并云：靦，人面姡然也。說文：靦，面見也。詩曰：有靦面目。或作「䩄」。玉篇䩄，引埤倉：姡也。越語：余雖靦然人面哉。韋注：靦然，面目之貌。後漢書樂成靖王黨傳：安帝詔曰：萇有靦面目，而放逸其心。義同。左傳，見襄十四年。杜注曰：瞢，悶也。胡紹煐曰：瞢容，惝怳之狀。衆經音義二十六引三倉：瞢，不明。是也。此言惝怳之見於面者。下㥦墨，乃云慚耳。步瀛案：小爾雅廣言曰：瞢，慚也。晋語三韋注曰：瞢，慚也。與孟陽注合。○方言，見卷六。「慙也」上有「㥦」字，當據補。○善注今本并爲「矆」。胡紹煐曰：說文：愯，懼也。從心，雙省聲。則讀若「聳」。左昭十九年傳釋文：聳，息勇反。是「愯」同「聳」。今本作「矆」，讀呼縛反，則音義俱非矣。許巽行曰：李氏云「矆，大視」也者蓋以證非雙懼之意，而明今本作「矆」訛耳。○說文目部「瞭」一作「瞲」。胡克家曰：袁本「瞲」作「瞭」，茶陵本亦作「瞭」。案：「瞲」字最是也，所引目部文依此，是善自作「瞲」。袁、茶陵二本所載五臣向注字乃作「瞭」，茶陵、尤因正文之誤，并改此注，甚非。步瀛案：

説文段氏注，依本注改作「⿰目條」，曰：⿰目條，音他狄反，猶滌之切亭歷，皆於條取聲。脩聲不得切他狄也。訛爲「⿰目脩」，乃溷同「⿱攸目」字，而篇、韵皆曰敕周切矣。與考异説正相反。沈濤説文古本考曰：文選魏都賦注引説文曰：⿰目條，失意視也。是古本作「⿰目條」不作「⿰目脩」矣。脩、條皆從攸聲，二字每多相亂。然據選注，則此字從條不從脩也。大徐音他歷反，亦以從條得聲爲近也。韵會亦引作「⿰目條」，云：從目，條聲。是小徐本尚不誤。步瀛案：今本繫傳卷七目部作「⿰目脩」，引此賦亦作「⿰目脩」，沈所引實未確，然唐本説文自當作「⿰目條」也。⿰目條、⿰目脩音義可通。梁章鉅曰：惠氏棟曰：脩、條二字，皆從收得聲。漢書恩澤侯表序：脩侯犯色。師古曰：脩讀曰條。是二字古多通用。今説文與李引未可是非，宜兩存之。朱珔曰：條、脩并從攸聲，音形俱相近，故「⿰目條」或作「⿰目脩」。集韵二十三錫出「⿰目脩」字，而仍從他歷切之音，下文有蓧，草名，蓨也。則以「條」「脩」二字互通耳。胡紹煐曰：玉篇：⿰目脩，敕周、他歷二切。廣韵十八尤、二十三錫皆有「⿰目脩」字。○「而髓切」，案：「切」當作「反」，與下方一律。自此至「心疑也」十字，袁、茶二本無。「亦而髓反」，「亦」字作「并」。○朱珔曰：説文惢爲部首，從三心，讀若易旅瑣瑣。段氏謂今人以疑爲多心是也。下出「繠」字云：□也。則垂下之義當作「繠」。説文别無從草之「蘂」。○吕氏春秋，見功名篇。「驅」作「去」。朱珔曰：臭敗之訓，在此殊過當。宜從王逸注離騷以茹爲柔愞方合，注亦失之。茹可訓柔者，蓋以爲濡之同音借字也。○廣雅今本無「㢮釋也」之文。王念孫疏證據此注補曰：周官大司樂：令弛縣。鄭注云：弛，釋下之。○左傳杜注，見哀十三年。「墨」下有「氣」字。○説文，見言部。「辭」下有「去」字。○客、顧、所、茹、謝，古音魚部。

曰：僕黨清狂，怵迫閩、濮。習蓼蟲之忘辛，玩進退之惟谷。非常寐而無覺，不睹皇輿之軌躅。

【彙校】

「僕黨清狂」 「黨」，奎章閣本、明州本、贛州本、四庫本、叢刊本、正德本、陳八郎本、尤刻本、胡刻本、九條本作「黨」。當作「黨」。「清」，奎章閣本、明州本、贛州本、四庫本、正德本、陳八郎本、尤刻本、胡刻本、九條本同。叢刊本作「清」。當作「清」。

「習蓼蟲」 「習」，奎章閣本、明州本、贛州本、四庫本、叢刊本、正德本、陳八郎本、尤刻本、胡刻本、九條本作「習」。當作「習」。「蓼」，奎章閣本、明州本、贛州本、四庫本、叢刊本、正德本、陳八郎本、尤刻本、胡刻本、九條本作「蓼」。當作「蓼」。

「忘辛」 「辛」，奎章閣本、明州本、贛州本、四庫本、叢刊本、陳八郎本、尤刻本、胡刻本、九條本同。正德本作「辛」。當作「辛」。

「玩進退」 「玩」，奎章閣本、明州本、贛州本、四庫本、叢刊本、正德本、陳八郎本、尤刻本、胡刻本、九條本作「翫」。當作「玩」。

「非常寐」 「寐」，明州本、贛州本、四庫本、叢刊本、陳八郎本、胡刻本、九條本同。奎章閣本、正德本、尤刻本作「寐」。當作「寐」。

「而無覺」　「覺」，明州本、贛州本、四庫本、叢刊本、陳八郎本、尤刻本、胡刻本、九條本同。奎章閣本、正德本作「覺」。當作「覺」。

「不睹皇輿」　「睹」，奎章閣本、明州本、贛州本、四庫本、叢刊本、正德本、陳八郎本、尤刻本、胡刻本、九條本作「覩」。當作「睹」。「輿」，明州本、贛州本、四庫本、叢刊本、陳八郎本、尤刻本、胡刻本、九條本同。奎章閣本、正德本作「輿」。當作「輿」。

「軌躅」　「軌」，奎章閣本、贛州本、四庫本、叢刊本、正德本、陳八郎本、胡刻本同。明州本、尤刻本作「軌」。九條本作「軌」。當作「軌」。

【彙注】

【李善注】濮音卜。劉曰：漢書昌邑王賀傳曰：賀清狂不慧。注：色理清徐而心不慧，故曰清狂也。賈誼鵩鳥賦曰：怵迫之徒，或趣西東。善曰：閩，已见吴都賦。孔安國尚書注曰：濮國在江、漢之南。楚辭注曰：蓼蟲不知從乎葵藿。王逸曰：蓼蟲處辛刺，食苦惡，不從葵藿食甘美。毛詩曰：人亦有言，進退惟谷。又曰：尚寐無覺。楚辭曰：恐皇輿之敗績。班固漢書，班嗣曰：伏周、孔氏之軌躅也。音義曰：躅，迹也。

【五臣注】濮音卜。良曰：僕、黨，二客自稱也。無疾而迷曰清狂。怵迫，猶逼迫也。閩，謂吴也。濮，謂蜀也。言逼迫居於此中，如蓼草之蟲，忘其辛味。如深谷之中，進退無所憑據，而玩習不覺。濟曰：言是非常寐而不覺悟。蓋習俗使然，所以不見天子上都之軌迹也。

【張鳳翼文選纂注】清狂，不慧也。怵迫，拘局也。閩，今福建。濮國，在江、漢之南。蓼蟲處辛刺，食苦惡，不從葵藿食甘美。言迫居此中，如蓼蟲忘其辛味，如深谷進退無據。雖非常寐，而實無覺。蓋習俗使然，所以不見天子上都之軌迹也。

【王象乾文選删注】濮國在江、漢之南。楚辭注曰：蓼蟲不知從乎葵藿。王逸曰：蓼蟲處辛刺，食苦惡，不從葵藿食甘美。

【胡克家文選考异】注「賀清狂不慧注」。袁本、茶陵本無「注」字。

注「恐皇輿之敗」。袁本、茶陵本「敗」下有「績」字。案：「績」之訛也。尤删，非。

注「音義曰躅迹」。袁本、茶陵本無此五字，下「也」字屬上。

【高步瀛文選李注義疏】昌邑王賀傳，見武五子傳。昌邑哀王髆後顔注引蘇林曰：凡狂者，陰陽脉盡濁。今此人不狂似狂者，故言清狂也。或曰，色理清徐，而心不慧，曰清狂。清狂，如今曰白癡也。孟陽蓋取後説。案：袁、茶二本無「注」字。○鵩鳥賦見卷十三。○善注引尚書僞孔傳，見牧誓。餘見蜀都賦。○楚辭，見七諫怨世。各本「辭」下有「注」字，今校删。楚辭「從」作「徙」，「藿」作「菜」。「菜」與上「侍」字韵。「藿」字失韵。「從」與「藿」皆誤也。王注「刺」作「烈」，「不從葵藿」作「不知徙於葵菜」，皆當據改。○毛詩見桑柔。毛傳曰：谷，窮也。又引詩見兔爰。○楚辭，見離騷。尤本脱「績」字，袁、茶二本作「續」，亦誤。今校改。王注曰：皇，君也。輿，君之所乘，以喻國也。戴震屈原賦注曰：車覆曰敗績。禮記檀弓：馬驚，敗績。春秋傳：敗績厭覆是懼。案：見左襄三十一年。○漢書，見叙傳。本注各本「孔」下有「氏」字，誤衍。今删。顔注引鄭氏曰：躅，迹也。案：袁、茶二本無「音義曰躅迹」五字。○濮、谷、躅，古音侯部。

過以泛剽之單慧，歷執古之醇聽。兼重性以貤繆，偭辰光而罔定。

【彙校】

「過以泛剽」　「泛」，奎章閣本、明州本、贛州本、四庫本、叢刊本、正德本、陳八郎本、九條本作「汎」。尤刻本、胡刻本作「仉」。當作「泛」。

■**立群案**：胡克家文選考異：袁本、茶陵本「仉」作「汎」，注同。案：此尤延之依今方言改「汎」爲「仉」也。今方言「剽」作「僄」，仍未改。「汎剽」與「仉僄」同字。孟陽在景純之前，其所見方言蓋爲「汎剽」，太冲讀方言蓋亦爲「汎剽」耳。尤改非。胡氏説是也。呂錦文文選古字通補訓：錦文案，「泛剽」與「仉僄」通。「汎」爲「泛」之异體。是呂氏亦認爲「汎剽」與「仉僄」通。當作「泛」。

「單慧」　「慧」，尤刻本、胡刻本同。奎章閣本、明州本、贛州本、四庫本、叢刊本、正德本、陳八郎本、九條本作「惠」。今從「慧」。

■**立群案**：胡紹煐文選箋證：紹煐按：銑注：單惠，小才也。作「慧」，古「惠」與「慧」通。胡氏説是也。如晏子春秋外篇上：夫智與惠，君子之事，臣奚足以知之乎？是「惠」通「慧」之證。今從「慧」。

「歷執古」「歷」，奎章閣本、明州本、贛州本、叢刊本、正德本、陳八郎本、尤刻本、胡刻本、九條本同。四庫本作「歴」。當作「歷」。

「醇聽」「醇」，四庫本同。奎章閣本、明州本、贛州本、叢刊本、正德本、陳八郎本、尤刻本、胡刻本、九條本作「醕」。當作「醇」。「聽」，明州本、贛州本、四庫本、叢刊本、陳八郎本、尤刻本、胡刻本、九條本同。奎章閣本作「聽」。正德本作「聽」。當作「聽」。

「兼重惟」「兼」，明州本、贛州本、叢刊本、尤刻本、胡刻本、九條本同。奎章閣本、四庫本、正德本、陳八郎本作「兼」。當作「兼」。

「䝿繆」「繆」，奎章閣本同。明州本、贛州本、四庫本、叢刊本、陳八郎本、尤刻本、胡刻本、九條本作「繆」。正德本作「緑」。當作「繆」。

「偭辰光」「偭」，奎章閣本、叢刊本、正德本、胡刻本、九條本同。明州本、贛州本、四庫本、陳八郎本、尤刻本作「偭」。當作「偭」。「辰」，四庫本同。奎章閣本、叢刊本、正德本、陳八郎本、尤刻本、胡刻本作「辰」。明州本、贛州本、九條本作「辰」。當作「辰」。

「而罔定」「定」，奎章閣本、明州本、贛州本、四庫本、叢刊本、陳八郎本、尤刻本、胡刻本、九條本同。正德本作「㝎」。當作「定」。

【彙注】

【李善注】劉曰：楊雄方言曰：泛𠟃，輕也。善曰：鄭玄禮記注曰：過，猶誤也。王逸楚辭注曰：歷，逢也。老子曰：執古之道。汎，敷劍切。𠟃，匹妙反。

善曰：言既重其惟，而又累其繆也。廣倉曰：惟，用心并誤也，方奚反。説文曰：䝿，重次第物也。

弋豉反。漢書音義，應劭曰：偭，背也，音面。國語曰：次序三辰。賈逵曰：日月星也。重，一龍切。

【五臣注】剽，匹妙反。重，直龍反。悂，邊迷反。貤音以。偭，彌兗反。銑曰：泛剽，輕薄也。單惠，猶小才也。悂，用心誤也。貤，次。偭，視也。辰光，日也。罔，無也。二客自云已過者由輕薄小才，得先生説歷古醇厚之義，入於我聽，復自思用心之誤，次以前者繆言，今仰睹先生若目視辰光，炫熀不定。言敬懼之甚。

【張鳳翼文選纂注】剽，匹妙切。悂，邊述切。泛剽，輕薄也。單惠，猶小才也。悂，用心誤也。貤，次也。偭，視也。辰光，日也。二客自言輕薄小才，得先生之説，復自思用心之誤，次以前者繆言，今若目視辰光，炫熀不定也。

【王象乾文選刪注】剽，匹妙反。悂，邊迷反。貤音以。過，猶誤也。泛剽，輕也。歷，逢也。悂，用心并誤也。貤，重次第物也。言既重其悂，而又累其繆也。偭，背也。

【何焯義門讀書記】歷執古之醇聽。　執古，謂爲前修所折服也。

【余蕭客文選音義】偭善音面。悂紕。貤何音移。注廣倉何曰：陳校：「廣」疑作「埤」，否則廣雅之誤。案，隋經籍志注曰：梁有廣倉一卷，樊恭撰。亡。善注或從諸書散見引出，或私有其本，不當疑爲埤蒼、廣雅。

【余蕭客文選紀聞】悂通作紕。集韵一。貤郭璞音施。史記集解百十七。偭面。博雅音二、漢書注四十八。

【張雲璈選學膠言】兼重悂以貤繆。李注引廣倉曰：悂，用心并誤也。何氏義門云：「廣」疑作「埤」，否或廣雅之誤。葉樹藩云：隋經籍志注云：梁有廣倉，樊恭譔。是實有其書。何氏疑其誤，豈未深考耶？雲璈按，隋經籍志明云廣倉已亡，則隋時已無其書，不知李氏何從據而引之。此何氏所以疑之也。余蕭客云：李氏或從諸書散見引出，或私有其本。亦揣度之辭耳。

【胡克家文選考异】過以仉剽之單慧。袁本、茶陵本「仉」作「汎」，注同。案：此尤延之依今方言改「汎」爲「仉」也。今方言「剽」作「僄」，仍未改。「汎剽」與「仉僄」同字。孟陽在景純之前，其所見方言蓋爲「汎剽」，太冲讀方言蓋亦爲「汎剽」耳。尤改非。

【許巽行文選筆記】重惟。注：廣倉曰。何云：「廣」疑作「埤」，否則廣雅之誤。案，隋經籍志：梁有廣倉一卷，樊恭撰。

【梁章鉅文選旁證】過以汎剽之單慧。尤本「汛」作「伵」。按注引方言。今方言正作「（伵），僄也」。

注廣倉曰：惟，用心并誤也。「并」字疑玉篇作「誤也」。廣韵同。張氏雲璈曰：葉樹藩以隋經籍志有廣倉，梁樊恭撰。何校：「廣」疑作「埤」者，誤。不知隋志明云：廣倉已亡。何氏所以疑之也。

【胡紹煐文選箋證】過以仉剽之單慧。旁證云：尤本「汎」作「仉」，注引方言。今方言正作「仉僄」。紹煐按：銑注：單惠，小才也。作「慧」，古「惠」與「慧」通。

【吕錦文文選古字通補訓】過以汎剽之單慧。錦文案，「汎剽」與「仉僄」通。揚子方言本作「仉僄」。説文：僄，輕也。廣雅：僄仉，輕也。玉篇：仉，又音凡。衆經音義引廣雅云：凡，輕也。謂輕微之稱也。據此，則孟子「凡民也」之「凡」，亦可通作「仉」。

【徐攀鳳選學糾何】兼重惟以貤繆。何曰：注引廣倉。「廣」疑「埤」，否則廣雅之誤。案，隋經籍志：梁有廣倉一卷，樊恭撰。

【高步瀛文選李注義疏】袁、茶二本「仉」作「汎」。胡氏謂左太冲、郭景純所據本作「仉剽」，作「仉」者爲尤依今本方言改，非也。玉篇人部仉下引方言正作「仉」。廣雅釋詁三亦作「仉」不作「汎」。○五臣「慧」作「惠」，字通。張銑曰：單惠，猶小才也。○方言卷十「剽」作「僄」，字通。○禮記鄭注，見樂記。○楚辭王注，見離騷。○老子，見王注本上篇第十四章，河上公本道經贊元章。

「貤」當作「貤」。説文無「貤」字。○何焯曰：廣倉「廣」疑作「埤」，否或廣雅之誤。葉樹藩曰：隋書經籍志注云：梁有廣倉，樊恭撰。是實有其書。何氏疑其誤，豈未深考耶？郝懿行校文選及梁章鉅、許巽行説并同。張雲璈曰：隋書經籍志明云廣倉已亡，則隋時已無其書，不知李氏何從據而引之。此何氏所以疑之也。余蕭客云：李氏或從諸書散見引出，或私有其本。亦揣度之辭耳。步瀛案：義門偶爾失考，殊不足病。仲雅曲爲之説，非是。隋志不載而新、舊唐志載者亦有之。余説是也。○説文，見貝部。「貤」作「貤」。「貤」，俗字，此殆改就本文耳。史記司馬相如傳上林賦，集解引郭璞曰：貤，猶延也。○漢書應劭注，見賈誼傳。顏注亦引之。○國語，見魯語上。「次」作「能」，各本皆誤，宜校改。○聽、定，古音耕部。

先生玄識，深頌靡測。得聞上德之至盛，匪同憂於有聖。

【彙校】

「得聞上德」「德」，明州本、贛州本、叢刊本、陳八郎本、胡刻本、九條本同。奎章閣本、四庫本、正德本、尤刻本作「徳」。當作「德」。

「於有聖」「於」，奎章閣本、明州本、贛州本、四庫本、叢刊本、陳八郎本、尤刻本、胡刻本同。正德本作「扵」。九條本作「於於」。當作「於」。

【彙注】

【李善注】劉曰：老子曰：古之士微妙玄通，深不可識。夫惟不可識，故强爲之頌。故曰先生玄識，深頌靡測。又曰：上德無爲而無不爲。易曰：顯諸仁，藏諸用，鼓萬物而不與聖人同憂，盛德大業，至矣哉！夫聖人親憂其事，然後能立。易體無爲而無不爲，自然動物，而不與聖人同憂。蓋謂治合造化，出於形器之表者，聖人無所復聞，無復恤也，故曰鼓萬物而不與聖人同憂。其上賦中云顯仁翌明，藏用玄默，故下覆報言之也。善曰：王弼周易注曰：不與聖人之憂，憂君子之道不長，小人之道不消，黍稷之不茂，荼蓼之蕃殖。至於乾坤，簡易是常，無偏於生養，無擇於人物，不能委曲與彼聖人，同此憂之。

【五臣注】向曰：二客言先生頌美魏德，深沉莫測也。翰曰：匪同，謂豈非同也。有聖，聖人也。夫聖人以天下爲憂，今先生見我吴、蜀之危，喻以上皇之盛德，使去危就安，豈非同聖人之憂乎？

【張鳳翼文選纂注】二客言先生頌美魏德，深沉莫測。匪，謂豈非也。有聖，聖人也。夫聖人以天下爲憂，今先生見我吴、蜀之危，喻以上皇之盛德，使去危就安，豈非同聖人之憂乎？

【王象乾文選删注】其上賦中云顯仁翌明，藏用玄默，故下覆報言之也。老子曰：古之士微妙玄通，深不可識。夫惟不可識，故强爲之頌，故曰先生玄識，深頌靡測。易曰：鼓萬物而不與聖人同憂。

【陳景雲文選舉正】先生玄識。注「王弼周易注不與聖人之憂憂憂君子之道不長」，按今本周易王注中無此文。又舊本少一「憂」字，「之」下有「同」字。

【張雲璈選學膠言】匪同憂於有聖。李注引王弼周易注曰：不與聖人之憂云云。雲璈按，今本周易注無此文，當是王肅注。

【胡克家文選考异】注「王弼周易注曰」。袁本「弼」作「肅」，茶陵本亦作「弼」。案：「肅」字最是。陳云今本周易王注中無此文，乃未知善固引肅注耳。

注「不與聖人之憂」。案：「不與」二字不當有。各本皆衍。

【梁章鉅文選旁證】注王弼周易注曰。六臣本「弼」作「肅」，是也。陳曰：今王弼注無此文。按王弼注易不及繫辭，相傳以韓康伯注續。

注不與聖人之憂。「不與」二字不當有。各本皆衍。

【胡紹煐文選箋證】深頌靡測。按：「頌」古文「容」。説文「容，盛也。又頌，貌也」。漢書儒林傳「而魯徐生善爲頌」，注「古：頌與容同」。古容貌之容作「頌」，故寬容之容亦作「頌」。漢書王莽傳「赤煒頌平」，注「頌，寬頌也」，此謂深寬無測也。向注云「頌美魏德」，於義未協。

【高步瀛文選李注義疏】胡紹煐曰：「頌」，古文「容」。説文：容，盛也。又頌貌也。漢書儒林傳：徐生善爲頌。注：古者「頌」與「容」同。古容貌之容作「頌」，故寬容之容亦作「頌」。漢書王莽傳：「赤煒頌平。」注：「頌，寬頌也。」此謂深寬無測也。向注云「頌美魏德」，於義未協。○注引老子，見王注本上篇第十五章，河上本道經顯德章，「古之士」作「古之爲士者」，此節引。「夫惟不可識」以下，孟陽釋太沖引老子之意。○「上德」二句，見王注本上篇第三十八章，河上本德經論德章。「無不爲」皆作「無以爲」，此蓋因上篇三十七章「道常無爲而無不爲」下篇四十八章「無爲而無不爲」合而引之。○易，見繫辭上。「夫聖人」以下乃張氏釋太沖引老、易之意。○善引王肅周易注，尤本、茶陵本、毛本皆作「王弼」，非也。今依袁本。梁曰：王弼注易，不及繫辭，相傳以韓康伯注續。○「聖人之憂」上，各本有「不與」二字，誤衍。今依胡氏校刪。○識、測，古音之部。盛、聖，耕部。

抑若春霆發響，而驚蟄飛競。潛龍浮景，而幽泉高鏡。

【彙校】

「春霆發響」　「霆」，贛州本、叢刊本、陳八郎本、尤刻本、胡刻本、九條本同。奎章閣本、明州本、四庫本、正德本作「霆」。當作「霆」。「響」，四庫本同。奎章閣本、明州本、贛州本、叢刊本、正德本、陳八郎本、尤刻本、胡刻本、九條本作「響」。當作「響」。

「驚蟄飛競」　「飛」，叢刊本、陳八郎本、尤刻本、胡刻本、九條本同。奎章閣本、明州本、贛州本、四庫本、正德本作「飛」。當作「飛」。「競」，明州本、贛州本、四庫本、叢刊本、正德本、陳八郎本、尤刻本、胡刻本同。奎章閣本、九條本作「競」。當作「競」。

「潛龍浮景」　「潛」，奎章閣本、明州本、贛州本、叢刊本、正德本、尤刻本、胡刻本、九條本同。四庫本、陳八郎本作「潛」。當作「潛」。「龍」，奎章閣本、明州本、贛州本、四庫本、叢刊本、陳八郎本、尤刻本、胡刻本、九條本同。正德本作「龍」。當作「龍」。

「幽泉高鏡」　「高」，贛州本同。奎章閣本、明州本、四庫本、叢刊本、正德本、陳八郎本、尤刻本、胡刻本同。九條本無「高」字。當有「高」字。

■立群案：賦云：春霆發響，而驚蟄飛競。潛龍浮景，而幽泉高鏡。相對爲文，不當缺一「高」字。

【彙注】

【李善注】善曰：二客聞言，朗然心悟，猶春霆響，驚蟄紛然而競飛，龍彩幽泉，煥然而照也。呂氏春秋曰：聞春始雷，則蟄虫動矣。詩推度客曰：震起而驚蟄睹。周易曰：潛龍勿用也。

【五臣注】良曰：言先生之言啓發我心，如方春雷霆初震，而蟄蟲皆競飛動。鏡，照也。又似潛龍升天，浮於日景，我於幽泉之中，但涵照於其容暉也。

【張鳳翼文選纂注】言啓發我心，如方春雷霆初震，而蟄蟲皆競飛動。鏡，照也。又似潛龍升天，浮於日景，而幽泉之中，亦被其照也。

【王象乾文選删注】二客聞言，朗然心悟，故云。

【陳景雲文選舉正】抑若春霆發響。注「龍彩幽泉」，「彩」下似脱「浮」字。

【胡克家文選考异】注「詩推度客曰」。案：「客」當作「灾」。各本皆誤。

【梁章鉅文選旁證】注詩推度客曰。「客」當作「灾」。各本皆誤。

【胡紹煐文選箋證】抑若春霆發響，而驚蟄飛競。按：「競飛」，各本俱誤倒作「飛競」，宜乙轉，善及良注可證。

【高步瀛文選李注義疏】胡紹煐曰：「競飛」，各本俱誤倒作「飛競」，宜乙轉。善及良注可證。步瀛案：競、鏡爲韵，疑不誤。○劉良曰：言先生之言，啓發我心，如方春雷霆初震，而蟄蟲皆競飛動。鏡，照也。又似潛龍升天，浮於日景，我於幽泉之中，但涵照於其容暉也。○善注「猶春霆」四句，疑有㚇誤字。呂氏春秋見開春論。注「開春」各本作「聞春」，誤。今依何氏校改。○詩推度灾，御覽兵部七十一引。「震」下有「雷」字。案：各本「灾」誤作「客」，今依胡氏、梁氏校改。○周易見乾初九爻詞。○競、鏡，古音陽部。

雖星有風雨之好，人有异同之性。庶覿蓓家與剥廬，非蘇世而居正。

【彙校】

「雖星有」 「雖」，明州本、贛州本、四庫本、叢刊本、陳八郎本、尤刻本、胡刻本、九條本同。奎章閣本、正德本作「雖」。當作「雖」。

「异同之性」 「异」，明州本、贛州本、叢刊本、陳八郎本、尤刻本、胡刻本、九條本作「異」。奎章閣本、四庫本、正德本作「異」。當作「异」。

「庶覿蓓家」 「庶」，奎章閣本、明州本、贛州本、四庫本、叢刊本、正德本、尤刻本、胡刻本、九條本同。陳八郎本作「庻」。當作「庶」。

「與剥廬」　「與」，明州本、贛州本、四庫本、叢刊本、正德本、陳八郎本、尤刻本、胡刻本、九條本同。奎章閣本作「與」。當作「與」。「廬」，明州本、四庫本、叢刊本、陳八郎本、尤刻本、九條本同。奎章閣本、贛州本、正德本、胡刻本作「廬」。當作「廬」。

「非蘇世」　「世」，奎章閣本、贛州本、四庫本、正德本同。明州本、叢刊本、陳八郎本、尤刻本、胡刻本、九條本作「丗」。當作「世」。

「居正」　「正」，尤刻本、胡刻本、九條本同。奎章閣本、明州本、贛州本、四庫本、叢刊本、正德本、陳八郎本作「政」。當作「正」。

■ **立群案**：劉逵注引春秋公羊傳曰：君子大居正。善曰：言已因此幸見蔀家剥廬之凶，非謂悟世而居正道也。五臣濟曰：亦二客自言家於幽闇之處，其困窮之地，不能明悟時事，以居正道，自責之深也。據注，是劉逵本、李善本、五臣本皆作「正」也。且劉逵注所引春秋公羊傳或爲賦語所本。當作「正」也。

【彙注】

【李善注】劉曰：尚書洪範曰：庶人惟星，星有好風，星有好雨。言人心之不同如星之所好异。易曰：豐其屋，蔀其家，小人剥廬。楚辭九章曰：蔀也必獨立。春秋公羊傳曰：君子大居正。善曰：言已因此幸見蔀家剥廬之凶，非謂悟世而居正道也。爾雅曰：庶，幸也。王弼周易注曰：蔀，覆曖鄣光明之物也。既豐其屋，又覆其家，屋厚家覆，闇之甚也。王逸楚辭注曰：蘇，寤之也。

【五臣注】蔀音部。濟曰：箕星好風，畢星好雨。人性亦有偏習者矣。蔀家，幽闇之處。剥廬，小人窮困之居。庶，近也。蘇，猶悟也。亦二客自言家於幽闇之處，其困窮之地，不能明悟時事，以居正道，自責之深也。

【張鳳翼文選纂注】蔀音部。尚書洪範曰：庶人惟星，星有好風，星有好雨。言人心之不同如星也。易：豐其屋，蔀其家。又曰：小人剥廬。言今已見蔀家剥盧之凶，而悟己之處世非居仁之道也。蘇，猶悟也。

【王象乾文選删注】言已因此幸見蔀家剥廬之凶，非謂悟世而居正道也。蔀，覆鄣。蘇，悟也。尚書洪範曰：庶人惟星，星有好風，星有好雨。言人心之不同如星之所好异。易曰：豐其屋，蔀其家，小人剥廬。

【余蕭客文選音義】蔀舊音部。王肅周易音普苟反。王廙周易注蒲户反。

【梁章鉅文選旁證】注楚辭九章曰：蔀也必獨立。今九章無此文。姜氏皋曰：九章疑是九章算術之説，故有蔀也必獨立之文。周髀云：四章爲一蔀，二十蔀爲一遂，甲子爲蔀首，是也。

【高步瀛文選李注義疏】洪範「庶人」作「庶民」。孟陽注當同此，蓋唐人改耳。孔疏引鄭注曰：箕星好風者，箕東方木宿，風中央土氣，木克土爲妻，從妻所好，故好風也。畢星好雨者，畢西方金宿，雨東方木氣，金克木爲妻，從妻所好，故好雨也。○「言人心之不同」云云，孟陽釋太冲引洪範之意。○「豐其屋」二句，豐上六爻詞。「小人剥廬」，剥上六爻詞。○楚辭九章，見橘頌。「蘇世」二字誤作「蔀也必」三字。「蘇」與「蔀」，「世」與「也」，蓋因字形相近而誤，又衍「必」字。今依楚辭校改。姜皋以爲九章算術之説，大謬。○公羊傳，見隱三年。○善引爾雅見釋言。○王弼注，見豐卦。又，「蔀其家」各本「蔀」作「覆」，蓋涉下「家覆」字而誤，今校改。○楚辭王注，見九章橘頌。本注各本「窹」下誤衍「之」

字，今校删。○性、正，古音耕部。

且夫寒谷豐黍，吹律暖之。昏情爽曙，箴規顯之。

【彙校】

「寒谷豐黍」「黍」，明州本、贛州本、四庫本、正德本、陳八郎本、胡刻本同。奎章閣本、叢刊本、尤刻本、九條本作「黍」。當作「黍」。

「吹律暖之」「暖」，尤刻本、胡刻本同。奎章閣本、明州本、贛州本、四庫本、叢刊本、正德本、陳八郎本、九條本作「以暖」。今從「暖」。「之」，奎章閣本、明州本、正德本、陳八郎本同。贛州本、四庫本、叢刊本、尤刻本、胡刻本、九條本作「之也」。今從「之」。

立群案：無「以」亦通，有「以」似贅。無「也」亦通，有「也」似贅。

「昏情爽曙」「昏」，奎章閣本、明州本、贛州本、四庫本、叢刊本、正德本、陳八郎本、九條本同。尤刻本、胡刻本作「昬」。當作「昏」。「情」，奎章閣本、明州本、贛州本、四庫本、正德本、陳八郎本、尤刻本、胡刻本、九條本同。叢刊本作「情」。當作「情」。「爽」，四庫本同。奎章閣本作「爽」。明州本、贛州本、叢刊本、正德本、陳八郎本、尤刻本、胡刻本、九條本作「爽」。當作「爽」。

「箴規顯之」「規」，明州本、贛州本、四庫本、叢刊本、陳八郎本、尤刻本、胡刻本、九條本同。奎章閣本、正德本作「䂓」。當作「規」。「顯」，尤刻本、胡刻本同。奎章閣本、明州本、贛州本、四庫本、叢刊本、正德本、陳八郎本、九條本作「以顯」。今從「顯」。「之」，奎章閣本、明州本、正德本、陳八郎本同。贛州本、四庫本、叢刊本、尤刻本、胡刻本、九條本作「之也」。今從「之」。

■**立群案**：無「以」亦通，有「以」似贅。無「也」亦通，有「也」似贅。

【彙注】

【李善注】劉曰：劉向別録曰：鄒衍在燕，有谷，地美而寒，不生五穀。鄒子居之，吹律而温至黍生，今名黍谷。善曰：孔安國尚書注：爽，明也。説文曰：曙，旦明也。

【五臣注】銑曰：鄒衍居燕，地美而谷寒，不生五穀。鄒衍吹律，暖氣至，遂生黍而豐也。向曰：爽，明。曙，曉也。箴規，教戒也。二客言昬曙之情所以明曉者，先生戒使然也，亦猶寒谷吹律而暖至。

【張鳳翼文選纂注】鄒衍居燕，地美而谷寒，不生五穀。爲之吹律，暖氣遂生黍谷。爽，明也。曙，曉也。箴規，教戒也。二客之昬所以明者，先生之言使然。亦猶寒谷吹律而暖至也。

【王象乾文選刪注】曙，旦也。劉向別録曰：燕谷地美而寒，不生五穀。鄒衍吹律而温至黍生。今名黍谷。

【余蕭客文選音義】暖之也、顯之也五臣無二「也」字。

【梁章鉅文選旁證】吹律暖之也。又箴規顯之也。六臣本作「吹律以暖之，箴規以顯之」。注說文曰：曙，旦明也。今說文：睹，旦明也。「睹」即「曙」字誤。當依此訂正。徐鉉增附「曙」字，殊可不必矣。

【高步瀛文選李注義疏】五臣「暖之」「顯之」上各有「以」字，而下各無「也」字。○注引劉向別録黍谷事，本書顏延年秋胡詩、阮嗣宗詣蔣公奏記注皆引之。又見北堂書鈔樂部八、藝文類聚水部下、白帖卷二、御覽地部十九引，互有异同。○善注引僞孔傳，見僞仲虺之誥。○說文，見日部。「曙」作「睹」。段注改「旦明」爲「且明」，曰：睹與昧爽同義。許書有「睹」無「曙」，而文選魏都賦、謝康樂溪行詩李注并引作「曙」，古今字形异耳。許本作「睹」，後乃變爲「曙」，署亦者聲也。沈濤曰：文選魏都賦、謝靈運越嶺溪行詩、七發三注引此字皆作「曙」，乃崇賢以今字易古字耳，非古本有「曙」無「睹」也。後人不知「曙」即「睹」之變，故玉篇分列二文，廣韵析居二韵，大徐增入新附，皆爲無識。案：段、沈說是。梁章鉅謂說文「睹」爲「曙」之誤，當依此訂正，大繆。○暖、顯，古音元部。

雖明珠兼寸，尺璧有盈。曜車二六，三傾五城，未若申錫典章之爲遠也。

【彙校】

「雖明珠」　「雖」，奎章閣本、明州本、贛州本、四庫本、叢刊本、陳八郎本、尤刻本、胡刻本、九條本同。正德本作「錐」。當作「雖」。

「兼寸」　「兼」，明州本、贛州本、叢刊本、尤刻本、胡刻本、九條本同。奎章閣本、四庫本、正德本、陳八郎本作「兼」。當作「兼」。

「尺璧有盈」　「璧」，奎章閣本、贛州本、叢刊本、正德本、陳八郎本、尤刻本、胡刻本同。明州本、四庫本、九條本作「壁」。當作「璧」。「盈」，奎章閣本、贛州本、正德本同。明州本、叢刊本、尤刻本、胡刻本作「盈」。四庫本作「盈」。陳八郎本、九條本作「盈」。當作「盈」。

「曜車二六」　「曜」，奎章閣本、明州本、贛州本、四庫本、叢刊本、正德本、陳八郎本、尤刻本、胡刻本、九條本作「曜」。當作「曜」。

「申錫典章」　「錫」，明州本、贛州本、四庫本、正德本、陳八郎本、尤刻本、胡刻本同。奎章閣本、叢刊本、九條本作「錫」。當作「錫」。

「之爲遠也」　「爲」，明州本、贛州本、叢刊本、陳八郎本、尤刻本、胡刻本、九條本同。奎章閣本、四庫本、正德本作「為」。當作「爲」。「遠」，贛州本同。奎章閣本、明州本、四庫本、叢刊本、正德本、陳八郎本、胡刻本、九條本作「遠」。尤刻本作「逺」。當作「遠」。

【彙注】

【李善注】劉曰：太史書曰：田敬仲世家傳曰：齊威王二十四年，與魏惠王會田於郊。魏王問曰：王亦有寶乎？曰：無有也。魏王曰：若寡人小國也，尚有徑寸之珠，照車前後十二乘者十枚，奈何以萬乘之國而無寶乎！善曰：尹文子曰：田父得寶玉徑寸，置於廡上，其夜照一室。史記曰：趙惠文王得楚和璧，秦昭王聞之，願以十五城請易璧。毛詩曰：申錫無疆。

【五臣注】良曰：魏王有徑寸珠，照车前後十二乘。三倾五城，地十五城也。言秦王願以十五城易趙王和氏之璧。二客言雖此珠璧可貴，不如先生申錫教戒之爲遠大也。

【張鳳翼文選纂注】曜車二六，即魏王珠前後照車十二乘也。三傾五城，即秦昭王以十五城易璧也。三五爲十五，互文耳。言雖此珠璧可貴，不如先生申賜教戒之爲遠大。

【王象乾文選刪注】尹文子曰：田父得寶玉徑寸，置於廡上，其夜照一室。

【陳景雲文選舉正】雖明珠兼寸。注「太史書曰」，舊本無「曰」字。

【胡克家文選考异】注「太史書曰田敬仲世家傳曰」。案：「書」上當有「公」字，下當無「曰」字。又「家」下當無「傳」字。各本皆誤。以此推之，疑凡載注皆稱「太史公書」，今多失其舊也。

【梁章鉅文選旁證】注太史書曰：田敬仲世家傳曰。胡公考异曰：書上當有「公」字，下當無「曰」字。又「家」下當無「傳」字。各本皆誤。

【高步瀛文選李注義疏】各本無「公」字，「書」下有「曰」字，「家」下有「傳」字。今依胡氏、梁氏校改。○史記本稱太史公。漢書藝文志稱太史公百三十篇，馮商續太史公七篇是也。或稱太史公記，漢書楊惲傳曰：惲始讀外史、太史公記，是也。或稱太史公書，漢書宣元六王傳曰：東平王宇上書，求諸子及太史公書，是也。他如漢書揚雄傳、叙傳、後漢書竇融傳、范升傳、陳元傳、楊終傳、班彪傳皆可證。彪傳有稱史記者，乃范蔚宗語。至叔皮所論，亦仍曰太史公書也。風俗通亦但稱太史公記，荀悦漢紀卷三十曰：班彪子固，明帝時爲郎。據太史公司馬遷史記，自高祖至孝武太初，以紹其後事。是知稱太史公書爲史記，起于漢末。蓋「史記」本古史之通名，錢大昕廿二史考异卷七、沈欽韓漢書疏證卷廿一、洪頤煊讀漢書叢録卷十七皆考之甚詳，今以「史記」通名加於司馬遷書之專名，失其義矣。○李善引尹文子大道篇上，已見西都賦。○史記，見藺相如傳。劉良曰：三傾五城，十五城。言秦王願以十五城易趙和氏之璧。步瀛案：本當云曜車二六，傾城三五。此倒文以就韵，故云三傾五城也。○毛詩，見烈祖。○盈、城，古音耕部。

亮曰：日不雙麗，世無兩帝。天經地緯，理有大歸。安得齊給守其小辯也哉。

【彙校】

「亮曰」「亮」，奎章閣本、明州本、贛州本、四庫本、叢刊本、正德本、陳八郎本、尤刻本、胡刻本、九條本作「亮」字。當作「亮」。

「日不雙麗」「日」，奎章閣本、明州本、贛州本、四庫本、叢刊本、正德本、陳八郎本、尤刻本、胡刻本同。九條本無「日」字。當有「日」字。「雙」，四庫本同。奎章閣本、明州本、贛州本、叢刊本、正德本、陳八郎本、尤刻本、胡刻本、九條本作「雙」。當作「雙」。

■立群案：賦云：日不雙麗，世無兩帝。相對爲文。諸本多有「日」字，是也。九條本獨無「日」字，恐誤也。

「世無兩帝」「世」，奎章閣本、四庫本、正德本同。明州本、贛州本、叢刊本、陳八郎本、尤刻本、胡刻本、九條本作「丗」。當作「世」。「無」，奎章閣本、明州本、贛州本、四庫本、叢刊本、正德本、陳八郎本同。尤刻本、胡刻本、九條本作「不」。今從「無」。「兩」，奎章閣本作「两」。明州本、贛州本、四庫本、叢刊本、正德本、陳八郎本、尤刻本、胡刻本、九條本作「兩」。當作「兩」。

■ 立群案：「無」「不」於賦皆通，已難考證何者爲是。今從「無」。

「齊給」「齊」，胡刻本同。奎章閣本、明州本、贛州本、四庫本、叢刊本、正德本、陳八郎本、尤刻本、九條本作「齊」。當作「齊」。

「也哉」「哉」，明州本、贛州本、四庫本、叢刊本、陳八郎本、尤刻本、胡刻本、九條本同。奎章閣本、正德本作「扰」。當作「哉」。

【彙注】

【李善注】劉曰：二客自言安能守此者，自晦也。荀卿子曰：辯説譬論，齊給便利而不慎義，謂之奸説。善曰：禮記曰：天無二日，土無二王。漢書，文帝賜尉佗書云：兩帝并立。新序，單襄公曰：經之以天，緯之以地。經緯不爽，天之象也。家語，孔子曰：小辯害義，小言破道也。

【五臣注】濟曰：亮，信也。信知天下不可有二日，國不可有二主。銑曰：天經地緯，猶覆育萬物也。王者法之而行，帝位所立，歸於天人心矣。向曰：齊給，辯説也。二客自言安能守此者，自悔之也。

【張鳳翼文選纂注】家語，孔子曰：小辯害義，小言破道。亮，信也。齊給，辯説也。二客自言安能守此者，自悔之也。

【王象乾文選删注】二客自言安能守此者自悔之也。

【余蕭客文選音義】緯韻補叶，呼韋切。

【胡克家文選考异】注「二客自言安能守此者自晦也」。袁本、茶陵本無此十二字。案：無者最是也。在二本所載五臣向注中，此以五臣注竄入載注，甚誤。

【許巽行文選筆記】末注「二客自言安能守此者自悔也」十二字，向注誤入，當删。自六臣本行世，而善本遂亡。今所謂善本者，又後人於六臣本中分出，故有誤收五臣之注及五臣謬作之字，誤讀之音。而李氏原注，反多遺脱舛誤也。

【梁章鉅文選旁證】世不兩帝。六臣本「不」作「無」。

【高步瀛文選李注義疏】「世不」，五臣「不」作「無」。○呂延濟曰：亮，信也。信知天下不可有二日，國不可有二主。○注「二客自言」至「自晦也」，袁、茶二本無此十二字。胡氏、許氏皆以爲向注誤入者。然袁本以五臣爲主，往往五臣有者，竟删他注以免複。此安知非呂向襲張，而纂者反删張注乎？尤本「悔」作「晦」，誤。今依毛本。又，袁、茶二本向注作「自悔之也」。○荀卿子，見非十二子。「慎義」作「順禮」。○善注引禮記見坊記。漢書，見兩粵傳。○單襄公言見周語下。今本新序無此文。嚴可均輯新序佚文，亦未闌入。○家語，見好生篇，又見大戴禮少閒篇。○麗，古音歌部。帝，支部。緯、歸，脂部。通轉爲韵。遠、辯，元部。與上暖、顯爲韵。○以上二客謝過。

後記

這部古籍整理著作三都賦彙校彙注是國家哲學社會科學基金重大項目「文選彙校彙注」(項目批准號：14ZDB067)的階段性成果之一。

中國文學史上，西晉時期著名的文學家左思是有資格擁有一席之地的。文心雕龍云左思「盡鋭於三都，拔萃於咏史」，三都賦與咏史八首是他的杰出代表作品。在西晉競相追逐華靡文學風氣的時代大潮中，左思的咏史八首別具一格，文典以怨，逸氣干雲，被後人譽爲「左思風力」。左思窮十年之力創作的京都大賦三都賦，突破了漢魏以來京都賦騁詞誇飾的風格，在文學書寫中追求山川城邑、鳥獸草木諸方面的真實性，使三都賦不僅具備了優秀的文學成就，也具備了突出的史料價值與認識意義。更令人驚嘆的是，三都賦寫成之後，名震京都，洛陽豪貴之家競相傳寫，竟造成了一時「洛陽紙貴」的局面。左思集向無整理著作，三都賦與咏史八首等幸賴昭明文選收録得以傳世。然昭明文選傳承歷史中版本複雜衆多，産生了較多的文字差异與訛誤，影響了對文學文本的順利接受，因此頗有將其析出整理之必要。這部三都賦彙校彙注就是我們的初步嘗試。

歷代文選注釋辨正著作甚夥，往往前後因襲與創新并具，在彙注過程中，我們不避因襲部分之重複，是想藉此展現「文選學」前後繼承、發展的歷史，可以視爲一部三都賦的學術史，也可以視爲文選的一部簡略學術史。

這部著作由王立群、錢振宇完成初稿并反復修改、全面審讀後，又組織課題組成員集中對書稿進行了全面校讀。大致分工如下：錢振宇負責三都賦序及蜀都賦部分，趙蕾、李建松負責吴都賦部分，郭寶軍、孔令剛負責魏都賦部分，最後又由王立群全面審讀一過。

古人云：「校書如掃落葉，旋掃旋生。」實爲經驗之談。儘管我們想盡力將這部書稿做好，但不可避免書中仍會存在一些細節不當之處，懇請讀者批評指正。同時，衷心感謝大象出版社編輯爲此書付出的辛勤勞動。

左思《三都賦》彙校彙注【中】

王立群　錢振宇　編著

中原出版傳媒集團
中原傳媒股份公司
大象出版社
·鄭州·

吴都賦

左太沖　劉淵林注

【彙校】

「吴都賦」　「吴」，贛州本、叢刊本、正德本、陳八郎本、尤刻本、監本、唐鈔本、九條本同。奎章閣本、四庫本、胡刻本作「呉」。明州本作「吳」。當作「吴」。「賦」，贛州本、四庫本、叢刊本、正德本、陳八郎本同。奎章閣本、明州本、尤刻本、胡刻本、監本、唐鈔本、九條本作「賦一首」三字。今從「賦」。

「左太沖」　「沖」，奎章閣本、四庫本、叢刊本、陳八郎本、尤刻本、九條本同。明州本、贛州本、正德本、胡刻本、監本、唐鈔本作「冲」。當作「沖」。

「劉淵林注」　奎章閣本、明州本、贛州本、尤刻本、胡刻本、唐鈔本同。叢刊本作「劉淵林註」。監本作「劉渕林注」。四庫本、正德本、陳八郎本、九條本無此四字。

今從「劉淵林注」。

【彙注】

【李善注】吴都者，蘇州是也。後漢末，孫權乃都於建業，亦號吴。

【文選鈔】吴，山名。廣雅釋山云：衡山有吴山。釋言又云：吴，本也。謂吴山亦吴國之根本也。吴地記云：太伯所都，在今蘇州吴縣，後爲越所滅，越考烈王封黄歇爲春申君，治吴。吴王濞都廣陵。至孫權初都武昌，後都建鄴，在古丹陽之地，今之江寧是也。然其所賦，屬在孫權，其理則通論古今矣。大意論吴、蜀二國優劣有殊，總述歸指，結成賦體。此賦凡有卌一章，復有一十五別其間分斷入賦，自委曲也。

【陸善經注】劉逵舊注，今所存者損益亦多也。

【張鳳翼文選纂注】吴都者，蘇州是也。後漢末，孫權乃都于建業，亦號吴。

【王象乾文選删注】吴都，蘇州是也。後漢末，孫權都建業，亦號吴。

【余蕭客文選音義】吴都。何曰：三國志注云：晉衛權作吴都賦序及注。序粗有文辭；至于爲注，了無發明，直爲塵穢紙墨，不合傳寫。權，字伯輿。

【胡克家文選考异】吴都賦。袁本、茶陵本此下有「左太冲劉淵林注」七字，是也。尤脱「左太冲」三字，「劉淵林注」四字倒錯入上行，非。

注「吴都者蘇州是也後漢末孫權乃都於建業亦號吴」。案：此一節非善注也。袁、茶陵二本不冠注家名於首，説已見前。

【梁章鉅文選旁證】注吴都者，蘇州是也。後漢末，孫權乃都於建業，亦號吴。六臣本此一節不標注家姓名。疑非劉、李注，亦并非五臣注也。案：此賦注往往有六臣本所無者，皆後人竄入，并非劉、李之舊。胡公考异已詳列之。兹采其有關考訂者，餘不悉具。

劉淵林注。何曰：三國志注云：晉衛權作吴都賦序及注。序粗有文辭；至於爲注，了無發明，直爲塵穢紙墨，不合傳寫。

【高步瀛文選李注義疏】此子目也。當依毛本，并有「左太冲魏都賦一首」八字，與昭明原書目次始合。此殆因兩賦分卷，故將魏都賦目删去，又羼入「劉淵林注」四字。今依尤本，仍存此目，而删去「劉淵林注」四字。

東吳王孫辴然而咍，曰：「夫上圖景宿，辨於天文者也。下料物土，析於地理者也。

【彙校】

「東吳王孫」「吴」，贛州本、正德本、陳八郎本、尤刻本、監本、唐鈔本、九條本同。奎章閣本、四庫本、叢刊本、胡刻本作「呉」。明州本作「吳」。當作「吳」。

「辴然而咍」「辴」，監本同。奎章閣本、明州本、贛州本、四庫本、叢刊本、正德本、陳八郎本、尤刻本、胡刻本、唐鈔本、九條本作「囅」。今從「辴」。

■ **立群案**：陳景雲文選舉正：囅然而咍。「囅」，當作「辴」。注同。胡克家文選考異：東吳王孫囅然而咍。何校「囅」改「辴」。陳云「囅」當作「辴」，注同，是也。各本皆訛。許巽行文選筆記：囅然。此及注中并當作「辴」。韻會云：作「囅」誤。梁章鉅文選旁證：囅然而咍。何校「囅」改「辴」。陳同。是也。各本皆誤。以上諸家皆認爲當作「辴」。余蕭客文選音義：囅。徐邈莊子音：辴，敕私反。字典：辴、囅即一字。胡紹煐文選箋證：東吳王孫囅然而咍。注善曰：囅，敕忍切。旁證云：何校「囅」改「辴」。陳同。是也。各本皆誤。紹煐按：古展聲、辰聲并近，小雅車舝：辰彼碩女。列女傳作「展」。本書西京賦：隱隱展展，薛注：丁謹切，與賑、引、軫爲韻。廣韻：囅，笑貌，集韻：囅然，笑貌，

作「囅」。莊子：桓公辴然而笑，亦作「囅」。「囅」與「辴」古通，不煩改字。是兩家以爲「囅」「辴」古通，即不必改字。高步瀛文選李注義疏：「辴」，各本作「囅」。胡克家曰：何校「輾」改「辴」。陳云「囅」當作「辴」，注同，是也。各本皆訛。梁章鉅、許巽行皆以「輾」爲誤。胡紹煐謂：古展聲、辰聲并近，小雅車舝：辰彼碩女，列女傳卷八作「展」。本書西京賦：隱隱展展。薛注：丁謹切，與賑、引、軫爲韻。廣韻：囅，笑貌。集韻：囅然，笑貌，作「囅」。莊子：桓公囅然而笑，亦作「囅」。「囅」與「辴」古通，不煩改字。步瀛案：說文欠部曰：𣢾，指而笑也。段注曰：吴都賦「辴」，即「𣢾」字之异者，俗訛作「囅」。依段說，則「囅」字究宜改，不得以展、辰兩聲偶可通轉，遂認「囅」爲或體字也。且莊子達生篇「辴然」，各本亦不作「囅」。高氏說綜合諸家，加以辯駁，更爲穩妥，今從「辴」。

「上圖景宿」「圖」，奎章閣本、明州本、贛州本、四庫本、叢刊本、正德本、陳八郎本、唐鈔本、九條本同。尤刻本、監本作「圖」。胡刻本作「圗」。當作「圖」。「宿」，奎章閣本、明州本、贛州本、四庫本、叢刊本、正德本、尤刻本、胡刻本、監本、唐鈔本、九條本同。陳八郎本作「宿」。當作「宿」。

「辨於天文」「辨」，奎章閣本、明州本、贛州本、叢刊本、正德本、陳八郎本、尤刻本、胡刻本、監本、九條本同。四庫本、唐鈔本作「辯」。當作「辨」。「於」，奎章閣本、明州本、贛州本、四庫本、叢刊本、陳八郎本、尤刻本、胡刻本、監本、九條本同。正德本、唐鈔本作「扵」。當作「於」。

■**立群案**：賦云：辨於天文。當作「辨別」解，作「辨」是。然周禮秋官鄉士：辯其獄訟，异其死刑之罪而要之，旬而職聽於朝。賈公彦疏：辯，別也。是「辯」亦可通「辨」，作「辨別」解。墨子尚賢中：雖天亦不辯貧富貴賤遠邇親疏。此處「辯」亦通「辨」，作「辨別」解。故此處作「辯」亦不爲誤，然本字當作「辨」也。

「下料物土」「土」，奎章閣本、明州本、贛州本、四庫本、叢刊本、陳八郎本、尤刻本、胡刻本、監本、九條本同。正德本、唐鈔本作「圡」。當作「土」。

「析於地理」「於」，奎章閣本、明州本、贛州本、四庫本、叢刊本、陳八郎本、尤刻本、胡刻本、監本、九條本同。正德本、唐鈔本作「扵」。當作「於」。

【彙注】

【李善注】料音聊。劉曰：囅，大笑貌。莊周云：齊桓公囅然而笑。楚人謂相笑爲咍。楚辭曰：衆兆所咍。善曰：囅，敕忍切。咍，呼來切。

劉曰：謂天垂其象，而分野形；地以別土，而區域殊。料，度也。善曰：文子曰：天道爲文，地道爲理。

【文選鈔】東吳，山名。因山以爲俗號。據天下而言，其地在江之東，故稱東吳也。王孫，自三代天子皆稱王，所謂三王者也。至漢始尊爲天子，而王比古諸侯。此言王者亦非謂天子也。吳僭號稱帝，不屬中國，雖非正統，然天子也，不得言非。子之子爲孫，天子之孫，貴之也。此謂笑公子誇此鄙陋之辭。曰者，發語端。言王孫聞公子所談，皆微陋褊狹，不足以稱於大國，故咍笑之，復爲公子述吳之盛土也。夫，發聲也。上謂天。圖，像也。爾雅云：圖，謀也。景，明也。言星辰明於上也。辨，別也。字林：料，度也。物土，謂土地及所生物也。

【文選音決】囅，敕忍反。咍，呼來反。夫音扶。宿，思务反。又如字。料，力彫反。析，先歷反。

【五臣注】囅，敕謹反。咍，呼來反。料音聊。析，星歷反。翰曰：囅，大笑也。楚人謂笑曰咍，相笑弄貌也。謂西蜀公子盛稱山川險阻，而王孫以爲未足多盛也，故笑弄之，欲資其後辭。濟曰：謂牛斗

星，吴分野。向曰：料，計。析，分也。言計其土地上下，定其貢賦而分別也。

【陸善經注】咍，大笑也。

圖設景宿以辨天文，料度物土以分地理。其意言蜀土偏僻，於天文地理皆無霸王之徵也。

【張鳳翼文選纂注】囅，敕謹切。咍，呼來反。楚人謂相笑爲咍。謂天垂其象，而分野形；地以別土，而區域殊。料，度也。析，分別也。

【王象乾文選删注】囅，敕謹切。咍，呼來切。囅，大笑貌。楚人謂相笑爲咍。楚辭曰：衆兆所咍。

【何焯義門讀書記】吴都賦。此擬上林，而尤爲寡要。太涉撫擬，似有冗長散緩之失。然采其數語便可成一賦，如子山枯樹是其徵也。

【陳景雲文選舉正】囅然而咍。「囅」，當作「辴」，注同。

【杭世駿文選課虚】囅，大笑貌。莊子：齊桓公囅然而笑。楚人謂相笑爲咍。九章：衆兆所咍。囅，敕忍切。咍，呼來切。

【汪師韓文選理學權輿・前賢評論】方以智通雅曰：吕安謂嵇康：我輩稍有菜色，反爲肉食輩所哂。通作齗。上林賦：無是听然而笑。注作「听，齒本」也。又通作吲。晉書王猛辭司徒疏：田千秋一言致相，匈奴吲之。又通作「矧」。曲禮：笑不至矧。注：齒本也。大笑則見宋書王宏傳：孫叔未進，優孟見弞。又通作「辴」音賑。莊子：桓公辴然而笑。一本作囅。左思：東吴王孫囅然而咍。并與哂通。此字當從説文之「弞」爲正：笑不壞面也。

【余蕭客文選音義】囅。徐邈莊子音：辴，敕私反。字典：辴、囅即一字。

【余蕭客文選紀聞】囅蜃。廣韻三。咍呵苔。博雅音一。

【胡克家文選考异】東吴王孫囅然而咍。何校「囅」改「辴」。陳云「囅」當作「辴」，注同，是也。各本皆譌。

【許巽行文選筆記】囅然。此及注中并當作「辴」。韵會云：作「囅」誤。

【梁章鉅文選旁證】囅然而咍。何校「囅」改「辴」。陳同。是也。各本皆誤。

【胡紹煐文選箋證】東吴王孫囅然而咍。注善曰：囅，敕忍切。旁證云：何校「囅」改「辴」。陳同。是也。各本皆誤。紹煐按：古展聲、辰聲并近，小雅車牽：辰彼碩女，列女傳作「展」。本書西京賦：隱隱展展，薛注：丁謹切，與賑、引、軫爲韵。廣韵：囅，笑貌，集韵：囅然，笑貌，作「囅」。莊子：桓公辴然而笑，亦作「辴」。「囅」與「辴」古通，不煩改字。「咍」與「欧」同，廣雅：欧，笑也。玉篇：欧，呼來切。笑不壞顏也。

【高步瀛文選李注義疏】胡克家曰：此一節非善注也。袁、茶陵二本不冠注家名於首。梁章鉅曰：此疑非劉、李注，并非五臣注也。案：胡、梁二家説是。以其注尚不誤，故姑存之。唐蘇州治吴、長洲二縣，清又置元和縣，今皆并入吴縣。○三國志吴志吴主傳曰：建安十六年，權徙治秣陵。明年，改秣陵爲建業。黄初二年，權自公安都鄂，改名武昌。黄龍元年，權即皇帝位，還都建業。三嗣主傳曰：孫皓甘露元年，徙都武昌。寶鼎元年，還都建業。案：建業，即今京師，故城在江寧縣南。武昌，今湖北武昌縣治。洪亮吉補三國疆域志曰：吴疆域，揚州，凡得漢舊郡四，增置郡十，治建業。荆州，凡得漢舊郡五，增置郡十。江夏則與魏并立，共統郡十六，治南郡。交州，凡得漢舊郡四，復舊郡一，增置郡三，治龍編。廣州，凡得漢舊郡三，增置郡三，治番禺。案：洪氏揚州列丹陽、新都、蘄春、會稽、臨海、建安、東陽、吴、吴興、豫章、廬陵、鄱陽、臨川、安城，凡十四郡。荆州列南郡、宜都、建平、江夏、武昌、武陵、天門、

長沙、衡陽、湘東、零陵、始安、邵陵、桂陽、始興、臨賀，凡十六郡。交州列合浦、交趾、新興、武平、九真、九德、日南、朱崖，凡八郡。廣州列南海、蒼梧、鬱林、桂林、高凉、高興，凡六郡。共四十四郡。楊守敬三國疆域圖，荆州郡不列武昌，「邵陵」作「昭陵」，餘皆與洪同。今案：吴志吴主傳：建安二十五年，以武昌、下雉、尋陽、陽新、柴桑、沙羨六縣爲武昌郡。晋書地理志荆州武昌郡下亦云：吴置，則洪志列入是也。又吴志三嗣主傳曰：寶鼎元年，以零陵北部爲邵陵郡。水經資水注曰：孫皓分零陵北部，立邵陵郡于邵陵縣，縣故昭陵也。楊守敬水經注疏要删曰：兩漢長沙有昭陵縣。晋改爲邵陵，爲避諱也。孫皓於昭陵縣立郡，當仍稱昭陵縣。而酈氏亦云邵陵者，當是張勃吴録中語，觀宋志邵陵下云「吴録屬邵陵」可見。張勃晋人，不得不追改。如陳壽於昭陵、昭陽皆稱邵陵、邵陽是也。其實當云「縣故昭陵也。吴寶鼎元年，孫皓分零陵北部，立昭陵郡於昭陵縣，晋武帝改爲邵陵」方合。步瀛案：宋書州郡志邵陵郡邵陽縣云：吴立曰昭陽，晋武改。清統志湖南寶慶府「建置沿革」云：吴孫皓分置昭陵郡，晋太康中改爲邵陵郡。據此，則楊氏説是。○袁本、茶陵本此後皆有「左太冲劉淵林注」七字。茶陵本分兩行列之，袁本作一行列之，尤本無，與兩都賦體例相合，故不復增入。

「辴」，各本作「囅」。胡克家曰：何校「輾」改「辴」。陳云：「囅」當作「辴」，注同。是也。各本皆訛。梁章鉅、許巽行皆以「輾」爲誤。胡紹煐謂：古展聲、辰聲并近。小雅車舝：辰彼碩女。列女傳卷八作「展」。本書西京賦：隱隱展展。薛注：丁謹切。與賑、引、軫爲韵。廣韵：囅，笑貌。集韵：囅然，笑貌，作「囅」。莊子：桓公囅然而笑，亦作「囅」。「囅」與「辴」古通，不煩改字。步瀛案：説文欠部曰：欣，指而笑也。段注曰：吴都賦「辴」，即「欣」字之异者，俗訛作「囅」。依段説，則「囅」字究宜改，不得以展、辰兩聲偶可通轉，遂認「囅」爲或體字也。且莊子達生篇「辴然」，各本亦不作「囅」。

○劉注引莊子，見達生篇。釋文曰：䫄，敕引反。司馬云：笑貌。李云：大笑貌。○楚辭九章惜誦曰：又衆兆之所咍也。劉注節引王逸注曰：咍，笑也。楚人謂相啁笑曰咍。胡紹煐曰：「咍」與「欸」同。廣雅釋詁一：欸，笑也。玉篇：欸，呼來切。笑不壞顔也。步瀛案：説文有「㰦」字，無「欸」字。玉篇欠部二字異音同訓。朱駿聲以「欸」爲「㰦」之誤字。○「善曰」以下十字，茶陵本無，袁本有上六字。

五臣：料音聊。吕向曰：料，計析分别也。言計其土地上下，定其貢賦而分别也。○李注引文子，見上德篇。

古先帝世，曾覽八紘之洪緒。一六合而光宅，翔集遐宇。鳥策篆素，玉牒石記。烏聞梁、岷有陟方之館、行宫之基歟？

【彙校】

「古先帝世」「帝世」，奎章閣本、四庫本、正德本、唐鈔本同。明州本、贛州本、叢刊本、陳八郎本作「帝丗」。尤刻本、胡刻本、監本作「帝代」。九條本「古先帝世」四字俱磨滅。當作「帝世」。

■**立群案**：李善本作「帝代」，五臣本作「帝世」。「帝代」「帝世」於賦皆通。班固典引：盛哉！皇家帝世，德臣列辟，功君百王，榮鏡宇宙，尊亡與亢。或爲賦語所本，今從「帝世」。

「曾覽八紘」「曾」，叢刊本同。奎章閣本、明州本、贛州本、四庫本、陳八郎本、尤刻本、胡刻本、監本、唐鈔本作「曾」。正德本作「曽」。九條本磨滅。當作「曾」。「覽」，明州本、贛州本、四庫本、叢刊本、正德本、陳八郎本、尤刻本、監本同。奎章閣本、唐鈔本作「覧」。九條本磨滅。當作「覽」。

「一六合」「一」，奎章閣本、明州本、贛州本、四庫本、叢刊本、正德本、陳八郎本、尤刻本、胡刻本、監本、九條本同。唐鈔本作「壹」。當作「一」。

「鳥策篆素」「策」，四庫本同。奎章閣本、明州本、贛州本、叢刊本、正德本、陳八郎本、尤刻本、胡刻本、監本、九條本作「筞」。唐鈔本作「筴」。今從「策」。「篆」，奎章閣本、明州本、贛州本、四庫本、叢刊本、正德本、陳八郎本、尤刻本、胡刻本、監本、唐鈔本、九條本作「篆」。當作「篆」。

■**立群案**：康熙字典：「筴」，又與「策」同，謀也。史記張耳陳餘傳：二人聞諸將爲陳王徇地，多以讒毁得罪，怨陳王不用其筴。是「筴」「策」可通。今從「策」。

「玉牒石記」「牒」，四庫本同。奎章閣本、陳八郎本作「諜」。明州本、唐鈔本作「諌」。贛州本、叢刊本、尤刻本、胡刻本、監本、九條本作「牒」。正德本、陳八郎本作「諜」。今從「牒」。「記」，明州本、正德本、監本同。奎章閣本、贛州本、四庫本、叢刊本、陳八郎本、尤刻本、胡刻本、唐鈔本、九條本作「記」。當作「記」。

■**立群案**：胡紹煐文選箋證：玉牒石記。注善曰：説文曰：諜，札也。牒與諜同。按：正文當作「諜」。注引説文「牒」，故云「牒」與「諜」同。胡氏説是，李善本正文原本作「諜」。然此處「諜」當通

「牒」。漢書禮樂志：宮童效异，披圖案諜。「諜」亦通「牒」。史記孝武本紀：封泰山下東方，如郊祠泰一之禮。封廣丈二尺，高九尺，其下則有玉牒書，書秘。「玉牒」，本指古代帝王封禪、郊祀的玉簡文書。後泛指典册。

「烏聞梁岷」「梁」，奎章閣本、明州本、贛州本、四庫本、叢刊本、正德本、陳八郎本、尤刻本、胡刻本、監本、唐鈔本、九條本作「梁」。當作「梁」。

「陟方之館」「陟」，四庫本同。奎章閣本、明州本、贛州本、叢刊本、正德本、陳八郎本、尤刻本、胡刻本、監本、唐鈔本、九條本作「陟」。當作「陟」。「之」，奎章閣本、明州本、贛州本、四庫本、叢刊本、正德本、陳八郎本、尤刻本、胡刻本、唐鈔本、九條本同。監本無「之」字。當有「之」字。

■**立群案**：「陟方之館」與「行宮之基」相對，此處當有「之」字。諸本多有「之」字，是也。監本獨無「之」字者，恐誤。

「行宮」「宮」，奎章閣本、贛州本、四庫本、叢刊本、正德本、陳八郎本、尤刻本、胡刻本、監本、唐鈔本、九條本同。明州本作「宮」。當作「宮」。

「之基歟」「歟」，明州本、贛州本、四庫本同、叢刊本、正德本、陳八郎本、尤刻本、胡刻本、監本、唐鈔本、九條本同。奎章閣本作「歟」。當作「歟」。

【彙注】

【李善注】劉曰：淮南子曰：九州外有八澤，方千里。八澤外，有八紘，亦方千里，蓋八索也。一六合而光宅者，并有天下而一家也。説文曰：牒，札也。石記，刻石書傳記也。烏，安也。梁，梁州也；岷，岷山，皆蜀地也。書云：舜陟方。謂南巡守也。光武紀云：濟陽有武帝行過宮。善曰：吕氏春秋

曰：神通乎六合。高誘曰：四方上下爲六合。尚書序曰：光宅天下。鳥策，鳥書於策也。春秋運斗樞曰：黄龍負圖出，置帝前。鳥文，漢書音義曰：大篆，蟲書、鳥書是也。鄭玄禮記注曰：策，簡也。篆素，篆書於素也。楊雄書曰：齎油素四尺。東觀漢記曰：封禪其玉牒文秘，天子事也。説文曰：諜，記也。牒與諜同。孝經鈎命訣曰：封禪，刻石紀號也。天子行所立名曰行宫。陟，升也。巡狩，謂舜也。

【文選鈔】古，古昔也。謂自伏羲書契已來所見所聞也。先，前也。謂前代也。帝世，伏羲五帝之世也。至漢亦稱帝，故下言陟方與行宫是也。言遠覽古昔已來，唯吴地有舜、禹游行之迹，則蜀皆椎結左言，無所聞也。曾，則。覽，觀也。翔，高飛也。謂巡狩。集，謂所至也。遐，遠也。宇，櫚也。謂傍極遠方也。

左傳云：少皞以鳥紀官。策，方策。以韋編簡相連，記四方之事。亦鳥策者，傳信鳥書也。少皞時以書信幡。篆，大篆、小篆書也。周宣王時，史籀初變古文爲大篆。秦始皇時，李斯變大篆爲小篆。今并著在説文。素，絹也。古未有紙，皆書於簡素之上。至漢蔡倫始造紙以代之。然封建之事，亦不可用紙，皆方素也。玉者，玉板之書，刻玉爲書以記事。古者封太山，有玉檢之書。諜，譜狀也。司馬遷曰：金匱玉板之書。漢書郊祀志云：被圖案諜。傅毅曰：篇籍注諜。越絶書云：上茅山，大會計，更名會稽。十三州志云：山上有石篢，此中有金簡玉諜之書。唯禹所開之，案以治水也。石記，亦刻石以記事也。即碑碣之書等，及藏之石山之類也。焉，猶安也。尚書説命：舜陟方乃死。孔氏云：陟，升也。升道南巡狩，死於蒼梧之野。天子以天下爲家，在京都及所如，皆曰行在所。陟方、行宫，言天子所行之處作宫觀，言天子巡狩皆有宫館。今梁、岷既無，明蜀之惡也。基，基阯也。

【文選音決】曾，在登反。又如字。紘音宏。册音策。或爲筴字，同。篆，直轉反。諜音牒。

【五臣注】諜音牒。良曰：帝世，謂虞舜之世也。曾，經也。九州外有八紘。紘，綱紀也。言爲天地之綱紀。洪，大也。緒，業也。光，亦大也。宅，居也。言先帝經覽此八紘大業，一統六合，方居天下，又飛集於遠方之宇，游蒼梧、會稽。六合，謂四方上下也。銑曰：鳥，謂鳥迹書也。策，竹簡也。篆，大篆書也。素，謂帛也。所以書之玉諜石記，皆典策類也。烏，何也。梁、岷，蜀之二山名。陟方，王者巡省之名也。館，宫。舍，宅。行宫，天子行幸所止處也。基，迹也。今觀先代典策，何聞蜀之有此迹乎，謂舜游吴也。

【陸善經注】翔集遐宇，巡省遠方也。

八體有大篆書、鳥書。舜陟方於蒼梧。秦皇、漢武皆浮江湘，游會稽，并在吴之境内，故以此誇之也。

【張鳳翼文選纂注】牒音楪。曾，經也。九州外有八紘。紘，綱紀也。言爲天地之綱紀。鳥，謂鳥迹書也。策，竹簡也。篆，大篆書也。素，謂帛也，用以書者。玉牒石記，皆典策類也。梁、岷，蜀之二山名。陟方，王者巡省之名也。行宫，天子行幸所止處也。基，迹也。謂帝世歷覽，載在典策，未聞蜀有此迹。言此將以誇吴也。

【王象乾文選删注】鳥書於策，篆書於素。淮南子曰：九州外有八澤，方千里。八澤之外，有八紘，亦方千里，蓋八索也。尚書序曰：光宅天下。春秋運斗樞曰：黄龍負圖出，置帝前。

【何焯義門讀書記】烏聞梁、岷有陟方之館、行宫之基歟。伏後舜、禹。

【余蕭客文選音義】牒。五臣作「諜」。舊音楪。基字典叶計。

【胡克家文選考異】玉牒石記。案：「牒」，當作「諜」。茶陵本云五臣作「諜」。袁本作「諜」，無校

語。「牒」但傳寫誤，茶陵校語非。劉注「説文曰牒札也」六字，當作「諜札也」三字。後注「呂」引説文，稱爲「許氏記字」，此非劉元文明甚。善注「説文曰諜記也」，「諜記」當作「牒札」，因劉以「札」注「諜」，而「諜」乃間諜字，故引説文「牒」以明之。下云「牒」與「諜」同，正謂所引之「牒」與賦及劉注之「諜」同。各本皆誤，絶不可通。

注「呂氏春秋曰」下至「爲六合」。袁本此二十字作「六合已見兩都序」，是也。茶陵本複出，非。

注「陟升也」下至「謂舜也」。袁本、茶陵本無此十一字。案：無者是也，説見下。

【許巽行文選筆記】玉牒。注説文：諜，記也。「牒」與「諜」同。案：説文：諜，軍中反間也。牒，札也。嘉德案：一本正文作「諜」。故善復有「諜，記。牒同」之注。惟説文「諜」不訓「記」，疑有誤。

【梁章鉅文選旁證】玉牒石記。五臣「牒」作「諜」，銑注可證。姜氏皋曰：今説文片部：牒，札也。木部：札，牒也。段曰：太史公書借「諜」爲「牒」「札」字。

注説文曰：牒，札也。胡公考异曰：「説文曰」三字不當有。後劉注「呂」引説文稱爲「許氏記字」，此非劉元文明甚。李注又引「札」作「記」，蓋因正文「記」字而誤耳。

【胡紹煐文選箋證】玉牒石記。注善曰：説文曰：諜，札也。牒與諜同。按：正文當作「諜」。注引説文「牒」，故云「牒」與「諜」同。今正文及注皆誤。書多借「諜」爲「牒」。

【高步瀛文選李注義疏】五臣「代」作「世」。案下文「世」字不改，則此「代」字非避諱也。五臣作「世」，倘李濟翁所謂故爲立异者歟？〇劉良曰：帝世，謂虞、舜之世也。曾，經也。九州外有八紘。紘，綱紀也。言爲天下之綱紀。洪，大也。緒，業也。光，亦大也。宅，居也。言先帝經覽此八紘大業，一統六合，方居天下，又飛集於遠方之宇，游蒼梧、會稽也。張銑曰：鳥，謂鳥迹書也。策，竹簡也。素，

謂帛也，所以書之。玉諜、石記，皆典策類也。梁、岷，蜀之二山名。陟方，王者巡省之名也。行宮，天子行幸所止處也。基，迹也。今觀先代典策，何聞蜀之有此迹乎？謂舜游吴也。吴先生曰：翔集遐宇，謂游幸所至也。蓋兼舜、禹言之。劉良、張銑皆專主舜言之，非是。步瀛案：陟方，尚書雖言舜事，此賦不宜泥。劉良言會稽是禹事，已不專屬舜矣。何焯謂二句伏後舜、禹，是也。〇「諜」，尤本作「牒」。胡克家曰：「牒」，當作「諜」。茶陵本云五臣作「諜」。袁本作「諜」，無校語。「牒」，傳寫誤，茶陵校語非。劉注「説文曰牒札也」六字，當作「諜札也」三字。後「岊」引説文，稱爲許氏記字，此非劉元文明甚。善注「説文曰諜記也」，「諜記」當作「牒札」，因劉以「札」注「諜」，而「諜」乃間諜字，故引説文「牒」以明之。下云「牒」與「諜」同，正謂所引之「牒」與劉注之「諜」同。各本皆誤，絶不可通。梁章鉅從之。胡紹煐亦謂正文當作「諜」，今據諸家校改。〇劉注引淮南子見墬形篇。本作「九州之外，乃有八殥，亦方千里。凡八殥、八澤之雲，是雨九州。八殥之外，而有八紘，亦方千里」。高注曰：殥，猶遠也。殥讀胤嗣之「胤」。紘，維也。維絡天地而爲之表，故曰紘也。案：劉注蓋以意引。〇左傳襄十二年，楚靈王言三墳、五典、八索、九丘。孔疏引僞孔安國尚書序曰：八索，求其義也。九州之法，謂之九丘。又引賈逵曰：八索，八王之法。九丘，九州亡國之戒。又引馬融曰：八索，八卦。九丘，九州之數也。諸説不同。而釋九丘爲九州，則大致皆同。八索則相去甚遠。劉以八索爲八紘，與九丘同類，皆記地理之書，似勝諸家之義。〇「諜，札也」。各本「諜」作「牒」，上有「説文曰」三字。今依胡氏校正，説見上。〇吕氏春秋明理篇高注曰：烏，安也。淮南時則篇注曰：烏，猶安也。漢書司馬相如傳下顔注曰：烏，猶焉也。賈誼傳注曰：烏，猶何也。義并同。〇書禹貢曰：華陽、黑水惟梁州。爾雅釋地釋文曰：韋昭云：今益州也。太康記云：梁州者，言西方金剛之氣强梁，故因以爲名。漢時改梁州爲益州也。案：

岷，指岷山，則梁似亦宜指梁山。張銑注是也。梁山，即中山經高梁之山。元和郡縣志曰：劍南道劍州普安縣，大劍山，亦曰梁山。太平寰宇記曰：劍南東道劍州劍閣縣，大梁山亦曰梁山。山海經：高梁之山，西接岷、嶓，東接荆、衡。又太平御覽地部九引江源記曰：南浦郡高梁山尾東跨江西，首劍閣，東西數千里。劍閣銘所謂「巖巖梁山，積石峨峨」，即述此也。案：劍閣銘見本書卷五十六。大劍山在今四川劍閣縣北，即古梁山也。○岷山，已見蜀都賦。○書見堯典，僞古文分入舜典。史記五帝本紀曰：舜南巡狩，崩於蒼梧之野。○光武紀，今本東觀漢記光武帝紀有此文。○李注引吕氏春秋見審分篇，已見西都賦注。故自「吕氏春秋」至「爲六合」二十字，袁本不再出，是也。然袁本作「六合已見兩都賦序」，亦誤，故仍從尤本。茶陵本同。○尚書序見堯典。○春秋運斗樞、北堂書鈔藝文部二、儀飾部下、地部三、初學記寶器部、太平御覽地部二十六、皇王部六皆引之。○漢書藝文志小學家有史籀十五篇。原注曰：周宣王太史作大篆。許叔重説文解字叙曰：及宣王，太史籀著大篆十五篇，與古文或異。又曰：秦書有八體。一曰大篆，二曰小篆，三曰刻符，四曰蟲書，五曰摹印，六曰署書，七曰殳書，八曰隸書。段注曰：古文大篆雖不行，而其體固在。刻符、蟲書，未嘗不用也。步瀛案：藝文志顔注曰：蟲書，謂爲蟲鳥之形，所以書幡信也。是蟲書、鳥書爲一，而八體中蟲書與大篆并列，則大篆非即蟲書、鳥書也。特其體相近，故漢書音義統言之耳。○禮記鄭注見中庸。本注各本「策」作「筴」，今依禮記及本賦正文改。○揚雄荅劉歆書見方言卷首。○東觀漢記今本佚此文。○説文曰：牒，札也。「牒札」各本誤作「諜記」，今依胡氏校改。許巽行曰：説文：諜，軍中反間也。牒，札也。胡紹煐曰：書多借「諜」爲「牒」。杜宗玉曰：牒、諜均葉聲。左傳昭二十五年：左師受牒而退。司馬貞史記孟子荀卿列傳索隱曰：牒，小木札也。後漢書張衡傳注曰：諜，譜第也。與「牒」通。史記三代世表曰：余讀諜記。索隱

曰：諜者，記系謚之書也。蓋史記假「諜」爲「牒」也。論衡量知篇云：截竹爲筒，破以爲牒，加筆墨之迹，乃成文字。夫文字，記言者也。此「牒」與「諜」同之義。〇孝經鉤命訣、易通卦驗上鄭注引作「封乎太山，考績燔燎。禪于梁父，刻石紀號」。今本脱「乎」字、「禪」字，依書鈔禮儀部十二、初學記禮部上引增。禮記禮器注引孝經説同。〇蔡邕獨斷上曰：天子以四海爲家，故謂所居爲行在所。猶言今雖在京師，行所至耳。巡行天下，所奏事處皆爲宫。〇「陟，升也」至「謂舜也」。胡克家曰：袁本、茶陵本無此十一字。案：無者是也。步瀛案：舜典僞孔傳曰：方，道也。前「黜陟幽明」，僞孔傳解「陟」爲「升」，皆此注所本。此因陟方字專釋爲舜，似泥。説見上。〇緒、宅、素，古音魚部。記、基，之部。

而吾子言蜀都之富，禺同之有。瑋其區域，美其林藪。

【彙校】

「而吾子」「吾」，奎章閣本、明州本、贛州本、四庫本、叢刊本、正德本、尤刻本、胡刻本、監本、唐鈔

本、九條本同。陳八郎本作「吴」。當作「吾」。

■立群案：諸本多作「吾」，獨陳八郎本作「吴」。五臣翰曰：吾子，謂西蜀公子也。據注，是五臣本本作「吾」，陳八郎本亦應作「吾」。「吾子」，古代男子之間的敬辭。左傳隱公三年：吾子其無廢先君之功。儀禮士冠禮：某有子某，將加布於其首，願吾子之教之也。鄭玄注：吾子，相親之辭。吾，我也；子，男子之美稱。俱敬辭。且此處「吾子」者，指西蜀公子，斷不容作「吴子」。

「蜀都之富」「富」，奎章閣本、明州本、贛州本、四庫本、叢刊本、正德本、胡刻本、唐鈔本、九條本同。陳八郎本、尤刻本、監本作「冨」。當作「富」。

「瑋其區域」「瑋」，奎章閣本、明州本、正德本、陳八郎本、尤刻本、胡刻本、唐鈔本同。贛州本、四庫本、叢刊本、監本、九條本作「偉」。今從「瑋」。

■立群案：王逸楚辭章句序：楚人高其行義，瑋其文采，以相教傳。後漢書黨錮傳：梁惠王瑋其照乘之珠，齊威王答以四臣。句式正與賦相類，或爲賦語所本。當作「瑋」。然阮元經籍纂詁：一切經音義一云：偉，埤蒼作瑋。同于鬼反。是「瑋」「偉」可通。作「偉」亦不爲無據。

「美其林藪」「美」，明州本、贛州本、四庫本、叢刊本、陳八郎本、胡刻本同。奎章閣本、正德本、九條本作「羙」。尤刻本、監本、唐鈔本作「羙」。當作「美」。「藪」，四庫本同。奎章閣本、明州本、贛州本、叢刊本、正德本、尤刻本、胡刻本、監本、唐鈔本、九條本作「藪」。陳八郎本模糊不清。當作「藪」。

【彙注】

【李善注】劉曰：吾子，謂西蜀公子。言蜀地富饒及禺同之所有也。緯，美也。

【文選鈔】而者，發語聲。吾子，謂蜀公子也。華陽國志云：越嶲郡蜻蛉縣禺、同山有金馬、碧鷄之

神。公子言金馬騁光而絕影，碧鷄倏忽而曜儀，故王孫以此言質之。偉，奇也。公子言封域之內，則原隰墳衍。又云：林麓黝儵，交讓所植。故王孫非之。

【文選音決】禺音愚。偉，于鬼反。

【五臣注】禺音愚。翰曰：瑋，美也。吾子，謂西蜀公子也。禺、同，二山名。

【張鳳翼文選纂注】偉，大也。吾子，謂西蜀公子也。禺、同，二山名。

【王象乾文選刪注】禺、同，二山名。偉，美也。

【余蕭客文選音義】禺、同。翰曰：二山名。續漢書郡國志：越嶲郡青蛉縣有禺、同山，俗謂有金馬、碧鷄。偉。五臣作「瑋」。

【孫志祖文選考异】偉其區域。「偉」，五臣作「瑋」。此注中「瑋美也」三字，亦李周翰注語。

【胡克家文選考异】瑋其區域。茶陵本「瑋」作「偉」，云五臣作「瑋」。袁本作「瑋」。案：袁用五臣也，失著校語，此以五臣亂善，皆非。

注「吾子謂西蜀公子」下至「其形如蹲鴟故號也」。袁本、茶陵本無此九十三字。案：無者最是。尤延之初刻亦無，後乃添入，故修改之迹至今尚存。凡此等語，皆五臣以後不知何人記在行間者，尤校此書，意主改舊，遂悉取以增多，而讀者相沿，罕能辨正。幸袁、茶陵二本均未嘗誤，各得反覆推驗，決知其非。特詳載之，用俟刊正。以下盡同此也。

【梁章鉅文選旁證】瑋其區域。五臣「瑋」作「偉」。翰注可證。

矜巴、漢之阻，則以爲襲險之右。徇蹲鴟之沃，則以爲世濟陽九。

【彙校】

「則以爲」　「爲」，明州本、贛州本、叢刊本、陳八郎本、尤刻本、胡刻本、監本、九條本同。奎章閣本、四庫本、正德本、唐鈔本作「為」。當作「爲」。

「襲險之右」　「襲」，明州本、贛州本、叢刊本、正德本、陳八郎本、尤刻本、胡刻本、監本、九條本同。奎章閣本、四庫本、唐鈔本作「龔」。當作「襲」。「險」，奎章閣本、明州本、贛州本、叢刊本、陳八郎本、尤刻本、胡刻本、監本、唐鈔本、九條本同。四庫本作「險」。正德本作「險」。當作「險」。

「徇蹲鴟」　「徇」，奎章閣本、明州本、贛州本、四庫本、叢刊本、陳八郎本、尤刻本、胡刻本、監本、九條本同。正德本作「佝」。唐鈔本作「殉」。當作「徇」。「鴟」，奎章閣本、明州本、贛州本、四庫本、叢刊本、正德本、陳八郎本、尤刻本、胡刻本、監本、九條本同。唐鈔本作「鵄」。當作「鴟」。

■**立群案**：左傳僖公二十八年：殺顛頡以徇于師。商君書賞刑：顛頡後至，請其罪。君曰：焉用事吏？遂斷顛頡之脊以殉。是「徇」「殉」可通。故劉逵注曰：亡身從物曰徇，誇物示人亦曰徇。今從「徇」。

「則以爲」「爲」，明州本、贛州本、叢刊本、陳八郎本、尤刻本、胡刻本、監本、九條本同。奎章閣本、四庫本、正德本、唐鈔本作「為」。當作「爲」。

「世濟陽九」「世」，奎章閣本、四庫本、正德本、監本、唐鈔本同。明州本、贛州本、叢刊本、陳八郎本、尤刻本、胡刻本、九條本作「卋」。當作「世」。「濟」，奎章閣本、四庫本、正德本、胡刻本同。明州本、贛州本、叢刊本、陳八郎本、尤刻本、監本、唐鈔本作「濟」。九條本模糊不清。當作「濟」。「陽」，奎章閣本、四庫本、正德本、尤刻本、胡刻本、唐鈔本作「陽」。明州本、贛州本、叢刊本、陳八郎本、監本作「陽」。九條本磨滅。當作「陽」。「九」，奎章閣本、明州本、贛州本、四庫本、叢刊本、正德本、陳八郎本、尤刻本、胡刻本、監本、唐鈔本同。九條本磨滅。當作「九」。

【彙注】

【李善注】劉曰：蜀都賦云：左綿、巴中，百濮所充；緣以劍閣，阻以蜀門。矜誇其險也。徇，營也。亡身從物曰徇，誇物示人亦曰徇。卓王孫曰：吾聞岷山之野，下有蹲鴟，至死不飢。三年不收，其形如蹲鴟，故號也。越嶲郡蜻蛉縣禺山有金馬、碧鷄之神。巴、漢之阻，巴郡之扞關也。漢中廣漢，其路由於劍閣，褒、斜也。易無妄曰：災氣有九。陽阨陰阨，四合爲九，一元之中，四千六百一十七歲，各以數至陽阨，故云百六之會。王孫言公子徇其土地，自生蹲鴟。可以救代飢儉，度陽九之厄。漢書律曆志具有其事。善曰：楊雄城門校尉箴曰：盤石唐芒，襲險重固。

【文選鈔】矜，誇也。巴、漢，皆地名也。公子言一夫守隘，萬人莫向。故王孫笑之襲險。之右，言得險之上也。地尊右，故以右爲上。

殉，營也。易無妄：災氣有陽阨，有陰阨，各以數至。陽阨旱，陰阨水。公子言蹲鴟所伏，可以食之

不饑，故亦皆析之也。

【文選音决】藪，蘇走反。矜，九陵反。襲音習。殉，辭俊反。蹲，在尊反。鴟，尺詩反。沃，於薦反。

【五臣注】徇，辭俊反。蹲音存。鴟，昌夷反。翰曰：漢，水名。言公子恃之以爲險，矜之以爲美也。右者，言其要害，猶人有右手。蹲鴟，芋也。沃，饒也。言其苗有似鴟之蹲也，可世世濟人飢厄。九，陽數。謂重陽用事，亢陽之時。蹲鴟葉大，常陰其根不死，故得濟陽九之厄也。

【陸善經注】巴郡、漢中爲蜀之阻阨。襲，謂因其事。

【張鳳翼文選纂注】蹲音存。鴟，昌夷切。漢，水名。言公子恃之以爲險，矜之以爲美也。右者，言其要害，猶人有右手也。蹲鴟，芋也。沃，饒也。陽九，謂重陽用事，飢厄之運也。

【王象乾文選删注】易無妄曰：灾氣有九。陽阨五，陰阨四，合爲九，一元之中，四千六百一十七歲，各以數至陽阨，故云百六之會。城門校尉箴曰：盤石唐芒，襲險重固。

【何焯義門讀書記】「則以爲世濟陽九」。注引易無妄曰：灾氣有九。陽阨五，陰阨四，合爲九，一元之中，四千六百一十七歲，各以數至陽阨，故云百六之會。按，此一段頗勝諸本，未知何據。

【陳景雲文選舉正】「易無妄曰」。「無」，舊本作「无」。

【張雲璈選學膠言】世濟陽九。劉注引易無妄曰：灾氣有九。陽阨五，陰阨四，合爲九，一元之中，四千六百一十七歲，各以數至陽阨，故云百六之會。何氏云：此所引，頗勝諸本，未知何據。雲璈按：宋永亨搜采异聞録云：史稱百六陽九爲厄會，以曆志考之，其名有八。初入元百六曰陽九，次曰陰九，又有陰七、陽七、陰五、陽五、陰三、陽三，皆謂之灾歲。大率經歲四千五百六十，而灾歲五十七。以數計

之，每及八十歲，則值其一。今人但知陽九之厄。云經歲者，常歲也。此説似較明爽，但其説全襲容齋續筆第六卷語。

【胡克家文選考异】注「蜻蛉縣禺山」。案：「蜻」當作「青」，「禺」下當有「同」字。各本皆誤。續漢書郡國志可證。

注「四合爲九」。袁本、茶陵本無此四字。

注「各以數至」下至「度陽九之厄」。袁本、茶陵本無此三十六字，有「有九厄陽厄五陰厄四合爲九」十二字。案：二本最是。此所增多，繆戾不可讀。

【朱珔文選集釋】「矜巴、漢之阻」。劉注云：巴郡之扞關也。案：續漢志「巴郡魚復」下：扞水有扞關。注引史記：楚肅王爲扞關以拒蜀。水經江水一篇：又東出江關，入南郡界。注云：江水自關東徑弱關、扞關。扞關，廩君浮夷水所置也。弱關，在建平秭歸界。昔巴、楚數相攻伐，藉險置關以相防扞。秦兼天下，置立南郡，自巫東上皆其域也。方輿紀要謂：「扞」與「捍」通。捍關在今荆州府長陽縣南七十里。此則即以江關爲扞關矣。又云：瞿唐關即故江關，巴、楚相攻時置。漢有江關都尉，治魚復。華陽國志：江關舊在赤甲城，後移在江南岸，對白帝城故基。後漢建武十一年，岑彭等大破田戎於荆門，遂長驅入江關。或謂之扞關。法孝直言：魚復扞關，臨江據水，實益州禍福之門是也。劉注又云：漢中、廣漢，其路由於劍閣，褒、斜。已見前蜀都賦。

則以爲世濟陽九。劉注云：易無妄曰：灾氣有九，陽阨陰阨，四合爲九。一元之中四千六百一十七歲，各以數至陽阨，故云百六之會。案：注中上「陽阨」下當有「五」字，今本脱。下「陽阨」二字疑衍。王充論衡亦曰：易無妄之應，水旱之至，自有期節。惠氏棟周易述云：易無妄者，謂易之無妄傳

也。見漢書律曆志注引孟康説。傳，疑七十子之門人所撰，如魏文侯之孝經傳矣。今考漢志引云：初入元，百六，陽九；次三百七十四，陰九；次四百八十，陽九；次七百二十，陰七；次七百二十，陽七；次六百，陰五；次六百，陽五；次四百八十，陰三；次四百八十，陽三。凡四千六百一十七歲，與一元終。經歲四千五百六十，灾歲五十七。近方氏通雅云：陽九、百六有三説。漢志所言一元之中九度，陽五陰四，陽爲旱，陰爲水。一説九、七、五、三皆陽數也，故曰陽九之戹。劉琨表曰：陽九之會，其數四千六百一十七歲爲一元。初入元，百六歲有戹，故曰百六之會。董卓傳：百六有戹，過、剥成灾。靈寶運度經三千三百年爲小陽九、小百六也，九千九百年爲大陽九、大百六也。天厄謂之陽九，地虧謂之百六。洪景盧疑之者，則王湜太乙肘後備檢云：四百五十六年爲一陽九，二百八十八年爲一百六者也。大抵太乙論陰陽之阨，自是一數，托之陽九百六，乃傅會其名耳。余觀魏都賦「運距陽九」，注引漢志殊略。而方氏兼采他説，可以參訂，因備舉焉。

【梁章鉅文選旁證】徇蹲鴟之沃。注吾聞岷山之野，下有蹲鴟。按：史記貨殖傳云：岷山之下，沃野下有蹲鴟。引以注此。似不當删「下沃」二字。

注蜻蛉縣禺山。「蜻」當作「青」。「禺」下當有「同」字。各本皆誤。續漢書郡國志「越巂郡」及水經注「淹水」條可證。

注易無妄曰。「無」當作「无」。魏都賦注引漢書：陽九厄。今本漢書作「易九戹」，而此注又作「易無妄」，實一事也。漢獻帝禪位詔曰：遭无妄厄運之會，值炎精幽昧之期。

齷齪而算，固亦曲士之所嘆也。旁魄而論，抑非大人之所壯觀也。

【彙校】

「齷齪而算」　「齷齪」，奎章閣本、明州本、贛州本、四庫本、叢刊本、正德本、陳八郎本、尤刻本、胡刻本同。監本作「握齪」。唐鈔本作「握踦」。九條本磨滅。當作「齷齪」。「算」，奎章閣本、明州本、贛州本、四庫本、叢刊本、正德本、陳八郎本、尤刻本、胡刻本、監本、唐鈔本、九條本作「筭」。當作「算」。

「固亦曲士」　「固」，奎章閣本、明州本、贛州本、四庫本、叢刊本、正德本、陳八郎本、監本、九條本同。尤刻本、胡刻本、唐鈔本作「顧」。今從「固」。

■**立群案**：胡克家文選考異：袁本、茶陵本「顧」作「固」，陳云當作「固」。案：似「固」字是也。許巽行文選筆記：「固」，六臣本作「顧」。以「齷齪而算」絶句，「顧」屬下讀。嘉德案：茶、袁本作「固」，屬下讀。陳云「固」是。是陳氏、胡氏、許氏皆認爲當作「固」不作「顧」也。然高步瀛文選李注義疏：「顧」「固」字通。禮記祭義疏曰：顧，故也。史記魯世家集解引徐廣曰：「固」，一作「故」。高氏説更爲通達。今從「固」。

「之所嘆也」　「所」，奎章閣本、正德本、唐鈔本作「所」。明州本、叢刊本、陳八郎本、胡刻本、監

本、九條本作「所」。贛州本、四庫本、尤刻本作「所」。當作「所」。「嘆」，唐鈔本同，奎章閣本、明州本、贛州本、四庫本、叢刊本、正德本、陳八郎本、尤刻本、胡刻本、監本、九條本作「歎」。當作「嘆」。「也」，奎章閣本、明州本、贛州本、四庫本、叢刊本、尤刻本、胡刻本、監本、唐鈔本、九條本同。正德本、陳八郎本無「也」字。今從有「也」字。

■**立群案**：有無「也」字，於賦皆通。諸本多有「也」字，從之。

「旁魄而論」「魄」，奎章閣本、明州本、贛州本、四庫本、叢刊本、正德本、陳八郎本、尤刻本、胡刻本、監本、唐鈔本、九條本作「魄」。當作「魄」。「論」，唐鈔本同。奎章閣本、明州本、贛州本、四庫本、叢刊本、正德本、陳八郎本、九條本作「論都邑」。尤刻本、胡刻本、監本作「論都」。當作「論」。

■**立群案**：孫志祖文選考異：旁魄而論都。五臣本「都」下有「邑」字。潘云：「都」字似衍，因下有「論都」字，故誤耳。潘，指潘耒。下「論都」字，指後「若率土而論都」句。孫志祖引潘耒之説，認爲三都賦原當作「旁魄而論」；「旁魄而論都」之「都」字因後「論都」字而誤增。胡克家文選考異：何校稱潘稼堂耒云「都」字衍，涉下「論都」而誤。今案：所説是也。「旁魄而論」與上「握齪而算」偶句，各四字，不當偏贅一字。胡紹煐文選箋證：考异曰：「旁魄而論」與上「齷齪而算」偶句，各四字，不當偏贅一字。知何焯、胡克家亦認可潘耒「旁魄而論」之説。梁章鉅文選旁證：潘氏耒曰：「都」字衍，涉「論都」而誤耳。胡公考异曰：「旁魄而論」與上「握齪而算」偶句，各四字，不當偏贅一字。梁章鉅引潘耒、胡克家之説，亦認同「旁魄而論」説。王念孫讀書雜記亦從偶對入手，却提出不同看法：「齷齪而算」下當有「地」字，「齷齪而算地，旁魄而論都」相對爲文。劉逵云：言算量蜀地，亦是曲僻之士，則「算」下原有「地」字明矣。是王念孫認爲三都賦原文當作「旁魄而論都」；又據劉逵注，改前「齷齪而

算」爲「齷齪而算地」，從而與「旁魄而論都」形成偶對。胡紹煐文選箋證反駁曰：「算蜀地」與「論西都」，皆注中申明正文，故特添設「地」字、「都」字耳。王氏謂脱一「地」字，蓋因與下句不相對，故云。實則正文「都」字涉注誤加，考异以爲衍文，説較直截。潘氏耒曰：「都」字衍，涉「論都」而誤耳。是胡紹煐亦認爲三都賦當作「旁魄而論」。清人「旁魄而論」説，甚有理，但尚缺乏版本依據。至民國時期，學者對此問題亦有争議。高步瀛文選李注義疏羅列孫志祖文選考异、胡克家文選考异、王念孫讀書雜記、胡紹煐文選箋證等諸家評論，最終采納「旁魄而論」説。而黄侃文選平點的態度却更爲謹慎：注有「都」字，安可妄删。認爲不可輕易否定「旁魄而論都」之説。二十世紀四十年代，影印古寫卷子本文選集注傳入中國，書中正作「旁魄而論，抑非大人之所壯觀也」。清人之理校，證以文選集注之版本，故知三都賦應作「旁魄而論」爲是。然文選集注案語云：五家本「論」下有「都」字。是文選集注編者所見之五臣本文選已作「旁魄而論都」。後北宋監本、尤刻本、胡刻本等李善本系統作「旁魄而論都」，恐爲五臣本所亂。而奎章閣本、明州本、贛州本、四庫本、叢刊本、正德本、陳八郎本文選等作「旁魄而論都邑」，或因五臣注「言若混同而論都邑」之語，故於「都」後又增「邑」字，誤之更甚。

「之所壯觀」「所」，奎章閣本、四庫本作「所」。明州本、贛州本、叢刊本、陳八郎本、九條本作「所」。正德本、唐鈔本作「所」。尤刻本、胡刻本、監本無「所」字。當作「所」。「壯」，奎章閣本、明州本、贛州本、四庫本、叢刊本、陳八郎本、尤刻本、胡刻本、監本、九條本同。正德本、唐鈔本作「壯」。當作「壯」。「觀」，奎章閣本、明州本、贛州本、四庫本、叢刊本、正德本、陳八郎本、尤刻本、胡刻本、監本、九條本同。唐鈔本作「觀」。當作「觀」。

■**立群案：**五臣本、合注本、集注本、九條本俱有「所」字，獨李善本無「所」字，斟酌賦意，當有

「所」字。另，「抑非大人之所壯觀也」句法有誤，頗疑此處「之所壯觀」當作「之所觀」。新序雜事第一：若懷霸王之余議，攝治亂之遺風，昭奚恤在此，唯大國之所觀。歐陽修游鯈亭記：今吾兄家荆州，臨大江，舍汪洋誕漫，壯哉，勇者之所觀！句法正與賦同。且賦云：齷齪而算，固亦曲士之所嘆也。旁魄而論，抑非大人之所觀也。「固亦」「抑非」偶對，「曲士」「大人」偶對，「之所嘆也」「之所觀也」偶對。惜無版本依據，俟考。

【彙注】

【李善注】劉曰：齷齪，好奇局小之貌。曲，謂僻也。言算量蜀地，亦是曲僻之士。旁魄，取寬大之意。王孫謂寬大之意論西都也。善曰：漢書，酈食其曰：其將齷齪好苛禮。齪，楚角切。文子曰：曲士不可言至道。莊子曰：將旁礴萬物以爲一。司馬彪曰：旁礴，猶混同也。礴與魄同。鵩鳥賦曰：大人不曲。

【文選鈔】握齪，小貌。算，數也，計也。言委曲細碎之士，嗟嘆説其美也。廣雅：顧，向也。傍魄，言大也。又云：四方也。或云旁薄，猶平。

【文選音决】齷，於角反。齪，楚角反。算，素管反。旁，步光反。魄，步博反。抑，於極反。觀，古半反。

【五臣注】齷音握。齪，楚角反。魄，蒲博反。銑曰：齷齪，局小貌。算，計也。曲士，小人也。言蜀局小之計，且爲小人所嘆，而況於我乎。向曰：旁魄，混同。言若混同而論都邑，則蜀都褊小，不足以爲大人之壯觀也。

【陸善經注】握齪，狹促之貌，言曲士亦嫌其小。莊子云：曲士不可語於道者，束於教也。

言混同天下論之，則崎嶇山阻，又非大人之壯觀。抑，語詞也。

【張鳳翼文選纂注】齷齪，小計也。曲士，一偏之士。旁魂，未明也。凡初一日爲死魂，初二日爲旁死魂。書武成可考。言以未明之見論事也。

【王象乾文選删注】旁魄，混同也。酈食其曰：其將握齪好苛禮。莊子曰：將旁薄萬物以爲一。

【陳景雲文選舉正】齷齪而算顧。「顧」，當作「固」。注「吾子」至「故號也」百餘字，舊本無之。今觀文義，恐是李注誤列劉注之前。若繫於「善曰」下，即明順矣。

【杭世駿文選課虚】莊子：將旁礴萬物以爲一。旁礴，猶混同也。礴與魄同。

【余蕭客文選音義】齷。善作「握」。嘆平。魄李氏莊子音：礴，普各反。善注：「礴」與「魄」同。論都。六臣有邑字。何引潘云：「都」字衍。

【孫志祖文選考异】旁魄而論都。五臣本「都」下有「邑」字。潘云：「都」字似衍，因下有「論都」字，故誤耳。

【孫志祖文選李注補正】旁魄而論都。注：旁魄，取寬大之意。王孫謂寬大之意論西都也。○正曰：按，「論西都」不可解。潘云：「都」字似衍，因下有「論都」字，故誤耳。

【胡克家文選考异】齷齪而算。案：「齷」當作「握」。茶陵本云善作「握」。此以五臣亂善，非。袁本失著校語，而善注引漢書作「握」，未誤，此并改「齷」，益非。

顧亦曲士之所嘆也。袁本、茶陵本「顧」作「固」，陳云當作「固」。案：似「固」字是也。

旁魄而論都。何校稱潘稼堂耒云「都」字衍，涉下「論都」而誤。今案：所説是也。「旁魄而論」與上「握齪而算」偶句，各四字，不當偏贅一字。

【許巽行文選筆記】算固。齷齪而算，固亦曲士之所嘆也。「固」，六臣本作「顧」。以「齷齪而算」絶句，「顧」屬下讀。嘉德案：茶、袁本作「固」，屬下讀。陳云「固」是。

旁魄。史記酈生傳：家貧落魄。漢書音「薄」。

論都。旁魄而論都。六臣無「都」字，以「旁魄而論」絶句。

【梁章鉅文選旁證】齷齪而算。「齷」當作「握」。六臣本校云：善作「握」。

顧亦曲士之所嘆也。旁魄而論都，抑非大人之壯觀也。六臣本「顧」作「固」，「都」下有「邑」字，「壯」上有「所」字。潘氏耒曰：「都」字衍，涉「論都」而誤耳。胡公考异曰：「旁魄而論」與上「握齪而算」偶句，各四字，不當偏贅一字。

【胡紹煐文選箋證】齷齪而算，固亦曲士之所嘆也。旁魄而論都，抑非大人之所壯觀也。考异曰：「旁魄而論」與上「齷齪而算」偶句，各四字，不當偏贅一字。王氏念孫曰：「齷齪而算」下當有「地」字，「齷齪而算地，旁魄而論都」相對爲文。劉逵云：言算量蜀地，亦是曲僻之士，則「算」下原有「地」字明矣。紹煐按：「算蜀地」與「論西都」，皆注中申明正文，故特添設「地」字、「都」字耳。王氏謂脱一「地」字，蓋因與下句不相對，故云。實則正文「都」字涉注誤加，考异以爲衍文，説較直截。潘氏耒曰：都字衍，涉「論都」而誤耳。

【薛傳均文選古字通疏證】旁魄而論都。注：旁魄，取寬大之意。善曰：莊子曰：將旁礴萬物以爲一。司馬彪曰：旁礴，猶混同也。「礴」與「魄」同。傳均案：司馬長卿封禪文：旁魄四塞。注張揖曰：旁魄，布衍也。魄音薄。郭景純江賦：荆門闕竦而磐礴。注：磐礴，廣大貌。陸士衡挽歌詩：旁薄立四極。注太元經曰：地旁薄而向乎上。蓋「薄」「魄」一聲之轉。「礴」字又從「薄」字得聲，故可互

相通假也。

【高步瀛文選李注義疏】胡克家曰：茶陵本「瑋」作「偉」，云：五臣作「瑋」。袁本作「瑋」。案：袁用五臣也，失著校語。此以五臣亂善，皆非。步瀛案：二本校語所云「善作某」「五臣作某」者，第據所見本言之耳。而各本恐有不同。如羅氏所印文選集注殘本所存之篇李善及五臣注，以二本校語驗之，間有不同者。考异但據校語，往往謂尤本以五臣亂善，恐未盡確。○李周翰曰：右者，言其要害，猶人有右手也。步瀛案：儀禮公食大夫禮鄭注曰：右，首也。史記孝文本紀索隱曰：右，猶高也。此言襲險之右者，謂蜀地爲重險之首。凡言重險之地，當以蜀爲冠耳。翰注非。○胡克家曰：「齷」當作「握」。茶陵本云善作「握」。此以五臣亂善，非。袁本失著校語。而善注引漢書作「握」，未誤。○張銑曰：算，計也。步瀛案：「筭」乃「算」之借字。説文曰：算長六寸，計曆數者。又曰：算，數也。段曰：算籌與算數字各用，計之所謂算也。古書多不別。○王念孫曰：「齷齪而算」下當有「地」字。「齷齪而算地」「旁魄而論都」相對爲文。劉注云：算量蜀地，則「算」下原有「地」字明矣。胡紹煐曰：「算蜀地」與「論西都」，皆注中申明正文，故特添設「地」字、「都」字耳。王氏謂脱「地」字，蓋因與下句不相對，故云。實則正文「都」字涉注誤加，考异以爲衍文，説較直截。○胡克家曰：袁本、茶陵本「顧」作「固」，陳云當作「固」。案：似「固」字是也。步瀛案：「顧」「固」字通。禮記祭義疏曰：顧，故也。史記魯世家集解引徐廣曰：「固」，一作「故」。或作險固解，與上「算」字連讀，對「論都」，非是。○孫志祖考异引潘耒曰：「都」字似衍，因下有「論都」字而誤耳。胡克家曰：何校稱潘耒云「都」字衍。今案：所説是也。「旁魄而論」與上「握齪而算」偶句，各四字，不當偏贅一字。案：胡紹煐説同。○五臣「論都」下有「邑」字，「壯觀」上有「所」字，皆非。○「吾子謂西蜀公子」至「故號也」。胡克家曰：袁

本、茶陵本無此六十三字。案：無者最是。尤延之初刻亦無，後乃添入，故修改之迹至今尚存。凡此等語，皆五臣以後不知何人記在行間者。尤校此書，意主改舊，遂悉取以增多，而讀者相沿，罕能辨正。幸袁、茶陵二本均未嘗誤，各得反覆推驗，决知其非。步瀛案：袁、茶陵二本頗多删節，不能以二本所無者遂斷爲非。原注所有如本賦「瑋」字、「侚」字，李善皆無注，安知非因劉注已釋，故不復注耶？特此注語過繁冗，似不無後人羼入耳。然於本賦亦可發明，故仍過而存之。後倣此。○莊子大宗師釋文引向秀注曰：偉，美也。玄應一切經音義卷一曰：偉，埤蒼作「瑋」，同，于鬼反。○「侚」，説文作「佝」，曰：行示也。字亦作「徇」。周禮地官司市鄭注曰：徇，舉以示其地之衆也。故引申爲誇物示人之義。字又作「殉」。孟子盡心上曰：以身殉道。趙注曰：殉，從也。史記賈生傳鵩鳥賦曰：貪夫殉財。集解引瓚曰：以身從物曰殉。本書鵩鳥賦注引司馬彪曰：殉，營也。廣雅釋言曰：徇，營也。此與下注「徇，求也」同一義矣。○梁章鉅曰：史記貨殖傳云：岷山之下，沃野下有蹲鴟。不當删「下沃」二字。○「青」，各本作「蜻」。又「禺」下無「同」字。胡克家曰：「蜻」當作「青」，「禺」下當有「同」字。各本皆誤。續漢書郡國志可證。步瀛案：已見蜀都賦疏。○扞關爲蜀之要險。史記楚世家曰：肅王四年，蜀伐楚，取茲方，於是楚爲扞關以拒之。續漢書郡國志益州巴郡魚復縣下曰：扞水有扞關。劉昭注即引史記證之。「扞」，字亦作「捍」。水經江水篇曰：江水東出江關，入南郡界。酈注曰：江水自關東徑弱關、捍關。捍關，廩君浮夷水所置也。弱關，在建平、秭歸界。昔巴、楚數相攻伐，藉險置關以相防捍。又夷水注曰：昔廩君浮土舟於夷水，據捍關而王巴。是以法孝直有言：魚復捍關，臨江據水，實益州禍福之門。步瀛案：酈注言捍關爲廩君所置，與史記不合。楊守敬水經注疏要删已駁之，今不復論。惟漢書地理志巴郡魚復縣原注曰：江關，都尉治。不言扞關。酈氏江水注言自關東徑弱關、捍關，似不以

江關、扞關爲一地。又檢蜀志法正傳，正與劉璋箋曰：魚復與關頭，實爲益州禍福之門。與酈注所稱不同。王應麟通鑑地理通釋卷十引史記正義曰：括地志：江關，今夔州魚復南二十里江南岸白帝城。是疑是楚世家正義之文，爲後人删去。今惟張儀傳正義曰：扞關在硤州巴山縣界，即本括地志爲言也。太平寰宇記曰：山南西道夔州奉節縣本漢魚復縣地也。今縣北三十里有赤甲城，是舊魚復縣基。漢書地理志：魚復縣，江關都尉所居。蜀先主改爲奉節縣。又曰：峽州東陽縣，廢巴山縣在縣南七十里，本很山地，即古捍關，楚肅王拒蜀之處。蓋亦本括地志爲言，與水經注亦合。是江關、扞關非一地也。然以史記及兩漢志繹之，似楚初置曰扞關，以扞拒蜀而名也。至漢改曰江關，以臨大江而名也。續志特仍舉初置之名耳。魚復之扞關既改曰江關，後人乃於其東别指一關以名之，於是又有巴山縣之扞關矣。又華陽國志巴志曰：巴、楚數相攻伐，故置扞關、陽關、沔關。地理通釋引史記正義引華陽國志作江關、陽關。後漢書公孫述、岑彭傳李賢注引作江關，下又曰：舊在赤甲城，後移往江南岸，對白帝城，故基在今夔州魚復縣南。則今本華陽志沔關或即江關之誤。然史記言扞關而不言他關，華陽志言三關并立，恐屬後人附會。又括地志言陽關在涪州永安縣。永安故縣在今四川長壽縣西南，秦未滅巴、蜀時，楚亦不能於此置關也。○「无妄」。尤本「无」作「無」，今依袁本、茶陵本改。又「陽阸五」脱「五」字，亦依二本增。惟二本此處「陽阸五，陰阸四，合爲九」，「九」字但作「陽阸陰阸」，而此「九」字在下，與尤本不同。○「各以數至」至「度陽九之厄」。胡克家曰：袁本、茶陵本無此三十六字，有「有九阸，陽阸五，陰阸四，合爲九」十二字。案：二本最是。此所增多，繆戾不可讀。步瀛案：尤本「陽九之阸」誤作「陽阸」，故胡氏云三十六字，今依漢志注改，并移於「故云」二字之下，則無繆戾不可讀之處矣。又「王孫言公子」以下二十四字亦當移「漢書律曆志具有其事」九字之下。又「厄」字當與上文一律作「阸」。然

「阨」亦俗字，當作「戹」，「阸」通借字。漢書律曆志上曰：易九戹曰：初入元，百六，陽九；次三百七十四，陰九；次四百八十，陽九；次七百二十，陰七；次七百二十，陽七；次六百，陰五；次六百，陽五；次四百八十，陰三；次四百八十，陽三。凡四千六百一十七歲，與一元終。經歲四千五百六十，災歲五十七。注引孟康曰：易傳也。所謂陽九之戹，百六之會者也。錢大昕廿二史考异七謂「九戹」當作「无妄」，即引本賦劉注爲證。且謂李注文選屢引此文，并作「陽九戹」，則唐時本已訛。讀書雜志四之四王引之謂：作「陽九戹」者是。據李注文選左思魏都賦、陸機樂府、江淹雜體詩、劉琨勸進表、袁宏三國名臣序贊、曹植王仲宣誄六引漢書皆作「陽九戹」，足正今本之誤。張文虎舒藝室隨筆五又從漢書「易九戹」而謂劉注、李注皆誤，未知孰是。姚範援鶉堂筆記三十七亦疑之，既又以此注「无妄」爲「九戹」之訛，亦無確證。惠棟周易述謂易无妄爲易之无妄傳，疑七十子之門人所撰，如魏文侯之孝經傳。錢大昕謂此亦緯書之類，猶稽覽之，稱中孚傳。王引之謂「陽九戹」蓋三統曆篇名。亦各以意説而無由折衷一是。要之，漢三統術即用此法，以日法八十一乘閏法十九，得千五百三十九，爲統歲。三之，得四千六百一十七歲，爲元歲。易爻有九六、七八。初入元，百六，陽九。謂百六十年中九年旱也。次三百七十四，陰九，謂三百七十四年中九年水也。百六與三百七十四共四百八十，即六乘八之數也。次四百八十，陽九。謂四百八十年中九年旱。四八者，亦六乘八之數也。易爻六老陰有變，故再數也。次七百二十，陰七。謂七百二十年中七年水。七二者，九乘八之數也。次七百二十，陽七。亦謂七百二十年中七年水。七二者，亦九乘八之數也。易爻九老陽有變，故再數也。次六百，陰五。次六百，陽五。六百者，七八乘八之數也。七乘八得五百六十歲，八乘八得六百四十歲，合爲千二百歲。於易爻七少陽八少陰不變，故合而數之，各得六百歲也。次四百八十，陰三。次四百八十，陽三。四八者，六乘八之數也。

六既有變，又陰爻也。陽奇、陰偶，故九再數而六四數，七八不變，又無偶，各一數。一元之中，有五陽四陰。陽旱，陰水。九七、五三，皆陽數，故曰陽九之戹也。見孟康及如淳注，今約述之。至通雅卷十二引靈寶運度經三千三百年爲小陽九、小百六，九千九百年爲大陽九、大百六。及王湜太乙肘後備檢四百五十六年爲一陽九，二百八十八年爲一百六，實委瑣不足道也。○李注引城門校尉箴，古文苑載之。案：襲險與重固義同。廣雅釋詁四曰：襲，重也。襲險，即重險也。○漢書見酈食其傳。袁本「齪」作「握」，與漢書字合。又漢書「齪」作「齱」，「苛」作「荷」。顏注曰：「荷」與「苛」同。苛，细也。齱，音初角反。案：史記酈生傳作「苛」。李音齪，楚角切，與顏合。「齱」之爲「齪」，猶「趣」之爲「趗」也。○文子見上義篇。今本「言」作「與論」。○莊子見逍遥游。薛傳均曰：司馬長卿封禪文：旁魄四塞。注：張揖曰：旁魄，布衍也。魄音薄。郭景純江賦：荆門闕竦而磐礴。注：磐礴，廣大貌。陸士衡挽歌詩：旁薄立四極。注：太玄經曰：地旁薄而向乎上。蓋「薄」「魄」一聲之轉。「礴」字又從「薄」字得聲，故可互相通假也。步瀛案：太玄經文見玄告。○鵩鳥賦見本書卷十三。○有、右，古音之部。藪，侯部。九，幽部。三部通轉爲韵。嘆、觀，元部。

何則？土壤不足以攝生，山川不足以周衛。公孫國之而破，諸葛家之而滅。

【彙校】

「土壤不足」　「土」，明州本、贛州本、四庫本、叢刊本、陳八郎本、尤刻本、胡刻本、監本、九條本同。奎章閣本、正德本、唐鈔本作「圡」。當作「土」。「壤」，奎章閣本、明州本、贛州本、四庫本、叢刊本、正德本、陳八郎本、尤刻本、胡刻本、監本、九條本同。唐鈔本作「壤」。當作「壤」。

「以周衛」　「衛」，奎章閣本、贛州本、叢刊本、正德本、陳八郎本、尤刻本、胡刻本、監本、唐鈔本、九條本同。明州本、四庫本作「衛」。當作「衛」。

【彙注】

【李善注】劉曰：攝，持也。老子曰：善攝生。漢書：公孫述，王莽末時王蜀，爲光武將吴漢破之。魏志曰：漢末諸葛亮輔劉備而爲臣，都於蜀，終於魏將鄧艾所平。善曰：漢武柏梁臺衛尉詩曰：周衛交戟禁不時。

【文選鈔】何者，成上之詰。則者，標下之義。猶言上所非詰公子之言何爲然乎。其所由者則如下說也。河上公老子注曰：攝，養也。言蜀地不足養生周衛也。衛，扶護也。

後漢書云：公孫述，字子陽，前漢末爲蜀郡長，後遂據蜀稱天子一十二年，爲漢將岑彭等擊敗於荆門。諸葛亮，字孔明，爲蜀相，將兵伐魏，死於軍中。至作賦時，家亦滅盡。卿大夫稱家。

【文選音决】衛，協韵，爲别反。

【五臣注】向曰：發疑問之詞，故言何如此。蜀之土地卑濕，故不足以養生。周衛，謂防衛也。翰曰：公孫述爲漢光武所滅。諸葛，亮也。卿大夫稱家。亮死後，蜀國方滅。此言諸葛亮家之而滅者，舉大以明之。

【陸善經注】公孫述稱帝，光武使吴漢等破平之。諸葛亮相蜀，至子瞻與鄧艾戰，死之而家滅也。

【張鳳翼文選纂注】何則？承上文而後爲疑問之詞。蜀之土地卑濕，故不足以養生。周衛，謂防衛也。公孫述爲光武所滅。諸葛，諸葛亮也。卿大夫稱家。亮死後，蜀方滅。此言諸葛家之而滅者，概舉以例其他也。

【何焯義門讀書記】公孫國之而破，諸葛家之而滅。公孫、諸葛非徒屬對之工，隱乎漢之亡，正得春秋「王師敗績于某」之意。

【陳景雲文選舉正】土壤不足以攝生。注「柏梁臺衛尉詩」。舊本無「衛尉」二字。

【余蕭客文選音義】衛。後漢注：協韵，于别反。注衛尉詩。何曰：一本無「衛尉」字。

【胡克家文選考异】注「王莽末時王蜀」下至「麗著也」。袁本、茶陵本無此四十二字，有「王此土而亡諸葛亮相此國而敗」十三字。案：二本最是。

注「漢武柏梁臺衛尉詩曰」。袁本、茶陵本無「衛尉」二字。

茲乃喪亂之丘墟，顛覆之軌轍。安可以麗王公而著風烈也？

【彙校】

「茲乃喪亂」「喪」，明州本、贛州本、叢刊本、正德本、尤刻本、胡刻本、監本、九條本同。奎章閣本、四庫本、陳八郎本作「喪」。唐鈔本作「喪」。當作「喪」。

「丘墟」「丘」，奎章閣本、明州本、贛州本、四庫本、叢刊本、正德本、陳八郎本、尤刻本、監本、唐鈔本、九條本同。胡刻本作「𠀉」。當作「丘」。「墟」，明州本、贛州本、四庫本、叢刊本、陳八郎本、尤刻本、胡刻本、監本、九條本同。奎章閣本、正德本作「墟」。唐鈔本作「墟」。當作「墟」。

「顛覆之軌」「顛」，奎章閣本、四庫本、正德本、陳八郎本、唐鈔本同。明州本、贛州本、叢刊本、尤刻本、胡刻本、監本、九條本作「顛」。當作「顛」。「軌」，奎章閣本、明州本、贛州本、四庫本、正德本、陳八郎本、胡刻本同。叢刊本、尤刻本、監本、九條本作「軌」。唐鈔本作「軌」。當作「軌」。

「麗王公」「麗」，監本、唐鈔本同。奎章閣本、明州本、贛州本、四庫本、叢刊本、正德本、陳八郎本、尤刻本、胡刻本、九條本作「儷」。今從「麗」。

■ **立群案**：梁章鉅文選旁證：安可以儷王公而著風烈也。胡公考异曰：「儷」當作「麗」，「著」

當作「奢」。劉注：麗，著也。引「麗王公也然」。善注「奢，靡」引「敝化奢麗」，皆可證。銑注：作「儷」，作「著」。遂以五臣亂善，與注不相應矣。朱氏珔曰：「儷」「麗」亦通。公羊莊廿一年傳：士受儷皮。釋文：「儷」本作「麗」。荀子正名篇：名之麗也。注：「麗」與「儷」同。今從「麗」。

「而著風烈」「著」，奎章閣本、明州本、贛州本、四庫本、叢刊本、正德本、陳八郎本、尤刻本、胡刻本、監本、唐鈔本同。九條本作「箸」。當作「著」。「烈」，奎章閣本、明州本、贛州本、四庫本、叢刊本、正德本、尤刻本、胡刻本、監本、唐鈔本、九條本同。陳八郎本作「列」。當作「烈」。

■**立群案**：荀子强國：霸者之善箸焉，可以時托也。王先謙集解：霸者其善明箸，以其所托不失時也。史記扁鵲倉公列傳：剛藥入則動陽，陰病益衰，陽病益箸，邪氣流行，爲重困於俞，忿發爲疽。俱通「著」。廣韵亦曰：著，同箸。今從「著」。

善曰：風烈，已見南都賦。五臣銑曰：言蜀都豈可以偶王公之德而著其風烈。據注，是李善本、五臣本皆作「烈」。司馬相如子虛賦亦云：問楚地之有無者，願聞大國之風烈，先生之餘論也。諸本多作「烈」，是也。

【彙注】

【李善注】儷音戾。劉曰：麗，著也。凡天下存亡，唯繫乎人。然强弱有常勢，利害有常地，必有不可守之土，不可興之國矣。易曰：六五之吉，麗王公也。善曰：毛詩曰：喪亂弘多。吕氏春秋：燭過曰：子胥諫而不聽，故吴爲丘墟。毛詩序曰：閔周室之顛覆。奢，靡也。尚書，周公曰：弊化奢麗。風烈，已見南都賦。

【文選鈔】兹，此也。聲類曰：墟，故所居也。書云：弊化奢麗也。烈，業也。衛子曰：西蜀公子

盛稱山林之奥，土宇之美。而東吴王孫囅然而咍，以爲古之聖王光宅八區。虞舜陟方於蒼梧，夏禹班巡於會稽。公孫子陽當年爲墟，劉玄德二葉而滅祀。由此而言之，故綽然而有餘也。

【**文選音決**】著，丁慮反。

【**五臣注**】儷音戾。銑曰：軌轍，車迹也。儷，偶也。言蜀都豈可以偶王公之德而著其風烈。

【**陸善經注**】麗，附著也。

【**張鳳翼文選纂注**】軌轍，車迹也。儷，偶也。言蜀都豈可以偶王公之德而著其風烈哉？

【**王象乾文選删注**】儷音戾。

【**陳景雲文選舉正**】「奢，靡也。尚書：周公曰：敝化奢麗」。按，此十二字乃羽獵賦中「尚泰奢麗」句注，誤刻於此。廣圻按，此必左賦本作「奢風烈」，故李注「奢」字也。

【**孫志祖文選考异**】安可以儷王公而著風烈也。據注「麗，著也」引易「六五之吉，麗王公也」，則本文「儷」當作「麗」。張銑曰：儷，偶也。疑五臣乃作「儷」耳。

【**張雲璈選學膠言**】安可以儷王公而著風烈也。胡中丞校本云：「儷」當作「麗」，「著」當作「奢」。劉注引「麗王公也」，「麗」字之證。李注「奢，靡也。尚書周公曰：弊化奢麗」。「奢」字之證。雲璈按：「奢，靡也」十二字注，各本多脱。

【**胡克家文選考异**】安可以儷王公而著風烈也。案：「儷」當作「麗」，「著」當作「奢」。劉注引「麗王公也」，「麗」字之證。善注：奢，靡也。尚書曰：弊化奢麗。「奢」字之證。袁、茶陵二本所載五臣銑注云云，作「儷」、作「著」。各本皆以五臣亂善，與注不相應，甚非。

【**梁章鉅文選旁證**】安可以儷王公而著風烈也。胡公考异曰：「儷」當作「麗」，「著」當作「奢」。

劉注：麗，著也。引「麗王公也」。善注「奢，靡」引「敝化奢麗」，皆可證。銑注：作「儷」、作「著」。遂以五臣亂善，與注不相應矣。朱氏珔曰：「儷」「麗」亦通。公羊莊廿一年傳：士受儷皮。釋文：「儷」本作「麗」。荀子正名篇：名之麗也。注：「麗」與「儷」同。

注麗王公也。　今易「麗」作「離」。釋文：音麗。鄭作「麗」。

【胡紹煐文選箋證】安可以儷王公而著風烈也。考异曰：「儷」當作「麗」，「著」當作「奢」。劉注：麗，著也。引易「麗王公也」，善注「奢，靡也」，引「弊化奢麗」，皆可證。銑注作「儷」、作「著」。遂以五臣亂善，與注不相應矣。紹煐按：易：麗王公也。今作「離」，釋文：音「麗」，鄭作「麗」。劉引從鄭本也。

【高步瀛文選李注義疏】吕向曰：蜀之地卑溼，故不足以養生。周衛，謂防衛也。○李周翰曰：諸葛，諸葛亮也。卿大夫稱家。亮死後，蜀國方滅。此言諸葛亮家之而滅者，舉大以明之。○張銑曰：軌轍，車迹也。○「麗」，各本作「儷」，「奢」作「著」。胡克家曰：「儷」，當作「麗」。「著」，當作「奢」。劉注引「麗王公也」，「麗」字之證。善注「奢，靡也」，「奢」字之證。五臣銑注作「儷」、作「著」。各本皆以五臣亂善，與注不相應，甚非。○劉注引老子河上公注本見貴生章。○「漢書」至「終於魏將鄧艾所平」四十四字，袁本、茶陵本作「漢書：公孫述王此土而亡，諸葛亮相此國而敗」十八字。胡克家曰：二本最是。步瀛案：如二本，「漢書」二字亦應删。疑此注所稱漢書、魏志者，猶言漢、魏之史耳，非必各引專書也。案范曄後漢書公孫述傳曰：更始二年，自立爲蜀王，都成都。建武元年，自立爲天子，號成家。十二年，述弟恢及子壻史興，并爲大司馬吴漢、輔威將軍臧宫所破，戰死。述乃自將數萬人攻漢。漢令壯士突之，述兵大亂，被刺，洞胸，墮馬，左右輿入城。述以兵屬廷岑，其夜死。明旦，岑降。吴漢乃夷述

妻子，盡滅公孫氏，并族廷岑。三國志蜀志後主傳曰：建興十二年八月，亮卒于渭濱。景耀六年，改元爲炎興。冬，鄧艾破衛將軍諸葛瞻於綿竹。艾至城北，後主輿櫬自縛，詣軍壘門。艾解縛焚櫬，延請相見。明年，後主舉家東遷。既至洛陽，策命爲安樂縣公。○「麗著也」。袁本、茶陵本無此三字。胡克家曰：二本最是。步瀛案：訓「麗」爲「著」，「著」讀「附著」之「著」，於下引易義不背，疑當在「不可興之國矣」句下。○唯繫乎人。「唯」當讀爲「雖」。莊子庚桑楚篇：唯蟲能蟲，唯蟲能天。釋文曰：一本「唯」作「雖」。詩大雅抑之篇：女雖湛樂從。管子君臣篇：雖有明君，能決之。離騷：余雖修姱以鞿羈兮。王念孫謂「雖」與「唯」同。○李注引易見離象傳。今王注本「麗」作「離」。釋文曰：離音麗。鄭作「麗」。初學記儲宮部、御覽皇親部十二引此卦鄭注，有「喻子有明德，能附麗於其父之道」二句。離象傳王注曰：麗，猶著也。孔疏曰：謂附著也。皆以麗爲附著之義。五臣作「儷」。張銑曰：儷，偶也。言蜀都豈可以偶王公之德而著其風烈，則與易義違戾矣。○李注引柏梁臺詩，今見藝文類聚雜文部二及古文苑。胡克家曰：袁本、茶陵本無「衛尉」二字。步瀛案：二字當有。衛尉者，路博德也。○毛詩，見節南山。○呂氏春秋「子胥諫而不聽」二句，見知化篇，非燭過語。行人燭過對趙簡子語，在貴直篇，無子胥諫之文。而上文狐援告齊吏，有「使人之朝爲草而國爲墟」之語，疑以類似記誤耳。○毛詩序見黍離。○說文曰：奢，張也。此云奢風烈，猶言張大風化事業。李訓「奢」爲「靡」，并引「弊化奢麗」，恐非。尚書見僞畢命。書序曰：康王作册。則非周公之言。上注「燭過」及此注「周公」，字皆應删。○衛、滅、烈，古音泰部。轍，脂部。通轉爲韵。

玩其磧礫而不窺玉淵者，未知驪龍之所蟠也。習其敝邑而不覿上邦者，未知英雄之所躔也。

【彙校】

「玩其磧礫」「玩」，奎章閣本、明州本、贛州本、四庫本、叢刊本、正德本、陳八郎本、尤刻本、胡刻本、監本、唐鈔本、九條本作「翫」。當作「玩」。

「不窺玉淵」「窺」，奎章閣本、明州本、贛州本、四庫本、叢刊本、陳八郎本、尤刻本、胡刻本、監本、九條本同。正德本、唐鈔本作「窺」。當作「窺」。「淵」，明州本、贛州本、四庫本、叢刊本、正德本、陳八郎本、尤刻本、胡刻本、九條本同。奎章閣本、唐鈔本作「淵」。監本作「渕」。當作「淵」。

「未知驪龍」「驪」，奎章閣本、明州本、贛州本、四庫本、叢刊本、陳八郎本、尤刻本、胡刻本、監本、唐鈔本、九條本同。正德本作「驪」。當作「驪」。「龍」，奎章閣本、明州本、贛州本、四庫本、叢刊本、陳八郎本、尤刻本、胡刻本、監本、九條本同。正德本、唐鈔本作「龍」。當作「龍」。

「之所蟠也」「所」，奎章閣本、正德本、唐鈔本作「所」。明州本、叢刊本、陳八郎本、監本、九條本作「所」。贛州本、四庫本、尤刻本、胡刻本作「所」。當作「所」。「蟠」，贛州本、四庫本、叢刊本、陳八郎本、監本、九條本同。奎章閣本、明州本、正德本、尤刻本、胡刻本、唐鈔本作「蟠」。當作「蟠」。

「習其敝邑」「習」，奎章閣本、明州本、贛州本、四庫本、叢刊本、正德本、陳八郎本、尤刻本、胡刻本、監本、唐鈔本、九條本作「習」。當作「習」。「敝」，奎章閣本、明州本、贛州本、四庫本、叢刊本、正德本、陳八郎本同。唐鈔本作「弊」。尤刻本作「弊」。胡刻本、監本作「獘」。九條本作「敞」。今從「敝」。

■ **立群案**：阮元經籍籑詁：詩緇衣：敝予又改爲兮。釋文：敝，本作弊。敝笱序：釋文：敝，本作弊。禮記禮運：刑肅而俗敝。釋文：敝，本作弊。郊特牲：冠而敝之。釋文：敝，本作弊。玉藻：冠而敝之可也。釋文：敝，本作弊。是「敝」「弊」可通。「敝邑」「弊邑」古似亦可通。如禮記檀弓下：君王討敝邑之罪，又矜而赦之。左傳僖公二十六年：寡君聞君親舉玉趾，將辱於敝邑。戰國策秦策：趙王喜，乃案兵告於秦曰：齊以陽武賜弊邑而納順子，欲以解伐，敢告下吏。戰國策西周策：君不如令弊邑陰合於秦而君無攻，又無藉兵乞食。知「敝邑」「弊邑」古皆指對自己國家或出生地的謙稱。今從「敝邑」。

「不覿上邦」「覿」，奎章閣本、明州本、贛州本、四庫本、叢刊本、正德本、陳八郎本、唐鈔本、九條本同。尤刻本、胡刻本、監本作「覯」。今從「覿」。「邦」，明州本、監本同。奎章閣本、贛州本、四庫本、叢刊本、正德本、陳八郎本、尤刻本、胡刻本、唐鈔本、九條本作「邦」。當作「邦」。

■ **立群案**：說文：覿，見也。覯，見也。是「覿」「覯」於賦皆可通。諸本多作「覿」，今從「覿」。

「之所躔也」「所」，奎章閣本、贛州本、四庫本、胡刻本作「所」。明州本、叢刊本、陳八郎本、尤刻本、監本、九條本作「所」。正德本、唐鈔本作「所」。當作「所」。

【彙注】

【李善注】劉曰：磧礫，淺水見沙石之貌。玉淵，水深之處，美玉所出也。尸子曰：龍淵生玉英。

莊子曰：千金之珠，在九重之淵，驪龍頷下。故曰：不窺玉淵者，不知驪龍之蟠也。善曰：上林賦曰：下磧礫之坻。説文曰：磧，水渚有石也。且歷切。驪音離。左氏傳曰：衛州吁曰：弊邑與陳、蔡從。上邦，猶上國也。方言曰：躔，歷行也。

【**文選鈔**】磧礫，小水見石者也。衛子曰：安甕牖之居，而遺大夏崇構。此則習其弊邑，而未知英雄之所躔也。王傳曰：歲躔星紀。説文：鷄父爲雄。才士歃千人爲英，智力果決爲雄。

【**文選音決**】磧，七歷反。蕭：千積反。礫音歷。驪，力知反。蟠，步寒反。弊，婢例反。覿，大曆反。躔，直連反。

【**五臣注**】磧，七亦反。躔，直连反。良曰：玩，習也。磧礫，淺水而有石也。玉淵，淵深而有玉也。公子所習淺近，如此水之淺近也，不知我國如玉淵之深焉。驪龍，龍名也。龍蟠必在深淵，今公子不窺，則不知龍在淵。濟曰：蜀但知習其敝小都邑，不見上國，則不知英雄之所行歷也。邦，國也。躔，行歷之所。

【**張鳳翼文選纂注**】磧，七亦切。磧礫，淺水見沙石者。玉淵，水深處。莊子：千金之珠，在九重之淵，驪龍頷下。故曰：不窺玉淵者，不知驪龍之蟠也。左氏傳：衛州吁曰：敝邑與陳、蔡從。上邦，猶上國也。蜀但知習其敝小都，不見上國，不知英雄行歷之所。言此以斥蜀公子也。

【**王象乾文選删注**】磧，亦七切。磧，水渚有石。躔，歷行也。尸子曰：龍淵生玉英。莊子曰：千金之珠，在九重之淵，驪龍頷下。

【**杭世駿文選課虚**】磧礫，淺水見沙石之貌。説文：磧，水渚有石也。且歷切。上林賦：下磧礫之坻。

【余蕭客文選音義】蟠叶便，平聲。

【梁章鉅文選旁證】而不覩上邦者。六臣本「覩」作「覿」。注說文曰：磧，水渚有石也。今說文「渚」作「陼」，「也」作「者」。

【胡紹煐文選箋證】未知英雄之所躔也。注善曰：方言曰：躔，歷行也。王氏念孫曰：善以「躔爲歷行」，非也。躔，居也。英雄之所居，謂「吴都」也。善月賦注引韋昭漢書注曰：躔，處也。處亦居也。方言：廛，尻也。東齊、海岱之間曰廛。孟康注漢書王莽傳曰：纏，居也。廛、躔、纏，字异而義同。紹煐按：「躔」與上「蟠」字對，言英雄之居上邦，猶驪龍之蟠珠淵耳。

【高步瀛文選李注義疏】五臣「覩」作「覿」。○劉良曰：玩，習也。磧礫，淺水而有石者。玉淵，淵深而有玉也。○劉注引尸子，已見蜀都賦注。○莊子見列御寇篇。釋文曰：驪龍，黑龍。○李注引上林賦，本書卷八作「下磧歷之坻」。史、漢司馬相如傳并同，不作「礫」。李殆以「磧歷」即「磧礫」。顔師古注：磧歷，沙石之貌也。與此「磧礫」義同。○說文見石部。梁章鉅曰：今說文「渚」作「陼」，「也」作「者」。○左氏傳，見隱四年。○左成十二年曰：通吴於上國。○方言見卷十二。吕延濟曰：不見上國，不知英雄之所行歷也。王念孫曰：李、吕以躔爲行歷，非也。躔，居也。英雄之所居，謂吴都也。李注月賦引韋昭漢書注曰：躔，處也。處亦居也。方言曰：廛，尻也。尻，古居字。魏風伐檀傳曰：一夫之居曰廛。孟康注漢書王莽傳曰：纏，居也。「廛」「躔」「纏」字异而義同。胡紹煐曰：「躔」與上「蟠」字對言。英雄之居上邦，猶驪龍之蟠玉淵耳。○蟠、躔，古音元部。○以上斥蜀。

子獨未聞大吴之巨麗乎？且有吴之開國也，造自太伯，宣於延陵。蓋端委之所彰，高節之所興。建至德以創洪業，世無得而顯稱。

【彙校】

「子獨」「子」，奎章閣本、明州本、贛州本、四庫本、叢刊本、正德本、陳八郎本、尤刻本、胡刻本、監本、九條本同。唐鈔本無「子」字。當有「子」字。

■ **立群案**：唐鈔本無「子」字，無主語，當從諸本有「子」字也。此處「子」顯與開篇之「吾子」同指。開篇之「吾子」，稍顯尊稱，而此處東吴王孫揮斥方遒，遂徑稱爲「子」耳。

「未聞大吴」「吴」，贛州本、正德本、陳八郎本、尤刻本、胡刻本、監本、唐鈔本、九條本同。奎章閣本、明州本、四庫本、叢刊本作「呉」。當作「吴」。

「巨麗乎」「巨麗」，贛州本、四庫本、叢刊本、尤刻本、胡刻本、監本、唐鈔本、九條本同。奎章閣本、明州本、陳八郎本作「壯麗」。正德本作「壯麗」。今從「巨麗」。

■ **立群案**：李善本作「巨麗」，五臣本作「壯麗」。司馬相如上林賦：君未睹夫巨麗也，獨不聞天子之上林乎？史記高祖本紀：天下方未定，故可因遂就宫室。且夫天子以四海爲家，非壯麗無以重威，且無令後世有以加也。是「壯麗」「巨麗」皆有文獻依據。今從「巨麗」。

「且有吴」「吴」，明州本、贛州本、正德本、陳八郎本、尤刻本、胡刻本、監本、唐鈔本、九條本同。奎章閣本、四庫本、叢刊本作「呉」。當作「吴」。

「開國」「開」，奎章閣本、明州本、贛州本、四庫本、叢刊本、正德本、陳八郎本、尤刻本、胡刻本、唐鈔本、九條本同。監本作「閞」。當作「開」。

■ **立群案**：「閞」同「閛」，指關門聲。如揚雄法言問道：開之，廓然見四海；閉之，閛然不睹墻之裏。玉篇亦載：閛，門扉聲。宋本廣韻：閛，門扉聲。據賦意，此處顯應作「開」，恐監本作「閞」乃「開」之形似而誤。

「造自太伯」「自」，奎章閣本、明州本、贛州本、四庫本、叢刊本、正德本、陳八郎本、尤刻本、胡刻本、監本、九條本同。唐鈔本作「扵」。今從「自」。「太伯」，奎章閣本、明州本、贛州本、四庫本、叢刊本、正德本、陳八郎本、尤刻本、胡刻本、監本、九條本同。唐鈔本作「泰伯」。今從「太伯」。

■ **立群案**：尚書盤庚：今不承於右，罔知天之斷命。孟子公孫丑下：自天子達于庶人，非直爲觀美也，然後盡于人心。尚書中之「自」與孟子中之「于」俱作介詞，當釋爲「從」。是「自」「於」於賦皆通。諸本多作「自」，今從「自」。

「宣於延陵」「於」，奎章閣本、明州本、贛州本、四庫本、叢刊本、陳八郎本、尤刻本、胡刻本、監本、九條本同。正德本、唐鈔本作「扵」。當作「於」。「延」，奎章閣本、明州本、贛州本、四庫本、叢刊本、正德本、陳八郎本、尤刻本、胡刻本、監本、九條本同。唐鈔本作「㢟」。當作「延」。「陵」，明州本、贛州本、四庫本、叢刊本、正德本、陳八郎本、尤刻本、胡刻本、監本、唐鈔本、九條本同。奎章閣本作「陵」。當作「陵」。

「蓋端委」　「蓋」，明州本、贛州本、叢刊本、陳八郎本、尤刻本、胡刻本、監本、九條本同。奎章閣本、四庫本、正德本、唐鈔本作「盖」。當作「蓋」。

「之所彰」　「所」，奎章閣本、贛州本、四庫本、胡刻本作「所」。明州本、叢刊本、陳八郎本、尤刻本、監本、九條本作「所」。正德本、唐鈔本作「所」。當作「所」。「彰」，奎章閣本、明州本、贛州本、四庫本、叢刊本、正德本、尤刻本、胡刻本、監本、唐鈔本、九條本同。陳八郎本作「章」。今從「彰」。

■ **立群案**：「章」，古同「彰」，作「彰明」之意。如阮元經籍纂詁：孝經：神明章矣。釋文：本又作「彰」。據賦意，今從「彰」。

「高節」　「高」，四庫本同。奎章閣本、明州本、贛州本、叢刊本、正德本、陳八郎本、尤刻本、胡刻本、監本、唐鈔本、九條本作「高」。當作「高」。

「之所興」　「所」，叢刊本同。奎章閣本、正德本、唐鈔本作「所」。明州本、贛州本、四庫本、胡刻本作「所」。叢刊本、陳八郎本、尤刻本、監本、九條本作「所」。當作「所」。「興」，奎章閣本、明州本、贛州本、四庫本、叢刊本、陳八郎本、尤刻本、胡刻本、九條本作「興」。正德本、監本、唐鈔本作「興」。當作「興」。

「建至德」　「建」，奎章閣本、明州本、贛州本、四庫本、叢刊本、陳八郎本、尤刻本、胡刻本、監本、九條本同。正德本、唐鈔本作「建」。當作「建」。「德」，明州本、贛州本、叢刊本、陳八郎本、胡刻本、監本、九條本同。奎章閣本、四庫本、正德本、尤刻本、唐鈔本作「德」。當作「德」。

「創洪業」　「創」，奎章閣本、明州本、贛州本、四庫本、叢刊本、正德本、陳八郎本、唐鈔本、九條本同。尤刻本作「刱」。胡刻本、監本作「刱」。今從「創」。「洪」，奎章閣本、明州本、贛州本、四庫本、叢

刊本、陳八郎本、正德本、尤刻本、胡刻本、監本、唐鈔本同。九條本作「鴻」。當作「洪」。

■立群案：阮元經籍籑詁：刱，通作創。許巽行文選筆記：以剏。説文：刱，造法刱業也。讀若「創」。今作「剏」，訛。經典通作「創」。嘉德案：井者，法也。故曰造法刱業也。凡「造刱」「刱業」字，當作此「刱」，今皆假「創」字爲之。今從「創」。

阮元經籍籑詁：書堯典：湯湯洪水方割。傳：洪，大也。史記夏本紀：鴻水滔天。索隱：鴻，大也。是「洪」「鴻」於賦皆通。然與「業」相連，當作「洪」字也。如漢武帝賢良詔：猗歟偉歟！何行而可以章先帝之洪業休德，上參堯舜，下配三王！故當作「洪」也。

「世無得」「世」，奎章閣本、四庫本、正德本、監本、唐鈔本同。明州本、贛州本、叢刊本、陳八郎本、尤刻本、胡刻本、九條本作「丗」。當作「世」。「得」，奎章閣本、四庫本、陳八郎本、尤刻本、胡刻本、監本、唐鈔本、九條本同。明州本、贛州本、叢刊本作「德」。正德本作「德」。當作「得」。

■立群案：阮元經籍籑詁：易剥：君子得輿。釋文：得，京本作德。論語泰伯：民無得而稱焉。釋文：得，本作德。季氏：戒之在得。釋文：得，本作德。莊子徐無鬼：無藏逆于得。釋文：得，司馬本作德。是「德」「得」或通。然賦語顯本論語「泰伯其可謂至德也已矣。三以天下讓，民無得而稱焉」之語。作「得」是也。

「而顯稱」「稱」，明州本、贛州本、四庫本、正德本、監本、九條本同。奎章閣本、叢刊本、陳八郎本、尤刻本、胡刻本作「稱」。唐鈔本作「偁」。當作「稱」。

■立群案：段玉裁説文解字注：凡古偁舉、偁謂字皆如此作。自序云：其偁易孟氏、書孔氏。子篆下云：人以爲偁。自稱行而偁廢矣。阮元經籍籑詁：爾雅釋訓：偁偁格格。釋文：偁，本又作

稱。又云：書牧誓：稱爾戈。爾雅釋言注作「偁爾戈」。是「偁」「稱」可通。諸本多作「稱」，今從「稱」。

【彙注】

【李善注】劉曰：戰國策曰：黑齒、雕題，大吳之國也。昔周太伯三以天下讓，延陵季子辭國而不處，遂化荆蠻之方，與華夏同風，二人所興。左氏傳曰：太伯端委以治。端委，禮衣委貌。謂冠袖長而裳齊委至地也。孔子曰：太伯三以天下讓，人無得而稱焉。善曰：端委、至德，太伯也。高節、克讓，延陵也。左傳曰：吳子諸樊既除喪，將立季札。札曰：聖達節，次守節，下失節，爲君非吾節也。遂讓不受。史記曰：壽夢欲立季札，讓不可，乃立諸樊也。

【文選鈔】札是太伯廿世孫。杜預注左傳云：端委，禮衣也。劉炫疏解曰：端，謂深衣制度。委，委貌冠也。姬周以來，春秋之際，太伯超蹤於上世，延陵銜讓於中葉，蓋端委之遺軌，高義之准轍。蓋與中夏而比列國，是其優劣矣。

孝經云：有至德要道。鄭玄云：至德者，孝悌也。太伯，周大王之太子。次曰仲雍。次叔，不見。次季歷，賢，又生文王昌，有聖人之表。大王曰：興周者，其昌乎？太伯知父欲立季歷，因大王有疾，遂適吳越采藥。太王没而不還，一讓也。委歷爲喪主，赴之而不來奔喪，二讓也。免喪之後，遂即斷髮文身，三讓也。其讓隱，故時人無能知者，故孔子顯焉。

【五臣注】翰曰：子，公子也。上責公子齷齪小節，不見上邦之英雄，此將爲公子説吳都壯麗。自設問云：獨未聞大吳之美麗乎？銑曰：造，始也。太伯，周太王世子，太王欲立之，讓弟季歷，遂居荆蠻，號曰句吳，故吳國始自於此也。延陵季子，吳公子，以其賢，將立之，季子讓不受，後封延陵也。濟

曰：太伯、延陵，端其志操，委棄其位，以存讓體，以興高節。言我吴都復建立太伯、延陵之至德，以創制大業，世無德而稱美焉。

【陸善經注】麗，美也。造於太伯，太伯避季歷，居於吴。宣於延陵季札，躬上國始宣通也。

【張鳳翼文選纂注】子，公子也。上責公子齷齪，不見上邦之英雄，此將爲公子説吴都之美也。昔周太伯三以天下讓延陵季子，辭國而不處，遂化荆蠻，與華夏同風。左氏傳：太伯端委以治。端委，禮衣也。吴子諸樊既除喪，將立季札，札讓不受。

【王象乾文選删注】戰國策曰：黑齒、雕題，大吴之國也。左傳曰：太伯端委以治。又曰：吴子諸樊既除喪，將立季札。札曰：聖達節，次守節，下失節，爲君非吾節也。遂讓不受。

【汪師韓文選理學權輿·前賢評論】唐邱光庭兼明書曰：吴都賦曰：且有吴之開國也，造自太伯，宣於延陵。蓋端委之所彰，高節之所興。臣延濟曰：太伯、延陵，端其志操，委棄其位，以存讓體，以興高節。明曰：據賦文是雙關覆裝體。以「端委所彰」覆太伯，「高節所興」覆延陵。宜於「所彰」下注太伯之德，解「端委」之事，「所興」下注延陵之德，釋「高節」之文。不宜將二人之事混同而注之。且釋端委之意，殊非典經。案：左傳曰：太伯端委以治周禮。杜元凱注曰：端委，禮服也。穎達曰：端，玄也。委者，長垂於地也。賦言太伯造成國邑，服玄端之衣以行周禮，彰顯先王之風，化於吴國也。左傳又曰：公子光弑王僚，以國讓延陵季子。季子曰：聖達節，次守節，爲君非吾節也。雖不能達，敢失守乎？棄其室而耕於野，遂舍之。賦言延陵以此高尚之節宣播謙讓之風，以興盛吴國，非謂自興高節也。

賦又曰：建至德以創鴻業，世無得而顯稱。臣銑曰：言我吴都復建立太伯、延陵之至德，以創制大業，代無得而稱美焉。又曰：由克讓以立風俗，輕脱屣於千乘。臣延濟曰：言吴能建太伯、延陵之讓

節，以成風俗，蓋讓千乘之重，如脱屣也。明曰：此文亦雙關體。云「建至德以創鴻業，世無得而顯稱」者，此獨論太伯之德耳。太伯建立至德以開創吴國之大業，其德浩大，故代人無可得而稱。論語曰：泰伯其可謂至德也。三以天下讓，民無得而稱焉。是也。且延陵非創業之主，注不得兼言延陵之德也。其由「克讓以立風俗，輕脱屣於千乘」，此則論延陵之德也。言延陵讓而耕於野，是其克讓輕千乘也。注不得兼言太伯之德，以致混淆。

【余蕭客文選音義】鴻字典叶黄。巨。五臣作「壯」。剏通創。

【余蕭客文選紀聞】臣延濟曰：太伯、延陵，端其志操，委以存讓體，是興高節。明曰：據賦文，是雙關裝覆體。以「端委所彰」覆太伯，「高節所興」覆延陵，不宜將二人事混同注之。

【許巽行文選筆記】以剏。説文：刱，造法刱業也。讀若「創」。今作「剏」，訛。經典通作「創」。嘉德案：井者，法也。故曰造法刱業也。凡「造刱」「刱業」字，當作此「刱」，今皆假「創」字爲之。

【朱珔文選集釋】蓋端委之所彰。劉注引左傳：太伯端委以治。下云：端委，禮衣委貌。謂冠袖長而裳齊委至地也。案：傳文見哀七年。杜注：端委，禮衣。昭元年劉定公言：弁冕端委以治民，注同。昭十年：晏平仲端委立於虎門。注：端委，朝服。三處俱不及冠。此外如周語「晉侯端委以入武宫」，晉語「董安於曰：我端委以隨宰人」，韋昭并云：元端委貌。端委亦曰委端。穀梁僖三年傳：齊桓公委端搢笏而朝諸侯。范注云：委貌之冠，元端之服也。皆端屬衣，委屬冠。惠氏禮説謂：杜意蓋以齊桓委端，晉文端委，皆大國之侯，疑非委貌，故异其語。然端即元端，委貌即元冠，天子且服之，况諸侯乎？則杜注非也。余謂以端冕、端章甫例之，端委分衣冠，似爲正解。觀晉語：范文子暮退於朝。武子擊之，折委笄。委貌單稱委可知。惟劉定公上言弁冕既爲冠，下言端委自爲衣，故彼疏云：弁冕是首

服，端委是身服。引服虔曰：禮衣端正無殺，故曰端。文德之衣尚褎長，故曰委。與此注袖長義正合。而注先言委貌謂冠，是一委字衣冠兩屬，殊爲淆混。疑「貌」字、「冠」字誤衍或存异説，則「袖」上須有一「曰」字方可通。

【梁章鉅文選旁證】子獨未聞大吴之巨麗乎？六臣本校云：五臣「巨」作「壯」。

蓋端委之所彰，高節之所興。注端委，至德，太伯也。高節，克讓，延陵也。按此李注最爲分晰，而濟注乃云太伯延陵，端其志操，委棄其位，以存讓體，是興高節也。合兩人之事而混同注之，宜爲邱光庭之所譏矣。

注袖長而裳齊。段校「袖」上添「又曰」二字。

注左傳曰：吴子諸樊既除喪，將立季札。札曰：聖達節，次守節，下失節，爲君非吾節也。遂讓不受。朱氏珔曰：「聖達節」云云爲成十五年傳曹子臧語。札讓國在襄十四年傳。但稱其述子臧事，無此數語，注乃誤合爲一。

【胡紹煐文選箋證】蓋端委之所彰。注劉逵曰：左氏傳曰：太伯端委以治。端委，禮衣委貌。謂冠袖長而裳齊委至地也。按：「端委」猶「委端」，穀梁僖三年傳「桓公委端」，注：委，委貌之冠也。蓋以委曲有貌，故曰委貌，亦單曰「委」。諸書皆指冠言，不謂裳也。左昭元年傳「吾與子弁冕端委」，服虔注：文德之衣尚袖長，故曰委。劉注「裳齊委至地」之説沿是而誤。

由克讓以立風俗，輕脱屣於千乘。若率土而論都，則非列國之所觖望也。

【彙校】

「由克讓」 「克」，奎章閣本、明州本、贛州本、四庫本、叢刊本、正德本、陳八郎本、尤刻本、胡刻本、監本、九條本同。唐鈔本作「尅」。當作「克」。

「以立風俗」 「風俗」，奎章閣本、明州本、正德本、陳八郎本、尤刻本、胡刻本、唐鈔本、九條本同。贛州本、四庫本、叢刊本、監本作「風」。當作「風俗」。

■立群案：胡克家文選考异：茶陵本云五臣有「俗」字，袁本無校語。案：此與「建至德以刱洪業」偶句，「俗」似傳寫脱，尤校改正之也。賦云：建至德以創洪業，世無得而顯稱。由克讓以立風俗，輕脱屣於千乘。「建至德以創洪業」正與「由克讓以立風俗」相對也。當依胡氏説，作「風俗」。

「輕脱屣」 「輕」，明州本、贛州本、四庫本、叢刊本、陳八郎本、尤刻本、胡刻本、監本、唐鈔本、九條本同。奎章閣本作「軽」。正德本作「輊」。當作「輕」。「脱」，奎章閣本、四庫本、正德本、唐鈔本作「脫」。明州本、贛州本、叢刊本、陳八郎本、尤刻本、胡刻本、監本、九條本作「脫」。當作「脱」。「屣」，奎章閣本、明州本、正德本同。贛州本、四庫本、叢刊本、陳八郎本、尤刻本、胡刻本、監本、唐鈔本、九條

本作「躧」。今從「屣」。

■立群案：薛傳均文選古字通疏證：傳均案：司馬長卿長門賦：蹝履起而彷徨。注臣瓚漢書注曰：躡跟爲跕，掛趾爲躧。説文曰：蹝，履也。一曰⿰革徙，鞮屬。鞮，革履也。蒼頡篇曰：躧，徐行貌。「蹝」與「躧」音義同。古麗聲、徙聲之字，多通用。如史記周本紀：其罰倍纚。徐廣云：一作蓰。詩柏舟箋引禮「世子昧爽而朝，亦櫛纚笄總」。今内則作「櫛縰」，是其證也。據薛氏説，「蹝」與「躧」音義同。説文曰：蹝，履也。而五臣濟曰：屣，履也。是「躧」「屣」於賦皆通。善注引漢書，武帝曰：吾去妻子如脱躧耳。今漢書「躧」作「屣」。此處從「屣」。

「於千乘」　「於」，奎章閣本、明州本、贛州本、四庫本、叢刊本、陳八郎本、尤刻本、胡刻本、監本、九條本同。正德本、唐鈔本作「扵」。當作「於」。「乘」，奎章閣本、明州本、贛州本、四庫本、叢刊本、正德本、陳八郎本、尤刻本、胡刻本、監本、唐鈔本、九條本作「乗」。當作「乘」。

「若率土」　「土」，明州本、四庫本、叢刊本、陳八郎本、尤刻本、胡刻本、監本、九條本同。奎章閣本、贛州本、正德本、唐鈔本作「圡」。當作「土」。

「之所觖望」　「所」，明州本同。奎章閣本、陳八郎本、尤刻本、監本、九條本作「所」。贛州本、四庫本、叢刊本、胡刻本作「所」。正德本、唐鈔本作「所」。當作「所」。

【彙注】

【李善注】善曰：漢書，武帝曰：吾去妻子如脱躧耳。聲類曰：躧，或爲⿰革徙。説文曰：⿰革徙，鞮屬也。亦所解切。諸侯，故言千乘之國。論語曰：導千乘之國。漢書曰：上欲王盧綰，爲群臣觖望。臣瓚曰：觖，謂相觖而怨望也。音決。

【文選鈔】躧，皮履也。孟子曰：舜視棄天下若棄敝屣。説文：履不著跟曰屣。言中夏而比美，豈與列國同年語優劣也。觖，决也。或云冀望。

【文選音决】躧，所蟹反。或爲屣，同。乘，市仍反。觖，丘瑞反。又音决。

【五臣注】乘，叶韵，音承。觖音决。濟曰：言吳都能建太伯、延陵之讓節，以成風俗，蓋讓千乘之重，如脱履棄之。屣，履也。良曰：率土，謂天下也。觖，相叉觖，妬羨之貌。若悉天下以比論，則非列國之所叉觖妬羨，而況蜀之小國乎。

【陸善經注】率天下土而論其都也。列國，諸侯國。

【張鳳翼文選纂注】乘，叶韵，音承。觖音决。觖望，謂相觖而怨望也。

【王象乾文選刪注】躧，或作屣，所解反。乘，音勝。觖，音决。漢書武帝曰：吾去妻子如脱躧耳。

【陳景雲文選舉正】由克讓以立風俗。舊本無「俗」字，五臣本有。

【余蕭客文選音義】躧。五臣「躧」作「屣」。乘平。觖舊音决。

【余蕭客文選紀聞】此亦雙關體。「建至德以創洪業，世無得而顯稱」，此論太伯。「由克讓以立風俗，輕脱屣於千乘」，此論延陵并邱光庭兼明書四。觖窺瑞、古穴二切。玉篇二十四。

【孫志祖文選考异】由克讓以立風俗。善本無「俗」字，五臣本有。

【胡克家文選考异】由克讓以立風俗。茶陵本云五臣有「俗」字，袁本無校語。案：此與「建至德以刱洪業」偶句，「俗」似傳寫脱，尤校改正之也。

【梁章鉅文選旁證】由克讓以立風俗。又輕脱躧於千乘。六臣本無「俗」字，「躧」作「屣」。

【薛傳均文選古字通疏證】輕脱躧於千乘。注善曰：漢書，武帝曰：吾去妻子如脱躧耳。聲類

曰：躧，或爲韃。説文曰：韃，鞮屬也。傳均案：司馬長卿長門賦：蹝履起而彷徨。注臣瓚漢書注曰：躡跟爲跕，掛趾爲躧。説文曰：蹝，履也。一曰韃，鞮屬。鞮，革履也。蒼頡篇曰：躧，徐行貌。「蹝」與「躧」音義同。古麗聲、徙聲之字，多通用。如史記周本紀：其罰倍纚。徐廣云：一作蓰。詩柏舟箋引禮「世子昧爽而朝，亦櫛纚笄總」，今内則作「櫛縰」，是其證也。

【胡紹煐文選箋證】由克讓以立風俗。按：六臣本無「俗」字，校云「五臣作俗」，此誤衍一字。

【高步瀛文選李注義疏】五臣「巨」作「壯」。○吴稱有吴，猶書召誥稱有夏、有殷，詩時邁稱有周。「有」字皆發語詞。○「刱」，各本作「刱」，誤，今正。許巽行曰：説文：刱，造法刱業也。讀若創。今作「刱」，訛。經典通作「創」。許嘉德案：井者，法也。故曰造法刱業也。凡「造刱」「刱業」字當作「刱」，今假「創」字爲之。○袁本、茶陵本皆無「俗」字。茶陵本校曰：五臣本有「俗」字。胡克家曰：此與「建至德」偶句，「俗」似傳寫脱失，尤校改正之也。○「躧」，五臣作「屣」。○劉注引戰國策見趙策二。今本「彫」作「雕」，通借字。○朱珔曰：左傳文見哀七年。杜注：端委，禮衣。昭元年劉定公言「弁冕端委以治民」，注同。昭十年：晏平仲端委立於虎門之外。注：端委，朝服。三處俱不及冠。此外如周語：晋侯端委以入武宫。晋語董安於曰：端委以隨宰人。韋昭并云：玄端委貌。端委亦曰委端。穀梁僖三年傳：齊桓公委端搢笏而朝諸侯。范注云：委貌之冠，玄端之服也。皆端屬衣，委屬冠。惠氏禮説謂：杜意蓋以齊桓委端，晋文端委，皆大國之侯，疑非委貌，故异其語。然端即玄端，委貌即玄冠，天子且服之，况諸侯乎？則杜注非也。余謂以端冕、端章甫例之，端委分屬衣冠，似爲正解。觀晋語范文子暮退於朝。武子擊之，折委笄。委貌單稱委可知。惟劉定公上言弁冕既爲冠，下言端委自爲衣，故彼疏云：弁冕是首服，端委是身服。引服虔曰：禮衣端正無殺，故曰端文德之衣。尚褎長，故曰委。

與此注袖長義正合。而注先言委貌謂冠，是一委字衣冠兩屬，殊爲淆混。疑「貌」字、「冠」字誤衍。或存异説，則「袖」上須有一「曰」字方可通。梁章鉅曰：段校「袖」上添「又曰」二字。胡紹煐曰：「端委」，猶「委端」。蓋以委曲有貌，故曰委貌，亦單曰「委」。諸書皆指冠言，不謂裳也。左昭元年服虔注：文德之衣尚袖長，故曰委。劉注「裳齊委至地」之説，沿是而誤。步瀛案：劉注既以委貌爲冠，又取裳齊委地之説，雖博存异義，實不可從。左傳服、杜亦非是。即昭元年劉定公弁冕端委連言，亦統謂冠服，不必以首服、身服分屬。朱氏調停之説非也。胡氏説是。其云委曲有貌，本白虎通紼冕篇。儀禮士冠禮記曰：委貌，周道也。鄭注曰：或謂委貌爲玄冠。委，猶安也，所以安正容貌。與白虎通稍异。陳立白虎通疏證曰：獨斷謂緇布冠即委貌，蓋太古冠布，齊則緇之。以布爲之，則爲緇布冠。以繒爲之，則爲委貌。朝服、玄端服皆委貌，惟异其裳耳。案：陳説是也。金榜禮箋曰：衣以端名者有二。其一，鄭君云：衣袂二尺二寸而屬幅，是廣袤等也。其袂尺二寸，是謂玄端，對朝服以上侈袂者得名。猶喪衰對弁絰服。侈袂爲端衰，乃次于朝服之服。雜記：公襲玄端一，朝服一。又襚者自西階受朝服，自堂受玄端是也。天子燕居之服，諸侯以下齊服，大夫士私朝服之，又士暮夕于朝及入廟之服。其一，鄭仲師云：衣有䙔裳者爲端，對深衣以下連裳削副者得名。乃冕弁服朝服玄端。通稱冕服爲端冕，朝服玄端爲委端、爲端委、爲冠端。特牲饋食禮冠端言玄者以服緇韠也。此與上玄端爲服名者殊异。步瀛案：二鄭注并見周禮春官司服。孫詒讓正義曰：「䙔」即「襦」之俗字，先鄭以襦與裳不相連屬者爲端，乃冕弁諸服之通制，因之冕弁服之玄衣者，亦通稱玄端。國語楚語：聖王正端冕。韋昭釋端爲玄端，此據冕服而言。論語先進篇：端章甫。集解引鄭注，穀梁僖三年傳「端委」、哀十三年傳「冠端」范注，左傳哀七年「端委」孔疏引王肅注，又禮記玉藻、大戴禮記「公冠之朝服」鄭、盧注，并釋爲玄端，此皆據朝

服而言也。○「孔子曰」以下見論語泰伯篇。泰、太同。又「人」本作「民」，以唐人避諱改。案：此注當於「太伯」下兼引「其可謂至德也已矣」八字，下文「至德」二字正本此。又案：史記吳太伯世家曰：吳太伯，太伯弟仲雍，皆周太王之子而王季歷之兄也。季歷賢而有聖子昌。太王欲立季歷以及昌，於是太伯、仲雍二人乃奔荆蠻，以避季歷。○李注「端委」云云。梁章鉅曰：此注最爲分明，而濟注乃云：太伯延陵，端其志操，委棄其位，以存讓體，是興高節也。合兩人之事而混同注之，宜其爲邱光庭之所譏矣。步瀛案：邱光庭語見兼明書卷四。○旁證引朱珔曰：「聖達節」云云爲成十五年傳曹子臧語。札讓國在襄十四年傳。但稱其述子臧事，無此數語，注乃誤合爲一。陳僅説同。○史記見吳太伯世家。又曰：季札封於延陵，故號曰延陵季子。漢書地理志會稽郡毗陵下，原注曰：季札所居。顔注曰：舊延陵，漢改之。又左昭二十七年：使延州來季子聘于上國。杜注曰：季子本封延陵，復封州來，故曰延州來。江永春秋地理考實曰：延陵，即延也。晋置延陵縣。宋熙寧中省爲鎮，在鎮江府丹徒縣南三十里。季札後又封州來，至哀二年蔡遷州來，而州來爲蔡都矣。又曰：蔡昭侯徙州來，謂之下蔡，今壽州北三十里。案：丹徒屬江蘇。壽州，今改縣，屬安徽。○漢書見郊祀志上。「躧」作「屣」。顔注曰：屣，小履也。脱屣者，言其便易無所顧也。史記封禪書作「纚」，乃通借字。説文足部曰：躧，舞履也。重文作「𩏂」。漢書地理志下注引臣瓚曰：蹝跟爲跕，挂指爲躧。顔曰：「躧」字與「屣」同。屣，謂小履之無跟者也。本注引聲類：躧，或爲䩥。莊子讓王篇「縰履」，釋文曰：三蒼解詁作「躧」，聲類或作「屣」。疑聲類「躧」字下并載「䩥」「屣」二文。説文革部曰：䩥，鞮屬。又曰：鞮，革履也。本書長門賦注曰：蹝，鞮屬。是「躧」或作「𩏂」，或借「纚」字爲之。「䩥」或作「縰」，或作「屣」。然躧爲舞履。䩥爲革履，本義有別而往往通用。薛傳均曰：古麗聲、徙聲之字，多通用。如史記周本紀：其罰倍纚。徐

廣云：一作莚。詩柏舟箋引禮「世子昧爽而朝，亦櫛纚笄總」。今內則作「櫛縰」，是其證也。○論語，見學而篇。○漢書，見盧綰傳。臣瓚注史記盧綰傳集解亦引之，「相觖」作「相抉」。顏師古注與本注引臣瓚同。案：賦意謂列國臣下時有觖望，吴重禮讓，與彼异也。劉良注謂：若悉天下以比論，則非列國之所叉觖妬羡，而况蜀之小國乎。語意皆謬。○陵、興、稱、乘，古音蒸部。

故其經略，上當星紀。拓土畫疆，卓犖兼并。包括干越，跨躡蠻荆。

【彙校】

「故其經略」 「故」，奎章閣本、明州本、贛州本、四庫本、叢刊本、陳八郎本、尤刻本、胡刻本、監本同。正德本、唐鈔本、九條本作「固」。今從「故」。

■ **立群案**：胡克家文選考异：茶陵本「故」下校語云「善作固」，袁本無校語。案：「固」似傳寫誤，尤校改正之也。据胡氏説，作「故」是也。然高步瀛文選李注義疏：「顧」「固」字通。禮記祭義疏

曰：顧，故也。史記魯世家集解引徐廣曰：「固」，一作「故」。高氏説更通達，「故」「固」字通。今從「故」。

「拓土畫疆」「拓」，奎章閣本、明州本、贛州本、四庫本、叢刊本、正德本、陳八郎本、尤刻本、胡刻本、監本、九條本同。唐鈔本作「袥」。今從「拓」。「土」，明州本、贛州本、四庫本、叢刊本、陳八郎本、尤刻本、胡刻本、監本、九條本同。奎章閣本、正德本、唐鈔本作「圡」。當作「土」。「疆」，明州本、贛州本、四庫本、叢刊本、正德本、陳八郎本、尤刻本、胡刻本、唐鈔本、九條本同。奎章閣本、監本作「疆」。當作「疆」。

■立群案：廣韵：拓，他各切。又云：袥，他各切。揚雄太玄瑩：天地開闢，宇宙袥袒。隸釋漢桐柏淮源廟碑：開袥神門，立闕四達。兩處「袥」，皆開拓使之廣大之意。是「拓」「袥」同音通用也。今從「拓」。

「卓犖兼并」「兼」，明州本、贛州本、叢刊本、尤刻本、胡刻本、監本、九條本同。奎章閣本、四庫本、正德本、陳八郎本、唐鈔本作「兼」。當作「兼」。「并」，奎章閣本、明州本、四庫本、叢刊本、正德本、陳八郎本、尤刻本、胡刻本、監本、唐鈔本、九條本同。贛州本作「並」。當作「并」。

「包括干越」「干」，明州本、贛州本、叢刊本、正德本、陳八郎本、尤刻本、監本同。奎章閣本、胡刻本、唐鈔本、九條本作「于」。四庫本作「於」。當作「干」。「越」，四庫本、正德本、陳八郎本、唐鈔本同。奎章閣本、叢刊本作「越」。明州本、贛州本、尤刻本、胡刻本、監本、九條本作「越」。當作「越」。

■立群案：胡克家文選考异：袁本「干」作「于」，注同。茶陵本作「干」，與此同，注亦作「干」。今案：正文當作「干」。善引漢書及音義當作「干」，引春秋杜預注當作「于」。「春秋曰」上當有「一曰」

二字。今注或盡作「于」，或盡作「干」，皆未是。余蕭客文選紀聞：于，吳也許淮南注一。案許叔重此注在淮南干越生絺綌下。饒之餘干號干越，考嚴助傳韋昭注：餘干，越邑，今鄱陽縣。于越得名以此。餘干之名縣。玉山縣有二溪，名上干、下干，合流至饒東南，因以名縣。于越之名，以于溪入越地，無以議爲也。春秋定公五年書「於越入吳」，注：「於」，發聲也。史記又書爲「于」，注：發聲也。與「於」同。然則「于」「於」皆越人語發聲，猶吳人言句吳耳。予謂此二于越，恐是干越并蘆蒲筆記。案劉伯興意以「干越」本是「于越」，由「干」誤「于」，由「于」誤「於」，而辨語不明。是胡氏、余氏認爲當作「干」也。另，善曰：漢書曰：戎狄之與干越，不相入也。音義曰：干，南方越名也。春秋曰：干越入吳。杜注曰：干，越人發語聲。五臣向曰：干越，越地名，而爲吳所并，故云包括。據注，是李善本、五臣本皆作「干」字。

「跨躡蠻荆」　「跨」，明州本、贛州本、四庫本、叢刊本、正德本、陳八郎本、尤刻本、胡刻本、唐鈔本、九條本同。奎章閣本、監本作「跨」。當作「跨」。

【彙注】

【李善注】拓音託。犖，吕角切。劉曰：左傳曰：天子經略土地，定城國，制諸侯。略，分界也。一曰遠界爲經略也。爾雅曰：星紀，斗、牽牛，吳分野。斗者，日月五星之所經始，故謂之星紀。意者斗爲星紀，則其分域亦所以能爲綱維，故曰卓犖兼并也。越，今之蒼梧、鬱林、合浦、交趾、九真、南海、日南，皆越地，吳之所并也。荆蠻，吳所得。荆州四郡：零陵、桂陽、長沙、武陵。善曰：漢書曰：戎狄之與干越，不相入也。音義曰：干，南方越名也。春秋曰：干越入吳。杜注曰：干，越人發語聲。詩曰：蠢爾蠻荆。

【文選鈔】漢書天文志云：丑爲大吕星紀，吳、越之分也。疆，界畔也。卓犖，猶奇絶也。兼猶

皆也。

于越，今之交、廣二州，皆越地，吴所并也。許慎注淮南子云：于越、句吴，人語不正。又云：于越，越之别名。春秋于越、句吴，皆語之辭。

【文選音決】柘，他洛反。畫音獲。犖，力角反。躡，女輒反。

【五臣注】拓音託。犖，吕角反。翰曰：經略，猶經營也。星紀，斗、牛星名也。良曰：言拓土境，畫封疆。卓犖，高絶出群也。兼并，吞納也。言其廣大可以吞納天下也。向曰：干越，越地名，而爲吴所并，故云包括。跨躡者，足之所及也。言蠻荆之地，亦吴之所得。

【陸善經注】柘土畫疆，謂初建國也。

【張鳳翼文選纂注】拓音託。犖，吕角切。星紀，斗、牽牛，吴分野。斗者，日月五星之所經始，故謂之星紀。經略，猶經營也。土，土境也。疆，封疆也。卓犖，出群也。兼并，吞納也。言其廣大可以吞納天下。干越，越地名，而爲吴所并，故云包括。跨躡者，足之所及也。言蠻荆之地，亦吴之所并。

【王象乾文選删注】于，越人發語聲。爾雅曰：星紀，斗、牽牛，吴分野。斗者，日月五星之所經始，故謂之星紀。越，今之蒼梧、鬱林、合浦、交阯、九真、南海、日南，皆越地，吴之所并也。荆蠻，吴所得。荆州四郡：零陵、桂陽、長沙、武陵。

【陳景雲文選舉正】跨躡蠻荆。注「詩曰：蠢爾荆蠻」。「荆蠻」當乙。

【余蕭客文選音義】故其。五臣「故」作「固」。紀叶經。干越。何曰：袁作「于越」，是。宋本皆作「干越」。

【余蕭客文選紀聞】于，吴也許淮南注一。案許叔重此注在淮南于越生絺綌下。饒之餘干號干越，考嚴助傳韋昭注：餘干，越邑，今鄱陽縣。于越得名以此。餘干。玉山縣有二溪，名上干、下干，合流至饒東

南，因以名縣。于越之名，以于溪入越地，無以議爲也。春秋定公五年書「於越入吴」，注：於，發聲也。史記又書爲「于」，注：發聲也。與「於」同。然則「于」「於」皆越人語發聲，猶吴人言句吴耳。予謂此二于越，恐是干越并蘆蒲筆記。案劉伯興意以「干越」本是「于越」，由「干」誤「于」，由「于」誤「於」，而辨語不明。

【孫志祖文選考异】包括于越。何云：宋本皆作「干越」，善作「于越」，是。

【胡克家文選考异】故其經略。茶陵本「故」下校語云「善作固」，袁本無校語。案：「固」似傳寫誤，尤校改正之也。

包括干越。袁本「干」作「于」，注同。茶陵本作「干」，與此同，注亦作「干」。今案：正文當作「干」。善引漢書及音義當作「干」，引春秋杜預注當作「于」。「春秋曰」上當有「一曰」二字。今注或盡作「于」，或盡作「干」，皆未是。

【朱珔文選集釋】包括干越。善注引漢書曰：戎狄之與干越，不相入也。音義曰：干，南方越名。又引春秋曰：干越入吴。杜注：于，越人發語聲。案：注所引春秋，在定公五年。經文作「於越」。左氏宣八年傳「盟吴、越」，下疏引世族譜云：越，姒姓，夏少康之庶子封於會稽，自號於越。於者，夷言發聲也。譜又言吴自號句吴，二者一也。穀梁范注引舊説及杜注皆同。「於」或爲「于」，廣雅釋言：於，于也。儀禮士昏禮大射儀注并有今文「於」爲「于」。「于」與「干」易混。此注先引漢書，與下引杜注兼及之，蓋兩存其説。

【梁章鉅文選旁證】故其經略。又包括干越。六臣本「故」作「固」，「干」作「于」。注同。胡公考异曰：案正文當作「干」。善引漢書及音義當作「干」，引春秋杜注當作「于」。「春秋曰」上當有「一曰」二字。今注皆有誤。

注左傳曰：天子經略土地，定城國，制諸侯。略，分界也。今左傳惟昭七年有「天子經略」一語，其「土地」以下，疑出左傳古注。

注爾雅曰：星紀，斗、牽牛也，吴分野。斗者，日月五星之所經始，故謂之星紀。按爾雅：星紀，斗、牽牛也。春秋正義三十八引孫炎注曰：星紀，日月之所終始也。故謂之星紀。此所引似亦是孫注，但多「吴分野」三字，「終始」作「經始」爲异耳。

【胡紹煐文選箋證】故其經略。注劉逵曰：左氏傳曰：天子經略土地，定城國，制諸侯。略，分界也。今左昭七年傳：芋尹無宇曰：天子經略，諸侯正封，古之制也。無「土地」以下十二字。按：注疑有脱誤，當爲「天子經略」，此引左氏傳文也。下「土」字上有「經」字，「經土地，定城國，制諸侯，略分界也」四句，乃劉申明「經略」二字之義。梁氏玉繩瞥記疑爲左氏逸文，恐非。旁證謂出左傳，古注亦無佐證。

包括于越。注善曰：漢書曰：戎狄之與于越，不相入也。音義云：于，南方越名也。春秋傳曰：于越入吴。杜預曰：于，越人發語聲。按：賦文本作「干越」，音干戈之干。「干越」與「蠻荆」相對爲文。干，江干也。吴瀕江，故謂吴爲「干」。史記春申君傳：而不知干隧之敗。正義曰：干隧，吴地名。索隱曰：干，水邊也。管子小問篇：昔者吴干戰。房注云「干，江邊地」是也。王氏讀書雜誌「漢書條」云：干越者，吴越也。墨子兼愛篇：以利荆楚、干越與南夷之民。莊子刻意篇：夫有干越之劍者。釋文司馬云：吴、越出善劍也。荀子勸學篇：干越蠻夷之子。楊倞注：干越，猶言吴越。淮南原道篇：干越生葛絺。高注：干，吴也。是「干越」即「吴越」。學者多見「於越」，少見「干越」，故諸書之「干越」或改爲「于越」。

【高步瀛文選李注義疏】胡克家曰：茶陵本「故」下校語云：善作「固」。袁本無校語。案：「固」似傳寫誤，尤校改正之也。步瀛案：「固」「故」字通，説見上。○「于」，尤本、茶陵本作「干」。何焯曰「干越」，宋本皆作「于越」。善作「于越」，是。胡克家曰：袁本「干」作「于」，注同。今案：正文當作「干」。善引漢書及音義當作「干」，引春秋杜預注當作「于」，「春秋曰」上當有「一曰」二字。今注或盡作「于」，或盡作「干」，皆非是。步瀛案：據諸家所考，「于越」自當作「干越」。惟此賦李注本實作「于越」。若本作「干越」，必不引春秋「于越」矣。并所據之漢書亦作「于越」，蓋即顏注本也。故更引春秋杜注以證「于越」之本義。否則一注之中，不應「干」「于」兩見也。胡欲於「春秋曰」上加「一曰」字，王念孫以「春秋曰」至「發語聲」十八字爲後人所加，皆不免强人就己。今依袁本作「于」，毛本同。○天子經略，見左傳昭七年。梁章鉅曰：其「土地」以下，疑出左傳古注。梁玉繩瞥記卷二引此注，疑是左傳逸文。步瀛案：二梁氏説皆無確證。胡紹煐曰：按：注疑有脱誤，當爲「天子經略」，此引左氏傳文也。下「土」字上有「經」字。「經土地，定城國，制諸侯，略分界也」四句，乃劉申明「經略」二字之義。案：胡氏説近是。又載一説「遠界爲經略」者，杜注曰：經營天下，略有四海，故曰經略。即遠界之義。○爾雅，見釋天。「牽牛」下有「也」字，當增。左襄二十八年孔疏引孫炎曰：星紀，日月之所終始也，故謂之星紀。梁章鉅曰：此注所引似亦是孫注，但多「吴分野」三字，「終始」作「經始」爲异耳。步瀛案：周書周月篇曰：日月俱起于牽牛之初。周禮大宗伯賈疏引星備曰：五星初起牽牛。則作「經始」亦通。郝懿行爾雅義疏曰：牽牛，即何鼓，非牛星也。牛六星，角上歧，腹下蹏廢。其星微小。爾雅以牽牛爲星紀，不以牛宿爲星紀也。舊説多誤。開元占經分野略例云：自南斗十二度至須女七度，於辰在丑，爲星紀。星紀者，言其統紀萬物十二月之位，萬物之所終始，故曰星紀也。步瀛案：漢書律曆志

曰：星紀初斗十二度，終於婺女七度。婺女，即須女也。晉書天文志上「州郡躔次」與分野略例同，而星紀下又載費直周易分野起斗十度，蔡邕月令章句起斗六度，與此互异。又漢書律曆志曰：斗綱之端，指牽牛之初，以紀日月，故曰星紀。日月起其初，五星起其中，斗爲星紀之義，可見至分域亦能爲綱維之義。曆家未言，劉注殆以意推測耳。○漢書地理志曰：粤地，牽牛、婺女之分野也。今之蒼梧、鬱林、合浦、交趾、九真、南海、日南，皆粤分也。案：「粤」「越」字通。晉書地理志：蒼梧、鬱林、南海郡屬廣州，合浦、交阯、九真、日南郡屬交州。蒼梧治廣信縣，今廣西蒼梧縣治。鬱林治布山縣，今廣西貴縣東。南海治番禺縣，今廣東番禺縣治。合浦治合浦縣，今廣東合浦縣東北。交阯治龍編縣，九真治胥浦縣，并今越南地。日南治象林縣，爲占城地，今亦屬越南。○吴志吴主傳曰：建安十八年，分荆州，長沙、江夏、桂陽以東屬權，南郡、零陵、武陵以西屬備。晉書地理志曰：蜀分南郡立宜都郡。劉備没後，宜都、武陵、零陵、南郡四郡之地悉復屬吴。案：此注但舉零陵、桂陽、長沙、武陵四郡，指荆蠻爲言耳。又案：零陵治泉陵縣，今湖南零陵縣北。桂陽治郴縣，今湖南郴縣治。長沙治臨湘縣，今湖南長沙縣治。武陵治臨沅縣，今湖南武陵縣西。○漢書貨殖傳曰：辟猶戎翟之與于越，不相入矣。注：孟康曰：于，南方越名也。顔師古曰：于，發語聲也，戎蠻之語則然。于越猶句吴耳。王念孫曰：「于越」本作「干越」，「干」音干戈之干。干越者，吴越也。墨子兼愛篇曰：禹南爲江、漢、淮、汝，東流之注五湖之處，以利荆楚、干越與南夷之民。今本脱「干」字，據文選江賦注引補。莊子刻意篇曰：夫有干越之劍者。釋文曰：司馬云：干，吴也。吴、越出善劍也。案：吴有谿名干谿，越有山名若邪，并出善鐵，鑄爲名劍也。荀子勸學篇曰：干越夷貉之子。楊倞曰：干越，猶言吴越。淮南原道篇曰：干越生葛絺。高注曰：干，吴也。是干越即吴越也。若春秋之於越，則即是越而以「於」爲發聲，而視貨殖傳之干越與戎

翟對舉者不同。孟康所見本正作「干越」，故云干越，南方越名也。其意以干越爲越之一種，若漢時之有閩越、甌越、駱越耳。若於越即是越，不得言南方越名矣。文選吴都賦李善注引正作「干越」。又引音義云：干，南方越名也。此下有「春秋曰」云云十七字，乃後人所加，與李注不合。太平御覽州郡部十六引貨殖傳亦作「干越」，是其證。師古改「干」爲「于」，而以春秋之於越釋之，誤矣。學者多聞於越，寡聞干越，故子史諸書之「干越」或改爲「于越」，皆沿師古之誤。朱珔曰：注所引春秋，在定公五年。經文作「於越」。左氏宣八年傳「盟吴越」，疏引世族譜曰：越，姒姓，自號於越。於者，夷言發聲也。譜又言吴自號句吴，二者一也。穀梁范注引舊説及杜注皆同。「於」或爲「于」。廣雅釋言：於，于也。儀禮士昏大射儀注并言今文「於」爲「于」，「于」與「干」易混，此注先引漢書，與下引杜注，蓋兩存其説。胡紹煐曰：賦文本作「干越」，音干戈之干。「干越」與「蠻荆」相對爲文。干，江干也。吴瀕江，故謂吴爲干。史記春申君傳：而不知干遂之敗。正義曰：干遂，吴地名。索隱曰：干，水邊也。管子小問篇「昔者吴、干戰」，注云：干，江邊地。是也。步瀛案：「干」「于」不同，李氏如兩存其説，必應有「干或作于」之文，而後引春秋及杜注。今李注無此，則所引漢書即從顔師古本也。朱氏之説，與王氏雖异，而皆以李注引漢書本作「干越」，恐未然。胡紹煐謂干越與蠻荆爲對文，不知蠻荆即荆蠻，説見下，與於越正可對也。至謂吴瀕江，故謂吴爲干，亦未確。俞樾諸子平議卷十二據説文邑部「邗，國也」及左哀九年「吴城邗」，謂「干」字本作「邗」，蓋古國名，後屬吴邑。王先謙荀子集解卷一謂吴、干先爲敵國，後并於吴。管子「吴、干戰」及左傳「吴城邗」，即其明證。干爲吴滅，而吴一稱干，猶鄭爲韓滅，而韓亦稱鄭是也。○杜預注曰：茶陵本無「預」字。詩見采芑。今本「荆蠻」作「蠻荆」。本注尤本同，今依袁、茶陵二本。而本書王仲宣誄注引亦作「蠻荆」，蓋後人據今本毛詩改之也。段玉裁詩經小學曰：

漢書韋玄成傳：引荆蠻來威。按：毛云：荆州之蠻也。然則毛詩固作「荆蠻」，傳寫誤倒。晉語：叔向曰：楚爲荆蠻。韋注：荆州之蠻。正用毛傳爲説。吴都賦「跨躡蠻荆」，李善引詩「蠢爾荆蠻」。然則唐初詩尚不誤。左思倒字，以與并、精、坰爲韵耳。陳奂毛詩傳疏曰：文選吴都賦注及通典邊防三引詩作「蠢爾荆蠻」，又通典及御覽兵部五十八載漢書賈捐之傳引詩亦作「荆蠻」。顔注云：荆蠻，荆州之蠻。又劉峻注世説新語排調篇引傳與顔注同。今本經、傳皆誤。○疆，陽部，與上「望」字韵。并、荆，耕部。

婺女寄其曜，翼軫寓其精。指衡岳以鎮野，目龍川而帶坰。

【彙校】

「寄其曜」「寄」，奎章閣本、明州本、贛州本、四庫本、叢刊本、正德本、陳八郎本、尤刻本、胡刻本、監本、唐鈔本、九條本作「寄」。當作「寄」。「曜」，奎章閣本、明州本、贛州本、四庫本、叢刊本、正德本、

陳八郎本、尤刻本、胡刻本、監本、唐鈔本、九條本作「曜」。當作「曜」。

「翼軫」　「翼」，奎章閣本、四庫本、正德本、唐鈔本作「翼」。明州本、贛州本、叢刊本、陳八郎本、尤刻本、胡刻本、監本、九條本作「翼」。當作「翼」。「軫」，奎章閣本、明州本、贛州本、四庫本、叢刊本、正德本、陳八郎本、尤刻本、胡刻本、監本、九條本同。唐鈔本作「軫」。當作「軫」。

「寓其精」　「精」，奎章閣本、贛州本、四庫本、叢刊本、正德本、陳八郎本、尤刻本、胡刻本、監本、唐鈔本、九條本同。明州本作「精」。當作「精」。

「指衡岳」　「指」，贛州本、叢刊本、唐鈔本、九條本同。奎章閣本、四庫本、正德本、監本作「指」。明州本、陳八郎本、尤刻本、胡刻本作「指」。當作「指」。「衡」，明州本、贛州本、四庫本、叢刊本、正德本、尤刻本、胡刻本、監本、唐鈔本、九條本同。奎章閣本、陳八郎本作「衡」。當作「衡」。「岳」，尤刻本、胡刻本、監本同，奎章閣本、明州本、贛州本、四庫本、叢刊本、正德本、陳八郎本、唐鈔本、九條本作「嶽」。當作「岳」。

「以鎮野」　「鎮」，奎章閣本、四庫本、正德本、陳八郎本、尤刻本、胡刻本、唐鈔本同。明州本、贛州本、叢刊本、監本、九條本作「鎮」。當作「鎮」。

「目龍川」　「龍」，奎章閣本、明州本、贛州本、四庫本、叢刊本、陳八郎本、尤刻本、胡刻本、監本、九條本同。正德本、唐鈔本作「龍」。當作「龍」。

「而帶垌」　「而」，奎章閣本、明州本、贛州本、四庫本、叢刊本、正德本、陳八郎本、尤刻本、胡刻本、監本、九條本同。唐鈔本作「以」。今從「而」。

■ **立群案：**「而」「以」於賦俱通。諸本多作「而」，今從「而」。

【彙注】

【李善注】劉曰：婺女越分。翼、軫楚分，非吴分，故言寄曜寓精也。善曰：漢書云：越地婺女之分野，楚地翼、軫之分野。周禮曰：正南曰荆州，其鎮衡山。漢書：南海有龍川縣。南越志：縣北有龍穴山。舜時有五色龍，乘雲出入此穴。爾雅曰：林外謂之坰。

【文選鈔】精，明也。寓，亦寄也。楚、越無主，故寄吴耳。衡岳，南岳，在長沙南，今之衡州是也。鎮野，爲吴野之鎮壓也。目，視也。龍川在南海郡，澤名也。在今修州，本屬廣州也。

【文選音決】婺音務。寓音遇。坰，古螢反。

【五臣注】婺音務。向曰：婺女星，越之分。翼、軫星，楚之分。其地并爲吴所吞，則其星之精曜，若客寄寓於吴也。濟曰：衡山，南岳。本不在吴分，故指之以爲吴野之鎮。龍川，水名。目，望也。言望此水控帶其郊坰。

【張鳳翼文選纂注】婺女星，越分。翼、軫星，楚分。其地并爲吴所吞，則其星之精曜，若客寄寓于吴也。衡山，南岳。本不在吴分，故指之以爲吴野之鎮。龍川，水名。目，望也。言望此水控帶其郊坰。

【王象乾文選删注】婺女越分，楚分，非吴分，故言寄曜寓精也。周禮曰：正南曰荆州，其鎮衡山。漢書：南海有龍川縣。南越志：縣北有龍穴山，舜時有五色龍，乘雲出入此穴。

【何焯義門讀書記】「婺女寄其曜」至「目龍川而帶坰」。四句皆吴都之所包。寄、寓、指、帶四字妙。

【余蕭客文選音義】婺舊音務。

【胡克家文選考异】注「婺女越分。翼軫楚分，非吳分，故言寄曜寓精也」。袁本、茶陵本作「越楚地，皆割屬吳，故言婺女翼軫，寄曜寓精也」。案：二本最是，尤改甚非。

注「南越志」下至「出入此穴」。袁本、茶陵本無此二十一字。

【朱珔文選集釋】目龍川而帶坰。劉注云：漢書：南海有龍川縣。南越志：縣北有龍穴山。舜時有五色龍，乘雲出入此穴。案：漢志「南海郡龍川」下，顔注引裴氏廣州記云：本博羅之東鄉也。有龍穿地而出，即穴流泉，因以爲號，即南越志所云也。水經泿水條注云：其餘又東至龍川，水爲涅水，屈北入員水，又徑博羅縣西界龍川，即左思所謂「目龍川而帶坰」者。趙佗乘此縣而跨據南越矣。今龍川縣屬廣東惠州府。方輿紀要云：龍穴山在縣城北。郡志言：山有穴，潛通海，縣以此名，即東江之源也。

【梁章鉅文選旁證】注婺女越分，翼、軫楚分，非吳分，故言寄曜寓精也。六臣本作「越、楚地皆割屬吳，故言婺女、翼、軫寄曜寓精也」。似勝此注。

【胡紹煐文選箋證】目龍川而帶坰。注善曰：漢書：南海有龍川縣。南越志：縣北有龍穴山，舜時有五色龍，乘云出入此穴。按：穴在洞庭傍。郡國志云：循州有龍穴，潛通於海，傍於洞庭。吳都賦云「目龍川而帶坰」是此也。

【高步瀛文選李注義疏】呂向曰：婺女星，越之分。翼、軫星，楚之分。其地并爲吳所吞，則其星之精曜，若客寄寓於吳也。呂延濟曰：衡山南岳，本不在吳分，故指之以爲吳野之鎮。龍川，水名也。目，望也。言望此水控帶其郊坰。步瀛案：漢武帝改霍山爲南岳，而霍山亦兼衡山之目，此言衡岳，不必確爲湖南之衡山。即專就衡山言，長沙、桂陽，亦吳所有也。劉注言婺女、翼、軫非吳分，就天文家分野言之，衡山不宜援分野之例。呂謂不在吳分，則仿劉注而失之者。○劉注婺女云云。胡克家曰：袁本、茶

陵本作「越、楚地皆割屬吴，故言婺女、翼、軫，寄曜寓精也」。案：二本最是，尤改甚非。步瀛案：二本與尤不同，安得即斷爲尤改？且以分野言，本非吴分，故曰「寄」曰「寓」，安得竟斥爲非？○李注引漢書見地理志下。「越」作「粤」，「野」作「壄」，字同。晉書天文志上州郡躔次引陳卓、范蠡、鬼谷先生、張良、諸葛亮、譙周、京房、張衡并云，斗、牽牛、須女，吴越；翼、軫，楚。廣雅釋天同。今本脱「越」字，王念孫疏證校補。又開元占經卷六十四分野略例曰：南斗、牽牛，吴越之分野。注引淮南子曰：斗，吴越也。高誘注吕氏春秋曰：斗，吴也。牛，越也。今本淮南子天文篇曰：牽牛，越。須女，吴。讀書雜志九之三王引之謂：當作斗、牽牛、須女，吴越。且以占經引淮南「斗」下脱「牽牛須女」四字，未知確否。今本吕氏春秋有始篇高誘注曰：斗牛，吴越分野。又曰：婺女，亦越之分野。亦與占經引异，固未可强諸書皆同矣。史記天官書正義引星經曰：南斗、牽牛，吴越之分野。須女、虚，齊之分野。亦與漢志异。廣雅釋天又曰：嬃女，謂之婺女。疏證曰：嬃，通作須。吕氏春秋有始覽：北方曰玄天，其星婺女、虚危、營室。淮南天文訓作「須女」。開元占經北方七宿占引石氏云：須女四星。又引巫咸云：須女，天女也。步瀛案：吕氏春秋有始覽又曰：東南曰陽天，其星張、翼、軫。淮南天文篇同。開元占經南方七宿占引石氏曰：翼二十二星，軫四星。又引百二十占曰：翼爲天倡，倍海也，其國楚。又引巫咸曰：軫，天庫。楚國星也。○周禮見夏官職方氏。案：衡岳已見東都賦五岳疏。○次引漢書亦見地理志。○「南越志」至「出入此穴」。胡克家曰：袁本、茶陵本無此二十一字。朱珔曰：漢志南海郡龍川下，顔注引裴氏廣州記云：本博羅之東鄉也。有龍穿地而出，即穴流泉，因以爲號，即南越志所云也。水經泿水注云：其餘又東至龍川水，爲湟水，屈北入員水，又徑博羅縣，西界龍川，即左思所謂「目龍川而帶坰」者。趙佗乘此而跨據南越矣。今龍川縣屬廣東惠州府。方輿紀要云：龍穴山在縣北。郡志言：

山有穴，潛通海，縣以此名，即東江之源也。胡紹煐曰：按：穴在洞庭旁。郡國志云：循州有龍穴，潛通於海，傍於洞庭。吴都賦云「目龍川而帶坰」，是此也。步瀛案：見御覽地部十九引。胡氏以上文云衡岳，故引此以證穴在洞庭，取與衡岳相近。然此龍穴殊不在龍川。郡國志引本賦，殊嫌傅會，似未足據。○爾雅見釋地。○精、坰，古音耕部，與上并、荆爲韵。○以上吴之開國及其位置。

爾其山澤，則嵬嶷嶢屼，巊嶷鬱岪。潰渱泮汗，滇㴐淼漫。或涌川而開瀆，或吞江而納漢。磈磈礧礧，滮滮洴洴。磤磕乎數州之間，灌注乎天下之平。

【彙校】

「爾其山澤」　「爾」，奎章閣本、明州本、贛州本、四庫本、叢刊本、正德本、陳八郎本、尤刻本、胡刻本、監本、九條本同。唐鈔本作「尔」。當作「爾」。

「嵬嶷嶢屼」　「嵬」，奎章閣本、明州本、贛州本、四庫本、叢刊本、正德本、陳八郎本、尤刻本、胡刻本、監本、唐鈔本、九條本作「嵬」。當作「嵬」。「嶢」，奎章閣本、明州本、贛州本、四庫本、叢刊本、正德

本、陳八郎本、尤刻本、胡刻本、九條本同。監本、唐鈔本作「嶤」。當作「嶢」。「屼」，奎章閣本同。明州本、贛州本、四庫本、叢刊本、陳八郎本、尤刻本、胡刻本、監本、唐鈔本、九條本作「⿱山兀」。正德本作「⿰山几」。當作「屼」。

■ **立群案**：「嶢屼」，高而險之意。李白送王屋山人魏萬還王屋詩：赤城漸微沒，孤嶼前嶢屼。或本賦語。正德本作「⿰山几」，當爲「屼」之形似而誤。

「𡾊㟰鬱岪」 「𡾊」，奎章閣本、明州本、贛州本、四庫本、叢刊本、正德本、陳八郎本、尤刻本、胡刻本、唐鈔本、九條本同。監本作「⿱山嬰」。「㟰」，奎章閣本、明州本、贛州本、四庫本、叢刊本、正德本、陳八郎本、唐鈔本、九條本作「溟」。尤刻本、胡刻本、監本作「冥」。當作「㟰」。「岪」，奎章閣本、明州本、正德本、陳八郎本、唐鈔本同。贛州本、四庫本、叢刊本、尤刻本、胡刻本、監本、九條本作「⿰山弗」。當作「岪」。

■ **立群案**：「嵬嶷嶢屼，𡾊溟鬱岪」下，五臣濟曰：并山高險之貌也。「潰渱泮汗，滇⿰氵兩淼漫」下，五臣向曰：并水流廣大貌。斟酌賦意，五臣注對賦意的把握極爲精確。「嵬嶷嶢屼，𡾊溟鬱岪」，既爲「并山高險之貌」，則無論「𡾊冥」「𡾊溟」似皆不合賦意。唐鈔本正文雖作「𡾊溟」，然後李善注、文選鈔之注文却作「𡾊㟰」。集韵：𡾊㟰，山高貌。類篇：𡾊㟰，山高貌。皆合賦意。康熙字典：𡾊㟰，山貌。後引左思吴都賦云：𡾊㟰鬱岪。是康熙字典認爲吴都賦作「𡾊㟰」也。知當作「𡾊㟰」，然「㟰」字不常見，故後來版本或改「溟」，或改「冥」。

「滇⿰氵兩淼漫」 「滇」，奎章閣本、正德本、陳八郎本、唐鈔本同。明州本、贛州本、叢刊本、尤刻本、胡刻本、監本作「⿰氵眞」。四庫本作「⿰氵眞」。九條本磨滅。當作「滇」。「漫」，奎章閣本、明州本、贛州本、四庫

本、叢刊本、正德本、陳八郎本、尤刻本、胡刻本、監本、九條本同。唐鈔本作「湨」。當作「漫」。

「開瀆」「開」，奎章閣本、明州本、贛州本、四庫本、叢刊本、正德本、陳八郎本、尤刻本、胡刻本、唐鈔本、九條本同。監本作「閞」。當作「開」。

■立群案：「開」同「閞」，指關門聲。如揚雄法言問道：開之，廓然見四海，閉之，閞然不睹墻之裏。玉篇亦載：閞，門扉聲。宋本廣韻：閞，門扉聲。據賦意，此處顯應作「開」，恐監本作「閞」乃「開」之形似而誤。

「磈磈磈磈」「磈磈」，奎章閣本、明州本、贛州本、四庫本、叢刊本、正德本、陳八郎本、尤刻本、胡刻本、監本、唐鈔本作「磈磈」。九條本作「磈」。當作「磈磈」。「磈磈」，奎章閣本、明州本、贛州本、四庫本、叢刊本、正德本、陳八郎本、尤刻本、胡刻本、監本、唐鈔本作「磈磈」。九條本作「磈」。當作「磈磈」。

「𥕢碒」「碒」，明州本、贛州本、四庫本、叢刊本、正德本、陳八郎本、尤刻本、胡刻本、唐鈔本、九條本同。奎章閣本作「崟」。監本作「嶮」。今從「碒」。

■立群案：高步瀛文選李注義疏：玉篇石部：𥕢，去金切。碒，宜今切。亦作嶔岑、𥕢嶮。招隱士楚辭洪補注本「嶔岑碕礒兮」，單行王注本作「嶔嶮」，本書卷三十三作「嶔嶮」，并同。高氏説是也。古籍中或作「𥕢碒」，或作「嶔嶮」，或作「嶔崟」，同。

「數州之間」「數」，四庫本同。奎章閣本、明州本、贛州本、叢刊本、正德本、陳八郎本、尤刻本、胡刻本、監本、唐鈔本、九條本作「數」。當作「數」。「間」，奎章閣本、明州本、贛州本、四庫本、正德本、尤刻本、唐鈔本同。叢刊本、陳八郎本、胡刻本、監本、九條本作「閒」。當作「間」。

【彙注】

【李善注】劉曰：山之大者衡岳，澤之大者彭蠡。地理志曰：彭蠡澤在豫章彭澤西，會稽餘姚縣蕭山，瀵水所出。嵬嶷，高大貌。巊冥鬱岪，山氣暗昧之狀。潰渱泮汗，謂直望無涯也。滇洒淼漫，山水闊遠無涯之狀。錢塘縣，武林水所出龍川，故曰涌川。九江經廬山而東，故曰開瀆。禹貢曰：三江既入，震澤底定，故曰吞江。又曰：漢水東爲滄浪，南入于江，故曰納漢。磈磈，石在山中之貌。汧汧，水流行聲勢也。嶔碒，山深險連延之狀。荆、揚、交、廣數州之間，土地闊遠，故曰天下之半。善曰：嶷，魚力切。字指曰：屼，禿山也，五骨切。埤蒼曰：岪，鬱山貌。扶勿切。渱，胡東切。滇，通見切。洒，莫見切。淼，水貌，音眇。磈，胡罪切。礧，力罪切。汧，古旦切。

【文選鈔】嶢屼，危峻貌也。巊𡾲鬱岪，廣遠貌。

衛子曰：潰渱，直望無崖也。滇洒，浩瀾廣貌也。

磈磈礧礧，山石不平貌也。滮滮，流也。汧汧，疾也。

嶔碒，高，謂山也。灌注，激流之貌。

【文選音決】嵬，五迴反。嶷，魚力反。嶢音堯。屼，五骨反。巊，一冷反。溟，覓泠反。蔚，紆物反。岪，扶弗反。潰，胡對反。渱音洪。泮，普半反。汗，何旦反。滇，他見反。洒音眄。淼，彌小反。漫，莫半反。涌，以隴反。磈，烏罪反。礧，力罪反。滮，步尤反。汧，古旦反。嶔音欽。砛音吟。數，史宇反。灌，古半反。

【五臣注】嵬，五回反。嶷，魚力反。嶢，五聊反。屼，五骨反。巊，烏鼎反。溟，莫鼎反。岪音拂。渱音洪。泮，普半反。滇，汀见反。洒音眄。淼音眇。磈，胡罪反。礧，力罪反。滮，皮流反。汧，古汗

反。嶔，丘金反。崟，魚今反。濟曰：并山高險之貌。向曰：并水流廣大貌。翰曰：涌川，細水。言積細以成其瀆。瀆，大水之通稱也。向曰：九江南入震澤，故曰吞江。漢水南入于江，故曰納漢。銑曰：皆山石貌。良曰：皆水流貌。翰曰：言山水廣遠也。

【陸善經注】嵬嶷嶢屼，高峻貌。巊溟鬱岪，氣色貌。涌川、開瀆謂山，吞江、納漢謂澤。今彭蠡、洞庭皆然。書云：岷山導江東，匯澤爲彭蠡。又云：導漾水東流爲漢，南入于江。

磈磈磥磥，嶔砛乎數州之間，謂山。滮滮汧汧，灌注乎天下之半，謂澤。

【張鳳翼文選纂注】嵬，五回切。嶷，魚力切。屼，五骨切。巊，烏鼎切。岪音拂。山高險之貌也。渱音洪。滇，汀見切。沔音眄。淼音眇。并水流廣大貌。瀆，大水之通稱。九江南入震澤，故曰吞江。漢水南入于江，故曰納漢。

磈，胡罪切。磥，力罪反。皆山石貌。

汧，古汗反。皆水流貌。

嶔，丘金切。碒，魚今切。荆、揚、交、廣，故曰數州之間。土地闊遠，故曰天下之半。

【王象乾文選删注】嵬，五回切。嶷，魚力切。嶢，五聊切。屼，五骨切。巊，烏鼎切。溟，莫鼎切。岪，扶勿切。渱，胡東切。泮，并半切。滇，通見切。沔，莫見切。淼音眇。磈，胡罪切。磥，力罪切。滮，皮流切。汧，古旦切。嶔，丘金切。碒，魚今切。山之大者衡岳，澤之大者彭蠡。嵬嶷，高大貌。巊溟鬱岪，山氣暗昧之狀。泮汗，直望無涯。滇沔淼漫，闊遠狀。吞江，九江南入震澤。納漢，漢水南入于江。滮滮汧汧，水流聲勢。嶔碒，山深險連延狀。地理志曰：彭蠡澤在豫章彭澤西，會稽餘姚縣蕭山，

瀵水所出。錢塘縣武林，龍川出其坰，故曰涌川。九江經廬山而東，故曰開瀆。禹貢曰：三江既入，震澤底定，故曰呑江。又曰：漢水東爲滄浪，南入于江，故曰納漢。

【陳景雲文選舉正】爾其山澤。注「餘姚縣蕭山，瀵水所出」。舊本「姚」作「暨」，「瀵」作「潘」。又「武林水所出龍川」。按，「武林」七字，舊刻作「武陵龍川出其坰」。

【杭世駿文選課虛】嵬嶷，高大貌。巊冥鬱𡸖，山氣暗昧之狀。屼，禿山也，五骨切。𡸖鬱，山貌。扶勿切。磈磈，石在山中之貌。胡罪切。巍，力罪切。嶔崟，山深險連延之。又作嶔崟。思玄賦：慕歷阪之嶔崟。潰渱泮汗，謂直望無崖也。滇瀰淼漫，山水闊遠無崖之狀。渱，胡東切。滇，通見切。瀰，莫見切。淼，水貌。音渺。汧汧，水流行聲勢也。古旦切。

【余蕭客文選音義】岪五臣作「𡸖」。舊注：𡸖音拂。岪同𡸖。渱舊音洪。瀰舊音眄。岏兀。巊廣韻音瀴。滇瑱。淼善音眇。磈磈音傀壘。汧翰。嶔欽。崟吟。

【余蕭客文選紀聞】巊烏頃。玉篇二十二。𡸖弗。類林二。瀰眄。類林三。淼渺。古文苑注七。磈隗。山海經注二。磈苦猥。類林九中。汧幹。廣韻四。易安居士李氏秋詞聲聲慢：尋尋覓覓，冷冷清清，凄凄慘慘戚戚。此乃公孫大娘舞劍手，本朝非無能文詞之士，未曾有一下十四叠字者，用文選諸賦格貴耳集上。嶔陆金。玉篇二十二。崟吟。古文苑注四。

【張雲璈選學膠言】或涌川而開瀆。注：會稽餘姚縣蕭山，瀵水所出。錢唐縣，武林龍川所出。何校「瀵」改「潘」。胡中丞校云：劉昭注續漢書郡國志引此注。今本作「潛」。考師古注「潘音甫元反」，然則「瀵」「潛」皆非。

【胡克家文選考异】注「會稽餘姚縣蕭山瀵水所出」。何校「姚」改「暨」，「瀵」改「潘」，陳同。案：

據漢書地理志，校是也。各本皆訛。劉昭注續漢書郡國志引賦此注。今本「潘」作「潛」。考顔師古「潘音甫元反」，然則「瀵」「潛」皆非。

注「嵬嶷高大貌」下至「山水闊遠無崖之狀」。袁本、茶陵本無此三十七字。

注「武林水所出龍川」。袁本、茶陵本作「武陵龍川出其坰」。案：各本皆非也，當作「武林水出其山」，謂漢書地理志錢唐之武林山，武林水所出也。二本涉上節正文而誤。尤所校改未是。

注「磈磈」下至「山深險連延之狀」。袁本、茶陵本無此二十五字。

注「數州之間」。袁本、茶陵本「數」上有「故曰」二字，是也。

【朱珔文選集釋】爾其山澤。下劉注引地理志曰：會稽餘姚縣蕭山，瀵水所出。案：依今漢志，「餘姚」當作「餘暨」，「瀵」當作「潘」。「潘」與「瀵」，字形相似。志又於上谷郡出潘縣，師古音普拌反。全氏祖望摭水經注「河水過蒲阪」下引帝王世紀「舜都蒲阪」，「或言都平陽及瀵」，以正前志「潘」當作「瀵」。趙氏一清云：全説已見胡三省通鑑注。然其引皇甫書復云：或言蒲阪，或言潘。蓋宋本水經已誤「潘」爲「瀵」。續志、晉志、魏志皆作「潘」，則班志作「潘」是也。亦見灅水篇注。如趙説，可見「潘」「瀵」多訛，足爲此處明證。原彼處致誤之由，殆因酈注上文言汾陰、郃陽皆有瀵水，疑以水氏縣。不知灅水篇云：左會潘泉故瀆。瀆上承潘泉於潘城中，此當爲縣所得名。故趙氏又據爾雅釋水郭注，以瀵爲夾河中渚，非可建都也。若續漢志「諸暨」下注作潛水。或又以郭注，言汾陰、郃陽之「瀵」相去數里而皆潛通。「潘」既作「瀵」，遂轉「瀵」爲「潛」，乃歧中之歧矣。續志注亦引淵林此注而以爲魏都賦，尤誤。至此，潘水所在，則水經漸江水篇注云：潘水即浦陽江之别名。自外無水以應之。余謂酈説當是。「潘」與「浦」，聲之轉也。錢氏坫斠注：漢志云：今江出浦江縣西深裊山東，流徑縣城南，折而北，

徑諸暨縣東蕭山縣，北入海。○注又云：錢塘縣，武林水所出。案：此亦漢志之文。錢氏謂：闞駰曰：武林山，錢水出焉。吴地記：縣惟有浙江，今無此水。按，即今西湖也，在今府城西，周三十里。其水引貫城而東出，灌宁海縣田。

【梁章鉅文選旁證】注地理志曰：餘姚縣蕭山，瀵水所出。漢書地理志「姚」作「暨」。「瀵」作「潘」。何、陳并據之校改。是也。續漢書郡國志：「會稽郡」引魏都賦注有「蕭山，潛水出焉」。即此文。但誤「吴」爲「魏」，復誤「潘」爲「潛」。

注武林水所出龍川。六臣本作「武林龍川出其坰」。案今漢書地理志錢塘武林山，武林水所出。注當依此改正，「龍川」字不當有，皆涉上節正文而誤耳。

【高步瀛文選李注義疏】「冥」，五臣作「溟」，「岪」作「茀」。吕延濟曰：嵬嶷嶢屼、嵺溟鬱茀，并山高險之貌也。案：「冥」「溟」字通。莊子逍遥游釋文曰：北冥，本亦作「溟」。○吕向曰：潰渱泮汗、滇𣶏淼漫，并水流廣大貌。案：「𣶏」與「沔」同。詩：沔彼流水。毛傳曰：水流滿也。○張銑曰：磈磈磈磈，皆山石貌。劉良曰：滮滮汧汧，皆水流貌。○劉注引漢書地理志。案：豫章郡彭澤下原注曰：禹貢彭蠡澤在西。餘見後。○漢書地理志會稽郡餘暨下原注曰：蕭山，潘水所出，東入海。此注「餘暨」作「餘姚」，「潘水」作「瀵水」，各本皆誤，今依何氏、陳氏、胡氏、梁氏、朱氏諸家校改。續漢書郡國志揚州會稽郡餘暨縣下劉昭注曰：魏都賦注有「蕭山，潛水出焉」。「吴」誤作「魏」，「潘」又誤作「潛」。水經漸江水注曰：上虞江東徑周市而注永興。地理志云：縣有仇亭，柯水東入海。仇亭在縣之東北十里，江北，柯水疑即江也。又東北徑永興縣東，與浙江合，謂之浦陽江。地理志又云：縣有蕭山，潘水所出，東入海。又疑是浦陽江之别名也。自外無水以應之。朱珔曰：酈説當是。「潘」與

「浦」，聲之轉也。步瀛案：清統志曰：浙江紹興府，餘暨故城在蕭山縣西，漢置，孫權改曰永興縣。案：漸江水注又曰：永興縣在會稽東北百二十里，故餘暨縣也。楊守敬水經注疏要删曰：古永興當在今海鹽縣之東南。據此，則餘暨故城當在蕭山縣東北而不在其西也。清統志又曰：蕭山在蕭山縣西。又曰：錢清江在山陰縣西北四十五里。舊志：上流即浦陽江，自金華府浦江縣流入諸暨縣界，東北流，合義烏溪。又六十餘里，合諸溪澗水。是爲上西江。又與東江合，謂之浣江。又十里許，經諸暨縣城南一里。又東北至苧渚潭，復分爲二江。其正流，名下東江。其西爲下西江，分流七十餘里，至三江口，復合爲一，名兩江，又名大江。又北流二十里，至府西南百里之紀家匯，繞府境，謂之錢清江，以東漢太守劉寵受父老一錢事而名。又曰：曹娥江在會稽東南七十里。又北入上虞縣界，一名上虞江。又曰：金華府深裊山在浦江縣西五十里，重巒複嶺，峭拔千仞，其下匯爲溪流，清澈無泥滓，即浦陽江之源也。全祖望校水經注曰：浦陽江水發源義烏，分於諸暨，爲曹娥、錢清二口。其自義烏山南出者，道由蒿壩，所謂東小江也。下流斯爲曹娥。其自山北出者，道由義橋，所謂西小江也。下流斯爲錢清。考浦陽之名，漢時所未有，故班固不録。然志於浦陽東道之水，則曰柯水，而系之上虞，即曹娥也。西道之水，則有潘水，而系之餘暨，即錢清也。六朝時合曹娥、錢清二水，總曰浦陽。○「嵬嶷高大貌」至「無崖之狀」，胡克家曰：袁本、茶陵本無此三十七字。步瀛案：二本於「嵬嶷」以下，各注均取五臣或劉注，有不免節去者。亦不能因二本所無，即謂非劉注也。○漢書地理志會稽郡錢唐縣下原注曰：武林山，武林水所出，東入海。此注各本「唐」作「塘」。塘，俗字，今正。又「縣」字下應增「武林山」三字，尤本「所出」下有「龍川」二字，袁本、茶陵本作「武陵龍川出其坰」，皆非。胡克家謂當作「武林水出其山」，亦與漢志本文不合，特欲牽就袁、茶陵二本耳。實與上注蕭山之例亦不合也。水經漸江水注曰：浙江又東徑靈

隱山。山在四山之中，有高崖，洞穴左右有石室三所。又有孤石壁立，大三十圍，其上開散，狀如蓮華。昔有道士，長往不歸，或因以稽留爲山號。山下有錢唐故縣，浙江徑其南。縣南江側有明聖湖，父老傳言，湖有金牛，古見之，神化不測，湖取名焉。縣有武林山，武林水所出也。闞駰云：山出錢水，東入海。吴地記言縣惟浙江，今無此水。葉紹翁四朝聞見録甲集曰：余嘗考晋書地理志，錢唐有武林山。舊圖經云：在縣西十五里，高九十二丈，周迴一十二里，又名曰靈隱。錢唐令劉道真錢唐記、太子文學陸羽靈隱記、夏竦靈隐寺捨田記、胡宿武林寺記皆云：武林山即靈隱山。舊圖經又云：西湖，其源出于武林山。則正合武林山出武林水矣。清統志曰：浙江杭州府，靈隱山在錢唐縣西十五里，西湖在錢唐縣西。趙一清曰：武林水即錢水，今杭人所謂西湖者。是陸氏記謂今無此水，殆不識眉目之言也。錢坫新斠注地里志卷十亦謂：武林水即西湖。步瀛案：浙江杭州府舊治仁和、錢塘二縣，今裁府并縣，改曰杭縣。○漢書地理志廬江郡尋陽縣下原注曰：禹貢九江在南，皆東合爲大江。又九江郡下顔注引應劭曰：江自廬江、尋陽分爲九。禹貢僞孔傳曰：江於此界，分爲九道。蓋本應説也。孔疏曰：鄭云：九江從山谿所出，其孔衆多，言治之難也。地理志云云。如鄭此意，九江各自別源，其源非大江也，下流合於大江耳。步瀛案：鄭與應皆本班志爲説，而志綜分合而言，應但就其分而言，鄭則就既分之後、未合之前而言。從山谿所出者，謂大江至尋陽分爲九，所經山谿流出，其道衆多，非謂九江各自別源。孔疏泥「所出」二字，誤會鄭意。成蓉鏡禹貢班義述、王先謙孔傳參正皆承其失，不知鄭與應劭、僞孔原無异也。清統志曰：湖北黄州府，尋陽故城在黄梅縣北。姚鼐九江説曰：禹貢九江處，今黄州府、九江府之間。今黄州黄梅，漢尋陽縣故地。地理志曰：尋陽，禹貢九江在南，皆東合爲大江，是也。昔禹主名山川，九河自河分，故名曰河。三江、九江自江分，故名曰江。案：姚氏此説甚確。尋求三江、九江者，當

以此語爲準。如九江皆別源，不得名江。班氏於「合爲大江」上著一「東」字，明不必在尋陽之境，應與鄭詳著其分補班之義，非別爲説也。又禹貢釋文引張僧監潯陽地記、張須元緣江圖所載九江之名，雖未足據，然其地皆在尋陽以東，當由舊説相傳。則九江自尋陽而分，殆無疑義。至水經禹貢山水澤地所在篇言九江地在長沙下雋縣西北，蓋因中山經洞庭之山下又言九江之間，故謂在下雋，取與洞庭相近。然酈氏此下無注，而於廬江水注言秦始皇、漢武帝咸升廬山，望九江，則不從下雋之説。即郭注中山經九江，亦引地理志，且云自尋陽而分爲九，亦不從下雋之説。餘見江賦。○尚書禹貢正義引鄭注曰：三江分于彭蠡，爲三孔，東入海。漢書地理志會稽郡吴縣下原注曰：具區在西，揚州藪。古文以爲震澤。餘詳下注。滄浪，互見南都賦。○玉篇石部：磈，口罪切。磈，五罪切。廣韵十賄：磈，衆石貌。案：「磈磈」與「磈硊」同。楚辭招隱士曰：磳硱磈硊。原本玉篇引埤蒼曰：磈硊，迟曲也。又與「嵬壘」同。魏都賦曰：或嵬壘而複陸。又與「磈磥」同。江賦曰：玄蠣磈磥而碨砐。李注曰：不平之貌。皆字异而義同，特以文各有取，故訓視所用而异耳。○「磈磈」至「連延之狀」，胡克家曰：袁本、茶陵本無此二十五字。○尤本「數州之間」上無「故曰」二字。胡克家曰：袁本、茶陵本有，是也。案：今據二本增。○玉篇石部：礆，去金切。碒，宜今切。亦作嶔岑、礆碒。招隱士楚辭洪補注本「嶔岑碕礒兮」，單行王注本作「嶔崟」，本書卷三十三作「嶔崟」，并同。○宂、岪，古音脂部。汗、漫、漢、湔、半，元部。

百川派別，歸海而會。控清引濁，混濤并瀨。濆薄沸騰，寂寥長邁。濞焉洶洶，隱焉礚礚。

【彙校】

「百川派別」「派」，四庫本、叢刊本、唐鈔本同。奎章閣本、明州本、贛州本、正德本、陳八郎本、尤刻本、胡刻本、監本、九條本作「泒」。當作「派」。「別」，奎章閣本、明州本、贛州本、叢刊本、正德本、陳八郎本、胡刻本、監本、唐鈔本同。四庫本、尤刻本、九條本作「別」。當作「別」。

「歸海而會」「會」，奎章閣本、明州本、贛州本、四庫本、叢刊本、正德本、陳八郎本、尤刻本、胡刻本、監本、唐鈔本、九條本作「會」。當作「會」。

「控清引濁」「清」，奎章閣本、贛州本、四庫本、叢刊本、正德本、陳八郎本、尤刻本、胡刻本、監本、唐鈔本、九條本同。明州本作「清」。當作「清」。

「混濤并瀨」「濤」，明州本、贛州本、叢刊本、陳八郎本、尤刻本、胡刻本、九條本同。奎章閣本、四庫本、正德本、監本、唐鈔本作「濤」。當作「濤」。「并」，奎章閣本、明州本、贛州本、四庫本、叢刊本、正德本、陳八郎本、尤刻本、監本、唐鈔本、九條本同。胡刻本作「並」。當作「并」。「瀨」，明州本、贛州本、四庫本、叢刊本、尤刻本、胡刻本、監本同。奎章閣本、正德本、陳八郎本、唐鈔本、九條本作「瀨」。

當作「瀨」。

「濆薄沸騰」 「薄」，四庫本同。胡刻本作「薄」。奎章閣本、明州本、贛州本、叢刊本、正德本、陳八郎本、尤刻本、監本、唐鈔本、九條本作「薄」。當作「薄」。

「寂寥長邁」 「寂」，奎章閣本、明州本、贛州本、四庫本、叢刊本、正德本、陳八郎本、尤刻本、胡刻本、監本、九條本同。唐鈔本作「宲」。當作「寂」。「寥」，奎章閣本、明州本、贛州本、四庫本、叢刊本、正德本、陳八郎本、尤刻本、胡刻本、監本、九條本作「寥」。唐鈔本作「寥」。當作「寥」。

「濞焉洶洶」 「焉」，奎章閣本、明州本、贛州本、四庫本、叢刊本、陳八郎本、尤刻本、胡刻本、監本、唐鈔本、九條本同。正德本作「焉」。當作「焉」。「洶洶」，奎章閣本、明州本、贛州本、四庫本、叢刊本、正德本、陳八郎本、胡刻本、九條本同。尤刻本、監本、唐鈔本作「洶洶」。當作「洶洶」。

「隱焉礚礚」 「隱」，明州本、贛州本、叢刊本、陳八郎本、尤刻本、胡刻本、監本、九條本同。奎章閣本作「隐」。四庫本作「隱」。正德本、唐鈔本作「隱」。當作「隱」。「礚礚」，奎章閣本、明州本、贛州本、四庫本、叢刊本、正德本、陳八郎本、尤刻本、胡刻本、監本、九條本同。唐鈔本作「礚礚」。當作「礚礚」。

【彙注】

【李善注】洶，吁恭切。劉曰：字説曰：水别流爲派。濤，大波也。瀨，急湍也。長邁，不回之意。礚，苦蓋切。善曰：尚書大傳曰：百川趨於海。洶洶，礚礚，皆水聲也。

【文選鈔】派，猶分也。書云：江、漢朝宗於海。孔傳云：百川以海爲宗。宗，尊也。混，同也。并，合也。瀨，湍疾。中國人謂之磧，吴人謂之瀨也。

濆波，起也。沸騰，涌起也。寂寥，無聲也。長邁，遠去也。

濞，小聲。洶洶，大聲也。隱，深遠之聲。磕磕，水激石之鳴也。

【文選音决】派，普賣反。別，彼列反。混，胡本反。濆，扶粉反。寥，力彫反。濞，普媚反。洶音凶。磕，可蓋反。

【五臣注】派，普拜反。瀨音賴。濆，扶粉反。濞，普秘反。洶，吁恭反。翰曰：水別流曰派。江海下，故百川歸會之。控，亦引也。言水清濁雜流，混其波濤，合其湍瀨，同入于海也。翰曰：水相激盪曰濆薄。波浪涌起爲沸騰也。寂寥，無聲也。邁，行也。言衆水混合，既入廣大之處，無沸騰之聲，澹然常行也。向曰：濞，水暴至聲也。洶洶，疾流長貌。隱焉磕磕，遠聞之聲。

【張鳳翼文選纂注】瀨音賴。濞，普祕切。洶，呼恭切。水別流爲派。濤，大波也。瀨，急湍也。磕，苦蓋切。江海在下，故百川歸會之。控，引也。言水清濁雜流，混其波濤，合其湍瀨，同入于海也。水相激盪曰濆薄。波浪涌起爲沸騰。寂寥，無聲也。邁，行也。言衆水混合，既入廣大之處，無沸騰之聲，澹然常行也。濞，水暴至聲。洶洶，疾流長貌。隱焉磕磕，遠聞之聲也。

【王象乾文選删注】瀨，急湍。洶洶、壒壒，水聲。濞音秘。磕，苦蓋反。

【何焯義門讀書記】百川派別，歸海而會。　二句皆賦家誇飾之詞，不可實指。

【杭世駿文選課虚】洶洶、磕磕，皆水聲也。磕，苦蓋切。

【余蕭客文選音義】濞淮南注譬。

【余蕭客文選紀聞】濞辟。高淮南注二。

【胡克家文選考异】注「長邁不回之意」。袁本、茶陵本無此六字。

【高步瀛文選李注義疏】李周翰曰：控亦引也。言水清濁雜流，混其波濤。合其湍瀨，同入于海

也。又曰：水相激盪曰濆薄，波浪涌起爲沸騰也。寂寥，無聲也。邁，行也。言衆水混合，既入廣大之處，無沸騰之聲，澮然長行也。步瀛案：説文曰：滕，水超涌也。騰乃通借字。上林賦曰：悠遠長懷，寂漻無聲，肆乎永歸。郭璞注曰：懷亦歸，變文耳。廣雅釋詁一曰：邁，往也。○吕向曰：濞，水暴至聲也。洶洶，疾流。長貌。磕磕，遠聞之聲。步瀛案：上林賦曰：沈沈隱隱，砰磅訇磕。司馬彪曰：砰磅訇磕，皆水聲也。史記司馬相如傳作「湛湛隱隱」。正義曰：水流鼓怒之聲，又與「殷」通。蜀都賦劉注曰：殷，盛也。此隱焉亦言水聲之盛。○劉注引字説，蓋如李注引字書，非專引一書之文。案今本説文水部曰：派，别水也。本書頭陀寺碑注引作「水别流也」。慧琳一切經音義二十四引作「水流别也」，皆非原文。玄應音義七、又二十二、又二十四，慧琳音義十三、又十九、又六十八、又七十、又八十引并作「水之邪流别也」，與𠂢部「𠂢」字下説解同。又慧琳音義二十九、四十九引作「𠂢」，七十六又引作「水邪流分别也」，「分」即「之」字之誤。希麟續音義十謂作「派」俗字。段玉裁以「派」爲後出字。姚文田、嚴可均、朱駿聲、王筠、沈濤皆以「派」即「𠂢」之或體字。○濤，大波也。互見西都賦注。○説文曰：瀨，水流沙上也。楚辭九歌湘君王逸注曰：瀨，湍也。淮南本經篇高注曰：瀨，急流也。又互見本賦後注。○李注引尚書大傳，本書海賦、孫子荆爲石仲容與孫皓書注引同。郭有道碑文注引「海」上有「東」字，樂府長歌行注引作「百川赴東海」，「赴」字疑誤。○别、會、瀨、邁、磕，古音祭部。

出乎大荒之中，行乎東極之外。經扶桑之中林，包湯谷之滂沛。潮波汩起，迴復萬里。歊霧漨浡，雲蒸昏昧。

【彙校】

「東極之外」「極」，奎章閣本、明州本、贛州本、四庫本、叢刊本、正德本、陳八郎本、尤刻本、胡刻本、九條本同。監本、唐鈔本作「極」。當作「極」。

「包湯谷」「湯」，奎章閣本、贛州本、四庫本作「暘」。明州本、叢刊本、正德本作「暘」。陳八郎本、監本作「湯」。尤刻本、胡刻本、唐鈔本、九條本作「湯」。今從「湯」。

■立群案：典籍中或作「湯谷」，或作「暘谷」，今從「湯谷」。

「潮波汩起」「起」，四庫本同。奎章閣本、明州本、贛州本、叢刊本、正德本、陳八郎本、尤刻本、胡刻本、唐鈔本、九條本作「起」。監本作「赳」。當作「起」。

「迴復萬里」「迴」，贛州本、正德本、胡刻本同。奎章閣本作「迴」。明州本、四庫本、叢刊本、陳八郎本作「廻」。尤刻本作「廻」。監本作「回」。唐鈔本作「囬」。九條本作「迴」。當作「迴」。

■立群案：迴復，迴旋反覆、迂回曲折之意。如漢書禮樂志：玄氣之精，回復此都。顏師古注：言天氣之精，迴旋反復于此雲陽之都。或爲賦語所本。作「迴復」是。

「歊霧漨浡」「歊」，奎章閣本、明州本、贛州本、四庫本、叢刊本、正德本、陳八郎本、尤刻本、胡刻本、監本、唐鈔本、九條本作「歊」。當作「歊」。「浡」，奎章閣本、明州本、贛州本、四庫本、叢刊本、正德本、陳八郎本、尤刻本、胡刻本、監本、九條本同。唐鈔本作「浡」。當作「浡」。

「雲蒸昏昧」「蒸」，奎章閣本、明州本、贛州本、四庫本、叢刊本、正德本、陳八郎本、尤刻本、胡刻本、監本、九條本同。唐鈔本作「烝」。當作「蒸」。「昏」，奎章閣本、明州本、贛州本、四庫本、叢刊本、正德本、陳八郎本、尤刻本、胡刻本、唐鈔本、九條本同。監本作「昬」。當作「昏」。

■ **立群案**：阮元經籍籑詁：烝，通作蒸。阮氏説是也。如書洛誥：戊辰，王在新邑，烝祭歲。國語魯語上：夏父弗忌爲宗，蒸將躋僖公。「蒸」「烝」俱作「冬祭」名。再如國語周語上：陽伏而不能出，陰迫而不能烝，於是有地震。國語周語上：自今至於初吉，陽氣俱蒸，土膏其動。「蒸」「烝」俱作「氣體上升」之意。然諸本多作「蒸」，今從「蒸」。

【彙注】

【李善注】劉曰：大荒，謂海外也。爾雅曰：孤竹、北户、西王母、日下，謂之四荒。孤竹在北，北户在南，日下在東，西王母在西，皆四方荒昏之國也。又曰：東至大遠，西至邠國，南至濮鉛，北至祝栗，謂之四極。謂四方之極。極，遠也。言大荒、東極、扶桑、湯谷者，謂海外彌廣，無所不連也。潮波汩起，言水彌廣汩急疾，無所不至。歊霧，水霧之氣，似雲蒸昏暗不明也。善曰：扶桑、湯谷，已見上文。漨，薄工切。浡，蒲昧切。

【文選鈔】淮南云：八宏之外曰八極。字林云：滂沛，流貌。

風土記云：東海有大鯨，穴處海底，一日一夜二時出食，故一日一夜二時潮來。澓者，水激却上也。

言水氣囂囂然上，如霧之散，如雲之昏結也。

【文選音決】滂，普黄反。沛，普外反。汩，古没反。澓音伏。歊，許橋反。漨，步公反。浡，步没反。蒸，之剩反。昧，協韵，音没。

【五臣注】汩，于筆反。歊，虚妖反。漨音蓬。浡，蒲没反。翰曰：言大荒，國名。東極，言極天地之東，言廣遠也。扶桑、暘谷，皆日出之所。言水流遠至於此。滂沛，水多貌。良曰：汩，疾也。言江海潮上蹙，水皆逆流，須臾萬里。歊，氣也。漨浡，煩鬱之狀。水氣蒸而爲雲，故昏昧也。

【陸善經注】山海經有海外大荒經。東極，東方極遠之所也。

【張鳳翼文選纂注】汩，于筆切。歊，虚妖切。漨音蓬。浡，蒲没切。大荒，謂海外也。東極，謂極東也。扶桑、暘谷，皆日出之所。言水流遠至于此也。滂沛，水多貌。汩，疾也。言江海潮上蹙，水皆逆流，須臾萬里。歊，氣也。漨浡，煩鬱之狀。水氣蒸而爲雲，故昏昧也。

【王象乾文選删注】漨，薄工切。浡，蒲昧切。大荒，海外也。汩，急疾。漨浡，水霧之氣，似雲蒸昏暗不明也。爾雅曰：孤竹、北户、西王母、日下，謂之四荒。孤竹在北，北户在南，日下在東，西王母在西。又曰：東至大遠，西至邠國，南至濮鉛，北至祝栗，謂之四極。

【杭世駿文選課虚】漨，薄工切。浡，蒲昧切。言水瀰廣汩急疾，無所不至。

【余蕭客文選音義】漨舊音蓬。湯。六臣本及注并作「暘」。何曰：宋本作「湯」。袁本注亦作「湯」。里叶賴。

【余蕭客文選紀聞】漨逢。山海經注三。蓬。史容山谷外集詩注一。浡勃。同。

【胡克家文選考异】注「潮波汩起」下至「昏暗不明也」。袁本、茶陵本無此二十九字。

【高步瀛文選李注義疏】「湯」，五臣作「暘」。○李周翰曰：滂沛，水多貌。劉良曰：汩，疾也。言

江海潮上蹙，水皆逆流，須臾萬里。歊，氣也。滃渤，煩鬱之狀。水氣蒸而爲雲，故昏昧也。案：汩，本字當作𡿨，已見南都賦疏。○劉注：大荒，謂海外也。案：山海經有大荒東、南、西、北各經。吕氏春秋知度篇高注曰：荒，裔遠也。周語上韋注曰：荒，荒忽無常之言也。○爾雅并見釋地。「孤」作「觚」，通假字。「太」作「泰」。説文「邠」作「汃」。案：大荒、東極，皆極言之，不必泥定爾雅之文。○李注言上文，「扶桑」見西京賦、東京賦，湯谷見西京、東京及蜀都賦。○外、沛，古音祭部。起、里，之部。渤，祭部。昧，脂部。脂、祭二部通轉爲韵。

泓澄奫潫，潁溶沆瀁。莫測其深，莫究其廣。澶湉漠而無涯，總有流而爲長。瑰异之所叢育，鱗甲之所集往。

【彙校】

「潁溶沆瀁」 「溶」，奎章閣本、明州本、贛州本、四庫本、叢刊本、陳八郎本、正德本、尤刻本、胡刻本、監本、唐鈔本同。九條本無「溶」字。當作「溶」。

■**立群案**：澒溶，水深廣貌。劉向九嘆遠游：譬彼蛟龍，乘雲浮兮。泛淫澒溶，紛若霧兮。或爲賦語所本。且此處皆四字爲句，九條本無「溶」字者，恐誤也。

「莫測其深」 「深」，奎章閣本、明州本、贛州本、四庫本、叢刊本、正德本、陳八郎本、尤刻本、胡刻本、監本、九條本同。唐鈔本作「深」。當作「深」。

「莫究其廣」 「究」，奎章閣本、明州本、贛州本、四庫本、叢刊本、陳八郎本、尤刻本、胡刻本、監本、九條本同。正德本、唐鈔本作「究」。當作「究」。

「而無涯」 「無涯」，奎章閣本、明州本、贛州本、四庫本、叢刊本、正德本、陳八郎本、尤刻本、胡刻本、監本、九條本同。唐鈔本作「無崖」。今從「無涯」。

■**立群案**：莊子養生主：吾生也有涯，而知也無涯。後漢書蔡邕傳：隆貴翕習，積富無崖。是「無涯」「無崖」可通，俱作「無窮盡、無邊際」解。諸本多作「無涯」，今從「無涯」可也。

「總有流」 「總」，奎章閣本、唐鈔本作「捴」。明州本、四庫本作「惣」。贛州本、叢刊本、尤刻本、胡刻本、九條本作「惣」。正德本、陳八郎本、監本作「摠」。當作「總」。「流」，明州本、贛州本、叢刊本、陳八郎本、尤刻本、胡刻本、監本、唐鈔本、九條本同。奎章閣本、四庫本、正德本作「流」。當作「流」。

「而爲長」 「爲」，明州本、贛州本、叢刊本、陳八郎本、尤刻本、胡刻本、監本、九條本同。奎章閣本、四庫本、正德本、唐鈔本作「為」。當作「爲」。

「瑰异」 「瑰」，明州本、贛州本、四庫本、叢刊本、陳八郎本、尤刻本、胡刻本、監本、九條本作「瓌」。奎章閣本作「瓌」。正德本作「瓌」。唐鈔本作「瓌」。當作「瑰」。「异」，明州本、贛州本、叢刊本、陳八郎本、尤刻本、胡刻本、監本、九條本作「異」。奎章閣本、四庫本、正德本、唐鈔本作「異」。當作

「异」。

■立群案：淮南子詮言訓：聖人無屈奇之服，無瑰异之行。或爲賦語所本。「環异」不辭，正德本作「環」，當「瑰」異體「瓌」之形近而誤。

「之所叢育」「所」，奎章閣本、正德本、唐鈔本作「所」。明州本、叢刊本、陳八郎本、胡刻本、監本、九條本作「所」。贛州本、四庫本、尤刻本作「所」。當作「所」。

「之所集往」「所」，奎章閣本、正德本、唐鈔本作「所」。明州本、叢刊本、陳八郎本、胡刻本、監本、九條本作「所」。贛州本、四庫本、尤刻本作「所」。當作「所」。「往」，明州本、贛州本、四庫本、叢刊本、陳八郎本、尤刻本、胡刻本、唐鈔本、九條本同。奎章閣本、正德本、監本作「徃」。當作「往」。

【彙注】

【李善注】沆，户朗切。瀁，余两切。善曰：説文曰：泓，下深大也。澄，湛也。奫潫，回復之貌。皆水深廣闊也。奫，於旻切。潫，於權切。澒，胡孔切。溶，余腫切。澶湉，安流貌。澶音纏。湉音恬。瑰异，龜魚，皆在水中生長。

【文選鈔】衛子曰：泓澄奫潫，下接重泉也。澒涌沆瀁，江海通源也。莫，無也。測，度也。究，猶窮也。言無能窮其廣遠也。澶湉，水平滿之貌。涯，水岸也。言此海總有衆流之中，最爲長大也。瓌，奇也。育，生也、養也。鱗，謂魚龍。甲，謂龜等也。言聚集往還其中也。

【文選音決】泓，烏宏反。澄，曹：直耕反。又如字。奫，於筠反。潫，於員反。澒，胡孔反。溶，以龍反。沆，何朗反。瀁，以朗反。澶音纏。湉音恬。長，張两反。下如字。

【五臣注】奫，於旻反。潫，於權反。澒，胡貢反。溶，余腫反。沆，户朗反。瀁，余两反。澶音纏。

湉音恬。長，上聲。翰曰：此上皆水深廣貌。有流百川，言總合百川爲之長也。究，盡也。瑰，奇。言奇异之物育於此也。鱗者，龍魚也。甲者，黿鼉也。

【陸善經注】泓澄奫潫，深湛貌。澒溶沆瀁，廣大貌也。澶湉，安静貌。

【張鳳翼文選纂注】奫，於旻切。潫，於壦切。澒，胡貢切。溶，余腫切。瀁，余兩切。澶音纏。湉音恬。泓澄，深湛也。奫，迴復之貌。澶湉，安流貌。此上皆言深廣也。有流爲長，言總合百川而爲之長也。究，盡也。瓌奇，言奇异之物育于此也。鱗者，龍魚也。甲者，黿鼉也。

【王象乾文選删注】奫，於旻切。潫，於權切。澒，胡貢切。澶音纏。湉音恬。長，上聲。泓，深大也。奫，迴復貌。澶湉，安流貌。

【杭世駿文選課虚】泓，下深大也。澄，湛也。奫潫，迴復之貌。皆水深廣闊也。奫，於旻切。潫，於權切。澒，胡孔切。溶，余腫切。澶湉，安流貌。澶音纏。湉音恬。

【余蕭客文選音義】澒淮南注音項。奫何音氳。潫彎。溶容。瀁養。澶湉善音纏恬。惣總。

【余蕭客文選紀聞】奫蝹。廣韻一。潫娟。廣韻二。澒許注淮南十二音項。冲虚經注釋補遺音洪。湉恬。廣韻二。總駿上。九經字様。

【孫志祖文選李注補正】惣有流而爲長。○補曰：潘云：「惣」即「總」字。

【胡克家文選考异】注「奫潫」。袁本、茶陵本無「潫」字。

注「皆水深廣闊也奫」。袁本、茶陵本無此七字。

注「瓌异黿魚皆在水中生長」。袁本、茶陵本無此十字。

【許巽行文選筆記】惣有。「惣」爲「總」字之訛。「總」，正字。作「揔」，俗字。作「摠」「惣」并訛

字。嘉德案：説文「總」，徐曰：俗作「摠」，非。作「摠」已非，况訛「揔」「惣」乎？集韵有「惣」，謂倥傯。亦作「惚」，非其義。

【梁章鉅文選旁證】注説文曰：泓，下深大也。　今説文：泓，下深貌。

【胡紹煐文選箋證】惣有流而爲長。善「惣」無音。篇、韵亦不載。惟見於集韵，胡弄切，音總。按：此壞體「總」字，或作「揔」，故誤「揔」爲「惣」，而丁度采之，非古也。

【高步瀛文選李注義疏】孫志祖補正引潘耒曰：「惣」即「揔」字。胡紹煐曰：善「惣」無音。篇、韵亦不載。惟見於集韵，胡弄切，音總。按：此壞體「總」字，或作「揔」，故誤「揔」爲「惣」，而丁度采之，非古也。許巽行曰：「惣」爲「總」之訛。「總」，正字。「摠」，俗字。作「揔」「惣」并訛字。許嘉德案：説文「總」，徐曰：俗作「摠」，非。作「摠」已非，况「揔」「惣」乎？集韵有「惣」，謂倥傯，亦作「惚」，非其義。〇李周翰曰：此上皆水深廣貌。有流百川，惣合百川爲之長也。瑰奇，言奇异之物育於此也。鱗者，龍魚也。甲者，黿鼉也。〇李注引説文見水部。今本作「泓」，下深貌。玄應一切經音義二十引作「下深大貌」。慧琳音義十六載玄應此注「貌」作「也」，其十五、又十七、又七十四、又八十皆作「也」，與本注同。本書笙賦注及慧琳音義八十九引作「下深也」，又八十、又九十七引作「深大也」，皆有脱字。〇説文曰：澂，清也。湛，没也。「澂」字亦作「澄」「湛」，今多以「沈」字爲之。湛訓清者，朱駿聲以爲即「澂」之假借。李注以「湛」繹「澄」，似尚未究其本義也。〇奫潫，胡克家曰：袁本、茶陵本無「潫」字，下又無「皆水深廣潤也奫」七字。步瀛案：説文曰：奫，回水也。「奫」疑即「淵」之俗字。古音淵字在真部，即於曼切之音。〇澶湉漠，蓋即澶漫之引聲。澶漫已見西京賦。地廣大謂之澶漫，水廣大亦謂之澶漫，衍之爲澶湉漠三字，宜連讀。如離騷忳鬱邑、斑陸離、覽相觀，皆三叠字，此賦正同。宜「澶」字

微逗，湉漠二字連讀。李注澶湉連讀而遺漠字，疑非是。○瀁、廣、長、往，古音陽部。

於是乎長鯨吞航，修鯢吐浪。躍龍騰蛇，蛟鯔琵琶。王鮪鯸鮐，鮣龜鱕鯌。烏賊擁劍，句鼊鯖鰐。涵泳乎其中。

【彙校】

「於是乎」 「於」，奎章閣本、明州本、贛州本、四庫本、叢刊本、陳八郎本、尤刻本、胡刻本、監本、九條本同。正德本、唐鈔本作「扵」。當作「於」。

「長鯨吞航」 「鯨」，奎章閣本、明州本、贛州本、四庫本、叢刊本、正德本、陳八郎本、尤刻本、胡刻本、監本、九條本同。唐鈔本作「鯨」。當作「鯨」。「航」，奎章閣本、明州本、贛州本、四庫本、叢刊本、正德本、陳八郎本、尤刻本、胡刻本、監本、九條本同。唐鈔本作「杭」。今從「航」。

■ **立群案：** 楚辭九章惜誦：昔餘夢登天兮，魂中道而無杭。司馬相如封禪文：蓋周躍魚隕航，休之以燎。是「航」「杭」俱可釋爲「舟船」，於賦俱通。諸本多作「航」，今從「航」。

「修鯢吐浪」「修」，尤刻本、胡刻本、唐鈔本同。明州本、贛州本、四庫本、叢刊本、陳八郎本、監本、九條本作「脩」。奎章閣本、正德本作「脩」。今從「修」。

■立群案：説文：修，飾也。从彡攸。脩，脯也。从肉攸。是「修」「脩」字義本別。然後世「修」「脩」二字多通用。如字彙補肉部：「修」，通「脩」。阮元經籍籑詁：修，通作脩。今從「修」。

「躍龍騰蛇」「躍」，奎章閣本、明州本、贛州本、四庫本、叢刊本、正德本、陳八郎本、尤刻本、胡刻本、監本、唐鈔本、九條本作「躍」。當作「躍」。「龍」，奎章閣本、明州本、贛州本、四庫本、叢刊本、陳八郎本、尤刻本、胡刻本、監本、九條本同。正德本、唐鈔本作「龍」。當作「龍」。「蛇」，奎章閣本、明州本、贛州本、四庫本、叢刊本、正德本、尤刻本、胡刻本、監本、九條本同。陳八郎本、唐鈔本作「虵」。當作「蛇」。

「蛟鰡琵琶」「蛟」，奎章閣本、明州本、贛州本、四庫本、叢刊本、正德本、陳八郎本、胡刻本、九條本同。尤刻本、監本、唐鈔本作「鮫」。今從「蛟」。

■立群案：阮元經籍籑詁：禮記中庸：黿鼉鮫龍。釋文：鮫，本作蛟。是「鮫」「蛟」可通。梅堯臣得李殿丞端州硯詩：鮫龍所窟處，其石美且堅。亦「鮫」「蛟」可通之證。諸本多作「蛟」，今從「蛟」。

「王鮪侯鮐」「侯」，唐鈔本同。奎章閣本、明州本、贛州本、四庫本、叢刊本、正德本、陳八郎本、尤刻本、胡刻本、監本、九條本作「鯸」。當作「侯」。

■立群案：段玉裁説文解字注：鮐，海魚也。各本也作名，今依史記正義、漢書注、文選七命注正。鮐，亦名侯鮐。即今之河豚也。吳都賦：王鮪侯鮐。以王侯相儷。改作「鯸」者，非。據段説，自

應作「侯鮐」也。

「鮣龜鱕鯌」　「鱕」，叢刊本同。奎章閣本、明州本、贛州本、四庫本、正德本、陳八郎本、尤刻本、胡刻本、監本、唐鈔本、九條本作「鱕」。當作「鱕」。

「烏賊擁劍」　「劍」，奎章閣本、明州本、贛州本、叢刊本、陳八郎本、尤刻本、胡刻本、監本、唐鈔本、九條本作「劒」。四庫本、正德本作「劍」。當作「劍」。

「句鼊鯖鰐」　「句」，奎章閣本、唐鈔本同。正德本、陳八郎本、九條本作「勾」。明州本、贛州本、四庫本、叢刊本、尤刻本、胡刻本、監本作「鼅」。今從「句」。

■**立群案**：諸本或作「句」，或作「勾」，或作「鼅」，今已無可考，暫從「句」。

「涵泳乎」　「涵」，明州本、贛州本、四庫本、叢刊本、正德本、陳八郎本、尤刻本、胡刻本、監本、唐鈔本、九條本同。奎章閣本作「涵」。當作「涵」。「泳」，奎章閣本、明州本、贛州本、四庫本、叢刊本同。正德本、陳八郎本、尤刻本、胡刻本、監本、唐鈔本、九條本作「泳」。當作「泳」。

【彙注】

【李善注】鮪音偉。鮣音印。鼅，古侯切。鼊音辟。劉曰：航，船之别名。异物志云：鯨魚，長者數十里，小者數十丈，雄曰鯨，雌曰鯢，或死於沙上，得之皆無目，俗言其目化爲明月珠。鄧析子曰：釣鯢者不於清池。一説曰：鯨猶言鳳，鯢猶言皇也。异物志曰：朱厓有水蛇，鯨魚出合浦，長二三尺，背上有甲，珠文堅强，可以飾刀口，可以爲鑢。鰡魚形如鯢，長七尺，吴、會稽、臨海皆有之。琵琶魚無鱗，其形似琵琶，東海有之。鯸鮐，魚狀如科斗，大者尺餘，腹下白，背上青黑，有黄文。性有毒，雖小，獺及大魚不敢餤之。蒸煮餤之肥美，豫章人珍之。鮣魚長三尺許，無鱗，身中正四方如印。扶南俗云：諸大

魚欲死，鯽魚皆先封之。鱕鯌有横骨在鼻前，如斤斧形，東人謂斧斤之斤爲鱕，故謂之鱕鯌。魚二十餘種，此其尤异者。此魚所擊，無不中斷也。有出入鯌子，朝出求食，暮還入母腹中，皆出臨海。烏賊魚腹中有藥。擁劍，蟹屬也，從廣二尺許，有爪，其螯偏大，大者如人大指，長二寸餘，色不與體同，特正黄而生光明，常忌護之如珍寶矣，利如劍，故曰擁劍。其一螯尤細，主取食，出南海、交趾。鼂鼊，龜屬也，其形如笠，四足縵胡無指，其甲有黑珠，文采如瑇瑁，可以飾物，肉如龜肉，肥美可食。鯖魚出交趾、合浦諸郡。鰐魚長二丈餘，有四足，似鼉，喙長三尺，甚利齒，虎及大鹿渡水，鰐擊之皆中斷。生則出在沙上乳卵，卵如鴨子，亦有黄白，可食。其頭琢去齒，旬日間更生，廣州有之。涵，沉也。楊雄方言曰：南楚謂沉爲涵。泳，潛行也，見爾雅。言己土魚龍潛没泳其中。善曰：莊子曰：吞舟之魚，蕩而失水。周易曰：見龍在田，或躍於淵。楚辭曰：騰蛇兮後從。文子曰：騰蛇無足而騰。鯔音甾。鮐音夷。鱕，甫袁切。鯌，甫亦切。鰐，五洛切。涵音含。

【文選鈔】异物志：雄曰鯨，雌曰鯢也。杭，大船也。修亦長也。

騰蛇，龍屬，雲霧而游其中。淮南子曰：奔蛇也。异物志曰：鮫魚出合浦，長二三尺，背上有甲，珠文堅强，可以飾刀口，又可以爲鑢。以錯治杖角。周禮云：春獻王鮪。龜者，烏龜也。烏賊，魚中藥，其色黑，有斑文，長鬚，其骨置井中辟蟲。九月寒，烏入海，化爲之也。鯖魚，色青似鮪，少味也。

【文選音决】航，何郎反。鯢，魚鷄反。浪協韵，音郎。鮫音交。鯔，側疑反。琵，曹：步兮反。又音毗。琶，步巴反。鮪，于美反。鯸音侯。鮐音夷。鯽音印。鱕音番。鯌音錯。擁，於勇反。句，古侯反。鼊，必亦反。鯖音青。鰐，五各反。涵音含。泳音咏。

【五臣注】航，胡郎反。鯔音緇。鮪音偉。鮐音怡。鯽音印。鱕音翻。鯌音錯。勾，古侯反。鼊音

辟。鯖音青。鰐音鄂。涵，胡南反。向曰：鯨鯢，大魚，能吞舟航吐波浪也。向曰：言此水族，皆游泳於水中。

【陸善經注】鯢，亦鯨之類。

鯸鮐，其肝有毒。烏賊魚似算袋，體有一骨。鯖魚似鯔，色青而大。然此等多出東海、南海中。鯔、鯖，江湖中亦有之。鯸鮐，皆出於江中也。

【張鳳翼文選纂注】鯨鯢，大魚，能吞舟航吐波浪。

鯔音甾。鮪音偉。鮐音怡。鯽音印。鱕音翻。鯌音錯。𪓰，古侯切。鼊音辟。鯖音青。鰐音鄂。雄曰鯨，雌曰鯢。鯔魚形如鯢。琵琶魚無鱗，其形似琵琶。鯸鮐，魚狀如科斗，大者尺餘，腹下白，背上青黑，有黃文。鯽魚無鱗，身正方如印。鱕鯌有横骨在鼻前，如斤形，東人謂斧斤之斤爲鱕，故謂之鱕鯌。烏賊，魚中藥。擁劍，蟹屬也，從廣二尺許，有爪，其螯偏大，大者如人大指，長二寸餘，常忌護之如珍寶，其利如劍，故曰擁劍。其一螯尤細，主取食。𪓰鼊，龜屬也，其形如笠，四足縵胡無指，其甲有黑珠，文采如瑇瑁，可以飾物。鯖魚出交趾、合浦諸郡。鰐魚長丈餘，有四足，似鼉，喙長三尺，甚利齒，虎及大鹿渡水，鰐擊之皆中斷。言此水族皆游泳于其中。

【王象乾文選删注】鯔音緇。鮐音怡。鯽音印。鱕，甫袁切。鯌，甫亦切。𪓰，古侯切。鼊音辟。鰐，五洛切。琵琶魚，形似琵琶。鯸鮐，魚狀如科斗，有黃文。鯽魚長三尺，無鱗，身中正四方如印。异物志曰：雄曰鯨，雌曰鯢，死皆無目，俗言化爲明月珠。鄧析子曰：鈞鯢者不於清池。异物志曰：朱厓有水蛇，甲，珠文堅强，可飾刀口。鱕鯌，鼻有横骨如斧，東人謂斧爲鱕，故謂之鱕鯌。所擊無不中斷。鯌子朝出求食，暮還入母腹中，出臨海。擁劍，蟹屬，其螯偏大，色正黃而生光明，常忌護之如珍寶矣，利

如劍，故曰擁劍。其一螯尤細，主取食，出南海、交趾。鼊，鼅屬，形如笠，四足縵胡無指，其甲有黑珠，文采如瑇瑁，可以飾物。鯖魚出交趾、合浦諸郡。鰐魚長二丈餘，有四足，似鼉，喙長三尺，甚利齒，虎及大鹿。去齒，旬日更生，廣州有之。楚辭曰：騰蛇兮後從。

【余蕭客文選音義】鯔舊音緇。鮣舊音印。鱕鰙舊音翻錯。鼊鯖舊音辟青。噞淮南注奄。喁平。鯸鮐博雅音釋：鯸音侯。何曰：葉寘筆衡：楊廷秀舉河豚所原起，古書未見有載叙者。尤延之曰：吴都賦「王鮪鯸鮐」，劉淵林注「鯸鮐云云」。以是考之，河豚莫明白于此。廷秀撿視之無殊，因嘆曰：延之真書厨也。鼅鈎。鰐。李淳風感應經：河有怪魚，乃名爲鰐。其身已朽，其齒三作。洽聞記：鰐魚，一名忽雷。

【余蕭客文選紀聞】海魚千歲爲劍魚，一名琵琶，形如琵琶，善鳴述异記上。鯸侯。博雅音十。鮐釋文四音怡、十一音台。鯸鮧魚肝與子俱毒，艾能已其毒。江、淮人食此魚，必和艾酉陽雜俎續八。平曾鯸鮧魚賦言：此魚觸物而怒，翻身上波，爲鴟鳶所獲雲溪友議十一。鯸鮧魚賦：性本多怒，俗號嗔魚張咏集一。本草：河豚魚味甘温，無毒，補虚，去濕，理腰脚氣。此乃今鯸魚，江、浙間謂之回魚者是。吴人所食河豚，本名侯夷，非本草河豚補筆談下。南人言魚無頰、無鱗、目能開合及作聲者有毒，河豚備此五者。中其毒，水調炒槐花末及龍腦水，皆可解張耒明道雜志。河豚瞑目切齒，其狀可惡。棄其腸與子，飛鳥不食，誤食必死。登州人取其白肉爲脯，海水净洗，换海水浸之，暴日中，重壓其上，須四日，去所壓物，傅以鹽，再暴乃成。太守李大夫嘗以三日去所壓物，俄頃，肉自盤中躍出，乃知瀹不熟，真殺人孔平仲談苑一。東坡在資善堂，盛稱河豚之美，曰：直那一死。李公擇尚書，江左人，不食河豚。嘗言：河豚非忠臣孝子所食。由東坡之言，可謂知味。由公擇之言，可謂知義能改齋漫録七。河豚，江陰得之最早。冬至日輒有之，故易「信及豚魚」，或以爲此物。蓋中孚十一月冬至之卦，此魚應之而來，是信之著者爾雅翼二十

九。鮣印。廣韻四。鱕甫煩。鯌倉合。并玉篇廿四。城陽縣城南，有堯母慶都墓，廟前一池，魚頭間有印文，謂之印頰魚。若非祀者而不得述异記下。印魚長尺三寸，額上四方，如印有字酉陽雜俎十七。浪水有鯌魚，裴淵廣州記：鯌魚長二丈，大數圍，皮皆鑢物，生子，小隨母覓食，驚則還入母腹。南越志：暮從臍入，旦從口出，腹裏兩洞，腸貯水以養子，腸容二子，兩則四焉水經注三十七。海人云，即秦王算袋魚。昔秦王東游，棄算袋于海，化此魚，形如算袋，兩帶極長，墨猶在腹，人捕之，必噴墨昏人目。其墨用寫券，字磨滅，如空紙，無行者多用之蘇易簡文房四譜五。烏賊魚，過小滿則形小格物粗談上、飲食須知六。墨魚腹中墨，可寫僞契券，宛然如新，過半年，則淡然如無字，故語曰賊周密癸辛雜識續集下。小蟹有螯偏大者，名擁劍，一名執火，其螯赤，故云古今注中。异物志：擁劍狀如蟹，但一螯偏大。何遜詩云：躍魚如擁劍。是不分魚蟹也顔氏家訓上。彭蜞類西溪叢話上。鱦鉤。廣韻二。鼉壁。玉篇廿二。鯖倉經。玉篇二十四。鰐五各。同。

【**張雲璈選學膠言**】王鮪鯸鮐。劉注：鯸鮐，魚狀如科斗，大者尺餘，腹下白，背上青黑，有黄文。性有毒，雖小，獺及大魚不敢餤之。蒸煮餤之肥美，豫章人珍之。尤延之據此注，以爲河豚無明顯於此者。吴志伊山海經廣注：敦薨之水，其中多赤鮭。即鯸鮐也。日華子謂之鰗魚，今謂之河豚。漢書貨殖傳「鮐鮆千斤」，桓寬鹽鐵論「萊黄之鮐」，皆此也。當塗徐位山管城碩記：貨殖傳師古注：鮐，海魚也。音胎，又音菭。而説者妄讀「鮐」爲「夷」，非惟失於訓物，亦不知音矣。又張景陽七命：萊黄之鮐。注：東萊有黄縣。鮐，海魚也。音待來切。吴氏以爲即鯸鮐，音夷。能不爲小顔所誚乎？雲璈按，觀淵林注所言狀，確是河豘，故當時楊廷秀以尤延之爲書厨。徐氏但辨鮐之非音夷，或者單言「鮐」如「萊黄之鮐」者，爲海之大魚而音待來，不能言鯸鮐之非河豚。古人大小不嫌同名也。

【胡克家文選考异】注「航舡之别名」。袁本、茶陵本無此五字。

注「長者數十里小者數十丈」。袁本、茶陵本「數」上有「有」字，「十」作「千」，無「小者數十丈」五字。

注「東人謂斧斤之斤爲鐇」。案：「鐇」當作「鐇」。各本皆譌。

注「烏賊魚腹中有藥」。袁本、茶陵本無「腹」字、「有」字。案：「中」「藥」最是。

注「如珍寶矣利如劍」。袁本、茶陵本「矣」作「以」，是也。「以」字下屬。

注「言已上魚龍潛没泳其中」。袁本、茶陵本無此十字。

【朱珔文選集釋】修鯢吐浪。案：水經温水篇注云：豚水徑牂牁郡，謂之牂柯水。牂柯，亦江中兩山名。左思吴都賦云「吐浪牂柯」者也。今無所引語，惟「吐浪」見此。考思別傳云葉氏樹藩引之：病中改蜀都賦「金馬電發於高岡，碧鷄振翼而雲披。鬼彈飛丸以礌礉，火并騰光以赫曦」，與今本异。豈此處酈氏亦別有據與？

鯸鮐。劉注言：魚狀如科斗，性有毒云云。案：廣雅：鯸鮔，魺也此從玉篇，今本有誤。鮔，一作鮐，音同。魺音河。故今人謂之河豚。王氏疏證謂北山經：敦薨之水，其中多赤鮭。郭注：今名鯸鮐，爲鮭魚。本草拾遺云：鯢魚肝及子有大毒。亦名鶘夷魚。「鯢」即「鮭」之俗體，「鶘夷」即「鯸鮐」之轉聲也。今説文「鯸」「鮐」二字，兩不相次。段氏因謂「鯸」字必淺人所增。左賦「鯸鮐」當本作「侯鮐」，故與上王鮪以王侯相儷。廣雅：「鯸鮗」即「侯鮐」之俗字。此説疑未的。

鯽。劉注云：鯽魚長三尺許，無鱗，身中正四方如印。扶南俗云：諸大魚欲死，鯽魚皆先封之。案：「鯽」字只當作「印」。酉阳雜俎云：印魚長一尺三寸，額上四方如印，有字。諸大魚應死者，先以

印封之。與此注微异。通雅云：東坡所稱通印子魚，乃泉州通應侯廟前之子魚也。陳善曰：泉州有通應侯廟，其下臨海，出子魚甚美，世呼通應子魚者，記所出也。王荆公詩遂用爲「長魚俎上通三印」，東坡又以「通印子魚」對「披綿黄雀」，皆傳聞之誤。然王元美曰：今實有印魚，則亦未爲誤矣。

鱕䱜。劉注云：魚有横骨在鼻前，如斤斧形，東人謂斧斤之斤爲鱕，故謂之鱕䱜。案，南越志：䱜魚，有横骨如鐇，海船逢之必斷。廣韵「鐇」字云：廣刃斧。是正文及注中「鱕」字當从金作「鐇」，此从魚，誤也。「鱕」「䱜」二字，説文魚部俱無之。金部亦無「鐇」字。一切經音義二引薛翊异物志與此注略同。「鱕」字皆作「鐇」。又水經泿水條注云：泿水又東徑懷化縣，入於海，水有䱜魚。裴淵廣州記曰：䱜魚，長二丈，大數圍，皮皆鑢物。生子，子小，隨母覓食，驚則還入母腹。即此注下文所云也。懷化本漢番禺地，晉析置懷化縣。

烏賊。劉注云：烏賊魚腹中有藥。案：酉陽雜俎云：烏賊，名河伯從事小吏，遇大魚，輒放墨，方數尺，以混其身。江東人或取墨書契，脱人財物，書迹如淡墨，逾年字即消。海人言，秦皇東游棄算袋於海，化爲此魚，形如算袋，兩帶極長。一説烏賊有矴，遇風則虬前一鬚下矴。又蘇頌圖經謂：陶隱居以此魚爲鶪烏所化。引南越志云：其性嗜烏，每自浮水上，飛烏以爲死而啄之，乃卷取而食之，因名烏賊。「賊」或作「鰂」，蓋即説文之「烏鰂魚」也。則、賊音相近。王會解有「烏鰂之醬」，乃以其骨爲之。骨名海鰾鮹，此注所謂腹中有藥是也。本草綱目云：烏鰂，一名墨魚，一名纜魚，言其鬚可粘石如纜也。乾者名鮝。

鼅鼊。劉注云：龜屬也，其甲有黑珠，文采如瑇瑁，可以飾物，肉可食。案：説文「鼊」字云：𪓰屬。頭有兩角，出遼東。其上「𪓰」字云：水蟲也。薉貉之民食之。則鼊亦可食也。集韵亦云：鼅鼊，

水蟲名。似龜，皮有文。皆與注合，當是一物。段氏謂此鼂鼊與說文單名䵹者各物，豈以此注又言其形如笠，四足縵胡無指，不云頭有兩角，故别之與？

鯖。劉注但云「出交阯、合浦諸郡」，不言何魚。案：廣韵、集韵并云：鯖，魚名，青色，有枕骨。正字通云：形似鯇，即青魚，俗呼烏鰡，南人以作鮓。本草圖經：青魚，古作「鯖」字。所謂五侯之鯖是也。

鰐。劉注言其形狀已悉。案：博物志云：南海有鰐魚，狀如鼉，斬其頭而乾之，去齒而更生，如此者三乃止。與此注略同。説文作「蝷」，云：似蜥蜴，長一丈。水潛，吞人即浮，出日南也。據此注，言廣州有之，則不獨日南郡矣。又通雅引洽聞志，鰐魚别號忽雷，熊能制之，握其嘴至岸食之。一名骨雷，秋化爲虎，三爪，鹿甚畏。鰐，類篇或作鱷。方輿紀要謂今潮州府海陽縣有惡溪，在城東北。一名鱷溪，亦名意溪。唐元和中，溪有鱷魚，刺史韓愈作文驅之。宋咸平中，通判陳堯佐亦斬鱷魚於此。

【梁章鉅文選旁證】修鯢吐浪。段曰：水經注温水篇引左思吴都賦「吐浪牂柯」。今此篇衹有「修鯢吐浪」句，蓋三都皆屢有改本不同也。

琵琶。袁氏文甕牖閑評云：吴都賦：「蛟鯔琵琶」。注云：琵琶魚，無鱗，其形似琵琶。豈今所謂鮒魚乎？

鯸鮐。山海經北山經：敦薨之山，其中多赤鮭。郭注：今名鯸鮐，爲鮭魚。鮭音圭。案：玉篇：「鮐」作「鮔」。云：鯸鮔，魺也，食其肝，殺人。廣雅：鯸鮔，鲀也，背青腹白，觸物即怒，其肝殺人，則正今之河豚耳。河豚俗又名䱡，蓋即「鮭」之或體字。王氏念孫曰：河豚善怒。鮭之言恚，魺之言訶，皆其義也。

鯽鰸鱕鯌。　段校「鯽」作「印」，「鱕」作「鐇」。注同。云：廣韻：鐇，廣刃斧也。一切經音義引薛氏异物志正作「鐇」。

烏賊。注烏賊魚腹中有藥。　證類本草引蘇頌圖經云：腹中有墨可用，故名烏鰂。然則腹中「有藥」，疑「有墨」之訛。

鼅鼊。　六臣本「鼅」作「勾」。

注雄曰鯨，雌曰鯢。又一説曰：鯨猶言鳳，鯢猶言皇也。　案後説同前説。左傳宣十二年正義引裴淵廣州記云：鯨鯢長百尺。雄曰鯨，雌曰鯢。王氏念孫曰：雌鯨之爲鯢，猶雌虹之爲霓。

【胡紹煐文選箋證】王鮪鯸鮐。注劉逵曰：鯸鮐，魚如科斗，大者尺餘，腹下白，背上青黑，有黄文。性有毒，雖小，獺及大魚不敢啖之。蒸煮餤之肥美。豫章人珍之。北山經「赤鮭」，郭注：今名鯸鮐爲鮭，音圭。按：「鮭」爲「鯸鮐」之合聲。鮐，一作「鮔」。玉篇：鯸鮔，魺也。廣雅：鯸鮔，鮭也。疏證謂河豚善怒，鮭之言恚，魺之言訶，皆其義。

鯽鰸鱕鯌。注劉逵曰：鱕鯌有横骨在鼻前，如斤斧形，東人謂斧斤之斤爲鱕。旁證云：段校「鯽」作「印」，「鱕」作「鐇」，注同。云：廣韻：鐇，廣刃斧也。一切經音義引薛珝异物志正作「鐇」。紹煐按：注「斤」當爲「刃」，廣韻可證。

烏賊擁劍。注劉逵曰：烏賊魚腹中有藥。擁劍，蟹屬，從廣二尺許，有爪，其螯偏大。按：南越記曰（御覽九百二十）：烏賊魚常自浮水上，烏見以爲死，便啄之，乃卷取烏。故謂之烏賊魚。今烏化爲魚。據此則字當作「賊」，説文作「鰂」，疑方語不同。又杜寳大業拾遺録：擁劍似蟹而小，一螯偏大。吴都賦所謂「烏賊擁劍」者也。然似蟹而小，則非「從廣二尺許」矣。廣志亦云「方二寸」，疑劉注「二尺

許」，「尺」爲「寸」字之誤。

鼂鼊鯖鰐。按：「鰐」亦作「鱷」。唐韓愈至潮州祭鱷魚，即此魚。説文作「𧊒」。𧊒之言逆也，謂同類相害，其勢爲逆。又以其尾善擊，故有是名。魚之善擊爲「𧊒」，猶鳥之善擊爲「鷙」。

【高步瀛文選李注義疏】五臣「鼂」作「勾」。梁章鉅曰：段校「鮣」作「印」，「鱕」作「鐇」，注同。○旁證引段曰：水經注温水篇引左思吴都賦「吐浪牂牁」，今此篇衹有「修鯢吐浪」句，蓋三都皆屢有改本不同也。朱珔曰：蜀都賦，左思別傳與今本异，豈此處酈氏亦別有據與？○劉注「航船之別名」，尤本「船」作「舡」。胡克家曰：袁本、茶陵本無此五字。步瀛案：説文曰：斻，方舟也。今字作「舫」。淮南主術篇高注曰：方，兩小船并與共濟爲航。又氾論篇注曰：舟相連謂舫也。皆舫之本義。方言九曰：自關而東，舟或謂之航。是船亦通稱曰舫。注謂「航船之別名」，尚無不合，姑存之。但「舡」俗字不可用，故易爲「船」字。○注屢引异物志，未知即譙周書否。又隋書經籍志有南州异物志，吴丹陽太守萬震撰，亦在劉淵林之前，是否此書，亦不可考。又自水蛇至鰐魚似皆异物志之文，而於臨海异物志、薛珝异物志 廣州异物志往往相合，亦不知孰爲其始也。○「數千里」，尤本「千」誤作「十」。胡克家曰：袁本、茶陵本「數」上有「有」字，「十」作「千」，無「小者數十丈」五字。步瀛案：「數千里」是，今據改。古今注曰：鯨者，海魚也。大者長千里，小者數十丈。可證。又曰：其雌曰鯢，大者亦長千里，眼爲明月珠。并與本注合。又案：莊子逍遥游曰：鯤之大，不知其幾千里也。釋文曰：崔譔云：鯤當爲鯨，簡文同。是古或以鯨爲鯤。大者長千里之説，即本莊子也。朱駿聲曰：南華喻言，不爲典要。魚之廣無數千里之理，猶鵬即鳳，其背亦斷無有幾千里者也。案：以物理言，朱説是。○鄧析子見無厚篇。○左宣十二年孔疏引裴淵廣州記曰：鯨鯢長百尺，雄曰鯨，雌曰鯢。廣雅釋魚王氏疏證曰：雌鯨之爲

鯢，猶雌虹之爲蜺。步瀛案：詩卷阿毛傳曰：雄曰鳳，雌曰皇。南山經郭注同。○吴交州珠崖郡治徐聞縣，今廣東徐聞縣南。「珠崖」亦作「朱厓」。○説文曰：鮫，海魚也。皮可飾刀。爾雅翼卷三十曰：鮫出南海，狀如鼈而無足。圓廣尺餘，尾長尺許。皮有珠文而堅勁，可以飾物。今總謂之沙魚。大而長，喙如鋸者，名胡沙。性良而肉美。小而皮麤者曰白沙，肉强而小有毒。南人皆鹽爲脯。又曰鮫，一名錯，謂之鮫錯魚。惟吴都賦既有鮫，又有鱕錯，故釋者以背上有甲，珠文堅强，可以飾刀口，爲鑢者爲鮫，其有横骨在鼻前如斤者爲鱕錯。然則鮫是白沙，鱕錯是胡沙也。要是一類，特彼以鼻上有斧爲异耳。○御覽鱗介部九引异物志曰：鯔魚，長者六七尺。嶺表録异曰：以鹽藏鯔魚兒一斤，不啻千箇。生擘點醋下酒，甚有美味。案：此與异物志异，當是其初生者耳。又案：晋書地理志：揚州，會稽郡治山陰縣，今浙江紹興縣治。臨海郡治章安縣，今浙江臨海縣東南。○御覽鱗介部十二引臨海异物志曰：琵琶魚，無鱗，形如琵琶。與本注合。又引沈懷遠南越志曰：琵琶魚，無鱗，長二尺，形如琵琶，故因以爲名。述异記曰：海魚千歲爲劍魚，一名琵琶，形如琵琶而善鳴，因以名焉。袁文甕牖閑評曰：吴都賦注云：琵琶魚無鱗。豈今所謂鯕魚乎？案：廣雅释魚曰：鯕，鯤也。證類本草卷二十引本草拾遺：鯕魚、鰍魚、鼠尾魚、地青魚、鯆魮魚、邵陽魚，并生南海，總有肉翅，翅長二尺，刺在尾中，逢物以尾撥之，食其肉而去。其刺與琵琶形不甚肖，似又非閑評所稱鯕魚矣。又案：據以上諸書，本注東海似當作南海，謂南海郡也。晋徐州東海郡治郯縣，今山東郯城縣西南，恐非。○北山經曰：敦薨之水，其中多赤鮭。郭注曰：今名鯸鮐，爲鮭魚。音圭。胡紹煐謂：「鮭」即「鯸鮐」之合聲。是也。廣雅釋魚曰：鯸鮔，魺也。王氏疏證曰：論衡言毒篇云：毒螫渥者，在魚則爲鮭與鮗鮛，故人食鮭肝而死。本草拾遺云：䲅魚肝及子有大毒。一名鵜夷魚。以物觸之，即嗔腹如氣球，亦名嗔魚。腹白，背有赤道如印

魚。目得合，與諸魚不同。「䲅」即「鮭」之俗體，「鷉夷」即「鯸鮔」之轉聲。今人謂之河豚者是也。河豚善怒，故謂之鮭，又謂之魺。鮭之言恚，魺之言訶。釋詁云：恚，訶怒也。魺，曹憲音河。玉篇：魺，户多切。魚名。正與河字同音。又云：鯸鮔，魺也，食其肝殺人。步瀛案：本草拾遺亦見證類本草卷二十引朱琣曰：魺音河。故今人謂之河豚。又案：何焯曰：葉寘筆衡云：楊廷秀舉河豚原起，古書未見有載叙者。尤延之曰：吳都賦曰「王鮪鯸鮐」，劉淵林注鯸鮐云云，以是考之，河豚莫明白於此。廷秀檢視之，無殊。因嘆曰：延之真書厨也。又案：晉豫章郡治南昌縣，今江西南昌縣治。○御覽鱗介部十二引臨海异物志曰：印魚，無鱗，形如鮨形，額上四方如印，有文章。諸大魚應死者，印魚先封之。酉陽雜俎卷十七曰：印魚，長一尺三寸，額上四方如印，有字。案：此與异物志字皆作「印」，不作「鰤」，段校是也。姚範曰：膯齋閑覽云：莆陽通印子魚，名著天下。蓋其地有通應侯廟，廟前有港，港中之魚最佳，今人必求其大可通印者，謂之通印子魚。故荆公亦有詩云：「長魚俎上通三印。」此傳聞之説也。按劉淵林注自有印魚，而以通應侯廟解，失之矣。步瀛案：李壁王荆公詩注卷三十七送福建張比部注引王得臣麈史曰：閩中鮮食，最珍者子魚。長七八寸，闊三二寸，剖之，子滿腹。冬月正其佳時，莆田迎仙鎮乃其出處。予按部過之，驛左有祠，謂之通應侯祠。有水曰通應溪，潮汐上下，土人以鹹淡水不相入處魚最美，俗乃誤傳通應爲通印。荆公博學多聞，詩言三印，豈自有所稽耶？案：今本麈史佚此文。又施宿蘇東坡詩注卷十九送牛尾貍與徐使君詩「通印子魚猶帶骨」，注引麈史稱王荆公詩作送元厚之知福唐詩，蓋誤記，李雁湖引删去。又通雅卷四十七曰酉陽雜俎云云，安得以通印子魚當之，東坡誤矣。○東人謂斧斤之「斤」爲「鐇」，各本作「鱕」，今依段氏、胡氏、朱氏校改。胡紹煐曰：注「斤」當爲「刃」。廣韵：鐇，廣刃斧也。步瀛案：玄應一切經音義二引薛珝异物志云：鐇鮨魚，有横骨

在鼻前，狀如斧斤，江東呼斧斤爲錯，故謂之鐇鰭也。此類魚有二十種，各异名，如鋸鰭等。齒利如鋸，即名鋸鰭也。案：「爲錯」及三「鋸」字，疑皆「鐇」之誤。慧琳音義二十六曰：异物志云：鐇鰭魚，鼻上有一横骨，利如刀斧，江東呼闊刃斧爲鐇，故謂之鐇鰭。此類魚有二十種，各异，自有别名。齒利如錯，鼻骨如鐇，今并从魚作「鐇鰭」。案：「故謂之鐇鰭」，當作「鐇錯」。又兩書及本注引异物志亦小有异同。又御覽鱗介部十引南越記曰：鐇魚，鼻有横骨如轓，海中波浪爲之涌，海船逢之必斷。案：「轓」亦「鐇」字之誤。水經泿水注引裴淵廣州記曰：鰭魚，長二丈，大數圍，皮皆鑢物。生子，子小，隨母覓食，驚則還入母腹。又引吴録地理志曰：鰭魚子朝素食，暮入母腹。又引南越志曰：暮從臍入，旦從口出。腹裏兩洞，腸貯水以養子。腸容二子，兩則四焉。御覽鱗介部十引南越志曰：鰭魚，南越謂爲環雷魚。其鰓鱗皮有珠文，可以飾刀劍口。酉陽雜俎卷十七曰：鰭魚，章安縣出。出入鰭腹，子朝出索食，暮入母腹。腹中容四子。頰赤如金，甚健，網不能制，俗呼爲河伯健兒。是鐇與鰭又有别，故异物志云二十餘種。據爾雅翼，則皆鮫魚類也。○「烏賊魚腹中有墨」，尤本「墨」作「藥」，袁本、茶陵本作「中藥」，無「有」字，皆誤。説者以烏賊魚之骨爲海螵蛸，入藥，故以藥言。然他種魚入藥者尚多，何俱不言？梁章鉅疑「有藥」爲「有墨」之訛，是也。證類本草二十一「烏賊魚」引陶隱居曰：其魚腹中有墨，今作好墨用之。可證。又引圖經曰：烏賊魚出東海池澤，今近海州郡皆有之。能吸波噀墨以溷水，所以自衛，使水匿不爲人所害。形若革囊，口在腹下，八足聚生口旁，只一骨，厚三四分，似小舟，輕虚而白。又有兩鬚如帶，可以自纜，故别名纜魚。南越志云：腹中血及膽正黑如墨，中以書也。世謂烏賊懷墨而知禮，故俗謂是海若白事小吏。案：「正」下「黑」字據御覽鱗介部十引增。又案：説文曰：鰂，烏鰂魚也。段注曰：吴都賦作「賊」，他書作「鱡」。朱珔曰：則、賊，音相近。是也。證類本草引陶隱居

謂此魚爲鵜烏所化。又引圖經載南越志謂其性嗜烏，每自浮水上，飛烏以爲死而啄之，乃卷取而食之，因名烏賊。恐皆傅會。○御覽鱗介部十五引异物志曰：擁劍，狀如蟹，但一螯偏大耳。又引廣志曰：擁劍，似蟹，色黄，方二寸，其一螯偏長如足大指，長三寸餘，有光，其短細者如簪。又引杜寶大業拾遺録曰：擁劍，似蟹而小，一螯偏大。吴都賦所謂「烏賊擁劍」是也。胡紹煐曰：似蟹而小，則非從廣二尺許矣。廣志亦云「方二寸」，疑劉注「尺」爲「寸」之誤。○「以利如劍」。尤本「以」作「矣」。胡克家曰：袁本、茶陵本「矣」作「以」，是也。○鼅鼊，御覽鱗介部十五作「蚼蟒」，引臨海水土物志曰：其狀龜形，如笠，味如黿，可食。卵大如鴨卵，正圓，中生啖，味美於諸鳥卵。其甲黄點注之，廣七八寸，長二三尺，有光色。又引劉欣期交州記曰：蚼蟒，似瑇瑁，龜頭，鼈身，蝦尾，色斑似錦文。大如笠，四足漫胡無指，甲前有黑珠，可以飾物。朱珔曰：説文「䵶」字云：䵹屬。頭有兩角，出遼東。其上「䵹」字云：水蟲也。薉貉之民食之。則䵹亦可食也。集韵亦云：鼅鼊，水蟲名。似龜，皮有文。皆與注合，當是一物。段氏謂此鼅鼊與説文單名「䵶」者异物，豈以此注不云頭有兩角，故别之歟？步瀛案：疑段氏説是。集韵誤合爲一耳。○鰐，説文作「蚒」，曰：似蜥易，長一丈。水潛，吞人即浮，出日南也。字亦作「𧍞」、作「鱷」。御覽鱗介部十引廣州异物志曰：鰐魚，長者二丈餘，有四足，喙長七尺，齒甚利。虎及鹿渡水，鰐擊之皆斷。喙去齒，旬日更生。與本注多相合。又引交州記曰：鰐好出沙上，卵大如鵝卵，可食。○「齒甚利」，各本「齒」字誤在「利」下，今依御覽乙轉。○朱珔曰：鯖，劉注但云出交阯、合浦諸郡，不言何魚。案：廣韵、集韵并云：鯖，魚名，青色，有枕骨。正字通云：形似鯇魚，即青魚，俗呼烏鰡，南人以作鮓。本草圖經：青魚，古作「鯖」字。步瀛案：圖經見證類本草卷二十引，正字通即本圖經也。本草綱目卷四十四李時珍曰：「青」亦作「鯖」，以色名也。大者名螻魚。○方言，見卷十。爾

雅，見釋水。〇「言已上魚龍潛没泳其中」，胡克家曰：袁本、茶陵本無此十字。〇莊子，見庚桑楚篇。「蕩」作「碭」。案：皆「盪」之通借字。〇周易，見乾九二及九四爻詞。〇楚辭，見九懷通路。〇文子今本無此文，惟上德篇有「蝮蛇不可爲足」句，疑李記誤。而大戴禮勸學篇有此文，荀子勸學篇作「螣蛇」，同楚辭九懷，洪興祖補注亦引文子，疑即本此注。〇航、浪，古音陽部。蛇，歌部。琶、鯌、鰐，魚部。歌、魚二部通轉爲韻。

葺鱗鏤甲，詭類舛錯。泝洄順流，噞喁沉浮。

【彙校】

「葺鱗鏤甲」　「鏤」，奎章閣本、明州本、贛州本、四庫本、叢刊本、正德本、陳八郎本、尤刻本、胡刻本、監本、唐鈔本、九條本作「鏤」。當作「鏤」。

「詭類舛錯」　「類」，奎章閣本、明州本、贛州本、四庫本、叢刊本、正德本、陳八郎本、尤刻本、胡刻

本、監本、唐鈔本、九條本作「類」。當作「類」。

「泝洄順流」「洄」，奎章閣本、明州本、贛州本、四庫本、叢刊本、正德本、陳八郎本、尤刻本、胡刻本、監本、九條本同。唐鈔本作「迴」。當作「洄」。「流」，明州本、贛州本、四庫本、叢刊本、陳八郎本、尤刻本、胡刻本、監本、唐鈔本、九條本同。奎章閣本、正德本作「流」。當作「流」。

「噞喁沉浮」「沉」，奎章閣本、尤刻本、監本、唐鈔本同。明州本、贛州本、四庫本、叢刊本、正德本、陳八郎本、胡刻本、九條本作「沈」。今從「沉」。

■**立群案**：西都賦有「窈窕繁華」之句，許巽行文選筆記：今書肆所售經書，如以「⿱穴⿰幺丂」作「窈」，以「卮」作「巵」，以「夲」作「本」，以「沉」作「沈」之類，不可悉舉。「卮」「夲」猶皆有其字，特誤認耳。「⿱穴⿰幺丂」「沉」等，成何字邪？是本字作「沈」。然今「沉浮」多用「沉」字，作「沉」可也。

【彙注】

【李善注】葺，七入切。泝音素。劉曰：葺，累也。甲，謂龜甲也。楚辭曰：魚葺鱗以自別。噞喁，魚在水中群出動口貌。善曰：毛詩曰：泝洄從之，道阻且長。淮南子曰：水濁則魚噞喁。噞，牛檢切。喁，魚凶切。

【文選鈔】鏤甲，言鱗甲奇异有如雕鏤之文。詭，异也。舛，不齊同。錯，雜也。言有异類之物，舛雜非一種也。爾雅云：逆流而上曰泝洄，順流而下曰泝沿。

【文選音決】葺，子入反。鏤，力豆反。舛，昌兗反。泝音訴。噞，牛檢反。又牛劍反。喁，牛容反。

【五臣注】葺，七入反。泝音素。噞，牛撿反。喁，魚恭反。銑曰：言海物皆如葺飾其鱗，雕鏤其甲，詭怪异類，互相舛錯也。翰曰：泝，逆流上也。言水物或逆上，或順流。噞喁，出口于水上也。

【張鳳翼文選纂注】噞，牛檢切。喁，魚恭切。言海物皆如茸飾其鱗，雕鏤其甲，詭怪异類，互相舛錯。或逆上，或順流。噞喁，出口于水上也。

【王象乾文選删注】茸，七入切。噞，牛檢切。喁，魚恭切。茸，累也。噞喁，魚在水中群出動口貌。楚辭曰：魚茸鱗以自別。淮南子曰：水濁則魚噞喁。

【杭世駿文選課虚】淮南子：水濁則魚噞喁。噞，牛檢切。喁，魚凶切。

【余蕭客文選音義】喁愚。注淮南子曰：水。六臣本善注「淮南子」作「文子」。

【余蕭客文選紀聞】噞奄。高注淮南九。喁太元釋文音顒。南華經音義二音愚。

【胡克家文選考异】注「淮南子曰水濁則魚噞喁」。袁本、茶陵本「淮南」作「文」。案：二本是也。「喁」字不當有。此善自引文子，尤以淮南子主術訓改之，其兩見皆無「喁」。各本涉正文而衍。

【梁章鉅文選旁證】注詩曰：泝洄從之。今詩「泝」作「遡」，字同。

注淮南子曰：水濁則魚噞喁。六臣本、淮南子作「文子」，是也。今淮南子主術訓有此語，無「喁」字。韓詩外傳云：水濁則魚喁。又無「噞」字。説文：喁，魚口上見也。廣雅釋言：噞，喁也。皆單釋之。惟集韵引字林云：噞喁，魚口出水貌。

【高步瀛文選李注義疏】以上水族有甲者不一，劉注但言龜甲，特舉其重者耳。張銑曰：言海物皆如茸飾其鱗，雕鏤其甲，詭怪异類，互相舛錯也。○劉注引楚辭見九章悲回風。王注曰：茸，累也。○「群出動口貌」，袁本無「口」字，茶陵本無「動」字。○毛詩見蒹葭。毛傳曰：逆流而上曰遡洄。説文「㴑」下曰：逆流而上曰㴑洄。㴑，向也。水欲下，違之而上也。从水，㡿聲。重文作「遡」。曰：㴑，或从辵、朔。案：「泝」即「㴑」之隸變字。○「淮南子」，胡克家曰：袁本、茶陵本「淮南」作「文」。案：

二本是也。「喁」字不當有。此善自引文子，尤以淮南主術訓改之。其兩見皆無「喁」，各本涉正文而衍。梁章鉅曰：六臣本「淮南子」作「文子」是也。今淮南子主術訓有此語，無「喁」字。韓詩外傳云：水濁則魚喁。又無「噞」字。説文：喁，魚口上見也。廣雅釋言：噞，喁也。皆單釋之。惟集韵引字林云：噞喁，魚口出水貌。步瀛案：道藏「通玄真經」即文子。朱弁注本精誠篇作「水濁者魚噞喁」。其希默子注本、杜道堅纘義本，皆無「喁」字，與淮南繆稱篇同。而主術篇「者」作「則」，亦無「喁」字。韓詩外傳一「噞」作「喁」。説苑政理篇作「困」者皆作「則」。李注或作「淮南」，或作「文」。蓋各本不同，未必是尤所改。而文子朱弁所注本，則有「喁」字。胡氏特未見此本，故以「喁」字爲衍也。疑淮南子或本亦有「喁」字者，與朱注文子本同。○錯，魚部。與上䱜、鰐爲韵。流、浮，幽部。

鳥則鵾鷄鸀鳿，鸘鵠鷺鴻。鶢鶋避風，候雁造江。鸂鶒鷛鶔，鶄鶴鶖鶬。鸛鷗鷁鸕，泛濫乎其上。

【彙校】

「鳥則鵾鷄」　「鳥則」，奎章閣本、明州本、贛州本、四庫本、叢刊本、正德本、陳八郎本、尤刻本、胡刻本、監本、九條本同。唐鈔本無「鳥則」。當有「鳥則」二字。

■ **立群案**：似當有「鳥則」二字，一則與賦上作區分，一則引領賦下。諸本多有「鳥則」，是也。

「鸀鳿」　「鳿」，奎章閣本、明州本、正德本、監本同。贛州本、四庫本、叢刊本、陳八郎本、尤刻本、胡刻本、唐鈔本、九條本作「瑪」。當作「鳿」。

「候雁造江」　「候」，贛州本、四庫本、叢刊本、陳八郎本、尤刻本、胡刻本、九條本同。奎章閣本、正德本作「侯」。明州本、監本、唐鈔本作「𠋫」。當作「候」。「雁」，奎章閣本、明州本、贛州本、四庫本、叢刊本、正德本、陳八郎本、尤刻本、胡刻本、監本、唐鈔本、九條本作「鴈」。當作「雁」。

「鸂鶒」　「鸂」，正德本、尤刻本、胡刻本、監本同。奎章閣本、明州本、贛州本、四庫本、叢刊本、陳八郎本、唐鈔本、九條本作「溪」。當作「鸂」。「鶒」，明州本、贛州本、四庫本、叢刊本、九條本作「鷘」。奎章閣本、正德本、陳八郎本、尤刻本、胡刻本、監本、唐鈔本作「鶒」。當作「鶒」。

■立群案：劉逵曰：鸂鶒，水鳥也，色黄赤，有班文，食短狐蟲，在水中，無毒，江東諸郡皆有之。據注，是劉逵本作「鸂鶒」。尤刻本、胡刻本、監本作「鸂鶒」，是李善本亦作「鸂鶒」。五臣銑曰：餘皆鳥名也。既作鳥名，自亦應作「鸂鶒」，不作「溪鶒」也。

「鶄鶴鶖鶬」「鶖」，奎章閣本、明州本、贛州本、四庫本、叢刊本、正德本、陳八郎本、九條本同。尤刻本、胡刻本、監本、唐鈔本作「鶖」。當作「鶖」。

「鸛鷗鷁鸕」「鸕」，明州本、贛州本、四庫本、叢刊本、陳八郎本、監本、九條本同。奎章閣本、正德本、尤刻本、胡刻本、唐鈔本作「鸕」。當作「鸕」。

「泛濫」「泛」，奎章閣本、明州本、贛州本、四庫本、叢刊本、正德本、陳八郎本、九條本同。尤刻本、胡刻本、監本、唐鈔本作「氾」。當作「泛」。

■立群案：説文：氾，水別復入水也。一曰氾，窮瀆也。段玉裁説文解字注：泛，浮也。邶風曰：汎彼柏舟，亦汎其流。上汎謂汎。汎，浮貌也。下汎當作泛，浮也。賦云諸鳥浮於水上，自應作「泛」字。「泛」异體字作「氾」，形近而誤作「氾」也。

【彙注】

【李善注】鸀音燭。鳿音玉。鷫音霜。鶢音爰。鶋音居。造，七報切。鷁，七激切。劉曰：鶤鷄，鳥也，好鳴。鸀鳿，水鳥也。鶖，如鷺而大，長脛赤目，其毛辟水毒，丹陽、鄱陽皆有之。鶢鶋，鳥也，似鳳。左傳曰：海鳥爰居，止魯東門外三日，臧文仲使國人祭之，不知其鳥，以爲神也。鸂鶒，水鳥也，色黄赤，有班文，食短狐蟲，在水中，無毒，江東諸郡皆有之。鸕鷀，似鴨而鷄足。鶄鶴，出南海、桂陽諸郡。善曰：候雁，已見南都賦。毛詩曰：有鶖在梁。毛萇詩傳曰：秃鶖也。蒼頡篇曰：鷗大如鳩。郭璞山

海經注曰：鷗，水鴞也。鷛音庸。鶏音渠。鶖音秋。

【文選鈔】鶢鶋，白翅黑身，鳴聲甚哀。鸀鳿，江東家家蓄之，夏月以水灌之，乃用浴。鸘，鷫鸘也。似雁而大，且白飛時，翅頭鳴肅肅然，因以名云。鵠，鴻鵠之鳥。鷺，白鷺鳥也。朱涯、合浦皆出白鷺。鴻，大雁也。避風者，言避海中風灾來也。候雁造江，言雁春去北，秋來南，以知時候。造，至也。言至我吴江中。

鷛鶏，似鴨而鶏足，灰色。今江都城北亦有之，俗呼爲章渠鳥也。青鶴，似白鶴，青色而大，出南海、桂林諸郡也。鶖，秃鶖也，黄色，毛長而疏，紫黄，可長二尺許，狀如斧柄，立齊人，足長三尺，食魚。頷下有⿰亻咸，下垂，長二尺許。飛即反⿰亻咸於背上而去也。爾雅云：鶬，麋鴰也。鸛，水鳥，高足。鷗，白鷗，海鳥，江中亦有。鵁鳥，高足似鶬，曲頸可食魚也。鸕，鸕鷀也，嘴曲如鑿，食魚。爾雅：一名懿。泛濫乎其上，謂浮游水上也。

【文選音决】鸀，之欲反。鳿音玉。鸘音霜。鵠，胡毒反。鷺音路。鶢音爰。鶋音居。造，七到反。鶒音敕。鷛音容。鶏音渠。鶄音青。鶴，胡谷反。鶖音秋。鶬音倉。鸛，古玩反。鷗，烏侯反。鵁，魚歷反。鸕，力胡反。汎，芳劍反。

【五臣注】鸀音燭。鳿音玉。鸘音霜。鶢音爰。鶋音居。造，七報反。鶒音敕。鷛音庸。鶏音渠。鶄音青。鶖音秋。鶬音倉。鸛音灌。鵁，五激反。鸕音廬。銑曰：鶢鶋，海鳥，避風于魯門。造，至也。言雁候時而來，居於此也。皆鳥名也。泛濫，群游於水上也。

【陸善經注】鶢鶋，大如鶴而五采，荆、楚有之。國語云：海鳥曰爰居，止於魯東門之外。展禽曰：今兹海其灾乎？廣川鳥獸，皆知避其灾。是歲海多大風也。

青，小鳥也，好群飛，栖於山巔高樹，出南海、桂陽諸郡也。

【張鳳翼文選纂注】鸀音燭。瑦音玉。鷫音霜。鶢音爰。鶋音居。鵁音敎。鸘音庸。鶏音渠。鶄音青。鶖音秋。鸀瑦，水鳥也。鶢鶋，避風魯門者。雁候時來，故曰候。溪鵁，水鳥也，色黄赤，有斑文。鸘鶏，似鴨而鷄足。鶄鶴，出南海、桂陽諸郡。鶖，如鷺而大，長頸赤目，其毛可辟水毒。下皆水鳥泛濫群游也。

【王象乾文選删注】鵾音昆。瑦音玉。鷫音霜。鶢音爰。鶋音居。鸘音庸。鶏音渠。鶖音秋。鸕音盧。鸀瑦，水鳥。鶢鶋，似鳳，避風於魯門。鸘鶏，似鴨鷄足。左傳曰：海鳥爰居，止魯東門外三日，臧文仲使國人祭之，不知其鳥，以爲神也。

【陳景雲文選舉正】鳥則鵾鷄。注「南都賦」，舊本作「蜀都」。

【余蕭客文選音義】鸀瑦舊音燭玉。鷫舊音霜。鸘鶏善音庸渠。鶢鶋舊音爰居。鶄舊音青。灉谿。鵁。六臣作「鶖」。舊音勑。上韵補叶常。

【余蕭客文選紀聞】鸀藝文類聚九十二音濁。類林十七音燭。瑦玉。類林十七。鶢爰。鶋居。并廣韵一。條支國臨西海，出大雀。廣志曰：頸及身膺蹄都似橐駝，舉頭高八九尺，張翅丈餘，食大麥，卵如甕。今之駝鳥，漢元帝時，謂之爰居續博物志三。鸘羊恭。玉篇二十四。鶏渠。博雅音十。鵁午的。鸕力乎。并玉篇廿四。

【孫志祖文選李注補正】鳥則鶡鷄鸀爐瑦玉。注：鸀瑦，水鳥也。〇補曰：金云：上林賦曰：駕鵝屬玉。殆即此物，音同而字异耳。郭璞曰：屬玉，似鴨而大，長頸，赤目，紫紺色者。後人或以屬玉爲鷺之別名。觀此處與鷺并稱，郭注又以爲紫紺色，則非鷺也漢書宣帝紀：甘露二年，屬玉觀。注晋灼曰：屬玉，水

鳥，似鵁鶄。

鶄鶴鶖鶬。注：鶄鶴出南海、桂陽諸郡。○正曰：金云：鶄鶴恐是二物，鶄即鵁鶄。蓋上句二物，此句四物也。

【胡克家文選考异】注「鶡鷄鳥也好鳴」。袁本、茶陵本無此六字。

【許巽行文選筆記】鶢鶋。注：海鳥爰居。并不加鳥。兹作鳥旁者，俗加之也。凡鳥、獸、艸、木之字，後人輒加偏旁者，相沿已久，亦姑從之。惟於義有乖异者，必當詳辨。

鸂鶒。復古編云：谿鶒，从鳥、式，别作鸂鷘，非。

【朱珔文選集釋】鸀鳿。劉注云：水鳥也。案：楊雄蜀都賦：獨竹孤鶬。注：「竹」「屬」通。屬玉，水鳥，本名屬玉，俗加鳥耳。劉注又云：鶖如鷺而大，長頸赤目，其毛辟水毒。段氏引此無「鶖」字，「鷺」作「鶖」，是也。郭注上林賦曰：屬玉，似鴨而大，長頸，赤目，紫紺色。正與劉合。胡氏考异未及校，似疏。段又引陳藏器曰：鸀鳿，主治沙蟲、短弧、蝦鬚等病，能唼病人身。出含沙䠶人之沙箭。如鴨而大，眼赤，觜班。元中記曰：水弧者，其形蟲也，其氣乃鬼也。鴛鴦、鸑鷟、蟾蜍好食之。余謂元中記之鸑鷟，蓋即説文所云江中有鸑鷟，似鳧而大，赤目者。「鸑鷟」乃「鸀鳿」之聲轉，非鳳屬之鸑鷟也。李氏時珍言此鳥有文彩如鳳毛，故得同名。若爾雅之鸀山烏及山海經海外互人之國有青鳥，身黄，赤足，六首，名曰鸀。亦皆爲别一種矣。

鶢鶋避風。劉注云：鶢鶋，似鳳。左傳曰：海鳥爰居，止魯東門外三日，臧文仲使國人祭之。案：所引乃國語，非左傳也。爰居，本字，後人加鳥耳。爾雅：爰居雜縣。釋文引樊光云：似鳳皇。正與此注合。郭注云：漢元帝時，琅邪有大鳥如馬駒，時人謂之爰居。莊子至樂篇亦説「魯事」云：海鳥止於

魯郊，魯侯御而觴之於廟。司馬彪注：爰居，舉頭高八尺。廣雅作「延居」，云：怪鳥屬也。「延」「爰」音相近，蓋古説略同。惟通雅云：本草引景焕閑談以爲「海鳥鶢鶋，即今之秃鶖」。又楊升庵以秃鶖爲急就章之乘風即爰居較近。余謂：惟其爲怪鳥，故文仲疑以爲神而欲祭之。若秃鶖何遽乃爾？鶖隨處水邊有之，亦不定海鳥。説非也。鶖見下文。

鸂鶒。劉注云：水鳥也，色黄赤，有班文，食短狐蟲，在水中，無毒，江東諸郡皆有之。案：説文新附有「鵢」字。玉篇云：鵢，溪鵢也。重文作「鷘」。鈕氏樹玉謂：陸佃埤雅引陳昭裕建州圖經曰：溪鵢於水渚宿，先少若有敕令也。亦其浮游，雄者左雌者右，群伍皆有式度。據此，則「鵢」當作「式」。蓋「式」與「敕」同韵字，其義亦通也。李氏時珍謂杜台卿賦云：鸂鷘尋邪而逐害。此鳥專食短狐，乃溪中敕逐害物者。其形大於鴛鴦，而色多紫，亦好并游，故謂之紫鴛鴦也。余謂：鸂鶒形狀與能治短狐毒，皆略似鸀鳿。故本草綱目又言：三輔黄圖及事類合璧并以今人所呼白鶴子者爲鸀鳿，謂其鳥潔白如玉也。與陳藏器「似鴨紫紺」之説不同。未審孰是。

鷛鷞。劉注云：似鴨而鷄足。案：後上林賦有「庸渠」，史記作「鷛鷞」。集解引漢書音義曰：鷛鷞，似鶩，灰色而鷄足。索隱引郭璞曰：鷛鷞，一名章渠。本書注則兩説俱屬郭語，正與此注同。説文「鷛」字云：鷛，鳥也。不云鷛鷞，殆亦可單呼鷛矣。若其上「鷞」字云：雝鷞也。則爲隹部之雝渠。又「雃」字云：石鳥，一名雝渠，一曰精列。即詩常棣毛傳「脊令雝渠」是也。精列者，脊令之轉聲，與此异物。

鵁鶄。劉注云：出南海、桂陽諸郡。案：如注説，似以鵁、鶄爲一物。段氏謂鵁、鶄、鶖、鶬蓋四鳥，是也。説文「鵁」字云：鵁鶄也。又「鳽」字云：鵁鶄也。是鵁鶄一名「鳽」，與隹部之「雃」异。史記載

上林賦有「鵁鶄」，漢書及本書俱作「交精」。爾雅「鳽鵁鶄」，釋文云：本亦作交精。白帖引禽經云：交目，其名鳽。蓋鵁鶄以交目得名，故又云「睛交而孕」，合稱交精矣，單呼之則曰鶄耳。注連鶴言之，未知其審。

鶖。善注引詩：有鶖在梁。毛傳曰：秃鶖也。案：説文「鵚」字云：秃鵚也。重文爲「鶖」。玉篇：鶖，水鳥也。一名扶老。崔豹古今注：扶老，秃鶖也，狀如鶴而大。本草，李時珍曰：秃鶖，水鳥之大者。青蒼色，長頸，赤目，頭項皆無毛，其頂皮紅色，如鶴頂。其喙深黄色而扁直，長尺餘。凡鳥至秋毛脱秃，此鳥頭秃如秋毨，如老人頭童及扶老之杖，故一名扶老。又本草：秃鶖一名鴜⿱老鳥。蓋因扶老之名，俗乃於老字加鳥耳。實無此字也。

【梁章鉅文選旁證】鳥則鶤鷄鸀鳿。注鸀鳿，水鳥也。　本書上林賦：駕鵝屬玉。即鸀鳿，音同而字异。漢書宣帝紀注：晋灼曰：屬玉，水鳥，似鵁鶄。

注鶖如鷺。　毛本「鶖」作「鶩」。段曰：此三字當作「如鶩」二字，與上林賦注合。

【高步瀛文選李注義疏】「雞」，尤本作「鷄」，注同。今依袁、茶陵二本。○鸘，即鷫鷞，見西京賦。鵠、鷺、鴻、鶴、鶬、鸛、鷁即鶂，并見西都賦。鸕，見南都賦。上林賦曰：鴻鷫鵠鴇，駕鵝屬玉。交精旋目，煩鶩庸渠。箴疵鵁盧，群浮乎其上。汎淫泛濫，隨風澹淡。郭注曰：皆鳥任風波自縱漂貌也。此賦語意略同。○劉注：鶤鷄，鳥也，好鳴。胡克家曰：袁本、茶陵本無此六字。○「如鶩」二字上，尤本有「鶖」字，「鶩」作「鷺」。袁、茶陵二本同。梁章鉅曰：毛本作「鶩」。段曰：此三字當作「如鶩」二字，與上林賦合。朱珔曰：段氏引此無「鶖」字，「鷺」作「鶩」，是也。郭注上林賦曰：屬玉，似鴨而大，長頸，赤目，紫紺色。正與劉合。胡氏考异未及校，似疏。段又引陳藏器曰：鸀鳿，主治沙蝨、短狐、蝦鬚等

病，能咬病人身出含沙射人之沙箭。如鴨而大，眼赤，觜斑。玄中記曰：水弧者，其形蟲也，其氣乃鬼也。鴛鴦、鸑鷟、蟾蜍好食之。余謂玄中記之鸑鷟，蓋即説文所云江中有鸑鷟，似鳧而大，赤目者。「鸑鷟」乃「鸀鳿」之聲轉，非鳳皇之鸑鷟也。步瀛案：梁引段校文選，今未見原書。朱引段，見説文鳥部「鸑」字下。馮桂芬段注考正不知屬玉與鸑之异，反以段引删去「鸑」字爲誤，非也。段引陳藏器見證類本草卷十九，引玄中記見御覽蟲豸部七及廣韵二十五德「蜮」字注。史記司馬相如傳正義引郭注又曰：鸀鳿，辟水毒，生子在深谷澗中，若時有雨，鳴。雌者生子善鬬，江東呼爲燭玉。證類本草引陳藏器曰：鸀鳿鳥，山中水毒處即生。此鳥當爲食毒蟲所致。如鴨而大，眼赤，嘴斑。本草綱目四十七李時珍曰：按三輔黄圖及事類合璧并以今人所呼白鶴子者爲鸀鳿，謂其鳥潔白如玉也。與陳氏似鴨之説不同。又古文苑楊雄蜀都賦曰：獨竹孤鶬。章樵注曰：竹、屬通用。屬玉、鶬，皆水鳥名。朱珔曰：屬玉，水鳥，本名屬玉，俗加鳥耳。○左傳文二年，孔子謂臧文仲不知者三，祀爰居其一也。事見魯語上。劉注所引，即魯語之文，亦云左傳者，殆内外傳通稱耳。下文又曰：夫廣川之鳥獸，恒知避其灾也。是歲也，海多大風，冬煖。韋注曰：煖，爰居之所避也。案：本書張茂先鷦鷯賦曰：海鳥鶢鶋，避風而至。又案：左傳、國語、爾雅皆作「爰居」。朱珔曰：爰居，本字，後人加鳥是也。爾雅釋鳥曰：爰居雜縣。釋文引樊光曰：似鳳皇。與劉注合。廣雅釋鳥曰：延居，怪鳥屬也。南山經郭注引作「爰居」。郝懿行謂：「爰」「延」聲相轉。然郭引與鶤朋并言，而不數鶇鷍等，與今本廣雅不同。王氏疏證謂郭氏誤記。步瀛案：疑郭亦以爲鳳類，與樊、劉意同也。莊子至樂篇曰：海鳥止於魯郊，魯侯御而觴之於廟。釋文引司馬彪曰：爰居，舉頭高八尺。未詳言其狀。郭注釋鳥曰：漢元帝時，琅邪有大鳥如馬駒，時人謂之爰居。續博物志卷三以漢元時大鳥即條枝大雀，乃今之駝鳥。余蕭客、朱銘皆引之，然可釋漢元時

之馬駒鳥，而與爰居似鳳之説不合。又本草綱目四十七引景焕閑談謂：海鳥爰居，即今之秃鶖。通雅四十五亦引之。朱琦曰：惟其爲怪鳥，故文仲疑以爲神而祭之。若秃鶖何遽乃爾？鶖隨處水邊有之，亦不定爲海鳥。此説非也。○藝文類聚鳥部下、御覽羽族部十二并引臨海异物志曰：鸂鶒，水鳥。毛有五色，食短狐。其在溪中無毒氣。證類本草十九引「溪」作「山澤」，「無」下有「復」字。證類本草曰：今短狐處多有鸂鶒，五色，尾有毛如舵，小於鴨。埤雅卷九亦云。本草綱目四十七李時珍曰：其形大於鴛鴦，而色多紫，亦好并游，故謂之紫鴛鴦也。朱琦曰：説文新附有「鵡」字。玉篇云：鵡，溪鵡也。重文作鷘。許巽行曰：復古編云：谿鵡，从鳥、式，别作鸂鷘，非。○本書上林賦：煩鶩庸渠。郭注曰：庸渠，似凫，灰色而鷄脚。一名章渠。史記司馬相如傳作「鷛鶏」。集解：漢書音義曰：鷛鶏，似鶩，灰色而鷄足。漢書相如傳作「庸渠」。顔注曰：庸渠，即今之水鷄。沈欽韓漢書疏證卷二十九曰：西山經：松果山有鳥曰螐渠，其狀如山鷄，黑身，赤足。郭云：螐，音彤弓之彤，即此庸渠也。按：今太湖邊有水鳥，黑色如鷄者，土人呼爲樟鷄。朱琦曰：説文「鷛」字云：鷛，鳥也。不云鷛鶏，殆亦可單呼鷛矣。若其上「鱢」字云雝鱢也，則爲隹部之雝渠。又「雃」字云：石鳥，一名雝渠，一曰精列。即詩常棣毛傳「脊令雝渠」是也。精列者，脊令之轉聲，與此异物。胡紹煐、王先謙説并同。○孫志祖補正引金甡曰：鶄鶴恐是二物，鶄即鵁鶄。蓋上句二物，此句四物也。朱琦曰：如注説，似以鶄、鶴爲一物。段氏謂鶄、鶴、鶩、鶬蓋四鳥，是也。説文「鶄」字云：鵁鶄也。又「鳽」字云：鵁鶄也。是鵁鶄一名「鳽」，與隹部之「雃」异。史記相如傳載上林賦有「鵁鶄」，漢書及本書俱作「交精」。爾雅「鳽鵁鶄」，釋文云：本亦作交精。白帖引禽經云：交目，其名鳽。蓋鵁鶄以交目得名。故又云「睛交而孕」，合稱交精矣，單呼之則曰鶄耳。注連鶴言之，未知其審。步瀛案：鶄、鶴自應爲二鳥，注特連言之耳。釋鳥

「鶡鵁鶄」，郭注曰：似凫，脚高，毛冠，江東人家養之，以厭火灾。本書上林賦郭注曰：交精，似凫而脚高，有毛冠，辟火灾。藝文類聚鳥部下引异物志曰：鵁鶄，巢於高樹，生子在窟中，未能飛，皆銜其翼飛也。御覽羽族部十二引作「皆銜其母翼飛下地飲食」。本草綱目四十七李時珍曰：鵁鶄，大如凫鶩而高，脚似鷄，長喙好啄。其頂有紅毛如冠，翠鬣碧斑，丹嘴青頸，養之可玩。○李注引毛詩及傳，見白華。説文鳥部「鵚」字曰：秃鵚也。重文作「鶖」。玉篇曰：鶖，水鳥也。一名扶老。崔豹古今注曰：扶老，秃鶖也。狀如鶴而大。本草綱目四十七李時珍曰：秃鶖，水鳥之大者也。出南方有大湖泊處，其狀如鶴而大，青蒼色。張翼廣五六尺，舉頭高六七尺。長頸細目，頭項皆無毛，其頂皮方二寸許紅色，如鶴頂。其喙深黄色而扁直，長尺餘，其嗉下亦有胡袋如鵜鶘狀。其足爪如鷄，黑色。凡鳥至秋毛脱秃，此鳥頭秃如秋毨，又如老人頭童及扶老之狀，故得諸名。○蒼頡篇。慧琳一切經音義九十九引同。郭璞注見海外東經。今本「鷗」作「鳥」。説文曰：鷗，水鴞也。詩凫鷖釋文及孔疏皆引蒼頡解詁曰：鷖，鷗也。一名水鴞。又互見西都賦「凫鷖」疏。埤雅卷七曰：鷖，凫屬。蒼黑色。爾雅翼卷十七曰：周禮：王后五路，安車，用鷖總。蓋總著馬勒，直兩耳與兩鑣，以繒爲之，其色青黑如鷖。然鷗亦有白者，不專於青黑。案，羅氏引周禮見春官巾車，其説鷖總，本先鄭注也。本草綱目四十七李時珍曰：鷗，形色如白鴿及小白鷄，長喙，長脚，群飛耀日。羅氏謂青黑色，誤。步瀛案：段注説文「鷖」字，亦引周禮鷖總以證鷖爲青黑色。又謂許不云鷖鷗也，則許不謂爲一物。如段説，則青黑者爲鷖，白者爲鷗。渾言之，則鷖、鷗一也。○鴻、江，古音東部。鸅、鸕，魚部。

湛淡羽儀，隨波參差。理翮整翰，容與自玩。雕啄蔓藻，刷蕩漪瀾。

【彙校】

「湛淡羽儀」「儀」，奎章閣本、明州本、贛州本、四庫本、叢刊本、陳八郎本、尤刻本、胡刻本、監本同。正德本、唐鈔本、九條本作「儀」。當作「儀」。

「隨波參差」「隨」，奎章閣本、明州本、贛州本、四庫本、叢刊本、陳八郎本、尤刻本、胡刻本、監本、唐鈔本、九條本同。正德本作「隨」。當作「隨」。「參」，奎章閣本、明州本、贛州本、四庫本、叢刊本、正德本、陳八郎本、尤刻本、胡刻本、監本、九條本同。唐鈔本作「糸」。當作「參」。

「理翮整翰」「翮」，奎章閣本、四庫本同。明州本、贛州本、叢刊本、尤刻本、胡刻本、九條本作「翮」。正德本、陳八郎本、監本、唐鈔本作「翮」。當作「翮」。「整」，奎章閣本、明州本、贛州本、四庫本、叢刊本、正德本、陳八郎本、尤刻本、胡刻本、監本、九條本同。唐鈔本作「⿱剌正」。當作「整」。「翰」，奎章閣本、明州本、贛州本、四庫本、叢刊本、正德本、胡刻本、監本、唐鈔本、九條本同。陳八郎本、尤刻本作「翰」。當作「翰」。

「容與自玩」「與」，明州本、贛州本、四庫本、叢刊本、正德本、陳八郎本、尤刻本、胡刻本、監本、唐

鈔本、九條本同。奎章閣本作「與」。當作「與」。「玩」，奎章閣本、明州本、贛州本、四庫本、叢刊本、正德本、陳八郎本、九條本同。尤刻本、胡刻本、監本、唐鈔本作「翫」。當作「玩」。

「雕啄蔓藻」「雕」，奎章閣本、明州本、贛州本、四庫本、叢刊本、正德本、陳八郎本、尤刻本、胡刻本、監本、唐鈔本、九條本作「彫」。當作「雕」。「啄」，奎章閣本、贛州本、四庫本、叢刊本、正德本、陳八郎本、胡刻本同。明州本、尤刻本、監本、唐鈔本、九條本作「啄」。當作「啄」。「蔓」，奎章閣本、明州本、贛州本、四庫本、叢刊本、正德本、陳八郎本、尤刻本、胡刻本、監本、九條本同。唐鈔本作「蕚」。當作「蔓」。

「刷蕩漪瀾」「蕩」，奎章閣本、贛州本、叢刊本、正德本、尤刻本、胡刻本、唐鈔本、九條本作「盪」。明州本、陳八郎本、監本作「盪」。四庫本作「盪」。當作「蕩」。「漪」，奎章閣本、明州本、贛州本、四庫本、叢刊本、正德本、陳八郎本、尤刻本、胡刻本、監本、九條本作「漪」。唐鈔本作「猗」。當作「漪」。「瀾」，奎章閣本、明州本、胡刻本、監本同。贛州本、四庫本、叢刊本、正德本、陳八郎本、尤刻本、唐鈔本、九條本作「瀾」。當作「瀾」。

■**立群案**：爾雅釋水：河水清且瀾漪。釋文：「漪」，本作「猗」。是「猗」與「漪」通。陸云晋故豫章内史夏府君誄：諮予與君，恩親之微。蒙恤於昔，投纓瀾猗。思周弱志，永庇惠輝。如何府君，昭景長違。亦是通之證。然「漪瀾」流行已久，作「漪」可也。

【彙注】

【李善注】劉曰：湛淡，迅疾貌。漪瀾，水波也。雕啄，鳥食貌。蔓藻，海藻之屬也。善曰：説文曰：刷，刮也。漪，蓋語辭也。毛詩曰：河水清且漣漪。爾雅曰：大波爲瀾。

【文選鈔】羽，群鳥之羽毛也。易云：其羽可以爲儀。參差，隨浪高低也。理亦整也。自玩，自愛弄也。

蔓，蔓延而生也。藻，水草也。刷，自疏刷。蕩，飄動也。漪，小波。瀾，大波也。孟子云：觀水必觀其瀾。

【文選音決】湛，直減反。淡，以斂反。參，楚吟反。差，楚宜反。啄，張角反。蔓音万。藻音早。唰，蕭音所劣反，曹音子六反。漪，於宜反。瀾，力旦反。

【五臣注】與，去聲。瀾音爛。翰曰：言鳥游自得其性也。濟曰：雕，傷。蔓藻，水草。言鳥群游，傷啄蔓藻以食之，刷盪毛羽於湍瀨之上也。

【陸善經注】湛淡，汎浮之貌。羽儀，羽翮容儀也。

蔓藻，藻生蔓延也。雕啄，謂啄之而雕缺。刷盪猗瀾，洒滌毛羽於波瀾也。

【張鳳翼文選纂注】蔓藻，水草也。言鳥群游，傷啄蔓藻以食之，刷蕩毛羽於湍瀨之上。

【王象乾文選删注】雕啄，鳥食貌。

【杭世駿文選課虚】湛淡，迅疾貌。又作澹淡。上林賦：泛淫泛濫，隨風澹淡。皆鳥任風波，自縱泊貌。

【余蕭客文選音義】與舊去聲。瀾爛。

【余蕭客文選紀聞】瀾即旰。韵補四。

【胡克家文選考異】注「漪蓋語辭也」。袁本、茶陵本「漪」作「猗」，下同。案：二本是也。劉注爲「漪」，善注爲「猗」，尤并改善作「漪」，甚非。

【薛傳均文選古字通疏證】刷盪漪瀾。注善曰：毛詩曰：河水清且漣漪。爾雅曰：大波爲瀾。傳均案：爾雅：河水清且瀾漪。大波爲瀾。釋文「瀾」，李依詩作「漣」，音「連」。説文「瀾」字下云：大波爲瀾。「漣」字下云：瀾，或從連。是「瀾」「漣」一字也。釋名云：瀾，連也，波體轉流相及連也。亦其明證。若「灡」字，則説文訓爲「潘」也，與「瀾」字無涉，特同音相假借耳。

【胡紹煐文選箋證】湛淡羽儀。注劉逵曰：湛淡，迅疾貌。按：湛淡，摇蕩之貌，猶澹淡也。本書西都賦「澹淡浮」。善注：澹淡，隨風之貌。隨風謂之澹淡，隨波謂之湛淡，其義一也，故下云「隨波參差」。

刷盪漪瀾。注善曰：漪，蓋語辭也。毛詩曰：河水清且漣漪。今魏風伐檀「漪」作「猗」。按：釋文：本或作「漪」，漢石經作「兮」。猗、兮古通，如大學「斷斷兮」作「斷斷猗」，是其證。然詩釋文：本或作「漪」。則古固有以「猗」爲「漪」字者。爾雅釋水：河水清且瀾漪。亦作「漪」，賦襲用之。而初學記：水波如錦文曰漪。遂沿其誤。善以「漪」爲語辭，讀同「兮」，最合。

【高步瀛文選李注義疏】李周翰曰：言鳥游自得其性也。○楚辭離騷王逸注曰：容與，游戲貌。○翫，袁、茶二本皆作「玩」。案：「玩」，「翫」之借字。○吕延濟曰：彫，傷。蔓藻，水草。言鳥群游，傷啄蔓藻以食之，刷盪毛羽於湍瀨之上也。案：「彫」，「凋」之通借字。廣雅釋詁四曰：凋，傷也。○劉注：湛淡，迅疾貌。義似未合。胡紹煐曰：湛淡，摇蕩之貌。猶澹淡也。本書西都賦「澹淡浮」。善注：澹淡，隨風之貌。隨風謂之澹淡，隨波謂之湛淡，其義一也。故下云「隨波參差」。○漪瀾，水波也。各本同。下李善注：漪，蓋語辭也。胡克家曰：袁本、茶陵本「漪」作「猗」，下同。案：二本是也。劉注爲「漪」，善注爲「猗」，尤并改善作「漪」，甚非。步瀛案：詩伐檀：河水清且漣猗。釋文曰：猗，

本亦作「漪」。爾雅釋水：河水清且瀾漪。釋文曰：本又作「猗」。是隋唐以前毛詩、爾雅「漪」「猗」字各本互見。李注因正文作「漪」，故引詩亦作「漪」。因「漪」與「猗」同，故以「漪」爲語辭。胡氏以爲尤改，亦未必然。特以本字言，則自當作「猗」。說文水部「淪」下引詩曰：河水清且淪漪。段注改作「猗」，曰：毛詩漣猗、直猗、淪猗，「猗」與「兮」同。漢石經魯詩殘碑可證。後人妄加「水」作「漪」，吳都賦乃有「刷盪漪瀾」「濯明月於漣漪」之句，其謬甚矣。胡紹煐曰：爾雅釋水作「漪」，賦襲用之。而初學記六：水波如錦文曰漪。遂沿其誤。蓋以「漪」爲語辭，讀同「兮」，最合。朱銘曰：御覽地部引爾雅曰：風行水成文曰漣，水波如錦文曰漪。然今本無此文。薛傳均曰：爾雅：河水清且灡漪。大波爲瀾。說文「瀾」字下云：大波爲瀾。「漣」字下云：瀾，或从連。是「瀾」「漣」一字也。釋名釋水曰：瀾，連也。波體轉流相及連也。亦其明證。若「灡」，則說文訓爲「潘」也，與「瀾」字無涉，特同音相假借耳。步瀛案：釋水諸本「灡」作「瀾」。臧庸謂爾雅多魯詩，陳喬樅、王先謙謂魯詩作「灡」，隸釋卷十四載石經魯詩殘碑「猗」作「兮」，是魯詩作「漪」或作「猗」、作「兮」，皆與毛詩義同。而劉注釋漪爲水波，下文「濯明月於漣漪」又釋爲麗水，皆不以爲語辭，蓋出他家詩說，與魯、毛義异。○李引說文，見刀部。刮，當作𠜾。○爾雅，見釋水。○儀、差，古音歌部。翰、既、瀾，元部。

魚鳥聱耴，萬物蠢生。茫茫黖黖，慌罔奄欻。神化翕忽，函幽育明。窮性極形，盈虚自然。蚌蛤珠胎，與月虧全。巨鼇贔屓，首冠靈山。大鵬繽翻，翼若垂天。振蕩汪流，雷抃重淵。殷動宇宙，胡可勝源！

【彙校】

「魚鳥聱耴」「耴」，明州本、贛州本、四庫本、叢刊本、正德本、陳八郎本、尤刻本、胡刻本、監本、唐鈔本、九條本同。奎章閣本作「耴」。當作「耴」。

■**立群案**：玉篇：耴，豬涉切。説文云：耳垂也。秦公子名。耴者，其耳下垂，因以爲名。又：耴，魚乙切。左思吴都賦云「魚鳥聱耴，乃物蠢生」也。自應作「耴」爲是。

「茫茫黖黖」「茫茫」，四庫本同。奎章閣本、明州本、贛州本、叢刊本、正德本、陳八郎本、尤刻本、胡刻本、監本、唐鈔本、九條本作「芒芒」。今從「茫茫」。「黖黖」，奎章閣本、明州本、贛州本、四庫本、叢刊本、正德本、陳八郎本、尤刻本、胡刻本、監本、唐鈔本、九條本作「黖黖」。當作「黖黖」。

■**立群案**：善曰：黖黖，不明貌。五臣翰曰：芒芒黖黖，氣不明貌也。作「不明」之意時，「芒芒」「茫茫」古通。如文子上仁：芒芒昧昧，因天之威，與天同氣。扬雄法言重黎：神怪茫茫，若存若亡，圣人曼云。今從「茫茫」。

「慌罔奄欻」「慌」，明州本、贛州本、四庫本、叢刊本、正德本、陳八郎本、尤刻本、胡刻本、唐鈔本、

九條本同。奎章閣本、監本作「慌」。當作「慌」。

「函幽育明」　「明」，奎章閣本、明州本、贛州本、四庫本、叢刊本、陳八郎本、尤刻本、胡刻本、監本、九條本同。正德本、唐鈔本作「明」。當作「明」。

「窮性極形」　「極」，奎章閣本、明州本、贛州本、四庫本、叢刊本、正德本、陳八郎本、尤刻本、胡刻本、監本、九條本同。唐鈔本作「極」。當作「極」。

「盈虛自然」　「盈」，奎章閣本、四庫本、正德本同。明州本、贛州本、叢刊本、尤刻本、胡刻本、監本、九條本作「盈」。陳八郎本作「盈」。唐鈔本作「盈」。當作「盈」。「虛」，明州本、贛州本、四庫本、叢刊本、陳八郎本、監本、九條本同。奎章閣本作「虚」。正德本、尤刻本、胡刻本作「虚」。唐鈔本作「虚」。當作「虛」。

「蚌蛤珠胎」　「蚌」，奎章閣本、四庫本、叢刊本、正德本、陳八郎本、尤刻本、胡刻本、監本、九條本同。明州本、贛州本作「蚌」。唐鈔本作「蜯」。當作「蚌」。

■**立群案**：南都賦「巨蚌函珠」句，高步瀛文選李注義疏：呂錦文曰：説文：蚌，蜃屬，从虫丰聲。此字經典固多不訛。然往往有作「蜯」者。周禮鼈人注：杜子春云：蠯，蜯也，是也。易説卦：離爲蚌。釋文「蚌」本又作「蜯」。爾雅釋魚：蚌含漿。釋文：「蚌」本或作「蜯」。釋器注：珧，小蚌。釋文：蚌本作「蜯」。是釋文所引古本，亦多有作「蜯」者。左太冲吴都賦：蚌蛤珠胎，與月虧全。班固答賓戲：隋侯之珠藏于蚌蛤。説文無「蜯」字作「蚌」，爲正。干禄字書亦以「蚌」爲正字。是「蜯」「蚌」本一字，故可通用。高氏説是。康熙字典亦曰：玉篇：蜯，與蚌同。是「蚌」同「蜯」。諸本多作「蚌」，今從「蚌」。

「與月虧全」　「與」，明州本、贛州本、四庫本、叢刊本、陳八郎本、尤刻本、胡刻本、監本、唐鈔本、九條本同。奎章閣本、正德本作「與」。當作「與」。

「巨鼇贔屓」　「屓」，奎章閣本、明州本、贛州本、四庫本、叢刊本、正德本、尤刻本、胡刻本、監本、唐鈔本、九條本同。陳八郎本作「屭」。當作「屓」。

「首冠靈山」　「靈」，奎章閣本、明州本、贛州本、四庫本、叢刊本、正德本、陳八郎本、尤刻本、胡刻本、監本、九條本同。唐鈔本作「霊」。當作「靈」。

「大鵬繽翻」　「繽」，奎章閣本、明州本、贛州本、四庫本、叢刊本、正德本、陳八郎本、尤刻本、胡刻本、監本、唐鈔本、九條本作「繽」。當作「繽」。「翻」，四庫本、叢刊本、九條本同。奎章閣本、明州本、贛州本、正德本、陳八郎本、尤刻本、胡刻本、監本、唐鈔本作「翻」。當作「翻」。

「翼若垂天」　「翼」，奎章閣本、四庫本、正德本、唐鈔本作「翼」。明州本、贛州本、叢刊本、陳八郎本、尤刻本、胡刻本、監本、九條本作「翼」。當作「翼」。「垂」，奎章閣本、明州本、贛州本、四庫本、叢刊本、陳八郎本、尤刻本、胡刻本、監本、九條本同。正德本、唐鈔本作「垂」。當作「垂」。

「振蕩汪流」　「振」，四庫本同。奎章閣本、正德本、陳八郎本、尤刻本、胡刻本、監本、唐鈔本作「振」。明州本、贛州本、叢刊本、九條本作「振」。當作「振」。「蕩」，奎章閣本、四庫本、叢刊本、正德本、尤刻本、胡刻本、唐鈔本、九條本作「盪」。明州本、陳八郎本、監本作「盪」。贛州本作「盪」。當作「蕩」。「流」，明州本、贛州本、四庫本、叢刊本、陳八郎本、尤刻本、胡刻本、監本、唐鈔本、九條本同。奎章閣本、正德本作「流」。當作「流」。

「雷抃重淵」　「淵」，奎章閣本、明州本、贛州本、四庫本、叢刊本、正德本、陳八郎本、尤刻本、胡刻

本、九條本同。監本、唐鈔本作「渕」。當作「淵」。

「胡可勝源」「源」，奎章閣本、明州本、贛州本、四庫本、叢刊本、正德本、陳八郎本、九條本同。尤刻本、胡刻本、監本、唐鈔本作「原」。今從「源」。

■立群案：阮元經籍籑詁：禮記學記：或原也。釋文：原本作源。是「原」「源」可通。今從「源」。

【彙注】

【李善注】蠢，昌允切。慌，呼廣切。欻，許勿切。贔音備。屓，許器切。殷，上聲。劉曰：蠢，動也。黖黖，絶遠貌。奄欻，去來不定之意。翕忽，疾貌。函幽育明，皆謂珠玉光耀之狀也。窮性極形，物皆極之也。呂氏春秋曰：月望則蚌蛤實，月晦則蚌蛤虛。列仙傳曰：鼇負蓬萊山而抃滄海之中。贔屓，用力壯貌。莊子曰：北溟有魚名鯤，化爲鵬，怒而飛，翼若垂天之雲。鵬之將徙于南溟，水擊三千里，摶扶摇而上九萬里。示振盪之狀也。汪流，水深貌，其聲勢之不可勝盡也。淮南子曰：虛廓生宇宙，宇宙生天地者也。善曰：聱耴，衆聲也。埤蒼云：聱，不聽也。魚幽切。耴，牛乙切。杜篤論都賦曰：蠢生萬類。黖黖，不明貌。許既切。春秋保乾圖曰：日以圓照，月以虧全。宋均曰：全，十五日時也。列子，夏革曰：渤海之東曰歸塘，其中有五山焉。帝命禺强使巨鼇十五舉首而戴五山，峙而不動。玄中記曰：鼇，巨龜也。西京賦曰：巨靈贔屓。王逸楚辭注曰：擊手曰抃。音卞。

【文選鈔】聱耴，舉頭高低之貌。茫茫黖黖，慌惘奄欻，言自然翕忽，不可爲形像也。又云：茫茫，海氣也。翕忽，急疾之貌。含幽，謂内暗也。育養養明，謂珠玉光曜之物。盈虛自然，謂蚌珠等也。張衡思玄云：升蓬萊而容與，鼇雖抃而不傾。漢書郊祀志云：齊威、宣，燕昭王使人求蓬萊、方丈、

瀛洲。此三山者，傳在海中，去人不遠，蓋嘗有至者，諸仙不死之藥皆在焉。其物禽獸盡白，金銀爲宫闕。未至，望之如雲。及到，三神山反在水下，望之殆至，則風已引船而去，終莫能至者。尸子曰：四方上下曰宇，往古來今曰宙。一曰：宇宙，天地也。胡，何也。原，本也。

【文選音決】聱，宜休反。耴，魚乚反。蠢，昌允反。茫，莫郎反。㲺，許既反。慌，呼廣反。欻，虚勿反。翕，許及反。函音含。蚌，步講反。蛤，古合反。胎，他來反。鼇，五高反。贔，蒲媚反。屓，許媚反。冠，古玩反。山協韵，所連反。鵬音朋。繽，匹仁反。汪，烏黄反。抃音卞。重，逐龍反。殷音隱。勝音升。

【五臣注】聱，魚幽反。耴，魚乙反。蠢，昌允反。㲺，許意反。慌，呼廣反。欻，許勿反。函音含。鼇音敖。贔音備。屓，許器反。冠音贯。殷，上聲。向曰：聱耴，衆聲貌。魚當無聲，此云魚鳥聱耴者，文之失也。翰曰：蠢，動也。萬物動生於天地之間，皆有氣色。芒芒㲺㲺，氣不明貌也。良曰：慌罔，不明貌。奄欻、翕忽，變化疾速貌。銑曰：物在水，故曰函幽。珠玉生焉，故曰育明。育，養也。窮性極形，各得其所。向曰：蚌蛤珠胎，自盈虧之物。月滿則珠全，月虧則珠缺。巨鼇，大龜也。贔屓，用力之貌。靈山，海中蓬萊山，而大鼇以首戴之。冠，猶戴也。濟曰：大鵬，鳥也。繽翻，飛貌。翼若垂天，言至大也。良曰：振盪，動也。汪流，漫水也。抃，猶擊也。重淵，言深也。大龜戴山動擊於水中，其聲如雷霆。翰曰：殷，聲也。宇宙，天下也。謂聲動振於天下，何可勝説其本源之所由也。

【陸善經注】聱耴，衆聲雜亂貌。芒芒，不分别貌。慌罔奄欻、神化翕忽，言變化速疾也。函幽育明，言變化之類。函藏於幽，長育於明。窮性極形，盡物至形性也。盈虚自然，言或盈虚皆稟於自然。蚌蛤函珠，故言珠胎也。

振盪、汪流，謂大鵬雷抃。重淵，謂巨鼇也。殷，聲之遠聞也。宇宙，天地之間也。

【張鳳翼文選纂注】聱，魚幽切。耴，魚乙切。𣢾，許意切。慌，呼廣切。欻，許勿切。贔音備。屓，許器切。冠音貫。殷，上聲。聱，不聽也。𣢾𣢾，不明也。物在水，故曰函幽。珠玉生焉，故曰育明。育，養也。窮性極形，各得其所。蚌蛤珠胎，皆盈虧之物。月滿則珠全，月虧則珠缺。巨鼇，大龜也。贔屓，用力之貌。靈山，海中蓬萊山，大鼇以首戴而承之也。大鵬，鳥也。繽翻，飛貌。翼若垂天，言至大也。殷，振也。言聲振動天下，不得而究其本源也。

【王象乾文選删注】聱，魚曹切。耴，牛乙切。𣢾，許意切。欻，許忽切。贔音備。屓，許器切。聱耴，衆聲貌。𣢾𣢾，絶遠貌。奄欻，去來不定意。翕忽，疾貌。函幽，謂珠玉光耀之狀。贔屓，用力貌。擊手曰抃。吕氏春秋曰：月望則蚌蛤實，月晦則蚌蛤虚。列仙傳曰：鼇負蓬萊山而抃滄海之中。莊子曰：北溟有魚，名鯤，化爲鵬，怒而飛，翼若垂天之雲。鵬之將徙於南溟，水擊三千里，摶扶摇而上九萬里。淮南子曰：虚廓生宇宙，宇宙生天地。春秋保乾圖曰：日以圓照，月以虧全。列子，夏革曰：渤海之東曰歸墟，其中有五山焉。帝命禺强使巨鼇十五舉首而戴五山，峙而不動。

【陳景雲文選舉正】魚鳥聱耴。注「皆極之也」。「之」當作「大」。

【杭世駿文選課虚】聱耴，衆聲也。魚幽切。耴，午乙切。𣢾𣢾，絶遠貌。許既切。

【余蕭客文選音義】抃善音卞。聱傲。耴逆乙切。𣢾欷，去聲。慌等韵呼廣切。欻叶轟。屓同屭。見西京賦。原叶音。見蜀都賦。

【余蕭客文選紀聞】聱敖。廣韵二。耴張聶。五經文字中。𣢾於己。玉篇二十一。

【孫志祖文選考异】振盪注流。「注」，六臣本作「汪」。案：注云：水深貌。作「汪」爲是。劉良注：汪流，漫水也。褚淵碑文注引亦作「汪流」。

【胡克家文選考异】注「黖黖」下至「疾貌」。袁本、茶陵本無此十七字。

注「物皆極之也」。袁本、茶陵本「之」作「大」，是也。

【許巽行文選筆記】聶肙。見上。

【朱珔文選集釋】魚鳥聱耴。善注云：聱耴，衆聲也。案：説文「聱」字在新附，蓋「謷」之俗體。詩板篇：聽我囂囂。毛傳：囂囂，猶謷謷也。正合衆聲之義，與此注引埤蒼云「聱，不聽也」亦合。故廣韻云：聱耴，魚鳥狀也。説文「耴」字云：耳垂也。从耳丁下垂，象形。音陟葉切。此「耴」字則音牛乙切，非一字也。

【梁章鉅文選旁證】胡可勝原。六臣本「原」作「源」。

【胡紹煐文選箋證】魚鳥聱耴。注善曰：聱耴，衆聲也。按：玉篇：耴，魚乙切。引左思吴都賦云：魚鳥聱耴，萬物蠢生也。廣韻：聱耴，魚鳥狀。據此，則「聱耴」并魚鳥狀。耴之言乙也。白虎通五行篇：乙者，物蕃曲有節欲出。是「聱耴」爲屈曲欲出也。下云「萬物蠢生」，正承此句言之。

雷抃重淵。注善曰：王逸楚辭注曰：擊手曰抃。按：雷、抃皆擊也。「雷抃重淵」，猶上云「振盪汪流」耳。本書江賦：駭崩浪而相礧。善注：相礧，相擊也。漢書陳遵傳注：轠，擊也。「雷」與「礧」「轠」音義并同，向注謂其聲如雷霆，分雷、抃爲二義，甚疏。

胡可勝原。五臣作「源」。翰注：何可勝説其本源之所由。按：翰注非也。廣雅：謜，度也。「原」與「謜」同。胡可勝原，言何可勝度也。本書神女賦：志未可乎得原。王氏念孫讀「原」爲「謜」。

此本作「原」，五臣乃改爲「源」耳。漢書東方朔傳：不可勝原。句法與此相似，師古亦誤解爲「原本」之「原」。

【高步瀛文選李注義疏】呂向曰：聱耴，衆聲貌。魚當無聲，此云魚鳥聱耴者，文之失也。胡紹煐曰：按玉篇：耴，魚乙切。引左思吴都賦曰：魚鳥聱耴，乃物蠢生也。廣韵：聱耴，魚鳥狀。據此，則「聱耴」并魚鳥狀。耴之言乙也。白虎通五行篇：乙者，物蕃曲有節欲出。是「聱耴」爲屈曲欲出也。下云「萬物蠢生」，正承此句言之。步瀛案：玉篇「乃物」當作「万物」。唐人寫書恒以「万」代「萬」，遂誤爲「乃」耳。上林賦曰：魚鼈讙聲。左太沖蓋本比。呂向以爲魚當無聲，非也。○劉良曰：慌罔，不明貌。奄欻、翕忽，變化疾速貌。○「贔屓」當作「奰屓」，已見西都賦疏。○「汪流」，袁本作「注流」，注同，誤。○劉良曰：抃，猶擊也。重淵，言深也。大龜戴山動擊於水中，其聲如雷霆。胡紹煐曰：雷、抃，皆擊也。「雷抃重淵」，猶上云「振盪汪流」耳。本書江賦：駭崩浪而相礧。善注：相礧，相擊也。漢書陳遵傳注：轠，擊也。「雷」與「礧」「轠」音義并同。向注謂其聲如雷霆，分雷、抃爲二義，甚疏。○呂延濟曰：繽翻，飛貌。又五臣音殷，上聲。李周翰曰：殷，聲也。○袁、茶二本「原」作「源」，疑「源」字之誤。李周翰曰：何可勝説其本源之所由也。胡紹煐曰：翰説非也。廣雅釋詁一：源，度也。胡可勝原，言何可勝度。本書神女賦：志未可乎得原。王氏念孫讀「原」爲「謜」。漢書東方朔傳：不可勝原。句法與此相似。師古亦誤解爲「原本」之「原」。○劉注：蠢，動也。爾雅釋詁文。説文曰：蠢，蟲動也。○「甈甈」至「疾貌」，胡克家曰：袁本、茶陵本無此十七字。○「極大」，尤本作「極之」。胡克家曰：袁本、茶陵本「之」作「大」，是也。○呂氏春秋見精通篇。○楚辭天問曰：鼇戴山抃。王逸注引列仙傳曰：有巨靈之鼇，背負蓬萊之山，而抃舞戲滄海之中。與本注可互證。○莊子「北溟」至

「九萬里」，見逍遥游。今本「溟」作「冥」。釋文曰：本亦作「溟」。案：袁、茶二本「扶搖」上皆有「風」字，誤衍。○淮南子天文篇曰：虚霩生宇宙，宇宙生氣。氣有涯垠，清陽者薄靡而爲天，重濁者凝滯而爲地。劉注以意引。劉家立淮南集證曰：霩，古廓字。○李注：聱耴，衆聲也。玉篇耳部：聱，五苞、魚幽二切。亦引埤蒼云：不聽也。與本注同。朱珔曰：説文「聱」字在新附，蓋「嗸」之俗體。詩板篇：聽我嚻嚻。毛傳：嚻嚻，猶嗸嗸也。正合衆聲之義，與此注引埤蒼亦合。○杜篤論都賦，見後漢書文苑傳。藝文類聚居處部一亦引之。○列子見湯問篇。「歸塘」作「歸墟」。殷敬順釋文曰：或作「歸塘」。○御覽地部三引玄中記曰：東南之大者有巨鼇焉，以背負蓬萊山。○楚辭注見天問。○耴、甈、忽，古音脂部。生、形，耕部。然、全、山、原，元部。天、淵，真部。元、真二部通轉爲韻。

島嶼綿邈，洲渚憑隆。曠瞻迢遞，迥眺冥蒙。珍怪麗，奇隙充。徑路絶，風雲通。洪桃屈盤，丹桂灌叢。瓊枝抗莖而敷蘂，珊瑚幽茂而玲瓏。

【彙校】

「島嶼綿邈」「嶼」，明州本、贛州本、四庫本、叢刊本、陳八郎本、尤刻本、胡刻本、監本、唐鈔本、九條本同。奎章閣本、正德本作「山與」。當作「嶼」。「綿」，奎章閣本、正德本、唐鈔本同。明州本、贛州本、四庫本、叢刊本、陳八郎本、尤刻本、胡刻本、監本、九條本作「緜」。當作「綿」。「邈」，明州本、贛州本、四庫本、叢刊本、正德本、陳八郎本、尤刻本、胡刻本同。奎章閣本、監本、九條本作「邈」。唐鈔本作「邈」。當作「邈」。

「洲渚憑隆」「憑」，奎章閣本、明州本、贛州本、四庫本、叢刊本、正德本、陳八郎本、九條本同。尤刻本、胡刻本、監本作「馮」。唐鈔本作「淠」。今從「憑」。「隆」，奎章閣本、明州本、贛州本、四庫本、叢刊本、尤刻本、胡刻本、監本、唐鈔本、九條本同。正德本、陳八郎本作「隆」。當作「隆」。

立群案：左傳昭公八年：晋侯問於師曠曰：石何故言？對曰：石不能言，或馮焉。楊伯峻注：謂有物憑依之而言也。是「馮」「憑」可通。劉逵曰：馮隆，高貌。五臣翰曰：憑隆，高大貌也。是兩者意同。善注引後漢黎陽山碑曰：山河馮隆，有精英兮。今從「憑」。

「曠瞻迢遞」「迢」，奎章閣本、明州本、贛州本、叢刊本、陳八郎本、尤刻本、監本、九條本同。四庫本、正德本、胡刻本作「迨」。唐鈔本作「菬」。當作「迢」。「遞」，奎章閣本、明州本、贛州本、四庫本、叢刊本、正德本、陳八郎本、尤刻本、胡刻本、監本、九條本同。唐鈔本作「遰」。今從「遞」。

■立群案：阮元經籍籑詁：一切經音義十七：遰，古文遞同。是「遰」「遞」可通。諸本多作「遞」，今從「遞」。

「迥眺冥蒙」「迥眺」，明州本、贛州本、四庫本、叢刊本、正德本、尤刻本、胡刻本、監本、九條本同。奎章閣本作「逈眺」。陳八郎本作「迴眺」。唐鈔本作「逈眺」。當作「迥眺」。「蒙」，奎章閣本、明州本、贛州本、叢刊本、正德本、陳八郎本、尤刻本、胡刻本、監本、唐鈔本、九條本同。四庫本作「濛」。當作「蒙」。

■立群案：簡文帝登城北望詩：兹焉聊迥眺，極目杳難分。「迥眺」，即回頭眺望。據賦中「綿邈」「迢遞」之語，乃遥遠之意，故賦自應作「迥眺」爲宜。班固幽通賦：梦登山而迥眺兮，覿幽人之髣佛。亦是此義。諸本多作「迥眺」，是也。五臣銑曰：曠瞻，迥眺，皆遠望也。故陳八郎本獨作「迴」者，乃「迥」字之形近而誤也。

「珍怪麗」「珍」，奎章閣本、明州本、贛州本、四庫本、叢刊本、陳八郎本、尤刻本、胡刻本、監本、九條本同。正德本、唐鈔本作「珎」。當作「珍」。「怪」，奎章閣本、明州本、贛州本、四庫本、叢刊本、正德本、陳八郎本、尤刻本、胡刻本、監本、九條本同。唐鈔本作「恠」。當作「怪」。

「奇隙充」「奇」，奎章閣本、明州本、贛州本、四庫本、叢刊本、正德本、陳八郎本、尤刻本、胡刻本、監本、唐鈔本、九條本作「竒」。當作「奇」。「隙」，贛州本同。奎章閣本、明州本、四庫本、叢刊本、正德

本、陳八郎本、尤刻本、胡刻本、監本、九條本作「隙」。唐鈔本作「隟」。今從「隙」。

■立群案：康熙字典：宋庠補音：隟，古文隙字。是「隟」「隙」可通。諸本多作「隙」，今從「隙」。

「徑路絶」　「徑」，奎章閣本、明州本、贛州本、四庫本、叢刊本、正德本、陳八郎本、尤刻本、胡刻本、監本、九條本同。唐鈔本作「侄」。當作「徑」。「絶」，奎章閣本、明州本、四庫本、叢刊本、正德本、陳八郎本、尤刻本、唐鈔本、九條本同。贛州本、胡刻本、監本作「絕」。當作「絶」。

「洪桃屈盤」　「桃」，奎章閣本、明州本、贛州本、四庫本、叢刊本、正德本、陳八郎本、尤刻本、胡刻本、監本、九條本同。唐鈔本作「桃」。當作「桃」。「屈盤」，贛州本、四庫本、叢刊本、尤刻本、胡刻本、監本、唐鈔本同。奎章閣本、明州本、正德本、陳八郎本、九條本作「盤屈」。今從「屈盤」。

■立群案：「屈盤」「盤屈」於賦皆通。今從「屈盤」。

「丹桂灌叢」　「灌」，奎章閣本、明州本、贛州本、四庫本、叢刊本、正德本、陳八郎本、尤刻本、胡刻本、監本、九條本同。唐鈔本作「灌」。當作「灌」。

「瓊枝抗莖」　「瓊」，奎章閣本、明州本、贛州本、四庫本、叢刊本、正德本、陳八郎本、尤刻本、胡刻本、監本、唐鈔本同。九條本無「瓊」字。當有「瓊」字。「枝」，奎章閣本、明州本、贛州本、四庫本、正德本、陳八郎本、胡刻本、監本同。叢刊本、尤刻本、九條本作「枝」。唐鈔本作「枝」。當作「枝」。

■立群案：「瓊枝抗莖而敷蘂」與「珊瑚幽茂而玲瓏」相對爲文，自應有「瓊」字。楚辭離騷：溘吾游此春宮兮，折瓊枝以繼佩。或爲賦語所本。諸本多有「瓊」字，是也。九條本獨無「瓊」字者，恐誤也。

「而敷蘂」「敷」，明州本、尤刻本同。贛州本、四庫本、叢刊本、正德本、陳八郎本、胡刻本、監本作「敷」。奎章閣本、唐鈔本、九條本作「敷」。當作「敷」。「蘂」，奎章閣本、明州本、贛州本、四庫本、叢刊本、正德本、陳八郎本、尤刻本、胡刻本、監本、九條本同。唐鈔本作「蘂」。當作「蘂」。

「珊瑚幽茂」「珊」，奎章閣本、正德本同。明州本、贛州本、四庫本、叢刊本、陳八郎本、尤刻本、胡刻本、監本、唐鈔本、九條本作「珊」。當作「珊」。「茂」，奎章閣本、明州本、贛州本、四庫本、正德本、陳八郎本、尤刻本、胡刻本、監本、九條本、唐鈔本同。叢刊本作「茂」。當作「茂」。

【彙注】

【李善注】嶼音序。憑，平聲。隆音崇。劉曰：島，海中山也。嶼，海中洲，上有山石。魏武蒼海賦曰：覽島嶼之所有。綿邈，廣遠貌。水中可居曰洲，小洲曰渚。曠瞻迢遞，謂島嶼也。馮隆，高貌。迢遞，遠貌。迴眺冥蒙，謂洲渚深奧之貌。言珍怪之物，麗於島嶼之中。徑路絶者，人道斷絶，風雲通者，唯風雲能交通也。意者謂奇怪之徒，因風雲以交通。水經曰：東海中有山焉，名曰度索，上有大桃，屈盤三千里。桂生蒼梧、交趾、合浦以南山中，所在叢聚，無他雜木也，其枝葉皆辛。木叢生曰灌。瓊樹生，其華蘂仙人所食，令人長生。楚辭曰：精瓊蘂以爲糧。蓬萊三山，神仙所居，故宜有焉。漢書，歌曰：上蓬萊，咀瓊英。珊瑚樹赤色，有枝無葉。扶南傳曰：漲海中有磐石，珊瑚生其上。玲瓏，明貌。善曰：後漢黎陽山碑曰：山河馮隆，有精英兮。朱穆鬱金賦曰：丹桂植其東。莊子曰：南方積石千里，名瓊枝，高百二十仞。

【文選鈔】孔安國云：島，海曲也。嶼，海山也。衛子曰：島嶼綿邈，崇峻貌也。又曰：洲渚憑隆，廣且大也。

珍怪麗，言好珍奇怪异，皆美麗也。奇隟充，謂奇偉异隟皆充滿其中也。山海云：鵲山之首曰招摇，是生八桂。今倉梧、鬱林、交阯、合浦以南山中所叢聚，無他雜木，其枝葉味皆辛，枝莖皆丹，花白，葉員厚，十月開花。瓊枝，玉樹。蘂，花也。或謂之華，或謂之實。食其蘂，令人長生。出昆侖山。今言吴山中亦有之。海中經云：珊瑚生南海中石上，欲取之，先做鐵網，沉水底，珊瑚貫網而生，歲高二三尺，有枝無葉，形如小樹，因絞出之，珊瑚皆摧折在網中。日南、漲海皆有之。一説云：珊瑚初生正白，而漸似菌，取時常乘大舟，載鐵網，令人没視，以可下網乃下之。歷一歲許，珊瑚生出網目中，更變作黄色，支格交錯生，高極三四尺，大者可圍尺餘，至三年，色乃赤好。復没視之，知可采，便以鐵鈔發其根，乃繫鐵網，使上人於舟上絞車舉出。若復失時不舉，則須死敗。玲瓏，水下之光也。

【文選音決】島，丁老反。嶼音叙。憑，皮冰反。或爲淜，非也。迢，大雕反。遰，大帝反。冥，覓丁反。隟，丘逆反。抗，可浪反。蘂，而髓反。珊，素丹反。瑚音胡。玲，力丁反。瓏，力東反。

【五臣注】嶼音序。憑，平聲。隆音崇。翰曰：海中山曰島，洲上有山曰嶼。綿邈，遠也。洲中有草木曰渚。憑隆，高大貌也。銑曰：曠瞻、迥眺，皆遠望也。迢遰，長也。冥蒙，不明貌。麗，著也。隟，异也。言洲嶼有珍怪奇异之物，著處充滿也。良曰：謂山海險難，唯風雲可通。翰曰：洪，大也。大桃樹盤屈三千里。丹桂者，言吴地多桂而叢生。木叢生曰灌。濟曰：抗，舉也。敷，布也。瓊枝，玉樹也。珊瑚樹生於水下，故云幽茂。玲瓏，枝葉貌。

【陸善經注】綿邈，遠貌。憑隆，乍下乍高之貌也。

【張鳳翼文選纂注】海中山曰島，洲中山曰嶼。綿邈，遠也。洲中有草木曰渚。憑隆，高大貌。曠

瞻、迴眺，皆遠望也。迢遞，長也。冥蒙，不明貌。麗，附也。隙，异也。言洲嶼有珍怪奇异之物，附麗充滿也。絶，謂山海險難，唯風雲可通也。洪，大也。大桃樹盤屈而生也。木叢生曰灌。敷，布也。瓊枝，玉樹。生於水下，故云幽茂玲瓏。

【王象乾文選删注】憑隆，高貌。絶，徑路斷絶，唯風雲能交通也。玲瓏，明貌。後漢黎陽山碑曰：山河馮隆，有精英兮。水經曰：東海中有山焉，名曰度索，上有大桃，屈盤三千里。莊子曰：南方積石千里，名瓊枝，高百二十仞。楚辭曰：精瓊蘂以爲糧。漢書，歌曰：上蓬萊，咀瓊英。扶南傳曰：漲海中有磐石，珊瑚生其上。

【陳景雲文選舉正】迴眺冥蒙。「迴」當作「迥」，注同。

【杭世駿文選課虛】馮隆，高貌。後漢黎陽山碑：山河馮隆，有精英兮。

【余蕭客文選音義】嶼舊音序。屈盤。五臣作「盤屈」。瓊枝抗莖而敷蘂。司馬相如大人賦：咀噍芝英兮嘰瓊華。張揖注：瓊樹生昆侖西流沙濱，大三百圍，高萬仞，華蘂也，食之長生。

【余蕭客文選紀聞】珊瑚樹生海底，碧色，一株十枝，枝間無葉。大者高五六尺，小者尺餘。述异記上。

【孫志祖文選考异】迴眺冥蒙。「迴」，六臣本作「迥」。

【張雲璈選學膠言】丹桂灌叢。李注引朱稱鬱金賦曰：丹桂植其東。按：魯靈光殿賦注引作「朱穆」。

【胡克家文選考异】注「綿邈廣遠貌」。袁本、茶陵本無此五字。

注「馮隆高貌迢遞遠貌」。袁本、茶陵本無此八字。

注「謂洲渚」。袁本、茶陵本「渚」下有「也」字，是也。

注「深奥之貌」下至「麗於島嶼之中」。袁本、茶陵本無此十五字。

注「生其華蘂仙人所食」。袁本、茶陵本「生」作「食」，無「仙人所食」四字。

注「漢書歌曰」。袁本、茶陵本無「書」字。

注「無華」。袁本、茶陵本無此二字。

注「玲瓏明貌」。袁本、茶陵本無此四字。

注「朱稱鬱金賦曰」。案：「稱」當作「穆」，各本皆訛。魯靈光殿賦注引作「穆」，不誤。

【許巽行文選筆記】馮隆。「隆」下注「崇」字，妄人加之也，當如字讀。

【朱珔文選集釋】珊瑚幽茂而玲瓏。劉注云：珊瑚樹赤色，有枝無華。余友胡玉鐫曰：「無華」，毛本作「無葉」，是也。胡氏考异謂：袁、茶本無「無華」二字，亦非。余案：後上林賦注云：珊瑚生水底石邊，大者樹高三尺餘，枝格交錯，無有葉。可證。

【梁章鉅文選旁證】迴跳冥蒙。又洪桃屈盤。六臣本「迴」作「迥」。「屈盤」作「盤屈」。

注水經曰：東海中有山焉，名曰度索，上有大桃，屈盤三千里。姜氏皋曰：桑欽水經無此文。十洲記有之。「桃」下有「樹」字。「三」作「數」。并散見於神异經、拾遺記、漢武帝故事、博物志諸書。

注生其華蘂，仙人所食。又漢書，歌曰。六臣本「生」作「食」。無「仙人所食」四字。無「書」字。

注朱稱鬱金賦曰。「稱」當作「穆」。本書魯靈光殿賦注引可證。別本或無「曰」字。毛本「華」作「葉」。

【胡紹煐文選箋證】島嶼綿邈。注劉逵曰：島，海中山也。嶼，海中洲，上有山石。鈕氏玉樹曰：「嶼」疑「淤」之別體。方言云：水中可居爲洲，三輔謂之淤。郭注引上林賦曰：行乎洲淤之浦。是

「嶼」與「淤」音義并合。

【徐攀鳳選注規李】丹桂灌叢。注朱稱鬱金賦。案：係朱穆。魯靈光殿賦：朱桂黝倏於南北。洛神賦：榮曜秋菊，華茂春松。注皆引之。

【高步瀛文選李注義疏】「迥」，茶陵本與尤本同，袁本、毛本作「迴」。案：此與「曠瞻」對文，「迥」字是。○「屈盤」，五臣作「盤屈」。○劉注：島，海中山也。案：「島」當作「㠀」。説文曰：海中往往有山，可依止，曰㠀。大徐新附曰：嶼，㠀也。○蒼海賦「蒼」當作「滄」，魏武此賦，他書未見引。○「綿邈深遠貌」。胡克家曰：袁本、茶陵本無此五字。○「洲渚」注皆本爾雅釋水文。今爾雅「渚」作「陼」。○説文水部「渚」字下引作「渚」，與此注合。「洲」，俗字，當依説文作「州」。○尤本謂「島嶼也」下有「馮隆高貌迢遞遠貌」八字，謂「洲渚」下無「也」字，有「深奧之貌言珍怪之物麗於島嶼之中」十五字。袁、茶二本有「也」字，餘皆無之。今據增「也」字。案：「馮隆高貌」四字當在「小洲曰渚」下，「迢遞遠貌」四字當在「謂洲渚也」下，「深奧之貌」上當有「冥蒙」二字，「言珍怪之物」上當有「珍怪麗者」四字，疑傳寫者訛奪，今姑依二本。○「水經東海中有山」云云，今本無此文，詳見東京賦疏。○海内南經曰：桂林八木，在番隅東。續漢書郡國志五，南海郡番禺下劉昭注，水經浪水注引作「賁禺」，本書游天台山賦注、御覽木部六引作「賁隅」，本書上林賦張揖注、四愁詩李注、初學記州郡部引作「番禺」，御覽又引廣志曰：桂出合浦，而生必以高山之顛，冬夏常青，類自爲林，間無雜樹，交阯置桂園。可與本注互證。釋木曰：木族生爲灌。郭注曰：族，叢。○「食其華蘂」，尤本「食」作「生」，又有「仙人所食」四字。今依袁、茶二本。○楚辭見離騷，「蘂」作「靡」，「糧」作「粻」。王逸注曰：靡，屑也。粻，糧也。○尤本「漢」下有「書」字。胡克家曰：袁本、茶陵本無「書」字。○「有枝無華」，胡克家曰：袁本、茶陵本無「無華」

二字。○扶南傳，本賦注兩見，而隋書經籍志不著録。○「玲瓏明貌」，胡克家曰：袁本、茶陵本無此四字。○黎陽山碑，水經河水注五引云：縣取山之名，取水之陽，以爲名也。案：此碑不知何人所撰。○「朱穆」，各本作「朱稱」。胡克家曰：「稱」當作「穆」，各本皆訛。魯靈光殿賦注引作「穆」，不誤。張雲璈、梁章鉅并同。李詳曰：御覽九百八十一引文士傳云：朱穆，字公叔，作鬱金賦云云，凡六句。此注及魯靈光殿賦注所引皆無其語，○莊子乃佚文。本書江文通雜體詩、嵇中散言志注引較此爲詳，又見藝文類聚鳥部一、御覽羽族部二、困學紀聞卷十引，亦互有异同。○隆、蒙、充、通、叢、瓏，古音東部。

增岡重阻，列真之宇。玉堂對霤，石室相距。藹藹翠幄，嫋嫋素女。江妃於是往來，海童於是宴語。斯實神妙之響象，羌難得而覼縷！

【彙校】

「增岡重阻」　「增」，叢刊本、九條本同。奎章閣本、明州本、贛州本、四庫本、正德本、陳八郎本、尤刻本、胡刻本、唐鈔本作「增」。監本模糊不清。當作「增」。「岡」，奎章閣本、明州本、贛州本、四庫本、

叢刊本、正德本、陳八郎本、尤刻本、胡刻本、監本、九條本同。唐鈔本作「罡」。今從「岡」。

立群案：焦贛易林遯之睽：南山高罡，回隤難登。高罡即高岡。中華字海：罡同罡。字見唐劉玄豹夫人高氏墓志。是「罡」「岡」可通。諸本多作「岡」，今從「岡」。

「列真之宇」「真」，奎章閣本、四庫本、正德本、陳八郎本、胡刻本、唐鈔本同。明州本、贛州本、叢刊本、尤刻本、監本、九條本作「眞」。當作「真」。

「藹藹翠幄」「翠」，奎章閣本、明州本、贛州本、四庫本、叢刊本、正德本、陳八郎本、尤刻本、胡刻本、監本、唐鈔本、九條本作「翠」。當作「翠」。

「江妃」「妃」，奎章閣本、明州本、正德本、陳八郎本、九條本作「妃」。贛州本、四庫本、叢刊本、尤刻本、胡刻本、監本、唐鈔本作「斐」。今從「妃」。

立群案：劉向列仙傳江妃二女：江妃二女者，不知何所人也，出游於江、漢之湄，逢鄭交甫，見而悦之，不知其神人也。又，正字通：斐，又與「妃」通。康熙字典：妃，又與「斐」通。今從「妃」。

「於是往來」「於」，明州本、贛州本、四庫本、叢刊本、陳八郎本、尤刻本、胡刻本、監本、九條本同。奎章閣本、正德本、唐鈔本作「扵」。當作「於」。「往」，明州本、贛州本、叢刊本、陳八郎本、尤刻本、胡刻本、唐鈔本、九條本同。奎章閣本、四庫本、正德本、監本作「徃」。當作「往」。「來」，明州本、贛州本、四庫本、叢刊本、陳八郎本、尤刻本、胡刻本、監本、九條本同。奎章閣本、正德本、唐鈔本作「来」。當作「來」。

「於是宴語」「於」，奎章閣本、明州本、贛州本、四庫本、叢刊本、陳八郎本、尤刻本、胡刻本、監本、九條本同。正德本、唐鈔本作「扵」。當作「於」。

「斯實神妙」　「實」，尤刻本、胡刻本同。奎章閣本、明州本、贛州本、四庫本、叢刊本、正德本、陳八郎本、監本、唐鈔本、九條本作「寔」。當作「實」。

■**立群案**：范志新文選何焯校集證云：謹案：正字通宀部：「寔」與「實」通。説文通訓定聲解部：「寔」，假借爲「實」。禮記注疏卷五十一：寔受其福。孔疏：「寔」，「實」也。是兩家説之證。據此知「寔」「實」皆通。然説文：寔，是也。實，富也。「實」後又有延伸義，如「實事求是」「名實相副」。斟酌賦意，此處即作此義。作「實」是也。

「之饗象」　「饗」，四庫本同。奎章閣本、明州本、贛州本、叢刊本、正德本、陳八郎本、尤刻本、胡刻本、監本、九條本作「饗」。唐鈔本作「響」。今從「饗」。

■**立群案**：康熙字典：饗，又與「響」通。是「饗」「響」可通。諸本多作「饗」。今從「饗」。

「羌難得」　「羌」，正德本、陳八郎本、監本、唐鈔本、九條本同。奎章閣本、明州本作「羗」。贛州本、四庫本、叢刊本、尤刻本、胡刻本作「嗟」。當作「羌」。

■**立群案**：胡克家文選考異：案：「嗟」當作「羌」，注同。袁本皆作「羌」，是也。茶陵本亦誤「嗟」。又案：劉注：爾雅曰：嗟，楚人發語端也。爾雅無此文，疑「爾」當作「小」，即西都賦善注所引之「小雅曰：羌，發聲也」耳。又案：蜀都賦「羌見偉於疇昔」，劉氏不注，五臣改爲「嗟」，此未改。魯靈光殿賦「羌瓌譎而鴻紛」，張載有注，五臣亦未改。前説善「羌」、五臣「嗟」，乃其大概，仍不可執一爲例有如此。許巽行文選筆記：「嗟難得而覼縷」與西京賦「嗟」皆「羌」字之訛。注：小雅曰：羌，楚人發語端也。訛作「嗟」，又訛「小雅」爲「爾雅」。近邵晉涵作爾雅正義未加詳考，遂於「嗟：咨嗟也」下引此注，誤矣。梁章鉅文選旁證：六臣本「嗟」作「羌」，注同，是也。王元長曲水詩序「羌難得而稱計」

引此賦作「羌」可證。胡氏、許氏、梁氏確，作「羌」是也。

「覼縷」 「縷」，奎章閣本、明州本、贛州本、四庫本、叢刊本、正德本、陳八郎本、尤刻本、胡刻本、監本、唐鈔本、九條本作「縷」。當作「縷」。

【彙注】

【李善注】劉曰：玉堂、石室，仙人居也。海童，海神童也。吴歌曲曰：仙人齎持何，等前謁海童。爾雅曰：嗟，楚人發語端也。善曰：馮衍爵銘曰：富如江海，壽配列真。道書曰：上曰神，次曰仙人，下曰真人。楚辭曰：紫貝闕兮玉堂。鄭玄禮記注曰：堂前有承霤。列仙傳曰：赤松子常止西王母石室中。藹藹，盛貌。徐幹齊都賦曰：翠幄浮游。埤蒼曰：嫋嫋，美也。奴鳥切。史記曰：秦帝使素女鼓五十弦瑟。神异經曰：西海有神童，乘白馬，出則天下大水。王延壽王孫賦曰：嗟難得而覼縷。覼，力戈切。

【文選鈔】曾，高也。岡，山脊也。桓譚方道書云：上曰神人，次曰仙人，下曰真人。又言：一曰神仙，二曰隱淪，三曰使鬼物，四曰先智，五曰鑄凝成真。

霤，屋檐。拒，猶對也。

張衡思玄賦云：素女拊弦而餘音。藹藹，盛也。史記云：秦帝使素女鼓五十弦瑟。郭璞注山海經云：其城方三百里，盖天地之中，素女所出。

神异經：海童乘朱鬣白馬，有十八人，童子從，若見則雨。

杜預注左傳云：寔，實也。響，影響。像，形像。羌，楚人發語之端。楚詞九歌云：羌聲色兮娱人。覼縷，猶委曲也。衛子曰：斯皆神妙之響像，故難得而覼縷委細。

【文選音決】重，逐龍反。阻，側与反。霤，力又反。幄音握。嫋，女角反。又，女了反。婓音妃。覶，力和反。縷，力主反。

【五臣注】嫋，寧鳥反。覶，魯和反。銑曰：增岡重阻，高峻貌。其中多居神仙，故曰列真之宇。增岡，高山也。重阻，險也。向曰：玉堂、石室，皆仙人所居，其欄霤相接至也。距，至也。銑曰：幄，帷帳也。嫋嫋素女，謂神女。言仙人所居有也。良曰：江妃，解佩與鄭交甫者。海童，海神也。二者皆於此往來宴語也。翰曰：神妙則所述神仙之事，仙道至微，事或饗象。饗象，言未審也。羌，發辭之端。覶縷，次序也。言難知其次第也。

【陸善經注】言列仙所在。阻，深也。神異經云：河伯使者乘白馬朱鬣，行四海水上，從十二童。斯即海童。

【張鳳翼文選纂注】覶，魯和切。增岡重阻，高峻貌。其中多居神仙，故曰列真之宇。玉堂、石室，皆仙人所居，其欄霤相接對也。江妃，解佩與鄭交甫者。海童，海神也。二者皆於此往來宴語也。饗象，猶影響也。覶縷，次序也。言難知其次第也。

【王象乾文選删注】覶，力戈切。玉堂、石室，仙人居也。海童，海神。覶縷，次序也。馮衍爵銘曰：富如江海，壽配列真。道書曰：上曰神，次曰仙人，下曰真人。楚辭曰：紫貝闕兮玉堂。列仙傳曰：赤松子常止西王母石室中。徐幹齊都賦曰：翠幄浮游。史記曰：秦帝使素女鼓五十弦瑟。神異經曰：西海有神童，乘白馬，出則天下大水。

【杭世駿文選課虚】嫋嫋，没也。奴鳥切。覶，力戈切。或作羅縷。謝靈運擬魏太子詩：羅縷豈闕辭。

【余蕭客文選音義】斐。五臣作「妃」。霤禮記釋文：力又反。距上聲。覼唐韻：覶音騾。類篇：覼，俗覶字。

翰曰：覼縷，次序也。

【余蕭客文選紀聞】覼螺。廣韻二。

【孫志祖文選考异】嗟難得而覼縷。案：王元長曲水詩序：羌難得而稱計。注引吴都賦曰：羌難得而覼縷。則此作「嗟」字，誤也。

【張雲璈選學膠言】嗟難得而覼縷。劉注引爾雅曰：嗟，楚人發語辭也。按：今爾雅無此文。胡中丞云：「爾」疑作「小」，即西都賦善注所引之「小雅曰：羌，其聲也」耳。袁本作「羌」，注同。

【胡克家文選考异】嗟難得而覼縷。案：「嗟」當作「羌」，注同。袁本皆作「羌」，是也。茶陵本亦誤「嗟」。又案：劉注：爾雅曰：嗟，楚人發語端也。爾雅無此文，疑「爾」當作「小」，即西都賦善注所引之「小雅曰：羌，發聲也」耳。又案：蜀都賦「羌見偉於疇昔」，劉氏不注，五臣改爲「嗟」，此未改。魯靈光殿賦「羌瓌譎而鴻紛」，張載有注，五臣亦未改。前説善「羌」、五臣「嗟」，乃其大概，仍不可執一爲例有如此。

注「道書曰」下至「下曰真人」。袁本、茶陵本無此十四字。

注「藹藹盛貌」。袁本、茶陵本無此四字。

注「神异經曰」下至「出則天下大水」。袁本、茶陵本無此十八字。

【許巽行文選筆記】嗟難。「嗟難得而覼縷」與西京賦「嗟」皆「羌」字之訛。注：小雅曰：羌，楚人發語端也。訛作「嗟」，又訛「小雅」爲「爾雅」。近邵晋涵作爾雅正義未加詳考，遂於「嗟，咨嗟也」下引此注，誤矣。

【梁章鉅文選旁證】江斐於是往來。五臣「斐」作「妃」。良注可證。

斯實神妙之響像。五臣「響」作「饗」。翰注：饗象，言未審也。

嗟難得而覼縷。六臣本「嗟」作「羌」，注同，是也。王元長曲水詩序「羌難得而稱計」，引此賦作「羌」可證。

注爾雅曰：嗟，楚人發語端也。胡公考异曰：爾雅無此文，疑「爾」當作「小」，即西都賦注所引之「小雅曰：羌，發聲也」。

【胡紹煐文選箋證】嗟難得而覼縷。注劉逵曰：小雅曰：嗟，楚人發語端也。按：「嗟」當爲「羌」字之誤也。本書曲水詩序注引此賦作「羌」。小爾雅廣言篇：羌，發聲也。與此引微异。疑注「小雅曰」三字衍。覼，善音「力戈切」。字一作「羅縷」，本書謝靈運擬魏太子詩：羅縷豈闕辭。善注云：王延壽王孫賦曰：羌難得羅縷。羅，或爲覼。是「羅」「覼」古字通。「羅縷」「覼縷」并一聲之轉。

【高步瀛文選李注義疏】「增」與「層」同。○五臣「斐」作「妃」。案：「斐」，「妃」之借字。○周語中曰：飲酒宴語相悦也。○李周翰曰：仙道至微，事或響象。響象，言未審也。步瀛案：響象，叠韵連語，猶想象也。○尤本「羌」作「嗟」。孫志祖曰：王元長曲水詩序注引此賦作「羌」，則此作「嗟」字，誤也。胡克家曰：「嗟」當作「羌」，注同。袁本作「羌」，是也。茶陵亦誤「嗟」。○劉注玉堂石室云云，漢書地理志金城郡臨羌縣下元注曰：西北至塞外有西王母石室。十六國春秋前涼録張駿傳曰：酒泉太守馬岌上言：酒泉南山既昆侖之體，周穆王見西王母樂而忘歸，即謂此山。有石室玉堂。御覽道部十六引道迹經曰：秀華玉堂，五靈真之所處也。神仙傳曰：黃初平年十五，有道士將至金華山石室中。○吴歌曲，海賦注引亦同。○「爾雅曰」。胡克家曰：爾雅無此文，疑「爾」當作「小」，即西都賦善注引

之「小雅曰：羌，發語聲也」。胡紹煐曰：小爾雅廣言篇：羌，發聲也。與此引微异。疑注「爾雅曰」三字衍。步瀛案：下引「爾雅曰：棘，戟也」，亦小爾雅之文。蓋劉氏統稱曰爾雅也。○「羌」，尤本作「嗟」，下同。茶陵本亦然。皆誤。今依袁本。○李注引馮衍爵銘，景福殿賦注引同。○「道書」至「真人」，胡克家曰：袁本、茶陵本無此十四字。步瀛案：御覽道部一引太真科曰：三善道者，聖、真、仙。上品曰聖，中品曰真，下品曰仙。又真誥曰：試三不過，但仙人而已，不得爲真人。皆以真人在仙人上。與此注引道書异。○楚辭見九嘆逢紛。「兮」作「而」。○禮記檀弓上曰：池視重霤。鄭注曰：如堂之有承霤也。承霤，以木爲之，用行水，亦宫之飾也。今宫中有承霤，云以銅爲之。案：鄭注「堂」下無「前」字，此注「前」字疑衍。○列仙傳已見西都賦注引。○「藹藹，盛貌」。胡克家曰：袁本、茶陵本無此四字。○徐幹齊都賦，御覽兵部六十九引「幄」誤作「握」。○史記，見封禪書。案袁、茶二本「泰」作「秦」，誤。○「神异經」至「天下大水」。胡克家曰：袁本、茶陵本無此十八字。案：今本神异經西荒經曰：西海水上有人，乘白馬朱鬣，從十二童子，馳馬西海水上，名曰河伯使者。或時上岸，馬迹所及，水至其處。所之之國，雨水滂沱。與注引异。○王延壽王孫賦，尤本「羌」亦誤「嗟」。今從袁本。初學記獸部引正作「羌」。藝文類聚獸部下引未及此句。古文苑章樵注本「覼」作「覶」。玉篇曰：覶，力和切。覶縷，委曲也。類篇曰：覶，俗从爾作「覼」，非。字又作「羅」。謝靈運擬魏太子詩注引王孫賦作「羅縷」。胡紹煐曰：「羅」「覼」，古字通。「羅縷」「覼縷」，并一聲之轉。○宇、距、女、語，古音魚部。縷，侯部。通轉爲韵。○以上山澤。

爾乃地勢坱圠，卉木跃蔓。遭藪爲圃，值林爲苑。异荂蓲蘛，夏曄冬蒨。方志所辨，中州所羨。

【彙校】

「爾乃」「爾」，奎章閣本、明州本、贛州本、四庫本、叢刊本、正德本、陳八郎本、尤刻本、胡刻本、監本、九條本同。唐鈔本作「尓」。當作「爾」。

「地勢坱圠」「勢」，明州本、贛州本、四庫本、叢刊本、正德本、監本、九條本同。奎章閣本、陳八郎本、尤刻本、胡刻本、唐鈔本作「埶」。當作「埶」。

「卉木跃蔓」「跃」，奎章閣本、正德本、陳八郎本、胡刻本、唐鈔本同。明州本、贛州本、四庫本、叢刊本、尤刻本、九條本作「跃」。監本作「䮍」。當作「跃」。「蔓」，奎章閣本、明州本、贛州本、四庫本、叢刊本、正德本、陳八郎本、尤刻本、胡刻本、監本、九條本同。唐鈔本作「募」。當作「蔓」。

立群案：「䮍」同「騕」，玉篇殘卷：騕，於皎切。騕褭良馬。顯與賦意不合。玉篇殘卷：跃，於倒、於到二切。長也。與賦意正合。作「跃」是。

「遭藪爲圃」「遭」，明州本、贛州本、四庫本、叢刊本、正德本、陳八郎本、尤刻本、胡刻本、監本、九條本同。奎章閣本、唐鈔本作「遭」。當作「遭」。「藪」，四庫本同。奎章閣本、明州本、贛州本、叢刊

本、正德本、陳八郎本、尤刻本、胡刻本、監本、唐鈔本、九條本作「藪」。當作「藪」。「爲」，明州本、贛州本、叢刊本、陳八郎本、尤刻本、胡刻本、監本、九條本同。奎章閣本、四庫本、正德本、唐鈔本作「為」。當作「爲」。

「值林爲苑」「爲」，明州本、贛州本、叢刊本、陳八郎本、尤刻本、胡刻本、監本、九條本同。奎章閣本、四庫本、正德本、唐鈔本作「為」。當作「爲」。「苑」，奎章閣本、明州本、贛州本、四庫本、叢刊本、陳八郎本、尤刻本、胡刻本、監本、唐鈔本、九條本同。正德本作「死」。當作「苑」。

「异荂蓲蘛」「异」，明州本、贛州本、叢刊本、陳八郎本、尤刻本、胡刻本、監本、九條本作「異」。奎章閣本、四庫本、正德本、唐鈔本作「異」。當作「异」。

「夏曄冬蒨」「蒨」，贛州本、四庫本、尤刻本、胡刻本、監本、唐鈔本同。叢刊本作「蒨」。奎章閣本、正德本、陳八郎本、九條本作「倩」。明州本作「倩」。當作「蒨」。

立群案：戴凱之竹譜：質雖冬蒨，性忌殊寒。又，劉逵曰：南土草木通日冬生，故曰蒨。五臣銑曰：倩，盛貌。言草木夏榮冬不凋也。釋語皆與竹譜「冬蒨」意合。戴凱之時代距左思不遠，「冬蒨」一詞或當時常語。故知左思賦當作「冬蒨」。

「方志所辨」「所」，奎章閣本、正德本、唐鈔本作「所」。明州本、叢刊本、陳八郎本、監本、九條本作「所」。贛州本、四庫本、尤刻本、胡刻本作「所」。當作「所」。「辨」，奎章閣本、明州本、贛州本、叢刊本、正德本、陳八郎本、尤刻本、胡刻本、監本、唐鈔本、九條本同。四庫本作「辯」。當作「辨」。

立群案：賦云：方志所辨。當作「辨別」解，作「辨」是。然周禮秋官鄉士：辯其獄訟，异其死刑之罪而要之，旬而職聽於朝。賈公彥疏：辯，別也。是「辯」亦可通「辨」，作「辨別」解。墨子尚賢

中：雖天亦不辯貧富貴賤遠邇親疏。此處「辯」亦通「辨」，作「辨別」解。故此處作「辯」亦不爲誤，然本字當作「辨」也。

「中州所羡」「所」，奎章閣本、正德本、唐鈔本作「所」。明州本、贛州本、四庫本、尤刻本、胡刻本作「所」。叢刊本、陳八郎本、監本、九條本作「所」。當作「所」。「羡」，奎章閣本、贛州本、叢刊本、陳八郎本、尤刻本、胡刻本、唐鈔本、九條本同。明州本、四庫本、正德本、監本作「羨」。當作「羡」。

【彙注】

【李善注】藡音育。曄，于輒切。劉曰：坱圠，莽沕也，高下不平貌也。卉，百草總名，楚人語也。有木曰苑，有草曰圃。言林藪非一，所在皆爲苑圃，有國有家者，因天地之自然，不復假人功爲園圃也。爾雅曰：荂，榮也。蘆，華也。敷藡，華開貌。南土草木通□冬生，故曰蒨。善曰：鵩鳥賦曰：坱圠無垠。坱，烏朗切。圠，烏八切。廣雅曰：跃，長也。烏老切。荂，枯瓜切。爾雅曰：蕍，榮也。郭璞曰：蕍猶敷蕍，亦草之貌也。藡與蕍同，庚俱切。蘆與敷同，無俱切。

【文選鈔】坱圠，衛子曰：升降高下也。又曰：跃，草木无葉也。尚書注：少長曰跃。蔓，延長也。蘆藡，盛貌也。

方志，南方异物志之類也。辨，辨别其名也。

【文選音決】坱，阿朗反。圠，阿黠反。跃，烏老反。植音食。苑，協韵，於顛反。荂，字林：况于反。曹：若花反。蘆，芳于反。藡，以六反，又以殊反。夏，何嫁反。曄，于輒反。蒨，七見反。羡，才箭反。

【五臣注】坱，烏郎反。圠，烏黠反。跃，烏老反。荂，苦華反。蘆音敷。藡音育。曄，于輒反。向

曰：坱圠，地勢高下也。卉木䟽蔓，言草木盛長而蔓延。䟽，長也。銑曰：遭，逢也。有草曰圃，有木曰苑。言逢藪草則爲圃，值林木則爲苑。言不特故爲之者也。銑曰：异荂蓲蘛，言育植草木多也。曄，榮貌。倩，盛貌。言草木夏榮冬不凋也。方志，謂四方物土所記録者。若分辨色類，則必有中國之所嘆羨也。

【陸善經注】字林之䟽，卒長也。

蓲蘛，亦榮茂也。

【張鳳翼文選纂注】坱，烏朗切。圠，烏黠切。䟽，烏老切。荂，苦華切。蓲音敷。蘛音育。曄，于輒切。坱圠，地勢高下也。卉木䟽蔓，言草木盛長而蔓延也。遭，逢也。有草曰圃，有木曰苑。言林藪所在皆爲苑囿也。异荂蓲蘛，言育植草木多也。曄，榮貌。蒨，盛貌。言草木夏榮而冬不凋也。方志謂四方物土所記録者。中州，中原也。

【王象乾文選删注】坱，烏朗切。圠，烏入切。䟽，烏老切。荂，枯瓜切。蓲音敷。蘛音育。坱圠，莽沕也，高下不平貌。䟽，長也。草曰圃，木曰苑。荂，榮也。蓲，華也。敷蘛，華開貌。蒨，盛貌。

【杭世駿文選課虚】坱圠，莽沕也，高下不平貌。坱，烏朗切。圠，烏八切。鵩鳥賦：坱圠無垠。䟽，長也。烏老切。誇，榮也。蓲，華也。敷蘛，華開貌。蘛與蕍同，庾俱切。蓲與敷同，無俱切。

【余蕭客文選音義】坱圠。應劭漢書音義音央乙。荂敷。方言注音誇。蓲善注：「蓲」與「敷」同。蘛善注：「蘛」與「蕍」同。舊注：蘛音育。一韻補叶懿。

【余蕭客文選紀聞】坱央。黄氏日鈔四十二。圠軋。玉篇二。跋類篇九下、集韻六并䟽，音懊。無跋字。荂誇。方言注一。蘛育。集韻九。

【胡克家文選考异】注「藍華也」。袁本、茶陵本無此三字。

注「通□冬生」。袁本、茶陵本「□」作「曰」。案：疑「曰冬」當作「冬日」也。

【許巽行文選筆記】跋蔓。跃从夭。作跋非。

蓲蘛。「蘛」下注「育」字。案：「蘛」與「蕍」同。庾俱切。此「育」字之音，亦後人妄加。

【朱珔文選集釋】异荂蓲蘛。劉注引爾雅：荂，榮也。又自説云：蓲，華也。敷蘛，華開貌。善注引爾雅：蕍，榮也。郭璞曰：蕍猶敷蕍，亦草之貌也。云：蘛與蕍同。案：爾雅：華，荂也。華荂，榮也。轉相訓。郭注：今江東呼華爲荂。説文「蕚」字重文爲「荂」。方言云：蘳、荂，晠也。齊、楚之間或謂之「蘳」，或謂之「荂」。郝氏謂：華、荂古音同。荂、瓠俱从夸聲。故郊特牲注以瓜瓠爲瓜華也。余謂爾雅蔈荂荼，亦是蔈之華爲荼。又芙薊其實荂，郭注芙與薊莖頭皆有蓊臺，名荂。荂即其實。郝氏云：凡草抽莖作蓊臺者，即於其上開華結實。芙薊亦然，故即以荂名其實也。爾雅又云：蕍、芛、葟，華榮。郭注：蕍，亦華之貌。善注引郭，「草」字蓋「華」之誤矣。劉注「蓲，華也」，當作「蓲，敷也」。故善云：「蓲」與「敷」同。玉篇、廣韵并云：苬萮，花貌。「蘛」同「萮」。郝氏謂：「蘛」，蓋「蕍」之异文。「蕍」省作「萮」，「蓲」省作「苬」。「蓲」又「敷」之借聲。干寶注説卦傳「震爲旉」云：鋪爲花貌謂之藪，是也。

【梁章鉅文選旁證】异荂蓲蘛，夏曄冬蒨。段校云：「蓲」是訛字，當作「苬」。廣韵：苬萮，花貌。六臣本「蒨」作「倩」。

注通曰冬生。尤本「曰」字空格。胡公考异曰：疑「曰冬」當作「冬日」。

注亦草之貌也。「草」當作「華」。此引爾雅郭注。

【胡紹煐文選箋證】卉木䟦蔓。注善曰：廣雅曰䟦，長也，烏老切。按：「䟦」當作「镺」，從長夭。廣韻：烏皓切，音媼。正字通出「䟦」，云「镺字之訛」。

异荂蘁蘛。注劉逵曰：蘁，華也。敷蘛，華開貌。善曰：爾雅曰：蕍，榮也。郭璞曰：蕍猶敷蕍，亦花之貌也。蘛與蕍同，庾俱切。蘁與敷同，無俱切。郝氏爾雅義疏云：玉篇、廣韻并云：蕌萮，花貌。「蘛」同「萮」，是「蘛」爲「萮」之异文。「蘁」省作「蕌」，「蘁」又「敷」之借聲。干寶注易説卦傳「震爲旉」云：鋪爲花貌謂之敷，是也。紹煐按：本書蜀都賦「陽蘁陰敷」。「蘁」「敷」對言，是「蘁」爲「敷」也。「敷」又作「藪」，玉篇：藪，花藪。集韻「鋪爲花貌謂之藪」，本干寶易注。

【高步瀛文選李注義疏】旁證引段曰：「蘁」當作「萮」。廣韻「萮」：蕌萮，花貌。步瀛案：廣韻蓋本玉篇。萮，撫俱切。萮，臾俱切。「蘛」「蔳」并與「萮」同。蘛，又音育，爲五臣音育所本。杜宗玉曰：俞、育聲轉，敷訓華開，取鋪華義。蕍訓榮，猶敷榮亦敷華意。育，訓養，養華使開也。故用同。步瀛案：蔳字音同蘛，頗可疑，又與本賦無與。姚鼐謂據善注，當作「蘛蔳」，是五臣本未知何所據而云然。或以劉注。袁、茶陵二本無「蘁華也」三字，謂劉本正文作「敷蘛」，亦未知確否。○五臣「蒨」作「倩」。○劉注「坱圠」云云。案：本書魯靈光殿賦李注曰：坱圠，無齊限之貌。字亦作「軋」。史記賈生傳鵩鳥賦：坱軋無限。集解引應劭曰：其氣坱軋，非有限齊也。又與「軋坱」同。本書七發注曰：軋坱，無垠貌也。并與劉注義合。○説文曰：芔，艸之總名也。書禹貢孔疏引舍人爾雅注曰：凡百草一名卉。方言十曰：芔，莽草也。東越、揚州之間曰芔，南楚曰莽。案：「卉」，「芔」之隸變。「莽」，「芔」之通假也。○説文曰：種菜曰圃。周禮天官太宰之職。鄭玄注曰：樹果蓏曰圃。此以圃、苑對舉，故以草木分屬。○爾雅，見釋草。朱珔曰：爾雅：華，荂也。華荂，榮也。轉相訓。郭注：今江東

呼華爲荂。説文「雩」字重文爲「荂」。郝氏謂：華、荂，古音同。荂、瓠俱从夸聲。故郊特牲注以瓜瓠爲瓜華也。余謂爾雅蕫荂荼亦是蕫之華爲荼。又芺薊其實荂，郭注芺與薊莖頭皆有蓊臺，名荂。荂即其實。郝氏云：凡草抽莖作蓊臺者，即於其上開華結實。芺薊亦然，故以荂名其實也。○「藴華也」，胡克家曰：袁本、茶陵本無此三字。朱珔曰：當作「藴敷也」。○尤本「通」字下空格作□，無「日」字。胡克家曰：袁本、茶陵本□作「日」，疑「日冬」當作「冬日」也。案：胡氏説是，今從之。○李注引鵩鳥賦見本書卷十三。○廣雅見釋詁四。王氏疏證曰：镺之言夭夭然也。禹貢：厥草維夭。馬融注曰：夭，長也。義與镺同。○爾雅及郭注亦見釋草。此注引郭注，各本「華」誤作「草」，今正。郝懿行曰：玉篇、廣韵并云：蒀萮，花貌。蘛同。然則「蘛」蓋「蕍」之异文，「蕍」省作「萮」，「藴」省作「蒀」，「藴」又「敷」之借聲也。干寶注説卦「震爲旉」云：鋪爲花貌謂之藪。是也。步瀛案：干注見釋文。○蔓、苑、羡，古音元部。蒨，耕部。通轉爲韵。○此因地勢富於圃苑，開下各種物產。

草則藿蒳豆蔻，薑彙非一。江蘺之屬，海苔之類。綸組紫絳，食葛香茅。石帆水松，東風扶留。

【彙校】

「藿蒳豆蔻」「豆」，奎章閣本、明州本、贛州本、四庫本、叢刊本、正德本、尤刻本、胡刻本、監本、唐鈔本、九條本同。陳八郎本作「荳」。當作「豆」。「蔻」，奎章閣本、明州本、贛州本、四庫本、叢刊本、正德本、陳八郎本、尤刻本、胡刻本、九條本作「蔻」。監本、唐鈔本作「蔲」。當作「蔻」。

「江蘺之屬」「江蘺」，尤刻本、胡刻本、監本同。奎章閣本、明州本、贛州本、四庫本、叢刊本、正德本、陳八郎本、唐鈔本、九條本作「江離」。今從「江蘺」。「屬」，奎章閣本、四庫本、叢刊本、正德本、九條本同。明州本、贛州本、陳八郎本、尤刻本、胡刻本、監本作「屬」。唐鈔本作「属」。當作「屬」。

■**立群案**：楚辭離騷：扈江離與辟芷兮，紉秋蘭以爲佩。劉向九嘆：懷芬香而挾蕙兮，佩江蘺之菲菲。是「江離」與「江蘺」通。然説文：江蘺，蘼蕪。从艸離聲。玉篇：蘺，力支切。香草，芎藭苗也。此草類，今從「江蘺」。

「海苔之類」「類」，奎章閣本、明州本、贛州本、四庫本、叢刊本、正德本、陳八郎本、尤刻本、胡刻本、監本、唐鈔本、九條本作「類」。當作「類」。

「石帆水松」「帆」，明州本、贛州本、四庫本、叢刊本、正德本、陳八郎本、胡刻本、監本、九條本同。奎章閣本、尤刻本、唐鈔本作「帆」。當作「帆」。

【彙注】

【李善注】茅，莫侯切。劉曰：异物志曰：藿香，交趾有之。豆蔻生交趾，其根似薑而大，從根中生，形似益智，皮殼小厚，核如石榴，辛且香。蒳，草樹也，葉如栟櫚而小，三月采其葉，細破，陰乾之，味近苦而有甘，并鷄舌香食之，益美。薑彙，大如累，氣猛，近於臭，南土人擣之以爲齏。葼，一名廉薑，生沙石中，薑類也。其累大，辛而香，削皮以黑梅并鹽汁漬之則成也，始安有之。彙，類也。易曰：拔茅連茹，以其彙，征吉。所謂薑彙非一也。江蘺，香草也。楚辭曰：扈江蘺。海苔，生海水中，正青，狀如亂髮，乾之亦鹽藏，有汁，名曰濡苔，臨海出之。爾雅曰：綸似綸，組似組，東海有之。紫，紫菜也。生海水中，正青，附石生，取乾之，則紫色，臨海常獻之。絳，絳草也，出臨賀郡，可以染食。葛，蔓生，與山葛同，根特大，美於芋也，豫章間種之。香茅生零陵。石帆生海嶼石上，草類也，無葉，高尺許，其華離婁相貫連，雖無所用，然异物也。死則浮水中，人於海邊得之，希有見其生者。水松，藥草，生水中，出南海交趾。東風，亦草也，出九真。扶留，藤也，緣木而生，味辛，可食。檳榔者，斷破之，長寸許，以合石賁灰，與檳榔并咀之，口中赤如血，始興以南皆有之。善曰：蒳音納。蔻，火豆切。彙音謂。綸，古頑切。

【文選鈔】綸，今有袟所帶。紏，青絲綸也。組，綬也。海中草有似之。紫，紫菜也。生於海水中，附石，正青，取乾之，則紫色。以著羹臛中。臨海常獻之。香茅生零陵，可縮酒也。

水松，葉似松，故以爲名。廣州記曰：東風，菜名，似落葵也。顧徵廣州記曰：東菜莖紫，宜作完羹，味如酪，香氣似馬蘭。

【文選音決】藿，火郭反。莔音納。荳音豆。蔻，呼豆反。彙音謂。菭，徒來反。類，協韵，音律。綸，古頑反。茅，莫侯反。帆音凡。夫，蕭：方于反。案：今南方人音扶。

【五臣注】莔，奴答反。彙音謂。綸音關。茅，莫侯反。帆音凡。向曰：江離，香草。海苔，海菜也。屬，亦類也。濟曰：綸組紫絳，四者皆海中草。食葛，葛根也。香茅，亦草。四者皆草名也。

【陸善經注】食葛，其根可食也。

【張鳳翼文選纂注】莔，奴答切。綸音關。茅，莫侯切。藿香、豆蔻，生交趾。莔，草樹也，葉如栟櫚而小，并鷄舌香食之，益美。出九真。江離，香草。海苔，海菜也。屬，亦類也。綸組紫絳，四者皆海中草。食葛，葛根也。香茅、石帆而下，皆草名。扶留，藤也，緣木而生，味辛，可食。

【王象乾文選删注】莔音納。莔，葉如栟櫚，味苦甘，并鷄舌香食之，益美。彙，類也。海苔，正青，狀如亂髮。綸組，似綸似組。紫，紫菜。絳，絳草。葛，蔓生。石帆生海嶼石上，其華離婁相貫。水松，藥草。東風，草也。扶留，藤也，可食。

【陳景雲文選舉正】草則藿莔荳蔻。注「乾之赤鹽藏」。「赤」，舊本作「亦」。又「其華離婁」，「婁」，舊本作「樓」。又「味辛，可食」。「食」下脱一「食」字。

【余蕭客文選音義】莔善音納。綸舊音關。食葛。何曰：今閩中番薯，疑即古所謂食葛。茅矛。東風。何曰：廣韵引廣州記云：東風菜，陸地生，莖赤，和肉作羹，味如酪，香似蘭。

【余蕭客文選紀聞】莔納。集韵十。鉢怛羅，藿香也義净譯最勝王經七。案：釋典、道藏諸物异名甚夥，聊存一二异聞。豆蔻，苗如蘆，葉似薑。其花作穗，嫩葉卷之而生。花微紅，穗頭深色。葉漸舒，花漸出。此花食之，破氣消痰，進酒增倍草木狀上。南方草木狀：豆蔻樹，大如李。二月花色，仍連著實。其核根芬

芳，成殼。七月、八月熟，曝乾，剥食核辛，香。五味，出興古齊民要術十。案齊民所引與草木狀本條絶不類，豈嵇含書外别有南方草木歟。芎藭苗曰江蘺，根曰芎藭博物志四。吴録：臨海縣水中生江蘺，正青似亂髮。廣志爲赤葉紅華。今芎藭苗，緑葉白華史記索隱廿六。香草生江中六帖補十。董氏曰：古今注謂芍藥可離，唐本草可離江蘺。然則芍藥江離也呂祖謙讀詩記八。藥對以爲蘼蕪一名江離，芎藭、藁本、江離、蘼蕪并相似，非一物困學紀聞十七。海藻，如水藻而大，似髮，黑色，生深海中。陳藏器本草以爲爾雅「綸似綸，組似組」。東海有之，正爲二藻也，善療瘤癭埤雅十五。茅米侯，韵補二。廣州記：東風華葉似「落娠婦」，莖紫宜肥肉作羹齊民要術十。東風味如酥，香氣如馬蘭北户録。廣州記：東風菜陸生，宜配肉作羹廣韵一。案齊民要術十卷别出冬風菜一條，引廣州記與此同。東風菜味甘性寒，有冷積人勿食飲食須知五。异物志：古賁灰，牡蠣灰也，與扶留、檳榔三物合食。扶留藤似木防已。扶留、檳榔物甚异而相成，俗名檳榔扶留，可以忘憂。交州記：扶留有三種。一名穫扶留，其根香美。一名南扶留，葉青味辛。一名扶留藤，味辛。顧微廣州記：扶留藤，緣樹生。其花實即蒟，可爲醬并齊民要術十。

【孫志祖文選考异】東風扶留。説文繫傳引作「浮留」。

【孫志祖文選李注補正】食葛香茅。注：食葛，蔓生，與山葛同，根特大，美於芋也，豫章間種之。○補曰：盛百二柚堂筆談云：何義門以爲食葛疑今番薯，非也。食葛，理粗如首烏，其大者若小兒形，亦名乾葛。予在嶺南惠、潮之間常食之。

【張雲璈選學膠言】食葛香茅。注：食葛，蔓生，與山葛同，根特大，美於芋也。何義門疑「食葛」即今「番薯」。孫侍御曰：食葛，理粗如首烏，其大者若小兒形，亦名乳葛。余在嶺南惠、潮之間常食之。非番薯也。

東風扶留。雲璈按：廣韵引廣州記云：東風菜，陸地生，根赤，和肉作羹，味如酪，香似蘭。亦引此賦爲證。

注「以合石賁灰」。案：「石」當作「古」，見下注。各本皆訛。

注「可食檳榔者」。陳云「食」下脱一「食」字。今案：此蓋當衍「可」字耳。各本皆衍。

注「其華離婁相貫連」。袁本、茶陵本「婁」作「樓」，是也。

【胡克家文選考异】注「乾之亦」。袁本、茶陵本「亦」作「赤」，是也。以三字爲一句。

【朱珔文選集釋】藿蒳。劉注引异物志：藿香，交趾有之。又云：蒳，草樹也，葉如栟櫚而小，采其葉，陰乾之，并鷄舌香食，益美。案：藿，説文作「藿」，云：菽之少也。蓋豆葉亦名藿，此則即藥品之藿香。本草綱目引廣志云：藿香出海邊，莖如都梁，葉似水蘇。南方草木狀云：出交趾、九真、武平、興古諸國。民自種之。五六月采，日乾乃芬香。故此注云「交趾有之」。蘇氏頌曰：藿香，嶺南多有之，乃是草類。而金樓子及俞益期牋皆云：扶南國人言五香共一木，其根是旃檀，節是沈香，花是鷄舌，葉是藿香，膠是薰陸。似涉欺罔也。又法苑珠林云：四月八日浴佛法，當取三種香：一都梁，二藿香，三艾蒳香。蒳，或省作「納」。廣志云：艾納，出西國，似細艾。又有松樹皮上緑衣亦名艾納，可以和合諸香燒之，與此不同。蒳爲香草，疑即艾蒳之類。但淵林所説「葉如栟櫚而小」，似微异。若齊民要術云：山檳榔，一名蒳子。則又一物矣。

薑彙非一。劉注云：薑彙，大如累，氣猛，近於臭，南土人搗之以爲齏。葰，一名廉薑，生沙石中，薑類也。案：葰字，説文作「葰」，云：薑屬，可以香口。段氏謂：既夕禮：實綏澤焉。注：綏，廉薑。澤，澤蘭也。皆取其香且禦濕。「綏」者，「葰」之假借字。一名山辣，今藥中三柰也。此賦謂之「薑彙」。

余謂：如注説，是「薑彙」爲「廉薑」之异名，然與「非一」字不貫注。下文又云「彙類也」。易曰：以其彙，征吉。所謂薑、彙非一也，則仍言薑之種類非一。或因廉薑本薑類，遂亦以薑彙稱與？○又案：方氏通雅以史記樊噲傳注「葰人」之「葰」音「雖」，孫愐音「鎖」，乃「荾」之聲轉。説文之「葰」乃「荾」也，即今芫荾，味辛臭。古人有氣觸者，統謂之香。下亦引儀禮「綏澤」爲證。此與本草綱目略同。但綱目芫荾入菜部，廉薑、山柰并列芳草部。廉薑，一名蔟葰，音族綏。而山柰又云廉薑。恐其類殆因三者氣味皆相似，故耳。此賦云「薑彙」，則似作「廉薑」説爲長。

海苔之類。劉注云：海苔，生海水中，正青，狀如亂髮，乾之赤鹽藏，有汁，名曰濡苔，臨海出之。案：初學記引沈懷遠南越志云：海藻，一名海苔，或曰海羅，生研石上。廣雅：海蘿，海藻也。王氏疏證曰：爾雅：薚，海藻。「薚」爲「苔」之轉聲。孫炎注爾雅「薚，石衣」云：薚，古藫字今爾雅正作「藫」。則「薚，海藻」之「薚」與「藫，石衣」之「藫」同字，蓋同類者得通稱也。又張勃吴録云：陸蘺生海水中，正青，如亂髮。郝氏謂：此即海蘿。「蘿」之與「蘺」，亦聲相轉。余謂：後江賦：緑苔鬖髿乎研上。彼注引風土記云：石髮，水苔也，青緑色，皆生於石。正南越志所稱「生研石上」者矣。

綸組。劉注引爾雅曰：綸似綸，組似組，東海有之。案：後江賦：青綸競糾，縟組争映。善注亦引爾雅此文。爾雅郭注云：綸，今有秩、嗇夫所帶青絲綸。組，綬也説見前西都賦。海中草生彩理，有象之者，因以名云。太平御覽引吴普本草云：綸布，一名昆布。陶注別録「昆布」亦引爾雅以證。郝氏謂：釋文：綸，古頑反。綸、昆聲近，故以昆布爲綸耳。陶云：今惟出高麗。繩把索之如卷麻，作黄黑色，柔韌可食。而李時珍謂：昆布生登萊者搓如繩，出閩浙者大葉似菜。則亦不同。若其可食者，乃海帶，非昆布。本草綱目分列之。陶又云：青苔、紫菜皆似綸，昆布亦似組，恐即是也。邵氏正義從之。然此賦

接言紫絳。劉注云：紫，紫菜也。絳，絳草也。蓋與綸、組爲四，且江賦下亦連「紫菜緑苔」言之，皆不應複舉，當是其類而非一物矣。

食葛。劉注云：蔓生，與山葛同，根特大，美於芋也，豫章間種之。案：孫氏補正引盛百二柚堂筆談云：何義門以爲食葛疑今番薯，非也。食葛，理粗如首烏，其大者若小兒形，亦名乾葛。昔在嶺南惠、潮間常食之。余謂：本草圖經云：葛處處有之，江、浙尤多，根大如臂，今人多作粉食。李時珍曰：葛有野生，有家種。其根外紫内白，子緑色，八九月采之。本經所謂「葛穀」是也。今余鄉山中甚多，正如蘇、李所説，其根蒸熟，味甘香。取生者搗爛，入水中，揉出粉，可食。賦所云食葛，即此矣。

香茅。劉注云：生零陵。案：香茅有二。一曰茅香，開寶本草云：生劍南道諸州，其莖葉黑褐色，花白色。蘇氏圖經云：今陝西、河東、汴東州郡亦有之。又有白茅香，乃陳藏器所稱生安南，如茅根，道家用作浴湯者。李時珍謂別是南番一種香草，與香茅异。此處或可兼言之與？而圖經復出香麻一條云：出福州，煎湯浴風甚良。本草綱目以爲即香茅也。茅、麻音相近，閩人語耳。〇又案：陶注別録云：江南貢菁茅，一名香茅，以供宗廟縮酒。即香蒲之類。此賦下文云：職貢納其包匭。劉注引禹貢：包匭菁茅。據尚書鄭注，菁茅：茅有毛刺者。則是非香蒲，亦非此香茅。故注於此別爲之説。

石帆水松。劉注云：石帆生海嶼石上，草類也，無葉，高尺許，其華離樓相貫連，雖無所用，然异物也。死則浮水中，人於海邊得之，希有見其生者。水松，藥草，生水中，出南海交阯。案：後江賦云「石帆蒙籠以蓋嶼」，正此注所言「生海嶼」也。本草綱目引陳藏器曰：石帆，生海底，高尺餘，根如漆色，至梢上漸軟，作交羅紋。日華本草云：石帆紫色，梗大者如箸，見風漸硬，色如漆。人以飾作珊瑚裝。余謂：據綱目，石帆亦有主治，則非無用矣。又別録陶注云：石帆狀如柏，水松狀如松。蘇氏圖經所言水

松，正與此注同。○又案：方氏通雅以二者入木類，云：水松，水杉也。閩、廣海塘邊皆生之，如鳳尾杉，又如松。其根浸水生鬚，如赤楊。范至能言有石梅、石柏生海中，乃小如鐵樹，非此也。石帆，今之鐵樹也，生海底，出水即堅，高尺餘，色如鐵。太沖賦「草則石帆水松」是也。七修類稿言粵西鐵樹有忽開花者，乃别一種。據此所言，石帆之形狀，正與本草同。水松如松，亦相合。殆本是草類，而微似木，故稍异耳。

東風。劉注云：東風，亦草也，出九真。案：開寶本草有「東風菜」，云：此菜先春而生，故有東風之號。一作冬風，言得冬氣也。又曰：東風菜，生嶺南平澤，莖高二三尺，葉似杏葉而長，極厚軟，上有細毛，煮食甚美。李時珍引裴淵廣州記云：東風菜，宜肥肉作羹，香氣似馬蘭，味如酪。余謂本草所稱，當即東風草，以其食之美，故列之菜部耳。廣韵「東」字下有東風菜，正引此賦語爲證。注言出九真者，漢九真郡與南海、合浦諸郡俱屬交州，則亦即嶺南矣。

【梁章鉅文選旁證】注薑彙，大如累。又彙，類也。姜氏皋曰：本草綱目：廉薑。釋名：薑彙也。李時珍曰：异物志：薑彙生沙石中，似薑，大如贏。然則「累」當作「贏」。又通志云：薑彙，似山薑而根大。是薑彙乃其名也。似薑不當作「類」字解。薑彙者讀如刺猬。爾雅釋木：櫟其實梂。郭注：有梂彙自裹也。埤雅云：栗有莍猬自裹。群芳譜亦云：栗，苞生，外殼刺如猬。是可取以相證矣。

綸組紫絳。林先生曰：邵晋涵注爾雅，吴任臣注山海經，并以綸爲青苔、紫菜之屬。又太平御覽引吴普本草云：綸布，一名昆布。陳藏器本草云：昆布，葉如手大，似薄韋，紫赤色。據此則「紫絳」二字，或即言綸組之色耳。

食葛。林先生曰：劉注謂食葛，蔓生。又云：根大，美于芋。故何義門疑即今之蕃薯。其實非

也。盛氏世佐曰：食葛，理粗如首烏，大者若小兒形，亦名乾葛。予在嶺南惠、潮之間常食之。

東風扶留。玉篇「東風」作「菄風」。説文繫傳「扶留」作「浮流」。何曰：廣韻引廣州記云：東風菜，陸地生，莖赤，和肉作羹，味如酪，香如馬蘭。玉篇作「菄風」。

注「豆蔻生交趾」至「石榴辛且香」。此三十字，依賦正文，當移在「蒳草樹也」至「食之益美」三十四字之下。

注乾之亦。又其華離婁。六臣本「亦」作「赤」，「婁」作「樓」，是也。

注味辛，可食。檳榔者，斷破之，以合石賁灰。按「可」字疑衍。「食」當連下「檳榔」讀。胡公考异曰：「石」當作「古」。見下注。各本皆誤。

【胡紹煐文選箋證】蘴彙非一。注劉逵曰：蘴彙，大如累。彙，類也。易曰：拔茅連茹，以其彙，征吉。所謂蘴彙非一也。旁證引姜氏皋曰：本草綱目「廉蘴」，釋名：蘴彙也。李時珍曰：异物志：蘴彙生沙石中，似蘴，大如瀛。然則「累」當作「瀛」。又通志云：蘴彙似山蘴而根大。是蘴彙乃其名也。似彙不當作「類」字解，疑彙者當讀如「刺猬」。爾雅釋木：櫟其實球。郭注：有球彙自裹也。埤雅：栗有材猬自裹。群芳譜亦云：栗苞生，外殼如猬。是可取以相證矣。紹煐按：蘴有刺，故曰蘴彙，謂其刺似猬也。「彙」與「猬」同。蘴猬之「猬」借作「彙」，猶刺猬之猬亦作彙耳。蘴彙其刺如棱然，故又謂之廉蘴。劉以「非一」字單指蘴言之，遂誤以彙爲類矣。

東風。注劉逵曰：東風，亦草也，出九真。何氏焯曰：廣韻引廣州記云：東風菜，陸地生，莖赤，和肉作羹，味如酪，香如馬蘭。玉篇作「菄風」。紹煐按：南州記（見御覽）曰：冬風菜，陸生，宜肥肉作羹，二者微味，人甚重之。與廣州記合，「東」作「冬」。

扶留。注劉逵曰：扶留，藤也，緣木而生，味辛，可食。檳榔者，斷破之，長寸許，以合古賁灰（按：即牡蠣粉也），與檳榔并咀之，口中赤如血，始興以南皆有之。按：廣志：扶留藤，緣樹生。其花實即蒟也，可爲醬。是「扶留」爲「蒟」矣。然交州記：扶留有三種：一名獲扶留，其根香美。一名南扶留，葉青味辛。一名扶留藤。未審此賦何屬，無以定之。

【高步瀛文選李注義疏】證類本草卷十二引异物志曰：藿香，出海邊國，形如都梁，可著衣服中。與劉注引异，未知出一書否。又引南方草木狀曰：味辛，榛生，吏民自種之，五六月采暴之，乃芬芳爾。出交阯、九真諸國。今本草木狀佚此文。御覽香部二亦引之。本草引脱「芳」字，即據御覽補。又「交阯」下有「武平、興古」四字，無「諸國」二字。又本草圖經曰：藿香，今嶺南郡多有之，人家亦多種植。二月生苗，莖梗甚密，作叢葉，似桑而小薄。六月、七月采之，暴乾乃芬香。須黄色，然後可收。又金樓子及俞益期牋皆云：扶南國人言衆香共是一木，根便是旃檀，節是沈香，花是鷄舌，葉是藿香，膠是薰陸，詳本經所以與沈香等共條，蓋義出於此。然今南中所有，乃是草類。南方草木狀云云，正相符合也。步瀛案：今本金樓子佚此文。俞益期牋、御覽亦引之。又案：藿香，李時珍本草綱目改入芳草部。○李詳曰：廣韵二十七合，「蒳」下引异物志有「子似檳榔可食」六字。步瀛案：御覽果部十一引异物志與劉注同。齊民要術十引竺法真登羅浮山疏曰：山檳榔，一名蒳子，幹似蔗葉，類柞。一叢千餘幹，幹生十房，房底數百子。四月采，與豆蔻并列。是以蒳子即山檳榔。御覽又引顧微廣州記曰：山檳榔，大於蒳子。蒳子，土人亦呼爲檳榔。是一類之中，亦小有别也。朱珔謂：「蒳」或省作「納」。廣志云：艾納，出西國，似細艾。又有松樹皮上緑衣亦名艾納，可以和合諸香燒之，與此不同。蒳爲香草，疑即艾納之類。步瀛案：廣志見證類本草卷九引，而法苑珠林卷三十六、御覽香部二皆引作「罽國」，疑本草

作「西」字誤。劉注謂葯爲草樹，不言爲香草。朱謂爲艾納香，恐非注意。○梁章鉅曰：注「豆蔻生交趾」至「石榴辛且香」三十字，依賦正文，當移在「葯草樹也」至「食之益美」三十四字之下。步瀛案：南方草木狀曰：豆蔻花，其苗如蘆，其葉似薑，其花作穗，嫩葉捲之而生。花微紅，穗頭深色，葉漸舒，花漸出。齊民要術十引草木狀曰：豆蔻樹，大如李，二月花色相連著實，子相連累。其核根芬芳，成殼。七月、八月熟，曝乾剥食，核味辛香五味，出興古。今本草木狀佚此文。是豆蔻有草、木二種。證類本草卷二十三引圖經曰：豆蔻，即草豆蔻也。生南海，今嶺南皆有之。苗似蘆，葉似山薑、杜若輩，根似高良薑，花作穗，嫩葉卷之而生。初如芙蓉，穗頭深紅色，葉漸展，花漸出，而色漸淡，亦有黄白色者。南人多采以當果實，尤貴其嫩者，并穗入鹽同淹治，疊疊作朵不散落。其作實者若龍眼子，而鋭皮無鱗，甲中子若石榴瓣，候熟采之，暴乾，根苗微作樟木氣。案：證類本草豆蔻入果部，本草纲目移入芳草類。○本草綱目卷十四引异物志「大如累」作「大如羸」。旁證引姜皋謂「累」當作「羸」。廣雅釋草曰：廉薑，葰也。王氏疏證曰：説文：葰，薑屬，可以香口。字或作「綏」。既夕禮記：茵箸用荼，實綏澤焉。注云：綏，廉薑也。取其香，且禦濕。或作「浚」，鹽鐵論散不足篇云：浚茈蓼蘇。或作「荾」，吴都賦注云云。或作「荽」，潘岳閑居賦云：蓼荽芬芳。段氏説文注曰：綏者，「葰」之假借字。一名山辣，今藥中三柰也。吴都賦謂之薑彙。旁證引姜皋曰：本草綱目廉薑，釋名：薑，彙也。朱珔曰：如注説，是「薑彙」爲「廉薑」之异名，然與「非一」字不貫注。下文又云「彙類也」，則仍言薑之種類非一。或因廉薑本薑類，遂亦以薑彙稱與？步瀛案：以文求之，朱氏説是。姜皋謂「彙」疑讀如「猬」，引埤雅釋木「粟有球猬自裹」以證。胡紹煐且申之曰：薑有刺，故曰薑彙，謂其刺似猬也。皆近穿鑿。通雅四十四以荾爲今芫荽，亦非。又案：晋廣州始安郡治始安縣，今廣西桂林縣治。○易，見泰卦初九爻詞。楚辭離騷

「蘺」作「離」，本書李注本同，五臣本則作「蘺」。王逸注曰：香草名也。説文曰：江蘺，蘼蕪。證類本草卷七曰：蘼蕪，一名江蘺，芎藭苗也。餘見南都賦，又詳見後子虛賦疏。○「乾之赤」，尤本「赤」作「亦」。胡克家曰：袁本、茶陵本作「赤」，是也。○爾雅釋草曰：薚，海藻。郭注曰：藥草也。一名海蘿，如亂髮，生海中。本草云：廣雅釋草曰：海蘿，海藻也。初學記草部引沈懷遠南越志曰：海藻，一名海苔，或曰海羅，生研石上。證類本草卷九曰：海藻，一名落首，一名藫，生東海池澤。引陶隱居曰：生海島上，黑色，如亂髮而大少許，葉大都似藻葉。又引陳藏器本草曰：此物有馬尾者，大而有葉者。馬尾藻生淺水，如短馬尾，細黑色，用之當浸去鹹。大葉藻生深海中及新羅，葉如水藻而大。又引圖經曰：又有一種海帶，似海藻而粗且長，登州人取乾之，柔韌可以繫束物。案「薚」「藫」字同。王氏廣雅釋草疏證曰：「苔」之轉聲爲「薚」。○爾雅見釋草。袁、茶二本「綸」下脱「似綸」二字。案郭注曰：綸，今有秩、嗇夫所帶糾青絲綸。組，綬也。海中草生彩理有象之者，因以名云。郝氏義疏曰：説文：綸，青絲綬也。組，綬屬。鄭注緇衣云：綸，今有秩、嗇夫所佩也。疏引張華云：綸如宛轉繩。續漢輿服志云：百石青紺綸，一采宛轉繆織，長丈二尺。百石，即有秩、嗇夫，見漢書百官公卿表。晉仍漢制，故郭據以爲言也。步瀛案：御覽藥部九引本草經曰：綸布，一名昆布。郝曰：釋文：綸，古頑切。綸、昆聲近，故以昆布爲綸。○證類本草九引陶隱居曰：爾雅云：綸似綸，組似組，今青苔、紫菜皆似綸。本草綱目二十八李時珍曰：紫菜，閩、越海邊悉有之。大葉而薄，彼人挼成餅狀，曬乾貨之。其色正紫，亦石衣之類也。朱琦曰：此賦紫、絳，蓋與綸、組爲四，當是其類而非一物。○爾雅釋草曰：茹藘，茅蒐。郭注曰：今之蒨也。可以染絳。郝氏義疏曰：説文：茅蒐，茹藘，人血所生，可以染絳。又云：茜，茅蒐也。「茜」與「蒨」同。蜀本草圖經云：染緋草也。葉似棗，葉頭鋭下闊，莖葉俱澀，四五葉對生

節間，蔓延草木上，根紫赤色。按：葉甚光澤，今田家謂之驢饊子，驢喜啖之也。步瀛案：蜀本草圖經見證類本草七引。此雖與染合，然與綸、綬、紫三者不類，此疑亦海藻之類也。旁證引林茂春說，以紫、絳二字或即言綸、組之色，亦非。又案：晋廣州臨賀郡治臨賀縣，今廣西賀縣治。○孫志祖補正引盛百二柚堂筆記曰：何義門以爲食葛疑今番薯，非也。食葛，理粗如首烏，其大者若小兒形，亦名乾葛。予在嶺南惠、潮之間常食之。步瀛案：證類本草八曰：葛根，一名鷄齊根，一名鹿藿，一名黄斤。陶隱居云：即今之葛根。人皆蒸食之。當取入土深大者，破而日乾之。南康、廬陵間最勝，多肉而少筋，甘美。又引圖經曰：葛根，春生苗，引藤蔓長一二丈，紫色，葉頗似楸葉而青，七月著花，似豌豆花，不結實。根形如手臂，紫黑色。今人多作粉食之。本草綱目十八李時珍曰：葛有野生，有家種，其蔓延長，取治可作絺綌。其根外紫内白，長者七八尺。其葉有三尖，如楓葉而長，面青，背淡。其花成穗，纍纍相綴，紅紫色。其莢如小黄豆，莢亦有毛。其子緑色，扁如鹽梅子核，生嚼，腥氣。蘇頌謂葛花不結實，誤矣。其花曬乾，亦可煠食。步瀛案：葛根可食，故曰食葛。陶貞白謂南康、廬陵間最勝，與劉云豫章亦相近，不必定如柚堂所云也。朱珔曰：余鄉山中甚多，正如蘇、李所説，其根蒸熟，味甘香。取生者搗乾，入水中，揉出粉，可食。賦所云食葛，即此矣。○朱珔曰：香茅有二。一曰茅香，開寶本草云：生劍南道諸州，其莖葉黑褐色，花白色。蘇氏圖經云：今陝西、河東、汴東州郡亦有之。又有白茅香，乃陳藏器所稱生安南，如茅根，道家用作浴湯者。李時珍謂別是南番一種香草，與香茅异。此處或可兼言之與？案：朱説本證類本草九及本草綱目十四。然晋書地理志荆州零陵郡泉陵縣注曰：有香茅，云古貢之以縮酒。左僖四年杜注曰：茅，菁茅也。束茅而灌之以酒，爲縮酒。證類本草七引陶隱居曰：江南貢菁茅，一名香茅，以供宗廟縮酒。則劉注云出零陵者，當即菁茅，非本草之茅香及白茅矣。朱珔謂此賦下文云

「職貢納其包茅」。劉注引禹貢「包匭菁茅」，故注於此別爲之説。不知此言其物，下言職貢，不嫌重復，且零陵、桂陽，其地相接，亦未見别爲之説也。○證類本草九引陶隱居曰：石帆，狀如柏。又有水松，狀如松。又引陳藏器云：石松，高尺餘，根如漆，上漸軟作交羅文，生海底。水松，葉如松。又引日華子云：石帆，紫色，梗大者如箸，見風漸硬，色如漆。人以飾作珊瑚裝。皆可與劉注相證。通雅卷四十三以水松爲水杉，石帆爲鐵樹，入木類，殆非。○「離樓」，尤本作「離婁」。胡克家曰：袁本、茶陵本作「樓」，是也。○何焯曰：廣韵引廣州記：東風菜，陸地生，莖赤，和肉作羹，味如酪，香似蘭。步瀛案：廣韵一東又有「菄」字曰：東風菜，已見上。俗加艸。玉篇艸部亦有「菄」字。齊民要術十引廣州記曰：莖紫，宜肥肉作羹，味如酪，香氣似馬蘭。與廣韵引互有詳略。御覽菜部五引南州記曰：冬風菜，陸生，宜肥肉作羹也。證類本草二十九曰：東風菜，堪入羹臛，煮食甚美。生嶺南平澤，莖高三二尺，葉似杏葉而長，極厚軟，上有細毛。先春而生，故有東風之號。本草綱目二十七引宋開寶本草馬志曰：一作冬風，言得冬氣也。朱珔曰：本草所稱，當即東風草，以其食之美，故列之菜部耳。注言出九真者，漢九真郡與南海、合浦諸郡俱屬交州，即嶺南矣。○「食檳榔者」，各本「食」上有「可」字。陳景雲曰：「食」下脱一「食」字。胡克家曰：當衍「可」字。案：胡氏説是，今從之。○「古賁」，各本誤作「石賁」。胡克家曰：「石」當作「古」。今從之。扶留藤，已見蜀都賦蒟蒻疏。又齊民要術十引异物志曰：古賁灰，牡蠣灰也。與扶留、檳榔三物合食，然後善也。扶留藤似木防已，扶留、檳榔，所生相去遠，爲物甚异而相成。俗曰檳榔扶留，可以忘憂。又引交州記曰：扶留有三種。一名穫扶留，其根香美。一名南扶留，葉青，味辛。一名扶留藤，味亦辛。御覽果部十二引并同。胡紹煐曰：未審此賦何屬，無以定之。步瀛案：劉注固以爲扶留藤矣。又案：晉廣州始興郡治曲江縣，今廣東曲江縣西。○一、類，古音脂

部。茅、留，幽部。

布濩皋澤，蟬聯陵丘。夤緣山岳之岊，幂歷江海之流。扤白蔕，銜朱蕤。鬱兮茷茂，曄曄菲菲。光色炫晃，芬馥肸蠁。職貢納其包匭，離騷詠其宿莽。

【彙校】

「布濩皋澤」「布濩」，尤刻本、胡刻本、監本同。奎章閣本、明州本、贛州本、四庫本、叢刊本、正德本、陳八郎本、唐鈔本、九條本作「布護」。當作「布濩」。「皋」，奎章閣本、四庫本、叢刊本、正德本、九條本作「臯」。明州本、贛州本、陳八郎本、尤刻本、胡刻本、監本作「皐」。唐鈔本作「睪」。當作「皋」。

■**立群案**：東京賦：聲教布濩，盈溢天區。薛綜曰：布濩，猶散被也。五臣翰曰：濩，散也。言布散溢出區宇。賦語或本此，當作「布濩」。

「蟬聯陵丘」「聯」，奎章閣本、明州本、贛州本、四庫本、叢刊本、正德本、陳八郎本、尤刻本、胡刻本、監本、唐鈔本、九條本作「聮」。當作「聯」。「丘」，奎章閣本、明州本、贛州本、四庫本、叢刊本、正德

本、陳八郎本、尤刻本、監本、唐鈔本、九條本同。胡刻本作「𠀉」。當作「丘」。

「夤緣」「緣」，尤刻本同。奎章閣本、明州本、贛州本、四庫本、叢刊本、正德本、陳八郎本、胡刻本、監本、唐鈔本、九條本作「縁」。當作「緣」。

「山岳之岊」「岊」，奎章閣本、四庫本、陳八郎本同。明州本、贛州本、叢刊本、正德本、尤刻本、胡刻本、監本、唐鈔本、九條本作「𡵆」。今從「岊」。

■立群案：中華字海：𡵆，同岊。字見唐大夏縣主簿張弘墓志。是「𡵆」同「岊」，今從「岊」。

「冪歷」「冪」，唐鈔本同。奎章閣本、陳八郎本、監本作「羃」。明州本、贛州本、四庫本、叢刊本、正德本、尤刻本、胡刻本、九條本作「羃」。當作「冪」。

■立群案：「羃歷」，亦作「冪歷」。「羃」，古同「冪」。「羃」乃「冪」之异體。當作「冪歷」也。

「江海之流」「流」，明州本、贛州本、四庫本、叢刊本、陳八郎本、尤刻本、胡刻本、監本、唐鈔本、九條本同。奎章閣本、正德本作「流」。當作「流」。

「扤白蒂」「扤」，尤刻本、胡刻本、監本、唐鈔本同。奎章閣本、明州本、贛州本、四庫本、叢刊本、正德本、陳八郎本、九條本作「杌」。当作「扤」。「蒂」，奎章閣本、明州本、贛州本、四庫本、叢刊本、正德本、陳八郎本、尤刻本、胡刻本、監本、唐鈔本、九條本作「蔕」。當作「蒂」。

■立群案：詩小雅正月：天之扤我，如不我克。毛傳：扤，動也。鄭玄箋：天以風雨動摇我。史記司馬相如列傳：揚翠葉，杌紫莖，發紅華，秀朱榮。煌煌扈扈，照耀鉅野。裴駰集解引郭璞曰：杌，摇也。是「扤」「杌」俱有「摇動」義，與賦俱通。然劉逵曰：扤，摇也。善注引毛萇詩傳曰：扤，動也。五臣翰曰：扤，摇動也。據注，是劉逵本、李善本、五臣本皆應作「扤」字。今從「扤」。

「銜朱蕤」「銜」，奎章閣本、明州本、贛州本、叢刊本、正德本、陳八郎本、尤刻本、胡刻本、監本、唐鈔本、九條本同。四庫本作「銜」。當作「銜」。「蕤」，奎章閣本、明州本、贛州本、叢刊本、正德本、陳八郎本、尤刻本、胡刻本、監本、九條本同。四庫本作「甤」。唐鈔本作「莛」。當作「蕤」。

「鬱兮莌茂」「兮」，奎章閣本、明州本、贛州本、四庫本、叢刊本、監本、九條本同。正德本、陳八郎本、尤刻本、胡刻本作「兮」。唐鈔本作「亍」。當作「兮」。「莌」，奎章閣本、明州本、贛州本、四庫本、叢刊本、正德本、陳八郎本、尤刻本、胡刻本、監本、唐鈔本、九條本作「莌」。當作「莌」。

「曄曄菲菲」「曄曄」，陳八郎本同。奎章閣本、明州本、贛州本、四庫本、監本作「曄兮」。叢刊本、正德本、尤刻本、胡刻本、九條本作「曄兮」。唐鈔本作「曄亍」。當作「曄曄」。

■ **立群案**：胡紹煐文選箋證：注五臣本「曄曄菲菲」。按：五臣本是也，此蓋涉上「鬱兮莌茂」而誤。本書西都賦：曄曄猗猗。說文：曄，草木白華貌。重言之，亦得爲「曄曄」，「曄曄菲菲」重文爲句。胡氏說是也。疑本作「曄曄」，後「曄」字省略寫作「丂」，與「兮」相近，遂據前「鬱兮莌茂」而改爲「兮」字。

「芬馥肹蠁」「肹」，明州本、贛州本、四庫本、叢刊本、陳八郎本同。奎章閣本、正德本、九條本作「肸」。尤刻本、胡刻本、監本、唐鈔本作「肹」。當作「肹」。「蠁」，四庫本同。奎章閣本、明州本、贛州本、叢刊本、正德本、陳八郎本、尤刻本、胡刻本、監本、九條本作「蠁」。唐鈔本作「響」。當作「蠁」。

■ **立群案**：蜀都賦：天帝運期而會昌，景福肹蠁而興作。陳景雲文選舉正：「饗」當作「蠁」。按，依說文，響正字为饗。蠁、響皆借字。

朱珔文選集釋：案：「饗」當爲「蠁」字之誤也。本書上林賦及甘泉賦「肸蠁豐融」皆「蠁」字。史

記、漢書同。説文十部「肸」字云：肸響，布也。段本「響」改「蠁」。據善注：甘泉上林兩引并然。段云：虫部「蠁」，知聲蟲也。肸蠁者，如知聲之蟲，一時雲集也。「蠁」之重文爲「蚼」。春秋羊舌肸，字叔向。向讀上聲。「向」者，「蚼」之省也。知「肸蠁」之語甚古。又廣雅：土蛹，蠁蟲也。王氏疏證云：説文：禹，蟲也，象形。玉篇：蠁，禹蟲也。蓋「蠁」之言響也，知聲之名也。「禹」之言「聥」也，亦知聲之名也。説文：聥，張耳有所聞。是其義矣。余謂「蠁」既以聲響爲義，故或作「響」。「肸蠁」當即「響應」之意。「肸」亦或作「翕」，同音通用。一切經音義引文選蜀都賦注：翕響謂奄忽之間也。是此處本有作「翕響」者。漢書顔師古注：上林賦語云「盛作」也。則與此「興作」義合。此處當亦作「肸蠁」。

「職貢」　「職」，奎章閣本、明州本、贛州本、四庫本、叢刊本、正德本、陳八郎本、尤刻本、胡刻本、監本、九條本同。唐鈔本作「軄」。當作「職」。

「納其包匭」　「包」，奎章閣本、明州本、贛州本、四庫本、叢刊本、正德本、陳八郎本、尤刻本、胡刻本、監本、九條本同。唐鈔本作「苞」。當作「包」。「匭」，明州本、四庫本、正德本、陳八郎本、胡刻本同。奎章閣本、贛州本、叢刊本、尤刻本、監本、九條本作「匭」。唐鈔本作「匭」。當作「匭」。

■**立群案**：劉逵注引尚書禹貢曰：包匭菁茅。當爲賦語所本。包，包裹。匭，纏結。故孔穎達疏引鄭玄曰：重之，故既包裹而又纏結也。蔡沈書集傳：既包而匣之，所以示敬也。故知作「包」是也。

「離騷」　「騷」，監本、唐鈔本同。奎章閣本、明州本、贛州本、四庫本、叢刊本、正德本、陳八郎本、尤刻本、胡刻本、九條本作「騷」。當作「騷」。

「咏其宿莽」　「咏」，奎章閣本、贛州本、四庫本、叢刊本、正德本作「詠」。明州本、陳八郎本、尤刻本、胡刻本、監本、唐鈔本、九條本作「詠」。當作「咏」。「宿」，奎章閣本、明州本、贛州本、四庫本、叢刊本、正德本、尤刻本、胡刻本、監本、唐鈔本、九條本同。陳八郎本作「宿」。當作「宿」。「莽」，奎章閣本、明州本、贛州本、四庫本、叢刊本、正德本、陳八郎本、尤刻本、胡刻本、監本、九條本同。唐鈔本作「莽」。當作「莽」。

【彙注】

【李善注】劉曰：布護，遍滿貌。蟬聯，不絶貌。寅緣，布藤上貌。羃歷，分步覆被貌。許氏記字曰：岊，陬隅，而山之節也。扤，摇也。蒂，花本也。菲菲，花美貌也。方言曰：凡草生而初達謂之葩。芬馥，色盛香散狀。包，裹也。匭，猶結也。尚書禹貢曰：包匭菁茅。菁茅生桂陽，可以縮酒，給宗廟，异物也，重之，是故既包裹而又纏結之。一曰，匭，柙也。爾雅曰：卷葹草，拔其心而不死。江、淮間謂之宿莽。屈原嘉之以其志，故離騷曰：夕攬洲之宿莽。善曰：毛萇詩傳曰：扤，動也。淮南子曰：草木之勾萌，銜翠載實。説文曰：蕤，草木華垂貌。肸蠁，已見蜀都賦。夤緣，出也。岊音節。葩，以税切。蕤，汝誰切。

【文選鈔】布護皋澤，衛子：猶彌望廣博也。案：猶延蔓也。蟬聯陵丘，衛子曰：轉相糾結也。夤緣山岳之岊。衛子曰：憑高巖以迢遰。夤，引蔓也。詩云：節被南山，維石巖巖。毛公云：高峻貌也。羃歷江海之流，衛子曰：彌離江海之洪流。

蒂，花柄貌也。銜，含也。蕤，蘂也。初欲開時，口含赤色。

茂，盛也。曄，光盛貌。菲菲，花色鮮香也。

光色炫晃，言日光相映曜。芬馥，香氣盛也。肸蠁，言甚也。漢書音義曰：司馬彪曰：肸，過也。芬芳之過，若蠁虫之布寫。

【文選音決】聯音連。夤，以仁反。岊音節。或爲節字，通。案：説文音虞，通。冪音覓。靂音歷。扤音兀。蔕，丁戾反。蕤，如維反。莌音悦，許：与税反。菲，芳非反。炫音縣。晃，胡廣反。馥音伏，又步逼反。肸，許乙反。匭音軌。莽，莫朗反。

【五臣注】夤音寅。岊音節。冪音覓。杌，五骨反。蔕音帝。莌，以説反。翰曰：布護，草衆密貌。澤畔曰皋，有水曰澤。蟬聯，謂不絶於丘陵之上。夤緣，言衆草滋長，皆緣上山岳而生。山曲曰岊。冪歷，草掩覆於岸，而江海波流於草下也。翰曰：扤，摇動也。蔕，花根而綴于枝上。朱蕤，花也。言花生於草，若草銜之。銑曰：鬱，多狀也。凡草初生之謂莌。曄華，盛貌。菲菲，美貌。言花卉叢生，鬱茂華盛而美之。良曰：光色炫晃，謂花卉向日，有光色之貌。芬馥，香也。肸蠁，蚊類也。言香氣積來如肸蠁之群飛也。翰曰：職貢，謂獻於君也。納，猶入也。包，裹也。匭，匣也。謂致於裹匣而貢之。離騷云：宿宿短草，莽莽長草。

【陸善經注】「布護」以下皆草所在蔓生之形。

岊，山之高隅也。

扤，摇也。謂果實動摇也。朱蕤，謂朱華葳蕤也。

書禹貢云，其包橘柚，匭菁茅也。

【張鳳翼文選纂注】岊音節。冪音覓。杌，五骨切。莌，以説切。布護，草衆密貌。澤畔曰皋，有水曰澤。蟬聯，謂不絶于丘陵之上。夤緣，言衆草滋長，皆緣山而生。山曲曰岊。冪歷，草掩覆于岸，而波

流于草下也。杌，摇動也。蒂，花根綴於枝上。朱蘂，花也。言花生于草，若草銜之也。草初生爲莌。曄曄，盛貌。菲菲，美貌。晃，光色貌。芬馥，香也。肹蠁，蚊類。言香氣來如肹蠁之群飛也。職貢，謂獻于君也。納，猶入也。包，裹也。匭，匣也。謂致于裹匣而貢之。卷葹草，拔其心而不死。江、淮間謂之宿莽。屈原嘉之，故離騷曰：夕覽洲之宿莽。

【王象乾文選删注】岊音節。羃音覓。莌，以稅切。岊，陬隅。羃歷，分布覆被貌。杌，摇也。鬱，草木華垂貌。凡草生初達謂之莌。包，裹也。匭，柙也。尚書禹貢曰：包匭菁茅。菁茅可以縮酒，給宗廟，异物也，重之，是故既包裹而又纏結之。爾雅曰：卷葹草，拔其心而不死。江、淮間謂之宿莽。屈原嘉之以其志，故離騷曰：夕攬洲之宿莽。

【杭世駿文選課虚】羃歷，分布覆被貌。賓緣，布藤上貌。幕歷，分布覆被貌。扤，摇也。上林賦：揚翠葉，扤紫莖。凡草生而初達謂之莌。以稅切。

【余蕭客文選音義】羃舊音覓。岊藝文注音節。翰曰：山曲曰岊。扤毛詩音音月。蘂叶西。莌何音鋭。匭何音癸。曄兮。五臣作曄曄。

【余蕭客文選紀聞】岊節。藝文類聚六十一。羃覓。元包經傳注一。莌方言注二音鋭。博雅音二音悦。

【胡克家文選考异】注「布濩」下至「分布覆被貌」。袁本、茶陵本無此二十三字。

注「蒂花本也菲菲花美貌也」。袁本、茶陵本無此十字。

注「芬馥色盛香散狀」。袁本、茶陵本無此七字。

【許巽行文選筆記】之岀。注：岀，而山之節也。何云：「而」疑爲「兩」字之訛。案：説文作「高山之節」。何氏失考。嘉德案：「岊」，晋府本作「岀」，是也。

【朱珔文選集釋】夤緣山嶽之岊。劉注引許氏記字曰：岊，陬隅，而山之節也。案：注所稱「許氏記字」即説文也。今説文「𡵂」字云：陬隅，高山之節也節當作卩。注中「而」字乃「高」之誤。𡵂字，从山、卩。此處作「岊」，他書或作「峊」，皆以形似失之。

【梁章鉅文選旁證】暟兮菲菲。五臣作「暟暟菲菲」。翰注可證。

注許氏記字曰：岊，陬隅而山之節也。此劉注引説文也。即今之解字，「而」當依説文改「高」。

注菲菲，花美貌也。此六字當移在「方言曰」十二字下。

注菤葹艸，拔其心不死。江、淮間謂之宿莽。屈原嘉之以其志，故離騷曰：夕覽州之宿莽。「其」字衍。六臣本「心」下衍「而」字。案：方言：莽，草也。南楚曰莽，爲草之總名。郭璞讚曰：菤葹之草，拔心不死。屈平嘉之，諷咏以比。取類雖邇，興有遠旨。

【胡紹煐文選箋證】曄兮菲菲。注五臣本「曄曄菲菲」。按：五臣本是也，此蓋涉上「鬱兮蒞茂」而誤。本書西都賦：曄曄猗猗。説文：曄，草木白華貌。重言之，亦得爲「曄曄」，「曄曄菲菲」重文爲句。

職貢納其包匭。注劉逵曰：包，裹也。匭，結也。尚書禹貢曰：包匭菁茅。菁茅生桂陽，可以縮酒，給宗廟，异物也，重之，是故既包裹而又纏結之。一曰：匭，柙也。按：注以「匭」爲「纏結」，則讀同「糾」。後漢書張衡傳注：糾，纏結也。匭，從九聲，與糾音近。史記集解引鄭康成注云「匭，猶纏結也」，劉説本此。某氏禹貢傳云「匭，匣也」，即劉所謂「一曰」義也。漢書地理志：包匭菁茅。顔注：匭，柙也。又按：左僖四年傳：爾貢包茅不入。賈逵注：包茅，菁茅包匭之也。賈、鄭説同。

【高步瀛文選李注義疏】「岊」，各本作「峊」，非。朱珔曰：岊，从山、卩。此處作「峊」，他書或作「峊」，皆以形似失之。○「曄曄」，尤本作「曄兮」，似誤。今依五臣。張銑曰：曄曄，盛貌。菲菲，美

貌。○劉注「布濩」至「覆被貌」。胡克家曰：袁本、茶陵本無此二十三字。○「許氏記字」，梁章鉅曰：此劉注引説文也，即今之解字。步瀛案：「記」字，「記」疑「説」字之誤。今本説文曰：岀，陬隅高山之節也。玄應經音義七引「高」上有「而」字，本注「而」字不誤。特各本脱「高」字，今本説文則脱「而」字耳。「陬隅而高」句，昔人「高山」連讀，非是。沈濤説文古本考曰：有此二字，語氣始完。初學記卷五、御覽卷三十八引「陬隅高者曰岀」，乃節引，非全文。○「蔕花本也」至「美貌也」。胡克家曰：袁本、茶陵本無此十字。○方言見卷二。郭注曰：鋒萌始出案上云萖，小也。錢繹箋疏曰：通作「鋭」。説文：鋭，芒也。昭十六年傳「不亦鋭乎」，杜注：鋭，細小也。○「芬馥色盛香散狀」。胡克家曰：袁本、茶陵本無此七字。○史記夏本紀集解引鄭玄禹貢注曰：匭，纏結也。菁茅，茅有毛刺者。給宗廟縮酒。重之，故包裹又纏結也。爲劉注所本。僞孔傳曰：匭，匣也。柙即匣之借字，與後説同。胡紹煐曰：注以匭爲纏結，則讀同糾。後漢書張衡傳注：糾，纏結也。匭從九聲，與糾音近。○爾雅見釋草。「葹」作「施」，無「其」字。釋文曰：「施」，或作「葹」。郭注曰：宿莽也。離騷云。○今楚辭離騷「覽」作「攬」。舊校曰：「攬」，一作「擥」，一作「擥」。王逸注曰：草冬生不死者，楚人名曰宿莽。宿莽遇冬不枯，屈原以喻讒人雖欲困己，己受天性終不可變易。藝文類聚草部引南越志曰：寧鄉縣草多卷施，拔心不死。江、漢間謂之宿莽。又引郭璞卷施讚曰：卷施之草，拔心不死。屈平嘉之，諷咏以比。取類雖邇，興有遠旨。是卷施即宿莽也。○李注引毛詩傳，見節南山。○淮南子，見本經篇。此注各本「華」誤「翠」，「戴」誤「載」，今依淮南校改。○説文見艸部。○丘，古音之部。流，幽部。通轉爲韵。蕤、菲，脂部。晃、饗、莽，陽部。

木則楓柙豫章，栟櫚枸榔。綿杬杶櫨，文欀楨橿。平仲君遷，松梓古度。楠榴之木，相思之樹。

【彙校】

「楓柙豫章」　「豫」，明州本、贛州本、四庫本、叢刊本、正德本、陳八郎本、監本、唐鈔本、九條本同。奎章閣本作「豫」。尤刻本、胡刻本作「橡」。當作「豫」。「章」，奎章閣本、明州本、贛州本、四庫本、叢刊本、正德本、陳八郎本、監本、唐鈔本、九條本同。尤刻本、胡刻本作「樟」。當作「章」。

■**立群案**：胡克家文選考異：袁本、茶陵本「橡樟」作「豫章」，注同，是也。案：此尤誤改。許巽行文選筆記：「橡樟」六臣本二字皆不从木。下「桾櫏」，李注只作「君遷」，六臣本亦不从木。説文四字皆無。朱珔文選集釋：「橡樟」，劉注云：橡樟，木也。案：「橡樟」當作「豫章」。後子虛賦「楩柟豫章」注引服虔曰：豫章，大木也。生七年乃可知。史記正義云：豫，今之枕木也。章，今之樟木也。二木生至七年，枕、樟乃可分別。是豫、章雖同類，而有別矣。本草綱目亦謂：樟，有大、小二種，紫、淡二色。樟之小者爲豫，别録謂之鈞樟。鄭樵通志云：鈞樟，亦樟之類。即爾雅「棆，無疵」是也。但爾雅郭注云：棆，楩屬，似豫章。不謂即豫章也。説文：棆，母杶也。段氏謂「母杶」當作「母疵」，皆字之誤。古「母」「無」通用。玉篇：棆，木名也。杫，無杫木也。二字爲伍，蓋謂一物。廣韻云：「無杫木，

一名榆」是也。余謂説文「榆」不與「杶」相次，段説似可從。謂即釣樟之异名，則未知是否。諸説中，朱氏説最有據。當作「豫章」。

「栟櫚枸榔」「栟櫚」，奎章閣本、明州本、贛州本、四庫本、叢刊本、正德本、陳八郎本、尤刻本、胡刻本、監本、九條本同。唐鈔本作「并閭」。今從「栟櫚」。「枸榔」，奎章閣本、明州本、贛州本、四庫本、叢刊本、正德本、陳八郎本、九條本同。尤刻本、胡刻本、監本作「枸桹」。唐鈔本作「句桹」。當作「枸榔」。

■**立群案**：史記司馬相如列傳：留落胥餘，仁頻并閭。裴駰集解引郭璞曰：并閭，椶也，皮可作索。枚乘七發：梧桐并閭，極望成林。張衡南都賦：楈枒栟櫚，柍柘檍檀。似本作「并閭」，後加木旁爲「栟櫚」也。

尤刻本、胡刻本作「桹」，正德本、陳八郎本作「榔」。唐鈔本正文及各家注作「桹」。似已無可考。諸本多作「枸榔」，今從「枸榔」。

「綿杬杶櫨」「綿」，奎章閣本、正德本、唐鈔本同。明州本、贛州本、四庫本、叢刊本、陳八郎本、尤刻本、胡刻本、監本、九條本作「緜」。當作「綿」。「櫨」，明州本、四庫本、叢刊本、尤刻本、胡刻本、監本、九條本同。奎章閣本、贛州本、正德本、陳八郎本、唐鈔本作「櫨」。當作「櫨」。

「文欀楨橿」「欀」，明州本、贛州本、四庫本、叢刊本、正德本、陳八郎本、尤刻本、胡刻本、監本、九條本同。奎章閣本、唐鈔本作「欀」。當作「欀」。

「平仲君遷」「君遷」，奎章閣本、明州本、贛州本、四庫本、叢刊本、正德本、陳八郎本、監本同。唐鈔本作「君遷」。尤刻本、胡刻本、九條本作「桾櫏」。當作「君遷」。

■**立群案**：孫志祖文選李注補正：平仲君遷。注：君遷之樹，子如瓠形。○補曰：丹鉛録曰：司馬温公名苑云：君遷子如馬奶，俗云牛奶柹是也。今之造扇用此柹油。胡克家文選考异：袁本、茶陵本作「君遷」，是也。案：此尤誤改，注仍作「君遷」未改，可證。字書雖有「桾櫏」字，但劉既不从「木」，善又與劉同，不得取而改之。凡今所論是非，意皆專主善何作。許巽行文選筆記：「櫲樟」，六臣本二字皆不从木。下「桾櫏」，李注只作「君遷」，六臣本亦不从木。説文四字皆無。朱珔文選集釋：「桾櫏」，劉注引劉成曰：君遷，子如瓠形。案：「桾櫏」當如注作「君遷」。正字通云：桾櫏即梬。司馬温公名苑云：君遷子，即今牛奶柹。廣雅疏證謂：梬亦牛奶柹，故似一物。段氏云：梬，即爾雅之「遵羊棗」也。郭注：實小而圓，紫黑色，今俗呼之爲羊矢棗。若君遷，則此注既言子如瓠形。玉篇亦曰：桾櫏子如鷄子，不得以梬棗當之。梁章鉅文選旁證：六臣本「櫲樟」作「豫章」，「桾櫏」作「君遷」，是也。此注中作「君遷」，尚不誤。胡紹煐文選箋證：劉欣期交州記曰「君遷樹，子如馬乳」，魏王花木志曰：君遷細似甘蕉，子如馬乳。皆以爲似馬乳，則司馬光馬奶柹之説不爲無據，然與劉成説「子如瓠形」不合。據諸家説，似當作「君遷」爲是。

「松梓古度」「梓」，奎章閣本、明州本、贛州本、四庫本、叢刊本、陳八郎本、尤刻本、胡刻本、監本、九條本同。正德本、唐鈔本作「梓」。當作「梓」。

「相思之樹」「樹」，明州本、贛州本、四庫本、叢刊本、陳八郎本、尤刻本、胡刻本、監本、唐鈔本、九條本同。奎章閣本、正德本作「樹」。當作「樹」。

【彙注】

【李善注】柙音甲。枸，古候切。橿音薑。劉曰：楓、柙，皆香木名也。豫章，木也。异物志曰：栟

櫚，椶也，皮可作索。枸榔，樹也，直而高，其用與栟櫚同。栟櫚出武陵山，枸榔出廣州。木綿樹高大，其實如酒杯，皮薄，中有如絲綿者，色正白，破一實得數斤，廣州、日南、交趾、合浦皆有之。杬，大樹也，其皮厚，味近苦澀，剥乾之，正赤，煎訖以藏衆果，使不爛敗，以增其味，豫章有之。杶、櫨，二木名。文，文木也，材密緻無理，色黑如水牛角，日南有之。欀木，樹皮中有如白米屑者，乾擣之，以水淋之，可作餅，似麵，交趾盧亭有之。楨、橿，二木名。劉成曰：平仲之木，實白如銀。君遷之樹，子如瓠形。松、梓，二木名。古度，樹也，不華而實，子皆從皮中出，大如安石榴，正赤，初時可煮食也，廣州有之。楠榴，木之盤結者，其盤節文尤好，可以作器；建安所出最大長也。相思，大樹也，材理堅，邪斫之則文，可作器；其實如珊瑚，歷年不變，東冶有之。善曰：榔音郎。杬音元。杶，敕倫切。欀音襄。楨音貞。

【文選鈔】楓，香木也。其脂可以爲膠香。招魂云：蕩蕩江水兮上有楓。柙，一名莒英樹，狀似槐，皮白，有針刺，其子似槐大，豆角可長八九寸許，廣一寸，甚去垢膩。豫章似楠，生七年，然後可知。栟櫚，皮毛若馬尾，黄赤色，長二尺許，裹樹而生，葉似蒲祁也。句根，一名元粱。葉長，狀類芭蕉而疏。今桂陽已南皆種之。楨，女貞木也，葉厚有光，冬夏常青。橿，土橿木也。平仲，其子如鵝卵也。古度樹，實中有如蒲符梨者，取之，數日不煮，皆化作虫，如蟻，有翼，穿皮飛出，著人屋壁，正黑。南越志云：翔鳳山多相思樹。列异傳：韓馮夫妻死作梓，号曰相思樹。

【文選音决】楓，方工反。柙音甲。栟音并。櫚音閭。枸音鈎。桹音郎。櫋音綿。杬音元。杶，丑春反。或爲椿，同。櫨音盧。欀音襄。楨音貞。橿音薑。櫏，七延反。柟，乃堪反。榴反。榴音留。

【五臣注】柙音甲。枸，古侯反。榔音郎。杬音元。杶音椿。櫨音盧。欀音襄。楨音貞。橿音薑。楠音南。榴音留。向曰：皆木名也。

【陸善經注】櫨木，有文采。文木，今名曰烏文木，与柿心相類。南留，南木之有瘤瘦者。此諸木皆出南中也。

【張鳳翼文選纂注】柙音甲。枸，古侯切。楖音郎。杬音元。杶音春。櫨音盧。欀音襄。楨音貞。橿音薑。楓、柙，香木也。豫章，木名。栟櫚，椶也，皮可作索。枸楖，樹直而高，其用與栟櫚同。木綿樹高大，其實如酒杯，皮薄，中有如絲綿者，色正白，破一實得數斤。杬，大樹也，其皮厚，味甚苦澀，煎以藏衆果，使不爛敗。杶、櫨，二木。文，木也，材密緻無理，色黑如水牛角。欀木，樹皮中有如白米屑者，乾搗之，以水淋之，似麵，可作餅。平仲之木，實白如銀。君遷之樹，子如瓠形。古度，不花而實，子皆從皮中出，大如石榴，正赤，初時可煮食也。楠榴，木之盤結者。相思，大樹也，材理堅邪。皆可作器。

【王象乾文選删注】杬音元。杶，敕倫切。欀音襄。楓、柙，皆香木名。枸楖，其用與栟櫚同。杶、櫨，二木名。平仲之木，實白如銀。君遷之樹，子如瓠。异物志曰：木綿樹高大，實如酒杯，中有如絲綿者，色正白，破一實得數斤。杬，大樹，皮厚，味近苦澀，煎以藏衆果，使不爛。杶、櫨，二木名。文，木也，材密緻無理，色黑如水牛角，日南有之。欀木，樹皮中有如白米屑者，乾搗之，以水淋之，可作餅，似麪。古度樹，不華而實，子皆從皮中出，大如安石榴，正赤，初時可煮食。楠榴，木之盤結者，其盤節文尤可以作器。相思樹，材理堅邪，斫之則文，可作器；其實如珊瑚，歷年不變。

【陳景雲文選舉正】木則楓柙豫章。注「楨櫨」。「櫨」當作「橿」。

【汪師韓文選理學權輿·前賢評論】方以智通雅曰：平仲，銀杏也。吴都賦：平仲桾櫏。注劉成曰：平仲之木，實白如銀。

君遷子，梬栗也。子虛賦有「梬栗」注：梬音逞，棗也。東璧「楩棗」條，亦載廣志梬棗，則梬棗即梬

栗。西京雜記列梬棗於棗類，非也。

吴都賦：枸苦侯切榔綿杬。注异物志云：枸榔如栟櫚，出廣州波羅，直起無枝。古度子從皮出，亦是此類。

【余蕭客文選音義】桹善音郎。杬善音元。檴善音襄。杶舊音春。櫲樟音預章。枸鈎。桾遷。六臣作「君遷」。魏王花木志：君遷樹，細如甘蕉，子如馬乳。司馬光名苑：即今牛奶柿。

【余蕭客文選紀聞】榔郎。廣韵二。杬元。杶椿。并廣韵一。櫨盧。通典百七十七。檴襄。集韵三。桾軍。廣韵一。櫏。遷。集韵三。魏王花木志：君遷樹，細似甘蕉，子如馬乳齊民要術十。今信州城西街連市，地名君遷，仍多樹本，人不能辨。予嘗統理是郡，召父老詢之，不知地名之由。及披文選吴都賦「平仲君遷」注皆木名，以此詳之，不辨之木乃君遷爾錢希白南部新書壬。交州記：古度樹，不花而實，實從皮中出，大如安石榴，色赤，可食。其實中如有蒲梨者，取之數日，不煮皆化成蟲，如蟻如翼，穿皮飛出，著屋正黑。廣州記：古度子似杏味酢，取煮爲粽并齊民要術十。南越志：古度樹一呼那子，南人號曰柁，實從皮中出，大如櫻桃，黄即可食，過則實中化蛾飛出，亦有爲蚊子者北户録。戰國時，魏有民戍秦不返，妻思而卒。既葬，冢生木，枝葉皆向夫所在，因謂之相思木述异記上。豆有圓而紅，其首烏者，世呼爲相思子，即紅豆异稱。其木斜斫之則有文，可爲彈博局及琵琶槽。其樹大而白，枝葉似槐。其花與皂莢花無殊。其子若穭豆之處甲中，通身皆赤。李善云其實赤如珊瑚，是也資暇集下。案：紅豆有二，皆木種。首戴烏，朱紅色，大小如赤小豆，較圓滿，小樹生，名相思子。舉體赤紅，大小如扁豆者，大樹生，不名相思子。劉淵林注誤以大紅豆爲相思，李濟翁資暇誤以二紅豆爲一種。燕地有頻婆，夜置枕邊，有香氣，即佛書所謂頻婆，華言相思也瑯嬛記上。案：燕、魏非吴地。二相思樹附見。

【孫志祖文選理學權輿・補前賢評論】文選吴都賦「平仲君遷」，皆木名。注缺。案：司馬温公名苑云：君遷子如馬奶，俗云牛奶柿是也。今之造扇用此柿油可補文選注。

【孫志祖文選李注補正】平仲君遷。注：君遷之樹，子如瓠形。○補曰：丹鉛録曰：司馬温公名苑云：君遷子如馬奶，俗云牛奶柿是也。今之造扇用此柿油。

【張雲璈選學膠言】方氏通雅云：平仲，即銀杏也。注引劉成曰：平仲之木，實白如銀。故劉無功決之。雲璈按：「平仲」即上林賦之「枰」。上林云：華楓枰櫨。注引郭璞曰：枰，平仲。君遷，方氏以爲即「梬栗」，云：子虚賦有「梬栗」，注「梬，梬棗也」。東壁楆棗條，亦載廣志梬棗，則梬棗即梬栗也。西京雜記列梬棗於棗類，非也。雲璈按：子虚櫨、梨、梬、栗四物并列，上林梬棗、楊梅二物對舉，則梬是梬棗。方氏謂即梬栗，以「梬棗」「梬栗」爲一物，誤矣。李注子虚賦云：梬棗似柿而小，名曰楆。考齊民要術：柿有小者栽之，無則取枝於楆棗根上插之。蓋楆本棗名，非脯之而後名楆也。司馬温公名苑又云：君遷形如馬奶，俗名牛奶柿。何氏讀書記解「羊棗」云：羊棗非棗也，乃柿之小者。初生色黄，熟則黑，似羊矢。其樹再接，即成柿矣。予乙亥客授臨沂，始睹之。沂近魯地，可據也。今俗呼牛奶柿，一名楆棗，而臨沂人亦呼羊棗曰楆棗。此尤可證柿之小者通得棗名，不必以爾雅「遵，羊棗」之説爲疑。若邵武士人僞作正義，以羊棗爲樲棘之屬，則甚謬。此乃本草所收酸棗也，自出山石間，色赤，味酸。據此別君遷即梬棗，梬棗即孟子羊棗也。孫侍御云：牛奶柿，今造扇用此柿油。

【胡克家文選考异】木則楓柙櫲樟。袁本、茶陵本「櫲樟」作「豫章」，注同，是也。案：此尤誤改。

平仲君櫏。袁本、茶陵本作「君遷」，是也。案：此尤誤改，注仍作「君遷」未改，可證。字書雖有「桾櫏」字，但劉既不从「木」，善又與劉同，不得取而改之。凡今所論是非，意皆專主善何作。

楠榴之木。案：「楠」當作「南」，注中作「南」，各本皆同。袁、茶陵二本「楠」下有「南」音，蓋五臣「楠」而亂之。「南榴」複二字，爲一木名，與「柟」之別體作「楠」無涉，五臣誤也。

注「尤好可以作器」。袁本、茶陵本無「好」字，是也。

【**許巽行文選筆記**】橡樟。六臣本二字皆不从木。下「桾櫏」，李注只作「君遷」，六臣本亦不从木。説文四字皆無。

【**朱珔文選集釋**】橡樟。劉注云：橡樟，木也。案：「橡樟」當作「豫章」。後子虛賦「楩枏豫章」注引服虔曰：豫章，大木也。生七年乃可知。史記正義云：豫，今之枕木也。章，今之樟木也。二木生至七年，枕樟乃可分別。是豫、章雖同類，而有別矣。本草綱目亦謂：樟，有大、小二種，紫、淡二色。樟之小者爲豫，别録謂之釣樟。鄭樵通志云：釣樟，亦樟之類。即爾雅「棆，無疵」是也。但爾雅郭注云：棆，楩屬，似豫章。不謂即豫章也。説文：棆，母杶也。段氏謂「母杶」當作「母疵」，皆字之誤。古「毋」「無」通用。玉篇：棆，木名也。枇，無枇木也。二字爲伍，蓋謂一物。廣韵云：無枇木，一名棆是也。余謂，説文「棆」不與「杶」相次，段説似可從。謂即釣樟之异名，則未知是否。

杬。劉注引异物志曰：大樹也，其皮厚，味近苦澀，剥乾之，正赤，煎訖以藏衆果，使不爛敗。案：爾雅釋木：杬，魚毒。字从木。而説文魚毒之芫則从艸。郭注爾雅云：杬，大木。皮厚，汁赤，堪藏卵果。正合此注，然與魚毒有別。顔師古注急就篇「芫華」云：景純所説，乃吴都賦所謂「緜杬杶櫨」者耳，非魚毒也。芫草，一名魚毒，煮之以投水中，魚則死而浮出，故以爲名。其華可以爲藥。「芫」字或作「杬」。余謂據小顔之駁郭説，是此賦之「杬」與爾雅之「杬」异矣。爾雅以「杬」字从木，故入之釋木，其實草也。説文从艸字，亦有从木者。如「蔦」爲「樢」，「蒴」爲「枸」是也。此「杬」則見管子地員篇

「其木宜蚖蒚」，「蚖」即「杬」同音借字耳。「蒚」當亦即「棆」，無疵之棆。

杶。劉注云：木名。案：説文：杶，木也。引夏書：杶榦栝柏。重文爲「櫄」。鄭注考工記引書亦作「櫄」。山海經：成侯之山，其上多櫄木。郭曰：似樗樹，材中車轅。吴人呼櫄音輴車。杶，即今之椿。莊子所云大椿也。「椿」、「樗」音之轉。圖經云：椿木、樗木，形榦大抵相類。但椿木實而葉香，可噉。樗木疏而氣臭，北人呼樗爲山椿。蓋即爾雅之栲山樗也。釋文引方志云：櫄樗栲漆，相似如一。又説文「杶」下別出「楯」字云：杶也。段氏謂此杶木別名，非即「杶」字。左傳，孟莊子斬雍門之楯以爲公琴是也。

櫰。劉注云：櫰木，樹皮中有如白米屑者，乾擣之，以水淋之，可作餅，似麵，交阯盧亭有之。案：集韵云：櫰，木名，出交阯，皮中有米屑之可食。當即本此注。本草拾遺有莎木，云：生嶺南山谷，大者木皮内出麵數斛，色黄白。李時珍曰：「莎」，當作「莎」。謂其葉離披如莎衣也。張勃吴録地理志言：交阯櫰木，皮中有白粉者即此。後人訛「櫰」爲「莎」，音相近爾。楊慎卮言謂櫰木即桄榔，誤矣。左思吴都賦：麵有桄榔。不應一物兩用。又云：劉欣期交州記：都勾樹似椶櫚，木中出屑，如桄榔麵，恐此即櫰木也。余謂，蘇氏圖經言桄榔木似栟櫚，李氏以都勾樹如椶櫚，即櫰木，是二者合矣。又謂莎木即櫰木，葉離披如莎衣，則亦似栟櫚也。疑三者木相類而异其名耳。若云一物兩用，則「麵有桄榔」，乃蜀都賦語，并非吴都。李氏誤舉之。○又案：上言「枸桹」，注云：樹直而高，其用與栟櫚同，出廣州。而方氏通雅證以魏王花木志：都勾似栟櫚木，中出屑如麵，如桄榔。是以都勾爲枸桹也，與時珍謂都勾即櫰木者异。勾乃枸之省，方説較勝。下又有「古度」，注云：樹不華而實，子皆從皮中出，大如安石榴，正赤，初時可煮食也。通雅云：古度子從皮出，亦是此類。且總之云：南方奇木多椶蕉，本曰枒子，曰

栟櫚，曰枸桹，曰蒲葵，曰桄榔，曰檳榔大腹，曰莎麪櫰木，曰海椶鳳尾蕉，曰波羅密，曰古度樹，皆椶蕉之類也。然則數者雖各物而形狀略同，其桄榔、都勾、莎櫰尤相似，故説者多混。方氏以莎櫰合言，殆謂莎即櫰者，近是。

楨。劉注云：木名。案：説文「楨」字云：剛木也。此但謂木之剛者耳。廣韵有女楨。山海經東山經：太山上多楨木。郭注：女楨也。殆即此楨矣。楨，或省木作貞。圖經本草云：女貞，處處有之。其葉似枸骨及冬青木，至冬不凋。李時珍謂女貞、冬青、枸骨三樹，女貞俗呼蠟樹，冬青俗呼凍青樹，枸骨俗呼貓兒刺。東人因女貞茂盛，亦呼爲冬青。蓋一類二種爾。

桾櫏。劉注引劉成曰：君遷，子如瓠形。案：桾櫏，當如注作君遷。正字通云：桾櫏即梬。司馬温公名苑云：君遷子，即今牛奶柹。廣雅疏證謂：梬亦牛奶柹，故似一物。段氏云：梬，即爾雅之遵羊棗也。郭注：實小而圓，紫黑色，今俗呼之爲羊矢棗。若君遷，則此注既言子如瓠形。玉篇亦曰「桾櫏子如鷄子」，不得以梬棗當之。

楠榴之木。劉注云：南榴，木之盤結者，其盤節文尤好，可以作器；建安所出最大長也。案：胡氏考异云：「楠」當如注作「南」。蓋五臣作「楠」而亂之。「南榴」複二字，爲一木名，與「枏」之別體作「楠」無涉，五臣誤也。段氏謂「楠」字不誤，特「枏」之俗耳。「榴」乃「瘤」之誤，傳寫失之。枏瘤之木，猶今云癭木也。癭木多枏樹所生，故曰枏瘤。四川癭木器物，皆出於枏，想建安亦多此也。古有爲楠榴枕賦者，爲楠榴枕銘者，「瘤」皆誤「榴」。瘤者，腫也。癭者，頸瘤也。木之瘤，似人之贅疣。庚子山枯樹賦云：戴癭銜瘤。淵林云：建安所出最大長。謂其癭瘤最長大也。章樵云：木結成癭瘤，大如栲栳、車輪者，割之有文。今乃欲改「枏」爲「南」，合二字爲木名，臆爲之説。余謂本草綱目言楠樹其近根

年深向陽者，結成草木山水之狀，俗呼爲骰柏楠，宜作器，正此。段説是也。若以南榴爲木，果何木耶？方氏通雅云：柟榴乃鬪班櫻木。後山談叢言：嘉州産紫竹、楠、榴。蓋木有癭瘤，取其材多花班，謂之癭子木。書作櫻子木，訛爲影子木。俗又呼鬭柏楠乃鬭班楠，狀其癭瘤文耳。説亦與段合。

相思之樹。劉注云：相思，大樹也，材理堅，邪斫則文，可作器；其實如珊瑚，歷年不變，東冶有之。案：此即紅豆樹也，亦名相思子。王維詩云「紅豆生南國」，下云「此物最相思」即此。今吴中有之，與注所説正同。

【梁章鉅文選旁證】木則楓柙櫲樟。又平仲桾櫏。六臣本「櫲樟」作「豫章」，「桾櫏」作「君遷」，是也。此注中作「君遷」，尚不誤。

松梓古度。庾信枯樹賦作「松子古度」。

楠榴之木。胡公考异曰：「楠」當作「南」，各本注皆作「南」。謹按：六臣本「楠」下有「南」音，蓋五臣作「楠」。段曰：「楠」特「柟」之俗，「榴」乃「瘤」之誤。柟瘤之木，猶今人云癭木也。癭木多柟樹所生，故曰柟瘤。

注杶、櫨，二木名。「櫨」當作「櫑」。

注劉成曰。汪氏師韓曰：劉成説，未詳何本。

【胡紹煐文選箋證】綿杬杶櫨。注劉逵曰：杶、櫨，二木名。按：「杶」亦作「櫄」。爾雅釋文引方志云：櫄橒栲漆，相似如一。蓋即俗所謂椿也，其葉類橒而香，可啖，今以鹽漬之，味美。橒俗呼爲臭椿。

文欀楨橿。注劉逵曰：文，文木也，材密緻無理，色黑，如水牛角，日南有之。欀木，樹皮中有如白

米屑者，乾搗之，以水淋之，可作餅，似麵。交趾盧亭有之。按：文木，烏木也。郭注大荒西經云「今南方有文木，亦黑木也」，吴氏廣注「文木，即烏木」，逸周書謂之「鬫木」。又古今注云「毉木出交州，色黑有文，亦謂之烏木」，毉、烏音同。黑木謂之毉木，猶黑石謂之毉石，漢書郊祀志注「毉，美黑石」是也。櫰木，一名莎「木」。本草拾遺：櫰名莎木，生嶺南山谷，大者木皮内生麵，色黄白。字亦作「桫」，廣韵「桫，木名。似桄榔，其樹出麵」，是櫰即桫也。北户録説桄榔形云「其木如桫」，蓋二者相似。

平仲桾櫏。注劉逵曰：劉成云：平仲之木，實白如銀。君遷之樹，子如瓠形。按：方氏以智曰：平仲，銀杏也。一名檘，一名火棗木。初唐沈云卿詩：芳春平仲緑。上林賦：華氾檘櫨。注引郭璞曰：檘，平仲木。六臣本「檘」作「枰」，又引洱記云：平仲種銀杏樹，故稱平仲。猶杜仲善種棉絲樹，故呼杜仲也。紹煐按：平仲又名檟，廣韵：檟，枰仲木別名，出埤倉。劉欣期交州記曰「君遷樹，子如馬乳」，魏王花木志曰「君遷細似甘蕉，子如馬乳」，皆以爲似馬乳。則司馬光馬奶柿之説不爲無據，然與劉成説「子如瓠形」不合。

楠榴之木。注劉逵曰：楠榴，木之盤結者。其盤節文尤好。方氏以智曰：後山叢談：嘉州産紫竹。楠榴，蓋木有癭瘤，取其材多花斑，謂之「癭子木」。書作「櫻子木」，訛爲「影子木」。張紘有枏榴枕，陳後主施瓦官寺有楠榴枕，即枏榴。段氏玉裁云：「楠」特「枏」之俗，「榴」乃「瘤」之誤。枏瘤之木，猶今人云癭木也。癭木多枏樹所生，故曰枏瘤矣。紹煐按：説文「瘤，腫也」，衆經音義十八引通俗文曰「肉凸曰瘤」，凸即腫也。肉凸謂之瘤，故樹凸者亦謂之瘤。注「盤結」正解「瘤」字，蓋盤結形如瘤，故謂之瘤，作「榴」同音之假，不煩改字。

【高步瀛文選李注義疏】「豫章」，尤本作「橡樟」。胡克家曰：袁本、茶陵本作「豫章」，注同。是

也。○「君遷」，尤本作「桾櫏」。胡克家曰：袁本、茶陵本作「君遷」，是也。字書雖有「桾櫏」字，但劉既不从「木」，善又與劉同，不得改。○「楠榴」，胡克家曰：「楠」當作「南」。注中作「南」，各本皆同。袁、茶陵二本「楠」下有「南」音，蓋五臣作「楠」而亂之。南榴複二字爲一木名，與「枏」之别體作「楠」無涉。五臣誤。段氏經韵樓集卷十二曰：「楠」字不誤，特「枏」之俗耳。「榴」乃「瘤」之誤，俗間傳寫失之。胡紹煐曰：作「榴」同音之假，不煩改字。○劉注：楓、柙，二木名。案：互見南都賦注。○本書子虛賦曰：楩枏豫章。史記司馬相如傳集解引郭璞曰：豫章，大樹也。生七年乃可知。正義引温活人曰：豫，今之枕木也。章，今之樟木也。二木生至七年乃可分别。陸璣詩疏曰：豫章，葉大如牛耳，一頭尖，赤心，花黄，子青，不可食。證類本草十四「釣樟」引陶隱居曰：出桂陽、邵陵諸處。又引唐本草注曰：釣樟，出郴州山谷，樹高丈餘，葉似枏而尖長，背有赤毛若枇杷葉。本草綱目三十四曰：樟，西南處處有之。木高丈餘，小葉似枏而尖長，背有黄赤茸毛，四時不凋，夏開細花，結小子，木大者數抱，肌理細而錯綜有文，宜於雕刻，氣甚芬烈。豫、章乃二木名，一類二種也。豫即釣樟。又曰：樟有大、小二種，紫、淡二色。釣樟即樟之小者。根似烏藥香，故又名烏樟。步瀛案：據以上諸家説，豫即枕木，又曰釣樟。證類本草有釣樟，而卷十三引陳藏器又有枕材，云：作舸船，次於樟木。似又一種，與釣樟小异。○栟櫚，互見南都賦注。○枸，五臣音古侯切。御覽木部十引劉欣期交州記曰：都勾樹木中出屑如麵，可啖。又引魏王花木志曰：交州記：都勾似栟櫚，木中出屑如麵，可取爲餌食，如桄榔。是枸榔即都勾也。○御覽木部九引吴録地理志曰：交阯定安縣有木綿樹，高大，實如酒杯，中有綿，如絲之綿，又可作布，名曰緤，一名毛布。又引廣志曰：木綿樹，赤華，爲房甚繁，逼側相比，爲綿甚軟。出交州永昌。南史夷貊傳上曰：林邑出古貝。古貝者，樹名也。其華成時如鵝毳，抽其緒，紡之以作布，布與紵布不殊。

亦染成五色，織爲斑布。本草綱目三十六李時珍曰：木綿有二種，似木者名古貝，似草者名古終。或作吉貝者，乃古貝之訛也。木綿大如抱，其枝似桐，其葉大如胡桃葉。入秋開花，紅如山茶。花黄蕊，花片極厚，爲房甚繁，結實大如拳，實中有白綿，綿中有子。李延壽南史所謂古貝，張勃吴録所謂木綿，皆指似木之木綿也。姚範曰：注木綿實如酒杯，破一實得數斤。按：理無酒杯之實而得數斤之綿者，一實數斤，疑有誤也。○爾雅釋木曰：杬，魚毒。郭注曰：杬，大木。子似栗，生南方，皮厚，汁赤，中藏卵果。與劉注合。説文曰：芫，魚毒也。朱珔曰：爾雅：杬，魚毒。字从木。而説文魚毒之芫則从艸。顔師古注急就篇「芫華」云：景純所説，乃吴都賦所謂「綿杬杶櫨」者耳，非魚毒也。芫草，一名魚毒，煮之以投水中，魚則死而浮出，故以爲名。其華可以爲藥。「芫」字或作「杬」。余謂據小顔之駁郭説，是此賦之「杬」與爾雅之「杬」异矣。爾雅以「杬」字从木，故入之釋木，其實草也。管子地員篇其木宜蚖崙，「蚖」即「杬」同音借字耳。步瀛案：御覽木部九引臨海异物志曰：杬，味如楮。○説文曰：杶，木也。夏書曰：杶、幹、栝、柏。重文作「櫄」。考工記鄭注引亦作「櫄」。賈疏引禹貢鄭注曰：櫄、幹、栝、柏，四木名。中山經曰：成侯之山，其上多櫄木。郭注曰：似樗樹，材中車轅。吴人呼櫄音輴車。證類本草十四引圖經曰：椿木、樗木，形幹大抵相類。但椿木實而葉香，可啖。樗木疏而氣臭，北人呼樗爲山椿。朱珔曰：杶，即今之椿。胡紹煐曰：爾雅釋木釋文引方志云：櫄樗栲漆，相似如一。蓋即俗所謂椿也。其葉類樗而香，可啖。今以鹽漬之，味美。樗，俗呼爲臭椿。○櫨，互見南都賦注。○御覽木部九引吴録曰：南朱銅縣有文木，材堅，黑如水牛角，作馬鞭。案「南」上疑敚「日」字，「朱銅」疑「朱吾」之誤。又引南方草木狀曰：文木，樹高七八丈，其色正黑，如水牛角，作馬鞭，日南有之。案：今本草木狀佚此文。大荒西經郭注曰：今南方有文木，亦黑木也。吴任臣廣注、郝懿行箋疏皆以文木即烏

木。陳僅亦云：似是今之烏木。吴謂即逸周書王會篇之闟木。胡紹煐曰：古今注云：毉木出交州，色黑，有文，亦謂之烏木。毉、烏音同。黑木謂之毉木，猶黑石謂之毉石。漢郊祀志注：毉，美黑石。是也。○御覽木部九引吴録地理志曰：交阯望縣有櫰樹，其皮中有如白米屑者，乾之，水淋之，似麪，可作餅，郡内皆有之。與劉注合。「望」下疑脱「海」字。證類本草十二引海藥本草曰：莏木，蜀記云生南中八郡，樹高數十丈，闊四五圍，葉似飛鳥翼，皮中亦有麪，彼人作餅食之。廣志云：作飯餌之，輕滑美好，勝桄榔麪。御覽木部九引蜀志、南中八郡志、廣志，大略相同而皆作「莎木」。本草綱目三十一李時珍曰：「莏」字韵書不載。唐韵「莎」字注云：樹似桄榔。則「莏」字當作莎衣之「莎」。其葉離披如莎衣之狀，故謂之莎也。張勃吴録地理志云云，即此木也。後人訛「櫰」爲「莎」，音相近爾。按：劉欣期交州記都勾樹，恐即此櫰木也。朱珔曰：蘇氏圖經言桄榔木似栟櫚，李氏以都勾樹如栟櫚，即櫰木，是二者合矣。又謂莎木即櫰木，葉離披如莎衣，則亦似栟櫚也。疑三者木相類而异其名耳。又通雅云：南方奇木多椶蕉，本曰枒子，曰栟櫚，曰枸根，曰蒲葵，曰桄榔，曰檳榔大腹，曰莎麪櫰木，曰海椶鳳尾蕉，曰波羅密，曰古度樹，皆椶蕉之類也。然則數者雖各物而形狀略同，其桄榔、都勾、莎櫰尤相似，故説者多混。方氏以莎、櫰合言，殆謂莎即櫰者，近是。步瀛案：通雅見卷四十四。胡紹煐曰：廣韵：桫，木名。以桄榔其樹出麪，是櫰即桫也。北户録説桄榔形云：其木如桫。蓋二者相似。步瀛案：「盧亭」疑「盧容」之誤。晉志：交州日南郡有盧容縣，今占城西北地。交趾、日南同屬交州。劉云「交趾」，或統言之耳。○朱珔曰：説文楨字云：剛木也。此但謂木之剛者耳。廣韵有女楨。東山經：太山上多楨木。郭注：女貞也。殆即此楨矣。或省「木」作「貞」。本草圖經云：女貞，處處有之。其葉似枸骨及冬青木，至冬不凋。李時珍謂女貞、冬青、枸骨三樹，女貞俗呼蠟樹，冬青俗呼凍青，枸骨俗呼猫兒刺。東人

因女貞茂盛，亦呼爲冬青。蓋一類二種爾。步瀛案：圖經見證類本草十二引。李時珍説見本草綱目三十六。又互見上林賦。又案：櫨，已見南都賦。○汪師韓曰：劉成注所引，未詳何本。案：本書上林賦「華楓枰櫨」。郭璞注曰：枰，平仲木也。本草綱目三十李時珍曰：銀杏，今名白果樹。高二三丈，葉薄縱理，儼如鴨掌形，有刻缺，面緑背淡，二月開花成簇，青白色。二更開花，隨即卸落，人罕見之。枝結子百十，狀如楝子，經霜乃熟爛，去肉，取核爲果。其核兩頭尖，三棱爲雄，二棱爲雌。其仁嫩時緑色，久則黄。文選吴都賦注平仲果，其實如銀，未知即此果否。通雅四十三曰：平仲，銀杏也。唐沈雲卿詩：芳春平仲緑，清夜子規號。葉樹藩曰：司馬光名苑云：平仲，即今銀杏。胡紹煐曰：平仲，又名櫝。廣韵二十文：櫝，枰仲木別名。出埤蒼。案：又互見上林賦。○御覽木部九引劉欣期交州記曰：君遷樹，子如馬乳。又引魏王花木志曰：君遷，細似甘蔗，子如馬乳。證類本草二十三曰：君遷子生海南，高丈餘，中有汁如乳汁。吴都賦云：平仲君遷。丹鉛總録卷四曰：司馬温公名苑云：君遷子如馬奶，俗云牛奶柿是。本草綱目三十李時珍曰：牛奶柿，以形得名。崔豹古今注云：牛奶柿，即梬棗，葉如柿，子亦如柿而小。唐、宋諸家不知君遷、梬棗、牛奶柿皆一物，故詳證之。通雅亦引名苑及古今注謂綱目合而一之，又謂梬棗即梬栗。張雲璈謂子虚賦櫨、梨、梬、栗四物并列，上林賦梬棗、楊梅二物并舉，則梬是梬棗。方氏以梬栗、梬棗爲一物，誤矣。段玉裁説文「梬」字注曰：梬，即爾雅之遵羊棗也。司馬光曰：君遷子即今牛奶柿。按吴都賦注：君遷子如瓠形。玉篇曰：桾櫏子如鷄子，不當以羊棗當之。步瀛案：段以羊矢棗與牛奶柿爲一物，故謂君遷子別爲一物。其實牛奶柿大，羊矢棗小，同類而二種。温公以君遷爲牛奶柿，説自不誤。今北平有之。與瓠形亦略似，特大小懸殊耳。至或謂如鷄子，或謂如牛奶，殆各地所産，形亦各异。析言之，則與羊棗有別。渾言之，自爲一類。古今注特渾言之耳。

要之，同一物産而南北不同，古今不同，前人各就所見言之，固不能强其一致也。○齊民要術十引交州記曰：古度樹，不花而實。實從皮中出，大如安榴，色赤，可食。其實中有如蒲梨者，取之數日不煮，皆化成蟲，如蟻，穿皮飛出。又引顧微廣州記曰：古度樹，葉如栗，而大於枇杷。無花，枝柯皮中生子，子似杏而味酢，取煮以爲粽。取之數日不煮，化爲飛蟻。御覽木部九引裴淵廣州記同。御覽又引吴録地理記曰：廣州有木名古度，不華而實。○「尤好，可以作器」，胡克家曰：袁本、茶陵本無「好」字，是也。步瀛案：通雅四十三曰：枏榴乃鬬斑櫻木，非塗林之丹若也。吴張紘有枏榴枕賦，人多疑爲石榴。按後山叢談曰：嘉州産紫竹、枏榴，蓋木有癭瘤，取其材多花斑，謂之癭子木。書作櫻子木，訛爲影子木。張紘之枏榴枕，亦如雜俎所言色綾木枕乎？陳後主施瓦官寺，有南榴枕，即枏榴。今馬湖府志：枏年深向陽者，結成花紋，俗呼鬬柏枏，乃鬬斑枏，狀其癭榴文耳。步瀛案：後山叢談見卷五。張紘作枏榴枕賦見吴志紘傳。酉陽雜俎見續集十。段玉裁曰：枏瘤之木，猶今人云癭木也。癭木多枏樹所生，故曰枏榴。四川癭木器物，皆出於枏，想建安亦多此也。古有爲楠榴枕賦者，爲楠榴枕銘者，瘤皆誤榴。瘤者，腫也。癭者，頸瘤也，木之瘤似人之贅疣，庾子山枯樹賦云：戴癭銜瘤。淵林云：建安所出最長大，謂其贅疣最長大也。章樵云：木結成癭瘤，大如栲栳、車輪者，割之有文。步瀛案：藝文類聚服飾部下引晉蘇彦楠榴枕銘。章樵説見古文苑枯樹賦注。朱珔曰：本草綱目言，楠樹其近根年深向陽者，結成草木山水之狀，俗呼爲骰柏楠，宜作器，正此。段説是也。若以南榴爲木，果何木耶？步瀛案：本草綱目見卷三十四。胡紹煐曰：説文：瘤，腫也。玄應一切經音義十八引通俗文曰：肉凸曰瘤。凸即腫也。肉凸謂之瘤，故樹凸者亦謂之瘤。注「盤結」正解「瘤」字。蓋盤結形如瘤，故謂之「瘤」。作「榴」，同音之假。步瀛案：晉建安縣治建安縣，今福建建安縣治。○資暇集下曰：豆有圓而紅，其首烏者，舉

世呼爲相思子，即紅豆之异名也。其木斜斫之，則有文，可爲彈博局及琵琶槽。其樹也，大株而白枝，葉似槐，花與皂莢花無殊。其子若櫋豆處於甲中，通身皆紅。李善云：其實赤如珊瑚。是也。步瀛案：「李善」當作「劉逵」。余蕭客曰：案：紅豆有二，皆木種。首戴烏，朱紅色，大小如赤小豆，較圓滿，小樹生，名相思子。舉體赤紅，大小如扁豆者，大樹生，不名相思子。劉淵林誤以大紅豆爲相思子，李濟翁誤以二豆爲一種。步瀛案：本草綱目三十五李時珍曰：相思子，生嶺南。樹高丈餘，白色，其莢似扁豆，其子大如小豆，半截紅色，半截黑色。亦以二豆爲一種也。余氏以爲二種，甚是。然二者或亦通稱耳。又案：史記東越傳曰：漢五年，復立無諸爲閩越王，都東冶。漢書地理志會稽郡冶縣，顔注曰：故閩越地。元和郡縣志曰：江南道福州閩縣，本漢冶縣地，後漢改爲東侯官，吴改屬建安郡，晋以侯官爲晋安郡。案：即今福建閩侯縣。○章、桹、橿，陽部，與上鑾、莽韵。度、庶，魚部。

宗生高岡，族茂幽阜。擢本千尋，垂蔭萬畝。

【彙校】

「宗生高岡」「高」，奎章閣本、明州本、贛州本、四庫本、叢刊本、正德本、陳八郎本、尤刻本、胡刻本、監本、唐鈔本、九條本作「高」。當作「高」。「岡」，奎章閣本、明州本、贛州本、四庫本、叢刊本、正德本、陳八郎本、尤刻本、胡刻本、監本、九條本同。唐鈔本作「崑」。今從「岡」。

■立群案：焦贛易林遯之睽：南山高罡，回隤難登。中華字海：罡同罡。字見唐劉玄豹夫人高氏墓誌。是「罡」「岡」可通。故「崑」似當爲「崗」。「崗」「岡」通，今從「岡」。

「擢本千尋」「擢」，奎章閣本、明州本、贛州本、四庫本、叢刊本、正德本、陳八郎本、尤刻本、胡刻本、監本、唐鈔本、九條本作「擢」。當作「擢」。「本」，奎章閣本、贛州本、四庫本、叢刊本、正德本、陳八郎本、尤刻本、胡刻本、九條本同。明州本、監本、唐鈔本作「夲」。當作「本」。「尋」，正德本、監本、唐鈔本、九條本同。奎章閣本、明州本、贛州本、四庫本、叢刊本、陳八郎本、尤刻本、胡刻本作「尋」。當作「尋」。

「垂蔭萬畝」「垂」，明州本、贛州本、叢刊本、陳八郎本、尤刻本、胡刻本、監本、九條本同。奎章閣

本、四庫本、正德本、唐鈔本作「垂」。當作「垂」。「蔭」，奎章閣本、明州本、贛州本、四庫本、叢刊本、正德本、陳八郎本、尤刻本、胡刻本、監本、唐鈔本、九條本作「蔭」。當作「蔭」。「畝」，四庫本同。奎章閣本、正德本、陳八郎本、胡刻本、唐鈔本作「畒」。明州本、贛州本、叢刊本、尤刻本、監本、九條本作「畆」。當作「畝」。

【彙注】

【李善注】劉曰：宗生，宗類而生於高山之脊，故名宗生。族茂，言種族繁多也。擢本，高聳貌。八尺曰尋。言婆娑覆萬畝之地。莊子曰：匠石見樹百圍，其臨千仞，而後有枝，此大樹之屬也。

【文選鈔】垂蔭萬畝，謂婆娑覆地也。

【文選音決】擢，直角反。

【五臣注】濟曰：言木之宗族茂於岡阜也。幽，遠也。翰曰：本，根也。言根深枝盛，下達千尋，傍蔭萬畝之地。

【張鳳翼文選纂注】言木之宗族茂于岡阜。本，根也。根深枝盛，下達千尋，傍垂陰萬畝。

【杭世駿文選課虛】宗生，宗類而生。族茂，言種族繁多。

【胡克家文選考异】注「宗生」下至「覆萬畝之地」。袁本、茶陵本無此四十字。

注「莊子曰」。袁本、茶陵本「子」作「周」，是也。

【胡紹煐文選箋證】宗生高岡。注劉逵曰：宗生，宗類而生於高山之脊，故名宗生。按：宗之言衆也，聚也。「宗生」猶下云「族茂」，族亦聚也。廣雅：宗，聚也。疏證云：宗，衆之所生，故爲聚也。「聚」與「衆」義相近。衆謂之宗，聚亦謂之宗。廣雅又云「宗，衆也」，荀爽注易同人、王逸注楚辭并同。

攢柯挐莖，重葩殗葉。輪菌虯蟠，𡍫𡓡鱗接。

【彙校】

「攢柯挐莖」 「攢」，奎章閣本同。明州本、贛州本、四庫本、叢刊本、正德本、陳八郎本、尤刻本、胡刻本、監本、唐鈔本、九條本作「攢」。當作「攢」。「挐」，尤刻本、胡刻本、監本、唐鈔本同。奎章閣本、明州本、贛州本、四庫本、叢刊本、正德本、陳八郎本、九條本作「挐」。當作「挐」。

■ **立群案：** 善本作「挐」，善注引許慎淮南子注釋作「亂」。五臣本作「挐」，亦釋爲「亂」。楚辭九辯：葉菸邑而無色兮，枝煩挐而交横。朱熹集注：煩挐，擾亂也。而「挐」無「亂」義。故當作「挐」也。

「重葩殗葉」 「殗」，叢刊本、尤刻本、胡刻本、監本、唐鈔本同。奎章閣本、明州本、正德本、陳八郎本、九條本作「掩」。四庫本、叢刊本作「晻」。今從「殗」。「葉」，奎章閣本、四庫本同。明州本、贛州本、叢刊本、正德本、陳八郎本、尤刻本、胡刻本、監本、九條本作「葉」。唐鈔本作「棻」。當作「葉」。

■ **立群案：** 胡紹煐文選箋證：注善曰：殗，重也，葉重疊貌。按：六臣本作「晻」，校云：五臣作「掩」。按：殗，讀爲黤，音晻。黤，黑也。説文：黤，果實黤黯黑也，此謂葉之茂密深黑也。據胡氏説，似「殗」爲「黤」之假借字。今從「殗」。

「輪菌虯蟠」　「輪菌」，奎章閣本、明州本、贛州本、四庫本、叢刊本、正德本、陳八郎本、尤刻本、胡刻本、唐鈔本、九條本同。監本作「輪囷」。今從「輪菌」。「虯」，奎章閣本、明州本、贛州本、四庫本、叢刊本、正德本、陳八郎本、唐鈔本、九條本同。監本作「蚪」。尤刻本、胡刻本作「糾」。當作「虯」。「蟠」，贛州本、四庫本、叢刊本、九條本同。奎章閣本、明州本、正德本、陳八郎本、尤刻本、胡刻本、監本、唐鈔本作「蟠」。當作「蟠」。

■立群案：「輪菌」「輪囷」通，皆盤曲貌。如鄒陽獄中上書自明：蟠木根柢，輪囷離奇。枚乘七發：中鬱結之輪菌，根扶疏以分離。諸本多作「輪菌」，今從「輪菌」。

善曰：虯蟠，謂樹如龍蛇之盤屈相糾也。五臣向曰：虯，龍也。據注，是李善本、五臣本皆作「虯」。疑本作「虯」，監本作「蚪」乃「虯」之异體，尤刻本、胡刻本作「糾」乃「蚪」之形近而誤。當作「虯」也。

「㙁𡒄鱗接」　「㙁𡒄」，奎章閣本、明州本、贛州本、四庫本、叢刊本、正德本、陳八郎本、尤刻本、胡刻本、監本、九條本同。唐鈔本作「插壘」。當作「㙁𡒄」。

■立群案：朱珔文選集釋：㙁𡒄鱗接。善注云：㙁𡒄，枝柯相重疊貌。案：説文無「㙁」字，其「𡒄」字云：下也。與「下溼曰隰」略同，殊非此義。廣韻云：㙁𡒄，重累土也。正重疊之義。而説文尸部云：𡲎𡰯，從後相臿也臿，玉篇作「躡」。廣韻云：𡲎𡰯，前後相次也。以後次前，積疊之謂。則「㙁𡒄」即「𡲎𡰯」也。此處言草木，故善謂枝柯相重疊。魏都賦：㙁𡒄參差。承上宫室言之，其爲重疊之義一也。胡紹煐文選箋證：㙁𡒄鱗接。注善曰：㙁𡒄，枝柯相重疊貌。按：玉篇、廣韻：㙁𡒄，重累土也。土重累謂之㙁𡒄，通言之，枝重累亦得謂之㙁𡒄。説文：𡲎𡰯，後先相次也。𡰯，𡲎𡰯。廣韻：𡲎𡰯，後

先相次也。謂以後次於前而相屇，亦重累之義。玉篇：屇，楚立切。𡰝，直立切。「𡎺𡏖」與「屇𡰝」亦同。今從「𡎺𡏖」。

【彙注】

【李善注】善曰：許慎淮南子注曰：拏，亂也。女居切。晻，重也，葉重疊貌，於劫切。鄒陽上書曰：輪囷離奇。輪囷，謂屈曲貌。虯蟠，謂樹如龍蛇之盤屈相糾也。𡎺𡏖，枝柯相重疊貌。𡎺，楚立切。𡏖，除立切。

【文選鈔】攢柯拏莖，自根而聳者曰莖，自莖曰柯。拏，相牽引也。重葩殗葉，衛子曰：言其重疊花葉也。

輪囷，屈曲也。謂如龍蛇之盤屈也。説文：插，刺也。𡏖，下入也。廣雅：鱗接，蟠屈也，重疊意。

【文選音決】攢，在官反。拏，女加反。又，女居反。重，丈恭反。殗，於業反。菌，巨旻反。蟠，步干反。𡎺，丑立反。或爲插字，楚甲反，通。𡐘，直立反。

【五臣注】拏，女家反。菌，巨筠反。蟠音盤。𡎺，楚立反。𡏖，除立反。向曰：拏，亂也。葩，花也。言木攢其枝，柯亂其莖，蒂花葉重疊以相掩覆。輪菌，屈曲貌。虯，龍也。𡎺𡏖，相重疊貌。言木形屈曲如龍之蟠，相重若魚鱗相接也。

【陸善經注】言其盛大也。

【張鳳翼文選纂注】拏，女家切。菌，巨筠切。𡎺，楚立切。葩，華也。華葉重疊，以相掩覆。輪菌，屈曲貌。虯，龍也。𡎺𡏖，相重疊貌。言木形屈曲如龍之蟠，相重若魚鱗相接也。

【王象乾文選删注】拏，女家切。𡎺，楚立切。𡏖，除立切。拏，亂也。𡎺𡏖，相重之貌。

【杭世駿文選課虚】𡍴𡒄，枝柯相重疊貌。𡍴，楚立切。𡒄，除立切。

【余蕭客文選音義】挐何音如。殗邑、淹二音。五臣作「掩」。𡍴𡒄何音册赤。

【余蕭客文選紀聞】殗於急。玉篇十一。𡍴初戢。𡒄直輒。并玉篇二。

【孫志祖文選考异】重葩殗葉。「殗」，五臣作「掩」，六臣本作「晻」。

【胡克家文選考异】注「葉重疊貌」。袁本、茶陵本無此四字。

注「輪囷謂屈曲貌」下至「相糾也」。袁本、茶陵本無此十九字。

注「枝柯相重疊貌」。袁本、茶陵本無「枝柯」二字，「疊」作「之」。

【朱珔文選集釋】𡍴𡒄鱗接。善注云：𡍴𡒄，枝柯相重疊貌。案：説文無「𡍴」字，其「𡒄」字云：下也。與「下溼曰隰」略同，殊非此義。廣韵云：𡍴𡒄，重累土也。正重疊之意。而説文尸部云：𡳐屖，從後相臿也臿，玉篇作「躡」。廣韵云：𡳐屖，前後相次也。以後次前，積疊之謂。則「𡍴𡒄」即「𡳐屖」也。此處言草木，故善謂枝柯相重疊。魏都賦：𡍴𡒄參差。承上宫室言之，其爲重疊之義一也。

【梁章鉅文選旁證】重葩殗葉。五臣「殗」作「掩」，向注可證。

【胡紹煐文選箋證】重葩殗葉。注善曰：殗，重也，葉重疊貌。按：六臣本作「晻」，校云：五臣作「掩」。按：殗，讀爲黤，音晻。黤，黑也。説文：黤，果實黤黯黑也。此謂葉之茂密深黑也。

𡍴𡒄鱗接。注善曰：𡍴𡒄，枝柯相重疊貌。按：玉篇、廣韵：𡍴𡒄，重累土也。土重累謂之𡍴𡒄，通言之，枝重累亦得謂之𡍴𡒄。説文：𡳐屖，後先相次也。屖，𡳐屖。廣韵：𡳐屖，後先相次也。謂以後次於前而相𡳐，亦重累之義。玉篇：𡳐，楚立切。屖，直立切。「𡍴𡒄」與「𡳐屖」亦同。

榮色雜糅，綢繆縟繡。宵露霮䨴，旭日晻㫲。

【彙校】

「榮色雜糅」　「雜」，明州本、贛州本、四庫本、叢刊本、陳八郎本、胡刻本、監本同。奎章閣本、正德本、尤刻本、唐鈔本、九條本作「雜」。當作「雜」。「糅」，奎章閣本、明州本、四庫本、正德本、陳八郎本、尤刻本、監本、胡刻本、唐鈔本同。贛州本、叢刊本、九條本作「楺」。當作「糅」。

■立群案：國語楚語下：民神雜糅，不可方物。漢書劉向傳：今賢不肖渾殽，白黑不分，邪正雜糅，忠讒并進。顏師古注：糅，和也。國語和漢書或爲賦語所本，今作「糅」。

「綢繆縟繡」　「繆」，奎章閣本同。明州本、贛州本、四庫本、叢刊本、陳八郎本、尤刻本、胡刻本、監本、九條本作「繆」。正德本、唐鈔本作「縲」。當作「繆」。「縟」，奎章閣本、四庫本、叢刊本、正德本、陳八郎本、尤刻本、胡刻本、監本、唐鈔本、九條本作「縟」。明州本、贛州本作「縟」。當作「縟」。

【彙注】

【李善注】霮，徒感切。䨴，徒外切。晻，烏感切。善曰：縟繡，言草木花光似繡文。綢繆，花采密貌。霮䨴，露垂貌。毛詩曰：旭日始旦。㫲，亦闇也，房妹切。

【文選鈔】榮，化也。糅，亦雜也。綢繆，猶纏纏綿綿，言密也。縟繡，言如綺縟之文也。宵露霮䨴，謂陰氣重濁也。旭，旦也。晻𣇉，謂陽氣盛也。言感陰陽之和氣，所以合宮商之音律也。衛子曰：旭日，日初出也。言望之蔭蔚如昏暮之暖暖、初晨之𣇉𣇉也。

【文選音決】糅，女又反。綢，案魯達詩直留反。繆，莫侯反。或亡尤反，通也。湛，陳：徒感。䨴，徒對反。旭，許玉反。晻，烏感反，又音掩。𣇉，步妹反。

【五臣注】糅，女又反。霮，徒感反。䨴，徒外反。旭，許玉反。晻，烏感反。𣇉，蒲對反。銑曰：糅雜，彩色。綢繆，繁密貌。五色曰縟。言花有彩色，繁密相錯如繡也。向曰：宵，夜也。旭，早也。霮䨴，露重貌。晻𣇉，昏暗貌。言木之茂盛，夜含重露，朝映赫日，常晻然昏暗也。

【張鳳翼文選纂注】霮，徒感切。䨴，徒外切。晻，烏感切。𣇉，蒲對切。糅雜，彩色。綢繆，繁密貌。五色曰縟。言華有彩色，繁密相錯如繡也。宵，夜也。旭，早也。霮䨴，露重貌。晻𣇉，昏暗貌。言木茂盛，夜含重露，朝映赫日，常晻然昏暗也。

【王象乾文選刪注】䨴，徒外切。𣇉，房末切。霮䨴，露重貌。晻𣇉，闇也。

【杭世駿文選課虛】霮䨴，露重貌。𣇉，亦闇也，房妹切。

【余蕭客文選音義】糅去。縟。銑曰：五色曰縟。霮禫。䨴隊。𣇉。佩、勃二音。

【余蕭客文選紀聞】霮蓄。集韵二。䨴隊。廣韵四。𣇉佩。集韵七。

【胡克家文選考异】注「縟繡」下至「露垂貌」。袁本、茶陵本無此二十一字。

與風飄颺，颮瀏颼飀。鳴條律暢，飛音響亮。蓋象琴筑并奏，笙竽俱唱。

【彙校】

「與風飄颺」　「與」，明州本、贛州本、四庫本、叢刊本、正德本、陳八郎本、尤刻本、胡刻本、監本、唐鈔本、九條本同。奎章閣本作「與」。當作「與」。「飄」，奎章閣本、正德本同。明州本、贛州本、四庫本、叢刊本、陳八郎本、尤刻本、胡刻本、監本、唐鈔本、九條本作「颻」。當作「飄」。「颺」，四庫本、監本同。奎章閣本、叢刊本、正德本、陳八郎本作「颺」。明州本、贛州本、尤刻本、胡刻本、唐鈔本、九條本作「颺」。當作「颺」。

「颮瀏颼飀」　「飀」，明州本、贛州本、四庫本、叢刊本、尤刻本、胡刻本、監本、九條本同。奎章閣本、正德本、陳八郎本、唐鈔本作「䬟」。今從「飀」。

立群案：中華字海：「䬟」，同「飀」。字見字彙補。今從「飀」，避複「瀏」字也。

「鳴條律暢」　「律暢」，監本同。奎章閣本、四庫本、正德本、尤刻本作「律暢」。明州本、贛州本、叢刊本、陳八郎本、胡刻本、九條本作「律暢」。唐鈔本作「暢律」。當作「律暢」。

立群案：素問：木不及，春有鳴條律暢之化，則秋有霧露清涼之政。當爲賦語所本。且「暢」

「亮」合韵。當作「律暢」也。

「飛音響亮」「飛」，贛州本、四庫本、叢刊本、陳八郎本、尤刻本、胡刻本、監本、唐鈔本、九條本同。奎章閣本、明州本、正德本作「飛」。當作「飛」。「響」，明州本、四庫本同。奎章閣本、贛州本、叢刊本、正德本、陳八郎本、尤刻本、胡刻本、監本、唐鈔本、九條本作「響」。當作「響」。「亮」，奎章閣本、明州本、贛州本、四庫本、叢刊本、正德本、陳八郎本、尤刻本、胡刻本、監本、唐鈔本、九條本作「亮」。當作「亮」。

「蓋象琴筑」「蓋」，明州本、贛州本、四庫本、叢刊本、陳八郎本、尤刻本、胡刻本、監本、九條本同。奎章閣本、正德本、唐鈔本作「盖」。當作「蓋」。「象」，明州本、贛州本、四庫本、叢刊本、正德本、陳八郎本、尤刻本、胡刻本、監本、唐鈔本、九條本同。奎章閣本作「象」。當作「象」。「筑」，明州本、贛州本、四庫本、叢刊本、正德本、監本、九條本同。奎章閣本、陳八郎本、尤刻本、胡刻本、唐鈔本作「筑」。當作「筑」。

「笙竽俱唱」「俱」，奎章閣本、明州本、贛州本、四庫本、叢刊本、正德本、陳八郎本、尤刻本、胡刻本、唐鈔本同。監本作「俱」。九條本模糊不清。當作「俱」。「唱」，奎章閣本、明州本、贛州本、四庫本、叢刊本、正德本、陳八郎本、尤刻本、胡刻本、監本、九條本同。唐鈔本作「誯」。今從「唱」。

■**立群案**：玉篇：誯，初障切。導也，發歌句也。亦作唱。宋本廣韵：唱，發歌。又導也。亦作誯、倡。尺亮切。正字通：誯，同唱。舊注重出分二字，非。康熙字典：誯，集韵同「唱」。知「誯」「唱」通。今從「唱」。

【彙注】

【李善注】飄音摇。颺音様。筑音竹。善曰：颵瀏，風聲也。颵，於酉切。瀏，力久切。颼，所求切。飀音留。律，謂籟也，殷仲文所謂幽律是也。言木枝葉與風摇蕩作聲，如律吕之暢。説文曰：筑似箏，五弦之樂也。世本曰：隨作竽。鄭玄周禮注曰：三十六簧也。

【文選鈔】暢，調和也。律，六律六吕，十二月之五音上下調暢也。亮，清明也。并猶合也。竽，小笙也。蒼頡篇：竽似笙，卅六孔。言風聲如此也。

【文選音決】颺，以亮反。颵，於酒反。瀏音柳。颼，所求反。飀，力尤反。并，蕭：步冷反。

【五臣注】飄音摇。颺音様。颵，於酉反。瀏，力九反。颼音搜。飀音留。筑音竹。銑曰：與風飄颺，謂木摇動於風。颵瀏颼飀，風聲也。律，絲竹音韵也。暢，通。亮，高遠也。言風之鳴木條，聲通音律，其音響高遠也。此重言風摇林木之聲，又如此音樂。

【陸善經注】飄颺，隨風貌。

【張鳳翼文選纂注】飄音摇。颵，於酉切。瀏，力九切。颼音搜。飀音留。颵瀏颼飀，風聲也。律，律吕也。暢，通也。言風之鳴木如此。

【王象乾文選删注】颵，於酉切。飀音留。筑音竹。世本曰：隨作竽。鄭玄曰：三十六簧也。

【杭世駿文選課虚】颵瀏，風聲。颵，於酉切。瀏，力久切。飀飀，風初貌。颸，疾風。又作瀏瀏。寡婦賦：風瀏瀏而夙興。謝惠連泛湖歸出樓中玩月詩：瀏瀏出谷飈。律，謂籟也。殷仲文所謂「幽律」是也。言木枝葉與風摇蕩作聲，如律吕之暢。

【余蕭客文選音義】颻舊音摇。颼飀舊音搜留。颵幽。瀏留、柳二音。

【余蕭客文選紀聞】颱於柳。玉篇二十。

【胡克家文選考异】注「言木枝葉」下至「如律吕之暢」。袁本、茶陵本無此十五字。

【梁章鉅文選旁證】注殷仲文所謂幽律。孫氏志祖曰：謂南州桓公九井作詩「爽籟警幽律」。即見本書二十二卷，非别有吴都賦注也。注説文曰：筑似箏，五絃之樂也。今説文「似箏」作「以竹曲」。按，「以竹曲」三字，恐由「似箏」兩字轉寫致誤。

【高步瀛文選李注義疏】茶陵本「殗」作「晻」，校曰：五臣本作「掩」。○「囷」，袁、茶二本作「菌」，非是。○「颾」，袁本作「飀」。張銑曰：颼飀，風聲也。袁蓋依五臣本。○劉注「宗生」至「萬畝之地」。胡克家曰：袁本、茶陵本無此四十字。○廣雅釋詁三曰：宗，族聚也。又曰：宗，衆也。疏證曰：宗者，衆之所主，故爲聚也。白虎通義宗族篇云：族者，凑也，聚也。又曰：同人六二：同人于宗。楚辭招魂：室家遂宗。荀爽、王逸注并云：宗，衆也。步瀛案：荀爽注見李鼎祚集解引。胡紹煐曰：宗生，猶下云族茂。○説文曰：度人之兩臂爲尋，八尺也。詩閟宫毛傳，考工記，儀禮鄉射禮覲禮，禮記雜記下鄭注，吕覽悔過篇，淮南氾論篇高注，史記屈原傳集解引服虔，釋名釋兵，國語周語下、晋語八韋昭注，左成十二年、襄十一年杜預注，皆云八尺曰尋。史記張儀傳索隱曰：七尺爲尋。○「莊周」，尤本作「莊子」。胡克家曰：袁本、茶陵本作「周」，是也。步瀛案：見莊子人間世篇，「其臨千仞」作「其高臨山十仞」。此注各本皆誤。○李注引淮南許注，當是覽冥篇「美人挐首」句注，陶方琦異同詁未輯入。○「葉重疊貌」。胡克家曰：袁本、茶陵本無此四字。○玉篇曰：殗，於劫切。胡紹煐曰：殗讀爲黤，音晻。黤，黑也。説文：黤，果實黤黯，黑也。此謂葉之茂密深黑也。○鄒陽上梁孝王書見本書卷三十九。

〇「輪困謂屈曲貌」至「相糾也」。胡克家曰：袁本、茶陵本無此十九字。步瀛案：呂向曰：輪困，屈曲貌。虯，龍也。言木形屈曲如龍之蟠，相重若魚鱗相接也。〇「𡍢𡑆枝柯相重疊貌」。胡克家曰：袁本、茶陵本無「枝柯」二字，疊作之。姚範曰：𡍢音赤，廣韻初戢切。𡑆音蟄，魏都「𡍢𡑆參差」，楚洽切。朱珔曰：説文無「𡍢」字。廣韻云：𡍢𡑆，重疊土也。正重疊之意。而説文尸部云：𡲬𡰪，從後相臿也。廣韻云：𡲬𡰪，前後相次也。以後次前，積疊之謂。則𡍢𡑆即𡲬𡰪也。此處言草木，故善謂枝柯相重疊。魏都賦「𡍢𡑆參差」，承上宫室言之，其爲重疊之義一也。胡紹煐曰：玉篇、廣韻：𡍢𡑆，重累土也。土重累謂之𡍢𡑆，通言之，枝重累亦得謂之𡍢𡑆。〇「縟繡」至「露垂貌」。胡克家曰：袁本、茶陵本無此二十一字。步瀛案：呂向曰：霮䨴，露重貌。玉篇作「霮䨴」。霮，徒感切。䨴，徒對切。廣韻四十八感亦作「𩂳」。〇毛詩，見匏有苦葉。〇哮亦闇也。案：説文、玉篇、廣韻皆無「哮」字，古止用「孛」字。漢書五行志下曰：孛者，惡氣之所生也。謂之孛者，言其孛孛有所妨蔽，闇亂不明之貌也。集韻十八隊曰：哮，暗也。蓋即從此注增入。〇孫志祖讀書脞録續编曰：汪韓門文選理學權輿以類別爲八門，其舊注一門，如吴都賦之劉成、殷仲文云：二人皆注所引，未詳何本。案：劉成不知何代人，未見其爲賦注。至殷仲文，則明指仲文桓公九井詩「爽籟警幽律」語，其非賦注甚明。〇「言木枝葉」至「律呂之暢」。胡克家曰：袁本、茶陵本無此十五字。步瀛案：張銑曰：此重言風摇林木之聲又如此音樂。〇梁章鉅曰：今説文「似箏」作「以竹曲」。按：「以竹曲」三字，恐由「似箏」兩字轉寫致誤。沈濤説同。步瀛案：慧琳一切經音義六十五曰：筑，形如箏。後漢書延篤傳注引説文曰：筑，五絃之樂也。與李注引説文可相證。又音義六十二引説文云：筑，以竹擊之成曲，五絃之樂。疑因誤本説文而改之，然「五絃」字自不誤也。段氏因淮南子泰族篇注云「筑曲二十一弦」，御覽樂部十四引樂書曰「施十三

弦」，遂不敢定其弦數。釋名釋樂云：以竹鼓之，樂書云「以竹尺擊之」，「箏」字下今本説文「五弦」作「鼓弦」，而疑與「筑」字下互訛，謂當云：筑曲，以竹鼓弦之樂也。雖不無根據，然恐非李氏所據之説文也。○世本、御覽樂部十九、廣韻十虞引同。周禮春官笙師鄭注曰：竽，三十六簧。説文曰：竽，管三十六簧也。風俗通音聲篇引樂記、廣雅釋樂、笙師賈疏引中央禮圖并同。惟北堂書鈔樂部六引三禮圖云：雅竽，簧上下各六。是十二簧，與諸書异。孫詒讓謂疑有脱誤。○阜，古音幽部。畝，之部。通轉爲韵。葉、接，盍部。糅、繡，幽部。霨，脂部。啍，祭部。脂、祭二部通轉爲韵。颺、暢、亮、唱，陽部。

其上則有猿父哀吟，貚子長嘯。狖鼯猓然，騰趠飛超。争接懸垂，競游遠枝。驚透沸亂，牢落翬散。

【彙校】

「猿父哀吟」　「猿」，奎章閣本、贛州本、四庫本、叢刊本、正德本、九條本作「猿」。明州本、陳八郎本作「猿」。尤刻本、胡刻本、監本、唐鈔本作「猨」。當作「猿」。

「狖鼯猓然」「鼯」，奎章閣本、明州本、贛州本、四庫本、叢刊本、正德本、陳八郎本、尤刻本、胡刻本、監本、唐鈔本、九條本作「䶂」。當作「鼯」。「猓然」，奎章閣本、明州本、贛州本、四庫本、叢刊本、正德本、陳八郎本、尤刻本、胡刻本、監本、九條本同。唐鈔本作「果然」。當作「猓然」。

■立群案：諸本多作「猓然」，獨唐鈔本作「果然」。然唐鈔本所載劉逵注、文選鈔、文選音決等皆作「猓然」。北齊書魏收傳：遇昆侖舶至，得奇貨猓然褥表、美玉盈尺等數十件。當作「猓然」也。

「騰趠飛超」「飛」，贛州本、四庫本、叢刊本、陳八郎本、尤刻本、胡刻本、監本、唐鈔本、九條本同。奎章閣本、明州本、正德本作「飛」。當作「飛」。「超」，奎章閣本、明州本、贛州本、叢刊本、陳八郎本、尤刻本、胡刻本、監本、九條本同。四庫本、正德本、唐鈔本作「趈」。當作「超」。

「争接懸垂」「争」，奎章閣本、四庫本、正德本、尤刻本、胡刻本、唐鈔本同。明州本、贛州本、叢刊本、陳八郎本、監本、九條本作「爭」。當作「争」。「接」，奎章閣本、明州本、正德本、陳八郎本、尤刻本、胡刻本、唐鈔本、九條本同。贛州本、四庫本、叢刊本、監本作「縣」。當作「接」。「懸」，奎章閣本、明州本、正德本、陳八郎本、唐鈔本、九條本同。贛州本、四庫本、叢刊本、監本作「接」。尤刻本、胡刻本作「縣」。當作「懸」。「垂」，明州本、贛州本、四庫本、叢刊本、陳八郎本、尤刻本、胡刻本、監本、九條本同。奎章閣本、正德本、唐鈔本作「埀」。當作「垂」。

■立群案：諸本或作「争接懸垂」，或作「争懸接垂」。已無可考。疑當作「争接懸垂」也。

「競游遠枝」「競」，奎章閣本、明州本、贛州本、四庫本、叢刊本、正德本、陳八郎本、尤刻本、胡刻本、監本、九條本同。唐鈔本作「競」。當作「競」。「游」，明州本、贛州本、四庫本、叢刊本、陳八郎本、尤刻本、胡刻本、九條本同。奎章閣本、正德本作「游」。監本作「遊」。唐鈔本作「遊」。當作「游」。

「遠」，奎章閣本、贛州本、四庫本、正德本、陳八郎本、監本、唐鈔本、九條本作「逺」。明州本、叢刊本、尤刻本、胡刻本作「遠」。當作「遠」。「枝」，奎章閣本、明州本、贛州本、四庫本、正德本、陳八郎本、尤刻本、胡刻本、監本同。叢刊本作「枝」。唐鈔本作「枝」。當作「枝」。

「牢落翬散」「翬」，奎章閣本、九條本、明州本、贛州本、四庫本、叢刊本、正德本、陳八郎本、尤刻本、胡刻本、監本、唐鈔本、九條本作「翬」。當作「翬」。

【彙注】

【李善注】鼯音吾。猓，古火切。劉曰：吴越春秋曰：越有處女，出於南林之中，越王使使聘問以劍戟之事。處女將北見於越王，道逢老翁，自稱素袁公，問處女：吾聞子善爲劍術，願一觀之。女曰：妾不敢有所隱，唯公試之。於是袁公即跳於林竹，槁折墮地，處女即接末，袁公操本以刺處女，女應節入，三入，因舉枝擊之，袁公即飛上樹，化爲白猨，遂引去。猑子，猿類，猿身人面，見人嘯。异物志曰：狖，猨類，露鼻，尾長四五尺，居樹上，雨則以尾塞鼻，建安臨海北有之。鼯，大如猿，肉翼，若蝙蝠，其飛善從高集下，食火煙，聲如人號，一名飛生，飛生子故也，東吴諸郡皆有之。猓然，猿狖之類，居樹，色青赤有文，日南、九真有之。楊雄方言曰：透，驚也。善曰：山海經曰：獄法之山有獸，狀如犬，人面，見人則笑，名猑。猑，胡奔切。枚乘兔園賦曰：上涌雲亂葉翬散。狖，余幼切。趠，吐教切。超，士吊切。

【文選鈔】猑子，廣雅云：鼠屬也。山海經：猑見即天下大風。

爾雅云：狖如鹿，善登木。趠，跳也。騰趠飛超，争接懸垂，競游遠枝，謂群驚遠去也。驚透沸亂，牢落翬散，并謂奔走之勢也。牢落，分布。爾雅云：翬，飛也。

【文選音决】猑，胡昆反。狖，以溜反。鼯音吾。猓，古火反。趠，吐角、吐孝二反。超，王：協韵，

丑照反。蕭：吐吊反。透，蕭：詩六反。或他豆反。翬音揮。

【五臣注】㹆，胡昆反。狖，夷又反。鼯音吾。趠，敕教反。超，敕小反。翬音輝。向曰：猿父，猴也。言猴猿哀吟於林木之上。㹆子，獸名，此重言風摇林。銑曰：狖鼯、猓然，亦猿之類。騰趠飛超，言其輕捷也。翰曰：言猿猴之類，争接木之懸垂，游遠枝也。此言猿狖之類群游，忽遇人則驚亂如沸。牢落，稀疏也。翬，雉也。雉之驚散，必不群偶而去。猨狖之類驚走，亦如雉之散也。

【陸善經注】猨，似獮猴，臂通肩。父，謂其老者。㹆音渾。牢落，分散意。

【張鳳翼文選纂注】㹆，胡昆切。狖，夷又切。鼯音吾。趠，敕教切。超，敕小切。吴越春秋紀白猿劍術，稱爲袁公，故稱父。㹆，狀如人面，見人則笑。狖，猿類，露鼻，尾長，樹居，雨則以尾塞鼻。鼯，大如猿，肉翼，若蝙蝠，其飛善從高集下，食火煙，聲如人號，一名飛生。猓然，居樹，色青赤有文。騰趠，飛超。輕，捷也。言群游忽遇人，則驚亂如沸。牢落，稀疏也。翬，雉也。雉之驚散，不得群偶。猿狖之類驚走，亦如雉之散也。

【王象乾文選删注】㹆，胡奔切。狖，余又切。猓，古火切。趠，敕教切。㹆，猿類。狖，猿類。鼯，大如猿，肉翼，食火煙，飛生子。猓然，猿狖之類，色青赤有文。吴越春秋曰：越有處女，出於南林之中，越王使使聘問以劍戟之事。處女將見越王，道逢老翁，自稱袁公，曰：吾聞子善劍術，願一觀之。於是袁公即跳於林竹，槁折墮地，處女即接末，袁公操本以刺處女，女應節入，三入，因舉枝擊之，袁公即飛上樹，化爲白猨，遂引去。山海經曰：獄法之山有獸，狀如犬，人面，見人則笑，名㹆。

【陳景雲文選舉正】其上則猨父哀吟。「猨」上舊本多「有」字。又注「獄法之山」。「獄」，舊本作「嶽」。又「上涌雲亂」。「上」，舊本作「騰」，「亂」下有「枝」字。

【杭世駿文選課虚】透，驚也。

【余蕭客文選音義】猈暉。猓果。趠掉。超糶。

【余蕭客文選紀聞】猈山海經注二音暉。宋書六十七音魂。猓果。廣韻二。劍南人采猓然，獲一猓然，則數十猓然可盡得。其性仁，不忍傷類，見被獲者，聚族而啼，雖殺之不去唐國史補下。九真郡産猓然，土人號歌然，似獮猴而大，手、面、目與人無异。皮毛軟毳，細滑堪作褥。此獸行，則大者前，小者後。得果實，則小者先送與大者，然後自食。射之中一，必獲其二。未傷者拔死者之箭，自刺而死寰宇記百七十一。番禺雜記：猓然出歡、愛州，能言獸也。似猿，有五色，每各异。最重純黄色者，云不异金綫猿。既爲人得，但自言果然，無復他道，因名能改齋漫録十五。其體三尺，尾四尺餘，其色白質黑文，脇邊斑爾雅翼二十。

趠同逴。廣韻五。

【孫志祖文選考异】其上則猿父哀吟。六臣本「則」下有「有」字。

猈子長嘯。李治敬齋古今黈曰：山海經曰：猈見人則笑。而賦言「猈子長嘯」。當是「長笑」，而賦作「長嘯」者，板本錯。志祖案：李善上文注固云：猈子，猿類，猿身人面，見人則嘯。恐非「笑」字之訛也。

争接縣垂。何校改「争縣接垂」。

【胡克家文選考异】其上則猨父哀吟。袁本、茶陵本「則」下有「有」字，「猨」作「猿」，是也。

争接縣垂。茶陵本「接縣」作「縣接」，云五臣作「争接縣垂」。袁本作「接縣」，用五臣也。此蓋亦尤改耳。

注「猈子」下至「見人嘯」。袁本、茶陵本無此十一字。

注「居樹上」。袁本、茶陵本作「樹上居」，是也。

注「東吾諸郡皆有之」。案：「東吾」當作「江東」。各本皆誤。下注「箭」亦有此句，是其證也。

注「上涌雲亂葉翬散」。袁本、茶陵本「上」作「騰」，是也。陳云「亂」下有「枝」字。案：古文苑所載有，陳據之校耳。

【朱珔文選集釋】猑子長嘯。劉注云：猑子，猿類，猿身人面，見人嘯。案：説文「猑」字在新附中。集韵云：「獯」或作「猑」，通作「葷」。玉篇：猑，胡昆切。獸如犬，人面，見人即笑。蓋本之山海經北山經云：獄法之山有獸焉，其狀如犬而人面，善投，見人則笑，其名曰猑，見則天下大風。善注別引之，殆以上句已有猨父哀吟，此不應又爲猿類，與胡氏考异謂劉注十一字袁本、茶陵本俱無之，則是劉於猑子未釋也。

狖鼯。劉注引博物志曰：狖，猿類。又云：鼯，大如猿，肉翼，若蝙蝠。案：狖已見西都賦。爾雅云：鼯鼠，夷由。郝氏謂：「狖」字余幼切。即「夷由」也。「夷由」字之雙聲合之，則爲「狖」矣。此處劉注分狖、鼯爲二，非也。余謂：狖鼯與下猓然皆各爲一物，疑當如郝説。但狖字或即説文鼠部「䶂」之借字耳。

【梁章鉅文選旁證】其上則猨父哀吟，猑子長嘯。又争接縣垂。注見人嘯。六臣本「則」下有「有」字，「猨」作「猿」，「争接縣垂」作「争縣接垂」，「嘯」當作「笑」，注引山海經可證。顧氏千里曰：案：此注「嘯」上十一字，不相照應。恐係尤本誤添。

注揚雄方言曰：透，驚也。廣雅釋詁：透，嬈也。義可互證。

注山海經曰：獄法之山有獸，狀如犬，人面，見人則笑，名猑。此作「笑」，與今北山經合，惟北山

經作「名山猑」。

注 枚乘兔園賦曰：上涌雲亂葉翬散。　六臣本「上」作「騰」。陳校：「葉」上添「枝」字。據古文苑也。

【胡紹煐文選箋證】狖鼯猓然。注劉逵曰：异物志曰：狖，猿類。鼯，大如狐。郝氏爾雅義疏曰：狖，余幼切，即夷由也。「夷由」字之雙聲，合之則爲狖矣。劉分「狖」與「鼯」爲二，非也。紹煐按：説文「鼦，鼠屬」。或「鼦」即「鼯」，一物二名，故賦謂之狖鼯。「狖」與「鼦」同，注説云云，則誤以「狖」爲「猿狖」之「狖」矣。

驚透沸亂。注劉逵曰：方言曰：透，驚也。廣雅「透，驚也」，疏證云：賈子容經篇：其始動也，穆如倏驚。「倏」與「透」通。紹煐按：「倏」與「跾」同，説文「跾，疾也」，段氏注云「方言：透，式竹切。透即跾字」是也。玉篇「透，式六切，驚也」，又「他候切，跳也」。「跳」與「驚」義相足，今人猶言心驚爲跳矣。

牢落翬散。注善曰：枚乘兔園賦曰：緑葉翬散。按：「翬」與「揮」同，公羊隱四年「公子翬」，魯世家作「揮」。翬亦散也。易乾「六爻發揮」，釋文引王肅云「揮，散也」。「牢落」猶「遼落」，皆散之貌。翰注以翬爲翬名，甚謬。

【高步瀛文選李注義疏】尤本無「有」字，「猿」作「猨」。胡克家曰：袁本、茶陵本「則」下有「有」字，「猨」作「猿」，是也。○敬齋古今黈卷七曰：山海經曰：猑見人則笑，而吴都賦言「猑子長嘯」，當是「常笑」，而賦作「長嘯」者，板本錯。孫志祖考异曰：注固云見人嘯，恐非「笑」字之訛。郝懿行山海經北山經箋疏曰：「嘯」，蓋與「笑」通。○「争縣接垂」。尤本「縣接」作「接縣」。胡克家曰：茶陵本「接

縣」作「縣接」，云五臣作「争接縣垂」，袁本作「接縣」，用五臣也。步瀛案：今依茶陵本校。袁本「縣」作「懸」。○胡紹煐曰：「翬」與「揮」同。公羊隱四年公子翬，魯世家作「揮」。翬亦散耳。易乾「六爻發揮」，釋文引王肅曰：揮，散也。牢落，猶遼落，皆散之貌。案：胡氏説是。張銑釋翬爲雉，謂雉之驚散，以不群偶而去。猨狖之類驚走，亦如雉之散也。未免傅會，祗不知「翬」爲通借字耳。○劉注引吴越春秋，見句踐陰謀外傳。今本「南林」下無「之中」二字，「聘」下有「之」字，「事」作「術」，「見於」下無「越」字，「老」作「一」，「素」作「曰」，「善爲劍術」作「善劍」，「觀」作「見」，「跳於林竹」作「即杖箖箊竹」，「槁折墮地」作「竹枝上頡橋末折地」，「接」作「捷」，無「袁公操本」至「舉枝擊之」十九字，「即」作「則」，「化」作「變」，「引」作「别」。藝文類聚獸部下引作：范蠡曰：臣聞越有處女，國人稱之，願王請問手戰之道。於是王乃請女。女將北見王，道逢老人，自稱袁公。袁公問女：聞子善爲劍，願得一觀之。處女曰：妾不敢有所隱也，唯公所試。公即挽林内之竹似枯槁，末折墮地。女接取其末，袁公操其本而刺處女，處女應，即入之，三入，因舉杖擊袁公。袁公則飛上樹，化爲白猿。木部中引稍略，「公即挽林内之竹似枯槁」作「跪拔林於竹」五字。太平御覽獸部二十二、竹部一皆引之。案：猿稱猿父，猶玃稱玃父。爾雅釋獸：貜父善顧。釋文云：本亦作玃。陸璣詩疏曰：沐猴老者爲玃。陳立句溪雜著卷一：説文母猴説曰：母非猴名，母，其呼猴者之語詞也。長言之曰母猴，短言之則曰猴。猶越之名於越，吴之名句吴也。且爾雅鳥獸多以父母字爲語詞，如麔父麠足，即麔麠足也。玃父善顧，即玃善顧也。鴽鴾母，即鴽鴾也。蓋方音緩急，故呼謂殊异，必求其義以釋之，則鑿矣。邵氏爾雅疏謂沐猴老者爲玃，故許氏以玃爲母猴，是直以母解作父母之母矣。似非。○「猈子猿類」至「見人嘯」。胡克家曰：袁本、茶陵本無此十一字。朱珔曰：説文「猈」字在新附中。集韵云：「獯」或作「猈」，通作「葷」。玉篇：猈，

胡昆切。獸如犬，人面，見人即笑。蓋本之山海經北山經云云。李善別引之，殆以上句已有「猿父哀吟」，此不應又爲猿類，與胡氏考异謂劉注十一字袁本、茶陵本俱無之，則是劉於「獋子」未釋也。步瀛案：狖與猓然亦猿猴類，獋子爲猿類，又何嫌也？袁、茶陵二本於舊注頗有删削，此蓋因吕向曰「獋子，獸名」。張銑曰「狖鼯、猓然，亦猿之類」，而不及獋子，二本從五臣，故删去劉注「獋子猿類」云云也。胡氏、朱氏意以二本所無，而尤本有者，即非劉氏原注，非是。○「居樹上」。胡克家曰：袁本、茶陵本作「樹上居」。步瀛又案：「北」字疑「皆」字之訛。御覽獸部二十五引吴録地理志曰：建安陽縣多狖，似猿而露鼻，雨則以尾反塞鼻孔，郡内及臨海皆有之，可證。然「陽縣」上當有「建」字，御覽蓋脱誤。又案：狖，即猵也。而御覽分爲二物，「猵」下引异物志與本注所引事同而文异，已見西都賦疏。然狖與猵爲一物，而與飛猵又名飛生者則非一物。郝懿行爾雅釋獸義疏謂：狖，余幼切。即夷由也。夷由之雙聲合之則爲狖，此處劉注分狖、鼯爲二，非也。朱珔謂：狖鼯與猓然皆各爲一物，疑當如郝説。或狖即説文鼠部「鼬」之借字。胡紹煐謂：説文：鼬，鼠屬。或鼬即鼯，一物二名。步瀛案：猿狖之狖，與鼯本二物，不得以夷由與狖音轉，遂合爲一。朱、胡以狖爲鼬，然果鼬鼯一物二名，則不應連舉。要之，古賦四字爲句，所舉之物，一物、二物、三物、四物均無不可。後人泥於兩物相對，往往生無謂之膠葛。○「鼯大如猿」。本書西京賦李注引郭璞爾雅釋獸注云：狀如小狐。則「猿」字疑涉注中諸「猿」字而誤。又北山經及漢書司馬相如傳注引張揖，皆云其狀如兔，已見西京賦。又「江東」，袁本作「東吾」，茶陵本作「東居」，或曰當作東吴，皆非是。可言吴郡，不得言東吴諸郡。胡克家曰：當作「江東」，各本皆誤。下注「箭」亦有此句，是其證也。○「猓然」，一作「果然」。御覽獸部二十二引山海經曰：果然獸，似獼猴，以名自呼。色蒼黑，群行，老者在前，少者在後，得果食輒與老者，似有義焉。交阯諸山有之。獠人

射之，以其毛爲裘蓐，甚温煖。今山海經無此文。又引吴録地理志曰：九真胥浦縣有獸，名果然，猨狖類也。色青赤有文，居樹上。北郡及日南皆有之。案：「北郡」疑「此郡」之誤。又引南州异物志曰：交州以南有果然獸，其鳴自呼，身如猨大，面通有青白色。其體不過三尺，而尾長四尺餘，反尾渡身，過其頭，視其鼻，仍見兩孔仰向。其毛長，柔细滑澤，色以白爲質，黑文，視如蒼頭鴨脇邊斑文，集十餘皮可得一褥，繁文麗好，细厚温煖。○方言見卷二下，文曰：宋、衛、南楚凡相驚曰獡，或曰透。廣雅釋詁一曰：透，驚也。錢繹曰：曹憲音叔，説文：倏，走也。讀若叔。賈子容經篇「穆如驚倏」，義亦相近也。胡紹煐曰：玉篇：透，式六切，驚也。又他候切，跳也。跳與驚義相足，今人猶言心驚爲跳矣。○李注引山海經見北山經，惟「名猓」作「其名山猓」。郭璞注音暉，即胡昆切之轉音。○兔園賦、古文苑亦載之。藝文類聚産業部引未載此二句。○「騰」，尤本作「上」。又各本脱「枝」字。胡克家曰：袁本、茶陵本「上」作「騰」，是也。陳云：「亂」下有「枝」字。案：古文苑所載有，陳據之校。步瀛案：「涌」，古文苑作「踊」。○嘯，古音幽部。超，宵部。通轉爲韵。垂，歌部。枝，支部。通轉爲韵。亂、散，元部。

其下則有梟羊麙狼，猰貐貙象。於菟之族，犀兕之黨。鉤爪鋸牙，自成鋒穎。精若燿星，聲若震霆。名載於山經，形鏤於夏鼎。

【彙校】

「其下則有」「則有」，奎章閣本、明州本、贛州本、四庫本、叢刊本、正德本、陳八郎本、尤刻本、胡刻本、九條本同。監本、唐鈔本作「則」。今從「則有」。

■**立群案**：有無「有」字，皆不影響賦意。諸本多有「有」字，今從有「有」字。

「猰貐貙象」「猰」，奎章閣本、明州本、贛州本、四庫本、叢刊本、正德本、陳八郎本、尤刻本、胡刻本、監本、九條本同。唐鈔本作「⿰犭刑」。當作「猰」。「貐」，奎章閣本、明州本、贛州本、四庫本、叢刊本、正德本、陳八郎本、尤刻本、胡刻本、監本、唐鈔本作「⿰犭俞」。九條本無「貐」字。當有「貐」字。「貙」，奎章閣本、明州本、贛州本、四庫本、叢刊本、正德本、陳八郎本、九條本同。尤刻本、胡刻本、監本、唐鈔本作「⿰犭區」。當作「貙」。

■**立群案**：此處皆四字爲句，不當無「貐」。劉逵注引山海經曰：南海之外有猰貐，狀如貙，龍首，食人，是也。

「於菟之族」「於」，奎章閣本、明州本、贛州本、四庫本、叢刊本、九條本同。正德本作「扵」。陳

八郎本、尤刻本、胡刻本、監本、唐鈔本作「烏」。今從「於」。「菟」，明州本、贛州本、四庫本、叢刊本、正德本、尤刻本、胡刻本、九條本同。奎章閣本作「莵」。陳八郎本、監本、唐鈔本作「塗」。當作「菟」。

■**立群案**：左傳宣公四年：楚人謂乳穀，謂虎於菟。陸德明經典釋文：「於，音烏。」故亦作「烏菟」。如黄庭堅題雙澗寺：二水奔奔鳴屋除，松林落日吼烏菟。胡克家文選考异：注「於菟虎也江淮間謂虎爲於菟」。袁本二「菟」字皆作「塗」。茶陵本初刻同，後改「菟」。案：「塗」是也。依此則正文當是「塗」字。袁、茶陵二本「菟」下有「徒」音，蓋五臣「菟」而各本亂之矣。梁章鉅文選旁證：六臣本「烏」作「於」。注中「菟」并作「塗」。姜氏臯曰：左氏傳：使營菟裘。公羊傳作「塗裘」。是「菟」與「塗」通。胡氏以爲當作「塗」，梁氏以爲「塗」「菟」可通。今從左傳作「於菟」。

「犀兕之黨」　「兕」，奎章閣本、明州本、贛州本、四庫本、叢刊本、正德本、陳八郎本、尤刻本、胡刻本、監本、九條本同。唐鈔本作「光」。當作「兕」。「黨」，奎章閣本、明州本、贛州本、四庫本、叢刊本、正德本、陳八郎本、尤刻本、胡刻本、監本、唐鈔本、九條本作「黨」。當作「黨」。

「鈎爪鋸牙」　「鈎」，奎章閣本同。明州本、贛州本、四庫本、叢刊本、正德本、尤刻本、胡刻本、九條本作「鉤」。陳八郎本、監本作「勾」。唐鈔本作「句」。今從「鈎」。「爪」，明州本、贛州本、四庫本、叢刊本、正德本、陳八郎本、尤刻本、胡刻本、監本、唐鈔本、九條本同。奎章閣本作「爪」。當作「爪」。

■**立群案**：淮南子本經訓：鳳皇不下，句爪、居牙、戴角、出距之獸，於是鷙矣。賦語當本此，然今多作「鈎爪鋸牙」也。

「自成鋒穎」　「穎」，明州本、贛州本、叢刊本、胡刻本、監本、唐鈔本同。奎章閣本、四庫本、正德本、陳八郎本、尤刻本、九條本作「潁」。當作「穎」。

「精若耀星」「精」，奎章閣本、贛州本、四庫本、正德本、陳八郎本、尤刻本、胡刻本、監本、九條本同。明州本、叢刊本作「精」。唐鈔本作「晶」。當作「精」。「耀」，奎章閣本、明州本、贛州本、四庫本、叢刊本、正德本、陳八郎本、九條本作「曜」。尤刻本、胡刻本、監本、唐鈔本作「燿」。當作「耀」。

■**立群案：**揚雄解嘲：目如耀星，舌如電光。「目如耀星」當爲賦語「精若耀星」之所本。故賦當作「精」。「精」通「睛」。如荀子解蔽：瞽者仰視而不見星，人不以定有無，用精惑也。漢書王莽傳中：莽爲人侈口蹷頷，露眼赤精，大聲而嘶。作「精」是也。

「聲若震霆」「震」，尤刻本、胡刻本、監本、唐鈔本、九條本作「震」。奎章閣本、明州本、贛州本、四庫本、叢刊本、正德本、陳八郎本作「雷」。當作「震」。「霆」，贛州本、陳八郎本、尤刻本、胡刻本、監本同。奎章閣本、明州本、四庫本、叢刊本、正德本、唐鈔本、九條本作「霆」。當作「霆」。

■**立群案：**劉逵注、善注無注。五臣良曰：言其目如星之光，其聲如雷霆之震怒也。據注，似當作「震」字，不然注中「震怒」無據。揚雄長楊賦：疾如奔星，擊如震霆。或爲賦語所本。當作「震」也。

「名載於」「於」，奎章閣本、明州本、贛州本、四庫本、叢刊本、陳八郎本、尤刻本、胡刻本、監本、九條本同。正德本、唐鈔本作「扵」。當作「於」。

「形鏤於」「鏤」，奎章閣本、明州本、贛州本、四庫本、叢刊本、正德本、陳八郎本、尤刻本、胡刻本、監本、唐鈔本、九條本作「鏤」。當作「鏤」。「於」，奎章閣本、明州本、贛州本、四庫本、叢刊本、陳八郎本、尤刻本、胡刻本、監本、九條本同。正德本、唐鈔本作「扵」。當作「於」。

「夏鼎」「鼎」，明州本、贛州本、四庫本、叢刊本、正德本、陳八郎本、尤刻本、胡刻本、監本、唐鈔本、九條本同。奎章閣本作「鼑」。當作「鼎」。

【彙注】

【李善注】麡音儕。貙，敕俱切。劉曰：爾雅曰：梟羊，一名萬萬，如人，面長脣黑，身有毛及踵，見人則笑，左手操管。海南經所云也。异物志云：麡狼，大如麋，角前向，有枝下出反向上，長者四五尺，廣州有之，常居平地，不得入山林。山海經曰：南海之外有猰貐，狀如貙，龍首，食人。貙，虎屬也，或曰能化爲人也。象生九真、日南山中，大者其牙鼻長一丈。於菟，虎也，江、淮間謂虎爲於菟。犀，狀如水牛，頭似猪，四足類象，蒼黑色，一角當額上，鼻上角亦墮也。又有小角長五寸，不墮，性好食棘，口中灑血，武陵已南山中有之。兕，獸也，似牛。左傳曰：昔夏之方有德也，遠方圖物，貢金九牧，鑄鼎象物，而爲之備，使人知神姦，故人入山澤林藪，不逢不若，魑魅魍魎，莫能逢之。故曰形鏤於夏鼎。善曰：麡，在西切。猰，於八切。貐，以主切。淮南子曰：勾爪鋸牙，於是摯矣。禮記曰：刀却刃援穎。鄭玄曰：穎，鋒也。摯伯陵答司馬遷書曰：有能見鋒穎之狀。

【文選鈔】爾雅解：梟羊，一名鸓鸓。大者長丈餘，俗呼爲山都，廣州、南康有之。异物志云：麡狼入山林則挂角，人多捉得之，肉肥脆香美。爾雅云：猰，貐類。貙，虎爪，食人迅走。黨，類也。

鈎爪，言爪如鈎也。爾雅云：駮如馬，倨牙，食虎豹。郭氏曰：駮如白馬，黑尾倨牙，聲如鼓。穎，鋭末也。言其牙爪利如鋒穎也。精，目珠如星之光耀。爾雅：霆，疾雷也。今所謂霹靂也。山海經，禹治洪水，經涉山川，多識鳥獸草木之名，故録載之。今言吴地諸奇獸，名皆載在此書也。

【文選音決】梟，古堯反。麡，子兮反，又仕皆反。猰，於八反。貐，以至反。貙，丑于反。䖘音塗。兕音似。句，古侯反。爪，側巧反。鋸，居慮反。鋒音烽。霆，丈丁反。

【五臣注】梟，結堯反。麡音儕。猰，烏八反。貐，翼俱反。貙，敕俱反。於音烏。菟音徒。兕音

似。濟曰：其下，謂林木之下。餘并獸名。族，種。黨，類也。良曰：言此群獸爪如鈎戟，牙如刀鋸。鋒穎，言利也。精，目精也。言其目如星之光，其聲如雷霆之震怒也。山經，山海經也。夏鼎，夏之所鑄鼎也。

【張鳳翼文選纂注】猰，烏八切。貐，翼俱切。貙，敕俱切。於音烏。菟音徒。兕音似。霆音挺，叶。其下，謂林木之下。梟羊，一名萬萬，如人，面長脣黑，身有毛及踵，見人則笑。麡狼，大如麋，角向前，有枝下出反向上，長者四五尺，常居平地，不得入山林。南海之外有猰貐，狀如貙，龍首，食人。貙，虎屬也。象生九真、日南山中。於菟，虎也。犀，狀如水牛，頭似豬，足類象，一角當額上，鼻上又有小角。兕，獸也，似牛。言此群獸，爪如鈎，戟牙如刀鋸。鋒穎，言利也。精，目精也。其目如星之光，其聲如雷霆之震怒也。山經，山海經也。夏后氏象物鑄鼎，使人知神奸而爲之備。則知諸獸之形，皆鏤於夏鼎。

【王象乾文選删注】麡，在西切。猰，烏入切。貐，翼俱切。菟音徒。梟羊，人面長脣，見人則笑。麡狼，大如麋，角長向前。猰貐，狀如貙，龍首。貙，虎屬。於菟，虎也。犀，性好食棘，口中灑血。兕，似牛。穎，鋒也。摯伯陵答司馬遷書曰：有能見鋒穎之狀。

【陳景雲文選舉正】烏菟之族。「烏」，舊本作「於」。

【余蕭客文選音義】柚舊音由。猰服虔漢書音訓音嫛。晋書音義音軋。貐爾雅翼音釋音愈。象上聲。霆毛詩釋文音挺。

【余蕭客文選紀聞】麡廣韻一音齊，類林十七音儕。嘄陽，山精也，人形，長大而黑色，身有毛若及踵，見人則笑高注淮南十三。猰軋。貐瘉。并許慎注淮南十三。猰貐，獸中最大者，龍頭、馬尾、虎爪，長四百尺，善

走，以人爲食述异記上。霆徒鼎。釋文二。

【孫志祖文選考异】烏菟之族。何云：「烏」宜改「於」。志祖案：五臣作「於」。

【張雲璈選學膠言】於菟之族。劉注：於菟，虎也，江、淮間謂虎爲於菟。按唐石經，左傳云：楚人謂虎爲於菟。説文作「烏䖘」。漢書又作「於檡」。方言注音「䖘」爲「狗竇」也。胡中丞校云：「菟」當作「塗」，善本「塗」，今作「菟」者，乃五臣注也。

【胡克家文選考异】注「於菟虎也江淮間謂虎爲於菟」。袁本二「菟」字皆作「塗」。茶陵本初刻同，後改「菟」。案：「塗」是也。依此則正文當是「塗」字。袁、茶陵二本「菟」下有「徒」音，蓋五臣「菟」而各本亂之矣。

注「魑魅魍魎」。袁本「魑」作「螭」，是也。茶陵本亦誤「魑」。

注「穎鋒也」。案：「鋒」當作「鐶」。各本皆誤。

【許巽行文選筆記】麡狼。「麡」下注「儕」字，當削去。以注中音爲是。

烏菟。依注當作「於菟」。漢書叙傳作「於檡」。説文新附：楚人謂虎爲烏䖘。嘉德案：袁刻宋本注「於菟」作「於塗」。胡校以作「塗」爲是。

【朱珔文選集釋】麡狼。劉注引异物志曰：大如麋，角前向，有枝下出反向上，長者四五尺，廣州有之，常居平地，不得入山林。案：説文鹿部無「麡」字。惟廣韵云：麡狼，似鹿，而角向前，入林則挂其角，常在淺草中。蓋即本此。

【梁章鉅文選旁證】烏菟之族。六臣本「烏」作「於」。注中「菟」并作「塗」。姜氏皋曰：左氏傳：使營菟裘。公羊傳作「塗裘」。是「菟」與「塗」通。

注爾雅曰：梟羊，一名萬萬，如人而脣黑，身有毛及踵，見人則笑，左手操管。海南經所云也。爾雅下當有「注」字。爾雅釋獸：狒狒，如人，被髮迅走，食人。郭注：梟羊也。山海經曰：其狀如人，面長脣黑，身有毛及踵，見人則笑。按說文引爾雅：「狒狒」作「萬萬」。今海内南經「梟羊」作「梟陽」，「見人則笑」作「人笑亦笑」。

注山海經曰：南海之外有猰貐，狀如貙，龍首，食人。今海内南經作「窫窳」，龍首，居弱水中，其狀如龍首，食人。又北山經言窫狀如牛而赤身，人面馬足。又海内西經言窫窳蛇身人面。皆與此异。獨無所謂「狀如貙」者。而爾雅、說文均有「猰貐類貙」之語，劉注蓋誤合之。

注穎，鋒也。胡公考异曰：「鋒」當作「鐶」。各本皆誤。

【高步瀛文選李注義疏】「猰貐」，袁、茶二本「貐」作「貐」，「貙」作「貙」。○「烏菟」，五臣「烏」作「於」，字同。胡克家曰：注「於菟」。袁本「菟」作「塗」，茶陵本初刻同，後改「菟」。案：「塗」是也。依此，則正文當是「塗」字。袁、茶陵二本「菟」下有「徒」音，蓋五臣作「菟」而各本亂之耳。步瀛案：塗、菟字通，左隱十一年「菟裘」，公羊隱四年作「塗裘」可證。○漢書藝文志形法家有山海經十三篇，不言何人作。論衡別通篇曰：禹主行水，益主記异物，海外山表，無所不至，以所聞見作山海經。吴越春秋越王無餘外傳曰：禹與益、夔共謀，行到名山大澤，召其神而問之山川脉理，金玉所有，鳥獸昆蟲之類，及八方之民俗，殊國异域土地里數，使益疏而記之，故名之曰山海經。後人謂爲禹、益所作者本此，然實不足據也。隋書作二十五卷，入史部地理。今本十八卷，清四庫書目改入小說家類。○劉注引爾雅見釋獸注。梁章鉅曰：「爾雅」下當有「注」字。釋獸：狒狒，如人，被髮迅走，食人。郭注：梟羊也。山海經曰：其狀如人，面長脣黑，身有毛及踵，見人則笑。按：說文引爾雅「狒狒」作「𩰫𩰫」。今海内

南經「梟羊」作「梟陽」，「見人則笑」作「人笑亦笑」。○「海南經所云也」。「海」下當有「内」字，各本皆脱。○御覽獸部二十五引异物志曰：麐狼，狀似鹿，而角前向，入林挂角，故恒在平淺草中。肉肥香美，逐入林則得之。皮可作履襪。角正四據，南人因以作路牀。案：此與注互异，未知出一書否。○梁章鉅曰：「猰貐」，今海内南經作「窫窳」，龍首，居弱水中，其狀如龍首，食人。又北山經言窫窳，狀如牛而赤身，人面馬足。又海内西經言窫窳蛇身人面。皆與此异。獨無所謂「狀如貙」者。而爾雅、説文均有「猰貐類貙」之語，劉注蓋誤合之。步瀛案：爾雅釋獸、説文豸部皆言類貙，物類相感志引孫炎爾雅注、淮南本經篇高誘注，皆言龍首，蓋即本海内南經爲説也。餘見西京賦疏。○象，互見西都賦注。○於菟，虎也。江、淮間謂虎爲於菟。袁本「於菟」并作「烏塗」。案：左宣四年曰：楚人謂虎於菟。釋文曰：於音烏。菟音徒。方言八曰：虎，江、淮、南楚之間或謂之於䖘。郭注曰：今江南山夷呼虎爲䖘，音狗竇。戴震曰：徒語轉爲竇是也。漢書叙傳曰：楚人謂虎於檡。顔注曰：檡字或作「菟」，并音塗。廣雅釋獸曰：於䖘，虎也。王氏疏證曰：於䖘，虎文貌。説文：𤘘，黄牛虎文，讀若涂。䖘，𤘘聲，義并同。虎有文謂之於䖘，故牛有虎文謂之𤘘。春秋傳楚鬭穀於菟字子文，是其證也。説文又云：虍，虎文也。於䖘與虍聲近而義同，單言之則爲虍，重言之則爲於䖘耳。○犀，互見西都賦注。案：倉黑色。「倉」當作「蒼」。○爾雅釋獸曰：兕，似牛。郭注曰：一角，青色，重千斤。説文曰：𤉡，如野牛而青。古文作「兕」。海内南經曰：兕，其狀如牛，蒼黑，一角。南山經郭注曰：兕，似水牛，青色，一角，重三千斤。郝氏箋疏曰：「三」字衍。左宣二年孔疏引交州記曰：兕，出九德，有一角。角長三尺餘，形如馬鞭柄。○左傳見宣三年，「象物」下有「百物」二字，兩「人」字皆作「民」，蓋唐人避諱改，又「魍魎」作「罔兩」。此注尤本、茶陵本「螭」作「魑」，袁本作「螭」，與傳合。今從之。○淮南見本經篇，「鋸」作

「居」，「牙」字下有「出距之獸」四字，「摯」作「鷙」。案：「句」與「鉤」，「居」與「鋸」，皆通借字。○禮記見少儀。此注「鐶」各本誤作「鋒」。胡克家曰：「鋒」當作「鐶」，是也。今從之。孔疏曰：穎謂刀鐶也。穎是穎發之義，刀之在手謂之爲穎，禾之秀穗亦謂之爲穎，其事雖异，大意同也。釋名釋兵曰：刀其末曰鋒。言若蜂刺之毒利也。其末曰環，形似環也。案：「鐶」「環」字同。○摯伯陵書、本書潘安仁爲賈長淵作贈陸機詩注引作「有能者見鋒穎之秋豪」，此注疑誤。案：高士傳：摯峻，字伯陵。報司馬遷書未載此句。○狼、象、黨，古音陽部。穎、星、霆、經、鼎，耕部。

其竹則篔簹箖箊，桂箭射筒。由梧有篁，篻簩有叢。

【彙校】

「篔簹箖箊」　「篔」，奎章閣本、明州本、贛州本、四庫本、叢刊本、正德本、陳八郎本、尤刻本、胡刻本、監本、唐鈔本、九條本作「篔」。當作「篔」。「簹」，奎章閣本、明州本、贛州本、四庫本、叢刊本、正德

本、陳八郎本、尤刻本、胡刻本、監本、九條本同。唐鈔本作「當」。當作「簹」。「箖箊」，尤刻本、胡刻本、監本同。奎章閣本、明州本、贛州本、四庫本、叢刊本、正德本、陳八郎本、九條本作「林箊」。唐鈔本作「林於」。當作「箖箊」。

■**立群案**：楊孚异物志：篔簹生水邊，長數丈，圍一尺五六寸，一節相去六七尺，或相去一丈，廬陵界有之。戴凱之竹譜：篔簹竹最大，大者中甑，笋亦中射筒，薄肌而最長，節中貯箭，因以爲名。或爲賦語所本。作「篔簹」是也。

趙曄吴越春秋勾踐陰謀外傳：處女將北見於王，道逢一翁，自稱曰袁公。問于處女：吾聞子善劍，願一見之。女曰：妾不敢有所隱，惟公試之。於是袁公即杖箖箊竹，竹枝上頡橋末墮地，女即捷末。戴凱之竹譜：箖箊，葉薄而廣，越女試劍竹是也。兩書或爲賦語所本，當作「箖箊」也。然後世亦作「林於」「林箊」。如庾信奉和永豐殿下言志之六：含風摇古度，防露動林於。高適苦雨寄房四昆季詩：彌望無端倪，北風擊林箊。胡克家文選考异亦曰：袁本、茶陵本「箖」作「林」，注同，是也。案：此尤誤改。胡氏説亦不爲無據。然其本，似皆當作「箖箊」也。

「由梧有篁」　「由」，監本、唐鈔本同。奎章閣本、明州本、贛州本、四庫本、叢刊本、正德本、陳八郎本、尤刻本、胡刻本、九條本作「柚」。當作「由」。

■**立群案**：胡克家文選考异：案：「柚」當作「由」，注中作「由」，各本皆同。「柚」下「由」乃五臣音，蓋五臣「柚」而亂之。胡紹煐文選箋證：紹煐按：「由梧」與「蕕䓣」同。吴筠竹賦「簗篣筋蔓，射筒箖箊。蕕箬菰篗之肅矗」。南方草木狀「由梧竹，吏民(家)種之。長三四(尺)〔丈〕，周一尺八九寸，可作屋柱。出交趾」，亦作「由梧」。胡氏箋證引南方草木狀，較胡氏考异更爲有據。疑當作「由」也。

【彙注】

【李善注】箊音於。柚音由。劉曰：皆竹名也。异物志曰：篔簹，生水邊，長數丈，圍一尺五六寸，一節相去六七尺，或相去一丈，廬陵界有之。始興以南，又多小桂，夷人績以爲布葛。䉀菸，是袁公所與越女試劍竹者也。桂竹，生於始興小桂縣，大者圍二尺，長四五丈。箭竹細小而勁實，可以爲箭，通竿無節，江東諸郡皆有之。射筒竹，細小通長，長丈餘，亦無節，可以爲射筒。筒及由梧竹皆出交趾、九真。篻竹，大如戟槿，實中勁强，交趾人鋭以爲矛，甚利。簩竹有毒，夷人以爲觚，刺獸，中之則必死。篔，于君切。篻，芳眇切。簩音勞。

【文選鈔】篔簹小時，夷人績以爲布葛，倉梧所出，黑葛皆其所作也。射筒，可以爲盛箭筒也，故以爲名也。叢，聚也。簩竹，生江南，一支一百葉，冬始有笋。

【文選音决】篔，于分反。簹，多郎反。射，市夜反。筒音同。篁音皇。篻，匹沼反。簩音勞。

【五臣注】篔音云。簹音當。箊音於。柚音由。篻，匹眇反。簩音勞。向曰：并竹名也。竹叢曰篁。

【陸善經注】桂竹，所在有之，始興者尤大，圍三尺也。

【張鳳翼文選纂注】篔音云。簹音當。箊音於。柚音由。篻，匹眇切。簩音勞。篔簹，生水邊，長數丈，圍一尺五六寸，一節相去六七尺。林箊，是袁公所與越女試劍竹也。桂竹，生於小桂縣，大者圍二尺，長四五丈。箭竹細小而勁實，可以爲箭，通竿無節。射筒竹，細小通長，長丈餘，亦無節，可以爲射筒。篻竹，大如戟槿，實中勁强，交趾人鋭之爲矛，甚利。簩竹有毒，夷人以爲觚，刺獸，中之必死。

【王象乾文選删注】篔，于君切。篻，匹眇切。簩音勞。射筒竹，箭竹細小，可爲箭射筒，竹長丈餘，

無節，可爲射筒。柚梧竹出交趾。篻竹，大如戟，鋭爲矛，甚利。异物志曰：篔簹，生水邊，長數丈，圍尺餘，節相去一丈。箖箊，袁公與越女試劍竹也。桂竹，大者圍二尺，長四五丈。簩竹，有毒，夷人以爲觚，刺獸，中之則必死。

【陳景雲文選舉正】其竹。注「始興以南，又多小桂，夷人績以爲布葛」。按此十五字，當在下「長四五丈」下。又「始興小桂縣」，當是「桂陽」之誤。

【余蕭客文選音義】篔簹舊音云當。賈思勰齊民要術：篔簹竹，節中有物長數寸，正似世人形，俗説相傳云「竹人」，時有得者。箖林。箊藝文注音於。篻焱、縹二音。簩劉音勞。

【余蕭客文選紀聞】篔云。類林十七。簹當。博雅音七。箖林。廣韵二。箊於。廣韵一。建安有篔簹竹，節中有人，長尺許，頭足皆具异苑二。王彪之閩中賦：篔簹函人，桃枝育蟲。篔簹竹，節中有物長數寸，正似人形，相傳云「竹人」，時有得者齊民要術十。案：异苑近怪，然王賦言「函人」，即是篔簹本性如此。贊寧筍譜引王賦作「篔簹函矢」。篔簹竹，節長四尺贊寧筍譜。射筍譜作箾。射筒，薄肌肉長，節中貯箭，因名戴凱之竹譜。柚竹、筍譜并作由。梧竹譜作衙。南方草木狀：由梧竹，長百尺，徑一尺八九寸。交趾人作屋柱，筍澀不可食筍譜。案今草木狀無由梧竹。篻莫遥。玉篇十四。簩力到。同。筋竹，別名篻，長二丈許，圍數寸，至堅利，南土以爲矛。其筍未成時，堪爲弩弦。見徐忠南中表。劉淵林云：夷人以史葉竹爲矛。余之所聞，即是筋竹，豈非一物二名者也竹譜。篻竹出韶州，中爲弓弩。筍堪食，自秋生至冬末，春即不生筍譜。百葉竹，亦曰簩竹，生南蠻界。甚有毒，傷人必死。一枝百葉，因名竹譜。簩竹，皮薄而空，大者徑不過二寸，皮上有粗澀文，可爲錯鑢物及爪甲，利于鐵作者。若鈍，則漿水洗，還復快利筍譜。

【胡克家文選考异】則篔簹箖箊。袁本、茶陵本「箖」作「林」，注同，是也。案：此尤誤改。

柚梧有篁。案：「柚」當作「由」，注中作「由」，各本皆同。「柚」下「由」乃五臣音，蓋五臣「柚」而亂之。

注「可以爲射筒筒及由梧竹」。案：「射筒」當作「筒射」。各本皆倒。「筒」句絶，「射」下屬，詳劉注意。質簹也，林箊也，桂也，箭也，射筒也，由梧也，篻也，筹也，凡八竹，此但可以爲「筒」耳，非單名筒也。

【朱珔文選集釋】桂箭。劉注引异物志云：桂竹，生於始興小桂縣，大者圍二尺，長四五丈。案：中山經：洞庭山之首，曰篇遇之山。又東南五十里，曰雲山，無草木，有桂竹，甚毒，傷人必死。郭注：今始興郡桂陽縣出筀竹，大者圍二尺，長四丈。又龜山東丙山多筀竹。郝氏謂「筀」當爲「桂」。桂陽所生竹，因以爲名也。此賦下云：梢雲無以逾。善注：梢雲，山名，生竹。郝疑「梢雲」即雲山，殆當是與？戴凱之竹譜則云：桂竹有二種，一高四五丈，大者二尺圍，闊節大葉，狀如甘竹而皮赤，南康以南所饒也。與山海經所云名同實异。但其所言高大之數，與劉、郭二注皆合，未審爲异種否也。箭附見下。

射筒。劉注云：射筒竹，細小通長當作通中，長丈餘，亦無節，可以爲射筒。筒及由梧皆出交趾、九真。案胡氏考异云：「射筒」當作「筒射」，各本皆倒。「筒」句絶，「射」下屬。此但可以爲「筒」耳，非單名筒也。段氏謂此説，蓋不知下「筒」字上奪一「射」字，因之生誤。正文以竹名類厠竹名，射筒無疑也。謂之射筒者，筒者，通簫也。引申之，凡通中者曰筒。此竹長丈餘而無節，與上文「箭竹細小勁實，可以爲箭，通竿無節」正同。故云亦無節。惟箭竹實中無節，此通中無節，通中而宜作矢，故謂之射筒。曰可以爲射筒者，竹名、矢名皆曰射筒，猶竹名、矢名皆曰箭也。今乃云此竹可以爲筒，不知作何等筒，且射字何解乎？戴凱之竹譜曰：射筒，薄肌而最長，節中貯箭，因以爲名。節中貯箭不可通，未聞每矢爲

一筒函之者。且淵林云無節，此云有節，异。要亦以射筒爲竹名，不云可以爲筒也。余謂：箭即篠也，與射筒皆細小可以爲矢，而射筒以通中爲异，故得筒名。既云細小，安得可爲筒而貯矢乎？此不煩言而解，段尚未之及。考异本殆亦因戴譜而誤會之與？○又案：元李氏衎竹譜詳録説「射筒竹」，引此賦語云：弋人有修竿，通其節，箭安其内，從本吹之，古人所謂箻筒，以射鳥者也。謂此竹可作箭房者，非。吹筒之法，始於武后，今番舶上多用射人。南方此竹，其直如繩，去節，令中通，長二丈餘，箭則輕竹削成，鳥翎纏其上，欲以受氣人猛吹之，著物最易。據此，與劉注細小無節亦不合。且既云始武后，則非古所有，不得爲射筒之本名也。射筒，又附見後招魂。

柚梧有篁。注已見上。案：「柚」，當如注作「由」。梧，玉篇作「箁」，集韵：䈢，竹名，或省作「箁」。又云：柚梧，竹名。吴筠竹賦作「䈭箁」，「箁」亦或作「吾」。本草綱目云：交、廣出吾竹，長三四丈，其肉薄，可作屋柱。戴氏譜引此賦語則作「由衙」，云：簹與由衙皆大竹，簹實衙空。土人用爲梁柱。俗號簹由衙竹，爲物叢生。説文：篁，竹田也。前西京賦「篠蕩敷衍，編町成篁」。今人即以篁爲竹，非是。

篻簩有叢。劉注云：篻竹，大如戟穫，實中勁强，交阯人鋭以爲矛，甚利。案：郭注中山經云：交阯有簝竹，實中勁强，鋭以刺虎，中之則死。郝氏疑「簝」當爲「篻」。玉篇：篻，竹門也。集韵云：細竹。而簝爲簟簝，不云竹名。張勃吴録：日南有簝竹，勁利，削爲矛。「簝」當亦「篻」之形似而誤也。戴譜云：筋竹長二丈許，圍數寸，至堅利，南土以爲矛。其笋未成竹時堪爲弩弦。見徐忠南中奏。即是篻竹一物而二名矣。○注又云：簩竹有毒，夷人以爲觚，刺獸，中之則必死。案：此注與郭氏説簝竹同。而郭又以簝竹爲桂竹之類，蓋三者皆相似矣。戴譜云：百葉竹，生南垂界，甚有毒，傷人必死，一枝

百葉，因以爲名。亦曰篣竹，一物二名。并引淵林此注。是篣竹即簩竹，作「篣」者，形似致誤耳。又集韵云：箟簩，竹名，皮利可爲刀。一曰簩，竹名，一枝百葉，有毒。李氏譜謂箟簩竹與簩竹同异未詳。本草綱目則云：百葉竹濇者可以錯甲，謂之箟簩。「篣」亦「簩」之誤。似以爲一物。但淵林此注原出异物志，而志又釋箟簩竹云：新州有此種，製成琴樣，爲礪甲之具，用久微滑，以酸漿漬之過宿，快利如初。李譜説箟簩竹正與之合，惟不若綱目即以爲百葉竹。然則百葉竹即簩竹，殆箟簩别一種與？

【梁章鉅文選旁證】其竹則篔簹箖箊，桂箭射筒。六臣本「箖」作「林」。初學記竹部引戴凱之竹譜曰：竹之别類有六十一焉，有桂竹，甚毒，傷人必死。有箭竹，節間三尺，堅韌中爲矢。

柚梧有篁。胡公考异曰：「柚」當作「由」，注中作「由」，各本皆同。「柚」下注「由」字，乃五臣音以亂善耳。林先生曰：柚梧，當即吴均竹賦之貓箬也。説文：篁，竹田也。

注始興以南，又多小桂，夷人績以爲布葛。此十五字應移在「圍二尺長四五丈」句下。或曰「夷人」七字，應移在「射筒」注後。

注桂竹，生於始興小桂縣。段曰：「小桂」當作「桂陽」。晉始興有桂陽縣。「小桂」二字，蓋涉下文而誤耳。

注射筒竹，細小通長，長丈餘，亦無節，可以爲射筒。筒及由梧皆出交趾、九真。胡公考异曰：下「射筒」當作「筒射」。各本皆倒。「筒」句絶，「射」下屬也。詳劉注意，篔簹也，林箊也，桂也，箭也，射筒也，由梧也，con也，簩也，凡八竹，此但可以爲「筒」耳，非單名筒也。段曰：「通長」當作「通中」，兩「筒」字之中間當脱「射」字。戴凱之竹譜云：射筒，薄肌而最長，節中貯箭，因以爲名。與劉注「無節」异。

【胡紹煐文選箋證】桂箭射筒。注劉逵曰：射筒竹，細小通中，長丈餘，亦無節，可以爲射筒。按：筒之言通也，中通可以貯箭，故被是名。説文「筒，通簫也」，許以「通」解「筒」，是筒有通義也。

柚梧有篁。注考异曰：「柚」當作「由」，注中作「由」，各本皆同。「柚」下注「由」字，乃五臣音以亂善耳。紹煐按：「由梧」與「⿱竹猶⿱竹吾」同。吴筠竹賦「篥簩筋蔓，射筒箖箊。⿱竹猶⿱竹吾菰⿱竹奔之肅矗」。南方草木狀「由梧竹，吏民家種之。長三四(尺)〔丈〕，周一尺八九寸，可作屋柱。出交趾」，亦作「由梧」。

【高步瀛文選李注義疏】「林」，尤本作「箖」。胡克家曰：袁本、茶陵本「箖」作「林」，注同。是也。步瀛案：敬齋古今黈卷七謂此賦板本誤以「箖」爲「林」，非是。○「由」，尤本作「柚」。胡克家曰：當作「由」，注中作「由」，各本皆同。蓋五臣作「柚」。步瀛案：戴凱之竹譜引此賦「由梧」作「由衙」。○説文曰：篁，竹田也。朱珔曰：西京賦：篠蕩敷衍，編町成篁。今人即以篁爲竹，非是。○劉注曰：皆竹名也。統篔簹、林箊、桂、箭、射筒、由梧、篻、簩八種竹而言。○竹譜曰：篔簹、射筒、箖箊、桃枝，長爽纖葉，清肌薄皮，千百相亂，洪細有差。又曰：數竹皮葉相似，篔簹最大，大者中甑。又曰：桃枝、篔簹，多植水渚。御覽竹部二引顧微廣州記曰：⿰貝兒竹，一名員當。節長一丈。又引吴録曰：始興曲江縣有篔簹竹，圍尺五寸，節相去六尺，夷人以爲布葛。案：此與劉注云始興以南云云相合。惟「小桂」字疑有誤。梁章鉅欲移「始興以南」下十五字於「圍二尺長四五丈」句下，或「夷人」七字移「射筒」注後，未知是否。○袁公與越女試劍已見上。竹譜曰：箖箊，葉薄而廣，越女試劍竹是也。御覽竹部二引作「林於」，玉篇作「箖箊」。案：箖、箊皆後出字。○「桂陽」，各本作「小桂」。旁證引段曰：「小桂」當作「桂陽」。晉始興有桂陽縣，「小桂」二字，蓋涉上文而誤耳。步瀛案：中山經曰：雲山有桂竹，甚毒，傷人必死。郭注曰：今始興郡桂陽縣出筀竹，大者圍二尺，長四丈。郝懿行謂「筀」當作「桂」。步瀛案：

御覽竹部二引正作「桂」字，而郭注桂陽縣亦引作小桂縣，與本注誤同。竹譜曰：桂竹，高四五丈，圍闊節大，葉狀如甘竹而皮赤，南康以南所饒也。山海經云：靈原桂竹，傷人則死。是桂竹有二種，名同實异，其形未詳。案：「靈原」當是「雲山」之誤。朱琦曰：其所言高大之數，與劉、郭二注皆合，未審爲异種否也。○竹譜曰：箭竹，高者不過一丈，節間三尺，堅勁中矢。江南諸山皆有之，會稽所生最精好，故云「東南之美者，有會稽之竹箭焉」。爾雅翼卷十二曰：箭，篠也。禹貢：揚州，篠蕩既敷。職方氏：揚州其利竹箭。箭一名篠，是竹之小者，可爲箭幹。○「射筒竹細小通中」。各本「中」作「長」，「爲射筒」下無「射」字。胡克家曰：「射筒」當作「筒射」，各本皆倒。「筒」句絶，「射」字下屬。詳劉注意，簹簹也，林菸也，桂也，箭也，射筒也，由梧也，篻也，簩也，凡八竹。此但可以爲筒耳，非單名筒也。案：胡校出顧千里手，故段若膺駁之，經韵樓集卷十二曰：正文以竹名類厠竹名，射筒無疑也。謂之射筒者，筒者，通簫也。引申之，凡通中者曰筒。此竹長丈餘而無節，與上文箭竹細小勁實，可以爲箭，通竿無節，正同。故云亦無節。惟箭竹實中無節，此通中無節，通中而宜作矢，故謂之射筒。曰可以爲射筒者，竹名、矢名皆曰射筒，猶竹名、矢名皆曰箭也。千里不知，奪一「射」字，以「射」字乙置「筒」字下，云「此竹可以爲筒」。不知作何等筒，且射字何解乎？戴凱之竹譜曰：射筒，薄肌而最長，節中貯箭，因以爲名。節中貯箭不可通，未聞每矢爲一筒函之者。且淵林云無節，此云有節，與淵林注异。要亦以射筒爲竹名，不云可以爲筒也。朱琦曰：箭即篠也，與射筒皆細小可以爲矢，而射筒以通中爲异，故得筒名。既云細小，安得可爲筒而貯矢乎？此不煩言而解，考异殆因戴譜而誤會之。與朱銘曰：李衎竹譜詳録云：射筒竹，弋人有修竿，通其節，箭安其内，從本吹之，古人所謂箪筒，以射鳥者也。謂此竹可作箭房者，非。步瀛案：竹譜詳録卷五釋射筒之用，朱未盡引，下云：吹筒之法，始於武后，置馬射、步射、手

射，筒射，今番舶上多用射人，取中其面，非以箭力能傷人，蓋有射筒毒於箭鏃。南方此竹，其直如繩，以法去節，令中通二丈餘，箭則以輕竹削成，幾三尺，以鳥翎纏繞其上，欲以受氣人猛吹之，則著物最易云云。并補録之，可正諸家之失。○御覽竹部二引南方草木狀曰：由梧竹，吏民家種之。長三四丈，圍一尺八九分，作屋柱。出交趾。竹譜作「由衙」，曰：篔與由衙，厥體俱洪。圍或累尺，篔實衙空。南越之居，梁柱是供。朱珔曰：玉篇作「䈮」，集韵：䈮，竹名，或省作「䈮」。又云：柚梧，竹名。吴筠竹賦作「𥷈䈮」，「䈮」亦或作「吾」。本草綱目云：交、廣由吾竹，長三四丈，其肉薄，可作屋柱。步瀛案：吴筠竹賦云：則有篻簩筋篗，射筒箖箊。𥷈䈮箛箽之肅矗，龍鍾雲母之扶疏。見文苑英華卷一百四十六。本草綱目見卷三十七。○中山經「雲竹桂竹」下郭注曰：交阯有䈎竹，實中勁强，有毒，鋭以刺虎，中之則死。郝懿行曰：「䈎」，疑當爲「篻」。步瀛案：竹譜曰：筋竹長二丈許，圍數寸，至堅利，南土以爲矛。其笋未成時堪爲弩弦。見徐忠南中奏。劉淵林云：夷人以史䈎葉爲矛，余之所聞，即是筋竹，一物而二名者也。御覽竹部二引「數寸」作「數尺」，「利」字下有「出日南九真」五字，「南土」作「南方」，「徐忠南中奏」作「徐衷南中記」，「篻」下注「音瓢」二字，「篻葉」作「篻竹」，皆是。然「史」字疑亦衍或誤字。朱珔曰：張勃吴録：日南有䈎竹，勁利，削爲矛。「䈎」當亦「篻」之形似而誤也。步瀛案：吴録見齊民要術卷十引。○「戟槿」當作「戟𦷹」。郝懿行、朱珔引此注均作「𦷹」，是也。○朱珔曰簩竹有毒云云，與郭氏説䈎竹同。而郭又以䈎竹爲桂竹之類，蓋三者皆相似矣。戴譜云：百葉竹，生南垂界，甚有毒，傷人必死，一枝百葉，因以爲名。亦曰簩竹，一物二名。并引淵林此注。是簩竹即簩竹，作「簩」者，形似致誤耳。又集韵云：𥳑簩，竹名，皮利可爲刀。一曰簩，竹名，一枝百葉，有毒。李氏衎竹譜詳録謂𥳑簩竹與簩竹同异未詳。本草綱目則云：百葉竹濇者可以錯甲，謂之𥳑簩。「簩」亦「簩」字之誤。似

以爲一物。但淵林此注原出异物志，而志又釋䈂簩竹云：新州有此種，製成琴樣，爲礪甲之具，用久微滑，以酸漿漬之過宿，快利如初。李譜説䈂簩竹正與之合，惟不若綱目即以爲百葉竹。然則百葉竹即笏竹，殆䈂簩别一種與？步瀛案：李衎竹譜詳録卷五分簩竹與䈂簩竹爲二，朱氏本此。然觀諸書所言，殆即一種。如廣韵七之「䈂」下云：竹名。六豪「簩」下亦云：竹名。豈「䈂」與「簩」又别爲二物耶？本草綱目見三十七。〇筒、叢，古音東部。

苞筍抽節，往往縈結。緑葉翠莖，冒霜停雪。橚矗森萃，蓊茸蕭瑟。檀欒嬋娟，玉潤碧鮮。梢雲無以逾，嶰谷弗能連。鸑鷟食其實，鵷鶵擾其間。

【彙校】

「往往縈結」　「往往」，明州本、贛州本、四庫本、叢刊本、陳八郎本、尤刻本、胡刻本、唐鈔本、九條本同。奎章閣本、正德本、監本作「徃徃」。當作「往往」。「結」，奎章閣本、贛州本、四庫本、叢刊本、胡刻本同。明州本、正德本、陳八郎本、尤刻本、監本、唐鈔本、九條本作「結」。當作「結」。

「緑葉翠莖」「葉」，四庫本同。奎章閣本、明州本、贛州本、叢刊本、正德本、陳八郎本、尤刻本、胡刻本、監本、九條本作「葉」。唐鈔本作「菜」。當作「葉」。「翠」，奎章閣本同。明州本、贛州本、四庫本、叢刊本、正德本、陳八郎本、尤刻本、胡刻本、監本、唐鈔本、九條本作「翆」。當作「翠」。

「冒霜停雪」「停」，四庫本同。奎章閣本、明州本、贛州本、叢刊本、正德本、陳八郎本、尤刻本、胡刻本、監本、唐鈔本、九條本作「停」。當作「停」。

「橚矗森萃」「橚」，奎章閣本、明州本、贛州本、四庫本、叢刊本、正德本、陳八郎本、尤刻本、胡刻本、九條本同。監本、唐鈔本作「⿰扌肅」。當作「橚」。

立群案：善曰：橚矗，長直貌。五臣翰曰：橚矗，深長貌。據注，是李善本、五臣本皆作「橚」字。諸本多作「橚」，是也。監本、唐鈔本獨作「⿰扌肅」者，形近而誤也。

「檀欒嬋娟」「欒」，奎章閣本、明州本、贛州本、四庫本、叢刊本、正德本、陳八郎本、尤刻本、胡刻本、監本、九條本同。唐鈔本作「⿱艹欒」。當作「欒」。「嬋」，奎章閣本、明州本、贛州本、四庫本、叢刊本、正德本、陳八郎本、九條本同。尤刻本、胡刻本、監本、唐鈔本作「蟬」。當作「嬋」。「娟」，奎章閣本、明州本、贛州本、四庫本、叢刊本、正德本、九條本作「娟」。陳八郎本、尤刻本、胡刻本、監本、唐鈔本作「蜎」。當作「娟」。

立群案：梁章鉅文選旁證：六臣本「蟬蜎」作「嬋娟」，是也。注中作「嬋娟」，不誤。説文：嬋，嬋娟，態也。娟，嬋娟也。當作「嬋娟」也。

「梢雲無以逾」「梢」，奎章閣本、明州本、贛州本、四庫本、叢刊本、正德本、尤刻本、胡刻本、監本、九條本同。陳八郎本、唐鈔本作「捎」。「無」，奎章閣本、明州本、贛州本、四庫本、叢刊本、正德本、陳八

郎本、尤刻本、胡刻本、監本、九條本同。唐鈔本作「无」。當作「無」。「逾」，奎章閣本、明州本、贛州本、四庫本、叢刊本、正德本、陳八郎本、尤刻本、胡刻本、监本、唐鈔本、九條本作「踰」。當作「逾」。

■**立群案：**劉逵曰：漢書天文志曰：見梢雲。其説，梢如樹也。善曰：梢雲，山名，出竹。五臣良曰：言雖梢雲之高，亦不能逾也。據注，是劉逵本、李善本、五臣本皆作「梢」也。諸本多作「梢」，是也。陳八郎本作「捎」者，恐形近而誤也。

「嶰谷」「嶰」，明州本、贛州本、叢刊本、正德本、陳八郎本、尤刻本、胡刻本、九條本同。奎章閣本、四庫本、監本作「嶰」。唐鈔本作「解」。當作「嶰」。

■**立群案：**應劭風俗通聲音序：昔黄帝使伶倫自大夏之西，昆侖之陰，取竹于嶰谷，生其竅厚均者，斷兩節而吹之，以爲黄鐘之管。或爲赋语所本，作「嶰谷」是也。

「弗能連」「能」，明州本、贛州本、四庫本、叢刊本、陳八郎本、尤刻本、胡刻本、監本、九條本同。奎章閣本、正德本、唐鈔本作「䏻」。當作「能」。

「鴳鷚」「鴳」，奎章閣本、明州本、贛州本、叢刊本、正德本、陳八郎本、唐鈔本、九條本同。四庫本、尤刻本、胡刻本作「鴳」。監本模糊不清。當作「鴳」。「鷚」，奎章閣本、明州本、贛州本、四庫本、叢刊本、正德本、陳八郎本、尤刻本、胡刻本、監本同。唐鈔本作「鷚」。九條本模糊不清。當作「鷚」。

「擾其間」「間」，奎章閣本、明州本、贛州本、四庫本、正德本、陳八郎本、尤刻本、唐鈔本、九條本同。叢刊本、胡刻本、監本作「閒」。當作「間」。

【彙注】

【李善注】矗音蓄。茸，而勇切。劉曰：苞笋，冬笋也。出合浦，其味美於春夏時笋也。見馬援傳。

漢書天文志曰：見梢雲。其説，梢如樹也。嶰谷，昆侖北谷也。漢書律曆志，黄帝詔伶倫爲音律，伶倫乃之昆侖山之陰、嶰谷之中，取竹斬之，以其厚均者吹之，以爲黄鐘之管。鸑鷟，鳳鶵也。鵷鶵，周本紀曰：鳳類也，非梧桐不栖，非竹實不食。黄帝時，鳳集東園，食帝竹實，終身不去。馴，擾善也。善曰：橚矗，長直貌。蓊茸，茂盛貌。蕭瑟，聲也。冒，犯也。嬋娟，言竹妍雅也。橚，所六切。矗，丑六切。枚乘兔園賦曰：修竹檀欒，夾水碧鮮。言竹似之也。梢雲，山名，出竹。

【文選鈔】冒霜停雪，言冬夏常青也。橚矗，直上而高也。森，長也。萃，聚也。蕭瑟，受風聲也。嬋娟，謂長也。玉潤，玉有温潤，謂竹之光潤似之。碧亦名鮮明也。青翠如玉之鮮明也。谷謂竹節之溝壟也。取其竹之本脱節之處，員好調鈞之故也。鸑鷟鵷鶵，非梧桐不栖，非竹實不食。

【文選音决】笋音笋。冒，莫報反。橚，思六反。矗，丑六反。森，所林反。萃音悴。蓊，烏孔反。茸，而勇反。娟，於緣反。梢，所交反。嶰，居蟹反。鸑，魚角反。鷟，仕角反。鵷，於元反。鶵，仕于反。擾，而沼反。間，協韵，九虔反。

【五臣注】筍，思尹反。橚，所六反。矗音蓄。蓊，烏董反。茸，而勇反。娟，一緣反。嶰音解。鸑音岳。鷟，仕角反。濟曰：苞，謂筍皮。抽節，謂進長也。往往縈結，言多而攢生也。翰曰：橚矗，深長貌。森，清蔭之狀。萃，聚也。蓊茸，茂盛貌。蕭瑟，聲也。向曰：檀欒嬋娟，皆美貌。玉潤碧鮮，言竹色如玉碧之鮮潤。碧，亦玉也。良曰：言雖梢雲之高，亦不能逾也。嶰谷，山名，生美竹，言亦不能連也。翰曰：鸑鷟，鳳皇。非竹實不食。鵷鶵，鳳類。擾，亂也，言亂處竹間也。

【陸善經注】顧微廣州記曰：平鄉有包竹，堪作布也。橚矗，齊長貌。

檀欒，遍布也。蟬蜎，好貌也。

解谷，昆侖北谷。

【張鳳翼文選纂注】櫹，所六切。矗音蓄。蓊，烏重切。茸，而勇切。鸑音岳。鷟，仕角切。苞，謂筍皮。抽節，謂進長也。往往縈結，言多而攢生也。櫹矗，深長貌。森，清蔭之狀。萃，聚也。蓊茸，茂盛貌。蕭瑟，聲也。檀欒嬋娟，皆美貌。如玉之潤，如碧之鮮。言竹色也。梢雲，雲高處也。嶰谷，生美竹。鸑鷟、鵷雛，皆鳳類，非竹實不食。擾，馴擾也。

【王象乾文選删注】櫹，所六切。矗，丑六切。苞筍，冬筍。櫹矗，長直貌。蓊茸，茂盛貌。蕭瑟，聲也。嬋娟，妍雅也。梢雲，山名，出竹。嶰谷，昆侖北谷。鸑鷟，鳳雛也。鵷鶵，鳳類。漢書天文志：黄帝詔伶倫爲音律，倫取嶰谷之竹，爲黄鐘之管。黄帝時，鳳集東園，食帝竹實，終身不去。枚乘兔園賦曰：修竹檀欒，夾水碧鮮。言竹似之也。

【何焯義門讀書記】鸑鷟食其實，鵷鶵擾其間。　二句無乃亦玉樹、海若之流。

【杭世駿文選課虚】櫹矗，長直貌。蓊茸，茂盛貌。蕭瑟，聲也。蟬蜎，言竹妍雅也。櫹，所六切。矗，丑六切。茸，而勇切。枚乘兔園賦：修竹檀欒，夾水碧鮮。言竹似之也。蟬娟，又作嬋媛。嘯賦：蔭修竹之嬋媛。

【余蕭客文選音義】矗舊音蓄。嶰舊音蟹。蜎娟。

【余蕭客文選紀聞】矗元包經傳注一、翻譯名義集六并初六反。類林十七音畜。竹賦：會稽方潤於碧玉，羅浮比色於黄金吴筠集上。梁簡文修竹賦：玉潤桃枝之麗，魚腸金母之名五色線下。碧鮮亭詩：向高思盡節，從直美虚心王周集。案此以左賦名亭。扈載游相國寺，見庭竹可愛，作碧鮮賦題其壁。世宗遣小黄門

録之，覽而稱善五代史三十三。五代扈蒙作碧鮮詩得名猗覺寮雜記三。案簡文、扈載兩賦，則玉潤、碧鮮并似竹名。大率因左賦命名，非舊有此二種。册府元龜四十卷與歐史悉同。獨猗覺寮以「載」爲「蒙」，以「賦」爲「詩」。曾鞏隆平集十三、王偁東都事略三十、宋史二百六十九扈蒙傳皆不載，知猗覺寮鈔本此事相傳之誤。

【胡克家文選考异】注「漢書律曆志」。袁本、茶陵本無此五字。

注「伶倫乃之昆侖山之陰，嶰谷之中，取竹斬之，以其厚均者吹之」。袁本、茶陵本此二十四字，作「伶倫乃之昆侖陰取嶰谷之竹斬其厚均者而吹之」二十字，是也。

注「鳳鶵也」。袁本、茶陵本無此三字。

注「周本紀曰」。袁本、茶陵本無此四字，有「皆」字，屬下。

注「非梧桐不栖」。袁本、茶陵本無此五字。

注「馴擾善也」。案：當作「擾馴也」。各本皆譌。

注「長直貌蓊茸」。袁本、茶陵本無此五字。

注「蕭瑟聲也」。袁本、茶陵本無此四字。

注「嬋娟言竹妍雅也」。袁本、茶陵本無此七字。

注「碧鮮」下至「出竹」。袁本、茶陵本無此十三字。

【許巽行文選筆記】苞筍。注云：見馬援傳。案：馬傳無苞筍事。齊民要術引東觀漢記：馬援至荔浦，見冬筍名苞，上言禹貢「厥苞橘柚」，疑謂是也。

鵷鶵。注：周本紀。案：七命注引此作禮瑞命記。

【朱珔文選集釋】蓊茸蕭瑟。善注云：蓊茸，茂盛貌。案：前南都賦其竹「阿那蓊茸」，注引説文

曰：蓊，竹貌也。埤蒼曰：茸，竹頭有文也。此處亦説竹，而又別爲之解。今説文「䈵」在竹部，玉篇有「䇯」字，義與埤蒼同。則二字俱當从竹。謝靈運山居賦自注：修竦、便娟、蕭森、翁蔚，皆竹貌也。亦誤从艸。

【梁章鉅文選旁證】檀欒蟬蜎。六臣本「蟬蜎」作「嬋娟」，是也。注中作「嬋娟」不誤。

注鸑鷟，鳳鶵也。鵷鶵，周本紀曰：鳳類也，非梧桐不栖。六臣本無「鳳鶵也」及「周本紀曰」七字。「鳳」上有「皆」字，又無末五字。

注馴，擾善也。胡公考异曰：當作「擾馴也」。各本皆誤。

注枚乘兔園賦曰：修竹檀欒，夾水。「夾」下當有「池」字。

【胡紹煐文選箋證】梢雲無以逾。注劉逵曰：漢書天文志：見梢雲。其説，梢如雲也。善曰：梢雲，山名，出竹。按：梢雲，雲名。旌旗亦取象焉，漢書揚雄傳「右梢云」是也。此言高且長之義，謂梢云無以過之。本書江賦「梢雲冠其標」，善注引孫氏瑞應圖：梢雲，瑞雲也，人君德至則出，若樹木梢梢然也。宋史「祥符元年封泰山，天文院有青雲，如竹木，名梢雲」，即此。

【徐攀鳳選注規李】苞筍抽節。注：苞筍，冬筍。出合浦，其味美於春夏時筍也。見馬援傳。案：今馬援傳無此文。齊民要術引東觀漢記亦但言：馬援至荔浦，見冬筍名苞也。

【高步瀛文選李注義疏】「蟬蜎」，五臣作「嬋娟」。呂向曰：檀欒、嬋娟，皆美貌。〇劉注引馬援傳見東觀漢記。案：傳曰：援好事，至荔浦，見冬筍名曰苞筍，上言禹貢厥包橘柚，疑謂是也。其味美於春夏筍。齊民要術卷十亦引之。劉注當據此。〇漢書天文志「梢」作「捎」，注引晉灼曰：捎音霄。又引韋昭曰：音髫。胡紹煐曰：梢雲，雲名，旌旗亦取象焉。漢書揚雄傳「右梢雲」是也。此言高且長之

義，謂梢雲無以過之。本書江賦梢雲冠其標，善注引孫氏瑞應圖：梢雲，瑞雲也。人君德至則出，若樹木梢梢然也。○「漢書律曆志」，胡克家曰：袁本、茶陵本無此五字。步瀛案：古人引書，不必泥定原文，似不必依二本删去。漢書律曆志上曰：黄帝使泠綸自大夏之西、昆侖之陰，取竹之解谷，生其竅厚均者，斷兩節間而吹之，以爲黄鐘之宫。注：孟康曰：解，脱也。谷，竹溝也。取竹之脱無溝節者也。一説昆侖之北谷名也。晋灼曰：谷名是也。又吕氏春秋古樂篇曰：昔黄帝令伶倫作爲律。伶倫自大夏之西乃之阮隃之陰，取竹於嶰谿之谷，以生空竅厚鈞者，斷兩節間，其長三寸九分，而吹之，以爲黄鐘之宫。高誘注曰：阮隃，山名。畢沅校曰：「伶倫」，説苑修文篇作「泠倫」，古今人表作「泠淪」。「阮隃」，漢書律曆志作「昆侖」，説苑修文篇、風俗通音聲篇、左氏成九年正義皆作「崑崙」，世説德行篇引吕亦同。○「伶倫乃之昆侖山之陰」至「吹之」，胡克家曰：袁本、茶陵本此二十四字作「伶倫乃之昆侖陰取嶰谷之竹斬其厚均者而吹之」二十字，是也。步瀛案：此二本與尤异同，亦無以定二本爲是。○「鸑鷟」下尤本有「鳳鶵也」三字，「鵷鶵」下無「皆」字，有「周本紀曰」四字。今依袁本、茶陵本訂。周本紀無鸑鷟鵷鶵之文，周語上曰：周之興也，鸑鷟鳴於岐山。韋注曰：三君云：鸑鷟，鳳之别名也。莊子秋水篇曰：夫鵷鶵，非梧桐不止，非練實不食。釋文曰：李云：鵷鶵乃鸞鳳之屬也。成玄英疏曰：練實，竹實也。○「非梧桐不栖」，胡克家曰：袁本、茶陵本無此五字。○本書七命注引禮瑞命記曰：黄帝服黄服，戴黄冠，齋于宫，鳳乃蔽日而來，止帝園，食竹實，栖帝梧桐，終不去。韓詩外傳八曰：鳳乃止帝東園，集帝梧桐，食帝竹實，没身不去。又見説苑辨物篇。○擾，馴也。各本作「馴擾善也」，今依胡氏校改。李周翰曰：擾，亂也。言亂處竹間也。案：義亦通。○李注「櫹矗長直貌蓊茸茂盛貌」，袁本、茶陵本無「長直貌蓊茸」五字。步瀛案：櫹矗不訓茂盛，二本自是誤脱此五字耳。李周翰曰：櫹矗，深長

貌。蓊茸，茂盛貌。可與李注相證。朱珔曰：南都賦其竹阿那蓊茸，注云云，此處亦説竹而又别爲之解。今説文「蓊」在竹部，玉篇有「箰」字，則二字俱當从竹。○「蕭瑟聲也」，胡克家曰：袁本、茶陵本無此四字。○「嬋娟言竹妍雅也」，胡克家曰：袁本、茶陵本無此七字。○「兔園賦曰修竹檀欒夾池水」，各本脱「池」字。梁章鉅曰：「夾」下當有「池」字。步瀛案：藝文類聚産業部及古文苑皆有之，今據增。○「鮮碧」至「出竹」，胡克家曰：袁本、茶陵本無此十三字。步瀛案：梢雲，山名。未知何出。恐非李注。且以本文次第按之，亦不合。但此注次第皆亂，如「冒犯也」不宜在「櫹矗」注下，「嬋娟」注不宜在「檀欒」注上。蓋爲傳寫者所亂也。吕向曰：玉潤碧鮮，言竹色如玉碧之鮮潤，碧亦玉也。劉良曰：言雖梢雲之高，亦不能逾也。亦不以梢雲爲山名。○節、結、瑟，古音至部。雪，祭部。通轉爲韵。蜎、鮮、連、間，元部。

其果則丹橘餘甘，荔枝之林。檳榔無柯，椰葉無蔭。龍眼橄欖，棎劉禦霜。結根比景之陰，列挺衡山之陽。

【彙校】

「荔枝之林」「荔」，奎章閣本、明州本、四庫本、正德本、尤刻本、胡刻本同。贛州本、叢刊本、陳八郎本、監本、唐鈔本、九條本作「茘」。當作「荔」。「枝」，奎章閣本、明州本、贛州本、四庫本、正德本、陳八郎本、胡刻本、監本同。叢刊本、尤刻本、九條本作「枝」。唐鈔本作「枝」。當作「枝」。

「檳榔無柯」「檳」，奎章閣本、明州本、贛州本、四庫本、叢刊本、正德本、陳八郎本、尤刻本、胡刻本、監本、唐鈔本、九條本作「檳」。當作「檳」。

「椰葉無蔭」「椰」，尤刻本、胡刻本、監本、唐鈔本同。奎章閣本、明州本、贛州本、四庫本、叢刊本、正德本、陳八郎本、九條本作「梛」。當作「椰」。「葉」，奎章閣本、四庫本同。明州本、贛州本、叢刊本、正德本、陳八郎本、尤刻本、胡刻本、監本、九條本作「葉」。唐鈔本作「茱」。當作「葉」。「蔭」，奎章閣本、明州本、贛州本、四庫本、叢刊本、正德本、陳八郎本、唐鈔本、九條本作「蔭」。尤刻本、胡刻本、監本作「陰」。當作「蔭」。

■**立群案**：康熙字典：梛，說文作枒。或作椰。今從「椰」。

劉逵曰：椰樹似檳榔無枝條。既「無枝條」，遮住陽光所成的陰影自然就少，故當作「蔭」。然左氏昭元年傳：釋文：蔭，本作陰。似「蔭」「陰」亦可通。賦云：檳榔無柯，椰葉無蔭。當是互文相補。

「龍眼橄欖」「龍」，奎章閣本、明州本、贛州本、四庫本、叢刊本、陳八郎本、尤刻本、胡刻本、監本、九條本同。正德本、唐鈔本作「龍」。當作「龍」。「欖」，明州本、贛州本、叢刊本、正德本、陳八郎本、胡刻本、監本、九條本同。奎章閣本、四庫本、唐鈔本作「欖」。尤刻本作「攬」。當作「欖」。

■立群案：「橄欖」之「欖」，自當作「欖」。尤刻本獨作「攬」者，形近而誤也。

「棎劉禦霜」「劉」，陳八郎本、監本、唐鈔本同。奎章閣本、明州本、贛州本、四庫本、叢刊本、正德本、尤刻本、胡刻本、九條本作「榴」。當作「劉」。

■立群案：胡紹煐文選箋證：棎榴禦霜。注劉逵曰：榴，榴子樹也。出山中，實亦如梨。按：爾雅「劉，劉杙」，注「劉子生山中，實如梨」，與此合。吴録地理志：交阯有劉子樹，出山中，實如梨。皆作「劉」，無作「榴」者，此當是誤字，御覽九百七十三引正作「劉」。今查太平御覽果部十：吴録地理志曰：交阯贏倭縣有劉子樹，出山中，實如梨，而味酸美，郡内皆有之。胡氏説最確，當作「劉」也。後人或不知「劉」字所本，覺「棎劉禦霜」不詞，遂徑改爲「榴」也。

「結根比景」「結」，奎章閣本、明州本、四庫本、叢刊本同。贛州本、正德本、陳八郎本、尤刻本、胡刻本、監本、唐鈔本、九條本作「結」。當作「結」。

「之陰」「陰」，奎章閣本、明州本、贛州本、四庫本、叢刊本、正德本、陳八郎本、尤刻本、胡刻本、監本、唐鈔本、九條本作「陰」。當作「陰」。

「列挺」「挺」，明州本、贛州本、叢刊本、尤刻本、胡刻本、監本、九條本同。奎章閣本、四庫本、正

德本、陳八郎本、唐鈔本作「挺」。當作「挺」。

「衡山之陽」　「衡」，明州本、贛州本、四庫本、正德本、尤刻本、胡刻本、監本同。奎章閣本、叢刊本、陳八郎本、唐鈔本、九條本作「衡」。當作「衡」。「陽」，奎章閣本、四庫本、正德本、尤刻本、胡刻本、唐鈔本作「陽」。明州本、贛州本、叢刊本、陳八郎本、監本、九條本作「陽」。當作「陽」。

【彙注】

【李善注】劉曰：薛瑩荆揚已南异物志曰：餘甘，如梅李，核有刺，初食之味苦，後口中更甘，高涼、建安皆有之。荔枝樹生山中，葉緑色，實赤，肉正白，味大甘美。檳榔樹，高六七丈，正直無枝，葉從心生，大如楯，其實作房，從心中出，一房數百實，實如鷄子皆有殻，肉滿殻中，正白，味苦澀，得扶留藤與古賁灰合食之，則柔滑而美，交趾、日南、九真皆有之。椰樹似檳榔，無枝條，高十餘尋，葉在其末，如束蒲，實大如瓠，繫在樹頭，如挂物也。實外有皮如胡桃，核裏有膚，膚白如雪，厚半寸，如猪膏，味美如胡桃，膚裏有汁升餘，清如水，美如蜜，飲之可以愈渴，核作飲器也。龍眼，如荔枝而小，圓如彈丸，味甘勝荔枝，蒼梧、交趾、南海、合浦皆獻之，山中人家亦種之。橄欖，生山中，實如鷄子，正青，甘美，味成時食之益善。始興以南皆有之，南海常獻之。棎，棎子樹也。生山中，實似梨，冬熟，味酸，丹陽諸郡皆有之。榴，榴子樹也。出山中，實亦如梨，核堅，味酸美，交趾獻之。善曰：橄音敢。欖音覽。棎，市瞻切。漢書音義，如淳曰：比景，日中於頭上，景在己下，故名之比景。比，方利切。一作北景。云漢武時，日南郡置北景縣。言在日之南，向北看日，故名。宋玉笛賦曰：余嘗觀於衡山之陽。

【文選鈔】丹橘，謂朱橘也。异物志云：椰子有兩眼，俗人謂之越王頭。無陰，謂其葉背面一種，無陰陽也。禦霜，得霜而後可食之。

挺，出也。言結其根本挺出。衡山，南岳，在今衡州。山南曰陽。

【文選音決】荔，力帝、力豉二反。榔，力當反。椰，以嗟反。橄，古暫反。欖，力暫反。棎，市廉反。禦音語。

【五臣注】椰，以嗟切。橄音敢。欖音覽。棎，市瞻反。向曰：皆藥木及果名。禦霜，謂冬熟也。比景，國名。衡山，南岳也。言此果木結根列梢生於此處。

【陸善經注】無陰，謂葉無陰陽文也。今烏蓮葉亦然也。

【張鳳翼文選纂注】椰，以嗟切。棎，似瞻切。餘甘，如梅李，核有刺，初食味苦，後更甘。荔枝，色赤，肉白，味甘。檳榔，正直無枝，葉從心生，其實作房，從心中出。椰樹，似檳榔，葉在樹末，如束蒲，實大如瓠，味美如胡桃，膚裏有汁，可以愈渴，核作飲器。龍眼，如丸，而味甘。橄欖，清香。棎，棎子樹也。實似梨，冬熟，味酸。榴，榴子樹也。禦霜，謂冬熟也。比景，國名。衡山，南岳也。言此果木結根列稍於此處。

【王象乾文選刪注】椰，以嗟切。丹橘，似梅李，核初苦，后更甘。檳榔，正直無枝，葉從心生。椰，無枝，葉在其末，如束蒲。比景，向北看日，故名。

【何焯義門讀書記】其果則丹橘餘甘荔支之林。橘柚見經，餘甘去疾，故離支不能先焉。餘甘實小核大，不至吳中。余辛巳夏，始獲嘗其鹽漬者。柳子厚與梹榔并言之。問之閩人，亦不敢多食也。龍眼橄欖。注「龍眼，如荔枝而小，圓如彈丸，味甘勝荔枝」。按，此龍眼名價與後人異。

【陳景雲文選舉正】其果。注「古賁灰」，一作「石賁灰」。

【余蕭客文選音義】橄欖善音敢覽。餘甘。何曰：橘柚見經，餘甘去疢，故荔支不能先焉。餘甘實小核大，不至

吴郡。余辛巳夏，始獲嘗其鹽漬者。柳子厚與檳榔并言。問之閩人，亦不敢多食也。棎蟾。榴。善作「劉」。

【余蕭客文選紀聞】臨海异物志：餘甘，子如梭形，初入口苦澀，後飲水更甘，大如梅實，核兩頭鋭。東岳呼餘甘、橄欖同一果耳齊民要術十。欽州出餘甘子，一名菴羅果寰宇記百六十七。餘甘生戎、瀘等州山，樹大葉細，似槐，實若李而小。餘甘核有棱，或六或七，解硫黄毒益都方物記略。鄱郡官書，有本草异名一篇。餘甘子曰菴摩勒游宦紀聞三。餘甘，惟泉州有之。乃深山窮谷自生之物，非人家所種。比橄欖酷相似，以蜜藏之佳。劉彦冲詩云：炎方橄欖佳，餘甘豈苗裔。風姿雖小殊，氣韵乃酷似農書穀譜集八。檳榔樹，高十餘丈，皮似青桐，節如桂竹。下不大，上不小，調直亭亭，千萬若一，森秀無柯。端頂有葉，葉下繫數房，房綴數十實，實大如桃李。天生棘重累其下，以衛其實，一名賓門藥餞草木狀下。檳榔難得真者，今貨者多大腹子全芳後集三十一。向陽曰檳榔，向陰曰大腹本草元命苞六。椰耶。廣韵二。椰樹葉如栟櫚，高六七丈，無枝條。其實如寒瓜，外有粗皮，次有殼，圓而堅。剖之有白膚，厚半寸，有漿，飲之得醉草木狀下。椰子花如千葉芙蓉，一本花不過三五顆。花外有黄毛，殼中汁治消渴，塗髭髮立黑王闢志澠水燕談録九。橄欖木并花如樗，將采其實，剥其皮，以薑汁塗之，則盡落醴泉筆録上。橄欖樹高難采，以鹽塗樹，則實自落。野生者子繁，將熟時，以木釘釘之，一夕自落格物粗談上。南人謂之格覽郝經集四。棎探。集韵四。自盧容縣至無變，越烽火至比景縣，日中頭上，景當身下，與景爲比。如淳曰：故比景名縣。闞駰曰：比讀「廕庇」之「庇」。影在己下，言爲身所庇。林邑記：渡比景至朱吾縣水經注三十六。

【張雲璈選學膠言】其果則丹橘餘甘。劉注引薛瑩荆揚巴南异物志曰：餘甘，如梅李，核有刺，初食之味苦，後口中更甘。雲璈按：山谷詩注：餘甘，一名味諫。今稱諫果。據此，則以橄欖爲諫果者誤矣。

結根比景之陰。李注引漢書音義如淳曰：比景，日中於頭上，景在己下，故名之比景。比，方利切。一作北景，漢武時日南郡置北景縣。言在日之南，向北看日，故名。雲璈按：「比景」自當作「北景」。「比」「北」二字相似。周禮大司徒：土圭正日景。有南景、北景之説。當時或取以名縣。即下賦云「開北户以向日」之義。唐萬年尉段公路文昌孫作北户録，義出於此。胡中丞校云：注中「一作北景」云云二十六字，無之。

【胡克家文選考异】棎榴禦霜。茶陵本「榴」下校語云善作「劉」。袁本作「榴」，用五臣也。此蓋亦尤改耳。各本注中皆作「榴」，疑注字有訛，而尤誤據之。

注「味大甘美」。袁本、茶陵本無「大」字、「美」字。

注「如猪膏」。袁本、茶陵本「膏」作「脂」，是也。

注「一作北景」下至「故名」。袁本、茶陵本無此二十六字。

【許巽行文選筆記】餘甘。注：荆揚巴南异物志。檢汲古初刻作「荆揚已南」，錢士謐校本誤改「巴南」。嘉德案：今各本皆從錢校，誤作「巴南」。

【朱珔文選集釋】棎榴禦霜。劉注云：棎，棎子樹也。生山中，實似梨，冬熟，味酸，丹陽諸郡皆有之。榴，榴子樹也。出山中，實亦如梨，核堅，味酸美，交趾獻之。案：本草拾遺云：棎子似梨，生江南。即引此賦語以證。李時珍曰：棎，留，二果名。薛瑩荆揚异物志：棎子樹，南越、丹陽諸郡山中皆有之。其實如梨，冬熟，味酢。留子樹，生交、廣、武平、興古諸郡山中。三月著花，結實如梨，七八月熟，色黄，味甘酢，而核甚堅。正此注所説也。桂氏札樸云：棎，似柰而酸，俗呼酸子。其不酸者曰棎果，此則北方亦有之。榴與南都、蜀都兩賦之若榴即石榴者，蓋同名而异物。

結根比景之陰。善注云：漢書音義，如淳曰：比景，日中於頭上，景在己下，故名之比景。比，方利切。一作北景，云漢武時日南郡置北景縣。言在日之南，向北看日，故名。案水經温水篇注云：自盧容縣至無變，越烽火至比景縣，日中頭上，影當身下，與影爲比。如淳曰：故以比影名縣。闞駰曰：比讀蔭庇之庇，影在己下，言爲身所庇也。全氏祖望云：吴仁傑曰：考古編言：舊唐志「景州北景縣」：晋將灌邃破林邑，五月五日，即其地立表，表在北，日景在南。故郡名日南，縣名北景。唐命太史往安南測日景，亦云然。然王充謂從日南還者問之，曰：不盡然。蓋惟五月日影在南，常時則不然也。觀水經注比景縣音「芘影」，言影爲身所芘。此爾雅所謂距齊州以南戴日者也。宋書州郡志亦作北景，蓋後來傳習成訛，立爲异義耳。余謂前、後漢志俱作比景，酈注又釋之甚悉。胡氏考异謂此注「一作北景」至「故名」二十六字，袁本、茶陵本無之。則本非善舊也。張氏膠言乃謂宜作「北景」，殆不然矣。

【梁章鉅文選旁證】椰葉無陰。六臣本「陰」作「蔭」。

結根比景之陰。注比，方利反。一作北景，云。案：此注以上皆漢書音義文。地理志曰：日南郡比景縣。如淳曰：日中於頭上，景在己下，故名之。即此注所引。郡國志無注，其字亦作「比」。兩漢有「比景縣」，無「北景縣」，惟程氏大昌考古編以爲漢書「比景」當依舊唐書作「北景」。又徐氏文靖管城碩記云：張衡應間曰：日南則景北。南越志云：五月立表，望之，日在表北，景居南。則漢志「比景」疑是「北景」。然闞駰自讀「比」爲「庇」，以爲景在己下，爲身所庇也。

【胡紹煐文選箋證】梹榴禦霜。注劉逵曰：榴，榴子樹也。出山中，實亦如梨。按：爾雅「劉，劉杙」，注「劉子生山中，實如梨」，與此合。吴録地理志：交阯有劉子樹，出山中，實如梨。皆作「劉」，無作「榴」者，此當是誤字，御覽九百七十三引正作「劉」。

結根比景之陰。注善曰：漢書音義，如淳曰：比景，日中於頭上，景在己下，故名之比景。比，方吏切。一作北景，云漢武時日南郡置北景縣，言在日之南，向北看日，故名。旁證云：此注以上皆漢書音義文。地理志：日南郡比景縣。如淳曰：日中於頭上，景在己下，故名之。即此注所引，郡國志無注。其字亦作「比」，兩漢有比陽縣，無比景縣。惟程氏大昌考古編以爲漢書「比景」當依舊唐〔書〕作「北景」。紹煐按：善注「一作」至「故名」二十六字六臣本注無，當是後人妄增。

【高步瀛文選李注義疏】「陰」，袁、茶二本作「蔭」。○「劉」，袁、茶二本作「榴」。茶陵本校曰：善作「劉」。胡克家曰：袁本作「榴」，用五臣也。胡紹煐謂「劉」無作「榴」者，此當是誤字。步瀛案：御覽果部引正作「劉」，而「棎」作「梌」則誤耳。○劉注引薛瑩荆揚已南异物志，隋書經籍志不著録。御覽果部十一引「棎子樹」一條，齊民要術十引异物志曰：餘甘，大小如彈丸，視之理如定陶瓜。初入口，苦澀，咽之，口中更甜美足味，鹽蒸尤美，可多食。御覽果部十引作陳祁暢异物志。要術又引臨海异物志曰：餘甘，子如梭形，初入口，苦澀，後飲水，更甘。大如梅實，核兩頭鋭。東岳呼餘甘、橄欖同一果耳。御覽果部九引無「東岳」二字，「呼」下有「爲」字，疑是。案：據此，似餘甘、橄欖爲一物。然本賦下更出橄欖，要術、御覽亦兩物各見，即各書所言形狀，亦不盡同。殆種類略同而小有异耳。御覽果部十又引吴録地理志曰：高凉安寧縣有餘甘，初食之，味苦，後口中更甘。案：晋廣州高凉郡治安寧縣，今廣東陽江縣西，與注言高凉合。○荔枝互見蜀都賦。○「味大甘美」，胡克家曰：袁本、茶陵本無「大」字、「美」字。○南方草木狀卷下曰：檳榔樹，高十餘丈，皮似青桐，節如桂竹，森秀無柯，端頂有葉，葉似甘蕉，條派開破，葉下繫數房，房綴數十實。實大如桃李，天生棘重累其下，所以禦衛其實也。味苦澀，剖其皮，鬻其膚，熟而貫之，堅如乾棗。以扶留藤、古賁灰并食，則滑美。御覽果部八引南方草

木狀曰：檳榔樹，三月開花，仍連著，實大如鷄卵，十一月熟。○椰互見南都賦。○胡克家曰：「如猪膏」，袁本、茶陵本「膏」作「脂」。步瀛案：史記司馬相如傳上索隱引异物志作「膏」。○荔枝互見蜀都賦。○南方草木狀卷下曰：橄欖樹，身聳，枝皆高數丈。其子深秋方熟，味雖苦澀，咀之芬馥，勝含鷄骨香。吴時歲貢，以賜近侍。本朝自泰康後亦如之。齊民要術十、御覽果部九并引草木狀曰：橄欖，子大如棗。二月華，八九月熟。生食味酢，蜜藏乃甜。交阯、武平、興古、九真有之。又引廣志曰：橄欖，大如鷄子，交州以飲酒。○御覽果部十二「棎」下引薛瑩荆揚以南异物志與注同。知此注自「餘甘」至「劉子」，殆皆异物志之文也。證類本草卷二十三引陳藏器曰：棎子，味甘澀似梨，生江南。吴都賦云：棎榴禦霜是也。桂馥札樸卷九曰：棎，似柰而酸，俗呼酸子。其不酸者曰柒果，吾邑産最多。步瀛案：如未谷所説，即俗所謂酸檳子者也。不惟曲阜産之，河北諸縣亦多産之者，但未知與江南所産之棎子是否相同。○「劉劉子」，各本皆作「榴」，胡克家謂尤本誤，據之，今訂正。爾雅釋木曰：劉，劉杙。郭注曰：劉子生山中，實如梨，酢甜，核堅，出交趾。邵晋涵正義曰：南方草木狀云：劉樹子大如李實，三月花包仍連著，實七八月熟，其色黄，其味酢，煮膏藏之，仍甘好。御覽引吴録地理志云：交趾贏僂縣有劉子樹，出山中，實如梨而味酸美，郡内皆有之。案：「劉」「榴」以聲近相通，或以此爲安石榴，非也。步瀛案：南方草木狀今本無此條，與下引吴録地理志并見御覽果部十劉下，石榴在果部七，與劉不同也。「贏僂」當作「羸𨻻」。郝懿行曰：初學記引埤蒼云：石榴，柰屬，與劉异。朱珔亦謂此與南都、蜀都兩賦之若榴即石榴者，蓋同名而异物。○漢書地理志：日南郡比景縣注，如淳曰：日中於頭上，景在己下，故名之。續漢書郡國志比景縣亦屬交州日南郡。水經温水注曰：越烽火至比景縣，日中頭上，景當身下，與景爲比。如淳曰：故以比景名縣。闞駰曰：比讀蔭庇之庇，景在己下，言爲身所庇也。案：比

景縣，今占城北境。〇「一作北景」至「故名」，胡克家曰：袁本、茶陵本無此二十六字。張雲璈曰：「比景」自當作「北景」，「比」「北」二字相似。周禮大司徒土圭正日景，有景南景北之説，當時或取以名縣，即下「云開北户以向日」之義。唐萬年縣尉段公路作北户録，義出于此。步瀛案：吳仁傑兩漢刊誤補遺卷五曰：日南郡北景，師古曰：言其在日之南，所謂「開北户以向日」者。考古編云：舊唐志景州北景縣，晋將灌邃破林邑，五月五日，即其地立表，表在北而日影在表南。郡名日南，則縣爲北景，固相應。仁傑按：唐命太史往安南測候日影，夏至，日在表南，與灌邃同郡得名固以此。然王充書謂日南郡有徙民還者，問之，云：日中之時，所居之地，未能在日南也。蓋日南郡縣唯五月日影在南，常時影不在南，亦不在北。故水經云「北」讀爲「蔭芘」之「芘」，言影爲身所芘。此爾雅所謂岠齊州以南戴日者也。漢民徙者，但以常時所見言之。「北景」音「芘影」，水經言是也。步瀛案：「北」不得音「芘」。斗南既以音芘影爲是，則漢志縣名自作「比」不作「北」。吳氏書標題北景日南郡，北景「北」讀爲蔭芘之「芘」，北景音芘影，四「北」字皆「比」字之誤。全祖望校温水注疑斗南所見前後漢志有别本。段玉裁謂漢志字本有二，皆非也。考古編，程大昌撰。王充書見論衡談天篇。又案：全祖望曰：宋書州郡志亦作「北景」，蓋後來傳習成訛，立爲异義耳。朱珔曰：前、後漢志俱作「比景」，酈注又釋之甚悉。張氏膠言乃謂宜作「北景」，殆不然矣。〇宋玉笛賦，書鈔樂部七、類聚樂部四、古文苑并引之。〇林、音，古音侵部。霜、陽，陽郎。

素華斐，丹秀芳。臨青壁，繫紫房。鷓鴣南翥而中留，孔雀綷羽而翱翔。山鷄歸飛而來栖，翡翠列巢以重行。

【彙校】

「素華斐」「華」，尤刻本、監本、唐鈔本同。奎章閣本、明州本、贛州本、四庫本、叢刊本、正德本、陳八郎本、胡刻本、九條本作「花」。當作「華」。

■**立群案：**「花」「華」同，然「花」當爲後起字。楚辭九歌少司命：緑葉兮素華，芳菲菲兮襲予。當爲賦語所本。作「華」可也。

「臨青壁」「青」，奎章閣本、贛州本、四庫本、正德本、陳八郎本、尤刻本、胡刻本、監本、唐鈔本、九條本同。明州本、叢刊本作「靑」。當作「青」。「壁」，奎章閣本、明州本、贛州本、四庫本、叢刊本、正德本、陳八郎本、尤刻本、胡刻本、唐鈔本、九條本同。監本作「璧」。當作「壁」。

■**立群案：**劉逵注、善注皆無注。五臣注：銑曰：青壁，山之石壁色青。斟酌賦意，五臣注是。晉書宋纖傳曰：銘詩於石壁曰：丹崖百丈，青壁萬尋。知「青壁」當時語耳。諸本多作「壁」，是也。監本獨作「璧」者，恐誤也。

「繫紫房」「繫」，奎章閣本、明州本、贛州本、四庫本、叢刊本、正德本、陳八郎本、唐鈔本、九條本作

「係」。尤刻本、胡刻本、監本作「系」。當作「繫」。

「鷓鴣南翥」　「鷓」，明州本、贛州本、叢刊本、正德本、尤刻本、胡刻本、監本、九條本同。奎章閣本、四庫本、陳八郎本、唐鈔本作「鷓」。當作「鷓」。

「孔雀綷羽」　「孔雀」，奎章閣本、明州本、贛州本、四庫本、叢刊本、正德本、陳八郎本、尤刻本、胡刻本、監本、九條本同。唐鈔本作「孔爵」。當作「孔雀」。

立群案：漢書西域傳上罽賓國：出封牛、水牛、象、大狗、沐猴、孔爵。三國志吴志孫休傳：是歲使察戰到交址，調孔爵、大猪。「孔爵」即「孔雀」。今從「孔雀」。

「而翺翔」　「而」，奎章閣本、明州本、贛州本、四庫本、叢刊本、正德本、陳八郎本、九條本同。尤刻本、胡刻本、監本、唐鈔本作「以」。當作「而」。「翺」，奎章閣本、明州本、贛州本、四庫本、叢刊本、正德本、陳八郎本、尤刻本、監本、九條本作「翺」。胡刻本、唐鈔本作「翶」。當作「翺」。

「山鷄歸飛」　「飛」，明州本、贛州本、四庫本、叢刊本、陳八郎本、尤刻本、胡刻本、監本、唐鈔本、九條本同。奎章閣本、正德本作「飛」。當作「飛」。

立群案：「以」「而」於賦皆通。諸本多作「而」，今從「而」。

「而來栖」　「來」，奎章閣本、明州本、贛州本、四庫本、叢刊本、陳八郎本、尤刻本、胡刻本、監本、九條本同。正德本、唐鈔本作「来」。當作「來」。「栖」，唐鈔本同。奎章閣本、明州本、贛州本、四庫本、叢刊本、正德本、陳八郎本、尤刻本、胡刻本、監本、九條本作「棲」。當作「栖」。

「翡翠列巢」　「翠」，奎章閣本、明州本、贛州本、四庫本、叢刊本、正德本、陳八郎本、尤刻本、胡刻本、唐鈔本、九條本作「翆」。監本模糊不清。當作「翠」。「列」，奎章閣本、明州本、贛州本、四庫本、叢

刊本、正德本、陳八郎本、尤刻本、胡刻本、監本、九條本同。唐鈔本作「迾」。今從「列」。

立群案：阮元經籍纂詁：漢書鮑宣傳：集注引晉灼：泄，古列字。漢書禮樂志：集注引晉灼：泄，古迾字。據此，知「列」「迾」可通也。如禮記玉藻：山澤列而不賦。鄭玄注：列之言遮列也，雖不賦，猶爲之禁，不得非時取也。漢書揚雄傳上：徽車輕武，鴻絅緁獵，殷殷軫軫，被陵緣阪，窮冥極遠者，相與迾呼高原之上。諸本多作「列」，今從「列」。

【彙注】

【李善注】劉曰：鷓鴣，如鷄，黑色，其鳴自呼。或言此鳥常南飛不北，豫章已南諸郡處處有之。孔雀，尾長六七尺，緑色，有華彩，朱崖、交趾皆有之，在山草中。山鷄，如鷄而黑色，樹栖晨鳴。今所謂山鷄者，鷩鵔也，合浦有之。翡翠，巢於樹顛生子，夷人稍徙下其巢，子大未飛，便取之。皆出於交趾鬱林郡。

【文選鈔】素，白也。華，花也。斐，花發之貌。秀，亦花也。芳，香。青壁，石崖青色，峻然如壁也。系，係也。紫房，謂果實作房，生有紫色。

中留者，謂此鳥初起必南，中道而隨所適也。翱翔，高飛也。

【文選音決】斐，芳尾反。系，何計反。鷓，之夜反。鴣，古胡反。翥，之慮反。綷，祖對反。重，逐龍反。行，何郎反。

【五臣注】綷，祖會反。行，胡剛反。銑曰：斐，美貌也。言果木之花美而且芳香。青壁，山之石壁色青。紫房，果之紫者，係於木上。向曰：五色曰綷。鷓鴣鳥常南飛。言其經此果木之中，玩其茂盛，遂留未去也。孔雀以五色羽翰，亦常飛集其中。良曰：山鷄、翡翠，皆鳥名，亦棲巢於中。重行，言

多也。

【陸善經注】鶌鴣如鷄而小。南翥、中留，初飛皆向南，中路而之東西及北也。

【張鳳翼文選纂注】綷，祖會切。青壁，石色也。紫房，果房也。鶌鴣，如鷄，黑色，其鳴自呼。或言此鳥常南飛不北，豫章以南諸郡處處有之。孔雀，尾長六七尺，緑色，有華彩，朱崖、交趾皆有之。綷，五色也。山鷄，如鷄而黑色，樹栖晨鳴，非蟞蛦也，合浦有之。翡翠，巢于樹顛生子，夷人稍徙下其巢，子未飛，便取之。南翥，南飛也。中留，留此林中也。重行，巢重疊也。

【王象乾文選删注】鶌鴣，鳴自呼，南飛不止。

【余蕭客文選音義】綷何音萃。銑曰：五色曰綷。

【余蕭客文選紀聞】鶌鴣向日而飛古今注中。鶌鴣飛逐月數，如正月，一飛而止於窠中不復起。十二月十二起酉陽雜俎續八。案：此即「中留」義，非此條，本句幾無解。鶌鴣辟温瘴，一名䳟，音述北户録。南越志：鶌鴣雖東西翔，然開翅先南翥。其鳴自呼「杜薄洲」。本草云：自呼「鉤輈格磔」太平御覽九百二十四。案南翥義此勝劉注。鶌鴣肉白而脆，遠勝鷄雉，能解治葛并菌毒，大如野鷄，多對啼。出嶺表録异廣記四百六十一。鶌鴣畏霜露，早晚稀出。有時夜飛，以木葉自覆背埤雅七。鶌鴣頭如鶉，身文亦然。惟臆前白點，正圓如珠范成大桂海虞衡志。

【許巽行文選筆記】山鷄。注：今所謂山鷄者，鷩跠也。案：鷩夷即鷩雉。「雉」「夷」聲相近，「夷」字俗加「足」。

【梁章鉅文選旁證】系紫房。又孔雀綷羽以翺翔。六臣本「系」作「係」，「以」作「而」。注鷩蛦也。毛本「蛦」作「跠」，誤。段校云：蜀都賦作「蛦蛦」。

【高步瀛文選李注義疏】「華」，袁、茶二本作「花」，「系」作「係」。張銑曰：斐，美貌也。言果木之花美而且芳香。青壁，山之石壁色青。紫房，果之紫者係於木上。步瀛案：説文曰：系，縣也。廣雅釋詁四曰：系，連也。經傳多以「繫」或「係」爲之。○吕向曰：五色曰綷。鷓鴣鳥常南飛，言其經此果木之中，玩其茂盛，遂留未去也。孔雀以五色羽翰，亦常飛集其中。劉良曰：重行，言多也。○「以翱翔」，袁、茶二本「以」作「而」。○劉注鷓鴣如雞云云，御覽羽族部十一引異物志曰：鷓鴣，其形似雌雞，其志懷南不思北，其名自呼，飛但南不北。其肉肥美，宜炙。又引南越志曰：鷓鴣雖東西迴翔，然開翅之始，必先南翥，亦胡馬嘶北之義也。其名自呼杜薄州。本草云：自呼鈎輈格磔。證類本草十九引圖經曰：鷓鴣，出江南，今江西、閩、廣、蜀、夔州郡皆有之。形似母雞，臆前有白圓點，背間有紫赤毛，彼人亦呼爲越雉，又謂之隨陽之鳥。崔豹古今注云：其名自呼，此不然也。其鳴若云鈎輈格磔者，是矣。本草綱目四十八李時珍曰：鷓鴣，性畏霜露，早晚稀出，夜栖以木葉蔽身，多對啼，今俗謂其鳴曰行不得也哥哥。○御覽羽族部十一引異物志曰：孔雀，其大如雁而足高，細頸隆背，似鳳皇。自背及尾皆作圓文，五色相繞，如帶千錢，文長二三尺，頭戴三毛，長寸，以爲冠，足有距。栖游岡陵，迎晨則鳴相和。又引劉欣期交州記曰：孔雀，色青，尾長六七尺，能舒，舞足爲節，出嶺南諸處。○鷩蛦即蝌蛦，已見蜀都賦。本草綱目四十八李時珍曰：山鷄，有四種，名同物异。似雉而尾長三四尺者，鸐雉也。似鸐雉而尾長五六尺，能走且鳴者，鷮雉也。俗通呼爲鸐矣。其二則鷩雉、錦鷄也。鷩雉，狀如小鷄，其冠亦小，背有黄赤文，緑頂紅腹，紅嘴利距，善鬭。錦鷄則小於鷩，而背文揚赤，膺前五色，炫耀如孔雀羽。步瀛案：李氏所言四種皆雉類，與劉注前説如鷄黑色者不同，是又不止四種矣。○御覽羽族部十一引异物志曰：翠鳥，似鷰。翡赤而翠青，其羽可以爲飾。又引南州异物志曰：翠唯六翮，毛長寸餘，青茸。翡

大於鷰，小於烏臼。又引廣志曰：翡色赤，紺背，出交阯興古縣。又引交州記曰：翡翠出九真，頭黑，腹下赤青縹色，似鷓鴣。又引楊孝元交阯异物志曰：翠鳥先高作巢，及生子，愛之，恐墜，稍下作巢。子生毛羽，復益愛之，又更下巢也。案：此與本注云夷人徙下其巢説稍异。○芳、房、翔、行，陽部。與上霜、陽并韵。

其琛賂則琨瑤之阜，銅鍇之垠。火齊之寶，駭鷄之珍。頳丹明璣，金華銀樸。紫貝流黄，縹碧素玉。隱賑崴褢，雜插幽屏。精曜潛熲，硩陊山谷。碕岸爲之不枯，林木爲之潤黷。隨侯於是鄙其夜光，宋王於是陋其結緑。

【彙校】

「其琛賂」　「琛」，奎章閣本、明州本、贛州本、四庫本、叢刊本、正德本、陳八郎本、尤刻本、胡刻本、監本、九條本同。唐鈔本作「琛」。當作「琛」。

「琨瑤之阜」　「阜」，奎章閣本、明州本、贛州本、四庫本、叢刊本、正德本、陳八郎本、尤刻本、胡刻本、監本、九條本同。唐鈔本作「𠂤」。當作「阜」。

「火齊之寶」「齊」，四庫本、胡刻本、九條本同。奎章閣本、明州本、贛州本、叢刊本、正德本、陳八郎本、尤刻本、監本作「齊」。唐鈔本模糊不清。當作「齊」。「寶」，明州本、贛州本同。奎章閣本、四庫本、叢刊本、正德本、陳八郎本、尤刻本、胡刻本、監本、唐鈔本、九條本作「寶」。當作「寶」。

「駭鷄之珍」「駭」，明州本、贛州本、四庫本、叢刊本、陳八郎本、尤刻本、九條本同。奎章閣本、正德本、胡刻本、監本、唐鈔本作「駴」。當作「駭」。「珍」，明州本、贛州本、四庫本、叢刊本、正德本、陳八郎本、尤刻本、胡刻本、監本、九條本同。奎章閣本、唐鈔本作「珎」。當作「珍」。

「赬丹明璣」「赬」，明州本、贛州本、四庫本、叢刊本、陳八郎本、監本同。奎章閣本、正德本、尤刻本、胡刻本、唐鈔本、九條本作「頳」。今從「赬」。「明」，奎章閣本、明州本、贛州本、四庫本、叢刊本、陳八郎本、尤刻本、胡刻本、監本、九條本同。正德本、唐鈔本作「明」。當作「明」。「璣」，贛州本、叢刊本、正德本、陳八郎本、尤刻本、胡刻本、監本、九條本同。奎章閣本作「璣」。明州本、四庫本、唐鈔本作「璣」。當作「璣」。

■**立群案**：康熙字典：赬，玉篇：丑盈切，音檉。赤也。本作頳。今從「赬」。

「金華銀樸」「樸」，奎章閣本、明州本、贛州本、四庫本、叢刊本、正德本、陳八郎本、尤刻本、胡刻本、九條本同。監本、唐鈔本作「朴」。當作「樸」。

「紫貝流黃」「紫」，奎章閣本、明州本、贛州本、四庫本、叢刊本、正德本、陳八郎本、尤刻本、胡刻本、監本、九條本同。唐鈔本作「紫」。當作「紫」。「流」，奎章閣本、明州本、贛州本、四庫本、叢刊本、陳八郎本、尤刻本、胡刻本、監本、唐鈔本、九條本同。正德本作「流」。當作「流」。「黃」，奎章閣本、贛州本、四庫本、正德本、唐鈔本同。明州本、叢刊本、陳八郎本、尤刻本、胡刻本、監本、九條本作「黄」。

當作「黃」。

■立群案：「鮆貝」不辭。楚辭九歌河伯：魚鱗屋兮龍堂，紫貝闕兮朱宮。司馬相如子虛賦：張翠帷，建羽蓋，罔玳瑁，鉤紫貝。或爲賦語所本。當作「紫」也。

「隱賑崴褢」「隱」，明州本、贛州本、叢刊本、陳八郎本、尤刻本、胡刻本、九條本同。奎章閣本、唐鈔本作「隐」。四庫本作「隱」。正德本、監本作「隱」。當作「隱」。「賑」，四庫本同。奎章閣本、明州本、叢刊本、正德本、陳八郎本、尤刻本、胡刻本、監本、唐鈔本作「賑」。贛州本、九條本作「賑」。當作「賑」。

「雜插幽屏」「雜」，明州本、贛州本、四庫本、叢刊本、陳八郎本、尤刻本、胡刻本、監本、九條本同。奎章閣本、正德本、唐鈔本作「雜」。當作「雜」。「插」，明州本、陳八郎本、監本、唐鈔本同。奎章閣本、贛州本、四庫本、叢刊本、正德本、尤刻本、胡刻本、九條本作「揷」。當作「插」。

「精曜潛熲」「精」，奎章閣本、贛州本、四庫本、正德本、陳八郎本、尤刻本、胡刻本、監本、唐鈔本、九條本同。明州本、叢刊本作「精」。當作「精」。「曜」，奎章閣本、明州本、贛州本、四庫本、叢刊本、正德本、陳八郎本、尤刻本、胡刻本、監本、唐鈔本、九條本作「曜」。當作「曜」。「潛」，奎章閣本、叢刊本、正德本、尤刻本、胡刻本、唐鈔本同。明州本、贛州本、四庫本、陳八郎本、監本作「潛」。九條本模糊不清。當作「潛」。「熲」，奎章閣本、明州本、正德本、陳八郎本、唐鈔本、九條本同。四庫本、叢刊本、尤刻本作「頴」。贛州本、胡刻本、監本作「穎」。當作「熲」。

■立群案：善曰：潛熲，謂潛深而有光熲。五臣翰曰：精曜，則寶玉之光雖在幽僻之處，常熲然有异光也。據注，是李善本、五臣本皆作「熲」也。説文：熲，火光也。玉篇：熲，古迥、苦迥二切。火

光也。或作耿。説文：穎，禾末也。从禾，頃聲。詩曰：禾穎穟穟。玉篇：役餅切。禾末也。知作「頴」正合賦意。

「碕岸爲之」 「碕」，奎章閣本、明州本、贛州本、四庫本、叢刊本、正德本、陳八郎本、尤刻本、胡刻本、監本、唐鈔本、九條本作「碕」。當作「碕」。「爲」，明州本、贛州本、叢刊本、陳八郎本、尤刻本、胡刻本、監本、九條本同。奎章閣本、四庫本、正德本、唐鈔本作「為」。當作「爲」。

「林木爲之」 「爲」，明州本、贛州本、叢刊本、陳八郎本、尤刻本、胡刻本、監本、九條本同。奎章閣本、四庫本、正德本、唐鈔本作「為」。當作「爲」。

「潤黷」 「黷」，奎章閣本、明州本、贛州本、四庫本、叢刊本、正德本、陳八郎本、尤刻本、胡刻本、監本、唐鈔本、九條本作「黷」。當作「黷」。

「隨侯於是」 「隨」，明州本、贛州本、正德本、陳八郎本、監本、唐鈔本同。奎章閣本、四庫本、叢刊本、尤刻本、胡刻本、九條本作「隋」。正德本作「随」。當作「隨」。「侯」，明州本、贛州本、四庫本、叢刊本、陳八郎本、尤刻本、胡刻本、監本、唐鈔本同。奎章閣本、正德本、九條本作「侯」。當作「侯」。「於」，奎章閣本、明州本、贛州本、四庫本、叢刊本、陳八郎本、尤刻本、胡刻本、監本、九條本同。正德本、唐鈔本作「扵」。當作「於」。

■ **立群案**：當作「隨侯」，詳見西都賦「隨侯明月」句案語。

「鄗其夜光」 「鄗」，奎章閣本、明州本、贛州本、叢刊本、正德本、陳八郎本、監本、九條本同。四庫本、尤刻本、胡刻本、唐鈔本作「鄗」。當作「鄗」。

「宋王於是」 「王」，奎章閣本、胡刻本、唐鈔本同。明州本、贛州本、叢刊本、四庫本、正德本、陳八

郎本、尤刻本、監本、九條本作「玉」。當作「王」。「於」，奎章閣本、明州本、贛州本、四庫本、叢刊本、陳八郎本、尤刻本、胡刻本、監本、九條本同。正德本、唐鈔本作「扵」。當作「於」。

■**立群案**：胡紹煐文選箋證：王氏念孫曰：「宋玉」當爲「宋王」。劉逵注引史記：宋有結緑。是結緑爲宋之寶，故曰「宋王於是陋其結緑」，「宋王」與「隋侯」對，無取於宋玉也。高步瀛文選李注義疏：「宋王」，袁、茶二本并作「宋玉」，毛本同。王念孫曰：「宋玉」當作「宋王」。劉注引史記宋有結緑，是結緑爲宋之寶，故曰宋王於是陋其結緑。宋王與隋侯相對爲文，無取於宋玉也。胡氏、高氏説確，當作「王」。

「陋其結緑」「陋」，奎章閣本、明州本、四庫本、正德本、陳八郎本、尤刻本、胡刻本、監本、唐鈔本同。贛州本、叢刊本作「陃」。九條本模糊不清。當作「陋」。「結」，奎章閣本、四庫本同。明州本、贛州本、叢刊本、正德本、陳八郎本、尤刻本、胡刻本、監本、唐鈔本、九條本作「結」。當作「結」。

【彙注】

【李善注】屏，必井切。陊，直氏切。劉曰：琛，寶也。賂，貨也。詩曰：來獻其琛，大賂南金。琨、瑶，皆美石也。鍇，金屬也。禹貢，揚州貢金三品，謂金、銀、銅也。异物志曰：火齊，如雲母，重沓而可開，色黄赤，似金，出日南。赬，赤也。丹，丹砂也。出山中，有穴。禹貢，荆州貢丹。璣，珠屬也。朱崖出珠。金華，采也。銀樸，銀之在石者。紫貝，以色言之。流黄，土精也。淮南子曰：夏至而流黄澤。縹碧素玉者，亦以色言也。晢者，言其有如晢擿而陊落山谷者。淮南子曰：積疊琁玉，以純修碕。張衡南都賦曰：隋珠夜光。張禄先生曰：宋有結緑。隋侯、宋王於此各鄙其寶也。善曰：尚書曰：瑶琨篠蕩。孝經援神契曰：神靈滋液，則犀駭鷄。宋衷曰：角有光，鷄見而駭驚也。劉欣期交州記曰：金華

出珠崖，謂金有華采者。埤蒼曰：崴㠑，不平也。又，重累貌。崴，烏乖切。㠑，故乖切。幽屏，謂生處也。潛頞，謂潛深而有光頞。説文曰：哲，擿空青珊瑚墮之，珠玉潛伏土石間，隨四時長，故哲毁陊落山谷之土石也。潤，膩也。黷，黑茂貌。哲，敕列切。孫卿子曰：言無小而不聲，行無隱而不形。玉在山而木潤，淵生珠而岸不枯。許慎淮南子注曰：碕，長邊也。巨衣切。

【文選鈔】鍇者，金屬也。或謂鍇，白鐵也。垠，岸也。駭鷄，犀也。水犀角辟毒，執之渡水，水中開。夜中有光，名爲通天犀。置米於角上，鷄見此角，啄之，即驚走。抱朴子曰：通天犀長二尺。禹貢荆州貢丹。注云：丹，朱類也。珠不員者爲璣。紫貝，大貝如酒杯，紫色。小貝，貝齒，善解毒，亦有紫色者，皆出日南。禹貢：揚州厥篚織貝。注云：貝，水物也。流黄，一名石留黄，爛石中生也。

隱賑，謂富饒也。崴㠑，土石相合之貌。雜，非一之義也。𨐂者，居貯也。幽，深也。屏，蔽。隱，處也。謂谿谷幽遠之中，生珠貝之類也。精，彩也。曜，明也。潛，猶深也。言潛深之處，珠寶光明。頞，頞然也。哲陁山谷，謂山石崩缺之處，皆見其光彩也。哲，取落。

曲岸之突出者曰碕。夜光，珠也。隨侯出行，見大蛇傷，以藥傅而治之。蛇後銜大珠以報之，故謂之隨珠焉。

【文選音決】琛，丑今反。賂音路。琨音昆。瑶音遥。鍇，去駭反。垠音銀。齊，在細反。禎，丑真反。璣音機。朴，普角反。縹，匹沼反。賑，之忍反。崴，烏乖反。㠑，户乖反。插，楚洽反。屬，之欲反。或作屏，必静反，非。頞，古迴反。哲，恥列反。陊，直氏反。碕，巨衣反。爲，于僞反。下同。黷音讀。

【五臣注】鍇，苦買反。垠音銀。齊，去聲。赬，耻盈反。縹，匹眇反。賑，之忍反。崴，烏乖反。褢音懷。插，楚甲反。屏，必井反。熲，古迥反。晢，敕列反。陊，直氏反。碕，巨宜反。良曰：琛賂，珍寶也。琨瑶，玉名。鍇，白鐵也。阜，山也。垠，畔也。言此之物所出。翰曰：火齊，寶名。駭鷄，犀角也。鷄见则驚之。翰曰：并寶玉之類也。隱賑，言多也。崴褢，排積貌。雜插幽屏，謂雜生隱僻之處。屏，僻也。精曜，則寶玉之光雖在幽僻之處，常熲然有异光也。晢，摘也。陊，落也。言寶玉生於山谷，爲人之所摘落也。碕岸，長岸也。泉生明珠而岸草不枯，玉在於山，林木潤黷。潤黷，色盛也。銑曰：言隨侯夜光珠，宋玉結緑玉，名陋鄙不可尚。言此所出可謂貴也。

【陸善經注】抱朴子云：通天犀有一白理如綖者，此角盛米置群鷄中，鷄往啄，未至數寸，輒驚駭，故曰駭鷄也。

金華，麩金也。

晢陊山谷，言珠玉在谷，人取之則晢擿而陊落也。

碕，岸頭也。

【張鳳翼文選纂注】鍇，苦買切。垠音銀。齊，去聲。赬，耻盈切。縹，匹眇切。賑，之忍切。崴，烏乖切。褢音懷。插，楚甲切。屏，必井切。晢，敕列切。陊，直氏切。碕，巨亘切。琛賂，珍寶也。琨瑶，玉名。垠，畔也。火齊，如雲母，重沓而可開，色黄赤，似金。駭鷄，犀也。犀角有光，鷄見而駭也。赬，赤也。丹，丹砂也。出山中，有穴。璣，珠屬。金華，金之有采者。銀樸，銀之在石者。紫貝，以色言之。流黄，土精也。縹碧素玉，亦以色言。隱賑，言多也。崴褢，排積貌。雜插幽屏，謂雜生隱僻之處也。精曜，謂寶玉雖在幽僻，常有光也。晢，擿也。陊，落也。泉生明珠而岸草不枯，玉在山林而木潤黷潤。

黷，色盛也。夜光，珠名。結緑，玉名。言隋侯、宋王見此，亦以己之寶爲不足珍矣。

【王象乾文選删注】頳，耻盈切。崴，烏乖切。褢，故乖切。晢，敕列切。鍇，金屬。丹，丹砂。金華，金有華采。銀樸，銀在石者。流黄，土精。崴褢，不平也，又重累貌。潛頴，謂潛深而有光頴。言晢毀而陊落山谷者。碕，長邊也。异物志曰：火齊，如雲母，色黄赤，似金，出日南。援神契曰：神靈滋液，則犀駭鷄。淮南子曰：夏至而流黄澤。又曰：積疊璇玉，以純修碕。

【陳景雲文選舉正】其琛賂。注「金華采者」。舊本「采」上有「金有華」三字。

【杭世駿文選課虚】崴褢，不平也，又重累也。崴，烏乖切。褢，故乖切。幽屏，謂生處也。潛穎，謂潛深而有光穎。珠玉潛伏土石，隨四時長，故晢毀陊落山谷之土石也。晢，敕列切。陊，直民切。潤，膩也。黷，黑茂貌。

【余蕭客文選音義】褢舊音懷。崴何音歪。屏叶必玉切。穎五臣作「烱」。晢鄭衆周禮注：晢，讀爲擿。李軌周禮音思亦反。陊舵。碕奇。黷瀆。注金華采。六臣「采」上有「金有華」三字。

【余蕭客文選紀聞】崴烏乖。玉篇二十二。褢懷。類林十一。晢擿。鄭元周禮注九。陊徒可。玉篇二十二。

【孫志祖文選考异】林木爲之潤黷。説文繫傳作「林麓」。

【胡克家文選考异】注「金華采者」。案：此各本皆有脱，無可補。何、陳校添「金有華」於「采」上，云别本。今未見，恐誤涉下善注耳。

注「言其如晢擿」。袁本「如」上有「有」字，是也。茶陵本亦脱。

注「鷄見而駭驚也」。袁本、茶陵本無「驚」字。

注「又重累貌」。袁本、茶陵本無此四字。又下「崴烏乖切褢故乖切」八字，亦無。案：下八字當

有。凡音各本不同，二本删耳。

注「潛穎謂潛深而有光穎」。茶陵本二「穎」字，皆作「潁」。袁本亦作「穎」。案：依文義「潁」字爲是。依此則正文當是「潁」字。茶陵校語云五臣作「潁」，與尤所見皆傳寫誤。袁本作「潁」，用五臣，唯無校語，或所見未譌歟？

注「珠玉潛伏土石」下至「黷黑茂貌」。袁本、茶陵本無此二十九字。又下「硩敕列切」四字亦無。案：下四字當有，二本删者，因正文下有「敕列」二字也。下放此，不更出。

【朱珔文選集釋】隱賑崴裹，雜插幽屏。精曜潛穎，硩陊山谷。案：「屏」字與上下似不叶韻，或疑有誤，但如江氏永古韻標準所舉毛詩中隔韻、遥韻之法，楚茨首章「以介景福」與前遥韻，而中間「以饗以祀，以妥以侑」，上去自爲韻。生民卒章「以迄於今」，與「上帝居歆」遥韻，而中間時、祀、悔，平上自爲韻。則此處谷字與上樸、玉，下黷、緑韻，中屏、穎可自爲韻，不定作兩句一叶也。且此賦用韻本亦變化，如前文「與風飈颺，颮瀏颼飀。鳴條律暢，飛音響亮」，颺與暢、亮韻而不與飀韻，瀏與飀則又句中韻矣。下文如「袒裼徒搏」至「莽罠之野」，野與部韻，中數句一氣直下，亦暗藏韻。蓋獉與視韻，橑與合韻。此段與「干鹵殳鋋」至「昧莫之坰」爲對文，而用韻則异。

硩陊山谷。劉注：言其如硩擿而陊落山谷者。善注引説文：硩，擿空青珊瑚墮之。案：今説文「空青」上作「上摘山巖」四字。段氏謂「摘」當作「擿」，「墮」當作「陊」，蓋以此賦正用許語也。但「摘」即「擿」之省，陊、墮皆訓落，不必改字。又引周禮硩蔟氏鄭注「硩，从石析聲」，謂當作「硩」。而今周禮仍作「硩」。古「折」「析」字亦往往互异。左氏僖十五年傳：蛾析謂慶鄭曰。釋文：折，本或作析。史記弟子傳「公晳哀」，廣韻注引作「公晳哀」是也。

【梁章鉅文選旁證】雜插幽屏，精曜潛穎。「屏」字與上下不叶韵，恐有誤。「穎」，五臣作「潁」。翰注：雖在幽僻之處，常潁然有异光也。朱氏珔曰：「屏」字不叶韵，誠然。但江氏永古韵標準所舉隔韵、遥韵之法，如詩楚茨、生民等章，亦可通。則此處「谷」與上「樸」「玉」下「黷」「緑」韵，中「屏」「穎」二句自爲韵，亦可姑存，俟考。

林木爲之潤黷。 說文繫傳引「木」作「麓」。

注「金華，采者」。 此四字恐有訛脱。陳校於「金華」下添「金有華」三字，亦恐誤涉下李注耳。

注張禄先生曰：宋有結緑。 顧氏千里曰：本書魏都賦孟陽注：范雎更名張禄先生。此賦淵林注所引「宋有結緑」，雎獻書昭王中語也。見戰國策、史記。

注說文：晢，擿空青珊瑚墮之。 今說文作「晢，上擿山巖空青珊瑚墮之」。

【胡紹煐文選箋證】銅鍇之垠。 注劉逵曰：鍇，金屬。按：本書南都賦注引說文曰「九江謂鐵爲鍇」。此云「金屬」，鐵亦謂之金。廣雅：金、鍇，鐵也。說文：鐵，黑金也。書吕刑疏云：古者金、銀、銅、鐵，總號爲金。是也。

駭鷄之珍。 注善曰：孝經援神契曰：神靈滋液，則犀駭鷄。宋均曰：角有光，鷄見而駭驚也。按：楚策「楚王獻駭鷄之犀於秦王」，後漢書西域傳「大秦國駭鷄犀」，注引抱朴子曰：通天犀有白理如綖，以盛米置群鷄中，鷄欲往啄米，至輒驚却，故南人名爲駭鷄。

雜插幽屏。 王氏念孫曰：幽屏當爲幽屋，字之誤也。幽屋，謂山也，言衆寶隱賑，崴嵔雜插於山中也。「幽屋」猶言「幽室」。謝靈運登永嘉緑嶂山詩云「懷遲上幽室」是也。屋與璞、玉、谷、黷、緑爲韵，作「屏」則失其韵矣。紹煐按：王氏改「屏」爲「屋」，於韵得矣，而於義恐非。山爲幽屋，書亦少見。今

按：張衡温泉賦「處幽屏以閑清」，曹植表「臣得去幽屏之城」，并有「幽屏」字。屏，善音「必井切」，與「熲」韻協。「縹緗素玉」句與下「硩陊山谷」爲韻，「屏」與「熲」又自爲韻（朱氏珔説同，見旁證），賦中多有此體。屏者，隱也。言雜插幽隱也。翰注「雖在幽僻之處」，「幽僻」即「幽隱」，是五臣本亦作「屏」。

精曜潛熲。注善曰：潛穎，謂潛深而有光穎。王氏念孫曰：爾雅：熲，光也。善本「熲」字皆誤作「穎」，五臣本不誤，李周翰曰：雖在幽僻之中，常熲然有异光。

硩陊山谷。注善曰：説文曰：硩，上擿山巖空青珊瑚墮之（依今説文訂正）。按：許以「硩」爲古「擿」字，故以擿解硩。硩、擿聲同。擿則下墮，故云（墮）〔賦〕之「陊」亦同「墮」。善正與許合。周官敘官「硩蔟氏」。鄭司農「硩讀爲擿」，玄謂「硩」古字从石折聲。賈疏云鄭謂古字从石折聲者，以石投擲毁之，故古字从石，以折爲聲，是硩、擿古今字，又通作「折」。墨子耕柱篇「昔者夏后開折金於山，以鑄鼎於昆吾」。「折」即「硩」字，謂擿金也。

宋玉於是陋其結緑。王氏念孫曰：「宋玉」當爲「宋王」。劉逵注引史記：宋有結緑。是結緑爲宋之寶，故曰「宋王於是陋其結緑」，「宋王」與「隋侯」對，無取於宋玉也。

【高步瀛文選李注義疏】王念孫曰：「幽屏」當爲「幽屋」，字之誤也。幽屋，謂山也。言衆寶隱賑，崴褢雜插於山中也。幽屋猶言幽室。謝靈運登永嘉緑嶂山詩云「懷遲上幽室」是也。屋與樸、玉、谷、瀆、緑爲韻。若作「屏」，則失其韻矣。朱珔曰：「屏」字與上下似不叶韻，或疑有誤，但如江氏永古韻標準所舉毛詩中隔韻、遥韻之法，楚茨首章「以介景福」與前遥韻，而中間「以饗以祀，以妥以侑」，上去自爲韻。生民卒章「以迄于今」，與「上帝居歆」遥韻，而中間時、祀、悔，平上自爲韻。則此處谷字與上樸、

玉，下黷、緑韵，中屏、頽可自爲韵，不必定作兩句一叶也。且此賦用韵本亦變化，如前文與風飂飂四句，颸與暢、亮韵而不與飂韵，瀏與飂，則又句中韵矣。下文如「袒裼徒搏」至「莽罝之野」，野與部韵，中數句一氣直下，亦暗藏韵。蓋猤與視韵，獛與合韵。此段與「干鹵殳鋋」至「昧莫之坰」爲對文，而用韵則异。胡紹煐曰：王氏改「屏」爲「屋」，於韵得矣，而於義恐非。山爲幽屋，書亦少見。今按：張衡温泉賦「處幽屏以閑清」，曹植謝入覲表「臣得去幽屏之城」，并有幽屏字。屏音必井切，與頽韵協，「縹緗素玉」句與下「哲陊山谷」爲韵，屏與頽又自爲韵。賦中多有此體。屏者，隱也，言雜插幽隱也。翰注「雖在幽僻之處」。幽僻即幽隱。是五臣本亦作「幽屏」。○「頽」，尤及茶陵本作「穎」，注同。袁本作「頽」。胡克家曰：案：依文義，「頽」字爲是。依此，則正文當是「頽」字。茶陵校語云：五臣作「頽」，與尤所見皆傳寫誤。袁本作「頽」，用五臣，唯無校語。或所見未訛歟？○李周翰曰：隱賑，言多也。步瀛案：互見西京賦。○「宋王」，袁、茶二本并作「宋玉」，毛本同。王念孫曰：「宋玉」當作「宋王」。劉注引史記：宋有結緑，是結緑爲宋之寶，故曰宋王於是陋其結緑。宋王與隋侯相對爲文，無取於宋玉也。○劉注引詩見泮水。毛傳曰：琛，寶也。賂，遺也。○書禹貢孔疏引王肅曰：瑶琨，美石次玉者也。○説文曰：九江謂鐵曰鍇。劉良曰：鍇，白鐵也。垠，畔也。胡紹煐曰：廣雅釋器：金、鍇，鐵也。説文：鐵，黑金也。書吕刑疏云：古者金、銀、銅、鐵，總號爲金，是也。○三品，謂金、銀、銅。禹貢僞孔傳同。孔疏引鄭注，以爲三品者，銅三色也。詩泮水疏引同。禮器疏引鄭注與僞孔同，疑誤。○御覽珍寶部八引吴録曰：西卷縣有火齊如雲母，重沓可開，色黄似金。又引南州异物志曰：火齊，出天竺，狀如雲母，色如紫金。離别之即如蟬翼，積之如紗縠重沓。皆可與此注引异物志相證。又互見西都賦。○丹砂互見南都賦。○禹貢：荆州，厥貢礪砥砮丹。○説文曰：璣，珠不圜者。○「金華金有華采

者」，各本脱下「金有華」三字。胡克家曰：何、陳校添「金有華」於「采」上，云别本，今未見，恐誤涉下善注耳。步瀛案：何、陳校是也，今從之。胡氏特立异耳。或謂「朱崖出珠金華采者」八字爲句，亦非金華與銀樸對文。若以金華屬珠，則銀樸又何屬邪？又劉注朱厓出珠，自釋璣字，李注金華出珠崖，自釋下金華字，亦不宜牽爲一事。○證類本草四引陶隱居曰：金出水沙中，金砂出石中，燒鎔鼓鑄爲碢，雖被火亦未熟，猶須更鍊。又曰：銀亦與金同，但皆是生石中，鍊法亦相似。○紫貝互見西京賦注。○流黄互見南都賦。○淮南子見天文篇。○「言其有如晢摘而哆落出谷者」，尤本無「有」字。胡克家曰：袁本有「有」字，是也。茶陵本亦脱。李周翰曰：晢，摘也。哆，落也。○後引淮南子見本經篇。今本「叠」作「牒」，「琁」作「旋」，「玉」作「石」。高注曰：牒，累。純，緣也。以玉石致之水邊爲璇石，或作旋石，旋石切以牒累流水邊爲修碕。修碕，曲水中所當處也。又本書江賦注引許慎淮南子注曰：碕，長邊也。陶方琦曰：「碕」即「埼」。漢書司馬相如傳：激堆埼。又通「隑」，相如傳：臨曲江之隑州。注引張揖曰：隑，長也。與許注長邊義同。○張禄先生語見秦策三及史記范雎傳。本書魏文帝與鍾大理書曰：宋之結緑。○李注引尚書，見禹貢。○開元占經一百十六引孝經援神契曰：神靈滋液，百寶爲用，則犀角戴通。與此注引异。楚策一：張儀説楚王，楚王獻鷄駭之犀。楚辭九嘆怨思曰：棄鷄駭於筐簏。王逸注曰：鷄駭，文犀也。御覽獸部二引「鷄駭」皆作「駭鷄」。王念孫更據書鈔政術部、獸類聚獸部下、御覽人事部一百一十九、珍寶部五引策皆作「駭鷄」，御覽五部二又引韓詩外傳曰：太公使南宫括至義渠，得駭鷄犀，以獻紂。後漢書西域傳曰：大秦國有駭鷄犀。抱朴子登陟篇曰：通天犀，角有一赤理如綖，自本徹末。以角盛米，置群鷄中，鷄欲啄之，未至數寸，即驚却退，故南人或名通天犀爲駭鷄犀。○「鷄見而駭也」，尤本「駭」下有「驚」字。胡克家曰：袁本、茶陵本無「驚」字。步瀛

案：楚辭九嘆怨思洪興祖補注引此注亦無「驚」字，今據刪。○劉欣期交州記、御覽珍寶部十引作「金有華出珠崖謂金華采者也」。○楚辭九章抽思曰：軫石崴嵬。王逸注曰：崴嵬，高貌也。洪興祖補注曰：「嵬」，一作「褢」，崴褢，不平也。一曰山形。褢音淮。案：洪氏蓋即本埤倉。○「又重累貌」，胡克家曰：袁本、茶陵本無此四字。○「崴，烏乖切。褢，故乖切」，袁、茶二本無此八字。胡克家曰：八字當有。凡音各本不同，二本刪耳。○幽屏，謂生處也。李周翰曰：雜插幽屏，謂隱生隱僻之處。屏，僻也。精曜，則寶玉之光，雖在幽僻之處，常顯然有异光也。○潛潁，謂潛深而有光潁。案：兩「潁」字皆依茶陵本，說見上。○說文，見石部。朱珔曰：今說文「空青」上作「上摘山巖」四字。段氏謂「摘」當作「擿」，「墮」當作「陊」，蓋以此賦正用許語也。但「摘」即「擿」之省，陊、墮皆訓落，不必改字。○「珠玉潛伏」至「黑茂貌」，胡克家曰：袁本、茶陵本無此二十九字。○「晢敕列切」，袁、茶二本無此四字。胡克家曰：四字當有。○孫卿子，見勸學篇。○淮南許注已見上。○垠，古音諄部。珍，真部。通轉爲韵。樸、玉、谷、瀆、緑，侯部。屏、潁，耕部。自爲韵。○以上物産。

其荒陬譎詭，則有龍穴内蒸，雲雨所儲。陵鯉若獸，浮石若桴。雙則比目，片則王餘。窮陸飲木，極沉水居。泉室潛織而卷綃，淵客慷慨而泣珠。開北户以向日，齊南冥於幽都。

【彙校】

「荒陬譎詭」「荒」，明州本、贛州本、四庫本、叢刊本、正德本、陳八郎本、尤刻本、胡刻本、監本、唐鈔本同。奎章閣本、九條本作「巟」。當作「荒」。

「龍穴内蒸」「龍」，奎章閣本、明州本、贛州本、四庫本、叢刊本、陳八郎本、尤刻本、胡刻本、監本、九條本同。正德本、唐鈔本作「龍」。當作「龍」。「蒸」，奎章閣本、明州本、贛州本、四庫本、叢刊本、正德本、陳八郎本、尤刻本、胡刻本、監本、九條本同。唐鈔本作「烝」。今從「蒸」。

■**立群案**：阮元經籍籑詁：烝，通作蒸。阮氏説是也。如書洛誥：戊辰，王在新邑，烝祭歲。國語魯語上：夏父弗忌爲宗，蒸將躋僖公。「蒸」「烝」俱作「冬祭」名。再如國語周語上：陽伏而不能出，陰迫而不能烝，於是有地震。國語周語上：自今至於初吉，陽氣俱蒸，土膏其動。「蒸」「烝」俱作「氣體上升」之義。然諸本多作「蒸」，今從「蒸」。

「雲雨所儲」「所」，奎章閣本、贛州本、四庫本、尤刻本、胡刻本、九條本作「所」。明州本、叢刊本、陳八郎本、監本作「所」。正德本、唐鈔本作「所」。當作「所」。

「陵鯉若獸」「獸」，明州本、贛州本、四庫本、叢刊本、正德本、陳八郎本、尤刻本、胡刻本、監本、九條本同。奎章閣本、唐鈔本作「獸」。當作「獸」。

「雙則比目」「雙」，四庫本、唐鈔本同。奎章閣本、明州本、贛州本、叢刊本、正德本、陳八郎本、尤刻本、胡刻本、監本、九條本作「雙」。當作「雙」。

「極沉水居」「極」，明州本、贛州本、四庫本、叢刊本、正德本、陳八郎本、尤刻本、胡刻本同。奎章閣本、監本、唐鈔本、九條本作「極」。當作「極」。「沉」，奎章閣本、尤刻本、監本、唐鈔本同。明州本、贛州本、四庫本、叢刊本、正德本、陳八郎本、胡刻本、九條本作「沈」。今從「沉」。

■**立群案**：許巽行文選筆記：今書肆所售經書，如以「窈」作「窈」，以「厄」作「卮」，以「卆」作「本」，以「沉」作「沈」之類，不可悉舉。「厄」「卆」猶皆有其字，特誤認耳。「窈」「沉」等，成何字邪？是本字作「沈」。然今多用「沉」字，作「沉」可也。

「泉室潛織」「潛」，奎章閣本、正德本、尤刻本、胡刻本同。明州本、贛州本、四庫本、叢刊本、陳八郎本、監本、唐鈔本、九條本作「潛」。當作「潛」。

「淵客慷慨」「淵」，奎章閣本、明州本、贛州本、四庫本、叢刊本、正德本、陳八郎本、尤刻本、胡刻本、九條本同。監本作「渕」。唐鈔本作「淵」。當作「淵」。「慷」，贛州本、四庫本、叢刊本、尤刻本、胡刻本、監本、唐鈔本、九條本同。奎章閣本、明州本、正德本、陳八郎本作「忼」。當作「慷」。「慨」，奎章閣本、四庫本、正德本、唐鈔本同。明州本、贛州本、叢刊本、陳八郎本、尤刻本、胡刻本、監本、九條本作「慨」。當作「慨」。

「開北户」「户」，奎章閣本、贛州本、四庫本、正德本、陳八郎本、尤刻本、胡刻本、唐鈔本同。明州

本、叢刊本、監本、九條本作「戸」。當作「户」。

「齊南冥」 「齊」，四庫本、陳八郎本。奎章閣本、明州本、贛州本、叢刊本、正德本、尤刻本、胡刻本、監本、九條本作「齊」。唐鈔本作「亝」。當作「齊」。

「於幽都」 「於」，奎章閣本、明州本、贛州本、四庫本、叢刊本、陳八郎本、尤刻本、胡刻本、監本、九條本同。正德本、唐鈔本作「扵」。當作「於」。

【彙注】

【李善注】陬，子侯切。譎音決。劉曰：陬，四隅，謂邊遠也。湘東新平縣有龍穴，穴中黑土，天旱，人人便共以其水沾穴，則暴雨應之，常以此請雨也。陵鯉，有四足，狀如獺，鱗甲似鯉，居土穴中，性好食蟻。楚辭曰：陵魚曷止。王逸曰：陵魚，陵鯉也。浮石，體虛輕浮，在海中，南海有之。桴，舟也。比目魚，東海所出。王餘魚，其身半也。俗云：越王鱠魚未盡，因以其殘半棄水中爲魚，遂無其一面，故曰王餘也。朱崖海中有渚，東西五百里，南北千里，無水泉，有大木，斬之，以盆甕承其汁而飲之。水居，鮫人水底居也。俗傳鮫人從水中出，曾寄寓人家，積日賣綃，綃者，竹孚俞也。鮫人臨去，從主人索器，泣而出珠滿盤，以與主人。日南人北户，猶日北人南户也。善曰：尚書曰：宅朔方曰幽都。謂日既在北，則南冥與幽都同。王餘、泉客，皆見博物志。窮陸，見後漢書。史記曰：秦始皇地南至北向户，北據河爲塞。

【文選鈔】荒，遠也。譎詭，奇异也。衛子曰：遠城之外，奇怪之屬也。其中有龍穴，雲雨之所誕出也。儲，貯也。鯪鯉，江東諸郡丹陽、吴興山中皆有之。浮石，水沫所作桴簰也。大曰桴。衛子曰：桴，竹筏也。

爾雅云：東方有比目魚焉，不比不行，其名謂之鰈。郭氏云：狀如牛脾，細鱗，鱗紫黑色，一眼，兩片相合乃行。今水中所在有之。江東呼爲王餘也。王餘，比目之半身也。吴王濟江，將魚鱠之，餘半棄之，故生，因名王餘也。

顔師古書云：南飲木國有仙人樹，飲食之，解饑渴。又有蛟人國，南北五百里，在水下。博物志云：蛟人婦女與岸上男子爲淫，好食肉，能織綃。夫行不在，食其二子。夫還捶之，泣珠一盤。淚下皆成珠也。幽都，北方也。南冥，南方也。

【文選音決】陬，子侯反。蒸，之仍反。又音證。儲音除。鯪音陵。桴，芳符反。卷，居勉反。綃音消。伉，曹：何朗反。慨，何代反。

【五臣注】陬，子侯反。譎音決。詭音鬼。桴音郛。伉，苦浪反。慨，苦代反。向曰：言其荒遠陬隅之所也。譎詭，怪异也。近水有龍穴，其内蒸氣爲雲雨，故云儲。儲，積也。濟曰：陵鯉，似鯉魚，四足，如獺，故云若獸。浮石，石之轻者，水中浮泛，猶如桴栰也。良曰：皆魚名。雙行者爲比目，隻行者爲王餘。片，隻也。向曰：此説人所居處也。窮，高也。言高陸之地無水，斬木取汁飲之。極沉水居，有甚沉溺之處，人居於水中。泉室則水居者。俗傳鮫人從水中出，於人間賣綃。綃則絹也。又云：鮫人嘗寄人家，臨去乃泣珠於盤，留遺主人。伉慨，泣貌。言日南人開北户，向日以就明，則以南爲幽都，亦如中國之見北也。

【陸善經注】王餘魚，俗云越王膾魚未盡，因以其半身爲魚，長數寸。爲鮓甚美。今江東呼爲吴王膾殘也。

日既處中，則南冥去日遠近与幽都同也。

【**張鳳翼文選纂注**】陬，四隅也。儲，畜也。禱雨則應，故云儲。陵鯉，有四足，狀如獺，故云若獸。浮石，體虚輕浮，在海中，故云若桴。魚并行爲比目。王餘魚，其半也。俗云：越王鱠魚未盡，因以其半棄之爲魚，遂無其一面，故云王餘。窮陸，指朱崖。言其無水泉，有大木，斬之，以盆甕承其汁而飲之。故云飲木。鮫人水底居，故云水居。俗傳鮫人從水中出，曾寄寓人家，積日賣綃。臨去，從主人索器，泣而出珠，滿盤，以與主人。故云卷綃泣珠。朔方曰幽都。今日南人開北户以就明，則以南爲幽都，亦如中國之見北也。

【**王象乾文選删注**】陵鯉四足，狀如獺，鱗甲似鯉，居穴食蟻。浮石，體虚輕浮，在海中。桴，舟也。王餘，魚半身。窮，高陸之地無水。水居，鮫人水底居也。幽都既在北，則南冥與幽都同。湘東新平縣有龍穴，天旱，以水沾穴，則暴雨應之。俗云：越王鱠魚，以半棄水中，爲魚遂無其一面，故曰王餘。朱崖海中有渚，東西五百里，南北千里，無水泉，有大木，斬之，以盆甕承其汁而飲之。俗傳鮫人從水中出，曾寄寓人家，積日賣綃，臨去，從主人索器，泣而出珠滿盤，以與主人。

【**余蕭客文選音義**】綃。向曰：絹也。

【**余蕭客文選紀聞**】高宗末，東郡吏獲异獸，獻之京師。人咸無識者。詔問高祐，祐曰：此是三吴所出，名鯪鯉，餘域率無。今我獲之，吴、楚有歸國者乎？顯祖初，劉義隆子義陽王昶來奔，薛安都等以五州降附，時謂祐言有驗魏書五十七。鯪鯉肉味甘濇，性温，有毒。即穿山甲。其肉動風，風疾人纔食數臠，其疾一發，四肢頓廢飲食須知三。鯪鯉出湖、嶺、金、商等州。穴山而居，能陸能水，形似鼉，色黑短小本草元命苞八。日南郡北景。師古曰：言其在日之南，所謂開北户以向日者。考古編云：舊唐志：景州北景縣：晋將灌邃破林邑，五月五日，即其地立表，表在北，日影在表南。仁傑案：王充書謂日南郡有

徙民還者，問之，云：日中時，所居地未能在日南也。蓋日南郡縣惟五月日影在南，常時影不北不南。故水經云「北」讀爲「蔭芘」之「芘」。此爾雅所謂「岠齊州以南戴日」者也兩漢刊誤補遺五。

【胡克家文選考异】注「四隅謂邊遠也」。袁本、茶陵本無「謂邊遠」三字。

注「沾穴」。袁本、茶陵本「沾」下有「此」字。

注「桴舟也」。袁本、茶陵本無此三字。

注「因以殘半棄水中」。袁本、茶陵本「殘」作「其」，「水中」作「之」，是也。

【許巽行文選筆記】極沉。説文：沈，陵上湆水也。从水，冘聲。徐曰：今俗別作「沉」「穴」，不成字，非是。案：此与沈姓同一字。今沈姓或作「沈」，亦謬。嘉德案：「沈」本水名，假爲「沈没」字。「冘」「穴」各別。从「穴」大訛。从「冗」及「宂」，尤謬之甚者。

【朱珔文選集釋】陵鯉若獸。劉注云：陵鯉，有四足，狀如獺，鱗甲似鯉，居土穴中，性好食蟻。楚辭：陵魚曷止。王逸曰：陵魚，陵鯉也。案：注所引楚辭見天問篇。「曷止」作「何所」，「陵」俱作「鯪」。廣雅：鯪，鯉也。王氏疏證謂名醫別録陶注云：鯪鯉，能陸能水。出岸開鱗甲，伏如死，令蟻入中，忽閉而入水，開甲，皆浮出，於是食之。故主蟻瘻。今人謂其甲爲穿山甲，以其穿穴山陵也。在陵，故謂之鯪矣。余謂：本草綱目引臨海記：尾刺如三角菱，故稱石鯪。郭璞賦謂之龍鯉。今江賦：鯪鰩鯩鰱。注於「鯪」字亦引楚辭注。下文又云龍鯉一角，別見彼處。

片則王餘。劉注云：王餘魚，其身半。俗云：越王鱠魚未盡，因以殘半棄水中爲魚，遂無其一面，故曰王餘。案：善注言見博物志。而志作吴王鱠餘，與此云越王异。張華亦晉人，與淵林各據所聞也。本草綱目云：或又以爲由僧寶誌者，皆不足致辨，蓋即今之銀魚。身圓如箸，潔白如銀，無鱗，若已鱠之

魚，故名鱠殘魚，出蘇松、浙江。余謂：單舉江、浙，猶不免傅會吴王、越王之説。實則今之潞河出者，尤多而美也。謂之王餘者，亦竹有越王餘算之類耳。

開北户以向日。劉注云：日南人北户，猶日北人南户也。善注引史記曰：秦始皇地南至北向户。案：爾雅：觚竹、北户、西王母、日下，謂之四荒。郭注：北户在南。史記五帝紀云：帝舜南撫交阯、北發。索隱以「北發」當云「北户」，南方有地名北户。淮南墬形訓作「反户」。高誘注：在日之南，皆爲北鄉户，故反其户也。漢志「日南郡」，顔注：言其在日之南，所謂開北户以向日者。郝氏謂：北户，亦地名。特言郡在極南，實則日南非真在日之南，北户亦非向北看日也。余謂：水經温水篇注云：東徑區粟城南。區粟建八尺表，日影度南八寸，自此影以南，在日之南，故以名郡。望北辰星落在天際，日在北，故開北户以向日。此其大較也。范泰古今善言曰：日南張重，舉計入洛。正旦大會，明帝問：日南，北向視日也？重曰：今郡有雲中、金城者，不必皆有其實，日亦俱出於東耳。至於風氣喧暖，日影仰當，官民居止，隨情面向，東西南北，迴背無定。據此，則與前所引酈注庇影之説，正略相仿矣。

【梁章鉅文選旁證】陵鯉若獸。注陵鯉，有四足，狀如獺，鱗甲似鯉，居土穴中，性好食蟻。楚辭曰：陵魚曷止。王逸曰：陵魚，陵鯉也。初學記魚部引山謙之南徐州記及此賦并作「鯪鯉」。按此注説，陵鯉蓋即今之穿山甲也。又所引楚辭今天問篇作「鯪魚何所」。

【胡紹煐文選箋證】陵鯉若獸。注劉逵曰：楚辭曰：陵魚曷止。王逸曰：陵魚，陵鯉也。按：「陵」當作「鯪」。初學記魚部引此正作「鯪」，今天問篇作「鱗」，即「鯪」之訛。北史高祐傳：兖州東郡吏獲一异獸，送之京師，咸無識者。詔以問祐，祐曰：此三吴所出，厥名鯪鯉，餘域率無。據此，則吴都所賦皆方物也。廣雅：鯪，鯉也。字并作「鯪」。疏證云：今人謂其甲爲穿山甲，以其穿穴山陵也。在

陵，故謂之鯪。解「鯪」字最核。

開北户以向日。注劉逵曰：南人北户，猶云北人南户也。按：此承上「荒陬」言，賦文云云，正指極南之地。淮南墬形訓高誘注「在日之南皆北向户」是也，日南皆北向户，故遂名其地爲北户。爾雅：北户爲四荒之一。史記舜紀：南撫交趾、北發。索隱云：「北發」，當爲「北户」。南方有地名北户。

【高步瀛文選李注義疏】吕向曰：言其荒遠陬隅之所也。譎詭，怪异也。○初學記鱗介部引本賦「陵鯉」作「鯪鯉」。○吕向曰：極沉水居，有甚沉溺之處，人居於水中。此説人所居處也。○「慷」，五臣作「忼」。○劉注「陬四隅謂邊遠也」，胡克家曰：袁本、茶陵本無「謂邊遠」三字。○水經湘水注曰：宜溪水，出湘東郡之新寧縣西南，新平故縣東。新寧，故新平也。衆川瀉浪，共成一津，西北流，東岸山下有龍穴，宜水徑其下，天旱則擁水注之，便有雨降。太平寰宇記補闕江南西道衡州常寧縣宜溪水引湘州記曰：傍有穴，天旱以水灌之，輒致暴雨，即吴都賦所謂龍穴内蒸，零雨所儲也。步瀛案：「零」當作「雲」。又案：晋荆州湘東郡新平縣，今湖南長寧縣西南。○「常以水沾穴」，胡克家曰：袁本、茶陵本「沾」下有「此」字。○楚辭，見天問。今本作「鯪魚何所」。王逸注曰：綾魚，鯉也。一云：鯪魚，鯪鯉也。有四足，出南方。初學記鱗介部引山謙之南徐州記曰：綾魚，若鯉魚，四足。吴都賦所謂鯪魚若獸。又引沈懷遠南越志曰：鯪魚，鯉也。形如蛇而四足，腹圍五六寸，頭似蜥蜴，鱗如鎧甲，异物志謂之鯪鯉。證類本草卷二十二曰：鯪鯉甲，今人呼穿山甲。陶隱居云：其形似鼉而短小，又似鯉魚，有四足，能陸能水。出岸，開鱗甲，伏如死，令蟻入中，忽閉而入水，開甲，蟻皆浮出，於是食之。廣雅釋魚王氏疏證曰：今人謂其甲爲穿山甲，以其穿穴山陵也。在陵，故謂之鯪矣。胡紹煐曰：北史高祐傳：兖州東郡吏獲一异獸，送之京師，咸無識者。詔以問祐，祐曰：此三吴所出，厥名鯪鯉。餘域率無。據此，

則吴都所賦，皆方物也。步瀛案：又互見江賦。○本草綱目九李時珍曰：浮石，乃江海間細沙水沫凝聚日久結成者。狀如水沫及鍾乳石，有細孔如蛀窠，白色，體虚而輕。今皮作家用，磨皮垢甚妙。海中者味鹹，入藥更良。交州記云：海中有浮石，輕虚可以磨脚。煮水飲之，止渴。即此也。○「桴舟也」，胡克家曰：袁本、茶陵本無此三字。步瀛案：論語公冶長篇集解引馬融曰：桴，編竹木也，大者曰筏，小者曰桴也。字亦作「艀」。廣雅釋水曰：艀，舟也。○比目，已見西都賦。案：郭注釋地謂比目魚，江東又呼爲王餘魚，與本注合。郝疏曰：王餘，今登萊人謂之偏口魚，與比目魚相似而有异。其魚單行，非兩兩相合。郭以比目即王餘，誤矣。初學記鱗介部引臨海异物志云：比目魚似左右分魚，蓋分魚即王餘也。步瀛案：士禮居本博物志卷三曰：吴王江行，食鱠，有餘，棄於中流，化爲魚。今魚中有名「吴王鱠餘」者，長數寸，大者如箸，猶有鱠形。朱琦曰：志作吴王鱠餘，與此云越王异。張華亦晋人，與淵林各據所聞也。本草綱目云：或又以爲由僧寶誌者，皆不足致辨，蓋即今之銀魚。身圓如箸，潔白如銀，無鱗，若已鱠之魚，故名鱠殘魚。步瀛案：本草綱目見卷四十四。如李時珍説，鱠殘魚爲銀魚，與劉注王餘實不同，恐不足據。郭璞説以比目魚爲王餘，與劉注正合，并不爲誤。蓋二者種類形狀相同，特有比不比之别耳。初學記鱗介部、御覽鱗介部十并引孫綽望海賦曰：王餘孤戲，比目雙游。語即本此。○「因以殘半棄水中」，胡克家曰：袁本、茶陵本「殘」作「其」，「水中」作「之」。○後漢書南蠻傳曰：朱崖、儋耳二郡在海洲上，東西千里，南北五百里。與本注异。江文通遂古篇曰：窮陸滄海，又有民兮。酉陽雜俎卷四曰：木飲州，珠崖一州。其地無泉，民不作井，皆仰樹汁爲用。皆可與本賦相證。○御覽珍寶部二引博物志曰：鮫人從水出，寓人家，積日賣絹，將去，從主人索一器，泣而成珠，滿盤，以與主人。「絹」疑「綃」字之誤。士禮居本卷九作「南海外有鮫人，水居如魚，不廢織績，其眼能泣珠」，

與御覽引异，而與搜神記十二同。○爾雅釋地：北户爲四荒之一。郭注曰：北户在南。郝疏曰：史記五帝紀：南撫交阯、北發。索隱以「北發」當云「北户」，南方有地名北户。淮南墬形篇作「反户」。高誘注：在日之南，皆爲北鄉户，故反其户也。漢志：日南郡屬交州。按：北户亦地名，特言郡在極南，實則日南非真在日之南，北户亦非向北看日也。朱珔曰：水經温水篇注云：東徑區粟城南。區粟建八尺表，日影度南八寸，自此影以南，在日之南，故以名郡。望北辰星落在天際，日在北，故開北户以向日。此其大較也。范泰古今善言曰：日南張重，舉計入洛。正旦大會，明帝問：日南，北向視日邪？重曰：今郡有雲中、金城者，不必皆有其實，日亦俱出於東耳。至於風氣暄暖，日影仰當，官民居止，隨情面向，東西南北，迴背無定。據此，則與前所引酈注庇影之説，正略相仿矣。○尚書，見堯典。莊子逍遥游曰：南冥者，天池也。○范曄後漢書不言窮陸、飲木事。李注所引，疑是他家後漢書，俟考。○史記秦本紀琅邪刻石曰：南盡北户。又曰：乃使將軍蒙恬西北斥逐匈奴，城河上爲塞。○儲、餘、居、都，古音魚部。桴，幽部。珠，侯部。通轉爲韵。

其四野，則畛畷無數，膏腴兼倍。原隰殊品，窊隆异等。象耕鳥耘，此之自與。穡秀菰穗，於是乎在。

【彙校】

「畛畷無數」「畛」，奎章閣本、明州本、贛州本、四庫本、叢刊本、正德本、陳八郎本、尤刻本、胡刻本、監本、九條本同。唐鈔本作「畛」。當作「畛」。「數」，四庫本同。奎章閣本、明州本、贛州本、叢刊本、正德本、陳八郎本、尤刻本、胡刻本、監本、唐鈔本、九條本作「數」。當作「數」。

「膏腴兼倍」「膏」，四庫本同。奎章閣本、明州本、贛州本、叢刊本、正德本、陳八郎本、尤刻本、胡刻本、監本、唐鈔本、九條本作「膏」。當作「膏」。「腴」，奎章閣本、明州本、贛州本、四庫本、叢刊本、正德本、尤刻本、胡刻本、唐鈔本作「腴」。陳八郎本、監本、九條本作「腴」。當作「腴」。「兼」，明州本、贛州本、叢刊本、尤刻本、胡刻本、監本、九條本同。奎章閣本、四庫本、正德本、陳八郎本、唐鈔本作「兼」。當作「兼」。

「原隰殊品」「原」，奎章閣本、明州本、贛州本、四庫本、叢刊本、陳八郎本、尤刻本、胡刻本、監本、唐鈔本、九條本同。正德本作「原」。當作「原」。

「窊隆异等」「窊」，奎章閣本、明州本、贛州本、四庫本、叢刊本、正德本、陳八郎本、尤刻本、胡刻

本、監本、九條本同。唐鈔本作「窳」。當作「窊」。「隆」，奎章閣本、明州本、贛州本、四庫本、叢刊本、正德本、尤刻本、胡刻本、監本、唐鈔本、九條本同。陳八郎本作「隆」。當作「隆」。「异」，明州本、贛州本、叢刊本、陳八郎本、尤刻本、胡刻本、監本、九條本作「異」。奎章閣本、四庫本、正德本、唐鈔本作「異」。當作「异」。

「此之自與」「與」，明州本、贛州本、四庫本、叢刊本、陳八郎本、尤刻本、胡刻本、監本同。奎章閣本作「與」。正德本作「與」。唐鈔本作「與」。九條本作「與」。當作「與」。

■ **立群案**：高步瀛文選李注義疏：倍、等、在，古音之部。與，魚部。通轉爲韵。作「與」是也。

「於是乎在」「於」，奎章閣本、明州本、贛州本、四庫本、叢刊本、陳八郎本、尤刻本、胡刻本、監本、九條本同。正德本、唐鈔本作「扵」。當作「於」。

【彙注】

【李善注】穱音捉。菰音孤。穗，詞翠切。劉曰：畛畷，謂地廣道多也。舊井田間有徑有畛。善曰：鄭玄毛詩箋曰：畛，舊田有徑路也。之引切。説文曰：畷，兩陌間道也。知衛切。又陟劣切。説文曰：窊，汙邪，下也。於瓜切。越絶書曰：舜葬蒼梧，象爲之耕；禹葬會稽，鳥爲之耘。左傳曰：生人之道，於是乎在。

【文選鈔】爾雅云：郊外曰野。四野，四面也。楚詞曰：田宅千畛。畛，田畔也。畷，田頭也。腴，腹下之肉。言肥美之地也。見漢書東方朔傳。兼倍謂此肥美之地倍多自外之處也。爾雅曰：下濕曰隰，廣平曰原。并言高低异等殊品也。

舜葬蒼梧，象爲之耕。禹葬會稽，鳥爲之田。案：南人秋收訖，象入其田踐之爲場。至春乃去，便

放水下種也。鳥耘者，耘除草也。吴人作水田秧稻訖，待高放鵝鴨於中，盡小草。其苗大肥也。王逸云：穱，澤麥也。稻田處種麥曰穱。或云今之雀麥也。苽，蔣草也。一名茭，一名雕胡米，似棗核而細，作飯香美也。於是乎在，猶言於土地有在也。

【**文選音決**】畛，之忍反。畷音輟。數，史宇反。陪，步罪反。窊，烏瓜反。等，協韵，多在反。耘音云。與，協韵，以改反。穱，側角反。苽音孤。穗音遂。

【**五臣注**】畛，之忍反。畷音綴。窊，烏華反。等，都改反。與音改。穱音捉。菰音孤。穗，詞翠反。向曰：畛，陌中也。畷，兩陌間道也。言阡陌道路，多不可數。膏腴，謂良沃地也。兼倍，言良沃之地，利獲倍於餘都。廣平曰原，下濕曰隰。品，類也。窊，下也。隆，高也。言原隰高下，等類殊异。翰曰：舜葬蒼梧，象爲之耕；禹葬會稽，鳥爲之耘。穱，麥也。菰，草名。其子有米，可食，故云穗也。

【**陸善經注**】自與，言自爲之。

【**張鳳翼文選纂注**】畛，之忍切。畷音綴。窊，烏華切。畛，陌中。畷，兩陌間道也。言阡陌道路，多不可數。膏腴，謂沃地也。兼倍，言倍收也。廣平曰原，下濕曰隰。品，類也。窊，下也。隆，高也。言原隰高下，等類殊异也。象耕、鳥耘，言不勞人力，若鳥獸爲之耕耘也。穱，麥也。菰，草名。其子有米，可食，故云穗。

【**王象乾文選删注**】畛，知忍切。窊，於瓜切。畛，陘路。畷，兩陌間道。窊，汙下也。穱，麥也。菰，草名。越絶書曰：舜葬蒼梧，象爲之耕；禹葬會稽，鳥爲之耘。

【**杭世駿文選課虚**】畛畷，謂地廣道多也。舊井田間有徑有畛。畛，之引切。畷，兩陌間道也。知衛切。又，陟劣切。窊，污邪，下也。於瓜切。長笛賦：窊隆詭戾。

【余蕭客文選音義】啜舊音綴。倍叶，上聲。寙何音哇。等匡謬正俗：等字本音都在反。與舊音改。在上聲。

【余蕭客文選紀聞】啜綴。釋文八。等本音都在反。匡謬正俗六。耕者行端而徐，起墢欲深，獸之形魁者無出于象，行必端，履必深，法其端深，故曰象耕。耘者去莠，舉乎務疾而畏晚。鳥之啄食，務疾而畏奪，法其疾畏，故曰鳥耘陸龜蒙笠澤叢書丙。茫蠻部落，象大如水牛，土俗養象以耕田，仍燒其糞蠻書四。

【張雲璈選學膠言補遺】其四野，則畛畷無數，膏腴兼倍。原隰殊品，寙隆异等。按：玉篇，「等」字有都肯、都怠二切。此「等」字當作「都怠切」，以叶韵。

【胡克家文選考异】注「畛畷」下至「有徑有畛」。袁本、茶陵本無此十六字。

【朱珔文選集釋】畛畷無數，膏腴兼倍。原隰殊品，寙隆异等。象耕鳥耘，此之自與。穲秀菰穗，於是乎在。案：韵部四十三「等」本與「梗」「迥」爲類，而顧氏炎武據廣韵收「等」字於十五海，音多改切，引韓昌黎許國公神道碑銘「上之宅憂，公讓太宰，養安蒲坂，萬邦絶等」，又李庾西都賦「謐萬類，渟四海，遂開國以報功，差子男之五等」爲證。然此處「等」字，與「倍」「在」字爲韵。又景福殿賦：落帶金釭，此焉二等。明珠翠羽，往往而在。「等」亦與「在」韵，皆在唐以前矣。惟「與」字在語部，古無通紙、賄韵者。當是象耕四句爲對文，「與」可不入韵也。

【梁章鉅文選旁證】寙隆异等。說文：寙，汙邪，下也。徐鍇引吳都賦曰：寙隆异等。寙隆，卑高也。按「等」字與上「倍」下「在」似不韵。顧亭林據廣韵收「等」字於十五海，音多改切，而引昌黎許國公神道碑銘「上之宅憂，公讓太宰，養安蒲坂，萬邦絶等」，又李庾西都賦「謐萬類，渟四海，遂開國以報功，差子男之五等」爲證，乃於此賦失引。

穲秀。翰注：穲，麥也。按，本書七發及大招皆云：穲，麥。王逸云：擇麥中先熟者也。廣韵：

穭者稻處種麥，皆早取之義。說文：䊵，早取穀也。內則稰穛。注：生穫曰穛。則穭、穛、䊵字皆通。

【高步瀛文選李注義疏】吕向曰：畛，陌中道也。言阡陌道路，多不可數。膏腴，謂良沃地也。案：兼倍，言良沃之地而獲倍於餘都。○李周翰曰：穭，麥也。菰，草名。其子有米，可食，故云穗也。案：兼穭、菰并見南都賦。○劉注「畛畷」至「有徑有畛」，胡克家曰：袁本、茶陵本無此十六字。步瀛案：周禮地官遂人曰：凡治野，夫間有遂，遂上有徑。十夫有溝，溝上有畛。百夫有洫，洫上有涂。千夫有澮，澮上有道。萬夫有川，川上有路，以達于畿。詩載芟毛傳曰：畛，埸也。鄭箋曰：畛，舊田有徑路者。說文田部曰：畛，井田間陌也。畷，兩陌間道也。段注曰：井田間者，謂十夫間也。兩十夫之間，猶井間也。徑、畛、涂、道、路，皆可謂之陌阡，故曰井田間陌。兩百夫之間而有洫，洫上有涂，所謂陌也。兩千夫之間而有澮，澮上有道，所謂阡也。洫橫則澮縱，涂橫則道縱，故道在中，縱而左右各十，涂皆橫，是謂兩陌間道，是之謂「畷」。郊特牲：饗農及郵表畷。鄭注云：郵表畷，謂田畯所以督約百姓於井間之處。引詩爲下國畷郵。按：畷之言綴也，衆涂所綴也。於此爲田畯督約百姓之處，若街彈室然，曰郵表畷。○說文見穴部。「邪」作「衺」。史記滑稽傳：汙邪滿車。集解引司馬彪曰：汙邪，下地田也。○越絶書今本無象耕鳥耘四句，惟記地傳云：疇糞桑麻，播種五穀，必以手足。大越海濱之民，獨以鳥田，其故何也？曰：禹始也，憂民救水，巡狩大越，死葬會稽，延袤一畝。尚以爲居之者樂，爲之者苦，無以報民功，教民鳥田，一盛一衰。當禹之時，舜死蒼梧，象爲民田也。禹至此者，亦有因矣。似即象耕鳥耘之說。論衡書虛篇曰：傳書言舜葬於蒼梧，象爲之耕。禹葬會稽，鳥爲之田。蓋以聖德所致，天使鳥獸報祐之也。世莫不然，考實之，殆虛言也云云。與本注引越絶書同。史記五帝本紀集解引皇覽曰：傳曰：舜葬蒼梧，象爲之耕。又夏本紀集解引皇覽曰：禹冢在山陰縣會稽山上，相傳以爲下有群鳥耘

田者也。○左傳見文六年。「人」作「民」，唐避諱改。又「在」下有「矣」字。○倍、等、在，古音之部。與，魚部。通轉爲韵。

煮海爲鹽，采山鑄錢。國稅再熟之稻，鄉貢八蠶之綿。

【彙校】

「煮海爲鹽」「煮」，奎章閣本、明州本、贛州本、四庫本、叢刊本、正德本、陳八郎本、尤刻本、胡刻本、監本、唐鈔本、九條本作「煑」。當作「煮」。「爲」，明州本、贛州本、叢刊本、陳八郎本、尤刻本、胡刻本、監本、九條本同。奎章閣本、四庫本、正德本、唐鈔本作「為」。當作「爲」。「鹽」，明州本、贛州本、四庫本、叢刊本、陳八郎本、尤刻本、胡刻本、監本、九條本同。奎章閣本、正德本作「塩」。唐鈔本作「鹽」。當作「鹽」。

「采山鑄錢」「采」，監本、唐鈔本同。奎章閣本、明州本、贛州本、四庫本、叢刊本、正德本、陳八郎

本、尤刻本、胡刻本、九條本作「採」。當作「采」。「鑄」，奎章閣本、明州本、贛州本、叢刊本、正德本、陳八郎本、尤刻本、胡刻本、九條本同。四庫本、監本、唐鈔本作「鑄」。當作「鑄」。

「國税」「税」，正德本同。奎章閣本、四庫本、唐鈔本作「秔」。明州本、贛州本、叢刊本、陳八郎本、尤刻本、胡刻本、監本、九條本作「稅」。當作「税」。

「再熟之稻」「熟」，奎章閣本、四庫本同。明州本、贛州本、叢刊本、正德本、陳八郎本、尤刻本、胡刻本、監本、唐鈔本、九條本作「熟」。當作「熟」。「稻」，四庫本、正德本、陳八郎本、尤刻本、胡刻本、監本同。奎章閣本作「稻」。明州本模糊不清。贛州本、叢刊本、九條本作「稻」。唐鈔本作「稻」。當作「稻」。

「鄉貢」「鄉」，四庫本、正德本同。奎章閣本、明州本、贛州本、叢刊本、陳八郎本、尤刻本、胡刻本、監本、唐鈔本、九條本作「鄉」。當作「鄉」。

「八蠶之綿」「蠶」，奎章閣本、明州本、贛州本、四庫本、叢刊本、正德本、陳八郎本、尤刻本、胡刻本、監本、九條本同。唐鈔本作「蠶」。當作「蠶」。「綿」，奎章閣本、唐鈔本同。明州本、贛州本、四庫本、叢刊本、正德本、陳八郎本、尤刻本、胡刻本、監本、九條本作「緜」。當作「綿」。

【彙注】

【李善注】善曰：史記曰：吴有豫章郡銅山，吴王濞則招致天下亡命者，盜鑄錢，煮海爲鹽，國用富饒。异物志，交趾稻夏熟，農者一歲再種。劉欣期交州記曰：一歲八蠶繭，出日南也。

【文選音決】鑄，之樹反。税，尸芮反。蠶，在男反。

【五臣注】銑曰：南人種稻，一歲再熟，有蠶一歲八育也。

【張鳳翼文選纂注】交趾稻夏熟，農者一歲再種。交州記：一歲八蠶繭，出日南。

【王象乾文選删注】再熟，一歲再種。八蠶，一歲八蠶繭，出日南。

【余蕭客文選音義】再熟。僞越外紀：稻一年再熟。今浙江温州，稻一歲兩種。廣東又有三種田，地氣暖故也。八蠶。俞益期牋：日南蠶八熟，繭軟而薄。林邑記：九真郡，蠶年八熟。永嘉郡記：永嘉有八輩蠶：蚢珍蠶（三月績）、柘蠶（四月初績）、蚢蠶（四月績）、愛珍（五月績）、愛蠶（六月末績）、寒珍（七月末績）、四出蠶（九月初績）、寒蠶（十月績）。雲南志：風土多暖，至有八蠶。綿。海物异名記：八蠶綿，八蠶共成一繭。西谿叢語言：蠶養至第八次，不中爲絲，只可作綿，故云八蠶之綿。

【余蕭客文選紀聞】吴縣西有銅山，周迴六十里，有銅坎十餘穴，深者二十餘丈，淺者六七丈，所謂采山鑄錢處也。山東平地有銅滓寰宇記九十一。九真太守任延，始教耕犂。交土、象林，知耕來六百餘年，火耨藝法與華同。名「白田」，種白穀，七月火作，十月登熟。名赤田，種赤穀，十二月作，四月登熟。所謂兩熟之稻水經注三十八。墮婆登國在林邑南，其國稻每月一熟舊唐書百九十七。天竺國，稻歲四熟舊唐書百九十八。泉州再熟。稻春夏收訖，株又生苗，至秋薄熟。即吴都賦再熟稻寰宇記百二。太平軍再熟稻，五月、十一月寰宇記百六十九。蔣堂登吴江亭賦詩：向日草生牛引犢，經秋田熟稻生孫。注云：是年有再熟之稻。今田間豐歲已刈，而稻根復蒸，苗極易長，旋復成實，可掠取，謂之再掠稻。恐吴都賦所謂再熟者即此范成大吴郡志三十。永嘉記：有八輩蠶：蚢珍蠶，三月績；柘蠶，三月初績；蚢蠶，四月績；愛珍，五月績；愛蠶，六月末績；寒珍，七月末績；四出蠶，九月初績；寒蠶，十月績。凡蠶再熟者，前輩皆謂之珍養齊民要術五。六測記：一歲八蠶出日南白孔六帖八十二。尹思貞爲青州刺史，境内有蠶一年四熟舊唐書一下。雲南志云：風土多暖，至有八蠶。言蠶養至第八次，不中爲絲，只可作綿，故云「八蠶

之綿」西漢叢話上。日南八蠶，以其地暖。張文昌桂州詩云：有地多生桂，無時不養蠶。此言可驗。海物异名記乃謂八蠶其作一繭野客叢書八。蠶有三眠、有四眠、有兩生、有七出。四眠者，繭絲又勝他蠶。柘蠶四十五日熟，兩生者一月熟，七出者十八日熟熊太古冀越集。

【孫志祖文選理學權輿補・前賢評論】文選吴都賦：國税再熟之稻，鄉貢八蠶之綿。注引劉欣期交州記云：一歲八蠶繭，出日南也。慎案：漢俞益期牋云：日南蠶八熟，繭軟而薄。又永嘉記云：永嘉有八輩蠶：一曰蚖珍蠶（三月績）、二曰柘蠶（四月初績）、三曰蚖蠶（四月績）、四曰愛珍（五月績）、五曰愛蠶（六月末績）、六曰寒珍（七月績）、七曰四出蠶（九月初績）、八曰寒蠶（十月績）。凡蠶再熟者，皆謂之珍。此則八蠶之實也。李賀詩「將餧吴王八繭蠶」，則直謂一蠶之收當八繭耳。一歲八績，恐誇者之過也。

【孫志祖文選李注補正】國税再熟之稻。○補曰：許云：水經温水注：名白田，種白穀，七月火作，十月登熟。名赤田，種赤穀，十二月作，四月登熟。所謂再熟之稻也。

【張雲璈選學膠言】鄉貢八蠶之綿。李注引劉欣期交州記：一歲八蠶繭，出日南。按，一歲八蠶，以其地氣暖故耳。猶之稻有再熟也。或言周禮禁原蠶，安得有八？按：林邑記：九真郡蠶一年八熟。永嘉郡有八輩蠶：蚖珍，三月績；柘蠶，四月初績；蚖蠶，四月績；愛珍蠶，五月績；愛蠶，六月末績；寒珍蠶，七月末績；四出蠶，九月初績；寒蠶，十月績。實實有此八種，古今异宜，不可同日語也。又海物异名記：八蠶綿，八蠶共成一繭。西溪叢語言：蠶養至第八次，不中爲絲，只可作綿。故云「八蠶之綿」。恐未必然。丹鉛録云：凡蠶再熟者，皆謂之珍。

【許巽行文選筆記】採山。説文：采，捋取也。張有云：从爪在木上。別作「採」，非。注：吴有豫

章郡銅山。日知録云：吴有章郡銅山。後人於「章」上妄增一「豫」字。漢書吴王濞傳亦誤多一「豫」字。

【朱珔文選集釋】采山鑄錢。善注引史記：吴有豫章郡銅山，吴王濞招致亡命，盗鑄錢。案：所引見濞傳。漢書同。韋昭曰：此「有豫」字誤，但當言「章郡」。今故章也章即鄣。索隱亦云：「豫」衍字。正義云：銅山，今宣州及潤州句容縣有，并屬章。諸説皆是。蓋濞國本荆王賈之舊，惟故東陽郡、鄣郡、吴郡，不應越境至豫章。而洪氏圖志於新建縣銅山引樂史寰宇記云：吴王濞鑄錢之處，非也。樂記又於吴縣銅坎引吴地記曰：縣西十里銅山，周六十里，有銅坎十餘穴。下舉此賦語。豈謂濞之鑄錢，别一地與？然今近縣無此山，當即銅坑山。「坑」「坎」字相近。據府志，傳唐、宋間，鑿坑取沙土，煎之成銅，故名。則左賦殆不指此山。距縣七十餘里，十里上亦當有脱字。

國税再熟之稻，鄉貢八蠶之綿。善注引异物志：交阯稻夏熟，農者一歲再種。劉欣期交州記：一歲八蠶繭，出日南也。案：水經温水篇注云：九真太守任延，始教耕犂，俗化交土，風行象林。知耕以來，六百餘年，火耨耕藝，法與華同。名白田，種白穀，七月火作，十月登熟。名赤田，種赤穀，十二月作，四月登熟。所謂兩熟之稻也。至於草甲萌芽，穀月代種，穜稑早晚，無月不秀，耕耘功重，收獲利輕，熟速故也。米不外散，恒爲豐國。桑蠶八熟繭，三都賦所謂「八蠶之綿」者矣。余謂，兩漢志：交州刺史部有交阯郡、九真郡、日南郡。注云：日南，故秦象郡，郡屬有象林縣。酈氏所云俗化交土，風行象林，正與善注引志、記合。但再熟之稻，本非一種。齊民要術注云：今世有黄稻、黄陸稻、青稗稻、豫章青稻、尾紫稻、青杖稻、飛青稻、赤甲稻、烏陵稻、大香稻、小香稻、白地稻、孤灰稻，一年再熟。是也。且今非一地，我省亦間有之，江西、福建皆然，台灣并一歲三熟矣。〇又案：張氏膠言謂：林邑記：九真郡

蠶一年八熟。永嘉郡有八輩蠶：蚖珍，三月績；柘蠶，四月初績；蚖蠶，四月績；愛珍蠶，五月績；愛蠶，六月末績；寒珍蠶，七月末績；四出蠶，九月初績；寒蠶，十月績。是實有此八種。余謂：種類各别，故得屢熟，此説近之。若海物异名記云：八蠶綿，八蠶共成一繭。或偶有其事，亦安見定八蠶乎？且與一蠶一繭者即大小分，而不能多出也。至廣東新語云：廣蠶歲七熟，閏則八熟。自三月至九月，月一熟，蠶以三十二日爲度。歲當立春，桑穀生，蠶駒始出，繭既成，時當正月，是曰大蠶。大蠶一歲一熟，熟至八日而出蛾，配其雌雄，又至八日而蛾卵。其二蠶、三蠶曰小蠶，亦曰連蠶，言相連不絶，月月熟也。李商隱詩「八蠶繭綿小分炷」，又云「小炷八蠶綿」，及太冲賦，皆言綿而不言絲。蓋以蠶養至第八次，不中爲絲，但可作綿西溪叢語亦如此説。然吾廣第八蠶皆可爲絲，所謂珍蠶也。凡蠶再熟者，謂之珍。况於八輩蠶乎？本草言：南粤蠶，有兩生、七出、八出者。蓋蠶屬陽，喜燥惡濕。南粤火之所房，炎精盛實，故蠶至於八輩也。然則八蠶在粤東爲常事，吴境及此，故賦稱之耳。

【梁章鉅文選旁證】國税再熟之稻。許氏慶宗曰：水經温水注：名白田，種白穀，七月火作，十月登熟。名赤田，種赤穀，十二月作，四月登熟。所謂兩熟之稻也。

鄉貢八蠶之綿。野客叢書云：廣記：日南一歲八蠶，以其地暖故爾。而海物异名記乃謂八蠶共作一繭。與前説异。丹鉛總録引永嘉記云：永嘉有八輩蠶：蚖珍蠶三月績，柘蠶四月初績，蚖蠶四月初績，愛珍五月績，愛蠶六月末績，寒珍七月末績，四出蠶九月初績，寒蠶十月績。凡蠶再熟者，皆謂之珍。按宋人西溪叢語已引雲南志云：風土多暖，至有八蠶。言蠶養至第八次，不中爲絲，祇可爲綿，故云八蠶之綿也。

【高步瀛文選李注義疏】李注引史記見吴王濞傳，漢書同。「章郡」，上皆誤衍「豫」字。顔注引韋

昭曰：此有「豫」字，誤也。但當言章郡，今故章也。史記正義曰：括地志云：秦兼天下以爲鄣郡，今湖州長城縣西南八十里，故章城是也。銅山，今宣州及潤州句容縣有，并屬章也。朱珔曰：諸説皆是。蓋濞國本荆王賈之舊，惟故東陽郡、鄣郡、吴郡，不應越境至豫章。沈欽韓曰：寰宇記：大銅山在揚州江都縣西七十二里，吴王濞即山鑄錢處。小銅山在建安軍永貞縣西北八十里。案：永貞即今儀徵縣。考縣志，銅山今并在儀徵界。又安徽池州銅陵縣有銅官山。○御覽百穀部三引异物志曰：交趾稻夏冬又熟，農者一歲再種。視李注引多「冬又」二字。又引俞益期牋曰：交趾稻再熟而草深，耕種收穀薄。齊民要術卷二注曰：今世有黄稻、黄陸稻、青稗稻、豫章青稻、尾紫稻、青杖稻、飛青稻、赤甲稻、烏陵稻、大香稻、小香稻、白地稻、孤灰稻，一年再熟。水經温水注曰：九真太守任延，始教耕犁，俗化交土，風行象林。知耕以來，六百餘年，火耨耕藝，法與華同。名白田，種白穀，七月火作，十月登熟。名赤田，種赤穀，十二月作，四月登熟。所謂兩熟之稻也。至于草甲萌芽，穀月代種，穜稑早晚，無月不秀，耕耘功重，收穫利輕，熟速故也。朱珔曰：兩漢志：交州刺史部有交趾郡、九真郡、日南郡。注云：日南，故秦象郡，郡屬有象林縣。酈氏所云俗化交土，風行象林，正與善注引志合。但再熟之稻，本非一種。齊民要術注云云是也。且今非一地，安徽省亦間有之，江西、福建皆然，臺灣并一歲三熟矣。○齊民要術卷五引俞益期牋曰：日南蠶八熟，繭軟而薄。又引永嘉記曰：永嘉有八珍蠶。蚖珍蠶三月績，柘蠶四月初績，蚖蠶四月初績，愛珍五月績，愛蠶六月末績，寒珍七月末績，四出蠶九月初績，寒蠶十月績。凡蠶再熟者，前輩皆謂之珍。養珍者少養之。愛蠶者，故蚖蠶種也。蚖珍三月既績，出蛾取卵，七八日便剖卵。蠶生多養之，是爲蚖蠶。欲作愛者，取蚖珍之卵藏内甖中，隨器大小，亦可拾紙蓋覆器口，安硎泉冷水中，使冷氣折其出勢，得三七日，然後剖生。養之，謂爲珍愛，亦呼愛子。績成繭，出蛾卵，卵七日，又剖

成蠶，多養之。此則愛蠶也。御覽資産部五引「八珍蠶」作「八輩蠶」，餘亦頗有异。御覽又引林邑記曰：九真郡蠶年八熟，繭小輕薄，絲若綿细。水經温水注曰：九真桑蠶，年八熟繭。三都賦所謂八繭之綿者矣。西溪叢語上曰：李商隱燒香曲云：八蠶繭綿小分炷。雲南志云：風土多暖，至有八蠶。言蠶養至第八次，不中爲絲，只可作綿。故云八蠶之綿。野客叢書卷八曰：廣記：日南一歲八蠶，以其地暖，故爾。而海物异名記乃謂八蠶共作一繭，與前説异。張雲璈曰：按：一歲八蠶。以其地氣暖故耳，猶之稻有再熟也。或言周禮馬質禁原蠶，安得有八？按：林邑記：九真郡蠶一年八熟，永嘉郡有八輩蠶，實實有此八種，古今异宜，不可同日語也。朱珔曰：種類各别，故得屢熟，此説近之。若海物异名記云：八蠶共成一繭，或偶有其事，亦安見定八蠶乎？且與一蠶一繭者即大小分而不能多出也。至廣東新語云：廣蠶歲七熟，閏則八熟。自三月至九月，月一熟，蠶以三十二日爲度。歲當立春，桑穀生，蠶駒始生，繭既成，時當正月，是曰大蠶。大蠶一歲一熟，熟至八日而出蛾，配其雌雄，又至八日而蛾卵。其二蠶、三蠶曰小蠶，亦曰連蠶，言相連不絶，月月熟也。李商隱詩及太冲賦，皆言綿而不言絲，蓋以蠶養至第八次，不中爲絲，但可作綿。然吾廣第八蠶皆可爲絲，所謂珍蠶也。凡蠶再熟者謂之珍，况於八輩蠶乎？然則八蠶在粤東爲常事，吴境及此，故賦稱之耳。步瀛案：綿與絲析言之則有异，此則渾言之，通謂絲耳，以協韵。故曰綿。第八次不中爲絲之説，恐未免望文生義。○錢、綿，古韵元部。○以上綜舉遠近而極言之。

徒觀其郊隧之內奧，都邑之綱紀。霸王之所根柢，開國之所基趾。

【彙校】

「徒觀」「觀」，奎章閣本、明州本、贛州本、四庫本、叢刊本、正德本、陳八郎本、尤刻本、胡刻本、監本、九條本同。唐鈔本作「觀」。當作「觀」。

「綱紀」「綱」，奎章閣本、明州本、贛州本、四庫本、叢刊本、正德本、陳八郎本、尤刻本、胡刻本、監本、九條本同。唐鈔本作「綎」。當作「綱」。

■**立群案**：康熙字典：字彙補：「綎」，俗「綱」字。當作「綱」。

「霸王」「霸」，奎章閣本、明州本、贛州本、四庫本、叢刊本、正德本、陳八郎本、尤刻本、胡刻本、監本、九條本同。唐鈔本作「覇」。當作「霸」。

「之所根柢」「所」，奎章閣本、正德本、唐鈔本作「所」。明州本、叢刊本、陳八郎本、監本、九條本作「所」。贛州本、四庫本、尤刻本、胡刻本作「所」。當作「所」。「柢」，奎章閣本、明州本、贛州本、四庫本、叢刊本、正德本、尤刻本、胡刻本、監本、九條本同。陳八郎本作「抵」。唐鈔本作「栢」。當作「柢」。

■**立群案**：根柢，原指草木的根。如鄒陽獄中上書自明：蟠木根柢，輪囷離奇。後比喻事物的

根基、基礎。如後漢書王充王符傳論：百家之言政者尚矣，大略歸乎寧固根柢、革易時敝也。是此處自當作「柢」也。諸本多作「柢」，是也。陳八郎本獨作「抵」者，誤也。或陳八郎本本作「抵」，「抵」通「柢」。周禮地官泉府：貨之滯於民用者，以其賈買之物楬而書之，以待不時之買者，買者各從其抵。鄭玄注：鄭司農曰：抵，故賈也。玄謂「抵」實「柢」字。柢，本也。漢書司馬相如傳下：導一莖六穗於庖，犧雙觡共抵之獸。顏師古注引服虔曰：抵，本也。

「之所基趾」「所」，奎章閣本、正德本、唐鈔本作「所」。明州本、贛州本、四庫本、陳八郎本、尤刻本、胡刻本作「所」。叢刊本、監本、九條本作「所」。當作「所」。「基趾」，尤刻本、胡刻本、監本、唐鈔本、九條本同。奎章閣本、明州本、贛州本、四庫本、叢刊本、正德本、陳八郎本作「基址」。今從「基趾」。

■**立群案**：「基趾」「基址」通，皆作根基、根本解。如後漢書仲長統傳：今欲張太平之紀綱，立至化之基趾。韓愈寄盧仝：苗裔當蒙十世宥，豈謂貽厥無基址？今從「基趾」。

【彙注】

【李善注】柢音帝。劉曰：爾雅曰：柢，本也。吴與周并，世世稱王。自泰伯至闔閭二十五世矣。夫差益强大，得爲盟主。故曰霸王之所根柢也。

【文選鈔】徒猶獨也。謂未觀其餘美，且獨觀其郊隧等也。内奥，謂深奥也。都邑，謂大都大邑。綱，綱上大繩。紀，綱下小繩。文子云：舉其綱，百目張也。

【文選音決】奥，烏誥反。王，于放反。柢音帝。或作蔕，非。阯音止。

【五臣注】柢音帝。向曰：徒觀者，重美之詞也。郭外曰郊，郊外曰隧。郊隧之内，言深奥也，爲天下都邑之綱紀。向曰：言吴都之土地富有，可以爲霸王，深根固柢，開國之基址。柢，亦根也。

【陸善經注】霸王、根柢，謂太伯也。

【張鳳翼文選纂注】徒觀者，淺言之也。郭外曰郊，郊外曰隧。郊隧之内，深奥，爲天下都邑之綱紀。爲霸王，深根固柢，開國之基。

【王象乾文選删注】吴自泰伯至闔閭二十五世。夫差益强大，爲盟主。故曰霸王之所根柢也。

郛郭周匝，重城結隅。通門二八，水道陸衢。所以經始，用累千祀也。憲紫宫以營室，廓廣庭之漫漫。寒暑隔閡於邃宇，虹蜺迴帶於雲館。所以跨跱焕炳萬里也。

【彙校】

「郛郭周匝」「郭」，奎章閣本、四庫本同。明州本、贛州本、叢刊本、正德本、陳八郎本、尤刻本、胡刻本、監本、唐鈔本、九條本作「郭」。當作「郭」。「匝」，奎章閣本、明州本、贛州本、四庫本、叢刊本、正德本、陳八郎本、尤刻本、胡刻本、監本、九條本同。唐鈔本作「迊」。當作「匝」。

立群案：阮元經籍籑詁：廣雅釋詁二：帀，徧也。禮記檀弓注：周，帀也。釋文：帀，本作

迊。是「帀」「迊」通。然本字當作「匝」也。

「重城結隅」　「結」，奎章閣本、明州本、叢刊本、尤刻本同。贛州本、四庫本、正德本、陳八郎本、胡刻本、監本、唐鈔本、九條本作「結」。當作「結」。

「所以經始」　「所」，奎章閣本、正德本、唐鈔本作「所」。明州本、陳八郎本作「所」。贛州本、四庫本、尤刻本、胡刻本、九條本作「所」。叢刊本、監本作「所」。當作「所」。

「千祀也」　「也」，奎章閣本、明州本、贛州本、四庫本、叢刊本、正德本、陳八郎本、唐鈔本、九條本同。尤刻本、胡刻本、監本無「也」字。今從有「也」字。

立群案：有無「也」字，皆不影響賦意。諸本多有「也」字，今從有「也」字。

「廓廣庭」　「廓」，奎章閣本、明州本、贛州本、四庫本、叢刊本、正德本、陳八郎本、尤刻本、胡刻本、監本、唐鈔本、九條本作「廓」。當作「廓」。「庭」，明州本、贛州本、叢刊本、監本、九條本同。奎章閣本、四庫本、正德本、陳八郎本、尤刻本、胡刻本、唐鈔本作「庭」。當作「庭」。

「之漫漫」　「漫漫」，奎章閣本、明州本、贛州本、四庫本、叢刊本、正德本、陳八郎本、尤刻本、胡刻本、監本、九條本同。唐鈔本作「湯湯」。當作「漫漫」。

「寒暑隔閡」　「隔」，奎章閣本、陳八郎本、監本、唐鈔本作「隔」。明州本、贛州本、四庫本、叢刊本、正德本、尤刻本、胡刻本、九條本作「隔」。當作「隔」。

「於邃宇」　「於」，奎章閣本、明州本、贛州本、四庫本、叢刊本、陳八郎本、尤刻本、胡刻本、監本、九條本同。正德本、唐鈔本作「扵」。當作「於」。

「虹蜺迴帶」　「迴」，明州本、四庫本、正德本、陳八郎本、唐鈔本同。奎章閣本作「迴」。贛州本、

監本作「廻」。叢刊本、九條本作「廻」。尤刻本、胡刻本作「回」。當作「迴」。

「於雲館」「於」，奎章閣本、明州本、贛州本、四庫本、叢刊本、陳八郎本、尤刻本、胡刻本、監本、九條本同。正德本、唐鈔本作「扵」。當作「於」。「館」，奎章閣本、明州本、贛州本、四庫本、叢刊本、正德本、陳八郎本、尤刻本、胡刻本、監本、九條本同。唐鈔本作「舘」。當作「館」。

「所以」「所」，奎章閣本、正德本、唐鈔本作「所」。明州本、叢刊本、監本作「所」。贛州本、四庫本、陳八郎本、尤刻本、胡刻本、九條本作「所」。當作「所」。

「跨跱焕炳」「跨」，奎章閣本、明州本、四庫本、正德本、陳八郎本、尤刻本、胡刻本、監本、唐鈔本同。贛州本、叢刊本、九條本作「跨」。當作「跨」。「焕」，明州本、贛州本、四庫本、叢刊本、正德本、陳八郎本、尤刻本、胡刻本、監本、九條本同。奎章閣本作「焕」。唐鈔本作「焕」。當作「焕」。

【彙注】

【李善注】闋，五蓋切。劉曰：越絶書曰：吴郭周匝六十八里六十步，大城周四十七里二百一十步。水門八，陸門八，其二有樓名門者，車船并入。昌門今見在，銅柱石填地。大城中有小城，周十二里，亦有水陸門，皆闔閭宮，在高平里。言經營造作之始，使子孫纍代保居也。漫漫，長遠貌。寒暑所闋，謂冬温夏凉。善曰：西都賦曰：虹蜺迴帶於棼楣。

【文選鈔】郛，郭門也。爾雅云：四達謂之衢也。詩云：經始靈臺。祀，年也。商曰祀。從太伯以後至孫權爲千祀也。

憲，法也。紫宮者，紫微宮星。太一，天帝居處也。史記天官書：室，宮也。謂吴法紫微而作宮也。廓，開也。廣庭，大庭。謂紫微宮前庭也。漫漫，平遠之貌。説文曰：邃，深也。虹，蝃蝀也。雌曰蜺。

言閣宇高遠，雲蜺迴繞於館舍也。跨者，謂相乘躡，結構雲中也。跱，立也。煥炳，光明也。高見萬里也。

【文選音決】郛，芳于反。重，逐龍反。廓，苦郭反。漫，莫旦反。邃，思遂反。虹，户公反。蜺，五兮反。跨，苦化反。跱，直里反。

【五臣注】閡，五蓋反。銑曰：結隅，謂城角相對。言郛郭之内有門十六，水道兼通也。良曰：經，營也。言今所以經營都邑，始於此者，將傳於千年也。向曰：憲，法也。廓，開也。漫漫，寬大貌。言法天紫微星以營宮室，開廣庭之寬大。翰曰：言宮室深邃，冬則寒氣隔而不入，夏則熱氣閡而不來。雲館，館名。言此館至高，虹蜺之氣繞帶於傍也。迴，繞也。跨跱，特立也。煥炳，言其宮室光曜深遠也。

【陸善經注】越絶云：吴都周匝六十八里。大城卌七里。水門八，陸門八。其二有樓，一名閶門，一名盤門。車船并入。

紫宮，中宮。營室，離宮也。

【張鳳翼文選纂注】閡，五蓋切。結隅，謂城角相對。水道，言郛郭之内有門十六，水道兼通也。經，營也。言所以經營都邑，始于此者，將傳于千年也。憲，法也。廓，開也。漫漫，廣大貌。言法天紫微星以營宮室，開廣庭之寬大。冬則寒氣隔而不入，夏則熱氣閡而不來。雲館，館名。言此館至高，虹蜺之氣繞帶于傍也。跨跱，特立也。煥炳，光曜也。

【王象乾文選删注】漫漫，長遠貌。

【何焯義門讀書記】重城結隅。 注「大城中有小城」。按，唐、宋吴郡猶有子城，至明初破淮張始廢。

【余蕭客文選音義】漫去聲。館去聲。注小城。何曰：唐、宋吴郡猶有子城，明初破淮張始廢。

【余蕭客文選紀聞】闔閭委計子胥，築大城，周四十里，小城，十里，是時周共王六年。隋平陳後，楊素以蘇城嘗被圍，非設險之地，奏徙於古城西南横山之東、黄山之下。唐武德末復其舊，蓋地勢不可遷也朱長文吴郡續圖紀經上。案：今野人目横山旁近日外六城，猶承楊素移城之舊。闔閭城狀如亞字。唐乾符三年，刺史張傳修此城。梁龍德中加以陶甓續圖經下。輿地志：建鄴都城，周二十里十九步，本吴舊址。吴都賦：郛郭周帀，重城結隅吕祉東南防守利便上。案：吴都賦自「作離宫于建鄴」以下始叙建鄴，故注及陸廣微吴地記并指「重城結隅」爲闔閭城。吕引作建鄴城，誤。闔閭城陸門八，象天八風。水門八，象地八卦。吴都賦「通門二八，水道陸衢」是也陸廣微吴地記。案：吴志莫古於陸記，然無舊刻，恐非全趙。下此則朱樂圃續圖經爲最，龔明之記聞次之，范文穆志又其次。龔、范二書，班班具在。續圖經則舊鈔甚少，今與宋次道長安志詳録入選。吴都賦：通門二八。劉夢得詩：二八城門開道路，五千兵馬引旌旗。又南越志：門北有平門，不預八數。葑門陸衢，中或湮塞。范文正公命闢之爲門往來，至今大以爲便續圖經上。案：平門不預入數，則續圖經北面少一門。

【胡克家文選考异】用累千祀。袁本、茶陵本「祀」下有「也」字。茶陵云善無。袁無校語。案：此與下文「焕炳萬里也」偶句，恐無者傳寫脱。

注「二十五世矣夫差益强大得爲盟主」。袁本、茶陵本「矣夫差益强大得」七字作「益强夫差」四字。

注「大城周匝」。袁本、茶陵本無「匝」字。

注「亦有水陸門皆」。案：「皆」下當有「有樓」二字。各本皆脱。

注「言經營造作之始」下至「長遠貌」。袁本、茶陵本無此二十字。

注「西都賦曰」。袁本、茶陵本「賦」作「賓」，是也。

【梁章鉅文選旁證】用累千祀。　六臣本「祀」下有「也」字，是也。胡公考异曰：此與下文「煥炳萬里也」偶句，恐無者傳寫脱。

注「亦有水陸門，皆」。　胡公考异曰：「皆」下當有「有樓」二字。

【高步瀛文選李注義疏】「趾」，袁、茶二本作「址」，蓋依五臣。○張銑曰：結隅，言城角相對。○尤本「祀」下無「也」字，胡克家曰：袁本、茶陵本有。茶陵云善無，袁無校語。案：此與下文煥炳萬里也偶句，恐無者傳寫脱。○吕向曰：憲，法也。廓，開也。漫漫，寬大貌。言法天紫微星以營宫室，開廣庭之寬大。步瀛案：紫微已見西都賦。○劉注引爾雅見釋言。○「二十五世矣」至「得爲盟主」，胡克家曰：袁本、茶陵本「矣夫差益强大得」七字作「益强夫差」四字。步瀛案：史記吴世家太伯、仲雍、季簡、叔達、周章、熊遂、柯相、强鳩夷、餘橋疑吾、柯盧、周繇、屈羽、夷吾、禽處、轉、頗高、勾卑、去齊、壽夢、諸樊、餘祭、餘眛、僚、闔廬、夫差，凡二十五君，故爲二十五世也。越絶書記吴地傳作二十六世。吴越春秋吴太伯傳以熊、遂爲二人，越絶書蓋同，故云二十六世，與史記异。又「餘橋」作「餘喬」，「柯盧」作「柯廬」，「轉」作「專」。○越絶書見記吴地傳，與今本次叙雖异，而「里數除大城二百一十步」下有「二尺」二字，餘皆同。「名門者」至「填池」十七字，今無。又「周」字下皆無「匝」字。案：袁本、茶陵本「大城周」下亦無「匝」字。又各本「水陸門」皆下脱「有樓」二字，越絶書有之。胡克家謂：「皆」下當有「有樓」二字，是也。今補。續漢書郡國志四揚州吴郡吴縣，劉注引「二百一十步」下亦有「二尺」二字。又案：吴越春秋闔閭内傳曰：子胥造築大城，周迴四十七里，陸門八，以象天八風，水門八，以法地八聰。築小城，周十里，陵門三，不開東面者，欲以絶越明也。立閶門者，以象天門通閶闔風也。立蛇門

者，以象地户也。闔閭欲西破楚，楚在西北，故立閶門以通天氣，因復名之破楚門。欲東并大越，越在東南，故立蛇門以制敵國。案：「築小城周十里」，「十」下疑脱「二」字。太平寰宇記江南東道蘇州吴縣閶門引郡國志曰：舊閶闔門，春申君改爲昌門。又案：吴地記曰：闔閭城，周敬王六年，伍子胥築。大城周迴四十二里三十步，小城八里二百六十步。陸門八，以象天之八風，水門八，以象地之八卦。吴都賦云「通門二八，水道陸衢」是也。與越絶書大小城里數有异。○「言經營」至「長遠貌」，胡克家曰：袁本、茶陵本無此二十字。○李善引西都賦，胡克家曰：袁本、茶陵本「賦」作「賓」。○紀、趾、始、祀、跱、里，古音之部。隅，侯部。衢，魚部。通轉爲韵。漫、館，元部。

造姑蘇之高臺，臨四遠而特建，帶朝夕之濬池，佩長洲之茂苑。窺東山之府，則瓌寶溢目；覵海陵之倉，則紅粟流衍。

【彙校】

「姑蘇」「蘇」，奎章閣本、明州本、贛州本、四庫本、叢刊本、正德本、陳八郎本、尤刻本、胡刻本、監

本、九條本同。唐鈔本作「蘓」。當作「蘇」。

「高臺」「高」，奎章閣本、明州本、贛州本、四庫本、叢刊本、正德本、陳八郎本、尤刻本、胡刻本、監本、九條本、唐鈔本作「高」。當作「高」。「臺」，明州本、贛州本、四庫本、叢刊本、陳八郎本、尤刻本、胡刻本、監本、唐鈔本、九條本同。奎章閣本、正德本作「臺」。當作「臺」。

「臨四遠」「遠」，奎章閣本、贛州本、四庫本、叢刊本、陳八郎本、正德本、監本、唐鈔本、九條本作「遠」。明州本、尤刻本、胡刻本作「遠」。當作「遠」。

「而特建」「建」，奎章閣本、明州本、贛州本、四庫本、叢刊本、陳八郎本、尤刻本、胡刻本、九條本同。正德本、監本、唐鈔本作「建」。當作「建」。

「濬池」「濬」，明州本、贛州本、四庫本、叢刊本、陳八郎本、尤刻本、胡刻本、監本、唐鈔本、九條本同。奎章閣本、正德本作「濬」。當作「濬」。

「佩長洲」「佩」，明州本、贛州本、四庫本、叢刊本、正德本、陳八郎本、尤刻本、胡刻本、監本、唐鈔本、九條本同。奎章閣本作「佩」。當作「佩」。

「茂苑」「苑」，奎章閣本、四庫本、陳八郎本、尤刻本、胡刻本、監本、唐鈔本同。明州本、贛州本、叢刊本、九條本作「苑」。正德本作「苑」。當作「苑」。

■ **立群案**：善曰：漢書，枚乘上書曰：夫漢諸侯方輸，錯出其珍怪，不如東山之府；轉粟西向，不如海陵之倉；修治上林，圈守禽獸，不如長洲之苑；游曲臺，臨上路，不如朝夕之池。五臣濟曰：長洲、茂苑，言因江海洲渚爲之。據注，是李善本、五臣本皆作「苑」也。段玉裁説文解字注：苑，所以養禽獸。是古謂之囿，漢謂之苑也。作「苑」是。

「窺東山」「窺」，明州本、贛州本、四庫本、叢刊本、陳八郎本、尤刻本、胡刻本、監本、九條本同。奎章閣本、正德本、唐鈔本作「窺」。當作「窺」。

「瑰寶溢目」「瑰」，明州本、贛州本、四庫本、叢刊本、正德本、陳八郎本、尤刻本、胡刻本、監本、九條本作「瓌」。奎章閣本作「瓌」。唐鈔本作「瓌」。當作「瑰」。「寶」，明州本、贛州本、叢刊本、胡刻本、監本同。奎章閣本、四庫本、正德本、陳八郎本、尤刻本、唐鈔本、九條本作「寶」。當作「寶」。

「觀海陵」「觀」，明州本、贛州本、四庫本、叢刊本、正德本、陳八郎本、尤刻本、胡刻本、監本、唐鈔本、九條本同。奎章閣本作「觀」。當作「觀」。

「紅粟流衍」「流」，明州本、贛州本、叢刊本、陳八郎本、尤刻本、胡刻本、監本、唐鈔本、九條本同。奎章閣本、四庫本、正德本作「流」。當作「流」。「衍」，奎章閣本、明州本、贛州本、四庫本、正德本、陳八郎本、尤刻本、胡刻本、監本同。叢刊本、九條本作「衍」。唐鈔本作「衍」。當作「衍」。

【彙注】

【李善注】劉曰：姑蘇，吴臺名也。善曰：越絶書曰：吴王夫差起姑胥之臺，五年乃成，高見三百里。史記曰：越伐吴，敗之姑蘇。漢書，伍被曰：子胥云，見麋鹿游姑蘇之臺。然姑胥即姑蘇也。漢書，枚乘上書曰：夫漢諸侯方輸，錯出其珍怪，不如東山之府；轉粟西向，不如海陵之倉；修治上林，圈守禽獸，不如長洲之苑；游曲臺，臨上路，不如朝夕之池。蔡邕月令章句：穀藏曰倉。蒼頡篇曰：覵，索視之貌。師蟻切。漢書：太倉之粟，紅腐而不可食。

【文選鈔】特，獨也。建，立也。朝夕之濬池，謂海水朝夕上下，因以爲池沼，猶楚人以江、漢爲池。佩，帶也。長洲之茂苑，謂因江海之洲渚以爲苑圃也。或云長洲在震澤邊。茂苑者，在吴國西南七十

里。今名此岸曰茀圻也。東山之府，謂以東土之名山，因爲府藏也。東山府在蘇州之東，有東府山，夫差治處，即吴郡也。在揚州東南七百里。瑰，奇也。溢，猶滿也。海陵之倉，謂海渚之陵，膏腴所産，因以爲倉粟也。一曰海渚之倉，若山陵矣。一曰海陵，縣名，吴太倉所在也。言蓄積已久，故曰紅粟也。

【文選音決】濬，思後反。苑，協韵，於韵反。覰，所蟹反。又，所綺反。衍，協韵，以戰反。

【五臣注】覰音史。衍，翊戰反。濟曰：姑蘇，臺名。建，立也。言臺高臨四望，遠而孤立。濬，深也。吴有朝夕池，謂潮水朝盈夕虚，因爲名焉。長洲、茂苑，言因江海洲渚爲之。佩、帶，猶近也。翰曰：覰，視也。吴之東山多寶玉，如府庫也。海陵，倉名。紅粟，謂儲久而色赤。流衍、溢目，謂多而廣也。

【陸善經注】越絶曰：吴王起姑蘇之臺，因山爲之。今在蘇縣西南卅里也。長洲苑，吴王游獵處，今以爲縣名。海陵倉，今昆山縣東北長岡上有吴時王田及太倉，即其所也。東山，藏貨之府名也。

【張鳳翼文選纂注】覰音史。姑蘇，吴臺名。越絶書∶吴王起姑胥之臺，五年乃成，高見三百里。濬，深也。吴有朝夕池，謂潮水朝盈夕虚，因爲名焉。長洲、茂苑，言因江海洲渚爲之。佩，帶也。覰，視也。吴之東山多寶玉，如府庫，故云府。海陵，倉名。紅粟，謂儲久而色赤。溢目、流衍，謂多也。

【王象乾文選删注】覰，索視貌。越絶書曰：吴王夫差起姑胥之臺，五年乃成，高見三百里。枚乘曰：夫漢諸侯方輸，錯出其珍怪，不如東山之府；轉粟西向，不如海陵之倉；修治上林，圈守禽獸，不如長洲之苑；游曲臺，臨上路，不如朝夕之池。

【陳景雲文選舉正】造姑蘇之高臺。注「謂錯出其珍怪」。據漢書，「謂」字衍。

【汪師韓文選理學權輿・前賢評論】王應麟困學紀聞曰：余仕於吴郡，嘗見長洲宰，其圃扁曰「茂

苑」，蓋取諸吳都賦。余曰：長洲非此地也。問其故。余曰：吳王濞都廣陵。漢郡國志廣陵郡東陽縣有長洲澤，吳王濞太倉在此。東陽，今盱眙縣。故枚乘説吳王云：長洲之苑。服虔以爲吳苑。韋昭以爲長洲在吳東，蓋謂廣陵之吳也。曰：它有所據乎？曰：隋虞綽撰長洲玉鏡，蓋煬帝在江都所作也。長洲之名縣，始於唐武后時。

【余蕭客文選音義】姑蘇。吳地記：吳王闔閭十一年，起臺於姑蘇山，因山爲名。西南去國三十五里，春夏游焉。後夫差復高而飾之。越伐吳，遂見焚。建如淳漢書注音蹇。長洲。吳郡圖經：長洲苑，在縣西南七十里。孟康曰：以江水洲爲苑。韋昭曰：在吳縣東。觀舊音史。注漢書曰：太。何曰：宋本無「曰」字。

【余蕭客文選紀聞】吳縣朝夕池。劉逵測候云：海水朝夕上下，因以爲池曰朝夕寰宇記九十一。余仕於吳郡，嘗見長洲宰，其圃扁曰「茂苑」。余曰：長洲非此地。吳王濞都廣陵。漢郡國志廣陵東陽縣有長洲澤，吳王濞太倉在此。東陽，今盱眙縣。故枚乘説吳王云：長洲之苑。服虔以爲吳苑。韋昭以爲長洲在吳東，蓋謂廣陵之吳也。曰：它有所據乎？曰：隋虞綽撰長洲玉鏡，蓋煬帝在江都所作也。長洲名縣，始唐武后時。元和志：苑在長洲縣西七十里，未足據也。當從國志困學紀聞十。

【張雲璈選學膠言】困學紀聞云：予仕於吳郡，見長洲宰，其圃扁曰「茂苑」，蓋取諸吳都賦：佩長洲之茂苑。予告之曰：長洲非此地也。問其故。予曰：吳王濞都廣陵。漢郡國志廣陵郡東陽縣有長洲澤，吳王濞太倉在此。東陽，今盱眙縣。故枚乘説吳王云：長洲之苑。服虔以爲吳苑。韋昭以爲長洲。長洲在東吳，蓋謂廣陵之吳也。曰：他有所據乎？隋虞綽撰長洲玉鏡，蓋煬帝在江都所作也。長洲之名縣，始於唐武后時。原注又云：元和郡縣志：苑在長洲縣西南七十里。未足據也。當從郡國志。閻氏百詩云：萬歲通天元年，析吳縣置長洲。蓋取越絶書、吳越春秋「走犬長洲」之文以名縣，亦

非鑿空。又漢書王莽傳：臨淮瓜田儀等爲盗，依阻會稽長洲。此與元和志所云長洲苑同指在蘇州者而言。非東陽縣也。果屬東陽，不得冠以會稽。元和志：苑在長洲縣西南七十里，吴王闔廬游獵處，又一長洲苑矣。

【胡克家文選考异】注「越絶書曰吴王夫差」。袁本、茶陵本無「夫差」二字。

注「夫漢諸侯方輸□錯出」。袁本、茶陵本「□」作「謂」。此初亦衍，而後去之。

注「蔡邕月令章句」。袁本、茶陵本「句」下有「曰」字。又「漢書」下同。袁「邕」作「雍」，茶陵本作「邕」。案：疑善盡作「雍」，今「雍」「邕」錯見，乃後人改之。

【朱珔文選集釋】佩長洲之茂苑。注引漢書枚乘上吴王書曰：修治上林，圈守禽獸，不如長洲之苑。案：困學紀聞以長洲宰圃扁曰「茂苑」，而謂長洲非此地。後漢郡國志廣陵郡東陽縣有長洲澤，吴王濞太倉在此。東陽今盱眙縣。長洲之名縣，始唐武后時。閻氏若璩則云：唐置長洲，蓋取越絶書、吴越春秋「走犬長洲」之文。又王莽傳：臨淮瓜田儀等爲盗賊，依阻會稽長洲。此與元和志所云「苑在長洲縣西南七十里」者同指在蘇言，非東陽也。果屬東陽，不得冠以會稽。萬氏希槐集證并據太平御覽引吴地記：長洲在姑蘇南，太湖北岸，闔閭游獵處。魏太祖嘗謂吴使徐詳曰：孤願濟横江之津，與孫將軍游姑蘇之上，獵長洲之苑。所證皆確。余謂蘇之長洲，縣名始於唐，地名不始於唐。此賦上文固云造姑蘇之高臺矣。圃扁曰茂苑，未爲不可。但賦所云「帶朝夕之濬池」「窺東山之府」「覩海陵之倉」及此句，并用枚乘書語。則太冲已不免於混，故善注亦全引漢書而不他及也。

【梁章鉅文選旁證】造姑蘇之高臺。林先生曰：按：吴地記：吴王闔閭，十一年起臺於姑蘇山，因名。夫差復因而飾之。

佩長洲之茂苑。困學紀聞十云：余仕於吳郡，嘗見長洲宰，其圃扁曰茂苑。蓋取諸吳都賦。余曰：長洲非此地。問其故。余曰：吳王濞都廣陵。漢郡國志：廣陵郡東陽縣有長洲澤，吳王濞太倉在此。東陽，今盱眙縣。故枚乘説吳王云：長洲之苑。服虔以爲吳苑。韋昭以爲在吳東。蓋謂廣陵之吳也。曰：它有所據乎？曰：隋虞綽作長洲玉鏡，蓋煬帝在江都所作也。長洲之名縣，始於唐武后時也。

閻氏若璩曰：萬歲通天元年，析吳縣置長洲，蓋取越絶書、吳越春秋「走犬長洲」之文以名，非枚乘所説。姜氏皋曰：北史、隋書虞綽傳并云：晉王廣引爲學士。大業初，轉爲秘書學士，奉詔與秘書郎虞世南、著作郎庾自直等撰長洲玉鏡等書十餘部。按：大業初，煬帝未幸江都也。史鑒具在，不足牽引爲長洲在江都之證。且長洲玉鏡二百三十八卷，隋書經籍志列於雜家，亦非志地之書。竊疑長洲玉鏡者，取東方朔十洲記之「長洲」耳。漢武帝内傳亦載「長洲」，是也。圖經續記云：吳郡西南七十里，有長洲鄉。吳郡志亦無异辭，是吳之長洲舊矣。錢氏大昕云：太冲所賦孫吳之都，其時廣陵不在吳境，則今人稱長洲爲茂苑，未可厚非也。

【胡紹煐文選箋證】佩長洲之茂苑。注善曰：漢書，枚乘上書曰：修治上林，圈守禽獸，不如長洲之苑。錢氏大昕曰：盧照蘇州府志：按：越絶書：闔閭走犬長洲西。漢書：王莽始建國四年，臨淮瓜田儀等爲盜賊，依阻會稽、長洲。又魏武帝對使徐詳云：孤願越橫江之津，與將軍游姑蘇之上，獵長洲之苑。元和郡縣志：長洲縣取長洲苑爲名，在縣西南七十里，或云在太湖北岸，闔閭游獵處。圖經亦云：吳縣西南七十里有長洲鄉。寰宇記引越絶書云：無錫湖通長洲，多魚而清，此吳之長洲也。枚乘説吳濞「不如長洲之苑」。孟康云：以江水洲爲苑，服虔以爲吳苑，韋昭以爲長洲，在吳東。王應麟曰：此廣陵之吳。漢郡國志：廣陵郡東陽縣有長洲澤，吳王濞太倉在此。東陽，今盱眙縣。庾信賦

云：連茂苑於海陵。隋柳顧言奉和揚子江應教詩：天江都會所，長洲有舊名。西流控岷蜀，東泛邇蓬、瀛。煬帝賜諸葛穎詩：參翰長洲苑，侍講肅成門。大業初又詔秘書學士虞綽等撰長洲玉鏡，乃幸江都之時。此廣陵之長洲也。紹煐按：錢説長洲最爲分曉，太冲所賦正指吴之長洲，與枚乘書長洲之在廣陵者各别。

【高步瀛文選李注義疏】李注引越絶書見九術篇，「三百里」作「二百里」，疑彼誤。御覽居處部六引亦作「三百里」，惟御覽「姑胥」作「姑蘇」，與越絶書及本注引皆不合，蓋後人誤改。吴地記曰：姑蘇臺在吴縣西南三十五里，闔閭造，經營九年始成。其臺高三百丈，望見三百里外，作九曲路以登之。類聚居處部二引吴地記曰：吴王闔閭十一年起臺於姑蘇山，因山爲名，西南去國三十五里，春夏游焉。後夫差復高而飾之。○「吴王夫差」，胡克家曰：袁本、茶陵本無「夫差」二字。步瀛案：御覽引有「夫差」無「吴王」二字。蓋古人引書，往往以意增損，故或作吴王夫差，或吴王，或夫差，均無大异。○史記越王句踐世家曰：越復伐吴，大破吴，因而留圍之。三年，吴師敗，越遂復栖吴王於姑蘇之山。本注蓋約舉其文。○漢書，見伍被傳。○後引漢書，見枚乘傳。本書三十九亦載之。彼「東山」作「山東」，誤。漢書注引如淳曰：東山，吴王之府藏也。梁章鉅以爲吴縣之洞庭東山，沈曾植以爲即地理志吴東之章山，恐皆未確。漢書「向」作「鄉」。臣瓚曰：海陵，縣名也，有吴太倉。清統志曰：江蘇揚州府，海陵倉在泰州東，吴王濞所置。案：泰州今改縣。長洲之苑，服虔曰：吴苑也。孟康曰：以江水洲爲苑也。韋昭曰：長洲在吴東。元和郡縣志曰：江南道蘇州長洲縣，本萬歲通天元年析吴縣置，取長洲苑爲名，苑在縣西南七十里。困學紀聞卷十曰：吴王濞都廣陵。漢郡國志廣陵郡東陽縣有長洲澤，吴王濞太倉在此。東陽，今盱眙縣。自注曰：元和郡縣志苑在長洲縣西南七十里，未足據也，當從郡國志。閻若璩

曰：漢王莽傳：臨淮瓜田儀等爲盜賊，依阻會稽長洲。此則與元和志所云長洲苑同指在蘇州者而言，非東陽也。果屬東陽，不得冠以會稽。萬希槐集證曰：太平御覽八百三十二引吴地記曰：長洲在姑蘇南，太湖北岸，闔廬所游獵處也。吴主遣徐詳至魏，魏太祖謂詳曰：孤比老，願濟横江之津，與孫將軍游姑蘇之上，獵長洲之苑，吾志足矣。按：此指在蘇州者言。步瀛案：吴越春秋闔閭内傳「走犬長洲」。閻若璩謂唐武后取此以名縣，是也。朱珔曰：蘇之長洲，縣名始於唐，地名不始於唐。此賦上文固云造姑蘇之高臺矣。圃扁曰茂苑，未爲不可。又漢書枚乘傳注引蘇林曰：吴以海水朝夕爲池也。李詳曰：樂史太平寰宇記蘇州吴縣下云：朝夕池。劉達測候曰：海水朝夕上下，因以爲池沼，故曰朝夕也。「達」疑是「逵」字，應爲此賦注文，善本脱去。樂氏此條前引劉逵吴都賦注，「逵」亦作「達」，可以取證。但「測候」上當有闕文，今不可考矣。○尤本「方輪」下有□，胡克家曰：袁本、茶陵本□作「謂」。此初亦衍而後去之。○蔡邕月令章句，本書藉田賦、上林賦、答客難注皆合，下句引禮記月令，孔疏引尤詳。尤本「章句」下無「曰」字，胡克家曰：袁本、茶陵本「句」下有「曰」字。又袁「邕」作「雍」，茶陵本作「邕」。案：疑善盡作「雍」，今「雍」「邕」錯見，乃後人改。○蒼頡篇、謝惠連咏牛女詩注引同。説文曰：覶，求也。从見，麗聲。讀若池。段注「求」下增「視」字，字亦作「矖」。後漢書馬融傳注曰：矖，視也。○漢書，見食貨志。案：尤本「漢書」下無「曰」字，今亦依袁、茶二本增。○建、苑、衍，古音元部。

起寢廟於武昌，作離宫於建業。闡闔閭之所營，采夫差之遺法。抗神龍之華殿，施榮楯而捷獵。崇臨海之崔嵬，飾赤烏之暐曄。

【彙校】

「起寢廟於」 「起」，贛州本、正德本同。奎章閣本、明州本、四庫本、叢刊本、陳八郎本、尤刻本、胡刻本、監本、唐鈔本、九條本作「起」。當作「起」。「於」，奎章閣本、明州本、贛州本、四庫本、叢刊本、陳八郎本、尤刻本、胡刻本、監本、九條本同。正德本、唐鈔本作「扵」。當作「於」。

「作離宫於」 「於」，奎章閣本、明州本、贛州本、四庫本、叢刊本、陳八郎本、尤刻本、胡刻本、監本、九條本同。正德本、唐鈔本作「扵」。當作「於」。

「建業」 「建」，奎章閣本、明州本、贛州本、四庫本、叢刊本、陳八郎本、尤刻本、胡刻本、監本、唐鈔本、九條本同。正德本作「建」。當作「建」。「業」，奎章閣本、明州本、贛州本、四庫本、叢刊本、正德本、陳八郎本、尤刻本、胡刻本、監本、唐鈔本同。九條本作「鄴」。當作「業」。

立群案：「建業」，三國時期孫吴都城。晉滅吴後，改名「建鄴」。今從「建業」。

「闡闔閭」 「闔」，奎章閣本、明州本、贛州本、四庫本、叢刊本、正德本、陳八郎本、尤刻本、胡刻本、監本、九條本同。唐鈔本作「闔」。當作「闔」。「閭」，明州本、贛州本、四庫本、叢刊本、正德本、陳八郎

本、尤刻本、胡刻本、監本、唐鈔本、九條本同。奎章閣本作「閭」。當作「閭」。

「之所營」「所」，奎章閣本、正德本、唐鈔本作「所」。明州本、贛州本、叢刊本、監本作「所」。四庫本、陳八郎本、尤刻本、胡刻本、九條本作「所」。當作「所」。

「采夫差」「采」，奎章閣本、明州本、贛州本、四庫本、叢刊本、正德本、陳八郎本、尤刻本、胡刻本、監本、唐鈔本同。九條本作「採」。當作「采」。

「抗神龍」「龍」，奎章閣本、明州本、贛州本、四庫本、叢刊本、正德本、陳八郎本、尤刻本、胡刻本、監本、九條本同。唐鈔本作「龍」。當作「龍」。

「捷獵」「捷」，奎章閣本、贛州本、四庫本、叢刊本、正德本、陳八郎本、尤刻本、胡刻本、九條本同。明州本、監本作「捷」。唐鈔本作「捷」。當作「捷」。

「崔嵬」「嵬」，奎章閣本、明州本、贛州本、四庫本、叢刊本、正德本、陳八郎本、九條本作「嵬」。尤刻本作「巍」。胡刻本、監本、唐鈔本作「巍」。今從「嵬」。

■**立群案**：楚辭涉江：帶長鋏之陸離兮，冠切雲之崔嵬。楚辭七諫：高山崔巍兮，水流湯湯。是「崔嵬」與「崔巍」通，俱作「高大貌」。今從「嵬」。

「暐曄」「暐」，奎章閣本、明州本、贛州本、四庫本、叢刊本、正德本、陳八郎本、九條本同。尤刻本、胡刻本、監本、唐鈔本作「韡」。當作「暐」。

■**立群案**：似李善本作「韡」，五臣本作「暐」。集韻上尾：暐，光盛貌。正字通：韡，盛貌。是「暐」「韡」於賦俱通。今從「暐」。

【彙注】

【李善注】劉曰：吳志曰：前吳都武昌，在豫章；後都建業，在丹陽。孫權自會稽徙治丹陽，建業人皆不樂徙，故爲歌曰：寧飲建業水，不向武昌居。言離宫者，明非吳舊都也。神龍，建業正殿名。臨海、赤烏，皆建業吳大帝所太初宫殿名也。捷獵，高顯貌。越絶書曰：昔越王句踐欲伐吳，大夫種對以九術。於是作榮楯，嬰以白璧，鏤以黄金，狀類龍蛇，以獻吳王夫差。夫差大悦。子胥諫曰：王勿受也。王不聽，遂受之以飾殿也。闔閭造吳城郭宫室，其子夫差嗣，增崇侈靡。孫權移都建業，皆學之，故曰闡闔閭之所營，采夫差之遺法，而施榮楯也。春秋左氏傳曰：夫差，次有臺榭陂池焉！玩好必從，歡樂是務。

【文選鈔】爾雅云：室有東西廂曰廟。郭璞云：夾室，前堂也。無東西廂，有室曰寢。注：今但有大室。武昌，今鄂州。是孫權初都鄂，改爲武昌。後用張紘計，徙居建鄴。闡，開也。營，經營。謂造作也。采，取也。夫差，闔閭之子也。遺法，謂遺餘法則也。

【文選音決】闡，昌善反。闔，何臈反。夫音扶。楯，食准反。崔，但迴反。巍，五迴反。

【五臣注】楯，時尹反。暐音偉。曄，于輒反。翰曰：武昌、建業，皆郡名。闡，開也。闔閭、夫差，皆吳王也。言今復得開造，采其所營宫殿之法度也。向曰：神龍，殿名。句踐將伐吳，作榮楯，嬰以白璧，鏤以黄金，狀如龍蛇，以獻吳王，王受之，施於姑蘇臺。捷獵，列次貌。言今起神龍殿，亦施此物。向曰：臨海、赤烏，二殿名。崔嵬，高大貌。暐曄，光盛貌。

【陸善經注】武昌，屬江夏。建業，今江寧。

【張鳳翼文選纂注】楯，時尹切。吳前都武昌，後都建業。言離宫者，明非舊都也。神龍、建業、臨海、赤烏，皆殿名。闔閭造吳城郭宫室，夫差增崇侈靡。故曰闡其所營，采其遺法。勾踐作榮楯，嬰以白

璧，鏤以黄金，狀類龍蛇，以獻吴王。王大悦。捷獵，列次貌。言今起神龍殿，亦施此物。

【王象乾文選删注】闔閭之所營，采夫差之遺法：闔閭造吴城郭宫室，夫差增崇侈靡，孫權都建業，皆學之，故云。神龍，建業正殿名。捷獵，高顯貌。臨海、赤烏，皆宫殿名。吴志曰：吴都武昌，在豫章；後都建業，在丹陽。孫權自會稽徙治丹陽，建業人皆不樂徙，故爲歌曰：寧飲建業水，不向武昌居。越絶書曰：昔越王句踐欲伐吴，大夫種蠡對以九術。於是作榮楯，嬰以白璧，鏤以黄金，狀類龍蛇，以獻吴王夫差，夫差大悦。子胥諫曰：王勿受也。王不聽，遂受之以飾殿。左傳曰：夫差次有臺榭陂池焉！玩好必從，觀樂是務。

【何焯義門讀書記】起寢廟於武昌，作離宫於建業。「起廟」事無所考。注「孫權自會稽徙丹陽，建業人皆不樂徙」。按，不樂徙乃孫皓時事。

【陳景雲文選舉正】起寢廟於武昌。注「前吴都武昌」。舊本「前吴」二字乙。

【余蕭客文選音義】起寢廟於武昌。何曰：事無可考。法叶非，入聲。神龍。建康宫殿簿：太初宫中有神龍殿，去縣三里。赤烏。建康宫殿簿：赤烏殿在縣東北五里，吴昭明宫内。注曰前吴。「前吴」改「吴前」。注不樂徙。何曰：不樂徙，乃孫皓時事。

【余蕭客文選紀聞】太康三年地志：吴太初宫，三百丈，權所起。昭明宫，方五百丈，皓所起。在縣東北三里晋建康宫城西南東南防守利便上。案防守利便上文不載某縣下，直言在縣東北，蓋采太康地志，失縣名。建康實録：吴大帝徙武昌宫室材瓦繕太初宫，即長沙王孫策故府也。赤烏十年作，十一年宫成。周迴五百丈。正殿曰神龍，南面開五門，正中公車門，次東昇賢門，更東左掖門，次西明陽門，更西右掖門。東面正中蒼龍門，西面正中白虎門，北面正中玄武門，北直對臺城西掖門前路東即右御街。晋元帝渡江，

即太初宫爲府宫，及即位，稱爲建康宫張鉉金陵新志十二。案許嵩建康實録鈔吴志以下諸史成書，非建康地志諸引。引建康實録或別一書，或今本許嵩書僞記。建康實録：太初宫又起臨海等殿。吴赤烏殿，舊縣東北五里吴昭明宫内。吴時赤烏見，遂起殿名赤烏并金陵新志十二。赤烏殿，昭明宫殿禁扁乙。案選注，赤烏亦太初宫殿，與金陵志、禁扁不同。六朝事迹宫殿門失載臨海、赤烏二殿。

【張雲璈選學膠言】起寢廟於武昌。雲璈按：宋書五行志：權稱帝三十年，竟不於建業創七廟，但有父堅廟遠在長沙。據此，則武昌起廟事，不知賦何所據。故何氏亦云無考也。權不但不立宗廟，且未嘗郊祀。五行志又言：其末年僅一南北郊，後遂無聞。三江、五湖、衡、霍、會稽，皆吴之望，亦未見秩祀。反禮羅陽妖神，以求福助。裴松之注三國志於吴嘉禾元年采江表傳，亦有孫權不郊祀事。惟陸機辨亡論有「告類上帝」語。

【胡克家文選考异】注「前吴都武昌在豫章」。袁本、茶陵本「前吴」作「吴前」，無「在豫章」三字。

注「在丹陽孫權自會稽」下至「不向武昌居」。袁本、茶陵本無此三十三字。何云「不樂徙乃孫皓時事」。是矣，但未悟非劉注。案：此不知何人謬記云云，尤乃取以增多，誤之甚者也。

注「皆建業吴大帝所太初宫」。袁本、茶陵本無此十字，有「二」字屬下。案：此增多云「吴大帝」，上下增多云「孫權」，一人之稱，乖刺如此，誤中之誤，不勝辨正。凡今於二本所無當刊削者，訛誤亦不復論。

注「捷獵高顯貌」。袁本、茶陵本無此五字。

注「大夫種」。袁本、茶陵本「種」下有「蠡」字。案：此尤删，似是也。

注「以獻吴王夫差，夫差大悦」。袁本、茶陵本無「夫差夫差」四字，有「王」字。

注「以飾殿也」。袁本、茶陵本無此四字。

注「其子」。袁本、茶陵本無此二字。

注「孫權移都建業皆學之」。袁本、茶陵本無此九字。

【梁章鉅文選旁證】起寢廟於武昌。張氏雲璈曰：宋書五行志：權稱帝已十七年，竟不於建業刱七廟，但有父堅廟，遠在長沙。賦所云不知何據。姜氏皋曰：吴書孫亮傳：五鳳二年十二月，作太廟。裴注：吴歷曰：正月，初鍾，立廟，稱太祖廟。是吴有寢廟也。魏書諸葛誕傳注：黄初末，吴人發長沙王吴芮冢，以其塼於臨湘爲孫堅立廟。是廟并不在長沙也。

抗神龍之華殿。又飾赤烏之韡煜。六臣本「韡」作「暐」。玉海百五十九引建康宫殿簿云：太初宫中有神龍殿，去縣三里。左太冲吴都賦云「抗神龍之華殿」是也。赤烏殿，在縣東北五里吴昭明宫内，制度上應星宿。

注「在丹陽。孫權自會稽」至「不向武昌居」。六臣本無此三十三字。是也。何曰：「權」當作「皓」，不樂徙乃孫皓時事也。今案三國志吴主傳：黄初二年辛丑四月，權自公安都鄂，改名武昌。黄龍二年己酉九月，權遷都建業，此一事也。嗣主傳：甘露元年乙酉九月，從西陵督步闡奏，都武昌。寶鼎元年丙戌十二月，皓還都建業。此又一事也。二事相去三四十年，然前後并無自會稽徙治丹陽、建業之事。按三國吴主傳：建安五年，曹公表權爲封盧將軍，領會稽太守，屯吴。十六年，權徙治秣陵。明年，城石頭，改秣陵爲建業云云。何所言恐誤。其爲牽合舛錯明矣。何義門不悟尤本所添。實非劉注，而有「不樂徙乃孫皓時事」之校語，其實即依何改權，仍無可通。又案，宋書五行志：孫皓初，童謡曰：寧飲建業水，不食武昌魚。寧還建業死，不止武昌居。皓尋還都武昌，民泝流供給，咸怨毒焉。尤本乃作「寧飲建業水，不向

武昌居」，亦舛錯不可通。

注皆建業吴大帝所太初宫。　六臣本無此十字。有「二」字屬下，是也。胡公考异曰：此與上文皆不知何人所謬記。尤本誤取以增多。既云吴大帝，又云孫權，一人之稱，乖刺如此，尤爲誤中之誤。姜氏皋曰：袁本作「臨海赤烏，皆建業初宫殿名也」。竊疑「建業初」三字，亦屬不辭。「建業」是地名，非年號，不得云初也。或是神龍正殿名，臨海、赤烏皆建業吴大帝所居，太初宫中殿名也。云云。舊注或衍或脱，遂不可通耳。

注大夫種。　六臣本「種」下有「蠡」字。

【胡紹煐文選箋證】抗神龍之華殿。注劉逵曰：神龍，大業正殿名。　按：御覽一百七十五引建康宫殿簿云「太初宫中有神龍殿，去縣三里。吴都賦曰：抗神龍之華殿，是也」。

施榮楯而捷獵。注劉逵曰：捷獵，高顯貌。按：捷獵，相比次也。御覽三百五十七引此注「捷獵，列次貌」，不誤，此出後人所改。

飾赤烏之韡曄。注劉逵曰：赤烏，建業吴大帝所作太初宫殿名也。　按：三秦記（見御覽一百七十五）云：明光殿在桂宫中，皆以金玉珠璣爲簾，晝夜光明。吴都賦云「飾赤烏之韡韡（當作曄曄）」是也。然則「赤烏」即「明光」之別名。建康宫闕簿：赤烏殿在縣東北五里，吴昭明宫内。

【徐攀鳳選注規李】起寢廟於武昌。注闕。　案，吴都武昌，未立寢廟，於建業亦然。宋五行志：權稱帝三十年，竟不於建業立寢廟，但有父堅廟遠在長沙。似此賦「寢廟」只宜當「宫寢」解。

【高步瀛文選李注義疏】吕向曰：崔嵬，高大貌。韡曄，光盛貌。○劉注「吴前」尤本作「前吴」，「武昌」下有「在豫章」三字，「建業」下有「在丹陽。孫權自會稽徙治丹陽，建業人皆不樂徙，故爲歌

曰：寧飲建業水，不向武昌居」三十三字。姚範曰：武昌郡，吴置，其武昌縣即郡治也。注云在豫章，謬矣。胡克家曰：袁本、茶陵本無此三十三字，何云「不樂徙乃孫皓時事」是矣，但未悟非劉注。案：此不知何人謬記，尤乃取以增多，誤之甚者也。步瀛案：吴徙都已見前疏，與豫章、會稽無涉。吴志陸凱傳曰：皓時徙都武昌，揚土百姓泝流供給，以爲患苦。凱上疏曰：童謡言：寧飲建業水，不食武昌魚。寧還建業死，不止武昌居。御覽州郡部二引江表傳同。晉書五行志亦以爲孫皓初童謡。御覽州郡部十六引武昌記曰：大帝築城於江夏，以程普爲太守，遂欲都鄂州，改爲武昌郡。其民謡曰：寧飲建業水，不食武昌魚。寧歸建業死，不向武昌居。繇是遂都建業。則以爲孫權時民謡。太平寰宇記百十二引武昌記同。又御覽鱗介部七引吴志亦以爲孫權時民謡。蓋傳聞异詞耳。唯此注自會稽徙治丹陽，則甚謬，其爲後人妄增無疑。○張雲璈曰：按：宋書五行志，權稱帝三十年，竟不於建業創七廟，但有父堅廟遠在長沙。據此，則武昌起廟事，不知賦何所據。旁證引姜皋曰：吴志三嗣主傳：孫亮五鳳二年十二月作太廟。太平元年春裴注：吴歷曰：正月爲權立廟，稱太祖廟。是吴有寢廟也。魏志諸葛誕傳注：黄初末，吴人發長沙王吴芮冢，以其塼于臨湘，爲孫堅立廟。是廟并不在長沙也。步瀛案：孫亮時始爲權立廟，則權未立七廟可知。吴長沙郡治臨湘，姜謂堅廟不在長沙，亦非也。又案：周禮夏官隸僕鄭注曰：五寢，五廟之寢也。周天子七廟，唯祧無寢。詩云「寢廟繹繹」，相連貌也。前曰廟，後曰寢。蔡邕獨斷曰：宗廟之制，古學以爲人君之居，前有朝，後有寢。終則前制廟以象朝，後制寢以象寢。廟以藏主，列昭穆。寢有衣冠几杖，象生之具。總謂之宮。月令曰「先薦寢廟」，詩云「公侯之宮」，頌曰「寢廟奕奕」，言相連也。是皆其文也。步瀛案：魯頌閟宮毛詩作「新廟」，蔡、鄭引作「寢廟」，説者以爲魯詩。○尤本「赤烏」下有「皆建業吴大帝所太初宮」十字。「殿名也」上無「二」字。胡克家曰：袁

本、茶陵本無此十字，有「二」字。案，此云吴大帝，上下云孫權，一人之稱，乖剌如此，誤中之誤，不勝辨正。旁證引姜皋曰：袁本作「臨海、赤烏皆建業初宫殿名也」。竊疑「建業初」三字亦屬不辭。或是神龍正殿名。臨海、赤烏，皆建業吴大帝所居太初宫中殿名也。步瀛案：尤本「所」字乃「時」字之誤，故海録軒本依何校改作「時」字。袁本「初」上脱「太」字，姜校添字太多，亦非是。然據此，則皆以臨海、赤烏爲太初宫中殿名。今案：吴志吴主傳曰：赤烏十年二月，權適南宫。三月，改作太初宫。裴注引江表傳權詔曰：建業宫乃朕從京來所作將軍府寺耳，材柱率細，皆以腐朽，常恐損壞，今未復西，可徙武昌宫材瓦，更繕治之。又三嗣主傳曰：寶鼎元年十二月，皓還都建業，二年夏六月，起顯明宫。裴注曰：太康三年地記曰：吴有太初宫，方三百丈，權所起也。昭明宫，方五百丈，皓所作也。避晋諱改曰顯明。吴歷云：顯明在太初之東。御覽居處部三引建康宫殿簿曰：太初宫中有神龍殿，去縣三里，左太冲吴都賦曰抗神龍之華殿是也。又建康宫闕簿曰：赤烏殿，在縣東北五里吴昭明宫内。案：「宫闕簿」亦應作「宫殿簿」，故玉海一百五十六宫室類皆引作建康宫殿簿，下并引本賦赤烏句證之，是神龍殿在太初宫，赤烏殿在昭明宫也。輿地紀勝：江南東路建康府，歷代宫苑殿閣制度，有神龍殿、臨海殿、赤烏殿，引吴志孫皓以赤烏見，遂起赤烏殿，又引本賦「抗神龍之華殿」四句以證。三殿但未言各在何宫，而太初、昭明二宫下亦未言各有何殿。禁扁乙亦以神龍爲太初正殿，赤烏爲昭明正殿。文選紀聞引張鉉金陵新志十二載建康實録曰：吴大帝徙武昌宫室材瓦繕太初宫，即長沙王孫策故府也。赤烏十年作，十一年宫成，周迴五百丈。正殿曰神龍。南面開五門，正中公車門，次東昇賢門，更東左掖門，次西明陽門，更西右掖門。東面正中蒼龍門，西面正中白虎門，北面正中玄武門，北直對臺城。又曰：太初宫又起臨海等殿。又曰：赤烏殿在吴昭明宫内，吴時赤烏見，遂起殿名赤烏。步瀛案：此今本建康實

録不載。余蕭客曰：或別一書，或今本許嵩書僞托。又曰：選注赤烏亦太初殿，與金陵志、禁扁不同。步瀛案：建康宫殿簿亦以赤烏殿在昭明宫，與禁扁及金陵志同。然選注如袁、茶二本渾言二殿名，不言皆在太初宫爲最合矣。但赤烏殿因赤烏見而作。孫權赤烏元年、孫休永安三年皆有赤烏見，而孫皓時未有，豈皓取前代之祥邪？抑權時已有赤烏殿在太初宫，至皓建昭明宫，遂移其名於昭明正殿邪？今不可考矣。胡紹煐曰：御覽一百七十五引三秦記云：明光、桂宫皆以金玉珠璣爲簾，晝夜光明。吴都賦云「飾赤烏之暐暐」是也。「暐暐」當作「暐曄」，然則赤烏即明光之別名。建康宫闕簿：赤烏殿在縣東北五里，吴昭明宫内。步瀛案：明光、桂宫皆見西都賦，此乃漢之宫殿，故三秦記載之。若赤烏殿在建業，何以見三秦記邪？其引吴都賦句當在建康宫闕簿條下。玉海一百五十六可考。其「暐曄」亦誤「暐暐」，尤爲確證。今本御覽誤綴三秦記明光殿後，自是後人傳寫之誤。胡氏不察，乃謂赤烏即明光殿別名，斯爲巨謬。○「捷獵，高顯貌」，胡克家曰：袁本、茶陵本無此五字。步瀛案：西京賦「披紅葩之狎獵」。薛注曰：狎獵，重接貌。狎獵、捷獵同。屋翼曰榮，闌檻曰楯。殿施榮檻，其狀捷獵相次，故曰施榮楯而捷獵也。高顯義似未合。吕向曰：捷獵，列次貌，近之。○越絶書見九術。今本「榮」作「策」，誤。○「大夫種」，胡克家曰：袁本、茶陵本「種」下有「蠡」字。○「以獻吴王夫差，夫差大悦」，胡克家曰：袁本、茶陵本無「夫差夫差」四字，有「王」字。○「以飾殿也」，胡克家曰：依袁本、茶陵本無此四字。○「其子」，胡克家曰：袁本、茶陵本無此二字。案：夫差據左定十四年、史記吴世家、吴語韋昭注，皆以爲吴王闔閭子。梁玉繩人表考曰：吴越春秋闔閭内傳謂夫差是太子波之子，恐非。○「孫權移都建業皆學之」，胡克家曰：袁本、茶陵本無此九字。○左氏傳見哀元年。○業、法、獵、曄，古音盍部。

東西膠葛，南北崢嶸。房櫳對榥，連閣相經。闠闤譎詭，异出奇名。左稱彎碕，右號臨硎。

【彙校】

「東西膠葛」 「膠」，奎章閣本、明州本、贛州本、四庫本、叢刊本、正德本、陳八郎本、尤刻本、胡刻本、監本、九條本作「膠」。唐鈔本作「膝」。當作「膠」。

「南北崢嶸」 「崢」，奎章閣本、陳八郎本、唐鈔本同。明州本、贛州本、四庫本、叢刊本、正德本、尤刻本、胡刻本、監本、九條本作「崢」。當作「崢」。

「房櫳對榥」 「榥」，奎章閣本、明州本、正德本、陳八郎本、唐鈔本、九條本同。贛州本、四庫本、叢刊本、尤刻本、胡刻本、監本作「櫎」。今從「榥」。

立群案：善曰：説文：櫎，帷屏屬。然則門窗之廡，通名櫎。櫎音榥，音義同。段玉裁説文解字注：吴都賦曰：房櫳對櫎。「櫎」之字一變爲「榥」，再變爲「幌」。今從「榥」。

「連閣相經」 「閣」，奎章閣本、明州本、贛州本、四庫本、叢刊本、正德本、陳八郎本、尤刻本、胡刻本、唐鈔本、九條本同。監本作「閤」。當作「閣」。

立群案：連閣，連延的樓閣。如淮南子主術訓：高臺層榭，接屋連閣，非不麗也。或爲賦語所

本。後漢書馬防傳亦曰：又大起第觀，連閣臨道，彌亘街路。作「閣」是。

「闇闒譎詭」「闇」，明州本、贛州本、四庫本、叢刊本、正德本、陳八郎本、監本、九條本同。奎章閣本、尤刻本、胡刻本、唐鈔本作「闇」。當作「闇」。「闒」，監本同。奎章閣本、明州本、贛州本、四庫本、叢刊本、正德本、陳八郎本、尤刻本、胡刻本、唐鈔本、九條本作「闥」。當作「闒」。

「异出奇名」「异」，明州本、贛州本、叢刊本、陳八郎本、尤刻本、胡刻本、監本、九條本作「異」。奎章閣本、四庫本、正德本、唐鈔本作「異」。當作「异」。「出」，奎章閣本、明州本、贛州本、四庫本、叢刊本、正德本、陳八郎本、尤刻本、胡刻本、監本、唐鈔本同。九條本作「出」。當作「出」。「奇」，奎章閣本、明州本、贛州本、四庫本、叢刊本、正德本、陳八郎本、尤刻本、胡刻本、監本、唐鈔本、九條本作「奇」。當作「奇」。

「左稱彎碕」「稱」，明州本、贛州本、四庫本、正德本、陳八郎本、尤刻本、胡刻本、監本同。奎章閣本、叢刊本、九條本作「稱」。唐鈔本作「稱」。當作「稱」。「碕」，奎章閣本、明州本、贛州本、四庫本、叢刊本、正德本、陳八郎本、監本、唐鈔本、九條本作「崎」。尤刻本、胡刻本作「碕」。當作「碕」。

■ **立群案：** 李善本作「彎碕」，五臣本作「彎崎」。許嵩建康實録：夏六月，起新宮于太初之東，制度尤廣，二千石已下皆自入山督攝伐木。又攘諸營地，大開苑圍，起土山，作樓觀，加飾珠玉，制以奇石，左彎碕，右臨硎。當作「彎碕」。

「右號臨硎」「號」，奎章閣本、明州本、贛州本、四庫本、叢刊本、正德本、尤刻本、胡刻本、監本、唐鈔本、九條本同。陳八郎本作「号」。當作「號」。

【彙注】

【李善注】榥音晃。善曰：膠葛，長遠貌。峥嶸，深邃貌。魯靈光殿賦曰：洞膠葛其無垠。説文曰：櫳，房室之疏也。又曰：櫎，帷屏屬。然則門窗之廡，通名櫎。櫎音榥，音義同。彎碕、臨硎，閽闥名也。吴後主起昭明宫於太初之東，開彎碕、臨硎二門。彎碕，宫東門；臨硎，宫西門。碕，巨依切。硎，口耕切。

【文選鈔】衛子曰：膠葛，長遠也。峥嶸，深邈也。王生靈光曰：洞膠葛兮其无垠。屈平遠游曰：下峥嶸而无地。釋名云：房，傍也。在室兩傍。櫳者，堂无四壁也。説文云：室有疏曰櫳也。榥者，窗上㡘。爾雅云：長者謂之閣。謂閣道經過相連，言閣多也。衛子曰：閽，守門者也。闥，户也。譎詭，奇异也。异出奇名，謂异種名字也。彎碕、臨硎，衛子曰：宫東西二門名也。爾雅云：硎，山之絶也。崎者，岸曲也。言東西二門似之，故以爲名也。

【文選音決】膠音交。轕音葛。峥，杜耕反。嶸音宏。櫳，力東反。榥音晃。閽音昏。闥，他達反。崎，巨衣反。硎，去耕反。

【五臣注】榥音晃。譎音决。崎，巨依反。硎，苦耕反。銑曰：膠葛，廣遠貌。峥嶸，峻嶮貌。濟曰：房櫳，室之疏也。榥，窗也。言房皆對窗開，道連而相經過也。翰曰：言門户譎詭而奇异也。彎崎、臨硎，皆險峻也。

【陸善經注】榥，謂窗牖有光明也。闥閽，門也。譎詭，言形制异。硎，即坑也。

【張鳳翼文選纂注】崎，巨依切。硎，苦耕反。榥，窗也。言房皆對窗開，道連而相經過。譎詭，奇异也。彎崎、臨硎，皆險峻也。

【王象乾文選删注】櫎音榥。崎，巨依切。膠葛，廣遠貌。房室之疏，門窗之廡，通名櫎。彎崎、臨硎，閶闔名也。吴後主起昭明宫，開二門，彎碕，宫東門，臨硎，宫西門。

【杭世駿文選課虚】膠葛，長遠貌。又作轇輵。魯靈光殿賦：洞轇輵乎其無垠也。

【余蕭客文選音義】櫳籠。櫎。五臣作「榥」。舊并音晃。濟曰：榥，窗也。硎坑。

【余蕭客文選紀聞】櫎晃。廣韵三。吴都賦注：彎碕、臨硎，宫門名金陵新志十二。案選注、禁扁，二門并昭明宫門。張鉉引入太初宫下，恐誤。

【孫志祖文選李注補正】左稱彎碕，右號臨硎。注：吴後主起昭明宫於太初之東，開彎碕、臨硎二門。彎碕，宫東門；臨硎，宫西門。○正曰：董氏潮云：彎碕、臨硎，李周翰注以爲皆險峻也。王荆公有彎碕詩。

【胡克家文選考异】注「長遠貌」。袁本、茶陵本「貌」上有「之」字。

注「峥嶸深邃貌」。袁本、茶陵本無此五字。

注「櫎音榥」。茶陵本「音」作「與」，是也。袁本亦誤「音」。

注「吴後主」下至「碕巨依切」。袁本、茶陵本無此三十三字。

【梁章鉅文選旁證】房櫳對櫎。又左稱彎碕。五臣「櫎」作「榥」。濟注可證，「碕」作「崎」。翰注可證。

右號臨硎。玉篇作「臨硎山」，見吴郡。段校云：玉篇誤。案：吴郡志引名山志云：支硎山，在龍池山東北。吴都賦云「右號臨硎」也。蓋山多平石，故以硎名。

注說文曰：櫳，房室之疏也。今說文：櫳，房室之疏也。别有「櫳，檻也」。按倉頡篇：櫳，疏也。

亦作「櫳」。段曰：二字不嫌同偁，左木右龍之字，恐淺人所增。然説文：檻，亦曰櫳也。本書長楊賦注引釋名：檻車，上施闌檻以格猛獸，亦囚禁罪人之車也。是則櫳之爲檻者，有籠字之義。華嚴經音義引三倉：櫳，所以成禽獸也。是已。廣雅釋室：櫳，舍也。龒，牢也。則又互异矣。

注又曰：櫎，帷屏屬。然則門窗之廡通名櫎。櫎與榥，音義同。　今説文：櫎，所以几器，一曰帷屏風之屬。錢氏坫曰：玉篇作「帷櫎，屏風屬」，説文似脱一字。吴都賦：房櫳對櫎。俗作「幌」。文字集略曰：幌，以帛明窗也。按「櫎」「榥」古今字。徐鍇繫傳引謝惠連雪賦曰：月承幌而通輝。「幌」即「櫎」字。然皆與李注「門窗」云云不合。

【胡紹煐文選箋證】東西膠葛。注善曰：膠葛，長遠貌。魯靈光殿賦曰：洞膠葛其無垠。按：膠葛，縱横交錯也。楚辭遠游篇：騎膠葛以雜亂兮。王逸注：參差駢錯以縱横也。史記司馬相如傳：雜遝膠葛以方馳兮。索隱引廣雅：膠葛，馳驅也。馳驅亦「縱横」之意。

房櫳對榥。注善曰：説文曰：櫳，房室之疏也。又曰：櫎，帷屏風之屬。然門窗之廡，通名櫎。櫎與榥，音義同也。按：説文「房室之疏」作「龒」，別出「櫳，檻也」。據詩「龒」「櫳」爲二字，今并作「櫳」。衆經音義十二引倉頡曰：櫳，疏也。本書鮑明遠玩月詩：蛾眉蔽珠櫳。善注：珠櫳，以珠飾疏也。「櫎」當作「榥」。注謂説文之「櫎」，與正文「榥」同也。七命：交綺對榥。善注引文字集略曰：榥，以帛明窗也。此以爲「門窗之廡通名」，與七命注互异。櫎、榥古今字。「榥」之言晃也，晃晃然明也。

左稱彎碕，右號臨硎。注善曰：彎碕、臨硎，閭闔名也。吴後主起昭明宮於太初之東，開彎碕、臨硎二門。彎碕，宮東門；臨硎，宮西門。旁證云：吴郡志引名山勝志：支硎山在龍池東北，吴都賦云「右

號臨硎」也，蓋山多平石，故以硎名。紹煐按：吴志云：吴後主大開苑囿，起土山作樓觀，加飾珠玉，製以奇名：右臨硎，左彎碕。據此，則爲樓觀名明矣。郡國志：孫皓起顯明宫，引水激之，飾以珠玉，有彎碕、臨硎之觀。説亦同。

【高步瀛文選李注義疏】「櫎」，茶陵本校曰：五臣本作「榥」，袁本作「榥」，從五臣也。○「碕」，袁、茶二本作「崎」。○原本玉篇引作左號臨硎。又引劉逵曰：吴東門也。似誤。○李注「膠葛長遠貌」，胡克家曰：袁本、茶陵本「貌」上有「之」字。胡紹煐曰：膠葛，縱横交錯也。楚辭遠游篇：騎膠葛以雜亂兮。王逸注：參差駢錯以縱横也。史記司馬相如傳：雜遝膠葛以方馳兮。索隱引廣雅：膠葛，馳驅也。馳驅亦縱横之意。○「峥嶸深邃貌」，胡克家曰：袁本、茶陵本無此五字。○魯靈光殿賦見本書卷十一。○説文木部曰：⿱龍木，房室之疏也。别有「櫳」字，曰：檻也。段曰：字有偏旁稍移而爲二字者，柔，栩也。杼機，持緯者也。⿱龍木，房室之⿷匚延也。櫳，檻也。是也。竊有疑焉。⿱龍木與櫳皆言横直爲窗櫺通明，不嫌同偁。如檻亦名闌檻。許於楯下云：闌檻是也。左木右龍之字，恐淺人所增。梁章鉅曰：説文檻，亦曰櫳也。本書長楊賦注引釋名：檻車，上施闌檻以格猛獸，亦因禁罪人之車也。是則櫳之爲檻者，有籠字之義。華嚴經音義上引三倉：櫳，所以盛禽獸也，是也。廣雅釋室：櫳，舍也。⿱龍木，牢也。則又互异矣。案：釋室當依王氏疏證作釋宫。王曰：櫳之言籠也，説文作「⿱龍木」，云房室之疏也。⿱龍木之言牢籠也，字本作「櫳」。説文：櫳，檻也。沈濤説文古本考曰：華嚴經音義上引櫳牢也。一切經音義十四引櫳牢也，一曰圈也。蓋古本如此。廣雅釋宫欄、檻、⿱龍木皆訓爲牢。説文欄、檻互訓，而以牢訓櫳。牢櫳本雙聲字，籠即櫳之别。二徐奪去「欄」篆，遂移檻也之解於櫳字，又奪去一訓，誤。一切經音義卷一引三倉云「櫳，所以盛禽獸」。此正牢字之義。玄應書卷十又引「櫳，檻也」，乃後人據今本改。胡紹煐

曰：「龒」「櫳」爲二字，今并作「櫳」。衆經音義十二引倉頡篇曰：櫳，疏也。本書鮑明遠玩月詩：蛾眉蔽珠櫳。善注：珠櫳，以珠飾疏也。○説文木部曰：櫎，所以几器。一曰帷屏風之屬。段氏據本注删「風之」二字。沈濤謂此賦注引無「風之」二字，乃傳寫偶奪。御覽六百九十九服用部引同今本，可證。步瀛案：玉篇作「帷櫎，屏風屬」。錢坫説文斠詮謂今説文似脱一字，恐未確。又案：説文繫傳曰：謝惠連雪賦曰：月承幌而通輝。「幌」即此「櫎」字，胡晃切。段曰：一變爲「榥」，再變爲「幌」。雪賦注引文字集略曰：榥，以帛明窗也。梁章鉅曰：「幌」即「櫎」字，然皆與李注門窗云云不合。胡紹煐曰：七命：交綺對榥。善注引文字集略曰：榥，以帛明窗也。此以爲門窗之廡通名，與七命注互异。「櫎」「榥」古今字。榥之言晃也，晃晃然明也。杜宗玉曰：榥從櫎取義得聲，光、廣聲轉，故用同。甘泉賦：北熿幽都。李善注：「熿」與「晃」音義同。「熿」同「晃」，「櫎」亦可同「榥」矣。步瀛案：注「櫎與榥」，尤本、袁本「與」字并誤作「音」，今依茶陵本。毛本同。○「吴後主」至「巨依切」，胡克家曰：袁本、茶陵本無此三十三字。步瀛案：原本玉篇引本賦，與今本异。然以臨硎爲吴宫門，與李善注意同。李周翰注謂彎碕、臨硎，皆險也。非是。孫志祖補正引董潮説，據翰注正善，謬矣。梁章鉅曰：案：吴郡志引名山志云：支硎山，在龍池山東北。吴都賦云「右號臨硎」也。蓋山多平石，故以硎名。胡紹煐曰：吴志云：吴後主大開苑囿，起土山，作樓觀，加飾珠玉，製以奇名。右臨硎，左彎碕。據此，則爲樓觀名矣。郡國志：孫皓起顯明宫，引水激之，飾以珠玉，有彎碕、臨硎之觀。説亦同。步瀛案：吴志見御覽居處部一引。然彎碕、臨硎，若專屬樓觀，不必定分左右，其殆因門名而及樓觀歟？

雕欒鏤楶，青瑣丹楹。圖以雲氣，畫以仙靈。雖兹宅之誇麗，曾未足以少寧。思比屋於傾宫，畢結瑶而構瓊。

【彙校】

「雕欒鏤楶」 「雕」，奎章閣本、明州本、贛州本、四庫本、叢刊本、正德本、陳八郎本、唐鈔本、九條本同。尤刻本、胡刻本、監本作「彫」。當作「雕」。「欒」，奎章閣本、明州本、贛州本、四庫本、叢刊本、正德本、陳八郎本、尤刻本、胡刻本、監本、九條本同。唐鈔本作「欒」。當作「欒」。「鏤」，奎章閣本、明州本、贛州本、四庫本、叢刊本、正德本、陳八郎本、尤刻本、胡刻本、監本、唐鈔本、九條本作「鏤」。當作「鏤」。

「青瑣丹楹」 「青」，奎章閣本、贛州本、四庫本、叢刊本、正德本、陳八郎本、尤刻本、胡刻本、監本、唐鈔本同。明州本、九條本作「青」。當作「青」。「瑣」，明州本、贛州本、正德本同。奎章閣本、四庫本、叢刊本、陳八郎本、尤刻本、胡刻本、監本、九條本作「璅」。唐鈔本作「璅」。當作「瑣」。「楹」，四庫本同。奎章閣本、正德本、陳八郎本、唐鈔本、九條本作「楹」。明州本、贛州本、叢刊本、尤刻本、胡刻本、監本作「楹」。當作「楹」。

■ 立群案：康熙字典：璅，與瑣同。墨子備蛾傳：刃其兩端，居縣脾中，以鐵璅敷縣二脾上衡，

爲之機。畢沅注：説文無鎖字，此璅與瑣皆無鎖鑰之義，古字少，故借音用之。今從「瑣」。

「畫以仙靈」「畫」，四庫本、胡刻本同。奎章閣本、明州本、贛州本、叢刊本、正德本、陳八郎本、尤刻本、監本、唐鈔本、九條本作「畵」。當作「畫」。「靈」，明州本、贛州本、四庫本、叢刊本、正德本、陳八郎本、尤刻本、胡刻本、監本、九條本同。奎章閣本作「霛」。唐鈔本作「霊」。當作「靈」。

「雖茲宅」「雖」，奎章閣本、明州本、贛州本、四庫本、叢刊本、監本、唐鈔本、九條本同。正德本、陳八郎本、尤刻本、胡刻本作「雖」。當作「雖」。

「誇麗」「誇」，奎章閣本、明州本、贛州本、四庫本、叢刊本、正德本、陳八郎本、尤刻本、胡刻本、監本、唐鈔本、九條本作「夸」。當作「誇」。

「曾未足」「曾」，叢刊本、九條本同。奎章閣本、明州本、贛州本、四庫本、陳八郎本、尤刻本、胡刻本、監本、唐鈔本作「曽」。正德本作「曾」。當作「曾」。

「思比屋於」「於」，奎章閣本、明州本、贛州本、四庫本、叢刊本、陳八郎本、尤刻本、胡刻本、監本、九條本同。正德本、唐鈔本作「扵」。當作「於」。

「畢結瑶」「畢」，奎章閣本、明州本、贛州本、四庫本、叢刊本、正德本、陳八郎本、尤刻本、胡刻本、監本、唐鈔本、九條本作「畢」。當作「畢」。「結」，奎章閣本、明州本、贛州本、叢刊本、九條本同。四庫本、正德本、陳八郎本、尤刻本、胡刻本、監本、唐鈔本作「結」。當作「結」。

【彙注】

【李善注】劉曰：梁，楣也。瑣，户兩邊以青畫爲瑣文。楹，柱也。汲郡地中古文册書曰：桀築傾宫，飾瑶臺。紂作瓊室，立玉門。言其誇麗。善曰：鄭玄禮記注曰：楣，謂之梁。音節。左氏傳曰：丹

桓宫楹。杜預曰：楹，柱也。

【文選鈔】雕欒，謂枅也。以畫飾之。鏤節，節栭也。謂刻飾之青瑮。衛子曰：户邊青鏤也。一曰天子門内楯格再重青畫曰瑮，今諸寺館窗户上刻爲連錢羅文，以青畫其中，亦有以丹間之者，不言丹而言青，便文也。丹楹，謂柱以朱柒柒之。仙靈，言畫爲五色之雲，復謂畫上古衆仙神人等也。兹，此也。誇，大也。曾，則也，乃也。寧，安也。楊雄甘泉賦曰：襲瓊室之傾宫。淮南子曰：昆侖之上有傾宫琁室。

【文選音決】欒，力丸反。楶音節。鏁，素果反。夸，苦化反。曾，在登反。

【五臣注】楶音節。濟曰：欒，拱也。楶，斗也。皆雕鏤其上。青瑣，門窗。欒爲瑣文，染以青色。楹，柱也。塗以赤色，故曰丹楹。翰曰：言於殿内，畫作雲氣彩圖，神仙靈奇之物。言雖居此壯麗，蓋未足爲安，謂更欲奢侈也。銑曰：上言未足少寧，今復思比屋於桀之傾宫，以瑶爲臺，以瓊爲室。

【陸善經注】欒，拱也。楶，梁上楹也。未足、少寧，未足以少案居。

【張鳳翼文選纂注】楶音節。欒，拱也。楶，中也。皆雕鏤其上。門刻爲瑣文，染以青色，故曰青瑣。塗以赤色，故曰丹楹。言雖居此壯麗，蓋未足爲安，更欲奢侈。復思比屋於桀之傾宫，以瑶爲臺，以瓊爲室。

【王象乾文選删注】汲郡地中古文曰：桀築傾宫，飾瑶臺。紂作瓊室，立玉門。言其誇麗。

【余蕭客文選音義】楶舊音節。青瑣。衛瓘吴都賦注：户邊青鏤也。黄朝英緗素雜記：天子門内有眉格再重，裏青畫曰瑣。

【余蕭客文選紀聞】衛瓘注吴都賦「青瑣」：户邊青鏤也。一曰天子門内有眉格再重裏青畫曰瑣黄

朝英緗素雜記一。傾宫，宫滿一頃高注淮南四。

【胡克家文選考异】注「梁栭也」下至「爲瑣文楹柱也」。袁本、茶陵本無此十六字。

【梁章鉅文選旁證】注汲郡地中古文册書。按此即竹書紀年。

【高步瀛文選李注義疏】欒已見西京賦。○劉注「梁栭也」至「楹柱也」，胡克家曰：袁本、茶陵本無此十六字。步瀛案：梁不訓栭，且非正文所有，當爲「楶」字之誤，今正。○梁章鉅曰：汲郡地中古文册書，即竹書紀年。步瀛案：已見東京賦李注。○禮記鄭注見禮器，「楶」作「節」。○左傳見莊二十三年。○嶸、經、名、硎、楹、靈、寧，古音耕部。瓊，元部轉耕部。

高闈有閌，洞門方軌。朱闕雙立，馳道如砥。樹以青槐，亘以渌水。玄蔭眈眈，清流亹亹。

【彙校】

「高闈有閌」「高」，四庫本同。奎章閣本、明州本、贛州本、叢刊本、正德本、陳八郎本、尤刻本、胡

刻本、監本、唐鈔本、九條本作「高」。當作「高」。「闈」，奎章閣本、明州本、贛州本、四庫本、叢刊本、陳八郎本、尤刻本、胡刻本、監本、唐鈔本、九條本同。正德本作「闠」。當作「闈」。

「洞門方軌」「軌」，奎章閣本、明州本、贛州本、四庫本、叢刊本、陳八郎本、胡刻本、監本同。正德本、尤刻本作「軌」。唐鈔本、九條本作「軓」。當作「軌」。

「朱闕雙立」「闕」，明州本、贛州本、四庫本、叢刊本、正德本、陳八郎本、尤刻本、胡刻本、監本、唐鈔本、九條本同。奎章閣本作「闕」。當作「闕」。「雙」，奎章閣本、四庫本、唐鈔本同。明州本、贛州本、叢刊本、正德本、陳八郎本、尤刻本、胡刻本、監本、九條本作「雙」。當作「雙」。

「馳道如砥」「砥」，奎章閣本、明州本、贛州本、四庫本、叢刊本、正德本、陳八郎本、尤刻本、胡刻本、監本、九條本同。唐鈔本作「砬」。當作「砥」。

「樹以青槐」「樹」，明州本、贛州本、四庫本、叢刊本、陳八郎本、尤刻本、胡刻本、監本、唐鈔本、九條本同。奎章閣本、正德本作「樹」。當作「樹」。「青」，奎章閣本、贛州本、四庫本、叢刊本、正德本、陳八郎本、尤刻本、胡刻本、監本、唐鈔本同。明州本、九條本作「青」。當作「青」。「槐」，奎章閣本、唐鈔本作「槐」。明州本、贛州本、四庫本、叢刊本、正德本、陳八郎本、尤刻本、胡刻本、監本、九條本作「槐」。當作「槐」。

「亘以渌水」「渌水」，奎章閣本、明州本、贛州本、四庫本、叢刊本、正德本、陳八郎本同。尤刻本、胡刻本、監本、唐鈔本、九條本作「緑水」。今從「渌水」。

■ **立群案**：「渌水」，清澈的水。張衡東京賦：于東則洪池清籞，渌水澹澹。「緑水」，碧緑的水。應璩與滿公琰書：高樹翳朝雲，文禽蔽緑水。「渌水」「緑水」於賦皆通。諸本多作「渌水」，從之。

「玄蔭耽耽」「蔭」，奎章閣本、明州本、贛州本、四庫本、叢刊本、正德本、陳八郎本、尤刻本、胡刻本、監本、唐鈔本、九條本作「蔭」。當作「蔭」。「耽耽」，四庫本、陳八郎本、尤刻本同。奎章閣本、明州本、贛州本、叢刊本、正德本、胡刻本、監本、唐鈔本作「眈眈」。九條本模糊不清。當作「耽耽」。

■ **立群案**：善曰：耽耽，樹陰重貌。五臣向曰：耽耽，青槐蔭深之狀。據注，是李善本、五臣本皆作「耽耽」也。西京賦「大厦耽耽，九户開闢」之句，胡紹煐文選箋證：大厦耽耽。注薛綜曰：耽耽，深邃之貌。按：本書魏都賦善注：「沈」與「耽」音義同。史記陳涉世家：夥涉之爲王沈沈者。集解引應劭曰：沈沈，宫室深遠之貌。是「耽耽」即「沈沈」。吴都賦：光蔭耽耽。謝玄暉始出尚書省詩：「衰柳尚沈沈」，皆作「沈沈」。沈沈爲宫室深邃之貌，故草木陰翳亦謂之沈沈。玉篇：⿰甚冘，徒含切。⿰甚冘⿰甚冘，宫室深邃貌。又作「⿰甚冘⿰甚冘」。今從「耽耽」。

「清流亹亹」「清」，奎章閣本、贛州本、四庫本、正德本、陳八郎本、尤刻本、胡刻本、監本、唐鈔本、九條本同。明州本、叢刊本作「淸」。當作「清」。「流」，明州本、贛州本、叢刊本、陳八郎本、尤刻本、胡刻本、監本、唐鈔本、九條本同。奎章閣本、四庫本、正德本作「流」。當作「流」。

【彙注】

【李善注】善曰：李尤德陽殿賦曰：朱闕巖巖。漢書音義，應劭曰：馳道，天子之道。毛詩曰：周道如砥。言其平直也。漢書，賈山上書曰：秦爲馳道，樹以青松。然古之表道，或松或槐也。亘，引也。耽耽，樹陰重貌。韓詩曰：亹，水流進貌。

【文選鈔】尔雅云：宫中之門謂之闈。注云：謂相通小門也。閌與伉同。伉，對也，匹也。謂雙閣相對爲匹也。洞，通也。方，并也。軌，車迹也。一門之內，容車并行也。尔雅：觀，謂之闕。注云：宫

門，雙闕也。今言朱者謂以朱丹柒爲飾也。雙立，兩邊相對也。衛子曰：馳道，宫中御道也。砥，平也。樹以青槐，謂道兩邊種之也。亘，經度也。水即御道邊溝引長流水，在青槐内邊也。漢書陳勝傳曰：宫室何眈。眈，深邃之貌。此謂青槐也。廣雅云：亹亹，水流行進也。此謂清流溝水也。

【文選音决】閌，口浪反。砥音旨。樹，食注反。亘，古鄧反。蔭，於禁反。耽，都南反。亹，亡斐反。

【五臣注】閌音抗。眈音耽。亹音尾。向曰：闈，宫中之門。閌，限也。洞，通也。方軌，并車也。言通門可以并車而行也。濟曰：馳道，天子行出之道。砥，平也。良曰：亘，横也。言渌水横流於其道。向曰：耽耽，青槐蔭深之狀。亹亹，渌水徐進之勢。

【張鳳翼文選纂注】閌音抗。亹音尼。閌，限也。洞，通也。方軌，并車而行。馳道，中道也。砥，平也。亘，横也。言渌水横流於道傍。眈眈，青槐蔭深之狀。亹亹，渌水徐進之勢。

【陸善經注】亘以緑水，謂秦淮也。亹亹，流貌也。

【王象乾文選删注】眈眈，樹陰重貌。亹亹，水流進貌。

【杭世駿文選課虚】眈眈，樹陰重貌。

【胡克家文選考异】注「亘引也眈眈樹陰重貌」。袁本、茶陵本無此九字。

注「亹水流進貌」。袁本、茶陵本作「亹進也」。案：此當作「亹亹進也」，二本脱重「亹」字。所引當是「亹亹文王」之傳或章句文，尤改大誤，後來考韓詩者從而認爲「鳧鷖在亹」，誤中之誤也。

【梁章鉅文選旁證】朱闕雙立，馳道如砥。方輿勝覽引宫城記云：吴時自宫門南出，至朱雀門，凡七八里，府寺相屬。自太司馬門出者爲御街。夾街爲御溝。自端門出者爲馳道，自西掖門出者爲右

御街。

注韓詩曰：亹，水流進貌。六臣本作「韓詩曰：亹，進也」。胡公考异曰：此當作「亹亹進也」，六臣本脱重「亹」字耳。所引當是「亹亹文王」之傳。後來考韓詩者從而認爲「鳧鷖在亹」，益誤矣。

【胡紹煐文選箋證】清流亹亹。注善曰：韓詩曰：亹，水流進也。六臣本注無「水流」二字。按：六臣注本疑仍脱一「亹」字，「進」正「亹亹之訓」。廣雅釋訓「亹亹，進也」可證。而胡氏承珙毛詩後箋邶風新臺篇引此謂即「浼浼」之异文，考釋文云：韓詩作「浘浘」，確有明證，不應又作「亹亹」。考异曰：所引當是「亹亹文王」下章句。甚確。

【高步瀛文選李注義疏】西京賦曰：高門有閌。爾雅釋宫曰：宫中之門謂之闈。○呂向曰：洞，通也。方軌，并車而行也。○梁章鉅曰：方輿勝覽引宫城記云：吴時自宫門南出至朱雀門，凡七八里，府寺相屬。自大司馬門出者爲御街，夾街爲御溝。自端門出者爲馳道。自西掖門者爲右御街。○「緑」，袁、茶二本作「渌」。○李注引李尤德陽殿賦，類聚居處部二亦載之。○漢書音義應劭注，史記秦始皇本紀集解引同。○毛詩，見大東。○漢書，見賈山傳。○「亘，引也。耽耽，樹陰重貌」，胡克家曰：袁本、茶陵本無此九字。步瀛案：二本載劉良曰：亘，横也。呂向曰：耽耽，青槐蔭深之狀。○「亹，水流進貌」，胡克家曰：袁本、茶陵本作「亹，進也」。案：此當作「亹亹，進也」，二本皆脱重亹字。所引當是「亹亹文王」之傳或章句，後來考韓詩者從而認爲「鳧鷖在亹」之訓，誤也。陳喬樅韓詩遺説考曰：臧鏞堂輯韓詩説，以此入「鳧鷖在亹」下。蒙謂吴都賦「亹」與「水」爲韵，則「亹」字不讀如「門」，與下薰、欣、芬、艱不協。且訓水流進貌，則在字亦不可通矣。此注當是「亹亹文王」之訓。下句云「令聞不已」，是有進義。故韓詩釋亹亹爲水流進貌也。步瀛案：胡氏、陳氏以此爲韓詩釋大雅文王

篇是也。胡承珙毛詩後箋以爲新臺「河水浼浼」之异文。胡紹煐曰：新臺釋文云：韓詩作「浘浘」，不應又作「亹亹」。又案：吕向曰：亹亹，渌水徐進之勢。〇軌，幽部。砥、水，脂部。亹，諄部。變音通轉爲韵。

列寺七里，夾棟陽路。屯營櫛比，廨署棋布。横塘、查下，邑屋隆誇。長干延屬，飛甍舛互。

【彙校】

「夾棟陽路」　「夾」，陳八郎本同。奎章閣本作「挾」。明州本、贛州本、四庫本、叢刊本、正德本、尤刻本、胡刻本、監本、九條本作「俠」。唐鈔本作「俠」。當作「夾」。「陽」，監本同。奎章閣本、四庫本、正德本、尤刻本、胡刻本、唐鈔本、九條本作「陽」。明州本、贛州本、叢刊本、陳八郎本作「陽」。當作「陽」。

立群案：古詩十九首驅車上東門：白楊何蕭蕭，松柏夾廣路。「夾」者，左右相對。「夾棟」

者，一棟棟房屋左右相對。「夾棟陽路」者，在向南的道路上，一棟棟房屋左右相對而陳列。「俠」與「夾」可通。如史記劉敬叔孫通列傳：殿下郎中俠陛，陛數百人。「挾」亦與「夾」可通。如舊五代史周書盧文紀傳：旭旦以箸挾之，首得文紀之名。是「夾」「俠」「挾」可通。然據賦意，當作「夾」字也。

「屯營櫛比」「櫛」，奎章閣本、明州本、贛州本、四庫本、叢刊本、陳八郎本、尤刻本、胡刻本、監本、唐鈔本、九條本同。正德本作「楖」。當作「櫛」。

「廨署棋布」「廨」，明州本、贛州本、叢刊本、正德本、陳八郎本、九條本同。奎章閣本作「廨」。四庫本作「廨」。尤刻本、胡刻本、監本作「解」。唐鈔本作「觧」。今從「廨」。「棋」，奎章閣本、明州本、贛州本、四庫本、叢刊本、正德本、陳八郎本、尤刻本、胡刻本、監本、唐鈔本、九條本作「碁」。當作「棋」。

■立群案：陳景雲文選舉正：解署棋布。「解」，舊本作「廨」。注同。按：「解」字是也。說文無「廨」字。宋本正作「解」。華陽國志：先主還解。孫志祖文選考异：「解」，一本校改「廨」，非也。古止有「解」字。玉篇角部「解」字注：又古隘切。署也。吴都賦云：解署棋布。然王充論衡感虚：星之在天也，爲日月舍，猶地有郵亭，爲長吏廨也。是漢時已有「廨」字也，作「官署」解。今「郡廨」「公廨」多作「廨」，從之可也。

「邑屋隆誇」「隆」，奎章閣本、明州本、贛州本、四庫本、叢刊本、正德本、尤刻本、胡刻本、監本、唐鈔本、九條本同。陳八郎本作「隆」。當作「隆」。「誇」，奎章閣本、明州本、贛州本、四庫本、叢刊本、正德本、陳八郎本、尤刻本、胡刻本、監本、唐鈔本、九條本作「夸」。當作「誇」。

「長干延屬」「干」，奎章閣本、明州本、贛州本、四庫本、叢刊本、正德本、尤刻本、胡刻本、監本、唐鈔本、九條本同。陳八郎本作「千」。當作「干」。「延」，奎章閣本、明州本、贛州本、四庫本、叢刊本、正

德本、陳八郎本、尤刻本、胡刻本、監本、九條本同。唐鈔本作「延」。當作「延」。「屬」，奎章閣本、四庫本、叢刊本、正德本、九條本同。明州本、陳八郎本、贛州本、尤刻本、胡刻本、監本作「屬」。唐鈔本作「属」。當作「屬」。

者，當形似而誤。

■**立群案**：劉逵曰：建業南五里有山岡，其間平地，吏民雜居。東長干中有大長干、小長干，皆相連。大長干在越城東，小長干在越城西，地有長短，故號大、小相干。劉注是也。陳八郎本獨作「千」

「飛甍舛互」「飛」，明州本、贛州本、四庫本、叢刊本、尤刻本、胡刻本、監本、唐鈔本、九條本同。奎章閣本、正德本、陳八郎本作「飛」。當作「飛」。「互」，奎章閣本、明州本、贛州本、四庫本、叢刊本、正德本、陳八郎本、尤刻本、胡刻本、九條本同。監本作「乏」。唐鈔本作「平」。當作「互」。

【彙注】

【李善注】劉曰：吳自宮門南出苑路，府寺相屬，俠道七里也。解，猶署也。吳有司徒大監，諸署，非一也。橫塘在淮水南，近家渚，緣江筑長堤，謂之橫塘。北接柵塘查下，查浦在橫塘，西隔內江，自山頭南上十里，至查浦。建業南五里有山岡，其間平地，吏民雜居。東長干中有大長干、小長干，皆相連。大長干在越城東，小長干在越城西，地有長短，故號大、小相干。韓詩曰：考盤在干。地下而黃曰干。櫛比，喻其多也。藏官物曰公廨。醫巫所居曰署。飛甍舛互，言室屋之多相連不之貌。善曰：應劭風俗通曰：今尚書、御史、謁者所止，皆曰寺。俠棟，棟相俠也。古洽切。陽路，路陽也。毛詩曰：其崇如墉，其比如櫛。

【文選鈔】寺，太史、光禄等。俠棟陽路，謂闕南大街夾兩邊而接棟宇。尔雅云：棟，謂之桴。屯營

櫛枇，謂之屯聚。軍營如櫛枇之齒，諭多也。隆，高。跨，逾接也。解署之外，置百姓邑屋也。尔雅云：八家爲鄰，三鄰爲朋，三朋爲里，五里爲邑。飛甍舛互，衛子曰：言棟宇參差，轉相交互也。

【文選音決】俠，古洽反，又音協。櫛，阻栗反。比音鼻。解音懈。棋音其。塘音唐。查，側加反。跨，協韵，苦故反。屬，之欲反。舛，昌兖反。

【五臣注】比，頻必反。查，責加反。夸，口固反。甍音萌。向曰：寺，司也。言官司羅列廣七里。夾棟，謂屋多而相夾。陽路，向南之道。翰曰：櫛，梳也。屯營，軍衛相次如梳齒相比。廨，謂公廨宅署如棋之分布。銑曰：横塘、查下，閭巷名。隆，盛也。夸，奢也。言此中之人競作奢盛。向曰：長干，地名。延屬，言邑室相連也。飛甍舛互，言棟宇相交互也。

【陸善經注】今曰棟宇俠連以當陽。

【張鳳翼文選纂注】比，頻必切。誇，口固切。甍音萌。寺，司也。言官司羅列廣七里。夾棟，謂屋多而相夾。陽路，向南之道。櫛，梳也。屯營，軍衛相次如梳齒相比也。廨署，謂公廨之署如棋之分布也。横塘、查下，皆民居之區。江東謂山岡間爲干。建鄴南山中有平地，吏民居之，故號爲干。有大、小長干，皆相屬。飛甍舛互，言棟宇之交互也。

【王象乾文選删注】在淮水南，緣江築長堤，謂之横塘。查下，查浦，在横塘西。大長干在越城東，小長干在西，有長短，故號。地下而黄曰干。飛甍舛互，言室屋相連。吴自宫門南出苑路，府寺相屬，俠道七里。韓詩曰：考盤在干。

【陳景雲文選舉正】解署棋布。「解」，舊本作「廨」。注同按：「解」字是也。説文無「廨」字。宋本正作

「解」。華陽國志：先主還解。

【杭世駿文選課虛】言重屋之多相連下之貌。

【余蕭客文選音義】長干。六臣本劉注：江東謂山岡間爲干。建鄴之南有山，其間平地，吏民居之，故號爲干。張敦頤六朝事迹：長干是秣陵縣東里巷名。有大長干、小長干、東長干。小長干在瓦棺寺南，巷西頭出大江。梁初，起長干寺。按塔記，在秣陵縣東。今天禧寺，乃大長干也。注相干。「相」改「長」。

【余蕭客文選紀聞】吴時自宫門南出，夾苑路至朱雀門七八里，府寺相屬。吴都賦「列寺七里」。「廨署棋布」，見諸志者曰三臺五省。三臺在臺城東一里，蘭臺、謁者臺、御史臺。五省在三臺路北金陵新志十二。近陶家渚。宫苑記：横塘在今秦淮徑口。吴時夾淮立栅，自石頭南上十里至查浦，查浦南上十里至新亭，新亭南上十里至孫林，孫林南上十里至板橋，板橋南上三十里至列洲。吴都賦：横塘、查下，邑屋隆夷。樓臺之盛，天下莫比并金陵新志五。丹陽記：夫長干寺道西，有張子布宅，在淮水南，對瓦棺寺南張侯橋也。長干是秣陵縣東里巷名。江東謂山隴之間曰干。建康南五里有山江，其間平地，有大長干、小長干、東長干，并是地名。小長干在瓦棺寺南，巷西頭出大江。梁初，起長干寺，在秣陵縣東。今天禧寺及大長林干也張敦頤六朝事迹下。

【孫志祖文選考异】解署棋布。「解」，一本校改「廨」，非也。古止有「解」字。玉篇角部「解」字注：又古隘切。署也。吴都賦云：解署棋布。

【胡克家文選考异】注「吴自宫門南出苑路府寺相屬」。袁本、茶陵本此十二字作「建業宫前宫寺」六字。

注「横塘在淮水南」下至「吏民雜居東長干」。袁本、茶陵本無此六十二字，有「横塘、查下，皆百姓

所居之區名，江東謂山岡間爲干。建鄴之南有山，其間平地，吏民居之，故號爲干」三十八字。

注「皆相連」。袁本、茶陵本「連」作「屬」，是也。

注「大長干」下至「故號大、小相干」。袁本、茶陵本此二十四字作「疑是居稱干也」六字。

注「櫛比」下至「相連下之貌」。袁本、茶陵本無此三十二字。

【朱珔文選集釋】横塘、查下。注云：横塘在淮水南，近家渚，緣江築長堤，謂之横塘。北接栅塘。案：胡氏考异謂此注袁本、茶陵本無之，則當爲後人所校增。方輿紀要曰：横塘，在江寧府西南。實録云：在秦淮南岸近石頭西陶家渚。吴大帝時自江口緣淮築堤，謂之横塘。吴都賦所稱横塘、查下，樓臺之盛，天下莫比者也。自横塘而北，接于栅塘，即今秦淮徑口矣。所説正與注合。惟注於「家渚」上脱「陶」字耳。據此，知地在金陵，非蘇之横塘也。○注又云：查下，查浦在横塘，西隔内江，自山頭南上十里，至查浦。案：此亦非原注。紀要云：查浦在府西南十里，大江南岸。實録云：石頭南二十里，即查浦。查浦南十里，即新亭也。晋蘇峻之亂，陶侃入援，屯於查浦，是已。

【梁章鉅文選旁證】解署棋布。六臣本「解」作「廨」。孫氏志祖曰：古只有「解」字。玉篇角部「解」字注：又古隘切，署也。吴都賦云：解署棋布。

【高步瀛文選李注義疏】吕向曰：夾棟，謂屋多而相夾。蓋五臣作「夾」。案：「俠」，「夾」之借字。○「解」，袁本、茶陵本作「廨」，注同。孫志祖曰：古止有「解」字，玉篇角部「解」字注：又古隘切。署也。吴都賦曰：解署棋布。○夸，五臣音口固切。張銑曰：隆，盛也。夸，奢也。言此中之人競作奢盛。○劉注「吴自宫門南出苑路府寺相屬」，胡克家曰：此十二字，袁本、茶陵本作「建業宫前宫寺」六字。步瀛案：「宫寺」疑當作「官寺」。漢書元帝紀：壞敗豲道縣城郭官寺。顔注曰：凡府庭所在皆謂

之寺。○「横塘在淮水南」至「號大、小長干」。案：尤本「家渚」上脱「陶」字，今依朱珔校增。「大、小長干」，「長」誤作「相」，今正。胡克家曰：袁本、茶陵本無此，有「横塘、查下，皆百姓所居之區名，江東謂山岡間爲干。建鄴之南有山，其間平地，吏民居之，故號爲干」三十八字。朱珔曰：方輿紀要曰：横塘，在江寧府西南。建康實録云：在秦淮南岸近石頭西陶家渚。吴大帝時自江口緣淮築堤，謂之横塘。吴都賦所稱横塘、查下，樓臺之盛，天下莫比者也。自横塘而北，接于栅塘，即今秦淮徑口矣。所説正與注合。據此，知地在金陵，非蘇之横塘也。紀要又曰：查浦在府西南十里，大江南岸。實録云：石頭南二十里，即查浦。查浦南十里，即新亭也。晋蘇峻之亂，陶侃入援，屯於查浦，是已。步瀛案：輿地紀勝卷十七曰：江南東路建康府長干，是秣陵縣東里巷名。江東謂山隴之間曰干，金陵南五里有山岡，其間平地，民庶雜居，有大長干、小長干、東長干，并是地名。○毛詩考盤「盤」作「槃」，「干」作「澗」。釋文曰：「澗」，韓詩作「干」，云墝角之處也。陳喬樅曰：文選注引「干」字訓與釋文不同，蓋内傳也。毛傳云：山夾水曰澗。小雅：秩秩斯干。傳曰：干，澗也。是「干」「澗」二字古通。易：鴻漸于干。釋文引荀爽、王肅注并云：山間澗水也。韓詩以干爲磽确之處者，干亦厓也。干爲山澗厓岸之地，故以磽确言之。又訓地下而黄者。胡承珙曰：「黄」疑「潢」字之誤。潢汙者，停水之處。小雅正義引鄭君易注曰：干者，水傍。故停水處即其義也。○「櫛比喻其多也」至「相連下之貌」，胡克家曰：袁本、茶陵本無此三十二字。○「藏官物曰公廨」云云。陳僅曰：是廨署非官居通稱矣。步瀛案：此「廨」字當依正文作「解」。「醫巫所居曰署」，他書亦無徵，此恐後人所增，非劉氏原注。吕向曰：飛甍舛互，言棟宇相交互也。○風俗通今本佚此文。本書劉公幹贈徐幹詩、應休璉與岑文瑜書注引同。○陽路，路陽也。吕向曰：向南之道。○毛詩，見良耜。李周翰曰：櫛，梳也。屯營軍衛，相次如梳齒相比。○路、布、

誇、互，古音魚部。

其居則有高門鼎貴，魁岸豪杰。虞、魏之昆，顧、陸之裔。岐嶷繼體，老成奕世。躍馬疊迹，朱輪累轍。陳兵而歸，蘭錡内設。冠蓋雲蔭，閭閻闐噎。

【彙校】

「其居則有」「則有」，奎章閣本、明州本、贛州本、四庫本、叢刊本、正德本、陳八郎本、唐鈔本、九條本同。尤刻本、胡刻本、監本作「則」。今從「則有」。

■**立群案**：有無「有」字，皆不影響賦意。諸本多有「有」字，從之。

「高門鼎貴」「高」，四庫本同。奎章閣本、明州本、贛州本、叢刊本、正德本、陳八郎本、尤刻本、胡刻本、監本、唐鈔本、九條本作「高」。當作「高」。「鼎」，明州本、贛州本、四庫本、叢刊本、正德本、陳八郎本、尤刻本、胡刻本、監本、唐鈔本、九條本同。奎章閣本作「鼑」。當作「鼎」。

「魁岸豪杰」「魁」，奎章閣本、明州本、贛州本、四庫本、叢刊本、正德本、陳八郎本、尤刻本、胡刻

本、監本、唐鈔本、九條本作「𩲡」。當作「魁」。「豪」，四庫本同。奎章閣本、明州本、贛州本、叢刊本、正德本、陳八郎本、尤刻本、胡刻本、監本、唐鈔本、九條本作「豪」。當作「豪」。「杰」，奎章閣本、明州本、贛州本、四庫本、叢刊本、正德本、陳八郎本、唐鈔本、九條本作「桀」。尤刻本、胡刻本、監本作「傑」。當作「杰」。

「虞、魏之昆」　「魏」，奎章閣本、明州本、贛州本、四庫本、叢刊本、正德本、陳八郎本、尤刻本、胡刻本、監本、九條本作「魏」。唐鈔本作「魏」。當作「魏」。

「顧、陸之裔」　「裔」，奎章閣本、明州本、贛州本、四庫本、叢刊本、正德本、陳八郎本、尤刻本、胡刻本、監本、九條本同。唐鈔本作「裦」。當作「裔」。

「岐嶷繼體」　「岐」，奎章閣本、明州本、四庫本、正德本、陳八郎本同。贛州本、叢刊本、九條本作「岐」。尤刻本作「歧」。胡刻本、監本作「歧」。唐鈔本作「岐」。當作「岐」。「繼」，明州本、贛州本、四庫本、叢刊本、陳八郎本、尤刻本、胡刻本、監本、九條本同。奎章閣本、唐鈔本作「継」。正德本作「繼」。當作「繼」。「體」，奎章閣本、明州本、贛州本、四庫本、叢刊本、正德本、尤刻本、胡刻本、監本、唐鈔本、九條本同。陳八郎本作「躰」。當作「體」。

立群案：蔡邕琴賦：鸞鳳翔其巔，玄鶴巢其岐。淮南子原道訓：故牛岐蹄而戴角，馬被髦而全足者，天也。是「歧」「岐」可通。然刘逵曰：岐嶷，謂有識知也。善曰：毛詩曰：克岐克嶷。五臣銑曰：岐嶷，少而賢者，能繼祖考之德。據注，是劉逵本、李善本、五臣本皆作「岐」。作「岐」是也。

「老成奕世」　「老」，奎章閣本、明州本、贛州本、四庫本、叢刊本、正德本、陳八郎本、尤刻本、胡刻本、監本、九條本同。唐鈔本作「耂」。當作「老」。「奕」，奎章閣本、明州本、贛州本、四庫本、叢刊本、

正德本、陳八郎本、九條本同。尤刻本作「帟」。胡刻本、監本、唐鈔本作「弈」。今從「奕」。「世」，奎章閣本、贛州本、四庫本、正德本、尤刻本、監本、唐鈔本同。明州本、叢刊本、陳八郎本、胡刻本、九條本作「丗」。當作「世」。

■**立群案**：國語周語：奕世載德，不忝前人。後漢書楊震傳：臣奕世受恩，得備納言。「奕世」，累世之意。正合賦意。然「弈」亦通「奕」，故「弈世」亦通「奕世」。宋書柳元景傳：諸賢弈世忠義，身爲國良，皆受遇先朝，荷榮日久。今從「奕世」。

「躍馬叠迹」 「躍」，奎章閣本、明州本、贛州本、四庫本、叢刊本、正德本、陳八郎本、尤刻本、胡刻本、監本、唐鈔本、九條本作「躍」。當作「躍」。「叠」，奎章閣本、明州本、贛州本、四庫本、叢刊本、正德本、陳八郎本、尤刻本、胡刻本、監本、唐鈔本、九條本作「疊」。當作「叠」。「迹」，陳八郎本同。奎章閣本、明州本、贛州本、四庫本、叢刊本、正德本、尤刻本、胡刻本、監本、唐鈔本、九條本作「跡」。當作「迹」。

「蘭錡内設」 「蘭」，胡刻本、九條本同。奎章閣本、明州本、贛州本、四庫本、叢刊本、正德本、陳八郎本、尤刻本、監本、唐鈔本作「蘭」。當作「蘭」。「錡」，奎章閣本、明州本、贛州本、四庫本、叢刊本、正德本、陳八郎本、尤刻本、胡刻本、監本、唐鈔本、九條本作「錡」。當作「錡」。「内」，奎章閣本、明州本、贛州本、四庫本、叢刊本、正德本、陳八郎本、尤刻本、胡刻本、監本、唐鈔本同。九條本作「内」。當作「内」。

「冠蓋雲蔭」 「蓋」，明州本、贛州本、四庫本、叢刊本、陳八郎本、尤刻本、胡刻本、監本、九條本同。奎章閣本、正德本、唐鈔本作「盖」。當作「蓋」。「蔭」，奎章閣本、明州本、贛州本、四庫本、叢刊本、正

德本、陳八郎本、尤刻本、胡刻本、監本、唐鈔本、九條本作「蔭」。當作「蔭」。

「閭閻闤噎」「閻」，明州本、贛州本、叢刊本、胡刻本、九條本同。奎章閣本、唐鈔本作「閶」。四庫本、正德本、陳八郎本、尤刻本作「閻」。監本模糊不清。當作「閻」。「闤」，奎章閣本、明州本、贛州本、四庫本、叢刊本、正德本、陳八郎本、尤刻本、胡刻本、唐鈔本、九條本同。監本作「闠」。當作「闤」。

【彙注】

【李善注】劉曰：魁岸，大度也。漢書曰：江充爲人魁岸。又于公高門以待封。又賈捐之傳曰：石顯方鼎貴。應劭曰：鼎，始也。乃祖乃父已來皆貴，故曰鼎貴也。虞，虞文秀。魏，魏周。顧，顧榮。陸，陸遜。隆吴之舊貴也。昆、裔，皆後世也。岐嶷，謂有識知也。老成德之人，養之乞言。躍馬，騰躍之謂，言富貴也。蔡澤傳曰：躍馬肉食。西京賦曰：武庫禁兵，設在蘭錡。閭閻闤噎，言人物遍滿之貌。善曰：毛詩曰：克岐克嶷。又曰：雖無老成人。謝承後漢書曰：王公位二千石，弈世相襲。楊惲書曰：方家隆盛時，乘朱輪者十人。

【文選鈔】高門鼎貴，謂姓望高也。鼎，謂三公也。魁岸豪傑，謂地勢高大。虞、魏、顧、陸，謂虞文繡、魏周榮、顧雍、陸遜等也。

詩云：克岐嶷以就口食。注云：岐，岐然能就人口取食。嶷，識也。繼體，能繼祖父之後也。言其勿小之時能體繼。及其老也，復有成德也。弈世，謂連世也。或云半白以上。叠迹，謂迹重叠者也。漢家二千石者，得乘朱輪。言今乘者衆多，故言累轍也。

陳兵而歸，謂陳列兵戈以歸也。言歸則可以知出也。蘭者，如梯形，於其許懸戈以隱刀器也。又云：蘭，受他兵也。錡，受弩也。漢書云：蘭錡戈茅，錡倚弓刀。倚杖曰錡。廣雅云：閻，謂之衙。閭，

里閈也。謂巷門。闐噎，言滿也。

【文選音决】魁，苦迴反。裔，協韵，以列反。岐，騫音奇，又巨支反。嶷，魚力反。世，協韵，詩列反。轍，直列反。錡，魚綺反。閻，以廉反。闐音田。噎，伊結反。

【五臣注】錡，魚几反。銑曰：鼎貴，鼎食者。魁岸，長貌。皆吴之貴姓也。昆，後也。昆裔，苗裔也。岐嶷，少而賢者，能繼祖考之德。老成者，亦少而有長老之道。衣冠赫奕，不絶於代。翰曰：躍馬，良馬疾行也。朱輪，以朱飾車也。叠迹、累轍，言其衆多也。銑曰：言躍馬朱輪之人皆出入陳兵也。蘭錡，兵戈之格而設之於内。向曰：言冠蓋如雲之蔭，而閭巷爲其闐噎。

【陸善經注】魁，大。岸，高也。虞、魏今在會稽。顧、陸在吴。陳琳檄云：聞魏周榮、虞文繡各紹堂構，能負荷。及吴諸顧、陸，舊族也。

【張鳳翼文選纂注】錡，魚几切。鼎貴，言貴者鼎足而立也。魁岸，偉貌。虞、魏、顧、陸，皆吴之貴姓也。昆，後也。裔，苗裔也。岐嶷，少而賢者。繼體，能承先也。老成，耆舊也。奕世，世其業也。朱輪，以朱飾車也。叠迹、累轍，言其衆多也。蘭錡，兵戈架也。雲蔭，如雲之蔭也。食不下咽爲噎。闐噎，言爲所填塞也。

【王象乾文選删注】魁岸，大度也。虞，虞文秀。魏，魏周。顧，顧榮。陸，陸遜。岐嶷，有知識也。閭閻闐噎，人物遍滿貌。漢書曰：江充爲人魁岸。又于公高門以待封。又賈捐之傳曰：石顯方鼎貴。應劭曰：鼎，始也。乃祖乃父已來皆貴，故曰鼎貴也。蔡澤傳曰：躍馬肉食。

【何焯義門讀書記】虞、魏之昆。注「虞，虞文繡。魏，魏榮」。按，虞、魏，吴志無傳。文繡，則仲翔之父也。

【陳景雲文選舉正】其居則高門鼎貴。注「虞，虞文秀。魏，魏周。顧，顧榮。陸，陸遜。隆吴之舊貴也」。按：「虞文秀」當作「文繡」，「魏周」下脱「榮」字，并見陳琳檄吴將校部曲文。文繡乃仲翔之先，見仲翔别傳。魏周榮，祖父河内太守朗，名在八俊之列，詳范史黨錮傳。顧榮，仕晋，與陸遜异代，當是顧雍之誤。

【余蕭客文選音義】魏。何曰：吴志無傳。裔類篇音拽。世韵補叶薛。噎一。注虞文秀。何曰：仲翔之父。「秀」改「繡」。注魏周。周下增「榮」字。注顧榮。「榮」改「雍」。

【余蕭客文選紀聞】裔五結。韵補五。

【孫志祖文選李注補正】虞、魏之昆，顧、陸之裔。注：虞，虞文秀。魏，魏周。顧，顧榮。陸，陸遜。○正曰：何云：虞、魏，吴志無傳。「文秀」當作「文繡」。文繡則仲翔之父也。「魏周」當作「魏周榮」，「顧榮」當作「顧雍」。

【胡克家文選考异】注「魁岸大度也」下至「石顯方鼎貴」。袁本、茶陵本無此三十三字。注「虞虞文秀魏魏周顧顧榮陸陸遜隆吴之舊貴也」。袁本、茶陵本作「虞魏顧陸吴之舊姓也」。案：二本最是，何、陳校改云云，皆未悟非劉注，今不取。注「歧嶷」下至「養之乞言」。袁本、茶陵本無此十六字，有「賈捐之傳石顯方鼎貴」九字。案：此九字疑亦後人添之。注「言富貴也」。袁本、茶陵本無「言富貴」三字，「也」屬上。注「閭閻闐噎言人物遍滿之貌」。袁本、茶陵本無此十一字。注「善曰」。袁本、茶陵本此下有「後漢書云江充爲人魁岸」。案：「後」字衍，「云」當作「曰」。尤

延之移入劉注，非。

注「方家隆盛時乘」。袁本、茶陵本無此六字。

【梁章鉅文選旁證】其居則高門鼎貴，魁岸豪傑。六臣本「則」下有「有」字。「傑」作「桀」。

注魁岸，大度也。漢書曰：江充爲人魁岸。案：依賦正文，則「魁岸大度」以下十四字應移在「故曰鼎貴也」之下。

注虞，虞文秀。魏，魏周。顧，顧榮。陸，陸遜。隆吴之舊貴也。何曰：虞、魏，吴志無傳，「文秀」當是「文繡」，則仲翔之父也。「魏周」當作「魏周榮」，「顧榮」當作「顧雍」。陳校亦同。胡公考异曰：六臣本作「虞魏顧陸吴之舊姓也」，最是。何、陳所校改云云，皆未悟非劉注耳。

【高步瀛文選李注義疏】五臣本「則」下有「有」字。○張銑曰：鼎貴，鼎食者。案：張釋「鼎」字非是。○「傑」，袁、茶二本作「桀」。○尤本「岐」誤作「歧」，注同。今依袁、茶二本校正。○尤本注首有「魁岸大度也」五字。案：魁岸義見下，不宜訓大度。今依袁、茶二本删。○次有「漢書曰江充爲人魁岸」九字。案：袁、茶陵二本此乃李注，尤本誤入劉注，依二本移下。○劉注引漢書「于公高門以待封」，見漢紀孝宣皇帝紀四，蓋亦通稱漢書耳。袁、茶二本無此八字，豈以不見班書于定國傳而删之耶？○「漢書賈捐之傳曰石顯鼎貴」。尤本及袁、茶二本「顯」下有「方」字，而二本「傳」下無「曰」字，此九字在後「昆裔皆後世也」之下。胡克家疑亦後人所添。李詳曰：今漢書捐之傳作「顯鼎貴」。如淳曰：言方且欲貴矣。是「鼎」即訓「方」，無容重複。劉注「方」字顯係衍文。步瀛案：李説是，今删「方」字，仍依尤本之序，著於應劭注之前。○「應劭曰」至「故曰鼎貴也」。此十九字尤本與二本同，然亦可疑。案：漢書賈誼傳、匡衡傳注引應劭，皆云：鼎，方也。不訓爲始。「乃祖乃父」以下，申明之

語，尤與始貴之意不合。以本賦此句觀之，亦當謂正貴之義，不必言始貴也。○「虞，虞文繡」至「吴之舊貴也」，尤本「繡」作「秀」，「周」下脱「榮」字，「雍」作「榮」。何焯曰：虞、魏，吴志無傳。「文秀」當作「文繡」，文繡則仲翔之父也。「魏周」當作「魏周榮」，「顧榮」當作「顧雍」。陳景雲校同。胡克家曰：袁本、茶陵本作「虞、魏、顧、陸，吴之舊姓也」，最是。何、陳校改云云，皆未悟非劉注，今不取。步瀛案：此注是否劉淵林原注，固不敢定，而要不可少。若賦云虞、魏之昆，顧、陸之裔，注但空衍四姓，則無爲用注矣。顧千里偏信袁、茶陵二本，凡二本所無而尤所有者，即以爲後人所增，實僻見也。朱銘曰：陳孔璋檄吴將校部曲云：近魏叔英秀出高峙，著名海内；虞文繡砥礪清節，耽學好古，皆宜膺受多福，保乂子孫。又云：聞魏周榮、虞仲翔各紹堂構，能負析薪。則魏周榮、虞仲翔乃文繡、叔英之子。注當云「虞文繡、魏叔英」。又吴志無顧榮傳，惟顧雍與子邵同傳，注亦當云「顧雍、陸遜」。步瀛案：朱説是也。但虞氏舉其父，魏氏舉其子，亦無妨，不必改作叔英耳。○「岐嶷，謂有識知也」，袁、茶二本無此七字。案：毛詩生民：克岐克嶷。傳曰：岐，知意也。嶷，識也。段玉裁訂毛傳曰：説文引詩作「啜」，今本毛詩作「嶷」，淺人依岐字偏旁改之耳。岐、知，古音同部。啜、識，古音同部。此古人於疊韵得訓之大凡也。岐者，山之兩岐也，心之開明似之，故曰知。啜者，心口間有所識别，故曰識也。步瀛案：「啜」，本字，「嶷」通借字。淮南原道篇高注引作「嶷」，本經篇高注引作「啜」。陳喬樅謂魯詩作「啜」，原道注疑後人順毛詩改之。步瀛案：蔡邕太尉橋玄碑曰：岐嶷而超等。邕固習魯詩者，陳説恐未確。○「老成德之人養之乞言」，袁、茶二本無此九字。案：「老成德」上疑脱字，當作「老成年老成德之人」。○「言富貴也」，胡克家曰：袁本、茶陵本無「言富貴」三字。○史記蔡澤傳「躍馬疾驅」句與下「食肉富貴」句，中間尚隔三句，此節取四字耳。○「閭閻」至「遍滿之貌」，胡克家曰：袁本、茶陵本無

此十一字。○李注引漢書曰：江充爲人魁岸。袁、茶二本「漢」上有「後」字。袁本「曰」作「云」。胡克家曰：「後」字衍，「云」當作「曰」。步瀛案：尤本本不誤，特誤入劉注中耳。江充傳顔注曰：魁，大也。岸者，有廉棱如崖岸之形。○毛詩生民篇已見上，後引見蕩篇。○謝承後漢書，魏都賦注引同。○楊惲書見本書卷四十一。案：「惲家方隆盛時」三句，尤本脱「惲」字而「方」字在「家」字上，袁、茶二本不引上句而下句脱「乘」字，皆非是。○傑、裔、世、轍、設，古音祭部。噎，至部。通轉爲韵。○以上都邑之繁盛。

其鄰則有任俠之靡，輕訬之客。締交翩翩，儐從奕奕。出蹕珠履，動以千百。里讌巷飲，飛觴舉白。翹關扛鼎，抃射壺博。鄱陽暴謔，中酒而作。

【彙校】

「任俠之靡」「俠」，奎章閣本、明州本、贛州本、四庫本、叢刊本、正德本、陳八郎本、尤刻本、胡刻本、監本、九條本同。唐鈔本作「侠」。當作「俠」。

「輕訬之客」「輕」，奎章閣本、明州本、贛州本、四庫本、叢刊本、陳八郎本、尤刻本、胡刻本、監本、唐鈔本、九條本同。正德本作「輊」。當作「輕」。

「綿交翩翩」「翩翩」，奎章閣本、明州本、贛州本、四庫本、叢刊本、陳八郎本、正德本、尤刻本、胡刻本、監本、唐鈔本同。九條本作「翩」。當作「翩翩」。

■**立群案**：「翩翩」與「奕奕」相對應。諸本多作「翩翩」，是也。九條本獨作「翩」者，疑後重複號佚。

「儐從奕奕」「儐」，奎章閣本、明州本、贛州本、四庫本、叢刊本、正德本、陳八郎本、尤刻本、胡刻本、監本、唐鈔本、九條本作「儐」。當作「儐」。「奕奕」，奎章閣本、明州本、正德本、陳八郎本同。贛州本、四庫本、叢刊本、尤刻本、胡刻本、監本、唐鈔本、九條本作「弈弈」。當作「奕奕」。

■**立群案**：胡紹煐文選箋證：注善曰：奕奕，輕靡之貌。按：奕奕，盛貌。此謂儐從之盛也。廣雅：奕奕，盛也。是胡氏認爲「儐從奕奕」之「奕奕」不當釋爲「輕靡之貌」，而應釋爲「盛貌」，與五臣注同。然詩車攻：駕彼四牡，四牡奕奕。張衡東京賦：萬舞奕奕，鐘鼓喤喤。奕奕，俱閑習之貌。與善注「輕靡之貌」相近，與前「翩翩」照應，似亦可通。善注實作「弈弈，輕靡之貌」。「弈弈」不作「輕靡之貌」解。自應作「奕奕」。李善本或因下「抃射壺博」之語且引論語「不有博弈者乎」而誤「奕」爲「弈」。

「出躡珠履」「出」，明州本、贛州本、四庫本、正德本、陳八郎本、尤刻本、胡刻本、監本、唐鈔本同。奎章閣本、叢刊本、九條本作「出」。當作「出」。「履」，明州本、贛州本、四庫本、叢刊本、陳八郎本、尤刻本、胡刻本、監本、九條本同。奎章閣本、正德本、唐鈔本作「履」。當作「履」。

「里讌巷飲」「飲」，奎章閣本、明州本、贛州本、四庫本、叢刊本、正德本、尤刻本、胡刻本、監本、唐

鈔本、九條本同。陳八郎本作「歌」。當作「飲」。

■立群案：禮記曲禮上：里有殯，不巷歌。「巷歌」，在里巷中歌唱。表示歡悦之意。似與賦意不合。劉向新序善謀下：孝惠皇帝與悼惠王讌飲。「里讌巷飲」，是「里」與「巷」對，「讌」與「飲」對。且下云「飛觴舉白」。此處自應作「飲」字爲宜。諸本多作「飲」，是也。陳八郎本獨作「歌」者，恐誤也。

「飛觴舉白」　「飛」，明州本、贛州本、四庫本、叢刊本、陳八郎本、尤刻本、胡刻本、監本、唐鈔本、九條本同。奎章閣本、正德本作「飛」。當作「飛」。「觴」，奎章閣本、明州本、正德本作「觴」。贛州本、四庫本、叢刊本、陳八郎本、尤刻本、胡刻本、監本、唐鈔本、九條本作「觴」。當作「觴」。「舉」，明州本、贛州本、四庫本、叢刊本、正德本、陳八郎本、尤刻本、胡刻本、監本、唐鈔本、九條本同。奎章閣本作「擧」。當作「舉」。

「翹關扛鼎」　「關」，奎章閣本、明州本、贛州本、叢刊本、正德本、陳八郎本、尤刻本、胡刻本、監本、九條本作「關」。四庫本、唐鈔本作「闗」。當作「關」。「扛」，明州本、贛州本、四庫本、叢刊本、尤刻本、胡刻本、監本、唐鈔本、九條本同。奎章閣本、正德本、陳八郎本作「杠」。當作「扛」。「鼎」，明州本、贛州本、四庫本、叢刊本、正德本、陳八郎本、尤刻本、胡刻本、監本、唐鈔本同。奎章閣本作「鼑」。九條本模糊不清。當作「鼎」。

■立群案：説文手部：扛，横關對舉也。段玉裁注：以木横持門户曰關，凡大物而兩手對舉之曰扛。吴子料敵：力輕扛鼎，足輕戎馬。史記項羽本紀：籍長八尺餘，力能扛鼎。或爲賦語所本，作「扛鼎」是也。説文木部：杠，牀前横木也。於賦不合。

「抃射壺博」　「抃」，奎章閣本、明州本、贛州本、四庫本、叢刊本、正德本、陳八郎本、九條本同。尤

刻本、胡刻本、監本作「拚」。唐鈔本作「卞」。今從「抃」。「壺」，四庫本同。奎章閣本、明州本、贛州本、叢刊本、正德本、陳八郎本、尤刻本、胡刻本、監本、九條本作「壷」。唐鈔本作「壼」。當作「壺」。「博」，監本同。奎章閣本、叢刊本、陳八郎本、尤刻本、唐鈔本、九條本作「愽」。明州本、贛州本、四庫本、正德本作「博」。胡刻本作「慱」。當作「博」。

■**立群案**：張雲璈選學膠言：拚射壺博。李注引漢書贊曰：哀帝時覽拚射。孟康曰：手搏爲拚。雲璈按：甘延壽以良家子善騎射，試弁，爲期門。孟康注：弁，手搏。「弁」與「拚」通。阮元經籍籑詁：左隱元年傳注：卞縣南有姑城。釋文：卞，本作弁。昭九年傳：豈如卞髦而因以敝之。釋文：卞，本作弁。莊子讓王：卞隨。詩關雎序疏作「弁隨」。論語：卞莊子。漢書東方朔傳作「弁」。又云：「拚」「抃」同。是「卞」與「弁」通。「拚」與「抃」又同。今從「抃」。

「鄱陽暴謔」　「鄱」，奎章閣本、贛州本、四庫本、叢刊本、正德本、九條本同。明州本、陳八郎本、尤刻本、胡刻本、監本、唐鈔本作「鄱」。當作「鄱」。「陽」，監本同。奎章閣本、四庫本、正德本、尤刻本、胡刻本、唐鈔本、九條本作「陽」。明州本、贛州本、叢刊本、陳八郎本作「陽」。當作「陽」。「暴」，正德本、尤刻本、胡刻本、監本、唐鈔本同。奎章閣本、明州本、贛州本、四庫本、叢刊本、陳八郎本、九條本作「㬥」。當作「暴」。「謔」，明州本、贛州本、四庫本、正德本、陳八郎本、尤刻本、胡刻本、監本、九條本同。奎章閣本、叢刊本、唐鈔本作「謔」。當作「謔」。

「中酒而作」　「中酒」，奎章閣本、明州本、贛州本、四庫本、叢刊本、正德本、陳八郎本、尤刻本、胡刻本、唐鈔本、九條本同。監本作「中湏」。當作「中酒」。

■**立群案**：孫志祖文選李注補正：中酒而作。○補曰：漢書樊酈傳：項羽既饗軍士，中酒。師

古曰：飲酒之中也。不醉不醒，故謂之中。梁章鉅文選旁證：中酒而作。顧氏炎武日知録二十七云：樊噲傳：項羽既饗軍士，中酒。中酒，謂酒半也。吕氏春秋謂之中飲。晉靈公發酒於宣孟，宣孟知之，中飲而出。戰國策：楚王觴張儀，中飲，再拜而請。凡事之半曰中。左昭二十八年傳：中置，謂饋之半也。史記河渠書「中作而覺」，謂工之半也。吕氏春秋「中關而止」，謂關弓弦正半而止也。中酒，猶今人言半席。師古解以不醉不醒，故謂之中，失之矣。司馬相如傳：酒中樂酣。師古曰：酒中，飲酒中半也。一人注書，前後不同如此。胡紹煐文選箋證：中酒而作。顧氏炎武曰：樊噲傳：項羽既饗軍士，中酒。中酒，謂酒半也。吕氏春秋謂之中飲。晉靈公發酒於宣孟，宣孟知之，中飲而出。戰國策：楚王觴張儀，中飲，再拜而請。凡事之半曰中。左昭二十八年傳：中置，謂饋之半。史記河渠書「中作而覺」，謂工之半也。吕氏春秋「中關而止」，謂關弓弦正半而止也。中酒，猶今人言半席。師古解以不醉不醒，故謂之中，失之（見日知録）。紹煐按：顧以中爲半，歷引諸書，甚核，其外如列子力命篇「得亦中，亡亦中」。謂得一半、亡一半也。魏志管輅傳「鼓一中」。注「猶言鼓一半也」。皆以中爲半。而以解此中酒爲半酒，如云酒半而起，是飲不終席，有何趣味？仍當從顔説。魏志徐邈傳：邈爲尚書郎，時禁酒，邈私沉醉。趙達問以曹事。曰：中聖人。時謂酒清爲聖人，酒濁爲賢者。是中酒正半醉半醒之意。故蘇軾詩云：公特未知其趣耳，臣今時複一中之。惟漢書司馬相如傳「酒中樂酣」，乃可云「酒半」耳。顔注：酒中，飲酒中半也。師古兩注最有斟酌。胡氏説最爲有據。諸本多作「中酒」，是也。監本獨作「中湏」者，恐「中酒」之形近而誤也。

【彙注】

【李善注】劉曰：靡，美也。楊子法言曰：聶政、荆軻，刺客之靡。締，結也。賈誼過秦論曰：締

交。白，罰爵名也。漢書曰：引滿舉白。鄱陽人俗性暴急。何晏云：鄱陽惡戲，難與曹也。鄱陽本豫章縣。善曰：漢書曰：季布爲任俠。如淳曰：相與信爲任，同是非爲俠。漢書述曰：江都輕訬。謂輕薄爲訬也。締，結也。翩翩，往來貌。弈弈，輕靡之貌。高誘淮南子注曰：訬，輕利急疾也。訬音眇。史記曰：趙平原君使人於楚，楚相春申君處，趙使欲誇楚，爲玳瑁簪，刀劍室皆以珠飾之。請春申君。春申君客三千餘人，其上客皆躡珠履而迎之，趙使大慙。翹關扛鼎，皆逞壯力之勁，能招門關也。列子曰：孔子勁，能招國門之關，而不肯以力聞。招與翹同。扛，舉也。漢書曰：項羽力能扛鼎。又漢書贊曰：元帝時覽拚射。孟康曰：手搏爲拚。壺，投壺也。禮有投壺。論語曰：不有博弈者乎。

【文選鈔】鄰者，謂与上貴人爲鄰近也。任者，以恩相親信也。周礼，六行：孝友睦因任恤。俠者，俠持也。翩翩，輕飛之貌。謂結信之士相奔趣，翩翩然輕如飛也。賓從弈弈，謂賓客侍從弈弈然衆多，動以千百，謂吴尋常舉動，出入之間，侍從有百數，或至千也。

里讌巷飲，謂巷間飲讌，會知友也。飛觴舉白，謂有違令者舉大白以罰之。昔魏文侯与大夫飲，使公乘不仁爲觴政，曰：飲不嚼者，浮以大白。文侯不嚼，不仁舉大白以浮之。漢書班伯傳曰：引滿舉白矣。顔監云：謂引取滿觴而飲之，訖，舉觴告白盡也。服虔云：舉白，言舉酒杯有餘白瀝者罰之。抃，撫掌也。射，鄉閭所習也。博，六博也。世本曰：烏曹作博中酒。顔監曰：中酒，飲酒之中，不醉不呈，故謂之中。

【文選音決】任，而鴆反。俠，胡牒反。訬，楚交反。又爲士交、亡小二反。締，徒帝反。翩，匹延反。從，才用反。衖，户降反。翹，巨遥反。扛音江。抃音卞。射，常夜反。壺音胡。鄱，步和反。譃，虚略反。

【五臣注】訬音眇。締，提細反。儐，卑胤反。從，自用反。杠音江。鄱音婆。翰曰：以義示人，人皆信之曰任。輕死重義曰俠。靡，美也。輕訬之客，謂輕捷之人。言其鄰近之處相次有之。向曰：締，結也。翩翩，往來貌。言其結交而往來。儐者，所以道引於前也。從者，侍從於後。奕奕，盛貌。濟曰：躧，蹈也。以珠飾其履者，動以千百，言多也。良曰：行觴，疾如飛也。舉白，杯名，有犯令者舉而罰之。翰曰：翹、扛，皆舉也。關，門關也。鼎，大鼎也。手舞曰抃。壺，投壺也。博，博弈也。向曰：鄱陽郡人性多躁急，酒半酣之時，好爲暴惡之戲。中酒爲半酣也。

【張鳳翼文選纂注】訬音眇。儐，畢胤切。相與信爲任，同是非爲俠。訬，輕利急疾也。締，結也。翩翩，往來貌。導引於前曰儐，侍從於後曰從。奕奕，盛貌。白，罰爵也。漢書：飲滿舉白。翹關，有力之士。列子：孔子勁，能招國門之關，而不肯以力聞。招與翹同。扛，橫開對舉也。抃，疑作拚。漢書：元帝拚射。言手擲也。鄱陽郡人性甚躁急，酒半酣時，好爲惡戲。

【王象乾文選删注】訬音眇。相與信爲任，同是非爲俠。靡，美也。訬，輕利急疾也。白，罰爵名。翹關扛鼎，皆逞壯力。手搏曰抃。壺，投壺。鄱陽俗性急暴。楊子法言曰：聶政、荆軻，刺客之靡。漢書述曰：江都輕訬。謂輕薄爲訬也。史記曰：趙平原君使人於楚，楚相春申欲誇楚，爲玳瑁簪，刀劍室皆以珠飾之。客三千餘人，其上客皆躡珠履而迎之，使大慙。列子曰：孔子勁，能招國門之關，而不肯以力聞。漢書贊曰：元帝時覽拚射。漢書曰：引滿舉白。何晏云：鄱陽惡戲，難與曹。

【陳景雲文選舉正】其鄰則有。注「締交」。舊本「締」上有「合從」二字。又「使人於楚，楚相春申君」下「楚」字衍。又「請春申君」，「請」當作「詒」。

【杭世駿文選課虛】漢書述曰：江都輕訬。謂輕薄爲訬也。訬，輕利急疾也。音眇。

【余蕭客文選音義】締弟。儐賓，去聲。譙吴師道戰國策補注：譙即燕。拚卞。

【余蕭客文選紀聞】拚卞。廣韵四。

【孫志祖文選李注補正】中酒而作。○補曰：漢書樊酈傳：項羽既饗軍士，中酒。師古曰：飲酒之中也。不醉不醒，故謂之中。

【張雲璈選學膠言】拚射壺博。李注引漢書贊曰：哀帝時覽拚射。孟康曰：手搏爲拚。雲璈按：甘延壽以良家子善騎射，試弁，爲期門。孟康注：弁，手搏。「弁」與「拚」通。

【胡克家文選考异】注「江都輕訬」。案：「輕訬」當作「訬輕」。各本皆倒。

注「謂輕薄爲訬也」。袁本、茶陵本無「謂輕」「訬」三字。案：此不當有，見下。

注「締結也翩翩往來貌弈弈輕靡之貌」。案：此三句，亦不當有。上引景十三王述，下引淮南高注，相連接解「輕訬」，後人添之，隔截其間，非。凡尤本誤取增多之外，袁、茶陵二本亦有失善舊者，如此是矣。

注「使人於楚楚相春申君處」。袁本、茶陵本無「楚楚相」「處」四字。

注「而迎之趙」。袁本、茶陵本無此四字。

注「翹關扛鼎」下至「能招門關也」。袁本、茶陵本無此十五字。

注「漢書曰項羽力能扛鼎又」。袁本此十字作「扛鼎已見西京賦」，是也。茶陵本所複出，不同，亦非。

【梁章鉅文選旁證】中酒而作。顧氏炎武日知録二十七云：樊噲傳：項羽既饗軍士，中酒。中酒，謂酒半也。吕氏春秋謂之中飲。晉靈公發酒於宣孟，宣孟知之，中飲而出。戰國策：楚王觴張儀，

中飲，再拜而請。凡事之半曰中。左昭二十八年傳：中置，謂饋之半也。史記河渠書「中作而覺」，謂工之半也。呂氏春秋「中關而止」，謂關弓弦正半而止也。中酒，猶今人言半席。師古解以不醉不醒，故謂之中，失之矣。司馬相如傳：酒中樂酣。師古曰：酒中，飲酒中半也。一人注書，前後不同如此。

注手搏爲拚。張氏雲璈曰：甘延壽以良家子弟善騎射，試弁，爲期門。孟康注：弁，手搏，即拚也。

【薛傳均文選古字通疏證】翹關扛鼎。注善曰：列子曰：孔子勁，能招國門之關，而不肯以力聞。「招」與「翹」同。傳均案：賈誼過秦論：招八州而朝同列，百有餘年矣。注鄧展曰：招，猶舉也。蘇林曰：招音翹。周語：好盡言以招人過。注：招，舉也。廣雅釋詁：翹，舉也。漢書禮樂志：兼雲招給祠南郊。注：「招」讀與「翹」同。

【胡紹煐文選箋證】儐從奕奕。注善曰：奕奕，輕靡之貌。按：奕奕，盛貌。此謂儐從之盛也。廣雅：奕奕，盛也。

中酒而作。顧氏炎武曰：樊噲傳：項羽既饗軍士，中酒。中酒，謂酒半也。呂氏春秋謂之中飲。晉靈公發酒於宣孟，宣孟知之，中飲而出。戰國策：楚王觴張儀，中飲，再拜而請。凡事之半曰中。左昭二十八年傳：中置，謂饋之半。史記河渠書「中作而覺」，謂工之半也。呂氏春秋「中關而止」，謂關弓弦正半而止也。中酒，猶今人言半席。師古解以不醉不醒，故謂之中，失之（見日知録）。紹煐按：顧以中爲半，歷引諸書，甚核。其外如列子力命篇「得亦中，亡亦中」。謂得一半、亡一半也。魏志管輅傳「鼓一中」。注「猶言鼓一半也」。皆以中爲半。而以解此中酒爲半酒，如云酒半而起，是飲不終席，有何趣味？仍當從顏説。魏志徐邈傳：邈爲尚書郎，時禁酒，邈私沈醉。趙達問以曹事。曰：中聖人。

時謂酒清爲聖人，酒濁爲賢者。是中酒正半醉半醒之意。故蘇軾詩云：公特未知其趣耳，臣今時複一中之。惟漢書司馬相如傳「酒中樂酣」，乃可云「酒半」耳。顔注：酒中，飲酒中半也。師古兩注最有斟酌。

【**高步瀛文選李注義疏**】「奕奕」，尤本作「弈弈」。茶陵本校曰：五臣本作「奕奕」。案：「弈」字蓋轉寫之誤。○吕向曰：中酒爲半酣也。孫志祖曰：漢書樊噲傳：項羽既饗軍士，中酒。師古曰：飲酒之中也。不醉不醒，故謂之中。梁章鉅曰：顧氏炎武日知録二十七云：樊噲傳：項羽既饗軍士，中酒。中酒，謂酒半也。吕氏春秋謂之中飲。晉靈公發酒於宣孟，宣孟知之，中飲而出。戰國策：楚王觴張儀，中飲，再拜而請。凡事之半曰中。左昭二十八年傳：中置，謂饋之半也。史記河渠書中作而覺。謂工之半也。吕氏春秋中關而止，謂關弓弦正半而止也。中酒，猶今人言半席。師古解以不醉不醒，故謂之中，失之矣。司馬相如傳酒中樂酣，師古曰：酒中，飲酒中半也。一人注書，前後不同如此。步瀛案：吕氏春秋中飲見報更篇，中關見壅塞篇。戰國策見楚策三。胡紹煐曰：顧以中爲半，歷引諸書，甚核。其外如列子力命篇「得亦中，亡亦中」。謂得一半、亡一半也。魏志管輅傳鼔一中。注：猶言鼔一半也。皆以中爲半。而以解此中酒爲半酒，如云酒半而起，是飲不終席，有何趣味？仍當從顔説。惟司馬相如傳酒中樂酣，乃可云酒半耳。師古兩注最有斟酌。步瀛案：胡氏此説是也。而其引魏志徐邈傳中聖人，以證半醉半醒之意，則甚誤。彼「中」字應訓「當」耳。○劉注：靡，美也。本書文賦李注同。彼注又引韓詩章句曰：靡，好也。楊子法言淵騫篇曰：政實壯士之靡也，軻實刺客之靡也。政，謂聶政。軻，謂荆軻。而一云壯士，一云刺客，此注引未晰。○過秦論曰：合從締交。此注亦節引二字。○漢書，見叙傳。注引服虔曰：舉滿桮有餘白瀝者，罰之也。又引孟康曰：舉白，見驗飲酒盡不也。顔

曰：謂引取滿觴而飲，飲訖，舉觴告白盡不也。一説：白者，罰爵之名也。飲有不盡者，則以此爵罰之。魏文侯與大夫飲酒，令曰：不釂者浮以大白。於是公乘不仁舉白浮君，是也。步瀛案：見説苑善説篇。又淮南道應篇曰：蹇重舉白而進之曰：請浮君。許注曰：舉白，進酒也。浮，猶罰也。與顔注意同。○何晏云：鄱陽惡戲，難與曹也。案：類聚果部上下，初學記州郡部，御覽雜物部一、布帛部五、果部六皆引何晏九州論，此疑是九州論之文，特諸書未引此句，無可證。又案：漢豫章郡鄱陽縣，今江西鄱陽縣治。○李注引漢書，見季布傳，次引漢書述見叙傳下。各本「訬輕」二字因正文誤倒，今依漢書訂正。○高誘淮南注，見修務篇，今本無「疾」字。○「締，結也。翩翩，往來貌。奕奕，輕靡之貌」十四字，各本在高誘淮南注上。胡克家曰：此三句不當有，上引景十三王述，下引淮南高注，相連接解輕訬，後人添之，隔截其間，非。步瀛案：此按正文次叙，當在「訬音眇」之下。翩翩，往來貌，本詩巷伯毛傳。本書秋懷詩注引韓詩章句曰：奕奕，盛貌。吕向注同。胡紹煐曰：此謂儐從之盛也。○史記，見春申君傳。「玳」作「瑇」，字同。尤本「春申君」上有「於楚，楚」三字，「春申君」下有「處」字，史記無，今依袁、茶二本删。又「珠履」下有「而迎之」三字，亦依二本删。史記作「以見趙使」，不作「而迎之也」。又二本「此」下無「趙」字，亦非。又「珠」上衍「皆」字，「珠」下脱「玉」字，「請命春申君客」句脱「命」字、「客」字，今皆依史記訂。○尤本「趙使大慙」下有「翹關、扛鼎，皆逞壯力之勁，能招門開也」十五字，語意不明晰，疑有脱誤。今依袁、茶二本删。○列子見説符篇，「招」作「拓」。張湛曰：拓，舉也。殷敬順釋文曰：「拓」，一本作「招」。步瀛案：拓不宜訓舉，蓋即「招」字之誤。周語下韋注曰：招，舉也。吕氏春秋慎大篇曰：孔子之勁舉國門之關，而不肯以力聞。淮南道應篇曰：孔子勁杓國門之關，而不肯以力聞。許注曰：杓，引也。陶方琦謂「杓」字从「手」不从「木」。説文：扚，擊也。摽，擊也，一曰門挈屬

牡也。「扚」即同「摽」。步瀛案：扚、招聲亦相近。又主術篇曰：孔子之通，力招城關。顔氏家訓誡兵篇曰：孔子力翹門關，不以力聞。説文曰：撟，舉手也。「招」與「翹」皆「撟」之通借字。又案：尤本「關」作「開」，俗字，今依袁、茶二本。○「扛鼎，已見西京賦」，尤本作「漢書曰：項羽力能扛鼎」，下又有「又」字。胡克家曰：袁本此十字作「扛鼎，已見西京賦」，是也。茶陵本所複出不同，亦非。○漢書贊，見哀帝紀。此注各本「哀」作「元」，誤。今漢書「拚」作「卞」，注引蘇林曰：手搏爲卞。與孟康同。○案：「卞」、「拚」之借字。○禮記投壺第四十釋文曰：壺，器名。以矢投其中，射之類。大戴禮記投壺第七十八。○論語，見陽貨篇。○客、奕、百、白、博、作，古音魚部。

於是樂只衎而歡飫無匱，都輦殷而四奥來暨。水浮陸行，方舟結駟。唱棹轉轂，昧旦永日。

【彙校】

「於是」　「於」，奎章閣本、明州本、贛州本、四庫本、叢刊本、陳八郎本、尤刻本、胡刻本、監本、九條

本同。正德本、唐鈔本作「扵」。當作「於」。

「歡飫無匱」「歡」，奎章閣本、明州本、贛州本、四庫本、叢刊本、正德本、陳八郎本、尤刻本、胡刻本、監本、九條本同。唐鈔本作「歡」。當作「歡」。「飫」，奎章閣本、明州本、贛州本、四庫本、叢刊本、正德本、尤刻本、胡刻本、監本、九條本同。陳八郎本作「飲」。唐鈔本作「飯」。當作「飫」。「匱」，奎章閣本、明州本、贛州本、四庫本、叢刊本、正德本、陳八郎本、尤刻本、胡刻本、監本、九條本同。唐鈔本作「遺」。當作「匱」。

「四奥來暨」「來」，明州本、贛州本、四庫本、叢刊本、陳八郎本、尤刻本、胡刻本、監本、九條本同。奎章閣本、正德本、唐鈔本作「来」。當作「來」。「暨」，奎章閣本、四庫本、正德本同。明州本、贛州本、叢刊本、陳八郎本、尤刻本、胡刻本、監本、唐鈔本、九條本作「曁」。當作「暨」。

「方舟結駟」「結」，奎章閣本、贛州本、叢刊本、正德本同。明州本、四庫本、陳八郎本、尤刻本、胡刻本、監本、唐鈔本、九條本作「結」。當作「結」。「駟」，奎章閣本、明州本、贛州本、四庫本、叢刊本、正德本、陳八郎本、胡刻本、監本、唐鈔本、九條本同。尤刻本無「駟」字。當有「駟」字。

■**立群案**：善注引楚辭曰：青驪結駟齊千乘。五臣向曰：方舟，并舟也。結駟，連騎也。據注，是李善本、五臣本皆有「駟」字。賦云：水浮陸行，方舟結駟。「水浮」指「方舟」，「陸行」指「結駟」。據賦意，亦自當有「駟」字也。楚辭招魂：青驪結駟兮齊千乘，懸火延起兮玄顔烝。王逸注：結，連也。四馬爲駟。或爲賦語所本。諸本多有「駟」字，是也。尤刻本獨無「駟」者，誤也。

「唱棹轉轂」「唱」，奎章閣本、明州本、贛州本、四庫本、叢刊本、正德本、陳八郎本、尤刻本、胡刻本、監本、九條本同。唐鈔本作「誯」。當作「唱」。「棹」，奎章閣本、明州本、贛州本、四庫本、叢刊本、

正德本、陳八郎本、九條本同。尤刻本、胡刻本、監本、唐鈔本作「櫂」。當作「棹」。「轉」，明州本、贛州本、叢刊本、正德本、陳八郎本、尤刻本、胡刻本、監本同。奎章閣本、四庫本、唐鈔本、九條本作「轉」。當作「轉」。

■ **立群案：** 玉篇：誯，初障切。導也，發歌句也。亦作唱。宋本廣韵：唱，發歌。又導也。亦作誯、倡。尺亮切。正字通：誯，同唱。舊注重出分二字，非。康熙字典：誯，集韵同「唱」。知「誯」「唱」通。今從「唱」。

「昧旦永日」　「永」，奎章閣本、明州本、贛州本、四庫本、叢刊本、正德本、九條本同。陳八郎本、尤刻本、胡刻本、監本、唐鈔本作「永」。當作「永」。

【彙注】

【李善注】劉曰：昧旦，清晨也。左傳曰：昧旦丕顯。善曰：毛詩曰：其樂只且。又曰：嘉賓式宴以衎。飫，已見上文。輦，王者所乘。故京邑之地，通曰輦焉。漢書曰：殺身靡骨，死事輦轂下。四奥來暨，言四方之人皆來。唱棹轉轂，言遠人唱歌櫂船，乘車轉轂，以向吴都。楚辭曰：青驪結駟齊千乘。漢書曰：轉轂百數。毛詩曰：且以永日。衎，苦旦切。飫，一據切。

【文選鈔】衎，樂也。詩云：樂只君子。飫，飽也。匱，盡竭也，言樂此吴土地无極盡也。都，謂都衆所聚也。駕人曰輦。殷，盛也。四隩，四方之遠居也。暨，至也。言都衆車乘甚盛，皆從四方遠所來至也。方舟，并舟，謂水浮也。結駟，連馬，謂陸行也。唱櫂，手櫂船而唱歌，所以忘勞也。轉轂，迴車，謂結駟也。永日，長日也。毛詩曰：且以永日。

【文選音決】樂音洛。只音紙。衎，可旦反。飫，於慮反。匱，求媚反。案，自此以下至「結駟」，自

有三韵，并不須協下「日」字爲韵。隩，蕭：於六反。曁音忌。駟音四。櫂，直孝反。

所居之處。【五臣注】衎，苦干反。向曰：只，辭也。衎，樂也。飽而飲酒曰飫。匱，乏也。翰曰：都輦，天子駟，連騎也。向曰：唱棹，鼓棹行而歌也。轉轂，謂言方舟結駟，唱棹轉轂，自早日而至於暮，故云永日也。

【張鳳翼文選纂注】衎，樂也。飽而飲酒曰飫。輦，王者所乘，故京邑之地，通曰輦下。曁，即書咸曁之曁。言帝都殷盛，而四遠之人皆來至也。方舟，并舟也。結駟，連騎也。昧旦，清晨也。

【陸善經注】輦，王者所乘，故京邑之地通曰輦。方舟結駟，言水陸俱至也。

【余蕭客文選音義】駟叶細。

【胡克家文選考异】注「四隩來曁」下至「以向吴都」。袁本、茶陵本無此三十字。

【許巽行文選筆記】四奥。説文：奥，宛也。室之西南隅。从宀，𢍜聲。澳，隈厓也。其内曰澳，其外曰隈。从水，奥聲。隩，水隈厓也。从自，奥聲。釋文：於六反。玉篇：於報反。地理志：四奥既宅。讀曰墺。説文：墺，四方土可居也。从土，奥聲。於六切。經典「奥」「澳」「墺」「隩」四字多通用。

【胡紹煐文選箋證】於是樂只衎而歡飫無匱。　按：樂只，謂君子也，與下「都輦」相對，猶下云「樂胥衎其方域」。「樂胥」亦君子，字詳後。

【高步瀛文選李注義疏】詩南山有臺曰：樂只君子。胡紹煐曰：樂只，謂君子也，與下「都輦」相對。猶下云「樂胥衎其方域」。「樂胥」亦君子。○許巽行曰：説文：奥，宛也。室之西南隅。从宀，𢍜聲。澳，隈崖也，其内曰澳。从水，奥聲。隩，水隈崖也，从自，奥聲。釋文：於六反。玉篇：於報反。

地理志：四奥既宅。讀曰墺，説文：墺，四方土可居也。从土，奥聲。於六切。經典「奥」「澳」「隩」「墺」四字多通用。○詩邶谷風曰：伊予來塈。毛傳曰：塈，息也。○劉注引左傳，見昭三年叔向引讒鼎之銘。○李注引毛詩，見君子陽陽及南有嘉魚。「宴」作「燕」，乃借字。毛傳曰：衎，樂也。○飫見上文，指東都賦。○漢書見元后傳王鳳上疏乞骸骨。此注各本「死」下有「事」字，誤衍。今依漢書刪。○「四隩來塈」至「以向吳都」，胡克家曰：袁本、茶陵本無此三十字。○楚辭，見招魂。○後引漢書，見貨殖傳。○後引毛詩，見山有樞。○塈、駟，古音脂部。日，至部。通轉爲韵。

開市朝而普納，横闤闠而流溢。混品物而同廛，并都鄙而爲一。士女佇眙，工賈駢坒。紵衣絺服，雜沓從萃。輕輿按轡以經隧，樓船舉颿而過肆。果布輻湊而常然，致遠流離與珂珹。

【彙校】

「開市朝」 「開」，奎章閣本、明州本、贛州本、四庫本、叢刊本、正德本、陳八郎本、尤刻本、胡刻本、唐鈔本、九條本同。監本作「開」。當作「開」。

■立群案：「開」同「閈」，指關門聲。如揚雄法言問道：開之，廓然見四海，閉之，閈然不睹墻之裏。玉篇亦載：閈，門扉聲。宋本廣韻：閈，門扉聲。據賦意，此處顯應作「開」，恐監本作「開」乃「開」之形似而誤。

「而普納」「普」，奎章閣本、明州本、贛州本、四庫本、叢刊本、正德本、陳八郎本、監本、唐鈔本、九條本同。尤刻本、胡刻本作「並」。今從「普」。

■立群案：「並」「普」於賦皆通。然監本尚作「普」，至尤刻本、胡刻本始作「並」，或「普」佚「並」下「日」所致。諸本多作「普」，從之。

「橫闠闠」「闠」，奎章閣本同。明州本、贛州本、正德本、陳八郎本作「闠」。四庫本、九條本模糊不清。叢刊本、尤刻本、胡刻本、監本、唐鈔本作「闠」。當作「闠」。

「而流溢」「流」，明州本、贛州本、叢刊本、陳八郎本、尤刻本、胡刻本、監本、唐鈔本、九條本同。奎章閣本、四庫本、正德本作「流」。當作「流」。

「并都鄙」「鄙」，奎章閣本、明州本、贛州本、叢刊本、正德本、陳八郎本、監本、九條本同。四庫本、尤刻本、胡刻本、唐鈔本作「鄙」。當作「鄙」。

「而爲一」「爲」，明州本、贛州本、叢刊本、陳八郎本、尤刻本、胡刻本、監本、九條本同。奎章閣本、四庫本、正德本、唐鈔本作「為」。當作「爲」。

「士女佇眙」「佇眙」，奎章閣本、明州本、贛州本、四庫本、叢刊本、正德本、陳八郎本、尤刻本、胡刻本、唐鈔本、九條本同。監本作「佇貽」。當作「佇眙」。

■立群案：劉逵曰：佇眙，立視也。善注引楚辭曰：覽涕而佇眙。五臣銑曰：佇眙，立視貌。

據注，是劉逵本、李善本、五臣本皆作「伫眙」。諸本多作「伫眙」，是也。監本獨作「伫貽」，形近而誤也。

「工賈駢坒」　「工賈」，奎章閣本、明州本、贛州本、四庫本、叢刊本、正德本、陳八郎本、唐鈔本、九條本同。尤刻本作「商賈」。胡刻本、監本作「商賈」。今從「工賈」。

■立群案：左傳昭公二十六年：在禮，家施不及國，民不遷，農不移，工賈不變，士不濫，官不滔，大夫不收公利。「工賈」，指出售手工品的手工業者。周禮天官太宰：六曰商賈，阜通貨賄。鄭玄注：行曰商，處曰賈。斟酌賦意，恐當作「工賈」爲是。

「紵衣絺服」　「服」，四庫本同。奎章閣本、明州本、贛州本、叢刊本、陳八郎本、尤刻本、胡刻本、監本作「服」。正德本、唐鈔本、九條本作「服」。當作「服」。

「雜沓從萃」　「雜」，明州本、贛州本、四庫本、叢刊本、尤刻本、胡刻本、監本、九條本同。奎章閣本、正德本、陳八郎本、唐鈔本作「雜」。當作「雜」。「從」，尤刻本、胡刻本、監本同。奎章閣本、明州本、贛州本、四庫本、叢刊本、正德本、陳八郎本、九條本作「從」。唐鈔本作「従」。今從「從」。

■立群案：胡克家文選考异：袁本、茶陵本「從」作「從」。案：此蓋善「從」、五臣「從」，二本失著校語。又二本注中亦作「從」，非。善曰：羽獵賦曰：萃從沇溶。埤蒼曰：從，走貌。正作「從」也。據胡氏説，注中當作「從」也。類篇：從從，疾貌。廣韵：從從，走意。對比善注所引埤蒼，亦可證李善本當作「從」。五臣良曰：從，上。是五臣本自作「從」也。胡紹煐文選箋證：按：從萃，聚也。「從」與「縱」同。漢書禮樂志：騎沓沓，般縱縱。晉灼音人相樅勇爲惡之「樅」。顔注：縱縱，衆也。衆亦聚也。易雜卦傳：萃，聚也。是胡氏箋證認爲當作「從」。然阮元經籍籑詁：從，從同。似「從」「從」同。

今從「從」。

「輕輿按轡」 「輕」，明州本、贛州本、四庫本、叢刊本、陳八郎本、尤刻本、胡刻本、監本、唐鈔本、九條本同。奎章閣本作「輕」。正德本作「輊」。當作「輕」。「輿」，明州本、贛州本、四庫本、叢刊本、陳八郎本、尤刻本、胡刻本、監本、唐鈔本、九條本同。奎章閣本、正德本作「輿」。當作「輿」。「按」，奎章閣本、明州本、四庫本、正德本、陳八郎本、尤刻本、胡刻本、監本同。贛州本、叢刊本、九條本作「桉」。唐鈔本作「安」。今從「按」。「轡」，奎章閣本、明州本、贛州本、四庫本、叢刊本、正德本、陳八郎本、尤刻本、胡刻本、監本、九條本同。唐鈔本作「轡」。當作「轡」。

■ **立群案**：説文手部：按，下也。以手抑之使下也。正合賦意。桉者，乃喬木。史記絳侯周勃世家：壁門士吏謂從屬車騎曰：將軍約，軍中不得驅馳。於是天子乃按轡徐行。諸本多作「按」，是也。贛州本、叢刊本作「桉」者，當爲「按」之形近而誤。另，陸機赴洛道中作詩：振策陟崇丘，安轡遵平莽。是「安轡」亦有據。今從「按轡」。

「樓船舉颿」 「樓」，奎章閣本、明州本、贛州本、四庫本、叢刊本、正德本、陳八郎本、尤刻本、胡刻本、監本、唐鈔本、九條本作「樓」。當作「樓」。「船」，四庫本、叢刊本、尤刻本、胡刻本、監本、九條本同。奎章閣本、贛州本、唐鈔本作「舩」。明州本、正德本、陳八郎本作「舡」。當作「船」。「舉」，明州本、贛州本、四庫本、叢刊本、正德本、陳八郎本、尤刻本、胡刻本、監本、唐鈔本、九條本同。奎章閣本作「舉」。當作「舉」。

「果布輻湊」 「果」，奎章閣本、明州本、贛州本、四庫本、叢刊本、陳八郎本、正德本、尤刻本、胡刻本、監本、唐鈔本同。九條本作「菓」。當作「果」。「湊」奎章閣本、明州本、贛州本、四庫本、叢刊本、陳

八郎本、正德本、尤刻本、胡刻本、監本、唐鈔本、九條本作「湊」。當作「湊」。

「致遠流離」 「遠」，奎章閣本、贛州本、四庫本、叢刊本、正德本、陳八郎本、尤刻本、胡刻本、監本、唐鈔本、九條本作「遠」。明州本作「遠」。當作「遠」。「流」，明州本、贛州本、叢刊本、陳八郎本、尤刻本、胡刻本、監本、唐鈔本、九條本同。奎章閣本、四庫本、正德本作「流」。當作「流」。

「與珂珹」 「與」，明州本、贛州本、四庫本、叢刊本、正德本、陳八郎本、尤刻本、胡刻本、監本、唐鈔本、九條本同。奎章閣本作「與」。當作「與」。「珹」，唐鈔本同。奎章閣本、明州本、贛州本、四庫本、叢刊本、正德本、陳八郎本、尤刻本、胡刻本、監本、九條本作「珹」。當作「珹」。

【彙注】

【李善注】颿音帆。珂，苦何切。劉曰：混，同也。佇眙，立視也。今市聚人，謂之立眙。南方多絺葛，故曰紵衣絺服也。樓船，船有樓也。颿者，船帳也。地理志曰：越多犀象、玳瑇、珠璣、銅銀、果布之湊。黄支國多异物，入海市明珠流離。果，橘柚之屬。布，箋紵之屬。近海多寶物。湊，會處也。珹，老雕化西海爲珹，已裁割若馬勒者謂之珂。珹者，珂之本，璞也。日南郡出珂珹。善曰：楚辭曰：覽涕而佇眙。許慎淮南子注曰：坒，相連也。扶必切。羽獵賦曰：萃傱沇溶。埤蒼曰：傱，走貌。先鞏切。隧，向市路。肆，市路也。漢書有樓船將軍。珹音戌。

【文選鈔】開吴市，平旦受之，不問多少，故致流溢也。周礼曰：以廛里任國中之地。鄭司農曰：廛，謂市中空地未有肆，城中空地未有宅者也。并，猶合也。都，謂美好之人。鄙，謂遠异俗也。爲一者，言在一處也。或云：都，好物。鄙，惡物。以惡物雜好物賣之，故云爲一也。佇眙，言南方人多，不得迴轉，但佇眙而已。工，巧近。賈，坐賈者也。駢，并列也。坒，度其物品次第也。

葛之精者曰絺。雜沓，衆多也。漎，謂漎漎然也。萃，聚也。肆，陳列，謂店也。

琉璃，珠名，青色，鮮明洞徹。廣雅云：珂者，石次玉。珬者，海中螺也。

【文選音決】朝，如字，或爲直遥反，非。闤音還。闠，胡對反。混，胡本反。廛，直連反。伫，直旅反。眙，敕吏反。賈音古。駢，步田反。坒，婢日反。紵，直吕反。絺，敕釐反。漎，蕭：先項反。又四踊反。萃音悴。案：自此以下，亦不須協韵。隧音遂。帆，凡之去聲。過音戈。輻音福。輳，七豆反。珂，苦歌反。珬，思遂反。

【五臣注】眙，敕吏反。賈音古。坒，蒲必反。漎，先勇反。颿音帆。珂，苦何反。珬音邃。翰曰：闤闠，市門也。言早朝開市，普納雜貨，如川之流，盈溢於市廛也。廛，市中空地，混同品物於此也。并都鄙而爲一者，言都中及邊鄙之人皆通貨物而來，并在此一所。銑曰：伫眙，立視貌。駢坒，闐駢相次貌。坒，次也。良曰：漎，上。萃，集也。雜沓，多亂之貌。向曰：輿，車也。按轡，緩行也。隧，市中道也。言水流通市，故樓船過於肆也。舉颿者，掛席用風力也。翰曰：果，橘柚也。布，絺紵也。輻湊，來者常也。流離、珂珬，皆寶名，自遠至也。

【陸善經注】市朝，市之朝時。周官：市有三朝。吴市早朝畢集也。

紵絺，中土所貴。漎者，從從，衆多貌。

【張鳳翼文選纂注】眙，敕吏切。坒，蒲必切。從，先勇切。颿音帆。珬音邃。闤闠，市門。言早朝開市，普納雜貨，盈溢于中也。并都鄙而爲一者，言都中及邊鄙之人皆通貨物而來，并於此也。伫眙，立視也。駢坒，猶云比肩也。雜沓，紛擾貌。漎萃，藂聚也。隧，市中之道也。水流通市，故樓船過於肆也。輻湊，如車輻之集也。流離、珂珬，皆寶名。致遠，自遠至也。

【王象乾文選删注】眙，敕吏切。坒，蒲必切。漎，先勇切。颿音帆。珹音戍。伫眙，立視也。坒，相連也。漎，走貌。果，橘柚之屬。布，箋紵之屬。珹，老雕化西海爲珹，已裁割若馬勒者謂之珂。珹者，珂之本，璞也。楚辭曰：覽涕而伫眙。今市聚人，謂之立眙。漢書有樓船將軍。地理志曰：越多犀象、玳瑇、珠璣、銅銀、果布之湊。黄支國多异物，入海市明珠琉璃。

【杭世駿文選課虚】許慎淮南子注：坒，相連也。扶必切。伫眙，立視也。今市聚人，謂之伫眙。九章：覽涕而伫眙。漎，走貌。先鞏切。又作萃漎。羽獵賦：萃漎沇溶。

【余蕭客文選音義】坒何音避。颿舊音帆。傱竦。珂軻。珹善音戍。舊注：珹音邃。

【余蕭客文選紀聞】眙丑吏。坒邲并。同。傱叢。漢書八十七。颿帆。雙字下。珂苦何。廣韻二。珹思律。玉篇一。

【孫志祖文選考异】開市朝而竝納。「竝」，六臣本作「普」。

【胡克家文選考异】開市朝而並納。袁本、茶陵本「並」作「普」。案：此蓋善「並」、五臣「普」二本失著校語。

雜沓傱萃。袁本、茶陵本「傱」作「漎」。案：此蓋善「傱」、五臣「漎」二本失著校語。又二本注中亦作「漎」，非。

注「隧向市路肆市路也」。袁本、茶陵本無此八字。

【朱珔文選集釋】珂珹。劉注云：老雕化西海爲珹，已裁割若馬勒者謂之珂；珹者，珂之本，璞也。日南郡出珂珹。案：説文「珂」字在新附。集韵：「珂」，或作「砢」。是當从石。廣雅「瑊」「玏」「珂」皆石之次玉。王氏疏證謂：玉篇：珂，石次玉也，亦碼碯絜白如雪者。蓋珂者，馬勒飾，石形似之，因以

名焉。吴都賦注言老雕所化，亦其類也。余謂玉篇又言：一云，螺屬也，在海中。爾雅翼曰：貝大者珂，皮黄黑，骨白，可飾馬具。即此注所説也。説文無「珬」字，廣韵：珬，珂屬。類篇或作「球」。玉篇：球，玉名，一云珂球，與「珬」同。

【梁章鉅文選旁證】開市朝而並納。六臣本「並」作「普」。

士女佇眙。方言：眙，逗也。郭璞注：「逗」，即今「住」字。眙，謂注視也。説文：眙，直視也。皆可與劉注「立視」相證。

雜遝從萃。五臣「從」作「縱」。良注可證。

流離。漢書西南夷傳：罽賓國，出流離。顔注引魏略云：大秦國，出赤、白、黑、黄、青、緑、縹、紺、紅、紫十種流離。此蓋自然之物，采澤光潤，逾於衆玉，其色不恒。今俗所用皆銷溶石汁，加以衆藥，灌而爲之，虚脆不貞，實非真物。按：琉璃，蓋即今之寶石，顔所謂非真物者，乃今所謂琉璃耳。

注許慎淮南子注曰：坒，相連也。今淮南子無「坒」字。顧氏千里曰：淮南子修務篇：堀虚連比。「坒」即「比」字。許、高兩家之不同也。廣韵「坒相連」與「比比次」皆毗必切。集韵「坒地相連次」與「比次也」，皆薄必切，皆在入聲五質可證。

【胡紹煐文選箋證】士女佇眙。注刘逵曰：佇眙，立視也。今市聚人，謂之立眙。按：説文：眝，長眙也。佇眙連文，「佇」與「眝」同。九章：思美人兮，擥涕而佇眙。王注：竚立，悲哀。「竚」亦「眝」字之假，「佇」，古無訓爲立者。詩燕燕：佇立以泣。傳：佇立，久立也。楚辭疾世：佇立兮忉怛。王注佇，停也。離騷：延佇乎吾將反，大司命：結桂枝兮延竚。皆即「眝」字，謂長望也。長望正「眝」字之義，許云「長眙」是也，注家皆失之。

雜沓從萃。注善曰：羽獵賦曰：萃從允溶。埤蒼曰：從，走貌。先鞏切。按：從萃，聚也。「從」與「縱」同。漢書禮樂志：騎沓沓，般縱縱。晋灼音人相樅勇爲惡之「樅」。顏注：縱縱，衆也。衆亦聚也。易雜卦傳：萃，聚也。

【吕錦文文選古字通補訓】致遠流離與珂珹。錦文案：漢書西域傳：罽賓國出壁流離。廣志、南州异物志、鹽鐵論、廣雅、玉篇皆作「瑠璃」。説文「珋」下云：石之有光，壁珋也。「珋」與「瑠」同。楊雄羽獵賦：方椎夜光之流離。即「瑠璃」也。俗文又作「琉璃」。

【高步瀛文選李注義疏】史記孟嘗君傳曰：日暮之後，過市朝者，掉臂而不顧。索隱曰：言市之行列有如朝廷，故曰市朝。○「並」，袁、茶二本作「普」，「從」作「縱」。胡克家以作「並」「從」者蓋善本，作「普」「縱」者乃五臣本。未知確否。○劉良曰：雜沓，多亂之貌。○吕向曰：按轡，緩行也。隧，市中道也。言水流通市，故樓船過於肆也。○珹，五臣音遂，説文無此字。玉篇：珹，思律切。即引劉達曰：老雕入海所化，在日南。「達」即「逵」字誤也。廣韵在六術「戌」字下。此賦各本正文及注皆作「珹」，音「戌」誤，今正。○劉注：混，同也。案：「混」乃「昆」之借字。説文曰：昆，同也。○佇眙，立視也。胡紹煐曰：説文：眝，長眙也。佇眙連文，「佇」與「眝」同。九章：思美人兮，擥涕而竚眙。王注：竚立，悲哀。「竚」亦「眝」之假。佇，古無訓爲立者。詩燕燕：佇立以泣。傳：佇立，久立也。楚辭疾世：佇立乎忉怛。王注：佇，停也。離騷：延佇乎吾將反。大司命：結桂枝兮延竚。皆即「眝」字，謂長望也。長望正「眝」字之義。許云「長眙」是也。注家皆失之。步瀛案：「佇立乎忉恒」乃九思怨上篇文。胡氏引爲「疾世」，沿經籍籑詁之誤。胡氏書中往往有此，皆不檢原書之失也。爾雅釋詁曰：佇，久也。九思訓佇爲停，正積久之義。然此外離騷訓佇爲立貌，九章思美人、九歌大司命皆訓竚

爲立。説文無「佇」「竚」字，「宁」字下曰：辨積物也。貝部「貯」字下曰：貯，積也。段氏謂「宁」與「貯」蓋古今字。凡云宁立者，正積物之義之引申。俗字作「佇」、作「竚」，皆非是。又目部「眝」字下曰：長眙也。段氏謂外戚傳飾新宫以延貯，此「貯」正「眝」之誤。延眝，謂長望也。凡辭章言延佇者，亦皆當作「眝」。説文無「佇」「竚」字，惟有「宁」字。宁、佇、竚皆訓立，延眝，非謂立也。九章：擥涕而竚眙。王逸云：竚立，悲哀。文選注：佇眙，立視也。此則訓立，然則作「貯眙」亦無不可。步瀛案：段説甚析，胡氏本此。朱駿聲謂：佇訓久，爲「貯」字引申之義，非引申於「宁」。游天台山賦注：佇，猶積也。「佇」與「宁」同，非是。案朱説未確。釋詁塵與佇皆訓久，郝疏引游天台山賦注「佇」與「宁」同，且申之曰：「宁」與「貯」同。史記平準書索隱引字林云：貯，塵也。塵、積義俱爲久也。○説文曰：葛，絺綌艸山也。又曰：絺，細葛也。小爾雅廣服曰：葛之精者曰絺。唐六典卷三曰：江南道厥賦麻紵，厥貢蕉葛練。嶺南道厥賦蕉紵落麻，厥貢絲藤竹布。可證江南多絺葛也。○説文曰：颿，馬疾步也。段曰：今有帆字，船上幔以使風者也。自杜注左傳已見此字。朱駿聲曰：淮南説林「遽契其舟桅」。注：桅，船弦版也，讀如左傳襄王出居鄭地氾之「氾」，一本作「椛」。按：「桅」本作「杋」，从木，马聲，非黄木之桅字，傳寫誤耳。今以桅爲桅竿，亦因此致訛。許書無「杋」「椛」，亦不録「帆」也。左宣十二年傳注：使不帆風。釋文：「帆」，本又作「帕」。○漢書地理志「玳瑁」非「毒冒」，顔注曰：毒音代。冒，音莫内反。步瀛案：「毒冒」「瑇瑁」，古今字。「瑇」又作「玳」。又地理志「流離」上有「璧」字。漢書西域傳曰：罽賓國，出璧流離。説文曰：珋，石之有光者。璧，珋也。段注曰：「者」字依李善江賦注補。此當作「璧珋」，石之有光者也。璧珋，即璧流離也。璧流離三字爲名，胡語也，猶珣玕琪之爲夷語。漢武梁祠堂畫有璧流離，吴國山碑紀符瑞亦有璧流離。梵書言吠瑠璃，吠與璧音相近，今人

省言之曰流離，改其字爲「瑠璃」。古人省言之曰璧珋，珋與流、瑠音同。楊雄羽獵賦：椎夜光之流離。是古亦省作流離也。廣雅釋地「瑠璃」，王念孫疏證曰：藝文類聚寶玉部引韵集云：瑠璃，火齊珠也。又引廣志云：瑠璃，出黄支、斯調、大秦、日南諸國。又引南州异物志云：瑠琉，本是質石，欲作器，以自然灰治之。鹽鐵論力耕篇云：璧玉、珊瑚、瑠璃，咸爲國之寶。古通作流離。漢書西域傳注孟康曰：流離，青色，如玉。顏師古曰：魏略云：大秦國出赤、白、黑、黄、青、緑、縹、紺、紅、紫十種流離。此蓋自然之物，采澤光潤。今俗所用皆銷冶石汁，加以衆藥，灌而爲之，尤虚脆不貞，實非其物也。吕錦文曰：俗又作「琉璃」。○地理志注引韋昭曰：果，謂龍眼、離支之屬。布，葛布也。顏曰：布，謂諸雜細布皆是也。劉注與韋、顏稍有不同。「箋紵」之「箋」字疑有誤，以上文核之，或是「絺」字，即所謂「紵衣絺服」也。○廣雅釋地：珂，列石之次玉之一。疏證曰：玉篇：珂，石次玉也，亦碼碯絜白如雪者。案：珂者，馬勒飾，石形似之，因以名焉。吳都賦劉逵注云云，亦其類。朱珔曰：玉篇又言：一云，螺屬也，在海中。爾雅翼曰：貝大者珂，皮黄黑，骨白，可飾馬具。即此注所説也。説文無「珬」字。廣韵：珬，珂屬。類篇或作「⿰王术」。玉篇：⿰王术，玉名，一云珂球，與「珬」同。步瀛案：據玉篇化西海，「化」疑當作「入」，見上。○李注引楚辭，見九章思美人。洪補注本「覽」作「擥」，本書三良詩注引作「攬」，繫傳七引作「擥」。楚辭各本「佇」作「竚」，繫傳引作「眝」。○梁章鉅曰：今淮南無「坒」字。顧氏千里曰：淮南子修務篇：堀虚連比，「比」即「坒」字，許、高兩家之不同也。廣韵「坒相連」與「比比次」皆毗必切。集韵「坒地相連次」與「比次也」，皆薄必切，皆在入聲五質可證。步瀛案：説文土部：坒，地相比次也。廣雅釋詁三曰：坒，次也。陶方琦淮南許注异同詁曰：許本作「坒」，與高异。○萃從沇溶，本書卷八羽獵賦同。五臣「從」作「漎」。漢書揚雄傳作「從」，「沇」作「允」，清官本作「縱」，引蕭該音義曰：案

字林及埤蒼云：傱傱，走貌也。羽獵賦李注引作「傱走貌也」，與本賦注同。胡紹煐曰：傱萃，聚也。「傱」與「縱」同。漢書禮樂志：騎沓沓，般縱縱。晋灼音人相傱勇作惡之「傱」。顔注：縱縱，衆也。衆，亦聚也。易雜卦傳：萃，聚也。○「隧向市路肆市路也」，胡克家曰：袁本、茶陵本無此八字。○漢書樓船將軍見武帝紀、酷吏楊僕傳、兩粵、朝鮮傳等。○溢，古音支部。一，至部。坒、萃、肆，脂部。珬，祭部。皆通轉爲韵。

緤賄紛紜，器用萬端。金溢磊砢，珠琲闌干。桃笙象簟，韜於筒中；蕉葛升越，弱於羅紈。

【彙校】

「器用萬端」 「器」，明州本、贛州本、叢刊本、正德本、陳八郎本、胡刻本、監本、唐鈔本、九條本同。奎章閣本、四庫本、尤刻本作「噐」。當作「器」。「萬」，奎章閣本、明州本、贛州本、四庫本、叢刊本、正德本、尤刻本、胡刻本、監本、唐鈔本、九條本同。陳八郎本作「万」。當作「萬」。

「金溢磊砢」「磊砢」，陳八郎本、尤刻本、胡刻本、唐鈔本同。奎章閣本、明州本、贛州本、四庫本、叢刊本、正德本、監本、九條本作「磊珂」。當作「磊砢」。

■**立群案**：戰國策秦策一：白璧百雙，黄金萬溢。高誘注：萬溢，萬金也。二十兩爲一溢也。漢書食貨志下：秦兼天下，幣爲二等：黄金以溢爲名，上幣。顔師古注：孟康曰：二十兩爲溢。師古曰：改周一斤之制，更以溢爲金之名數也。高祖初賜張良金百溢，此尚秦制也。據此知，當作「溢」也。磊砢，亦作磊坷、礫砢。如司馬相如上林賦：蜀石黄碝，水玉磊砢。水經注淇水：巨石礫砢，交積隍澗。當作「磊砢」也。諸本作「磊珂」者，或因「金溢」及後「珠琲」，故改「砢」之「石」偏旁爲「玉」偏旁。

「珠琲闌干」「闌」，明州本、贛州本、陳八郎本、胡刻本同。奎章閣本、四庫本、叢刊本、正德本、尤刻本、監本作「闌」。唐鈔本作「蘭」。九條本模糊不清。當作「闌」。

■**立群案**：闌干，縱横貌。趙曄吴越春秋勾踐入臣外傳：王與夫人嘆曰：吾已絶望，永辭萬民，豈料再還，重復鄉國。言竟掩面，涕泣闌干。曹植妾薄命：騰觚飛爵闌干，同量等色齊顔。正與前「磊珂」作「衆多貌」相對。而「蘭干」者，乃織品也。如後漢書西南夷傳哀牢：知染采文繡，罽毲帛疊，蘭干細布，織成文章如綾錦。唐鈔本獨作「蘭干」者，乃因「闌干」形似而誤也。

「桃笙象簟」「桃」，奎章閣本、明州本、贛州本、四庫本、叢刊本、正德本、陳八郎本、尤刻本、胡刻本、監本、九條本同。唐鈔本作「杝」。當作「桃」。

「韜於筒中」「於」，奎章閣本、明州本、贛州本、四庫本、叢刊本、陳八郎本、尤刻本、胡刻本、監本、九條本同。正德本、唐鈔本作「扵」。當作「於」。

「蕉葛升越」 「升」，奎章閣本、贛州本、四庫本、叢刊本、正德本、陳八郎本、尤刻本、胡刻本、唐鈔本、九條本同。明州本、監本作「升」。當作「升」。「越」，正德本同。奎章閣本作「越」。明州本、贛州本、四庫本、叢刊本、陳八郎本、尤刻本、胡刻本、監本、唐鈔本、九條本作「越」。當作「越」。

「弱於羅紈」 「於」，奎章閣本、明州本、贛州本、四庫本、叢刊本、陳八郎本、尤刻本、胡刻本、監本、九條本同。正德本、唐鈔本作「扵」。當作「於」。「紈」，奎章閣本、四庫本、正德本、陳八郎本、尤刻本、胡刻本、監本、唐鈔本、九條本同。明州本、贛州本、叢刊本作「紈」。當作「紈」。

【彙注】

【李善注】珂，力可切。琲，步對切。劉曰：綀，蠻夷貨名也。扶南傳曰：綀貨布帛曰賄。金二十四兩爲鎰。史記曰：趙孝成王一見虞卿，賜黄金百鎰。磊珂，衆多貌。琲，貫也，珠十貫爲一琲。闌干，猶縱横也。桃笙，桃枝簟也，吴人謂簟爲笙。又折象牙以爲簟也。蕉葛，葛之細者。升越，越之細者。綀音捷。

【文選鈔】紛紜，盛貌。器用，謂器物入用。萬端，舉大數，言多也。磊珂，多貌。百珠爲一貫，十貫爲一琲。衛子曰：億琲万貫，故言闌干。韜，藏也。謂此簟細，可藏於竹筒之中也。蕉者，今之芭蕉，績其葉心以爲布，故言蕉布。葛，績葛蔓所爲，今之葛布是也，零陵常獻之。越者，今之蒲布，越人善爲之，故以爲名。升者，未詳。又云：升越，蕉葛之細者，假令用卅升，今越過之，至卌升。取其精細也。⿱艹絇，猶細。謝承後漢書：吴郡本不獻升越，陸閎美容儀，常衣越布單衣。明帝好之，因敕郡獻越布，由此始。

【文選音决】綀，郭音捷，李音維。磊，力罪反。砢，力何反。琲，步罪反。簟，大點反。韜，吐刀反。筒音同。蕉音焦。

【五臣注】䌰音捷。珂，力可反。琲，補對反。濟曰：䌰賄，貨名。紛紜，多貌。翰曰：金二十四兩曰一溢。貫珠曰琲。磊砢、闌干，皆言多也。濟曰：韜，藏也。桃笙、竹簟與象牙簟，皆藏於竹筒而致貢也。銑曰：蕉葛、升越，皆布類。弱於羅紈，言細薄。

【陸善經注】闌干，長貌也。升越，越布。升，數之多。言其細也。紈，粟文綾，或以升爲斗，云斗亦布名。

【張鳳翼文選纂注】䌰音捷。砢，力可切。琲，補對切。䌰，蠻夷貨名也。貨帛曰賄。金二十四兩爲鎰。琲，貫也，珠十貫爲一琲。磊珂，闌干，皆言多也。桃笙，桃枝簟也。吴人謂簟爲笙。韜，藏也。竹簟與象牙簟，皆藏於竹筒中也。蕉葛、升越，皆布類。弱於羅紈，言輕細也。

【王象乾文選删注】䌰音捷。䌰，蠻夷貨名。金二十四兩爲溢。磊珂，衆多貌。琲，貫也，珠十貫爲一琲。闌干，猶縱横也。桃笙，桃枝簟也。象簟，象牙爲簟。蕉葛，細葛。升越，越之細布。史記曰：趙孝成王一見虞卿，賜黄金百溢。吴人謂簟爲笙。

【杭世駿文選課虚】磊砢，衆多貌。砢，洛可切。上林賦：蜀石黄碝，水玉磊砢。珠十貫爲一琲。闌干，縱横也。

【余蕭客文選音義】䌰善音捷。砢裸。琲佩。蕉葛。南方草木狀：甘蕉，一名芭蕉。莖解散如絲，可紡績，爲絺綌，名蕉葛。廣志：蕉葛雖脆而好，色黄白，不如葛色，出交阯、建安。南方异物志：一種蕉大如藕，長六七寸，形正，名方蕉。少甘，味最弱。其莖如芋，取濩而煮之，則如絲，可紡績也。升越。銑曰：布類。

【余蕭客文選紀聞】䌰捷。説文十三上。砢力可。玉篇二十二。琲蒲溉、蒲愷二切。玉篇一。珠五百枚爲琲遼史百十六。簟，宋、魏之間謂之笙方言五。庾翼與王書曰：今致八尺、丈二細桃枝簟十枚御覽七百八。仇

池筆記：柳子厚詩：盛時一失難再得，桃笙葵扇安可常。不知桃笙何物，閱方言，乃悟桃笙以桃竹爲簟曾慥類説九。南史顧憲之傳：疾疫死者裹以笙席。益知笙即簟也。東坡不喜文選，故不用吴都賦。嶺外有桃竹，堅韌可作拄杖，善謂是桃枝，恐桃枝不能爲簟。當從坡爲桃竹猗覺寮雜記一。桃枝竹，叢生，節疏，謂之慈竹。梁簡文答獻簟書云：五離九折，出桃枝之翠笋。桃竹色正紫。東坡云：桃竹，葉如椶，身如竹，密節實中，犀理瘦骨，豈非以此竹爲簟耶韻語陽秋十六。案戴凱之竹譜：桃枝竹外別無桃竹，未知即一物否。朱新仲以桃枝爲桃樹，故謂李善爲誤。

【胡克家文選考异】金鎰磊砢。袁本、茶陵本「鎰」作「溢」，注同，是也。案：此尤誤改耳。

注「史記曰趙孝成王一見虞卿」。袁本、茶陵本「記」下有「虞卿傳」三字，「見」下無「虞卿」二字。

注「闌干猶縱横也」。袁本、茶陵本無此六字。

注「又折象牙以爲簟也」。袁本、茶陵本無「折」字。

【朱珔文選集釋】緤賄紛紜。劉注云：緤，蠻夷貨名也。扶南傳：緤貨布帛曰賄。案：説文「緤」字云：合也。此蓋謂貨賄所集，凡蠻夷之貨亦皆在焉。故下言「器用萬端」，似非專以爲貨之名也。即扶南傳語，亦當從集會取義。

蕉葛升越，弱於羅紈。注云：蕉葛，葛之細者。升越，越之細者。案：蕉爲草名，并無細義。升越尤非理，且不明越爲何物。段氏分作四事，謂升當爲竹。辨之云：此注節首無「善曰」字，然必非淵林注也。蕉即芭蕉也。藝文類聚引廣志曰：芭蕉，其皮中莖解散如絲，績以爲葛，謂之蕉葛。南州异物志曰：甘蕉，取其葉，以灰練之，績以爲練音蔬。异物志曰：取鑊煮之，如絲，可紡績爲絺綌。蘇頌本草圖經云：閩人灰理芭蕉皮，令錫滑，緝以爲布，如古之錫衰焉。唐六典：江南道建州貢蕉練，嶺南道端州

調以蕉布，此蕉布之證也。葛布則見於諸經傳詳矣。竹布，一見王符潛夫論浮侈篇曰：葛子竹越，筩中女布。此四事，葛子一也，竹一也，越一也，筩中女布一也。後漢書王符傳載此篇。章懷注引沈懷遠南越志云：布之品有三，有蕉布，有竹子布，又有葛焉。雖精粗之殊，皆同出而异名。然南越志言蕉竹葛而不言越，章懷亦未釋越，疏矣。今本潛夫論、後漢書及文選「竹」皆訛作「升」，由草書二字不別也。一見禹貢「島夷卉服」。正義引吴都賦「蕉葛竹越」，而近日注疏本皆誤作「升越」，莫能諟正也。一見史記夏本紀：島夷卉服。正義曰：東南草服，葛越蕉竹之屬。此句全用吴都賦而獨作「竹」，不誤，又錯互其辭，明知竹不與越爲一事。一見本賦注，云：始興以南又多小桂，夷人績以爲布葛。云小桂者，桂竹之小者也。此竹夷人績爲布，如葛，亦竹布之一證也。一見南方草木狀云：箪竹，葉疏而大，一節相去五六尺，出九真。彼人取嫩者硾浸，紡績爲布，謂之竹練布。一見太平御覽引顧微廣州記：平鄉縣有笣竹，可爲布。一見唐六典：嶺南道貢竹布。一見元和郡縣志：韶州貢竹布十五匹也。越者，何也。紵，布也。其字古作「越」，今作「絾」。廣韵：絾，紵布也。集韵「絾」，一曰紵布。即禹貢及潛夫論、吴都賦之越也。尚書孔傳曰：南海島夷，艸服葛越。孔沖遠不知葛、越爲二事，但云葛越，南方布名，葛爲之，以爲一物，誤矣。夏本紀正義曰：東南草服，葛越蕉竹之屬。又云：越，即紵布也。惟此得越之解。唐六典：山南道、淮南道、劍南道賦貢皆以紵。賦云「弱於羅紈」者，謂四物以草竹爲之，而膩於蠶絲所成，故王符以與「細緻綺縠，冰紈錦繡」并稱，而葛子竹越居首也。余謂：段説甚核。其所舉廣州記之「笣竹」，李氏譜謂即此賦前文所稱「笣笋抽節」者也。本書作「苞」。「苞」「笣」字通。而劉注云：冬筍也。説與之异。草木狀之「箪竹」，戴譜作「單竹」，云：爲布，精如縠。賦前文言「篔簹」，李譜云：一名箪竹。廣州記云：節長一丈，今曲江縣及蜀中俱有之。圍尺五六寸，節相去六七尺，夷人煮以爲布。

所説形狀，與本書劉注同。段氏謂即簟竹，而戴、李二譜俱分爲二。然李譜於「簟竹」，引或説亦名簟竹。「簟」與「簞」字形相似，則是一物也。李譜又別有「麻竹」，引晉安海物記曰：麻竹夏晚而生，可鍛爲麻。注云：其笋可爲笴。謂麻者，取其瓤煅灰治經緯爲布爲華練。據此，諸書竹之爲布，章章若是。注乃因竹誤爲升，遂望文生義。宜段氏以爲非淵林原注也。説文：絨，采彰也。一曰車馬飾。不以爲紵者，蓋古衹作「越」也。急就篇「絨」字注同説文，而引黄氏説則云紵布。本草綱目云：苎麻可以績紵，故謂之紵陶。宏景謂苎即今績苎麻，是也，亦見陸氏草木疏、蘇氏圖經，皆言苎麻剥其皮可緝爲布。但苎與紵二字不同，已見前南都賦。〇又案，方氏通雅云：越，蒲屬，可緝布。禮有「越席」。「越」音「活」。余謂：禮記禮運：越席疏布。鄭注：越席，蒻蒲席也。左氏桓二年傳：大路越席。疏亦云：結蒲爲席。廣韵：「越」或作「趏」，草也。方説固有據，但蒲之爲席，未可即以爲布而弱於羅紈也，仍訓紵者是。若其引荆州記「秭歸女盡織布至數十升謂之升越」，則亦從升之誤字矣。

【梁章鉅文選旁證】金鎰磊砢。六臣本「鎰」作「溢」，「砢」作「珂」。

注史記曰：趙孝成王一見虞卿。六臣本「記」下有「虞卿傳」三字，「見」下無「虞卿」二字。

注吴人謂簟爲笙。方言：簟，宋、魏之間謂之笙，或謂之籧笛，自關而西，或謂之簟。郭注：今江東通言笙，與此合。王氏念孫曰：笙者，精細之名。方言：自關而西，秦、晉之間，凡細貌謂之笙。簟爲籧篨之細者，故有斯稱。段曰：笙者太簇之氣，象萬物之生，故曰生。釋名：笙，生也，初生之物必細，故方言云然。

蕉葛升越，弱於羅紈。注蕉葛，葛之細者。升越，越之細者。段曰：「升」當作「竹」。蕉葛竹越，畫然四事。蕉，即芭蕉。藝文類聚引廣志曰：芭蕉，其皮中莖解散如絲，績以爲葛，謂之蕉葛。南州异

物志曰：甘蕉，取其莖，以灰練之，績以爲練。异物志曰：取鑊煮之，如絲，可紡績爲絺綌。唐六典：江南道建州貢蕉練。嶺南道端州調以蕉布。此蕉布之證也。葛布則詳見於諸經傳。葛，即絺綌草也。竹布，一見王符潛夫論浮侈篇曰：葛子竹越，筩中女布。此亦四事：葛子一也，竹一也，越一也，筩中女布一也。後漢書王符傳載此篇。李賢注引沈懷遠南越志云：布之品有三，有蕉布，有竹子布，又有葛焉。雖精粗之殊，皆同出而异名也。按南越志言蕉竹葛而不言越，李賢遂未釋越，疏也。今本潛夫論及後漢書亦訛「竹」爲「升」。一見尚書禹貢「島夷卉服」。正義引吴都賦「蕉葛竹越，弱於羅紈」。孔仲遠不言竹越爲何物。今注疏本亦訛「竹」爲「升」。一見史記夏本紀「島夷卉服」。張守節正義曰：東南草服，葛越蕉竹之屬。此句全用吴都賦而獨作「竹」，不誤作「升」，又錯互其辭，明「竹」與「越」不爲一事也。一見本賦「桂箭射筒」注云：始興以南，又多小桂，夷人績以爲布葛。小桂者，桂竹之小者也。此竹夷人績爲布，如葛，亦竹布之一證。一見嵇含南方草木狀：簞竹，葉疏而大，一節相去五六尺，出九真。彼人取嫩者硾浸，紡績爲布，謂之竹練布。一見太平御覽引顧微廣州記：平鄉縣有苞竹，可爲布。一見唐六典：嶺南道貢竹布。一見元和郡縣志：韶州貢竹布十五匹也。越者，紵布也。其字古作「越」，今作「絨」。廣韵：絨，紵布。集韵同。張守節夏本紀正義云：越即苎布。唐六典：山南道、淮南道、劍南道賦貢皆以紵。按「紵」「苎」，截然二字。説文：紵者，檾屬，以爲布，白而細，曰紵，其字从系。俗作「苎」者，誤也。賦云「弱於羅紈」者，謂四物以草竹爲之，而膩於蠶絲所成。故王符以與「細緻綺縠，冰紈錦繡」并稱，而葛子竹越居首也。原注以蕉葛、竹越爲二事，恐非。按此所辨訂甚精。然張、劉注本皆太沖自爲之，何以錯繆如此也。

【胡紹煐文選箋證】珠琲闌干。注劉逵曰：琲，貫也，珠十貫爲一琲。鈕氏玉樹曰：廣韵十八隊

「⿱非王」引埤蒼曰：珠百枚曰⿱非王。孫權貢珠百⿱非王。⿱非王，貫也。劉注與埤蒼合。琲、⿱非王同字。紹煐按：説文不收「⿱非王」字，新附始有之，云「琲，五百枚也」，未知何據。

桃笙象簟。注劉逵曰：桃笙，桃枝簟也，吴人謂簟爲笙。王氏念孫曰：笙者，精細之名。方言：自關而西，秦、晋之間，凡細貌謂之笙。簟爲蘧篨之細者，故有是稱。紹煐按：風俗通聲音篇：物生，故謂之笙。方言：凡草木生而初達謂之莜。莜，小也。是草木生皆細小。謂之笙者，取細小之義故耳。

蕉葛升越，弱於羅紈。注劉逵曰：蕉葛，葛之細者。升越，越之細者。按：南方草木狀云：甘蕉，其形解散如絲，以灰練之，可紡織如絺綌，謂之蕉葛。藝文類聚引廣志同。异物志曰（見御覽）：芭蕉，其莖如芋，取鑊煮之爲絲，可紡績，女功以爲絺綌，今交阯葛也。蕉可爲絺綌，故謂之蕉葛，亦謂之葛。段氏蜀記曰：邛州鎮南，蕉葛上者一匹直十千（見御覽）。又謂之葛子，潛夫論浮侈篇「葛子升越」是也。然則蕉葛乃甘蕉之名，非葛之細矣。越者，紵也。夏侯開國吴都賦（見御覽八百二十）「纖絺細越」，其字古作「越」，今作「絨」。廣韵「絨，紵布」是也。後漢書馬皇后傳：白越三千端。注：白越，越布也。荆州記云：秭歸縣室多幽閑，其女盡織布至數十升謂之升越。是升越以升數得名。蓋至數十升，其布極細，故云「弱於羅紈」。弱，細弱也。而段氏玉裁以蕉爲甘蕉，葛爲絺綌，又改「升越」爲「竹越」，歷引諸書以訂作「升」之誤，其言甚辨（見經韵樓叢書）。然按潛夫論「葛子升越」，又云「筒中草布」。筒中謂竹布也。筒中已是竹布，而又以升爲竹，於義爲複。其所據史記夏本紀「島夷卉服」。正義云「東南草服，葛越蕉竹之屬」。謂此句全用吴都賦，獨作「竹」不誤作「升」，此亦非也。正義止云「蕉竹」，竹安知非即「筒中」細布乎？不得據以爲即此之竹越。且升越已見潛夫論。尚書禹貢正義引吴都賦亦作「升越」，固確然無可疑者。段氏因改賦文「升」字，遂并改潛夫論、書正義之「升」爲「竹」，

所謂强經就我，竊以爲不然。

【高步瀛文選李注義疏】胡克家曰：袁本、茶陵本「鎰」作「溢」，注同。是也。○「砢」，袁、茶二本作「珂」。○吕廷濟曰：韜，藏也。桃笙、竹簟與象牙簟，皆藏於竹筒而致貢也。○張銑曰：蕉葛、升越，皆布類。弱於羅紈，言細薄。蕉即芭蕉。段玉裁經韵樓集卷十二曰：今本吴都賦「蕉葛升越」，「升」當爲「竹」，蕉葛竹越，畫然四事。蕉即芭蕉。藝文類聚引廣志曰：芭蕉，其皮中莖解散如絲，績以爲葛，謂之蕉葛。南州异物志曰：甘蕉，取其莖，以灰練之，績以爲練。异物志曰：取鑊煮之，如絲，可紡績爲絺綌。蘇頌本草圖經云：閩人灰理芭蕉皮，令錫滑，緝以爲布，如古之錫衰焉。唐六典：江南道建州貢蕉練，嶺南道端州調以蕉布，此蕉布之證也。葛布則見於諸經傳詳矣。葛者，絺綌艸也。竹布，一見王符潛夫論浮侈篇曰：葛子竹越，筒中女布。此四事，葛子一也，竹一也，越一也，筒中女布一也。筒中女布見楊雄、左思兩蜀都賦。後漢書王符傳載此篇。李賢注引沈懷遠南越志云：布之品有三，有蕉布，有竹子布，又有葛焉。雖精粗之殊，皆同出而异名也。按南越志言蕉竹葛而不言越，李賢亦未釋越，疏矣。今本潛夫論及後漢書及文選宋本、元明本、今本，皆「竹」訛作「升」，由草書二字不別也。一見尚書正義禹貢「島夷卉服」。正義引吴都賦「蕉葛竹越」。孔沖遠不言竹越爲何物，而近日注疏各本亦皆誤作「升越」。一見史記夏本紀。正義曰：東南草服，葛越蕉竹之屬。此句全用吴都賦而獨作「竹」，不誤作「升」，又錯互其辭，明知竹不與越爲一事。一見本賦注。劉曰：始興以南又多小桂，夷人績以爲布葛。云小桂者，桂竹之小者也。此竹夷人績爲布，如葛，亦竹布之一證也。一見嵇含南方草木狀云：簞竹，葉疏而大，一節相去五六尺，出九真。彼人取嫩者硾浸，紡績爲布，謂之竹練布。一見太平御覽引顧微廣州記：平鄉有笣竹，可爲布。一見唐六典：嶺南道貢竹布。一見元和郡縣志：韶州貢竹布十五匹

也。越者，何也。紵布也。其字古作「越」，今作「絨」。廣韻曰：絨，紵布也。集韻「絨」，一曰紵布。許説爲古義，二韻説爲今義，即禹貢、潛夫論、吴都賦之「越」也。尚書：島夷卉服。孔傳曰：南海島夷，草服葛越。孔沖遠不知葛、越爲二事，但云「葛越，南方布名，葛爲之」。以爲一物，誤矣。夏本紀正義曰：東南草服，葛越蕉竹之屬。又云：越，即苎布也。惟此得越之解。唐六典：山南道、淮南道、劍南道賦貢皆以紵。按：紵、苎絶然二字。説文：紵者，縈屬，以爲布，白而細，曰紵。今俗作「苎」者，誤也。賦云「弱於羅紈」者，謂四物以草竹爲之，而膩於蠶絲所成，故王符以與「细緻綺縠，冰紈錦繡」并稱，而葛子竹越居首也。案：藝文類聚見果部下，「練」誤作「綵」，段訂是也。本草圖經見證類本草十一，御覽見竹部二，元和志見卷三十四。又案：朱琦、梁章鉅皆從段説。胡紹煐曰：南方草木狀云：甘蕉，其形解散如絲，以灰練之，可紡織如絺綌，謂之蕉葛。藝文類聚八十七引廣志同。御覽九百七十五引异物志曰：芭蕉，其莖如芋，取鑊煮之爲絲，可紡績，女功以爲絺綌，今交趾葛也。蕉可爲絺綌，故謂之蕉葛，亦謂之葛。御覽八百一十九引段氏蜀記曰：邛州鎮南，蕉葛上者一匹直十千。又謂之葛子，潛夫論浮侈篇「葛子升越」是也。然則蕉葛乃甘蕉之名，非葛之細矣。越者，紵也。御覽八百二十引夏侯開國吴都賦「織絺細越」，其字古作「越」，今作「絨」。廣韻「絨，紵布」是也。後漢書馬皇后紀：白越三千端。注曰：白越，越布。又王充傳注引荆州記云：秭歸縣室多幽閑，其女盡織布至數十升。是升越以升數得名。蓋至數十升，其布極細，故云弱於羅紈。弱，細弱也。而段氏以蕉爲甘蕉，葛爲絺綌，又改「升越」爲「竹越」，歷引諸書以訂作「升」之誤，其言甚辨。然按潛夫論「葛子升越」，又云「筒中草布」。筒中謂竹布也。筒中已是竹布，而又以升爲竹，於義爲複。其所據史記夏本紀「島夷卉服」。正義云：草服，葛越蕉竹之屬。謂此句全用吴都賦，獨作「竹」不誤作「升」，此亦非也。正義止云蕉竹，竹安知非

即筒中細布乎？不得據以爲即此之竹越。且升越已見潛夫論，尚書禹貢正義引吴都賦亦作「升越」，固確然無可疑者。段氏因改賦文「升」字，遂并改潛夫論、書正義之「升」爲「竹」，所謂强經就我，竊以爲不然。步瀛案：胡氏説是也。○劉注：緤，蠻夷貨名也。朱珔曰：説文「緤」字云：合也。此蓋謂貨賄所集，凡蠻夷之貨亦皆在焉。故下言器用萬端，似非專以爲貨之名也。即扶南傳語，亦當從集會取義。步瀛案：緤爲集合之本字，經傳皆以「集」爲之。朱駿聲謂此賦「緤」爲「褋」之假借字，説亦通。○孟子梁惠王下：雖萬鎰。趙岐注曰：二十兩爲鎰。與本注合。阮元校勘記曰：經注中「鎰」字皆俗字也。當依儀禮作「溢」。溢之言滿也，滿於十六兩，爲一斤之外也。焦循正義曰：禮記喪大記云：朝一溢米，莫一溢米。注云：二十兩爲溢。於粟米之法，一溢爲米一升二十四分升之一。儀禮既夕注同。史記平準書：黄金以溢名。孟康云：二十兩爲溢。漢書張良傳：賜良金百溢。服虔云：二十兩爲溢。吕氏春秋异寶篇：金千鎰。高誘注云：二十兩爲一鎰。漢儒解鎰字皆與趙氏同。國語晋語：黄金四十鎰。韋昭注亦云：二十兩爲鎰。惟文選咏懷詩：黄金百溢盡。注引賈逵國語注云：一溢，二十四兩。又吴都賦劉淵林注云：金二十四兩爲鎰。二者皆見文選，當是李善誤羡「四」字。賈公彦既夕疏云：二十四兩曰溢。亦羡「四」字。按：孫子算經云：十黍爲一絫，十絫爲一銖，二十四銖爲一兩，十六兩爲一斤，三十斤爲一鈞，四鈞爲一石。四鈞爲一百二十斤，故一百二十斤爲一石。以每斤十六兩通之，是一石爲一千九百二十兩，一斗爲一百九十二兩，一升爲一十九兩二錢。古以二十四銖爲兩，不以十錢爲兩。以一十九兩二錢乘二十四銖，得四百六十銖零八絫。於四百八十銖減去四百六十銖零八絫，餘一十九銖零二絫。置一升四百六十銖零八絫，以二十四除之，確得一十九銖零二絫，是一升二十四分升之一爲四百八十銖，即是二十兩。甄鸞五經算術云：置一斛米，重一百二十斤，以十六乘之，爲

積一千九百二十兩。以溢法二十除之，得九十六溢。爲法以米一斛爲百升爲實，實如法得一斗不盡四升。與法俱再半之，名曰二十四分升之一。此不用銖法而用石法，以九十六溢除百升，尚餘四升，故云不盡四升，約爲二十四分升之一。鄭氏以爲粟米法本溢法、石法言之，則明其爲二十兩。賈氏作疏，不致違背之，以爲二十四，知「四」字必爲羨字。推之文選注，蓋亦羨也。○尤本「史記」下無「虞卿傳」三字，「一見」下有「虞卿」二字。今依袁、茶二本。○廣韵十八隊「蜚」字下曰：埤蒼云：珠百枚曰蜚。孫權貢珠百蜚。蜚，貫也。又云：珠五百枚也。亦作「琲」。步瀛案：本注與埤蒼合。玉篇曰：琲，珠五百枚也。説文新附「琲」字解同，未知何據。○「闌干，猶縱横也」，胡克家曰：袁本、茶陵本無此六字。○方言五曰：簟，宋、魏之間謂之笙，或謂之籧曲，自關而西，或謂之簟。郭注曰：今江東通言笙。廣雅釋器曰：笙，簟席也。王氏疏證曰：笙者，精細之名。方言云：自關而西，秦、晋之間，凡細貌謂之笙。簟爲籧篨之細者，故有斯稱矣。步瀛案：王引方言見卷二。又説文竹部「笙」字，段注曰：白虎通曰：笙者大蔟之氣，象萬物之生，故曰笙。釋名曰：笙，生也。象物貫地而生也。初生之物必細，故方言云「笙，細也」。又案：段引白虎通見禮樂篇，釋名見釋樂器，方言見卷二。胡紹煐曰：風俗通聲音篇：物生，故謂之生。方言二：凡草木生而初達謂之莌。莌，小也。是草木生皆細小，謂之笙者，取細小之義故耳。步瀛案：桃枝竹已見南都賦疏。○「又折象牙」。胡克家曰：袁本、茶陵本無「折」字。○端、干、紈，古音元部。

⿰彳歰譶梟𤡮，交貿相競。諠譁喤呷，芬葩蔭映。揮袖風飄而紅塵晝昏，流汗霡霂而中逵泥濘。

【彙校】

「⿰彳歰譶梟𤡮」　「⿰彳歰」，奎章閣本、正德本、陳八郎本、尤刻本、胡刻本、監本、唐鈔本作「⿰亻歰」。明州本、贛州本、四庫本、叢刊本、九條本作「澀」。當作「⿰彳歰」。「𤡮」，奎章閣本、明州本、贛州本、四庫本、叢刊本、正德本、陳八郎本、尤刻本、胡刻本、監本、唐鈔本、九條本作「⿰犭⿱羽彡」。當作「𤡮」。

■ **立群案**：胡克家文選考異：袁本、茶陵本「⿰亻歰」作「澀」。案：此蓋善「⿰亻歰」、五臣「澀」，二本失著校語。琴賦「紛⿰亻歰譶以流漫」，廣韻二十六緝「⿰亻歰言不止」，皆可借證也。又考集韻云「譅譶言不止」。然許巽行文選筆記：說文：歰，不滑也。⿰彳歰，行貌。嘉德案：說文：⿰彳歰，行貌。廣韻：⿰彳歰，衆行貌。琴賦「⿰彳歰譶」注：⿰彳歰譶，聲多也。此謂行衆聲多，自當作「⿰彳歰」。段氏亦云：此「⿰亻歰」當从彳。然則五臣作「澀」，非从人，亦非。朱珔文選集釋：善注云：⿰亻歰，所立切。蒼頡篇曰：譶，不止也，伫立切。案：⿰亻歰，當从彳。說文：⿰彳歰，行貌。廣韻：衆行貌。此從段引。注引蒼頡「譶」下脱「言」字。說文：譶，疾言也。故从三言。後人「⿰彳歰」「譶」二字連用，遂俱屬言。廣韻分「⿰彳歰」「⿰亻歰」爲二字，云：⿰彳歰譶，言不止。集韻則以言不應从

彳，遂亦从言作「𧭚」。當从説文一行一言。此賦下云「交貿相競」。蓋謂闤闠中行動往來，言語讙沓也。若後琴賦：紛𧭚譶以流漫。注云：𧭚譶，聲多也。此特借以狀其聲之多。言固有聲，行亦有聲，義得通矣。許氏、朱氏説確，當作「𧭚」。

「交貿相競」「競」，明州本、贛州本、四庫本、叢刊本、正德本、陳八郎本、尤刻本、胡刻本、監本同。奎章閣本、九條本作「競」。唐鈔本作「竸」。當作「競」。

「誼譁喤呷」「誼譁」，奎章閣本、明州本、贛州本、四庫本、叢刊本、正德本、陳八郎本、尤刻本、胡刻本、監本、九條本同。唐鈔本作「讙譁」。今從「誼譁」。

■ **立群案**：吕氏春秋樂成：誠能决善，衆雖誼譁而弗爲變。墨子號令：諸以衆强凌弱少及强奸人婦女，以讙譁者，皆斷。是「讙譁」「誼譁」皆有「大聲叫喊」之意，於賦皆通。諸本多作「誼譁」，今從「誼譁」可也。

「芬葩蔭映」「蔭」，奎章閣本、明州本、贛州本、四庫本、叢刊本、正德本、陳八郎本、尤刻本、胡刻本、監本、唐鈔本、九條本作「蔭」。當作「蔭」。「映」，奎章閣本、明州本、贛州本、四庫本、叢刊本、正德本、陳八郎本、尤刻本、胡刻本、監本、九條本同。唐鈔本作「暎」。當作「映」。

■ **立群案**：廣韵：映同暎。正字通：暎，俗「映」字。阮元經籍籑詁：映同暎。是兩者通。諸本多作「映」。今從「映」。

「揮袖風飄」「袖」，明州本、贛州本、叢刊本、正德本、陳八郎本、胡刻本、唐鈔本、九條本同。奎章閣本、四庫本、尤刻本、監本作「袖」。當作「袖」。

「紅塵晝昏」「昏」，奎章閣本、明州本、贛州本、四庫本、叢刊本、正德本、陳八郎本、唐鈔本、九條

本同。尤刻本、胡刻本、監本作「昬」。當作「昏」。

「流汗霡霂」　「流」，明州本、贛州本、叢刊本、陳八郎本、尤刻本、胡刻本、監本、唐鈔本、九條本同。奎章閣本、四庫本、正德本作「流」。當作「流」。「霡」，奎章閣本、明州本、贛州本、四庫本、叢刊本、正德本、陳八郎本、尤刻本、胡刻本、監本、九條本同。唐鈔本作「霢」。當作「霡」。

■ **立群案**：詩小雅信南山：益之以霡霂，既優即渥。或爲賦語所本。若「霢」者，既不成字。「霢霂」者，又不成詞矣。

「中逵泥濘」　「泥」，奎章閣本、明州本、贛州本、四庫本、叢刊本、正德本、陳八郎本、尤刻本、胡刻本、九條本同。監本、唐鈔本作「涅」。當作「泥」。

【彙注】

【李善注】霡音脉。霂音沐。善曰：儸，所立切。蒼頡篇曰：嚚，不止也。伫立切。㹮獿，衆相交錯之貌。㹮，胡巧切。方言曰：獿，猥也。奴巧切。方言曰：諻，呼横切。諻，通也。説文曰：呷，吸也。呼甲切。芬葩，謂舒張貨物使覆映。史記，蘇秦説齊王，舉袂成帷，揮汗成雨。毛萇詩傳曰：小雨謂之霡霂。杜預左氏傳注曰：濘，泥也。奴定切。

【文選鈔】尚書曰：貿遷有亡化居。注云：貿，易也。遷，徙也。徙有之无，交易其所。居，積也。相競，言賣者相競售也。讙譁喤呷，衛子曰：音響之衆也。芬葩蔭映，衛子曰：互相照耀也。揮，舉也。舊本昏爲冥，逵爲衢。尔雅：九達謂之逵。今言吴人衆既多，舉袂則成風，紅塵爲之昏曀。流汗則成雨，道路爲之成泥也。

【文選音决】儸，所立反。嚚，大立反。㹮，胡巧反。獿，女巧反。貿音茂。讙，虚袁反。譁，呼華反。

喤，呼横反。呷，呼甲反。棻音紛。葩，普花反。霡音脉。霂音木。逵，巨惟反。濘，乃定反。

【五臣注】㒤，所立反。譶，除立反。㠙，胡巧反。摎，力巧反。貿，木候反。諠音喧。譁音花。喤，呼横反。呷，呼甲反。霡音麥。霂音木。濘，奴定反。向曰：㒤譶，言語不止貌。㠙㺜，錯亂貌。交爲貿易，相與競利也。諠譁、喤呷，皆聲也。芬葩蔭映，人衆多而相映也。向曰：此謂人衆之甚也。言各動袖求風而得塵起，晝日昏暗。汗流於地而道路有泥濘。霡霂，小雨，言汗似之。

【陸善經注】㒤譶，争言貌。喤呷，大聲也。芬葩蔭映，言衆物多相隱映也。

【張鳳翼文選纂注】㴔，所立切。譶，除立切。㠙，胡巧切。㺜，力巧切。喤，呼横切。呷，呼甲切。霡音脉。霂音沐。㴔譶，言語不止貌。㠙㺜，錯亂貌。貿，易也。競，争利也。諠嘩、喤呷，皆人聲也。芬葩蔭映，人衆多而相映也。揮袖成風，流汗成泥，謂人衆之甚也。

【王象乾文選删注】譶，除立切。㠙，胡巧切。摎，力巧切。喤，呼横切。呷，呼甲切。霡音麥。霂音沐。㴔譶，言語不止也。㠙㺜，衆相交錯貌。㺜，猥也。喤，通也。呷，吸也。芬葩，舒張貨物使覆映。

【陳景雲文選舉正】㒤譶㠙㺜。注「方言曰：諻，吁横切。諻，通也」。舊本「吁横切」在「通也」下，無下「諻」字。

【杭世駿文選課虚】㴔，所立切。譶，不止也。伫立切。㠙㺜，衆相交錯之貌。㠙，胡巧切。㺜，猥也。奴巧切。琴賦：紛㒤譶以流漫。㒤譶，聲多也。㒤，不及也。説文曰：譶，疾言也。喤，呼横切。通也。呷，吸也。呼甲切。紛葩，謂舒張貨物使覆映。

【余蕭客文選音義】㺜何音孝。㒤澀。譶蟄。向曰：㒤譶，言語不止貌。㠙擾。呷韋昭漢書音義：呼甲反。濘寧。

【余蕭客文選紀聞】㑲師立。玉篇三。𧬈𧮠。元包經傳注一。槩音攬。江賦。𤢖呼交。玉篇二十三。呷呼甲。玉篇五。

【孫志祖文選考异】㴔𧬈槩𤢖。説文繫傳引作「颯㴔伋𧬈」。

【胡克家文選考异】㑲𧬈槩𤢖。袁本、茶陵本「㑲」作「㴔」。案：此蓋善「㑲」、五臣「㴔」，二本失著校語。琴賦「紛㑲𧬈以流漫」，廣韵二十六緝「㑲言不止」，皆可借證也。又考集韵云「𧮪𧬈言不止」，疑五臣「㴔」又「𧮪」之訛耳。

注「諻吁横切諻通也」。袁本二「諻」字皆作「喤」。茶陵本作「喤通也」，無「吁横切諻」四字。案：各本皆非也。方言有「諻音也」，在十二卷，别無「諻通也」。此當作「諻音也吁横切諻與喤通」。今所誤不可讀。

注「紛葩謂舒張貨物使覆映」。袁本、茶陵本無此十字。

注「謂之霡霂」。袁本、茶陵本「霂」下有「霡音脉」三字，是也。

【許巽行文選筆記】㑲𧬈。説文：䎌，不滑也。㑲，行貌。嘉德案：説文：㑲，行貌。廣韵：㑲，衆行貌。琴賦「㑲𧬈」注：㑲𧬈，聲多也。此謂行衆聲多，自當作「㑲」。段氏亦云：此「㑲」當从彳。然則五臣作「㴔」，非从人，亦非。

芬葩。依注作「紛葩」。

【朱珔文選集釋】㑲𧬈。善注云：㑲，所立切。蒼頡篇曰：𧬈，不止也。伫立切。案：㑲，當从彳。説文：㑲，行貌。廣韵：衆行貌此從段引。注引蒼頡「𧬈」下脱「言」字。説文：𧬈，疾言也。故从三言。後人「㑲」「𧬈」二字連用，遂俱屬言。廣韵分「㑲」「㑲」爲二字，云：㑲𧬈，言不止。集韵則以言不應从

彳，遂亦从言作「謵」。當從説文一行一言。此賦下云「交貿相競」，蓋謂闤闠中行動往來，言語讙沓也。若後琴賦：紛㒊譶以流漫。注云：㒊譶，聲多也。此特借以狀其聲之多。言固有聲，行亦有聲，義得通矣。

【梁章鉅文選旁證】㒊譶嶨璆。六臣本「㒊」作「澀」。胡公考异曰：琴賦「紛㒊譶以流漫」，廣韵二十六緝「㒊言不止」，皆可借證。又集韵「謵譶，言不止」。疑「澀」又「謵」之訛耳。説文繫傳言部：「譶」字下引作「颯謵伋譶」。

注方言曰：諻，吁横切。諻，通也。六臣本兩「諻」字皆作「喤」。胡公考异曰：方言有「諻音也」，在十二卷，别無「諻通也」。此當作「諻，音也，吁横切。諻與喤通」。今所誤不可讀。

注説文曰：呷，吸也。今説文：呷，吸呷也。

【胡紹煐文選箋證】㒊譶嶨㺒。注善曰：㒊，所立切。倉頡篇曰：譶，言不止也。仩立切。嶨㺒，衆相交錯之貌。滎，胡巧切。方言曰：㺒，猥也。按：㒊譶，即駁還借聲也。説文：㒊，行貌。一曰此與「駁」同，又，譶，讀若沓。集韵：譶、還，并達合切。本書文賦：紛葳蕤以駁還。善注：駁還，多貌。亦作「迨遝」。玉篇：迨遝，行相及也。琴賦「紛㒊譶以流漫」與此同。「嶨」與「攪」聲義并近。攪，擾也。㺒亦擾也。㒊譶、嶨㺒叠韵字，皆謂往來紛雜之貌。

諠譁喤呷。注善曰：方言曰：諻，吁横切，通也。説文曰：呷，吸也。考异云：方言有「諻，音也」，在十二卷，别無「諻，通也」。此當爲「諻，音也。吁横切。諻與喤通」。今誤不可讀。紹煐按：「喤呷」猶「諠譁」。説文：嗑，多言也。讀若甲。據許，則字當作「嗑」。「呷，吸也」，非此義。廣韵作「呷」，云：喤呷，衆聲也，本此。

【高步瀛文選李注義疏】「傝𧮰梟𤠯」，胡克家曰：袁本、茶陵本「傝」作「㵧」。案：此蓋善作「傝」，五臣作「㵧」，二本失著校語。琴賦「紛傝𧮰以流漫」，廣韻二十六緝「傝言不止」，皆可借證也。又考集韻云：𧬊𧮰，言不止。疑五臣「㵧」又「𧬊」之訛耳。梁章鉅曰：説文繫傳言部𧮰字下引作「颯傝伋𧮰」，朱珔曰：傝當从彳。説文：傝，行貌。廣韻：㬪行貌，注引蒼頡篇「𧮰」下脱「言」字。説文：𧮰，疾言也。故从三言。後人「傝」「𧮰」二字連用，遂俱屬言。廣韻分「傝」「傝」爲二字，云：傝𧮰，言不止。集韻則以言不應从彳，遂亦从言作「𧬊」。當從説文一行一言。此賦下云「交貿相競」，蓋謂闤闠中行動往來，言語讙沓也。若琴賦紛傝𧮰以流漫。注云：傝𧮰，聲多也。此特借以狀其聲之多。言固有聲，行亦有聲，義得通矣。胡紹煐曰：傝𧮰，即駁還借聲也。説文：傝，行貌。一曰此與「駁」同。又，𧮰讀若沓。集韻𧮰、還，并達合切。本書文賦：紛葳蕤以駁還。善注：駁還，多貌。亦作「迨還」。玉篇：迨還，行相及也。琴賦「傝𧮰」與此同。「梟」與「攪」聲義并近。攪，擾也。𤠯，亦𤜘也。迨𧮰、梟𤠯叠韻字，皆謂往來紛雜之貌。○吕向曰：交貿相競，交爲貿易，相與競利也。○李注引蒼頡篇，原本玉篇言部引作「𧮰言不止也」。此注脱「言」字，當補。○「獪」，各本作「猥」，誤。方言十曰：婚，江、湘之間或謂之無賴，或謂之𤠯。郭注曰：偤慨，多智也。戴震考證引本賦注作「𤠯獪也」，今據改。又廣雅釋詁四曰：𤠯，獪也。玉篇同。錢繹箋曰：列子力命篇：𤠯伢、情露、𧫷極、凌誶，四人相與游于世。殷敬順釋文引阮孝緒文字集略云：㤦伢，伏態貌。㤦，口交切。廣韻同「㤦」，與「𤠯」聲義并同。説文：謬，狂者之妄言也。列子天瑞篇：向氏以國氏之謬己也，往而怨之。義與𤠯相近。○「諻音也」以下十字，尤本作「諻吁横切諻通也」七字。胡克家曰：袁本二「諻」字作「喤」，茶陵本作「喤通也」，無「吁横切喤」四字。案各本皆非也。方言有「諻音也」，在十二卷，別無「喤通也」，今所誤不可讀，故依方言及各本之字爲改

訂焉。○梁章鉅曰：今説文：呷，吸呷也。沈濤曰：吴都賦注，一切經音義卷十七、二十皆引「呷吸也」，是古本注中無「呷」字。子虚賦：翕呷萃蔡。張揖以爲衣裳張起之聲。「翕」「吸」古通字，吸呷、呷吸皆擬其聲，故選賦或言「喤呷」，或言「呀呷」，不必定「吸呷」也。今本「呷」字乃淺人妄增。玉篇引同今本，亦是後人據今本改。步瀛案：「呀呷」見江賦。胡紹煐曰：「喤呷」猶「喧譁」。説文：嗑，多言也。讀若甲。據許，則字當作「嗑」。「呷，吸也」非此義。廣韻作「呷」，云：喤呷，衆聲也。本此。○「紛葩」至「覆映」，胡克家曰：袁本、茶陵本無此十字。○史記見蘇秦傳。本注各本「王」下脱「曰」字，「幕」誤作「帳」，今據史記改。齊策一亦作「幕」。○毛詩傳見信南山，「謂之」二字作「曰」字。爾雅釋天作「謂之」。○「霡音脉霂音沐」，尤本無此六字，今依茶陵本增。袁本無「霂音沐」三字。○杜左傳注見僖十五年。○競、映、濘，古音耕部。

富中之甿，貨殖之選。乘時射利，財豐巨萬。競其區宇，則并疆兼巷；矜其宴居，則珠服玉饌。

【彙校】

「富中之甿」　「富」，奎章閣本、明州本、贛州本、四庫本、叢刊本、正德本、陳八郎本、胡刻本、監本、唐鈔本、九條本同。尤刻本作「冨」。當作「富」。「甿」，奎章閣本、明州本、九條本同。贛州本、四庫本、叢刊本、陳八郎本、尤刻本、胡刻本、監本、唐鈔本作「甿」。正德本作「泯」。當作「甿」。

「乘時射利」　「乘」，奎章閣本、明州本、贛州本、四庫本、叢刊本、正德本、陳八郎本、尤刻本、胡刻本、監本、唐鈔本、九條本作「乗」。當作「乘」。

「財豐巨萬」　「豐」，明州本、贛州本、四庫本、叢刊本、正德本、陳八郎本、尤刻本、胡刻本、監本、九條本同。奎章閣本、唐鈔本作「豊」。當作「豐」。

「競其區宇」　「競」，明州本、贛州本、四庫本、叢刊本、正德本、陳八郎本、尤刻本、胡刻本、監本同。奎章閣本、九條本作「兢」。唐鈔本作「竟」。當作「競」。

「并疆兼巷」　「疆」，奎章閣本、明州本、贛州本、四庫本、叢刊本、正德本、陳八郎本、尤刻本、胡刻本、監本、九條本同。唐鈔本作「壃」。當作「疆」。「兼」，明州本、贛州本、叢刊本、尤刻本、胡刻本、監

本、九條本同。奎章閣本、四庫本、正德本、陳八郎本、唐鈔本作「兼」。當作「兼」。

「矜其宴居」「矜其」，奎章閣本、明州本、贛州本、叢刊本、正德本、陳八郎本、尤刻本、胡刻本、監本、唐鈔本、九條本同。四庫本作「矜」。當作「矜其」。

▌**立群案**：賦云：競其區宇，則并疆兼巷；矜其宴居，則珠服玉饌。相對爲文，自應有「其」字。諸本多有「其」字，是也。四庫本獨無「其」者，恐誤也。

「珠服玉饌」「服」，四庫本同。奎章閣本、明州本、贛州本、叢刊本、陳八郎本、尤刻本、胡刻本、監本作「服」。正德本、唐鈔本、九條本作「服」。當作「服」。

【彙注】

【李善注】劉曰：越絶書曰：富中，大唐中也，勾踐治以爲田，肥饒，故謂之富中。珠服，珠襦之屬，以珠飾之也。玉饌者，尚書曰：惟辟玉食。言富中之食貨殖之選者各利，所以能豊其財也。并疆，逾田畝也。兼巷，逾里閭也。言農人之富，自相誇競。善曰：說文曰：氓，田人也。孔安國尚書傳曰：自賢曰矜。矜，賓亦切。

【文選鈔】富中，地名。近富陽也。乘時射利，謂諸商人指射時節，將其貨賂以致利益，猶如夏月賣絺綌，冬月賣綿帛之類也。巨，大也。大萬數謂億數也，言用此时利以致億數也。并，亦兼也。疆，謂田畝之界。巷，謂閭里。言吴俗奢侈，論其田畝區域，則兼得他人之疆界。語其椆宇居室，則合并一巷以爲其宅也。

【文選音決】氓，莫鄧反，又音萌。選，思變反。射，時亦反。瑑，士眷反。或爲饌字，同。

【五臣注】銑曰：富中之氓，謂肥沃田中所居人也。言其貨殖之所選擇者，唯乘賤而收之，及貴而

出，乃得財物，多至於巨萬也。翰曰：言富家吞射，并兼他人之疆巷，盡爲己有。珠服，以珠爲飾。玉饌，言珍美而比於玉。

【張鳳翼文選纂注】富中，大塘肥沃田也。氓，其中所居人也。言其貨殖之所選擇者，唯乘賤而收之，及貴而出，乃得財物，多至於巨萬。并、兼，即兼他人之疆宇也。珠服，以珠爲飾。玉饌，言珍羞之美也。

【王象乾文選删注】富中，大唐也，勾踐治爲田，肥饒，故謂之富中。

【陳景雲文選舉正】富中之氓。注「貨殖之選者各利」。「利」上當有脱文。

【余蕭客文選音義】氓五音集韵音甍。選去。

【胡克家文選考异】注「富中大塘中也句踐治以爲田」。袁本、茶陵本「塘」下無「中也」二字，「田」上有「義」字，是也。案：此所引記地傳文。

注「尚書曰惟辟玉食」。袁本、茶陵本無「惟辟」二字。

注「言富中之食貨殖之選者各利」。案：「食」當作「人」。陳云「各利」當有脱文。各本皆同，無可補也。以意揣之，似當云「各乘其時而射利」。

注「言農人之富自相誇競」。袁本、茶陵本無此九字。

【梁章鉅文選旁證】富中之甿。五臣「甿」作「氓」。銑注可證。

注越絶書曰：富中，大塘中也。勾踐治以爲田。六臣本「塘」下無「中也」二字，「田」上有「義」字，是也。此所引見紀地傳。

注富中之食，貨殖之選者各利。胡公考异曰：「食」當作「人」。「各利」似當云「各乘其時以射

利」。

注 說文曰：氓，田人也。　今說文：氓，田民也。

【高步瀛文選李注義疏】五臣「甿」作「氓」。○劉注引越絶書，尤本「塘」作「唐」，下有「中也」二字，「田」上無「義」字。胡克家曰：袁本、茶陵本「塘下」無「中也」二字，「田」上有「義」字。案：此所引記地傳文。步瀛案：今本越絶書記地傳「塘」下有「者」字，「肥」上有「以」字，「饒」下無「故」字。○尚書見洪範。胡克家曰：袁本、茶陵本無「惟辟」二字。步瀛案：此蓋與引過秦論「締交」同，不必舉其全句，疑二本是。○「富中之食」，胡克家曰：「食」當作「人」。案：「人」字是，但「人」字下似應有一字，與下句「貨殖之選者」相屬，二字誤合爲「食」字耳。○「各利」，陳景雲曰：當有脱文，各本皆同，無可補也。胡克家曰：似當云「各乘其時而射利」。○「言農人之富自相誇競」，胡克家曰：袁本、茶陵本無此九字。○李注引說文，見田部。本作「田民」，避唐諱改「人」。○僞孔傳，見僞大禹謨，各本脱「曰」字，今補。○射，賓亦切。案：「射」字無此讀，「賓」字疑是「實」字，形近而誤。諸書音義，射利之「射」，多音食亦切。食、實同母，故此作「實」而誤爲「賓」耳。○選、萬、饌，古音元部。○以上游俠商賈之盛。

趫材悍壯，此焉比廬。捷若慶忌，勇若專諸。危冠而出，竦劍而趨。扈帶鮫函，拔投屬鏤。

【彙校】

「趫材悍壯」「壯」，奎章閣本、明州本、贛州本、四庫本、叢刊本、陳八郎本、尤刻本、胡刻本、監本、九條本同。正德本、唐鈔本作「壯」。當作「壯」。

「此焉比廬」「焉」，明州本、贛州本、四庫本、叢刊本、陳八郎本、尤刻本、胡刻本、監本、唐鈔本、九條本同。奎章閣本、正德本作「焉」。當作「焉」。「廬」，明州本、贛州本、叢刊本、陳八郎本、尤刻本、胡刻本、監本、九條本同。奎章閣本、四庫本、正德本、唐鈔本作「廬」。當作「廬」。

「捷若慶忌」「捷」，奎章閣本、明州本、贛州本、四庫本、叢刊本、正德本、陳八郎本、尤刻本、胡刻本、九條本同。監本、唐鈔本作「捷」。當作「捷」。「忌」，奎章閣本、四庫本同。明州本、贛州本、叢刊本、正德本、陳八郎本、尤刻本、胡刻本、監本、唐鈔本、九條本作「忌」。當作「忌」。

「勇若專諸」「勇」，正德本、監本同。奎章閣本、明州本、贛州本、四庫本、叢刊本、陳八郎本、尤刻本、胡刻本、九條本作「勇」。唐鈔本作「勇」。當作「勇」。「專」，明州本、贛州本、四庫本、叢刊本、正德本、陳八郎本、尤刻本、胡刻本、監本、九條本同。奎章閣本、唐鈔本作「專」。當作「專」。

「危冠而出」 「冠」，奎章閣本、明州本、贛州本、四庫本、叢刊本、正德本、尤刻本、胡刻本、監本、唐鈔本、九條本同。陳八郎本作「官」。當作「冠」。「出」，奎章閣本、明州本、贛州本、四庫本、叢刊本、正德本、尤刻本、胡刻本、監本、唐鈔本、九條本同。陳八郎本作「出」。當作「出」。

■ **立群案**：危冠，指高冠。莊子盗蹠：使子路去其危冠，解其長劍，而受教於子。或爲賦語所本。諸本多作「危冠」，獨陳八郎本作「危官」。然五臣翰曰：危冠，高冠也。是陳八郎本自應作「危冠」也，今作「危官」者，恐誤也。

「竦劍而趨」 「劍」，奎章閣本、明州本、贛州本、叢刊本、陳八郎本、尤刻本、胡刻本、監本、唐鈔本、九條本作「劒」。四庫本作「劒」。正德本作「劒」。當作「劍」。「趨」，奎章閣本、明州本、贛州本、四庫本、叢刊本、正德本、陳八郎本、尤刻本、胡刻本、監本、九條本同。唐鈔本作「趍」。當作「趨」。

「拔投屬鏤」 「拔」，明州本、正德本、陳八郎本、唐鈔本、九條本同。奎章閣本作「抜」。贛州本、四庫本、叢刊本、尤刻本、胡刻本作「扶」。監本作「扷」。今從「拔」。「投」，奎章閣本、明州本、正德本、陳八郎本同。贛州本、四庫本、叢刊本、尤刻本、胡刻本、監本、唐鈔本、九條本作「揄」。今從「投」。「屬」，奎章閣本、四庫本、叢刊本、正德本、尤刻本、九條本同。明州本、贛州本、陳八郎本、胡刻本、監本作「屬」。唐鈔本作「属」。當作「屬」。「鏤」，奎章閣本、明州本、贛州本、四庫本、叢刊本、正德本、陳八郎本、尤刻本、胡刻本、監本、唐鈔本、九條本作「鏤」。當作「鏤」。

■ **立群案**：諸本或作「拔投」，或作「扶揄」，與賦俱通，今從「拔投」。

【彙注】

【李善注】趫，起喬切。鏤，力駒切。劉曰：秦零陵令上書曰：荆軻挾匕首，卒刺陛下，陛下以神

武，扶揄長劍以自救。韓非子曰：解其長劍，免其危冠。離騷曰：扈江離。楚人謂被爲扈。鮫函，鮫鱼甲，可爲鎧。淮南子曰：鮫革犀兕爲甲冑也。周禮曰：燕無函。孟子曰：矢人豈不仁於函人哉？左傳曰：吴賜子胥屬鏤以死。凡此皆其器用之事義，亦其土俗所能出，有嘉服用也。善曰：成公綏洛禊賦曰：趫才逸態，習水善浮。呂氏春秋曰：吴王欲殺王子慶忌，謂要離曰：吾常以馬逐之江上而不能及，射之，矢左右滿抱而不能中。高誘曰：慶忌，吴王僚之子也。走追奔獸，接及飛鳥。左傳曰：吴公子光享王，鱄諸置劍於全魚中以進，抽劍刺王，遂殺闔閭。

【文選鈔】衛子曰：趫，捷也。悍，勇也。比盧，謂勇果之士比屋而居之。慶忌，吴王僚子也。走追奔獸，捷及飛鳥，出史記。

危冠竦劍，衛子曰：斯皆壯鋭之服。危冠，高冠。武士服也。或云：勇士怒則髮上衝冠，冠墮，故言危。楚詞王逸注云：竦，執也。趍，急行也。函者，鎧也。屬鏤者，劍也。拔，抽也。揄，引也。

【文選音決】趫，去苗反。悍，何旦反。焉，矣連反。扈音户。鮫音交。函音含。揄音投。又如字。屬，之欲反。鏤，力俱反。

【五臣注】趫，起喬反。悍音汗。鏤，力駒反。向曰：言壯勇之人，此中比屋皆是。銑曰：慶忌，吴王僚子也。吴王将殺之，逐之不及，射之不中，其捷如此。專諸，亦吴之勇士也。翰曰：危冠，高冠也。竦劍，謂帶劍竦立而趨。良曰：扈者，從君主行也。鮫函者，以鮫皮飾刀。拔投、屬鏤，劍名也。皆帶以從君行也。

【張鳳翼文選纂注】趫，起喬切。言壯勇之人，此中比屋皆是。慶忌，吴王僚子也，甚勇捷。專諸，吴勇士，刺闔閭者。危冠，高冠也。竦劍，謂帶劍竦立而趨。扈者，從君行也。鮫函者，以鮫皮飾刀。扶

揄、屬鏤，劍名。皆帶以從君也。

【王象乾文選刪注】趫，起喬切。楚人謂被爲扈。鮫函，以鮫皮飾刀。屬鏤，劍名。吕氏春秋曰：吴王欲殺王子慶忌，謂要離曰：吾常以馬逐之江上而不能及，射之，矢左右滿抱而不能中。秦零陵令上書曰：荆軻挾匕首卒刺，陛下以神武，拔揄長劍以自救。

【陳景雲文選舉正】趫材悍壯。注「置劍於全魚中以進」。「全」字衍。又「遂殺闔閭」，當作「遂殺王闔閭，以其子爲卿」。

【杭世駿文選課虚】離騷：扈江離與辟芷兮。楚人名被爲扈。秦零陵令上書：荆軻挾匕首，卒刺陛下，陛下以神武，拔揄長劍以自救。

【余蕭客文選音義】扶揄。五臣作「拔投」。屬鏤僧釋之金壺字考音祝閭。

【余蕭客文選紀聞】趫橋。廣韻三。

【胡克家文選考异】注「以自救」。袁本、茶陵本「救」下有「謂此也」三字。

注「左傳曰吴賜子胥屬鏤」。袁本、茶陵本無「左」字，是也。

注「走追奔獸接及飛鳥」。袁本、茶陵本無此八字。

注「鱄諸置劍於全魚中」。袁本、茶陵本無「全」字。

注「遂殺闔閭」。袁本「闔閭」作「王僚」，是也。茶陵本亦誤「闔閭」。

【梁章鉅文選旁證】扶揄屬鏤。五臣「扶揄」作「拔投」，良注可證。

注遂殺闔閭。六臣本「闔閭」作「王僚」，是也。

【高步瀛文選李注義疏】吕向曰：言壯勇之人，此中比屋皆是。〇司馬長卿上書諫獵曰：捷言慶

忌。此賦「捷」字本此。○楚辭九歌少司命曰：竦長劍兮擁幼艾。王逸注曰：竦，執也。朱注本作「慫」，曰：慫，挺之意。本賦「竦劍」義同。李周翰注謂帶劍竦立，非是。○「扶揄」，五臣作「拔投」，非是。○尤本、袁本正文「鏤」下音力駒切，當即五臣音也。茶陵本作「力鈎」二字。○劉注引秦零陵令上書，嚴可均輯全秦文曰：漢志從横家有「秦零陵令信一篇，難秦相李斯」，即此。○胡非子，御覽人事部七十六引作「解長劍釋危冠」。案：袁、茶二本「胡」作「韓」，誤。○離騷，見本書卷三十二及楚辭。王逸注曰：楚人名被爲扈。案：劉良謂扈者，從君主行也，非是。○淮南子見兵略篇。今本「鮫」作「蛟」，非也。又「爲」上有「以」字。○周禮，見考工記。○孟子見公孫丑上。○「左傳曰」，胡克家曰：袁本、茶陵本無「左」字。步瀛案：此見左傳哀十一年。杜注曰：屬鏤，劍名。釋文曰：鏤，力俱反，又力侯反。○成公綏洛禊賦，類聚歲時部中、初學歲時部下、御覽時序部十五皆引之，但未引此二句。○呂氏春秋，見忠廉篇。此注各本「嘗」作「常」，誤，今依呂氏春秋訂正。○「走追奔獸接及飛鳥」，胡克家曰：袁本、茶陵本無此八字。○左傳見昭二十七年，尤本「魚」上有「全」字，今依袁、茶二本删。「王僚」，尤本作「闔閭」。胡克家曰：袁本「闔閭」作「王僚」，是也。茶陵本亦誤「闔閭」。○盧、諸，古音魚部。趨、鏤，侯部。通轉爲韵。

藏鍦於人，去瞂自閭。家有鶴膝，户有犀渠。軍容蓄用，器械兼儲。吴鈎越棘，純鈞湛盧。戎車盈於石城，戈船掩於江、湖。

【彙校】

「藏鍦於人」「藏」，明州本、贛州本、四庫本、叢刊本、陳八郎本、尤刻本、胡刻本、監本、九條本同。奎章閣本、正德本、唐鈔本作「藏」。當作「藏」。「於」，奎章閣本、明州本、贛州本、四庫本、叢刊本、陳八郎本、尤刻本、胡刻本、監本、九條本同。正德本、唐鈔本作「扵」。當作「於」。

「去瞂自閭」「瞂」，唐鈔本同。奎章閣本、明州本、贛州本、四庫本、叢刊本、正德本、陳八郎本、尤刻本、胡刻本、監本、九條本作「𢧵」。今從「瞂」。

■ **立群案**：玉篇：𢧵，同瞂。宋本廣韻：瞂，盾也。或作𢧵。正字通：𢧵，同瞂。康熙字典：廣韻：𢧵，盾也，與「瞂」同。知「𢧵」「瞂」通。今從「瞂」。

「家有鶴膝」「膝」，四庫本、胡刻本、監本同。奎章閣本、贛州本、叢刊本、陳八郎本、尤刻本、九條本作「膝」。明州本模糊不清。正德本作「脥」。唐鈔本作「膝」。當作「膝」。

■ **立群案**：干禄字書：脥膝，上俗下正。據干禄字書，正德本獨作「脥」者，乃「鶴」之俗字。「鶴膝」，兵器名。方言：凡矛骹細如雁脛者謂之鶴膝。正與賦意合。諸本多作「膝」，是也。

「户有犀渠」 「户」，奎章閣本、贛州本、四庫本、正德本、唐鈔本、九條本同。明州本、叢刊本、陳八郎本、尤刻本、胡刻本、監本作「戶」。當作「户」。「犀」，奎章閣本、明州本、贛州本、四庫本、叢刊本、正德本、陳八郎本、尤刻本、胡刻本、監本同。唐鈔本、九條本作「犀」。當作「犀」。

「器械兼儲」 「器」，奎章閣本、明州本、四庫本、叢刊本、陳八郎本、尤刻本、胡刻本、九條本同。贛州本、正德本、監本、唐鈔本作「器」。「械」，奎章閣本、明州本、贛州本、四庫本、叢刊本、正德本、陳八郎本、尤刻本、胡刻本、監本、九條本同。唐鈔本作「械」。當作「械」。「兼」，明州本、贛州本、叢刊本、尤刻本、胡刻本、監本同。奎章閣本、四庫本、正德本、陳八郎本、唐鈔本作「兼」。九條本模糊不清。當作「兼」。

「吴鈎越棘」 「吴」，贛州本、四庫本、正德本、陳八郎本、尤刻本、胡刻本、監本、唐鈔本、九條本同。明州本作「吴」。奎章閣本、叢刊本作「呉」。當作「吴」。「鈎」，奎章閣本、監本、唐鈔本同。明州本、贛州本、四庫本、叢刊本、正德本、陳八郎本、尤刻本、胡刻本、九條本作「鉤」。當作「鈎」。「越」，奎章閣本、九條本同。明州本、贛州本、四庫本、叢刊本、正德本、陳八郎本、尤刻本、胡刻本、監本、唐鈔本作「越」。當作「越」。「棘」，奎章閣本、明州本、贛州本、四庫本、叢刊本、正德本、陳八郎本、尤刻本、胡刻本、監本、唐鈔本、九條本作「棘」。當作「棘」。

「純鈞湛盧」 「鈞」，明州本、贛州本、四庫本、叢刊本、正德本、陳八郎本、尤刻本同。奎章閣本、胡刻本、監本、唐鈔本、九條本作「鈞」。當作「鈞」。「盧」，明州本、贛州本、四庫本、叢刊本、陳八郎本、尤刻本、胡刻本、監本、九條本同。奎章閣本、正德本、唐鈔本作「盧」。當作「盧」。

「盈於石城」 「盈」，奎章閣本、四庫本、胡刻本同。明州本、贛州本、叢刊本、正德本、尤刻本、監

本、九條本作「盈」。陳八郎本作「盈」。唐鈔本作「盈」。當作「盈」。「於」，奎章閣本、明州本、贛州本、四庫本、叢刊本、陳八郎本、尤刻本、胡刻本、監本、九條本同。正德本、唐鈔本作「扵」。當作「於」。

「戈船」「船」，奎章閣本、叢刊本、尤刻本、胡刻本、監本、九條本同。明州本、正德本、陳八郎本作「舡」。贛州本、四庫本、唐鈔本作「舩」。當作「船」。

「掩於江、湖」「掩」，奎章閣本、明州本、贛州本、四庫本、叢刊本、正德本、陳八郎本、胡刻本、監本、九條本同。尤刻本、唐鈔本作「掩」。當作「掩」。「於」，奎章閣本、明州本、贛州本、四庫本、叢刊本、陳八郎本、九條本同。正德本作「扵」。尤刻本、胡刻本、監本、唐鈔本作「乎」。今從「於」。

■**立群案**：「於」「乎」於賦皆通。諸本多作「於」，今從「於」可也。

【彙注】

【李善注】劉曰：鍦，矛也。楊雄方言曰：吳、越以矛爲鍦。瞂，楯也。鶴膝，矛也。矛骹如鶴脛，上大下小，謂之鶴膝。犀渠，楯也，犀皮爲之。國語曰：奉父犀渠。軍容，軍之容表，言矛劍等也。司馬法曰：古者軍容不入國，國容不入軍。軍容入國，則人德粗；國容入軍，則人德弱。越絶書曰：闔閭既重莫耶，乃復命國中作金鉤，有人貪王賞之重，殺其兩兒，以血釁鉤，遂成二鉤，獻之闔閭，詣宫求賞。王曰：爲鉤者衆多，而子獨求賞，何以异於衆人之鉤乎？曰：我之作鉤也，殺二子成兩鉤。王曰：舉鉤以示之，何者是也？於是鉤師向鉤而哭，呼其兩子之名吳鴻、扈稽曰：我在此，王不知汝之神也。聲未絶於口，兩鉤俱飛著於父之背。吳王大驚，曰：嗟乎！寡人誠負子。乃賞之百金，遂服其鉤。爾雅曰：棘，戟也。純鈞、湛盧，劍名也。越絶書曰：昔越王句踐有寶劍五，聞於天下，客有能相劍者，名薛燭，王召而問之，對曰：歐冶子因天地之精，悉其伎巧，一曰純鈞，二曰湛盧，三曰莫耶，四曰豪曹，五曰巨闕。

石城，石頭隖也，在建業西，臨江，其中有庫，藏軍儲。戈船，船下有戈也。江、湖，二水名也。善曰：禮記曰：越棘大弓，天子之戎器也。鄭玄曰：越，國名也。考工記曰：越鐵利，可以爲戟。環濟吴紀曰：建安十七年，城石頭。越絶書，伍子胥船有戈。

【文選鈔】藏，謂藏於民間也。去瞂自閭，取楯將去，自閭而出也。鶴膝，謂矛形上大下小，如鶴膝然。犀渠，謂楯以犀革爲之而有文章也。一曰鎧也，以文犀作之。蓄，積也。兼，并也。儲，貯也。闞子曰：孟嘗君從公孫章索吴鈎，不得之，而與公孫章絶。故曰敗事在於吴鈎也。方言云：凡戟有小枝者謂之鈎也。傳曰：子都拔棘而逐之。戎車，兵車也。盈，滿也。石頭城岨山爲固，因江爲險。掩，覆也。江湖者，建鄴江邊有洲名張公洲。内可藏舟船。子胥書有戈船以載干戈，因謂之戈船也。志林：南方魴魚，喙長八尺，秋最盛。人在船邊者，魚或出其頭食人。戈船側而御之，因以爲名戈船也。

【文選音決】鍦音蛇。又尸支反。去，丘吕反。瞂音伐。膝，思栗反。犀音西。蓄，丑六反。棫，何或反。湛，大減反。

【五臣注】鍦音施。瞂音伐。向曰：吴謂矛爲鍦。瞂，楯也。言其兵仗不須出自武庫，人皆有之，如藏之於人。又游去之時，瞂楯之器，亦自閭里取之。鶴膝、犀渠，皆楯名。軍容則矛戟之類。儲，積也。兼儲，蓄積也。良曰：吴鈎，劍類。越棘，戟也。純鈞、湛盧，二劍名也。濟曰：石頭城中置府庫軍儲，故云盈於石城。戈船掩於江湖，言其多，遂至掩蔽於水。

【陸善經注】去亦藏變文耳。

掩，蔽也。

【張鳳翼文選纂注】鍦音施。瞂音伐。吴謂矛爲鍦。瞂，楯也。言其兵仗不須出自武庫，人皆有

之，如藏之於人也。戲楯之器，亦自閭里取之也。去，疑作取。鶴膝，矛名。犀渠，楯名。軍容，即矛戟之類。兼儲，蓄積也。吴鈎，劍類。越棘，戟也。純鈞、湛盧，二劍名。石頭城中置府庫軍儲，故云盈於石城。戈船掩於江湖，言其多，至掩蔽水面也。

【王象乾文選删注】鍦音施。戭音伐。鍦，矛也。戭，楯也。鶴膝，矛也。犀渠，楯也。石城，石頭隖，在建業，中有庫，藏軍儲。戈船，船下有戈。司馬法曰：古者軍容不入國，國容不入軍。軍容入國，則人德粗；國容入軍，則人德弱。越絶書曰：闔閭命國中作金鈎，有人貪王賞，殺兩兒，以釁鈎，獻之。王曰：爲鈎者衆，何以异於衆人之鈎？於是鈎師向鈎，呼其兩子名吴鴻、扈稽曰：我在此，王不知汝之神也。聲未絶，兩鈎俱飛著於背。吴王大驚，賞之百金。禮記曰：越棘大弓，天子之戎器也。越絶書曰：勾踐有寶劍五，客有能相劍者薛燭，王召問之，對曰：歐冶子因天地之精，悉其伎巧，一曰純鈞，二曰湛盧，三曰莫邪，四曰豪曹，五曰巨闕。

【陳景雲文選舉正】純鈎湛盧。「鈎」當作「鈞」，注同。

【余蕭客文選音義】鍦舊音施。戭舊音伐。純鈎六臣「鈎」作「鈞」。注同。

【余蕭客文選紀聞】鍦施。廣韵一。戭房越。類篇十二下。鄭惟忠拜黄門侍郎。時議禁嶺南首領家畜兵器，惟忠曰：爲政不可改習俗。吴都賦「家有鶴膝，户有犀渠」，如或禁之，豈無驚擾？遂止舊唐書一百。城作頭。六朝事迹上。孫權於江岸必争之地築城，名曰石頭，常以腹心大臣鎮守之。今石城故基乃楊行密稍遷近南，夾淮帶江，以盡地利。輿地志：環七里一百步，去臺城九里同上。石頭山在城西二里。宫苑記：周顯王三十六年，楚威王滅越，置金陵邑，即石頭城。江乘地記：山上有城，因名。漢建安十六年，孫權修理，改名石頭城，用貯軍糧器械，今清凉寺西是也。丹陽記：石頭城，吴時悉土塢。義熙

初，始加磚累甓，因山爲城，因江爲池金陵新志五。

【孫志祖文選考异】純鈎湛盧。「鈎」，六臣本作「鈞」。

【孫志祖文選李注補正】藏鍦於人，去瞂自閭。○補曰：潘云：去，亦藏也。

【胡克家文選考异】注「上大下小」。袁本、茶陵本無此四字，有「者」字，屬上。

注「犀皮爲之」。袁本、茶陵本無此四字。

注「奉父犀渠」。案：「父」當作「文」。各本皆訛。此所引吴語文，今本「犀」下有「之」字，疑亦脱也。

注「考工記曰越鐵利可以爲戟」。袁本、茶陵本無此十一字。

【許巽行文選筆記】越棘。注爾雅曰：棘，戟也。案：禮記疏云：棘戟，方言文。又注考工記曰：越鐵利，可以爲戟。今記亦無此語。

【朱珔文選集釋】藏鍦於人。劉注云：鍦，矛也。方言曰：吴、越以鍦爲矛。案：説文：鉈，短矛也。「鉈」即「鍦」字。廣雅作「施」。王氏疏證曰：施，曹憲音蛇。後世言蛇矛，名出於此案，晉書：丈八鉈矛左右盤。鉈矛即蛇矛也。又荀子議兵篇：宛鉅鐵鉇，慘如蠭蠆。楊倞注：鉈，矛也。史記禮書作「鐵施」，字并同。

【梁章鉅文選旁證】去𢧵自閭。「𢧵」當作「瞂」。説文：瞂，盾也。从盾，犮聲。繫傳引此作「𢧵，扶月反」。

純鈞湛盧。六臣本「鈞」作「鈎」，誤也，注同。顧氏千里曰：毛本亦誤作「鈎」。此賦下句言「純鈞湛盧」，上句言「吴鈎越棘」，不得複明矣。越絶書記寶劍篇：「純鈞」正作「鈞」，惟道藏、淮南子脩務篇

作「鈞」，因南宋避嫌各缺筆，莊氏逵吉重刻本改作「鈎」，亦誤。

戈船掩乎江、湖。六臣本「乎」作「於」。

注國語曰：奉父犀渠。「父」當作「文」。此引吴語文，「犀」上當有「之」字。

【胡紹煐文選箋證】藏鍦於人。注劉逵曰：鍦，矛也。按：説文：鉈，短矛也。短矛故人可藏。賦義甚精。荀子議兵篇「宛鉅鐵鉇」，作「鉇」，注：鉇與鍦同，矛也。

純鈞湛盧。顧氏廣圻曰：毛本「鈞」誤作「鈎」，此賦下句言「純鈞」，上句言「吴鈎」，不得複明矣。越絶書記寶劍篇正作「鈞」。紹煐按：六臣本作「鈞」，注亦作「鈞」。

【高步瀛文選李注義疏】五臣「鍦」音「施」，「𢧵」音「伐」。「藏鍦」二句，吕向曰：言其兵仗不須出自武庫，人皆有之，如藏之於人。又游去之時，𢧵楯之器，亦自閭里取之。孫志祖補正引潘耒曰：去，亦藏也。李詳曰：左傳閔二年衛侯不去其旗，襄二十四年則去其肉而以其洎饋，昭十九年以度而去之，釋文并云：去，藏也。漢書蘇武傳：掘野鼠，去屮實而食之。顔注：去，謂藏之也。陳遵傳：主皆藏去以爲榮。顔注：去亦藏也。三國志華佗傳：無急去藥以待不祥。裴松之注：古語以藏爲去。皆其證。五臣注：去，猶出也。謬甚。○説文繫傳七引「𢧵」作「瞂」。梁章鉅曰：「𢧵」當作「瞂」。説文：瞂，盾也。从盾，犮聲。步瀛案：已見西京賦注及疏。○袁本、毛本「鈞」作「鈎」，誤。○「掩乎」，袁、茶陵二本作「掩於」。○劉注引方言見卷九，本作「矛，吴、揚、江、淮、南楚、五湖之間謂之鍦」，劉蓋以意引。説文曰：鉈，短矛也。大徐音食遮切。段曰：方言鍦即鉈字。廣雅釋器曰：𥍪，矛也。疏證曰：𥍪，曹憲音蛇，後世言蛇矛，名出此也。荀子議兵篇：宛鉅鐵鉇，慘如蠭蠆。楊倞注云：鉇，矛也。史記禮書作「鐵施」，吴都賦劉逵注云：鍦，矛也。字并與「𥍪」同。○「上大下小」，胡克家曰：袁本、茶陵本無

此四字，有「者」字，屬上。步瀛案：方言九曰：矛骹細如雁脛者，謂之鶴膝。「雁」字疑誤。案：上大下小，疑後人釋骹脛之形，記於注旁，寫者誤羼入注中。膝上曰股，膝下曰脛，近足者曰骹，以次而細，故曰上大下小也。○「犀皮爲之」，胡克家曰：袁本、茶陵本無此四字。○「奉文犀之渠」，各本「文」作「父」，無「之」字。胡克家曰：「父」當作「文」，各本皆訛，此所引吴語文，今本「犀」下有「之」字，疑亦脱也。步瀛案：今并依吴語校正。韋昭曰：文犀之渠，謂楯也。文犀，犀之有文理者。韋以渠爲楯，與劉注合。淮南氾論篇曰：渠幨以守。高注曰：渠，塹也。一曰，渠，甲名也，國語曰「奉文渠之甲」是也。與韋、劉皆异。○司馬法，見天子之義篇。今本「麤」作「廢」，疑形近而誤。又兩「人」字皆作「民」，李注避唐諱改。舊注曰：軍國异容，强弱殊任，故不相入，入則亂也。案：「麤」，尤本作「麄」，俗字，今依袁、茶二本。○越絶書今本無此文，而吴越春秋闔閭内傳有之。書鈔武功部十二、御覽兵部八十五引皆作吴越春秋，又「釁鉤」作「釁金」，「詣官」作「詣門」，「王曰」作「王乃」，「父之背」作「父之胸」，此注殆誤。○「爾雅曰棘戟也」，案：此小爾雅廣器之文。小爾雅李注稱小雅，蓋劉注渾稱爾雅耳。○後引越絶書，見記寶劍篇，今本作「一曰湛盧，二曰純鈞，三曰勝邪，四曰魚腸，五曰巨闕」，與注引异。類聚軍器部引吴越春秋曰：越王允常聘區冶子作名劍五枚，一曰純鈎，二曰湛盧，三曰豪曹，或曰盤郢，四曰魚腸，五曰巨闕。御覽兵部七十四引同，與今本吴越春秋闔閭内傳亦异。○吴志吴主傳曰：建安十六年，權徙治秣陵。明年，城石頭。元和郡縣志曰：江南道潤州上元縣，石頭城在縣西四里，即楚之金陵城也。吴改爲石頭城。建安十六年，吴大帝修築以貯財寶軍器。有戍，吴都賦云「戍馬盈於石城」是也。案「十六年」當作「十七年」，太平寰宇記卷九十正作「十七年」。六朝事迹卷二曰：吴孫權沿江立柵，又於江岸必争之地築城，名曰石頭，常以腹心大臣鎮守之。今石城故基，乃楊行密稍

遷近南，夾淮帶江，以盡地利。又曰：由晋以來，常爲戰守之地。左太沖吴都賦云「戎車盈於石頭」，蓋謂此也。清統志曰：江蘇江寧府，石頭山在上元縣西二里，北抵大江，南抵秦淮口，去臺城九里。六朝以來，皆守此爲固。又曰：石頭城在上元縣西石頭山。○説文曰：湖，大陂也。揚州浸有五湖。是湖本非專指五湖，與江爲長江之專名，後乃借以爲他水之通名者不同。此云江、湖二水名，豈湖即指五湖歟？○禮記，見明堂位。○尤本「名」也下有「考工記曰：越鐵利，可以爲戟」十一字。案：考工記無此文，今依袁本、茶陵本删。○隋書經籍志史部有吴紀九卷，晋太學博士環濟撰。○越絶書記地傳曰：勾踐伐吴，戈船三百艘。不言伍子胥戈船。漢書武帝紀注引臣瓚曰：伍子胥書有戈船，以載干戈，因謂之戈船也。而不言出越絶書。朱銘曰：玉海引三輔黄圖曰：昆明池有百艘樓船，上建樓櫓。戈船各數十，上建戈矛。然則建戈矛故謂之戈船也。步瀛案：玉海見一百七十一宫室類。○閭、渠、儲、盧、湖，古音魚部。

露往霜來，日月其除。草木節解，鳥獸腯膚。觀鷹隼，誡征夫。坐組甲，建祀姑。命官帥而擁鐸，將校獵乎具區。

【彙校】

「露往霜來」「往」，明州本、贛州本、四庫本、陳八郎本、胡刻本、唐鈔本同。奎章閣本、叢刊本、正德本、尤刻本、監本作「徃」。九條本模糊不清。當作「往」。「來」，明州本、贛州本、四庫本、叢刊本、陳八郎本、尤刻本、胡刻本、九條本同。奎章閣本、正德本、監本、唐鈔本作「来」。當作「來」。

「草木節解」「節」，奎章閣本、明州本、贛州本、四庫本、叢刊本、正德本、陳八郎本、尤刻本、胡刻本、監本、九條本同。唐鈔本作「莭」。當作「節」。「解」，奎章閣本、明州本、贛州本、叢刊本、陳八郎本、尤刻本、胡刻本、監本、九條本同。四庫本、正德本作「觧」。唐鈔本作「觧」。當作「解」。

■立群案：中華字海：「莭」同「節」。見干禄字書。今從「節」。

「鳥獸腯膚」「獸」，明州本、贛州本、四庫本、叢刊本、正德本、陳八郎本、尤刻本、胡刻本、監本、九條本同。奎章閣本作「獸」。唐鈔本作「獸」。當作「獸」。「膚」，明州本、贛州本、四庫本、叢刊本、陳八郎本、尤刻本、胡刻本、監本、九條本同。奎章閣本、正德本作「膚」。唐鈔本作「膚」。當作「膚」。

「觀鷹隼」「觀」，奎章閣本、明州本、贛州本、四庫本、叢刊本、正德本、陳八郎本、尤刻本、胡刻本、

九條本同。監本、唐鈔本作「觀」。當作「觀」。

「誡征夫」「誡」，奎章閣本、明州本、贛州本、四庫本、叢刊本、正德本、陳八郎本、尤刻本、胡刻本、監本、九條本同。唐鈔本作「試」。當作「誡」。

「坐組甲」「坐」，奎章閣本、明州本、贛州本、四庫本、叢刊本、正德本、陳八郎本、尤刻本、胡刻本、監本、九條本同。唐鈔本作「坐」。當作「坐」。

「建祀姑」「建」，奎章閣本、明州本、四庫本、叢刊本、陳八郎本、尤刻本、胡刻本、監本、唐鈔本、九條本同。贛州本、正德本作「建」。當作「建」。

「命官帥」「帥」，奎章閣本、明州本、贛州本、四庫本、叢刊本、正德本、陳八郎本、尤刻本、胡刻本、監本、九條本同。唐鈔本作「師」。當作「帥」。

「將校獵」「將」，監本同。奎章閣本、唐鈔本作「将」。明州本、贛州本、四庫本、叢刊本、陳八郎本、尤刻本、胡刻本、九條本作「将」。正德本作「将」。當作「將」。「獵」，奎章閣本、明州本、贛州本、四庫本、叢刊本、正德本、陳八郎本、尤刻本、胡刻本、監本、唐鈔本、九條本作「獵」。當作「獵」。

「乎具區」「具」，奎章閣本、明州本、四庫本、叢刊本、正德本、陳八郎本、胡刻本、監本、唐鈔本、九條本同。贛州本、尤刻本作「具」。當作「具」。

【彙注】

【李善注】劉曰：詩曰：今我不樂，日月其除。國語曰：本見而草木節解。本，氐也。謂霜降之後，生氣既衰，草木枝葉，皆節理解落也。腯，肥也。左氏傳曰：肥腯，謂畜之碩大蕃滋也。漢書曰：鷹隼未擊，矰弋不施於蹊隧，於此時也，可以戒戎夫。左氏傳曰：裹糧坐甲。又曰：組甲三千。馬融曰：

組甲，以組爲甲。祀姑，幡名，麾旗之屬也。國語曰：吴王夫差出軍，與晋争長，昏乃戒，夜中令服兵擐甲，陳王卒，官帥擁鐸，建祀姑。此吴軍容之舊制也。鐸，施號令而振之也。周禮，校人中大夫，掌王田獵之馬，一校千二百九十六匹。具區，澤名也，在吴之西。善曰：爾雅曰：吴、越之間有具區。

【文選鈔】露往霜來，謂寒露八月節。礼記月令：八月白露降。九月云：是月霜始降。易曰：寒往則暑來，暑往則寒來。詩注云：除，去也。膚，皮也。左傳曰：牲牲肥腯。觀，視也。隼，小鷹，尤迅。言鷹隼擊然後罻繳施於蹊隧，於此時可以誡戎夫也。

馬融左傳注曰：組甲，以組爲甲裏，公族所服也。組，縱絛也，以爲連甲也。祀姑，以兕角爲柄。鐸，金鈴木舌振武教也。官師者，尚書胤征云：每歲孟春，道人以木鐸循于路，官師相規，工執藝事也。陳注云：官師，衆官，更相規闕，此文教也。武教亦有衆官，更相規闕也。或作官帥，即衆官之長，宣令之官也。事見周礼。

【文選音决】解音蟹。腯，徒忽反。膚音夫。觀，古丸反。隼音笋。帥，師位。鐸，丈洛反。校，蕭：胡孝反。

【五臣注】腯音突。隼，司尹反。濟曰：露，秋也。霜，冬也。除，去也。言秋往冬來，日月將去，草木凋落，而鳥獸膚體皆肥腯也。翰曰：此言順時校獵，乃敕整戎夫也。組甲，以黑索連甲也。祀姑，幡名。坐，猶積也。官，官司。帥，將帥。擁鐸，執鐸以宣令。鐸，鈴也。具區，澤名。

【張鳳翼文選纂注】腯音突。露霜，秋冬也。除，去也。言秋往冬來，日月將去，草木凋落，而鳥獸膚體皆肥腯。乃順時校獵，敕整戎夫也。坐即左傳「裹糧坐甲」之坐。組甲，以黑索連甲也。祀姑，幡也。官，官司。帥，將帥。擁鐸，執鐸以宣令也。具區，太湖也。

【王象乾文選删注】腯音突。祀姑，幡也。具區，澤名。漢書曰：鷹隼未擊，矰弋不施於蹊隧。國語曰：夫差與晉争長，昏乃戒，夜中令服兵擐甲，陳士卒，官帥擁鐸，建祀姑。

【汪師韓文選理學權輿・前賢評論】方以智通雅曰：吴都賦：建祀姑。注：幡名。言其幡于也，發語蒲口爲姑，故爲姑且之詞，爲辜負之語。

【余蕭客文選音義】腯舊音突。注本，氏也。「本」改「木」。案：韋昭國語注作「本」。

【胡克家文選考异】注「皆節理解落也」。袁本、茶陵本無「落」字。

注「陳王卒」。袁本、茶陵本「王」作「士」，是也。

注「鐸施號令而振之也」。袁本、茶陵本無此八字。

注「一校千二百九十六匹」。袁本、茶陵本無「一」字，是也。案：此節鄭注而引之，乃五種合之數，尤所添甚誤。

【許巽行文選筆記】祀姑。注引國語。案：今國語作「肥胡」。蓋猶甘泉賦所云「洪頤」之比，然未有所考。

【朱珔文選集釋】建祀姑。劉注云：祀姑，幡名，麾旗之屬。國語：吴王夫差令服兵擐甲，陳士卒，官帥擁鐸，建祀姑。案：祀姑，國語作「肥胡」。韋注：幡也。「幡」當爲「旛」。説文：旛，幅胡也。韵會作「幡胡」。段氏云：旛胡，蓋古語。如甂甎名甋瓬，見廣雅。漢堯廟碑作「播坳」。玉曰璠璵，艸木盛曰緐廡，皆雙聲字。旛胡即肥胡，謂大也。余謂：一切經音義引埤蒼云：甋瓬，大甎也。又引通俗文云：甎方大謂之甋瓬。説文「⿰氵旛」字从「旛」，大波也。是「旛」言其大。説文下云：謂旗幅之下垂者。肉部：胡，牛頷垂也。則胡有下垂之義。肥、胡亦雙聲，肥與祀形近，胡、姑同韵字，故致誤。

將校獵乎具區。劉注引周禮：校人掌王田獵之馬，一校千二百九十六匹。案：胡氏考异云：袁、茶本無「一」字。此節引鄭注乃五種合之數，尤本誤。余謂：校有左右，駑馬三良馬之數。鄭注：良馬一種四百三十二匹，五種合二千一百六十匹。駑馬三之爲千二百九十六匹。此不得單言駑馬，胡説非。疏引鄭答趙商曰：邦國六閑，四種，其數適當千二百九十六匹。諸侯不分左右，則正是一校。劉注殆言侯制與？惟校作實字用，殊不辭。校與較通，疑當如長楊賦「校武票禽」之「校」。若漢書成帝紀注：校獵者，大爲闌校，以遮禽獸而獵取也。亦不知何本，似因説文「校，木囚也」而傅會之。

【梁章鉅文選旁證】注組甲三千。又陳王卒，官帥擁鐸，建祀姑。段校云：「千」，左氏傳作「百」。國語吴語「王」作「士」，「祀姑」作「肥胡」。祀姑，幡名，麾旗之屬。惠氏士奇以爲東京賦「戎士介而揚揮」，薛綜云「揮爲肩上絳幟，如魚尾」，説文以絳徽帛箸於背者，是也。

注一校千二百九十六匹。六臣本無「一」字，是也。胡公考异曰：按此節鄭注而引之，乃五種合之數，添「一」字誤。

【胡紹煐文選箋證】建祀姑。注劉逵曰：祀姑，幡名，麾旗之屬也。國語曰：建祀姑。今吴語作「建肥胡」。按：肥形近祀，此蓋誤肥爲祀。姑作胡，姑與胡叠韵，肥與幡雙聲，而胡幡又語之轉，胡之轉爲幡，猶烏之將轉爲安。然則肥胡之合聲爲幡也。解此，斷爲肥姑非祀姑矣。説文：旛，旛胡也。段氏注云：吴語：建肥胡。韋注：肥胡，幡也。幡即旛字，肥胡即旛胡，謂大也，作「祀姑」誤。

命官帥而擁鐸。注劉逵曰：國語曰：官帥擁鐸。按：當作「官師」，北堂書鈔樂部引國語及此賦并爲「官師」。「官師」經屢見，無作「官帥」者，蓋由後人以宋本國語改之。

【高步瀛文選李注義疏】「祀」當作「肥」。吴語：建肥胡。韋注曰：肥胡，幡也。説文曰：旛，旛

胡也，謂旗幅之下垂者。段曰：各本作「幅胡」，今依葉石林抄宋本及韵會所據本訂。韵會作「幡胡」，幡即旛之俗。集韵、類编皆有「謂旗幅之下垂者」七字，今據補。旛胡，蓋古語，如甗甎之名𤮝瓳，見廣雅。漢堯廟碑作「墦坫」。玉曰璠璵，草肥盛曰緐廡，皆雙聲字。凡旗正幅謂之縿，亦謂之旛胡。吴語「建肥胡」，旛胡即肥胡，謂大也。吴都賦作「祀姑」，誤。汪遠孫國語發正卷十九曰：肥，古與飛通，易肥遯亦作「飛」，見文選思玄賦及注，蓋言其飛揚之意。吴都賦「建祀姑」，劉逵注引國語爲證，傳寫之誤。朱珔曰：説文肉部「胡，牛顄垂也」。則胡有下垂之義。肥、胡亦雙聲，肥與祀形近，胡、姑同韵字，故致誤。胡紹煐曰：肥形近祀，此蓋誤肥爲祀。姑與胡叠韵，肥與幡雙聲，而胡幡又語之轉，胡之轉爲幡，猶烏之轉爲安。然則肥胡之合声爲幡也。解此，則斷爲肥胡非祀姑矣。案：以上諸説，皆謂祀姑爲肥胡之訛也。然吴語韋本作「肥胡」，古本「胡」亦作「姑」。汪遠孫三君注輯存據北堂書鈔武功部六引國語「建服姑」，注曰：服姑，幡名，謂服、肥、祀形相近。書鈔作「姑」，與左賦合。○「帥」當作「師」。吴語：行頭皆官師擁鐸拱稽。韋注曰：三君皆云，官師大夫也。昭謂下言十行一嬖大夫，此一行宜爲士。周禮百人爲卒，卒長皆上士。擁，猶抱也。抱鐸者，恐有聲也。宋庠補音本「師」作「帥」，曰：帥，音所類反。今官私諸本多作「官師」，非是。按史記馮唐傳云：爲官卒將。晋灼注：百人爲徹，行皆帥將也。史記索隱引吴語曰：百人爲徹，行皆官帥。賈逵云：百人爲一卒，即一隊也。官帥，隊大夫也。若作「師」字，殊無意義。明道本正文注文皆作「官師」。王引之經義述聞卷二十一曰：據韋注，則所見本正作「官師」。祭法：官師一廟。鄭注云：官師，中士、下士也。襄十五年左傳：官師從單靖公逆王后于齊。杜注云：官師，劉夏也。正義引釋例云：元士、中士稱名，劉夏、石尚是也。是官師即士也。而韋云此宜爲士，則正文之作「官師」甚明。説内外傳者或以官師爲大夫，襄十四左傳：官師相規。杜

注云：官師，大夫。此蓋本於舊注，故韋此注云：三君皆云，官師大夫也。賈景伯即在三君之內，其注當云百人爲一卒，即一隊也。官師，隊大夫也。是三君皆以官師爲大夫。韋以下文有大夫，故不從三君，而以官師爲士也。漢書馮唐傳：爲官帥將。晉灼曰：百人爲徹，行亦皆帥將也。此但言百人爲行，當有帥將以統之，未嘗言國語有官帥之文。至小司馬所見本始訛作「官帥」，故引賈注亦作「官帥」，而公序遂奉爲定本矣。「師」「帥」字形相似，吴都賦及注作「官帥」，未必非傳寫之訛，而韋注云：此宜爲士，又引周官卒長皆上士。遍考經傳，士稱官師而不稱官帥，則當作官師明矣。鄭仲師注周官小宰引此正作「官師」，故賈疏亦作「官師」，國語舊本多作「官師」，非誤也。鈔本北堂書鈔樂部四引國語吴語、吴都賦皆作「官師」，而陳禹謨又改爲「官帥」矣。官帥之名，不見於經，至史記始有官率將之語，不得援以爲據。汪遠孫國語明道本考异曰：「師」字是也。周禮小宰鄭司農注及賈疏引國語，并作「官師」。步瀛案：書鈔樂部四孔廣陶校本作「官司」，亦誤。○劉注引詩，見蟋蟀。○國語，見周語中。章注曰：本，氐也。謂寒霜之後十日，陽氣盡，草木之枝節皆理解也。與劉注合。○「皆節理解落也」，胡克家曰：袁本、茶陵本無「落」字。○左氏傳見桓六年。○漢書，見貨殖傳，「蹊」作「徯」，字同。○「於此時也」二句，劉氏解誡征夫句。○次引左傳見文十三年。孔疏曰：甲者，所以制禦非常，臨敵則被之於身，未戰且坐之於地。李周翰注曰：坐，猶積也。非是。○後引左傳，見襄三年。案：此注「三百」誤作「三千」，今依左傳訂正。傳曰：楚子重使鄧廖帥組甲三百，被練三千，以侵吴。杜注曰：組甲、被練，皆戰備也。組甲，漆甲成組文。被練，練袍。孔疏曰：賈逵云：組甲以組綴甲，車士服之。被練，帛也。以帛綴甲，步卒服之。凡甲所以爲固者，以盈竅也。帛盈竅而任力者半，卑者所服。組盈竅而盡任力，尊者所服。馬融云：組甲，以組爲甲裏，公族所服。被練，以練爲甲裏，卑者所服。然則甲貴牢固，

組練俱用絲也，練若不固，宜皆用組，何當造不牢之甲而令步卒服之，豈欲其被傷，故使甲不牢也？若練以綴甲，何以謂之被也？又組是緣繩，不可以爲衣服，安得以爲甲裏？杜言組甲漆甲成組文，今時漆甲有爲文者。被練，文不言甲，必非甲名。被是被覆衣著之名，故以爲練袍被於身上。案：孔主杜義，故以賈、馬爲非。然賈注實本吕氏春秋去尤篇。惠棟九經古義、沈欽韓左傳補注、洪亮吉春秋左氏詁、李貽德賈服注輯述皆申賈義，其説實不可易，杜注非也。馬融所謂甲裏，即賈注以組綴甲。孔疏以爲表裏之裏，誤矣。被，當從説文作「紴」。紴，緣屬。蓋以練爲紴以綴甲，被練不稱甲者，以已舉組甲，故不待言。杜以爲練袍，非也。又案：各本皆作「馬融曰：組甲，以組爲甲」，脱一「裏」字，今據左傳孔疏補。○祀姑，幡名。「祀」當作「肥」，説已見上。○周禮春官巾車：建大麾。鄭注曰：大麾不在九旗中，以正色言之，則黑，夏后氏所建。穀梁莊二十五年范注曰：麾，旌幡也。案：本字當作「摩」。説文曰：旌旗所以指摩也。○國語，見吴語。○「陳王卒」，胡克家曰：袁本、茶陵本作「士」，是也。步瀛案：今本吴語作「士卒」。王引之經義述聞卷二十一曰：上文秣馬食士，士即卒也。此既言卒，則無庸更言士。「士卒」當爲「王卒」，字之誤也。王卒者，中軍之卒也。中軍從王，故其卒謂之王卒。左傳哀十一年：吴子伐齊，中軍從王。胥門巢將上軍，王子姑曹將下軍，展如將右軍。戰于艾陵，展如敗高子，國子敗胥門巢，王卒助之，大敗齊師。是王卒皆在中軍也。自「陳王卒」至「王親秉鉞，載白旗，以中陳而立」，皆指中軍言之。下文言左右軍亦如之。而此不言中軍者，言王卒，則中軍不待言也。三軍陳法皆同，所不同者，左尚赤，右尚黑，而中則尚白耳。今本「王卒」作「士卒」，則無由知其爲中軍之卒，既不專指中軍，則不得言白常、白旟、素甲、白羽之矰矣。文選宋尤袤本吴都賦劉逵注引此正作「陳王卒」，各本「王」作「士」，乃後人依俗本國語改之。○「官帥」當作「官師」，「祀姑」當作「肥胡」或「肥姑」，説已

見上。○「鐸施號令而振之也」，胡克家曰：袁本、茶陵本無此八字。○周禮校人，見夏官。「一校千二百九十六匹」，胡克家曰：袁本、茶陵本無「一」字，是也。案：此節鄭注，而引之乃五種合之數，尤所添甚誤。朱珔曰：校有左右，駑馬三良馬之數。鄭注：良馬一種四百三十二匹，五種合二千一百六十匹。駑馬三之一爲千二百九十六匹。此不得單言駑馬。胡説非。疏引鄭答趙商曰：邦國六閑，四種，其數適當千二百九十六匹。諸侯不分左右，則正是一校。劉注殆言侯制歟？惟校作實字用，殊不辭。校與較通，疑當如長楊賦校武票禽之「校」，若漢書成帝紀注「校獵者大爲闌校以遮禽獸而獵取也」，亦不知何本，似因説文「校，木囚也」而傅會之。步瀛案：朱辨胡説是也。而校獵以爲較獵，不從顔注，則亦非是。漢書司馬相如傳上林賦顔注曰：校獵者，以木相貫穿，總爲闌校，遮止禽獸而獵取之。説者或以爲周官校人掌田獵之馬，因云校獵，亦失其義。養馬稱校人者，謂以爲闌校以養馬耳，故呼爲閑也。事具周禮，非以獵馬，故稱校人。胡紹煐曰：後漢書明帝紀：冬，車騎校獵上林苑。章懷注：周易繫辭下：屨校滅趾。侯果注：校者，从木，夾足止行，然則穿木爲闌謂之校，猶貫木夾足謂之校矣。步瀛案：侯果注見李鼎祚周易集解引。○具區，澤名也。漢書地理志會稽郡吴縣下，原注曰：具區澤在西，揚州藪，古文以爲震澤。水經山水澤地篇曰：震澤，在吴縣南五十里。周禮夏官職方氏曰：揚州，其澤藪曰具區，其浸五湖。鄭注曰：具區、五湖在吴。成蓉鏡據水經及鄭注皆言「吴南」，漢志作「吴西」乃傳寫之誤。王先謙謂以地望測之，西南皆通，然以南爲正。爾雅釋地十藪曰：吴、越之間有具區。郭注曰：今吴南太湖，即震澤也。禹貢僞孔傳曰：震澤，吴南大湖名。與郭同。葉夢得避暑録話卷下曰：周官：九州有澤藪，有川有浸。揚州澤藪爲具區，其浸爲五湖。既以具區爲澤藪，則震澤即具區也。太湖乃五湖之總名耳。凡言藪者，皆人資以爲利，故曰藪以富得民，而浸則但水之所鍾也。今平望、八尺、震

澤之間，水瀰漫而極淺，與太湖相接而非太湖，自是入于太湖，自太湖入于海。雖淺而瀰漫，故積潦暴至。無以泄之，則溢而害田。然蒲、魚、蓮、芡之利，人所資者甚廣，亦或可堤而爲田，與太湖异，所以謂之澤藪。胡氏禹貢錐指引此，「八尺」作「八赤」，曰：平望鎮在吴縣南四十五里，八赤市在縣南二十里，震澤鎮在縣西南八十五里。又引黄儀曰：今土人自包山以西謂之西太湖，水始淵深。自莫釐、武山以東謂之南湖，水極灘淺，蓋即古之震澤。止以上流相通，後人遂混謂之太湖，誤矣。步瀛案：禹貢無太湖之名，疑禹時震澤水甚巨，實兼有具區、五湖之地，而不能别其爲藪爲浸。歷商至周，其水漸淤，於是藪、浸分焉。藪澤曰具區，浸曰五湖。又曰：太湖即禹時震澤所包也。後人又統具區、五湖而渾之曰太湖。故景純、僞孔皆以震澤爲太湖矣。○除、膚、夫、姑，古音魚部。區，侯部。通轉爲韵。

烏滸、狼𥇖，夫南、西屠。儋耳、黑齒之酋，金鄰、象郡之渠。驫駥飍矞，靸霅驚捷，先驅前途。

【彙校】

「儋耳、黑齒」　「黑」，奎章閣本同。明州本、贛州本、四庫本、叢刊本、正德本、陳八郎本、尤刻本、

胡刻本、監本、唐鈔本、九條本作「黑」。當作「黑」。

「金鄰象郡」「象」，明州本、贛州本、四庫本、叢刊本、正德本、陳八郎本、尤刻本、胡刻本、監本、唐鈔本、九條本同。奎章閣本作「象」。當作「象」。

「驫駥飍矞」「駥」，奎章閣本、明州本、贛州本、四庫本、叢刊本、正德本、陳八郎本、尤刻本、監本、九條本作「駥」。胡刻本作「駥」。唐鈔本作「眓」。今從「駥」。

■ **立群案**：說文：眓，高視貌。眓，張目也。善曰：驫駥飍矞，衆馬走貌。五臣良曰：并馳走之貌。「眓」「眓」意於賦不合，當作「駥」爲是。朱珔文選集釋：驫駥飆矞。善注云：衆馬走貌。案：說文「驫」字云：衆馬也。故从三馬。玉篇云：走貌。廣雅亦云：驫驫，走也。王氏疏證謂：驫驫，猶詩之儦儦也。此注四字并釋，蓋約言之。「駥」字字書所無，當作「狘」。說文「狘」在新附中，而玉篇有「狘」，云：獸走貌。認爲「駥」當作「狘」，獸走貌。可備一說。諸本多作「駥」，今從「駥」。

「靸霅驚捷」「捷」，奎章閣本、明州本、贛州本、四庫本、叢刊本、正德本、陳八郎本、尤刻本、胡刻本、監本、九條本同。唐鈔本作「捷」。當作「捷」。

「先驅前途」「途」，奎章閣本、明州本、贛州本、四庫本、叢刊本、正德本、陳八郎本、九條本同。尤刻本、胡刻本、監本、唐鈔本作「塗」。今從「途」。

■ **立群案**：易繫辭下：天下何思何慮？天下同歸而殊塗，一致而百慮。高亨注：塗讀爲途，路也。玉篇：涂，度胡切。途路也。又云：塗，達乎切。道也，路也，經也。是作「路」解时，「涂」「塗」可通。今從「涂」。

【彙注】

【李善注】滸，忽古切。朚，呼光切。儋，都含切。酋，自由切。劉曰：异物志曰：烏滸，南夷別名也，其落在深山之中。其種族爲人所殺，則居其死所，且伺殺主，若有過之者，是與非則仇而食之。狼朚人，夜艱金，知其良不。夫南，特有才巧，不與衆夷同。西屠，以草染齒，染白作黑。儋耳人，鏤其耳匡。夫南之外，有金鄰國，去夫南可二千餘里，土地出銀，人衆多，好獵大象，生得，其死則取其牙。酋、渠，皆豪帥也。象郡，今日南郡也，又有象林郡。善曰：驫駥飍矞，衆馬走貌。驫，必幽切。駥，呼橘切。飍，香幽切。矞，以出切。靸霅，走疾貌。靸，素合切。霅，徒合切。

【文選鈔】狼荒，南夷別名也。儋耳，其俗鏤其耳，匡如鷄腸，累𦽎而下。漢武帝開置其郡。黑齒，南夷之遠者也，其齒皆染黑。東夷傳：倭國東千餘里有裸國。裸國東南有黑齒國，船行一年至也。驫眓，馬行聲。飍矞，風聲，言急疾也。駁霅驚捷，謂軍衆之多疾也。

【文選音決】烏，蕭：烏古反。滸，呼古反。狼音郎。朚音荒。夫音扶。屠音徒。瞻，都甘反，或爲儋字，同。酋，在秋反。驫，必幽反。眓，呼橘反。飍，香幽反。矞，以聿反。靸，素合反。霅，徒合反。

【五臣注】烏，上聲。滸，忽古反。朚，呼光反。儋，都含反。酋，自由反。驫，必由反。駥，許聿反。飍，香幽反。矞音聿。靸，蘇合反。霅，徒合反。向曰：六者皆蠻夷名。金鄰，國名。象郡，郡名。酋、渠，皆長也。良曰：并馳走之貌。向曰：言蠻夷酋渠之類，爲吴王先驅前道也。

【陸善經注】驫眓飍矞，驚走之貌。靸霅驚捷，急疾之貌。言校獵以此諸蠻夷爲前驅而驚走急疾也。

【張鳳翼文選纂注】朚，呼光切。儋，都含切。驫，必由切。駥，呼橘切。飍，香幽切。矞，以出切。

靸，蘇合切。烏滸，南夷別名。其落在深山之中，重報仇。狼𥇛，能夜嗅金，知其良否。夫南，特有才巧，不與衆夷同。西屠，以草染齒作黑。儋耳人，鏤其耳匡。夫南之外，有金鄰國，去夫南可二千餘里。土地出銀，人多好獵。象郡，今日南郡也。酋、渠，皆豪帥也。驫駥至驚捷，并馳走之貌。言蠻夷酋渠之類，爲吳王先驅前道也。

【王象乾文選删注】𥇛，呼光切。儋，都含切。酋，自由切。驫，必由切。駥，許聿切。飍，香齒切。矞音聿。靸，蘇合切。霅，徒合切。烏滸，南夷別名。象郡，日南郡，又有象林郡。驫駥飍矞，衆馬走貌。靸霅，走疾貌。异物志曰：狼𥇛，齅金知良。夫南，特有才巧。西屠，以草染齒，染白作黑。儋耳人，鏤其耳匡。夫南之外，有金鄰國，去夫南可二千餘里，土地出銀，人衆多，好獵。

【陳景雲文選舉正】烏滸、狼𥇛。注「若有過之者，是與非則仇而食之」。「是」與「非」上當有脱文

按，此非有脱。

【余蕭客文選音義】𥇛廣韵音炕。儋浮。驫彪。駥月。飍休、彪二音。矞聿。靸撒。霅匣。

【余蕭客文選紀聞】𥇛集韵三音忼。玉篇、廣韵、類篇無「𥇛」字。儋擔。廣韵二。驫博雅音六香幽反。元包經傳注五音彪。飍休。元包經傳注一。矞聿。太元釋文。靸素合。博雅音七。霅同霎。集韵十。

【胡克家文選考异】注「狼𥇛人夜齅金知其良不」。袁本、茶陵本無「人夜其不」四字。

注「又有象林郡」。案：「又」字不當有。「郡」當作「縣」。各本皆誤。晋書地理志云：交州日南郡，秦置象郡，漢武帝改名焉。統縣五，象林云云，可證也。

【朱珔文選集釋】驫駥飍矞。善注云：衆馬走貌。案：説文「驫」字云：衆馬也。故从三馬。玉篇云：走貌。廣雅亦云：驫驫，走也。王氏疏證謂驫驫，猶詩之儦儦也。此注四字并釋，蓋約言之。

「駥」字，字書所無，當作「狘」。説文「狘」在新附中，而玉篇有「狘」，云：獸走貌。「矞」與「獝」通。説文無「獝」。禮記禮運：故鳥不獝，故獸不狘。鄭注：獝、狘，飛走之貌。集韵亦云：獝，獸走貌。周禮大司樂注引禮記作「矞」。釋文：矞，本亦作「獝」。獝狘或爲𦑝䎗。又本書江賦「鼓翅鷸𪀗」。皆同聲通用。

【梁章鉅文選旁證】注夫南之外，有金鄰國。段校云：水經注：金潾清渚。張籍詩：銅柱南邊毒草青，行人何日到青潾。「鄰」皆作「潾」，古今字也。

注又有象林郡。胡公考异曰：「又」字不當有。「郡」當作「縣」，各本皆誤。按漢書地理志、續漢書郡國志并言日南郡，故秦象郡。縣五：朱吾、比景、盧容、西捲、象林。

【胡紹煐文選箋證】金鄰象郡之渠。注劉逵曰：夫南之外，有金鄰國，去夫南二千餘里。段氏玉裁曰：水經注：金潾清渚。張籍詩：銅柱南邊毒草青，行人幾日到金潾。「鄰」皆作「潾」，古今字也。紹煐按：异物志曰（見御覽七百九十）：金鄰，一名金陳，去夫南可二千餘里，地出金。「陳」與「鄰」語言之訛。顔漢書揚雄傳注：金鄰，交趾地名。

驫駥䮰矞。注善曰：衆馬走貌。按：驫，廣韵：甫休切，音彪。説文：驫，馬行也。善注與許合。字書無「駥」字，當爲「狘」。説文：狘，獸走貌。禮運：故獸不狘，作「狘」。玉篇：䮰，驚走貌。説文：颿，馬疾步也。「驫」與「颿」同。矞、獝古通，禮運：故鳥不獝。釋文：矞，本作獝。鄭注：狘獝，飛走之貌。本書江賦「鼓翅翻䎗」，即「狘獝」也。鳥之疾飛爲翻䎗，獸之疾走爲狘獝。對文則异，散文則通。

靸霅警捷。注善曰：靸霅，走疾貌。按：説文：馺，馬行相及也。方言郭注：馺馺，疾貌。漢書揚雄傳：輕先疾雷而馺遺風。顔注：馺然，疾意也。是馺爲疾也。賦文假「靸」爲之。霅，亦疾也，本

書笙賦：雪曄岌岌。善注「雪曄，急疾貌」是也。亦與「翜」通。説文：翜，捷也。今作「霎」。靸雪與儮嚞音義亦近，見前。

【吕錦文文選古字通補訓】靸雪警捷。錦文案：説文：趿，進足有所擷取也。廣韻：趿，進足。廣雅云：趿趿，行也。「靸」即「趿」字之借。亦通作「𩎟」。

【高步瀛文選李注義疏】吕向曰：言蠻夷酋渠之類，爲吴王先驅前道也。○五臣𦢊音呼光切。○劉注引异物志云云，案：御覽四夷部七引异物志曰：烏許族類同姓有爲人所殺，則居處伺殺主，不問是與非，過人便殺，以爲肉食也。與注引互异。案：注「是與非」上亦當有「不問」二字。御覽又引裴淵廣州記曰：晋興，有烏許人以鼻飲水，口中啖啖如故。後漢書南蠻傳曰：交阯西有啖人國，今烏滸人是也。李賢注引萬震南州异物志曰：烏滸，地名。在廣州之南，交州之北。恒出道間伺候行旅，輒出擊之，利得人食之，不貪其財貨，并以其肉爲肴俎。御覽亦引之。通典邊防四嶺南叙略曰：烏滸，地在今南海郡之西南，安南府之北，朗寧郡管。讀史方輿紀要曰：廣西南寧府横州，烏滸山在州東六十里，昔烏許蠻所居之地，亦曰烏浦。案：横州今改縣。○類聚寶玉部上引异物志曰：狼𦢊民與漢人交關，常夜爲市，以鼻齅金，知其好惡。御覽珍寶部十引同，而四夷部十一作「狼臙國」。臙音燕，引异物志曰：狼臙國，男無衣服，女横布帷，出與漢人交易，不以晝市，暮夜會，故以鼻齅金，則知好惡。水經温水注曰：外夷皆裸身，男以竹筒掩體，女以樹葉蔽形，外名狼𦢊，所謂裸國者也。雖習俗裸袒，猶耻無蔽，惟依暝夜與人交市，暗中齅金，便知好惡。明朝曉看，皆如其言。○「狼𦢊人夜齅金，知其良不」。胡克家曰：袁本、茶陵本無「人夜其不」四字。步瀛案：此四字皆不宜無。○南齊書東南夷傳曰：扶南國，在日南之南，廣袤三千餘里。扶南人黠惠知巧，攻略旁邑不賓之民爲奴婢，貨易金銀綵帛。大家男子截錦

爲横幅，女爲貫頭，貧者以布自蔽。鍛金鐶鏆銀食器。伐木起屋，國王居重閣，以木栅爲城。水經温水注引竺枝扶南記曰：扶南去林邑四千里。案：夫南即「扶南」。○御覽四夷部十一引异物志曰：西屠國在海中，以草漆齒，用白作黑，一染則歷年不復變。一號黑齒。水經温水注引林邑記曰：建武十九年，馬援樹兩銅柱於象林南界，與西屠國分，漢之南疆也。案：狼荒、扶南、西屠，皆今越南地。又案：海外東經曰：黑齒國在其北。郭注曰：東夷傳曰：倭國東四十餘里有裸國，裸國東南有黑齒國，船行一年可至也。异物志云：西屠染齒，亦以放此人。郝懿行謂郭所引即三國魏志東夷傳。「四千餘里」郭引作「四十餘里」，字形之訛也。淮南墬形篇曰：自東南至東北方，有黑齒民。案：劉注不别言黑齒，蓋以西屠有黑齒之名，以黑齒即西屠，故不復注。且以山海經、淮南子所言皆東夷，而此賦所稱皆南夷，故亦不復引。○御覽四夷部十一引异物志曰：儋耳夷生則鏤其頭，皮尾相連，并鏤其耳，匡爲數行，與頰相連，狀如鷄腸，下垂肩上。食藷，紡績爲業。水經温水注曰：山海經曰：離耳國、雕題國，皆在鬱水南。林邑記曰：漢置九郡，儋耳與焉。民好徒跣，耳庸垂以爲飾。雖男女褻露，不以爲羞。暑褻薄日，自使人黑，積習成常，以黑爲美。離騷所謂玄國者矣。然則儋耳即離耳也。王氏交廣春秋曰：朱崖、儋耳二郡，與交州俱開，皆漢武所置。大海中南極之外，對合浦徐聞縣，清朗無風之日，遥望朱崖州如囷廪大。從徐聞對渡，北風舉帆，一日一夜而至。周迴二千餘里，徑度八百里。人民可十萬餘，家皆殊種异類，被髮雕身，而女多姣好白皙，長髮美鬢。犬羊相聚，不服德教。儋耳先廢，朱崖數叛，元帝以賈捐之議罷郡。楊氏南裔异物志曰：儋耳、朱崖，俱在海中，分爲東蕃。故山海經曰：在鬱水南也。案：山海經見海内南經，離騷無玄國，天問言黑水玄阯，亦無「玄國」字也。清統志曰：廣東瓊州府儋耳，故郡在儋州西。又案：儋州今改縣。○御覽四夷部十一引异物志曰：金鄰一名金陳，去扶南可二

千餘里，地出銀。人民多好獵大象，生得乘騎，死則取其牙齒。案：注「生得」下脱「乘騎」二字。又案：「鄰」亦作「潾」。水經温水注曰：象水又兼象浦之名。晋功臣表所謂「金潾清徑，象渚澄源」者也。姚範曰：梁書海南諸夷傳：扶南王范蔓伐金鄰國。唐羈縻州有金鄰，隸安南都護。胡紹煐曰：漢書楊雄傳顏注：金鄰，交阯地名。○「有象林縣」，各本「有」上有「又」字，「縣」誤作「郡」，今依胡氏校改。梁章鉅曰：漢書地理志、續漢書郡國志并言，日南郡，故秦象郡。縣五：朱吾、比景、盧容、西捲、象林。○朱珔曰：説文「驫」字云：衆馬也。故从三馬。玉篇云：走貌。廣雅釋訓云：驫驫，走也。王氏疏證謂驫驫，猶詩之儦儦也。此注衆馬走貌四字并釋，蓋約言之。「駴」字，字書所無，當作「狘」。説文「狘」在新附中，而玉篇有「狘」，云：獸走貌。「矞」與「獝」通。説文無「獝」。禮記禮運：故鳥不獝，故獸不狘。鄭注：獝、狘，飛走之貌。集韵亦云：獝，獸走貌。周禮大司樂注引禮記作「矞」，釋文：矞，本亦作「獝」。獝狘或爲翻狘。又本書江賦「鼓翅鷸鴆」，皆同聲通用。胡紹煐曰：玉篇：颮，驚走貌。説文：颿，馬疾步也。「颮」與「颿」同。鳥之疾飛爲翻狘，獸之疾走爲狘獝。對文則异，散文則通。○胡紹煐曰：説文：馺，馬行相及也。方言十三郭注：馺馺，疾貌。漢書楊雄傳：輕先疾雷而馺遺風。顏注：馺然，疾意也。是馺爲疾也。賦文假「靸」爲之。雷，亦疾也。本書笙賦：雷曄岌岌。善注：雷曄，急疾貌。是也。亦與「翜」通。説文：翜，捷也。今作「霎」。靸雷與儠囁音義亦近，見前。○屠、渠、途，古音魚部。

俞騎騁路，指南司方。出車檻檻，被練鏘鏘。吴王乃巾玉輅，軺驌驦。旂魚須，常重光。攝烏號，佩干將。羽旄揚蕤，雄戟耀芒。貝胄象弭，織文鳥章。六軍袀服，四騏龍驤。

【彙校】

「俞騎騁路」「騎」，奎章閣本、明州本、贛州本、四庫本、叢刊本、正德本、陳八郎本、尤刻本、胡刻本、監本、唐鈔本、九條本作「騎」。當作「騎」。「騁」，奎章閣本、明州本、贛州本、四庫本、叢刊本、正德本、陳八郎本、尤刻本、胡刻本、監本、九條本同。唐鈔本作「騁」。當作「騁」。

「指南司方」「指」，贛州本、叢刊本、九條本同。奎章閣本、四庫本、正德本作「指」。明州本、尤刻本、胡刻本、監本作「指」。陳八郎本、唐鈔本作「指」。當作「指」。

「出車檻檻」「出」，奎章閣本、明州本、贛州本、四庫本、正德本、陳八郎本、尤刻本、胡刻本、監本、唐鈔本同。叢刊本、九條本作「出」。當作「出」。「檻檻」，尤刻本、胡刻本、監本同。明州本、贛州本、四庫本、叢刊本、正德本、陳八郎本、唐鈔本作「䡵䡵」。奎章閣本、九條本作「輩輩」。當作「檻檻」。

■ **立群案：**康熙字典：䡵，同轞。轞，車聲，與「檻」通。是「檻」「䡵」皆通。然善注引毛詩曰：大車檻檻。鄭玄箋：檻檻，車行聲也。五臣向曰：檻檻，車聲。據注，是李善本、五臣本本作「檻檻」也。當作「檻檻」。

「被練鏘鏘」 「被」，明州本、胡刻本、監本、唐鈔本同。奎章閣本、贛州本、四庫本、叢刊本、正德本、陳八郎本、尤刻本、九條本作「被」。當作「被」。「練」，明州本、胡刻本同。奎章閣本、贛州本、四庫本、叢刊本、正德本、陳八郎本、尤刻本、監本、唐鈔本、九條本作「練」。當作「練」。「鏘鏘」，奎章閣本、四庫本、正德本、唐鈔本作「鏘鏘」。明州本、贛州本、叢刊本、陳八郎本、尤刻本、胡刻本、監本、九條本作「鏘鏘」。當作「鏘鏘」。

「吳王乃巾玉輅」至卷末，唐鈔本佚。

「吳王」 「吳」，贛州本、叢刊本、正德本、陳八郎本、尤刻本、胡刻本、監本、九條本同。明州本作「吳」。奎章閣本、四庫本作「呉」。當作「吳」。

「旂魚須」 「旂」，尤刻本、胡刻本、監本同。奎章閣本、明州本、贛州本、四庫本、叢刊本、正德本、陳八郎本、九條本作「旗」。今從「旂」。「須」，明州本、贛州本、四庫本、叢刊本、正德本、陳八郎本、尤刻本、胡刻本、監本、九條本同。奎章閣本作「湏」。當作「須」。

■**立群案**：「旗」，義較廣泛。説文：旂，旗有衆鈴，以令衆也。「旂」爲帶鈴鐺的旗，意較「旗」爲具體。斟酌賦意，作「旗」自然無誤。然作「旂」，「旗有衆鈴，以令衆」，亦在情理之中。今從「旂」字。

「佩干將」 「佩」，明州本、贛州本、四庫本、叢刊本、正德本、陳八郎本、尤刻本、胡刻本、監本、九條本同。奎章閣本作「佩」。當作「佩」。「將」，監本同。奎章閣本作「将」。明州本、贛州本、四庫本、叢刊本、陳八郎本、尤刻本、胡刻本、九條本作「將」。正德本作「将」。當作「將」。

「羽旄揚蕤」 「旄」，尤刻本、胡刻本、監本同。奎章閣本、明州本、贛州本、四庫本、叢刊本、正德本、陳八郎本、九條本作「毛」。當作「旄」。「揚」，奎章閣本、四庫本、正德本、尤刻本、胡刻本作「揚」。

明州本、贛州本、叢刊本、陳八郎本、監本、九條本作「揚」。當作「揚」。

■**立群案**：據校勘，是李善本作「羽旄」，五臣本作「羽毛」。善注無注。疑善注之所以無注者，乃因東都賦「羽旄掃霓，旌旗拂天」之句，善注引左傳已注。五臣濟曰：羽旄，旌旗類。揚，動也。蕤，羽毛好貌。濟曰：羽旄，旌旗類。恐亦據「羽旄掃霓，旌旗拂天」之句爲注。是五臣本本作「羽旄」也。因後有「蕤，羽毛好貌」，故改作「羽毛」。「羽毛」於賦不合。禮記樂記：比音而樂之，及干戚羽旄，謂之樂。鄭玄注：羽，翟羽。旄，旄牛尾。文舞所執。當作「羽旄」也。

「雄戟耀芒」「戟」，奎章閣本、明州本、贛州本、四庫本、叢刊本、正德本、陳八郎本、尤刻本、胡刻本、監本、九條本作「戟」。當作「戟」。「耀」，奎章閣本、明州本、贛州本、四庫本、叢刊本、正德本、陳八郎本、尤刻本、胡刻本、監本、九條本作「耀」。當作「耀」。「芒」，陳八郎本、尤刻本、胡刻本、監本、九條本同。奎章閣本、明州本、贛州本、四庫本、叢刊本、正德本作「鋩」。當作「芒」。

■**立群案**：玉篇：鋩，刃端。類篇：鋩，刃端。龍龕手鑒：刃端也。晏子春秋諫上：列舍無次，變星有芒。芒，光芒也。「耀芒」似更愜賦意。當作「耀芒」也。

「六軍袀服」「袀」，四庫本、叢刊本、陳八郎本同。奎章閣本、贛州本、正德本、監本作「袀」。明州本、尤刻本、胡刻本、九條本作「袀」。當作「袀」。「服」，四庫本、叢刊本同。奎章閣本、明州本、贛州本、陳八郎本、尤刻本、監本、九條本作「服」。正德本、胡刻本作「服」。當作「服」。

「四騏龍驤」「龍」，奎章閣本、明州本、贛州本、四庫本、叢刊本、陳八郎本、尤刻本、胡刻本、監本、九條本同。正德本作「龍」。當作「龍」。「驤」，明州本、贛州本、四庫本、叢刊本、正德本、陳八郎本、尤刻本、胡刻本、監本、九條本同。奎章閣本作「驤」。當作「驤」。

【彙注】

【李善注】軺，翊焦切。攝，烏頰切。袀，翊遵切。劉曰：管子曰：桓公北征孤竹，見人長尺，而人物具焉。冠而右祛衣，走馬。管仲曰：登山之神，有俞兒者，長尺，人物具焉。霸王之君興，登山之神見，且走馬前導也。祛衣，示前有水也。右祛衣，從右方涉也。至卑耳之溪，有贊水者，從左方涉，其深及冠；從右方涉，其深至膝，已涉大濟也。指南，指南車也。鬼谷子曰：鄭人取玉，必載司南之車，爲其不惑也。鏘鏘，行步貌也。左傳曰：被練三千。馬融曰：被練，爲甲者所服也。玉輅，以玉飾車也。驌驦，馬也。左氏傳曰：唐成公如楚，有兩驌驦馬，子常欲之，不與。三年止之。唐人竊馬而獻子常，子常歸唐侯。馬融曰：驌驦，鳥也，馬似之。旂，旌旗之屬。周禮有巾車官。又交龍爲旂，以魚須爲柄也。日月爲常，重光。謂日月畫於旂上也。攝，持也。烏號，柘名，以爲弓。淮南子曰：烏號之弓，不能無弦而射。列女傳曰：柘枝體勁，烏集其上，被即舉彈，烏乃哀號，故號之。干將，劍名。胄，兜鍪，以貝飾之。弭，弓末，以象飾之。鳥章，染絲織鳥，畫爲文章，置於旌旗也。左氏傳曰：袀服振振。袀，同也。騏，馬名。善曰：毛詩曰：大車檻檻。子虛賦曰：靡魚須之撓旃。史記，趙良曰：屈盧之勁矛，干將之雄戟。詩曰：貝胄朱綅。又曰：象弭魚服。又曰：織文鳥章。又曰：乘其四騏。南都賦曰：馬鹿超而龍驤。

【文選鈔】指南，指南車也。司，主也。此車上有人，手常指南，人君出，恐失道，故用此車引前，使不差謬也。轞轞，詩云：大車檻檻。今借用之。轞轞，車行之聲也。

【文選音決】俞，以朱反。出，昌畏反。轞音檻。被，皮義反。鏘，七良反。

【五臣注】轞音檻。軺，翊焦反。驌音肅。驦音霜。攝，烏頰反。織音熾。袀，翊遵反。騏音其。

驤音襄。向曰：俞騎，引路人也。指南，車名。上有木人，常指其南方，故曰司方。轞轞，車聲。練，甲也。鏘鏘，行列貌。巾，巾飾輅車也。兩馬駕車曰軺。軺，輕車也。驌驦，良馬也。良曰：旗，旌旗也。魚須，魚之髭鬚，以爲旗竿。常，幡也。畫日月形，故曰重光。翰曰：烏號，弓名。攝，以手攝而彎之。干將，劍名。濟曰：羽旄，旌旗類。揚，動也。蕤，羽毛好貌。鋋，戟刃之端明貌，有光耀也。翰曰：胄，兜鍪也，飾之以貝寶。弭，弓弰，飾之以象牙。織，當作幟字之誤也。言旗幟之上畫爲烏文。天子六軍。袀，謂上下同服。騏，馬也。驤，舉也。謂四馬如龍之飛舉也。

【張鳳翼文選纂注】轞音檻。驌音肅。驦音霜。袀，翊遵切。俞騎，山神也。齊桓北征，常導馬前。指南，車名。上有木人，手常南指，故曰司方。轞轞，車聲。練，甲也。鏘鏘，甲聲也。巾，車幕也。兩馬駕車曰軺。驌驦，良馬也。旗魚須，以魚鬚爲旗之竿也。常，幡也。畫日月形，故曰重光。烏號，弓名。攝，攝而彎之。干將，劍名。貝，珠屬，以爲胄，故曰貝胄。弭，弓弰，飾之以象牙。織，當是幟字之誤。旗幟之上畫爲烏文，故曰烏章。天子六軍。袀服，同服也。龍驤，如龍之舉也。

【王象乾文選刪注】轞音檻。巾，飾輅車。兩馬駕車曰軺。魚髭鬚，以爲旗竿，畫日月形，曰重光。袀，同也。管子曰：桓公北征孤竹，見人長尺。冠而右袪衣，走馬。管仲曰：登山之神，有俞兒者，長尺，人物具焉。霸王之君興，登山之神見。左傳曰：唐成公如楚，有兩驌驦馬，子常欲之，不與。三年止之。唐人竊馬而獻子常，子常歸唐侯。

【何焯義門讀書記】俞騎騁路。亦非南土所有。

【陳景雲文選舉正】俞騎騁路。注「被即舉彈」。「被」字誤。又「馬陸超而盧驤」。「盧」，舊本作「龍」。

【余蕭客文選音義】驌驦舊音肅霜。袀何音均。俞騎。何曰：亦非南土所有。指南。向曰：指車上有木人，常指南方，故曰司方。檻檻。六臣作「轞轞」。舊注音檻。軺遥。向曰：兩馬駕車曰軺。旄。何曰：袁作「毛」。織舊音熾。良曰：當作「熾」。

【余蕭客文選紀聞】裕陵稽古。大觀元年，内侍吴德南獻指南、記里鼓二車之制。指南車身長一丈一尺一寸五分，闊九尺五寸，深一丈九寸，車輪直徑五尺七寸，車轅一丈五寸。車箱上下爲兩層，中設屏風，上安仙人一，執杖左右，龜鶴各一，童子四，各執纓立四角，上設關棙。卧輪十三，各徑一尺八寸五分，圍五尺五寸五分，出齒三十二，齒間相去一寸八分。中心輪軸隨屏風貫下，下有輪十三，中至大平輪。其輪徑三尺八寸，圍一丈一尺四寸。出齒百，齒間相去一寸二分五厘，通上左右起落。二小平輪，各有鐵墜子一，皆徑一尺一寸，圍三尺三寸，出齒十七，齒間相去一寸九分。又左右附輪各一，徑一尺五寸五分，圍四尺六寸五分，出齒二步，齒間相去二寸一分。左右叠輪各二。下輪各徑三尺一寸，圍六尺三寸，出齒三十二，齒間相去二寸一分；上輪各徑一尺二寸，圍三尺六寸，出齒三十二，齒間相去一寸一分。左右車脚上各立輪一，徑二尺二寸，圍六尺六寸，出齒三十二，齒間相去二寸二分五厘。左右二轅各小輪一，無齒，繫竹簟并索在左右軸上，遇右轉，使右轅小軸觸落右輪，若左轉，使左轅小軸觸落左輪。行，仙童交面指南。車成，其年宗祀用之。仁宗實録載燕肅表曰：黄帝、周公指南，其法俱亡。漢張衡、魏馬鈞繼作，世亂不存。魏太武使郭善明造，不就。又命扶風馬岳造，垂成，爲善明鴆死，其法遂絶。唐元和中，典作官金公立以其車及記里鼓上之，憲宗閲于麟德殿，以備法駕。歷五代至國朝，不聞得其制者，今創意成之。然則古今之爲此者，亦艱矣。今二法具在岳珂愧郯録十三。案：愧郯録載燕肅指南車法，脱略不明，今但摘吴德隆法備考。軺博雅音一音彫。通典百五十三音遥。袀均。廣韻一。

【孫志祖文選考异】出車檻檻。何云：「檻檻」，五臣作「轞轞」。

【孫志祖文選李注補正】俞騎騁路，指南司方。○補曰：隋書禮儀志曰：指南車，大駕出，爲先啓之乘。漢初，置俞兒騎，并爲先驅。左太冲曰：俞騎騁路，指南司方。後廢其騎，而存其車。

六軍袀服。注：左氏傳曰：袀服振振。袀，同也。○正曰：按：杜預左傳本作「均服」，故注云：戎事上下齊服。蓋訓「均」爲「同」也。此既引左傳作「袀服」，則當用服虔注「袀服，黑服也」。亦見閑居賦注。

【胡克家文選考异】注「周禮有巾車官又」。袁本、茶陵本無此七字。

注「日月爲常重光謂日月畫於旂上也攝持也」。袁本、茶陵本此十七字作「有日月爲常重光謂日月重光也」十三字。

注「不能」。袁本、茶陵本無此二字。

注「列女傳曰」下至「故號之」。袁本、茶陵本無此二十三字。

注「染絲織鳥畫爲文章置於旌旗也」。袁本、茶陵本此十三字作「鳥爲章也」四字。

注「袀同也」。案：當作「袀服，皁服也」。各本皆涉五臣謂「下同服」而脱誤。劉昭注續漢書輿服志引賦此注，云「袀，皁服也」，可證，但彼「袀」下仍當有「服」字耳。

注「騏馬名」。袁本、茶陵本無此三字。

【許巽行文選筆記】驌驦。左傳作「肅爽」。釋文：爽，或作霜。均不加馬。

袀服。左傳：均服振振。杜注：謂戎事上下同服。伏虔以「均服」爲「黑服」。漢書律曆志作「袀服」。儀禮：兄弟畢袗元。鄭康成曰：袗，同也。古文「袗」爲「均」。是古者但爲「均」字，後人改从衣

耳。説文：袗，元服。或从「辰」作「裖」。淮南子：尸祝袀袨。二字并从衣。若訓「袀」爲「黑」，則二字相複矣。嘉德案：説文無「袀」字，「袗」下曰：玄服也。段本衣部增「袀」，篆解曰：玄服也。「袗」下改作襌衣也。

【朱珔文選集釋】俞騎騁路，指南司方。注引管子曰：桓公北征孤竹，見人長尺。冠而右袪衣，走馬。管仲曰：登山之神，有俞兒者。霸王之君興，走馬前導也。又引鬼谷子曰：鄭人取玉，必載司南之車。案：隋書禮儀志：指南車，大駕出，爲先啓之乘。漢初，置俞兒騎，并爲先驅。後廢騎而存車。是俞騎與指南相連，故賦并言之。且漢初所置，晋以前當同，而續漢志未載。若指南車之始，古今注言起於黄帝與蚩尤戰，蚩尤作大霧，士皆迷路，故作之。又言成王時，越裳來貢，迷歸路。周公錫以軿車五乘，爲司南之制。而御覽引鬼谷子，則謂肅慎氏獻白雉於文王，還，恐迷路，周公作指南車送之。所傳各异。○附案，考工記車人注有定張車。孔氏廣森謂書大傳「主夏者張」，張爲鶉火，南方之中。定張車，疑即司南車。此亦足廣异名。

【梁章鉅文選旁證】俞騎騁路，指南司方。隋書禮儀志云：指南車，大駕出爲先啓之乘。漢初，置俞兒騎，并爲先驅。左太冲曰：俞騎騁路，指南司方。後廢其騎，而存其車。

出車檻檻。又旂魚須。六臣本「檻檻」作「轞轞」。「旂」作「旗」。

注左氏傳曰：袀服振振。袀，同也。續漢書輿服志注引吴都賦曰：袀，皁服也。今注無之。本書閑居賦：服振振以齊元。注引左氏傳：袀服振振。服虔曰：袀服，黑服也。按：今本左氏傳及國語晋語：「袀服」并作「均服」。左傳釋文：均，如字，同也。周禮司几筵疏引傳文亦作「均」。惟漢書五行志中之上引作「袀」。顔注：袀服，黑服。即用服注。吕氏春秋悔過篇：今袀服四建。高注：袀，同

也。兵服上下無別，故曰袀服。續漢書輿服志有袀元之服。蔡邕獨斷以袀爲紺繪，元紺色皆近黑。戰國策趙策：今補黑衣之數以衛王宮。此戎事黑服之證。然則訓「同」或訓「黑服」，義實相足。故李注不複舉，而於閑居賦分見之也。

注毛詩曰：貝冑朱綅。　尤本「貝」「冑」字誤倒。說文：綅，从糸，侵省聲。此不省亦非。

【高步瀛文選李注義疏】「檻檻」，袁、茶二本作「轞轞」。案：詩：大車檻檻。王先謙詩三家義集疏曰：白帖十一作「轞轞」。服虔通俗文云：車聲曰轞。張參文字曰：轞，大車聲。○「旂」，二本作「旗」。案：「旂」「旗」字异。周禮春官司常曰：交龍爲旂，熊虎爲旗。後人往往不別。○「芒」，二本作「鋩」，字同。○劉注引管子，見小問篇。此注「登山」下各本皆衍「之」字，今依管子刪。又據管子，「征」當作「伐」，「走馬」下當有「前疾」二字，且「走馬前」下當有「疾」字，「已涉」當作「右涉」。○隋書禮儀志五曰：指南車，大駕出，爲先啓之乘。漢初，置俞兒騎，并爲先驅。左太冲曰：俞騎騁路，指南司方。後廢其騎而存其車。朱琦曰：是俞騎與指南相連，故賦并言之。且漢初所置，晋以前當同，而續漢志未載。若指南車之始，古今注言起於黄帝與蚩尤戰，蚩尤作大霧，士皆迷路，故作之。又言成王時，越裳來貢，迷歸路。周公錫以駢車五乘，爲司南之制。而御覽車部四引鬼谷子，則謂肅慎氏獻白雉於文王，還，恐迷路，周公作指南車送之。所傳各异。○鬼谷子見謀篇。今本無「必」字。而類聚寳玉部下、御覽車部引皆有之。○「鏘」，「蹡」之借字。說文曰：蹡，行貌。廣雅釋訓曰：蹡蹡，走也。字亦作「蹌」。曲禮下曰：大夫濟濟，士蹌蹌。鄭注曰：皆行容止之貌。釋文曰：「蹌蹌」，本又作「鶬」，或作「鏘」，并字异而音同。○左傳見襄三年。案：此注引馬融，各本脱「以練」二字及「裏」字，又脱「卑」字，文義遂不可通。今依孔疏補。○周禮春官巾車玉路，鄭注曰：王在焉曰路。玉路，以玉飾諸末。又

互見西都賦。○次引左傳見定三年。「驌驦」作「肅爽」。釋文亦不言作「驌驦」。孔疏引馬融說：肅爽，鴈也。其羽如練，高首而修頸，馬似之。案：此注「鳥」字疑亦「鴈」字之誤。○「周禮有巾車官」，袁、茶二本無此六字。案：周禮春官序官鄭注曰：巾，猶衣也。賈疏曰：謂玉金象革等以衣飾其車，故訓巾爲衣也。說文「巾」字，段注曰：以巾拭物曰巾。周禮巾車鄭注：巾，猶衣也。然吴都賦「吴王乃巾玉路」，陶淵明歸去來辭「或巾柴車」，皆謂拂拭用之，不同鄭說也。陶句見文選江淹雜體詩注，今本作「或命巾車」，不可通矣。步瀛案：儀禮士冠禮鄭注曰：用巾，用拭之也。段說本此。本書七命「巾雲軒」，亦與本賦巾字同。○「又交龍爲旂」，袁、茶二本無「又」字。案：交龍爲旂，日月爲常，周禮春官司常之文。○「日月爲常」至「攝持也」，胡克家曰：袁本、茶陵本此十七字作「有日月爲常。重光，謂日月重光也」十三字。○淮南子，見俶真篇。又原道篇曰：射者扞烏號之弓。高注曰：烏號，桑柘。其材堅勁，烏峙其上，及其將飛，枝必橈下，勁能復起，巢烏隨之。烏不敢飛，號呼其上。伐其枝以爲弓，因曰烏號之弓也。一說，黄帝鑄鼎於荆山鼎湖，得道而仙，乘龍而上。其臣援弓射龍，欲下黄帝，不能也。烏，於也。號，呼也。於是抱弓而號，因名其弓爲烏號之弓也。案：前一說蓋出韓詩外傳八，曰：弓人之妻曰：此弓者，太山之南，烏號之柘，騂牛之角，荆麋之筋，江魚之膠。四物者，天下之練材也。漢書司馬相如傳子虚賦，顔注引應劭曰：楚有柘桑，烏栖其上，枝下著地，不得飛，欲墮，號呼，故曰烏號。本書七發注引古史考曰：柘樹，枝長而勁，烏集之，將飛，柘起彈烏，烏乃號呼。此枝作弓，快而有力，因名也。皆與前一說合。後一說出史記封禪書，曰：黄帝采首山銅，鑄鼎於荆山下。鼎既成，有龍垂胡髯，下迎黄帝。黄帝上騎，群臣、後宫從上者七十餘人。龍乃上去，餘小臣不得上，乃悉持龍髯。龍髯拔墮，墮黄帝之弓。百姓仰望黄帝既上天，乃抱其弓與胡髯號，故後世因名其處曰鼎湖，其弓曰烏號。漢書郊

祀志同司馬相如傳。顔注引張揖曰：黄帝乘龍上天，小臣不得上，挽持龍髯，髯拔，墮黄帝弓。臣下抱弓而呼，名烏號也。則從後一説也。風俗通正失篇既引封禪書而駁之，又曰：烏號弓者，柘桑之林，枝條暢茂，烏登其上，下垂著地。烏適飛去，從後撥殺，取以爲弓，因名烏號耳。與劉注合。又互見子虚賦。○「不能無弦而射」，袁、茶二本無「不能」二字，非是。○「列女傳」至「故號之」，胡克家曰：袁本、茶陵本無此二十二字。步瀛案：今列女傳無此文，疑是辯通傳晋弓人妻傳之佚文。「體動」疑「體勁」之誤。○本書甘泉賦注引蔡邕獨斷曰：干將，劍名也。吴越春秋曰：干將者，吴人造劍二枚，一曰干將，二曰莫耶。案：見闔閭内傳。楚辭九懷通路曰：竦余劍兮干將。廣雅釋器曰：干將，劍也。○詩閟宫：貝胄朱綅。毛傳曰：貝胄，貝飾也。孔疏曰：胄，謂兜鍪。貝非爲胄之物，故知以貝爲飾。○詩采薇毛傳：象弭，弓反末也，所以解紒也。孔疏曰：釋器云：弓有緣者謂之弓。孫炎曰：緣謂繫束而漆之。又曰：無緣者謂之弭。孫炎曰：不以繫束骨飾兩頭者也。然則弭者，弓稍之名，以象骨爲之，是弓之末。弭，弛之則反曲。故云象弭爲弓反末也。繩索有結，用以解之，故曰所以解紒也。紒，與結義同。○「染絲織鳥」至「旌旗也」，胡克家曰：袁本、茶陵本此十三字作「鳥爲章也」四字。步瀛案：詩六月：織文鳥章。毛傳曰：鳥章，錯革鳥爲章也。鄭箋曰：織，徽織也。鳥章，鳥隼之文章。將帥以下，衣皆著焉。孔疏曰：釋天云：錯革鳥曰旟。孫炎曰：錯，置也。革，急也。畫急疾之鳥於縿也。鄭志答張逸亦云：畫急疾之鳥隼是也。司常云：鳥隼爲旟。段玉裁詩經小學曰：織文，毛無傳，蓋讀與禹貢「厥篚織文」同。鄭箋易爲徽識，則當作「識文」。步瀛案：本注云：染絲織鳥，是劉所見本作「織」，與鄭箋异。周禮司常賈疏兩引詩皆本「識文鳥章」，蓋依鄭箋也。胡承珙毛詩後箋曰：鄭注禹貢織貝云：凡爲織者，先染其絲，乃織之，則文成矣。玉藻：士不衣織。注云：織，染絲織之。士衣染繒

也。據此知織與繒爲二物。染而後織者，功多色重，謂之織。素絲所織，謂之繒。繒者，帛也。下白旆央央，「白」當依孫炎注爾雅引作「帛」。織與帛對。織文鳥章者，説旗之全體，織爲鳥隼於旗上，故傳云錯革鳥爲章。呂記所謂「日月爲常，交龍爲旂」之類，皆織之文也。鳥章，特其一耳。今案：月令以爲旗章，是凡旗之文皆謂之章。故郊特牲云：龍章而設日月。管子兵法篇有日章、月章、龍章，而五曰舉鳥章，則行陂是也。步瀛案：孫炎爾雅釋天注見公羊宣十二年疏。呂記謂呂氏讀詩記，見卷十九。又案：段、胡二説，皆可與劉注相證，故特録之。至鄭以織爲徽識，特因旌旗而推及衣服。胡又曰：蓋徽識者，爲旗則大，在衣則小。鄭特推廣言之，非以織文二句專指在衣之徽識也。其説甚通。馬瑞辰傳箋通釋則謂：徽識，惟士卒以下，長僅三尺，始可著背。天子九尺，諸侯七尺，大夫五尺，皆非可著背，故別有揚徽者。昭二十一年左傳：揚徽者，公徒也。曰揚，則是旌旗而非著背矣。鄭箋謂自將帥以下衣著焉，非也。又毛傳錯鳥革之文，實本爾雅釋天孫炎注，以爲畫急疾之鳥於縿。公羊宣十二年徐疏引李巡注謂：以革爲之，置於旐端。郭璞注以爲剥鳥皮毛置之竿頭。御覽兵部七十一引舊注，以爲刻爲革鳥，置竿首。郝懿行爾雅義疏謂參考諸家之説，當以孫炎爲長。而陳奂毛詩傳疏則謂爾雅之旟與周禮之旟不同。司常鳥隼爲旟，又州里建旟，大司馬百官載旟，此旟爲州里百官建載，與尊者建載不同制。傳本爾雅之義，以爲畫急疾之鳥於縿上，則周禮之旟，其不畫於縿上可知。孫炎誤合兩旟爲一物。案：諸家辨論，皆能持之有故。聊著一二，以備參酌。○後引左傳見僖五年。○「袀同也」，胡克家曰：當作「袀服皁服也」，各本皆涉五臣謂下同服而脱誤。劉昭注續漢書輿服志引賦此注云「袀，皁服也」可證。但彼「袀」下仍當有「服」字耳。步瀛案：左傳「袀」作「均」。杜注曰：戎事，上下同服。周禮春官司几筵鄭注曰：純，讀爲「均服」之「均」。賈疏引左傳亦作「均」，且曰：賈、服、杜君等皆爲「均」。晉語二：

均服振振。韋注曰：均，同也。戎服，君臣同也。以上皆作「均」字而訓爲同也。本書閑居賦注引左傳作「袀服振振」。服虔曰：袀服，黑服也。漢書五行志引亦作「袀」。顔注曰：袀服，黑衣。閑居賦注又引説文曰：袀，玄服也。今説文衣部無「袀」字，「袗」下曰：玄服，重文作「裖」。段氏改「袗」爲「袀」，而改「袗」下爲「禪衣」也。沈濤亦據選注補「袀」字。儀禮士冠禮：兄弟畢袗玄。鄭注曰：袗，同也。古文「袗」爲「均」。段氏謂經注「袗」字皆「袀」字之誤。又謂司几筵賈疏謂賈、服、杜君等皆爲「均」，亦當作「袀」，似稍失之武斷。故嚴可均、姚文田説文校議謂以偏旁推之，則从「袗」，與玄服合。彡部「㐱」，引詩「㐱髮如雲」。毛傳：黑髮也。黑近玄。月令：孟冬乘玄路。注：今月令曰乘軫路，似當爲「袗」，惟「軫」「袗」皆从「㐱」，故得與玄路相當。則訓玄服者，必以「袗」爲正體也。朱駿聲説文通訓定聲亦以「袀」爲「袗」之或體字。王紹蘭説文段注訂補卷八謂：左氏傳作「均」，釋文不言本作「袀」，但引字書作「袀」，亦不稱説文作「袀」。袀但有同義，凡言袀服，正字皆作「均」。「袀」，漢世通行字。五行志、文選注引作「袀」者，皆「均」之异文，非「袗」之或字。故左氏均服謂同服，非謂玄服，以戎事不服玄也。一徵之於春官司服凡兵事，韋弁服。注云：韋弁，謂韎韋爲弁，又以爲衣裳。春秋傳曰：晋郤至衣韎韋之跗。注是也。今時伍伯緹衣，古兵服之遺色。再徵之於小雅瞻彼洛矣篇：韎韐有奭，以作六師。傳云：韎韐者，茅蒐染草也。一曰，韎韐，所以代韠也，天子六軍。采芑傳曰：奭，赤貌。此皆戎事服韎不服玄。左氏均服謂同服，袀服非玄服之確證也。案：王氏此説，亦矯枉過正。吴語：右軍皆玄常、玄旗、黑甲、烏羽之矰，望之如墨。王氏以爲變制，恐亦未然。又趙策四，左師公曰：老臣賤息舒祺，願令得補黑衣之數，以衛王宫。本書鄒陽上書吴王曰：夫全趙之時，武力鼎士，袨服叢臺之下者，一旦成市。皆戎事玄服之證。即謂此衛王宫、侍叢臺者，尚未及戎事，又安知晋軍入虢時非玄服邪？李貽

德左傳賈服注輯述曰：兵服，上下皆黑衣，故曰袀服。賈、服各舉一義，其實互相成也。〇「騏，馬名」，胡克家曰：袁本、茶陵本無此三字。步瀛案：説文曰：騏，馬青驪文如綦也。今本「綦」作「博綦」，非是。此依本書七發注及玄應一切經音義卷七引校正。段氏注，嚴氏、姚氏校議，沈氏古本考及朱珔并同。餘見子虛賦。〇李注引毛詩見大車。毛傳曰：檻檻，車行聲也。〇本書子虛賦注，張揖曰：以魚須爲旃柄，馳驅逐獸也。漢書司馬相如傳顏注曰：大魚之須，出東海。見尚書大傳。〇史記，見商君傳。今本作「持矛而操闟戟者」。集解引徐廣曰：一作「脊屈盧之勁矛干將之雄戟」。案：李注引與徐廣合。又司馬相如傳子虛賦曰：建干將之雄戟。集解引漢書音義曰：干將，韓王劍師。雄戟，胡中有鮔，干將所造也。漢書顏注及本書子虛賦注引張揖并同。顏師古曰：干將，吴善冶者。王念孫廣雅釋器疏證曰：干將爲利刃之貌，故又爲劍戟之通稱。戟與戈同類，故魏文浮江賦云：建干將之銛戈。干將非人名，自吴越春秋以干將爲吴人，遂致紛紛之説。步瀛案：古者物勒工名。干將，蓋古善鑄劍戟者之通名，故韓、吴皆有之。且劍戟及戈皆得稱之，似不得謂竟無其人。此賦云「佩則干將」，自當指劍言也。又方言九曰：三刃枝，南楚、宛郢謂之匽戟。郭注曰：三刃枝，今戟中有小孑刺者，所謂雄戟也。史記司馬相如傳索隱曰：案，周禮冶氏爲戈，胡三之。注云：胡，其孑也。又周禮圖謂：戟反曲下爲胡也。程瑶田通藝録冶氏爲戈戟考曰：二儀實録謂雙枝爲戟，獨枝爲戈，其言蓋有所受。上林賦張揖注云：雄戟，胡中有鮔者。按：鮔即鷄距也。增韵云：凡刀鋒倒刺皆曰距。今内有刃出於柲後，如鷄距，惟戟有之。鷄鳴則昂首而擁其頸，匽戟似鷄鳴昂首之狀。然則鷄鳴也，擁頸也，鮔也，并所以狀雄戟也。朱珔曰：説文：戟，有枝兵也。程氏據二儀實録「雙枝爲戟」，言戟刺與援成二鋒，故亦得稱雙枝。則方言之三刃，殆兼胡之下垂者亦有刃也。而鄭注考工記以爲三鋒戟當即方言之三刃，有胡、有援、有刺，

胡在秘内，兼胡言則爲三刃，不兼胡言則爲雙枝耳。○次引毛詩見閟宫。各本「毛詩曰」作「又曰」，誤，今正。尤本「貝冑」作「冑貝」，今依袁、茶二本。又「緑」作「綠」，袁本同，今依茶陵本、毛本。以下連引毛詩見采薇、六月、采芑。○方、鏘、鸘、光、將、芒、章、驤，古音陽部。

峭格周施，罿罻普張。罼罕瑣結，罠蹄連綱。阹以九疑，禦以沅、湘。輶軒蓼擾，彀騎熠煌。

【彙校】

「罼罕瑣結」「瑣」，明州本、正德本同。奎章閣本、贛州本、四庫本、叢刊本、陳八郎本、尤刻本、胡刻本、監本、九條本作「瑣」。當作「瑣」。「結」，奎章閣本、胡刻本同。明州本、贛州本、四庫本、叢刊本、正德本、陳八郎本、尤刻本、監本、九條本作「結」。當作「結」。

「罠蹄連綱」「蹄」，奎章閣本、明州本、正德本、陳八郎本、九條本同。贛州本、四庫本、叢刊本、尤

刻本、胡刻本、監本作「蹏」。當作「蹄」。

「禦以沅湘」　「禦」，奎章閣本、明州本、贛州本、叢刊本、正德本、陳八郎本、尤刻本、胡刻本、監本、九條本同。四庫本作「禦」。當作「禦」。

「輶軒蓼擾」　「蓼」，奎章閣本、明州本、贛州本、四庫本、叢刊本、正德本、陳八郎本、尤刻本、胡刻本、監本、九條本作「蓼」。當作「蓼」。

「轂騎熠煌」　「騎」，奎章閣本、明州本、贛州本、四庫本、叢刊本、正德本、陳八郎本、尤刻本、胡刻本、監本、九條本作「騎」。當作「騎」。「熠」，奎章閣本、明州本、贛州本、四庫本、叢刊本、正德本、陳八郎本、九條本同。尤刻本、胡刻本、監本作「煒」。當作「熠」。

■**立群案**：胡克家文選考异：袁本、茶陵本「煒」作「熠」。案：此蓋亦尤改耳。高步瀛文選李注義疏：「煒」，袁、茶二本作「熠」。李周翰曰：熠煌，疾貌。案：廣雅釋訓曰：煌煌，熠熠，光也。詩斯干鄭箋曰：噦噦，猶熠熠也，寬明之貌。釋文引吕忱曰：火光貌。案：此蓋言光燿之疾也。胡克家以「煒」字爲尤改。據胡氏、高氏説，作「熠」可也。

【彙注】

【李善注】劉曰：莊子曰：峭格羅絡。謂張網周遍。罿罻、罼罕，皆鳥網也。瑣結，似瑣連結也。連綱，言不絶也。罠，麋網。蹏，兔網。周易曰：蹄所以在兔，得兔而忘蹄。陆，闌也。因山谷以遮獸也。禦，禁也。謂因沅、湘爲藩落也。揚雄羽獵賦曰：禦自汧、渭。九疑，山名。沅、湘，水名。輶，輕也。詩云：輶車鸞鑣。轂騎，張弓弩之騎也。峭，七肖切。罿音衝。罻音尉。罼音畢。罠，無貧切。陆音祛。禦音語。轂，古候切。

【五臣注】罿音衝。罻音尉。罠，美巾反。阹，丘魚反。沅音元。輶音由。蓼音了。彀音搆。熠，于貴反。向曰：峭，高也。格，張網之木也。周匝施之，故曰周施。罿罻，網也。普遍而張之。罼、罕，皆網名。如瑣之連結也。網，網畔粗繩，總連諸網也。銑曰：阹，闌也。九疑，山名。言遮闌禽獸以取之。禦，禁也。沅、湘，二水名。言於水畔爲藩落，以禁禽獸。翰曰：輶軒，輕車也。蓼，擾亂貌。彀，張弓也。言騎之張弓而行也。熠煌，疾貌。

【張鳳翼文選纂注】罿音衝。罠，美巾切。阹，丘魚切。沅音元。輶音由。熠，于貴切。峭，高也。格，張網之木也。施之周匝，故曰周施。罿罻，網也。張之普遍，故曰普張。罼、罕，皆網名。網，網名。如領之連結，故曰瑣結。罠，網麋者。蹄，網兔者。阹，闌也。九疑，山名。言因山以遮獸也。禦，禁也。沅、湘，二水名。言借水以禦禽獸也。輶軒，輕車也。蓼，擾亂貌。彀，張弓也。言騎之張弓而行者，有光彩也。

【王象乾文選删注】罿音衝。罠，美巾切。蹏，五臣作蹄。阹，丘魚切，熠，于貴切。峭，高也。格，張網木也。罠，麋網。阹，闌也。禦，藩落也。輶軒，輕車也。蓼擾，亂貌。彀，張弓也。熠煌，疾貌。

【陳景雲文選舉正】峭格周施。注「周易曰」。「易」下當有「略例」二字。

【杭世駿文選課虚】罼罕瑣結，似瑣連結也。

【余蕭客文選音義】沅舊音元。峭格。向曰：峭，高也。格，張網之木。罠珉。蹏古蹄字。阹善音袪。煒服虔漢書音訓音暉。六臣作「熠」。音胃。注易曰：蹄。「曰」上增「略例」二字。

【余蕭客文選紀聞】罻尉、鬱二音。釋文十一。罼畢。高淮南注五。罠珉。廣韵一。

【胡克家文選考异】彀騎煒煌。袁本、茶陵本「煒」作「熠」。案：此蓋亦尤改耳。

注「謂張網周遍」。袁本、茶陵本無此五字。

注「瑣結」下至「言不絶也」。袁本、茶陵本無此十三字。

注「蹏兔網」。袁本、茶陵本無此三字。

注「周易曰」。何校「易」下添「略例」二字，陳同，是也。各本皆脱。

注「禦禁也謂因沅湘爲藩落也」。袁本、茶陵本「禁」下有「苑」字，無「因沅湘」三字。

【許巽行文選筆記】峭格。「峭」，莊子作「削」，七肖反。

【梁章鉅文選旁證】罠號連綱。又彀騎煒煌。毛本「綱」誤「網」。六臣本「煒」作「熠」。

注周易曰：蹄所以在兔。何校：「易」下添「略例」二字。陳同。是也。

【胡紹煐文選箋證】峭格周施。注劉逵曰：莊子曰：峭格羅絡。謂張網周遍。今胠篋篇「峭」作「削」，釋文引李注「削格，所以施羅網」。集韵：削音峭。「削格所以施羅網」，本李頤注，亦作「削」。罠蹏連綱。注劉逵曰：罠，麋網。蹏，兔網。莊子曰：蹏所以在兔，得兔而忘蹏。按：爾雅釋器：彘罟謂之羉。釋文：羉，本或作罠，亡巾反。罠、羉聲之轉，是「罠」爲「彘罟」。廣雅：罠，兔罟也。罠又爲兔罟。然本書七命「布飛羉」「張修罠」，「罠」與「羉」對舉，則罠非即羉矣。善注：羉，或爲羅。「羉」又與「羅」通，羉、羅亦聲之轉。蓋對文則异，散文則通。説文：罠，釣也。即今「緡」字。又與此義异。蹏，罝名也，莊子外物：蹏者所以在兔。釋文：蹏，兔罝也。又云：蹏，兔弶也。繫其脚，故曰蹏。然則蹏爲罝名，以繩繫其足，斯謂之蹏矣。

【高步瀛文選李注義疏】吕向曰：周匝施之，故曰周施。○「蹏」，五臣作「蹄」，字同。○李周翰曰：蔘擾，亂貌。案：「蔘」同「摎」，又同「㺒」，已見西京賦疏。○「煒」，袁、茶二本作「熠」。李周翰

曰：熠煌，疾貌。案：廣雅釋訓曰：煌煌，熠熠，光也。詩斯干鄭箋曰：噦噦，猶熠熠也，寬明之貌。釋文引呂忱曰：火光貌。案：此蓋言光燿之疾也。胡克家以「煒」字爲尤改。○劉注引莊周，見莊子胠篋篇。尤本作「莊子」，今依袁、茶二本。案：今莊子「峭」作「削」，「絡」作「落」。釋文曰：削，七妙反。格，古百反。李云：削格，所以施羅綱也。郭嵩燾曰：説文：格，木長貌。徐鍇曰：長枝爲格。削格，謂刮削之。鄭注周禮雍氏所謂柞鄂也。書費誓：杜乃擭。傳云：捕獸機檻。吴都賦：峭格周施。峭、削義通。謂之格者，格拒之意。削格羅落，皆所以遮要禽獸。漢書鼂錯傳：爲中周虎落。師古注謂遮落之。削格，即阱擭之擭也。○「謂張網周遍」，胡克家曰：袁本、茶陵本無此五字。○罿，已見西都賦。罻，已見蜀都賦。「罼」，「畢」之後出字。説文曰：畢，田網也。禮記月令鄭注曰：小而長柄謂之畢。御覽資産部十二引蔡邕月令章句曰：掩飛禽曰罼。國語齊語韋注曰：畢，掩雉兔之網也。詩大東，毛傳曰：畢所以掩兔。是畢爲鳥網，亦兼掩獸矣。説文曰：罕，網也。段玉裁曰：罕之制，蓋似畢，小網長柄也。本書上林賦注，張揖曰：罕，畢也。案：廣雅釋器曰：罼、罕，率也。説文曰：率，捕鳥畢也。皆與劉淵林注可相證。○「瑣結」至「言不絶也」，胡克家曰：袁本、茶陵本無此十三字。○爾雅釋器曰：彘罟謂之羉。郭注曰：羉，幕也。釋文曰：羉，莫潘反。本或作「罠」，亡巾反。本書七命：張修罠。李注引爾雅：「羅」或作「罠」，又引廣雅曰：罠，兔罟。案：廣雅釋器今本佚「罠」字。王氏疏證據補，謂罠亦羃也，羉、罠、幕，一聲之轉，是也。七命上句「布飛羉」，李注曰：或云飛羅。胡紹煐曰：羉、羅亦一聲之轉。蓋對文則异，散文則通也。説文：罠，釣也。即今「緍」字，又與此義异。○「蹏兔網」，胡克家曰：袁本、茶陵本無此三字。○「周易曰」。胡克家曰：何校「易」下添「略例」二字，陳同，是也。各本皆脱。步瀛案：見略例明象。然古人引書，於傳、注之類，往往但舉經名，此等殆

非脱誤，不必增字。又案：二句本莊子外物篇。釋文曰：蹄，兔罝也。又云：兔弶也。繫其脚，故曰蹄也。○説文曰：阹，依山谷爲牛馬圈也。漢書楊雄傳清官本載蕭該音義引三蒼同。漢書司馬相如傳注引蘇林曰：阹，獵者圍陣遮鳥獸也。本書上林賦郭注曰：因山谷遮禽獸爲阹。○「禦禁也」至「爲藩落也」，胡克家曰：袁本、茶陵本「禁」下有「苑」字，無「因沅湘」三字。步瀛案：「禦」，「籞」之借字。説文曰：籞，禁苑也。後漢書章帝紀李賢注引漢書音義曰：折竹，以繩懸連之，使人不得往來謂之籞。○羽獵賦見本書卷八。袁、茶二本「汧」作「涇」，誤。○山海經海内經曰：南方蒼梧之丘，蒼梧之淵，其中有九疑山，舜之所葬，在長沙零陵界中。郭注曰：山在今零陵營道縣南，其山九谿皆相似，故云九疑。「疑」，字亦作「嶷」。漢書武帝紀：元封五年，望祀虞舜于九嶷。注引應劭曰：舜葬蒼梧。九嶷，山名。今在零陵營道。文穎曰：九嶷山半在蒼梧，半在零陵。清統志曰：湖南永州府，九疑山在寧遠縣南六十里。餘見後。○山海經海内東經曰：沅水出象郡鐔城西，東注江，入下雋，西合洞庭。漢書地理志牂柯郡故且蘭縣，原注曰：沅水東南至益陽入江，過郡二，行二千五百三十五里。案：「東南」，説文作「東北」。漢志蓋傳寫之誤。「過郡二」，段玉裁謂當作「三」，謂牂柯、武陵、長沙國也。又案：沅水有數源。古沅水出貴州黄平縣之金鳳山，蓋自黄平縣西南、息烽縣東北，皆漢故且蘭地也。沅水至天柱縣，入湖南黔陽縣界，流過沅江縣，入洞庭。詳見洪亮吉卷施閣甲集卷四沅水考。又海内東經曰：湘水出舜葬東南陬，西環之，入洞庭下。漢書地理志零陵郡零陵縣，原注曰：陽海山，湘水所出。北至酃，入江，過郡二。案：郡二謂零陵、長沙。又，長沙國臨湘縣注，應劭曰：湘水出零陵山，即陽海山也。案：地理志注今本脱「陵」字，據水經湘水注補。何焯、戴震、趙一清反據以删水經注「陵」字，以爲别一零山，大謬。楊守敬能知其失，然謂應氏語應繫於零陵始安下，顏氏誤繫於臨湘，亦非是。蓋臨湘因湘水

得名，故應氏言湘水所出，如潁川郡昆陽縣下，應曰昆水出南陽潁陽縣下，應曰潁水出陽城，皆同此例。且應注若在始安，顏氏何故移之臨湘乎？又案：海陵山，今在廣西興安縣南九十里。湘水至全縣，入湖南東安縣，流過湘陰縣，入洞庭。沅、湘二水，皆由洞庭北入于江。○詩，見駟鐵。毛傳云：輶，輕也。李周翰曰：輶軒，輕車也。○說文曰：彀，張弩也。史記張釋之傳索隱引如淳曰：彀騎，張弓之騎也。○張、綱、湘、煌，古音陽部。

袒裼徒搏，拔距投石之部。猿臂骿脅，狂趭獷猤。鷹瞵鶚視，參譚𤟤翋。若離若合者，相與騰躍乎莽罠之野。

【彙校】

「袒裼徒搏」「袒」，奎章閣本、明州本、贛州本、四庫本、叢刊本、陳八郎本、胡刻本、監本、九條本同。正德本、尤刻本作「祖」。當作「袒」。「裼」，明州本、贛州本、四庫本、叢刊本、陳八郎本、胡刻本、監本、九條本同。奎章閣本、正德本作「裼」。尤刻本作「裼」。當作「裼」。「搏」，四庫本同。明州本、

贛州本、陳八郎本、胡刻本作「搏」。奎章閣本、叢刊本、正德本、尤刻本、監本、九條本作「搏」。當作「搏」。

「拔距投石」「拔」，明州本、贛州本、叢刊本、正德本、陳八郎本、胡刻本、九條本同。奎章閣本作「扳」。四庫本、尤刻本作「拔」。監本作「抚」。當作「拔」。

■**立群案**：胡紹煐文選箋證：注劉逵曰：拔距，謂兩人以手相按，能拔引之也。超，逾躍也。投石，舉石以投擿也。王翦傳曰：拔距投石。按：正文及注「拔距」皆當作「超距」，注「超，逾躍也」可證。惟引王翦傳作「拔距」耳。此涉注引王翦傳而誤。王氏念孫漢書雜志云：石，擿也。投石，猶投擿也。擿亦投也。廣雅曰：擿，投也。石，擿也。賈子連語篇曰：提石之者，猶未肯止。是石爲擿也。提亦擿也。拔距，超距也。史記王翦傳：方投石超距。徐廣曰：超，一作拔。距亦超也，超亦拔也。投石拔距，皆四字平列。管子輕重篇「戲笑超距」，亦四字平列。劉説非也。紹煐按：新序楚邱先生曰：投石超距、逐麋搏豹，臣已老矣。「投石超距」與「逐麋搏豹」對，似四字又非平列，疑劉説是。又按：韓詩外傳「投石超距」下有「追車赴馬」四字，亦以「投石」爲一事，「超距」爲一事，對「追車赴馬」也。胡氏釋「拔距投石」最詳。既引「徐廣曰：超，一作拔」，是「拔距」亦有據。漢書甘延壽傳：少以良家子善騎射爲羽林，投石拔距絶於等倫，嘗超逾羽林亭樓，由是遷爲郎。亦作「拔」。

「猿臂駢脅」「猿」，奎章閣本、明州本、贛州本、四庫本、叢刊本、正德本、陳八郎本、九條本作「猨」。尤刻本、胡刻本、監本作「猿」。當作「猿」。「臂」，奎章閣本、明州本、贛州本、四庫本、叢刊本、正德本、陳八郎本、尤刻本、胡刻本、九條本同。監本作「辟」。當作「臂」。

「參譚⿰犭立⿱罒⿰長羽」「參」，奎章閣本、明州本、贛州本、叢刊本、正德本、陳八郎本同。四庫本、尤刻本、胡

刻本、九條本作「𧼮」。監本作「叅」。今從「參」。「譚」，奎章閣本、明州本、贛州本、四庫本、叢刊本、正德本、陳八郎本、監本同。尤刻本、胡刻本、九條本作「𧾍」。今從「譚」。「𤞞」，奎章閣本、明州本、贛州本、四庫本、叢刊本、陳八郎本、尤刻本、胡刻本、監本、九條本同。正德本作「翊」。當作「𤞞」。「翾」，明州本、贛州本、四庫本、叢刊本、正德本、陳八郎本、尤刻本、胡刻本、監本、九條本同。奎章閣本作「翾」。當作「翾」。

■ **立群案**：胡紹煐文選箋證：按：本書嘯賦「參譚雲屬」，琴賦「或參譚繁促」。「𧼮譚」與「參譚」同，「𤞞翾」猶「迨遝」，玉篇「行相及也」。「𤞞翾」與「迨遝」音聲近，并謂相隨馳逐之貌。今從「參譚」「𤞞翾」。

「相與騰躍」「與」，明州本、贛州本、四庫本、叢刊本、正德本、陳八郎本、尤刻本、胡刻本、監本、九條本同。奎章閣本作「㒤」。當作「與」。「躍」，奎章閣本、明州本、贛州本、四庫本、叢刊本、正德本、陳八郎本、尤刻本、胡刻本、監本、九條本作「躍」。當作「躍」。

【彙注】

【李善注】劉曰：爾雅曰：袒裼，肉袒也。詩云：袒裼暴虎。拔距，謂兩人以手相案，能拔引之也。超，逾躍也。投石，舉石以投擿也。王翦傳曰：投石拔距。猿臂，通肩也。漢書，李廣猿臂，爲武騎常侍。騈脅，今騈幹也。骿、騈通。史記商君傳：趙良謂鞅曰：君之出，多力而騈脅者參乘。左傳：晉文公騈脅。趬，走也。鷹瞵鶚視，言勇士似之也。善曰：司馬相如大人賦曰：騰而狂趬。子召切。説文曰：犬獷不可附也。子猛切。獛，壯勇之貌。其群切。説文曰：瞵，目精也。力辰切。𧼮譚𤞞翾，相隨

驅逐，衆多貌。⿺走參，七感切。⿰犭立，力答切。⿰沓羽，徒合切。莾罠，廣大貌。莾，莫浪切。罠音浪。

【五臣注】趭，子曜反。獷，古猛反。猤，璆季反。獜音隣。參，七南反。⿰犭立，力答反。⿰沓羽，徒答反。莾，謀謗反。罠音浪。翰曰：袒裼，露肘膊也。徒搏，以手擊獸而殺之。拔距投石，皆壯士所爲者。部，伍也。言壯士之部伍者。猿臂，善射。騈脅，亦壯士也。狂趭，走也。獷猤，勇也。獜，目精也。言壯勇之士如鷹鸇之目以視人。向曰：參譚⿰犭立⿰沓羽，相隨衆貌，而離合不常。莾罠，廣大貌。言相與騰躍於廣大之野。騰躍，猶飛走也。

【張鳳翼文選纂注】趭，子曜切。獷，古猛切。猤，璆季切。獜音隣。參，七南切。⿰犭立，力答切。⿰沓羽，徒答切。罠音浪。袒裼，露肘膊也。徒搏，以手擊獸也。拔距投石，皆壯士所爲者。部，伍也。猿臂，善射。騈脅，脅下骨如板，壯勇相也。狂趭，疾走也。獷猤，踊躍也。獜，目精也。言壯勇之士如鷹鸇之目。參譚⿰犭立⿰沓羽，離合不常貌。莾罠，廣大貌。言相與騰躍於廣大之野。

【王象乾文選刪注】趭，子曜切。獷，古猛切。猤，其翠切。獜音隣。⿰犭立，力答切。⿰沓羽，徒答切。罠音浪。拔距，兩人以手相案，能拔引之也。投石，舉石以投擿也。狂趭，走也。猤，壯勇貌。獜，目精也。參譚⿰犭立⿰沓羽，相隨衆多貌。莾罠，廣大貌。

【杭世駿文選課虛】莾罠，廣大貌。罠音浪。⿺走參，七感切。⿰犭立，力答切。⿰沓羽，徒合切。相隨驅逐，衆多貌。趭，子召切。獷，子猛切。猤，壯勇之貌。其翠切。

【余蕭客文選音義】視上聲。獜舊音鄰。罠善音浪。骿劉注：骿、騈通。脇同脅。趭燿、醮二音。獷何音匡。猤悸、葵二音。⿺走參驂。⿺走覃覃。⿰犭立拉。⿰沓羽沓、踏、榻三音。

【余蕭客文選紀聞】趫子妙。玉篇十。獷鈎猛。玉篇二十三。猤渠惟、巨癸、其季三切。類篇十上。𤢹鄰。廣韵一。𤝔七含。𤢖徒含。并玉篇十。𤝖颯。文苑英華辨證九。𤟹它獵。玉篇廿六。罝太元釋文音𦏀。類林四音浪。

【孫志祖文選考异】猿臂骿脅。何云：「骿」，當書爲「駢」。「猿」「馬」假對。志祖案：六臣本作「駢」。

【胡克家文選考异】猿臂骿脅。袁本、茶陵本「猿」作「猨」，「骿」作「駢」。案：此尤誤改也。

注「骿脅今駢幹也骿駢通」。袁本、茶陵本無此九字。

注「鷹𤢹鶚視言勇士似之也」。袁本、茶陵本無此十字。

注「犬獷不可附也」。案：「犬獷」當作「獷犬」，各本皆倒。今説文：獷，犬獷獷不可附也。蓋善節引。

注「説文曰𤢹」下至「𤟹音浪」。袁本脱此注，非。茶陵本無「𤝖」「𤟹」「莽」「𤟹」四音，删也。

【許巽行文選筆記】袒裼。説文：但，裼也。袒，衣縫解也。不与「但」同。今經史通以「袒」爲「但」。毛詩：襢裼。釋文云：本又作袒。音但。嘉德案：「袒裼」字，説文作「但」。今皆用「袒」，亦作「襢」，専以「但」爲語辭。自「袒」字行，而説文「羸」下、「裼」下、「裎」下，皆改「但」爲「袒」。

骿脅。何改「駢」，以「骿」爲非。案：説文：骿，并脅也。从骨，并聲。晋文公骿脅。徐氏曰：骿胝字同。張有曰：别作「胼」「跰」，并非。何氏從左傳改「駢」，不知説文引左傳正作「骿」也。説文：駢，駕二馬也。与「骿」字音同義异。

【梁章鉅文選旁證】注犬獷不可附也。「犬」「獷」當互乙。今説文：獷，犬獷獷不可附也。

【胡紹煐文選箋證】拔距投石之部。注劉逵曰：拔距，謂兩人以手相按，能拔引之也。超，逾躍也。

投石，舉石以投摘也。王翦傳曰：拔距投石。按：正文及注「拔距」皆當作「超距」，注「超，逾躍也」可證。惟引王翦傳作「拔距」耳。此涉注引王翦傳而誤。王氏念孫漢書雜志云：石，擿也，投石，猶投擿也。擿亦投也。廣雅曰：擿，投也。石，擿也。賈子連語篇曰：提石之者，猶未肯止。是石爲擿也，提亦擿也。拔距，超距也。史記王翦傳：方投石超距。徐廣曰：超，一作拔。距亦超也，超亦拔也。投石拔距，皆四字平列。管子輕重篇「戲笑超距」，亦四字平列。劉説非也。紹煐按：新序楚邱先生曰：投石超距，逐麋搏豹，臣已老矣。「投石超距」與「逐麋搏豹」對，似四字又非平列，疑劉説是。又按：韓詩外傳「投石超距」下有「追車赴馬」四字，亦以「投石」爲一事，「超距」爲一事，對「追車赴馬」也。

參⿺走覃⿰犭立翾。注善曰：⿺走參⿺走覃⿰犭立翾，相隨衆多貌。按：本書嘯賦：參譚雲屬。琴賦：或參譚繁促。「⿺走參⿺走覃」與「參譚」同。「⿰犭立翾」猶「迨遝」，玉篇：行相及也。「⿰犭立翾」與「迨遝」音聲近，并謂相隨馳逐之貌。

【吕錦文文選古字通補訓】狂趭獷猤。錦文案：「趭」與「趡」同。史記司馬相如傳：蔑蒙踊躍，勝而狂趡。漢書作「趭」。張注云：趭，奔走也。楊雄傳：神騰鬼趡。顔師古：音醮。廣雅：趡，犇也。説文云：趡，動也。玉篇：趡，且水切。動也，走也。趭，子妙切。走貌。李善：趭音子召反。而劉注仍訓爲走，是「趭」即「趡」之异文。

【徐攀鳳選學糾何】猿臂骿脅。何曰：「骿」當爲「駢」。「猿」「馬」假對。案：注明言「骿」「駢」通矣。「猿」「馬」假對之説，導人詞章之學固可與之，箋釋古人文詞則纖。

【高步瀛文選李注義疏】「猿」，袁、茶二本作「猨」，字同。説文本字作「蝯」。○「骿」，袁、茶二本，

毛本皆作「駢」。○「趁」，袁、茶二本作「參」，注同。○劉注引爾雅，見釋訓。郭注曰：脱衣而見體。案：今本「袒」作「襢」，釋文曰：本或作「袒」。詩見大叔于田。毛作「襢」，釋文曰：本又作「袒」。説文作「膻」，曰：肉膻也。引詩「膻裼暴虎」。案：袒裼與膻裼有別。説文人部曰：但，裼也。衣部曰：裼，但也。嬴者，但也。裎者，但也。又袒，衣縫解也。段注謂即綻之本字，是。去裼衣字當作「但」，肉膻字當作「膻」。而「肉袒」作「袒」者爲借字，「襢」又或體字耳。釋訓又曰：暴虎，徒搏也。郭注曰：空手執也。詩小旻毛傳曰：徒搏曰暴虎。○王翦傳，見史記。今本「拔」作「超」。集解引徐廣曰：超，一作拔。裴駰曰：拔距，超距也。索隱曰：超距，猶跳躍也。漢書甘延壽傳曰：投石拔距，絶於等倫。注：應劭曰：投石，以石投人也。拔距，即下「超踰羽林亭樓」是也。張晏曰：范蠡兵法：飛石重十二斤爲機，發行三百步。延壽有力，能以手投之。拔距，超距也。師古曰：投石，應説是也。拔距者，有人連坐相把據地距以爲堅而能拔取之。言其有手掣之力，超踰亭樓，又言其趫捷耳，非拔距也。今人猶有拔爪之戲，蓋拔距之遺法。王念孫曰：石，擿也。投石猶言投擿，擿亦投也。廣雅曰：擿，投也。石，擿也。賈子連語篇曰提石之者，猶未肯止是也。拔距，超距也。故下文即云超踰亭樓。史記王翦傳：方投石超距。距亦超也，超亦拔也。投石拔距，皆四字平列。管子輕重丁篇「戲笑超距」，亦四字平列。應劭謂投石爲以石投人，劉逵謂拔距爲兩人以手相案，能拔引之，皆非是。胡紹煐曰：按：新序楚邱先生曰：投石超距，逐麋搏豹，臣已老矣。「投石超距」與「逐麋搏豹」對，似四字又非平列，疑劉説是。又按：韓詩外傳「投石超距」下有「追車赴馬」四字，亦以「投石」爲一事，「超距」爲一事，對「追車赴馬」也。步瀛案：胡氏説是。新序見雜事五，亦有追車赴馬之文，特在投石超距上耳。韓詩外傳見卷十。如顔師古釋「距」字，則拔距、超距皆與投石爲對文。○漢書李廣傳曰：廣以良家子從軍擊胡，用善射

殺首虜多，爲郎騎常侍。又曰：爲人長，爰臂，善射亦天性。此注節引史記李將軍傳曰：用善騎射殺首虜多，爲漢中郎。廣從弟蔡，亦爲郎。皆爲武騎常侍。疑今本漢書脱「武」字。又李將軍傳作「猨臂」。集解引如淳曰：臂如猨，通肩。漢書顔注亦引如淳曰：臂如猨臂，通肩也。或説似當爲「緩臂」。步瀛案：「爰」即「猨」之省，或説非。○説文曰：骿，并脅也。晋文公骿脅。晋語四曰：曹共公聞其骿脅。韋注曰：骿，并幹。左僖二十四年作「駢脅」，史記晋世家同。何焯曰：「骿」當書爲「駢」，猨馬借對。許巽行曰：何氏從左傳改「駢」，不知説文引左傳正作「骿」也。説文：駢，駕二馬也。與「骿」字音同義异。杜宗玉曰：骿、駢均从并得聲，从并取義。二馬曰駢，故或从馬。步瀛案：此賦不必以猨馬借對爲工，何説非是。然説文言晋文公骿脅，未明言爲左傳，而僖二十三年釋文引説文云：駢脅，并也。正義引説文云：駢脅，并幹也。亦與今本説文异。又案：「駢」，「骿」之通借字耳。許、杜説亦未明晰。○史記商君傳今本「參」作「驂」。○左僖二十四年曰：曹共公聞其駢脅。此注以意引。○「鷹瞵鶚視」至「似之也」，胡克家曰：袁本、茶陵本無此十一字。○李注引大人賦，漢書司馬相如傳大人賦作「趭」。顔注引張揖曰：趭，奔走也。顔曰：趭音醮。史記相如傳作「趭」。案：史記作「趡」，與上「倚」字韵，脂、歌部通轉也。漢書作「趭」，與下「消」「求」韵，幽、宵部通轉也。義得兩通。吕錦文曰：説文云：趡，動也。玉篇：趡，且水切，動也，走也。趭，子妙切，走貌。李善趭音子召反，而劉注仍訓爲走，是「趭」即「趡」之异文。○「説文」至「附也」，胡克家曰：「犬獷」當作「獷犬」，各本皆倒。今説文：獷，犬獷獷不可附也。蓋善節引。沈濤説文古本考曰：一切經音義卷二引作「犬不可附也」，無「獷獷」二字。文選吴都賦注引「犬獷不可附也」，以上文「猲」字注「犬猲猲不附人」也例之，則有「獷獷」二字者是。漢書叙傳：獷獷亡秦。師古曰：獷，粗惡之貌。即此獷獷之義。玄應書蓋節引之例，

選注則正奪一字。又曰：劇秦美新注引「獷犬不可親附也」，所引多「親」字，蓋古本有之，今説文及諸書所引皆奪。又辨命論注引作「不可附也」，則有所節取而又奪「犬」字。步瀛案：慧琳一切經音義二十八、九十六引并與今本同。十八引作「獷犬不可附近也」，三十二引兩「獷」字中誤衍「也」字，四十一引下「獷」字作「惡」，六十六引上「獷」字作「性」，皆誤，不足據。又説文「獷」，大、小徐皆音古猛切。廣韵三十八梗音同。又居往切，则地名耳。玉篇鈎猛切。玄應、慧琳音義有古猛、虢猛、摑猛、瓜猛等切，皆無作子猛切者。疑此當是孤猛切，而「孤」字脱其半耳。○揆，壯勇之貌。李周翰曰：獷，猤勇也。廣韵六至曰：猤，壯勇貌。案：説文無「猤」字，朱駿聲以「猤」與「騤」同，詩四牡毛傳曰：騤騤，强也。又案：獷、猤，雙聲聯綿字。○「説文曰瞵」至「罠音浪」，胡克家曰：袁本脱此注，非。茶陵本無㧰翾莽罠四音，删也。○説文見目部。○胡紹煐曰：本書嘯賦：參譚雲屬。琴賦：或參譚繁促。「趻踸」與「參譚」同。「㧰翾」猶「迨遝」，玉篇：行相及也。「㧰翾」與「迨遝」音聲近，并謂相隨馳逐之貌。○本書上林賦：過乎泱漭之壄。注引如淳曰：大貌也。又海賦注曰：泱漭，廣大也。又北征賦曰：野蕭條以莽蕩。洞簫賦曰：彌望儻莽。與此莽罠義并同。○脅，古音盇部。翾、合，緝部。通轉爲韵。

干鹵殳鋋，暘夷勃盧之旅。長殺短兵，直髮馳騁。儇佻坌并，銜枚無聲。悠悠旆旌者，相與聊浪乎昧莫之坰。

【彙校】

「干鹵殳鋋」　「干鹵」，奎章閣本、明州本、贛州本、四庫本、叢刊本、陳八郎本、尤刻本、胡刻本、監本、九條本同。正德本作「干櫓」。今從「干鹵」。「鋋」，奎章閣本、明州本、贛州本、四庫本、叢刊本、正德本、陳八郎本、胡刻本、监本、九條本同。尤刻本作「鋌」。當作「鋋」。

■**立群案**：諸本多作「干鹵」，獨正德本作「干櫓」。五臣銑曰：干、鹵，楯也。是五臣本作「干鹵」，正德本自應作「干鹵」也。史記秦始皇紀：流血漂鹵。集解引徐廣：鹵，楯也。是「鹵」字之證也。然禮記儒行：儒有忠信以爲甲胄，禮義以爲干櫓；戴仁而行，抱義而處。鄭玄注：干櫓，小楯、大楯也。封氏聞見記：鹵字亦作櫓，音義同。是「干櫓」更有文獻依據。然諸本多作「干鹵」，今從「干鹵」。

「暘夷勃盧」　「暘」，尤刻本同。奎章閣本、四庫本、胡刻本作「暘」。明州本、贛州本、叢刊本、正德本、陳八郎本、九條本作「暘」。監本作「暘」。今從「暘」。「盧」，明州本、贛州本、四庫本、叢刊本、陳八郎本、胡刻本、監本、九條本同。奎章閣本、正德本、尤刻本作「盧」。當作「盧」。

■**立群案**：劉逵曰：越絶書曰：越王身披暘夷之甲，拔勃盧之矛。五臣銑曰：暘夷，甲名。是劉逵

本、五臣本皆作「暘夷」。善注無注，不詳。「暘夷」，文獻中又作「賜夷」「腸夷」「暘夷」。如北堂書鈔武功部九：越記云：楚王身被賜夷之甲。文選類林：干鹵殳鋋，賜夷勃盧之類（原書作「類」，當作「旅」）。注：干鹵，楯也。殳鋋，戈類也。賜夷，甲名。勃盧，矛也。是爲「賜夷」。越絶書：吴王僚使披腸夷之甲。北堂書鈔武功部十二：干鹵殳鋌（原書作「鋌」，當作「鋋」）。吴都賦云：干櫓殳鋌（原書作「鋌」，當作「鋋」），腸夷勃盧。是爲「腸夷」。賦苑吴都賦：干鹵殳鋋，暘夷勃盧。圖書編卷八九：暘夷甲。是爲「暘夷」。「暘夷」「賜夷」「腸夷」「暘夷」，恐皆形似所致，已難考證何者爲是。今文選諸本多作「暘夷」，從之。

「直髮馳騁」「髮」，贛州本、叢刊本、陳八郎本、尤刻本、胡刻本、監本、九條本同。奎章閣本、明州本、四庫本、正德本作「髪」。當作「髮」。

「儇佻坌并」「儇」，奎章閣本、贛州本、四庫本、正德本、陳八郎本、胡刻本、監本作「儇」。明州本、叢刊本、尤刻本、九條本作「儇」。當作「儇」。「并」，奎章閣本、明州本、贛州本、四庫本、叢刊本、正德本、陳八郎本、尤刻本、胡刻本、監本、九條本作「並」。當作「并」。

「悠悠旆旌」「旆」，明州本、正德本同。奎章閣本、贛州本、四庫本、叢刊本、陳八郎本、尤刻本、胡刻本、監本、九條本作「旆」。當作「旆」。

「相與聊浪」「與」，明州本、贛州本、四庫本、叢刊本、正德本、陳八郎本、尤刻本、胡刻本、監本、九條本同。奎章閣本作「與」。當作「與」。「聊」，明州本、贛州本、四庫本、叢刊本、正德本、陳八郎本、尤刻本、胡刻本、監本、九條本同。奎章閣本作「聊」。當作「聊」。

「昧莫之坰」「坰」，奎章閣本、明州本、贛州本、四庫本、叢刊本、正德本、陳八郎本、尤刻本、胡刻本、九條本同。監本作「埛」。今從「坰」。

▌立群案：中華字海：「埛」，同「坰」。見篇海。今從「坰」。

【彙注】

【李善注】晹，以良切。儇，許緣切。浪音郎。劉曰：干、鹵，皆楯也。越絶書曰：越王身披晹夷之甲，拔勃盧之矛。短兵，刀劍也。尚書曰：稱爾干。過秦論曰：流血漂鹵。廣雅曰：殺，矛也。呼狄切。楚辭曰：車錯轂兮短兵接。史記曰：荆軻怒髮直衝冠。方言曰：儇佻，疾也。佻，他吊切。漢書曰：相如吊二世曰：坌入曾宫之嵯峨。音義：坌，并也。步寸切。周禮：銜枚氏下士。鄭玄曰：止言語囂諠也。枚，大如箸，横銜之。毛詩曰：有聞無聲。又曰：蕭蕭馬鳴，悠悠旆旌。悠悠，流貌。昧莫，廣大貌。聊浪，放曠貌。

【五臣注】殳音殊。鋋音蟬。晹，以良反。殺，呼覿反。儇，許緣反。佻，他吊反。坌，步寸反。浪音郎。銑曰：干、鹵，楯也。殳鋋，戈類也。晹夷，甲名。勃盧，矛也。殺，亦矛也。短兵，刀劍也。直髮馳騁，疾而髮上直也。良曰：儇佻坌并，疾走貌。枚，以竹爲之，大如箸，口銜止諠譁也。聊浪，放蕩也。昧莫，有林木暗暝之處。言相與放蕩逐獸，至於此坰也。

【張鳳翼文選纂注】殳音殊。鋋音蟬。殺，呼狄切。儇，許緣切。佻，他吊切。坌，步寸切。干、鹵，皆楯也。越絶書：越王身披晹夷之甲，拔勃盧之矛。殺，矛也。短兵，刀劍也。直髮馳騁，疾而髮上直也。儇佻坌并，疾走貌。枚，以竹爲之，大如箸，口銜止諠譁也。聊浪，放蕩也。昧莫，林木暗暝之處。言相與放蕩逐獸，至於此。

【王象乾文選删注】鋋音蟬。殺，呼狄切。坌，步正切。干、鹵，皆楯。馳騁，疾而髮上直也。儇佻，疾也。坌，并也。悠悠，流貌。聊浪，放曠貌。昧莫，廣大貌。越絶書曰：越王身披晹夷之甲，拔勃盧之矛。楚

辭曰：車錯轂兮短兵接。

【杭世駿文選課虚】佻，疾也。佻，他吊切。坌，并也。步寸切。昧莫，廣大貌。聊浪，放曠貌。羽獵賦：聊浪乎宇內。

【余蕭客文選音義】殺檄。何曰：廣韵作「矝」。箋引此文亦作「矝」。坌唐書釋音蒲悶切。

【余蕭客文選紀聞】殺呼役。玉篇二十七。坌蒲悶。類篇十三下。

【孫志祖文選考异】長殺短兵。何云：「殺」，廣韵作「矝」。箋引此文亦作「矝」。

【孫志祖文選李注補正】直髮馳騁。注史記曰：荆軻怒髮直衝冠。○正曰：金云：此宜引西京賦「植髮如竿」，引史記語，不免傅會成文。

【胡克家文選考异】注「尚書曰稱爾干」。案：「尚」上當有「善曰」二字。各本皆脱。袁本、茶陵本「干」下衍「戈」字，益非。又此節注，二本無「佻，他吊切，又步寸切」兩音，删也。

注「史記曰荆軻怒髮直衝冠」。袁本、茶陵本無此十字。

【朱珔文選集釋】長殺短兵。善注引廣雅曰：殺，矛也。案：「殺」，今廣雅作「𥍯」。王氏疏證謂：釋名云：𥍯，矛長九尺者也。𥍯，霍也。所中霍然即破裂也。説文繫傳引字書「㮏，小矛也」，與「殺」并字异而義同。余謂：説文無「殺」有「杸」，似即字書之「㮏」，而釋云軍中士所持殳也，不以爲矛。惟集韵「𥍯」有「殺」「矝」二體之异。

【梁章鉅文選旁證】直髮馳騁。注史記曰：荆軻怒髮直衝冠。金氏甡曰：宜引西京賦「植髮如竿」。注尚書曰：稱爾干。六臣本「干」下衍「戈」字。按此以下至末當屬李注。「尚」上應加「善曰」二字。長殺短兵。注廣雅曰：殺，矛也。今廣雅釋器「殺」作「𥍯」。音義同。段校云：廣韵：矝，矛也。引

此賦作「長矜短兵」。

【胡紹煐文選箋證】長殺短兵。注劉逵曰：廣雅曰：殺，矛也。今廣雅作「矝」。按：廣韵二十三錫：殺，矛也。引此賦「長矜短兵」。玉篇：殺，矛也。矜，長矛也。集韵：矜、殺、矝，并馨激切。音同，故古多通用。廣韵引作「矜」，蓋所見本如是。

直髮馳騁。注劉逵曰：史記曰：荆軻怒髮直衝冠。金氏甡曰：宜引西京賦「植髮如竿」。紹煐按：直與植同。植，立之也。劉以正文作「直」，故置彼而引此。

悠悠旆旌者，相與聊浪乎昧莫之坰。王氏念孫云：悠悠旆旌者，當作「悠悠旆旆者」。詩曰：悠悠旆旌。又曰：彼旟旐斯，胡不旆旆。是也。今本即因詩「悠悠旆旌」而誤。悠悠、旆旆，皆旌旗之貌。紹煐按：王校是。然謂「悠悠、旆旆，爲旌旗之貌」，則又泥詩爲說，恐非。悠悠、旆旆，并行貌。下云「常沛沛以悠悠」，劉注：沛沛，行貌。悠悠，亦行貌。「旆旆」與「沛沛」同。

【高步瀛文選李注義疏】廣韵二十三錫「矜」下引此賦「殺」作「矜」。胡紹煐曰：玉篇：殺，矛也。矜，長矛也。集韵：殺、矜、矝，并馨激切，音同。故古多通用。廣韵引作「矜」，蓋所見本如是。○王念孫曰：「悠悠旆旌者」當作「悠悠旆旆者」。詩曰：悠悠旆旌。又曰：彼旟旐斯，胡不旆旆。是也。今本即因詩「悠悠旆旌」而誤。悠悠、旆旆，皆旌旗之貌。胡紹煐曰：王校是。然謂悠悠、旆旆爲旌旗之貌，則又泥詩爲說，恐非。悠悠、旆旆，并行貌。下云「常沛沛以悠悠」，劉注：沛沛，行貌。悠悠，亦行貌。「旆旆」與「沛沛」同。○劉注「干鹵皆楯也」，袁本無此五字。案：此注張銑與劉同。袁本先列五臣注，故存銑而删劉，茶陵本先列劉、李注，故存劉而删銑。以此見兩本有無，不能即認爲元本如此也。○說文曰：戟，盾也。經傳皆借「干」爲之。說文又曰：櫓，大盾也。重文作樐，或借鹵爲之。說文又曰：盾，瞂也。所以扞身蔽目，或借

楯爲之。禮記儒行鄭注曰：干、櫓，小楯、大楯也。詩小戎毛傳曰：伐，中干也。「伐」即「瞂」之通借字。然則小盾曰戰，中盾曰瞂，大盾曰櫓矣。○考工記曰：廬人爲廬器，殳長尋有四尺。詩伯兮毛傳曰：殳長丈二而無刃。説文曰：殳，以杖殊人也。周禮：殳以積竹，八觚，長丈二尺，建於兵車，旅賁以先驅。又曰：杸，軍中士所持殳也。段注曰：軍中士所持殳，不必皆用積竹，故字从木。釋名釋兵曰：殳，殊也。長丈二尺而無刃，有所撞挃於車上使殊離也。餘見西京賦注。釋兵又曰：鋋，延也。延，達也。去此至彼之言也。餘亦見西都賦注。○越絶書，見紀地傳，「拔」作「杖」，此注當據改。然彼「暘」作「賜」，「勃」作「物」，皆誤。注一作「陽」，則是也。「陽」「暘」字通。後漢書東夷傳：夷有九種，陽夷其一也。李賢注引竹書紀年「后泄二十一年命陽夷」是也。勃盧疑即卜盧，周書王會篇曰：卜盧以紈牛。孔晁注曰：卜盧之人，西北戎也。今盧水是。○胡克家曰：「尚書」上當有「善曰」二字，各本皆脱。梁章鉅曰：自「尚書」以下至末，當屬李注。案：胡、梁説是，當補「善曰」二字。○「尚書曰稱爾干」，胡克家曰：袁本、茶陵本「干」下衍「戈」字，非。○過秦論見本書卷三十九。○廣雅釋器今本「殺」作「椮」。王氏疏證曰：釋名曰：矜，矛長九尺者也。矜，霍也。所中霍然，即破裂也。吳都賦李善注引廣雅「殺矛也」，説文繫傳引字書「椴小矛也」，并字异而義同。朱珔曰：説文無「殺」有「杸」，似即字書之「椴」，而釋云軍中士所持殳也。不以爲矛。惟集韵「矜」有「殺」「矜」二體之异。○楚辭見九歌國殤。○「史記曰：荆軻怒髪直衝冠」，胡克家曰：袁本、茶陵本無此十字。案：此引史記見刺客傳。文選李注補正引金甡曰：此宜引西京賦「植髮如竿」，引史記語，不免傅會成文。胡紹煐曰：按：直與植同，植，立之也。注以正文作「直」，故置彼而引此。○方言十二今作「儇虔謾也佻疾也」，與注引异。詩還毛傳曰：儇，利。荀子榮辱篇楊注曰：儇，疾也。○「佻，他到切」，袁、茶二本無此四字。○漢書見司馬相如傳。○「步寸切」，袁、茶二本無此三字。○周禮銜枚氏屬秋官。○毛詩并見車攻。

○聊浪與浲浪音義相近，似當訓爲驚獶貌。見西京賦疏。○騁、聲、坰，古音耕部。

鉦鼓疊山，火烈熛林。飛焰浮煙，載霞載陰。拉㩧雷硠，崩巒阤岑。鳥不擇木，獸不擇音。

【彙校】

「鉦鼓疊山」「鼓」，奎章閣本、明州本、贛州本、四庫本、正德本、胡刻本、監本同。叢刊本、陳八郎本、尤刻本、九條本作「皷」。當作「鼓」。「疊」，奎章閣本、明州本、贛州本、四庫本、叢刊本、正德本、陳八郎本、尤刻本、胡刻本、監本、九條本作「疊」。當作「疊」。

「火烈熛林」「烈」，奎章閣本、明州本、贛州本、四庫本、叢刊本、正德本、陳八郎本、尤刻本、胡刻本、九條本同。監本作「裂」。當作「烈」。

■**立群案：**「火裂」無義，自應作「火烈」。五臣翰曰：縱火於山，猛烈熛於林木之間。是其解也。善注之所以無注者，似因東京賦「火烈具舉，武士星敷」引毛詩已注。作「火烈」是。

「飛焰浮煙」「飛」，明州本、贛州本、四庫本、叢刊本、陳八郎本、尤刻本、胡刻本、監本、九條本同。奎章閣本、正德本作「飛」。當作「飛」。「焰」，奎章閣本作「熖」。明州本、正德本、陳八郎本、九條本作「焰」。贛州本、叢刊本、監本作「爛」。四庫本、胡刻本作「燗」。尤刻本作「燗」。今從「焰」。

■立群案：高步瀛文選李注義疏：「燗」，茶陵本作「爛」，校曰：五臣本作「焰」。袁本從五臣作「焰」，校曰：善本作「爛」。案：「爛」蓋「燗」之訛。「燗」已見蜀都賦。「燗」「焰」字通。李自作「燗」，五臣作「焰」耳。今從「焰」也。

「載霞載陰」「陰」，奎章閣本、明州本、贛州本、四庫本、叢刊本、正德本、陳八郎本、尤刻本、胡刻本、監本、九條本作「陰」。當作「陰」。

「拉攦雷硠」「拉」，奎章閣本、明州本、正德本、陳八郎本、九條本同。贛州本、四庫本、叢刊本、尤刻本、胡刻本、監本作「菈」。今從「拉」。「攦」，奎章閣本、明州本、贛州本、四庫本、叢刊本、正德本、陳八郎本、尤刻本、胡刻本、監本、九條本作「擸」。當作「攦」。

■立群案：許巽行文選筆記：菈攦。説文：拉，摧也。从手立。作「菈」訛。梁章鉅文選旁證：飛屬浮煙。又菈攦雷硠。又崩巒弛岑。六臣本「燗」作「爛」，「菈」作「拉」，「弛」作「陁」。段校云：「菈」當作「拉」。許氏、梁氏認爲當作「拉」。呂錦文文選古字通補訓：菈攦雷硠。錦文案：「菈」即「拉」字。善注云：菈攦，崩弛之聲也。五臣本作「拉」，延濟注云：拉攦，木摧傷之聲也。「拉」又與「拹」同。莊元年公羊傳：拹幹而殺之。何休注云：拹，折聲也。史記齊世家作「拉」。西京賦：梗林爲之靡拉。廣韻云：拉，折也，敗也，摧也。又同「搚」。皆通用之字。今從「拉」。

「崩巒陁岑」「陁」，陳八郎本同。奎章閣本、明州本、正德本作「阤」。贛州本、四庫本、尤刻本、

胡刻本、監本作「弛」。叢刊本、九條本作「㢮」。當作「阤」。

■ **立群案**：説文：阤，小崩也。段玉裁説文解字注：大曰崩。小曰阤。吴都賦曰：崩巒阤岑。此其義也。子虚賦曰：登降阤靡。上林賦曰：巖阤甗錡。皆謂欹傾也。後人多用「陊」爲之。古書或用「褫」爲之。「陁」，古同「阤」。説文：弛，弓解也。段玉裁説文解字注：弓解弦也。弦字各本無，今補。引申爲凡懈廢之稱。於義自以作「阤」爲是，然今「阤」多作「陁」，從之。

「獸不擇音」 「獸」，明州本、贛州本、四庫本、叢刊本、正德本、陳八郎本、尤刻本、胡刻本、監本、九條本同。奎章閣本作「獸」。當作「獸」。

【彙注】

【李善注】鉦音征。阤，直氏切。劉曰：疊，振疊也。熛，火爓也。左傳曰：鳥則擇木。又曰：鹿死不擇音。鹿得美草，呦呦而鳴，至於困迫將死，不暇復擇出音，急之至也。凡閑暇而有好聲，逼急不擇音，獸皆然，非唯鹿也。莊子亦曰：獸死不擇音。以雷硠之至，故云鳥不擇木，獸不擇音。善曰：説文曰：鉦，鐃也。菈擸雷硠，崩弛之聲。菈，朗答切。擸音獵。硠音郎。爾雅曰：巒山墮。山小而高曰岑。

【五臣注】鉦音征。熛，必遥反。拉，魯答反。擸，力盍反。硠音郎。阤，直氏反。翰曰：疊，鼓聲振動也。縱火於山，猛烈熛於林木之間，火焰隨風而飛，煙氣滿山而浮，火氣時盛時衰，如天有霞有陰。濟曰：巒、岑，小山也。言士卒鼓怒，山乃崩。阤，亦崩也。拉擸，木摧傷之聲。雷硠，山崩聲也。鳥獸遭逼迫，鳥不暇擇木而栖，獸不暇擇音而出，言困甚也。

【張鳳翼文選纂注】鉦音征。熛，必遥切。爓音焰。疊，聲振動也。縱火於山，猛烈熛於林木之間，

火焰隨風而飛，煙氣滿山，時盛時衰，如天有霞有陰也。拉攦，木摧傷之聲。雷硠，山崩聲也。巒、岑，小山也。言山乃崩阤，鳥獸遭逼迫，不暇擇木、擇音也。

【**王象乾文選删注**】鉦音征。熛，必遥切。菈，魯答切。攦音獵。硠音郎。鉦，鐃也。菈攦雷硠，崩弛聲。山小而高曰岑。

【**杭世駿文選課虚**】菈攦雷硠，崩弛之聲。菈，朗答切。攦音獵。硠音郎。

【**余蕭客文選音義**】菈五臣作「拉」。攦善音獵。硠善音郎。熛標。弛五臣作「阤」。音褫。

【**余蕭客文選紀聞**】熛高注淮南十八音摽。通典百六十音剽。菈落合。類篇一下。攦獵。博雅音三。硠郎。九經字樣。

【**張雲璈選學膠言**】獸不擇音。按：左傳文十七年：鹿死不擇音。杜氏讀「音」作「蔭」，謂所庥蔭之處。古字聲同，皆相假借。服虔云：鹿得美草，呦呦相呼。至於困迫將死，不暇復擇善音，急之至也。劉炫據服説以難杜。雲璈按：莊子：獸死不擇音。郭象注云：野獸蹴之窮地，意急情盡，則和聲不至。即服虔説。傳意甚明，實無庸改「音」爲「蔭」也。今此賦舊注即引傳文，而賦中與林、陰、箴、岑爲韻，足證當時皆未嘗讀「音」爲「蔭」。後魏都賦「雊者擇音」，與沈、陰、箴、禽爲韻，注亦引「鹿死不擇音」，可以互證。

【**胡克家文選考异**】注「熛火爓也」。袁本、茶陵本無此四字。有「鳥擇木而栖」五字。

注「故云鳥不擇木獸不擇音」。袁本無此十字，茶陵本有。案：袁本有脱誤，茶陵、尤所補亦未是。

【**許巽行文選筆記**】菈攦。説文：拉，摧也。从手立。作「菈」訛。

弛岑。「弛」，何校改「阤」。

【梁章鉅文選旁證】飛爓浮煙。又菈擸雷硠。又崩巒弛岑。六臣本「爓」作「爛」，「菈」作「拉」，「弛」作「阤」。段校云：「菈」當作「拉」。説文：应，石聲也。玉篇：应，亦「拉」字。「硠」當作「硍」，音痕。

注鹿死不擇音。左氏文十七年傳：杜預注曰：音，所茠蔭之處。古字聲同，皆相假借。服虔解誼曰：鹿得美草，呦呦相呼，至於困迫將死，不暇復擇善音，急之至也。劉炫規過曰：謂不擇音而出之。顧氏炎武杜解補正亦從服説。張氏雲璈曰：賦中本與林、陰、岑爲韵。當時未嘗讀音爲蔭也。

【胡紹煐文選箋證】菈擸雷硠。注善曰：菈擸雷踉，崩弛之聲。按：「菈擸」當爲「拉礹」。説文：应，石聲也。玉篇：「应」亦「拉」字。又，礹，石墜也。「菈擸」并「应礹」之假。「雷」，即「礧」，擊聲也。本書江賦：駭崩浪而相礧。善注：相礧，相擊也。硍，聲也。説文（依段氏改）：硍，石聲。子虛賦「礧石相擊，硍硍礚礚」是也。釋名：雷，硍也。如轉物有所硍雷之聲也。段氏玉裁曰：雷即礧。礧硍，用子虛賦「礧石相擊，硍硍礚礚」。篇、韵音「諧眼切」，古音讀如痕，俗本訛作「硠」。漢桂陽太守周憬碑：斷硍礚之電波，作「硍」。周禮典同釋文引字林「硍音限，石聲」，是作「硍」不作「硠」，其明證也。

獸不擇音。注劉逵曰：左傳曰：鹿死不擇音。鹿得美草，呦呦而鳴，至於困迫將死，不暇複擇出音。急之至也。按：「鹿得美草」云云，皆服虔解誼文，疑脱「服虔曰」三字。本書魏都賦「栖者擇木，雊者擇音」，與此同。蓋古學相承如是。自杜預讀「音」爲「蔭」，而古義晦矣。顧氏炎武補正從服説。

【吕錦文文選古字通補訓】菈擸雷硠。錦文案：「菈」即「拉」字。善注云：菈擸，崩弛之聲也。五臣本作「拉」，延濟注云：拉擸，木摧傷之聲也。「拉」又與「拹」同。莊元年公羊傳：拹幹而殺之。何休注云：拹，折聲也。史記齊世家作「拉」。西京賦：梗林爲之靡拉。廣韵云：拉，折也，敗也，摧也。

又同「揄」。皆通用之字。

【高步瀛文選李注義疏】詩大叔于田曰：火烈具舉。○「爓」，茶陵本作「爛」，校曰：五臣本作「焰」。袁本從五臣作「焰」，校曰：善本作「爛」。案：「爛」蓋「爓」之訛。「爓」已見蜀都賦。「爓」「焰」字通。李自作「爓」，五臣作「焰」耳。○「菈」，五臣作「拉」，字同。吕廷濟曰：拉攋，木摧傷之聲也。○胡紹煐曰：説文：应，石聲也。玉篇：「应」亦「拉」字。又，䃰，石墜也。「菈攋」并「应䃰」之假。「雷」即「礧」，擊聲也。本書江賦：駭崩浪而相礧。善注：相礧，相擊也。案：本書子虛賦曰：礧石相擊，硠硠磕磕。即此賦所本。○説文石部曰：硠，石聲。从石，良聲。大徐音魯當切。段氏改爲「硍」，謂子虛賦「硠硠」當爲「硍硍」。硍，篇、韵音諧眼切，古音讀如痕，漢桂陽太守周憬碑：斷硍磕之電波。釋名曰：雷，硍也。如轉物有所硍雷之聲也。吴都賦：菈攋雷硍，亦用子虛賦字，而俗本訛作「硠」。李善不能正，且曰音郎，於是韓愈本之，有「乾坤擺雷硠」之句，蓋積訛之莫悟也久矣。步瀛案：韓退之句見調張籍詩。段氏此説甚辯。梁章鉅、胡紹煐皆主之。鈕玉樹段氏説文注訂曰：按：隸釋周憬碑乃傳刻誤字，隸辨載此碑作硠，吴都賦有雷硠，廣雅釋詁磕硠，當本子虛賦，曹音力當、力蕩二反，釋訓硠硠亦同，其非從艮明矣。徐灝説文注箋曰：玉篇云：硠，力唐切。硠，磕石聲。又力蕩切。此子虛賦所謂「硠硠磕磕」是也。又云：硍，諧眼切，石聲也。此周禮典同故書作「高聲硍」也。似從鈕説爲長。○「阤」，尤本作「弛」。茶陵本同，校曰：五臣本作「阤」。案：此亦所見本偶异耳。袁本作「弛」，無校語，注同。何校本亦作「阤」。○劉注：疉，振疉也。案：詩時邁曰：莫不震疉。○「熛，火爓也」，胡克家曰：袁本、茶陵本無此四字，有「鳥擇木而栖」五字。○左傳見哀十一年。○又引左傳見文十七年。「鹿得美草」至「急之至也」，孔疏引服虔同。惟「而鳴」作「相呼」。杜注曰：音，所茠蔭之處。古

字聲同，皆相假借。孔疏曰：劉炫從服説，以爲音聲謂不擇音聲而出之而難杜。張雲璈曰：莊子：獸死不擇音。郭象注云：野獸蹴之窮地，意急情盡，則和聲不至。即服虔説。傳意甚明，實無庸改「音」爲「蔭」也。今此賦舊注即引傳文，而賦中與林、陰、岑爲韵，足證當時皆未嘗讀「音」爲「蔭」。後魏都賦「雊者擇音」，與沉、陰、箴、禽爲韵，注亦引「鹿死不擇音」，可以互證。胡紹煐曰：鹿得美草云云，皆服虔解誼文，疑脱「服虔曰」三字。本書魏都賦「栖者擇木，雊者擇音」，與此同。蓋古學相承如是。自杜預讀「音」爲「蔭」，而古義晦矣。顧氏炎武補正從服説。步瀛案：洪亮吉左傳詁，李貽德賈服注輯述皆駁杜申服，洪頤煊讀書叢録卷五曰：後漢皇甫規傳：傳稱鹿死不擇音，謹昧冒略上。亦同服説。

○莊子見人間世篇。○「故云鳥不擇木獸不擇音」，胡克家曰：袁本無此十字，茶陵本有。○李注引説文見金部。○爾雅見釋山。「墮」作「隋」，「高」下無「曰」字。郭注曰：巒山隋，謂山形長狹者，荆州謂之巒。已見蜀都賦。郭注又曰：山小而高，岑，謂岑崟。釋名釋山曰：岑，嶃也，嶃嶃然也。孟子告子下趙注曰：岑樓，山之鋭嶺者。○林、陰、岑、音，古音侵部。

暴甝虪，頒麋麖。蹵六駮，追飛生。彈鸞鵕，射猱㹶。白雉落，黑鴆零。陵絶嶛嶕，聿越巉嶮。跐逾竹柏，獮猭杞柟。封狶葹，神螭掩。剛鏃潤，霜刃染。

【彙校】

「暴甝虪」　「暴」，四庫本、正德本同。奎章閣本、明州本、贛州本、叢刊本、陳八郎本作「㬥」。尤刻本、胡刻本、監本、九條本作「虣」。今從「暴」。「虪」，奎章閣本、明州本、贛州本、四庫本、叢刊本、正德本、陳八郎本作「虪」。尤刻本、胡刻本、監本作「虪」。九條本無「虪」字。當作「虪」。

立群案：善曰：毛詩曰：不敢暴虎。毛萇曰：暴虎，空手以搏也。「虣」與「暴」同。五臣翰曰：暴，空手搏虎也。據注，是李善本作「虣」，五臣本作「暴」。今從「暴」。

善曰：爾雅曰：甝，白虎，明甘切。虪，黑虎。五臣翰曰：甝虪、麋麖、六駮、飛生，皆獸名。據注，是李善本、五臣本皆作「虪」字也。另，「暴甝虪」與「頒麋麖」相對爲文。「暴」與「頒」相對。「頒」，同「頒」。説文：頒，絆前兩足也。「甝虪」與「麋麖」相對。

「追飛生」　「追」，奎章閣本、明州本、贛州本、四庫本、叢刊本、陳八郎本、尤刻本、胡刻本、監本、九條本同。正德本作「追」。當作「追」。「飛」，明州本、贛州本、四庫本、叢刊本、陳八郎本、尤刻本、胡刻本、監本、九條本同。奎章閣本、正德本作「飛」。當作「飛」。

「黑鳩零」 「黑」，奎章閣本同。明州本、贛州本、四庫本、叢刊本、正德本、陳八郎本、尤刻本、胡刻本、監本、九條本作「黒」。當作「黑」。

「陵絶嶛嶕」 「絶」，奎章閣本、明州本、四庫本、叢刊本、正德本、陳八郎本、尤刻本、胡刻本、九條本同。贛州本、監本作「絕」。當作「絶」。

「聿越巉嶮」 「越」，明州本、四庫本同。奎章閣本作「越」。贛州本、叢刊本、正德本、陳八郎本、尤刻本、胡刻本、監本、九條本作「越」。當作「越」。「巉」，明州本、贛州本、四庫本、叢刊本、正德本、陳八郎本、監本同。奎章閣本、尤刻本、胡刻本作「巉」。九條本模糊不清。當作「巉」。「嶮」，奎章閣本、明州本、贛州本、四庫本、叢刊本、正德本、陳八郎本、九條本同。尤刻本、胡刻本、監本作「險」。今從「嶮」。

立群案：正字通：「嶮」同「險」。阮元經籍籑詁：險，集韵或从山。是「嶮」與「險」同。今從「嶮」。

「跇逾竹柏」 「跇」，奎章閣本、四庫本、正德本同。明州本、贛州本、叢刊本、陳八郎本、尤刻本、胡刻本、監本作「⿰⻊丗」。九條本作「跩」。當作「跇」。「柏」，奎章閣本、明州本、贛州本、四庫本、叢刊本、正德本、陳八郎本、尤刻本、胡刻本、監本、九條本作「栢」。當作「柏」。

「⿰犭䜌猭杞柟」 「⿰犭䜌」，奎章閣本、明州本、贛州本、四庫本、叢刊本、正德本、陳八郎本、尤刻本、胡刻本、監本、九條本作「⿰犭⿱䜌灬」。當作「⿰犭䜌」。「猭」，奎章閣本、明州本、贛州本、四庫本、叢刊本、正德本、陳八郎本、尤刻本、胡刻本、監本、九條本作「⿰犭彔」。當作「猭」。「杞」，奎章閣本、明州本同。贛州本、四庫本、叢刊本、正德本、陳八郎本、尤刻本、胡刻本、監本、九條本作「杷」。當作「杞」。

「封豨𧆞」「𧆞」，贛州本、尤刻本、胡刻本、監本同。奎章閣本、明州本、四庫本、叢刊本、正德本、陳八郎本、九條本作「𧆞」。當作「𧆞」。

「霜刃染」「染」，明州本、贛州本、正德本、陳八郎本、監本同。奎章閣本、四庫本、叢刊本、尤刻本、胡刻本、九條本作「染」。當作「染」。

【彙注】

【李善注】嶛音寮。嶕，兹遥切。巉，鋤咸切。鏃，祖禄切。劉曰：縜，絆前兩足也。莊子曰：連之羈縜。音聳。麖，大麞也。桂林有麖。山海經曰：駮，如馬，白身，黑尾，一角，鋸牙，虎爪，音如鼓，能食虎也。詩云：隰有六駮。飛生，鼯也。師曠曰：南方有鳥曰羌鶁，黄頭赤目，五色備也。猱，似猿，奴刀切。狿音亭。鴆鳥，一名雲白，黑色，長頸赤喙，食蝮蛇，體有毒，古人謂之鴆毒，江東諸大山中皆有之。左氏傳曰：叔牙飲鴆酒而死。聿越，豹走貌。霜刃，言其殺利也。善曰：毛詩曰：不敢暴虎。毛萇曰：暴虎，空手以搏也。虣與暴同。爾雅曰：甝，白虎。明甘切。虪，黑虎。音叔。説文曰：驀，上馬也。鶁音京。史記曰：跇萬里。如淳曰：跇，超逾也。耻曳切。埤蒼曰：獜猭，逃也。獜，丑珍切。猭，耻傳切。淮南子，申包胥曰：吴爲封豨修蛇。方言曰：南楚人謂豬爲豨。虚豈切。𧆞，豨聲，呼學切。

【五臣注】甝，胡甘反。虪，始育反。縜，司禹反。麖，居英反。驀音陌。鶁音京。猱，乃刀反。狿音庭。嶛音寮。嶕，兹遥反。巉，鋤咸反。跇，敕曳反。逾，耻逾反。獜音連。猭，耻緣反。柟，而占反。豨，虚已反。𧆞，呼角反。鏃，祖禄反。翰曰：暴，空手搏虎也。驀，騎也。縜，絆也。甝虪、麖麞、六駮、

飛生，皆獸名。鸞鶁，鳥也。猱㹥，獸也。鴆，亦鳥也。皆彈射而致零落。向曰：嶕，高貌。絶，盡也。言上陵盡於高處。聿，疾也。疾越於嶮峻之所。䟞逾，踐轢也。獮猭，奔走也。言踐轢於竹柏之間，奔走於杞柟之下。杞柟，木名也。封豨，大猪也。䝁，豬聲也。神螭，猛獸也。剛鏃，箭鏃也。霜刃，兵器之刃白如霜也。言爲獸之血所染潤也。

【張鳳翼文選纂注】虪，始育切。縶，司禹切。麖，居英切。驀音陌。鶁音京。猱，乃刀切。㹥音庭。嶕，茲遥切。䟞，敕曳切。逾，耻逾切。獮音連。猭音耻。豨，虛已切。䝁，呼角切。暴，空手搏虎也。縶，絆也。驀，騎也。䖘虪、麖麖、六駮、飛生，皆獸名。鸞鶁，鳥也。猱㹥，獸也。鴆，亦鳥也。皆彈射而零落也。嶚嶕，高貌。絶，盡也。言上陵盡於高處也。聿，疾也。疾越於嶮峻之所也。䟞逾，踐轢也。獮猭，奔走也。言踐轢於竹柏之間，奔走於杞柟之下也。封豨，大豬也。䝁，猪聲也。神螭，猛獸也。掩被，襲取也。剛鏃，箭鏃也。霜刃，兵器之刃白如霜也。染，言爲獸之血所污也。

【王象乾文選删注】䖘，胡甘切。虪音叔。縶，司禹切。㹥音庭。嶚音寮。䟞，敕曳切。獮音連。猭，耻緣切。豨，虛已切。䝁，呼角切。䖘，白虎。虪，黑虎。縶，絆前兩足也。麖，大麋也。驀，騎。飛生，鼯也。南方有鳥羌鶁，黄頭赤目，五色備。鴆，食蝮蛇，有毒。䟞，超逾也。獮、猭，逃也。䝁，豨聲。山海經曰：駮，白身，黑尾，一角，虎爪，音如鼓。

【杭世駿文選課虛】縶，絆前兩足也。莊子：連之羈縶。音聾。驀，上馬也。聿越，豹走貌。史記：䟞萬里。如淳曰：䟞，超逾也。䝁，豨聲。呼學切。何焯曰：按字彙補：猇，呼谷切。音壑。豨，吼也。與䝁同。無猇字，疑傳寫之誤。

【余蕭客文選音義】嶛舊音尞。⿰鼠肅善音叔。鶁善音京。⿰犭⿱艹尨何音鶴。⿰鼠武善注與「暴」同。⿰鼠甘含。⿰糸頁劉音聳。蟇舊音陌。跇曳。獑連、纏、趁三音。柟冉。豨僖。

【余蕭客文選紀聞】⿰鼠武暴。元包經傳注四。⿰鼠甘乎甘。文苑英華辨證八。⿰鼠肅叔。五經文字下、英華辨證八。⿰糸頁[illegible]。古文苑注四。司馬君實侍先君知鳳翔府，竹園中得一物，如蝙蝠，巨如大鴟，莫有識者。有自山西來者，曰：此鼯鼠也，一名飛生，飛而生子。每欲飛，則緣樹至巔，能下不能高。醴泉筆録上。其狀如兔而鼠首，以其髯飛，聲如人呼。食灶煙。西谿叢語下。唐地理志：台州貢飛生鳥。急就篇補注四。鶁荆。廣韵二。嶛聊。同。跇翼世。玉篇七。獑麈。猭抽起。并集韵三。⿰女⿱艹尨玉篇二十三卷：狵同尨。類篇十上：竹角切，無⿰女⿱艹尨字。

【孫志祖文選考异】封豨⿰犭⿱艹尨。按字彙補：⿰犭⿱艹尨，呼各切。音壑。豨，吼也。通作⿰女⿱艹尨。無「⿰犭⿱艹尨」字，疑傳寫之誤。

【張雲璈選學膠言】⿰糸頁麋麖。劉注：麖，大麋也。雲璈按：爾雅釋獸：麠，大麃，牛尾，一角。注：漢武帝郊雍，得一角獸，若麃然，謂之麟者，此是也。麃即麖。釋文：麠音京，或作麖。依此，正當作「麠」，而注中「大麋」當作「大麃」。

【胡克家文選考异】注「麖大麋也桂林有麋」。茶陵本二「麋」字作「麋」，袁本亦作「麋」。案：各本皆非也，當作「麃」。

注「如馬」又注「鋸牙」又注「能食虎也」。袁本、茶陵本無此八字。

注「猱似猿奴刀切⿰犭廷言亭」。袁本、茶陵本無此九字。案：二本删音也。「似猿」二字，尤增。

注「一名雲白」。案：「白」當作「日」，各本皆訛。群書或言運日，或言暉日，或言䳅日。運暉䳅與

此雲皆同字。

注「左氏傳曰」下至「豹走貌」。袁本、茶陵本無此十六字。

【許巽行文選筆記】甝虪。注爾雅曰：甝，白虎。胡甘切。案：説文：𧇭，白虎也。莫狄切。爾雅作「甝」。釋文云：字林：下甘反，又亡狄反。

縝麋。縝麋麖。説文：縝，絆前兩足也。从糸，須聲。今系旁作頁，訛。莊子釋文作「縝」。

狶蓯。「狶」，當作「豨」。「蓯」，六臣本作「蓯」。案：玉篇：蓯，草也。音龙。又火角切。雖別出一音，而不述其義。廣韻：豿，豕聲。昌黎文：怒頰豕豿。方云：豿，豕聲。當以「豿」爲正字，「豿」爲或字。「蓯」爲音同借用字。「蓯」爲訛字，此當作「蓯」。

【朱珔文選集釋】虦甝虪。善注引爾雅曰：甝，白虎。虪，黑虎。案：説文無「甝」字，惟「𧇭」字云：白虎也。讀若鼏。玉篇「𧇭」，俗作「𧇭」，別出「甝」字。廣韻同。爾雅釋文：甝，字林下甘反，又亡狄反。亡狄即𧇭之音。郝氏謂篆文「甘」與「日」形近，而𧇭誤衍爲甝。是也。説文：虪，黑虎也。爾雅釋文：儵，今作虪。海内經：幽都之山，多元豹、元虎。郭注：黑虎名儵。「儵」「儵」，皆「虪」之省。説文又有「䖑」字云：𧇭屬。段氏以爲即「甝」。然「去」與「甘」形聲皆不近。𧇭之別有䖑，同爲白虎，猶虪之別有鸕，同爲黑虎矣。

縝麋麖。劉注云：縝，絆前兩足也。莊子曰：連之羈縝音聳。案：注此訓，蓋説文語也。廣雅作□絆也。今莊子馬蹄篇作「連之以羈馽」。釋文：馽，司馬、向、崔本并作「縝」。「縝」乃「縝」之省耳。○注又云：麋，大麋也。桂林有麋。案，二「麋」字皆訛。胡氏考异謂：袁本、茶陵本作「麋」，亦非。當作「麃」，是也。爾雅：麠，大麃，牛尾，一角。説文：麠，重文爲麖。釋云：大鹿也，牛尾，一角。正用

爾雅之文。「鹿」亦當爲「麃」。郝氏謂：王會解：發人麃麃者，若鹿。然則「麃」亦「鹿」屬矣。但麢麖爲一，而中山經云：尸山，其獸多麖。郭注：似鹿而小。與說文异。疑郭誤也。且說文「麃」下，大徐本作「麢屬」，小徐本作「麞屬」。韵會所引作「麈屬」。爾雅郭注亦云：麃即麞。所傳各异。要之，皆同類耳。

封狶蔙。善注引淮南子，申包胥曰：吴爲封狶修蛇。方言曰：南楚人謂豬爲狶。案：說文「豨」从豕，云：豕走豨豨也。古有封豨、修蛇之害，正本淮南書，即左傳申胥所謂「封豕長蛇」也。馬融廣成頌：扶封狶。注：狶，猪也。楚辭天問：封豨是射。注則云：神獸也。蓋豨雖豕類，以其大而特异，故神之。此賦與下「神螭掩」對舉，可見。○注又云：蔙，狶聲。呼學切。案：今字書或作「娏」，未知孰是。正字通：「娏」與「豿」同。而廣韵有「豿」無「娏」。「豿」云：豕聲。集韵引字林亦云：豿，豕鳴也。

【梁章鉅文選旁證】封豨蔙。五臣「蔙」作「娏」，向注可證。孫氏志祖曰：字彙補：娏，呼各切，音壑，狶吼也。通作「娏」，無「蔙」字，此傳寫誤。段曰：蔙字，求之廣韵、集韵、類篇皆無有，惟正韵「娏」，轄覺切。引吴都賦「豐豨蔙」注：豨聲。然从女，不从豸，非今文選字也。考之廣韵：豿，許角切，豕聲。集韵：豿，黑角切，豕聲。又，許候切，字林：豕鳴也。廣韵亦有去聲，是「豿」即「豿」字，「蔙」當爲「豿」之异字。

注絹，絆前兩足也。莊子曰：連之羈絹。音聳。六臣本無「音聳」二字。按「絹」與「縶」「馽」音義并同。絆前兩足，係說文訓。莊子馬蹄篇：連之以羈馽。釋文：司馬、向、崔本并作「絹」。崔云：絆前兩足也，與此合。此「音聳」二字，恐有誤衍。

注麢，大麋也。桂林有麋。六臣本二「麋」字作「麖」。按爾雅：麢，大麇。釋文：「麢」，本作「麖」，此「麖」與「麋」并當爲「麇」字之誤。

注山海經曰：駮，如馬，白身，黑尾，一角，鋸牙，虎爪，音如鼓，能食虎也。今西山經作「其狀如馬而白身，黑尾，一角，虎牙爪，音如鼓音，其名曰駮，是食虎豹」，無鋸牙字，而海外北經有之。劉注蓋兼引二經之文。爾雅：駮，如馬，倨牙，食虎豹。郭注引山海經云：有獸若駮，如白馬，黑尾，倨牙，音如鼓，食虎豹。亦兼引二文，古人引書有此例也。

注鴆鳥，一名雲白。「白」當作「日」。說文：鴆，毒鳥也。一名運日。廣雅：鴆鳥，其雄謂之運日，其雌謂之陰諧。雲、運聲近，白、日形近而誤。淮南子繆稱訓：暉日知晏，陰諧知雨。「暉日」亦「運日」之訛。

鶁，音京。段校云：「鶁」是「䳘」之訛。注引師曠「羌䳘」語，見說文。

【薛傳均文選古字通疏證】虣䖘䝤。注善曰：毛詩曰：不敢暴虎。毛萇曰：暴虎，空手以搏也。注字書曰：「虣」，古文「暴」字。蒲到切。王子淵洞簫賦：剛毅强虣反仁恩兮。注字書曰：「虣」，古文「暴」字也。今周禮多以「虣」爲「暴」。地官云：司虣十肆則一人。又云：司虣掌禁鬬囂者，與其虣亂者。皆其證也。

【胡紹煐文選箋證】虣䖘䝤。注善曰：爾雅曰：䖘，白虎。胡甘切。按：釋文引字林「下甘反」，又「亡狄反」。「亡狄」正「虪」字之音。然則爾雅一本作「虪」。說文：虪，白虎也。虎部無「䖘」。

䝤麖麢。注劉逵曰：䝤，絆前兩足也。莊子曰：連之以羈䝤。音聳。麢，大麋。桂林有麋。按：今莊子馬蹄篇：連之以羈馽。「䝤」作「馽」。釋文云：司馬、向、崔本并「䝤」。崔云：䝤，絆前兩足也。

此從司馬、向、崔本。劉注「音聳」二字疑有訛文。集韵：緽，聳取切。或即此音切，爲丁度所本。説文作「緽」，訓同。爾雅：麠，大麃，牛尾，一角。郭注：漢武帝郊雍，得一角獸，若麃然，謂之麟，此是也。釋文：「麠」或作「麖」，是麖爲大麃，非麈也。注作麈，疑涉正文麈字之訛。

彈鸞鶁。注劉逵曰：師曠曰：南方有鳥曰羌鶁，黄頭赤目，五色備也。善曰：鶁音京。按：「鶁」當爲「鷲」字之訛也。説文：鷲，黑色多子。引師曠云云，从鳥就聲，衆經音義六同。字亦作「就」。中山經：暴山其鳥多就。漢書匈奴傳：有斗入漢地，生奇材，箭竿就羽。顔注：就，大雕，黄頭赤目。作「就」，無作「鶁」者。廣韵四十九宥：鷲，鳥名。黑色多子，本説文。而於十三庚出「鶁」云「羌鳥也」。分鶁、鷲爲二，與此音京并爲後人所羼。

聿越巉嶮。注劉逵曰：聿越，豹走貌。按：「聿越」與「獝狘」同，鄭注禮運云「獝狘，飛走之貌」是也。

封狶䝐。注善曰：䝐，狶聲。五臣作「娏」。段氏玉裁曰：䝐字求之廣韵、集韵、類篇皆無有。惟正韵：䝐，轄覺切。引吴都賦「豐狶䝐」，注「狶聲」。然从子，不从女，非今文選字也。考之廣韵：豿，許角切，豕聲。集韵：豿，黑角切，豕聲，又許候切。字林：豕鳴也。廣韵亦有去聲，是「豿」即「豿」字，「䝐」當爲「豿」之异文。紹煐按：字當爲「䝐」，从龙豕聲。「䝐」即「豿」之假。此作「䝐」與本書東京賦「龍䝐」作「狵」誤同。五臣作「娏」，尤非。集韵豿、哮，并黑角切，云「豿」或作「哮」。説文：哮，豕驚聲也。許有「哮」無「豿」。

【吕錦文文選古字通補訓】緽麋麖。錦文案：「緽」即「緽」字。説文云：緽，絆前兩足也。廣雅：緽，絆也。劉淵林注引莊周曰：連之以羈緽。莊子馬蹄篇作「羈馽」。釋文云：馽，司馬、向、崔本并作

「縝」。說文云：馽，絆馬也。是「馽」又與「縝」同。

【高步瀛文選李注義疏】「甝」當作「虪」。爾雅釋獸曰：甝，白虎。釋文曰：甝字，字林下甘反，又亡狄反。郝氏義疏曰：說文：虪，白虎也。讀若鼏。說文有「虪」無「甝」，玉篇、廣韵「甝」「虪」互見。蓋篆文「甘」作「㔿」，與「日」形相近而誤衍也。釋文亡狄反，即虪字之音，可知「虪」衍爲「甝」，宜據以訂正。○「縝」當作「纇」。「縝」殆省減字。袁、茶二本作「縝」，尤非。○「鵠」當作「鷙」，見說文。梁章鉅曰：段校云：「鵠」是「鷙」之訛。○狿，已見南都賦。○吕向曰：嶛嶕，高貌。○「豵」，五臣作「豵」。旁證引段玉裁曰：「豵」字廣韵、集韵、類篇皆無有，惟正韵「豵」，轄覺切。考之廣韵：豿，許角切，豕聲。集韵：狗，黑角切，豕聲。又，許候切。字林：豕鳴也。廣韵亦有去聲。是「豿」即「豞」字。「豵」當爲「狗」之异字。朱珔曰：正字通：「豵」與「豿」同，而廣韵有「豿」無「豵」。許巽行曰：玉篇：豵，草也。音龙。又火角切。雖别出一音，而不述其義。廣韵：豿，豕聲。昌黎祭張署文：怒頰豕狗。方崧卿云：狗，豕聲。當以「狗」爲正字，「豿」爲或字。「豵」爲音同，借用字。「豵」爲訛字。胡紹煐曰：字當爲「豵」，从龙豕聲。「豵」即「狗」之假。此作「豵」，與本書東京賦「龍豵」作「豵」誤同。五臣作「豵」，尤非。集韵狗、哮，并黑角切。云：「狗」或作「哮」。說文：哮，豕驚聲也。許有「哮」無「狗」。○神螭，當即「离」之借字。見西都賦疏。○廣雅釋器曰：鏃，鏑也。莊子天下篇釋文引三蒼曰：鏃，矢鏑也。釋名釋兵曰：矢，齊人謂之鏃。鏃，族也。言其所中皆族滅也。○劉注：縝，絆前兩足也。案：說文糸部：纇，从糸，須聲。廣雅釋器作「縝」。莊子馬蹄篇曰：連之以羈馽。釋文曰：馽，司馬、向、崔本并作「縝」。向云：馬氏音竦。崔云：絆前兩足也。說文「纇」，大、小徐相主切。玉篇糸部：纇，相俞切。廣韵虞韵：纇，相庾切。集韵聳取切。并與說文从須聲合。是古音入侯部。向秀注

莊子引馬氏音竦，切韻、廣韻、集韻「顈」字又入腫韻，息拱切，與劉注音聳正合，則轉入東部。梁章鉅謂「音聳」二字恐有誤衍，胡紹煐疑「聳取切」之訛，皆未詳考耳。○莊子，見馬蹄篇，「連」下當有「以」字。案：「莊周」，尤本作「莊子」，今依袁、茶二本。○麖，大麃也。桂林有麃，尤本兩「麃」字皆作「麇」。胡克家曰：茶陵本二「麇」字作「麇」，袁本亦作「麇」。案：各本皆非也，當作「麃」。胡紹煐曰：爾雅釋獸：麠，大麃，牛尾，一角。郭注：漢武帝郊雍，得一角獸，若麃然，謂之麟，此是也。釋文：「麠」或作「麖」，是麖爲大麃，非麇也。注作麇，疑涉正文麇字之訛。步瀛案：二胡校是也。餘見蜀都賦。○「如馬」，又「鋸牙」，又「能食虎也」，胡克家曰：袁本、茶陵本無此八字。梁章鉅曰：今山海經作「其狀如馬而白身，黑尾，一角，虎牙爪，音如鼓音，其名曰駮，是食虎豹」，無鋸牙字，而海外北經有之。劉注蓋兼引二經之文。爾雅釋畜：駮，如馬，倨牙，食虎豹。郭注引山海經云：有獸若駮，如白馬，黑尾，倨牙，音如鼓，食虎豹。亦兼引二文，古人引書有此例也。○詩，見晨風。○飛生，已見西京賦飛鼯注及疏。○説文鳥部「鷲」字下引師曠曰：南方有鳥，名曰羌鷲，黃頭赤目，五色皆備。段注曰：藝文志小説家有師曠六篇，豈許所稱與？今世有禽經，係之師曠，其文理淺陋，蓋因説文此條而僞造。吴都賦「彈鸞鶁」，劉注引師曠曰云云，蓋本説文，不知字何以作「鶁」。李音「京」，廣韻十二庚有「鶁」字，注：羌鶁也。玄應書引説文「赤目」作「赤咽」。步瀛案：見玄應一切經音義卷六，引作「赤咽」，慧琳音義二十五、又三十一引并作「赤目」，二十七引與玄應同。胡紹煐曰：「鶁」當爲「鷲」字之訛，字亦作「就」。中山經：暴山其鳥多就。漢書匈奴傳：有斗入漢地，生奇材，箭竿就羽。顏注：就，大雕。黃頭赤目。作「就」，無作「鶁」者。廣韻四十九宥：鷲，鳥名。黑色，多子。本説文。而於十二庚出「鶁」云：羌，鶁

鳥。分鶪、鷀爲二，與此音京并爲後人所羼。○詩角弓毛傳曰：猱，猨屬。陸璣疏曰：猱，彌猴也。楚人謂之沐猴。○「雲日」，各本「日」誤作「白」。胡克家曰：「白」當作「日」，各本皆訛。群書或言運日，或言暉日，或言䲰日，運、暉、䲰與此雲皆同字。案：胡氏説是。説文曰：鴆，毒鳥也。一名運日。廣雅釋鳥曰：其雄謂之運日，其雌謂之陰諧。史記魯世家集解引服虔左傳注曰：鴆鳥，一曰運日鳥。離騷王逸注曰：鴆，運日也。或作暉日。淮南子繆稱篇曰：暉日知晏，陰諧知雨。又作䲰日。證類本草卷三十曰：鴆鳥，一名䲰日。生南海。引陶隱居曰：此乃是兩種。鴆鳥狀如孔雀，五色雜斑，高大，黑頸赤喙，出廣東深山中。䲰日鳥狀如黑傖鷄，覔蛇吞之，作聲，似云同力，故江東人呼爲同力鳥。又引唐本草注曰：按玉篇引郭璞云：鴆鳥大如雕，長頸赤喙，食蛇。又説文、廣雅、淮南子皆一名運日。䲰、運同也。問交、廣人，并云：䲰日一名鴆鳥，一名同力。䲰日鳥外更無如孔雀者。陶云：如孔雀者，交、廣人誑也。案：據此，則運日、暉日、䲰日、雲日正同。○「左氏傳」至「豹走貌」，胡克家曰：袁本、茶陵本無此十六字。案：左傳見莊三十三年。○聿越，豹走貌。胡紹煐曰：「聿越」與「獝狘」同。禮運鄭注云：獝狘，飛走之貌，是也。○霜刃，言其殺利也。呂向曰：霜刃，兵器之刃白如霜也。○李注引詩，見小旻。毛萇云云，見大叔于田傳。○薛傳均曰：蕪城賦注：字書曰：「虣」，古文「暴」字。洞簫賦注：字書曰：「虣」，古文「暴」字也。今周禮多以「虣」爲「暴」。地官云：司虣，十肆則一人。又云：司虣，掌禁鬪囂者與其虣亂者。皆其證也。○爾雅見釋獸。案：釋文：甝，下甘反。玉篇、廣韵皆胡甘切，無作明甘切者，「明」字疑「胡」字之訛。○虪，黑虎。釋獸文。釋文作「⿱虍攸」，云：今作「虪」。朱珔曰：海内經：幽都之山，多玄豹、玄虎。郭注：黑虎名儵。「⿱虍攸」「儵」，皆「虪」之省。○説文，見馬部。○史記，見樂書。集解引如淳同。○本書洞簫賦注引字書曰：⿰犭䜌猭，獸逃走也。與埤蒼合。玉篇：⿰犭䜌，力延

切。猭，丑傳切。廣韻二仙：獼，力延切。猭，丑緣切。五臣獼音連，與力延切正合。玉篇：獼，又直山切。廣韻二十八山：獼，直閑切，又丑連切。此注「獼，丑珍切」，「珍」字疑誤。○淮南子，見修務篇。袁、茶二本「子」下有「曰」字。案：淮南「狶」作「豨」，字同。左定四年作「封豕長蛇」。方言八曰：豬，關東或謂之彘，或謂之豕，南楚謂之豨。說文曰：豨，豕走豨豨也。古有封豨修蛇之害。段注曰：豨豨，走貌。以其走貌名之曰豨。許說其本義，方言說其引伸之義也。下文言封豨，則亦引伸之義。朱珔曰：楚辭天問：封豨是射。注云：神獸也。蓋豨雖豕類，以其大而特异，故神之。此賦與下「神螭」對舉可見。步瀛案：淮南子本經篇曰：猰貐、鑿齒、九嬰、大風、封豨、修蛇，皆爲民害。亦可與朱說相證。

○麠，古音陽部。生、狌、零，耕部。通轉爲韻。險、柟、掩、染，談部。

於是弭節頓轡，齊鑣駐蹕。徘徊徜徉，寓目幽蔚。覽將帥之拳勇，與士卒之抑揚。羽族以觜距爲刀鈹，毛群以齒角爲矛鋏，皆體著而應卒。所以挂扢而爲創痏，衝踤而斷筋骨。莫不衄鋭挫鋩，拉捭摧藏。雖有石林之岝崿，請攘臂而靡之；雖有雄虺之九首，將抗足以跐之。

【彙校】

「於是」　「於」，奎章閣本、明州本、贛州本、四庫本、叢刊本、陳八郎本、尤刻本、胡刻本、監本、九條本同。正德本作「扵」。當作「於」。

「齊鑣駐蹕」　「齊」，奎章閣本、四庫本、監本同。明州本、贛州本、叢刊本、正德本、陳八郎本、尤刻本、胡刻本、九條本作「齊」。當作「齊」。「蹕」，奎章閣本、明州本、贛州本、四庫本、叢刊本、正德本、陳八郎本、尤刻本、胡刻本、監本、九條本作「蹕」。今從「蹕」。

■立群案：阮元經籍纂詁：蹕，與趩同。然與「駐」連用時，典籍中多作「駐蹕」。如舊唐書李巨川傳：俄而李茂貞犯京師，天子駐蹕於華。周煇清波雜志：自六蜚駐驊，日益繁盛，湖上屋宇連接，不減城中。今從「駐蹕」。

「徘徊徜徉」　「徊」，明州本、贛州本、四庫本、叢刊本、陳八郎本、監本、九條本同。奎章閣本、正德本、尤刻本、胡刻本作「佪」。當作「徊」。「徜徉」，陳八郎本同。奎章閣本、明州本、贛州本、四庫本、叢刊本、正德本、尤刻本、胡刻本、監本作「倘佯」。九條本作「常羊」。今從「徜徉」。

■**立群案**：淮南子天文训：东南为常羊之維。庄逵吉注：常羊即相羊，亦即徜徉。是「徜徉」「常羊」可通。高步瀛文選李注義疏：本書風賦注曰：倘佯，猶徘徊也。又作「徜徉」。廣雅釋訓曰：徜徉，戲蕩也。淮南子覽冥篇作「尚佯」，俶真篇作「尚羊」，漢書禮樂志郊祀歌作「常羊」，皆與「倘佯」音義相同。左哀十七年作「方羊」，吕氏春秋行論篇作「仿佯」，淮南原道篇作「仿洋」，史記吴王濞傳作「彷徉」，漢書作「方洋」，離騷作「相羊」。九辯作「相佯」，洪興祖校：一作「俳佯」。史記、漢書司馬相如傳上林賦作「襄羊」，文選五臣本作「儴佯」，廣雅釋訓作「儴徉」，莊子山木篇作「翔佯」，皆音近而義同。今從「徜徉」。

「覽將帥」 「覽」，明州本、贛州本、四庫本、叢刊本、正德本、陳八郎本、尤刻本、胡刻本、監本、九條本同。奎章閣本作「覧」。當作「覽」。「將」，奎章閣本、正德本作「将」。明州本、贛州本、四庫本、叢刊本、陳八郎本、尤刻本、胡刻本、監本、九條本作「將」。當作「將」。

「拳勇」 「勇」，監本同。奎章閣本、明州本、贛州本、四庫本、叢刊本、正德本、陳八郎本、尤刻本、胡刻本、九條本作「勇」。當作「勇」。

「與士卒」 「與」，明州本、贛州本、四庫本、叢刊本、正德本、陳八郎本、尤刻本、胡刻本、監本、九條本同。奎章閣本作「與」。當作「與」。「卒」，奎章閣本、明州本、贛州本、四庫本、叢刊本、陳八郎本、尤刻本、胡刻本、監本、九條本同。正德本作「卒」。當作「卒」。

「抑揚」 「揚」，奎章閣本四庫本、叢刊本、正德本、尤刻本、胡刻本、九條本作「揚」。贛州本作「楊」。明州本、陳八郎本、監本作「揚」。當作「揚」。

■**立群案**：「抑揚」之「揚」，自應作「揚」。漢書藝文志：然惑者既失精微，而辟者又隨時抑揚，

違離道本，苟以譁衆取寵。或爲賦語所本。

「爲刀鈹」「爲」，明州本、贛州本、叢刊本、陳八郎本、尤刻本、胡刻本、監本、九條本同。奎章閣本、四庫本、正德本作「為」。當作「爲」。

「毛群」「群」，奎章閣本、明州本、贛州本、四庫本、叢刊本、正德本、陳八郎本、尤刻本、胡刻本、監本、九條本作「羣」。當作「群」。

「爲矛鋏」「爲」，明州本、贛州本、叢刊本、陳八郎本、尤刻本、胡刻本、監本、九條本同。奎章閣本、四庫本、正德本作「為」。當作「爲」。

「而應卒」「卒」，奎章閣本、明州本、贛州本、四庫本、叢刊本、陳八郎本、尤刻本、胡刻本、監本、九條本同。正德本作「卒」。當作「卒」。

「所以挂扢」「所」，明州本同。奎章閣本、正德本作「所」。贛州本、四庫本、陳八郎本、尤刻本、胡刻本、監本、九條本作「所」。叢刊本作「所」。當作「所」。

「而爲創痏」「爲」，明州本、贛州本、叢刊本、陳八郎本、尤刻本、胡刻本、監本、九條本同。奎章閣本、四庫本、正德本作「為」。當作「爲」。

「而斷筋骨」「斷」，明州本、贛州本、四庫本、叢刊本、正德本、陳八郎本、尤刻本、胡刻本、監本、九條本同。奎章閣本作「斷」。當作「斷」。

「衂鋭挫鋩」「鋭」，正德本同。奎章閣本、明州本、贛州本、叢刊本、陳八郎本、尤刻本、胡刻本、監本、九條本作「銳」。四庫本作「銳」。當作「鋭」。「鋩」，奎章閣本、明州本、贛州本、四庫本、叢刊本、正德本、九條本同。陳八郎本、尤刻本、胡刻本、監本作「芒」。今從「鋩」。

■**立群案**：玉篇：芒，罔良切。稻麥芒也。不載「鋩」字。玉篇：鋩，無方切。刃端。兩字意義不同。據賦意，此處顯應作「鋩」。然漢書賈誼傳：今諸侯王皆衆髖髀也，釋斤斧之用，而欲嬰以芒刃，臣以爲不缺則折。是作「鋒刃」解時，「芒」「鋩」通。今從「鋩」。段玉裁説文解字注：芒者，草耑也。草耑必鐵，故引申爲芒角字。今俗用「鋒鋩」字，古衹用夆芒。今從「鋩」。

「拉捭摧藏」 「捭」，奎章閣本、明州本、贛州本、叢刊本、正德本、陳八郎本、尤刻本、胡刻本、監本、九條本作「捭」。四庫本作「押」。當作「捭」。「藏」，明州本、贛州本、四庫本、叢刊本、陳八郎本、尤刻本、胡刻本、監本、九條本同。奎章閣本、正德本作「蔵」。當作「藏」。

■**立群案**：善曰：拉，頓折也。捭，兩手擊絶也，布員切。五臣向曰：捭，擲也。據注，是李善本、五臣本皆作「捭」，諸本多作「捭」，是也。四庫本獨作「押」者，當因「捭」之异體「捭」形近而誤也。

「雖有石林」 「雖」，明州本、贛州本、四庫本、叢刊本、陳八郎本、尤刻本、胡刻本、監本、九條本同。奎章閣本、正德本作「錐」。當作「雖」。

「之岞崿」 「岞」，奎章閣本同。明州本、贛州本、四庫本、叢刊本、正德本、陳八郎本、尤刻本、胡刻本、監本、九條本作「岝」。當作「岞」。

「請攘臂」 「請」，奎章閣本、贛州本、四庫本、叢刊本、正德本、陳八郎本、尤刻本、胡刻本、九條本同。明州本、監本作「請」。當作「請」。「臂」，奎章閣本、明州本、贛州本、四庫本、叢刊本、正德本、陳八郎本、尤刻本、胡刻本、九條本同。監本作「辟」。當作「臂」。

「雖有雄虺」 「雖」，奎章閣本、明州本、贛州本、四庫本、叢刊本、陳八郎本、九條本同。正德本、尤刻本、胡刻本、監本作「錐」。當作「雖」。

「將抗足」「將」，奎章閣本作「将」。明州本、贛州本、四庫本、叢刊本、陳八郎本、尤刻本、胡刻本、監本、九條本作「将」。正德本作「将」。當作「將」。

「以跐之」「以」，奎章閣本、明州本、贛州本、四庫本、叢刊本、正德本、陳八郎本、九條本同。尤刻本、胡刻本、監本作「而」。今從「以」。

■**立群案**：「以」「而」於賦皆通。諸本多作「以」，從之。

【彙注】

【李善注】鈹音披。鋏，古業切。著，池著切。卒，倉忽切。創音瘡。岝音賾。劉曰：離騷曰：抑志弭節。蹕，止行者也。王者出入警蹕。徜徉，猶翺翔。言吴之將帥，皆有拳勇。羽族，鳥屬也。毛群，獸屬也。鈹，兩刃小刀也。鋏，刀身劍鋒也，有長鋏短鋏。體著者，著體而生也。楚辭天問篇曰：鳥有石林。此本南方楚圖畫，而屈原難問之。於義，則石林當在南也。楚辭招魂曰：南方不可以止，雄虺九首，往來倏忽。雖有石林，雖有雄虺者，蓋張誕之云，非必臨時所遇。善曰：左氏傳曰：得臣寓目焉。毛詩曰：無拳無勇。拳與權同。楚辭曰：帶長鋏之陸離。廣雅曰：扢，摩也。公紇切。蒼頡篇曰：痏，毆傷也。爲軌切。説文曰：踤，觸也。材律切。衂，折傷也，女六切。拉，頓折也。捭，兩手擊絶也，布買切。靡，碎也。廣雅曰：跐，蹋也。且爾切。

【五臣注】鑣，彼苗反。鈹音披。鋏，古葉反。著，池略反。卒，倉忽反。扢，古紇反。創音瘡。痏，于美反。踤，慈聿反。衂，女六反。捭，比買反。岝音賾。崿音額。攘，而羊反。跐音此。翰曰：此言止行也。徘徊倘佯，志不安也。寓目於幽蔚未行之處。志將不滿，將重爲其游獵之事。向曰：羽族，鳥也。毛群，獸也。鈹，亦刀也。鋏，亦劍也。扢，磨也。衝踤，謂抵觸也。鋭，鋒。捭，擲也。摧藏，謂折

挫也。向曰：岝崿，深險貌。攘，舉也。靡，倒也。雄虺，毒蛇。抗，舉。跐，踏也。言駐驆以覽將帥士卒之抑揚，則雖鳥獸觜距如刀戟戈矛劍，皆體著卒急，掛磨而爲瘡痏，抵觸而斷筋骨，莫不衄挫鋒鋩，拉擲折挫之也。雖石險林深之處，舉臂則倒之；雖毒蛇九頭，將舉足而踏之。

【**張鳳翼文選纂注**】鈹音披。鋏，古葉切。著，池略切。卒，倉忽切。扢，古紇切。創音瘡。痏，于美切。踤，慈聿切。衄，女六切。捭，比買切。岝音賾。崿音額。攘，而羊切。跐音此。羽族，鳥也。毛群，獸也。鈹，刀也。鋏，劍也。扢，磨也。衝踤，謂抵觸也。捭，擲也。摧藏，謂折挫也。岝崿，深險貌。攘，舉也。靡，倒也。跐，踏也。言以駐驆覽將師士卒，則雖鳥獸觜距如刀戟戈劍，皆體著卒急，掛磨而爲瘡痏，抵觸而斷筋骨，莫不衄挫鋒鋩也。雖石險林深之處，舉臂則倒之；雖毒蛇九頭，將舉足而踏之矣。

【**王象乾文選刪注**】鈹音披。鋏，古葉切。扢，古釳切。創音瘡。痏，于美切。踤，慈聿切。衄，女六切。押，比買切。岝音賾。崿音額。跐音此。扢，摩也。痏，毆傷也。踤，觸也。衄，折傷也。捭，兩手擊也。岝崿，深險貌。攘，舉也。跐，躡也。楚辭曰：帶長鋏之陸離。天問篇曰：鳥有石林。此本南方。招魂曰：南方不可以止，雄虺九首，往來倏忽。

【**陳景雲文選舉正**】覽將帥之拳勇。據注，「拳」當作「權」。

與士卒之抑揚。今修改本作「揚抑」，叶韵，似當從之。又注「仰志弭節」。「仰」當作「抑」。

【**杭世駿文選課虛**】岞音賾。扢，摩也。公紇切。踤，觸也。材律切。拉，頓折也。捭，兩手擊絕也。布買切。七命：勾爪摧，鋸牙捭。跐，躡也。且爾切。

【**余蕭客文選音義**】鈹舊音披。崿舊音額。跐舊音此。卒村，入聲。扢齕。創舊音瘡。踤捽。衄唐韻：衂，

女六切。音忸。篇海：衄，亦作衄。捭拜，上聲。靡上聲。

【余蕭客文選紀聞】鈹方言注九音彼。博雅音八音披。鋏吉協。類篇十四上。踤財律。玉篇七。捭高注淮南九音篦。方言注十三音卑。岩士百。玉篇二十三。跐此。冲虚經釋文補遺上。

【孫志祖文選考异】覽將帥之拳勇。據注，「拳」當作「權」。

【胡克家文選考异】覽將帥之拳勇。陳云據注「拳」當作「權」。案：所説是也。善注毛詩曰「無拳無勇」。「拳」與「權」同，謂引詩之「拳」與此賦之「權」同也。疑五臣以此改正文爲「拳」，但於注無明文耳。

與士卒之抑揚。何校「抑揚」改「揚抑」。陳云「抑」叶韵。各本皆同，蓋倒也。

注「言吴之將帥皆有拳勇」。袁本、茶陵本無此九字。又此節注茶陵以下多脱，不具論。

注「女六切拉頓折也」。袁本、茶陵本無此七字。案：二本删音也。下四字尤增。

注「捭兩手擊絶也」。袁本、茶陵本無「絶」字。

注「靡碎也」。袁本、茶陵本無此三字。

【許巽行文選筆記】拳勇。觀注，知李氏原本不作「拳」。嘉德案：五經文字曰：从手作權者，古拳握字。乃字書、韵書皆不録。惟盧令鄭箋云：鬈讀當爲權。權，勇壯也。此注「權」与「拳」同。是即張所云「从手之權，古拳握字」也，乃字訛从木。古字遺亡甚多，於此可見。然則正文「拳」及注「權」，皆當作「權」，甚明也。

【朱珔文選集釋】覽將帥之拳勇。善注云：毛詩：無拳無勇。「拳」與「權」同。案：説文：捲，氣埶也。引國語：有捲勇。今齊語「捲」作「拳」。許所據當係古本。史記孫子傳：解紛糾者不控捲。

注：「捲」即「拳」也。此云與「攉」同者，張參五經文字「攉」下曰：古拳握字從手作攉。九經字様亦云：攉，古「拳」字。俗作「權」，訛。詩盧令鄭箋：鬈，讀當爲權。權，勇壯也。段氏謂「權」亦「攉」之誤。蓋「拳」者「捲」之借字，「攉」者「捲」之或體也。今人但以「捲」爲「舒卷」字，乃説文別一義。而捲之爲勇，罕知者。

雖有石林之岝㟧。劉注云：楚辭天問篇：鳥有石林。此本南方楚圖畫，而屈原難問之。則石林當在南也。案：「鳥」字誤，楚辭作「焉」。文云：焉有石林？何獸能言？焉有龍虯，負熊以游？集注未詳。今本附載李賀引海外紀云：石林山在東海之東，有洞深五百里。有鳥，多羽，大水龍虯。有獸，色白，九尾，善飛，亦能言。有石，如木，挺立數仞，枝幹皆備。開花朱色，爛然兹山，故名。據此，石林是山，故賦言岝㟧。下「攘臂而靡」，即謂搏殺其獸也。柳子厚天對舉西極猩猩爲證，桑氏悦非之。楚辭燈曰：拾遺記：須彌山有五色玉樹，蔭五百里，以石色如玉也。山海經：熊山有穴，恒出神人。疑乘龍虯以游者，神熊也。似皆不如賀説爲合，但賀所引今無考。

【梁章鉅文選旁證】覽將帥之拳勇。注毛詩曰：無拳無勇。「拳」與「權」同。陳曰：據注「拳」當作「權」，是也。注謂詩之「拳」與此賦之「權」同耳。

與士卒之抑揚。何校「抑揚」改「揚抑」。陳曰：抑，叶韵是也。

將抗足而跐之。六臣本「而」作「以」。

注捭，兩手擊絶也。六臣本無「絶」字。

【胡紹煐文選箋證】覽將帥之拳勇。注善曰：毛詩曰：無拳無勇。「拳」與「權」同。旁證云：陳據注「拳」當作「權」，是也。注謂詩之「拳」與此賦之「權」同耳。紹煐按：齊風盧令：其人美且鬈。

箋：鬈讀爲權，權，勇壯也。此及箋「權」字，并當作「攉」。五經文字木部「權」字下云：从手作攉者，古拳握字。説文：捲，氣埶也。段注曰「攉者，捲之异體」是也。

與士卒之抑揚。旁證云：何校「抑揚」改「揚抑」。陳曰：抑，叶韵是也。

【高步瀛文選李注義疏】本書曹子建與吴季重書曰：頓羲和之轡。又吴趨行注曰：頓，猶整也。○齊鑣，已見南都賦。○陳景雲曰：據注，「拳」當作「權」。孫志祖、胡克家、梁章鉅、許巽行并同。朱琦曰：説文：捲，氣埶也。引國語有捲勇。今齊語「捲」作「拳」。許所據當係古本。史記孫子傳：解紛糾者不控捲。注：「捲」即「拳」也。此云與「權」同者，張參五經文字「權」下曰：古拳握字从手作攉。九經字樣亦云：攉，古「拳」字，俗作「權」，訛。詩盧令鄭箋：鬈，讀當爲權。權，勇壯也。段氏謂「權」亦「攉」之誤。蓋「拳」者「捲」之借字，「攉」者「捲」之或體也。胡紹煐、吕錦文、杜宗玉并同。○胡克家曰：何校「抑揚」改「揚抑」。陳云「抑」叶韵，各本皆倒。步瀛案：「揚」與下「芒」「臧」可自爲韵，不乙轉亦可。○五臣鈹音披，卒，倉忽切。○「芒」，袁、茶二本皆作「鋩」，字同。○吕向曰：摧藏，謂折挫也。○五臣峉音嶞，吕向曰：峉崿，深險貌。○吕向曰：攘，舉也。案：「攘」，「纕」之通借字。説文曰：纕，援臂也。孟子盡心下：馮婦攘臂下車。以「攘」字爲之，與此賦同。○劉注引離騷。案：離騷此上「吾令羲和弭節兮」。王逸注曰：弭，按也。按節，徐步也。淮南子主術篇高注曰：節，策也。○「止行者也」云云，袁本上「蹕」字作「趩」，茶陵本二字皆作「趩」。案：互見東京賦疏。○「倘佯猶翶翔」至「皆有拳勇」，袁、茶二本無此十四字。案：尤本注作「徜徉」，與正文兩歧，今依毛本。本書風賦注曰：倘佯，猶徘徊也。又作「徜徉」。廣雅釋訓曰：徜徉，戲蕩也。淮南子覽冥篇作「尚佯」，俶真篇作「尚羊」，漢書禮樂志郊祀歌作「常羊」，皆與倘佯音義相同。左哀十七年作「方羊」，吕氏春秋

行論篇作「仿佯」，淮南原道篇作「仿洋」，史記吳王濞傳作「彷徉」，漢書作「方洋」，離騷作「相羊」。九辯作「相佯」，洪興祖校：一作「徜佯」。史記、漢書、司馬相如傳上林賦作「襄羊」，文選五臣本作「儴佯」，廣雅釋訓作「儴佯」，莊子山木篇作「翔佯」，皆音近而義同。○鈹有四器，同名异物。説文曰：鈹，大鍼也。廣雅釋器曰：鑱，謂之鈹。史記扁鵲傳索隱曰：鑱，謂石針也。此一物也。廣雅釋器又曰：鈹，鉏也。字亦作「鏧」。集韵五支：鏧，鉏也。此一物也。方言九曰：錟，謂之鈹。郭注曰：今江東呼大矛爲鈹。説文曰：錟，長矛也。此一物也。以上皆與本賦劉注异物。説文曰：鈹，一曰劍而刀裝者。左傳昭二十七年曰：夾之以鈹。此一物也。與劉注兩刃小刀正合。○楚辭九章涉江王逸注曰：長鋏，劍名也。管子問篇尹知章注曰：鈹，兩刃鈹也，或以夾爲之。莊子説劍篇曰：韓、魏爲夾。釋文曰：一本作「鋏」，同。一曰鋏，從棱向刃也。皆與劉注合。與説文謂鋏可以持冶器鑄鎔者，亦別一義。○楚辭天問「烏」作「焉」，洪補注引此賦注亦作「焉」。焉、烏形似而誤。劉注此本南方楚圖畫云云，案：天問王逸序曰：屈原放逐，彷徨山澤，見楚有先王之廟及公卿祠堂，圖畫天地山川神靈，琦瑋僪佹，及古賢聖怪物行事。周流罷倦，休息其下，仰見圖畫，因書其壁，何而問之。劉注本此。洪補注曰：天問所言，不獨南方之物。但吳都賦以石林與雄虺同稱，則當在南耳。毛大可天問補注曰：石林在南方。謝靈運還舊園詩云：石林豈爲艱。吳都賦注云：石林，南方山是也。惟海外紀云：石林山在東海之東，深洞五百里。又蜀地志：蜀山有石笋如林，亦名石林。雖西蜀、東海，一西一東，實皆南方。丁晏天問箋曰：山海經海内西經有視肉珠樹、文玉樹、玗琪樹、琅玕樹。郭注：玗琪，赤玉屬也。吳志伊山海經廣注：古人謂石之美者，多謂之珠。説文：玕，石之似玉者。玉篇：琅玕，石似玉。故屈子謂之石林。天對云：石胡不林，往視西極。指海内西經文也。朱玹曰：今本楚辭附載李賀引海外紀云：石林

山在東海之東，有洞深五百里。有鳥，多翠羽，入水化爲虬。有獸，色白，九尾，善飛，亦能言。有石，如木，挺立數仞，枝幹皆備。開花朱色，爛然兹山，故名。據此，石林是山，故賦言岩崿。但賀所引今無考。步瀛案：石林不過喻山林之深險耳，不必泥定所在之地。諸家説皆近附會，不足信。凡古人所不知者，今姑闕疑可也。〇「雄虺九首」句亦見天問，招魂同。王逸注曰：虺，蛇別名也。言有雄虺，一身九頭。〇李注引左傳見僖二十八年。〇毛詩見小雅巧言。〇楚辭見九章涉江。〇廣雅見釋詁三，「摩」作「磨」，字通。漢書禮樂志注引孟康曰：扢，摩也。〇蒼頡篇已見西京賦注引。〇説文見足部。〇説文曰：衄，鼻出血也。从血，丑聲。俗作「衂」，誤。本書求自試表注曰：衂，猶挫折也。〇「女六切。拉，頓折也」。胡克家曰：袁本、茶陵本無此七字。吕錦文曰：「拉」與「搚」同。莊元年公羊傳：搚幹而殺之。何休注云：搚，折聲也。史記齊世家作「拉」。西京賦：梗林爲之靡拉。廣韵云：拉，折也，敗也，摧也。又同「㩉」，皆通用之字。〇「捭，兩手擊絶也」，胡克家曰：袁本、茶陵本無「絶」字。步瀛案：説文曰：捭，兩手擊也。此注蓋依説文，無「絶」字是。〇「靡碎也」，胡克家曰：袁本、茶陵本無此三字。步瀛案：「靡」當爲「䊳」之省借字。説文曰：䊳，碎也。〇廣雅釋詁一曰：跐，履也。而上文有「躡」字。釋詁二曰：跐，蹋也。無「跐躡也」之文。釋名釋姿容曰：跐，弭也，足踐之使弭服也。〇轡、蔚、卒、骨、跐，古音脂部。蹕，至部。靡，歌部。通轉爲韵。佯、揚、芒、藏，古音陽部。自爲韵。或依陳景雲説，「抑揚」作「揚抑」。抑，至部，與蹕爲韵。

顛覆巢居，剖破窟宅。仰攀鵕鸃，俯蹴豺貘。刼剞熊羆之室，剽掠虎豹之落。猩猩啼而就擒，鸓鸓笑而被格。屠巴蛇，出象骼。斬鵬翼，掩廣澤。

【彙校】

「顛覆巢居」「顛」，奎章閣本、四庫本、正德本同。明州本、贛州本、叢刊本、陳八郎本、尤刻本、胡刻本、監本、九條本作「顚」。當作「顛」。

「仰攀鵕鸃」「攀」，奎章閣本、明州本、贛州本、四庫本、叢刊本、正德本、尤刻本、胡刻本、監本、九條本同。陳八郎本作「攀」。當作「攀」。「鵕」，奎章閣本同。明州本、贛州本、四庫本、叢刊本、正德本、陳八郎本、尤刻本、胡刻本、監本、九條本作「鵕」。當作「鵕」。「鸃」，奎章閣本同。明州本、贛州本、四庫本、叢刊本、正德本、陳八郎本、尤刻本、胡刻本、監本作「鸃」。九條本無「鸃」字。當作「鸃」。

■**立群案**：「仰攀鵕鸃」與「俯蹴豺貘」相對爲文。「鵕鸃」與「豺貘」照應。諸本多有「鸃」字，是也。九條本獨無「鸃」者，誤也。

「俯蹴豺貘」「豺」，奎章閣本、明州本、贛州本、四庫本、叢刊本、正德本、陳八郎本、尤刻本、胡刻本、九條本同。監本作「犲」。今從「豺」。

■**立群案**：集韵：「犲」，或作「豺」。正字通：「犲」同「豺」。是「犲」與「豺」同。今從「豺」。

「劫剞熊羆」　「劫」，監本同。奎章閣本、明州本、贛州本、四庫本、叢刊本、正德本、陳八郎本、尤刻本、胡刻本、九條本作「刦」。當作「劫」。「剞」，奎章閣本、明州本、贛州本、四庫本、叢刊本、正德本、陳八郎本、尤刻本、胡刻本、監本、九條本作「剞」。當作「剞」。「熊」，奎章閣本、明州本、贛州本、四庫本、叢刊本、陳八郎本、尤刻本、胡刻本、監本、九條本同。正德本作「熊」。當作「熊」。「羆」，明州本、贛州本、四庫本、叢刊本、陳八郎本、尤刻本、胡刻本同。奎章閣本、正德本作「羆」。監本、九條本無「羆」字。當有「羆」字。

立群案：「劫剞熊羆之室」與「剽掠虎豹之落」相對爲文。「虎豹」與「熊羆」照應。諸本多有「羆」字，是也。監本、九條本無「羆」者，誤也。

「啼而就擒」　「擒」，奎章閣本、明州本、贛州本、四庫本、叢刊本、正德本、陳八郎本、九條本同。尤刻本、胡刻本、監本作「禽」。今從「擒」。

立群案：「啼而就擒」與「笑而被格」相對爲文。「擒」「格」皆作動詞。「擒」，擒拿。「格」，格鬥，格殺。然阮元經籍纂詁：易象下傳：舊井無禽。崔憬注：禽，古擒字。禽，猶獲也。似「擒」「禽」可通。今從「擒」。

「鸜鸜」　奎章閣本、明州本、正德本、陳八郎本、九條本同。贛州本、四庫本、叢刊本、尤刻本、胡刻本、監本作「巂巂」。今從「鸜鸜」。

「笑而被格」　「笑」，奎章閣本、正德本同。明州本、贛州本、四庫本、叢刊本、陳八郎本、尤刻本、胡刻本、監本、九條本作「笑」。當作「笑」。「被」，奎章閣本、贛州本、叢刊本、陳八郎本、尤刻本、胡刻本、監本、九條本同。明州本、四庫本、正德本作「被」。當作「被」。「格」，奎章閣本、明州本、贛州本、四庫

本、叢刊本、正德本、尤刻本、胡刻本、監本、九條本同。陳八郎本作「挌」。今從「格」。

■立群案：諸本多作「格」，獨陳八郎本作「挌」。然五臣向曰：格，殺也。是陳八郎本本應作「格」也。説文：挌，擊也。段玉裁説文解字注：挌，凡今用格鬥字當作此。是「挌」「格」亦通。今從「格」。

「屠巴蛇」　「蛇」，尤刻本、胡刻本、監本同。奎章閣本、明州本、贛州本、四庫本、叢刊本、正德本、陳八郎本、九條本作「虵」。當作「蛇」。

「出象骼」　「象骼」，奎章閣本、明州本、贛州本、四庫本、叢刊本、陳八郎本、正德本、尤刻本、胡刻本、監本同。九條本作「象」。當作「象骼」。

■立群案：善曰：骼音格。五臣翰曰：骼，骨也。諸本多有「骼」，是也。九條本獨無「骼」者，誤也。山海經海内南經：巴蛇食象，三歲而出其骨。此可補善注之缺。

「斬鵬翼」　「翼」，奎章閣本、四庫本、正德本作「翼」。明州本、贛州本、叢刊本、陳八郎本、尤刻本、胡刻本、監本、九條本作「翼」。當作「翼」。

「掩廣澤」　「澤」，奎章閣本、明州本、贛州本、四庫本、叢刊本、正德本、陳八郎本、尤刻本、胡刻本、九條本同。監本作「擇」。當作「澤」。

■立群案：莊子逍遥游：北冥有魚，其名爲鯤。鯤之大，不知其幾千里也；化而爲鳥，其名爲鵬。鵬之背，不知其幾千里也；怒而飛，其翼若垂天之雲。是鳥也，海運則將徙於南冥。南冥者，天池也。賦語或本此。「鵬之背，不知其幾千里也；怒而飛，其翼若垂天之雲」，與「鵬翼」照應。「南冥者，天池也」與吴都「廣澤」照應。諸本多作「澤」，是也。監本獨作「擇」者，無義。

【彙注】

【李善注】蹴，七六切。剞音几。劉曰：山海經曰：猩猩，豕身人面。异物志曰：出交趾，封溪有猩猩，夜聞其聲，如小兒啼也。嶲嶲，梟羊也，已解上章矣。梟羊善食人，大口，其初得人喜而笑，却脣上覆額，移時而後食之。人因爲筒貫於臂上，待執人，人即抽手從筒中出，鑿其脣於額而得擒之。張衡玄圖曰：梟羊喜獲，先笑後愁。山海經曰：巴蛇食象，三歲而出其骨。骼，骨也。其爲蛇，青黄赤黑。鵬翼，大垂天也。善曰：許慎淮南子注曰：鵕鸃，鷩雉也。鵕，思俊切。鸃音儀。爾雅曰：貘，白豹，音陌。剞，亦刦也。廣雅曰：落，居也。嶲，扶沸切。骼音格。

【五臣注】剖，普口反。鵕，思俊反。鸃音宜。蹴，七六反。豺，助皆反。貘音陌。刦音劫。剞音几。剽，匹妙反。嶲，扶沸反。銑曰：傾鳥巢，破獸穴。鵕鸃，鳥也。豺貘，獸也。翰曰：刦剞、剽掠，發掘傷擊之也。室、落，皆居也。熊羆、虎豹，獸也。向曰：猩猩，獸，性好酒，酒醉則不能去，乃啼，則爲人所擒也。嶲嶲，獸，食人，見人則執手而笑，乃食之。人因以筒致臂而與之，則執筒而笑。笑則脣上掩其目，人則抽臂以鑿，綴其脣於額而殺之。格，殺也。翰曰：屠，殺也。骼，骨也。巴蛇，大蛇也。能食象，故殺之出其骨也。鵬，大鵬鳥，其翼垂天，今斬之，故掩蔽廣澤。

【張鳳翼文選纂注】鵕，思俊切。鸃音宜。貘音陌。刦音劫。剞音几。剽，匹妙切。傾鳥巢，破獸穴。刦剞、剽掠，發掘傷擊之也。屠，殺也。骼，骨也。鵕鸃，鷩雉也。貘，白豹。猩猩，獸，性好酒，酒醉則不能去，乃啼，則爲人所擒也。嶲嶲，梟羊也。見人則執手而笑，乃食之。人因以筒致臂而與之，則執筒而笑。笑則脣上掩其目，人抽臂以鑿，綴其脣於額而殺之。巴蛇食象，三歲而蛇屠，則象骨出矣。鵬翼大垂天。故斬之則掩澤。

【王象乾文選删注】鵵，思俊切。鷬音宜。剞音几。骼音格。鵵鷬，鷟雉也。貘，白豹。嶲嶲，梟羊也。張衡玄圖曰：梟羊喜獲，先笑後愁。向曰：嶲嶲，獸，見人則執手而笑。人因以筒致臂，則執筒而笑，唇上掩目。抽臂以鑿綴唇於額而格之。山海經曰：巴蛇食象，三歲而出其骨。

【杭世駿文選課虚】剞，亦刦也。音几。

【汪師韓文選理學權輿·前賢評論】方以智通雅曰：吴都賦：猩猩啼而就擒，嶲嶲笑而被格。山海經：氾林狌狌。荀子、水經注皆同。説文：成王時，州靡獻䴏。北人謂土螻，或作狒狒，周書作「費費」，北人謂之吐嘍，海内經謂之「贑」，俗名山都。南康以此名水，即今贑州。智按：山海經載梟陽，而別載土螻，或隨地异名也。漢書注作「梟陽」，張衡作「梟羊」。王文考夢賦：批䴏毅。音費，蓋指狒。今异名疏分「山都」與「嶲」作二條，豈未考耶？

【余蕭客文選音義】貘善音陌。骼善音格。刦剞舊音劫几。鵵鷬善注：鷬音儀。郭璞子虚賦注音俊宜。司馬彪子虚賦注：山鷄也。落叶勒。嶲嶲。五臣作䴏䴏。案：狒或作嶲。䴏見西京賦。注白豹。何曰：「白」，宋作「日」，袁作「白」。

【余蕭客文選紀聞】廣志云：猩猩，惟聞其啼，不聞其語寰宇記百七十九。嶲廣韵四嶲音翡。養愚漫筆作狒狒。狒狒獸出西南蠻。宋建武中，安昌縣進雌雄兩頭。帝曰：狒狒能負千鈞，何能致之？土人曰：狒狒見人笑，笑則下唇掩其額，以丁釘之，任奔至死。髮可爲髢，血可染衣。似獼猴，人面而紅。作人言，馬聲，善知人生死。飲其血，令人見鬼。帝聞而欣然，命工圖之物類相感志十。元稹詩：狒狒穿筒格，猩猩置屨馴養愚漫筆。骼格。博雅音八。

【胡克家文選考异】注「人因爲筒」下至「而得禽之」。袁本、茶陵本無此二十八字。又此上「梟羊善

食人」下至「而後食之」二十五字，袁有，茶陵無。

注「剞亦刲也」。袁本此下有「居綺切」三字，是也。茶陵本無，非。

【許巽行文選筆記】豺獏。「獏」，當从「豸」作「貘」。

萬萬。訛字也。注：萬萬，梟羊也。説文：䍺，从厹象形。爾雅作「狒狒」。釋文「狒」字又作「䍺」，扶味反。周書王會作「費費」。今作「萬」，乃古文「禼」之訛，古文「禼」作「萬」。當作「䍺」。

【朱珔文選集釋】仰攀鵔鸃。善注引淮南子許注：鵔鸃，鷩雉也。案：許注即今説文語也。爾雅：鷩雉。郭注：似山鷄而小冠，背毛黄，腹下赤，項緑色，鮮明。漢書載上林賦顔注與郭略同，惟多「尾紅」二字。段氏謂許於「鷩」下云：赤雉者，不必全赤，但赤多耳。又山海經於中山經牡山、西山經小華之山并云：鳥多赤鷩。郭注：即鷩雉。然雉亦可稱山鷄。水經泿水篇注引南越志曰：增城縣多鵔鸃。鵔鸃，山鷄也。毛色鮮明，五采眩耀，利距善鬭，世以家鷄鬭之，則可擒也。而正字通云：鵔鸃似山鷄而小，即錦鷄。要皆鷩之類矣。〇又案，子虚賦：射鵔鸃。郭注云：似鳳有光彩。廣雅以鵔鸃爲鳳皇之屬。御覽引倉頡解詁云：鵔鸃，神鳥，飛竟天。又引雜字解詁云：鵔鸃，似鳳皇。殆不以爲即鷩雉。意鵔鸃本鳳屬，而鷩雉文采亦似鳳，故得此名與？然子虚賦所稱，與此處宜非有二也。

俯蹴豺獏。善注引爾雅曰：獏，白豹。案：後上林賦：㺎旄獏犛。注釋「獏」正用此文。彼處與今爾雅俱作「貘」。爾雅郭注云：似熊，小頭庳脚，黑白駮，能舐食銅鐵及竹骨，骨節强直，中實少髓，皮辟濕。或曰豹，白色者。別名「貘」，史記作「獏」，與此處同。集解引張揖云：獏，白豹也。似熊，庳脚鋭鬐，骨無髓，食銅鐵。義與郭合。漢書注亦引張説。説文：貘，似熊而黄黑色，出蜀中。釋文引字林云：似熊而白黄，出蜀郡。逸周書王會解：不令支元貘。是貘兼黑、白、黄三色矣。「貘」又作「貊」。

後漢西南夷傳：哀牢夷，出貊獸。章懷注引南中八郡志云：貊大如驢，狀頗似熊，多力，食鐵，所觸無不拉。又郭注中山經云：邛來山出貊。貊似熊而黑白駁，亦食銅鐵。前蜀都賦劉注亦以爲貊獸。蓋「貊」「貘」音同也，聲轉又爲「猛」。西山經云：南山獸多猛豹。郭注：猛豹似熊而小，毛淺，有光澤，能食蛇，食銅鐵，出蜀中是也。余謂：豹非食鐵，未必白者獨异。諸家多渾言之，而郭氏引或説獨别言之，似不以爲一物。諸書云出蜀中，出蜀郡，出南山、邛來山，皆蜀地也。疑食鐵之貘出蜀中，而白豹則吴境有之。詩正義引陸疏云：毛赤而文黑，謂之赤豹。毛白而文黑，謂之白豹。列子天瑞篇釋文引尸子云：中國謂之豹，越人謂之貘。是特以豹得貘名，不定謂其食鐵也。太冲自言「鳥獸草木，驗之方志」，故賦蜀都云：戟食鐵之獸。而此處所稱，殆祇謂豹之白色者與？

【梁章鉅文選旁證】猩猩啼而就擒。後漢書哀牢夷傳注引南中志曰：猩猩在山谷中，行無常路，百數爲群。土人以酒若糟設於路，又喜屩子，土人織草爲履數十，兩相連結。猩猩在山谷中，見酒及屩，知其設張者。即知張者先祖名字，乃呼其名而駡云：「奴欲張我。」捨之而去。去而又還，相呼試共嘗酒。嘗許，又取屩子著之。若進兩三升，便大醉。人出收之，屩子相連，不得去，執還内牢中。人欲取者，到牢邊語云：猩猩，汝可自相推肥者出之。既擇肥竟，相對而泣。即左思賦「猩猩啼而就禽」者也。

嵎嵎笑而被格。六臣本「嵎嵎」作「鸓鸓」。按爾雅作「狒狒」。説文作「𥝢𥝢」。逸周書作「費費」。山海經注作「髴髴」，實一物也。

掩廣澤。翰注：鵬翼垂天，今斬之，故掩蔽廣澤也。

【高步瀛文選李注義疏】許巽行曰：「獏」當从豸作「貘」。〇「嵎」，五臣作「鸓」。案：當作「𥝢」，已見上及西京賦疏。〇後漢書劉盆子傳李賢注曰：相拒而殺之曰格。又陳寵傳注曰：格，擊也。案：

「挌」，「挌」之借字。説文曰：挌，擊也。○劉注引山海經，見海内南經。异物志一條，他書未見引。又异物志著者非一人，此亦未知何屬。梁章鉅曰：後漢書哀牢夷傳注引南中志曰：猩猩在山谷中，行無常路，百數爲群。土人以酒若糟設於路，又喜屩子，土人織草爲屩數十，兩相連結。猩猩在山谷，見酒及屩，知其設張者。即知張者先祖名字，乃呼其名而罵云：「奴欲張我。」捨之而去。去而又還，相呼試共嘗酒。初嘗少許，又取屩子著之。若進兩三升，便大醉。人出收之，屩子相連，不得去，執還内牢中。人欲取者，到牢邊語云：猩猩，汝可自相推肥者出之。既擇肥竟，相對而泣。即左思賦云「猩猩啼而就禽」者也。步瀛案：唐文粹卷七十八裴炎猩猩銘，其序所述，大略同此，恐不免附會。餘見蜀都賦。○「梟羊善食人」至「而後食之」，茶陵本無此二十五字，袁本有之。○「人因爲筒」至「而得禽之」，胡克家曰：袁本、茶陵本無此二十八字。○張衡玄圖，後漢書張衡傳作懸圖。李賢注曰：衡集作玄圖。蓋「玄」與「懸」通。案：隋書經籍子部天文有玄圖一卷，蓋即張衡撰者。○山海經見海内南經。郭注引楚詞曰：有蛇吞象，厥大何如？郝懿行箋疏曰：今楚詞天問作「一蛇吞象」，與郭所引异。王逸注引山海經作「靈蛇吞象」，并與今本异也。○「骼，骨也」，茶陵本無此三字，尤本、袁本皆有之。案：下文「其爲蛇青黄赤黑」，亦海内南經之文，中間不宜插入此三字，應移「青黄赤黑」之下。○「鵬翼大垂天也」。案：莊子逍遥游曰：鵬怒而飛，其翼若垂天之雲。李周翰曰：鵬翼垂天，今斬之，固掩蔽廣澤也。○李注引許慎淮南子注，見主術篇。本書上林賦注引同。説文作「鵕鸃」。爾雅釋鳥鷩雉，郭注曰：似山鷄而小冠，背毛黄，腹下赤，頂緑色，鮮明。漢書司馬相如傳顔注曰：鵕鸃，鷩也。似山鷄而小冠，背黄毛，腹下赤，頂緑色，其尾毛紅赤，光采鮮明，今俗呼爲山鷄，其實非也。與郭注同。是皆以鵕鸃即鷩雉也。楚辭九嘆遠逝王逸注曰：鵕鸃，神俊之鳥也。廣雅釋鳥曰：鵕鸃，鳳屬也。史記相如傳上集解引漢書

音義曰：鵷鶵鳥似鳳也。索隱引郭璞曰：似鳳，有光彩。又引李彤曰：鵷鶵，神鳥，飛光竟天也。則皆不以鵷鶵即鸑雉。朱琦曰：意鵷鶵本鳳屬，而鸑雉文采亦似鳳，故得此名歟？○釋獸「貘」作「貘」，已見蜀都賦食鐵之獸疏。朱琦曰：疑食鐵之貘出蜀中，而白豹則吴境有之。詩韓奕正義引陸疏云：毛赤而文黑，謂之赤豹。毛白而文黑，謂之白豹。列子天瑞篇釋文引尸子云：中國謂之豹，越人謂之貘。是特以豹得貘名，不定謂其食鐵也。太冲自言「鳥獸草木，驗之方志」，故賦蜀都云「戟食鐵之獸」。而此處所稱，殆祇謂豹之白色者與？○「居綺切」三字，尤本、茶陵本無，今依袁本增。○廣雅釋詁二「居」作「凥」，「凥」乃「居處」之本字，「居」乃「蹲踞」之本字，經傳多借「居」爲「凥」耳。○宅、貘、落、格、骼、澤，古音魚部。

輕禽狡獸，周章夷猶。狼跋乎紭中，忘其所以睒睗，失其所以去就。魂褫氣懾而自踢跌者，應弦而飲羽，形僨景僵者，累積而增益，雜襲錯繆。傾藪薄，倒岬岫。巖穴無豜豵，翳薈無䴥鷚。思假道於豐隆，披重霄而高狩。籠烏兔於日月，窮飛走之栖宿。

【彙校】

「輕禽狡獸」「輕」，奎章閣本、明州本、贛州本、四庫本、叢刊本、陳八郎本、尤刻本、胡刻本、監本、九條本同。正德本作「輊」。當作「輕」。「獸」，明州本、贛州本、四庫本、叢刊本、正德本、陳八郎本、尤刻本、胡刻本、監本、九條本同。奎章閣本作「獸」。當作「獸」。

「周章夷猶」「夷」，奎章閣本、明州本、贛州本、四庫本、叢刊本、陳八郎本、尤刻本、胡刻本、監本、九條本同。正德本作「叓」。當作「夷」。

「狼跋」「跋」，奎章閣本、明州本、贛州本、四庫本、叢刊本、正德本、陳八郎本、尤刻本、胡刻本、九條本同。監本作「趴」。當作「跋」。

「所以睒睗」「所」，奎章閣本、四庫本、叢刊本、陳八郎本、尤刻本、胡刻本、監本、九條本作「所」。明州本、贛州本作「所」。正德本作「所」。當作「所」。「睒」，奎章閣本、正德本、陳八郎本同。明州本、贛州本、四庫本、叢刊本、尤刻本、胡刻本、監本、九條本作「睒」。當作「睒」。「睗」，明州本、贛州本、四庫本、陳八郎本、尤刻本、胡刻本、監本同。奎章閣本、九條本作「睗」。叢刊本、正德本作「睗」。當作

「睗」。

「失其所以」「所」，奎章閣本、四庫本、陳八郎本、監本、九條本作「所」。明州本、贛州本、叢刊本、尤刻本、胡刻本作「所」。正德本作「所」。當作「所」。

「魂褫氣慑」「魂」，奎章閣本、明州本、贛州本、四庫本、叢刊本、正德本、陳八郎本、尤刻本、胡刻本、監本、九條本作「魂」。當作「魂」。「褫」，贛州本、四庫本、叢刊本、正德本、陳八郎本、尤刻本、胡刻本、監本同。奎章閣本、明州本作「褫」。九條本模糊不清。當作「褫」。

「而自踼」「踼」，奎章閣本、尤刻本、監本同。明州本、贛州本、叢刊本、陳八郎本、九條本作「踼」。四庫本、正德本、胡刻本作「踼」。當作「踼」。

「而飲羽」「而」，奎章閣本、明州本、贛州本、四庫本、叢刊本、正德本、陳八郎本、九條本同。尤刻本、胡刻本、監本無「而」字。暫從有「而」字。

立群案：胡克家文選考异：袁本、茶陵本「飲」上有「而」字。案：此上自「魂褫氣慑」下及「雜襲錯繆」，似各本皆有誤，今無以訂之也。又後文自「若此者」下及「曲度難勝」亦然，附出於此，以俟再詳。胡説是也，暫從有「而」字。

「形僨景僵」「僵」，明州本、贛州本、四庫本、叢刊本、正德本、陳八郎本、尤刻本、胡刻本、監本、九條本同。奎章閣本作「僵」。當作「僵」。

「而增益」「而」，奎章閣本、明州本、贛州本、四庫本、叢刊本、正德本、陳八郎本、九條本同。尤刻本、胡刻本、監本無「而」字。暫從有「而」字。「增」，奎章閣本、明州本、贛州本、四庫本、叢刊本、正德本、陳八郎本、尤刻本、胡刻本、監本、九條本作「增」。當作「增」。

■**立群案**：胡克家文選考异：袁本、茶陵本「飲」上有「而」字。案：此上自「魂褫氣懾」下及「雜襲錯繆」，似各本皆有誤，今無以訂之也。自「若此者」下及「曲度難勝」亦然。胡説是也，暫從有「而」字。

「雜襲錯繆」　「雜」，明州本、贛州本、四庫本、叢刊本、陳八郎本、胡刻本、監本同。奎章閣本、正德本、尤刻本、九條本作「雜」。當作「雜」。「繆」，奎章閣本、正德本作「繆」。明州本、贛州本、四庫本、叢刊本、陳八郎本、尤刻本、胡刻本、監本、九條本作「繆」。當作「繆」。

「傾藪薄」　「藪」，四庫本同。奎章閣本、明州本、贛州本、叢刊本、正德本、陳八郎本、尤刻本、胡刻本、監本、九條本作「藪」。當作「藪」。「薄」，奎章閣本、明州本、贛州本、四庫本、監本同。叢刊本、正德本、尤刻本、九條本作「薄」。陳八郎本、胡刻本作「薄」。當作「薄」。

「倒岬岫」　「岬」，奎章閣本、明州本、贛州本、四庫本、叢刊本、正德本、陳八郎本、尤刻本、胡刻本、監本同。九條本作「崥」。今從「岬」。

■**立群案**：玉篇：岬，山旁也。玉篇又曰：崥，山足也。山足，即山脚。今暫從「岬」。

「無豣豵」　「豣豵」，奎章閣本、明州本、贛州本、四庫本、叢刊本、陳八郎本、正德本、尤刻本、胡刻本、監本同。九條本作「豵」。當作「豣豵」。

■**立群案**：諸本多作「無豣豵」，是也。九條本此處無「豣」字，下文衍「鷚」字。

「翳薈」　「薈」，奎章閣本、明州本、贛州本、四庫本、叢刊本、正德本、陳八郎本、尤刻本、胡刻本、監本、九條本作「薈」。當作「薈」。

「無鸝鷚」　「鷚」，奎章閣本、明州本、贛州本、四庫本、叢刊本、陳八郎本、正德本、尤刻本、胡刻本、

監本作「鷚」。九條本作「鷚鷚」。當作「鷚」。

■立群案：諸本多作「無𪋻鷚」，是也。九條本此處衍「鷚」字，上文無「䴊」字。

「思假道於」「於」，奎章閣本、明州本、贛州本、四庫本、叢刊本、陳八郎本、尤刻本、胡刻本、監本、九條本同。正德本作「扵」。當作「於」。

「豐隆」「豐」，明州本、贛州本、四庫本、叢刊本、正德本、陳八郎本、尤刻本、胡刻本、監本、九條本同。奎章閣本作「豊」。當作「豐」。「隆」，奎章閣本、明州本、贛州本、四庫本、叢刊本、正德本、尤刻本、胡刻本、監本、九條本同。陳八郎本作「隆」。當作「隆」。

「披重霄」「披」，奎章閣本、明州本、贛州本、四庫本、叢刊本、正德本、陳八郎本、尤刻本、胡刻本、九條本同。監本作「枝」。當作「披」。

■立群案：此處作「枝」無義，自應作「披」。弘明集釋駁論：若披重霄以睹朗日。成語有「披星戴月」。當作「披」也。

「高狩」「高」，奎章閣本、明州本、贛州本、四庫本、叢刊本、正德本、陳八郎本、尤刻本、胡刻本、監本、九條本作「高」。當作「高」。

「籠烏兔於」「籠」，明州本、贛州本、四庫本、叢刊本、陳八郎本、尤刻本、胡刻本、監本、九條本同。奎章閣本作「籠」。正德本作「籠」。當作「籠」。「兔」，明州本、正德本、陳八郎本、監本、九條本同。奎章閣本、贛州本、四庫本、叢刊本、尤刻本、胡刻本作「兎」。當作「兔」。「於」，奎章閣本、明州本、贛州本、四庫本、叢刊本、陳八郎本、尤刻本、胡刻本、監本、九條本同。正德本作「扵」。當作「於」。

「窮飛走之」「飛」，明州本、贛州本、四庫本、叢刊本、陳八郎本、尤刻本、胡刻本、監本、九條本同。

奎章閣本、正德本作「飛」。當作「飛」。

「栖宿」「栖」，尤刻本、胡刻本同。奎章閣本、贛州本、四庫本、叢刊本、正德本、陳八郎本、九條本作「棲」。明州本作「捿」。監本作「挦」。當作「栖」。「宿」，奎章閣本、明州本、贛州本、四庫本、正德本、尤刻本、胡刻本、監本、九條本同。叢刊本、陳八郎本作「宿」。當作「宿」。

■立群案：列子湯問：江浦之間生麼蟲，其名曰焦螟，群飛而集於蚊睫，弗相觸也。栖宿去來，蚊弗覺也。漢書朱博傳：又其府中列柏樹，常有野烏數千栖宿其上，晨去暮來。或爲賦語所本。作「栖」是。監本作「挦」，或「栖」之形似而誤。魏都賦「餘糧栖畝而弗收」，監本亦誤作「挦」。

【彙注】

【李善注】紭音横。懾，之葉切。劉曰：周章，謂章皇周流也。楚辭曰：君不行兮夷猶。王逸曰：夷猶，猶豫也。紭網，綱也。踼跋，促遽貌。踼𧿒，皆頓伏也。飲羽，謂所射箭没其箭羽也。闞子曰：宋景公以弓人之弓，升虎圈之臺，東向而射，箭集彭城之東，其餘力逸勁，猶飲羽於石梁。雜襲，重疊也。錯繆，聊亂貌。薄，不入之叢。藪，澤別名。言欲假道豐隆，非實事也。然欲窮高極遠，究變化、備幽明之故，設此云。善曰：毛詩云：狼跋其胡。説文曰：睒，蹔視也。式冉切。睗，疾視也，式亦切。褫，奪也，直示切。聲類曰：踼，跌也，徒郎切。漢書音義曰：𧿒，崩也。蒲北切。爾雅曰：僨，僵也。方問切。許慎淮南子注曰：岬，山旁。古押切。爾雅曰：山有穴曰岫。毛萇詩傳曰：獸三歲曰豜。公妍切。爾雅曰：豕生三子曰豵。子公切。説文曰：鸘，鷫也。音須。又曰：鷚鳥，大鶵也。力幼切。楚辭曰：吾令豐隆乘雲兮。王逸曰：豐隆，雲師也。春秋元命苞曰：日月兩設，以蟾蠩與兔者陰雙居。月中有兔，已見蜀都賦。

【五臣注】跋，步葛反。紭音横。睒，失冉反。睗音適。褫，直氏反。懾，之葉反。踼音唐。䟺，蒲北反。僨，方問反。岬音峽。豣音牽。豵音宗。麢音須。鷚，力幼反。宿音秀。良曰：狡，勇也。周章夷猶，恐懼不知所之也。濟曰：狼跋，狼狽也。紭，網也。睒睗，疾視貌。獸皆狼狽於網中，忘其看視，失其去就，恐懼之甚也。向曰：褫，驚也。踼䟺，顛蹶者則射之，應弓弦而没羽也。飲則没也。僨，仆也。景，影也。言其形影而仆僵，累積而增多，雜錯繆亂以相襲。銑曰：澤無水曰藪。草木俱生曰薄。兩山間曰岬。山有穴曰岫。言此中禽獸索然以空也。豣、豵，并獸子，麢，鹿子。鷚，雉子。翳薈，幽山之處，雖鷚小之物亦窮盡也。翰曰：假，借也。豐隆，雷師也。假借行路於雷師。霄，近天之薄雲。冬獵曰狩。言在地畋獵，猶未以爲足，乃將借道於雷師，披此重雲而上獵，故曰高狩也。向曰：烏，日中烏。兔，月中兔。言將籠網取之，使窮盡天地之間飛走之物也。

【張鳳翼文選纂注】紭音横。睒，失冉切。睗音適。褫，直氏切。踼音唐。䟺，蒲北切。岬音峽。豣音牽。豵音宗。麢音須。鷚，力幼切。宿音秀。周章夷猶，恐懼不知所之也。狼跋，狼狽也。獸皆狼狽於網中，忘其顧視，失其去就，恐懼之甚也。褫，驚也。踼䟺，顛伏也。應弦，中箭之速，没羽箭入之深也。飲，没也。僨，仆也。景，影也。言其形影仆僵，累積增多，雜錯繆亂以相襲也。澤無水曰藪。草木叢生曰薄。兩山間曰岬。言此中禽獸索然以空也。豣、豵，并獸子。麢，鹿子。鷚，雉子。翳薈，幽陰之處，雖小物亦窮盡也。豐隆，雷師也。以下皆假設之辭。烏，日中烏。兔，月中兔。言將籠網取之，使窮盡天地之間飛走之物也。

【王象乾文選删注】紭音横。睒，式冉切。睗音適。踼音唐。䟺，浦北切。豣音牽。麢音須。鷚，力幼切。宿音秀。紭網，網也。睒，蹔視也。睗，疾視也。䟺，頓伏也。草木俱生曰薄。山旁又兩山間

曰岬。獸三歲曰豣。豕生三子曰豵。鸕，鷿也。鶵鳥，大鷚也。豐隆，雷師。闞子曰：宋景公以弓人之弓，升虎圈之臺，東向而射，箭集彭城之東，其餘力逸勁，猶飲羽於石梁。

【陳景雲文選舉正】輕禽狡獸。注「薄，不入之叢」。「不入」當作「草木」。王逸楚辭注：草木之交曰薄。

【杭世駿文選課虚】周章，章皇周流也。夷猶，猶豫也。九歌：君不行兮夷猶。許慎淮南子注：岬，山旁。古押切。爾雅：山有穴曰岫。錯繆，聊亂貌。上林賦：雜襲絫輯。相重被也。絫，古累字。輯與集同。又作葺襲。笙賦：涣衍葺襲。踶跋，促遽貌。睒，暫視也。式冉切。睒，疾視也。式亦切。踢，趺也。徒郎切。趺，崩也。蒲北切。

【余蕭客文選音義】睒何音㶣。六朝事迹注：睒，式冉切。紭舊音横。睗舊音適。踢舊音唐。岬舊音峽。銑曰：兩山間曰岬。猶字林弋又反。趹伏。而飲。何曰：宋本無「而」字。袁本有。繆謬。豣牽、堅二音。豵子公切。鸕善音須。鶵繆。説文力幼反。孫炎爾雅音音流。霄翰曰：近天之薄雲。宿舊音秀。

【余蕭客文選紀聞】睒式冉。六朝事迹下。睗式赤。玉篇四。趹伏。集韵九。岬古狎。玉篇二十二。豣肩。五經文字中。鸕廣韵一音儒。類林十七音須。鶵謬、流二音。釋文三十。

【孫志祖文選李注補正】狼跋乎紭中。○補曰：羽獵賦：遥噱乎紭中。

【胡克家文選考异】應弦飲羽。袁本、茶陵本「飲」上有「而」字。案：此上自「魂褫氣懾」，下及「雜襲錯繆」，似各本皆有誤，今無以訂之也。又後文自「若此者」下及「曲度難勝」亦然，附出於此，以俟再詳。

注「周章謂章皇周流也」。袁本、茶陵本無此八字。

注「踶跋促遽貌」。袁本、茶陵本無此五字。

注「雜襲」下至「澤別名」。袁本、茶陵本無此十九字。

注「王逸曰豐隆雲師也」。茶陵本有此八字，袁本無。

注「春秋元命苞曰日月」。案：「日」字不當有。各本皆衍。

【許巽行文選筆記】「狼跋」，劉注作「踶跋」，李注作「狼跋」。

栖宿。漢書郊祀志：宿留。宿，先就反。留，力救反。注：闕子曰：何云：「闕」疑「闞」之訛。

案，漢書藝文志：闕子一篇。

【朱珔文選集釋】翳薈無麢鷚。善注引説文曰：麢，麛也。案，今説文作「麌，鹿麛也」。从鹿，耎聲。讀若「偄弱」之「偄」。廣雅：麛，麢也。王氏疏證謂：「麌」與「麢」同。玉篇音奴亂切。凡字从而聲、耎聲、需聲者，聲皆相近。小栗謂之栭，小魚謂之鮞，小鷄謂之䨲，小兔謂之䨲，小鹿謂之麢，其義一也。麢爲小鹿者。爾雅：鹿其子麛。「麛」或作「麑」。論語：素衣麑裘。皇侃疏云：麑，鹿子。「麑」之言兒，弱小之稱也。「麢」之言偄，亦弱小之稱。○注又引説文曰：鷚鳥，大鶵也。案，今説文隹部：雡鳥，大雛也「雛」即「鶵」籀文。鶵，从鳥。鳥部：鷚，天鸙也。爾雅：鷚，天鸙。釋文云：「鸙」，説文作「蘥」宋本説文作「龠」。是二者各別。小徐本以鷚、雡俱爲天鸙，非也。説文「雡」下：一曰雉之莫子爲雡。實本爾雅，而爾雅作「鷚」。淮南時則訓：天子以雛嘗黍。高誘注：春鷚也。亦作「鷚」。蓋隹、鳥二部字往往互用。

【梁章鉅文選旁證】狼跋乎紭中。本書羽獵賦：遥噱乎紭中。

注闕子曰。據本書鮑昭詩注當作「闞子」。

注說文曰：睒，暫視也。睗，疾視也。　今說文：睒，暫視貌。睗，目熟視也。段曰：說文解字注作「睗，目疾視也」。鍇本「疾」作「孰」，非。古「睒」「睗」聯用，雙聲字也。韵會引鍇本作「目急視」。毛晃增韵、龍龕手鑑皆作「急」，是也。說文別有「瞗」字，解作「目孰視也」。

注許慎淮南子注曰：岬，山旁。　今淮南子無「岬」字。顧氏千里曰：原道篇：而彷洋於山峽之旁。高誘注：兩山之間爲峽。「岬」字即「峽」字。許、高兩家之不同也。水經注江水篇字亦作「岬」，引注：岬，山脅也。疑所見許注或作「脅」。

注說文曰：䴰，麛也。音須。又曰：鷚鳥，大鶵也。　今說文：䴰，鹿麛也。讀若偄弱之偄。又雡鳥，大鶵也。从隹，翏聲。一曰雉之暮子爲雡。別有「鷚」，見鳥部云：天鸙也，从鳥，翏聲。

注春秋元命苞曰：日月兩設，以蟾蠩與兔者陰雙居。　月中有兔。「日」字不當有，說詳月賦。各本皆衍。

注已見蜀都賦。　「已」上當有「烏」字。謂蜀都賦「陽烏迴翼」句注，已引元命苞云云也。

【胡紹煐文選箋證】：狼跋乎紭中。善曰：毛詩曰：狼跋其胡。按：本書西征賦善注引文字集略曰：狼狽，猶狼跋也。是狼跋即狼狽，言精力罷倦之意。今人猶謂精力罷倦爲狼狽。羽獵賦：遥噱乎紭中。遥噱亦倦也。句法與此文同。

翳薈無䴰鷚。注善曰：說文：䴰，麛也。音須。　今說文：䴸，鹿麛也，从鹿，耎聲。讀若偄弱之偄。按：「䴰」即「䴸」之俗，當音奴亂切。善音須，非古也。廣韵「䴸」「䴰」兩收：一二十九換，一十一虞，後人遂分䴸、䴰爲二字二音矣。

【高步瀛文選李注義疏】許巽行曰：「狼跋」，劉注作「踶跋」，李注作「狼跋」。步瀛案：踶跋罕見，

又袁、茶二本皆無劉注「踶跋促遽貌」五字，則作「狼跋」爲是。○漢書楊雄傳羽獵賦曰：遥噱虖紭中。顔注曰：「紭」，古「紘」字。步瀛案：説文：紘重文作「紭」，蓋「紘」之或體，非古文也。紘，已見西都賦注。○「應弦飲羽」，胡克家曰：袁本、茶陵本「飲」上有「而」字。○張銑曰：豣、豵，并獸子。麢，鹿子。鷚，雉子。翳薈幽山之處，雖雛小之物亦窮盡也。○李周翰曰：豐隆，雷師也。霄，近天之薄雲。言在地畋獵，猶未以爲足，乃將借道於雷師，披此重雲而上獵，故曰高狩也。案：漢書楊雄傳上顔注曰：霄，日旁氣也。後漢書張衡傳注曰：霄，雲也。○五臣宿音秀。吕延濟曰：烏，日中烏。兔，月中兔。言將籠取之，使窮盡天地之間飛走之物也。○劉注「周章，謂章皇周流也」，胡克家曰：袁本、茶陵本無此八字。步瀛案：王觀國學林卷五曰：屈平九歌曰：聊翱翔兮周章。五臣注文選曰：周章，往來迅疾也。左太冲吴都賦曰：輕禽狡獸，周章夷猶。五臣注曰：周章夷猶，恐懼不知所之也。王文考魯靈光殿賦曰：東西周章。五臣注曰：顧眄周章，驚視也。按五臣訓周章三説不同，然皆非也。周章者，周旋舒緩之意。蓋九歌有翱翔字，吴都賦有夷猶字，魯靈光殿賦有顧眄字，皆與周章文相屬，而翱翔、夷猶、顧眄亦皆優游不迫之貌，則周章爲舒緩之意可知矣。前漢武帝紀：元狩二年，南越獻馴象。應劭注曰：馴者，教能拜起周章，從人意也。所謂拜起周章者，其舉止進退皆喻人意，而不怖亂者也。而五臣反以爲迅疾、恐懼、驚視，則誤矣。步瀛案：劉良注以周章、夷猶爲恐懼不知所之，與本賦意正合。王氏之説，可用於九歌雲中君，而此賦及魯靈光殿賦均不甚合。朱珔曰：太冲賦正言獵事，何得更云舒緩？下文魂褫氣慴，即五臣恐懼之意。不知所之者，言其傍徨無定也。靈光殿賦蓋極狀殿之宏麗，上下左右，驚視無定也。五臣語無不合，惟馴象拜起周章，似與舒緩意稍近。然亦言其或拜或起，周旋進退，在在若解人意，原不指一事，但非恐懼、驚視。此則各隨文釋之，要其爲不定之意，固略同。王氏説殊未

的。○楚辭及王注見九歌湘君。○「踶跂促遽貌」，胡克家曰：袁本、茶陵本無此五字。○飲羽，謂所射箭没其箭羽也。吕向曰：飲則没也。步瀛案：史記李將軍傳曰：廣出獵，見草中石，以爲虎而射之，中石没鏃。集解徐廣曰：一作「没羽」，漢書李廣傳作「没石」，水經鮑丘水注作「飲羽」。韓詩外傳六曰：昔者楚熊渠子夜行，見寢石，以爲伏虎，彎弓而射之，没金飲羽。新序雜事四作「滅石飲羽」，論衡儒增篇作「矢没其衛」。吕氏春秋精通篇曰：養由基射兕，中石，矢乃飲羽。論衡儒增篇曰：或曰養由基見寢石，以爲兕也，射之，矢飲羽。○闕子，本書卷三十四七發注、水經睢水注、北堂書鈔武功部十三、藝文類聚軍器部、太平御覽兵部四十八引雖互有詳略，而作闕子則同。本書卷三十一鮑明遠擬古詩注引作闞子，馬國翰輯佚書闞子，序謂漢志縱横家有闕子一篇，或引作闞子，誤也。○「雜襲」至「澤別名」，胡克家曰：袁本、茶陵本無此十九字。○薄，不入之叢。案：「不入」二字疑誤。本書卷十九補亡詩注引纂要曰：草叢生曰薄。漢書司馬相如傳上注引張揖同。楚辭九章涉江王逸注曰：草木交錯曰薄。○爾雅釋地十藪，左襄二十五年正義引李巡注曰：藪，澤之別名也。與此注合。○李注引毛詩，見狼跋。毛傳曰：跋，躐也。陳奂曰：跋躐，爾雅釋言文。説文：蹞，步行獵跋也。「蹞」即今詩「跋」字。郭音貝，是也。胡紹煐曰：本書西征賦善注引文字集略曰：狼狽，猶狼跋也。是狼跋即狼狽，言精力罷倦之意。今人猶謂精力罷倦爲狼狽。○説文見目部，當作「暫視貌」。「蹔」，「暫」之俗字。「也」字乃「貌」字之誤。又「睗」下當有「目」字，繫傳作「孰視」。段曰：鍇本「疾」作「孰」，非。古「睒」「睗」聯用，雙聲字也。韵會引鍇本作「目急視」，毛晃增韵、龍龕手鑑皆作「急」。○説文曰：褫，奪衣也。段曰：「奪」當作「敚」。許訓奪爲遺失，訓敚爲强取也。此等恐非原文，後人以今字改古字耳。引伸爲凡敚之稱。○聲類、玄應一切經音義卷九、慧琳音義卷四十六引并同。○史記天官書曰：川塞谿垘。集

解引孟康曰：坎，崩也。漢書天文志注引孟康同。此注引漢書音義蓋即孟康注。或漢書別本「坎」作「欿」耳。○爾雅，見釋言。○梁章鉅曰：今淮南無「岬」字。顧氏千里曰：原道篇：而彷洋於山峽之旁。高誘注：兩山之間爲峽。「岬」字即「峽」字。許、高兩家之不同也。水經注江水篇字亦作「岬」，引注：岬，山脅也。疑所見許注或作「脅」。陶方琦淮南許注异同詁曰：許、高二家注，文義俱异。水經注引淮南子「而彷徨乎山岬之旁」，注曰：岬，山脅。即是許注。玉篇：岬，山旁也。亦作「砰」。廣韵：砰，山側也。皆本許注淮南説。高本作「峽」，説故异。許義爲長。○爾雅，見釋山，「曰」作「爲」。○詩毛傳，見七月。説文曰：豣，三歲豕肩相及者也。詩曰：并驅從兩豣兮。案：齊風還之篇作「肩」。毛傳曰：獸三歲曰肩。後漢書馬融傳注引韓詩薛君傳同。周禮夏官大司馬先鄭注引七月亦作「肩」。廣雅釋獸曰：獸生三歲爲肩，四歲爲特。與毛、韓并合。字又作「豜」。吕氏春秋知化篇高注曰：獸三歲曰豜。陳喬樅以爲當本魯詩，或然也。惟周禮先鄭注謂：三歲爲特，四歲爲豣。與廣雅互异。又爾雅釋獸曰：麢絶有力，豣。別一義。○爾雅，見釋獸。案：元文但云豕生三曰豵，此因上文有豕子豬句，故增「子」字，使人易明耳。詩騶虞鄭箋曰：豕生三曰豵。孔疏引鄭志張逸問：豕生三曰豵，不知母豕也，豚也？答曰：豚也。遇三以往，猶謂之豵。即申爾雅之義。此以所生多少爲名也。又有以所生年數爲名者，詩騶虞毛傳曰：一歲曰豵。七月傳曰：豕一歲曰豵。説文曰，豵，生六月豚。一曰一歲曰豵，尚叢聚也。後説與毛合。廣雅釋詁曰：獸一歲爲豵。周禮大司馬先鄭注同。然既曰獸，則又不專屬豕矣。○「⿱鹿需」，今説文作「䴡」，云：鹿麛也。讀若偄弱之偄。段氏依李善此注删「鹿」字曰：按廣韵，⿱鹿需入十一虞，䴡入二十九换。以許讀若偄訂之，是許本从「耎」，而从「需」者乃轉寫訛俗也。步瀛案：爾雅釋獸曰：鹿，其子麛。廣雅曰：麛，⿱鹿需也。王念孫曰：「麛」或作「麑」。魯語：獸長麑䴠。

韋昭注云：鹿子曰麑。論語鄉黨篇：素衣麑裘。皇侃疏云：麑，鹿子。鹿子近白，與素微相稱。麑之言兒也，弱小之稱也。麛之言偄也，亦弱小之稱。「麑」與「麛」同。玉篇音奴亂切。凡字之从而聲、耎聲、需聲者，聲皆相近。小栗謂之栭，小魚謂之鮞，小鷄謂之䨲，小兔謂之㝹，小鹿謂之麛，其義一也。○説文隹部曰：雡鳥，大雛也。「雛」，籀文作「鶵」。鳥部曰：鷚，天鸙也。段氏據爾雅釋鳥釋文改「鷚」爲「𩬊」，「鸙」爲「蘥」。釋鳥曰：鷚，天鸙。是「鷚」與「雡」各别。小徐繫傳本俱作天鸙，非也。段氏曰：「雡」與「鷚」别，而俗通用「鷚」。吕覽仲夏紀、淮南時則篇高誘注皆云：雛，春鷚也。朱珔曰：蓋隹、鳥二部字往往通用。○楚辭及王逸注見離騷。案：王逸單注本作「雷師」，洪補注本及本書卷三十二離騷注皆作「雲師」。九歌雲中君王逸注：雲神，豐隆也。九章思美人豐隆注亦云：雲師。則離騷注作「雲師」是。洪曰：豐隆，或曰雲師，或曰雷師。歸藏云：豐隆筮雲氣而告之。則雲師也。穆天子傳云：天子升昆侖，封豐隆之葬。郭璞云：豐隆，筮師，御雲得大壯卦，遂爲雷師。淮南子曰：季春三月，豐隆乃出，以將其雨。張衡思玄賦云：豐隆軯其震霆，雲師䨴以交集。則豐隆，雷也。步瀛案：歸藏見北堂書鈔天部一，然彼有誤字，當依洪引訂。又，今穆天子傳二郭注「筮」下無「師」字，疑洪衍。淮南子見天文篇。高注曰：豐隆，雷也。水經河水注曰：豐隆，雷公也。本書思玄賦舊注曰：豐隆，雷公也。李善曰：諸家之説豐隆，皆曰雲師，此賦别言雲師，明豐隆爲雷也。後漢書張衡傳注曰：豐隆，雷也。則皆以豐隆爲雷師。廣雅釋天依楚辭，則以爲雲師。王氏疏證以雲師之説爲是。黄承吉夢陔堂文集卷二豐隆説，則以雷師之説爲是。案：此賦注李善以爲雲師，李周翰以爲雷師，二説均可通。然上文有「假道」字，則當從雲師之説。○「春秋元命苞曰」。「曰」字下各本有「日」字，誤衍。今依胡克家、梁章鉅校删。○「陰陽雙居」，「陰」下各本脱「陽」字，今據初學記、太平御覽補。御覽天部

四引春秋元命苞曰：月之爲言闕也，兩設以蟾蠩與兔者，陰陽雙居，明陽之制陰，陰之倚陽。初學記天部一「兩」誤作「而」，北堂書鈔天部二節引亦作「兩」。○「月中有兔已見蜀都賦」，梁章鉅曰：「已」上當有「烏」字，謂蜀都「陽烏迴翼」一句注已引元命苞也。步瀛案：「月中有兔」四字非元命苞之文，疑即「日中有烏」之誤。○獸、猶、就、繆、岫、鷚、狩、宿，古音幽部。○以上田獵。

嶰澗闃，罔岵童。罾罘滿，效獲衆。迴靶乎行睨，觀漁乎三江。泛舟航於彭蠡，渾萬艘而既同。

【彙校】

「嶰澗闃」　「嶰」，明州本、贛州本、四庫本、叢刊本、正德本、陳八郎本、尤刻本、胡刻本、監本、九條本同。奎章閣本作「嶰」。當作「嶰」。「澗」，奎章閣本、明州本、贛州本、四庫本、叢刊本、正德本、尤刻本、胡刻本、九條本同。陳八郎本、監本作「澗」。當作「澗」。「闃」，贛州本、四庫本、叢刊本、陳八郎本同。奎章閣本、正德本、尤刻本、胡刻本作「闐」。明州本、監本作「闐」。九條本作「闃」。當作「闃」。

「罾罘滿」　「罾」，叢刊本、九條本同。奎章閣本、明州本、贛州本、陳八郎本、尤刻本、胡刻本、監本作「罾」。四庫本、正德本作「罾」。當作「罾」。

「迴靶」　「迴」，明州本、贛州本、四庫本、叢刊本、正德本、陳八郎本、尤刻本、胡刻本、九條本同。奎章閣本作「迴」。監本作「廻」。當作「迴」。

「行睨」　「行」，奎章閣本、明州本、贛州本、四庫本、叢刊本、正德本、陳八郎本、監本、九條本同。尤刻本、胡刻本作「行邪」。當作「行」。

■ **立群案**：孫志祖文選考异：六臣本無「邪」字。李周翰注：睨，視也。言游獵窮于天地之間，將迴轡乎行視之處。解亦未明。何云：疑有脱誤。是孫氏并不認同五臣注之解。胡克家文選考异：袁本、茶陵本無「邪」字。案：此蓋尤取西京賦之「遷延邪睨」改「行」爲「邪」，仍未去「行」字，而兩有「行」「邪」耳。是胡氏認爲當作「邪睨」，「行」字爲衍。然無法解釋何以奎章閣本、明州本、贛州本、四庫本、叢刊本、正德本、陳八郎本、監本、九條本等諸多版本皆有「行」無「邪」。梁章鉅文選旁證：六臣本無「邪」字。按：此疑誤，無以訂之。是梁氏亦束手。胡紹煐文選箋證：林氏茂春云：「行邪睨」三字必有一衍，想是地名。紹煐按：漢書揚雄傳：行睨垓下與彭城，「行睨」二字連文，此蓋衍「邪」字耳，五臣無「邪」字，翰注云「迴靶乎行視之處」可證。胡氏箋證所舉「行睨垓下與彭城」出自揚雄河東賦。斟酌諸説，當以箋證爲是，且有文獻依據。

「觀漁乎」　「觀漁」，奎章閣本、明州本、贛州本、四庫本、叢刊本、正德本、九條本同。陳八郎本、監本作「觀魚」。尤刻本、胡刻本作「觀魚」。今從「觀漁」。

■ **立群案**：「觀漁」，亦作「觀魚」。如左傳隱公五年：五年春，公將如棠觀魚者。周書孝閔帝

紀：帝欲觀漁於昆明池，博士姜須諫，乃止。今從「觀漁」。

「泛舟航於」「泛」，奎章閣本、明州本、贛州本、四庫本、叢刊本、正德本、陳八郎本、胡刻本、監本、九條本作「汎」。尤刻本作「汎」。當作「泛」。「於」，奎章閣本、明州本、贛州本、四庫本、叢刊本、陳八郎本、尤刻本、胡刻本、監本、九條本同。正德本作「扵」。當作「於」。

「彭蠡」「蠡」，奎章閣本、明州本、贛州本、四庫本、叢刊本、正德本、陳八郎本、尤刻本、胡刻本、監本、九條本作「蠡」。當作「蠡」。

「而既同」「既」，奎章閣本、四庫本、正德本同。明州本、贛州本、叢刊本、陳八郎本、尤刻本、胡刻本、監本、九條本作「旣」。當作「既」。

【彙注】

【李善注】劉曰：閴，空也。易曰：閴其無人。爾雅曰：山多草木曰岵。岡，山脊也。童，無草木也，若童無角。靶，轡革也。彭蠡，澤名。善曰：爾雅曰：小山別大山曰嶰，山夾水曰澗。毛萇詩傳曰：太平，山不童，澤不竭。聖主得賢臣頌曰：王良執靶。左氏傳曰：公觀魚于棠。尚書曰：三江既入，震澤底定，彭蠡既豬。説文曰：艘，船總名。衆，一作潨。潨，水會也。嶰，古買切。航，船別名。

【五臣注】嶰音解。閴，苦鵙反。岵音户。罾音曾。罘音浮。衆音終。靶音霸。睨，魚計反。渾，故本反。艘，蘇刀反。翰曰：嶰，山間。閴，空也。岡、岵，皆山也。山無草木曰童。罾、罘，皆羅網也。言山澗禽獸以空，岡岵草木以盡。所施羅網之中，禽獸皆滿。功獲衆多也。翰曰：靶，馬轡也。睨，視也。言游獵窮於天地之間，將迴轡乎行視之處，乃觀漁乎三江之中，備舟航於彭蠡之澤。舟，航。艘，船之總名。萬，言多。渾雜而同波也。

【張鳳翼文選纂注】嶰音解。閴，苦戍切。衆音終。靶音霸。睨，魚計切。閴，空也。易曰：閴其無人。山多草木曰岵。岡，山脊也。無草木曰童。靶，轡革也。彭蠡，澤名。小山別大山曰嶰。山夾水曰澗。罾、罘，皆羅網也。言山澗禽獸已空，岡岵草木已盡。所施羅網之中，禽獸皆滿。游臘窮於天地之間，將迴轡行視，觀漁乎三江，備舟航于彭蠡也。

【王象乾文選删注】闃，苦鶪切。岵音户。罾音曾。罘音浮。衆音終。小山別大山曰嶰。闃，空也。童，無草木也。靶，轡革。

【陳景雲文選舉正】迴靶乎行邪睨。舊本無「邪」字。

【汪師韓文選理學權輿・質疑】左思吴都賦云：嶰澗闃。注曰：爾雅曰：小山別大山曰嶰。案：爾雅乃是「小山別大山，鮮」。今作「嶰」者，蓋承毛公詩傳之文。

【余蕭客文選音義】靶舊音霸。衆舊音中。邪睨。六臣無「邪」字。艘蕭、騷、搜三音。

【余蕭客文選紀聞】衆終。楊伯喦九經韵補。靶霸。廣韵四。

【孫志祖文選考异】迴靶乎行邪睨。六臣本無「邪」字。李周翰注：睨，視也。言游獵窮于天地之間，將迴轡乎行視之處。解亦未明。何云：疑有脱誤。

【胡克家文選考异】迴靶乎行邪睨。袁本、茶陵本無「邪」字。案：此蓋尤取西京賦之「還延邪睨」改「行」爲「邪」，仍未去「行」字，而兩有「行邪」耳。

注「説文曰艘」下至「船別名」。袁本、茶陵本無此二十三字。

【許巽行文選筆記】行邪。迴靶乎行邪睨。何云：此處疑有脱誤。案：六臣、張伯顔、晋府各本俱作「迴靶乎行睨」，無「邪」字。

萬艘。説文：梭，船總名。从木，叜聲。鉉曰：今俗別作「艘」，非是。注：爾雅曰：小山別大山曰嶰。與今爾雅不同。嘉德案：五經文字曰：叜，説文从灾。又經典相承，隸省「叟」。凡从「叟」做此。船總名曰梭。玉篇从舟。今皆作「艘」。

【梁章鉅文選旁證】迴靶乎行邪睨。六臣本無「邪」字。按：此疑誤，無以訂之。翰注「迴轡乎行視之處」云云，亦未明。林先生曰：三字必有一衍，想是地名，存以俟考。倪氏思寬曰：左傳：拔旆投衡。注云：使不帆，風差輕。釋文：「帆」本又作「帊」。普霸反。説文：帛二幅曰帊。通俗文：帛三幅曰帊。廣雅云：帳也。準此以思，則「帊」字得與「帆」同義。竊意「迴靶」之「靶」，當是「帊」字之訛。欲觀漁三江，必先候風五兩，迴帆邪睨，將有乘風破浪之樂，作爲水獵發端，豈不情形畢肖。

注小山別大山曰嶰。今爾雅：小山別大山，鮮。釋文：「鮮」或作「⿰山鮮」。案：「⿰山鮮」或即「嶰」字之誤，蓋所傳本異也。又按：爾雅郭注云：不相連。詩皇矣：度其鮮原。傳：小山別大山曰鮮。正義引孫炎曰：別，不相連也。郭注蓋本此。然不相連於嶰義爲近。本書長笛賦「嶰壑澮㟁」，注引爾雅亦同此。

【胡紹煐文選箋證】迴靶乎行邪睨。林氏茂春云：「行邪睨」三字必有一衍，想是地名。紹煐按：漢書揚雄傳「行睨垓下與彭城」，「行睨」二字連文。此蓋衍「邪」字耳，五臣無「邪」字，翰注云「迴靶乎行視之處」可證。

【吕錦文文選古字通補訓】嶰澗閴。善注引爾雅曰：小山別大山曰嶰。錦文案：玉篇云：嶰，山不相連也。爾雅作「鮮」。郭注云：不相連。音義：「鮮」或作「⿰山鮮」。音仙。南都賦：坂坻巀嶭而成甗。注引毛萇詩曰：巘，小山別大山也。劉熙釋名曰：小山別大山曰甗。音彦。甗，甑也。甑一孔，甗

形孤出處似之也。詩：度其鮮原。傳：小山别大山曰鮮。是「鮮」爲「巘」之假借字。「嶰」「嶰」「甗」字异義同。

【徐攀鳳選注規李】嶰澗闃。注爾雅：小山别大山曰嶰。案：此承毛公詩傳之文耳。今爾雅：「嶰」作「鮮」。

【高步瀛文選李注義疏】「闃」，尤本、袁本作「闐」，注同，皆誤。今依茶陵本、毛本。易豐釋文曰：闃，苦鶪反。徐：苦鶪反，一音苦馘反。馬、鄭云：無人貌。字林云：静也。説文門部新附「闃」字曰：静也。从門，狊聲。徐鉉曰：案：易：窺其户，闃其無人。窺，小視也。狊，大張目也。言始小視之，雖大張目亦不見人也。義當只用「狊」字，苦狊切。○五臣「狊」音「終」。○尤本「行」下有「邪」字。胡克家曰：袁本、茶陵本無「邪」字。案：此蓋尤取西京賦之「遷延邪睨」，改「行」爲「邪」，仍未去「行」字，而兩有「行邪」耳。胡紹煐曰：漢書楊雄傳「行睨垓下與彭城」，行睨二字連文。步瀛案：後胡氏校是，今從之。旁證引林茂春疑爲地名，非也。李周翰曰：將迴轡乎行視之處。漢書楊雄傳河東賦注引應劭曰：睨，不正視也。○劉注引易，見豐上六爻辭。○爾雅釋山「草木」下無「曰」字。詩陟岵毛傳有「曰」字。釋名釋山曰：岵，怙也。人所怙取以爲事用也。○「山脊岡」亦爾雅釋山之文。郭注曰：謂山長脊。釋名釋山曰：岡，亢也。在上之言也。○釋名釋長幼曰：十五曰童，牛羊之無角者曰童，山無草木曰童，言未巾冠似之也。案：説文字當作「僮」。○説文曰：靶，轡革。漢書王褒傳聖主得賢臣頌注引晋灼曰：靶音霸，謂轡也。本書四十七聖主得賢臣頌注引或説同。皆與劉注合。梁章鉅謂「靶」當是「帊」字之訛。「帊」與「帆」同義。欲觀漁三江，必先迴帆邪睨。不知上文明言田獵，且有嶰澗、岡岵等字，安得乘船而迴帆乎？此言迴轡，下言泛舟，亦有次第。梁説謬。○李注引爾雅，見釋山，今無

「曰」字，「嶰」作「鮮」。梁章鉅曰：釋文「鮮」或作「⿰山鮮」。案：「⿰山鮮」或即「嶰」字之誤，蓋所傳本异也。又案：爾雅郭注云：不相連。詩皇矣：度其鮮原。傳：小山別大山曰鮮。正義引孫炎曰：別，不相連也。郭注蓋本此。然不相連於嶰義爲近。本書長笛賦「嶰壑澮帨」注引爾雅亦同此。步瀛案：郝氏義疏曰：張聰咸説古本「鮮」當作「解」，後人加「山」。「鮮」「解」古得通借。鮮，古音在紙部。解，古音在寘部。解讀若巘，鮮讀若斯。孫炎注不相連，此正釋「解」字之義。今按：皇矣詩傳：小山別大山曰鮮。公劉傳：巘，小山別於大山也。是毛意以鮮、巘爲一。又吕氏春秋仲春紀「獻羔開冰」，月令作「鮮羔開冰」，即其例也。○毛詩傳，見魚麗。○左傳見隱五年。○尚書見禹貢。前劉注已引之。案：漢書地理志會稽郡毗陵下原注曰：北江在北，東入海，揚州川。丹陽郡蕪湖下原注曰：中江出西南，東至陽羨入海，揚州川。會稽郡吴下原注曰：南江在南，東入海，揚州川。言三江者，以此爲最古，且最確。而北江之源委，互見於蜀郡湔氏道下，原注曰：禹貢崏山在西徼外，江水所出，東南至江都入海是也。南江之源委，互見於丹陽郡石城下，原注曰：分江水首受江，東至餘姚入海是也。金榜禮箋曰：分江水合三江言之爲南江，猶崏江合言之爲北江。班志備列南江、中江、北江，以應職方揚州其川三江，其於石城著南江源委，猶於湔氏道著北江源委，故志于中江言出蕪湖西南，東至陽羨入海。至南江、北江，但云東入海，以入海之地已互見於石城、湔氏道也。案：金説是也。禹貢孔疏引鄭注曰：三江分于彭蠡，爲三孔，東入海。阮元浙江圖考曰：班志南江分自石城，中江分自蕪湖。石城、蕪湖在彭蠡東，故曰分自彭蠡。班志言北江至江都入海，中江至陽羨入海，南江至餘姚入海，即鄭云「爲三孔入於海」也。案：鄭注本從班志，阮説是也。又禹貢言北江、中江，不言南江，而導江則曰東迆北會于匯。孔疏引鄭曰：東迆者爲南江。僞孔傳曰有北、有中，南可知也。後人謂漢志自有三江，與禹貢北江、中江無涉者，妄

也。漢毗陵縣，今江蘇武進縣治。江都縣，今江蘇江都縣西南。蕪湖縣，今安徽蕪湖縣東。陽羨縣，今江蘇宜興縣南。石城縣，今安徽貴池縣西。吴縣，今江蘇吴縣治。餘姚縣，今浙江餘姚縣治。金榜曰：北江爲岷江，經流由毗陵入海。中江出蕪湖，由松江入海。南江出石城，合浙江入海。班志所叙三江如是。郭景純亦云：三江，岷江、松江、浙江，蓋診其歸墟之迹，而未極中江、南江之源者也。步瀛案：郭璞説見水經沔水注。又案：近儒泥今時地形，或疑浙江不能通南江。成蓉鏡禹貢班義述曰：浙江，即古南江。今以浙江爲漸江，非也。南江由具區東出，屈而西南，歷今嘉興、桐城、石門，至杭州府治東，東入海，即説文諸書所云「東至會稽、山陰爲浙江」者也，亦即班志所云「南江在吴，東入海」者也。吴摯甫先生答張廉卿書曰：浙江自爲一江，今所見之水道然耳。古浙江固江所自爲，非别有一水。周、秦人不稱南江、浙江，而但名之爲江。國語云：勾踐溯江以襲吴。又云：吴軍江北，越軍江南，將舟戰於江。吕覽言：越王栖會稽，有酒投江，民飲其流。樂毅亦言：子胥入江而不化。江自吴縣南至錢唐，折由山陰而東，徑餘姚入海。故曰浙江。不獨説文言之，晉灼説亦如此。酈元亦言：作者述志，多言江至山陰爲浙江，漢、晉以來，未之有改也。其在錢唐右會漸水。漸水故不名浙，説文分列漸、浙二水甚明。後以漸水歸浙，亦或互受，通稱南江。既湮，於是江不通浙，而漸水始兼浙江之目，而自爲一江。此乃遷流所變，豈得執爲禹蹟哉？又曰：景純之稱松江，亦據其下口言之，爲不誤耳。若松江上游，韋昭以釋國語者，乃酈注南江之支津，不得指爲中江也。步瀛案：國語并見吴語。韋昭注曰：江，松江，去吴五十里。吴先生所謂釋國語者，此也。吕覽見順民篇。樂毅語見燕策二及史記樂毅傳、新序雜事三。晉灼説見水經漸江水注、史記秦始皇本紀集解。酈元説見水經沔水注。案：三江之説，古今聚訟紛如，今折衷諸家，著其定論於此。又互見江賦。○史記夏本紀集解引鄭玄禹貢注曰：地理志：彭蠡澤在豫章彭澤縣

西北。水經禹貢山水澤地所在篇同。又沔水篇曰：沔水與江合流，又東過彭蠡澤，又東北出居巢縣南。酈注曰：尚書禹貢匯澤也，鄭玄曰：匯，回也。漢與江鬭，轉東，成其澤矣。又廬江水注曰：廬山下有神廟，號曰宫亭廟。故彭湖亦有宫亭之稱焉。清統志曰：江西南康府，彭蠡湖在星子縣東南及都昌縣西一里，即鄱陽湖。南接南昌府，東抵饒州府界，由都昌縣之南西兩面，歷星子縣東，又西北入九江府湖口縣，注於大江。在星子縣南者，名落星湖。在縣東南及南昌界者，名宫亭湖。在都昌縣西南者，名揚瀾湖。又北曰左蠡湖。其大湖又有東鄱、西鄱之分。○「説文：艘，船總名」，袁、茶二本無此七字。案：説文木部：梭，船總名。徐鉉曰：今俗別作「艘」，非是。蘇遭切。案：漢書溝洫志：舊船五百梭。亦不作「艘」。○尤本「艘船總名」下有「衆一作潀潀水會也」八字，袁、茶二本無。案：水會之義在效獲下，不可通，此恐非李注，而爲後人旁記羼入者。今依二本例。○「嶰，古買切」，袁、茶二本亦無此四字。○「舫船別名」，袁、茶二本無此四字。案：此已見劉注，且與此正文次叙亦不合。蓋後人附益。依二本删。○童、江、同，古音東部。衆，冬部。通轉爲韵。

弘舸連舳，巨檻接艫。飛雲蓋海，制非常模。疊華樓而島峙，時髣髴於方壺。比鷁首之有裕，邁餘艎於往初。

【彙校】

「巨檻接艫」　「艫」，明州本、贛州本、四庫本、叢刊本、正德本、陳八郎本、監本、九條本同。奎章閣本、尤刻本、胡刻本作「艣」。當作「艫」。

「飛雲蓋海」　「飛」，明州本、贛州本、四庫本、叢刊本、陳八郎本、尤刻本、胡刻本、九條本同。奎章閣本、正德本、監本作「飛」。當作「飛」。「蓋」，贛州本、明州本、四庫本、叢刊本、陳八郎本、尤刻本、胡刻本、監本、九條本同。奎章閣本、正德本作「盖」。當作「蓋」。

「疊華樓」　「疊」，奎章閣本、明州本、贛州本、四庫本、叢刊本、正德本、陳八郎本、尤刻本、胡刻本、監本、九條本作「疊」。當作「疊」。「樓」，奎章閣本、明州本、贛州本、四庫本、叢刊本、正德本、陳八郎本、尤刻本、胡刻本、監本、九條本作「樓」。當作「樓」。

「而島峙」　「峙」，奎章閣本、明州本、贛州本、四庫本、叢刊本、正德本、陳八郎本、九條本同。尤刻本、胡刻本、監本作「跱」。今從「峙」。

■**立群案**：阮元經籍籑詁：一切經音義一引字詁：古文峙，今作跱，同。直耳反。是「峙」「跱」

通。今從「峙」。

「時髣髴於」　「於」，明州本、贛州本、四庫本、叢刊本、陳八郎本、尤刻本、胡刻本、監本、九條本同。奎章閣本、正德本作「扵」。當作「於」。

「方壺」　「壺」，四庫本同。奎章閣本、明州本、贛州本、叢刊本、正德本、陳八郎本、尤刻本、胡刻本、監本、九條本作「壷」。當作「壺」。

「比鶼首之」　「之」，奎章閣本、明州本、贛州本、四庫本、叢刊本、正德本、陳八郎本同。尤刻本、胡刻本、監本、九條本作「而」。今從「之」。

■立群案：「之」「而」於賦皆通。諸本多作「之」，從之。

「有裕」　「裕」，明州本、贛州本、叢刊本、正德本、胡刻本、九條本同。奎章閣本、四庫本、陳八郎本、尤刻本、監本作「裕」。當作「裕」。

「邁艅艎於」　「艅艎」，奎章閣本、明州本、贛州本、四庫本、叢刊本、正德本、九條本同。陳八郎本、尤刻本、胡刻本、監本作「餘皇」。今從「艅艎」。「於」，奎章閣本、明州本、贛州本、四庫本、叢刊本、陳八郎本、尤刻本、胡刻本、監本、九條本同。正德本作「扵」。當作「於」。

■立群案：左傳昭公十七年：子魚先死，楚師繼之，大敗吴師，獲其乘舟餘皇。杜預注：餘皇，舟名。後漢書馬融傳：然後方餘皇，連舼舟，張雲帆，施蜺幬。李賢注：餘皇，吴之船名。劉逵注亦引左氏傳曰：楚敗吴師，獲其乘舟餘皇，吴子光請於衆曰：喪先君之乘舟，豈唯光罪，衆亦有焉。是作「餘皇」有據。然後世亦作「艅艎」。如郭璞江賦：漂飛雲，運艅艎。陸龜蒙自遣詩：長鯨好鱠无因得，乞取艅艎作釣舟。五臣銑曰：鷁首、艅艎，皆船之極麗者。今從「艅艎」。

「往初」 「往」，明州本、贛州本、四庫本、叢刊本、陳八郎本、尤刻本、胡刻本、九條本同。奎章閣本、正德本、監本作「徃」。當作「往」。「初」，明州本、贛州本、叢刊本、陳八郎本、正德本、胡刻本、監本同。奎章閣本、四庫本、尤刻本作「初」。九條本「初」後復一「初」字。當作「初」。

■ **立群案**：賦云：比鷁首之有裕，邁艅艎於往初。句型對稱。不當「初」後復衍一「初」字。諸本多是，九條本獨誤。司馬相如封禪文：德侔往初，功無與二。張衡東京賦：宜無嫌於往初，故蔽善而揚惡。或爲賦語所本。

【彙注】

【李善注】劉曰：楊雄方言曰：江湖凡大船曰舸。舳，船前也。艫，船後也。船上下四方施板者曰檻也。飛雲、蓋海，吴樓船之有名者，皆雕鏤采畫，有軒欞華檻之船也。島峙，謂似方壺、蓬萊二山有宫闕。左氏傳曰：楚敗吴師，獲其乘舟餘皇，吴子光請於衆曰：喪先君之乘舟，豈唯光罪，衆亦有焉。善曰：釋名曰：上下重牀曰艦。江表傳曰：孫權乘飛雲大船。吴志曰：賀齊所乘船雕刻丹鏤，望之若山。方壺，已見上文。

【五臣注】舸，岡我反。舳音逐。銑曰：舸，大船。舳，船兩邊挾木也。巨檻，亦大船名。艫，船尾。言大船連接也。飛雲，船上樓名，甚高者。蓋海，言多也。皆雕飾奢麗，其制度非常之模軌也。疊，重。峙，峻也。髣髴，象似也。方壺，蓬萊，山有神仙宫闕者。言船上華樓重疊，如島之峻峙，象似方壺之宫闕。鷁首、艅艎，皆船之極麗者。有裕，多也。邁，過也。言此舟船樓閣之盛，皆過於往昔也。

【張鳳翼文選纂注】舳，船兩邊挾木也。巨艦接艫，言大船連接也。飛雲、蓋海，船上樓高大也。髣髴，似也。言船上華樓重疊，如島之峙立，象方壺之宫闕也。鷁首，船首如鷁也。艅艎，船之大者。左

傳：楚敗吴師，獲其乘舟艅艎。邁，過也。言此舟船之盛，皆過于往昔也。

【王象乾文選删注】大船曰舸。舳，船前。上下重牀曰艫。艫，船後。孫權乘飛雲大船。飛雲，船上樓名。左傳曰：楚敗吴，獲其餘皇，吴子光請於衆曰：喪先君之乘舟，豈唯光罪，衆亦有焉。

【余蕭客文選音義】舸哿、歌二音。

【余蕭客文選紀聞】舳船兩旁夾木類林二。

【胡克家文選考异】注「船上下四方施板者曰艦也」。袁本此十一字作「艦大船也」四字。茶陵本此節注多脱。

【許巽行文選筆記】巨檻。注引釋名，知「檻」亦从「舟」。

【朱珔文選集釋】宏舸連舳，巨檻接艫。劉注云：舳，船前也。艫，船後也。案：説文諸書多以舳爲船尾，艫爲船頭。本書辨亡論：舳艫千里。注引漢書武帝紀注：李斐曰：舳，船後持柂處。艫，船頭刺櫂處。語尤明顯。惟小爾雅：船頭謂之舳，尾謂之艫。乃劉所本。段氏云：蓋小爾雅呼設柂處爲船頭也。余友胡墨莊又云：舳艫前後本可互名。并作調人之論。但方言曰：舳，所以制水也。郭注：今江東呼柁爲舳，未聞柁有在船前者，似當從戴氏震説。以此前後二字爲互訛。若説文云：漢律名船方長爲舳艫。則二字本不分析矣。

【梁章鉅文選旁證】比鶂鳥而有裕，邁餘皇於往初。六臣本「而」作「之」，「餘皇」作「艅艎」。朱氏珔曰：左傳作「餘皇」，則此不誤。本書江賦注引傳作「艅艎」。「艅」「艎」二字，説文在新附中。廣雅作「艅䑟」。

注方言曰：江湖凡大船曰舸。王氏念孫曰：舸者洪大之稱。門大開爲閜，大杯謂之閜，大船謂之

舸，義皆相近。

注船上下四方施板者曰檻也。　「檻」與「艦」同。故下李注直引釋文作「艦」。三國吳志周瑜傳曰：蒙衝鬥艦。晉書譙忠王尚之傳音義引字林云：艦，屋船也。

注釋名曰：上下重牀曰艦。　今釋名云：上下重板曰艦。四方施版，以禦矢石。其内如牢檻也。此「牀」字誤。

【胡紹煐文選箋證】弘舸連舳，巨檻接艫。注劉逵曰：舳，船前也。艫，船後也。按：小爾雅：船頭謂之舳，船尾謂之艫。劉注本此。今按：説文：舳，船尾。艫，船頭。方言：舟首謂之閤閭。「閤閭」即「艫」也。又曰：舟後曰舳，所以制水也。郭注：今江東呼舵爲舳。與説文合。蓋舳爲船後持舵處。舳者，軸也。如車之有軸以利轉也。舳在舟尾，則艫爲船頭可知。艫者，顱也。説文：顱，首骨也。首骨謂之顱，故船首亦謂之艫。本書江賦「舳艫相屬」。善注亦云：舳，舟尾也。艫，船頭也。

【高步瀛文選李注義疏】梁章鉅曰：「檻」與「艦」同。故李注直引釋名作「艦」。許巽行曰：注引釋名，知檻亦从舟。○「峙」，尤本作「跱」，袁、茶二本作「峙」，與注合，今從之。案：「峙」「跱」字同。説文作「峙」。○鷁首，已見西京賦。○袁、茶二本「面有」作「之有」，「餘皇」作「艅艎」。旁證引朱珔曰：左傳作「餘皇」，則此不誤。本書江賦注引傳作「艅艎」。「艅」「艎」二字，説文在新附中。廣雅作「艅艎」。○張銑曰：有裕，多也。邁，過也。○劉注引楊雄方言。今本方言九作「江湘凡船大者謂之舸」。廣雅釋水曰：舸，舟也。王氏疏證曰：吳志董襲傳云：乘大舸船，突入蒙衝裏。舸者，洪大之稱。門大開謂之閜，大杯謂之閜，大船謂之舸，義相近也。○小爾雅廣器曰：船頭謂之舳，船後謂之艫。劉注義同。方言九曰：舟首謂之閤閭，後曰舳。舳，制水也。郭注曰：今江東呼船頭屋謂之飛閭是也。

説文曰：舳，一曰船尾。艫，一曰船頭。漢書武帝紀注引李斐曰：舳，船後持柁處也。艫，船前頭刺櫂處也。皆與劉注相反。戴震方言疏證謂劉注前後二字互訛，而段玉裁説文注謂蓋小爾雅呼設柁處爲船頭。朱珔引胡承珙曰：舳艫前後本可互名，并作調停之説。朱珔曰：方言郭注：今江東呼柁爲舳，未聞柁有在船前者，似當從戴氏震説。若説文云：漢律名船方長爲舳艫。則二字本不分析矣。胡紹煐曰：舳爲船後持舵處。舳者，軸也。如車之有軸，以利轉也。舳在舟尾，則艫爲船頭可知。艫者，顱也。説文：顱，首骨也。首骨謂之顱，故船首亦謂之艫。本書江賦「舳艫相屬」。善注亦云：舳，舟尾也。艫，船頭也。○「船凡上下施板者曰檻也」，袁本此十一字作「艦大船也」，茶陵本無此及下「飛雲蓋海吴樓船之有名者」十一字。梁章鉅曰：吴志周瑜傳曰：蒙衝鬥艦。晋書譙忠王尚之傳音義引字林云：艦，屋船也。○書鈔舟部上引晋令曰：水戰，飛雲船相去五十步。御覽舟部二引同。○左傳，見昭十七年。杜注曰：餘皇，船名。案：「子光」上各本脱「公」字，今補。又「先君」當依左傳作「先王」。○釋名見釋船。梁曰：今釋名云：上下重板曰艦。四方施版，以禦矢石。其内如牢檻也。此「牀」字誤。步瀛案：初學記器用部引作「重版」，畢沅釋名疏證據改。然書鈔舟部下引亦作「牀」，又「牢」作「穽」。○虞溥江表傳，裴松之三國志注多引之，但未及此條。○吴志見賀賢傳。○方壺已見上文，指西都賦注。○艫、模、壺、初，古音魚部。

張組帷，構流蘇。開軒幌，鏡水區。篙工楫師，選自閩禺。習御長風，狎玩靈胥。責千里於寸陰，聊先期而須臾。

【彙校】

「張組帷」「帷」，奎章閣本、明州本、贛州本、四庫本、叢刊本、正德本、陳八郎本、九條本同。尤刻本、胡刻本、監本作「幃」。當作「帷」。

■ **立群案**：賦云：張組帷，構流蘇。劉逵曰：流蘇，謂翦繒彩垂於雕文之樓也。五臣向曰：組，綵色也。流蘇，五色羽飾帷而垂之。據「流蘇」意，推測前者當爲彩色絲帳之意。説文：幃，囊也。段玉裁説文解字注：釋名曰：帷，圍也。所以自障圍也。據賦意，自當作「帷」字。鮑照代白紵舞歌詞：象床瑤席鎮犀渠，雕屏合匝組帷舒。是其證也。作「帷」是也。

「構流蘇」「構」，尤刻本、胡刻本、監本同。奎章閣本、明州本、贛州本、四庫本、叢刊本、正德本、陳八郎本、九條本作「搆」。當作「構」。「流」，明州本、贛州本、叢刊本、陳八郎本、尤刻本、胡刻本、監本、九條本同。奎章閣本、四庫本、正德本作「流」。當作「流」。

「開軒幌」「開」，奎章閣本、明州本、贛州本、四庫本、叢刊本、正德本、陳八郎本、尤刻本、胡刻本、九條本同。監本作「開」。當作「開」。

■**立群案**：「開」同「闓」，指闢門聲。如揚雄法言問道：開之，廓然見四海，閉之，闓然不睹墻之裏。玉篇亦載：闓，門扉聲。宋本廣韵：闓，門扉聲。據賦意，此處顯應作「開」，恐監本作「開」乃「開」之形似而誤。

「篙工楫師」　「篙」，四庫本同。奎章閣本、明州本、贛州本、叢刊本、正德本、九條本作「篙」。陳八郎本、尤刻本、胡刻本、監本作「槁」。當作「篙」。「楫」，奎章閣本、明州本、贛州本、四庫本、叢刊本、正德本、陳八郎本、九條本同。尤刻本、胡刻本、監本作「檝」。當作「楫」。

■**立群案**：孫志祖文選考异：篙工檝師。「篙」誤「槁」。胡克家文選考异：袁本、茶陵本「槁」作「篙」，注同。案：尤取方言改「篙」爲「橋」，而又訛成「槁」也。據孫氏、胡氏説，當作「篙」。

「習御長風」　「習」，奎章閣本、明州本、贛州本、四庫本、叢刊本、正德本、陳八郎本、尤刻本、胡刻本、監本、九條本作「習」。當作「習」。「御」，贛州本、叢刊本、正德本、陳八郎本、尤刻本、胡刻本、監本、九條本同。奎章閣本、明州本、四庫本作「御」。當作「御」。

「狎玩靈胥」　「玩」，奎章閣本、明州本、贛州本、四庫本、叢刊本、正德本、陳八郎本、尤刻本、胡刻本、監本、九條本作「翫」。當作「玩」。「靈」，奎章閣本、明州本、贛州本、四庫本、叢刊本、正德本、尤刻本、胡刻本、九條本同。陳八郎本、監本作「霊」。當作「靈」。

「責千里於」　「於」，奎章閣本、明州本、贛州本、四庫本、叢刊本、陳八郎本、尤刻本、胡刻本、監本、九條本同。正德本作「扵」。當作「於」。

「寸陰」　「陰」，奎章閣本、明州本、贛州本、四庫本、叢刊本、正德本、陳八郎本、尤刻本、胡刻本、監本、九條本作「陰」。當作「陰」。

「聊先期而」　「聊」，奎章閣本、贛州本、叢刊本、正德本、陳八郎本、尤刻本、監本、九條本同。明州本、四庫本作「聊」。胡刻本作「聊」。當作「聊」。

「須臾」　「須」，明州本、贛州本、四庫本、叢刊本、正德本、陳八郎本、尤刻本、胡刻本、九條本同。奎章閣本作「湏」。監本模糊不清。當作「須」。「臾」，奎章閣本、明州本、贛州本、四庫本、叢刊本、正德本、陳八郎本、尤刻本、胡刻本作「臾」。監本模糊不清。九條本作「臾」。當作「臾」。

【彙注】

【李善注】劉曰：流蘇，謂翦繒彩垂於雕文之樓也。水區，河中也。言開文軒，光輝如鏡照川也。閩，越名也。秦并天下，以其地爲閩中郡。班固述兩越傳曰：悠悠外宇，閩越東甌。禺，番禺也，其彼地人便水。方言曰刺船曰槁。檝，橈也。淮南子曰：來溪谷之流以象禺。長風，遠風也。靈胥，伍子胥神也。昔吴王殺子胥於江，沉其尸於江，後爲神，江海之間莫不尊畏子胥。將濟者皆敬祠其靈，以爲性命，舟檝之師，獨能狎玩之也。千里，路之長也。寸陰，晷之短也。言水靈輯睦，浪濤弭息，取長路於短景，獨能先期而到，故有須臾之暇也。善曰：西京賦曰：長風激於別島。越絶書曰：子胥死，王使捐於大江口，乃發憤馳騰，氣若奔馬，乃歸神大海，蓋子胥水仙也。

【五臣注】篙音高。檝，子叶反。禺音愚。向曰：組，綵色也。流蘇，五色羽飾帷而垂之。軒，門也。幌，帳也。言於舟航樓觀之中，設此具而居之。鏡，照也。區，中也。謂此靡麗之色，皆照見於水中。向曰：篙，所以刺舟而行也。檝，橈也。工，謂所善。師，謂所長。皆使其駕行舟者。閩國與番禺國人皆善用舟檝，故選擇而用之。習御，謂便用之也。靈胥，子胥之神。人將濟江海者，必將祀之以祈安也。言習舟檝人之便用風波，近弄子胥之神，恃其所善，乃皆無懼。銑曰：責，求也。言風水勢急，求

千里之程在於寸陰之間。先於所期，須臾而至。

【張鳳翼文選纂注】流蘇，謂翦繒彩垂於雕文之樓也。水區，河中也。言開軒光輝如鏡照川也。閩越東甌。東禺，其地人便水。刺船曰篙。檝，橈也。靈胥，伍子胥也。以其爲神，故曰靈。舟檝之師，獨能狎玩之也。千里，長路也。寸陰，短晷也。言水靈輯睦，浪濤弭息，取長路於短景，獨能先期而到，故有須臾之暇也。

【王象乾文選删注】流蘇，五色羽飾帷垂軒門也。幌，帳也。禺，東禺，其人便水。靈胥，伍子胥神也。淮南子曰：來溪谷之流以象禺。越絶書曰：子胥死，王使捐於大江口，乃發憤馳騰，氣若奔馬，乃歸神大海，蓋子胥水仙也。

【陳景雲文選舉正】張組緯。注「殺子胥於江，沉其尸於江」。上「於江」二字衍。

【余蕭客文選音義】幃暉、韋二音。幌晃。槁。六臣作「篙」。舊音高。檝同楫。

【孫志祖文選考异】篙工檝師。「篙」誤「槁」。

【胡克家文選考异】槁工檝師。袁本、茶陵本「槁」作「篙」，注同。案：尤取方言改「篙」爲「⿰木篙」，而又訛成「槁」也。

注「昔吴王」下至「後爲神」。袁本、茶陵本無此十六字。

【許巽行文選筆記】槁工。方言作「槁」。説文作「篙」。嘉德案：今方言作刺船曰「⿰木篙」，即「篙」字。袁本、茶陵本正文及注引方言并作「篙」。胡云：此「槁」字，尤改「⿰木篙」而訛成「槁」也。然則方言非。一本作「槁」者，訛字。今從「篙」。

【梁章鉅文選旁證】張組幃。又槁工檝師。六臣「幃」作「帷」，「槁」作「篙」，「檝」作「楫」。胡公

考异曰：尤本取方言，故「篙」爲「橋」，而又誤成「槁」也。

注方言云：刺船曰槁。「槁」當作「橋」。今方言作「所以刺舩謂之橋」。

【胡紹煐文選箋證】槁工檝師。劉逵曰：方言曰：刺船曰槁。今方言「所以刺船謂之槁」，作「橋」。考异曰：尤本取方言，故「篙」爲「橋」，而又誤成「槁」也。紹煐按：六臣本作「篙」，「檝」作「楫」。御覽七百七十一引作「篙」，説文無「篙」字，新附始有之。戴氏震謂釋名「所用斥旁岸曰交」，「交」即「槁」一聲之轉。

【高步瀛文選李注義疏】「幃」，袁、茶二本作「帷」。○「篙」，尤本作「槁」。胡克家曰：袁本、茶陵本「槁」作「篙」，注同。尤取方言改「篙」爲「橋」，而又訛成「槁」也。○「檝」，五臣作「楫」，袁、茶二本依五臣。吕向曰：工，謂所習。師，謂所長。皆使其駕行舟者。閩國與番禺國人皆善用舟楫，故選擇而用之。習御，謂便用之也。○張銑曰：責，求也。○劉注流蘇，與東京賦李注异。彼副馬之飾，此則船樓之飾也。然其爲纂綵則同。已見東京賦疏。○東京賦薛注曰：區，區域也。後漢書方術傳注曰：區，域也。故水區可釋爲河中。吕向曰：區，中也。○周禮夏官職方氏七閩，鄭注曰：閩，蠻之別也。説文曰：閩，東南越蛇種。海内南經曰：甌在海中。郭注曰：閩越，即西甌，今建安郡是也。亦在岐海中。清統志曰：福建，周爲七閩地。秦并天下，置閩中郡。漢高帝五年，爲閩越國。元封元年，國除，爲冶縣，屬會稽郡。後漢置會稽南部都尉，吴分會稽南部置建安郡。又曰：福州府治，縣故城在閩縣東北。案：今并閩、侯官二縣爲閩侯縣。○班固述兩越傳見漢書叙傳下。「宇」作「寓」，蓋「寓」字之誤。當依此注校正。「宇」「寓」字同。○漢書地理志南海郡番禺下注引如淳曰：番音潘。禺音愚。清統志

曰：廣東廣州府，番禺故城，今南海縣治。案：今在番禺縣東二里。○今本方言九曰：所以刺船謂之檔。御覽舟部四引「檔」作「篙」。案：説文無「篙」字。大徐新附有之。釋名釋船曰：所用斥旁岸曰交，一人前，一人還，相交錯也。戴震方言疏證曰：交即篙，一聲之轉。○方言九曰：楫謂之橈，或謂之櫂。楚辭九歌湘君王逸注曰：橈，船小楫也。釋名釋船曰：櫂，又謂之楫。楫，捷也，撥水使舟捷疾也。玄應一切經音義十九曰：「楫」作「檝」同。○淮南子見本經篇。高誘本「禺」作「湡」，下有「浯」字。注曰：湡，番隅。浯，蒼梧。二國多水，江湖環之。○「昔吴王殺子胥」，尤本此下有「於江」二字，乃涉下文而衍，今刪。案：「自此」至「爲神」。袁、茶二本皆無之。○言水靈輯睦云云，張銑曰：言風水勢急，求千里之程在於寸陰之間。先於所期，須臾而至。案：二説皆於賦意未洽。此言篙工檝師駕馭之精耳。須臾，猶從容也。王念孫讀書雜志史記五曰：從容，須臾語之轉耳。○李注引西京賦已見卷二。「陦」「島」字同。○越絶書見卷十四。今本「使」下有「人」字，「儨」作「憤」，「馬」下無「乃」字。○蘇、胥，古音魚部。區、禺、臾，侯部。通轉爲韵。

棹謳唱，簫籟鳴。洪流響，渚禽驚。弋磻放，稽鶬鶊。虞機發，留鵁鶄。

【彙校】

「棹謳唱」　「棹」，奎章閣本、明州本、贛州本、四庫本、叢刊本、正德本、陳八郎本、尤刻本、胡刻本、監本、九條本作「櫂」。當作「棹」。

「簫籟鳴」　「籟」，贛州本、四庫本、叢刊本、陳八郎本、九條本同。奎章閣本、明州本、正德本、尤刻本、胡刻本、監本作「籟」。當作「籟」。

「洪流響」　「流」，贛州本、叢刊本、尤刻本、胡刻本、監本、九條本同。奎章閣本、明州本、正德本、陳八郎本作「波」。四庫本作「流」。當作「流」。「響」，四庫本同。奎章閣本、明州本、贛州本、叢刊本、正德本、陳八郎本、尤刻本、胡刻本、監本、九條本作「響」。當作「響」。

■ **立群案：** 李善本作「流」，五臣本作「波」。然五臣向曰：言渚禽聞棹歌簫管洪流之聲，是以驚也。據注，是五臣本亦當作「流」也。宋玉小言賦：析飛糠以爲輿，剖秕糟以爲舟，泛然投乎杯水中，淡若巨海之洪流。或爲賦語所本。作「流」是。

「弋磻放」　「磻」，贛州本、四庫本、叢刊本、正德本、九條本同。奎章閣本、明州本、陳八郎本、尤刻

本、胡刻本、監本作「磻」。當作「磻」。

「稽鶹鶅」 「稽」，奎章閣本、正德本作「稽」。明州本、贛州本、四庫本、叢刊本、陳八郎本、尤刻本、胡刻本、監本、九條本作「稽」。當作「稽」。

「虞機發」 「機」，贛州本、叢刊本、陳八郎本、尤刻本、胡刻本、九條本同。奎章閣本、明州本、四庫本、正德本、監本作「機」。當作「機」。

「留鵁鶄」 「鶄」，奎章閣本、贛州本、四庫本、叢刊本、正德本、陳八郎本、尤刻本、胡刻本、監本、九條本同。明州本作「鶄」。當作「鶄」。

【彙注】

【李善注】磻音波。劉曰：弋，繳射也。鶹鶅，鳥也。楚辭曰：從玄鶴與鶹鶅。尚書曰：若虞機張。鄭氏注曰：虞，主田獵之地者也。機，弩牙也。鵁鶄，鳥也，似鳧，頭上總毛羽。善曰：櫂謳，已見西都賦。説文曰：籟，三孔籥也。磻，已見西京賦。

【五臣注】櫂音棹。磻音波。鶅音明。向曰：謳，歌也。籟，簫類。言渚禽聞棹歌簫管洪流之聲，是以驚也。翰曰：弋，取鳥之名。磻，箭名。稽，留也。虞，主獵者。機，弩牙也。鶹鶅、鵁鶄，鳥名。

【張鳳翼文選纂注】磻音波。鶅音明。弋，取鳥之名。磻，箭類石子者。稽，留也。虞，主田獵者也。機，弩牙也。鵁鶄，似鳧，頭上總毛羽。

【王象乾文選删注】鶅音明。籟，三孔籥。鵁鶄，似鳧，頭上總毛羽。楚辭曰：從玄鶴與鶹鶅。

【余蕭客文選音義】籟賴。流。五臣作「波」。鶹鶅音焦明。史記正義：長喙，疏翼，員尾，非幽閑不集，非珍物不食。

【余蕭客文選紀聞】磻補左、補何二切。姚宏續注戰國策十七。

【胡克家文選考异】注「弋繳射也」。袁本、茶陵本無此四字。

【朱珔文選集釋】稽鷦鵬。劉注云：鵁鶄，鳥也。引楚辭：從元鶴與鷦鵬。案，鷦鵬，一作焦明。後上林賦：揜焦明。注引張揖曰：焦明似鳳，西方之鳥也。據説文言：五方神鳥，南方焦明。則「西」字當爲「南」之誤。上林賦以焦明與上鳳皇、鵷雛并列，自是鳳屬。善注又引樂緯汁圖徵云：焦明，狀似鳳皇。宋衷曰：水鳥也。然則此鳥蓋似鳳而喜水游，故此賦與下「鵁鶄」對舉。本書難蜀父老文：焦明已翔乎寥廓之宇，而羅者猶視乎藪澤。彼注亦引樂緯語也。

【梁章鉅文選旁證】洪流響。六臣本「流」作「波」。

注説文曰：籟，三孔籥也。説文：大者謂之笙，其中謂之籟，小者謂之箹。錢氏坫曰：爾雅「籟」作「仲」，當從許君。高誘吕氏春秋注以爲二孔。風俗通云：三孔。

【高步瀛文選李注義疏】「流」，五臣作「波」。○劉注「弋繳射也」。胡克家曰：袁本、茶陵本無此四字。步瀛案：淮南子説山篇曰：好弋者先具繳與繒。高注曰：繳，大綸。繒，短矢。繳所以繫者。○楚辭見九嘆遠逝，今本「鵬」作「明」。王逸注曰：鷦明，俊鳥也。案：亦作「焦明」。説文鳥部「鷫鷞」下曰：五方神鳥也。東方發明，南方焦明，西方鷫鷞，北方幽昌，中央鳳皇。本書上林賦注引樂緯汁圖徵曰：焦明，狀似鳳皇。宋衷曰：水鳥也。朱珔曰：上林賦以焦明與上鳳皇、鵷鶵并列，此鳥蓋似鳳而喜水游，故此賦與下「鵁鶄」對舉。○緇衣引太甲曰：若虞機張云云，此下引鄭注亦緇衣注文。鄭不注古文佚書也。劉淵林亦未及見僞古文，魏都賦「闕石和鈞」，注稱夏之逸書可證。蓋此注本引禮記，後人因僞古文有此，遂改爲尚書耳。○鵁鶄，已見上。○李注引説文，見竹部。又曰：大者謂之笙，

其中謂之籟，小者謂之箹。爾雅釋樂「笙」作「産」，「籟」作「仲」。郝氏義疏以「笙」爲「産」之誤。釋文正作「産」是也。郭注曰：籥如笛，三孔而短小。廣雅云：七孔。案：「籥」，「龠」之借字。說文曰：龠之竹管三孔，以和衆聲也。鄭玄周禮春官笙師注曰：籥，如篴，三空。禮記少儀明堂位注皆云：籥，如笛，三孔。趙岐孟子梁惠王下注同後說。應劭風俗通聲音篇、郭璞爾雅釋樂注、穆天子傳六注并云：三孔。詩簡兮毛傳曰：籥，六孔。廣雅釋樂曰：龠謂之笛，七孔。郝謂：六孔、七孔者爲舞龠，長三尺。三孔者爲吹龠，不過一尺。其説是也。郝又曰：風俗通聲音篇引樂記與説文同，唯「其中謂之仲」句爲异。御覽五百八十引舍人云：仲，其聲適中仲吕也。小者形聲細小曰箹也。是舍人本作「仲」，與郭同。「籟」又「簫」之别名，故廣雅云：籟謂之簫。淮南齊俗篇注：簫，籟也。○鳴、鶩、鵠，古音耕部。鵬，陽部。通轉爲韵。

鈎餌縱横，網罟接緒。術兼詹公，巧傾任父。筌鮔鰽，纚鱛鯊。罩兩魪，罺鰝鰕。乘鱟黿鼉，同罛共羅。沉虎潛鹿，馽龓僒束。徽鯨背中於群犗，欃槍暴出而相屬。雖復臨河而釣鯉，無异射鮒於井谷。

【彙校】

「鈎餌縱横」「鈎」，奎章閣本、監本同。明州本、贛州本、四庫本、叢刊本、正德本、陳八郎本、尤刻本、胡刻本、九條本作「鉤」。當作「鈎」。「餌」，奎章閣本、明州本、贛州本、四庫本、叢刊本、正德本、陳八郎本、監本、九條本同。尤刻本、胡刻本作「鉺」。當作「餌」。「横」，奎章閣本、明州本、贛州本、四庫本、叢刊本、正德本、陳八郎本、尤刻本、胡刻本、九條本同。監本作「撗」。今從「横」。

■立群案：正字通：「擴」，本作「撗」，通作「横」。是「撗」「横」通。隸釋漢桂陽太守周憬功勳銘：岸參天兮無路徯，石縱横兮流洄洄，波隆隆兮聲若雷。「石縱横」「鈎餌縱横」之「縱横」同義，皆作「多貌」解。今從「横」。

「術兼詹公」「術」，明州本、贛州本、四庫本、叢刊本、正德本、尤刻本、胡刻本、監本同。奎章閣本、陳八郎本作「術」。九條本無「術」字。當有「術」。「兼」，明州本、贛州本、叢刊本、尤刻本、胡刻本、監本、九條本同。奎章閣本、四庫本、正德本、陳八郎本作「蒹」。當作「兼」。

■立群案：賦云：術兼詹公，巧傾任父。五臣銑曰：詹公、任父，古之善取魚者。故云「術兼」

「巧傾」，相對爲文。諸本多有「術」，是也。九條本獨無「術」者，誤也。

「纚鱨鯊」 「纚」，奎章閣本、明州本、贛州本、四庫本、叢刊本、尤刻本、胡刻本、監本作「鱺」。正德本、陳八郎本、九條本作「灑」。今從「纚」。「鱨」，奎章閣本、明州本、贛州本、四庫本、叢刊本、正德本、陳八郎本、尤刻本、胡刻本、監本、九條本作「鱨」。當作「鱨」。「鯊」，奎章閣本、明州本、贛州本、四庫本、叢刊本、正德本、陳八郎本、九條本同。尤刻本、胡刻本、監本作「魦」。當作「鯊」。

■**立群案**：孫志祖文選考異：鱺鱨鯊。潘云：鱺，當作麗。金云：玩上下筌、罩、罺句法，只應作「麗」，誤刻魚旁。志祖案：呂向注：鱺，鉤也。未知何據。竊疑「鱺」字當爲「纚」字之誤。西京賦：纚鰋鮋。注：纚網如箕形，狹後廣前。胡克家文選考異：案：「鱺」字誤也。劉、善皆無注。袁、茶陵二本下音「所買」。西京賦：纚鰋鮋。薛注云：纚網如箕形，狹前廣後。善曰：纚，所買切。蓋此賦字本與彼同，故善不更注。「所買」即善音，二本割裂入正文下，尤刪削之。善音失舊，每如此也。又江賦云：筒灑連鋒。善引舊説曰：筒、灑，皆釣名也。灑，所蟹切。彼「灑」亦即「纚」也。或爲網，或爲釣，説之者有不同耳。可證「鱺」字，各本所見皆傳寫誤。許巽行文選筆記：鱺鱨。案：「鱺」字與「筌」「罩」「罺」三字同例，亦是取魚之具。以其字居「魱鱕」「鱨魦」之間，傳寫訛从魚旁耳。西京賦：纚鰋鮋。注：纚網如箕形，狹後廣前。江賦：筒灑連鋒。注：筒、灑，皆鉤名也。此賦或用「纚」字，或用「灑」，皆通。朱珔文選集釋：「鱺」爲「纚」之誤，胡氏考異已言之。案：鱺爲魚名，不得與上「筌」字下「罩」「罺」字并言，自當作「纚」。説文：纚，冠織也。引伸之則爲網名。前西京賦：纚鰋鮋。薛注云：纚網如箕形，狹後廣前是也。以「纚」爲「網」者，詩小雅：魚麗于罶，鱨鯊。廣雅：麗，離也。故邶風云：魚網之設，鴻則離之。方言云：羅謂之離。周禮小司寇注亦云：杜子春讀「麗」爲「羅」也。後

江賦：筒灑連鋒。善注引舊説曰：筒、灑皆釣名。考异謂：灑亦即纚，或爲網，或爲釣，説者不同耳，義當是。孫氏、胡氏、許氏、朱氏之説皆有據。「纚」「灑」於賦皆可通。「灑」有版本依據。然「鱺」恐爲「纚」之誤。今從「纚」。

「罩兩魪」 「兩」，奎章閣本、明州本、贛州本、四庫本、叢刊本、正德本、陳八郎本、尤刻本、胡刻本、監本、九條本作「兩」。當作「兩」。

「罺鰝鰕」 「鰝」，四庫本同。奎章閣本、明州本、贛州本、叢刊本、正德本、陳八郎本、尤刻本、胡刻本、監本、九條本作「鰝」。當作「鰝」。

「乘鱟黿鼉」 「乘」，奎章閣本、明州本、贛州本、四庫本、叢刊本、正德本、陳八郎本、尤刻本、胡刻本、監本、九條本作「乘」。當作「乘」。

「沉虎潛鹿」 「沉」，奎章閣本、尤刻本、監本同。明州本、贛州本、四庫本、叢刊本、正德本、陳八郎本、胡刻本、九條本作「沈」。當作「沉」。「潛」，奎章閣本、四庫本、叢刊本、正德本、尤刻本、胡刻本、九條本同。明州本、贛州本、陳八郎本、監本作「潜」。當作「潛」。

■**立群案**：西都賦「沉浮往來」之句，許巽行文選筆記：今書肆所售經書，如以「窈」作「窈」，以「厄」作「戹」，以「夲」作「本」，以「沉」作「沈」之類，不可悉舉。「厄」「夲」猶皆有其字，特誤認耳。「窈」「沉」等，成何字邪？是本字作「沈」。然今「沉潛」多用「沉」字，作「沉」可也。

「罼儱僒束」 「罼」，奎章閣本、明州本、贛州本、四庫本、叢刊本、正德本、陳八郎本、尤刻本、胡刻本、監本、九條本作「畢」。當作「罼」。「僒」，四庫本、尤刻本、胡刻本、監本同。奎章閣本、明州本、贛州本、叢刊本、正德本、陳八郎本、九條本作「僒」。今從「僒」。

■**立群案**：康熙字典：倃，集韵同窨，亦作僒。今從「僒」。

「徽鯨背中」「背」，奎章閣本、明州本、贛州本、四庫本、叢刊本、正德本、陳八郎本同。尤刻本、胡刻本、監本、九條本作「輩」。今暫從「背」。

■**立群案**：五臣本作「背」，李善本作「輩」，已難考證何者爲是。今暫從「背」。

「於群犗」「於」，奎章閣本、明州本、贛州本、四庫本、叢刊本、陳八郎本、尤刻本、胡刻本、監本、九條本同。正德本作「扵」。當作「於」。「群」，奎章閣本、明州本、贛州本、四庫本、叢刊本、正德本、陳八郎本、尤刻本、胡刻本、監本、九條本作「羣」。當作「群」。

「欃槍暴出」「欃槍」，四庫本、陳八郎本同。奎章閣本、正德本作「欃槍」。明州本、贛州本、叢刊本、尤刻本、胡刻本、監本、九條本作「攙搶」。今從「欃槍」。「暴」，贛州本、四庫本、正德本、胡刻本、監本同。奎章閣本、明州本、叢刊本、陳八郎本、尤刻本、九條本作「暴」。當作「暴」。「出」，明州本、贛州本、四庫本、叢刊本、正德本、陳八郎本、尤刻本、胡刻本、監本、九條本同。奎章閣本作「出」。當作「出」。

■**立群案**：古籍中或作「欃槍」，或作「攙搶」。如淮南子俶真訓：欃槍衡杓之氣，莫不彌靡而不能爲害。劉向説苑辨物：攙搶、彗孛、旬始、枉矢、蚩尤之旗，皆五星盈縮之所生也。然爾雅釋天：彗星爲欃槍。今從爾雅作「欃槍」。

「相屬」「屬」，奎章閣本、四庫本、叢刊本、正德本、九條本同。明州本、贛州本、陳八郎本、尤刻本、胡刻本、監本作「屬」。當作「屬」。

「雖復臨河」「雖」，明州本、贛州本、四庫本、叢刊本、陳八郎本、尤刻本、胡刻本、監本、九條本同。

奎章閣本、正德本作「雒」。當作「雎」。

「無异射鮒」「异」，明州本、贛州本、叢刊本、陳八郎本、尤刻本、胡刻本、監本、九條本作「異」。奎章閣本、四庫本、正德本作「異」。當作「异」。

「於井谷」「於」，奎章閣本、明州本、贛州本、四庫本、叢刊本、陳八郎本、尤刻本、胡刻本、監本、九條本同。正德本作「扵」。當作「於」。

【彙注】

【李善注】䱎音亘。罩，敕教切。罺，側梢切。鱟，胡豆切。鮒音附。劉曰：易曰：結繩而爲網罟，以畋以漁。詹公，詹何也。任父，任公子也。莊周曰：任公子爲大鉤巨繒，五十犗牛以爲餌，蹲會稽，投竿東海。已而大魚食巨鉤，鉤没而下，鶩揚奮鬐，白波若山，海水震蕩。任公子得若魚，離餌之，淛河以東，蒼梧以西，莫不猒此魚者。筌，捕魚器。今之斗回也。筌，所以得魚也。莊子曰：得魚而忘筌。罩，籗也。編竹籠魚者也。詩云：南有嘉魚，烝然罩罩。魪，左右魪，一目，所謂比目魚也。云須兩魚并合乃能游，若單行，落魄著物，爲人所得，故曰兩魪，丹陽、吴會有之。罺，抑魚之器也。鱟，形如惠文冠，青黑色，十二足，似蟹，足悉在腹下，長五六寸，雌常負雄行，漁者取之必得其雙，故曰乘鱟，南海、朱崖、合浦諸郡皆有之。罛，魚網也。詩云：施罛濊濊。虎魚，頭身似虎，或云變而成虎。鹿頭魚，有角似鹿。同罛共羅，言皆爲網罟所制獲也。縶[角龍]俘束者，陷網罟之中，見俘束也。徽鯨，魚之有力者也。魚大者莫若鯨也，故曰徽鯨也。攙搶，星也。淮南子曰：鯨魚死而彗星出。易井卦曰：九二，井谷射鮒。鄭玄云：九二，坎爻也，坎爲水，上直魚。生一，艮爻也，艮爲山，山下有井。必因谷水所生魚無大魚，但多鮒魚耳。言微小也。夫感動天地，此魚之至大，射鮒井谷，此魚之至小，故以相况。善曰：列子曰：詹何，

楚人也，以獨繭絲爲綸，芒針爲鈎，荆篠爲竿，剖粒爲餌，引盈車之魚，於百仞之淵。䱴鰽，鮪也。䱴，古贈切。鱨魦，已見西京賦。魵音介。爾雅曰：鰝，大魚。鰕音遐。鱟音候。鼊，已見西京賦。又曰：䲓，兼有也。力公切。鵩鳥賦曰：傛若囚拘。求殞切。徽音輝。説文曰：犗，騬牛也。犗，古邁切。騬，以陵切。

【五臣注】䱴音亘。鰽，莫贈反。灑，所買反。鱨音嘗。鯊音沙。罩音陟。魵音介。罺，側梢反。鰕音遐。鱟，胡豆反。罛音孤。鼊音蟄。䲓音籠。傛音隕。徽音暉。犗，古邁反。鮒音附。銑曰：鈎餌，鈎上置食者。縱横，言多也。緒，所以綴網之綱也。接，謂相接也。詹公、任父，古之善取魚者。向曰：筌，取魚器也。灑，鈎也。罩，籠也。罺，盛魚器也。䱴鰽鱨鯊，并魚名。鰝鰕，大魚名也。濟曰：乘鱟，似蟹。罛，網也。言與黿鼉同其羅網也。翰曰：沉虎潛鹿，并魚頭虎鹿之身。鼊䲓傛束，言俱陷羅網之中。濟曰：徽鯨，魚之至大者。莊子云：以大鈎十二犗牛爲餌。言徽鯨吞此鈎，爲人所得。欃槍，妖星也。暴，疾也。鯨魚死，其目精疾出，而爲此星，以相連屬。向曰：鮒，小魚也。谷，水也。井水之中，其魚小也。臨大河而釣鯉者，見射小魚於井谷，必小之。今我於江海之中得此大魚，比於臨河而釣鯉者，我又輕之，無异釣鯉者觀於射鮒之微也。

【張鳳翼文選纂注】䱴音亘。鰽，莫贈切。灑，所買切。鱨音嘗。鯊音沙。罩，陟教切。魵音介。罺，側梢切。鱟，胡豆切。罛音孤。鼊音蟄。䲓音籠。傛音隕。徽音暉。犗，古邁切。詹公，詹何也。任父，任公子。筌，所以得魚也。罺，篧也，編竹籠魚者。魵，一目，所謂比目魚也。須兩魚并乃能游，故曰兩魵。罺，抑魚之器也。鱟，形如惠文冠，十二足，似蟹，悉在腹下，雌常負雄行，故曰乘鱟。罛，魚網也。同罛共羅，言皆爲網罟所制獲也。虎魚，頭身似虎。鹿頭魚，有角似鹿。蟄䲓傛束者，陷網罟之中，

窘束也。徽鯨，魚之有力者。犗，牛也。任公子以餌鰲者也。欃搶，妖星。鯨死，其目精疾出，而爲此星，以相連屬。鮒，小魚也。臨大河而釣鯉者，見射鮒於井谷，必小之。今於江海之中得此大魚，比於臨河而釣鯉者，又若觀於射鮒也。

【王象乾文選刪注】鮔音亘。鰽，莫贈切。鱺，所買切。鮣音介。罺，側梢切。鱟，胡豆切。罶音縶。鑨音籠。僒音隕。徽音輝。犗，古邁切。鮔鰽，鮪也。鱺，鈎也。罩，籗也。編竹籠魚者。鮣，比目魚也。單行，落魄著物，爲人所得，故曰兩鮣。罺，抑魚器。鰝，大魚。鱟，形如惠文冠，青黑色，十二足，雌常負雄行。罛，魚網。虎魚，頭身似虎。鹿頭魚，有角似鹿。僒，束也。徽鯨，魚之有力者。莊周曰：任公子爲大鈎巨繒，五十犗牛以爲餌，蹲會稽，投竿東海。已而大魚食巨鈎，鈎没而下，鶩揚奮鬐，白波若山，海水震蕩。任公子得若魚，離餌之，淛河以東，蒼梧以西，莫不猒此魚者。列子曰：詹何，楚人也，以獨繭絲爲綸，芒針爲鈎，荆篠爲竿，剖粒爲餌，引盈車之魚，於百仞之淵。淮南子曰：鯨魚死而彗星出。

【陳景雲文選舉正】釣餌縱横。注「罺，抑魚之器也」。「抑」當作「撩」。詩鄭箋：樔，今之撩罟。樔、罺同。又「上直巽。生一」。「一」，舊本作「三」。

【杭世駿文選課虚】網罟之中，見僒束也。罶音縶。隴，兼有也。力公切。僒，求殞切。

【汪師韓文選理學權輿・前賢評論】方以智通雅曰：爾雅：比目魚名鰈。吴都賦曰「鮣」。上林賦曰「魼」。劉淵林以此爲「王餘」，誤矣。

【余蕭客文選音義】鮣善音介。鰕善音遐。鱟善音候。鮔舊音亘。鑨舊音籠。鮒舊音附。演繁露：鮒，今俗名土部。此魚質沉，常附土而行。徽善音輝。緒上聲。父上聲。鰽史記正義末鄧反。何音夢。鱺音黎。向曰：鱺，鈎

也。罺音嘲。向曰：罺，盛魚器。鰝皓。僒李奇漢書注音塊。開元文字音窘。犗界。司馬彪莊子注：犧牛也。攙搶。

翰曰：鯨魚死，其目精疾出而爲此星。

【余蕭客文選紀聞】鮔桓。鱛曾。并古文苑注四。鱺離。博雅音十。魪居拜。類篇十一下。罺壯交。玉篇十五。鰝乎老。玉篇二十四。鱟侯。爾雅翼三十一。鱟，南人列肆賣之，雄者少肉。過海相負，高尺餘，乘風游行。今鱟殼上有物，高七八寸，如石珊瑚，俗呼鱟帆。鱟十二足，殼可爲冠，次於白角。南人取其尾爲小如意酉陽雜俎十七。鱟畏蚊，小螫之輒斃續博物志三。吴録：鱟似蟹，長五寸，腹中子如麻子，取作醬，美。廣州記：鱟廣尺餘，形如熨斗，頭如蜣蜋。嶺表録異：鱟魚眼在背上，口在腹下，尾長尺餘，三棱如梭。置水中，雄浮雌沉御覽九百四十三。鱟，青黑色寰宇記百七十。鱟血碧陳師道談叢二。鱟形如車，長五六尺傅肱蟹譜上。鱟味辛鹹，微毒。其行，雌常負雄。失雌，雄即不動。尾有珠如粟，燒脂可以集鼠。小者名鬼鱟，食之害人飲食須知六。礲聾。説文七上。徽暉。類林十七。犗居。類林五。鮒附。宋書六十七。鮒，今俗名土附，聲訛也。此魚質沉，常附水而行，不似他魚浮水游逝，故曰土附。後人加「魚」去「阜」，書以爲「鮒」。吴興人名云鱸鯉。以其質圓而長，與黑蠡相似。其鱗斑駁，又似鱸魚。故兩喻而兼言之。埤雅指爲鯽魚，失之演繁露八。

【孫志祖文選考异】鱺鱛魦。潘云：鱺當作麗。金云：玩上下筌、罩、罺句法，只應作「麗」，誤刻魚旁。志祖案：吕向注：鱺，鈎也。未知何據。竊疑「鱺」字當爲「纚」字之誤。西京賦：纚鰋鮋。注：纚網如箕形，狹後廣前。

【張雲璈選學膠言】罩兩魪。通雅云：爾雅：比目魚名鰈。吴都賦曰「魪」。上林賦曰「魼」。劉淵林以此爲「王餘」，誤矣。「魼」即「魪」，「魪」即「鰈」也。雲璈按：劉注：魪，左右魪一目，所謂比目

魚也。須兩魚并合，乃能游，若單行，落魄著物，爲人所得，故云兩魪。無即以爲王餘之説。考爾雅「比目魚」，郭注云：江東又呼爲王餘魚。方氏蓋誤記郭璞爲淵林也。又此賦上文云：雙則比目，片則王餘。劉注：比目魚，東海所出。王餘魚，其身半也。以比目爲王餘，亦未嘗誤。

【胡克家文選考异】鱺鱨魦。案：「鱺」字誤也。劉、善皆無注，袁、茶陵二本下音所買。西京賦：纚鰋鮋薛注云：纚，網如箕形，狹前廣後。善曰：纚，所買切。蓋此賦字本與彼同，故善不更注。所買即善音，二本割裂入正文下，尤刪削之。善音失舊，每如此也。又江賦云：筩灑連鋒。善引舊説曰：筩、灑，皆釣名也。灑，所蟹切。彼「灑」亦即「纚」也。或爲網，或爲釣，説之者有不同耳。可證「鱺」字，各本所見皆傳寫誤。

注「筌捕魚器今之斗回也」。袁本、茶陵本無此九字。

注「攙搶星也」。袁本、茶陵本無此四字。

注「上直魚生一」。袁本、茶陵本「魚」作「巽」，「一」作「三」，是也。案：「生」當作「九」。各本皆誤。

注「言微小也」。袁本、茶陵本無此四字。

注「鰝大魚鰕音遐」。案：「魚」字不當有，「鰕」屬上讀。袁本、茶陵本無「鰕音遐」三字，乃刪音而誤於衍字絶其句也。又上「魪」下「犗」兩音，二本無，亦刪。

注「又曰巃兼有也」。案：「又」當作「説文」二字，各本皆脱，誤。

【許巽行文選筆記】鱺鱨。案，「鱺」字与「筌」「罩」「罺」三字同例，亦是取魚之具。以其字居「魱鱨」「鱨魦」之間，傳寫訛从魚旁耳。西京賦：纚鰋鮋。注：纚，網如箕形，狹後廣前。江賦：筩灑連

鋒。注：筒、灑，皆鉤名也。此賦或用「纚」字，或用「灑」，皆通。

攙搶。爾雅、漢書天文志并作「欃槍」。天官書：天棓、天欃、天槍，字皆从木不从手。嘉德案：「欃槍」字當从木，而玉篇諸書手、木兩出。

【朱珔文選集釋】鉤餌縱横。劉注引莊周曰：任公子爲大鉤巨熷，五十犗牛以爲餌。善引列子：芒針爲鉤，剖粒爲餌。案説文䰞部云：䰞，粉餅也。重文爲餌。而釣者所以啖魚，亦爲餌。注引莊、列，蓋以餌爲餌。玉篇則云：餌，鉤也。不即作啖魚之食解矣。

筌鮔鰽。善注云：鮔鰽，鮪也。史記載上林賦郭璞注同。案：鮔鰽，説文作「䱍鯍」，云：周、雒謂之鮪，蜀謂之䱍鯍。「鮔」爲「䱍」之省，「鯍」與「鰽」則音之轉也。爾雅：鮥鮛鮪。「鮛」或作「叔」。郭注：鮪，鱣屬也。郭又云：小者爲叔鮪，大者爲王鮪。詩正義引陸璣疏云：鮪魚，形似鱣，益州人謂之鮔鰽。山海經注亦云：鮪即鱣也。蓋同類之物，古人往往不別。故蜀都賦「鱣」字，劉注以「鮔鰽」釋之。

鱺鱨魦。「鱺」爲「纚」之誤，胡氏考异已言之。案：鱺爲魚名，不得與上「筌」字下「罩」「罺」字并言，自當作「纚」。説文：纚，冠織也。引伸之則爲網名。前西京賦：纚鰋鮋。薛注云：纚，網如箕形，狹後廣前是也。以「纚」爲「網」者，詩小雅：魚麗于罶，鱨鯊。廣雅：麗，離也。故邶風云：魚網之設，鴻則離之。方言云：羅謂之離。周禮小司寇注亦云：杜子春讀「麗」爲「羅」也。後江賦：筒灑連鋒。善注引舊説曰：筒、灑皆釣名。考异謂：灑亦即纚，或爲網，或爲釣，説者不同耳。義當是。

罩兩魪。劉注云：魪，左右各今本亦作「魪」，誤一目，所謂比目魚也。須兩魚并合乃能游，若單行，落魄著物，爲人所得，故曰兩魪，丹陽、吳會有之。案：比目魚爲「鰈」，見後上林賦。而段公路北户録謂

之「鰜」，廣韻亦以「鰜」爲比目魚，則名不一矣。至郭注爾雅云：江東又呼王餘魚。然此賦上文言「雙則比目，片則王餘」，明非一魚，前劉注已詳。郝氏謂：王餘魚單行，非兩兩相合，郭注誤也。本草綱目乃以郭説屬之劉淵林，非是。比目魚又稱魪者，爾雅釋詁：介，助也。詩生民箋：介，左右也。廣雅之蛤解亦呼爲蛤蚧。南海藥譜引廣州記：蛤蚧，生廣南水中，有雌雄，狀若小鼠，夜居榕樹上，投一獲二。正與兩魪相類，故字俱从介。玉篇亦云：兩魪，比目魚也。

罺鰝鰕。劉注云：罺，抑魚之器也。案：小雅：烝然汕汕。毛傳：汕汕，樔也。箋云：樔，今之撩罟也。釋文：樔，或作罺。疏引爾雅：樔，謂之汕。今爾雅作「罺」。郭注與箋同。説文有「樔」無「罺」，「樔」字异訓，見後東征賦。陳氏稽古編：疑古止有「樔」字，「罺」則後人所益。郝氏云：「罺」者，「樔」之或體。余謂捕魚者惟槮用木罺，既是撩罟，似非从木之「樔」。玉篇：罺，罟也。御覽引舍人曰：以薄罺魚曰罺者也。「罺」與「樔」同音，通用耳。若説文：汕，魚游水貌。亦引嘉魚詩，則與爾雅、毛傳俱异。殆三家説與？〇又案：上句「罩」字，劉注云：籗也，編竹籠魚者也。引詩「烝然罩罩」，而此不引詩，善注亦未及。彼毛傳：罩罩，籗也。本爾雅「籗」謂之「罩」。説文作「籱」，重文爲「籗」。小徐本作「籗」。詩正義引孫炎曰：今楚罩也。郝謂：罩用竹，無竹則以荆，故曰楚罩。淮南説林訓：罩者抑之。蓋漁人以手抑按於水中以取魚也。而劉注「罺」亦云抑魚，是二者略相似矣。〇善注引爾雅曰：鰝，大魚。案，「魚」爲「鰕」之誤。説文：鰝，大鰕也。正用雅訓。郭注：鰕，大者，長二三丈，鬚長數尺，今青州呼鰕魚爲鰝。水經泿水注引廣州記：刺史楊修鄉人言鰕鬚長一丈，修以爲虛。其人至東海，取鰕鬚，長丈四尺，示修，修始服。此乃今之蝦也。爾雅別有魵鰕，出穢邪頭國。鯢大者謂之鰕，見上林賦。彼皆魚名，非一類。

驆龓僒束。善注云：驆，已見西京賦。又曰：龓，兼有也。案，彼處「驆」字引説文，此「又曰」亦説文語。龓，蓋今之牢籠字。故意取兼包，即爲羅絡之義。玉篇有部「龓」下曰：馬龓頭。又革部「鞥」下曰：轡鞥也。籠頭繞者。是「籠」與「龓」通矣。説文「鞥」下今本作「龍頭」，當是字之誤。段氏謂：龓頭即羈也。驆龓者，縶而籠其頭也。但此本屬馬言，而賦上句云「沈虎潛鹿」，乃借以狀其受縶耳。

徽鯨輩出於群犗。注云：徽鯨，魚之有力者也。魚大者莫若鯨，故曰徽鯨。案：爾雅：魚有力者徽。蓋謂魚有力之通名，未嘗專屬。此注當删上「鯨」字，但云「徽，魚之有力者也」。下釋語正不誤。郝氏疑徽、鯨相儷，以爲魚名，非是。〇下句云：攙搶暴出而相屬。注引淮南子：鯨魚死而彗星出。案：爾雅：彗爲攙搶。春秋孔演圖：海精死，彗星出。注云：海精，鯨魚。又考异郵：鯨魚死，彗星合。注云：鯨魚陰物，生於水，今出而死，是將有兵相殺之祥也，故天應之以妖彗。此正可與淮南相證。

【梁章鉅文選旁證】鱺鱔鯋。胡公考异曰：「鱺」字誤。劉與善皆無注。袁、茶陵二本音所買。西京賦：纚鰋鮋。薛注云：纚，網如箕形，狹後廣前。善曰：纚，所買切。蓋此賦字本與彼同，故善不更注。林先生曰：筌、罩、巢皆實字，則纚字義亦當配。向注：鱺，鈎也。似可從。

驆龓僒束。又徽鯨輩中於群犗。六臣本「僒」作「㪊」，「輩」作「背」。

注魪，左右魪，一目，所謂比目魚也。下「魪」字當作「各」。鄭氏樵爾雅注云：比目魚爲王餘。然此賦上文有「雙則比目，片則王餘」也。鄭説疑誤。

注坎爲水，上直魚，生一，艮爻也。六臣本「魚」作「异」，「一」作「三」，是也。毛本作「巽」，尚不誤。按：當作「上直巽，九三」，王氏應麟輯鄭氏易引此條可證。

注「言微小也」至「故以相況」。此六句是淵林就賦義釋之。王氏輯鄭氏易誤連上文爲鄭注，當係

鈔胥之失。惠氏棟周易述復申其説曰：鄭據六日七分，謂中孚十一月卦辭，豚魚吉，巽爲魚，巽以風動天，故云感動天地。井五月卦，九二失位，微陰未應，故云魚之至小，可笑也。

注爾雅曰：鰝，大魚。鰕音遐。「魚」字不當有。「鰕」當屬上讀。

注又曰：⿰魚龍，兼有也。「又曰」當作「説文曰」，繫傳從有，龍聲，讀若龍。錢氏坫曰：平準書：盡籠天下之貨物。當從此。

【胡紹煐文選箋證】鱺鱛魦。考异曰：「鱺」字誤。劉與善皆無注。袁、茶陵二本音「所買反」。西京賦：鱺鰋鮋。薛注云：鱺，網如箕形，狹後廣前。善曰：鱺，所買反。蓋此賦字本與彼同，故善不更注。紹煐按：纚之言灑也，用網投水中如灑然，故遂名網爲「纚」。史記司馬相如傳：落英幡纚。讀如「灑」，謂分泛之意。

罺鰝鰕。注劉逵曰：罺，抑魚之器也。胡氏承珙曰：古橧、巢同義。禮運：夏則居橧巢。鄭注云：聚柴薪居其上。廣雅：橧，巢也。大戴禮：鷹隼以山爲卑，而橧巢其上。皆是。御覽引風土記：罾樹四木而張網於水，車挽之，上下形如蜘蛛之網，方而不圓。蓋罾本樹木爲之，其高如巢，故得罺名。則「罺」即「罾」，乃自下舉上之物，非抑魚之器，劉注恐誤。紹煐按：胡説極是，埤雅引淮南子云：罩者抑之，罾者舉之。劉以罺爲抑魚器，是混罺爲罩矣。漢書陳勝傳顔注罾，魚網也。形如抑繖，蓋羅而舉之，與風土記説合，今人猶謂以罺取魚爲罾魚。罾者，高也。罺之爲罾，猶樔之爲橧耳。

沈虎潛鹿。注劉逵曰：虎魚，頭身似虎，或云變而成虎。鹿魚，頭有角似鹿。按：异物志云（御覽八百八十八引）：東海有虎錯魚，皆化虎上岸食人，即吴都賦所謂「沈虎潛鹿」也。

⿱田魚⿰魚龍⿰亻⿱宀告東。注善曰：爾雅曰：鰝，大鰕。又曰：⿰魚龍，兼有也。今爾雅無「⿰魚龍」。按：廣雅：⿰魚龍，有

也。亦無「兼」字，惟説文有部：龓，兼有也。疑上「爾雅曰」爲「説文曰」，故下又曰「龓，兼有也」。後人見爾雅有「鰝，大鰕」，徑改「説文」二字爲「爾雅」，妄矣。龓，古籠字。説文革部：鞥，轡鞥。一曰龓頭繞者。玉篇：龓，馬龓頭。蓋羈絡之名。

【高步瀛文選李注義疏】「餌」，尤本作「鉺」。案：説文鬻部曰：鬻，粉餅。重文作「餌」。金部無「鉺」字。玉篇曰：鉺，鈎也。然此上已言鈎，又劉、李注引莊、列皆作「餌」，則作「鉺」字誤。今依袁、茶二本及毛本。○孫志祖曰：「鱺」字當爲「纚」字之誤。西京賦：纚鰋鮋。注：纚，網如箕形，狹後廣前。胡克家曰：「鱺」字誤也。劉、善皆無注，袁、茶陵二本下音所買反，西京賦：纚鰋鮋。善曰：纚，所買切。蓋此賦字本與彼同，故善不更注。所買即善音，二本割裂入正文下，尤刪削之。善音失舊，每如此也。又江賦云：筒灑連鋒。善引舊説曰：筒、灑，皆釣名也。灑，所蟹切。彼「灑」亦即「纚」也。或爲網，或爲釣，説之者有不同耳。可證「鱺」字各本所見皆傳寫誤。朱珔、許巽行説同。又吕向注曰：鱺，鈎也。當即江賦之「灑」。胡紹煐曰：按：纚之言灑也，用網投水中如灑然，故遂名網爲「纚」。史記司馬相如傳：落英幡纚。讀如「灑」，謂分泛之意。則不從以灑爲釣之説。○「鯊」，尤本作「魦」。今依袁、茶二本。案：詩魚麗「鱨鯊」，釋文曰：鯊音沙。亦作「魦」。○「輩」，五臣作「背」。○「攙搶」，袁本作「欃槍」。許巽行曰：「攙搶」，爾雅釋天、漢書天文志并作「欃槍」。史記天官書：天棓、天欃、天槍，字皆从木不从手。許嘉德曰：玉篇諸書手、木兩出。○劉注引易見繫辭下，「網」作「罔」，「畋」作「佃」，并同。○莊子，見外物篇。今本「繒」作「緇」，釋文引司馬彪注曰：大黑綸也。又「轄」下無「牛」字，「蹲」下有「乎」字，「食」下有「之」字，「巨」上有「牽」字，下「鈎」字作「鉛」，「驚」作「鶩」，「離」下有「而」字，「餌」作「腊」，「制」上有「自」字。釋文曰：「鶩」，一作「驚」，與劉引同。然緇字、鉛

字、腊字當以今本爲是。此注或傳寫致誤耳。〇「筌，捕魚器，今之斗回也」，胡克家曰：袁本、茶陵本無此九字。案：莊子外物篇釋文作「荃」，引崔譔曰：香草也，可以餌魚。或云積柴水中，使魚依而食，一云魚笱也。案：如後一説，則當作「筌」。成玄英疏正作「筌」，曰：筌，魚笱也。以竹爲之，故字从竹。與劉注合。〇「籗」，袁、茶二本作「籗」。説文曰：籱，罩魚者也。字并同。爾雅釋器曰：籗謂之罩。郭注曰：捕魚籠。詩南有嘉魚疏引李巡曰：籗，編細竹以爲罩，捕魚也。孫炎曰：今楚籗也。孔穎達曰：然則罩以竹爲之，無竹則以荆，故謂之楚罩。郝氏義疏曰：今魚罩皆以竹，形似鷄罩。漁人以手抑按於水中以取魚。故淮南説林篇云：罩者抑之。抑，即按也。〇「各一目」，「各」字各本誤作「魪」，今依梁章鉅校改。比目魚已見上。朱琦曰：比目魚又稱魪者，爾雅釋詁：介，助也。詩生民箋：介，左右也。廣雅之蛤解亦呼爲蛤蚧。南海藥譜引廣州記：蛤蚧，生廣南水中，有雌雄，狀若小鼠，夜居榕樹上，投一獲二。正與兩魪相類。故字俱从介。玉篇亦云：兩魪，比目魚也。〇爾雅釋器曰：罺謂之汕。郭注曰：今之撩罟。郝疏曰：「罺」者，「樔」之或體也。詩南有嘉魚傳：汕汕，樔也。箋云：樔者，今之撩罟也。是「罺」古作「樔」，或作「罺」。御覽八百三十四引舍人曰：以薄罺魚曰罺者也。詩正義引李巡曰：汕以薄汕魚。孫炎曰：今之撩罟。按：撩罟，今謂之抄網也。汕者，説文以爲魚游水貌，引詩「烝然汕汕」，與爾雅异也。朱琦曰：淮南説林訓：罩者抑之。而劉注罺亦云抑魚，是二者略相似矣。〇玉篇曰：鱟，胡遘切。山海經云：形如車，文青黑色，十二足，長五六尺，似蟹。雌常負雄，漁者取之，必得其雙。子如麻子，南人爲醬。廣韵五十候引作郭璞注。今山海經郭注皆無之，蓋佚文也。「車」字即「惠」字之訛。本草綱目卷四十五李時珍曰：鱟，狀如惠文冠及熨斗之形，廣尺餘。其甲瑩滑，鐵背骨眼，眼在背上，口在腹下，頭如蜣蜋，十二足，似蟹。在腹兩旁五六尺，尾長一二尺，有

三稜，如椶莖。雌常負雄。背上有骨如角，高七八寸，如石珊瑚狀。失其雌，則雄即不動。漁人取之，必得其雙。雄小雌大，置之水中，雄浮雌沉。其藏，伏沙上，亦可飛躍。南人以其肉作鮓醬。又互見江賦注。方言六曰：雙雁曰乘。儀禮聘禮記鄭注曰：乘禽，乘行之禽，謂雁鶩之屬，其歸之以雙爲數。廣雅釋詁四曰：椉，二也。「乘」與「椉」字同。○詩碩人毛傳曰：罛魚罟濊，施之水中。孔疏曰：罛音孤。馬云：大魚網目大豁豁也。韓詩云：流貌。○初學記鱗介部引沈瑩臨海水土异物志曰：虎鯌，長五丈，黄黑斑，耳目齒牙有似虎形，唯無毛。或變，乃成虎。御覽鱗介部十引范子曰：虎魚，出南海。又引郭璞江賦下注云：虎魚，頭似虎，腹背皆有刺。又互見本書江賦注。○初學記鱗介部引臨海异物志曰：鹿魚，頭上有兩角如鹿。御覽鱗介部十一引臨海异物志曰：鹿魚，長二尺餘，頭上有角，腹下有脚如人足。與本書江賦注引同。○爾雅釋魚曰：魚有力者徽。郭注曰：强大多力。郝疏曰：吴都賦「徽鯨相儷」，似爲魚名。爾雅衹言魚有力之通名耳。朱珔曰：爾雅蓋謂魚有力之通名，未嘗專屬。此注當删上「鯨」字，但云「徽，魚之有力者也」。下釋語正不誤。郝氏疑徽、鯨相儷，以爲魚名，非是。○「攙搶星也」，胡克家曰：袁本、茶陵本無此四字。○淮南，見天文篇。朱珔曰：案：爾雅：彗爲攙搶。春秋演孔圖：海精死，彗星出。注云：海精，鯨魚。又考异郵：鯨魚死，彗星合。注云：鯨魚，陰物，生於水，今出而死，是將有兵相殺之祥也，故天應之以妖彗。此正可與淮南相證。案：爾雅見釋天。演孔圖、考异郵并見御覽咎徵部二引。○「下直巽九三」，各本「下」作「上」，今依王昶及袁鈞校改。尤本「巽」作「魚」，「三」作「二」，皆誤。又各本「九」誤「生」。胡克家曰：袁本、茶陵本「魚」作「巽」，「二」作「三」，是也。「生」當作「九」。梁章鉅説同，曰：王氏應麟輯鄭氏易引此條可證。步瀛案：玉海王輯鄭注本「巽」字不誤，「九三」亦沿選注誤作「生一」，惠棟輯本始改正耳。○「言微小也」，胡克家曰：

袁本、茶陵本無此四字。案：王輯周易鄭注亦無此四字。自此以下，盧文弨、梁章鉅皆以爲劉淵林語，非鄭注。又案：夫感動天地云云，此泛論，與賦意無關。吕向曰：臨大河而釣鯉者，見射小魚於井谷，必小之。今我於江海之中得此大魚，比於臨河而釣鯉者，我又輕之，無异釣鯉者觀於射鮒之微也。解臨河釣鯉二句得之。又案：易井卦釋文引王肅曰：鮒，小魚也。演繁露卷八曰：鮒，今俗名土附。此魚質沉，常附水而行，不似他魚浮水游逝，故曰土附。後人加「魚」去「阜」，書以爲「鮒」。吴興人名云鱸鯉，以其質圓而長，與黑蠡相似。其鱗斑駁，又似鱸魚。故兩喻而兼言之。埤雅指爲鯽魚，失之。○李注引列子，見湯問篇，無「楚人也」三字。張湛注曰：楚人。○鮔鱅，已見蜀都賦注及疏。○「魪音介」，袁、茶二本無此三字。○爾雅，見釋魚。各本「大」下誤衍「魚」字。胡克家曰：「魚」字不當有，「鰕」屬上讀。袁本、茶陵本無「鰕音遐」三字，乃删音而誤於衍字絶其句也。步瀛案：郭注曰：鰕大者出海中，長二三丈，鬚長數尺，今青州呼鰕魚爲鰝，音鄗部。説文曰：鰝，大鰕也。朱珔曰：水經浪水注引廣州記：刺史楊修，鄉人言鰕鬚長一丈，修以爲虚。其人至東海，取鰕鬚，長丈四尺，示修，修始服。此乃今之蝦也。爾雅别有魵鰕，出穢邪頭國。鯢大者謂之鰕，見上林賦。彼皆魚名，非一類。○説文各本誤作「又」，蓋先脱「説」字，「文」字又誤爲「又」耳。今依胡氏、梁氏校改。胡紹煐謂：上文爾雅疑爲説文之誤，此「又」字不誤，恐非。朱珔曰：鸗，蓋即今之牢籠字。故意取兼包，即爲羅絡之義。玉篇有部「鸗」下曰：馬鸗頭。又革部「鞥」下曰：轡鞥也。籠頭繞者，是「籠」與「鸗」通矣。説文「鞥」下今本作「龍頭」，當是字之誤。段氏謂：鸗頭即羈也。羇鸗者，縶而籠其頭也。但此本屬馬言，而賦上句云「沉虎潛鹿」，乃借以狀其受縶耳。○鵩鳥賦本書十三卷「傫」作「窘」，注：求殞切。漢書賈誼傳作「傫」。注引李奇曰：傫音塊。蘇林音欺全切。顔謂蘇音是。史記賈生傳作「攌」，集解引徐廣華板反，又音

晥。索隱曰：漢書作「僒」，去隕反。漢書清官本載張佖曰：按説文窘音渠隕反，迫也。文選李善注：窘，囚拘之貌。五臣注：窘，困也。愚者繫縛俗累，困如囚人拘束，其字并不从人。唯孫强新加字。玉篇及開元文字有作「僒」字，并音窘。疑蘇林音誤，今宜定從説文，音渠隕反。沈欽韓曰：玉篇僒，求敏、口窘二切，引此文謂肩傴僒也。與蘇林音异義同。〇説文見牛部。〇「犗，古邁切」，袁、茶二本無此四字。〇緒、父、鰕，古音魚部。鯊、羅，歌部。通轉爲韵。東、屬、谷，侯部。

結輕舟而競逐，迎潮水而振緡。想萍實之復形，訪靈夔於鮫人。精衛銜石而遇繳，文鰩夜飛而觸綸。北山亡其翔翼，西海失其游鱗。

【彙校】

「結輕舟」　「結」，四庫本、正德本、陳八郎本同。奎章閣本、明州本、贛州本、叢刊本、尤刻本、胡刻本、監本、九條本作「結」。當作「結」。「輕」，明州本、贛州本、四庫本、叢刊本、陳八郎本、尤刻本、胡刻本、監本、九條本同。奎章閣本作「輕」。正德本作「輊」。當作「輕」。

「而競逐」「競」，明州本、贛州本、四庫本、叢刊本、正德本、陳八郎本、尤刻本、胡刻本、監本同。奎章閣本、九條本作「竸」。當作「競」。「逐」，奎章閣本、明州本、贛州本、四庫本、叢刊本、陳八郎本、尤刻本、胡刻本、監本、九條本同。正德本無「逐」字。當有「逐」字。

「迎潮水」「水」，奎章閣本、明州本、贛州本、四庫本、叢刊本、陳八郎本、尤刻本、胡刻本、監本、九條本同。正德本作「水逐」。當作「水」。

■**立群案：**賦云：結輕舟而競逐，迎潮水而振緡。相對爲文，諸本多是。正德本誤刻「逐」字於「水」字後。當有「逐」字。

「而振緡」「振」，奎章閣本、叢刊本、正德本、陳八郎本、尤刻本、胡刻本作「振」。明州本、贛州本、四庫本、監本、九條本作「振」。當作「振」。

「想萍實」「萍」，奎章閣本、尤刻本、胡刻本、監本同。明州本、贛州本、四庫本、叢刊本、正德本、陳八郎本、九條本作「蓱」。當作「萍」。

「訪靈夔」「靈」，明州本、贛州本、四庫本、叢刊本、正德本、尤刻本、胡刻本、監本、九條本同。奎章閣本作「靈」。陳八郎本作「霊」。當作「靈」。「夔」，奎章閣本、明州本、四庫本、叢刊本、正德本、尤刻本、胡刻本、監本、九條本同。贛州本、陳八郎本作「蘷」。當作「夔」。

「於鮫人」「於」，奎章閣本、明州本、贛州本、四庫本、叢刊本、陳八郎本、尤刻本、胡刻本、監本、九條本同。正德本作「扵」。當作「於」。

「精衛銜石」「精」，明州本、贛州本、四庫本、叢刊本、陳八郎本、尤刻本、胡刻本、監本、九條本同。奎章閣本、正德本作「精」。當作「精」。「衛」，奎章閣本、贛州本、正德本、陳八郎本、尤刻本、胡刻本、

監本、九條本同。明州本、四庫本、叢刊本作「衛」。當作「衛」。「衜」，奎章閣本、明州本、贛州本、四庫本、叢刊本、陳八郎本、尤刻本、胡刻本、監本、九條本同。正德本作「衜」。當作「衜」。

「文鰩夜飛」「飛」，明州本、贛州本、四庫本、叢刊本、陳八郎本、尤刻本、胡刻本、監本、九條本同。奎章閣本、正德本作「飛」。當作「飛」。

「亡其翔翼」「翼」，奎章閣本、四庫本、正德本作「翼」。明州本、贛州本、叢刊本、陳八郎本、尤刻本、胡刻本、監本作「翼」。九條本無「翼」字。當有「翼」字。

▌立群案：賦云：北山亡其翔翼，西海失其游鱗。相對爲文，不當無「翼」字。

「失其游鱗」「游」，明州本、贛州本、四庫本、叢刊本、陳八郎本、九條本同。尤刻本、胡刻本、監本作「遊」。奎章閣本、正德本作「游」。當作「游」。

【彙注】

【李善注】緡，密巾切。劉曰：繳，弋綸也。緡、綸，皆釣繳也。詩曰：其釣維何，惟絲伊緡。善曰：家語曰：楚昭王渡江，得物如斗，入王舟中，王怪之，問孔子。孔子曰：此爲萍實，可剖而食之，其甘如蜜。唯王者能獲此吉祥也。云先時童謠曰：楚王渡江，得萍實，大如斗，赤如日，剖而食之，甘如蜜。引此事，言今乘江流，想復遇斯事也。山海經曰：東海中有獸如牛，蒼身無角，一足，入水則風，其聲如雷，以其皮冒鼓，聞五百里，名曰夔。鮫人居水中，故訪之。北山經曰：發鳩之山有鳥，狀如烏而文首，白喙，赤足，名精衛。其鳴自呼，赤帝之女，姓姜。游於東海，溺而死，不反。常取西山木石，以填東海。西山經曰：秦器之山，濩水出焉，是多鰩魚，狀如鯉，魚身而鳥翼，蒼文而白首，赤喙，常行西海，而游於東海，夜飛而行。言吳之綸繳得此鳥魚，故西海、北山失其鱗翼也。戰國策曰：夏水浮輕舟。楊雄

蜀都賦曰：行舟競。

【五臣注】緡，密巾反。繳音酌。鰩音遥。向曰：結，謂兩舟并繫，齊解而進，今以爲競渡者。迎，逆也。振，猶舉也。緡，網也。逆潮水而上行。舉，張緡網也。言競渡既畢，復舉網而取魚。銑曰：楚昭王渡江，有物如拳，入王舟中，王怪之，使問於孔子。孔子曰：此爲萍實，割而食之，甘如蜜。今乘江流，乃思此物之復見也。靈夔，山精也。言訪之於鮫人。翰曰：繳，射也。精衛，鳥名也。生北山，赤帝之女，游東海，溺而死，化爲此鳥。常銜西山木石，以填東海，因此遇射也。綸，小網也。文鰩，魚名。有翼。生西海，游東海，遂觸網。北山、西海乃亡失此物。

【張鳳翼文選纂注】鰩音遥。家語：楚昭王渡江，江中有物大如斗，圓而赤，直觸王舟，舟人取之。王使使聘於魯，問於孔子。孔子曰：此所謂萍實者也，可剖而食之，吉祥也，唯霸者爲能獲焉。使者返，王遂食之。東海中有獸如牛，蒼身無角，一足，入水則其聲如雷，以其皮冒鼓，聞五百里，名曰夔。鮫人，居水中者。發鳩之山有鳥，文首，白喙，赤足，名精衛。云是赤帝之女，姓姜，游於東海，溺死不反。常取西山木石，以填東海。鰩魚出濩水，狀如鯉，魚身而鳥翼，蒼文而白首，赤喙，常行西海，而游於東海，夜飛而行。言吴之綸繳得此鳥，故西海、北山失其鱗翼。此誇言競渡既畢，復舉網而取魚也。

【王象乾文選删注】繳音酌。鰩音遥。緡，釣繳。綸，釣繳。山海經曰：東海中有獸如牛，蒼身無角，一足，入水則風，其聲如雷，以其皮冒鼓，聞五百里，名曰夔。北山經曰：發鳩之山有鳥，名精衛。赤帝之女，溺死。常取西山木石，以填東海。西山經曰：秦器之山，濩水出焉，是多鰩魚，鯉魚身而鳥翼，常行西海，而游於東海，夜飛而行。

【陳景雲文選舉正】結輕舟而競逐。注舊本自「山海經」以下至西山經「失其鱗翼也」皆劉注按，當自

「先時童謡曰」以下屬劉注。六臣本「山海經」上脱卅九字也，今并混入李注，誤也。又舊本「家語」一條，在「戰國策」前，然似宜繫揚雄賦後爲尤協。

【余蕭客文選音義】鰩舊音遥。綸。翰曰：小綱。

【余蕭客文選紀聞】鰩遥。山海經注二。

【胡克家文選考异】注「其釣惟何」。袁本、茶陵本「惟」作「伊」。案：此尤改，非是。

注「善曰家語曰」。袁本無此五字。案：無者最是，説見下。茶陵本亦無，但移此下「楚昭王云云」入後善注中，而依家語改其文，大誤。

注「使問孔子」。袁本無「使」字，是也。

注「可剖而食之」。袁本「可」作「令」，是也。

注「得此鳥魚」。袁本、茶陵本無「魚」字。案：此尤補也。下注「失其鱗翼也」，「失」上似各本脱「亡」字。

注「戰國策曰」。袁本「戰」上有「善曰萍實見家語」七字。案：有者最是。茶陵本亦有「善曰」，但改「萍實見家語」爲「家語楚昭王云云」，大誤。説在上。

【朱珔文選集釋】精衛銜石而遇繳。善注引北山經曰：發鳩之山有鳥，名精衛。赤帝之女，姓姜，游於東海，溺而死。常取西山木石，以填東海。案：「姓姜」二字，今山海經作「名曰女娃」。後魏都賦注引同。郝氏謂：此處「姓」乃「娃」之訛，「姜」字衍。是也。郝又云：列仙傳載炎帝少女追赤松而得仙，是知東海溺魂、西山銜石，乃神靈之變化，非仇海之冤禽矣。女尸之爲䔄草，猶是也。余謂：述异記：炎帝女死，化爲精衛，偶海燕而生子，一名鳥市，一名冤禽，一名志鳥，俗呼帝女雀。「冤禽」字見

此。但女娃之爲精衛，亦如望帝之爲子規，特自古相傳，無憑指實，又何從定其靈與冤乎？

文鰩夜飛而觸綸。善注引西山經曰：秦器之山，濩水出焉，是多鰩魚，狀如鯉，魚身而鳥翼，蒼文而白首，赤喙，夜飛而行。案：今山海經作：泰器之山（後七啓注引亦作「泰器」，則此處「秦」字誤也），觀水出焉，是多文鰩魚。下同。吕氏春秋本味篇云：萑水之魚名曰鰩。高誘注：萑水在西極。「萑」即「觀」之省也。本草拾遺曰：此魚生海南，大者長尺許，有翅與尾，齊群飛海上。海人候之，當有大風。説文「鰩」字在新附中。鈕氏樹玉謂：山海經名物多怪誕，或説文不盡收其字。惟本書洛神賦：騰文魚以警乘。注云：文魚有翅能飛。引楚辭：文魚兮失瀨。所稱「文魚」當即此「文鰩」矣。又廣東新語云：海南多飛魚，疾如鳥，觸綸輒有光射。潮夜見漁火，爭投船上。亦其證也。

【梁章鉅文選旁證】注其鈞惟何。六臣本「惟」作「伊」。今詩正作「其鈞維何」。「維」「惟」同。

注北山經曰：發鳩之山有鳥，狀如烏而文首，白喙，赤足，名精衛，其鳴自呼。赤帝之女，姓姜，游於東海，溺而死，不返。常取西山木石，以填東海。今北山經：「其鳴自呼」作「其鳴自詨」。「赤帝之女姓姜」作「炎帝之少女名曰女娃」。「溺而死不返」作「溺而不返」。「取」作「銜」。「填」作「堙」。按北山經郭注：娃，惡佳反。本書魏都賦「⿰犭氐⿰犭氐精衛」注引亦作「女娃」，知此注「姓」字訛，「姜」字衍也。魏都賦注引作「溺而不返」，無「死」字。郝氏懿行曰：溺而不返，非溺死之謂。列仙傳載炎帝少女追赤松而得仙，是知東海溺魂，西山銜石，乃神靈之變化，非仇海之冤禽矣。今按魏都賦正文云：⿰犭氐⿰犭氐精衛，銜木償怨。「怨」與「冤」義同。太冲之解未必同郝氏也。

注西山經曰：秦器之山，濩水出焉，是多鰩魚，狀如鯉，魚身而鳥翼，蒼文而白首，赤喙，常行西海，而游東海，夜飛而行。今西山經「秦器」作「泰器」。「濩水」作「觀水」。「鰩」上多「文」字。「鯉」下多

一「魚」字。「游」上無「而」字。「夜飛而行」作「以夜飛」。按本書七啓注引與此注同。惟「秦器」作「泰器」，與今山海經合。

【高步瀛文選李注義疏】「萍」，袁、茶二本作「蓱」。説文曰：苹，蓱也。無根，浮水而生者。蓱，苹也。案：「萍」、「苹」之後出字。萍、蓱，同物也。○劉注釋繳，義已見上。引詩見何彼穠矣。「惟何」，袁、茶二本作「伊何」，毛詩正作「維」。傳曰：伊維，緡綸也。正義引爾雅釋言孫炎注曰：皆繩名也。又采緑鄭箋曰：綸，釣繳。又案：「維」「惟」字通。○尤本「楚昭王」上有「善曰：家語曰」五字。胡克家曰：袁本無此五字，最是。茶陵本亦無，但移楚昭王云云入後善注中，而依家語改其文，大誤。○「使問孔子」，袁本無「使」字。「可剖」，袁本「可」作「令」。○山海經，見大荒東經。「入水則風」作「出入水則風雨」，「名曰夔」在「其聲如雷」下，「冒鼓」作「爲鼓」，下有「聲」字。○鮫人，已見前注。○北山經「烏」下無「而」字，「呼」作「詨」，下有「是」字，「女」上有「少」字，「姓姜」作「名曰女娃」四字，「溺而」下無「死」字，「取」作「銜」，「填」作「堙」。梁章鉅曰：本書魏都賦注引亦作「女娃」，知此注「姓」字訛，「姜」字衍也。○梁章鉅曰：今西山經「秦器」作「泰器」，「濩水」作「觀水」，「鰩」上多「文」字，「鯉」下多一「魚」字，「游」上無「而」字，「夜飛而行」作「以夜飛」。按本書七啓注引與此注同。惟「秦器」作「泰器」，與今山海經合。步瀛案：「濩水」疑「雚水」之訛。吕氏春秋本味篇曰：雚水之魚，名曰鰩。其狀如鯉，而有翼。雚水即觀水。證類本草卷二十引陳藏器本草拾遺曰：文鰩魚，出南海，大者長尺許，有翅與尾，一名飛魚，群飛水上。海卜候之，當有大風。○「得此鳥魚」，袁本、茶陵本無「魚」字。○「失其鱗翼也」，胡克家曰：「失」上似各本脱「亡」字。○「善曰：萍實，見家語」，尤本無此七字。胡克家曰：袁本有。案：有者最是。茶陵本亦有「善曰」，但改「萍實見家語」爲「家語：楚昭王」

云云，大誤。説在上。步瀛案：茶陵本引作「楚昭王渡江，江中有物，大如斗，圓而赤，直觸王舟。舟人取之，王使使聘于魯，問於孔子。孔子曰：此所謂萍實者也，可剖而食之，吉祥也。唯霸者爲能獲焉。使者返，王遂食之」。與今本家語致思篇同。毛本家語致思作「觀思」，篇中無此文。○李注引戰國策見燕二，蘇代約燕昭王曰：輕舟浮於汶，乘夏水而下江。此蓋以意引。○楊雄蜀都賦，藝文類聚居處部一及古文苑皆引之。此注脱「逐」字，今補。○緡、綸，古音諄部。人、鱗，真部。通轉爲韵。

雕題之士，鏤身之卒。比飾虯龍，蛟螭與對。簡其華質，則亂費錦繢。料其虓勇，則雕悍狼戾。

【彙校】

「雕題之士」　「雕」，奎章閣本、明州本、贛州本、四庫本、叢刊本、正德本、陳八郎本、尤刻本、胡刻本、九條本同。監本作「彫」。當作「雕」。

「鏤身之卒」　「鏤」，奎章閣本、明州本、贛州本、四庫本、叢刊本、正德本、陳八郎本、尤刻本、胡刻

本、監本、九條本作「鏤」。當作「鏤」。「卒」，奎章閣本、明州本、贛州本、四庫本、叢刊本、陳八郎本、尤刻本、胡刻本、監本、九條本同。正德本作「卒」。當作「卒」。

「比飾虯龍」「龍」，奎章閣本、明州本、贛州本、四庫本、叢刊本、陳八郎本、尤刻本、胡刻本、監本、九條本同。正德本作「龍」。當作「龍」。

「蛟螭與對」「與」，明州本、贛州本、四庫本、叢刊本、正德本、陳八郎本、尤刻本、胡刻本、監本、九條本同。奎章閣本作「與」。當作「與」。

「⿰豈乚費錦繢」「⿰豈乚」，明州本、贛州本、四庫本、叢刊本、正德本、陳八郎本、九條本同。奎章閣本作「⿰豈乙」。尤刻本、胡刻本、監本作「⿰豈乚」。當作「⿰豈乚」。

「料其虓勇」「勇」，奎章閣本、明州本、贛州本、四庫本、叢刊本、正德本、陳八郎本、尤刻本、胡刻本、監本、九條本作「勇」。當作「勇」。

「雕悍狼戾」「雕」，奎章閣本、明州本、贛州本、四庫本、叢刊本、正德本、陳八郎本、尤刻本、胡刻本、監本、九條本作「鵰」。當作「雕」。「戾」，奎章閣本、明州本、贛州本、四庫本、叢刊本、陳八郎本、尤刻本、胡刻本、監本、九條本同。正德本作「戾」。當作「戾」。

【彙注】

【李善注】繢音會。料音遼。善曰：水經云：雕題國，在鬱林水南。漢書曰：昔少康之庶子，封於會稽，文身斷髮，以避蛟龍之害。蛟螭，龍子也。⿰豈乚費，錦文貌。於既切。詩曰：闞如虓虎。火交切。戰國策曰：趙王狼戾無親。戾，力計切。

【五臣注】⿰豈乚音意。費，把貴反。繢音會。料音遼。虓，虎交反。良曰：題，額也。螭，龍也。言夷

人雕額鏤身爲文，與虬龍之色相似，故云比飾。又可與虬龍偶對也。濟曰：言上雕題鏤身人也。亄費，猶依俙也。繢，綵也。言其依俙如錦綵。虓，猶猛也。言其猛勇也。悍，怒目也。言如雕鶚之怒目，狼豺之惡戾也。

【張鳳翼文選纂注】亄音意。繢音會。虓，虎交切。雕題國，在鬱林水南，其人斷髮文身。亄費，錦文貌。

【王象乾文選刪注】亄音意。繢音會。虓，虎交切。題，額也。亄費，文錦貌。

【陳景雲文選舉正】則乯費錦繢。「乯」，似當作「亄」。

【杭世駿文選課虛】亄費，錦文貌。亄，於既切。

【汪師韓文選理學權輿・前賢評論】方以智通雅曰：太冲吴都賦：簡其華質，則亄費綿繢。吕延濟曰：亄費，依稀也。按，方言：貪而不施曰亄，或謂之嗇。亄音意。漢書：不足以壹費。訛爲「亄」。方言臆造，而左思采獲之耳。

【余蕭客文選音義】亄舊音意。繢舊音會。卒翠。

【余蕭客文選紀聞】亄，懿。方言注十。繢，潰。山海經注五。

【張雲璈選學膠言】通雅云：吴都賦：簡其華質，則亄費錦繢。按：方言：貪而不施曰亄，或謂之嗇。亄音意。漢書：不足以壹費。訛爲「亄」。方言臆造，而左思采獲之耳。雲璈按：方氏云云，殊非此賦文義，自不如李注「錦文」爲得。

【胡克家文選考异】注「蛟螭龍子也」。袁本、茶陵本無此五字。

【朱珔文選集釋】乯費錦繢。注云：乯費，錦文貌。案，「乯」或作「亄」。説文壴部、壹部并無其字。

惟廣韻：𧯛，貪也。方言亦云：荆、汝、江、湘之間，貪而不施者謂之𧯛。而於義殊乖。注言「錦文貌」，亦望文爲解耳。本書上林賦：縝紛軋芴。郭注引孟康曰：軋芴，緻密也。𧯛既从乙，又爲於既切，與乙音亦近。月令鄭注：乙之言軋也。漢書曰：奮軋於乙。故乙亦音軋。説文：芴，菲也。菲，芴也。互相訓。芴、菲與費音俱近，緻密之解，正合錦繢。然則此𧯛費當與軋忽義通。「𧯛」則借音字之變體矣。

【梁章鉅文選旁證】𧯝費錦繢。五臣「乩」作「𧯝」。濟注：𧯝費，猶依稀也。林先生曰：通雅𧯝費，猶出納之吝也。方言：貪而不施曰𧯝。漢書：不足以壹費。訛爲「𧯝」。方言：臆度而造。左思采獲之耳。

【胡紹煐文選箋證】則𧯝費錦繢。注善曰：𧯝費，錦文貌。按：爾雅釋詁：懿，美也。「𧯝」與「懿」同，作「𧯝」，同音之假。楚辭招魂：費白日些。王注：費，光貌。説文：斐，分別文也。引易曰：其文斐也。今易作「蔚」。費與斐、蔚音義并近，皆謂文貌。

【高步瀛文選李注義疏】「𧯝」，尤本作「乩」，袁、茶二本作「𧯝」，毛本同。案：説文無「𧯝」字，而見於方言十及廣韻六至，音乙冀切，「乩」，蓋誤字。〇李引水經見酈道元温水注引山海經曰：離耳國、雕題國，皆在鬱水南。海内南經亦無「林」字。酈曰：牂牁水又徑鬱林廣鬱縣，爲鬱水。疑李據此意增。案：禮記王制曰：南方曰蠻，雕題、交趾，有不火食者矣。鄭注曰：雕文謂刻其肌，以丹青涅之。孔疏曰：雕謂刻也，題謂額也。謂以丹青雕刻其額，非惟雕額，亦文身也。故仲雍居吴越，左傳云「斷髮文身」。案：見哀七年。此斥言南方之士卒耳，不必泥定雕題國或吴越也。〇漢書，見地理志。〇「蛟螭，龍子也」，胡克家曰：袁本、茶陵本無此五字。〇方言十曰：𧯝，貪也。荆、汝、江、湘之郭，凡貪而不施謂之𧯝。通雅四曰：𧯛費，猶出納之吝也。皆與賦義不合。吕延濟曰：𧯝費，依稀也。朱珔曰：

本書上林賦：縝紛軋芴。郭注引孟康曰：軋芴，緻密也。乹既从乙，又爲於既切，與乙音亦近。月令鄭注：乙之言軋也。漢書律曆志曰：奮軋於乙。故乙亦音軋。説文：芴，菲也。菲，芴也。芴、菲與費音俱近，緻密之解，正合錦繢。然則此乹費當與軋忽義通。步瀛案：吕、朱二義與錦繢之義亦不合。胡紹煐曰：爾雅釋詁：懿，美也。「乹」與「懿」同，作「乹」，同音之假。楚辭招魂：費白日些。王注：費，光貌。説文：斐，分別文也。引易曰：其文斐也。今易革卦作「蔚」。費與斐、蔚音義并近，皆謂文貌。案：胡氏伸李注，似較諸説爲勝。○詩，見常武。案：李引詩非三家者，皆云毛詩。此注無「毛」字而文與毛詩同。下引詩「汔可小康」亦然。○戰國策，見燕一張儀説燕王。○卒、對、繢、戾，古音脂部。

相與昧潛險，搜瑰奇。摸瑇瑁，捫觜蠵。剖巨蚌於回淵，濯明月於漣漪。

【彙校】

「相與」「與」，明州本、贛州本、四庫本、叢刊本、正德本、陳八郎本、尤刻本、胡刻本、監本、九條本

同。奎章閣本作「與」。當作「與」。

「昧潛險」「潛」，正德本、尤刻本、胡刻本同。奎章閣本、明州本、贛州本、四庫本、叢刊本、陳八郎本、監本、九條本作「濳」。當作「潛」。「險」，奎章閣本、明州本、贛州本、叢刊本、陳八郎本、尤刻本、胡刻本、監本、九條本同。四庫本、正德本作「険」。當作「險」。

「搜瑰奇」「瑰」，明州本、贛州本、四庫本、叢刊本、正德本、陳八郎本、尤刻本、胡刻本、監本、九條本作「瓌」。奎章閣本作「瓌」。當作「瑰」。「奇」，奎章閣本、明州本、贛州本、四庫本、叢刊本、正德本、陳八郎本、尤刻本、胡刻本、監本、九條本作「竒」。當作「奇」。

「摸瑇瑁」「瑇瑁」，奎章閣本、明州本、贛州本、四庫本、叢刊本、正德本、陳八郎本、尤刻本、胡刻本、監本、九條本作「蝳蝐」。今從「瑇瑁」。

■**立群案**：玉篇：瑇瑁，或作蝳蝐。五音集韵：瑇瑁，亦作蝳蝐。一切經音義：瑇瑁，今作蝳蝐。「瑇瑁」兩義：一、珠玉之類。如長楊賦曰：賤瑇瑁而疏珠璣。二、龜類。藝文類聚引廣志曰：瑇瑁，形似龜，出南海。賦此處當作第二義。今從「瑇瑁」。

「捫觜蠵」「蠵」，奎章閣本、明州本、贛州本、四庫本、叢刊本、正德本、陳八郎本、尤刻本、胡刻本、監本、九條本作「蟕」。當作「蠵」。

「於回淵」「於」，奎章閣本、明州本、贛州本、四庫本、叢刊本、陳八郎本、尤刻本、胡刻本、監本、九條本同。正德本作「扵」。當作「於」。「淵」，奎章閣本、明州本、贛州本、四庫本、叢刊本、正德本、陳八郎本、尤刻本、胡刻本、九條本同。監本作「渕」。當作「淵」。

「濯明月」「濯」，奎章閣本、明州本、贛州本、四庫本、叢刊本、正德本、陳八郎本、尤刻本、胡刻本、

監本、九條本作「濯」。當作「濯」。

「於漣漪」　「於」，奎章閣本、明州本、贛州本、四庫本、叢刊本、陳八郎本、尤刻本、胡刻本、監本、九條本同。正德本作「扵」。當作「於」。「漪」，奎章閣本、明州本、贛州本、四庫本、叢刊本、正德本、陳八郎本、尤刻本、胡刻本、監本、九條本作「漪」。當作「漪」。

【彙注】

【李善注】劉曰：昧，冒也。巨蚌，育明珠者。列仙傳曰：高后時，會稽朱仲獻三寸四寸珠，此非回淵巨蚌不出之也。風行水成文曰漣漪。詩曰：河水清且漣漪。明月珠，珠之至光者。清且漣漪者，水極麗也。濯光珠於麗水，蓋美之。善曰：回淵，水也。蝤，子規切。蟕，呼圭切，大龜也。言天下川澤魚鳥虫獸瑰奇之物，隱翳之處，搜索使盡也。説文曰：昧，目不明也。門撥切。謂之潛隱之穴。

【五臣注】蝳音代。蝐音昧。蝤，子規反。蟕音惟。良曰：昧，猶冒也。言文身之徒能冒潛險之處，搜求瑰奇寶玉之物。銑曰：摸、捫，以手暗取。瑇瑁，似龜類，有文。蝤蟕，大龜，可爲器。向曰：剖，開破之也。巨，大也。回淵，深淵也。言破大蚌於深淵之中，乃見明月之珠，光色洗濯於漣漪。漣漪，細波文。

【張鳳翼文選纂注】蝳音代。蝐音昧。蝤，子規切。蠵音惟。昧，冒也。言文身之徒能冒潛險之處，搜求瑰奇之物。摸、捫，以手暗取也。蝳瑁，龜類，有文。蝤蠵，大龜，可爲器。剖，破之也。巨，大也。回淵，深淵也。言破大蚌於深淵之中，乃見明月之珠，光色洗濯於漣漪。漣漪，細波文。

【王象乾文選删注】蝳音代。瑁音昧。蝤，子規切。蟕音惟。蟕，大龜，可爲器。列仙傳曰：高后時，會稽朱仲獻三寸四寸珠，此非回淵巨蚌不出之珠也。

【陳景雲文選舉正】相與昧潛嶮。注「此非回淵巨蚌不出之也」。「之」下舊本有「珠」字。

【余蕭客文選音義】蝳蝐舊音代昧。

【余蕭客文選紀聞】蝳毒。方言注十一。蝐莫佩。類篇十三中。蟲不再交者虎鴛與蝳蝐酉陽雜俎十七。嘗見衛公先白書土蝳蝐字作⿰日毒⿰日冒酉陽雜俎續八。蝳蝐甲，生取帶之，飲饌中有蠱毒，蝳蝐甲即自搖動，若死無此驗。出嶺表録异廣記四百六十五。蝳蝐形似龜黿，背甲十三片，黑白班文相錯鱗次以成一背，其邊裙闌闕，嘴如鋸齒，無足，有四鬣。前兩鬣長狀如檝，後兩鬣極短，其上皆有鱗甲，以四鬣櫂水而行海。人養以鹽水，飼以小鱗，俗傳甲子庚申日輒不食，謂之蝳蝐齋日桂海虞衡志。

【胡克家文選考异】注「不出之也」。袁本、茶陵本「之」下有「珠」字。

注「善曰回淵水也」。案：當作「善曰説文曰淵回水也」。各本皆脱誤。魏都賦「回淵漼」善注可證也。

注「大龜也」下至「目不明也門撥切謂之潛隱之穴也」。袁本、茶陵本無此四十三字。案：此尤所添，最誤。劉注「昧冒也」，與目不明之「眛」迥不相涉，又於賦文義難通。「門撥切」一音，乃尤并添，不在善音二本删之例。

【許巽行文選筆記】昧潛。「昧」，依注當作「眛」。嘉德案：六臣、茶陵、袁刻本削去李注，胡氏專據六臣，遂謂劉注作「昧」，不知李氏明引説文「眛」爲釋，則正文不作「昧」可知。劉注亦作「眛」，亦可知。又段氏引此賦正文及劉、李二注皆作「眛」字，尤可證。段見吴都賦本作「眛」，注亦从目，不誤也。

【梁章鉅文選旁證】注回淵，水也。「回」上當有「説文曰」三字。本書魏都賦「回淵漼」，注引説文「淵，回水也」可證。此引其意，不必拘其辭。

【胡紹煐文選箋證】相與眛潛險。注劉逵曰：眛，冒也。善曰：説文曰：眛，目不明也。門撥切。按：説文目部「眛」「眜」兩見，并云：目不明也。善音門撥切，則字从本末之「末」，與劉讀异。竊疑「眛」當讀「莫佩切」，音妹，與冒爲叠韵。漢書司馬相如傳「毒冒」，顏注「冒音妹」，是眛、冒音同。劉注：眛，冒也。以叠韵爲訓。眛之爲冒，古義皆如是。左襄二十六年傳：楚王是故眛於一來。言冒於一來也。故杜注云：眛猶貪冒。今俗猶云冒險矣。

【高步瀛文選李注義疏】「眛」當作「眛」。胡紹煐曰：説文目部「眛」「眜」兩見，并云：目不明也。善音門撥切，則字从本末之「末」，與劉讀异。竊疑眛當讀莫佩切，音妹，與冒爲叠韵。漢書司馬相如傳毒冒，顏注：冒音妹。是眛、冒音同。劉注：眛，冒也。以叠韵爲訓。眛之爲冒，古義皆如是。左襄廿六年傳：楚王是故眛於一來。言冒於一來也。故杜注云：眛猶貪冒。今俗猶云冒險矣。步瀛案：説文段注據隱元年公羊、穀梁傳及此賦，疑説文「眛」字爲後人所增。王筠謂从「末」之「眛」，當依廣韵十三末作「目不正也」。如王説，則此賦正當作眛，莫佩切，如胡氏之説矣。○五臣蝳音代，蝐音昧，蟕，子規切。蠵音惟。案：蝳蝐、蟕蠵并見東京賦注。○劉注「眛冒也」，「眛」當作「眛」。○淮南子説山篇曰：明月之珠，出於蛖蜃。「蛖」與「蚌」同。藝文類聚鱗介部下引徐衷南方記曰：珠蚌，殼長三寸，在漲海中。○列仙傳、藝文類聚儲宮部寶玉部下、御覽珍寶部二皆引之。○「不出之也」，胡克家曰：袁本、茶陵本「之」下有「珠」字。○毛詩伐檀：河水清且漣猗。傳曰：風行水成文曰漣。釋文曰：「猗」，本亦作「漪」，餘見上。○李注引説文見水部。案：「淵回」各本作「回淵」。説文曰：淵，回水也。此注蓋傳寫者誤倒耳。○「大龜也」至「潛隱之穴也」，胡克家曰：袁本、茶陵本無此四十三字。○説文見目部。下云門撥切，則當作眛字。説見上。○奇、漪，古音歌部。蠵，支部。通轉爲韵。

畢天下之至异，訖無索而不臻。溪壑爲之一罄，川瀆爲之中貧。哂澹臺之見謀，聊襲海而徇珍。載漢女於後舟，追晋賈而同塵。

【彙校】

「畢天下」 「畢」，奎章閣本、明州本、贛州本、四庫本、叢刊本、正德本、陳八郎本、尤刻本、胡刻本、監本、九條本作「畢」。當作「畢」。

「至异」 「异」，明州本、贛州本、叢刊本、陳八郎本、尤刻本、胡刻本、監本、九條本作「異」。奎章閣本、四庫本、正德本作「異」。當作「异」。

「不臻」 「臻」，贛州本、四庫本、叢刊本、正德本、陳八郎本、尤刻本、胡刻本同。奎章閣本作「臻」。明州本、監本、九條本作「臻」。當作「臻」。

「溪壑爲之」 「溪壑」，監本同。奎章閣本、正德本作「谿壑」。明州本作「谿壑」。贛州本、四庫本、叢刊本、陳八郎本、尤刻本、胡刻本作「谿壑」。九條本作「谿壑」。當作「溪壑」。「爲」，明州本、贛州本、叢刊本、陳八郎本、尤刻本、胡刻本、監本、九條本同。奎章閣本、四庫本、正德本作「為」。當作「爲」。

「川瀆爲之」 「瀆」，奎章閣本、明州本、贛州本、四庫本、叢刊本、正德本、陳八郎本、尤刻本、胡刻

本、九條本同。監本作「瀆」。當作「瀆」。「爲」，明州本、贛州本、叢刊本、陳八郎本、尤刻本、胡刻本、監本、九條本同。奎章閣本、四庫本、正德本作「為」。當作「爲」。

「哂澹臺」「臺」，明州本、贛州本、四庫本、叢刊本、陳八郎本、監本、九條本同。奎章閣本、正德本作「臺」。尤刻本、胡刻本作「臺」。當作「臺」。

「聊襲海」「聊」，奎章閣本、贛州本、叢刊本、正德本、陳八郎本、尤刻本、胡刻本、監本、九條本同。明州本、四庫本作「聊」。當作「聊」。「襲」，明州本、贛州本、四庫本、叢刊本、正德本、陳八郎本、尤刻本、胡刻本、監本、九條本同。奎章閣本作「襲」。當作「襲」。

「於後舟」「於」，奎章閣本、明州本、贛州本、四庫本、叢刊本、陳八郎本、尤刻本、胡刻本、監本、九條本同。正德本作「扵」。當作「於」。

「追晋賈」「追」，奎章閣本、明州本、贛州本、四庫本、叢刊本、陳八郎本、尤刻本、胡刻本、監本、九條本同。正德本作「追」。當作「追」。「晋」，明州本、贛州本、四庫本、叢刊本、尤刻本、胡刻本、監本作「晋」。奎章閣本、正德本、陳八郎本作「晋」。九條本無法辨識。當作「晋」。

【彙注】

【李善注】中，去聲。劉曰：徇，求也。襲，入也。干寶搜神記曰：澹臺子羽賫璧渡河，風波忽起，兩龍夾舟，子羽奮劍斬龍，波乃止。登岸投璧於河伯，河伯三歸之。子羽毁璧而去。漢女、賈大夫，已見西京賦。老子曰：和其光，同其塵。

【五臣注】中，去聲。銑曰：畢，至。訖，竟。索，求。臻，至也。言盡天下至异之物，竟無求之不至者矣。言皆得之也。向曰：言搜索瑰奇珍异之物，而谿壑川瀆爲之罄盡。貧，窮也。翰曰：襲，入也。

徇，求也。博物志云：澹臺，字子羽，齎千金璧於河，河伯欲得之，波浪急起，兩蛟夾舟。子羽怒曰：河神欲取吾璧，可以義，不可以威。乃以劍斬蛟，殺之，浪乃止。子羽投璧於河中，三投三歸之。子羽毁璧而去。今哂子羽以璧爲河神所謀取，乃復入海求其珠寶。漢女，漢水之神女也。晉賈，賈大夫也，與其妻如皋射雉。今言載漢女以入海求寶，如賈大夫與妻如皋射雉也。故云追晉賈而同塵也。

【張鳳翼文選纂注】中，去聲。畢，盡也。訖，竟也。索，求也。臻，至也。言搜索珍异，而谿壑川瀆爲之罄盡也。澹臺賫千金璧於河，河伯欲得之，波浪急起。子羽怒曰：河神欲取吾璧，可以義，不可以威。浪乃止。子羽投璧於河中，三投三歸之。子羽毁璧而去。今哂子羽以璧爲河神所謀，能入海求其珍寶也。漢女，漢水之神女也。晉賈，賈大夫也。賈大夫與妻如皋射雉，故云同塵。

【王象乾文選删注】中，去声。晉賈，賈大夫，與妻如皋射雉。博物志曰：澹臺，字子羽，賫千金璧於河，河伯欲得之，波浪急起，兩蛟夾舟。子羽怒曰：河神欲取吾璧，可以義，不可以威。乃以劍斬蛟，殺之，浪乃止。子羽投璧於河中，三投三歸之。子羽毁璧而去。

【胡克家文選考异】注「徇求也襲入也」。袁本、茶陵本無此六字。案：無者是也，但當有「善曰」二字，觀下注可見。袁、茶陵作「劉曰」，「劉」即「善」字之誤也。

【梁章鉅文選旁證】注漢女、賈大夫。　此上應加「善曰」二字。

【高步瀛文選李注義疏】劉注「徇求也襲入也」，胡克家曰：袁本、茶陵本無此六字。案：無者是也。步瀛案：六字當有。袁本五臣注列前，因此六字已見翰注，故删劉注耳。茶陵本節去尤多。胡氏偏信二本，以爲無者爲是，非也。晉語二韋注曰：襲，入也。○尤本「干寶」上無「善曰」二字。袁本、茶陵本作「劉曰」，亦非。干寶搜神記，恐非劉淵林所及見。胡克家謂「劉」爲「善」字之誤，是也。然今本

搜神記亦無此文，而博物志卷八、水經河水五皆載此事。○漢女、賈大夫已見西京賦。案：漢女見南都賦。茶陵本複出。西京賦注賈大夫事而不及漢女，疑注中「漢女」二字衍。○老子河上公本見無源章。注曰：同其塵，言當與衆庶同垢塵。○臻、珍、塵，古韵真部。貧，諄部。通轉爲韵。

汩乘流以砰宕，翼颸風之𩗺𩗺。直衝濤而上瀨，常沛沛以悠悠。汔可休而凱歸，揖天吴與陽侯。

【彙校】

「汩乘流」 「乘」，奎章閣本、明州本、贛州本、四庫本、叢刊本、正德本、陳八郎本、尤刻本、胡刻本、監本、九條本作「乘」。當作「乘」。「流」，明州本、贛州本、四庫本、叢刊本、陳八郎本、尤刻本、胡刻本、監本、九條本同。奎章閣本、正德本作「流」。當作「流」。

「砰宕」 「砰」，奎章閣本、明州本、贛州本、四庫本、叢刊本、正德本、尤刻本、胡刻本、監本、九條本同。陳八郎本作「砰」。當作「砰」。

「翼颸風」「翼」，奎章閣本、四庫本、正德本作「翼」。明州本、贛州本、叢刊本、陳八郎本、尤刻本、胡刻本、監本、九條本作「翼」。當作「翼」。

「直衝濤」「衝」，奎章閣本、明州本、贛州本、四庫本、叢刊本、正德本、陳八郎本、尤刻本、胡刻本、九條本同。監本作「衡」。當從「衝」。「濤」，明州本、贛州本、叢刊本、陳八郎本、尤刻本、胡刻本、九條本同。奎章閣本、四庫本、正德本、監本作「濤」。當作「濤」。

■立群案：善注無注。五臣向曰：言舟直衝而上。賦前云：汩乘流以砰宕，翼颸風之颲颲。此處作「衝」，甚愜賦意。敦煌本亦作「衝」。諸本多作「衝」，獨監本作「衡」。當從「衝」。

「上瀨」「瀨」，四庫本、陳八郎本、尤刻本、胡刻本同。奎章閣本、明州本、贛州本、叢刊本、正德本、監本、九條本作「瀨」。當作「瀨」。

「揖天吴」「吴」，贛州本、叢刊本、正德本、陳八郎本、尤刻本、胡刻本、監本、九條本同。明州本作「吳」。奎章閣本、四庫本作「呉」。當作「吴」。

「與陽侯」「與」，明州本、贛州本、四庫本、叢刊本、正德本、陳八郎本、尤刻本、胡刻本、監本、九條本同。奎章閣本作「與」。當作「與」。「陽」，奎章閣本、四庫本、叢刊本、正德本、尤刻本、胡刻本、九條本作「陽」。明州本、贛州本、陳八郎本、監本作「陽」。當作「陽」。「侯」，明州本、贛州本、四庫本、叢刊本、陳八郎本、尤刻本、胡刻本、監本、九條本同。奎章閣本、正德本作「侯」。當作「侯」。

【彙注】

【李善注】劉曰：汩，疾也。砰宕，舟擊水貌。颲颲，風初貌。颸，疾風。瀨，水大波。沛沛，行貌。悠悠，亦行貌。離騷曰：溢颸風兮上征。班固曰：颸，疾也。凱，樂也。左氏傳曰：振旅凱入于晉。山

海經曰：朝陽之谷神爲天吴，是水伯。揖之者，辭水靈而歸。善曰：詩曰：汔可小康。鄭玄曰：汔，幾也。虚乞切。陽侯，見南都賦。

【五臣注】汩，于筆反。砰，普萌反。宕，徒浪反。颸，側眉反。沛，普對反。汔，虚乙反。揖，一入反。向曰：砰宕，急也。颸，疾風也。飀飀，風聲也。言急疾如鳥之有翼，更假颸風之勢也。濤、瀨，皆波也。言舟直衝而上。沛沛，流貌。悠悠，遠貌。良曰：汔，已也。言已可休息，凱樂而歸。天吴，水伯也。陽侯，波神。將禮揖而别去。

【張鳳翼文選纂注】汩，于筆切。砰，普萌切。汩，疾也。砰宕，舟擊水貌。颸，疾風也。飀飀，風聲。翼，輔也。舟行已疾，復輔之以風勢也。沛沛，流貌。悠悠，遠貌。汔，已也。言已可休息，奏凱樂而歸也。天吴，水伯也。揖之者，辭水靈也。陽侯，波神也。

【王象乾文選删注】砰，普明切。飀音劉。汔，虚乙切。砰宕，舟擊水貌。颸，疾也。飀飀，風聲。汔，幾也。凱，樂也。離騷曰：溘颸風兮上征。山海經曰：朝陽之谷神爲天吴，是水伯。

【陳景雲文選舉正】汩乘流以砰宕。注「風初貌」，「初」下脱「起」字。

【杭世駿文選課虚】砰宕，舟擊水貌。沛沛悠悠，行貌。

【余蕭客文選音義】砰集韵音怦。颸思。

【余蕭客文選紀聞】颸司。廣韵一。

【孫志祖文選李注補正】翼颸風之飀飀。注：離騷曰：溘颸風兮上征。○正曰：按，今離騷本：溘埃風余上征。王逸注：埃，塵也。不作「颸」字。徐氏鯤曰：選本惟思元賦注作「埃風」。其餘謝元

暉在郡卧病詩注及江文通擬張黄門詩注與此賦注并作「颸風」。或楚辭本有不同。

【胡克家文選考异】注「風初貌」。案：「初」當作「利」。各本皆訛。

【梁章鉅文選旁證】翼颸風之颸颸。注離騷曰：溢颸風兮上征。今離騷作「溢埃風余上征」，說詳彼。

注瀏瀏，風初貌。「初」當作「利」。各本皆誤。

【高步瀛文選李注義疏】劉注：汩，疾也。案：「汩」，𡿺之通借字。已見前。○「飀飀風初貌」，胡克家曰：「初」當作「利」，各本皆訛。梁章鉅同。案：廣雅釋訓曰：瀏瀏，風也。楚辭九難逢紛王逸注曰：瀏瀏，風疾貌。「飀」與「瀏」同。○楚辭九歌湘君王逸注曰：沛，行貌。爾雅釋詁曰：悠，遠也。玄應一切經音義九引舍人注曰：悠，行之遠也。○楚辭離騷王逸注本「溢」作「溘」，「颸」作「埃」，「兮」作「余」。本書謝玄暉在郡卧病呈沈尚書詩注引作「溢颸風而上征」，江文通雜詩擬張黄門注引作「溢颸風余上征」，「溢颸」二字并與此注同。王逸離騷叙言班固、賈逵各作離騷經章句。此注引班固説，當即固所爲章句也。○左傳，見僖二十八年。「凱」作「愷」。杜注曰：愷，樂也。禮記表記鄭注曰：凱，樂也。釋文曰：「凱」本作「愷」。○山海經，見海外東經。「爲」作「曰」，「是」下有「爲」字。又曰：其爲獸也，八首，人面，八足，八尾，皆青黄。又大荒東經曰：有神人，八首，人面，虎身，十尾，名曰天吴。○李注引詩及鄭箋見民勞。○飀、悠，古音幽部。侯，侯部。通轉爲韵。○以上水獵。

指包山而爲期，集洞庭而淹留。數軍實乎桂林之苑，饗戎旅乎落星之樓。置酒若淮泗，積肴若山丘。飛輕軒而酌淥酃，方雙轡而賦珍羞。

【彙校】

「指包山」　「指」，贛州本、叢刊本、九條本同。奎章閣本、四庫本、正德本作「指」。明州本、尤刻本、胡刻本、監本作「指」。陳八郎本作「指」。當作「指」。

「而爲期」　「爲」，明州本、贛州本、叢刊本、陳八郎本、尤刻本、胡刻本、監本、九條本同。奎章閣本、四庫本、正德本作「為」。當作「爲」。

「集洞庭」　「庭」，贛州本、叢刊本、尤刻本、胡刻本、九條本同。奎章閣本、明州本、四庫本、正德本、陳八郎本、監本作「庭」。當作「庭」。

「而淹留」　「淹」，奎章閣本、明州本、贛州本、四庫本、叢刊本、正德本、陳八郎本、胡刻本、監本、九條本同。尤刻本作「淹」。當作「淹」。

「數軍實」　「數」，四庫本同。奎章閣本、明州本、贛州本、叢刊本、正德本、陳八郎本、尤刻本、胡刻本、監本、九條本作「數」。當作「數」。

「桂林之苑」　「苑」，奎章閣本、明州本、贛州本、四庫本、叢刊本、陳八郎本、尤刻本、胡刻本、監本、

九條本同。正德本作「苑」。當作「苑」。

「饗戎旅」　「饗」，四庫本、正德本同。奎章閣本、明州本、贛州本、叢刊本、陳八郎本、尤刻本、胡刻本、監本、九條本作「饗」。當作「饗」。

「落星之樓」　「樓」，奎章閣本、明州本、贛州本、四庫本、叢刊本、正德本、陳八郎本、尤刻本、胡刻本、監本、九條本作「樓」。當作「樓」。

「積肴」　「肴」，明州本、贛州本、四庫本、叢刊本、正德本、陳八郎本、尤刻本、胡刻本同。奎章閣本、監本、九條本作「肴」。當作「肴」。

「山丘」　「丘」，奎章閣本、明州本、贛州本、四庫本、叢刊本、正德本、陳八郎本、尤刻本、監本、九條本同。胡刻本作「丘」。當作「丘」。

「飛輕軒」　「飛」，明州本、贛州本、四庫本、叢刊本、陳八郎本、尤刻本、胡刻本、監本、九條本同。奎章閣本、正德本作「飛」。當作「飛」。「輕」，明州本、贛州本、四庫本、叢刊本、陳八郎本、尤刻本、胡刻本、監本、九條本同。奎章閣本作「輕」。正德本作「輊」。當作「輕」。

「而酌渌酃」　「渌」，奎章閣本、明州本、贛州本、叢刊本、正德本、陳八郎本、尤刻本、胡刻本、監本、九條本作「緑」。四庫本作「綠」。今從「渌」。「酃」，陳八郎本、尤刻本、胡刻本、監本同。奎章閣本、明州本、贛州本、四庫本、叢刊本、正德本、九條本作「醽」。當作「酃」。

■**立群案**：孫志祖文選考异：飛輕軒而酌緑酃。潘云：「酃」，據注不必改從「醽」。許巽行文選筆記：緑醽。汲古初刻作「酃」。錢校改「醽」，反俗。嘉德案：因地名酒，不得作「醽」。知潘耒、孫氏、許氏認爲當作「緑酃」。朱珔文選集釋：飛輕軒而酌緑酃。注引湘州記曰：臨水縣有酃湖，取水爲

酒，曰酃酒。案：「酃」或作「醽」。以其爲酒，故从「酉」。實則酒因地得名，作「酃」是也。水經注耒水云：酃縣有酃湖，湖中有洲，洲上民居以給釀，酒甚醇美，謂之酃酒，歲常貢之。又本書笙賦：傾縹瓷以酌酃。注亦引吴録曰：湘東酃水以爲酒，有名。惟彼賦正文專言「酃」，固可但以「酃」證之。此處言緑酃，似以緑爲色。桂氏札樸：「緑」當作「渌」。西京雜記：鄒陽酒賦：其品類，則沙洛渌酃。荆州記：渌水出豫章康樂縣，其間烏程鄉，有酒官取水爲酒，極甘美，與湘東酃湖酒，年常獻之，世稱酃渌。據此，是「酃」「渌」爲二酒名。緑非色，而注單舉「酃」，失之。又晉書地理志：酃縣屬湘東郡。康樂縣屬豫章郡。本各一地。而通鑑：陸納破丁道貴於渌口。注云：衡陽縣東二十里有酃湖。其水湛然緑色，取以釀酒，甘美，謂之酃渌。渌口，即酃湖口也。則直以水名酒名之俱别者混合爲一。且因其水色之緑，或遂相傳稱之曰緑酃，并誤作从「酉」之字矣。梁章鉅文選旁證：飛輕軒而酌緑酃。六臣本「酃」作「醽」。按：依注作「酃」爲是。「緑」當作「渌」。水經耒水注云：耒水出桂陽郴縣南山，縣有渌水，出縣東俠公山，西北流，而南屈注於耒，謂之程鄉溪。郡置酒官，醖於山下，名曰程酒，獻同酃也。桂氏馥曰：荆州記：渌水出豫章康樂縣，其間烏程縣有酒，官，取水爲酒，與湘東酃酒年常獻之，世稱酃渌。鄒陽酒賦曰：其品類則沙洛渌酃。胡紹煐文選箋證：飛輕軒而酌緑醽。注善曰：湘州記曰：湘州臨水縣有酃湖，取水爲酒，名曰酃酒。旁證云：依注作「酃」爲是。「緑」當作「渌」。桂氏馥曰：荆州記：渌水出豫章康樂縣，其間烏程縣有井官，取水爲酒，與湘東酃酒，年常獻之，世稱酃渌。鄒陽酒賦曰：其品類則沙洛渌酃。紹煐按：〔郡〕國志：酃湖在衡陽府城東，其水湛然緑色，取以釀酒極佳。晉武帝薦之太廟，吴都賦：飛瓊觴而酌酃渌。即此。高步瀛文選李注義疏：「酃」，五臣作「醽」。孫氏考异引潘耒曰：「酃」，據注不必改從「醽」。梁章鉅曰：依注作「酃」爲是。「緑」當作「渌」。桂馥札樸卷四曰：

西京雜記鄒陽酒賦：其品類則沙洛渌酃。文選笙賦：傾縹瓷以酌酃。李善引吴録地理志：湘東酃水以爲酒，有名。張載酃酒賦：匪徒用法之窮理，信泉壤之所鍾。齊民要術有作酃酒法。水經注耒水云：酃縣有酃湖，湖中有洲，洲上民居，彼人資以給釀，酒甚醇美，謂之酃酒。歲常貢之。荆州記：長沙郡酃縣有酃湖，周回三里，取湖水爲酒，酒極甘美。又云：渌水出豫章康樂縣，其間烏程鄉有酒官，取水爲酒，酒極甘美，與湘東酃湖酒，年常獻之，世稱酃渌。郭仲産湘州記：衡陽縣東南有酃湖，土人取此水以釀酒，其味醇美，所謂酃酒。晋平吴，始薦酃酒於太廟是也。步瀛案：桂引張載賦見藝文類聚食物部，初學記服食部，荆州記見續漢書郡國志四劉昭注及本書七命注，湘州記見御覽飲食部三。知朱氏、梁氏、胡氏、高氏認爲賦當作「渌酃」。敦煌本亦作「渌酃」。朱氏等引證詳實，當作「渌酃」。

「方雙轡」　「雙」，奎章閣本、明州本、贛州本、四庫本、叢刊本、正德本、陳八郎本、尤刻本、胡刻本、監本、九條本作「雙」。當作「雙」。

【彙注】

【李善注】劉曰：班固曰：洞庭，澤名。王逸曰：太湖在秣陵東，湖水中有包山，山中有如石室，俗謂洞庭。吴有桂林苑、落星樓，樓在建鄴東北十里。左傳曰：以數軍實。外傳曰：射不過講軍實。鄭氏曰：軍所以討獲曰實。善曰：周處風土記曰：陽羡太湖，中有包山。左傳，晋穆子曰：有酒如淮，有肉如坻。史記云：紂爲肉山也。湘州記曰：湘州臨水縣有酃湖，取水爲酒，名曰酃酒。車騎行酒肉，已見西京賦。

【五臣注】醽音靈。向曰：包山，山名。洞庭，湖名。濟曰：數軍實，謂計士卒殺獲之實數。饗戎旅，謂宴會士卒以勞之。桂林，苑名。落星，樓名。銑曰：言酒食多。翰曰：緑醽，酒名。人衆，故以車

行酒也。方，并也。雙轡，則四馬也。賦，猶遍與也。言四馬載珍羞，遍賦與人也。

【張鳳翼文選纂注】醽音靈。洞庭，太湖也。吴中有包山。吴有桂林苑、落星樓，樓在建鄴東北十里。數軍實，謂計士卒殺傷之實數。饗戎旅，謂宴會士卒以勞之。緑醽，酒名。人衆，故以車行酒也。方，并也。雙轡，四馬也。賦，猶遍與也。言四馬載珍羞，遍與也。

【王象乾文選删注】醽音靈。洞庭，太湖，湖水中有包山。落星樓，樓在建鄴東北。緑醽，酒名。湘州記曰：湘州有酃湖，取水爲酒，名曰酃酒。

【何焯義門讀書記】指包山以爲期。王逸謂包山在秣陵東湖中。李善引周處風土記謂陽羨太湖，中有包山。按：觀下文隨接「幸乎館娃」句，則包山當從善注。

【余蕭客文選音義】醽舊音靈。洞庭。揚州記：太湖，一名洞庭。桂林。南朝宫苑記：桂林苑在落星山之陽。陶季直京邦記：建康縣北，漢朝爲桂林苑。落星。金陵地記：吴嘉禾元年，於桂林苑落星山起三重樓，名曰落星樓。六朝事迹：今石步相去一里半，有落星墩。里俗相傳，即當時建樓處。

【余蕭客文選紀聞】桂林苑在上元縣北四十里落星山陽寰宇記九十。桂林苑屬上元縣慈仁鄉金陵新志十二。落星山在上元縣東北三十五里。吴大帝時，山上置三層高樓，以此爲名，吴主游獵之憩息地寰宇記九十。今石步相去一里半有落星墩，相傳即當時建樓處，去城四十里六朝事迹上。

【孫志祖文選考异】飛輕軒而酌緑酃。潘云：「酃」，據注不必改從「醽」。

【胡克家文選考异】注「太湖在秣陵東湖中」。袁本、茶陵本「在秣陵東」四字作「也」字，「湖」下有「水」字。

注「軍所以討獲曰實」。袁本、茶陵本作「軍實所獲也」五字。

【許巽行文選筆記】緑醽。汲古初刻作「酃」。錢校改「醽」，反俗。嘉德案：因地名酒，不得作「醽」。

【朱珔文選集釋】飛輕軒而酌緑酃。注引湘州記曰：臨水縣有酃湖，取水爲酒，曰酃酒。案：「酃」或作「醽」。以其爲酒，故从「酉」。實則酒因地得名，作「酃」是也。水經注耒水云：酃縣有酃湖，湖中有洲，洲上民居以給釀，酒甚醇美，謂之酃酒，歲常貢之。又本書笙賦：傾縹瓷以酌酃。注亦引吴録曰：湘東酃水以爲酒，有名。惟彼賦正文專言「酃」，固可但以「酃」證之。此處言緑酃，似以緑爲色。桂氏札樸：「緑」當作「淥」。西京雜記：鄒陽酒賦：其品類，則沙洛淥酃。荆州記：淥水出豫章康樂縣，其間烏程鄉有酒官，取水爲酒，極甘美，與湘東酃湖酒，年常獻之，世稱酃淥。據此，是「酃」「淥」爲二酒名。緑非色，而注單舉「酃」，失之。又晉書地理志：酃縣屬湘東郡。康樂縣屬豫章郡。本各一地。而通鑑：陸納破丁道貴於淥口。注云：衡陽縣東二十里有酃湖。其水湛然緑色，取以釀酒，甘美，謂之酃淥。淥口，即酃湖口也。則直以水名酒名之俱別者混合爲一。且因其水色之緑，或遂相傳稱之曰緑酃，并誤作从「酉」之字矣。

【梁章鉅文選旁證】數軍實乎桂林之苑，饗戎旅乎落星之樓。余曰：南朝宫苑記曰：桂林苑在落星山之陽。金陵地記曰：吴嘉禾元年，於桂林苑落星山起三重樓，名落星樓。

飛輕軒而酌緑酃。六臣本「酃」作「醽」。按：依注作「酃」爲是。「緑」當作「淥」。水經耒水注云：耒水出桂陽郴縣南山，縣有淥水，出縣東俠公山，西北流，而南屈，注於耒，謂之程鄉溪。郡置酒官，醖於山下，名曰程酒，獻同酃也。桂氏馥曰：荆州記：淥水出豫章康樂縣，其間烏程縣有官酒，取水爲酒，與湘東酃酒，年常獻之，世稱酃淥。鄒陽酒賦曰：其品類則沙洛淥酃。

注王逸曰：太湖在秣陵東。爾雅：十藪，吴越之間曰具區。郭注：今吴縣西南太湖，即震澤也。周禮職方：揚州澤藪曰具區。班固以爲即震澤。山海經：浮玉之山，北望具區，太湖也。越絶書吴地傳：太湖周三萬六千頃，其千頃，烏程也。去縣五十里。水經沔水注引吴記曰：大湖有苞山，在國西百餘里。胡氏渭曰：今蘇之吴縣、吴江，湖之烏程、長興，常之武進、宜興、無錫也，縣皆瀕太湖。楊修五湖賦云：頭首無錫，足蹄松江，負烏程於背，上懷大吴以當胸。此數言可作圖經也。群籍所紀，均與秣陵無涉，而注云在秣陵東者，豈古未有東壩時，宣、歙、金陵、九陽江之水可入太湖歟？

【胡紹煐文選箋證】數軍實乎桂林之苑，饗戎旅乎落星之樓。注劉逵曰：吴有桂林苑、落星樓，樓在建業東北十里。按：六朝事蹟引寰宇記云：桂林苑在縣北落星山之陽，左太冲吴都賦：數軍實於桂林之苑。即此地也。御覽一百七十六引金陵地記云：吴嘉禾元年於桂林苑落星山起三層樓，名曰落星樓。

飛輕軒而酌緑醽。注善曰：湘州記曰：湘州臨水縣有酃湖，取水爲酒，名曰酃酒。旁證云：依注作「酃」爲是。「緑」當作「渌」。桂氏馥曰：荆州記：渌水出豫章康樂縣，其間烏程縣有井官，取水爲酒，與湘東酃酒，年常獻之，世稱酃渌。鄒陽酒賦曰：其品類則沙洛渌酃。紹煐按：〔郡〕國志：酃湖在衡陽府城東，其水湛然緑色，取以釀酒極佳。晉武帝薦之太廟。吴都賦：飛瓊觴而酌酃渌。即此。「輕軒」作「瓊觴」。

【高步瀛文選李注義疏】離騷曰：指西海以爲期。〇「酃」，五臣作「醽」。孫氏考异引潘耒曰：「酃」，據注不必改從「醽」。梁章鉅曰：依注作「酃」爲是。「緑」當作「渌」。桂馥札樸卷四曰：西京雜記鄒陽酒賦：其品類則沙洛渌酃。文選笙賦：傾縹瓷以酌酃。李善引吴録地理志：湘東酃水以爲酒，

有名。張載酃酒賦：匪徒用法之窮理，信泉壤之所鍾。齊民要術有作酃酒法。水經注耒水云：酃縣有酃湖，湖中有洲，洲上民居，彼人資以給釀，酒甚醇美，謂之酃酒。歲常貢之。荆州記：長沙郡酃縣有酃湖，周回三里，取湖水爲酒，酒極甘美。又云：淥水出豫章康樂縣，其間烏程鄉有酒官，取水爲酒，酒極甘美，與湘東酃湖酒，年常獻之，世稱酃淥。郭仲産湘州記：衡陽縣東南有酃湖，土人取此水以釀酒，其味醇美，所謂酃酒。晋平吴，始薦酃酒於太廟是也。步瀛案：桂引張載賦見藝文類聚食物部、初學記服食部，荆州記見續漢書郡國志四劉昭注及本書七命注，湘州記見御覽飲食部三。○劉注引班固，疑亦離騷章句之文。王逸曰：太湖也。即九歌湘君注。洪興祖補注曰：吴中太湖，一名洞庭。而巴陵之洞庭，亦謂之太湖。逸云太湖，蓋指巴陵洞庭耳。案：此賦所言洞庭，乃指吴中太湖。洪申逸説，可釋九歌，不宜用於此賦也。中山經曰：洞庭之山，帝之二女居之。郭注曰：今長沙巴陵縣西又有洞庭陂，潛伏通江。離騷曰：邅吾道兮洞庭，洞庭波兮木葉下，皆謂此也。案：此即九歌湘君湘夫人所稱洞庭。禮記檀弓上鄭注稱離騷所歌湘夫人，亦謂九歌也。海内東經曰：湘水出舜葬東南陬，西環之，入洞庭下。郭注曰：洞庭，地穴也。在長沙巴陵。今吴縣南太湖中有包山，下有洞庭穴道，潛行水底，云無所不通，號爲地脉。案：此吴中太湖，與巴陵洞庭相通，故亦有洞庭之名。本書江賦曰：爰有包山洞庭，巴陵地道。潛達旁通，幽岫窈窕。可以相證。水經沔水注三曰：湖有苞山，春秋謂之夫椒。山有洞室，入地潛行，北通琅邪東武縣，俗謂之洞庭。旁有青山，一名夏架山。山有洞穴，潛通洞庭。故吴記曰：太湖有苞山，在國西百餘里，居者數百家。旁有小山，山有石穴，南通洞庭，深遠莫知所極。清統志曰：江蘇蘇州府，包山在吴縣西南太湖中，所謂洞庭西山也。一作苞山。又案：尤本「太湖」下脱「也」字，今依袁本、茶陵本增。○「湖水中有包山」，尤本作「在秣陵東湖中有包山」。梁章鉅曰：太湖，群籍所

紀，均與秣陵無涉，而注云在秣陵東者，豈古未有東壩時，宣、歙、金陵、九陽江之水可入太湖歟？步瀛案：此亦懸測，無他證。此注「在秣陵東」四字，蓋後人所記，本在注旁，尤本誤羼入注中也。今依袁、茶二本訂正。○吳有桂林苑、落星樓。案：太平寰宇記曰：江南道昇州上元縣桂林苑，吳立，在縣北四十里落星山之陽。吳都賦云數軍實於桂林之苑，即此也。御覽居處部四引金陵地記曰：吳嘉禾元年，於桂林苑落星山起三層樓，名曰落星樓。寰宇記曰：昇州上元縣，落星山在縣東北三十五里，周迴六里，東接臨沂山，西接攝山，北臨大江。按南徐州記：臨沂縣前有落星山，吳大帝時，山西江上置三層高樓，以此爲名。吳主游獵憩息地。吳都賦云饗戎旅於落星之樓，即其所也。六朝事迹編類卷四曰：今石步相去一里半，有落星墩。里俗相傳，即當時建樓處。今去城四十里。○左傳，見隱五年，外傳見楚語上，「射」作「榭」。「射」「榭」之省借字。韋昭注曰：軍事，戎事也。左傳杜注曰：飲於廟，以數車徒器械及所獲也。與鄭氏說同。案：「軍所以討獲曰實」，袁、茶二本作「軍實所獲也」五字。○李注引周處風土記，案：漢以來陽羨屬吳郡。清統志曰：江蘇常州府，陽羨故城在宜興縣南五里，太湖在宜興縣東四十五里。故風土記以太湖屬陽羨也。○左傳，見昭十二年。○史記見殷本紀。○湘州記，此所引與本書七命及御覽所引皆不同。案：隋書經籍志所載及初學記天部地理部、御覽地部公州郡部所引，有庾仲雍湘州記、甄烈湘州記、郭仲產湘州記，此亦未知誰屬。然湘州無臨水縣。古逸叢書補太平寰宇記潭州衡陽縣下，引郭仲產湘州記云：縣東有酃湖。以下與七啓注引同。寰宇記又曰：衡陽縣，本漢酃縣之地。吳太平二年，分酃縣，立爲臨蒸縣。東晉省入衡陽。據此，「臨水」蓋「臨蒸」之訛。○留、羞，古韵幽部。樓，侯部。丘，之部。通轉爲韵。

飲烽起，釂鼓震。士遺倦，衆懷欣。幸乎館娃之宮，張女樂而娛群臣。羅金石與絲竹，若鈞天之下陳。

【彙校】

「飲烽起」　「起」，四庫本同。奎章閣本、明州本、贛州本、叢刊本、正德本、陳八郎本、尤刻本、胡刻本、監本、九條本作「起」。當作「起」。

「釂鼓震」　「鼓」，奎章閣本、明州本、贛州本、四庫本、叢刊本、正德本、胡刻本、監本同。陳八郎本、尤刻本、九條本作「鼓」。當作「鼓」。「震」，奎章閣本、四庫本、叢刊本、陳八郎本、尤刻本、胡刻本、監本作「震」。明州本、贛州本、正德本、九條本作「震」。當作「震」。

「衆懷欣」　「懷」，明州本、贛州本、四庫本、叢刊本、陳八郎本、尤刻本、胡刻本、監本、九條本同。奎章閣本、正德本作「懷」。當作「懷」。「欣」，尤刻本、胡刻本、監本同。奎章閣本、明州本、贛州本、四庫本、叢刊本、正德本、陳八郎本、九條本作「忻」。今從「欣」。

■**立群案**：段玉裁説文解字注：忻，謂心之開發，與欠部「欣」謂「笑喜也」异義。廣韵合爲一字，今義非古義也。然墨子經説上：譽之，必其行也，其言之忻，使人督之。孫詒讓墨子閒詁：其言可忻悦也。是「忻」「欣」古即可通也。故阮元經籍籑詁：欣，又作忻。今從「欣」。

「幸乎」「幸」，奎章閣本、明州本、贛州本、四庫本、叢刊本、陳八郎本、尤刻本、胡刻本、監本、九條本同。正德本作「幸」。當作「幸」。

「而娯群臣」「娯」，贛州本、正德本、陳八郎本、尤刻本、胡刻本、監本、九條本同。奎章閣本、四庫本、叢刊本作「娛」。明州本作「娯」。當作「娯」。「群」，尤刻本、胡刻本同。奎章閣本、明州本、贛州本、四庫本、叢刊本、正德本、陳八郎本、監本、九條本作「羣」。當作「群」。

「與絲竹」「與」，明州本、贛州本、四庫本、叢刊本、陳八郎本、尤刻本、胡刻本、監本、九條本同。奎章閣本、正德本作「與」。當作「與」。「絲」，奎章閣本、四庫本、監本同。明州本、贛州本、叢刊本、正德本、陳八郎本、尤刻本、胡刻本、九條本作「絲」。當作「絲」。

「若鈞天」「若」，奎章閣本、明州本、贛州本、四庫本、叢刊本、正德本、陳八郎本、尤刻本、胡刻本、監本同。九條本作「若夫」。今從「若」。「鈞」，奎章閣本、贛州本、四庫本、叢刊本、正德本、尤刻本、胡刻本同。明州本、陳八郎本、監本、九條本作「鈞」。當作「鈞」。

■**立群案**：「若夫」常用於句首，表示另提一事。如易繫辭下：若夫雜物撰德，辯是與非，則非其中爻不備。史記范雎蔡澤列傳：若夫窮辱之事，死亡之患，臣不敢畏也。此處當作「若」。

【彙注】

【李善注】震音真。娃，烏佳切。劉曰：吴俗謂好女爲娃。楊雄方言曰：吴有館娃宫。善曰：飲烽、釂鼓，鈞天，并見西京賦。左傳曰：女樂二八。

【五臣注】釂，子曜反。震音真。娃，烏佳反。向曰：釂，盡爵也。言擊鼓示盡。士卒遺忘倦而欣悦。天子所至之處曰幸。館娃，宫名。張，設也。言設女樂以娛樂群臣。銑曰：羅，列也。鈞天，謂神

樂也。言金石絲竹盛如神樂之聲，下陳於此。

【張鳳翼文選纂注】釂，于曜切。震音真。行酒而舉烽鳴鼓，以人衆不能遍告也。釂，飲酒盡也。遺倦，言忘倦也。天子所至之處曰幸。張，設也。言設女樂以娛樂群臣也。羅，列也。鈞天，謂神樂也。言如神樂之陳也。

【王象乾文選删注】震音真。吴俗謂好女爲娃。

【余蕭客文選音義】館娃。朱長文吴郡續圖經：研石山在吴縣西二十一里。越絶書云：吴人於研石置館娃宫。

【張雲璈選學膠言】幸乎館娃之宫，張女樂而娛群臣。方氏集成云：此言迴建業而幸離宫，非姑蘇之館娃宫。述异記：吴王有别館在句容，楸梧成林，故名梧宫。或云館娃宫有梧桐園。夫差時，童謡云：梧宫秋，吴王愁。雲璈按：越絶書：吴人於研石山置館娃宫。吴郡續圖經：研石山在吴縣西二十一里。自當以越絶書爲正。

【梁章鉅文選旁證】幸乎館娃之宫。張氏雲璈曰：方氏廷珪以爲此言迴建業而幸離宫，非姑蘇之館娃。引述异記：吴王有别館在句容，楸梧成林，故名梧宫。或云館娃宫有梧桐園。夫差時，童謡云「梧宫秋，吴王愁」云云。然越絶書：吴人於研石山置館娃宫。吴郡續圖經：研石山，在吴縣西二十里。自當以越絶書爲正。

【高步瀛文選李注義疏】震，五臣音真。○劉注引方言，見卷二，曰：娃，嫷窕豔美也。吴、楚、衡、淮之間曰娃，故吴有館娃之宫。太平寰宇記曰：江南道蘇州吴縣，硯石山在縣西三十里胥門外。越絶書云：吴人于硯石山置館娃宫，今吴縣有館娃鄉。案：今越絶書無置館娃宫文。清統志曰：蘇州府，館娃宫在吴縣西南。吴地記：闔閭城西有硯石山，上有館娃宫。今靈巖寺即其地。○李注引左傳，見

襄十二年。○震、欣，古音諄部。臣、陳，真部。通轉爲韵。

發東歌，操南音。胤陽阿，咏韎任。荆艷楚舞，吴歈越吟。翕習容裔，靡靡愔愔。

【彙校】

「發東歌」「發」，奎章閣本、明州本、正德本、陳八郎本、九條本同。贛州本、四庫本、叢刊本、尤刻本、胡刻本、監本作「登」。當作「發」。

■**立群案**：劉向列女傳趙津女涓：簡子悦，遂與渡，中流，爲簡子發河激之歌。曹丕善哉行：齊倡發東舞，秦箏奏西音。與賦中之「發」義同。左傳成公九年：使與之琴，操南音。文心雕龍知音：凡操千曲而後曉聲，觀千劍而後識器。與賦中之「操」義同。賦中「發」「操」皆有「演奏」「演唱」義。「登」字於賦不合，恐爲「發」之形近而誤。

「胤陽阿」「陽」，奎章閣本、四庫本、正德本、尤刻本、胡刻本、九條本作「陽」。明州本、贛州本、叢

刊本、陳八郎本、監本作「陽」。當作「陽」。

「咏韎任」「咏」，奎章閣本、明州本、贛州本、四庫本、叢刊本、正德本、陳八郎本作「詠」。尤刻本、胡刻本、監本、九條本作「詠」。當作「咏」。

「荆艷楚舞」「艷」，奎章閣本、明州本、贛州本、四庫本、叢刊本、正德本、陳八郎本、尤刻本、胡刻本、監本、九條本作「豔」。當作「艷」。「楚」，明州本、贛州本、四庫本、叢刊本、正德本、陳八郎本、尤刻本、胡刻本、監本、九條本同。奎章閣本作「楚」。當作「楚」。

「吴歈越吟」「吴」，贛州本、正德本、陳八郎本、尤刻本、胡刻本、監本、九條本同。奎章閣本、明州本、四庫本、叢刊本作「呉」。當作「吴」。「歈」，奎章閣本、明州本、正德本、陳八郎本同。贛州本、四庫本、叢刊本、尤刻本、胡刻本、監本、九條本作「愉」。當作「歈」。「越」，奎章閣本作「越」。明州本、贛州本、四庫本、叢刊本、正德本、陳八郎本、尤刻本、胡刻本、監本、九條本作「越」。當作「越」。

■**立群案**：説文：歈，歌也。愉，薄也。从心俞聲。論語曰：私覿，愉愉如也。「歈」「吟」正照應。作「歡悦」義時，「歈」「愉」通。如刘伶北芒客舍：陈醴发悴颜，色歈畅真心。然此處固不可通也，自應作「歈」爲是。另，劉逵曰：楚辭曰：吴愉蔡謳。今本楚辭作「歈」。今從「歈」。

「翕習容裔」「習」，奎章閣本、明州本、贛州本、四庫本、叢刊本、正德本、陳八郎本、尤刻本、胡刻本、監本、九條本作「習」。當作「習」。「裔」，奎章閣本、明州本、贛州本、四庫本、叢刊本、正德本、陳八郎本、尤刻本、胡刻本、九條本同。監本作「裛」。當作「裔」。

【彙注】

【李善注】韎，莫介切。劉曰：晏子春秋曰：桀作東歌。南音，徵引也，南國之音也。左氏傳曰：

鍾儀在晋，使與之琴，操南音。商、角、徵、羽各有引。鍾儀，楚人，思在楚，故操南音。吕氏春秋曰：禹行水，見塗山之女，未之遇而南省南土。塗山之女乃令其妾往候禹于塗山之陽。女乃作歌曰：候人猗。實始作爲南音，周公、召公取風焉。胤，繼也。吕氏春秋曰：陽阿，古樂曲。周禮曰：韎，東樂名。任，南樂名。豔，楚歌也。漢書，四面楚歌也。愉，吴歌也。楚辭曰：吴愉蔡謳。翕習容裔，音樂之狀。靡靡愔愔，言樂容與閑麗也。善曰：韎、任，已見東都賦。曹植妾薄相行曰：齊謳楚舞紛紛。登樓賦曰：莊舃顯而越吟。史記曰：紂作靡靡之樂。左傳曰：楚右尹子革曰：祈招之詩曰：祈招之愔愔。

【五臣注】韎，莫介反。豔，余念反。歈音逾。銑曰：桀作東歌。南音，南國之音。良曰：胤，猶演也。陽阿，舞也。韎、任，蠻夷樂也。荆豔，楚歌也，亦有舞。吴歈越吟，越人吟也。翕習，盛貌。容裔、靡靡、愔愔，閑麗也。

【張鳳翼文選纂注】韎，莫介切。歈音逾。晏子春秋：桀作東歌。南音，南國之音也。鍾儀，楚人，思在楚，故操南音。胤，猶演也。東夷之樂曰韎，南夷之樂曰任。翕習，盛貌。靡靡、愔愔，閑麗也。

【王象乾文選删注】韎，莫介切。胤，演也。陽阿，舞也。東夷樂曰韎，南夷樂曰任。荆豔，楚歌也。愉，吴歌也。翕習，盛貌。紂作靡靡之樂。愔愔，閑麗也。晏子春秋曰：桀作東歌。左傳曰：操南音。商、角、徵、羽各有引。鍾儀，楚人，思在楚，故操南音。

【杭世駿文選課虚】吴都賦：荆豔楚舞，吴渝越吟。翕習容裔，靡靡愔愔。翕習容裔，音樂之狀。靡靡愔愔，言樂容與閑麗也。史記：紂作靡靡之樂。左傳：祈招之愔愔。

【余蕭客文選音義】韎李軌周禮音音妹。愉。五臣作歈。音俞。

【胡克家文選考异】注「允繼也」下至「任南樂名」。袁本、茶陵本無此二十四字。

注「吴歈蔡謳」。袁本、茶陵本「歈」作「愉」，是也。

注「翕習容裔」下至「容與閑麗也」。袁本、茶陵本無此十九字。

【梁章鉅文選旁證】登東高。又吴愉越吟。六臣本「登」作「發」。「愉」作「歈」。

注桀作東歌。此見晏子春秋。然文心雕龍樂府篇云：夏甲嘆於東陽，東音以發。劉子亦云：夏甲作破斧之歌，始爲東音。夏甲是孔甲，不作桀。蓋據吕氏春秋。

注吕氏春秋曰：禹行水。今吕氏春秋音初篇：「行水」作「行功」。説詳南都賦。

注楚辭曰：吴歈蔡謳。六臣本「歈」作「愉」。今招魂作「歈」。按廣雅釋樂：歈，吟歌也。「愉」「歈」，古蓋通用。

【胡紹煐文選箋證】登東歌。劉逵曰：晏子春秋：桀作東歌。旁證云：文心雕龍樂府篇：夏甲嘆於東陽，東音以發。劉子亦云：夏甲作破斧之歌，始爲東音。夏甲是孔甲，不作桀。與此异。

吴愉越吟。注劉逵曰：楚辭曰：吴愉蔡謳。五臣作「歈」。今招魂亦作「歈」。廣雅：歈，吟歌也。

【高步瀛文選李注義疏】「登」，五臣作「發」，「愉」作「歈」。○劉注引晏子春秋，今無此文。案：内篇諫上曰：國衰，臣懼君之逆政之行有歌，紂作北里幽厲之聲云云，疑有脱誤。又案：吕氏春秋音初篇曰：孔甲曰：於東陽萯山云云，乃作爲破斧之歌，實始爲東音。文心雕龍樂府篇曰：夏甲嘆於東陽，東音以發。又與此异。南音，徵引也。案：本書長笛賦李注曰：引，亦曲也。漢書律曆志曰：宫居中央，暢四方，唱始施生，爲四聲綱也。四聲爲宫紀也。協之五行，則角爲木，商爲金，徵爲火，羽爲水，宫爲土。白虎通五行篇曰：水位在北方，木在東方，火在南方，金在西方，土在中央。又曰：春位在東方，其音角者，氣勁躍也。夏位在南方，其音徵。徵，止也，陽度極也。秋，其位西方，其音商。商者，强也。

冬，其位在北方，其音羽。羽之爲舒。土爲中宫，其音宫。宫者，中也。故劉注曰：南音，徵引。又曰：商、角、徵、羽各引。不言宫者，以四聲爲紀也。○左傳，見成九年。○「鍾儀在晋，使與之琴」，胡克家曰：袁本、茶陵本無此八字。○「商角徵羽」以下，乃劉氏語。○吕氏春秋，見音初篇。今「行水」作「行功」，「南省」作「巡省」，「候人」下有「兮」字。案：已見南都賦。○「胤，繼也」，袁、茶二本無此三字。案：胤，繼，爾雅釋詁文。○「陽阿，古樂曲」，尤本上有「吕氏春秋曰」五字。袁、茶二本并無此十字。案：「吕氏春秋曰」五字，蓋因上注誤衍，今删。淮南子俶真篇曰：足躡陽阿之舞。高注曰：陽阿，古之名倡也。説山篇曰：欲善和者，始於陽阿、采菱。高注曰：陽阿、采菱，樂曲之和。聲有陽阿，古之名俳，善和也。御覽樂部三引作「奏雅樂者始於陽阿采菱」，又引許注曰：楚樂之名也。人間篇曰：歌采菱，發陽阿。楚辭招魂曰：涉江采菱，發揚荷些。王逸注曰：楚人歌曲也。本書宋玉對楚王問曰：其爲陽阿、薤露，國中屬而和者數百人。○「周禮曰」至「南樂名」，袁、茶二本無此十一字。案：春官鞮鞻氏掌四夷之樂。鄭注曰：東方曰韎，南方曰任。○初學記樂部上引梁元帝纂要曰：齊歌曰謳，吴歌曰歈，楚歌曰豔。御覽樂部十一引古樂志同。案：艷，疑即後世之所謂鹽。容齋續筆卷七曰：薛道衡昔昔鹽，樂苑以爲羽調曲。玄怪録載蘧篨三娘工唱阿鵲鹽，又有突厥鹽、黄帝鹽、白鴿鹽、神雀鹽、疏勒鹽、满座鹽、歸國鹽。然則歌詩謂之「鹽」者，如吟行曲之類云。丹鉛總録卷十五曰：梁樂府夜夜曲，或名惜惜鹽。鹽，亦曲之别名。通雅卷二十九曰：禮郊特牲曰：鹽諸利。與艷同。謂如吟、行、曲、引之類，正是曲前之艷。但歌此曲，不定爲曲前、曲中，直如九宫譜之所謂慢詞也。唐、宋以来直作「鹽」。古「鹽」「艷」相通。○漢書，見項籍傳。○楚辭，見招魂。胡克家曰：袁本、茶陵本「歈」作「愉」。梁章鉅曰：今招魂作「歈」。按：廣雅釋樂：歈，吟歌也。愉、歈古通用。○「翕習容裔」至「閑麗也」，胡克家

曰：袁本、茶陵本無此十九字。步瀛案：二本載劉良曰：翕習，盛貌。容裔，靡靡。愔愔，閑麗也。
○曹植妾薄相行，已見南都賦注。○登樓賦見本書卷十一。○史記見樂書。今「紂作」作「紂爲」。
○左傳見昭十二年。杜注曰：愔愔，安和貌。○音、任、吟、愔，古音侵部。

若此者，與夫唱和之隆響，動鐘磬之鏗鈜。有殷坻頽於前，曲度難勝。皆與謠俗叶協，律呂相應。其奏樂也，則木石潤色；其吐哀也，則凄風暴興。或超延露而駕辯，或逾淥水而采菱。軍馬弭髦而仰秣，淵魚竦鱗而上升。

【彙校】

「與夫」「與」，明州本、贛州本、四庫本、叢刊本、正德本、陳八郎本、尤刻本、胡刻本、監本、九條本同。奎章閣本作「與」。當作「與」。

「之隆響」「隆」，奎章閣本、明州本、贛州本、四庫本、叢刊本、尤刻本、胡刻本、監本、九條本同。正德本、陳八郎本作「隆」。當作「隆」。「響」，四庫本同。奎章閣本、明州本、贛州本、叢刊本、正德本、陳八郎本、尤刻本、胡刻本、監本、九條本作「響」。當作「響」。

「動鐘磬」　「鐘」，四庫本、正德本、九條本同。奎章閣本、明州本、叢刊本、陳八郎本、尤刻本、胡刻本作「鍾」。贛州本、監本模糊不清。當作「鐘」。「磬」，奎章閣本、明州本、贛州本、四庫本、叢刊本、正德本、陳八郎本同。尤刻本作「鼓」。胡刻本作「鼓」。監本無法辨識。九條本作「聲」。當作「磬」。

■**立群案**：「鼓磬」「聲磬」不辭，疑當作「鐘磬」。周禮春官小胥：凡縣鐘磬，半爲堵，全爲肆。或爲賦語所本。

「鏗鈜」　「鈜」，奎章閣本、明州本、正德本、陳八郎本、九條本同。贛州本、四庫本、叢刊本、尤刻本、胡刻本、監本作「耾」。當作「鈜」。

■**立群案**：善曰：鏗耾，大聲。五臣翰曰：若此者，言上所奏之歌舞，使其叶唱而和之，則致高響，復有鐘磬鏗鈜，其聲殷而繁，若山頹於前。據注，是李善本作「耾」，五臣本作「鈜」。廣韻：鈜，金聲。集韻：鏗鈜，鐘鼓聲。正合賦意。玉篇：耾，博雅云：聾也；字書云：耳語也。「聾」「耳語」與賦意不合。當作「鈜」也。

「坻頹於前」　「頹」，奎章閣本、明州本、贛州本、叢刊本、尤刻本、胡刻本、陳八郎本、監本同。四庫本作「頽」。正德本、九條本作「頺」。當作「頹」。「於」，奎章閣本、明州本、贛州本、四庫本、叢刊本、陳八郎本、尤刻本、胡刻本、監本、九條本同。正德本作「扵」。當作「於」。

「皆與」　「與」，明州本、贛州本、四庫本、叢刊本、陳八郎本、尤刻本、胡刻本、監本、九條本同。奎章閣本、正德本作「㒷」。當作「與」。

「謠俗叶協」　「叶」，奎章閣本、明州本、正德本、陳八郎本、九條本同。贛州本、四庫本、叢刊本、尤刻本、胡刻本、監本作「汁」。今從「叶」。「協」，明州本、叢刊本、監本同。奎章閣本、贛州本、四庫本、

正德本、陳八郎本、尤刻本、胡刻本、九條本作「恊」。當作「協」。

■立群案：方言：自關而東曰協，關西曰汁。阮元經籍籑詁：周禮大行人注：叶，當爲汁。釋文：汁，叶也。是「汁」與「叶」可通。今從「叶」。

「律呂相應」「呂」，明州本、贛州本、四庫本、叢刊本、正德本、陳八郎本、尤刻本、胡刻本、監本、九條本同。奎章閣本作「吕」。當作「吕」。

「凄風暴興」「凄」，陳八郎本、監本同。奎章閣本、明州本、贛州本、四庫本、叢刊本、正德本、尤刻本、胡刻本、九條本作「淒」。當作「凄」。「暴」，明州本、贛州本、正德本、胡刻本、監本同。奎章閣本、四庫本、叢刊本、陳八郎本、尤刻本、九條本作「暴」。當作「暴」。「興」，四庫本、九條本同。奎章閣本作「興」。明州本、贛州本、叢刊本、正德本、陳八郎本、尤刻本、胡刻本、監本作「興」。當作「興」。

「或超延露」「超」，奎章閣本、明州本、贛州本、四庫本、叢刊本、陳八郎本、尤刻本、胡刻本、監本、九條本同。正德本作「趋」。當作「超」。

「或逾緑水」「緑」，陳八郎本、尤刻本、胡刻本、監本同。奎章閣本、明州本、贛州本、四庫本、叢刊本、正德本、九條本作「渌」。當作「緑」。

■立群案：善曰：淮南子曰：互會緑水之趣。高誘曰：緑水，古詩也。五臣銑曰：延露、駕辯、緑水、采菱，皆古曲名。據注，是李善本、五臣本皆作「緑水」也。張協七命亦曰：若乃追清哇，赴嚴節，奏緑水，吐白雪。作「緑水」是也。

「而采菱」「采」，尤刻本、胡刻本、監本同。奎章閣本、明州本、贛州本、四庫本、叢刊本、正德本、陳八郎本、九條本作「採」。當作「采」。

「淵魚竦鱗」 「淵」，奎章閣本、明州本、贛州本、四庫本、叢刊本、正德本、陳八郎本、尤刻本、胡刻本、九條本同。監本作「㴊」。當作「淵」。

「而上升」 「升」，奎章閣本、明州本、贛州本、四庫本、叢刊本、正德本、陳八郎本、尤刻本、胡刻本、九條本同。監本作「廾」。當作「升」。

【彙注】

【李善注】鈜音橫。坻，丁禮切。劉曰：詩曰：唱予和女。解嘲曰：聲若坻頽。坻頽，崩聲也。天水之大坂，名曰隴坻，因爲隴坻之曲。楚辭曰：伏羲駕辯。伏羲作琴，始造此曲。淮南子曰：匏巴鼓琴，鱏魚出聽，伯牙鼓琴，駟馬仰秣。善曰：戰國策，司馬喜曰：臣觀人萌謡俗。列子曰：鄭師文鼓琴，當春而叩商弦，以召南吕，凉風至，草木實。及秋叩角弦，以激夾鐘，温風徐迴，草木發榮。衛子曰：皆與謡俗協。言雖遐方异樂，皆上合律吕，下應謡俗，故能奏和樂之音，則木石潤色也。淮南子曰：夫歌采菱，發陽阿，鄙人聽之，不若延露以和。高誘曰：延露，鄙曲也。淮南子曰：互會緑水之趣。高誘曰：緑水，古詩也。趣，節也。鏗耾，大聲。汁，猶愜也。

【五臣注】鈜音橫。坻，丁禮反。樂，盧各反。秣音末。翰曰：隆，高。殷，繁。坻，山。叶，猶和也。協，合也。若此者，言上所奏之歌舞，使其叶唱而和之，則致高響，復有鐘磬鏗鈜，其聲殷而繁，若山頽於前。曲度變轉，不可勝記，皆與俗之歌謡和合，律吕之音相應接也。向曰：樂之至感，有如此也。銑曰：延露、駕辯、緑水、采菱，皆古曲名。言今皆超逾過之。翰曰：伯牙彈琴，四馬仰秣。瓠巴彈琴，淵魚出水而聽。言今亦然。弭髦，言其毛皆順合。秣，食草也。言仰秣者，謂食草之際，聞音樂，仰首而聽，餘草在口也。竦，猶踴出也。言魚聞此曲，踊鱗而出也。

【張鳳翼文選纂注】鈜音横。秣音末。隆，高也。殷，繁也。坻，山也。叶，猶和也。協，合也。言上所奏之歌舞，唱和之高，鐘磬之繁，若山頽於前。曲度變轉，不可勝記，皆與民謡風俗和合，律吕相應也。潤色、暴興，樂之所感也。延露、淥水，皆古詩名。駕辯，凌出其上而辯也。采菱，歌之而采菱也。弭髦，言其毛皆順合。秣，食草也。言仰秣者，謂食草之際，聞音樂，仰首而聽，餘草在口也。竦，猶踊出。言魚聞此曲，踊鱗而出。

【王象乾文選删注】鈜音横。鏗鈜，大聲。汁，叶也。伏羲作琴，始作此曲。延露、駕辯、淥水、采菱，皆古曲名。列子曰：鄭師文鼓琴，當春而叩商弦，以召南吕，凉風至，草木實。及秋叩角弦，以激夾鐘，温風徐迴，草木發榮。淮南子曰：夫歌采菱，發陽阿，鄙人聽之，不若延露以和。又曰：伯牙鼓琴，駟馬仰秣。

【陳景雲文選舉正】若此者。注「天水之大名曰隴坻」，「名」上當有改字。

【杭世駿文選課虚】鏗鈜，大聲。鈜音横。坻頽，崩聲也。解嘲：聲若坻頽。

【余蕭客文選音義】動鐘鼓之鏗鈜。有殷。舊注「鈜」音「横」。五臣从金。「殷」字句絶。汁五臣作「叶」。

【余蕭客文選紀聞】鈜宏。集韵四。

【孫志祖文選考异】鐘鼓之鏗鈜有殷。音義云：鈜，五臣从「金」。「殷」字句絶。

【胡克家文選考异】注「詩曰唱予和女」。袁本、茶陵本無此六字。

注「坻頽崩聲也」下至「因爲隴坻之曲」。袁本、茶陵本無此十九字。

注「匏巴鼓琴」。袁本、茶陵本「匏」作「瓠」，是也。

注「鄙曲也」。袁本、茶陵本無「鄙」字。

注「汁猶愜也」。茶陵本「愜」作「叶」，是也。袁本作「叶猶汁也」，誤。

【許巽行文選筆記】響動。「與夫唱和之隆響，動鐘鼓之鏗鈜有殷」句。孫月峰曰：此處頗難句，疑有誤。案，「動」字疑衍，「響」字「殷」字絶句。

【梁章鉅文選旁證】動鐘鼓之鏗耾有殷。六臣本「鼓」作「磬」，「耾」作「鈜」。

注天水之大，名曰隴坻。段校：「大」下添「坂」字。

【胡紹煐文選箋證】與夫唱和之隆響，動鐘磬之鏗鈜。有殷坻頹於前，曲度難勝。注劉逵曰：解嘲曰：聲若坻頹。坻頹，崩聲也。天水之大阪，名曰隴坻，因爲隴坻之曲。王氏念孫曰：「與夫」二字乃一「舉」字之誤。舉亦動也。「舉唱和之隆響，動鐘鼓之鏗耾」句法正相對，「有殷坻頹於前」，「於前」二字後人所加。「有殷坻頹」，言其聲殷然如坻頹，句法與詩「有瀰濟盈」「有鷕雉鳴」相似。「有殷坻頹，度曲難勝」，皆以四字爲句。紹煐按：説文：氏，巴蜀名山岸脅〔之〕堆旁箸欲落墒者曰氏。氏崩，聲聞數百里。揚雄賦：響若坻頹。此注引解嘲云云，釋曰：坻頹，崩聲也。與説文合。注又曰：天水之大坂，名曰隴坻。則讀「坻」爲「隴坻」之「坻」，許「隴坻」作「阺」，「坻頹」作「氏」，二字分晰甚明，不可混。而以「隴坻」爲曲名，亦所未聞。

皆與謡俗汁協。注善曰：汁，猶叶也。按：汁、協一字。方言：自關而東曰協，關西曰汁。爾雅：太歲在未曰協洽。史記曆書作「汁洽」。重字疊用，文人往往如此。

或超延露而駕辯，或逾渌水而采菱。延露、駕辯、渌水、采菱，皆古曲名，則賦文兩「而」字當讀爲「與」，謂超延露與駕辯，逾渌水與采菱。而、與一聲之轉，「緑」當作「渌」。

【高步瀛文選李注義疏】王念孫曰：「與夫」二字乃一「舉」字之誤。舉，亦動也。舉唱和之隆響，

動鐘鼓之鏗耾，句法正相對。有殷坻積於前。「於前」二字後人所加也。有殷坻積，言其聲殷然若坻積也。句法與詩有瀰濟盈、有鷕雉鳴相似。若云有殷坻積於前，則不成句法。且有殷坻頽，曲度難勝，皆以四字爲句。若上句多二字，則句法參差矣。後人以李周翰注云其聲若山積於前，故加「於前」二字。不知李注自加「於前」二字，以申明其義，非正文所有也。○「鼓」，袁、茶二本作「磬」，蓋從五臣。李周翰注可證。○「耾」，袁本作「鋐」，茶陵本校曰：五臣从「金」。○易豫卦釋文引馬融注曰：殷，盛也。史記封禪書集解引瓚曰：殷，聲也。漢書禮樂志注曰：殷殷，聲盛也。案：「坻」當作「氐」，或作「阺」，説見下。○五臣「汁」作「叶」。○胡紹煐曰：延露、駕辯，緑水、采菱，皆古曲名，則賦文兩「而」字當讀爲「與」，謂超延露與駕辯，逾緑水與采菱。而、與，一聲之轉。步瀛案：王引之經傳釋詞卷七曰：而，猶與也，及也。而、與，聲之轉。○李周翰曰：弭髦，言其毛皆順合。秣，食草也。言仰秣者，謂食草之際，聞音樂，仰首而聽，餘草在口也。竦，猶踊出也。言魚聞此曲，踊鱗而出也。○劉注「詩曰：倡予和女」，胡克家曰：袁本、茶陵本無此六字。步瀛案：毛詩蘀兮「唱」作「倡」。「倡」、「唱」之通借字。○解嘲見本書卷四十五。尤本亦作「坻」，古鈔本、五臣本作「阺」，漢書楊雄傳作「阺」。又「頽」皆作「隤」，「頽」、「隤」字同。解嘲李注引應劭曰：天水有大阪，名曰隴坻。其山堆旁著，崩落作聲，聞數百里，故曰坻隤。坻，丁禮切。又引韋昭曰：坻，音若是理之「是」。字書曰：巴蜀名山堆落曰阺。漢書顔注曰：阺音氏。巴蜀人名山旁堆欲墮落曰阺。應劭以爲天水隴氐，失之矣。氐，音丁禮反。説文氏部曰：巴蜀名山岸脅之堆旁箸欲落墒者曰氏。氏崩，聲聞數百里。楊雄賦：響若氏隤。徐鍇繫傳曰：響若氏隤，解嘲之文。古皆通謂之賦。玉篇曰：氏，承紙切。是阺、坻皆當从「氏」。廣韵、集韵有「坻」「阺」，字皆「氏」之俗字，故韋昭音是。顔注亦當作「阺，音氏」，蓋顔以「阺」即「氏」，故以説文

「氏」字之訓當之，而斥仲遠隴阺之説爲非。氏，音丁禮反。明與「氏」不同也。説文自部曰：秦謂陵阪曰阺。从𨸏，氏聲。大徐音丁禮切，與顔説可以互證。段氏於説文「阺」字下注曰：依説文，其字則氏與阺不同，其語言則秦與巴蜀不同，且氏主謂石，故崩聲聞遠，阺主謂土，陵阪皆土阜也。「氏」或訛作「坻」，韋昭音是不誤。「阺」字或作「坻」，音丁兮、丁禮二反。自仲遠合而一之，古音亦淆矣。段氏此説，最爲精密。而其「氏」字下注又駁顔而申應，未免自相矛盾。朱珔、胡紹煐皆與段注「阺」字説同。説文：陵阪曰阺，之下不言崩聲遠聞也。此賦「阺」字亦當作「氏」，音承旨切。而劉注混「氏」「阺」爲一，與應仲遠誤同。○「坻頽崩聲也」至「隴坻之曲」，胡克家曰：袁本、茶陵本無此十九字。步瀛案：尤本「大」字下脱「阪」字，故止十九字。今依段氏校補。胡紹煐曰：以隴坻爲曲名，亦所未聞。○楚辭，見大招。王逸注曰：伏羲氏作瑟，造駕辯之曲。劉注本此。風俗通聲音篇引世本曰：宓犧作瑟。山海内經郭注引世本曰：伏犧作琴。孝經疏引世本作「伏犧作琴瑟」。○淮南子，見説山篇。「瓠」，尤本誤作「匏」。胡克家曰：袁本、茶陵本作「瓠」，是也。步瀛案：蜀都賦注作「瓠」，此蓋傳寫之誤。餘見彼疏。○李注引戰國策，見中山策。今「喜」作「憙」，「萌」作「民」，字并通用。○列子見湯問篇。○衛子曰：皆與謡俗協。案：未詳。疑或有誤。○淮南子，見人間篇。今本此篇乃許注，「延露」作「延路」，注曰：延路，鄙歌曲也。本書舞賦注引亦作「延露」。御覽樂部十引同。○後引淮南子見俶真篇。「手」，尤本誤作「互」，六臣本誤作「牙」，皆非是。本書長笛賦注作「手」，與淮南合。今據改。又今本高注「趣」作「趨」，曰：緑水，舞曲也。一曰，緑水，古詩也。趨，投節也。案：「趣」「趨」字通。又本書長笛賦注引「緑」作「淥」，然長笛賦、琴賦「淥水」，古鈔本皆作「緑水」。琴賦五臣亦作「緑水」。○鏗耾，猶鏗鍧。見西都賦。又本書風賦曰：耾耾雷聲。○「叶」，尤本作「愜」，袁本從五臣，故「叶」「汁」

二字互易。今依茶陵本。胡紹煐曰：「汁」「協」一字。方言二：自關而東曰協，關西曰汁。爾雅釋天：太歲在未曰協洽。史記曆書作「汁洽」。重字疊用，文人往往如此。○肱、勝、應、興、菱、升，古音蒸部。

酣湑半，八音并。歡情留，良辰征。魯陽揮戈而高麾，迴曜靈於太清。將轉西日而再中，齊既往之精誠。

【彙校】

「歡情留」「情」，奎章閣本、贛州本、四庫本、叢刊本、正德本、陳八郎本、尤刻本、胡刻本、監本、九條本同。明州本作「情」。當作「情」。

「良辰征」「辰」，四庫本同。奎章閣本、叢刊本、正德本、陳八郎本作「辰」。明州本、贛州本、尤刻本、胡刻本、監本、九條本作「辰」。當作「辰」。

「魯陽揮戈」「陽」，奎章閣本、四庫本、正德本、尤刻本、胡刻本、九條本作「陽」。明州本、贛州本、

叢刊本、陳八郎本、監本作「陽」。當作「陽」。

「而高麾」「高」，奎章閣本、明州本、贛州本、四庫本、叢刊本、正德本、陳八郎本、尤刻本、胡刻本、監本、九條本作「高」。當作「高」。

「迴曜靈」「迴」，明州本、贛州本、叢刊本、正德本、陳八郎本、尤刻本、胡刻本、九條本同。奎章閣本作「逥」。四庫本、監本作「廻」。當作「迴」。「曜」，奎章閣本、明州本、贛州本、四庫本、叢刊本、正德本、陳八郎本、尤刻本、胡刻本、監本、九條本作「曜」。當作「曜」。

「於太清」「於」，奎章閣本、明州本、贛州本、四庫本、叢刊本、陳八郎本、尤刻本、胡刻本、監本、九條本同。正德本作「扵」。當作「於」。「太」，奎章閣本、明州本、贛州本、四庫本、叢刊本、正德本、陳八郎本、尤刻本、胡刻本、九條本同。監本作「泰」。今從「太」。「清」，奎章閣本、贛州本、四庫本、叢刊本、正德本、陳八郎本、監本、九條本同。明州本、尤刻本、胡刻本作「淸」。當作「清」。

■立群案：鶡冠子度萬：唯聖人能正其音，調其聲，故其德上及太清，下及太寧，中及萬靈。陸佃注：太清，天也。劉向九嘆遠游：譬若王僑之乘雲兮，載赤霄而凌太清。王逸注：上凌太清，游天庭也。兩書俱作「太清」，或爲賦語所本。然曹植贈丁儀王粲詩：員闕出浮雲，承露概泰清。是後亦有作「泰清」者。今從「太清」。

「將轉西日」「將」，奎章閣本、正德本作「将」。明州本、贛州本、四庫本、叢刊本、陳八郎本、尤刻本、胡刻本、監本、九條本作「將」。當作「將」。「轉」，奎章閣本、明州本、贛州本、叢刊本、正德本、陳八郎本、尤刻本、胡刻本、監本同。四庫本、九條本作「轉」。當作「轉」。

「齊既往」「齊」，四庫本同。奎章閣本、明州本、贛州本、叢刊本、正德本、陳八郎本、尤刻本、胡刻

本、監本、九條本作「齊」。當作「齊」。「既」，奎章閣本、四庫本、正德本同。明州本、贛州本、叢刊本、陳八郎本、尤刻本、胡刻本、監本、九條本作「既」。當作「既」。「往」，明州本、贛州本、四庫本、叢刊本、陳八郎本、尤刻本、胡刻本、九條本同。奎章閣本、正德本、監本作「往」。當作「往」。

「精誠」「精」，奎章閣本、贛州本、四庫本、正德本、陳八郎本、尤刻本、胡刻本、監本、九條本同。明州本、叢刊本作「精」。當作「精」。

【彙注】

【李善注】湑，思與切。劉曰：酣，酒洽也。湑，樂也。辰，時也。爾雅曰：不辰，不時也。楚辭曰：日吉兮辰良。淮南子曰：魯陽公，楚將也。與韓遘，戰酣，日暮，援戈而麾之，日爲之反三舍。太清，謂天也。此言酣飲與音樂，蓋是其中半并會之際，歡情之所以留連，良辰之所以覺也。故追述魯陽迴日之意，而將轉西日於中盛之時，以適己之盛歡也。昔光武合呼沱水，鄒衍有隕霜之應，精誠之感通天地，人神以相應。魯陽公麾日，抑亦此之謂也。苟日可麾而迴，則精誠可庶而幾，故曰齊精誠於既往。蓋是酣樂之至，逼時之宴者，所以慷慨髣髴，是故引而况焉。善曰：曜靈，已見蜀都賦也。鶡冠子曰：上及太清，下及太寧也。

【五臣注】湑，思與反。翰曰：湑，樂也。謂酣樂纔半，而八音兼并雜奏，歡情欲留而良辰欻行。征，行也。言惜時景也。曜靈，日也。太清，天也。魯陽公與韓戰，戰未敗而日暮。魯陽公舉戈而揮之，日爲迴，自西至於中時也。既往，往古也。言今思齊古人之精誠，使日駐其景矣。

【張鳳翼文選纂注】湑，思與切。酣，酒洽也。湑，樂也。魯陽公與韓戰酣，日暮，援戈而麾之，日爲之返三舍。曜靈，日也。太清，天也。此言酣樂之際，歡情留連，奈良辰之欲往，故追述魯陽迴日之意，

而將轉西日於中也。苟日可迴，則精誠可知，故曰精誠齊於既往。蓋是酣樂之至，逼時之將暮，所以慷慨髣髴，引而況焉。

【王象乾文選刪注】湑，樂也。淮南子曰：魯陽公與韓遘，戰酣，日暮，援戈而麾之，日爲之反三舍。

【陳景雲文選舉正】酣湑半。注「與韓遘，戰酣」。「遘」下脱「難」字。

【余蕭客文選音義】并平。注與韓遘。下增「難」字。

【孫志祖文選考异】魯陽揮戈而高麾。何校「揮」改「援」。云：袁刻作「揮」，今照本注改。無「揮」「麾」二字一句再見之理。

【張雲璈選學膠言】魯陽揮戈而高麾。何氏曰：「揮」當作「援」。「揮」「麾」二字無再見之理。雲璈按：「揮」有振動之義，「麾」有指示之義，似亦不妨重用。然注明云「援戈」，則賦中「揮」字傳寫之誤無疑。

【胡克家文選考异】魯陽揮戈而高麾。何校「揮」改「援」。案：以「揮」「麾」文複言之，蓋是也。各本皆誤耳。

注「楚辭曰日吉兮辰良」。袁本、茶陵本無此八字。

注「楚將也」。袁本、茶陵本無此三字。

注「與韓遘」。何校「遘」下添「難」字，陳同，是也。各本皆脱。

注「良辰之所以覺也」。袁本、茶陵本「也」作「速」，是也。

注「以適己之盛觀也」。袁本、茶陵本「觀」作「歡」，是也。

【許巽行文選筆記】揮戈。魯陽揮戈而高麾。何曰：無「揮」「麾」并用之理。注「援戈而麾之」。

依注作「援戈」爲得。

【梁章鉅文選旁證】魯陽揮戈而高麾。何曰：無「揮」「麾」二字連用之理。「揮」當用「援」。

注與韓遘。何校：「遘」下添「難」字。陳同。是也。

注良辰之所以覺速。又以適己之盛觀也。尤本「速」誤作「也」。六臣本「觀」作「歡」，是也。

【胡紹煐文選箋證】魯陽揮戈而高麾。注劉逵曰：淮南子曰：魯陽公，楚將也，與韓遘，戰酣，日暮，援戈而麾之，日爲之反三舍。何氏焯曰：無「揮」「麾」連用之理，「揮」當作「援」。紹煐按：注引淮南子作「援戈」，正文特傳寫訛耳。

【徐攀鳳選學糾何】魯陽揮戈而高麾。何曰：無「揮」「麾」二字一句再見之理。案：宋刻「揮」作「援」。且注亦明以「援戈」爲證矣。

【高步瀛文選李注義疏】「揮戈」，何焯校「揮」改「援」，曰：照本注改，無「揮」「麾」二字一句再見之理。胡克家曰：以「揮」「麾」文複言之，蓋是。各本皆誤。○劉注：酣，酒洽也。案：酣字義已見蜀都賦疏。○説文水部曰：湑，莤酒也。酉部曰：莤者，禮祭，束茅加於祼圭，而灌鬯酒，是爲莤。詩伐木毛傳曰：湑，莤之也。釋文曰：莤，與左傳縮酒同義，謂以茅泲之而去其糟也。劉以湑爲樂，殆因與酣連用而爲此謂耳。○爾雅，見釋訓。○楚辭，見九歌東皇太一。「吉日」二字誤倒，今依楚辭及本書卷三十三乙轉。胡克家曰：袁本、茶陵本無此八字。淮南子見覽冥篇。尤本「魯陽公」下有「楚將也」三字。淮南子無，今依袁本、茶陵本删。又各本「遘」下脱「難」字，何焯、陳景雲校增，今從之。高注曰：魯陽公，楚之縣公也。楚平王之孫，司馬子期之子。國語所謂魯陽文子也。楚僭號稱王，其守縣大夫皆稱公，故曰魯陽公。今南陽魯陽縣是也。案：魯陽文子見楚語下。漢南陽郡魯陽縣，今河南魯山縣治。

又案：注引光武合呼沱水，見東觀漢記王霸傳。「呼沱」作「滹沱」。後漢書王霸傳作「虖沱」，光武紀作「呼沱」，字并通。鄒衍隕霜，見淮南子，本書江文通詣建平王上書注及書鈔天部四、初學記天部下、御覽天部十四皆引之。又見論衡感虚篇。○尤本「覺速」作「覺也」，「感歡」作「盛觀」，皆誤。今依袁、茶二本。○李注引鶡冠子見度萬篇。○并、征、清、誠，古音耕部。○以上宴饗。

昔者夏后氏朝群臣於兹土，而執玉帛者以萬國。蓋亦先王之所高會，而四方之所軌則。春秋之際，要盟之主。闔閭申其威，夫差窮其武。内果伍員之謀，外騁孫子之奇。勝强楚於柏舉，栖勁越於會稽。闕溝乎商、魯，争長於黄池。

【彙校】

「昔者」「者」，奎章閣本、明州本、贛州本、四庫本、叢刊本、正德本、陳八郎本、尤刻本、胡刻本、九條本同。監本無「者」字。今從有「者」字。

■立群案：有無「者」字，皆不影響賦意。諸本多有「者」字，從之。

「朝群臣」「群」，奎章閣本、明州本、贛州本、四庫本、叢刊本、正德本、陳八郎本、尤刻本、胡刻本、

監本、九條本作「羣」，當作「群」。

「於兹土」　「於」，奎章閣本、明州本、贛州本、四庫本、叢刊本、陳八郎本、尤刻本、胡刻本、監本、九條本同。正德本作「扵」。當作「於」。「土」，奎章閣本、明州本、贛州本、四庫本、叢刊本、陳八郎本、尤刻本、胡刻本、監本、九條本同。正德本作「圡」。當作「土」。

「蓋亦先王」　「蓋」，明州本、贛州本、四庫本、叢刊本、陳八郎本、尤刻本、胡刻本、監本、九條本同。奎章閣本、正德本作「盖」。當作「蓋」。

「之所高會」　「所」，奎章閣本、正德本作「所」。明州本、陳八郎本、監本作「所」。贛州本、四庫本、叢刊本、尤刻本、胡刻本、九條本作「所」。當作「所」。「高」，奎章閣本、明州本、贛州本、四庫本、叢刊本、正德本、陳八郎本、尤刻本、胡刻本、監本、九條本作「高」。當作「高」。「會」，奎章閣本、明州本、贛州本、四庫本、叢刊本、正德本、陳八郎本、尤刻本、胡刻本、監本、九條本作「會」。當作「會」。

「之所軌則」　「所」，奎章閣本、正德本作「所」。明州本、監本、九條本作「所」。贛州本、四庫本、叢刊本、陳八郎本、尤刻本、胡刻本作「所」。當作「所」。「軌」，奎章閣本、明州本、贛州本、四庫本、叢刊本、正德本、胡刻本、九條本同。陳八郎本、尤刻本、監本作「軌」。當作「軌」。

「要盟之主」　「盟」，明州本、贛州本、四庫本、叢刊本、正德本、陳八郎本、尤刻本、胡刻本、監本、九條本同。奎章閣本作「盟」。當作「盟」。

「申其威」　「申」，奎章閣本、明州本、贛州本、四庫本、叢刊本、正德本、陳八郎本、九條本同。尤刻本、胡刻本、監本作「信」。今從「申」。

■立群案：胡紹煐文選箋證：六臣本「信」作「申」。按：「信」，古「伸」字，通作「伸」，善從古作「信」。然荀悅申鑒雜言：高祖雖能申威于秦、項，而屈于商山四皓。後漢書杜篤傳：于時聖帝，赫然申威。是「申威」亦有其據。今從「申威」。

「伍員之謀」　「伍」，四庫本、尤刻本、胡刻本、監本同。奎章閣本、明州本、贛州本、叢刊本、正德本、陳八郎本、九條本作「五」。當作「伍」。「員」，四庫本同。奎章閣本、明州本、贛州本、叢刊本、正德本、陳八郎本、尤刻本、胡刻本、監本、九條本作「貟」。當作「員」。

「孫子之奇」　「奇」，奎章閣本、明州本、贛州本、四庫本、叢刊本、正德本、陳八郎本、尤刻本、胡刻本、監本、九條本作「竒」。當作「奇」。

「勝强楚」　「勝」，奎章閣本、明州本、贛州本、四庫本、叢刊本、正德本、陳八郎本、尤刻本、胡刻本、九條本同。監本無法辨識。當作「勝」。「强」，明州本、贛州本、四庫本、叢刊本、正德本、陳八郎本、尤刻本、胡刻本、九條本作「彊」。奎章閣本作「彊」。監本模糊不清。當作「强」。「楚」，明州本、贛州本、四庫本、叢刊本、正德本、陳八郎本、尤刻本、胡刻本、監本、九條本同。奎章閣本作「楚」。當作「楚」。

「於柏舉」　「於」，奎章閣本、明州本、贛州本、四庫本、叢刊本、陳八郎本、尤刻本、胡刻本、監本、九條本同。正德本作「扵」。當作「於」。「柏」，奎章閣本、明州本、正德本、陳八郎本同。贛州本、四庫本、叢刊本、尤刻本、胡刻本、監本、九條本作「栢」。當作「柏」。「舉」，明州本、贛州本、四庫本、叢刊本、正德本、陳八郎本、尤刻本、胡刻本、監本、九條本同。奎章閣本作「舉」。當作「舉」。

「栖勁越」　「栖」，奎章閣本、明州本、贛州本、四庫本、叢刊本、正德本、尤刻本、胡刻本、九條本作「棲」。陳八郎本、監本作「捿」。當作「栖」。「越」，奎章閣本同。明州本、贛州本、四庫本、叢刊本、正

德本、陳八郎本、尤刻本、胡刻本、監本、九條本作「越」。當作「越」。

「於會稽」 「於」，奎章閣本、明州本、贛州本、四庫本、叢刊本、陳八郎本、尤刻本、胡刻本、監本、九條本同。正德本作「扵」。當作「於」。「會」，奎章閣本、明州本、贛州本、四庫本、叢刊本、正德本、陳八郎本、尤刻本、胡刻本、監本、九條本作「㑹」。當作「會」。「稽」，奎章閣本、正德本作「稽」。明州本、贛州本、四庫本、叢刊本、陳八郎本、尤刻本、胡刻本、九條本作「稽」。監本模糊不清。當作「稽」。

「商魯」 「商」，奎章閣本、明州本、贛州本、四庫本、叢刊本、正德本、尤刻本、胡刻本、監本、九條本同。陳八郎本作「啇」。當作「商」。

■立群案：賦云：闕溝乎商、魯，商、魯俱地名。賦當作「商」。廣韵：啇，本也。與賦意不合。然「啇」在古籍中常作「商」的俗體，是陳八郎本亦不爲誤。

「争長於」 「争」，正德本、陳八郎本同。奎章閣本、明州本、贛州本、四庫本、叢刊本、尤刻本、胡刻本、監本、九條本作「爭」。當作「争」。「於」，奎章閣本、明州本、贛州本、四庫本、叢刊本、陳八郎本、尤刻本、胡刻本、監本、九條本同。正德本作「扵」。當作「於」。

「黄池」 「黄」，奎章閣本、四庫本、正德本、陳八郎本、尤刻本、胡刻本同。明州本、贛州本、叢刊本、監本、九條本作「黃」。當作「黄」。

【彙注】

【李善注】闕音掘。劉曰：左傳曰：禹會諸侯於塗山，執玉帛而朝者萬國。先王，謂舜等也。信，讀爲申。國語曰：吴王夫差起軍，與齊、晉争衡。晉文踐土之盟，齊桓邵陵之會，奮其威强，未能過也。伍員，楚大夫，出仕於吴，吴王因其謀伐楚。孫武，吴人，善用兵，作書號孫子兵書。北征闕池，爲深溝於

商、魯之間，北屬之濟，以會晉定公於黃池。吳、晉爭長，吳先歃，晉惡之。善曰：左傳曰：楚師陳于柏舉，闔閭之弟夫槩王先擊楚子常，楚師大敗。國語曰：越王勾踐栖於會稽之上。難蜀父老曰：南馳使以誚勁越。

【五臣注】闕音掘。向曰：夏后氏，謂禹也。會諸侯於塗山。此山在吳，故云兹土。玉，珪也，諸侯執之。帛，束帛也。來會者，萬國也。高，大。軌，法也。言可以爲四方之法則也。向曰：要，約也。言諸侯約爲盟誓。五負，吳賢臣。孫武以兵法奇計教闔閭也。銑曰：闔閭與楚戰於柏舉，楚師大敗。柏舉，地名。夫差伐越，越王大敗，夫差盡得越地，而越王走保會稽山。言栖者，如鳥之栖也。翰曰：夫差掘深溝通於商、魯。商、魯，地名。黃池，池名。與晉爭長於黃池，而吳先歃，晉亞之也。

【張鳳翼文選纂注】闕音掘。禹會諸侯於塗山。塗山在吳，故云兹土。玉，珪也，諸侯執之。帛，束帛也。要盟，謂强要而結盟誓。言吳强以威劫諸侯也。孔子於蒲人之盟，言：要盟也，神不聽。正此類也。左傳，楚師陳于柏舉，闔閭弟夫槩擊勝之。國語，夫差北征，掘深溝於商、魯之間。柏舉、會稽、商魯、黃池，俱地名。

【陳景雲文選舉正】昔者夏后。注舊本無「與齊、晉爭衡」至「兵書」五十五字，較此爲優。又「北征」以上有脱文。又「晉惡之」，舊本作「晉亞之」按，「惡」即「亞」字。

【王象乾文選删注】闕音掘。左傳曰：楚師陳于柏舉，闔閭之弟夫槩擊楚，楚師大敗。國語曰：吳王夫差起軍北征，闕地爲深溝於商、魯之間，北屬之濟，以會晉定公於黃池。吳、晉爭長，吳先歃，晉亞之。

【余蕭客文選音義】兹土。向曰：塗山在吳，故曰兹土。闕舊音掘。注北征闕池。何曰：上有脱誤。案：六

臣本劉注「吴王夫差起軍」下即接「北征闕池，爲深溝」，無「與齊、晉争衡」以下五十五字。

【胡克家文選考异】注「執玉帛而朝者」。袁本、茶陵本無「而朝」二字。

注「先王謂舜等也信讀爲申」。袁本、茶陵本無此十字。

注「與齊晉争衡」下至「號孫子兵書」。袁本、茶陵本無此五十五字。案：無者最是。上文「起軍」，下文「北征」，四字爲句，盡「晉亞之」，皆引吴語文。五十五字在其間，誤甚矣。可見凡增多者之決不當有也。

注「晉惡之」。袁本、茶陵本「惡」作「亞」，是也。

【許巽行文選筆記】商、魯。案：今國語及臣瓚、地理志注并作「齊魯」。韋昭注云：商，宋也。然作「齊」者，誤。

【梁章鉅文選旁證】闔閭信其威。六臣本「信」作「申」。

注與齊、晉争衡。此下至「孫子兵書」五十五字，六臣本無之，是也。此上下皆引吴語文，何得夾入他語乎？

注晉惡之。六臣本「惡」作「亞」，是也。

【胡紹煐文選箋證】闔閭信其威。六臣本「信」作「申」。按：「信」，古「伸」字，通作「伸」，善從古作「信」。

【高步瀛文選李注義疏】吕向曰：塗山在吴，故云兹土。軌，法也。言可以爲四方之法則也。要，约也。言諸侯约爲盟誓。○「信」，袁、茶二本作「申」。杜宗玉曰：「申」，通作「伸」，古文「伸」作「信」。廣雅釋詁四：申，伸也。易繫辭：引而伸之。釋文：伸，本作「信」。儀禮士相見禮：君子欠

伸。注：古文「伸」作「信」。禮記儒行：竟信其志。注：信讀如屈伸之「申」，假借字。○「伍員」，袁、茶二本作「五員」。「伍」「五」字通。○劉注引左傳，見哀九年。尤本「玉帛」下有「而朝」二字，左傳無。今依袁、茶二本删。○「先王，謂舜等也。信，讀爲申」，胡克家曰：袁本、茶陵本無此十字。○「吴與齊、晋争衡」至「作書號孫子兵書」，此五十六字尤本在「國語曰：吴王夫差起軍」之下，首句上無「吴」字。袁、茶二本并無「與齊、晋」以下五十五字。胡克家曰：無者最是。上文「起軍」，下文「北征」，四字爲句，盡「晋亞之」，皆引吴語文，五十五字在其間，誤甚矣。步瀛案：國語文中不宜羼入此五十五字，是也。但李注不爲「闔閭」以下四句作注，疑此段本劉注所有，此五十五字本在「國語」之上，而後人傳寫誤夾入國語中耳。「與齊、晋争衡」上有「吴」字，云：「吴與齊、晋争衡」至「未能遇也」釋「闔閭信其威」二句，「伍員，楚大夫」至「號孫子兵書」釋「内果伍員之謀」二句，以下引國語，釋「闕溝乎商、魯」二句，故李注但注柏舉、會稽，而不注「闔閭」四句也。胡氏於袁、茶二本所無者，概疑爲後人妄增，亦過矣。又案：左昭三十年曰：吴子問於伍員曰：伐吴何如？對曰：爲三師以肄焉。一師至，彼必皆出。彼出則歸，彼歸則出。楚必過敝。亟肄以罷之，多方以誤之。既罷，而後以三軍繼之，必大克之。闔閭從之。楚於是乎始病。定四年曰：十一月，庚辰，吴入郢。史記吴世家曰：王闔廬元年，舉伍子胥爲行人，而與謀國事。九年，吴王闔廬謂伍子胥、孫武曰：始子之言，郢未可入。今果如何？二子對曰：必得唐、蔡，乃可。闔廬從之。與唐、蔡西伐楚。又孫子傳曰：孫子武者，齊人也。闔廬以爲將，西破强楚，入郢。北威齊、晋，顯名諸侯。又案：史記稱孫武齊人，而吴越春秋闔閭内傳以爲吴人。漢書人表稱吴孫武，藝文志稱吴孫子。此注云：孫武，吴人。亦非無據。新唐書宰相世表以孫武爲齊陳書之後。書賜姓孫，生子馮，馮生武，字長卿，奔吴。恐亦未足信也。○國語，見吴語。「軍」作「師」，「晋定公」

作「晉公午」。古人引書,往往不拘定原文也。惟北屬之沂,西屬之浙,各本脱「沂,西屬之」四字,今依吴語增。尤本「亞」作「惡」,袁、茶二本作「亞」,與吴語合。今從之。吴語韋注曰:闕,穿也。商,宋也。黄池,地名。左哀十三年杜注曰:陳留封丘縣南有黄亭,近濟水。漢書地理志陳留郡外黄縣下,顔注引臣瓚曰:縣有黄溝。續漢書郡國志兖州陳留郡平丘縣下曰:有黄池。劉昭注引陳留志曰:黄亭在封丘。水經濟水注曰:濟水又東,逕小黄縣之故城北,縣有黄亭,又謂之曰黄溝。元和郡縣志曰:河南道汴州封丘縣,黄池在縣南七里。魯哀公十三年,晉侯與吴子争盟於此。○李注引左傳,見定四年。水經江水注三曰:烽火洲,即舉洲也。北對舉口。舉水出龜頭山,注於江,謂之舉口。南對舉洲。春秋左傳定公四年,吴、楚戰于柏舉,京相璠曰:漢東地矣。江夏有洰水,或作「舉」,疑即此也。元和郡縣志曰:江南道黄州麻城縣,龜頭山在縣東南八十里,舉水之所出也。春秋吴、楚戰於柏舉,即此地也。讀史方輿紀要曰:湖廣黄州府,龜山在縣東六十里,即舉水之源也。一名龜頭山。又縣東北三十里有柏子山,柏舉蓋合柏山、舉水而名。清統志曰:湖北黄州府,舉水出麻城縣東北黄檗山。○國語,見越語上。韋注曰:山處曰栖。會稽,山名。在今山陰南七里。左哀元年曰:吴王夫差敗越於夫椒,遂入越。越子以甲楯五千保于會稽。史記夏本紀曰:或言禹會諸侯江南,計功而崩,因葬焉,命曰會稽。會稽者,會計也。集解引皇覽曰:會稽山,本名苗山。漢書地理志會稽郡山陰縣,原注曰:會稽山在南。清統志曰:浙江紹興府,會稽山在會稽縣東南十三里。案:會稽縣在山陰東一里,舊與山陰縣并爲附郭縣,今并爲紹興縣。○難蜀父老見本書卷四十四。○國、則,古音之部。主,侯部。武,魚部。通轉爲韵。奇、池,歌部。稽,脂部。通轉爲韵。

徒以江湖嶮陂，物産殷充。繞霤未足言其固，鄭、白未足語其豐。士有陷堅之鋭，俗有節概之風。睚眦則挺劍，喑嗚則彎弓。

【彙校】

「語其豐」「豐」，明州本、贛州本、四庫本、叢刊本、正德本、陳八郎本、尤刻本、胡刻本、監本、九條本同。奎章閣本作「豊」。當作「豐」。

「陷堅之鋭」「陷」，贛州本、四庫本、叢刊本、胡刻本、監本、九條本同。奎章閣本作「陥」。明州本、正德本、陳八郎本、尤刻本作「陷」。當作「陷」。「鋭」，正德本同。奎章閣本、明州本、贛州本、四庫本、叢刊本、陳八郎本、尤刻本、胡刻本、監本、九條本作「鈗」。當作「鋭」。

「節概之風」「概」，奎章閣本、四庫本、正德本同。明州本、贛州本、叢刊本、陳八郎本、尤刻本、胡刻本、監本、九條本作「槪」。當作「概」。

「睚眦則」「眦」，奎章閣本、明州本、贛州本、四庫本、叢刊本、正德本、尤刻本、胡刻本、九條本同。陳八郎本、監本作「眥」。當作「眦」。

「挺劍」「挺」，明州本、贛州本、叢刊本、陳八郎本、尤刻本、胡刻本、監本、九條本同。奎章閣本、四庫本、正德本作「挻」。當作「挺」。「劍」，奎章閣本、正德本作「劒」。明州本、贛州本、叢刊本、陳八

郎本、尤刻本、胡刻本、監本、九條本作「劒」。四庫本作「劔」。當作「劍」。

【彙注】

【李善注】霤，李救切。概音蓋。睚，五賣切。眦，助賣切。喑音蔭。嗚，烏故切。劉曰：漢書，王莽策命前將軍曰：繞霤之固，南當荆楚。鄭、白，二渠名。意者謂吴江湖之阻，洞庭之險，土地之沃，物産之豐，雖關中所謂繞霤之固，鄭、白之豐，未足以爲言也。凡天下言豐者，皆多稱關中，故引焉。韓信曰：項羽喑嗚叱咤。善曰：太公陰符經曰：無堅不陷也。楊惲曰：西河魏土，凜然皆有節概。睚眦，已見西京賦。家語，孔子曰：公良儒者，有勇力，挺劍而令衆也。孟子曰：越人彎弓而射我。

【五臣注】陂音秘。霤，李救反。概音蓋。睚，五賣反。眦，助賣反。喑音蔭。嗚，烏故反。良曰：陂，難也。濟曰：繞霤，關内固險以繞京師，如屋霤也。鄭、白，二渠名。亦在關内，人皆利之。言吴有江湖之固，物産之充，雖關中繞霤，鄭、白，豈足謂其豐？言吴之勝也。翰曰：言士之勇壯者，雖遇堅敵必破陷之。又俗有志節梗概之人。睚眦，瞋目小怒也。挺，拔也。喑嗚，含怒未發。言如此小怒則拔劍彎弓，言勇使也。

【張鳳翼文選纂注】概音蓋。睚，五賣切。眥，助賣切。喑音蔭。嗚，烏故切。王莽策命前將軍曰：繞霤之固，南當荆楚。言關内險固，環繞京師如屋溜也。鄭、白，二渠名。凡天下言豐者，皆多稱關中，故引焉。言吴有江湖之固，物産之盛也。陷堅，言士勇壯，雖遇堅敵，必破陷之。節概，俠烈也。睚眦，瞋目也。喑嗚，怒也。言怒則拔劍彎弓也。

【王象乾文選删注】陂音秘。霤，李救切。概音盖。睚，五賣切。眦，助賣切。喑音蔭。嗚，烏故切。陂，難也。繞霤，關内固險以繞京師，如屋霤也。鄭、白，二渠名。王莽策命曰：繞霤之固，南當

荆楚。

【陳景雲文選舉正】徒以江湖嶮陂。注「喑嗚叱吒」。「吒」，舊本作「咤」。又「越人彎弓而射我」。「我」，舊本作「之」。

【余蕭客文選音義】陂舊音秘。喑舊音蔭。繞霤。翰曰：關内固險以繞京師，如屋之霤也。嗚後漢書釋文一故反。

【朱珔文選集釋】繞霤未足言其固。劉注引漢書，王莽策命前將軍曰：繞霤之固，南當荆楚。案，此爲莽命明威侯王級語。彼處顔注：謂之繞霤者，言四面塞阸，其道屈曲，谿谷之水迴繞而霤。即今商州界七盤十二繂是也。通典云：商山，一名地肺山，四皓所隱之地。「險阻」下亦引此文。方輿紀要謂：即商洛山，亦謂之商阪。史記，蘇秦説韓王曰：西有商阪之塞。秦孝公十一年，城商塞。蓋武關在焉。京相璠曰：武關，楚通上雒阸道也。上雒即商州。據此，知自古稱要隘。故莽云南當荆楚，而與羊頭、肴黽、汧隴三方并舉，特繞霤之名始此耳。

【梁章鉅文選旁證】注孟子曰：越人彎弓而射我。毛詩小弁傳引孟子：兄弟關弓而射我。音義曰：「關」本亦作「彎角弓」。正義亦引孟子云：兄弟關弓而射我。句法正同。

【胡紹煐文選箋證】繞霤未足言其固。注劉逵曰：漢書，王莽策命前將軍曰：繞霤之固，南當荆楚。按：見王莽傳。顔注云：言四面塞阸，其道屈曲，溪谷之水，迴繞而霤也。其處即今商州界七盤十二繞是也。

【高步瀛文選李注義疏】劉注引漢書，見王莽傳中，始建國元年，命明威侯王級作五威前關將軍。案「關」字不可删，各本誤脱，今補。吕延濟曰：繞霤，關内固險以繞京師，如屋霤也。王莽傳顔注曰：

謂之繞霤者，言四面塞阸，其道屈曲，谿谷之水，回繞而霤，即今商州界七盤十二繞是也。通典州郡典五曰：商州上洛縣有商山，亦名地肺山，亦名楚山，其地險阻。下引王莽傳此文及注，「十二繞」作「十二緈」。太平寰宇記卷百四十一引同。儀禮士喪禮鄭注曰：緈，曲也。案：上洛縣即今陝西商縣。朱珔曰：據此，知自古稱要隘。故莽云南當荊楚，而與羊頭、肴黽、汧隴三方并舉，特繞霤之名始此耳。○鄭、白二渠，已見西都賦。○史記，見淮陰侯傳。今本作「暗噁」。索隱曰：懷怒氣。漢書韓信傳作「意烏」。晉灼曰：恚怒聲也。案：暗嗚、暗噁、意烏皆同。○李注引太公陰符經合下卷三十四、卷四十二，凡三條，嚴可均輯全上古文皆未載。○楊惲報孫會宗書見本書卷四十一。○家語見困誓篇。「孔子」二字疑當在「家語」上，否則作「家語曰：孔子弟子有公良儒者」。又今本「令」作「合」。○孟子，見告子篇下。今趙注本「彎」作「關」，「射我」作「射之」。詩小弁毛傳引孟子作「有越人於此關弓而射我」，釋文曰：「關」本亦作「彎」，下文「其兄關弓而射之」，毛傳引作「兄弟關弓而射我」。角弓孔疏引同。皆與趙注本异。○充，古音東部。風，侵部。弓，蒸部。三部通轉爲韵。

擁之者龍騰，據之者虎視。麾城若振槁，搴旗若顧指。雖帶甲一朝，而元功遠致。雖累葉百疊，而富强相繼。樂滑衍其方域，列仙集其土地。桂父練形而易色，赤須蟬蛻而附麗。

【彙校】

「龍騰」　「龍」，奎章閣本、明州本、贛州本、四庫本、叢刊本、陳八郎本、尤刻本、胡刻本、監本、九條本同。正德本作「龍」。當作「龍」。

「據之者」　「據」，明州本、四庫本、叢刊本、陳八郎本、監本、九條本同。奎章閣本作「搋」。贛州本作「擄」。正德本、尤刻本、胡刻本作「據」。當作「據」。

「若振槁」　「振」，四庫本同。奎章閣本、叢刊本、陳八郎本、尤刻本、胡刻本作「振」。明州本、贛州本、正德本、監本、九條本作「振」。當作「振」。「槁」，贛州本、正德本同。奎章閣本、明州本、四庫本、叢刊本、陳八郎本、尤刻本、胡刻本、監本、九條本作「槁」。當作「槁」。

「若顧指」　「指」，叢刊本、九條本同。奎章閣本、贛州本、四庫本、正德本作「指」。明州本、陳八郎本作「指」。尤刻本、胡刻本、監本作「指」。當作「指」。

「雖帶甲」　「雖」，奎章閣本、明州本、贛州本、四庫本、叢刊本、陳八郎本、尤刻本、胡刻本、監本、九條本同。正德本作「雖」。當作「雖」。

「元功遠致」　「遠」，贛州本同。四庫本、叢刊本、正德本、陳八郎本、監本、九條本作「逺」。奎章閣本、明州本、尤刻本、胡刻本作「遠」。當作「遠」。「致」，奎章閣本、明州本、四庫本、叢刊本、正德本、陳八郎本、尤刻本、胡刻本、監本、九條本同。贛州本作「致」。當作「致」。

「雖累葉」　「雖」，奎章閣本、明州本、贛州本、四庫本、陳八郎本、尤刻本、胡刻本、監本、九條本同。叢刊本、正德本作「雖」。當作「雖」。「葉」，贛州本同。奎章閣本、明州本、四庫本、叢刊本、正德本、陳八郎本、尤刻本、胡刻本、監本、九條本作「葉」。當作「葉」。

「百叠」　「叠」，奎章閣本、明州本、贛州本、四庫本、叢刊本、正德本、陳八郎本、尤刻本、胡刻本、監本、九條本作「疊」。當作「叠」。

「富强相繼」　「富」，奎章閣本、明州本、贛州本、四庫本、叢刊本、正德本、胡刻本、監本、九條本同。陳八郎本、尤刻本作「冨」。當作「富」。「强」，監本同。奎章閣本、明州本、贛州本、四庫本、叢刊本、正德本、陳八郎本、尤刻本、胡刻本、九條本作「彊」。當作「强」。「繼」，明州本、四庫本、叢刊本、尤刻本、胡刻本、監本、九條本同。奎章閣本、贛州本、正德本作「繼」。陳八郎本作「継」。當作「繼」。

「集其土地」　「土」，明州本、四庫本、叢刊本、陳八郎本、尤刻本、胡刻本、監本、九條本同。奎章閣本、贛州本、正德本作「圡」。當作「土」。

「桂父練形」　「練」，明州本、贛州本、胡刻本同。奎章閣本、四庫本、叢刊本、正德本、陳八郎本、尤刻本、監本、九條本作「練」。當作「練」。

「易色」　「易」，明州本、贛州本、四庫本、叢刊本、正德本、陳八郎本、尤刻本、胡刻本、監本、九條本同。奎章閣本作「昜」。當作「易」。

「赤須蟬蜕」「須」，明州本、贛州本、四庫本、叢刊本、正德本、陳八郎本、尤刻本、胡刻本、監本、九條本同。奎章閣本作「湏」。當作「須」。「蜕」，奎章閣本、明州本、贛州本、四庫本、叢刊本、正德本、陳八郎本、尤刻本、胡刻本、監本、九條本作「蛻」。當作「蜕」。

「附麗」「麗」，奎章閣本、明州本、贛州本、四庫本、叢刊本、正德本、陳八郎本、尤刻本、胡刻本、監本同。九條本作「儷」。當作「麗」。

■**立群案**：易離：彖曰：離，麗也。日月麗乎天，百穀草木麗乎土，重明以麗乎正，乃化成天下，柔麗乎中正，故亨。孔穎達疏：麗，謂附著也。以陰柔之質附著中正之位，得所著之宜，故云麗也。後漢書張衡傳：夫戰國交争，戎車競馳，君若綴旒，人無所麗。李賢注：麗，附也。「儷」，亦有「附」之義，然後起，且本字當作「麗」也。

【彙注】

【李善注】衎，苦旱切。蜕音税。劉曰：賈誼傳曰：權制天下，顧指如意也。叔孫通列傳曰：斬將搴旗之士。顧指，諭疾且易也。葉，猶世也。列仙傳曰：桂父，象林人也，常服桂葉，以龜腦和之，顔色如童，時黑時白時赤，南海人尊事之累世。赤須子，豐人也，豐中傳世見之，秦穆公之主魚吏也，數道豐界灾异水旱，十不失一。食柏實石脂，絶穀，齒落更生，細髮復出，後去之吴山。言此人等仙，如蟬之脱殼。爾雅曰：麗，附也。莊子曰：附麗不以膠漆。赤須子本非吴人，故言附麗也。夫土地險固以致强，豐沃以致盛，而天下之美皆歸焉，霸王之功皆存焉。故賦者既舉其富强之業，而載其神仙之事。善曰：長楊賦曰：麾城摲邑。商君曰：秦師至鄢、郢，舉若振槁。槁，葉落。漢書曰：吴、晋争長，吴爲帶甲三萬。史記曰：維祖元功，輔臣股肱。新序曰：齊侯相管仲，國既富强。楚辭曰：濟江海兮蟬蜕。淮南

子曰：蟬飲而不食，三十日而蜕。

【五臣注】槁音考。搴音騫。衎，苦旱反。蜕音稅。銑曰：若擁此驍勇之衆，據此險絶之土，則必龍騰虎視，以爲强霸之鴻業。麾，指也。言攻城一麾，若其摧枯槁之木。搴，取也。顧前敵之旗，可指而取之。翰曰：元，大也。言雄勇帶甲，一朝而立大功，以聞萬代，故曰遠致。叠，重也。累葉，猶如木葉相蔭多也。言王霸之業，雖叠葉百重，而富强不絶。故曰相繼。濟曰：湑，美也。衎，出也。言樂美之事，皆出此方域之中。列仙，仙人。集其土地，列仙傳云：桂父，服桂，其人形色時時白黑黄赤不定，故云練形易色。赤須，仙人。食柏葉，齒落復生，如蟬之蜕身。此人非美人，故曰附麗。麗，美也。

【張鳳翼文選纂注】衎，苦旱切。桂父，象林人也，常服桂葉，以龜腦和之，顔色時黑時白。赤須子，豐人也。數道豐界災异水旱，十不失一。食柏實石脂，齒落更生，後去之吴。麗，附也。赤須子本非吴人，故言附麗。蟬蜕，如蟬之蜕，尸解是也。此既擧其富强之業，而復載其神仙之事也。

【王象乾文選删注】列仙傳曰：桂父，象林人。常服桂葉，以龜腦和之，顔色時黑時白時赤，南海人尊事之累世。赤須子，豐人，秦穆公主魚吏，數道豐界災异水旱，十不失一。食柏實石脂，絶穀，後去之吴。淮南子曰：蟬飲而不食，三十日而蜕。

【陳景雲文選擧正】擁之者龍騰。注「如蟬之脱殼」。「脱」，舊本作「蜕」。

【余蕭客文選音義】蜕舊音稅。指叶，去聲。

【胡克家文選考异】注「叔孫通列傳曰」下至「猶世也」。袁本、茶陵本無此二十三字。注「如童」。袁本、茶陵本無此二字。注「山言此人等仙如蟬之脱殼」。袁本、茶陵本無此十一字。

注「槁葉落」。袁本、茶陵本無此三字。

【胡紹煐文選箋證】樂湑衎其方域。按：「湑」，當爲「胥」。樂胥，謂君子也。小雅鴛鴦：君子樂胥。説文：衎，喜貌。此謂君子喜其方域，正與下列仙相對，以樂胥爲君子，猶以曾是爲在位，以馴致爲道。詞家割列成文，往往如是。

【高步瀛文選李注義疏】胡紹煐曰：「湑」，當爲「胥」。樂胥，謂君子也。小雅鴛鴦：君子樂胥。説文：衎，喜貌。此謂君子喜其方域，正與下列仙相對。以樂胥爲君子，猶以曾是爲在位，以馴致爲道。詞家割列成文，往往如是。○劉注引賈誼傳，見漢書。袁、茶二本「意」下有「也」字。案：此誼上疏請封建子弟，曰：陛下力制天下，頤指如意。王念孫校：「頤」，當爲「顧」。王先謙謂莊子天地篇顧指，釋文云：本亦作「頤指」，義得兩通。○叔孫通傳，見史記。集解引臣瓚曰：拔取曰搴。漢書叔孫通傳顔注曰：搴，拔取。音騫。○列仙傳桂父，藝文類聚木部中節引數語。雲笈七籤卷一百八所載列仙傳，與此注頗有异同。案：袁、茶二本無「如童」二字。○赤須子，類聚草部上節引。「須」誤作「項」。七籤所載列仙傳亦有异同。又案：「吴山」二字相连，七籤可證。袁、茶二本無此「山」字，蓋誤脱。○「言此人等仙如蟬之脱殼」，袁、茶二本無此十字。○麗，附也。案：此廣雅釋詁三之文。此與前注小爾雅稱爾雅蓋同。疑三書李注分析甚清，劉注則統以爾雅目之。如前注引廣雅「殺，矛也」，胡氏、梁氏疑以爲李善注。後注引廣雅「度，商也」，步瀛亦疑爲李善注也。○莊子見駢拇篇。○李注引長楊賦見本書卷九。○商君書，見弱民篇。案：此事在商君後，蓋後人竊荀子議兵篇之文而爲之也。○「槁葉落」三字，乃李氏解「槁」字之義。胡克家曰：袁本、茶陵本無此三字。○漢書疑當作國語，以二句見吴語也，非漢書。○史記，見太史公自序。○新序今本無此文。嚴輯全漢文，新序佚文，亦失輯入。○楚辭，見

九懷陶壅。○淮南子見説林篇。○視、指、繼，古音脂部。致，至部。地、麗，歌部。皆通轉爲韵。

中夏比焉，畢世而罕見，丹青圖其珍瑋，貴其寶利也。舜、禹游焉，没齒而忘歸，精靈留其山阿，玩其奇麗也。

【彙校】

「中夏比焉」　「焉」，奎章閣本、明州本、贛州本、四庫本、叢刊本、胡刻本、監本、九條本同。正德本作「焉」。陳八郎本、尤刻本作「爲」。當作「焉」。

「畢世而罕見，丹青圖其珍瑋，貴其寶利也。舜、禹游焉，没齒而忘歸，精靈留其山阿，玩其奇麗也」，監本模糊不清。

「畢世」　「畢」，奎章閣本、明州本、贛州本、四庫本、叢刊本、正德本、陳八郎本、尤刻本、胡刻本、九條本作「畢」。當作「畢」。「世」，奎章閣本、贛州本、四庫本、正德本同。明州本、叢刊本、陳八郎本、尤刻本、胡刻本、九條本作「世」。當作「世」。

「而罕見」「而」，尤刻本、胡刻本同。奎章閣本、明州本、贛州本、四庫本、叢刊本、正德本、陳八郎本、九條本無「而」字。當有「而」字。

▌**立群案**：胡克家文選考異：畢世而罕見，丹青圖其珍瑋。袁本、茶陵本無「而」字，其下有「象」字。案：此尤添删之，觀下文偶句，蓋是也。胡氏説確，當有「而」字。

「丹青」「青」，奎章閣本、贛州本、四庫本、正德本、陳八郎本、尤刻本、胡刻本、九條本同。明州本、叢刊本作「靑」。當作「青」。

「圖其珍瑋」「其」，尤刻本、胡刻本同。明州本、叢刊本、正德本、九條本作「其象」。奎章閣本作「其象」。贛州本、陳八郎本作「其象」。四庫本作「其像」。當作「其」。

▌**立群案**：陳景雲文選舉正：「圖」下舊本有「象」字。按：此誤衍。宋本無注。孫志祖文選考異：丹青圖其珍瑋。「瑋」字絶句。六臣本「珍」上有「象」字，以「珍瑋」屬下句，誤。何云：袁本「其」字下有「象」字，宋本無。此節分明二對，其句法斷不宜著「象」字，可見宋本之妙。胡克家文選考異：畢世而罕見，丹青圖其珍瑋。袁本、茶陵本無「而」字，其下有「象」字。案：此尤添删之，觀下文偶句，蓋是也。詳劉注云「象類」者，解上文「比焉」之「比」，非正文有「象」，或誤認而衍之耳。陳氏、孫氏、胡氏説是也，本無「象」字，當如胡氏説，據劉逵注中「象類」而添「象」字。

「其寶利也」「寶」，明州本、叢刊本同。奎章閣本、贛州本、四庫本、正德本、陳八郎本、尤刻本、胡刻本、九條本作「寶」。當作「寶」。

「舜禹游焉」「游」，明州本、贛州本、四庫本、叢刊本、陳八郎本、尤刻本、胡刻本、九條本同。奎章閣本、正德本作「游」。當作「游」。「焉」，奎章閣本、明州本、贛州本、四庫本、叢刊本、陳八郎本、胡刻

本、九條本同。正德本作「舄」。尤刻本作「爲」。當作「焉」。

「没齒」 「没」，明州本、贛州本、叢刊本、陳八郎本、尤刻本、胡刻本、九條本同。奎章閣本、四庫本、正德本作「沒」。當作「没」。

「精靈」 「精」，奎章閣本、贛州本、四庫本、正德本、陳八郎本、尤刻本、胡刻本、九條本同。明州本、叢刊本作「精」。當作「精」。

「玩其」 「玩」，奎章閣本、明州本、贛州本、四庫本、叢刊本、正德本、陳八郎本、尤刻本、胡刻本、九條本作「翫」。當作「玩」。

「奇麗也」 「奇」，贛州本同。奎章閣本、明州本、四庫本、叢刊本、正德本、陳八郎本、尤刻本、胡刻本、九條本作「竒」。當作「奇」。「也」，尤刻本、胡刻本、九條本同。奎章閣本、明州本、贛州本、四庫本、叢刊本、正德本、陳八郎本無「也」字。當有「也」字。

■ **立群案**：賦云：中夏比焉，畢世而罕見，丹青圖其珍瑋，貴其寶利也。舜、禹游焉，没齒而忘歸，精靈留其山阿，玩其奇麗也。相對爲文，此處自當有「也」字，與前照應。

【彙注】

【李善注】劉曰：中夏貴其珍寶而不能見，徒以丹青畫其象類也。楚辭九歌曰：九疑繽兮并迎。謂舜神在九疑山也。言聖帝明王，存亡而淹留於是者，貴其奇麗也。書曰：舜南巡狩陟方死。山海經曰：南方蒼梧之丘，有九疑山焉，舜之所葬。吴越春秋，禹老，嘆曰：吾年壽将盡，止死斯乎！乃命群臣葬我於會稽之山。論語曰：管仲奪伯氏駢邑，没齒無怨言也。

【五臣注】翰曰：言中夏之國比於吴都之珍异神仙，中國則畢世而不見，空見丹青圖畫其象類，但

知珍寶可貴可利也。良曰：没，盡。齒，年也。言舜葬蒼梧，禹葬會稽。則盡年而忘歸也。向曰：阿，曲也。精靈，神仙之類，在其山曲，玩其奇异美麗之事。

【張鳳翼文選纂注】中夏慕其山川而圖之，得其寶物而珍之。雖舜禹之聖，亦寓意焉。没齒，言舜葬蒼梧，禹葬會稽，盡年而忘歸也。阿，曲也。

【王象乾文選删注】吴越春秋，禹老，嘆曰：吾年壽将盡，止死斯乎！乃命群臣葬我於會稽之山。

【何焯義門讀書記】「中夏比焉」至「玩其奇麗也」。　魏都賦中便不得亦作個語。

「舜、禹游焉」至「玩其奇麗也」。　使事當如此。

【陳景雲文選舉正】丹青圖其珍瑋，貴其寶利也。「圖」下舊本有「象」字。按：此誤衍。宋本無。

注「山海經曰」。舊本上有「善曰」二字。

【余蕭客文選音義】中去。圖其。何曰：袁本「其」下有「象」字，宋本無。

【孫志祖文選考异】丹青圖其珍瑋。「瑋」字絶句。六臣本「珍」上有「象」字，以「珍瑋」屬下句，誤。何云：袁本「其」字下有「象」字，宋本無。此節分明二對，其句法斷不宜著「象」字，可見宋本之妙。

【胡克家文選考异】畢世而罕見，丹青圖其珍瑋。袁本、茶陵本無「而」字，其下有「象」字。案：此尤添删之，覩下文偶句，蓋是也。詳劉注云「象類」者，解上文「比焉」之「比」，非正文有「象」，或誤認而衍之耳。

注「書曰舜南巡狩陟方死」。袁本、茶陵本無此九字，有「善曰」二字。案：二本最是。

【梁章鉅文選旁證】畢世而罕——丹青圖其珍瑋。又玩其奇麗也。六臣本無「而」字，其上有「象」字，「麗」下無「也」字。按：與下文偶句相配，依此爲是。

注書曰：舜南巡狩陟方死。　六臣本無此九字，有「善曰」二字。

【**高步瀛文選李注義疏**】「畢世而罕見」，袁、茶二本無「而」字，「圖其下」有「象」字，「麗」下無「也」字。胡克家曰：劉注云象類者，解上文「比焉」之「比」，非正文有「象」字，或誤衍。梁章鉅曰：案：與下文偶句相配，依此爲是。○劉注引楚辭九歌，見湘夫人。○「善曰」，尤本作「書曰」，二字下又有「舜南巡狩陟方死」七字。胡克家曰：袁本、茶陵本無此九字，有「善曰」二字。二本最是。梁説同。今從之。○李注引山海經，見海内經。「疑」作「嶷」。本書上林賦注亦作「疑」字，通。海内經郭注曰：山在今零陵營道縣南，其山九谿，皆相似，故云九疑。古者總名其地爲蒼梧也。又海内南經曰：蒼梧之山，帝舜葬于陽。郭注曰：即九疑山也。大荒南經曰：蒼梧之野，舜與叔均之所葬也。郭注曰：舜巡狩，死於蒼梧而葬之。淮南子齊俗篇曰：昔舜葬蒼梧，市不變其肆。許注曰：舜南巡狩，死蒼梧，葬泠道九疑山。案：泠道縣，漢志屬蒼梧郡，隋并入營道縣。又修務篇高注曰：舜死蒼梧，葬於九疑之山，在蒼梧馮乘縣東北，零陵之南千里也。漢書武帝紀：元封五年，望祀虞舜于九嶷。注引如淳曰：舜葬九嶷。九嶷在蒼梧馮乘縣，故或云舜葬蒼梧也。案：馮乘縣在今廣西富川縣東北，去湖南寧遠縣九嶷山未免太遠。疑「馮乘縣」下本有「東北」二字，與誘注同，傳寫偶脱耳。水經湘水注曰：蒼梧之野峰秀。數郡之間，羅巖九舉，各導一溪，岫壑負阻，异嶺同勢，游者疑焉，故曰九疑山。輿地紀勝荆湖南路道州引九域志謂：九疑山，亦名蒼梧山。此皆蒼梧、九疑合言者也。説文曰：九疑山，舜所葬，在零陵營道。史記五帝本紀集解引皇覽曰：舜冢在零陵營浦縣九疑山。其山九谿皆相似，故曰九疑。案：營道縣，唐曰唐興，又曰延唐，宋曰寧遠，今同。營浦縣，宋曰管道，明省入道州，今曰道縣。故隋書地理志、史記秦始皇本紀正義引括地志、通典州郡典十三、元和郡縣志江南道五、景宋本太平寰宇記補闕、輿

地廣記荆湖南路、明統志湖廣省、清統志湖南省，或曰營道，或曰唐興，或曰延唐，或曰寧遠，皆就當時地名言之，以及零陵、臨武、藍山，皆九疑山所在，要皆專就零陵九疑言者也。輿地紀勝謂蒼梧、九疑，自是兩地。後人以舜死之地爲舜葬之所。胡三省通鑑卷七秦紀注亦謂蒼梧、九疑，兩處也。合而言之者，誤也。然蒼梧之野，所包甚廣。郭璞謂其地總名蒼梧，可爲確證。元結九疑圖記亦曰：九疑山，方二千餘里，四州各近一隅。通鑑注引四千里，清統志引作衡、連、郴、通四州。寰宇記亦謂爲永、郴、連三州界山，則合蒼梧言之，不爲誤也。墨子節葬篇曰：舜西教乎七戎。道死，葬南已之市。太平御覽禮儀部三十四引尸子同，惟「已」誤「巳」，「市」誤「中」。後漢書王符傳注引墨子亦誤作「巳」。畢沅謂作「巳」者是，王念孫已駁之矣。御覽又引墨子，「已」作「紀」。後漢書趙咨傳注引同。是「已」「紀」字通。吕覽安死篇曰：舜葬於紀市，不變其肆。高注曰：九疑山下亦有紀邑。是紀市即南已之市，亦即淮南所謂「舜葬蒼梧，市不變其肆」者。王念孫謂墨子稱舜所葬，不與諸書同，不必牽合舜葬九疑之文。步瀛案：紀市與九疑是否异同，皆無確證。然如高誘注，則紀市即在九疑矣。大荒南經又言：舜葬岳山。此殆郭氏所謂起土爲冢者，殊不待辨。九疑舜冢，則秦皇、漢武皆嘗望祀，似無可議。而王充論衡書虚篇、劉知幾史通疑古篇皆疑之，此後諸儒，遂有主孟子舜卒鳴條之説，以爲舜冢宜在鳴條者。然孟子離婁篇下趙岐注，但言鳴條地名。今本竹書紀年注曰：鳴條有蒼梧山。帝崩，遂葬焉。今海州。困學紀聞卷五曰：薛氏曰：吕氏春秋舜葬於紀，蒼梧山在海州界，近莒氏紀城，鳴條亭在陳留之平丘。今考九域志，海州東海縣有蒼梧山。案：王引薛季宣説，即今僞竹書之所本。閻若璩曰：海州蒼梧山，即山海經之郁州，無舜葬於此之説。步瀛案：海内東經「都州」一作「郁州」。郭注謂：世傳此山自蒼梧徙來。寰宇記海州東海縣蒼梧山，亦有海中飛來之説。是因蒼梧之名偶同，遂附會鳴條紀市。且以在海州，可

附會東夷之人之説。此以舜冢在今江蘇東海縣者，不足信也。後人主舜葬鳴條者亦夥，今不復著。要之，舜葬蒼梧九疑，自秦、漢相傳，不能奪也。○吴越春秋，見無余外傳。今本「死」作「絶」，「乎」作「矣」，無「乃」字，「臣」下有「曰」字，「我」下無「於」字。案：禹葬會稽，見墨子節葬篇，吕氏春秋安死篇，淮南子齊俗篇，史記夏本紀、秦始皇本紀、越王句踐世家、李斯傳、太史公自序，漢書地理志、劉向傳，續漢書郡國志，晋書地理志，越絶書記地傳，説文糸部「繃」字注，水經漸江水注，史記夏本紀集解引皇覽，正義引括地志，其他地志，不可勝舉。而於禹葬無异説。惟梁玉繩史記志疑謂夏本紀有或言云云，或之者，疑之也，以爲不足依據。殊不思或言云者，謂會稽得名，古有由于會計之説，非以禹之巡狩及葬爲疑也。梁氏又據論衡書虚篇謂禹未至會稽，乃考王充所駁，但謂舜死蒼梧，禹死會稽，實由治水，而非巡狩，并非以舜葬蒼梧，禹葬會稽爲非。梁氏所言，殊失仲任之意。且舜陟方乃死，見於尚書堯典。禹合諸侯於塗山，執玉帛者萬國，見於左傳哀公七年。禹致群神於塗山，見於魯語。巡狩之説，本無可疑。若如仲任所言，是舜、禹至死，治水迄未成功，不其謬歟？梁氏舉史記、國語而悉非之，妄矣。○論語，見憲問篇。○瑋、利、歸，古音脂部。阿、麗，歌部。通轉爲韵。

剖判庶士，商搉萬俗。國有鬱鞅而顯敞，邦有湫阨而踡跼。伊兹都之函弘，傾神州而韞櫝。仰南斗以斟酌，兼二儀之優渥。

【彙校】

「剖判庶士」「剖判」，奎章閣本、明州本、贛州本、四庫本、叢刊本、尤刻本、胡刻本、監本、九條本同。正德本、陳八郎本作「劄判」。當作「剖判」。「庶」，明州本、贛州本、四庫本、叢刊本、正德本、尤刻本、胡刻本、監本、九條本同。奎章閣本、陳八郎本作「庻」。當作「庶」。

■立群案：淮南子要略：總要舉凡，而語不剖判純樸。亦辨別義，或爲賦語所本。諸本多作「剖判」，僅正德本、陳八郎本作「劄判」。然五臣翰曰：剖判，謂分別也。據注，是正德本、陳八郎本亦應作「剖判」也。作「劄」，當「剖」之形近而誤。

「商搉萬俗」「商」，奎章閣本、明州本、贛州本、四庫本、叢刊本、正德本、胡刻本、監本、九條本同。陳八郎本、尤刻本作「商」。當作「商」。「搉」，奎章閣本、明州本、贛州本、四庫本、叢刊本、尤刻本、胡刻本、監本、九條本同。正德本、陳八郎本作「榷」。今從「搉」。

■立群案：劉逵注：廣雅曰：商，度也。五臣翰曰：商，度也。據注，是李善本、五臣本俱作「商」。廣韵：商，本也。與賦意不合。作「度」解時，賦當作「商」。然「商」在古籍中常作「商」的俗體，

是陳八郎本等亦不爲誤。

劉逵注：廣雅曰：摧，粗略也。言商度其粗略。五臣翰曰：榷，略也。俗，風俗也。言分別衆事，商略萬國之風俗也。據注及校勘情況，是李善本作「摧」，五臣本作「榷」，兩者俱釋爲「略」。前蜀都賦：揚摧而陳。劉勰文心雕龍通變：摧而論之，則黄、唐淳而質，虞、夏質而辨。是作「粗略」「略」解時，當爲「摧」也。

「邦有湫阨」「邦」，監本同。奎章閣本、明州本、贛州本、四庫本、叢刊本、正德本、陳八郎本、尤刻本、胡刻本、九條本作「邦」。當作「邦」。

「而韞櫝」「韞櫝」，奎章閣本、明州本、贛州本、四庫本、叢刊本、正德本、尤刻本、胡刻本、九條本同。陳八郎本、監本作「榀櫝」。當作「韞櫝」。

■立群案：劉逵曰：論語曰：韞櫝而藏諸。五臣翰曰：韞，藏。櫝，櫃也。據注，是劉逵本、五臣本作「韞櫝」。劉逵注所引論語，或爲賦語所本。作「韞櫝」是也。陳琳答東阿王箋：載歡載笑，欲罷不能，謹韞櫝玩耽，以爲吟頌。亦作「韞櫝」。

「兼二儀」「兼」，明州本、贛州本、叢刊本、尤刻本、胡刻本、監本同。奎章閣本、四庫本、正德本、陳八郎本作「兼」。九條本無法辨識。當作「兼」。「儀」，奎章閣本、明州本、贛州本、四庫本、叢刊本、陳八郎本、尤刻本、胡刻本、監本、九條本同。正德本作「儀」。當作「儀」。

【彙注】

【李善注】摧音角。湫，子小切。阨，烏介切。踡音拳。劉曰：湫，下也。阨，小也。函弘，寬大也。左氏傳，齊景公欲更晏子之宅，曰：子宅湫隘，不可以居。禹所受地説書曰：昆侖東南方五千里，名曰

神州，帝王居之。楚辭曰：八柱何以東南傾。吳國在地勢所傾寫，故曰傾神州而韞櫝也。論語曰：韞櫝而藏諸。廣雅曰：商，度也。搉，粗略也。言商度其粗略。天官星占曰：南斗主爵禄，其宿六星。春秋説題辭曰：南斗爲吳。詩曰：既優既渥。

【五臣注】搉音角。湫，子小反。阨，烏介反。踡音拳。函音含。韞音蘊。翰曰：剖判，謂分別也。庶，衆也。商，度也。搉，略也。俗，風俗也。言分別衆事，商略萬國之風俗也。鬱，茂也。鞅，鞅掌也。皆盛貌。明敞，高廣貌。湫，下。阨，小。踡跼，不舒也。言分別庶士，商略萬俗，則有鬱茂鞅掌高廣者，則有下小踡跼不舒展也。伊，惟。弘，大也。神州，中國帝居也。韞，藏。櫝，櫃也。言此都之大也，而包含中國，若藏之於櫃中。向曰：南斗，星名，將仰取以用酌酒。二儀，天地也。優渥，優游也。

【張鳳翼文選纂注】踡音拳。函弘，寬大也。言分別庶士，商略萬俗，則有高廣之國，有隘小之邦，不若此都之弘大也。神州，中國也。韞，藏也。言此都之大，包函中國也。南斗爲吳，仰而酌量之，知其兼天地之優渥也。

【王象乾文選删注】搉音角。湫，子小切。踡音拳。天官星占曰：南斗主爵禄，其宿六星。春秋説題辭曰：南斗爲吳。

【杭世駿文選課虚】商，度也。搉，粗略也。言商度其粗略。江賦：商搉涓澮。陸機吳趨行：商搉爲此歌。宋書謝靈運傳論：敷衽論心，商搉前藻。湫，下也。子小切。阨，小也。烏介切。

【余蕭客文選音義】踡舊音拳。湫剿。徐邈春秋音音秋。阨隘。渥屋。

【孫志祖文選考异】剖判庶士。何校「士」改「土」。志祖按，「庶土」見書，「庶士」見詩，俱可通。然此處上文云「士有陷堅之鋭，俗有節概之風」，下以「剖判庶士，商榷萬俗」分承，恐當作「士」也。

【胡克家文選考异】注「子宅湫隘」。袁本、茶陵本「隘」作「阨」，茶陵修改亦作「隘」。案：此蓋劉引，自作「阨」。

注「帝王居之」。袁本、茶陵本無此四字。

【許巽行文選筆記】庶士。何改「庶土」。案，古字「土」「士」每相亂。尚書：有邦有土。史記作「有邦有士」。世本：相土作乘馬。汲郡古文云：商侯相士作乘馬。吕氏春秋：后稷曰：子能使吾士靖而甽浴士乎？高誘曰：「士」當作「土」。此賦「剖判庶士」句，猶存古字，但當著其義，不必改字也。

【梁章鉅文選旁證】剖判庶士。何校：「士」改「土」。孫氏志祖曰：「庶土」見書，「庶士」見詩，皆可通。然此處上文云「士有陷堅之鋭，俗有節概之風」，下以「剖判庶士，商榷萬俗」分承，恐當作「士」也。

商榷萬俗。陸機吴越行云：淑美難窮紀，商榷爲此歌。「商榷」與「揚榷」同，説詳蜀都賦。

注禹所受地説書曰。太平御覽八十二黄帝元女占法曰：天下經十二卷，禹未及持。其四卷飛上天，禹不能得也。其四卷複下陂池，禹不能極也。禹得中四卷云云，或即地説書耶？

注論語曰：韞櫝而藏諸。釋文：「匵」本又作「櫝」。案：本書答鄭尚書詩注、答東阿王牋注、逸民傳論注引「匵」并作「櫝」。後漢書張衡傳、崔駰傳、逸民傳注引并同。

【胡紹煐文選箋證】剖判庶士。旁證云：何校「士」改「土」。紹煐按：「庶土」見書，「庶士」見詩，孫氏志祖謂當作「士」，兩校不同。

傾神州而韞櫝。注善曰：禹所受地説書曰：昆侖東南方五千里，名曰神州。按：「説」疑「記」字之誤。玉海五十七三禮義宗明天地歲祭義引禹受地記云：昆侖東南五千里之地，謂之神州。與善注

合。史記張騫傳：天子按古圖書，名河所出山曰昆侖。王逸離騷注引禹大傳曰：洧槃之水，出崦嵫之山。大宛傳、禹本紀言河出昆侖，其高二千五百餘里。然則受地記、禹大傳及古圖書，蓋皆即太史公所謂禹本紀者歟？

【高步瀛文選李注義疏】孫志祖曰：何校「士」改「土」。按：「庶土」見書禹貢，「庶士」見詩碩人，俱可通。然此處上文云「士有陷堅之鋭，俗有節概之風」，下以「剖判庶士，商搉萬俗」分承，恐當作「士」也。○「鞅」，「泱」之借字。漢書息夫躬傳：玄雲泱鬱。顔注曰：泱鬱，盛貌。案：「鞅鬱」雙聲，故亦可作「鬱鞅」。李周翰注釋鞅爲鞅掌，非也。○易繫辭傳上曰：易有大極，是生兩儀。李周翰曰：二儀，天地也。○劉注：湫，下也。阸，小也。左昭三年杜注同。案：袁、茶二本無此六字。又杜注依傳文作「隘」，下文引左傳昭三年文亦作「隘」。胡克家曰：袁本、茶陵本「隘」作「阸」，茶陵修改亦作「隘」。案：此蓋劉引自作「阸」。步瀛案：「阸」「隘」字通。左定四年：直轅冥阸。釋文曰：「阸」，本作「隘」。○易坤彖傳曰：含弘光大。涵弘與含弘同，故曰寬大也。○禹所受地説書。梁章鉅曰：太平御覽八十二黄帝玄女占法曰：天下經十二卷，禹未及持。其四卷飛上天，禹不能得也。其四卷復下陂池，禹不能極也。禹得中四卷云云，或即地説書耶？胡紹煐曰：「説」疑「記」字之誤。玉海五十七載三禮義宗明天地歲祭義引禹受地記云：昆侖東南五千里之地，謂之神州，與注合。史記張騫傳：天子按古圖書，名河所出山曰昆侖。王逸離騷注引禹大傳曰：洧槃之水，出崦嵫之山。大宛傳、禹本紀言河出昆侖，其高二千五百餘里。然則受地記、禹大傳及古圖書，蓋皆即太史公所謂禹本紀者歟？○「帝王居之」。胡克家曰：袁本、茶陵本無此四字。步瀛案：本書左太沖咏史詩注、江文通雜體詩注、任彦昇齊竟陵王行狀注，引地理書與此文同，皆無此四字。○楚辭見天問，本云「天柱何當」，又云「墜何故以

東南傾」，此合二句引之。○論語見子罕篇。集解「櫝」作「匵」。釋文曰：本又作「櫝」。梁章鉅曰：案：本書答鄭尚書詩注、答東阿王牋注、逸民傳論注引「匵」并作「櫝」。後漢書張衡傳、崔駰傳、逸民傳注引并同。○「廣雅」上當有「善曰」二字，各本皆脱。若是劉注，則依正文次第當在注首。且劉注前引廣雅稱爾雅，此云廣雅，亦善注之一證也。○廣雅，見釋詁一。商榷，義已見蜀都賦疏。○隋書經籍志子部天文有天官星占十卷，注云：陳卓撰。梁天官星占二十卷，吴襲撰。開元占經卷六十一引春秋佐助期曰：南斗，主爵禄神，名帙瞻，姓拒終。石氏曰：南斗六星。甘氏曰：南斗星明，大爵禄行。天下安寧，將相同心。○詩，見信南山。○俗、踼、櫝、渥，古音侯部。

由此而揆之，西蜀之於東吴，小大之相絶也，亦猶棘林螢耀，而與夫尋木龍燭也。否泰之相背也，亦猶帝之懸解，而與夫桎梏疏屬也。庸可共世而論巨細，同年而議豐确乎？

【彙校】

「由此」「由」，奎章閣本、明州本、贛州本、四庫本、叢刊本、正德本、陳八郎本、九條本同。尤刻

本、胡刻本、監本作「繇」。今從「由」。「此」，奎章閣本、明州本、贛州本、四庫本、叢刊本、陳八郎本、尤刻本、胡刻本、九條本同。正德本、監本作「北」。當作「此」。

立群案： 作「從」「自」義時，「由」「繇」通。爾雅釋水：繇膝以下爲揭，繇膝以上爲涉。郭璞注：繇，自也。陸德明釋文：「繇」，古「由」字。漢書陳勝項籍傳贊：政繇羽出。顏師古注：「繇」與「由」同。史記孝文本紀：禍自怨起，而福繇德興。「繇」亦與「由」通。今從「由」。

賦顯應作「此」。正德本、監本作「北」乃「此」之形近而誤。

「之於東吴」　「於」，奎章閣本、明州本、贛州本、四庫本、叢刊本、陳八郎本、尤刻本、胡刻本、監本、九條本同。正德本作「扵」。當作「於」。「吴」，贛州本、正德本、陳八郎本、尤刻本、胡刻本、監本同。奎章閣本、四庫本、叢刊本、九條本作「呉」。明州本作「吳」。當作「吴」。

「相絶」　「絶」，奎章閣本、明州本、四庫本、叢刊本、正德本、陳八郎本、尤刻本、胡刻本、九條本同。贛州本、監本作「絕」。當作「絶」。

「亦猶棘林」　「猶」，贛州本、明州本、四庫本、叢刊本、正德本、陳八郎本、尤刻本、胡刻本、監本、九條本同。奎章閣本作「有」。當作「猶」。「棘」，奎章閣本、明州本、贛州本、四庫本、叢刊本、正德本、陳八郎本、尤刻本、胡刻本、監本、九條本作「棘」。當作「棘」。

立群案： 賦云：西蜀之於東吴，小大之相絶也，亦猶棘林螢耀，而與夫尋木龍燭也。「猶」於此作「如同」解，作比喻也。與下「否泰之相背也，亦猶帝之懸解，而與夫桎梏疏屬也」之「亦猶」同。諸本多作「猶」，是也。奎章閣本獨作「有」者，恐誤也。

「螢耀」　「螢」，奎章閣本、明州本、贛州本、四庫本、叢刊本、尤刻本、胡刻本、監本、九條本同。正

德本、陳八郎本作「熒」。今從「螢」。「耀」，奎章閣本、明州本、正德本、陳八郎本作「曜」。贛州本、四庫本、叢刊本、尤刻本、胡刻本、監本、九條本作「燿」。今從「耀」。

■**立群案**：玉篇：螢，夜飛，腹下有光，腐草所化。又：熒，燈之光也；熒熒猶灼灼也。而詩周南桃夭：桃之夭夭，灼灼其華。灼灼，鮮明貌。與賦意不合。今從「螢」。阮元經籍纂詁：釋名釋天：曜，燿也。光明照燿也。是「曜」「燿」通。「燿」又爲「耀」之异體。今從「耀」。

「與夫」　「與」，明州本、贛州本、四庫本、叢刊本、正德本、陳八郎本、尤刻本、胡刻本、監本、九條本同。奎章閣本作「與」。當作「與」。

「尋木龍燭」　「尋」，四庫本、正德本同。奎章閣本、明州本、贛州本、叢刊本、陳八郎本、監本、九條本作「尋」。尤刻本、胡刻本作「樳」。當作「尋」。「龍」，奎章閣本、明州本、贛州本、四庫本、叢刊本、陳八郎本、尤刻本、胡刻本、監本、九條本同。正德本作「龍」。當作「龍」。「燭」，明州本、贛州本、四庫本、叢刊本、正德本、尤刻本、胡刻本、監本、九條本同。奎章閣本、陳八郎本作「爥」。當作「燭」。

■**立群案**：劉逵注引山海經曰：尋木長千里。五臣翰曰：尋木，大木。據注，是劉逵本、五臣本作「尋木」。且劉逵注引山海經語或爲賦語所本。作「尋木」是也。高步瀛文選李注義疏：胡克家曰：袁本、茶陵本作「尋」，此蓋尤改。薛傳均曰：説文無「樳」字。尋木爲長木，亦猶尋竹爲大竹，蓋八尺曰尋，本有長義。山海經大荒北經「有岳之山，尋竹生焉」是也。後人肊加「木」爲「樳」字耳。是胡氏、高氏亦認爲當作「尋木」也。

「懸解」　「懸」，明州本、贛州本、四庫本、叢刊本、正德本、陳八郎本、尤刻本、胡刻本、監本、九條本

同。奎章閣本作「懸」。當作「懸」。「解」，明州本、贛州本、四庫本、叢刊本、陳八郎本、尤刻本、胡刻本、監本、九條本同。奎章閣本、正德本作「觧」。當作「解」。

「而與夫」「與」，明州本、贛州本、四庫本、叢刊本、陳八郎本、尤刻本、胡刻本、監本、九條本同。奎章閣本、正德本作「与」。當作「與」。「夫」，奎章閣本、明州本、贛州本、四庫本、叢刊本、正德本、陳八郎本、九條本同。尤刻本、胡刻本、監本無「夫」字。當有「夫」字。

■**立群案**：前「而與夫尋木龍燭也」與「而與夫桯梏疏屬也」相對爲文。當有「夫」字。

「桯梏疏屬」「疏」，奎章閣本、監本作「踈」。明州本、贛州本、叢刊本、正德本、陳八郎本、尤刻本、胡刻本、九條本作「䟽」。四庫本作「疎」。當作「疏」。「屬」，奎章閣本、明州本、四庫本、叢刊本、正德本、九條本同。贛州本、陳八郎本、尤刻本、胡刻本、監本作「屬」。當作「屬」。

「庸可共世」「庸」，明州本、贛州本、四庫本、叢刊本、陳八郎本、尤刻本、胡刻本、監本、九條本同。奎章閣本、正德本作「庯」。當作「庸」。「世」，奎章閣本、贛州本、四庫本、正德本同。明州本、叢刊本、陳八郎本、尤刻本、胡刻本、監本、九條本作「丗」。當作「世」。

「同年」「年」，奎章閣本、明州本、贛州本、四庫本、叢刊本、尤刻本、胡刻本、監本、九條本同。正德本、陳八郎本作「年」。當作「年」。

「豐确」「豐」，明州本、贛州本、四庫本、叢刊本、正德本、陳八郎本、尤刻本、胡刻本、監本、九條本同。奎章閣本作「豊」。當作「豐」。

【彙注】

【李善注】确，胡角切。劉曰：崔寔政論云：使賢不肖相去如日月之與螢火，雖頑嚚之人猶察。山

海經曰：榑木長千里。又曰：鍾山之神，名曰燭龍，視爲晝，瞑爲夜。莊子曰：老子死，秦失吊之，三號而出。弟子曰：非子之交耶？曰：然。然吊若是可乎？曰：始也，吾以其人也，而今非也。適來夫子時也，適去夫子順也。安時而處順，憂樂不能入也。古者謂是帝之懸解。莊子曰：有繫謂之懸，無謂之解。郭璞曰：懸絶曰解。山海經曰：二負殺猰貐，帝乃梏之疏屬之山，桎其右足，反縛兩手。漢宣帝時，擊磻石於上郡，陷得石室，其中有反縛械人。劉向曰：此二負之臣也。帝曰：何以知之？以山海經對。帝，天也，人生禀命於天，受拘俗之性，憂虞終身不解，此乃自終執縛，爲天所繫。夫安時處順，憂樂不能入，此自然放肆爲天所解也。天在上者，故曰帝之懸解，性之永放者也。桎梏疏屬，形之永拘者也，相背之甚，故以相況焉。凡物安於所守，思不易方，處窮塞而不識天下之通塗，亦如此也。善曰：棘聚而成林。郭象莊子注曰：生曰懸，死曰解。過秦論曰：則不可同年而語矣。确，薄也。

【五臣注】确，苦角反。翰曰：棘林，棘刺之木。熒曜，螢蟲之光。尋木，大木。龍燭，鍾山神也。開目以燭天下，言吴蜀大小相比，則蜀爲棘林螢火之光，吴爲大木龍燭之照。從此度之，則吴蜀相懸絶之極也。銑曰：否，天地不交，萬物不通。泰，天地交，萬物通。故相背也。濟曰：帝，天也。懸解，猶縱逸也。疏屬，山名。山海經云：二負殺其君猰貐，帝乃桎梏於疏屬山。桎梏，謂杻械拘繫也。言吴則猶放縱得天之性、地之道者，而蜀猶杻械拘繫不通之人，否泰之相背也。銑曰：豐，豐沃之地。确，磽确之地。言吴美蜀惡，豈可共代而論大小，同年而說豐确哉？

【張鳳翼文選纂注】确，苦角切。龍燭，鍾山神也。開目以燭天下，言吴、蜀大小相比，則蜀爲棘林、螢火，吴爲大木、龍燭。懸解，莊子所謂安時處順，喻吴之寬適也。疏屬，山名。桎梏二負，於此喻蜀之拘束也。

【王象乾文選删注】确，苦角切。尋木，長千里。鍾山神，名燭龍，視爲晝，瞑爲夜。崔寔政論云：使賢不肖相去如日月之與螢火，雖頑嚚之人猶察。莊周曰：老子死，秦失吊之，三號而出。弟子曰：非子之友耶？曰：然。然吊若是可乎？曰：始也，吾以其人也，而今非也。適来夫子時也，適去夫子順也。安時而處順，憂樂不能入也。古者謂是帝之懸解。山海經曰：貳負殺猰貐，帝乃梏之疏屬之山，桎其右足，反縛兩手。漢宣帝擊磻石於上郡，陷得石室，其中有反縛械人。

【陳景雲文選舉正】而與桎梏疏屬也。「與」下舊本有「夫」字。注「莊子曰」五句，舊本無，爲是劉氏不及見郭注也。

【杭世駿文選課虚】确，薄也。

【余蕭客文選音義】檮尋。确學。字典叶斛。注郭象玄。「玄」字删。

【余蕭客文選紀聞】檮尋。廣韵二。確學。高注淮南十八。

【孫志祖文選考异】而與桎梏疏屬也。六臣本「與」下有「夫」字。

【張雲璈選學膠言補遺】亦猶帝之懸解。注引莊子曰：有繫謂之懸，無謂之解。按：二語乃逸文。困學紀聞亦未采入。

【胡克家文選考异】而與夫檮木龍燭也。袁本、茶陵本「檮」作「尋」，注同。案：此蓋亦尤改之耳。

而與桎梏疏屬也。袁本、茶陵本「與」下有「夫」字。案：此尤本脱耳。

注「適爲夫子時也」。袁本、茶陵本「爲」作「來」，是也。

注「莊子曰有繫」下至「懸絶曰解」。袁本、茶陵本無此十九字。

注「亦如此也善曰」。袁本、茶陵本「也」下有「确薄也」三字。善注末無此三字，是也。

【朱珔文選集釋】榑木。劉注引山海經曰：榑木長千里。案：此所引見海外北經。「榑」作「尋」。郭璞游仙詩及前東京賦注引此經同。惟廣韵云：榑，木名，似槐。尋，長也。亦引此經。是尋木本謂木之長者，後人因加「木」傍，而爲木名耳。郝氏謂：穆天子傳：天子乃釣於河，以觀姑繇之木。郭注云：姑繇，大木也。引此經云：尋木長千里，生海邊。謂此木類。山海經言「生河上」，與穆天子傳合。郭注「海」字疑訛。余謂：大荒北經：先民之山，有槃木千里。郝云尋木，非槃木。然尋言其高，槃言其大，正相似。山海經多有兩處互見者，惟此等本屬幻辭，或同或异，可無深辨。

龍燭。劉注引山海經曰：鍾山之神，名曰燭龍，視爲晝，瞑爲夜。案，此所引亦見海外北經。「燭龍」作「燭陰」。又大荒北經有章尾山，與此略同，乃作「燭龍」。「章」與「鍾」，「陰」與「龍」七月詩「陰」字與「冲」韵，皆聲近而轉也。彼郭注引離騷曰：日安不到？燭龍何燿？詩含神霧曰：天不足西北，無有陰陽消息，故有龍銜火精以往照天門中。又淮南子墬形訓云：燭龍在鴈門北，蔽於委羽之山，不見日。高誘注：委羽，北方山名。一曰，龍銜燭以照太陰，蓋長千里。亦見後思元賦注。

【梁章鉅文選旁證】亦猶棘林螢耀，與夫榑木龍燭也。六臣本「耀」作「曜」，「榑」作「尋」。案：劉注引山海經：榑木長千里。今海外北經作「尋木」。廣韵：木名，似槐。又尋，長也。引山海經：尋木。又穆天子傳：姑繇之木。郭注引山海經亦作「尋木」，則作「榑」者非也。東京賦：尋木起於蘖栽。李注引山海經亦作「尋」。

而與桎梏疏屬也。六臣本「與」下有「夫」字。

注「適爲夫子時也」。六臣本、毛本「爲」并作「來」，是也。

注山海經曰：貳負殺猰貐，帝乃梏之疏屬之山，桎其右足，反縛兩手。漢宣帝時，繫磻石於上郡，陷

得石室，其中有反縛械人。劉向曰：此貳負之臣也。帝曰：何以知之?以山海經對。漢宣帝以下當是山海經郭注文，而與今本小异。今海内西經注云：漢宣帝使人上郡發磐石，石室中得一人，跣裸，被髮，反縛，械一足，以問群臣，莫能知。劉子政案此言對之。宣帝大驚。於是時人争學山海經矣。

【薛傳均文選古字通疏證】亦猶棘林螢耀，而與夫檮木龍燭也。注山海經曰：檮木長千里。傳均案：張平子東京賦：尋木起於蘖栽。注善曰：説文曰：尋，八尺也。山海經曰：尋木長千里。説文無「檮」字。尋木爲長木，亦猶尋竹爲大竹。蓋八尺曰尋，本有長義。山海經大荒北經：有岳之山，尋竹生焉，是也。後人肊加「木」爲「檮」字耳。

【胡紹煐文選箋證】亦猶棘林熒耀，而與夫檮木龍燭也。注劉逵曰：山海經曰：檮木長千里。按：正文及注「檮」皆當作「尋」。本書東京賦：尋木起于蘖栽。善注引山海經作「尋」。

【高步瀛文選李注義疏】「繇」，袁、茶二本作「由」，字同。○「燿」，五臣作「曜」，字同。○「尋」，尤本作「檮」。胡克家曰：袁本、茶陵本作「尋」，此蓋尤改。薛傳均曰：説文無「檮」字。尋木爲長木，亦猶尋竹爲大竹。蓋八尺曰尋，本有長義。山海經大荒北經有岳之山，尋竹生焉，是也。後人肊加「木」爲「檮」字耳。○「燭」，袁本作「爥」，字同。○尤本「桎梏」上脱「夫」字，今依袁、茶二本增。○劉注引崔寔政論，群書治要引作「向使賢不肖相去如泰山之與蟻垤，策謀得失相覺如日月之與螢火，雖頑嚚之人猶能察焉」。此節引。○山海經，見海外北經。朱珔曰：郭璞游仙詩及前東京賦注引此經同。惟廣韵云：檮，木名。似槐。尋，長也。亦引此經。是尋木本謂木之長者，後人因加「木」而舊爲木名耳。○海外北經「燭龍」作「燭陰」。郭注曰：燭龍也。又大荒北經曰：西北海之外，赤水之北，有章尾山，有神，人面蛇身而赤，直目正乘，其瞑乃晦，其視乃明，不食、不寢、不息，風雨是謁，是燭九陰，是謂燭龍。

郭注曰：離騷曰：日安不到，燭龍何燿？詩含神霧曰：天不足西北，無有陰陽消息，故有龍銜精以往照天門中云。淮南子曰：蔽於委羽之山，不見天日也。郝氏山海經箋疏曰：楚辭天問作「燭龍何照」，郭引「照」作「燿」也。李善注雪賦引詩含神霧云：有龍銜火精以照天門中。此注所引，脱「火」字也。又引淮南子者，墜形訓云：燭龍在雁門北，蔽於委羽之山，不見日。高誘注云：委羽，北方山名。一曰，龍銜燭以照太陰，蓋長千里云云。朱珔曰：「章」與「鍾」，「龍」與「陰」，皆聲近而轉也。七月詩「陰」字與「冲」韵。○莊子見養生主。尤本「來」誤「爲」，今依袁、茶二本。又「懸」作「縣」，「懸」乃後出字。○「莊子曰」至「懸絶曰解」，胡克家曰：袁本、茶陵本無此十一字。張雲璈曰「有繫謂之懸」二語乃逸文。困學紀聞六未采入。步瀛案：此殆諸家莊子注之文。張説疑未是。郭象注曰：以有係者爲縣，則無係者縣解也。又大宗師釋文引向秀曰：縣解，無所係也。若莊子本有此文，則諸家不待注矣。郭璞注亦未知何出。○山海經，見海内西經，「二」作「貳」，「猰㺄」作「窫窳」。本書七命注引作「猰窳」。郭注曰：漢宣帝使人上郡，發盤石，石室中得一人，跣裸，被髮，反縛，械一足。以問群臣，莫能知。劉子政按此言對之。宣帝大驚。於是時人争學山海經矣。與劉注合。漢書地理志上郡雕陰縣，注引應劭曰：雕山在西南。元和郡縣志曰：關内道綏州龍泉縣，疏屬山亦名雕龍山。山海經疏屬山即此也。案：唐龍泉縣，今陝西綏德縣治。○「确，薄也」，尤本此三字在注末作李注。胡克家謂：袁本、茶陵本是。今從之。○李注：棘叢而成林。空釋棘林，似贅。淮南子墜形篇曰：九殥之外而有八紘。東方曰棘林。蓋此賦所本。○郭象莊子注見養生主。尤本「象」下有「玄」字，衍。象字子玄，不宜稱「象玄」，今依袁、茶二本删。○過秦論，已見上。○燭、屬、确，古音侯部。

暨其幽遐獨邃，寥廓閑奥。耳目之所不該，足趾之所不蹈。倜儻之極异，崛詭之殊事，藏理於終古，而未寤於前覺也。若吾子之所傳，孟浪之遺言，略舉其梗概，而未得其要妙也。

【彙校】

「暨其幽遐獨邃，寥廓閑奥。耳目之所不該，足趾之所不蹈。倜儻之極异，崛詭之殊」，監本模糊不清。

「暨其」　「暨」，奎章閣本、四庫本、正德本同。明州本、贛州本、叢刊本、陳八郎本、尤刻本、胡刻本、九條本作「暨」。當作「暨」。

「寥廓閑奥」　「寥廓」，奎章閣本、明州本、贛州本、四庫本、叢刊本、正德本、尤刻本、胡刻本、九條本作「寥廓」。陳八郎本作「嵺廓」。當作「寥廓」。「閑」，奎章閣本、明州本、贛州本、叢刊本、正德本、陳八郎本、尤刻本、胡刻本、九條本同。四庫本作「閒」。當作「閑」。

■**立群案：**善注無注。五臣翰曰：寥廓閑奥，寬深貌。善注之所以無注者，乃因蜀都賦「涉躐寥廓」之句，引桓譚新論已注。據此知，李善本、五臣本皆當作「寥廓」也。

「之所不該」　「所」，奎章閣本、贛州本、四庫本、叢刊本、陳八郎本、尤刻本、胡刻本、九條本作「所」。明州本作「所」。正德本作「所」。當作「所」。

「之所不蹈」「所」，奎章閣本、正德本作「所」。明州本作「所」。贛州本、四庫本、叢刊本、陳八郎本、尤刻本、胡刻本、九條本作「所」。當作「所」。「蹈」，明州本、贛州本、四庫本、叢刊本、正德本、陳八郎本、尤刻本、胡刻本、九條本同。奎章閣本作「蹈」。當作「蹈」。

「倜儻」「儻」，奎章閣本、明州本、贛州本、四庫本、叢刊本、正德本、陳八郎本、尤刻本、胡刻本、九條本作「儻」。當作「儻」。

「極异」「極」，明州本、贛州本、四庫本、叢刊本、正德本、陳八郎本、尤刻本、胡刻本、九條本同。奎章閣本作「極」。當作「極」。「异」，明州本、贛州本、叢刊本、陳八郎本、尤刻本、胡刻本、九條本作「異」。奎章閣本、四庫本、正德本作「異」。當作「异」。

「崛詭之」「崛詭」，奎章閣本、正德本同。明州本、贛州本、四庫本、叢刊本、陳八郎本、九條本作「崫詭」。尤刻本、胡刻本作「詘詭」。今從「崛詭」。

■ **立群案**：「崛詭」「詘詭」通，與東京賦「瑰异譎詭」之「譎詭」亦通。劉逵曰：倜儻、崛詭，皆謂非常詭异之事。五臣翰曰：崛詭，奇异也。據注，是劉逵本、五臣本皆作「崛詭」。今從「崛詭」。

「藏理於」「藏」，明州本、贛州本、四庫本、叢刊本、陳八郎本、尤刻本、胡刻本、監本、九條本同。奎章閣本、正德本作「藏」。當作「藏」。「於」，奎章閣本、明州本、贛州本、四庫本、叢刊本、陳八郎本、尤刻本、胡刻本、監本、九條本同。正德本作「扵」。當作「於」。

「未寤於」「於」，奎章閣本、明州本、贛州本、四庫本、叢刊本、陳八郎本、尤刻本、胡刻本、監本、九條本同。正德本作「扵」。當作「於」。

「前覺」「覺」，明州本、贛州本、四庫本、叢刊本、陳八郎本、尤刻本、胡刻本、九條本同。奎章閣本

作「覺」。正德本作「覺」。監本作「覺」。當作「覺」。

「之所傳」「所」，奎章閣本、明州本、監本、九條本作「所」。贛州本、四庫本、叢刊本、陳八郎本、尤刻本、胡刻本作「所」。正德本作「所」。當作「所」。「傳」，明州本、贛州本、叢刊本、正德本、陳八郎本、尤刻本、胡刻本、監本、九條本同。奎章閣本、四庫本作「傳」。當作「傳」。

「略舉」「舉」，明州本、贛州本、四庫本、叢刊本、正德本、陳八郎本、尤刻本、胡刻本、監本、九條本同。奎章閣本作「舉」。當作「舉」。

「梗概」「概」，奎章閣本、四庫本、正德本同。明州本、贛州本、叢刊本、尤刻本、胡刻本、九條本作「概」。陳八郎本作「槩」。監本模糊不清。當作「概」。

「而未得」「而未」，奎章閣本、明州本、贛州本、四庫本、叢刊本、正德本、陳八郎本、尤刻本、胡刻本、九條本同。監本無法辨識。當作「而未」。

【彙注】

【李善注】崛，君屈反。劉曰：倜儻、崛詭，皆謂非常詭異之事。終古，猶永古也。周禮考工記曰：輪已崇，則人不能登也，輪已庳，則終古登阤。離騷曰：吾焉能忍此終古。孟子曰：伊尹云：天之生斯人也，使先知覺後知，先覺覺後覺也。予，天民之先覺者也。孟浪，猶莫絡也，不委細之意。莊子曰：夫子以爲孟浪之言，我以爲妙道之行。善曰：司馬彪莊子注曰：孟浪，鄙野之語。東京賦曰：粗謂賓言其梗概。梗概，粗言也。

【五臣注】寥音遼。倜，天歷反。儻，他浪反。崛，君屈反。翰曰：寥廓閑奥，寬深貌。該，及。趾，足。蹈，履也。倜儻，殊絶之稱。崛詭，奇异也。理，美也。言幽遐獨邃寬深之處，耳目不及，足趾不履

之所，則有殊絶奇异之物。蓋藏美終古，人所不知，而人皆如寐而未寤，必不能先事而覺知。向曰：孟浪，鄙野之語。梗概，大綱也。而王孫大誇都邑奢麗，尚云如我所傳，則鄙野遺言而略舉大綱，而未得好妙者，誇侈之心未已。

【張鳳翼文選纂注】崛，君屈切。寥廓閑奥，深貌。該，及也。蹈，履也。倜儻，殊絶之稱。崛詭，奇异也。終古，前古也。前覺，前人也。藏，猶云前聖所未發也。孟浪，鄙野之語。梗概，大綱也。

【王象乾文選删注】倜，天歷切。儻，他浪反。崛，君屈切。

【陳景雲文選舉正】詘詭之殊事。「詘」，舊本作「崛」。注同。又注「粗謂賓言其梗」。「謂」，舊本作「爲」。

【杭世駿文選課虚】孟浪，不委細之貌。莊子：夫子以爲孟浪之言，我以爲妙道之行。司馬彪曰：孟浪，鄙野之語。又作浪孟。笙賦：罔浪孟以惆悵。

【余蕭客文選音義】詘屈。覺教。

【余蕭客文選紀聞】孟浪，向音漫瀾。無所取舍之謂陳景元南華經音義二。案：不必從向秀音。

【孫志祖文選考异】藏埋於終古。「埋」誤「理」。

【胡克家文選考异】詘詭之殊事。袁本、茶陵本「詘」作「崛」，注同。案：此蓋亦尤改之耳。

注「輪已崇則人不能登也輪已庳」。袁本「登也輪」三字作「升」字，二「已」皆作「以」。案：袁本是也。劉引自如此，茶陵本與此同，皆取考工記改之耳。

注「不委細之意」。袁本、茶陵本無此五字。

注「粗謂賓言其梗概」。案：「謂」當作「爲」。各本皆誤。陳云别本「爲」。今未見。

注「梗概粗言也」。袁本、茶陵本無此五字。

【許巽行文選筆記】孟浪。徐邈讀「莽朗」，向秀讀「漫瀾」。

【朱珔文選集釋】孟浪之遺言。劉注云：孟浪，猶莫絡也，不委細之意。案：「孟浪」與「莫絡」爲雙聲，蓋以聲得義。注又引莊子齊物論篇：夫子以爲孟浪之言。彼注李頤云：孟浪，猶較略也。崔譔云：不精要之貌。正此注意。又廣雅：無慮，都凡也。王氏疏證謂：無慮字與莫絡，亦一聲之轉，皆總度事情之謂。故此賦下言「略舉梗概」也。○又案，宋書傅隆傳：太祖以新撰禮論付隆使下意，隆上表曰：蚩鄙茫浪，伏用竦赧。茫浪即孟浪。與不委細、不精要義合。

【梁章鉅文選旁證】誳詭之殊事。六臣本「誳」作「䓛」。

藏理于終古。孫氏志祖曰：「理」當作「埋」。

孟浪之遺言。注司馬彪莊子注曰：孟浪，鄙野之語。莊子齊物論：夫子以爲孟浪之遺言。李頤云：孟浪，猶較略也。崔譔云：不精要之貌。此解與下句「略舉梗概」意尤切。

注謂賓言其梗概。「謂」當作「爲」。各本皆誤。

【胡紹煐文選箋證】藏理於終古。孫氏志祖曰：「理」當作「埋」。

若吾子之所傳。王氏念孫曰：吾者，東吳王孫自謂也。「子」字後人誤加耳。向注「如我所傳」，則「吾」下原無「子」字甚明。

孟浪之遺言。注劉逵曰：孟浪，猶莫絡也，不委細之意。莊子曰：夫子以爲孟浪之言，而吾以爲妙道之行。善曰：司馬彪莊子注曰：孟浪，鄙野之語。按：釋文引李頤曰：孟浪猶較略也，「較略」即約略，與莫絡音義并同。猶今人言約莫矣，即不委細之意。約莫合之則爲榷，故步渡謂之「略彴」，亦謂

之權。

【高步瀛文選李注義疏】小爾雅廣言曰：暨，及也。又見東都賦疏。○胡克家曰：袁本、茶陵本「誳」作「崛」，注同。步瀛案：説文「誳」，「詘」之或體字，「崛」則通借字耳。○孫志祖校「理」改作「埋」，曰：「埋」誤「理」。○王念孫曰：若吾之所傳。吾者，東吳王孫自謂也。「吾」下「子」字，後人妄加之耳。呂向注云：如我所傳。則「吾」下原無「子」字明矣。○劉注「俶儻誳詭」云云。廣雅釋訓曰：俶儻，卓异也。本書封禪文曰：奇物譎詭，俶儻窮變。注曰：譎詭，非常。「譎詭」與「誳詭」同。○「輪已崇」至「終古登陁也」。尤本脱「於馬」二字，又「陁」下脱「也」字。袁本同茶陵本，與考工記合，今從之。又，袁本「不能登也」作「弗能外」，誤。○今離騷「吾」作「余」，「忍」下有「與此」二字，一本「忍」下又有「而」字。○孟子，見萬章篇下。「人」作「民」。○「不委細之意」。胡克家曰：袁本、茶陵本無此五字。○莊子，見齊物論。釋文曰：孟如字。徐：武黨反，又或武葬反。浪如字。徐：力蕩反。向云：孟浪音漫瀾，無所趨舍之謂。李云：猶較略也。崔云：不精要之貌。皆與劉注「莫絡」意近。廣雅釋訓曰：無慮，都凡也。王氏疏證引劉注謂莫絡、孟浪、無慮，皆一聲之轉。朱珔曰：宋書傅隆傳：太祖以新撰禮論付隆使下意，隆上表曰：蚩鄙茫浪，伏用竦赧。茫浪，即孟浪，與不委細，不精要義合。郭慶藩莊子集釋曰：「莫絡」，一作「摹略」。墨子小取篇：摹略萬物之然。摹略者，總括之詞。莫絡、摹略、孟浪，皆一聲之轉也。○「粗爲賓」。各本「爲」作「謂」。胡克家曰：「謂」當作「爲」，各本皆誤。陳云：別本作「爲」，今未見。步瀛案：「謂」「爲」字通，但東京賦作「爲」，故據諸家校改。○「梗概粗言也」。胡克家曰：袁本、茶陵本無此五字。○奥、蹈、覺，古音幽部。妙，宵部。通轉爲韻。事、异，之部。言、傳，元部。○以上總舉吳國地靈人傑，與蜀相較以折公子。

左思《三都賦》彙校彙注【上】

王立群　錢振宇　編著

中原出版傳媒集團
中原傳媒股份公司
大象出版社
·鄭州·

圖書在版編目(CIP)數據

左思《三都賦》彙校彙注 / 王立群, 錢振宇編著. —
鄭州 : 大象出版社, 2020. 12 (2023. 3 重印)
ISBN 978-7-5711-0877-9

Ⅰ. ①左… Ⅱ. ①王… ②錢… Ⅲ. ①賦-作品集-
中國-西晉時代②《三都賦》-注釋 Ⅳ. ①I222. 4

中國版本圖書館 CIP 數據核字(2020)第 247244 號

左思《三都賦》彙校彙注

王立群 錢振宇 編著

出 版 人 汪林中
責任編輯 王軍敏 宋 偉 曲 静
責任校對 安德華 牛志遠
封面設計 張 帆
責任印製 郭 鋒

出版發行 大象出版社(鄭州市鄭東新區祥盛街 27 號 郵政編碼 450016)
發行科 0371-63863551 總編室 0371-65597936
網 址 www. daxiang. cn
印 刷 洛陽和衆印刷有限公司
經 銷 各地新華書店經銷
開 本 720 mm×1020 mm 1/16
印 張 107. 5
字 數 1393 千字
版 次 2020 年 12 月第 1 版 2023 年 3 月第 2 次印刷
定 價 698. 00 元(全三册)

前言

西晉時期著名的文學家左思模擬張衡二京賦創作的三都賦，經故太子中庶子皇甫謐、司空張華等人的熱情延譽，加之中書著作郎張載、中書郎劉逵、陳留衛權等的傾心注解，「豪貴之家競相傳寫，洛陽爲之紙貴」（晉書左思傳），成爲中國古代文學史上一部「現象級」的佳作。

一

左思三都賦在當時取得空前的轟動效應，簡而言之，至少有兩個方面的原因：

第一，三都賦關注的是國家重大的政治問題。劉勰文心雕龍詮賦篇云：「夫京殿苑獵，述行序志，并體國經野，義尚光大。」這指出了京都賦具有表現國家、社會重大問題的政治功能，這也是京都賦主要的社會功能。如班固之時，「西土耆老，咸懷怨思」，希望遷都長安，已經成爲威脅王朝的不安定因素，故班固借兩都賦「折以今之法度」。再如張衡之時，天下承平日久，「自王侯以下，莫不逾侈」，故張衡借二京賦「因以諷諫」。而左思之時，魏、蜀、吴三國經過數十年的割據獨立，各以天命，中原地區的正統地位遭遇嚴峻的挑戰，故左思借三都賦「正之以魏都，折之以王道」。而「晋承魏統」，故左思此舉，客觀上有助於解决西晋一統天下後的合法性問題。

第二，左思在三都賦序中明確提出并實踐了寫實性原則，这在中國辭賦史上具有里程碑式的意義。三都賦序批評司馬相如上林賦、揚雄甘泉賦、班固西都賦、張衡西京賦的部分描述「於辭則易爲藻飾，於義則虚而無徵」，同時標榜三都賦的寫實性：「其山川城邑，則稽之地圖；其鳥獸草木，則驗之方志。風謡歌舞，各附其俗；魁梧長者，莫非其舊。」據三都賦文本，左思基本實踐了他所提出的寫實性原則。左思三都賦的寫實性與同時期興起的博物學相輔相成，既與當時經學講求廣徵博物的新傾向有關，又與新的大一統王朝形成有關。

公元二八〇年，西晋滅吴，中國歷史迎來了又一個大一統王朝。彼此隔絶已達數十年之久的中原、西蜀和東吴等地域再次回歸至統一的版圖。世人急於開眼望天下，只争朝夕。就在此時，左思三都賦横空出世。賦中以寫實的原則叙寫了中原、西蜀和東吴地區的封域、形勢、都邑、宫殿、山澤、物産、商貿、田獵、人傑地靈諸方面，不啻爲簡明而又活潑的「魏國史」「蜀國史」和「吴國史」，極大地滿足了世人的需求。故西晋博物學的代表人物如陸機、張華不約而同地注意到左思的三都賦，并給予高度評價，一則曰「班、張之流也」，一則曰「絶嘆伏，以爲不能加也」，非爲無因。也正因爲三都賦具有國家簡史之功能，故左思必須秉持慎重之態度，耗其一生加以不斷修正：「其三都賦改定，至終乃止。」（世説新語劉孝標注引左思别傳）

相較於司馬相如子虛賦、上林賦的文筆恣肆，鋪張揚厲，左思在三都賦中追求寫實性，無疑於「戴着鐐銬跳舞」。難能可貴的是，在此種情况下，三都賦仍然保持了極高的藝術水準，成爲中国古代京都賦卓越的代表作，被後人譽爲京都大賦的絕響。

二

關於三都賦的流傳情况。隋書經籍志著録左思集二卷、三都賦三卷。舊唐書經籍志和新唐書藝文志著録左思集五卷、三都賦三卷。然至宋時，俱已亡佚。故左思三都賦主要據蕭統文選一書而流傳後世。

現存可見的文選重要刻本、抄本有十餘種。因長期流傳過程中的「五臣亂善」「善亂五臣」和傳抄過程中的致誤等因素，導致文選各版本之間的面貌相差較大，突出表現在李善本和五臣本之間的差异、文選的刻本和鈔本之間的差异、文選的文本和釋文之間的差异。這些問題在三都賦中皆有所體現。

第一，三都賦文本中李善本和五臣本的差异。至少從宋代開始，「李善、五臣同异」已經成爲「選學」的重要議題。據此次三都賦的整理情况，李善本和五臣本的差异主要表現爲以下幾種類型：

（一）三都賦中李善本和五臣本某字不同，然古可通用。如李善本蜀都賦「蘪蕪布濩」之句，五臣本蜀都賦作「蘼蕪布濩」。兩者有「蘪」「蘼」之别。案，玉篇：「蘪，亡悲切。鹿屬。」由此可知，「蘪」者，鹿類。玉篇又云：「蘼，靡飢、亡彼二切，薔蘼虋冬。」由此知「蘼」者，草類。據賦意，此處明顯應作「蘼」。山海經西山經：「有草焉，名曰薰草，麻葉而方莖，赤華而黑實，臭如蘼蕪，佩之可以已癘。」劉向九嘆怨思：「菀蘼蕪與菌若兮，漸槁本於洿瀆。」或爲賦語所本。然楚辭九歌少司命：「秋蘭兮蘪蕪，羅生兮堂下。」王逸注：「蘪，一作蘼。」揚雄太玄經：「攓其衣之庭，有蘪。」范望注：「蘪，草也。」可知「蘪」「蘼」二字古可通用。是李善本作「麋」亦不爲無據。

此類例證頗多，在一定程度上消解了「李善、五臣同异」這個議題的價值。

（二）三都賦文本中，李善本正確，五臣本訛誤。如李善本魏都賦「不鬻邪而豫賈」之句，五臣本魏都賦作「不鬻邪而預賈」。兩者有「豫」「預」之别。案，荀子儒效：「魯之粥牛馬者不豫賈。」楊倞注：「豫賈，定爲高價也。」清王引之并不認可楊氏的注解。王念孫讀書雜志荀子二：「引之曰：楊説非也。『豫』猶『誑』也。周官司市注曰『使定物價防誑豫』是也。淮南覽冥篇曰『黄帝治天下，市不豫賈』，史記循吏傳曰『子産爲相，市不豫賈』，索隱云『謂臨時評其貴賤，不豫定也』，失之；説苑反質篇曰『徒師沼治魏而市無豫賈』，義并與此同。」王氏説是也。晏子春秋問上：「于是令玩好不御，公市不豫，宫室不飾，業土不成。」吴則虞集釋引蘇輿曰：「不豫，謂不誑也。」桓寬鹽鐵論力耕：「古者，商通物而不豫，工致牢而不僞。」俱作「誑騙」解。由此可知，賦當作「豫賈」也。

（三）三都賦文本中，李善本訛誤，五臣本正確。如，李善本吴都賦「登東歌」之句，五臣本吴都賦作「發東歌」。案，劉向列女傳趙津女涓：「簡子悦，遂與渡，中流，爲簡子發河激之歌。」曹丕善哉行：「齊倡發東舞，秦箏奏西音。」均與賦中之「發」義同。左傳成公九年：「使與之琴，操南音。」文心雕龍知音：「凡操千曲而後曉聲，觀千劍而後識器。」與賦中之「操」義同。賦中「發」「操」皆有「演奏」「演唱」之意。作「發」是。玉篇：「發，甫越切。明也，進也，行也，駕車也。」又云：「登，都稜切。升也，上也，進也。」李善本作「登」恐「發」之形近而訛誤。

第二，三都賦文本中李善本、五臣本相同，然與其他版本存在差异。長期以來，不少治「選學」者僅局限於李善、五臣异同的問題。哪怕李善本、五臣本俱誤，亦只能付之理校，而無法出具具體版本依據。古寫卷子本唐鈔文選集注、九條本等的傳播，在一定程度上解決了此種困境。如李善本吴都賦「旁魄而論都」之句，五臣本吴都賦作「旁魄而論都邑」。清人認爲李善本、五臣本俱誤，提出此處當作「旁魄而論」。孫志祖文選考异：「旁魄而論都。五臣本『都』下有『邑』字。潘云：『都』字似衍，因下有『論都』字故誤耳。」潘，指潘耒。下「論都」字，指賦後「若率土而論都」之句。孫志祖引潘耒之説，認爲三都賦原當作「旁魄而論」；「旁魄而論都」之「都」字因後「論都」字而誤增。胡克家文選考异：「何校稱潘稼堂耒云『都』字衍，涉下『論都』而誤。今案：所説是也。『旁魄而論』與上『握齪而算』偶句，各四字，不當偏贅一字。」胡紹煐文選箋證：「考异曰：『旁魄而論』與上『齷齪而算』偶句，各四字，不當偏贅一字。」由此可知，何焯、胡克家亦均認可潘耒「旁魄而論」之説。梁章鉅文選旁證：「潘氏耒曰：『都』字衍，涉『論都』而誤耳。胡公考异曰：『旁魄而論』與上『握齪而算』偶句，各四字，不當偏贅一字。」梁章鉅引潘耒、胡克家之説，亦認同「旁魄而論」之説。王念孫讀書雜志雖亦從偶對入手，却提出不同看法：「『齷齪而算』下當有『地』字，『齷齪而算地，旁魄而論都』相對爲文。劉逵云：『言算量蜀地，亦是曲僻之士。』則『算』下原有『地』字明矣。」由此知王念孫認爲三都賦原文當作「旁魄而論都」；又據劉逵注，改前「齷齪而算」爲「齷齪而算地」，從而與「旁魄而論都」形成偶對。胡紹煐文選箋證反駁曰：「『算蜀地』與『論西都』，皆注中申明正文，故特添設『地』字、『都』字耳。王氏謂脱一『地』字，蓋因與下句不相對，故云。實則正文『都』字涉注誤加，考异以爲衍文，説較直截。潘氏耒曰：『都』字衍，涉『論都』而誤耳。」由此可見，胡紹煐亦認爲三都賦當作「旁魄而論」。清人「旁魄而論」説，甚有理，但尚缺乏版本依據。

至民國時期，學者對此問題亦有争議。高步瀛文選李注義疏羅列孫志祖文選考异、胡克家文選考异、王念孫讀書雜志、胡紹煐文選箋證等諸家評論，最終采納了「旁魄而論」説。而黄侃文選平點的態度却更爲謹愼：「注有『都』字，安可妄删。」認爲不可輕易否定「旁魄而論都」之説。二十世紀四十年代，影印古寫卷子本文選集注傳入中國，書中正作「旁魄而論，抑非大人之所壯觀也」。清人之理校，證以文選集注之版本，故知三都賦應作「旁魄而論」爲是。

然文選集注案語云：「五家本『論』下有『都』字。」是文選集注編者所見之五臣本文選已作「旁魄而論都」。後北宋監本、尤刻本、胡刻本等李善本系俱作「旁魄而論都」，恐爲五臣本所亂。而奎章閣本、明州本、贛州本、四庫本、叢刊本、正德本、陳八郎本等作「旁魄而論都邑」，或因五臣注「言若混同而論都邑」之語，故於「都」後又增「邑」字，錯上加錯。此條考證，又可作爲「五臣亂善」「善亂五臣」現象的一個微觀考察。

第三，三都賦文本和注釋的衝突。如吴都賦「巊𡸣鬱岪」句，李善本作「冥」，五臣本作「溟」，唐鈔本亦作「溟」。值得注意的是，唐鈔本文本雖作「巊溟」，然注文中的李善注、文選鈔却作「巊𡸣」，文本和注釋之間出現了衝突。集韻：「巊𡸣，山高貌。」類篇：「巊𡸣，山高貌。」皆合賦意。康熙字典：「巊𡸣，山貌。」後引左思吴都賦云：「巊𡸣鬱岪。」是康熙字典編者所見吴都賦作「巊𡸣」也。由此推知，此處本當作「巊𡸣」，然「𡸣」字不常見，故後來版本或改爲「溟」，或改爲「冥」。

三

（一）彙校所據版本

1. 韓國奎章閣藏六臣注文選（簡稱奎章閣本）。奎章閣本刻於朝鮮世宗十年（一四二八），然據北京大學傅剛教授的研究，其所據底本乃北宋哲宗元祐九年刊刻的秀州本，且爲現在可知的第一部五臣、李善合注本。

2．日本足利學校藏宋刊明州本六臣注文選（簡稱明州本）。明州本刊刻於南宋早期，現存日本，被尊爲「日本國寶」。因秀州本祖本不傳，故足利學校藏宋刊明州本是現可見最早、最全、最善的文選合刻本。

3．南宋贛州州學本六臣注文選（簡稱贛州本）。傅剛教授文選版本研究著作中據杜信孚、漆身起的江西歷代刻書，認爲贛州本刊印於南宋紹興三十二年（一一六二）。

4．四庫全書所收六臣注文選（簡稱四庫本）。

5．四部叢刊所收六臣注文選（簡稱叢刊本）。

6．韓國成均館大學藏朝鮮正德本五臣注文選（簡稱正德本）。據傅剛教授考證，杭州猫兒橋河東岸開箋紙馬鋪鍾家刻本五臣注文選刊刻於南宋初期，而正德本則與杭州本同一系統。

7．南宋紹興三十一年（一一六一）建陽崇化書坊陳八郎宅刊刻五臣注文選（簡稱陳八郎本）。陳八郎本是現存唯一的一部宋刻五臣注。

8．南宋淳熙八年（一一八一）尤袤池陽郡齋刊刻李善注文選（簡稱尤刻本）。因北宋國子監本李善注文選是個殘卷，所以刊刻於南宋的尤刻本是現可見最早、最全的李善本。

9．清嘉慶十四年（一八〇九）鄱陽胡克家刊李善注文選（簡稱胡刻本）。胡刻本的底本爲尤刻本，嚴格而言，是尤刻本「屢經修補的後印本」。

10．北宋國子監本李善注文選（簡稱監本）。監本是第一部李善注文選刻本，本來價值極高，然現存已爲殘本。

11．日本京都大學文學部影印古寫卷子本文選集注（簡稱唐鈔本）。唐鈔本亦是殘本。南京大學周勛初教授纂輯唐鈔文選集注彙存（二〇一一年版）是目前國内最好的版本。唐鈔本，顧名思義爲唐代鈔本，成書時代較早，保存了國内早已亡佚的文選鈔、文選音義和陸善經注的一些内容，豐富了唐代文選學的實績，彌足珍貴。

12. 日本九條家舊藏白文本文選（簡稱九條本）。九條本亦是殘本。據目前的校勘情況，九條本整體文獻價值較弱，只能説偶見佳處。然該本保存了古本的某些原貌，此其長處。

需要指出的是，傅剛教授過録楊守敬本文選三十卷本，前三卷佚失，其中包括三都賦，故無法參校。而敦煌本文選中三都賦的内容太少，所以不再歸入彙校範圍，而僅在定是非時作爲參考。

（二）彙校工作體例

鑒於以下幾個原因，彙校工作在整體上采取了「備列异同」的原則。包括异體字、古今字在内，皆不避瑣碎，一一出校。

第一，采取「備列异同」的校對原則，有助於動態把握三都賦的流傳情況。三都賦彙校工作所采用的十二個版本，上到唐代，下至清代，其中有抄本，也有刻本，正如一條變動不居的河流。在「備列异同」的原則下，三都賦就不再是一篇呆板的、凝固的作品，而是充滿了靈動性和再生性。

第二，采取「備列异同」的校對原則，有助於精確判定版本之間的關係。版本之間的差异，更多的是通過异體字、古今字等展示出來。同一系統版本的异體字、古今字等會保持相對的同質性，而與其他系統版本表現出明顯的异質性。三都賦彙校工作所采用的十二個版本中，有六家本系統，有六臣本系統，有李善本系統，有五臣本系統，有白文本，又有集注本。通過异體字等的順承和嬗變，可以具體而微地揭示諸版本之間的關係，亦可進一步厘清「五臣亂善」「善亂五臣」之軌迹。

第三，采取「備列异同」的校對原則，有助於校勘工作的展開。左思三都賦大約生成於三、四世紀之交，經過不斷的傳抄、刊刻，歷時一千七百多年而流傳至今。其中大量的通假字、形體差异較大的异體字和古今字等一旦産生謬誤，因與它的本字失之過遠，故常被誤爲正字，再經誤釋，往往無法考究三都賦原貌。采取「備列异同」原則，可以最大程度地糾正此種不利現象。如李善本三都賦序有「而論者莫不詆訐其研精，作者大氏舉爲憲章」之句，五臣本三都賦序同，唐鈔本、九條本三都賦序亦同。似無可辯駁，其實不然。第一，句中「論者」「作者」偶對，「莫不」「大氏」偶對，「研精」「憲章」、「詆訐其」「舉爲」却顯然不偶對。第二，「詆訐」者，詆毀攻擊之意。如墨子修身：「雖有詆訐之民，無所依矣。」畢沅校注：「説文云：『詆，訶也；訐，面相斥罪也。』而『研精』者褒義詞，故『詆訐其研精』句法不通。」今查唐鈔本中文選音决曰：「詆，丁禮反。許，如字。或爲訐，居竭反者，非也。」陸善經注曰：「論者莫有詆毁攻訐其事，遂共許爲研精，作者便取以爲法式也。」據「許，如字。或爲訐，居竭反者，非也」「遂共許爲研精」之語，是文選音决和陸善經注之底本皆有「許」字。「許」有佩服、稱許之意。如後漢書鄭玄傳：「紹客多豪俊，并有才説，見玄儒者，未以通人許之，競設异端，百家互起。」「許其」，即「佩服其」「稱許其」之意，爲魏晋南北朝時期北方之常用語辭。如大周柱國河西公墓銘：「鄉黨許其遠大，宗族稱爲萬頃。」句法正與此賦相同。北史袁聿脩傳：「聿脩少平和温潤，素流之中，最有規檢，以名家子歷任清華，時望多相器待，許其風鑒。」北史序傳：「論者許其博，未許其精，當時議咸共宗之。」皆是其證。故知三都賦原本當作「而論者莫不許其研精，作者大氏舉爲憲章」。「論者」與「作者」偶對，「莫不」與「大氏」偶對，「許其研精」亦與「舉爲憲章」偶對。「許」字之异體有「許」「訐」等寫法，因形似而極易誤爲「訐」字。注中釋「訐」爲「詆訐」，其後，注中之「詆」字亦闌入三都賦序，故誤作「而論者莫不詆訐其研精，作者大氏舉爲憲章」，遂不可解。

現將部分因書寫不規範等原因而導致無法出校的情况説明如下：

1.「业」作爲某字的一部分時，常被寫作「龷」；「卄」作爲某字的一部分時，常被寫作「䒑」；「巳」作爲某字的一部分時，常被寫作「已」；「丷」作爲某字的一部分時，常被寫作「八」。以上諸種情況不再出校。

2.「臣」「民」「走」「足」「每」「堯」「虎」「祭」「黽」「從」「殳」「帶」「覃」「亶」「曷」「壓」「冥」「疑」「發」「充」「族」「北」「矣」「缶」「巤」等字的其他手寫异體，不再出校；作爲某字的一部分時，亦不再出校。

3.「土」或寫作「圡」，「魚」或寫作「奐」，「黄」或寫作「黃」，「虫」或寫作「𧈧」。以上諸種情況本字出校；作爲某字的一部分時，不再出校。

4.「龜」「鬱」「瓊」「歸」「憲」「臨」「虞」「稽」「關」「虧」「辭」「亂」「經」「鬭」等字的手寫异體高達數十種甚或上百種，現有字庫收録有限，無法嚴格一一出校，故皆視爲本字，不再出校。

關於避諱字的問題。若改字，如「世」與「代」等，正常出校。若缺筆，涉及「玄」「弦」「袪」「絃」「敬」「驚」「殷」「胤」「構」「溝」「恒」等，不再出校。

總之，通過彙校及定是非工作，力圖爲學界提供一個嚴謹而規範的三都賦文本。

四

唐代是「選學」的第一個高峰，涌現出李善注、文選鈔、文選音決、五臣注、陸善經注等一大批注釋之作，極大地豐富了「選學」的實績。面對如此豐富的「選學」成果，後世學者却并未止步，而是在李善注、五臣注等的基礎上，積極考證文本、糾謬注釋，取得了卓越成就。當然，其間辯證淺薄者有之，順手因襲者亦有之，瑕瑜互見，但却展示了每個歷史時期的「選學」面貌，將歷代相關的辨析成果排列出來，就是一部「選學」的學術史。

（一）彙注囊括範圍

彙注部分，囊括了自唐至民國時期重要的「選學」著作共二十七種。需要指出的是，此二十餘種「選學」著作各有其不同的版本系統。本書無意考辨其版本系統及异文的問題，而僅選取其中一個版本，將相關成果進行彙注。

1．李善注。從學術層面而言，李善注是文選一書價值最高的注釋之作。自宋以來，獲得了廣泛的贊譽。現存最早同時又是最全的李善注本，當數尤刻本。尤刻本夾注中的音注顯非李善注所原有，但徑删又頗粗暴、草率，故皆保存於具體的注釋内容之前，以别於李善注之音注。

2．五臣注。自晚唐、五代以來，五臣注的價值不斷被否定，但令人意外的是，又一直流傳至今，可見五臣注肯定具備不可偏廢的價值。正德本雖刊刻較晚，但與刊刻於南宋初期的杭州猫兒橋河東岸開箋紙馬鋪鍾家刻本屬同一系統。正德本夾注中的音注，不能判定爲五臣中何人所作，故皆保存於具體的注釋内容之前。

3．文選鈔。殘卷，存於唐鈔古卷子本文選集注中。今據周勛初教授纂輯影印的唐鈔文選集注彙存本。

4．文選音决。殘卷，存於唐鈔古卷子本文選集注中。今據周勛初教授纂輯影印的唐鈔文選集注彙存本。

5．陸善經注。殘卷，存於唐鈔古卷子本文選集注中。今據周勛初教授纂輯影印的唐鈔文選集注彙存本。

6．張鳳翼文選纂注。四庫提要云：「是書雜采諸家詮釋文選之説，故曰纂注。然所引多不著所出。夫詮釋義理，可以融會群言，至於考證舊文，豈可不明依據。」文選纂注雖有缺陷，但在當時傳播較廣，而且代表了明代「選學」的特點。今據宋志英、南江濤選編的文選研究文獻輯刊本。

7.王象乾文選删注。删注「删節六臣，間從纂注」，價值不大，但亦代表了明代「選學」的特點。今據宋志英、南江濤選編的文選研究文獻輯刊本。

8.何焯義門讀書記文選。羅國威教授云：「直至康熙末，長洲何焯出，以汲古閣刊李善注本爲據，博采衆本，間下己意，校勘批評，均極精審。」對何焯的「選學」成就評價頗高。今據宋志英、南江濤選編的文選研究文獻輯刊本。

9.陳景雲文選舉正。該書與何焯義門讀書記文選類似，亦是援汲古閣本李善注本爲據，博采衆本，成就不如何焯，但其中亦不乏精審之論。今據宋志英、南江濤選編的文選研究文獻輯刊本。

10.杭世駿文選課虚。書名本之於陸機文賦「課虚無以責有」之意，實則此書摘抄文選部分語彙，按天象、地形、人事、物産四類編排，是一部類書，形式類於蘇易簡文選雙字類要、劉攽文選類林。今據宋志英、南江濤選編的文選研究文獻輯刊本。

11.汪師韓文選理學權輿。文選理學權輿共八卷：撰人、注引群書目録、選注訂誤、選注辯論、選注未詳、前賢評論上、前賢評論下、質疑。現代文選學家駱鴻凱、屈守元，當代文選研究學者王立群等，都曾給予該書較高評價。今據宋志英、南江濤選編的文選研究文獻輯刊本。

12.余蕭客文選音義。余蕭客文選音義成書於其壯年時期，至晚年，「亦悔其少作，然久已刊行，乃别撰文選雜題三十卷」。然在當時，亦屬難得。駱鴻凱文選學云：何氏之後，以「選學」名家者，當推余仲林氏。屈守元文選導讀亦云：音義、紀聞同爲清代文選學家創業之作，當不容有异詞也。今據宋志英、南江濤選編的文選研究文獻輯刊本。

13. 余蕭客文選紀聞。文選紀聞乃余蕭客爲自己正名之作。此書優於文選音義已是學界共識，然其并不以音義之學爲主，而與余蕭客之代表作古經解鈎沉采掇舊詁一樣，重在彙輯之功。今據宋志英、南江濤選編的文選研究文獻輯刊本。

14. 孫志祖文選理學權輿補。該書補充的是汪師韓文選理學權輿中前賢評論部分。今據宋志英、南江濤選編的文選研究文獻輯刊本。

15. 孫志祖文選考異。該書是校正毛氏汲古閣本文選之作。今據宋志英、南江濤選編的文選研究文獻輯刊本。

16. 孫志祖文選李注補正。該書爲補正毛氏汲古閣本文選之作，時見佳處。今據宋志英、南江濤選編的文選研究文獻輯刊本。

17. 張雲璈選學膠言。該書對李善注進行了詳密的考證，是以「樸學」研治文選的代表作。今據宋志英、南江濤選編的文選研究文獻輯刊本。

18. 胡克家文選考异。文選考异以南宋淳熙年間尤袤所刻李善之注本爲底本，又據宋代吴郡袁氏、茶陵陳氏所刻六臣本以校刊异同。功力深厚，歷來被推爲學術上乘之作。今據宋志英、南江濤選編的文選研究文獻輯刊本。

19. 許巽行文選筆記。許巽行校勘文選達十三次之多，用功不可謂不勤。然其成果刊刻太晚，散佚甚多，誠爲可惜。今據宋志英、南江濤選編的文選研究文獻輯刊本。

20. 朱珔文選集釋。該書涉及校勘及補注，然更致力於名物考據、地理考據等，旁徵博引，篇幅宏大。今據宋志英、南江濤選編的文選研究文獻輯刊本。

21．梁章鉅文選旁證。該書博采宋、元、明以來各家之説，計書一千三百餘種。若有獨見，則復下己意，誠爲巨著。今據宋志英、南江濤選編的文選研究文獻輯刊本。

22．薛傳均文選古字通疏證。该书致力於古字通用之學。今據宋志英、南江濤選編的文選研究文獻輯刊本。

23．胡紹煐文選箋證。胡紹煐借鑒了王念孫、段玉裁等「由聲求意，即義准音」的研究方法，有功於「選學」。駱鴻凱稱譽此書「即文字聲音以通詁訓，旁推側證，前此選學諸家所未有也」，是書深得學界重視，在文選研究中占有重要地位。今據宋志英、南江濤選編的文選研究文獻輯刊本。

24．吕錦文文選古字通補訓。該書亦薛傳均文選古字通疏證之類。今據宋志英、南江濤選編的文選研究文獻輯刊本。

25．徐攀鳳選注規李。文選注中李善注聲名最著，該書即致力於糾謬李善注。今據宋志英、南江濤選編的文選研究文獻輯刊本。

26．徐攀鳳選學糾何。何焯的義門讀書記文選是清代「選學」的標志性成果，該書即致力於糾正何焯之誤。今據宋志英、南江濤選編的文選研究文獻輯刊本。

27．高步瀛文選李注義疏。該書「旁徵博引，詳考本末，論定是非，或并列諸説」，據文選李善注立論，但并不拘泥，其考據範圍往往遠邁李善注之外。且「其中有許多問題，今天雖有人提到，而其結論却是半個世紀以前早已被高氏提出并解决了的」，尤可見高步瀛精湛的學術功力和超前的學術思維。今據曹道衡、沈玉成點校本，中華書局二〇一八年版。

（二）彙注工作體例

形式上，將以上二十七種著作中三都賦的内容諸條拆分，按順序置於三都賦相關句群之下。具體的「選學」問題，誰發軔、誰因襲、誰完善、誰創新等一目了然，以見「辨章學術，考鏡源流」之意。

第一，异體字的問題。將部分常見的异體字改作正體，如「為」改「爲」，「晋」改「晉」，「遊」改「游」等。但有争議時，則保留异體。如「彫」既是「雕」的异體，又是「凋」的异體。在正常情况下，可據上下文判斷當作「雕」或「凋」。然涉及音注時（如「嶛，力彫反」）改「雕」改「凋」，皆不穩妥，則保持原字「彫」。古籍中論及某字的正體和异體詞義或字體演變等時，則當需保留异體。

第二，新舊字形的問題。將舊字形徑改爲新字形，如「淨」改「净」，「產」改「産」，「吳」改「吴」等，改動悉依現代漢語詞典第七版。

第三，避諱字的問題。與彙校部分處理原則相同。若改字，如「世」與「代」，則正常彙録。若缺筆，涉及「玄」「弦」「袨」「絃」「敬」「驚」「殷」「胤」「構」「溝」等，按本字録入。

第四，原書明顯出錯的問題。遇到原書明顯有誤，又確定致誤之由，則徑改之。以尤刻本爲例：如蜀都賦「緣以劍閣，阻以石門」句，李善注：「自屬通漢中道。」「屬」顯應作「蜀」，徑改之。如吴都賦「趫材悍壯」句，李善注：「成公綏洛禊賦曰：趫才逸熊，習水善浮。」「熊」明顯當作「態」，徑改之。如魏都賦「三臺列峙而崢嶸」句，李善注：「銅爵園西有三臺，中央有銅爵臺，南有金虎臺，北則冰井臺。有屋一百一間。金虎臺有屋一百九間。冰井臺有屋百四十五間。」「有屋一百一間」前缺主語「銅爵臺」，徑補之。他如古卷子本唐鈔文選集注、正德本、明清各家「選學」著作中，此類例子亦頗多，不一一詳舉。

第五，關於句群的處理方式。本書在初創階段，試圖采取細化句群的方式，以保證文本和彙注之間的緊密性。然過分細化句群會導致經典文本的支離破碎，從而影響讀者的閱讀體驗，故最終采取了目前呈現出的句群方式。

第六，需要特別説明的是，余蕭客文選音義、文選紀聞二書，原版多以小字注釋標注某字音義及文獻出處，若以（ ）別之，其字音所標之處，恐又被誤爲字義，爲免造成誤讀，仍以小一字號的方式標注。梁章鉅文選旁證一書，對文選注釋辨證之處，常以小字「注」標識，若與正文不作區别，則閲讀多有不便，故亦以小一字號標識。其他類似情形亦仿此處理。

此書在整理過程中，汲取了學界相關的整理及研究成果，不一一列舉，在此一并致謝。

王立群　錢振宇

目録

三都賦序

左太冲

【彙校】

「三都賦序」　奎章閣本、明州本、贛州本、四庫本、叢刊本、正德本、陳八郎本、九條本、唐鈔本同。尤刻本、胡刻本、監本後有「一首」二字。今從「三都賦序」。

「左太冲」　「冲」，奎章閣本、陳八郎本、尤刻本、九條本同。明州本、贛州本、四庫本、叢刊本、正德本、胡刻本、監本、唐鈔本作「沖」。當作「冲」。

【彙注】

【李善注】善曰：臧榮緒晉書曰：左思，字太冲，齊國人。少博覽文史，欲作三都賦，乃詣著作郎張載，訪岷、邛之事。遂構思十稔，門庭藩溷，皆著紙筆，遇得一句，即疏之。徵爲秘書。賦成，張華見而咨嗟，都邑豪貴，競相傳寫。三都者：劉備都益州，號蜀；孫權都建業，號吳；曹操都鄴，號魏。思作賦時，吳、蜀已平，見前賢文之是非，故作斯賦以辨衆惑。

【文選鈔】王隱晉書曰：左思少好經術，嘗習鍾、胡書不成，學琴又不成。貌醜口訥，甚有大才。博覽諸經，遍通子史。于時天下三分，各相誇競。當思之時，吳國爲晉所平，思乃賦此三都以極眩曜。其蜀事訪於張載，吳事訪於陸機，後乃成之。

【五臣注】向曰：臧榮緒晉書云：左思，字太冲，齊國人也。少博覽史記，作三都賦。構思十稔，門庭藩溷，皆著紙筆，遇得一句，即疏之。徵爲秘書。賦成，張華見而咨嗟，都邑豪貴，競相傳寫。三都者：劉備都益州，號蜀；孫權都建業，號吳；曹操都鄴，號魏。思作賦時，吳、蜀已平，見前賢文之是非，故作斯賦以辨衆惑。

【陸善經注】舊有綦毋邃注。

【張鳳翼文選纂注】三都者，劉備都益州，號蜀；孫權都建業，號吳；曹操都鄴，號魏。思，字太冲，齊國人也。少博覽，欲作三都賦，乃詣著作郎張載，訪岷、邛之事。遂構思十稔，門庭藩溷，皆著紙筆，遇得一句，即疏之。賦成，張華見而咨嗟，都邑豪貴，競相傳寫。

【王象乾文選删注】時吳、蜀已平，見前賢文之是非，故作斯賦，以辨衆惑。

【陳景雲文選舉正】左太冲，注「徵爲秘書」。舊本「書」下有「郎」字。

【余蕭客文選音義】三都。左思傳：初，陸機入洛，欲爲此賦，聞思作之，撫掌而笑，與弟雲書曰：「此間有傖父，欲作三都賦，須其成，當以覆酒甕耳。」及思賦出，機絶嘆伏，爲不能加也。左太冲。晉書：齊國臨淄人。秘書。下增「郎」字。

【余蕭客文選紀聞】蕭穎士謂左思詩賦有雅、頌遺風唐詩紀事廿一。蕭大圜，梁簡文帝子。四歲，能誦三都賦周書四十二。左思三都賦成，張載爲注魏都，劉逵注吴、蜀而序之曰：觀中古以來爲賦者多矣，相如子虛擅名于前，班固兩都理勝其辭，張衡二京文過其義。至若此賦，擬議數家，傅會辭義，抑多精致，非夫研核者不能練其旨，非夫博物者不能統其異。世咸貴遠而賤近，莫肯用心於明物。斯文吾有异焉，故聊以餘思爲其引詁，亦猶胡廣之於官箴，蔡邕之於典引也。陳留衛瓘又爲思賦作略解，序曰：余觀三都之賦，言不苟華，必經典要；品物殊類，稟之圖籍；辭義瑰瑋，良可貴也。有晉徵士故太子中庶子安定皇甫謐，西川之逸士，耽籍樂道，高尚其事，覽斯文而慷慨，爲之序。中書著作郎安平張載、尚書郎濟南劉逵，并以經學洽博，才章美茂，咸皆悦玩，爲之訓詁；其山川土域，草木鳥獸，奇怪珍异，僉皆研精所由，分散其義矣。余嘉其文，不能默已，聊藉二子之遺忘，又爲之略解，祗增煩重，覽者闕焉晉書九十二。梁有張載及晉侍中劉逵、晉懷令衛瓘注左思三都賦三卷。綦毋邃注三都賦三卷亡隋書三十五。案，隋經籍志注似言張、劉、衛注各三卷，與思傳張、劉分注不同。

左思賦三都，司空張華見而嘆曰：班、張之流也，使讀之者盡而有餘，久而更新通志百七十五。

【張雲璈選學膠言】王西沚先生十七史商榷云：杜佑通典雖言魏有十二州十二州，謂司隸、荆河、兖、青、徐、涼、秦、冀、幽、并、揚、雍。荆河者，禹貢「荆河惟豫州」，本是豫州，杜佑避唐諱改稱，而荆、揚正吴地，魏不得而有之，特緣邊有鎮戍，聊立此名耳。杜恕於太和中言有十州，蔣濟於景初中言有十二州，二者不同。大都一數荆、揚，一不數荆、揚耳。除此二州，餘有十州。又除自置秦州不數外，大約魏得漢之司隸、豫州、冀州、兖州、青州、并州六全州。此外三州，徐州但得西境，凉州但得其東西及北，幽州但得其西南境，不全得也。蜀得益州一全境及凉州之南境，又自置梁州。吴得荆州、揚州、交州三全州及徐州之東境，又自置廣州。其杜佑所言郢州未詳吴志，孫皓降晉後，注引晉陽秋云：王濬收其圖籍，領州四，郡四十三，縣三百一十三。按「領州四」者，漢舊有之荆、揚、交三州及吴自置之廣州是也。據此，則吴無郢州。且文紀：黄初三年，以荆州江北諸郡爲郢州，旋復故。然則此州乃魏所立，且旋廢矣。不知杜佑何以云云。若幽州之東北境，則公孫氏據之，直至景初二年始爲司馬懿所滅。

【胡克家文選考异】注「三都者」下至「以辨衆惑」。袁本無此四十六字，有「遍于海内」四字，是也。茶陵本并五臣入善，與此同，非。

【許巽行文選筆記】「左太冲」下，李原注「競相傳寫，遍於海内」，今削去「遍於海内」四字，增「三都者：劉備都益州」等語，向注削。

【梁章鉅文選旁證】注徵爲秘書。「書」下當有「郎」字。

注三都者。六臣本以此下四十六字爲向注。

【胡紹煐文選箋證】三都賦序。注善曰：三都賦成，張載爲注魏都，劉逵爲注吴、蜀。按：世説注引思別傳曰：思造張載，問岷、蜀事，交接亦疏。皇甫謐西州高士，摯仲治宿儒知名，非思倫匹。劉淵林、衛伯輿并早卒，皆不爲思賦序、注。凡諸注、解皆思自爲。欲重其名，故假時人名姓也。

【高步瀛文選李注義疏】臧榮緒晋書，北堂書鈔藝文部八引曰：左思會妹芬入宫，移家京師，作三都賦。構思十稔，門庭藩溷，皆著紙筆，而世人未之重。司空張華見而嗟咨，貴豪競相傳寫焉。與李注節引互有出入。世説新語文學篇曰：左太冲作三都賦初成，時人互有譏訾，思意不愜。後示張公，張曰：此二京可三。然君文未重於世，宜以經高名之士。思乃詢求於皇甫謐，謐見之嗟嘆，遂爲作叙。於是先相非貳者，莫不斂衽贊述焉。晋书文苑傳曰：左思字太冲，齊國臨淄人也。造齊都賦，一年乃成。復欲賦三都。會妹芬入宫，移家京師，乃詣著作郎張載，訪岷、邛之事，遂構思十年，門庭藩溷，皆著筆紙，遇得一句，即便疏之。自以所見不博，求爲秘書郎。及賦成，時人未之重。思自以其作不謝班、張，恐以人廢言。安定皇甫謐有高譽，思造而示之。謐稱善，爲其賦序。張載爲注魏都，劉逵注吴、蜀而序之。陳留衛瓘又爲思賦作略解。司空張華見而嘆曰：班、張之流也。使讀之者盡而有餘，久而更新。於是豪貴之家，競相傳寫，洛陽爲之紙貴。初，陸機入洛，欲爲此賦，聞思作之，撫掌而笑，與弟雲書曰：此間有傖父，欲作三都賦，須其成，當以覆酒甕耳。及思賦出，機絶嘆伏，以爲不能加也。遂輟筆焉。案：「衛瓘」當作「衛權」，説見下。○注：「徵爲秘書」下當有「郎中」二字。晉书文苑傳言：求爲秘書郎。故梁章鉅謂「郎」字當增。又唐六典卷十，秘書省秘書郎下引晉起居注云：武帝遣秘書圖書，分爲甲乙景丁四部，使秘書郎中四人，各掌其一焉。又引晉書云：左太冲爲三都賦，自以所見不博，求爲秘書郎中。孫詒讓籀高述林卷九記舊本穆天子傳目録引唐六典此文，且曰：此所引乃十八家晉書。新晉書左思傳則删去「中」字矣。吴士鑒晉書斠注卷九十二曰：職官志：秘書監屬官，但言有丞，有郎，蓋亦脱去「中」字。惟初學記引齊儀有「中」字。步瀛案：見職官部下。據唐六典引晉書作「秘書郎中」，知臧書左思傳「秘書」下必有「郎中」二字矣。○尤本無「遍於海内」四字，依袁本增。○尤本注末有「三都者：劉備都益州，號蜀；孫權都建業，號吴；曹操都鄴，號魏。思作賦時，吴、蜀已平，見前賢文之是非，故作斯賦以辨衆惑」四十六字。胡克家曰：袁本無此四十六字，有「遍於海内」四字，是也。茶陵本并五臣入善，與此同，非。步瀛案：此五臣向注，尤混入李注，非是。今依胡氏校删。王應麟通鑒地理通考歷代都邑考曰：漢昭烈於沔陽立爲漢中王，即位武擔之南，都成都。魏武爲魏公，都鄴。文帝復都洛陽。吴大帝屯吴，建安十三年，初鎮丹徒，築京城。十六年，徙治秣陵。十七年，城楚金陵邑，號石頭，改秣陵爲建業。黄初二年，自公安都鄂。改鄂爲武昌。黄龍元年遷都建業。歸命侯甘露元年，徙都武昌，後還都建業。

劉淵林注

【彙校】

「劉淵林注」　奎章閣本、明州本、贛州本、尤刻本、胡刻本、監本同。四庫本、叢刊本、九條本作「劉淵林註」。正德本、陳八郎本、唐鈔本無此四字。今從「劉淵林注」。

【彙注】

【李善注】劉曰：三都賦成，張載爲注魏都賦，劉逵爲注吴、蜀。自是之後，漸行於俗也。

【陸善經注】臧榮緒晉書云：劉逵注吴、蜀，張載注魏都。綦毋邃序注本即集題云：張載注蜀都，劉逵注吴、魏。今雖列其异同，且依臧爲定。劉逵自尚書郎爲陽翟令，與傅威、陸機、杜育同時。

【陳景雲文選舉正】劉淵林。注「三都賦成，張載」。按，諸語疑亦本臧書之文。臧書兼載皇甫謐爲思作序事。又，當時衛權伯輿亦嘗有吴都賦序注，則見於三國裴注者也。而劉孝標世説注中引思别傳則云：思造張載，問岷、蜀事，交接亦疏。皇甫謐西州高士，非思倫匹。劉淵林、衛伯輿并早卒，皆不爲思賦序、注。凡諸注、解皆思自爲，欲重其文，故假時人名姓。别傳之説如此，傳聞异辭，尚論者所當知也。

【汪師韓文選理學權輿・質疑】三都賦注曰：張載注魏都賦，劉逵注吴、蜀。今標題於三都，并稱劉淵林注，未嘗分别。而他處引用，或又云張載注吴都，應俱誤也。

【孫志祖文選理學權輿補・前賢評論】左思造張載，問岷、蜀事，交接亦疏。皇甫謐西州高士，摯仲治宿儒知名，非思倫匹。劉淵林、衛伯輿并蚤終，皆不爲思賦序、注。注、解皆思自爲。欲重其文，故假借名姓也。

【余蕭客文選音義】劉淵林。左思别傳：思造張載，問岷、蜀事，交接亦疏。皇甫謐西州高士，摯仲治宿儒知名，非思倫匹。劉淵林、衛伯輿并早終，皆不爲思賦序、注也。凡諸注、解皆思自爲，欲重其文，故假時人名姓也。

【張雲璈選學膠言】左思别傳：思造張載，問岷、蜀事，交接亦疏。皇甫謐西州高士，摯仲治宿儒知名，非思倫匹。劉淵林、衛伯輿并早終，皆不爲思賦序、注也。凡諸注、解皆思自爲，欲重其文，故假時人名姓也。

【胡克家文選考异】注「三都賦成」。袁本「三」上有「臧榮緒晉書曰」六字，是也。茶陵本與此同，非。

【許巽行文選筆記】「劉淵林」注下，原注有「善曰：臧榮緒晉書曰」八字，今亦爲妄人削去。

【梁章鉅文選旁證】注三都賦成，張載爲注魏都，劉逵爲注吴、蜀。六臣本以此注爲臧榮緒晉書文。楊氏慎曰：凡諸注、解，按晉陽秋，皆思自注，欲重其名，故假借名姓耳。

【高步瀛文選李注義疏】尤本無「善曰：臧榮緒晉書曰」八字。胡克家曰：袁本「三」上有「臧榮緒晉書曰」六字，是也。茶陵本與此同，非。許巽行曰：原注有八字，今爲妄人削去。步瀛案：胡、許説是。今據增。又案「俗」當作「世」。李氏避唐諱改耳。○隋書經籍志總集類曰：梁有張載及晉侍中劉逵、晉懷令衛瓘注三都賦三卷。綦毋邃注三都賦三卷。世説新語文學篇劉孝標注引左思别傳曰：思造張載，問岷、蜀事，交接亦疏。皇甫謐西州高士，摯仲治宿儒知名，非思倫匹。劉淵林、衛伯輿并蚤終，皆不爲思賦序、注也。凡諸注解皆思自爲，欲重其文，故假時人名姓也。姚範援鶉堂筆記三十七曰：左思傳云：衛瓘爲思作略解，序曰：有晉徵士故太子中庶子皇甫謐，爲三都賦序，中書著作郎安平張載、中書郎濟南劉逵，咸皆悦玩，爲之訓詁。余籍二子之遺忘，爲之略解，以此言證之。左、衛并時，其言不誣。而孝標之注世説，疑序、注皆爲擬托，亦未允也。步瀛案：姚説是也。何焯曰：三國志注云：晉衛權作吴都賦序及注。權字德輿。姚又曰：按衛權注吴都，見魏志衛臻傳注。續漢書百官志：黄門令，六百石下。劉昭注作「衛瓘」，誤也。晉書亦誤「瓘」。步瀛案：隋書經籍志作「衛瓘」，亦誤。權字伯輿，瓘字伯玉，非一人也。姚又曰：晉書趙王倫傳或謂孫秀：散騎常侍楊準、黄門侍郎劉逵，欲奉梁王肜以誅倫，會有星變，乃徙肜爲丞相，居司徒府，轉準、逵爲郎。

蓋詩有六義焉，其二曰賦。揚雄曰：「詩人之賦麗以則。」班固曰：「賦者，古詩之流也。」

【彙校】

「蓋詩有」「蓋」，明州本、贛州本、叢刊本、陳八郎本、胡刻本、監本、九條本同。奎章閣本、四庫本、正德本、尤刻本、唐鈔本作「盖」。當作「蓋」。

「六義焉」「義」，明州本、贛州本、四庫本、叢刊本、正德本、陳八郎本、尤刻本、胡刻本、監本、唐鈔本同。奎章閣本、九條本作「義」。當作「義」。「焉」，明州本、贛州本、四庫本、叢刊本、陳八郎本、尤刻本、胡刻本、監本、唐鈔本、九條本同。奎章閣本、正德本作「爲」。當作「焉」。

「揚雄」「揚」，奎章閣本、正德本、尤刻本、胡刻本、監本、唐鈔本、九條本作「楊」。明州本、贛州本、叢刊本作「楊」。四庫本作「揚」。陳八郎本作「揚」。今從「揚」。

■立群案：典籍中或作「揚雄」，或作「楊雄」。今從「揚雄」。

「班固」「班」，奎章閣本、明州本、贛州本、四庫本、叢刊本、正德本、陳八郎本、尤刻本、胡刻本、監本、九條本同。唐鈔本作「斑」。當作「班」。

■立群案：阮元經籍籑詁：衡方碑：斑叙□□。楊著碑：頎父斑爵。張壽碑：登斑叙優。魏孔羡碑：班宗彝。郙閣頌：雖昔魯班。班作班。是「班」古亦通「班」，然此處本字當作「班」爲是。

「古詩之流」「流」，奎章閣本、明州本、贛州本、叢刊本、陳八郎本、尤刻本、胡刻本、監本、九條本同。四庫本、正德本、唐鈔本作「流」。當作「流」。

【彙注】

【李善注】善曰：子夏詩序文也。

善曰：法言文也。

善曰：兩都賦序文。

【文選鈔】言古詩可法則也。詩譜曰：古者百民作詩，陳君德之善惡，而置之衢路左，天子每年巡狩，使人收之，以知治化之可否，而編於史策也。

【五臣注】銑曰：美麗有法則。

【陸善經注】周官文也。

【張鳳翼文選纂注】美麗有法則。

【高步瀛文選李注義疏】見本書卷四十五。

法言，見吾子篇。案：楊雄之姓从木，俗从手作「揚」，非也。説詳後。

先王采焉，以觀土風。見「緑竹猗猗」，則知衛地淇澳之產；見「在其版屋」，則知秦野西戎之宅。故能居然而辨八方。

【彙校】

「先王采焉」「先王」，奎章閣本、明州本、贛州本、四庫本、正德本、陳八郎本、尤刻本、胡刻本、監本、唐鈔本、九條本同。叢刊本作「先生」。當作「先王」。「采」，尤刻本、胡刻本、監本、唐鈔本同。奎章閣本、明州本、贛州本、四庫本、叢刊本、正德本、陳八郎本、九條本作「採」。當作「采」。「焉」，奎章閣本、明州本、贛州本、四庫本、叢刊本、陳八郎本、尤刻本、胡刻本、監本、唐鈔本、九條本同。正德本作「爲」。當作「焉」。

■立群案：先王，指前代君王或上古賢明君王。據賦意，此處自當作「先王」。諸本多作「先王」，是。叢刊本獨作「先生」者，當是誤「王」爲「生」。

「以觀土風」「觀」，奎章閣本、明州本、贛州本、四庫本、叢刊本、正德本、陳八郎本、尤刻本、胡刻本、監本同。唐鈔本、九條本作「觀」。當作「觀」。「土」，明州本、贛州本、四庫本、叢刊本、陳八郎本、尤刻本、胡刻本、監本、九條本同。奎章閣本、正德本、唐鈔本作「𡈽」。當作「土」。

「緑竹猗猗」「猗猗」，奎章閣本、明州本、贛州本、四庫本、叢刊本、正德本、陳八郎本、尤刻本、胡刻本、監本、唐鈔本、九條本作「猗猗」。當作「猗猗」。

「則知衛地」「衛」，奎章閣本、贛州本、四庫本、正德本、陳八郎本、尤刻本、胡刻本、唐鈔本、九條本同。明州本、叢刊本、監本作「衛」。當作「衛」。

「淇澳之産」「澳」，奎章閣本、明州本、贛州本、四庫本、叢刊本、正德本、尤刻本、胡刻本、監本、唐鈔本、九條本同。陳八郎本作「奥」。今從「澳」。

立群案：阮元經籍籑詁：澳，又作隩，集韵通作奥。禮記大學：瞻彼淇澳。釋文：澳，本亦作奥。是知「澳」「奥」古通，然據賦意，今當從「澳」爲是。

「秦野西戎」「秦」，明州本、贛州本、四庫本、叢刊本、正德本、陳八郎本、尤刻本、胡刻本、唐鈔本同。奎章閣本、監本、九條本作「秦」。當作「秦」。

「故能」「能」，明州本、贛州本、四庫本、叢刊本、陳八郎本、尤刻本、胡刻本、監本、九條本同。奎章閣本、正德本、唐鈔本作「能」。當作「能」。

「而辨八方」「辨」，奎章閣本、明州本、贛州本、四庫本、叢刊本、正德本、陳八郎本、尤刻本、胡刻本、監本同。唐鈔本、九條本作「辯」。當作「辨」。

立群案：然賦云：故能居然而辨八方。當作「辨别」解，作「辨」是。然周禮秋官鄉士：辯其獄訟，异其死刑之罪而要之，旬而職聽於朝。賈公彦疏：辯，别也。是「辯」亦可通「辨」，作「辨别」解。墨子尚賢中：雖天亦不辯貧富貴賤遠邇親疏。此處「辯」亦通「辨」，作「辨别」解。故此處作「辯」亦不爲誤，然本字當作「辨」爲是。

【彙注】

【李善注】善曰：禮記曰：命太師陳詩，以觀民風。鄭玄曰：陳詩，謂采其詩以觀視之。

善曰：猗，於宜切。澳，於六切。毛詩衛風曰：瞻彼淇澳，緑竹猗猗。

善曰：毛詩秦風曰：在其版屋，亂我心曲。毛萇曰：西戎版屋也。

善曰：河圖龍文曰：鎮星光明，八方歸德。難蜀父老曰：六合之内，八方之外。

【文選鈔】詩傳曰：澳，深隈也。緑，王芻。竹，萹蓄也。猗猗，美盛也。

言西戎之野地多毒虫，故居板屋。或云秦地寒，故用板，恐雪落不得用瓦。

難蜀父老曰：六合之内，八方之外。

【文選音決】觀音官。猗，於宜反。澳，於六反。版音板，又布綰反。

【五臣注】猗，於宜反。澳，於六反。良曰：詩衛风云：瞻彼淇澳，緑竹猗猗。濟曰：詩秦風云：
西戎版屋，亂我心曲。

【陸善經注】居然，猶安然也。

【張鳳翼文選纂注】衛詩：瞻彼淇澳，緑竹猗猗。秦風：在其版屋，亂我心曲。

【王象乾文選删注】河圖龍文曰：鎮星光明，八方歸德。

【余蕭客文選紀聞】西戎地寒，故以版爲屋。張宣公南岳唱酬序云：方廣寺皆版屋，問老宿，云：
用瓦輒爲冰雪凍裂困學紀聞三。

【高步瀛文選李注義疏】禮記，見王制。

毛詩「澳」作「奥」。傳曰：奥，隈也。緑，王芻也。竹，萹竹也。猗猗，美盛貌。陳奂疏曰：爾雅釋

「厓岸」「隩隈」，厓内爲「隩」，外爲「隈」。爾雅既釋「隩」一名「隈」，又釋「厓」以別内「隩」外「隈」之异名。渾言、析言皆得互稱，此郭讀本也。説文：隩，水隈厓也。其内曰「隩」，其外曰「隈」。大學注：澳，隈厓也。許、鄭讀以隈厓連文成義。傳訓「奥」爲「隈」與郭讀同。淇隈，謂淇水深曲處也。昭二年左傳及禮記大學引詩作「澳」，「澳」與「隩」同。今詩作「奥」者，古文假借耳。緑，王芻。釋草文。爾雅作「菉」。大學引詩作「菉」。小雅：終朝采緑。楚辭離騷注引詩作「菉」。「菉」本字，「緑」，假借字。郭璞注云：菉，蓐也。今呼鴟脚莎。詩正義引某氏注作「菉，鹿蓐」。唐本草舊注云：藎草，俗名菉蓐草，爾雅所謂王芻者也。此吴普輩因藎草可染黄緑，故云然爾。竹，爾雅亦作竹。傳云：萹竹。爾雅作「萹蓄」。釋文引韓詩：藩萹，茿也。石經同。説文：藩，水萹茿也。讀若督。「竹」者，「藩」之假借字。水經淇水注：今通望淇川，唯王芻編草，不异毛興。案：編草即「萹蓄」。郭璞注云：似小藜，赤莖節。蘇頌本草圖經云：苗似瞿麥，葉細緑，如竹。赤莖如釵，股節間花出甚細微，青黄色，根如蒿根。是「緑」「竹」二草名。唯陸璣以爲一草，正義斥之矣。王先謙三家詩義集疏曰：水經注淇水篇肥泉，博物志謂之澳水。詩云：瞻彼淇澳，菉竹猗猗。毛云：菉，王芻也。竹，編竹也。漢武帝塞決河，斬淇園之竹木以爲用。寇恂爲河内，伐竹淇川，治矢百餘萬，以輸軍資。今通望淇川，無復此物。惟王芻、編草不异毛興。又任昉述异記云：衛有淇園，出竹，在淇水之上。戴凱之竹譜云：𥳑竹根深耐寒，茂被淇苑。淇園，衛地。殷紂竹箭園也。案：任、戴二説與酈注合。藝文類聚二十八引班彪游居賦：瞻淇奥之園林，美緑竹之猗猗。是以詩「緑竹」爲「竹」，漢世已有此説。陳喬樅云：班固竹扇賦「青青之竹形兆直」，即用詩「緑竹青青」語。班習齊詩，此蓋齊義。

秦風小戎篇今「版」作「板」。孔疏曰：君子伐戎，其妻在家思之，故知板屋謂西戎板屋。念想君子伐得而居之也。漢書地理志曰：天水、隴西，山多林木，民以板爲室屋。故秦詩曰：在其板屋。水經渭水注曰：秦武公十年，伐邽。漢武帝改爲天水郡，其鄉居悉以板蓋屋。詩所謂西戎板屋也。王應麟困學紀聞卷三曰：西戎地寒，故以板爲屋。張宣公南嶽唱酬序云：方廣寺皆板屋，問老宿，云：用瓦輒爲冰雪凍裂，自此如高臺、上封皆然。閻若璩曰：高臺、上封皆寺名，并見朱子詩。翁元圻注曰：朱子方廣板屋詩曰：秀木千章倒，層甍萬瓦差。悄無人似玉，空咏小戎詩。亦取山多林木之意。又有自方廣過高臺次敬夫韵、至上封用擇之韵贈上封諸老詩。王先謙曰：漢書地理志顏注言襄公出征，則婦人居板屋之中，而念其君子。孔疏謂西戎板屋，念想君子伐得而居之。尋文究理，正義較顏注爲長。其字指西戎。

河圖龍文，袁陽源效白馬篇、陸佐公石闕銘注引并同。魏都賦注引下句。○難蜀父老，見本書卷四十四。

然相如賦上林而引「盧橘夏熟」，揚雄賦甘泉而陳「玉樹青葱」，班固賦西都而嘆以出比目，張衡賦西京而述以游海若。

【彙校】

「盧橘夏熟」 「盧」，奎章閣本、明州本、贛州本、四庫本、叢刊本、陳八郎本、監本、九條本同。正德本、尤刻本、胡刻本、唐鈔本作「盧」。當作「盧」。「熟」，贛州本、九條本同。奎章閣本、明州本、四庫本、叢刊本、正德本、陳八郎本、尤刻本、胡刻本、監本、唐鈔本作「熟」。當作「熟」。

「揚雄」 「揚」，奎章閣本、贛州本、正德本、尤刻本、胡刻本、唐鈔本作「楊」。明州本、叢刊本、監本、九條本作「楊」。四庫本作「揚」。陳八郎本作「揚」。今從「揚」。

■ **立群案**：典籍中或作「揚雄」，或作「楊雄」。今從「揚雄」。

「玉樹青葱」 「樹」，明州本、贛州本、四庫本、叢刊本、陳八郎本、尤刻本、胡刻本、監本、唐鈔本、九條本同。奎章閣本、正德本作「樹」。當作「樹」。「葱」，奎章閣本、明州本、贛州本、四庫本、叢刊本、正德本、陳八郎本、尤刻本、胡刻本、九條本同。監本無法辨識。唐鈔本作「䓗」。當作「葱」。

「班固」 「班」，奎章閣本、明州本、贛州本、四庫本、叢刊本、正德本、陳八郎本、尤刻本、胡刻本、監本、九條本同。唐鈔本作「斑」。當作「班」。

■立群案：阮元經籍籑詁：衡方碑：斑叙□□。楊著碑：頎父斑爵。張壽碑：登斑叙優。魏孔羡碑：斑宗彝。鄘閣頌：雖昔魯斑。班作斑。是「斑」古亦通「班」，然此處本字當作「班」爲是。

「以出比目」「出」，明州本、贛州本、四庫本、叢刊本、陳八郎本、胡刻本、監本、唐鈔本、九條本同。奎章閣本、正德本、尤刻本作「出」。當作「出」。

「張衡」「衡」，奎章閣本、明州本、贛州本、四庫本、叢刊本、正德本、尤刻本、胡刻本、監本、唐鈔本、九條本同。陳八郎本作「衡」。當作「衡」。

「西京」「京」，明州本、贛州本、四庫本、叢刊本、正德本、陳八郎本、尤刻本、胡刻本、監本、九條本同。奎章閣本、唐鈔本作「京」。當作「京」。

「以游海若」「游」，明州本、贛州本、四庫本、叢刊本、陳八郎本、監本同。奎章閣本、正德本、九條本作「游」。尤刻本、胡刻本、唐鈔本作「遊」。當作「游」。

【彙注】

【李善注】劉曰：凡此四者，皆非西京之所有也。

【文選鈔】禹貢，楊州厥包橘柚。吕氏春秋曰：江、浦之間，盧橘夏熟也。

淮南子云：昆侖山有玉樹也。

尔雅云：東方有比目魚焉。管仲云：東海獻比目之魚也。

海若，海神也。楚詞曰：令海若儛馮夷起。漢書司馬相如傳曰：亡是公言上林廣大山谷水泉万物，及子虛言雲夢所有甚衆，多過其實也，具非義理所尚。班固亦未能改其轍也。

【文選音决】橘，居律反。

【何焯義門讀書記】揚雄賦甘泉而陳「玉樹青葱」。李上交近事會元云：唐傳紀云：雲陽界多漢離宮故地。至唐，有樹似槐而葉細，土人謂之玉樹。「玉樹青葱」，左思賦中有之。或非其語過，蓋不知此樹也。按，上交又誤記。此序乃太冲譏子雲語。

【余蕭客文選音義】玉樹顔師古漢書注：玉樹者，武帝所作，集衆寶爲之，用供神也。而左思不曉其意，以爲非本土所出，失之矣。何曰：李上交近事會元云：唐傳記云：雲陽界多漢離宮故地。至唐，有樹似槐而葉細，土人謂之玉樹。「玉樹青葱」，左思賦有之。或非其語過，蓋不知此樹也。按，上交又誤。此序乃太冲譏子雲語。

【余蕭客文選紀聞】雲陽縣界多漢離宮故地，地有樹似槐葉細，土人謂之玉樹。揚雄賦「玉樹青葱」，左思以爲「假稱珍怪」，不審也劉餗隋唐嘉話下。

【孫志祖文選理學權輿・前賢評論】左思三都賦序譏揚雄賦甘泉不當言「玉樹青葱」，誤矣。揚雄言玉樹者，武帝所作，集衆寶爲之以娛神，非謂自然生之，猶下句言馬犀金人也。

【張雲璈選學膠言】賦序云：張衡賦西京而述以游海若。雲璈按：西京賦「海若游於元渚」，乃極言清淵之大，將使海若亦來游於此也。上文神山瀛洲、方丈、蓬萊，皆屬形容之辭，非謂游於海也。太冲譏之似過。要之，賦不厭侈，如吴都之「巨鼇大鵬」，魏都之「遷善罔匱」，即太冲亦不免虛誇。揚、馬之「盧橘」「玉樹」，或有所喻，非全屬漫然涉筆。若必一一核實，恐乏風人之致。

【梁章鉅文選旁證】然相如賦上林而引「盧橘夏熟」，揚雄賦甘泉而陳「玉樹青葱」。徐氏文靖曰：李尤七嘆：梁土青麗，盧橘是生。白花緑葉，扶疏冬榮。當相如時，武帝新開上林苑，群臣八方競獻名果珍樹，種之上林。安必所獻者無盧橘也？又曰西京雜記：初修上林苑，群臣遠方各獻名果异樹，亦有制爲美名，以標奇异。白銀樹十株，黄銀樹十株，琉璃樹七株。則槐樹之名玉樹，從可知矣。丹鉛總録云：玉樹非謂自然生之，猶下句馬犀金人也。

張衡賦西京而述以游海若。張氏雲璈曰：西京賦「海若」乃極言清淵之大，將使海若亦來游也。上文神山瀛洲、方丈、蓬萊，皆屬形容之辭，太冲譏之似過。

【胡紹煐文選箋證】然相如賦上林而引「盧橘夏熟」，楊雄賦甘泉而陳「玉樹青葱」。徐氏文靖曰：李尤七嘆：梁土青麗，盧橘是生。白花緑葉，扶疏冬榮。當相如時，武帝新開上林苑，群臣八方競獻名果珍樹，種之上林。安必所獻者無盧橘也？紹煐按：後漢梁劉七舉亦有「玉樹青葱」之句。張衡賦西京而述「以游海若」。張氏雲璈曰：西京賦「海若」乃極言清淵之大，將使海若亦來游也。上文神山瀛洲、方丈、蓬萊，皆屬形容之辭，太冲譏之似過。

假稱珍怪，以爲潤色。若斯之類，匪啻于兹。

【彙校】

「假稱珍怪」「稱」，明州本、贛州本、正德本、監本同。奎章閣本、四庫本、叢刊本、陳八郎本、尤刻本、胡刻本作「稱」。唐鈔本作「偁」。九條本作「構」。今從「稱」。「珍」，奎章閣本、明州本、贛州本、四庫本、叢刊本、正德本、陳八郎本、尤刻本、胡刻本、監本同。唐鈔本、九條本作「珎」。當作「珍」。「怪」，奎章閣本、明州本、四庫本、叢刊本、正德本、陳八郎本、尤刻本、胡刻本、監本同。贛州本作「恠」。唐鈔本、九條本作「恠」。當作「怪」。

■ **立群案**：段玉裁説文解字注：凡古偁舉、偁謂字皆如此作。自序云：其偁易孟氏、書孔氏。子纂下云：人以爲偁。自「稱」行而「偁」廢矣。阮元經籍纂詁：爾雅釋訓：偁偁格格。釋文：偁，本又作稱。又云：書牧誓：稱爾戈。爾雅釋言注：作偁爾戈。是「偁」「稱」古可通。諸本多作「稱」，今從「稱」。

「以爲潤色」「爲」，明州本、贛州本、叢刊本、陳八郎本、尤刻本、胡刻本、監本、九條本同。奎章閣本、四庫本、正德本、唐鈔本作「為」。當作「爲」。

「若斯之類」「類」，奎章閣本、九條本作「類」。明州本、贛州本、四庫本、叢刊本、正德本、陳八郎本、尤刻本、胡刻本、監本、唐鈔本作「類」。當作「類」。

【彙注】

【李善注】啻，失至切。善曰：茲，此也，假稱珍怪也。若斯珍之流，不啻於此多。尚書曰：不啻自其口出。

【文選音决】適，詩亦反。或爲啻，舒豉反，通。

【五臣注】啻，失至反。銑曰：潤其文章，使有光色。向曰：匪啻，言多也。

【張鳳翼文選纂注】潤其文章，使有光色。茲，此也。假稱珍怪之流，不但此四者。

【高步瀛文選李注義疏】呂向曰：匪啻，言多也。步瀛案：玄應一切經音義三引倉頡篇曰：不啻，多也。○尚書，見秦誓。禮記大學引「如」作「若」。

考之果木，則生非其壤；校之神物，則出非其所。於辭則易爲藻飾，於義則虛而無徵。

【彙校】

「考之果木」「考」，奎章閣本、明州本、贛州本、四庫本、叢刊本、正德本、陳八郎本、尤刻本、胡刻本、監本、九條本同。唐鈔本作「考」。當作「考」。「果」，奎章閣本、明州本、贛州本、四庫本、叢刊本、正德本、陳八郎本、尤刻本、胡刻本、監本同。唐鈔本作「菓」。九條本作「草」。當作「果」。

■立群案：賦上云：然相如賦上林而引「盧橘夏熟」，揚雄賦甘泉而陳「玉樹青葱」。是此處當作「果木」，與「盧橘夏熟」「玉樹青葱」照應。且賦後又云：鳥獸草木則驗之方志。亦知此處不當作「草木」，避複也。諸本多作「果木」，是。九條本獨作「草木」者，恐誤。

「生非其壤」「非」，奎章閣本、明州本、贛州本、四庫本、叢刊本、陳八郎本、尤刻本、胡刻本、監本、唐鈔本、九條本同。正德本無「非」字。當有「非」字。「壤」，明州本、贛州本、四庫本、叢刊本、陳八郎本、尤刻本、胡刻本、監本同。奎章閣本、正德本、唐鈔本、九條本作「壤」。當作「壤」。

■立群案：「考之果木，則生非其壤」與「校之神物，則出非其所」相對爲文。諸本多有「非」字，是。正德本獨無「非」字者，恐誤。

「校之神物」「校」，奎章閣本、明州本、贛州本、四庫本、叢刊本、正德本、陳八郎本、尤刻本、胡刻本、監本、九條本同。唐鈔本作「挍」。今從「校」。「神」，明州本、贛州本、四庫本、叢刊本、正德本、陳八郎本、尤刻本、胡刻本、監本、唐鈔本、九條本同。奎章閣本作「神」。當作「神」。

■立群案：許巽行文選筆記：挍之。「校」，从「木」不从「手」。説文：校，木囚也。六書正譌：連木爲桎梏也。又借爲學校字。通用「較」，別作「挍」，非。陸德明、郭忠恕先皆以从手爲「比挍」字，未知其審。嘉德案，説文無从手之挍。五經文字曰：經典及釋文或以爲「比挍」字。而字書無文。又唐石經「考校」字皆从木。許氏説是，當作「校」也。

「出非其所」「出」，明州本、贛州本、四庫本、叢刊本、正德本、陳八郎本、尤刻本、胡刻本、監本、唐鈔本、九條本同。奎章閣本作「出」。當作「出」。「所」，明州本同。奎章閣本、贛州本、叢刊本、胡刻本、監本、九條本作「所」。四庫本、陳八郎本、尤刻本作「所」。正德本、唐鈔本作「所」。當作「所」。

「於辭則」「於」，奎章閣本、明州本、贛州本、四庫本、叢刊本、陳八郎本、尤刻本、胡刻本、監本同。正德本、唐鈔本、九條本作「扵」。當作「於」。「辭」，奎章閣本、明州本、贛州本、四庫本、叢刊本、正德本、陳八郎本、尤刻本、胡刻本、監本、唐鈔本同。九條本作「辞」。當作「辭」。

「易爲藻飾」「易」，奎章閣本、明州本、贛州本、四庫本、叢刊本、正德本、陳八郎本、尤刻本、胡刻本、監本、唐鈔本、九條本作「昜」。當作「易」。「爲」，明州本、贛州本、叢刊本、陳八郎本、尤刻本、胡刻本、監本、九條本同。奎章閣本、四庫本、正德本、唐鈔本作「為」。當作「爲」。

「於義則」「於」，奎章閣本、明州本、贛州本、四庫本、叢刊本、陳八郎本、尤刻本、胡刻本、監本、九條本同。正德本、唐鈔本作「扵」。當作「於」。「義」，明州本、四庫本、叢刊本、陳八郎本、尤刻本、胡刻本、監本、唐鈔本、九條本同。奎章閣本、贛州本、正德本作「義」。當作「義」。

「虛而無徵」「虛」，明州本、贛州本、四庫本、叢刊本、陳八郎本、監本、九條本同。奎章閣本、正德本、尤刻本、胡刻本作「虗」。唐鈔本作「虗」。當作「虛」。「徵」，奎章閣本、明州本、贛州本、四庫本、叢刊本、正德本、陳八郎本、尤刻本、胡刻本、監本、唐鈔本、九條本作「徴」。當作「徵」。

【彙注】

【李善注】劉曰：蓋韓非所謂畫鬼魅易爲好，畫狗馬難爲工之類。

【文選音決】挍，古孝反。敭，以豉反。或爲易，同。藻音早。飾音識。

【許巽行文選筆記】挍之。「校」，从「木」不从「手」。説文：校，木囚也。六書正譌：連木爲桎梏也。又借爲學校字。通用「較」，别作「挍」，非。陸德明、郭恕先皆以从手爲「比挍」字，未知其審。嘉德案：説文無从手之挍。五經文字曰：經典及釋文或以爲「比挍」字。而字書無文。又唐石經「考校」字皆从木。

【高步瀛文選李注義疏】許巽行曰：「校」从「木」不从「手」。説文：校，木囚也。六書正譌：連木爲桎梏也。又借爲學校字。通用「較」，别作「挍」，非。陸德明、郭恕先皆以从手爲「比挍」字，未知其審。許嘉德曰：説文無从手之「挍」。五經文字曰：經典及釋文或以爲「比挍」字。而字書無文。又唐石經「考校」字皆从木。○韓非子，見外儲説左上。○王觀國學林卷七曰：按：司馬相如賦言上林之盛曰：於是乎盧橘夏熟，黄柑橙楱，枇杷橪柿，亭柰厚朴，梬棗楊梅，櫻桃蒲陶，隱夫薁棣，答遝離支，羅乎後宫，列乎北園。蓋橘、橙、枇杷、楊梅、荔枝，皆南方之物，非西北所産。然而上林者，天子之宫苑，四海之嘉木珍果，皆能移植于其中，不但本土所生者而已。又賦之所言奇禽异獸，明珠香草，天臺仙藥，青琴、虙妃之類，亦非上林之所産，有以見上林之富麗，四方之物畢致也。而左太冲責以盧橘夏熟，生非其壤，亦過矣。楊雄甘泉賦曰：翠玉樹之青葱。顔師古注前漢書曰：玉樹者，武帝所作，集衆寶爲之，用供神也。非謂自然生之。蓋玉樹者，猶金蓮玉蘂之義，以金玉爲之，以象生物也。左太冲意謂真有玉樹，玉樹非秦中所産，則誤矣。史記封禪書曰：古之封禪，鄗上黍，北里禾，所以爲盛。江、淮間一茅三脊，所以爲藉。東海致比目之魚，西海致比翼之鳥。蓋王者登封告成，則四海珍异之物畢萃焉。以言其感格之所致也。班固西都賦曰：招白鷴，下雙鵠，投文竿，出比目。此言西都之盛，四海珍异之物畢萃，而魚鳥之飛潜有不召而致者，皆可以弋釣而得之。所以甚言西都文物之富盛，無所不有，亦如封禪之致庶物也。左太冲意謂東海比目之魚，西都不應有焉。然班固之意，則有在也。張衡西京賦曰：海若游于玄渚，鯨魚失流而蹉跎。按前漢郊祀志曰：武帝好神仙，李少君言海中蓬萊仙可見之。帝遣方士入海求蓬萊安期生之屬，拜齊少翁爲文成將軍，拜欒大爲五利將軍，拜公孫卿爲郎。於是作飛廉、桂館、益壽、廷壽館、通天臺。治泰液池，有蓬萊、方丈、瀛洲、壺梁，象海中神僊之宅，龜魚之屬，以俟神人。而張衡西京賦亦言泰液、漸臺、瀛洲、方丈，蓬萊、神僊，靈芝、僊掌，與夫少君、欒大之事。而曰「海若游于玄渚」者，蓋述武帝好神僊而于海上候神人不致，故即甘泉、建章作臺池僊館，以象海上僊家之境，則必有海若來游，實賦于玄渚。故雖鯨魚之大，亦蹉跎而駭伏矣。賦言海若來游，實賦之意當如此也。左太冲謂校之神物，則出非其所，亦過矣。潘岳閑居賦曰：長楊芳枳，游鱗菡萏。張公大谷之梨，梁侯烏椑之柿。周文弱枝之棗，房陵朱仲之李。三桃表櫻胡之别，二柰曜丹白之色。石榴、蒲桃、梅、杏、郁棣、葱、韭、蒜、芋、青筍、紫薑、堇、薺、蓼、荾、蘘、荷、時藿、緑葵、白薤。蓋岳退居洛涘而作此賦，自言其臺池果茹之多如此，皆非洛中土産之物也。而况上林、甘泉、西都、東都皆王者居處，游燕之地，四海九州珍异之物，無不畢聚，是宜賦者之所誇美，而太沖獨責以假稱珍怪，虛而無徵，則誤矣。又王延壽魯靈光殿賦曰：玉女闚窗而下視。嵇康琴賦曰：天吴踴躍于重淵。張衡思玄賦曰：載玉女，召虙妃。馬融長笛賦曰：仰䮫馬而舞玄鶴。孫綽游天台山賦曰：八桂森挺以凌霜。司馬相如長門賦曰：桂木交，孔雀集。張華鷦鷯賦曰：海鳥爰鶋，避風而至。苟如左太沖所責，則若此之類，皆爲假稱珍怪，虛而無徵矣。蓋亦觀其意之所主如何耳。若但責其辭而遺其意，固不可也。又徐文靖管城碩記卷二十六曰：李尤七嘆：梁土青麗，盧橘是生。白花緑葉，扶疏冬榮。當相如時，武帝新開上林苑，群臣八方競獻名果珍樹，種之上林。安必所獻者無盧橘也？左太沖以生非其地而譏之，謬矣。又曰：按：三輔黄圖曰：甘泉宫北有槐樹，今謂玉樹。楊震關輔古語云：耆老相傳，咸謂此樹即楊雄甘泉賦所稱「玉樹青葱」也。又按西京雜記：初修上苑，群臣遠方各獻名果异樹，亦有制爲美名，以標奇异。白銀樹十株，黄銀樹十株，琉璃樹七株，則槐樹之名玉樹，從可知矣。步瀛案：李尤七款，徐氏據初學記果木部引作「七嘆」，誤也。藝文類聚雜文部、御覽果部八又十一及本書蜀都賦、長笛賦、七命注皆引作「七款」。又類聚「青麗」作「青黎」。三輔黄圖曰：帝初修上林苑，群臣遠方各獻名果异卉三千餘種，植其中。與西京雜記合，則安見盧橘非苑中所有乎？本書甘泉賦李注引漢武故事與漢書楊雄傳顔注合，其證最確。槐稱玉樹，雖見三輔黄圖及隋唐嘉話，然疑是後人傅會。故張淏雲谷雜記、程大昌演繁露及雍録皆據漢武故事説。楊慎丹鉛總録卷十四，亦謂楊雄言「玉樹」者，武帝所作，集衆寶爲之以娱神，非謂自然生之。猶下句言馬犀金人也。案：升菴亦據漢武故事爲説。以上諸説皆是也。張雲璈曰：按：西京賦「海若游於玄渚」，乃極言清淵之大，將使海若亦來游於此也。上文神山瀛洲、方丈、蓬萊，皆屬形容之辭，非謂游於海也。太沖譏之似過。要之，賦不厭侈，如吴都之巨鼇大鵬，魏都之遷善罔匱，即太沖亦不免虛誇。楊、馬之「盧橘」「玉樹」，或有所喻，非全屬漫然涉筆。若必一一核實，恐乏風人之致。案：張氏此説極爲明通。西都「比目」，可以例喻，不復辨焉。

且夫玉巵無當，雖寶非用；侈言無驗，雖麗非經。

【彙校】

「玉巵無當」「巵」，奎章閣本作「卮」。明州本、贛州本、四庫本、叢刊本、正德本、陳八郎本、尤刻本、胡刻本、唐鈔本作「巵」。監本、九條本作「巵」。當作「巵」。

「雖寶非用」「雖」，奎章閣本、明州本、贛州本、四庫本、叢刊本、陳八郎本、監本、唐鈔本同。正德本、尤刻本、胡刻本、九條本作「雖」。當作「雖」。「寶」，明州本、監本同。奎章閣本、贛州本、四庫本、叢刊本、正德本、陳八郎本、尤刻本、胡刻本、唐鈔本、九條本作「寶」。當作「寶」。

「侈言無驗」「驗」，明州本、贛州本、叢刊本、陳八郎本、尤刻本、胡刻本、監本、唐鈔本、九條本同。

奎章閣本、四庫本、正德本作「驗」。當作「騐」。

「雖麗非經」「雖」，奎章閣本、明州本、贛州本、四庫本、叢刊本、陳八郎本、唐鈔本同。正德本、尤刻本、胡刻本、監本、九條本作「雖」。當作「雖」。

【彙注】

【李善注】卮，紙移切。當，去聲。劉曰：卮，一名觶，酒器也。當，底也。善曰：韓子，堂溪公謂韓昭侯曰：今有白玉之卮無當，有瓦卮有當，君寧何取？曰：取瓦卮也。

【善曰】劉廙答丁儀刑禮書曰：崇飾侈言，欲其往來。

【文選鈔】經，典也。

【文選音決】夫音伕。卮音支。當，丁浪反。

【五臣注】卮，紙移反。當，去聲。向曰：卮，酒器也。當，底也。且有玉器無底，雖是寶物，終不堪用。濟曰：侈，大也。經，常也。若大言而無徵驗者，雖華麗，不可以爲常。

【張鳳翼文選纂注】當，去聲。韓子，堂溪公謂韓昭侯曰：今有白玉之卮無當，有瓦卮有當，君寧何取？曰：取瓦卮。侈，大也。經，常也。若大言而無徵驗者，雖華麗，不可以爲常。

【王象乾文選删注】當，去聲。當，底也。堂溪公謂韓昭侯曰：今有白玉之卮無當，有瓦卮有當，君寧何取？曰：取瓦卮也。

【余蕭客文選音義】當舊去聲。

【高步瀛文選李注義疏】五臣音「當」，去聲。〇「觶」當作「觛」。說文曰：卮，圜器也，一名觛。所以節飲食，象人，卪在其下也。易曰：君子節飲食。段曰：頤象傳。又說文角部曰：觛，卮也。段曰：

各本作「小觶也」。廣韵同。玉篇作「小卮也」。御覽引説文亦作「小卮也」。今按「卮」下云：「一名䚗」，則此當作「卮」也無疑。小徐本厠「䚋」篆前，大徐本改厠於「觶」篆後，云小觶也，殊誤。「卮」非「觶」也。步瀛案：據此知「卮」與「觶」异。劉氏此注即本説文，後人多見「觶」，少見「䚗」，遂改「䚗」爲「觶」耳。○韓子，見外儲説右上。今本「昭侯」上無「韓」字。兩「卮」字下，皆有「而」字。「君寧何取」作「君渴將何以飲」，下「取」字作「以」，與李引小异。

劉廙書，今佚。北堂書鈔刑法部上引劉恭嗣難丁敬曰：夫人以禮興，刑以律治，人情也。案：恭嗣，劉廙字。「敬」蓋「儀」字之誤。疑即此書之文。魏志劉廙傳曰：著書數十篇，及與丁儀共論刑禮，皆傳於世。

而論者莫不許其研精，作者大氏舉爲憲章。

【彙校】

「許其研精」 「許」，奎章閣本、明州本、四庫本、叢刊本、正德本、陳八郎本、尤刻本、胡刻本、九條本作「詆訐」。贛州本作「詆訏」。監本作「詃訏」。唐鈔本作「詃訐」。當作「許」。「研」，明州本、贛州本、四庫本、叢刊本、正德本、陳八郎本、尤刻本、胡刻本、監本、唐鈔本、九條本同。奎章閣本作「研」。當作「研」。

■**立群案**：高步瀛文選李注義疏載：姚鼐曰：「不」字衍文。吴先生曰：良注：以其有研精之處，莫敢訶責舉發之。據此則正文「莫不」疑爲「莫敢」之誤。步瀛案：二句對文，疑本作「莫敢詆其研精」，「訐」字衍文，涉李注引墨子「詆訐」連文而誤。據此，知姚鼐認爲當删「不」字，而作「而論者莫詆訐其研精，作者大氏舉爲憲章」；吴先生認爲當改「不」爲「敢」，而作「而論者莫敢詆訐其研精，作者大氏舉爲憲章」；高步瀛認爲當删「訐」字，而作「而論者莫敢詆其研精，作者大氏舉爲憲章」。然無論作「莫詆訐其研精」，還是作「莫敢詆訐其研精」，抑或作「莫敢詆其研精」，語意皆抵牾。

二十世紀四十年代，經羅振玉努力，日本京都大學文學部影印古寫卷子本文選集注二十三卷傳入中國。其中文選鈔曰：莫，無也。廣雅：詆，毁也。説文：訐，面相序罪也。言不改訐前文，是作文之人大歸趣也，遂皆舉此文等爲憲法也。知文選鈔之底本亦作「詆訐」，與以上諸本同。然文選音決曰：詆，丁禮反。許，如字。或爲訐，居竭反者，非也。陸善經注曰：論者莫有詆毁攻訐其事，遂共許爲研精，作者便取以爲法式也。據「許，如字。或爲訐，居竭反者，非也」「遂共許爲研精」之語，知文選音決和陸善經注之底本皆有「許」字。「許」有佩服、稱許之意。如後漢書鄭玄傳：紹客多豪俊，并有才説，見玄儒者，未以通人許之，競設异端，百家互起。又，南北朝時期，常有「許其」之用法。如大周柱國河西公墓銘：鄉黨許其遠大，宗族稱爲萬頃。句法正與賦同。北史聿脩傳：聿脩少年平和温潤，素流之中，最爲規檢，以名家子歷任清華，時望多相器待，許其風鑒。北史序傳：論者許其博，未許其精，當時議咸共宗之。皆是其證。故知三都賦原應作「而論者莫不許其研精，作者大氏舉爲憲章」。「論者」與「作者」偶對，「莫不」與「大氏」偶對，「許其研精」亦與「舉爲憲章」偶對。「許」字之异體有「計」，形似而誤爲「訐」。注中釋「訐」爲「詆訐」，其後注中之「詆」字闌入三都賦序，故誤作「而論者莫不詆訐其研精，作者大氏舉爲憲章」，遂不可解。

「作者大氏」「氏」，奎章閣本、明州本、贛州本、四庫本、叢刊本、正德本、陳八郎本、尤刻本、胡刻本、監本、九條本同。唐鈔本作「底」。今從「氏」。

■**立群案**：「大氏」，大抵、大都之意。如史記秦始皇本紀：自關以東，大氏盡畔秦吏應諸侯，諸侯咸率其衆西鄉。漢書食貨志下：天下大氏無慮皆鑄金錢矣。顔師古注：氏，讀曰抵。抵，歸也。大歸猶言大凡也。「大底」，亦大抵、大都之意。如史記佞幸列傳：自是之後，内寵嬖臣大底外戚之家。是「大氏」「大底」可通。諸本多作「大氏」，從之。

「舉爲憲章」 「爲」，明州本、贛州本、叢刊本、陳八郎本、尤刻本、胡刻本、監本、九條本同。奎章閣本、四庫本、正德本、唐鈔本作「為」。當作「爲」。

【彙注】

【李善注】論，去聲。詆，丁禮切。訐，斤謁切。氏音旨。善曰：墨子曰：雖有詆訐之人，無所依矣。説文曰：詆，訶也。訐，面相序罪也。尚書序曰：研精覃思。司馬遷書曰：詩三百篇，大氏賢聖發憤之所爲也。禮記曰：憲章文、武。

【文選鈔】莫，無也。廣雅：詆，毁也。説文：訐，面相序罪也。言不改訐前文，是作文之人大歸趣也，遂皆舉此文等爲憲法也。

【文選音決】論，力頓反。詆，丁禮反。許，如字。或爲訐，居竭反者，非也。氏音旨。

【五臣注】論，去聲。詆，丁禮反。訐，斤謁反。氏，丁禮反。良曰：詆，呵。訐，舉也。大氏，猶大都也。言以其有研精之處，莫敢呵責舉發之，大都仍舉以爲法則。

【陸善經注】論者莫有詆毁攻訐其事，遂共許爲研精，作者便取以爲法式也。

【張鳳翼文選纂注】詆訐，指也。大氏，猶大都也。言以其有研精之處，莫敢指之，舉以爲法則。

【王象乾文選删注】氏音旨。

【陳景雲文選舉正】訐其研精。注「訐，面相序罪也」。「序」，舊本作「斥」。

【余蕭客文選音義】詆邸。研精良曰：言以其有研精之處，莫敢訶責舉發之，大都仍舉以爲法則。氏舊音旨。

【余蕭客文選紀聞】氏邸。集韻五。

【胡克家文選考异】注「音旨」。袁本、茶陵本作「氏音旨」三字，在注末，是也。

注「面相序罪也」。案：「序」當作「斥」，各本皆訛。陳云别本作「斥」，今未見。

【梁章鉅文選旁證】注面相序罪也。「序」當作「斥」。各本皆誤。

【高步瀛文選李注義疏】姚鼐曰：「不」字衍文。吴先生曰：良注：以其有研精之處，莫敢訶責舉發之。據此則正文「莫不」疑爲「莫敢」之誤。步瀛案：二句對文，疑本作「莫敢詆其研精」，「訐」字衍文，涉李注引墨子「詆訐」連文而誤。○墨子，見修身篇，「人」作「民」。李氏避唐諱改「人」。○説文，見言部，「訐」下六字，疑後人所增。故「斥」字各本誤作「序」。○僞孔安國尚書序，見本書卷四十五。○司馬遷報任安書，見本書卷四十一。本注「爲」下脱「作」字，今據補。○禮記，見中庸。○「氏音旨」三字，尤本無。胡克家曰：袁本、茶陵本有，是也。步瀛案：茶陵本正文「氏」字下有「丁禮」二字，蓋五臣音氏，丁禮切。説文氏部大徐音同，似當以讀「丁禮切」爲是。

積習生常，有自來矣。

【彙校】

自「積習生常」至「河洛爲王者之里」，監本佚。

「積習生常」「習」，奎章閣本作「習」。明州本、贛州本、四庫本、叢刊本、正德本、陳八郎本、尤刻本、胡刻本、唐鈔本、九條本作「習」。當作「習」。

「有自來矣」「來」，明州本、贛州本、四庫本、叢刊本、陳八郎本、尤刻本、胡刻本、九條本同。奎章閣本、正德本、唐鈔本作「来」。當作「來」。

【彙注】

【李善注】劉曰：傳曰：習實生常。善曰：左傳，叔孫曰：叔出季處，有自來矣。

【文選鈔】自，久也。言將此諸人之文等積習學爲常行之法也。

【五臣注】翰曰：言習常已久。

【張鳳翼文選纂注】言習常已久。

【高步瀛文選李注義疏】傳，見左氏昭十六年子服回之言。今本「生」作「爲」，豈劉氏所見本作

「生」耶？又周書常訓篇曰：「變習生常。」古書「生」與「爲」亦互用。戰國策秦策三、呂氏春秋召類篇皆云：「聖人不能爲時。」淮南覽冥篇作「聖人者不能生時」，即其証。李注引左傳，見昭元年。

余既思摹二京而賦三都，其山川城邑則稽之地圖，鳥獸草木則驗之方志。風謡歌舞，各附其俗；魁梧長者，莫非其舊。

【彙校】

「余既思」「既」，奎章閣本、四庫本、正德本同。明州本、贛州本、叢刊本、陳八郎本、尤刻本、胡刻本、唐鈔本、九條本作「旣」。當作「既」。

「摹二京」「京」，明州本、贛州本、四庫本、叢刊本、陳八郎本、尤刻本、胡刻本、九條本同。奎章閣本、正德本、唐鈔本作「亰」。當作「京」。

「稽之地圖」「稽」，奎章閣本、明州本、正德本、尤刻本作「稽」。贛州本、四庫本、叢刊本、陳八郎本、胡刻本、唐鈔本、九條本作「稽」。當作「稽」。

「鳥獸草木」　「鳥」，奎章閣本、明州本、贛州本、四庫本、叢刊本、正德本、九條本同。陳八郎本、尤刻本、胡刻本、唐鈔本作「其鳥」字。今從「鳥」。「獸」，奎章閣本、明州本、贛州本、四庫本、叢刊本、正德本、陳八郎本、尤刻本、胡刻本同。唐鈔本、九條本作「獸」。當作「獸」。

■立群案：有無「其」字，各有道理，且皆不影響賦意。今從無「其」字者，避複前「其」字。

「驗之方志」　「驗」，明州本、贛州本、叢刊本、陳八郎本、尤刻本、胡刻本、九條本同。奎章閣本、正德本作「驗」。四庫本作「驗」。唐鈔本模糊不清。當作「驗」。「志」，明州本、贛州本、四庫本、叢刊本、陳八郎本、尤刻本、胡刻本同。奎章閣本、正德本、唐鈔本、九條本作「志」。當作「志」。

「魁梧長者」　「魁」，奎章閣本、明州本、贛州本、四庫本、叢刊本、正德本、陳八郎本、尤刻本、胡刻本、九條本作「魁」。唐鈔本作「魁」。當作「魁」。

「莫非其舊」　「舊」，明州本、贛州本、叢刊本、正德本、陳八郎本、尤刻本、胡刻本、唐鈔本同。四庫本、九條本作「舊」。奎章閣本作「舊」。當作「舊」。

【彙注】

【李善注】摹，莫蒲切。梧音忤。善曰：周禮曰：外史掌四方之志。鄭玄曰：志，記也。善曰：漢書音義，應劭曰：魁梧，丘墟壯大之意也。韓子曰：重厚自尊謂之長者。

【文選鈔】説文：摹，規摹也。

【文選音決】摹，莫胡反。稽，古兮反。魁，苦回反。梧音吾。長，張兩反。

【五臣注】摹，莫蒲反。銑曰：摹，法。稽，考。志，記也。魁梧，犹大德也。

【張鳳翼文選纂注】周禮：外史掌四方之志。志，記也。魁梧長者，謂前輩膺大重厚之人也。

【王象乾文選删注】梧音件。周禮曰：外史掌四方之志。

【余蕭客文選音義】梧舊音忤。應劭漢書音義如字。蘇林漢書注音悟。

【胡克家文選考异】注「忤」。袁本、茶陵本作「音忤」，在注中「丘墟壯大之意也」下，是也。

【高步瀛文選李注義疏】周禮及鄭注，見春官。

漢書音義、史記留侯世家集解、漢書張良傳顔注引應劭并同。○「音忤」二字，依袁本、茶陵本增。漢書張良傳注：蘇林曰：梧音悟。顔曰：魁，大貌也。梧者，言其可驚悟。今人讀爲「吾」，非也。李注蓋同。王念孫曰：案：師古以「梧」爲驚悟，則意與魁大不相屬。故又加一「可」字，以增成其意，其失也鑿矣。今案：「魁」「梧」皆大也。梧之言吴也。方言曰：吴，大也。後漢書臧洪傳：洪體貌魁梧。李賢曰：梧音吾。蓋舊有此讀。「魁梧奇偉」四字平列，「魁」與「梧」同義，「奇」與「偉」同義。應劭以魁梧爲丘虚壯大之意，是也。○韓子，見詭使篇。

何則？發言爲詩者，咏其所志也；升高能賦者，頌其所見也。美物者貴依其本，贊事者宜准其實。非本非實，覽者奚信？

【彙校】

「發言爲詩」「爲」，明州本、贛州本、叢刊本、陳八郎本、尤刻本、胡刻本、九條本同。奎章閣本、四庫本、正德本、唐鈔本作「為」。當作「爲」。

「咏其所志」「咏」，奎章閣本、明州本、贛州本、四庫本、叢刊本、正德本、尤刻本、九條本作「詠」。陳八郎本、胡刻本、唐鈔本作「詠」。當作「咏」。「所」，奎章閣本、明州本、叢刊本、九條本作「所」。贛州本、四庫本、陳八郎本、尤刻本、胡刻本作「所」。正德本、唐鈔本作「所」。當作「所」。「志」，贛州本、四庫本、叢刊本、陳八郎本、尤刻本、胡刻本同。奎章閣本、明州本、正德本、唐鈔本、九條本作「志」。當作「志」。

「升高能賦」「升」，奎章閣本、贛州本、四庫本、叢刊本、正德本、陳八郎本、胡刻本、九條本同。明州本、尤刻本作「升」。唐鈔本作「廾」。當作「升」。「高」，奎章閣本、明州本、贛州本、四庫本、叢刊本、正德本、陳八郎本、尤刻本、胡刻本、唐鈔本、九條本作「高」。當作「高」。「能」，明州本、贛州本、四庫本、叢刊本、陳八郎本、尤刻本、胡刻本、九條本同。奎章閣本、正德本、唐鈔本作「能」。當作「能」。

「頌其所見」　「所」，奎章閣本、明州本、贛州本、叢刊本作「所」。四庫本、陳八郎本、尤刻本、胡刻本、九條本作「所」。正德本、唐鈔本作「𠩄」。當作「所」。

「美物者」　「美」，明州本、贛州本、四庫本、叢刊本、陳八郎本、胡刻本同。尤刻本、唐鈔本作「美」。奎章閣本、正德本、九條本作「美」。當作「美」。

「貴依其本」　「本」，明州本、贛州本、四庫本、叢刊本、正德本、陳八郎本同。奎章閣本、尤刻本、胡刻本、唐鈔本、九條本作「夲」。當作「本」。

「贊事者」　「贊」，奎章閣本同。贛州本、四庫本、叢刊本、尤刻本、胡刻本、九條本作「讚」。明州本、正德本、陳八郎本、唐鈔本作「賛」。當作「贊」。

「宜准其實」　「宜」，奎章閣本、四庫本、正德本、唐鈔本同。明州本、贛州本、叢刊本、陳八郎本、尤刻本、胡刻本、九條本作「冝」。當作「宜」。「准」，奎章閣本、明州本、贛州本、正德本、陳八郎本、唐鈔本、九條本同。四庫本、叢刊本作「本」。尤刻本、胡刻本作「夲」。當作「准」。

立群案：「非本」者，對應「美物者貴依其本」。「非實」者，對應「贊事者宜准其實」。後句中當作「准」字爲宜，作「本」似複，且攪亂前「本」字。

「非本非實」　「非」，奎章閣本、明州本、正德本、陳八郎本、唐鈔本、九條本皆同。贛州本、四庫本、叢刊本、尤刻本、胡刻本皆作「匪」。今從「非」。「本」，奎章閣本、明州本、贛州本、四庫本、叢刊本、正德本、九條本同。陳八郎本、尤刻本、胡刻本、唐鈔本作「夲」。當作「本」。

立群案：阮元經籍籑詁：易屯：匪寇昏媾。虞注：匪，非也。是「非」「匪」義同可通。今從「非」。

「覽者奚信」「覽」，奎章閣本、明州本、贛州本、四庫本、叢刊本、正德本、陳八郎本、胡刻本同。尤刻本、唐鈔本、九條本作「覧」。當作「覽」。

【彙注】

【李善注】善曰：毛詩序曰：詩者，志之所之，在心爲志，發言爲詩。

善曰：毛萇詩傳曰：升高能賦，可以爲大夫。

善曰：釋名曰：稱人之美曰贊。

【文選音决】准，之尹反。

【王象乾文選删注】毛萇詩傳曰：升高能賦，可以爲大夫。

【余蕭客文選音義】宜本五臣「本」作「唯」。匪本匪五臣二「匪」字作「非」。

【許巽行文選筆記】讚事。易：幽贊。釋文云：本或作讚。子旦反。幽，深也。贊，明也。五經文字云：贊，經典相承，隸省。案，「贊」不可從。

【梁章鉅文選旁證】贊事者宜本其實。匪本匪實。六臣本「本」作「准」。兩「匪」皆作「非」。

【高步瀛文選李注義疏】毛詩序，見本書卷四十五。

詩定之方中毛傳曰：建邦能命龜，田能施命，作器能銘，使能造命，升高能賦，師旅能誓，山川能説，喪紀能誄，祭祀能語。君子能此九者，可謂有德音，可以爲大夫。

五臣「宜本」作「宜准」。○釋名，見釋典藝。

五臣兩「匪」字皆作「非」。

且夫任土作貢，虞書所著；辨物居方，周易所慎。聊舉其一隅，攝其體統，歸諸詁訓焉。

【彙校】

「任土作貢」　「土」，奎章閣本、明州本、贛州本、四庫本、叢刊本、陳八郎本、尤刻本、胡刻本、九條本同。正德本、唐鈔本作「玉」。當作「土」。

「虞書所著」　「所」，奎章閣本、明州本、叢刊本、陳八郎本、胡刻本作「所」。贛州本、四庫本、尤刻本、九條本作「所」。正德本、唐鈔本作「所」。當作「所」。

「辨物居方」　「辨」，奎章閣本、明州本、贛州本、四庫本、叢刊本、正德本、陳八郎本、九條本同。尤刻本、胡刻本、唐鈔本作「辯」。當作「辨」。

■立群案：賦云：辨物居方。當作「辨別」解，作「辨」是。然周禮秋官鄉士：辯其獄訟，异其死刑之罪而要之，旬而職聽於朝。賈公彦疏：辯，别也。是「辯」亦可通「辨」，作「辨別」解。墨子尚賢中：雖天亦不辯貧富貴賤遠邇親疏。此處「辯」亦通「辨」，作「辨別」解。故此處作「辯」亦不爲誤，然本字當作「辨」。

「周易所慎」　「易」，奎章閣本、明州本、贛州本、四庫本、叢刊本、正德本、陳八郎本、尤刻本、胡刻本、唐鈔本同。九條本作「易」。當作「易」。「所」，奎章閣本、明州本、叢刊本、陳八郎本、胡刻本、九條本作「所」。贛州本、四庫本、尤刻本作「所」。正德本、唐鈔本作「所」。當作「所」。「慎」，奎章閣本、四庫本、正德本、陳八郎本、尤刻本、胡刻本、唐鈔本、九條本同。明州本、贛州本、叢刊本作「慎」。當作「慎」。

「攝其體統」　「攝」，奎章閣本、明州本、贛州本、四庫本、叢刊本、正德本、陳八郎本、尤刻本、胡刻本、九條本同。唐鈔本作「攝」。當作「攝」。

「詁訓焉」　「焉」，明州本、贛州本、四庫本、叢刊本、陳八郎本、尤刻本、胡刻本、唐鈔本、九條本同。奎章閣本、正德本作「爲」。當作「焉」。

【彙注】

【李善注】劉曰：虞書曰：禹别九州，任土作貢。定其肥磽之所生也，而著九州貢賦之法也。周易曰：君子以慎辨物居方。

【文選鈔】周易注云：辨物居方，令万物各得其所也。

【文選音決】任，任之，去聲。著，張慮反。

【五臣注】翰曰：虞書云：任土作貢。易曰：君子以辨物居方。令物各当其所，故常慎之。銑曰：詁訓，古言也。舉一隅，攝取其體裁統理，皆歸諸古人之言。

【陸善經注】尚書禹貢，古文爲夏書，今文爲虞書也。

【張鳳翼文選纂注】虞書：禹别九州，任土作貢。隨其所生，而定貢賦之法。周易：君子以慎辨物居方。

【陳景雲文選舉正】虞書所著。注「虞書曰」。「書」下脱「序」字。

【胡克家文選考异】注「虞書曰」。陳云「書」下脱「序」字，是也。各本皆脱。

【梁章鉅文選旁證】注虞書曰。「書」下當有「序」字。按禹貢釋文作夏書。此或據古本。孔疏謂初在虞書，而夏史抽入，或仲尼退第，是也。

【高步瀛文選李注義疏】胡克家曰：注「虞書曰」，陳云「書」下脱「序」字，是也。各本皆脱。梁章鉅曰：「書」下當有「序」字。按：禹貢釋文作夏書，此或據古本。孔疏謂初在虞書，而夏史抽入，或仲尼退第，是也。步瀛案：「序」字不必補。梁引孔説，尤臆説無據。史記河渠書曰：夏書曰：禹抑鴻水，以別九州，隨山浚川，任土作貢。漢書溝洫志同。惟「抑鴻」作「湮洪」，皆徑引作「夏書」，不加「序」字。古人引書有此例也。然此序既屬禹貢，似當依史記、漢書稱夏書。説文艸部、竹部、木部、石部引禹貢亦云「夏書」也。馬、鄭古文則列禹貢於虞夏書。尚書注疏卷二孔疏曰：馬融、鄭玄別録題，皆曰虞夏書。以虞、夏同科。案：鄭序以爲虞夏書二十篇。商書四十篇。周書四十篇。贊云：三科之條，五家之教。是虞、夏同科也。王先謙孔傳參正曰：據此馬、鄭古文，題「虞夏書」，所謂三科者，虞、夏一科，商一科，周一科，謂作三書之時代也。堯典、皋陶謨、禹貢三篇，或曰虞史記之，或曰夏史記之，莫能別异，故相承謂之虞夏書。商史所記爲商書，周史所記爲周書，古文例也。五家者，唐一家、虞一家、夏一家、商一家、周一家。五家之教，猶言五代之書。堯典爲唐書，皋陶謨爲虞書，禹貢以下爲夏書，湯誓、盤庚以下爲商書，牧誓以下爲周書，今文例也。大傳、堯典前題「唐傳」，後題「虞傳」「夏傳」，所治尚書，實爲五家創例。步瀛案：準此而言，劉注云虞書豈即虞夏書之省稱耶，抑以禹貢爲虞史所記耶？要之，無論夏史抽入，抑仲尼退第，以前之古本，斷非劉氏所得見矣。〇書禹貢序孔疏引鄭玄曰：任土，謂其肥磽之所生。劉注本此。○周易，見未濟象傳。本注各本「辨」作「辯」，今依周易及正文改。

一隅，已見西京賦注。張銑曰：詁訓，古言也。舉一隅，攝取其體裁統理，皆歸諸古人之言。○姚範曰：蜀都以前後東西及封域城市爲經，而以物産地毛緯其中，末乃及宴游禽漁之樂。吴都首言山川之所函育，次及草木竹實禽獸瑰异之屬，而後侈其都邑宫館人物，後亦誇飾禽魚樂游之盛，末略及往古風氣爲收場。魏都先言地望宫闕，以及墉洫寺署商賈，而後言其武以戡亂，以至太平覲享之儀，禪受之事，以建國法度考室舉厝括之。後略及山川物産前修以終之，大義歸於典訓，事垂於模，則以張拓宇中夏之規。三篇布置各殊，所以避複也。

蜀都賦

有西蜀公子者，言於東吴王孫，

【彙校】

「蜀都賦」 奎章閣本、明州本、贛州本、四庫本、叢刊本、正德本、陳八郎本同。尤刻本、胡刻本、九條本、唐鈔本後有「一首」二字。今從「蜀都賦」。

「言於東吴」「於」，奎章閣本、明州本、贛州本、四庫本、叢刊本、陳八郎本、尤刻本、胡刻本同。正德本、九條本、唐鈔本作「扵」。當作「於」。「吴」，贛州本、正德本、陳八郎本、尤刻本、胡刻本、唐鈔本、九條本同。奎章閣本、明州本、四庫本、叢刊本作「呉」。當作「吴」。

【彙注】

【李善注】善曰：聖主得賢臣頌曰：今臣僻在西蜀。史記：武王得仲雍曾孫周章，封之東吴。漢書曰：漂母謂韓信曰：吾哀王孫而進食。蘇林曰：如言公子也。博物志曰：王孫、公子，皆相推敬之辭。

【文選鈔】蜀，山名也。華陽國記云：前有丈夫化爲女子，蜀王愛之。後死，蜀王使擔石爲墓，武士因擔石墓上，名武擔山。又，蜀山名，因山爲郡名。故黄帝之子昌意娶蜀山氏之女。蜀起自人皇之世。三國之中，蜀最小，故先舉小者也。然蜀、吴二國各競其土地山川物産，後總以魏國折之以麗也。

【五臣注】向曰：太冲假立蜀公子、吴王孫相誇以奢麗，後以魏先生别法度折之。

【張鳳翼文選纂注】王義之謂彼土山川多奇，左太冲三都殊爲未備。王孫、公子，皆相推敬之辭。太冲假立蜀公子、吴王孫相誇以奢麗，後以魏先生别法度折之。

【何焯義門讀書記】蜀都賦。逐層倒叙。

【余蕭客文選紀聞】李德林年數歲，誦左思蜀都賦，十餘日便度隋書二十四。後唐張不立詩曰：朝廷不用憂巴、蜀，稱霸何曾是蜀人。本朝張次公序蜀檮杌：天覺送凌戡歸蜀。大抵皆爲蜀人辨數。不若蜀人王慶長辨蜀都賦，蓋不專爲蜀辨，將以發左思抑蜀黜吴、借魏誅晋之罪，真有功於名教也鶴山題跋一。

【高步瀛文選李注義疏】三國蜀志先主傳曰：即皇帝位於成都。清統志曰：四川成都府，成都故城，即今成都、華陽二縣治。洪亮吉補三國疆域志曰：蜀漢疆域益州。漢建安十九年，先主定益州。二十四年，進定漢中。後主建興七年，復得凉州之武都郡，改益州爲建寧郡，遥領交州，凡得漢郡十一。漢末及蜀漢增置郡十一，共領二十二郡，治成都。步瀛案：洪氏列蜀、犍爲、江陽、汶山、漢嘉、朱提、越嶲、牂柯、建寧、興古、永昌、雲南、漢中、廣漢、梓潼、巴、巴西、巴東、涪陵、宕渠、武都、陰平，凡二十二郡。楊守敬三國疆域圖去宕渠而益東廣漢郡，亦二十二郡。據華陽國志蜀志言：後主延熙中，分廣漢四縣，置東廣漢郡。巴志言：延熙中，置宕渠郡。建九年省。則楊氏以「東廣漢」易「宕渠」是也。交州郡實皆吴有，故不計入。○尤本蜀都賦下有「一首」二字，今依六臣本删。

王子淵聖主得賢臣頌，見本書卷四十七。○史記，見吴太伯世家。○漢書，見韓信傳。案：顏師古注及史記淮陰侯傳集解引蘇林，并同。○博物志，今本無此文。史記淮陰侯傳索隱引劉德曰：秦末多失國，言王孫公子，尊之也。與博物志合。○司馬長卿賦子虚、上林設爲三人問答。子虚、烏有、亡是，皆於篇首叙出。故上林賦亡是公听然而笑，已有來歷，自不突鶻。三都賦亦假設三人問答，而篇首但見西蜀公子、東吴王孫。吴都賦王孫折蜀，已有來歷。而魏都賦魏國先生，未見前文，突然出見。準以文法，實失之疏。此吾友余季豫之言也。鄙見相同。或曰：伏筆立案，於文法爲最淺，人所易知。太冲不屑屑於此，轉見老横。案：此説亦自有見，并附存之。

曰：蓋聞天以日月爲綱，地以四海爲紀。九土星分，萬國錯跱。崤函有帝皇之宅，河洛爲王者之里。

【彙校】

「蓋聞」 「蓋」，明州本、贛州本、叢刊本、陳八郎本、尤刻本、胡刻本、九條本同。奎章閣本、四庫本、正德本、唐鈔本作「盖」。當作「蓋」。

「日月爲綱」 「爲」，明州本、贛州本、叢刊本、陳八郎本、尤刻本、胡刻本、九條本同。奎章閣本、四庫本、正德本、唐鈔本作「為」。當作「爲」。「綱」，奎章閣本、明州本、贛州本、四庫本、叢刊本、正德本、陳八郎本、尤刻本、胡刻本、九條本同。唐鈔本作「經」。當作「綱」。

「四海爲紀」 「爲」，明州本、贛州本、叢刊本、陳八郎本、尤刻本、胡刻本同。奎章閣本、四庫本、正德本、唐鈔本、九條本作「為」。當作「爲」。

「九土星分」 「土」，奎章閣本、明州本、贛州本、四庫本、叢刊本、陳八郎本、尤刻本、胡刻本、九條本同。正德本、唐鈔本作「圡」。當作「土」。

「帝皇之宅」 「帝皇」，明州本、贛州本、四庫本、叢刊本、尤刻本、胡刻本、唐鈔本、九條本同。奎章閣本、正德本作「帝王」。陳八郎本作「皇帝」。今從「帝皇」。「宅」，奎章閣本、明州本、贛州本、四庫本、叢刊本、正德本、陳八郎本、尤刻本、胡刻本、唐鈔本同。九條本作「宅」。當作「宅」。

■**立群案**：賈誼過秦論：秦王之心，自以爲關中之固，金城千里，子孫帝王萬世之業也。張衡西京賦云：方今聖上同天，號於帝皇，掩四海而爲家，富有之業，莫我大也。是「帝王」「帝皇」皆有依據。然似不當與後「王者」複「王」字，故從「帝皇」。

「河洛爲」「爲」，明州本、贛州本、叢刊本、陳八郎本、尤刻本、胡刻本、九條本同。奎章閣本、四庫本、正德本、唐鈔本作「為」。當作「爲」。

自「積習生常」至「河洛爲王者之里」，監本佚。

【彙注】

【李善注】崤，胡交切。劉曰：非日月無以睹天文，非四海無以著地理，故聖人仰觀俯察、窮神盡微者，必須綱紀也。崤，東、西崤也。函，函谷關也。賈生過秦曰：以崤、函爲宫。里，居也。言周、漢皆以河、洛爲都邑。善曰：越絶書，范蠡曰：天貴持盈，不失日月星辰之綱紀。毛詩曰：滔滔江、漢，南國之紀。周禮曰：以星土分辨九州之地所封域。尚書曰：萬國咸寧。張衡靈憲曰：星體生於地，列居錯峙。崔駰河南尹箴曰：唐、虞、商、周，河、洛是居。

【文選音决】錯，七洛反。或七故反，非。崤，下交反。函音咸。王，于方反。或于放反，非。

【五臣注】崤，胡交反。翰曰：錯，雜。跱，立也。九土，九州也。各在星之分野，而萬國雜列其中。崤、函，西京。河、洛，東京。宅、里，皆居之。

【陸善經注】非日月無以紀天文，非四海無以著地理，將言建國故本其所由也。

【張鳳翼文選纂注】周禮：以星土分辨九州之地所封域。九土，九州也。各在星之分野，而萬國雜列其中。崤、函，西京。河、洛，東京也。宅、里，皆言居也。

【王象乾文選删注】越絶書，范蠡曰：天貴持盈，不失日月星辰之綱紀。周禮曰：以星土分辨九州之地所封域。張衡靈憲曰：星體生於地，列居錯峙。過秦論曰：以崤、函爲宫。河南尹箴曰：唐、虞、商、周，河、洛是居。

【余蕭客文選音義】跱廣韵音峙。

【胡克家文選考异】注「尚書曰萬國咸寧」。袁本此七字作「萬國已見上」，是也。茶陵本複出，非。

【梁章鉅文選旁證】崤、函有帝皇之宅。六臣本「皇」作「王」。

【胡紹煐文選箋證】萬國錯跱。注善曰：張衡靈憲曰：列居錯峙。按：依注則正文當作「峙」。「峙」「跱」古通。

【高步瀛文選李注義疏】五臣「皇」作「王」。○白虎通三綱六紀篇曰：綱者，張也。紀者，理也。大者爲綱，小者爲紀。○賈誼過秦論，見本書卷五十一。案：賈子新書但題「過秦」。漢書陳勝項籍傳贊亦言賈生之過秦，不加「論」字。吴志闞澤傳曰：權嘗問書傳篇賦，何者爲美？澤對賈誼過秦論最善。左太冲咏史詩曰：著論準過秦。昭明因之，題爲過秦論。○越絶書，見吴内傳。○毛詩，見江漢。○周禮，見春官保章氏。本注各本脱二「封」字，今據補。○「萬國已見上」五字，尤本作「尚書曰：萬國咸寧」七字。案：此周易乾彖傳之文，非尚書也。今依袁本云「見上」者，指西都賦注。○胡紹煐曰：依注「列居錯峙」則正文當作「峙」。「峙」「跱」字通。步瀛案：續漢書天文志上劉昭注、開元占經卷一引靈憲皆作「跱」。史記天官書正義、御覽天部七引皆作「峙」。本字當作「峙」，「跱」「峙」皆俗字耳。○崔駰河南尹箴，藝文類聚郡部引同。○紀、跱、里，古音之部。

吾子豈亦曾聞蜀都之事歟？請爲左右揚搉而陳之。

【彙校】

「豈亦曾聞」「曾」，奎章閣本、叢刊本同。明州本、贛州本、四庫本、陳八郎本、尤刻本、胡刻本、監本、唐鈔本、九條本作「曾」。正德本作「曽」。當作「曾」。

「之事歟」「歟」，奎章閣本、明州本、贛州本、四庫本、叢刊本、正德本、陳八郎本、尤刻本、胡刻本、監本同。九條本作「欤」。唐鈔本作「與」。今從「歟」。

▌**立群案**：「歟」「與」作語氣詞，表疑時可通。「歟」字，如史記屈原賈生列傳：屈原至於江濱，被髮行吟澤畔，顔色憔悴，形容枯槁。漁父見而問之曰：子非三閭大夫歟？何故而至此？「與」字，如論語學而：夫子至於是邦也，必聞其政，求之與？抑與之與？阮元經籍纂詁云：與，一作歟。諸本多作「歟」，今從「歟」。

「請爲左右」「爲」，明州本、贛州本、叢刊本、陳八郎本、尤刻本、胡刻本、監本、九條本同。奎章閣本、四庫本、正德本、唐鈔本作「為」。當作「爲」。

「揚搉而陳」「揚」，監本、唐鈔本同。奎章閣本、明州本、贛州本、叢刊本作「揚」。四庫本、正德本、陳八郎本、尤刻本、胡刻本作「揚」。九條本作「楊」。當作「揚」。「搉」，奎章閣本、明州本、贛州本、四庫本、叢刊本、尤刻本、胡刻本、監本同。正德本、陳八郎本、九條本作「榷」。唐鈔本作「擢」。當作「搉」。

■**立群案**：梁章鉅文選旁證：莊子徐無鬼篇：則可不謂有大揚搉乎。釋文引許慎注：揚搉，粗略法度也。淮南子俶真訓：物豈可謂無大揚搉乎。高誘注：揚搉，猶無慮大數名也。漢書叙傳：揚搉古今，監世盈虛。述食貨志第四。揚搉古今，猶言約略古今。上文云：略存大綱，以統舊文。述禮樂志第二。下文云：略表山川，彰其剖判。述地理志第八。皆是此意。續漢書律志云：其可以相傳者，惟大搉常數而已。廣雅釋訓：揚搉，都凡也。義并同。然則郭象莊子注謂而搉揚之。王叔之義疏謂搉略而揚顯之。顔師古漢書注謂揚搉者，舉而引之，陳其趣也。皆失之矣。梁氏説是，當作「搉」。

【彙注】

【李善注】搉，古學切。劉曰：韓非有揚搉篇。班固曰：揚搉古今，其義一也。善曰：許慎淮南子注曰：揚搉，粗略也。

【文選鈔】揚搉者，舉其大較也。

【文選音决】曾，在登反。爲，于僞反。左右，皆如字。或爲佐佑讀者，非也。搉，古學反。

【五臣注】搉，古學反。銑曰：吾子，謂王孫也。揚搉，粗略也。公子不直斥王孫而言左右者，敬之。

【陸善經注】揚，舉。搉，校量也。

【張鳳翼文選纂注】揚搉，猶言發揮也。不直斥王孫而言左右者，敬之之辭。

【杭世駿文選課虚】韓非有揚搉篇。班固曰：揚搉古今，其義一也。許慎淮南子注：揚搉，略也。

【余蕭客文選音義】榷角。

【余蕭客文選紀聞】搉角。博雅音六。

【梁章鉅文選旁證】請爲左右揚搉而陳之。注許慎淮南子注曰：揚搉，粗略也。莊子徐無鬼篇：則可不謂有大揚搉乎。釋文引許慎注：揚搉，粗略法度也。淮南子俶真訓：物豈可謂無大揚搉乎。高誘注：揚搉，猶無慮大數名也。漢書叙傳：揚搉古今，監世盈虚。述食貨志第四。揚搉古今，猶言約略古今。上文云：略存大綱，以統舊文。述禮樂志第二。下文云：略表山川，彰其剖判。述地理志第八。皆是此意。續漢書律志云：其可以相傳者，惟大搉常數而已。廣雅釋訓：揚搉，都凡也。義并同。然則郭象莊子注謂而搉揚之。王叔之義疏謂搉略而揚顯之。顔師古漢書注謂揚搉者，舉而引之，陳其趣也。皆失之矣。

【高步瀛文選李注義疏】「揚搉」，今本韓非子作「揚權」。注曰：揚謂舉之使明也，權謂量事設謀也。顧廣圻韓非子識誤曰：「權」當從劉淵林蜀都賦注引作「搉」。廣雅曰：揚搉，都凡也。舊注誤。步瀛案：顧校是也。廣雅，見釋訓。○揚搉古今，見漢書叙傳下述食貨志。○許慎淮南子注，江賦注引同。今俶真篇高注本作「揚擢」。高曰：揚擢，無慮大數名也。「擢」讀鎬京之「鎬」。陶方琦淮南許注异同詁曰：二家注文异。許本作「搉」與說文同。許注「粗略」即「大略」，是解揚搉之義。漢書叙傳

「揚搉古今」猶言「約略古今」。文選魏都賦注引許注作「搉揚，搉略也」。多一「搉」字，敓一「粗」字。又陸機吴趨行注引許注作「商搉，粗略也」，乃誤承吴趨行「商搉」語，遂以「揚」爲「商」耳。莊子釋文引許注作「揚搉，粗略法度」，無「也」字，多「法度」二字。當從蜀都賦、江賦注引。吴都賦劉逵注：搉，粗略。即用許説。步瀛案：莊子釋文，見徐無鬼篇。

夫蜀都者，蓋兆基於上世，開國於中古。廓靈關而爲門，包玉壘而爲宇。帶二江之雙流，抗峨眉之重阻。

【彙校】

「蓋兆基」　「蓋」，明州本、贛州本、叢刊本、陳八郎本、尤刻本、胡刻本、監本、九條本同。奎章閣本、四庫本、正德本、唐鈔本作「盖」。當作「蓋」。「兆」，奎章閣本、明州本、贛州本、四庫本、叢刊本、正德本、陳八郎本、尤刻本、胡刻本、監本、九條本同。唐鈔本作「兆」。當作「兆」。

「於上世」　「於」，奎章閣本、明州本、贛州本、四庫本、叢刊本、陳八郎本、尤刻本、胡刻本、監本、九條本同。正德本、唐鈔本作「扵」。當作「於」。「世」，奎章閣本、贛州本、四庫本、正德本、唐鈔本、九條本同。明州本、叢刊本、陳八郎本、尤刻本、胡刻本、監本作「世」。當作「世」。

「於中古」「於」，奎章閣本、明州本、贛州本、四庫本、叢刊本、陳八郎本、尤刻本、胡刻本、監本、九條本同。正德本、唐鈔本作「扵」。當作「於」。

「廓靈關」「廓」，奎章閣本、明州本、贛州本、四庫本、叢刊本、正德本、陳八郎本、尤刻本、胡刻本、監本、九條本作「廓」。唐鈔本作「廓」。當作「廓」。「靈」，奎章閣本、明州本、贛州本、四庫本、叢刊本、正德本、陳八郎本、尤刻本、胡刻本、監本、九條本同。唐鈔本作「霊」。當作「靈」。「關」，叢刊本、陳八郎本同。奎章閣本、明州本、贛州本、正德本、尤刻本、胡刻本、監本作「闗」。四庫本作「闗」。唐鈔本、九條本作「開」。當作「關」。

「而爲門」「而」，奎章閣本、明州本、贛州本、四庫本、叢刊本、正德本、陳八郎本、胡刻本、唐鈔本、九條本同。尤刻本、監本作「以」。今從「而」。「爲」，明州本、贛州本、叢刊本、陳八郎本、尤刻本、胡刻本、監本、九條本同。奎章閣本、四庫本、正德本、唐鈔本作「為」。當作「爲」。

■ **立群案**：「而」「以」於賦皆通。諸本多作「而」，今從「而」。

「而爲宇」「爲」，明州本、贛州本、叢刊本、陳八郎本、尤刻本、胡刻本、監本、九條本同。奎章閣本、四庫本、正德本、唐鈔本作「為」。當作「爲」。

「雙流」「雙」，明州本、四庫本同。奎章閣本、贛州本、叢刊本、正德本、陳八郎本、尤刻本、胡刻本、監本、九條本、唐鈔本作「雙」。當作「雙」。「流」，明州本、贛州本、叢刊本、陳八郎本、尤刻本、胡刻本、監本、唐鈔本、九條本同。奎章閣本、四庫本、正德本作「流」。當作「流」。

「抗峨眉」「峨」，明州本、贛州本、四庫本、叢刊本、正德本、陳八郎本、尤刻本、胡刻本、監本、九條本同。奎章閣本、唐鈔本作「峩」。當作「峨」。「眉」，奎章閣本、明州本、贛州本、四庫本、叢刊本、正德本、陳八郎本、尤刻本、胡刻本、監本、九條本同。唐鈔本作「眉」。當作「眉」。

「之重阻」「阻」，奎章閣本、明州本、贛州本、四庫本、叢刊本、正德本、陳八郎本、尤刻本、胡刻本、唐鈔本、九條本同。監本作「岨」。今從「阻」。

■ **立群案**：説文：阻，險也。又曰：岨，石戴土也。是兩字本有别，然後世「岨」亦通「阻」。如司馬相如上書諫獵：今陛下好凌岨險，射猛獸，卒然遇軼才之獸，駭不存之地。史記司馬相如列傳、漢書司馬相如傳均作「好凌險阻」。是作「岨」亦不爲無據，然諸本多作「阻」，從之。

【彙注】

【李善注】劉曰：楊雄蜀王本紀曰：蜀王之先，名蠶叢、拍濩、魚鳧、蒲澤、開明。是時人萌椎髻左言，不曉文字，未有禮樂。從開明上到蠶叢，積三萬四千歲，故曰兆基於上代也。秦惠王討滅蜀王，封公子通爲蜀侯。惠王二十七年，使張若與張儀築成都城。其後置蜀郡，以李冰爲守。地理志曰：蜀守李冰鑿離堆，穿兩江，爲人開田，百姓饗其利。是時蜀人始通中國，言語頗與華同，故言開國於中古也。靈關，山名，在成都西南漢壽界。在前，故曰門也。玉壘，山名也，湔水出焉，在成都西北岷山界。在後，故曰宇也。江水出岷山，分爲二江，經成都南，東流經之，故曰帶也。楊雄蜀都賦曰：兩江珥其前。峨眉，山名也，在成都南犍爲界。面之，故曰抗也。

【文選鈔】抗，對也。重，深。阻，險也。

【文選音決】夫音扶。壘，力水反。抗，口浪反。重，逐龍反。

【五臣注】濟曰：廓，開也。包，括。抗，舉。險，阻也。蜀主之先名蠶叢，自蠶叢至開明，三萬四千歲，故云兆基上代。秦惠王時滅蜀王，封公子通爲蜀侯。其後置蜀郡，以李冰爲守。穿兩江，爲人開田。是時蜀人始伏中國，言語頗與華同，故曰開國中古。靈關、玉壘、峨眉，皆山名。宇，猶爲區宇也。江水分爲二，故云帶二江也。

【張鳳翼文選纂注】蜀之先名。自蠶叢至開明，三萬八千歲，故曰兆基于上世。秦惠王討滅蜀王，封公子通爲蜀侯。故言開國於中古。靈關，山名，在成都西南漢寿界。以其在前，故曰門。玉壘，山名，湔水出焉，在成都西北岷山界。以其在後，故曰宇。江水出岷山，分爲二江，經成都南，東流經之，故曰帶。峨眉，山名，在成都南犍爲界。面之，故曰抗。廓，開也。包，括也。抗，舉也。阻，險也。

【王象乾文選删注】靈關，山名，在成都西南。玉壘，山名，湔水出焉，在成都西北。江水出岷山，分爲二江，經成都東，南流。峨眉山，在成都南犍爲界。楊雄蜀王本紀曰：蜀王之先，名蠶叢、柏濩、魚鳧、蒲澤、開明。是時人萌椎髻左言，不曉文字，未有禮樂。從開明上到蠶叢，積三萬四千歲。秦惠王討滅蜀王，封公子通爲蜀侯。惠王二十七年，使張若與張儀築成都城。其後置蜀郡，以李冰爲守。地理志曰：蜀守李冰鑿離堆，穿兩江，爲人開田，百姓饗其利。是時蜀人始通中國，言語頗與華同。

【余蕭客文選音義】注三萬四千歲何曰：李白蜀道難作「三萬六千歲」。

【余蕭客文選紀聞】大峨山在峨眉縣南百里，中峨山南二十里，小峨山南三十里，是爲三峨王應麟通鑑地理通釋五。

【張雲璈選學膠言】帶二江之雙流。按水經注卷三十三：江水之東徑成都縣，縣有二江，雙流郡下。故揚子雲蜀都賦曰「兩江珥其前」者也。風俗通云：秦昭王使李冰爲蜀守，開成都兩江，溉田萬頃。寰宇記云：今謂之内江、外江。

【胡克家文選考异】注「在成都西南漢壽界」。案：「壽」當作「嘉」，謂漢嘉郡也。各本皆誤。下所言在成都西北岷山界，謂岷山郡，晉書地理志之汶山郡也。「岷」「汶」二字，古每通用。所言在成都南犍爲界，謂犍爲郡，句例正同。

【朱珔文選集釋】蜀都賦左太沖：夫蜀都者，蓋兆基於上世。劉注云：楊雄蜀王本紀曰：蜀王之先，名蠶叢、柏濩、魚鳧、蒲澤、開明。是時人萌椎髻左言，不曉文字，未有禮樂。從開明上到蠶叢，積三萬四千歲，故曰兆基於上代也。案：宋羅泌路史前紀：蜀山氏，蠶叢縱目，王瞿上；魚鳧治導江；逮蒲澤、俾明時，人氓椎結云云。其子苹注云：「俾明」，楊記作「開明」，非。然下注有開明妃墓。餘論亦言「開明氏」。是「開明」實爲王號，未免矛盾。通鑑前編一本路史，而音釋云：蒲澤，古邑名。本漢堂陽城。晉置蒲澤縣。宋省入南宮縣。屬真定府。如此則與蜀何涉，皆謬也。路史又云：最後乃得望帝杜宇，實爲滿捍。據水經江水一篇注引來敏本蜀論曰：荆人鼈令一作靈，古字通死，其尸隨水上，荆人求之不得。令至汶山下復生，起見望帝。望帝立以爲相。時巫山峽蜀水不流，帝使鼈令鑿巫峽通水，蜀得陸處。望帝自以德不若，遂以國禪，號曰開明。然則望帝在開明之前。而楊紀作「蒲澤」，疑當從華陽國志作「蒲卑」，以爲望帝更名也。路史之「滿捍」，乃形似而誤耳。○又案：路史注云：瞿上城，在今雙流縣南。導江，今眉之彭山，縣有魚鳧津。後思元賦：鼈令殪而尸亡兮，取蜀禪而引世。注引蜀王本紀云：望帝治汶山下，邑曰郫。水經注云：江水徑南安縣西，縣治青衣江會，即蜀王開明故治也。皆係蜀地。

廓靈關以爲門。劉注云：靈關，山名，在成都西南漢壽界。案：漢壽，本漢葭萌縣地。蜀漢爲漢壽，晉爲晉壽。舊屬廣漢郡，無所謂靈關者。續漢志「蜀郡屬國」下：漢嘉，即前志之青衣，有蒙山。注引此賦語及此注爲證，云地在縣南。是此注「漢壽」當爲「漢嘉」之誤也。水經沫水篇：又東至越巂靈道縣，出蒙山南，東北與青衣水合。酈注：靈道縣一名靈關道，沫水出岷山西，東流過漢嘉郡，南流，衝一高山，山上合下開，水徑其間。山即蒙山也。據此知靈關山爲禹貢之蒙山矣。但靈關道兩志俱屬越巂郡，而漢嘉則屬蜀郡，相距似遠。胡氏禹貢錐指曰：今蘆山縣西北有靈關廢縣。通典：雅州盧山縣有靈山關是也。其地當爲沫水之所經，蓋漢後別置。宋書符瑞志：晉咸寧二年，黄龍見漢嘉靈關，則縣屬漢嘉郡，非越巂之靈關道也。經、注并誤。趙氏一清亦謂：寰宇記「雅州盧山縣」下云：靈關鎮在縣北八十二里，四向嶮峻，控帶蕃蠻，一夫守之，可以禦百。即引此賦語爲證。又云：靈關山在縣北二十里，峰嶺嵯峨，山聳十里，傍夾大路，下有山峽，口闊三丈，長二百步，俗呼爲重關，通蠻貊之鄉，入白狼夷之境，是也。酈道元乃於青衣水篇云：縣有蒙山，青衣水所發，東徑其縣，與沫水會於越巂郡之靈關道。是直以在漢嘉者爲越巂。蓋爲經所誤。余謂水經所云至靈道，出蒙山者，本遞言之。酈注仍云過漢嘉郡之蒙山，與劉昭注續志同。不得議經、注之誤也。考漢書司馬相如傳：西至沫若水，南至牂牁，爲徼通靈山道。注引張揖曰：鑿開靈山道，置靈道縣。後難蜀父老文亦有「關沫若」之語。張揖曰：以沫若水爲關也。然則沫水所經，殆重重關鍵，由靈道至漢嘉實相通貫。疑漢之靈關，自在靈道縣，不在漢嘉。故班志不云蒙山即靈關。州郡建置，代有更變，後人因蒙山形似關，遂移靈關之名於漢嘉，而靈道縣之靈關轉隱矣。錐指以蘆山縣之靈關爲漢後別置，可見非漢時所謂靈關也。酈注於沫水篇語可通而不加分別，已失之。至青衣水下云云，斯爲誤耳。若方輿紀要云：蒙山在今名山縣，靈山在今蘆山縣西北五十里。引劉昫説，縣西北有盧山，下有峽口，闊三丈，長二百步，俗呼爲盧關。又「臨關」本「靈關」，在縣西北六十里。是以「靈關山」爲今之「靈山」，并非蒙山，恐未免舛訛。觀劉昫、杜佑皆言「盧山」，「盧」即「蘆」也。「盧」與「靈」或聲之轉。而紀要何以别有「盧山」在縣東九里。此殆後人隨指一山名之，非其舊也。且名山縣本漢之漢嘉地，蘆山縣本漢之嚴道縣地。兩縣皆屬蜀郡，自應接壤。漢以後之關靈，諸家皆謂在漢嘉，固宜以蒙山爲準。紀要又於「蘆山大渡廢縣」下云：故靈關道在縣西北六十里。漢置，屬越嶲郡。後漢因之。晉廢。即今臨關也。是直以漢志之一屬越嶲郡、一屬蜀郡者，混合言之，則尤與錐指之説相戾矣。

包玉壘而爲宇。劉注云：玉壘，山名，湔水出焉，在成都西北岷山界。案：前漢志「蜀郡綿虒」下云：玉壘山，湔水所出。續志注引華陽國志同。説文：湔水出蜀郡綿虒玉壘山，東南入江。水經江水一篇於「歷氏道縣北」下云：又有湔水入焉。酈注：水出綿道，亦曰綿夷縣之玉壘山。綿夷即綿虒。「虒」與「夷」音相近也。經後文又云：東過江陽縣南。洛水從三危山東過廣漢「漢」，今誤「魏」洛縣「縣」，今誤「陽」南，東南注之。酈注云：山海經曰：三危在燉煌南，與岷山相接，山南帶黑水。又山海經不言洛水所道。經曰出三危山，所未詳。段氏謂：湔水、洛水，互受通稱。水經所謂洛水即漢志之湔水，三危山即漢志之玉壘山。但水經上已言「湔水入焉」，間數節始出此條，不應又易其名，而以洛水爲湔水。禹貢三危本難確指。胡氏錐指謂：當以在沙州者爲是。然地甚遠，無緣玉壘忽冒三危之名，疑經有誤也。今玉壘山所在，則方輿勝覽云：在汶川縣北三里。元和志云：在汶川縣東北四里。錐指謂縣北，去茂州百里。本漢綿虒縣地。今爲保縣。方輿紀要云：在灌縣西北三十里。灌縣本漢郫、綿虒、江原三縣地，蜀漢屬汶山郡。段氏謂當在今松潘衛境内，衛本漢志蜀郡之湔氏道亦見錐指。水經所云氏道縣。酈注云：漢武帝分蜀郡北部置汶山郡以統之者也。水經於「氏道」下即接湔水，且湔氏道以此得名。故段云在此，當近是。而前人説不一，意此山在蜀郡，中跨越數縣地，皆比近隨所見言之歟？

帶二江之雙流。劉注云：江水出岷山，分爲二江，經成都南，東流經之，故曰帶也。楊雄蜀都賦曰：兩江珥其前。案：郭璞江賦：源二分於崌崍「崌崍」別見江賦。二山正承岷山之下。如劉注云云，似與江賦爲一。然水經江水一篇注言：江水歷氐道縣北，其下正引郭賦，而後文又云：江水東徑成都縣，縣有二江。「雙流郡」下引子雲賦爲證，及風俗通秦昭王使李冰爲蜀守，開成都兩江，溉田萬頃之事。是兩者非一地。胡氏錐指曰：河渠書：蜀守冰鑿離碓，辟沫水之害，穿二江成都之中。注引任豫今本誤作「杜預」益州記：二江者，郫江、流江也。華陽國志云：李冰壅江作堋，穿郫江、檢江即流江，別支流，雙過郡下。蓋冰所穿之二江，一是流江，乃其創造。一是郫江，即禹貢沱水也。茲二江者，或稱内江、外江，或稱南江、北江。彼此參錯，未知誰是。余謂，崌崍所出之二江，據郭注山海經，俱入大江，是已合爲一江，不得至成都仍有二江若環帶也。然則此二江與江賦所稱實有別。故錐指亦引楊雄賦暨此賦證郫江、流江之説。○又案：洪氏圖志云：今郫江下流，與古异。酈道元言：郫江水從冲里橋北折，東絶綿、洛，經五城界，至廣都北岸入江，斯爲北江。其自成都經廣都者，爲南江。即二江也。蓋古郫江由灌縣經郫、新繁至成都府下，仍北折，抵新都，通湔、洛，復折而南，至府南舊廣都界合於流江。與今沱江始分中合，末復分耳。因其中合，故水經注湔、洛亦有郫江之名。或者不考，遂以郫江爲禹貢「沱江」非李冰所穿，誤矣。此蓋駁錐指之説。據史記既云李冰穿二江，則二江自俱爲冰之所鑿。似圖志得之。至二江之名，今制府陶雲汀同年蜀輶日記云：江水自灌縣都江堰分流而下，其東北去者曰沱，以次會湔、濛、綿、雒，至瀘州入江者也。其東南流者，繚繞於崇寧、郫縣、温江、新繁、成都、華陽境内，名目不一，或稱郫江，又曰都江，曰錦江，曰流江，曰清遠江，曰石犀江，曰走馬江，曰油子河。亦稱内江。外江又稱府江。記載紛紜，隨地异名，郫江其統稱也。大支有二，一由成都城北爲流江，一由成都城南爲錦江。括地志謂二江合於城之東南，岸曲有合江亭，是也。又南入於大江。余觀方輿紀要，言郫江對大江而言，則大江爲南江，郫爲北江。對流江而言，則流江又爲外江，郫爲内江。郫江在城南，流江在城北。與雲汀説略合。而圖志則云：郫江在城都縣北，自灌縣分大江，東流經郫縣北，又東入縣界，繞城北，而南與錦江合。錦江在華陽縣南，即流江也。自郫縣分流，至府城東南，合郫江。水道提綱亦謂郫江曰北江，即外江。此正錐指所稱彼此參錯者。惟考元和志：成都城南爲錦官城，江當因此得名，以此水濯錦鮮明也。然則錦江自在城南。若寰宇記二江合流，亦名錦江。又以二江可通稱錦江矣。

【梁章鉅文選旁證】帶二江之雙流。　水經江水注云：江水又東徑成都縣，縣有二江雙流郡下，故揚子雲蜀都賦曰「兩江珥其前」也。「雙流」二字本此。漢地理志云：郫，禹貢：江沱在西，東入大江。錢氏坫斠注地理志云：今曰郫江也，蜀中水自李冰鑿離碓，穿二江以後，已變禹舊迹，其原無可復考。今自灌縣分江至瀘州復合者此也。又曰：大江自灌縣西分爲二：一流東循灌城，曰北江，一流東南徑崇慶州，至新津縣，曰南江也。又隋地理志：仁壽元年，郡置雙流縣，以此。

注積三萬四千歲。　何曰：李白蜀道難作「三萬六千歲」。

注靈關，山名，在成都西南漢壽界。　胡公考异曰：「壽」當作「嘉」。謂漢嘉郡也。各本皆誤。下所言在成都西北岷山界，謂岷山郡。晉書地理志之汶山郡也。「岷」「汶」二字，古每通用。所言在成都南犍爲界，謂犍爲郡。句例正同。

【胡紹煐文選箋證】帶二江之雙流。　旁證云：水經江水注：江水又東，徑成都縣，縣有江雙流。故揚子雲蜀都賦曰：兩江珥其前。「雙流」二字本此。錢氏坫曰：隋地理志：仁壽元年，郡置雙流縣。

【高步瀛文選李注義疏】吕延濟曰：廓，開也。包，括。抗，舉。阻，險也。宇，猶爲區宇也。江水分爲二，故云帶二江也。○蜀王本紀，王元長曲水詩序注引「蜀王之先」，「蜀」下無「王」字，「拍」作「柏」，「萌」作「民」。御覽州郡部十二引首句作「蜀之先稱王者」。「拍濩」作「折灌」，「魚鳧」作「魚易」，「左言」作「左衽」，「四千歲」作「凡四千歲」。「易」蓋「鳧」之誤。「左衽」亦傳寫之誤。四千歲上脱「三萬」二字。藝文類聚州部、初學記州郡部引作「蜀始王曰蠶叢，次曰伯雍，次曰魚鳧」，則又不同。路史前紀四注云：「柏濩」或作「折護」與「伯雍」者，非。寰宇記作「伯禽」尤疏。步瀛案：今太平寰宇記卷七十二作「柏灌」，與華陽國志蜀志同，不作「伯禽」。或羅氏所見誤本耳。何焯曰：三萬四千歲，李白蜀道難作三萬八千歲。步瀛案：太白集各本皆作「四萬八千歲」，何偶誤。朱珔曰：路史前紀：蜀山氏，蠶叢縱目，王瞿上；魚鳧治導江；逮蒲澤、俾明時，人氓椎結云云。注云：「俾明」，楊紀作「開明」，非。然下注有開明妃墓。餘論亦言「開明氏」。是「開明」實爲王號，未免矛盾。通鑑前編一本路史，而音釋云：蒲澤，古邑名。本漢堂陽城。晉置蒲澤縣。宋省入南宫縣。如此則與蜀何涉，皆謬也。路史又云：最後乃得望帝杜宇，實爲滿捍。據水經江水篇注引來敏本蜀論曰：荆人鼈令死，其尸隨水上，荆人求之不得，令至汶山下復生，起見望帝。望帝立以爲相。時巫山峽蜀水不流，帝使鼈令鑿巫峽通水，蜀得陸處。望帝自以德不若，遂以國禪，號曰開明。然則望帝在開明之前。而楊紀作「蒲澤」，疑當從華陽國志作「蒲卑」，以爲望帝更名也。路史之「滿捍」，乃形似而誤耳。又案：路史注云：瞿上城，在今雙流縣南。導江，今眉彭山，縣有魚鳧津。思玄賦：鼈令殪而尸亡兮，取蜀禪而引世。注引蜀王本紀云：望帝治汶山下，邑曰郫。水經江水注云：江水徑南安縣西，縣治青衣江會，即蜀王開明故治也。皆係蜀地。步瀛案：雙流縣，今四川雙流縣治。彭山縣，今彭山縣治。南安縣，今夾江縣西北。

○史記秦本紀曰：惠文君後八年，張儀復相秦。九年，司馬錯伐蜀，滅之。十一年，公子通封於蜀。十四年，蜀相壯殺蜀侯來降。武王元年，誅蜀相壯。昭襄王六年，蜀侯煇反，司馬錯定蜀。華陽國志蜀志曰：周慎王五年秋，秦大夫張儀、司馬錯、都尉墨等從石牛道伐蜀。蜀王自於葭萌拒之，敗績。王遁走，至武陽，爲秦軍所害。開明氏遂亡。周赧王元年，秦惠王封子通國爲蜀侯，以陳壯爲相，置巴郡。以張若爲蜀國守。六年，陳壯反，殺蜀侯通國。秦遣庶長甘茂、張儀、司馬錯復伐蜀，誅陳壯。七年，封子惲爲蜀侯，五年，惠王二十七年。儀與若城成都，周迴十二里，高七丈。又曰：成都縣，本治赤里街。若徙置少城内，與咸陽同制。惠王二十七年也。赧王十四年，蜀侯惲祭山川，獻饋於秦孝文王。惲後母害其寵，加毒以進王，王將嘗之，後母曰：「饋從二千里來，當試之。」王與近臣，近臣即斃。文王大怒，遣司馬錯賜惲劍，使自裁。惲懼，夫婦自殺。十五年，封其子綰爲蜀侯。三十年，疑蜀侯綰反，王復誅之，但置蜀守。周滅後，秦孝文王以李冰爲蜀守。案：志所載較史爲詳，而間有异同。六國表：慎靚王五年，秦惠文王後九年，擊蜀滅之。志與史合。周赧王元年，秦惠文王後十一年。兩書亦合。赧王四年，秦惠文後十四年。蜀相殺蜀侯，志作「六年」，當是「四年」之誤。下「七年」字亦誤。不應已書「六年」「七年」，下文反書「五年」。但據赧王五年，當秦武王元年，誅蜀相壯。志云：惠王二十七年，以史記之後十四年合前十三年計，正二十七年。則誅蜀相事與史相差一年，未知孰是。水經江水注曰：秦惠王二十七年，遣張儀、司馬錯等滅蜀，遂置蜀郡焉。此滅蜀乃誅陳壯事，與華陽國志合。特酈善長叙述未明耳。元和郡縣志卷三十一亦言，益州州城，秦惠王二十七年張儀所築，與志合。又志之「通國」，即史之「公子通」。「陳壯」，秦策一作「陳莊」，新序善謀第九作「陳叔」，蓋其字也。「惲」即蜀侯「煇」。六國表稱「蜀守煇」，御覽天部十一引蜀本紀亦作「蜀侯煇」，「惲」「煇」形聲皆近，故通用。而惲之封，史記不載何年。然志「七年」二字疑誤衍。赧七年，當秦武王三年。秦本紀言武王無子，安得封子惲爲蜀侯。通鑑秦紀三胡三省注引華陽國志曰：秦封王子惲爲蜀侯。雖不無删改，或梅磵所見，本無「七年」字也。惲即惠文王子，其後母疑即昭王母宣太后，若在他人，安能止昭王嘗饋耶？志言獻饋於秦孝文王，及文王大怒。上「孝文」二字，下「文」字皆後人妄加，此秦昭襄王六年事，非孝文王。通鑑注引但作「王」，是也。○御覽居處部二十引成都記曰：府城本呼爲錦城。秦滅蜀，張儀所築也。每面各三里，周迴十二里，高七尺，屢皆傾側，忽有大龜，周行其所，躡而築之，功果就焉。故亦號爲龜城。州郡部十二引九州志曰：益州城初累築不立，忽有大龜，周行旋走，因其行築之，遂得堅固。故曰龜城。元和郡縣志卷三十一曰：初，儀築城，屢頽不立。忽有大龜，周行旋走，巫言依龜行處築之，遂得堅立。城西南樓百有餘尺，名張儀樓。臨山瞰江，蜀中近望之佳處也。太平寰宇記卷七十二，引周地圖記略同。○水經江水注曰：秦昭王以李冰爲蜀守。下又引風俗通曰：秦昭王使李冰爲蜀守。史記河渠書正義、太平寰宇記七十二引風俗通并同。與華陽國志言秦孝文王以李冰爲蜀守异。○注家引地理志，皆漢書。本注所引，則漢書地理志無此文。溝洫志曰：蜀守李冰，鑿離崔，避沫水之害，穿二江成都中，此渠皆可行舟，有餘則用溉，百姓饗其利。注引晉灼曰：「崔」古「堆」字也。案：史記河渠書作「碓」。錢大昭漢書辨疑曰：「崔」當作「雇」。説文：雇，高也。徐鉉音都回切。步瀛案：據此疑本注地理志爲溝洫志之誤，否則所引非漢志也。清統志曰：四川成都府，離堆在灌縣西南。○朱銘曰：華陽國志云：帝嚳封其支庶於蜀，世爲侯伯。又云：周失綱紀，蜀先稱王，後有王曰杜宇，七國稱王，杜宇稱帝。禪位于開明帝。開明帝始立宗廟。據此則蜀之先世爲侯伯，至是稱王與帝，故云開國也。若秦置蜀郡，則國滅而爲郡縣，不可謂之開國矣。步瀛案：此説似勝舊注。所引華陽國志亦在蜀志中。至「中古」二字，無確定界限，此當指戰國時言。漢書藝文志曰：世歷三古。顔注曰：孟康曰：易繫辭曰：易之興，其於中古乎。然則伏羲爲上古，文王爲中古，孔子爲下古。禮運孔疏曰：伏犧爲上古，神農爲中古，五帝爲下古。若三王對五帝，則五帝亦爲上古。故士冠禮云：大古冠布。下云：三王共皮弁。則大古五帝時。大古亦上古也。不同者，以其文各有所對，故上古、中古不同也。○注「漢嘉」，各本皆誤作「漢壽」，今依胡氏、朱氏校改。續漢書郡國志曰：益州蜀郡，屬國漢嘉，有蒙山。劉昭注曰：蜀都賦曰：廓靈關而爲門。注曰：山名也。地在縣南。朱珔曰：水經沫水篇：又東至越嶲靈道縣，出蒙山南，東北與青衣水合。酈注：靈道縣一名靈關道，沫水出岷山西，東流過漢嘉郡，南流，衝一高山，山上合下開，水徑其間。山即蒙山也。據此知靈關山爲禹貢之蒙山矣。但靈關道兩志俱屬越嶲郡，而漢嘉則屬蜀郡，相距似遠。禹貢錐指曰：今蘆山縣西北有靈關廢縣。通典：雅州盧山縣有靈山關是也。其地當爲沫水之所經，蓋漢後別置。宋書符瑞志：晉咸寧二年，黄龍見漢嘉靈關，則縣屬漢嘉郡，非越嶲之靈關道也。經、注并誤。趙氏一清亦謂：寰宇記「雅州盧山縣」下云：靈關鎮在縣北八十二里，四向險峻，控帶蕃蠻，一夫守之，可以禦百。即引此賦語爲證。又云：靈關山在縣北二十里，峰嶺嵯峨，山聳十里，傍夾大路，下有山峽，口闊三丈，長二百步，俗呼爲重關，通蠻貊之鄉，入白狼夷之境，是也。酈道元乃於青衣水篇云：縣有蒙山，青衣水所發，東徑其縣，與沫水會於越嶲郡之靈關道。是直以在漢嘉者爲越嶲。蓋爲經所誤。余謂水經所云至靈道，出蒙山者，本遞言之。酈注仍云過漢嘉郡之蒙山，與劉昭注續志同。不得議經、注之誤也。考漢書司馬相如傳：西至沫若水，南至牂牁，爲徼通靈山道。注引張揖曰：鑿開靈山道，置靈道縣。後難蜀父老文亦有「關沫若」之語。張揖曰：以沫若水爲關也。然則沫水所經，殆重重關鍵，由靈道至漢嘉實相通貫。疑漢之靈關，自在靈道縣，不在漢嘉。故班志不云蒙山即靈關。州郡建置，代有更變，後人因蒙山形似關，遂移靈關之名於漢嘉，而靈道縣之靈關轉隱矣。錐指以蘆山縣之靈關爲漢後別置，可見非漢時所謂靈關也。酈注於沬水篇語可通而不加分別，已失之。至青衣水下云云，斯爲誤耳。若方輿紀要云：蒙山在今名山縣，靈山在今蘆山縣西北五十里。引劉昫説，縣西北有盧山，下有峽口，闊三丈，長二百步，俗呼爲盧關。又「臨關」本「靈關」，在縣西北六十里。是以「靈關山」爲今之「靈山」，并非蒙山，恐未免舛訛。觀劉昫、杜佑皆言「盧山」，「盧」即「蘆」也。「盧」與「靈」或聲之轉。而紀要何以別有「盧山」在縣東九里。此殆後人隨指一山名之，非其舊也。且名山縣本漢之漢嘉地，蘆山縣本漢之嚴道縣地。兩縣皆屬蜀郡，自應接壤。漢以後之靈關，諸家皆謂在漢嘉，固宜以蒙山爲準。紀要又於「蘆山大渡廢縣」下云：故靈關道在縣西北六十里。漢置，屬越嶲郡。後漢因之。晉廢。即今臨關也。是直以漢志之一屬越嶲郡、一屬蜀郡者，混合言之，則尤與錐指之説相戾矣。步瀛案：劉昫説見舊唐書地理志四。杜佑説見通典州郡典六。〇漢書地理志：蜀郡綿虒縣。原注曰：玉壘山，湔水所出，東南至江陽入江。續漢書郡國志益州蜀郡綿虒道。劉昭注引華陽國志曰：有玉壘山，湔水所出。説水曰：湔水出蜀郡綿虒玉壘山，東南入江。水經江水注曰：湔水出綿虒道。亦曰綿虒縣之玉壘山。楊守敬水經注疏要删謂綿虒道，即綿虒縣，何用以「亦曰」别之。疑注文本只「水出綿虒道之玉壘山」一句，後人見漢志是綿虒縣，注記於旁，混入正文也。續補又引後漢書方術任文公傳注引無此五字。步瀛案：楊説是也。朱珔曰：今玉壘山所在，則方輿勝覽云：在汶川縣北三里。元和志云：在汶川縣東北四里。錐指謂縣北，去茂州百里。本漢綿虒縣地。今爲保縣。方輿紀要云：在灌縣西北三十里。灌縣本漢郫、綿虒、江原三縣地，蜀漢屬汶山郡。段氏謂當在今松潘衛境内，衛本漢志蜀郡之湔氏道。水經江水篇所云氏道縣。酈注云：漢武帝分蜀郡北部置汶山郡以統之者也。水經於氏道下即接湔水，且湔氏道以此得名。故段云在此，當近是。而前人説不一，意此山在蜀郡，中跨越數縣地，皆比近隨所見言之歟？步瀛案：松潘衛，今改縣。江陽，今爲瀘縣治。皆屬四川。清統志謂玉壘山在灌縣西北。洪亮吉圖志、錢坫新斠地理志皆同。王先謙漢書補注謂在松潘境内。○水經江水注曰：江水又東徑成都縣，縣有二江，雙流郡下。故楊子雲蜀都賦曰「兩江珥其前」者也。風俗通曰：秦昭王使李冰爲蜀守，開成都兩江，溉田萬頃。太平寰宇記卷七十二曰：劍南西道益州華陽縣二江，秦李冰開。二江於成都城中皆可行舟。今謂内江、外江是也。帶二江之雙流，故有雙流縣焉。胡渭禹貢錐指卷九曰：河渠書：蜀守冰鑿離碓，辟沫水之害，穿二江成都之中。注引任豫益州記云：二江者，郫江、流江也。華陽國志曰：李冰壅江作堋，穿郫江、檢江，别支流，雙過郡下。蓋冰所穿之二江，一是流江，乃冰所創造。一是郫江，即禹貢之沱。時必淤淺，冰復從而浚之，遂并數爲二江。兹二江者，或稱内江、外江，或稱南江、北江。彼此參錯，未知誰是。洪亮吉圖志卷三十五曰：今郫江下流，與古异。酈道元言：郫江水從冲里橋北折，東絶綿、洛，經五城界，至廣都北岸入江，斯爲北江。其自成都經廣都者，爲南江。即二江也。蓋古郫江由灌縣經郫、新繁至成都府下，仍北折，抵新都，通湔、洛，復折而南，至府南舊廣都界合於流江。與沱江始分中合，末復分耳。因其中合，故水經注湔、洛亦有郫江之名。或者不考，遂以郫江爲禹貢「沱江」非李冰所穿，誤矣。趙一清水經注釋卷三十三曰：漢志郫縣下云：禹貢「沱江」在西，東入大江。顧祖禹曰：世或以成都内江、外江爲沱水。夫二江爲李冰所引，非禹貢之沱也。宛溪之説誠然。華陽國志曰：李冰壅江作堋，穿郫江、檢江。檢江即流江。冰穿一江而爲二，則冰以前無支流可知。何得以郫江爲「沱」耶？胡朏明則主郫江。夫既云二江皆冰所穿，則何以獨指檢江爲冰之創始，而郫江僅加疏浚耶？此欲附班志郫縣下「禹貢」二字，而不覺言之出於胸臆，不可從也。

朱玶亦謂據史記既云李冰穿二江，則二江自俱爲冰之所鑿。似圖志得之。成蓉鏡禹貢班意述亦謂雒指意在引信漢志，而其實不必然也。錢坫新斠注地理志曰：蜀中水自李冰鑿離碓，穿二江以後，已變禹舊迹，其原無可復考。今自灌縣西南分江，徑崇寧、金堂、新都，南徑簡州、資陽、資州，復合者此也。又曰：大江自灌縣西分爲二，一流東循灌城，曰北江；一流東南徑崇慶州，至新津縣，曰南江。朱玶曰：郭璞江賦：源二分於崌、崍。二山正承岷山之下。如劉注云：江水出岷山，分爲二江，似與江賦爲一。然水經江水篇注言：江水歷氐道縣北，其下正引郭賦，而後文又云：江水東徑成都縣，縣有二江。「雙流郡」下引子雲賦爲證，及風俗通李冰開成都兩江，溉田萬頃之事。是兩者非一地。崌、崍所出之二江，據郭注中山經，俱入大江，是已合爲一江，不得至成都仍有二江若環帶也。然則此二江與江賦所稱實有別。故雒指亦引楊雄賦暨此賦證郫江、流江之説。又曰：陶雲汀蜀輶日記云：江水自灌縣都江堰分流而下，其東北去者曰沱，以次會湔、濛、綿、雒，至瀘州入江者也。其東南流者，繚繞於崇寧、郫縣、温江、新繁、成都、華陽境内，名目不一，或稱郫江，又曰都江，曰錦江，曰流江，曰清遠江，曰石犀江，曰走馬江，曰油子河。亦稱内江。外江又稱府江。記載紛紜，隨地异名，郫江其統稱也。大支有二，一由成都城北爲流江，一由成都城南爲錦江。括地志謂二江合於城之東南，岸曲有合江亭，是也。又南入於大江。余觀方輿紀要，言郫江對大江而言，則大江爲南江，郫爲北江。對流江而言，則流江爲外江，郫爲内江。郫江在城南，流江在城北。與雲汀説略合。而圖志則云：郫江在成都縣北，自灌縣分大江，東流徑郫縣北，又東入縣界，繞城北，而南與錦江合。錦江在華陽縣南，即流江也。自郫縣分流，至府城東南，合郫江。水道提綱亦謂郫江曰北江，即外江。此正雒指所稱彼此參錯者。惟考元和志：成都城南爲錦官城，江當因此得名，以此水濯錦鮮明也。然則錦江自在城南。若寰宇記二江合流，亦名錦江。又以二江可通稱錦江矣。王先謙漢書補注曰：大江自灌縣分流，此李冰所穿郫江、檢江也。檢江亦謂之流江。俗名爲走馬、油子二河。郫縣居其中，二江下入成都境，合於成都城東，又東流，與新開河水合。步瀛案：綜諸家所説，此賦「二江」，胡朏明以爲郫江、流江，本不誤。特不必附禹貢之沱耳。諸説紛紜，總以此二江爲歸。後世水道變遷，名亦相淆，不能悉究也。○華陽國志蜀志曰：犍爲郡南安縣南，有峨眉山，山去縣八十里。水經青衣水注曰：青衣水徑平鄉，謂之平鄉江。益州記曰：平鄉江東徑峨眉山，在南安縣界，去成都南千里。然秋日清澄，望見兩山相峙，如蛾眉焉。元和郡縣志曰：劍南道眉州，峨眉縣。峨眉大山在縣西七里。蜀都賦云：抗峨眉於重阻。兩山相對，望之如峨眉，故名。此山亦有洞天石室，高七十六里。中峨眉山在縣東南二十里。綏山縣小峨眉山，在縣南六里。步瀛案：大蛾眉山去縣之里數，雖各書不同，然七里似太近。「七」下疑脱「十」字。方輿勝覽謂：大峨山在縣西南一百里，中峨山在縣南二十里，小峨山在縣南三十里。清統志曰：四川嘉定府，峨眉山在眉山縣西南，自西而東，有大峨、中峨、小峨三山。○古、宇、阻，古音魚部。

水陸所臻，兼六合而交會焉；豐蔚所盛，茂八區而菴藹焉。

【彙校】

「水陸所臻」「所」，奎章閣本、明州本、叢刊本、監本、九條本作「所」。贛州本、四庫本、陳八郎本、尤刻本、胡刻本作「所」。正德本、唐鈔本作「所」。當作「所」。「臻」，明州本、正德本、陳八郎本同。奎章閣本作「瑧」。贛州本、四庫本、叢刊本、尤刻本、胡刻本、監本、唐鈔本、九條本作「凑」。當作「臻」。

立群案：説文：臻，至也。又云：凑，水上人所會也。然阮元經籍纂詁：太元元掜：臚凑群辟。注：凑，至也。是「臻」「凑」皆通。詩經小雅：辟言不信，如彼行邁，則靡所臻。鹽鐵論：舟車所臻，足迹所及，莫不被澤。似爲賦語所本，當作「臻」也。

「兼六合」「兼」，明州本、贛州本、叢刊本、尤刻本、胡刻本、監本、九條本同。奎章閣本、四庫本、正德本、陳八郎本、唐鈔本作「兼」。當作「兼」。

「而交會焉」「會」，奎章閣本、明州本、贛州本、四庫本、叢刊本、陳八郎本、正德本、尤刻本、胡刻本、監本、唐鈔本、九條本作「會」。當作「會」。「焉」，明州本、贛州本、四庫本、叢刊本、陳八郎本、尤刻本、胡刻本、監本、唐鈔本、九條本同。奎章閣本、正德本作「爲」。當作「焉」。

「豐蔚所盛」 「豐」，奎章閣本、明州本、贛州本、四庫本、叢刊本、正德本、陳八郎本、尤刻本、胡刻本、監本同。唐鈔本、九條本作「豊」。當作「豐」。「所」，奎章閣本、明州本、叢刊本、監本、九條本作「所」。贛州本、四庫本、陳八郎本、尤刻本、胡刻本作「所」。正德本、唐鈔本作「所」。當作「所」。

「菴藹焉」 「菴」，明州本、監本、九條本同。奎章閣本、贛州本、四庫本、叢刊本、正德本、陳八郎本、尤刻本、胡刻本、唐鈔本作「菴」。當作「菴」。「焉」，明州本、贛州本、四庫本、叢刊本、陳八郎本、尤刻本、胡刻本、監本、唐鈔本、九條本同。奎章閣本、正德本作「爲」。當作「焉」。

【彙注】

【李善注】菴，烏覽切。劉曰：八區，四方四隅也。地理志曰：巴、蜀土地肥美，有山林果實之饒。班固西都賦曰：郊野之富，號爲近蜀。美其豐盛。善曰：六合，已見西都賦。長楊賦曰：洋溢八區。

【文選音決】凑，七奏反。蔚音尉。菴音奄。藹，於蓋反。

【五臣注】菴，烏覽反。良曰：臻，至也。豐蔚，山林果實之饒也。八區，八方也。菴藹，茂盛貌。

【張鳳翼文選纂注】菴，烏覽切。凑，集也。豐蔚，山林果實之饒也。八區，四方四隅也。菴藹，茂盛貌。

【王象乾文選删注】菴藹，茂盛貌。地理志曰：巴、蜀土地肥美，有山林果實之饒。

【余蕭客文選音義】凑五臣作「臻」。

【梁章鉅文選旁證】水陸所凑。五臣「凑」作「臻」。良注可證。

【高步瀛文選李注義疏】五臣「凑」作「臻」。○周禮地官大司徒之職曰：四時之所交也，風雨之所會也。然則百物阜安，乃建王國焉。○劉良曰：豐蔚，山林果實之饒也。菴藹，盛貌。步瀛案：詩湛露：在彼豐草。毛傳曰：豐，茂也。西都賦注引倉頡篇曰：蔚，木盛貌。則「豐蔚」當指草木之盛。劉注引地理志以證蜀都之富，非以山木果實之饒解「豐蔚」二字也。良注襲之，失其義矣。○五臣音菴，烏覽切。案：「菴」字當作「奄」，後人以指草木，故加「艸」。「菴」「藹」雙聲連語。草木盛謂之「菴藹」，猶雲霓盛謂之「晻藹」。離騷：揚雲霓之晻藹兮。王逸注曰：晻藹，猶蓊鬱也。香氣盛亦謂之「腌馤」。上林賦注曰：腌馤，香氣奄藹也。形義雖判，而取義於盛一也。○地理志，見漢書。○長楊賦，見本書卷九。○會、藹，古音祭部。○以上形勢大要。

於前則跨躡犍牂，枕倚交趾。經途所亘，五千餘里。山阜相屬，含溪懷谷。岡巒糾紛，觸石吐雲。

【彙校】

「於前則」「於」，奎章閣本、明州本、贛州本、四庫本、叢刊本、陳八郎本、尤刻本、胡刻本、監本、九條本同。正德本、唐鈔本作「扵」。當作「於」。

「跨躡犍牂」「跨」，奎章閣本、明州本、贛州本、叢刊本、正德本、陳八郎本、胡刻本、唐鈔本同。四庫本、尤刻本、監本、九條本作「跨」。當作「跨」。

「枕倚交趾」「枕」，奎章閣本、明州本、贛州本、四庫本、叢刊本、正德本、陳八郎本、胡刻本、監本、唐鈔本、九條本同。尤刻本作「枕」。當作「枕」。「倚」，奎章閣本、明州本、陳八郎本作「倚」。贛州本、四庫本、叢刊本、尤刻本、胡刻本、監本、唐鈔本、九條本作「輢」。正德本作「之」。今從「倚」。

■**立群案：**説文：倚，依也。又云：輢，車旁也。段玉裁説文解字注：輢，車旁也。謂車兩旁。式之後、較之下也。注家謂之輢。按輢者，言人所倚也。前者對之，故曰轛。旁者倚之，故曰輢。是「輢」亦可引申爲「倚」意。然終不如本字穩妥。今從「倚」。

「經途所亘」「途」，奎章閣本、明州本、贛州本、四庫本、叢刊本、正德本、陳八郎本、尤刻本、胡刻本、監本、九條本同。唐鈔本作「塗」。今從「途」。「所」，奎章閣本、明州本、叢刊本、監本、九條本作「所」。贛州本、四庫本、陳八郎本、尤刻本、胡刻本作「所」。正德本、唐鈔本作「所」。當作「所」。

■**立群案：**易繫辭下：天下何思何慮？天下同歸而殊塗，一致而百慮。高亨注：塗讀爲途，路也。玉篇：涂，度胡切。途，路也。又云：塗，達乎切。道也，路也，經也。是作「路」解，「涂」「塗」可通。今從「涂」。

「山阜相屬」「屬」，奎章閣本、四庫本、叢刊本、正德本同。明州本、贛州本、陳八郎本、尤刻本、胡刻本、監本作「屬」。唐鈔本、九條本作「属」。當作「屬」。

「含溪懷谷」「含」，叢刊本、正德本、監本、唐鈔本同。奎章閣本、明州本、贛州本、四庫本、陳八郎本、尤刻本、胡刻本、九條本作「含」。當作「含」。「溪」，奎章閣本、明州本、贛州本、四庫本、叢刊本、正德本、陳八郎本、尤刻本、胡刻本、監本、唐鈔本、九條本作「谿」。當作「溪」。「懷」，明州本、贛州本、四庫本、叢刊本、陳八郎本、尤刻本、胡刻本、監本同。奎章閣本、正德本、唐鈔本、九條本作「懷」。當作「懷」。

「岡巒糾紛」　「岡」，奎章閣本、明州本、贛州本、四庫本、叢刊本、正德本、陳八郎本、九條本同。尤刻本、胡刻本、監本、唐鈔本作「崗」。今從「岡」。「糾」，贛州本、四庫本、叢刊本同。陳八郎本、尤刻本、胡刻本、監本、唐鈔本作「糺」。奎章閣本、明州本、正德本、九條本作「糾」。當作「糾」。

■**立群案**：玉篇：岡，古郎切。山脊也，俗作崗。集韵：岡，居郎切。説文：山脊也。或書作⿱罒山，通作阬，俗作崗、堽，非是。阮元經籍籑詁：岡，俗作崗。今從「岡」。

司馬相如子虛賦：岑崟參差，日月蔽虧，交錯糾紛，上干青雲。賦語當本此。類篇：糾，絲黃色。於賦不合。「糾紛」之「糾」，自當作「糾」也。

【彙注】

【李善注】犍音乾。牂音臧。枕，之鴆切。劉曰：阜，大山也。巒，山長而狹也。一曰山小而鋭也。水注川曰谿，注壑曰谷。善曰：漢書志有犍爲郡、牂牁郡，并屬益州；又有交阯郡，屬交州。輢，寄也，於蟻切。春秋元命苞曰：山有含精藏雲，故觸石而出也。

【文選鈔】東觀漢記：其俗男女同川而浴，故曰交阯。玉篇曰：輢，車旁也。跨躡，相連之貌。枕輢，相接入貌。南北爲經。亘，長也。説文：亘，迴迊也。言蜀地東西南北回迊五千里。糾紛，相參乱也。公羊傳曰：太山之雲，觸石而出，膚寸而合，不終朝而雨。謂方寸之石，能起彌天之雲。

【文選音決】跨，苦化反。躡，女輒反。犍，巨連反。牂，子郎反。枕，之鴆反。輢，其義反。阯音止。亘，居鄧反。屬，之欲反。谿音溪。谷音欲，秦、晉之俗言也，又如字。巒，力丸反。

【五臣注】犍音乾。牂音臧。枕，之鴆反。向曰：跨躡、枕倚，皆憑據也。犍牂、交趾，皆郡名。途，道也。亘，長也。濟曰：阜，大山也。糾紛，雜亂也。言山藏雲觸石而出。

【陸善經注】輢，依倚字也。

【張鳳翼文選纂注】犍音乾。牂音臧。犍爲郡、牂牁郡，并屬益州。交趾郡，屬交州。跨躡、枕倚，皆憑據也。途，道也。亘，長也。糾紛，雜亂也。

【王象乾文選删注】犍音乾。牂音臧。輢，五臣作倚。漢書志有犍爲郡、牂牁郡，并屬益州；又有交趾郡，屬交州。春秋元命苞曰：山有含精藏雲，故觸石而出也。

【杭世駿文選課虚】輢，寄也。於蟻切。

【汪師韓文選理學權輿·前賢評論】顧炎武日知録曰：地名割用一字，漢已有之。史記貨殖傳：夫燕亦勃、碣之間一都會也。注云：勃海、碣石。常璩華陽國志：分巴割蜀，以成犍、廣。是犍爲、廣漢二郡。左思蜀都賦：跨躡犍牂。是犍爲、牂牁二郡。魏都賦：恒、碣碪諤於青霄。是恒山、碣石二山。

【余蕭客文選音義】輢五臣作「倚」。輢音倚。

【余蕭客文選紀聞】犍類林九音件。翻譯名義集二巨焉。輢於綺。玉篇十八。

【朱珔文選集釋】岡巒糾紛。劉注云：巒，山狹而長也。一曰山小而鋭也。案：爾雅：巒，山墮。郭注：山形長狹者。荆州謂之「巒」。詩曰：墮山喬嶽。「墮」，今詩作「嶞」。郝氏謂：「墮」者，「嶞」

之假借。説文云：巒，山小而鋭。嶞，山之嶞嶞者。本詩般傳「嶞山，山之嶞嶞小者」而爲説也。釋文引埤蒼云：巒，山小而鋭。字林云：嶞，山之施嶞者。「施」爲延施之義，即狹長也。余謂爾雅既以巒爲山嶞，而毛傳訓「嶞」亦爲小，是義可通，故注并用之。

【梁章鉅文選旁證】枕輢交趾。五臣「輢」作「倚」。向注可證。

注牂牁郡也。案「牁」當作「柯」。見漢書地理志注：係船杙也。葉氏夢得玉澗雜書曰：牂柯本繫船杙名。今人但云是郡名耳。

【胡紹煐文選箋證】岡巒糾紛。注劉逵曰：巒，山狹而長也。一曰山小而鋭也。爾雅「巒，山墮」，郭注云「山形長狹」，郝氏義疏云：釋文引字林：墮，山之施墮者。是吕忱以墮爲延施，即狹長也。士冠禮注云：隋方曰篋。釋文謂狹而長。「隋」即「橢」與「墮」聲借。紹煐按：爾雅釋蟲「蟦小而橢」，郭云「狹而長」，「橢」亦「墮」也。楚辭天問「南北順橢」，「橢」與「墮」同。淮南修務訓：其方圓鋭橢不同。「橢」與「鋭」對文，則「橢」爲長矣。此狹而長也。守志篇「陟玉巒兮逍遥」，王逸注「山脊曰巒」是也。周頌般「墮山喬嶽」毛傳「墮山，山之嶞嶞小者」。許宗毛，故山部：巒，山小而鋭。嶞，山之嶞嶞者。淮南齊俗訓「窺面於盤水則員，於杯則隨」，「隨」與「橢」同音，他果反。地形訓：其人隋形，兑上。漢書天文志：前列直斗口三星，隨北耑鋭。史記索隱引三蒼云：橢盛鹽豉器。師古急就篇注：楕，小桶也。所以盛豉。急就篇之「楕」，即史記之「橢」。説文：橢，車笭中橢。橢，器也。此小而鋭也。但對文則异，散文則通，此文與「岡」并言，則前説近之。

【高步瀛文選李注義疏】尤本「岡」作「崗」，「糾」作「糺」，皆俗字。今依六臣本。○阜，已見西都賦注。○爾雅釋山曰：巒，山墮。郭注曰：謂山形長狹者。荆州謂之「巒」。與前一義合。説文曰：巒，山小而鋭。與後一義合。是巒兼有二義。郝懿行爾雅義疏曰：「墮」者，「隓」之假借。釋文引埤蒼云：巒，山小而鋭。字林云：隓，山之施隓者。是吕忱以「隓」爲延施，即狹長也。士冠禮注：隋方曰「篋」。釋文：隋，謂狹而長。「隋」與「橢」同。與「隓」聲借。朱珔曰：詩般傳：隓山，山之隓隓小者也。爾雅既以巒爲山隓，而毛傳訓「隓」亦爲小，是義可通。故注并用之。胡紹煐曰：按：爾雅釋蟲「蟦小而橢」，郭云「狹而長」，「橢」亦「墮」也。楚辭天問「南北順橢」，「橢」與「墮」同。淮南修務訓：其方圓鋭橢不同。「橢」與「鋭」對文，則「橢」爲長矣。此狹而長也。九思守志篇：陟玉巒兮逍遥。王逸注山脊曰巒。是也。魯頌般：隓山喬嶽。毛傳：隓山，山之隓隓小者。許宗毛，故山部：巒，山小而鋭。隓，山之隓隓者。淮南齊俗訓：窺面於盤水則員，於杯則隨。「隨」與「橢」同音，他果反。墬形訓：其人隋形、兑上。漢書天文志：前列直斗口三星，隨北耑鋭。史記貨殖傳索隱引三蒼云：橢，盛鹽豉器。顔師古急就篇注：楕，小桶也。所以盛豉。急就篇之「楕」，即史記之「橢」。説文：橢，車笭中橢。橢，器也。此小而鋭也。但對文則异，散文則通。此文與「岡」并言，則前説近之。○「水注川曰谿」三句，爾雅釋水文。○五臣「犍」音「乾」。漢書地理志：犍爲郡。原注曰：武帝建元六年開，屬益州。華陽國志蜀志曰：犍爲郡，孝武建元六年置，時治鄨縣。元光五年，郡移治南廣。孝昭元年，郡治僰道，後遂移武陽。元和郡縣志曰：劍南道眉州彭山縣，本漢武陽縣也。漢昭帝時，犍爲郡自僰道移理武陽。犍爲故城在縣西北五里。案：漢書地理志鄨縣屬牂牁郡。蓋武帝元光五年後，犍爲移治縣，始改隷也。清統志曰：貴州遵義府，鄨縣故城在府城西。案：府舊治遵義縣，今去府留縣。清統志又曰：四川叙州府，南廣故城，在珙縣西南。僰道故城，在宜賓縣治。眉州武陽故城，在彭山縣東十里。○漢書地理志牂柯郡，原注曰：武帝元鼎六年開，屬益州。顔師古注曰：牂柯，繫船杙也。華陽國志云：楚頃襄王時，遣莊蹻伐夜郎，軍至且蘭，椓船於岸而步戰。既滅夜郎，以且蘭有椓船牂柯處，乃改其名爲牂柯。史記西南夷傳正義、藝文類聚舟車部、御覽舟部四引同。今本華陽國志南中志：「頃襄王」作「威王」，疑後人據史記、漢書西南夷傳改。然南中志又云：秦奪楚黔中地，無路得反，遂留王滇池。案：史記秦本紀、楚世家、六國表秦取楚黔中地，在頃襄王二十二年。故通典邊防典三辨之曰：楚自威王後，懷王立三十年，至頃襄王之二十二年，凡經五十二年，豈得如此淹久，其説甚核。後漢書西南夷傳正作「楚頃襄王時」，惟「莊蹻」作「莊豪」。「豪」「蹻」聲相近。張澍養素堂文集莊豪考，謂「豪」即「蹻」，古音相通，字亦相借。是也。然諸書言莊蹻時代又各不同。吕氏春秋介立篇曰：莊蹻之暴郢也。高誘注曰：莊蹻，楚成王之大盜。淮南子主術篇曰：跖蹻之奸。高誘注曰：莊蹻，楚威王之將軍，能爲大盜也。案：「蹻」即「蹻」。疑吕覽注「成王」或即「威王」之誤也。韓子喻老篇曰：楚莊王欲伐越，杜子諫曰：莊蹻爲盜於境内。是莊王時有蹻，又與史記、漢書、華陽國志以蹻爲莊王苗裔者相戾。商君書弱民篇、荀子議兵篇、韓詩外傳四、史記禮書皆言莊蹻起而楚分，又似在頃襄時矣。困學紀聞卷十二，據韓非子謂蹻蓋在莊王時。西南夷傳以衆王滇者，又一莊蹻。梁玉繩史記志疑則謂當依范書在頃襄時爲定。張澍亦謂當在頃襄王時。而以威王、成王、莊王諸説爲非。步瀛案：王滇之蹻，似在頃襄時爲合。其他言大盜者，當是楚國大盜之通名，不必確定爲一時一人也。至於「牂柯」之説，亦不盡同。史記西南夷傳索隱引崔浩曰：牂牁繫船杙，以爲地名。水經温水注曰：豚水東徑牂柯郡且蘭縣，謂之牂柯水。水廣數里，縣臨江上，故且蘭侯國也。一名頭蘭，牂柯郡治也。楚将莊蹻泝沅伐夜郎，椓牂柯，繫船，因名且蘭爲牂柯矣。「牂柯」亦江中兩山名也。御覽舟部四引异物志曰：牂柯者，繫船杙也。其山在海中，小而高，似繫船杙也。俗人謂之越王牂牁，遠望甚小而高，不似山，望之以爲一株樹在水中也。案：杙原作「筏」，非。依後漢西南夷傳注引改。又州郡部十七引十三州志曰：牂牱者，江中山名也。與酈注以爲山名合，然與言兩山名又小异。大抵异域傳聞，每多傅會。要之，「牂柯」爲繫船杙名，或地名取之，或山形似之，則固傳者异詞也。至管子小匡篇已舉牂柯國，蓋後人附益，不足據。其字或作「牂河」，或作「牂牱」，皆誤。當以「牂柯」爲是。清統志謂：貴州平越府，秦爲苴蘭，漢爲牂柯郡治。張澍廢牂柯郡考亦謂平越所轄，故處即故郡地。王先謙曰：據温水注牂柯郡治故且蘭。續志後漢治同。洪亮吉貴州水道考云：以沅、無二水出黄平州金鳳山證之，故且蘭縣在黄平州以西、都匀府以北左近界中。檢諸地志，貴筑、貴定、清平，皆注云：故且蘭地。圖經云：且蘭在湄甕、黄施之交。明漢時縣大，自黄平州西南，貴筑縣東北，皆其地也。知且蘭，即知牂柯郡治所在，并可因此正漢、晉地志之誤矣。鄭珍云：貴州鎮遠一府，及貴陽之龍里、貴定、平越州之甕安、餘慶諸縣，都匀府之麻哈州清平縣，石阡府之烏江以南境，皆且蘭地。元和志以播州爲且蘭，後人因以遵義地當之，誤也。先謙案：沅水注：無水出故且蘭下，入武陵、無陽。又温水注：豚水自談槁來，東徑且蘭縣，謂之牂柯水，下入毋斂。又存水注：存水自益州收靡來，東徑且蘭縣北而東南出，下入毋斂。案：豚、存二水，皆不徑毋斂。考按輿圖，牂柯豚水即三岔河，存水即可渡河，合爲北盤江，南徑泗城府北境把蘭村東北界，與南盤江合。以二水所徑推之，則故且蘭當兼有郎岱、永寧、安順、鎮寧等境。步瀛案：北盤江所經，王氏叙之頗詳，多本水道提綱，今不復録。又案：楊守敬水經注圖，毋斂爲長寨，即今貴州長寨縣。存水、豚水通流，今涸。王氏謂二水不徑毋斂，但據後來水道言之耳。又各地民國改易甚夥，今并釋之。黄平州，今改縣。貴筑，今改息烽。清平改鑪山。鎮遠府、平越州、都均府、麻哈州、石阡府、郎岱廳、安順府、鎮寧州，今皆爲縣。永寧縣，今謂關嶺縣。皆在貴州者也。泗城府，今爲凌雲縣，屬廣西。〇漢書地理志交趾郡，原注曰：武帝元鼎六年開，屬交州。水經葉榆水注曰：中水又東徑羸𨻻縣南。交州外域記曰：縣本交趾郡治也。元和郡縣志曰：嶺南道交州、宋平縣，羸𨻻故城，在縣西七十五里。案：漢志交趾郡羸𨻻縣，注引孟康曰：羸音蓮。𨻻音受土簍。顔師古曰：「𨻻」「簍」二字并音來口反。王先謙曰：續志作「羸𨻻」。晉書、地道記作「羸𨻻」，蓋後人因孟音而製「羸」字。廣韵載之，皆誤。案：王説是也。舊唐書地理志曰：安南都督府，交趾。漢交趾郡之羸𨻻地。隋爲交趾縣。方輿紀要卷一百十二曰：安南交趾城，在府西。又案：漢志交趾郡，宋祁引景祐本作「止」，史記五帝本紀作「交阯」。蓋「止」本字，「趾」後出字，「阯」則借字也。禮記王制曰：南方曰蠻，雕題、交趾，有不火食者矣。鄭注曰：交趾，足相鄉然，浴則同川，卧則僢。孔疏曰：趾，足也。言蠻卧時，頭嚮外，而足在内相交，故云交趾。海外南經曰：交脛國，其爲人交脛。郭注曰：言脚脛曲戾相交，所謂雕題、交趾者也。淮南墬形篇曰：自西南至東南，有交股民。高注曰：脚相交切。廣韵六止阯字下引劉欣期交州記曰：交阯之人，出南定縣，足骨無節，身有毛，卧者更扶，始得起。即引山海經及郭注以證。通典邊防典四曰：交趾謂足大、趾開闊。并立相交。元和志説略同。文獻通考輿地考九引范成大桂海虞衡志曰：交趾，王制與雕題同言，則其人形必小异。交州記云：足骨無節。山海經亦言交脛。今安南地乃漢、唐郡縣，其人百骸與華無异，何嘗有交脛等説。或傳安南有播山，環數百里，皆如鐵圍，不可攀躋，人物詭怪，不與外人通。疑此是古交趾。周去非嶺外代答曰：余至欽，見夫黑齒跣足，皂其衣裳者，人耳，烏睹所謂足無節，身有毛者哉？人言道州侏儒，今道州人七尺，而昭州恭城縣與道接畛，間産一二侏儒。竊意南定縣如恭城也。不然豈其人皆無節而能更相扶耶？間受戾氣，遂以得名，意當如此。孫希旦禮記集解曰：交趾之説，注疏殊不明。范氏以爲形必有异，是也。然交趾地廣甚，而欲以一山當之，可乎？蓋古時交趾之人，其足趾必與華不同，故以此爲名。其後漸染華風，與中國通婚嫁，故形體遂變，此乃事物之常，不足怪也。案：準以人種進化之理，孫説近之。○説文曰：輢，車旁也。朱駿聲曰：車之兩旁，人可倚之處也。蜀都賦：枕輢交趾。假借爲「倚」。○春秋元命包、藝文類聚山部上引作「山者，氣之苞含，所含精藏雲，故觸石布山」。御覽地部三引作「山者，氣之苞，所以含精藏雲，故觸石而出」。疑類聚多誤，御覽引是。孫穀古微書從御覽而「苞」下增「含」字，亦非也。本賦注「有」字疑當作「者」。○趾、里，古音之部。屬、谷，侯部。紛、雲，諄部。

鬱䓞薆以翠微，崛巍巍以峨峨。干青霄而秀出，舒丹氣以爲霞。

【彙校】

「鬱䓞薆」 「䓞」，奎章閣本、明州本、贛州本、叢刊本、正德本、陳八郎本、尤刻本、胡刻本、監本、唐鈔本、九條本同。四庫本作「岔」。當作「䓞」。

立群案：朱珔文選集釋：注未解「葐蒀」字。案，二字説文所無。惟玉篇云：葐蒀，盛貌。蓋與「氛氳」通。本書雪賦：氛氳蕭索。注：氛氳，盛貌。又與「紛緼」通。楚詞橘頌曰：紛緼宜修。王逸注：紛緼，盛貌。據朱氏説，當以「葐」爲是。

「以翠微」「翆」，奎章閣本同。明州本、贛州本、四庫本、叢刊本、正德本、陳八郎本、尤刻本、胡刻本、監本、唐鈔本、九條本作「翠」。當作「翠」。

「崛巍巍」「崛」，奎章閣本、正德本、尤刻本、胡刻本、監本同。明州本、贛州本、四庫本、叢刊本、陳八郎本、唐鈔本、九條本作「崫」。當作「崛」。「巍巍」，奎章閣本、明州本、贛州本、四庫本、叢刊本、正德本、陳八郎本、尤刻本、胡刻本、監本、九條本作「巍巍」。唐鈔本作「巍巍」。當作「巍巍」。

「以峨峨」「峨峨」，明州本、贛州本、四庫本、叢刊本、正德本、陳八郎本、九條本同。奎章閣本、尤刻本、胡刻本、監本、唐鈔本作「峩峩」。當作「峨峨」。

「干青霄」「青」，奎章閣本、明州本、贛州本、四庫本、正德本、尤刻本、胡刻本、唐鈔本、九條本同。叢刊本、陳八郎本、監本作「靑」。當作「青」。

「舒丹氣」「舒」，四庫本同。奎章閣本、明州本、贛州本、叢刊本、正德本、陳八郎本、尤刻本、胡刻本、監本、唐鈔本、九條本作「舒」。當作「舒」。

「以爲霞」「以」，奎章閣本、明州本、贛州本、四庫本、叢刊本、正德本、陳八郎本、九條本同。尤刻本、胡刻本、監本、唐鈔本作「而」。今從「以」。「爲」，明州本、贛州本、叢刊本、陳八郎本、尤刻本、胡刻本、監本、九條本同。奎章閣本、四庫本、正德本、唐鈔本作「為」。當作「爲」。

立群案：「以」「而」於賦皆通。今從「以」。

【彙注】

【李善注】葐音汾。蒀，於文切。崛，魚物切。劉曰：翠微，山氣之輕縹也。霞，赤雲也。嚴夫子哀時命曰：紅霓紛其朝霞。山澤氣通，故曰舒丹氣以爲霞也。善曰：甘泉賦曰：騰青霄而軼浮景。河圖曰：昆侖山有五色水，赤水之氣，上蒸爲霞而赫然也。

【文選鈔】尔雅云：未及上曰翠微。注云：延山旁陂也。埤蒼：崛，特起也。青霄，青天也。霞，赤氣也。

【文選音決】葐，扶云反。蒀，於云反。崛，魚勿反。巍，魚違反。

【五臣注】葐音汾。蒀，於文反。崛，魚勿反。銑曰：翠微，山氣之輕縹者。葐蒀，氣貌。崛，特起也。巍巍、峨峨，皆高貌。霄，天也。秀，猶拔擢也。昆侖山有赤水，其氣上蒸爲霞。言此亦有之。

【張鳳翼文選纂注】葐音汾。蒀，於文切。崛，魚物切。翠微，山腰也。葐蒀，氣貌。崛，特起也。

【王象乾文選删注】盆音汾。蒀，於文切。盆蒀，氣貌。劉曰：翠微，山氣之輕縹也。嚴夫子哀時命曰：紅霓紛其朝霞。河圖曰：昆侖山有五色水，赤水之氣，上蒸爲霞而赫然也。

【杭世駿文選課虚】葐音汾。蒀，於文切。翠微，山氣之輕縹也。

【余蕭客文選音義】葐舊音汾。蒀氳。霞字典叶何。

【余蕭客文選紀聞】葐汾。蒀氳。并廣韵一。天邊氣也。雙字上。按，爾雅釋山：未及上，翠微。郭注曰：近上旁陂。疏曰：謂未及頂上，在旁陂之處，名翠微。夫觀山者，遠則舉體皆翠，不獨近上旁陂。近則絶頂亦無翠色，不得旁陂及號翠微。此注此疏但泥本條文句爲説，不解本句名理。疏又曰：山氣青縹色。此説得之。然如前説，則但解「未及上」三字，於「翠微」義不安。加後説，則又但解「翠」字，不及「微」字，於「未上」義不了。蓋山之翠色，若無不可上者，及至以到最上，則其翠愈微，乃至更無可上，故曰：未及上，翠微。不曰不可上者，山本無不可上也。曰未及上者，所及上者山，所未及上者翠微也。霞寒歌。韵補三。

【張雲璈選學膠言】鬱葐蒀以翠微。注：翠微，山氣之輕縹也。雲璈按：「翠微」不引爾雅釋山「未及上，翠微」之文，此淵林之疏也。

【朱珔文選集釋】鬱葐蒀以翠微。注未解「葐蒀」字。案，二字説文所無。惟玉篇云：葐蒀，盛貌。葐與「氛氳」通。本書雪賦：氛氳蕭索。注：氛氳，盛貌。又與「紛緼」通。楚詞橘頌曰：紛緼宜修。王逸注：紛緼，盛貌。「葐」或作「芬」。甘泉賦：懿懿芬芬。注：芬芬，盛美也。「蒀」或作「蒕」。廣雅釋詁：蒕，盛也。一作「蘊」。方言：蘊，晠也。注：蘊，藹茂貌。此處言山巒葱鬱之氣茂盛，與「氤氳」「絪緼」謂天地之合氣，義亦正同。

【梁章鉅文選旁證】注翠微，山氣之輕縹也。爾雅釋山：未及上，翠微。郭注：近上旁陂。而初學記引舊注，一説山氣青縹色曰翠微。與此注合。

注嚴夫子哀時命曰。漢書藝文志，莊夫子賦二十四篇，名忌。吴人顧氏千里曰：王逸楚辭注十四哀時命者，嚴夫子之所作也。夫子名忌。洪興祖補注：忌，會稽吴人，本姓莊。當時尊尚，號曰夫子。避漢明帝諱曰嚴，一云名忌，字夫子。

【胡紹煐文選箋證】鬱葐蒀以翠微。注劉逵曰：翠微，山氣之輕縹也。按：玉篇：葐蒀，盛貌。廣雅：蒀，香也。香氣盛謂之葐蒀，山氣盛亦謂之葐蒀。爾雅釋山「未及上，翠微」，初學記引舊注云「一説山氣青縹色曰翠微」，是翠微爲山氣也。

【高步瀛文選李注義疏】五臣葐音汾。蒀，於文反。崛，魚物反。張銑曰：葐蒀，氣貌。崛，特起也。巍巍、峨峨，皆高貌。朱珔曰：「葐蒀」二字，説文所無。惟玉篇云：葐蒀，盛貌。蓋與「氛氳」通。本書雪賦：氛氳蕭索。注：氛氳，盛貌。又與「紛緼」通。楚辭橘頌曰：紛緼宜修。王逸注：紛緼，盛貌。「葐」或作「芬」。甘泉賦：懿懿芬芬。注：芬芬，盛美也。「蒀」或作「蒕」。廣雅釋詁二：蒕，盛也。一作「蘊」。方言十二：蘊，晠也。注：蒕，藹茂貌。此處言山巒葱鬱之氣茂盛，與「氤氳」「絪緼」謂天地之合氣，義亦正同。○張雲璈曰：「翠微」不引爾雅釋山「未及上，翠微」之文，此淵林之疏也。梁章鉅曰：爾雅釋山：未及上，翠微。郭注：近上旁陂。而初學記五引舊注，一説山氣青縹色曰翠微。與此注合。郝懿行曰：劉逵蜀都賦注義本爾雅，蓋未及山頂，孱顔之間，葱翠葐蒀，望之谸谸青翠，氣如微也。舊注似較郭義爲長。步瀛案：「翠微」二字當連讀，所以狀未及上時，入望之山色耳。余蕭客謂：山之翠色，若無不可上者，及至已到最上，則其翠愈微，乃至更無可上，故曰：未及上，翠微。案：余氏説甚迂謬，祇是過析「翠微」二字，遂致文義不通矣。○嚴忌哀時命，見楚辭。本注「虹」字誤作「紅」，今據改。王逸曰：哀時命者，嚴夫子之所作也。夫子名忌。洪興祖補注曰：忌，會稽吴人，本姓莊。當時尊尚，號曰夫子。避漢明帝諱曰嚴。一云：名忌，字夫子。步瀛案：漢書藝文志：莊夫子賦二十四篇。原注曰：名忌，吴人。司馬相如傳曰：齊人鄒陽、淮陰枚乘、吴嚴忌夫子之徒。顔注曰：嚴忌本姓莊，當時尊尚，號曰夫子。史家避漢明帝諱，故遂爲「嚴」耳。又嚴助傳曰：會稽吴人，嚴夫子子也。注引張晏曰：夫子，嚴忌也。史記司馬相如傳集解引徐廣曰：名忌，字夫子。索隱曰：案：鄒陽傳云：枚先生、嚴夫子，則此「夫子」是美稱，時人以爲號爾。而徐廣云字，爲非。○本書甘泉賦作「清霄」。漢書楊雄傳同。顔師古注曰：霄，日旁氣也。本書思玄賦舊注曰：霄，微雲也。○河圖，本書謝靈運游赤石進帆海詩注引「霞」下有「陰」字，蓋衍。御覽天部八引與本注同。

龍池濍瀑濆其隈，漏江洑流潰其阿。汩若湯谷之揚濤，沛若濛汜之涌波。

【彙校】

「龍池濍瀑」「龍」，奎章閣本、明州本、贛州本、四庫本、叢刊本、陳八郎本、尤刻本、胡刻本、監本、九條本同。正德本、唐鈔本作「龍」。當作「龍」。「濍」，奎章閣本、明州本、贛州本、四庫本、叢刊本、正德本、陳八郎本、尤刻本、胡刻本、監本、唐鈔本、九條本作「濍」。當作「濍」。「瀑」，奎章閣本、正德本、胡刻本、九條本同。明州本、贛州本、四庫本、叢刊本、陳八郎本、尤刻本、監本、唐鈔本作「瀑」。當作「瀑」。

「漏江洑流」「洑」，奎章閣本、明州本、正德本、陳八郎本同。贛州本、四庫本、叢刊本、尤刻本、胡刻本、監本、唐鈔本、九條本作「伏」。當作「洑」。「流」，奎章閣本、明州本、贛州本、叢刊本、陳八郎本、尤刻本、胡刻本、監本、唐鈔本、九條本同。四庫本、正德本作「流」。當作「流」。

■**立群案**：呂錦文文選古字通補訓：錦文案，水經注引作「洑」。「伏流」即「洑流」之借。杜甫詩：洑流何處入。集韵：洑，迴流也。郭璞江賦：迅澓增澆。集韵：洑與澓同。正韵：澓，流也。字异義同。據呂氏說，當作「洑」也。

「汩若湯谷」「湯」，監本、唐鈔本同。奎章閣本作「暘」。明州本、贛州本、叢刊本、陳八郎本作「湯」。四庫本、正德本、尤刻本、胡刻本、九條本作「湯」。今從「湯」。

■**立群案**：湯谷，即暘谷。古代傳説日出之處。楚辭天問：出自湯谷，次於蒙汜，自明及晦，所行幾里？王逸注：言日出東方湯谷之中，暮入西極蒙水之涯也。後漢書張衡傳：朝吾行於湯谷兮，從伯禹於稽山。李賢注：湯谷，日所出也。清劉大櫆祭左和中文：諱曜靈之出湯谷兮，羲和狂馳而不輟。今從「湯」。

「揚濤」「揚」，奎章閣本、四庫本、正德本、陳八郎本、尤刻本、胡刻本、唐鈔本、九條本作「揚」。明州本、贛州本、叢刊本、監本作「揚」。當作「揚」。「濤」，明州本、贛州本、叢刊本、陳八郎本、尤刻本、胡刻本、監本、九條本同。奎章閣本、四庫本、正德本、唐鈔本作「濤」。當作「濤」。

「沛若濛汜」「濛」，奎章閣本、明州本、贛州本、叢刊本、正德本、陳八郎本、尤刻本、胡刻本、監本、九條本同。四庫本作「濛」。唐鈔本作「蒙」。當作「濛」。

■**立群案**：楚辭天問：出自湯谷，次於蒙汜，自明及晦，所行幾里？王逸注：次，舍也。汜，水涯也。言日出東方湯谷之中，暮入西極蒙水之涯也。淮南子覽冥訓：邅回蒙汜之渚。高誘注：蒙汜，日所出之地。是古多作「蒙汜」。然張衡西京賦：日月於是乎出入，象扶桑與濛汜。薛綜注引楚辭：出自陽谷，入於濛汜。漢已傳寫爲「濛汜」。且劉逵曰：湯谷，日所出也。濛汜，日所入也。善注引楚辭曰：日出於陽谷，入於濛汜。五臣翰曰：湯谷，水名，日所出。濛汜，水名，日所入。是劉逵本、李善本、五臣本皆作「濛汜」也。當作「濛汜」。

【彙注】

【李善注】瀥，呼角切。瀑，步角切。濆，扶刎切。潰，胡内反。汩音骨。沛，普賴切。汜音似。劉曰：龍池在朱堤南十里，地周四十七里。漏江在建寧，有水道，伏流數里復出。故曰漏江。湯谷，日所出也。濛汜，日所入也。善曰：瀥瀑，水沸之聲也。公羊傳曰：濆泉者何，涌泉也。淮南子曰：日出於湯谷，浴於咸池。楚辭云：日出於陽谷，入於濛汜。濛汜，见西京赋。

【文選鈔】方言曰：汩，疾流也。言龍池、漏江之水如湯谷、濛汜之廣大也。

【文選音决】瀥，許角反。瀑，步角反。濆，普寸反，又扶粉反。隈，烏回反。潰，胡對反。汩，蕭音骨，曹胡没反。沛，普大反。汜音似。

【五臣注】瀥，胡角反。瀑，陟角反。濆音刎。潰，胡内反。汩音骨。沛，普賴反。汜音似。翰曰：龍池，池名。漏江、洑流，皆江名。瀥瀑，水沸聲。濆、潰，皆疾流貌。汩、沛，水壯盛貌。湯谷，水名，日所出。濛汜，水名，日所入。言此水類之。隈、阿，皆曲也。

【陸善經注】劉逵曰：龍池在朱提南。建寧有水，伏流數里復出，故曰漏江。蜀以朱提爲郡，今在越嶲東蠻中。改益州郡曰建寧。

【張鳳翼文選纂注】瀥，胡角切。瀑，步角切。濆，扶刎切。汩音骨。汜音似。龍池在朱堤南十里，地周四十七里。漏江在建寧，有水道，伏流數里復出，故曰漏江。瀥瀑，水沸聲也。日出于湯谷，入于濛汜。

【王象乾文選删注】瀥，胡角切。瀑，布角切。瀥瀑，水沸声。劉曰：龍池在朱堤南十里，地周四十七里。漏江在建寧，有水道，伏流數里復出，故曰漏江。

【陳景雲文選舉正】龍池，注「在朱堤南」。「堤」當作「提」，下「龍目」注同。又下「荔實」，舊本作「朱實」。

【杭世駿文選課虚】瀥瀑，水沸之聲。長笛賦：暠瀑噴沫，犇遁碭突。洶涌貌。

【余蕭客文選音義】伏五臣作「洑」。洑音伏。瀥漢書注：滈音鎬。集韻：滈，或作瀥。瀑雹。濆憤。

【余蕭客文選紀聞】瀥黑角。集韻九。

【胡克家文選考异】注「胡角」又注「步角」又「扶刎」。袁本作「瀥胡角切瀑步角切」八字，在注中「水沸之聲也」下，「濆扶刎切」四字，在「涌泉也」下，是也。茶陵本有「瀥呼角切」四字，餘無，皆删削也。但「胡」作「呼」爲是。

注「在朱堤南十里」。陳云「堤」當作「提」。下「生朱堤南廣縣」，何改「提」，陳同，是也。各本皆譌。

注「淮南子曰」下至「入于濛汜」。袁本此二十五字作「湯谷已見東京賦」，是也，茶陵本複出，非。

【朱珔文選集釋】龍池瀥瀑濆其隈。劉注云：龍池在朱堤南十里，地周四十七里。案：「堤」字兩漢志皆作「提」。續志「犍爲屬國朱提」下，注引南中志曰：縣有大淵，池水名千頃，池西南二里有堂很山，多毒草。盛夏之月，飛鳥過之，不能得去。又引此注曰：有靈池，在縣南數十里，周四十七里。是龍池即靈池也。此云十里，當脱「數」字。又水經若水篇：東北至犍爲朱提縣西，瀘江水注之。注云：朱提，山名也。應劭曰：在縣西南，縣以氏焉。建安二十年立朱提郡。郡治縣故城。郡西南得所綰堂琅縣，西北行，上高山，羊腸繩屈，三蜀之人，以爲至險。有瀘津，東去縣八十里，水廣六七百步，深十數丈，多瘴氣，鮮有行者。余謂南中志之「堂很」，當即水經注之「堂琅」。前志亦有「堂琅」，此字形相似而誤。然則「靈池」殆即瀘津矣。善注云滈瀑，水沸之聲。蓋因有瘴氣，故水沸而不静也。朱提山，在今宜賓縣西南五十里。

漏江伏流潰其阿。劉注云：漏江在建寧，有水道，伏流數里復出。故曰漏江。案：兩漢志：牂牁郡下并有漏江縣。水經葉榆水注云：榆水又東北，流滇池縣南，又東徑同并縣南，又東徑漏江縣，伏流山下，復出蝮口，謂之漏江。下引此賦語爲證。又云：諸葛亮之平南中也，戰於是水之南。是漏江即葉榆水矣。建寧郡，係蜀漢所置，晋因之，爲今雲南曲靖、澂江諸府，及武定州，皆是。滇池縣，即今晋寧州。錢氏坫斠注：漢志云爾。又云：漏江縣，同并縣俱應今澂江府地。方輿紀要則謂同并故城在今霑益州之北。

【梁章鉅文選旁證】漏江伏流潰其阿。六臣本「伏」作「洑」。案：水經葉榆水注云：葉榆水又東徑漏江縣，伏流山下，復出蝮口，謂之漏江。左思蜀都賦曰「漏江洑流」云云，亦作「洑」也。

注龍池在朱堤南十里。陳校：「堤」改「提」。下注「生朱堤南廣縣」句同。各本皆誤。

【胡紹煐文選箋證】龍池滈瀑潰其限。注善曰：滈瀑，水沸之聲也。按：瀑，沫也。説文：瀑，一曰沫也。本書江賦「拊拂瀑沫」，「瀑沫」連言，而長笛賦「滈瀑」與「噴沫」亦相對爲文，是「瀑」爲「沫」也。滈，沸也。此謂龍池沸沫而潰其限也。

漏江伏流。旁證云：五臣作「袱」。水經葉榆水注：葉榆水又東徑漏江縣，伏流山下，復出蝮口，謂之漏江。左思蜀都賦曰「漏江袱流」云云，亦作「洑」。

【吕錦文文選古字通補訓】漏江伏流潰其阿。錦文案，水經注引作「洑」。「伏流」即「洑流」之借。杜甫詩：洑流何處入。集韵：洑，迴流也。郭璞江賦：迅澓增澆。集韵：洑與澓同。正韵：澓，流也。

字异義同。

【高步瀛文選李注義疏】五臣「伏」作「洑」。梁章鉅曰：案：水經葉榆水注引亦作「洑」。呂錦文曰：「伏流」，即「洑流」之借。步瀛案：「洑」後出字。呂説非。○「朱提」各本作「朱堤」。胡克家曰：陳云：「堤」當作「提」。下「生朱堤南廣縣」，何改「提」，陳同，是也。各本皆訛。朱珔曰：案：「堤」字兩漢志皆作「提」。續志「犍爲屬國朱提」下，注引南中志曰：縣有大淵，池水名千頃，池西南二里有堂很山，多毒草。盛夏之月，飛鳥過之，不能得去。又引此注曰：有靈池，在縣南數十里，周四十七里。是龍池即靈池也。此云十里，當脱「數」字。又水經若水篇：東北至犍爲朱提縣西，瀘江水注之。注云：朱提，山名也。應劭曰：在縣西南，縣以氏焉。建安二十年立朱提郡。郡治縣故城。郡西南得所綰堂琅縣，西北行，上高山，羊腸繩屈，三蜀之人，以爲至險。有瀘津，東去縣八十里，水廣六七百步，深十數丈，多瘴氣，鮮有行者。余謂南中志之「堂很」，當即水經注之「堂琅」。前志亦有「堂琅」，此字形相似而誤。然則「靈池」殆即瀘津矣。善注滈瀑，水沸之聲。蓋因有瘴氣，故水沸而不静也。朱提山，在今宜賓縣西南五十里。○漢書地理志：牂柯郡有漏江縣。續漢書郡國志同。水經葉榆水注曰：葉榆水又東北，徑滇池縣南，又東徑同并縣南，又東徑漏江縣伏流山下，復出蝮口，謂之漏江。左思蜀都賦曰：漏江洑流潰其阿，汩若湯谷之揚濤，沛若濛汜之涌波。諸葛亮之平南中也，戰於是水之南。朱珔曰：是漏江即葉榆水矣。建寧郡，係蜀漢所置，晋因之，今爲雲南曲靖、澂江諸府，及武定州，皆是。滇池縣，即今晋寧州。步瀛案：雲南府舊治昆明縣，今昆明縣是。曲靖府舊治南寧縣，今曲靖縣是。澂江府舊治河陽縣，今澂江縣是。武定州、晋寧州，今皆改縣。滇池故城，在晋寧縣東。同并縣，又在其東，當即今澂江縣地。漏江縣，錢坫新斠地里志謂應在澂江府。王先謙漢書補注引阮元雲南通志稿曰：杞麓湖，出河西縣曲阿關，爲長河，匯爲湖，周百五十里，如環而缺，納諸山水。東爲落水洞，復出，又納通海縣、甸苴關諸山水，又東爲落水洞，湖水由此泄，不知所終。蓋伏流東入婆兮江。案：滇黔四山環合，水無所歸，穴地即入，謂之落水洞。然其下流復出，皆可尋究，不得執此爲漏江之證。杞麓湖水，不知所終，真漏江也。疑縣即今通海縣地矣。步瀛案：此又與朱氏、錢氏説异。○胡紹煐曰：瀑，沫也。説文：瀑，一曰沫也。本書江賦「拊拂瀑沫」，「瀑沫」連言，而長笛賦「瀥瀑」與「噴沫」亦相對爲文，是「瀑」爲「沫」也。瀥，沸也。此謂龍池沸沫而濆其隈也。○「瀥，胡角切」以下八字，依袁本增。胡克家曰：茶陵本有「瀥呼角切」四字，餘無，皆删削也。但「胡」作「呼」爲是。○公羊傳昭五年曰：濆泉者何？直泉也。直泉者何？涌泉也。陳立義疏曰：爾雅釋水：濫泉正出。正出，涌出也。郭注引此傳曰：直出。直猶正也。詩瞻卬疏引李巡曰：水泉從下上出曰涌泉。説文水部：涌，滕也。滕，水超涌也。是則「濆」有憤激之義。故作「濆」。凡从「賁」得聲字，多取義於忿。故地之突起者爲「墳起」，人之忿怒者爲「憤怒」，物之大首者爲「賁首」。説文水部：濫，濡上及下也。亦謂水由下濡出，而自上下也。引詩畢沸濫泉。今詩采菽、瞻卬俱作「檻泉」。傳、箋并據爾雅爲説。則「濆泉」蓋與「檻泉」同。○「濆扶刎切」四字依袁本增。○「湯谷已見東京賦」七字，依袁本，而尤本及茶陵本作「淮南子曰：日出于湯谷，浴于咸池。楚辭云：日出于陽谷，入于濛汜」二十五字。淮南與東京賦注複出。楚辭以下與西京賦注複出，而又與天問不合。且下文云「濛汜見西京賦」，如此處已引楚辭，下云「見西京賦」又何所指？此皆後人妄增者。故依袁本删削。○峨、阿、波，古音歌部。霞，魚部。通轉爲韵。

於是乎邛竹緣嶺，菌桂臨崖。旁挺龍目，側生荔枝。布綠葉之萋萋，結朱實之離離。迎隆冬而不凋，常曄曄而猗猗。

【彙校】

「於是乎」「於」，奎章閣本、明州本、贛州本、四庫本、叢刊本、陳八郎本、尤刻本、胡刻本、監本、九條本同。正德本、唐鈔本作「扵」。當作「於」。

「邛竹緣嶺」「邛」，奎章閣本、正德本同。明州本、贛州本、四庫本、叢刊本、陳八郎本、尤刻本、胡刻本、監本、九條本作「卭」。唐鈔本作「卬」。當作「邛」。「緣」，唐鈔本同。奎章閣本、明州本、贛州本、四庫本、叢刊本、正德本、陳八郎本、尤刻本、胡刻本、監本、九條本作「縁」。當作「緣」。

■**立群案**：劉逵曰：邛竹出興古盤江以南，竹中實而高節，可以作杖。善注無注，然亦應作「邛」。五臣向曰：邛竹，竹名。是劉逵本、李善本、五臣本皆作「邛」。諸本多作「邛」，是也。唐鈔本獨作「卬」者，形近而誤也。

「菌桂臨崖」「菌」，奎章閣本、明州本、贛州本、四庫本、叢刊本、正德本、陳八郎本、尤刻本、胡刻本、唐鈔本、九條本同。監本作「茵」。當作「菌」。

■**立群案**：屈原離騷：杂申椒与菌桂兮。賦語當本此。作「菌」字是也。若「茵桂」，則不辭矣。

「旁挺龍目」「挺」，明州本、贛州本、叢刊本、陳八郎本、監本、九條本同。奎章閣本、四庫本、正德本、尤刻本、胡刻本、唐鈔本作「挻」。當作「挺」。「龍」，奎章閣本、明州本、贛州本、四庫本、叢刊本、陳八郎本、尤刻本、胡刻本、監本、九條本同。正德本、唐鈔本作「龍」。當作「龍」。

「側生荔枝」「荔」，奎章閣本、明州本、贛州本、四庫本、叢刊本、正德本、尤刻本、胡刻本同。陳八郎本、監本、唐鈔本、九條本作「茘」。當作「荔」。「枝」，奎章閣本、明州本、贛州本、四庫本、正德本、尤刻本、胡刻本、九條本同。叢刊本、陳八郎本作「枝」。監本作「枝」。唐鈔本作「支」。當作「枝」。

■立群案：典籍中或作「荔枝」，或作「荔支」。如東觀漢記匈奴南單于：南單于來朝，賜御食及橙橘、龍眼、荔枝。後漢書和帝紀：舊南海獻龍眼、荔支，十里一置，五里一候，奔騰阻險，死者繼路。然今多作「荔枝」，從之。

「布緑葉」「葉」，奎章閣本、四庫本同。明州本、贛州本、叢刊本、正德本、陳八郎本、尤刻本、胡刻本、監本、九條本作「葉」。唐鈔本作「茉」。當作「葉」。

「結朱實」「結」，奎章閣本、明州本、贛州本、叢刊本、正德本、胡刻本同。四庫本、陳八郎本、尤刻本、監本、唐鈔本、九條本作「結」。當作「結」。

「迎隆冬」「隆」，奎章閣本、明州本、贛州本、四庫本、叢刊本、正德本、尤刻本、胡刻本、監本、唐鈔本、九條本同。陳八郎本作「隆」。當作「隆」。

「而不凋」「凋」，奎章閣本、贛州本、四庫本、叢刊本、尤刻本、胡刻本、監本同。明州本、正德本、陳八郎本、九條本、唐鈔本作「彫」。當作「凋」。

「常曄曄」「曄曄」，奎章閣本、明州本、贛州本、四庫本、叢刊本、正德本、陳八郎本、尤刻本、胡刻本、監本同。唐鈔本作「暈暈」。九條本作「曄曄」。當作「曄曄」。

■ 立群案：説文無「曄」字，玉篇：曄，目動。廣韻：曄，目動貌。集韻：曄，目動貌。正字通：曄，目動貌。一曰怒視。康熙字典：曄，目動貌。一曰怒視也。是「曄」字與賦意不合。「曄曄」，美盛貌。漢書叙傳下：世宗曄曄，思弘祖業。顔師古注：曄曄，盛貌也。或爲賦語所本。作「曄曄」是。

「而猗猗」「猗猗」，奎章閣本、明州本、贛州本、四庫本、叢刊本、正德本、陳八郎本、尤刻本、胡刻本、監本、唐鈔本、九條本作「猗猗」。當作「猗猗」。

【彙注】

【李善注】崖音宜。劉曰：邛竹出興古盤江以南，竹中實而高節，可以作杖。神農本草經曰：菌桂出交趾，圓如竹，爲衆藥通使。一曰：箘，薰也，葉曰蕙，根曰薰。南裔志曰：龍眼，荔枝，生朱提南廣縣、犍爲僰道縣。隨江東至巴郡江州縣，往往有荔枝樹，高五六丈，常以夏生，其變赤可食。龍眼似荔枝，其實亦可食。邛竹、菌桂、龍眼、荔枝，皆冬生不枯，鬱茂於山林。善曰：王逸荔枝賦曰：緑葉蓁蓁。又曰：朱實叢生。孫卿子曰：松柏經隆冬而不凋，蒙霜雪而不變。曄曄、猗猗，已見西都賦。

【文選鈔】菌桂，人衣其皮。

【文選音決】邛，巨恭反。菌，其敏反。崖，協韵，音宜。荔，力豉反。又音麗。曄，胡劫反。猗，於宜反。

【五臣注】崖音宜。向曰：邛竹，竹名。菌桂，木藥名。龍目、荔枝，皆果木名。萋萋、離離，茂盛貌。隆，盛也。言此物無凋落，迎盛冬而生。曄曄、猗猗，皆光色貌。

【陸善經注】南裔志云：荔支常以夏至，其實變赤，肉白，味甘美。蜀分建寧、牂柯，立興古郡也。

【張鳳翼文選纂注】崖音儀。邛竹出興古盤江以南，竹中實而高節，可以作杖。菌桂出交趾，員如竹，爲衆藥通使。龍眼，荔枝，生朱提南廣等縣，皆冬生不枯。萋萋、離離，茂盛貌。曄曄、猗猗，光色也。

【王象乾文選删注】又曰邛竹出興古盤江以南，竹中實而高節，可以作杖。神農本草經曰：菌桂出交趾，員如竹，爲衆藥通使。

【余蕭客文選音義】崖宜。

【余蕭客文選紀聞】邛都高節竹，可爲杖，所謂邛竹齊民要術十。邛地有竹中實古文苑注四。桂有三種：葉如柏葉，皮赤者，爲丹桂；葉似柿葉者，爲菌桂；葉如枇杷葉者，爲牡桂嵇含草木狀中。左太冲三都賦序云：鳥獸草木，驗之方志。蜀都賦云：旁挺龍目。世南游蜀路，遍歷四路，周旋二十餘年。風俗方物，靡不質究，龍目未嘗見聞。有自南中携到，蜀人以爲奇果。此外如荔枝、橄欖、餘甘、榕木，蜀皆有之，但無龍目、榧實、楊梅三者。豈蜀昔有今無，抑左氏考方志未精耶張世南游宦紀聞五？荔枝，青華草木狀下。廣志：荔枝熟時，百鳥肥，其名曰焦核，小次曰春花齊民要術十。南方荔枝，高潘者最佳，五六月熟。有無核，類鷄卵大者段公路北户録。荔枝再接無核孔平仲談苑一。

【張雲璈選學膠言】旁挺龍目，側生荔枝。按：宋張世南游宦紀聞云：世南游蜀道，遍歷四路數十郡，周旋凡二十餘年，風俗方物，靡不質究。所謂龍目，未嘗見之。間有自南中携到者，蜀人皆以爲奇果。此外如荔枝、橄欖、餘甘、榕木，蜀皆有之。但無龍目、榧實、楊梅三者耳。據此，則左氏自言驗之方志者，亦未爲精核。抑或昔有而今無耶？

【朱珔文選集釋】邛竹緣嶺。劉注云：邛竹出興古盤江以南，竹中實而高節，可以爲杖。案：中山經：龜山，其下多扶竹。郭注：邛竹也。名之扶老竹「扶老」見後歸去來辭。水經葉榆水篇「東南出益州界」，注云：盤水又東徑漢興縣。山溪之中，多生邛竹。下引此賦語。賦後文「邛杖傳節于大夏之邑」，注引張騫傳言大夏賈人市之身毒國。據漢書臣瓚注：邛，山名。生此竹。傳又云：身毒居大夏東南數千里，有蜀物。此其去蜀不遠矣。則仍謂爲蜀中所産也。注言「盤江」者，方輿紀要云：盤江有二源，出四川境内曰北盤江，出雲南境内曰南盤江。

菌桂臨崖。劉注引神農本草經：菌桂出交阯，員如竹。一曰：菌，薰也，葉曰蕙，根曰薰。案：此注後説本之離騷「雜申椒與菌桂兮」。王逸注語，蓋沿其誤也。廣雅亦云：菌，薰也。其葉謂之蕙。王氏疏證引洪興祖離騷補注曰：下文別言「蕙茝」，又云「矯菌桂以紉蕙」，則「菌桂」自是一物。「菌」一作「箘」，其字从竹。五臣以爲香木，是矣。王又云：「申椒」與「菌桂」對文。菌桂之不分爲二，猶申椒也。余謂此處「菌桂」與「邛竹」爲對。邛竹一物，則菌桂亦一物也。自當從本草前説之義。

【梁章鉅文選旁證】旁挺龍目。涪翁難説云：龍眼惟閩中及南越有之。太冲自言作三都賦，所有皆責土物之貢，至言龍目，亦不自知其失。按宋張世南游宧紀聞亦云：歷遍蜀道，風俗方物，靡不質究。所謂龍目，未嘗見之。然蜀志有建寧太守遥領交州之文。御覽果部載：交趾七郡獻龍眼，則賦蜀都而及之，亦未爲失矣。

注 邛竹出興古盤江以南。水經葉榆水注云：盤水又東徑漢興縣。山溪之中，多生邛竹。桄榔樹出麪，而夷人資以自給。故蜀都賦曰：邛竹緣嶺。又曰：麪有桄榔。按晋書地理志：興古郡，蜀置，統縣十一。漢興即其屬縣。洪氏亮吉曰：興古，蜀漢建興三年分建寧、牂柯郡置。故此賦注中屢見興古也。

注 蒙霜雪而不攣。「攣」當作「變」。

【胡紹煐文選箋證】菌桂臨崖。注劉逵曰：神農本草經曰：菌桂出交趾，圓如竹，爲衆藥導使。一曰：菌，薰也，葉曰蕙，根曰薰。按：前説是也。菌桂樹圓如竹，故字一作「箘」，箘正樹圓之狀。桂輪菌謂之「菌桂」，猶芝輪菌謂之「菌芝」，山輪菌謂之「菌山」。西山經「南海之内有菌山」是也。

【高步瀛文選李注義疏】五臣「凋」作「彫」。○梁章鉅曰：水經葉榆水注云：盤水又東逕漢興縣。山溪之中，多生邛竹。桄榔樹出麪，而夷人資以自給。故蜀都賦曰：邛竹緣嶺。又曰：麪有桄榔。按：晉書地理志：興古郡，蜀置，統縣十一。漢興即其屬縣。洪氏亮吉曰：興古，蜀漢建興三年分建寧、牂柯郡置。故此賦注中屢見興古也。朱珔曰：案：中山經：龜山，其下多扶竹。郭注：邛竹也。名之扶老竹。賦後文「邛杖傳節于大夏之邑」，注引張騫傳言大夏賈人市之身毒國。據漢書臣瓚注：邛，山名。生此竹。傳又云：身毒居大夏東南數千里，有蜀物。此其去蜀不遠矣。則仍謂爲蜀中所産也。注言「盤江」者，方輿紀要云：盤江有二源，出四川境内曰北盤江，出雲南境内曰南盤江。步瀛案：齊民要術卷十四，邛都高節竹，可爲杖，所謂邛竹。洪亮吉圖志卷四十七曰：貴州南籠府普安州，三國漢爲興古郡地。又案：普安州，今改縣。○嵇含南方草木狀曰：桂有三種，葉如柏葉，皮赤者爲丹桂。葉似柹葉者，爲菌桂。葉似枇杷葉者，爲牡桂。朱珔曰：此注後説本之離騷「雜申椒與菌桂兮」。王逸注語，蓋沿其誤也。廣雅釋木亦云：菌，薰也。其葉謂之蕙。王氏疏證引洪興祖離騷補注曰：下文別言「蕙茝」，又云「矯菌桂以紉蕙」，則「菌桂」自是一物。「菌」一作「箘」，其字从竹。五臣以爲香木，是矣。王又云：「申椒」與「菌桂」對文。菌桂之不分爲二，猶申椒也。余謂此處「菌桂」與「邛竹」爲對。邛竹一物，則菌桂亦一物也。自當從本草前説之義。胡紹煐曰：菌桂樹圓如竹，故字一作「箘」。箘正樹圓之狀。桂輪菌謂之「菌桂」，猶芝輪菌謂之「菌芝」，山輪菌謂之「菌山」。西山經「南海之内有菌山」是也。朱銘曰：注後説見離騷。然賦文邛竹、菌桂、龍目、荔枝四者相對，不得分菌桂爲二。且賦下有木蘭、梫桂。若以「菌」爲「薫」，則桂混爲木桂，下文不當重用矣。○水經葉榆水注、温水注皆引楊氏南裔异物志。本注引南裔志，疑即此書簡稱。「朱提」各本誤作「朱堤」，今改，説見上。○南方草木狀曰：龍眼樹如荔枝，但枝葉稍小，殼青黄色，形圓如彈丸，核如木梡子，而不堅。肉白而帶漿，其甘如蜜，一朵五六十顆，作穗如蒲萄然。荔枝過，即龍眼熟。故謂之荔枝奴。言常隨其後也。齊民要術十，御覽果部八引廣志曰：龍眼純甘無酸。張雲璈曰：宋張世南游宧紀聞云：世南游蜀道，遍歷四路數十郡，周旋凡二十餘年，風俗方物，靡不質究。所謂龍目，未嘗見之。間有自南中携到者，蜀人皆以爲奇果。此外如荔枝、橄欖、餘甘、榕木，蜀皆有之。但無龍目、榧實、楊梅三者耳。據此，則左氏自言驗之方志者，亦未爲精核。抑或昔有而今無耶？步瀛案：地方産物，昔有今無者，往往而是，未足爲异。不得以此議太冲也。○「荔枝」亦作「荔支」。上林賦作「離支」。南方草木狀曰：荔枝樹高五六丈餘，如桂樹，緑葉蓬蓬，冬夏榮茂，青華朱實，實大如鷄子，核黄黑似熟蓮子，實白如肪。甘而多汁，似安石榴，有甜酢者，至日將中，翕然俱赤，則可食也。一樹下子百斛。齊民要術卷十、藝文類聚果部下、御覽果部八引廣志同。廣志又曰：犍爲僰道南廣荔枝熟時，百鳥肥，其名之曰焦核，小次曰春花，次曰胡偈。此三種爲美。次鼈卵大而酸，以爲醢和，率生稻田間。楊慎丹鉛總録卷四曰：蜀都賦：旁挺龍眼，側生荔枝。故張九齡賦荔支云：雖觀上國之光，而被側生之誚。杜子美絶句云：側生野岸及江蒲，不熟丹宫滿玉壺。諱荔支爲側生，雖本之左思、張九齡，然以時事，不欲直道也。黄山谷題楊妃病齒云：多食側生，損其左車。則特好奇爾。步瀛案：楊引有杜子美解悶十二首之末前首有云：先帝貴妃今寂寞，荔枝還復入長安。安得謂不欲直道乎？○王逸荔枝賦，藝文類聚果部下引「蓁蓁」作「臻臻」，未引「朱實」句。御覽果部八引作「大火中而朱實繁」，與本注引异。類聚、御覽又皆引有「離離如繁星之著天」句。○孫卿子，今本無此文，蓋佚。上林賦注引上句，左太冲招隱詩注引尤詳。本注「變」，各本作「攣」，誤。今依招隱詩注改。藝文類聚木部上、御覽木部三引皆作「變」。

孔翠群翔，犀象競馳。白雉朝雊，猩猩夜啼。金馬騁光而絶影，碧鷄倏忽而曜儀。火井沉熒於幽泉，高爓飛煽於天垂。

【彙校】

「孔翠群翔」「翠」，奎章閣本、明州本、贛州本、四庫本、叢刊本、正德本、陳八郎本、尤刻本、胡刻本、監本、唐鈔本、九條本作「翠」。當作「翠」。「群」，奎章閣本、尤刻本、胡刻本、九條本同。明州本、贛州本、四庫本、叢刊本、正德本、陳八郎本、監本、唐鈔本作「羣」。當作「群」。

「犀象競馳」「象」，奎章閣本、明州本、贛州本、四庫本、叢刊本、正德本、陳八郎本、監本、唐鈔本、九條本同。尤刻本作「象」。胡刻本作「象」。當作「象」。「競」，奎章閣本、明州本、贛州本、四庫本、叢刊本、正德本、陳八郎本、尤刻本、胡刻本、監本、九條本同。唐鈔本作「競」。當作「競」。

「白雉朝雊」「白」，奎章閣本、明州本、贛州本、四庫本、叢刊本、正德本、陳八郎本、尤刻本、胡刻本、唐鈔本、九條本同。監本無法辨識。當作「白」。

「絶影」「絶」，奎章閣本、明州本、贛州本、四庫本、叢刊本、正德本、陳八郎本、尤刻本、胡刻本、唐鈔本、九條本同。監本作「絕」。當作「絶」。「影」，奎章閣本、明州本、正德本、陳八郎本、唐鈔本同。贛州本、四庫本、叢刊本、尤刻本、胡刻本、監本、九條本作「景」。當作「影」。

■立群案：作「影子」「陰影」意，「景」「影」古通。如詩鄘風二子乘舟：二子乘舟，泛泛其景。孔穎達疏：泛泛然見其影之去往而不礙。阮元經籍籑詁：大戴記曾子天圓：是乾外景。注：景，古通以爲影字。然今多作「影」。

「碧鷄倏忽」「鷄」，奎章閣本、明州本、贛州本、四庫本、叢刊本、正德本、陳八郎本、尤刻本、胡刻本、監本、唐鈔本、九條本作「雞」。當作「鷄」。「倏」，正德本、陳八郎本同。奎章閣本、明州本作「倐」。贛州本、四庫本、叢刊本、尤刻本、胡刻本、監本、唐鈔本、九條本作「儵」。當作「倏」。

「曜儀」「曜」，奎章閣本、明州本、贛州本、四庫本、叢刊本、正德本、陳八郎本、尤刻本、胡刻本、監本、唐鈔本、九條本作「曜」。當作「曜」。「儀」，奎章閣本、明州本、贛州本、四庫本、叢刊本、陳八郎本、尤刻本、胡刻本、唐鈔本、九條本同。正德本、監本作「儀」。當作「儀」。

「火井沉熒」「沉」，尤刻本、監本、唐鈔本同。奎章閣本、明州本、贛州本、四庫本、叢刊本、正德本、陳八郎本、胡刻本、九條本作「沈」。今從「沉」。

■立群案：班固西都賦「窈窕繁華」之句，許巽行文選筆記：今書肆所售經書，如以「窈」作

「窈」，以「厄」作「戹」，以「夲」作「本」，以「沉」作「沈」之類，不可悉舉。「厄」「夲」猶皆有其字，特誤認耳。「窈」「沉」等，成何字邪？是本字作「沈」。然今多用「沉」字，作「沉」可也。

「於幽泉」 「於」，奎章閣本、明州本、贛州本、四庫本、叢刊本、陳八郎本、尤刻本、胡刻本、監本、九條本同。正德本、唐鈔本作「扵」。當作「於」。

「高爓飛煽」 「高」，四庫本同。奎章閣本、明州本、贛州本、叢刊本、正德本、陳八郎本、尤刻本、胡刻本、監本、唐鈔本、九條本作「髙」。當作「高」。「爓」，贛州本、叢刊本、胡刻本同。奎章閣本作「熖」。明州本、正德本作「熖」。陳八郎本作「焰」。四庫本、尤刻本、監本、唐鈔本、九條本作「爓」。今從「爓」。「飛」，奎章閣本、明州本、贛州本、四庫本、叢刊本、陳八郎本、尤刻本、胡刻本、監本、九條本同。正德本、唐鈔本作「飛」。當作「飛」。

■ **立群案**：阮元經籍籑詁：一切經音義七引三蒼：爓作焰。是「焰」「爓」可通。今從「爓」。

「於天垂」 「於」，奎章閣本、明州本、贛州本、四庫本、叢刊本、陳八郎本、尤刻本、胡刻本、監本、九條本同。正德本、唐鈔本作「扵」。當作「於」。「垂」，明州本、贛州本、四庫本、叢刊本、陳八郎本、尤刻本、胡刻本、監本、九條本同。奎章閣本、正德本、唐鈔本作「垂」。當作「垂」。

【彙注】

【李善注】猩音生。煽音扇。劉曰：孔，孔雀也。翠，翠鳥也。孔雀特出永昌南涪縣。翡翠常以二月、九月群翔，興古十餘。白雉出永昌。猩猩生交趾封溪，似猿，人面，能言語，夜聞其聲，如小兒啼。春秋傳曰：豕人立而啼。服子慎曰：啼，呼也。淮南子曰：猩猩知往。地理志曰：金馬、碧鷄，在越嶲青蛉縣禺同山。漢宣帝時，方士言益州有金馬、碧鷄之神，可以醮祭而置也。宣帝使諫議大夫王褒持節而求之，褒道病卒，竟不能致也。蜀郡有火井，在臨邛縣西南。火井，鹽井也。欲出其火，先以家火投之，須臾許，隆隆如雷聲，爓出通天，光輝十里，以筒盛之，接其光而無炭也。煽，熾也。善曰：廣雅曰：熒，光也。説文曰：爓，火焰也。音艷。天垂，天四垂也。

【文選鈔】孔雀似鷄而大，尾長七尺，緑色。翠鳥，孔雀之屬，青色鳥。犀，猪首牛身，倉黑色，痹脚。一角在鼻，一角在額，一角在背。亦有止一角者。象，似犀而大，牙、鼻皆長一丈。蜀郡有火井，取井火和家火還煮井水，一斛水得四五斗鹽。家火煮之，不過兩三斗也。

【文選音决】犀音西。雊，古候反。猩音生。啼，協韵，逐移反。吴俗言熒音迥。爓音艷。煽音扇。

【五臣注】猩音生。煽音扇。濟曰：孔，孔雀。翠，翡翠。白雉，皆鳥名。犀象、猩猩，皆獸名。金馬、碧鷄，神物也。言此二神曜騁光儀也。蜀有火井，以家火投之，須臾如雷聲，爓出通天。言火在井，故云「沉熒」。熒，光也。

【張鳳翼文選纂注】猩音星。孔，孔雀。翠，翠鳥也，與白雉皆出永昌。猩猩生交趾封溪，似猿，人面，能言。漢宣帝時，方士言益州有金馬、碧鷄之神。帝使王褒持節求之。蜀郡有火井，在臨邛縣。欲出其火，先以家火投之，須臾許，隆隆如雷聲，焰出通天，光輝十里，以筒盛接，有光而無灰。煽，熾也。爓，火焰也，音艷。天垂，天四垂也。

【王象乾文選删注】火在井，故云「沉熒」。劉曰：孔雀出永昌南涪縣。翡翠常以二月、九月群翔興古千餘。白雉出永昌。猩猩生交趾封溪，似猿，人面，能言語，夜聞其聲，如小兒啼。地理志曰：金馬、碧鷄，在越嶲青蛉縣禺同山。宣帝使王褒持節求之，竟不能致。蜀郡有火井，在臨邛縣西南，鹽井也。以家火投之，須臾許，隆隆如雷聲，光十里，以筒盛之，接其光而無炭。

【陳景雲文選舉正】孔翠群翔。注「群翔興古十餘」。「餘」下疑脱「日」字。又「可以醮祭而置」，「置」疑當作「致」。

【余蕭客文選音義】爓五臣作「焰」。金馬左思别傳：其三都賦改定至終乃止。初作蜀都賦云：金馬電發於高岡，碧鷄振翼而雲披。鬼彈飛丸以礌礉，火井騰光以赫曦。今無「鬼彈」，故其賦往往不同。何曰：郊祀志注：金形似馬，碧形似鷄。火井博物記：火井深二三丈，以竹木投取火。异苑：臨邛有火井。漢室之盛，則赫熾。桓、靈之際，火勢漸微。諸葛孔明一窺而更盛。至景耀元年，人以竹投即滅。其年，蜀并於魏。劉昭補注後漢書：取井火還，煮井水，一斛水得四五斗鹽。家火煮之，不過二三斗鹽耳。楊慎丹鉛總録：火井在蜀之臨邛，今嘉定、犍爲有之。其泉皆油，爇之然，人取爲燈燭。正德中方出，古人博物亦未及此。

【余蕭客文選紀聞】王褒祭金馬碧鷄神文曰：漢持節使王褒，敬祭金精神馬縹碧之鷄：歸徠歸徠，漢德無疆。見後漢西南夷傳注學齋佔畢二。臨邛火井，縱廣五尺，深二三丈，在縣南百里。昔人以竹木投取火。諸葛丞相往視之，後火轉盛。盆蓋井上，煮鹽得鹽，入家火即滅，今不復然博物志二。火井江有火井，夜時光映上昭。以家火投之，頃許如雷聲，火焰出，通曜數十里，以竹筒盛其光，藏之，可拽行，終日不滅。井有二水。取井火煮之，一斛水得五斗鹽。家火煮之，得無幾也常璩華陽國志三。火井，漢室之隆，炎赫彌盛。桓、靈之際，火勢漸微。諸葛亮一視而更盛。至景耀元年，人以燭投即滅。其年，蜀并於魏劉敬叔异苑四。十道要記：火井有水，郡人以竹筒盛之照路，似今人秉燭，即水中自有焰耳寰宇記八十五。异苑云：臨邛火井，深六十餘丈贊寧物類相感志二。案華陽志「井有二」下脱文。物類相感志二卷云：臨邛有二井，一火井，一鹽井。取鹽井水，火井火煮之，一斛水得鹽四五斗。家火不過一二斗矣。據此，則劉注「火井，鹽井也」亦誤。爓經典釋文十音潛。真經玉訣音義音艷。煽扇。通典五十五。

【孫志祖文選理學權輿補・前賢評論】左思別傳云：思作三都賦，疾中猶改作蜀都賦，云：金馬電發於高岡，碧山振翼而雲披。鬼彈飛丸以燸燩，火井騰光而赫羲。今本無「鬼丸」句。水經注：瀘水傍，瘴氣特惡。氣中有物，不見其形，其作有聲。中林則折，中人則害，名曰鬼彈。

【孫志祖文選考异】金馬騁光而絶景云云。世説文學篇注引思別傳曰：初作蜀都賦云：金馬電發於高岡，碧鷄振翼而雲披。鬼彈飛丸以礌礉，火井騰光以赫曦。今無「鬼彈」。故其賦往往不同。

【張雲璈選學膠言】葉樹藩云：金馬騁光而絶景，碧鷄倏忽而曜儀。火井沈熒於幽泉，高爓飛煽於天垂。左思別傳云：思疾病，尚改蜀都賦曰：金馬電發於高岡，碧鷄振翼而雲披。鬼彈飛丸以礌礉，火井騰光以赫曦。與此异。想構思十年，稿經數易，兹四句尚是未定本耳。雲璈按，「鬼彈」「火井」，偶對較勝。即上二句使事，亦勝今本。若如今本「火井」二句，亦止一事耳。劉昭後漢補注：取井火還，煮井水，一斛得四五斗鹽。家火煮之，不過二三斗耳。

【胡克家文選考异】注「群翔興古十餘」。陳云「餘」下疑脱「日」字，是也。各本皆脱。

注「可以醮祭而置也」。陳云「置」當作「致」，是也。各本皆脱。

注「火焰也音艷」。袁本、茶陵本「焰」作「爓」，又袁「艷」下有「煽音扇」三字，是也。茶陵無，非也。

【許巽行文選筆記】火井。注「以鬲盛」之「鬲」，何校改「篝」。案，説文：鬲，鼎屬。篝，斷竹也。斷竹非可盛火，疑仍作「鬲」爲是。

【朱珔文選集釋】金馬騁光而絶景，碧鷄倏忽而曜儀。劉注引地理志曰：金馬、碧鷄，在越巂青蛉縣禺同山。案：青蛉，一作蜻蛉。水經淹水篇：水出越巂遂久縣徼外，東南至蜻蛉縣。注云：縣有禺同山，其山神有金馬、碧鷄，光景倏忽，民多見之。下即引此賦語爲證。後吳都賦言：蜀都之富，禺同之有。特稱禺同，殆亦以有神物見重與？洪氏圖志云：金馬山在今昆明縣東二十五里，西對碧鷄山，相距五十餘里，其中即滇池。漢帝遣王褒至益州祀金馬、碧鷄之神，即引漢書注引如淳曰：金形似馬，碧形似鷄。方輿紀要略同。但志云：禺同在青蛉，爲越嶲郡所屬。而滇池於漢屬益州郡，非屬越嶲。則古今相傳，其地各异矣。當以漢志爲準。錢氏坫云：漢青蛉縣在今麗江府城南。

火井沈熒於幽泉。劉注云：蜀郡有火井，在臨邛縣西南。火井，鹽井也。欲出其火，先以家火投之，須臾許，隆隆如雷聲，爓出通天，光輝十里，以筩盛之，接其光而無炭也。案：續漢志「臨邛」下注亦引此注語，并引博物記曰：有火井深二三丈，在縣南百里，以竹木投取火，後人以火燭投井中，火即滅絶，不復然。彼注又云：取井火還煮井水，一斛水得四五斗鹽。家火煮之，不過二三斗鹽耳。此文亦見華陽國志。蓋謂火井有二，一燥一水也。方輿紀要云：臨邛廢縣，即今邛州治。隋唐間置火井縣，州西八十里，有相臺山，山之西南即火井也。博物志：臨邛火井，諸葛丞相往視之後，火轉盛。下又引此賦語爲證。

高爓飛煽於天垂。善注引説文曰：爓，火焰也。案，「焰」爲俗字，仍當作「爓」。今本説文：爓，火門也。段氏謂「門」蓋「爓」之壞字。或謂當作「焱」。然「焱」在炎部，云：火行微焱焱也。與「爓」异解。姚、嚴校議云：當作「爓爓」。一切經音義及六書故引唐本，并作「火爓爓」也。前西都賦注引字林：爓，火貌也。「貌」即「爓爓」之約文。

【梁章鉅文選旁證】金馬騁光而絶景，碧鷄倏忽而曜儀。火井沈熒於幽泉，高爓飛煽於天垂。梁氏玉繩曰：「火井」二句是一事。案世説五注載太沖初作賦云：金馬電發於高岡，碧鷄振翼而雲披。鬼彈飛丸以礌礉，火井騰光以赫曦。似「鬼彈」「火井」，偶對爲勝。

注群翔興古十餘。又可以醮祭而置也。陳校：「餘」下疑脱「日」字，「置」改「致」，是也。各本皆有脱誤。

注欲出其火，先以家火投之，須臾許，隆隆如雷聲，爓出通天，光輝十里，以筩盛之，接其光而無炭也。續漢書郡國志：蜀都注引此賦注「爓出」作「爛然」，「輝」作「耀」，「筩」上有「竹」字。

注說文曰：爓，火焰也。今說文：爓，火門也。席氏世昌曰：火門不可解。當從李引，惟「焰」字當作「燄」。段曰：「焰」，俗字，當作「爓」。「門」爲「爓」之壞字。若「燄」字，在炎部，云：火行微燄燄也。與「爓」异解。

【胡紹煐文選箋證】金馬騁光而絕影，碧鷄倏忽而耀儀。火井沈熒於幽泉，高爓飛煽於天垂。余氏文選音義云：左思別傳：其三都改定至終乃止。初作蜀都賦云：金馬電發於高岡，碧鷄振翼而雲披。鬼彈飛丸以礌礉，火井騰光以赫曦。今無「鬼彈」句，其賦亦往往不同。紹煐按：見世說五注，又文士傳曰：左思初作蜀都賦曰：鬼彈飛丸以碻礰。後又改易無此語。「礌礉」作「碻礰」，復不同。

【高步瀛文選李注義疏】五臣「景」作「影」，「儵」作「倏」，「爓」作「焰」。○世說新語文學篇注引左思別傳曰：其三都賦改定至終乃止。初作蜀都賦云：金馬電發於高岡，碧鷄振翼而雲披。鬼彈飛丸以礌礉，火井騰光以赫曦。今無「鬼彈」，故其賦往往不同。葉樹藩曰：鬼彈、火井，對偶較勝。即上二句使事，亦勝。若如今本「火井」二句，亦止一事耳。胡紹煐曰：文士傳曰：左思初作蜀都賦曰：鬼彈飛丸以碻礰。後又改易無此語。「礌礉」作「碻礰」，又不同。步瀛案：文士傳，見御覽鬼神部四引。○華陽國志南中志曰：永昌郡古哀牢國，有翡翠、孔雀、犀、象。南里縣，有翡翠。孔雀，雲南郡常以二月來翔，月餘而去。案：晉書地理志永昌郡無南里縣。「南里」即「南涪」之誤。晉永昌郡治不韋縣，今雲南保山縣北。南涪亦當在雲南境。○注各本「十餘」下無「日」字。依陳氏校增。○朱銘曰：南中志曰：

永昌郡，古哀牢國。有猩猩獸，能言，其血可以染朱罽。則猩猩蜀地所出。步瀛案：爾雅釋獸曰：猩猩小而好啼。郝懿行校：「小而好啼」，當作「如小兒啼」。郭注曰：山海經曰：人面豕身，能言語。今交阯封溪縣出猩猩，狀如貛㹠，聲似小兒啼。今海内南經「猩」作「狌」，曰：狌狌知人名，其爲獸，如豕而人面。郭注曰：今交州封溪出狌狌，土俗人説云：狀如豚而後似狗，聲如小兒啼也。御覽獸部二十引廣志曰：猩猩似狟，聲如小兒，不聞其言。出交阯封溪縣。又引南方草木狀曰：猩猩之獸生在野中，狀如㹠子。民人捕取。交阯武平、興古有之。案：今草木狀無此文。興古，亦蜀地也。淮南子氾論篇曰：猩猩知往而不知來。高誘注曰：猩猩，北方獸名。人面獸身，黄色。禮記曰：猩猩能言，不離走獸。見人狂走，則知人姓氏。此知往也。又嗜酒，人以酒搏之，則飲而不能息，不知當醉以禽其身。故曰不知來也。郝懿行曰：猩猩，南方獸，作「北方」誤也。步瀛案：山海經謂猩猩能知人名，固不足信。即曲禮謂猩猩能言，亦屬傳聞。廣志謂不聞其言，蓋得其實。李時珍本草綱目卷五十一謂：大抵猩猩略似人形，如猿猴類耳。縱使能言，當若鸚鵡之屬，此亦揣想之詞，非確得之實驗也。○春秋傳，見左氏莊八年。○淮南，已見上。○漢書地理志越巂郡青蛉縣，原注曰：禺同山，有金馬、碧鷄。郊祀志下曰：或言益州有金馬、碧鷄之神，可醮祭而致，於是遣諫大夫王褒持節而求之。注引如淳曰：金形似馬，碧形似鷄。王褒傳曰：方士言益州有金馬、碧鷄之寶，可祭祀致也。宣帝使褒往祀焉。褒於道病死。水經淹水篇曰：東南至青蛉縣。酈注曰：縣有禺同山，其山神有金馬、碧鷄，光景倏忽，民多見之。漢宣帝遣諫大夫王褒祭之，欲致其鷄、馬。褒道病而卒，是不果焉。王褒碧鷄頌曰：敬移金精神馬，縹縹碧鷄。故左太冲蜀都賦曰：金馬騁光而絶影，碧鷄倏忽而曜儀。清統志曰：雲南雲南府，金馬山在昆明縣東二十五里，對碧鷄山，相距五十餘里。其中即滇池也。又曰：楚雄府，青蛉廢縣。今大姚縣治。朱珔曰：志云：禺同在青蛉，爲越巂郡所屬。而滇池於漢屬益州郡，非屬越巂。則古今相傳，其地各异。當以漢志爲準。○注「可以醮祭而致也」，各本「致」作「置」，誤。依陳氏校改。○續漢書郡國志益州蜀郡臨邛縣，劉昭注引博物記曰：有火井深二三丈，在縣南百里，以竹木投取火，後人以火燭投井中，火即滅絶，不復然。又引本賦注「燭出」作「爛然」，「輝」作「耀」，「箭」作「竹筒」二字。下又云：取井火還，煮井水，一斛水得四五斗鹽。家火煮之，不過二三斗鹽耳。華陽國志蜀志曰：臨邛縣有火井，民欲其火光，以家火投之，頃許如雷聲，火焰出，通耀數十里，以竹筒盛其光，藏之，可拽行，終日不滅也。井有二水，取井火煮之，一斛水得五斗鹽。家火煮之，得無幾也。余蕭客曰：「井有二」下脱文。贊寧物類相感志二云：臨邛有二井，一火井，一鹽井。取鹽井水井火煮之，一斛水得鹽四五斗。家火不過一二斗矣。據此，則劉注「火井，鹽井也」，亦誤。朱珔曰：華陽國志井有二，蓋謂火井有二，一燥一水也。與余氏説异。然似余説得之。朱又曰：方輿紀要云：臨邛廢縣，即今邛州治。隋唐間置火井縣，州西八十里，有相臺山，山之西南，即火井也。博物志：臨邛火井，諸葛丞相往視之後，火轉盛。下又引此賦語爲證。步瀛案：邛州，今改邛崍縣。○廣雅，見釋訓：複「熒」字。○説文，見火部。本注，尤本「火爓」作「火焰」，今依袁本、茶陵本。朱珔曰：「焰」爲俗字，仍當作「爓」。今本説文：焰，火門也。段氏謂「門」蓋「爓」之壞字。或謂當作「燄」。然「燄」在炎部，云：火行微燄燄也。與「爓」异解。姚、嚴校議云：當作「爓爓」。一切經音義卷一、卷九，六書故第三，引唐本，并作「火爓爓也」。西都賦注引字林：爓，火貌也。即「爓爓」之約文。步瀛案：段氏及姚氏、嚴氏説皆是。○「煽音扇」三字，依袁本增。○四垂，猶言四邊。説文曰：垂，遠邊也。莊子逍遥游曰：其翼若垂天之雲。釋文引崔譔曰：垂，猶邊也。○崖、枝、啼，古音支部。離、猗、馳、儀、垂，歌部。通轉爲韵。

其間則有琥珀丹青，江珠瑕英。金沙銀礫，符采彪炳，暉麗灼爍。

【彙校】

「其間則有」「間」，奎章閣本、明州本、四庫本、叢刊本、正德本、陳八郎本、尤刻本、監本、唐鈔本、九條本同。贛州本、胡刻本作「閒」。當作「間」。

「琥珀丹青」「琥珀」，贛州本、四庫本、叢刊本、尤刻本、胡刻本、監本作「虎珀」。奎章閣本、明州本、正德本、陳八郎本、九條本、唐鈔本作「虎魄」。今從「琥珀」。「青」，奎章閣本、明州本、贛州本、四庫本、正德本、陳八郎本、尤刻本、唐鈔本、九條本同。叢刊本、胡刻本、監本作「靑」。當作「青」。

■**立群案**：典籍中或作「虎魄」，如漢書西域傳上罽賓國：出封牛、水牛、象、大狗、沐猴、孔爵、珠璣、珊瑚、虎魄、璧流離。或作「虎珀」，如郭璞玄中記：楓脂淪入地中，千秋爲虎珀。今多作「琥珀」。

「金沙銀礫」「礫」，奎章閣本、明州本、正德本、陳八郎本、尤刻本、胡刻本、唐鈔本、九條本同。贛州本、四庫本、叢刊本、監本作「鑠」。當作「礫」。

■**立群案**：説文：礫，小石也。鑠，銷金也。「金沙」「銀礫」相對，自當作「礫」。王韶之始興記：冷君西北有小首山。宋元嘉元年，夏霖雨，山崩。自巔及麓，崩處有光耀，有若辰焉。居人往觀，皆是銀礫，鑄得銀也。作「礫」是也。

「暉麗灼爍」「暉」，奎章閣本、明州本、贛州本、四庫本、叢刊本、正德本、陳八郎本、尤刻本、胡刻本、監本、九條本同。唐鈔本作「煇」。今從「暉」。「爍」，奎章閣本、明州本、贛州本、四庫本、叢刊本、陳八郎本、尤刻本、胡刻本、監本、唐鈔本、九條本同。正德本作「礫」。當作「爍」。

■ **立群案**：説文：暉，光也。煇，光也。似俱可通。然段玉裁説文解字注：暉者，日之光。煇者，火之光。賦所云乃金銀珠玉之光，似又皆不可通。諸本多作「暉」，今暫從之。

灼爍，鮮明、光彩貌。如蔡邕彈棋賦：榮華灼爍，蕚不韡韡。或爲賦語所本。灼礫不辭。當作「爍」爲是。

【彙注】

【李善注】礫音歷。彪，筆尤切。灼音酌。爍，舒藥切。劉曰：永昌博南縣出虎珀。牂牁有白曹山，出丹青、曾青、空青也。本草經云：皆出越嶲郡。瑕，玉屬也。楊雄蜀都賦云：瑕英江珠。永昌有水出金，如糠在沙中。興古盤町山出銀。符采，玉之横文也。灼爍，艶色也。善曰：博物志曰：虎珀，一名江珠。

【文選鈔】永昌博南縣出虎珀。千年松脂，作色赤也。

【文選音決】瑕音遐。礫音歷。彪，彼尤反。爍，舒灼反。

【五臣注】礫音歷。彪，筆尤反。炳音丙。灼音酌。爍，舒藥反。良曰：丹青，石魚也。虎魄、江珠、瑕英、金沙、銀礫，皆珍寶也。彪炳、灼爍，光彩貌。

【張鳳翼文選纂注】鑠音歷。丹青，石色也。虎珀、江珠、瑕英、金沙、銀鑠，皆珍寶也。彪炳、灼鑠，光彩貌。

【王象乾文選删注】瑕，玉属。永昌博南縣出琥珀。牂牁有白曹山，出丹青、曾青、空青。永昌有水出金，如糠在沙中。興古盤町山出銀。

【何焯義門讀書記】其間則有琥珀丹青，江珠瑕英。注：「博物志：琥珀，一名江珠。」按，琥珀、江珠似非一物。江珠之名，於義亦無所取也。

【杭世駿文選課虚】符采，玉之横文也。灼爍，艷色也。

【余蕭客文選音義】琥珀廣雅：虎魄，珠也。玉策經：松脂千年作茯苓，茯苓千年作琥珀，琥珀千年作石膽，石膽千年作威喜。曹昭格古論：琥珀出西番、南番，乃楓木津液多年所化。五臣「珀」作「魄」。礫字典叶落。爍鑠。注江珠何曰：琥珀、江珠，似非一物。江珠，名義無取。

【余蕭客文選紀聞】元中記：楓脂入地爲琥珀。世説曰：桃濬入地所化。或言龍血入地爲琥珀酉陽雜俎十一。松脂入地千歲爲茯苓，茯苓千歲爲琥珀，琥珀千歲爲瑿玉唐國史補中。紅珠，琥珀别名，見博物志楊彦贍六帖補十一。案善注引博物志作江珠，則本賦下句江珠爲重出，未知孰是。礫力的。玉篇廿二。

【孫志祖文選李注補正】其間則有琥珀丹青。注：博物志曰：琥珀，一名江珠。〇正曰：按，此賦下句云「江珠瑕英」，則非一物而二名矣。

【張雲璈選學膠言】其間則有琥珀丹青，江珠瑕英。李注引博物志：琥珀，一名江珠。何氏讀書記云：琥珀、江珠，似非一物。江珠之名，於義亦無所取也。雲璈按，賦文「琥珀」「江珠」爲對，其非一物何疑。余蕭客云：玉策經：松脂千年爲茯苓，茯苓千年爲琥珀，琥珀千年爲石膽，石膽千年爲威喜。

【胡克家文選考异】金沙銀礫。茶陵本「礫」作「鑠」，云五臣作「礫音歷」。袁本作「礫」，用五臣也。

尤以五臣亂善，非。下「歷」亦五臣音耳。

【許巽行文選筆記】琥珀。何校改「虎魄」。案，史記、漢書「虎魄」字如此。説文：琥，發兵瑞玉。無「珀」字。嘉德案，注引作「琥珀」，若改「虎魄」，則与注不相應矣。

【朱珔文選集釋】其間則有虎珀。劉注云：永昌博南縣出虎珀。案：續漢志「博南」下注引廣志曰：有虎魄生地中，其上及傍不生草。深者四五八九尺。大者如斛，削去外皮，中成虎魄，如升。初如桃膠，凝皮堅成也。王氏廣雅疏證曰：博物志云：神仙傳：松脂入地化爲茯苓，茯苓千年化爲虎魄。今泰山有茯苓而無虎魄，永昌出虎魄而無茯苓，所未詳也。志又云：虎魄，一名「江珠」。此語善注亦引之。然下文別出「江珠」，則彼當是珠類，與「虎魄」非一物矣。

丹青。劉注云：牂牁有白曹山，出丹青、曾青、空青也。本草經云：皆出越巂郡。案：續漢志惟巴郡下云：涪陵出丹。蜀郡徙縣下注引華陽國志曰：出丹砂、雄雌黃、空青、青碧。而牂牁郡未及。本草經曰：空青能化銅鐵鉛錫作金。別録曰：生益州山谷及越巂山有銅處。銅精熏則生空青。此與注所引合。又西山經：騩山，淒水出焉，其中多采石。郭注：今雌黃、空青、緑碧之屬。皇人之山，其下多青雄黃。郭注：即雌黃也。或曰：空青，曾青之屬。藝文類聚引范子計然曰：空青出巴郡。白青、曾青出宏農、豫章。則所出本非一地也。

江珠瑕英。劉注引楊雄蜀都賦云：瑕英江珠。案：注不言産珠之地。據續漢志博南下及越巂郡會無下，兩引華陽國志云：博南西山有光珠穴。會無故濮人邑，今有濮人冢。冢不閉户，其中多珠。水經若水篇注亦云：光珠穴出光珠。又有黃白青珠。疑江珠即光珠也。○劉注又云：瑕，玉屬也。案：説文：瑕，玉小赤也。廣雅：玉之屬，有赤瑕。後上林賦「赤瑕駁犖」，注引張揖曰：赤瑕，赤玉也。張衡七辨亦云：玩赤瑕之璘豳。後海賦云：瑕石詭暉。蓋瑕者，赤色之名。「瑕」與「霞」通。故赤雲氣謂之「霞」。然則此「瑕英」殆即今所謂碧霞玒者是與？若續志「綿虒道」下引華陽國志曰：玉壘山出璧玉。則第渾言之，不定其爲瑕英耳。

金沙銀礫。劉注云：永昌有水出金，如糠在沙中。案：續漢志博南下云：南界出金。注引華陽國志曰：西山高三十里，越得蘭滄水，有金沙，洗取融爲金。水經若水篇注略同。博南屬永昌郡，正此注所云也。外此若蜀郡岷山，注引山海經曰：其上多金玉。廣漢郡葭萌，注引華陽國志：有水通於漢川，有金銀礦，民洗取之。廣漢屬國都尉下剛氐道注亦引華陽國志曰：涪水所出，有金銀礦，皆是。○劉注又云：興古盤町山出銀。案：漢志益州郡屬律高下云：東南監町山，出銀鉛。顔注云：監音呼鷄反。「監」與「盤」异。水經葉榆水注云：盤水出律高縣東南盤町山，水當以山得名。盤水即盤江，見續志牂牁郡宛温下注引南中志。説文無「監」字，疑仍當作「盤」矣。然蜀中出銀者，尚不一地。益州郡下有雙柏縣出銀。賁古縣羊山出銀鉛。犍爲朱提下云：山出銀。續志注云：前書朱提銀重以八兩爲一流，直一千五百八十。他銀一流直一千。南中志曰：舊有銀窟數處。則此注特舉一以概之也。

符采彪炳。劉注云：符采，玉之横文也。案：本書魏文帝與鍾大理書注引王逸正部論曰：或問玉符，曰：赤如鷄冠，黄如蒸栗，白如猪肪，黑如純漆，玉之符也。此但言其光采。而劉以爲横文者，蓋即説文「璱」字下云「玉英華相帶，如瑟弦」是也。説文又引孔子曰：美哉璠璵，遠而望之，奂若也。近而視之，瑟若也。一則理勝，二則孚勝。孚勝，謂瑟若。禮記聘義：孚尹旁達。鄭注：「孚」或作「姇」，「姇」當與「符」通。曰旁達，似合横文之意。詩：瑟彼玉瓚。説文引之，「瑟」作「璱」。鄭箋云：瑟，絜鮮貌。蓋與許异。

【梁章鉅文選旁證】其間則有虎珀丹青。注虎珀，一名江珠。孫氏志祖曰：此賦下句又云「江珠瑕英」，則非一物而二名也。

江珠瑕英。洪氏亮吉曰：珠字从玉，古人之珠，皆以玉爲之。續漢書輿服志：冕繫白玉珠爲十二旒。三公、諸侯七旒，青玉爲珠。卿大夫五旒，黑玉爲珠。所謂白玉珠、青玉珠、黑玉珠，皆琢小玉之白、青、黑者爲之。此歐陽、大小夏侯皆承周、秦以來先儒舊説。明三代之制，冕旒垂珠皆琢玉爲之，非蚌珠也。珠亦有天然不須琢者，蜀都賦所云江珠瑕英，青珠黄環，及子虛賦之玫瑰注引倉頡篇：玫瑰，火齊珠。又山海經之歷山，楚水多白珠，皆玉珠之天然不須琢者，亦皆非蚌珠也。蚌珠亦名珠者，以其形之似名之。古人不單呼爲珠，必加字於上，以區別之。則禹貢之蠙珠是矣。按：周書王會解伊尹爲四方令曰：正西請令以丹青白旄，紕罽、江歷、龍角、神龜爲獻。孔晁注：江歷，珠名。江珠殆即江歷。蜀係西方之國，故得有是歟？

【胡紹煐文選箋證】則有虎珀丹青，江珠瑕英。注善曰：博物志曰：琥珀，一名江珠。旁證云：周書王會解孔晁注云：江歷，珠名，江珠。紹煐按：江珠，即江歷珠。若以爲琥珀別名，則與上複矣。續漢書曰：哀牢夷出光珠琥珀。疑博物志「一名江珠」之「江」，當作「光」。瑕，赤玉也。赤玉謂之「瑕」，猶赤氣謂之「瑕」。古有「瑕」無「霞」。

符采彪炳。注劉逵曰：符采，玉之横文也。按：「符」與「孚」通。禮記聘義：孚尹旁達。注：「孚」讀爲「浮」。孔疏：孚，浮也。浮者，在外之名。家語注：孚尹，玉貌。是「符」即「孚」。衆經音義十三引纂文：孚瑜，言美色也。「孚尹」「孚瑜」并與「符采」義同。「孚」通作「符」。故史記律書「孚甲」亦作「符甲」。索隱：「符甲」猶「孚甲」也。

【高步瀛文選李注義疏】五臣「珀」作「魄」。尤本「鑠」作「礫」。胡克家曰：茶陵本「礫」作「鑠」，云五臣作「礫音歷」。袁本作「礫」，用五臣也。尤以五臣亂善，非。○劉良曰：彪炳、灼爍，光彩貌。○華陽國志南中志曰：永昌郡有黄金、光珠、虎魄。博南縣山高四十里，越之得蘭滄水，有金沙，以火融之，爲黄金。有光珠穴，出光珠。有虎魄，能吸芥。續漢書郡國志永昌郡博南縣。劉昭注引廣志曰：有虎魄生地中，其上及旁不生草。淺者四五尺，深者八九尺。大者如斛，削去皮，中成虎魄，如升。初如桃膠，凝堅乃成也。案：「淺者」二句及「乃」字皆依御覽珍寶部七引互訂。御覽又引玄中記曰：楓脂淪入地中千秋爲虎珀。又引博物志曰：松脂淪入地中千年，化爲茯苓，千年化爲琥珀。琥珀一名「江珠」。今太山有茯苓而無琥珀。益州永昌出琥珀，而無茯苓。或復燒蜂窠所作，未詳。此二説。清統志曰：雲南永昌府博南廢縣，在永平縣東。○朱珔曰：案：續志惟巴郡下曰：涪陵出丹。蜀郡徙縣下注引華陽國志曰：出丹砂、雄雌黄、空青、青碧。而牂柯郡未及。本草經曰：空青能化銅鐵鉛錫作金。别録曰：生益州山谷及越巂山有銅處。銅精熏則生空青。此與注所引合。又西山經：騩山，淒水出焉，其中多采石。郭注：今雌黄、空青、緑碧之屬。皇人之山，其下多青雄黄。郭注：即雌黄也。或曰：空青，曾青之屬。藝文類聚引范子計然曰：空青出巴郡。白青、曾青出弘農、豫章。則所出本非一地也。步瀛案：類聚引范子計然見藥部。御覽藥部五引「空青」下有「曾青」二字。○朱珔曰：注不言産珠之地。據續漢志博南下及越巂郡會無下，兩引華陽國志云：博南西山有光珠穴。會無故濮人邑，今有濮人冢。冢不閉户，其中多珠。水經若水注亦云：光珠穴出光珠。又有黄白青珠。疑江珠即光珠也。步瀛案：會無縣，今四川會理縣治。兩漢志、晉志會無皆屬越巂。今華陽國志蜀志繫汶山郡後，蓋有舛誤。梁章鉅曰：洪氏亮吉曰：珠字从玉，古人之珠，皆以玉爲之。續漢書輿服志：冕繫白玉珠爲十二旒。三公、諸侯七旒，青玉爲珠。卿大夫五旒，黑玉爲珠。所謂白玉珠、青玉珠、黑玉珠者，皆琢小玉之白、青、黑者爲之。此歐陽、大小夏侯皆承周、秦以來先儒舊説。明三代之制，冕旒垂珠皆琢玉爲之，非蚌珠也。珠亦有天然不須琢者。蜀都賦所云江珠瑕英，青珠黄環，及子虛賦之玫瑰，皆珠之天然不須琢者，亦皆非蚌珠也。蚌珠亦名珠者，以其形之似名之。古人不單呼爲珠，必加字於上，以區别之。則禹貢之蠙珠是矣。按：周書王會解伊尹爲四方令曰：正西請令以丹青白旄，紕罽、江歷、龍角、神龜爲獻。孔晁注：江歷，珠名。「江珠」殆即「江歷」。蜀係西方之國，故得有是歟？步瀛案：梁引洪説，見更生齋甲集卷一釋珠，文多删改，似較簡約。姑録之。梁又引周書以「江歷」即「江珠」，亦無他證。○朱珔曰：説文：瑕，玉小赤也。廣雅：玉之屬，有赤瑕。後上林賦「赤瑕駁犖」，注引張揖曰：赤瑕，赤玉也。張衡七辨亦云：玩赤瑕之璘豳。海賦云：瑕石詭暉。蓋瑕者，赤色之名。「瑕」與「霞」通。故赤雲氣謂之「霞」。然則此「瑕英」殆即今所謂碧霞玜者是與？胡紹煐曰：赤玉謂之「瑕」，猶赤氣謂之「瑕」。古有「瑕」無「霞」。朱駿聲曰：漢書楊雄傳：噏清雲之流瑕兮，注謂日旁赤氣也。今字作「霞」，字亦作「赮」。江賦：壁立赮駁。注：古「霞」字。説文新附：赮，赤氣也。○楊雄蜀都賦曰：於近則有瑕英菌芝，玉石江珠。藝文類聚居處部一及古文苑并同此注，并二句節引。○朱珔曰：續漢志博南下云：南界出金。注引華陽國志曰：西山高三十里，越得蘭滄水，有金沙，洗取融爲金。水經若水篇注略同。博南屬永昌郡，正此注所云也。外此若蜀郡岷山，注引山海經曰：其上多金玉。廣漢郡葭萌，注引華陽國志：有水通於漢川，有金銀礦，民洗取之。廣漢屬國都尉下剛氐道注亦引華陽國志曰：涪水所出，有金銀礦，皆是。又曰：漢志益州郡屬律高下云：東南監町山，有銀鉛。顔注云：監音呼鶊反。「監」與「盤」异。水經葉榆水注云：盤水出律高縣東南盤町山，水當以山得名。盤水即盤江，見續志牂柯郡宛温下注引南中志。説文無「⿱黑皿」字，疑仍當作「盤」矣。然蜀中出銀者，尚不一地。益州郡下有雙柏縣出銀。賁古縣羊山出銀鉛。犍爲朱提下云：山出銀。續志注云：前書朱提銀重以八兩爲一流，直一千五百八十。他銀一流直一千。南中志曰：舊有銀窟數處。則此注特舉一以概之也。步瀛案：律高，兩漢屬益州郡。蜀漢屬興古郡。王先謙漢書補注引阮元雲南志稿謂：律高爲雲南彌勒縣。王又謂盤水出縣，惟巴甸河足當之。步瀛案：巴甸水入盤江，與朱氏説尚無不合。○朱珔曰：案：本書魏文帝與鍾大理書注引王逸正部論曰：或問玉符，曰：赤如鷄冠，黄如蒸栗，白如猪肪，黑如純漆，玉之符也。此但言其光采。而劉以爲横文者，即説文「璱」字下云「玉英華相帶，如瑟弦」是也。説文又引孔子曰：美哉璠璵，遠而望之，奂若也。近而視之，瑟若也。一則理勝，二則孚勝。孚勝，謂瑟若。禮記聘義：孚尹旁達。鄭注：「孚」或作「姇」，「姇」當與「符」通。曰旁達，似合横文之意。胡紹煐曰：「符」與「孚」通。禮記聘義：孚尹旁達。注：「孚」讀爲「浮」。孔疏：孚，浮也。浮者，在外之名。家語問玉注：孚尹，玉貌。是「孚」即「符」。衆經音義十三引纂文：孚瑜，言美色也。「孚尹」「孚瑜」并與「符采」義同。「孚」通作「符」。故史記禮書「孚甲」亦作「符甲」。索隱：「符甲」猶「孚甲」也。○「灼爍」，「玓瓅」同。説文曰：玓瓅，明珠色也。上林賦注引「色」作「光」。又謂「玓瓅」與「的皪」音義同。漢書司馬相如傳顔注曰：的皪，光貌也。○博物志，御覽引同，已見上。何焯曰：琥珀、江珠似非一物。江珠之名，於義無取也。孫志祖、張雲璈、朱珔、陳僅皆以爲非一物。胡紹煐曰：以江珠爲琥珀别名，則與上複矣。續漢書曰：哀牢夷出光珠琥魄。疑博物志「一名江珠」之「江」，當作「光」。步瀛案：胡氏引續漢書，據御覽珍寶部七，蓋非范書。又因何氏謂江珠於義無取，胡疑當作「光」。然南中志、續漢志皆「光珠」「虎魄」并舉，亦非一物。朱銘曰：後漢西南夷傳曰：哀牢出金銀光珠。章懷引博物志曰：光珠，即江珠也。足明琥珀非江珠。據博物志，琥珀雖有「江珠」之名，然賦文二者并言，則不以爲一物矣。○鑠、爍，古音宵部。○以上蜀之南部。

於後則却背華容，北指昆侖。緣以劍閣，阻以石門。

【彙校】

「於後則」「於」，奎章閣本、明州本、贛州本、四庫本、叢刊本、陳八郎本、尤刻本、胡刻本、監本、九條本同。正德本、唐鈔本作「扵」。當作「於」。

「却背華容」「却」，奎章閣本、明州本、贛州本、四庫本、叢刊本、正德本、尤刻本、胡刻本、監本、唐鈔本、九條本同。陳八郎本作「却」。當作「却」。

「北指昆侖」「指」，贛州本、叢刊本、尤刻本、胡刻本、九條本同。奎章閣本、四庫本、正德本作「指」。明州本作「指」。陳八郎本、監本、唐鈔本作「指」。當作「指」。「昆」，奎章閣本、正德本、唐鈔本作「崐」。明州本、贛州本、四庫本、叢刊本、陳八郎本、尤刻本、胡刻本、監本、九條本作「崑」。當作「昆」。「侖」，奎章閣本、明州本、贛州本、四庫本、叢刊本、正德本、陳八郎本、尤刻本、胡刻本、監本、九條本作「崙」。唐鈔本作「崘」。當作「侖」。

「緣以劍閣」「緣」，唐鈔本同。奎章閣本、明州本、贛州本、四庫本、叢刊本、正德本、陳八郎本、尤刻本、胡刻本、監本、九條本作「緑」。當作「緣」。「劍」，奎章閣本、明州本、贛州本、四庫本、叢刊本、正德本、陳八郎本、尤刻本、胡刻本、監本、唐鈔本、九條本作「劒」。當作「劍」。

「阻以石門」「阻」，奎章閣本、明州本、贛州本、四庫本、叢刊本、正德本、陳八郎本、尤刻本、胡刻本、唐鈔本、九條本同。監本作「岨」。當作「阻」。

■**立群案**：説文：阻，險也。又曰：岨，石戴土也。是兩字本有別。然後世「岨」亦通「阻」。如司馬相如上書諫獵：今陛下好凌岨險，射猛獸，卒然遇軼才之獸，駭不存之地。史記司馬相如列傳、漢書司馬相如傳均作「好凌險阻」。是作「岨」亦不爲無據。然諸本多作「阻」，從之。

【彙注】

【李善注】劉曰：華容，水名，在江由之北。昆侖，山名也。楊雄蜀都賦曰：北屬昆侖。劍閣，谷名，自蜀通漢中道，一由此，背有閣道，在梓潼郡東北。石門，在漢中之西，褒中之北。此二處，蜀之險隘於是在焉。

【文選鈔】小劍戍西北，去大劍卅里，連山絶險，飛閣通衢，故謂之劍閣也。

【文選音決】背，步對反。

【五臣注】銑曰：華容，水名。昆侖，山名。劍閣，谷名。石門，山名。

【張鳳翼文選纂注】華容，水名，在江由之北。昆侖，山名也。劍閣，谷名，自蜀通漢中道，一由此，背有閣道，在梓橦郡東北。石門，在漢中之西，褒中之北。此二處，蜀之險隘在焉。

【王象乾文選删注】華容，水名。劍閣，谷名。石門，在漢中之西，褒中之北。

【余蕭客文選紀聞】大劍山、小劍山，東接沙蕒，西連綿州，凡二百三十一里。故太冲云：緣以劍閣寰宇記八十四。

【張雲璈選學膠言】石門。水經注沔水下云：褒水又東南歷小石門，門穿山通道，六丈有餘，刻石言：漢明帝永平中，司隸校尉犍爲楊厥之所開。逮桓帝建和二年，漢中太守同郡王升，嘉厥開鑿之功，琢石頌德，以爲石牛道。來敏本蜀論云：秦惠王欲伐蜀而不知道，作五石牛，以金置尾下，言能屎金。蜀王負力，令五丁引之成道。秦使張儀、司馬錯尋路滅蜀，因曰石牛道。厥蓋因而廣之矣。蜀都賦曰「阻以石門」，其斯之謂也。

【朱珔文選集釋】却背華容。劉注云：華容，水名，在江由之北。案：此注頗可疑。「江由」當即「江油」，今縣屬龍安府。蜀漢時曰江油戍，屬陰平郡，非縣也。晉以後爲平廣縣地後改「平武」，至西魏始置江油縣。淵林晉人，何以舍其縣而舉前代之戍名。縣北惟涪水，不聞有華容之别稱，所未詳也。○又案：漢志華容爲縣，屬南郡。雲夢澤在南。水經江水三篇：又東至華容縣西，夏水出焉。又東南，當華容縣南，涌水出焉。皆華容之水也。華容爲今荆州府監利縣地。方輿紀要云：荆州乃吴、蜀之門户。諸葛武侯以爲西通巴、蜀者也。晉永嘉初，蜀亂，割南郡之華容、州陵、監利、酆都四縣置成都王穎國，理華容。據此知華容爲蜀極界。疑賦語即謂此。惟賦於下文分列東西，而上言其前，自屬南境。此言其後，則是北境矣。龍安亦在成都之北。似注説可通，故未敢遽定耳。○又案：水經：江水東至華容縣。

注云：江浦右迤，南派屈西，極水曲之地勢，世謂之江曲者也。據洪氏圖志：華容故城在今監利縣西北。合之酈注，疑此注水名當爲縣名，「江由」即「江曲」，以形似致誤。抑或蜀漢之公安縣，吴爲南郡治。水經注謂，即華容之南鄉。晋太康元年，改縣曰江安。意江由當爲江安，華容正在其北，二者亦未審是否。若水道提綱於「洞庭湖」下云：湖水又北數十里至華容縣。南有華容河首，北受大江，南流經縣東，而西南來會。是華容亦爲水名。但前人言地理者未及，恐其名出於後世。如所説，則正南郡之華容也。

緣以劍閣。劉注云：劍閣，谷名，自蜀通漢中道，一由此。背有閣道，在梓潼郡東北。案：劍閣即劍門。方輿紀要云：劍門山，一曰大劍山，在今保寧府劍州北二十五里。其東北爲小劍山。兩山相連。水經漾水篇注云：小劍戍西去大劍山三十里，連山絶險，飛閣通衢，謂之劍閣。華陽國志云：武侯相蜀，鑿石架空，始爲飛閣，以通行道。又引王氏曰：大劍山兩崖相對，劍門關在其上。北去陝西棧道六百餘里，南去成都八百餘里。自古推爲天下之險。左思賦所稱是也。注云：梓潼者，今劍州，爲漢廣漢郡葭萌縣地。蜀漢屬梓潼郡。晋因之。

阻以石門。劉注云：石門，在今漢中之西，褒中之北。案：水經沔水上篇：漢水又東合褒水。注云：褒水又東南歷小石門，門穿山通道，六丈有餘。刻石言：漢明帝永平中，司隸校尉犍爲楊厥之所開。逮桓帝建和二年，漢中太守同郡王升，嘉厥開鑿之功，琢石頌德洪氏隸釋所載石門頌是也，以爲石牛道。來敏本蜀論云：秦惠王欲伐蜀而不知道，作五石牛，以金置尾下，言能屎金。蜀王令五丁引之成道。秦使張儀、司馬錯尋路滅蜀，因曰石牛道。厥蓋因而廣之矣。蜀都賦曰「阻以石門」，斯之謂也。門在漢中之西，褒中之北。與此注合。余謂酈注先言褒水出衙嶺山，東南徑大石門，歷故棧道。故此云小石門矣。輿地廣記則云：小石門在小劍山，今關口亂石錯立，乃其遺址。紀要以爲水經注、十三州志、漢中志皆言石門在漢中，似廣記誤也。〇又案：紀要於「龍安府」云：府東南有石門，兩崖相對如門，與氐羌分界處。下亦引此賦語。是顧氏一人而歧其説。但劍州與漢中路本相通，此則別爲地，賦意或分言之，似義亦可參。

【梁章鉅文選旁證】阻以石門。水經沔水注云：褒水又東南歷小石門，門穿山通道，六丈有餘。刻石言：漢明帝永平中，司隸校尉犍爲楊厥之所開。逮桓帝建和二年，漢中太守同郡王升，嘉厥開鑿之功，琢石頌德，以爲石牛道。蜀都賦「阻以石門」，其斯之謂也。門在漢中之西，褒中之北。

注劍閣，谷名。按水經漾水注云：白水又東南，徑小劍戍北，西去大劍三十里，連山絶險，飛閣通衢，故謂之劍閣也。似不當作谷名。大劍、小劍皆山名。漢劍門縣，唐劍門關置於此也。

【胡紹煐文選箋證】却背華容。注劉逵曰：華容，水名。在江由之北。按：郡國志曰：（見御覽一百六十五）梓橦縣北有華容水，即蜀都賦曰「却背華容」是也。

緣以劍閣。注劉逵曰：劍閣，谷名。旁證云：水經漾水注：白水又東南，徑小劍戍北，西去大劍三十里，連山絶險，飛閣通衢，故謂之劍閣也。似不當作谷名。大劍、小劍皆山名。漢劍門縣，唐置劍門關。紹煐按：閣，棧道也。史記高祖紀燒棧道，索隱引崔浩：險絶之處，傍鑿山巖，而施版梁，爲閣。此謂劍山，施棧於上，斯謂之劍閣。

【高步瀛文選李注義疏】朱珔曰：此注頗可疑。「江由」當即「江油」，今縣屬龍安府。蜀漢時曰江油戍，屬陰平郡，非縣也。晋以後爲平廣縣地，後改「平武」，至西魏始置江油縣。淵林晋人，何以舍其縣而舉前代之戍名。縣北惟涪水，不聞有華容之別稱，所未詳也。漢志華容爲縣，屬南郡。水經江水篇：又東至華容縣西，夏水出焉。又東南，當華容縣南，涌水出焉。皆華容之水也。華容爲今荆州府監利縣地，爲蜀極界。賦語即謂此。惟賦於下文分列東西，而上言其前，自屬南境。此言其後，則是北境矣。龍安亦在成都之北，似注説可通，故未敢遽定耳。胡紹煐曰：御覽一百六十六引郡國志曰：梓潼縣北有華容水，即蜀都賦曰「却背華容」是也。步瀛案：湖北監利縣在四川之東，且與江油縣遠不相及。朱牽引爲一，已謬。又知其説不可通，欲改「江由」爲「江曲」，尤謬。胡氏據御覽州郡部十二引郡國志證華容水，甚確。此與漢南郡之華容毫不相涉。華容水，疑即馬閣水。太平寰宇記曰：劍南東道龍州江油縣，馬閣水在州東一百五十里，出大業山東，南流入劍州陰平縣界。又：劍州陰平縣馬閣水，在縣北，源自龍州江油縣大業山下，經馬閣山，南流入縣界，又七十一里，入梓潼縣界，更名潼水。又曰：梓潼縣，潼江水在縣西南四里，源出陰平縣馬閣山，來至五婦山西七曲山下，名潼水。案：此與劉注及郡國皆合。至江油成著稱已久，劉氏舉其名，亦無容疑者。○蜀都賦，古文苑同。案：「崑崙」字當作「昆侖」，又作「崐崘」并同。古今言崑崙者，諸説不同。書禹貢釋文引馬融曰：崑崙在臨羌西。漢書地理志金城郡臨羌縣，原注曰：西北塞外有西王母石室，西有弱水、昆侖山祠。又敦煌郡廣至縣。原注曰：有昆侖障。十六國春秋前涼録曰：酒泉太守馬岌上言：酒泉南山，即崑崙之體。周穆王見西王母，樂而忘歸，即謂此山。有石室玉堂，珠璣鏤飾，煥若神宫。禹貢崑崙在臨羌之西，即此明矣。隋書地理志張掖郡福禄縣，注曰：有崑崙山。史記秦本紀正義引括地志曰：崑崙山在肅州酒泉縣南八十里。清統志：甘肅肅州，亦有崑崙山。即今酒泉縣西南崑崙山是也。本賦所言崑崙山，當即指此。然此尚非爾雅釋山河出之崑崙虚。故禹貢孔疏曰：鄭以崐崘爲山，謂别有崐崘之山，非河所出者是也。而河出之崑崙，已見東都賦「河源」下疏，故不復述。○注「劍閣，谷名」，「谷」字蓋誤。梁章鉅曰：水經漾水注云：白水又東南，徑小劍戍北，西去大劍三十里，連山絶嶮，飛閣通衢，故謂之劍閣也。似不當作谷名。大劍、小劍皆山名。漢劍門縣，唐劍門關置於此也。朱珔曰：劍閣即劍門。方輿紀要云：劍門山，一曰大劍山，在今保寧府劍州北二十五里。其東北爲小劍山。兩山相連。華陽國志云：武侯相蜀，鑿石架空，始爲飛閣，以通行道。又引王氏曰：大劍山兩崖相對，劍門關在其上。北去陝西棧道六百餘里，南去成都八百餘里。自古推爲天下之險。左思賦所稱是也。注云：梓潼者，今劍州，爲漢廣漢郡葭萌縣地。蜀漢屬梓潼郡。晋因之。步瀛案：四川劍州，今改劍閣縣。胡紹煐曰：閣，棧道也。史記高祖紀燒棧道，索隱引崔浩曰：險絶之處，傍鑿山巖，而施版梁，爲閣。此謂劍山，施棧於上，斯謂之劍閣。○梁章鉅曰：水經沔水注云：褒水又東南歷小石門，門穿山通道，六丈有餘。刻石言：漢明帝永平中，司隸校尉犍爲楊厥之所開。逮桓帝建和二年，漢中太守同郡王升，嘉厥開鑿之功，琢石頌德，以爲石牛道。蜀都賦「阻以石門」，其斯之謂也。門在漢中之西，褒中之北。朱珔曰：酈注先言褒水出衙嶺山，東南徑大石門，歷故棧道。故此云小石門矣。輿地廣記則云：小石門在小劍山，今關口亂石錯立，乃其遺址。紀要以爲水經注、十三州志、漢中志皆言石門在漢中，似廣記誤也。步瀛案：元和郡縣志曰：劍南道龍州江油縣，石門山在縣東一百二里。太平寰宇記曰：江油縣石門山，漢水記云：與氐分界於石門。仇池城去石門四百餘里。左思賦云：緣以劍閣，阻以石門。顧野王輿地志云：石門在褒中之北，漢中之西。今按其山兩邊有石壁相對，望之如門。清統志曰：四川龍安府石門山在平武縣東南，亦引此賦證之。

流漢湯湯，驚浪雷奔。望之天迴，即之雲昏。水物殊品，鱗介异族。或藏蛟螭，或隱碧玉。嘉魚出於丙穴，良木攢於褒谷。

【彙校】

「流漢湯湯」「流」，明州本、贛州本、叢刊本、陳八郎本、尤刻本、胡刻本、監本、唐鈔本、九條本同。奎章閣本、四庫本、正德本作「流」。當作「流」。「湯湯」，奎章閣本、明州本、贛州本、叢刊本、陳八郎本、監本作「湯湯」。四庫本、正德本、尤刻本、胡刻本、唐鈔本、九條本作「湯湯」。當作「湯湯」。

「望之天迴」「迴」，明州本、贛州本、叢刊本、正德本、尤刻本、胡刻本同。奎章閣本作「廻」。四庫本、陳八郎本、九條本作「廻」。監本、唐鈔本作「回」。當作「迴」。

「即之雲昏」「昏」，奎章閣本、明州本、贛州本、四庫本、叢刊本、正德本、陳八郎本、尤刻本、胡刻本、九條本同。監本、唐鈔本作「昏」。當作「昏」。

「鱗介异族」「异」，明州本、贛州本、叢刊本、陳八郎本、尤刻本、胡刻本、九條本作「異」。奎章閣本、四庫本、正德本、監本、唐鈔本作「異」。當作「异」。

「或藏蛟螭」「藏」，明州本、贛州本、四庫本、叢刊本、陳八郎本、尤刻本、胡刻本、監本同。奎章閣本、正德本、唐鈔本、九條本作「蔵」。當作「藏」。「螭」，奎章閣本、明州本、贛州本、四庫本、叢刊本、正德本、陳八郎本、尤刻本、胡刻本、監本、九條本同。唐鈔本作「蜦」。當作「螭」。

■ 立群案：劉逵曰：有鱗曰蛟螭。蛟螭，水神也，一曰雌龍也，一曰龍子也。相如上林賦曰：蛟龍赤螭。善注無注，然亦應同劉逵作「螭」也。五臣翰曰：蛟螭，水神也。據注，是劉逵本、李善本、五臣本皆作「螭」。諸本多作「螭」，是也。唐鈔本獨作「蜦」者，形近而誤也。

「或隱碧玉」「隱」，明州本、贛州本、叢刊本、陳八郎本、尤刻本、胡刻本、監本、九條本同。奎章閣本、正德本作「隱」。四庫本、唐鈔本作「隱」。當作「隱」。

「嘉魚出於」「魚」，奎章閣本、明州本、贛州本、四庫本、叢刊本、正德本、陳八郎本、尤刻本、胡刻本、監本、唐鈔本同。九條本作「臭」。當作「魚」。「出」，明州本、贛州本、四庫本、叢刊本、正德本、陳八郎本、尤刻本、胡刻本、監本、唐鈔本同。奎章閣本、九條本作「出」。當作「出」。「於」，奎章閣本、明州本、贛州本、四庫本、叢刊本、陳八郎本、尤刻本、胡刻本、監本、九條本同。正德本、唐鈔本作「扵」。當作「於」。

「攢於褒谷」「攢」，四庫本同。奎章閣本、明州本、贛州本、叢刊本、正德本、陳八郎本、尤刻本、胡刻本、監本、唐鈔本、九條本作「攢」。當作「攢」。「於」，奎章閣本、明州本、贛州本、四庫本、叢刊本、陳八郎本、尤刻本、胡刻本、監本、九條本同。正德本、唐鈔本作「扵」。當作「於」。「褒」，唐鈔本、九條本同。奎章閣本、明州本、贛州本、四庫本、叢刊本、正德本、陳八郎本、尤刻本、胡刻本、監本作「褒」。當作「褒」。

【彙注】

【李善注】湯音傷。螭，敕知切。劉曰：有鱗曰蛟螭。蛟螭，水神也，一曰雌龍也，一曰龍子也。相如上林賦曰：蛟龍赤螭。碧玉，謂水玉也。尸子曰：龍淵生玉英。丙穴，在漢中沔陽縣北，有魚穴二所，常以三月取之。丙，地名也，褒中縣南口斜谷，水源在北，南流經褒中，故北口曰斜，南口曰褒，同一谷耳，長四百七十里。褒、斜出良材。漢書曰：斜谷之木，不足爲我械。善曰：枚乘七發曰：波涌而濤起，横奔似雷行。任豫益州記曰：嘉魚，鱗似鱒魚。

【文選鈔】言漢水在其中，通於石門。湯湯，水流貌。尚書曰：嶓冢導漾，東流爲漢。即，就。言遠望水流，若天之迴轉，即而就之，如雲之昏暗也。

【文選音决】湯，舒羊反。螭，丑知反。攢，在官反。

【五臣注】湯音傷。螭，敕知反。向曰：湯湯，流貌。雷奔，水聲也。即，就也。遠望眩轉，若天地之迴，就見水氣，如雲霧之昏。翰曰：鱗，魚之屬。介，甲也，龜之屬。蛟螭，水神也。碧玉，水石也。嘉魚，魚名也。丙穴，穴名也。良木，大材木也。褒谷，谷名。

【張鳳翼文選纂注】湯音傷。湯湯，流貌。雷奔，水聲也。即，就也。遠望眩轉，若天地之迴，就見水氣，如雲霧之昏。鱗，魚屬。介，甲也，龜屬。碧玉，水石也。良木，大材也。

【王象乾文選删注】碧玉，水玉也。尸子曰：龍淵生玉英。丙穴，在漢中沔陽縣北，有魚穴二所，常以三月取之。漢書曰：斜谷之木，不足爲我械。益州記曰：嘉魚，鱗似鱒魚。

【汪師韓文選理學權輿·前賢評論】方以智通雅曰：漢中沔縣有二丙穴。又嘉州、雅州、梁山、大邑、順政諸縣，皆有丙穴。嘉魚。李善注左思賦：魚以丙日出穴。蜀人呼爲拙魚，河陽呼爲鮇音味魚。山海經：諸鉤山，寐魚。郭璞曰：即鮇魚。梧州江亦出嘉魚。范成大言：桂林出竹魚，形味似之。則竹魚即嘉魚也。

【余蕭客文選音義】丙穴周地圖記：順政郡丙穴，以其口向丙，因名。沮水經穴間過，或謂之大丙水。每春三月上旬後，有魚長八九寸，或一二尺，聯綿從穴出躍，相傳名爲嘉魚。益部方物贊：丙穴在興州，魚出石穴中。雅州亦有之，蜀人甚珍其味。趙德麟侯鯖録或云：魚以丙日出穴。黄鶴杜詩注：萬州梁山縣柏枝山有丙穴，方數丈，出嘉魚。

【余蕭客文選紀聞】漢水又東徑鱉池、鯨灘。鯨，大也。蜀都賦「流漢湯湯，驚浪雷奔」者也水經注廿七。江陽縣北有魚穴二，常以二月、八月出魚，曰嘉魚博物志三。江水徑江陽縣南，東北流，丙水注之。水發縣東南柏枝山，山下有丙穴，穴方數丈，中有嘉魚，常以春末游渚，冬初入穴，亦褒、漢丙穴之類水經注三十三。丙穴魚食乳水，食之甚温酉陽雜俎續八。郡國志：嘉魚細鱗似鱒，蜀人謂之拙魚。蜀郡山中，處處有之。每年春，從石穴出，大者長五六尺寰宇記七十二。夷惜水在羅日縣東北五十里，源出巂州界。中有嘉魚，長三尺。每二月隨水而下，八月隨水上入穴。蜀都賦云：嘉魚出於丙穴。蓋此也寰宇記七十四。丙穴在興州，有大丙山、小丙山，魚出石穴中。今雅州亦有之，蜀人甚珍其味益部方物略記。或云：魚以丙日出穴趙德麟侯鯖録一。嘉魚鯉質鱒鱗，肥肉甚美。先儒言丙穴在漢中沔陽縣北，穴口向丙埤雅二。黄鶴曰：邛州大邑縣有嘉魚穴千家注杜詩十。丙者，向陽穴也。輿地記：穴口廣五六尺，泉源垂江，有嘉魚，常以三月自穴下透入水詩地理考三。方輿云：達州明通縣并峽中，其穴凡十，其中皆産嘉魚虞集杜詩注下。

【朱珔文選集釋】流漢湯湯，驚浪雷奔。望之天迴，即之雲昏。案：水經沔水上篇：漢水又東過西城縣南。注云：又東徑鼈池，爲鯨灘。鯨，大也。下引此賦四語。蓋以漢水至是，灘磧險急，故言其水勢之汹涌也。西城縣今興安州。州志云：漢江多灘。

或隱碧玉。劉注云：碧玉，謂水玉也。案：後文「碧砮」下注云：碧石出越巂郡會無縣。漢志「會無」下云：東山出碧。續志注引華陽國志云：出青碧。并引郭璞曰：山海經稱縣東山出碧，亦玉類。又「遂久」下注引華陽國志曰：有繩水。廣志曰：有縹碧石，有緑碧。是碧色各异也。説文：碧，石之青美者。而其字从石。段氏云：青白兼之，金克木之色也。淮南氾論訓有「碧盧」。廣雅作「碧壚」，壚之言驢黑也。則亦有青黑色者矣。又東山經：耿山多水碧。郭注：亦水玉類。後江賦及謝靈運入彭蠡湖口詩、江淹雜體詩注并引此經。郝氏謂：水碧生於山間。謝詩云：水碧輟流濕。江詩云：凌波采水碧。皆與經不合。余謂，碧生於水，亦生於山，山中未始無水，此賦正承水言。劉、郭俱云水玉，郝説太泥。

嘉魚出於丙穴。劉注云：丙穴，在漢中沔陽縣北，有魚穴二所，常以三月取之。丙，地名。案：續漢志「沔陽」下注引博物記：縣北有丙穴。水經沔水上篇注云：褒水又東南，得丙水口，水上承丙穴，穴出嘉魚，常以三月出，十月入。穴口廣五六尺，去地七八尺，泉懸注，魚自穴下透入，水穴口向丙，故曰丙穴。下即引此賦語。酈云「向丙」，與劉云「地名」异附案，侯鯖録「魚以丙日出穴」説又别。若華陽國志：沔陽縣有度水，水有二源，一曰清檢，一曰濁檢。有魚穴。清水出鰋，濁水出鮒。常以二月、八月取。疑即謂此，而所傳稍别耳。「度水」或「褒水」之訛。〇又案：水經江水一篇注云：陽元水，出陽縣西南高陽山東，東北流徑其縣南，丙水注之。水發縣東南柏枝山，山下有丙穴，方數丈，中有嘉魚，常以春末游渚，冬初入穴，亦褒、漢丙穴之類。據酈注後説，地屬巴郡，而賦所言屬漢中郡。蓋彼爲江水所經，此則漢水所經也。余氏蕭客音義又引周地圖記：順政郡丙穴，沮水出其間，有魚出穴，名嘉魚。益部方物贊：丙穴在興州，魚出石穴中。雅州亦有之。然則丙穴非一，疑後人因其名以爲名耳。

【梁章鉅文選旁證】嘉魚出於丙穴。水經江水注云：江水東，右合陽元水，水出陽江縣西南高陽山東，丙水注之。水發縣東南柏枝山，山下有丙穴，穴方數丈，中有嘉魚，常以春末游渚，冬初入穴，抑亦褒、漢丙穴之類也。

注有鱗曰蛟螭。蛟螭，水神也，一曰雌龍也，一曰龍子也。　段曰：劉說似以蛟螭爲一物。然上林賦：蛟龍赤螭。文穎曰：龍子爲螭。張揖曰：赤螭，雌龍也。皆劉所本。此賦與南都賦之「怖蛟螭」，張、左皆不謂一物。案，螭爲龍屬，或稱螭龍，後漢書張衡傳注「無角曰螭龍」是也。蛟，亦龍屬，或稱蛟龍。楚辭天問注：有鱗曰蛟龍。淮南墜形訓注：蛟龍，有鱗甲之龍是也。又或稱蛟螭。此處劉注及吴都賦蛟螭與對注「螭，龍子也」是也。析言之，則蛟與螭固別矣。說文虫部分列，是也。

注枚乘七發曰：波涌而濤起，横奔似雷行。　本書七發此二語上下相隔四十餘句。

【胡紹煐文選箋證】或藏蛟螭。注劉逵曰：有鱗曰蛟螭（諸本重蚊螭二字，誤衍），水神也。一曰螭，雌龍也。一曰龍子也。按：本書南都賦「怖蛟螭」，善引說文「螭，若龍而黄」，說文又云「或曰無角曰螭」，又云「虯，龍子有角者」。有角爲「虯」，則螭爲無角可知。廣雅「無角曰𧍧」，「𧍧」即「螭」也。漢書司馬相如傳「蛟龍赤螭」，張揖曰「赤螭，雌龍」。蓋有角曰雄，無角曰雌。螭，雌龍之無角者。吕覽舉難篇：龍食乎清而游乎清，螭食乎清而游乎濁。言陰陽异性使然也。是龍爲雄，而螭爲雌矣。其云一曰龍子者，司馬相如傳注引文穎曰：龍子爲螭。螭是龍所生，故一曰龍子。

嘉魚出於丙穴。注劉逵曰：丙穴，在漢中沔陽縣北，有魚穴二所，常以三月取之。丙，地名。按：周地圖（見御覽卷五十四）：順政郡丙穴，以其口向丙，因以爲名。沮水經穴間而過，或謂之大丙水。每春三月上旬，復有魚長八九寸，或三四日聯綿從穴中出躍，相傳名嘉魚。即左太冲蜀都所謂「嘉魚出於丙穴」是也。似較劉注爲詳。

【高步瀛文選李注義疏】五臣「湯」音「傷」。○水經沔水篇曰：又東過西城縣西。酈注曰：漢水又東徑鱉池南鯨灘。鯨，大也。蜀都賦曰「流漢湯湯，驚浪雷奔。望之天迴，即之雲昏」者也。朱珔曰：蓋以漢水至是，灘磧險急，故言其水勢之洶涌也。西城縣今興安州。州志云：漢江多灘。步瀛案：清統志曰：陝西興安州，漢江自漢中府西鄉縣流入，經石泉縣南，折而南流，經漢陰縣南，又東南至紫陽縣南折而東，經州北，又東經洵陽縣南。又案：興安州，清升爲府，今爲安康縣。○段玉裁説文虫部「螭」字注曰：南都賦曰：憚夔龍，怖蛟螭。蜀都賦劉注似謂蛟螭爲一物，然張、左之賦，皆不謂蛟螭爲一物也。梁章鉅曰：螭爲龍屬，或稱螭龍，後漢書張衡傳注「無角曰螭龍」是也。蛟，亦龍屬，或稱蛟龍。楚辭天問注：有鱗曰蛟龍。淮南墬形訓注：蛟龍，有鱗甲之龍是也。又或稱蛟螭。此處劉注及吳都賦蛟螭與對注「螭，龍子也」是也。析言之，則蛟與螭固別矣。説文虫部分列，是也。胡紹煐曰：劉注「有鱗曰蛟。螭，水神也」，諸本重「蛟螭」二字，誤衍。步瀛案：劉注上「蛟螭」當作「蛟龍」，下「蛟螭」「蛟」字衍，宜删。梁引楚辭、淮南等注證「蛟」爲「蛟龍」，是也，而未辨劉注傳寫之誤。胡能訂劉注之誤，而不知「有鱗曰蛟螭」，爲「有鱗曰蛟龍」。蓋劉注即本天問注也。廣雅釋魚同。下云：螭，水神也。「螭」字已詳南都賦疏。劉列三説，後二義皆與無角曰螭龍之説合。又朱銘引郭璞南山經及中山經注説「蛟」似與有鱗之蛟龍非一物。「蛟龍」，一作「交龍」。史記高祖本紀「蛟龍」，漢書高帝紀作「交龍」。本書鄒陽上書吳王作「蛟龍」。漢書鄒陽傳作「交龍」。故「蛟龍」與「蛟」有別。王氏廣雅疏證謂「蛟」爲龍屬，不得即謂之龍。且龍皆有鱗，而云有鱗曰蛟龍，非確詁，不知「蛟龍」與蛟，正自有別。廣雅有鱗、有翼，各舉其恃重者，相對爲文。固無庸以龍皆有鱗難之也。○朱銘曰續漢志越嶲郡，注引廣志曰：有縹碧，有緑碧，則碧玉亦當爲二物。步瀛案：南都賦注亦引之。碧玉二物，朱氏説是。劉注以水玉釋碧玉，當亦兼二者而言。東山經：耿山多水碧。郭注曰：亦水玉類。西山經注曰：碧，亦玉屬。蓋泛言則碧亦是玉。對言之，則碧即翠玉，玉爲普通之白玉，或他種玉也。淮南子墬形篇：碧樹、玉樹亦分言之。東山經郝懿行箋曰：李善注謝靈運入彭蠡湖口詩及注江淹雜體詩并引此經郭注云：碧亦玉也。與今本异。又經言水碧生於山間。謝詩云：水碧輟流濕。江詩云：凌波采水碧。并與經不合。朱珔曰：碧生於水，亦生於山，山中未始無水，此賦正承水言。郝説太泥。○尸子，吴都賦注引同。穆天子傳卷二郭注引「淵」作「泉」，疑後人改。又郭注及御覽地部二十三、三十四引「生」皆作「有」。○續漢書郡國志：益州漢中郡沔陽縣。劉注引博物志曰：縣北有丙穴。水經沔水注曰：褒水又東南得丙水口，水上承丙穴，穴出嘉魚，常以三月出，十月入地。穴口廣五六尺，有泉懸注，魚自穴下透入水。穴口向丙，故曰丙穴。下注褒水。故左思稱「嘉魚出於丙穴，良木攢於褒谷」矣。朱珔曰：酈云「向丙」，與劉云「地名」异。若華陽國志漢中志：沔陽縣有度水，水有二源，一曰清檢，一曰濁檢。有魚穴。清水出鱮，濁水出鮒。常以二月、八月取。疑即謂此，而所傳稍別耳。「度水」或「褒水」之訛。又水經江水篇注云：陽元水，出陽縣西南高陽山東，東北流徑其縣南，丙水注之。水發縣東南柏枝山，山下有丙穴，方數丈，中有嘉魚，常以春末游渚，冬初入穴，亦褒、漢丙穴之類。據酈氏後説，地屬巴郡，而賦所言屬漢中郡。蓋彼爲江水所經，此則漢水所經也。胡紹煐曰：御覽卷五十四引周地圖：順政郡丙穴，以其口向丙，因以爲名。沮水經穴間而過，或謂之大丙水。每春三月上旬，復有魚長八九寸，或二三聯綿從穴出躍，相傳名爲嘉魚。即左太冲蜀都賦所謂「嘉魚出於丙穴」是也。似較劉注爲詳。○褒、斜已見西都賦。○漢書，見公孫賀傳。賀自請逐捕安世，以贖敬聲罪。安世笑曰「丞相禍及宗矣」云云。顔注曰：斜，谷名也。其中多木械，爲桎梏也。○梁章鉅曰：注「波涌而濤起，橫奔似雷行」，本書七發此二語上下相隔四十餘句。○章宗源隋書經籍志考證曰：續漢書郡國志注、文選蜀都賦注、藝文類聚禮部、初學記地部、太平御覽地部并引任豫益州記，史記河渠書正義、北堂書鈔酒食部并引杜預益州記。「杜預」「任豫」字形相近易訛，自是一書。○案：詩小雅南有嘉魚，毛、鄭皆不釋爲魚名。孔疏曰：言南方江、漢之間，多善魚。以「善」釋「嘉」，則「嘉魚」非專指一種魚也。此賦與良木對文，當亦取善魚之義。後人附會，乃以丙穴所出之魚，專嘉魚之名矣。爾雅釋魚曰：鮅，鱒。郭注曰：似鯶子，赤眼。陸璣詩疏曰：鱒似鯶魚，而鱗細於鯶，赤眼，多細文。○崙、門、奔、昏，古音諄部。族、玉、谷，古音侯部。

其樹則有木蘭梫桂，杞櫹椅桐，椶枒楔樅。楩柟幽藹於谷底，松柏蓊鬱於山峰。

【彙校】

「其樹則有」「樹」，明州本、贛州本、四庫本、叢刊本、陳八郎本、尤刻本、胡刻本、監本、唐鈔本、九條本同。奎章閣本、正德本作「樹」。當作「樹」。「則有」，奎章閣本、明州本、贛州本、四庫本、叢刊本、正德本、陳八郎本、尤刻本、胡刻本、監本、唐鈔本同。九條本作「則」。今從「則有」。

「木蘭梫桂」「蘭」，明州本、贛州本、胡刻本同。奎章閣本、四庫本、叢刊本、正德本、陳八郎本、尤刻本、監本、唐鈔本、九條本作「蘭」。當作「蘭」。

「杞櫹椅桐」「杞」，奎章閣本、明州本、贛州本、四庫本、叢刊本、正德本、陳八郎本、尤刻本、胡刻本、監本、唐鈔本、九條本作「杞」。當作「杞」。「椅」，奎章閣本、明州本、贛州本、四庫本、叢刊本、正德本、陳八郎本、尤刻本、胡刻本、監本、唐鈔本、九條本作「椅」。當作「椅」。

「櫻枒楔樅」「枒」，贛州本、四庫本、叢刊本、尤刻本、胡刻本、監本、唐鈔本同。奎章閣本、明州本、正德本、陳八郎本作「梛」。九條本作「椰」。當作「枒」。「楔」，奎章閣本、四庫本、正德本、陳八郎本、監本、唐鈔本同。明州本、贛州本、叢刊本、尤刻本、胡刻本、九條本作「楔」。當作「楔」。

■**立群案**：段玉裁説文解字注：上林賦有「胥邪」。史記作「胥餘」。南都賦作「楈枒」。蜀都、吴都賦單評之曰「枒」。草木狀作梛。其木葉在顛，略似櫻樹。據「略似櫻樹」，似當作「枒」也，故「櫻枒」并舉。

「楩楠幽藹」「楩」，奎章閣本、明州本、贛州本、四庫本、叢刊本、正德本、陳八郎本、尤刻本、胡刻本、九條本同。監本、唐鈔本作「梗」。當作「楩」。「楠」，奎章閣本、明州本、贛州本、四庫本、叢刊本、正德本、陳八郎本、尤刻本、胡刻本、監本、唐鈔本、九條本作「柟」。當作「楠」。

■**立群案**：劉逵曰：楩、柟，二樹名，皆大木也。善注無注，當同劉逵注。五臣翰曰：楩柟，下木。據注，似當作「楩」也。淮南子齊俗訓：伐楩楠豫章而剖梨之，或爲棺槨，或爲柱梁。或爲賦語所本。諸本多作「楩」，是也。

「於谷底」「於」，奎章閣本、明州本、贛州本、四庫本、叢刊本、陳八郎本、尤刻本、胡刻本、監本、九條本同。正德本、唐鈔本作「扵」。當作「於」。

「松柏蓊鬱」「柏」，尤刻本、胡刻本同。奎章閣本、明州本、贛州本、四庫本、叢刊本、正德本、陳八郎本、唐鈔本、九條本作「栢」。監本作「柏」。當作「柏」。「蓊鬱」，奎章閣本、明州本、贛州本、四庫本、叢刊本、正德本、陳八郎本、尤刻本、胡刻本、唐鈔本、九條本同。監本作「藹鬱」。當作「蓊鬱」。

■ **立群案**：賦云：梗楠幽藹於谷底，松柏蓊鬱於山峰。五臣翰曰：幽藹，蓊鬱，茂盛貌。文選音決：蓊，烏孔反。疑此處應作「蓊鬱」，不應與前「幽藹」之「藹」複也。監本當誤。

「於山峰」「於」，奎章閣本、明州本、贛州本、四庫本、叢刊本、陳八郎本、尤刻本、胡刻本、監本同。正德本、唐鈔本、九條本作「扵」。當作「於」。「峰」，奎章閣本、明州本、贛州本、四庫本、叢刊本、正德本、陳八郎本、尤刻本、胡刻本、九條本作「峯」。監本、唐鈔本作「峯」。當作「峰」。

【彙注】

【李善注】梫音寢。櫹音蕭。椅，於其切。枒音邪。楔，耕八切。樅，七松切。楩，頻縣切。楠音南。劉曰：木蘭，大樹也，葉似長生，冬夏榮。常以冬華，其實如小柿，甘美，南人以爲梅，其皮可食。楊雄蜀都賦曰：樹似木蘭。梫桂，木桂也。傳曰：杞梓之木。櫹，大木也。詩曰：其桐其椅。椶枒出蜀，其皮可作繩履。楔，似松有刺也。樅，柏葉松身。楩、楠，二樹名，皆大木也。

【文選音決】梫音寢。杞音起。櫹音蕭。椅，於宜反。椶，子公反。枒，以嗟反。楔，居八反。樅，七容反。楩，毗善反。楠音南。蓊，烏孔反。

【五臣注】梫，七林反。櫹音蕭。椅，於其反。椶音宗。梛音邪。楔，耕八反。樅，七松反。楩，頻綿反。柟音南。向曰：皆木名。翰曰：楩柟，下木。幽藹、蓊鬱，茂盛貌。

【張鳳翼文選纂注】櫹音蕭。椅，於其切。椶音宗。枒音邪。楔，耕八切。樅，土松切。楩，頻縣切。楠音南。木蘭，大樹也。常以冬華，其實如小柿，甘美。樅，柏葉松身。楩、楠，二樹名，皆大木。梫音寢。

【王象乾文選删注】梫，七林切。櫹音蕭。椅，於其切。木蘭，葉似長生，冬夏榮，實如小柿。梫桂，木桂也。櫹，大木。樅，柏葉松身。

【余蕭客文選音義】枒五臣作「梛」。梛音邪。梫善音寢。郭璞爾雅音音浸。

【余蕭客文選紀聞】梫七林。藝文類聚六十一。櫹蕭。集韵三。爾雅「櫬梧」注云：今梧桐皮青者曰梧桐。案，今人號曰青桐也齊民要術五。案今郭璞注無此句，毛詩及爾雅疏亦不引。諸家爾雅注有此語。故知賈高陽去漢魏未遠，多見舊籍，非唐宋作疏諸家比也。梧，一名櫬，即梧桐。今人以其皮青，號曰青桐。桐即白桐、華桐。桐有三輩，青、白之外，復有岡桐，即油桐也，生於高岡埤雅十四。椶騣。廣韵一。樅蹤。同。楩便。楠男。并廣韵二。

【張雲璈選學膠言補遺】椶枒楔樅。劉注：樅，柏葉松身。按爾雅釋木：樅，松葉柏身。檜，柏葉松身。今劉注與爾雅异。

【胡克家文選考异】注「寢」。袁本、茶陵本作「善曰梫音寢」五字，在劉注之下，是也。

【朱珔文選集釋】其樹則有木蘭。劉注云：木蘭，大樹也，葉似長生，冬夏榮，常以冬華，其實如小柿，甘美，南人以爲梅，其皮可食。案：「蘭」，廣雅作「欄」。云：木欄，桂欄也。離騷云：朝搴阰之木蘭。又：朝飲木蘭之墜露。王逸注：木蘭去皮不死。後子虛賦「桂椒木蘭」，注引郭璞曰：木蘭，皮辛香可食。漢書顏注：木蘭皮似桂而香，可作面膏藥。成公綏木蘭賦云：諒抗節而矯時，獨滋茂而不凋。王氏謂木蘭非獨皮形似桂，其性之冬榮亦不殊。是以有桂欄之號。又神農本草云：一名林蘭。名醫別録云：一名杜蘭。「杜」當爲「桂」字之誤也。陶注云：零陵諸處皆有，狀如楠樹。今益州有之。蜀本圖志云：樹高數仞，葉似菌桂。余謂，觀陶注及圖經所説，是蜀中所有，故此賦及之也。

梫桂。劉注云：梫桂，木桂也。案：注語本之爾雅。彼郭注云：今江東呼桂厚皮者爲木桂。桂樹葉似枇杷而大，白華華而不著子，叢生巖嶺，枝葉冬夏常青，間無雜木。廣韵「梫」字云：桂木，花白也。與郭注合。是「梫」本桂屬，以華白者爲梫耳。説文云：梫，桂也。又云：桂，江南木。百藥之長。郝氏謂：王會篇：自深桂。孔晁注：自深，亦南蠻也。楚辭遠遊篇：嘉南州之炎德兮，麗桂樹之冬榮。是桂爲江南木也。本草作「牡桂」，南方草木狀同。「牡」「木」音相近也。

櫹。劉注云：大木也。案：説文「橚」字云：長木貌。即「橚」字，後人加艸耳。集韵「橚」同「櫹」，又與「楸」同。山海經：華陽之山，其陰多苦辛，其狀如櫹，其實如瓜，食之已瘧。注：「櫹」，即「楸」字，蓋以音近通用。然則此「櫹」字當亦「楸」之借字也。至西京賦「橚爽櫹椮」，分櫹、橚爲二者，疑彼處「櫹椮」本如上林賦之作「箾蔘」矣。

椅。劉注引詩曰：其桐其椅。案：衛風毛傳：椅，梓屬。似爲二物。爾雅則直云：椅，梓。郭注又謂：即「楸」。説文：椅，梓也。別有「檹」字云：賈侍中説「檹」即「椅」也，可作琴。陸璣疏云：楸之疏理白色而生子者爲梓。梓實桐皮曰椅。蓋大類同而小別也。如説文則「椅、梓、楸、櫝，一物而四名」。段氏以爲詩傳析言之，爾雅、説文渾言之耳。

【梁章鉅文選旁證】椶枒楔樅。六臣本「枒」作「梛」。孫氏義鈞曰：「楔」疑「椶」之誤。本書南都賦：檉松楔椶。注引爾雅：楔曰荆桃。郭璞曰：椶桃也。郭璞山海經注：椶似松柏，有刺。此注云：似松，有刺，當是釋「椶」之語。賦、注俱訛爲「楔」耳。説文：椶，細理木也。

【胡紹煐文選箋證】杞櫹椅桐。注劉逵曰：櫹，大木也。按「櫹」與「橚」同，山海經「陽華之山，其陰多苦辛，其狀如橚」，郭璞注「橚即楸字」，晏子春秋外篇「見人有斷雍門之橚者」，襄十八年左傳作「萩」。説文「楸，梓也」，徐鍇曰：左傳「伐雍門之楸」，作「萩」，同。是櫹爲楸也。説文：橚，長木貌。劉説本此，恐非。

椶梛楔樅。注劉逵曰：楔，似松，有刺也。按：本書南都賦善注引郭璞注山海經曰：椶，似松，細理有刺。説文：椶，細理木也。玉篇「椶，似松，有刺」當本此。然則「似松，有刺」爲「椶」，非「楔」也，今各本正文及注皆誤。

【高步瀛文選李注義疏】五臣「枒」作「邪」。又據諸家校，「楔」當作「椶」，見下。○離騷曰：朝搴阰之木蘭兮。王逸注曰：木蘭去皮不死。廣雅釋木作「木欄」。曰：木欄，桂欄也。王氏疏證曰：「欄」與「蘭」同。漢書司馬相如傳云：桂椒木蘭。顔師古注云：木蘭皮似桂而香，可作面膏藥。史記集解引郭璞注云：木蘭樹，皮辛香可食。成公綏木蘭賦云：諒抗節而矯時，獨滋茂而不凋。蓋木蘭非獨皮形似桂，其性之冬榮，亦復不殊。是以有桂蘭之名也。木蘭可以調食，史記滑稽傳云賁以薑棗，薦以木蘭是也。神農本草云：木蘭一名林蘭。林蘭，猶言木蘭也。名醫别録云：一名杜蘭，似桂而香。「杜」當爲「桂」字之誤也。陶注云：零陵諸處皆有，狀如楠樹，皮甚薄，而味辛香。今益州有之。皮厚狀如厚朴，而氣味爲勝。蜀本圖經云：樹高數仞，葉似菌桂，葉有三道縱文，皮如板桂，有縱横文，皆其狀矣。朱珔曰：觀陶注及圖經所説，是蜀中所有，故賦及之也。○蜀都賦、古文苑同。○爾雅釋木曰：

梫，木桂。郭注曰：今江東呼桂厚皮者爲木桂。桂樹葉如枇杷而大，白華華而不著子，叢生巖嶺，枝葉冬夏常青，間無雜木。郝懿行曰：説文：梫，桂也。桂，江南木。百藥之長。王會篇云：自深桂。孔晁注：自深，亦南蠻也。楚辭遠遊篇：嘉南洲之炎德兮，麗桂樹之冬榮。是桂爲江南木也。郭以皮厚者爲木桂。本草作「牡桂」。「牡」「木」音相近也。朱珔曰：廣韵「梫」字云：桂木，花白也。與郭注合。是「梫」本桂屬，以華白者爲梫耳。○左傳襄二十六年曰：如杞梓皮革，自楚往也。楚語上曰：若杞梓皮革焉，楚實遺之。韋注曰：杞梓，良材也。案：注引傳杞梓之木，即出此。又案：「杞」，已見西京賦。○朱珔曰：説文「橚」字云：長木貌。即「櫹」字。後人加艸耳。集韵「櫹」同「櫹」，又與「楸」同。山海經：華陽之山，其陰多苦辛，其狀如櫹，其實如瓜，食之已瘧。注：「櫹」，即「楸」字，蓋以音近通用。然則此「櫹」字當亦「楸」之借字也。胡紹煐曰：晏子春秋外篇諫九：見人有斷雍門之櫹者。襄十八年左傳作「萩」。説文：楸，梓也。徐鍇曰：左傳：伐雍門之楸。作「萩」，同。是「櫹」爲「楸」也。説文：橚，長木貌。劉説本此，恐非。步瀛案：中山經之苦辛，即本草之常山，葉似楸葉，故云如櫹也。「楸」與「梓」同類。爾雅釋木曰：椅，梓。郭注曰：即「楸」。詩定之方中曰：椅桐梓漆。毛傳曰：椅，梓屬。陸璣疏曰：楸之疏理白色而生子者爲梓。梓實桐皮曰椅。齊民要術卷五曰：楸梓二木，相類者也。白色有角者名爲梓。似楸有角者名爲角梓，或名子楸，黄色。無子者爲柳楸。世人見其色黄，呼爲荆黄楸也。朱珔曰：説文：椅、梓、楸、檟，一物而四名。段氏以爲詩傳析言之，爾雅、説文渾言之耳。○詩，見湛露。爾雅釋木曰：櫬，梧。郭注曰：今梧桐。又曰：榮，桐木。郭曰：即梧桐。説文曰：梧，梧桐木。一曰：櫬，榮桐木也。桐，榮也。段曰：此即賈思勰青桐、白桐之別也。郝曰：二物通名。爾雅或曰梧，或曰桐，互言之耳。今驗二樹葉形相類，但皮色异。一種皮青碧而滑澤，今人謂之青桐，即櫬梧是也。一種皮白，材中樂器，即榮桐是也。樹皆大葉濃陰，青桐尤爲姸美，人多種之，以飾庭院。四月開小黄華，結莢亦黄，至秋莢裂作橐，鄂如小瓢。其子纍纍綴瓢間，可熬食之，其味腴美。醫家作丸，如桐子大，正謂此也。又曰：月令：季春桐始華。夏小正：三月拂梧芑。蓋桐華尤繁，故獨擅榮名矣。○椶，即栟櫚。枒，即楈枒。已見南都賦。劉注合「椶」「枒」爲一物，非是。抑或轉寫致誤。○孫義鈞曰：「楔」疑「櫻」之誤。本書南都賦：樫松楔櫻。注引爾雅：楔曰荆桃。郭璞曰：櫻桃也。郭璞山海經注：櫻似松柏，有刺。此注云：似松，有刺。當是釋「櫻」之語。賦、注俱誤爲「楔」耳。説文：櫻，細理木也。胡紹煐曰：玉篇：櫻，似松，有刺。然則「似松，有刺」爲「櫻」，非「楔」也，今各本正文及注皆誤。○説文曰：樅，松葉柏身。餘見西京賦。梗、楠亦見西京賦。○「善曰梫音寢」五字依袁本、茶陵本增。○桐、樅、峰，古音東部。

擢修幹，竦長條。扇飛雲，拂輕霄。羲和假道於峻岐，陽烏迴翼乎高標。

【彙校】

「擢修幹」　「擢」，奎章閣本、明州本、贛州本、四庫本、叢刊本、正德本、陳八郎本、尤刻本、胡刻本、唐鈔本、九條本作「擢」。監本作「櫂」。當作「擢」。「修」，唐鈔本同。明州本、贛州本、四庫本、叢刊本、陳八郎本、尤刻本、胡刻本、監本、九條本作「脩」。奎章閣本、正德本作「倄」。今從「修」。「幹」，贛州本、四庫本、叢刊本、尤刻本、胡刻本、監本、唐鈔本、九條本同。奎章閣本、明州本、正德本、陳八郎本作「榦」。當作「幹」。

■ **立群案**：説文：擢，引也。櫂，所以進船也。據賦意，自當作「擢」也，「引」之意。諸本多作「擢」，是也。監本獨作「櫂」者，恐形近而誤。

説文：修，飾也。从彡攸。脩，脯也。从肉攸。是「修」「脩」字義本別。然後世「修」「脩」二字多通用。如字彙補肉部：「修」，通「脩」。阮元經籍籑詁：修，通作脩。當然，亦有不同看法。許巽行文選筆記：「修」，何校改「脩」。案，説文：修，飾也。从彡攸。脩，脯也。从肉攸。此處不當改「脩」。嘉德案，「修治」字，經典雖通用「脩」，而二字各有本義。許氏即認爲「修」「脩」二字「各有本義」，不當通用。今從「修」。

「扇飛雲」 「飛」，明州本、贛州本、四庫本、叢刊本、陳八郎本、尤刻本、胡刻本、監本、九條本同。奎章閣本、正德本、唐鈔本作「飛」。當作「飛」。

「拂輕霄」 「輕」，奎章閣本、明州本、贛州本、四庫本、陳八郎本、尤刻本、胡刻本、監本、唐鈔本、九條本同。叢刊本、正德本作「輊」。當作「輕」。

「羲和假道」 「羲」，贛州本、四庫本、叢刊本、尤刻本同。奎章閣本、明州本、正德本、陳八郎本、胡刻本、監本、唐鈔本作「羲」。九條本作「義」。當作「羲」。

■ 立群案：羲和，古代神話傳説中的人物，指駕御日車的神。如楚辭離騷：吾令羲和弭節兮，望崦嵫而勿迫。王逸注：羲和，日御也。義和，語本左传襄公九年：利，義之和也。後指講義氣，彼此和睦。如醒世姻緣傳第二二回：二官兒，他們説得是。你放了手，咱們往那裏去來。咱還義和着要照别人哩。據賦意，此處自應作「羲和」爲是。

「於峻歧」 「於」，奎章閣本、明州本、贛州本、四庫本、叢刊本、陳八郎本、尤刻本、胡刻本、監本、九條本同。正德本、唐鈔本作「扵」。當作「於」。「歧」，胡刻本同。奎章閣本、贛州本、四庫本、叢刊本、正德本、監本、九條本作「岐」。明州本、陳八郎本作「岐」。尤刻本作「歧」。唐鈔本作「峧」。當作「歧」。

■ 立群案：蔡邕琴賦：鸞鳳翔其巔，玄鶴巢其岐。淮南子原道訓：故牛岐蹄而戴角，馬被髦而全足者，天也。是「歧」「岐」可通。然賦此處究竟當爲「歧」或「岐」，衆説紛紜。許巽行文選筆記：峻岐。何云：「岐」疑作「坂」。案，爾雅：陂者曰阪。二達謂之岐旁。郭注：岐，道旁出也。此言假道，則不從向所常行之道而旁出也。作「坂」者非。何焯疑「岐」作「坂」。許氏筆記以爲誤也。胡紹煐文選箋證：何氏焯曰：高標，疑即高望山，古名高標，在嘉州郡。峻岐，未詳，疑亦地名。紹煐按：李白蜀道難「上有六龍迴日之高標」，注「圖經：高標山亦名高望」，何説不爲無據。然「峻岐」訖無所考，善亦不注此四字。胡氏亦認爲「峻岐」訖無所考。梁章鉅文選旁證：何曰：高標，疑即高望山，古名高標，在嘉州郡。峻岐，未詳，疑亦地名。按，此説似鑿。濟注：岐樹，奇枝也。高標，高枝也。承上修幹長條言之，似尚近理。然以岐樹爲奇枝，則不知所出矣。梁氏認爲濟注「岐樹，奇枝也」「承上修幹長條言之，似尚近理。然以岐樹爲奇枝，則不知所出矣」。若作「岐」字，固難解。尤刻本、胡刻本作「歧」。阮元經籍纂詁：華嚴經音義上：歧，字書作忮，謂樹枝横首。是作「歧」字，自易解。

「陽烏迴翼」「陽」，監本同。奎章閣本、明州本、贛州本、叢刊本作「陽」。四庫本、正德本、陳八郎本、尤刻本、胡刻本、唐鈔本、九條本作「陽」。當作「陽」。「迴」，明州本、贛州本、叢刊本、正德本、尤刻本、胡刻本、唐鈔本同。奎章閣本、監本作「廻」。四庫本、陳八郎本、九條本作「廻」。當作「迴」。「翼」，奎章閣本、四庫本、正德本、監本、唐鈔本作「翼」。明州本、贛州本、叢刊本、陳八郎本、尤刻本、胡刻本、九條本作「翼」。當作「翼」。

「乎高標」「高」，四庫本同。奎章閣本、明州本、贛州本、叢刊本、正德本、陳八郎本、尤刻本、胡刻本、監本、唐鈔本、九條本作「高」。當作「高」。「標」，奎章閣本、明州本、贛州本、四庫本、叢刊本、正德本、尤刻本、胡刻本、監本、唐鈔本、九條本同。陳八郎本作「摽」。當作「標」。

■**立群案**：説文：標，木杪末也。摽，擊也。五臣濟曰：高標，高枝也。駁日至此，礙於高樹，故假道而行。據賦意，自應作「標」。諸本多作「標」，是。陳八郎本獨作「摽」者，恐形近而誤。

【彙注】

【李善注】劉曰：言山木之高也。善曰：楚辭曰：吾令羲和弭節兮。廣雅曰：日御謂之羲和。左傳曰：假道於虞。春秋元命苞曰：陽成於三，故日中有三足烏。烏者，陽精。

【文選鈔】楚詞曰：吾令羲和弭節兮。

【文選音決】擢，直角反。

【五臣注】濟曰：言山木之高。岐樹，奇枝也。高標，高枝也。羲和，日馭也。馭日至此，礙於高樹，故假道而行。陽烏，日中烏。至此亦迴羽翼於高枝而進。

【張鳳翼文選纂注】言山水之高。日馭至此，礙於高樹，故假道而行。陽烏，日中烏。至此亦迴羽翼於高枝也。

【王象乾文選删注】春秋元命包曰：陽成於三，故日中有三足烏。烏者，陽精。

【陳景雲文選舉正】羲和假道於峻岐。吕延濟注：岐樹，奇枝也。馭日至此，礙於高樹，故假道而行。

【孫志祖文選考异】羲和假道於峻岐。何云：「岐」疑作「坂」。

【許巽行文選筆記】峻岐。何云：「岐」，疑作「坂」。案：爾雅：陂者曰阪。二達謂之岐旁。郭注：岐，道旁出也。此言假道，則不從向所常行之道而旁出也。作「坂」者非。

【梁章鉅文選旁證】羲和假道於峻岐，陽烏迴翼乎高標。何曰：高標，疑即高望山，古名高標，在嘉州郡。峻岐，未詳，疑亦地名。按，此説似鑿。濟注：岐樹，奇枝也。高標，高枝也。承上修幹長條言之，似尚近理。然以岐樹爲奇枝，則不知所出矣。

【胡紹煐文選箋證】羲和假道於峻岐，陽烏迴翼乎高標。何氏焯曰：高標，疑即高望山，古名高標，在嘉州郡。峻岐，未詳，疑亦地名。紹煐按：李白蜀道難：上有六龍迴日之高標。注：圖經：高標山亦名高望。何說不爲無據。然「峻岐」訖無所考，善亦不注此四字。

【高步瀛文選李注義疏】呂延濟曰：岐樹，奇枝也。高標，高枝也。馭日至此，礙於高樹，故假道而行。陽烏，日中烏，至此亦迴羽翼於高枝而進。何焯曰：高標，疑即高望山，古名高標，在嘉州郡。峻岐，未詳。疑亦地名。又曰：「岐」疑作「坂」。梁章鉅曰：此說似鑿。濟注承上修幹長條言之，似尚近理。然以岐樹爲奇枝，則不知所出矣。胡紹煐曰：李白蜀道難：上有六龍迴日之高標。注：圖經：高標山亦名高望。何說不爲無據。然「峻岐」訖無所考，善亦不注此四字。許巽行曰：爾雅：陂者曰阪。二達謂之岐旁。郭注：岐，道旁出也。此言假道，則不從向所行之道而旁出也。作「坂」者非。步瀛案：許引爾雅釋地、釋宮明「坂」「岐」之异，又以郭注證「岐」字之義，其說是也。駱賓王兵部奏姚州破賊蒙儉等露布云：峻岐折坂之危。岐、坂對舉，可證「岐」不作「坂」。又案：何說雖本太白詩注所引圖經，然與此賦文義未合。濟注大意得之。但「高標」二字，不專指樹木言。杜子美同諸公登慈恩寺塔詩曰：高標跨蒼穹。即指塔言。要之，高標謂表識之高者耳。○楚辭，見離騷。○廣雅，見釋天。○左傳，見僖二年。○春秋元命包，開元占經五引作「天立於一，成於三，故日中有三足烏」。御覽天部三引「天立於一」作「陽數起於一」。初學記鳥部、御覽羽族部九引作「日中有三足烏者，陽精其僂呼也」。本書七命注引末句作「烏者，陽之精」。後漢書班固傳注引同。○條、霄、標，古音宵部。

巢居栖翔，聿兼鄧林。穴宅奇獸，窠宿异禽。

【彙校】

「巢居栖翔」「巢」，奎章閣本、明州本、贛州本、四庫本、叢刊本、正德本、陳八郎本、尤刻本、胡刻本、監本、九條本同。唐鈔本作「樔」。當作「巢」。「栖」，奎章閣本、明州本、贛州本、四庫本、叢刊本、正德本、陳八郎本、尤刻本、胡刻本、唐鈔本、九條本同。監本作「棲」。當作「栖」。

■**立群案**：阮元經籍籑詁：禮記禮運：居橧樔。釋文：樔，本作巢。是「樔」「巢」可通。諸本多作「巢」，從之。

「聿兼鄧林」「聿」，奎章閣本、明州本、贛州本、四庫本、叢刊本、正德本、陳八郎本、尤刻本、胡刻本、監本同。唐鈔本、九條本作「聿」。當作「聿」。「兼」，明州本、贛州本、叢刊本、尤刻本、胡刻本、監本同。奎章閣本、四庫本、正德本、陳八郎本、唐鈔本、九條本作「兼」。當作「兼」。

「穴宅奇獸」「奇」，奎章閣本、明州本、贛州本、四庫本、叢刊本、正德本、陳八郎本、尤刻本、胡刻本、監本、唐鈔本、九條本作「竒」。當作「奇」。「獸」，奎章閣本、明州本、贛州本、四庫本、叢刊本、正德本、陳八郎本、尤刻本、胡刻本同。監本、唐鈔本、九條本作「獣」。當作「獸」。

「窠宿异禽」「宿」，奎章閣本、明州本、贛州本、四庫本、叢刊本、正德本、唐鈔本同。陳八郎本、尤刻本、胡刻本、監本、九條本作「宿」。當作「宿」。「异」，明州本、贛州本、叢刊本、陳八郎本、尤刻本、胡刻本、九條本作「異」。奎章閣本、四庫本、正德本、監本、唐鈔本作「異」。當作「异」。

【彙注】

【李善注】劉曰：鄧林，林名也。窠，鳥巢也。善曰：鄧林，已見西京賦。

【文選音決】窠，苦和反。

【五臣注】良曰：巢居，鳥也。聿，猶是也。言衆鳥之游止，兼倍於鄧林。鄧林，林名。翰曰：宅，居也。窠，鳥巢也。

【張鳳翼文選纂注】巢居，鳥也。聿，猶是也。言衆鳥之游止，兼倍於鄧林。

【高步瀛文選李注義疏】朱銘曰：史記禮書：阻以鄧林。索隱曰：按：裴氏引山海經以爲夸父弃杖爲鄧林，其言北飲大澤，蓋非在中國也。劉氏以爲今襄州南鳳林山，是古鄧祁侯之國，在楚北境，故云「阻以鄧林」也。銘按：荀子議兵篇云：限之以鄧林。楊倞注：鄧林，北界鄧地之山林。淮南兵略訓云：垣之以鄧林。高注：沔水上險。楚、蜀地相近，則此賦亦非夸父之鄧林。步瀛案：兵略篇叙目無，因以題篇字，乃許注也。朱氏殆未辨此。

熊羆咆其陽，雕鶚歍其陰。猿狖騰希而競捷，虎豹長嘯而永吟。

【彙校】

「熊羆」「熊」，明州本、贛州本、四庫本、叢刊本、尤刻本、胡刻本、監本、九條本同。奎章閣本、正德本、陳八郎本、唐鈔本作「熊」。當作「熊」。「羆」，奎章閣本、明州本、贛州本、四庫本、叢刊本、正德本、陳八郎本、尤刻本、胡刻本、監本、九條本同。唐鈔本作「羆」。當作「羆」。

「咆其陽」「陽」，奎章閣本、明州本、贛州本、叢刊本作「陽」。四庫本、正德本、陳八郎本、尤刻本、胡刻本、監本、唐鈔本、九條本作「陽」。當作「陽」。

「雕鶚」「雕」，奎章閣本、明州本、贛州本、四庫本、叢刊本、正德本、陳八郎本、尤刻本、胡刻本、監本、唐鈔本、九條本作「鵰」。當作「雕」。

「歍其陰」「歍」，奎章閣本、明州本、贛州本、四庫本、叢刊本、正德本、陳八郎本、尤刻本、胡刻本、監本、唐鈔本、九條本作「鴥」。今從「歍」。「陰」，奎章閣本、明州本、贛州本、四庫本、叢刊本、正德本、陳八郎本、尤刻本、胡刻本、監本、唐鈔本、九條本作「陰」。當作「陰」。

■**立群案**：「鴥」「鴥」，古同「歍」。説文：歍，鸇飛貌。从鳥穴聲。段玉裁説文解字注：秦風：

歗彼晨風。毛曰：歗，疾飛貌。許專繫諸鸇。今從「歗」。

「猿狖」「猿」，奎章閣本、明州本、贛州本、四庫本、叢刊本、正德本、陳八郎本、尤刻本、胡刻本、監本、唐鈔本、九條本作「猨」。當作「猿」。

「競捷」「競」，明州本、贛州本、四庫本、叢刊本、正德本、陳八郎本、尤刻本、胡刻本、監本同。奎章閣本、唐鈔本、九條本作「竸」。當作「競」。「捷」，奎章閣本、明州本、贛州本、四庫本、叢刊本、正德本、陳八郎本、尤刻本、胡刻本、監本同。唐鈔本、九條本作「揵」。當作「捷」。

「虎豹長嘯」「豹」，奎章閣本、明州本、贛州本、四庫本、叢刊本、正德本、陳八郎本、尤刻本、胡刻本、監本、唐鈔本同。九條本作「豿」。當作「豹」。

「而永吟」「永」，奎章閣本、明州本、贛州本、四庫本、叢刊本、正德本、尤刻本、胡刻本、監本同。陳八郎本、唐鈔本、九條本作「氶」。當作「永」。

【彙注】

【李善注】咆，步交切。歗音聿。狖，弋狩切。劉曰：鶚，其形如雕，皆鷙鳥也。枚乘曰：鷙鳥累百，不如一鶚。歗，疾貌也。善曰：楚辭曰：虎豹鬥兮熊羆咆。説文曰：咆，嗥也。毛詩曰：歗彼晨風。春秋元命苞曰：猛虎嘯，谷風起。杜篤連珠曰：長吟永嘯。

【文選鈔】羆似熊，黄白色，猛健能拔木。咆，聲也。狖，似玃而大，尾長數尺。鼻露上向則自懸，以尾塞鼻孔也。

【文選音決】咆，步交反。雕音彫。鶚，五各反。歗音聿。又，户決反。狖，以宙反。捷，才接反。

【五臣注】咆，步交反。歗音聿。狖，弋狩反。翰曰：咆，號也，雕鶚，鳥名。歗，疾貌。狖，獸名。

希，空虛。捷，疾也。

【張鳳翼文選纂注】咆，步交切。鴪音聿。狖，戈狩切。鶚，其形如雕，皆鷙鳥也。鴪，疾貌。

【王象乾文選删注】咆，嗥也。鶚鴥，形如雕，皆鷙鳥也。鷙，疾貌。

【余蕭客文選音義】咆庖。鴥舊音聿。希翰曰：希，空虛。

【余蕭客文選紀聞】鴥聿。博雅音三。狖讀如中山人相「贈遺」之「遺」。許注淮南十八。

【胡克家文選考异】注「咆，嗥也」。袁本、茶陵本此下有「步包切」三字，是也。

【胡紹煐文選箋證】雕鶚鴥其陰。注劉逵曰：鴥，疾貌也。善曰：毛詩曰：鴥彼晨風。按：毛傳「鴥，疾飛也」，劉注疑脱「飛」字。廣雅「鴥，飛也」，説文「鴥，鸇飛貌」，則專屬晨風言。禮記禮運「故鳥不獝」，注「獝，飛貌」。「鴥」與「獝」音義通。

【高步瀛文選李注義疏】李周翰曰：希，空虛。捷，疾也。步瀛案：上林賦曰：捷垂條，掉希間。注引張揖曰：捷持懸垂之條，掉往著稀疏無枝之間也。○説文隹部雕下曰：鷻也。籀文作「鵰」。鳥部「鷻」下曰：雕也。詩曰：匪鷻匪鳶。「鳶」下曰：鷙鳥也。案：今詩四月作「鳶」。段玉裁曰：正義「鳶」作「鶚」，引孟康曰：鶚，大雕也。又引説文鳶，鷙鳥也。是孔沖遠固知「鳶」即「鶚」字。陸德明本乃作「鳶」，云：以專反。今毛詩本因之，又以與專反改説文「鳶」字之音，誤之甚矣。「鳶」，夏小正作「弋」，與職切。俗作「鳶」，與專切。此猶「鷕」切「以水」訛爲「以沼」耳。弋者，鴟也。非鶚也。步瀛案：廣雅釋鳥曰：鷻、鶚、鷲，雕也。段曰：廣雅統言之。許「雕」「鷻」爲一，「鷲」爲一，「鶚」爲一，析言之，是也。埤雅卷六曰：雕能食草，似鷹而大，黑色，俗呼皂雕，一名鷻。爾雅翼卷十六曰：雕者，土黃色，健飛，擊沙漠中，空中盤旋，無細不睹。穆天子傳：青雕執犬羊。食豕鹿。今雕亦能食麋鹿之屬，可謂鷙有力矣。爾雅釋鳥曰：鵙鳩，王鵙。郭注曰：雕類，今江東呼之爲鶚，好在江渚山邊食魚。毛詩傳曰：鳥鷙而有別。陸璣詩疏曰：鵙鳩大小如鴟，深目。目上露骨。幽州人謂之「鷲」。而楊雄、許慎皆曰「白鷹」，似鷹，尾上白。李時珍本草綱目卷四十九曰：鶚，雕類也。似鷹而土黄色，深目好峙，雌雄相得，鷙而有別。交則雙翔，別則异處。能翱翔水上，捕魚食。江表人呼爲捕魚鷹。詩云：關關雎鳩，在河之洲。即此。其肉腥惡不可食。陸璣以爲「鷲」，楊雄以爲「白鷹」，皆誤矣。○「鷙鳥」二句見本書卷三十九鄒陽上書吳王。而枚叔上書諫吳王無此二語。「枚乘」二字，蓋「鄒陽」之誤。○楚辭，見本書卷三十三招隱士。○説文，見口部。○「步包切」三字，依袁本、茶陵本增。○毛詩，見晨風。傳曰：鴥，疾飛貌。釋文曰：鴥，尹橘反。胡紹煐曰：據毛傳，劉注疑脱「飛」字。廣雅釋詁鴥，飛也。説文：鴥，鸇飛貌。則專屬晨風言。禮記禮運：故鳥不獝。注：獝，飛貌。「鴥」與「獝」音義通。步瀛案：劉注不言引毛詩傳，蓋別有所本，非必脱「飛」字。○元命包、嘯賦及七啓注皆兼引下句云：「類相動也。」又七啓注、陸士衡樂府苦寒行注引「嘯」下有「而」字。○杜篤連珠、嵇叔夜幽憤及贈秀才入軍詩注皆兼引上句。○林、禽、陰、吟，古音侵部。○以上蜀之北部。

於東則左綿、巴中，百濮所充。外負銅梁、宕渠，内函要害膏腴。

【彙校】

「於東則」　「於」，奎章閣本、明州本、贛州本、四庫本、叢刊本、陳八郎本、尤刻本、胡刻本、監本、九條本同。正德本、唐鈔本作「扵」。當作「於」。

「左綿、巴中」　「綿」，奎章閣本、明州本、贛州本、四庫本、叢刊本、正德本、陳八郎本、尤刻本、胡刻本、監本、唐鈔本、九條本作「緜」。當作「綿」。

「百濮所充」　「所」，奎章閣本、明州本、贛州本、叢刊本、監本作「所」。四庫本、陳八郎本、尤刻本、胡刻本、九條本作「所」。正德本、唐鈔本作「所」。當作「所」。

「外負」　「負」，明州本、四庫本同。奎章閣本、贛州本、叢刊本、正德本、陳八郎本、尤刻本、胡刻本、監本、唐鈔本、九條本作「貟」。當作「負」。

「銅梁」　「梁」，奎章閣本、明州本、贛州本、四庫本、叢刊本、正德本、陳八郎本、尤刻本、胡刻本、監本、唐鈔本、九條本作「梁」。當作「梁」。

「宕渠」　唐鈔本、九條本同。奎章閣本、明州本、贛州本、四庫本、叢刊本、陳八郎本、胡刻本作「於宕渠」。正德本作「於宕渠」。尤刻本、監本作「而宕渠」。當作「宕渠」。

■立群案：李善本作「外負銅梁而宕渠」，五臣本作「外負銅梁於宕渠」，唐鈔本和九條本作「外負銅梁、宕渠」。劉逵曰：銅梁，山名。宕渠，縣名。文選鈔：宕渠，山名，因爲縣名。五臣向曰：銅梁，山名。宕渠，邑名。既然一是山名，一是縣名，中間連「而」或「於」皆不當。藝文類聚卷六、初學記卷八、太平御覽卷一六八引此俱作：外負銅梁、宕渠。知此處當從唐鈔本和九條本。

「要害」「害」，奎章閣本、明州本、贛州本、四庫本、叢刊本、正德本、陳八郎本、尤刻本、胡刻本、監本、九條本同。唐鈔本作「宔」。當作「害」。

「膏腴」「膏」，奎章閣本、明州本、贛州本、四庫本、叢刊本、尤刻本、胡刻本、監本作「於膏」。正德本、陳八郎本作「以膏」。唐鈔本、九條本作「膏」。當作「膏」。「腴」，奎章閣本、明州本、贛州本、四庫本、叢刊本、正德本、陳八郎本、尤刻本、胡刻本、監本、九條本作「腴」。唐鈔本作「腴」。當作「腴」。

■立群案：李善本作「內函要害於膏腴」，五臣本作「內函要害以膏腴」，唐鈔本和九條本作「內函要害膏腴」。「要害」「膏腴」中間連「而」或「於」皆不當。藝文類聚卷六、初學記卷八引此俱作：內函要害膏腴。是。

【彙注】

【李善注】濮音卜。宕，徒浪切。劉曰：濮，夷也。傳曰：麇人率百濮。今巴中七姓有濮也。

【劉曰】銅梁，山名。宕渠，縣名。銅梁在巴東。宕縣在巴西，出鐵。要害，地險隘也。膏腴，土地肥沃也。

【文選鈔】宕渠，山名，因爲縣名。

【文選音決】濮音卜。宕，大浪反。函音含。要，一照反。腴音臾。

【五臣注】濮音卜。宕，徒浪反。函音含。腴音俞。向曰：綿，歷也。巴中，地名。百濮，夷名。充滿此地。銅梁，山名。宕渠，邑名。要害，險固。膏腴，肥沃也。

【陸善經注】綿，猶經歷也。

【張鳳翼文選纂注】宕，徒浪切。函音含。濮，夷人也。今巴中七姓，有濮姓焉。銅梁，山名。宕渠，縣名，出鐵。要害，要地也。膏腴，肥沃也。

【王象乾文選删注】宕，徒浪切。濮，夷也。銅梁，山名。宕渠，縣名，在巴西，出鐵。

【余蕭客文選音義】左綿杜詩注：綿州，涪水所經。涪居其右，綿居其左。故曰左綿。

【胡克家文選考异】注「宕渠，縣名。銅梁，在巴東。宕縣，在巴西」。袁本、茶陵本無「名銅梁在巴東宕縣」八字。案：此尤校添之。劉昭注續漢書郡國志引銅梁山在巴東也。下「縣」當作「渠」。

【朱珔文選集釋】於東則左綿、巴中，百濮所充。劉注云：濮，夷也。傳曰：麇人率百濮。今巴中七姓有濮也。案：此所引「傳」，見文十六年。杜注：百濮，夷也。又昭元年：吴、濮有釁。杜注：建寧郡南，有濮夷。十九年：楚子伐濮。杜注：濮，南夷。三注不同。高氏士奇春秋地名考略曰：種族非一，故稱百濮。約言其地，當在楚之南境而迤西。晋建寧郡，在今雲南界，極言所至當在此也。江氏考實則云：晋建寧故城在今荆州府石首縣，非雲南界也。麇爲今之鄖陽百濮，蓋與之相近。書牡誓：彭、濮人。孔傳云：濮在江漢之間。然則其地在楚之西北境耳。余謂晋書地理志建寧郡，與雲南、興古、永昌三郡皆爲益州，故高氏以爲在雲南界。然志云：惠帝以後，益州郡縣没於李特，江左并遥置之。是名爲益州，而地實荆州也。故方輿紀要云：石首縣東有建寧城。洪氏圖志亦云：劉宋建寧故城，在石首縣東南七十里。若此注言巴中有濮者，高、江二説皆以爲此又別一濮。蓋百濮之散處者，非春秋所云矣。

外負銅梁於宕渠。劉注云：銅梁，山名。宕渠，縣名。銅梁在巴東，宕渠在巴西，出鐵。案：方輿紀要云：銅梁山在合州南五里，東西連亘二十餘里。巔平整，環合諸峰，此爲獨秀。有石梁横亘，色如銅。蜀都賦所云「外負銅梁」者是也。余謂今合州爲漢墊江縣地，唐別置銅梁縣。墊江與宕渠，兩漢志俱屬巴郡。續志云：宕渠有鐵，與此注正同。縣以宕渠江得名，亦曰渠江。自順慶府廣安州西南流，經合州界，至州治東北，而合於嘉陵江，曰渠口。又華陽國志云：宕渠縣爲郡治，蓋故賨國。今有賨城、盧城。

【梁章鉅文選旁證】左綿、巴中。向注：綿，歷也。余曰：綿州，涪水所出，涪居其右，綿居其左。故曰左綿。

注宕縣在巴西。「縣」當作「渠」，各本皆誤。

【胡紹煐文選箋證】於東則左綿、巴中。余氏文選音義云：綿州，涪水所經，涪居其右，綿居其左，故曰「左綿」。紹煐按：御覽六十五游蜀記曰：左綿緋紅，三川所尚。綿州左綿郡有汙江，所染緋紅，於此水濯後益鮮。而向注「綿，歷也」，謂左歷巴中，甚疏。

【高步瀛文選李注義疏】吕向曰：綿，歷也。余蕭客曰：綿州，涪水所出，涪居其右，綿居其左。故曰左綿。胡紹煐曰：御覽六十五引游蜀記曰：左綿緋紅，三川所尚。綿州左綿郡有汙江，所染緋紅，於此水濯後益鮮。而向注「綿，歷也」，謂左歷綿中，甚疏。朱銘曰：廣雅釋詁曰：綿，連也。以爲綿州在左者謬。下文云：於西則右挾岷山。「左綿」「右挾」對文，不當以地言之。步瀛案：楊子雲蜀都賦云：東有巴賨，綿亘百濮。左賦本此。此「綿」字與楊賦「綿亘」正同。朱氏説是。向注爲「歷」，不誤。余氏、胡氏説非也。○海内經曰：西南有巴國。郭注曰：今三巴是。華陽國志巴志曰：周武王伐紂，實得巴蜀之師。武王既克殷，封其宗姬於巴，爵之以子。戰國時嘗與楚婚。及七國稱王，巴亦稱王。周慎王五年，蜀王伐苴侯。苴侯奔巴。巴爲求救於秦。秦惠文王遣張儀、司馬錯伐蜀，滅之。儀貪巴苴之富。因取巴，執王以歸。置巴蜀及漢中郡。又曰：漢獻帝初平元年，征東中郎將安漢趙潁，建議分巴爲二郡，白益州牧劉璋。以墊江以上爲巴郡，江南龐羲爲太守，治安漢。以江州至臨江爲永寧郡，朐忍至魚復爲固陵郡。巴遂分矣。建安六年，魚復蹇胤白璋，争巴名。璋乃改永寧爲巴郡。以固陵爲巴東。徙羲爲巴西太守。是爲三巴。案：巴郡治江州縣，今四川巴縣西。巴西郡治閬中縣，今四川閬中縣西。巴東郡治魚復縣，今四川奉節縣東北。○朱琦曰：注引「傳」，見左氏文十六年。杜注：百濮，夷也。又昭元年：吴、濮有釁。杜注：建寧郡南，有濮夷。十九年：楚子伐濮。杜注：濮，南夷。三注不同。高氏士奇春秋地名考略曰：種族非一，故稱百濮。約言其地，當在楚之南境而迤西。晉建寧郡，在今雲南界，極言所至當在此也。江氏慎修春秋地理考實則云：晉建寧故城在今荆州府石首縣，非雲南界也。麇爲今之鄖陽，蓋與之相近。書牧誓：彭、濮人。孔傳云：濮在江漢之間。然則其地在楚之西北境耳。余謂晉書地理志建寧郡，與雲南、興古、永昌三郡皆爲益州，故高氏以爲在雲南界。然志云：惠帝以後，益州郡縣没於李特。江左并遥置之。是名爲益州，而地實荆州也。故方輿紀要云：石首縣東有建寧城。洪氏圖志亦云：劉宋建寧故城，在石首縣東南七十里。若此注言巴中有濮者，高、江二氏皆以爲此又别一濮。蓋百濮之散處者，非春秋所云矣。步瀛案：杜注建寧郡，自當在今雲南，東晉僑置者，非杜所及見。而湖北石首縣東南之建寧古城，又劉宋所置之建寧縣，非郡也。諸説釋左傳之百濮，皆未確。

沈欽韓左傳地名補注謂「濮」即「僰」也，亦未知是否。至本賦之「百濮」，自在巴中，不必牽引左傳及周書王會篇矣。○中，古音冬部。充，東部。通轉爲韻。

「宕渠在巴西」，尤本「渠」作「縣」。胡克家曰：袁本、茶陵本無「名銅梁在巴東宕縣」八字。案：此尤校添之。劉昭注續漢書郡國志引銅梁山在巴東也。下「縣」當作「渠」。步瀛案：今依胡校改。○楊子雲蜀都賦曰：銅梁金臺。元和郡縣志曰：劍南道合州石鏡縣，銅梁山在縣南九里。蜀都賦曰外負銅梁於宕渠是也。太平寰宇記曰：山南西道合州石鏡縣，銅梁山東西連亘二十餘里，山嶺之上平整，遠望諸山，而此獨秀也。清統志曰：四川重慶府，銅梁山在合州南。朱琦曰：今合州爲漢墊江縣地，唐別置銅梁縣。墊江與宕渠，兩漢志俱屬巴郡。續志云：宕渠有鐵，與此注正同。縣以宕渠江得名，亦曰渠江。自順慶府廣安州西南流，經合州界，至州治東北，而合於嘉陵江，曰渠口。又華陽國志云：宕渠縣爲宕渠郡治，蓋故賨國。今有賨城、盧城。朱銘曰：元豐九域志云：合州銅梁縣有銅梁山。又云：渠州流江縣，有宕渠山。則二者并是因山名縣。步瀛案：合州，今爲合川縣。廣安州，今爲廣安縣。流江縣，今爲渠縣。○渠，古音魚部。腴，侯部。通轉爲韻。

其中則有巴菽巴戟，靈壽桃枝。樊以葅圃，濵以鹽池。

【彙校】

「巴菽巴戟」　「菽」，奎章閣本、明州本、贛州本、四庫本、叢刊本、正德本、陳八郎本、尤刻本、胡刻本、監本同。唐鈔本作「𦬸」。九條本模糊不清。當作「菽」。「戟」，奎章閣本、明州本、贛州本、四庫本、叢刊本、正德本、陳八郎本、尤刻本、胡刻本、監本、唐鈔本、九條本作「戟」。當作「戟」。

▌立群案：「𦬸」爲「叔」之或體。「叔」又通「菽」。如墨子非樂上：農夫蚤出暮入，耕稼樹藝，多聚叔粟。漢書昭帝紀：其令郡國毋斂今年馬口錢，三輔、太常郡得以叔粟當賦。然本字當作「菽」也。

「靈壽桃枝」　「靈」，奎章閣本、明州本、贛州本、四庫本、叢刊本、正德本、陳八郎本、尤刻本、胡刻本、監本、九條本同。唐鈔本作「霝」。當作「靈」。「壽」，明州本、贛州本、叢刊本、陳八郎本、尤刻本、胡刻本、監本、九條本同。奎章閣本、四庫本、正德本、唐鈔本作「壽」。當作「壽」。「桃」，奎章閣本、明州本、贛州本、四庫本、叢刊本、正德本、陳八郎本、尤刻本、胡刻本、監本同。唐鈔本、九條本作「桃」。當作「桃」。「枝」，奎章閣本、明州本、贛州本、四庫本、正德本、尤刻本、胡刻本、九條本同。叢刊本、陳八郎本作「枝」。監本、唐鈔本作「枝」。當作「枝」。

「濱以鹽池」 「濱」，奎章閣本、明州本、贛州本、四庫本、叢刊本、正德本、陳八郎本、尤刻本、胡刻本、監本、唐鈔本、九條本作「濵」。當作「濱」。「鹽」，明州本、贛州本、四庫本、叢刊本、陳八郎本、尤刻本、胡刻本、監本、唐鈔本同。奎章閣本、正德本、九條本作「塩」。當作「鹽」。

【彙注】

【李善注】蒩，咨睹切。劉曰：巴菽，巴豆也。巴戟，巴戟天也。靈壽，木名也，出涪陵縣。桃枝，竹屬也，出鰲江縣。二者可以爲杖。樊，藩也。詩曰：營營青蠅，止乎樊。蒩，草名也，亦名土茄，葉覆地而生，根可食，人飢則以繼糧。鹽池，出巴東北新井縣，水出地如涌泉，可煮以爲鹽。善曰：埤蒼曰：蒩，蕺也。側及切。

【文選音決】蒩音祖。又，在古反。蜀俗言也。圃，布古反。

【五臣注】蒩音租。向曰：巴菽、巴戟，皆藥名。靈壽，木名。桃枝，竹屬。樊，藩也。蒩，草名，根可食，故種之於圃，以爲藩籬。鹽池利人，亦濱其側也。

【張鳳翼文選纂注】葅音租。巴菽，巴豆也。巴戟，巴戟天也。靈壽，木名，出涪陵縣。桃枝，竹屬，出鰲江縣。二者可以爲杖。樊，蕃也。蒩，亦名土茄，葉覆地生，其根可食。新井縣水出地如涌泉，可煮爲鹽。

【王象乾文選删注】蒩音沮。巴菽，巴豆。靈壽，木名，出涪陵縣。桃枝，竹，出鰲江縣。皆可爲杖。蒩，草名，亦名土茄，可食。鹽池，出巴東北新井縣，水出地可煮爲鹽。

【余蕭客文選音義】蒩舊音祖。

【余蕭客文選紀聞】巴豆，生巴郡川谷，木高一二丈，葉似櫻桃葉，五六月結實作房，七八月成熟黄白。一房生三瓣，一瓣有一實，形類白豆蔻，自落即收之。入藥去油，不爾大瀉本草元命苞七。巴鄉村側有谿，谿中多靈壽木水經注三十三。桃枝竹八角古文苑注四。杜子春讀鉏鄭元周禮注六。案，集韵「鉏」即「菹」字，音組。

【胡克家文選考异】注「資睹」。袁本、茶陵本作「菹資睹切」四字，在注中「菹蕺也」下，是也。注「出巴東北新井縣水出地」。案：「新」字當在「縣」字下。「北井」二字當連文，縣名也。晉太康以前屬巴東郡，見華陽國志。「出巴東北井縣」爲一句，「新水出地」爲一句。

【朱珔文選集釋】靈壽。劉注云：木名也，出涪陵縣。案：爾雅：椐，樻也。詩皇矣毛傳及說文并同。陸璣詩疏云：即今之靈壽。段氏謂：椐與靈壽俱見山海經，郭不云一物也。郝氏仍從陸說亦見歸去來辭。楊雄作靈節銘，蓋即謂是木可爲杖耳，出蜀地者。水經江水一篇注云：魚復縣江左岸，有巴鄉村，村側有谿，谿中多靈壽木。魚復與涪陵，兩漢志俱屬巴郡。魚復爲今夔州府奉節縣。涪陵爲今酉陽州彭水縣。又華陽國志云：朐忍縣有靈壽木。朐忍亦巴郡所屬，其故城在今雲陽縣。若陳藏器本草拾遺云：靈壽木生劍南山谷。則統言之。

濱以鹽池。劉注云：鹽池，出巴東北新井縣，水出地如涌泉，可煮以爲鹽。案：胡氏考异謂「新」字當在「北」字上。「北井」二字連文，是也。據華陽國志「北井縣，晉太康以前屬巴東郡」，故注云然。後改屬建平郡，則晉志所載矣。方輿紀要云：北井廢縣，在大昌縣東南，今縣裁。洪氏圖志言故城在巫山縣北。其鹽池見蜀地他處者。漢志「定筰」下云：出鹽。步北澤在南。華陽國志云：定筰有鹽池，北沙河是。定筰，爲今寧遠府之鹽源縣。元和志云：凡取鹽先積柴燒之，以水澆灰，即成黑鹽也。

【梁章鉅文選旁證】巴菽巴戟，靈壽桃枝。華陽國志：其藥物之异者，有巴戟、天椒。又云竹木之墳者有桃枝，靈壽。

注出巴東北新井縣，水出地。　胡公考异曰：「新」字當在「縣」字下。「北井」當連文，縣名也。晉太康以前屬巴東郡，見華陽國志。

【薛傳均文選古字通疏證】樊以藩圃。劉淵林注：樊，蕃也。傳均案，謝希逸月賦：長自邱樊。注爾雅曰：樊，藩也。郭璞曰：藩，籬也。孫炎注：樊圃之藩也。管子侈靡云：有差樊。注：樊，蕃也。詩：青蠅止於樊。説文㸚部作：止於棥。史記滑稽傳作：止於蕃。論衡商蟲篇作：止於藩。説文「樊」字下云：鷙不行也。从棥。棥亦聲。「棥」字下云：藩也。「藩」字下云：屏也。「蕃」字下云：草茂也。「棥」與「藩」同訓，當是正字。「樊」與「蕃」皆別一義，因同聲而通用耳。

【高步瀛文選李注義疏】華陽國志巴志曰：其藥物之异者，有巴戟、天椒。竹木之貴者，有桃枝、靈壽。可與此賦相證。○證類本草卷十四引圖經曰：巴豆，出巴郡川谷，今嘉、眉、戎州皆有之。木高一二丈，葉如櫻桃而厚大，初生青，後漸黄赤。至十二月，葉漸凋。二月復漸生。至四月，舊葉落盡，新葉齊生，即花發成穗，微黄色。五六月結實，作房，生青。至八月熟而黄，類白豆蔻。漸漸自落，即收之。一房有三瓣，一瓣有實一粒。一房共實三粒也。又卷六引圖經曰：巴戟天，生巴郡，今江淮、河東州郡亦有之。皆不及蜀川者佳。葉似茗，經冬不枯，俗名二蔓草，又名不凋草，多生竹林内。内地生者葉似麥門冬而厚大，至秋結實。○巴志曰：巴東郡朐忍縣，有靈壽木。水經江水注曰：江水又東徑魚復縣之故陵，又東爲落牛灘，徑故陵北江之左岸，有巴鄉村，村側有溪，溪中多靈壽木。朱珔曰：魚復、涪陵，兩漢志俱屬巴郡。魚復爲今夔州府奉節縣。涪陵爲今酉陽州彭水縣。華陽國志云：朐忍縣有靈壽木。朐忍亦巴郡所屬，其故城在今雲陽縣。若陳藏器本草拾遺云：靈壽木生劍南山谷。則統言之。步瀛案：漢書孔光傳曰：賜太師靈壽杖。注：孟康曰：扶老杖也。顏師古曰：木似竹，有枝節，長不過八九尺，圍三四寸，自然有合杖制，不須削治也。朱引本草拾遺，見證類本草卷十二。○爾雅釋草曰：桃枝四寸有節。郭注曰：竹類也，今桃枝節間相去多四寸。山海經西山經：嶓冢之山。中山經驕山、高梁之山、龍山，并云多桃枝。戴凱之竹譜曰：桃枝皮赤。步瀛案：杜子美詩有桃竹杖引，即此。○詩，見青蠅。○説文曰：蒩，菜也。从艸，祖聲。本與「蒩」訓茅、藉，「葅」訓「酢菜」各异。段曰：崔豹古今注曰：荆揚人謂「蒩」爲「蕺」。説文無「蕺」字，即今魚腥草也。凶年人掘食之。步瀛案：「蕺」已見南都賦。廣雅釋草曰：蒩，蕺也。王氏疏證曰：齊民要術曰：菹菜紫色，有藤。唐本草注云：蕺菜葉似蕎麥，肥地亦能蔓生。莖紫赤色，多生濕地，山谷陰處，山南江左好生食之。關中謂之葅菜。「葅」「蒩」「菹」「蒩」字并通。○「北井縣」下「新」字誤在「井」字上。胡克家曰：案：「新」字當在「縣」字下。「北井」二字當連文，縣名也。晉太康以前屬巴東郡，見華陽國志。「出巴東北井縣」爲一句，「新水出地」爲一句。朱珔曰：方輿紀要云：北井廢縣，在大昌縣東南，今縣裁。洪氏圖志言故城在巫山縣北。其鹽池見蜀地他處者。漢志定筰下云：出鹽。步北澤在南。華陽國志云：定筰有鹽池。北沙河是。定筰，爲今寧遠府之鹽源縣。元和志云：凡取鹽先積柴燒之，以水澆灰，即成黑鹽也。○「蒩，資睹切」，四字依袁本、茶陵本增。○枝，古音支部。池，歌部。通轉爲韵。

鷩鴺山栖，元黿水處。潛龍蟠於沮澤，應鳴鼓而興雨。

【彙校】

「鷩鴺山栖」 「鷩」，奎章閣本、明州本、陳八郎本同。贛州本、四庫本、叢刊本、尤刻本、胡刻本作「蛸」。正德本作「鷩」。監本、唐鈔本作「蟞」。九條本作「蟞」。今從「鷩」。「鴺」，奎章閣本、明州本、正德本、陳八郎本同。贛州本、四庫本、叢刊本、尤刻本、胡刻本、監本、唐鈔本、九條本作「蛦」。今從「鴺」。「栖」，唐鈔本同。奎章閣本、明州本、贛州本、四庫本、叢刊本、正德本、陳八郎本、尤刻本、胡刻本、監本、九條本作「棲」。當作「栖」。

■**立群案**：高步瀛文選李注義疏：梁章鉅曰：玉篇作「蛸蛦」，山鷄也。朱珔曰：説文無「蛸蛦」字，當作「鷩鴺」，此从虫者，古字偏旁通用也。吴都賦注云：今所謂山鷄者，鷩跠也。「蛦」字亦誤。則「蛸蛦」即「鷩乃」，雉屬。「鷩」爲丹雉，故魚之稱「蟞」者亦曰頳。江賦有「頳蛸」是也。注云：色斑，統凡雉言之耳。胡紹煐曰：釋名釋鳥曰：鷩，雉之憋惡者，山鷄是也。鷩，憋也，性急憋，不可生服，必自殺。本書射雉賦：山鷩悍害。然則謂之鷩者，取憋惡之義。「鴺」即「雉」也。左昭十七年傳：五雉爲五工正。服注：雉者，夷也。疏云：「雉」聲近「夷」。漢書楊雄傳注引服虔亦云：「雉」「夷」聲相近。

故「新夷」亦作「辛雉」。步瀛案：胡氏意謂「蝴蛦」即「鷩雉」耳，非析爲二物也。今從「鷩鴺」。

「元龜水處」「元」，奎章閣本、明州本、正德本、陳八郎本、胡刻本、唐鈔本同。贛州本、四庫本、叢刊本、尤刻本、監本、九條本作「黿」。當作「元」。「處」，奎章閣本、明州本、贛州本、四庫本、叢刊本、尤刻本、胡刻本、九條本同。正德本作「虒」。陳八郎本、監本作「䖏」。唐鈔本作「虒」。當作「處」。

■**立群案**：胡克家文選考异：案：「黿」當作「元」。茶陵本作「黿」，云五臣作「元」。袁本作「元」，無校語。此當是茶陵、尤所見因劉注中「元龜」二字誤爲「黿」字，而改正文者耳。袁所見正文及注，皆是「元龜」字，爲不誤也。又正文下有「元」字，乃割裂所見之校語以爲音。茶陵亦尚無之。恐讀者不察，將致執此音以定善字，特爲訂正焉。梁章鉅文選旁證：六臣本「黿」作「元」。注中「黿」作「元龜」，是也。胡公考异曰：各本作「黿」者，皆因劉注「元龜」二字，誤爲「黿」字，因改正文。又正文下有「元」字，乃割裂所見之校語以爲音耳。胡紹煐文選箋證：黿龜水處。注劉逵曰：元龜，大龜也。考异曰：各本作「黿龜」者，皆因注「元龜」二字誤爲「黿」，因改正文。紹煐按：五臣本作「元」。兩胡氏及梁氏説有理，當作「元」。

「潛龍」「潛」，奎章閣本、四庫本、叢刊本、正德本、尤刻本、胡刻本、監本、唐鈔本同。明州本、贛州本、陳八郎本、九條本作「潛」。當作「潛」。「龍」，明州本、贛州本、四庫本、叢刊本、陳八郎本、尤刻本、胡刻本、監本、九條本同。奎章閣本、正德本、唐鈔本作「龍」。當作「龍」。

「蟠於沮澤」「蟠」，贛州本、四庫本、叢刊本、陳八郎本同。奎章閣本、明州本、正德本、尤刻本、胡刻本、監本、唐鈔本、九條本作「蟠」。當作「蟠」。「於」，奎章閣本、明州本、贛州本、四庫本、叢刊本、陳八郎本、尤刻本、胡刻本、監本、九條本同。正德本、唐鈔本作「扵」。當作「於」。

「應鳴鼓」　「鼓」，奎章閣本、明州本、贛州本、四庫本、正德本、胡刻本、監本同。叢刊本、陳八郎本、尤刻本作「鼓」。九條本、唐鈔本作「皷」。當作「鼓」。

「而興雨」　「興」，奎章閣本、明州本、贛州本、四庫本、叢刊本、正德本、陳八郎本、尤刻本、胡刻本作「與」。監本、唐鈔本作「興」。九條本模糊不清。當作「興」。

【彙注】

【李善注】蟞，必滅切。鷈音啼。黿音元。沮，子預切。劉曰：蟞蛦，鳥名也，如今之所謂山鷄，其雄色班，雌色黑，出巴東。黿，大龜也。譙周异物志曰：涪陵多大龜，其甲可以卜，其緣中又似瑇瑁，俗名曰靈。又沮，有菜澤也。巴東有澤水，人謂有神龍，不可鳴鼓，鳴鼓其傍，即便雨矣。善曰：李尤七嘆曰：龍鼉水處。方言曰：未升天龍，謂之蟠龍。綦毋邃孟子注曰：澤生草言葅。沮與葅同。

【文選鈔】禮記：龍極於天而蟠於地。鄭玄曰：蟠，委也。廣雅：蟠，曲也。

【文選音決】蟞，必列反。蛦，大兮反。處，昌呂反。蟠，步丸反。沮，子慮反。應，於證反。

【五臣注】鷩，必滅反。鷈音啼。沮，子預反。良曰：鷩鷈，鳥名也。元龜，大龜也。沮，猶下濕也。巴東有澤，人謂有龍焉。鳴鼓其傍，則雨矣。

【陸善經注】沮，沮洳也。

【張鳳翼文選纂注】蟞，必滅切。沮，子预切。蟞蛦，蛙類而大，俗名山鷄，即今名蛙爲舊鷄也。舊説以爲鳥類，未安。巴東有澤，人謂有神龍，不可鳴鼓，若鳴鼓其旁，即便雨矣。沮，猶下濕也。

【王象乾文選刪注】蟞，必滅切。蛦音啼。蟞蛦，鳥名，如山鷄，雄色班，雌色黑，出巴東。黿，大龜。

涪陵出大龜，巴東澤水有神龜，鳴鼓即雨。涪陵、丹興二縣出丹砂。巴西漢昌縣多野蜂蜜蠟。

【余蕭客文選音義】蛦五臣作「鶫」。鶫、蛦并音啼。黿五臣作「元」。

【余蕭客文選紀聞】螆類篇十三中、集韵九并「鼈」，音丿，無蛸字。

【胡克家文選考异】黿龜水處。案：「黿」當作「元」。茶陵本作「黿」，云五臣作「元」。袁本作「元」，無校語。此當是茶陵、尤所見因劉注中「元龜」二字誤爲「黿」字，而改正文者耳。袁所見正文及注，皆是「元龜」字，爲不誤也。又正文下有「元」字，乃割裂所見之校語以爲音。茶陵亦尚無之。恐讀者不察，將致執此音以定善字，特爲訂正焉。

注「黿大龜也」。袁本「黿」作「元龜」二字，是也。茶陵本與此同，非。案：説已見上。劉以「大」解「元」，益顯然可知也。

注「其緣中叉」。案：「叉」當作「叉」，下「靈叉」同。見華陽國志涪陵郡下。

注「李尤七嘆曰」。袁本、茶陵本「嘆」作「歎」。案：各本皆非也，當作「款」。

【許巽行文選筆記】蛸蛦。注：鳥名也，如今所謂山鷄。案，爾雅「鷩雉」注云：似山鷄。山海經：小華之山，鳥多赤鷩。注云：山鷄之屬。説文：鷩，赤雉也。又曰：鵔鸃，鷩也。然則蛸蛦，鷩雉耳。「鷩」訛爲「蛸」，「雉」「夷」聲相近，又加虫作「蛦」也。甘泉賦注：新雉，新夷也。「雉」「夷」聲相近。

【朱珔文選集釋】鷩蛦山棲。劉注云：鷩蛦，鳥名，如今之山鷄，其雄色斑，雌色黑，出巴東。案：「蛸」或作「螆」。説文無「螆蛦」字，當作「鷩鶫」，此从虫者，古字偏傍通用也。吴都賦注云：今所謂山鷄者，鷩䳼也。「䳼」字亦誤。則「蛸蛦」即「鷩乃」，雉屬。「鷩」爲丹雉，故魚之稱「螆」者亦曰赬。江賦有「赬螆」是也。注云：色斑，統凡雉言之耳。

黿龜水處。劉注云：黿，大龜也。譙周异物志曰：涪陵多大龜。案：説文：黿，大鼈也。與「龜」异部。此「黿」字，當爲「元」之同音假借。尚書：格人元龜。孔傳以元龜爲大龜。漢書食貨志：元龜距髯，長尺二寸。賦與上句爲對文，鷔蛦一物，則黿龜非二物矣。禹貢：九江納錫大龜。知出江水中。涪陵亦江之上流也。又華陽國志「朐忍縣」：咸熙元年，獻靈龜於相府。

潛龍蟠於沮澤，應鳴鼓而興雨。劉注云：巴東有澤水，人謂有神龍，鳴鼓其傍，即便雨。案：續漢志「巴郡」下注引干寶搜神記與此注同。又水經江水一篇：江水又東逕廣谿峽。注云：北岸上有神淵，天旱燃木岸，上推其灰燼，下穢淵中，尋則降雨。常璩曰：縣有山澤水神，旱時鳴鼓請雨，則必應嘉澤。蜀都賦所言是也。

【梁章鉅文選旁證】蜵蛦山棲。六臣本「蜵蛦」作「鷔鴺」。玉篇作「螯蛦」，山鷄也。

黿龜水處。注黿，大龜也。六臣本「黿」作「元」。注中「黿」作「元龜」，是也。胡公考异曰：各本作「黿」者，皆因劉注「元龜」二字，誤爲「黿」字，因改正文。又正文下有「元」字，乃割裂所見之校語以爲音耳。

注其緣中又似瑇瑁，俗名曰靈。又。兩「又」字皆當作「叉」。見華陽國志涪陵郡下。

注李尤七歎。胡公考异曰：「歎」當作「欵」。或作「難」作「疑」，皆非。

【胡紹煐文選箋證】蜵蛦山棲。五臣作「鷔鴺」。按：釋名云：鷔，雉之憋惡者，山鷄是也。鷔，憋也，性急憋，不可生服，必自殺。本書射雉賦：山鷔悍害。然則謂之鷔者，取憋惡之義。「鴺」即「雉」也。左昭十七年傳：五雉爲五工正。服注：雉者，夷也。疏云：「雉」聲近「夷」。漢書揚雄傳集注引服虔亦云：「雉」「夷」聲相近。故「新夷」亦作「辛雉」。

黿龜水處。注劉逵曰：元龜，大龜也。考异曰：各本作「黿龜」者，皆因注「元龜」二字誤爲「黿」，因改正文。紹煐按：五臣本作「元」。

【高步瀛文選李注義疏】五臣「蟞蛦」作「鷩鴺」。尤本「元」誤作「黿」。胡克家曰：「黿」當作「元」。茶陵本作「黿」，云五臣作「元」。袁本作「元」，無校語。此當是茶陵與尤所見因劉注中「元龜」二字誤爲「黿」字，而改正文者耳。袁所見正文及注，皆是「元龜」字，爲不誤也。又正文下有「元」字，乃割裂所見之校語以爲音。茶陵亦尚無之。恐讀者不察，將執此音以定善字，特爲訂正焉。○梁章鉅曰：玉篇作「蟞蛦」，山鷄也。朱珔曰：説文無「蟞蛦」字，當作「鷩鴺」，此从虫者，古字偏旁通用也。吳都賦注云：今所謂山鷄者，鷩跠也。「蛦」字亦誤。則「蟞蛦」即「鷩乃」，雉屬。「鷩」爲丹雉，故魚之稱「蟞」者亦曰頳。江賦有「頳蟞」是也。注云：色斑，統凡雉言之耳。胡紹煐曰：釋名釋鳥曰：鷩，雉之憋惡者，山鷄是也。鷩，憋也，性急憋，不可生服，必自殺。本書射雉賦：山鷩悍害。然則謂之鷩者，取憋惡之義。「鴺」即「雉」也。左昭十七年傳：五雉爲五工正。服注：雉者，夷也。疏云：「雉」聲近「夷」。漢書楊雄傳注引服虔亦云：「雉」「夷」聲相近。故「新夷」亦作「辛雉」。步瀛案：胡氏意謂「蟞蛦」即「鷩雉」耳，非析爲二物也。又案：「色斑」尤本作「班」，今依毛本。○注「元龜」二字，尤本作「黿」。胡克家曰：袁本作「元龜」二字，是也。茶陵本與此同，非。案：説已見上。劉以「大」解「元」，益顯然可知也。步瀛案：注中兩「叉」字皆誤作「又」。亦依胡校改。華陽國志巴志曰：涪陵郡山有大龜，其甲可卜，其緣可作叉，世號靈叉。朱珔曰：禹貢：九江納錫大龜。知出江中。涪陵亦江之上流也。○譙周异物志本賦注兩引。蜀志譙周傳及隋書經籍志皆不載。○注「萊」字各本作「菜」，誤。蓋「萊」字俗書作「莱」，類「菜」字，遂誤作「菜」。然古無訓「沮」爲「菜澤」者，其誤顯然易見。訓爲「萊」

者，禮記王制曰：山川沮澤。鄭注曰：沮，謂萊沛。孔疏引何胤曰：沮澤，下濕地也。草所生曰萊，水所生曰沛。案：澤有萊，即謂澤有草也。孟子滕文公下「沮」作「菹」。趙注曰：菹澤，生草者也。今青州謂澤有草者爲「菹」。下李注引綦毋邃注又以「蒩」字爲之。焦循正義曰：黄公紹韵會引孟子作「葅」，「菹」即「菹」字。「蒩」爲「菹」之通也。○華陽國志巴志曰：魚復縣有澤水神，天旱鳴鼓於旁，即雨也。續漢書郡國志：益州巴郡。劉注引干寶搜神記曰：有澤水，民謂神龍，不可鳴鼓其旁。即使大雨。水經江水注曰：江水又東徑魚復縣故城南，又東徑廣溪峽，北岸山上有神淵，淵北有白鹽崖，高可千餘丈，俯臨神淵，土人見其高白，故因名之。天旱燃木岸，上推其灰燼，下穢淵中，尋即降雨。常璩曰：縣有山澤水神，旱時鳴鼓請雨，則必應嘉澤。蜀都賦所謂應鳴鼓而興雨也。步瀛案：酈引華陽國志與今本小异。○七欸，尤本作「七嘆」。胡克家曰：袁本、茶陵本「嘆」作「歎」，皆非也。當作「欸」。○步瀛案：藝文類聚雜文部引李尤七欸。特未引此句耳。○方言，見卷十二。○隋書經籍志曰：梁有孟子九卷，綦毋邃撰，亡。新唐書藝文志有綦毋邃注孟子七卷，蓋唐時復得之，亡其二卷也。○處、雨，古音魚部。

丹砂艴熾出其坂，蜜房鬱毓被其皁。山圖采而得道，赤斧服而不朽。

【彙校】

「丹砂艴熾」「砂」，監本同。奎章閣本、明州本、贛州本、四庫本、叢刊本、正德本、陳八郎本、尤刻本、胡刻本、唐鈔本、九條本作「沙」。今從「砂」。

■**立群案**：「丹砂」亦作「丹沙」。如管子地數：上有丹沙者，下有黃金。葛洪抱樸子金丹：凡草木燒之即燼，而丹砂燒之成水銀，積變又還成丹砂。今從「丹砂」。

「出其坂」「坂」，奎章閣本、明州本、贛州本、四庫本、叢刊本、正德本、陳八郎本、尤刻本、胡刻本、九條本同。監本、唐鈔本作「阪」。今從「坂」。

■**立群案**：「阪」同「坂」。今從「坂」。

「蜜房鬱毓」「蜜」，明州本、贛州本、四庫本、叢刊本、陳八郎本、尤刻本、胡刻本、監本同。奎章閣本、正德本、唐鈔本、九條本作「蜜」。當作「蜜」。「鬱」，奎章閣本、明州本、贛州本、四庫本、叢刊本、正德本、陳八郎本、尤刻本、胡刻本、監本、唐鈔本、九條本作「郁」，當作「鬱」。

「被其皁」「被」，叢刊本同。明州本、贛州本、胡刻本、唐鈔本同。奎章閣本、四庫本、正德本、陳八郎本、尤刻本、九條本作「被」。監本模糊不清。當作「被」。

「赤斧服」「服」，奎章閣本、四庫本同。明州本、贛州本、叢刊本、陳八郎本、尤刻本、胡刻本、監本作「服」。正德本、唐鈔本作「服」。九條本磨滅。當作「服」。

「不朽」「朽」，奎章閣本、明州本、贛州本、四庫本、叢刊本、陳八郎本、尤刻本、胡刻本、監本、唐鈔本同。正德本、九條本作「朽」。當作「朽」。

【彙注】

【李善注】赩，許力切。熾，昌志切。劉曰：涪陵、丹興二縣出丹砂。丹砂出山中，有穴。尚書禹貢曰：厥土赤埴。巴西漢昌縣多野蜂蜜蠟。山圖，隴西人也。隨道士之名山采藥，身輕不食，莫知所如。赤斧，巴人也，能煉丹砂與消石，服之身體毛髮盡赤。皆古仙者也。見列仙傳。善曰：毛萇詩傳曰：赩，赤貌也。鄭玄尚書注曰：熾，赤也。班固終南頌曰：蜜房溜其巔。鬱毓，盛多也。

【文選音決】赩，許力反。熾，赤志反。阪音反。蜜，彌逸反。郁，於六反。毓音育。被，皮義反。

【五臣注】赩，許力反。翰曰：丹沙，石藥名。赩熾，赤光，丹沙色也。蜜房，蜜窠房也。鬱毓，豐盛貌。山圖、赤斧，列仙名，由采此服之，遂得仙道不朽老也。

【張鳳翼文選纂注】赩，許力切。赩熾，赤光，丹砂色也。蜜房，蜜窠房也。鬱毓，豐盛貌。山圖、赤斧，列仙名，由采此服之，遂得道也。

【王象乾文選删注】赩，許力切。劉曰：山圖，隴西人也。隨道士之名山采藥，身輕不食，莫知所如。赤斧，巴人也，能煉丹砂與消石，服之身體毛髮盡赤。

【何焯義門讀書記】山圖采而得道，赤斧服而不朽。　敘山圖、赤斧亦相間之法。

【陳景雲文選舉正】丹砂赩熾。注「赩，赤貌也」。按，詩傳曰：奭，赤貌。李注引此作「赩」字。疑古本如是，與今本异也。

【杭世駿文選課虚】赩，赤貌。

【余蕭客文選音義】注厥土赤埴王肅尚書注、徐邈尚書音「埴」并讀「熾」，故劉引此書注赩熾。蓋以「赤」解「赩」，以「埴」解「熾」。

【余蕭客文選紀聞】赩喜力。玉篇二十二。丹沙山在籍縣西四十里，山出赤土，强以爲名。左思賦「丹沙出其坂」即此寰宇記八十五。赤斧，巴戎人，爲碧鷄祠主簿，手掌中有赤斧劉向列仙傳下。

【胡克家文選考异】注「昌志」。袁本、茶陵本作「昌志切」三字，在注「熾赤也」下，是也。注「厥土赤埴」。案：「埴」當作「熾」，觀正文及下善注可見。各本皆誤。又尚書徐、鄭、王皆讀曰「熾」，見釋文，亦其證也。

【梁章鉅文選旁證】丹沙赩熾出其阪。注尚書禹貢曰：厥土赤埴。按：禹貢釋文徐、鄭、王皆讀「埴」曰「熾」。故劉注引書以「赤」解「赩」，以「埴」解「熾」耳。下李注引尚書注：熾，赤也。亦當是禹貢注。

【胡紹煐文選箋證】丹沙赩熾出其阪。注劉逵曰：尚書：厥土赤埴。善曰：鄭玄尚書注曰：熾，赤也。按：此劉引書以注「赤埴」，當本作「熾」，故善復引鄭注曰：熾，赤也。書釋文「埴」鄭作「戠」。徐、鄭、王皆讀曰「熾」，劉引作「熾」，從徐、鄭、王讀也。後人以今禹貢作「埴」，故改爲「埴」。

【高步瀛文選李注義疏】續漢書郡國志巴郡涪陵縣下曰：出丹。華陽國志巴志曰：涪陵郡丹興縣，出名丹。太平寰宇記曰：江南西道涪州，漢獻帝建安中，涪陵謝本以涪陵廣大，白州牧劉璋，分理丹興、漢葭二縣以爲郡。璋乃分涪陵，立永寧，兼丹興、漢葭，合四縣。置屬國都尉，理涪陵。蜀先主改爲涪陵郡。改永寧曰萬寧。又增立漢復縣。後主又立漢平縣。晉太康地記：省丹興縣，郡移理漢復。領漢葭、涪陵、漢平、萬寧等五縣。清統志曰：四川酉陽州，丹興廢縣在黔江縣。○證類本草卷三曰：丹砂生符陵山谷。陶隱居云：符陵是涪州，接巴郡南，今無復采者。乃出武陵西川諸蠻夷中，皆屬巴地，故謂之巴砂。又引圖經曰：丹砂生符陵山谷，今出辰州、宜州、階州，而辰州者最勝，謂之辰砂。生深山石崖間，土人采之，穴地數十尺，始見其苗，乃白石耳。謂之朱砂床，砂生石上，其塊大者如鷄子，小者如石榴子。狀若芙蓉頭、箭鏃，連床者紫黯若鐵色，而光明瑩澈，碎之嶄巖，作牆壁，又似雲母片。可析者真辰砂也。無石者彌佳，過此皆淘土石中得之，非生於石床者。今辰州乃武陵故地，雖號辰砂，而本州所出殊少，往往在蠻界中。溪、溆、錦州得之此地。蓋陶所謂武陵西川者是也。○注「赤熾」，各本「熾」作「埴」。胡克家曰：「埴」當作「熾」，觀正文及下善注，可見各本皆誤。又尚書徐、鄭、王皆讀曰「熾」，見釋文，亦其證也。梁章鉅曰：按：禹貢釋文徐、鄭、王皆讀「埴」曰「熾」。故劉注引書以「赤」解「赩」，以「埴」解「熾」耳。李注引尚書注：熾，赤也。亦是禹貢注。胡紹煐曰：劉引書「赤埴」當本作「熾」，故善復引鄭注曰：熾，赤也。書釋文「埴」鄭作「戠」。徐、鄭、王皆讀曰「熾」，劉引作「熾」，從徐、鄭、王讀也。後人以今禹貢作「埴」，故改爲「埴」。○晉書地理志漢昌縣屬巴西郡。惠帝復分巴西，置宕渠郡。巴志曰：宕渠縣，郡治。石蜜，山圖所采也。證類本草卷二十曰：石蜜生武都山谷，河源山谷，及諸山石中，色白如膏者良。陶隱居云：石蜜，即崖蜜也。高山巖石間作之，色青赤，味小酸，食之心煩，其蜂黑色，似虻。又木蜜呼爲食蜜，懸樹枝作之，色青白，樹空及人家養作之者，亦白而濃厚，味美。又引圖經曰：白蠟生武都山谷，出於蜜房木石間。又曰：食蜜有兩種，一種在山林木上作房，一種人家作窠檻，收養之。其蜂甚小而微黄，蜜皆濃厚而味美。○後漢書西南夷傳莋都夷。李賢注引劉向列仙傳曰：山圖，隴西人，好乘馬，馬蹋折脚，山中道士教服地黄、當歸、羌活、玄參，服一年，不嗜食。病愈，身輕。追道士問之。自云：「五岳使人之名山采藥，能隨吾，汝便不死。」山圖追隨，不復見。六十餘年，一旦歸來，行母服於冢間。期年復去，莫知所之也。初學記道釋部亦引之。今本列仙傳及雲笈七籤卷一百八所載列仙傳大略皆同。○御覽藥部五引列仙傳曰：赤斧者，巴戎人，爲碧鷄祠主簿，能煉丹與消石，服之三十年，身反童子，髮毛皆赤。數十年，上華山取禹餘糧餌之，手中長有赤斧。今本列仙傳及七籤所載列仙傳大略皆同。○詩簡兮毛傳曰：赫，赤貌。而無「赩赤貌」之文。玄應一切經音義卷十九，引字林曰：赩，赤貌也。「毛萇詩傳」四字，蓋字林之誤。又案：車鄰毛傳曰：陂者曰阪，此注或先釋「阪」字，而後釋「赩」「熾」字，如前注先釋「交趾」後釋「輢」字也。本作毛萇詩傳曰：陂者曰阪。字林曰：赩，赤貌也。而脱去「陂者曰阪字林曰」七字耳。「昌志切」三字，依袁本、茶陵本增。○班固終南山頌，初學記五、古文苑作終南山賦。嚴可均全後漢文曰：或「頌」即「賦」之誤。步瀛案：古人「賦」「頌」亦通稱，如王子淵洞簫賦或稱洞簫頌是也。○阜、朽，古音幽部。

若乃剛悍生其方，風謡尚其武。奮之則賨旅，玩之則渝舞。鋭氣飄於中葉，蹻容世於樂府。

【彙校】

「若乃剛悍」 「剛」，奎章閣本、明州本、贛州本、四庫本、叢刊本、正德本、陳八郎本、尤刻本、胡刻本、監本、九條本同。唐鈔本作「對」。當作「剛」。

「奮之」 「奮」，贛州本、四庫本、叢刊本、正德本、陳八郎本、尤刻本、胡刻本、監本、唐鈔本、九條本同。奎章閣本、明州本作「奞」。當作「奮」。

「玩之」 「玩」，奎章閣本、明州本、贛州本、四庫本、叢刊本、正德本、陳八郎本、尤刻本、胡刻本、監本、唐鈔本、九條本作「翫」。當作「玩」。

「鋭氣」 「鋭」，四庫本同。奎章閣本、明州本、贛州本、叢刊本、正德本、尤刻本、胡刻本、監本、九條本作「銳」。陳八郎本、唐鈔本作「鋭」。當作「鋭」。

「飄於中葉」 「飄」，唐鈔本同。奎章閣本、明州本、贛州本、四庫本、叢刊本、正德本、陳八郎本、尤刻本、胡刻本、監本、九條本作「剽」。今從「飄」。「於」，奎章閣本、明州本、贛州本、四庫本、叢刊本、陳八郎本、尤刻本、胡刻本、監本、九條本同。正德本、唐鈔本作「扵」。當作「於」。「葉」，奎章閣本、四庫本同。明州本、贛州本、叢刊本、正德本、陳八郎本、尤刻本、胡刻本、監本、九條本作「葉」。唐鈔本作「茱」。當作「葉」。

■**立群案**：善曰：應劭風俗通曰：巴有賨人，剽勇。又曰：楊雄荆州箴曰：風飄以悍，氣鋭以剛。文選音決：彯，匹遥反。五臣注：悍音汗。賨音叢。驍，綺驕反。濟曰：巴有賨人，剽勇。諸家注中，或作「剽」，或作「飄」，或作「彯」，故致諸本紛亂。然據賦意，善注所引楊雄荆州箴曰：風飄以悍，氣鋭以剛。似更契合賦意。今從「飄」。

「驍容世」 「世」，奎章閣本、贛州本、四庫本、正德本、唐鈔本、九條本同。明州本、叢刊本、陳八郎本、尤刻本、胡刻本、監本作「丗」。當作「世」。

「於樂府」 「於」，奎章閣本、明州本、贛州本、四庫本、叢刊本、陳八郎本、尤刻本、胡刻本、監本同。正德本、唐鈔本、九條本作「扵」。當作「於」。

【彙注】

【李善注】悍音汗。賨，在宗切。驍，綺驕切。善曰：廣雅曰：悍，勇也。應劭風俗通曰：巴有賨人，剽勇。高祖爲漢王時，閬中人范目説高祖募取賨人，定三秦，封目爲閬中慈鳬鄉侯，并復除目所發賨人，盧、朴、沓、鄂、度、夕、襲七姓，不供租賦。閬中有渝水，賨人左右居，鋭氣喜舞。高祖樂其猛鋭，數觀其舞，後令樂府習之。楊雄荆州箴曰：風飄以悍，氣鋭以剛。毛詩曰：昔在中葉。漢書曰：武帝樂府。

【文選鈔】言剛强悍勇之人生於蜀地，風俗歌謡尚其武勇。尔雅：徒歌曰謡。廣雅：鋭，利也。又曰：驍，健也。

【文選音決】悍，何旦反。賨，在冬反。渝，以朱反。鋭，以歲反。彯，匹遥反。蹻，去留反。

【五臣注】悍音汗。賨音叢。蹻，綺驕反。濟曰：巴有賨人，剽勇。高祖募取，以定三秦。閬中有渝水，左右者鋭氣嘉舞，高祖好其猛鋭，數觀其舞，後令樂府習之。

【張鳳翼文選纂注】賨音叢。蹻，綺驕切。巴有賨人，剽勇。高祖爲漢王時，閬中人范目説高祖募取賨人，定三秦，封目爲鄉侯；并復除所發賨人，不供租賦。閬中有渝水，賨人左右居，鋭氣喜舞。高祖樂其猛鋭，數觀其舞，後令樂府習之。

【王象乾文選删注】賨音叢。應劭風俗通曰：巴有賨人，剽勇。高祖爲漢王時，閬中人范目説高祖募取賨人，定三秦，封目爲閬中慈鳧鄉侯；并復除目所發賨人，盧、朴、沓、鄂、度、夕、襲七姓，不供租賦。閬中有渝水，賨人左右居，鋭氣喜舞。高祖樂其猛鋭，數觀其舞，後令樂府習之。

【陳景雲文選舉正】蹻容世於樂府。注「武帝樂府」。舊本「帝」下有「立」字。

【余蕭客文選音義】賨舊音叢。剽晋書音義匹妙反。蹻晋灼漢書注音矯。注漢書曰：武帝下增「立」字。

【余蕭客文選紀聞】賨叢。類林七。剽瓢。鄭元周禮注五。蹻蹻。廣韻二。

【胡克家文選考异】注「在宗」。袁本、茶陵本作「賨在宗切」四字，在注中「氣鋭以剛」下，是也。注「武帝樂府」。何校「帝」下添「立」字，陳同，是也。各本皆脱。

【許巽行文選筆記】渝舞。注：賨人，盧、朴、沓、鄂、度、夕、襲七姓，後漢書：盧作羅，沓作督，襲作龔。華陽國志：督作昝。

【梁章鉅文選旁證】注廣雅曰：悍，勇也。本書江賦注引同。而今廣雅釋詁：「勇也」節無「悍」字。朱氏珔曰：一切經音義引廣雅亦有「悍」字。蓋今本因「悍慄」二字相連，傳寫佚脱，故王氏疏證即據此以補。

注武帝樂府。　何校：「帝」下添「立」字，陳同。各本皆脱。

【高步瀛文選李注義疏】廣雅，江賦注引同。今釋詁二：勇也。節，脱「悍」字。王念孫疏證據補。玄應一切經音義二十二引作勇悍，果敢也。慧琳一切經音義九十四引作「善也」。皆誤。○注引風俗通，今本無，乃佚文。華陽國志巴志曰：漢高帝滅秦爲漢王，王巴蜀。閬中人范目有恩信方略，知帝必定天下，説帝爲募發賨民，要與共定秦。秦地既定，封目爲長安建章鄉侯。帝將討關東，賨民皆思歸。帝嘉其功，而難傷其意。遂聽還巴。謂目曰：富貴不歸故鄉，如衣繡夜行耳。徙封閬中慈鄉侯，目固辭。乃封渡沔縣侯。故世謂三秦亡，范三侯也。目復除民羅、朴、昝、鄂、度、夕、龔七姓，不供租賦。閬中有渝水，賨民多居水左右，天性勁勇，初爲漢前鋒，陷陣鋭氣，喜舞，帝善之曰：此武王伐紂之歌也。乃令樂人習學之。今所謂巴渝舞也。又見後漢書南蠻傳。「七姓」與華陽志同，惟「昝」作「督」。案：「羅」「盧」「杳」「昝」「督」「襲」「龔」皆以形聲相近，轉寫互异。晉書樂志、吴兢樂府古題要解皆載其事。吴增能改齋漫録卷六曰：樂府解題載武王伐紂歌，使工習之，號曰巴渝之曲。美其地，因巴渝以取名。杜子美暮春題瀼西草堂詩以萬里巴渝曲，三年實飽聞，今世所傳印注杜詩，乃引前漢禮樂志巴渝鼓員三十六人。殊不知巴渝之歌，自武王伐紂始。步瀛案：武王伐紂歌，語出漢高。當是匹譬之詞，非必武王時已有此歌也。樂府解題言：使工習之，謂漢高使工習之，古題要解可證。又要解云：渝，美也。或云其地有渝水，因以取名。案：以渝爲美，非是。漢書禮樂志：巴俞鼓員三十六人。顔師古注曰：巴，巴人也。俞，俞人也。巴，今之巴州，俞，今之俞州。各本其地。案：「俞」「渝」字通。郭茂倩樂府詩集卷五十三引即作「渝州」。○荆州箴，藝文類聚州部引，又載古文苑。○「賨，在宗切」四字，依袁本、茶陵本增。○毛詩見長發。傳曰：葉，世也。○漢書，見禮樂志，本注各本脱「立」字。依何氏、陳氏、胡氏校增。李詳曰：高祖時，未立樂府。後漢書西南夷傳作「令樂人習之」，是也。案：樂府已見兩都賦序疏。○武、舞、府，古音魚部。○以上蜀之東部。

於西則右挾岷山，涌瀆發川。陪以白狼，夷歌成章。

【彙校】

「於西則」「於」，奎章閣本、明州本、贛州本、四庫本、叢刊本、陳八郎本、尤刻本、胡刻本、監本、九條本同。正德本、唐鈔本作「扵」。當作「於」。

「右挾岷山」「挾」，奎章閣本、明州本、贛州本、四庫本、叢刊本、正德本、陳八郎本、尤刻本、胡刻本、監本、九條本同。唐鈔本作「挾」。當作「挾」。

「涌瀆發川」「涌」，尤刻本、胡刻本、監本、唐鈔本同。奎章閣本、明州本、贛州本、四庫本、叢刊本、正德本、陳八郎本、九條本作「湧」。當作「涌」。

「夷歌成章」　「夷」，奎章閣本、明州本、贛州本、四庫本、叢刊本、正德本、陳八郎本、尤刻本、胡刻本、監本、九條本同。唐鈔本作「叓」。當作「夷」。

【彙注】

【李善注】挾，故蝶切。劉曰：江水出岷山也。白狼夷在漢壽西界，漢明帝時，作詩三章以頌漢德，益州刺史朱輔驛傳其詩奏之。語在輔傳也。

【文選鈔】江水出岷山，是天下四瀆之最，故曰涌瀆也。

【文選音決】岷，亡巾反。陪，步回反。

【五臣注】挾，胡蝶反。良曰：岷山，江水所出，故云涌發。川，瀆也。白狼，專名。歌成章，韵也。

【張鳳翼文選纂注】白水出岷山。白狼夷在漢壽西界，漢明帝時，作詩三章以頌漢德，益州刺史朱輔驛傳其詩奏之。

【王象乾文選刪注】白狼夷在漢壽西界，漢明帝時，作詩三章以頌漢德，益州刺史朱輔驛傳其詩奏之。

【陳景雲文選舉正】夷歌成章。注「朱輔驛傳其詩」。「驛」，舊本作「譯」。

【胡克家文選考异】注「在漢壽西界」。案：「壽」當作「嘉」。各本皆誤，説見前。下注「九折坂在漢壽嚴道縣」云云，「壽」亦當作「嘉」也。

注「驛傳其詩奏之」。案：「驛」當作「譯」。各本皆誤。事在范書西南夷傳也。

【朱珔文選集釋】右挾岷山，涌瀆發川。案：史記封禪書：自華以西，名山曰瀆山。瀆山者，汶山也。「汶」與「岷」通。水經江水一篇注云：岷山即瀆山也。水曰瀆水矣，又謂之「汶阜」。賦於此溯江水之源，故以江爲瀆也。

【梁章鉅文選旁證】注在漢壽西界。「壽」當作「嘉」。各本皆誤。説見前。下注「九折阪，在漢壽嚴道縣」云云，「壽」亦當作「嘉」。

注驛傳其詩奏之。　胡公考异曰：「驛」當作「譯」。各本皆誤。事在范書西南夷傳也。

【高步瀛文選李注義疏】尚書禹貢曰：岷山、導江。史記夏本紀作「汶山」。漢書地理志作「崏山」。蜀郡湔氐道，原注曰：禹貢崏山在西徼外，江水所出，東南至江都入海。説文作「㟭山」。山部曰：㟭山也，在蜀湔氐西徼外。水部曰：江水出蜀湔氐徼外㟭山，入海。蔣廷錫尚書地理今釋曰：岷山跨古雍、梁二州，自陝西鞏昌府岷州衛以西，大山重谷，谽谺起伏，西南走巒箐中，直抵四川成都府之西境。凡茂州之雪嶺、灌縣之青城，皆其支脉，而導江之處，則在今松潘衛北西番界之浪架嶺。漢書地理志所云岷山在湔氐道徼外是也。步瀛案：岷州衛，今甘肅岷縣。茂州，今四川茂縣。松潘衛，今四川松潘縣，餘詳江賦。〇朱珔曰：史記封禪書：自華以西，名山曰瀆山。瀆山者，汶山也。「汶」與「岷」通。水經江水注云：岷山即瀆山也。水曰瀆水矣，又謂之「汶阜」。賦於此溯江水之源，故以江爲瀆也。〇後漢書西南夷傳曰：永平中，益州刺史梁國朱輔，好立功名，慷慨有大略，在州數歲，宣示漢德，威懷遠夷。自汶山以西，前世所不至，正朔所未加，白狼、槃木、唐菆等百餘國，舉種奉貢，稱爲臣僕。輔上疏曰：今白狼王唐菆等，慕化歸義，作詩三章，遠夷之語，辭意難正。草木异種，鳥獸殊類。有犍爲郡掾田恭與之習狎，頗曉其言，臣輒令訊其風俗，譯其辭語，今遣從事史李陵與恭護送詣闕，并上其樂詩。李賢注曰：東觀漢記「輔」作「酺」，梁國寧陵人也。步瀛案：注云：語在輔傳，未詳。今本東觀漢記無朱輔傳，本非完書。隋書經籍志雜傳中亦無之。他書引別傳者，亦不見其名。○注「漢嘉」，各本「嘉」誤作「壽」。「譯傳」，「譯」誤作「驛」。今并依胡氏校改。○山，古音元部。川，諄部。通轉爲韵。狼、章，陽部。

垌野草昧，林麓黝儵。交讓所植，蹲鴟所伏。

【彙校】

「垌野草昧」「垌」，奎章閣本、明州本、贛州本、四庫本、叢刊本、正德本、陳八郎本、尤刻本、胡刻本、監本同。唐鈔本作「垧」。九條本作「坰」。當作「坰」。

■**立群案**：詩魯頌駉：駉駉牡馬，在坰之野。詩魯頌駉序：僖公能遵伯禽之法，儉以足用，寬以愛民，務農重谷，牧於坰野。當爲賦語所本。阮元經籍籑詁：詩駉：在坰之野。傳：坰，遠野也。故知當作「坰」。

「林麓黝儵」「黝」，奎章閣本、明州本、贛州本、正德本作「黝」。四庫本、叢刊本、陳八郎本、尤刻本、胡刻本、監本、唐鈔本、九條本作「黗」。今從「黝」。「儵」，奎章閣本、明州本、贛州本、四庫本、叢刊本、正德本、陳八郎本、唐鈔本、九條本作「儵」。尤刻本、胡刻本、監本作「儵」。當作「儵」。

「交讓所植」「讓」，奎章閣本、明州本、贛州本、四庫本、叢刊本、正德本、尤刻本、胡刻本、監本、唐鈔本、九條本同。陳八郎本作「譲」。當作「讓」。「所」，奎章閣本、明州本、叢刊本、監本、九條本作「所」。贛州本、四庫本、陳八郎本、尤刻本、胡刻本作「所」。正德本、唐鈔本作「所」。當作「所」。

「蹲鴟所伏」「鴟」，奎章閣本、明州本、贛州本、四庫本、叢刊本、正德本、陳八郎本、尤刻本、胡刻本、監本、九條本同。唐鈔本作「鵄」。當作「鴟」。「所」，奎章閣本、明州本、贛州本、監本、九條本作「所」。四庫本、叢刊本、陳八郎本、尤刻本、胡刻本作「所」。正德本、唐鈔本作「所」。當作「所」。「伏」，奎章閣本、明州本、贛州本、四庫本、叢刊本、正德本、陳八郎本、尤刻本、胡刻本、唐鈔本、九條本同。監本作「服」。當作「伏」。

■**立群案**：余蕭客文選紀聞：卓王孫云：岷山沃野下有蹲鴟。詳其始意，謂壤土肥美，粒米狼戾，鴟鳶下啄，蹲伏不去。而前世相承，謂「蹲鴟」爲「芋」，「芋」或訛作「羊」，故南朝有謝人饋羊者以「蹲鴟」爲言爾雅翼六。據「蹲伏不去」之語，自當作「伏」。諸本多作「伏」，是也。然莊子説劍：於是文王不出宫三月，劍士皆服斃其處也。句中「服」亦通「伏」，似監本作「服」者，亦不爲無據。

【彙注】

【李善注】黝，於糾切。儵，式六切。蹲音存。劉曰：交讓，木名也。兩樹對生，一樹枯則一樹生，如是歲更，終不俱生俱枯也。出岷山，在安都縣。蹲鴟，大芋也，其形類蹲鴟，故卓王孫曰：吾聞岷山之下沃野，下有蹲鴟，至死不飢。善曰：黝儵，茂盛貌。

【文選鈔】昧，暗也。説文：黝，微青黑也。今言林木密也。

【文選音決】坰，古營反。黝，於糾反。儵音叔。植，市力反。蹲，在尊反。鴟，尺之反。

【五臣注】黝，於糾反。儵音叔。蹲音存。濟曰：言野外之草，昧然布於地。黝儵，茂盛貌。交讓，木名。蹲鴟，芋名。

【張鳳翼文選纂注】黝，於糾切。儵音叔。蹲音存。交讓，木名也。兩樹對生，一樹枯則一樹生，如是歲更，終不俱生俱枯也。出岷山，在安都縣。蹲鴟，大芋也，其形類蹲鴟，故卓王孫曰：吾聞岷山之下沃野，下有蹲鴟，至死不飢。黝儵，茂盛貌。

【王象乾文選删注】黝儵，茂盛貌。交讓，木名。兩樹對生，一樹枯則一樹生。出岷山，在安都縣。蹲鴟，大芋也。卓王孫曰：吾聞岷山之下沃野，下有蹲鴟，至死不飢。

【杭世駿文選課虚】黝儵，茂盛貌。

【余蕭客文選音義】交讓任昉述异記：黃金山有楠樹，一年東邊榮西邊枯，後年西邊榮東邊枯，年年如此。張華云：交讓樹也。王象晋群芳譜：交讓即楠木，兩樹相對，一枯則一生，岷山有之。其木直上，柯葉不相妨。

【余蕭客文選紀聞】儵叔。南華經音義四。武陵郡記：白雉山有木名交讓，衆木敷榮後方萌芽，亦更歲迭榮也酉陽雜俎續十。楠樹直疏，枝葉不相妨，蜀人謂之讓木江休復醴泉筆録上。潯陽記：黃金山有木，一年東邊榮西邊枯，次年西邊榮東邊枯，年年如此。張華曰：此交讓樹。乃楠樹述异志六帖補十。案武陵、潯陽非蜀地，取與劉注備交讓説异同。江、淮間爲文選學者，起自江都曹憲。貞觀初，揚州長史李襲譽薦之，徵爲弘文館學士。憲以年老不起，遣使就拜朝散大夫，賜帛三百匹。憲撰文選音義十卷，百餘歲乃卒。其後句容許淹，江夏李善、公孫羅相繼以文選教授。開元中，中書令蕭嵩奏請左補闕王智明、金吾衛佐李元成、進士陳居等注文選。先是東宮衛佐馮光震入院校文選，兼復注釋，解「蹲鴟」云：今之芋子，即是著毛蘿蔔。院中學士向挺之、蕭嵩撫掌大笑。智明等學術非深，素無修撰之藝，其後或遷，功竟不就劉肅大唐新語九。卓王孫云：岷山沃野下有蹲鴟。詳其始意，謂壤土肥美，粒米狼戾，鴟鳶下啄，蹲伏不去。而前世相承，謂「蹲鴟」爲「芋」，「芋」或訛作「羊」，故南朝有謝人饋羊者以「蹲鴟」爲言爾雅翼六。張九齡知蕭炅不學，一日送芋，書稱「蹲鴟」。蕭答云：損芋拜嘉，但蹲鴟未至耳。然僕家多怪，亦不願見此惡鳥也。九齡以書示客，滿坐大笑瑯嬛記中。案白氏六帖鳶部引蜀都賦「蹲鴟之沃」，爾雅翼又云：則唐、宋間人亦有以蹲鴟爲鳥。

【孫志祖文選李注補正】坰野草昧。○補曰：周易曰：天造草昧。

【張雲璈選學膠言】交讓所植。劉淵林注：交讓，木名。兩樹對生，一樹枯則一樹生，如是歲更，終不俱生俱枯也。出岷山，在安都縣。雲璈：按御覽引此謂見大魏諸州記。

【胡克家文選考异】注「出岷山，在安都縣」。案：「在」字不當有，「安都」當作「都安」，各本皆誤。下注「金堤在岷山都安縣西」，又「岷山都安縣，有兩山相對立，如闕」，皆可證。晉書地理志汶山郡有都安縣也。

【朱珔文選集釋】交讓所植。劉注云：交讓，木名也。兩樹對生，一樹枯則一樹生，如是歲更，終不俱生俱枯也。出岷山，在安都縣。案：酉陽雜俎引武陵郡志云：白雉山有木，名交讓。衆木敷榮後方萌芽，亦更歲迭榮也。三國時武陵郡初屬蜀，後始屬吳。方氏通雅云：楠，即枏，讓木也。娑羅則外國之讓木也。陸文裕曰：成都庭院植成行列，枝葉若相迴避，謂之讓木，實似母丁香。娑羅樹葉似枏，相讓，皮如玉蘭，色葱白，最潔。説文：蕮，枝枝相對，葉葉相當。箋以爲娑羅樹。此説以「讓木」爲「枏」，恐非。其或「楠」之別種與？〇又案：玉篇云：欀，道上木也。廣韻「陽」「漾」兩部，俱有「欀」字，是「欀」亦音「讓」。類篇云：欀，人樣切。交讓，木名，出岷山，正用此注語。則混於吴都賦之「欀」。似彼處即以爲交讓木，亦可通。

蹲鴟所伏。劉注云：蹲鴟，大芋也，其形類蹲鴟，卓王孫曰：吾聞岷山之下沃野，下有蹲鴟，至死不飢。後吴都賦云「徇蹲鴟之沃」注亦引卓語。案：「蹲鴟」，史記貨殖傳作「踆鴟」。集解引漢書音義云：水鄉多鴟，其山下有沃野灌溉，一曰大芋。廣雅：蕖，芋也。其莖謂之蔌。王氏疏證既以「大芋之説爲近」，別引易林豫之旅云：文山蹲鴟，肥腯多脂。謂芋雖大，不得有脂。易林所云，又似指鳥言之，疑莫能明。余謂芋有小大，即有枯潤，肥而黏膩者，即多脂矣。「鴟」字从「鳥」，特狀其形，非芋之本有是名也。「文山」乃「汶山」之省，正與劉注合。又水經江水一篇注云：文井水又東徑江都縣。縣濱文井江，江上有長堤，堤跨四十里，有朱亭。亭南有青城山，山上有嘉穀，山下有蹲鴟，即芋也。所謂至老不飢，卓氏之所以樂遠徙也。此則僅舉一地言之，非謂專在於此。

【梁章鉅文選旁證】蹲鴟所伏。漢書貨殖傳「蹲鴟」作「踆鴟」。華陽國志：汶山郡都安縣有大芋如蹲鴟。水經江水注云：江原縣有青城山，山上有嘉穀，山下有蹲鴟，即芋也。所謂「下有蹲鴟，至老不饑」。

注出岷山，在安都縣。胡公考异曰：「在」字衍。「安都」當作「都安」。下注「金堤在岐山都安縣西」，又「岷山都安縣有兩山相對立如闕」皆可證。晉書地理志：汶山郡有都安縣。

【胡紹煐文選箋證】交讓所植。注劉逵曰：交讓，木名。兩樹對生，一樹枯則一樹生，如是歲更，終不俱生俱枯也。出岷山，在安都縣。按：注云「木名」，不知何木。而任昉述异記：黄金山有楠木，一年東榮西枯，一年西榮東枯。張華謂之交讓木。亦見潯陽記，并以交讓爲即楠木，蓋楠木之一種。

蹲鴟所伏。注劉逵曰：蹲鴟，大芋。按：唐新語曰（見御覽）：開元中，中書令蕭嵩以文選是先代舊業，欲注釋之，奏請左補闕王智明、金吾衛佐李元成、進士陳居等注文選。先是東宫衛佐馮光進入院校文選，兼復注釋。解「蹲鴟」云：今之芋子，即是著毛蘿蔔。院中學士向外説之，蕭嵩聞之，拊掌大笑。按：諸注釋今俱不傳，蓋當時未有重之者。蹲鴟之解，已見一斑矣。

【高步瀛文選李注義疏】爾雅釋地曰：野外謂之林，林外謂之坰。説文曰：野，郊外也。又曰：邑外謂之郊，郊外謂之野，野外謂之林，林外謂之冂，象遠界也。古文作「冋」，或作「坰」。易屯彖傳曰：天造草昧。○朱珔曰：酉陽雜俎引武陵郡志云：白雉山有木，名交讓。衆木敷榮後方萌牙，亦更歲迭榮也。三國時武陵郡初屬蜀，後始屬吴。方氏通雅云：楠，即枏，讓木也。娑羅則外國之讓木也。陸文裕曰：成都庭院植成行列，枝葉若相迴避，謂之讓木，實似母丁香。娑羅樹葉似枏，相讓，皮如玉蘭，色葱白，最潔。説文：蕩，枝枝相對，葉葉相當。箋以爲娑羅樹。此説以「讓木」爲「柟」，恐非。其或「枏」之别種歟？又玉篇云：欀，道上木也。廣韵「陽」「漾」兩部，俱有「欀」字，是「欀」亦音「讓」。類篇云：欀，人樣切。交讓，木名，出岷山，正用此注語。則混於吴都賦之「欀」。似彼處即以爲交讓木，亦可通。步瀛案：朱引酉陽雜俎見續集卷十。通雅見卷四十三。述异記曰：黄金山有楠樹，一年東邊榮西邊枯，後年西邊榮東邊枯，年年如此。張華云：交讓木也。方以智以「楠」爲交讓木，蓋本此。以枝葉相當爲交讓，與古説不合。此等固不必論其有無也。○注「出岷山」下衍「在」字，「都安」作「安都」。胡克家曰：「在」字不當有，「安都」當作「都安」，各本皆誤。下注「金堤在岷山都安縣西」，又「岷山都安縣，有兩山相對立，如闕」皆可證。晉書地理志汶山郡有都安縣也。步瀛案：晉都安縣在今四川灌縣東。○卓王孫語，見史記、漢書貨殖傳，「蹲」并作「踆」，史記「岷」作「汶」，漢書作「峮」，「野」作「壄」。史記集解引漢書音義曰：水鄉多鴟，其山下有沃野灌溉，一曰大芋。漢書顔注曰：踆鴟，謂芋也。其根可以充糧，故無饑年。華陽國志曰：汶山郡都安縣，有大芋，如蹲鴟也。步瀛案：顔引華陽志見蜀志。王氏廣雅釋草疏證曰貨殖傳云：至死不飢，則蹲鴟似可禦飢之物，大芋之説近之。然易林豫之旅云：文山蹲鴟，肥腯多脂。芋雖大，不得有脂。易林所云，又似指鳥言之，疑莫能明也。朱珔曰：芋有大小，即有枯潤，肥而黏膩者，即多脂矣。「鴟」字从「鳥」，特狀其形，非芋之本有是名也。「文山」乃「汶山」之省，正與劉注合。又水經江水篇注云：文井水又東逕江都縣。縣濱文井江，江上有長堤，堤跨四十里，有朱亭。亭南有青城山，山上有嘉穀，山下有蹲鴟，即芋也。所謂至老不飢，卓氏之所以樂遠徙也。此則僅舉一地言之，非謂專在於此。胡紹煐曰：御覽引唐新語曰：開元中，中書令蕭嵩以文選是先代舊業，欲注釋之，奏請左補闕王智明、金吾衛佐李元成、進士陳居等注文選。先是東宫衛佐馮光進入院校文選，兼復注釋。解「蹲鴟」云：今之芋子，即是著毛蘿蔔。院中學士向外説之，蕭嵩聞之，拊掌大笑。按：諸注釋今俱不傳，蓋當時未有重之者。蹲鴟之解，已見一斑矣。步瀛案：御覽見菜部五。又玉海卷五十四引集賢注記開元十九年三月，蕭嵩奏王智明、李元成、陳居注文選。先是馮光震奉敕入院校文選，上疏以李善舊注不精，請改注，從之。光震自注得數卷，嵩以先代舊業，欲就其功，奏智明等注之。明年五月，令智明、元成、陸善經專注文選，事竟不就。據此則蕭嵩奏改注文選事竟未成。馮光震先成數卷，爲世所笑，當無復傳之者。以此輩之陋，竟上疏論李注不精，亦可謂蚍蜉撼大樹矣。惟陸善經注，上虞羅氏印日本金澤文庫残本文選集注引之，豈其私撰者邪？今不可考矣。又案：顔氏家训勉學篇曰：江南有一權貴，讀誤本蜀都賦注解蹲鴟芋也，乃爲「羊」字。人饋羊肉，答書云：損惠蹲鴟。舉朝驚駭，不解事義。久後尋迹，方知如此云云。案一蹲鴟也，而笑柄累出，亦异矣。○儵，古音幽部。伏，之部。通轉爲韵。

百藥灌叢，寒卉冬馥。异類衆夥，於何不育？其中則有青珠黄環，碧砮芒消。或豐緑荑，或蕃丹椒。蘼蕪布濩於中阿，風連莚蔓於蘭皋。紅葩紫飾，柯葉漸苞。敷蕊葳蕤，落英飄飖。

【彙校】

「异類衆夥」「异」，明州本、贛州本、叢刊本、陳八郎本、尤刻本、胡刻本、九條本作「異」。奎章閣本、四庫本、正德本、監本、唐鈔本作「異」。當作「异」。「類」，奎章閣本、正德本作「類」。明州本、贛州本、四庫本、叢刊本、陳八郎本、尤刻本、胡刻本、監本、唐鈔本、九條本作「類」。當作「類」。

「青珠黄環」「青」，奎章閣本、明州本、贛州本、四庫本、正德本、尤刻本、胡刻本、唐鈔本、九條本同。叢刊本、陳八郎本、監本作「靑」。當作「青」。「黄」，正德本、陳八郎本、尤刻本、胡刻本、唐鈔本、九條本同。奎章閣本、明州本、贛州本、四庫本、叢刊本、監本作「黄」。當作「黄」。「環」，奎章閣本、正德本同。明州本、四庫本、陳八郎本、尤刻本、胡刻本、唐鈔本、九條本作「環」。贛州本、叢刊本、監本作「環」。當作「環」。

「或豐緑荑」「豐」，奎章閣本、明州本、贛州本、四庫本、叢刊本、正德本、陳八郎本、尤刻本、胡刻本、監本同。唐鈔本、九條本作「豊」。當作「豐」。「荑」，奎章閣本、明州本、贛州本、四庫本、叢刊本、正德本、陳八郎本、尤刻本、胡刻本、監本同。唐鈔本作「荑」。九條本模糊不清。當作「荑」。

「或蕃丹椒」「蕃」，贛州本、叢刊本、九條本同。奎章閣本、明州本、四庫本、正德本、陳八郎本、尤刻本、胡刻本、監本、唐鈔本作「蕃」。當作「蕃」。「椒」，奎章閣本、明州本、贛州本、四庫本、叢刊本、正德本、陳八郎本、尤刻本、胡刻本、監本、九條本同。唐鈔本作「椒」。當作「椒」。

「蘼蕪布濩」「蘼」，明州本、贛州本、四庫本、叢刊本、正德本、陳八郎本、唐鈔本、九條本同。奎章閣本、尤刻本、胡刻本、監本作「麋」。今從「蘼」。

■立群案：玉篇：麋，亡悲切。鹿屬。又云：蘼，靡飢、亡彼二切。薔蘼虋冬。顯爲草類。據賦意，此處顯應作「蘼」。山海經西山經：有草焉，名曰薰草，麻葉而方莖，赤華而黑實，臭如蘼蕪，佩之可以已癘。劉向九嘆怨思：菀蘼蕪與蘭若兮，漸槁本於洿瀆。或爲賦語所本。然楚辭九歌少司命：秋蘭兮麋蕪，羅生兮堂下。王逸注：麋，一作蘪。揚雄太玄去：攓其衣之庭，有麋。范望注：麋，草也。是「麋」「蘼」通用。李善本作「麋」亦不爲無據。

「於中阿」「於」，奎章閣本、明州本、贛州本、四庫本、叢刊本、陳八郎本、尤刻本、胡刻本、監本、九條本同。正德本、唐鈔本作「扵」。當作「於」。

「風連莚蔓」「莚」，明州本、贛州本、四庫本、叢刊本、正德本、陳八郎本、尤刻本、胡刻本、九條本同。奎章閣本、唐鈔本作「莛」。監本作「蔓」。今從「莚」。「蔓」，奎章閣本、明州本、贛州本、四庫本、叢刊本、正德本、陳八郎本、尤刻本、胡刻本、九條本同。唐鈔本作「葛」。監本作「延」。今從「蔓」。

■立群案：「莚蔓」「蔓莚」於賦意皆可通。諸本多作「莚蔓」，從之。

「於蘭皋」「於」，奎章閣本、明州本、贛州本、四庫本、叢刊本、陳八郎本、尤刻本、胡刻本、監本、九條本同。正德本、唐鈔本作「扵」。當作「於」。「蘭」，明州本、贛州本、胡刻本同。奎章閣本、四庫本、叢刊本、正德本、陳八郎本、尤刻本、監本、唐鈔本、九條本作「蘭」。當作「蘭」。「皋」，奎章閣本、四庫本、叢刊本、正德本、監本作「臯」。明州本、贛州本、陳八郎本、尤刻本、胡刻本作「臯」。唐鈔本、九條本無法辨識。當作「皋」。

「紅葩紫飾」「飾」，奎章閣本、明州本、贛州本、四庫本、叢刊本、正德本、陳八郎本、尤刻本、胡刻本、唐鈔本、九條本同。監本作「飭」。當作「飾」。

■立群案：張衡西京賦：驪駕四鹿，芝蓋九葩。張衡思玄賦：轙雕輿而樹葩兮，擾應龍以服輅。「葩」俱作「飾物」解。與五臣銑曰「飾，自爲文飾也」正相照應。説文：飭，致堅也。自以「飾」更愜賦意。然晏子春秋雜下十六：吾君好治宮室，民之力弊矣；又好盤游玩好，以飭女子，民之財竭矣。吴則虞集釋引孫星衍曰：「飭」與「飾」通。吕氏春秋先己：琴瑟不張，鐘鼓不修，子女不飭。高誘注：不文飭也。是「飭」與「飾」通，則監本作「飭」，亦不爲無據。

「柯葉漸苞」「葉」，四庫本同。奎章閣本、明州本、贛州本、叢刊本、正德本、陳八郎本、尤刻本、胡刻本、監本、九條本作「葉」。唐鈔本作「茱」。當作「葉」。「苞」，贛州本、四庫本、叢刊本、尤刻本、胡刻本、監本、唐鈔本、九條本同。奎章閣本、明州本、正德本、陳八郎本作「包」。今從「苞」。

■立群案：賦云：柯葉漸苞。此處作「叢生」解。書禹貢：厥土赤埴墳，草木漸包。孔傳：包，叢生。阮元經籍籑詁：書禹貢：草木漸苞。釋文：苞，叢生也。是「包」「苞」古可通，皆作「叢生」解。詩小雅斯干：如竹苞矣，如松茂矣。朱熹詩集傳：苞，叢生而固也。今從「苞」。

「敷蕊葳蕤」「敷」，明州本、四庫本、正德本同。奎章閣本、贛州本、叢刊本、陳八郎本、尤刻本、胡刻本作「敷」。監本、唐鈔本作「敷」。九條本作「敷」。當作「敷」。「蕊」，奎章閣本、明州本、贛州本、四庫本、叢刊本、正德本、陳八郎本、尤刻本、胡刻本、監本作「蘂」。唐鈔本作「蘂」。九條本模糊不清。當作「蕊」。

【彙注】

【李善注】夥音禍。荑音啼。蕃，伐元切。濩音護。莚，餘戰切。蔓音萬。劉曰：青珠，出蜀郡平澤。黄環，出蜀郡。碧石生越巂郡無會縣。砮可作箭鏃。禹貢，梁州厥貢砮石。芒消出蜀郡廣陽山。緑荑、辛荑、蘪蕪，皆香草也。蘪蕪出岷山、替陵山。風連出岷山，一曰出廣都山。岷山特多藥草，其椒尤好，异於天下。漸苞，相苞裹而同長也。書曰：草木漸苞。蘂者，或謂之華，或謂之實。一曰花鬚頭點也。楚辭曰：采薜荔之落英。

【文選鈔】百藥，言不一也。青珠黄環，皆藥草也。黄環，大戟花也。蘪蕪，似蛇床而香。風連，藥草也。孔安國注尚書曰：漸，進長。苞，叢生。

【文選音決】櫝音貫。或爲灌，同。馥音伏。夥，胡果反。砮音奴。荑，大兮反。又音夷。蕃音煩。

濩音護。延，以戰反。蔓音万。葩，普花反。漸，似琰反。

【五臣注】夥音禍。荑音啼。蕃，伐元反。濩音護。莚，餘戰反。蔓音萬。銑曰：寒卉，冬生草也。馥，香也。夥，多也。育，養也。青珠、黄環，皆寶也。碧砮，碧玉，可爲矢鏃。芒消，石藥。緑荑、虋蕪，皆香草也。丹椒，椒名。風連，藥名。布濩，繁密貌。阿，曲也。莚蔓，相連屬貌。蘭皋，澤中生蘭也。葩，花也。飾，自爲文飾也。漸，進長也。包，叢生也。敷，布也。蘂，花心也。葳蕤，花鮮好貌。英，亦花也。飄颻，飛揚也。

【張鳳翼文選纂注】荑音啼。蔓音萬。寒卉，冬生草也。馥，香也。夥，多也。育，養也。青珠、黄環，皆寶也。碧砮，碧玉，可爲矢鏃。芒消，石藥。丹椒，椒名。風連，藥名。布濩，繁密貌。阿，曲也。莚蔓，相連屬貌。蘭皋，澤中生蘭也。葩，花也。飾，若爲文飾也。漸，進長也。苞，叢生也。敷，布也。蘂，花心也。葳蕤，花鮮好貌。英，亦花也。飄颻，飛揚也。

【王象乾文選删注】荑音啼。青珠，出平澤。黄環，出蜀郡。碧石生越巂郡無會。砮可作箭鏃。芒消出廣陽山。緑荑，辛荑。風連出岷山。漸苞，相苞裹而同長也。禹貢：梁州厥貢砮石。楚辭曰：采薜荔之落英。

【杭世駿文選課虚】莚，餘戰切。蔓音萬。又作延曼。上林賦：延曼太原。又作蔓莚。寡婦賦：顧葛藟之蔓莚。又作蔓衍。閑居賦：磊落蔓衍乎其側。

【余蕭客文選音義】砮奴。國語補音音努。虋眉。莚衍。

【余蕭客文選紀聞】永昌郡有蘭倉水，出西南博南縣。水出琥珀、珊瑚、黄白、青珠水經注三十六。黄環，即今朱藤。其華可作菜食，火不熟，小有毒。蜀都賦「黄環」即此藤之根，入藥用，能吐人補筆談五。

莚美。廣韻四。

【張雲璈選學膠言】青珠黄環。劉注但云「黄環，出蜀郡」，不明黄環是何物。沈存中補筆談云：黄鐶，即今之朱藤也。天下皆有，其葉如槐，其花如穗懸，紫色，如葛花，可食。京師人家園圃中作大架種之，謂紫藤花者是也。實如皂莢。蜀都賦所謂「青珠黄鐶」者，「黄鐶」即此花之根也。雲璈按：上文云「百藥灌叢」，下云「碧砮芒消」，皆羅列藥名。即「青珠」恐亦是藥類，無緣中間雜出一朱藤，殊非類從之義。且既言天下皆有，注何以止言出蜀郡。疑沈説未確。後讀太平御覽九百九十三藥類有「黄環」，引本草經：黄環，一名陵泉，一名大就，味苦，生山谷，主治蠱毒，鬼魅邪氣，欬逆寒熱，生蜀郡。又引吴氏本草經曰：蜀黄環，一名生葛，一名韭根。神農、黄帝、岐伯、桐君、扁鵲辛一經云：味苦有毒，二月生，初出正赤，高二尺，葉黄，員端大莖，葉有汁，黄白，五月實員。三月采根，根黄縱理如車輻，解治蠱毒。然則黄環果藥名。與沈説全不合，足以證朱藤之非矣。沈以「環」爲「鐶」，亦小异。

【胡克家文選考异】麋蕪布濩於中阿。袁本、茶陵本「麋」作「蘪」。案：注中作「蘪」，「蘪」「麋」古通用。或太冲自用「蘪」字。

注「生越嶲郡無會縣」。案：「無會」當作「會無」。各本皆倒。

注「出岷山替陵山」。案：「替」當作「蠶」，「山」字不當有。各本皆誤。晋書地理志：汶山郡有蠶陵縣也。此注三言岷山，皆謂汶山郡。

注「一曰出廣都山」。案：「山」字不當有。各本皆衍。晋書地理志廣都屬蜀郡也。

【許巽行文選筆記】「蹲鴟所伏」下，注「安都縣」當作「都安縣」。「落英飄飖」下，注「無會縣」當作「會無縣」，「廣都山」當作「都廣山」。嘉德案，胡校同。

【朱珔文選集釋】青珠黃環。劉注云：青珠，出蜀郡平澤。黃鐶，出蜀郡。案：二者注不明何物。沈氏括補筆談云：黃鐶，即紫藤花之根。未知何據。張氏膠言非之，而謂御覽引本草經：黃環，一名陵泉，一名大就，味苦，主治蠱毒，生蜀郡。又引吳氏本草經曰：蜀黃環，一名生蒭，一名韭根。則黃環實藥名也。以此説黃環，自較沈氏爲勝。然青珠，但云恐亦是藥類，仍無指證。余謂二物與下「碧砮芒消」并列，當俱爲藥名。又下文「或豐緑荑」四語乃藥草也。青珠疑白青之屬。陶注本草所謂圓如鐵珠者也。而段氏於説文「琅玕，似珠者」下引本草經：青琅玕。陶貞白謂：即蜀都賦之「青珠」。則益非藥草可知。「環」，注作「鐶」，已小异。或黃環即黃礬，「環」與「礬」音相近。碧砮，疑爲本草之碧石青。劉注云：碧石。知「砮」即「石」也。因碧石亦可爲砮，故以砮名。否則正言百藥，不應忽夾入砮箭。如此庶各以類從矣。

【梁章鉅文選旁證】青珠黃環。本草綱目：青琅玕，一名石闌干，又名青珠。李時珍引別録曰：石闌干生蜀都平澤。陶弘景云：此蜀都賦之「青珠黃環」也。按太平御覽九百九十三藥部有黃環，引本草經云：一名陵泉，一名大就，生蜀郡。又引吳普本草云：黃環，一名生蒭。亦可訂今本草綱目一名「生芻」之誤。

風連莚蔓於蘭皋。　段曰：陳藏器本草拾遺引南都賦「風衍蔓延於衡皋」，蓋即引此賦而誤也。

注生越嶲郡無會縣。又出岷山、替陵山。又一曰出廣都山。　胡公考异曰：「無會」當作「會無」，「替」當作「蠶」。「陵」下「都」下，并不當有「山」字。　晉書地理志：汶山郡有蠶陵縣。又廣都屬蜀郡也。

注岷山特多藥草，其椒尤好，异於天下。　續漢書郡國志：蜀郡，注引蜀都賦注：岷山特多藥，其椒特多好者，絶异於天下之好者。與此少异。

【胡紹煐文選箋證】則有青珠黄環。注劉逵曰：青珠，出蜀郡平澤。黄環，出蜀郡。旁證云：本草：青琅玕，一名石闌干，又名青珠。李時珍引別録曰：石闌干生蜀郡平澤。陶隱居云：此即蜀都賦之「青珠黄環」也。又太平御覽九百九十三藥部有黄環，引本草經云：一名陵泉，一名大就，生蜀郡。又引吴普本草云：黄環，一名生葛。

【高步瀛文選李注義疏】尤本正文「蘽」作「虆」。胡克家曰：袁本、茶陵本「虆」作「蘽」。案：注中作「蘽」，「蘽」「虆」古通用。或太冲自用「蘽」字。步瀛案：「延」各本作「莚」。劉、李皆無注，蓋本作「延」，正文下音「餘戰」二字，即五臣音也。張銑注曰：莚蔓，相連屬貌。知作「莚」者爲五臣本，劉、李本不作「莚」也。「莚」俗字，不可用。又五臣「苞」作「包」。○爾雅釋木曰：灌木，叢木。又曰：木族生爲灌。釋文「灌」皆作「樌」，字通用。張銑曰：寒卉，冬生草也。夥，多也。本書上林賦曰：布濩閎澤，延曼太原。漢書司馬相如傳、封禪文曰：汜布護之。顔注曰：布護，言遍布也。案：「布濩」與「布護」同。「延曼」與「延蔓」同。顔音延，弋戰反。詩菁菁者莪曰：在彼中阿。毛傳曰：中阿，阿中也。大陵曰阿。離騷曰：步余馬於蘭皋兮。王逸注曰：澤曲曰皋。楚辭七諫初放曰：上葳蕤而防露兮。王逸注曰：葳蕤，盛貌。○證類本草卷五曰：青琅玕，一名石珠，一名青珠，生蜀郡平澤。陶隱居云：此蜀都賦所謂青珠黄環也。黄環乃是草，苟取名類，而種族爲乖。又引蘇恭曰：琅玕五色，具以青者入藥。梁章鉅引本草綱目同，是也。張銑曰：青珠黄環皆寳也。徐文靖管城碩記卷二十六引顧玠海槎録：桄榔木結子如青珠，賦所謂青珠，宜即此。皆妄説，不足據。「平澤」非地名。上林賦曰「掩平彌澤」，謂平原藪澤也。○尤本注「環」作「鐶」，與正文不合。今依六臣本。沈括補筆談卷三曰：黄鐶，即今之朱藤也。天下皆有，葉如槐花，穗懸紫色，如葛花。京師人家園圃中作大架種之，謂紫藤花者是也。實如皂莢。蜀都賦所謂「青珠黃鐶」者，「黃鐶」即此藤之根也。張雲璈曰：按：上文云「百藥灌叢」，下云「碧砮芒消」，皆羅列藥名。無緣中間雜出一朱藤，殊非類從之義。且既言天下皆有，注何以止言出蜀郡。疑沈説未確。後讀太平御覽九百九十三藥類有「黃環」，引本草經：黃環一名陵泉，一名大就，生蜀郡。又引吳氏本草經曰：蜀黃環，一名生葛，一名韭根。神農、黃帝、岐伯、桐君、扁鵲辛一經云：味苦有毒，二月初出，正赤，高二尺，葉青，員端大莖，葉有汁，五月實員。三月采根，根黃縱理如車輻，解治蠱毒。然則黃環果藥名。與沈説全不合，足以證朱藤之非矣。梁章鉅曰：御覽藥部引吳普本草云：黃環，一名生葛。亦可訂今本草綱目一名「生芻」之誤。步瀛案：證類本草卷十四曰：黃環生蜀郡山谷。陶隱居云：似防己，亦作車輻理解。蜀都賦云「青珠黃環」者。又引唐本草曰：大者莖徑六七寸，謂其子名狼跋子。徐文靖引本草略同。朱珔以黃環即黃礬，非也。徐以青珠爲草藥，朱以黃環爲石藥，皆欲以類從，不知二者種族不同，陶隱居已言之矣。○朱珔曰：碧砮，疑爲本草之碧石青。劉注云：碧石。知「砮」即「石」也。因碧石亦可爲砮，故以砮名。否則正言百藥，不應忽夾入砮箭。步瀛案：朱氏此説是。證類本草卷三引唐本注曰：「碧青」，即「白青」也。本草綱目卷十「白青」下附「碧石青」。説文曰：砮石可爲矢鏃。尚書禹貢：荊州厥貢砮丹，梁州厥貢砮磬。劉注引此以證砮石，亦非析碧與砮爲二物。○「會無縣」各本作「無會縣」。胡克家曰：當作「會無」，各本皆倒。步瀛案：越嶲郡會無縣，今四川會理縣治。○證類本草卷三曰：消石一名芒消，生益州山谷及武都、隴西、西羌。又芒消下引陶隱居云：按：神農本經無芒消，只有消石，名芒消爾。後名醫別録載此説，其療與消石正同。疑此即是消石。舊出寧州，黃白粒大，味極辛苦。頃來寧州，道斷都絶，今醫家多用煮煉作者，色全白，粒細，而味不甚烈。○晋書地理志：益州汶山郡有廣陽縣。蜀郡有廣都縣。此注郡與縣當有一誤。廣都縣在今四川成都縣東南，廣陽縣在今茂縣北。○辛夷，楚辭九歌湘夫人篇作「辛夷」。王逸注曰：辛夷，香草也。楊子雲甘泉賦作「辛雉」。服虔曰：辛雉，香草也。李氏彼注曰：新雉，辛夷也。案：「雉」「夷」「荑」皆聲近通用。西山經郭注曰：芍藥一名辛夷。上林賦張揖注曰：留夷，辛夷也。離騷王逸注曰：留夷，香草也。廣雅釋草曰：攣夷，芍藥也。王氏疏證曰：攣夷即留夷。「留」「攣」，聲之轉也。此皆與劉注合。緑者殆指其葉耳。辛夷有屬於木者，後漢書馮衍傳李賢注曰：新夷，亦樹也，其花甚香。證類本草卷十二曰：辛夷，生漢中川谷。引圖經曰：樹高數丈，葉似柿葉而長。正月、二月生花，似著毛小桃，色白帶紫。花落，至夏復開。花初出如筆。又引陳藏器本草拾遺曰：北人呼爲木筆，南人呼爲迎春。案：是即香樹也。二義皆通。此賦上云「百藥」，固不限定草類也。○「蘪蕪」，已見南都賦。○「蠶陵」，各本作「替陵」。胡克家曰：「替」當作「蠶」，「山」字不當有。各本皆誤。晋書地理志：汶山郡有蠶陵縣也。此注三言岷山，皆謂汶山郡。步瀛案：胡氏校「替陵」當作「蠶陵」，是也。今從之。水經江水注曰：江水自湔氐道来。益州記云：自白馬嶺回行二十餘里至龍涸，又八十里至蠶陵縣。清統志：四川松潘廳蠶陵廢縣，在叠溪營西。松潘廳，即今松潘縣。又案：胡氏校「山」字不當有，似未然。蠶陵山，謂蠶陵縣之山耳。上云廣陽山，下云廣都山，皆同例，必非三「山」字皆衍文。○段玉裁曰：陳藏器本草拾遺引南都賦「風衍蔓延於蘅皋」，蓋即引此賦而誤也。步瀛案：證類本草卷八引陳藏器曰：風延母，味苦寒，無毒。細葉蔓生，纓繞草木，南都賦云「風連蔓延於蘅皋」是也。是「風連」一名「風延母」矣。至誤蜀都爲南都，誤「風連」爲「風衍」，誤「延蔓」爲「蔓延」，誤「蘭皋」爲「蘅皋」，或由誤記，或由傳寫之誤，遂致不可究詰也。○「出廣都山」，胡克家曰：「山」字不當有。各本皆衍。晉書地理志廣都屬蜀郡也。步瀛案：「山」字非衍，説已見上。廣都亦見上。許巽行謂當作「都廣山」，大謬。○梁章鉅曰：續漢書郡國志蜀郡，注引蜀都賦注：岷山特多藥，其椒特多好者，絶异於天下之好者，與此少异。步瀛案：藝文類聚木部下引范子計然曰：蜀椒出武都，赤色者善。御覽木部七、政和證類本草十二載掌禹錫案引同。本草綱目卷三十二「蜀椒」，引蘇頌曰：木高四五尺，似茱萸而小，有針刺，葉堅滑，實可煮飲食，四月結子，無花，但生於枝葉間，顆如小豆，而圓皮紫赤色。李時珍曰：蜀椒肉厚皮皺，其子光黑，如人之瞳，人故謂之椒目。他椒子雖光黑，亦不似之。○書，見禹貢，「苞」作「包」。僞孔傳曰：漸進長包叢生。釋文引馬融曰：包，相包裹也。説文艸部曰：蔪，草相蔪苞也。書曰：草木蔪苞。○楚辭見離騷，「采」作「貫」。以上句「擥木根以結茝」觀之，則「貫」字爲是。今存异文，姑仍之。又本注「蘂」作「英」，誤。本書離騷作「蘂」。楚辭洪補注本作「蕊」，單行王注本亦作「蘂」，字同。「蘂」與下「纚」字韵，作「英」則失韵矣。故據改。○馥、育、椒、皋、苞，古音幽部。消、飄、宵部，通轉爲韵。

神農是嘗，盧、附是料。芳追氣邪，味蠲癘痟。

【彙校】

「神農是嘗」「神」，明州本、贛州本、四庫本、叢刊本、正德本、陳八郎本、尤刻本、胡刻本、監本、唐鈔本、九條本同。奎章閣本作「神」。當作「神」。「農」，明州本、四庫本同。奎章閣本、贛州本作「農」。叢刊本、正德本、陳八郎本、尤刻本、胡刻本、監本、唐鈔本、九條本作「農」。當作「農」。「嘗」，奎章閣本、明州本、贛州本、陳八郎本、尤刻本、胡刻本、監本、九條本、唐鈔本作「嘗」。四庫本、叢刊本、正德本作「嘗」。當作「嘗」。

「盧、附是料」「盧」，明州本、贛州本、四庫本、叢刊本、九條本同。奎章閣本、正德本、陳八郎本、尤刻本、胡刻本、監本、唐鈔本作「盧」。當作「盧」。「附」，奎章閣本、明州本、贛州本、四庫本、叢刊本、正德本、陳八郎本、唐鈔本、九條本同。尤刻本、胡刻本、監本作「跗」。今從「附」。「料」，奎章閣本、明州本、贛州本、四庫本、叢刊本、正德本、陳八郎本、尤刻本、胡刻本、監本、九條本同。唐鈔本作「粁」。今從「料」。

■立群案：典籍中或作「俞跗」，如鶡冠子世賢：卓襄王問龐煖曰：夫君人者亦爲其國乎？龐煖曰：王獨不聞俞跗之爲醫乎？已成必治，鬼神避之。或作「俞附」，葛洪抱樸子彈禰：猶必死之病，俞附、越人所無如何；朽木鉛鋌，班輸、歐冶所不能匠也。今從「附」。

康熙字典：「𣂚」，同「料」。今多作「料」，從之。

「芳追氣邪」 「追」，明州本、贛州本、四庫本、叢刊本、尤刻本、胡刻本、監本、九條本同。奎章閣本、正德本、陳八郎本、唐鈔本作「追」。當作「追」。

【彙注】

【李善注】料音聊。痟音消。劉曰：扁鵲，盧人，古良醫。楊雄法言曰：扁鵲，盧人，而醫多盧。癘氣，不和之病也。痟，亦頭病也。周禮，四時皆有癘疾，春多痟首之疾。漢書，相如常有痟病。善曰：淮南子曰：神農乃始教人播種五穀，嘗百草之滋味。史記曰：虢中庶子謂扁鵲曰：臣聞上古之時，醫有俞跗，醫病不以湯液。

【文選鈔】附者，衛人也。古之良醫也。

【文選音決】料，力彫反。邪，在嗟反。蠲，古玄反。痟音消。

【五臣注】料音聊。痟音消。良曰：言此草藥經神農嘗之。扁鵲，盧人，故曰盧也；附，俞附。皆古之善醫者。皆料此藥而用之。此藥芬芳，能退去氣病與邪病，其味可以蠲除癘與痟病也。

【陸善經注】盧附，蓋俞跗也，盧、俞聲相近也。

【張鳳翼文選纂注】料音聊。痟音消。扁鵲，盧人，故曰盧。附，即俞附。皆良醫。癘氣，不和之氣也。痟，亦頭病。言此草藥經神農嘗之，俞附、扁鵲皆料而用之。芬芳，能退去氣中之邪，蠲除癘與痟病也。

【王象乾文選刪注】痟音消。楊雄法言曰：扁鵲，盧人，而醫多盧。史記曰：號中庶子謂扁鵲曰：臣聞上古之時，醫有俞附，醫病不以湯液。漢書：相如常有痟病。

【杭世駿文選課虚】癘氣，不和之氣也。痟，頭病也。周禮：四時皆有癘疾，春多痟首之疾。

【余蕭客文選音義】痟舊音消。跗郭象莊子音音附。料舊音聊。

【余蕭客文選紀聞】跗夫。初學記二十一、蘇易簡文房四譜一。料遼。説文十四下。痟肖。廣韵二。

【胡紹煐文選箋證】味蠲癘痟。注劉逵曰：痟，亦頭痛也。周禮，四時皆有癘疾，春多痟首之疾。漢書，相如常有痟病。按：劉以「痟」爲頭痛癘疾，是也。而引漢書相如有痟疾，則混「痟」與「痟渴」，疑誤。史記司馬相如傳「常有消渴疾」，字亦作「痟𤺺」。玉篇：痟，痟𤺺病也。「渴」又作「㵣」。釋名：消㵣，㵣渴也。腎氣不周於胸，胃中津潤消渴，故欲得水也。素問脉要精微論：癉成爲消中。奇病論：肥者令人内熱，甘者令人中滿，故其氣上溢，轉爲消渴。後漢書李通傳章懷注：消，消中之疾。皆與頭痛之「痟」不同。彼引周禮誤，與此同。

【高步瀛文選李注義疏】説文曰：料，量也。从斗，米在其中。讀若遼。廣雅釋詁二曰：料，理也。又釋詁三曰：蠲，除也。○法言，見重黎篇。李軌注曰：太山盧人。案本書楊子雲解嘲曰：不遇俞跗與扁鵲也。漢書楊雄傳作「臾跗」，説苑辨物篇作「俞柎」。漢書藝文志經方有泰始、黄帝、扁鵲、俞柎方三十三卷。注：應劭曰：黄帝時醫也。史記扁鵲傳正義引黄帝八十一難序曰：秦越人與黄帝時扁鵲相類，仍號之爲「扁鵲」，又家於盧國，因命之曰盧醫也。案：此賦盧、跗并言，盧謂扁鵲，跗謂俞跗，皆黄帝時醫，非謂史記列傳之扁鵲也。○周禮，見天官疾醫。鄭注曰：癘，疾，氣不和之疾。痟，酸削也，首疾頭痛也。釋文曰：痟音消。説文曰：痟，酸痟頭痛。○漢書，見司馬相如傳。「痟病」作「消渴病」。史記相如傳作「消渴疾」，字皆作「消」。胡紹煐曰：劉以「痟」爲頭痛癘疾，是也。而引漢書相如有痟病，則混「痟」與「消渴」，疑誤。「消」字亦作「痟瘍」。玉篇：痟，痟瘍病也。「渴」又作「㵣」。釋名釋疾病：消，㵣渴也。腎氣不周於胸，胃中津潤消渴，故欲得水也。素問脉要精微論：癉成爲消中。奇病論：肥者令人内熱，甘者令人中滿，故其氣上溢，轉爲消渴。後漢李通傳章懷注：消，消中之疾。皆與頭痛之「痟」不同。彼引周禮誤，與此同。杜宗玉曰：「痟」「消」古今字。消，亦病也。因易「消」爲「痟」耳。謝靈運初發郡注引漢書曰「司馬長卿有消渴疾」，作「消」。是「痟」「消」同用之徵。步瀛案：字雖同用，而「痟，首疾」與消渴疾爲病不同，仍以胡氏説爲是。李詳曰：太沖賦用「痟」字，第當引用周禮爲注。乃合「痟」「消」爲一，遂致歧誤。與胡氏説同。○淮南子，見修務篇，「人」作「民」，此蓋避唐諱改。○史記，見扁鵲傳。正義引應劭曰：俞跗，黄帝時將也。案：「將」當是「醫」字之誤。○料、痟，古音宵部。○以上蜀之西部。

其封域之內，則有原隰墳衍，通望彌博。演以潛、沫，浸以綿、洛。

【彙校】

「原隰墳衍」「原」，奎章閣本、明州本、贛州本、四庫本、叢刊本、陳八郎本、尤刻本、胡刻本、唐鈔本、九條本同。正德本、監本作「原」。當作「原」。「墳」，奎章閣本、明州本、贛州本、四庫本、叢刊本、正德本、陳八郎本、尤刻本、胡刻本、監本、九條本同。唐鈔本作「填」。當作「墳」。「衍」，奎章閣本、明州本、贛州本、正德本、陳八郎本、尤刻本、胡刻本、監本同。四庫本、叢刊本作「衍」。唐鈔本、九條本作「衍」。當作「衍」。

立群案：周禮夏官遼師：掌四方之地名，辨其丘陵、墳衍、遼隰之名。賈公彦疏：水涯曰墳，下平曰衍。王粲登樓賦：背墳衍之廣陸兮，臨臯隰之沃流。或爲賦語所本。諸本多作「墳衍」，是也。唐鈔本獨作「填衍」者，恐形近而誤。

「通望彌博」「彌」，奎章閣本、明州本、贛州本、四庫本、叢刊本、正德本、陳八郎本、尤刻本、胡刻本、監本同。唐鈔本、九條本作「弥」。當作「彌」。「博」，奎章閣本、四庫本、叢刊本、正德本、陳八郎本、尤刻本、唐鈔本作「愽」。明州本、贛州本、監本、九條本作「博」。胡刻本作「慱」。當作「博」。

「演以潛、沫」 「潛」，奎章閣本、四庫本、叢刊本、正德本、唐鈔本同。明州本、贛州本、陳八郎本、尤刻本、胡刻本、監本、九條本作「潛」。當作「潛」。「沫」，奎章閣本、四庫本、陳八郎本、胡刻本、監本、九條本同。明州本、贛州本、叢刊本、正德本、尤刻本、唐鈔本作「沬」。當作「沫」。

■立群案：水經注沫水：沫水出廣柔徼外，東南過旄牛縣北，又東至越嶲靈道縣出蒙山南，東北與青衣水合，東入于江。故知當作「沫水」。劉逵曰：又有水出岷山之西，東流過漢壽，南流有高山上合下開，水經其中曰沫水。又曰：潛、沫、綿、雒四水所經，本皆蜀郡，故皆謂之封域之内也。五臣注：沫音末。翰曰：沫，水沫也。皆是「沫」之證。諸本作「沬」者，「沫」之形似而誤也。

「浸以綿、洛」 「浸」，奎章閣本、明州本、贛州本、叢刊本、正德本、陳八郎本、尤刻本、胡刻本、監本、九條本同。四庫本作「漫」。唐鈔本作「浸」。當作「浸」。「綿」，奎章閣本、正德本、唐鈔本、九條本同。明州本、贛州本、四庫本、叢刊本、陳八郎本、尤刻本、胡刻本、監本作「緜」。當作「綿」。「洛」，奎章閣本、明州本、贛州本、四庫本、叢刊本、正德本、陳八郎本、九條本同。尤刻本、胡刻本、監本作「雒」。唐鈔本作「絡」。今從「洛」。

■立群案：劉逵曰：周禮曰：揚州，其浸五湖，言益州之有綿、雒，猶揚州之有五湖，故曰浸以綿、雒也。五臣翰曰：綿、洛，皆水名。浸潤此地。據注，當作「浸」也。諸本多作「浸」，是也。四庫本獨作「漫」者，恐「浸」之形近而誤也。

關於「洛」「雒」兩字的辨析，衆説紛紜。觀東都賦「有陋洛邑」下梁章鉅文選旁證的引證，可見一斑。今從「洛」。又，楚辭招魂：秦篝齊縷，鄭綿絡些。漢書揚雄傳下：是以宓犧氏之作易也，綿絡天地，經以八卦。或唐鈔本以爲賦語本此，故作「綿絡」。

【彙注】

【李善注】沬，武蓋切。劉曰：禹貢梁州云：沱、潛既道。有水從漢中沔陽縣南流至梓橦漢壽縣入穴中，通岡山下，西南潛出，今名複水。舊説云：禹貢潛水也。又有水出岷山之西，東流過漢壽，南流有高山上合下開，水經其中曰沬水。水潛行曰演。此二水伏流，故曰「演以潛、沬」。綿水在綿竹縣，出紫岩山。雒水在上雒縣，出桐柏山。周禮曰：揚州，其浸五湖，言益州之有綿、雒，猶揚州之有五湖，故曰浸以綿、雒也。潛、沬、綿、雒四水所經，本皆蜀郡，故皆謂之封域之内也。

【文選音決】填，徒見反。衍，以戰反。或并如字，通。演，以輦反。沬音妹。浸，子鴆反。

【五臣注】沬音末。翰曰：封域，土境也。博，廣也。水潛行曰演。沬，水沬也。綿、洛，皆水名。浸潤此地。

【張鳳翼文選纂注】潛、洛、綿、雒四水所經，本皆蜀郡，故謂之封域之内。沬，武蓋切。伏流曰演。

【王象乾文選删注】水潛行曰演。禹貢梁州云：沱、潛既道。有水從漢中沔陽縣南至梓橦漢壽縣入穴中，通崗山下，西南潛出，今名複水。又有水出岷山西，東通漢壽，南流有高山上合下開，水經其中曰沬水。此二水洑流，故曰「演以潛、沬」。綿水在綿竹縣，出紫岩山。雒水在上雒縣，出桐柏山。周禮曰：揚州，其浸五湖。

【余蕭客文選音義】雒 王應麟通鑑地理通釋：雒水出漢州雒縣章山，南至新都谷入湔。注 桐柏 何曰：漢地理志：梓橦郡雒縣漳山，雒水所出，南至新都谷入湔。桐柏則在南陽平氏縣東南，淮水所出，恐誤。案，漢志：廣漢郡雒縣章山，雒水所出。非梓橦郡漳山。

【余蕭客文選紀聞】沬 妹。九經字樣。沬水出蜀 同上。沬水出廣柔徼外 續博物志四。

【孫志祖文選李注補正】浸以綿、雒。注：雒水在上雒縣，出桐柏山。○正曰：何云：漢書地理志：廣漢郡雒縣章山，雒水所出，南至新都谷入湔。桐柏則在南陽平氏縣東南，淮水所出，恐誤。

【張雲璈選學膠言】潛、沫。胡東樵禹貢錐指云：左思蜀都賦：演以潛、沫。劉逵注潛水與郭璞注爾雅同。其於沫水，則曰：水出岷山之西，東流過漢嘉，南流有高山上合下開，水經其中曰沫水。水潛行曰演。此二水伏流，故曰「演以潛、沫」。斯言可證「潛」之爲伏流。其出龍門石穴，與沫水出蒙山下之狀相似。二水原委秩然。劉昭於犍爲武陽下引蜀都賦注，以爲潛水從縣南流漢嘉縣入大穴中，大謬。

【胡克家文選考异】注「武蓋」。袁本、茶陵本作「善曰：沫，武蓋切」六字，在劉注之後，是也。

注「有水從漢中沔陽縣南流至梓橦漢壽縣」。案：「漢中」二字不當有，「沔」當作「江」，「漢」當作「晋」。各本皆誤。續漢書郡國志犍爲郡江陽，劉昭注引賦此注「從縣南流」云云，當據之訂正。江陽，晋書地理志屬江陽郡，或「漢中」亦「江陽」之誤。水經潛水注引庾仲雍云：墊江有別江出晋壽縣，即潛水也。晋書地理志晋壽屬梓潼郡，當據之訂正。又袁本「橦」作「潼」，是也。茶陵本亦誤「橦」。

注「過漢壽南流」。案：「壽」當作「嘉」。各本皆誤。水經沫水注云過漢嘉郡，可證。

注「雒水在上雒縣，出桐柏山」。案：「上」字、「桐」字衍，「出」下當有「漳山一曰在梓潼縣出」九字。水經江水注曰：洛水出洛縣漳山。一言出梓潼縣柏山，即本此。當據之訂正。「洛」即「雒」字。漢書地理志「漳」作「章」。「漳」即「章」字，何駁善此注，恐誤。蓋未知水經注有其證，故不悟各本皆脱衍，而善自不誤也。

【朱珔文選集釋】演以潛、沫。劉注云：禹貢梁州：沱、潛既道。有水從漢中沔陽縣南流至梓潼漢壽縣，入穴中，通岡或作「峒」，或作「剛」山下，西南潛出。今名複水。舊説云：禹貢潛水也。案：禹貢荆州疏引郭璞爾雅音義與此注略同。括地志云：潛水一名復水「復」當作「澓」，與「洑」同，今名龍門水，源出綿谷縣東龍門大石穴下。元和志云：龍門山在利州綿谷縣東北八十二里，潛水所出。綿谷本漢壽地，亦即晋壽。隋曰綿谷，唐因之。今爲廣元縣。錐指謂水經潛水注引庾仲雍云「墊江有別江，出晋壽縣，即潛水」，正指此。此即禹貢之潛水也。然廣元舊志云：源出縣北一百三十餘里木寨山，流經神宣驛，又南二十里，經龍洞口，至朝天驛北，穿穴而出，入嘉陵江。與括地、元和志不同。意者：木寨山乃水自沔陽來之所經，而人誤以爲出耳。元和志：龍門山在縣東北八十里，今以舊志考之，木寨山南十餘里，爲神宣驛，又南二十里爲龍洞口，又南二十里爲朝天驛，去縣八十里，恰與龍門之里數相符。蓋朝天驛之穴，即龍門山之穴也。王象之輿地紀勝所謂龍門洞，凡爲洞者三。有水自第三洞發源，貫通兩洞者，即舊志所謂經龍洞口，至驛北穿穴而出。郭璞所謂入大穴，通峒山下，西南潛出者也。而方輿紀要云：廣元縣之潛水，出木寨山，或以爲禹貢之潛水，似誤。段氏亦謂此甚小，殆非。是其説疑不然。至續漢志犍爲江陽下，劉昭引此賦注，以爲潛水從縣南流至漢嘉縣，入大穴中。錐指斥之，蓋因「漢嘉」「漢壽」往往淆紊。沫水本通漢嘉，而此注誤作「漢壽」。前靈關下亦然。潛水至漢壽，而續志注反誤作「漢嘉」也。然劉昭以潛屬江陽下，而非沔陽，本爲大謬。又「潛」，史記作「涔」。漢志引禹貢作「灊」。安陽灊水，又作鬵。錐指謂潛、涔、鬵、灊，古字或通用，而水之所出不可不辨。史記索隱因夏本紀作「涔」，遂以安陽之涔水當之。蔡傳亦引漢志以爲言。非也。漢志：巴郡宕渠縣，有潛水，西南入灊。而水經：潛水出巴郡宕渠縣，又南入於江。酈注云：宕渠水，即潛水。錐指亦極駁之。孫氏星衍則於安陽之灊谷水，水經之潛水出宕渠者，皆以釋禹貢，并引漢志宕渠潛水「入灊」作「入江」。段氏引同。皆异錐指之説。余謂錐指本言梁州之「潛」一而已。若安陽之鬵，宕渠之灊，俱非此「潛」，是有數潛矣，未免矛盾。説文：灊水出巴郡宕渠，西南入江。與水經合。漢志灊本即潛，豈潛入潛乎？當是上「潛」字作「灊」，下「入灊」作「入江」志又云：徐曹水出東北，南入灊。可知上「入江」非「入灊」，蓋涉下文而誤。正可援説文、水經以正今本漢志之誤。如孫、段説也。乃錐指主漢壽，而以宕渠之水非禹貢之「潛」，段又翻然反之。竊疑孫氏合言者，近是。酈注宕渠潛水云：蓋漢水枝分潛出，故受其稱。今有大穴，潛水入焉，通岡山下西南潛出，謂之伏水。實本劉淵林、郭景純之説。更引鄭元曰：漢別爲潛，其穴本小水，積成澤流，與漢合。大禹自導漢疏通，即爲西漢水也。下又言江出晉壽縣者，即潛水。則漢壽宕渠不分爲二。且段氏釋説文西南入江，謂此水必合嘉陵江，至合州入江。紀要亦云：廣元縣之潛水，入嘉陵江，非合一而何？惟安陽之「鬵」，水經沔水上篇云：又東過魏興安陽縣南，涔水出自旱山北注之。又涔水條云：出漢中南鄭縣東南旱山，北至沔陽縣南，入于沔。酈注「涔水」即「黄水」也。書疏引鄭注云：漢中安陽有潛水，其尾入漢耳，首不於此出。然則此水亦因漢水枝分得受潛名，而與宕渠之潛，實非一原。故水經潛、涔二水各爲一條也。○余既爲「潛水」一條，後見段氏經韵樓集與余意約合。因不改前文，而別録其説，以備參考。段云：胡氏考异謂：劉注「漢中」二字不當有。「沔陽」當作「江陽」。按：江陽今之瀘州，雒水入江之處。水經所謂「江又過江陽縣南，洛水從東南注之」者也。潛水在今重慶府入江。水經所謂江至巴郡江州縣東，强水、涪水、漢水、白水、宕渠水合南流注之者也。酈注云：宕渠水，即潛水、渝水矣。乃欲改「漢中沔陽」四字爲「江陽」二字，不知「江陽」者，雒水入江之處，非潛水自北而南發源之處也。倘云江陽至漢壽，則是由今瀘州逆流而上至今廣元縣，自南而北，水將何入乎？水經：潛水出巴郡宕渠縣。酈云：潛水蓋漢水支分潛出云云已見前所引。又桓水篇注曰：自葭萌入於西漢，即禹貢所謂潛水也。自西漢溯流而居於晉壽界，沮、漾枝津，南歷岡穴，迤邐而接漢入漾。書所謂浮潛而逾沔矣。又漾水篇注曰：劉澄之云：有水自沔陽縣南至梓潼漢壽入大穴，暗通岡山。郭景純亦言是矣。酈三言岡穴，皆謂此。潛水即西漢水也。岡山即今保寧府廣元縣神宣驛之龍洞背，其水穿穴而出，合嘉陵江者也。酈謂潛水本漢水支分潛出。此賦注云「從漢中沔陽南流，至漢壽」，即酈所本。「漢中沔陽」本不誤，不可作「江陽」也。至郡國志犍爲郡江陽縣下引蜀都賦注云：沱、潛既道，從縣南流至漢嘉縣，入大穴中，通岡山下，因南潛出。今名復出水。此引淵林注，而「縣南」二字之上，奪「漢中沔陽」四字，「漢壽」訛「漢嘉」，「西南」訛「因南」，「伏水」作「復出水」。夫江陽乃洛水入江之處，劉昭引華陽國志江、雒會不誤矣。而不審淵林謂潛水即宕渠水，在江州縣入江者，而引以證江陽入江之雒水，已爲巨謬。乃又據奪誤之「從縣南」三字，謂此水從江陽縣南至漢壽，用以改正淵林注之從漢中沔陽至漢壽，繆中生繆，於地理斷不可通矣。○劉注又云：沫水出岷山之西。水潛行曰演。此二水伏流，故曰演以潛、沫。案：沫水之伏流已見前靈關下。若其所出，則說文云：沫水出蜀西南徼外，東南入江。不言何縣。水經沫水篇云：出廣柔徼外，而漢志廣柔不及沫水，惟青衣下云：大渡水東南至南安入渽段云：此大渡水，即今之青衣水，非大渡河。汶江下云：渽水出徼外，南至南安東入江。段氏謂諸家所云「沫水」，班固所云「渽水」也，即今之大渡河。凡唐、宋史云大渡河者，皆漢志之渽水，即司馬相如傳之沫水。余謂水經江水一篇注引呂忱曰：渽水出蜀。許慎以爲涐水也。从水，我聲。今說文正作「涐」，云：水出蜀汶江徼外，東南入江段氏謂「涐」爲「浅」之訛。說文校議云：隸書「涐」爲「浅」，因誤爲「浅」，轉寫遂加「口」，作「渽」。觀水經注所引是六朝舊本，作「涐」。胡朏明以「涐」即禹貢「和夷」之「和」。「涐」「和」音相近。段說非。寰宇記云：大渡河，一名沫水。王氏地理通釋云：大渡河即涐水，則涐水即沫水矣。雖指謂沫水非大渡河，而以和川水爲沫水之别源，即漢志之大渡河。恐非。至漢志言廣柔，與水經言汶江异者，汶江、廣柔二縣皆蜀郡之屬，其地固當接壤耳。但説文既列涐水，而又别出沫水，則所未審也。

浸以綿、雒。劉注云：綿水在綿竹縣，出紫岩山。案：前漢志廣漢郡綿竹下云：紫岩山，綿水所出，東至新都北入雒。續志注引地道記略同。水經江水一篇酈注云：綿水西出綿竹縣，又與湔水合。亦謂之郫江。二水俱與雒會，又徑牛鞞漢犍爲下縣名水。又東徑資中縣、安漢縣，謂之綿水。至江陽縣方山下入江，謂之綿水口，曰中江。江陽縣枕帶雙流，據江、雒會也。今綿竹仍爲縣，屬綿州，紫岩山在縣西北三十里。〇劉注又云：雒水在上雒縣，出桐柏山。案：「雒」水經作「洛」，蓋自魏黄初中，有改「雒」爲「洛」之詔見裴松之三國志注，以後經傳中「雒」「洛」字遂相淆紊，今别之。有三水焉：一、前漢志廣漢郡雒下云：章山，雒水所出，南至新都谷入湔。水經江水一篇注云：洛水出洛縣漳山，亦言出梓潼縣柏山。徑什邡縣，又南徑洛縣故城南，廣漢郡治也。又南徑新都縣，與綿水合。雒縣爲今之漢州，什邡縣屬焉。章山在縣西北三十里。方輿紀要謂雒水徑州治北，亦曰雁水，曰雁江。此梁州之水，漢爲益州。即此賦所稱是也。字當作「雒」。一、漢志左馮翊褱德下云：洛水東南入渭。北地歸德下云：洛水出北蠻夷中，入河。説文亦云：洛水出左馮翊歸德北夷界中，東南入渭段氏謂：「左馮翊」三字當從漢志作「北地」二字。入河者，入渭以入河也。此雍州之水。周禮職方：雍州其浸渭、洛。詩瞻彼洛矣是也。字當作「洛」。一、漢志宏農上雒下云：禹貢：雒水出冢領山東，北至鞏入河。水經洛水篇云：出京兆上洛縣讙舉山。酈注引山海經出上洛西山，又曰讙舉之山。錐指謂漢志上洛縣東北有熊耳山，讙舉即上洛熊耳之异名。熊耳與冢領同在一縣，禹貢所以導洛自熊耳也。此豫州之水。周禮職方豫州其川熒、雒，左氏僖七年傳伊雒之戎是也。字當作「雒」。尚書有豫水，無雍水，而字皆作「洛」，乃後人所改。段氏謂蔡邕石經殘碑多士作雒。鄭注周禮引召誥作「雒」，則今文、古文皆不作「洛」矣。余謂太冲賦蜀都，自是章山之雒水與綿水合者。故酈注云：牛鞞、資中、安漢諸縣，咸以灌溉。語曰：綿、洛爲浸沃。華陽國志亦云：蜀之淵府，浸以綿、雒也。此注各本皆誤。胡氏考异謂：「上」字、「桐」字俱衍，「出」下當有「漳山一曰在梓潼縣出」九字。蓋酈注之所本。此説得之，否則豫州與蜀中隔雍州，豈得爲封域之内？況又誤以屬淮水所出之山耶？其不然明矣。

【梁章鉅文選旁證】注涐、潛既道。有水從漢中沔陽縣南流至梓橦漢壽縣入穴中，通岡山下，西南潛出，今名複水。六臣本「橦」作「潼」，是也。胡公考异曰：「漢中」二字不當有，「沔」當作「江」，「漢」當作「晉」。續漢書郡國志犍爲郡江陽，劉昭注引賦此注「從縣南流至漢嘉縣」云云，當據之訂正。江陽，晉書地理志屬江陽郡，或「漢中」亦「江陽」之誤。段曰：江陽者，今之瀘州，雒水入江之處。潛水在今重慶府入大江。重慶者，古之巴郡江州縣，上距瀘州約四百里。水經所謂江至巴郡江州縣東，强水、涪水、漢水、白水、宕渠水五水合南流注之者也。酈注云：宕渠水，即潛水、渝水矣。倘云江陽至漢壽，則須由今瀘州逆流至今廣元縣，自南而北，水將何入乎？水經：潛水出巴郡宕渠縣。酈云：潛水蓋漢水支分潛出，故受其稱。此注漢中沔陽云云，即酈説所本。「漢中沔陽」字本不誤，不可刪改作「江陽」也。今續漢書郡國志犍爲郡江陽縣下引此注，刪去「漢中沔陽」四字。「漢壽」作「漢嘉」，「西南」作「因南」，既誤引，又誤改，而不知其於地理斷不可通矣。又案水經漾水注云：劉澄之云：有水自沔陽縣南至梓潼漢壽入大穴，暗通岡山。又邢昺爾雅疏引郭璞爾雅音義云：有水從漢中沔陽南流，至梓橦漢壽入大穴中，通峒山下，西南潛出，一名沔水云云。此皆足爲「漢中沔陽」四字不誤之證。

注過漢壽，南流。「壽」當作「嘉」，各本皆誤。水經沫水注云：沫水出岷山西，東流過漢嘉郡。

注雒水在上雒縣，出桐柏山。水經江水注云：雒水出雒縣漳山，亦言出梓潼縣柏山。劉注當即引此而誤衍「上」字。「出」下脱「漳山一曰在梓潼縣出」九字，又衍「桐」字耳。

【胡紹煐文選箋證】演以潛、沫。注劉逵曰：禹貢梁州云：沱、潛既道。有水從漢中沔陽縣南流，至梓潼漢壽縣入穴，通岡山下，西南潛出，今名複水。舊説云：禹貢潛水也。按：水經潛水注：今有大穴，潛水入，通岡山下，西南潛出，謂之伏水。或以爲古潛水。是「潛」爲「伏潛」之「潛」，以潛伏故名爲潛矣。

【高步瀛文選李注義疏】「演」當作「濥」。説文曰：濥，水脉行地中，濥濥然。演，長流也。二字義別。段謂蜀都賦本作「濥」，是也。又「沬」當作「沫」。李及五臣「沬」皆音「武蓋切」。案：説文水部曰：沫水出西南徼外，東南入江。从水，末聲。大徐音莫割切，小徐音門撥反。又曰：沬，洒面也。从水，未聲。大徐音荒内切，小徐音虎配反。是水名之「沫」从本末之末，洒面之「沬」从午未之未，二字音義迥別。漢書溝洫志：避沫水之患。顏注曰：沫音本末之末。禮樂志、漢郊祀歌：沫流赭。高五王淮南厲王傳：沫風雨。外戚傳悼李夫人賦：洿沫悵兮。顏注皆云字从午未之未，正謹守説文也。而玉篇水部：沫，亡活、莫蓋二切，水名。又頮，火内切，洒面也。沬同上，又莫貝切。廣韻十三末：沫，莫撥切，水沫，一曰水名，在蜀。又武泰切。八未：沬，無沸切，水名。十四泰：沬，莫貝切，水名。桂馥曰：二書「沫」下并云：水名。「沬」下莫蓋、武泰二切，即「沫」字音也。檀弓：瓦不成味。注云：「味」當作「沬」。沬，靧也。釋文「味」依注音沬，亡曷反。靧音悔，洗面。馥謂此以「沬」爲洗面，則「沫」爲水名矣。而顏注漢書三言「沫」从午未之未，所未能詳。步瀛案：「沫」「沬」形近，故从「未」从「末」每易相亂。玉篇、廣韻及李氏、五臣之音，皆不足據。檀弓上鄭注當是。「沬」字，从午未之未，音呼内反。

釋文亡曷反，非也。王引之經義述聞、李惇群經識小、朱彬禮記訓纂皆辨其失。至「韎」字，説文：从韋，末聲。詩：瞻彼洛矣。孔疏引鄭駁五經异義謂字當作「韎」，此許、鄭偶异，不得皆以爲例也。○注「梓潼」，尤本作「梓橦」。今依袁本。又「穴」上續漢書郡國志劉注引有「大」字，當補。又段校「復水」作「伏水」。胡克家曰：「漢中」二字不當有，「沔」當作「江」，「漢」當作「晉」。各本皆誤。續漢書郡國志犍爲郡江陽，劉昭注引賦此注「從縣南流」云云，當據之訂正。江陽，晉書地理志屬江陽郡，或「漢中」亦「江陽」之誤。水經潛水注引庾仲雍云：墊江有別江出晉壽縣，即潛水也。晉書地理志晉壽屬梓潼郡，當據之訂正。又袁本「橦」作「潼」，是也。茶陵本亦誤「橦」。段玉裁經韵樓集卷十二曰：江陽者，今之瀘州，雒水入江之處。即賦下文浸以綿、雒。水經所謂江又過江陽縣南，洛水從三危山東過廣魏洛縣南，東南注之者也。潛水在今重慶府入大江。重慶者，古之巴郡江州縣。重慶府上距瀘州約四百里。水經所謂江至巴郡江州縣東，强水、涪水、漢水、白水、宕渠水五水合流注之者也。酈注云：宕渠水，即潛水、渝水矣。乃欲改「漢中沔陽」四字爲「江陽」二字，不知「江陽」者，雒水入江之處，非潛水自北而南發源之處也。倘云江陽至漢壽，則是由今瀘州逆流至今廣元縣，自南而北，水將何入乎？水經：潛水出巴郡宕渠縣。酈云：潛水蓋漢水支分潛出，故受其稱耳。今爰有大穴，潛水入焉。通岡山下西南潛出，謂之伏水。或以爲古之潛水。引鄭玄曰：漢別爲潛，其穴本小水，積成澤流，與漢合。大禹自導漢疏通，即爲西漢水也。故書曰：沱、潛既道。又桓水篇酈注曰：自葭萌入於西漢，即禹貢之所謂潛水者也。自西漢溯流而屆於晉壽界。沮、漾支津，南歷岡穴邊，邐而接漢入漾。書所謂浮潛而逾沔矣。又漾水篇酈注曰：劉澄之云：有水自沔陽縣南至梓橦漢壽入大穴，暗通岡山。郭景純亦言是矣。岡山穴小，本不容水，水成大澤而流，與漢合。酈三言岡穴，皆謂此。潛水即西漢水也。岡山即今保寧府廣元縣神宣驛之龍洞背，其水穿穴而出，合嘉陵江者也。酈謂潛水本漢水支分潛出。此賦淵林注云「從漢中沔陽南流，至漢壽」，即酈説所本。「漢中沔陽」本不誤。永樂大典、水經注：劉澄之云：從阿陽縣南至梓潼漢壽，與淵林小异。要斷不可作「江陽」也。至若郡國志犍爲郡江陽縣下云：蜀都賦注云：沱、潛既道，從縣南流至漢嘉縣，入大穴中，通岡山下，因南潛出。今名復出水。此引淵林注，而「縣南」二字之上，奪「漢中沔陽」四字，「漢壽」訛「漢嘉」，「西南」訛「因南」，「伏水」作「復出水」。夫江陽乃洛水入江之處，劉昭引華陽國志江、雒會不誤矣。而不審淵林謂潛水即宕渠水，在江州縣入江者，而引以證江陽入江之雒水，已爲巨謬。乃又據奪誤之「從縣南」三字，謂此水從江陽縣南至漢壽，用以改正淵林注之從漢中沔陽至漢壽，謬中生謬，於地理斷不可通矣。漾水篇酈注曰：葭萌城，劉備改曰漢壽。太康中，又曰晋壽。改「漢壽」作「晋壽」可也。但郭璞爾雅音義、劉澄之永初山川記亦作「漢壽」，則古人不拘也。又曰：邢昺爾雅疏引郭璞爾雅音義云：有水從漢中沔陽南流，至梓潼漢壽入大穴中，通峒山下，西南潛出，一名沔水。舊俗云：即禹貢之潛也。按郭語與劉逵、劉澄之語先後合契。而郭云自漢中沔陽南流，劉澄之亦曰自沔陽南至，則「漢中沔陽」四字確不可移。永樂大典本劉澄之語作自「阿陽」者，誤也。漾水注引澄之語，下即云：郭景純亦言是矣。即謂爾雅音義也。古人皆謂西漢、東漢是一水。故謂沔水自漢中沔陽分枝，西南流至漢壽，爲西漢。即禹貢之潛。酈善長曰：潛水蓋漢水枝分潛出，故受其稱耳。胡東樵云：依地勢東高西下。然則自沔陽西南流，至漢壽無疑。劉、郭所謂南流者，西南流也。朱珔曰：案：禹貢荆州疏引郭璞爾雅音義與此注略同。史記夏本紀正義引括地志云：潛水一名復水，今名龍門水，源出綿谷縣東龍門大石穴下。「復」當作「澓」，與「洑」同。元和志云：龍門山在利州綿谷縣東北八十二里，潛水所出。綿谷本漢壽地，亦即晋壽。隋曰綿谷。唐因之。今爲廣元縣。錐指謂水經潛水注引庾仲雍云「墊江有別江，出晉壽縣，即潛水」，正指此。此即禹貢之潛水也。然廣元舊志云：源出縣北一百三十餘里木寨山，流經神宣驛，又南二十里，經龍洞口，至朝天驛北，穿穴而出，入嘉陵江。與括地志、元和志不同。意者：木寨山乃水自沔陽來之所經，而人誤以爲出耳。元和志：龍門山在縣東北八十里，今以舊志考之，木寨山南十餘里，爲神宣驛，又南二十里爲龍洞口，又南二十里爲朝天驛，去縣八十里，恰與龍門之里數相符。蓋朝天驛之穴，即龍門山之穴也。輿地紀勝所謂龍門洞，凡爲洞者三。有水自第三洞發源，貫通兩洞者，即舊志所謂經龍洞口，至驛北穿穴而出。郭璞所謂入大穴，通峒山下，西南潛出者也。而方輿紀要云：廣元縣之潛水，出木寨山，或以爲禹貢之潛水，似誤。段氏亦謂此甚小，殆非是。其説疑不然。至續漢志犍爲江陽下，劉昭引此賦注，以爲潛水從縣南流至漢嘉縣，入大穴中。錐指斥之，蓋因「漢嘉」「漢壽」往往淆紊。沫水本通漢嘉，而此注誤作「漢壽」。前靈關下亦然。潛水至漢壽，而續志注反誤作「漢嘉」也。然劉昭以潛屬江陽下，而非沔陽，本爲大謬。又「潛」，史記作「涔」。漢志引禹貢作「灊」。安陽鬵水，又作「鬵」。錐指謂潛、涔、鬵、灊，古字或通用，而水之所出不可不辨。史記索隱因夏本紀作「涔」，遂以安陽之涔水當之，非也。漢志：巴郡宕渠縣，有潛水，西南入灊。而水經：潛水出巴郡宕渠縣，又南入於江。酈注云：宕渠水，即潛水。錐指亦極駁之。孫氏星衍則於安陽之鬵谷水，水經之潛水出宕渠者，皆以釋禹貢，并引漢志宕渠、潛水「入灊」作「入江」。段氏引同。皆异錐指之説。余謂錐指本言梁州之「潛」而已。若安陽之鬵，宕渠之灊，俱非此「潛」，是有數潛矣，未免矛盾。説文：灊水出巴郡宕渠，西南入江。與水經合。漢志灊本即潛，豈潛入潛乎？當是上「潛」字作「灊」，下「入灊」作「入江」，正可援説文、水經以正今本漢志之誤。如孫、段説也。乃錐指主漢壽，而以宕渠之水非禹貢之「潛」，段又反之。竊疑孫氏合言者，近是。酈注宕渠潛水云：蓋漢水枝分潛出，故受其稱。今有大穴，潛水入焉，通岡山下西南潛出，謂之伏水。實本劉淵林、郭景純之説。更引鄭玄云云，下又言江出晋壽縣者，即潛水。則漢壽宕渠不分爲二。且段氏釋説文西南入江，謂此水必合嘉陵江，至合州入江。紀要亦云：廣元縣之潛水，入嘉陵江，非合一而何？惟安陽之「鬵」，水經沔水篇云：又東過魏興安陽縣南，涔水出自旱山北注之。又涔水條云：出漢中南鄭縣東南旱山，北至沔陽縣南，入于沔。酈注「涔水」即「黄水」也。書禹貢疏引鄭云：漢中安陽有潛水，其尾入漢耳，首不於此出。然則此水亦因漢水枝分得受潛名，而與宕渠之潛，實非一源。故水經潛、涔二水各爲一條也。步瀛案：段與顧千里駁辯，頗事意氣。此條則確中顧之失。胡氏考异即顧氏作也。朱與段不謀而合。其引段説，見説文水部注。引孫星衍説，見尚書今古文注疏。王先謙漢書地理志補注曰：以西漢爲潛，其説甚古。惟大穴潛通，源微流短。後人覺其未安，遂不從舊説，而以宕渠水當潛水之目。説文兩存之。本注則潛水、西漢水并載。知班氏不以西漢水爲潛矣。○水經沫水注曰：沫水出岷山西，東流過漢嘉郡。本賦注「漢嘉」誤作「漢壽」，依胡氏、梁氏校改。朱珔曰：沫水之伏流已見前靈關下。若其所出，則説文云：沫水出蜀西南徼外，東南入江。不言何縣。水經沫水篇云：出廣柔徼外，而漢志廣柔不及沫水，惟青衣下云：大渡水東南至南安入渽。段云：此大渡水，即今之青衣水，非大渡河。汶江下云：渽水出徼外，南至南安東入江。段氏謂諸家所云沫水，班固所云渽水也。即今之大渡河。凡唐、宋史云大渡河者，皆漢志之渽水，即司馬相如傳之沫水。余謂水經江水篇注引吕忱曰：渽水出蜀。許慎以爲涐水也。从水，我聲。今説文正作「涐」，云：水出蜀汶江徼外，東南入江。段氏謂「涐」爲「浅」之訛。説文校議云：隸書「涐」爲「浅」，因誤爲「渽」，轉寫遂加「口」，作「渽」。水經注所引是六朝舊本，作「涐」。胡朏明以「涐」即禹貢和夷之「和」。「涐」「和」音相近。段説非。至漢志言廣柔，與水經言汶江异者。汶江、廣柔二縣皆蜀郡之屬，其地固當接壤耳。但説文既列渽水，而又別出沫水，則所未審也。步瀛案：漢書地理志蜀郡青衣下原注曰：大渡水東南至南安入渽。補注曰：「渽」當爲「涐」，今人多以「沫」爲「涐」。今考青衣水先合沫水，後入邛水，然後入今大渡河。知「沫」非「涐」矣。又案：江水注言涐水南至南安入大渡水，大渡水又東入江。與漢志言大渡水入「涐」互异。胡氏錐指謂當以漢志爲正。王先謙謂：水徑汶江道者，皆入於江，無別行至南安方入江之水。并疑漢志涐水當在廣柔下，傳寫誤於汶江道下也。未知確否。又案：清統志曰：四川嘉定府南安廢縣，在夾江縣西北。茂州汶江故城在州北。廣柔故城在汶川縣西。案：茂州，今改縣。○漢書地理志廣漢郡綿竹下，原注曰：紫岩山，綿水所出，東至新都北入雒。續漢書郡國志益州廣漢郡綿竹下，劉注引地道記曰：有紫岩山，綿水之所出焉。水經江水注曰：洛水又南，徑新都縣，與綿水合。水西出綿竹縣，又與湔水合。亦謂之郫江也。又言是涪水。吕忱曰：一曰湔，然此二水俱與洛會矣。又徑犍爲牛鞞縣，爲牛鞞水。又東徑資中縣，又徑漢安縣，謂之綿水也。自上諸縣，咸以灌溉。故語曰綿、洛爲没沃也。綿水至江陽縣方山下入江，謂之綿水口，亦曰中水。江陽縣枕帶雙流，據江、洛會也。元和郡縣志曰：劍南道漢州綿竹縣，綿水出縣西北紫岩山。蜀都賦：浸以綿、洛，謂此水也。蜀人稱郫、繁曰膏腴，綿、洛爲浸沃。紫岩山在綿竹縣西北三十里。清統志曰：四川綿州紫岩山，在綿竹縣西北。○各本「雒縣」上衍「上」字，「柏山」上衍「桐」字，「出」字下無「漳山一曰在梓潼縣出」九字。今并依胡氏校訂。胡曰：水經江水注曰：洛水出洛縣漳山。一言出梓潼縣柏山，即本此，當據之訂正。「洛」即「雒」字。漢書地理志「漳」作「章」，「漳」即「章」字。何駁善此注恐誤，蓋未知水經注有其證，各本皆脱衍，而善自不誤也。朱珔曰：案：「雒」水經作「洛」，蓋自魏黃初中，有改「雒」爲「洛」之詔，以後經傳中「雒」

「洛」字遂相淆紊，今別之。有三水焉：一、前漢志廣漢郡雒下云：章山，雒水所出，南至新都谷入湔。水經江水篇注云：洛水出洛縣漳山，亦言出梓潼縣柏山。徑什邡縣，又南徑洛縣故城南，廣漢郡治也。又南徑新都縣，與綿水合。雒縣爲今之漢州，什邡縣屬焉。章山在縣西北三十里。方輿紀要謂雒水徑州治北，亦曰雁水，曰雁江。此梁州之水，漢爲益州。即此賦所稱是也。字當作「雒」。一、漢志左馮翊褱德下云：洛水東南入渭。北地歸德下云：洛水出北蠻夷中，入河。説文亦云：洛水出左馮翊歸德北夷界中，東南入渭。段氏謂：「左馮翊」三字當從漢志作「北地」二字。入河者，入渭以入河也。此雍州之水。周禮職方：雍州其浸渭、洛。詩瞻彼洛矣是也。字當作「洛」。一、漢志弘農上雒下云：禹貢：雒水出冢領山東，北至鞏入河。水經洛水篇云：出京兆上洛縣讙舉山。酈注引山海經出上洛西山，又曰讙舉之山。錐指謂漢志上洛縣東北有熊耳山，讙舉即上洛熊耳之异名。熊耳與冢領同在一縣，禹貢所以導洛自熊耳也。此豫州之水。周禮職方豫州其川熒、雒，左氏僖七年傳伊雒之戎是也。字當作「雒」。太冲賦蜀都，自是章山之雒水與綿水合者。故酈注云：牛鞞、資中、安漢諸縣，咸以灌溉。語曰：綿、洛爲浸沃。華陽國志亦云：蜀之淵府，浸以綿、雒也。此注各本皆誤，胡氏考异得之。步瀛案：豫州川作「雒」，雍州川作「洛」。段氏説甚詳，已見西都賦疏。朱氏更推及梁州水亦當作「雒」，即本段説也。汪之昌青學齋集卷二謂洛水祇作「洛」，其作「雒」者假借字。文選江賦注：「洛」與「雒」通，恐古亦有其説。就漢碑考之，孔和碑：奏雒陽宮。韓敕碑：河南雒陽。史晨奏銘：鈎河摘雒。此皆假「雒」爲「洛」。袁良碑：隱居河洛。仍作「洛」字。説文羽部翬，注：一曰伊雒而南，雉五采皆備，曰翬。佳部則云伊洛而南曰翬。一作「雒」，一作「洛」。此尤「雒」「洛」兩字容得通假之一證。案：此説與段异，而理甚通。故并載於此。〇周禮夏官職方氏鄭注曰：浸可以爲陂灌溉者。〇「善曰」以下六字，依袁本、茶陵本增。

溝洫脉散，疆里綺錯。黍稷油油，粳稻漠漠。指渠口以爲雲門，灑滮池而爲陸澤。雖星畢之滂沲，尚未齊其膏液。

【彙校】

「溝洫脉散」「洫」，奎章閣本、明州本、贛州本、四庫本、叢刊本、正德本、陳八郎本、尤刻本、胡刻本、監本、九條本同。唐鈔本作「洫」。當作「洫」。「脉」，奎章閣本、明州本、贛州本、叢刊本、正德本、尤刻本、胡刻本、監本同。四庫本作「脈」。陳八郎本、唐鈔本、九條本作「脉」。當作「脉」。

「疆里綺錯」「疆」，奎章閣本、明州本、贛州本、四庫本、叢刊本、正德本、陳八郎本、尤刻本、胡刻本、監本、唐鈔本同。九條本作「彊」。當作「疆」。「綺」，奎章閣本、明州本、贛州本、四庫本、叢刊本、正德本、陳八郎本、尤刻本、胡刻本、監本、九條本、唐鈔本作「綺」。當作「綺」。

■ **立群案**：劉逵曰：左氏傳曰：先王疆理天下。謂地勢縱横之宜也。五臣銑曰：疆里，疆埸邑里也。據賦意及注，自當作「疆」字。諸本多作「疆」，是也。然漢書循吏傳朱邑：天子閔惜，下詔稱揚曰：大司農邑，廉潔守節，退食自公，亡彊外之交，束脩之餽，可謂淑人君子。是「彊」古亦通「疆」。則九條本作「彊」，亦有其據。

「黍稷油油」 「黍」，贛州本、正德本、胡刻本、監本、九條本同。奎章閣本、明州本、四庫本、叢刊本、陳八郎本、尤刻本、唐鈔本作「黍」。當作「黍」。

「粳稻漠漠」 「粳」，奎章閣本、明州本、贛州本、四庫本、叢刊本、正德本、陳八郎本、尤刻本、胡刻本、唐鈔本、九條本作「稉」。監本作「秔」。當作「粳」。「稻」，奎章閣本、明州本、贛州本、四庫本、叢刊本、正德本、陳八郎本、尤刻本、胡刻本、監本、唐鈔本同。九條本作「稻」。當作「稻」。「漠漠」，奎章閣本、明州本、正德本、陳八郎本、九條本同。贛州本、四庫本、叢刊本、尤刻本、胡刻本、監本、唐鈔本作「莫莫」。今從「漠漠」。

■立群案：作「塵土飛揚貌」解時，「莫莫」「漠漠」通。如漢書揚雄傳上：莫莫紛紛，山谷爲之風猋，林叢爲之生塵。顔師古注：莫莫，塵埃貌。王逸九思疾世：時咄咄兮旦旦，塵莫莫兮未晞。亦作「塵土飛揚貌」解。作「茂也」「茂盛貌」解時，「莫莫」「漠漠」亦通。如詩葛覃：葛之覃兮，施於中谷。維葉莫莫，是刈是濩。朱熹集傳：莫莫，茂密貌。西京雜記卷四引枚乘柳賦：階草漠漠，白日遲遲。亦作「茂盛」解。是此處「莫莫」「漠漠」皆通。今從「漠漠」。

「指渠口」 「指」，明州本、贛州本、叢刊本、尤刻本、胡刻本、九條本同。奎章閣本、四庫本、正德本作「指」。陳八郎本作「指」。監本、唐鈔本作「指」。當作「指」。

「以爲雲門」 「爲」，明州本、贛州本、叢刊本、陳八郎本、尤刻本、胡刻本、監本、九條本同。奎章閣本、四庫本、正德本、唐鈔本作「為」。當作「爲」。

「而爲淕澤」 「爲」，明州本、贛州本、叢刊本、陳八郎本、尤刻本、胡刻本、監本、九條本同。奎章閣本、四庫本、正德本、唐鈔本作「為」。當作「爲」。「淕」，唐鈔本同。奎章閣本、明州本、贛州本、四庫本、叢刊本、正德本、陳八郎本、尤刻本、胡刻本、監本、九條本作「陸」。當作「淕」。

■ **立群案**：余蕭客文選紀聞：淕六。廣韻五。張雲璈選學膠言：陸澤。劉注引蔡邕曰：凝雨曰陸。雲璈按，廣韻：淕，凝雨澤也。則賦及注中「陸」字，皆當从水作「淕」。今諸本皆誤。而五臣注解爲「陸地之潤澤」，大謬。南都賦之「爲溉爲陸」，「陸」字亦當从水。梁章鉅文選旁證：灑滮池而爲陸澤。注蔡邕曰：凝雨曰陸。「陸」當作「淕」，見南都賦「爲溉爲陸」下。廣韻一屋：淕，凝雨澤也。可爲證。余氏、張氏、梁氏皆以爲賦中「陸」當作「淕」。朱珔文選集釋：灑滮池而爲陸澤。劉注引蔡邕曰：凝雨曰陸。案，「陸」或作「淕」。玉篇、廣韻并云：淕，凝雨澤也。但「淕」字，説文所無。「淕」蓋與「陸」通。廣雅釋詁：陸，厚也。王氏疏證引爾雅釋地：高平曰陸。李巡注：土地豐正。謂是厚之義。亦引此賦注。余謂周語：澤，水之鍾也。陸澤者，蓄水以溉田，使饒沃。與漢書東方朔傳所稱「天下陸海之地」正相類。故西都賦言「陸海」，而下文云「郊野之富，號爲近蜀」也。胡紹煐文選箋證：灑滮池而爲陸澤。注劉逵曰：蔡邕曰：凝雨曰陸。按：廣韻「淕，凝雨澤也」，本此。「陸」與「淕」同，本書南都賦「爲溉爲陸」，當即此義。朱氏、胡氏在余氏、張氏、梁氏説的基礎上，提出「陸」與「淕」通的觀點，亦可重視。

「雖星畢」 「雖」，明州本、贛州本、四庫本、叢刊本、陳八郎本、唐鈔本同。奎章閣本、正德本、尤刻本、胡刻本、監本、九條本作「雖」。當作「雖」。「畢」，奎章閣本、明州本、贛州本、四庫本、叢刊本、正德本、陳八郎本、尤刻本、胡刻本、監本、唐鈔本、九條本作「畢」。當作「畢」。

「齊其膏液」　「齊」，奎章閣本、四庫本、正德本同。明州本、贛州本、叢刊本、尤刻本、胡刻本、監本、九條本作「齊」。陳八郎本作「濟」。唐鈔本作「亝」。當作「齊」。「膏」，奎章閣本、明州本、贛州本、四庫本、叢刊本、正德本、陳八郎本、尤刻本、胡刻本、監本、唐鈔本、九條本作「膏」。當作「膏」。

■ **立群案**：斟酌賦意，自當作「齊」。諸本多作「齊」，是也。陳八郎本獨作「濟」者，誤也。唐鈔本作「亝」。康熙字典：「亝」，古文「齊」字。

【彙注】

【李善注】粳，古衡切。滮，扶彪切。陸音六。滂，普郎切。沲，度羅切。劉曰：廣深四尺爲溝，倍溝爲洫。左氏傳曰：先王疆理天下。謂地勢縱横之宜也。莫莫，茂也。李冰於湔山下造大堋，以壅江水，分散其流，溉灌平地。故曰「指渠口以爲雲門」也。滮，流貌。詩曰：滮池北流，浸彼稻田。蔡邕曰：凝雨曰陸。尚書洪範曰：星有好雨。月失道而入畢，則多雨。詩曰：月離於畢，俾滂沲矣。善曰：鄭玄周禮注曰：黄帝樂曰雲門，言黄帝之德，如雲之出門也。然此唯取雲門之名，不取樂也。

【文選音决】洫，火逼反。疆音姜。油音由。粳音庚。稻音道。滮，步尤反。滂，普黄反。沱，大何反。

【五臣注】粳，古衡反。滮，皮尤反。滂，普郎反。銑曰：脉散，言溝洫水分散，猶血脉分散也。疆里，疆埸邑里也。綺錯，如錦綺之雜錯。油油、漠漠，茂盛貌。言水自渠而灌田，故指渠口爲雲門，猶雲來則雨至也。滮池，蓄水池也。言自此而灑田，實爲陸地之潤澤，凡月附於畢星則雨，雖其滂沲，終不可齊此之膏液。

【張鳳翼文選纂注】粳，古衡切。滮，皮尤切。脉散，言溝洫水分散，猶血脉分散也。疆里，疆場邑里也。綺錯，如錦綺之錯雜也。油油、漠漠，茂盛貌。言水自渠而灌田，故指渠口爲雲門，猶雲來則雨至也。滮池，蓄水池也。言自此而灑田，實爲陸地之潤澤，雖月附於畢星而雨滂沱，終不若此膏液之齊也。

【王象乾文選删注】言水自渠出。李冰於湔山下造大堋，以壅江水，分散其流，溉灌平地。故曰「指渠口以爲雲門」。鄭玄周禮注曰：黄帝樂曰雲門，言黄帝之德，如雲之出門也。然此唯取雲門之名，不取樂也。尚書洪範曰：星有好雨。月失道而入畢，則多雨。

【何焯義門讀書記】指渠口以爲雲門。注：鄭康成周禮注曰：黄帝樂曰雲門，言黄帝之德，如雲之出門也。然此惟取雲門之名，不取樂也。按：杜詩「白帝城中雲出門」本此，注與今周禮小异。

【余蕭客文選音義】溎舊音六。莫莫五臣作「漠漠」。沲同沱。注雲之出門何曰：杜詩「白帝城中雲出門」本此，與今周禮小异。

【余蕭客文選紀聞】溎六。廣韵五。

【張雲璈選學膠言】指渠口以爲雲門，灑滮池而爲陸澤。李注引康成周禮注曰：黄帝樂曰雲門，言黄帝之樂，如雲之出門也。然此惟取雲門之名，不取樂也。雲璈按，此用「雲門」，即史記白渠歌「舉插爲雲，决渠爲雨」之意，如詩之斷章，故李氏以爲不取樂也。杜少陵詩「白帝城中雲出門」，亦用此注意，非周禮注之「雲出門」也。

陸澤。劉注引蔡邕曰：凝雨曰陸。雲璈按，廣韵：溎，凝雨澤也。則賦及注中「陸」字，皆當从水作「溎」。今諸本皆誤。而五臣注解爲「陸地之潤澤」，大謬。南都賦之「爲溉爲陸」，「陸」字亦當从水。

【胡克家文選考异】注「扶彪」又注「六」又注「普郎」又注「度羅」。袁本、茶陵本作「滮，扶彪切。陸音六。滂，普忙切。淹，度羅切」十五字，在注末，是也。

【朱珔文選集釋】灑滮池而爲陸澤。劉注引蔡邕曰：凝雨曰陸。案：「陸」或作「淕」。玉篇、廣韻并云：淕，凝雨澤也。但「淕」字，説文所無。「淕」蓋與「陸」通。廣雅釋詁：陸，厚也。王氏疏證引爾雅釋地：高平曰陸。李巡注：土地豐正。謂是厚之義。亦引此賦注。余謂周語：澤，水之鍾也。陸澤者，蓄水以溉田，使饒沃。與漢書東方朔傳所稱「天下陸海之地」正相類。故西都賦言「陸海」，而下文云「郊野之富，號爲近蜀」也。

【梁章鉅文選旁證】粳稻莫莫。五臣「莫莫」作「漠漠」。銑注可證。

灑滮池而爲陸澤。注蔡邕曰：凝雨曰陸。「陸」當作「淕」，見南都賦「爲溉爲陸」下。廣韻一屋：淕，凝雨澤也。可爲證。

注李冰於湔山下造大堋，以壅江水，分散其流，溉灌平地。水經江水注云：江水又歷都安縣，縣有桃關、漢武帝祠，李冰作大堰於此，壅江作堋，堋有左右口，謂之湔堋。益州記曰：江至都安，堰其右，檢其左，其正流遂東，郫江之右也，因山頹水，坐致竹木，以溉諸郡。又穿羊摩江、灌江，西於玉女房下白沙郵作三石人，立水中，刻要江神：水竭不至足，盛不没肩。是以蜀人旱則藉以爲溉，雨則不遏其流。故記曰：水旱從人，不知饑饉，沃野千里，世號陸海，謂之天府也。郵在堰上，俗謂都安大堰。亦曰湔堰，又謂之金堤。左思賦云「西逾金堤」者也。乃宋史志言李冰於離堆都江口置大堰，疏北流爲三。元史志言李冰鑿離堆分江以灌川，蜀民用富饒。是混冰之鑿堆堋江爲一事矣。

【胡紹煐文選箋證】灑滮池而爲陸澤。注劉逵曰：蔡邕曰：凝雨曰陸。按：廣韻「淕，凝雨澤也」，本此。「陸」與「淕」同，本書南都賦「爲溉爲陸」，當即此義。

【徐攀鳳選學糾何】指渠口以爲雲門。何曰：杜詩「白帝城中雲出門，白帝城下雨翻盆」，正如泰山之雲「觸石膚寸，不崇朝而遍雨天下」耳。此解與淵林舊注，原無紕繆。但少陵言「雲出門」，不徑作「雲門」。二字畢竟何出？

【高步瀛文選李注義疏】據劉注，「里」當作「理」。五臣「莫」作「漠」。○考工記匠人曰：九夫爲井，井間廣四尺，深四尺，謂之溝。方十里爲成。成間廣八尺，深八尺，謂之洫。○左傳，見成二年。廣雅釋訓曰：莫莫，茂也。詩葛覃：維葉莫莫。毛傳曰：莫莫，成就之貌。旱麓：莫莫葛藟。毛傳曰：莫莫，施貌。與茂意亦相近。○華陽國志蜀志曰：秦孝王以李冰爲蜀守，冰乃壅江作堋，穿郫江、檢江，別支流，雙過郡下，以行舟船。又溉灌三郡，開稻田，於是蜀沃野千里，號爲陸海。旱則引水浸潤，雨則杜塞水門。故記曰：水旱從人，不知饑饉，時無荒年，天下謂之天府也。又曰：乃自湔堰上分穿羊摩江，灌江，西於玉女房下白沙郵作三石人，立於水中。與江神要：水竭不至足，盛不没肩。水經江水注曰：江水又歷都安縣，李冰作大堰於此，壅江作堋，堋有左右口，謂之湔堋。朱珔曰：湔堰在今灌縣西，即離堆口也。方輿紀要云：灌縣爲蜀漢之都安縣，晉徙都安於灌口。步瀛案：互見下「西逾金堤」下。○詩，見白華。○梁章鉅曰：「陸」當作「淕」，見南都賦「爲溉爲陸」下。廣韵一屋：淕，凝雨澤也。可爲證。朱珔曰：案：「陸」或作「淕」。玉篇、廣韵并云：淕，凝雨澤也。但「淕」字，説文所無。「淕」蓋與「陸」通。廣雅釋詁：陸，厚也。王氏疏證引爾雅釋地：高平曰陸。李巡注：土地豐正。謂是厚之義。亦引此賦注。余謂周語：澤，水之鍾也。陸澤者，蓄水以溉田，使饒沃。與漢書東方朔傳所稱「天下陸海之地」正相類。故西都賦言「陸海」，而下文云「郊野之富，號爲近蜀」也。○書洪範孔疏引鄭玄曰：畢星好雨者。畢，西方金宿，雨東方木氣。金克木爲妻，從妻所好，故好雨也。○後引詩，見漸漸之石。「沲」作「沱」，字同。○周禮鄭注，見春官大司樂。張雲璈曰：此用「雲門」，即史記河渠書、白渠歌「舉插爲雲，決渠爲雨」之意，如詩之斷章，故李氏以爲不取樂也。杜少陵白帝詩「白帝城中雲出門」，亦用此注意，非周禮注之「雲出門」也。○「滮，扶彪切」以下十五字，依袁本、茶陵本增。○博、雒、錯、莫、澤，液，古音魚部。

爾乃邑居隱賑，夾江傍山。棟宇相望，桑梓接連。家有鹽泉之井，戶有橘柚之園。

【彙校】

「爾乃」　「爾」，奎章閣本、明州本、贛州本、四庫本、叢刊本、正德本、陳八郎本、尤刻本、胡刻本、監本同。唐鈔本、九條本作「尒」。當作「爾」。

「邑居隱賑」　「隱」，明州本、贛州本、叢刊本、陳八郎本、尤刻本、胡刻本、監本、九條本同。奎章閣本、正德本作「隱」。四庫本、唐鈔本作「隠」。當作「隱」。「賑」，四庫本同。奎章閣本、叢刊本、正德本、陳八郎本、監本、唐鈔本、九條本作「賑」。明州本、贛州本、尤刻本、胡刻本作「賑」。當作「賑」。

「桑梓接連」「桑」，奎章閣本、明州本、贛州本、四庫本、叢刊本、正德本、陳八郎本、尤刻本、胡刻本、監本同。唐鈔本、九條本作「桒」。當作「桑」。「梓」，奎章閣本、明州本、贛州本、叢刊本、陳八郎本、尤刻本、胡刻本、監本、九條本同。四庫本作「枝」。正德本、唐鈔本作「梓」。當作「梓」。

「鹽泉之井」「鹽」，明州本、贛州本、四庫本、叢刊本、陳八郎本、尤刻本、胡刻本、監本、唐鈔本同。奎章閣本、正德本、九條本作「塩」。當作「鹽」。

「户有」「户」，奎章閣本、四庫本、正德本、陳八郎本、尤刻本、胡刻本、唐鈔本、九條本同。明州本、贛州本、叢刊本、監本作「戸」。當作「户」。

「橘柚之園」「園」，奎章閣本同。贛州本、四庫本、叢刊本、正德本、陳八郎本、胡刻本、唐鈔本、九條本作「園」。明州本、尤刻本、監本作「園」。當作「園」。

【彙注】

【李善注】賑，之忍切。劉曰：隱，盛也。賑，富也。梓，木名，可以爲琴瑟。蜀都臨邛縣、江陽漢安縣皆有鹽井。巴西充國縣有鹽井數十。大曰柚，小曰橘。犍爲南安縣出黄甘橘。地理志曰：蜀都嚴道、巴郡朐忍、魚複二縣出橘，有橘官。善曰：楊雄蜀都賦曰：夾江緣山。又曰：西有鹽泉鐵冶，橘林銅陵。

【文選音決】賑，之忍反。夾，音協，諸詮音古洽反。傍，皮浪反。山，協韵，所連反，楚俗言也。櫾，以溜反。或爲柚，同。

【五臣注】賑，之忍反。良曰：隱賑，富盛貌。鹽泉，鹽井也。橘、柚，果樹名。

【陸善經注】詩云：惟桑与梓。

【張鳳翼文選纂注】賑，之忍切。隱賑，殷實也。鹽井，井水可煮鹽者。大曰橘，小曰柚。

【王象乾文選删注】隱，盛也。賑，富也。

【余蕭客文選音義】園叶延。

【胡克家文選考异】注「蜀都臨邛縣」。案：「都」當作「郡」，各本皆訛。下「蜀都嚴道」同。

【朱珔文選集釋】家有鹽泉之井。劉注云：蜀郡臨邛縣、江陽漢安縣皆有鹽井。巴西充國縣有鹽井數十。案：「臨邛」已見前「火井」下。華陽國志云：漢地節中，穿臨邛、蒲江鹽井二十所，增置鹽鐵官。洪氏圖志云：古井今已湮，故行鹽自嘉定犍爲縣來也。後漢於漢江陽縣地置漢安縣，屬犍爲郡。晋改屬江陽郡，今爲瀘州之江安縣。洪云：鹽井在縣東北。晋書地理志：巴西郡有南充國、西充國。本皆漢充國縣地。充國故城在今保寧府南部、縣西北，而順慶府又有南充、西充二縣。洪志引圖經云：鹽井，今南充縣有中井六眼，中下井六眼，下井三眼。西充縣有上井十眼，中井八眼，下井八眼。其外凡蜀境及入雲南界者，所在多有鹽井，未可備舉。此賦語爲不虚也。

【梁章鉅文選旁證】注蜀都臨邛縣。又蜀都嚴道。「都」并作「郡」。各本皆誤。

【高步瀛文選李注義疏】桑梓，已見南都賦。詩定之方中曰：椅桐梓漆，爰伐琴瑟。○「蜀郡」本注此節兩見，皆誤「都」。今依胡氏校改。○華陽國志蜀志曰：蜀郡，漢孝宣帝地節三年，穿臨邛、蒲江鹽井二十所，增置鹽鐵官。又曰：江陽郡漢安縣，有鹽井。巴志曰：巴西郡南充國縣，有鹽井。晋書地理志益州巴西郡有南充國縣、西充國縣。清統志曰：四川瀘州，漢安故城在江安縣東。保寧府，晋安廢縣在南部縣西北，晋置西充國縣。○漢書地理志蜀郡嚴道下，原注曰：有木官。王念孫據此注引謂當作

「橘官」，寫者脱其右半耳。步瀛案：洪邁容齋續筆卷一、姚天麟西漢會要卷三十三、玉海卷一百二十六引，皆作「木官」。蓋南宋時漢書各本已作「木」。周壽昌漢書注校補據以駁王校，恐未是。清統志曰：四川雅州府嚴道故城，在滎經縣東北。○蜀都賦，藝文類聚居處部一及古文苑并同。御覽果部三引「西有」作「於西則」三字。○山、連、園，古音元部。

其園則有林檎枇杷，橙柿梬楟。樜桃函列，梅李羅生。

【彙校】

「其園則有」「園」，奎章閣本、贛州本、四庫本、叢刊本、正德本、陳八郎本、唐鈔本、九條本作「囷」。明州本、尤刻本、胡刻本、監本作「園」。當作「園」。

「橙柿梬楟」「柿」，唐鈔本、九條本同。奎章閣本、明州本、贛州本、四庫本、正德本、監本作「柹」。叢刊本、陳八郎本、尤刻本、胡刻本作「柹」。當作「柿」。「楟」，四庫本同。奎章閣本、明州本、贛州本、叢刊本、正德本、陳八郎本、尤刻本、胡刻本、監本、唐鈔本、九條本作「楟」。當作「楟」。

「榹桃函列」 「桃」，奎章閣本、明州本、贛州本、四庫本、叢刊本、正德本、陳八郎本、尤刻本、胡刻本、監本同。唐鈔本、九條本作「杝」。當作「桃」。「函」，奎章閣本、明州本、贛州本、四庫本、叢刊本、正德本、陳八郎本、尤刻本、胡刻本、監本、唐鈔本同。九條本作「凾」。當作「函」。

【彙注】

【李善注】梬音郢。楟音亭。榹，心移切。函音含。劉曰：皆果名也。林檎，實似赤奈而小，味如梨。枇杷，冬華黄實，本出蜀。蜀有給客橙，冬夏華實相繼。張揖曰：楟，山梨。善曰：爾雅曰：榹桃，山桃也。

【文選鈔】梬，柔棗也。楟，山梨，一曰梌屬也。郭璞曰：實如桃而小，不解核也。

【文選音決】檎音禽。橙，直耕反。柹音士。梬，以井反。楟音亭。榹音斯。函音含。

【五臣注】梬音郢。楟音亭。榹音斯。函音含。良曰：皆果木名。函，懷。列，行。羅，布也。叢生於此中。

【張鳳翼文選纂注】梬音郢。楟音亭。榹音斯。皆果名也。林檎，實似赤柰而小，味如梨。枇杷，冬華黄實，本出蜀。蜀有給客橙，冬夏華實相繼。楟，山梨也。榹桃，山桃也。函，含也。列，陳也。羅，布也。

【王象乾文選删注】梬音郢。楟音亭。蜀有給客橙，冬夏華實相繼。楟，山梨。榹桃，山桃。

【余蕭客文選音義】林檎琴。學圃餘疏：花紅，即古林檎。楟榹舊音亭斯。

【余蕭客文選紀聞】進士周逖改千字文，更撰天寶應道千字文，將請頒行天下。先呈宰執，右相陳公迎問之曰：有添換乎？逖曰：翻破舊文，一無添換。又問：翻破盡乎？對曰：盡。右相曰：「枇杷」二字，如何翻破？逖曰：惟此二字依舊。右相曰：若此，還是未盡。逖不能對而退（封演聞見記六）。枇杷，一接核小如丁香（孔平仲談苑一）。建業間，園丁種梨曰蜜父，種枇杷曰蠟兒（張端義貴耳集中）。枇杷無核者名俶子（吴自牧夢粱録十八、陳秀文東坡詩話録上）。楟（徐音亭。史記集解百十七）。榹斯（釋文三十）。

【胡克家文選考异】注「亭」。袁本作「楟音亭」三字，在注中「善曰」下，是也。茶陵本與此同，非。

【朱珔文選集釋】楟。劉注引張揖曰：楟，山梨。案：張語見後上林賦注。彼處「楟」作「亭」，與漢書同史記作「楟」。索隱引司馬彪注云：上黨謂之楟。而此賦及之，則亦生蜀中矣。廣雅：楟，梨也。王氏疏證謂楟，一名檖。詩晨風：隰有樹檖。毛傳釋以爾雅云：檖，赤羅也。陸疏云：一名山梨，但小耳，一名鹿梨，一名鼠梨，極有脆美者。余謂，「檖」，説文作「樣」。段氏所釋與邵氏、郝氏釋爾雅皆不云「楟」，豈以爲别一種與？又孝子傳：尹伯奇采楟花以爲食。注云：楟花即棠梨花。則亦有别。

【高步瀛文選李注義疏】藝文類聚果部下引廣志曰：林檎似赤柰，子亦名黑檎。又曰：一名來禽，言味甘熟則來禽也。本草綱目卷三十引馬志開寶本草曰：林檎树似柰，二月開粉紅花，子亦如柰，而差圓。六月、七月熟。李時珍曰：林檎，即柰之小而圓者，其味酢者，即楸子也。其類有金林檎、紅林檎、水林檎、密林檎，皆以色味立名。黑者色似紫柰，有冬月再實者。○御覽果部八引廣志曰：枇杷，冬華春實，大者如鷄子，小者如杏，味甜酢。四月熟，出犍爲。證類本草卷二十三引蜀本圖經曰：枇杷樹高丈餘，葉大如驢耳，背有黄，毛子救生，如小李，黄色，味甘酸，核大如小栗，皮肉薄。冬花春實。四月、五月熟，凌冬不凋。○御覽果部三引魏王花木志曰：蜀土有給客橙，似橘而非，若柚而香，冬夏華實相繼。或如彈丸，或如拳，通歲食之，亦名盧橘。果部四引博物志略同。又引廣志曰：有給客橙，自夏至冬，且花且實。李時珍本草綱目卷三十「金橘」下列「盧橘」，及「給客橙」之名，則即今之金橘也。○「柿」「樗」已見南都賦。○張揖説，本書上林賦注引同。惟「楟」作「亭」。漢書司馬相如傳注引同。史記相如傳作「楟」。集解引徐廣曰：楟音亭，山梨也。廣雅釋木曰：楟，梨也。字亦作「楟」。初學記果木部引廣志曰：上黨楟梨，小而甘。史記索隱引司馬彪曰：上黨謂之楟㮈。齊都賦云：楟㮈熟也。上「㮈」字疑涉下引齊都賦而衍。是「楟」上黨亦有之也。詩晨風：隰有樹檖。陸璣疏曰：一名山梨，實如梨，但小耳，一名鹿梨，一名鼠梨，極有脆美者。疑亦楟之類也。爾雅釋木曰：杜，甘棠。郭注曰：今之杜梨。郝懿行謂「楟」即「棠梨」。「楟」「棠」一聲之轉。然本草綱目卷三十，鹿梨、棠梨并出。其説鹿梨云大如杏，説棠梨云實如小楝子，則形狀亦不同，實非一物。郝説非也。○「楟音亭」三字，依袁本增。○爾雅，見釋木。郭注曰：實如桃而小，不解核。郝懿行曰：北山經云：邊春之山，多桃李。郭注：山桃，榹桃，子小，不解核也。夏小正：正月，梅、杏、杝、桃則華。杝桃，山桃也。又六月煮桃。桃也者，杝桃也。杝桃也者，山桃也。煮以爲豆實也。「杝」與「榹」古音同。御覽引裴淵廣州記云：山桃大如檳榔，形亦似之，色黑而味甘酢。李時珍云：榹桃小而多毛，核黏味恶，其仁充满多脂，而入藥用。步瀛案：御覽見果部四。李時珍説，見本草綱目卷二十九。○説文曰：某，酸果也。案：經傳皆以「梅」爲之，已見西京賦「枏」下。

百果甲宅，异色同榮。朱櫻春就，素柰夏成。

【彙校】

「异色同榮」「异」，明州本、贑州本、叢刊本、陳八郎本、尤刻本、胡刻本、九條本作「異」。奎章閣本、四庫本、正德本、監本、唐鈔本作「異」。當作「异」。

「朱櫻春就」「就」，奎章閣本、明州本、正德本、陳八郎本、唐鈔本同。贑州本、四庫本、叢刊本、尤刻本、胡刻本、監本、九條本作「熟」。唐鈔本作「就」。當作「就」。

■立群案：胡紹煐文選箋證：朱櫻春熟。五臣本「熟」作「就」。按：劉及善本亦當作「就」。後人多見「熟」少見「就」，又以注中引漢書「櫻桃熟」字，故改「就」爲「熟」。初學記果部事對出「春就」，注引此作「朱櫻春就」。御覽九百六十九引同。胡氏説是，當作「就」也。

【彙注】

【李善注】宅音坼。善曰：周易曰：百果草木皆甲坼。鄭玄曰：木實曰果。皆讀如人倦之解，解謂坼呼，皮曰甲，根曰宅。宅，居也。呼，火亞切。漢書叔孫通曰：古有春嘗果，今櫻桃熟可嘗也。素柰，白柰也。王逸荔枝賦曰：酒泉白柰。

【文選鈔】言皆是某甲室宅之中有也。一曰甲坼也。

【文選音決】宅如字。或爲丑格反，非。櫻，於耕反。

【五臣注】宅音坼。良曰：甲坼，花開也。言同發榮，异其光色也。櫻、柰，皆果木名。就，成也。

【陸善經注】朱櫻，今呼爲櫻桃。江東猶名朱櫻也。

【張鳳翼文選纂注】宅，即坼也。易曰：百果草木皆甲坼。雖异色而同時發榮，但其成熟有春夏之殊耳。

【王象乾文選删注】宅音坼。皮曰甲，根曰宅。叔孫通曰：古有春嘗果，令櫻桃熟可嘗也。

【陳景雲文選舉正】朱櫻春熟。注「令櫻桃熟」。「令」當作「今」。

【余蕭客文選音義】宅舊音坼。甲良曰：甲坼，花開也。熟五臣作「就」。

【余蕭客文選紀聞】廣志：柰有白、青、赤三種齊民要術四。

【張雲璈選學膠言】百果甲宅，异色同榮。李注引易曰：百果草木皆甲坼。康成云：木實曰果。皆讀如人倦之解，解謂坼呼，皮曰甲，根曰宅。雲璈按，釋文、馬、陸亦「坼」作「宅」。惠定宇九經古義云：古文「宅」字作「垞」，與「坼」相近，故誤作「坼」。馬、鄭皆從古文，非改「坼」爲「宅」也。王氏經義述聞云：「宅」爲「乇」之假借。説文：乇，艸葉。從垂穗上貫，下有根，象形字。「乇」「宅」「坼」，古并同聲。胡中丞校本云：注中後「皆」字複。「之解」當作「解之」案，説文作「上貫一」，此脱「一」字。選注「皆」字不複。

【胡克家文選考异】注「百果草木皆甲坼」。袁本「坼」作「宅」。茶陵本亦作「坼」。案：作「宅」最是。善讀「宅」如字。觀下注所引「根曰宅。宅，居也」可知。五臣乃音「宅」爲「坼」，今竄「坼」音入正文下，又改此注「宅」爲「拆」以就之，俱大誤也。

注「皆讀如人倦之解解」。案：「之解」當作「解之」。各本皆倒。「皆」字複舉下以七字爲一句也。

注「令櫻桃熟」。陳云「令」當作「今」。各本皆訛。

【許巽行文選筆記】甲宅。「宅」下注拆字。注中改周易「甲宅」爲「甲拆」，亦妄人爲之也。釋文云：拆，馬、陸作宅，云根也。今不考釋文，不詳閲李引鄭康成注，見今易作「甲拆」即便改之，謬矣。嘉德案，袁刻宋本注作「宅」，不誤。茶陵本亦誤「拆」。五臣音「宅」爲「拆」，并改注中「宅」爲「拆」，大謬。

【朱珔文選集釋】百果甲宅。注引易：百果草木皆甲拆。鄭注：解謂拆呼，皮曰甲，根曰宅。宅，居也。案：釋文：「拆」，馬、陸作「宅」。與鄭合。惠氏棟曰：「拆」，古文「宅」壞字。蓋説文：「宅」古文作「𡧆」。去其上「宀」，遂至訛。而王弼注：孚甲開拆。已據誤本。太冲賦尚不誤也。「呼」即「嘑」字，「嘑」與「罅」通用。故注音火亞切。

【梁章鉅文選旁證】百果甲宅。又朱櫻春熟。五臣「宅」作「拆」，「熟」作「就」。良注可證。

注周易曰：百果草木皆甲拆。六臣本「拆」作「宅」，是也。易「甲拆」，馬融、陸績本皆作「甲宅」。此注下文引「根曰宅。宅，居也」云云。可知上引易正文亦當作「宅」，與此賦正文正合。

注皆讀如人倦之解解。胡公考异曰：「之解」當作「解之」。

注令櫻桃熟可嘗也。陳曰：「令」當作「今」，是也。按叔孫通傳云：方今櫻桃熟可獻。非「嘗」字。各本皆誤。

【薛傳均文選古字通疏證】百果甲宅。注善曰：周易曰：百果草木皆甲宅。鄭元曰：皆讀如人倦解之，解謂拆呼，根曰宅。傳均案，謝靈運於南山往北山經湖中瞻眺詩：解作竟何感。注引周易曰：雷雨作，而百果草木皆甲坼。與今本合。蓋「宅」正字，「坼」俗字也。本賦下文：樼栗罅發。劉淵林注：罅發，栗皮坼罅而發也。鄭氏所云「拆呼」與劉氏所云「坼罅」正同。説文：罅，裂也。是正字。呼，外息也。别一義。特以「罅」字「虖」聲，「虖」與「呼」皆「乎」聲，故假「呼」爲「罅」耳。

【胡紹煐文選箋證】百果甲宅。注善曰：周易曰：百果草木皆甲坼。鄭玄曰：皆讀如人倦解之解，解謂拆呼，皮曰甲，根曰宅。按：注文當作「甲宅」，與正文及鄭注相應，此後人以今周易改之作「宅」。馬融、陸績皆同。

朱櫻春熟。五臣本「熟」作「就」。按：劉及善本亦當作「就」。後人多見「熟」少見「就」，又以注中引漢書「櫻桃熟」字，故改「就」爲「熟」。初學記果部事對出「春就」，注引此作「朱櫻春就」。御覽九百六十九引同。

【高步瀛文選李注義疏】五臣「宅」作「坼」。尤本「就」作「熟」。此依五臣。胡紹煐曰：按：劉及善本亦當作「就」。後人多見「熟」少見「就」，又以注中引漢書「櫻桃熟」字，故改「就」爲「熟」。初學記果部事對出「春就」，注引此作「朱櫻春就」。御覽九百六十九引同。○周易，見解彖傳。王弼注本作「甲坼」。本注尤本同。胡克家曰：袁本作「宅」，茶陵本亦作「坼」。案：作「宅」最是。善讀「宅」如字。觀下注所引「根曰宅。宅，居也」可知。五臣乃音「宅」爲「坼」。今竄「坼」音入正文，下又改此注「宅」爲「坼」以就之，俱大誤也。胡紹煐曰：注文當作「甲宅」，與正文及鄭注相應，此後人以今周易改之作「坼」。馬融、陸績皆作「宅」。步瀛案：馬、陸皆作「宅」，見釋文。且皆注曰：宅，根也。是與鄭同。但鄭注「讀如」疑當作「讀爲」。「讀如」者但明其音，「讀爲」者兼易其義。而「讀爲」者，有時傳寫誤作「讀如」。如周禮天官大宰鄭注：斿「讀如囿游之游」，賈疏作「讀爲」。儀禮士冠禮注缺「讀如有頍者弁之頍」，段玉裁漢讀考改作「讀爲」，皆是也。此注亦當作「皆讀爲人倦解之解」，且釋「解」字之義爲「坼呼」，即「坼罅」也。「皆」「解」音近，故破「皆」爲「解」。或以人倦解之「解」爲釋卦名之「解」字，誤矣。鄭注明言「皆」，李注亦未引解卦字。若謂爲「解」字作注，則此注將安屬也？解甲宅者，謂上則皮甲破裂，下則根宅分開，猶言「坼罅」其皮與根也。釋文不言馬、陸破「皆」字，則如字讀，而「甲宅」二字亦指「坼甲生根」言之。如「華實」二字，有時亦指爲「開華結實」也。王弼本作「甲坼」，孔疏釋爲孚甲開坼，則舉皮而遺根，於義偏矣。張澍百果草木皆甲坼解不知此義，反抑馬、鄭而申王、孔，疏矣。王引之經義述聞謂「宅」乃「乇」之假借。説文：乇，草葉也。從垂穗上貫，一下有根，象形字。「乇」「宅」「坼」古并同聲，以惠説爲非。案：王氏説是也。張澍謂「宅」與「擇」音同。「坼」亦與「宅」音同。故借用。牽入「擇」字，又何所取。杜宗玉謂「宅」从「乇」聲。「乇」音近「度」，「度」義訓擇，「坼」「擇」音轉，故今易作「坼」，更牽連無謂矣。又胡克家謂「之解」二字當作「解之」，各本皆倒，亦非。王應麟、丁晏輯周易鄭注皆不乙轉。蓋以下「解」字下屬爲句。袁鈞輯鄭氏易注於倦下增「解」字，殆是也。又惠棟、袁鈞及李富孫李氏集解賸義皆改「呼」爲「罅」。困學紀聞卷一引及王丁輯易注皆不改。薛傳均曰：本賦下文「樼栗罅發」，劉注：罅發，栗皮坼罅而發。鄭所云「坼呼」與劉氏所云「坼罅」正同。説文：罅，裂也。是正字。呼，外息也。别一義。特以「罅」字「虖」聲，「虖」與「罅」皆「乎」聲，故假「呼」爲「罅」耳。

○漢書，見叔孫通傳。本賦注，各本「今」誤作「令」，依陳氏校改。又「可獻」誤作「可嘗」，依梁氏校改。

○説文曰：柰，果也。初學記果木部、御覽果部七并引廣志曰：柰有青、白、赤三種，張掖有白柰，酒泉有赤柰，西方例多柰。家以爲脯，數十百斛，以爲蓄積，如收藏棗栗。御覽柰作「棕」，俗字。○王逸荔枝賦，本書閑居賦注引「房陵縹李」連文。○楟、生、榮、成，古音耕部。

若乃大火流，凉風厲。白露凝，微霜結。

【彙校】

「若乃」　奎章閣本、明州本、贛州本、四庫本、叢刊本、正德本、陳八郎本、尤刻本、胡刻本、唐鈔本、九條本同。監本模糊不清。當作「若乃」。

「大火流」　「大火」，奎章閣本、明州本、贛州本、四庫本、叢刊本、正德本、陳八郎本、尤刻本、胡刻本、唐鈔本、九條本同。監本模糊不清。當作「大火」。「流」，明州本、贛州本、四庫本、叢刊本、陳八郎本、尤刻本、胡刻本、監本、唐鈔本、九條本同。奎章閣本、正德本作「流」。當作「流」。

「凉風厲」　「凉」，陳八郎本、尤刻本、九條本同。奎章閣本、明州本、贛州本、四庫本、叢刊本、正德本、胡刻本、唐鈔本作「涼」。監本作「流」。當作「涼」。

■立群案：前句作「大火流」，此處不當複「流」字。禮記月令：涼風至，白露降，寒蟬鳴。或爲賦語所本。諸本多作「涼」，是也。監本獨作「流」，恐涉上「大火流」而誤也。

「微霜結」「微」，明州本、贛州本、四庫本、叢刊本、陳八郎本、尤刻本、胡刻本、監本、九條本同。奎章閣本、正德本、唐鈔本作「微」。當作「微」。「結」，奎章閣本同。明州本、贛州本、四庫本、叢刊本、正德本、陳八郎本、尤刻本、胡刻本、監本、唐鈔本、九條本作「結」。當作「結」。

【彙注】

【李善注】厲音列。劉曰：詩曰：七月流火。禮記月令：孟秋，涼風至。善曰：毛萇詩傳曰：火，大火也。流，下也。毛詩曰：白露爲霜。楚辭曰：微霜結兮眇眇。

【文選鈔】厲，至也。毛詩曰：白露爲霜。

【文選音決】厲，協韵，音列。

【五臣注】厲音列。翰曰：大火，心星也。流行於西，正秋時也。言此時風氣高厲，霜露凝結也。

【陸善經注】禮月令：孟秋，白露降。凝謂結爲霜也。

【張鳳翼文選纂注】大火，心星也。流行於西，正秋時也。言此時風氣高厲，霜露凝結也。

【王象乾文選删注】厲音列。楚辭曰：微霜結兮眇眇。

【余蕭客文選音義】厲舊音列。

【余蕭客文選紀聞】厲力蘖。韵補五。

【高步瀛文選李注義疏】毛傳，見七月。陳奂疏曰：火，東方心星。亦曰大火。四月篇：六月徂暑。傳云：六月火星中，暑盛而往矣。本月令及昭三年左傳文爲説。考堯典「日永星火，以正仲夏」，夏小正「五月初昏，大火中」，與詩、月令、左傳皆不合。蓋大火在唐、虞、夏以五月昏中，六月西流。周以六月昏中，七月西流。其候逐歲漸差。詩雖作於周初，然公劉在夏末，或已七月西流也。步瀛案：以歲差言之，太冲作賦於西晉時，大火西流，當在仲秋以後。此賦涼風下加「厲」字，又云露零霜結，按之時序，亦正相合。○李注引毛詩，見蒹葭。○楚辭，見九懷蓄英。今本無「結」字。本注「結」字疑因正文而衍。以今蓄英一篇，句皆五字也。然本書西征賦注引蓄英「望溪谷兮滃鬱」句亦六字，較今本多一「谷」字，豈李所據本不同邪？

紫梨津潤，榛栗罅發。蒲桃亂潰，若榴競裂。甘至自零，芬芳酷烈。

【彙校】

「紫梨津潤」「梨」，唐鈔本、九條本同。奎章閣本、明州本、贛州本、四庫本、叢刊本、正德本、陳八郎本、尤刻本、胡刻本、監本作「棃」。當作「梨」。

「槂栗鏬發」　「罅」，奎章閣本、四庫本、正德本同。明州本、贛州本、叢刊本、尤刻本、胡刻本、監本、唐鈔本、九條本作「鏬」。陳八郎本作「鏬」。當作「罅」。

■ **立群案**：爾雅釋蟲：螽，醜鏬。阮元校勘記：唐石經作「罅」。似「鏬」「罅」古通。然康熙字典載：左思蜀都賦：槂栗鏬發。注謂栗皮拆鏬而發也。按，即「罅」字之訛。故知當作「罅」也。

「蒲桃亂潰」　「蒲桃」，奎章閣本、明州本、贛州本、四庫本、叢刊本、正德本、陳八郎本同。尤刻本、胡刻本、監本、九條本作「蒲陶」。唐鈔本作「蒱陶」。今從「蒲桃」。

■ **立群案**：梁章鉅文選旁證：蒲陶亂潰，若榴競裂。五臣「陶」作「桃」。良注可證。朱氏珔曰：蒲萄之「萄」或作「陶」，或作「桃」，并同聲通用。説文：萄，本訓草也。而今以爲「蒲萄」字。一切經音義引通俗文：西域出蒲萄，餘多作「陶」者。如史記大宛傳、漢書西域傳，本書則此處及魏都、上林等賦皆然，不必從五臣本也。朱氏説是。康熙字典：韵會：「蒱」通「蒲」。今從「蒲桃」。

「若榴競裂」　「若」，尤刻本、胡刻本、監本、唐鈔本、九條本同。奎章閣本、明州本、贛州本、四庫本、叢刊本、正德本、陳八郎本作「石」。今從「若」。「榴」，奎章閣本、明州本、贛州本、四庫本、叢刊本、正德本、陳八郎本、尤刻本、胡刻本、唐鈔本同。監本作「留」。九條本作「橊」。當作「榴」。「競」，明州本、贛州本、四庫本、叢刊本、正德本、陳八郎本、尤刻本、胡刻本、監本同。奎章閣本、唐鈔本、九條本作「竸」。當作「競」。

■ **立群案**：石榴，古籍或作「若榴」，或作「若留」。張衡南都賦：椁棗若榴，穰橙鄧橘。或爲賦語所本，今從「若榴」。

【彙注】

【李善注】樼，側鄰切。鏬，呼亞切。潰，胡對切。酷，苦毒切。劉曰：詩云：樹之榛栗。傳曰：榛栗棗脩。鏬發，栗皮坼鏬而發也。甘至，言熟也。善曰：西京雜記曰：上林有紫梨。郭璞上林賦注曰：蒲陶似燕薁，可作酒。馬融西第頌曰：紫房潰漏。又曰：胡桃自零。若榴，已見兩都賦。上林賦曰：酷烈淑郁。榛與樼同。

【文選鈔】埤蒼曰：若榴，柰屬也。甘至自零，言甜熟自落也。

【文選音決】榛，側巾反。或爲樼，士板反，通。鏬，火嫁反。

【五臣注】樼音臻。鏬，火亞反。潰，胡對反。酷，苦毒反。良曰：紫梨、樼栗、蒲桃、石榴，皆果木名。津潤，梨中含水也。鏬發，栗皮開拆也。亂潰，蒲桃耎也。競裂，石榴競開也。甘至自零，言熟皆自落。酷烈，香氣也。

【陸善經注】榛，似栗而小也。

【張鳳翼文選纂注】樼音臻。鏬，火亞切。紫梨、樼栗、蒲桃、石榴，皆果木名。津潤，梨中含水也。鏬發，栗皮開拆也。亂潰，蒲桃耎也。競裂，石榴競開也。甘至自零，言熟皆自落。酷烈，香氣也。

【王象乾文選删注】樼音臻。鏬，火亞切。鏬發，栗皮開拆也。亂潰，耎也。馬融西第頌曰：紫房潰漏。又曰：胡桃自零。

【陳景雲文選舉正】紫梨津潤。注「郭璞曰」。「曰」字衍。又「若榴，已見兩都賦」，「兩」當作「南」。

【余蕭客文選音義】樼善注樼。與榛通。發字典：發，叶廢，入聲。芬芬六臣作「芬芳」。

【余蕭客文選紀聞】㯓榛。集韵二。

【孫志祖文選李注補正】紫梨津潤。○補曰：丹鉛録云：注不言其狀。按蜀有梨樹，花以秋日，其花紅色。唐李遵有進紫梨表，元王秋澗有秋日咏紅梨花詞可證。

【胡克家文選考异】芬芬酷烈。袁本、茶陵本下「芬」字作「芳」字，是也。案：此尤本訛字。

注「郭璞□上林賦注曰」。袁本、茶陵本空格有「曰」字，此初亦衍，後修去。

注「若榴已見兩都賦」。陳云「兩」當作「南」，是也。袁本亦訛「兩」，茶陵本複出，非。

注「榛與㯓同」。袁本、茶陵本此下有「側鄰切。鎛，呼亞切」七字，是也。

【許巽行文選筆記】芬芬。下「芬」字，六臣本作「芳」。嘉德案：茶、袁本并作「芬芳」，是也。胡云：尤本訛「芬芬」。

【朱珔文選集釋】㯓栗鎛發。注引詩之「榛栗」云：榛與㯓同。案：説文：榛，菆也。廣雅：木藂生曰榛。菆與藂同。説文又云：亲實如小栗，从木辛聲。是「亲」「榛」本别，今多以「榛」爲「亲」，而「亲」字廢矣。字亦作「㯓」者，乃聲之轉。楊雄蜀都賦「杜㯓栗標」，蓋此賦之所本也。

【梁章鉅文選旁證】蒲陶亂潰，若榴競裂。五臣「陶」作「桃」，「若」作「石」。良注可證。朱氏珔曰：蒲萄之「萄」或作「陶」，或作「桃」，并同聲通用。説文「萄」本訓草也。而今以爲「蒲萄」字。一切經音義引通俗文：西域出蒲萄，餘多作「陶」者。如史記大宛傳、漢書西域傳，本書則此處及魏都、上林等賦皆然，不必從五臣本也。

芬芬酷烈。六臣本下「芬」字作「芳」，是也。

【胡紹煐文選箋證】芬芬酷烈。旁證云：六臣本下「芬」字作「芳」，是也。

【高步瀛文選李注義疏】五臣「陶」作「桃」。旁證引朱珔曰：蒲萄之「萄」，或作「桃」，并同聲通用。說文「萄」本訓草也。而今以爲「蒲萄」字。一切經音義九引通俗文：西域出蒲萄，餘多作「陶」者。如史記大宛傳、漢書西域傳，本書則此處及魏都、上林等賦皆然，不必從五臣本也。又五臣「若榴」作「石榴」，尤本「芬芳」作「芬芬」，誤。今依袁本、茶陵本。○孫志祖曰：紫梨津潤。丹鉛録云：注不言其狀。按蜀有梨樹，花以秋日，其花紅色。唐李遵有進紫梨表，元王秋澗有秋日咏紅梨花詞可證。步瀛案：紅花梨與紫梨不得并爲一物。凡果言某色者，多指果，不指花。升菴說非也。洞冥記曰：塗山之北，有梨，大如升，色紫。其說雖荒誕，而梨有紫色者，則確然可證。本草綱目卷三十，李時珍曰：梨树高二三丈，尖葉光膩，有細齒，二月開白花，如雪，六出。上已無風則結實必佳。梨有青黄紅紫四色云云，亦據實之色爲言。注引西京雜記：紫梨。又御覽果部六引孫楚秋賦曰：紫梨甜脆。又引王廙洛都賦曰：梨則大谷冬紫。謝玄暉有謝隋王賜紫梨啓。與本賦「紫梨」皆當指紫色之梨，不關其花。歐陽永叔有千葉紅梨花詩，又不關其實也。○詩，見定之方中。傳，見左氏莊二十四年。說文木部曰：亲實如小栗，榛木也。一曰叢木也。朱珔曰：「亲」「榛」本別，今多以「榛」爲「亲」，而「亲」字廢矣。字亦作「樼」者，乃聲之轉。楊雄蜀都賦「杜樼栗榛」，蓋此賦之所本也。吕錦文曰：韵會「榛」或作「榟」，又作「樼」，則「樼」乃「榛」之或體。其正字當作「亲」。○袁本、茶陵本「郭璞」下有「曰」字，尤本刓去作空格，皆非。○證類本草卷二十二曰：葡萄生隴西、五原、燉煌山谷。引蜀本圖經曰：蔓生苗葉，似蘡薁而大，子有紫白二色。又有似馬乳者，又有圓者，皆以其形爲名。又有無核者。七月八月熟，子釀爲酒及漿，別有法。謹按：蘡薁是山葡萄，亦堪爲酒。步瀛案：詩七月毛傳曰：薁，蘡薁也。廣雅釋草曰：燕薁，蘡舌也。案：即蘡薁也。齊民要術卷十引詩義疏曰：蘡薁，大如龍眼，黑色。今車鞅藤實是，不言名山葡萄。山葡萄蓋後起之名耳。○馬融西第頌，本書閑居賦注亦引之。「西」誤作「高」，當依此改。○南都賦，尤本「南」誤作「兩」。胡克家曰：陳云「兩」當作「南」，是也。袁本亦訛「兩」，茶陵本複出，非。○本書上林賦：酷烈淑郁。郭璞注曰：香氣盛也。○「側鄰切」以下七字，依袁本、茶陵本增。○厲、發、裂、列，古音祭部。結，脂部。通轉爲韵。

其圃則有蒟蒻茱萸，瓜疇芋區。甘蔗辛薑，陽蓝陰敷。

【彙校】

「其圃則有」　「圃」，奎章閣本、明州本、贛州本、四庫本、叢刊本、正德本、陳八郎本、唐鈔本、九條本同。尤刻本、監本作「園」。胡刻本作「園」。當作「圃」。「有」，奎章閣本、明州本、贛州本、四庫本、叢刊本、正德本、陳八郎本、尤刻本、胡刻本、唐鈔本、九條本同。監本無「有」字。今從「有」。

立群案：孫志祖文選考异：其園則有蒟蒻茱萸。「園」，當從五臣作「圃」，以上文已賦「園」

也。「園」則賦果，「圃」則賦蔬。胡克家文選考异：其園則有蒟蒻茱萸。袁本云善作「園」。茶陵本云五臣作「圃」。案：各本皆非也，「園」但傳寫訛耳。梁章鉅文選旁證：其園則有蒟蒻茱萸。六臣本「園」作「圃」。按上已有「其園」，此「園」當是傳寫之誤。孫氏志祖曰：園則賦果，圃則賦蔬。孫氏、胡氏、梁氏説是，當作「圃」也。

有無「有」字，皆不影響賦意。今諸本多有「有」字，從之。

「蒟蒻茱萸」「萸」，奎章閣本、明州本、贛州本、四庫本、叢刊本、正德本、陳八郎本、尤刻本、胡刻本、監本、唐鈔本、九條本作「茰」。當作「萸」。

「瓜疇芋區」「瓜」，奎章閣本、明州本、贛州本、四庫本、叢刊本、正德本、陳八郎本、尤刻本、胡刻本、監本、唐鈔本、九條本作「瓜」。當作「瓜」。「疇」，奎章閣本、明州本、贛州本、叢刊本、陳八郎本、尤刻本、胡刻本、監本同。四庫本、正德本、唐鈔本、九條本作「疇」。當作「疇」。

「甘蔗辛薑」「蔗」，奎章閣本、明州本、贛州本、四庫本、叢刊本、正德本、尤刻本、胡刻本同。陳八郎本、唐鈔本、九條本作「蔗」。監本作「柘」。今從「蔗」。「辛」，奎章閣本、明州本、贛州本、四庫本、叢刊本、陳八郎本、尤刻本、胡刻本、監本、九條本同。正德本、唐鈔本作「辛」。當作「辛」。

■**立群案**：阮元經籍籑詁：一切經音義九引通俗文：荆州出甘蔗，或作甘柘，一物也。是「甘蔗」「甘柘」通。今多作「甘蔗」也。

「陽蓲陰敷」「陽」，奎章閣本、明州本、贛州本、叢刊本、陳八郎本作「陽」。四庫本、正德本、尤刻本、胡刻本、監本、唐鈔本、九條本作「陽」。當作「陽」。「蓲」，奎章閣本、明州本、贛州本、四庫本、叢刊本、正德本、尤刻本、監本、唐鈔本、九條本同。陳八郎本作「區」。當作「蓲」。「陰」，奎章閣本、明州本、贛州本、四庫本、叢刊本、正德本、陳八郎本、尤刻本、胡刻本、監本、唐鈔本、九條本作「陰」。當作「陰」。「敷」，奎章閣本、贛州本同。明州本、四庫本、叢刊本、正德本、陳八郎本、尤刻本、胡刻本、監本作「敷」。唐鈔本作「敷」。九條本模糊不清。當作「敷」。

■**立群案**：劉逵曰：楊雄太玄經曰：陽蓲萬物。言陽氣蓲煦生萬物也。文選鈔：蓲，育也。文選音決：蓲，許于反。五臣注：蓲音吁。向曰：言物皆陽氣蓲煦而生，若薑之類，皆生於陰地，故云陰敷。陸善經注：陽蓲陰敷，言陽氣蓲煦生萬物，得陰而敷布。據注，是唐時諸本俱作「蓲」。且劉逵所引楊雄太玄經或爲賦語所本。

【彙注】

【李善注】蒟，俱宇切。蒻音弱。芋，于句切。蔗，之夜切。蓲，許于切。劉曰：蒟，蒟醬也。緣樹而生，其子如桑椹，熟時正青，長二三寸，以蜜藏而食之，辛香，温調五臟。蒻，草也，其根名蒻頭，大者如斗，其肌正白，可以灰汁煮則凝成，可以苦酒淹食之。蜀人珍焉。茱萸，一名藙也。疇者，界埒小畔際也。楊雄太玄經曰：陽蓲萬物。言陽氣蓲煦生萬物也。陰敷，薑生於陰也。

【文選鈔】蒟醬出牂柯郡。蓲，育也。

【文選音決】蒟音矩。蒻音若。芋，于附反。蔗，之夜反。蓲，許于反。

【五臣注】蒟，俱宇反。蒻音弱。芋，于句反。蔗，之夜反。蓲音吁。向曰：蒟蒻、茱萸、瓜芋、甘蔗、辛薑，皆菜蘂之屬可食者。疇，界埒也。區，畦也。言物皆陽氣蓲煦而生，若薑之類，皆生於陰地，故云陰敷。敷，布也。

【陸善經注】蒟蒻，根似芋。大者如斗，碎之，以灰汁煮凝成，然後調以五味。疇，田也。陽蓲陰敷，言陽氣蘊煦生萬物，得陰而敷布。

【張鳳翼文選纂注】蒻音弱。蘊音吁。枸，枸醬也。音窶。緣樹而生，子如桑椹。史記西南夷列傳：獨蜀出枸醬。蒻，草也，其根名蒻頭，大者如斗，肌正白，以灰汁煮則凝成。茱萸，一名藙。疇、區，界畔也。陽蘊，言陽氣蘊煦生萬物也。陰敷，薑生於陰也。敷，布也。

【王象乾文選删注】蒟，俱宇切。蒻音弱。蘊音吁。陽蘊，陽氣蘊煦生萬物。陰敷，薑生於陰也。劉曰：蒟醬，緣樹生子，如椹。蒻，根大者如斗，其肌正白，蜀人珍焉。楊雄太玄經曰：陽蘊萬物。

【陳景雲文選舉正】其園。「園」，五臣本作「圃」。注「太元經」。「元」字，宋人避聖祖諱改。然他本亦有從本字者。

【杭世駿文選課虛】太玄經：陽蘊萬物。言陽氣蘊煦生萬物也。陰敷，薑生於陰也。

【汪師韓文選理學權輿・前賢評論】方以智通雅曰：太冲蜀都賦先言「蒟蒻茱萸」，後又言「蒟醬流味於番禺之鄉」。六臣注蒟弱爲蒟醬，故升菴、潛谷因之而誤也。劉淵林注是。智按，常璩巴志：蔓有辛蒟。蜀志言：有蒟給。嵇含曰：蒟醬，畢菱也。生於番者，大而紫，曰蓽茇。生於番禺，小而青，謂之蒟焉。蒟子調食，故謂醬焉。孟奇不知此，故疑蒟爲醬。此因徐廣而誤。廣謂木生，豈足據乎？蓽茇即畢撥。今爲二種。畢茇草生，蒟蔓生。兩廣呼留爲蔞，借字也。雲南人食檳榔用蔞子，廣東冬用蔞根。蒟蒻則鬼芋。

【余蕭客文選音義】蘊舊音吁。蒟蒻音矩弱。酉陽雜俎：蒟蒻根大如椀，至秋葉滴露，隨滴生苗。爾雅翼、本草：蒻頭生吴、蜀，一名蒟蒻。是蒟蒻爲一物。注太元經何曰：宋作元，避諱。

【余蕭客文選紀聞】蒟句。類林七。蒻若。釋文八。蒟蒻根大如椀，至秋葉滴露，隨滴生苗酉陽雜俎十九。蘁方言注八央富反。齊民要術十、經典釋文三十并音丘。太元釋文呼句、衣遇、於于三切。

【孫志祖文選考异】其園則有蒟蒻茱萸。「園」，當從五臣作「圃」，以上文已賦「園」也。「園」則賦果，「圃」則賦蔬。

【張雲璈選學膠言】據李注「蒟，緣樹而生，子如桑椹。蒻，草也，其根名蒻頭，大者如斗」，自是二物。雲璈按：酉陽雜俎：蒟蒻根大如椀，至秋葉滴露，隨滴生苗。又爾雅翼云：本草：蒻頭生吴、蜀，一名蒟蒻。是蒟蒻爲一物。又考劉德漢書注：蒟樹如桑，其椹長二三寸，味酢。取其實以爲醬，美。與注「生子如桑椹」之説合。然則蒟是蒟，蒻是蒻，未可合而爲一，如段成式、羅願之説也。

【胡克家文選考异】其園則有蒟蒻茱萸。袁本云善作「園」。茶陵本云五臣作「圃」。案：各本皆非也，「園」但傳寫訛耳。

注「俱宇」又注「許于」。袁本作「善曰：蒟，俱羽切。蘁，許于切」十字，在劉注之後，是也。茶陵本無「蒟，俱羽切」，非。

注「温調五臟」。袁本、茶陵本「臟」作「藏」，是也。

注「楊雄太元經曰」。何云「元」避諱。陳云宋人避當時諱改。袁本、茶陵本不改，尤所改僅此一處。凡宋人諱字每不畫一也。

【朱珔文選集釋】蒟蒻。劉注云：蒟，蒟醬也。緣樹而生，其子如桑椹，以蜜藏而食之，辛香。蒻，草也，其根名蒻頭，大者如斗，肌正白，可以苦酒淹食之。案：説文艸部「蒟」字云：果也。木部又有「枸」字云：可爲醬。實一物也。故史記、漢書有枸醬，而史記亦或作「蒟」。南方草木狀：蒟醬，蓽茇也。通志云：蒟醬曰浮留。即扶留藤也。「浮」「扶」音同。吴都賦：東風扶留。劉注云：扶留藤也。

緣木而生，味辛可食。不云即蒟醬，而所説與此注正合。李時珍注本草，謂交州記「扶留」有三種，此其一也。又説文云：蒻，蒲子，可以爲平席。似與此「蒻」异。而陸璣詩疏云：蒲始生，取其心中入地蒻，大如匕柄，正白。生啖之，甘脆，煮而以苦酒浸之，如食笋法。則正同劉注所説。且如注，意蓋蒟、蒻爲二。而開寶本草云：蒻頭葉似由跋、半夏，根大如椀，一名蒟蒻。又有班杖，苗相似，根如蒻頭。酉陽雜俎云：蒟蒻根大如椀，至秋葉滴露，隨滴生苗。是蒟蒻固一物矣。楊氏慎丹鉛録謂即蒟醬。本草綱目議其誤。此賦與「茱萸」并舉。茱萸一物，則「蒟蒻」似亦非二物。後文「蒟醬流味於番禺之鄉」，乃言蒟醬耳。注下又言：蜀人珍焉。故此處於園首及之。華陽國志亦云：園有芳蒻。未兼及蒟醬也。

【梁章鉅文選旁證】其園則有蒟蒻茱萸。　六臣本「園」作「圃」。按上已有「其園」，此「園」當是傳寫之誤。孫氏志祖曰：園則賦果，圃則賦蔬。

注蒟，蒟醬也。又蒻，草也，其根名蒻頭。　華陽國志：其果實之珍者，蔓有辛蒟，園有芳蒻。是蒟、蒻二物也。而酉陽雜俎云：蒟蒻，根大如椀。爾雅翼及本草并謂蒻頭生吴、蜀，一名蒟蒻。是又以蒟蒻爲一物矣。「蒟醬」，漢書西南夷傳作「枸醬」。劉德注不及此注之核。惟謂子長二三寸，則兩注均誤。顔師古曾辨之。

【胡紹煐文選箋證】其圃則有蒟蒻。注劉逵曰：蒟，蒟醬也。緣樹而生，其子如桑椹。熟時正青，長三四寸，以蜜漬而食之，辛苦香，温調五臟。蒻，草也，其根名蒻頭，大如斗，其肌正白，以灰汁煮則凝成，可以苦酒淹食之。蜀人珍焉。按：廣志（見御覽）：扶留藤，緣樹而生，其花實即蒟也，可爲醬。是蒟爲蔓生，巴志所謂「蔓有辛蒟」是也。而説文「枸」云：木可爲醬，出蜀。劉德漢書注：枸樹如桑，其椹長二三寸，味酢。取其實，以爲醬，美。漢書音義：枸木似穀樹，其葉如桑，用其葉作醬，酢美。蜀人以爲珍味。史記西南夷傳：南越食蒙蜀枸醬。集解引徐廣：「枸」一作「蒟」。又爲拘木，形如桑。然則「蒟」「枸」有二種，皆可作醬。特蔓生、木生不同。故字有从艸、从木之别歟？又有蒟果。説文艸部「蒟，果也」，字亦作「枸」，與櫞相似，故亦謂之「枸櫞」。衆經音義二三引廣志云：枸櫞似橘而大，出番禺以南。縷切蜜漬爲糝，食之甚佳。北户録注引字林「枸櫞音矩緣」是也。竊疑此賦「蒟蒻」當爲一物。「蒟蒻」或謂之「蒻頭」。開寶本草：蒻頭，葉似由跋、半夏，根大如碗，一名蒟蒻。酉陽雜俎：蒟蒻，根大如碗，至秋葉滴露，隨露生苗。華陽國志云「園有芳蒻」，即蒟蒻也。此注云「蒻，草」不誤，而以「蒟」爲「蒟醬」，則分蒟、蒻爲二矣，恐非。

【高步瀛文選李注義疏】尤本「圃」作「園」。胡克家曰：袁本云善作「園」。茶陵本云五臣作「圃」。案：各本皆非也，「園」但傳寫訛耳。孫志祖曰：當從五臣作「圃」，以上文已賦園也。「園」則賦果，「圃」則賦蔬。○華陽國志巴志曰：蔓有辛蒟，園有芳蒻。胡紹煐曰：按：廣志：扶留藤，緣樹而生，其花實即蒟也，可爲醬。是蒟爲蔓生，巴志所謂「蔓有辛蒟」是也。而説文「枸」云：木可爲醬，出蜀。劉德漢書注：枸樹如桑，其椹長二三寸，味酢。取其實，以爲醬，美。漢書音義：枸木似穀樹，其葉如桑，用其葉作醬，酢美。蜀人以爲珍味。史記西南夷傳：南越食唐蒙蜀枸醬。集解引徐廣：「枸」一作「蒟」。又爲枸木，形如桑。然則「蒟」「枸」有二種，皆可作醬。特蔓生、木生不同。故字有从艸、从木之别歟？步瀛案：廣志，見御覽果部十二引。劉德注見漢書西南夷傳注引。漢書音義，見史記西南夷傳集解引。證類本草卷十一曰：蒻頭生吴、蜀，葉似由跋、半夏，根大如椀，生陰地，雨滴葉下，生子。一名蒟蒻。酉陽雜俎卷十九曰：蒟蒻根大如椀，秋葉滴露，隨滴生苗。爾雅翼卷六曰：本草：蒻頭，吴、蜀一名「蒟蒻」，今人相沿亦呼「蒟蒻」。是「蒻」亦有「蒟蒻」之名。朱珔謂此賦「蒟蒻」與「茱萸」并舉。

茱萸一物，則「蒟蒻」似亦非二物。後文「蒟醬流味於番禺之鄉」，乃言蒟醬耳。胡紹煐亦謂此賦「蒟蒻」當爲一物，此注云蒻草，不誤。而以蒟爲蒟醬，則分「蒟」「蒻」爲二矣。恐非。步瀛案：華陽國志「蒟」「蒻」對舉，則當爲二物。本草以「蒻頭」爲「蒟蒻」，則又爲一物。二説皆通。若必以茱萸爲一物，蒟蒻即不當分爲二物，亦失之泥。古賦列舉物名，四字爲句，或二物，或三物，或四物，殊無定例。其一句舉二物者，如上文「林檎枇杷」是也。其一句舉四物者，如上文「橙柿梬楟」是也。其一句舉三物者，如上文「虎珀丹青」及吴都賦「藿蒳豆蔻」是也。此「蒟蒻」爲一物，合下「茱萸」爲句，與「林檎枇杷」句法同。若「蒟」「蒻」爲二物，合下「茱萸」爲句，與「藿蒳豆蔻」句法同。安見「茱萸」爲一物，「蒟蒻」即必爲一物哉？張雲璈主二物，以酉陽雜俎、爾雅翼爲非。雖未免矯枉過正，然以華陽志證之，似二物之説爲長。至劉注言蒟醬，特明「蒟」可爲醬，與下蒟醬句不爲複也。梁章鉅曰：「蒟醬」，漢書西南夷傳作「枸醬」。劉德注不及此注之核。惟謂子長二三寸，則兩注均誤。顔师古曾辨之。步瀛案：顔駁亦未必是，别見後「蒟醬」下。○尤本「藏」作「臟」，俗字，今依袁本。○廣雅釋木曰：樧、欓，茱萸也。説文曰：樧似茱萸。爾雅釋木郭注曰：樧似茱萸而小，赤色。案：本草分吴茱萸、食茱萸二種。「樧」即食茱萸。證類本草卷十三引圖經曰：吴茱萸木高丈餘，皮青緑色，葉似榆而闊厚，紫色，三月開花，紅紫色。七月、八月結實，似椒，子嫩時微黄，至成熟則深紫。禮記内則鄭注曰：藙，煎茱萸也。爾雅謂之樧。本草綱目卷三十二，李時珍曰：食茱萸即「欓子」也。蜀人呼爲「艾子」，楚人呼爲「辣子」，古人謂之「藙」及「樧」。吴茱萸、食茱萸乃一類二種。茱萸取吴地者入藥，故名吴茱萸。欓子則形味似茱萸，惟可食用，故名食茱萸。王氏廣雅疏證曰：樧與茱萸一種小异，稱名之例，可以小通耳。朱駿聲説文通訓定聲曰：「樧」，字赤作「蔱」。「蔱」，疑即「藙」之誤。○魏都賦注曰：疇者，界也。埒，畔際也。與本注可以互證。〇太玄經，見養首。尤本「玄」作「元」。胡克家曰：何云：避諱。陳云：宋人避當時諱改。袁本、茶陵本不改。尤所改僅此一處。凡宋人諱字，每不畫一也。〇呂氏春秋本味篇曰：和之美者，陽樸之薑。高注曰：陽樸，地名，在蜀郡。證類本草卷八引圖經曰：生薑生犍爲，今處處有之。本草綱目卷二十六，李時珍曰：薑性惡洳濕而畏日。〇「善曰」以下十字，依袁本增。

日往菲薇，月來扶疏。任土所麗，衆獻而儲。

【彙校】

「日往菲薇」　「往」，明州本、贛州本、四庫本、叢刊本、尤刻本、胡刻本、唐鈔本、九條本同。奎章閣本、正德本、陳八郎本、監本作「徃」。當作「往」。「薇」，贛州本、四庫本、叢刊本、陳八郎本、尤刻本、胡刻本、監本、唐鈔本、九條本同。奎章閣本、正德本作「微」。明州本作「微」。當作「薇」。

■立群案：梁章鉅文選旁證：日往菲微。六臣本「微」誤作「薇」。高步瀛文選李注義疏：尤本

「微」作「薇」，六臣本校曰：五臣作「微」。案：「薇」字乃涉上「菲」字从艸而誤。劉、李本亦必作「微」，非獨五臣也。據梁氏、高氏説，是此處當作「菲微」也。然「菲微」後世常作「菲薄卑微」解，如宋張世南游宦紀聞卷六：幸被寬裕而有容，敢以菲微而廢禮。與賦意絶不相涉。故從「菲薇」，作「草木茂盛」解。

「月來扶疏」「來」，明州本、贛州本、四庫本、叢刊本、陳八郎本、尤刻本、胡刻本、監本、九條本同。奎章閣本、正德本、唐鈔本作「来」。當作「來」。「疏」，奎章閣本、明州本、贛州本、四庫本、叢刊本、正德本、陳八郎本、尤刻本、胡刻本、唐鈔本、九條本作「踈」。監本作「疏」。當作「疏」。

「任土所麗」「土」，明州本、贛州本、四庫本、叢刊本、陳八郎本、尤刻本、胡刻本、監本、九條本同。奎章閣本、正德本、唐鈔本作「圡」。當作「土」。「所」，奎章閣本、明州本、叢刊本、監本、九條本作「所」。贛州本、四庫本、陳八郎本、尤刻本、胡刻本作「所」。正德本、唐鈔本作「所」。當作「所」。

「衆獻而儲」「獻」，明州本、贛州本、四庫本、叢刊本、陳八郎本、監本、九條本同。奎章閣本、正德本、尤刻本、胡刻本、唐鈔本作「獻」。當作「獻」。

【彙注】

【李善注】劉曰：任土，任其土地所生也。尚書所謂任土作貢也。易曰：百穀草木麗乎土。

【文選鈔】言臣下所獻而皆至儲積也。

【文選音決】菲，芳匪反。微，亡匪反。任，而鴆反。儲音除。

【五臣注】銑曰：菲薇、扶疏，果木茂密貌。麗，附也。附生於此土，任而貢焉。所獻衆多而相積。

【陸善經注】菲微、扶疏，自小之大也。麗，著也。

【張鳳翼文選纂注】任土，任其土地所生也。菲薇、扶疏，果木茂密貌。麗，附也。儲，積也。

【許巽行文選筆記】扶疏。何云：說文作「枎疏」。嘉德案，今諸書多用「扶疏」，沿俗爲之。

【梁章鉅文選旁證】日往菲微。六臣本「微」誤作「薇」。

【高步瀛文選李注義疏】尤本「微」作「薇」，六臣本校曰：五臣作「微」。案：「薇」字乃涉上「菲」字从艸而誤。劉、李本亦必作「微」，非獨五臣也。○張銑曰：菲微、扶疏，果木茂密貌。何焯曰：扶疎，説文作「扶疏」。○尚書，見禹貢序。○易，見離象傳。○萸、區，古音侯部。敷、疏、儲，魚部。通轉爲韵。

其沃瀛則有攢蔣叢蒲，緑菱紅蓮。雜以蘊藻，糅以蘋蘩。

【彙校】

「其沃瀛」 「沃」，奎章閣本、四庫本、叢刊本、正德本、陳八郎本、尤刻本、胡刻本、監本、九條本同。

明州本、贛州本、唐鈔本作「沃」。當作「沃」。「瀛」，奎章閣本、明州本、贛州本、四庫本、叢刊本、正德本、陳八郎本、尤刻本、胡刻本、監本、九條本同。唐鈔本作「瀛」。當作「瀛」。

「攢蔣叢蒲」「攢」，奎章閣本、明州本、四庫本、正德本、陳八郎本、尤刻本、胡刻本、監本、唐鈔本、九條本作「攢」。贛州本、叢刊本作「欑」。當作「攢」。「蔣」，奎章閣本、正德本、唐鈔本作「蒋」。明州本、贛州本、四庫本、叢刊本、陳八郎本、尤刻本、胡刻本、監本、九條本作「蒋」。當作「蔣」。「蒲」，奎章閣本、明州本、贛州本、四庫本、叢刊本、正德本、陳八郎本、尤刻本、胡刻本、監本、九條本同。唐鈔本作「蒱」。今從「蒲」。

立群案：「攢」即「攢」。攢，聚集之意，如「攢錢」。「欑」即「欑」。説文：欑，積竹杖也。賦云：攢蔣叢蒲。據「叢」字，賦自當作「攢」。

説文：蒲，水草也。可以作席。玉篇：蒲，草也。正合賦意。「蒱」，古代的一種博戲。如南史蕭堅傳：侯景圍城，堅屯太陽門，終日蒱飲，不撫軍政。不合賦意。然康熙字典：韵會「蒱」通「蒲」。今從「蒲」。

「雜以藴藻」「雜」，明州本、贛州本、四庫本、叢刊本、陳八郎本、尤刻本、胡刻本、監本同。奎章閣本、正德本、唐鈔本作「雜」。九條本模糊不清。當作「雜」。

【彙注】

【李善注】瀛音盈。攢，在官切。蔣音將。糅，女又切。劉曰：楚辭曰：倚沼畦瀛。王逸云：瀛，澤中也。班固以爲畦。蔣，菰名也。藴、藻、蘋、蘩，皆水草也。藴，叢也。

【文選鈔】蔣，似蒲。菱，芰也。蓮，藕子也。

【文選音決】沃，烏酷反。瀛，以征反。攢，在官反。蔣音將。藴，於粉反。糅，女又反。蘋音頻。蘩音煩。案：當爲蘋字之誤也。

【五臣注】攢，在宫反。蔣音將。糅，女又反。翰曰：瀛，澤中也。蔣、蒲、菱、蓮、藴、藻、蘋、蘩，皆水中草。糅，亦雜也。

【陸善經注】攢，亦叢也。

【張鳳翼文選纂注】攢，在官切。蔣音將。糅，女又切。瀛，澤中也。蔣，菰名也。藴、藻、蘋、蘩，皆水草也。攢，叢也。糅，雜也。

【王象乾文選删注】瀛，澤中也。

【余蕭客文選音義】蘩韻補：汾沿切。

【胡克家文選考异】注「盈」。袁本、茶陵本作「善曰瀛音盈」五字，在劉注之後，是也。

【朱珔文選集釋】雜以藴藻。劉注云：藴，叢也。下引傳曰：蘋、蘩、藴、藻之菜。案：「藴」，左傳作「薀」。杜注：薀藻，聚藻也。「叢」亦作「藂」，正「聚」之義。説文「薀」字云：積也。積，亦聚也。玉篇有「藴」字，訓聚。然「藴」爲俗體。韵會乃云應作「藴」，非也。

【梁章鉅文選旁證】其沃瀛。段曰：山海經：是惟嬴土之國。郭注：嬴，沃衍也。是「瀛」當作「嬴」矣。

【胡紹煐文選箋證】其沃瀛。注劉逵曰：楚辭曰：倚沼畦瀛。王逸曰：瀛，池中也。班固以爲畦。段氏玉裁曰：山海經：是爲嬴土之國。郭注：嬴，沃衍也。是「瀛」當作「嬴」。紹煐按：劉引見招魂，王逸注云：楚人名池澤中曰瀛。是瀛爲池澤中，故下列蔣、蒲、菱、蓮、藴、藻、蘋、蘩等水草。段據大荒東經讀「沃瀛」爲平列字，而改「瀛」爲「嬴」，既背正文，又違注義，失之。

【高步瀛文選李注義疏】倉頡篇曰：攢，聚也。已見西都賦注。玄應一切經音義卷四引説文：雜飯曰糅也。案：今説文無「糅」字。米部曰：粈，雜飯也。食部曰：飷，雜飯也。段注曰：飷、粈一字。今之雜糅字也。○楚辭，見招魂。王注作「瀛，池中也。楚人名池澤中曰瀛」。本注蓋節引。説文田部「畦」字下段注引此注作「班固以爲畦，田五十畝也」，謂爲班孟堅釋離騷「畦留夷」之語。今俗本文選逸之。步瀛案：段以俗本文選蜀都賦注「班固以爲畦」五字下逸「田五十畝也」五字，不知所據何本。然其説恐不足據。本賦正文并無「畦」字。注引招魂「倚沼畦瀛」，解「瀛」字足矣，無庸更解「畦」字。恐劉淵林必不引孟堅離騷章句「畦留夷」之解，以入此注也。詳繹二句之意，似劉所見招魂，班氏、王氏二本不同。王本有「瀛」無「畦」，班本有「畦」無「瀛」。故本注引招魂「倚沼瀛」三字，及王氏「瀛」字之注。又引班固「瀛」字作「畦」，故曰班固以爲畦也。今本楚辭王注本「瀛」「畦」兩有，且注曰：畦，猶區也。疑後人所增。與劉所見本不同。而校文選者并據今本楚辭，於本注「倚沼瀛」「沼」字下增入「畦」字，而「班固以爲畦」五字遂不可通矣。王逸楚辭注、離騷後序言班固有離騷經章句。其餘十五卷，闕而不説。蓋闕其義不説，而但存其文。故劉淵林得據之以明班、王异同也。又段曰：山海經：是爲嬴土之國。郭注：嬴，沃衍也。是「瀛」當作「嬴」。胡紹煐曰：「瀛」爲池澤中，故下列蔣、蒲、菱、蓮、蘊、藻、蘋、蘩等水草。段據大荒東經讀「沃瀛」爲平列字，而改「瀛」爲「嬴」，既背正文，又違注義，失之。○「蔣蒲」，見南都賦。「菱」，見東京賦及南都賦。○爾雅釋草曰：荷，芙蕖。其華菡萏，其實蓮。郭注曰：蓮，謂房也。説文曰：菡藺，扶渠華未發爲菡藺，已發爲夫容。案：俗加艸，「夫容」爲「芙蓉」，「扶渠」爲「芙蕖」。爾雅菡萏，統華未發、已發而渾言之。於蓮則析言之。説文萏藺、夫容、蓮，三者皆析言之。若渾言之，則曰蕖，曰蓮，皆謂其華。此賦紅蓮，正指蓮華耳。○左傳隱三年曰：蘋蘩薀藻之菜。杜注曰：薀藻，聚藻也。説文曰：薀，積也。藻，水草也。重文作「藻」。陸璣詩疏曰：藻，水草也。生水底，有二種，其一種葉如鷄蘇，莖大如箸，長四五尺。其一種莖大如釵股，葉如蓬蒿，謂之聚藻。案：後一種聚藻，即左傳之「薀藻」，本賦之「藴藻」。劉訓爲「叢」，與訓「積」、訓「聚」皆合。張有復古編以「藴」爲「薀」之俗體。朱珔曰韵會乃云應作「藴」，非也。○爾雅釋草曰：苹萍，其大者蘋。詩采蘋毛傳曰：蘋，大萍也。左傳隱三年杜注同。郝懿行曰：詩釋文引韓詩云：沈者曰蘋，浮者曰萍。按：蘋亦浮水上，但根連水底，故曰沈耳。本草：舊説四葉合成一葉，如田字。又曰：其葉四衢，中圻，如十字。俗謂之四葉菜。一云田字草。五月開白華，皆其形狀也。○釋草曰：蘩，皤蒿。郭注曰：白蒿。詩采蘩毛傳、隱三年杜注并同釋草。七月毛傳曰：蘩，白蒿也。釋草又曰：蘩之醜，秋爲蒿。郭注曰：醜，類也。春時各有種名，至秋老成，皆通呼爲蒿。陸璣詩疏曰：凡艾白色爲皤蒿。今白蒿也。春始生，至秋香美可生食，又可蒸。○「善曰瀛音盈」五字，依袁本、茶陵本增。

總莖梍梍，裛葉蓁蓁。蕡實時味，王公羞焉。

【彙校】

「總莖梍梍」「總」，奎章閣本、明州本、贛州本、四庫本、叢刊本、正德本、陳八郎本、九條本作「揔」。尤刻本、胡刻本、監本作「總」。唐鈔本作「捴」。當作「總」。「梍梍」，明州本、贛州本、四庫本、叢刊本、正德本、尤刻本、胡刻本、九條本同。奎章閣本作「泥泥」。陳八郎本、監本作「梍梍」。唐鈔本作「抳抳」。今從「梍梍」。

■立群案：善注引毛詩曰：敦彼行葦，維葉梍梍。五臣向曰：梍梍，蓁蓁，茂盛貌。據注，是李善本、五臣本皆作「梍梍」。當作「梍梍」也。然今本詩行葦作「泥泥」。似「梍梍」「泥泥」可通。又康熙字典：抳，與梍通。易姤卦：繫於金梍。王肅本作抳。據此，似「梍梍」「泥泥」「抳抳」皆可通。

「裛葉蓁蓁」「葉」，四庫本同。奎章閣本、明州本、贛州本、叢刊本、正德本、陳八郎本、尤刻本、胡刻本、監本、九條本作「葉」。唐鈔本作「菜」。當作「葉」。「蓁蓁」，明州本、贛州本、四庫本、叢刊本、正德本、陳八郎本、尤刻本、胡刻本、唐鈔本同。奎章閣本、監本、九條本作「蓁蓁」。當作「蓁蓁」。

「王公羞焉」「焉」，明州本、贛州本、四庫本、叢刊本、陳八郎本、尤刻本、胡刻本、監本、唐鈔本、九條本同。奎章閣本、正德本作「爲」。當作「焉」。

【彙注】

【李善注】柅，乃禮切。裛，於業切。蓁音臻。蕡音墳。劉曰：柅柅、蓁蓁，盛茂貌也。詩曰：爾肴既將。傳曰：苟有明信，澗、谿、沼、沚之毛，蘋、蘩、蘊、藻之菜，可薦於鬼神，可羞於王公。善曰：毛詩曰：敦彼行葦，維葉柅柅。又曰：桃之夭夭，其葉蓁蓁。又曰：桃之夭夭，有蕡其實。

【文選鈔】説文：裛，纏也。謂相纏結而生。羞，獻也。

【文選音決】總，走孔反。抳，女弟反。裛，於及、於業二反。蓁，側巾反。蕡，扶云反。

【五臣注】柅，奴禮反。裛，於業反。蓁音臻。蕡音墳。向曰：總，叢也。裛，重也。柅柅、蓁蓁，茂盛貌。蕡，葉也。言葉與實四時食之，味可以羞進於王公也。

【陸善經注】蕡，實貌。

【張鳳翼文選纂注】柅，奴禮切。裛，於業切。蕡音墳。柅柅、蓁蓁，茂盛貌。裛，重也。蕡，葉也。左傳：苟有信，澗、谿、沼、沚之毛，蘋、蘩、蘊、藻之菜，可羞於王公。羞，進也。

【王象乾文選删注】柅，乃禮切。蕡音墳。總，叢也。柅柅，茂盛貌。裛，重也。左傳曰：苟有明信，澗、谿、沼、沚之毛，蘋、蘩、蘊、藻之菜，可薦於鬼神，可羞於王公。

【陳景雲文選舉正】總莖柅柅。注「爾肴既將」。似當作「其實之肴」，傳寫誤耳。

【杭世駿文選課虚】毛詩：敦彼行葦，維葉柅柅。柅，乃禮切。

【余蕭客文選音義】柅尼，上聲。蓁叶戕。

【余蕭客文選紀聞】蓁入先韻。韻補二。

【胡克家文選考异】注「乃禮」又注「墳」。袁本、茶陵本作「乃禮切」三字，在「維葉梶梶」下，「扶云切」三字在注末，是也。「墳」是五臣音。注「爾肴既將」。袁本「將」作「時」，是也。茶陵本亦誤「將」。

【許巽行文選筆記】梶梶。注引詩「維葉梶梶」，今詩作「泥泥」。釋文云：乃禮反。張揖作「苨」，云草盛。

【朱珔文選集釋】總莖梶梶。善注引毛詩曰：維葉梶梶。案：今詩作「泥泥」，傳云：葉初生泥泥。然潛夫論德化篇引詩亦作「梶梶」。與此注同。説文「梶」字云：梶，木也。實如梨。又爲「尿」之或體。蓋「梶」乃「泥」之同音借字也。詩釋文謂：張揖作「苨苨」。故廣雅云：苨苨，茂也。而説文無「苨」字，惟爾雅之「苨，菧苨」，如此作耳。

【梁章鉅文選旁證】雜以蘊藻。注傳曰：蘋、蘩、蘊、藻之菜。今左傳「蘊」作「薀」。注：薀藻，聚藻也。此正文及注亦當爲「薀」字。

注爾殽既將。又雜葉梶梶。六臣本「將」作「時」，是也。此解「時」「味」二字。今詩「梶梶」作「泥泥」。釋文云：張揖作「苨苨」。

【吕錦文文選古字通補訓】總莖梶梶。劉注云：梶梶，茂盛貌也。善注引毛詩曰：維葉梶梶。錦文案，毛詩作「泥泥」，李所引當本三家詩。廣雅：苨苨，茂也。「梶」「泥」「苨」字异義同。

【高步瀛文選李注義疏】吕向曰：總，叢也。裛，重也。○詩，見頍弁。尤本「時」作「將」。胡克家曰：袁本作「時」，是也。茶陵本亦誤「將」。梁章鉅曰：作「時」是也。此釋「時」「味」二字。步瀛案：毛詩「肴」作「殽」，乃通借字。○左傳，見隱三年。杜注曰：羞，進也。案：左傳「蘊」作「薀」。詩采蘋疏引作「藴」，與本注同。○李注引毛詩，見行葦。「柅柅」，毛作「泥泥」，傳曰：葉初生泥泥。釋文曰：泥，乃禮反。張揖作「苨苨」，云：草盛也。陳喬樅魯詩遺説考曰：今文作「維葉柅柅」。石經、魯詩可證。潛夫論德化篇作「楃楃」。盧氏文弨以「楃」字是「柅」字之訛，良確。毛詩釋文云：張揖作「苨」。今考廣雅釋訓云：苨苨，茂也。「苨苨」亦三家之异文。王先謙三家詩義集疏曰：張兼采魯、韓義，魯作「柅柅」，明「苨苨」是韓之异文。步瀛案：魯詩作「柅柅」，李氏引毛詩亦作「柅柅」者，或别本毛與魯同，抑改毛詩字以就本文邪？○「乃禮切」三字，依袁本、茶陵本增。○次引詩并見桃夭，毛傳曰：蓁蓁，至盛貌。蕡，實貌。○「扶云切」三字，亦依袁本、茶陵本增。○蓮、蘩、焉，古音元部。蓁，真部。通轉爲韵。

其中則有鴻儔鶬侶，鶖鷺鵜鶘。晨鳧且至，候雁銜蘆。

【彙校】

「鴻儔鶬侶」「儔」，明州本、贛州本、叢刊本、陳八郎本、尤刻本、胡刻本、監本、九條本同。奎章閣本、四庫本、正德本作「儔」。唐鈔本作「疇」。今從「儔」。「侶」，明州本、贛州本、四庫本、叢刊本、正德本、陳八郎本、尤刻本、胡刻本、唐鈔本、九條本同。奎章閣本、監本作「侣」。當作「侶」。

■立群案：段玉裁説文解字注：然自唐以前用「儔侶」皆作「疇」，絶無作「儔」者。又云：「疇」亦類也，今或作「儔」矣。然則用「儔」者起唐初，以至於今。是「疇」「儔」本通。「疇」爲古字，「儔」爲後起字。然今「儔侶」字多用「儔」。

「鶖鷺鵜鶘」「鶖」，奎章閣本、明州本、贛州本、四庫本、叢刊本、正德本、尤刻本、胡刻本、監本、九條本作「鶖」。陳八郎本、唐鈔本作「振」。今從「鶖」。「鶘」，奎章閣本、明州本、贛州本、四庫本、叢刊本、正德本、尤刻本、胡刻本、監本、唐鈔本、九條本同。陳八郎本作「鴣」。當作「鶘」。

■立群案：諸本多作「鶖」，陳八郎本、唐鈔本作「振」。然五臣良曰：鶖鷺、鵜鶘，二鳥名。是五臣本應作「鶖」也，陳八郎本亦應作「鶖」字。胡紹煐文選箋證：按：周頌振鷺毛傳「振，群飛貌」，賦文从鳥作「鷏」，則竟以「鷏鷺」爲鳥名矣。玉篇因之出「鷏」，云「音真，鷺鳥别名」。此如嚶爲鳥聲，而以爲鶯。鸒斯，「斯」語助辭，而名「鸒」爲「鸒斯」。「螽斯」，别作「蟴」。皆出於文人好奇之病。胡氏似確。然今諸本多作「鷏」，暫從「鷏」。

莊子外物：魚不畏網，而畏鵜鶘。或爲賦語所本。另，劉逵曰：鷏鷺、鵜鶘，二鳥名也。善注引毛詩曰：爾雅曰：鵜，洿澤也。郭璞曰：即鵜鶘也。文選音決：鶘音胡。五臣良曰：鷏鷺、鵜鶘，二鳥名。據注，是劉逵本、李善本、文選音決、五臣本皆作「鶘」也。諸本多作「鶘」，當是。陳八郎本獨作「鴣」，恐誤。

「晨鳧且至」　「晨」，四庫本同。奎章閣本、叢刊本、正德本、陳八郎本、尤刻本、胡刻本、唐鈔本、九條本作「晨」。明州本、贛州本、監本作「晨」。當作「晨」。「鳧」，奎章閣本、明州本、尤刻本、胡刻本、唐鈔本同。贛州本、四庫本、叢刊本、正德本、陳八郎本、監本、九條本作「鳬」。當作「鳧」。「且」，奎章閣本、正德本、陳八郎本同。明州本、贛州本、四庫本、叢刊本、尤刻本、胡刻本、監本、唐鈔本、九條本作「旦」。今從「且」。

■**立群案**：劉逵曰：晨鳧，常以晨飛也。五臣良曰：晨鳧，常晨飛也。「旦」，清晨意。「晨鳧旦至」，語涉重複。「晨鳧且至」，充滿畫面感。疑當作「且」，形近而誤作「旦」也。

「候雁銜蘆」　「候」，奎章閣本、明州本、贛州本、四庫本、叢刊本、陳八郎本、尤刻本、胡刻本同。監本、唐鈔本、九條本作「候」。正德本作「侯」。當作「候」。「雁」，奎章閣本、明州本、贛州本、四庫本、叢刊本、正德本、陳八郎本、尤刻本、胡刻本、監本、唐鈔本、九條本作「鴈」。當作「雁」。「銜」，奎章閣本、明州本、贛州本、叢刊本、正德本、陳八郎本、尤刻本、胡刻本、監本、唐鈔本同。四庫本作「衘」。九條本作「銜」。當作「銜」。「蘆」，明州本、贛州本、叢刊本、監本同。奎章閣本、四庫本、正德本、陳八郎本、尤刻本、胡刻本、唐鈔本、九條本作「蘆」。當作「蘆」。

【彙注】

【李善注】鵜，徒兮切。鶘音胡。劉曰：皆水鳥名。鴻鵠多群飛，故言侶儔也。⿱振鳥鷺、鵜鶘，二鳥名也。晨鳧，常以晨飛也。雁，候時南北，故曰候雁。銜蘆以禦繒繳，令不得截其翼也。淮南子曰：雁銜蘆而翔，以備繒繳。善曰：毛詩曰：振鷺於飛。爾雅曰：鵜，洿澤也。郭璞曰：即鵜鶘也。説苑曰：魏文侯嗜晨鳧。呂氏春秋曰：季秋之月，候雁來。

【文選音決】⿱振鳥音振。鷺音路。鵜，大兮反。鶘音胡。

【五臣注】良曰：鴻雁群飛，故云儔侶。⿱振鳥鷺、鵜鶘，二鳥名。晨鳧，常晨飛也。雁，候時南北，故曰候雁。銜蘆以禦繒繳。

【張鳳翼文選纂注】皆水鳥名。鴻鵠多群飛，故言侶儔也。⿱振鳥鷺、鵜鶘，二鳥名也。晨鳧，常以晨飛也。雁，候時南北，故曰候雁。銜蘆以禦繒繳也。鵜，徒兮切。鶘音胡。

【王象乾文選刪注】淮南子曰：雁銜蘆而翔，以備繒繳。

【余蕭客文選音義】⿱振鳥何音真。鵜鄭樵爾雅注音啼。

【張雲璈選學膠言】候雁銜蘆。劉注淮南子曰：雁銜蘆而翔，以備繒繳。雲璈按：推篷寤語云未詳何人所著，曾記其語而忘其名：雁北歸，必銜蘆，越關則輸之。淮南子以爲雁愛氣力，銜蘆以避繒繳。俗傳以爲過海投蘆爲桴，以息氣力。或云輸蘆以供税，然供税之説誕矣。若過海爲桴，何秋來獨無，而春始蘆耶？且銜蘆避繳，去或然之，不知來時何以爲避。倘使上林射雁，蘆安能避耶？蓋雁從風而飛，春夏南風，故北飛。秋冬朔風，故南飛。秋冬在南，食肥體重，故借蘆以助風力。塞北風高，則無事此。故投之於雁門耳。此説近理，故録之。

【胡克家文選考异】注「徒兮」又注「胡」。袁本、茶陵本作「鵜，乃兮切。鶘音胡」七字，在注末，是也。

【許巽行文選筆記】鴦鷺。「鴦」當作「振」。注毛詩曰：振鷺於飛。案，振，群飛貌也。俗加鳥無義。

【朱珔文選集釋】鴦鷺。善注引毛詩曰：振鷺於飛。案：詩毛傳：振，群飛貌。正義云：此鳥名鷺而已，則是非「振鷺」連文也。後人因振加鳥，玉篇乃有「鴦」字，以爲鷺鳥别名，而此處劉注亦謂「鴦鷺」爲鳥名矣。然李注引詩不言「鴦」與「振」通，或李本不作「鴦」與？

鵜鶘。善注引爾雅曰：鵜，洿澤也。案：洿澤，今爾雅作「鴮鸅」。郭注：今之鵜鶘也。好群飛，沉水食魚，故名洿澤。俗呼之爲「淘河」。詩候人傳：鵜洿，澤鳥也。陸璣疏云：鵜，水鳥，形如鶚而極大，喙長尺餘，頷下胡大如數斗囊。若小澤中有魚，便群共抒水，滿其胡而弃之。令水竭，魚在陸地，乃共食之。故曰「淘河」。段氏謂此鳥本單呼「鵜」，以其胡能抒水，故又名「鵜胡」也。鵜，説文作「鶇」，云：鶇胡，污澤也。重文爲「鵜」。蓋「夷」與「弟」篆體相似。郝氏謂：鵜鶘，又名「鵹鶘」。東山經云：沙水其中多鵹鶘，其狀如鴛鴦而人足，其鳴自訆。淘河即鵜鶘，聲之轉也。

【梁章鉅文選旁證】鴦鷺。注毛詩曰：振鷺於飛。詩毛傳：振，群飛貌。正義云：此鳥名鷺而已，則是非「振鷺」連文也。後人因振加鳥，玉篇乃有「鴦」字，以爲鷺鳥别名，而此處劉注亦謂「鴦鷺」爲鳥名矣。然李注引詩不言「鴦」與「振」通，或李本不作「鴦」歟？

【胡紹煐文選箋證】鷐鷺。按：周頌振鷺毛傳「振，群飛貌」，賦文从鳥作「鷐」，則竟以「鷐鷺」爲鳥名矣。玉篇因之出「鷐」，云「音真，鷺鳥别名」。此如嚶爲鳥聲，而以爲「鶯」。鸒斯，「斯」語助辭，而名「鸒」爲「鸒斯」。「螽斯」，别作「蟴」。皆出於文人好奇之病。

【高步瀛文選李注義疏】朱珔曰：案：詩振鷺毛傳：振，群飛貌。正義云：此鳥名鷺而已，則是非「振鷺」連文也。後人因振加鳥，玉篇乃有「鷐」字，以爲鷺鳥别名，而此處劉注亦謂「鷐鷺」爲鳥名矣。然李注引詩不言「鷐」與「振」通，或李本不作「鷐」與？胡紹煐曰：「振鷺」賦文从鳥作「鷐」，則竟以「鷐鷺」爲鳥名矣。玉篇因之出「鷐」，云「音真，鷺鳥别名」。此如嚶爲鳥聲，而以爲「鶯」。鸒斯，「斯」語助辭，而名「鸒」爲「鸒斯」。「螽斯」，别作「蟴」。皆出於文人好奇之病。○淮南子，見脩務篇。今本作「夫雁，銜蘆而翔，以備矰弋」。張雲璈曰：推篷寤語云：雁北歸，必銜蘆，越關則輸之。淮南子以爲雁愛氣力，銜蘆以避繒繳。俗傳以爲過海投蘆爲桴，以息氣力。或云輸蘆以供税，然供税之説誕矣。若過海爲桴，何秋來獨無，而春始蘆耶？且銜蘆避繳，去或然之，不知來時何以爲避。倘使上林射雁，蘆安能避耶？蓋雁從風而飛，春夏南風，故北飛。秋冬朔風，故南飛。秋冬在南，食肥體重，故借蘆以助風力。塞北風高，則無事此。故投之於雁門耳。此説近理，故録之。步瀛案：銜蘆，恐亦偶然事。古人此等説存而不論可也。張氏以借蘆助風之説爲近理，亦不免傅會。○爾雅，見釋鳥。今本經文作「鴮鸅」，注文作「洿澤」。郭曰：今之鵜鶘也。好群飛，沉水食魚，故名洿澤。俗呼之爲「淘河」。説文曰：鮧胡，污澤也。「鴺」重文作「鵜」。陸璣詩疏曰：鵜，水鳥，形如鶚而極大，喙長尺餘，直而廣口，中正赤，頷下胡大如數升囊。若小澤中有魚，便群共抒水，滿其胡而弃之。令水竭盡，魚在陸地，乃共食之。故曰「淘河」。郝懿行曰：按淘河即鵜鶘，聲之轉。今此鳥黑色高脚垂胡，食多肉少，乃知貪者未必肥也。

步瀛案：「㶚鸅」俗字，當依本注及詩候人孔疏引作「洿澤」，或從禮記表記孔疏引作「汙澤」。嚴元照爾雅匡名曰：「洿」「汙」音義皆相近。○説苑，見奉使篇。○吕氏春秋，見季秋紀。高注曰：是月，候時之雁從北方來。讀「來」字句絶，「賓」字下屬「爵入大水爲蛤」，謂「賓爵」者，老爵也。月令「季秋之月」，「候」作「鴻」。鄭以「來賓」二字連讀。注曰：來賓，言其客止未去也。與高氏异。然當以鄭義爲長。○「鵜，徒兮切。鶘音胡」七字，依袁本、茶陵本增。

木落南翔，冰泮北徂。雲飛水宿，哢吭清渠。

【彙校】

「冰泮北徂」「冰」，奎章閣本、明州本、贛州本、四庫本、叢刊本、正德本、陳八郎本、尤刻本、胡刻本、監本同。唐鈔本、九條本作「氷」。當作「冰」。「泮」，奎章閣本、明州本、贛州本、四庫本、陳八郎本、尤刻本、胡刻本、監本、唐鈔本同。叢刊本、正德本、九條本作「泮」。今從「泮」。

■立群案：玉篇：泮，散也。廣韻：泮，冰散。阮元經籍籑詁：泮，通作泮。今從「泮」。

「雲飛水宿」「飛」，奎章閣本、明州本、贛州本、四庫本、叢刊本、陳八郎本、尤刻本、胡刻本、監本、九條本同。正德本、唐鈔本作「飛」。當作「飛」。「宿」，奎章閣本、明州本、贛州本、四庫本、叢刊本、正德本、唐鈔本、九條本同。陳八郎本、尤刻本、胡刻本、監本作「宿」。當作「宿」。

「哢吭清渠」「吭」，奎章閣本、明州本、贛州本、四庫本、叢刊本、正德本、陳八郎本、尤刻本、胡刻本、九條本同。監本、唐鈔本作「吭」。當作「吭」。「清」，奎章閣本、明州本、贛州本、四庫本、正德本、陳八郎本、尤刻本、胡刻本、唐鈔本、九條本同。叢刊本、監本作「清」。當作「清」。

■**立群案**：善注引爾雅曰：吭，鳥嚨。文選鈔曰：吭，咽也。五臣翰曰：哢吭，舉首哢其音聲。據注，是李善本、文選鈔、五臣本皆作「吭」。諸本多作「吭」，是也。監本、唐鈔本作「吭」，恐形近而誤。

【彙注】

【李善注】吭，胡剛切。劉曰：木落者，葉落也。木葉落，秋時也。冰泮，春時也。善曰：淮南子曰：木葉落而長年悲。家語曰：冰泮而農桑起。爾雅曰：吭，鳥嚨。

【文選鈔】莊周曰：草木冬待時而黄落也。淮南子曰：木葉落而長年悲也。吭，咽也。言以咽摩洗身體也。

【文選音決】泮音判。吭，何朗反。

【五臣注】吭，胡浪反。翰曰：言此鳥春秋往來也。飛於雲，宿於水。哢吭，舉首哢其音聲。

【張鳳翼文選纂注】木葉落，秋時也。冰泮，春時也。吭，鳥嚨。胡剛切。

【王象乾文選删注】吭，鳥嚨也，舉首哢其音聲。淮南子曰：木葉落而長年悲。家語曰：冰泮而農桑起。

【余蕭客文選音義】哢弄。吭航。

【余蕭客文選紀聞】哢弄。集韵七。吭户郎、下浪二切。太元釋文。

【胡克家文選考异】注「胡剛」。袁本作「胡剛切」三字，在注中「吭，鳥嚨」下，是也。茶陵本「剛」作「江」，非。

【許巽行文選筆記】哢吭。注引爾雅。案：爾雅：亢，鳥嚨。不當加「口」。「哢」亦但當作「弄」。

【高步瀛文選李注義疏】許巽行曰：「哢吭」注引爾雅。案：爾雅「亢」不加「口」，「哢」亦當作「弄」。○淮南子，見説山篇。今本「木」作「桑」，非。○家語，見本命篇。王肅注曰：泮，散也。○爾雅，見釋鳥。「吭」作「亢」。○「胡剛切」三字，依袁本增。○鶂、蘆、徂、渠，古音魚部。

其深則有白黿命鱉，玄獺上祭。鱣鮪鱒魴，鮷鱧鯊鱨。

【彙校】

「其深」「深」，奎章閣本、贛州本、四庫本、叢刊本、正德本、陳八郎本、尤刻本、胡刻本、監本同。明州本、唐鈔本、九條本作「深」。當作「深」。

「白黿命鱉」「鱉」，奎章閣本、明州本、贛州本、四庫本、叢刊本、正德本、陳八郎本、尤刻本、胡刻本、監本、九條本作「鼈」。唐鈔本作「鼈」。當作「鱉」。

「玄獺上祭」「獺」，監本同。奎章閣本、明州本、贛州本、四庫本、叢刊本、正德本、陳八郎本、尤刻本、胡刻本、唐鈔本、九條本作「獺」。當作「獺」。

「鱣鮪鱒魴」「鱒魴」，奎章閣本、明州本、贛州本、四庫本、叢刊本、正德本、陳八郎本、尤刻本、胡刻本、唐鈔本、九條本同。監本模糊不清。當作「鱒魴」。

「鮷鱧鯊鱨」「鮷」，奎章閣本、明州本、贛州本、四庫本、叢刊本、正德本、陳八郎本、尤刻本、胡刻本、唐鈔本、九條本同。監本模糊不清。當作「鮷」。「鯊」，奎章閣本、明州本、贛州本、四庫本、叢刊本、正德本、陳八郎本同。尤刻本、胡刻本、監本、唐鈔本、九條本作「魦」。今從「鯊」。「鱨」，奎章閣本、明州本、贛州本、四庫本、叢刊本、正德本、陳八郎本、尤刻本、胡刻本、監本、唐鈔本、九條本作「鱨」。當作「鱨」。

【彙注】

【李善注】鱣，陟連切。鮪，于鬼切。鱒，在本切。鮷音啼。鱧音禮。善曰：禮記月令，孟春，獺祭魚，將食之，先以祭也。鱣，䱇鱏也。鮷，似鮂。鯊，似鮒。鱒、魴，皆見詩也。楚辭曰：乘白黿兮逐文魚。張衡應問曰：黿鳴而鱉應。命，呼也。

【文選鈔】黿似鱉而長大。

【文選音決】獺，他達反。上，時兩反。鱣，知連反。鮪，于美反。鱒，在本反。魴音房。鮷，徒兮反。鱧音禮。魦音沙。鱨音常。

【五臣注】鱣，陟連反。鮪，于鬼反。鱒，在本反。鮷音啼。鱧音禮。鱨音嘗。銑曰：黿鳴則鱉應，故曰命也。孟春，獺祭魚，將食之，先祭也。玄、白，黿、獺色也。向曰：皆魚名。

【陸善經注】鱣與鮪，并今之黄魚。方俗异名耳。鱒魚，目赤而體圓。一名魧鮷鮎也。

【張鳳翼文選纂注】鱣，陟連切。鮪，于鬼切。鱒，在本切。鮷音啼。鱧音禮。命，呼也。蓋黿鳴而鱉應也。禮記月令，孟春，獺祭魚，將食之，先以祭也。鱣，䱇鱏也。鮷，似鮂。鯊，似鮒。

【王象乾文選删注】鱒，在本切。鮷音啼。鱧音禮。楚辭曰：乘白黿兮逐文魚。張衡應問曰：黿鳴而鱉應。命，呼也。

【余蕭客文選音義】鮷舊音啼。祭叶將。白黿命鱉焦贛易林：黿鳴岐野，鱉應於泉。鱒沈重詩音義音撰。

【余蕭客文選紀聞】黿以鱉爲雌，故蜀都賦「其深則有白黿命鱉」爾雅翼三十一。或曰：獺一歲二祭，豺祭方，獺祭圓。又曰：獺祭魚數七缺七蓋不祭毛詩名物解十。鮷鯑。博雅音十。魦謝靈運山居賦注音沙。宋書六十七。

【張雲璈選學膠言】白黿命鼇。埤雅：鼇以黿爲雄，黿以鼇爲雌。黿鳴而鼇應，所謂雄鳴上風，雌鳴下風，而風化者也。易林云：黿鳴岐野，鼇應於泉。

【胡克家文選考异】注「鱣，鮔鰽也」。案：「鱣」當作「鮪」，各本皆誤。吴都賦「筌鮔鰽」善注「鮔鰽鮪也」，可借證。

注「張衡應問曰」。案：「問」當作「間」。各本皆訛。

【朱珔文選集釋】白黿命鼇。善注引張衡應間曰：黿鳴而鼇應。案：爾雅翼云：天地之初，介潭生先龍，先龍生元黿，元黿生靈龜，靈龜生庶龜。凡介生於庶龜，然則黿介蟲之元也，以鼇爲雌，黿鳴則鼇應。淮南説山訓：燒黿致鼇，此以其類求之也。焦氏易林亦云：黿鳴岐野，鼇應於泉。

鱒。善注云：見詩。案：九罭毛傳：鱒，大魚也。爾雅云：鮅，鱒。郭注：似鯶子，赤眼。説文：鱒，赤目魚。而「鮅」字云：魚名。絶不相聯。則與爾雅「一魚二名者」异。段氏謂：説文自鮅至魠十篆，皆非許書所本有。許時爾雅本無「鮅」字，但作「必」。「必」則例不録。余謂，此處既非新附，何得增至十字之多，或傳寫有倒亂與？

鮷。善注云：似鮎。案：「鮷」字廣韵作「鮧」。爾雅郭注：鮎别名鯷，江東通呼鮎爲「鮧」。廣雅云：鮷、鯷，鮎也。王氏疏證謂名醫别録陶注云：鮧即鯷也。今人皆呼慈音，即是鮎魚。作臛食之。是「鮷」「鯷」皆「鮎」之别名。若以形體言，則鮎之大者，乃名爲「鮷」。説文：鮷，大鮎也。玉篇同。余謂北山經：其狀如鯑魚。注云：今亦呼鮎爲「鯑」。「鮷」「鮧」「鯷」「鯑」，字皆通。爾雅翼曰：鮧魚偃額，兩目上陳，頭大尾小，身滑無鱗，謂之鮎魚，言其黏滑也。今泥鰌鋭頭無鱗，滑不可握。故注云似之矣。

【梁章鉅文選旁證】其深則有白黿命鱉。林先生曰：焦贛易林：黿鳴岐野，鱉應於泉。張氏雲璈曰：埤雅：鱉以黿爲雄，黿以鱉爲雌，黿鳴而鱉應。故注云：命，呼也。

注 鱣，鮔鰽也。胡公考异曰：「鱣」當作「鮪」，各本皆誤。吴都賦「筌鮔鰽」，善注「鮔鰽，鮪也」，可借證。

注 張衡應問曰。「問」當作「間」。各本皆誤。

【胡紹煐文選箋證】白黿命鱉。注善曰：張衡應間曰：鼉鳴而鱉應。命，呼也。余氏文選音義引焦贛易林云：鼉鳴岐野，鱉應於泉。蓋氣相應，動如命令。故云然也。張氏雲璈曰：埤雅：鱉以鼉爲雄，鼉以鱉爲雌。鼉鳴而鱉應，故注云：命，呼也。紹煐按：舊唐書李密傳：鼉鳴鱉應，見機而作。言此鳴則彼應也。淮南「萬畢術燒鼉致鱉」，亦取氣感之義。

鱣鮪鱒魴。注善曰：鱣，鮔鰽也。考异曰：「鱣」當作「鮪」，各本皆誤。吴都賦「筌鮔鰽」，善注「鮔鰽，鮪也」，可借證。紹煐按：本書上林賦郭注云：鮔鰽，鮪。説文「鮔鰽，鮪也」，「鮠」「鰽」聲之轉。

【高步瀛文選李注義疏】各本此節合上爲一節。注亦相混，今分爲二。詳此注文體例先後不同，且先注「玄獺」，後注「白黿」，與正文次第亦不合。今定自禮記月令至「皆見詩也」爲劉注，楚辭以下爲李注。故於「楚辭」上加「善曰」二字。○爾雅翼卷三十一曰：黿，鱉之大者，闊或至一二丈。天地之性，細腰純雄，大腰純雌，故龜鱉之類，以蛇爲雄。列子亦云：純雌其名大腰，純雄其名稚蜂。今黿亦大腰，乃復以鱉爲雌。故曰黿鳴鱉應。蜀都賦曰「其深則有白黿命龜」是也。步瀛案：列子見天瑞篇。朱琦曰：淮南説山訓：燒鼃致鱉，此以其類求之也。焦氏易林亦云：鼃鳴岐野，鱉應於泉。步瀛案：易林乾之井，元刻本作「鸑鳴岐山，龜應幽淵」。津逮秘書本、漢魏叢書本「鸑」作「鼃」，「龜」作「鱉」，未知孰是。而山、淵爲韵。張衡傳注引作「岐野」，疑傳寫之誤，且「泉」字亦避諱改。余蕭客、張雲璈、梁章鉅、朱珔、胡紹煐似皆沿其失。○月令：孟春之月，獺祭魚。鄭注曰：此時魚肥美，獺将食之，先以祭也。説文曰：獺如小狗，舍水食魚。段據廣韵改作水狗也，食魚。○鱣，鮔鰽也。胡克家曰：「鱣」當作「鮪」，各本皆誤。吴都賦「筌鮔鰽」，善注「鮔鰽，鮪也」，可借證。胡紹煐曰：本書上林賦郭注云：鮔鰽，鮪。説文：鮔鰽，鮪也。「鯍」「鰽」聲之轉。步瀛案：上林賦注引李奇曰：周洛曰鮪，蜀曰鮔鰽，出鞏山穴中。史記司馬相如傳集解引郭璞曰：鮔鰽，鮪也。音亘瞢。漢書作「鮔鰽」。顔曰：鮔音工鄧反，鰽音莫鄧反。皆可與兩胡氏説相證。然「鱣」「鮪」同類，或劉氏通言之耳。爾雅釋魚郭注曰：鱣，大魚。今江東呼爲「黄魚」。邵晉涵正義謂今亦呼爲「鱘鱑魚」是也。御覽鱗介部八引魏武四時食制曰：鱣，一名黄魚。大数百斤，骨軟可食，出江陽犍爲。又互見西京賦。○詩九罭曰：九罭之魚，鱒魴。毛傳曰：鱒魴，大魚也。爾雅釋魚曰：鮅，鱒。郭注曰：似鯶子，赤眼。説文曰：鱒，赤目魚。陸璣詩疏曰：鱒，似鯶魚，而鱗細於鯶，赤眼，多細文。爾雅翼卷二十八曰：鱒魚，目中赤色，一道横貫瞳，魚之美者。「魴」，已見西京賦。○朱珔曰：「鮷」字廣韵作「鮧」。爾雅郭注：鮎别名鯷，江東通呼鮎爲「鮧」。廣雅云：鮷、鯷，鮎也。王氏疏證謂名醫别録陶注云：鮧即鯷也。今人皆呼慈音，即是鮎魚。作臛食之。是「鮷」「鯷」皆「鮎」之别名。若以形體言，則鮎之大者，乃名爲「鮷」。説文：鮷，大鮎也。玉篇同。余謂北山經：其狀如鯑魚。注云：今亦呼鮎爲「鯑」。「鮷」「鮧」「鯷」「鯑」，字皆通。爾雅翼曰：鮧魚偃額，兩目上陳，頭大尾小，身滑無鱗，謂之鮎魚，言其黏滑也。今泥鰌鋭頭無鱗，滑不可握。

故注云似之矣。步瀛案：爾雅、廣雅并見釋魚。名醫别録見證類本草卷二十引。爾雅翼見卷二十九。〇「魦」即「鯊」之省文。詩魚麗曰：鱨鯊，已見西京賦。〇楚辭，見九歌河伯。〇「應間」，見後漢書張衡傳。本賦注各本皆誤作「應問」，今依胡氏校改。〇「命，呼也」，見廣雅釋詁二。〇鯊，古音脂部。祭，祭部。通轉爲韵。魴、鱨，陽部。

差鱗次色，錦質報章。躍濤戲瀨，中流相忘。

【彙校】

「躍濤戲瀨」 「躍」，奎章閣本、明州本、贛州本、四庫本、叢刊本、正德本、陳八郎本、尤刻本、胡刻本、監本、唐鈔本、九條本作「躍」。當作「躍」。「濤」，明州本、贛州本、叢刊本、陳八郎本、尤刻本、胡刻本、監本、九條本同。奎章閣本、四庫本、正德本、唐鈔本作「濤」。當作「濤」。「戲」，明州本、贛州本、四庫本、叢刊本、陳八郎本、尤刻本、胡刻本、監本同。奎章閣本、九條本作「戲」。正德本、唐鈔本作

「戲」。當作「戲」。「瀨」，明州本、贛州本、叢刊本、監本同。奎章閣本、四庫本、正德本、陳八郎本、尤刻本、胡刻本、唐鈔本、九條本作「瀨」。當作「瀨」。

「中流相忘」「流」，明州本、贛州本、叢刊本、陳八郎本、尤刻本、胡刻本、監本、九條本同。奎章閣本、四庫本、正德本、唐鈔本作「流」。當作「流」。

【彙注】

【李善注】劉曰：莊周云：泉涸，魚相與處陸。相呴以濕，相濡以沫，不若相忘於江湖。善曰：毛詩曰：終日七襄，不成報章。

【文選鈔】報，反報也。言其鱗甲各有行列，反報其文章也。相忘，言各自足也。

【文選音決】差，楚宜反。躍音藥。濤音桃。望，協韵，音忘。或作忘，非。

【五臣注】良曰：魚鱗參差，其色相次，若錦之容質，重報其文章。濤，波也。謂游戲各得其性而相遺忘。

【張鳳翼文選纂注】魚鱗參差，其色相次，若錦之容質，重可成報章。躍戲，謂游戲各得其性而相忘也。

【王象乾文選删注】莊周曰：泉涸，魚相與處陸。相呴以濕，相濡以沫，不若相忘於江湖。

【余蕭客文選音義】瀨賴。

【胡紹煐文選箋證】中流相忘。注劉逵曰：莊周云：泉涸，魚相與處陸。相呴以濕，相濡以沫，不若相忘於江湖。按：相忘，猶相羊也。本書西京賦：相羊乎五柞之館。薛注：相羊，彷羊也。離騷：聊逍遥以相羊。注：相羊，游也。字亦作「襄羊」。上林賦：消摇乎襄羊。郭注：襄羊，猶彷羊也。

【高步瀛文選李注義疏】莊周，見天運篇。又大宗師篇同，惟「若」作「如」。胡紹煐曰：相忘，猶相羊也。本書西京賦：相羊乎五柞之館。薛注：相羊，彷羊也。離騷：聊逍遥以相羊。注：相羊，游也。字亦作「襄羊」。上林賦：消摇乎襄羊。郭注：襄羊，猶彷羊也。步瀛案：胡説「相羊」是也。然「相忘」二字，本有義，意與「相羊」字有异，仍以劉注引莊子爲是。○毛詩，見大東。○章，忘，古音陽部。與上魴、鱨爲韵。○以上封域。

於是乎金城石郭，兼匝中區。既麗且崇，實號成都。

【彙校】

「於是乎」「於」，奎章閣本、明州本、贛州本、四庫本、叢刊本、陳八郎本、尤刻本、胡刻本、監本、九條本同。正德本、唐鈔本作「扵」。當作「於」。

「金城石郭」「郭」，四庫本同。奎章閣本、明州本、贛州本、叢刊本、正德本、陳八郎本、尤刻本、胡刻本、監本、唐鈔本、九條本作「郭」。當作「郭」。

「兼匝中區」「兼」，明州本、贛州本、叢刊本、尤刻本、胡刻本、監本、唐鈔本同。奎章閣本、四庫本、正德本、陳八郎本、九條本作「蒹」。當作「兼」。「匝」，陳八郎本同。贛州本、四庫本、叢刊本、尤刻本作「市」。奎章閣本、明州本、正德本、胡刻本、監本作「帀」。唐鈔本、九條本作「迊」。當作「匝」。

■**立群案**：許巽行文選筆記：「兼市中區」之「市」，袁作「帀」，從之。阮元經籍籑詁：廣雅釋詁二：帀，徧也。禮記檀弓注：周，帀也。釋文：帀，本作迊。是「帀」「迊」通。然本字當作「匝」也。

「既麗且崇」「既」，四庫本、正德本同。奎章閣本、明州本、贛州本、叢刊本、陳八郎本、尤刻本、胡刻本、監本、唐鈔本、九條本作「旣」。當作「既」。

「實號成都」「號」，奎章閣本、明州本、贛州本、四庫本、叢刊本、尤刻本、胡刻本、監本同。正德本、陳八郎本作「号」。唐鈔本作「猇」。九條本作「號」。當作「號」。

【彙注】

【李善注】劉曰：金石，言堅也。故晁錯曰：神農之教，雖有金城湯池也。

【文選音決】墎音郭。帀，子合。

【五臣注】良曰：金、石，言堅也。區，區域也。言美麗崇高也。成都，蜀都。

【張鳳翼文選纂注】金、石，言堅也。區，區城也。

【許巽行文選筆記】兼市。「兼市中區」之「市」，袁作「帀」，從之。

【高步瀛文選李注義疏】太平寰宇記曰：劍南西道益州成都縣，漢舊縣也。以周太王從梁山止岐下，一年成邑，二年成都，因名之成都。楊雄蜀本紀云：蜀王據有巴蜀之地，本治廣都樊鄉，徙居成都。秦惠王遣張儀、司馬錯定蜀，因樂成都而縣之。都在赤里街。張若徙置少城内，始造府縣寺舍，今與長安同制。○漢書食貨志上，鼂錯復説上曰：神農之教曰：有石城十仞，湯池百步，带甲百萬，而亡粟，弗能守也。本書永明九年策秀才文及藝文類聚百穀部引氾勝之書與鼂錯引神農之教同。惟「有」字上有「雖」字，無「十仞」「百步」四字。然皆作「石城」，不作「金城」。此注恐因正文而誤。漢書蒯通傳：通説武信君曰：皆爲金城湯池。颜注曰：金以喻堅，湯喻沸熱不可近。又案：「鼂」「朝」字通。漢書文帝紀、食货志、藝文志、爰盎鼂錯傳作「鼂」，景帝紀作「晁」，吴王濞傳、劉歆傳、儒林傳作「朝」，并同。

闢二九之通門，畫方軌之廣塗。營新宫於爽塏，擬承明而起廬。

【彙校】

「畫方軌」　「軌」，奎章閣本、贛州本、四庫本、叢刊本、正德本、陳八郎本、胡刻本同。明州本、尤刻本、監本、九條本作「軌」。唐鈔本作「軏」。當作「軌」。

「廣塗」「塗」，明州本、贛州本、四庫本、叢刊本、正德本、陳八郎本、尤刻本、胡刻本、監本、唐鈔本、九條本同。奎章閣本作「塗」。當作「塗」。

「營新宮於」「於」，奎章閣本、明州本、贛州本、四庫本、叢刊本、陳八郎本、尤刻本、胡刻本、監本同。正德本、唐鈔本、九條本作「扵」。當作「於」。

「爽塏」「爽」，奎章閣本、明州本、贛州本、叢刊本、正德本、陳八郎本、尤刻本、胡刻本、監本、唐鈔本、九條本作「爽」。四庫本作「爽」。當作「爽」。「塏」，奎章閣本、明州本、贛州本、四庫本、叢刊本、正德本、陳八郎本、尤刻本、胡刻本、監本、唐鈔本同。九條本作「塏」。當作「塏」。

■**立群案**：善注引左氏傳曰：齊景公欲更晏子之宅，曰，請更諸爽塏者。杜預注：爽，明；塏，燥。或爲賦語所本。文選音決：塏音凱。五臣濟曰：爽塏，高明也。據注，是李善本、文選音決、五臣本皆作「爽塏」。諸本多作「塏」，是也。九條本獨作「嵦」，恐誤也。

「擬承明」「承」，奎章閣本、明州本、贛州本、四庫本、叢刊本、正德本、陳八郎本、尤刻本、胡刻本、監本、九條本同。唐鈔本作「羕」。當作「承」。「明」，奎章閣本、明州本、贛州本、四庫本、叢刊本、正德本、陳八郎本、尤刻本、胡刻本、監本、九條本同。唐鈔本作「明」。當作「明」。

「而起廬」「起」，四庫本同。奎章閣本、明州本、贛州本、叢刊本、正德本、陳八郎本、尤刻本、胡刻本、監本、唐鈔本、九條本作「起」。當作「起」。「廬」，明州本、贛州本、四庫本、叢刊本、陳八郎本、監本同。奎章閣本、正德本、尤刻本、胡刻本、唐鈔本、九條本作「廬」。當作「廬」。

【彙注】

【李善注】塏音愷。劉曰：漢武帝元鼎二年，立成都十八門。周禮，經塗九軌。晝，言端直也。爽塏，高明也。善曰：左氏傳曰：齊景公欲更晏子之宅，曰：請更諸爽塏者。杜預曰：就高燥也。漢書曰：嚴助爲會稽太守，帝賜書曰：君厭承明之盧。張晏曰：承明盧在石渠門外。

【文選鈔】軌，車轍也。方，并也。

【文選音決】闢，婢亦反。畫音獲。塏音凱。盧，力如反。

【五臣注】塏音愷。濟曰：闢十八門也。方軌，并車迹。言塗可并車行也。新宮，宮名。漢有承明盧，此擬而起之。爽塏，高明也。

【張鳳翼文選纂注】塏音愷。方軌，并車也。言塗可以并車行也。新宮，宮名。漢有承明盧，此擬而起之。

【王象乾文選删注】漢武帝元鼎三年，立成都十八門。周禮，經塗九軌。

【余蕭客文選音義】二九揚雄蜀都賦：其都門二九，四百餘閭。張載蜀都賦注：漢武帝元鼎三年，立成都郭十八門。盧揚伯嵒九經補韵讀爲「纑」。

【余蕭客文選紀聞】揚雄蜀都賦：都門二九，四百餘閭古文苑注。按，成都志：大城九門。今考九門爲咸門、朔門，秦、漢舊名。公孫述傳：臧宮車至咸門。注云：成都北面二門，其西曰咸門古文苑注四。

【胡克家文選考异】注「左氏傳曰」下至「在石渠門外」。袁本此六十字作「爽塏已見上文，承明已見西都賦」，是也。茶陵本複出，非。

【朱珔文選集釋】闢二九之通門。劉注云：漢武帝元鼎二年，立成都十八門。案：方輿紀要引周地圖記：漢元鼎二年，太城立九門，少城立九門，故曰十八郭門。其東有陽城門，左思賦云：結陽城之延閣，飛觀榭乎雲中。又西有宣明門，益州記：宣明門樓，即故張儀樓。重岡複道，跨陽城門是也。余謂，善注引淮南子云：延閣棧道。即益州記所稱「複道」也。賦下文云：開高軒以臨山。即益州記所稱「重岡」也。蓋務爲崇峻，逾於常制，故曰「雲中」耳。

【梁章鉅文選旁證】闢二九之通門。　揚雄蜀都賦：其都門二九，四百餘閭。

注漢武帝元鼎二年，立成都十八門。　續漢書郡國志蜀郡，注引此注「都」下有「郭」字。段曰：臧宮傳注引張注「十八門」下有「小雒郭門，蓋其數焉」八字。姜氏皋曰：元鼎二年。臧傳作「三年」。按玉海百六十九引公孫述傳：臧宮軍至咸門。注：成都北面有二門，其西者名咸門。成都志曰：大城九門，少城九門。唯咸門、朔門，秦、漢舊名也。是在當時十八門，已不可考。

【高步瀛文選李注義疏】梁章鉅曰：揚雄蜀都賦曰：其都門二九，四百餘閭。續漢書郡國志蜀郡，注引此注「都」下有「郭」字。段曰：臧宮傳注引張注「十八門」下有「小雒郭門，蓋其數焉」八字。姜氏皋曰：元鼎二年。臧宮傳注作「三年」。按玉海百六十九引公孫述傳：臧宮軍至咸門。注：成都北面有二門，其西者名咸門。成都志曰：大城九門，少城九門。唯咸門、朔門，秦、漢舊名也。是在當時十八門，已不可考。○周禮，見考工記匠人，「塗」作「涂」。釋文曰：涂音塗。步瀛案：説文無「塗」字。涂水出益州牧靡南山，本爲水名。段曰：古道塗、塗墍，字皆作「涂」。朱駿聲曰：以「徑」字从「彳」，路字从「足」，道字从「辵」，行字訓「道」例之，「徐」亦訓「道」字。古借「徐」，後變「途」，又作「塗」。案：朱以「徐」爲「道塗」字，未知確否。○李注爽塏，已見上文。案：指西京賦也。尤本作「左氏傳」云云二十七字，與西京賦注複。「承明已見西都賦」，尤本作「漢書」云云三十一字，與西都賦複。茶陵本并同，皆非也。今依袁本。○區，古音幽部。都、塗、廬，魚部。通轉爲韵。

結陽城之延閣，飛觀榭乎雲中。開高軒以臨山，列綺窗而瞰江。

【彙校】

「結陽城」「結」，奎章閣本、明州本、贛州本、四庫本、叢刊本、正德本、陳八郎本、尤刻本、胡刻本、監本、唐鈔本、九條本作「結」。當作「結」。「陽」，奎章閣本、明州本、贛州本、叢刊本、陳八郎本作「陽」。四庫本、正德本、尤刻本、胡刻本、監本、唐鈔本、九條本作「陽」。當作「陽」。「城」，奎章閣本、明州本、贛州本、四庫本、叢刊本、正德本、陳八郎本、尤刻本、胡刻本、監本、九條本同。唐鈔本作「成」。今從「城」。

▍立群案：高步瀛文選李注義疏：胡克家曰：注「陽城」，袁本「城」作「成」。茶陵本亦作「城」。案：門名不俟更言「城」，必「成」字也。以此訂之，正文亦當作「成」。今各本皆有誤。步瀛案：他書引亦多作「城」。胡氏説似泥。太平寰宇記劍南西道益州華陽縣，引李膺益州記曰：少城有九門，南面三門，最東曰陽城門，次西曰宣明門。蜀時張儀樓，即宣明門樓也。重閣複道，跨陽城門。故左思賦云：結陽城之延閣，飛觀榭乎雲中。今從高氏説，作「陽城」。

「延閣」「延」，奎章閣本、明州本、贛州本、四庫本、叢刊本、正德本、陳八郎本、尤刻本、胡刻本、唐鈔本、九條本同。監本作「延」。當作「延」。

「飛觀榭」「飛」，奎章閣本、明州本、贛州本、四庫本、叢刊本、陳八郎本、尤刻本、胡刻本、監本、九條本同。正德本、唐鈔本作「飛」。當作「飛」。「觀」，奎章閣本、明州本、贛州本、四庫本、叢刊本、正德本、尤刻本、胡刻本、監本、九條本同。陳八郎本、唐鈔本作「觀」。當作「觀」。

「乎雲中」「乎」，奎章閣本、明州本、贛州本、四庫本、叢刊本、正德本、陳八郎本、尤刻本、胡刻本、監本、九條本同。唐鈔本作「于」。當作「乎」。

■立群案：「乎」「于」於賦皆通。諸本多作「乎」，從之。

「開高軒」「髙」，四庫本同。奎章閣本、明州本、贛州本、叢刊本、正德本、陳八郎本、尤刻本、胡刻本、監本、唐鈔本、九條本作「高」。當作「高」。

「列綺窗」「綺」，奎章閣本、明州本、贛州本、四庫本、叢刊本、正德本、陳八郎本、尤刻本、胡刻本、監本、唐鈔本、九條本作「綺」。當作「綺」。「窗」，奎章閣本、明州本、贛州本、四庫本、叢刊本、正德本、陳八郎本作「窻」。尤刻本、胡刻本、監本作「牎」。唐鈔本、九條本作「窓」。當作「窗」。

【彙注】

【李善注】瞰，苦檻反。劉曰：陽城，蜀門名也。善曰：淮南子曰：延閣棧道。高軒，堂左右長廊之有牖者。張載魯靈光殿賦注曰：軒檻，所以開明也。古詩曰：交疏結綺窗。

【文選鈔】臺有木謂之榭。書曰：土高曰臺，有木曰榭也。

【文選音決】觀，古玩反。瞰，苦暫反。

【五臣注】瞰，苦濫反。向曰：陽城，閣名。延，長也。言觀榭高若飛於雲中。軒，檻也。綺窗，雕畫若綺也。瞰，示也。

【張鳳翼文選纂注】陽城，蜀門名也。延閣棧道。高軒，堂左右長廊之有窗者。言觀榭高若飛於雲中。綺窗，雕畫若綺也。瞰，視也。

【王象乾文選删注】陽城，蜀門名。

【余蕭客文選音義】江韻補叶公。

【余蕭客文選紀聞】江古紅。韻補一。

【胡克家文選考异】注「陽城，蜀門名也」。袁本「城」作「成」，茶陵本亦作「城」。案：門名不俟更言「城」，必「成」字也。以此訂之，正文亦當作「成」。今各本皆有誤。

【許巽行文選筆記】綺牕。説文：在墻曰牖，在屋曰囱。或作「窗」。古文作「囧」。又穴部：窻，通孔也。音義与囱同，惟不作「牕」。

【梁章鉅文選旁證】注陽城，蜀門名也。六臣本「城」作「成」。胡公考异曰：門名不俟更言「城」，必「成」字也。以此訂之，正文亦當作「成」。

【胡紹煐文選箋證】結陽城之延閣。注善曰：淮南子曰：延閣棧道。按：江淹表（御覽一百八十四）「府之延閣」，注：延閣，書府也。此承「擬承明而起廬」言，當爲藏書處。善引疑非其旨。

【高步瀛文選李注義疏】六臣本「牕」作「窻」。案：説文囱部曰：在墻曰牖，在屋曰囱。重文从穴，作窗。穴部又有「窻」字，曰：通孔也。蓋亦「囱」之或體字。後人又作「牕」。王筠謂「囱」有櫺有楯，窻但通一大孔。朱駿聲謂在上者爲窗，在旁者爲窻。似皆傅會，意爲區別。段氏則謂「窻」篆淺人所增，當删，亦矯枉過正矣。○楚辭大招王逸注曰：觀，猶樓也。「榭」已見東京賦。吕向曰：綺窗，雕畫若綺也。瞰，視也。○胡克家曰：注「陽城」，袁本「城」作「成」。茶陵本亦作「城」。案：門名不俟更言「城」，必「成」字也。以此訂之，正文亦當作「成」。今各本皆有誤。步瀛案：他書引亦多作「城」。胡氏説似泥。太平寰宇記劍南西道益州華陽縣，引李膺益州記曰：少城有九門，南面三門，最東曰陽城門，次西曰宣明門。蜀時張儀樓，即宣明門樓也。重閣複道，跨陽城門。故左思賦云：結陽城之延閣，飛觀榭乎雲中。○淮南子，見本經篇。各本「閣」作「樓」，後魏都賦注引亦作「樓」，此疑涉正文而誤。胡紹煐曰：御覽一百八十四引江淹表「府之延閣」，注：延閣，書府也。此承「擬承明而起廬」言，當爲藏書處。善引疑非其旨。步瀛案：上云陽城門，則延閣非藏書處矣。胡氏説恐未確。○本書魏都賦李注曰：軒，長廊之有窗也。琴賦注同。與本注皆合。○魯靈光殿賦，見本書卷十一。古詩見本書卷二十九。尤本「牕」作「窻」，今依古詩及六臣本。○中，古音冬部。江，東部。通轉爲韵。

内則議殿、爵堂，虎義、虎威。宣化之闥，崇禮之闈。華闕雙邈，重門洞開。金鋪交映，玉題相暉。

【彙校】

「虎義、虎威」　前「虎」，奎章閣本、明州本、正德本、陳八郎本同。贛州本、四庫本、叢刊本、尤刻本、胡刻本、監本、唐鈔本、九條本作「武」。今從「虎」。「義」，明州本、贛州本、四庫本、叢刊本、陳八郎本、尤刻本、胡刻本、監本、唐鈔本、九條本同。奎章閣本、正德本作「義」。當作「義」。

■ **立群案**：據校勘，是五臣本作「虎」，李善本作「武」，已難考證何者爲是。今暫從「虎」。

「宣化之闥」　「闥」，九條本同。奎章閣本、明州本、贛州本、四庫本、叢刊本、正德本、陳八郎本、尤刻本、胡刻本、監本、唐鈔本作「闥」。當作「闥」。

「崇禮之闈」　「禮」，奎章閣本、明州本、贛州本、四庫本、叢刊本、正德本、陳八郎本、尤刻本、胡刻本、監本、九條本同。唐鈔本作「礼」。當作「禮」。「闈」，奎章閣本、明州本、贛州本、四庫本、叢刊本、陳八郎本、尤刻本、胡刻本、監本、唐鈔本、九條本同。正德本作「闈」。當作「闈」。

「華闕雙邈」　「闕」，奎章閣本、明州本、贛州本、四庫本、叢刊本、正德本、陳八郎本、尤刻本、胡刻本、監本、九條本同。唐鈔本作「闕」。當作「闕」。「雙」，四庫本、唐鈔本同。奎章閣本、明州本、贛州本、叢刊本、正德本、陳八郎本、尤刻本、胡刻本、監本、九條本作「雙」。當作「雙」。「邈」，明州本、贛州本、四庫本、叢刊本、正德本、陳八郎本、尤刻本、胡刻本同。奎章閣本、監本、九條本作「⿺辶貇」。唐鈔本作「⿺辶貇」。當作「邈」。

「玉題相暉」「暉」，奎章閣本、明州本、贛州本、四庫本、叢刊本、正德本、陳八郎本、尤刻本、胡刻本、唐鈔本同。監本作「煇」。九條本作「暉」。今從「暉」。

■**立群案**：説文：暉，光也。煇，光也。似俱可通。段玉裁説文解字注：暉者，日之光。煇者，火之光。與賦似又俱不可通。玉篇：暉，光也。或「煇」字。廣韻：煇，光也。暉亦同。似後世已不作分別。諸本多作「暉」，今暫從之。

【彙注】

【李善注】劉曰：議殿、爵堂，殿堂名也。武義、虎威，二門名也。宣化、崇禮，皆闈闥之名也。劉曰：金鋪，門鋪首以金爲之。玉題，以玉爲之。孟子曰：榱題數尺。楊雄曰：璇題玉英。善曰：西都賦曰：樹中天之華闕。長門賦曰：擠玉户而撼金鋪。

【文選鈔】尔雅：宮中門曰闈。闈，小門也。

言宮門雙闕高邈大也。

【文選音決】重，逐龍反。鋪，普胡反。題，大兮反。

【五臣注】銑曰：議殿、爵堂，殿堂名。虎義、虎威，二門名。宣化、崇禮，皆門名。邈，開。洞，通也。金鋪，門上飾，以金爲之。玉題，椽上飾，以玉爲之。暉，映，言光明也。

【張鳳翼文選纂注】議殿、爵堂，殿堂名也。武義、虎威，二門名也。宣化、崇禮，闈闥之名也。金鋪，門上飾，以金爲之。玉題，以玉爲榱題也。

【王象乾文選刪注】武義、虎威，二門名。楊雄曰：琁題玉英。長門賦曰：擠玉户而撼金鋪。

【余蕭客文選音義】武五臣作「虎」。開叶音，見西都賦。

【張雲璈選學膠言】内則議殿、爵堂。劉注以爲殿堂之名。雲璈按：蔡邕獨斷云：其有疑事，公卿百官會議。若臺閣有所正處，而獨執异意者，曰駁議。駁議曰：某官某甲議，以爲如是。下言臣愚戇，議异。其非駁議，不言議异。其合於上意者，文報曰：某官某甲議可。此當時議政典制如是，則議殿者，即所謂會議之殿耳。爵堂，蓋亦言頒爵之堂也。

【梁章鉅文選旁證】武義、虎威。六臣本「武」作「虎」。

【高步瀛文選李注義疏】五臣「武」作「虎」。○張雲璈曰：蔡邕獨斷云：其有疑事，公卿百官會議。若臺閣有所正處，而獨執异意者，曰駁議。駁議曰：某官某甲議，以爲如是。下言臣愚戇，議异。其非駁議，不言議异。其合於上意者，文報曰：某官某甲議可。此當時議政典制如是，則議殿者，即所謂會議之殿耳。爵堂，蓋其言頒爵之堂也。

說文金部曰：鋪，箸門鋪首也。本書舞賦注引「鋪首」作「抪首」。漢書哀帝紀曰：元壽元年，孝元廟殿門銅龜蛇鋪首鳴。顔注曰：門之鋪首，所以銜鐶者也。又五行志中之上曰：木門倉琅根，謂宫門銅鍰。顔注曰：門之鋪首及銅鍰也。鋪首銜環，故謂之根。「鍰」讀與「環」同。藝文類聚巧藝部引風俗通曰：門户鋪首。謹按：百家書云：公輸般之水，見蠡。曰：「見汝形。」蠡適出頭，般以足畫圖之。蠡引閉其户，終不可得開。般遂施之門户。云：人閉藏如是，固周密矣。御覽居處部十六、工藝部七皆引之。胡紹煐曰：據此則公輸般始爲此制。然續漢書禮儀志：殷人水德，以螺首慎其閉塞，使如螺。

「螺」即「蠡」也。則以蠡立門上，不始於般矣。蓋古人形象立制，後世因之，飾以龍蛇。三輔黄圖：金鋪扉上有金華，中作獸及龍蛇鋪首，以銜環，是也。○孟子，見盡心下。趙岐注曰：榱題，屋溜也。焦循正義曰：按：屋自中棟至檐，用椽相比。近棟者名交，謂交於楣上也。接交而長，直下達於檐者名閲，以其下垂，故名榱矣。榱之抵檐處，爲榱題，其上覆以瓦，雨自此下溜，故爲溜，亦爲樀。樀，取於滴也。今尚以瓦頭爲滴水，自瓦言之爲溜，自椽言之爲榱題。近在一所。故趙氏以瓦溜釋榱題也。步瀛案：趙以「屋溜」釋「榱題」，究嫌含混。下引楊雄，見甘泉賦。注引應劭曰：題頭也。榱椽之頭，皆以玉飾，言其英華相爓也。又案本注「琁題」，尤本「琁」作「旋」。今依六臣本。○長門賦，見本書卷十六。○威、闈、開，古音脂部。暉，諄部。通轉爲韵。

外則軌躅八達，里閈對出。比屋連甍，千廡萬室。

【彙校】

「軌躅八達」「軌」，奎章閣本、明州本、贛州本、四庫本、叢刊本、正德本、陳八郎本、胡刻本、監本、九條本同。尤刻本作「軌」。唐鈔本作「軌」。當作「軌」。「達」，明州本、贛州本、四庫本、正德本、唐鈔本同。奎章閣本、叢刊本、陳八郎本、尤刻本、胡刻本、監本、九條本作「逹」。當作「逹」。

「里閈對出」「出」，明州本、贛州本、四庫本、叢刊本、正德本、陳八郎本、胡刻本、監本、唐鈔本、九條本同。奎章閣本、尤刻本作「出」。當作「出」。

【彙注】

【李善注】躅，直録反。閈音汗。廡音武。劉曰：閈，里門也。管子曰：閭閈不可以無闔。盧綰與高祖同里。班固曰：綰自同閈。廡，房也。蘇秦説魏襄王曰：廬廡之數也。善曰：漢書，班嗣與桓生書曰：伏孔氏之軌躅。音義曰：三輔説牛蹄處爲躅。爾雅曰：八達謂之崇期。孫炎曰：崇，多也。多道會期於此。

【文選鈔】甍，棟。廡，房室也。

【文選音決】躅，大録反。甍，亡耕反。廡音武。

【五臣注】躅，直六反。閈音汗。廡音武。良曰：軌，車也。躅，迹也。八達，八通之道。閈，里門也。對出，相對而立。甍，棟也。大屋曰廡。皆言閭閻相次也。

【張鳳翼文選纂注】躅，直六切。閈音汗。廡音武。軌，車也。躅，迹也。八達，八通之道。閈，里門也。對出，相對而立。甍，棟也。言閭閻相次。

【王象乾文選删注】閈，里門。漢書：班嗣與桓生書曰：伏孔氏之軌躅。爾雅曰：八達謂之崇期。孫炎曰：崇，多也。多道會期於此。管子曰：閭閈不可以無闔。盧綰與高祖同里。班固曰：綰自同閈。

【陳景雲文選舉正】千廡萬屋。「屋」當作「室」。

【余蕭客文選音義】躅濁。屋六臣作「室」。

【孫志祖文選考异】千廡萬屋。「屋」，當從六臣本作「室」。與「出」字叶，且不複「比屋」。

【許巽行文選筆記】萬屋。「屋」，一作「室」，是也。「達」「出」「室」「術」「駟」「瑟」「恤」爲韵。今訛爲「屋」，不特与上「比屋」重複，於韵亦乖矣。

【高步瀛文選李注義疏】毛本「室」作「屋」，非。〇管子，見八觀。〇「盧綰與高祖同里」見史記及漢書盧綰傳。「班固」云云見漢書叙傳。〇説文曰：廡，堂下周屋也。庌，廡也。釋名釋宫室曰：大屋曰廡，廡，幠也。幠，覆也。〇史記蘇秦傳説魏襄王曰：田舍廬廡之數，曾無所芻牧。魏策一無「之數」二字。〇漢書見叙傳，「孔氏」作「周孔」。本注各本皆誤。當依漢書改。又顔注引鄭氏與本注引音義同。〇爾雅，見釋宫。

亦有甲第，當衢向術。壇宇顯敞，高門納駟。庭扣鐘磬，堂撫琴瑟。匪葛匪姜，疇能是恤。

【彙校】

「亦有甲第」　「第」，奎章閣本、明州本、贛州本、四庫本、叢刊本、正德本、陳八郎本、尤刻本、胡刻本、監本、九條本同。唐鈔本作「苐」。當作「第」。

「當衢向術」　「術」，明州本、贛州本、四庫本、叢刊本、陳八郎本、尤刻本、胡刻本、監本、唐鈔本、九條本同。奎章閣本、正德本作「衎」。當作「術」。

「高門納駟」　「高」，四庫本同。奎章閣本、明州本、贛州本、叢刊本、正德本、陳八郎本、尤刻本、胡刻本、監本、唐鈔本、九條本作「髙」。當作「高」。

「庭扣鐘磬」　「庭」，明州本、叢刊本、陳八郎本、九條本同。奎章閣本、贛州本、四庫本、正德本、尤刻本、胡刻本、監本作「庭」。唐鈔本作「庭」。當作「庭」。「扣」，奎章閣本、明州本、贛州本、四庫本、叢刊本、正德本、陳八郎本、尤刻本、胡刻本、唐鈔本、九條本同。監本無法辨識。當作「扣」。「鐘」，奎章閣本、明州本、贛州本、四庫本、叢刊本、正德本、陳八郎本、九條本同。尤刻本、胡刻本、監本、唐鈔本作「鍾」。當作「鐘」。

「堂撫琴瑟」「堂」，奎章閣本、明州本、贛州本、四庫本、叢刊本、陳八郎本、尤刻本、胡刻本、監本、唐鈔本、九條本同。正德本作「當」。當作「堂」。

■立群案：「庭扣鐘磬，堂撫琴瑟」，相對爲文。與「庭」相對，自當作「堂」字。諸本多作「堂」，是也。正德本獨作「當」者，或「堂」之形近而誤。

「疇能是恤」「疇」，明州本、贛州本、叢刊本、陳八郎本、尤刻本、胡刻本、監本、九條本同。奎章閣本、四庫本、正德本、唐鈔本作「疇」。當作「疇」。「能」，明州本、贛州本、四庫本、叢刊本、陳八郎本、尤刻本、胡刻本、監本、九條本同。奎章閣本、正德本、唐鈔本作「䏻」。當作「能」。

【彙注】

【李善注】壇，徒蘭切。扣，苦后切。劉曰：術，道也。楚辭九章曰：燕雀烏鵲，巢堂壇兮。王逸曰：壇，猶堂也。漢于公高其門，使容駟馬高蓋。此言甲第高門，可以納駟。善曰：西京賦曰：北闕甲第，當道直啓。李尤高安館銘曰：增臺顯敞，禁室靜幽。

劉曰：疇，誰也。善曰：蜀志曰：諸葛亮爲丞相。又曰：姜維初爲亮倉曹掾，稍遷爲大將軍。

【文選鈔】衢，四達道也。壇，堂基也。

【文選音決】壇，大丹反。張載爲墠，音善，通。敞，昌兩反。駟，協韵，音悉。扣音口。或爲叩，非。拊音撫。恤，思律反。

【五臣注】駟，音悉，協韵。扣，苦后反。濟曰：甲第，第一宅也。言第一宅皆向道謂之。當，向也。衢、術，皆道也。濟曰：匪，非也。疇，誰也。恤，居也。壇，猶堂也。敞，高也。納駟，可納駟馬車也。葛，諸葛亮爲丞相。姜，姜維爲大將軍。非此二人，誰能居也。

【**陸善經注**】恤，存恤也。

【**張鳳翼文選纂注**】駟音悉，叶。甲第，第一宅也。術，道也。壇，猶堂也。漢于公高其門，使容駟馬高蓋。此言甲第高門，可以納駟也。恤，居也。言非諸葛亮、姜維誰能居之。

【**王象乾文選删注**】駟音悉。術，道也。葛，諸葛。姜，姜維。恤，居也。李尤高安館銘曰：增臺顯敞，禁室静幽。楚辭九章曰：燕雀烏鵲，巢堂壇兮。漢于公高其門，使容駟馬高蓋。

【**何焯義門讀書記**】匪葛匪姜，疇能是恤。　觀此，當時亦重姜維。

【**余蕭客文選音義**】駟舊叶悉。恤濟曰：居也。

【**張雲璈選學膠言**】亦有甲第，當衢向術。壇宇顯敞，高門納駟。庭叩鐘磬，堂撫琴瑟。匪葛匪姜，疇能是恤。何氏云：「匪葛匪姜」一語强凑，當時孔明何嘗治第？雲璈按，蜀志姜維傳：郤正著論稱其宅舍弊薄，資財無餘，側室無妾媵之褻，後庭無聲樂之娱。據此則姜維當日亦何嘗治第，豈獨亮也？賦正言孔明、伯約乃心王室，不暇以居處爲懷。諸高門納駟者，安能如葛、姜之是念乎？非謂二公有治第之事也。何説似迂。

【**胡克家文選考异**】注「徒蘭」。袁本、茶陵本作「壇，徒蘭切」四字，在注末，是也。

【**梁章鉅文選旁證**】當衢向術。「術」當讀作「遂」，與下「駟」韵。

匪葛匪姜，疇能是恤。何曰：此語强凑，當是此二人亦必治第。張氏雲璈曰：賦正言孔明、伯約乃心王室，不暇以居處爲懷。諸高門納駟者，安能如葛、姜之是念？非謂二公有治第事也。濟注：恤，居也。按漢書韋元成傳：恤我九列。顔注：恤，安也。

【**胡紹煐文選箋證**】匪葛匪姜，疇能是恤。按：此與本書西京賦「匪石匪董，誰能宅此」語意同。恤即宅也。方言：慰，尻也。江、淮、青、徐之間曰慰。恤，亦居也。居謂之慰，亦謂之恤。猶安謂之慰，亦謂之恤。漢書韋玄成傳：恤我九列。顏注：恤，安。是也。

【徐攀鳳選注規李】亦有甲第，當衢向術。壇宇顯敞，高門納駟。庭扣鐘磬，堂撫琴瑟。匪葛匪姜，疇能是恤。注但言葛、姜官爵，於賦義未甚明了。案，此段侈陳甲第雄壯，因言孔明、伯約勤勞王室，未嘗治第。苟非其人，固莫之能恤也。其義如是。舊唐書儒學傳：李善注文選，釋事而忘義。書成以示子邕，邕嘿然，意欲有所更。善曰：試爲我補益之。邕附事見義。惜乎其書不傳。

【徐攀鳳選學糾何】匪葛匪姜，疇能是恤。何曰：當是此二人亦必治第。案，此評不特失考，亦於兩「匪」字意義未能體會入微。辨詳上卷規李。

【高步瀛文選李注義疏】説文曰：術，邑中道也。○楚辭九章，見涉江。○于公事，見漢書于定國傳。○李尤高安館銘，七啓注引上句。藝文類聚居處部三亦引此銘，而未載此二句。○「壇，徒蘭切」四字依袁本、茶陵本增。

「疇」本字當作「𠷎」。説文曰：𠷎，誰也。經傳以「疇」字爲之。○呂延濟曰：恤，居也。何焯曰：「匪葛匪姜」一語强湊，當時孔明何嘗治第？張雲璈曰：按：蜀志姜維傳：郤正著論稱其宅舍弊薄，資財無餘，側室無妾媵之褻，後庭無聲樂之娱。據此則姜維當日亦何嘗治第，豈獨亮也？賦正言孔明、伯約乃心王室，不暇以居處爲懷。諸高門納駟者，安能如葛、姜之是念乎？非謂二公有治第之事也。何説似迂。梁章鉅曰：按：漢書韋玄成傳：恤我九列。顏注：恤，安也。胡紹煐曰：按：此與本書西京賦「匪石匪董，誰能宅此」語意同。「恤」即宅也。方言三：慰，尻也。江、淮、青、徐之間曰慰。恤，亦居也。居謂之慰，亦謂之恤。猶安謂之慰，亦謂之恤。漢書韋玄成傳：恤我九列。顏注：恤，安。是也。步瀛案：胡氏説是。賦語誇大非實。何氏以史傳繩之，張氏更釋恤爲憂，均失本賦之旨。然以不治宅第之良臣，而誣以扣鐘磬撫琴瑟之侈樂，於事實究嫌太遠。竊意上二句言蜀都豪富之侈，下二句張葛、姜之功。謂蜀之豪富，享有鐘磬琴瑟之樂者，則以葛與姜能安之也。「是」字乃指上二句豪富之家，「恤」字訓爲「安」，不必再訓爲「居」。二句文勢，與西京同而用意小别，於史事賦意庶兩得之。○蜀志，見諸葛亮及姜維傳。維字伯約，天水冀人。○出、室、術、駟、瑟、恤，古音脂部。

亞以少城，接乎其西。市廛所會，萬商之淵。列隧百重，羅肆巨千。賄貨山積，纖麗星繁。

【彙校】

「市廛所會」　「廛」，尤刻本、胡刻本、監本、唐鈔本同。奎章閣本、明州本、贛州本、四庫本、叢刊本、正德本、陳八郎本、九條本作「鄽」。今從「廛」。「所」，奎章閣本、明州本、贛州本、叢刊本、監本、九條本作「所」。四庫本、陳八郎本、尤刻本、胡刻本作「所」。正德本、唐鈔本作「所」。當作「所」。「會」，奎章閣本、明州本、贛州本、四庫本、叢刊本、正德本、陳八郎本、尤刻本、胡刻本、監本、唐鈔本、九條本作「會」。當作「會」。

■**立群案**：集韻：廛，亦作鄽。正字通：鄽，同廛。康熙字典：玉篇：廛，亦作鄽。然玉篇：廛，直連切。居也，市邸也，百畝也。又曰：鄽，直連切。市鄽，俗作鄽。不云「廛，亦作鄽」。疑康熙字典乃集韻之誤。今從「廛」。

「萬商之淵」「商」，奎章閣本、明州本、四庫本、叢刊本、正德本、胡刻本、監本、唐鈔本、九條本同。贛州本、陳八郎本、尤刻本作「啇」。當作「商」。「淵」，奎章閣本、明州本、贛州本、四庫本、叢刊本、正德本、尤刻本、胡刻本、九條本同。陳八郎本作「渊」。監本作「淵」。唐鈔本作「渕」。當作「淵」。

■**立群案**：廣韻：啇，本也。與賦意不合。賦當作「商」。然「啇」在古籍中常作「商」的俗體，是陳八郎本等亦不爲誤。

「纖麗星繁」「纖」，奎章閣本、明州本、贛州本、四庫本、叢刊本、正德本、陳八郎本、尤刻本、胡刻本、監本、唐鈔本、九條本作「纎」。當作「纖」。

【彙注】

【李善注】賄，呼罪切。劉曰：少城，小城也，在大城西，市在其中也。

【文選鈔】堙，市物邸舍也。所放邸者皆來會合也。鄭司農曰：堙，市中空地也。隧，道也。羅，列也。肆，亦道也。鄭玄曰：布帛曰賄，金玉曰貨也。

【文選音決】少，失照反。西，協韻，音先。秦俗言也。廛，直連反。隊音遂。重，逐龍反。賄，呼罪反。

【五臣注】賄，呼罪反。翰曰：亞，次也。少城，小城也。言市廛之衆，商賈如淵。隧，市中道。肆，鋪也。羅，列。百重、巨千，言多也。賄貨，財帛也。纖麗，細好之物。山積、星繁，衆盛貌。

【張鳳翼文選纂注】少城，小城也，在大城西，市在其中。亞，次也。言市廛之衆，商賈如淵。隧，市中道也。肆，鋪也。羅，列也。百重、巨千，言多也。賄貨，財帛也。纖麗，細好之物也。山積、星繁，衆盛貌。

【王象乾文選删注】少城，小城，在大城西，市在其中。

【余蕭客文選音義】繁韻補汾沿切。西先。

【余蕭客文選紀聞】蜀僧惠嶷曰：前史説蜀少城飾以金碧珠翠。桓温惡其太侈，焚之。今拾得小珠時有孔者，得非是乎酉陽雜俎續四？少城在成都縣南百步。李膺記：與大城俱築，惟西、南、北三壁，東即大城之西墉。故蜀都賦云：亞以少城，接乎其西寰宇記七十二。晉益州刺史治大城，蜀郡太守治少城，皆在成都，猶云大城、少城耳。杜子美在蜀日賦詩，故有「東望少城」之句。今人於他處指成都爲少城，非也容齋續筆五。繁分。韻補二。

【朱珔文選集釋】亞以少城，接乎其西。劉注云：少城，小城也，在大城西。案：方輿紀要云：成都府城有太城、少城。太城，府南城也。秦張儀、司馬錯所築，一名龜城。俗傳儀築城未立，有龜出於江，周行旋走，隨而築之，城因以立。少城，府西城也。惟西、南、北三壁，東即太城之西墉。昔張儀築太城，後一年，又築少城。蜀都賦所稱是也。余謂，太城、少城亦見常璩蜀志。云：州治大城，郡治少城。又云：秦惠王二十七年，張儀與張若城成都，周迴十二里，高七丈。而紀要引張咏創設記，乃言蜀郡城方廣七里，從周制也。不知何據。蜀志又云：西城，故錦官也。西又有車官城，其城東西南北皆有軍營壘舍。既皆在西，其亦屬少城與？

【胡紹煐文選箋證】亞以少城，接乎其西。注劉逵曰：少城，小城也。在大城西，市在其中也。按：元和郡縣志：少城，一曰小城，在成都縣西南。杜詩「東望少城花滿烟」疑即此。

【高步瀛文選李注義疏】李周翰曰：亞，次也。纖麗，細好之物。山積、星繁，衆盛貌。○華陽國志蜀志曰：州治大城，郡治少城。元和郡縣志曰：劍南道成都府成都縣，少城一曰小城，在縣西南一里二步。蜀都賦云：亞以少城，接乎其西。太平寰宇記曰：劍南西道益州華陽縣，少城在縣南一百步。李膺記與大城俱築，惟西、南、北三壁，東即大城之西墉。故蜀都賦云：亞以少城，接於其西。楊雄蜀本紀：成都本赤里街，張若徙置少城內。張孟陽詩：鬱鬱少城内，峨峨百族居。即聞楊子宅，相見長卿廬。步瀛案：今張孟陽集登成都白菟樓詩「内」作「中」，「峨峨」作「岌岌」，「即聞」作「借問」，「相」作「想」。又酉陽雜俎續集卷四曰：蜀石笋街，夏中大雨，往往得雜色小珠，俗謂地當海眼，莫知其故。蜀僧惠嶷曰：前史説蜀少城飾以金壁珠翠。桓温惡其大侈，焚之。合在此。今拾得小珠時有孔者，得非是乎？容齋續筆卷五曰：晉益州刺史治大城，蜀郡太守治少城，皆在成都，猶云大城、小城耳。杜子美在蜀日賦詩，故有「東望少城」之句。今人於他處指成都爲少城，則非也。步瀛案：郭知達九家集注杜詩卷二十三江上獨步尋花七絶句第四首曰：東望少城花滿烟。注引梁益記云：少城，張儀城也。方輿紀要卷六十七曰：成都府城，舊有太城，有少城。太城，府南城也。秦張儀、司馬錯所築，一名龜城。少城，府西城也。昔張儀既築太城，後一年，又築少城。蜀都賦「亞以少城」，謂此也。朱珔曰：蜀志云：西城，故錦官也。西又有車官城，其城東西南北皆有軍營壘舍。既皆在西，其亦屬少城與？○西，古音諄部。淵、千，真部。繁，元部。皆通轉爲韵。

都人士女，袨服靚莊。賈貿墆鬻，舛錯縱橫。异物譎詭，奇於八方。

【彙校】

「袨服靚莊」「袨」，奎章閣本、明州本、贛州本、四庫本、叢刊本、正德本、陳八郎本、尤刻本、胡刻本、唐鈔本、監本同。九條本作「袨」。當作「袨」。「服」，奎章閣本、明州本、四庫本、叢刊本、尤刻本同。贛州本、陳八郎本、胡刻本、監本、九條本作「服」。正德本、唐鈔本作「服」。當作「服」。「靚」，奎章閣本、明州本、贛州本、四庫本、叢刊本、正德本、陳八郎本、尤刻本、胡刻本、唐鈔本、九條本同。監本作「靚」。當作「靚」。「莊」，明州本、陳八郎本同。奎章閣本、正德本、九條本作「莊」。贛州本、四庫本、叢刊本、監本作「糚」。尤刻本、胡刻本作「糚」。唐鈔本作「庄」。當作「莊」。

■立群案：史記司馬相如列傳：靚莊刻飭。集解引郭璞曰：靚莊，粉白黛黑也。當爲賦語所本。顏延之三月三日曲水詩序：揚袂風山，舉袖陰澤，靚莊藻野，袨服縟川。亦作「靚莊」。「糚」，古同「妝」，於賦亦可通。然自應作「靚莊」爲愜。

「賈貿墆鬻」「鬻」，奎章閣本、明州本、贛州本、四庫本、叢刊本、正德本、陳八郎本、尤刻本、胡刻本、監本、唐鈔本作「鬻」。九條本模糊不清。當作「鬻」。

「舛錯縱横」「舛」，奎章閣本、明州本、贛州本、四庫本、叢刊本、正德本、陳八郎本、尤刻本、胡刻本、唐鈔本、九條本同。監本無法辨識。當作「舛」。「横」，奎章閣本、明州本、贛州本、四庫本、叢刊本、正德本、陳八郎本、尤刻本、胡刻本、監本、九條本同。唐鈔本作「撗」。今從「横」。

■**立群案**：集韵：撗，充也。或作廣。通作横。康熙字典：撗，充也。或作擴。通作横。是「横」「撗」可通。今從「横」。

「异物譎詭」「异」，明州本、贛州本、四庫本、叢刊本、陳八郎本、尤刻本、胡刻本、監本、九條本作「異」。奎章閣本、正德本、唐鈔本作「異」。當作「异」。「譎詭」，唐鈔本、九條本同。奎章閣本、明州本、贛州本、四庫本、叢刊本、正德本、陳八郎本作「詭譎」。尤刻本、胡刻本、監本作「崛詭」。當作「譎詭」。

■**立群案**：「譎詭」「崛詭」與吴都賦「詘詭之殊事」之「詘詭」皆通。然善注與五臣注之所以無注者，蓋因東京賦「瑰异譎詭」已注。善曰：譎詭，變化也。五臣銑曰：瑰异、譎詭，并奇也。正與此賦合。當從東京賦作「譎詭」也。

「奇於八方」「奇」，奎章閣本、明州本、贛州本、四庫本、叢刊本、正德本、陳八郎本、尤刻本、胡刻本、監本、唐鈔本、九條本作「竒」。當作「奇」。「於」，奎章閣本、明州本、贛州本、四庫本、叢刊本、陳八郎本、尤刻本、胡刻本、監本、九條本同。正德本、唐鈔本作「扵」。當作「於」。

【彙注】

【李善注】袨音縣。靚，才姓切。賈音古。貿，莫構切。墆，直例切。舛音究。劉曰：蘇林曰：袨服，謂盛服也。張揖曰：靚謂粉白黛黑也。墆，貯也。善曰：都人士女，已見西都賦。漢書曰：富商大賈，或墆財八方，已見上三都序。

【文選鈔】鬻，賣也。凡停物久爲貯。舛，交也。錯，雜也。

【文選音決】袨音縣。靚音凈。賈音古。貿音茂。墆，徒結反。鬻，以六反。舛，昌轉反。縱，子容反。譎，古穴反。詭，居毀反。

【五臣注】袨音縣。靚，才姓反。賈音古。貿，莫搆反。墆，徒結反。舛音兖。向曰：袨服，盛服也。靚莊，謂粉白黛黑也。賈，賣也。貿，易也。墆，貯。鬻，販。舛錯，猶交錯也。

【張鳳翼文選纂注】靚，才姓切。賈音古。貿，莫構切。墆，徒結切。袨服，謂盛服。靚，謂粉白黛黑也。賈，賣也。貿，易也。貯曰墆，販曰鬻。舛錯，猶交錯也。

【王象乾文選删注】袨音縣。墆，徒結切。袨服，盛服。靚莊，粉白黛黑也。墆，貯也。以節爲奇，故曰傳節。漢書曰：富商大賈，或墆財。

【杭世駿文選課虚】墆，貯也。直例切。崛詭，又作謳詭。吴都賦：倜儻之極异，謳詭之殊事。皆謂非常詭异之事。

【余蕭客文選音義】袨舊音縣。糚五臣作「莊」。靚凈。墆晋灼漢書注音滯。横光。

【余蕭客文選紀聞】靚凈。廣韵四。横黄。釋文三十。

【胡克家文選考异】注「縣」又注「直例」又注「光」又注「郎」。袁本作「袨，音縣。墆，音直例切。桄，音光。榔，音郎」十四字，在注末，是也。茶陵本無「袨，音縣」，非。

【許巽行文選筆記】靚糚。説文：妝，飾也。从女，牀省聲。復古編云：別作「糚」，非。嘉德案，「妝飾」字正作「妝」，亦作「裝」。俗作「糚」，非。作「粧」，亦非。

墆鬻。平準書：留蹛無所食。字詁云：「蹛」，今「滯」字。漢書食貨志：墆貨役貧。音滯，停也。舛錯。「舛」下注「兗」字，非是。説文：舛，對卧也。从夕㐄相背。昌兗切。揚雄説：舛从足春。嘉德案，「舛」下加「兗」，蓋「昌兗切」而脱「昌」字耳。

【梁章鉅文選旁證】袨服靚糚。又异物崛詭。六臣本「糚」作「莊」，「崛詭」作「詭譎」。注張揖曰：靚謂粉白黛黑也。段校云：此句是上林賦注。今史記、漢書作郭璞語，非也。

【呂錦文文選古字通補訓】賈貿墆鬻。錦文案，「墆」即「滯」也。説文云：滯，凝也。魯語：敢告滯積，以紓執事。前漢食貨志：而富商賈或墆財役貧。墆，貯也，止也。滯，積也。義同。

布有橦華，麪有桄榔。邛杖傳節於大夏之邑，蒟醬流味於番禺之鄉。

【彙校】

「麪有桄榔」「麪」，奎章閣本、明州本、贛州本、四庫本、叢刊本、正德本、陳八郎本、尤刻本、胡刻本、監本作「麪」。唐鈔本、九條本作「麵」。當作「麵」。「桄榔」，奎章閣本、明州本、贛州本、四庫本、叢刊本、正德本、陳八郎本、尤刻本、胡刻本、監本、九條本同。唐鈔本作「桄桹」。今從「桄榔」。

■**立群案**：劉逵曰：桄榔，樹名也，木中有屑如麵，可食，出興古。善曰：桄音光。榔音郎。文選鈔：桄桹、木麵，樹名也，大者一樹百斛麵也。文選音決：桄音光。桹音郎。五臣良曰：桄榔，木名，中有屑如麵，可食之。據注，是或作「桄榔」，或作「桄桹」，已難考。諸本多作「桄榔」，今從「桄榔」。

「邛杖」　「邛」，正德本同。奎章閣本、明州本、贛州本、四庫本、叢刊本、陳八郎本、尤刻本、胡刻本、監本、九條本作「卭」。唐鈔本作「卬」。當作「邛」。「杖」，贛州本、四庫本、叢刊本、胡刻本、監本、唐鈔本、九條本同。奎章閣本、明州本、正德本、陳八郎本作「竹」。尤刻本作「杖」。當作「杖」。

■**立群案**：賦前云：於是乎邛竹緣嶺，菌桂臨崖。已出現過邛竹，疑此處當作「邛杖」，避複也。

「傳節於」　「傳」，明州本、贛州本、四庫本、叢刊本、正德本、陳八郎本、尤刻本、胡刻本、監本、九條本同。奎章閣本、唐鈔本作「傳」。當作「傳」。「於」，奎章閣本、明州本、贛州本、四庫本、叢刊本、陳八郎本、尤刻本、胡刻本、監本、九條本同。正德本、唐鈔本作「扵」。當作「於」。

「蒟醬」　「醬」，明州本同。贛州本、四庫本、叢刊本、陳八郎本、尤刻本、胡刻本、監本、九條本作「醬」。奎章閣本、正德本、唐鈔本作「醬」。當作「醬」。

「流味於」　「流」，奎章閣本、明州本、贛州本、叢刊本、陳八郎本、尤刻本、胡刻本、監本、唐鈔本、九條本同。四庫本、正德本作「流」。當作「流」。「於」，奎章閣本、明州本、贛州本、四庫本、叢刊本、陳八郎本、尤刻本、胡刻本、監本、九條本同。正德本、唐鈔本作「扵」。當作「於」。

「番禺之鄉」　「番」，奎章閣本、正德本同。明州本、贛州本、四庫本、叢刊本、陳八郎本、尤刻本、胡刻本、監本、唐鈔本、九條本作「畓」。當作「番」。「鄉」，四庫本同。奎章閣本、明州本、贛州本、叢刊本、正德本、陳八郎本、尤刻本、胡刻本、監本、唐鈔本、九條本作「鄉」。當作「鄉」。

【彙注】

【李善注】桄音光。榔音郎。蒟音句。番音潘。禺音愚。劉曰：橦華者，樹名橦，其花柔毳，可績爲布也，出永昌。桄榔，樹名也，木中有屑如麪，可食，出興古。張騫傳曰：臣在大夏時，見邛竹杖、蜀布，問安得此？大夏國人曰：吾賈人往市之身毒國。身毒國在大夏東南，可數千里。南越傳曰：使唐蒙諷曉南越，食蒙以蒟醬，蒙問所從來？答曰：西北牂牁江廣數里，出番禺城下。故漢書曰：感蒟醬、竹杖，則開牂牁、越巂也。邛竹杖以節爲奇，故曰傳節也。

【文選鈔】橦華者，樹名也。其華橦橦然。桄榔、木麪，樹名也，大者一樹百斛麪也。漢書，大夏國在漢西南一万二千里流沙外。其城方三百里，分爲十國。南海番禺縣，是南越所都也。

【文選音決】橦音同。麪音眄。桄音光。榔音郎。邛，其容反。夏音下。蒟，九宇反。醬，子亮反。番，普丸反。禺音愚。

【五臣注】蒟音句。番音藩。禺音愚。良曰：橦，木名，其華可績爲布。桄榔，木名，中有屑如麪，可食之。張騫云：臣在大夏時，見邛竹杖。南越傳曰：使唐蒙諷曉南越。南越侯食蒙以蒟醬，蒙問所從來？答曰：道出番禺城下。言二物皆生於蜀而流及遠方也。

【陸善經注】蒟，緣樹而生，其子如桑椹。欲熟時正青，長二三寸，以蜜藏而食之，辛香，温調五藏。

【張鳳翼文選纂注】枸音句。番音潘。禺音愚。橦華者，樹名。橦，其華柔毳，可績爲布，出永昌。

桄榔，樹名也，木中有屑如麵，可食，出興古。邛竹杖以節爲奇，故曰傳節。言邛竹、枸醬二物皆生於蜀而流及遠方。

【王象乾文選刪注】桄音光。劉曰：橦，樹花柔毳，可績爲布也，出永昌。桄榔，木中有屑如麵，可食，出興古。張騫傳曰：臣在大夏時，見邛竹杖、蜀布，問安得此？大夏國人曰：吾賈人往市之身毒國。身毒國在大夏東南，可數千里。南越傳曰：使唐蒙諷曉南越，食蒙以蒟醬，蒙問所從來？答曰：西北牂牁江廣數里，出番禺城下。故漢書曰：感蒟醬、竹杖，則開牂牁、越巂也。

【余蕭客文選音義】桄榔舊音光郎。番禺舊音潘愚。邛杖五臣「杖」作「竹」。竹記：邛州多生竹，俗謂之扶老竹。竹譜：筇竹，高節實中，狀若人，剖爲杖，出南廣邛都縣。蒟醬劉德漢書注：枸樹如桑，其椹長二三寸，味酢，取其實以爲醬，美。漢書音義：枸木似穀樹，其葉如桑葉，用其葉作醬酢，美，蜀人以爲珍味。

【余蕭客文選紀聞】橦童。廣韵一。桄光。廣韵二。榔郎。禮部韵略二。桄榔，皮作綆，得水則柔韌，人以此連木爲舟。皮中有屑如麵，多者至數斛，食之，與常麵無异。木性如竹，紫黑色，有文理，工人解之，以製奕枰。出九真、交趾草木狀中。蜀石門山有樹，名桄榔，皮裹出屑如麵，作餅食之，謂之桄榔麵述异記下。桄榔木身如杉，有節似大竹。一幹挺上高丈餘，開花數十穗，緑色范成大桂海虞衡志。筇竹杖，蜀中無之，出徼外。蠻峒蠻人持至瀘、叙間賣之，一杖纔四五錢，以堅潤細瘦九節而直者爲上品陸游老學菴筆記三。廣志：蒟子，蔓生依樹，子似桑椹，長數寸，色黑，辛如薑，以鹽淹之，下氣消穀，生南安齊民要術十。蒟出渝、瀘、茂、威等州，即唐蒙所得者。葉如王瓜，厚而澤。子熟時外黑中白，長四五寸。蜜藏食之，辛香，温五臟。作醬，善和食味。或言即南方浮留藤，取葉合檳榔食之益部方物略記。

【朱珔文選集釋】布有橦華。劉注云：樹名橦，其花柔毳，可績爲布，出永昌。案：說文「橦」字云：帳極也。乃別一義。而「柍」字注云：江南橦材，其實謂之柍。似「橦」與「柍」相近矣。常璩南中志於永昌郡則云：有梧桐木，其花柔如絲，民績以爲布，幅廣五尺，潔白不受污，俗名曰桐華布。亦見後漢書西南夷傳。「桐」與「橦」音同，不知孰是。○又案：方氏通雅云：方子謙載橦木花可爲布，即常璩之言桐花也。此蓋木棉樹開花，璩誤記耳。或當時彼方之言以木棉爲橦。余謂吴都賦：綿杬杶櫨。「綿」即木棉。劉注云：樹高大，其實如酒杯，皮薄，中有如絲綿者，色正白。破一實，得數斤。是作布者其實，非其花也，恐與橦异種。若梧桐花不應可爲布，殆字以聲誤與？

麵有桄榔。劉注云：桄榔，樹名也，木中有屑如麵，可食，出興古。案：水經葉榆水注云：盤水又東徑漢興縣，山溪之中，多生桄榔樹，樹出麵，而夷人資以自給。即引此賦語爲證明。朱氏謀㙔箋引博物志云：蜀中有樹名桄榔，皮裏出屑，如麵，用作餅餌，謂之桄榔麵。魏王花木志曰：桄榔出興古國者，樹高七八丈，其大者一樹出麵百斛。臨海异物志云：桄榔木外皮有毛，似栟櫚而散生，綍綆漬之不腐。

【梁章鉅文選旁證】邛杖傳節於大夏之邑。五臣「杖」作「竹」。良注可證。

注出番禺城下。此下應再引西南夷傳：蒙歸至長安，問蜀賈人，獨蜀出枸醬，多持竊出市夜郎。夜郎者，臨牂柯江云云。

【胡紹煐文選箋證】布有橦華。注劉逵曰：橦華者，樹名橦，其花柔毳，可績爲布也，出永昌。按：華陽國志：益州有梧桐木，其花柔如絲，人織之以爲布，名桐花布。後漢書南蠻哀牢夷傳：有梧桐木華，織以爲布，幅廣五尺，潔白不受垢，名曰桐華布。廣志：驃國有白桐木，其華有白毳，取其毳淹漬之，緝績以爲布。「橦」「桐」音同。

【徐攀鳳選注規李】蒟醬流味於番禺之鄉。注引「南越食唐蒙以蒟醬」事。案，蒟醬者，蒟似穀，葉如桑，作醬，酢美，蜀人以爲珍味。詳漢書音義。

【高步瀛文選李注義疏】五臣「糚」作「莊」，本書上林賦作「糚」。說文曰：妝，飾也。「莊」乃借字。「粧」「糚」皆俗字。又五臣「崛詭」作「詭譎」，「杖」作「竹」。○五臣音靚，才姓切，賈音古，貿，莫構切，舛音兗，番音潘，禺音愚。○漢書鄒陽傳奏書諫吳王曰：袪服叢臺之下者，一旦成市。顔師古注與蘇林同。○本書上林賦注引作郭璞「靚」下有「糚」字，無「謂」字。李詳曰：此應是揖注，今本皆作郭璞，據此可正。○許巽行曰：平準書：留蹛無食。字詁云：「蹛」，今「滯」字。食貨志：墆貨役貧。音滯，停也。吕錦文曰：案：「墆」即「滯」也。說文：滯，凝也。魯語云：敢告滯積，以紓執事。漢書食貨志：而富商賈或墆財役貧。墆，貯也，止也。滯，積也。義同。○華陽國志南中志曰：永昌郡，梧桐木，其花柔如絲，民績以爲布，幅廣五尺以還，絜白不受污，名曰桐華木。後漢書西南夷傳哀牢夷下亦言之。方以智通雅卷三十七曰：方子謙載橦木花可爲布，即常璩之言桐花可爲布也。此蓋木棉樹開花，璩誤記耳。或當時彼方言之言以木棉爲桐。朱珔曰：吴都賦：緜杬杶櫨。「緜」即木棉。劉注云：樹高大，其實如酒杯，皮薄，中有如絲緜者，色正白。破一實，得數斤。是作布者其實，非其花也，恐與橦异種。若梧桐花不應可爲布，殆字以聲誤與？胡紹煐曰：廣志：驃國有白桐木，其華有白毳，取其毳淹漬之，緝績以爲布。「橦」「桐」音同。步瀛案：廣志見藝文類聚木部上。御覽木部五引「華」皆作「葉」，誤。此木本無定字，但取其音，故作「橦」作「桐」，皆無不可。然類聚、御覽竟入木部桐門，與梧桐爲一，則非也。○南方草木狀曰：桄榔樹似栟櫚，其皮可作綆，得水則柔韌。胡人以此聯木爲舟。皮中有屑如麵，多者至數斛。食之與常麵無异。木性如竹，紫黑色，有文理。御覽木部九引廣志曰：桄榔樹大四五圍，長五六丈。洪直，旁無枝條。共顛生葉似棕葉。斫其木，肥堅難傷，入數寸，得麵。又引博物志曰：蜀中有樹名桄榔，皮裏出屑，如麪，用作餅食之，謂之桄榔麪。又引魏王花木志曰：桄榔出興古國者，樹高七八丈，其大者一樹出麪百斛。又水經葉榆水注已見上「邛竹」下。○注引張騫傳、南越傳皆誤。漢書張騫傳及南粤傳、史記南越傳并無此文，而皆見西南夷傳。史記、漢書同。與本注字句亦頗有异。下引漢書見西域傳贊。○邛竹已見上。陸游老學菴筆記三曰：笻竹杖，蜀中無之，乃出徼外。蠻峒蠻人持至瀘、叙賣之，一枝纔四五錢，以堅潤細瘦九節而直者爲上。○漢書西南夷傳注引劉德曰：枸樹如桑，其椹長二三寸，味酢，取其實以爲醬，美。蜀人以爲珍味。顔師古曰：劉説非也。子形如桑椹耳。緣木而生，非樹也。子又不長二三寸，味尤辛不酢。今宕渠則有之。步瀛案：齊民要術卷十引廣志曰：蒟子蔓生，依樹，子似桑椹，長數寸，色黑，辛如薑。與劉德及劉淵林兩注合。顔氏駁之，特以所見不同耳。餘見上。朱銘曰：酈露赤雅云：蒟，猺峒中家家用之，以蓽茇爲主，雜以香草。蓽茇，吾家蛤蔞也。按：南方草木狀以蒟醬爲蓽茇，吾粤謂之「蔞」，以其葉合檳榔食之，而不用爲醬。故粤人亦罕知者。海雪曾居猺中，得之目驗。此爲確注。舊説皆誤。步瀛案：朱説非也。猺中之物，未必果與蜀中相同，且以明人所目驗，遂謂古人所記皆誤，亦近武斷。○周書王會篇：伊尹朝獻曰：正北空同、大夏。史記秦始皇本紀琅邪臺刻石文曰：北過大夏。又大宛傳曰：大夏在大宛西南二千餘里，嬀水南。其都曰藍氏城。漢書西域傳曰：月氏過大宛西擊大夏而臣之，都嬀水北，爲王庭。徐松補注曰：蓋大夏時都水南，大月氏徙治水北也。徐繼畬瀛環志略曰：嬀水即阿母河，大月氏乃今布哈爾境土。李光廷漢西域圖考曰：大月氏國，今布哈爾國之南境也。王庭在嬀水北。嬀水今名阿母河，水西北流入布哈爾之鹹河。楊守敬水經注圖以大月氏、大夏列布哈爾南部。大月氏在濟雜克東南，阿母河北，大夏即鄂勒推帕，在阿母河南，圖甚明瞭。至董方立水經注圖説殘藁以大夏爲科克倫。魏源海國圖志以大夏兼愛烏罕，皆非是。○漢書地理志南海郡番禺下，原注曰：尉佗都。顔注引如淳曰：番音潘，禺音愚。清統志曰：廣東廣州府，番禺故城在南海縣治。案：廣州府舊治番愚、南海二縣，今裁府而移南海縣於佛山。○「袨音縣」以下十四字，依袁本增。○糊、横、方、榔、鄉，古音陽部。

輿輦雜沓，冠帶混并。累轂疊迹，叛衍相傾。喧譁鼎沸，則哤聒宇宙；囂塵漲天，則埃壒曜靈。

【彙校】

「輿輦雜沓」「輿」，明州本、贛州本、四庫本、叢刊本、陳八郎本、尤刻本、胡刻本、監本、唐鈔本、九條本同。奎章閣本、正德本作「轝」。當作「輿」。「雜」，明州本、贛州本、四庫本、叢刊本、陳八郎本、尤刻本、胡刻本、監本同。奎章閣本、正德本、唐鈔本、九條本作「襍」。當作「雜」。

「冠帶混并」「冠」，明州本、贛州本、四庫本、叢刊本、正德本、陳八郎本、尤刻本、胡刻本、監本、九條本同。奎章閣本、唐鈔本作「冦」。當作「冠」。

「囂塵漲天」「囂」，奎章閣本、監本、九條本同。明州本、贛州本、四庫本、叢刊本、正德本、陳八郎本、尤刻本、胡刻本、唐鈔本作「嚻」。當作「囂」。「漲」，奎章閣本同。明州本、贛州本、四庫本、叢刊本、正德本、陳八郎本、尤刻本、胡刻本、監本、唐鈔本、九條本作「張」。今從「漲」。

■立群案：宋書武帝紀上：時東北風急，因命縱火，烟燭張天，鼓譟之聲，音震京邑。三國志吴志周瑜傳：頃之，烟炎張天，人馬燒溺死者甚衆。舊唐書秦叔寶傳：因縱火焚其三十餘栅，烟焰漲天。是「漲天」「張天」皆通。今從「漲」。

「埃壒曜靈」「埃」，奎章閣本、明州本、贛州本、四庫本、叢刊本、正德本、尤刻本、胡刻本、監本、唐鈔本、九條本同。陳八郎本作「哀」。當作「埃」。「壒」，奎章閣本、明州本、贛州本、叢刊本、正德本、陳八郎本、尤刻本、胡刻本、監本、九條本同。四庫本、唐鈔本作「壗」。當作「壒」。「曜」，奎章閣本、明州本、贛州本、四庫本、叢刊本、正德本、陳八郎本、尤刻本、胡刻本、監本、唐鈔本、九條本作「曜」。當作「曜」。「靈」，奎章閣本、明州本、贛州本、四庫本、叢刊本、正德本、尤刻本、胡刻本、監本、九條本同。陳八郎本、唐鈔本作「霊」。當作「靈」。

■ **立群案**：善曰：西都賓曰：軼埃壒之混濁。賦語或本此。五臣翰曰：埃壒，塵昏也。據注，是李善本、五臣本皆作「埃壒」也。説文：埃，塵也。又云：哀，閔也。意義不同，又無通用之例。諸本多作「埃壒」，是。陳八郎本獨作「哀壒」，恐誤。

【彙注】

【李善注】沓，徒合切。哤，莫江切。聒，公達切。嚻，許驕切。張，陟亮切。壒，烏蓋切。劉曰：叛，亂也。莊周曰：何貴何賤，是謂叛衍。善曰：蔡邕月令章句曰：冠，首飾也。帶，大帶，所以束身也。司馬彪莊子注曰：叛衍，猶漫衍也。國語，管子曰：四人雜處，則其言哤。説文曰：聒，讙語也。文子曰：四方上下曰宇。説文曰：宙，舟輿所極覆也。西都賓曰：軼埃壒之混濁。楚辭曰：角宿未旦，耀靈焉藏。廣雅曰：耀靈，白日也。

【文選音決】輿音余。冠，古玩反。混，胡本反。疊音牒。喧，虛袁反。嘩音花。哤，武江反。聒音括。張，丁亮反。壒，於盖反。

【五臣注】沓，徒合反。哤，麥江反。聒，古活反。嚻，許驕反。張，陟亮反。壒，烏蓋反。翰曰：雜沓，衆多貌。混并，雜亂貌。叛衍，猶漫衍也。相傾，言人稠相抵突而傾倒也。喧嘩之聲如鼎之沸亂，聒於天地也。車馬之塵昏，上蔽日景也。埃壒，塵昏也。曜靈，日也。

【陸善經注】衍，雜也。

【張鳳翼文選纂注】沓，徒合切。哤，麥江切。嚻，許驕切。壒，爲蓋切。雜沓，衆多貌。叛衍，猶漫衍也。相傾，言人稠相抵突而傾側也。喧嘩之聲如鼎之沸亂，聒於天地。車馬之塵昏蔽日景。

【王象乾文選删注】哤，莫江切。叛衍，猶漫衍。莊周曰：何貴何賤，是謂叛衍。管子曰：四人雜處，則其言哤。楚辭曰：角宿未旦，耀靈焉藏。

【杭世駿文選課虚】哤聒，雜聲也。長笛賦：哤聒其前後者，無晝夜而息焉。叛，亂也。莊子：何貴何賤，是謂叛衍。司馬彪注：叛衍，猶漫衍也。

【余蕭客文選音義】哤龙。聒括。張去。

【余蕭客文選紀聞】哤龙。説文二上。

【孫志祖文選李注補正】囂塵張天。○補曰：左傳曰：湫隘囂塵。又曰：甚囂且塵上矣。

【胡克家文選考異】注「莫江」又注「公達」。袁本、茶陵本作「莫江切」三字，在注中「則其言哤」下，「公達切」三字在「讙語也」下，是也。

注「白日也」。案：「白」字不當有，各本皆衍。

【梁章鉅文選旁證】注曜靈，白日也。「白」字不當有。各本皆衍。

【高步瀛文選李注義疏】輂，已見東京賦。○莊子，見秋水篇。今「叛」作「反」。釋文曰：本亦作「畔衍」。李云猶漫衍，合爲一家。步瀛案：「畔」「叛」字通，「畔衍」即「叛衍」。下引司馬彪注當即釋此文。釋文未引。○月令章句，當是釋仲秋之月，冠帶有常之文。○國語，見齊語。「人」作「民」。李氏避唐諱改。「莫江切」三字，依袁本、茶陵本增。○説文，見耳部，字當作「聒」，今字作「聒」。「公達切」三字，依袁本、茶陵本增。○文子，見自然篇。今本「曰」字，作「謂之」二字。説文，見宀部。漢書司馬相如傳注引張揖曰：天地四方曰宇，古往今來曰宙。顏師古曰：張説宙，非也。許氏説文解字云：宙，舟輿所極覆也。蓋顏意上林賦云：追怪物，出宇宙，不宜兼古今言之。李氏此注蓋與顏同。段玉裁曰：覆者，反也。與「復」同，往來也。舟輿所極覆者，謂舟車自此至彼，而復還此，如循環然。故其字从由，如軸字从由也。訓詁家皆言上下四方曰宇，往古來今曰宙。由今溯古，復由古沿今，此正如舟車自此至彼，復自彼至此，皆如循環然。莊周書云：有實而無乎處者宇也，有長而無本剽者宙也。「本剽」即本末。莊子說正與「上下四方曰宇，往古來今曰宙」同。亦謂其大無極，其長如循環也。許言其本義。他書言其引伸之義。其字从宀者，宙不出乎宇也。韋昭曰：天宇所受曰宙。步瀛案：莊子，見庚桑楚篇。韋昭說見漢書叙傳蕭該音義引。段氏說「宙」字義甚精。但「宇宙」二字對舉，則宜各有取義。如顔、李所引「宙」字，既取說文舟車極復之義，而「宇」字仍取文子天地四方之義，則四方已括舟車極復之義，二字不能對峙矣。竊謂「宙」字取說文，則「宇」字當取東京賦「德寓天覆」之義。「寓」，「宇」之籒文。蓋宇本訓屋櫋，引申之爲下覆之義。自上至下，自兼天地。故「宇」字就上下言，「宙」字就四方言。二義可對舉也。○孫志祖曰：左傳曰「湫隘囂塵」，又「甚囂且塵上矣」。案：見昭三年及宣十二年。五臣音張，陟亮反。○楚辭，見天問。「耀」作「曜」。王逸注曰：曜靈，日也。廣雅釋天同。本注引亦作「耀」。二字雖同，然究與正文歧异，皆當改作「曜」。又各本「日」上衍「白」字，今依胡氏校删。○并、傾、靈，古韵耕部。

闤闠之裏，伎巧之家。百室離房，機杼相和。貝錦斐成，濯色江波。黄潤比筒，籯金所過。

【彙校】

「闤闠之裏」「闤」，奎章閣本、明州本、贛州本、四庫本、叢刊本、正德本、監本作「闤」。陳八郎本、尤刻本、胡刻本、唐鈔本、九條本作「闤」。當作「闤」。「裏」，奎章閣本、明州本、贛州本、四庫本、叢刊本、正德本、陳八郎本、尤刻本、胡刻本、監本同。唐鈔本作「裹」。九條本作「裏」。當作「裏」。

「伎巧之家」「伎」，奎章閣本、明州本、贛州本、四庫本、正德本、胡刻本、唐鈔本、九條本同。叢刊本、陳八郎本、尤刻本、監本作「伎」。當作「伎」。

「機杼相和」「機」，明州本、贛州本、叢刊本、陳八郎本、尤刻本、胡刻本、監本、九條本同。奎章閣本、四庫本、正德本、唐鈔本作「機」。當作「機」。

「濯色江波」「濯」，奎章閣本、明州本、贛州本、四庫本、叢刊本、正德本、陳八郎本、尤刻本、胡刻本、監本、唐鈔本、九條本作「濯」。當作「濯」。

「黄潤比筒」「黄」，四庫本、正德本、尤刻本、胡刻本、唐鈔本同。奎章閣本、明州本、贛州本、叢刊本、陳八郎本、監本、九條本作「黄」。當作「黄」。「潤」，奎章閣本、明州本、贛州本、四庫本、叢刊本、正德本、陳八郎本、尤刻本、胡刻本、九條本同。監本、唐鈔本作「閏」。當作「潤」。

■立群案：古文苑載揚雄蜀都賦：筒中黃潤，一端數金。章樵注引司馬相如凡將篇：黃潤纖美宜制褌。當爲賦語所本。又，劉逵曰：黃潤，謂筒中細布也。司馬相如凡將篇曰：黃潤纖美宜制褌。五臣濟曰：黃潤，細布也。自當作「潤」爲是。

「籯金所過」 「籯」，明州本、贛州本、四庫本、叢刊本、陳八郎本、尤刻本、胡刻本、監本、九條本作「籯」。奎章閣本、正德本作「籯」。唐鈔本作「贏」。當作「籯」。「所」，奎章閣本、明州本、贛州本、叢刊本、監本作「所」。四庫本、陳八郎本、尤刻本、胡刻本、九條本作「所」。正德本、唐鈔本作「所」。當作「所」。

■立群案：高步瀛文選李注義疏：「籯」字，説文所無，當作「籝」。漢書韋賢傳及諸書引蜀都賦皆作「籝」，應改。高氏説是。漢書韋賢傳：故鄒、魯諺曰：遺子黃金滿籝，不如一經。顏師古注：如淳曰：「籝，竹器，受三四斗。今陳留俗有此器。」……然則筐籠之屬是也。今本「籝」字或作盈，又是盈滿之義，蓋兩通也。知作「籝」正愜賦意。

【彙注】

【李善注】比，毗二切。籯音盈。劉曰：闤，市巷也。闠，市外内門也。貝錦，錦文也。譙周益州志云：成都織錦既成，濯於江水，其文分明，勝於初成；他水濯之，不如江水也。黃潤，謂筒中細布也。司馬相如凡將篇曰：黃潤纖美宜制褌。揚雄蜀都賦曰：筒中黃潤，一端數金。籯，牓也。韋賢傳曰：黃金滿籯。善曰：毛詩曰：百室盈止。古詩曰：札札弄機杼。毛詩曰：萋兮斐兮，成是貝錦也。

【文選鈔】崔豹古今注：闤，市垣。闠，市門也。贏，亦竹筒也。言以布於大夏國得黃金，還以盛布竹筒，量金一筒以利閏於己，猶嫌金价少於布直。故曰黄閏所過。亦謂昔有人姓黄名閏，最能作細布也。

【文選音決】闤，胡關反。闠，胡對反。伎，其綺反。杼，直与反。斐，芳尾反。濯，直角反。比，必二反。筩音同。或爲筒，通。籯音盈。過音戈。

【五臣注】比，毗二反。籯音盈。濟曰：闤闠，市門也。離，猶异也。言房室雖异，機杼和鳴。貝錦斐然，成其文章。濯於江水，益發其色。貝錦，織文也。斐，文貌。黄潤，細布也。盛於筒中，其价過一籯之金。籯，盛金之器。

【陸善經注】貝錦，錦文如貝也。

【張鳳翼文選纂注】籯音盈。闤，市巷也。闠，市外内門也。離，猶异也。言房室雖异，機杼和鳴。貝錦斐然成章。濯於江水，益發其色。益州志云：成都織錦既成，濯於江水，其文分明，勝於初成；他水濯之，不如也。黄潤，謂筒中細布也。籯，盛金之器。

【王象乾文選删注】比，毗二切。籯音盈。闤，市巷。闠，市門。黄潤，筒中細布也。籯，幐也，盛金之器。譙周益州志云：成都織錦既成，濯於江水，其文分明，勝於初成；他水濯之，不如江水。楊雄蜀都賦曰：筒中黄潤，一端數金。籯，幐也。韋賢傳曰：黄金滿籯。

【余蕭客文選音義】家字典：家，叶歌。

【余蕭客文選紀聞】濯錦江，即浣花溪也虞集杜詩注上。

【胡克家文選考异】注「黄潤纖美宜制禪」。茶陵本「禪」作「襌」，袁本亦作「襌」。案：似「襌」字是也。

【梁章鉅文選旁證】注黃潤纖美宜制禪。六臣本「禪」作「襌」，是也。説文：襌，衣不重。

【高步瀛文選李注義疏】「籯」字，説文所無，當作「籝」。漢書韋賢傳及諸書引蜀都賦皆作「籯」，應改。○華陽國志蜀志曰：錦江織錦，濯其中則鮮明，他江則不好，故命曰錦里也。太平寰宇記曰：益州華陽縣濯錦江，即蜀江，水至此，濯錦，錦彩鮮潤於他水。故曰濯錦江。與譙周益州記可互證。○尤本「禪」作「襌」。胡克家曰：茶陵本作「襌」，袁本亦作「襌」。案：似「襌」字是也。步瀛案：古文苑蜀都賦章樵注、王應麟漢藝文志考證引凡將皆作「襌」，則作「禪」者誤。○楊雄蜀郡賦，藝文類聚居處部及古文苑「筒」皆作「筩」，是。御覽布帛部七引亦作「筒」，乃通借字。○劉注釋「籯」爲「幐」。案：説文：幐，囊也。與「籯」訓爲「笭」者不甚合。漢書韋賢傳注：如淳曰：籯，竹器，受三四斗。今陳留俗有此器。蔡謨曰：滿籯者，言其多耳。非器名也。若論陳留之俗，則我陳留人也，不聞有此器。顏師古曰：許慎説文解字云：籯，笭也。楊雄方言云：陳、楚、宋、衛之間，謂「筲」爲「籯」。然則筐籠之屬是也。今書本「籯」字或作「盈」，又是盈滿之義，蓋兩通也。步瀛案：方言，見卷五。韋賢傳盈滿之義，在黃金下，已不甚洽。此賦自當爲筐籠之屬。○毛詩，見良耜。○古詩，見本書卷二十九。○後引毛詩，見巷伯。毛傳曰：萋斐，文章相錯也。貝錦，錦文也。○家，古音魚部。波、過，歌部。通轉爲韵。

侈侈隆富，卓、鄭埒名。公擅山川，貨殖私庭。藏鏹巨萬，鉅摫兼呈。亦以財雄，翕習邊城。

【彙校】

「侈侈隆富」　「隆」，明州本、贛州本、四庫本、叢刊本、尤刻本、胡刻本、監本、唐鈔本、九條本同。奎章閣本、正德本、陳八郎本作「隆」。當作「隆」。「富」，奎章閣本、明州本、四庫本、正德本、胡刻本、監本、唐鈔本同。贛州本、叢刊本、陳八郎本、尤刻本、九條本作「冨」。當作「富」。

「卓、鄭埒名」　「鄭」，奎章閣本、明州本、贛州本、四庫本、叢刊本、正德本、陳八郎本、尤刻本、胡刻本、監本、九條本同。唐鈔本作「鄭」。當作「鄭」。

「貨殖私庭」　「私」，奎章閣本、明州本、贛州本、四庫本、叢刊本、正德本、陳八郎本、尤刻本、胡刻本、九條本同。唐鈔本作「私」。監本作「移」。當作「私」。「庭」，贛州本、叢刊本、九條本同。奎章閣本、明州本、四庫本、正德本、陳八郎本、尤刻本、胡刻本作「庭」。監本模糊不清。唐鈔本作「庭」。當作「庭」。

■**立群案**：「私庭」指「卓、鄭」之流，且與前「公」字照應。諸本多作「私」，是也。監本獨作「移」者恐因「私」的异體「私」形似而致誤。

「藏鏹巨萬」「藏」，明州本、贛州本、四庫本、叢刊本、陳八郎本、尤刻本、胡刻本、監本、九條本同。奎章閣本、正德本、唐鈔本作「蔵」。當作「藏」。「鏹」，四庫本、正德本、唐鈔本同。奎章閣本、明州本、贛州本、叢刊本、陳八郎本、尤刻本、胡刻本、九條本作「鏹」。監本模糊不清。當作「鏹」。「萬」，奎章閣本、明州本、贛州本、四庫本、叢刊本、正德本、陳八郎本、尤刻本、胡刻本、監本、九條本同。唐鈔本作「万」。當作「萬」。

「鋠摫兼呈」「鋠」，唐鈔本同。奎章閣本、明州本、贛州本、四庫本、叢刊本、正德本、陳八郎本、胡刻本、監本作「鈲」。尤刻本、九條本作「鈲」。當作「鋠」。「摫」，奎章閣本、明州本、贛州本、四庫本、叢刊本、陳八郎本、尤刻本、胡刻本、監本同。正德本作「摫」。唐鈔本、九條本作「槻」。當作「摫」。「兼」，明州本、贛州本、叢刊本、陳八郎本、尤刻本、胡刻本、監本同。奎章閣本、四庫本、正德本、唐鈔本、九條本作「蒹」。當作「兼」。

■ **立群案**：阮元經籍纂詁：廣雅釋詁二：鋠，裁也。方言二：鋠，裁也。梁、益之間，裁木爲器曰鋠。正與劉逵注、五臣注合。正字通：鈲，鋠字之訛。諸本作「鈲」者，「鋠」之形近而誤也。玉篇：摫，居垂切。裁也。廣韻：摫，裁摫。方言曰：梁、益間，裂帛爲衣曰摫。阮元經籍纂詁：廣雅釋詁二：摫，裁也。方言二：摫，裁也。梁、益之間，裂帛爲衣曰摫。正與劉逵注、五臣注合。玉篇：槻，吉維切。木名。廣韻：槻，木名，堪作弓材。與賦不合。唐鈔本獨作「槻」者，似因「摫」之形近而誤。

「翕習邊城」「習」，奎章閣本作「習」。明州本、贛州本、四庫本、叢刊本、正德本、陳八郎本、尤刻本、胡刻本、監本、唐鈔本、九條本作「習」。當作「習」。「邊」，奎章閣本、明州本、贛州本、四庫本、叢刊本、正德本、陳八郎本、尤刻本、胡刻本、監本、唐鈔本同。九條本作「邉」。當作「邊」。

【彙注】

【李善注】埒音劣。鏹，九兩切。鈲，蒲覓切。摫音規。劉曰：漢書殖貨傳曰：蜀卓氏之臨邛，公擅山川銅鐵，上争王者之利，下錮齊人之業，富至僮八百人。程鄭亦冶鑄，富埒卓氏。司馬相如傳云：臨邛富人程鄭，僮亦數百人。鏹，錢貫也。殖貨志曰：藏鏹千萬。楊雄方言云：鈲、摫，裁也。梁、益之間，裁木爲器曰鈲，裂帛爲衣曰摫。兼呈者，皆有常課，至擬於王者。亦以財雄，猶班壹以財雄邊城也。漢書，班氏叙傳，當孝惠、高后時，以財雄邊，出入弋獵，旌旗鼓吹。以臨邛是蜀郡之邊縣，故云邊城。善曰：藏鏹，管子之文也。

【文選鈔】韋昭曰：巨万，大萬也。毛傳云：程，法也。説文曰：程，器也。

【文選音决】侈，昌氏反。卓，丁角反。埒，力悦反。擅，市戰反。殖，市力反。鏹，居兩反。鎃，普歷反。摫音規。程音呈。翕，許急反。

【五臣注】埒音劣。擅，常扇反。鏹，居兩反。鈲，普覓反。摫音規。濟曰：侈侈，盛貌。隆，大也。巨萬，過萬也。卓，卓王孫也。鄭，程鄭也。皆蜀之豪富人也。埒，相校埒其富名也。二人皆擅取山川之利，遂多財至於過萬。梁、益之間，裁木爲器曰鎃，裂帛爲衣曰摫。兼呈者，皆有常課，擬於王者。翕習，威盛貌。言其雄富所致威盛，及於邊城。

【陸善經注】兼呈者，帝課之外，更兼倍之。

【張鳳翼文選纂注】埒音劣。鏹，居兩切。鎃，普覓切。摫音規。侈侈，盛貌。隆，大也。巨萬，過萬也。卓，卓王孫也。鄭，程鄭也。皆蜀之豪富人也。埒，相校其富也。二人皆擅取山川之利，遂多財至於過萬也。梁、益之間，裁木爲器曰鎃，裂帛爲衣曰摫。兼呈者，皆有常課，至擬於王者。翕習，威盛貌。臨邛是蜀郡之邊縣，故亦云邊城。

【王象乾文選删注】埒音劣。鎃，蒲覓切。摫音規。鏹，錢貫。鎃摫，裁也。裁木爲器曰鎃，裂帛爲衣曰摫。兼呈者，皆有常課，至擬於王者。臨邛，蜀之邊縣，故云邊城。漢書貨殖傳曰：蜀卓氏之臨邛，公擅山川銅鐵，上爭王者之利，下錮齊人之業，富至僮八百人。程鄭亦冶鑄，富埒卓氏。漢書，班氏敘傳，當孝惠、高后時，以財雄邊，出入弋獵，旌旗鼓吹。

【陳景雲文選舉正】侈侈隆富。注「殖貨志」。「殖」當作「食」。

【杭世駿文選課虚】梁、益之間，裁木爲器曰鎃，裂帛爲衣曰摫。鎃，蒲覓切。摫音規。

【余蕭客文選音義】摫舊音規。鎃集韵：釽音霹。鎃音孤。案，當作「釽」。方言作「鎃」。注音劈歷反。注殖貨志「殖」改「食」。

【余蕭客文選紀聞】鎃普酌、普賜二切。玉篇十八。摫規。方言注二、雙字中。

【張雲璈選學膠言】藏鏹巨萬。胡中丞校本云：「鏹」當作「繈」。廣韵云：「繈」俗作「鏹」。太冲時未必有此俗字也。

鎃摫兼呈釽，浦覓切。摫音規。劉注引方言曰：釽、摫，裁也。梁、益之間，裁木爲器曰釽，裂帛爲衣曰摫。方氏通雅云：釽，今作鎃。此二字，他無合用者。太冲取其梁、益方言耳。升庵作㼌。㼌爪是韓道昭所收。从「𠂢」者聲，从「爪」者意。

【胡克家文選考异】藏鏹巨萬。案：「鏹」當作「繈」，注同。漢書食貨志作「繈」，劉引之可證。廣韵云：「繈」俗作「鏹」。太冲時未必有此俗字也。

注「九兩」又注「浦覓」。袁本、茶陵本作「鏹，九兩切，鎃，普覓切」在注末，是也。茶陵本無，非。

注「殖貨志曰」。何校「殖」改「食」，陳同。袁本亦誤「殖」。茶陵本作「貨殖」，更非。

【許巽行文選筆記】藏鏹。説文作「繈」。食貨志注，師古曰：學者謂「繈」爲「錢」，乃改爲「鏹」字。無義可據，殊爲穿鑿。嘉德案，食貨志作「繈」，注引并訛「鏹」。

釽摫。説文新附：釽，裂也。从金爪。玉篇作「鎃」。

【朱珔文選集釋】鎃摫兼呈。劉注引方言曰：鎃、摫，裁也。梁、益之間，裁木爲器曰鎃，裁帛爲衣曰摫。案，方言下又云：鎃，斫也。晉、趙之間謂之鎃。鎃，郭注：鎃音劈歷之劈。摫音規。廣雅：鎃與摫，亦云裁也。王氏疏證以爲鎃之言劈，摫之言刲也。漢書藝文志：鉤鎃析亂。顔注：鎃，破也。謝靈運山居賦：鎃摫之端。鎃，今或作釽。方氏通雅謂：从「𠂢」者聲，从「爪」者意。二字俱説文所無；玉篇、廣韵有之，訓并同。又説文「撝」字云：裂也，从手爲聲。許歸切。段氏謂「歸」必「規」之誤。然則「摫」當爲「撝」之別體也。

【梁章鉅文選旁證】侈侈隆富。段曰：疑即詩之「哆兮侈兮」，上「侈」當作「哆」。

藏鏹巨萬。胡公考异曰：「鏹」當作「繈」，注同。漢書食貨志作「繈」，劉注引之可證。廣韵云：「繈」當作「鏹」。太冲時未必有此俗字也。匡謬正俗五云：食貨志云：「臧繈」謂繩貫錢。故總謂之「繈」耳。而後之學者謂「繈」爲錢，乃改爲「鏹」字，無義可據。按孔子云：四方之人襁負其子而至。謂以繩絡而負之，故謂襁褓耳。豈復關貨泉耶？正字通云：白鏹，金別名。漢書食貨志：萬室之邑，藏鏹千萬。「鏹」音同義別。錢謂之鏹，以索貫錢謂之繈。

注漢書貨殖傳曰：蜀卓氏之臨邛，公擅山川銅鐵，上爭王者之利，下錮齊人之業，富至僮八百人。程鄭亦冶鑄，富埒卓氏。此引漢書文，前後錯互。今漢書貨殖傳曰：蜀卓氏之臨邛，即鐵山鼓鑄，運籌算，賈滇、蜀民，富至童八百人。又云：程鄭亦冶鑄，富埒卓氏。又云：至於蜀卓，宛孔，齊之刀間，公擅山川銅錢魚鹽市井之入，運其籌策，上爭王者之利，下錮齊民之業。

注殖貨志曰。何校：「殖」改「食」，陳同，是也。六臣本作「貨殖」，并非。

注藏鏹，管子之文也。姜氏皋曰：漢書食貨志：臧鏹千萬，臧鏹百萬。即蒙管子輕重等篇爲文。孟康注亦曰：繦，錢貫也。管子曰：凶歲糴釜十繦。

【胡紹煐文選箋證】鈲摫兼呈。注劉逵曰：揚雄方言曰：鈲摫，裁也。梁、益之間，裁木爲器曰鈲，裂帛爲衣曰摫。旁注：釽，浦覓反。今方言作「釽」，郭注「劈歷反」。集韻音劈。説文不出「釽」字，新附「釽」从金爪。按：从爪與覓音同，覓亦以爪爲聲。然則字當作「釽」。各本俱誤爲「鈲」。

翕習邊城。按：翕、習二字音義同。故皇侃論語疏云：翕，習也。翕習，盛貌。本書魯靈光殿賦「祥風翕習以颯灑」，鸚鵡賦「翔不翕習」，注并云：盛貌。廣雅：翕，熾也。熾，亦盛也。説文：熠，盛光也。「習」與「熠」同。

【高步瀛文選李注義疏】胡克家曰：「鏹」當作「繦」，注同。漢書食貨志作「繦」，劉引之可證。廣韵云：「繦」俗作「鏹」。太冲時未必有此俗字也。○呂延濟曰：翕習，威盛貌。胡紹煐曰：翕、習二字音義同。故論語八佾疏云：翕，習也。翕習，盛貌。本書魯靈光殿賦「祥風翕習以颯灑」，鸚鵡賦「翔不翕習」，注并云：盛貌。廣雅釋詁：翕，熾也。熾，亦盛也。説文：熠，盛光也。「習」與「熠」同。○蜀卓氏之臨邛，富至僮八百人，及程鄭亦冶鑄云云，皆二人傳中語。「公擅山川銅鐵」三句，皆贊中語。劉氏攙雜引之。司馬相如傳本卓王孫、程鄭并舉。劉以卓氏僮八百人已引貨殖傳，故亦節去。又「齊人」，本作「齊民」。○食貨志，尤本「食」誤作「殖」。胡克家曰：何校「殖」改「食」，陳同。袁本亦誤「殖」。茶陵本作「貨殖」，更非。○食貨志下「藏鏹」作「臧繦」。注引孟康曰：繦，錢貫也。匡謬正俗卷五曰：食貨云「藏繦」謂繩貫錢，故總謂之「繦」耳。文云：算緡亦云以緡穿錢，故謂貫爲緡也。而後之學者謂「繦」爲錢，乃改爲「鏹」字，無義可據，殊爲穿鑿。按孔子云：四方之人繦負其子而至。謂以繩絡而負之，故謂繦褓耳。豈復關貨泉耶？步瀛案：顔氏此説極析。「鏹」乃後出之俗字。正字通謂白鏹，金別名。與以索貫錢之「繦」音同義別，妄生區別，尤不足取。○方言，見卷二。郭注曰：皆析破之名也。鎃音劈歷之劈。摫音規。廣雅釋詁二曰：鎃摫，裁也。王念孫疏證曰：鎃之言劈，摫之言刲也。漢書藝文志：鉤鎃析亂。顔師古注云：鎃，破也。謝靈運山居賦云：鎃摫之端。步瀛案：方以智通雅卷四曰：鎃，錫韵不收，當是「劈」之緟文。朱駿聲説文通訓定聲解部亦謂「劈」亦作「鎃」，而説文新附字作「鎃」，从金爪。方以智謂从「𠂢」者聲，从「爪」者意。胡紹煐謂从爪，與覓音同。覓亦以爪爲聲。步瀛案：説文「覛」从見「𠂢」聲。重文作「䀡」，或亦書作「覔」，俗省作「覓」。然則「覓」本作「覛」，从「𠂢」聲。胡氏以爲爪聲，謬矣。又淮南主術篇曰：人莫振金石而振瓜瓠。則「鎃」字又作「振」。朱珔曰：説文「撝」字云：裂也，从手爲聲，許歸切。段氏謂「歸」必「規」之誤。然則「摫」當爲「撝」之別體也。○劉注訓呈爲「常課」。案：史記秦始皇本紀曰：上至以衡石量書，日夜有呈。不中呈，不得休息。「呈」爲「程」之通借字。本書西京賦：程角抵之妙戲。薛注曰：程，謂課其技能也。○漢書叙傳文，至「鼓吹」止。○管子國蓄篇曰：人君知其然，故守之以準平，使萬室之都，必有萬鍾之藏，藏繦千萬。使千室之都必有千鍾之藏，藏繦百萬。漢書食貨志下「臧繦千萬」云云，即本此。

○「鑼，九兩切」以下八字，依袁本增。○名、庭、呈、城，古音耕部。

三蜀之豪，時來時往。養交都邑，結儔附黨。

【彙校】

「三蜀之豪」「豪」，四庫本同。奎章閣本、明州本、贛州本、叢刊本、正德本、陳八郎本、尤刻本、胡刻本、監本、唐鈔本、九條本作「豪」。當作「豪」。

「時來時往」「來」，明州本、贛州本、四庫本、叢刊本、陳八郎本、尤刻本、胡刻本、監本、九條本同。奎章閣本、正德本、唐鈔本作「来」。當作「來」。「往」，明州本、贛州本、叢刊本、陳八郎本、尤刻本、胡刻本、唐鈔本同。奎章閣本、四庫本、正德本、監本、九條本作「徃」。當作「往」。

「結儔附黨」「結」，奎章閣本、明州本、贛州本、四庫本、正德本、監本同。叢刊本、陳八郎本、尤刻本、胡刻本、唐鈔本、九條本作「結」。當作「結」。「儔」，奎章閣本、明州本、贛州本、叢刊本、陳八郎本、尤刻本、胡刻本同。四庫本、正德本作「儔」。監本、九條本作「疇」。唐鈔本作「疇」。今從「儔」。「黨」，奎章閣本同。明州本、贛州本、四庫本、叢刊本、正德本、陳八郎本、尤刻本、胡刻本、監本、唐鈔本、九條本作「黨」。當作「黨」。

■ **立群案**：段玉裁説文解字注：然自唐以前用「儔侶」，皆作「疇」，絶無作「儔」者。又云：「疇」亦類也，今或作「儔」矣。然則用「儔」者起唐初，以至於今。是「疇」「儔」本通。「疇」爲古字，「儔」爲後起字。然今「儔侶」多從「儔」。

【彙注】

【李善注】劉曰：三蜀，蜀郡、廣漢、犍爲也。本一蜀國，漢高祖分置廣漢，漢武帝分置犍爲。善曰：孫卿子曰：偷合苟容，以持禄養。

【文選鈔】言與交友相貽養於都邑也。

【文選音決】儔，直留反。

【五臣注】向曰：三蜀，蜀都、廣漢、犍爲也。本一蜀，漢高祖分置廣漢，至武帝分置犍爲。養其交道，結附儔黨。

【張鳳翼文選纂注】三蜀，蜀郡、廣漢、犍爲也。本一蜀國，漢高祖分置廣漢，漢武帝分置犍爲。養交，結附也。儔，黨也。

【王象乾文選删注】三蜀，蜀郡、廣漢、犍爲。

【胡克家文選考异】注「以持禄養」。案：「養」下當有「交」字，各本皆脱。此所引臣道篇文也。

【梁章鉅文選旁證】注以持禄養。胡公考异曰：「養」下當有「交」字。此引臣道篇文。

【高步瀛文選李注義疏】注「蜀國」疑當作「蜀郡」。漢書地理志蜀郡，原注曰：秦置。廣漢郡，原注曰：高帝置。犍爲郡，原注曰：武帝建元六年開。華陽國志蜀志曰：益州以蜀郡、廣漢、犍爲爲三蜀。又曰：蜀郡成都縣，郡治。又曰：廣漢郡，高帝六年置，本治繩鄉。水經江水注曰：高帝分巴蜀，置廣漢郡於乘鄉。又云：雒縣有沈鄉，去江七里。案「乘」「繩」同音。「沈」又一聲之轉也。雒縣在今四川廣漢縣北，犍爲郡已見上。○孫卿子，見臣道篇。本注各本「養」下脱「交」字，今依胡氏校補。

劇談戲論，扼腕抵掌。出則連騎，歸從百兩。

【彙校】

「劇談戲論」「劇」，明州本、贛州本、四庫本、叢刊本、陳八郎本、尤刻本、胡刻本、監本、九條本同。奎章閣本、唐鈔本作「劇」。正德本作「劇」。當作「劇」。「戲」，贛州本、四庫本、叢刊本、監本同。奎章閣本、正德本、陳八郎本、唐鈔本作「戱」。明州本、尤刻本、胡刻本、九條本作「戯」。當作「戲」。

「扼腕抵掌」「腕」，監本、唐鈔本同。奎章閣本、明州本、贛州本、四庫本、叢刊本、正德本、陳八郎本、尤刻本、胡刻本、九條本作「捥」。當作「腕」。「抵」，陳八郎本、監本、唐鈔本同。奎章閣本、明州本、贛州本、四庫本、叢刊本、正德本、尤刻本、胡刻本、九條本作「抵」。當作「抵」。

■立群案：胡克家文選考异：扼腕抵掌。案：「抵」當作「抵」，注同。袁本善注末有「抵音紙」三字，最是。茶陵本割裂「紙」字入正文下，非。尤又改「紙」爲「紙」，益非。廣韵四紙：抵，抵掌。説文云：側手擊聲也。與十一薺之「抵」，迥然有別。甚明。西征賦，爲蕭揚州作薦士表，廣絶交論用「抵掌」者放此。今皆作「抵」，蓋誤由五臣而各本亂之。集韵「抵」下重文有「抵」，云或作「抵」，可見其不分別久矣。其群書此字之誤，不悉數。胡紹煐文選箋證：王氏廣雅疏證云：説文：抵，側擊也。从手氏聲。玉篇「音之是切」，引秦策「抵掌而言」。「抵掌」猶「拊掌」也。「抵」與「抵」音義各別。今本俱訛爲「抵」，後人多見「抵」，少見「抵」，遂莫有能正其失者矣。紹煐按：考异校同。兩胡氏説是也。原應作「抵掌」，然多誤作「抵掌」也。

「出則連騎」「出」，明州本、贛州本、四庫本、叢刊本、正德本、陳八郎本、尤刻本、胡刻本、監本、唐鈔本、九條本同。奎章閣本作「出」。當作「出」。「則」，奎章閣本、明州本、贛州本、四庫本、叢刊本、正德本、尤刻本、胡刻本、監本、唐鈔本、九條本同。陳八郎本作「相」。當作「則」。「騎」，奎章閣本、明州本、贛州本、四庫本、叢刊本、正德本、陳八郎本、尤刻本、胡刻本、監本、唐鈔本、九條本作「騎」。當作「騎」。

■立群案：諸本多作「則」，是也。陳八郎本獨作「相」者，恐因後「連」字致誤。

「歸從百兩」「兩」，奎章閣本作「两」。明州本、贛州本、四庫本、叢刊本、正德本、陳八郎本、尤刻本、胡刻本、監本、唐鈔本、九條本作「兩」。當作「兩」。

【彙注】

【李善注】抵音紙。劉曰：劇，甚也。鬼谷先生書有抵戲篇。桓譚七説曰：戲談以要譽。張儀傳曰：天下之士，莫不扼腕以言。戰國策曰：蘇秦説趙王：華屋之下，抵掌而言，皆談説之客也。百兩，百乘也。詩云：之子於歸，百兩御之。善曰：漢書曰：楊雄口吃不能劇談。連騎，已見西京賦。

【文選鈔】劇，猶戲也。

【文選音決】劇，其戟反。戲，許義反。

【五臣注】抵音紙。翰曰：抵，擊也。大車稱兩。言從車百乘。

【陸善經注】抵，擊也。即今之撫掌也。

【王象乾文選删注】抵音紙。劇，甚也。漢書曰：楊雄口吃不能劇談。

【張雲璈選學膠言】劇談戲論，扼腕抵掌。注：鬼谷先生有抵戲篇。胡中丞云：「抵」當作「抵」，注同。袁本善注末有「抵音紙」，最是。茶陵本割裂「紙」字入正文下，非。尤延之又改「紙」爲「紙」，益非。廣韵四紙：抵，抵掌。説文曰：側手擊聲。與十一薺之「抵」，迥然有别。西征賦、爲蕭揚州作薦士表、廣絶交論用「抵掌」者放此。今皆作「抵」，蓋誤由五臣而各本亂之。集韵「抵」下重文有「抵」，云或作「抵」，可見其不分久矣。其群書此字之誤，不悉數。

注又引桓譚七説。胡中丞云：「譚」當作「麟」。後漢書本傳章懷注：案摯虞文章志，麟文見在者七説一首云云後七命注、祭屈原文注皆引桓麟七説，可證。

【胡克家文選考异】扼腕抵掌。案：「抵」當作「抵」，注同。袁本善注末有「抵音紙」三字，最是。茶陵本割裂「紙」字入正文下，非。尤又改「紙」爲「紙」，益非。廣韵四紙：抵，抵掌。説文云：側手擊聲也。與十一薺之「抵」，迥然有别。甚明。西征賦、爲蕭揚州作薦士表、廣絶交論用「扺掌」者放此。今皆作「抵」，蓋誤由五臣而各本亂之。集韵「扺」下重文有「抵」，云或作「抵」，可見其不分别久矣。其群書此字之誤，不悉數。

注「桓譚七説曰」。案：「譚」當作「麟」，各本皆誤。後漢書本傳章懷注：案摯虞文章志，麟文見在者七説一首云云。後七命注、祭屈原文注皆引桓麟七説可證。

【許巽行文選筆記】扼腕。「扼」當爲「搤」。説文：掔，手掔也。揚雄曰：掔，握也。郊祀志：莫不搤掔。史記：於其偏袒扼捥。注皆云：古腕字。嘉德案，玉篇：腕，手腕也。亦作「捥」。説文但作「掔」，無「腕」「捥」字。史、漢「掔」「捥」并用。玉篇：捥，𢪛，并同掔。

「戲論」下注「桓譚七説」。案：後漢書桓彬傳：父麟，字元鳳。注云：摯虞文章志，桓麟文見在者十八篇，有七説一首。然作桓譚，誤也。隋經籍志作「桓麟」，唐藝文志作「桓騏」，并誤。嘉德案：胡校亦云：譚作麟。是也。七命、祭屈原文注皆引桓麟七説。

【梁章鉅文選旁證】扼腕抵掌。胡公考异曰：「抵」當作「扺」，注同。廣韵四紙：扺，扺掌。説文云：側手擊聲也。與十一薺之「抵」，迥然有别。甚明。西征賦、爲蕭揚州作薦士表、廣絶交論用「扺掌」者放此。今皆誤作「抵」。

注扺戲篇。段校云：今鬼谷子作「抵巇」。

注桓譚七説曰。「譚」當作「麟」，各本皆誤。本書七命注、祭屈原文注，并引桓麟七説。後漢書桓麟傳注引摯虞文章志「麟文見在者七説一首」可證也。

【胡紹煐文選箋證】扼腕抵掌。王氏廣雅疏證云：説文：扺，側擊也。从手氏聲。玉篇「音之是切」，引秦策「抵掌而言」。「抵掌」猶「拊掌」也。「抵」與「抵」音義各別。今本俱訛爲「抵」，後人多見「抵」，少見「抵」，遂莫有能正其失者矣。紹煐按：考异校同。

【徐攀鳳選注規李】劇談戲論。注引桓譚七説。案，七説係桓麟作。後漢桓彬傳：父麟，字元鳳。注云：摯虞文章志：桓麟文見在者十八篇，有七説一首。

【高步瀛文選李注義疏】尤本「抵」作「抵」。胡克家曰：「抵」當作「抵」，注同。袁本善注末有「抵音紙」三字，最是。茶陵本割裂「紙」字入正文下，非。尤又改「紙」作「紙」，益非。廣韵四紙：抵，抵掌。説文云：側手擊聲也。與十一薺之「抵」，迥然有別。甚明。西征賦、爲蕭揚州作薦士表、廣絶交論用「抵掌」者放此。今皆作「抵」，蓋誤由五臣而各本亂之。集韵「抵」下重文有「抵」，云或作「抵」，可見其不分別久矣。其群書此字之誤，不悉數。○「抵巇」各本作「抵戲」，今校改。案：鬼谷子抵巇篇第四「抵」亦「抵」之誤。○「桓麟」各本作「桓譚」。胡克家曰：「譚」當作「麟」，各本皆誤。後漢書本傳章懷注：案摯虞文章志，麟文見在者七説一首云云。後七命注、祭屈原文注皆引桓麟七説可證。許巽行曰：後漢書桓彬傳：父麟，字元鳳。隋經籍志作「桓麟」。唐藝文志作「桓騏」，并誤。步瀛案：後漢書桓彬傳附桓榮傳後。麟又附見彬傳。麟文見在者十八篇，七説特其一也。北堂書鈔酒食部、藝文類聚雜文部、太平御覽飲食部皆引桓麟七説，但未及本注所引之句耳。○張儀傳，見史記。原文作「天下之游談士，莫不日夜搤腕，瞋目切齒，以言從之便」。此節引。「扼腕」「搤腕」字同。○戰國策，見秦策一。本注各本「而談」作「而言」，今依策改。○詩，見鵲巢。毛傳曰：百兩，百乘也。○漢書，見楊雄傳。○「抵音紙」三字，依袁本增。○往、黨、掌、兩，古音陽部。○以上都邑。

若其舊俗，終冬始春。吉日良辰，置酒高堂，以御嘉賓。

【彙校】

「若其舊俗」「舊」，明州本、贛州本、叢刊本、正德本、陳八郎本、尤刻本、胡刻本、監本同。奎章閣本、四庫本、唐鈔本作「𦾔」。九條本作「舊」。當作「舊」。

「吉日良辰」「吉」，奎章閣本、明州本、贛州本、四庫本、叢刊本、正德本、陳八郎本、尤刻本、胡刻本、監本同。唐鈔本、九條本作「吉」。當作「吉」。「辰」，四庫本同。奎章閣本、叢刊本、正德本、尤刻本、胡刻本、唐鈔本、九條本作「辰」。明州本、贛州本、陳八郎本、監本作「辰」。當作「辰」。

「置酒高堂」「置」，明州本、贛州本、四庫本、叢刊本、正德本、陳八郎本、尤刻本、胡刻本、監本、唐鈔本、九條本同。奎章閣本作「置」。當作「置」。「高」，奎章閣本同。明州本、贛州本、四庫本、叢刊本、正德本、陳八郎本、尤刻本、胡刻本、監本、唐鈔本、九條本作「高」。當作「高」。

「以御嘉賓」「御」，奎章閣本、明州本、贛州本、叢刊本、正德本、陳八郎本、尤刻本、監本、唐鈔本、九條本同。四庫本作「衘」。胡刻本作「禦」。今從「御」。「賓」，奎章閣本、明州本、贛州本、四庫本、叢刊本、正德本、陳八郎本、尤刻本、胡刻本、監本、唐鈔本、九條本作「賔」。當作「賓」。

■立群案：善注引毛詩曰：以禦賓客，且以酌醴。當爲賦語所本。孔穎達疏：禦者，給與充用之辭。即進食、食用之意。後世作進食之意，多用「御」。如袁宏後漢紀桓帝紀下：閟玄静履真，不慕榮宦，身安茅茨，妻子御糟糠。王維春中田園作詩：臨觴忽不御，惆悵遠行客。今從「御」。

【彙注】

【李善注】劉曰：楊雄蜀都賦曰：其俗迎春送冬，百金之家，千金之公。善曰：楚辭曰：吉日兮良辰。曹植箜篌引曰：置酒高殿上。毛詩曰：以禦賓客，且以酌醴。

【文選鈔】御，進也，待也。言進待善良之賓也。

【文選音決】御，魚慮反。案鄭玄箋詩：宜，魚嫁反。

【陸善經注】韓詩云：以御嘉賓。薛君曰：御，享也。

【陳景雲文選舉正】吉日良辰。注「良辰」當乙。

【胡克家文選考异】注「吉日兮良辰」。陳云「良辰」當乙，是也。各本皆倒。

【梁章鉅文選旁證】注吉日兮良辰。陳校：「良辰」二字乙轉，是也。各本皆倒。

【高步瀛文選李注義疏】蜀都賦，古文苑「冬」作「臘」，誤。○楚辭，見九歌東皇太一。本注各本「辰良」二字誤倒。今依陳氏校改。○箜篌引，見本書卷二十七。○毛詩，見吉日。鄭箋曰：御賓客者，給賓客之御也。○春、辰，古音諄部。賓，真部。通轉爲韵。

金罍中坐，肴核四陳。觴以清醥，鮮以紫鱗。羽爵執競，絲竹乃發。巴姬彈弦，漢女擊節。

【彙校】

「金罍中坐」「坐」，奎章閣本、明州本、贛州本、四庫本、叢刊本、正德本、陳八郎本、尤刻本、胡刻本、監本、九條本同。唐鈔本作「坐」。當作「坐」。

「肴核四陳」「肴」，奎章閣本、明州本、贛州本、四庫本、叢刊本、正德本、陳八郎本、尤刻本、胡刻本、監本、唐鈔本同。九條本作「肴」。當作「肴」。「核」，奎章閣本、明州本、贛州本、四庫本、叢刊本、正德本、陳八郎本、九條本同。尤刻本、胡刻本、監本、唐鈔本作「槅」。當作「核」。

■ **立群案**：據校勘情況，是李善本作「槅」，五臣本作「核」。善曰：槅與核義同。薛傳均文選古字通疏證：傳均案，班孟堅典引：肴覈仁誼之林藪。注：肴覈，食也。肉曰肴，骨曰覈。詩云：肴覈爲旅。說文：槅爲大車軛。其正字當作「覈」。「覈」，實也。引伸之，凡有實之物皆謂之「覈」。說文「骨」字下，云：肉之覈也。蓋骨爲肉之實，故典引注訓「覈」爲「骨」也。馬季長長笛賦：精核數術。說文注說文曰：覈，考實事也。「核」與「覈」古字通。爾雅釋木：桃李醜核。周禮大司徒：其植物宜覈物。注：核物，李梅之屬。蓋果之有核猶肉之有骨，皆爲有實之物。故或曰果核，或曰果覈，或曰果實，其義一也。若「槅」字，則其同音假借字耳。據薛氏説，自當作「核」也。

「觴以清醥」　「觴」，明州本同。贛州本、四庫本、陳八郎本、尤刻本、胡刻本、監本作「觴」。奎章閣本、叢刊本、正德本作「觴」。唐鈔本作「鬺」。九條本模糊不清。當作「觴」。「清醥」，奎章閣本、明州本、贛州本、四庫本、正德本、陳八郎本、尤刻本、胡刻本、九條本同。叢刊本作「清醥」。監本作「醥清」。唐鈔本作「醥清」。今從「清醥」。

■**立群案**：清醥，清酒。杜甫聶耒陽書致酒肉詩：禮過宰肥羊，愁當置清醥。錢謙益辛卯春盡歌者王郎北遊告別戲題絶句：春風作態楝花飛，清醥盈觴照別衣。然監本和唐鈔本作「醥清」者，亦有據。曹植酒賦：其味有宜城醪醴，蒼梧醥清。諸本多作「清醥」，今從「清醥」。

「羽爵執競」　「競」，奎章閣本、明州本、贛州本、四庫本、叢刊本、正德本、陳八郎本、尤刻本、胡刻本、監本同。唐鈔本作「竸」。九條本作「競」。當作「競」。

「絲竹乃發」　「絲」，監本、唐鈔本、九條本同。奎章閣本、正德本、陳八郎本、尤刻本、胡刻本作「絲」。明州本、贛州本、四庫本、叢刊本作「絲」。當作「絲」。

「巴姬彈弦」　「姬」，四庫本同。奎章閣本、正德本、唐鈔本、九條本作「姬」。明州本、贛州本、叢刊本、陳八郎本、尤刻本、胡刻本、監本作「姬」。當作「姬」。「弦」，尤刻本、胡刻本、監本同。奎章閣本、明州本、贛州本、四庫本、叢刊本、正德本、陳八郎本、唐鈔本、九條本作「絃」。當作「弦」。

■**立群案**：宋本廣韵：絃，俗「弦」字。集韵：絃，八音之絲也，通作「弦」。正字通：瑚連切，音賢。八音之絲，通作「弦」。康熙字典：五經文字：琴瑟弦。亦用「弦」字，作「絃」者，非。○按，經典「弦」通作「絃」。據上，當作「弦」。

「漢女擊節」 「擊」，明州本、贛州本、四庫本、叢刊本、正德本、陳八郎本、尤刻本、胡刻本、監本同。奎章閣本作「擊」。唐鈔本、九條本作「擊」。當作「擊」。「節」，奎章閣本、明州本、贛州本、四庫本、叢刊本、正德本、尤刻本、胡刻本、監本同。陳八郎本、唐鈔本、九條本作「莭」。今從「節」。

■立群案：中華字海：「莭」同「節」。見干禄字書。今從「節」。

【彙注】

【李善注】劉曰：鮮，魚鱠也。詩云：炰鼈鱠鯉。巴姬，漢之美人，猶衛之雅質，蔡之幼女。善曰：毛詩曰：肴核維旅。鄭玄曰：肴，菹醢也。核，桃梅之屬也。左氏傳，楚共王有巴姬。槅與核義同。

【文選鈔】罍，酒器。以金爲餙，受一石也。

【文選音決】罍音雷。坐，才卧反。槅，胡革反。縹，匹沼反。

【五臣注】核，胡華反。醥，匹眇反。翰曰：肴，菹醢也。核，桃梅之屬。醥，清酒也。鮮，新殺也。紫鱗，魚也。羽爵，羽觴作鳥形也。巴姬、漢女，蜀之美女也。

【張鳳翼文選纂注】醥，正眇切。肴，菹醢也。核，桃梅之屬。醥，清酒也。鮮，新殺也。紫鱗，魚也。羽爵，羽觴作鳥形也。

【王象乾文選删注】醥，正眇切。醥，清酒。巴姬，美人，猶衛之雅質，蔡之幼女。

【陳景雲文選舉正】肴槅四陳。注「槅與核，義同」五字當在「左氏傳」上。

【余蕭客文選音義】槅善注「槅」與「核」義同。類篇：槅音覈。醥縹。翰曰：清酒也。

【余蕭客文選紀聞】醥縹。集韵六。

【胡克家文選考异】注「猶衛之雅質」。案：「雅」當作「稚」。各本皆訛。

【梁章鉅文選旁證】肴槅四陳。六臣本「槅」作「核」。

注猶衛之雅質。「雅」當作「稚」。各本皆誤。

【薛傳均文選古字通疏證】肴槅四陳。注善曰：毛詩曰：肴核維旅。鄭玄曰：肴，菹醢也。核，桃梅之屬也。「槅」與「核」義同。傳均案，班孟堅典引：肴覈仁誼之林藪。注：肴覈，食也。肉曰肴，骨曰覈。詩云：肴覈爲旅。説文：槅爲大車軛。其正字當作「覈」。「覈」，實也。引伸之，凡有實之物皆謂之「覈」。説文「骨」字下，云：肉之覈也。蓋骨爲肉之實，故典引注訓「覈」爲「骨」也。馬季長長笛賦：精核數術。注説文曰：覈，考實事也。「核」與「覈」古字通。爾雅釋木：桃李醜核。周禮大司徒：其植物宜覈物。注：核物，李梅之屬。蓋果之有核猶肉之有骨，皆爲有實之物。故或曰果核，或曰果覈，或曰果實，其義一也。若「槅」字，則其同音假借字耳。

【高步瀛文選李注義疏】詩，見六月。「鱠」當依詩作「膾」。「鱠」俗字。○各本「稚」作「雅」。胡克家曰：「雅」當作「稚」。各本皆訛。步瀛案：淮南子修務篇曰：蔡之幼女，衛之稚質。梱纂組，雜奇彩，抑墨質，揚赤文，禹、湯之智不能逮。又見魏都賦注。○毛詩及鄭箋，見賓之初筵。「肴」作「殽」。釋文作「肴」字。注所據本同。王先謙三家詩義集疏據本書典引及蔡邕注謂齊、魯詩「核」作「覈」。薛傳均曰：正字當作「覈」，「槅」字其同聲假借。○左傳，見昭十三年。○陳、鱗，古音真部。與上春、辰、賓韵。發，古音祭部。節，脂部。通轉爲韵。

起西音於促柱，歌江上之飀厲。紆長袖而屢舞，翩僊僊以裔裔。

【彙校】

「起西音」「起」，奎章閣本、明州本、贛州本、四庫本、叢刊本、正德本、陳八郎本、尤刻本、胡刻本、監本、唐鈔本、九條本作「起」。當作「起」。

「於促柱」「於」，奎章閣本、明州本、贛州本、四庫本、叢刊本、陳八郎本、尤刻本、胡刻本、監本、九條本同。正德本、唐鈔本作「扵」。當作「於」。

「飀厲」「飀」，奎章閣本同。明州本、贛州本、四庫本、叢刊本、正德本、陳八郎本、尤刻本、胡刻本、監本、唐鈔本、九條本作「飄」。當作「飀」。

「紆長袖」「袖」，奎章閣本、明州本、贛州本、四庫本、正德本、尤刻本、胡刻本、唐鈔本同。叢刊本、陳八郎本、監本、九條本作「袖」。當作「袖」。

「屢舞」「屢」，奎章閣本、明州本、贛州本、四庫本、叢刊本、正德本、陳八郎本、尤刻本、胡刻本、監本、唐鈔本、九條本作「屢」。當作「屢」。

「翩僊僊」「僊僊」，奎章閣本、明州本、正德本、陳八郎本、九條本同。贛州本、四庫本、叢刊本、尤刻本、胡刻本、監本作「躚躚」。唐鈔本作「偠偠」。今從「僊僊」。

■立群案：胡紹煐文選箋證：注劉逵曰：詩：屢舞躚躚。五臣作「僊僊」。按：今詩作「僊僊」。依注引詩，則正文本作「僊僊」，此爲後人所改。莊子在宥篇注：僊僊，坐起之貌。呂錦文文選古字通補訓：翩躚躚以裔裔。注引詩曰：屢舞躚躚。錦文案：「躚」，亦作「蹮」。説文云：蹁蹮，旋行貌。毛詩作「僊僊」。莊子在宥篇：僊僊乎歸矣。皆軒舉之貌。據胡氏、呂氏説，當作「僊僊」。

「以裔裔」「裔裔」，奎章閣本、明州本、贛州本、四庫本、叢刊本、正德本、陳八郎本、尤刻本、胡刻本、監本、九條本同。唐鈔本作「裛裛」。當作「裔裔」。

【彙注】

【李善注】飉音寮。劉曰：昔周昭王涉漢，中流而隕，其右辛游靡拯王，遂卒不復還。周乃侯其子於西翟，實爲長公。楚徙宅西河，長公思故處，始作西音。長公繼是音以處西山，秦國之風，蓋取乎此。見呂氏春秋。韓子曰：長袖善舞。詩曰：屢舞躚躚。

【文選音決】飉，力彫反。厲，協韵，音列。紆，一于反。僊音仙。裔，協韵，以列反。

【五臣注】飉音寮。僊音仙。向曰：西音、江上，皆曲名。促柱，急弦也。飉厲，歌聲也。翩，輕貌。僊僊、裔裔，皆舞貌。

【陸善經注】字指：飉，不調風也。言風不調而厲急，以至於溺，故促柱以哀其聲也。

【張鳳翼文選纂注】飉音寮。西音、江上，皆曲名。促柱，急弦也。飉厲，歌聲也。躚躚、裔裔，皆舞貌。

【王象乾文選删注】飉音寮。西音，曲名。促柱，急弦也。江上，曲名。飉厲，歌聲。躚躚、裔裔，皆舞貌。吕氏春秋曰：昔周昭王涉漢，中流而隕，其右辛游靡拯王，遂卒不復還。周乃侯其子於西翟，實爲長公。楚徙宅西河，長公思故處，始作西音。長公繼是音以處西山，秦國之風，蓋取乎此。

【杭世駿文選課虚】詩：屢舞躚躚。

【余蕭客文選音義】飉舊音寮。躚五臣作「僊」。

【余蕭客文選紀聞】飉聊。集韻三。

【胡克家文選考异】注「楚徙宅西河，長公思故處」。案：「楚」當作「整」，「長公」二字不當有。各本皆誤。此音初文。今本作「殷整甲徙居西河，猶思故處」，此引多節也。

【許巽行文選筆記】西音。注「其右辛游靡拯王」。案，今吕氏春秋及宋書樂志并作「辛餘靡」。周本紀正義引帝王世紀云：周昭王没於水中而崩。其右辛游靡長臂且多力，游振得王。齊世家索隱曰：宋衷云：昭王南伐楚，辛由靡爲右，涉漢中流而隕。漢書古今人表作「辛繇靡」。然「遊」「游」「由」「繇」并同，作「餘」者非也。嘉德案，「游」「遊」古今字，「繇」「由」古通用。

躚躚。注詩曰：躚躚。今詩作「僊僊」。

【梁章鉅文選旁證】翩躚躚以裔裔。注詩曰：屢舞躚躚。五臣「躚躚」作「僊僊」。向注可證。今詩作「屢舞僊僊」云。遷，徙。屢，敗也。莊子在宥篇：僊僊，坐起之貌。是也。玉篇：蹁躚，猶蹣跚也。意皆相近。

注楚徙宅西河，長公思故處，始作西音。長公繼是音以處西山，秦國之風，蓋取乎此。見吕氏春秋。「楚」當作「整」，「長公」二字不當有。今吕氏春秋音初篇作「殷整甲徙宅西河，猶思故處，實始作爲西音。長公繼是音以處西山，秦穆公取風焉，實始作爲秦音」云云。竹書紀年：河亶甲名整，自囂遷於相。即其事。

【胡紹煐文選箋證】翩躚躚以裔裔。注劉逵曰：詩：屢舞躚躚。五臣作「僊僊」。按：今詩作「僊僊」。依注引詩，則正文本作「僊僊」，此爲後人所改。莊子在宥篇注：僊僊，坐起之貌。

【吕錦文文選古字通補訓】翩躚躚以裔裔。注引詩曰：屢舞躚躚。錦文案：「躚」亦作「蹮」。説文云：蹁蹮，旋行貌。毛詩作「僊僊」。莊子在宥篇：僊僊乎歸矣。皆軒舉之貌。「蹮」與「僊」通。

【高步瀛文選李注義疏】五臣「躚」作「僊」。○五臣「颷」音「遼」。吕向曰：西音、江上皆曲名。颷厲，歌聲也。步瀛案：西音乃借用，以蜀在西南，故當西音之目，不得指爲曲名。江上，蓋指蜀江，猶宋玉言歌於郢中耳，亦不得指爲曲名。向注非是。又案：古詩曰：弦急知柱促。颷厲，當謂歌聲清激也。二字雙聲聯語，或作「嘹唳」。李百藥笙賦曰：若游鴐翔鶴，嘹唳飛空。又作「繚戾」。楚辭九嘆逢紛曰：繚戾宛轉。并音近義同。○吕氏春秋音初篇曰：周昭王親將征荆，辛餘靡長且多力，爲王右。還反涉漢，梁敗。王及蔡公抎於漢中，辛餘靡振王北濟，又反振蔡公。周公乃侯之於西翟，實爲長公。殷整甲徙宅西河，猶思故處，實始作爲西音。長公繼是音以處西山，秦穆公取風焉，實始作爲秦音。劉注錯綜節引，且有舛誤。胡克家曰：「楚徙宅西河」，「楚」當作「整」，「長公思故處」，「長公」二字不當有。梁章鉅曰：竹書紀年：河亶甲名整，自囂遷於相。即其事。步瀛案：御覽皇王部八引竹書，自較今本爲可信。但相非河西，其事殆不可考矣。「辛餘靡」，宋書樂志同。本注作「辛遊靡」。史記周本紀正義引帝王世紀作「辛游靡」。齊世家索隱引宋衷語，作「辛由靡」。漢書人表作「辛繇靡」。「遊」「游」「由」「繇」并同，「餘」亦一聲之轉。○韓子，見五蠹篇。○詩，見賓之初筵。「躚躚」，毛作「僊僊」。梁章鉅曰：莊子在宥篇釋文：僊僊，坐起之貌。是也。玉篇：翩躚，猶蹣跚也。意皆相近。吕錦文曰：

「躔」亦作「躚」。說文云：蹁躚，旋行貌。毛詩作「僊僊」，「躚」與「僊」通。胡紹煐曰：依注引詩，則正文本作「僊僊」，此爲後人所改。步瀛案：胡說非也。「躚躚」疑是三家詩异文。劉注固不云「毛詩」也。五臣本或依毛詩改耳。

合樽促席，引滿相罰。樂飲今夕，一醉累月。

【彙校】

「合樽促席」「樽」，奎章閣本、明州本、贛州本、四庫本、叢刊本、正德本、陳八郎本、尤刻本、胡刻本、監本、九條本同。唐鈔本作「撙」。當作「樽」。

■ **立群案**：「合樽」，亦作「合尊」。善注引東方朔六言詩曰：合樽促席相娛。高步瀛文選李注義疏：史記滑稽傳：淳于髡曰：日暮酒闌，合尊促坐。東方朔詩「合樽」句，出此。當作「合樽」。諸本多作「合樽」，是也。唐鈔本獨作「合撙」者，乃「合樽」之形近而誤也。

「引滿相罰」「罰」，奎章閣本、明州本、贛州本、四庫本、叢刊本、正德本、陳八郎本、尤刻本、胡刻本、九條本同。監本、唐鈔本作「罸」。當作「罰」。

【彙注】

【李善注】劉曰：言頻飲也。善曰：東方朔六言詩曰：合樽促席相娱。漢書曰：趙、李侍中，皆引滿舉白。毛詩曰：今夕何夕。又曰：一醉日富。

【文選鈔】合樽，合就其樽也。

【文選音決】合，古合反。樽，子門反。樂音落。

【五臣注】合，古合反。銑曰：酒將闌，故合并其樽，促近其席。引，持也。持滿以相罰。酒厚樂極，故醉累月。

【陸善經注】詩云：樂酒今夕。

【張鳳翼文選纂注】酒將闌，故合并其尊，促近其席。引，持也。持滿以相罰。酒後樂極，故醉累月。

【王象乾文選刪注】漢書曰：趙、李侍中，皆引滿舉白。

【高步瀛文選李注義疏】史記滑稽傳：淳于髡曰：日暮酒闌，合尊促坐。東方朔詩「合樽」句，出此。○漢書，見叙傳。顔注曰：謂引取滿觴而飲。○毛詩，見綢繆。案：此當引頍弁：樂酒今夕。後引見小旻，「一」字作「壹」。○厲、罰、月，古音祭部。裔，脂部。通轉爲韵。又與上發、節韵。○以上宴飲。

若夫王孫之屬，郤公之倫。從禽於外，巷無居人。并乘驥子，俱服魚文。玄黄异校，結駟繽紛。

【彙校】

「王孫之屬」「屬」，奎章閣本、四庫本、叢刊本、正德本同。明州本、贛州本、陳八郎本、尤刻本、胡刻本、監本作「屬」。唐鈔本、九條本作「属」。當作「屬」。

「郤公之倫」「郤」，奎章閣本、明州本、贛州本、四庫本、叢刊本、正德本、陳八郎本、尤刻本、胡刻本、九條本同。監本模糊不清。唐鈔本作「郄」。當作「郤」。

「并乘驥子」「并」，奎章閣本、明州本、贛州本、四庫本、叢刊本、正德本、陳八郎本、尤刻本、胡刻本、監本、唐鈔本、九條本作「並」。當作「并」。「乘」，奎章閣本、明州本、贛州本、四庫本、叢刊本、正德本、陳八郎本、尤刻本、胡刻本、監本、唐鈔本、九條本作「乗」。當作「乘」。「驥」，奎章閣本、明州本、贛州本、四庫本、叢刊本、正德本、陳八郎本、尤刻本、胡刻本、監本、唐鈔本、九條本作「驥」。當作「驥」。

「俱服魚文」「服」，奎章閣本、四庫本、叢刊本、尤刻本同。明州本、贛州本、陳八郎本、監本作「服」。正德本、胡刻本、唐鈔本、九條本作「服」。當作「服」。「魚」，奎章閣本、明州本、贛州本、四庫本、叢刊本、正德本、陳八郎本、尤刻本、胡刻本、監本、唐鈔本同。九條本作「奐」。當作「魚」。

「玄黃异校」「黃」，四庫本、正德本、尤刻本、胡刻本、監本、唐鈔本、九條本同。奎章閣本、明州本、贛州本、叢刊本、陳八郎本作「黄」。當作「黃」。「异」，明州本、贛州本、叢刊本、陳八郎本、尤刻本、胡刻本、九條本作「異」。奎章閣本、四庫本、正德本、監本、唐鈔本作「異」。當作「异」。

「結駟繽紛」「結」，奎章閣本、明州本、贛州本、四庫本、九條本同。叢刊本、正德本、陳八郎本、尤刻本、胡刻本、監本、唐鈔本作「結」。當作「結」。「繽」，奎章閣本、明州本、贛州本、四庫本、叢刊本、正德本、陳八郎本、尤刻本、胡刻本、監本、唐鈔本、九條本作「繽」。當作「繽」。

【彙注】

【李善注】郤，却戟切。劉曰：王孫，卓王孫也。貨殖傳曰：卓王孫田宅射獵之樂，擬於人君。郤公，豪俠也。楊雄長蜀都曰：若其漁弋郤公之徒，相與如乎巨野，羅車百乘，觀者萬堤。服，箭服。詩云：象弭魚服。善曰：周易曰：即鹿無虞，以從禽也。毛詩曰：叔於田，巷無居人。桓子新論曰：善相馬者曰薛公，得馬，惡貌而正走，名驥子。周禮，六厩成校，校有左右。楚辭曰：青驪結駟齊千乘。

【文選鈔】巷無居人，皆從之獵也。驥子者，千里之駒也。魚服，言魚皮有文，可作服餝也。繽紛，衆多之貌。校者，言馬壯狡精麗也。又云：校，隊也。

【文選音決】夫音扶。郤，去戟反。驥音冀。校，音胡孝反。繽，匹仁反。紛，芳紜反。

【五臣注】郤，却戟反。良曰：王孫，卓王孫也。郤公，蜀之豪富人。從禽，獵也。巷無居人，言皆觀獵也。驥子，良馬。魚文，盛箭器也。校，隊也。繽紛，衆多貌。

【張鳳翼文選纂注】王孫，卓王孫也。郤公，豪俠也。從禽，獵也。巷無居人，言皆觀獵也。驥子，良馬。魚文，盛箭器也。校，隊也。繽紛，衆多貌。

【王象乾文選刪注】魚文，盛箙器。新論曰：薛公善相馬，得馬，惡貌而正走，名驥子。詩曰：象弭魚服。周禮，六厩成校，校有左右。楚辭曰：青驪結駟齊千乘。

【陳景雲文選舉正】服魚文。「服」上脱「俱」字。

【胡克家文選考异】注「觀者萬堤」。案：「萬」當作「方」，各本皆誤。

【梁章鉅文選旁證】注觀者萬堤。「萬」當作「方」。各本皆誤。

【高步瀛文選李注義疏】貨殖傳卓王孫事，史記、漢書同。「田宅」皆作「田池」。此注「宅」字恐誤。○郤公事迹未詳。五臣「郤」音却戟反。古文苑蜀都賦章樵注曰：蜀之豪富人。亦不能舉其實事。○「萬堤」，胡克家曰：「萬」當作「方」，各本皆誤。步瀛案：古文苑作「方」，蓋胡氏所據。藝文類聚居處部一引作「方坊」，「坊」字亦誤。然「方堤」字亦疑。○詩，見采薇。毛傳曰：魚服，魚皮也。孔疏曰：左傳曰：歸夫人魚軒。服虔云：魚，獸名。陸璣疏曰：魚服，魚獸之皮也。魚獸似猪，東海有之，其皮背上斑文，腹下純青，今以爲弓鞬步叉者也。步瀛案：此賦「服」字與上「乘」字對文，不當作「矢箙」解。易繫辭上曰：服牛乘馬。此「服」字義同。説文引易作「犕」。段氏謂以車駕牛馬之字當作「犕」，作「服」者假借耳。是也。上句驥子爲馬，則此「魚文」亦不當爲「魚獸」。詩駉：有驔有魚。毛傳曰：二目白曰魚。釋文「二目」作「一目」誤。爾雅釋獸曰：一目白瞷，二目白魚。郭注曰：似魚目也。王引之經義述聞卷二十八曰：謂一目毛色白曰瞷。二目毛色白曰魚。不言毛者，承上文諸毛字而省，猶之黑唇駩，黑喙騧，謂唇與喙邊之毛色也。下文説牛云黑眦牰，亦謂目眦邊之毛色，義與一目白、二目白同。郭注似誤。以爲馬目中白，與上文言毛色者不倫。且魚死則目殊白色，生時固不爾也。步瀛案：王説是。此賦「魚文」當亦本雅訓，指目之毛色言。漢書西域傳贊曰：蒲梢龍文，魚目汗血之馬。當與此同。○周易，見屯六三象傳。○後引詩見叔于田。○藝文類聚獸部上引桓譚新論曰：「薛翁者，長安善相馬者也。於邊郡求得駿馬，騎以入市，去來人不見也。後勞問之，因請觀馬。翁曰：『諸卿無目，不足示。』」御覽獸部九引同。皆無「惡貌而正走，名驥子」八字，蓋引者節去耳，故與本注不同也。○周禮，見夏官校人。漢書司馬相如傳上林賦顏注曰：養馬稱「校人」者，謂以爲闌校以養馬耳。故呼爲閑也。孟子萬章上焦循正義曰：廣雅釋木云：校，椒柴也。哀公四年公羊傳云：亡國之社，蓋掩之。掩其上而柴其下。地官媒氏注云：亡國之社，奄其上而棧其下。是「柴」即「棧」。亦「校」即「棧」也。管子内業篇云：傅馬棧者最難。曲木已傅，直木無所施矣。直木已傅，曲木亦無所施矣。蓋編木圍其四面，用以畜馬，則爲馬棧。亦即爲「校」，爲「閑」也。○楚辭，見招魂。

西逾金堤，東越玉津。朔別晦期，匪日匪旬。

【彙校】

「西逾金堤」「逾」，奎章閣本、明州本、贛州本、四庫本、叢刊本、正德本、陳八郎本、尤刻本、胡刻本、監本、唐鈔本、九條本作「踰」。當作「逾」。

「東越玉津」「越」，正德本、陳八郎本、九條本同。奎章閣本作「越」。明州本、贛州本、四庫本、叢刊本、尤刻本、胡刻本、監本、唐鈔本作「越」。當作「越」。

「朔別晦期」「別」，奎章閣本、四庫本、叢刊本、正德本、陳八郎本、尤刻本、胡刻本、唐鈔本、九條本同。明州本、贛州本、監本作「別」。當作「別」。「晦期」，四庫本同。奎章閣本、明州本、贛州本、叢刊本、正德本、陳八郎本、尤刻本、胡刻本、監本、唐鈔本、九條本作「期晦」。當作「晦期」。

■**立群案**：胡克家文選考異：茶陵本「期晦」作「晦期」，袁本與此同。案：注故曰「朔別晦期」也。所複舉如此，知正文作「晦期」爲是。「朔」與「晦」對，「別」與「期」對。自當作「晦期」爲是。

【彙注】

【李善注】劉曰：金堤在岷山都安縣西，堤有左右口，當成都西也。璧玉津在犍爲之東北，當成都之東也。楊雄羽獵賦，前曰邪界虞淵，後曰浮彭蠡。張衡羽獵，前曰逐息昆侖，後曰勞許公於箕隅。道里遼迴，非一日所游。金堤、玉津，東西分行，所欲經營，亦非一所。其間悠遠，故曰「朔别晦期」也。若云一月之中，乃能周遍，不以旬日者也。

【文選音决】堤，丁兮反。晦音悔。

【五臣注】翰曰：逾，過也。金堤，堤名。玉津，津名。自月朔至月晦還，非一日一旬也。

【張鳳翼文選纂注】金堤在岷山都安縣西，堤有左右口，當成都之西。玉津在犍爲之東北，當成都之東。金堤、玉津，東西分行，所欲經營，亦非一所。其間悠遠，故曰「朔别晦期」。若云一月之中，乃能周遍，不以旬日也。

【王象乾文選删注】金堤，在岷山都安縣西，堤有左右口。璧玉津在犍爲東北。

【余蕭客文選音義】期晦六臣作「晦期」。

【余蕭客文選紀聞】都安縣，李冰作大堰於此。益州記：江至都安，堰其右，檢其左，其正流遂東。因山頽水，坐致竹木，以溉諸郡。立水中，刻要江神：水竭不至足，盛不没肩。故記曰：水旱從人，不知饑饉，沃野千里，世號陸海，謂之天府。都安堰亦曰湔堰，又謂金堤。左思賦「西逾金堤」者也水經注三十三。

【孫志祖文選考异】朔别期晦。「期晦」，六臣本作「晦期」。

【張雲璈選學膠言】金堤。水經注三十三卷云：江水又歷都安縣，李冰作大堰於此，壅江作堋，堋有左右口，謂之湔堋。江水入郫江、檢江以行舟。益州記曰：江至都安，堰其右，檢其左，其正流遂東，郫江之右也。因山頽水，坐致竹木，以溉諸郡。又穿羊摩江、灌江，西於玉女房下白沙郵作三石人，立水中，刻要江神：水竭不至足，盛不没肩。是以蜀人旱則藉以爲溉，雨則不遏其流。故記曰：水旱從人，不知饑饉，沃野千里，世號陸海，謂之天府也。郵在堰上，俗謂之都安大堰，亦曰湔堰，又謂之金堤。左思蜀都賦云「西逾金堤」者也。諸葛亮北征，以此堰農本國之所資，以徵丁千二百人主護之，有堰官。

【胡克家文選考異】朔别期晦。茶陵本「期晦」作「晦期」，袁本與此同。案：注故曰「朔别晦期」也。所複舉如此，知正文作「晦期」爲是。

【朱珔文選集釋】西逾金堤。劉注云：金堤在岷山都安縣西，堤有左右口，當成都西也。案：水經江水一篇：又歷都安縣。注云：李冰作大堰於此，堰於江作堋，堋有左右口，謂之湔堋。益州記曰：江至都安，堰其右，檢其左，其正流遂東，郫江之右也。因山頹水，坐致竹木，以溉諸郡。又穿羊摩江、灌江，西於玉女房下，作三石人於白沙郵，郵在堰官上，立水中，刻要江神：水竭不至足，盛不没肩。是以蜀人旱則藉以爲溉，雨則不遏其流。故記曰：水旱從人，不知饑饉，沃野千里，世號陸海，謂之天府也。俗謂之都安之堰，亦曰湔堰，又謂金堤。下引此賦語爲證。華陽國志與酈注略同。據云「左右口」，又云「陸海」，蓋即賦上文所稱「指渠口以爲雲門，灑滮池而爲陸澤」者矣。故彼注亦引李冰造大堋之事。湔堰在今灌縣西，即離堆口也。方輿紀要云：灌縣爲蜀漢之都安縣，晉徙都安於灌口。

東越玉津。劉注云：璧玉津在犍爲之東北，當成都之東也。案：華陽國志云：大江自湔堰下至犍爲，有五津：曰白華津，曰里津，曰江首津，曰涉頭津，曰江南津。入犍爲有玉津、東沮津。是玉津在犍爲矣。水經江水注云：又東至南安爲璧玉津。下引此賦語。南安於兩漢志俱屬犍爲郡。方輿紀要謂：今之犍爲縣，本漢南安縣地。有玉津。廢縣在縣西北。隋大業中所置，縣當因津以名也。

【梁章鉅文選旁證】西逾金堤。水經江水注引此句。已見上。

朔别期晦。六臣本「期晦」作「晦期」，是也。注作「晦期」可證。

【胡紹煐文選箋證】朔别期晦。旁證云：六臣本「期晦期」是也。注作「晦期」可證。

【高步瀛文選李注義疏】胡克家曰：「期晦」，茶陵本作「晦期」，袁本與此同。案：注故曰「朔别晦期」也。所複舉如此，知正文作「晦期」爲是。步瀛案：此與楚辭九歌「吉日兮辰良」同一句法。注述爲朔别晦期，令人易曉耳。正文不宜改。○水經江水注曰：江水又歷都安縣，李冰作大堰於此，壅江作堋，堋有左右口，謂之湔堋。江入郫江、撿江以行舟。益州記曰：江至都安，堰其右，撿其左，其正流遂東，郫江之右也。因山頹水，坐致竹木，以溉諸郡。又穿羊摩江、灌江，西於玉女房下白沙郵作三石人，立水中，刻要江神：水竭不至足，盛不没肩。是以蜀人旱則藉以爲溉，雨則不遏其流。故記曰：水旱從人，不知饑饉，沃野千里，世號陸海，謂之天府也。郵在堰上，俗謂之都安大堰，亦曰湔堰，又謂之金堤。左思蜀都賦云「西逾金堤」者也。朱珔曰：據云「左右口」，又云「陸海」，蓋即賦上文所稱「指渠口以爲雲門，灑滮池而爲陸澤」者矣。故彼注亦引李冰造大堋之事。○華陽國志蜀志曰：其大江自湔堰下至犍爲，有五津。始曰白華津，二曰里津，三曰江首津，四曰涉頭津，五曰江南津。入犍爲有漢安橋、玉津、東沮津。津亦七。水經江水注曰：江水又東，至南安爲璧玉津。故左思云「東越玉津」也。太平寰宇記曰：劍南西道，嘉州玉津縣，本漢南安縣地。隋大業中，於此置玉津縣，以江有璧玉津，故以爲名。步瀛案：南安已見上。○倫、文、紛，古音諄部。人、津、旬，真部。通轉爲韵。

蹴蹈蒙籠，涉躐寥廓。鷹犬倏眒，罻羅絡幕。

【彙校】

「蹴蹈蒙籠」　「蹴」，奎章閣本、尤刻本、胡刻本、監本、唐鈔本同。明州本、贛州本、四庫本、叢刊本、正德本、陳八郎本、九條本作「蹵」。當作「蹴」。「蹈」，明州本、贛州本、四庫本、叢刊本、正德本、陳八郎本、尤刻本、胡刻本、監本、唐鈔本同。奎章閣本、九條本作「蹈」。當作「蹈」。「籠」，奎章閣本、明州本、贛州本、四庫本、叢刊本、正德本、陳八郎本、尤刻本、胡刻本、監本、唐鈔本同。九條本作「蘢」。當作「籠」。

■**立群案：**「蒙籠」，草木茂盛之處。淮南子修務訓：犯津關，躐蒙籠。或爲賦語所本。説文：蘢，天蘥也。从草龍聲。亦通「籠」，如隸釋漢梁相孔耽神祠碑：放蘢羅之雉，救窮禽之厄。是九條本作「蘢」亦不爲無據。

「涉躐寥廓」　「涉」，明州本、贛州本、四庫本、監本、唐鈔本同。奎章閣本、正德本、陳八郎本、尤刻本、胡刻本、九條本作「涉」。叢刊本作「沙」。當作「涉」。「躐」，奎章閣本、明州本、正德本、陳八郎本、唐鈔本、九條本作「獵」。贛州本、四庫本、叢刊本、尤刻本、胡刻本、監本作「蹋」。今從「躐」。「寥」，奎章閣本、明州本同。贛州本、四庫本、叢刊本、正德本、陳八郎本、尤刻本、胡刻本、監本、九條本作「寥」。唐鈔本作「寀」。當作「寥」。「廓」，九條本同。奎章閣本、明州本、贛州本、四庫本、叢刊本、正德本、陳八郎本、尤刻本、胡刻本、監本、唐鈔本作「廓」。當作「廓」。

■**立群案**：楚辭九歌國殤：凌余陣兮躐余行，左驂殪兮右刃傷。王逸注：躐，踐也。荀子議兵：不殺老弱，不獵禾稼。楊倞注：獵與躐同，踐也。是「躐」與「獵」通。呂錦文文選古字通補訓：錦文案，「𨄈」，即「躐」字。集韻：「𨄈」，力涉切。音獵。與「躐」同。楚辭九歌：凌餘陣兮躐餘行。注：躐，踐也。一作「𨄈」。是「躐」爲本字，「𨄈」乃俗字。由偏旁例推，如「臘」之俗作「臈」，「擸」之俗作「擖」，皆其證也。今從「躐」。

「鷹犬倏眒」「倏」，贛州本、四庫本、叢刊本、尤刻本同。奎章閣本、明州本、正德本、陳八郎本、唐鈔本、九條本作「儵」。胡刻本、監本作「倐」。當作「倏」。

【彙注】

【李善注】蹴，秋六切。眒，勝胤切。罻音尉。劉曰：倏眒，疾速也。罻羅，鳥獸網也。絡幕，施張之貌也。善曰：蒙籠，已見南都賦。桓譚新論曰：道路皆蒿草，寥廓狼籍。子虛賦曰：倏眒倩浰。

【文選鈔】踐蹈，猶踐蹋。蒙籠，野草也。寥廓，山谷也。

【文選音決】蹴，七六反。蹈，大到反。倏音叔。眒音申。又，舒慎反。罻音尉。絡音洛。幕音莫。

【五臣注】蹴，秋六反。倏音叔。眒，勝胤反。罻音尉。絡音洛。向曰：蹈，沓也。蒙籠，草樹茂盛貌。涉獵，經過也。寥廓，山谷幽遠貌。倏眒，輕疾也。罻羅，網也。絡幕，張設貌。

【張鳳翼文選纂注】倏音叔。眒，勝亂切。罻音尉。蹈，沓也。蒙籠，草樹茂盛貌。涉獵，經過也。

寥廓，山谷悠遠貌。倏眒，疾也。罻羅，鳥獸網也。絡幕，施張之貌。

【王象乾文選刪注】𨆢，五臣作獵。眒，勝胤切。寥廓，山谷幽遠貌。儵眒，疾速也。絡幕，施張貌。

【杭世駿文選課虛】絡幕，施張之貌。

【余蕭客文選音義】罻舊音尉。𨆢同躐。五臣作「獵」。眒申。

【余蕭客文選紀聞】𨆢力涉。類篇二下。眒申。廣韵一。

【孫志祖文選李注補正】罻羅絡幕。○補曰：禮記曰：鳩化爲鷹，然後設罻羅。

【梁章鉅文選旁證】涉𨆢寥廓。五臣「𨆢」作「獵」。向注可證。

【吕錦文文選古字通補訓】涉𨆢寥廓。錦文案：「𨆢」即「躐」字。集韵：𨆢，力涉切。音獵。與「躐」同。楚辭九歌：凌余陣兮躐余行。注：躐，踐也。一作「𨆢」。是「躐」爲本字，「𨆢」乃俗字。由偏旁例推，如「臘」之俗作「臈」，「擸」之俗作「擖」，皆其證也。

【高步瀛文選李注義疏】五臣「𨆢」作「獵」。吕錦文曰：「𨆢」即「躐」字。集韵：𨆢，力涉切。音獵。與「躐」同。楚辭九歌：凌余陣兮躐余行。注：躐，踐也。一作「𨆢」。是「躐」爲本字，「𨆢」乃俗字。由偏旁例推，如「臘」之俗作「臈」，「擸」之俗作「擖」，皆其證也。步瀛案：説文無「躐」字，當依五臣作「獵」。又五臣「倏」作「儵」。尤本「倏」字从火作「倐」，亦非，今正。○五臣音眒，勝胤切。○禮記王制曰：鳩化爲鷹，然後設罻羅。鄭注曰：罻，小網也。○子虛賦：倏眒倩浰。注引張揖曰：皆疾貌。互見彼篇。尤本本注「虚」誤作「雲」，今依六臣本。

毛群陸離，羽族紛泊。翕響揮霍，中網林薄。

【彙校】

「毛群陸離」「群」，奎章閣本、尤刻本、胡刻本同。明州本、贛州本、四庫本、叢刊本、正德本、陳八郎本、監本、唐鈔本、九條本作「羣」。當作「群」。

「翕響揮霍」「響」，四庫本同。奎章閣本、明州本、贛州本、叢刊本、正德本、陳八郎本、尤刻本、胡刻本、監本、唐鈔本、九條本作「嚮」。當作「響」。

「中網林薄」「網」，奎章閣本、明州本、贛州本、四庫本、叢刊本、正德本、陳八郎本、尤刻本、胡刻本、監本同。唐鈔本、九條本作「冈」。今從「網」。「薄」，四庫本、胡刻本、九條本同。明州本、贛州本、陳八郎本、監本作「薄」。奎章閣本、叢刊本、正德本、尤刻本、唐鈔本作「薄」。當作「薄」。

■ **立群案**：漢語大字典：「冈」同「網」。集韻養韻：「網」，俗作「冈」。今從「網」。

【彙注】

【李善注】泊，匹各切。劉曰：毛群，獸也。羽族，鳥也。陸離，分散也。紛泊，飛薄也。翕響揮霍，奄忽之間也。

【文選鈔】木叢生曰林。草木俱生曰薄也。

【文選音決】泊，普各反。翕，許及反。揮音輝。霍，火郭反。

【五臣注】泊，普各反。濟曰：毛群、羽族，鳥獸也。陸離，分散也。紛泊，飛揚也。翕響揮霍，沸亂貌。皆著網於林薄之間。

【陸善經注】已皆中網，在於林薄。

【張鳳翼文選纂注】毛群，獸也。羽族，鳥也。陸離，分散也。紛泊，飛薄也。翕響揮霍，奄忽也。皆著網於林薄之間。

【王象乾文選刪注】泊，普各切。翕響揮霍，沸亂貌。

【杭世駿文選課虛】翕響揮霍，奄忽之間也。

【胡克家文選考异】注「匹各」。袁本、茶陵本作「善曰：泊，匹各切」六字，在劉注之後，是也。

【高步瀛文選李注義疏】呂延濟曰：紛泊，飛揚也。翕響揮霍，沸亂貌。皆著網於林薄之間。○毛群、羽族，已見西都賦。○「善曰」以下六字依袁本、茶陵本增。○廓、幕、泊、薄，古音魚部。

屠麢麋，翦旄麈。帶文蛇，跨雕虎。

【彙校】

「屠麢麋」 「麢」，奎章閣本、明州本、贛州本、四庫本、叢刊本、正德本、陳八郎本、尤刻本、胡刻本、監本、九條本同。唐鈔本作「麢」。當作「麢」。

「翦旄麈」 「翦」，四庫本、尤刻本、胡刻本、監本同。奎章閣本、明州本、贛州本、叢刊本、正德本、陳八郎本、唐鈔本、九條本作「剪」。今從「翦」。

■立群案：玉篇：翦，子踐切。勤也，羽生也，采羽也，齊斷也。俗作「剪」。宋本廣韻：翦，截也，齊也，殺也，勤也。俗作剪。正字通：歬，古「前」字。隸作「翦」，俗作「剪」。康熙字典：翦，干祿字書：俗作剪。是「翦」「剪」通。今從「翦」。

「帶文蛇」 「蛇」，奎章閣本、明州本、贛州本、正德本、陳八郎本、尤刻本、胡刻本、監本同。四庫本、叢刊本、唐鈔本、九條本作「虵」。當作「蛇」。

「跨雕虎」 「跨」，奎章閣本、贛州本、四庫本、叢刊本、正德本、陳八郎本、胡刻本、監本、唐鈔本同。明州本、尤刻本、九條本作「跨」。當作「跨」。「雕」，奎章閣本、明州本、贛州本、四庫本、叢刊本、正德本、陳八郎本、尤刻本、胡刻本、監本、唐鈔本、九條本作「彫」。當作「雕」。

【彙注】

【李善注】麖音京。劉曰：皆獵之所得也。麖麋體大，故屠之。旄麈有尾，故翦之。蛇虎可畏，而帶跨之，言其勇也。尸子曰：中黄伯云：余左執太行之獶，而右搏雕虎。善曰：越人衣文蛇。

【文選鈔】虎既是可畏之獸，猎者勇健，能跨騎而得也。

【文選音决】屠音徒。麖音京。麈音主。

【五臣注】麖音京。麈音主。翰曰：屠，殺也。麖麋、旄麈，皆獸名。其尾可用，故剪之。蛇虎雖可畏，而能帶跨之，言勇也。

【陸善經注】麖，似鹿而小。麋，似鹿而大。旄，旄牛也。

【張鳳翼文選纂注】麖音京。麈音主。皆獵之所得也。麖麋體大，故屠之。旄麈有尾，故剪之。

【王象乾文選删注】麈音主。善曰：越人衣文蛇。

【余蕭客文選音義】麈舊音主。麖六臣作麠。舊并音京。

【余蕭客文選紀聞】麖京。宋書六十七。

【胡克家文選考异】注「善曰：越人衣文蛇」。案：「善曰」下當有脱文，各本皆同，無以補之。

【朱珔文選集釋】翦旄麈。劉注云：麈有尾，故翦之。案：説文：麈，麋屬。中山經屢見「閭麈」。郭注：似鹿而大。張揖注上林賦及埤雅并同。埤雅又云：其尾辟塵。并引名苑曰：鹿之大者曰麈，群鹿隨之，皆視麈尾所轉爲準。古之談者揮焉，良爲是也。華陽國志云：郪縣宜君山出麈尾。此殆以尾似旄牛，故稱「旄麈」。爾雅：麔，大麇。旄，毛狗足，亦其類矣。

【高步瀛文選李注義疏】爾雅釋獸曰：麠，大麃，牛尾。郭注曰：「麃」，即獐。釋文曰：「麠」本或作「麖」，同。案：説文：麠，大鹿也。重文作「麖」。段氏據釋獸改「鹿」作「麃」。中山經曰：尸山，其獸多麖。郭注曰：似鹿而小，黑。則段改「麃」是也。○説文曰：麋，鹿屬。麈，麋屬。段曰：乾隆三十一年，純皇帝目驗御園麈角，正於冬至皆解。敕改時憲書之「麋」爲「麈」。因知今所謂「麈」，正古所謂「麋」也。步瀛案：西山經曰：西皇之山，其獸多麋鹿。郭注曰：麋大如小牛，鹿屬也。中山經曰：荆山其獸多閭麋。郭注曰：似鹿而大也。郝懿行箋疏謂麋當爲「麈」之訛。下文「閭麈」叠見，郭皆無注，益知此爲「麈」字之注，其説是也。漢書地理志曰：粤地山多麈麖。顔師古注曰：麈似鹿而大，麖似鹿而小。華陽國志蜀志曰：廣漢郡郪縣宜君山出麈尾。埤雅卷三曰：麈獸似鹿而大，其尾辟塵。名苑曰：鹿之大者曰麈，群鹿隨之，皆視麈所往，麈尾所轉爲準。古之談者揮焉，良爲是也。朱珔曰：此殆以尾似旄牛，故稱「旄麈」。爾雅：麔，大麌。旄，毛狗足，亦其類矣。步瀛案：朱氏以麖、麋、麈皆鹿類，不宜以他類獸間之。故以旄麈爲一物。然以尾言，似爲二物，亦無不可。且「旄麈」之名，他書無徵。以麔之旄毛例之，似亦非確。北山經曰：潘侯之山，有獸焉，其狀如牛，而四節生毛，名曰旄牛。郭注曰：今旄牛，背膝及胡尾皆有長毛。上林賦麈麋與獑旄等并舉，似亦無嫌不類矣。○尸子，互見思玄賦注。○胡克家曰：「善曰」下當有脱文，各本皆同，無以補之。○麈、虎，古音魚部。

志未騁，時欲晚。追輕翼，赴絶遠。出彭門之闕，馳九折之坂。經三峽之峥嶸，躡五屼之蹇産。

【彙校】

「志未騁」　「志」，明州本、贛州本、四庫本、叢刊本、陳八郎本、尤刻本、胡刻本同。奎章閣本、正德本、監本、唐鈔本、九條本作「志」。當作「志」。

「追輕翼」　「追」，明州本、贛州本、四庫本、叢刊本、陳八郎本、尤刻本、胡刻本、監本、九條本同。奎章閣本、正德本、唐鈔本作「追」。當作「追」。「輕」，奎章閣本、明州本、贛州本、四庫本、叢刊本、尤刻本、胡刻本、監本、唐鈔本、九條本同。正德本、陳八郎本作「輊」。當作「輕」。「翼」，奎章閣本、四庫本、正德本、唐鈔本作「翼」。明州本、贛州本、叢刊本、陳八郎本、尤刻本、胡刻本、監本、九條本作「翼」。當作「翼」。

「赴絶遠」　「絶」，奎章閣本、明州本、贛州本、四庫本、叢刊本、正德本、尤刻本、胡刻本、唐鈔本、九條本同。陳八郎本、監本作「絕」。當作「絶」。「遠」，奎章閣本、贛州本、四庫本、正德本、陳八郎本、唐鈔本、九條本作「遠」。明州本、叢刊本、尤刻本、胡刻本、監本作「遠」。當作「遠」。

「出彭門」　「出」，明州本、贛州本、四庫本、叢刊本、正德本、陳八郎本、胡刻本、監本、唐鈔本、九條本同。奎章閣本、尤刻本作「出」。當作「出」。

「經三峽」「峽」，奎章閣本、明州本、贛州本、四庫本、叢刊本、陳八郎本、尤刻本、胡刻本、監本同。正德本、唐鈔本、九條本作「峡」。當作「峽」。

「峥嶸」「峥」，胡刻本同。奎章閣本、明州本、贛州本、四庫本、叢刊本、正德本、陳八郎本、尤刻本、監本、唐鈔本、九條本作「崢」。當作「峥」。

「蹇産」「産」，奎章閣本、明州本、正德本、唐鈔本、九條本同。贛州本、四庫本、叢刊本、陳八郎本、尤刻本、胡刻本、監本作「滻」。今從「産」。

■**立群案**：「蹇産」，亦作「蹇滻」「蹇嵼」。東方朔七諫哀命：戲疾瀨之素水兮，望高山之蹇産。或爲賦語所本。今從「蹇産」。

【彙注】

【李善注】屼音兀。劉曰：岷山都安縣有兩山相對立如闕，號曰彭門。楊雄蜀都賦曰：彭門鴻屼。九折坂在漢壽嚴道縣邛萊山。三峽，巴東永安縣有高山相對，相去可二十丈左右，崖甚高，人謂之峽，江水過其中。五屼，山名也。一山有五重，在越嶲，當犍爲南安縣之南也。楊雄蜀都賦曰：五屼參差。善曰：楚辭曰：下峥嶸兮無地。子虛賦曰：蹇滻溝瀆。

【文選鈔】盛弘之荆州記云：巴、楚有三峽：明月峽、廣德峽、東處峽。江州有三峽。峥嶸，峻險也。蹇産，然是其五山峰豁翠阻不齊之貌也。

【文選音決】折，之舌反。峽音恰。峥，士耕反。嶸音宏。躡，女輒反。巃，武江反。陳武作巃，音龙。或作屼，音兀，非。蹇，居偃反。

【五臣注】屼音兀。良曰：言雖有所獲，猶未滿志。乃逐鳥於絶遠之處。彭門山如闕狀。九折，坂名。三峽、五屼，皆山名。峥嶸、蹇産，高深詰曲也。

【張鳳翼文選纂注】屼音兀。岷山有兩山對立如闕，號彭門。九折坂在漢壽邛萊山。三峽，巴東永安縣有高山相對，相去可二十丈左右，崖甚高，人謂之峽，江水過其中。五屼，山名也。一山有五重，在越嶲。言雖有所獲，猶未滿志。乃逐鳥於絶遠之處。峥嶸、蹇滻，高深詰曲也。

【王象乾文選删注】屼音兀。岷山有兩山，相對立如闕，號曰彭門。九折坂在漢壽嚴道縣邛萊山。三峽，巴東永安縣有高山相對，相去二十丈左右，崖甚高，江水過其中。五屼，山有五重，在越嶲，當犍爲南安縣南。蹇滻，深曲也。楚辭曰：下峥嶸兮無地。

【杭世駿文選課虚】滻，一作産。上林賦：振溪通谷，蹇滻溝瀆。蹇産，詰曲也。言山石收斂溪水而不分泄。

【余蕭客文選音義】滻五臣作「産」。滻音産。屼舊音兀。

【余蕭客文選紀聞】屼五骨。玉篇二十二。

【張雲璈選學膠言】經三峽之峥嶸。郝郊入蜀記：巫峽、西陵峽、歸峽并稱三峽，連七百里，略無斷處。自非亭午，不見日月。又曰：瞿塘乃三峽之門，兩崖并峙，中貫一江，灔澦當其口，真天險也。雲璈按，水經注：江水又東徑廣溪峽。斯乃三峽首也。又，江水又東徑巫峽，杜宇所鑿以通江水也。又，江水又東徑西陵峽。所謂三峽，此其一也。據此，則三峽乃廣溪峽、巫峽、西陵峽矣。廣溪即瞿塘峽。歸峽之説，不知何據。水經注：江水又東過秭歸縣之南。縣故歸鄉地。宋忠曰：「歸」即「夔」。則歸峽似即夔峽矣。然由秭歸至西陵，其間有狗峽、空泠峽，亦不聞有夔峽之目。入蜀記想有所本，俟再考。

又峽程記：三峽謂廣溪峽、明月峽、仙人峽。亦非是。

【胡克家文選考异】注「彭門鴻屼」。案：「屼」當作「峗」，各本皆訛。

【朱珔文選集釋】出彭門之闕。劉注云：岷山都安縣有兩山，相對立如闕，號曰彭門。案，水經江水：自天彭闕東徑汶關，而歷氐道縣北。酈注云：益州記曰：大江泉源，始發羊膊嶺，東南下百餘里，至白馬嶺，而歷天彭闕，亦謂之天谷。秦李冰見氐道縣有天彭山，兩山相對，其形如闕，謂之天彭門，亦曰天彭闕。江水自此以上，至微弱，所謂發源濫觴者也。胡氏錐指謂通典彭州導江縣西有天彭闕，兩山相對如闕，州名取此。導江即今灌縣西北，去松潘六百餘里松潘即氐道。見前玉壘下，非益州記之天彭闕也。余謂續漢志「湔氐道」下注引蜀王本紀縣前有兩石對如闕，號曰彭門，與酈注合。若此注所稱，則通典之導江縣。導江本都安地也。但方輿紀要：導江廢縣，在今灌縣，縣有灌口山。引郡志云：縣北三十里有汶山，李冰謂之天彭門，李膺謂之天彭闕。蓋即灌口山。又引或曰：離堆即灌口山，志誤也。錐指亦采此或說。是灌口山，非彭門矣。紀要又於今彭縣標彭門山，云：縣北三十里，兩峰對立，其高若闕，名天彭門，亦曰天彭闕。則又非灌縣，似與通典戾。竊意唐時導江縣，原屬彭州，彭門在其境。後代割置，廢縣治雖在灌縣，而彭門山乃在彭縣，犬牙相錯，一經離析，遂易其處。如今灌縣已有導江廢縣，復有青城廢縣，爲漢江原縣地，正分隸參差之證也。且紀要於彭門山下引水經注語，則是以氐道之彭門爲都安之彭門。然氐道僅江水濫觴之所，而都安則在東，別爲沱之後。故今彭縣、灌縣俱有沱江，二者不得混爲一。恐顧氏仍未免誤認。至此賦劉注不舉氐道，而舉都安，蓋以近成都者言之彭縣在成都西北九十里，灌縣在成都西百二十里。彭門之名，先由氐道，而導江之彭門，特後人因其名以名之耳。

馳九折之坂。劉注云：九折坂在漢壽嚴道縣邛萊山。案：水經江水注云：崍山，邛崍山也。在漢嘉嚴道縣。一曰新道山南有九折坂，夏則凝冰，冬則毒寒。王子陽按轡處。續漢志：蜀郡屬國，漢嘉爲治所，嚴道縣隸焉。云有邛僰九折坂。注引華陽國志曰：道至險，有長嶺若棟水經注作「弄棟」，八渡之灘，楊母閣之峻。又「邛崍山」，本名「邛莋」。故邛人、莋人界也。巖阻峻，迴曲九折，乃至山上。三國漢改蜀郡爲漢嘉郡，晉因之。故劉云：漢嘉嚴道縣。注中「壽」字亦「嘉」字之誤。「崍」，前志作「來」，此誤作「萊」。而胡氏考异本俱未及。

經三峽之崢嶸。劉注云：三峽，巴東永安縣有高山相對，相去可二十丈左右，崖甚高，人謂之峽，江水過其中。案：水經江水：又東，徑廣溪峽。注云：斯乃三峽之首也。其間三十里，頹巖倚木，厥勢殆交。峽中有瞿塘、黄龍二灘。此峽蓋自昔禹鑿以通江，郭景純所謂巴東之峽，夏后疏鑿者見後江賦。經下文又云：東徑巫峽，歷峽東徑新崩灘。注云：巫峽首尾一百六十里，蓋因山爲名。自三峽七百里中，兩岸連山，略無闕處。重巖疊嶂，隱天蔽日。自非亭午夜分，不見曦月。至於夏水襄陵，沿泝阻絶，王命急宣，有時朝發白帝，暮到江陵。千二百里，雖乘奔御風，不以疾也。春冬之時，則素湍淥潭，迴清倒影。每至晴初霜旦，常有高猿長嘯，屬引凄异。故漁者歌曰：巴東三峽巫峽長，猿鳴三聲淚沾裳。經後文又云：江水又東徑西陵峽。注引袁崧宜都記曰：自黄牛灘東入西陵界，至峽口一百許里，山水紆曲，而兩岸高山重嶂，絶壁或千許丈。所謂三峽，此其一也。方輿紀要謂：廣溪峽，即瞿塘峽，爲三峽之門。兩岸對峙，中貫一江，灔澦堆正當其口。本漢巴郡魚復縣地，蜀漢爲巴東郡，縣曰永安。今夔州府附郭之奉節縣也，乃此注所云矣。巫峽即巫山，本漢巫縣地，屬南郡。今之巫山縣也。西陵峽爲漢南郡夷陵縣地，三國吴改西陵縣，今宜昌府治。峽在府西北。然江水所經，爲峽甚多。此舉其最著者。若紀要於今重慶府之明月峽引峽程記云：明月、仙山、廣溪，所謂巴有三峽也。特專就巴地言之，故但及廣溪。而巫山、西陵屬南郡者，不與耳。○又案：三峽之説，自峽程記外，有謂明月、廣德、東突者，庾仲雍記也。謂西峽、巴峽、巫峽者，寰宇記也。謂西陵、巫峽、歸峽者，宋肇記也。蜀輶日記云：惟王洙瞿塘、巫山、黄牛之説近是。今自夔府東至宜昌將六百里，奇險盡在其間。蓋自灩澦堆至虎鬚灘，統名瞿塘峽，一名廣溪峽，即夔峽也。自空亡沱至門扇峽，統名巫峽。其尾盡於巴東，故又曰巴峽也。自兵書峽至平善壩，統名西陵峽。其峽起於歸州，而翹於黄牛，訖於扇子，故又曰歸鄉峽、黄牛峽、扇子峽也。諸説紛紛，斷以夔峽、巫峽、西陵峽爲三峽。因親歷目擊其阻且長者，有此三處。此説合之酈注及紀要所稱略同，而更詳晰，故附載之。至水道提綱謂巴東縣之萬流驛南，又東八十里，經門扇、東奔、破石三灘，至巴東縣城北，曰巴東三峽。又宜昌府境，山峽曲曲，有馬肝、白狗、空舲三峽，尤險。又自歸州東之三峽，東南至下牢，夾江爲險，有西陵、明月此當與重慶府之明月峽同名异地、黄牛三峽。皆隨地立名，非總計其形勢也。

躡五屼之蹇滻。劉注云：五屼，山名也。一山有五重，在越嶲，當犍爲南安縣之南。案：續漢志犍爲郡南安下注引此注，「五重」作「五里」，字之誤也。嘉定府志：五屼山在峨眉縣西南，近越嶲，當漢南安縣之南。楊雄蜀都賦「五屼參差」，正與此同。○善注引子虚賦「蹇滻溝瀆」。案：此言山，當作「𡾊嵼」。廣韵云：𡾊嵼，山屈曲貌。東方朔七諫「望高山之𡾊嵼」，正合山有五重之意。或亦省偏傍。西京賦：珍臺蹇産以極壯。善所引見上林賦，「産」不从「水」。彼注引張揖曰：蹇産，詰曲也。

【梁章鉅文選旁證】躡五屼之蹇滻。五臣「滻」作「産」，良注可證。

注彭門鴻屼。又在漢壽嚴道縣。「屼」當作「峗」，「壽」當作「嘉」。

注五屼，山名也。一山有五重，在越嶲，當犍爲南安縣之南也。續漢書郡國志「犍爲郡南安」，注引蜀都賦注曰：縣之南有五岍山，一山而五里，在越巂界。與此稍异。

【高步瀛文選李注義疏】尤本「産」作「滻」。六臣本校曰：五臣作「産」。步瀛案：李注引「蹇産溝瀆」，本書上林賦「産」字本不作「滻」，則此賦正文及注皆不作「滻」字可知。後人傳寫注中「蹇産」，因溝瀆二字水旁，「産」字遂誤作「滻」，乃并誤改正文作「滻」。六臣所校，亦據誤本而言，其實善亦作「産」也。今正。○劉良曰：言雖有所獲，猶未滿志，乃逐鳥於絶遠之處。○晋書地理志：都安縣屬汶山郡。「岷」「汶」字通。華陽國志蜀志曰：李冰爲蜀守，冰能知天文地理。謂汶山爲天彭門，乃至湔氏道，見兩山對如闕，因號天彭門。水經江水注曰：益州記曰：大江泉源，即今所聞，始發羊膊嶺，下緣崖散漫，小水百數，殆未濫觴矣。東南下百餘里，至白馬嶺，而歷天彭闕，亦謂之爲天彭谷也。秦昭王以李冰爲蜀守。冰見湔氏道有天彭山，兩山相對，其形如闕，謂之天彭門，亦曰天彭闕。江水自此已上，至微弱，所謂發源濫觴者也。江水自天彭闕東徑汶關，而歷湔氏道北。案：華陽志「湔氏道」誤作「湔及縣」。水經注又誤作「氏道縣」。今訂改。朱珔曰：胡氏錐指謂通典彭州導江縣西有天彭闕，兩山相對如闕，州名取此。導江即今灌縣西北，去松潘六百餘里，非益州記之天彭闕也。余謂續漢志「湔氏道」下注引蜀王本紀縣前有兩石對如闕，號曰彭門，與酈注合。若此注所稱，則通典之導江縣。導江本都安地也。但方輿紀要：導江廢縣，在今灌縣，縣有灌口山。引郡志云：縣北三十里有汶山，李冰謂之天彭門，李膺謂之天彭闕。蓋即灌口山。又引或曰：離堆即灌口山，志誤也。錐指亦采此或説。是灌口山，非彭門矣。紀要又於今彭縣標彭門山，云：縣北三十里，兩峰對立，其高若闕，名天彭門，亦曰天彭闕。則又非灌縣，似與通典戾。竊意唐時導江縣，原屬彭州，彭門在其境。後代割置，廢縣治雖在灌縣，而彭門山乃在彭縣，犬牙相錯，一經離析，遂易其處。如今灌縣已有導江廢縣，復有青城廢縣，爲漢江原縣地，正分隸參差之證也。且紀要於彭門山下引水經注語，則是以氐道之彭門爲都安之彭門。然氐道僅江水濫觴之所，而都安則在東，別爲沱之後。故今彭縣、灌縣俱有沱江，二者不得混爲一。恐顧氏仍未免誤認。至此賦劉注不舉氐道，而舉都安，蓋以近成都者言之。彭門之名，先由氐道，而導江之彭門，特後人因其名以名之耳。步瀛案：朱説甚析。惟「氐道」當作「湔氐道」。今本水經江水注作「氐道縣」者，誤也。楊守敬水經注疏要删曰：經、注皆脱「湔」字。觀注文叙氐道爲秦始皇置，下直接後爲升遷縣，知本無「蜀改湔氐道爲氐道」之文。淺人不知其脱「湔」字，遂於「道」下增「縣」字。觀後禹貢山水澤地所在仍云岷山在湔氐道西，知此爲脱誤無疑。案：楊説是也。「湔氐道」在今松潘縣西北。○楊雄蜀都賦「鴻屼」，胡克家曰：「屼」當作「峗」，各本皆訛。步瀛案：古文苑作「嶋峗」。章樵注曰：嶋峗，音箕籠。未知何據。○「漢嘉」，各本誤「漢壽」，依梁氏校改。又「崍」字誤「萊」。朱珔曰：案：水經江水注云：崍山，邛崍山也。在漢嘉嚴道縣。一曰新道山南有九折坂，夏則凝冰，冬則毒寒。王子陽按轡處。續漢志：蜀郡屬國漢嘉爲治所，嚴道縣隸焉。云有邛僰九折坂。注引華陽國志曰：道至險，有長嶺若棟，八渡之灘，楊母閣之峻。「若棟」，水經注作「弄棟」。又「邛崍山」，本名「邛莋」。故邛人、莋人界也。巖阻峻，迴曲九折，乃至山上。三國漢改蜀郡爲漢嘉郡，晋因之。故劉云：漢嘉嚴道縣。注中「壽」字亦「嘉」字之誤。「崍」，前志作「來」，此誤作「萊」。而胡氏考异本未及。○水經江水注曰：江水又東徑魚復縣故城南，公孫述名之爲白帝，取其王色。蜀章武二年，劉備爲吴所破，改白帝爲永安，巴東郡治也。案：三國志蜀志先主傳曰：章武二年，改魚復縣曰永安。江水注又曰：江水又東徑廣溪峽，斯乃三峽之首也。其間三十里，頽巖倚木，厥勢殆交。峽中有瞿塘、黄龕二灘。又曰：江水又東徑巫峽，歷峽東徑新崩灘，其間首尾百六十里，謂之巫峽。蓋因山爲名也。自三峽七百里中，兩岸連山，略無闕處。重巖疊嶂，隱天蔽日。自非亭午夜分，不見曦月。至於夏水襄陵，沿泝阻絶，或王命急宣，有時朝發白帝，暮到江陵。其間千二百里，雖乘奔御風，不以疾也。春冬之時，則素湍緑潭，迴清倒影。絶巘多生怪柏，縣泉瀑布，飛漱其間。清榮峻茂，良多趣味。每至晴初霜旦，林寒澗肅，常有高猿長嘯，屬引淒异，空谷傳響，哀轉久絶。故漁者歌曰：巴東三峽巫峽長，猿鳴三聲淚沾裳。又曰：江水又東逕西陵峽。宜都記曰：自黄牛灘東入西陵界，至峽口百許里，山水紆曲，而兩岸高山重障，非日中夜半，不見日月。所謂「三峽」，此其一也。是酈氏以廣溪、巫峽、西陵爲巴東三峽。與劉意合。王應麟小學紺珠從之。方輿紀要卷七十五曰：三峽者，一爲廣溪峽，即瞿塘峽也。在四川夔州府奉節縣東三里。一爲巫峽，在夔州府巫山縣東三十里，因山爲名。一爲西陵峽，在荆州府夷陵州西二十五里，峽長二十里。顧説即本水經注。清統志言廣溪峽在奉節縣東十三里。夷陵州，今改宜昌縣，屬湖北。言三峽者，當以此爲據。此外有以明月、廣德、東突爲三峽者。藝文類聚地部、太平御覽地部十八并引庾仲雍荆州記曰：巴陵，楚之世有三峽，明月峽、廣德峽、東突峽。即今之巫峽、秭歸峽、歸峽是也。有以明月、仙山、廣澤爲三峽者。御覽又引峽程記曰：三峽者：即明月峽、仙山峽、廣澤峽。其有瞿塘、灔澦、燕子、屏風之類，皆不與三峽之數，是也。太平寰宇記卷八十八引同。有以西峽、巫峽、歸峽爲三峽者。太平寰宇記卷一百四十八曰：三峽山，謂西峽、巫峽、歸峽。俗云「巴東三峽巫峽長，清猿三聲淚沾裳」是也。有以巴峽、明月、巫峽爲三峽者，見分類補注李太白詩卷八峨眉山月歌楊齊賢注。有以瞿塘、巫山、黄牛爲三峽者，見分門集注杜工部詩卷四夔州歌王洙注。有以西陵、巫峽、歸峽爲三峽者，見宋肇三峽堂記。而郝郊入蜀記、明一統志皆同此説。或謂三峽之名有二，或以瞿塘、灔澦、巫山爲三峽，或云荆州之明月、黄牛、西陵爲三峽。見曹學佺名勝志。而查慎行注蘇子瞻荆州詩亦從其説。其餘尚難悉數。王琦李太白集注曰：據古歌「巴東三峽」一語推之，知古之所謂三峽者，皆在巴東。大抵起自夔州府奉節、巫山二縣之東，達於歸州夷陵州之西，凡六七百里，水極險迅，在巫山下者爲巫峽，巫峽之上爲廣溪峽，巫峽之下爲西陵峽。過西陵峽則水漫爲平流，而險始平矣。朱珔曰：蜀輶日記云：王洙瞿塘、巫山、黄牛之説近是。今自夔府東至宜昌將六百里，奇險盡在其間。蓋自灔澦堆至虎鬚灘，統名瞿塘峽。一名廣溪峽。即夔峽也。自空亡沱至門扇峽，統名巫峽。其尾盡於巴東，故又曰巴峽也。自兵書峽至平善壩，統名西陵峽。其峽起於歸州，而翹於黄牛，訖於扇子，故又曰歸鄉峽、黄牛峽、扇子峽也。諸説紛紛，斷以夔峽、巫峽、西陵峽爲三峽。因親歷目擊其阻且長者，有此三處。此説合之酈注及紀要所稱略同，而更詳晰，故附載之。至水道提綱謂巴東縣之萬流驛南，又東八十里，經門扇、東奔、破石三灘，至巴東縣城北，曰巴東三峽。又宜昌府境，山峽曲曲，有馬肝、白狗、空舲三峽，尤險。又自歸州東之三峽，東南至下牢，夾江爲險，有西陵、明月、黄牛三峽。皆隨地立名，非總計其形勢也。○朱珔曰：續漢志犍爲郡南安下注引此注，「五重」作「五里」，字之誤也。嘉定府志：五屼山在峨眉縣西南，近越嶲，當漢南安縣之南。楊雄蜀都賦「五屼参差」，正與此同。○楚辭，見遠游。今本作「下峥嶸而無地兮」，「兮」字不在句中。○「子虛」當作「上林」。本書上林賦注引張揖曰：蹇産，詰曲也。朱珔曰：此言山，當作「𡾊嵼」。廣韻云：𡾊嵼，山屈曲貌。東方朔七諫「望高山之𡾊嵼」，正合山有五重之意。或亦省偏旁。西京賦：珍臺蹇産以極壯。善所引見上林賦，「産」不从「水」。步瀛案：離騷曰：望瑶臺之偃蹇兮。王逸注曰：偃蹇，高貌。偃蹇不得加山旁。「蹇産」與「偃蹇」同。後人加「山」旁，俗字耳。朱説省偏旁作「蹇産」，恐未是。○晚、遠、坂、産，古音元部。

戟食鐵之獸，射噬毒之鹿。皛貙氓於葽草，彈言鳥於森木。

【彙校】

「戟食鐵」「戟」，監本同。奎章閣本、明州本、贛州本、四庫本、叢刊本、正德本、陳八郎本、尤刻本、胡刻本、唐鈔本、九條本作「戟」。當作「戟」。

「之獸」「獸」，奎章閣本、明州本、贛州本、四庫本、叢刊本、正德本、陳八郎本、尤刻本、胡刻本同。監本、唐鈔本、九條本作「獸」。當作「獸」。

「噬毒之鹿」「噬」，奎章閣本、明州本、贛州本、四庫本、叢刊本、正德本、陳八郎本、尤刻本、胡刻本、監本、九條本同。唐鈔本作「噬」。當作「噬」。

「皛貙氓」「皛」，贛州本、四庫本、叢刊本、陳八郎本、尤刻本、胡刻本、監本、唐鈔本、九條本同。奎章閣本、明州本、正德本作「拍」。今從「皛」。「貙」，奎章閣本、明州本、贛州本、四庫本、叢刊本、正德本、陳八郎本、尤刻本、胡刻本、監本、九條本同。唐鈔本作「貙」。當作「貙」。

■**立群案**：許巽行文選筆記：注：皛，胡了切。當爲「拍」。說文：拍，拊也。案：說文作「拍」。

嘉德案：說文：皛，顯也。段曰：江、漢有貙人，能化爲虎。然則「皛」者，謂顯其形也。李注「當爲拍」

者誤也。梁章鉅文選旁證：注當爲拍。五臣「畾」作「拍」。翰注可證。段曰：説文：畾，顯也。倉頡篇曰：畾，明也。太冲用此字，亦是明顯之意。貙人能化爲虎，幽怪難識，令不得遁其形也。改爲「拍」，非是。據許氏、梁氏説，當作「畾」。高步瀛文選李注義疏案：廣雅釋詁三曰：拍，擊也。釋言曰：拍，搏也。「拍」與「拍」同。此賦當以作「拍」爲是。如段氏説，於字作「畾」而訓爲「顯」，與上下「戟」「射」「彈」三字皆不稱矣。高氏説，亦不爲無理，今暫從據許氏、梁氏説，作「畾」。

康熙字典：正字通：貙，俗貙字。當作「貙」。張衡西京賦：趫悍虓豁，如虎如貙。

「於蔞草」「於」，奎章閣本、明州本、贛州本、四庫本、叢刊本、陳八郎本、尤刻本、胡刻本、監本、九條本同。正德本、唐鈔本作「扵」。當作「於」。

「於森木」「於」，奎章閣本、明州本、贛州本、四庫本、叢刊本、陳八郎本、尤刻本、胡刻本、監本同。正德本、唐鈔本、九條本作「扵」。當作「於」。

【彙注】

【李善注】畾，胡了切。當爲拍。拍，普格切。貙，丑于切。蔞，於堯切。劉曰：貊獸，毛黑白臆，似熊而小，以舌舐鐵，須臾便數十斤，出建寧郡也。有神鹿兩頭，主食毒草，名之食毒鹿，出雲南郡。此二事，魏完南中志所記也。易曰：筮臘肉，遇毒。貙氓，謂貙人也。言鳥，鸚鵡之屬。皆出南中。文立蜀都賦：虎豹之人。善曰：方言曰：噬，食也。博物志曰：江、漢有貙人，能化爲虎。説文曰：拍，拊也。漢書音義曰：蔞，盛貌也。

【文選鈔】貙者，虎之類也。能化爲人也。氓者，民也。言貙既能化作人，故曰貙氓也。畾當作拍。説文曰：拍，撫也。漢書音義曰：畾者，徒搏之類也。

【文選音決】戟，居劇反。射，市亦反。噬，市制反。皛，李：亡白反。或胡了反，非。貙，丑俱反。氓，亡耕反。葽，於遥反。彈，大旦反。森，所吟反。

【五臣注】噬，時制反。貙，敕朱反。葽，伊遥反。翰曰：食鐵、筮毒，皆獸名。貙氓，野人也，亦獸類。言鳥，鸜鵒也。戟，刺也。拍，打也。葽，盛貌。森，密貌。

【陸善經注】皛，顯也，明也。言明顯其在葽草之中也。

【張鳳翼文選纂注】貙，敕朱切。葽音邀。貊獸，毛黑白臆，似熊而小，以舌舐鐵，須臾便數十斤。神鹿兩頭，主食毒草，名食毒鹿。貙氓，謂貙人也。江、漢有貙人，能化爲虎。言鳥，鸜鵒之屬。皆出南中。貙，丑于切。葽，盛貌。森，叢也。

【王象乾文選删注】皛，胡了切。貙，丑于切。貙氓謂貙人。言鳥，鸜鵒屬。劉曰：貊獸，毛黑白臆，似熊而小，以舌舐鐵，須臾數十斤，出建寧。有神鹿兩頭，主食毒草，出雲南。二事見魏完南中志。博物志曰：江、漢有貙人，能化爲虎。

【陳景雲文選舉正】戟食鐵之獸。注「魏完南中志」。「完」當作「宏」。

【杭世駿文選課虚】皛，當爲拍，拊也。普格切。

【余蕭客文選音義】貙鄭樵爾雅注音樞。皛善注「皛」當爲「拍」。注魏完南「完」改「宏」。

【余蕭客文選紀聞】皛史崇音魄。陳景元真經玉訣音義。葽腰。廣韻二。皛亦打，出蜀都賦廣韻五。案，史崇，唐人，音本蜀都，與廣韻義相備。舊注「皛」當爲「拍」，破字頗煩。

【孫志祖文選李注補正】彈言鳥於森木。○補曰：三國志王朗傳曰：牙獸屈膝，言鳥告歡。

【胡克家文選考异】注「魏完南中志所記也」。袁本、茶陵本「完」作「宏」，是也。

注「文立蜀都賦虎豹之人」。袁本、茶陵本無「立」至「人」八字。茶陵本「文」作「又」，袁本亦作「文」，皆與下「鍛翮」相接連。尤分節不當有「又」，蓋并衍也。晉有文立，劉并時人，決非所引。尤添甚誤。

注「說文曰：拍，拊也」。袁本、茶陵本「說」上有「皛，當爲拍」四字，「也」下有「皛，胡了切。拍，普格切。貙，丑于切」十二字。案：此善注之斷不容割裂者，尤誤甚矣。

注「葽盛貌」。袁本、茶陵本此下有「於堯切」三字，是也。

【許巽行文選筆記】皛貙。注：皛，胡了切。當爲「拍」。說文：拍，拊也。案：說文作「拍」。嘉德案，說文：皛，顯也。段曰：江、漢有貙人，能化爲虎。然則「皛」者，謂顯其形也。李注「當爲拍」者誤也。

言鳥。注「文立蜀都賦」。華陽國志曰：文立，字廣休，巴郡人。游蜀，著詩賦數十篇。嘉德案：文立見晉書儒林傳。

【梁章鉅文選旁證】皛貙氓於葽草。注當爲拍。五臣「皛」作「拍」。翰注可證。段曰：說文：皛，顯也。倉頡篇曰：皛，明也。太冲用此字，亦是明顯之意。貙人能化爲虎，幽怪難識，令不得遁其形也。改爲「拍」，非是。

注魏完南中志所記也。六臣本「完」作「宏」，是也。

彈言鳥於森木。三國志王朗傳：牙獸屈膝，言鳥告歡。

注文立蜀都賦：虎豹之人。六臣本「文」作「又」。無下八字，而與下節注相連。胡公考异曰：晉有文立，劉并時人，決非所引。

【胡紹煐文選箋證】皛貙氓於葽草。注善曰：皛，胡了切。當爲拍，普格切。説文曰：拍，拊也。段氏玉裁曰：説文：皛，顯也。倉頡篇：皛，明也。太冲用此字，亦是明顯之意。貙人能化爲虎，幽怪難識，令不遁其形也。改爲「拍」非是。紹煐按：廣韻：拍，打也。普伯切。「皛」亦打。出蜀都賦。據許則「皛」「拍」音義各异。廣韻以爲一字。

【高步瀛文選李注義疏】五臣「皛」作「拍」。李周翰曰：戟，刺也。拍，打也。案：作「拍」是。○爾雅釋獸：白貘，白豹。郭注曰：似熊，小頭庳脚，黑白駁，能舐食銅鐵及竹骨。骨節强直，中實少髓。皮辟濕。郝懿行曰：説文：貘似熊而黄黑色，出蜀中。釋文引字林云：似熊而白黄，出蜀郡。周書王會篇云：不令支玄貘。是貘兼黑、白、黄三色。神异經云：南方有獸，名曰齧鐵，其糞可爲兵器，毛黑如漆。按此即王會所云玄貘者也。白帖引廣志云：獏，大如驢，色蒼白，舐鐵，消千斤。其皮温暖。後漢西南夷傳：哀牢夷出貊獸。李賢注引南中八郡志云：貊大如驢，狀頗似熊，多力，食鐵，所觸無不拉。郭注中山經崍山云：邛來山出狛，狛似熊，而黑白駁，亦食銅鐵。然則「狛」與「貊」，「獏」與「貘」并字异而音同。○華陽志南中志曰：建寧郡，味縣郡治。案：晋味縣，今雲南寧縣西。○華陽志南中志曰：雲南郡，有熊倉山，上有神鹿，一身兩頭，食毒草。又曰：雲南縣郡治。後漢書西南夷傳曰：雲南縣有神鹿，兩頭，能食毒草。案：晋雲南縣，今雲南縣南。○「魏宏」，尤本誤作「魏完」，今依袁本、茶陵本。案：魏宏志無考。章宗源輯入南中八郡志後，當即一書。○易，見噬嗑六二爻詞。禮記曲禮上曰：鸚鵡能言，不離飛鳥。魏志王朗傳裴注引魏略：王朗啓曰：牙獸屈膝，言鳥告歡。○注「文立蜀都賦虎豹之人」。胡克家曰：袁本、茶陵本無「立」至「人」八字。茶陵本「文」作「又」，袁本亦作「文」，皆與下注「鍛翮」相接連。尤分節不當有「又」，蓋并衍也。晋有文立，劉并時人，決非所引。尤添甚誤。

許巽行曰：華陽國志曰：文立，字廣休，巴郡人。著詩賦數十篇。步瀛案：華陽志，見後賢志。文立又見晉書儒林傳。立自蜀尚書入晉，其行輩在左、劉之前。引文證左，有何不可？胡謂決非劉引，爲尤所添，恐不然矣。劉引譙周异物志，胡氏不以爲嫌，何獨於文立而疑之耶？○方言，見卷十二。○博物志，御覽妖异都四引同。下云：「俗云：貙虎化爲人，好著葛衣，其足無踵，有五指者，皆貙也。越皇國之老者，時化爲虎，寧州南見有此物。」○説文，見手部。字作「拍」。此上尤本無「皛當爲拍」四字。下無「皛，胡了切」至「貙丑于切」十二字。胡克家曰：袁本、茶陵本有，此善注之斷不容割裂者，尤誤甚矣。段玉裁曰：説文：皛，顯也。倉頡篇曰：皛，明也。太沖用此字，亦是明顯之意。貙人能化爲虎，幽怪難識，令不得遁其形也。改爲「拍」，非是。胡紹煐曰：按：廣韵：拍，打也。普伯切。「皛」亦打，出蜀都賦。據許則「皛」「拍」音義各异。廣韵以爲一字。步瀛案：倉頡篇見本書潘安仁關中詩注引。廣雅釋詁三曰：拍，擊也。釋言曰：拍，搏也。「拍」與「拍」同。此賦當以作「拍」爲是。如段氏説，於字作「皛」而訓爲「顯」，與上下「戟」「射」「彈」三字皆不稱矣。廣韵合「皛」「拍」爲一字，亦非。○尤本「盛貌」下無「也」字。依袁本、茶陵本增。漢書禮樂志、安世房中歌：豐草葽。注引孟康曰：葽，盛貌也。本注引音義即此。○「於堯切」三字，亦依袁本、茶陵增。

拔象齒，戾犀角。鳥鎩翮，獸廢足。

【彙校】

「拔象齒」「拔」，明州本、贛州本、四庫本、叢刊本、正德本、陳八郎本、尤刻本、胡刻本、監本同。奎章閣本、唐鈔本作「抜」。九條本作「扳」。當作「拔」。「象」，奎章閣本、明州本、贛州本、四庫本、叢刊本、正德本、陳八郎本、監本、唐鈔本、九條本同。尤刻本、胡刻本作「象」。當作「象」。

「戾犀角」「戾」，奎章閣本、明州本、贛州本、四庫本、叢刊本、正德本、陳八郎本、尤刻本、胡刻本、監本、唐鈔本同。九條本作「戻」。當作「戾」。「犀」，奎章閣本、明州本、贛州本、四庫本、叢刊本、正德本、陳八郎本、尤刻本、胡刻本、監本、九條本同。唐鈔本作「犀」。當作「犀」。

「鳥鎩翮」「鎩」，奎章閣本、明州本、贛州本、四庫本、叢刊本、正德本、陳八郎本、尤刻本、胡刻本、監本、九條本同。唐鈔本作「鎩」。當作「鎩」。「翮」，奎章閣本同。明州本、贛州本、四庫本、叢刊本、陳八郎本、監本作「翮」。正德本、尤刻本、胡刻本、唐鈔本、九條本作「翮」。當作「翮」。

「獸廢足」「獸」，奎章閣本、明州本、贛州本、四庫本、叢刊本、正德本、陳八郎本、尤刻本、胡刻本同。監本、唐鈔本、九條本作「獣」。當作「獸」。

【彙注】

【李善注】戾，歷結切。鎩，所札切。劉曰：鎩翮不能飛，廢足不能行也。善曰：淮南子曰：飛鳥鎩羽，走獸廢足。許慎曰：鎩，殘也。

【五臣注】戾，歷結反。鎩，所扎反。翰曰：象牙、犀角，皆拔戾而取之，言壯勇也。鎩，殘羽也。言飛鳥傷其羽，走獸折其足，無不中也。

【文選音決】拔，步八反。戾，力結反，又力計反。犀音西。鎩，所例反。廢，方穢反。

【張鳳翼文選纂注】戾，歷結切。鎩，所札切。象牙、犀角，皆拔戾而取之，言壯勇也。鎩，殘羽也。言飛鳥傷其羽，走獸折其足，無不中也。

【王象乾文選刪注】戾，歷結切。鎩，所札切。

【余蕭客文選音義】戾入。角祿。

【梁章鉅文選旁證】注淮南子曰：飛鳥鎩羽，走獸廢足。許慎曰：鎩，殘也。今淮南子俶真訓「廢足」作「擠脚」。覽冥訓作「廢脚」。又本書五君咏、謝宣遠答靈運詩、江文通雜體詩引許慎注并同。惟辨命論注引作「鎩羽，殘羽也」。一切經音義五又引作「鎩羽而飛」。

【高步瀛文選李注義疏】「戾」，「盭」之借字。説文弦部曰：盭，弼戾也。从弦省，从盭。盭，了戾之也。案：此從段改。○淮南子高注本俶真篇「鎩羽」作「鎩翼」。覽冥篇同。俶真篇「廢足」作「擠脚」，覽冥作「廢脚」。陶方琦許注异同詁以作「羽」、作「足」爲許本，作「翼」、作「脚」爲高本。今考本書顏延年五君咏嵇中散、謝宣遠於安城答靈運、江文通雜體詩鮑參軍戎行各注引淮南皆作「鎩羽」，下即連引許注。惟玄應一切經音義卷五引淮南子作「鎩翼」，下引許叔重曰「鎩羽而飛」，仍作「鎩羽」。則許注本爲「羽」字信矣。而下句則無他證。慧琳一切經音義八十三引上句作「鎩翮」。「翮」字蓋涉玄奘法師傳本文而誤。下句引作「廢脚」，則不能定爲許、爲高也。又五君咏、答靈運、雜體詩注引許注皆作「鎩，殘羽也」。辨命論注引作「鎩羽，殘羽也」。陶方琦謂本注敚二「羽」字，當從辨命論引。○鹿、木、角、足，古音侯部。○以上田獵。

殆而朅來相與，第如滇池，集乎江洲。試水客，艤輕舟。娉江妃，與神游。

【彙校】

「朅來相與」　「來」，奎章閣本、明州本、贛州本、四庫本、叢刊本、陳八郎本、尤刻本、胡刻本、監本同。正德本、唐鈔本、九條本作「来」。當作「來」。「與」，奎章閣本、明州本、贛州本、四庫本、叢刊本、正德本、陳八郎本、尤刻本、胡刻本、監本、唐鈔本同。九條本作「与」。當作「與」。

「第如滇池」　「第」，奎章閣本、贛州本、四庫本、叢刊本、尤刻本、胡刻本、監本、九條本同。明州本、唐鈔本作「第」。正德本、陳八郎本作「弟」。當作「第」。「滇」，奎章閣本、四庫本、正德本、尤刻本、胡刻本、唐鈔本、九條本同。明州本、贛州本、叢刊本、陳八郎本、監本作「湞」。當作「滇」。

「集乎江洲」「乎」，奎章閣本、明州本、贛州本、四庫本、叢刊本、正德本、陳八郎本、唐鈔本、九條本同。尤刻本作「於」。胡刻本、監本作「于」。今從「乎」。

■**立群案**：「乎」「於」於賦皆通。今從「乎」。

「試水客」「試」，奎章閣本、明州本、贛州本、四庫本、叢刊本、正德本、陳八郎本、尤刻本、胡刻本、監本、九條本同。唐鈔本作「試」。當作「試」

■**立群案**：唐鈔本實作「誡」。據賦意，似當作「試」爲是。

「艤輕舟」「艤」，贛州本、四庫本、叢刊本、尤刻本、胡刻本、九條本同。奎章閣本、明州本、正德本、陳八郎本作「漾」。唐鈔本作「㨾」。監本無法辨識。今從「艤」。「輕」，奎章閣本、明州本、贛州本、四庫本、叢刊本、陳八郎本、尤刻本、胡刻本、監本、唐鈔本、九條本同。正德本作「輊」。當作「輕」。

■**立群案**：高步瀛文選李注義疏：步瀛案：説文曰：檥，幹也。段曰：釋詁曰：楨翰，儀幹也。許所據爾雅作「檥也」。人儀表曰「幹」，木所立表亦爲「幹」，其義一也。檥船者，若今小船，兩頭植篙爲系也。郝懿行曰：儀者，檥之借音也。應劭曰：檥，正也。然則「檥」亦爲「正」，「正」亦爲「幹」，與爾雅合矣。廣韻四紙云：「檥」同「艤」。「艤」字亦俗。胡紹煐曰：「正船」即「整船」。説文：檥，幹也。「幹」亦正也。易蠱九二：幹父之蠱。虞翻曰：幹，正也。「艤」與「檥」同。整舟謂之「艤」，猶整輿謂之「轙」。漢書禮樂志：象輿轙。如淳曰：轙，僕人嚴駕待發之意也。步瀛案：郝、胡説是。漢書顔注不取作「樣」字之説。庾子山哀江南賦曰：艤烏江而不渡。又連珠曰：烏江艤楫，知無家可歸。

「艤」雖俗字，然可見劉淵林、庾子山所見史記本皆不作「檥」也。錢氏偏信鄒氏本，恐非。今從高氏說作「艤」也。

「娉江妃」「妃」，明州本同。奎章閣本、正德本、陳八郎本作「妃」。贛州本、四庫本、叢刊本、尤刻本、胡刻本、監本、唐鈔本、九條本作「斐」。今從「妃」。

■**立群案**：劉向列仙傳江妃二女：江妃二女者，不知何所人也，出游於江、漢之湄，逢鄭交甫，見而悅之，不知其神人也。又，正字通：斐，又與「妃」通。康熙字典：妃，又與「斐」通。今從「妃」。

「與神游」「與」，奎章閣本、明州本、贛州本、四庫本、叢刊本、正德本、陳八郎本、尤刻本、胡刻本、監本、唐鈔本同。九條本作「与」。當作「與」。「神」，明州本、贛州本、四庫本、叢刊本、正德本、陳八郎本、尤刻本、胡刻本、監本、唐鈔本、九條本同。奎章閣本作「神」。當作「神」。「游」，明州本、贛州本、四庫本、叢刊本、陳八郎本同。尤刻本、胡刻本、監本作「遊」。奎章閣本、正德本、九條本作「游」。唐鈔本作「遊」。當作「游」。

【彙注】

【李善注】朅，綺列切。滇，丁田切。艤音蟻。劉曰：朅，去也。第，且也。相如傳曰：第如臨邛。譙周異物志曰：滇池在建寧界，有大澤水，周二百餘里，水乍深廣，乍淺狹，似如倒池，故俗云滇池。江洲在巴郡。楊雄蜀都賦曰：分川并注，合乎江洲。滇池、江洲非一處也，今連之者，說或有在滇池時，或有在江洲時，無有常也。應劭曰：艤，正也。一曰南方俗謂正船迴濟處爲艤。項羽傳曰：烏江亭長艤船待羽。江斐二女，游於江濱，逢鄭交甫挑之，不知其神女也。遂解珮與之，交甫悅，受珮而去。數十步，空懷無珮，女亦不見。語在列仙傳。

【文選鈔】第，且。又曰語辭。

【文選音決】朅，去例反。滇，多田反。㨾音蟻，又以尚反。娉，匹正反。斐音妃。

【五臣注】朅，綺列反。滇，丁田反。向曰：殆而，游獵之極也。朅，去也。弟如，且往也。滇池，池名。試，使也。水客，舟子也。漾，浮行也。江妃，神女也。娉，取之相與游也。

【張鳳翼文選纂注】朅，綺列切。滇，丁田切。殆而，猶已而也。朅，去也。第如，且往也。滇池在建寧界，水周二百餘里。江洲在巴郡。滇池、江洲非一處，今連之者，謂或有在滇池，或有在江洲，時無常也。試，使也。水客，舟子也。漾，浮行也。江妃，神女也。娉，取之相與游也。

【王象乾文選删注】朅，綺列切。斐，五臣作妃。朅，去也。第，且也。江洲在巴郡。船迴濟處爲艤。譙周异物志曰：建寧界有大澤，周二百餘里，乍深廣，乍淺狹，如倒池，故云滇池。項羽傳曰：烏江亭長艤船待羽。列仙傳曰：江斐二女，游於江濱，逢鄭交甫挑之，不知其神女也。遂解珮與之，交甫悦，受珮而去。數十步，空懷無珮，女亦不見。

【余蕭客文選音義】斐五臣作「妃」。斐音妃。殆而向曰：殆而，游獵之極也。朅揭。滇如淳漢書注音顛。艤舊音蟻。五臣作漾。娉同聘。

【余蕭客文選紀聞】艤蟻。廣韵三。娉聘。博雅音五。斐菲。廣韵一。

【孫志祖文選考异】第如滇池。案：史記五帝紀贊：顧弟勿深考。徐廣注：弟，但也。引此賦云：弟如滇池。不詳者多以爲字誤。然則今本作「第」，殆後人所改。

【孫志祖文選李注補正】殆而朅來。○補曰：子虚賦：怠而後發。「殆」「怠」通字。

【張雲璈選學膠言】殆而朅來相與，第如滇池。方氏通雅曰：朅來，猶聿來也。楚辭：車既駕兮朅而來。舊注：竭，去也。又呂覽：膠鬲見武王於鮪水，曰：西伯竭去？無欺我也。武王曰：不子欺，將伐殷也。膠鬲曰：竭至？武王曰：將以甲子日至。升庵曰：竭，猶盍也。以盍而來爲更勝。鄺氏曰：竭，忽也。「忽」與「竭」同韵。不惟其義通，其音亦近矣。「竭而歸」與膠鬲之言「竭去」，皆以訓「忽」爲順。文選注，劉向七言曰：竭來歸耕永自疏此五臣注。顏延年秋胡詩「竭來空後辭」，亦作「忽」解。考「竭」從「何」來，「何」轉入聲，是矣。得其原，又奚爭「盍」與「忽」？

【胡克家文選考异】相與第如滇池。袁本「第」作「弟」，茶陵本亦作「第」。案：袁、五臣注中作「弟」，劉注中作「第」，仍不著校語。「第」即「弟」俗字，似劉亦作「弟」，但傳寫作「第」耳。袁所見五臣本不誤，茶陵所見，亦改爲「第」矣。

注「音蟻」。袁本、茶陵本作「善曰：艤，音蟻」五字，在劉注之後，是也。

注「俗謂正船迴濟處爲艤」。案：「迴」當作「向」。各本皆誤。

【許巽行文選筆記】第如。「第」，當作「弟」。五帝紀：顧弟弗深考。徐廣曰：弟，但也。史記、漢書見此者非一。又左思蜀都賦曰：弟如滇池。而不詳者，多以爲字誤。學者安可不博觀乎？

【梁章鉅文選旁證】相與，弟如滇池。六臣本「第」作「弟」。按史記五帝紀贊：顧弟勿深考。徐廣注：弟，但也。引此賦「弟如滇池」，則作「第」，爲後人所改。

艤輕舟。五臣「艤」作「漾」。向注可證。

娉江婓，與神游。注語在列仙傳。五臣「婓」作「妃」。向注可證。按「婓」即「妃」字。吳都賦：江婓於是往來。曹全碑：長女桃婓。真誥：江婔登湄而解佩。又作「婔」，皆古「妃」字。此事北堂書鈔衣冠部、藝文類聚靈异部并引列仙傳，與此注略同。惟事類賦、寶貨部引列仙傳曰：鄭交甫至漢皋臺下，見二女佩兩珠，大如荆鷄卵。二女解與之。既行反顧，二女不見，佩珠亦失。字句與此注大异，而與南都賦注所引韓詩外傳略同。今無以考之也。

注俗謂正船迴濟處爲艤。　胡公考异曰：「迴」，當作「向」。

【胡紹煐文選箋證】相與弟如滇池。注劉逵曰：第，且也。相如傳曰：第如臨邛。旁證云：史記五帝紀贊：顧弟勿深考。徐廣曰：弟，但也。引此賦作「弟如滇池」，則作「第」爲後人所改。紹煐按：今史記相如傳「弟如臨邛」，亦改爲「第」，索隱引文穎曰「第，且也」，同。惟漢書作「弟」不誤。

艤輕舟。注劉逵曰：南方俗謂正船向濟處爲艤。按：「正船」即「整船」。史記項羽傳集解引應劭曰：檥，正也。如淳曰：南方人謂整船向岸曰檥。「艤」與「檥」同。説文：檥，幹也。「幹」亦正也。易蠱九二：幹父之蠱。虞翻曰：幹，正也。整舟謂之「艤」，猶整輿謂之「轙」。漢書禮樂志：象輿轙。如淳曰：轙，僕人嚴駕待發之意也。

【高步瀛文選李注義疏】尤本「弟」作「第」。孫志祖曰：案：史記五帝紀贊：顧弟勿深考。徐廣注：弟，但也。引此賦云：弟如滇池。不詳者多以爲字誤。然則今本作「第」，殆後人所改。胡克家曰：袁本「第」作「弟」，茶陵本亦作「第」。案：袁、五臣注中作「弟」，劉注中作「第」，仍不著校語。「第」即「弟」俗字。似劉亦作「弟」，但傳寫作「第」耳。袁所見五臣本不誤。茶陵所見，亦改爲「第」矣。○孫志祖曰：子虚賦：怠而後發。「殆」「怠」通字。○説文曰：朅，去也。楚辭九辯王逸注、廣雅釋詁二并同。段玉裁曰：思玄賦舊注、劉逵蜀都賦注皆同。古人文章多云「朅來」，猶「往來」也。桂馥曰：淮南説山訓：以束薪爲鬼，朅而走。高注：夜行見束薪，以爲鬼，故去而走。步瀛案：「朅」訓爲「去」，本賦當從之。「朅」有借爲「𧼯」字者，詩衛風：伯兮朅兮。毛傳曰：朅，武貌。説文曰：趌、𧼯，怒走也。知「竭」爲「趨」之借字也。有借爲「曷」字者，吕氏春秋貴因篇：膠鬲曰：西伯竭去。高注曰：竭，何也。説文曰：曷，何也。知「竭」爲「曷」之借字也。丹鉛總録卷二十一以「盍來」釋「竭來」，失之。然本賦「竭來」亦不得釋爲「何來」也。通雅卷四引鄺氏曰：竭，忽也。「忽」與「竭」同韻。不知「竭」古音祭部，「忽」古音脂部。雖可通轉，并非同韻。廣韻「忽」在十一没，「竭」在十七薛，亦不同韻。且此賦釋「竭來」爲「忽來」，尤不合。張氏雲璈取之，謬矣。○注中二「弟」字，各本作「第」，亦依前説校改。胡紹煐曰：今史記相如傳「弟如臨邛」，亦改爲「第」。索隱引文穎曰：「第，且也」，同。惟漢書作「弟」，不誤。○漢書地理志益州郡滇池下原注曰：滇池澤在西北。説文曰：滇，益州池也。華陽志南中志曰：晉寧郡滇池縣，郡治故滇國也。有澤水，周圍二百里，所出深廣，下流淺狹，如倒流，故曰滇池。水經温水注曰：温水徑味縣，又西南，徑滇池城。池在縣西，周三百許里。上源深廣，下流淺狹，似如倒流，故曰滇池。案：「倒流」，朱謀㙔本作「倒池」。箋曰：當作「倒流」。本注引异物志「倒池」二字，疑亦「倒流」之誤。王先謙漢書補注曰：阮福云：上林賦：文成顛歌。文穎注：顛縣，其人能作西南夷歌。「顛」與「滇」同。然則武帝前滇池縣，本作顛池縣，後人因「池」加水爲「滇」耳。「滇池」讀作「顛池」，以顛爲義。説文：顛，頂也。言益州各水四面下注於卑地，此縣之地與池，獨居高頂。如金沙江在滇池東北，流至普渡河，因顛高不能南注，折往東北，入四川叙州矣。瀾滄江在金沙江之西，因顛高不能東注，即往正南，入南掌國界矣。南盤江因顛高不能北注，而東行入廣西矣。車洪江因顛高不能西注，亦東北入金沙江矣。皆因滇池居地高顛之故也。不當以「顛倒」爲義。吾友袁樹五滇繹曰：滇，顛也。言最高之頂也。説文：天，顛也。人之高頂爲顛，頂之最高爲天。諺曰：一日上一丈，雲南在天上。莊蹻由楚沅水溯流而南，及最高境，因號曰滇池。步瀛案：阮、袁二説甚是。但倒流之説，其來已古。昔人據所見命名，未必盡確，似亦無庸多辯也。○蜀都賦、古文苑章注本「洲」作「州」。章曰：江州，縣名。在巴郡。衆水至此而會合。步瀛案：爾雅釋水曰：水中可居者曰州。説文同。「洲」乃俗字。漢書地理志：江州屬巴郡。巴志曰：江州縣，巴郡治。水經江水注曰：江州縣，故巴子之都也。秦置巴郡，治江州。清統志曰：四川重慶府，江州故城今巴縣西。○史記項羽本紀、漢書項籍傳「艤」作「檥」。集解引應劭曰：檥，正也。孟康曰：檥音蟻，附也。附船著岸也。如淳曰：南方人謂整船向岸曰「檥」。漢書注引如淳同。「整」「正」字通。本注各本「向」誤作「迴」，今依胡氏校改。又項羽紀索隱曰：「檥」字，鄒誕生本作「漾」，以尚反。劉氏亦有此音。錢大昕廿二史考异謂當從鄒氏本作「樣」，與「漾」同。步瀛案：説文曰：檥，幹也。段曰：釋詁曰：楨翰，儀幹也。許所據爾雅作「檥也」。人儀表曰「幹」，木所立表亦爲「幹」，其義一也。檥船者，若今小船，兩頭植篙爲系也。郝懿行曰：儀者，檥之借音也。應劭曰：檥，正也。然則「檥」亦爲「正」，「正」亦爲「幹」，與爾雅合矣。廣韵四紙云：「檥」同「艤」。「艤」字亦俗。胡紹煐曰：「正船」即「整船」。説文：檥，幹也。「幹」亦正也。易蠱九二：幹父之蠱。虞翻曰：幹，正也。「艤」與「檥」同。整舟謂之「艤」，猶整輿謂之「轙」。漢書禮樂志：象輿轙。如淳曰：轙，僕人嚴駕待發之意也。步瀛案：郝、胡説是。漢書顔注不取作「樣」字之説。庾子山哀江南賦曰：艤烏江而不渡。又連珠曰：烏江艤楫，知無家可歸。「艤」雖俗字，然可見劉淵林、庾子山所見史記本皆不作「樣」也。錢氏偏信鄒氏本，恐非。○説文曰：娉，問也。斐，醜也。此用爲「妃」之借字。北堂書鈔衣冠部中、藝文類聚靈异部上、初學記器物部、太平御覽服章部九、珍寶部二、太平廣記女仙部四、事類賦寶貨部一引列仙傳互有异同。雲笈七籤所載列仙傳無「江妃」，蓋非全本。王謨、王照圓輯本，并依類聚作「江妃二女」，而書鈔、初學、御覽服章部并作「江濱二女」。餘見南都賦。

○「善曰」以下五字，依袁本、茶陵本增。

罨翡翠，釣鰋鮋。下高鵠，出潛虬。

【彙校】

「罨翡翠」「翠」，奎章閣本、明州本、贛州本、四庫本、叢刊本、正德本、陳八郎本、尤刻本、胡刻本、監本、唐鈔本、九條本作「翆」。當作「翠」。

「下高鵠」「高」，四庫本同。奎章閣本、明州本、贛州本、叢刊本、正德本、陳八郎本、尤刻本、胡刻本、監本、唐鈔本、九條本作「髙」。當作「高」。

「出潛虬」「出」，明州本、贛州本、四庫本、叢刊本、正德本、陳八郎本、尤刻本、胡刻本、監本、唐鈔本、九條本同。奎章閣本作「岀」。當作「出」。「潛」，奎章閣本、四庫本、叢刊本、正德本、尤刻本、胡刻本、唐鈔本、九條本同。明州本、贛州本、陳八郎本、監本作「潜」。當作「潛」。「虬」，陳八郎本、唐鈔本同。奎章閣本、正德本、尤刻本、九條本作「蚪」。明州本、贛州本、四庫本、叢刊本、胡刻本、監本作「虯」。當作「虬」。

■立群案：諸本作「虯」者，乃「虬」之异體。作「蚪」者，乃「虯」之形近而誤。

【彙注】

【李善注】罨音奄。鰋音偃。鮋，長流切。劉曰：鰋鮋，魚名。

【文選鈔】鮋，似鱔也。龍無角曰虬也。

【文選音决】罨，烏感反。又音奄。鮋，直留反。鶬，胡酷反。虬，巨幽反。

【五臣注】罨音奄。鰋音偃。鮋，長流反。虬音璆。銑曰：罨，網也。鰋鮋，魚名。鴻鵠飛高，故射下之。虬龍在水，故釣出之。

【陸善經注】罨，以網掩取之。字指云：鮋魚出漢中也。

【張鳳翼文選纂注】罨音奄。鰋音偃。鮋，長流切。鰋鮋，魚名。罨，網也。鴻鵠飛高，故射下之。虬龍在水，故釣出之。

【王象乾文選删注】罨音淹。鮋，長流切。

【余蕭客文選音義】罨銑曰：網也。六臣作「罨」。舊并音奄。

【余蕭客文選紀聞】罨烏答、於檢二切。玉篇十五。鮋由。廣韵二。

【高步瀛文選李注義疏】五臣「罨」音「奄」。張銑曰：罨，網也。鴻鵠飛高，故射下之。虬龍在水，故釣出之。步瀛案：説文曰：罨，罕也。翡翠、鶬已見西都賦。鰋鮋已見西京賦，虬見南都賦「伏螭」下。

吹洞簫，發棹謳。感鱘魚，動陽侯。

【彙校】

「發棹謳」　「棹」，奎章閣本、明州本、贛州本、四庫本、叢刊本、正德本、陳八郎本、尤刻本、胡刻本、監本、唐鈔本、九條本作「櫂」。當作「棹」。

「感鱘魚」　「鱘」，奎章閣本、明州本、贛州本、四庫本、叢刊本、正德本、陳八郎本、尤刻本、胡刻本、監本、唐鈔本、九條本作「鱏」。當作「鱘」。「魚」，奎章閣本、明州本、贛州本、四庫本、叢刊本、正德本、陳八郎本、尤刻本、胡刻本、監本、唐鈔本同。九條本作「奐」。當作「魚」。

「動陽侯」　「陽」，奎章閣本、明州本、贛州本、叢刊本、陳八郎本作「陽」。四庫本、正德本、尤刻本、胡刻本、監本、唐鈔本、九條本作「陽」。當作「陽」。「侯」，明州本、贛州本、四庫本、叢刊本、陳八郎本、尤刻本、胡刻本、監本同。奎章閣本、正德本、唐鈔本、九條本作「侯」。當作「侯」。

【彙注】

【李善注】棹，宅孝切。鱏音尋。劉曰：洞簫，長簫無底也，王褒所頌者也。漢元帝能吹洞簫。棹謳，鼓棹而歌也。鱏魚出江中，頭與身正半，口在腹下。淮南子曰：瓠巴鼓琴，鱏魚出聽。善曰：棹謳，已見西都賦。陽侯，已見南都賦。

【文選鈔】陽侯者，陽國侯也。陽陵國侯古時有罪，自投江而死。其神爲大波神也。

【文選音決】棹，直孝反。謳，烏侯反。

【五臣注】棹，宅孝反。鱏音尋。濟曰：洞簫，樂器也。棹謳，鼓棹而歌也。瓠巴弹琴，鱏魚出聽。陽侯，大波神。皆聞簫鼓而感動。

【張鳳翼文選纂注】鱏音尋。洞簫，長簫無底者。淮南子：瓠巴鼓琴，鱏魚出聽。陽侯，波神。皆聞簫鼓而感動也。

【王象乾文選删注】淮南子曰：瓠巴鼓琴，鱏魚出聽。

【朱珔文選集釋】感鱏魚。劉注引淮南子曰：瓠巴鼓琴，鱏魚出聽。案：所引見説山訓。今作「瓠巴鼓瑟而淫魚出聽」。荀子勸學篇：瓠巴鼓瑟而沈魚出聽。説文則引傳曰：伯牙鼓琴，鱏魚出聽。参差不合，其作「淫」作「沈」又或作「潛」者，皆音相近也。「鱏魚」已附見西京賦「鱣鯉」下。此注云：鱏魚出江中，頭與身正半，口在腹下。陸璣詩疏説「鮪」正與此同。郭璞謂「鮪」即「鱏」也。而説文「鮪」與「鱏」劃分异處。蓋不以爲一物矣。

【高步瀛文選李注義疏】五臣「鱏」音「尋」。〇洞簫，互見本書王子淵洞簫賦。注云：王褒所頌者，古人「賦」亦通謂之「頌」。如馬季長長笛賦序云「作長笛頌」是也。漢元帝能吹洞簫，見漢書元帝紀贊。○朱琦曰：注引淮南子見説山訓。今作「瓠巴鼓瑟而淫魚出聽」。荀子勸學篇：瓠巴鼓瑟而沈魚出聽。説文則引傳曰：伯牙鼓琴，鱏魚出聽。參差不合，其作「淫」作「沈」又或作「潛」者，皆音相近也。「鱏魚」已附見西京賦「鱣鯉」下。此注云：鱏魚頭與身正半，口在腹下。陸璣詩疏説「鮪」正與此同。郭璞謂「鮪」即「鱏」也。而説文「鮪」與「鱏」劃分异處。蓋不以爲一物矣。步瀛案：淮南説山篇高誘注曰：淫魚長頭，與身相半，長丈餘，鼻正白，身正黑，口在頷下，似鬲獄魚，而身無鱗，出江中也。與劉注合，而較劉爲詳。陶方琦曰：許本作「鱏魚」，高本作「淫魚」。説文魚部「鱏」下引「傳曰」，定是淮南。如鬼部引淮南傳曰「越人鱶，吴人鬼」之例。此敚「淮南」二字。考蜀志郤正傳注及文選蜀都賦注并引淮南作「鱏魚」，即許本也。論衡亦作「鱏魚」，左思蜀都賦亦作「感鱏魚」，皆用淮南。許本、高本作「淫魚」，與韓詩外傳同。文選洞簫賦注引淮南作「淫魚」，高本也。其外荀子作「流魚」，大戴禮作「沈魚」，皆由聲近得通。馬融長笛賦：鱏魚喁於水次。馬曾注淮南本與許同。步瀛案：荀子勸學篇今本作「流魚」，與朱引异。大戴禮勸學篇作「沈魚」。朱或據改。與盧文弨意同。韓詩外傳六作「潛魚」，與陶引异。又論衡率性篇作「潭魚」，感虚篇作「淵魚」，而陶及盧文弨校荀子引皆作「鱏魚」，殆所見本不同也。

騰波沸涌，珠貝泛浮。若雲漢含星，而光耀洪流。

【彙校】

「珠貝泛浮」　「貝」，奎章閣本、明州本、贛州本、四庫本、正德本、陳八郎本、尤刻本、胡刻本、監本、唐鈔本、九條本同。叢刊本作「具」。當作「貝」。「泛」，奎章閣本、明州本、正德本、九條本作「沈」。陳八郎本作「沈」。四庫本作「氾」。贛州本、叢刊本、尤刻本、胡刻本、監本作「氾」。唐鈔本作「汎」。當作「泛」。

■**立群案**：劉逵曰：言魚駭波動，珠貝浮見也。五臣向曰：言陽侯騰涌，珠貝浮出，若天漢之星照於水中。據注，是賦此處有「浮」義，無「沉」義。奎章閣本、明州本、正德本、陳八郎本、九條本作「沈」。許巽行文選筆記：今書肆所售經書，如以「窈」作「窈」，以「卮」作「巵」，以「卒」作「本」，以「沉」作「沈」之類，不可悉舉。「卮」「卒」猶皆有其字，特誤認耳。「窈」「沉」等，成何字邪？是奎章閣本、明州本、正德本、陳八郎本、九條本作「沉」義，誤也。四庫本作「氾」，唐鈔本作「汎」，皆可視爲「泛」。説文：泛，浮也。正與賦合。當作「泛」也。

「雲漢含星」　「含」，明州本、叢刊本、正德本、監本、九條本同。奎章閣本、贛州本、四庫本、陳八郎本、尤刻本、胡刻本、唐鈔本作「含」。當作「含」。

「光耀洪流」　「耀」，奎章閣本、明州本、贛州本、四庫本、叢刊本、正德本、陳八郎本、尤刻本、胡刻本、監本、九條本作「耀」。唐鈔本作「暉」。當作「耀」。「流」，奎章閣本、明州本、贛州本、叢刊本、陳八郎本、尤刻本、胡刻本、監本、唐鈔本、九條本同。四庫本、正德本作「流」。當作「流」。

■ **立群案**：無論「耀」「暉」，前李善注、五臣注俱已有注，故此處李善注、五臣注俱無注。斟酌賦意，似應作「耀」爲是。

【彙注】

【李善注】劉曰：管子曰：若江湖之人，求珠貝者不舍也。言魚駭波動，珠貝浮見也。善曰：相貝經曰：素質紅裏，謂之珠貝。

【文選鈔】楊泉物理論曰：星者，元氣之英，水之精也。氣發而外，精華上浮，精隨流名曰天河。一曰雲漢。象星出焉。

【五臣注】向曰：言陽侯騰涌，珠貝浮出，若天漢之星照於水中。

【張鳳翼文選纂注】言魚駭波動，珠貝浮見。素質紅裏，謂之珠貝。

【王象乾文選刪注】泛，五臣作沉。管子曰：若江湖之大，求珠貝者不舍也。相貝經曰：素質紅裏，謂之珠貝。

【梁章鉅文選旁證】珠貝泛浮。　六臣本「泛」作「沈」。

【高步瀛文選李注義疏】五臣「泛」作「沈」。○管子，見侈靡篇。「人」作「大」，「舍」作「令」。○相貝經，藝文類聚寶玉部下、御覽珍寶部六引「裏」作「黑」，類聚「珠」作「朱」，當是。此注「珠」字蓋涉上「珠貝」而誤。○州、舟、游、蚰、虯、浮、流，古音幽部。謳、侯，侯部。通轉爲韵。

將饗獠者，張帟幕，會平原。酌醪酤，割芳鮮。飲御酣，賓旅旋。車馬雷駭，轟轟闐闐。若風流雨散，漫乎數百里之間。

【彙校】

「將饗獠者」「將」，奎章閣本、明州本、贛州本、四庫本、叢刊本、陳八郎本、尤刻本、胡刻本、監本、九條本作「將」。正德本、唐鈔本作「將」。當作「將」。「饗」，四庫本同。奎章閣本、明州本、贛州本、叢刊本、正德本、陳八郎本、尤刻本、胡刻本、監本、唐鈔本作「饗」。九條本無法辨識。當作「饗」。

「張帟幕」「帟」，贛州本、四庫本、叢刊本、陳八郎本、尤刻本、胡刻本、監本、唐鈔本、九條本同。奎章閣本、明州本、正德本作「弈」。當作「帟」。

立群案：說文：在上曰帟。阮元經籍籑詁：周書王會：墠上張赤帟陰羽。注：帟，帳也。與賦及注正合。說文：弈，圍棊也。从廾亦聲。論語曰：不有博弈者乎！與賦不合。然逸周書王會：成周之會，墠上張赤弈陰羽。孔晁注：弈，帳也。似奎章閣本、明州本、正德本作「弈」者，亦不爲無據。

「會平原」「會」，明州本同。奎章閣本、贛州本、四庫本、叢刊本、正德本、陳八郎本、尤刻本、胡刻本、監本、唐鈔本、九條本作「會」。當作「會」。「原」，明州本、贛州本、四庫本、叢刊本、陳八郎本、尤刻本、胡刻本、唐鈔本、九條本同。奎章閣本、正德本、監本作「原」。當作「原」。

「酌醪酤」「醪」，奎章閣本、明州本、正德本、陳八郎本、九條本作「醪」。唐鈔本作「醁」。贛州本、四庫本、尤刻本、胡刻本作「清」。叢刊本、監本作「清」。當作「醪」。

立群案：高步瀛文選李注義疏：王念孫曰：「醪酤」與「芳鮮」相對爲文，則作「醪」者是也。今本作「清酤」者，後人以李注引詩「既載清酤」而改之耳。不知李注自解「酤」字，非兼解「清酤」二字。其「醪」字已見南都賦，故不重注也。北堂書鈔飲食部八引此正作「酌醪酤」。高氏説是也，唐鈔本亦作「醪」。

「飲御酣」「御」，奎章閣本、明州本、贛州本、叢刊本、正德本、陳八郎本、尤刻本、胡刻本、監本、唐鈔本、九條本同。四庫本作「衘」。當作「御」。

「賓旅旋」「賓」，奎章閣本、明州本、贛州本、四庫本、叢刊本、正德本、陳八郎本、尤刻本、胡刻本、監本、唐鈔本、九條本作「賔」。當作「賓」。「旋」，奎章閣本、明州本、贛州本、四庫本、叢刊本、正德本、陳八郎本、尤刻本、胡刻本、監本、九條本同。唐鈔本作「掟」。當作「旋」。

立群案：正字通：「掟」、「旋」字之訛。康熙字典：「掟」，俗「旋」字。故當作「旋」也。

「車馬雷駭」「駭」，明州本、贛州本、四庫本、叢刊本、陳八郎本、尤刻本、胡刻本、九條本同。奎章閣本、正德本、監本、唐鈔本作「駴」。當作「駭」。

「轟轟闐闐」「闐闐」，奎章閣本、明州本、贛州本、四庫本、叢刊本、正德本、尤刻本、胡刻本、唐鈔本、九條本同。陳八郎本、監本作「闐闐」。當作「闐闐」。

「風流雨散」「流」，奎章閣本、明州本、贛州本、叢刊本、陳八郎本、尤刻本、胡刻本、監本、唐鈔本同。四庫本、正德本、九條本作「流」。當作「流」。「散」，奎章閣本、明州本、贛州本、四庫本、叢刊本、正德本、陳八郎本、尤刻本、胡刻本、監本、九條本同。唐鈔本作「散」。當作「散」。

「漫乎」「漫」，奎章閣本、明州本、贛州本、四庫本、叢刊本、正德本、陳八郎本、尤刻本、胡刻本、監本、九條本同。唐鈔本作「湧」。當作「漫」。「乎」，奎章閣本、明州本、贛州本、四庫本、叢刊本、正德本、陳八郎本、尤刻本、胡刻本、監本、九條本同。唐鈔本無「乎」字。當有「乎」字。

■**立群案**：有無「乎」字，皆不影響賦意。諸本多有「乎」字，從之。且有「乎」字，語意更暢。

「數百里」「數」，四庫本同。奎章閣本、明州本、贛州本、叢刊本、正德本、陳八郎本、尤刻本、胡刻本、監本、唐鈔本、九條本作「數」。當作「數」。

「之間」「之」，奎章閣本、明州本、贛州本、四庫本、叢刊本、正德本、陳八郎本、九條本同。尤刻本、胡刻本、監本、唐鈔本無「之」字。今從有「之」字。「間」，奎章閣本、贛州本、四庫本、正德本、尤刻本、監本、唐鈔本、九條本同。明州本、叢刊本、陳八郎本、胡刻本作「閒」。當作「間」。

■**立群案**：有無「之」字，皆不影響賦意。諸本多有「之」字，從之。

【彙注】

【李善注】獠，力召切。酤音户。劉曰：獠，獵也。帟，平帳也。周禮曰：田則張幕設帟。月令曰：躬耕帝籍，反乃執爵。命曰勞酒，言以宴群臣也。鮮，新殺者也，一曰生肉也。善曰：既載清酤。毛萇詩曰：酤，酒也。

【文選鈔】廣平之地曰原。毛萇曰：酤，一宿酒也。芳鮮，生肉。芳，新也。

【文選音決】獠，力吊、力召二反。帟音亦。醪音勞。酤，胡古反。御，魚慮反。酣，户甘反。轟，火宏反。闐，大年反。數，史字反。間，協韵，居連反。

【五臣注】獠，力召反。駭，行戒反。轟，呼宏反。闐音田。良曰：獠，獵也。帟，平帳也。醪酤，酒也。芳鮮，魚肉也。饗，食也。轟轟闐闐，車馬聲。若風吹雨散，漫然於數百里間。言衆多。

【張鳳翼文選纂注】獠，力召切。轟，呼宏切。闐音田。獠，獵也。帟，平帳也。周禮：田則張幕設帟。酤，酒也。音户。芳鮮，魚肉。饗，食也。轟轟闐闐，車馬聲。若風吹雨散，漫然於數百里間。言衆多也。

【王象乾文選删注】獠，力石切。酤音户。獠，獵也。帟，平帳。周禮曰：田則張幕設帟。月令曰：躬耕帝籍，反乃執爵。命曰勞酒。

【陳景雲文選舉正】酌清酤。注「善曰：既載清酤。毛萇詩曰」。按，「善曰」下當有「詩曰」二字，「萇」下「詩」字衍。

【余蕭客文選音義】獠郭璞子虛賦注音遼。帟周禮釋文音亦。原叶年。

【胡克家文選考异】注「户」。袁本、茶陵本作「音户」二字，在注末，是也。

漫乎數百里間。袁本、茶陵本「間」上有「之」字。案：此似善、五臣之异也，今無以考之。

注「善曰：既載清酤。毛萇詩曰」。袁本、茶陵本無「詩」字，陳云「善曰」下當有「詩曰」二字。各本皆脱。

【梁章鉅文選旁證】酌清酤。又漫乎數百里間。六臣本「清」作「醪」。「里」下有「之」字。

注善曰：既載清酤。毛萇詩曰。六臣本無「詩」字，是也。陳校：「善曰」下添「詩曰」二字。各本皆脱。

【高步瀛文選李注義疏】五臣「清」作「醪」。王念孫曰：「醪酤」與「芳鮮」相對爲文，則作「醪」者是也。今本作「清酤」者，後人以李注引詩「既載清酤」而改之耳。不知李注自解「酤」字，非兼解「清酤」二字。其「醪」字已見南都賦，故不重注也。北堂書鈔飲食部八引此正作「酌醪酤」。胡克家曰：袁本、茶陵本「間」上有「之」字。案：此似善、五臣之异也。今無以考之。○獠，獵也。見説文。子虛賦曰：將息獠者。○周禮，見天官掌次。案：幕人掌帷幕幄帟綬之事。鄭注曰：在旁曰帷，在上曰幕，幕或在地，展陳於上。帷幕皆以布爲之，四合，象宫室，曰幄，王所居之帳也。鄭司農云：帟，平帳也。綬，組綬，所以繫帷也。玄謂「帟」王在幕若幄中，坐上承塵幄帟，皆以繒爲之。凡四物者，以綬連繫焉。賈疏曰：鄭司農云：帟，平帳。後鄭不從者，見下。王喪張帟三重之等，皆據承塵、又幄已是帳，又言帟，明帟非帳也。孫詒讓曰：廣雅釋器云：帟，帳也。平帳者謂平施於人上，异於幄幕等爲穹隆下覆之帳也。檀弓注云：帟，幕之小者，所以承塵。釋名釋床帳云：小幕曰帟。張於人上，奕奕然也。又云：承塵施於上，以承塵土也。案：承塵，即平帳，以其平施於坐上，則謂之平帳，以其承塵土，則謂之承塵。後鄭此説即增成先鄭之義。玉篇巾部云：帟，平帳也。又承塵也。分爲二義，非。賈疏謂後鄭不從先鄭平帳義，亦誤。○注引月令「籍」當作「藉」。阮元刻禮記注疏本作「藉」。校勘記謂宋監本、岳本、嘉靖本、惠棟校宋本、衛氏集説本皆同。閩、監、毛誤「籍」。釋文「出帝藉」，石經字亦作「藉」。步瀛案：本字作「耤」。「藉」，借字。又案：月令曰：反執爵於大寢，三公九卿諸侯大夫皆御，命曰勞酒。鄭注曰：既耕而宴飲，以勞群臣也。御，侍也。劉注本此。似應引「王、公、九卿、諸侯、大夫皆御」句，而飲御之意方顯。或有敚字。○儀禮既夕鄭注曰：鮮，新殺者。周禮庖人注曰：鮮，謂生肉。○「善曰」下，各本脱「詩曰」二字，依陳氏校增。「毛萇」下，尤本有「詩」字。胡克家曰：袁本、茶陵本無「詩」字。今删。「音户」二字亦依二本增。

○原、鮮、旋、閒，古音乾部。闐，真部。通轉爲韻。○以上舟游。

斯蓋宅土之所安樂，觀聽之所踴躍也。焉獨三川，爲世朝市？

【彙校】

「斯蓋宅土」「蓋」，明州本、贛州本、四庫本、叢刊本、陳八郎本、尤刻本、胡刻本、監本、九條本同。奎章閣本、正德本、唐鈔本作「盖」。當作「蓋」。「土」，明州本、贛州本、四庫本、叢刊本、陳八郎本、尤刻本、胡刻本、監本、九條本同。奎章閣本、正德本、唐鈔本作「圡」。當作「土」。

「之所安樂」「所」，奎章閣本、明州本、贛州本、監本、九條本作「所」。四庫本、叢刊本、陳八郎本、尤刻本、胡刻本作「所」。正德本、唐鈔本作「所」。當作「所」。

「觀聽之所」「聽」，明州本、贛州本、叢刊本、陳八郎本、尤刻本、胡刻本、監本、九條本同。奎章閣本、四庫本、唐鈔本作「聴」。正德本作「聴」。當作「聽」。「所」，奎章閣本、明州本、叢刊本、監本、九條本作「所」。贛州本、四庫本、陳八郎本、尤刻本、胡刻本作「所」。正德本、唐鈔本作「所」。當作「所」。

「踴躍」「踴」，奎章閣本、明州本、贛州本、四庫本、叢刊本、正德本、陳八郎本、唐鈔本、九條本作「踊」。尤刻本、胡刻本、監本作「踴」。當作「踴」。「躍」，奎章閣本、明州本、贛州本、四庫本、叢刊本、正德本、陳八郎本、尤刻本、胡刻本、監本、唐鈔本、九條本作「躍」。當作「躍」。

「焉獨三川」「焉」，明州本、贛州本、四庫本、叢刊本、陳八郎本、尤刻本、胡刻本、監本、唐鈔本、九條本同。奎章閣本、正德本作「焉」。當作「焉」。

「爲世朝市」「爲」，明州本、贛州本、叢刊本、陳八郎本、尤刻本、胡刻本、監本、九條本同。奎章閣本、四庫本、正德本、唐鈔本作「為」。當作「爲」。「世」，奎章閣本、贛州本、四庫本、正德本、唐鈔本同。明州本、叢刊本、陳八郎本、尤刻本、胡刻本、監本、九條本作「丗」。當作「世」。

【彙注】

【李善注】劉曰：張儀曰：争名者於朝，争利者於市。今三川周室，天下之朝市也。善曰：降丘宅土。劉向雅琴賦曰：觀聽之所至，乃知其美也。漢書音義，韋昭曰：有河、洛、伊，故曰三川。

【文選音決】樂音洛。觀，古丸反。焉，於乾反。朝，直遥反。

【五臣注】濟曰：踴躍，歡欣也。三川，謂東京也。

【張鳳翼文選纂注】河、洛、伊曰三川。張儀曰：三川周室，天下之朝市也。

【何焯義門讀書記】焉獨三川，爲世朝市？三川謂魏都，曩疑此與吴客言之，安得遽及魏事。然三都以魏爲主，此先逗漏一句，乃文章賓主呼應所必然，故下文又云諸夏未若兹都也。

【陳景雲文選舉正】斯蓋宅土。注「善曰：降邱宅土」。「善曰」下脱「尚書曰」三字。

【余蕭客文選音義】市上聲。

【孫志祖文選李注補正】焉獨三川，爲世朝市？○補曰：何云：三川謂魏都。張儀曰：親魏善楚，下兵三川。

【梁章鉅文選旁證】注善曰：降邱宅土。何校：「善曰」下添「尚書曰」三字，陳同，是也。

【徐攀鳳選學糾何】焉獨三川，爲世朝市？何曰：三川謂魏都。三都以魏爲主，於此先逗一句，乃文章賓主呼應所必然。案，此語極精美。但河、洛、伊三川，七國屬韓，三國已入魏。李注隱主魏言，元自不誤。

若乃卓犖奇譎，倜儻罔已。一經神怪，一緯人理。

【彙校】

「卓犖奇譎」「奇」，奎章閣本、明州本、贛州本、四庫本、叢刊本、正德本、陳八郎本、尤刻本、胡刻本、監本、唐鈔本、九條本作「竒」。當作「奇」。

「倜儻罔已」「倜」，奎章閣本、四庫本、尤刻本、胡刻本、監本同。明州本、贛州本、叢刊本、正德本、陳八郎本作「俶」。唐鈔本、九條本作「倜」。今從「倜」。「儻」，奎章閣本、明州本、贛州本、四庫本、叢刊本、正德本、陳八郎本、尤刻本、胡刻本、監本、唐鈔本、九條本作「儻」。當作「儻」。「罔」，奎章閣本、明州本、贛州本、四庫本、叢刊本、正德本、陳八郎本、尤刻本、胡刻本、九條本同。監本作「岡」。唐鈔本作「冈」。當作「罔」。「已」，奎章閣本、明州本、四庫本、正德本、唐鈔本、九條本同。贛州本、叢刊本、陳八郎本、尤刻本、胡刻本、監本作「巳」。當作「已」。

立群案：司馬遷報任安書：古者富貴而名摩滅，不可勝紀，惟倜儻非常之人稱焉。史記魯仲連鄒陽列傳：魯仲連者，齊人也。好奇偉俶儻之畫策，而不肯仕宦任職，好持高節。是「倜儻」與「俶儻」通。今從「倜儻」。

「罔已」，不盡之意。作「罔巳」，則不辭矣，顯誤。

「一經神怪」「神」，明州本、贛州本、四庫本、叢刊本、正德本、尤刻本、胡刻本、監本、唐鈔本、九條本同。奎章閣本作「神」。陳八郎本作「人」。當作「神」。「怪」，奎章閣本、明州本、贛州本、四庫本、叢刊本、正德本、陳八郎本、尤刻本、胡刻本、監本同。唐鈔本、九條本作「恠」。當作「怪」。

立群案：「一經神怪，一緯人理」，相對爲文。「神」「人」相對。王充論衡吉驗：怪而弃之隘巷，牛馬不敢踐之。置之冰上，鳥以翼覆之，慶集其身。母知其神怪，乃收養之。或爲賦語所本。諸本多作「神」，是也。陳八郎本獨作「人」，誤也。

【彙注】

【李善注】犖，呂角切。

【文選音決】犖，力角反。譎，古穴反。倜，他的反。儻，他朗反。已音以。緯音謂。

【五臣注】犖，呂角反。倜，天歷反。向曰：卓犖，高絶貌。譎，异也。俶儻，超越貌。經緯，猶織文也。神怪，謂萇弘血、杜宇魄之類是也。人理，相如、君平之類是也。爲下文張本。

【張鳳翼文選纂注】犖，呂角切。倜，天歷切。卓犖，高絶貌。譎，异也。倜儻，超越貌。經緯，猶織文也。神怪，謂萇弘血、杜宇魄之類是也。人理，相如、君平之類是也。爲下文張本。

【王象乾文選删注】倜，天歷切。神怪，弘血、杜魄之類。人理，相如、君平之類。

【余蕭客文選音義】倜惕。人理向曰：神怪，謂萇弘血、杜宇魄之類。人理，相如、君平之類。

【余蕭客文選紀聞】倜他激。玉篇三。

遠則岷山之精，上爲井絡。天帝運期而會昌，景福肸蠁而興作。

【彙校】

「遠則」「遠」，奎章閣本、贛州本、四庫本、正德本、陳八郎本、唐鈔本、九條本作「逺」。明州本、叢刊本、尤刻本、胡刻本、監本作「逺」。當作「遠」。

「岷山之精」「精」，奎章閣本、明州本、贛州本、四庫本、叢刊本、正德本、陳八郎本、尤刻本、胡刻本、唐鈔本、九條本同。監本作「精」。當作「精」。

「上爲井絡」「爲」，明州本、贛州本、叢刊本、陳八郎本、尤刻本、胡刻本、監本、九條本同。奎章閣本、四庫本、正德本、唐鈔本作「為」。當作「爲」。

「會昌」「會」，奎章閣本、明州本、贛州本、四庫本、叢刊本、正德本、陳八郎本、尤刻本、胡刻本、監本、唐鈔本、九條本作「會」。當作「會」。

「景福肸蠁」「景」，奎章閣本、明州本、贛州本、四庫本、叢刊本、正德本、陳八郎本、尤刻本、胡刻本、監本、九條本同。唐鈔本作「景」。當作「景」。「福」，奎章閣本、明州本、贛州本、四庫本、叢刊本、正德本、陳八郎本、尤刻本、胡刻本、監本、九條本同。唐鈔本作「福」。當作「福」。「肸」，四庫本同。

奎章閣本、贛州本、叢刊本、九條本作「肹」。明州本、正德本、陳八郎本、唐鈔本作「肹」。尤刻本、胡刻本、監本作「肸」。今從「肸」。「蠁」，四庫本同。奎章閣本、明州本、贛州本、叢刊本、正德本、陳八郎本、唐鈔本、九條本作「蠁」。尤刻本、胡刻本、監本作「饗」。當作「蠁」。

■**立群案**：陳景雲文選舉正：「饗」當作「蠁」。按，依說文，「蠁」，正字。「饗」「蠁」「蠁」皆借字。朱珔文選集釋：案：「饗」當爲「蠁」字之誤也。本書上林賦及甘泉賦「肸蠁豐融」皆「蠁」字。史記、漢書同。說文十部「肸」字云：肸響，布也。段本「響」改「蠁」。據善注：甘泉、上林兩引并然。段云：虫部：蠁，知聲蟲也。肸蠁者，如知聲之蟲，一時雲集也。「蠁」之重文爲「蚼」。春秋羊舌肸，字叔向。「向」讀上聲。「向」者，「蚼」之省也。知「肸蠁」之語甚古。又廣雅：土蛹，蠁蟲也。王氏疏證云：說文：禹，蟲也，象形。玉篇：蠁，禹蟲也。蓋「蠁」之言響也，知聲之名也。「禹」之言「聥」也，亦知聲之名也。說文：聥，張耳有所聞。是其義矣。余謂「蠁」既以聲響爲義，故或作「響」。「肸蠁」當即「響應」之意。「肸」亦或作「翕」，同音通用。一切經音義引文選蜀都賦注：翕響謂奄忽之間也。是此處本有作「翕響」者。漢書顏師古注：上林賦語云「盛作」也，則與此「興作」義合。據陳氏、朱氏說，當作「蠁」也。

「而興作」　「而」，奎章閣本、明州本、贛州本、四庫本、叢刊本、正德本、尤刻本、胡刻本、監本、唐鈔本、九條本同。陳八郎本作「之」。今從「而」。「興」，四庫本同。奎章閣本、明州本、贛州本、叢刊本、正德本、尤刻本、胡刻本作「興」。陳八郎本、監本、唐鈔本作「興」。九條本模糊不清。當作「興」。

■**立群案**：「而」「之」於賦皆通。諸本多作「而」，從之。

【彙注】

【李善注】肸，喜筆切。劉曰：河圖括地象曰：岷山之地，上爲井絡，帝以會昌，神以建福。上爲天井，言岷山之地，上爲東井維絡，岷山之精，上爲天之井星也。昌，慶也。言天帝於此會慶建福也。善曰：上林賦曰：肸饗布寫。

【文選鈔】漢書音義，司馬彪曰：肸，過也。芬芳之過，若蠁蟲之布寫。説文：肸蠁，布也。蠁，知聲蟲也。

【文選音決】岷，亡貧反。上，時掌反。肸，虛乙反。

【五臣注】肸，喜筆反。向曰：岷山之地，上爲井絡，帝以會昌，神以建福。言岷山精，上爲東井星絡之維。昌，慶也。天帝於此會慶建福也。於此爲都。景，大也。肸蠁，濕生蟲蚊類是也。其群望之如氣之布寫也。言大福之興，有如此蟲群飛而多也。興、作，皆起也。

【張鳳翼文選纂注】肸，喜筆切。岷山之地，上爲東井維絡。岷山之精，上爲天之井星。昌，慶也。言天帝於此會慶建福也。景，大也。肸蠁，蚊類。言大福之興，有如此蟲群飛而多也。興、作，皆起也。

【王象乾文選删注】肸，喜筆切。天帝於此會慶建福也。肸蠁，濕生蟲蚊類。其群望之如雲氣之布寫。言大福之興，如此蟲群飛而多也。興、作，皆起也。河圖括地象曰：岷山之地，上爲井絡，帝以會昌，神以建福。

【陳景雲文選舉正】肸饗布寫。「饗」當作「蠁」。按，依説文，蠁，正字。「饗」「蠁」「嚮」皆借字。

【杭世駿文選課虛】甘泉賦：肸蠁豐融。上林賦：肸蠁布寫。

【余蕭客文選音義】肸蠁上許乙切，下音響。向曰：肸蠁，濕生蟲蚊類是也。其群望之，如氣之布寫。言大福之興，有如此蟲群飛而多也。

【胡克家文選考异】注「河圖括地象曰：岷山之地」。案：「地」當作「精」，各本皆誤。水經江水注引作「精」也。

注「上爲天井，言岷山之地，上爲東井維絡，岷山之精，上爲天之井星也」。袁本、茶陵本無「絡」字。

案：此注各本皆有誤，今無以訂之。

【朱珔文選集釋】景福肸饗而興作。善注引上林賦：肸饗布寫。案：「饗」當爲「蠁」字之誤也。本書上林賦及甘泉賦「肸蠁豐融」皆「蠁」字。史記、漢書同。説文十部「肸」字云：肸響，布也。段本「響」改「蠁」。據善注：甘泉、上林兩引并然。段云：虫部：蠁，知聲蟲也。肸蠁者，如知聲之蟲，一時雲集也。「蠁」之重文爲「蚼」。春秋羊舌肸，字叔向。「向」讀上聲。「向」者，「蚼」之省也。知「肸蠁」之語甚古。又廣雅：土蛹，蠁蟲也。王氏疏證云：説文：禹，蟲也，象形。玉篇：蠁，禹蟲也。蓋「蠁」之言響也，知聲之名也。「禹」之言「聥」也，亦知聲之名也。説文：聥，張耳有所聞。是其義矣。余謂「蠁」既以聲響爲義，故或作「響」。「肸蠁」當即「響應」之意。「肸」亦或作「翕」，同音通用。一切經音義引文選蜀都賦注：翕響謂奄忽之間也。是此處本有作「翕響」者。漢書顔師古注：上林賦語云「盛作」也，則與此「興作」義合。

【梁章鉅文選旁證】天帝運期而會昌。三國志秦宓傳注引「帝」作「地」。

注河圖括地象曰：岷山之地，上爲井絡，帝以會昌，神以建福。上爲天井。水經江水注引下「地」字作「精」而無「上爲天井」句。三國志秦宓傳曰：蜀有汶阜之山，江出其腹，帝以會昌，神以建福。裴注亦引河圖括地象，與此同。惟「井絡」上多「東」字。

注上爲東井維絡。六臣本無「絡」字。

碧出萇弘之血，鳥生杜宇之魄。妄變化於非常，羌見偉於疇昔。

【彙校】

「碧出」「出」，明州本、贛州本、四庫本、叢刊本、正德本、陳八郎本、尤刻本、胡刻本、監本、唐鈔本、九條本同。奎章閣本作「岀」。當作「出」。

「萇弘之血」「血」，奎章閣本、明州本、贛州本、四庫本、叢刊本、正德本、陳八郎本、尤刻本、胡刻本、監本、九條本同。唐鈔本作「𧖧」。當作「血」。

「杜宇之魄」「魄」，奎章閣本、明州本、贛州本、四庫本、叢刊本、正德本、陳八郎本、尤刻本、胡刻本、監本、唐鈔本、九條本作「魄」。當作「魄」。

「妄變化」「變」，奎章閣本、明州本、贛州本、叢刊本、正德本、陳八郎本、尤刻本、胡刻本、監本、唐鈔本、九條本同。四庫本作「變」。當作「變」。

「於非常」　「於」，奎章閣本、明州本、陳八郎本同。正德本作「扵」。四庫本、尤刻本、胡刻本、監本、唐鈔本、九條本作「而」。贛州本、叢刊本作「方」。今從「於」。「常」，奎章閣本、明州本、贛州本、四庫本、叢刊本、正德本、尤刻本、胡刻本、監本、唐鈔本、九條本同。陳八郎本作「甞」。當作「常」。

■**立群案**：贛州本、叢刊本作「方」，疑爲「於」之誤。諸本或作「於」，或作「而」，於賦皆通。今從「於」。

賦自應作「常」。然「嘗」亦通「常」，如史記刺客列傳：公子光曰：「使以兄弟次邪，季子當立；必以子乎，則光真適嗣，當立。」故嘗陰養謀臣以求立。唐卿云送人游塞詩：雪每先秋降，花嘗近夏生。是陳八郎本作「甞」亦不爲無據。

「羌見偉」　「羌」，明州本、陳八郎本、尤刻本、胡刻本、監本、唐鈔本同。奎章閣本作「羗」。贛州本、四庫本、叢刊本、九條本作「嗟」。正德本作「㖃」。當作「羌」。「偉」，奎章閣本、明州本、贛州本、四庫本、叢刊本、正德本、尤刻本、胡刻本、監本、唐鈔本、九條本同。陳八郎本作「湋」。當作「偉」。

■**立群案**：胡紹煐文選箋證：嗟見偉於疇昔。按：「嗟」當爲「羌」字之誤。羌，發聲。偉，美也。言見美於疇昔也。當作「羌」也。

説文：湋，回也。漢書溝洫志：關中靈軹、成國、湋渠引諸川。作水名。俱於賦意不合。自當從諸本作「偉」。陳八郎本獨作「湋」者，恐形近而誤也。

「於疇昔」　「於」，奎章閣本、明州本、贛州本、四庫本、叢刊本、陳八郎本、尤刻本、胡刻本、監本、九條本同。正德本、唐鈔本作「扵」。當作「於」。「疇」，明州本、贛州本、叢刊本、陳八郎本、尤刻本、胡刻本、監本同。奎章閣本、四庫本、正德本、唐鈔本、九條本作「疇」。當作「疇」。

【彙注】

【李善注】劉曰：莊周曰：萇弘死於蜀，藏其血，三年化爲碧。蜀記曰：昔有人姓杜名宇，王蜀，號曰望帝。宇死，俗説云宇化爲子規。子規，鳥名也。蜀人聞子規鳴，皆曰望帝也。

【文選鈔】司馬彪曰：碧，石也。馬融注：萇弘，周靈王賢臣也。羌者，吴、楚人發語之端。廣雅曰：羌，乃也。偉，奇也。言乃見奇於疇昔之時也。

【文選音決】碧，彼逆反。萇音長。妄，武亮反。羌，丘良反。偉，于鬼反。

【五臣注】銑曰：萇弘死於蜀，藏其血，三年化爲碧。杜宇王蜀爲帝。宇死，化爲子規鳥。此皆妄爲變化，蓋非常理。羌，嘆聲。偉，美也。嘆此見美於昔時。

【張鳳翼文選纂注】莊周曰：萇弘死於蜀，藏其血，三年化爲碧。蜀記：昔有人姓杜名宇，王蜀，號曰望帝。宇死，化爲子規。子規，鳥名也。蜀人聞子規鳴，皆曰望帝。

【余蕭客文選紀聞】魚鳧王後有王曰杜宇，教民務農，一號杜主。七國稱王，杜宇稱帝，號望帝，更名蒲卑。會有水災，其相開明決玉壘山除水害。遂禪位於開明，升西山隱焉。時適二月，子規鳥鳴，故蜀人悲子規鳥鳴也華陽國志三。五臣注引蜀記云云，故鮑照、杜甫皆云是古帝魂，其實非變化也西溪叢話下。吴人謂杜宇爲謝豹。杜宇初啼時，漁人得蝦曰謝豹蝦，市中賣笋曰謝豹笋。唐顧况送張衛尉詩曰：緑樹村中謝豹啼。非吴人，不知謝豹何物老學菴筆記三。韓愈：唤起窗全曙，催歸日未西。乃二禽名也。唤起聲如絡緯，圜轉清亮，偏鳴於春曉，江南謂之春唤。催歸，子規也尤袤全唐詩話二。嶲周，子規也。多出蜀嶲郡，故名鄭樵爾雅注下。

【張雲璈選學膠言】西溪叢語云：華陽國志蜀記云：蠶叢、魚鳧之後，有王曰杜宇，稱帝號曰望帝，更名蒲卑。自以功德高諸王，乃以褒、斜爲前門，熊耳、靈關爲後户，玉壘、峨嵋爲城郭，江、潛、綿、絡爲地澤，汶山爲畜牧，南中爲園苑。會有水災，其相開明決玉壘以除水患。帝遂委以政事，禪位於開明，帝升西山隱焉。時適二月，子鵑鳥啼，蜀人悲之，故聞子鵑之鳴，即云望帝也。蜀都賦：鳥生杜宇之魄。注引蜀記云：有王曰杜宇，號望帝，俗説曰化爲子規。子規，鳥名。故鮑照、杜甫皆云是古帝魂，其實非變化也。雲璈按，思玄賦：鱉令殪而尸亡兮，取蜀禪而引世。李注引蜀王本紀云：望帝治汶山下邑曰郫，積百餘歲，荆地有一死人名鱉令，其尸亡，隨江水上至郫，與望帝相見。望帝以鱉令爲相。以德薄不及鱉令，乃委國授之而去。所引事相類，而開明、鱉令不同。

【梁章鉅文選旁證】注俗説云宇化爲子規……蜀人聞子規啼，皆曰望帝也。按華陽國志云：蠶叢、魚鳧之後，有王曰杜宇，稱帝號曰望帝。會有水災，其相開明決玉壘山以除水害。帝遂委以政事，禪位於開明，帝升西山隱焉。時適二月，子規鳥鳴，蜀人悲之，故聞子規之鳴，即曰望帝。其實非變化也。

羌見偉於疇昔。六臣本「羌」作「嗟」。

【胡紹煐文選箋證】嗟見偉於疇昔。按：「嗟」當爲「羌」字之誤。羌，發聲。偉，美也。言見美於疇昔也。

【高步瀛文選李注義疏】三國蜀志秦宓傳裴注引此賦「帝」作「地」，五臣「羌」作「嗟」，皆非是。胡紹煐曰：羌，發聲。偉，美也。言見美於疇昔。步瀛案：禮記檀弓上：疇昔之夜。鄭注曰：疇，發聲也。昔，前也。○張儀語，見秦策一。高誘注曰：三川，宜陽也。又見史記張儀傳。何焯曰：三川謂魏都。張儀曰：親魏善楚，下兵三川。步瀛案：史記秦本紀曰：初置三川郡。集解引韋昭曰：有河、洛、伊，故曰三川。裴駰曰：地理志：漢高祖更名河南郡。案：漢河南郡，治洛陽。魏志文帝紀曰：黄初二年十二月，初營洛陽宫。故何氏謂三川爲魏都也。然何氏引張儀語，即劉注所引之上文，此三川則當指宜陽。下文云：攻韓，劫天子。又云：韓自知亡三川。則三川爲韓宜陽無疑。漢書地理志：宜陽縣屬弘農，故城在今河南宜陽縣十五里。但張儀所言「三川」，雖指宜陽，而三川之地甚廣，實不獨宜陽。程恩澤國策地名考曰：其始本以河、洛、伊三水得稱，後乃以水名爲地名。或指洛州，或指宜陽，總不外此三水之間。是何氏以三川爲魏都，説亦可通。○胡克家曰：注「河圖括地象曰：岷山之地」。案：「地」當作「精」，各本皆誤。水經江水注引作「精」也。步瀛案：本書江賦注及三國蜀志秦宓傳注引括地象皆作「岷山之地」。「地」字殆非誤。特與酈善長所見本不同。華陽志蜀志引作「岷山之下爲井絡」，則誤也。胡又曰：注言「岷山之地，上爲東井維絡。岷山之精，上爲天之井星」也，袁本、茶陵本無「絡」字。案：此注各本皆有誤，今無以訂之。○莊子，見外物篇。御覽珍寶部八引司馬彪注曰：萇弘忠而流，故其血不朽，而化爲碧。成玄英莊子疏曰：碧，玉也。萇弘遭譖，被放歸蜀，自恨忠而遭譖，遂刳腸而死。蜀人感之，以匱盛其血，三年而化爲碧玉，乃精誠之至也。又胠篋篇曰：萇弘胣。釋文曰：崔云：胣，裂也。淮南子曰：萇弘鈹裂而死。司馬云：胣，剔也。萇弘，周靈王賢臣也。案左傳，是周景王、敬王之大夫。魯哀公三年六月，周人殺萇弘。一云：刳腸曰胣。韓非子難言篇曰：萇弘分胣。又内儲説下曰：叔向之讒萇弘也，爲書曰：萇弘謂叔向曰：子爲我謂晋君，所與君期者，時可矣，何不亟以兵來。因佯遺其書周君之庭，而急去行。周以萇弘爲賣周也，乃誅萇弘而殺之。又見説苑權謀篇。是成玄英所言遭讒刳腸，皆有所本。惟云被放歸蜀，似第就莊子之言而衍成之。續漢書郡國志河南尹雒陽，劉昭注引皇覽曰：縣東北山萇弘冢。是不死於蜀矣。莊生寓言，固未可泥也。吕氏春秋必已篇曰：萇弘死，藏其血，三年而爲碧。亦不言死蜀。高誘注曰：萇弘，周敬王大夫，號知天道。欲城成周，支天之所壞，故衛奚知其不得没也。及范吉射、荀寅叛其君，萇弘與知之。周劉氏、范氏世爲婚姻，萇弘事劉文公，故周人與范氏。晋人讓周，周爲之殺萇弘，不當其罪。故血三年而爲碧也。案：高注依左傳爲説，故與韓非子、説苑异。又「衛奚」，當即昭三十二年「衛彪傒」。淮南子氾論篇曰：昔者萇弘，周室之執數者也，天地之氣，日月之行，風雨之變，律曆之數，無所不通，然而不能自知鈹裂而死。高注亦依左傳爲説，與吕覽注略同。今本「鈹裂」作「車裂」。王念孫據莊子胠篋篇釋文引校正，是也。今從之。要之，萇弘死蜀之説，雖不可信，然既出莊子，辭賦家相承用之，亦無庸深辨。太平寰宇記曰：劍南西道，資州資陽縣，萇弘祠。弘無辜受戮，死而血碧，故後人立祠以祀之。殆亦本莊子之言也。蓋周末神怪之説，已往往托於萇弘。史記天官書曰：昔之傳天數者，周室史佚、萇弘。又封禪書曰：萇弘以方事周靈王，諸侯莫朝周，周力少。萇弘乃明鬼神事，設射貍首。貍首者，諸侯之不來者。依物怪，欲以致諸侯。諸侯不從。晋人執殺萇弘。周人之言方怪者，自萇弘。梁玉繩史紀志疑以與左傳不合，謂郊祀志「晋人殺萇弘」上有「周室愈微，後二世，至敬王時」十一字。疑此或脱，恐未必然。此蓋班孟堅改史文以求合左傳者。然射諸侯不來者之事，究非左傳所有也。郊祀志又載谷永説成帝曰：昔周室萇弘，欲以鬼神之術，輔尊靈王，會朝諸侯。與史記同。藝文志兵家陰陽，有萇弘十五篇。疑亦後人所托。至拾遺記卷三所載，萇弘爲周靈王招致神仙，及殺之，流血成石，或言成碧，不見其尸。則小説家神怪之談，更不足道矣。○太平寰宇記劍南東、西道，皆屢引蜀記。而東道梓州玄武縣，兩引李膺蜀記，鹽亭縣一引李膺蜀記，是蜀記爲李膺撰。然錦州彰明縣李膺墓下，但云撰益州記三卷，不言撰蜀記。疑「蜀記」即在益州記中。如華陽國志之有巴志、蜀志等也。劍南西道戎州，江南西道涪州、東道渝州，太平御覽布帛部六皆引段氏蜀記，而寰宇記山南東道忠州「土産」下注又引作段氏游蜀記。此注所引未知何屬也。後漢書張衡傳李賢注引楊雄蜀王本紀曰：荆人鱉令死，其尸流亡，隨江水上至成都，見蜀王杜宇。杜宇立以爲相。杜宇號望帝，自以爲德不如鱉令，以其國禪之，號開明帝。下至五代，有開明尚，始去帝號，復稱王也。本書思玄賦李注亦引之。見後。又：御覽妖异部四引蜀王本紀曰：望帝積百餘歲，荆有一人名鱉靈，其尸亡去，荆人求之不得。鱉靈尸至蜀，復生。蜀王以爲相。時玉山出水，若堯之洪水。望帝不能治水，使鱉靈决玉山，民得陸處。鱉靈治水去後，望帝與其妻通。帝自以德薄，不如鱉靈，委國授鱉靈而去。如堯之禪舜。鱉靈即位，號曰開明。又羽族部十引蜀王本紀曰：望帝去時子搗鳴，故蜀人悲子搗鳴而思望帝。望帝，杜宇也。説文隹部「巂」下曰：一曰：蜀王望帝淫其相妻，慚亡去，爲子巂鳥。故蜀人聞子巂鳴，皆起曰：是望帝也。華陽志蜀志曰：望帝禪位於開明帝，升西山隱焉。時適二月，子鵑鳥鳴。故蜀人悲子鵑鳥鳴也。案：姚寬西溪叢語據此辨化鳥之説爲非。然古代神話，往往類此，不足异也。至「鱉靈」即「鱉令」。江水注引來敏本蜀論作「鼈令」，太平寰宇記劍南西道益州又作「鱉泠」，并同。廣雅釋鳥曰：鷤搗、鷶鵤，子鳺也。案：子鳺、子巂、子搗、子規，并同，其异文异名甚多。詳見王氏疏證，今不復録。蔡夢弼杜工部草堂詩箋卷十九杜鵑行引華陽風俗録曰：鳥有杜鵑者，其大如鵲而羽烏，聲哀而吻有血。又引成都記曰：望帝死，其魂化爲鳥，名曰杜鵑，亦曰子規。○「降丘宅土」上各本無「尚書曰」三字。今依何氏、陳氏校增。○雅琴賦，本書歸田賦、琴賦、傅長虞贈何劭、王濟詩、謝靈運七里瀨詩、古詩十九首、七命注皆引之。但非本注所引二句。○韋昭注，漢書高帝紀顔注引同。○朱珔曰：善注引上林賦「饗」當爲「蠁」字之誤也。本書上林賦及甘泉賦「肸蠁豐融」皆「蠁」字。史記、漢書同。説文十部「肸」字云：肸響，布也。段本「響」改「蠁」。據善注：甘泉、上林兩引并然。段云：虫部：蠁，知聲蟲也。肸蠁者，如知聲之蟲，一時雲集也。「蠁」之重文爲「蚼」。春秋羊舌肸，字叔向。「向」讀上聲。「向」者，「蚼」之省也。知「肸蠁」之語甚古。又廣雅：土蛹，蠁蟲也。王氏疏證云：説文：禹，蟲也，象形。玉篇：蠁，禹蟲也。蓋「蠁」之言響也，知聲之名也。「禹」之言「聥」也，亦知聲之名也。説文：聥，張耳有所聞。是其義矣。余謂「蠁」既以聲響爲義，故或作「響」。「肸蠁」當即「響應」之意。「肸」亦或作「翕」，同音通用。一切經音義引文選蜀都賦注：翕響謂奄忽之間也。是此處本有作「翕響」者。漢書顔師古注上林賦語云「盛作」也，則與此「興作」義合。步瀛案：廣雅，見釋蟲。一切經音義見卷九，大智度論十三引蜀都「翕響揮霍」注云：奄忽之間也。已見上文。不知朱氏何竟删去「揮霍」二字，以「翕響」當此「肸響」二字，殊屬巨謬。倘所謂見泰山而不見目睫者歟？胡紹煐曰：説文「蠁」作「響」。按：字當爲「響」，作「蠁」者，同音之假借。羽獵賦：蠁曶如神。善注：「蠁」與「響」同。響，亦振也。劇秦美新：炎光飛響。善注：響，震聲也。「震」「振」義同。説文：佾，振也。肸从十，佾聲。由佾會意，義亦爲振。許解「肸響」爲布，即振動之義。謂振動四布也。揚雄傳：薌呹肸以掍根。顔注：言風之動樹，聲響振起也。風之振動四布，謂之「肸蠁」。故香之振動四布，謂之「肸蠁」矣。王先謙漢書楊雄傳補注曰：説文「肸」自訓「響」。布，言聲響四布也。蠁，知聲蟲也。凡言「肸蠁」者，蓋聲入則此蟲知之，其應最捷。故以喻靈感通微之意。步瀛案：「肸蠁」之義，仍以段説爲長。如胡氏説，但可解上林賦及甘泉賦之「薌呹肸以掍批」句。而於甘泉之「肸蠁豐融」及此賦之「景福肸蠁而興作」，義不甚洽。王氏先謙分「肸響」與「肸蠁」爲二義，亦未安。乃知段説之不可易也。此賦作「饗」，亦當爲「蠁」之借字。○欒、躍，古音宵部。市、已、理，之部。絡、作、魄、昔，魚部。

近則江、漢炳靈，世載其英。鬱若相如，皭若君平。

【彙校】

「江、漢炳靈」「靈」，奎章閣本、明州本、贛州本、四庫本、叢刊本、正德本、陳八郎本、尤刻本、胡刻本、監本、九條本同。唐鈔本作「霊」。當作「靈」。

「世載其英」「世」，奎章閣本、贛州本、四庫本、正德本、唐鈔本同。明州本、叢刊本、陳八郎本、尤刻本、胡刻本、監本、九條本作「丗」。當作「世」。

「鬱若相如」「鬱」，奎章閣本、明州本、正德本、陳八郎本同。贛州本、四庫本、叢刊本、尤刻本、胡刻本、監本、唐鈔本、九條本作「蔚」。今從「鬱」。

■立群案：段玉裁說文解字注：蔚，古多借爲茂鬱字。阮元經籍籑詁：後漢仲長統傳注：蔚與鬱，古字通。今從「鬱」。

【彙注】

【李善注】炳音丙。皭，在爵切。劉曰：相如，司馬長卿也。君平，嚴遵也。善曰：史記曰：屈原浮游於塵埃之外，皭然泥而不滓者也。徐廣曰：皭，疏浄之貌也。

【文選鈔】蔚，文章斐發之貌。廣雅：皭，白。

【文選音決】炳，布永反。蔚音鬱。皭，於代反。又，才略反。

【五臣注】炳音丙。皭，墻爵反。向曰：炳，明也。載，猶生也。言江、漢明靈，故代生英哲。司馬相如、嚴君平、王褒、楊雄皆蜀郡人也。鬱，繁富貌。皭，清浄貌也。相如爲文繁富，故云鬱若。君平懷道清浄，故云皭若。

【張鳳翼文選纂注】皭，墻爵切。相如，司馬長卿也。君平，嚴遵也。

【王象乾文選删注】嚴遵作老子指歸。武帝讀相如子虛賦善之：吾獨不得與此人同時哉！史記曰：屈原浮游於塵埃之外，皭然泥而不滓者也。

【余蕭客文選音義】蔚五臣作「鬱」。皭嚼。

【胡克家文選考异】注「在爵」。袁本、茶陵本作「在爵切」三字，在注中「皭，疏浄之貌也」下，是也。

【梁章鉅文選旁證】蔚若相如。五臣「蔚」作「鬱」。向注可證。

王褒韡曄而秀發，揚雄含章而挺生。幽思絢道德，摛藻掞天庭。考四海而爲儁，當中葉而擅名。是故游談者以爲譽，造作者以爲程。

【彙校】

「王褒韡曄」「褒」，陳八郎本、尤刻本、胡刻本、九條本同。奎章閣本、明州本、贛州本、四庫本、叢刊本、正德本、監本作「襃」。唐鈔本作「裦」。當作「褒」。「韡」，尤刻本、胡刻本、監本、唐鈔本、九條本同。奎章閣本、明州本、贛州本、四庫本、叢刊本、正德本、陳八郎本作「暐」。今從「韡」。「曄」，奎章閣本、明州本、贛州本、四庫本、叢刊本、正德本、陳八郎本、尤刻本、胡刻本、監本、九條本同。唐鈔本作「曅」。當作「曄」。

立群案：似李善本作「韡」，五臣本作「暐」。集韻上尾：暐，光盛貌。正字通：韡，盛貌。是「暐」「韡」於賦俱通。今從「韡」。

「揚雄含章」「揚」，奎章閣本、正德本、陳八郎本、尤刻本、唐鈔本、九條本作「楊」。明州本、叢刊本、胡刻本、監本作「楊」。贛州本作「揚」。四庫本作「揚」。今從「揚」。「含」，明州本、叢刊本、正德本、監本、唐鈔本同。奎章閣本、贛州本、四庫本、陳八郎本、尤刻本、胡刻本、九條本作「含」。當作「含」。

「而挺生」　「挺」，明州本、贛州本、叢刊本、監本同。奎章閣本、四庫本、正德本、陳八郎本、尤刻本、胡刻本、九條本作「挺」。唐鈔本作「挺」。當作「挺」。

「絢道德」　「德」，奎章閣本、明州本、贛州本、叢刊本、尤刻本、胡刻本、監本、九條本同。四庫本、正德本、陳八郎本、唐鈔本作「德」。當作「德」。

「掞天庭」　「庭」，贛州本、叢刊本、九條本同。奎章閣本、明州本、四庫本、正德本、陳八郎本、尤刻本、胡刻本、監本作「庭」。唐鈔本作「庭」。當作「庭」。

「考四海」　「考」，奎章閣本、明州本、贛州本、四庫本、叢刊本、正德本、陳八郎本、尤刻本、胡刻本、監本、九條本同。唐鈔本作「考」。當作「考」。

「爲俊」　「爲」，明州本、贛州本、叢刊本、陳八郎本、尤刻本、胡刻本、監本同。奎章閣本、四庫本、正德本、唐鈔本、九條本作「為」。當作「爲」。「俊」，奎章閣本、明州本、贛州本、叢刊本、正德本、陳八郎本、尤刻本、胡刻本、監本、九條本作「儁」。四庫本作「雋」。唐鈔本作「儁」。當作「俊」。

■**立群案**：「儁」、「俊」之异體。「雋」亦通「俊」。如鶡冠子博選：故德萬人者謂之雋，德千人者謂之豪，德百人者謂之英。文選鈔曰：淮南子云：智千人曰俊。杜預曰：俊，絶奇异也。五臣向曰：四海之内，此爲俊异。皆「俊」字之證。

「當中葉」　「葉」，奎章閣本、四庫本同。明州本、贛州本、叢刊本、正德本、陳八郎本、尤刻本、胡刻本、監本、九條本作「葉」。唐鈔本作「茱」。當作「葉」。

「游談者」　「游」，明州本、贛州本、四庫本、叢刊本、陳八郎本同。尤刻本、胡刻本、監本作「遊」。奎章閣本、正德本、九條本作「游」。唐鈔本作「遊」。當作「游」。

「以爲譽」「爲」，明州本、贛州本、叢刊本、陳八郎本、尤刻本、胡刻本、監本同。奎章閣本、四庫本、正德本、唐鈔本、九條本作「為」。當作「爲」。「譽」，贛州本、四庫本、叢刊本、尤刻本、胡刻本、唐鈔本、九條本同。明州本、陳八郎本作「美」。奎章閣本、正德本作「美」。監本作「舉」。今從「譽」。

■**立群案**：「舉」有「推舉」之意，論語衛靈公：君子不以言舉人，不以人廢言。孟子告子下：傅説舉於版築之間。「美」「譽」「舉」於賦皆通。據校對情況，是五臣本作「美」，然五臣向曰：天下以爲延譽，文章取爲程準。是五臣本亦應作「譽」也。今從「譽」。

「以爲程」「爲」，明州本、贛州本、叢刊本、陳八郎本、尤刻本、胡刻本、監本、九條本同。奎章閣本、四庫本、正德本、唐鈔本作「為」。當作「爲」。「程」，奎章閣本、明州本、正德本、陳八郎本同。贛州本、四庫本、叢刊本、尤刻本、胡刻本、監本、唐鈔本、九條本作「程也」。當作「程」。

■**立群案**：有無「也」字皆不影響賦意。然「名」「程」合韻，故「程」後似不當有「也」。

【彙注】

【李善注】絢，呼絹切。摛，敕離切。掞，傷艷切。雋音俊。劉曰：王褒，字子淵。楊雄，字子雲。皆蜀人。君平作老子指歸，子雲作太玄、法言，故曰幽思絢道德也。鄭玄曰：文章成謂之絢。漢武帝讀相如子虛賦而善之，曰：吾獨不得與此人同時哉！元帝善王褒所作甘泉、洞簫頌，令後宮貴人左右皆誦之。楊雄奏羽獵賦，天子异焉。又云：班固述雄傳曰：初擬相如，獻賦黄門，故曰摛藻掞天庭也。漢書禮樂志曰：長麗前掞光耀明。善曰：周易曰：含章可貞。馮衍德誥曰：沉情幽思，引六經之精微。毛詩曰：其在中葉。戰國策，蘇秦曰：外客游談之士，無敢自進於前也。

【文選鈔】淮南子云：智千人曰俊。杜預曰：俊，絶奇异也。藻者，文章也。摛，猶持也，亦披也。

言發道德作賦頌，試奏天子，光顯在於朝廷，故曰艷天庭也。高誘曰：程，度也。言所游説談論者，將爲之稱譽。造作文章者，以爲程法也。

【文選音決】韡，于鬼反。曄，于輒反。挺，徒冷反。思，先自反。絢，火縣反。摛，丑離反。掞音艷。儁音俊。擅，市戰反。

【五臣注】絢，呼絹反。摛，敕離反。掞，傷艷反。雋音俊。向曰：韡曄，光彩也。言王褒詞論生光彩，若草木秀盛而發也。楊雄含懷文章，挺拔而生。絢，明也。摛，猶發也。掞，猶蓋也。君平作老子指歸，楊雄作太玄經，故云幽思明道德也。武帝讀相如子虛賦，通而善之。元帝善王褒所作甘泉、洞簫頌，令後宮貴人誦之。楊雄作羽獵賦，天子异焉。故云發藻蓋天庭。四海之内，此爲俊异。漢之中代，此得擅名。天下以爲延譽，文章取爲程準。

【張鳳翼文選纂注】絢，呼絹切。摛，敕離切。掞，傷艷切。儁音俊。王褒，字子淵。楊雄，字子雲。皆蜀人。君平作老子指歸，子雲作太玄、法言，故曰幽思絢道德。文章成謂之絢。漢武帝讀相如子虛賦而善之，曰：吾獨不得與此人同時哉！元帝善王褒所作甘泉、洞簫頌，令後宮貴人左右皆誦之。楊雄奏羽獵賦，天子异焉。故曰摛藻掞天庭。炳，明也。載，猶生也。言江、漢明靈，故代生英哲。鬱，繁富貌。曄，清净貌。造作，爲文也。程，法也。

【王象乾文選删注】元帝善王褒甘泉、洞簫頌，令後宮貴人左右皆誦之。楊雄奏羽獵賦，天子异焉。班固述雄傳曰：初擬相如，獻賦黄門。馮衍德誥曰：沉情幽思，引六經之精微。

【杭世駿文選課虚】文章成謂之絢。漢書禮樂志：長麗前掞光耀明。

【余蕭客文選音義】譽五臣「譽」作「美」。也五臣無「也」字。

【余蕭客文選紀聞】駱賓王疇昔篇：五丁卓犖多奇力，四士英靈富文藝。此言蜀中也，四士指此彭叔夏文苑英華辨證二。掞高誘淮南注二音善。裴松之三國志注四十五彝念反。

【許巽行文選筆記】掞天。「掞天庭」之「掞」。晋灼曰：「掞」即光炎字也。師古曰：音艷。嘉德案，注明引漢書禮樂志釋「掞」字，自當依晋説。而五臣向注乃云：掞，猶蓋也。

【梁章鉅文選旁證】是故游談者以爲譽。六臣本「譽」作「美」。

【高步瀛文選李注義疏】五臣「蔚」作「鬱」，「譽」作「美」。○李詳曰：漢書地理志：巴蜀司馬相如游宦京師、諸侯，以文辭顯於世。鄉黨慕循其迹。後有王褒、嚴遵、楊雄之徒，文章冠天下。太冲表章四人，此所本也。○吕向曰：載，猶生也。言江、漢明靈，故代生英哲。絢，明也。摛，猶發也。○漢書王貢兩龔鮑傳曰：蜀有嚴君平，卜筮於成都市，得百錢，足自養，則閉肆下簾，而授老子。博覽亡不通，依老子、嚴周之指，著書十萬餘言。顔注曰：地理志謂君平爲嚴遵。三輔決録云：君平名尊。隋書經籍志子部道家，有老子指歸十一卷，嚴遵注。漢書楊雄傳曰：時雄方草太玄。又曰：玄三方、九州、二十七部、八十一家、二百四十三表、七百二十九贊，分爲三卷。又曰：人時有問雄者，常用法應之。撰以爲十三卷，象論語，號曰法言。又贊曰：雄以爲經莫大於易，故作太玄。傳莫大於論語，作法言。藝文志諸子儒家，有楊雄所序三十八篇。原注曰：太玄十九，法言十三。○鄭玄論語注八佾篇釋文引作「文成章曰絢」。此注各本作「章成」，蓋誤倒。儀禮聘義賈疏引作「成章曰絢」，雖敓「文」字，然「成章」二字不誤也。今據乙轉。○「漢武帝」至「同時哉」，見相如傳。史、漢同。○「元帝」至「皆誦之」，見漢書王褒傳。傳稱「太子」，以時元帝尚未嗣位也。○「楊雄」至「天子异焉」，見漢書楊雄傳。○班固述雄傳，見漢書叙傳。各本「班」上有「云」字，誤衍，今削。○漢書禮樂志郊祀歌注引晋灼曰：「掞」即光炎字也。顏曰：掞音艷。又「耀」作「燿」，字同。○史記，見屈原傳。集解引徐廣同。○「在爵切」三字，依袁本、茶陵本增。案：此三字乃李注，非徐廣音。故史記集解無之。○周易，見坤六三爻詞。○馮衍德誥，顏延年皇太子釋奠詩注亦引之，當係一篇之文。○毛詩，見長發，傳曰：葉，世也。○國策，見趙一。姚氏本「外」字下有「賓」字。校曰：錢、劉去「賓」字。又「自進」作「盡忠」。史記蘇秦傳作「自進」。○靈、平、生、庭、名、程，古音耕部。英，陽部。通轉爲韵。以上神怪及人理。

至平臨谷爲塞，因山爲障。峻阻塍埒長城，豁險吞若巨防。

【彙校】

「臨谷爲塞」「爲」，明州本、贛州本、叢刊本、陳八郎本、尤刻本、胡刻本、監本、九條本同。奎章閣本、四庫本、正德本、唐鈔本作「為」。當作「爲」。

「因山爲障」「爲」，明州本、贛州本、叢刊本、陳八郎本、尤刻本、胡刻本、監本、九條本同。奎章閣本、四庫本、正德本、唐鈔本作「為」。當作「爲」。「障」，奎章閣本、明州本、贛州本、四庫本、叢刊本、正德本、陳八郎本、尤刻本、胡刻本、監本、九條本同。唐鈔本作「鄣」。當作「障」。

「峻阻」「阻」，奎章閣本、明州本、正德本、陳八郎本同。贛州本、四庫本、叢刊本、尤刻本、胡刻本、監本、唐鈔本、九條本作「岨」。當作「阻」。

■**立群案**：説文：阻，險也。又曰：岨，石戴土也。是兩字本有別。然後世「岨」亦通「阻」。如司馬相如上書諫獵：今陛下好凌岨險，射猛獸，卒然遇軼才之獸，駭不存之地。史記司馬相如列傳、漢書司馬相如傳均作「好凌險阻」。是作「岨」亦不爲無據。然諸本多作「阻」，從之。

「豁險」「豁」，奎章閣本、明州本、贛州本、四庫本、叢刊本、正德本、陳八郎本、尤刻本、胡刻本、監本、九條本同。唐鈔本作「䜬」。當作「豁」。「險」，奎章閣本、明州本、贛州本、叢刊本、陳八郎本、尤刻本、胡刻本、監本、唐鈔本、九條本同。四庫本、正德本作「嶮」。當作「險」。

■**立群案**：「䜬」乃「壑」之异體。賦云：峻阻塍埒長城，豁（壑）險吞若巨防。「峻阻」與「豁（壑）險」對偶。此處「峻」顯非名詞，而應釋爲「高」。國語晉語九：高山峻原，不生草木。故「豁（壑）險」不當爲名詞之「壑」，而當爲「豁」。劉逵曰：豁，深貌也。張衡西京賦：駁娑駘盪，燾奡桔桀；枍詣承光，睽罛庨豁。五臣銑曰：駁娑、駘盪、枍詣、承光，并臺名。余皆高峻深邃貌。「豁」釋「深」，正與「峻」釋「高」相對也，故當爲「豁」。「壑」另有异體「谿」，與「豁」相似，故得淆亂。

【彙注】

【李善注】塍音繩。埒音劣。劉曰：蘇秦曰：齊南有太山，東有琅邪，北有渤海，西有清河，所謂四塞之國也。史遷述蒙恬傳曰：據河爲塞。大曰堤，小曰塍。云峻阻之嚴，視長城若塍埒也。豁，深貌也。戰國策曰：齊有長城巨防，足以爲塞也。

【文選鈔】説文曰：障，隔也。言蜀自然有險隘，勝齊長城也。字林曰：防，堤也。

【文選音決】塞，四代反。塍，市仍反。埒，力悦反。豁，火活反。防，扶放反。

【五臣注】塍音繩。埒音劣。防，去聲。良曰：塍埒，猶園畦之畔隔也。言此峻阻，視長城同畦隔也。言此豁險，若兩都關山巨防皆可吞納也。

【張鳳翼文選纂注】塍音繩。防，去声。小堤曰塍。言長城若園畦之判隔也。防，去聲。

【王象乾文選删注】塍音繩。防，去声。視長城若塍埒也。塍埒，園畦之畔隔。吞言兩都關山巨防皆可吞納。蒙恬傳曰：據河爲塞。戰國策：齊有長城巨防，足以爲塞。

【杭世駿文選課虚】豁，深貌。徐悱古意酬到長史詩：此江稱豁險，兹山服鬱盤。

【余蕭客文選音義】岨阻。五臣作阻。防舊去聲。

【余蕭客文選紀聞】岨七居。玉篇二十二。

【胡紹煐文選箋證】峻阻塍埒長城，豁險吞若巨防。注劉逵曰：峻阻之嚴，視長城若塍埒也。按：「塍埒長城」與「吞若巨防」相對爲文，則「埒」不當訓爲田埒。埒，等也。塍，界也。言峻阻界等長城也。上曰「埒」，下曰「若」，意并同也。晉語：叔向、子産、晏嬰之才相等埒。史記貨殖傳：富埒卓氏。是「埒」爲等也。

【高步瀛文選李注義疏】蘇秦説齊宣王，見齊策一及史記蘇秦傳。「北有渤海」句，皆在「西有清河」句下。「所」上有「此」字。○史遷述蒙恬傳，見史記太史公自序。○廣雅釋宫曰：塍，堤也。特渾言之。劉注析言之也。胡紹煐曰：「塍埒長城」與「吞若巨防」相對爲文，則「埒」不當訓爲田埒。埒，等也。塍，界也。言峻阻界等長城也。上曰「埒」，下曰「若」，意并同。晉語：叔向、子産、晏嬰之才相等埒。史記貨殖傳：富埒卓氏。是「埒」爲等也。步瀛案：胡氏説是。漢書東方朔傳注引蘇林曰：堤，限也。此「塍」字亦當同此訓。○戰國策，見燕策一。廣韵四十一漾：防，守禦也。符况切。

一人守隘，萬夫莫向。公孫躍馬而稱帝，劉宗下輦而自王。

【彙校】

「萬夫莫向」 「萬」，奎章閣本、明州本、贛州本、四庫本、叢刊本、正德本、陳八郎本、尤刻本、胡刻本、監本、九條本同。唐鈔本作「万」。當作「萬」。

「公孫躍馬」 「躍」，奎章閣本、明州本、贛州本、四庫本、叢刊本、正德本、陳八郎本、尤刻本、胡刻本、監本、唐鈔本、九條本作「躍」。當作「躍」。

「而稱帝」 「稱」，奎章閣本、明州本、贛州本、四庫本、叢刊本、正德本、陳八郎本、監本、九條本同。

尤刻本、胡刻本作「稱」。唐鈔本作「偁」。今從「稱」。

■立群案：段玉裁説文解字注：凡古偁舉，偁謂字皆如此作。自序云：其偁易孟氏、書孔氏。子篆下云：人以爲偁。自稱行而偁廢矣。阮元經籍籑詁：爾雅釋訓：偁偁格格。釋文：偁，本又作稱。又云：書牧誓：稱爾戈。爾雅釋言注：作偁爾戈。是「偁」「稱」可通。諸本多作「稱」，今從「稱」。

「而自王」「自」，奎章閣本、明州本、贛州本、四庫本、叢刊本、陳八郎本、尤刻本、胡刻本、監本、唐鈔本、九條本同。正德本模糊不清。當作「自」。

【彙注】

【李善注】善曰：淮南子曰：一人守隘，千夫莫向。

善曰：范曄後漢書曰：公孫述，字子陽，扶風人也。王莽時爲導江卒正，更始立，述恃其地險衆附，遂自立爲天子。蜀志曰：先主姓劉，諱備，漢靖王勝後也。益州牧劉璋使人迎先主，令討張魯，先主遂進圍成都。璋出降。先主即皇帝位。備，漢後，故曰宗。

【文選音决】隘，於懈反。王，于放反。

【五臣注】隘，烏懈反。王，去聲。良曰：言路隘險也。銑曰：公孫述，王莽時爲導江卒正，恃其地險，自立爲天子。躍馬，肉食於此也。先主劉備，漢後也。自立於蜀爲帝，故云劉宗下車而自王之。輦，天子車也。而所以人負之。

【張鳳翼文選纂注】王，去聲。公孫述、劉備。備，漢後，故曰宗。

【王象乾文選删注】王，去音。劉備，漢後，故曰宗。范曄後漢書曰：公孫述，字子陽，扶風人。王莽時爲導江卒正，更始立，述恃地險衆附，遂自立。

【陳景雲文選舉正】一人守隘。注「漢靖王勝後」。「靖王」上當有「中山」二字。

【余蕭客文選音義】王舊去聲。

【張雲璈選學膠言】劉宗下輦而自王。李注：備，漢後，故稱宗。王西沚先生十七史商榷云：綱目改通鑒斥魏帝蜀，誠爲定論。第此論習鑿齒已爭之，見晉書本傳，不始於朱子也。漢絶而復續，則黜新莽，魏滅蜀後，禪晉前尚有二年，予晉則已早，不予晉則無所繫，此通鑒不奪魏之意耶？又温公與劉道原書云：周、秦、漢、晉、隋、唐皆嘗混一天下，傳祚後世，子孫微弱播遷，猶承祖宗之業。今全用天子法，統臨諸國。其餘蜀、魏、吴、宋、齊、梁、陳、魏、齊、周、五代諸國，地醜德齊，不能相一。名號匹敵，本非君臣者，皆用列國法。至如劉備雖曰承漢，然族屬疏遠，不能紀其世數名字，亦猶宋高祖自稱楚元王後，李昪自稱吴王恪後，是非難明。今并同之列國，不得以漢光武、晉元帝例爲比。載章俊卿考索前集十六卷。此論甚允，通鑒尚如此，況三國乎？據此，則賦稱宗而不言漢者，亦自有意。

【胡克家文選考异】注「漢靖王勝後也」。陳云「靖」上當有「中山」二字，是也。各本皆脱。

【梁章鉅文選旁證】注漢靖王勝後也。陳校：「靖」上添「中山」二字。各本皆脱。

【高步瀛文選李注義疏】淮南子兵略篇曰：一人守隘，而千夫弗敢過也。此注「莫向」二字，疑涉正文而誤。淮南此二句實出蘇秦説齊宣王語，見齊策一及史記蘇秦傳。又漢書朱買臣傳曰：一人守險，千人不得上。陳孔璋爲曹洪答魏文帝書曰：一人揮戟，萬夫不得進。張孟陽劍閣銘曰：一人荷戟，萬夫趑趄。

范曄後漢書，見公孫述傳。案：更始二年，述自立爲蜀王。建武元年，自立爲天子。○蜀志，見先主傳。各本「靖王」上脱「中山」二字。今依陳氏校增。案：建安十九年，先主圍成都，劉璋出降。先主領益州牧。二十四年，稱漢中王。二十五年，魏文帝稱尊號。傳聞漢帝見害，乃即皇帝位也。

由此言之，天下孰尚？故雖兼諸夏之富有，猶未若兹都之無量也。

【彙校】

「天下孰尚」「孰」，奎章閣本、明州本、贛州本、四庫本、叢刊本、正德本、陳八郎本、尤刻本、胡刻本、監本、唐鈔本、九條本作「孰」。當作「孰」。

「雖兼諸夏」「雖」，奎章閣本、明州本、贛州本、四庫本、叢刊本、陳八郎本、監本、唐鈔本同。正德本、尤刻本、胡刻本、九條本作「雖」。當作「雖」。「兼」，明州本、贛州本、叢刊本、尤刻本、胡刻本、監本、唐鈔本同。奎章閣本、四庫本、正德本、陳八郎本、九條本作「兼」。當作「兼」。

「富有」「富」，奎章閣本、明州本、贛州本、四庫本、叢刊本、正德本、監本、唐鈔本、九條本同。陳八郎本、尤刻本、胡刻本作「畐」。當作「富」。

惟酒無量。

【彙注】

【李善注】劉曰：論語曰：夷狄之有君，不如諸夏之亡。周易曰：富有之謂大業也。又論語曰：惟酒無量。

【文選鈔】由，用也。孰，誰也。尚，高尚也。言若用此等事以論於天下，誰有尚之也。諸夏，中國也。言雖有中國富多所有，亦不如我蜀之無貲量也。論語曰：唯酒無量。

【五臣注】濟曰：孰，誰。尚，勝也。無量，猶無窮也。

【張鳳翼文選纂注】尚，勝也。無量，猶無窮也。

【高步瀛文選李注義疏】論語，見八佾篇。○周易，見繫辭上。○後引論語見鄉黨篇。「惟」作「唯」。○障、防、向、王、尚、量，古音陽部。○以地勢險峻作結。